北京大學《儒藏》編纂與研究中心 編

《儒藏》精華編選刊

詩經世本古義（一）

〔明〕何楷 撰
李士彪 張丹丹 校點

北京大學出版社
PEKING UNIVERSITY PRESS

圖書在版編目(CIP)數據

詩經世本古義：全四册/（明）何楷撰；北京大學《儒藏》編纂與研究中心編. 一北京：北京大學出版社，2023.8
（《儒藏》精華編選刊）
ISBN 978-7-301-34283-1

Ⅰ.①詩… Ⅱ.①何…②北… Ⅲ.①《詩經》－詩歌研究 Ⅳ.①I207.222

中國國家版本館CIP數據核字（2023）第157174號

書　　名　詩經世本古義
SHIJING SHIBEN GUYI
著作責任者　〔明〕何楷　撰
李士彪　張丹丹　校點
北京大學《儒藏》編纂與研究中心　編
策劃統籌　馬辛民
責任編輯　周　粟
標準書號　ISBN 978-7-301-34283-1
出版發行　北京大學出版社
地　　址　北京市海淀區成府路205號　100871
網　　址　http://www.pup.cn　新浪微博：@北京大學出版社
電子郵箱　編輯部 dj@pup.cn　總編室 zpup@pup.cn
電　　話　郵購部 010-62752015　發行部 010-62750672
編輯部 010-62756449
印 刷 者　三河市北燕印裝有限公司
經 銷 者　新華書店
650毫米×980毫米　16開本　122.25印張　1450千字
2023年8月第1版　2023年8月第1次印刷
定　　價　500.00元（全四册）

目録

第一册

第二册

第三册

詩經世本古義卷之十九（畢）……一三七八

第四册

校點説明

《詩經世本古義》，明代何楷撰。

何楷，字玄子，福建漳州鎮海衛人。天啓五年（一六二五）進士。崇禎時，授户部主事，進員外郎，改刑科給事中，屢遷至工科都給事中。崇禎十一年（一六三八），貶爲南京國子監丞。丁母憂，家居。服闋，廷臣交薦，召入京，都城已陷。福王擢楷户部右侍郎，督理錢法，命兼工部右侍郎。清順治二年（一六四五），南都破，楷走杭州。從唐王入閩，擢户部尚書。漳州破，楷遂抑鬱而卒。清張廷玉等撰《明史》卷二七六有傳。楷博綜群書，寒暑不輟，尤邃於經學。今存世著作有《古周易訂詁》、《詩經世本古義》等。

《詩經世本古義》二十八卷，卷首一卷，卷後一卷。有崇禎十四年刻本。《四庫全書》當是據此本抄録。又有清嘉慶十八年（一八一三）周氏書三味齋刻本、嘉慶二十四年謝氏刻本、日本寬政十年（一七九八）翻刻本等。

《詩經世本古義》是何楷研究《詩經》的重要著作。據作者自序，該書完成於崇禎十四年。自序云：「當其沉思莫解，寢食都忘；疑竅將開，鬼神如牖。亦閲七載，手不停披，斯已勤矣。」該書論《詩》，專主《孟子》「知人論世」之旨，以他認定的時代爲次序，打亂了《詩經》篇目原有的排列次序，也打破了「風雅頌」以類相從的原則，因此名爲《世本古義》。他將《詩經》的全部詩篇分繫二十八王，每王一卷，各爲目序於前；以二十八宿配之，從角部「夏少康之世」至軫部「周敬王之世」，恰好以二十八個君王代表二十八個時世。每一部内所録詩篇，即是該君王時代的作品。每卷各頁後半頁之版心標明所屬星宿。

《詩經世本古義》問世以後頗受争議，主要是因爲其穿鑿附會史實，認定《詩經》各篇寫作年代，重新排序。然此書取材宏富，漢、晉以來之舊説，雜採並陳，且不株守一家之言，自成體系。對草木鳥蟲等名物，尤加探求，往往旁徵博引，不厭其詳，爲《詩經》研究者提供了豐富的資料與廣闊的視野。《詩經世本古義》釋字義必引《説文》，解詩意多涉毛、鄭，鮮明地體現出明末學術風氣的轉變。

《天禄琳琅書目後編》卷十二云，此書：「前有范景文序，林蘭友序，曹學佺序，楷自序，次《原引》一首，附録《論風雅頌》三條。其書不依《毛詩》次第，略本鄭氏《詩譜》，而雜以己意，以三百五篇，敘其時世，始夏少康之世《公劉》篇，迄周敬王之世《下泉》篇，凡二十八王，各爲序引於前。末《屬引》一首，仿《序卦傳》體，以韻語明所以比屬牽綴之義。」北京大學圖書館藏崇禎十四年刻本無范景文、林蘭友之序，只有曹學佺序和何楷自序。通過與文淵閣

《四庫全書》本相校，我們發現北大藏本是較早的印本，很可能是初印本。《四庫全書》本的正文與北大藏本大抵相同，但也有一些改動。《四庫全書》本有「部目」，北大藏本没有。文淵閣《四庫全書》本對《詩經世本古義》的抄録是很認真的，但也有抄竄行甚至漏抄一整頁的情況。本次整理以北大藏本爲底本，以影印文淵閣《四庫全書》本爲校本（簡稱「《四庫全書》本」），作了細緻的比勘。底本原無目録，整理本的目録是我們根據原書的内容並參照《四庫全書》本的部目編排而成的。

校點者　李士彪　張丹丹

詩經世本古義自序

昔者孔子之教天下，道不外乎六經，而禮樂爲王者之事，當世必皆各有成書，如《周禮》、《儀禮》之類，不容以意爲之損益。其所手定，惟《易》、《書》、《詩》、《春秋》四者。《易》衍《十翼》，《春秋》修舊史，皆述也而有作焉。若《書》、《詩》，第以棄取見義而已。《易》、《春秋》之爲書，一明理，一紀事，各自孤行，而《書》、《詩》則兼禮樂而有之。是故《易》，體也。《春秋》，用也。垂《書》、《詩》以寄禮樂，聖人治世之跡所以流露于體用之間者也。然以理言，則《禮》、《樂》仍與《易》爲類，物之有本末也。以事言，則《書》、《詩》又與《春秋》爲類，道之有升降也。不明乎此，亦未有能讀《書》誦《詩》者也。夫以《書》爲兼乎《禮》、《樂》，類乎《春秋》，人猶信之。若《詩》，則第以「道性情」一語蔽之足矣，將安取此？嗟乎！詩教失傳，莫大于是。今夫《詩》在《書》中，不過諸製之一，若《五子之歌》是也。諸製各因一事而作，宜不能多。而《詩》則上播諸聲律，下形諸諷詠，無地而不有詩，無人而不可以作詩。當孔子之世，而古詩存者至三千餘，亦云夥矣，而所删存者廑廑止此。其所以存之者，必有故也。緜其所從來者異，故於一體中，自以風、雅、頌爲之標别，然亦必皆因一事而作，則其世固可知也。夏、商之文獻皆不足矣，宋猶存《商頌》五篇，杞無一焉。惟周室先祖之詩藏在故府，幸不放失。聖人以爲此二代文獻之猶存者也，故取公劉遷豳諸詩以續五子之後，取王季、文王諸詠以廣《商頌》之遺，其於二代蓋彬彬矣。《書》斷於穆，《春秋》始于平，中間若厲、宣、幽三王之際，皆周室改革之大者，而其事跡杳如也，舍《詩》將安所徵之？故《詩》者，聯屬《書》與《春秋》之隙者也。《孟子》曰：「王者之迹熄而《詩》亡，《詩》亡然後《春秋》作。」諸儒推測，未有得其解者也。今以世考之，《詩》亡于《下泉》，正當敬王之時，《春秋》之作，適有感是時耳，蓋至是而周不復興矣。平遷王城，敬遷下都，愈趨愈下，聖人所以投筆而自廢也。聖人之删《書》也，其心猶以王爲未足也，曰：「必如帝者，斯可矣。」删《詩》則不及帝矣，而其大指所在，特惓惓屬望于中興，曰：「孰能如夏之少康，殷之盤庚、武丁者乎。」故於二代之《詩》，獨有取于三君之世，此尤足以見《春秋》託始平王之意也。若夫典章、文物、聲容、器數之盛，散見于《詩》中者，犂然明備，至纖而不可遺，至繁而不可亂。按之「三禮」，無一不合。有王者起，特舉而措之耳，是又聖人之借《詩》以存禮樂也。蓋昔孔子雅言「《詩》、《書》執《禮》」而不及《樂》，他日又言「興于《詩》，立于《禮》，成于《樂》」，而不及《書》，明乎舉《詩》足以兼《書》，猶之舉《禮》足以兼《樂》也。其言《詩》、《書》恒在《禮》、《樂》之先者，以《禮》、《樂》取諸《詩》、《書》中而足也。後儒視《詩》太淺，索《詩》太易。盍亦思聖人所以廣收約取著之爲經，與《易》、《書》、《春秋》並垂者，其立教宜何如精嚴，而可輕以里巷謳吟、文人詞曲例之乎。凡余説《詩》，是不一術，先循之行墨以研其義，既證之他經以求其驗，既又考之山川譜系以摭其實，既又尋之鳥獸艸木以通其意，既又訂之點畫形聲以正其誤，既又雜引賦詩斷章以盡其變。諸説兼詳，而《詩》中之爲世爲人、若禮若樂，俱一一躍出。於是喜斯文之在兹，歎絶學之未墜也。當其沉思莫解，寢食都忘；疑竅將開，鬼神如牖。亦閲七載，手不停披，斯已勤矣。書成，悉依時代爲次，名曰《世本古義》，伸子輿氏誦《詩》論世之指也。卷凡二十八，與經宿配，每篇倣古序體，更定小引，以冠其前。其諸義未安者，則附見之章句之後，欲使觀者了其巔末，有所考鏡焉。掛漏之病，知不能無，糺繆拾遺，以俟來哲。

崇禎十有四年歲次辛巳夏四月丁卯，古閩何楷書。

何氏詩經世本古義序

夫説《詩》者，莫善于孟子。孟夫子之言曰：「故説《詩》者，無以文害詞，無以詞害意。以意逆志，是爲得之。」夫子又云：「誦其詩，讀其書，不知其人，可乎？是以論其世也。」逆志則用虚，論世則用實。然實足以該乎虚，世明則其志粲然可覩矣。詩人之言則微，而其志何嘗欲晦。苟使其志寧晦而勿章，則詩可無作矣。志之難尋而必以意逆之者，此斷章取義之詩，而非通篇全什之詩也。即如《孟子》所引《北山》四句，亦非全文，故云以意逆之。倘若終篇之上下文而盡讀之，則其爲人臣之困于行役，而歎勞佚之不均者，其志何用逆乎？愚謂説《詩》，不但欲上下文之貫串，即前後篇亦相炤應，可以互觀。又不但前後數篇，即風、雅、頌之三體，亦當渾融而要其一致。如此，則虚實可以並攝，而詩人之志亦可以旁通，而要之非論其世不可。然則何氏《詩經世本古義》之作，安可少乎？孔門説《詩》有序、有傳，即後世之爲説、爲箋、爲疏、爲故，皆不越乎世，亦惟據其篇什而詮注之，未聞有純以世爲主，而風、雅、頌隨之者。譬若觀其譜牒，而其祖宗功德之近遠，與其爲子若孫之賢不肖，具在尺幅中矣，固不必隨人而問諱問事也。又較予之所云説《詩》以前後篇之互證，與風、雅、頌之通融者，其勞逸有間矣。雖然，後之學者讀是書而説《詩》，世不必考，志不必逆，事省功倍，人人受益，亦思何氏之所以研窮于此者，積有七年之久，而始成章者乎？名曰「古義」，義即志也。何氏曰：「非我作古，乃古人之志也。」惟古人之志而未竟者，何氏爲大暢之，始爲全書矣。書成，則作者之志與述者之志貫通而無憾。而後之學者，又可不以何氏之志爲志也耶？何氏，玄子楷也。序之者，曹氏學佺也。

旹崇禎庚辰歲之冬月望日。

參閱諸公

曹尊生先生學佺
錢牧齋先生謙益
范質公先生景文
方孩未先生震孺
王東里先生志道
侯六真先生恂
瞿稼軒先生式耜
彭讓木先生汝楠
張二無先生瑋
馮鄴仙先生元飈
姚石嶺先生孫棐
黃石齋先生道周

李括蒼先生建泰
項水心先生煜
宋九青先生玫
孫魯山先生晋
吴榔梅先生家周
王光復先生廷垣
黃東崖先生景昉
周巢軒先生鳳翔
金天樞先生光辰
曹履垣先生荃
賀無黨先生王盛
魏倩石先生呈潤

張西銘先生溥
楊機部先生廷麟
吳駿公先生偉業
岳衡山先生虞巒
方思默先生廷涓
陶英人先生廷爗
錢仲馭先生棅
陳臥子先生子龍
金念庵先生之鑛
葉雁湖先生益蓀
周慕存先生霑

較正門人

李静修龍静
徐孚遠闇公
顔紹庭庭生
吴道凝子遠
宋存標子建
黄　良圯孺
錢陸燦湘靈
朱應昇允升
葉　誂和吉
林　蔚蔚然
蕭　亮伯闇
鮑元華曼殊

鄭大益謙伯
吴元炌闇之
沈壽岐
程之瑞玉符
談　時贇之
徐　斌道吉
朱尚雲槐里
陳陽復效寅
周尚德南宫
鄭大紀星伯
葉　訒庭碩
蔣佑聖廷輔

丘士采亮臣
吴　濤鷺公
葉芾棠憇公
吴元煜次暹
錢士馨穉拙
方　湛季持
葉召棠右公
顧　鈇僧虔
吴德操鑑在
林　蕃小草
李　卓子約
胡爾俊用章

吴同雲就日
湯　濩昭夔
吴治臣
李　標
吴亨譽聖許
徐　愔
金允修似九
吴調元雨蒼
薛國錫晋公
謝起秀實夫
徐泰來道長
吴去思

徐茂渥爾霂　鄭文升愷士　周止敬摹度
薛邦錫敷公　兄九雲舅悌　同較
李卿雲　弟九説鏡子
吳臨皞蒼乘　模侗子
林　灝公遠　樅聲子
黄鶴徵羽客　檵平子
朱履亨吉甫　楞佛子
葉灼棠函公　姪家駒如飛
吳誾胤汝爲　燁光父
方時樞象先　際盛玄如
馮元飇天行　程文燻昌爾
吳　奇正持　李景雲
傅　試俊藪　王　意美中
丘學古森生　劉　煇日孳
徐日知無忘　鮑　蘭畹滋
較正門人

詩經世本古義卷首

原　引

古文「詩」作「訨」，从言，从之。**心有所之，形而爲言，斯其義也。**《説文》云「詩，志也」，志發于言。《釋名》云：「詩，之也。志之所之也。」《詩序》云：「在心爲志，發言爲詩。」班固云：「誦其言，謂之詩。詠其詩，謂之歌。」**大師采之，**《食貨志》云：「孟春之月，群居者將散。行人振木鐸徇于路，以采詩獻之大師。比其音律，以聞于天子。」《禮記》云：「天子五年一巡狩，命大師陳詩，以觀民風。」《文中子》云：「薛收問曰：『今之民胡無詩？』子曰：『詩者，民之情性也。情性能亡乎？非民無詩，職詩者之罪也。』」陳傅良云：「春秋之衰，以禮廢。秦之亡，以詩廢。嘗觀之詩，刑政之苛，賦役之重，天子諸侯朝廷之嚴，而后妃夫婦衽席之秘。聖人爲詩，而使天下匹夫匹婦之微，皆得以言其上，宜若啓天下輕君之心。然亟諫而不悟，顯戮而不戾，相與攜持去之而不忍。是故湯武之興，其民急而不敢去。周之衰，其民哀而不敢離。蓋其抑鬱之氣紓，而無聊之意不蓄也。嗚呼！詩不敢作，天下怨極矣。卒不能勝，共起而亡秦，秦亡而後快，於是始有匹夫匹婦存亡天下之權。嗚呼！春秋之衰，以禮廢。秦之亡，以詩廢。吾固知公卿大夫之禍速而小，民之禍遲而大，而詩者正所以維持君臣之道，其功用深矣。」**別其美惡，以資教化。**《詩序》云：「正得失，動天地，感鬼神，莫近于詩。先王以是經夫婦，成孝敬，厚人倫，美教化，移風俗。」朱子云：「詩者，人心之感物而形于言之餘也。心之所感有邪正，故言之所形有是非。唯聖人在上，則其所感者無不正，而其言皆足以爲教。其或感之之雜，而所發不能無可擇者。則上之人，必思所以自反，而因有以勸懲之，是亦所以爲教也。」**棄取之間，官實爲政，故變文施寺。**古文詁，右施之。今文詩，右施寺。**寺者，法度之廷也。**《説文》云：「寺，廷也。有法度者也。」**或曰，寺之爲言侍也，**《周禮·天官·寺人》注云「寺之言侍也」。《詩》「寺人孟子」疏云：「言寺者，欲取親近侍御之義。」**取其可以侍御于君也。**《虞書》舜曰：「予欲聞六律五聲八音，在治忽，以出納五言，汝聽。」《左傳》云：「瞽誦詩諫。」此以詩侍御于君之義也。又孔穎達云：「名爲詩者，《内則》説負子之禮曰『詩負之』，注謂『詩之言承也』。《春秋説題辭》曰：『在事爲詩，未發爲謀，恬澹爲心，思慮爲志，詩之爲言志也。』《詩緯·含神霧》曰：『詩者，持也。』然則詩有三訓，承也，志也，持也。作者承君志之善惡，述己志而作詩。爲詩所以持人之行，使不失墜，故一名而三訓也。」今按言志爲詩，自是本訓，更取持義，已屬迂遠。若《内則》「詩負」之云，直是緣「詩」、「持」相近而誤，但當通作「持」耳，强訓爲承，支離斯甚。**上古質朴，靡得而稱，肇舜命夔，詩名方顯。**鄭玄《詩譜序》云：「《詩》之興也，諒不于上皇之世，大庭軒轅逮于高辛，其時有亡，載籍亦蔑云焉。《虞書》曰：『詩言志，歌永言。聲依永，律和聲。』然則詩之道，放於此乎。」孔穎達云：「哀樂之起，冥於自然。喜怒之端，非繇人事。故燕雀表啁噍之感，鸞鳳有歌舞之容。然則詩理之先，同夫開闢，詩迹所用，隨運而移。上皇道質，故諷諭之情寡。中古政繁，亦謳歌之理切。唐、虞乃見其初，犧、軒莫測其始。」又云：「上古之時，徒有謳歌吟呼，縱令土鼓葦籥，必無文字雅頌之聲。故伏羲作瑟，女媧笙簧，及蕢桴土鼓，必不因詩詠。如此，則時雖有樂，容或無詩。」**迨乎孔子之世，古詩存者三千餘篇，於是去其繁複，録其止于禮義，厪得十之一，**司馬遷云：「古者詩三千餘篇，及至孔子，去其重，取可施于禮義。上采契、后稷，中述殷、周之盛，至幽、厲之缺，始于衽席，故曰《關雎》之亂，以爲風始。《鹿鳴》爲小雅始，《文王》爲大雅始，《清廟》爲頌始。三百五篇，孔子皆絃歌之，以求合韶、武、雅、頌之音。禮樂自此可得而述，以備王道，成六藝。」朱子云：「昔周盛時，上自郊廟朝廷，而下達於鄉黨閭巷，其言粹然無不出于正者。聖人固已協之聲律，而用之鄉人，用之邦國，以化天下。至於列國之詩，則天子巡守，亦必陳而觀之，以行黜陟之典。降自昭穆而後，寖以陵夷。至於東遷，而遂廢不講矣。孔子生於其時，既不得位，無以行勸懲黜陟之政，於是特舉其籍而討論之，去其重複，正其紛亂。而其善之不足以爲法，惡之不足以爲戒者，則亦刊而去之，以從簡約，示久遠。」程子云：「虞之君臣，迭相賡和，見於《書》。夏、殷之世，雖有作者，其傳鮮矣。至周而世益文，人之怨樂，必形於言，政之善惡，必見刺美。至夫子之時，所傳者多矣。夫子刪之，得三百篇，皆止於禮義，可以垂世立教。古之人，幼而聞歌頌之聲，長而識刺美之意，故人之學繇《詩》而興。後世老師宿儒，尚不知《詩》義，後學豈能興起也。」**著以爲經，**王應麟云：「二帝之世，工以納言，時而颺之，其施之學校以教士，❶與《禮》、《樂》、《書》相參，謂之『四術』。至孔子始刪取，著以爲經。」**猗歟偉矣。**《韓詩外傳》云：「子夏讀《詩》已畢，夫子問曰：『爾亦可言於《詩》矣。』子

❶ 「校」，原作「較」，據《四庫全書》本改。

夏對曰：『《詩》之於事也，昭昭乎若日月之光明，燎燎乎如星辰之錯行。上有堯、舜之道，下有三王之義，弟子不敢忘。雖居蓬户之中，彈琴以詠先王之風。有人亦樂之，無人亦樂之，亦可發憤忘食矣。《詩》曰：衡門之下，可以棲遲。泌之洋洋，可以療饑。』夫子造然變容，曰：『嘻！吾子始可以言《詩》已矣。然子以見其表，未見其裏。』顏淵曰：『其表已見，其裏又何有哉？』孔子曰：『闚其門不入其中，安知其奧藏之所在乎。然藏又非難也。丘嘗悉心盡志，❶已入其中，前有高岸，後有深谷，冷冷然如此，既立而已矣。不能見其裏，蓋謂精微者也。』」《論語》：「子曰：『《詩》三百，一言以蔽之，曰思無邪。』」又曰：「小子！何莫學夫《詩》。《詩》可以興，可以觀，可以群，可以怨。邇之事父，遠之事君。多識于鳥獸草木之名。」又曰：「不學《詩》，無以言。」又曰：「誦《詩》三百，授之以政，不達；使于四方，不能專對；雖多，亦奚以爲？」**及門之士，能言《詩》者，惟商、賜二賢，嘗蒙許可，**《論語》：「子曰：起予者商也，始可與言《詩》已矣！」又曰：「賜也，始可與言《詩》已矣。告諸往而知來者。」**其後孟子説《詩》獨精。**孟子曰：「故説《詩》者，不以文害辭，不以辭害意。以意逆志，是爲得之。」**秦燔滅文章，而《詩》以播在諷誦獲全。**班固云：「孔子純取周詩，上取殷，下取魯，凡三百五篇，遭秦而全者，以其諷誦，不獨在竹帛故也。」按《周禮·大師》：「教六詩，曰風，曰賦，曰比，曰興，曰雅，曰頌。以六德爲之本，以六律爲之音。」《瞽矇》：「掌九德六詩之歌，以役大師。」《論語》：「子曰：吾自衛反魯，然後樂正，雅、頌各得其所。」又曰：「師摯之始，《關雎》之亂，洋洋乎盈耳哉！」

❶「嘗」，《四庫全書》本作「常」。

《樂記》：「子贛見師乙而問焉，曰：『賜聞聲歌各有宜也，如賜者宜何歌也？』師乙曰：『寬而静，柔而正者，宜歌頌。廣大而静，疏達而信者，宜歌大雅。恭儉而好禮者，宜歌小雅。正直而静，廉而謙者，宜歌風。』」**漢興，有魯、齊、燕三家之學，皆列學官。**司馬遷云：「言《詩》，於魯則申培公，於齊則轅固生，於燕則韓太傅。」班固云：「魯申公爲《詩》訓故，而齊轅固、燕韓生皆爲之傳。」按《魯詩》弟子顯者，爲孔安國、韋玄成、王式、龔遂。《齊詩》弟子顯者，爲蕭望之、匡衡、翼奉、師丹。韓生即韓太傅，名嬰。**魯最先顯，**當漢高祖過魯，申公以弟子從師，入見于魯南宫。韓嬰爲孝文時博士，轅固爲孝景時博士。**齊最先亡。**《隋志》云：「《齊詩》，魏代已亡。《魯詩》亡於西晉。《韓詩》雖存，無傳之者。」按今《韓詩》所傳，唯有《外傳》十卷。**《魯詩》出于浮丘伯。浮丘伯者，荀卿門人也。齊、燕不知所從受，而韓氏之學乃自謂其詩不如《易》深。**班固《藝文志》云：「嬰推詩人之意，而作内、外《傳》數萬言，其語頗與齊、魯間殊，然歸一也。孝宣時，涿郡韓生以《易》徵，曰：『嘗授《韓詩》，不如韓氏《易》深。』」**孟堅揚扢三家，獨許魯爲近之。**固云：「齊、燕、魯，或取《春秋》，采襍説，咸非其本義。與不得已，魯最爲近之。」**最後毛公詩出，稱得傳于子夏，不與三家同，以授毛萇。然其本亦出荀卿云。**毛公名亨，或云魯人，或云河間人。《序録》：「徐整云：子夏授高行子，高行子授薛倉子，薛倉子授帛妙子，帛妙子授河間大毛公。」陸璣云：「子夏傳魯人曾申，申傳魏人李克，克傳魯人孟仲子，孟仲子傳根牟子，根牟子傳趙人孫卿子，孫卿子傳魯人大毛公。」《初學記》云：「荀卿授魯國毛亨，作《詁訓傳》，以授趙國毛萇。時人謂亨爲大毛公，萇爲小毛公。」**傳**

至衛敬仲，有序行世。《後漢・儒林傳》云：「衛宏，字敬仲，東海人。初，九江謝曼卿善《毛詩》，宏從受學，作《毛詩序》，善得風、雅之旨，于今傳于世。」鄭樵云：「漢興，四家之詩，《毛詩》未有序，惟《韓詩》以序傳于世。《齊詩》無序，《魯詩》之序有無未可知。《詩》之序，大概與今序異。《韓詩》得序而益明，漢儒多宗之，如司馬遷、楊雄、范曄之徒，皆以二《南》作于周衰之時，此韓學也。《毛詩》至衛宏爲之序，鄭玄爲之注，而《毛序》之學盛行，又非韓所敢望也。或者謂《大序》作于子夏，《小序》作于毛公，此説非也。《序》有鄭注而無鄭箋，其不作于子夏明矣。毛公於詩第爲之傳，其不作《序》又明矣。又謂《大序》作于聖人，《小序》作于衛宏。謂《小序》作于衛宏，是也。謂《大序》作于聖人，非也。命篇大字，蓋出于當時採詩太史之所題，而題下之序則衛宏從謝曼卿，受師説而爲之也。或者又曰序之文辭，委曲明白，非宏所能爲。曰：使宏鑿空爲之，雖孔子亦不能。使宏誦師説爲之，則雖宏有餘矣。意者毛氏之詩，歷代講師之説，至宏而悉加詮次焉。今觀宏之序，有專取諸書之文，至數句者；有襍取諸家之説，而辭不堅決者；有委曲宛轉，附經以成其義者。宏序作於東漢，故漢世文字，未有引《詩序》者。惟黄初四年，有曹共公遠君子，近小人之語。蓋魏後于漢，而宏之序至是而始行也。」朱子云：「《儒林傳》以爲衛宏作《毛詩序》。然鄭序又以爲諸序本自合爲一編，毛公始分以置諸篇之首，則是毛公之前，其傳已久，宏特增廣而潤色之耳。」程大昌云：「古序之與《大序》，今混并無别。然有可考者，凡《詩》發序兩語，如『《關雎》，后妃之德也』，世人之謂《小序》者，古序也。兩語以外續而申之，世謂《大序》者，宏語也。今其續序之指事喻意也，凡《左傳》、《國語》所嘗登載，則深切著明，歷歷如見。苟二書之所不言，而古詩又無明證，則第能和附詩詞，順暢其意，未有一序而能指言其人其事也。

此又有以見《序》之所起，非親生作詩之世，目擊賦詩之事，自可以審定不疑也。然則曄謂續序之爲宏作，真實録矣。」鄭康成氏，遵暢毛旨，特爲之箋。鄭樵云：「箋之爲言，魏、晋間所以致辭于皇太子諸王者也。鄭以君師之禮待毛。」故特稱箋。又申明毛義，以難三家。三家遂廢矣。吕祖謙云：「左氏所引《詩》，多與毛氏合。」歐陽脩云：「毛氏序與孟子説詩多合。」鄭又著有《詩譜》，《譜序》云：「夷、厲已上，歲數不明。太史年表自共和始，歷宣、幽、平王，而得春秋次第，以立斯譜。欲知源流清濁之所處，則循其上下而省之。欲知風化、芳臭、氣澤之所及，則傍行而觀之。此《詩》之大綱也。舉一綱而萬目張，解一卷而衆篇明。於力則鮮，於思則寡，其諸君子亦有樂于是與？」自後言《詩》者，不越毛、鄭爲宗。至宋諸儒，間用己意，有所發明。而朱子《集傳》多不取《小序》及二氏之説，其書簡徑易曉，讀者便之，於是古學益微。近世又有僞爲《魯詩》，而託之子貢傳者，意覬與《毛傳》並行。然掇拾淺陋，有識哂焉。楷家世受《詩》先曾大父志齋府君，❶諱良紹，處士。先大父印海府君，諱湛，郡别駕。先君即印海府君。每舉孟子論世一法，孟子曰：「誦其詩，讀其書，不知其人，可乎？是以論其世也。」以爲詩學要領，謂不能論其世以知其人，則不能知其詩之從何而作，不能知其詩之從何而作，則所以説之者，皆囈語耳。又引《文中子》「聖人述史三焉」之説，文中子謂薛收曰：「昔聖人

❶「齋」，《四庫全書》本作「齊」。

述史三焉。其述《書》也，帝王之制備矣，故索焉而皆獲；其述《詩》也，興廢之繇顯，故究焉而皆得；其述《春秋》也，邪正之迹明，故考焉而皆當。」**謂《書》、《詩》、《春秋》，原相首尾，《詩》即史也。小子受而識之，不自揣量，旁稽力索，積以歲月，始成《詩經世本古義》一書。**按古有《世本》十五篇，司馬遷采《世本》爲《史記》。劉向云：「《世本》，古史官明于古事者所記，録黄帝以來帝王諸侯及卿大夫系謚名號。」又皇甫謐、顔之推皆謂《世本》，左丘明所書，今不傳。故家大人竊取其名，而復繫「古義」二字于下者，所以示别也。**每篇各爲小引，以識其世。**計三代有《詩》之世，共二十八王。**具有依據，亦多舊所未發，非敢求多前賢，聊以仰承先志云爾。若夫権訓詁，則鄭、**漢鄭玄，字康成。**孔**唐孔穎達，字仲達，著《正義》。**之功，決不可誣。**古詩有云：「讀《詩》不到康成處，不敢高聲論聖賢。」**課進修，則朱子之言，深得其要。**朱子云：「《詩》之爲經，人事浹于下，天道備于上，無一理之不具。其學之也當奈何？曰：本之二《南》以求其端，參之列國以盡其變，正之於雅以大其規，和之於頌以要其止，此學《詩》之大旨也。於是乎章句以綱之，訓詁以紀之，諷詠以昌之，涵濡以體之，察之情性隱微之間，審之言行樞機之始，則修身及家，平均天下之道，其亦不待他求，而得之於此矣。」**尊聞行知，**曾子云：「尊其所聞，則高明矣。行其所知，則光大矣。」**願與誦詩者共勗諸。**鄭夾漈有言：「善觀《詩》者，當推《詩》外之意，如孔子、子思。善論《詩》者，當達《詩》中之理，如子貢、子夏。善學《詩》者，當取一二言爲立身之本，如子路、南容。」是之謂讀《詩》法，蒙雖不敏，請終身誦之。

附　録

論十五國風

朱子云：「國者，諸侯所封之域；而風者，民俗歌謡之詩也。」共十五國，其次第先後，傳者亦各不同。周南、召南、邶、鄘、衛、王、鄭、齊、豳、秦、魏、唐、陳、曹，此周大師樂歌之次第也；周、召、邶、鄘、衛、王、鄭、齊、魏、唐、秦、陳、檜、曹、豳，此毛氏《詩詁訓傳》之次第也；周、召、邶、鄘、衛、檜、鄭、齊、魏、唐、秦、陳、曹、豳、王，此鄭玄《詩譜》之次第也；周南、召南、邶、鄘、衛、王、齊、魏、唐、曹、鄶、鄭、陳、秦、豳，此《子貢傳》、《申培説》之次第也。周樂次第，在孔子未删詩之前。子貢、申培，其書新出近世。鄭玄《詩譜》，特以己意次其先後，皆不足據。先儒相傳，一依毛傳，間有推測，亦或可觀，然未必聖人之意也。○至若詩之名風，厥有三義：其一者，繫乎土。天有八風，以宣其氣。人資五土，以命其質。故五方有性，而百里殊風，善者矯其偏而歸之中，不善者循其流習而莫之止也。記曰「鄭聲好濫淫志，衛音促數煩志，齊音傲僻驕志」，是列國之音亦不同。天子巡狩列國，太師陳詩以觀民風者此也。其一者，本乎上。風殊習異，而上之人，身先之淑慝，政教之隆污，感焉漸焉，其風動于人，猶風之吹物入物。于是乎雅俗乖和，哀樂淫思之效，具形于謡詠而成風。《大序》謂「一國之事，繫一人之本，謂之風」。古大史陳詩，而天子躬于明堂臨觀，考政治焉，蓋其重也。其一者，辨乎體。列國之風化不齊，聲氣雖不類，而體則一。是故風之體輕揚和婉，託物而不着于物，指事而不滯于事，義雖寓于音律之間，意嘗超于言辭之表。《大序》所云「上以風化下，下以風刺上，主文而譎諫，言之者無罪，聞之者足以戒，故曰風」，是也。〇又《史記》云：「《詩》記山川谿谷、禽獸艸木、牝牡雌雄，故長于風。」《樂記》云：「正直而静，廉而讓者，宜歌風。」《左傳》襄二十九年：「吴公子札來聘，請觀於周樂，使工爲之歌《周南》、《召南》，曰：『美哉！ 始基之矣，猶未也，然勤而不怨矣。』爲之歌《邶》、《鄘》、《衛》，曰：『美哉淵乎！ 憂而不困者也。吾聞衛康叔、武公之德如是，是其《衛風》乎！』爲之歌《王》，曰：『美哉！ 思而不懼，其周之東乎！』爲之歌《鄭》，曰：『美哉！ 其細已甚，民弗堪也，是其先亡乎！』爲之歌《齊》，曰：『美哉！ 泱泱乎，大風也哉！ 表東海者，其大公乎！ 國未可量也。』爲之歌《豳》，曰：『美哉，蕩乎！ 樂而不淫，其周公之東乎！』爲之歌《秦》，曰：『此之謂夏聲。夫能夏則大，大之至也，其周之舊乎！』爲之歌《魏》，曰：『美哉，渢渢乎！ 大而婉，儉而易行，以德輔此，則明主也。』爲之歌《唐》，曰：『思深哉！ 其有陶唐氏之遺民乎！ 不然，何憂之遠也？ 非令德之後，誰能若是？』爲之歌《陳》，曰：『國無主，其能久乎！』自《鄶》以下，無譏焉。」朱子引舊説，二《南》爲正風，所以用之閨門、鄉黨、邦國，而化天下也。十三國爲變風，則亦領在樂官，以時存肄，備觀省，而垂鑑戒耳。然僅止于十五國，何也？ 周衰詩亡，删訂止此，以十五國概方内風俗，大畧可覩矣。《詩序》云：「國史明乎得失之迹，傷人倫之廢，哀刑政之苛，吟咏性情，以風其上，達于事變而懷其舊俗者也。故變風發乎情，止乎禮義。發乎情，民之性也，止乎禮義，先王之澤也。」文中子云：「列國之風深以固，其人篤，曰：『我君不卒求我也，其上下相安乎！』及其變也，勞而散，其人蓋傷君恩之薄也，而不敢怨。曰：『猶吾君也，吾得逃乎，何敢怨！』故曰：三代之末，尚有仁義存焉。」〇其在雅、頌前，何也？鄧元錫云：「風自下起，故詩莫先于風。家人，風所自出，故風莫大于閨門。言天下之事，形四方之風，謂之雅。雅亦風也，同風之道也。頌者，美盛德，告成功于神明。風者，神明之道也。明乎風，而三經三緯之旨，具達之矣。」陳際泰云：「國有風而天下無風。風者，立於外而觀之，因以名之者也。人有謂晉之俗儉，吴之俗佻，楚之俗慓者矣，未聞有曰天下之俗，或儉、或佻、或慓者。天下未嘗外此，而合而歸之，則其途襍，既不可專指以爲名，且皆立於天下之中，又誰從其外而觀之，而因以名也哉。故欲名天下之風者，必其與我異，又立於其外者也。故殷立於夏之外，則曰夏尚忠；周立於殷之外，則曰商尚質；後世立於周之外，則曰周尚文；而中國立於夷狄之外，則曰夷狄之俗貴壯而賤老，何者？以專指之，以外名之，勢固然也。故諸侯之詩，名之爲風。而天子之詩，名之爲雅、爲頌。然而周頌欝而奥，即周之政事好尚見焉；魯頌從而肆，即魯之政事好尚見焉；商頌簡而明，即商之政事好尚見焉，獨非風歟？曰：此所謂以專指之，以外名之者也。雅之正變，可以觀世焉，然不列於風者，各有統焉耳。雅與風其爲世孰先？《豳》先二《南》，其先諸侯之時乎？正大小雅，則天子之樂章，多周公所定。變大小雅，與《邶》、《鄘》以下之時參襍，斷自幽、平之世，乃國風則已有入《春秋》者矣。風者，出於雅之前後者也。」〇又程大昌云：「《詩》有《南》、《雅》、《頌》，無國風。其曰『國風』者，非古也。夫子嘗曰：『《雅》、《頌》各得其所。』又曰：『人而不爲《周南》、《召南》。』未嘗有言『國風』者。予於是疑此時無『國風』一名。然猶恐夫子偶不及之，未敢自主執也。《左氏》記季札觀樂，歷敘《周南》、《召南》、《小雅》、《大雅》、《頌》，凡其名稱與今無異。至列敘諸國，自邶至豳。其類凡十有三，率皆單紀國土，無今《國風》品目。吾是以知古固如此，非夫子偶於《國風》有遺也。蓋《南》、

《雅》、《頌》，樂名也。若今樂曲之在某宮者也。《南》有《周》、《召》，《頌》有《周》、《魯》、《商》，本其所從得而還以繫其國土也。二《雅》均之爲雅，音類既同，又自別爲大小，則聲度必有豐殺廉肉，亦如十二律然，既有大吕，又有小吕也。若夫邶至豳，此十三國者，《詩》皆可采而聲不入樂，則直以徒詩著之本土。故季札所見與夫周工所歌，單舉國名，更無附語，知本無『國風』也。」又云：「春秋戰國以來，諸侯、卿、大夫、士，賦詩道志者，凡《詩》襍取無擇。至考其入樂，則自《邶》至《豳》，無一詩在數。享之用《鹿鳴》，鄉飲酒之笙《繇庚》、《鵲巢》，射之奏《騶虞》、《采蘋》，諸如此類，未有或出《南》、《雅》之外者。然後知《南》、《雅》、《頌》之爲樂詩，而諸國之爲徒詩也。」今按程氏謂自邶至豳，皆不入樂，以爲徒詩是已。若謂詩無風名，則不必然。《樂記》師乙告子貢，明有「歌風」之語，即季札亦曰：「是其衛風乎。」又曰：「泱泱乎！大風也哉。」《左傳》曰：「風有《采蘩》、《采蘋》。」至《周禮·大師》「教六詩，以風爲首」，則風名非出于古而何？

論二雅

按《左傳》襄二十九年，吴季札觀周樂，歌大雅、小雅。是雅有大小，已見于夫子未删之前矣。雅本烏名，《説文》以爲楚烏也，一名卑，一名鸒居，即《小弁》篇之鸒也。取以名詩，不知何義。或謂詩有咏歎，如烏之吁呼似矣。然《爾雅》亦以「雅」名，非詩也。將安取乎？又《説文》有「疋」字，本訓爲足，而別引一説曰「記也」，且曰「古文以爲《詩·大疋》字」。按古文大小雅《爾雅》字本皆作疋。若以記解疋，於命書之意良順，而疋之爲字，上象腨腸，下从止，祇宜訓爲足，何緣有記之義。疑「疋」與「書」同音，通用作書耳。乃書之音，去雅又遠，讀者不應遂訛至此。展轉推求，終不可解。愚意樂器中有所謂雅者，《周禮·笙師》職云：「舂牘、應、雅，以教祴樂。」祴夏之樂，先王所以示戒也。舂牘、應、雅四者，所以節之也。陳暘云：「雅者，法度之器，所以正樂者也。賓出以雅，欲其醉不失正也。工舞以雅，欲其訊疾不失正也。賓出以雅，用祴夏以示戒。則工舞以雅，可知先儒謂狀如漆桶而弇口，大二圍，長五尺六寸，以羊韋鞔之，旁有兩紐，疏畫武舞，工人所執，所以節舞也。一曰中有椎髤，畫爲雲氣。」竊疑雅之取義，蓋本于此。故舊説相傳，皆以正訓雅。子夏云：「雅者，正也。」程子云：「雅者，正言其事。」又云：「雅者，陳其正理。」張子厚亦云：「雅之體，直言之，比興差少，無隱諷譎諫之巧。」而朱子則以爲正雅之歌也。愚按雅題不曰周者，以所載皆周室之詩，絶無異代相涉，故不言周也。○若夫分爲大小，其故難明。古今相傳，有四説焉。或主政，或主理，或主辭，或主聲。子夏云：「言天下之事，形四方之風，謂之雅。言王政之所繇廢興也。政有小大，故有小雅焉，有大雅焉。」季氏云：「小雅則主一事而言，大雅則泛言天下之事。如《鹿鳴》之燕嘉賓，《四牡》之勞使臣，《皇皇者華》之遣使臣，是主一事而言之也。至於大雅，則泛言天下之事。如《文王》之詩，言文王受命作周；《大明》之詩，言文王有明德之類。」朱子云：「小雅施之君臣之間，大雅則止人君可歌。」馮時可云：「小雅者，天子逮下之詩。大雅者，天子述祖之詩。小雅之變者，哀怨刺譏之意多。大雅之變者，憂憫規正之詞切。」此以上皆主政爲説者也。蘇轍云：「小雅之所以爲小，大雅之所以爲大，何也？小雅言政事之得失，而大雅言道德之存亡。政事雖大，形也。道德無小，不可以形盡也。蓋其所謂小者，謂其可得而知，量盡于所知而無餘也；其所謂大者，謂其不可得而知，沛然其無涯者也。故雖爵命諸侯、征伐四國，事之大者，而在小雅。《行葦》言燕兄弟、耆老，《靈臺》言麋鹿、魚鼈，《蕩》刺飲酒、號呼，《韓奕》歌韓侯取妻，皆事之小者，而在大雅。夫政之得失、利害，止於其事，而道德之存亡，所指雖小，而其所及者大矣。」陸九淵云：「小雅主事言，大雅主理言。謂之小者，詩雖典正，未至於渾厚大醇也。謂之大，則渾厚大醇矣。」鄧元錫云：「小雅王事，大雅天道。小雅情麗乎則，大雅性通乎命。小雅親臣，大雅格君。此大小之所以別也。」此以上皆主理爲説者也。蘇軾云：「季札觀周樂，以爲大雅曲而有直體，小雅思而不貳，怨而不言。夫曲而有直體者，寬而不流也。思而不貳，怨而不言者，狹而不迫也。繇此觀之，則大雅、小雅之所以異者，取其辭之廣狹，非取其事之小大也。」嚴粲云：「雅之小大，特以體之不同爾。蓋優柔委曲，意在言外，風之體也。明白正大，直言其事，雅之體也。純乎雅之體者，爲雅之大。襍乎風之體者，爲雅之小。《離騷》出於《國風》，言多比興，意亦微婉，世以風騷並稱，謂其體之同也。太史公稱《離騷》曰：『國風好色而不淫，小雅怨誹而不亂。若《離騷》者，可謂兼之矣。』言《離騷》兼國風、小雅，而不言其兼大雅。見小雅與風、騷相類，而大雅不可與風騷並言也。詠『呦呦鹿鳴，食野之苹』，便識得小雅興趣。誦『文王在上，於昭于天』，便識得大雅氣象。小雅、大雅之別，昭昭矣。」此以上皆主辭爲説者也。孔穎達云：「有大雅、小雅之聲。」《樂記》曰：「廣大而静，疏達而信者宜歌大雅，恭儉而好禮者宜歌小雅。」鄭樵云：「小雅、大雅特隨其音而寫之律耳。律有小吕、大吕，則歌小雅、大雅，宜其有別也。」程大昌亦云：「《南》、《雅》、《頌》，樂名也，若今樂曲之在某宫者也。《南》有《周》、《召》，《頌》有《周》、《魯》、《商》，本其所從得而還以繫其國土也。二《雅》獨無所繫，以其純當周世，無用標別。均之爲《雅》。音類既同，又自別爲大小，則聲度必有豐殺廉肉，亦如十二律然，既有大吕，又有小吕也。」陸深云：「大雅、小雅，猶今言大樂、小樂云。嘗見古器物銘識，有筦曰小雅筦，有鍾曰頌鍾，乃知詩之篇名，各以聲音爲類，而所被之器，亦有不同。後人失之聲，而以名義求，非詩之全體也。」此以上皆主聲爲説者也。之四説者，分則各成一是，執則必至難通。在主政與主理者，頗相彷彿。彼以小雅如燕饗、遣勞、南征、北伐之類，固爲小矣。而《常武》之興師，何以大于《六月》。《卷阿》之求賢，何以大于《鹿鳴》乎。在主辭與主聲者，頗相彷彿。彼不外借風、雅之純襍，以别小大矣。然《棫樸》、《旱麓》、《靈臺》、《鳧鷖》，非襍乎風者耶，何以載于大。《天保》、《六月》、《車攻》、《吉日》，非純乎雅者耶，何以載于小乎。郝敬于是檃括而合言之，曰小雅、大雅，皆王朝之詩。小雅多言政事而兼風，大雅多言君德而兼頌。故小雅之聲，飄姚和動。大雅之聲，莊嚴典則。小大之義，盡此矣。○而二雅之中，又有正變之説。其篇次依子夏《序》爲據。鄭玄云：「大雅之初，起自《文王》，至于《文王有聲》，據盛隆而推原天命，上述祖考之美。小雅自《鹿鳴》至于《魚麗》，先其文所以治内，後其武所以治外。此二雅逆順之次，要於極賢聖之情，著天道之助，如此而已矣。大雅《生民》下及《卷阿》，小雅《南有嘉魚》下及《菁菁者莪》，周公、成王之時詩也。傳曰：『文王基之，武王鑿之，周公内之。』謂其道同，終始相成，比而合之，故大雅十八篇、小雅十六篇爲正經。其用於樂，國君以小雅，天子以大雅，然而饗賓或上取，燕或下就。何者？天子饗元侯，歌《肆夏》，合《文王》。諸侯歌《文王》，合《鹿鳴》。諸侯於鄰國之君，與天子於諸侯同。天子、諸侯燕群臣及聘問之賓，皆歌《鹿鳴》合鄉樂。此其著略，大較見在書籍。禮樂崩壞，不可得詳。大雅《民勞》、小雅《六月》之後，皆謂變雅，美惡各以其時，亦顯善懲過，正之次也。」蘇氏云：「昔周之興也，積仁行義凡數百年。至於文、武，風俗純備，是以其詩發而爲正詩。自成、康以後，周室不競，至幽、厲而大壞，其敗亦數百年，其蓄之也亦厚矣。是以其詩不復其舊，而謂之變。」鄧云：「古后王會朝受釐若燕饗，皆有樂，尚矣。周公相成王定樂，乃製爲賓師友、燕兄弟、洽群下、勞使臣，以至于興賢育士、遣將命戍，畢各因其尊親之義、上下之等、敬愛之則，具次爲燕饗樂歌奏之。時摭而旁用焉，命之曰小雅。其祭訖、受釐、會朝、陳戒，又原天命之明赫，揚祖德之盛隆，爲樂歌以格王正事，命之曰大雅。故雅者，正也。正者，政也。會朝，政所自出。燕饗，政所自行，曰正也。風者，風也。風本於家，而化成於國，故端起於夫婦。雅者，正也。政發於朝廷，而達之天下，故綱始於君臣，風始于夫婦。故二南，風本也。情而惟則，樂而不淫，則風移而俗易。政始於君臣，故二雅，政本也。君燕饗，以慈惠盡下情。臣會朝，以道德襄上志。則政善而民安。君不盡下，下不匡上，則雅道廢而政爲不舉，詩人傷之，而有作。依大小雅以爲文，刺失導孅，而變雅作焉。故上感下，下格上，莫大於二雅。二雅，政本也。風先雅何也？曰：『有夫婦，然後有父子。有父子，然後有君臣。有君臣上下，然後禮義有所錯。』夫婦，人道之始，政之根也。小雅先大雅何也？曰：『君先逮下，則下忠報上。天先乎地，君先乎臣，其義一也。』故通乎雅而政立，政立而天下定矣。」朱子云：「正《小雅》，燕饗之樂也。正《大雅》，會朝之樂，受釐陳戒之辭也。故或歡欣和說，以盡群下之情；或恭敬齊莊，以發先王之德。詞氣不同，音節亦異，多周公制作時所定也。及其變也，則事未必同，而各以其聲附之。」馮時可云：「大雅正經，所言受命配天，繼代守成。而小雅正經，治内則惟燕勞群臣朋友，治外則惟命將出征。以此律彼，其體異矣。故小雅爲諸侯之樂，大雅爲天子之樂。太師審其所述，自不容紊也。至於二雅之變，大雅則宏遠而疏朗，弘大體以明責。小雅則蹦急而局促，多憂傷而怨誹，讀者當自得之矣。」鄧云：「《易傳》曰：『卦有小大，辭有險易。』維詩也亦然。正雅辭多易，變雅辭多險。其易易知，可服存。其險難知，多複隱情性之理也。」蘇子瞻云：「大雅之變，作於大臣，召穆公、衛武公之類是也。其言天人之際，婉曲之中，直體存焉，故其辭廣。小雅之變，作於群臣，家父、孟子之類是也。其言天人之際，雖若迫切，而猶雍容，何者？士大夫言詞氣象，終與凡民異爾。風之變也，匹夫匹婦皆得以風刺。清議在下，而世道益降矣。」朱子云：「《雅》之變者，亦皆一時賢人君子，憫時病俗之所爲，而聖人取之。其忠厚惻怛之心，陳善閉邪之意，尤非後世能言之士所能及之。」孔仲達云：「王政既衰，變雅兼作。取《大雅》之音，歌其政事之變者，謂之變大雅。取《小雅》之音，歌其政事之變者，謂之變小雅。」又云：「變者，雖亦播於樂，或無算之節所用，或隨事類而歌，又在制禮之後，樂不常用。」按以上皆本鄭箋正變之論，而夾漈鄭氏，獨以爲不然。其言曰：「正變之言，不出於夫子，未可信也。《小雅·節南山》之刺，《大雅·民勞》之刺，謂之變雅可也。《鴻雁》、《庭燎》之美宣王，《崧高》、《烝民》之美宣王，亦可謂之變乎。詩之次第，皆以後先爲序。文、武、成、康，其詩最在前，故二雅首之。厲王繼成王之後，宣王繼厲王之後，幽王繼宣王之後，故二雅皆順其序，國風亦然。則無有正變之説，斷斷乎不可易也。」○乃近代相傳，有託爲子貢《詩傳》、申培《詩説》者，取小雅、大雅而各三分之。其一曰小雅，其二曰小雅續，其三曰小雅傳，大雅亦然。蓋本于夾漈「雅非有正變」之辨，而暗取東萊吕氏衍鄭、孔之説。按鄭康成謂《小雅》十六篇，《大雅》十八篇，爲正經。唐孔氏以己意廣之曰：「凡書非正經者，謂之傳，未知此傳在何書也。」吕氏謂按《楚辭》，屈原《離騷》謂之經，自宋玉《九辨》以下皆謂之傳。以此例考之，《鹿鳴》以下，小雅之經也。《六月》以下，小雅之傳也。《文王》以下，大雅之經也。《民勞》以下，大雅之傳也。孔氏以凡書非正經謂之傳，善矣。又謂未知此傳在何書，則非也。今詳《詩傳》、《詩説》之意，以詩之美者，分爲正續，皆謂之經，而其餘詩之刺者，皆歸之傳。於舊所列宣王詩于變雅内者，另摘出爲續，而其不以續名者，即正雅也。其以傳名者，即變雅也。既剷去正變之名，以合于樵。并剷去經之字，以别于玄。又獨存傳之目以符于吕，彼自謂其偷之巧，而不覺其欲蓋彌章也，真贋書也。如愚之意，則并正、變、經、傳之名皆去之，可矣。○《小雅》八十篇，内笙詩六篇亡，實七十四篇。《大雅》三十一篇。故張揖云：「《詩》小雅之材七十四人，大雅之材三十一人。」愚按六笙詩非真亡也，本具在《小雅》諸詩之中，以其用爲樂章，特於篇中摘一字二字，以異其名，而讀者不覺耳。《南陔》，即《草蟲》也。束皙《補亡詩》注云：「陔，隴也。隴者，大坂也。」篇中言「陟彼南山」，故曰《南陔》也。《白華》即《采薇》也，其第四章曰：❶「彼爾維何，維常之華。」以常棣華白，故曰《白華》也。《華黍》即《出車》也，其第四章曰：「昔我往矣，黍稷方華。」是《華黍》也。《由庚》即《吉日》也，篇中有「吉日庚午」之語。《崇丘》即《緜蠻》也，曰「丘阿」、曰「丘隅」、曰「丘側」，是《崇丘》也。《由儀》即《菁菁者莪》也，其首章曰「樂且有儀」。且夫《詩》中此例非乏也，姑舉《漢廣》，亦摘篇中二字。《常武》亦摘篇中一字，不于此六詩創也。《史記》言：「古詩三千餘篇，及至孔子去其重，取可施於禮義者，三百五篇。」龔遂謂昌邑王曰：「大王誦詩三百五篇。」王式曰：「臣以三百五篇諫。」及讖緯之書，如《樂緯》、《詩緯》、《尚書璿璣鈐》，其作於漢世者，皆以三百五篇，爲夫子删采定數，正與

❶「四」，原作「三」，據《四庫全書》本改。

今詩見在篇數相合。則六笙詩篇目，其爲衍，無疑也。○又按鄭玄謂小雅、大雅，皆周室居西都豐鎬時之詩，蓋泥于「王者之迹熄而詩亡」之説，謂平世東遷，則雅詩亡，而降爲王風矣。愚考訂世次，雅詩實有在東遷之後者。陳際泰謂：「王風指王城而言之，王城自有風，何與天子之雅也哉。」其論可信。○他如最難詳者，又有四始五際之説，《詩緯·汎歷樞》云：「《大明》在亥，水始也。《四牡》在寅，木始也。《嘉魚》在巳，火始也。《鴻雁》在申，金始也。」又云：「午亥之際爲革命，卯酉之際爲改正。亥者天門，❶出入候聽。卯，《天保》也。酉，《祈父》也。午，《采芑》也。亥，《大明》也。然則亥爲革命，一際也。亥又爲天門，出入候聽，二際也。卯爲陰陽交際，三際也。午爲陽謝陰興，四際也。酉爲陰盛陽微，五際也。」不知作何挨排。而大雅得其一，小雅得其四，然必非聖人精蘊所在也。

論三頌

劉勰云：「四始之至，頌居其極。昔帝嚳之世，咸墨爲頌，以歌《九韶》。自《商》以下，文理允備。風雅序人，事兼變正。頌主告神，義必純美。斯乃宗廟之正歌，非燕饗之常詠也。」按頌有二義，其本義則字从頁。頁者首也，故《説文》以爲「貌也」。其借音則通作「誦」，誦者諷也。背文曰諷，以聲節之曰誦也。故《周禮·太師》「教六詩，六曰頌」注云：「頌之言誦也，容也。」子夏《序》亦曰：「頌者，美盛德之形容，以其成功告

❶「亥」，原作「辰」，據《四庫全書》本改。

于神明者也。」美盛德之形容，則貌之義也。告成功于神明，則誦之義也。《樂記》：「師乙云：『寬而静，柔而正者，宜歌頌。』」《左傳》吴公子札來聘，請觀于周樂，爲之歌頌，曰：「至矣哉！直而不倨，曲而不屈，邇而不偪，遠而不攜，遷而不淫，復而不厭，哀而不愁，樂而不荒，用而不匱，廣而不宣，施而不費，取而不貪，處而不底，行而不流。五聲和，八風平。節有度，守有序，盛德之所同也。」○頌有三，曰周，曰魯，曰商。季札皆以爲盛德之所同，而孔穎達謂太平德洽，始報神功。頌詩直述祭祀之狀，不言得神之力，但美其祭祀，是報德可知。此惟周頌耳，其商、魯之頌，則異乎是。商頌雖是祭祀之歌，祭其先王之廟，述其生時之功，正是死後頌德，非以成功告神，其體異于周頌也。魯頌主詠僖公功德，纔如變風之美者耳，又與商頌異也。子夏序《詩》，次三頌于二雅之後，次魯頌于周頌，次商頌于魯頌。陳傅良謂「别以尊卑之禮，故魯頌以諸侯而後于周，間以親疎之義，故商頌以先代而後于魯」，是也。孔穎達云：「雅不言周，頌言周者，以别商、魯也。『周』蓋孔子所加也。先代之頌，必是獨行，爲一代之法。孔子論詩，乃次魯、商於下，以示三代之法。既有商、魯，須題周以别之，故知孔子加『周』也。」或有問于愚曰：「魯，列國耳，何得有頌？有頌是僭也。商則先代矣，而録其頌何爲？必欲備三恪，則何以不及虞、夏乎？」曰：「此孔子之所私也。以是爲孔氏所删之詩云爾。蓋孔子初删，不出周詩，雖《公劉》諸篇作于夏世，《關雎》諸篇著在殷年，而是周之先也。孔子魯人也，而其先則殷之子孫也。吾而既删詩矣，則吾父母之國，與吾先世之有天下者，奈何使其詩闕而不録，泯而失傳。故存魯頌之四于周後，而又綴商頌之五于魯後，是孔子之所以自著也。主人習其讀而問其傳，則知是删之出于孔子也。使删詩非孔子，或孔子非魯人，又或其先非殷之子孫，則必不録此二頌也。乃《子貢傳》

但有周、商二頌，而取魯頌之詩，襍豳詩爲魯風。夫風、頌異體，頌何得爲風？此後世淺儒所僞託，豈足信哉！」○鄧元錫云：「夫周尚文，雅文乎文矣，故反本而受之頌。風主情，足以興；雅主性，足以正；頌通神明，則至于命極矣。故詩以頌終焉，不其深乎？」陳際泰云：「頌於詩爲最尊，事神之道，視燕饗、受釐、陳戒有加焉。其後之何也？風而雅，雅而頌，遞而尊之已焉。且人事終而鬼事始，微風以德化感氓庶。雅之君臣，以慈惠盡下情，道德襄上志，欲其祀夏配天，收天下之豫，以薦帝享祖，蔑繇也。頌之語，視雅莊，視風尤莊，何也？事神之道，加肅焉爾也。風一事也，而疊言之，即雅亦多有此。風主咏歎，雅主歌詠，而頌則無是也。事神之道，加肅焉爾也。」歐陽脩云：「古詩之作，有天下焉，有一國焉，有神明焉。觀天下而成者，人不得而私也；體一國而成者，衆不得而違也；會神明而成者，物不得而欺也。不私焉，雅著矣；不違焉，風一矣；不欺焉，頌明矣。」○又按《雅》、《頌》篇次，頗有淆亂，不依其世，疑非孔子之舊。然孔子所云「吾自衛反魯，然後樂正，雅、頌各得其所」者，亦但據正樂而言，謂某禮當奏某樂。某樂之章，當取之小雅，或取之大雅。某樂之章，當取之頌，皆各得其所耳，非爲序詩發也。

詩經世本古義卷之一（角）❶

夏少康之世詩八篇

何氏小引

《公劉》，始遷豳也。夏道衰，公劉變于西戎，邑于豳。自漆、沮度渭，取材用。行者有資，居者有畜積，民賴其慶。百姓懷之，多徙而保歸焉。故詩人歌樂思其德。

《七月》，豳風也。

《甫田》，豳雅也。豳侯夏省耘，因而雩祭社方及田祖之神，以祈雨也。

《大田》，豳雅也。豳侯秋省斂，因而報祭于方也。

❶「（角）」字，原無。此書各卷皆於每頁後半頁版心標明部目，如卷之一標「（角）」，卷之二標「（亢）」。今補在各卷目之下。後倣此，不再出校。

《豐年》，孟冬祭八蜡也，是爲豳頌。

《良耜》，蜡祭報社也，是爲豳頌。

《載芟》，孟冬臘先祖，五祀以禮，屬民飲酒，正其齒位。亦豳頌也。

《行葦》，美公劉也。公劉有仁厚之德，行燕射之禮以篤同姓，詩人美之。

《公劉》，始遷豳也。夏道衰，公劉變于西戎，邑于豳。自漆、沮度渭，取材用。行者有資，居者有畜積，民賴其慶。百姓懷之，多徙而保歸焉。故詩人歌樂思其德。自「夏道衰」下，俱出《史記·匈奴列傳》及《周本紀》。《索隱》云：「即《詩·大雅》篇『篤公劉』是也。」〇按《史記》：「后稷封于邰，后稷卒，子不窋立。不窋末年，夏后政衰，去稷不務，不窋以失其官而犇戎狄之間。不窋卒，子鞠立。鞠卒，子公劉立。」故舊説皆謂公劉，后稷之曾孫。自《周語》載太子晋諫靈王，有「自后稷始基靖民，十五王而文始平之」之語，而《周本紀》亦敘稷至文王爲十五世。故孔穎達疑之，謂：「計虞及夏、殷、周有千二百歲，每世在位必皆八十許年，乃可充其數。子必將老始生，不近人情之甚。」羅泌亦云：「史載契十世而至成湯，厥次僅是。敘后稷十有五世而至文王，中間乃閱夏、商二代，所較者三十餘世，踈脱甚矣。」又引夏氏之書記帝王之世云：「帝俊生稷，稷生台璽，台璽生叔均，叔均爲田祖。」謂稷之後世多矣，不窋不得爲稷子。而楊慎嘗見《吕梁碑》所載，其世次亦與此同。及《史記》載劉敬説漢高帝有云：「周之先自后稷，堯封之邰，積德累善十有餘世。公劉避桀居豳。」夫公劉居豳，既當夏桀之時，則其非后稷曾孫明矣。然愚考《竹書》載

「夏少康三年，復田稷」，沈約注謂「后稷之後，不窋失官，至是而復」，則公劉之興當在此時。而《詩》中如《行葦》、《甫田》、《大田》諸篇，宜皆爲公劉之詩，其詩中皆有「曾孫」之語，則公劉之爲后稷曾孫，似無可疑。史遷之敘世次未必無本，然不應與《劉敬傳》相跋盭。大抵傳述每多譌異，史汎採而不能精。不然，據《詩》咏，遷豳乃公劉事，《史記》於《劉敬》、《匈奴》二傳，亦以遷豳屬之公劉。而《周本紀》乃云：「公劉卒，子慶節立，國于豳。」何也？又《本紀》祖《周語》祭公謀父之説，謂：「夏之衰，棄稷弗務，我先王不窋用失其官。」而《匈奴傳》乃直云：「夏道衰，而公劉失其稷官。」又何也？若諸儒于十五王世次之疑，固不爲無理。金履祥謂：「以有德之宗數之，猶殷言賢聖之君六七，漢言七制之主。」此論蓋近之矣。稗官小説所傳，出于經史之外者，固不足深信。又按邰在今武功縣，邠在今邠州，皆屬陝西西安府，相去特百餘里。然自不窋已自竄于戎翟之間，不居邰矣。程泰之謂慶州南三里有不窋城，是也。是則公劉遷豳，乃自不窋城遷，非自邰遷也。至《匈奴傳》所言「公劉變于西戎」者，蓋謂公劉居戎地，而能振奮以自變異耳，非謂其變于夷也。乃金氏則以《七月》及《篤公劉》皆豳之遺詩。其説曰：「《篤公劉》之詩，下視商頌諸作，同一蹈厲。《七月》之詩，上視《五子之歌》、《夏小正》之屬，與夏令時儆之辭，皆同一文軌也。豈至周、召之時，而後始有如此之文哉。且周詩固有追述先公之事者，然皆明著其爲後人之辭。《生民》之詩述后稷之事也，而終之曰『以迄于今』。《緜》之詩述古公之事也，而係之以文王之事。此皆後人之作也。若《篤公劉》之詩，極道岡阜、佩服、物用、里居之詳。《七月》之詩，上至天文氣候，下至草木昆蟲，其聲音、名物、圖畫所不能及。安有去之七百歲，而言情狀物如此之詳，若身親見之者。又其末無一語追述之意，吾是以知其決爲豳之舊詩也。况史氏已明言

『詩人歌樂思其德』乎。噫！自載籍之不傳，後世概以先公之事，爲樸野不文之俗，胡不即近世而觀之乎。兩漢文物之久，而白狼之詩譯于朝。李唐詞章樂府之行，而涼州之遍，甘、伊之聲列于樂。況豳俗居雍土之中，岐、梁之虚，而公劉接聞文教流傳之後，又當變戎爲華之初，爲諸夏方新之邦乎。故《篤公劉》、《七月》之詩，端爲豳公當時之詩，無疑也。」今按此説深爲有理，故從之。

篤公劉，匪居匪康。陽韻。**迺埸迺疆，**❶陽韻。豐氏本作「畺」。**迺積迺倉。**陽韻。**迺裹餱**陸德明本作「糇」。**糧，**陽韻。陸本作「粻」。**于橐于囊，**陽韻。**思輯**《孟子》作「戢」。**用光。**陽韻。**弓矢斯張，**陽韻。**干戈戚揚，**陽韻。**爰方啓行。**叶陽韻，户郎翻。○賦也。篤，徐鍇云：「本作『竺』，假借作『篤』。」《説文》云：「厚也。」《周書·武成》篇：「王若曰：惟先王建邦啓土，公劉克篤前烈。」所謂「克篤」，即積功累仁之意。又祭公謀父云：「我先王不窋，自竄于戎翟之間，不敢怠業，時序其德，纂修其緒，修其訓典，朝夕恪勤，守以惇篤，奉以忠信，奕世載德，不忝前人。」此亦可識篤字之義。然則篤之一字，固周之先公相傳家法也，每章皆以此起語，贊之之辭也。王肅云：「公，號也。劉，名也。」孔安國云：「公，爵也。」王基云：「周人以諱事神，公劉必字也。」孔穎達云：「公劉之後，有公非、公祖之類，知公是爵。虞、夏之時，世代尚質，名字之别，難得而知。《世本》、《史記》不應皆没其名而盡書其字，以之爲名，未必非矣。鄭以姜嫄爲名，詩人亦得稱之，何獨公劉不可言其名也。周人自以諱事神，于時未有諱法。」季云：「公者，侯國尊君之

❶「埸」，原作「塲」，據《四庫全書》本改。後倣此，不再出校。

通稱。劉名,亦如古公之稱亶父也。」匪,通作非。居,通作尻。《説文》云:「處也。」康,《爾雅》云:「安也。」匪居匪康,言不以戎翟之間爲可以居處之地,而遂安寧也。輔廣云:「公劉失職而自竄于西戎,固安能鬱鬱久居此乎?是宜其『匪居匪康』也。」迺,驚辭也。解見《緜》篇。埸、疆,與《信南山》篇不同,此以邊境言。《左傳》云:「疆埸之邑,一彼一此。」又云:「疆埸無主,則民生心。」皆謂國之邊境,非指田也。又云:「疆埸之事,慎守其一,而備其不虞。姑盡所備焉。」正此「迺埸迺疆」之義。但《説文》訓疆爲界,訓埸爲疆,既以疆埸並言,不應義都無別。愚意埸是防之于外,如遠斥堠、固封守之事,以地至此易主,故名埸也。疆是備之于内,如嚴干掫、詰姦慝之事。觀《孟子》言「入其疆」,則知疆是指境内言也。若田之疆埸,則以八家之田各有其主,己田之外即屬易主,故舊説以埸爲小界。一井之田,統爲一疆,故舊説以疆爲大界。所取不同,當以意通之。時公劉將有遷都之舉,故先于疆埸致其警備,所以防外侮而固人心也。積,《説文》云:「聚也。」朱子云:「露積也。」按露積之禾曰庾,《甫田》篇所謂「曾孫之庾,如坻如京」是也。倉,《説文》云:「穀藏也。」解見《楚茨》篇。按《史記》云:「公劉雖在戎狄之間,復修后稷之業,務耕種,行地宜。」陳際泰云:「西夷當黄河之曲,土地肥美宜稻。」蓋黄河在天下皆害,而在河西獨利,積倉固然耳。「迺裹」二句相聯説,與上文「積倉」對看,《孟子》解甚明。裹,《説文》云:「纏也。」《韻會》云:「包也。」餱,《説文》云:「乾食也。」徐云:「今人謂飯乾爲餱。」糧,《説文》云:「穀也。」毛傳云:「小曰槖,大曰囊。」孔云:「囊槖俱用裹糧食,而異其文,明有小大之别。」宣二年《左傳》稱趙盾見靈輒餓,食之。又『爲簞食與肉,寘諸槖以與之』。槖唯盛食而已,是其小也。哀六年《公羊傳》稱陳乞欲立公子陽生,盛之巨囊。内可以容人,是其大也。」徐云:「按《字書》,有底曰囊，無底曰橐。然則橐今纏腰下者。」嚴粲云：「《東方朔傳》云：『奉一囊粟。』是糧米盛于囊也。乾餱盛于小橐，糧米盛于大囊。」「思輯」以下，專承「乃裹」二句，言思念也。輯，《説文》云：「車和輯也。」故以爲相和輯之義。用，猶以也。光，毛云：「顯也。」當其在戎狄中，民之瘡痍驚擾，曾無寧日，安所得輯。公劉所以汲汲欲遷都者，乃思令其民脱侵侮横加之苦，享生息保聚之樂，以此光顯其國，不奄奄于荒涼險僻之地也。又，輯字若依《孟子》作「戢」，則「戢」乃藏兵之義。公劉遷都，正思弭干戈之患，亦通。弓矢斯張，解同《賓之初筵》篇。干，通作戰。《説文》云：「盾也。」《爾雅》云：「扞也。」孫炎云：「干楯自蔽扞也。」戈，《説文》云：「平頭戟也。」徐云：「小支向上，則爲戟。平之則爲戈。」戚，通作鏚。《説文》云：「戉也。」戉者，大斧也。今文作鉞，鉞大而斧小。《太公六韜》云：「大阿斧重八斤，一名天鉞。」毛以戚爲斧，揚爲鉞，非是。揚之訓鉞，其義無所出也。揚，《説文》云：「飛舉也。」字从手。蓋謂以手舉之，其運用之妙，則如飛也。此總上「干戈戚」三者言，與上文「張」字對看。孔云：「以弓矢言張，故知『干戈戚揚』爲人秉之也。」爰，《説文》云：「引也。」謂引辭也。方者，方嚮之義，因以爲未至之辭，故或訓且，或訓始，其義一也。啓，通作启。《説文》云：「開也。从户从口。」開之義也。啓行，鄭云：「開道而行也。」整戎器以行，欲使翟人知有備而畏威也。按《皇王大紀》云：「公劉遭夏氏之亂，勤勞于民。民用富厚，和協輯睦。備其戎器，抗中華之難。」要知公劉居戎翟間，非武備修飭不足以銷外患而固吾圉。故篇中言之，不一而足。首章曰「迺埸迺疆」，又曰「弓矢斯張，干戈戚揚」，次章曰「鞞琫容刀」，五章曰「其軍三單」，末章曰「取厲取鍛」，可見公劉固惓惓以此爲事矣。然遷國乃重大之役，必待斯民富足之後，而後敢議，豈易言哉？故《孟子》引此詩而釋之曰：「居者有積倉，行者有裹糧也，然後可以爰方啓行。」「然後可」三字，最得公劉之心，即經文「方」字之義。又觀「居者」二字，則知舊國所在，其民猶有居者。蓋新都止基未定，自無一時席卷其民，空國而去之理。觀末章「止基迺理，爰衆爰有」，乃是就續至者言，故知章首言「迺埸迺疆」，亦所以爲居者設衛，使敵國外患無繇乘虚而入也。吕祖謙云：「毛、鄭以公劉居于邰，而遭夏人亂，避難遷于豳。且以爲在邰有疆埸積倉，爲夏人迫逐，乃棄而去。考之是章，意象整暇，不見迫逐之事。以《國語》、《史記》參之，蓋自不窋已竄于西戎，至公劉而後興。疆埸積倉，内治既備，然後裹糧治兵，拓大境土，而遷都于豳焉。國都雖遷，向之疆埸積倉，固在其境内也。」陳際泰云：「太王之遷也以迫逐，公劉之遷非以迫逐也，擇而處之也。富庶之後而遷都，故其後遂大。」

篤公劉，于胥斯原，元韻，亦叶真韻，虞靈翻。又叶寒韻，五官翻。**既庶既繁，**元韻，亦叶真韻，微雲翻。又叶寒韻，蒲官翻。又叶先韻，汾沿翻。**既順迺宣，**先韻，亦叶元韻，况袁翻。又叶真韻，斯人翻。**而無永歎。**叶寒韻，他干翻。亦叶先韻，他涓翻。陸本作「歎」。**陟則在巘，**叶元韻，魚軒翻。陸本作「甗」。**復降在原。**韻見上。**何以舟**叶蕭韻，陟遥翻。**之？維玉及瑶，**蕭韻。**鞞琫容刀。**叶蕭韻，丁聊翻。○賦也。胥，通作疋。《説文》云：「足也。上象腓腸，下从止。《弟子職》云：『問疋何止。』」是也。字形與足相似。斯，此也。原，即下章之「溥原」，公劉所遷之地，所謂豳也。何以知之？以「斯原」「斯」字知之。于胥斯原，言公劉足迹至于此原也。一説，胥，相也。《公羊傳》以胥盟爲相盟，言相與同來而至于此原也，亦通。「既庶」二句，乃公劉自道其相度之意。庶，《説文》云：「屋下衆也。」此但取衆義。繁，通作煩。

《説文》云：「熱頭痛也。」此但取熱義。人衆則熱也，亦如烝，本火氣上行之意，轉訓爲衆，其義正同。嚴云：「言庶而又言繁，見歸者愈多也。」按毛傳謂公劉去豳，諸侯之從者十有八國焉。孔謂不知出何文。愚意毛去古未遠，定有所本。據此推之，則「既庶」指本國之衆，「既繁」指他國之衆也。順，《説文》云：「理也。」地與人相宜之謂。宣，《爾雅》云：「徧也。」永，長也。自後日言之，故曰永。歎，《説文》云：「吟也。」即太息也。公劉既至此原矣，因念此日從遷者既衆且繁，必此地果既順適而相安，乃可以居之徧，而不至有後日之嘅歎耳。是胡可以不慎。故一陟一降，相視之極其周，如下文所記是也。陟，《説文》云：「登也。」《説文》無巘字，通作甗。《爾雅》云：「重甗，隒。」郭璞云：「謂山形如累兩甗，甗，甑也。山狀似之，上大下小，因以爲名。」愚按如郭所解，自是解重甗之隒耳。《詩》單云巘，則非重者，但其山形如甑而已。此即下章所謂「迺陟南岡」者。復，《説文》云：「往來也。」言往而復來，故《爾雅》以爲「返也」。降，《説文》云：「下也。」原，即上文之原。初已至原矣，既又升巘以觀，而復下來，以見其相度周詳，雖勞不恤也。鄧云：「陟則在巘，相山之宗也。復降在原，察土之冲也。」舟，《説文》云：「船也。」毛訓爲帶，未見所出，且亦難通。下章言「逝彼百泉」，則有用舟處可知已。此「于胥斯原」以前事，蓋追述之，下章則順言之也。云「何以」者，詩人言公劉之在舟中，其容飾何如乎，自問之辭也。「維玉」二句，答詞。瑶，《説文》云：「玉之美者。」季云：「瑶亦玉，但光之摇動者，則爲瑶耳。」孔云：「鞞者，刀鞘之名。琫者，鞘之上飾。」愚按《三朝禮》言天子玉琫而珧珌，諸侯璗琫而璆珌。則琫字雖从玉，而非玉名，乃刀鞘受飾之處，名之爲琫耳。容刀，孔云：「容飾之刀。」按刀無受飾之處，當是指其柄而言，飾之所以爲刀之容，即所謂珌也。玉瑶兩物，或飾之鞘上，或飾之刀柄，此公劉所佩也。公劉乃諸侯，而刀之鞘柄皆得用玉者，夏禮無考。舊説謂帶玉佩以上下山原，迂遠殊甚。

篤公劉，逝彼百泉，叶真韻，從倫翻。**瞻彼溥原，**叶真韻，見上章。按上章以「繁」、「巘」叶「原」，而「巘」只有元韻一叶，則上章二「原」字，但當只用元韻。今此章以「泉」叶「原」，意「泉」亦宜有元叶，而韻書不載，乃二字並叶真韻，則何以通于上章之「巘」乎，當俟再考。**迺陟南岡，**陽韻。**乃覯于京。**叶陽韻，居良翻。**京師之野，**叶語韻，余吕翻。**于時處處，**叶語韻，敞吕翻。**于時廬旅，**語韻。**于時言言，于時語語。**韻。○賦也。逝，鄭玄云：「往也。」此指百泉言。張子厚謂「只看百泉之往處，便知地形」是也。然此百泉乃有所在，非汎指衆泉之謂。《廣輿記》云：「平涼府涇州有泉眼百餘，大旱不竭。」即百泉也。杜佑云：「百泉在漢爲朝那縣，屬安定郡。在唐爲百泉縣，屬平涼郡。魏于其地置原州，唐因之。」季云：「百泉者，平涼府北地所出之水，皆流入涇，至邠州。」愚按詳此，則上文所謂舟者，亦汎于涇水之舟耳。蓋自不窋竄于西戎，其地即今慶陽府是也。《廣輿記》載府境古蹟有不窋城，又有不窋塚，在府城東。碑久剥落，上有片石，大書周祖不窋氏陵。再傳至公劉，則居寧州，亦今慶陽府所轄，古蹟所謂公劉邑也。春秋時爲義渠戎國，其踪迹甚明。厥後，公劉往遷于豳。蓋道繇慶陽，經平涼，而後達于今西安府之邠州。邠州，乃涇流所經，❶而百泉則入于涇水，自平涼而來者也，故詩人咏及之。舊説相傳，但謂公劉自邰遷豳，而百泉遂茫然

❶「流」，《四庫全書》本作「水」。

不知其處矣。誦古人之詩，而不審其遺蹟，亦何以論世乎。瞻，《説文》云：「臨視也。」溥，《説文》云：「大也。」李巡云：「土地寬博而平正，名之曰原。」溥原，即豳地，以其地形廣平則曰原，狀其大則曰溥，非先有此地名也。何以知之？以第二章但言「斯原」，第五章分言「既溥」知之。鄧云：「逝泉瞻原，觀水之鍾也。」岡，《爾雅》、《説文》皆云：「山脊也。」南岡，岡之在南者。季云：「謂面山也。」乃者，曳辭也。覯，毛云：「見也。」京，《公羊傳》云：「大也。」與溥義同，即溥原也。蓋見其原地廣大，故贊之以溥，又呼之以京耳。固非地名，亦非高丘之謂。果京爲高丘，何必陟南岡以覯之乎？陟而後覯，明是自上俯視之意。師，《易傳》云：「衆也。」京師之野，鄭云：「京地乃衆民所宜居之野也。」按此用「京師」字，與天子所居稱「京師」，雖字義同，而語意不同。彼京師聯文，《公羊傳》謂：「天子之居，必以大衆言之。」其解自確。此京師句，京字略斷，是頂上「乃覯于京」「京」字而言，鄭解是也。董氏謂京師之稱起于此，其後世因以所都爲京師，殊屬附會。時，通作是，音之近也，蒙上文言。處，《説文》云：「止也。」上「處」字謂作宅舍以居處之，下「處」字謂民之當居處於是者，蓋指本國之人言也。廬，毛傳、《説文》皆云：「寄也。」孔云：「《地官・遺人》：治國野之道，以待賓客，『十里有廬，廬有飲食』，則廬是居舍之名，賓客寄舍其中。衛戴公廬于曹，亦謂寄在曹地也。」旅，鄭云：「賓旅也。」按旅本軍五百人之名，而借爲賓旅之稱者。徐云：「衆出爲旅寓，故謂在外爲旅也。」于時廬旅，言于此作客舍以廬其旅者，指外國之人言，與末章「止旅乃密」相應。毛云：「直言曰言，論難曰語。」蘇轍云：「言施教令，語議政事。」重言「言言」、「語語」者，以所言所語非一端故也。上文言「處處」、「廬旅」，則從遷之人既皆得所居矣。然不可無君以統攝之，故于此營建宮室，設立官府，以聽政出治焉。

篤公劉，于京斯依。叶紙韻，讀如倚，隱綺翻。**蹌蹌濟濟，**俱上聲。**俾筵俾几，**紙韻。**既登乃依。**見上。**乃造其曹，**叶尤韻，徂侯翻。**執豕于牢，**叶尤韻，落侯翻。**酌之用匏。**叶尤韻，蒲侯翻。**食之飲之，君之宗之。**飲、宗，無叶。《大全》云：「就用之字爲韻。」○賦也。京，即上章「乃覯于京」之京。依，謂依之以居也。總上「于時處處」四句而言。人既依乎此，則宗廟之神亦依乎此矣。故營建甫畢，即首舉遷廟之禮。蹌，動也。濟之爲言齊也。凡有事于新廟中者，其人不一，而趨蹌之際，無不整齊。如下文設筵几之人，亦其類也。俾，使也。筵、几，解見《行葦》篇，但此筵、几乃供神者。按《周禮·春官·司几筵》職云：「王設莞筵紛純，加繅席畫純，加次席黼純，左右玉几。祀先王亦如之。諸侯祭祀席，蒲筵繢純，加莞席紛純，右彫几。」周祀禮之筵几如此。公劉夏世，其禮無考。登，謂登進神之衣服于坐也。依，神所依也。《祭統》篇有云：「鋪筵設同几，爲依神也。」正此詩義疏。考妣共几，謂之同几。按《大戴禮記》諸侯遷廟之禮，奉衣服者，至於新廟，筵于户牖間。有司皆先入，如朝位。祝導奉衣服者乃入，君從入。奉衣服者升堂，君從升。奠衣服于席上，祝奠幣于几東。君北向，祝在左。贊者盥，升，適房，薦脯醢。君盥，酌，奠于薦西，反位。君及祝再拜，興。祝聲三曰：「孝嗣侯某，敢用嘉幣告于皇考某侯：今月吉日，可以徙于新廟，敢告。」再拜。事畢，乃揀日而祭。蓋其禮之大略如此。祭侯擇日，惟奠衣服于席上，奠幣于几東，以徙廟告，而禮已畢。故詩所敘述，亦僅止此，孰謂古禮遂無徵乎。「乃造其曹」以下，則鄭玄所謂「宫室既成，與群臣飲酒以落之」之事也。造，《説文》云：「就也。」蔡先生毅中云：「即《盤庚》『有衆咸造』之造。」愚按此字，有去來二義。主我言，則爲往就彼。主彼言，則爲來就我也。若此造字，乃使彼就我者也。曹，本作䡅，《説文》謂「獄之兩曹」，在廷東治事者也。愚按今治事之官，皆呼爲曹，蓋本于此，如六曹是也。此曹字，正指群臣，凡同姓異姓皆在。乃造其曹，謂進其群臣于公所，將與之燕飲也。執者，執而殺之。牢，《説文》以爲「閑，養牛馬闌也」。愚按養豕之處，亦名爲牢。《晋語》「大任溲于豕牢」是也。酌，《説文》云：「盛酒行觴也。」匏，解見《匏有苦葉》篇，字从包。《説文》云：「取其可包藏物也。」羅願云：「瓠與匏，以大小、長短、甘苦爲間。然古今亦通言瓠。」陸佃云：「以瓠盛酒，冬則煖，夏則冷。」毛云：「執豕于牢，新國則殺禮也。酌之用匏，儉以質也。」孔云：「執其豕于牢中，以爲飲酒之殺。惟用豕者，《秋官·掌客》曰：『凡禮賓客，國新殺禮。』公劉新至豳地，殺禮也。其飲此酒，酌之用匏，匏是自然之物，故云『儉且質也』。」食之，蒙上「執豕」句。飲之，蒙上「用匏」句。「君之宗之」者，毛云：「爲之君，爲之大宗也。」朱子云：「宗，尊也，主也。嫡子孫主祭祀，而族人尊之以爲主也。」按君、宗即燕飲中事。公劉自以一身爲群臣之君、宗也，對異姓之臣稱君，對同姓之臣稱宗。合上四「之」字，俱指群臣言。徐光啓云：「大凡創業君臣，與守成異。承平既久，階陛森嚴，君臣之分不患不明。特簾遠堂高，[1]九閽萬里，上德下情，不相諳悉。故燕飲之設，主于導和。創業之君，與其臣披榛斬棘，沐雨櫛風，奚啻家人父子。上下之情，不患不通，特患分義未明，粗率簡易。如漢初飲酒争功，醉或拔劍擊柱。故燕飲之設，主于辨分。周之詩，一則曰嘉賓式燕，一則曰不醉無歸，而此詩獨言君之宗之，時各有所重也。」又吕祖謙云：「食之飲之，君之宗之。謂既饗燕而定經制，使上下相維也。公劉整

[1]「簾」，《四庫全書》本作「廉」。

屬其民，上則皆統于君，下則各統于宗。古者建國立宗，其事相須。春秋之末，晋執蠻子以畀楚，楚司馬致邑立宗焉，以誘其遺民，而盡俘以歸。當典刑廢壞殆盡之時，暫爲詐諼之計，猶必立宗焉。前乎此者可知矣。」愚按《周禮·太宰》：「以九兩繫邦國之民：二曰長，以貴得民。五曰宗，以族得民。」自宗法不行，民遂涣散。東萊此論，甚有關係。然此第言其一時燕饗，恐未説及立宗事。朱子之駁，固自中理。

篤公劉，既溥既長，陽韻。**既景迺岡，**陽韻。**相**去聲。**其陰陽，**韻。**觀其流泉。**先韻，亦叶真韻。見第三章。**其軍三單，**叶先韻，時連翻。**度**音鐸。**其隰原，**叶真韻，見第三章。**徹田爲糧。**陽韻。**度其夕陽，**韻。**豳**豐本作「邠」。**居允荒。**陽韻。○賦也。民居既定，宮室既成，於是亟亟授田制賦，此立國之本事也。溥，指原言。長，指泉言。瞻彼溥原，其地則既溥矣。逝彼百泉，其流則既長矣。既已考之日景，以正其四方之位矣。而復登高岡以望其形勢者，何哉？蓋所以相視陰陽之向背，以識寒燠，使種植各適土之宜，如黍宜高燥，稌宜下濕之類。又觀其流泉之所經，以定溝洫，使灌溉各盡水之利，如水東畝南，水南畝東之類。其軍三單，初從公劉往遷者也。《周禮》：「凡起徒役，無過家一人，以其餘爲羨。」羨者，副丁也。意古法亦當如是。大國諸侯，則有三軍。公劉遷國，當在道時，具三軍以行。首章所謂張弓矢、揚干戈戚者，皆此輩也。計每家當出軍一人，而副丁、老弱不與焉。故謂之三單，單之爲言隻也獨也。觀此，則公劉初遷，其非空國俱行，益明矣。鄭云：「后稷，上公之封。大國之制三軍。公劉遷于豳，民始從之，丁夫適滿三軍之數。單者，無羨卒也。」孔云：「夏、殷大國百里，爲方一里者萬，爲田九萬夫，田有不易、一易、再易，通率二而當一，半之得四萬五千家。以三萬七千五百家爲三軍，尚餘七千五百，舉大數，故得爲三軍也。」又毛傳訓三單爲相襲。孔云：「重衣謂之襲。謂三行皆單而相重爲軍也。此謂始發在道及初至之時，以未得安居，慮有寇鈔，故三重爲軍，使强壯在外，所以備禦之也。」王肅云：「三單相襲止居，則婦女在内，老弱次之，强壯在外。」今按三重皆單之説，固似可通。但婦女老弱，何得以軍名。且至豳之日，軍即應罷，而無端附見一語于此，殊屬疣贅。詩之言此，正所以爲下文「度隰原」二句張本。以一家止一夫受田，其餘非老幼則餘夫也。古者寓兵于農，有事則農即爲兵，無事則兵還歸農。此三軍之衆，既已先隨公劉至豳而解嚴矣，宜有分田以授之。度者，計料之意。下濕曰隰，高平曰原，乃《周禮》五地之一。按《禹貢》，雍州有「原隰底績」之文。豳在雍州，正原隰之地。其地或有上、中、下不同，故必量度其等則而均授之也。詳見《信南山》篇。徹，《説文》云：「通也。」曰「徹田」者，通力而耕之謂，即《孟子》所謂「方里而井，井九百畝，其中爲公田。八家皆私百畝，而同養公田」者。糧，穀也。穀出于田，田之所入，則爲糧，兼君與民皆有之。一井之入，公取其一，民取其八也。而入之公者，軍賦皆出于此。按《甫田》之詩，愚以爲豳雅，其曰「倬彼甫田，歲取十千」者，正是周人「百畝而徹」之法。公劉爲夏諸侯，何得不遵五十而貢之制？豈亦夏道衰微，公劉固得于其國中，自以其意變而通之，而其後子孫遂仍之而不敢改與？然井田之法，實起自黄帝，則又非公劉創爲之者。商人行助，實原于此，及周公始改名爲徹，蓋有味于通力合作之義，以取此名也。又先儒考周之徹法，惟都鄙用助，而鄉遂仍用貢。然則公劉雖變夏法，蓋亦有不盡變者，特其詳不可考耳。鄭忠胤云：「《周禮・大司徒》：以土會之法辨五地之物生，以土宜之法辨十有二土之名物，以相民宅而知其利害。以土均之法辨五物九等，制天下之地征。以土圭之法測土深，正日景，以求地中。《小司徒》會萬民之卒伍而用之。五人爲伍，五伍爲兩，四兩爲卒，五卒爲旅，五旅爲師，五師爲軍。《夏官》：凡制軍，萬有二千五百人，王六軍，大國三軍，次國二軍，小國一軍。《小司徒》經土地而井牧其田野。九夫爲井，四井爲邑，四邑爲丘，四丘爲甸，四甸爲縣，四縣爲都，以任地事，而令貢賦。是其典章周密，固肇自周公，然大畧已具于《公劉》一詩矣。」度其夕陽之度，與上文度意同。《爾雅》云：「山西曰夕陽。」孔云：「陽即日也。夕始得陽，故名夕陽。總言豳人一國之所處，其界在山之西，不知是何山也。《譜》謂豳在岐山之北，《書傳》説太王去豳，踰梁山。注謂：『梁山在岐山東北。』然則豳國之東有大山者，其爲梁山乎。」愚按此言夕陽，蓋指田地之近梁山者。孔謂「總一國而言」則非也。此以待夫三單之外，續至而受田者。黄佐云：「夕始得陽之田，必不甚宜于民。惟以生齒日繁，歸附日衆，每夫百畝非舊田之所能容，故又度此以廣之耳。」前章言「斯原」，言「溥原」，言「京」，總是豳地，但未露其名。至此，始指出豳字，豳亦作邠。允，信也。荒者，荒蕪而不明之貌，故借爲遠大之義。朱子云：「又度山西之田以廣之，而豳人之居于此，益大矣。」

篤公劉，于豳《白虎通》、豐本俱作「邠」。**斯館。**叶翰韻，古玩翻。《白虎通》作「觀」。**涉渭爲亂，**翰韻。**取厲**陸本作「礪」。**取鍛。**翰韻。陸本作「碬」。**止基迺理，**紙韻。**爰衆爰有。**叶紙韻，羽軌翻。**夾其皇澗，遡其過澗。**澗、澗爲韻。**止旅乃密，**質韻。**芮**《周禮》注、陸本、豐本俱作「汭」。**鞫**《漢書》注作「阬」，《周禮》注作「坑」。**之即。**叶質韻，子悉翻。○賦也。《雍大記》云：「豳谷在邠州東北三十里，舊三水縣，公劉立國處。」館，《説文》云：「客舍也。」孔云：「禮有公館、私館。館者，宮室之名，所以止舍其中。」愚按觀下文言「取厲取鍛」，則此館非以居民，乃官府造作之處。百工來者，不必皆本國之人，故爲館以居之。《白虎通》云：「后稷封于邰，公劉去邰之邠。《詩》云：『即有邰家室。』又曰：『篤公劉，于邠斯館。』周家五遷，其意一也，皆欲成其道也。」涉，《説文》云：「徒行厲水也。」然下文言「爲亂」，則是用舟。此蓋水旁之不可舟行者，故用涉耳。張守節云：「公劉從漆縣漆水南，渡渭水，至南山。」《郡縣志》云：「邠州，公劉所居之地。州治新平縣，即漢漆縣。」按漆縣，即今永壽縣。闞駰《十三州志》云：「漆水，出漆縣西北岐山，東入渭。」《爾雅》云：「正絶流曰亂。」孫炎云：「直横渡也。」孔云：「乘舟絶水，爲亂而過也。水以流爲順，横渡則絶其流，故爲亂。」厲，《説文》云：「旱石也。」徐云：「麤悍石。」鍛，《説文》云：「小冶也。」《蒼頡篇》云：「椎也。」徐鍇云：「椎之而已，不消，故曰小冶。」嚴云：「今考鍛，打鐵也。其字从金。『嵇康好鍛』是也。粗厲之石，可以磨兵器。經鍛之鐵，可以治戎具。皆涉渭以取之，思患預防，所以衛民也。」陳際泰云：「夫定軍賦也，取厲鍛也。爲政有三，取材有五，誰能去之。公劉始遷之時，即治及此，有備也夫。」止，居止也。基，本墻始之義。《爾雅》以爲謀也。邢昺云：「基者，作事謀始也。」理，本治玉之義，故亦以爲治也。止基乃理，言公劉所以爲居止之始謀者，已無不治，猶云：「美哉！始基之矣。」此總綰前文所言。相宅、授田、經武三者，皆乃理之事也。衆，指初來者言。上章言「度彼隰原」、「度彼夕陽」以授之者，是也。有，指續來者言，謂相續而愈有，故下文又言夾皇澗、遡過澗以居之也。夾，《説文》云：「持也。」字从大，左右兩人，有夾持之象。孔云：「夾者，在其兩旁。」皇，《説文》云：「大也。」澗，《説文》云：「山夾水也。」按《考工記》云：「凡天下之地勢，兩山之間，必有川焉。大川之上，必有涂焉。」皇澗兩旁，皆平廣可居，故民居相嚮夾之。遡，字本作泝。《説文》、毛傳皆云：「向也。」按逆流而上，順流而下，皆曰泝，特以洄游爲異，説見《蒹葭》篇。

過澗，謂澗之横過者。孔云：「遡其過澗而處，謂開門嚮澗也。大率民居以南門爲正，此蓋皇澗縱，在兩傍而夾之，過澗横，故在北而嚮之。」王肅云：「或夾或嚮，所以利民也。」今按二澗不詳所在，爲二爲一未可知也。此皆指本國之民言，以下文有「止旅」句隔之。彼旅字，乃指十八國之人耳。密，字从山，本山如堂者之名。或又訓稠，對踈字言，當是以山木茂盛，故有稠密之義。又通作宓，《説文》云：「安也。」二義皆通，但詳語意，只當以稠密言。芮，水名，或通作汭。何景明云：「芮水出邠州西北，東入涇。汭水在隴州城西北，源出弦蒲藪，入渭不入涇。《公劉》『芮鞫之即』言邠也，非隴也。」愚按《禹貢》雍州，有涇屬渭汭之文。説者謂涇水居中，上屬于汭，下屬于渭，則汭渭相去殊遠，原不相涉。而其後又言會于渭汭，則不得不以水北解汭，如潙汭、雒汭之例。今觀何説，則芮汭固有二水，涇屬渭汭之汭，正當作芮，而會于渭汭，乃謂會于渭與汭合流之處耳。但《地理志》明載芮水出右扶風汧縣吴山西北，東入涇。注引此詩爲證。汧縣，今爲鳳翔府隴州。而《郡縣志》亦云：「涇州良原縣有汭水，一名宜禄川，西自隴州華亭縣流入。」則與何言汭水「入渭不入涇」殊異。川塗遼邈，足跡未到，奚繇能得其實。以何固秦人，所記必或無爽，故存之。又按芮亦國名，《地理志》謂在馮翊臨晉縣，即今西安府之高陵縣，是其地也。疑當時豳地竟轄至此，亦未可知，非虞芮之芮也。鞫，毛云：「究也。」按《爾雅》鞫、究皆訓爲窮。孔云：「鞫是水厓之名，言其曲水窮盡之處也。」愚按若以芮爲地名，則芮鞫亦地盡之處。即，徐鍇云：「猶就也。」嚴云：「來止之旅，日以益密，於是又就芮水之外而居之。」吕云：「風氣日開，民編日衆，規摹日廣，有方興未艾之象焉。周之王業既兆于此矣。」黄佐云：「利用遷國，易固有之。虞、夏之世，代有屢遷者。然盤庚之遷耿也，以瀉鹵墊隘之地，而有蕩析離居之憂，固宜一舉而從之。觀其巨室胥動浮言，小民不適有居，而爲臣者傲上從康，乃伏小人之攸箴，内外不和吉言于百姓，衆感之籲，矢言之出，始告之，中威之，既遷而綏爰之，若不克舉焉。而公劉長西戎之衆，裹糧之行，不俟再訊，斯原之相，十八國從遷，下無永歎之赤子，上有蹌濟之群臣，富庶之效，不日臻焉。動民而民不懼，勞民而民不怨，聖人舉事，如此而已。雖其憂國愛民之心，兩君如一，而民情之順逆，天地懸殊，則亦其平日之所感有異耳。故曰：『君子信，而後勞其民。』後之遷國者，要當以公劉爲法，可矣。然怨誹逆命之民，而以口舌代斧鉞，以至誠摀忠信，不怒而不譴焉。後世厲民自養者，其毋以盤庚爲口實哉。」

《公劉》六章，章十句。《序》云：「召康公戒成王也。成王將涖政，戒以民事，美公劉之厚于民，而獻是詩也。」朱子亦仍其說。王安石云：「周之有公劉，言乎其時則甚微，言乎其事則甚勤。稱時之甚微，以戒其盈。稱事之甚勤，以懲其逸。蓋召公之志也。」而《申培説》則云：「周報公劉，召公述其事，以訓嗣王，使知民事之詩。」《子貢傳》亦以爲訓成王，但作者之人闕。今按此詩謂作于召公，固無所據。詳觀詩意，皆陳公劉遷豳之事，而略不及文武繼述之言。又文詞奇古，與《文王》、《大明》諸篇，體製不同，則似豳人本有此詩，以詠公劉。如《七月》亦豳人自述豳風，而周公舉以告成王，後人遂謂周公所作。然則《公劉》之詩，得無亦周召之輩舉以告成王者與？

《七月》，豳風也。《孔叢子》載孔子曰：「于《七月》，見豳公之所以造周也。」按豳公者，公劉也。造周者，周家王業自是而起也。舊説皆本序，謂周公陳此詩以告成王，與《書·無逸》篇同意。《子貢傳》、《申培説》亦皆以爲周公陳農政之詩。金履祥云：「讀《七月》之詩，可以見豳民因天力本，孝慈忠愛之俗焉。意者豳之遺詩，周公陳之以爲矇工之頌，使成王知故國衣食之原。然不居二南之前，而居變風之末，何也？曰：詩皆采之當世，而前世之詩存者不可泯也。故《豳·七月》附于十五國風之後，猶《商·那》附于三頌之末也。」宋張栻入侍經筵，言：「周公之告成王，見于《詩》，有如《七月》；見于《書》，有如《無逸》。欲其知稼穡之艱難，與小人之依，帝王所傳心法之要，端在于此。夫治常生于敬畏，而亂常起于驕肆。使爲國者，每念乎農畝之勞，則心不存焉者寡矣。何者？其必嚴恭朝夕，而不敢怠也；其必懷保小民，而不敢康也；其必思天下之饑寒，若己饑寒之也。是心常存，則驕肆何自而生，豈非治之所繇興也與。」劉安世云：「公劉，豳國之君。《七月》，公劉之詩也。何不編之雅，與《公劉》相倫？《公劉》之詩言其政事，《七月》之詩言其風俗。既曰風矣，不得編于雅矣。」彭執中云：「《七月》、《公劉》皆言民事，其爲詩一也。然《七月》之詩微而及于昆蟲、草木、衣服、飲食之末，較之《公劉》，莫非興王氣象，其體固不同也。」鄭樵云：「《七月》者，西周之風。《黍離》者，東周之風。」鄧元錫云：「《豳·七月》，其帝化乎，進于王矣，百姓日用飲食而質矣，是天德也。」又云：「蓋于《七月》，渙然于天人之合也。靡人非天人，靡事非若天也。無思無爲，終守淳固，順帝則而無庸識知也。古德之盛，風化之本也。❶」徐光啓云：「周之興也，十六王而武始居之。考其積基樹本，非

❶「化」，原作「本」，據《四庫全書》本改。

有殊尤絶跡，震炫來世者也。今讀其文，想其先公之所以爲教，不過若世間一勤儉忠厚之家而已。然一家如此，其家必興。一國如此，其國必昌。至于和氣浹洽，根幹纏綿，基厚而難傾，本深而不拔，卒受代商之命，享過曆之祚。昔人有言『太和在成周宇宙』，又曰『王道本乎人情』。於乎，信其然矣。」《三輔黄圖》云：「秦有四塞之固。昔后稷封斄，公劉處豳，太王徙岐，文王作豐，武王治鎬。其民有先王遺風，好稼穡本業，故豳詩言農桑衣食之業甚備。秦都咸陽，徙天下富豪十二萬户。漢高帝都長安，徙諸齊田、楚屈、昭、景，及諸功臣于長陵。後世世徙吏二千石、高貲富人及豪傑兼并之家于諸陵，强本弱末，以制天下。是故五方錯襍，風俗不一，貴者從侈靡，賤者薄仁義，故漢之京輔，號爲難理。」范景文云：「讀《豳風》一篇，何意遐荒苦寒之地，緑華芳草，蔚爲文明。今齊、魯、燕、晉之區，多有越數百里無炊煙者，又何也？」

七月流火，叶尾韻，栩鬼翻。**九月授衣。**叶尾韻，隱豈翻。**一之日觱**《説文》、豐氏本俱作「滭」，《釋文》作「畢」。**發**，叶質韻，非律翻。《説文》、豐氏本俱作「冹」。**二之日栗**陸德明本引《説文》作「颲」，豐本作「㮚」。**烈**，叶質韻，力質翻。《釋文》引《説文》作「颲」。崔靈恩注、豐本俱作「列」。**無衣無褐**，叶霽韻，許罽翻。亦叶屑韻，胡結翻。**何以卒歲？**霽韻，亦叶屑韻，相絶翻。**三之日于耜**，紙韻。**四之日舉趾。**紙韻。《漢書》、豐本俱作「止」。**同我婦子**，紙韻。**饁彼南畝；**叶紙韻，毋鄙翻。《漢書》作「晦」。**田畯至喜。**紙韻。鄭玄云：「本作饎。」○賦也。首章總以衣食發端，先言衣而後言食。自二章至五章，所以終前六句之意。自六章至八章，所以終後五句之意。七月，斗建申之月也。張子厚云：「《七月》之詩，皆以夏正爲斷。」曹氏云：「《公劉》正當夏時，所用者夏正也。」流，毛傳云：「下也。」火，大火，心星，即大辰也。

解見《小星》篇。《左》昭三年張趯曰：「火星中而寒暑退。」孔穎達云：「季冬十二月平旦正中在南方，大寒，季夏六月黄昏火星中，大暑退。是火爲寒暑之候事也。知此兩月昏、旦火星中者，《月令》季夏昏火星中。六月既昏中，以衡反之，故十二月旦而中也。若然，六月之昏，火星始中。《堯典》『日永星火，以正仲夏』，所以五月得火星中者。《吴志》孫皓問鄭玄：❶『火星季夏中心也，不知夏至中星名。』答曰：『日永星火，此謂大火也。大火次名東方之次，有壽星、大火、析木。三者，大火爲中，故《尚書》舉中以言焉。又每三十度有奇，非特一宿者也。季夏中火，猶謂指心火也。如此言中，則日永星火謂大火之次，非心星也。《堯典》四時言中星者，春夏交舉其次，言星鳥、星心，秋冬舉其宿，言星虚、星昴，故注云：「星鳥，鶉火之方。星火，大火之屬。虚，玄武中虚宿也。昴，白虎中昴宿也。」其東方、南方皆三次，鶉火、大火居其中。西方、北方俱七宿，虚星、昴星居其中。每時總舉一方，故指中宿與次而互言之耳。』是鄭以日永星火爲大火之次，與此火之心星别也。」又按周洪謨云：「堯時仲夏，日在鶉火，大火昏中。至周公時，歲差既多，則六月日在鶉火，大火昏中。」并録以俟考。朱子云：「心火以六月之昏加于地之南方，至七月之昏，則下而西流矣。」《左傳》哀十二年：「冬，十二月，螽。季孫問諸仲尼，仲尼曰：『丘聞之，火伏而後蟄者畢。今火猶西流，司歷過也。』」按周十二月，夏十月也。火猶西流者，以此時火未盡没，尚是九月，歷官失一閏故也。是可見火自六月昏中之後下而過西，皆稱流也。亦以天傾西北，故云然。程子云：「歲過中而行暮矣，當有卒歲之具，禦冬之備，故

❶「吴志」，據《毛詩正義》當作「鄭志」。

以『七月流火』爲首。」張子厚云：「周人慮事有豫，《七月》之詩常于半年前提掇。」又按發端先以秋冬爲言者，以豳地多寒故，豫先爲禦寒之計耳。九月，斗建戌之月。授，《説文》云：「予也。」授衣，家長授于家衆也。以下文云「無衣無褐」，褐乃賤者之服，故知之，且家事聽于長故也。朱子云：「九月霜降始寒，而蠶績之功亦成，故授人以衣，使禦寒也。」「一之日」四句，原其所以授衣之故也。「一之日，謂斗建子，一陽之月。二之日，謂斗建丑，二陽之月也。」變月言日者，毛云：「十之餘也。」孔云：「謂數從一起而終于十，更有餘月，還以一二紀之也。」此篇自立一體。從夏之十一月，至夏之二月，皆以數配日而言之。從夏之四月，至于十一月，皆以數配月而稱之。蓋以日月相對，日陽月陰，陽則生物，陰則成物。建子之月，純陰已過，陽氣初動，物以牙蘗將生，故以日稱之。建巳之月，純陽用事，陰氣已萌，物有秀實成者，故以月稱之。若然，一之日、二之日言十之餘則可矣，而三之日、四之日者，乃是正月、二月，十數之初始，不以爲一二，而謂之三四者，作者理有不通，辭無所寄。若云一月、二月則群生物未成，更言一之、二之則與前無别，以其俱是陽月，物皆未成，故因乘上數，謂之三、四，明其氣相類也。」愚按以三四繼一二，總是蒙上之文，故有以正月爲十三月者。《春秋元命苞》曰：❶「周人以十一月爲正，殷人以十二月爲正，夏人以十三月爲正。」《後漢書·陳寵傳》云：「十三月，陽氣已至，天地已交，物皆出，蟄蟲始振，人以爲正，夏以爲春。」《隋書·牛弘傳》云：「今十一月不以黄鍾爲室，十三月不以太簇爲室，便是春木不旺，夏土不相。」建寅之月，乃是十月之初，亦乘上以

❶ 「苞」，原作「包」，據《四庫全書》本改。下同，不再出校。

爲十三，與此同也。朱子以爲變月言日，言是月之日也。張子亦云：「言月又言日，別無義例，只是文順。」愚按二説俱于理未安。總之本天而言則主日，以冬至爲日長一線之始也。本歷而言則主月，以孟春爲夏正建寅之始也。因思《易·復》卦有「七日來復」之文，舊解亦屬未確，以此詩一二三四之日例之，《易》之七日，正謂五月耳。五月，一陰初生，而群陽以次剥盡。今則一陽復來，故曰「反復其道，七日來復」也。觱發，毛云：「風寒也。」按觱，《説文》云：「羌人所吹角屠觱，以驚馬也。」徐鍇云：「今之觱栗。」楊慎云：「觱發之爲風，其義隱而難知。諺云『三九二十七，籬頭吹觱栗』，正謂風吹籬落聲似觱栗，與詩意合。」觱栗，今《樂書》名風管，又可證焉。其聲悲慘，冬日寒風驟發，其聲似之。」發，疾貌。栗烈，毛云：「寒氣也。」按栗，木名，其實下垂，至罅發之時，將墜不墜，有戰栗之象，人遇寒而膚栗類此。烈，火猛也。本無寒義，但以其爲嚴猛之貌，取以象寒威耳。孔云：「仲冬之月，待風乃寒；季冬之月，無風亦寒，故異其文。」愚按觱栗，羌胡龜兹之樂，古樂未聞，楊説雖有理，未敢深信。疑古文音同者，字得通用，故《説文》「觱發」作「滭冹」。滭，風寒也。冹，寒也。先言滭而後言冹者，孔所謂「仲冬待風乃寒」是也。栗，當通作凓。《説文》云：「寒也。」烈，當通作颲。《説文》云：「烈風也。」既言凓而又言颲者，季冬寒既甚矣，更重之以朔風，則愈寒也。范祖禹云：「先王教民農桑，以爲衣食，非以充欲，所以備患也。是故，將言衣之本，則著寒之候。」褐，毛布也，織毛爲之。上只言衣而此兼言褐者，九月衣已足矣，十一月以後，非衣而加之以褐，則不能煖也。卒，通作猝。《説文》云：「終也。」范云：「言何以卒歲，則又見二之日爲歲之終也。此所謂夏正也。」以上言衣之爲急也。三之日，斗建寅之月，正月也。于者，口氣之舒，故又訓爲往也，猶云往于彼也。耜，《説文》云：「臿也。」《釋文》

云：「耒下耓也。」《易》曰：「斲木爲耜，揉木爲耒。」耜者，耒之首，斲木使鋭而爲之，所以入土，俗呼犂壁。今又加以鐵鏵，謂之犁頭。耒者，耜之柄，揉木使曲而爲之，所以運耜，俗呼犁衝，總呼之則爲犂也。《考工記》云：「耜廣五寸，二耜爲耦。」注云：「古者耜一金，兩人併發之。今耜岐頭兩金，象古之耦。」黄佐云：「于耜，謂昔改歲時入此室處，今則往中田之廬，而修田器、錢鎛之屬。然獨以耜言者，所謂畟畟良耜，有略其耜，詩人以此爲重而言之，將以起土而耕，必資于耜也。」孔云：「《月令》季冬『命農計耦耕事，修耒耜，具田器』。然則修治耒耜，當季冬之月。今豳人正月修耒耜，二月始耕者，豳土晚寒。《鄭志》答張逸謂『寒晚温亦晚』，故修耒耜、始耕，皆較中國遲一月也。」四之日，斗建卯之月，二月也。舉，《説文》云：「對舉也。」趾，足也。耕以足推，故須用足。二耜爲耦，故云對舉也。《月令》仲春之月云：「耕者少舍。」鄧元錫云：「少舍，言無或舍息，急農之至也。」此言舉趾，所謂少舍者也。同我婦子，程子云：「我婦我子，同來致餉也。」我，農夫自我也。饁，杜預云：「野饋也，所謂餉也。」李氏云：「郤缺耕于野，其妻饁之，是妻饁其夫也。有童子以黍肉餉，是子餉其父也。」王安石云：「畝大抵以南爲正，故每曰南畝。」《補傳》云：「田事喜陽而惡陰。南東向陽則茂遂，西北傍陰則不實。」孔云：「周先公在豳，教民周備，使衣食充足，寒暑及時。民奉上教，知其早晚，各自勸勉，以勤事業。故同我婦子，饁彼南畝，及嗟我婦子，曰爲改歲，此述民人之志，非敘先公號令之辭。」田畯，典田之官。《爾雅》、《説文》皆以畯爲農夫。鄭玄、郭璞皆謂今之嗇夫是也。邢昺云：「田畯，在田司主稼穡，故謂之司嗇。漢及東晋亦有此官，謂之嗇夫。故鄭、郭皆云今之嗇夫。」愚按《夏書・胤征》篇有「嗇夫馳」之語，則夏時已有此官，非始漢、晉矣。《周禮》無田畯之職，益知此詩及《甫田》、《大田》皆非周詩也。至喜者，田官巡行阡陌，來至而見其民之勤于農事，則喜也。劉公瑾云：「二月而即舉趾，治田早也。壯則在田，婦人則致餉，用力齊也。勸農之道，無非欲其不後于時，不解于力，❶豳人乃不待勸而能，此田畯所以喜也。」輔廣云：「婦子饁彼，見家人之心一；田畯至喜，見上下之志通。」以上言食之爲急也。衣則言其授衣之後，而未及其初。食則言其耕田之初，而未及其後，此古人行文變化之妙。而自七月以至四之日，循序敷衍，更復渾成，此所以爲化工之筆也。朱善云：「三陰之月，陰氣始盛，故于是而豫爲禦寒之備。三陽之月，陽氣始盛，故于是而豫爲治田之備。先衣而後食，故以七月爲首也。大寒之候在于丑月，而圖之于建申之時。收成之候在于酉月，而慮之于建寅之日，其爲豫備可知。若寒至而後索衣，饑至而後索食，則其爲計亦晚矣。」

七月流火，九月授衣。二韻見首章。**春日載陽，**韻。豐本作「昜」。**有鳴倉庚。**叶陽韻，居郎翻。**女執懿筐，**陽韻。豐本作「匚」。**遵彼微行，**叶陽韻，户郎翻。**爰求柔桑。**陽韻。**春日遲遲，**支韻。**采蘩祁祁。**支韻。**女心傷悲，**支韻。**殆**《釋文》一作「迨」。**及公子同歸。**叶支韻，渠爲翻。○賦也。嚴云：「二章、三章皆終首章無衣之意。」再言流火、授衣者，鄭云：「將言女工之始，故又本于此。」愚按「九月授衣」，主今年而言，以其序求之，則「春日載陽」以下，皆明年事也。第三章倣此。蓋思此衣之所從

---

❶「解」，《四庫全書》本作「懈」。

來，則圖之不得不力耳。春日，孔以爲建辰之月，亦未是。按《月令》云：「仲春之月，倉庚鳴。」《夏小正》云：「二月采蘩。」則此章兩「春日」皆謂二月也。載，始。陽，温也。《爾雅》：「四時，春爲青陽。」注云：「氣清而温陽。」又劉熙《釋名》云：「陽，揚也。陽氣在外發揚也。」倉庚，黄鳥而黑章，即《葛覃》「黄鳥」也。解見《葛覃》篇。陸佃云：「凡《詩》言黄鳥者，興也。言倉庚者，賦也。」《汲冢周書》云：「驚蟄之日，倉庚鳴。」蓋蠶生之時也。婦人未嫁稱女。懿，《爾雅》、《説文》皆以爲美也。愚按猶言精緻也。筐，本作匡。徐鍇云：「受物之器，象形，正三方也。」遵，《説文》云：「循也。」微行，小徑也。柔桑，穉桑也。蠶初生，桑始發也。遲遲，日行舒緩也。孔云：「計春秋漏刻多少正等，而秋言淒淒，春言遲遲者，陰陽之氣感人不同。張衡《西京賦》云：『人在陽則舒，在陰則慘。』然則人遇春暄，則四體舒泰，覺晝景之稍長，故以遲遲言之。及遇秋景，四體褊躁，不見日行急促，惟覺寒氣襲人，故以淒淒言之。淒淒是涼，遲遲非暄，二者觀文似同，本意實異也。」愚按孔説固是，然「遲遲」在「載陽」之後，自是晝刻較長，非但晝夜平分時矣。蘩，解見《采蘩》篇。徐光啓云：「蠶之未出者，鬻蘩沃之則易出。今養蠶者皆然。故毛傳云：所以生蠶。」朱子謂蠶生未齊，未可食桑，故以蘩啖之。蓋未嘗目覩此事，以意解之耳。祁本邑名，故字从邑，或訓爲大，或訓爲徐，或訓爲衆，總不能明其義。愚意當通作岐，凡山之旁出，路之二達者，皆謂之岐，此於衆多之意爲近。詩「其祁孔有」、「興雨祁祁」、「祁祁如雲」，皆同斯義。若以《采蘩》篇「被之祁祁」通之，則此篇「采蘩祁祁」概豳公宫中之人，亦在其中矣。故下文有「及公子同歸」之語也。女，即執懿筐之女。女心傷悲，猶云惻然動念也。殆，將也，「其殆庶乎」之殆。諸侯之子，凡男女皆得稱公子。《左傳》云：「凡公女嫁于敵國：姊妹，則上卿送之；公子，則下卿送之。于大國，雖公子，亦上卿送之。」《昭三年》：「公孫蠆爲少姜之有寵也，以其子更公女，而嫁公子。」又《公羊傳》説築王姬之館云：「于群公子之舍則已卑矣。」是諸侯之女，亦稱公子也。同歸，即《素冠》篇「聊與子同歸」之義，言其趨向，亦欲與之同也。豳公之化，自家而國，「春日遲遲」之時，公子亦出，而與于采蘩。此執懿筐之女見之，不覺悲傷感念。誠見民生在勤，雖貴介公子，猶不敢自暇逸如此。相與則而象之，所謂上有好者，下必有甚焉者也。毛、鄭以爲春女悲，秋士悲，春女感陽氣而思男，秋士感陰氣而思女，是其物化，所以悲也。悲則始有欲嫁之志，信如所言，以處子而作嫁想，豈豳風敦龐之俗哉？或謂時偶值有于歸之事，或又謂豫有離親之感，均屬附會。

七月流火，見上。**八月萑葦**。尾韻。**蠶月條桑**，陽韻。**取彼斧斨**，陽韻。**以伐遠揚**，陽韻。**猗**《齊詩》作「徛」。**彼女桑**。陽韻。**七月鳴鵙**，錫韻。《孟子》注作「鴃」，《升菴外集》作「雊」。**八月載績**。錫韻。**載玄載黄**，陽韻。**我朱孔陽**，韻。**爲公子裳**。陽韻。○賦也。孔穎達云：「衣之所用，非絲即麻。春既養蠶，秋當緝績，絲帛染爲玄黄，乃堪衣用。故三章又陳女功，自始至成也。」八月，斗建酉之月。萑葦，解見《蒹葭》篇。毛云：「豫蓄萑葦，可以爲曲。」按《月令》：「季春之月，命野虞毋伐桑柘，鳴鳩拂其羽，戴勝降于桑。具曲植蘧筐。后妃齊戒，親東鄉躬桑。禁婦女毋觀，省婦使以勸蠶事。」注云：「曲，薄也。植，槌也。」所以架曲與蘧筐者。孔云：「薄用萑葦爲之。以下句言蠶事，則萑葦爲蠶之用，故傳云『豫蓄以爲曲也』。」蠶月，治蠶之月，以《月令》、《祭義》考之，正謂三月也。《月令》之説見前。《祭義》云：「大昕之朝，君卜三宮之夫人、世婦之吉者，使入蠶室，奉種浴于川。」鄭氏謂大昕者，季春朔日之朝也。此詩自建寅之月，以至建丑之月皆有，獨少建辰之月。有其事，不紀其月，亦古人行文變幻處。條，長也。「厥木維條」之條。言三月之時，桑枝方條達也。斨，《説文》云：「方銎斧也。」孔云：「隋銎曰斧，方銎曰斨，斨即斧也，惟銎孔異也。」按隋，謂孔形狹而長也。銎，斧空也。劉熙云：「斨之言戕也，所伐皆戕毁也。」遠揚，朱子云：「遠枝揚起者也。」孔云：「長條揚起，手所不及，故枝落之而采其葉。」嚴云：「桑性以斬伐而始茂，取斧斨以伐其條，又豫爲明年之計也。」程大昌云：「今浙桑則然，歲生歲伐，率皆稠行低榦，無有高及二丈者。」猗，通作倚。嚴云：「猗依也，不斬其條，但就樹以采其葉也。」又《齊詩》作猗，故《毛傳》謂角而束之曰猗，蓋取此猗義也。女桑，《爾雅》云：「桋桑也。」郭璞云：「今俗呼桑樹小而條長者爲女桑樹。」嚴云：「物之小者稱女，猶今稱女墻也。」上章「柔桑」乃桑葉之嫩者，嫩葉始生未多，故以筐箱求之，養新出之蠶耳。蠶有新出者，又有未出者，故同采蘩言之，皆言蠶事之始也。此章女桑，乃桑樹之小者。大樹既條取之，小樹又猗取之。蠶已大食，故桑之大小取之無遺，蓋言蠶事之成也。鵙，《爾雅》云：「伯勞也。」郭璞云：「似鶷鷱而大。」楊慎云：「形似鸜鵒，鸜鵒喙黄，伯勞喙黑，以此别之。」曹植云：「伯勞以五月鳴，應陰氣之動。陽爲仁養，陰爲殘賊，伯勞蓋賊害之鳥也。其聲鵙，故以其音名云。」性亦能擊搏。鷹集于林，則盤旋鳴聒，候鷹飛，輒擊之。五更輒鳴不止，至曙乃息，又名博勞，又名伯趙。趙者，疾也。《左傳》云：「伯趙氏，司至也。」《通卦驗》云：「博勞性好單棲，其飛𩙪，夏至應陰而鳴，冬至而止，故帝少皞以爲司至之官。」陸佃云：「《説文》以爲𩙪，斂足也。今鵙飛，斂足腹下。」羅願云：「按《時訓》云，鵙不始鳴，號令壅偪。高誘以爲夏至後，應陰而殺蛇，乃磔之棘上而始鳴。今俗云，鵙在林間鳴，蛇于其下，蟠結不動，飛去則伸。其所踏枝，可鞭兒，令速語，以其當萬物不鳴時而能鳴，故以類求之。」或見《夏小正》訛鵙作鴂，而《孟子注》以鴂爲鵙，遂以兩字通用。按鴂名鶗鴂，巧婦也，與鵙無涉。陸佃云：「倉庚知分，鳴鵙知至，故陽氣分而倉庚鳴，可蠶之候也。陰氣至而鵙鳴，可績之候也。」嚴云：「五月伯勞始鳴，應一陰之氣。至七月猶鳴，則三陰之候，而寒將至矣。故七月聞鵙之鳴，先時感事也。」載之言則，蓋音近也。績，《説文》云：「緝也。」孔云：「《陳風》『不績其麻』。」績，緝麻之名。八月絲事畢而麻事起也。」玄黄、朱，皆色之正者。于是始染以獻，總上絲織而成帛、麻織而成布言。吕祖謙云：「古者冕用麻而服用絲。」一説春帛是寒服，秋布是暑服，亦通。玄，毛云：「黑而有赤也。」按《考工記・鍾人》説染法云：「三入爲纁，五入爲緅，七入爲緇。」鄭注云：「染黑者，三入而成纁，又再染以黑則爲緅。緅，今《禮記》作爵，言如爵弁色也。又復再染以黑，乃成緇矣。凡玄色者，在緅、緇之間。其六入者歟？」孔云：「玄色，染法互入數，禮無明文，故鄭約之以爲六入，謂三入赤，三入黑，是黑而有赤也。」《易・下繫》云：「黄帝、堯、舜垂衣裳，蓋取諸乾坤。」注云：「乾爲天，坤爲地，天色玄，地色黄，故玄以爲衣，黄以爲裳，象天在上，地在下也。」朱，毛云：「深纁也。」《士冠禮》：「爵弁服纁裳。」鄭注云：「凡染絳，一入謂之縓，再入謂之赬，三入謂之纁，朱則四入矣。」孔云：「染朱入數，《書傳》無文，故約之以爲四入也。三則爲纁，四入乃成朱色，深于纁，故云『深纁也』。」孔，甚也。陽，毛云：「明也。」孔云：「陰陽相對，則陰闇而陽明矣。朱色無陰陽之義，故以陽爲明，謂朱爲光明也。」按《周官・染人》：「秋染夏。」夏，五色也。謂之夏者，夏翟毛羽五色皆備成章。于斯時也，天朗氣清，五色皆可以染，故繫之八月之下也。公子，與上章「公子」

同。玄黄以獻之君，其朱色之鮮明者，婦人女子尤愛之，故取以獻爲公子裳，非徒表藹然家人一體之意，誠見采蘩之公子，能勤婦功，而此絲麻乃婦功所成，亦猶之稱絲劾功之意耳。章中言「七月」、「八月」、「蠶月」，皆是逐年如此，作去歲看亦可，作今歲、明歲看亦可，不必拘拘分疏。朱子云：「以上二章，專言蠶績之事，以終首章前段『無衣』之意。」

四月秀葽，蕭韻。**五月鳴蜩。**蕭韻。**八月其穫，**藥韻。**十月隕蘀。**藥韻。**一之日于貉，**藥韻。**取彼狐狸，**支韻。**爲公子裘。**叶支韻，渠之翻。豐本作「求」。**二之日其同，**東韻。**載纘武功。**東韻。**言私其豵，**東韻。**獻豜**《周禮》注作「肩」。**于公。**東韻。○賦也。四月，斗建巳之月。王安石云：「陽生則言日，陰生則言月。然四月正陽而言月，何也？四月陰生，氣之先至者也。」嚴云：「五行皆胎養在長生之前。五月一陰生，則亦四月陰胎萌也。」曹氏云：「首舉四月者，言陰氣之來，從微至著，蓋有漸也。」《爾雅》云：「木謂之華，艸謂之榮，不榮而實者謂之秀。」孔云：「分別異名以曉人，故以秀爲不榮。然《出車》云『黍稷方華』，《生民》説黍稷云『實發實秀』，是黍稷有華亦稱秀也。」葽，草名。鄭疑爲王萯，非也。劉向説此味苦，苦葽也。按《爾雅》云：「葽繞，蕀蒬。」郭璞云：「今遠志也，似麻黄，赤華，葉鋭而黄，其上謂之小草。」《本草》云：「遠志，一名蕀蒬，一名繞葽，一名細草。」《廣雅》云：「一名王連，一名蕀苑。」《圖經》云：「根色黄，形如蒿根。苗名小草，似麻黄而青，又如華豆葉，亦有似大青而小者。三月開華，白色，根長及一尺。」嚴云：「今遠志苦澁之甚，醫家以甘草熟煮之，乃可用。」又丘光庭云：「《月令》：『孟夏苦菜秀。』孔穎達云：『菜似馬薤而花白，其味極苦。』今驗四月秀者，野人呼爲苦葽。春初取煮，去苦味，和米粉，作餅食之。四月中，莖如蓬艾，花如牛旁花。❶四月秋氣生，故苦蔞秀。則一歲物成，自苦蔞始。《月令》所書，皆應時之物，其言苦菜，即苦蔞也。潁達所見，別是一物，不可引以解此。」五月，斗建午之月。蜩，蜋蜩也。《夏小正》作良蜩。傳云：「良蜩者，五采具。」按《爾雅》蜩種不一，有蜋蜩，有螗蜩。據《小正》，良蜩、螗蜩皆以五月鳴。楊雄《方言》云：「楚謂之蜩，宋、衛之間謂之螗蜩，陳、鄭之間謂之蜋蜩，秦、晉之間謂之蟬。」果如所言，蜋螗、蟬通是一物，《夏小正》不應別而言之。而《蕩》詩云「如蜩如螗」，則蜩自蜩，螗自螗，其非一物明甚。毛氏于彼傳云：「蜩，蟬也。螗，蝘也。」當以此說爲正。螗蜩改名蝘，則蜋蜩得專名蜩矣。陸佃云：「蜩亦蟬之一種，形大而黑。昔人啖之，禮有雀鷃蜩范是也。一名蟬，爲其變蜕而禪，故曰蟬。」又《小正》、《月令》七月寒蟬鳴，寒蟬似蟬而小，一名寒蜩，即今啞蟬，非此蜩也。錢天錫云：「因天時之變，而物化隨之，寒于冬而萌于夏，豳民早計如此，蓋不止履霜而知堅冰矣。」此與下章覘昆蟲之變化者不同。穫，《說文》云：「刈穀也。」孔云：「八月其穫者，惟有禾耳。」十月，斗建亥之月。隕，《說文》云：「从高下也。」又云：「凡草木皮葉落墮地爲蘀。」徐鍇云：「此言草木而从草者，木蘀與草同也。」又《說文》有㯏字，其義則木葉墮地，徐以爲隕蘀當用此㯏字，但古今字異，此字今所難行也。以上四句言陰氣之繇萌而盛而極，見于物者如此，以起裘褐不可緩之意。于貉，往祭貉也。按《周禮·大司馬》之職，中冬教大閱，群吏以旗物鼓鐸鐲鐃，各率其民而致之。大司馬質明弊旗，誅後至者，有司表貉于陳前。舊說云：「貉，師祭也。立表以祭，故謂之表

---

❶「旁」，《四庫全書》本作「蒡」。

貉。」古人祭貉于立表之處，無壇壝，置甲胄弓矢于前，置稍其後以依神禱，氣勢壯而多獲。羅願云：「貉，善睡之獸，似狐，❶畜而養之，扣之即悟，已而復寐。周人將獵則先祭貉，故謂獵爲貉。《周禮》曰：『祭表貉，則爲位。』蓋貛之將出，貉爲先導。表貉之所在，知獸之所聚，故祭而取之。《穆天子傳》曰：『天子獵于漆澤，于是得白狐、玄貉焉，以祭于河宗。』此《周禮》獵祭貉之驗也。狸者，狐之類，狐口鋭而尾大，狸口方而身文，黄黑彬彬，蓋次于豹，故稱聖人虎變，君子豹變，辨人貍別。貍，善搏者也。爲小步以擬度焉，其發必獲，謂之貍步。量侯道法之，古者王大射，則射人以貍步張三侯。」陸佃云：「狐善疑，貍善擬，不可以有爲，故古者以爲燕居之裘。詩曰：『一之日于貉，取彼狐狸，爲公子裘。』言往祭表貉，因取狐狸之皮爲裘也。」孔云：「禮言狐裘多矣。《左傳》稱齊大夫東郭書衣貍製，服虔謂『貍製，貍裘也』。」陳祥道云：「夫公子無豫于事而貍裘，東郭即戎而貍製，則貍裘非禮服之裘也。傳又曰：『臧之狐裘，敗我于狐駘。』則春秋之時，戎服亦以狐裘也。」此公子謂豳公之子，與上二章女公子不同。蠶績者，婦人之事，則「我朱孔陽」以獻公之女。狩獵者，男子之事，則「取彼狐狸」以獻公之子，亦各從其類也。閔光德云：「蠶績、狩獵，不專爲君，但于勤生之中，有先公後私之義耳。」其同者，鄭云：「君臣及民因習兵俱出田也。」或引《周禮・小司徒》職云：「凡起徒役，毋過家一人，以其餘爲羨，惟田與追胥竭作。」注謂竭作者，正卒、羨卒盡出也。一之日只正卒往，二之日則正卒、羨卒俱往，故曰「同」。愚按此説絶無稽據，今以下文「獻豣于公」觀之，則公固在田所矣，鄭解爲是。

❶「似」，原作「以」，據《四庫全書》本改。

又一之日行表貉之祭，似與《周禮》中冬大閱之典相合，而此更言二之日「載纘武功」者，舊説謂豳地晚寒，故習兵晚，亦屬附會。此詩自説豳俗，在《周禮》未作之先，原不宜律以《周禮》，或祇是一之日聽民相與祭貉，以獵取禽獸，而君未同往。至二之日君方帥有司致民于田以講武，故曰「其同」也。毛云：「纘，繼。功，事也。」孔云：「既言捕取狐狸，因説田獵之事。至二之日之時，君臣及其民俱出田獵，則繼續武事，年嘗習之，使不忘戰也。」愚按此時始習兵出田，一年僅止一次耳，與《周禮》蒐苗獮狩之典殊異。謂之纘者，言纘續上年之事，蓋歲以爲常，非謂繼前日之于貉也。豵、豜，皆豕名。《説文》以豚生六月爲豵，毛傳以豕生一歲爲豵，未詳孰是。《爾雅》：「豕生三子曰豵。」注云：「豬生子常多，故别其少者之名。」《説文》以豕生二歲，肩相及者謂豜。《周禮》注以四歲爲豜，亦未詳孰是。然總之豕之大者也。小獸私之爲己有，大獸獻之于公，所薄于己而厚于君也。朱子云：「此章專言狩獵，以終首章前段『無褐』之意。」愚按裘褐有别，貴者衣裘，賤者衣褐。通章只重在「取彼狐貍，爲公子裘」二語，蓋豳民因己之資褐以禦寒，而重爲貴者之慮。下文二之日一段，則又因言于貉而并及之耳，語意自有輕重。又按《禮·射義》，諸侯以《貍首》爲節，疑即歌此章也。一之日取彼狐狸，故曰貍首，又豳公之詩也，是故諸侯之射以之爲節。

五月斯螽動股，麌韻。**六月莎**《釋文》作「沙」。**雞振羽。**麌韻。**七月在野，**叶麌韻，王矩翻。**八月在宇，**麌韻。**九月在户，**麌韻。**十月蟋蟀入我牀下。**八言爲句，叶麌韻，後五翻。**穹窒熏鼠，**叶麌韻，此主翻。**塞向**《儀禮》疏作「鄉」。**墐户。**麌韻。**嗟我婦子，**叶麌韻，茲五翻。**曰**《漢書》、豊氏本俱作「聿」。**爲改歲，入此室處。**叶麌韻，此主翻。〇賦也。斯螽，解見《螽斯》篇。《爾雅》以爲蜇螽。陸璣云：「蝗類也。長而青，長角長股，青色黑斑，其股似玳瑁文。五月中，以兩股相搓作聲，聞數十步。」幽州人謂之舂箕，❶亦謂之舂黍。江東人謂之蚱蜢，亦謂之蚝蚼。陸佃云：「五月斯螽動股，言螽斯股成而奮迅之也。《爾雅》云：『螽醜奮。』蓋于是時，股成而奮迅之，則方春尚弱也，故《列子》以爲臣力折春蠶之股，堪秋蟬之翼。」❷六月，斗建未之月。莎雞，蟲名。振羽者，毛云：「羽成而振迅之。」丘光庭云：「按諸蟲之鳴，出于口喙者多矣。有脇鳴者，有脰鳴者，有股鳴者，有羽鳴者。脅鳴者，蜩蟬也；脰鳴者，螻蟈也；股鳴者，斯螽也；羽鳴者，莎雞也。若以飛而有聲爲羽鳴者，則蠅蚊之類皆是，何獨莎雞也。且豳風所言，非偶然也。以莎雞、斯螽之事，皆陽蟲也。陽氣出則此蟲鳴，陽氣入則此蟲盡，著其將寒之有漸，勸人早備于寒也。今驗莎雞，狀如蚱蜢，頭小而身大，色青而有鬚，其羽晝合不鳴。夜則氣從背出，吹其羽振振然，其聲有上有下，正似緯車，故今人呼爲絡緯者是也。如或不信，可取樹枝之上，候其鳴者，把火燃看，即知斯言之不謬。或云『飛而振羽，索索作聲』，是其不識莎雞，妄爲臆説。」羅願云：「莎雞振羽作聲，其狀頭小而羽大，有青、褐兩種，率以六月振羽作聲，連夜札札不止。其聲如紡絲之聲，故一名莎雞，一名絡緯。今俗人謂之絡絲娘，蓋其鳴時，又正當絡絲之候。故豳詩云『六月莎雞振羽。七月在野，八月在宇，九月在户』也，寒則漸近人。今小兒夜亦養之聽其聲，能食瓜莧之屬。崔豹《古今注》云：『莎雞，一名促織，一名絡緯，一名蟋蟀。促織，謂鳴聲如急織也；絡緯，

❶ 「舂」，原作「春」，據《四庫全書》本改。下「舂黍」同。

❷ 「堪」，《四庫全書》本作「揕」。

謂其鳴聲如紡緯也。』又曰：『促織，一名促機、絡緯，一名紡緯。』其言促織如急織，絡緯如紡緯是矣。但蟋蟀與促織是一物，莎雞與絡緯是一物，不當合而言之爾。《詩》稱『六月莎雞振羽』，以至『九月在户，十月蟋蟀入我牀下』，一章而别言莎雞與蟋蟀，可知其非一物也。蓋二蟲皆似機杼之聲，可以趣婦功，故易以紊亂。孫炎解《爾雅》『螒，天雞』，以爲小蟲，黑身赤頭，一名莎雞。郭氏又云『一名樗雞』，陸璣則云：『莎雞如蝗而斑色，毛翅數重，下翅正赤，或謂之天雞。六月中飛而振羽，索索作聲，幽州人謂之蒲錯。』《廣志》云：『莎雞似蠶娥而五色，亦曰犨雞。』蓋皆非其類。今莎雞之鳴，乃止而振羽，不待飛也，一名馬蠜。」陸佃云：「蓋其鳴以時，❶故有雞之號。」范祖禹云：「五月日短至而陰生，斯螽動股，莎雞振羽，氣使之然也。陰陽之氣積微而爲寒暑，君子之戒民也蚤矣。」「七月在野」以下，蒙上文皆謂莎雞也。舊説以爲屬下文指蟋蟀，不特文理未順，且《周書》云：「小暑之日温風至，又五日而蟋蟀居壁。」《易通卦驗》亦云：「立秋，蜻蛚鳴。白露下，蜻蛚上堂。」蜻蛚即蟋蟀也，安所覩七月在野乎？宇，《韓詩》云：「屋霤也。」陸德明云：「屋四垂爲宇。」《説文》以爲屋邊也。《釋名》云：「宇，羽也。如鳥羽翼自覆蔽也。」户，《説文》云：「護也。半門曰户。象形。」又外曰門，内曰户。《易·節》卦初九曰「不出户庭」，九二曰「不出門庭」是也。蟋蟀，解見唐風。林兆珂云：「蟋蟀有三尾者，雌也。二尾者，雄也。吴人取其雄而趫健者，馴養以鬬。其鳴在股間，非口也。」亦作悉蛪。陸佃云：「陰陽率萬物以出入。至于悉蛪，能帥陰陽之悉者也。《詩》云『十月蟋蟀入我牀下』，言蟋蟀微物也，

❶「鳴」，原作「名」，據《埤雅》改。

猶知隨時，可以人而不如乎？故曰物有微而志信，人有賤而志忠也。」牀，《説文》云：「安身之坐也。」从木从爿。爿象人斜身有所倚着。鄭玄云：「言此三物之如此者，著將寒有漸，非卒來也。」穹，朱子云：「空隙也。」通作空。《考工記》：「穹者三之一。」鄭司農云：「穹讀爲空，謂鼓木穹窿者，居鼓三之一也。」又《吕覽》「伊尹生于穹桑」，字或作空。窒，《説文》云：「塞也。」室中空隙者塞之。熏，《説文》云：「火烟上出也。」熏鼠，令出其窟，使不得穴于其中也。孔云：「《月令》『孟冬，命有司，閉塞而成冬』，此經穹窒墐户，文在十月之下，亦當以十月塞塗之矣。」塞，《説文》云：「窒也。」本作𡫳，从宀，屋也。从廾，捧也。从𡱝从土。𡱝音展，象疊物捧而塞于屋中也。向，《説文》、毛傳皆云「北出牖也」，从宀从口。徐云：「牖所以通人氣，故从口。會意。」孔云：「《士虞禮》云『祝啓牖鄉』注謂『鄉、牖一名也』。」塞向，避北風也。孔云：「爲寒之備，不塞南窻。」墐，毛云：「塗也。」孔云：「所以須塗者，庶人篳户。篳户，以荆竹織門。荆竹通風，故泥之。使令室無隙孔，寒氣不入。」錢天錫云：「向可暫塞，户則人所出入，不可塞，但墐之而已。」陸燧云：「隙能生寒，而鼠又能生隙，故窒熏之，使寒不得自内出。塞墐之，使寒不得自外入。」王安石云：「嗟者，憫憐之辭。」「曰爲改歲」者，黄佐云：「言時至冬，歲事將改，亦猶《堯典》稱冬爲朔易之義。吕氏不察其説，而謂：『三正通于民俗尚矣。周特舉而迭用之耳。』朱子亦謂：『周歷夏、商，其未有天下之時，固用夏、商之正朔。然其國僻遠，無純臣之義，又自有私記其時月者，故三正皆曾用也。』是謂周之先公，私有紀候之法，故云十月改歲。然既以十月爲改歲，則又何以云一之日爲卒歲乎？是其一篇之中，自相矛盾而不可通矣。」愚按改歲原不正指十月，乃豫計之詞，玩本文語意自明。室者，邑中之室。處，止也。言于此而止息也。自田廬而止之，故曰入。

顔師古云：「去田中，入室處也。」孔云：「虫既近人，大寒將至，故塗塞其室。又告妻子，言我所以爲此者，爲改歲大寒，當入此居處也。」班固云：「春令民畢出在埜，冬則畢入于邑。其詩曰：『四之日舉趾，同我婦子，饁彼南畝。』又曰：『十月蟋蟀，入我牀下，嗟我婦子，聿爲改歲，入此室處。』所以順陰陽，備寇賊，習禮文也。」黄子道周云：「《明堂禮》曰：『仲秋農隙，民畢入于室，曰時殺將至，毋罹其災。』此託于護民者也，則不如豳風之情也。豳風至十月塞向墐户，曰入室處，是亥月也。」此章亦以終首章前段卒歲之意，既言有衣有褐矣，復及室處者，豳地寒，總是禦寒事也。

六月食鬱及薁，屋韻。《説文》、《爾雅》疏作「藿」。**七月亨**音烹。豐氏本作「亯」。**葵及菽**，屋韻。《釋文》、豐氏本俱作「尗」。**八月剥棗**。皓韻。**十月穫稻**，皓韻。**爲此春酒**，有韻。**以介眉壽**。有韻。**七月食瓜**，叶虞韻，攻乎翻。**八月斷壺**，虞韻。**九月叔苴**。叶虞韻，莊俱翻。**采荼薪**豐本作「新」。**樗**，叶虞韻，他胡翻。**食**音嗣。**我農夫**。虞韻。○賦也。朱子云：「自此至卒章，皆言農圃、飲食、祭祀、燕樂，以終首章後段之意。」蘇轍云：「春夏食去歲之蓄，至于六月，始有果寔成而可食。」鬱，唐棣之類。劉楨《毛詩義問》云：「其樹高五六尺，其寔大如李，正赤，食之甜。」《本草》云：「一名雀李，一名車下李。生高山川谷或平田中，五月時寔。」薁，毛云：「蘡薁也。」亦作蘡郁。《詩疏》云：「一名車鞅藤。」戴侗云：「蔓生，類蒲萄，六月熟。」甌越諺云：『蘡薁熟，食新粥。』正《詩》六月所食也。」《花木志》云：「燕薁，實如龍眼，黑色。」《説文》謂之蘡薁。《廣志》云：「燕薁似梨，早熟。」舊説皆以爲即唐棣，而沈括又以爲唐棣即鬱，棠棣即薁，此皆非也。按鬱乃車下李，薁乃蘡薁，唐棣乃薁李，本是三物，何得相混？又按《本草》注云：「葡萄即蘡薁，生隴西五原山谷。」未詳孰是。亨，煮也。葵，菜名。《本草》云：「葵爲百菜之主。」按葵之種類不一，有丘葵，《廣雅》所謂蘬者是也。有胡葵，《廣志》所謂其花紫赤者是也。有冬葵，崔寔謂中伏後所種，陶隱居曰：「以秋種葵，覆養經冬，至春作子。」《管子》所謂「桓公北伐山戎，得冬葵，布之天下者」是也。有蜀葵，一名衛足葵，孔子以比鮑莊子智不如葵，葵猶能衛其足者。郭璞云：「如木槿花，一名戎葵。」《爾雅》所云菺戎葵者是也。又有黄蜀葵，與蜀葵頗相似，而各别種。有錦葵，花小葉員。有終葵，一名繁露，《爾雅》謂「蔠葵，繁露」者是也。亦名落葵，又名天葵，又名承露，又名藤葵。郭璞云：「大莖小葉，華紫黄色可茹，味甘滑。」《圖經》云：「蔓生，葉員厚如杏葉，子如五味子，生青熟黑，所在有之。」有龍葵，《本草》注云：「即關河間謂之苦菜者，葉員花白，子若牛李子，生青熟黑，但堪煮食，不任生噉。」《圖經》云：「惟北方有之。」有莵葵，《本草注》云：「苗如龍芮，葉光澤，花白似梅，莖紫色，煮汁可食。」《爾雅》所謂「莃，莵葵」者是也。有荆葵，一名芘芣，陸機云：「似蕪菁，華紫绿色，可食，微苦。」《詩》及《爾雅》所謂荍者是也。有錢葵，叢低，又一種，鮮妍可愛。有蒲葵，可食，其葉大者中作扇，晋人所捉者是也。有露葵，宋玉《諷賦》、曹植《七啓》中皆及之，未詳其狀。《顔氏家訓》載蔡朗以父諱純，遂呼蓴菜爲露葵，而露葵實非蓴菜也。有楚葵，即水中芹也。有澤葵，即莓苔，鮑昭《蕪城賦》所謂「澤葵依井」是也。有鳧葵，葉員似蓴，生水中。《馬融傳》謂「桂荏鳧葵」者，是也。一名水葵，莖甚淡，三月至八月，細如釵股，名懸葵。九月至十月，漸粗，在泥中者曰莵葵。春末夏初，有莖未葉，名雉蓴，一名茆。又有吴葵、鴨脚葵、春葵、秋葵、紫莖葵、白莖葵，葵類雖多，鮮不堪茹，故古人重之。《周禮·醯人》「饌食之豆，其實葵菹」，《儀禮》「贊者一人，執葵菹以授之主婦」。繆襲《祭儀》

云：「夏祀和羹，芼以葵。」公儀休相魯，食于舍而茹葵，慍而拔之，不欲奪園夫之利。魯監門女嬰，謂馬佚食園葵，歲利亡半。魯漆女謂馬佚踐園葵，使終歲不厭葵味。潘岳《閒居賦》云：「菜則緑葵含露。」齊周顒答王儉云：「緑葵紫蓼。」繇斯以觀，葵之爲尚久矣。《齊民要術》云：「種葵三十畝，勝作十頃穀。」羅願云：「葵子雖經歲不浥，微炒令熚炸，散着濕地，遍踏之，朝種暮生，遠不過宿。早種者，十月末，地將凍，散子勞之，正月末亦可。五月初更種之，以春者既老，秋菜未生，種此相接。六月一日，種白莖秋葵，白莖者宜乾。九月作葵菹、乾葵，蓋一歲凡得三輩。《士虞禮》：『夏秋用生葵，冬春用乾豆。』皆滑物。道家之法，十日一食葵菜，所以調和五臟。」菽，大豆也。按張揖《廣雅》云：「大豆，菽也。小豆，荅也。」是則菽爲大豆之專名。氾勝之云：「高田可種大豆，保歲易爲宜，古之所以備凶年也。謹計家口數，種大豆，率人五畝，此田之本也。」羅云：「菽類最多，故九穀之中，居其二。然菽于用甚多，故羞籩之實，糗餌粉餈，皆稻米黍米所爲。合蒸則曰餌，餅之則曰餈，以其粘著，故擣粉熬大豆以爲表。餌言糗，餈言粉，蓋互相足。」陸佃云：「王公熬豆而食曰啜菽。」又毛傳以爲「藿也」。孔云：「大豆葉謂之藿。」《儀禮·公食禮》云：「鉶羹牛藿。」采其葉也。未詳孰是。棗，果名。按《爾雅》「棗有十一種」。《夏小正》云：「八月剥棗，栗零。」蓋于是時，棗栗熟也。剥，落也，毛以爲擊也。陸佃云：「棗實未熟，雖擊不落。已熟則爛，不擊自墮。蓋收棗，擊而落之。故《齊民要術》所謂『全赤則收。收法，撼而落之爲上』是也。且棗全赤即收，故乾則紅皺，復無烏鳥之費。半赤而收者，肉未充滿，乾復黃皺。將赤，味亦不佳。故於全赤之時，剥而落之。」羅云：「古者八月剥棗。《大戴禮》曰：『剥者，取也。』其修治，則曰新之，曰疐之，以爲饋食之籩，又以爲婦贄。其事父母舅姑者，棗栗飴蜜以甘之，凶歲亦仰焉。」宋王安石初解剥棗，不用毛注，曰：「剥者，剥其皮而進之，所以養老也。」後從蔣山郊步至民家，問：「其翁安在？」曰：「去撲棗。」始悟前非，即具奏乞除前説。稻，解見《鴇羽》篇。蔡邕《月令章句》云：「十月穫稻，人君嘗其先熟，故在季秋九月熟者，謂之半夏稻。」稻米粒如霜，性尤宜水。其黏者爲糯，一名秫，可以釀酒。其不黏者爲秔，可以作飯。二月種秫稻，有芒者爲秔，不芒者爲糯，通稱稌也。故《周頌》曰：「豐年多黍多稌，爲酒爲醴。」《月令》曰：「乃命大酋，秫稻必齊。」大酋，酒官之長也。春酒，毛云：「凍醪也。」冬釀春熟。《月令》注云：「古者穫稻而漬米麴，至春而爲酒。」介，取擯介之義，故古人訓介爲助。《史記》注曰「相佐助曰介」是也。眉壽，毛云：「毫眉也。」孔云：「年老者必有毫毛秀出。」王安石云：「眉壽衰矣，養氣體以助之也。」邵氏云：「古人以酒爲養老之具，餘人不得飲焉。」曰介眉壽，蓋釀酒之意如此。」自章首至此，鬱、薁，佳果也；葵，嘉蔬也；菽與棗俱可供籩實，皆羞耇之具，不特釀稻爲酒，足以養老而已。七月食瓜以下，則農夫之所以自養也。按《夏小正》五月乃瓜。乃瓜者，治瓜之辭也。八月剥瓜，謂蓄瓜時也。此七月，瓜正盛，則食之而已。壺，瓠屬。陸佃云：「似瓠而員曰壺。壺，圓器也，故謂之壺，亦曰壺盧。《古今注》曰：『壺盧，瓠之無柄者也。』玄蜂若壺，蓋取諸此。壺性善浮，要之可以涉水，南人謂之要舟。《鶡冠子》曰：『賤生于無所用，中流失船，一壺千金。』以此故也。《詩》曰『八月斷壺』，壺性蔓生，披蔓斬之，故曰斷也。今其收法，八月冷露降，輒生斷其根。」劉彝云：「壺枯者可爲壺，嫩者可供茹。八月宜斷其梢，令勿復花實，所以堅其壺而大其茹。今民尚爾。」亦通作瓠。陸云：「《風俗通》云：『八月秋穰，可以殺瓠，取其色澤而堅。』《類從》以爲『瓠死燒穰，瓜亡煮漆』，即此是也。今俗，畜瓠之家不燒穰，種瓜之家不焚漆。」崔寔云：「正月可種瓠，六月可蓄瓠，八月可斷壺。」羅願云：「《詩》斷壺，瓠中白膚，所謂張蒼肥白如瓠者也。可以飼豕致肥，其瓣可以作燭致明，其葉又可爲菜。」叔，《説文》云：「拾也。」按叔、尗、菽三字，古文多混用。今別其義，季父之稱當作尗。唐孔氏以爲字从上从小，言尊行之小，是也。《説文》訓爲豆，謂象豆生有岐枝之形，恐未然也。拾取之義當作叔，此尗爲聲，从又定意。又者，手也。其从艸者，乃豆名之菽，菽葉可食，亦菜之類，故从草也。苴，麻之有實者，亦名蕡。其無實者曰牡麻，亦名枲。按《爾雅》云：「黂，枲實。」注引《儀禮》注云：「苴，麻之有蕡者。」又曰：「荸，麻母。」疏云：「苴麻盛子者。」蓋謂此有實之麻，其子名苴名蕡，其母名荸也。孔云：「叔苴謂拾取麻實以供食也。九月初熟，拾取以供羹菜。其在田收穫者，納取以供常食也。」羅云：「麻實有文理，故屬金，爲西方之穀。《明堂月令》『秋則食麻與犬』，而至仲秋，則又以犬嘗麻，先薦寢廟。若《豳風》『九月叔苴』，蓋食農夫者，不嫌于晚耳。」荼，解見《谷風》篇。此草凌冬不凋，故一名游冬。生山田及澤中，得霜，脆而美。大木可析曰薪。樗，毛云：「惡木也。」《説文》作榑。陸機云：「樗樹及皮皆似漆，青色耳。其葉臭。」《通志》云：「樗似椿，北人呼山椿，江東呼虎目。葉脱處有痕如樗蒲子，又如眼目，故名。材易大而不中器用。」莊子云：「吾有大樹，人謂之樗。其大本臃腫而不中繩墨，其小枝卷曲而不中規矩。立之塗，匠者不顧。」孔云：「樗唯堪爲薪，故云惡木。」黄佐云：「采荼以上，皆食物也。薪樗直以熟此物焉耳。」鄭云：「瓜瓠之畜，麻實之糝，乾荼之采，惡木之薪，皆所以助養農夫之具。」嚴云：「優老而薄壯，豳俗之厚也。」陳鳥飛云：「取豵以爲私，取豜以獻公，上下之分著矣。以美者養老，以惡者自養，長幼之義明矣。」

九月築場《釋文》作「塲」。**圃，**麐韻。**十月納**豐氏本作「内」。**禾稼，**叶麐韻，古五翻。**黍稷重**《周禮注》作「穜」，《釋文》、《説文》俱作「種」。陸德明云：「《説文》禾邊作重，是重穋之字；禾邊作童，是穜蓺之字。今人亂之已久。」**穋，**叶職韻，録直翻。《周禮注》、《釋文》、《説文》俱作「稑」。**禾麻菽**豐本作「尗」。**麥。**叶職韻，紀力翻。**嗟我農夫！我稼既同，**東韻。**上入執宫**豐氏本作「公」。**功：**東韻。**晝爾于茅，**叶尤韻，迷侯翻。**宵爾索綯，**叶尤韻，徒侯翻。**亟其乘屋，**韻。**其始播**豐本作「匧」。**百穀。**屋韻。○賦也。嚴云：「此章述農事終而復始，其勤勞未嘗息也。」築，《説文》云：「擣也。」《周禮・場人》：「掌國之場圃，而樹之果蓏珍異之物，以時斂而藏之。」注云：「除地曰墠，築堅始得爲場。樹果蓏曰圃，園其樊也。」毛云：「春夏爲圃，秋冬爲場。」鄭云：「場圃同地，自物生之時，耕治之以種菜茹，至物盡成熟，築堅以爲場。」孔云：「蹂踐禾稼謂之場。九月之時，築場于圃之中，以治穀也。」納，通作内。《釋名》云：「入内也。」謂治于場而内之囷倉也。一説，王雪山以納禾稼并後章納凌陰，皆謂納之公家，云豳民遇事，先公後私，亦通。禾，《儀禮・聘禮》「門外米禾皆一十車」之禾。注云：「藁實並刈者也。」朱子云：「禾之秀實而在野曰稼。」重，本作種。《説文》云：「先穜後熟也。」《左傳》：「余髮如此種種。」猶言此晚禾之短也。穋，亦作稑。《説文》云：「疾熟也。」《周禮・内宰》：「上春，詔王后生穜稑之種。」鄭衆云：「先穜後熟曰重，後穜先熟曰稑。」賈公彦云：「先鄭直云先穜後穜，不見穀名。後鄭意黍稷皆有穜稑。」孔云：「再言禾者，以禾是大名，非徒黍、稷、重、穋四種而已，其餘稻、秫、苽、粱之輩皆名爲禾。麻與菽、麥則無禾稱，故于麻、菽、麥之上更言禾字，以總諸禾也。」按《月令》注云：「麥實有孚甲，屬木；黍秀舒散，屬火；麻實有文理，屬金；菽實有孚甲堅合，屬水；稷，五穀之長，屬土。」據此，則黍、稷、麻、菽、麥所屬，以五行相生爲序，故立言云爾也。重樛與禾，❶則其類尚多，故包括之其中也。❷嚴云：「廣舉禾稼之類，以見其多，謂至十月，則此等諸種皆成熟矣，不專是十月納之也。《月令》『五月登黍，四月登麥』，非十月也。」嗟我農夫，乃同儕自相警戒之辭。輔廣云：「黍、稷、重、樛、禾、麻、菽、麥，則凡一歲所種者，先後大小皆舉之矣，故復總言之曰『我稼既同』，謂畢聚也。」毛云：「入爲上，出爲下。」李氏曰：「自田野入都邑，故謂之上。」愚按以下而供上之事，亦曰上。執，治也。宫功，范氏、董氏皆以爲公室官府之役。朱子云：「古者『用民之力，歲不過三日』是也。」嚴云：「農事了畢，農夫自相告戒云：嗟！我農夫稼穡收穫既齊矣。野中無事，我當上入都邑，執公室之役。不待督責而從，見豳人尊君親上，禮義之俗也。」爾，汝也。亦豳人自相戒之辭。于茅，往取茅也。宵，《説文》云：「夜也。」索，《説文》云：「艸有莖葉，可作繩索也。」綯，《爾雅》云：「絞也。」按《説文》無綯字，當通作絛，云：「扁緒也。」❸《廣韻》以爲編絲繩，是絞之義也。宵爾索綯，言夜則爾當繩是絞也。嚴云：「茅不可索綯，晝取茅草，將以蓋屋。宵作索綯，將以縛屋。」亟，《説文》云：「敏疾也。」乘，《説文》云：「覆也。」徐云：「從上覆之也。」屋，邑居之宅也。朱子云：「古者民受五畝之宅，二畝半爲廬在田，春夏居之；二畝半爲宅在邑，秋冬居之。」輔廣云：「豳民于田畝，則曰雨我公田，遂及我私。于居室，則曰上入執宫功，然後索

---

❶「樛」，《四庫全書》本作「穋」。
❷「之」，《四庫全書》本作「于」。
❸「扁」，《四庫全書》本作「編」。

綯以乘屋。其忠君親上發于真誠，不待使之而然也。《七月》之民，其事則不外于農桑，其心則不忘乎君上。治天下未能使民至于如此，則皆苟道也。」播，布種也。嚴云：「謂之始播，終而復始也。」范祖禹云：「天運而不息，人動而不已，故『我稼既同』，則又將始播植也。」王安石云：「如《易》所謂『終則有始』也。」羅云：「古人說百穀，以爲粱者，黍稷之總名；稻者，溉種之總名；菽者，衆豆之總名。三穀各二十種，爲六十。蔬果之實助穀，各二十，凡爲百穀。然予以爲穀之種類，每物不下十數，亦何假蔬果而後爲百耶。」輔廣云：「詩言民之趨于農功，自然如此其亟，故《孟子》引之，以證其民事不可緩之説。」鄧元錫云：「六章，秋衆物成，主食饗。七章，冬農功畢，主宮功。」愚按此章只重農事，不重治室。稼既同而始乘屋，爲農也。稼既同而亟乘屋，亦爲農也。正如秀葽章，終首章衣褐之意，只重于貉一段耳。

二之日鑿冰豐氏本作「仌」。**冲冲**，東韻。**三之日納于凌**《説文》作「滕」。**陰**。叶東韻，余中翻。**四之日其蚤**，叶篠韻，子小翻。《禮記》注、豐氏本俱作「早」。**獻羔祭韭**。叶篠韻，己小翻。**九月肅霜**，陽韻。**十月滌場**。陽韻。**朋酒斯饗**，叶陽韻，虚良翻。**曰殺羔羊**。陽韻。**躋彼公堂**，陽韻。**稱彼兕觥**，叶陽韻，姑黃翻。《釋文》、《禮記注》、豐本俱作「觵」。**萬壽無疆！**陽韻。○賦也。此章言藏冰宴饗等事，以終言食之意，亦猶四章、五章言爲公子裘，言曰爲改歲，以終衣褐、卒歲之意也。冰，《説文》云：「水凍也。」《韓詩傳》云：「冰者，窮谷陰氣所聚，不洩則結爲伏陰。」鑿冰，謂鑿而取之。《月令》「季冬之月，冰方盛，水澤腹堅，命取冰。冰以入」是也。冲，本作沖。《説文》云：「涌摇也。」或以爲和也。嚴云：「季冬陽氣尚微，盛陰固閉，不能自達，乃豫于深山窮谷，鑿取其冰以達之。陽氣達，而沖沖然和也。」納，解見前章。凌，《説文》云：「冰出也。」鄭衆以爲冰室。按《風俗通》云：「積冰曰凌，冰壯曰凍，冰流曰澌，冰解曰泮。」以字義求之，凌从冫从夌，正謂積冰之處，其冰之多如山陵然耳。陰，闇處也。《周禮》：「凌人掌冰，正歲十有二月，令斬冰，三其凌。」注謂：「三其凌者，三倍其冰。」備消釋也。取冰藏冰在十二月，此言「納于凌陰」在正月者，此時東方解凍，冰漸消釋，故取冰室所藏，更貯于内之陰處，令不復釋。《周禮》斬冰三倍，正爲此也。舊説鄭玄答孫皓，謂「豳土晚寒，故可正月納冰」，殊屬附會。以愚觀此書所陳，無不與《夏小正》、《月令》相應者。其蚤，孔云：「其早朝也。」愚按即二月朔也。《月令》：「仲春，天子乃鮮羔開冰，先薦寢廟。」注云：「鮮當爲獻。」韭，菜名。《説文》云：「一種而久，故云韭。」諺曰：「韭，懶人菜。」以不須歲種也。又利病人，可久食。字象形，在一之上。一，地也。《齊民要術》云：「韭性内生，根喜上跳，故種與葵同法，而畦欲極深。」禮祭宗廟，韭曰豐本。按《夏小正》：「正月，囿有見韭。」韭乃陽菜，春始發露，故紀之。舊傳以爲即此四之日祭韭，非也。陸佃云：「開冰，春祭也，故獻羔祭韭。《禮》曰『春行羔豚』，又曰『春薦韭』是也。」孔云：「祭韭者，蓋以時韭新出，故用之。《王制》云：『庶人春薦韭。』亦以新物，故薦之也。」羅云：「韭，首春色黄，未出土時最美，故云『春初早韭，冬末晚菘』。詳庶人四時之薦，夏及秋冬，乃薦麥、黍與稻，而春乃薦菜茹之物。又三時用魚豚鴈爲配，而韭獨以卵，豈春物未成，可薦者少故耶。」曹氏云：「獻羔，祭司寒也。祭韭，薦清廟也。」宋淳化中，李至上言：「按《詩》『四之日獻羔祭韭』，即今之二月也。又《月令》開冰之祭，當在春分，非四月所當行也。」帝覽奏曰：「韭長可以苫屋矣，何謂薦新？」令春分開冰祭司寒，卜日，薦冰于太廟。《左傳》申豐曰：「古者日在北陸而藏冰，西陸朝覿而出之。其藏冰也，深山窮谷，固陰沍寒，于是乎取之。其出之也，朝之禄位，賓食喪祭，于是乎用之。其藏之也，黑牡秬黍，以享司寒。其出之也，桃弧棘矢，以除其災。其出入也時，食肉之禄，冰皆與焉。大夫命婦，喪浴用冰。祭寒而藏之，獻羔而啓之，公始用之。火出而畢賦。自命夫命婦，至于老疾，無不受冰。山人取之，縣人傳之，輿人納之，隸人藏之。夫冰以風壯，而以風出。其藏之也周，其用之也徧，則冬無愆陽，夏無伏陰，春無淒風，秋無苦雨，雷出不震，無災霜雹，癘疾不降，民不夭札。《七月》之卒章，藏冰之道也。」按《爾雅》云：「北陸，虚也。西陸，昴也。」杜預云：「陸，道也。十二月，日在虚危。三月，日在昴畢。三月、四月中，火星昏見東方。」鄭玄以西陸朝覿，爲四月立夏之時。《周禮》曰「夏班冰」是也。服虔則以爲二月日在婁四度，春分之中，奎始晨見東方，蟄蟲出矣，故以是時出之，給賓、客、喪、祭之用。今按《左傳》本文，西陸朝覿而出之，在火出畢賦之先，服虔之解是也。《爾雅》以西陸爲昴，未足信。《周禮・凌人》職云：「春始治鑑。凡内外饔之膳羞，鑑焉。凡酒漿之酒醴亦如之。祭祀，共冰鑑。賓客，共冰。大喪，共夷槃冰。夏頒冰，掌事。秋，刷。」注云：「鑑，如甀，大口，以盛冰，置食物于中，以禦温氣。春始治，爲二月將獻羔而啓冰也。醴酒見温氣亦失味，故亦鑑焉。夷之言尸也。尸之槃曰夷槃，欲以寒尸也。夏暑氣盛，王以冰頒賜群臣，則凌人主其事。刷，清也。秋涼，冰不用，可以清除其室。」曹氏云：「十二月陽氣尚微，于是鑿冰以達之。至二月四陽大壯，恐其太過，則微陰幾于失滅，于是開冰而頒之，迨火出而畢賦，所以節其過也。聖人裁成天地之道，有在于此，而賓、食、喪、祭，因以致其用焉耳。」蘇轍云：「古者藏冰發冰，以節陽氣之盛。陽氣之在天地，譬猶火之著于物也，故常有以解之。十二月陽氣藴伏，錮而未發，其盛在下，則納冰于地中，故曰『日在北陸而藏冰』。至于二月，四陽作，蟄蟲起，陽始用事，則亦始啓冰而廟薦之，故曰『仲春獻羔開冰，先薦寢廟』。至于四月，陽氣畢達，陰氣將絶，則冰于是大發，食肉之禄、老疾喪浴，冰無不及，故曰『火出而畢賦』。人之居大冬也，血氣收縮，陽處于内，于是厚衣而寒食。及其居大夏也，血氣發越，陽散于外，于是薄衣而温食。不然，盡者將過而爲厲，藏冰、發冰亦猶是也。」黄子道周云：「冰火之劑，天地之大用也。先王慮人之有疾疢，陰陽人事，叢于肉食。肉食而内熱，天地之大戒也。曰二月火猶未覿，而公用之，不已蚤乎。曰卯者，火之所生也，火生而冰劑之，既濟之義也。」以上言藏冰備暑之事。肅霜，朱子云：「氣肅而霜降也。」滌，《説文》云：「洒也。」孔云：「洗器謂之滌，則是浄義。在場之功，早已入倉，故滌埽其場。」毛云：「兩尊曰朋。」斯饗者，鄭云：「國君閒于政事而饗群臣。」《月令》孟冬云：「是月也，大飲烝。」注云：「十月農功畢，天子、諸侯與群臣飲酒于大學，以正齒位，謂之大飲，别之于燕，其禮云烝。」引此詩「十月滌場」以下云：「是大飲之詩。」烝，升也。升牲體于俎上，所謂房烝也。孔云：「言朋酒者，設尊之法，每兩尊並設，故云朋耳，非謂國君大飲惟兩尊也。《燕禮》『公尊兩瓦大，卿大夫尊兩方壺，士尊兩圜壺』。是尊皆兩兩對設之也。」瓦大者，有虞氏尊名也。「曰殺羔羊」者，孔云：「案《燕禮記》云：『其牲狗。』此大飲大于燕禮，故用羊也。」躋，升也。公堂，孔云：「謂大學也。謂之公堂者，以公法爲學，故稱公耳。」稱，舉也。孔云：「兕觥者，罰爵。此無過可罰，而云『稱彼』，故知舉之以誓戒衆人，使之不違禮。疆是境之别名，言年壽長遠無疆畔也。」鄭云：「飲酒既樂，欲大壽無竟。」愚按「稱彼兕觥」，蓋司正之事。「萬壽無疆」則群臣祝君之辭也。先儒皆謂豳之先公，國容未備，無君民之間，故國人以羔羊朋酒自詣公堂，其禮甚簡，其意甚真，然愚終不能無疑。使人人皆欲躋堂以致敬，無論其奔走煩苦不堪言，即豳之君亦瑣屑應接不暇。且尊卑有體，名分脱略至此，有是理否？若以上文「獻羔祭韭」之禮推之，則此章所言大率皆君事也。矧十月大飲，《月令》所載正與此合，斷當以鄭説爲正。又按《月令》是月，亦有勞農以休息之文，不知其禮如何。舊説以爲即《周禮·黨正》屬民飲酒之禮，毛傳解此亦主此説。所謂「朋酒」，即《鄉飲酒禮》所云「尊兩壺于房户間」者。但「萬壽無疆」明是祝君之語，故定主鄭義。以上言農隙燕饗之事。鄧元錫云：「卒章詠藏冰，詠慶成，何也？藏冰，贊化育也，君人之大德。慶成，祝萬壽也，臣民之至情。故以是終焉。」〇王符云：「明王之愛民也，憂之勞之，教之誨之，慎微防萌，以斷其邪，故《易》美『節以制度，不傷財，不害民』。《七月》詩，大小教之，終而復始。繇此觀之，民固不可恣也。」王安石云：「仰觀星日霜露之變，俯察昆蟲草木之化，以知天時，以授民事。女服事乎内，男服事乎外，上以誠愛下，下以忠利上。父父子子，夫夫婦婦，養老而慈幼，食力而助弱。其祭祀也時，其燕饗也節，此《七月》之義也。」真德秀云：「夫農者，衣食之本。一日無農，則天地之所以養人，幾乎熄矣。惟其關生人之大命，是以服天下之至勞。今以此詩考之，日月星辰之運行，昆蟲草木之變化，凡感乎耳目者，皆有以觸其興作之思。是其心無一念不在乎農也。自于耜而舉趾，自播穀而滌場，所治非一器，所業非一端。私事方畢，而公宫之役無敢稽；歲功方成，而嗣歲之圖不敢後。是一歲之間，無一日不專乎農也。惟夫與婦，惟婦與子，各共乃事，各任乃役，是一家之内，無一人不力乎農也。織薄于秋，求桑于春，躬蠶績之勞，以爲衣服之計者，無所不至，猶恐其未足也，于貉爲裘，又有以相之。食鬱及薁，烹葵及菽，備果蔬之美，以充耆老之養者，無所不至，猶恐其未足也，穫稻爲酒，又有以介之。當是時，農之所耕者，自有之田也，而上之人，又從而崇奬勸勵之，故斯人亦以爲生之樂。而勤敏和悦之氣，浹于上下，不見其有勞苦愁歎之狀。朋酒羔羊，升堂稱壽，君民相與獻酬，忘其爲尊卑貴賤之殊。後世之農，則異乎此矣。已無田可耕，而所耕者他人之田，爲有司者得無殃害之足矣，豈復有崇獎勸勵之意。故數米而炊，併日而食者，乃其常也。田事既起，丁夫之糧餉，與牛之芻稾，無所從給，預指收斂之入，以爲稱貸之資，糲飯藜羹，猶不克飽，敢望有鹽酪之味乎。曉霜未釋，忍饑扶犁，凍皴不可忍，則燎草火以自温，此始耕之苦也。燠氣將炎，晨興以出，傴僂如啄，至夕乃休，泥塗被體，熱熯濕蒸，百畝告青，而形容變化不可復識矣，此立苗之苦也。暑日如金，田水若沸，耘耔是力，稂莠是除，爬沙而指爲之戾，傴僂而腰爲之折，此耘苗之苦也。迨垂穎而堅栗，懼人畜之傷殘，縛草田中，以爲守舍。數尺容膝，僅足蔽雨，寒夜無眠，風霜砭骨，此守禾之苦也。刈穫而歸，婦子咸喜，舂揄簸蹂，競敏其事，若可樂矣。而一飽之懽，曾無旬日，穀入主家之廩，利歸質貸之人，則室又垂罄矣。自此之外，惟采薪于茅，販鬻易粟，以苟活而已。若夫桑麻種藝，蠶績織紝，勞苦稱是，而敝衣故絮，曾不得以卒歲，豈不重可哀憐也哉！」楊氏云：「先王之政，使民終歲，男女勤動，未嘗休也。雖淫僻之心，何自萌蘖哉？而獻享之禮，孝愛之誠，隆于自然，此所以皞皞莫知爲之者也。」《補傳》云：「君民之間，上下相親，不啻如家人父子。周之王業，繇于得民，世三十，年八百，其基于此與。」劉彝云：「此詩所記，苟非井邑其民，鄉黨其教，各有正長部分司其歲功，未易集也。」萬尚烈云：「每章之首，必係之以月；每章之中，又或月或日，必紀載詳明，諄諄然不厭繁複者，示人以趨時也，惟恐人之失時而失事也。蓋周之王業，起于其勤。勤者，兢兢業業，能不失時而已。苟一失其時，物候隨變，即有人力，將安用之？故曰『雖有鎡基，不如待時』。況帝王之治，敬天勤民，未有勤民而不本乎敬天者。苟于天時漫不加意，玩愒優游，孟浪虛擲，敬天之謂何而勤安從生。故又曰『敬授人時』。」

《七月》八章，章十一句。《序》云：「《七月》，陳王業也。周公遭變故，陳后稷先公風化之所繇，致王業之艱難也。」以此詩爲周公遭變後之作，殊無稽據，故朱子不取。至周家雖以農事開國，然此詩自是言豳地風俗，與后稷無預，乃朱傳亦頗習用其語，何也？又鄭玄云：「《七月》言寒暑之事，迎氣歌其類也。豳雅，亦謂《七月》也。《七月》又有于耜、舉趾、饁彼南畝之事，是亦歌其類。豳頌，亦《七月》也。《七月》又有穫稻作酒，躋彼公堂，稱彼兕觥，萬壽無疆之事，是亦歌其類。」又《詩》箋以首二章謂豳風，自「七月流火，八月萑葦」至「以介眉壽」謂豳雅，「七月食瓜」至末謂豳頌。孔穎達云：「詩始爲風，中爲雅，成爲頌，言其自始至成，別故爲三體。豳公之教，亦自始至成。述其政教之始則爲豳風，述其政教之中則爲豳雅，述其政教之成則爲豳頌，故今一篇之内備有風、雅、頌也。」朱子云：「先儒因此説而謂風中自有雅，自有頌。雖程子亦謂然，似都壞了《詩》之六義。」郝敬則謂此詩歌于朝廷，可爲雅。歌于祭祀，可爲頌。亦皆臆度之詞。又歐陽脩云：「《七月》之詩，燕、齊、魯三家皆無之。」

《甫田》，豳雅也。豳侯夏省耘，因而雩祭社方及田祖之神，以祈雨也。《周禮·春官·籥章》職云：「凡國祈年于田祖，龡豳雅，擊土鼓，以樂田畯。」朱子引或者之説，疑謂《楚茨》、《信南山》、《甫田》、《大田》四詩當之，以其所言皆農事，而篇次在小雅之中，故謂之豳雅。今按《楚茨》、《信南山》所言乃天子秋嘗冬烝之事，其推本于黍稷者，特謂品物成則可以祭耳，非爲勸農發也。若此詩及《大田》二篇，其當爲豳雅無疑。何以知之？以二詩篇中皆言田祖，故禮用以迎年于田祖也；又皆言田畯，故禮歆之于籥，以樂田畯也。且《七月》之詩紀「饁彼南畝，田畯至喜」，今二詩中亦具舉之，何其相脗合也。豈公劉時固有此詩，周公追述以告王與。王安石云：「王業之起本于豳，而樂之作始于土鼓，本于籥。逆暑逆寒祈年，皆本始民事。息老物，則息使復本反始，故所擊者土鼓，所吹者葦籥，其章用豳詩焉。」鄧元錫云：「《七月》主陳民俗，故曰風。《甫田》主上農政，故曰雅。蓋各有當也。小雅以燕饗逮下示慈惠，樂田畯，勞農，公爲製豳雅將之，慈惠下下之盡也。」又云：「讀豳《七月》，民忠敬事上之道畢具，而上子惠下下之事，不稍概見也，疑之。及讀《甫田》而後知君民之交愛至是也。」愚按此詩記邠侯夏省耘，因而雩祭。《月令》孟夏之月，命野虞出行田原，爲天子勞農勸民，毋或失時。命司徒循行縣鄙，命農勉作，毋休于都，皆省耘類也。夏，耘候也。故其詩曰「或耘或耔」，且又曰「黍稷儗儗」，明乎其爲夏景也。曾孫親行不命人者，重田功之至也。《左傳》曰：「啓蟄而郊，龍見而雩。」雩者，吁嗟求雨之祭也。龍見，建巳之月，蒼龍宿之體，昏見東方，萬物始盛，待雨而大，聖人爲民之心切，欲爲百穀祈膏雨。與啓蟄之郊，其意同，故曰大雩，猶之言大旅大饗，禮之盛也。或又曰，建巳陽充之時，陰氣難達，故雩祭作焉。此詩言「以祈甘雨，以介我稷黍」，正孟夏雩祭事也。乃《月令》又言仲夏大雩，帝用盛樂，命百縣雩祀百辟卿士有益于民者，以祈穀實，何也？四月雩，禮之正也。若仲夏而不雨，則猶可以雩。過則失時，《春秋》譏之。《穀梁傳》曰「是月不雨，則無及矣。是年不艾，❶則無食矣」是也。

---

❶「是年不艾則無食矣是也」十字，《四庫全書》本無。

又《月令》注疏云：「百縣，謂諸侯也。百辟卿士，古者上公，若句龍、后稷之類也。」故左氏于社稷五官云：「封爲上公，祀爲貴神。」天子雩上帝，諸侯以下雩上公。是詩止言「以社以方，❶以御田祖」者，以公劉固邠侯耳。亦可知其非天子之詩矣。

倬《韓詩》作「箌」，云「卓也」。**彼甫**《爾雅》疏作「圃」。**田**，先韻，亦叶真韻，他因翻。**歲取十千**。先韻，亦叶真韻，雌人翻。**我取其陳**，真韻，亦叶先韻，陳延翻。**食我農人**，真韻，亦叶先韻，如延翻。**自古有年**。先韻，亦叶真韻，奴因翻。**今適南畝**，叶紙韻，母鄙翻。**或耘**《前漢書》、《釋文》俱作「芸」。**或耔**，紙韻。《前漢書》作「芓」。**黍稷薿薿**。紙韻。《前漢書》作「儗儗」。**攸介攸止**，紙韻。**烝我髦士**。紙韻。〇賦也。倬，毛傳云：「明貌。」《説文》云：「著大也。」徐鉉云：「卓然高明也。」甫，通作誧。《説文》云：「大也。一曰：人相助也。」愚按誧字从言，兼前《説文》二義，當是。爲事既重大，須謀人以相助。今田大，亦應通力合作，故以誧名。後人傳寫，因省言爲甫也。歲，爲一歲之定額，取十千者，萬夫之數也。丘井之法，昉于黄帝。徹田爲糧，創于公劉。其制一夫受田百畝，畝起于步，六尺爲步，長寬各百步爲方百畝。三其夫爲屋，三其屋爲井，井方一里，九夫之地也。於其中，以一夫之地爲公田，其外八家皆私其所受之百畝，而同養公田。自後皆以十起數，井十爲通，通十爲成，成方十里，爲田九萬畝，計百井九百夫之地，公田取百夫焉。成十爲終，終十爲同，同方百里，爲田九百萬畝，計萬井九萬夫之地，公田取萬夫焉。此詩言歲

---

❶「詩」，原作「時」，據《四庫全書》本改。

取萬夫之入，乃百里侯國之制也。陳祥道云：「《王制》言古者以周尺八尺爲步，今以周六尺四寸爲步。古者百畝，當今東田百四十六畝三十步。古者百里，當今百二十一里六十步四尺二寸二分。然六尺四寸者，十寸之尺也。十寸之尺，六尺四寸，乃八寸之尺，八尺也。」一説，季本云：「千與阡同。十阡，指公田百畝言，每十畝千步爲阡，故百畝爲十阡也。」亦通。篇中稱我者，詩人代爲公劉敘述之辭。陳，通作敶，列也。謂布列于倉廩者，即所云舊粟也。農人，朱子云：「私百畝而養公田者也。」加之以我，親之也。取陳粟以食之者，亦省耕補不足，省斂助不給之意。禾穀未登，農或有困乏者，則以此賙給之也。《周禮》：「遺人，掌邦之委積，以待施惠。」法亦同此。委積者，謂九穀之所餘。少曰委，多曰積。古之爲言故也。自古，猶云昔日。有年者，豐年也。上之人勤于恤民如此，是以民皆力于農事，而追思往昔，亦皆幸而得享有年之樂也。此承上起下之語。謝枋得云：「民生于三代之前，其命制乎君。民生于三代之後，其命制乎天。吾求其所以制命之道矣，取民常少，與民常多。從古以來豈無水旱霜蝗，吾民常如有年者，上之人斂散得其道也。」馬端臨云：「三代之時，田賦之外，未嘗他取于民。雖有補助之制，然未聞責其償也。春秋時，始有施舍已責之説，家量貸而公量收之説。」《管子》言：「耕耨者，有時而澤不必足，則民倍貸以取庸矣。」今，今日也。南畝，解見《七月》篇。言今日之適南畝，何爲乎？專爲省耘來耳。耘，本作䢵。《説文》云：「除苗間穢也。」劉章《耕田歌》云：「深耕溉種，立苗欲疏，非其類者，鉏而去之。」耔，本作秄。《説文》云：「壅禾本也。」愚按此代田之法。薿，《説文》云：「茂也。」以黍稷並言，故重曰薿薿。《前漢書》云：「趙過爲搜粟都尉。過能爲代田。一畝三甽，歲代處，故曰代田，古法也。后稷始甽田，以二耜爲耦，廣尺深尺曰甽，長終畝。一畝三甽，一夫三百畮，而播種于三畮中。苗生葉以上，稍耨隴草，因隤其土以附苗根。故其《詩》曰：『或芸或芓，黍稷儗儗。』芸，除艸也。芓，附根也。言苗稍壯，每耨輒附根，比盛暑，隴盡而根深，能風與旱，故儗儗而盛也。」據此可見「黍稷薿薿」在夏時也。一畝三畮之畮，即甽字。能風與旱之能，讀曰耐。攸介，承黍稷言。介，助也，「以介我稷黍」之介，說見下章。止，息也，「曾孫來止」之止。烝，毛云：「進也。」按烝者，火氣上行之名，故有進義。髮至眉爲髦，《禮記》注云：「幼時剪髮爲之，至年長，垂着兩邊髦然也。」髦士，《爾雅》云：「官也。」注云：「取俊士令居官也。」士中之俊，如毛中之髦。」愚按此句當連下章看，蓋供事于祭祀者。言我往南畝，見農夫之勤于耘耔，而黍稷亦有方長之勢若此，於焉思所以介助之，惟在得時雨爲急，於焉暫憩于田所，進諸髦士之在官者而告之，將躬行雩祭之禮，以祈雨也。

以我齊《釋文》作「齎」，云又作「齍」。**明**，叶陽韻，謨郎翻。**與我犧羊**，陽韻。**以社**豐氏本作「袿」。**以方**。陽韻。**我田既臧**，陽韻。**農夫之慶**。叶陽韻，虛良翻。**琴瑟擊鼓**，麌韻。**以御**音迓。**田祖**，麌韻。**以祈甘雨**，麌韻。**以介我稷黍**，語韻。**以穀我士女**。語韻。○賦也。此章皆進我髦士而告之之辭也。毛云：「器實曰齊。」當通作齍。《說文》云：「黍稷在器以祀者。」《周禮·小宗伯》：「辨六齍之名物與其用。」注以爲六穀，謂黍、稷、稻、粱、麥、苽也。六穀實之於器，皆名爲齍。此言齊明者，謂六齍中之明，指稷也。按《曲禮》云：「黍曰薌合，粱曰薌萁，稷曰明粢，稻曰嘉蔬。」是可見穀以明爲名者惟稷耳。觀《大田》篇言「與其黍稷」，則祭兼用黍。此獨言稷者，以稷爲五穀之長，故首舉以兼之。古者號稷爲首種，《考靈曜》曰：「日中星鳥，可以種稷。」是一歲之中，所先種者惟稷。陶唐之世，以后稷名農官，而歷代祀穀神與社相配，亦以稷爲名，皆取稷以該五穀也。《郊特牲》云：「惟社，丘乘共粢盛，所以報本反始也。」宗廟之牲，色純曰犧。《王制》云：「天子社稷皆大牢，諸侯社稷皆少牢。」按牛羊豕具曰大牢，但有羊豕無牛曰少牢。此社祭獨言羊者，舉羊以該豕。亦明其爲邠侯之祭也。又《周禮·少司徒》職云：「小祭祀，共牛牲。」則四方之祭亦得用牛，但彼乃天子之禮耳。社，毛云：「后土也。」孔云：「后土者，地之大名。鄭《駮異義》以爲，社者，五土之神，能生萬物者，以古之有大功者配之。」按《祭法》、《左傳》皆言共工之霸九州也，有子曰句龍，職主土地，故謂其官爲后土，死以配社神而祭之。然則毛所云后土，自是句龍所居官職之名，非與皇天對言之后土也。方，謂四方之神。《曲禮》云：「天子祭四方，歲徧。諸侯方祀，歲徧。」注云：「祭四方，謂祭五方之神于四郊也。句芒在東，后土、祝融在南，蓐收在西，玄冥在北。」疏云：「諸侯不得總祭四方之神，唯祀當方，故云方祀。」愚按《詩》每以方、社對舉，以后土乃中央土之神，既立爲社，自不當在五祀之列，故《禮》止言四方，注增謂五方，而疏又增置后土于南，皆臆説也。然四方之解，又自不一。《周禮·大宗伯》：「以疈辜祭四方百物。」舊説謂磔禳及蜡祭也。《舞師》：「教羽舞，帥而舞四方之祭祀。」舊以爲四望。又《祭法》云：「四坎壇，祭四方。」舊以爲山林川谷丘陵之神也。今按《周禮·鼓人》職云：「凡祭祀百物之神，鼓兵舞帗舞者。」則與四方之祭用舞羽異。可知四方與百物不同，必非磔禳、蜡祭之類也。《大司樂》「祀四望」，在天神地示之下，山川之上，而《鬯人》掌供秬鬯，凡山川四方用蜃，則又列四方于山川之下。可知四方別是一祭，既不同于山川，亦斷非祭日月星海之四望也。參互衆説，惟以祭句芒等神爲允。此祭社方及下文御田祖，皆孟夏雩祭祈雨之禮，詳已見《小引》下。又證于《雲漢》之詩曰「祈年孔夙，方社不莫」，明前此冬春既行祈年之禮，及巳月又行雩祭方社之禮，而卒過時不雨，故閔之也。舊説皆以此爲秋報，誤矣。「我田既臧」二句，祈之之辭也。臧，善也。慶之爲言福也，「必有餘慶」之慶。言誠使我田既善，則是農夫之有福慶。蓋國以民爲天，民以食爲天，欲爲民祈福，非自爲也，必得雨而後田乃善，故爲此祭以求之也。琴瑟擊鼓，作樂以娱神也。擊鼓，據《周禮》爲「擊土鼓」。杜子春云：「土鼓以瓦爲匡，以革爲兩面，可擊。」又按《月令》：「仲夏，命樂師，修鞀鞞鼓，均琴瑟管簫，執干戚戈羽，調竽笙篪簧，飭鐘磬柷敔。命有司爲民祈祀山川百源，大雩帝，用盛樂。」先儒謂雩以樂爲主，樂用盛樂，與它祭獨不同。聲音之號，所以詔告于天地之間，以達神明也。此獨言琴瑟擊鼓者，約略言之，或諸侯禮稍殺耳。乃陳暘爲之説曰：「離音絲，而琴瑟以之，南方之樂也。坎音革，而擊鼓以之，北方之樂也。南方至陽用事，而陰萌焉，故萬物自是而之死。北方至陰用事，而陽萌焉，故萬物自是而之生。《甫田》之御田祖，必琴瑟擊鼓者，以自冬徂春，農事則終而復始，百穀則死而復生，故作是樂以御之，各有度數存焉。用是以祈甘雨，則陰陽和，五穀生。其於介稷黍、穀士女也何有？」御，鄭云：「迎也。」愚謂若御車以迎之也。田祖，毛云：「先嗇也。」《周禮》注云：「祖者，始也。」始教造田，謂之田祖；先見稼穡，謂之先嗇；神其農業，謂之神農。名殊而實同也。今按以神農爲田祖，經傳無明文。王安石謂：「生爲田正，死爲田祖，猶樂官之死而爲樂祖也。」以樂祖例田祖，於理近之。又雩祭、社方、田祖之神，當皆在《月令》所稱百辟卿士之列，不應以古帝祼于其内，而古人祭社必以稷。竊意此田祖即稷，如列山氏之子柱，未可知也。列山，即神農氏，柱爲農官。自夏以上，祀以爲稷。至商，始以周棄代之。公劉爲夏世諸侯，所祀稷神，仍應是柱耳。舊謂于社方言齊明犧羊，於田祖言琴瑟擊鼓，互相備也。然觀《大田》「來方禋祀，騂黑黍稷」之文，則非因方社以見田祖明矣。觀《周禮》「祈年田祖，擊土鼓」之文，則非舉田祖以見方社又明矣。意二禮各不同。陳暘云：「古者有事於釋奠祭先師，有事於瞽宗祭樂祖。養老祭先老，執爨祭先炊。馬祭先牧，食祭先飯。然則于田祭田祖，亦示不忘本始而已。」祈，《爾雅》云：「告也，叫也。」郭璞云：「祭者叫呼而請事也。」曰甘雨者，孔云：「以長物則爲甘，害物則爲苦。《左傳》曰：『秋無苦雨。』服虔謂：『害物之雨，民所苦。』是也。」「以介我稷黍」者，當薿薿之時，得雨助之，則秀實在望，所謂時雨化之也。穀，毛云：「善也。」朱子云：「言倉廩實而知禮節也。」鄭云：「養也。」按《國策》：「求百姓之饑寒者收穀之。」以穀爲養人之物，故穀有養義。❶ 二説皆通，毛理爲長。士女，通指百姓。士者，男子之稱。

曾孫來止，紙韻。**以其婦子**，紙韻。**饁彼南畝**。叶紙韻，見首章。**田畯**陸德明本作「峻」。**至喜**，紙韻。**攘其左右**，叶紙韻，羽軌翻。**嘗其旨否**。叶紙韻，補美翻。豐本作「不」。**禾易長畝**，見上。**終善且有**。叶紙韻，羽軌翻。**曾孫不怒**，**農夫克敏**。叶紙韻，母鄙翻。○賦也。此章皆紀事之辭。鄧云：「豳公，后稷之曾孫，故具以曾孫稱。」鄒忠胤云：「《甫田》、《大田》，不繫廟祭，何以亦稱曾孫？蓋周人世世務農，視農事如其家事，服先疇之畎畝，故自號曰曾孫。當時邠民自少至老，狎習其上，無以異于家人，故目其君亦曰曾孫，若曰此吾家曾孫云爾。」又朱子云：「曾孫，主祭者之稱，非獨宗廟爲然。《曲禮》『外事曰曾孫某侯某』，《武王》禱名山大川曰『有道曾孫周王發』是也。」皆通。來止，來至此而止息也。《春秋傳》

---

❶ 「義」下，《四庫全書》本有「焉」字。

云：「能左右之曰以。」婦子，農夫之婦子也。饁，《説文》云：「餉田也。」杜預云：❶「野饋也。」自家之野也。言曾孫之爲此行也，先省耘，隨雩祭，又復舉補助之典，提挈農人之婦子，俾得備酒食，以饋餉于南畝。前章所云「我取其陳，食我農人」，此物此志也。田畯，田官。解見《七月》篇。至者，至田所也。喜者，喜農夫之有饁，得以畢力于南畝也。攘，《説文》云：「推也。」左右，田畯之從者。嘗，徐鉉云：「口試其味也。」旨，甘美也。否，不也，旨之反也。田畯自推却其從者，而親嘗饁之旨否。饁必無不旨者，然必攘而嘗之，上下相親之甚。且嘗而後知其旨，亦益以見君恩之不可忘也。孫鑛云：「嘗其旨否，是偶然事，亦是偶然句，湊合來，情景却妙絶。」禾易長畝，所謂代田也。顔師古云：「代，易也。」何謂易？一畝三甽，前歲之甽，今歲易其處。今歲之甽，明歲易其處，以休地力而用之。每甽之長，各盡其畝，於中種禾焉，曰禾易長畝也。詳見首章。漢趙過精于其法，一歲之收，嘗過縵田畝一斛以上。縵田，謂不爲甽者也。其善爲甽者且倍之，過使教太常三輔，及邊郡民，皆便代田，以爲用力少而得穀多也。終，竟也，預期之辭。善者，實穎實栗之美。有者，萬億及秭之饒。敏，《説文》云：「疾也。」田畯嘗饁之後，巡行阡陌，見禾之易甽而居者，其長終畝，預知其收穫終當美而且多也，不覺心口相語曰：「曾孫其庶幾不怒歟？」以農夫之能力于耘耔，不敢泄泄從事也。不然，其何以副來止至意哉？吕祖謙云：「不曰喜而曰不怒者，若不敏于農則怒矣。蓋其喜怒欣戚，專在于農也。雒人稱張全義曰：『張公他無所好，見嘉穀大繭則喜耳。』正此意也。」

❶「杜」上，《四庫全書》本有「又」字。

曾孫之稼，如茨如梁。陽韻。**曾孫之庾，如坻如京。**叶陽韻，居良翻。**乃求千斯倉，**陽韻。**乃求萬斯箱。**陽韻。**黍稷稻粱，**陽韻。**農夫之慶。**叶陽韻，見次章。**報以介福，萬壽無疆！**陽韻。○賦也。此章皆預期之辭，承上章。言農夫克敏如此，行見秋成在即，大有可期，萬情胥悦，歸恩于上，如下文所云也。《説文》云：「禾之秀實爲稼，莖節爲禾。」嚴云：「種之曰稼，斂之曰穡，散則相通。此以稼對庾，先言稼，後言庾，是稼爲在田未割之禾，庾爲已刈未入倉而露積之禾也。」茨，鄭云：「屋蓋也。」梁，毛云：「車梁也。」孔云：「墨子稱茅茨不剪，謂以茅覆屋。《孟子》『十二月車梁成』，梁謂水上横橋。橋有廣狹，得容車渡，則高廣者也。」朱子云：「如茨，言密比也。如梁，言穹窿也。」庾，解見《楚茨》篇。坻，鄭云：「水中高地也。」《爾雅》云：「水中可居曰洲，小洲曰渚，小渚曰沚，小沚曰坻。」京，《爾雅》、《説文》皆以爲絶高丘也。張揖云：「四起曰京。」按絶即四起之意。董氏云：「如坻，則鱗比而出也。如京，則絶高者亦非一矣。」倉，解見《楚茨》篇。箱，解見《大東》篇。嚴云：「時和年豐，禾穀充積，農民喜悦，以爲皆吾君之稼，吾君之庾。謂秋毫皆君賜也。其稼在田，繇高處視之，則稼在下而見其密，故如屋茅。繇平處視之，則稼在上而見其高，故如橋梁。若使高處見其踈，平處見其低，則禾薄收矣。露積之禾曰庾，其庾在野，隨意堆積，有平而高者，如水中高地之坻。有卓絶而高者，如高丘之京。始言稼，則未刈也。繼言庾，則已刈而未入倉也。於是求千倉以貯之，求萬車箱以載之。先治倉，而後箱載以輸之，故先言倉，後言箱也。」首章第言黍稷薿薿而已，此復加以稻粱，見種類之繁夥也。稻粱，解見《鴇羽》篇。曰「農夫之慶」者，吕云：「農夫視黍稷稻粱之豐，以爲天下之美盡在此矣，不知其他也。」季云：「前章言農夫之慶，曾孫期望其民之辭也。此章言農夫之慶，農夫喜慰其君之辭也。」言福必曰介者，凡人獲福，若冥冥中有以陰助而默相之。農夫喜慶之極，不忘君恩，故欲報以陰助默相之福，而祝其壽考萬年，無疆竟也。

《甫田》四章，章十句。《序》云：「刺幽王也。君子傷今而思古焉。」朱子謂此序專以「自古有年」一句生說，而不察其下文「今適南畝」以下，亦未嘗不有年也，其論當矣。然謂此詩亦「述公卿有田禄者，力于農事，以奉方社田祖之祭」，則政未必然。彼蓋未詳晰此祭之爲雩，而歲取十千，乃百里萬夫之數也。且茨梁坻京，千倉萬箱，公卿之富，何遽至是？明屬有國者，視君民之田猶一體，故有此比擬耳。《子貢傳》以爲勸農，蓋亦近之，然猶未知其爲雩祭而作。《申培説》誤認謂農事既成，❶祀田祖而并犒農夫之詩。總之未離乎影響也。

《大田》，豳雅也。豳侯秋省斂，因而報祭于方也。詳見《甫田》篇。《甫田》祭兼方社，此報賽農功之成，第言方而不及社者，以周頌《良耜》爲報社之詩，所謂豳頌也。

大田多稼，既種既戒，叶寘韻，居吏翻。**既備乃事。**寘韻。**以我覃**《爾雅》注作「剡」。**耜，**紙韻。**俶載南畝。**叶紙韻，毋鄙翻。**播厥百穀，**叶藥韻，工絡翻。**既庭且碩，**叶藥韻，實若翻。**曾孫是若。**藥韻。○賦也。大田與甫田同義，萬井之田也。《周禮注》云：「種穀曰稼，如嫁女有所生也。」以多言

❶「謂」，《四庫全書》本作「爲」。

者。曹氏曰：「或利先種，或利後種，或宜高燥，或宜下隰也。」種，朱子云：「擇其種也。」孔穎達云：「以下始説耕事，則此未得下種，故知既種爲相地之宜而擇其種也。」戒，通作誡。《説文》云：「敕也。」朱子云：「飭其具也。」按《月令》季冬，令民出五種，所謂既種也。又命農計耦耕事，修耒耜，具田器，所謂既戒也。備，《説文》云：「具也。」總上二者言，穀種與田器咸具也。此指去冬言。事，田事。下文俶載播穀是也。孔云：「民已受地，相地求種，既已擇其種矣，又號令下民豫具田器。此受地擇種，戒敕具器，既已周備矣。至孟春之月，乃耕而事之矣。」嚴粲云：「或説既備乃事者，備其事也，亦通。但詩中既順乃宣，既登乃依，皆二事也。」覃，當依《爾雅》注作剡。張衡《東京賦》「介馭間以剡耜」是也。覃、剡，以音同通用。《説文》云：「剡，鋭利也。」耜，所以發土，解見《七月》篇。俶，《説文》云：「善也。」載，通作縡。《説文》云：「事也。」《唐史》「天載」作「天縡」可證。言以我鋭利之耜，往善其事于南畝也。按《農書》云：「土長冒橛，陳根可拔，耕者急發。」《齊民要術》詳載其法，以爲春候地氣始通，椓橛木，長尺二寸，埋尺，見其二寸。立春後，土塊散上没橛，陳根可拔，以此時耕一而當四。二十日以後，和氣去，即土剛，耕四不當一。《七月》之詩，言「三之日于耜」，然則用剡耜以發田土，在孟春之時，所謂俶載也。播，《説文》云：「種也。」百穀，解見《七月》篇。「四之日舉趾」在此時也。庭，毛傳云：「直也。」解見《斯干》篇。碩，大也。庭言不卷曲，碩言不低小，皆指始生時言。曹云：「苗生葉以上，皆條直而茂大也。」按《月令》季春之月，生氣方盛，陽氣發泄，句者畢出，萌者盡達，則「既庭且碩」在此時也。「以我覃耜」二句，應「既戒」言。「播厥百穀」二句，應「既種」言。曾孫，解見《甫田》篇。若，《爾雅》云：「順也。」解見《烝民》篇。李氏云：「民之所以勤于農功如是者，期以曾孫是若故也。」言民皆順曾孫之意。鄧元錫云：「種戒耕播，曰『曾孫是若』，大順之實也。己則何心？以上之心爲心，斯王民之心哉。」自首章至第三章，皆代爲農夫之詞。

既方既皁，叶有韻，此苟翻。**既堅既好**，叶有韻。許厚翻。**不稂不莠**。有韻。**去其螟螣**，職韻。《説文》作「蟘」，陸德明本作「蚮」。**及其蟊**陸本作「蛑」。**賊**，職韻。豐氏本作「賊」。**無害我田穉**。叶紙韻，讀如雉。丈几翻。**田祖有神**，**秉**《韓詩》作「卜」，云「報也」。**畀炎火**。叶紙韻，虎洧翻。○賦也。既之言已也。方，即第四章「來方禋祀」之方，解見《甫田》篇，謂龍見而雩祭也。與《生民》篇「實方實苞」之方，各自取義。鄭箋訓方爲房，謂孚甲始生而未合時也，殆屬臆説。上章言「播厥百穀，既庭且碩」，已盡乎三春之事，至建巳之月，則得雨爲急，故方祭以求雨也。皁，據《説文》即草字，从草，❶早聲，云斗櫟實也。俗訛以爲艸木之艸，而别作皁字，爲櫟實之皁。然古文原無皁字，毛傳謂穀未堅曰皁，此但據上下文義而强爲之解，殊無據。此皁字當通作早字，謂穀之早種者也。與下文稺字對看。《齊民要術》云：「凡田欲早晚相雜，然大率欲早，早田倍多于晚。」注云：「早晚相雜者，防歲道有所宜。然早穀皮薄，米實而多。晚穀皮厚，米少而虚也。」堅者，充實之義，兼莖與穗而言。《吕氏春秋》云：「后稷曰：『子能使藁數節而莖堅乎？子能使穗大而堅均乎？』」又云：「其施土也均。均者，其生也必堅。」又云：「得時之稼，與失時之稼，約莖相若，稼之得時者重粟之多。量粟相若而舂之，得時者多米。」是皆堅之義也。好，鄭云：「齊好也。」孔

❶「草」，依文義當作「艸」。

云：「衆穗皆熟，並無死傷。」嚴云：「禾雖已堅實，或大風所偃，或淫雨所腐，或早霜所殺之類，則損壞而不好。」稂，解見《下泉》篇。莠，解見國風《甫田》篇。稂乃禾粟之穗，不能成實者。莠，禾粟下生，似稷無實。以上皆主早種之穀言，蓋自已行方祭之禮而後，而其穀之已經早種者，亦已堅實，亦已齊好，盡皆成熟，無有秀而不實而爲稂者，而亦無似是而非之莠，以竊其地力也。螟螣蟊賊，舊説以爲四蟲名，皆害稼者。《爾雅》云：「食苗心曰螟。食葉，蟘。食節，賊。食根，蟊。」郭璞云：「分別蟲啖食禾所在之名。」邢昺云：「舊説螟螣蟊賊，一種蟲也，如言寇賊姦宄，内外言之耳。故犍爲文學曰『此四種蟲，皆蝗也』。」李巡云：「食禾心爲螟，言其姦冥冥難知也。食禾葉者，言假貸無厭也。食禾節者，言貪狠，故曰賊也。食禾根者，言其稅取萬民財貨，故曰蟊也。」王安石《字説》云：「蟘食苗葉，無傷於實，若蟘可貸也。賊食苗節，賊苗者也。蟊食根，如矛所植。❶螟食心，不可見。」諸家以爲四種蟲。陸璣云：「螟似虸蚄而頭不赤。」《詩詁》云：「今禾始發，有蟲生苗心中，如蠶而細，仍能吐絲，包纏其心，使不生穗。」羅願云：「今食苗心者，乃無足小青蟲，既食其葉，又以絲纏集衆葉，使穗不得展。江東謂之蟥蟲，音若横逆之横，言其横生，又能爲横災也。漢孔臧賦云：『爰有蠕蟲，厥狀似螟。』是螟爲無足蟲也。」又《説文》云：「螟，蟲食穀葉者。」未詳孰是。《春秋含孳》云：「螟應苛尅。」螣，陸璣云：「蝗也。」《説文》作蟘，云「食苗葉者」。《詩詁》云：「《春秋》謂之螽，其子謂之蝝。」螣亦音騰，謂其飛也。蔡邕云：「螣水處澤中，數百或數十里，一朝蔽地，而食禾粟，苗盡復移，雖自有

❶ 「矛」，原作「句」，據《四庫全書》本改。

種，其爲災，云是魚子中化爲之。」蟊，《説文》云：「蟲食草根者。」本作蟲，从蟲，象其形。徐鍇云：「唯此一字象蟲形，不从矛，書者多誤。」愚按蟊字不从矛，何得有矛音，或以字形相似故耳。陸璣云：「或説蟊即螻蛄，食苗根，爲人害也。」賊，似非蟲名。璣以爲桃李中蠹蟲，赤頭，身長而細。愚按桃李中蠹蟲，於苗何與。此不足信。且諸經傳中，未有單名賊爲蟲者，以蟊連言，意即指蟊耳。故《桑柔》之詩曰「降此蟊賊」。以食葉食心，苗本猶在。今下食其根，則無苗矣。命之爲賊，深惡之也。又《瞻卬》之詩曰「蟊賊蟊疾」，既擬之于賊矣，又醜之以疾。賊言其自外至，疾言其自内生，皆惡之之辭也。是則蟊賊止是一蟊，其文理甚明。或分螟螣蟊賊爲四種，或云一種，皆非也。陸佃云：「許慎《説文》以爲吏冥冥犯法，即生螟；乞貸，則生蟘；抵冒取民財，則生蟊。然則靈芝朱草秠秬之鍾其美，與螟蟘之鍾其惡，雖不同，其繫王者之政一也。《淮南子》曰：『枉法令，即多蟲螟。』其以此乎？」羅云：「《京房易傳》曰：『臣安禄，兹謂貪，厥災蟲食根。德無常，兹謂煩，蟲食葉。不絀無德，蟲食本。與東作争，兹謂不時，蟲食節。蔽惡生孽，蟲食心。』王充《論衡》曰：『變復之家，謂蟲食穀者，吏貪狠所致也。蟲頭赤者武官，黑者文吏。按蟲頭赤身白，頭黑身黄，復應何官耶。』」又按《月令》孟夏行春令，則蝗蟲爲災。仲夏行春令，則百螣時起。以螣之種類不一，故曰百螣。然則此數物大抵盛于夏時也。孔云：「四者所謂昆蟲，得陰而藏，得陽而生，陽盛則蟲起。」稺，《説文》云：「幼禾也。」晚種後熟者。《齊民要術》云：「二月、三月種者爲稙禾，四月、五月種者爲稺禾。二月上旬，及麻菩楊生種者，爲上時。三月上旬，及清明節桃始華，爲中時。四月上旬，及棗葉生桑花落，爲下時。歲道宜晚者，五月、六月初亦得。」孔云：「蟲災之甚，稙者亦食，以稺者偏甚，故舉以言之。」田祖，解見《甫田》篇。孔云：「以田祖主田之神，托而言耳。」錢天錫云：「田祖之去田害，根君御田祖來。」秉，陸德明云：「執持也。」按秉字从又持禾，又者手也，故有持義。畀，《説文》云：「相付與也。」炎，《説文》云：「火光上也。」朱子云：「持此四蟲，而付之炎火之中也。姚崇遣使捕蝗，引此爲證。夜中設火，火邊掘坑，且焚且瘞，蓋古之遺法如此。」按唐開元間，山東大蝗。姚崇奏議云：「秉畀炎火，此除蝗之義也。」乃出御史爲捕蝗使，分道殺蝗。倪若水上言：「除天災者當以德。昔劉聰除蝗不克，而害愈甚。」崇移書誚之曰：「聰僞主，德不勝妖。今妖不勝德。」若水懼，乃縱捕，得蝗十四萬石，蝗害訖息。

有渰《漢書》作「黤」，《韓詩》、陸本俱作「弇」，《呂氏春秋》作「晻」。**萋萋**，叶支韻，此移翻。《呂氏春秋》、《漢書》俱作「淒淒」。**興雨**《呂氏春秋》、《韓詩外傳》、《漢書》、《顔氏家訓》、《漢無極山碑》俱作「雲」。**祁祁**，支韻。毛、鄭注疏作「祈祈」。嚴云：「監本作祁，俗本作祈，誤也。」《韓詩外傳》亦作「祈祈」。**雨我公田，遂及我私。**支韻。**彼有不獲穉**，寘韻。**此有不斂穧**；叶寘韻，資四翻。定本、《集注》作「積」。**彼有遺秉，此有滯穗**，寘韻。《禮記》括此四句作二句，云「彼有遺秉，此有不斂穧」。**伊寡婦之利。**寘韻。○賦也。渰，《説文》云：「雲雨貌。」陸佃云：「渰，水氣之雲也。」傳曰：『雨雲水氣。』」劉氏云：「天將降雨，則地氣上騰，薰蒸爲濕潤。」萋，通作淒。《説文》云：「雲雨起也。」愚按據《説文》渰、淒之解，皆兼雲雨而言，以其字皆从水。毛傳專以渰爲雲興貌，萋萋爲雲行貌，似無據。祁祁，當指雲言。《韓奕》之詩曰「祁祁如雲」可證。有渰萋萋，雖兼象雲，而意專在雨，言隨雲之雨萋萋然。興雨祁祁，雖專指雨，而意獨在雲，言興雨之雲祁祁然也。祁，通作岐，山之旁出者謂之岐。流雲在天，卷舒多態，故亦以祁祁擬之，所謂「夏雲多奇峰」也。《孟子》曰：「七、八月之間旱，則苗槁矣。天油然作雲，沛然下雨，則苗浡然興之矣。」周七、八月，夏五、六月也。雲濃即雨，雲散即止，惟此時爲然，故言雨必兼雲矣。《孟子》云：「方里而井，井九百畝，其中爲公田。八家皆私百畝，而同養公田。公事畢，然後敢治私事。」又云：「惟助爲有公田，雖周亦助也。」愚按周之徹法創于公劉，公劉尚在夏世，而所創徹法，已開助法之先，是爲殷所襲者也，非襲殷者也。班固云：「先王制土處民，富而教之。故民皆勸功樂業，先公而後私。其《詩》曰：『雨我公田，遂及我私。』」孔云：「民見雲行雨降，歸之于君，云此雨本主爲雨我公田耳，因遂及我私田。」范景文云：「先公後私，非擬之後言。言者不覺，聽者繹之。」蕭望之云：「古者臧于民。《詩》曰『爰及矜人，哀此鰥寡』，上惠下也。又曰『雨我公田，遂及我私』，下急上也。」「彼有不穫穉」以下，言秋收事也。按《月令》于季夏之月，曰：「水潦盛昌，神農將持功。土潤溽暑，大雨時行。燒薙行水，利以殺草，如以熱湯，可以糞田疇，可以美土疆。」《孝經說》亦云：「地順受澤，謙虚開張，含泉任萌，滋物歸中。」謂此時也。故自夏雨溥遍而後，而農功漸且告成矣。孟秋，「農乃登穀」。仲秋，「命有司趣民收斂」。季秋，「命冢宰農事備收」。則一歲之田事，于此究也。穫，《說文》云：「刈穀也。」穉，即「無害我田穉」之穉。斂，《說文》云：「收也。」穧，《爾雅》、《說文》皆云：「穫也。」孔云：「禾之鋪而未束者。」遺，《禮記》注云：「猶脱也。」秉，即「秉畀炎火」之秉。滯，《說文》云：「積也。」❶一云：「留也。」穗，本作采。《說文》云：「禾成秀也，人所以收。字从爪、禾。」寡，《釋名》云：「倮也。」謂人之

---

❶「積」，《說文解字》作「凝」。

單獨者。婦，匹婦也，不必無夫者。皆力量孱微，不足以任田事，故須有以存恤之。《周書》曰：「至于敬寡，至于屬婦。」亦言此兩色人，最足動上人之憐念也。此與上章「去其螟螣」以下五句遥相應。蓋穀之晚種者，每至于薄收，蟲之爲害者，或難以盡斃，故言設若彼人有不堪穫刈之稺禾，則我此處有收斂不盡之穧束，足以濟之。彼人或蟲災偶遺于秉畀，則我此處有刈餘滯留之禾穗，足以濟之。是皆伊寡婦匹夫之利，其在彼也，猶其在此也。彼，彼寡婦也。此，此我也。或疑大有之時，似無不獲穉與遺秉之事。夫地力參差，人事不齊，理之所有。且明王之時，秋助不給。不然，胡爲而有寡婦哉。舊説以「不穫穉」四句皆一意，謂穉乃穗之低小，刈穫之所不及者，秉乃束而輦載之所不盡者。百穀既多，種同齊熟，收刈促遽，力皆不足，故聽矜寡取之以爲利，亦通。鄧云：「天澤先之公也，不必先己。地利公之人也，不必在己。非甚盛德，孰能與于此矣。」又《坊記》：「子云：『君子不盡利以遺民。』《詩》云：『彼有遺秉，此有不斂穧，伊寡婦之利。』故君子仕則不稼，田則不漁，食時不力珍，大夫不坐羊，士不坐犬。」《鹽鐵論》亦云：「古之仕者不穡，田者不漁，抱關擊柝，皆有常秩，不得兼利盡物。如此，則愚知同功，不相傾也。《詩》云：『彼有遺秉，此有滯穗，伊寡婦之利。』言不盡物也。」皆斷章取義，無關詩旨。

曾孫來止，紙韻。**以其婦子**，紙韻。**饁彼南畝**，叶紙韻，見首章。**田畯至喜**。紙韻。**來方禋祀**，紙韻。**以其騂黑**，職韻。**與其黍稷**。職韻。**以享以祀，以介景福**。叶職韻，筆力翻。○賦也。此章皆紀事之辭。來止，來于田所而止息也。劉彝云：「時當西成，乃出郊省民之斂也。」以其婦子，解同《甫田》篇。鄭云：「出觀農事，饋食耕者，以勸之也。」田畯，解見《七月》篇。至喜者，至田所而喜也。王安石云：「喜其趨穫事也。」來方禋祀，報成之祭也。言曾孫之爲此來也，非特省斂而已，又舉行禋祀于方之禮。曰方禋祀者，倒文也。方者，木、火、金、水四方之神，❶其祭之各有所爲。以下騂黑之牲推之，則但祭南北二方而已。禋，《説文》云：「潔祀也。」《周語》内史過云：「精意以享，禋也。」又按《月令》季秋之月，天子乃厲飾，執弓挾矢以獵，命主祠祭禽于四方。此秋獮之祭，未必與此同也。《周禮·大司馬》職云：「羅幣致禽以祀祊。」先儒破祊爲方，亦本于此。騂，南方色。黑，北方色。孔云：「知方祀各以其方色牲者，《大宗伯》云：『青圭禮東方，赤璋禮南方，白琥禮西方，玄璜禮北方，皆有牲幣，各放其器之色。』注以爲禮五天帝，人帝而句芒等食焉。是五官之神，其牲各從其方色也。」愚按《牧人》職云：「凡望祀，各以其方之色牲，毛之。」意亦同此。所以取騂色者，以螟螣蟊賊，秉畀炎火，故報祝融。所以取黑色者，以雨我公田，遂及我私，故報玄冥也。祝融主火，玄冥主水。孔謂略舉二方以爲韻句，非是。據《甫田》方祭禮同于社，則牲亦當具羊豕也。與其黍稷，告黍稷之成也。景福，解見《小明》篇。以此享祀，則鬼神將助之以昭明可見之福，亦如「萬壽無疆」是也。此二句乃農人祝願之辭。

《大田》四章，二章章八句，二章章九句。《序》云：「刺幽王也。言矜寡不能自存焉。」朱子謂此序專以「寡婦之利」一句生説，其駁之是矣。惟以此詩乃農夫所以答《甫田》，則未知彼爲雩祭，此爲報祭。彼爲省耘，此爲省斂。二事判不相及，何答之有？《子貢傳》、《申培説》亦皆謂農夫報上之詩，明是勦襲朱

❶ 「木」，原作「本」，據《四庫全書》本改。

傳而僞爲之，適足彰其無識耳。

《豐年》，孟冬祭八蜡也。是爲豳頌。《周禮·籥章》職云：「國祭蜡，則歈《豳頌》。擊土鼓，以息老物。」鄭玄云：「萬物助天成歲事，至此爲其老而勞，乃祀而老息之，❶於是國亦養老焉，《月令》『孟冬，勞農以休息之』是也。」按孟冬者，建亥之月，在周爲十二月。《禮·郊特牲》篇云：「天子大蜡八，伊耆氏始爲蜡。蜡也者，索也，歲十二月，合聚萬物而索饗之也。蜡之祭也，主先嗇而祭司嗇也。祭百種，以報嗇也。饗農及郵表畷、禽獸，仁之至，義之盡也。古之君子，使之必報之。迎貓，謂其食田鼠也。迎虎，謂其食田豕也。迎而祭之也。祭坊與水庸，事也。曰：『土反其宅，水歸其壑，昆蟲毋作，草木歸其澤。』皮弁素服而祭。素服，以送終也。葛帶、榛杖，喪殺也。蜡之祭，仁之至，義之盡也。」陳祥道云：「蜡之爲祭，所以報本反始，息老送終也。其所致者，川澤山林，以至土示天神，❷莫不與焉。則合聚萬物而饗之者，非特八神也。而所重者八，以其尤有功于田故也。」八神，先嗇也，司嗇也，百種也，農也，郵表畷也，禽獸也，坊也，水庸也。鄭云：「先嗇，若神農者。司嗇，后稷是也。農，田畯也。郵表畷，謂田畯所以督約百姓于井間之處也。水庸，溝也。」賈公彦云：「禽獸者，即猫虎之屬。坊者，所以蓄水，亦以鄣水。庸者，所以受水，亦以洩水。祝辭言

---

❶ 「老」，《四庫全書》本作「休」。

❷ 「土」，《四庫全書》本作「地」。

此神繇有此功，故今得報，非祈禱也。」程迥云：「八蜡之祭，爲民設教也厚矣。方里而井，八家共焉，吾食其一。仰事俯育，資焉而無憾者，可不知所本乎？古有始爲稼穡，以易佃漁，俾吾卒歲無饑，不與禽獸争一旦之命者，繄先嗇是德，故祭先嗇焉。曰司嗇者，謂修明其政，而潤色之者也。曰農者，謂傳是業以授之於我者也。曰郵表畷者，畷，井田間道也。郵表也者，謂畫疆分理，以是爲准者也。昔之人爲是而勞，今我蒙之而逸，蓋不得不報也。曰猫虎者，謂能除鼠豕之害吾稼者也。曰坊者，謂昔爲隄防之人，使吾禦水患者也。曰水庸者，謂昔爲甽澮溝洫，使吾爲旱備者也。吾不敢忘，皆得以上配先嗇、司嗇之享。其民勸于功利，推而廣之，等而上之，視君親如天地，而不敢慢也。後世農田之利，奪於兼并之家，雖天下之用舉仰于農，而農不蒙其利。大抵一歲之入，兼并袖手，什取之五，假之牛種，則什之七，又乘其乏，舉貸以倍稱之息，雖八九可也。是故，樂歲先饑，凶年多死者，莫農人若也。何以致然？繇郵表畷之失職也。郵表畷之失職，則先嗇、司嗇，與夫農者，其德不白，雖有防庸，必私其私。❶是生民之害，不在鼠豕螟蟘也。」《襍記》篇云：「子貢觀于蜡。孔子曰：『賜也樂乎？』對曰：『一國之人皆若狂，賜未知其樂也。』子曰：『百日之蜡，一日之澤，非爾所知也。張而不弛，文武弗能也。弛而不張，文武弗爲也。一張一弛，文武之道也。』」今按《豐年》之詩，舊亦知爲報賽而作，然無有知其專爲蜡祭者。愚蓋即以豐年一語知之。《郊特牲》云：「八蜡以記四方。四

---

❶ 下「私」字，《四庫全書》本作「利」。

方年不順成，八蜡不通，以謹民財也。順成之方，其蜡乃通，以移民也。」賈疏謂：❶「蜡祭八神，因以明記四方之國，記其有豐稔凶荒之異。四方之内，年穀不得和順成熟，則當方八蜡之神不得與諸方通祭，欲使不熟之方，萬民謹慎財物也。四方之内，有順成之方，其蜡之八神乃與諸方通祭，所以然者，以其蜡祭豐饒，皆醉飽酒食，使民歆羨也。」蜡祭惟年豐有之，非若他祭，不問豐凶，其禮不廢。此詩特以年豐降福爲言，非報賽八蜡而何？天子大蜡八，諸侯之蜡未聞，然《禮運》言仲尼與于蜡賓，則可見諸侯之國有蜡矣。所以知此詩爲豳頌者，以其事與《周禮》合，而詩又在頌中，其爲豳頌明矣。

豐年多黍多稌。 麌韻。**亦有高廩，**豐氏本作「禀」。**萬億及秭。** 紙韻，亦叶薺韻，奬禮翻。陸德明本作「數」。今按依本字作紙韻，則章首二句俱無韻。依陸本作「萬億及數」，則數乃麌韻，與稌字叶。未知是否。**爲酒爲醴，**薺韻，亦叶紙韻，力紙翻。**烝**《韓詩外傳》作「蒸」。**畀祖妣，**紙韻。**以洽**陸本作「袷」。**百禮，**薺韻，亦叶紙韻，力紙翻。**降福孔皆。** 叶紙韻，舉里翻。《左傳》作「偕」。○賦也。豆之滿者曰豐。歲大熟，則五穀多有，故以豐命年。鄭玄以爲大有之年，是也。黍，解見《黍離》、《下泉》諸篇。稌，《爾雅》、《説文》皆云：「稻也。」《孝經援神契》云：「污泉宜稻。」羅願云：「稻米粒如霜，性尤宜水，故五穀外，别設稻人之官，掌稼下地。以豬畜水，以防止水，以溝蕩水，以遂均水，以列舍水，以澮瀉水。一名稌，然有黏有不黏者，今人以黏者爲糯，不黏者爲秔。秔或作粳，然在古則通得稻稌之名。若詩書之文，自依所用而

---

❶「賈」，依文義當作「孔」。

解之。如《論語》『食夫稻』，則稻是粳；《月令》『秫稻必齊』，則稻是糯；《周禮》『牛宜稌』，則稌是秔；《豐年》『多黍多稌』，則稌是糯也。」朱子云：「黍宜高燥而寒，稌宜下濕而暑。黍稌皆熟，則百穀無不熟矣。」李氏云：「《職方氏》謂雍冀高燥，其穀宜黍。荆楊下濕，其穀宜稻。是黍利高燥，稌利下濕也。豐年之時，或高或下，無所不熟。」陸化熙云：「年若不豐，非旱即澇，旱不宜稌，澇不宜黍。多黍多稌，可例其餘，所以爲豐年。」亦有者，兼舉非一之辭。孔穎達云：「既黍稌之多，復有高大之廩，於中盛五穀矣。」廩，《爾雅》云：「廦也。」孔云：「對則藏米曰廩，藏粟曰倉，其散即通也。」按《明堂位》云：「米廩，有虞氏之庠。」又注云：「魯謂之米廩。」此則廩爲米藏之稱，明矣。《周禮・地官》有廩人之職，以下大夫掌之，而倉人則廩人之屬，其位不過中士下士耳。明米精而粟粗，且粟多而米約，當其爲粟，則先入之于倉，及其爲米，而後實之于廩，故廩人之職大于倉人也。若此詩「高廩」即是倉之通名，不必專以米言也。陳際泰云：「西戎之俗，藏粟于窖，積年不敗。然《公劉》有倉，《豐年》有廩，固已備其制矣。」萬，本蟲名。趙頤光云：「萬蟲類多，借十千名，數之終也。」《左傳》云：「萬，盈數也。」億，本作億，通作意，與意字不同。《說文》云：「滿也。一曰十萬曰意。」趙云：「因滿義，借訓十萬。」黄公紹云：「十萬曰億，古數也。秦時改制，始以萬萬爲億。」及，猶至也。秭，《博雅》云：「積也。」《韓詩》云：「陳穀曰秭。」又按，秭之義不一，郭璞謂「十億曰秭」。十億者，百萬也。《風俗通》則謂「千生萬，萬生億，億生兆，兆生京，京生秭」。各以十數推之，則秭者萬萬也。定本、《集注》又謂「數億至萬曰秭」，是以秭爲十萬萬。毛傳更謂「數萬至萬曰億，數億至億曰秭」，則億之爲數愈多，而秭之爲數愈不可殫究矣。《說文》則以五稯爲秭。韋昭謂一緵六百四十斛，五緵則三千二百斛。斛容一石，一秭之數，計三千二百石也。繇前之説，則秭可以包萬億，既舉秭矣，似不必贅言萬億。繇後之説，則一秭之數，固自無幾，若加萬億于秭之上，又不應太侈。是皆不足信，宜從《博雅》爲順。曰萬曰億，即《甫田》所謂「乃求萬斯箱」，《楚茨》所謂「我庾維億」者。高廩之中，本有舊積，而今以新歲之收，與之相及。古者三年耕，必餘一年；九年耕，必餘三年。陳陳相因，可謂盛矣。醴，解見《吉日》篇。季本云：「酒，酒味之厚者，即《周禮》『三酒』，所以待賓客也。醴，酒味之薄者，即《周禮》『五齊』，所以供祭祀也。」烝者，火氣上行之義，故《爾雅》訓進也。畀，《説文》云：「相付與之，約在閣上也。」徐鍇云：「閣，所以承物也。」愚按此亦與奠同意。嚴云：「百物皆所以爲禮，而行禮以酒爲主。」祖，孔云：「先祖也。」《爾雅》云：「妣之言媲也。」愚按媲匹于祖者，謂之祖妣，非專爲母稱也。周人以姜嫄爲妣，以后稷爲祖，故《周禮·大司樂》文享先妣在享先祖之上。《斯干》之詩亦曰「似續妣祖」是也。蜡臘之祭，據《月令》惟及先祖耳，不及姜嫄，則此妣乃祖之妣耳，故繫妣于祖之下。《左》襄二年：「齊姜薨，初，穆姜使擇美檟以自爲櫬，季文子取以葬。君子曰：非禮也。禮無所逆。婦，養姑者也。虧姑以成婦，逆莫大焉。且姜氏，君之妣也。詩曰：『爲酒爲醴，烝畀祖妣。』」洽，通作合。百禮，如祠公社門閭，臘五祀，養老、勞農等事，皆于蜡祭時，合而舉之也。又范景文云：「禮之精意，雖不藉物以存，然必民力普存，備物咸有，始發皇莫禦，盤際不窮。此洽字之義。」亦通。降，《説文》云：「下也。」福，指豐登之福言。孔，《正義》云：「甚也。」皆，毛云：「偏也。」隨事賴豐年之利用，則隨處徵神惠之普存，而其降福殆甚偏矣。歸功于八蜡之辭。

《豐年》一章，七句。《序》以爲秋冬報也。但紀其報之時，而不實其所報之神。鄭玄申其説云：「謂嘗也，烝也。」蔡邕《獨斷》亦云：「烝嘗秋冬之所歌也。」孔穎達云：「不言祈而言報者，所以追養繼孝，義不祈于父祖。至秋冬物成，以爲鬼神之助，故歸功而稱報，亦孝子之情也。」劉安成但以爲薦新于宗廟之詩。此皆泥篇中有「烝畀祖妣」一語。然烝嘗薦新，宗廟之禮，時享月祀，典有正經，不必其豐年也。假使當大祲之時，行享祀之禮，而告神登歌，乃首舉豐年爲辭，毋乃不類之甚，即祖妣獨無恫乎？朱《傳》初本，亦以爲穀始登而薦于宗廟之樂歌，與濮氏説同。其後改本，作秋冬報賽田事之樂歌，蓋祀田祖、先農、方社之屬。僞《申培説》襲之。蘇轍則以爲秋祭四方，冬祭八蜡。王安石則以爲祭上帝。曹氏兼取蘇、王之説，謂：「秋季大祭于明堂，秋祭四方，冬祭八蜡，天地百神，無所不報，而同歌是詩，故《序》不言其所祭耳。」今按頌載祭祀樂歌，俱未有通用者。以數説考之，除八蜡外，固各有詩矣。《楚茨》，祭嘗也。《信南山》，祭烝也。《大田》，報方也。《良耜》，報社也。《我將》，大享也。是皆無藉于此詩。若田祖之神，據毛傳以爲八蜡中之先嗇，則即先農耳，他祭有詩，唯蜡祭無詩。此詩首以豐年發端，正禮言順成通蜡之意，則其爲孟冬報蜡而作，無可疑者。蘇、朱亦知牽引及之，而特不敢專主，大抵爲《序》中「秋」、「冬」二字所誤耳。若鄒忠胤則云：「此詩摘《載芟》中四句成文，而小異其首尾。既有《載芟》，此詩似可無作。然而另爲一篇者，與報賽異用也。嘗觀《楚語》，觀射父曰：『先王日祭、月享、時類、歲祀。諸侯舍日，卿、大夫舍月，士、庶人舍時。天子徧祀群神品物，❶諸侯祀天地、三辰及其土之山川，卿、大夫祀其禮，士、庶人不過其祖。日月會于龍豵，九氣含收，

❶「神」，原作「臣」，據《四庫全書》本改。

天明昌作，百嘉備舍，群神頻行。國于是乎烝嘗，家于是乎嘗祀，百姓夫婦擇其令辰，奉其犧牲，敬其齍盛，潔其糞除，慎其采服，禋其酒醴，帥其子姓，從其時享，虔其宗祝，道其順辭，以昭祀其先祖，肅肅濟濟，如或臨之。於是乎合其州鄉朋友婚姻，比爾兄弟親戚。於是乎弭其百苛，殄其讒慝，合其嘉好，結其親暱，億其上下，以申固其姓。』此即詩《豐年》注脚也。《豐年》之歌，雖或上下所通用，而于士庶尤較切。蓋舍日者有月享，舍月者有時類，而舍時者歲乃祭。所謂士庶不過其祖，家于是乎嘗祀，是也。以洽百禮，則弭苛殄慝，合好固姓，兼舉之矣。」今按以《楚語》解此詩，固亦近似，但如所云，大段爲士庶發耳，而載之天子之頌，何居？

《良耜》，蜡祭報社也。是爲豳頌。《禮·月令》：「孟冬，天子乃祈來年于天宗，大割祠于公社及門閭。」鄭玄注云：「此《周禮》所謂蜡祭也。」按《周禮》：「國祭蜡，則龡《豳頌》，擊土鼓，以息老物。」此固頌詩也，而所言者蜡祭之事，是以知其爲豳頌也。蜡祭在建亥之月，此詩所陳報賽之事，而有「百室盈止，婦子寧止」之文，孔穎達謂此乃是場功畢入，當十月之後，則正與《月令》合矣，是以知其爲蜡祭也。蜡之爲言索也，謂合祭萬物之神，而索饗之也。天子大蜡八，而又有天宗之祈，公社門閭之祠。《周禮·黨正》職亦云：「國索鬼神而祭祀。」若然，則凡爲神者莫不與矣，而獨謂是詩爲報社者何也？禮祭陰祀用黝牲。陰祀者，先儒謂祭地北郊及社稷也。黝也者，黑也。殺時犉牡，固黑脣也。祭地北郊，天子之禮。諸侯惟祭社稷，祭社必及稷也。是以知其爲報社也。社祭一歲凡有三：《月令》仲春，擇元日，命民社，一也；雩祭，以社以方，二也；孟冬，大割祠于公社，三也。與祈年天宗並舉者，《周禮·肆師》之職所謂「社之日涖卜來歲之稼」，即此時事也。若門閭之祀，不知何神。如以爲五祀中之門，則既蜡而臘，復又及五祀矣，似不應瀆祭也。且既非陰祀，即不用黝牲，以是知此詩之作專爲報社也。天子諸侯禮數雖不無差殊，又三代禮文或損或益，然大端要不甚相遠。若八蜡之祭，則已見于《豐年》之篇矣。鄧元錫云：「或疑《思文》、《臣工》、《噫嘻》、《豐年》皆豳頌，非也。《思文》頌配天，《臣工》、《噫嘻》言王釐、言成王，皆王事。《載芟》、《良耜》言質淳，于周頌殊音，殆其豳乎！」豈亦公所陳豳詩，後制樂，因定以祈報與？

畟畟良耜，紙韻。**俶載南畝**。叶紙韻，母鄙翻。**播厥百穀**，屋韻。**實函斯活**。叶屋韻，呼酷翻。○賦也。畟，《說文》云：「治稼畟畟進也。」上从田从人，謂治田之人也。下从夊。《說文》云：「象人兩脛有所躧也。」良耜，鄭玄云：「利善之耜也。」「俶載」三句，解俱見《載芟》篇。耜惟良，故可以「俶載南畝」，所謂「欲善其事，必利其器」也。此第一節，言其既耕而播種也。《良耜》、《載芟》皆報賽之詩，故備陳農功本末。

或來瞻女，音汝，語韻。**載筐**豐氏本作「匚」。**及筥**。語韻。**其饟伊黍**，語韻。○賦也。瞻，《說文》云：「臨視也。」錢氏云：「猶省也。」鄭云：「有來視女，謂婦子來饁者也。」載，猶運也。筐筥，解見《采蘋》篇。方曰筐，圓曰筥。鄭云：「筐筥，所以盛黍也。」愚按或載筐或載筥，見耕者之多，故饁者衆也。《說文》云：「周人謂餉曰饟。」邢昺云：「食人曰饟，自家之野也。」鄭云：「豐年之時，雖賤者猶食黍。」孔云：「《少牢》、《特牲》大夫士之祭禮食有黍，明黍是貴也。《玉藻》言：『子卯，稷食菜羹。』爲忌日貶而用稷，是爲賤也。賤者當食稷耳，故云『豐年之時，雖賤者猶食黍』。」此第二節，言餉田也。

其笠伊糾。有韻，亦叶篠韻，舉夭翻。豐本作「丩」。**其鎛斯**豐本作「伊」。**趙，**篠韻。《周禮》注、《集韻》俱作「⿰扌周」。**以**《説文》作「既」。**薅**《爾雅》、《説文》俱作「茠」。**荼**《爾雅》作「蒤」。**蓼。**篠韻，亦叶有韻，力久翻。**荼蓼朽**有韻。**止，黍稷茂**叶有韻，莫後翻。**止。**賦也。笠，《説文》云：「簦無柄也。」孔云：「笠之爲器，暑雨皆得禦之。」伊，語詞。糾，《説文》云：「繩三合也。」嚴粲云：「糾結其緣也。」季本云：「結於頷下，使不動也。」鎛，耨也，所以耘苗也。解見《臣工》篇。趙，《説文》云：「趨也。」携鎛疾趨，將往耘艸，如下文所云也。薅，《説文》云：「拔去田艸也。」經有三荼：一曰苦菜，《爾雅》所謂「荼，苦菜」者也；一曰英荼，《爾雅》所謂「蔈、荂，荼」者也；一曰委葉，《爾雅》所謂「蒤，委葉」者也。據《爾雅》注引此詩以解委葉，故唐孔氏以此荼爲委葉也。然委葉之形狀，注疏無文，古今莫曉，但指爲穢艸耳。愚考《爾雅》於苦菜、蔈、荂，字皆作荼，而所謂委葉者，字乃作蒤。又於别條有「蒤，虎杖」之目，則虎杖名蒤，疑此即委葉也。疏於本條下，引陶注《本艸》云：「此物田野甚多，狀如大馬蓼，莖班而葉圓。」因悟此詩以荼蓼並言，當是其形相近。而朱子亦云：「荼，陸草。蓼，水草。一物而有水陸之異也。今南方人猶謂蓼爲『辣荼』。」二者蓋相⿰月召合，然則此荼之爲虎杖明矣。《説文》有荼字，無蒤字，或《爾雅》故異其字以爲識别，抑或本有此字，而《説文》偶遺之，皆不可知。蒤既名虎杖，又名委葉者，蓋以此物委葉田中，爲田之害，故與「皇，守田」並稱。皇亦生廢田中者，故别號之爲守田也。請與博雅君子詳之。又張萱云：「虎杖，一名班杖。秋有花直出，作赤子，與蒟蒻相似。《本草》入木部，云『作木，高丈餘』，非也。《衍義》曰：『似寒菊。惟花葉莖蕊差小耳。』當以草部爲正。」蓼，解見《小毖》篇，生水澤中，白居易詩「水蓼冷花紅簇簇」是也。王肅云：「荼，陸穢。蓼，水草。」孔云：「所谿田有原有隰，故並舉水陸穢草也。」朽，《說文》云：「腐也。」止，通作只，語已辭也，後放此。茂，豐盛也。按《月令》：「季夏，是月也，土潤溽暑。大雨時行，燒薙行水，利以殺草，如以熱湯。可以糞田疇，可以美土疆。」當即於斯時也。此第三節，言耘苗而苗盛也。

穫之挃挃，質韻。**積**《說文》作「穦」。**之栗栗**。質韻。《說文》作「秩秩」。**其崇如墉，其比如櫛**，質韻。**以開百室**。質韻。**百室盈**叶陽韻，余章翻。**止，婦子寧**叶陽韻，尼良翻。**止**。賦也。穫，《說文》云：「刈穀也。」挃挃，毛傳、《說文》、《爾雅》注皆以爲穫聲也。又《小爾雅》云：「截穎謂之挃。」蓋謂截禾穎之聲也。「積之栗栗」三句一連說。積，《說文》云：「聚也。」栗，即「實穎實栗」之栗，《左傳》所謂「嘉栗」。孔氏謂栗是禾之堅熟，《詩詁》謂禾之孚甲縝密如栗，是其義也。重言栗栗者，有顆粒均勻之意。崇，《說文》云：「嵬高也。」墉，毛云：「城也。」孔云：「城之與墻，俱得爲墉，但此比高大，故爲城。」比，《說文》云：「密也。」櫛，朱子云：「理髮器。」《說文》云：「梳篦之總名也。」孔云：「所積聚者，其高大，如城雉之峻壯；其比迫，如櫛齒之相次。」愚按如墉，分所積之一堆而言。如櫛，合所積之衆堆而言。以開百室者，鄭云：「其已治之，則百家開户納之。」又云：「千耦其耘，輩作尚衆也。一族同時納穀，親親也。百室者，出必共洫間而耕，入必共族中而居，又有祭酺合醵之歡。」孔云：「《周禮》『五家爲比，五比爲閭，四閭爲族』，是百室爲一族。於六鄉則一族，於六室則一酇。《遂人》職云：『百夫有洫。』故知百室共洫間而耕也。族在六鄉而引彼者，鄉之田制與遂同，故得舉酇之制以言族也。」愚按鄭、孔所引皆《周禮》，未必公劉時有此法。曰千耦，曰百室，大抵皆約略之辭，强爲之説則鑿矣。萬尚烈云：「方春在田，邑室皆閉。田事既畢，則邑中之百室皆開，以其所穫所積者，入之于室也。」錢天錫云：「計畝均分，故各開其室。」百室盈止者，孔云：「百室皆盈滿而多穀粟也。」崔寔《四民月令》云：「十月農事畢，五穀既登，家家儲蓄，乃順時令也。」初言穫，是穫之于野，既言積，是積之于場。此言開言盈，則入之于室矣。婦子，謂耕者之妻與子也。寧，通作寍。《説文》云：「安也。」嚮者終歲田間勤動，至此百室既開，始得入邑中而安處也。《七月》之詩曰：「嗟我婦子，曰爲改歲，入此室處。」正此詩所云「寧止」者。彼爲豳風，此爲豳頌，又當孟冬之時，其爲《周禮》蜡祭所歈，無可疑矣。此第四章，言收穫之多而豐稔足樂也。

殺時犉陸德明本作「犉」。❶**牡，有捄其角。以似以續，續古之人。**四句俱無韻，未詳。〇賦也。犉，牛之黑脣者。按《爾雅》云：「黑脣，犉。黑眥，牰。黑耳，犚。黑腹，牧。黑脚，犈。」但别牛黑所在之名，而不顯其身之色。毛傳及《説文》則皆謂黄牛黑脣曰犉。孔云：「牛之黄者衆，故知黄牛也。社稷用黝牛，當以黑，而用黄者，蓋正禮用黝，至於報功，以社是土神，故用黄色，仍用黑脣也。」曹氏云：「古之人，享其神，必思其所自，以爲百室盈而婦子寧者，社稷之功，故於是而報焉。地之色，以黑爲正，以黄爲美，故陰祀用黝牲，正其義也；社稷用犉，美其功也。」牡，《説文》云：「畜父也。」愚按諸侯祭社稷用少牢。少牢者，羊豕也。此詩爲豳頌，則是諸侯之祭，而得用牡牛者，以田功告成，教民美報，故隆其禮。《月令》言大割祠于公

❶ 「犉」，據《經典釋文》當作「犝」。

社，鄭玄謂大割者，大殺群牲割之也。天子祭社，不過以太牢爲常禮，而此特變云「大割」，則必有奢于太牢之外者。諸侯之禮，雖殺于天子，改少牢而進用特牛，不爲泰矣。捄，通作觩，本作觓。《説文》云：「角貌。」朱子云：「角上曲貌。」按《王制》云：「祭天地之牛角繭栗，宗廟之牛角握，賓客之牛角尺。」無社稷之文。《禮緯稽命徵》則云：「社稷宗廟角握。」毛傳則云：「社稷之牛角尺。」今以「有捄其角」之語推之，捄、觩通用。據《詩》言「兕觥其觩」，「角弓其觩」，必非角握，當從毛説爲長。毛去古未遠，定有所據也。「以似」二句，祭畢而祈神之辭也。以似者，欲來歲之有年，亦如今歲也。續，《説文》云：「連也。」以續者，稼穡之事，國家根本所在，欲世世相承勿絶也。毛云：「續往事也。」鄭云：「嗣前歲者，後求有豐年也。」續往事者，復以養人也。古之人，謂后稷也。后稷以農事開國，自今以往，庶藉神庥，以永續其事于不替，是則我君民之所深願耳。一説，報賽之禮，有其舉之，莫敢廢也。今日奉行故事，庶幾不替其先耳，何足答神貺于萬一乎。亦通。蘇轍云：「聖人之爲詩，道其畊耨播種之勤，而述其終歲，倉廩豐實，婦子喜樂之際，以感動其意。夫詩之可以興者，所以感發人之善志也。先言勤勞，後言逸樂，使勤者可以自忘其勞，而怠者亦知以自奮也。」

《良耜》五章，二章章四句，一章三句，一章五句，一章七句。舊作一章二十三句。○《序》及蔡邕《獨斷》皆云：「秋報社稷之所歌也。」以爲報社稷者得之。獨繫之於秋，則與百室盈、婦子寧之語不合。嚴氏乃謂此詩爲報社稷，必陳農功之本末，故當秋時，而追述春耕，預言冬穫。唐孔氏意亦如此，亦可謂强爲之辭者矣。朱傳了無所主。《申培説》則云：「《載芟》亦《豐年》之意。《良耜》與《載芟》同意。」其不知所適從，猶朱傳也。《子貢傳》闕文。

《載芟》，孟冬臘先祖五祀，以禮屬民飲酒，正其齒位。亦豳頌也。《月令》：「孟冬之月，天子乃祈來年于天宗，大割祠于公社及門閭，臘先祖五祀。」《郊特牲》云：「黄衣黄冠而祭，息田夫也。野夫黄冠，黄冠，草服也。」先儒謂此既蜡後臘先祖五祀之祭也。對文蜡臘有别，總其義俱名蜡也。陳祥道云：「先儒以《郊特牲》言皮弁素服而祭，又言黄衣黄冠而祭，則二祭之服不同。《月令》言祈來年于天宗，割祠于公社，又言臘先祖五祀，則祈臘之名不同。於是謂皮弁素服而祭，與祈來年于天宗，蜡也。黄衣黄冠而祭，與臘先祖五祀，臘也。周蜡于十有二月，秦臘於孟冬，皆建亥之月也。晉侯以十二月滅虢，遂襲虞。宫之奇曰『虞不臘』，則臘在蜡月可知矣。」唐孔氏云：「《月令》臘在祈天宗之下，但不知臘與蜡祭相去幾日。准隋禮及今禮，皆蜡之後日。」又《周禮·黨正》職云：「國索鬼神而祭祀，則以禮屬民，而飲酒于序，以正齒位。」注謂此大蜡之時，建亥之月也。必正齒位者，爲民三時務農，行闕于禮，至此農隙，而教之尊長、養老，見孝悌之道也。按《月令》於「臘先祖五祀」之下文曰「勞農以休息之」，先儒謂此即黨正屬民飲酒正齒位是也。《禮運》篇載「仲尼與于蜡賓，事畢，出遊于觀之上」，是有主賓飲酒之禮。而《雜記》篇又載子貢觀蜡，曰「一國之人皆若狂」者，以蜡禮同鄉飲酒，其初立賓行禮，至禮終，脱屨升堂而燕，行無筭爵。然則初時正齒位，至其後，則若狂也。鄭玄《周禮注》云：「萬物助天成歲事，至此爲其老而勞，乃祀而老息之。❶於是國亦養老

❶「老」，《四庫全書》本作「休」。

焉。」今按此詩言「有實其積」，正孟冬謹蓋藏之時，而又言「烝畀祖妣」，以是知其爲臘祭先祖也。其曰「胡考之寧」，則所謂養老而正齒位者也。蜡而臘，臘而養老，至養老，而蜡之事始畢。《周禮》蜡必龡《豳頌》，若此詩非豳頌，則何所取之？故知爲公劉時臘祭之詩，無疑也。又按臘之義訓有二，徐鍇云：「臘，合也。合祭諸神也。」應劭亦云：「臘者，接也。新故交接，狎臘大祭以報功也。」愚謂此義得之。狎臘者，重接之貌。《西京賦》「披紅葩之狎臘」是也。乃先儒相傳，皆謂臘者獵也，謂以田獵所得禽祭也。夫《郊特牲》篇有曰：「大羅氏，天子之掌鳥獸者也，諸侯貢屬焉。草笠而至，尊野服也。羅氏致鹿與女，而詔客告也，曰：『好田、好女者亡其國。』」是則好田之戒，正申飭于臘月來貢之時，而謂其獵禽以祭乎，必不然矣。或又疑《周禮·羅氏》職有「蜡則作羅襦」之語，謂將以羅網圍取禽也。夫野虞教道田獵，實在仲冬，此時作羅襦，亦以備用也，即《周禮》中冬狩田，獻禽享烝，非臘月也。宜乎此詩之言烝祖妣、洽百禮，第舉酒醴，而不及禽獸也。愚于雅之《甫田》、《大田》，頌之《豐年》、《良耜》、《載芟》，與風之《七月》，皆定爲豳詩，雖以《周禮》爲據，而其辭之相爲出入，亦確有可信者。《七月》曰「同彼婦子，饁彼南畝，田畯至喜」，而《甫田》、《大田》亦皆曰「以其婦子，饁彼南畝，田畯至喜」也。《七月》曰「嗟我婦子，曰爲改歲，入此室處」，而《良耜》亦曰「以開百室，百室盈止，婦子寧止」也。《甫田》累言「曾孫」，以公劉爲后稷之曾孫，而《大田》亦言「曾孫」也。《大田》言「以我覃耜，俶載南畝」，而《良耜》亦言「畟畟良耜，俶載南畝」，《載芟》亦言「有略其耜，俶載南畝」也。《七月》言其「始播百穀」，而《良耜》、《載芟》皆言「播厥百穀，實函斯活」也。《豐年》言「萬億及秭，爲酒爲醴。烝畀祖妣，以洽百禮」，而《載芟》于此四句，全文皆同也。至于《甫田》曰「自古有年」，《良耜》曰「續古之人」，《載芟》曰

「振古如兹」，所謂古，皆指后稷而言，有惓惓率祖之思焉。詩三百篇，未有辭意脗合之多若是者，斯亦可以見其製于一時，出于一手，而使朱子聞此，定當涣然冰釋，不復曰「未知是否」矣。

載芟載柞，叶陌韻，側格翻。**其耕澤澤。**陌韻。《爾雅》作「郝郝」。**千耦其耘，**陸德明、嚴粲本俱作「耘」。**徂隰徂畛。侯主侯伯，**陌韻。**侯亞侯旅，侯彊侯以。**紙韻。**有嗿其饁，思媚其婦，有依其士。**紙韻。**有略**《字書》作「畧」。**其耜，**紙韻。**俶載南畝。**叶紙韻，母鄙翻。○賦也。載，鄭云：「始也。」當通作才。芟，《説文》云：「刈草也。」毛傳云：「除木曰柞。」孔穎達云：「《秋官・柞氏》『掌攻艸木及林麓』，是除木曰柞也。」曹氏云：「除草木，是初墾闢而爲田者也。」季本云：「以芟柞之語觀之，則似公劉始荒豳地之言也。」澤，通作釋。《説文》云：「解也。」郭璞云：「言土解也。草木既去，則其土無復膠結凝滯，始解釋而可以耕，未謂其已耕也。」耦，解見《噫嘻》篇。千耦，不必有所指。嚴粲云：「耦以言並作，千以言其多。」孔云：「爲耦者千，是二千人爲千耦，與十千維耦異也。」耘，《説文》云：「除苗間穢也。」蔣悌生云：「去草皆可訓爲耘，非必爲去苗間草也。若以爲去苗間草，則始耕之時，未曾播種，何從有苗？」曹氏云：「反土之後，草木根株有芟柞所不盡者，則復耘之。其多至于千耦也。」黄佐云：「此耘在未種前。『緜緜其麃』則耘在既種後。」蓋耘有二等，其辨如此。徂，《説文》云：「往也。」隰，《説文》云：「阪下溼也。」朱子云：「爲田之處也。」畛，《説文》云：「井田間陌也。」《周禮》：「十夫有溝，溝上有畛。」鄭云：「輩作者千耦，或往之隰，或往之畛。」嚴云：「言遍于原野，無曠土也。」侯，發語辭，如伊、維之類，後放此。主，毛云：「家長也。」孔云：「《坊記》曰：『家無二主。』主是一家之尊也。」伯，毛云：「長子也。」班固云：「子最長，迫近父也。適長稱伯，庶長稱孟。」亞，《爾雅》云：「次也。」李氏云：「伯之次也。」愚按凡仲、叔、季皆是也。旅，《說文》云：「俱也。」彊，《說文》云：「弓有力也。」人之有力似之，故以爲壯盛之稱。以，《說文》云：「用也。」《左傳》云：「能左右之曰以。」言一人爲家之主，受田以耕，而其子之伯若亞，皆與之俱爲。其伯、亞之中，有彊壯多力者，則提挈而指麾之，俾之盡力於農畝也。按《周禮·小司徒》：「均土地，以稽人民而周知其數。上地家七人，中地家六人，下地家五人。」注謂：「一家男女七人以上，則授之上地，所養者衆也。男女五人以下，則授之下地，所養者寡也。」是則一夫之子，若伯、若亞，自非本身受田之後，總仰給于彼父所受百畝之中。其旅俱耕作，有固然者。嗿，《說文》云：「聲也。」毛傳云：「衆貌。」蓋衆多之聲也。饁，《說文》云：「餉田也。」杜預云：「野饋也。」媚，《說文》云：「悦也。」婦，田夫之婦，來饋餉也。《左傳》「冀缺耨，其妻饁之」是也。依，《說文》云：「倚也。」親近之意，故鄭云：「依之言愛也。」士者，男子之稱，婦人亦稱夫爲士。《易》「老婦得其士夫」是也。思媚其婦，與「思媚周姜」文法相似，當主婦言，言思媚悦乎田中之夫者，其婦也。有依其士，與「有嗿其饁」、「有略其耜」語皆相類，當主士言，言有親近乎饋饁之婦者，其士也。陳際泰云：「農之爲事苦矣。先王有道焉，使之而忘其勞。人情莫不樂其群，主、伯、亞、旅皆在焉，均勞，又聚語也。人情莫不樂所暱，婦女自饁，氣體爲契，又相慰藉也。」嚴云：「夫耕婦饁，驩然相愛，見治世和樂之氣象焉。」季云：「一家親愛，同力一心，農夫之所以有年者，蓋本於此。」有略其耜，饁畢而後耕也。是主、伯、亞之事，與婦無涉。略，當依《字書》通作挈。《說文》云：「刀劍刃也。」《爾雅》云：「利也。」耜者耒首，斲木爲之，解見《七月》篇。曹氏云：「利則入土也深。」俶，《說文》云：「善也。」載，通作縡。《說文》云：「事也。」南畝，解見《七月》篇，言有鋭利如刀劍刃之耜，以善其事于南畝也。

播厥百穀，屋韻。**實函斯活**。曷韻，亦叶屋韻，呼酷翻。又叶屑韻，胡決翻。**驛驛**《爾雅》作「繹繹」。**其達**，曷韻，亦叶屑韻，陀悦翻。**有厭其傑**。屑韻。**厭厭其苗**，蕭韻。**緜緜**《韓詩》作「民民」，云衆貌。**其麃**。叶蕭韻，蒲嬌翻。《説文》作「穮」。**載穫濟濟**，叶薺韻，子禮翻。**有實其積，萬億及秭**。紙韻，亦叶薺韻，獎里翻。**爲酒爲醴**，薺韻，亦叶紙韻，力紙翻。**烝畀祖妣**，紙韻。**以洽百禮**。薺韻，亦叶紙韻，力紙翻。○賦也。播，《説文》云：「種也。」百穀，解見《七月》篇。曹氏云：「百穀之性，其寒暑濕燥，高下早晚，各有所宜。而水旱豐凶，不可預料，故悉種之，所以爲備也。」實，鄭云：「種子也。」孔云：「此説初種，故知實爲種子。」函，通作含。孔云：「函者，容藏之意，故轉爲含，猶人口含之也。」活，鄭云：「生也。」按活者水流聲，物之生意流動，亦謂之活。實函斯活者，孔云：「言種子内函生氣也。」驛，《説文》云：「置騎也。」曰驛驛者，象其出土之速，《孟子》所謂「速于置郵」也。或依《爾雅》通作「繹繹」，爲抽絲之義，言百穀次第而生，連續不斷也。亦通。達者，自此而忽適彼之名，故毛傳以爲射也。鄭云：「出地也。」孔云：「苗生達也，則射而出。」厭，通作猒。《説文》云：「飽也。」朱子云：「受氣足也。」傑，《説文》云：「傲也。」按才過人者謂之傑，故鄭亦以苗先長者爲傑，言其異于衆苗也。孔云：「苗之傑者，亦是苗也，而與其苗異文，傑謂其中特美者，苗謂其餘齊等者，二者皆美茂，故俱稱厭。但以齊等苗多，重言厭厭耳。」黄佐云：「夫百穀之生，始焉固有受氣之足而先長者矣。及其既也，皆受氣之足，而同一茂盛矣。何者而非厭厭之苗乎？」緜，《説文》云：「聯微也。」孫炎云：「緜緜，言詳密也。」麃，通作穮。《説文》云：「耕禾間也。」徐鍇云：「禾已長大，復鉏其間艸也。」萬時華云：「苗已同時皆長，故不可不耘。」嚴云：「芟、耘、麃，皆除艸也。芟與柞並言，是新開爲田，先除其地上之艸木也。既耕而言耘，是反土之後，除其土中之艸木根株也。既苗而言麃，是除其苗間之艸也。」王安石云：「耘以緜緜爲善，恐傷苗也。」徐光啓云：「《莊子》滅裂而耘之，則亦滅裂而報余。詳密正與滅裂相反。」穫，《説文》云：「刈穀也。」濟之爲言齊也，朱子訓濟濟爲人衆貌，蓋謂人衆而齊力也。實，嚴云：「穀實也。」按上文「實函斯活」，雖亦穀實，但彼乃種子，此則種子所生而成熟者，義自不同。積，《説文》云：「聚也。」據《公劉》篇，以「積」與「倉」對言，朱子以爲露積是也。萬億及秭，解見《豐年》篇。當始穫之時，但見刈穀之人濟濟衆多，所有之穀實露積甚盛，其貯之於廩，則數或以萬計，或以億計，與前歲之陳穀因仍相及也。穫言在野，積言在場，萬億及秭言在廩，自有次第。爲酒爲醴，烝畀祖妣，解亦見《豐年》篇。惟「以洽百禮」義與彼不同，此特謂祭五祀，及勞農、養老等事也。

有飶陸德明本作「苾」。**其香，**陽韻。**邦家之光。**陽韻。**有椒**陸云沈本作「俶」，云作「椒」者誤。**其馨，**青韻。**胡考之寧。**青韻。**匪且有且，匪今斯今，振古如兹。**三句無韻。○賦也。飶，《説文》云：「食之香也。」香本作萫，《説文》云：「芳也。」徐云：「按《尚書》，稼穡作甘，黍甘爲香，會意。」曰「邦家之光」者，以大有之年，行祭祀之禮，《左傳》所云「奉盛以告，謂三時不害，而民和年豐；奉酒醴以告，謂上下皆有嘉德，而無違心」者，其邦家之光顯孰如之？若凶荒殺用，氣象蕭然，何光之有？椒，本作茮，木名，解見

《椒聊》、《東門之枌》篇。孔云：「椒是木名，非香氣也。但椒木氣香，作者以椒言香。」《詩故》云：❶「椒之氣烈，故古者謂椒酒，取其香且烈也。」史繩祖云：「杜牧之《阿房宫賦》所用事，❷不出于秦時，只『烟斜霧横，焚椒蘭也』兩句，尤不可及。六經只以椒蘭爲香，如『有椒其馨』、『其臭如蘭』、『蘭有國香』是也。《楚詞》亦只以椒蘭爲香，如『椒漿蘭膏』是也。『沉檀龍麝』等字，皆出于漢西京以後，詞人方引用。至唐人詩文，則盛引『沉檀龍麝』爲香，而不及『椒蘭』矣。」曹氏云：「飶、椒，皆酒醴芬芳之氣。」胡，《説文》云：「生頷垂也。」毛云：「壽也。」《解頤新語》云：「老狼亦垂胡。今老者或有此狀，故詩人取之。」又《士冠禮》祝云「永享胡考」，注胡爲遐，蓋音相近。考，《説文》云：「老也。」毛云：「成也。」孔云：「老而有成德也。」寧，通作寍。《説文》云：「安也。」嚴云：「以養耆老，則老人之安寧也。」愚按此即屬民飲酒，而正齒位之事。正齒位者，《鄉飲義》謂「六十者坐，五十者立侍。六十者三豆，七十者四豆，八十者五豆，九十者六豆」是也。詳見小引下。匪，通作非。且者，聊且之義。今，今日也。匪且有且，言非曰聊且爲之，而姑有如此聊且之事。匪今斯今，言非自今日偶一爲之，而乃謂此特今日之事也。振古，謂振起于古昔之人，即后稷也。自我后稷以農事開國，而其垂教于稼穡，美報于蜡臘者，已如此矣。我今日者，不過舉行故事，循而勿失云爾。曰且曰今，亦似初遷都時語。

---

❶「故」，《四庫全書》本作「詁」。

❷「杜」，原作「牡」，據《四庫全書》本改。

《載芟》三章，二章章十二句，一章七句。舊作一章三十一句。○《序》及蔡邕《獨斷》皆以爲春籍田而祈社稷之所歌也。今細玩詩辭，無耕籍之事，亦與祈社稷無涉。朱子云：「此詩未詳所用，然辭義與《豐年》相似，其用應亦不殊。」《申培説》祖之，遂云：「亦《豐年》之意。」彼但見「萬億」四語二詩相類耳，而究竟其所用之地，莫能明也。劉公瑾疑謂秋成之祭，薦新于宗廟而歌此，則亦依附于「烝畀祖妣」一語，較爲近之。若胡一桂之論曰：「《載芟》、《良耜》二詩，誠不見其所報之意，不過閔其耕種之勞，序其饋餉之情，論其禾黍茂盛收穫之富。或爲酒醴以祀祖妣，或殺犉牡以續古人。此皆田家勤勞安逸之事，而非告神之樂歌也。」信若爾，則何以入此詩于頌乎？《子貢傳》闕文。

《行葦》，美公劉也。公劉有仁厚之德，行燕射之禮，以篤同姓，詩人美之。何以知其爲公劉之詩也？一徵之《吴越春秋》曰：「公劉慈仁，行不履生草，運車以避葭葦。」再徵之《列女傳》晉弓工妻謂于平公曰：「君聞昔者公劉之行乎？羊牛踐葭葦，惻然爲痛之。恩及草木，仁著于天下。」三徵之漢王符《潛夫論》，特引章首四句而釋之曰：「公劉厚德，恩及艸木。牛羊六畜，且猶感德，消息于心。」又曰：「仁不忍踐履生草，則又况于民萌而有不化者乎。」❶四徵之《後漢書》，桓榮曰：「昔文王葬枯骨，公劉敦行葦，世稱其仁。」是何其説之鑿鑿也。彼去古未甚遠，夫有所受之也。故漢章帝勑侍御史司空曰：「方春，所過無得

❶「况」，原作「兄」，據《四庫全書》本改。

有所伐殺，車可以引避，引避之，騑馬可輟解，輟解之。《詩》云：『敦彼行葦，❶牛羊勿踐履。』禮，人君伐一草木不時，謂之不孝。俗知順人，莫知順天，其明稱朕意。」亦用此事。所謂公劉有仁厚之德者也。愚故以爲公劉之詩焉。又按公劉初遷豳，而即于同姓、異姓行燕飲之禮，所謂「食之飲之，君之宗之」是也。此詩之作，其在遷都以後乎！鄒忠胤云：「《周禮·鍾師》九夏有《族夏》。」杜子春謂族人侍，奏《族夏》。此儻是也耶。

敦彼行葦，牛羊勿踐履。叶薺韻，盧啓翻。**方苞方體，**薺韻。**維葉泥泥。**叶薺韻，乃禮翻。張楫作「苨苨」，《文選》注作「柅柅」。鄭本以章首至此爲第一章。**戚戚兄弟，**叶紙韻，蕩以翻。**莫遠具爾。**紙韻。豐氏本作「邇」。毛本以章首至此爲第一章。**或肆之筵，或授之几。**紙韻。鄭本以「戚戚」至此爲第二章。今從朱傳改正。○興也。敦，通作惇。《説文》云：「厚也。」言族生厚盛也，與豳詩「有敦瓜苦」義同。行，毛傳云：「道也。」葦，《説文》云：「大葭也。」詳見《蒹葭》篇。勿，通作毋，禁止辭。踐，《説文》云：「蹋也。」《釋名》云：「殘也，使殘壞也。」履亦有踐之義。以愚臆之，蹋之重者名踐，蹋之輕者名履。郝敬云：「古路在井間，旁近溝洫，多生蘆葦，牛羊往來踐踏。」孔穎達云：「葦之初生，其名爲葭，稍大爲蘆，長成乃名爲葦，『八月萑葦』是也。此禁牛羊勿踐，則是春夏時事，而言葦者，先王愛其爲人用，人之所用，在於成葦，故名之葦。」季本云：「牛羊勿踐履者，喻兄弟相親而不可爲賤物所傷也。」方，且也。苞，以根之叢生而盤結

❶「行」，原作「伐」，據《四庫全書》本改。

言。體，錢氏云：「成莖也。」毛云：「葉初生泥泥。」嚴粲云：「《蓼蕭》『零露泥泥』，爲霑濡貌。則此言泥泥，是潤澤之意，蓋泥泥是濕也。」戚，本鉞類，當通作慽。趙頤光云：「慽溷慁慽之慽，因作休慽，轉訓親屬。」戚戚，毛云：「内相親也。」孔穎達云：「親親起于心内，故言内相親。」莫，亦通作毋。錢天錫云：「興意重一勿字，設燕重一莫字，慇懃篤厚之意，於此已藹然可掬。」下皆本此意發出。具，通作俱。《説文》云：「偕也。」爾，通作邇。《説文》云：「近也。」鄭云：「謂進之也。」孔云：「謂揖而進之，令自近也。」按《儀禮·燕禮》云：「公降立于阼階之東南，南鄉爾卿。卿西面北上爾大夫，大夫皆少進。」所謂爾卿、爾大夫，即此所云具爾也。具爾，正以行禮之初言，凡同姓之親，皆揖而進之，將與之飲燕，以浹洽其情，欲使其不疎遠于我也。舊説謂具爾即申上「莫遠」之意，一反言，一正言耳，殊無味。吕祖謙云：「敦彼行葦，方苞方體，維葉泥泥，其可使牛羊踐履之乎？戚戚兄弟，其可踈遠而不親愛之乎？忠厚之意，藹然蓋見于言語之外矣。下章之燕樂，皆所以樂乎此也。毛氏以戚戚爲内相親，惟體之深者，爲能識之。」真德秀云：「祖謙之説善矣，使人主能深體此章之指，則雖一草一木且不敢輕於摧折也，況骨肉之戚而縱尋害乎？此詩二章以下，皆言燕樂兄弟之事，然必有此心爲之本，而後燕樂不爲虚文，不然非所知也。」孔云：「禮有族食族燕，是燕族人爲常。臣則有功乃燕，是燕臣爲非常。」嚴云：「此詩以行葦興兄弟，泥泥戚戚之辭，體察精微，懇款親切，惻然惟恐傷之。千載之下，猶能使人興起也。」愚按時公劉遷國方新，同姓微弱，猶《緜》詩之咏瓜瓞者，故以「方苞方體，維葉泥泥」起興，正言其當勤于保護，急于培植耳。肆，陳也。筵，《説文》云：「竹席也。」引《周禮》：「度堂以筵，筵一丈。」授，《説文》云：「予也。」几，《説文》云：「踞几也。象形。」徐鍇云：「人所凭坐也。」阮諶云：「几長五尺，高廣二尺。」又馬融云：「几長三尺。」《禮圖》云：「几兩端赤，中央黑。」陳祥道云：「席嘗設于賓未至之前，几常授于行禮之際。其將授也必拂，其授之也必拜送，其受也必拜答。」愚按或授或設，俱以執事之人言，卑幼者爲設筵而已，尊長者則加之以几。按《儀禮》，婚、聘、公食大夫，皆有几；冠禮醴賓、鄉飲、鄉射及燕賓，皆無几。此亦燕禮而有授几者，疑古禮與周異也。

肆筵設席，《楚辭章句》作「机」。**授几有緝御。** 叶禡韻，五駕翻。毛本以上章「或肆」至此爲第二章。**或獻或酢，洗爵奠斝。** 叶禡韻，居訝翻。鄭氏以「肆筵」至此爲第三章。**醓醢以薦，或燔或炙。** 叶禡韻，之夜翻。亦叶藥韻，即墨翻。**嘉**董氏云：「舊書作『加』，定本作『嘉』，唐改從定本。」**殽**豐本作「肴」。**脾臄**，藥韻。陸德明本作「醵」。**或歌或咢。** 藥韻。《説文》作「㖾」。毛本以「或獻」至此爲第三章，鄭本以「醓醢」至此爲第四章。今從朱傳改正。○賦也。設，《説文》云：「施陳也。从言从殳。」徐云：「殳所以驅遣使人也。」席與筵雖非一物，而文可通稱。或謂重曰筵，單曰席。或謂在下鋪陳者曰筵，加之于上，爲人所蹈藉者曰席。今按小雅言「賓之初筵」，是舉筵以該席也。《周禮·司几筵》序天子三重之席有莞席，乃鋪陳之在下者，是即所謂筵也。其加于上者，有蒲席，有次席，則在上之重席耳。莞席，以小蒲爲之。蒲席，以蒲蒻爲之。次席，以桃枝竹爲之。《禮》「天子諸侯席有黼黻純」，故字从巾，巾即純也。純者，緣也，其上从庶省。席以待賓客之禮，賓客非一人，故从庶也。又《曲禮》「席閒函丈」，孔疏云：「席制三尺三寸三分寸之一，遠近間三席是一丈。」鄭云：「緝，猶續也。」御，侍也。孔云：「緝續者連續之，故緝猶續也。凡御者皆侍其側，故御爲侍也。」愚按肆筵授几，蒙上文言，所以待同姓之兄弟。肆筵之外，又別有設席。授几之外，又更有繼續而趨侍者，則主待異姓之賓言。舊説但以設席爲重席。按《儀禮・燕禮》「無加席」，況上章但言兄弟，下章忽言賓，賓非兄弟也。《文王世子》有云：「公與族人燕，則異姓爲賓，膳宰爲主人，公與父兄齒。」然則此言設席緝御，乃所以爲後章序賓立案，無可疑矣。進酒於客曰獻，客報主人曰酢。洗，洒。奠，置也。斝，《説文》云：「玉爵也。」或説斝受六升。按《明堂位》云：「爵，夏后氏以琖，商以斝，周以爵。」據此，則斝爲商爵。然周亦用之，《春秋傳》有「瓘斝」，《郊特牲》云：「舉斝角，詔妥尸。」《禮運》云：「醆斝及尸君，非禮也，是謂僭君。」《周禮・鬱人》職云：「大祭祀，與量人受舉斝之卒爵而飲之。」《量人》職云：「凡宰祭，與鬱人受斝歷而皆飲之。」此周人用斝之證也。琖、斝、爵，疑三代皆有之，特所貴重異耳。又灌尊，夏后氏以雞彝，商以斝，周以黄目，則尊亦有名斝者。然此詩所咏是爵，非尊也。孔云：「所洗所奠猶一物也，而云『洗爵奠斝』。爵，酒器之大名，故《儀禮》飲觶者亦云卒爵，是爵爲總稱。作者因洗奠之別，更變其文耳。」愚按孔説依文作解，未足深信。考《燕禮》、《射禮》，無用斝者，疑當作觚。鄭玄《周禮注》讀斝爲受福之嘏，謂聲之誤。是則斝有嘏音，嘏、觚聲近，因訛觚爲斝耳。❶《考工記・梓人》云：「獻以爵而酬以觚，一獻而三酬，則一豆矣。食一豆肉，飲一豆酒，中人之食也。爵受一升，觚受三升，豆受四升。」一獻三酬者，言獻以一升之爵，酬以三升之觚也，合之則爲四升，是謂一豆。此詩言「洗爵奠斝」，乃括乎首尾之辭。洗爵，蒙上獻酢之文。主人洗爵，酌酒以獻賓。賓既受卒爵，即洗主人所獻之爵，以酢答主人。主人卒飲，又獻公，公酢亦如之。主

❶「斝」，原作「嘏」，據《四庫全書》本改。

人卒飲，乃更酌觚而自飲，以酬賓。賓受之，奠而不舉，以俟旅酬。此所謂奠斝者也。《楚茨》言獻酬以該酢，此既言獻酢而兼言奠斝，乃正以表酬耳。醓，本作膉。《説文》云：「血醢也。」鄭云：「肉汁也。」賈公彦云：「醓者，以肉爲之。醓汁即是肉汁。」醢，《説文》云：「肉醬也。」《釋名》云：「海也，冥也。封塗使密，冥乃成也。」孔云：「用肉爲醓，特有多汁，故以醓爲名。其無汁者，自以所用之肉魚雁之屬爲之名也。」鄭云：「薦之禮，韭菹則醓醢也。」按《周禮》：「朝事之豆，其實韭菹醓醢，昌本麋臡，菁菹鹿臡，茆菹麇臡。饋食之豆，其實葵菹蠃醢，脾析蠯醢，蜃蚳醢，豚拍魚醢。加豆之實，芹菹兔醢，深蒲醓醢，箈菹雁醢，筍菹魚醢。王舉，則共醢六十罋，以五齏七醢七菹三臡實之。賓客之禮，共醢五十罋。」鄭注謂：「凡菹醢，皆以味相成。臡亦醢也。有骨爲臡，無骨爲醢。作醢及臡者，必先膊乾其肉，乃後莝之，襍以粱麴及鹽，漬以美酒，塗置瓶中，百日則成矣。」又《儀禮・聘禮》云：「堂上八豆，設于户西，西陳，皆二以並，東上，韭菹，其南醓醢，屈。西夾六豆，設于西墉下，北上，韭菹，其東醓醢，屈。」注謂「屈，猶錯也」，言交錯陳之也。《公食大夫禮》云：「宰夫自東房薦豆六，設于醬東，西上，韭菹，以東醓醢、昌本，昌本南麋臡，以西菁菹、鹿臡。」據此，言諸醢者皆以醓醢爲首，可知此舉醓醢，亦以該諸醢耳，定非止此一醢也。有醢必有菹，故鄭兼言韭菹也。薦音同進，因訓爲進，以音通也。《列子》「王薦而問之」是也。鄭云：「燔用肉，炙用肝，嘉美也。」殽，通作肴。《國語》周定王云：「王公立飫，則有房烝。親戚宴饗，則有殽烝。」烝者，升也。切肉爲殽，升俎謂之殽烝，即《左傳》所謂「宴有折俎」也。公侯來朝，王爲設享，則有體薦。薦其半體，謂之房烝。又《鄉飲酒記》云：「賓俎，脊脅肩肺。」脾，《説文》云：「土藏也。」臄，本作谷，《説文》云：「口上阿也。」按服虔《通俗文》云：「口上爲臄，口下爲阿。」毛傳訓臄爲函，殊混。嘉殽之外，有脾有臄，其所用何牲，未之詳也。以上「醓醢」三句，即《燕禮》所載薦脯醢，設折俎，羞庶羞之事。醓醢，醢也。燔炙，脯也。嘉殽，折俎也。脾臄，庶羞也。或歌或咢，據旅酬之後以及樂射之時而言，包下章「敦弓」兩段事于內，見詩人錯綜變化處。或歌者，按《儀禮・燕禮》載旅酬之後，小臣納工，以瑟授工，歌《鹿鳴》、《四牡》、《皇皇者華》。及笙入，奏《南陔》、《白華》、《華黍》。乃間：歌《魚麗》，笙《由庚》；歌《南有嘉魚》，笙《崇丘》；歌《南山有臺》，笙《繇儀》。遂歌鄉樂周南《關雎》、《葛覃》、《卷耳》，召南《鵲巢》、《采蘩》、《采蘋》。大師告樂正曰：「正歌備。」即其事也。此詩若作于公劉時，則所歌必別有古詩。要之，周公制禮，監于二代，其儀節當不異耳。《爾雅》云：「徒擊鼓謂之咢。」按《儀禮・鄉射禮》第二番射，釋獲之後，司射請以樂樂賓，適階間，堂下北面命曰「不鼓不釋」，於是樂正奏《騶虞》以射。鼓與歌相和，射與鼓相應。以八音之中，惟獨奏鼓，別無他音如前瑟笙之類襍之，故謂之徒擊鼓，是則此詩所謂「或咢」者也。章末綴此一句，乃是爲下章張本，與獻酬時無涉，讀者詳之。

敦豐本作「雕」，後同。**弓既堅**，叶真韻，古因翻。**四鍭既鈞**。真韻。神廟諱。《列女傳》引詩無此句。**舍**上聲。**矢既均**，真韻。《列女傳》作「鈞」。**序賓以賢**。叶真韻，下縝翻。毛以「敦弓」至此爲第四章，鄭以爲五章。**敦弓既句**，叶宥韻，居候翻。《說文》作「彀」。**既挾四鍭**。叶宥韻，胡茂翻。**四鍭如樹**，遇韻，亦叶麌韻，上主翻。**序賓以不侮**。麌韻，亦叶遇韻，亡遇翻。毛以「敦弓既句」至此爲第五章，鄭以爲第六章。今從朱傳改正。〇賦也。按《燕禮》，燕末若射，則大射正爲司射，如鄉射之禮。此章即其事也。燕射與大射不同者，燕射主于飲酒，故于大夫士俱旅之後行之，取其足以勸酒合歡而已；大射主于射，故在未爲大夫舉旅之前行之，則爲將祭擇士故也。《賓之初筵》篇，大射也。何以知之？以「烝衎烈祖」之語知之。此詩燕射也，何以知之？以發首即言「戚戚兄弟，莫遠具爾」，是其意專爲藉燕樂以篤親，故知其非大射也。敦，通作弴。《説文》云：「畫弓也。」毛傳云：「天子敦弓，亦作彫弓。」荀子云：「天子彫弓，諸侯彤弓，大夫黑弓。」何休《公羊》注亦云：「天子彫弓，諸侯彤弓，大夫嬰弓，士盧弓。」今按荀、何之説雖與毛傳合，但彫弓乃天子所用，無賓得並用之理。愚意敦彫異文，此敦弓當如魯大弓，《公羊傳》以爲「弓繡質者」是也。繡質，陳氏《禮書》，謂繡其弣也。《考工記》畫繢之事：「五采備謂之繡。」弣者，把中也。然則天子彫弓，蓋竟弓體畫之，非天子之弓，但繡畫其弣而已，亦謂之畫弓也。堅，《説文》云：「剛也。」按《考工記・弓人》言爲弓之法：「橋幹欲孰于火而無贏，橋角欲孰于火而無燂，引筋欲盡而無傷其力，鬻膠欲角而水火相得。然則居旱亦不動，居濕亦不動。」是所謂「既堅」也。鍭，鍭矢也。《爾雅》云：「金鏃翦羽謂之鍭，骨鏃不翦羽謂之志。」顔師古云：「陶家名轉者爲鈞。」蓋取調均之義。此「既鈞」，亦謂調均，毛傳訓爲參亭，是也。按《考工記・矢人》：「爲鍭矢參分，一在前，二在後。」注謂「參訂之而平者，前有鐵重也」。孔云：「鍭者，鐵鏃之矢名。輕重鈞亭，四矢皆然，故言『四鍭既鈞』。案《周禮・司弓矢》：『鍭矢殺矢用諸近射田獵，恒矢痺矢用諸散射。』鄭注：『散射，謂禮樂之射。』此是禮射，而用鍭矢者，先王用先代法，不用周禮。」愚按「既堅」、「既鈞」二語，即《鄉射禮》初納射器之事。鄭云：「舍之言釋也。」孔云：「謂既射放矢也。」均，《説文》云：「平徧也。」鄉射之禮，初比三耦，但誘射，不釋算。至第二番射，乃比衆耦。於是三耦與衆耦俱射，始釋算，較勝負。據下文言「序賓以賢」，則此「舍矢既均」指三耦與衆耦俱射而言，乃第二番事。其第一番射不言者，以其事但止于誘射，故略之也。序，通作敘。《説文》云：「次第也。」賓，兼賓與衆賓而言。季云：「同宗無相爲賓客之道，故爲之立賓也。」《儀禮》注云：「賢，猶勝也。」鄭云：「序賓以賢，謂以射中多少爲次第。」按《鄉射禮》：「釋獲者設中，受八算。射若中，每一个釋一算。上射于右，下射于左，若有餘算，則反委之。繼射釋獲，皆如初。卒射，視算，釋獲者于中西坐，先數右獲，二算爲純，一算爲奇。興，自前適左，東面坐。斂算如右獲，遂進取賢獲，告于賓。若右勝，則曰『右賢于左』。若左勝，則曰『左賢于右』。以純數告。若有奇者，亦曰奇。若左右鈞，則左右皆執一算以告，曰：『左右鈞。』」此所謂「序賓以賢」者也。其事大約與《大射禮》同，詳見《賓之初筵》篇。句，本鉤曲之義，但周以句弓爲弊弓，此「既句」當依舊説通作彀，《説文》云：「引滿也。」此序賢飲觶之後，合三耦衆耦，勝與不勝者，皆再張弓，以待第三番復射。上章或咢，正在此時。既者，已事之辭。《儀禮》云：「凡挾矢，於二指之間横之。」鄭玄注云：「方持弦矢曰挾。」嚴云：「弦縱而矢横爲方。凡挾矢，於二指之間横之，謂左手執弓把，見矢鏃於把外，右手大指鉤弦，二指挾持其矢，故絃縱而矢横，弦與矢作十字，故方也。凡兩物夾一物曰挾，此矢在弦之外，二指之内，故曰挾。」鄭云：「射禮搢三挾一，今言已挾四鍭，則已徧釋之。」孔云：「搢也，插也。射用四矢，故插三於帶間，挾一以扣弦而射也。射禮每挾一个，今言挾四鍭，故知已徧釋之也。」樹，植也。孔云：「四鍭皆中于質，如手就樹之。」然按大射、燕射之禮，司射皆命曰「不貫不釋」，此「如樹」即所謂貫也。燕射用獸侯，大射用皮侯，俱以布爲之，特有畫獸栖皮之異，而皆主于貫。先儒誤解射不主皮，謂但主于中，而不主于貫革。此説非也。《鄉射禮》文云：「禮射不主皮。主皮之射者，勝者又射，不勝者降。」此言禮射與主皮之射之異也。大射、賓射、燕射、鄉射，皆禮射也。

蒐狩獲禽，天子取三十焉，其餘以陳于澤宮，卿大夫相與張獸皮而射之，其射無侯，此主皮之射也。禮射前後有三番，雖此番不勝，仍待後番復升射，蓋以禮讓相先，不欲以不能愧人也。主皮之射，但主獸皮一時之中否，苟一射不勝，即不得復升射。其所尚者，但較勝負于力而已，此其所以異也。孔子曰：「射不主皮，爲力不同科，古之道也。」言古禮有射不主皮之文者，爲主皮之射乃尚力，與禮射尚禮，其科條自不同，于以見古人貴德賤力之意也。舊説皆不明，附記于此。侮，孔云：「慢也。」愚按此第三番之射，或前已中而今復中，則易侮其不中者。或前不中而今獲中，則易侮其前中者。故設豐飲觶之禮，雖第二番已有之，而序賓不侮，必於此言之也。按《鄉射禮》：「視算告算之後，司射命弟子設豐。勝者之弟子洗觶，奠于豐上。勝者執張弓，不勝者執弛弓，進立于射位，耦揖。及階，勝者先升堂，少右。不勝者進，北面坐取豐上之觶，興，少退，立卒觶，進，坐奠于豐下，興，揖。不勝者先降，與升飲者相左，交于階前，相揖出。」此所謂「不侮」者也。吕祖謙云：「舍矢既均，泛言射者也，故繼之曰『序賓以賢』。『四鍭如樹』，專言勝者也，故繼之曰『序賓以不侮』。」子曰：「君子無所爭，必也射乎？揖讓而升下，而飲，其爭也君子。」

曾孫維主，麌韻，亦叶有韻，當口翻。**酒醴維醹。**麌韻，亦叶有韻，奴口翻。**酌以大斗，**有韻，亦叶麌韻，腫腴翻。陸本作「枓」，《石經》作「㪷」。**以祈黄耇。**有韻，亦叶麌韻，讀如「古」，果五翻。毛本以「曾孫」至此爲第六章，鄭本作第七章。**黄耇台**《爾雅》作「鮐」。**背，以引以翼。**職韻。**壽考維祺，以介景福。**叶職韻，筆力翻。毛本以「黄耇」至此爲第七章，鄭本作第八章。今從朱傳改正。○賦也。按《儀禮》燕射畢後，有賓降洗升，媵觚于公之禮，及行無算爵之時，士執膳爵，酌以進公。此章所咏，即其事也。

曾孫，指公劉也。按《史記》：「后稷卒，子不窋立。不窋卒，子鞠立。鞠卒，子公劉立。」是公劉者，后稷之曾孫也，故豳雅若《甫田》、《大田》皆稱之爲曾孫焉。又《禮》「凡主祭者，皆得稱曾孫」。但此詩無言祭祀之事，其爲以世次稱公劉明矣。主之言君也，曾孫爲一國之主，故曰「維主」，非主人之謂。主人乃膳宰爲之，臣莫敢與君抗禮，何曾孫爲主之有乎？酒字从水从酉。酉，八月也。八月黍成，以水釀之爲酒。醴，甜酒也，解見《吉日》篇。醹，《説文》云：「酒厚也。」酌，《説文》云：「盛酒行觴也。」斗，當依陸本通作枓，《説文》云：「勺也。」徐鍇云：「按《字書》，枓木有柄，所以斟水。」毛云：「大斗長三尺。」孔云：「長三尺，謂其柄也。《漢禮器制度》注『勺五升，徑六寸，長三尺』，是也。此蓋從大器挹之于樽用此勺耳，其在樽中不當用如此之長勺也。」陳祥道云：「勺非斗也。勺挹于尊彝，而注諸爵瓚。斗挹于大器，而注諸尊彝。」「以祈黃耇」以下，舉酒而祝之如此。祈，猶祝也。黃耇，解見《南山有臺》篇。台，通作鮐。《説文》云：「海魚名。」台背，毛云：「大老也。」鄭云：「大老則背有鮐文。」按劉熙《釋名》云：「七十曰耄。頭髮白，耄耄然也。八十曰耋。耋，鐵也，皮膚變黑色如鐵也。九十曰鮐背。」今言「黃」者，謂髮白復黃，則已過于耄。言「耇」者，謂皮有班黑如凍梨色，則已過于耋。然不但黃耇而已，又且進而至于鮐背，則老之極也。鄭云：「在前曰引，在旁曰翼。」《説文》云：「考，老。祺，吉也。」介，鄭云：「助也。」景福，謂彰明可見之福。凡人老則志昏氣衰，往往昧於所適，怠于所行。故願冥冥之中，若或引之，謂引其志，使不昏也；若或翼之，謂翼其氣，使不衰也。蓋不特享永年之壽，而且有惠廸之吉，所謂助之以景福也。公劉既能篤同姓之愛，又能推之以及于異姓，極其恩義于燕飲之際，故一時與燕者，咸相與祝願之如此。《左傳》云：「雅有《行葦》，昭忠信也。」其亦爲上下交相愛而言與。

《行葦》四章，章八句。朱子云：「毛七章，二章章六句，五章章四句。鄭八章，章四句。毛首章以四句興二句，不成文理，二章又不叶韻。鄭首章有起興，而無所興。皆誤。今正之如此。」〇《序》云：「《行葦》，忠厚也。周家忠厚，仁及艸木，故能内睦九族，外尊事黄耇，養老乞言，以成其福禄焉。」按養老乞言無射禮，鄭玄引《鄉射禮》文「告于鄉先生、君子」者當之，此乃鄉射次日勞司正之禮，賓不與，徵惟所欲，故有鄉先生、君子與焉。燕射禮同鄉射，特謂射禮如之，非謂所行之禮皆如之也，可比而一之耶？朱子詆《序》，謂隨文生意，無復倫理。是矣。然疑此詩爲祭畢而燕父兄耆老之詩，則又未免爲末章「曾孫」二字所誤。燕毛之禮，在祭畢賓興之後，如《楚茨》之燕不及異姓，而況篇中又有舍矢序賓之事，其非燕毛之禮甚明。申培僞《説》，剿襲朱傳，而《子貢傳》又并以爲訓成王之詩，亦未有以見其誠然。《序》較近古，但言周家，而不斥言其世，豈亦知其爲周先世之詩耶。

詩經世本古義卷之二（亢）

殷盤庚之世詩一篇

何氏小引

《長發》，大禘也。

《長發》，大禘也。出《序》，及《子貢傳》、《申培説》俱同。**盤庚時之詩。**蘇轍云：「大禘之祭，所及者遠。故其詩歷言商之先后，又及其卿士伊尹。蓋與祭于禘者也。」今按禘之名義有三：一曰時禘。《祭義》言春祭曰礿，夏祭曰禘，秋祭曰嘗，冬祭曰烝。舊説以爲此夏、殷之禮也，故《王制》曰：「天子犆礿、祫禘、祫嘗、祫烝，諸侯礿犆，禘一犆一祫，嘗祫烝祫。」其所謂禘，即夏禘也。及周祭改春曰祠，夏曰礿，惟烝嘗如舊，而以禘爲殷祭，則時禘之名，至周而廢。一曰吉禘。謂喪畢即吉，而致新死者之主于太廟，若《竹書》之吉禘于先王。《左》襄十六年，晉人言「寡君之未禘祀」是也。一曰大禘。《爾雅》以爲大祭。《禮·大傳》

篇，謂「不王不禘，王者禘其祖之所自出，以其祖配之」，所謂祖之所自出者，如商、周以稷、契爲始祖，而稷、契之所自出則嚳也。鄭康成見《祭法》禘文皆在郊上，遂以大祭圜丘謂之禘，而不知《祭法》所以先禘于郊者，謂郊只及其始祖，而禘則上及其始祖之所自出，以其所祀之祖最遠故耳。於祀天無預也。及其解祖之所自出，則謂王者之先祖，皆感太微五帝之精以生，蒼則威靈仰，赤則赤熛怒，黄則含樞紐，白則白招拒，黑則汁光紀，皆用正歲之正月郊祭之。堯赤精，舜黄，禹白，湯黑，文王蒼，皆本於纖緯之説，尤爲支離妖妄，先儒多攻之。自趙伯循及楊氏仲《大傳》之旨，而大禘之義始明。惟漢儒皆以大禘爲合祭群廟，程子、胡致堂皆從其説。而趙、楊泥《大傳》中「以其祖配之」一語，謂禘祭推始祖之所自出，其配之者惟始祖一人而已。朱子亦以爲然，故疑《長發》之詩廣及群廟，宜爲祫祭之詩。今即據《大傳》本文觀之，其首曰「禮不王不禘，王者禘其祖之所自出，以其祖配之」，而即繼之曰「諸侯及其太祖，大夫士有大事省于其君，于祫及其高祖」，馬端臨謂玩其文意，亦似共只説一祭。天子則謂之禘，所謂「不王不禘」，而禘則及其祖之所自出。諸侯則不可以言禘，而所祭止太祖。大夫士又不可以言祫。必有功勞見知于君，許之祫。則于祫可及高祖，蓋共是合祭祖宗，而以君臣之故，所及有遠近，故異其名也。此可謂深得書意者矣。蓋禘之爲言諦也。諦者，審也。所以取名爲禘者，一則如宋神宗謂審諦其祖之所自出，自秦、漢以來，譜牒不明，其禘禮固可廢者是也。一則如許慎《説文》謂「審諦昭穆」，張純謂諦諟昭穆尊卑之義是也。然則夏祭之名禘者，以禘乃祫禘，爲祫嘗祫烝之始，有三昭三穆在焉。而吉禘之名禘者，亦爲新入廟之主，將以其班祔。二者之義，皆取辨其昭穆，斯則大禘之禮，祭其祖之所自出於始祖之廟，而七廟之主皆在，亦以明矣，可無疑於《長發》之爲大禘矣。

然則大禘配食，固兼及毁廟歟。曰以《大傳》文觀之，則不及毁廟也。彼謂諸侯及其太祖，大夫士于祫及其高祖，則是但據見在五廟三廟而言，以此例天子禘其祖之所自出，亦惟以見在七廟之主配耳，何得及毁廟乎。若夫合毁廟、未毁廟之主，而皆祭于大廟，則謂之大祫，然大祫雖大，而不及於太祖之所自出，則其禮差小于大禘，大禘與郊並重，《國語》謂禘郊之事，則有全烝，又謂禘郊不過繭栗是也。大祫雖及于毁廟之主，而不過始于太祖，則其所始者，亦與諸侯同而已。故曰禘大而祫小也。祫又有小祫，謂之時祫。其所合祭者，惟及未毁廟之主，則時禘亦在其内，即《王制》所謂祫禘、祫嘗、祫烝是也。從來諸儒論禘祫者紛紛，愚推究其實，不過禘二、祫二而已。大禘之禮重于大祫，追遠祖也。大祫之禮别于吉禘，隆合祀也。吉禘之禮，廣于小祫，叙新主也。小祫之禮異于犆礿，嫌黷祭也。吉禘獨新主爲然，小祫則每歲皆有，其大禘大祫行禮之歲數，則經傳無文，惟《春秋》文二年「大事于大廟」，《公羊傳》曰：「大事者何？大祫也。大祫者何？合祭也。其合祭奈何？毁廟之主陳于太祖，未毁廟之主皆升合食于太祖，五年而再殷祭。」何休、張純、鄭玄皆謂：「五年而再殷祭者，三年而祫，五年而禘也。」此蓋本緯書之説，所以取三年、五年者，謂三年一閏，天氣小備，五年再閏，天氣大備耳。而楊氏闢之，以爲《公羊》所言殷祭，指大祫也。五年再舉，謂三年一祫，五年再祫也，於禘祭乎何與？今據《公羊》本文，則楊説爲正，然則當以何時禘也？愚獨有取于劉歆之説也，謂禮去事有殺，故《春秋外傳》曰：「日祭，月祀，時享，歲貢，終王，祖禰則日祭，曾高則月祀，二祧則時享，壇墠則歲貢，大禘則終王。德盛而游廣，親親之殺也。彌遠則彌尊，故禘爲重矣。」歆所云大禘則終王者，謂每一王終，新王即位，則行大禘之禮，蠻夷各以其珍貢來助祭也。如此，則不失之忘，亦不失之黷。欲行大禘者，惟此爲允矣。若大祫之月，崔靈恩謂祭以秋，張純謂祭以冬，愚未知孰是。乃純議大禘，以夏四月，陽氣在上，陰氣在下，爲正尊卑之義，則愚亦有取焉。凡禮之行也，必追其本。禘，夏祭也，然則大禘之當用夏月，亦斷斷無疑也。蓋古禮之無徵久矣，雖孔子且苦文獻之不足，而吾烏從正之。要以殷實因夏，周實因殷，其大致所在固有可類推而得者。又按此詩末章舉及阿衡，正配享太廟之事，則固大禘之一證也。何以明之？《書・盤庚》篇告有位之辭云：「古我先王，暨乃祖乃父，胥及逸勤，茲予大享于先王，爾祖其從與享之。」孔安國謂大享者，烝嘗也，於禮無據。《周禮・司尊彝》職云「凡四時之間祀，追享、朝享」，先儒謂禘，追祭其所自出，故爲追享。祫，群主皆朝于太祖而合食，故爲朝享。皆在四時之間，故曰間祀。此其説與《盤庚》之言大享者合，禘祫皆以享名，而禘尤大于祫，故以大享名也。享，亦通作饗。《禮器》言：「大饗其王事與。」《樂記》言：「大饗之禮，尚玄酒而俎腥魚，大羹不和，有遺味者矣。」《大戴禮》亦云：「大饗尚玄尊，俎生魚，先大羹，貴飲食之本也。大饗尚玄尊而用酒，食先黍稷而飯稻粱，祭嚌大羹而飽乎庶羞，貴本而親用。貴本之謂文，親用之謂理，兩者合而成文，以歸太一，夫是謂大隆。」蓋大禘追及遠祖，有冥漠之思焉，故其禮意與郊同如此。今《盤庚》言功臣配享，正在大享之時，則《序》以《長發》爲大禘，信非妄矣。何休亦云：「禘所以異于祫者，功臣皆祭也。」是詩也，當作于盤庚之世，觀其以茲予大享爲言，則知功臣配祭，其禮自盤庚始矣。先是《竹書》載沃丁八年祠保衡，如使早有配祭之禮，則亦安用專祀爲哉。

濬哲陸德明本作「悊」。**維商，**陽韻。**長發其祥。**陽韻。**洪**豐氏本作「洚」。**水芒芒，**陽韻。豐本作「汒汒」。**禹敷下土方。**陽韻。**外大國是疆，**陽韻。**幅隕**華氏本、豐本俱作「員」。**既長。**陽韻。

有娀方將，叶陽韻，資良翻。**帝**《列女傳》無帝字。**立子生商。**見前。○賦也。濬，本深通川之義。《爾雅》以爲幽深也。哲，《説文》云：「知也。」濬哲維商，贊商家能推其祖之所自出，以制大禘之禮也。《樂記》曰：「作者之謂聖，述者之謂明。」孔子曰：「明乎郊社之禮，禘嘗之義，治國其如示諸掌乎？」即此詩贊濬哲之意。《論語》云：「或問禘之説，子曰：『不知也。知其説者之於天下也，其如示諸斯乎？』指其掌。」朱子云：「禘之意最深長。如祖考與自家，身未相遼絶，祭祀之理亦自易理會。即如郊天祀地，猶有天地之顯然者，不敢不盡其心。至祭其始祖，已自大段濶遠，難盡其感格之道。今又推其始祖之所自出而祀之，苟非察理之精微，誠意之極至，安能與于此哉？故知此，則治天下不難也。」愚按諸侯不得祖天子，大夫不得祖諸侯，分有所限也。稷、契皆旁支，宜不得祖帝嚳，然其子孫既有天下而爲天子矣，彼爲嚳嫡傳而主嚳祀者，則皆其臣也，即越常格以祭之，其誰曰不宜。故《大傳》曰「禮不王不禘」，而孔子謂知禘説則明于天下，皆謂惟天子始足以爲此，非諸侯大夫所可例也。推此意也，人所生有本焉，有本之本焉，極其本之本而不以本支之分爲限，則人物可以同原而至于天矣。故大禘之禮與郊同意者也，烝皆以全牲，皆以繭栗，則以所自出之帝尊而且遠，故亦以天道事之也。雖然，周人立廟，惟及姜嫄，不敢及嚳，僅于大禘一祀之而已，聖人制禮之嚴固如此。長發其祥，遡開商興王之祥繇于帝嚳也。祥者，吉之先見者也。商家之發，見其禎祥者已久，實自帝嚳之世矣，微帝嚳則契安從生。故今日於大禘祀之也。洪水，《孟子》、《説文》皆以爲洚水也。洚者，水不遵道也。芒，通作荒。《説文》以草淹地爲荒，故借爲水淹地之義。敷，《説文》云：「布也。」猶分也。《書》曰「禹敷土」，蔡沈謂分別土地，以爲九州，是也。方，四方也。《尚書序》曰：「帝釐下土方。」《楚辭·天問》曰：

「禹之力獻功，降省下土方。」語法同此。毛傳云：「諸夏爲外。」孔穎達云：「對京師爲内也。」疆，《説文》云：「界也。」當洚水淹地芒芒之時，下土之方，幾莫得而辨。禹治水之後，乃始分别土地，定其方域。自京師之外，凡可以建爲大國者，則從而區畫其疆界，以待新封之用。此大禹弼成五服至于五千之事，言此所以爲封契發端也。今按《禹貢》紀錫土，正在治水成功之後。幅，《説文》云：「布帛廣也。」隕，通作圓。《説文》云：「圜全也。」統計舜時五服之廣，如布帛之幅，然四面圓全而無欠缺，又長遠而無涯際也。有娀，契母家所封國也。契母，爲嚳次妃。《史記》言：「桀敗于有娀之墟。」《國名記》謂其地在陝虢間，蓋湯先敗桀師于此也。將，通作壯。《説文》云：「大也。」有娀以契之故，當時方且昌大其國也。帝者，天之主宰。篇中三舉「帝」，皆指天言。子謂有娀氏之女子，即契母也。「子生」二字連讀，不與下「商」字相連，謂其女子之所生者，正指契也。金履祥云：「生，猶甥也。謂帝立有娀氏女所生者爲商也。」《史記》云：「契長而佐禹治水有功，帝舜乃命契爲司徒，封于商，賜姓子氏。」愚按契之封商，雖帝舜命之，而皆本于天意。以契能敬敷五教，有可封之功，故歸之于帝立焉。此章言商之受命基于契，而契則帝嚳之所生，所以著禘祭之繇也。

玄王桓撥，曷韻，亦叶屑韻，筆别翻。《韓詩》作「發」。**受小國是達**，曷韻，亦叶屑韻，陀悦翻。**受大國是達**。同上。**率**《漢書》作「帥」。**履**《外傳》、《説苑》、《漢書》俱作「禮」。**不越**，月韻，亦叶曷韻，户括翻。**遂視**豐本作「际」。**既發**。月韻，亦叶曷韻，北末翻。**相**去聲。**土烈烈**，屑韻。**海外有截**。屑韻。豐本此下又有一章云：「冥勤于官，水國載安，有易凶頑，僕牛是殘。❶帝命式甄上甲，桓桓孝思。」孔宣注引《路史》謂僕牛者，河伯名也。蓋因《禮記》有「冥勤其官」，《國語》有「報上甲微」之文，《詩》不應舍此二君而不之及，故依附而益之。○賦也。玄王，毛傳云：「契也。」按玄者，幽遠之義。稱契爲玄王，亦猶曾孫之下爲玄孫，蓋以其爲遠祖而名之。或謂其生因玄鳥降得名，而鄭又謂黑帝所感生，故以玄稱，皆不可信。孔云：「《國語》曰：『玄王勤商，十四世而興。』玄王爲契明矣。又云：『昔我先王后稷。我先王不窋。』韋昭謂：『周之禘祫文、武，不先不窋，故通謂之王。《商頌》亦以契爲玄王。』是其爲王之祖，故呼王，非追號爲王也。」桓，通作和。酈道元讀《尚書》「桓夷底績」，桓作和。《漢書注》云：「陳、宋之間言桓聲如和，今猶謂桓表爲和表。」撥，《説文》云：「治也。」錢天錫云：「當時混沌之竅未鑿，而顓蒙之性亦未開，非撥之不可。撥昏而使之明，撥亂而使之治，皆撥也。」愚按桓撥，謂和以撥之，即舜所云「敷教在寬」也。《孟子》載放勳命契之辭曰：「勞之來之，匡之直之，輔之翼之，使自得之，又從而振德之。」此可謂之桓撥矣。「受小國是達，受大國是達」者，鄭玄云：「始堯封之商，爲小國，舜之末年，乃益其土地爲大國，言能達其教令。」孔云：「《中候握河紀》説堯云：『封稷、契、皋陶，賜姓號。』是堯封之也。《考河命》説舜之事云：『褒賜群臣，賞爵有功，稷、契、皋陶益土地。』是舜益地爲大國也。」陸化熙云：「達，即百姓親，五品遜，教化無所窒礙之意。」❷率，通作

---

❶ 「殘」，《四庫全書》本作「踐」。

❷ 「所」，《四庫全書》本無。

衛，循也。履，《説文》云：「足所依也。」越，《説文》云：「度也。」猶言踰也。契能以身教，故其國中之民皆衛循契身之所踐履，如親義序别信之類，無踰越者。視，《説文》云：「瞻也。」發者，奮起之意。金履祥云：「遂視既發，其觀瞻之者皆感發也。」愚按此汎指天下人而言，不在契本國之内者，曰遂曰既，皆速化之辭。相土，契之孫，昭明之子。鄭玄謂：「相土承契之業，入爲王官之伯，出長諸侯。」王肅謂：「相土在夏，爲司馬之職，掌征伐。」要皆以詩辭想像之，殊無明據。《竹書》載「帝相十五年，商侯相土作乘馬，遂遷于商丘」，與《左傳》言「陶唐氏火正閼伯居商丘，相土因之」者合，其曰作乘馬，則此詩所詠也。乘馬，即甸賦也。班固《漢志》謂：「殷、周以兵定天下，立司馬之官，設六軍之衆，因井田而制軍賦。四井爲邑，四邑爲丘。丘，十六井也，有戎馬一匹，牛三頭。四丘爲甸。甸，六十四井也，有戎馬四匹，兵車一乘，牛十二頭，甲士三人，卒七十二人，干戈備具，是謂乘馬之法。」今據《竹書》所載，則乘馬之法，夏后之世相土固先爲之矣。烈，《説文》云：「火猛也。」烈烈，狀其威也。海外之與海内，華夷之界也。截，《説文》云：「斷也。」乘馬之法行，則兵威大振，方行天下，至于海表，罔有不服。彼海外蠻夷之國，截然守其界限，毋敢窺伺内地，實偪處此者，故曰「有截」也。劉敞云：「夷狄於中國無事焉，其於天子世一見，則諸侯雖善其交際，不得而通也。是以《春秋》亦不與其朝。不與其朝者，懲淫慝、一内外也。周公致太平，越裳氏重九譯而獻其白雉，公曰『君子德不及焉，不享其贄』。」愚按，觀此可以得海外有截之義。契始封商，至相土遷于閼伯之墟，以主大火，厥後湯以亳興，其地即在商丘東南，是開商基者契，而開興王之基者相土。故商人祀契爲始祖，而其次即祀相土，爲不遷之宗焉。

帝命不違，至于湯齊。韻。《韓詩外傳》作「躋」。**湯降不遲，聖敬日躋。**齊韻。《禮記》作「齊」。**昭假**豐本作「格」。**遲遲，**支韻。**上帝是祗。**支韻。**帝命式于九圍。**叶支韻，盈之翻。○賦也。此下四章皆述成湯之事。帝命不違，言契與相土能順承天之命令，不敢違背。凡其兢業小心，盡職于侯國者，皆是也。齊，等也。按《説文》訓齊爲禾麥吐穗上平也，故有平等之義。至于湯齊者，言湯之不違帝命，亦能與契、相土等埒也。《韓詩外傳》云：「孔子曰：『先聖後聖，其揆一也。』」因引此詩，又云：「聖人，以己度人者也。以心度心，以情度情，以類度類，古今一也。類不悖，雖久同理。故性緣理而不迷也。《詩》曰：『帝命不違，至于湯齊。』言古今一也。」降，《説文》云：「下也。」不遲，毛云：「言疾也。」愚按湯降不遲，即《書》所謂「疾敬德」也，此但以敬畏天命言。《晋語》宋公孫固欲襄公禮晋公子重耳，而引此詩謂「湯降不遲」者，降有禮之謂，特斷章取義耳。聖者，造極之名。輔廣云：「聖敬云者，言湯之敬，乃聖人之敬也，無一毫虧缺，無一息間斷。」朱子云：「湯工夫全在敬字上，看來大段是一箇脩飭底人。」躋，《爾雅》、《公羊傳》皆以爲陞也。日躋者，《文選注》云：「言湯聖敬之道，上聞于天也。」愚按躋而曰日，有至誠無息之意。《韓詩外傳》云：「孔子曰：『德行寬裕者，守之以恭；土地廣大者，守之以儉；禄位尊盛者，守之以卑；人衆兵强者，守之以畏；聰明睿知者，守之以愚；博聞强記者，守之以淺。』夫是之謂抑而損之。《詩》曰：『湯降不遲，聖敬日躋。』」又云：「周公曰：《易》有一道，大足以守天下，中足以守其國家，近足以守其身，謙之謂也。夫天道虧盈而益謙，地道變盈而流謙，鬼神害盈而福謙，人道惡盈而好謙。是以衣成則必缺衽，宫成則必缺隅，屋成則必加拙，示不成者，天道然也。《易》曰：『謙亨，君子有終吉。』《詩》曰：『湯降不遲，聖敬日躋。』」昭，明也。假，通作假，至也。昭假者，明其敬之所至，欲使天知之也。遲遲，不屑屑繫念也。祇，敬；式，法也。俱見《說文》。九圍，毛云：「九州也。」孔云：「九分天下，各爲九處，若規圍然，故謂之九圍也。」嚴粲云：「敬，爲聖人之敬，言至誠也。日躋，言至誠無息也。其昭假于天，遲遲甚緩，言湯無心于得天，付之悠悠也。湯無所覬倖，故惟上帝是敬，其誠專一，然天自命之以爲法于天下也。」錢云：「式九圍，有表正萬邦之意。」未便是爲天子，下二章正式于九圍之事。《禮・孔子閒居》篇子夏曰：「三王之德，參於天地，敢問何如斯可謂『參天地』矣？」孔子曰：「奉三無私，以勞天下。天無私覆，地無私載，日月無私炤，此之謂『三無私』。其在詩曰：『帝命不違，至于湯齊。湯降不遲，聖敬日齊。昭假遲遲，上帝是祇，帝命式于九圍。』是湯之德也。」引《詩》之意，但取成湯能敬天命，蓋能敬天命，則自能奉三無私矣。

受小球大球，尤韻。**爲下國綴**齊、魯、韓《詩》，《禮記》注俱作「畷」。**旒，**尤韻。齊、魯、韓《詩》，《禮記》注俱作「郵」。**何**豐本作「荷」，後同。**天之休。**尤韻。**不競不絿，**尤韻。**不剛不柔，**尤韻。**敷**《左傳》、《後漢書》俱作「布」。**政優優，**尤韻。《說文》作「憂憂」。**百禄是遒。**尤韻。《說文》作「揫」。○賦也。球，孔安國云：「玉名。」《禹貢》「雍州厥貢球琳」，《虞書》曰「戛擊鳴球」，球者，玉磬之名。而《禮・玉藻》篇云：「笏，天子以球玉。」則球可以爲磬，亦可爲笏。《說文》專以玉磬解球，誤矣。小球大球，朱子、金氏皆謂小國大國所贄之玉也。按《聘義》云：「天子制諸侯，比年小聘，三年大聘，相厲以禮。此天子之所以養諸侯，兵不用而諸侯自爲正之具也。以圭璋聘，重禮也。已聘而還圭璋，此輕財而重禮之義也。」《周禮・小行人》：「合六幣：圭以馬，璋以皮，璧以帛，琮以錦，琥以繡，璜以黼。此六物者，以和諸侯之好故。」夏、殷之世聘禮所用，經無明文。據此言受球，則亦圭、璋、璧、琮、琥、璜之類矣。《左傳》孟獻子曰：「小國之免于大國也。聘而獻物，於是有庭寔旅百。」事亦同此。劉向《新序》載湯出田，見人張網四面，而祝之曰：「從天墜者，從地出者，從四方來者，皆罹吾網。」湯曰：「嘻！盡之矣。」乃解其三面，止置一面，改祝曰：「欲左者左，欲右者右，欲高者高，欲下者下，不用命者，乃入吾網。」漢南諸侯聞之曰：「湯德至矣，及禽獸。」歸之者四十餘國。《竹書》亦載夏桀二十三年，釋商侯履于夏臺，諸侯遂賓于商。此詩言受球、受共，大抵皆此後事也。

下國，鄭云：「諸侯也。」綴，《說文》云：「合箸也。」鄭云：「猶結也。」孔云：「《內則》言：『衣裳綻裂，紉箴請補綴。』是綴爲連結之義也。」旒，毛云：「章也。」按《說文》無旒字，本作瑬，云：「垂玉也，冕飾。」《周禮・弁師》職云：「王冕，五彩繅十有二就，皆五彩玉十有二。」徐鍇云：「瑬之言流也。自上而下，動則逶迤若流水也。」陳氏云：「或謂之繁露，其勢然也。」若旌旗之流，則名爲游，其後字改作旒，而以爲冕之所垂及旌旗之飾之通稱，故《秋官・大行人》及《考工記》說旌旗之事，皆云九旒、七旒。《爾雅》說旌旗之練旒九。」鄭箋解此詩，亦以旒爲旌旗之垂者也。夫以旒从㫃，則是旌旗之屬，固不可通於冕飾。然㫃下施㐬，殆不成字，故知非古文也。毛傳解旒爲章，與《說文》合，當從之。襄十六年《公羊》曰「君若贅旒然」，言諸侯反繫屬于大夫也。此言綴旒，與彼意相似，而詞有正反之異。湯爲冕，下國諸侯爲瑬綴之，取其相繫屬之義也。又《荀子》云：「奪然後義，殺然後仁，上下易位然後貞，功參天地，澤被生民，夫是之謂權險之平，湯、武是也。傳曰：『斬而齊，枉而順，不同而一。』《詩》曰：『受小球大球，爲下國綴旒。』此之謂也。」按《荀子》引詩之意，政從伐桀後贊之，非本義也。又按《禮》八蜡之一曰「郵表畷」，鄭注《禮記》引此詩作爲下國畷郵，以古者井畔相連處，謂之畷郵，若郵亭，乃田畯處此，以督約百姓者。成湯施布仁政，爲下國諸侯所會集，亦如畷郵然，其義似有據。疑古文或如此，並存之。何，《說文》云：「儋也。」猶言承任也。休，鄭云：「美也。」言承任天之嘉美于我，故爲衆諸侯所歸鄉也。競，《說文》云：「彊語也。一曰逐也。」鄭亦云：「不逐者，不與人争前後也。」絿，《說文》、毛傳皆云：「急也。」不競不絿，以交鄰國言。今即湯事葛一節觀之，以大事小，是不競也。葛伯放而不祀，湯使遺之牛羊，又使亳衆往爲之耕，是不絿也。「不剛不柔」二句，以布政于本國言。剛則易失之猛，柔則易失之縱，不剛不柔，寬嚴相濟，仁義不偏，以此布政，則可謂至和矣。優，通作憂。按《說文》㥑、憂、優三字，義各不同。㥑从心从頁，愁也，心㥑則形于顔面，故从心，又从頁。頁者，首也。憂，从㥑从夊，行之和也。人有㥑，行國則可以解之，故从㥑，又从夊。夊所以行也。優，从人定意，从憂得聲，其義則饒裕也。後人混㥑愁之㥑作憂，變憂和之憂作優，又通作優饒之優，皆失本義。又朱傳解此優優如字，以爲寬裕之意，亦通。但據《左傳》，孔子引此詩，有「政是以和」之言，故宜通作憂耳。百禄，猶云多福。遒，《說文》云：「迫也。」言多福來迫近之，如富貴逼人之意。毛傳訓遒爲聚，則當通作揫，其義則收束也。承上文，言湯所以何天之休，而受小大聘問之贄者，何修得此哉？湯之待小大諸侯，未嘗競而欲駕其上也，未嘗絿而急須其來也，其日所布政于本國者，不一于剛，不一于柔，迭運並行，而有優優和調之美。故天下諸侯聞風心服，而自不能已，于玉帛之將直以綴旒奉之，所謂「百禄是遒」者此也。伊尹告太甲曰：「先王子惠困窮，民服厥命，罔有不悦，並其有邦厥鄰，乃曰徯我后，后來無罰。」當日諸侯咸賓于商，其故實繇于此。《左》成二年，齊國佐對晋人曰：「四王之王也，樹德而濟同欲焉。五伯之霸也，勤而撫之，以役王命。今吾子求合諸侯，以逞無疆之欲。《詩》曰：『布政優優，百禄是遒。』子實不優，而棄百禄，諸侯何害焉？」《韓詩外傳》云：「王者之等賦正事，田野什一，關市譏而不征，山林澤梁，以時入而不禁。相地而正壤，理道而致貢，萬物群來，無有流滯，以相通移，近者不隱其能，遠者不疾其勞，雖幽閒僻陋之國，莫不趨使而安樂之。夫是之謂王者之等賦正事。」皆可與此詩互看。又《左傳》載仲尼曰：「政寬則民慢，慢則糾之以猛。猛則民殘，殘則施之以寬。寬以濟猛，猛以濟寬，政是以和。《詩》曰：『不競不絿，不剛不柔，布政優優，百禄是遒。』和之至也。」《韓詩外傳》亦云：「《詩》曰：『不競不絿，不剛不柔。』中庸和通之謂也。」又云：「言當之爲貴也。」又云：「聖人養一性而御大氣，持一命而節滋味，奄治天下，不遺其小，存其精神，以補其中，謂之志。《詩》曰：『不兢不絿，不剛不柔。』言得中也。」皆見競絿、剛柔二句，文法相類，故并引之，不必與詩旨合也。

受小共豐本作「貢」，下同。**大共**，叶冬韻，居容翻。亦叶腫韻，居勇翻。**爲下國駿**《大戴禮》作「恂」。**厖**，叶董韻，莫孔翻。《齊詩》、豐本俱作「驪」。《荀子》、《大戴禮》俱作「蒙」。**何天之龍**。冬韻，亦叶腫韻，丑勇翻。《大戴禮》、豐本俱作「寵」。**敷**《大戴禮》、陸德明本俱作「傅」。**奏其勇**，腫韻。**不震不動**，董韻。**不戁不竦**，腫韻。**百禄是總**。董韻。陸本作「揔」，豐本作「緫」。按此章以董腫二韻互叶，❶蓋音相近。○賦也。上章言諸侯通聘問，此章言諸侯從征伐，皆所謂「帝命式于九圍」者也。《史記》云：「湯征諸侯曰：『汝不能敬命，予大罰殛之，無有攸赦。』」《孟子》云：「湯十一征而無敵于天下。」孔安國云：

❶「董腫」，《四庫全書》本作「腫董」。

「湯爲夏方伯，得專征伐。」共，通作供。《説文》云：「設也。」謂陳設以給用也。《左傳》「君謂許不供」，義正同此。「受小共大共」者，湯將征伐四方，受小大諸侯供給，如卒乘、器具、糗糒、芻秣之類也。以下文「敷奏」等語推之可見。駿，通作峻。《説文》云：「高也。」厖，《説文》云：「石大貌。」爲下國駿厖者，下國諸侯恃湯以安，如倚賴于磐石然也。《齊詩》以駿厖作駿驪，謂馬也。然馬豈所以比先祖，亦不倫甚矣。陶逸則云：「古人取喻恰當。上言政事，文也，故以綴旒喻。下言武功，武也，故以駿厖喻。」又《荀子》云：「從人之欲則勢不能容，物不能贍也。故先王爲之制禮義以分之，使有貴賤之等，長幼之差，知賢愚、能不能之分，皆使人載其事而各得其宜。故仁人在上，則農以力盡田，賈以察盡財，百工以察盡器械，士大夫以上至于公侯，莫不以仁厚知能盡官職，夫是之謂至平。故或禄天下而不自以爲多，或監門、御旅、抱關、擊柝，而不自以爲寡。故曰：『斬而齊，枉而順，不同而一。』夫是之謂人倫。《詩》曰：『受小共大共，爲下國駿蒙。』此之謂也。」引詩之意，謂下之奉上，名分當然，於《詩》指亦近，但以駿厖作駿蒙，則殊不可解。龍，通作寵。《説文》云：「尊居也。」因以爲寵異之義。言承任天之寵異乎我，故小大諸侯，皆奔命恐後如此也。郝敬云：「人心所屬，即是天休。人心所奉，即是天寵。」敷奏，與敷政之敷義同。奏，《説文》云：「進也。」敷奏其勇者，布散而日進其勇，言其武功之廣也。《大戴禮》云：「孔子曰：『不畏彊禦，不侮矜寡。』是仲由之行也。《詩》云：『受小共大共，爲下國恂蒙。何天之寵，傅奏其勇。』夫强乎武哉，文不勝其質。」震，如《易》「震不于其躬，于其鄰」之震。動，《説文》云：「作也。」不震不動者，言師出于不得已，非人心憂懼之深，國勢摇撼之極，則兵不輕動也。戁、竦，據《説文》皆訓敬，於義難通。戁，當通作赧，面慙而赤也。《爾雅》疏謂「面慙曰戁」是也。竦，當通作悚。《説文》云：「懼也。」總，《説文》云：「聚束也。」成湯師出有名，故無愧怍，亦無恐懼。于是小大諸侯，皆倚之以爲安，各出所有以供其用，而爲百禄之所總聚也。《書·仲虺之誥》曰：「初征自葛，東征西夷怨，南征北狄怨，曰：『奚獨後予？』攸徂之民，室家是慶。曰：『傒予后？后來其蘇。』」湯之行師如是，亦何戁竦之有？百禄是遒，與「何天之休」應。百禄是總，與「何天之龍」應。天休天龍，與第三章「帝命」應。

武王載旆，叶曷韻，蒲撥翻。《韓詩外傳》、《荀子》俱作「發」，《説文》作「坺」。**有虔秉鉞，如火烈烈**，屑韻。**則莫我敢曷**。韻。亦叶屑韻，阿竭翻。《漢書》、豐本俱作「遏」。**苞有三蘖**，屑韻，亦叶曷韻，牙葛翻。《漢書》注作「枿」。**莫遂莫達**。曷韻，亦叶屑韻，陀悦翻。**九有有截**，屑韻。**韋顧**《漢書》作「鼓」。**既伐**，月韻，亦叶屑韻。讀如「穴」。胡決翻。**昆吾夏桀**。屑韻，亦叶月韻，居竭翻。○賦也。此章述成湯伐桀之事，蓋至是始爲天子也。武王，湯也，解見《玄鳥》篇。旆，《説文》云：「繼旐之旗，沛然而垂。」解見《出車》篇，所謂續旐末爲燕尾者也。載旆者，載之於車上也。《禮》曰：「德車結旌，武車綏旌。」綏，謂垂舒之也。垂旌所以爲戰，昔晋治兵，建而不旆，已而旆之，諸侯畏之。此詩言湯之載旆，尚未及戰也。第載之於車，以待將戰而建耳。虔，《説文》云：「虎行貌。」或以爲敬也。徐鍇云：「虎之行兢兢然有威，故謂敬爲虔。」秉，持也。鉞，本作戉。《説文》云：「大斧也。」《周禮》注云：「秉鉞，所以爲將威也。」有虔秉鉞，朱子云：「言恭行天罰也。」顔師古云：「湯雖秉鉞，以敬爲先。」輔廣云：「載旆秉鉞，不敢不虔，即所謂臨事而懼也。」愚按此亦與第三章「聖敬」相應。《史記》稱夏桀爲虐政淫荒，而諸侯昆吾氏爲亂，湯乃興師率諸侯。伊尹從湯，湯自把鉞，以伐昆吾，遂伐桀。然則此章言「載旆」、「秉鉞」，專爲伐昆吾、夏桀紀事。韋、顧既伐，特追數之耳。上章言「敷奏其勇」，則皆伐韋、顧之類也。如火烈烈者，鄭云：「興師出伐，志在誅有罪。其威勢如猛火之炎熾也。」莫之爲無，音之轉也。曷，《説文》云：「何也。」朱子云：「誰何也。」按誰何者，詰問譙訶之辭。然此亦謂昆吾、夏桀，不敢訶成湯耳。錢天錫云：「『如火』二句，以戒懼爲奮揚，理直氣壯，故威靈如此。」一説曷通作遏。《説文》云：「微止也。」謂繳繞使止也，亦通。《荀子》云：「仁人之兵聚則成卒，散則成列，延則若莫邪之長刃，嬰之者斷；兑則若莫邪之利鋒，當之者潰；圜居而方正，則若盤石然，觸之者角摧。且夫暴國之君，將誰與至哉？彼其所與至者，必其民也。而其民之親我歡若父母，其好我芬若椒蘭；彼反顧其上則若灼鯨，若仇讐。人之情，雖桀、跖，豈又肯爲其所惡賊其所好者哉！是猶使人之子孫自賊其父母也，彼必將來告之，夫又何可詐也？《詩》曰：『武王載發，有虔秉鉞，如火烈烈，則莫我敢遏。』此之謂也。」以草包裹物曰苞，即苞苴之苞也。蘖，《説文》云：「伐木餘也。」歐陽脩云：「韋也，顧也，昆吾也，所謂三蘖也。」按湯十一征，其見于《尚書》及《竹書》者，如葛，如有雒，如荆，如温，皆次第夷滅，獨韋、顧、昆吾三國後亡，故以蘖稱。桀樹此三國爲私黨，如以草苞裹餘蘖，故曰「苞有三蘖」也。遂，即遂生復性之遂。達，即驛驛其達之達。遂、達，皆從蘖字生出，勾則能遂，萌則能達，非三蘖所可望也。九有，九州也，解見《玄鳥》篇。有截，與海外有截義同。九州諸侯，截然判斷，不與三蘖相通，故桀雖有意包畜之，而終至于局促莫能申遂，窮窘莫能通達也。劉向《説苑》載湯欲伐桀，伊尹曰：「請阻之貢職，以觀其動。」桀怒，起九夷之師以伐之。伊尹曰：「未可。彼尚能起九夷之師，是罪在我也。」湯乃謝罪請服。明年，又不供貢職，桀怒起九夷之師，不起。伊尹曰：「可矣。」湯乃興師，此所謂「九有有截」者也。又《書》伊尹曰：「惟尹躬暨湯，咸有一德。克享天心，受天明命，以有九有之師，爰革夏正。」夫九有既聯屬于湯，則其判斷于夏可知已。既者，已事之辭。朱子云：「韋、顧既伐，而昆吾、夏桀次之，此紀當時用師之序也。」鄭云：「三國黨于桀惡。湯先伐韋、顧，克之。昆吾、夏桀則同時誅也。」按《竹書》，桀二十八年，昆吾氏伐商，商會諸侯于景亳，遂征韋，商師取韋，遂征顧。二十九年，商師取顧，三十年，商師取昆吾，三十一年，商自陑征夏邑，克昆吾。大雷雨，戰于鳴條，夏師敗績。桀出奔三朡，戰于郕，獲桀于焦門，放之于南巢。而王應麟引《郡國志》云：「湯伐桀，桀與韋、顧之君拒湯於莘之墟，遂戰於鳴條之野。」此與詩辭不合，殆不足信。又《鄭語》史伯云：「祝融其後八姓。己姓昆吾、顧，則夏滅之。彭姓豕韋，則商滅之。」昆吾、顧既滅于夏，而此有昆吾、顧者，蓋既滅而復立之，亦猶豕韋爲商所滅而其後世仍爲商伯，古五伯數中所謂商豕韋是也。《一統志》云：「直隸大名府滑縣，古豕韋氏之國。顧城，在山東東昌府濮州范縣東南五十三里。濮州，古顓頊之虚，曰帝丘，夏爲昆吾氏所居。桀都安邑，即今山西平陽府解州安邑縣，縣北二十里，有鳴條岡。」《郡國志》云：「安邑有昆吾亭，湯伐桀戰處。」《寰宇記》云：「昆吾亭，蓋湯伐桀之時，昆吾以兵助桀，同時而滅，故有亭，非國於此也。」《左》昭十八年二月乙卯，周毛得殺毛伯過而代之，萇弘曰：「毛得必亡。是昆吾稔之日也。」孔云：「昆吾以乙卯日亡也。桀亦以乙卯日亡，故《檀弓》注云：『桀以乙卯亡。』未知何月也。」黄佐云：「初伐韋，次伐顧，庶幾夏桀知所改圖也。及其終不悛也，然後興南巢之師，以快人神之憤。苟徒以爲治亂者必先其黨，剪其枝葉，而後除其本根，則是後世以計取天下之爲，而非聖人恭行天討之意矣。」陳際泰云：「三蘗不數葛何也？葛非桀黨也。葛非桀黨而隨以兵何也？肘腋之禍，不先剪之，而虞後顧也。韋、顧、昆吾、夏桀，平叙之而不殊何也？不正其爲天子也。不正其爲天子，而湯之師，始不負於天下矣。」自「帝命不違」至此，皆紀湯事。湯繇七十里諸侯，起而爲天子，故叙述特詳。或問先君：「商先如冥如微，皆有功德可稱，而《詩》自契外，獨舉相土以及于湯，其他皆不之及，何也？」曰：此祭法所謂二祧者也。《祭法》云：「王立七廟，一壇一墠。曰考廟，曰王考廟，曰皇考廟，曰顯考廟，曰祖考廟，皆月祭之。遠廟爲祧，有二祧，享嘗乃止。去祧爲壇，去壇爲墠。壇墠，有禱焉祭之，無禱乃止，去墠爲鬼。」按考廟者，父廟也。王考廟者，祖廟也。皇考廟爲曾祖，顯考廟爲高祖，其曰祖廟，則始祖也。始祖而下，四親而上，於廟當毁，而擇其中之有功德者，以爲二祧。舊説謂祧之言超也，超然上去也，特爲有功德而留，故謂之祧也。外此若高祖之父，則去祧爲壇，高祖之祖，則去壇爲墠。此後又有從壇遷來墠者，則此前在墠者，遷入石函爲鬼，皆以其無功德故也。合始祖二祧與四親，共爲七廟。故伊尹告太甲曰：「七世之廟，可以觀德。」所謂觀德，則專指二祧而言也。先儒皆疑此禮與《王制》三昭三穆並太祖廟爲七之説不合。今以此詩觀之，《祭法》所傳，不爲無據，大抵前代禮耳。自湯而下，至于盤庚，凡傳十八君，即以父子相傳爲一世推之，亦有十世。除盤庚四親廟外，自第六世太戊而上，已皆在應毁之列，而湯身創王業，及上世相土，肇基王迹，俱無毁理，故特立爲二祧。後世如周文、武立二世室，亦以其應毁故爲之，則猶之二祧之意。但殷合二祧爲七廟，而周則除二世室爲七廟耳。若太甲爲太宗，太戊爲中宗，則其廟又在七廟之外。是《詩》前惟頌相土，後惟頌湯而已，此又可證爲二祧之最確者。自二祧而外，遡及玄王，則以其爲始祖。又遡及長發其祥，則以嚳爲始祖之所自出。故愚謂大禘之禮，七廟之主皆在，既非廣及毁廟，亦非專以始祖配，蓋竊有窺于此也。

昔在中葉，韻。豐本作「枽」。**有震且業**。葉韻。**允也天子**，紙韻。**降于卿士**。紙韻。**實維阿**豐本作「伊」。**衡**，叶陽韻，户郎翻。**實左右商王**。陽韻。○賦也。禘于太廟，則功臣與祭。與祭必非一臣，而此章獨言伊尹者，以伊尹爲開國元勳，故特舉之也。朱子云：「承上文而言昔在，則前乎此矣。」葉，毛云：「世也。」按葉文从世而來，故訓葉爲世。此詩前言相土，後言成湯，則所謂中葉者，其世數居于相土、成湯之中者也。震，孔云：「懼也。」以國勢不定言。業，毛云：「危也。」以人心不安言。如振之爲有易所殺，微之恢復居殷，禾从而復返商丘，皆震且業象也，不然，何至湯而僅僅有七十里乎？允，信也。天子，指湯也。允也天子，讚湯有聖德，信乎其爲真主也。降，下也。卿士，指伊尹也。稱其位曰卿，稱其德曰士。《周官》稱六卿亦曰戒爾卿士。降于卿士，言湯屈己以下伊尹，不敢自高也。《孟子》曰：「故將大有爲之君，必有所不召之臣，欲有謀焉，則就之，其尊德樂道，不如是不足以有爲也。故湯之於伊尹，學焉而後臣之，故不勞而王。」此即降于卿士之説也，亦與第三章「湯降不遲」相應。一説，蘇轍云：「信矣，天之子商也。降之卿士，而後商室以興。」亦通。阿衡，官名。鄭云：「阿，倚也。衡，平也。伊尹，湯所依倚而取平，故以爲官名。」郝敬云：「如太公之號尚父也。」愚按此宰相之位，上卿之職，至太甲改官名爲保衡，故《書·君奭》篇云：「成湯既受命，時則有若伊尹，格于皇天。在太甲，時則有若保衡。」以伊尹、保衡止是一人，故一稱其名，一稱其官也。上實維指其人，下實維指其功。左右者，謂佐佑之以敷政奏勇，伐夏救民也。湯受命，仍舊國號曰「商王」。《孟子》云：「伊尹耕於有莘之野，而樂堯、舜之道焉。非其義也，非其道也，禄之以天下弗顧也，繫馬千駟弗視也。非其義也，非其道也，一介不以與人，一介不以取諸人。湯使人以幣聘之，囂囂然曰：『我何以湯之聘幣爲哉？吾豈若處畎畝之中，繇是以樂堯、舜之道哉？』湯三使往聘之，既而幡然改曰：『與我處畎畝之中，繇是以樂堯、舜之道，吾豈若使是君爲堯、舜之君哉！吾豈若使是民爲堯、舜之民哉！吾豈若於吾身親見之哉！天之生此民也，使先知覺後知，使先覺覺後覺也。予，天民之先覺者也，予將以斯道覺斯民也，非予覺之而誰也？』思天下之民，匹夫匹婦有不與被堯、舜之澤者，若己推而内之溝中，其自任以天下之重如此，故就湯而説之以伐夏救民。」沈約云：「湯在亳，能脩其德。伊摯將應湯命，夢乘船過日月之旁。」《吕氏春秋》云：「桀爲無道，暴戾頑貪，天下顫恐而患之，言者不同，紛紛分分，其情難得。干辛任威，凌轢諸侯，以及兆民，賢良鬱怨，殺彼龍逄，❶以服群凶。衆庶泯泯，皆有遠志，莫敢直言，其生若驚。大臣同患，弗周而畔。桀愈自賢，矜過善非，生道重塞，國人大崩。湯乃惕懼，憂天下之不寧，欲令伊尹往視曠夏，恐其不信，湯繇親自射伊尹。伊尹奔夏三年，反報於亳曰：『桀迷惑於末嬉，好彼琬琰，不恤其衆，衆志不堪，上下相疾，民心積怨，皆曰上天弗恤，夏命其卒。』湯謂伊尹曰：『若告我曠夏盡如詩。』湯與伊尹盟，以示必滅夏。伊尹又復往視曠夏，聽於末嬉。末嬉言曰：『今昔天子夢西方有日，東方有日，兩日相與鬬，西方日勝，東方日不勝。』伊尹以告湯。商涸旱，湯猶發師，以信伊尹之盟。故令師從東方出於國西以進，未接刃而桀走，逐之至大沙，身體離散，爲天下戮。不可正諫，雖後悔之，將可奈何？湯立爲天子，夏民大悦，如得慈親，朝不易位，農不去疇，商不變肆，親郼如夏，此之謂至公，此之謂至安，此之謂至信。盡行伊

❶ 「逄」，《四庫全書》本作「逢」。

尹之盟，不避旱殃，祖伊尹世世享商。」今按伊尹身爲元功，世享盛祭，專美有商，及周公時，命成王記功宗，以功作元祀，其典實昉于此。❶

《長發》七章。一章八句，四章章七句，一章九句，一章六句。楊氏云：「詩頌《長發》大禘，但述玄王以下，而不及於所自出之帝，則安得謂之禘詩乎？」朱子亦疑大禘不及群廟之主，此宜爲祫祭之篇。今按篇首即以「長發其祥」一語開端，明是指帝嚳而言，未嘗不及於所自出之帝也，豈必舉嚳之名而後謂之及嚳耶？若朱子疑爲祫祭，則天子夏秋冬三時之祭皆祫，其以功臣配享，惟當在祫烝耳。《月令》十月有大飲烝之文，指祫烝也。《周禮·夏官·司勳》職云：「王功曰勳，國功曰功，民功曰庸，事功曰勞，治功曰力，戰功曰多。凡有功者，銘書于王之太常，祭於大烝，司勳詔之。」烝，冬祭也，謂之大者，物成衆多之時，其祭比三時爲大也。方是時，百物皆報焉，祭有功宜矣。《禮記·祭統》衛孔悝之鼎銘曰：「勤大命，施于烝彝鼎。」亦謂配享于烝祭也。此詩如以爲祫烝，亦無不可，但彼乃周禮，而殷禮別無所考。愚但以《盤庚》大享之言與《詩序》大禘之説合，故從之。

❶ 「昉」，原作「牥」，據《四庫全書》本改。

詩經世本古義卷之三（氏）

殷高宗之世詩三篇

何氏小引

《玄鳥》，報上甲微也。

《烈祖》，肜祭成湯也。

《那》，祀成湯也。

《那》，祀成湯也。 出《序》，《子貢傳》、《申培説》、朱傳俱同。○《序》云：「微子至于戴公，其間禮樂廢壞。有正考甫者，得《商頌》十二篇於周太師，以《那》爲首。」《魯語》閔馬父亦云：「昔正考父，較商名頌十二篇於周大師，以《那》爲首。」按正考父，孔子之先也。《世本》云：「宋湣公生弗甫何，弗甫何生宋父，宋父生正考甫，正考甫生孔父嘉，爲宋司馬，華督殺之而絶其世。其子木金父降爲士。木金父生祁父，祁父生防叔，爲華氏所偪，奔魯，爲防大夫，故曰防叔。防叔生伯夏，伯夏生叔梁紇，叔梁紇生仲尼。」則正考甫是孔子七世祖也。自微子至戴公，據《宋世家》，凡十君七世。周宣王以戴公十八年崩，幽王於戴公二十九年爲犬戎所殺，則戴公及正考甫，皆當宣、幽時也。名頌，韋昭以爲頌之美者也。《序》謂得之於周太師，而《魯語》但謂較之於周太師者，孔穎達謂宋之禮樂，雖則亡散，猶有此詩之本，考甫恐其舛謬，故就大師較之，然則較之而得其初本，故亦謂之得也。及孔子録《詩》之時，又已亡其七篇，惟存五篇而已。其以《那》爲首者，從太師之初本。商自成湯始有天下，以《那》爲祀成湯之詩故也。愚所以定此詩作于高宗武丁之世者，遍攷經傳，惟高宗武丁祭成湯見于《尚書》序及《史記》。即謂祀乃常事，不能徧書，然觀高宗免喪弗言，作書誥群臣，自謂恭默思道，夢帝賚予良弼，此詩及《烈祖》二篇，皆祀成湯之詩，而一則曰「綏我思成」，一則曰「賚我思成」，頗與「思道」、「賚予」之言相合，蓋高宗深于思者也。《禮記》亦云：「武丁者，殷之賢王。當此之時，殷衰而復興，禮廢而復起，故高而宗之，謂之高宗。」武丁勤于祭祀，固亦起廢中之一事。又按高宗祭成湯於肜日，有雊雉之異，《書》序及《史記》皆言「飛雉升鼎耳而雊」，先儒謂雉乃野鳥，不應入室，故爲妖異，然鮮有能測其事應者。孔安國以雉鳴在鼎耳，爲耳不聰之異。劉歆以爲鼎三足，三公象也，而以耳行，野鳥居鼎耳，是小人將居公位，敗宗廟之祀也。今觀高宗恐德弗類，恭默思道，固非耳不聰者，且其先後輔之者，甘盤、傅説皆賢臣也，則又烏有小人居公位之事，而至于將敗宗廟之祀乎？展轉推尋，始悟災異之所自來，政就此詩可見。《禮・郊特牲》篇云：「饗、禘有樂，而食、嘗無樂，陰陽之義也。凡飲，養陽氣也。凡食，養陰氣也。故春禘而秋嘗，春饗孤子，秋食耆老，其義一也，而食、嘗無樂。飲，養陽氣也，故有樂。食，養陰氣也，故無聲。凡祭，陽也。」《祭義》篇云：「君子合諸天道，春禘秋嘗。霜露既降，君子履之必有悽愴之心，非其寒之謂也。春，雨露既濡，君子履之必有怵惕之心，如將見之。樂以迎來，哀以送往，故禘有樂而嘗無樂。」此詩明言「顧予烝嘗」矣，而樂音甚備，此則高宗失禮之大者也。言雉雊，所以別于雉鳴也。《月令》季冬，雉雊。《説文》解雊，謂「雄雌鳴也。雷始動，雉鳴而雊其頸」。羅願謂：「雊鴝以足相勾，雉以頸相勾，故雊鴝从句，雉雊亦从句，非特鳴而已。」然《易通卦驗》又云：「雉雊雞乳，在立春節。」立春者，或在冬，或在春，總之爲春之首，故《夏小正》紀雉震呴，在正月也。呴、雊同字。戴德解「雉震呴」云：「震也者，鳴也。呴也者，鼓其翼也。正月必雷，雷不必聞，惟雉爲必聞之。何以謂之雷，則雉震呴相識以雷。」今高宗于秋烝冬嘗之時，而奏大樂，此時雉未應雊，雉聞樂聲而以爲雷鳴，故雊也。樂之爲雷者何也？《易》曰：「雷出地奮，豫；先王以作樂崇德，殷薦之上帝，以配祖考。」是樂本象雷，又雉聞聲似雷者，亦從而應。齊景公作爲路寢之臺，族鑄大鍾，撞之庭下，郊雉皆呴。許氏曰：「大鐘聲似雷震，雉應而呴鳴也。天水冀南山有石鼓，長丈三尺，廣厚畧等。漢成帝時，有聲如雷，聞二百四十里，野雞皆鳴，蓋以爲雷也。」然則此詩政當與《書·高宗肜日》篇合看，以樂不當作而作，故雉不當雊而雊耳。升于鼎耳，則高宗行禮之處，蓋直指其事，以變異告也。先儒不達此義，而欲和合《詩》與《禮記》之説，則但曰《禮》謂「食嘗無樂」者，恐殷禮不如是而已，亦鹵莽甚矣。金燫作《諸史會編》，繫《那》及《烈祖》二詩于武丁之四祀，愚以爲可信。

猗與音余，下同。**那與，置我鞉**豐氏本作「鼗」，後同。**鼓。**麌韻。**奏鼓簡簡，衎我烈祖。**麌韻。〇賦也。猗之爲咦，與之爲歟，那之爲儺，皆音近也。《説文》云：「南陽謂大呼曰咦。」歟，安气也。儺，行有節也。按安氣者，即助語之謂；行有節，則贊美廟中執事之人也。置，通作植。鄭玄云：「置讀曰植。」按植本户植之名，故以爲樹立之義。鞉鼓曰植者，以皆植木楹于其中，故謂之植也。鞉，解見《有瞽》篇。鼓，楹鼓也。《禮·明堂位》篇云：「夏后氏，足鼓；殷，楹鼓；周，縣鼓。」足鼓者，加四足；楹鼓者，貫之以柱；縣鼓，則縣而擊之也。於八音中惟舉鞉鼓者，以楹鼓爲殷之新制，而鞉乃兆奏鼓者，故首舉之以該其餘也。奏者，動作之義，謂動作以出其聲也。簡，通作柬。《説文》云：「分別之也。」荀卿謂：「鼓，其樂之君耶？」《學記》謂：「鼓無當于五聲，五聲弗得不和。」蓋鼓于宫、商、角、徵、羽之五聲，雖無所屬，然五聲必得之而後和，以此見奏鼓之人爲最重，故必先分别其能者而後使之奏也。衎，《説文》云：「行喜貌。」《爾雅》、毛傳皆以爲樂也。烈祖，孔云：「正謂成湯是殷家有功烈之祖也。」具樂器，選樂工，將以樂我有功烈之祖。此皆未作樂以前事，至下章乃言作樂。

湯孫奏假，《爾雅》作「嘏」，鄭玄本作「格」。**綏我思成。**庚韻。**鞉**《説文》作「鼗」。**鼓淵淵，**先韻。《説文》、豐本俱作「鼘鼘」。**嘒嘒管聲。**庚韻。**既和且平，**庚韻，亦叶先韻，毗連翻。**依我磬聲。**見上。**於**音烏。**赫湯孫，**叶先韻，荀緣翻。**穆穆厥聲。**見上。劉公瑾云：「連叶三聲字，見商人之質也。」愚按三聲雖連用，而本句上，各用先韻一句間之，❶亦似後人所謂「轆轤體」。**庸**豐本作「鏞」。**鼓有斁，**陌韻。**萬舞有奕。**陌韻。**我有嘉客，**陌韻。**亦不夷**《爾雅》注作「怡」。**懌。**陌韻。陸德明本作「繹」。

❶「句」，原作「旬」，據《四庫全書》本改。

○賦也。湯孫，歐陽脩云：「斥主祀之時王爾，自太甲以下皆可稱湯孫。」愚按此指高宗也。奏，即奏鼓之奏，然此則兼諸樂器而言，下文鞉鼓管磬之屬是也。假，通作假。《説文》云：「至也。」謂奏樂以通之于烈祖也。《禮·郊特牲》篇云：「殷人尚聲，臭味未成，滌蕩其聲，樂三闋，然後出迎牲。聲音之號，所以詔告于天地之間。」陳暘云：「凡聲，陽也。商人之祭，先求諸陽而已，日三成朏，月三成時，歲三成閏。然則樂不三闋，何以成樂哉？今夫禮減而退，以進爲文，樂盈而反，以退爲文。滌蕩其聲則盈矣，必繼以三闋者，以反爲文也。樂三闋則減矣，然後出迎牲者，以進爲文也。然明則有禮樂，幽則有鬼神。鬼者，歸也，歸之以從地。神者，申也，申之以從天。詔告鬼神於天地之間，捨聲音之號，何以哉？凡樂皆文之以五聲，播之以八音，禽獸知聲而不知音，衆庶知音而不知樂，通聲音之號而知樂者，其惟鬼神之靈乎？如之何不詔告以此？」陳澔云：「鬼神在天地間，與陰陽合散同一理，而聲音之感，無間顯幽。故殷人之祭，必先作樂三終，然後出而迎牲于廟門之外，欲以此樂之聲音，號呼而詔告于兩間，庶幾其聞之而來格來享也。」黄佐云：「商人未祭之先而作樂，如周人取蕭祭脂，亦於未祭之先，以此求神於陽也。」綏，鄭云：「安也。安我心所思而成之，謂神明來格也。《禮記》云：『齊之日，思其居處，思其笑語，思其志意，思其所樂，思其所嗜。齊三日，乃見其所爲齊者。祭之日，入室，僾然必有見乎其位；周旋出户，肅然必有聞乎其容聲；出户而聽，愾然必有聞乎其歎息之聲。』此之謂思成。」蘇轍云：「凡此皆非有也，而生於其思，故謂之思成。」朱子云：「蓋齊而思之，祭而如有見聞，則成此人矣。」周昌年云：「我所思者，成而心安，是以思成而綏我也。」徐光啓云：「古人之祭，非是具文，直是祖孫一氣，如將見之。」陳際泰云：「商人尊鬼而尚聲，聲召風，風召氣，氣召神。然神懼其褋而集焉，則有湯孫之思矣。思者，氣之精者也，鬼神非其類也不至。心有精氣，而借聲以召之，神無不格。格者，又烈祖已焉。綏我思成，信哉其綏也與！」黄佐云：「觀思成之説，可以見祭祀之理。」「鞉鼓」以下七句，皆言湯孫當日所奏者。陳暘云：「鼓，所以作樂者也。鼗，所以兆奏鼓者也。」言奏鼓，則鼗從之矣。《書》曰：「下管鼗鼓，合止柷敔。」《記》曰：「賜諸侯樂，以柷將之；賜子男，以鼗將之。」蓋柷以合樂，鼗則兆鼓而已，故其賜所以不同也。孔穎達云：「柷所以節一曲之始，其事寬，故以將諸侯之命。鼗所以節一唱之終，其事狹，故以將伯子男之命。」黄佐云：「《樂記》曰：『聖人作爲鼗、鼓、椌、楬、壎、篪。此六者，德音之音也。然後鐘、磬、竽、瑟以和之，干、戚、旄、狄以舞之，此所以祭于先王之廟也。』據此可證此詩首言鞉鼓之意，而鞉與鼓爲二物也。」淵，通作鼘。《説文》云：「鼓聲也。」嘒，《説文》云：「小聲也。」管，竹音也。《爾雅》謂大管名簥，其中名篞，小者名篎。郭璞謂管長尺圍寸，併漆之，有底。鄭司農謂管如篪，六孔，其大中小之制無傳。鄭康成謂如笛而小，併兩而吹之，乃漢大予樂所用。《廣雅》則云：「管象簫，長尺圍寸，八孔，無底。」蓋亦後世之制，未必與古制合，不足信也。歐陽脩云：「《書》曰『下管鼗鼓』，蓋自虞、夏以來舊物常用者。」陳暘云：「《郊特牲》曰：『歌者在上，匏竹在下，貴人聲也。』《仲尼燕居》曰：『升歌《清廟》，示德也。下而管《象》，示事也。』德成而上，歌以詠之於堂上；事成而下，管以吹之於堂下，豈非以無所因者爲上，有所待者爲下耶？」又云：「言『鞉鼓』繼之以『淵淵』，言『管聲』先之以『嘒嘒』，何也？蓋鞉鼓必待奏之，然後聞其聲。管聲與鞉鼓合奏，聞其嘒嘒之聲，知爲管聲而已。此細大不踰，無相奪倫之意也。」《疏義》云：「鼓爲衆音之主，管則樂之小者，舉此二者，則餘樂在其中矣。既和且平，兼堂上堂下八音諸器言。」《周語》單穆公云：「聲應相保曰和，細大不踰曰平。」依，《説文》云：「倚也。」猶言相附也。磬，鄭云：「玉磬也。」朱子云：「堂上升歌之樂，非石磬也。」孔云：「知是玉磬者，以鐘鼓磬管，同爲樂器，磬非樂之主，而云和平來依磬聲，明此異于常磬，非石磬也。」陳暘云：「春秋之時，齊侯以玉磬賂晋師止兵，臧文仲以玉磬如齊告糴。《郊特牲》言『諸侯宫架而擊玉磬』，《明堂位》言『四代樂器而拊搏玉磬』，玉之於石，類也。玉磬，則出乎其類矣。《書》言『天球在東序』，《詩》言『受小球大球』，蓋物之美者莫如玉，而球又玉之美出于自然者也。先王因天球以爲磬，以其爲堂上首樂之器，其聲清徹，有隆而無殺，衆聲所求而依之者也。《商頌》曰『依我磬聲』，本諸此歟？」又云：「商樂以磬爲主，故言依我磬聲。舜樂以簫爲主，故言簫韶九成。」張子厚云：「玉磬，聲之最和平者，可以養心。其聲一定，始終如一。」鄒忠胤云：「磬聲非如諸聲可以人力高下，故依之，則爲和平。」又《韓詩外傳》云：「居處齊則色姝，食飲齊則氣珍，言語齊則信聽，思齊則成，志齊則盈。五者齊，斯神居之。《詩》曰：『既和且平，依我磬聲。』」按此傳雖於詩義無涉，然寓意閎眇矣。於，歎美辭。赫，熾盛之意。歌者贊湯孫所奏穆穆之聲，非贊湯孫也。赫義本火赤貌，五事言屬火，聲音之盛亦如火性之上騰然，故以赫象之。歐陽云：「於赫者，盛美之辭也，不應自稱盛美之孫，以誇其先祖。」黄震云：「樂以悦神，故曰『於赫湯孫，穆穆厥聲』，以侈言其樂之美。如飲食云『苾苾芬芬』，以侈言其飲食之美。凡以悦神，非自誇也。」穆，通作㣼。《説文》云：「細文也。」聲何得以細文稱？《樂記》曰：「聲成文，謂之音。」《通志》載湯命伊尹作樂曰《大濩》，脩九韶六律，聞宫聲，使人温良而寬大；聞商聲，使人方廉而好義；聞角聲，使人惻隱而仁愛；聞徵聲，使人樂養而好施；聞羽聲，使人恭謹而好禮。此非「穆穆」而何？庸，通作鏞。陳暘云：「大鐘謂之鏞，以能考大功也。」解見《靈臺》篇。前言鼓，至此始言鏞，則鏞之奏，似在鼓之後。然既言鏞，即繼之以鼓，則鼓之奏又在鏞之後。一篇之樂，以鼓始終，倘亦所謂鼓爲樂之君，而五聲不得之則不和者歟？陳暘云：「《那》，祀成湯之樂。堂上言『依我磬聲』，則戛擊鳴球、搏拊琴瑟之類舉矣。堂下言『鞉鼓管鏞』，則柷敔、笙簫之類舉矣。詳于樂而略于禮者，以其祖有功而樂象功故也。」斁，《説文》云：「解也。」鐘鼓有斁，謂樂闋時也。萬，舞名。三代之舞皆名萬。《夏小正》曰：「丁亥，萬用入學。」《商頌》曰：「萬舞有斁。」《逸周書》曰：「萬獻明明三終。」孔謂禹以萬人以上治水，湯以萬人得天下。何休亦謂武王以萬人服天下。故其樂舞皆稱萬也。按《書》傳及《春秋》傳疏，皆言湯因大旱，禱于桑林之社而雨，遂作桑林之樂，名曰《大濩》。《左》襄十年，宋公享晋侯于楚丘，請以桑林舞師題以旌夏。而《莊子》亦言「合于桑林之舞」，或即此萬舞也。奕，《説文》云：「大也。」陳暘云：「美其綴兆之衆大也。在商爲《大濩》，在周爲《大武》，《周官》皆以大司樂掌之，其爲衆大可知。」愚按此時樂已闋而將迎牲矣，故舞者皆立其行列，以待行禮而舞也。嘉，《説文》云：「美也。」鄭云：「嘉客，謂二王後及諸侯來助祭者。」蔡汝楠云：「於虞曰『虞賓在位』，於商曰『我有嘉客』，於周曰『我客戾止』，聖人御世，皆考賓國之化。」夷，《説文》云：「平也。」懌，《説文》云：「悦也。」亦不夷懌者，言不敢視祭祀爲平常之事，徒取悦耳悦目以爲娱樂，而忘敬謹之意也。下章言温恭有恪，正與此互相發。又按《易》有「匪夷所思」之文，疑此「不夷」與彼「匪夷」相類，謂嘉客聞樂而悦，其悦至甚，非比平常之悦也。人悦如此，神悦可知，隱然含有先祖是聽之意，此烈祖之所以來假，而能「綏我思成」也。是義亦通，學者詳之。

自古在昔，陌韻，亦叶藥韻，息約翻。**先民有作。**藥韻。**温恭朝**豐本作「鼂」。**夕，**陌韻，亦叶藥韻，祥龠翻。**執事有恪。**藥韻。**顧予烝嘗，**陽韻。**湯孫之將。**叶陽韻，資良翻。○賦也。自，從也，對今皆謂古。在，《説文》云：「存也。」進古言昔，則昔又在古之前。《禮運》篇，孔子言：「後聖有作，然後陳其犧牲，備其鼎俎，列其琴瑟管磬鐘鼓，脩其祝嘏，以降上神與其先祖。」然在在昔之時，已是中古之世，未爲上古。而自古之古，則不過下古而已。先民，先輩之人，謂聖人也。有作，陸化熙云「作爲祭禮也」。是述作之作。温恭者，温温其恭，蓋安行而有常，非勉强也。朝夕，自朝至夕也。執事，執廟中之事也。恪，本作愙。《説文》云：「敬也。」恭敬之至，如見大賓，故字于心上施客也。言尊祖敬宗，萬世通誼，從我以前之古人，存留往昔先聖人所創造祭祀之禮。其于將祭之前期，慮事必豫，具物必備，自朝至夕，常存其恭，但見其温温然和柔。及祭而行禮，則一人各執一事，致其恪慎，不敢懈怠忽畧，凡以禮當如是。今日湯孫之祭，亦猶行古之道耳。黄佐云：「商人尚聲，牲猶未入，樂三闋，然後備禮物，蓋時制也。故此詩以樂舞悉數於前，而温恭有恪之言始見焉。」蓋亦因其所尚而然耳，是豈後于禮哉？《魯語》云：「齊閭丘來盟，子服景伯戒宰人曰：『陷而入于恭。』閔馬父笑，景伯問之，對曰：『笑吾子之太滿也。昔正考甫較商之名頌十二篇於周大師，以《那》爲首，其輯之亂曰：「自古在昔，先民有作，温恭朝夕，執事有恪。」先聖王之傳恭，猶不敢專，稱曰自古，古曰在昔，昔曰先民。今吾子之戒吏人曰「陷而入于恭」，其滿之甚也。陷而後恭，道將何爲？』」按馬父之意，謂以恭立教者，猶將令其學古先民之恭而爲之，今乃以恭爲陷于非道，然則將以何者爲得道乎？顧，《説文》云：「還視也。」季本云：「嘗，秋祭。烝，冬祭。祭以秋冬爲備，故言祭者，必舉烝、嘗以見其餘焉。」愚按曰烝嘗者，謂烝繼嘗而舉，知此乃冬祭也。既言予，又變稱湯孫者，意重在一孫字，見一氣流通，不爲非類之祀也。將，朱子云：「奉也。」蘇云：「言湯其尚顧予烝嘗哉？此湯孫之所奉者，庶幾其顧之也。」錢天錫云：「音樂雖盛，傳恭雖遠，先祖雖格，而孝子之心，猶若有不敢必者，至以祖孫一體望之。商人之綏我思成，即此可想見。」

《那》三章，一章四句，一章十二句，一章六句。舊作一章二十二句。今按閔馬父引自古四句爲輯之亂，則非止作一章明矣，故正之。韋昭云：「輯，成也。凡作篇章，義既成，撮其大要，以爲亂辭。詩者，歌也，所以節舞者也。曲終乃更變章亂節，故謂之亂也。」○鄭箋以湯孫爲太甲。孔云：「《殷本紀》『湯生太丁，太丁生太甲』。太甲，成湯適長孫也。孫之爲言，雖可以關之後世，以其追述成湯，當在初崩之後。太甲是殷之賢主，湯之親孫，故知爲指太甲也。《那》祀成湯，經稱湯孫，則《那》之作，當太甲時也。」按此義亦通，並存之。又《韓詩序》以此詩爲美宋襄公也，其説與《史記·宋世家》謂宋大夫正考甫作《商頌》以美宋襄公者合，即云宋得用天子禮樂，以祀成湯。然「我有嘉客」，果宋所宜有乎？

《烈祖》，肜祭成湯也。《書·高宗肜日》篇之所爲作。朱傳以爲亦祀成湯之樂，與《子貢傳》、《申培説》俱同。愚所以定爲肜祭者，以《那》已爲祀成湯之詩，一祭固不容有二詩耳。肜者，祭明日又祭之名。《爾雅》云：「周曰繹，商曰肜，夏曰復胙。」孫炎謂：「繹者，祭之明日尋繹復祭也。肜者，相尋不絶之意。」邢昺謂：「復胙者，胙是祭肉，❶以祭之旦日復陳其祭肉以賓尸也。」按《説文》，肜字从舟，其義則舟行也，與祭事無涉。古讀肜，有融音，故或通作融。《左傳》「其樂也融融」、「其樂也洩洩」，而張衡《思玄賦》則曰「展洩洩以肜肜」，是也。又馬融《廣成頌》云「豐肜對蔚」，肜亦通作「融」。《説文》訓融云：「炊氣上出也。」炊氣上出，縷縷不絶之義也。但肜本音琛，《韻書》收入侵韻，不知何因改讀音融，殊不可曉。知此詩爲高宗詩者，以《那》詩例之，其稱「烈祖」同，其末章言「顧予烝嘗，湯孫之將」同，則其爲一時之作明矣。又知爲肜祭事者，以「申錫無疆」一語知之。篇中娓娓，但以降福爲言，則高宗勤祀之本意，殆可想見。當其亮陰三年之後，雖既免喪，而猶恐德不類，不敢發言，誠未知致治之方將安所出，因而致孝于鬼神，以祈福耳。此亦商人尚鬼之習則然，故于肜祭之日，而有雉雊之異，其臣祖己曰：「惟先格王正厥事。」乃訓于王。曰：「惟天監下民，典厥義。降年有永有不永，非天夭民，民中絶命。民有不若德，不聽罪。天既孚命正厥德。乃曰：『其如台。』嗚呼！王司敬民，罔非天胤，典祀無豐于昵。」大意謂民受生于天，乃天之胤嗣。王之所司者，在于敬民而已。所謂敬民者，惟在務民之義而已。此享年有永之道，毋徒豐于祭祀，而欲邀福于昵近之祖宗爲也。他日傅説之進王也，亦曰：「黷于祭祀，時謂弗欽，禮煩則亂，事神則難。」合此二書及《那》、《烈祖》二詩以觀，則高宗早年之失，端有在矣。《竹書》載武丁二十九年，肜祭大廟，有雉來。《皇王大紀》載高宗祭于成湯，有飛雉之異，王使以雉爲扇，曰「以彰吾過」。而《通志》稱祖己訓王後，武丁又責躬思道，三年，

❶「肉」，原作「日」，據《爾雅注疏》改。

編髮重譯來朝者六國。孔子曰：「吾於《高宗肜日》，見脩德而報之疾也，苟繇其道，致其仁，則遠方歸德焉。」《史記》亦載武丁脩政行德，天下咸驩，殷道復興。帝武丁崩，子帝祖庚立，祖己嘉武丁之以祥雉爲德，立其廟爲高宗。

嗟嗟烈祖！麠韻。**有秩斯祜，**麠韻。**申錫無疆，及爾斯所。**叶麠韻，讀如數。爽主翻。○賦也。嗟，歎聲。鄭玄云：「重言嗟嗟，美歎之深。」《補傳》云：「言烈祖而云嗟嗟，以簡朴故也。若周頌，則言於穆於皇，乃近於文矣。」烈祖，湯也，義見《那》篇。秩，積。祜，福也。俱見《說文》。有積斯福，即下文言「申錫無疆」是也。惟有無疆之申錫，則福斯積矣，冀望之辭也。申者，申束之義，故毛傳以爲重也。錫，通作賜。《說文》云：「予也。」無疆，鄭云：「無竟界之期也。」爾，指烈祖也。蔣悌生云：「爾汝其辭，如事生、覿省相語，此質實之至也。」斯之爲此，所之爲處，皆音近也。斯所，謂烈祖神之所在，當指祊而言。《說文》謂「門内祭，先祖所以彷徨」是也。蓋正祭事畢，則神可以歸矣，孝孫孝子猶未忍其遽歸也，故於明日又設祭。然不知神之所在，於彼乎？於此乎？則於門内以求之，亦意神之尚依依于門内，而未遽去也。孔子謂「周禮繹祭于祊」，祊在廟門之西，其商肜所在雖無明文，但以《說文》字義求之，則門内之祭自古同之也。「申錫」二句，是倒文法，曰：「庶其及爾神之尚在此處，而重賜我湯孫以無界限之福乎！」向日正祭，固已受釐矣，今日又祭，則神又當重降之福，是所謂申錫也。此章蓋初求神于祊之辭也。

既載清酤，賚我思成。庚韻，亦叶陽韻，辰羊翻。**亦有和**《說文通釋》作「盉」。**羹，**庚韻，亦叶陽韻，盧當翻。《說文》、豐氏本俱作「鬻」。**既戒既**《申鑒》作「且」。**平。**庚韻，亦叶陽韻，皮陽翻。**鬷**《中庸》、《申鑒》、豐本俱作「奏」。**假**《左傳》作「嘏」。**無言，時靡有爭。**庚韻，亦叶陽韻，諸良翻。**綏我眉壽，黃耇無疆。**陽韻。○賦也。此章言肜祭行禮之事。既者，已事之辭。載，謂載之于尊。清者，清潔之義。酤，《說文》云：「一宿酒也。」徐鍇云：「謂造之一夜而熟，若今雞鳴酒也。」愚按酒只用一宿而成者，亦見商人尚質處。《儀禮·有司徹》篇是周大夫又祭之禮，首言「司宮攝酒」，注謂「攝酒者，撓益整頓之」，與此首言「載清酤」同也。賚，《說文》云：「賜也。」思成，義與《那》篇同。《祭義》云「祭之明日，明發不寐，饗而致之，又從而思之」是也。賚我思成者，王肅云：「先祖賜我，思之所欲成也。」孔穎達云：「神靈來至，我孝子所思得成也。」蔡汝楠云：「賚我思成，所謂有其誠則有其神。」謝顯道云：「祖考之精神，只聚於己之精神。」朱善云：「酒之清者，方載而在樽，則未獻之時也。而烈祖之神，已與我以所思而成之人，言應之疾也。」和羹者，鄭云：「五味調，腥熟得節，食之于人性安和。」荀悅云：「酸鹹甘苦不同，嘉味以濟，謂之和羹。」曹氏云：「鉶羹也。」按鉶羹，肉味之有菜和者，以其盛之鉶器，謂之鉶羹。《有司徹》篇所云羊鉶豕鉶，即所以盛羊豕肉之羹者也。朱子云：「《儀禮》於祭祀燕享之始，每言羹定，蓋以羹熟爲節，然後行禮。」輔廣云：「先酒而後羹，亦其序也。」既戒既平者，嚴粲云：「其事既戒謹而不苟，其味既和平而適宜。」鬷，❶《說文》云：「釜屬。」假，通作假。《說文》云：「至也。」愚按此即雍人陳鼎之事也，《中庸》誤引作奏，與「湯孫奏假」同文，朱子遂謂古聲奏、族相近，族聲轉平而爲鬷，此恐不然。二詩皆同時作也，彼言「奏假」，此言「鬷假」，明是異字，何得混

❶「鬷」，原作「鬷」，據《四庫全書》本改。

鬷爲奏乎？凡祭則雍人必先陳鼎，所以爲烹牲體之用也。今自鼎初至之時，而即皆能秉其肅敬，靡有諠譁，又各執其事，不相奪倫，絶無彼此交侵職位，以有紛争者，此非主祭者之精，專于假廟，何能使助祭者人人顧化若此！故《中庸》引此詩而申之曰：「君子不賞而民勸，不怒而民威于鈇鉞也。」又《左》昭二十年：「齊侯至自田，晏子侍于遄臺，子猶馳而造焉。公曰：『惟據與我和夫！』晏子對曰：『據亦同也，焉得爲和？』公曰：『和與同異乎？』對曰：『異。和如羹焉，水、火、醯、醢、鹽、梅，以烹魚肉，燀之以薪，宰夫和之，齊之以味，濟其不及，以洩其過。君子食之，以平其心。君臣亦然。君所謂可而有否焉，臣獻其否，以成其可；君所謂否而有可焉，臣獻其可，以去其否，是以政平而不干，民無争心。故《詩》曰：亦有和羹，既戒既平。鬷嘏無言，時靡有争。』」此借辭立義，全非詩旨。而鄭箋泥此，亦以和羹爲喻助祭諸侯，有和順之德，誤矣。眉壽以眉言，黄以髮言，耇以面言，是三者皆壽徵也，解俱見《南山有臺》篇。言廟中之人，既皆能致其誠敬，舉動得禮如此，庶乎烈祖綏我湯孫以眉壽黄耇之福，至于無有疆竟也。

約軝錯衡，叶陽韻，户郎翻。**八鸞鶬鶬**。陽韻。陸德明本作「鏘」。**以假以享**，叶陽韻，虚良翻。**我受命溥將**。叶陽韻，資良翻。**自天降康**，陽韻。**豐年穰穰**。陽韻。**來假來饗**，叶陽韻，虚良翻。**降福無疆**。陽韻。〇賦也。此章言今者之祭，非偶然也。實繇得人得天，故使湯孫得盡其孝耳。「約軝」二句，解見《采芑》篇。但「鶬鶬」彼作「瑲瑲」，當從之。軝衡，以諸侯所乘之車言。八鸞，以諸侯所駕之馬言。假，通作假，至也。享，獻也。歐陽脩云：「以假以享者，諸侯既至，而助享也。」我，指湯孫也。劉公瑾云：「歌工導達主祭者之意。自先祖之身而指主祭者，則曰湯孫；自主祭者之身而言，則曰我曰予。立言雖殊，所指之人則一。」溥，《説文》云：「大也。」將，奉也。繇我湯孫，受天眷命，故溥天下之諸侯，皆乘其車馬以來奉祭事也。鄭云：「祭祀溥助我，言得萬國之歡心也。」自，從。降，下。康，安也。歲大熟而五穀多有曰豐年。穰穰，穀茂盛之貌，解見《執競》篇。孔云：「從天下平安之福，故獲得豐年穰穰。」吕祖謙云：「言時和歲豐，祭禮得成，所謂可以備物者也。」曹氏云：「得萬國之歡心，以事其先王，所謂得人也。降康、豐年，所謂得天也。」來假來饗，指烈祖言。饗之爲言嚮也。歐陽脩云：「上言以享者，謂諸侯來助祭，致享于神也；下云來饗者，謂神來至而歆饗也。承上言湯孫之得人得天如此，庶乎烈祖之來至其坐，來享其祭，而下之以無界限之福也。」鄒忠胤云：「《那》以『管聲』、『磬聲』、『厥聲』相叶，《烈祖》以『申錫無疆』、『黄耇無疆』、『降福無疆』爲節，何商文之簡質乃爾。」

顧予烝嘗，陽韻。**湯孫之將。**叶陽韻，資良翻。○賦也。黄佐云：「上既曰『賚我思成』矣，曰『綏我眉壽，黄耇無疆』矣，曰『降福無疆』矣，此又曰『顧我烝嘗』，何也？蓋祖考雖享，而孝孫之心未敢必其享也，故又致其丁寧之意如此。」蘇轍云：「言其尚『顧予烝嘗』哉？此湯孫之所奉也。」愚按此二語，雖與《那》篇結語相同，而意微有别。彼重在「孫」之一字，謂以一氣感通也。此重在「烝嘗」二字，謂我於烝嘗之禮，相繼舉行。其時時勤于祭祀如此，當爲烈祖之所鑒念也。

《烈祖》四章，一章四句，二章章八句，一章二句。舊作一章二十二句。今按朱子分爲四節，於語意血脉甚明，故即依之，以定章數。○輔廣云：「《那》與《烈祖》，皆祀成湯之樂，然《那》詩則專言樂聲，至《烈祖》則及夫酒饌焉。商人尚聲，豈始作樂之時則歌《那》，既祭而後歌《烈祖》歟？」季本以爲此必祭成湯而受釐降福之詩。按此二説亦皆可通。然果祭日所歌，似不應有「申錫」之語。《序》則云：「祀中宗也。」朱子謂此詩未見其爲祀中宗，《序》但不欲連篇重出，又以中宗商之賢君，不欲遺之耳。鄒亦云：「《那》、《烈祖》兩篇，結語皆曰『湯孫之將』，其均爲祀成湯明甚。商家賢聖代作，不止中宗，安知不皆有頌？但正考父所得，僅僅十二篇，況至孔子删詩日乎？」

《玄鳥》，高宗報上甲微也。《孔叢子·論書》篇云：「《書》曰『維高宗報上甲微』，定公問曰：『此何謂也？』孔子對曰：『此謂親盡廟毁，有功而不及祖，有德而不及宗。故於每歲之大嘗而報祭焉，所以昭其功德也。』公曰：『先君僖公，功德前行，可以與于報乎？』孔子曰：『丘聞昔虞、夏、商、周，以帝王行此禮者則有矣，自此以下未之知也。』」《魯語》展禽云：「有虞氏禘黄帝而祖顓頊，郊堯而宗舜；夏后氏禘黄帝而祖顓頊，郊鯀而宗禹；商人禘舜而祖契，郊冥而宗湯；周人禘嚳而郊稷，祖文王而宗武王；幕，能帥顓頊者也，有虞氏報焉；杼，能帥禹者也，夏后氏報焉；上甲微，能帥契者也，商人報焉；高圉、大王，能帥稷者也，周人報焉。凡郊、禘、宗、祖、報，此五者國之典祀也。」按《竹書》：「夏帝芒三十三年，商侯遷于殷。帝泄十二年，殷侯子亥賓于有易，有易殺而放之。十六年，殷侯微以河伯之師伐有易，殺其君綿臣。至殷武丁十二年，報祀上甲微。」沈約注云：「殷侯子亥，賓于有易而淫焉。有易之君綿臣殺而放之，故殷上甲微假師于河伯，以伐有易滅之，遂殺其君綿臣。中葉衰而上甲微復興，故殷人報焉。」所以知此詩爲報上甲微之樂歌者，以「宅殷土芒芒」、「殷受命咸宜」二語知之。自契初封商，魯連子云：「在大華之陽。」皇甫謐云：「今上雒商是也。」即今陝西西安府之商州，以地有商山，故得商名。契生昭明，遷砥石，事見《世本》，其地不知所在。昭明生相土，遷商丘。《竹書》載：「夏帝相十五年，商侯相土作乘馬，遂遷于商丘。」《左傳》所云「陶唐氏之火正閼伯居商丘，相土因之」是也。唐爲宋州，宋爲睢陽郡，在今爲河南歸德府商丘縣。季本云：「地稱商丘者，其亦因契本封而以名丘歟？」相土生昌若，昌若生曹圉，曹圉生冥。《竹書》載夏少康十一年，使商侯冥治河。至帝杼十三年，商侯冥死于河，中間計三十四年，《魯語》及《祭法》所謂「冥勤其官而水死」者。冥生振，《竹書》以爲殷侯子亥，蓋振名，而子亥其字也。實始遷殷，計三十七年，而爲有易之君綿臣所殺，國统幾絶。振生微，字上甲，乃殺綿臣而以殷興，仍居殷地。是則殷之遷雖在子亥，而昌殷緒以基王業者，乃在上甲，故殷人報之也。皇甫謐謂「微字上甲，其母以甲日生故也」，商家生子以日爲名，蓋自微始。《白虎通》亦云：「殷道尚質，故直以生日名子。」而譙周則謂死稱廟主曰甲，蓋謂生稱其名，死則以其生之名爲廟主也，于理或然。微生報丁，報丁生報乙，報乙生報丙，報丙生主壬，主壬生主癸，主癸生天乙，是爲成湯。《竹書》載帝孔甲九年，殷侯復歸于商丘，上距微殺綿臣之歲，凡一百單三年，不知所謂殷侯者何名也。自歸商丘之後，又二十五年，則爲桀在位之十五年，實成湯爲商侯之元年。於是復自商丘遷于亳。《書序》謂：「自契至于成湯八遷，湯始居亳，從先王居，作《帝告》、《釐沃》。」今按所謂八遷者，契始居商，一也；昭明居砥石，二也；相土居商丘，三也；冥離商丘，往河治水，四也；子亥遷殷，五也；孔甲之時，復歸商丘，六也；及湯自商丘遷亳，不過七遷耳。然古今相傳，皆謂偃師、穀熟皆湯所都，而景亳則湯會諸侯之處，是謂三亳。皇甫謐云：「蒙，北亳也；穀熟，南亳也；偃師，西亳也。」蒙即景亳，與穀熟相近。果湯曾都二亳，則信有八遷矣。然二亳遷居之先後，則經傳無文。嚴粲謂「湯自南亳遷西亳」，似爲可信。蓋三亳中，南亳、北亳相去甚近。北亳在今商丘北五十里地，有景山，故謂之景亳；南亳在今商丘東南四十五里。《竹書》載「湯于桀十五年遷亳」，又書「二十八年，昆吾氏伐商，商會諸侯于景亳」，則知景亳實在商封内。不然，國既被伐，何得越境以會諸侯乎？《水經注》云：「闞駰曰：『湯都偃師。』皇甫謐以爲考之事實，學者失之。如《孟子》之言『湯居亳，與葛爲鄰』，是即亳與葛比也。湯地七十里，葛又伯耳，封域有限，而寧陵去偃師八百里，不得童子饋餉而爲之耕。今梁國自有二亳，南亳在穀熟，北亳在蒙，非偃師也。」愚謂寧陵與商丘接壤，皇甫解湯居亳之義是矣。若謂湯未嘗都偃師，則又不然。以《書序》從先王居之文觀之，先王，孔安國以爲指帝嚳也。今按其書，篇名曰《帝告》、《釐沃》，告當是通作嚳，釐之言來，蓋謂從帝嚳而來居于沃土云耳，孔説非謬。而《水經注》言帝嚳之墟，在《禹貢》豫州河雒之間，今河南偃師城西二十里尸鄉亭是也。使湯不都偃師，何得云從先王居？又孔穎達引《中候格予命》云：「天乙在亳，東觀在雒。」鄭玄亦云：「今河南偃師縣有湯亭。」《地理志》又謂：「尸鄉，殷湯所都。」然則湯之居偃師明矣。偃師乃周名，以周武王克商，偃息師徒于此，其初名爲西亳，當是成湯命之。湯之創業實始于亳，故曰朕哉自亳。後雖遷居嚳墟，而不忘其所自始，故亦呼之爲亳耳。三亳惟亳爲本名，地在商丘，故湯有天下，尚仍商舊號。若景亳則本名殷，地在北蒙，特以其近亳，故曰景亳，又曰北亳。當上甲父子之世所謂遷于殷者，即景亳也。以《竹書》證之，自成湯居亳之後，歷外丙、仲壬、太甲、沃丁、小庚、小甲、雍己、大戊八君，皆仍居亳。至仲丁始遷于囂。歷外壬，而河亶甲自囂遷于相。繼之祖乙元年，自相遷于耿。二年，圮于耿，自耿遷于庇，歷祖辛、開甲、祖丁，皆居庇。及南庚二年，遷于奄，歷陽甲而盤庚。至十四年，自奄遷于北蒙，曰殷。《書・盤庚》篇所謂「先王恪謹天命，不常厥邑，于今五邦」者，合囂、相、耿、庇、奄而言也。自相以下，疑皆在河北，至盤庚始遷河南，《書》所謂「惟涉河以民遷」者。《史記》惟言「仲丁遷隞，河亶甲居相，祖乙遷邢」，與《竹書》小異，然要之，《竹書》爲覈矣。《竹書》稱北蒙曰殷，于此始知殷之所在。殷又名北亳，故《書序》言：「盤庚五遷，將治亳殷。」孔安國謂「殷者，亳之别名」是也。而後人皆言盤庚所遷在河南偃師，誤矣。湯在殷以會諸侯而不都殷，故不更國號。盤庚遷都殷，實上甲微舊蹟，因而更號曰殷。其後歷小辛、小乙，以及武丁，又傳四世至庚丁，皆居殷。及庚丁之子武乙，始去殷遷河北也。武丁修政行德，天下咸驩，殷道復興，故于斯時，追上甲絶而復續之功，而行報祭之禮，斯則《玄鳥》之詩之所爲作。故晰乎商殷變更之故，則經傳史書，若合符節，古人重稽古之力，夫豈誣乎？又《補傳》謂殷之得名以溵水。按《説文》無溵字，乃濦水耳。濦水，今在河南開封府郾城縣，與殷無涉，此不可信。

天命玄鳥，降而生商，陽韻。**宅殷土芒芒。**陽韻。《三代世表》作「殷社芒芒」。**古帝命武湯，**陽韻。**正域彼四方。**陽韻。**方命厥后，**有韻。**奄有九有。**韻。《文選》注作「域」。○賦也。玄鳥，毛傳云：「鳦也。春分，玄鳥降。湯之先祖有娀氏女簡狄配高辛氏帝，帝率與之祈于郊禖而生契，故本其爲天所命，以玄鳥至而生焉。」孔穎達云：「毛氏不信讖緯，以天無命鳥生人之理。而《月令》仲春云：『是月也，玄鳥至之日，以太牢祀于高禖。天子親往。』則是以玄鳥至日祈而得之也。玄鳥以春分而至，氣候之常，非天命之使生契。但天之生契，將令王有天下，故本其欲爲天所命，以玄鳥至而生焉。記其祈福之時，美其得天之命，故玄鳥之來，非從天至，而謂之降者，重之若自天來然。《月令》『季春，戴勝降于桑』，注謂：『言降者，若始自天來，重之，故稱降也。』」按玄鳥生商，其語近奇而事甚無怪，毛、孔之説正矣。乃《詩緯・含神霧》則云：「契母有娀，浴于玄丘之水，睇玄鳥啣卵，過而墜之，契母得而吞之，遂生契。」《中候契握》則云：「玄鳥翔水遺卵，流，娀簡吞之，生契，封。」《禮緯》則云：「契姓子氏，以其母吞鳦子而生。」紛紛語怪，遞相祖述，總不外吞卵一説，而甚且以契爲無父。娀非嚳妃，如劉向《列女傳》曰：「契母簡狄者，有娀氏之長女也。當堯之時，與其妹娣浴于玄丘之水，有玄鳥啣卵過而墜之，五色甚好。簡狄與其妹娣，競往取之，簡狄得而含之，誤而吞之，遂生契焉。」王嘉《拾遺記》曰：「商之始也，有神女簡狄，遊于桑野，見黑鳥遺卵於地，有五色文，作八百字，簡狄拾之，貯以玉筐，覆以朱紱。夜夢神母謂之曰：『爾懷此卵，即生聖子，以繼金德。』狄乃懷卵一年而有娠，經十四月而生契。祚以八百，叶卵之文也。雖遭旱厄，後嗣興焉。」譙周則謂：「契生堯代，舜始舉之，必非嚳子，以其父微，故不著名。」羅泌闢之云：「《世本》、《大戴》之書，言昔帝嚳卜四妃之子，皆有天下，而稷之後爲周。周人既上推后稷爲嚳子矣，何所疑耶？昔有娀氏有二女，長曰柬逖，次曰建庛，柬逖爲嚳次妃，是爲簡翟。故屈原云：『簡翟在臺嚳何宜，乙鳥致貽女何喜。』又云：『高辛之靈盛兮，遭乙鳥而致貽。』夫古書之存者，其言簡翟，未嘗不及於嚳也。」若司馬遷、王逸，亦既以簡狄爲嚳妃矣，而一則曰三人行浴，因吞墜卵；一則曰侍帝嚳臺上，嘉墜卵而吞之，總無以異于讖緯之説。乃《吕氏春秋》更有異焉，謂：「有娀氏有二佚女，爲之九成之臺，飲食必以鼓。帝令燕往視之，鳴若謚隘，二女愛而争持之，覆以玉筐。少選發而視之，燕遺二卵北飛，遂不反。」善乎！蘇洵之言曰：「史載簡狄吞卵生契，爲商始祖，神奇妖濫，不亦甚乎！使聖人而有異於衆庶也，天地必將儲陰陽之和，積元氣之英以生，又安用此微禽之卵哉！燕墜卵于前，取而吞之，簡狄其喪心乎？」歐陽脩亦云：「秦漢之間，學者喜爲異説，謂高辛氏之妃、陳鋒氏女感赤龍精而生堯，簡狄吞鳦卵而生契，姜嫄履大人迹而生后稷，高辛四妃，其三皆以神異而生子。蓋堯有盛德，稷、契後世皆王天下數百年，學者喜爲之稱述，欲神其事，故務爲奇説也。至帝摯無所稱，故獨無説。」又蔡邕《月令章句》曰：「玄鳥感陽而至，其來，主爲孚乳蕃滋，故重其至日，因以用事。契母簡狄，蓋以玄鳥至日有事高禖而生契焉，故《詩》曰：『天命玄鳥，降而生商。』」其説獨與毛傳合。當漢之世，而有能持正論如兩人者，正不多得。若褚先生謂《詩》言契生於卵，后稷人迹者，欲見其有天命精誠之意耳。鬼神不能自成，須人而生，奈何無父而生乎！褚雖疑無父之説之非，而未免惑于神怪感通之事，未足稱達識也。雖然，以朱子之素持正論，而猶以吞卵爲可信，況其他哉！契爲商開基之祖，故謂生契爲生商。宅，《爾雅》云：「居也。」商、殷，解俱見本篇小引下。宅殷，指上甲微也。自微時已改稱殷侯，其後世反于商丘，乃復稱商侯耳。土，土地也。芒，通作荒，《爾雅》云：「奄也。」毛以芒芒爲大貌。孔云：「《左傳》稱『芒芒禹迹，畫爲九州』，是芒芒爲大貌也。」微既滅有易，至帝不降三十五年復滅皮氏，事見《竹書》，則殷土地之大可知。古，朱子云：「猶昔也。」程子云：「天以形體言，帝以主宰言。」武湯，朱子云：「以其有武德號之也。」曹氏云：「《書》曰『惟我商王，布昭聖武』，《長發》曰『武王載旆，有虔秉鉞』，故此稱爲武湯也。」正，猶定也。域，《説文》云：「邦也。」陸燧云：「正域，言四方之封域，自我正之，使人不得割據而紛擾也。」黄光昇云：「維時夏桀昏虐，諸侯不服，相爲侵亂，湯始正之，此商之王業所繇始也。」方，即東西南北之四方。厥后，謂其方之諸侯也，與《書・舜典》篇班瑞于群后，《大禹謨》篇禹乃會群后，《武成》篇王若曰群后，義同。嚴粲云：「湯承帝之命，乃隨其方，以施命令于諸侯。」朱子云：「四方諸侯，無不受命也。」愚按此以景亳之命言。景亳即殷地，自上甲微居殷，而國始大。其後湯復即其地，以命諸侯，而王業肇基於此，故詩人詳述之，非徒闡揚祖功，亦以讚美今日都殷之得地耳。《竹書》載：「桀二十八年，商會諸侯于景亳，遂征韋，取韋，征顧，取顧。」《左》昭四年：「楚子合諸侯于申，椒舉言於楚子曰：『臣聞諸侯無歸，禮以爲歸。今君始得諸侯，其慎禮矣。霸之濟否，在此會也。夏啓有鈞臺之享，商湯有景亳之命。』」謂此命也。奄，《説文》云：「覆也。大有餘也。」九有，毛云：「九州也。」鄭云：「覆有九州爲之主也。」孔云：「九有是同有天下之辭，言分天下以爲九分，皆爲己有也。」又楊慎云：「《春秋命曆敘》，人皇氏依山川土地之勢，度爲九州，謂之九囿。」囿，古文省作有。易氏云：「殷人九州之制，不見于經傳，是以後世莫詳焉。」《爾雅》曰：「兩河間曰冀州，河南曰豫州，河西曰雝州，漢南曰荆州，江南曰揚州，濟河間曰兖州，濟東曰徐州，燕曰幽州，齊曰營州。」其九州之名與夫疆域所至，與《舜典》異，又與《禹貢》異，後世皆莫得其説。先儒以爲殷制，其説誠然。繇今考之，有舜之幽、營、徐，而無舜之青、梁、并，是青入于徐，梁入于雍，并入于冀也，既分《禹貢》冀州之境，而復舜之幽州，又併青于徐，而復舜之營州，殷之九州，燦然可考。而其山川道里，亦以類舉。至周人，則又分冀爲并，而併營于幽，復禹之青州，而省徐以入于青。《王制》注云：「殷湯更制中國方三千里之界，分爲九州，而建千七百七十三國。」

商之先后，受命不殆，叶紙韻，養里翻。**在武丁孫子。**紙韻。**武丁孫子，武王靡不勝。**叶蒸韻，書蒸翻。**龍旂十乘，**蒸韻。**大糦是承。**蒸韻。○賦也。商之先后，指上甲微也。微爲諸侯，故但稱先后，不稱先王。以方命厥后例之可見。殆，《説文》云：「危也。」微父振爲有易氏所殺，國已危矣，微能受天眷命，以復舊物，不至危殆，故使湯得有所承藉，以成一統之業，至于今傳在武丁，方且延及子後之孫，孫後之子，世數莫可限量，皆先后微所貽也。使爾時中絶而不復續，即湯且無繇以興，而又何餘庥及于後人之有？武丁名昭，武丁其字也。歌工于祖考之前，直呼其字，蓋古人之尚質如此。武王，謂湯也。《史記》云：「湯曰『吾甚武』，號曰武王。」勝，《説文》云：「任也。」此又歸美于成湯之辭也。凡德厚者流光，德薄者流卑，故曰「君子之澤，五世而斬」。夫澤斬而子孫不蒙其庥者，則其精神力量，至此而盡也。商家之命，延至武丁孫子，未有窮期，雖曰先后之垂裕，亦繇成湯之豐功厚德，足以堪之，故曰「武王靡不勝」。云靡不者，對孫子而言。「龍旂」二句，指諸侯來助祭也。周覲禮，侯載龍旂，交龍爲旂，一升一降，升象其升朝，降象其下復，乃建之車上者。今按此詩，則商禮亦不異耳。十乘者，鄭云：「二王後，八州之大國。」嚴云：「舉諸侯之尊者言之。」顧大韶云：「若作衆諸侯解，則不應止十乘也。」糦，本作饎。《説文》云：「酒食也。」大糦，《韓詩》云：「大祭也。」承，《説文》云：「奉也。」夫商祚方且延及于武丁之孫子，❶則當武丁之時，諸侯誰敢不服從，所以當時有建龍旂者十乘來助殷祭，以爲諸侯之領袖。於祭之時，皆有事廟中，以奉進其酒食焉。假使王靈衰替，安能得此？故《孟子》曰：「自湯至于武丁，賢聖之君六七作，民之歸殷久矣。久則難變也，武丁朝諸侯有天下，猶運之掌也。」

邦畿千里，紙韻。**維**《大學》作「惟」。**民所止**，紙韻。**肇域彼四海**。叶紙韻，虎洧翻。**四海來**

---

❶「方」，《四庫全書》本作「尚」。

假，豐氏本作「遐」，後同。**來假祈祈**。支韻。**景員**古文作「云」。**維河**，歌韻。陸德明云「或作何」。**殷受命咸宜**，支韻。**百禄是何**。歌韻。《左傳》、豐本俱作「荷」。○賦也。此章言都殷之得地，所以益追思上甲之功也。畿，毛云：「疆也。」虞夏稱服，殷、周稱畿。王氏云：「畿言其有界畫，服言其服王事。」邦畿，天子之都也。《王制》注云：「天子所居州界之名，殷曰畿。」《漢志》：「殷、周因井田而制軍賦。地方一里爲井，井十爲通，通十爲成，成方十里，成十爲終，終十爲同，同方百里，同十爲封，封十爲畿，畿方千里。」封乃諸侯之大者，天子所居，則謂之畿。所謂邦畿千里也。必以千里爲畿者，見居重馭輕，宅中圖大之意。此指殷都而言。止，鄭云：「猶居也。」《大學》引此而先之曰「君子無所不用其極」，即《殷武》篇所謂四方之極也。肇，通作庫。《説文》云：「始開也。」《爾雅》以爲「始也」。四海，海内之地也。嚴云：「邦畿之内，地方千里，維是民之所安止也。言民志定也。京師，諸夏之根本。王畿之内，人心安定，則四海之大，皆在统理之内。」湯本以四方爲域，今言始以四海爲域者，殷道中微，侯國有畔者，故疆土非先王之舊，至高宗中興始復之也。王肅云：「殷道衰，四夷來侵，至高宗然後以四海爲境域也。」陳際泰云：「商世以兵起，武湯之後而有武丁，光復舊物，祀夏配天，中興之運，若自彼手創之矣。雖然，武丁所以能此者，先據山河之險，沃野千里，握勢重以臨諸侯，故中興之業爛焉，豈苟而已哉？」假，通作徦。《説文》云：「至也。」四海來假，謂諸侯也，即上章「龍旂十乘，大饎是承」者是也。祈，通作跂。《方言》云：「登也。」重言之者，見下國非一也。蘇轍云：「夫天子所居，畿内千里，自足以疆域四方，四方諸侯賴之以安，故其至者，祈祈其多也。」景，山名，即今殷所都也，以《殷武》篇「陟彼景山」證之可見。《括地志》云：「宋州北五十里，大蒙城爲景亳，湯所盟地，因景山而名。」

《寰宇記》云：「景山，在應天府楚丘縣北三十八里。」《玉海》云：「高四丈，今屬拱州。」按宋之應天府，即今歸德府也。府城東南有亳城，即景亳也。拱州，今爲睢州。員，朱子云：「與幅隕義同，蓋言周也，言景山四周皆大河也。」《補傳》云：「殷都帶河，盤庚所謂『惟涉河以民遷』是也。」輔廣云：「四周皆大河，其形勢之盛，而居之安如此。」愚蓋嘗綜商殷先後遷都之故而觀之，先是仲康時，遭后羿之亂，❶命世子相出居商丘，依邳侯。及相即帝位，元年居商，而其時爲商侯者，相土也。國既爲帝所居，則不能有其國，而相土又有作乘馬之功，故帝以前所居之商丘與之。再傳而使冥治河，久于其職，不能復居商丘，竟以勤事死，故又復遷殷。此皆奉帝命而遷者也。觀其前稱商侯，後稱殷侯，蓋帝憫冥以死勤事，故録其後人而續封焉。殷地負山帶河，足以有爲，遷殷之後，即能滅有易，滅皮氏，商業自是復興，故展禽謂「上甲微能帥契」，言其能率循契之功是也。然則微之子孫，即宜長守此地可矣，而何爲乎復遷？嗟嗟！殷于此時，固有不得不遷者也。其時帝孔甲即位，廢豕韋，遷劉累，爲諸侯者必皆蹙蹙不安。而殷負方張之勢，當尤爲帝所忌，故不得已而復歸于商丘，亦姑以避禍耳。至湯而勢又浸盛矣，然僅能遷于亳，未敢問及故封。及夏臺既釋之後，諸侯皆賓，克有雒，滅温，勢日以大，因是會諸侯于舊國，而此時桀亦無如之何也。然湯終不復遷者，以載亳而興，方規進取，故不急急于遷都。及王業已成，則又從先王居，而于偃師定鼎焉。數傳而仲丁遷囂，豈無故而去祖都哉？當雍己之時，商道衰微，諸侯不至，大戊在位七十五年，殷復興，諸侯歸之。仲丁，大戊子也，意必

❶「羿」，原作「异」，據《四庫全書》本改。

大戊爲之經畧，以罍當四方道里之中，朝覲會同，最爲便利，又滎陽在成皋巖險之地，依山避水，故于此圖遷焉，誠遠計也。然無如河決爲患何，自是而相而耿而庇而奄，總受河之虐，于是盤庚復遷殷，其事載《尚書》中甚具。遷殷之後，武丁、祖甲復興，七傳至武乙，徙河北，爲雷震死。自是之後，❶又復居殷。迄紂亡，乃在朝歌。季本謂意必爲離宫于此而居之，蓋亂世之君所爲耳。殷受命，咸宜統前後而贊之也。咸，皆也。宜，所安也。俱見《説文》。自上甲微以殷興，而能安受不殆之命，成湯雖不都殷，而曾會諸侯于此，用能安受正域之命。今盤庚遷殷，傳至武丁，復能安受四海來假之命，故曰「咸宜」也。百禄，汎言福之多也。何，《説文》云：「儋也。」徐鉉云：「即負何也。」殷士之於受命，其相宜如此，繼此以往「百禄是何」，端有可爲武丁必者，蓋祝願之辭也。然實自上甲開其先，如之何不報？或問武丁都殷，繇盤庚之遷，而無祀盤庚樂歌何也？盤庚世數未盡，尚列祀于太廟，自與上甲之專報祭者不同。然《商頌》所傳，僅五篇耳，亦惡知非本有詩而後乃散軼乎？

《玄鳥》三章，二章章七句，一章八句。 舊皆作一章二十二句。○《序》以爲祀高宗也。然《殷武》之詩，《序》亦曰祀高宗，疑不應有兩詩，故鄭玄謂祀當爲祫。祫，合也。高宗崩，始合祭於契之廟，歌是詩焉。古者君喪，三年既畢，禘於其廟，而後祫祭于太祖。明年春，禘於群廟。自此之後，五年而再殷祭，一禘一祫，《春秋》謂之大事。按鄭據春秋之禮，以解殷禮，已不足信，況其所援引者，率多附會不經。楊氏已闢

❶ 「後」，原作「復」，據《四庫全書》本改。

其有四妄矣。朱子謂《詩》有「武丁孫子」之句，故《序》得以爲據，雖未必然，然必是高宗以後之詩。至其《集傳》但云「此亦祭祀宗廟之樂，而追敘商人之所繇生，以及其有天下之初」，蓋不能知此詩所用之地也，亦汎斯甚矣。《申培説》則云：「此亦禘祀之詩。」其意蓋如《春秋》所云「吉禘」者，此即喪畢之祭，與鄭玄言祫意同，但其名異耳。殷禮已亡，孔子尚苦無徵，誰能以意定之。愚特因《詩》中言商又言殷，頗測其微指所在，初疑爲高宗祀盤庚，而於諸書無所據，不敢自信，既而思高宗曾報上甲微，復參攷《竹書》則知興殷者實上甲，與周家之公劉、太王同功，而此詩爲報祭而作，其立言之意涣然可尋，無復疑義，因遂筆之。又按上甲爲湯之祖，大禘追其祖之所自出，則此詩及《長發》篇次皆當居《商頌》之先，而正考父較《商頌》于周大師，乃以《那》爲首，何也？湯爲商室開基之祖，四時有祭，上甲報于每歲之大嘗及大禘之禮，終王而一舉，皆以義起者耳，烏得先？

詩經世本古義卷之四（房）

殷祖庚之世詩一篇

何氏小引

《殷武》，立高宗廟也。武丁修政行德，天下咸驩，殷道復興。武丁崩，子祖庚立，祖己嘉武丁之以祥雉爲德，立其廟爲高宗。廟既成，始祔而祭之之詩。

《殷武》，立高宗廟也。武丁修政行德，天下咸驩，殷道復興。武丁崩，子祖庚立，祖己嘉武丁之以祥雉爲德，立其廟爲高宗。自「武丁修政」下，俱出《史記》。**廟既成，始祔而祭之之詩。**出朱傳。○武丁祥雉事，詳見《那》、《烈祖》二篇小引下。沈約云：「王，殷之大仁也。力行王道，不敢荒寧，嘉靖殷邦，至于小大，無時或怨，是時輿地東不過江黄，西不過氐羌，南不過荆蠻，北不過朔方。而頌聲作，禮廢而復起，廟號高宗。」劉歆云：「天子三昭三穆，與太祖之廟而七。七者其正法數，可常數者也。

宗不在此數中，宗，變也。苟有功德，則宗之不可預爲設數，故於殷太甲爲太宗，大戊曰中宗，武丁曰高宗。周公爲《無逸》之戒，舉殷三宗以勸成王，繇是言之，宗無數也。然則所以勸帝者之功德博矣。」或又説中宗、高宗者，宗其道而毁其廟，名與實異，非尊德貴功之意也。詩云「蔽芾甘棠，勿剪勿伐，召伯所茇」，思其人，猶愛其樹，況宗其道而毁其廟乎？迭毁之禮自有常法，無殊功異德，固以親疎相推。朱子云：「劉歆説宗不在七廟數中，此説是。」又云：「商之三宗，若不是别立廟，只是親廟時，何不胡亂將三個來立，如何恰限取祖甲、太戊、高宗爲之？那個祖有功，宗有德，天下後世自有公論，不以揀擇爲嫌。所以名之曰幽、厲，雖孝子慈孫，百世不能改。那箇好底自是合當宗祀，如何毁得？」愚按當祖庚時，武丁于七廟中，正爲考廟。今如爲武丁别立一廟，則是考廟虚主也，抑豈向之居考廟者，尚仍舊而不遷耶？然無此理矣。若謂祀武丁于考廟，又别爲武丁自立廟，則是武丁有二主，尤無此理。以愚意之，武丁雖自立廟，然當世數未盡時，必仍居七廟中，而虚其新廟，及夫親盡應毁之日，乃始遷其主於新廟，與七廟同享祀，爲百世不遷之宗，而不與群祧等列耳。又按先儒謂遠廟爲祧，遷主藏焉。周之祧法，先公之遷主藏于后稷之廟，先王之遷主藏于文、武之廟，群穆則藏于文，群昭則藏於武。故或謂宗曰世室，亦曰祧。以此法例之，如商之三宗爲宗，則三宗以下之子孫，凡自七廟而祧者，必各依其昭穆，而分藏其主于三宗之廟，亦禮之可行者也。若西漢每帝即世，輒立一廟，不止于七，不列昭穆迭毁。東漢宗廟之制，代代稱宗，未嘗有祧遷之法，此皆失禮之大者。劉公瑾云：「三宗之廟，未知立于何所。竊意中宗當穆，高宗、祖甲當昭，各隨昭穆之位，特列其廟於太祖廟之兩旁，三昭三穆之上，如周文、武世室之位也。」

撻《説文》作「𨔷」。**彼殷武，奮伐荆楚。**語韻。**罙**《説文》作「𥥍」。**入其阻，**語韻。**裒荆之旅，**語韻。**有截其所，**語韻。**湯孫之緒。**語韻。舊自章首起至此爲第一章。**維女**音汝。**荆楚，**見上。**居國南鄉。**陽韻。**昔有**豐氏本作「在」。**成湯，**陽韻。**自彼氐羌，**陽韻。**莫敢不來享，**叶陽韻，虚良翻。**莫敢不來王，**陽韻。**曰商是常。**陽韻。舊自「維汝」至此爲第二章。○賦也。撻，《説文》作𨔷。趙頤光云：「从虍達聲。从虍何？威之也。」今文改作撻。殷武，毛傳云：「殷王武丁也。」錢氏云：「謂殷之有武者，莫高宗若也。」按商自盤庚遷殷，始改國號曰殷。武丁，名昭，小乙之子，成湯十世孫，廟號高宗。鄒忠胤云：「商家賢聖之君，惟載旆之湯，及奮伐之丁，以武特聞，其他固有不甚武者。夫服叛招携，非大武不克大振，此殷武所以爲赫濯，而守文之主不與焉。」奮，《説文》云：「翬也。从奞在田上。」鳥鼓翅，翬翬然疾也，兵興之迅疾似之。伐，《説文》云：「擊也。」徐光啓云：「奮伐二字，有卓然果斷，人不及謀，發不及距意。此時積衰之後，稍着一分因仍姑待之意，便凌夷而不振矣。」荆楚，毛傳云：「荆州之楚國也。」《春秋正義》云：「楚荆，一木二名，故以爲國號，亦得二名。」孔穎達云：「荆是州名，楚是國名。周有天下，始封熊繹爲楚子。於武丁之世，不知楚君何人也。」《解頤新語》云：「或謂成王始封熊繹於荆，至魯僖公元年，始有楚號，遂疑商時未有荆楚，乃欲假此以實《韓詩》宋襄公時作《商頌》之説，殊不思自帝嚳九州，已有荆州之名，至《禹貢》有荆州，即荆楚也。又有荆岐，則雍州之荆也。詩人以有二荆，故以荆楚别荆岐耳，孰謂周始有荆楚哉？」按沈括謂揚州宜楊，荆州宜荆，地名因此，楚乃荆之别名，故二字通用。《春秋賈氏訓詁》謂秦始皇父諱楚，因亦變楚爲荆，此通用之證也。徐光啓云：「荆楚左控江陵，右控黔中，南負蒼梧，北依涇塞，險阻之國。」司馬遷云：「夫荆楚僄勇輕悍，好作亂，乃自古記之矣。」季本云：「詩中稱商邑，稱景山，皆北亳也。蓋盤庚既没，而殷道日衰，楚人叛之，其患之所及必常在淮北，如春秋時楚之凌虐陳、宋也。北亳即宋也。」王慎中云：「方城、漢水之間，地大人衆，形阻而俗禨，介錯於商邑之吭而近，不一於夏，而非純於夷，未能以爲内，而不可以爲外。先王固欲梁圉其山川，井邑其人民，以固威嚴之勢，而立長久之安，非如氐羌之荒忽，惟其來享來王而已。」《公羊傳》云：「楚有王者則後服，無王者則先叛。夷狄也，而亟病中國。」罙，本作冞。《説文》云：「周也。」阻，《説文》云：「險也。」《增韻》云：「山巇曰險，水隔曰阻。若泛言，則山水通用。」愚按罙入其阻，當是指鬼方之地。《易·既濟》九三爻云：「高宗伐鬼方，三年克之。」《未濟》九四爻云：「震用伐鬼方，三年有賞于大國。」朱子疑荆楚即鬼方，謂荆楚地好鬼，自古而然，以三苗復九黎之德，家爲巫祝，民神禨糅，是以荆楚舊多淫祠，下至戰國之際猶爾，驗諸屈原《九歌》可見也。然《竹書》載「武丁三十二年，伐鬼方，次于荆，至三十四年，王師克鬼方」，則鬼方與荆楚明非一國。大抵鬼方在荆州之地，其所居者，必山水險阻之處，能乘間出没，爲中國患，而荆楚慓輕，輒附之以俱動，故世治則後服，世亂則先叛。高宗興兵本爲伐鬼方，而特揚言以伐荆楚爲名，一則使鬼方恬然不復措意，而我可以攻其無備；一則怵荆楚俾自爲守，而不暇與鬼方結連，此固已得用兵勝算矣。所以能直搗長驅，如入無人之境也。至是師據腹中，地利在我，則鬼方與荆楚不復相顧，而二醜之勢俱孤，是故荆楚必服而鬼方必克也。《易》言震用伐鬼方，知此舉非高宗自行，震是臣名，于傳無考。或以震者，長子之象，借爲大將之稱，如《師卦》九五言長子帥師之意耳。裒，《爾雅》、毛傳皆云：「聚也。」按《説文》無裒字，本作褎，通作裒。《説文》云：「衣袂也。」裒荆之旅者，猶言收拾荆楚之衆，不使其紛出，而爲鬼方所用，亦聚意也。蓋此時，荆楚已聽命矣。又吕祖謙云：「裒荆之旅，謂入巢穴，其衆無所遁逃，窮而保聚，如句踐棲于會稽之類也。」亦通。徐云：「《漢書》嚴助疏云：臣聞長老言，秦之時，嘗使尉佗徒睢擊越，又使監禄鑿渠通道，越人逃入深山林叢，不可攻。留軍屯守空地，曠日持久，士卒勞倦，越乃出擊之，秦兵大敗。」荆楚以南，高山深谷，蘩林密菁，夷人據險負阻，鳥舉鳞聚，不可方物，至今猶然。高宗伐楚，獨能裒荆之旅，可謂神于用兵矣。截，《説文》云：「斷也。」言截斷鬼方與荆楚爲二，不敢出而相應也。一説，曹氏云：「王師所在，截然無敢犯之者，猶《常武》所謂截彼淮浦，王師之所也。」亦通。湯孫，朱子云：「謂高宗。」按《那》及《烈祖》篇，亦皆稱高宗爲湯孫。緒，本絲耑之名，事業之有條理亦如之，故《爾雅》訓爲事，又爲業也。承上文，言此非好大喜功，乃爲湯孫者事業當然，必如此而後無愧於爲湯之孫也。下文言「昔有成湯，曰商是常」，意實本此。又按《竹書》載夏桀二十一年，商師征有雒，克之，遂征荆，荆降。是則奮伐荆楚，固成湯已事耳。「維女荆楚」以下，紀高宗因荆旅聽命而諭告之辭也。鄉，毛云：「所也。」鄭云：「楚國近在荆州之域，居中國之南方。」陸化熙云：「見爲聲教所加，正朔所及也。」郝敬云：「三代以前，王都多在西北，楚地據東南，半天下。王者南面出治，失楚則如面墻，故曰『維女荆楚，居國南鄉』，言至近而要也。」金履祥云：「商、周中葉，荆楚每爲中國大患，蓋自豫南偏，即踰重山而至鄧，號爲山南，而又渡漢水，控引雲夢江沱，是爲重險。荆楚在其間，爲九州内之夷狄。一出憑陵，則北撼中州，東瞰陳、蔡，此所以易爲中國患也。商都河南北，周遷雒陽，視荆楚爲國南，而負固若此，其爲大患宜矣。然自文王興於岐周，而其風化行於江漢，秦人恃力，亦足以制楚，蓋自雍南出，即山水皆東南趨，其下荆楚，亦猶建瓴水爾。然則荆可以擣豫闔揚、徐，而雍、梁又足以制荆設險，雖守國之末務，而亦不可不知也。」氐羌，鄭云：「夷狄國在西方者也。」《山海經》云：「伯夷父生西岳，西岳生先龍，先龍是始生氐羌。氐羌，乞姓。」孔云：「氐羌之種，漢世仍存，在秦隴之西。」《地理志》云：「隴西郡有氐道、羌道。」按《一统志》以陜西臨洮府，寧夏岷州靖虜衛、文縣所，四川龍州松潘、疊溪，皆爲羌地。曰「自彼」者，舉絶遠以例其餘，見不止于氐羌，觀下文「莫敢」字可見。《竹書》載「湯即位之次年，氐羌來賓。又八年，初巡狩，定獻令」，則氐羌其先至者，而其後四方諸夷始相繼而來，故特舉氐羌也。威之所制者廣，故曰「莫敢」。享，《説文》云：「獻也。」《逸周書・王會解》云：「湯問伊尹曰：『諸侯來獻，或無馬牛之所生，而獻遠方之物，事實相反，不利。今吾欲因其地勢所有獻之，必易得而不貴，其爲四方獻令。』伊尹受命，於是爲四方令曰：『臣請正東符婁、仇州、伊慮、漚深、九夷、十蠻、越漚、鬋文身，請令以魚支之鞞、鯯鰂之醬、鮫瞂、利劍爲獻；正南甌鄧、桂國、損子、産里、百濮、九困，請令以珠璣、瑇瑁、象齒、文犀、翠羽、菌鶴、短狗爲獻；正西崑崙、狗國、鬼親、枳巳、闟耳、貫胸、雕題、離丘、漆齒，請令以丹青、白旄、紕罽、江歷、龍角、神龜爲獻；正北空同、大夏、莎車、沽他、旦略、貌胡、戎翟、匈奴、樓煩、月氏、孅犂、其龍、東胡，請令以橐駞、白玉、野馬、騊駼、駃騠、良弓爲獻。』湯曰：『善。』」按觀此，則氐羌、鬼方、荆楚之類，各依其方所有之物爲貢，皆在其中矣。鄭云：「世見曰王。」孔云：「謂其國父死子繼，及嗣王即位，乃來朝也。」《荀子》云：「諸夏之國同服同儀，蠻、夷、戎、狄之國同服不同制。封内甸服，封外侯服，侯衛賓服，蠻夷要服，戎狄荒服。甸服者祭，侯服者祀，賓服者享，要服者貢，荒服者終王。日祭、月祀、時享、歲貢、終王，夫是之謂視形勢而制械用，稱遠近而等貢獻，是王者之至也。彼楚、越者，且時享、歲貢、終王之屬也，必齊之日祭、月祀之屬然後曰受制也，則未足與及王者之制也。」季本云：「曹氏以爲氐羌之國，近者以時聘享，遠者亦來終王，以享與王爲遠近之差。今詳詩意，則似戎狄之在荒服者，世一見王。而非來朝之日，凡遇歲貢之時，則有貢獻，故以獻先于王。蓋待戎狄之道，禮當如此，不必以賓、荒分二等也。」曰，述高宗之言也。常，猶云故事也。商之故事則然，爾荆楚所稔知。今日者，我叨爲湯之孫，安得不纘承先緒，而容爾國與鬼方相煽以叛，使成湯時來享來王之典遂廢耶？此章頌高宗之能攘外也。賈捐之云：「武丁、成王，殷、周之大仁也。然地東不過江黄，西不過氐羌，南不過蠻荆，北不過朔方，是以頌聲並作。」又《後漢書》云：「后桀之亂，畎夷入居邠岐之間，成湯既興，伐而攘之。及殷室中衰，諸夷皆叛，至于武丁，征西戎鬼方，三年乃克，故其《詩》曰：『自彼氐羌，莫敢不來王。』」而《竹書》亦載武丁三十四年，王師克鬼方，氐羌來賓。然則武丁固亦有平氐羌之事，而此詩乃爲欲往平氐羌發與？

天命多辟，叶錫韻，普擊翻。**設都于禹之績**。錫韻。**歲事來辟**，見上。**勿予禍**豐本作「過」。**適**，叶錫韻，丁歷翻。豐本作「謫」。**稼穡匪解**。舊自「天命」起至此爲第三章。豐本「匪解」下有「祀事孔力」一句。按朱子云：「頌中有全篇句句是韻，如《殷武》之類，無兩句不是韻。到『稼穡匪解』自是欠了一句。」豐之增補，蓋原于此。庸妄極矣。**天命降監**，叶勘韻，苦紺翻。亦叶陷韻，居懺翻。朱子云：「下與濫叶。」**下民有嚴**。叶陽韻，五剛翻。**不僭不濫**，勘韻，亦叶陷韻，胡懺翻。**不敢怠遑**。陽韻。《左傳》作「皇」。**命于下國**，職韻，亦叶屋韻，古六翻。《左傳》引《詩》無此句。**封建厥福**。屋韻，亦叶職韻，筆力翻。《左傳》作「命以多福」。舊自「降監」起至此爲第四章。**商邑翼翼**，職韻。**四方之**《後漢書》作「是」。

極。 職韻。《後漢書》「商邑」二句作「京師翼翼，四方是則」。注云：「此《韓詩》之文。」○賦也。自章首至「封建厥福」，皆紀高宗戒勑諸侯之辭，與上章荆楚事無涉。多，鄭云：「衆也。」辟，毛云：「君也。」多辟，謂衆諸侯也。傅説告高宗曰：「明王奉若天道，建邦設都，樹后王君公，不惟逸豫，惟以亂民。」是則諸侯分封，雖命于天子，而實皆天之所命矣。設都，猶言建國。績，《説文》云：「緝也。」九州平治，皆禹所積累而成，猶之緝麻然也。設都于禹之績者，曹氏云：「諸侯設都之地，皆禹之功也。」鄭云：「禹平水土，弼成五服，而諸侯之國定，是以云然。」歲事，如周禮春朝、夏宗、秋覲、冬遇之類，其來以時，故曰歲事，即朝覲述職也，與來享、來王不同。辟，與多辟之辟同。勿之言毋，亦音近也。予，通作余。《爾雅》云：「我也。」高宗自謂也。禍，《説文》云：「害也。」劉熙云：「毁也。言毁滅也。」適，通作謫。《説文》云：「罰也。」禍重而謫輕，鍾惺云：「以禍適爲言，商道先罰後賞也。」種之曰稼，斂之曰穡。匪，通作非。解，通作懈。《説文》云：「怠也。」言爾爲歲事而來之諸侯，其必毋爲我所禍謫，如能勤于民事，使民稼穡不怠，則禍謫可免矣。李氏云：「觀《孟子》載天子巡守，惟以土地田野爲慶讓之主，誠以農事爲重也。」天命，即上文之天命。降，下。監，臨也。嚴，教命急也。俱見《説文》。言天既命爾爲諸侯，則時時下而臨視之，而下民之督責，更有嚴于天之降監者，皋陶所謂「天聰明自我民聰明，天明畏自我民明威，達于上下，敬哉有土」，即此意也。「不僭不濫」二句，高宗自表其待諸侯之法也。僭，《説文》云：「假也。」徐鍇云：「按《左傳》，惟名與器，不可以假人，是僭也。」濫，《説文》云：「氾也。」愚按《左傳》云「淫刑以逞」，淫即濫之義也。《左》襄二十六年，蔡聲子引此詩曰：「善爲國者，賞不僭而刑不濫，賞僭則懼及淫人，刑濫則懼及善人。」按觀此可得「僭濫」二字之義。入其疆，土地闢，田野治，則有慶，何僭之有？入其疆，土地荒蕪，則有讓，何濫之有？怠，《説文》云：「慢也。」遑，《説文》云：「急也。」不敢怠遑者，言不敢過寬而失之慢，若僭于賞而無罰，是怠也；不敢過急而失之猛，若濫于罰而無賞，是遑也。或賞或罰，總之以民事爲主而已。下國，與《長發》篇之下國義同，指衆諸侯也。我以此命爾下國之諸侯，誠欲凡在封建之列者，其皆有福，慎毋廢朕命哉？一説，林堯叟云：「封建厥福者，福禄鞏固，如封建之永世也。」亦通。又《左》哀五年：「鄭駟秦富而侈，嬖大夫也，而常陳卿之車服於其庭。鄭人惡而殺之。子思曰：『不守其位，而能久者鮮矣。《商頌》曰：不僭不濫，不敢怠皇，命以多福。』」此以「不僭」二句，指有位者言，其解又異。「商邑」二句，合成湯與高宗而共贊美之也。翼，鳥兩羽也。湯都南亳，其後屢遷，至盤庚遷殷，改都北亳，即高宗所都也。以其地在商丘，故統曰商邑。二亳對峙，如鳥之有兩羽，故曰翼翼也。極，《説文》云：「棟也。」按極者，屋脊之棟。屋脊居屋之中，故鄭訓爲中也。昔成湯所居，爲四方諸侯之所取中，今高宗所居，亦能與之媲美，則以其賞不僭而罰不濫故也。《史記》載成湯既絀夏命，還亳，作《湯誥》。其文曰：「維三月，王自至於東郊。告諸侯群后：『毋不有功於民，勤力迺事。予乃大罰殛女，毋予怨。』曰：『古禹、皋陶久勞于外，其有功乎民，民乃有安。東爲江，北爲濟，西爲河，南爲淮，四瀆已修，萬民乃有居，后稷降播，農殖百穀，三公咸有功于民，故后有立，昔蚩尤與其大夫作亂百姓，帝乃弗予，有狀。先王言不可不勉。』曰：『不道，毋之在國，女毋我怨。』以令諸侯。」此誥辭，與高宗之命下國，先後一揆，故《書·無逸》篇曰：「其在高宗，時舊勞于外，爰曁小人。作其即位，乃或亮陰，三年不言。其惟不言，言乃雍。不敢荒寧，嘉靖殷邦。至于小大，無時或怨。」所謂言乃雍者，當即此命下國之言。而小大之國無時或怨者，亦即不怨。其不僭不濫歟。《孟子》有言：「武丁朝諸侯有天下，猶運之掌也。」非無故也，此章頌高宗之能安内也。

赫赫厥聲，庚韻。**濯濯厥靈。**青韻。**壽考且寧，**青韻。**以保我後生。**庚韻。此四句用韻法與《車攻》篇「決拾」四句同。舊自「商邑」起至此爲第五章。**陟彼景山，**叶先韻，翰旃翻。**松栢丸丸。**叶先韻，胡圓翻。**是斷是遷，**先韻。**方斲是虔。**先韻。《爾雅》作「榩」。**松桷有梴，**先韻。**旅楹有閑。**叶先韻，向甄翻。**寢成孔安。**叶先韻，於虔翻。舊自「陟彼」起至此爲第六章。○賦也。赫，火盛貌。厥聲，承上章「命于下國」言，五事言屬火，故曰赫赫。濯，《説文》云：「澣也。」靈，孔云：「尊敬爲神靈也。」毛萇云：「神之精明稱靈。」厥靈，承首章「奮伐荆楚」言。中衰之後，氣象更新，如新沐新浴者然，故曰濯濯。鄭云：「赫赫乎其出政教也，濯濯乎其見尊敬也。」壽，久。考，老也。俱見《説文》。《書·無逸》篇曰：「肆高宗之享國，五十有九年。」可謂壽考矣。寧，通作寍。《説文》云：「安也。」季本云：「天下治安也。」我後生，主時王作寢廟者而言，謂後高宗而生者也。身壽考，則經營必周，世治安，則靈長未艾。此高宗之中興所以爲烈，而子孫崇報之所以不容已與？「陟彼景山」以下，言作廟事也。陟，《説文》云：「登也。」景山，解見《玄鳥》篇。《括地志》云：「宋州北五十里大蒙城，爲景亳。湯所盟地，因景山爲名。」按據此，則高宗所都在景亳明矣。景亳者，北亳也。丸，《説文》云：「圜，傾側而轉者。」字从反仄。徐鍇云：「仄者，一面欹而不可回也。是故仄而可反爲丸。丸可左可右也。」按毛傳訓丸丸爲易直。孔謂言其滑易而調直，意亦同此，蓋指松栢之本身言也。下文爲桷爲楹，皆取諸松栢也，義亦見《閟宮》篇。斷，《説文》云：「截也。」遷，《爾雅》云：

「徙也。」截之所生之地，徙之造作之處。方，朱子云：「正也。」正以繩墨也。斲，《説文》云：「斫也。」削以斧斤也。「方斲」聯下「松桷」言。《尚書大傳》云：「其桷，天子斲之，大夫達稜，士首本，庶人到加。」《穀梁傳》云：「天子之桷，斲之礱之，加密石焉；諸侯之桷，斲之礱之；大夫之桷，斲之，士斲本。」虔，毛云：「敬也。」解見《長發》篇。孔云：「工匠皆敬其事，不惰慢也。」松桷，解見《閟宫》篇。梴，《説文》云：「長木也。」孔云：「桷者椽也。椽以長爲善。」旅，毛云：「陳也。」朱子云：「衆也。」二義皆通。楹，《説文》、《廣雅》皆云：「柱也。」閑，《説文》云：「闌也。」陳列衆柱，似處處皆有閑闌也。一説，閑者，不過其度之意，亦通。寢，毛云：「路寢也。」孔云：「王之所居路寢，是寢之尊者，故知謂路寢也。」按《閟宫》篇詠新廟，亦但舉路寢，則此可例推矣。朱子云：「此蓋特爲百世不遷之廟，不在三昭三穆之數。」寢成孔安者，高宗功德盛大，今特爲别設寢廟，與太宗太甲、中宗太戊，號爲三宗。既成，則人心甚安也，猶《閟宫》篇言「萬民時若」之意。萬尚烈云：「高宗之寢廟，其成與不成，關係非小。倘不成，則一切俱不相安。今寢成如是，乃甚相安也，見得此寢廟之作，乃報功追遠之典，萬萬非所得已者也。詩言微婉深厚如此。」一説，孔安，就百世不遷言之，亦通。又羅苹云：「孔子删詩，録《商頌》五章，豈無意哉？景山，商墳墓之所在也。商邑之大，豈無賢材哉？松栢丸丸，在於斷而遷之，方斲而敬承之，以用之耳。松栢小材，有抱而整布。衆楹大材，有閑而静别。既各得施，則寢成而孔安矣。撫成群材，而任以成國，則人君高拱仰成矣，是綢繆牖户之義也。」此似借題立論，要非詩旨。

《殷武》三章，二章章十三句，一章十一句。舊作六章，三章章六句，二章章七句，一章五句。

○《序》及《子貢傳》皆云：「祀高宗也。」今按此詩，明爲立高宗新廟而作，或于祭祀時，仍歌此詩，則不可知耳。《申培説》則云：「帝乙之時，武丁親盡當祧，以其中興功高，存而不毀，特新其廟，稱爲高宗而祀之，故作此歌。」此蓋掇襲疏義之説。愚初亦以爲然，及誦《史記》，武丁之廟，已立于其子祖庚之時，此昭然有據者，何得以臆揣易之乎？又古文引此詩，皆以爲詠成湯。《左》襄二十六年，蔡聲子曰：「《商頌》有之曰：『不僭不濫，不敢怠皇。命于下國，封建厥福。』此湯所以獲天福也。」《前漢書》匡衡曰：「道德之行，繇内及外，自近者始，然後民知所法，遷善日進而不自知。是以百姓安，陰陽和，神靈應，而嘉祥見。《詩》曰：『商邑翼翼，四方之極。壽考且寧，以保我後生。』此成湯所以建至治，保子孫，化異俗而懷鬼方也。」皆爲「昔有成湯」之一句所誤。

詩經世本古義卷之五（心）

殷武乙之世詩五篇

何氏小引

《關雎》，太姒之德也。太姒將歸文王，思得淑女爲媵，故作此詩。

《鵲巢》，太姒之德也。太姒來嫁于周，與媵俱來，詩人美之。

《桃夭》，美太姒能修婦道也。

《螽斯》，祝太姒子孫衆多也。

《葛覃》，太姒自敘治葛畢而欲歸省其親，見其勤儉孝敬也。

《關雎》，太姒之德也。太姒將歸文王，思得淑女爲媵，故作此詩。胡安國云：「諸侯有三歸，嫡夫人行，則以姪娣從，三國來媵，亦以姪娣從。凡一娶九女，所以廣繼嗣。」《左傳》云：「凡諸侯嫁女，同姓媵之，異姓則否。」愚按《關雎》之詩，太姒思求媵于他國之辭也。求媵之事，自有主之者，太姒特思之如是耳，于以見其賦性之不妬也。故《序》云：「《關雎》，后妃之德也。憂在進賢，不淫其色。哀窈窕，思賢才，而無傷善之心焉，是《關雎》之義也。」《大戴禮》云：「《春秋》之元，《詩》之《關雎》，《禮》之冠婚，《易》之乾巛，皆慎始敬止云爾。」《韓詩外傳》子夏問于孔子曰：「《關雎》何以爲國風始也？」孔子曰：「關雎之人，仰則天，俯則地，幽幽冥冥，德之所藏，紛紛沸沸，道之所行。如神龍變化，斐斐文章。大哉《關雎》之道也！萬物之所繫，群生之所懸命也。子其勉之，思服之。天地之間，生民之屬，王道之原，不外此矣。」子夏喟然歎曰：「大哉《關雎》！天地之基也。」又《論語》：「子曰：《關雎》樂而不淫，哀而不傷。」或問朱子，是詩人性情如此，抑詩之詞意如此？朱子云：「是有那性情，方有那詞氣聲音。」鄭樵云：「人之情，樂者聞歌，則感而爲淫，哀者聞歌，則感而爲傷。惟《關雎》之聲，和而平，樂者聞之，其樂不至于淫，哀者聞之，其哀不至于傷。此《關雎》所以爲美也。」又云：「夫子喜魯太師之樂，音節中度，故曰：『樂矣而不及于淫，哀矣而不及于傷。』皆從樂奏中言之，非以別其文義。」按《序》云：「《關雎》，風之始也，所以風天下而正夫婦也，故用之鄉人焉，用之邦國焉。」所謂用之鄉人者，鄉飲酒禮，是鄉大夫三年賓賢能之禮，其經云「乃合樂《周南·關雎》」是也。燕禮，是諸侯飲燕其臣子及賓客之禮，其經云「遂歌合樂，《周南·關雎》」是也。黄佐云：「燕禮鄉飲，升歌三終，笙入三終，間歌三終，乃合樂三終，以爲亂。亂者，樂之末章也。」《關雎》雖爲風始，以合樂在升歌間歌之後，則末也。是以孔子曰：「師摯之始，《關雎》之亂，洋洋乎盈耳哉。」劉會孟云：「嘗謂今世所存之詩，特其辭與義耳。詩之詞未嘗亡也，其聲亡也。」

關關雎《韓詩》、《爾雅》、《左傳》俱作「鴡」。**鳩**，尤韻。**在河之洲**。尤韻。《説文》、豐氏本俱作「州」。**窈窕淑**豐本作「叔」。尤韻。**女，君子好逑**。尤韻。《禮記·緇衣》、陸德明《釋文》、《前漢書》俱作「仇」。豐本作「求」。○興也。關，通作弁。《説文》云：「織絹以絲貫杼也。」蓋象衆鳥飛翔往來之狀，如穿梭之形也。雎鳩，《爾雅》云：「王雎也。」郭璞云：「雕類也。今江東呼之爲鶚，好在江邊沚中，亦食魚。」陸璣云：「雎鳩大小如鴟，深目，目上骨露，幽州人謂之鷲。」《左傳》郯子云：「少皞氏以鳥名官，鴡鳩氏，司馬也。」杜預云：「以其鷙而有别，故爲司馬，主法制。」俗云：「雎鳩交則雙翔，别則立而異處，是爲鷙而有别。」《列女傳》曲沃負云：「妾聞男女之别，國之大節。夫雎鳩之鳥，人未嘗見其乘居而匹處也。」又《陰陽自然變化論》云：「雎鳩不再匹。」劉晝云：「《關雎》興於鳥，而爲風之首，美其鷙而有别也。《鹿鳴》興於獸，而爲雅之端，嘉其得食而自呼也。以夫鳥獸之醜，苟有一善，詩人歌詠，以爲美談矣。況人之有善而可棄乎？」河，季本云：「大河之近洽陽者。」馮復京云：「太姒生于洽陽，正在河西臨河之境。」洲，本作州，水中高土也。《爾雅》云：「水中可居者曰洲。」劉熙云：「洲，聚也。人及鳥物所聚息之處也。」徐鉉云：「雎鳩常在河洲之上，爲儔偶，更不移處。蓋鶚性好跱，故每立更不移處，所謂鶚立，義取諸此。」嚴粲云：「雕鶚皆摶擊之鳥，故曰鷙。或見經有河洲之言，遂以爲疑。今大雕翱翔水上，扇魚令出沸波，攫而食之，一名沸河。《淮南子》所謂『鳥有沸波』是也。以此言之，不可謂鷙鳥不近河洲也。」然此詩不取其鷙，取其别。窈，深遠也。窕，深肆極也。俱見《説文》，指女子之所居也。孔穎達云：「淑女已爲善稱，則窈窕宜爲居處。」楊雄、王肅謂「善心曰窈，善容曰窕」者，非也。按《楚辭》云：「眴兮窈窕，孔静幽墨。」《魯靈光殿賦》云：「旋室便娟以窈窕。」諸葛穎詩云：「窈窕神居遠。」喬知之詩云：「窈窕九重閨。」皆此義也。淑，通作俶。《説文》云：「善也。」女者，未嫁之稱。君子，謂文王。好，美也。逑，通作仇，匹也。怨耦曰仇，反言之也，與公侯好仇同義。《漢書》杜欽説王鳳云：「禮壹娶九女，所以極陽數，廣嗣重祖也；必鄉舉求窈窕，不問華色，所以助德理内也；娣姪雖缺不復補，所以養壽塞爭也。今聖主富于春秋，宜因始初之隆，建九女之制，詳擇有行義之家，求淑女之質，爲萬世大法。」匡衡云：「聞之師曰：『妃匹之際，生民之始，萬福之原。』婚姻之禮正，然後品物遂而天命全。孔子論《詩》以《關雎》爲始，言太上者民之父母，后夫人之行不侔乎天地，則無以奉神靈之統而理萬物之宜。故《詩》曰：『窈窕淑女，君子好仇。』言能致其貞淑，不貳其操，情欲之感無介乎容儀，宴私之意不形乎動靜，夫然後可以配至尊而爲宗廟主。此紀綱之首，王教之端也。」鄧元錫云：「后妃廣于求助，精在得賢，忘身之爲逑也。若曰之淑女也，慎固幽深，是君子之好逑也，吾何德以配君子也云爾。」《後漢書》應奉以田貴人微賤，不宜超登后位，上書曰：「臣聞周納翟女，襄王出居于鄭；漢立飛燕，成帝胤嗣泯絶。宜思《關雎》之所求，遠五禁之所忌。」

參《説文》作「槮」。**差荇**陸德明本作「莕」，《爾雅》、《説文》同。**菜，左右流**尤韻。**之。窈窕淑女，寤寐求**尤韻。**之。求之不得，寤寐思服。**叶職韻，鼻墨翻。**悠哉悠哉，輾**《釋文》、豐本俱作「展」。**轉反側。**職韻。《楚辭章句》作「則」。豐本作「仄」。○興也。參者，二十八宿之一，其宿有三星，故借用爲參伍之義。差，《説文》云：「貳也。差不相值也。」陸佃云：「三相參爲參，兩相差爲差。」荇，《説文》作莕，云：「菨余也。」亦作接餘。《爾雅》云：「荇，接余，其葉苻。」陸璣云：「莖白，葉紫赤色，正圓，徑寸餘，浮在水上，根在水底，與水深淺等，大如釵股，上青下白。鬻其白莖，以苦酒浸之，肥美可案酒。」《顔氏家訓》云：「今是水悉有之，黄華似蓴，莖根極長，江南人亦呼爲猪蓴。」羅願云：「猪蓴與絲蓴並一種。春夏細長肥滑，爲絲蓴，至冬短，爲猪蓴。此與鳬葵殊不相似。葉卷漸開，雖圓而稍羡，不若蓴之極圓也。葉皆隨水高低，平浮水上，花則出水，黄色六出，今宛陵陂湖中，彌覆頃畝，日出熠之如金，俗名金蓮子。狀既似蓴，又猪好食，或因是得猪蓴之名，但非蓴菜耳。」鄭樵云：「今謂之水荇，蔓鋪水上，故杜詩『水荇牽風翠帶長』。」凡草之可食者，皆以菜名之，故荇亦名菜。嚴粲云：「參差訓不齊，凡菜皆不齊，何獨荇也？今池州人稱荇爲莕公鬚，蓋細荇亂生，有若鬚然。詩人之詞不茍矣。」程大昌云：「荽餘，擬淑女也。予於是疑漢之婕妤，取此義以名也。」左右，言非一方也。流，《爾雅》云：「求也。」荇菜叢生水中，蓋順水之流而求之也。案《天官・醢人》陳四豆之實，無荇菜，意必别有所宜，及或爲芼羹之用耳。季云：「荇可爲茹，其性柔順，故以起興。」寤，覺。寐，寢。或寤或寐，言無時也。后妃寢興之間，無時不思求淑女，與之供己職也。《祭統》曰：「官備則具備。」蠶繅衣服，酒醴粢盛，薦豆和羹之事，皆后妃主之，而内官左右相之也。服，鄭玄云：「事也。求賢女而不得，則思己職事，當誰與共之乎？」悠，《説文》云：「憂也。」《爾雅》云：「思也。」輾，本作展。《説文》云：「轉也。」轉，《説文》云：「運也。」愚按展轉並言，義當有别。展之爲言舒也，轉則運動之義。反，覆也。側，旁也。俱見《説文》。因展轉而至于反，至于側也，總之卧不安席之意。后妃自述其未得淑女，則内職乏人，而賓祭無所託，故憂勞之甚至于如此。其輾轉反側，乃以思服之故，所謂得性情之正者也。

參差荇菜，左右采叶有韻，此苟翻。**之。窈窕淑女，琴瑟友**有韻。**之。參差荇菜，左右芼**叶藥韻，慕谷翻。**之。窈窕淑女，鐘鼓樂**叶藥韻，歷谷翻。**之。**興也。采，《説文》云：「捋取也。」求而得之，於是采之也。琴、瑟，皆絲音。《吕氏春秋》云：「朱襄氏之王天下，王建作五絃之琴。」高誘云：「王建，朱襄臣也。」又《琴操》云：「伏羲作琴。」《世本》、《説文》皆云神農所作，未詳孰是。《廣雅》云：「神農氏琴，長三尺六寸六分。伏羲氏琴，長七尺二寸，上有五絃，曰宫、商、角、徵、羽。文王增二絃，曰少宫、少商。」《琴論》云：「伏羲氏削桐爲琴，面圓法天，底方象地，龍池八寸通八風，鳳池四寸合四氣。琴長三尺六寸，象三百六十日；廣六寸，象六合。前廣後狹，象尊卑也。五絃象五行，大絃爲宫，小絃爲臣，加二絃，以合君臣之恩。」又《爾雅》：「大琴謂之離。」郭璞云：「二十七絃。」《白虎通》云：「琴者禁也，以禁制淫邪，正人心。」《山海經》云：「晏龍始爲瑟。」《世本》云：「伏羲作瑟，五十絃，或云四十五絃。後黄帝使素女鼓瑟，哀不自勝，破爲二十五絃。」又《樂書》云：「朱襄氏使士達制五絃之瑟，後瞽瞍判五絃瑟爲十五絃，舜復益以八絃爲二十三絃。」《禮圖》：「舊云雅瑟，長八尺一寸，廣一尺八寸，二十三絃。其常用者十九絃，其餘四絃謂之番。番，贏也。頌瑟，長七尺二寸，廣一尺八寸，二十五絃盡用。」又《爾雅》：「大瑟謂之灑。」郭璞云：「長八尺一寸，廣一尺八寸，二十七絃。」應劭云：「今瑟長五尺五寸，非正器也。」《釋名》云：「瑟施絃張之，瑟瑟然也。」張萱云：「郭注瑟二十七絃，邢疏據《禮圖》二十三絃，此二少三變之説誤之也。夫五爲中聲，三於五爲不足，七于五爲有餘，中聲何繇得乎？世或言朱襄氏使士達爲瑟五絃，瞽瞍判之爲十五絃。夫五絃、十五絃，小瑟也；二十五絃，中瑟也；五十絃，大瑟也。多與寡，皆不失五也。漢武祠太乙，作二十五絃之瑟；宋太常樂，瑟亦二十五絃，其有意復古乎？故余因瑟而知舜之琴五絃者，亦其正也。世傳伏羲、蔡邕以九，孫登以一，郭注以二十二，頌琴十三，今世所用以七，亦二變二少之説誤之耳。先儒謂七絃之琴，存之則有害古制，削之而可。」《白虎通》云：「瑟者嗇也，閑也，所以懲忿窒欲，正人之德也。」孔云：「情性之和，上下相親，與琴瑟之音宫商相應無異，若與琴瑟爲友然，故曰琴瑟友之。」芼，《説文》云：「草覆蔓也。」徐鍇云：「猶冒也。」蓋得之之多，則以草覆冒而藏之，猶包裹之意。又《爾雅》云：「搴也。」邢昺云：「擇菜也。」謂求而得之多，則可以擇而用之也。二義皆通。鐘，金音。《山海經》云：「炎帝之孫鼓延，始爲鐘。」許慎云：「古者垂作鐘。」《吕氏春秋》云：「黄帝命伶倫鑄十二鐘，和五音。」又傳云：「黄帝命伶倫與營援，作十二鐘。」鼓，革音。《樂書》云：「鼓之制，始于伊耆氏，少昊氏、夏后氏加四足，謂之足鼓；商人貫之以柱，謂之楹鼓；周人縣而擊之，謂之縣鼓。」《周禮・鼓人》職云：「掌教六鼓，而辨其聲用。以雷鼓鼓神祀，以靈鼓鼓社祭，以路鼓鼓鬼享，以鼖鼓鼓軍事，以鼛鼓鼓役事，以晋鼓鼓金奏。」陳祥道云：「鄭氏謂房中之樂，不用鐘磬，《關雎》之詩曰『鐘鼓樂之』，而《周禮》教燕樂以磬師，則房中之樂，非不用鐘磬也。」《風俗通》云：「鐘，秋分之音。鼓，春分之音。」琴瑟之聲，有婉娩媚順意，則云友；鐘鼓之聲，有宣揚蹈厲意，則云樂。言各有當也。《荀子》曰：「國風之好色也，盈其欲而不愆其止，其誠可比于金石，其聲可納于宗廟。」其是之謂歟？馮時可云：「庸人好賢，則志有懈倦，中道而廢，兹能寤寐而求之，反側而思之，不得不已。至于既得，則先以琴瑟，繼以鐘鼓，有加而無倦，其好賢切矣，其性情正矣。」張綱云：「求而後采，采而後擇者，共荇菜之序也。寤寐求之，然後琴瑟友之，鐘鼓樂之者，得淑女之序也。琴瑟，常御之樂也，故《鹿鳴》燕群臣，則曰『鼓瑟鼓琴』；鐘鼓，至大之樂也，故《彤弓》饗諸侯，則曰『鐘鼓既設』。此蓋燕禮小而饗禮大，所用之樂，亦從以異。今后妃之待淑女，始則欲以常御之樂友之，而通其交際之心，終則欲以至大之樂樂之，而極其歡欣之意，此所謂至誠有加而無已也。」陳暘云：「古者后妃有房中之樂，是詩特取琴瑟鐘鼓者，得無意乎？曰，《虞書》以琴瑟爲堂上之樂，以鼓鏞爲堂下之樂，后妃之於淑女，不無上下之分焉，故詩人取之，所以寓名分也。荀卿謂君子以琴瑟樂心，以鐘鼓道志，后妃之於淑女，不無心志之交焉，故詩人取之所以寓交際也。后妃之於淑女，至誠樂與，以共圖職業，憂勤以始之，不倦以終之，內則心志交而不疑，外則上下辨而不越。夫然，雖友以敬之而不敢慢，樂以愛之而不敢惡，而淑女終不失事后妃之道。此所以爲樂而不淫，其於配文王之孝也何有？」崔銑云：「美哉，周之后妃！廣于求助，精在得媛，未得而求之，已得而樂之，協彼衆善，以事一人，志在相夫爾，忘其躬也。樂乃未與爾，畧于色也。夫公其心，則合異以爲同。《詩》曰：『白華菅兮，白茅束兮。』心苟私，則判戚而爲敵。《易》曰：『列其夤，厲薰心。』古帝之聖曰堯、舜，事咨岳牧，好察邇言，比其化也，岳孫帝位，九官讓能。及乎王澤大熄，爝存秦穆，悔過求臣，猶稱一介。是則一言而治者，其好善乎？一言而亡者，其妬才乎？是《關雎》之義也。」張綱又云：「《關雎》所言，乃后妃求淑女以配君子之事，而説者止稱其無妬忌之行，此未足以盡《關雎》之義。蓋治外者莫急于人材，治内者求淑女以爲助，固其理也。文王之所以興周，《詩》稱棫樸之官人，《書》美五臣之迪教，濟濟多士，並列于疏附、先後、奔走、禦侮之職，固未始不以人材爲先務。是以其化刑于寡妻，而后妃於是乎有《關雎》之德。觀其求淑女也，寤寐反側，而不能自已。蓋以爲不如是，不足以配文王而成内外之治。夫惟文王得多士而立政于外，后妃得淑女而輔佐于内，則自閨門而達之，朝廷宜無一事之不理，所以協濟大業，而卜世卜年之永者，其本實基於此。」

《關雎》三章，一章四句，二章章八句。毛、鄭本作五章，章四句。今從朱傳。○《子貢傳》云：「文王之妃姒氏，思得淑女以共内職，賦《關雎》。子曰：『《關雎》哀而不傷，樂而不淫。能正其心，則無怨嫉邪辟之思。心正而身修，身修而家齊，家齊而國治，國治而天下平。故用之鄉人，用之邦國，其奏樂也必歌《關雎》以亂之，所以風天下也。』」按傳謂此詩太姒所作，深爲得之。其依附擬託孔子數言，反覺其鄙。《申培説》謂文王之妃太姒，思得淑女以充嬪御之職，而供祭祀賓客之事，故作是詩。則似惑于毛、鄭共荇菜爲菹之説，亦可謂不識比興之義者矣。若諸書引《關雎》者，多以爲諷刺之詩。《列女傳》曲沃負云：「周之康王，夫人晏出朝，《關雎》起興，思得淑女以配君子。」《路史》云：「康王一晏朝，而暴公作《關雎》之詩以諷。」《魯詩》亦云：「后夫人雞鳴佩玉去君所，周康王后不然，故詩人歎而傷之。」《後漢書・皇后紀序》：「康王晏朝，《關雎》作諷。」蓋用此也。及《前漢書》杜欽云：「佩玉晏鳴，《關雎》歎之，知好色之伐性短年，故詠淑女，幾以配上，忠孝之篤，仁厚之作也。」《後漢書》明帝詔云：「應門失守，《關雎》刺世。」注引《春秋説題辭》曰：「人主不正，應門失守，故歌《關雎》以感之。」宋均云：「應門，聽政之處也。言不以政事爲務，則有宣淫之心。《關雎》樂而不淫，思得賢人，與之共化修應門之政者也。」❶《楊賜傳》云：「昔周王承文王之盛，一朝晏起，夫人不鳴璜，宫門不擊柝，《關雎》之人，見幾而作。」薛君云：「詩人言《關雎》貞潔慎匹，以聲相求，隱蔽乎無人之處，故人君退朝，入于私宫，后妃御見有度，應門擊柝，鼓人上堂，退反燕處，體安志明。今時大人

---

❶ 「化」，原作「代」，據《後漢書》卷二引宋均注改。

内傾于色，賢人見其萌，故詠《關雎》，説淑女，正容儀以刺時。」而司馬遷亦云：「周道缺，詩人本之衽席，《關雎》作。」楊雄云：「周康之時，頌聲作于下，《關雎》作乎上，習治也。故習治則傷始亂也。」馮衍《顯志賦》云：「美《關雎》之識微兮，愍王道之將崩。」此其説必有所本。朱子非之，據《儀禮》以《關雎》爲鄉樂，又爲房中之樂，謂周公制作之時已有此詩，其非出于康王明甚，又無故而播其先祖之失于天下，不可以爲風化之首。于論正矣。愚又讀《後漢書注》云：「康王晚朝，内人誦《關雎》詩以刺王。」鄭樵《奥論》亦云：「古人以聲詩奏之樂，後世有不能法祖，怠于政者，則取是詩而奏之，以申警諷，故曰作，非謂其始作于衰世也。」是説蓋近之。而朱子直以爲文王求得聖女爲配，宫中之人，于其始至，見其有幽閒貞静之德，而作是詩，則愚不能無疑。夫所謂宫中之人者，果何人歟？考《大紀》，稱昌爲世子，娶于有莘曰太姒，則太姒至時，王季故在。如以爲王季之宫人，則古者命士，父子皆異宫，彼淑女之得與否，亦何預于王季宫人之憂樂也？如以爲文王之宫人，則古者諸侯一娶九女，格之同時者，蓋必嫡夫人至而姪娣從之，未有夫人未至而先有宫人者也。且《大明》之詩曰：「文王初載，天作之合。」「文王嘉止，大邦有子。」何待宫人寤寐求之，展轉反側而後得耶？至于琴瑟友，鐘鼓樂，若指文王，則近于媟，若指宫人，則近于媚，又何以風耶？朱説既無據，而又不可以爲文王之作，則非歸之太姒，安屬乎？愚之從《序》傳之説者，以此。他若張超、蔡邕，又以爲畢公作，要皆傳訛不足信。程子謂《序》言后妃之德，非指人而言，凡爲王后妃者當如是。馮元成亦以爲周公制房中之樂，追稱后妃，思得淑女，以共理内治，所謂憂樂，皆設言其事，播諸管絃，以代箴銘者。於理亦近似，並存之。

《鵲巢》，亦太姒之德也。太姒來嫁于周，與媵俱來，詩人美之。《序》云：「《關雎》，后妃之德也。」又云：「《鵲巢》，夫人之德也。」鄭玄云：「初古公亶父，聿來胥宇，爰及姜女。其後大任思媚，太姒嗣徽，歷世有賢妃之助，文王刑寡妻，至兄弟，以御于家邦。故二國之詩，以后妃、夫人之德爲首。」孔穎達云：「后妃、夫人，皆太姒也。一人而二名，各隨其事立稱。以周南王者之化，故稱后妃；召南諸侯之化，故稱夫人。」愚于此詩主其説，與《關雎》同意。《關雎》在未嫁之時，志在廣求淑女，共事君子；《鵲巢》在方嫁之時，將姪娣以俱來，其不妬忌已早見于此，非太姒之德而何？《詩》之二南，似《易》之乾坤，繫《關雎》于周南者，以其主君子以立言。若《鵲巢》，則第詠之子而已，故繫之召南也。二詩皆咏鳩，意亦相類。雎鳩以有別爲德，此鳩以壹宿爲德。又按《禽經》云：「一鳥曰佳，二鳥曰雔，三鳥曰朋，四鳥曰乘，五鳥曰雇，六鳥曰鶂，七鳥曰鳦，八鳥曰鸞，九鳥曰鳩，十鳥曰鶉。」鳩字從九，其以是與諸侯一娶九女，文王位當爲諸侯，故有取于鳩也。舊説皆以鵲比國君，鳩比夫人，若然，則末章「維鳩盈之」一句爲不通矣。又按文王以中身受命，以初載作合，今姑即《竹書》年數定之，計其娶太姒，當在武乙之世。

維鵲有巢，維鳩居魚韻，亦叶御韻，居御翻。**之。之子于歸，百兩御**韻，亦叶魚韻，語居翻。陸本作「訝」，又作「迓」。**之。**興也。鄭玄云：「鵲之作巢，冬至架之，至春乃成。」孔穎達云：「《推度災》曰：『鵲以復至之月始作室家。』復于消息十一月卦，故知冬至加功也。《月令》『十二月鵲始巢』，則季冬猶未成也，故云『至春乃成』也。」顧起元云：「冬至天元之始，至後二陽，已得來年之節氣，鵲遂可爲巢，知所向也。」陸佃云：「鵲知人喜，作巢取在木杪，枝不取墮地者，皆傳枝受卵，故一曰乾鵲。而《莊子》云『烏鵲孺』，鵲以傳枝少欲，故曰孺也。《淮南子》謂『太陰所建，蟄蟲首穴而處，鵲巢向而爲户』，又云『蟄蟲、鵲巢皆向太一』，蓋鵲巢開户，嚮太一而背歲，故《博物志》云：『鵲背太歲也。』先儒以爲鵲巢居而知風，蟻穴居而知雨。鵲歲多風，則去喬木，巢傍枝，故能高而不危也。然則疆而不淫，又能知風之自，知歲之所在，蓋鵲之爲德與才如此。俗説鵲巢中必有梁，見鵲上梁者必貴，今二鵲共銜一木置巢中，謂之上梁。」又舊説云鵲巢中必有棘，蓋棘性煖故也。鳩，拙鳥也。直謂之鳩者，即鵻也。今之鵓鴣。《方言》云：「鳩，自關而西，秦、漢之間謂之鵴鳩，其大者謂之鳻鳩，其小者謂之鴓鳩，或謂之鷄鳩，或謂之鶌鳩。梁、宋之間，謂之鵻，一名荆鳩，一名楚鳩，一名乳鳩。」《爾雅》以爲「鳺鴀」，❶壹宿鳥也。壹宿者，壹于所宿之木，又名夫不。陸佃云：「壹宿，婦之正也，夫或不然，故孔子欲多識鳥獸草木之名。一曰祝鳩。或曰鵻與尸鳩，皆壹鳥也，故有尸祝之號。尸鳩性壹而慈，祝鳩性壹而孝，故一名尸，一名祝也。」按《周官·羅氏》「中春獻鳩，以養國老」，不噎之鳥也。古之養老，祝鯁在前，祝噎在後，欲老人不噎，賜杖以鳩爲飾，故名爲祝鳩也。亦曰孝鳥，杜預云：「鵻鳩孝，故曰司徒。」《禽經》云：「拙者莫如鳩，巧者莫如鵲。」今鳩累巢，止于數枝，纔能載身而已。天將雨，則逐其雌，霽則呼而反之，人常聞其聲，故謂之鳴鳩。歐陽脩云：「鳩不能作巢，多在屋瓦間，或于木上，架結木枝。初不成窠，便以生子，往往墜雛。今鵲作巢甚堅，既生雛散飛，則棄而去，容有鳩來，處彼空巢。」方弘静云：「閒居數年，墻之東，嘉樹如蓋，有鵲巢焉，每年修巢，必以小雪日，其梁之上，必吉日也。門之向，歲必更。

❶「鴀」，原作「⿰礻鳥」，據《爾雅·釋鳥》改。

四月中，雛能飛矣，鳩則逐而居之。五六月，鳩將雛去。小雪，鵲乃復來，畧無爽也。夫巢居知風，穴處知雨，自古志之，良知良能，乃不假卜筮，不俟推測也，神妙物耶？物自妙耶？五行家言，所謂雖小道有可觀者耶。」鄒忠胤云：「鵲、鳩殊種，喻二姓之好，族類名位之相稱。」歐陽云：「詩人取鵲之成巢，以比夫人起家，來居已成之周室爾。」愚按如歐陽説，則鵲乃比王季，而鳩則以比太姒及媵也，意者太姒嫁時，適當方春鳥獸孳尾之候，詩人偶見鵲巢鳩居，遂即之以起詠與。之子，謂太姒也。百兩，百乘也。《漢書》注云：「車一乘曰一兩，言其輪轅兩兩而偶也。」《風俗通》云：「車有兩輪，馬有四匹，故車稱兩，馬稱匹。」御，迎也，言夫家以百兩之車往迎之，《大明》之詩曰「親迎于渭」是也。孔穎達云：「《士昏禮》『從車二乘』，其天子與大夫送迎則無文。」朱公遷云：「百兩，不過極其盛而言之，諸侯迎送車數，未必如是之多。士從車二乘，等而上之，亦恐不及百乘。」《左傳》趙孟入于鄭，鄭伯享之，穆叔賦《鵲巢》，趙孟曰：「武不堪也。」蓋以鵲有巢，而鳩居之，喻晋君有國，趙孟治之。

維鵲有巢，維鳩方之。陽韻。**之子于歸，百兩將**叶陽韻，資良翻。**之。**興也。方，鄭玄云：「猶嚮也。」《正義》云：「諸言方者，皆謂居在他所，人嚮望之，故云猶嚮也。」上章主迎之而言，故曰居之。此章主送之而言，故曰方之。言嚮其巢之所在，而將往居之也。將，送也。孔云：「《左傳》曰：『凡公女嫁于敵國，姊妹則上卿送之，公子則下卿送之。于大國，雖公子亦上卿送之。』太姒自莘適周，必上卿送之。」又云：「夫人之嫁，自乘家車。宣五年『齊高固及子叔姬來，反馬』，《何彼襛矣》美王姬之車，鄭《箴膏肓》謂：『禮雖散亡，以《詩》義論之，天子以至大夫皆有留車反馬之禮。』故《泉水》云『還車言邁』，箋謂『還車者，嫁時乘來，今思乘以歸』，是其義也。知夫人自乘家車也。言迓之者，夫自以其車迎之；送之，則其家以車送之，故知壻車在百兩迎之中，婦車在百兩將之中矣。」

維鵲有巢，維鳩盈庚韻。**之。之子于歸，百兩成**庚韻。**之。**興也。盈，滿也。維鳩盈之，喻衆媵姪娣之多。孔云：「諸侯一娶九女，二國往媵之，以姪娣從。凡有八人，是其多也。」胡安國云：「古者諸侯一娶九女，必格之同時者，所以定名分，窒亂源也。」首章親迎之禮，男先女也。次章同歸之禮，女從男也。在夫家則以百兩迓，在父母家則以百兩將，而婚禮于是乎成，故總之曰「百兩成之」。

《鵲巢》三章，章四句。《子貢傳》以爲公子歸于諸侯，國人觀焉。《申培説》亦云：「諸侯嫁女，其民觀焉。」不斥言其爲太姒也。今按《序》以《鵲巢》爲夫人之德，與以《關雎》爲后妃之德同意，明乎其指太姒矣。然繼之曰：「國君積行累功，以致爵位，夫人起家而居有之，德如鳴鳩，乃可以配焉。」則于詩人寄興之意，全無所發明。若陳暘《樂書》引古琴曲，以爲邵國男悦正女而作，殊鄙淺無義。齊、魯、韓三家，又以爲康王時詩，皆不足信。

《桃夭》，美太姒能脩婦道也。《申培説》以爲此周人美后妃終始婦道之詩，蓋始于宜夫婦，終于宜一家之人，所謂始終婦道也。知爲美太姒詩者，以《大學》引此釋齊治知之。

桃之夭夭，《説文》作「枖」，又作「⿰女芺」。**灼灼其華。**麻韻。**之子于歸，宜其室家。**麻韻。○興也。桃，木名。《春秋運斗樞》曰：「玉衡星，散爲桃。」桃者，五木之精，仙木也。而《家語》則曰：「六果，桃爲下。祭祀不用，不登郊廟。」案《周官》飲食之籩曰「其實棗、栗、桃、乾藤、榛實」，則桃僅祭祀不用而已。陸佃云：「桃有華之盛者，其性早華，又華于仲春，故周南以興女之年時俱當。諺曰『白頭種桃』，又曰『桃三李四，梅子十二』，言桃生三歲，便放華果，早于梅李，故首雖已白，其華子之利可待也。然皮束莖幹頗急，四年以上，宜以刀劘其皮，不然，皮急則死，故周南復取少桃以興，所謂『桃之夭夭』是也。」夭，通作枖。《說文》云：「木少盛貌。」徐鍇云：「謂草木始生未幾，得地力而先長大也。」灼，《說文》云：「炙也。」曰灼灼者，蓋言其華色盛，如火炎也。華，江東呼爲荂，俗作花，亦作蘤。《爾雅》「木謂之華，草謂之榮」，然此對文爾，若散文，則草亦名華也。嚴粲云：「夭夭以桃言，指桃之木也。灼灼以華言，指桃之華也。」孔穎達云：「桃或少而未華，或華而不少。此詩夭夭、灼灼並言，則是少而有華者，故辨之。」木少壯則其華盛，譬婦人盛年則容色麗，故此以興后妃始嫁之時也。又按《周禮》仲春令會男女，鄭玄云：「仲春陰陽交，以成昏禮，順天時也。」意古制如此。后妃始嫁時，或當桃始華，故詩人本而咏之也。《爾雅》云：「之子者，是子也。」孔云：「之爲語助。《桃夭》爲嫁者之子，《漢廣》則貞潔者之子，《東山》言其妻，《白華》斥幽王，各隨事而名之。」愚按此詩言「之子」兩字最有力。他人于歸者未必皆然，此以知其專指后妃也。鄒忠胤云：「以之子目后妃，或嫌於褻，然是固風體也。即周公作爲大雅，以述先德，而《緜》之篇曰『爰及姜女』，《大明》之篇曰『長子維行』，亦未有訾其褻者，何疑于《桃夭》？」歸，《說文》云：「女嫁也。」字从止，从婦省。婦人謂嫁曰歸。于歸，猶言于其來歸也。室家，謂夫婦也，男以女爲室，女以男爲家。《左傳》謂「女有家，男有室」，《孟子》謂「丈夫生而願爲之有室，女子生而願爲之有家」是也。方來歸，而夫婦即相宜，同心一德，不特容色之美而已。文王以肅肅雝雝之德，刑于寡妻。使太姒德不能與文王相配，何宜之有？

桃之夭夭，有蕡豐稷云：「一作蕃。」不知何據。**其實。**質韻。**之子于歸，宜其家室。**質韻。○興也。羅願云：「麻實謂之蕡，故古者朝事之籩，熬麻麥以實之，謂之麷蕡。麻於植物中最爲多子，《詩》言桃華色既盛，又結子之多如麻子然。《説文》亦云：『萉，枲實。』或作黂，音雖異而意同。」實者，富實之義，故以爲虛之對，凡草木之結子，皆曰實也。取蕡實以興后妃者，毛傳言「非但有華色，又有婦德」是也。首章先言室，後言家，《易・恒》卦之義也；次章先言家，後言室，《易・泰》卦之義也。至是而夫婦之相宜爲益深矣。又陸云：「桃性更七八年便老，老則子細。此言少桃，故曰『有蕡其實』，言非但有華色，又嫁而有子，夫婦之道成焉。」亦通。

桃之夭夭，其葉蓁蓁。真韻。《通典》作「溱」，豐本作「蓁」。**之子于歸，宜其家人。**真韻。○興也。蓁，《説文》云：「草盛貌。」故毛傳訓蓁蓁爲至盛貌。李氏云：「桃之少壯，則結實必大，其葉亦蓁蓁然盛。若非少壯，則雖結實不復大，雖有葉不復蓁蓁矣。」陸云：「桃性華葉齊生，至于『有蕡其實』，然後『其葉蓁蓁』，故其《序》如此。抑陰青繁合，休息者賴之，又在夏之時也。」家人，謂一家之人。上而舅姑，中而妯娌，下至媵妾童豎之屬，皆處之得其道，故不特夫婦相宜，而一家之人盡以爲宜也。取興于「其葉蓁蓁」者，陸謂「能成其家，又以芘其所賴」是也。《大學》引此章而申之曰：「宜其家人，而後可以教國人。」夫文王不出家而成教于國，實太姒之賢内助，有以成之。味此，則非汎咏民間之女，而爲美后妃之德，抑又明矣。又鍾惺云：「三宜字妙，只是停當相安意。女子無非無儀，一停當相安便是。求加焉，遂失之矣。」

《桃夭》三章，章四句。《子貢傳》云：「周人美后妃之德，終始婦道，賦《桃夭》。子曰：『宜其家人，而後可以教人，見君子之脩其身矣。』」此於詩意得之，其綴以夫子之言則贋也。聖言而可贋，將何所不贋耶？《序》則謂：「《桃夭》，后妃之所致也。不妬忌，則男女以正，婚姻以時，國無鰥民也。」朱子譏其意狹而説疎，是矣。然據《集傳》，謂詩人因婚姻之得時，而嘆其女子之賢，知必有以宜其室家，則何所許之易也。豈凡女及時而嫁者，皆足稱賢耶。

《螽斯》，祝太姒子孫衆多也。《序》云：「后妃子孫衆多也。言若螽斯不妬忌，則子孫衆多也。」愚按后妃子孫衆多也，言若螽斯，宜絶句讀，謂后妃之子孫有如螽斯之衆多耳。鄭玄讀連下文云：「凡物有陰陽情慾者，莫不妬忌，惟蚣蝑不耳。」抑鑿矣。通篇皆祝願之辭，以「子孫」二字知之。時太姒尚未有孫，安得徑指其多，故知爲祝辭也。朱子以爲衆妾所作，亦通。

螽《爾雅》作「蜇」，豐氏本作「蝝」。**斯羽，詵詵**真韻。陸德明云：「《説文》作『𡕝』。」今按《説文》無「𡕝」字。**兮。宜爾子孫，振振**叶真韻，之人翻。**兮。**興也。毛傳云：「螽斯，蚣蝑也。」朱子云：「《詩》中固有以斯爲語辭者，如『鹿斯』、『露斯』之類，然《七月》詩乃云『斯螽動股』，則恐螽斯是名也。」孔穎達云：「螽斯，斯螽。文雖顛倒，其實一也。一名春黍，幽州人謂之春箕。」愚謂螽斯、蚣蝑，春黍、春箕，音皆相似，直轉而訛耳，益知螽斯是名也。蔡邕《月令》云：「其類乳于土中，深埋其卵。」陸佃云：「字蓋從冬。冬，終也。至冬而終，故謂之螽。魯十月而有螽。孔子曰：『火伏而後蟄者畢。』今火猶西流，再失閏也。」朱子謂

「一生九十九子」，蘇轍謂「一生八十一子」，未知孰是。陳少南云：「言羽者，螽斯，羽蟲也。《無羊》之詩，羊言角，牛言耳，狀物多如此。」嚴粲云：「螽生信宿，即群飛。因飛而見其多，故以羽言之，喻子孫之衆多也。」愚按蕃育之最多者，莫如螽斯，故《詩》借以興子孫，非咏其母。或以螽斯比后妃，不倫甚矣。戴岷隱亦如此説。詵，通作甡。孔云：「詵即甡字。」《説文》云：「衆生並立之貌。」宜，猶當也。祝願之辭，言宜乎其如此也。爾，指后妃也。繇后妃不妬，故衆妾得以生子，子多則孫亦多矣，故兼言子孫也。振，奮也，謂奮起也。重言之者，見子孫衆多也。風人贊美后妃，意在言外，但言宜其子孫如此，使人自思其所以宜者何故，而不明言之，謂繇不妬忌而致此也。

螽斯羽，薨薨蒸韻。豐本作「[illegible]」。**兮。宜爾子孫，繩繩**蒸韻。**兮。**興也。薨薨，《博雅》云：「飛聲。」按趙頤光云：「薨，當通作轟。」《説文》云：「群車聲也。」韓愈詩云：「絲竹徒轟轟。」繩，《説文》云：「索也。」繩繩者，言如繩索之相續不斷也。一説，《韻會》云：「繩繩，有紀貌。」蓋狀子孫之長幼森然，各得其序，亦如螽斯之群飛，行列不亂也。又按《韓詩外傳》引此，皆曰「言賢母能使子賢也」。

螽斯羽，揖揖緝韻。豐氏、《石經》本作「緝」。**兮。宜爾子孫，蟄蟄**緝韻。**兮。**興也。揖，通作輯。《晉語》「君輯大夫就車」，輯或爲揖，故知二字通也。車和輯曰輯，故爲和集之義。三章亦有次第。詵詵，自未飛之時言也。薨薨，自方飛之時言也。揖揖，自飛而下集之時言也。張氏云：「物生而後有象，象而後有滋，滋而後有數。螽斯形僅寸餘，而滋數之多，凡物皆不能及。有親見其子之類聚者，大小不一，與他類不亂，亦不相軋。且有大字小，小依大之狀。」蟄，《説文》云：「藏也。」物伏藏則安静，故《爾雅》又訓爲

「静也」。曰蟄蟄者，安静而各得其所也。振振，但言其奮起而已；繩繩，則有繼續未艾之意；蟄蟄，則又見其安静以處，式相好，無相猶也。胡宏云：「深遠哉，周南之義！后妃之能助其夫者，事亦多矣。聖人惟取不妬忌之詩，至於四五者何歟？愚讀史至隋文帝獨孤后，然後知婦人之惡，以妬忌爲大也。自漢而下，后妃之妬忌者有矣，何獨至于獨孤后而知之。吁！婦人之妬，妬其夫，已爲非義，獨孤后肆其妬心，不獨妬文帝，使不得有異生子，又妬及其子焉。太子勇有寵妾曰雲昭訓，獨孤怒曰：『晛地伐，漸不可耐，專寵阿雲，有如許豚犬。』遂内啓賊子廣行篡奪東宫之謀，外賂姦臣素造反黜儲君之事，而文帝亦不得其死，曰『獨孤誤我』。卒至宗祀絶滅，生靈塗炭。開皇之中，天下户八百九十萬，唐興撫綏三十餘年，至永徽初始及三百八十萬户耳。吁！獨孤一行妬忌於宫閫之間，而滅天下之户五六百萬。聖人删《詩》，立周南之義，教訓萬世后妃，專以無妬忌爲大美也，意深且遠矣。夫專以無妬忌爲大美，則必以妬忌爲大惡矣。攷諸獨孤后，其爲大惡，豈不深切著明也哉！愚是以知王者欲齊其家措之天下，而周南不可不學也。」

《螽斯》三章，章四句。《子貢傳》及《申培詩説》皆謂「周人慶文王之多男，而賦《螽斯》」，理亦無害，然咏子及母更爲親切，故《思齊》之詩曰：「太姒嗣徽音，則百斯男。」不以美文王也。

《葛覃》，太姒自敘治葛畢，而欲歸省其親，見其能勤儉孝敬也。出季本《詩説解頤》。○此詩蓋專爲歸寧而作。太姒在父母家，所習者惟女功之事，今雖已出嫁，猶不變其素履，不如是則不敢歸見父母，蓋所得于家教者居多。故《序》謂《葛覃》，后妃之本也，本之於其父母也。《申培説》云：「此詩亦太姒所自作。」

葛之覃陸德明本作「蕈」。**兮，施于中谷，**豐氏本作「逵」。**維葉萋萋。**叶支韻，此移翻。與下「喈喈」隔三句爲韻。**黃鳥于飛，集于灌木，其鳴喈喈。**叶支韻，堅夷翻。○賦也。葛，艸名。羅願云：「生山澤間，其蔓延盛者，牽其首以至根，可二十步。」毛傳云：「葛所以爲絺綌，女功之事煩辱者。」覃，毛傳云：「延也。」施，本訓爲旗逶迤之貌，借以爲附麗纏繞之義。中谷，谷中，倒其言者，古人語多有之，如螽斯曰斯螽，苦瓜曰瓜苦之類。萋，《説文》云：「艸盛也。」故毛傳以萋萋爲茂盛之貌。黃鳥，黃鸝留也。或謂之黃栗留，又作黃栗流。《爾雅》名皇，《詩》又名倉庚，一名商庚，一名鵹黃，一名楚雀。幽州人謂之黃鸎，齊人謂之摶黍，亦或謂之黃袍，秦人謂之黃流離。常葚熟時，來在桑間，故里語曰：「黃栗留，看我麥黃、葚熟否。」亦是應節趨時之鳥也。《格物總論》云：「鶯大勝鴝鵒，黑眉嘴尖紅，脚青，遍身黃色，羽及尾有黑毛相間。三四月間鳴，聲音圓滑。」集，《説文》云：「鳥在木上也。」灌木，《爾雅》云：「叢木。」又云：「木族生爲灌。」族即叢也。未詳其義。喈，《説文》云：「鳥鳴聲。」徐鍇云：「聲衆且和也。」今曰喈喈者，言不一鳴也。言葛而及黃鳥者，狀初夏之景，此時葛方盛，而未可刈也。然已足見其動女紅之思，而有念念不忘之意矣。萬時華云：「首章要體認初夏光景，人到意念難忘處，時過景銷，耳目經歷，似意中眼中一一活現，此便是服之無斁根子。」

葛之覃兮，施于中谷，首二句不用韻，如上章例。下一句一韻。**維葉莫莫。**藥韻。**是刈**陸本作「艾」，豐本作「乂」。**是濩，**藥韻。**爲絺爲綌，**陌韻。亦叶藥韻，去畧翻。**服之無斁。**陌韻。亦叶藥韻，弋灼翻。《禮記》、《爾雅》、豐本俱作「射」。○賦也。莫，本古文暮字。今曰莫莫者，蓋取稠密陰暗之義。刈，芟取也。濩，《説文》云：「雨流霤下貌。」❶《釋文》以爲「瀹也」。按瀹者治也，蓋以水治之也。絺、綌，皆葛之成布者，《曲禮》云：「爲天子削瓜，巾以絺，諸侯巾以綌。」《玉藻》云：「浴用二巾，上絺下綌。」以絺精而綌麤，故貴絺而賤綌也。刈、濩理之有序，絺、綌成之有等，皆親董其事，如三繅之類。服之者，以之爲服也。斁，《説文》云：「解也。」毛云：「厭也。」此言盛夏之時，葛既成矣，于是治以爲布，而服之無厭，蓋預道其心之所期如此，雖異日垢弊，不忍廢棄也。夫知稼穡之勤者，飲食則念農功；知絲麻之勤者，衣服則思女功。然亦后妃淑性自爾，非徒惜勞惜福念使之然也。《緇衣》記云「苟有衣，必見其敝」，而引《葛覃》「服之無射」爲言，要以古之人無斁，盡如此服矣。張綱云：「后妃之於女功，志焉而不敢忘，故往來於中谷，以觀葛之漸長而采之。方其初往也，葛茂盛而未成，但見黄鳥飛鳴於灌木之上，顏色之美，聲音之好，有可以悦其耳目。及其繼往也，葛成就而可采矣，於此無暇及於耳目之所聞見，惟知刈葛而濩之，以爲絺綌，專心致志，服之而無厭斁焉。」陸佃云：「夫禮，后織玄紞。今乃親葛事如此者，親蠶，以勸女功之正事；親葛，以勸女功之餘事。絲麻者，本事也。蕡葛者，餘事也。」張敬夫云：「周自后稷以農爲務，歷世相傳。❷其君子則重稼穡之事，其室家則重織紝之勤，相與服習其艱難，詠歌其勞苦，此實王業之根本也。夫治常生于敬畏，而亂常起于驕

❶「霤」，原作「霝」，據《説文解字》卷十一上改。

❷「歷世相傳」，《四庫全書》本作「迄于今」。

肆，使爲國者每念稼穡之勞，而其后妃又不忘織紝之事，則心之不存者寡矣。此心常存，則驕矜放恣，何自而生？故誦服之無斁之章，則知周之所以興，誦休其蠶織之章，則知周之所以衰。」

言告師氏，言告言歸。微韻。**薄汙我私，薄澣我衣。**微韻。**害**音曷。豐本作「曷」。下同。**澣害否，**有韻。豐本作「不」。**歸寧**豐本作「寍」。**父母。**有韻。○賦也。古者諸侯之女，嫁于諸侯，父母在，則歲一歸寧。此章乃言將歸寧之事，蓋女功成矣，時已暇矣。言，辭也，如「言采」、「言念」、「薄言」、「駕言」之類，皆語辭也。師氏者，女師也。《禮記》云：「古者，女師教以婦德、婦言、婦容、婦功。」《白虎通》云：「國君取大夫之妾、士之妻，老無子者而明于婦道，又祿之，使教宗室五屬之女。」何休云：「選老大夫爲傅，老大夫妻爲姆。」《昏禮》注云：「婦人五十無子，出而不復嫁，能以婦道教人者爲姆。女出嫁，姆隨之，故有女師。」《內則》云：「大夫以上立師、慈、保三姆。」言告師氏，是自己告于師氏也。言告言歸，使師氏以己欲歸寧之意，轉告于舅姑與夫子也。《白虎通》云：「婦人所以有師何，學事人之道也。」張敬夫云：「后妃之貴，亦必立師傅以訓之。法家拂士，非惟人主不可一日無，后妃亦然也。」王安石云：「有天地，此有男女。豈以女子而可無教乎？❶古者設師傅保姆之官，以教王六宮，故《葛覃》之有師氏，宋姬之待傅姆，民間之有女師，主女教也。以今觀祭祀賓客之禮，琴瑟鐘鼓之樂，房中之詩，彤史之書，非學何以能之？此古者后妃夫人所以能上奉神靈之統，下理萬物之宜也。後世之君，既無脩身齊家之學，而吕、武之使監宮中者，遂使人

❶「乎」，原作「手」，據《四庫全書》本改。

疑而不復信，可哀也夫！」薄，季云：「不敢大肆之辭。」猶《楚辭》言蹇言羌之類。汙，毛傳云：「煩也。」鄭玄云：「煩撋之，用功深。」阮孝緒云：「煩撋，猶挼莏也。」朱子云：「煩撋之，以去其汙，猶治亂而曰亂也。」私，燕服也。婦人有副褘，盛飾以朝事舅姑，接見于家廟，進見于君子，其餘則私也。澣，《説文》云：「濯衣垢也。」衣，謂褘衣以下，至禒衣、禮服也。自「薄汙」以下，皆后妃自審之辭，非告師氏之語。汙私服者，以服之常而垢多也。澣禮衣者，以服之少而垢少也。蓋因女工暇而歸，因歸而治服，本與絺綌無關，非服既成而即澣濯之也，此后妃之儉德，而服之無斁之意，亦即于此處可想見矣。害，通作曷，音之近也。《説文》云：「何也。」害澣害否，蒙上文而言，何者已澣，何者未澣也。朱子謂「審其何者當澣，何者可以未澣」，亦通。《白虎通》云：「父，矩也，以度教子也。」《廣雅》云：「母，牧也，育養子也。」《釋名》云：「父，甫也，始生己也。母，冒也，含生己也。」寧，通作寍。《説文》云：「安也。」歸寧者，歸而問安之義。吕大圭云：「父母在則歸寧，《葛覃》稱歸寧父母，是也。殁則使卿寧，楚子庚聘于秦，爲夫人寧，是也。」周昌年云：「此治葛後事，與《七月》之亟乘屋同意，趁治葛之暇，亟爲歸寧計，見過此而萋萋喈喈之景，又催人矣。」孔穎達云：「在家本有此性，出嫁修而不改，婦禮無愆，當於夫氏，可以歸問安否於父母。」張子厚詩云：「葛蔓青長谷鳥遷，女功興念憶歸安。不將貴盛驕門族，容使親心得盡歡。」張綱云：「《斯干》之卒章，祝其女子無詒罹于父母，觀后妃之歸寧，然後知其父母免于憂也。」

《葛覃》三章，章六句。《序》云：「《葛覃》，后妃之本也。后妃在父母家，則志在于女功之事，躬儉節用，服澣濯之衣，尊敬師傅，則可以歸安父母，化天下以婦道也。」朱子謂此詩之《序》，首尾皆是，但所謂在父母家者一句爲未安，若謂未嫁之時，即詩中不應以歸寧爲言。況未嫁時，自當服勤女功，不足稱述爲盛美。《子貢傳》則云：「太姒將歸寧而賦《葛覃》。子曰：『貴而能勤，富而能儉，疏而能孝，可以觀化矣。』」按傳謂將歸寧而賦者，得之，惟僞增夫子之言，爲狂妄可厭耳。若朱傳第謂此詩后妃既成絺綌，而賦其事，雖亦無害，但「言告師氏」一節，反無着落，恐非詩意。齊、魯、韓三家，又以爲康王時詩，皆不足信。

詩經世本古義卷之六（尾）

殷文丁之世詩五篇

何氏小引

《采薇》，勞戍役也。周公季歷，以戍役伐戎，獲捷而歸，代爲述征之辭以勞之。

《卷耳》，太姒欲文王求賢審官也。

《鹿鳴》，文王燕群臣嘉賓之詩。

《南山有臺》，文王養老之詩。

《伐木》，文王季冬大飲三族也。

《采薇》，勞戍役也。周公季歷，以戍役伐戎，獲捷而歸，代爲述征之辭以勞之。 據《詩》中有「一月三捷」之語，以《竹書》考之，文丁十一年，周公季歷伐翳徒之戎，獲其三大夫來獻捷，其事與三捷合，即此詩之所爲作也。玁徒，當是獫狁別號，或其君長之名。《漢書·匈奴傳》云：「匈奴，其先夏后氏之苗裔，曰淳維。唐、虞以上，有山戎、獫狁、葷粥，居于北邊，隨草畜牧而轉移。」顔師古謂「山戎、獫狁、葷粥，皆匈奴別號」，然則玁徒以戎名，正所謂山戎耳。又《竹書》於季歷獻捷之後，即書王殺季歷。沈約注云：「王嘉季歷之功，錫之圭瓚秬鬯，九命爲伯。既而執諸塞庫，季歷困而死。因謂文丁殺季歷。」《竹書》小注亦云：「執王季于塞庫，羈文王於玉門，鬱尼之情，辭以作歌，其來久矣。」季歷有勞而不見察，鬱邑不得志而死，非文丁殺之也。而曰王殺者，所以深著文丁之失耳。雖于他書無所見，而此事或者不誣。季歷死于文丁十一年，則文王嗣位，當即在文丁之世。而《孔叢子》載子思述子夏之言，謂殷王帝乙之時，王季以九命作伯于西，受圭瓚秬鬯之賜，❶故文王因之，得專征伐。後之編史者，如《皇王人紀》、《通鑑前編》、《諸史會編》之類，因《孔叢》之言，謂王季於帝乙時尚在，遂繫文王嗣位於帝乙之世。今以意會之，正謂帝乙命文王爲西伯，實仍王季九命作伯之舊耳，非指王季爲帝乙所命也。古人文字質直，不善讀者，鮮不以疑似失之，往往類此。

采薇采薇，微韻。與下「曰歸」以隔句爲韻。**薇亦作**叶遇韻，臧祚翻。**止**。豐氏本作「只」。下同。**曰歸曰歸**，微韻。**歲亦莫**叶遇韻，莫故翻。陸德明本作「暮」。**止**。**靡室靡家**，叶遇韻，古慕翻。**玁**《漢書》、《申培説》、豐本俱作「獫」。下同。**狁**《漢書》作「允」。**之故**。遇韻。**不遑啓居**，叶遇韻，讀如

❶「賜」，《四庫全書》本作「錫」。

「自」，俱遇翻。**玁狁之故。**同上。○賦也。薇，解見《草蟲》篇。重言采薇者，不一采也。作，起也。猶言怒生也。止，通作只。《説文》云：「語已詞也。」後倣此。曰者，預計之詞。莫，晚也。此代爲將士追述之言，曰：「我向從戍臨行，正是春月采取薇菜之時，其薇菜已生而出地矣。斯時心口相語，當何時歸乎？何時歸乎？」連言之者，念歸之切，慮其當在歲晚也。靡，通作無，蓋音近也。男有室，女有家，今男不得以室爲室，女不得以家爲家，所謂「靡室靡家」也。玁狁，毛傳云：「北狄也。」鄭玄云：「今匈奴也。」按《説文》玁作獫，長喙犬也。狁，據《前漢書》本作允。《説文》無狁字，意即《左傳》所謂「允姓之姦居于瓜州」者，因其爲狄，故以犬呼之曰玁允耳。遑，《説文》云：「急也。」啓，《爾雅》云：「跪也。」按啓之訓跪，其義難通。展轉推尋，當是啓音同跽，通作跽耳。跽，《説文》云：「長跪也。」謂伸兩足，兩膝着地而立身也。凡有所獻于尊者，必拜跪而進之，此蓋指將父將母之事也。以玁狁侵陵之故，身當出戍，不能急急爲啓居之計，啓所以求父母之歡居，所以圖栖止之逸也。朱子云：「敘其勤苦悲傷之情，而又風以義也。」

采薇采薇，薇亦柔尤韻。**止。曰歸曰歸，心亦憂**尤韻。**止。憂心烈烈，**屑韻。**載饑載渴。**叶屑韻，巨列翻。**我戍未定，**叶青韻，唐丁翻。**靡使歸聘。**叶青韻，讀如「俜」，滂丁翻。○賦也。柔，鄭云：「謂脆脕之時。」朱子云：「始生而弱也。」心亦憂止，憂歸期之遠也。烈，《説文》云：「火猛也。」嚴云：「如火烈烈，言内熱也。」載之言則，亦音近也。輔廣云：「此章言其在路之情，故曰『憂心烈烈，載饑載渴』。凡人在道路時，饑渴固有所不免，故卒章言其歸路之情，亦曰『載渴載饑』。」蘇轍云：「内憂歸期之遠，而外爲饑渴之所困，亦甚病矣。」我，託爲戍役之自我也，後倣此。定，《説文》云：「安也。」鄭云：「止也。」我戍未定，謂未至戍所而安止也。使，指同戍者言。聘，毛云：「問也。」徐鍇云：「字从耳，訪問之以耳也。」孔穎達云：「謂問安否之義。」靡使歸聘，同行無歸人，誰可使問其家之安否也。

采薇采薇，薇亦剛陽韻。**止。曰歸曰歸，歲亦陽**韻。**止。王事靡盬，**麌韻。**不遑啓處。**叶麌韻，讀如「取」，此主翻。**憂心孔疚，**叶職韻，訖力翻。**我行不來！**叶職韻，六直翻。○賦也。剛，朱子云：「既成而剛也。」三山李氏云：「始遣戍時，薇始生，其後薇長而柔，又其後薇壯而剛，以見天時之變爾。」戴侗云：「薇即苦益菜，生山中，冬晚抽牙，至春柔矣。夏而剛，宜芼豕。《詩》曰：『薇亦剛止，歲亦陽止。』薇蓋至夏而剛也。」愚按據戴説，以陽爲夏，則此云陽者，謂正陽之月，乃巳月也，與日月陽止之解不同。首章言「歲亦暮止」，預期之辭也。此言「歲亦陽止」，即景之辭也。雖均以「曰歸」發端，而命意各别。王事，謂封疆守禦之事。盬，毛云：「不堅固也。」按盬乃河東鹽池之名，鹽最易消，故爲不堅固之義。王事靡盬者，謂王事不可使之不堅固，故當竭力以圖之也。愚意此説亦迂，以音求之，直是盬、固音近，通作固耳。言王事無可恃以爲固者，故外侮來侵如此也。不遑啓處，與首章「不遑啓居」義同，但彼就初上道言，此則已至戍所，而復興内顧之思耳。憂心孔疚，與次章「憂心」意亦有異。彼憂歸期之遠，此則根「王事靡盬」生來，憤激國難，以成敗利鈍未可逆知，故憂之而至于甚病也。行，是戍已定，而復他有所行，意當時必有趨利搗巢之事，故下章以「戎車既駕」、「一月三捷」言也。來，鄭云：「猶反也。」據家曰來，朱子云：「此見士之竭力致死，無還心也。」凌濛初云：「我行不來，奮然自誓，壯氣凛凛，自與『不我活兮』不同。」沈蓮岡云：「言情處，委曲悲傷；言義處，慷慨激烈，自是動人。」

彼爾《爾雅》注、《説文》俱作「薾」。**維何？維常之華。**麻韻。**彼路斯何？君子之車。**麻韻。**戎車既駕，四牡業業。**葉韻。**豈敢定居？一月三捷。**葉韻。○興也。爾，《説文》云：「麗爾也。猶靡麗也。从冂从㸚，尒聲。與爽同意。」徐鍇云：「猶歷歷然希疏點綴見明也。」《説文》又引此詩句作薾，云：「華盛貌。」二義俱通。常，常棣也。解見《常棣》篇。常棣之華甚盛，秦子所謂「作人當如常棣，灼然光發」是也。路，戎路。斯，此也。君子，謂主帥，則季歷是也。戎路乃主帥所乘，若下文所謂戎車，則總括五戎而言，路車亦在其内。朱子即以路當戎車，非是。按《周禮》，車僕所掌，有戎路、廣車、闕車、苹車、輕車五者。戎路，即革路，王在軍所乘也；廣車，横陳之車，備更迭戰者；闕車，遊軍乘以補闕者；苹車，苹讀爲屏，所用對敵以自蔽隱者；輕車，所以馳敵致師者。此五者，皆兵車，所謂五戎也，不獨天子有之。《巾車》職云：「革路以即戎，以封四衛。」故《春秋傳》曰「公喪戎路」，又「王賜晋侯戎路之服」，又襄十四年，欒鍼曰「吾有二位于戎路」，是則侯國亦有戎路也。邲之戰，楚君之戎分爲二廣，是侯國亦有廣車也。又邲之戰，楚使潘黨率游闕四十乘，是侯國亦有闕車也。《孫子》八陳，有苹車之陳，又曰馳車千乘，是苹車、輕車侯國皆有也。殷車制無考，但即《周禮》例之，内之卿大夫士，視外之侯伯子男，命數相等，固知所乘爲戎路。而自廣車以下四等之車，其皆爲行間所必備明矣。詩之興意，以棣華之盛，況兵車之盛，非但爲一君子之車言也。又陸佃云：「常棣華蕚，上承下覆，甚相親爾。」此以爾通作邇取義，以興將帥士卒，互相親爾，亦自可通。但此詩只言華，不曾及蕚，未可與「鄂韡」之詩同論耳。駕，《説文》云：「馬在軛中也。」業，所以飾懸鐘鼓者，《詩》「簴業維樅」是也。借爲動而不息之貌，故曰業業也。豈敢定居，鄭云：「豈敢止而居處自安也。」陸化熙云：「『豈敢定居』内有工夫，如坐則運籌，行則決戰，退則堅壁，進則攻取是也。豈敢，在心上看。」捷，《説文》云：「軍獲得也。」《春秋傳》「齊人來獻戎捷」之捷。一月三捷，當時適有此事，即《竹書》所謂「獲三大夫來獻捷」是也。三捷之事，別無所見，故知此詩爲王季伐翳徒之役無疑也。以常華推之，其時正在夏間，故於師既還，而述其功以勞之耳。舊説泥于《小序》歌遣之説，乃以爲預期之詞，正與説夢何異？又鄭、孔謂遣戍有三時，故所遣有先中後三輩，陸佃因之，遂謂其到有先後，各能獲捷，故曰一月三捷。皆迂滯附會，不成義理。《左》文十三年：「鄭伯會公于棐，請平于晋。鄭大夫子家賦《載馳》之四章，魯季文子賦《采薇》之四章。鄭伯拜，公荅拜。」

駕彼四牡，四牡騤騤。叶微韻，讀如「頎」，渠希翻。**君子所依，**微韻。**小人所腓。**微韻。**四牡翼翼，**職韻。**象弭魚服。**叶職韻，鼻墨翻。**豈不日**陸德明云：「日音越，又人栗反。」今按日音越，則是作曰字。**戒？玁狁孔棘！**職韻。○賦也。三捷既奏，可以歸矣。然戍事未畢，猶未敢弛備遽歸。昔人言北狄畏暑耐寒，又秋氣折膠，則弓弩可用，故秋冬尤易爲侵暴，必留屯以防之。此章所述正其事也。騤，《説文》云：「馬行威儀也。」重言騤騤者，非一馬也。此歸而屯戍，非趨利進戰之時，故與上章「業業」之象不同，但見群馬之行動有威儀而已。君子，即上章君子。依，憑倚也。小人，託爲戍士自稱之辭。腓，《説文》云：「脛腨也。」程子云：「腓有從動之義。人之腓，身行則從動。」劉彝云：「君子則依之以爲禦備也，小人則腓之以爲進退也。」愚按腓本實字，今借作虛字解，終覺牽强。凡古文音同及偏傍同者多通用，此腓字當即是厞字。厞，《説文》、《爾雅》皆云：「隱也。」《楚辭》「隱思君兮厞側」，《禮記》「取廟之西北厞薪用爨之」，皆訓作隱，此曰小人所厞者，言戍士亦藉是車以自隱蔽也。陳祥道云：「古之用兵也，險野，人爲主；易野，車爲主。險野非不用車，而主于人；易野非不用人，而主于車。車之於戰，動則足以衝突，止則足以營衛。將卒有所芘，兵械衣裝有所齎。昔周伐鄭，爲魚麗之陳，先偏後伍，伍承彌縫。邲之戰，楚君之戎分爲二廣，廣有一卒，卒偏之兩。先偏後伍，伍從其偏也；卒偏之兩，兩從其偏也。先其車，足以當敵；後其人，足以待變。則古者車戰之法畧可知也。按曰伍、曰兩、曰卒，皆以人言；曰偏、曰廣，皆以車言。《周禮》『五人爲伍，五伍爲兩，四兩爲卒』，即《司馬法》所謂二十五人爲兩，百人爲卒也。《左傳》杜注『車十五乘爲大偏，九乘爲小偏』，其尤大者，又有二十五乘之偏。周魚麗之偏，二十五乘之偏也；楚二廣之偏，十五乘之偏也。」廣即廣車，説見上章。楚以十五乘爲一廣，亦用舊偏法。西麓周氏云：「古者戰陳，士卒必與車乘相麗，故《左傳》曰『卒乘輯睦』。」章氏云：「車戰之法，每車用甲士三人，步卒七十二人，行則以車爲衛，居則以車爲營。」顧起元云：「古者以馬駕車。秦、晋韓原之戰，惠公乘小駟。昭公元年，晋荀吴敗狄于大鹵，始毁車崇卒，而單騎自此始。或問：『《六韜》有騎戰，何言古無單騎？』曰：『《六韜》僞文，非太公著。』」杜牧之注《孫子》曰：「黄帝險于蚩尤，以中夏車徒制夷虜騎士，此乃弧矢之利也。」牧之此言必有所據。徐光啓云：「讀『君子所依』二句，想見古人用車之法。今宜模倣此意，變通其制度，極是國家根本之策。若以房琯爲口實，幾於懲噎廢飧矣，豈古無以步騎敗者乎？」翼，鳥羽也。翼翼，程子云：「行列整治之狀。」又季本云：「言馬之欲行，如鳥舒翼也。」象，獸名，此謂象牙也。弭，《説文》云：「弓無緣，可以解轡紛者。」毛云：「弓反末也，所以解紒也，亦名彆。」《埤蒼》云：「彆，弓反末戾也。」孔云：「《爾雅》『弓有緣者謂之弓』，謂繁束而漆之。無緣者謂之弭，不以繁束骨飾兩頭者也。紒與結義同。繩束有結，用以解之，故曰所以解結也。兵車三人同載，左人持弓，中人御車。御人自當佩觿，不專待射者解結。弭之用骨，自是弓之所宜，亦不爲解轡而設。但巧者作器，因物取用。若轡或有紒，可以助解之耳。」一説，李巡謂「骨飾兩頭曰弓，不以骨飾曰弭」，郭璞《毛詩拾遺》云：「毛訓象弭謂弓反末，以象骨爲之，蓋俗説之誤。」弭者，弓之别名，謂以象牙爲之，今西方有以犀角及器角爲弓者。魚服，以魚皮爲矢服。陸璣云：「魚獸之皮也。魚獸似猪，東海有之，一名魚貍，其皮背上斑文，腹下純青。今以爲弓鞬步叉者也，其皮雖乾燥，以爲弓鞬矢服經年。海水將潮，及天將雨，其毛皆起水潮。還及天晴，其毛復如故，雖在數千里外，可以知海水之潮，氣自相感也。」按《左傳》，夫人魚軒，服虔亦云：「魚獸也。」服，盛矢器，《周禮》「仲秋獻矢服」，《國語》「檿弧箕服」是也。本作箙，《初學記》云：「織竹曰箙，以皮曰箙。箙者，柔服之義。箙者，相迫箙之名。」陳祥道云：「《周禮》『田弋用籠箙，以竹爲之』，則凡非籠箙皆皮也。『中秋獻矢箙』，蓋皮以秋堅也。然所謂魚服者，魚皮之堅者，皆可爲之，不必魚獸而已。弓與弩有三等，矢箙亦三等，則箙之長短，視矢爲之也。」戒，《説文》云：「警也。」棘，鄭云：「急也。」當通作鞕，承上文言。行間之人，整肅器械，何日不然。雖無事之時，凛如大敵將至者，以玁狁往來飄忽，至如風雨，誠不可以忘備也。蔡汝楠云：「豈敢定居？繇君子有不測之畧。豈不日戒？繇君子有不懈之心。《采薇》雖咏戍役之情，而將道亦自可見。」一説，「日戒，就心言」，亦通。錢天錫云：「怠惰偷安，無果敢之氣，則謂之定居。疎忽慢敵，無敬謹之心，則謂之不戒。」豐道生云：「上章既敘其戰捷，此又述其日警之志，則所以美其憂國之誠，終始不忘，而勞之也。」

昔我往矣，楊柳依依。微韻。**今我來思，雨**去聲。**雪霏霏。**微韻。豐氏本作「霏霏」。**行道遲遲，**支韻。**載渴載飢。**支韻。《鹽鐵論》作「饑」。**我心傷悲，**支韻。**莫知**《鹽鐵論》作「之」。**我哀！**叶支韻，魚羈翻。○賦也。昔我往矣，即首章所言采薇之時也。楊柳本二種，然相似而稱之易混。《爾雅》云：「楊，蒲柳。」即《本草》之「水楊」也。陸璣云：「有兩種，皮正青者曰小楊，其一種皮紅者曰大楊，皆長廣于柳葉，皆可爲箭笴。」《左傳》所謂「董澤之蒲」是也。亦名楊柳。柳，《說文》云：「小楊也。」《本草注》云：「柳葉狹長青緑，枝條長軟。」《草木志畧》云：「柳曰天棘，斬其枝，横倒曲直插之皆生。其華謂之絮，隨風如飛雪。」《夏小正》云：「正月柳稊。」稊者，發孚也。注云：「稊，芽也。」《衍義》云：「柳華，即初生有黄蘂者，及其華乾，絮方出，謂之柳絮。」陸云：「柳柔脆易生之木，與楊同類。」陳藏器云：「江東通名楊柳，北人都不言楊。楊樹葉短，柳樹葉長。」舊説順插爲柳，倒插爲楊。朱子云：「柳，楊之下垂者；楊，柳之揚起者。」依依者，初抽條時，嫋嫋不定，如欲依倚他物也。思，語辭。雨雪，解見《北風》篇。霏霏，朱子云：「雪甚貌。」按二十四氣，十月立冬之後爲小雪，至大雪，則爲十一月節氣。此言霏霏，當在十一月以後也。《白虎通》云：「古者師出不踰時者，爲怨思也。天道一時生，一時養人者，天之貴物也。踰時則内有怨女，外有曠夫，故《詩》曰：『昔我往矣，楊柳依依。今我來思，雨雪霏霏。』」遲遲，毛云：「長遠也。」程子云：「言行道遲遲，則見歸思之切。」鄭云：「行反在於道路，猶饑渴，言至苦也。」莫，疑詞，猶《論語》「文莫吾猶人」之莫。哀，即傷悲，言或有知我之情者否乎。嚴云：「言莫知其勞苦，乃所以深知之也。」范景文云：「去日則盼前期，歸日則感往事，懷此悽惻，不啻在己也。」范祖禹云：「予於《采薇》，見先王以人道使人，後世則牛羊而已。」毛云：「君子能盡人之情，故人忘其死。」朱子云：「首章言征夫之出，蓋以玁狁不可不征，故捨其室家而不遑寧處。二章則既出，而不能不念其家。三章則竭力致死而無還心，蓋不復念家矣。四章、五章則唯勉于王事，而欲成戰伐之功也。卒章則言事成之後，極陳其勞苦憂傷之情也。其序如此。」程子云：「上能察其情，則雖勞而不怨，雖憂而能勵矣。」

《采薇》六章，章八句。《序》云：「遣戍役也。文王之時，西有昆夷之患，北有玁狁之難，以天子之命，命將率遣戍役，以守衛中國。故歌《采薇》以遣之，《出車》以勞還，《杕杜》以勤歸也。」毛公云：「遣將率及戍役，同歌同時，欲其同心也。」季本辨之云：「古者出師，以喪禮處之，則無宴樂，故無遣詩。及其獻捷代還，則歌凱以歸，故極美其功，而曲敘其情，以爲勞詩也。」鄒忠胤亦云：「《序》以《采薇》爲遣戍，夫『楊柳依依』，則正薇柔時也。『雨雪霏霏』，則正歲暮時也。撫今追昔，道其實歷之景如此。若云預道歸時之景，豈有方遣之日，而遂以爲昔往。是《莊子》所謂『今日適越，而昔日至』矣。」今按一月三捷，自是紀述實事之語，若遣行時，安得有此？《子貢傳》以爲勞師之詩，是已。而但繫之宣王之世，《申培説》亦以爲宣王之世，既驅獫狁，勞其還師之詩，此蓋惑于《漢書·匈奴傳》之説，謂懿王時，王室遂衰，戎狄交侵，暴虐中國，中國被其苦，詩人始作，疾而歌之曰：「靡室靡家，玁狁之故，豈不日戒，玁狁孔棘！」至懿王曾孫宣王，興師命將，以征伐之，詩人美大其功，而或又泥《采薇》、《出車》篇中「昔我往矣」四語，文氣相類，則謂二詩果皆同時之作。今第思薇作薇柔，楊柳依依，與黍稷方華，迥不相及。且彼歸于「春日遲遲」，此歸于「雨雪霏霏」，冬春瞭然，烏可混也。又況《采薇》三捷，正值常華，而《出車》獲醜，乃在二月，其奏功之期，尤相去之遠乎！賴有《竹書》爲據，則知此詩實作于王季之時，不屬之文王，亦不屬之宣王矣。

臣下之勤勞。**《卷耳》，太姒欲文王求賢審官也。**《序》云：「《卷耳》，后妃之志也，又當輔佐君子，求賢審官，知臣下之勤勞。內有進賢之志，而無險詖私謁之心，朝夕思念，至於憂勤也。」按《史記》稱文王立爲西伯，禮下賢者，日中不暇食以待士，士以此多歸之，太顛、閎夭、散宜生、鬻子、辛甲大夫之徒，皆往歸之。是詩也，其作于文王初即位之時，多賢未來歸之日乎？劉敞云：「后妃但主內事，所職陰教，善不出閨壼之中，業不過籩饋之事，何得知天下之賢而思進之乎？且令自古婦人欲干預政事，故引此爲證。初雖以進賢審官爲號，已而晨鳴，便無可奈何矣。蓋后妃於君子，有夙夜警戒相成之道，此詩言警戒人君之意，不謂自己求賢審官也。」郝敬云：「或者謂婦人勿與外事，然則《鷄鳴》之解佩，十亂之邑姜非乎？不越酒食，不及爵賞，借中饋以効箴，故謂之志而已。豈婦無公事，休其蠶織之謂哉。」

采采卷《爾雅》作「菤」。**耳，不盈頃筐。**陽韻。豐氏本作「匚」。**嗟我懷人，寘彼周行。**叶陽韻，户郎翻。○賦也。采，《説文》云：「捋取也。」重言采采，非一采也。卷耳，艸名。《爾雅》以爲「苓耳」，《廣雅》以爲「枲耳」，幽州人謂之「爵耳」，以其形似鼠耳，故有耳之號。江東呼常枲。郭璞云：「亦曰胡枲。」陸璣云：「葉青白色，似胡荽，白華細莖，蔓生，可煮爲茹，滑而少味。四月中生子，如婦人耳璫，故又謂之耳璫艸也。」羅願云：「幽、冀謂之襢菜，或又謂之常思菜，一名葹，一名羊負來。」《博物志》曰昔中國無此，言從外國逐羊毛中來。此物既稱胡枲，必是胡物，但其名出後代耳。卷耳，野中所多，日夕羊下來，多負以歸，以此得名未可知也。《本艸》云：「即今蒼耳，多刺，叢生如盤，麴蘖中多用之。」按張敬夫詩「采耳元因備酒漿」，其説本此。后妃之貴，必不自采卷耳。《淮南子》稱：「瞽師庶女，位賤，尚葈。」許叔重曰：「尚，主也。葈者，葈耳，菜名也。主是官者，至微賤也。瞽師庶女，復賤于主葈之官。故云。」觀此，則主枲之官，位之微者。《周禮》顧不可考，或成周以前，有之如醢人、酒人之屬也。郝云：「婦人以縫衣裳、羃酒漿爲事，《葛覃》衣裳也，《卷耳》酒漿也。」頃，本頭不正之義，通作傾。《説文》云：「仄也。」《韓詩》云：「欹也。」筐，竹器。歐陽脩云：「卷耳易得，頃筐小器也，然采采而不能頓盈。后妃以采卷耳之不盈，而知求賢之難得，因物託意，諷其君子。」嗟，《説文》云：「咨也。」《易注》云：「佐也。言之不足以盡意，故發此聲以自佐。」我，后妃自謂。懷，后妃自思也。人，謂賢人之未用者。寘，置。周，密也。俱見《説文》。行，毛傳云：「列也。」師師濟濟，密布朝列曰周行。《左》襄十五年君子謂：「楚于是乎能官人。官人，禮之急也。能官人，則民無覦心。《詩》曰：『嗟我懷人，寘彼周行。』能官人也。王及公、侯、伯、子、男，甸、采、衛、大夫，各居其列，所謂『周行』也。」后妃言嗟，我思欲君子敷求哲人布滿有位，亦惟恐朝之不盈也。張綱云：「夫易得之菜，以實易盈之器，又采采而不已，然且不能頓盈，況賢才之士爲難得，百官之位爲至衆，欲求難得之材，以實至衆之位，可不思念之乎？」又《荀子》云：「卷耳易得也，傾筐易盈也，而不可以貳周行，故曰：『心枝則無知，傾則不精，貳則疑惑。』」劉敞本《荀子》之意，以説此詩云：「采卷耳者，欲求盈筐。今不得盈，心不在，故無獲也。以言治國當求賢耳，亦以心不專，故賢不來矣。如是，頃筐無所獲，則失其所願。周行無所寘，則失其所治。此爲后妃警戒求賢審官也。」亦通。

陟彼崔嵬，灰韻。**我馬虺《九經考異》作「痕」，豐本作「虫」。隤**。灰韻。《爾雅》作「積」，《說文》作「頹」。**我姑**《說文》作「夃」，音同。云秦以市買多得爲夃。**酌**豐本作「勺」。**彼金罍**，《漢書》注作「䨻」。**維以不永懷**。叶灰韻，乎乖翻。○比而賦也。陟，《說文》云：「登也。」崔，《說文》云：「大高也。」嵬，《說文》云：「高不平也。」又《爾雅》云：「石山戴土，謂之崔嵬。」馬，比在位諸臣。《易》曰：「用拯馬壯吉。」亦以馬比臣也。虺，似蛇而小，解見《斯干》篇。隤，《說文》云：「下墜也。」按孫炎解虺隤爲馬退不能升高之病，愚意猶今人言蛇倒退，是也。姑，且也。酌，《說文》云：「盛酒行觴也。」后妃飲酒而以酌言，則是與文王對酌也。罍，酒尊也。顧起元云：「梁孝王有罍尊，直千金，戒後世善寶之。古之酌酒皆取罍，故廟堂之上，罍尊在阼，犧尊在西。」字本作櫑，形似壺，龜目，刻木作雲雷象。名罍，取於雲雷故也。大者受一斛。《韓詩》言：「天子以玉飾，諸侯大夫皆以黃金飾，士以梓。」孔穎達謂：「天子以玉，經無明文。士無飾，言其木體則以上同用梓而加飾耳。」所以刻雲雷者，以盛酒故，取其陽氣發達，又象雲雷博施，如人君下及諸臣也。沈括云：「余嘗得一古銅罍，環其腹，皆有畫，正如人間屋梁所畫曲水。細觀之，乃是雲雷相間爲飾。如[illegible]者，古雲字也，象雲氣之形；如◎者，雷字也，象回旋之聲。皆一[illegible]一◎相間。」永，毛云：「長也。」懷，《說文》云：「念思也。」后妃言文王以身任國家之重，當憂患之時，猶之登崔嵬者然。惟此二三在位，戮力公家，譬馬之虺隤，其力亦孔殫矣。而所欲求之賢人，未知尚在何所，微獨我憂念之，文王亦當憂念之。人亦有言，惟酒可以忘憂，我姑且飭治中饋，與文王對酌，以相寬解，庶不至長介懷而不釋也。蓋無所聊賴之辭，後章放此。

陟彼高岡，陽韻。**我馬玄黃**。陽韻。**我姑酌彼兕觥**，叶陽韻，姑黃翻。陸德明本、豐本俱作

「觵」。**維以不永傷。**陽韻。○比而賦也。《爾雅》云：「山脊曰岡。」玄黄者，毛云：「玄馬病則黄。」朱子云：「病極而變色也。」兕，獸名，解見《吉日》篇，其角可以爲爵，即兕觥也。觥，亦罰爵。《韓詩》云：「觥受五升。」觥，廓也，所以著明之貌。君子有過，廓然著明。陸佃云：「兕善抵觸，故先王之制罰爵，以兕角爲之。酒陽物也，而善發人之剛，其過則在抵觸，故先王制此，以爲酒戒。」既言金罍，又言兕觥者，金罍所以盛酒，及其注之兕觥，然後飲之。酌酒行觴，須此二器，故兩言酌彼也。傷，《説文》云：「創也。」創者，痛也。蓋憂思之極也。蘇轍云：「此章意不盡，申殷勤也。凡詩之重復類此。」

陟彼砠《説文》作「岨」，陸本作「⿰石宜」，《集韻》作「⿰山宜」。**矣，我馬瘏**虞韻。陸云：「一作屠，非。」**矣，我僕痡**虞韻。陸本作「鋪」。**矣，云何吁**虞韻。《爾雅》注作「盱」，豐本作「于」。**矣。**比而賦也。砠，本作岨。《説文》云：「石戴土也。」毛亦云：「石山戴土曰砠。」瘏、痡，《説文》皆云：「病也。」孫炎云：「瘏，馬疲不能進之病。痡，人疲不能行之病。」云何者，自問之辭也。吁，《説文》云：「驚也。」升高必資馬，馭馬必資僕。馬以比宣力四方之臣，僕以比倡率群僚之臣。石山戴土，既已不良于行，而我又馬瘏僕痡，安能有濟？計無所出，惟有深懷驚怛而已。始而懷，繼而傷，終而吁，一節深一節。王聞而求賢審官之念，不勃然生哉！又《爾雅》注引此句，吁作盱，長目遠望也。蓋望賢者之來而解吾思也，尤有味。范景文云：「四矣字，亦是亂詞。」其音方終，不更遲之又久也。晉束晳《讀書賦》云：「讀《卷耳》則忠臣喜，誦《蓼莪》則孝子悲。」

《卷耳》四章，章四句。《子貢傳》謂：「文王遣使逑賢而閔行役之囏也，勞之以《卷耳》。」《申培説》亦云：「文王遣使求賢而勞之以詩。」今觀章首二句，采耳乃中饋之業，懿筐亦女執之器，其必非文王語明矣。朱子則以此詩亦后妃所自作，后妃以君子不在而思念之，可以見其貞靜專一之至。意謂當文王朝會征伐之時，羑里拘幽之日，而有此詩，則恐鄙事非后妃所執，大路非后妃所遵，而更復登山飲酒，乘馬攜僕，何其言之不倫一至于此。縱極贊爲增伉儷之重，得性情之正，而其爲義亦小矣。若霅山王氏，直以爲勞媵妾之歸寧而作，無稽斯甚。又齊、魯、韓三家，皆以爲康王時詩，亦不足信。

《鹿鳴》，文王燕群臣嘉賓之詩。出陳暘《樂書》。○按《史記·周本紀》云：「公季卒，子昌立，是爲文王。篤仁敬老，禮下賢者，日中不暇食以待士，士以此多歸之。」意即《鹿鳴》、《南山有臺》諸詩之所爲作也。《序》云：「《鹿鳴》，燕群臣嘉賓也。既飲食之，又實幣帛筐篚，以將其厚意，然後忠臣嘉賓乃得盡其心矣。」《孔叢子》引孔子之言曰：「於《鹿鳴》見君臣之有禮也。」而《儀禮》注則云：「《鹿鳴》者，君與臣下及四方之賓燕，講道脩德之樂歌。」《左傳》叔孫豹如晉，晉悼公享之，工歌《鹿鳴》之三，三拜，晉侯使行人問焉。對曰：「《鹿鳴》，君之所以嘉先君之好也，敢不拜嘉！」又《儀禮》于燕禮、鄉飲酒禮，皆歌《鹿鳴》、《四牡》、《皇皇者華》，注謂歌《鹿鳴》，取嘉賓示善道，又樂其明昭之德可則傚也。《四牡》取其勤勞王事，忠孝之至，以勞賓。《皇華》取自以不及，欲諮謀賢知自光明，謂之升歌三終。大射禮亦歌《鹿鳴》三終。《大戴記·投壺》篇云：「凡雅二十六篇，共八篇可歌：《鹿鳴》、《貍首》、《鵲巢》、《采蘩》、《采蘋》、《伐檀》、《白駒》、《騶虞》。」劉公瑾云：「凡上下通用之樂，止是小雅、二南諸詩，而無歌大雅者，可見大雅獨爲天子之樂，此二雅大小所以分也。」朱傳因之，以爲此燕饗賓客之詩。郝敬云：「此詩初本燕群臣嘉賓作，猶《關雎》本后妃之德。雖鄉射燕禮用之，未可遂爲鄉射燕禮之樂歌也。」又按《學記》云：「大學始教，皮弁祭菜，示敬道也。宵雅肄三，官其始也。」鄭氏云：「宵之言小也。肄，習也。習小雅之三，謂《鹿鳴》、《四牡》、《皇皇者華》也。此皆君臣宴樂相勞苦之詩。」蓋以居官受任之美，誘諭其初志，故曰官其始也。章潢云：「觀《鹿鳴》之詩，後世燕射上下通用，無非示人尊賢求教之意。」

呦呦鹿鳴，庚韻。以下二章例之，則此句非韻。**食野之苹。**庚韻。**我有嘉賓，鼓瑟吹笙。**庚韻。**吹笙鼓簧，**陽韻。**承筐**豐氏本作「匚」。**是將。**叶陽韻，資良翻。**人之好**去聲。**我，示**鄭玄本作「寘」。**我周行。**叶陽韻，户郎翻。○興也。呦，《説文》云：「鹿鳴聲也。」鳴非一鹿，故曰呦呦。許慎云：「鹿之性，見食急，則必旅行。」陸佃云：「鹿性警防，分背而食，以備人物之害。蓋鹿萃善走者，分背而食，食則相呼，群居則環其角外向，以防物之害己。而《毛詩草蟲經》曰：『鹿欲食，皆鳴相召，志不忌也。』《周官》曰：『視朝則皮弁服。』皮弁正以鹿皮爲之，蓋取諸此。」《易林》云：「白鹿鳴呦，呼其老少，喜彼茂草，樂我君子。」苹，《爾雅》云：「藾蕭也。」郭璞云：「今藾蒿也。」陸璣云：「葉青白色，莖似箸而輕脆，始生香，可生食，又可蒸食。」毛傳、《説文》皆以爲萍。按萍乃水中所浮者，非野所生，非鹿所食，故鄭箋不從。而羅願駁之，以爲：「古人以水草之交爲麋，則麋鹿亦食水草。今鹿豕多就水傍食，又人家養豕，皆以萍食之，何嫌于鹿不食乎。」愚謂羅説非也。考《爾雅》，先云：「萍，蓱。」又云：「苹，藾蕭。」萍、苹字異，實非一物，安得混苹爲萍乎。又唐德宗聽政暇，博覽群書，一日問宰臣：「《詩》『食野之苹』，苹是何草？」楊珏以《爾雅》「藾蕭」爲對，上曰：「《詩》疏葉圓而花白，叢生野中，似非藾蕭。」今按《詩》疏中都無此語，不知何出。野有苹而群鹿相呼以食之，以興君有禮，而衆嘉賓相率以趨之。古語謂「桃李不言，下自成蹊」，即此意也。舊説以鹿呼同類，如君呼臣子，似不成義理。《家語》孔子曰：「《關雎》興于鳥，而君子美之，取其雌雄之有別；《鹿鳴》興于獸，而君子大之，取其得食而相呼。若以鳥獸之名嫌之，固不可行也。」陸賈云：「《鹿鳴》以仁求其群，《關雎》以義鳴其雄。」劉晝云：「夫鳥獸之醜，苟有一善，詩人歌咏以爲美談，奚況人之有善而可棄乎。」按昔裴安祖講《鹿鳴》，而兄弟同食，《詩》之可以興如此。我，主人自謂也。嘉，善也。嘉賓，謂所燕之客。孔穎達云：「《燕禮》于客之内立一人爲賓，使宰夫爲主，與之對行禮。其實君設酒殽，群臣皆在，君爲之主，群臣總爲賓也。《燕禮》云：『若與四方之賓燕，則迎之于大門内。』四方之賓，惟迎之爲異，其燕皆與臣同。」按《序》以群臣嘉賓對言，則似謂群臣爲本國之臣，嘉賓爲四方之賓，然《詩》不言群臣，惟言嘉賓，則總謂群臣爲嘉賓，待臣之厚也。朱子曰：「于朝曰君臣焉，于燕曰賓主焉。先王以禮使臣之厚，于此見矣。」鼓，嚴粲云：「動也。謂動其聲也。」陳暘云：「《爾雅》曰：『所以鼓柷謂之止，所以鼓敔謂之籈，徒鼓鍾謂之脩，徒鼓磬謂之蹇。』繇是觀之，凡所以作樂者，古人皆以爲鼓，則所以作琴瑟笙簧，謂之鼓不亦可乎。」又按《易》亦以擊缶爲鼓缶。瑟，解見《關雎》篇。笙，《説文》云：「正月之音物生，故謂之笙。」又劉熙云：「笙，生也。象物貫地而生也。」《世本》云：「隨作笙。」未詳何代人。《禮記》云：「女媧之笙簧。」張揖云：「以匏爲之，十三管，宫管在左方。」《爾雅》云：「大笙謂之巢，小者謂之和巢。」《風俗通》作窠。郭云：「列管匏中，施簧管端，大者十九簧，小者十三簧。」《鄉射》記云：「三笙一和而成聲。」言三人吹笙，一人吹和也。許氏云：「古者造笙，以曲沃之匏，汶陽之篠，有長短之制，法象鳳皇，其形鳳翼，其聲鳳鳴。大者名巢，以衆管在匏，有鳳巢之象。小者名和，以大者倡，則小者和也。」按笙以匏竹合而成聲，而在八音中，獨以匏稱者，蓋所重在匏也。唐協律郎劉貺作《大樂令壁記》，謂「女媧氏列管于匏，以應立春」，今以木易匏而漆之，無匏音矣。惟荆、梁之南，尚仍古制。鼓瑟吹笙，即燕樂也。瑟在堂上，笙在堂下。古者主人三獻禮成之後而樂作，記所謂凡舉爵，三作而不徒爵，故作樂以樂之。《燕禮》篇云：「小臣納工，工四人，二瑟，小臣左何瑟，面鼓執越，内弦，右手相，入，升自西階，北面東上坐。小臣坐，授瑟乃降。工歌《鹿鳴》、《四牡》、《皇皇者華》。卒歌，笙入，立于縣中，奏《南陔》、《白華》、《華黍》。乃間歌《魚麗》，笙《繇庚》；歌《南有嘉魚》，笙《崇丘》；歌《南山有臺》，笙《繇儀》。遂歌鄉樂：周南《關雎》、《葛覃》、《卷耳》，召南《鵲巢》、《采蘩》、《采蘋》。大師告樂正曰：『正歌備。』」按小臣，相工者也；工四人，謂二瑟二歌也；左何瑟，以左肩擔瑟也；面鼓，謂可鼓者在前也；越，瑟底孔也；内弦，以瑟弦側向身也；右手相，以右手扶瞽也；授瑟，相者以瑟授瞽工也；間歌者，謂堂上堂下，一歌一吹，更迭而作也；笙，以笙吹詩也。先鼓瑟而後吹笙，故《詩》言之，《序》云爾。重言吹笙者，引下「鼓簧」之文也。簧，笙中之簧，解見《君子陽陽》篇。嚴云：「吹笙則動其簧而發聲。」承，藉也。筐，篚屬。承之以筐，指幣帛言，《書》曰「篚厥玄黄」是也。將，奉也。孔云：「飲有酬賓送酒之幣，食有侑賓勸飽之幣。」或疑《燕禮》無用幣之文。兒燾謂《周語》云：「先王之燕，體解節折而共飲食之，於是乎有折俎加豆，酬幣宴貨，以示容合好，則燕未嘗不用酬幣也。」朱子云：「君臣之分，以嚴爲主，朝廷之禮，以敬爲主。然一于嚴敬，則情或不通，而無以盡其忠告之益。故先王因其飲食聚會，制爲燕饗之禮，以通上下之情，而言其禮意之厚如此。」人，指嘉賓也。好，猶愛也。人之好我，指平日言。示，垂示也，垂象示人之示。孔云：「古字以目視物，以物示人，同作視字。後世作字，目視物从示傍見，示人物作單示字。」周，《説文》云：「密也。」行，毛傳云：「列也。」與《卷耳》篇同解，以衆賓與燕者，森然在列，亦謂之周行。言我之於嘉賓，既有琴瑟以樂之，又有幣帛以將之矣。彼嘉賓固素愛我者，庶乎當此時，而有以示我于濟濟行列之中乎？萬時華云：「嘉賓素有忠愛之心，而情適于燕樂之時，庶幾志意舒展，言語得盡。若君以燕享，結其臣之歡心，則非所以爲君。臣因君之燕享，而后輸好我之忱，亦非所以爲臣矣。」嚴云：「以告我者爲相愛，蓋道之使言也。」《禮記》：「子曰：私惠不歸德，君子不自留焉。」引此詩，言人有私惠于我，而不合于德義之公，君子决不留之于己也。朱子云：「蓋所求于群臣嘉賓者如此。夫如是，是以君臣上下，誠意交孚，而莫不一出于正，所以和樂而不淫也。」

呦呦鹿鳴，食野之蒿。豪韻。**我有嘉賓，德音孔昭。**叶豪韻，則豪翻。**視**豐氏本作「示」。**民不恌，**叶豪韻，魯刀翻。《左傳》、《説文》、《中論》、豐本俱作「佻」。**君子是則是傚。**叶豪韻，何高翻。《中論》作「效」。**我有旨酒，嘉賓式燕以敖。**豪韻。○興也。蒿，《爾雅》、《説文》皆云：「菣也。」郭璞云：「今人呼爲青蒿，香中炙啖者爲菣。」陸璣云：「青蒿，荆豫之間、汝南、汝陰，皆云菣也。本或云牡菣者，牡衍字，牡菣乃是蔚，非蒿也。」陸佃云：「蒿之類至多，如青蒿一類，自有兩種。有黄色者，有青色者，《本草》謂之青蒿，亦恐有别也。陝西綏、銀之間有青蒿，在蒿叢之間，時有一兩株，迥然青色，土人謂之香蒿。莖與常蒿悉同，但比常蒿色青翠，一如松檜之色。至深秋，餘蒿並黄，此蒿猶青，氣稍芬香。恐古人所用，以此爲勝。」又《爾雅》云：「蘩之醜，秋爲蒿。」則蘩、蕭、莪之類，至秋老成，通名爲蒿。德音，善言也。與上章「示我周行」相應。孔，甚。昭，明也。此言嘉賓教益于我，皆有德之言，甚昭明也。燾謂此作樂坐燕之後，而復行旅酬之禮時也。《鄉射禮》云:「古者于旅也語。」《疏義》云:「賓筵之初,禮樂方盛,言語則慢矣。迨至旅酬,則禮已成,樂已備,于是而語,乃無嫌也。」視民,曹氏云:「與視民如傷同義。」恌,輕薄也。其視民也,不敢以輕薄之意視之,故其所言無非造福民生之言。君子,贊美嘉賓也。則,法。傚,學也。言嘉賓以不恌之德,而形爲孔昭之音,信乎其爲君子,而我當尊所聞而師法之也。此二句解依《左傳》昭十年,季平子伐莒,取郠。獻俘,始用人于亳社。臧武仲在齊聞之,曰:「周公其不饗魯祭乎！周公饗義,魯無義。《詩》曰:『德音孔昭,視民不恌。』恌之謂甚矣,而壹用之,將誰福哉?」又昭七年,公至自楚。孟僖子病不能相禮,乃講學之,苟能禮者從之。仲尼曰:「能補過者,君子也。《詩》曰:『君子是則是傚。』孟僖子可則傚已矣。」式,用也。燕,通作宴。《説文》云:「安也。」按賈逵曰:「不脱屨升堂曰宴。」安之意也。《左傳》云:「享以訓共儉,宴以示慈惠。」敖,毛云:「遊也。」嚴云:「言其禮之從容也。我與之燕飲而敖遊,庶乎從容欵洽,而有磨礱浸潤之益,非徒遊燕而已。」

呦呦鹿鳴,食野之芩。侵韻。**我有嘉賓,鼓瑟鼓琴。**侵韻。**鼓瑟鼓琴,**同上。**和樂**音絡。後同。**且湛。**叶侵韻,持林翻。楷家君諱也。《説文》本作「媅」,《釋文》作「耽」。**我有旨酒,以燕樂嘉賓之心。**侵韻。○興也。芩,草名。陸機云:「莖如釵股,葉如竹,蔓生澤中下地鹹處,牛馬亦喜食之。」羅願云:「《鹿鳴》所食三物,一曰苹,今藾蒿,始生,香可食;二曰蒿,蒿甚香;三曰芩,芩亦香草。蓋草木之臭味相同,有同類食之之義。」琴,解見《關雎》篇。陳暘云:「頤天下之和者樂也,窮樂之趣者琴也。八音以絲爲君,絲又以琴爲君,此《爾雅》既釋五音,即次以琴。而必先言瑟者,瑟與琴相須爲用,異于琴者,以絲分而音細耳。故四代之樂，大琴必配以大瑟，中琴必配以小瑟。又《禮》瞽矇掌『鼓琴瑟』，《詩》『鼓瑟鼓琴』，《書》『琴瑟以詠』，《大傳》『大琴』、『大瑟』，皆並言之，蓋古制也。然《鄉飲酒禮》『二人皆左何瑟』，《燕禮》『小臣左何瑟』，《樂記》『清廟之瑟』，《詩》『並坐鼓瑟』、『何不日鼓瑟』，皆不及琴者，以瑟見琴也。」又云：「文王之燕群臣嘉賓，始則『鼓瑟吹笙，吹笙鼓簧』者，以其樂主盈，遇之之誠，有加而無已也。終則『鼓瑟鼓琴』，先瑟而後琴者，以反爲文，示其有常而無變也。」燾謂首章言鼓瑟吹笙，至此復言鼓瑟鼓琴者，蓋旅酬將終，作無筭樂之時也。先是作樂樂賓之後，君命曰「以我安」，言以我故安坐也，皆對曰「諾，敢不安」。既而君曰「無不醉」，命盡醉也，皆興對曰「諾，敢不醉」，于是旅酬禮畢。無筭爵，言以醉爲節，不限數也。公有命徹幕，公尊有幕，今徹之，示欲罄此尊，意勤厚也。然後皆升堂反坐，無筭樂，向者獻酬有節，笙歌間合皆三終，今曰無筭，不拘三也。此詩鼓瑟鼓琴重言，義或因此。及宵執燭，奏《陔夏》而後出，鄧元錫云：「終之以樂，成之以禮，愛敬交通，拜坐互起，既腆厥終，復惟其始，此古者君禮臣，臣事君，一體相待而成之道也。」耽，通作媅。《説文》云：「樂也。」愚按字从甚，蓋言樂之甚也。燕樂，燕而樂也。嚴云：「言非徒養其氣體也，偕之燕飲以樂其心，庶其罄竭而無隱耳。」蓋上下之情不通，則忠臣嘉賓雖欲盡心以告君，而其勢分隔絶，有不可得者，非爲必待燕而後盡其心也。毛云：「夫不能致其樂，則不能得其志，不能得其志，則嘉賓不能竭其力。」陸化熙云：「心字最重，盛世所以地天交泰，堂簾不隔，而絶無忌諱者，正爲君心與臣心合而爲一耳。」馮時可云：「但欲燕樂其心，而不敢爲再三之瀆，其尊之也至矣。」又范祖禹云：「食之以禮，樂之以樂，將之以實，求之以誠，此所以得其心也。賢者豈以飲食幣帛爲悦哉？夫昏姻不備，則貞女不行也。禮樂不備，則賢者不處也。賢者不處，則豈得樂而盡其心乎。」

《鹿鳴》三章，章八句。《子貢傳》云：「《伐木》、《菁莪》、《隰桑》、《白駒》，皆所以燕賢也。」《申培説》則云：「《鹿鳴》，天子燕賓師之歌。蓋《鹿鳴》、《伐木》、《菁莪》、《隰桑》皆燕賢者，而詞有重輕，敬有隆殺，所謂尊賢之等也。」愚按以此詩專爲燕賓師作，亦臆度之説。又王應麟云：「太史公謂仁義陵遲，《鹿鳴》刺焉。」蔡邕《琴操》云：「《鹿鳴》，周大臣所作也。王道衰，大臣知賢者幽隱，彈弦風諫。」陳暘《樂書》引《古琴曲》謂：「周大臣傷時在位而作。」王符云：「忽養賢而《鹿鳴》思。」又或謂《鹿鳴》、《四牡》、《皇皇者華》之類，皆爲康王時詩。蓋齊、魯、韓三家之説，猶《關雎》刺時作諷也。○又按漢太樂食舉十三曲，一曰《鹿鳴》。杜夔傳舊雅樂四曲，一曰《鹿鳴》，二曰《騶虞》，三曰《伐檀》，四曰《文王》，皆古聲辭。《琴操》云：「古琴有詩歌五曲，曰《鹿鳴》、《伐檀》、《騶虞》、《鵲巢》、《白駒》。」黄佐云：「禮樂相須以爲用，禮非樂不行，樂非禮不舉。自后夔以來，樂以詩爲本，詩以聲爲用，八音六律，爲之羽翼耳。仲尼編《詩》，爲燕享祀之時，用以歌，而非用以説義也。古之詩，今之詞曲也。若不能歌之，但能誦其文而説其義可乎。不幸腐儒競起，齊、魯、韓、毛四家各爲《序》訓，而以説相高。漢朝又立之學官，以義理相授，遂使聲歌之音湮没無聞。然當漢之初，去三代未遠，雖經生學者不識《詩》，而太樂氏以聲歌肄業，往往仲尼三百篇，瞽史之徒例能歌也。奈義理之説既勝，則聲歌之學日微。❶東漢之末，禮樂蕭條，雖東觀、石渠，議論紛紜，無補于事。曹孟德平劉表，得漢雅

❶「學」，《四庫全書》本作「樂」。

樂郎杜夔，夔老矣，又不肄習，所得于三百篇者，惟《鹿鳴》、《騶虞》、《伐檀》、《文王》四篇而已，餘聲不傳。大和末，又失其三，左延年所得，惟《鹿鳴》一篇。每正旦大會，太尉奉命，群臣行禮，東廂雅樂常作者是也。古者歌《鹿鳴》，必歌《四牡》、《皇皇者華》，三詩同節，故曰工歌《鹿鳴》之三，而用笙入三終以贊之，然後間歌合樂，首尾相承，節奏有屬。今得一詩而無所用可乎？應知古詩之聲爲可貴也。至晉《鹿鳴》一篇，又絶無傳，後世不復聞詩矣。」

《南山有臺》，文王養老之詩。《尚書大傳》云：「齊宣王問于子春曰：『寡人欲行孝弟之義，爲之有道乎？』子春曰：『昔者衛聞之樂正子曰：文王之治岐也，五十者杖于家，六十者杖于鄉，七十者杖于朝，見君揖杖，八十者杖于朝，見君揖杖。君曰：趨見客，無俟朝。以朝乘車輲輪，御爲僕，送至于家，而孝弟之義，達於諸侯。九十杖而朝，見君建杖。君曰：趣見，毋俟朝。以朝車送之舍。太子重鄉養，卜筮巫醫御于前，祝咽祝哽以食。乘車輲輪，胥與就膳徹，送至於家。君如有欲問，明日就其室，以珍從，而孝弟之義，達於四海。此文王之治岐也。君如欲行孝弟之大義，盍反文王之治岐。』」按文王立教，最重養老。《禮·文王世子》篇云：「凡大合樂，必遂養老。」鄭玄謂：「春入學舍菜合舞，秋頒學合聲，於是時也，視學，則遂養老。」又孔穎達謂：「《月令》季春，大合樂，亦在其中。」此皆因視學而養老者也。至其教世子也亦然，曰：「凡祭與養老，乞言合語之禮，皆小樂正詔之於東序，大樂正學舞干戚。語説，命乞言，皆大樂正授數。」故《孟子》曰：「伯夷辟紂，居北海之濱，聞文王作，興曰：『盍歸乎來！吾聞西伯善養老者。』太公辟紂，居東海之濱，聞文王作，興曰：『盍歸乎來！吾聞西伯善養老者。』天下有善養老，則仁人以爲己歸矣。」文王之善養老，其見于經傳者如此。《南山有臺》之篇，據《鄉飲酒禮》、《燕禮》，笙入而後，皆間歌此詩，則周公未作《儀禮》之前已有之。故朱子以爲燕饗通用之樂歌。而其首二章，則祝君子曰「萬壽無期」、「萬壽無疆」，末二章，則又贊之曰「遐不眉壽」、「遐不黄耇」，此非爲養老發詠而何？

南山有臺，叶支韻，田飴翻。《穆天子傳》作「蚝」，《子貢傳》、《申培説》、豐氏本俱作「薹」。**北山有萊。**叶支韻，陵之翻。**樂**音絡。後同。**只**《左傳》作「旨」。**君子，邦家之基。**支韻。**樂只君子，萬壽無期。**支韻。○興也。南山、北山，皆據周地而言，左右前後之況也。臺、萊，皆艸名。《爾雅》云：「臺，夫須。」陸璣云：「舊説夫須，莎艸也，有皮，堅細滑緻，可爲簦笠。《都人士》詩云『臺笠』是也。」陸佃云：「又可以爲簑，疏而無温，故莎从沙。與《内司服》所謂沙同意。」嚴粲云：「以莎艸爲衣，則謂之簑。莎爲艸名，簑爲衣名。」羅願以臺與莎爲兩物，云：「臺者沙艸，可爲衣以禦雨，編之若甲，毿毿而垂，故雨順注而下。然或藉而卧，則不能隔雨。名曰夫須，蓋匹夫所須也。莎，莖葉都似三稜，根若附子，周匝多毛，人謂之香附子，一名雀頭香。《招隱》云：『青莎雜樹兮，薠草靃靡。』薠與莎相似，但以大小爲異。陶隱居以爲古人詩多用之，而無識者，河中府有緑莎廳。晏元獻《公庭莎記》曰：『是艸耐水旱，樂延蔓，雖拔心隕葉，弗之絶也。』」按《爾雅》云：「臺，夫須。」又云：「薃，侯莎。」疏云：「薃即莎别名。」侯，維也，猶語辭也。《説文》又訓莎云：「鎬侯也。」據此，則臺與莎自是兩物，羅説是也。朱子以臺爲即莎草，而《大全》又引《本草》曰：「其實名香附子。」又似此臺即羅氏之所謂莎者，但未知羅氏所言沙草，其形狀何似。一説，臺一名山莎，而《夏小正》

曰：「蒚也者，莎薃也。」通作沙隋，亦名地毛，見《廣雅》。則《爾雅》之所云「蒚，侯莎」者，乃以莎薃二字爲名，不單名莎，且得地毛之名。疑羅所云「根若附子，周而多毛」者，形若近之。而臺既一名山莎，故舊説謂之莎草，或即青莎、緑莎之類耳。萊，《説文》云：「蔓華也。」通作釐。《爾雅》所謂「釐，蔓華」是也。郭璞云：「一名蒙華。」又朱子云：「其葉香，可食。」陸璣云：「今兖州人蒸以爲茹，謂之萊蒸。」按朱、陸所云，未審即蔓華否，然以意類之，莎既樂延蔓，而萊亦名蔓華，則二草皆蔓生屬也。又《原始》云：「萊即梨也。一名落帚。初生，葉可食，大則爲樹，可爲杖。」未知是否。歐陽脩云：「高山多草木，如周多賢才。」殷大白云：「山以草木爲毛髮，國以賢才爲羽儀。」樂只君子，言君子有令德，可令人愛樂也。鄭玄云：「只，之，言是也。」君子，通群老之爲賓客者言之。以此詩五章，各舉南北山草木起興，可知其非一老也。基，《説文》云：「墻始也。」基固則墻安，邦家之基，即邦家賴以鞏固之謂。以臺、萊爲興者，取其附地而生，蔓延愈遠。或又可以爲杖，有得其基藉之象焉。又羅云：「《詩》雅言得賢爲邦家立太平之基，凡詠八物，以臺爲首。蓋禦雨之具，雖至微，然非平日預知其所在，蓄以待之，則一旦欲用，索之而不得，故特宜先備，亦猶賢者之不可不先蓄也。越王句踐棲于會稽之上，求謀士退吴者，大夫種進對曰：『臣聞賈人，夏則資皮，冬則資絺，旱則資車，水則資舟，以待乏也。夫雖無四方之憂，然謀臣與爪牙之士不可不養而擇也。譬如簑笠，時雨既至，必求之。今君王既棲于會稽之上，然後乃求謀臣，無乃後乎？』是古者蓄簑笠以備患，比之賢者之待難矣。」陸佃云：「萊可食，臺可覆，賢者之類也。故曰邦家之基。」又云：「臺可覆，以象庇下之臣；萊可食，以象濟難之臣。」《左》襄二十四年，鄭子産寓書于韓宣子曰：「夫令名，德之輿也。德，國家之基也。有基無壞，無亦是務乎！有德則樂，樂則能从。《詩》云：『樂只君子，邦家之基。』有令德也夫！」昭十三年：「同盟于平丘，子產争承，自日中以争，至于昏，晋人許之。仲尼謂子產于是行也，足以爲國基矣。《詩》曰：『樂旨君子，邦家之基。』子產，君子之求樂者也。」愚按傳意，以國安則可樂，故曰求樂，此與詩解異。期，限也。萬壽無期，言壽自此至于萬年，尚未有期限也。嚴云：「有期則有時而止。」劉公瑾云：「或疑賓客不足以當萬壽之語，愚謂當時賓客，容有爵齒俱尊，足當之者。蓋古人簡質，如《士冠禮》祝辭亦云『眉壽萬年』，又況古器物銘所謂『用蘄萬壽』、『用蘄眉壽』、『萬年無疆』、『邠其眉壽』、『萬年無疆』之類，皆爲自祝之辭，則此詩以『萬壽』祝賓，庸何傷乎？」愚按此詩爲養老作，先美其德，而後祝其壽，期其老而益老也。次章放此。

南山有桑，陽韻。**北山有楊**。陽韻。**樂只君子，邦家之光**。陽韻。**樂只君子，萬壽無疆**。陽韻。○興也。《典術》云：「桑木者，箕星之精，神木也。蟲食葉爲文章。」《格物論》云：「桑樹大者數圍，高一二丈許，皮龘，枝幹條竦。春正二月，抽條發葉，大者盈尺，有刻缺，面深緑而光。」楊，解見《采薇》篇，與柳相似，枝條揚起者曰楊。陸佃云：「鬱彼之楊，沃若之桑，以賁乎山則有光之象，故曰：『樂只君子，邦家之光。』」基，所以安也。光，所以榮也。輔廣云：「首章美其可以爲邦家之基本，所謂治生乎君子，賢者，爲國之楨幹也。次章美其可以爲邦家之顯榮，所謂儒者在朝則美政，在位則美俗也。」陸化熙云：「邦家之基之光，直指其德，非言德足以基之顯之也。」疆，界也。期以時言，疆以地言，總是言其未有限量之意。

南山有杞，紙韻。**北山有李**。紙韻。**樂只君子，民之父母**。叶紙韻，母鄙翻。**樂只君子，德音不已**。紙韻。○興也。杞，王應麟以爲梓杞之杞，解見「在彼杞棘」下。愚以「陟彼北山，言采其杞」例之，則此杞當即是枸檵也，根葉莖子皆可食，令人輕身益氣。解見《四牡》篇。李，木之多子者。解見《何彼穠矣》篇。陸佃云：「李，性頗難老，老雖枝枯，子亦不細。其品處桃上，故《詩》曰：『投我以桃，報之以李。』」杞、李皆可食，取其養人，故以興民之父母。父母，子之所賴以養者也。《大學》云：「民之所好好之，民之所惡惡之，此之謂民之父母。」前言邦家之基，邦家之光，猶虛虛贊美之詞，此正指其德之實，足爲人所利賴耳。有德之言曰德音，《鹿鳴》篇「德音孔昭」是也。後放此。已，《説文》云：「止也。」古者養老，有乞言合語之禮，《内則》篇云：「凡養老，五帝憲，三王有乞言。五帝憲，養氣體而不乞言，有善則記之爲惇史。三王亦憲，既養老而後乞言，亦微其禮，皆有惇史。」《文王世子》篇云：「始之養也。適東序，釋奠於先老。遂設三老、五更、群老之席位焉。適饌省醴，養老之珍具，遂發咏焉。退修之，以孝養也。反，登歌《清廟》。既歌而語，以成之也。言父子、君臣、長幼之道，合德音之致，禮之大者也。」按乞言者，從之求善言；合語者，旅酬而合語。君子有藴藉，足以父母斯民，當其就養之時，亹亹談説，曾無解倦，故曰：「德音不已。」

南山有栲，叶有韻，去九翻。**北山有杻。**有韻。**樂只君子，遐不眉壽。**有韻。**樂只君子，德音是茂。**叶有韻，莫口翻。○興也。栲、杻，解俱見《山有樞》篇。栲全天年，杻號萬歲，故取以興眉壽。又陸佃云：「杻，可爲弓榦。栲，可爲車輻，有久之道，故曰：『遐不眉壽。』」亦通。遐之言何，蓋音近也。眉壽，毛傳云：「秀眉也。」劉公瑾云：「醫書以眉毛過垂眼下者爲壽長。」嚴云：「秀眉，壽證也。」愚按「萬壽無期」、「萬壽無疆」，願其後日之辭也。「遐不眉壽」、「遐不黄耇」，美其今日之辭也。茂者，艸豐盛之義。德音之多亦如之，故曰「是茂」，蓋期望過此以往，愈得聞君子之善言也。

南山有枸，麐韻。**北山有楰。**叶麐韻，勇主翻。**樂只君子，遐不黄耇。**叶麐韻，讀如「古」。果五翻。**樂只君子，保艾爾後。**叶麐韻，後五翻。〇興也。枸，毛傳云：「枳枸也。」陸璣云：「其狀如櫨，一名枸骨，高大如白楊，所在山中皆有。理白，可爲函板，枝柯不直，子着枝端，大如指，長數寸，噉之甘美如飴。八九月熟，江南特美。今官園種之，謂之木蜜。古語云『枳枸來巢』，言其味甘，故飛鳥慕而巢之。本從南方來，能令酒味薄，若以爲屋柱，則一屋之酒皆薄。」《本草》注云：「其樹徑尺，葉如桑柘，其子作房似珊瑚，核在其端，人皆食之。」《詩詁》云：「枸木在處有之，其子生枝耑，横析岐出，狀如枅栱，土人謂枅栱木。此木誤入酒，能使酒化如水味。」《本草》云：「木蜜樹生南方，枝葉俱可噉如飴。」《古今注》云：「一名樹蜜，一名木錫，實形卷曲，核在實外，亦名白石、白實、木實、木石，一名機枸子。」朱子云：「建陽謂之皆拱子，吾鄉呼爲兼勾，味甘而解酒毒。」李善注宋玉《風賦》「枳句來巢」云：「橘踰淮爲枳。句，曲也。」以舊説考之，句當通作枸，李解似誤。孔云：「枸木多枝而曲，所以來巢。」枸又通作椇，《廣韻》云：「枳椇，實如珊瑚，是白石木之子。」古者人君燕食，所加庶羞，凡三十一物，其果則有蔆椇。《曲禮》云：「婦人之摯椇榛。」疏云：「椇即今之白石李也。」鄭玄云：「今邳、郯之間食其實。」亦名支枸，又名厲漢脚指。戴侗云：「以其實似指也，人亦取以代飴作餈。」楰，《爾雅》云：「鼠梓也。」郭璞云：「楸屬，今江東有虎梓。」陸璣云：「其樹葉木理如楸，山楸之異者。今人謂之苦楸，濕時脆，燥時堅。」《集韻》云：「似山楸而黑。」曹居貞云：「楰，宮室之良材也。」嚴云：「臺、萊、桑、楊、杞、李、栲、杻、枸、楰，多其名者，喻賢之多而皆有用也。」陸佃云：「得賢之盛，若栲、杻、枸、楰，高大以不朽，成乎山則至矣。」愚按此章所以取興枸楰者，不徒取高大堅久之義。枸可代飴，所以爲養。椇可構宮室，所以爲安。末句云「保艾爾後」，保之爲義則安也，艾之爲義則養也。《詩》之興意，殆兼爲是與？黄，毛云：「黄髮也。」舍人云：「老人髮白復黄也。」耉，《説文》云：「老人面凍黎色，若浮垢者。」《方言》云：「汝潁梁宋之間，謂養爲艾。」後，後日也。自此以後，壽尚未有窮期，故曰「保艾爾後」，蓋申祝之辭。

《南山有臺》五章，章六句。《穆天子傳》：「庚寅，天子西遊，乃宿于祭。壬辰，祭公飲天子酒，乃歌𡇈天之詩，天子命歌《南山有䑕》，乃紹宴。」舊説疑爲即《南山有臺》之篇，但古字難曉耳。《左》襄三十年，季武子如宋，報向戌之聘。歸，復命，公享之，賦《魚麗》之卒章。公賦《南山有臺》。武子去所，曰：「臣不堪也。」按燕禮既間歌此二詩，而魯之君臣復舉此二詩爲賦，何也？豈禮之行亦有異耶？《序》以爲樂得賢也，得賢則能爲邦家立太平之基矣。鄒忠胤駁之云：「《序》以《南有嘉魚》爲樂與賢，此篇爲樂得賢，不過更一字以爲異，其實無甚意義。」朱子亦謂看詩便有感發人意思，今讀之，無所感發者，正是被時儒解殺了。如《南山有臺》之序，蓋見詩中有邦家之基，故如此説，才如此説定，便局了一詩之意。至若《子貢傳》以爲大臣所以報王，《申培説》以爲大臣頌美天子之詩，此不過因詩中有「萬壽」二語，疑謂非頌祝臣下之詞耳。果爾，則周穆、魯襄之饗臣皆不宜賦此詩矣。

《伐木》，文王季冬大飲三族也。《月令》季冬之月，命樂師大合吹而罷。鄭玄注云：「歲將終，與族人大飲，作樂于大寢，以綴恩也。言罷者，此用禮樂於族人最盛，後年若時乃復然也。凡用樂必有禮，用禮則有不用樂者，《王居明堂禮》：『季冬命國爲酒，以合三族，君子説，小人樂。』」《唐禮志》，貞觀中，顔師古議明堂曰：「文王居明堂之禮，國有酒以合三族。」推其事，與《月令》合。黄子道周云：「夫是季冬之月，不言合族也，而於合吹言合族者，蓋合族在於是矣。《詩》曰：『坎坎鼓我，蹲蹲舞我。迨我暇矣，飲此湑矣。』謂歲暮禮闋，王者乃暇也。」愚按先是仲冬之月，日短至，則伐木取竹箭。季冬，命四監收秩薪柴，所謂草木黄落，然後斧斤入山林者。合之歲暮飲湑之説，《伐木》之詩，信爲此事詠矣。鄭注摭《王居明堂禮》，而師古指王爲文王，必有所據。《玉海》引《逸周書》云：「文王召發于明堂。」而《淮南子》亦云：「文王周觀得失，偏覽是非，堯、舜所以昌，桀、紂所以亡者，皆著於明堂。」是則文王果嘗居明堂，益徵顔監之不妄也。《禮》有饗、有食、有燕。饗禮，烹太牢以飲賓，體薦而不食，爵盈而不飲，几設而不倚，依尊卑爲獻數，畢而止；食禮，無樂，有飯有殽，雖設酒而不飲，其禮以食爲主；燕禮，牲用狗，一獻之禮既畢，皆坐而飲酒，其爵無筭也，其樂無筭也。此詩言有肥牡，有肥羜，是用太牢，則同于饗；言「陳饋八簋，籩豆有踐」，是有飯有殽，則同于食；言「有酒湑我，無酒酤我」，是無筭爵，言「坎坎鼓我，蹲蹲舞我」，是無筭樂，則同于燕，兼是三者而有之。蓋禮之盛也，故《月令》謂之大合吹，而鄭注謂之大飲。至其末章曰「民之失德，乾餱以愆」，則又命國人皆合三族之事也。三族，有二義：其一，謂父子及身，則《小記》云「以三爲五，以五爲九」是也。其一，謂父族及母族、妻族也，是《詩》有「以速諸舅」之言，則當從後義。國君行此禮，則君子説，國人皆行此禮，則小人樂，故《序》以此詩爲燕朋友故舊也，而復申之曰：「自天子以至庶人，未有不須友以成者，親親以睦，友賢不棄，不遺故舊，則民德歸厚矣。」蓋其意似亦有窺于此。

伐木丁丁，叶庚韻，中莖翻。**鳥鳴嚶嚶。**庚韻。**出自幽谷，**屋韻。**遷于喬木。**屋韻。**嚶其鳴**

矣，求其友聲。庚韻。**相**去聲。**彼鳥矣，猶求友聲。**同上。**矧伊人矣，不求友生？**庚韻。**神之聽之，終和且平。**庚韻。○興也。伐，斫也。丁之言當，蓋音近也，謂施斧與木相當也。重言丁丁者，見其非一伐也。嚶，《説文》云：「鳥鳴也。」重言嚶嚶者，鄭玄云：「兩鳥聲也。」幽，《説文》云：「隱也。」谷，兩山間流水之道也。遷，《説文》云：「登也。」《爾雅》云：「木上勾曰喬。」歐陽脩云：「考《詩》之義，是爲鳥在木上，聞伐木之聲，則驚鳴而飛遷于他木。方其驚飛倉卒之際，猶不忘其類，相呼而去，其在人也，可不求其友乎？」張氏云：「詩人多相因之辭，如伐木而感鳥鳴，蓋因此以興焉者也。」愚按此總即一時所見以起興。首章取鳥鳴，後二章取伐木，寓意則一。徐幹云：「小人尚明鑒，君子尚至言。至言也，非賢友則無取之，故君子必求賢友也。《詩》曰：『伐木丁丁，鳥鳴嚶嚶。出自幽谷，遷于喬木。』言朋友之義，務在切直以升于善道者也。」《孟子》云：「吾聞出自幽谷，遷于喬木者，未聞下喬木而入于幽谷者。」嚶其鳴矣，專指求友之鳥而言，此嚶然而鳴者，乃是求其友之聲。若此鳥鳴而又有彼鳥以應之，則爲嚶嚶也。矧，《説文》云：「況也。」字从矢从引，取詞之所之如矢也。求友生者，求友以生，迫切之辭也。羽族微類，猶必呼其群以擇所安，況人有知，而可不取資于朋友，以期生全乎？友之於人，德業相勸，過失相規，患難相救，皆胥匡以生之道也。神，謂鬼神。聽，猶鑒也。終者，久要之意。程子云：「和，謂相好。平，謂不變。神之聽之，終和且平，乃誓神明心之語，承上文，言人不可不求友，故盟之于神願，終久相與和好而不變也。」范祖禹云：「質諸鬼神而無疑，亦可以爲不欺矣。」真德秀云：「玩其詩，只見爲人之求友，而不爲君之求臣。蓋先王樂道忘勢，但知有朋友相須之義，而不見有君臣相臨之分故也。」此章首提朋友之當篤，後第二章舉朋友中之尊者爲言，第三章舉朋友中之卑者爲言。

伐木許許，語韻。《説文》、豐氏本俱作「所所」。**釃酒有藇。**語韻。**既有肥羜，**語韻。**以速諸父。**叶語韻，讀如「許」，喜與翻。**寧適不來，微我弗顧。**叶語韻，讀如「巨」，臼許翻。**於**音烏。**粲洒埽，**叶有韻，蘇后翻。**陳饋八簋。**叶有韻，已有翻。《説文》云：「古作匭。」徐鍇云：「九聲也。」**既有肥牡，**有韻。**以速諸舅。**有韻。**寧適不來，微我有咎。**有韻。○興也。此下二章，皆以伐木起興。程子云：「山中伐木非一人能獨爲，必與同志者共之。既同其事，則相親好，成朋友之義。伐木之人必有此義，況士君子乎？故賦伐木之人，敘其情，推其義，以勸朋友之道。」劉敞云：「伐木必求助于人，況任天下之事，事多重于伐木者乎？」許許，朱子云：「衆人共力之聲。」《淮南子》翟煎對梁王曰：「舉良木者，前呼邪許，後亦應之，此舉重勸力之歌也。」按邪許，《吕覽》又作輿謣，蓋其聲相近耳。《説文》作所所，云：「伐木聲也。」釃，《説文》云：「下酒也。」徐鍇云：「猶籭也，籭取之也。」章懷太子云：「猶濾也。」陸德明云：「謂以筐盪酒。」朱子云：「泲之而去其糟也。」毛傳云：「以筐曰釃，以藪曰湑。」孔穎達云：「筐，竹器也。藪，草也。釃酒者或用筐，或用草。用草者，用茅也。《左傳》『爾貢苞茅不入，王祭不供，無以縮酒』是也。」《説文》無藇字，當通作與，黨與也。此句屬伐木之衆人言，蓋伐木必須力，故人皆釃酒以助力，各有黨與也，亦借以興燕飲之意。蘇轍云：「伐木至小矣，而猶須友，故君子于其閒暇，而飲食以燕樂之，所以求其驩心也。」《爾雅》云：「未成羊曰羜。」《説文》云：「五月成羔也。」羅願云：「《説文》稱五月生，似謂仲夏所生。按《齊民要術》，五月六月七月生者，兩熱相仍，惡中之甚，以速諸父，不應用此，當是生及五月者爾。」陸佃云：「字从宁，佇也。佇其美成而後足用。」速，《爾雅》云：「徵也。」《易》不速之客，《儀禮》乃速客，皆謂相呼召也，亦欲其亟來之意。毛云：「天子謂同姓諸侯，諸侯謂同姓大夫，皆曰父。異姓則稱舅。」曰寧曰微，皆意中猜忖之辭。寧，猶豈也。寧適不來，慮其適然有故而不來也。微之言無，亦音近也。顧，念也。微我弗顧，慮其無乃不我肯顧也。於，朱子云：「嘆辭。」粲，通作燦。《説文》云：「燦爛，明瀞貌。」洒，滌。埽，棄也。俱見《説文》，謂以水濕地而拚除之也。陳，通作𠻳。《説文》云：「列也。」《周禮》注云：「進食于尊曰饋。」孔云：「粲然洒埽其室庭，陳飲食之饋。」八簋，朱子云：「器之盛也。」《明堂位》云：「有虞氏之兩敦，夏后氏之四璉，殷之六瑚，周之八簋。」又按《祭统》云：「三牲之俎，八簋之實，美物備矣。」是則八簋乃國君祭禮，而今用以陳饋，蓋尊敬之至也。牡，《説文》云：「畜父也。」孔穎達以爲肥羜之牡者，羅願則云：「諸父用羜，羜則小羊；諸舅用牡，牡乃大牛。」禮隆殺不同者，羜乃食禮，義親而禮數；牡乃享禮，意重而禮厚。所以待諸父與諸舅，各有所宜也。《禮記》曰：『羔豚而祭，百官皆足。太牢而祭，不必有餘。』禮之稱者皆如此。」陸佃云：「既有肥羜，而後言既有肥牡，則其禮有加而無已。」愚按釃酒、洒埽，陳饋羜牡，皆一時事，互文以相通耳。先言諸父，後言諸舅，親疎之序也。咎，毛傳云：「過也。」鄧元錫云：「以速諸父舅而不來也，寧其適然他有故而不來乎？將無我弗顧，我有咎而不來也。自反深而望切矣。」舊説謂但欲盡其在我，若彼之來不來，於我無與，則是假一速以塞責而已。《詩》中肫切之意，恐不若是。

伐木于阪，叶銑韻，孚巒翻。**釃酒有衍。**銑韻，亦叶先韻，夷然翻。**籩豆有踐，**銑韻。**兄弟無遠。**叶銑韻，讀如「蝘」，於殄翻。亦叶先韻，於圓翻。**民之失德，乾餱以愆。**先韻，亦叶銑韻，以淺翻。

有酒湑叶麞韻，讀如「數」，爽主翻。《釋文》作「醑」。**我，無酒酤**叶麞韻，果五翻。**我。坎坎**《說文》作「竷」。**鼓**麞韻。《説文》作「舞」。**我，蹲蹲**《釋文》、《説文》俱作「壿」。**舞**麞韻。**我。迨我暇矣，飲此湑**見上。**矣。**興也。《說文》云：「坡者曰阪。」❶析木已畢，而置之于從高臨卑之地，將有所移而用之也。衍，嚴粲云：「水溢也，言釃酒之多也。」工竣則相與飲酒以樂之，與次章之以酒助力者不同矣。迨暇飲湑，意亦如是。籩豆有踐，解見《伐柯》篇。兄弟，朱子云：「朋友之同儕者。」兼同姓異姓言，先諸父諸舅，而後言兄弟者，尊卑之序也。無遠，欲其無相遠也，即「不我遐棄」之謂。真德秀云：「尊其友，曰父曰舅；親其友，曰弟曰兄。此其爲尊德樂道之至也夫？」「民之失德」二句，是比方之詞，蓋即常情之小失，以喚起上當篤友也。失德，只就自處言。顏師古云：「言人無恩德，不相飲食。乾餱二物，皆食之薄者也。」《王制》「乾豆」注云：「乾，謂腊之以爲豆實。」疏云：「豆實非脯而云乾者，謂作醢及臡，先乾其肉。」徐鍇云：「今人謂飯乾爲餱，《詩》『乃裹餱糧』是也。」愆，《説文》云：「過也。」即失德之愆。程子云：「民之失德，故不能修親睦之道，厚朋友故舊之禮，至乾餱不相及。」鄧云：「乾餱之愆也，非薄物細故之失已也。禮無不體，失禮，是失德也。德何敢失也？」《漢書》宣帝詔曰：「夫酒食之會，所以行禮樂也。今郡國或擅爲苛禁，禁民不得具酒食相賀召，繇是廢鄉黨之禮，令民亡所樂，非所以導民也。《詩》不云乎『民之失德，乾餱以愆』。」薛宣疏亦引此云：「鄉黨闕於嘉賓之懽，九族忘其親親之恩，飲食周急之厚彌衰，送往勞來之禮不行。夫人道不通，則陰

---

❶「阪」，原作「坂」，據《說文解字》卷十四下改。

陽否鬲，和氣不興，未必不繇此也。」「有酒」以下六句，極言禮意之真切，友情之親厚如此。不出上三段設燕意，而寫情更爲親切。湑，《説文》、毛傳皆云：「莤酒也。」莤音縮。陸云：「與《左傳》縮酒同義，謂以茅泲之而去其糟也。」酤，《説文》、毛傳皆云：「一宿酒也。」徐云：「謂造之一夜而熟，若今鷄鳴酒是也。」言或儲之平日，或造之近時，毋使其或不足于供也。或通作夃。夃者買也。亦通作沽，《論語》「沽酒市脯不食」，《尸子》云「沽者知酒之多少」是也。黄佐云：「《漢・食貨志》曰：《詩》云『無酒酤我』，而《論語》云『沽酒不食』，二者似相反也。夫《詩》處承平之世，酒酤在官，和旨便人，可以相御也；《論語》孔子當衰周之世，酒酤在民，薄惡不誠，是以疑而不食。」愚詳《詩》之所云，特設言之，以見其相愛之情耳，非必無酒。縱使無酒，猶當爲我酤買之，篤于朋友，不以有無爲辭也。下文言「飲此湑」，知不待酤也。坎，通作竷。《説文》云：「舞也。」解見《宛丘》篇。重言坎坎者，舞之不已也。擊鼓以爲舞節，故陳風曰「坎其擊鼓」，而此亦曰「坎坎鼓我」也。蹲，通作壿，偏旁从士。《説文》云：「士舞也。」重言蹲蹲者，見非一人之舞也。蘇云：「奏之以鼓，重之以舞，盡其有以樂之也。」陳暘云：「《易》曰：『鼓之舞之以盡神。』古者作樂，始於鼓以作其聲，終於舞以動其容，坎坎鼓我，則發諸聲音，而以反爲文也；蹲蹲舞我，則形諸動静，而蹈厲有節也。人道性術之變，盡于此矣。文王燕朋友故舊，而爲樂至此，亦仁之至義之盡也。」通章言我，皆主人自我。舊説謂「湑我」、「酤我」、「鼓我」、「舞我」，爲古人倒句文法，非也。讀者當于湑、酤、鼓、舞字畧斷。言有酒而令人湑之者，我也；無酒而令人酤之者，我也；命人坎坎而鼓之者，我也；命人蹲蹲而舞之者，我也。孔云：「《禮記》：『天子食三老五更于大學，冕而總干，親在舞位。』知此非自舞者，食三老五更，重禮示敬，故王親舞之。此與故舊燕樂，不當親舞也。若言親舞，豈亦親擊鼓乎？以此知使人爲之。」迨，本作逮。《説文》云：「及也。」有汲汲皇皇之意。暇，《説文》云：「閒也。」歲終而事閒也。飲此湑者，飲此所湑之酒也。鄧云：「《鹿鳴》之辭篤而敬，《伐木》之辭和而親。」

《伐木》三章，章十二句。 毛、鄭本作《伐木》六章，章六句。劉氏云：「此詩每章首輒云『伐木』，凡三云『伐木』，故知當爲三章。舊作六章，誤矣。」朱子從之。豐氏本亦同。○朱傳以爲燕朋友故舊，《子貢傳》以爲燕賢，《申培説》以爲天子燕友之歌，皆不能知此詩所用之地。若蔡邕《正交論》云：「周德始衰，頌聲既寢，《伐木》有鳥鳴之刺。」蓋因詩中有「矧伊人矣，不求友生」之語，遂以爲刺詩耳。細玩詩中無刺意也。而《太平御覽》、《初學記》、《古樂志》及《文選注》皆云：「饑者歌食，勞者歌事，詩人《伐木》，自苦其事，故以爲文。」此本《韓詩》之説，然其義小矣。

詩經世本古義卷之七(箕)

殷帝乙之世詩五篇

何氏小引

《草蟲》，思南仲也。南仲以王命城朔方，遂伐西戎，其室家思念之而作此詩。亦名《南陔》。

《出車》，勞還帥也。文王之時，西有昆夷之患，北有玁狁之難，以殷王帝乙之命，命南仲城朔方，因伐西戎。於其還也，作此詩以勞之。

《四牡》，文王勞使臣之詩。

《杕杜》，勞還役也。

《皇皇者華》，文王遣使臣之詩。

《草蟲》，思南仲也。南仲以王命城朔方，遂伐西戎，其室家思念之而作此詩。篇中「喓喓」六語，與《出車》篇全同，以是知爲南仲之室家思南仲也。愚又疑此詩謂即六笙詩中之《南陔》。○按《儀禮・燕禮》篇，大夫皆就席後：「席工于西階上少東。小臣納工，工四人，二瑟。小臣坐授瑟，乃降。工歌《鹿鳴》、《四牡》、《皇皇者華》。卒歌，主人洗，升獻工。笙入，立于縣中，奏《南陔》、《白華》、《華黍》。主人洗，升獻笙，乃間歌《魚麗》，笙《由庚》；歌《南有嘉魚》，笙《崇丘》；歌《南山有臺》，笙《由儀》。遂歌鄉樂，周南《關雎》、《葛覃》、《卷耳》，召南《鵲巢》、《采蘩》、《采蘋》，大師告樂正曰：『正歌備。』乃降，復位。」《鄉飲酒禮》篇，奠觶後：「設席于堂廉東上，工四人，二瑟，瑟先。相者二人，授瑟，乃降。工歌《鹿鳴》、《四牡》、《皇皇者華》。卒歌，主人獻工。笙入堂下，磬南，北面立，樂《南陔》、《白華》、《華黍》。主人獻工于西階上。乃間歌《魚麗》，笙《由庚》；歌《南有嘉魚》，笙《崇丘》；歌《南山有臺》，笙《由儀》。乃合樂：周南《關雎》、《葛覃》、《卷耳》，召南《鵲巢》、《采蘩》、《采蘋》。工告于樂正曰：『正歌備。』樂正，告于賓，乃降。」此二禮作樂樂賓之儀節大略也。其《南陔》、《白華》、《華黍》、《由庚》、《崇丘》、《由儀》六篇，《序》皆以爲有其義而亡其辭，所謂有其義者，《序》謂：「《南陔》，孝子相戒以養也；《白華》，孝子之潔白也；《華黍》，時和歲豐宜黍稷也；《由庚》，萬物得繇其道也；《崇丘》，萬物得極其高大也；《由儀》，萬物之生各得其儀也。」又云：「《南陔》廢，則孝友缺矣；《白華》廢，則廉耻缺矣；《華黍》廢，則蓄積缺矣；《由庚》廢，則陰陽失其道理矣；《崇丘》廢，則萬物不遂矣；《由儀》廢，則萬物失其道理矣。」所謂亡其辭，則諸儒説各不同。鄭玄謂：「遭戰國及秦之世而亡之。」朱子謂：「《南陔》以下，今無以考其名篇之義，然曰笙、曰樂、曰奏而不言歌，則有聲而無辭明矣。」意古經篇題之下，必有譜焉，如《投壺》魯鼓薛鼓之節，而亡之耳。商份亦云：「所謂亡其辭，今《論語》亡字皆讀爲無字。謂此六詩，於笙奏之，雖有其聲，舉無辭句，不若《魚麗》、《南有嘉魚》、《南山有臺》於歌奏之。歌，人聲也，故有辭耳，此歌與笙之異也。」董氏之説亦然。吕祖謙、嚴粲頗不然其説。吕之言云：「笙入有聲無詩，其説不爲無理。然《國語》叔孫穆子聘晉，伶簫詠歌《鹿鳴》之三。《鹿鳴》三篇，既可與簫相和而歌，則《南陔》以下，豈不可與笙相和而歌乎？」嚴之言云：「樂以人聲爲主，人聲，即所歌之詩也。若本無其辭，則無繇有其義矣。《序》本因其辭以知其義，後亡其辭，則惟有《序》所言之義存耳。」黄震兩辨之，其辨吕云：「《國語》言歌，則《鹿鳴》三篇，有辭之可歌也。《儀禮》不言歌，則《南陔》六詩，無辭之可歌也。此不足疑也。」其辨嚴云：「古之樂章，今之《琴譜》類也。《琴譜》有操辭具存者，《鹿鳴》之詩之歌也。有徒存其譜，而無辭曲之可歌者，如長清、短清與長側、短側之類，雖無其辭，未嘗無其義也。此亦不足疑也。」又王質云：「唐有上柱、鳳雛、平調、清調、瑟調、平折、命嘯七曲，亦有聲無辭。」其説皆與朱子合。而顧起元《説略》則又云：「笙詩有辭有聲，如其有聲無辭宜曰笙調，不云笙詩。《燕禮》升歌《鹿鳴》，下管《新宫》。《新宫》今亡，宋公享公孫昭子，賦《新宫》，將謂管亦有聲無辭耶？笙詩之亡，猶管詩之亡也。《書》曰：『琴瑟以詠，笙鏞以間。』《詩》曰：『我有嘉賓，鼓瑟吹笙。』皆有詩也。歌詠之，聲依之，律和之，自后夔以來，未之有改也。是故，升歌三終，《鹿鳴》三詩也；笙入三終，《南陔》三詩也；間歌三終，《魚麗》、《由庚》六詩也；合樂終，則二南六詩衆聲偕作矣。於是工告樂正曰：『正歌備。』❶皆謂之歌，而可謂之有聲無辭耶？凡樂四節，首節歌也，比歌以瑟也；二節笙也，輔笙以磬也；三節歌笙相禪也；四節鄉樂也。凡樂四節，爲詩十八篇，

❶ 「歌」，《四庫全書》本作「樂」。

皆有聲有辭。鼓瑟鼓琴，笙磬同音，以雅以南，此之謂也。」以上諸家，持論翻駁，各有義理，惟是果無其辭，則《序》不應知其義。既云有其義，則又豈無一二傳其辭，此終是可疑。竊謂詩辭縱遂亡，《序》義未必真也。及晋時，束晳與同業疇人，肄修鄉飲之禮，於是依附《序》義，補著其文，以綴舊制。而鄭樵、劉辰翁輩皆非之，以爲無謂云。間竊以愚意測之，詩《序》所次篇目，合六笙詩，共三百一十一篇，後人相傳，以爲定本。而《史記》言：「古詩三千餘篇，及至孔子，去其重，取可施於禮義者，三百五篇。」龔遂謂昌邑王曰：「大王誦詩三百五篇。」王式曰：「臣以三百五篇諫。」及讖緯之書，如《樂緯》、《詩緯》、《尚書璿璣鈐》，其傳自漢世者，皆以三百五篇爲夫子删存定數，未嘗有三百一十一篇也，抑微獨《史記》諸書而已。當孔子未録《商頌》之時，所删周家之詩篇，始于周南，而以魯頌爲殿，亦只有三百篇耳，故曰：「詩三百，一言以蔽之，曰思無邪。」詩三百者，全詩之數。思無邪者，殿卷之語也。其後以己爲殷人，復録商頌五篇，綴于魯頌之後，合之始有三百五篇。然則三百五篇之爲夫子删存定數審矣，烏自而虛懸有六笙詩之名，以爲三百一十一篇乎？蓋緣漢儒見《儀禮》有此篇名，謂諸詩皆已見經，不應此六詩獨無，輒便攙入于《魚麗》、《南有嘉魚》、《南山有臺》之間，俾以類相從，而又復竄《弁序》語，俾與諸詩一例，大抵皆贗託，非初本也。若夫《儀禮》所取斷不爲夫子所删，而經夫子删後之《詩》，其存者惟有三百五篇而已，則六笙詩何得不在其内？故愚謂六詩具存，特因笙奏曲名與《詩》篇互異，遂致此誤。亦猶《斯干》之詩，以管奏之，則别名《新宫》。《時邁》、《雝》諸詩，以鐘鼓奏之，則别名《九夏》也。六詩伊何？《南陔》即《草蟲》也。二章、三章，皆有「陟彼南山」之語，故曰《南陔》。陔者，隴也，謂南山之隴也。《白華》即《采薇》也。其四章曰：「彼爾維何？維常之華。」常者，常棣也。常棣者，白棣也。隱《常棣》之名而著其色曰《白華》也。《華黍》即《出車》也。其四章曰：「昔我往矣，黍稷方華。」此則摘字爲名，如《漢廣》之類，其尤昭晰者也。三詩皆言爲君宣力之事，故於燕禮、鄉飲酒禮奏之，使凡在席之臣，聞而知勸，亦與歌《四牡》、《皇皇者華》同意者也。《由庚》即《吉日》也，以「吉日庚午」取之。《禮》歌《魚麗》，則笙《由庚》，謂燕饗之物，無所不備，水産有魚，陸産有麀鹿，有豝兕，竭誠盡禮之至也。《崇丘》即《緜蠻》也，以「丘阿」、「丘隅」、「丘側」取之。《禮》歌《南有嘉魚》，則笙《崇丘》，謂上之人志在得賢，必有後車之載，而後足慰翩鵻之思，望諸侯貢士賓王也。《由儀》即《菁菁者莪》也，以「樂且有儀」取之。《禮》歌《南山有臺》，則笙《由儀》。古者養老，必于太學。凡視學，必養老，一以崇憲乞，一以儲俊造，是教化之大者也。夫故燕禮、鄉飲酒禮，均有取焉爾也。

喓喓草豐氏本作「艸」。**蟲**，東韻。《釋文》云：「或作虫。」非。**趯趯阜**《爾雅》注作「𨸏」，豐本作「自」。**螽**。東韻。**未見君子，憂心忡忡**。東韻。豐本作「𢥞」。**亦既見止**，豐本作「只」。下同。**亦既覯**《爾雅》作「遘」。**止**，豐本作「只」。下同。《後漢書》改此二句作「既見君子」。**我心則降**。叶東韻，胡公翻。○興也。《說文》無喓字，當通作要。要，本身腰之腰，借爲約束之義。徐鍇云「腰爲中關，所以自臼持」是也。此草蟲言要者，蓋象其結束精悍之形，不然則疑嘌字之誤。嘌之爲言疾也，與趯同意。重言之者，非一之辭。趯趯倣此。草蟲，郭璞云：「常羊也。」陸璣云：「大小長短如蝗，奇音青色，好在茅艸中作聲。」趯，《說文》云：「踊也。」阜螽，李巡云：「蝗子也。」陸璣云：「今人謂蝗子爲螽子，兗州人謂之螣。」陸佃云：「今謂之蜉蠑，示跳示飛，飛不能遠。」許慎以爲「蝗螽」，蔡邕以爲「螽蝗」，明是一物。《方言》云：「宋、魏之間謂之蚮，南楚之外謂之蟅蟒，或謂之蟒，或謂之䘃。」按螽之族，厥類實繁。《爾雅》云：「蛗螽，蠜；草螽，負蠜；蜇螽，蜙蝑；❶蟿螽，螇蚸；土螽，蠰谿。」陸佃云：「草蟲鳴，阜螽躍而從之，故阜螽曰蠜，草蟲謂之負蠜也。」艸蟲興南仲，阜螽以自況，婦人從夫，其象有如此者。君子，指南仲也。忡，《説文》云：「憂也。」按忡字，左从心，右施中，當謂憂在心中，不能脱離之意。毛傳訓忡忡爲衝衝，義亦同此。止，通作只。《説文》云：「語已辭也。」覯，《説文》云：「遇見也。」見常而覯暫，今不敢必其能常見，但遇見之猶愈于已，故既言見，而又轉言覯也。降，《説文》云：「下也。」對忡忡言，憂向在心中，懸而不下，今忽解去，所謂降也。謝枋得云：「猶今人云放下心也。」時南仲方薄伐西戎，而其室家思之如此。又《左》襄二十七年，鄭伯享趙孟，子展賦《草蟲》。趙孟曰：「善哉，民之主也！抑武也不足以當之。」卒享，趙孟告叔向曰：「子展其後亡者也，在上不忘降。」此特借語爲之辭耳，非詩本義。

陟彼南山，言采其蕨。叶屑韻，紀劣翻。**未見君子，憂心惙惙。**屑韻。**亦既見止，亦既覯止，我心則説。**屑韻。音悦。○賦也。南山，周終南山也。蕨，《爾雅》云：「虌也。」《通志》云：「莽芽也。」陸璣云：「山菜也。初生似蒜，莖紫黑色，可食，如葵。」陸佃云：「初生無葉，可食。狀如大雀拳足，又如其足之蹷也，故名蕨。周、秦曰蕨，齊、魯曰虌，俗云初生者亦類虌脚，故曰虌。」《廣雅》以爲紫基，非也。羅願云：「蕨生如小兒拳，紫色而肥。今野人今歲焚山，則來歲蕨菜繁生。其舊生蕨之處，蕨葉老硬敷披，人誌

❶「蝑」，原作「婿」，據《四庫全書》本改。

之謂之蕨基。」戴侗云：「其根掘而擣之，取粉可食。凶年以御飢，謂之烏昧，亦謂烏楔。」《格物論》云：「二三月采，山中人作茹食之。」惙，《説文》云：「憂也。」戴侗云：「憂結貌。」按惙字，右施叕，叕者，綴聯之義，戴説可信。説，許慎云：「釋也。」陸佃云：「降所以反忡忡，説所以反惙惙。忡忡，言中而不下也。惙惙，言綴而不解也。降，下也。説，解也。」又《説苑》，孔子對魯哀公曰：「惡惡道不能甚，則其好善道亦不能甚。好善道不能甚，則百姓之親之也亦不能甚。《詩》云：『未見君子，憂心惙惙。亦既見止，亦既覯止，我心則説。』《詩》之好善道之甚也如此。」亦斷章取義。

陟彼南山，言采其薇。叶支韻，靡爲翻。**未見君子，我心傷悲。**支韻。**亦既見止，亦既覯止，我心則夷。**支韻。○賦也。薇，陸璣云：「山菜也。莖葉皆似小豆，蔓生，其味亦如小豆藿，可作羹，亦可生食。今官園種之，以供宗廟祭祀。」項氏云：「薇，今之野豌豆苗也。蜀人謂之巢菜，東坡改名元修菜是也。一名金櫻芽。」季本云：「薇似蕨而差大，如巨擘，剥而食之甘美。《莊子》所謂迷陽是也。山間人謂之迷蕨。」陸佃云：「薇似藿，菜之微者也。故《禮》『芼豕以薇』，《記》曰『鉶芼，牛藿、羊苦、豕薇』是也。」程大昌云：「山中極多，味苦，以芼火肉，最相諧宜。其苗春則盛發，至秋老硬，然不萎死，雖雪中亦可采也。」《詩注》又名苦益。《三秦記》云：「夷、齊食之三年，顔色不變。武王戒之，不食而死。」按《爾雅》「薇，垂水」，疏謂草生于水濱，而枝葉垂于水者曰薇。今《詩》言山有蕨薇，又言上山採薇，恐非此草也。據《本草》，薇有二種：生水旁，葉似萍者，薇也；生平原川谷，似柳葉者，白薇也。此當爲白薇耳。夷，《説文》云：「平也。」嚴粲云：「人喜悦則心平夷。」謝云：「惙惙，憂之深不止于忡忡矣，傷則惻然而痛，悲則無聲而哀，不止于惙惙，此未見之憂一節緊一節也。降則心稍放下，悦則喜動于中，夷則心氣和平，此既見之喜一節深一節也。」愚按張衡謂「大火流，草蟲鳴」，然則草蟲鳴，阜螽躍，深秋候也。《四月》之詩，以「山有蕨薇」並言，而此詩言采蕨，又言采薇。蕨、薇皆二三月所采，而言蕨者常在薇先，則蕨之生當稍先于薇，總之在初春時耳。南仲以深秋伐西戎，至春日遲遲，而始奏凱以歸，其節序物候，恰與此合，則其爲室家思念南仲之詩，無可疑者。繇南仲忠義天植，國爾忘家，其室家之人知之深，故思之切如此。

《草蟲》三章，章七句。《序》云：「《草蟲》，大夫妻能以禮自防也。」朱子謂：「未見能以禮自防之意，直以爲大夫行役在外，其妻獨居，感時物之變而思其君子。」按朱於詩意固爲得之，而不能知其人，則不過閨情之常耳，有何關係。若《子貢傳》謂：「南國之大夫，聘于京師，睹召公而歸心焉。」此第依附召南以立説，要無稽據。《申培説》則云：「南國大夫，夏聘于周，次于終南，睹王室之多賢，相率以歸心焉。」其汎斯甚，觀篇中云「未見君子」，豈博及多賢之辭哉？

《出車》，勞還率也。出《序》。**文王之時，西有昆夷之患，北有玁狁之難，以殷王帝乙之命，命南仲城朔方，因伐西戎，於其還也，作此詩以勞之。**《竹書》紀帝乙三年，王命南仲西拒昆夷，城朔方，即此詩事也。按《史記》稱公季卒，子昌立，是爲西伯。西伯曰文王。《汲冢周書序》云：「文王立，西距昆夷，北備玁狁，謀武以昭威懷。」則此詩之爲文王詩明矣。文王作此詩以慰勞南仲，故篇中曰「自天子所」，曰「天子命我」，可知非帝乙勞之也。

我出我車，《荀子》作「輿」。**于彼牧**叶職韻，讀如「墨」。密北翻。**矣。自天子所，謂我來**叶職韻，六直翻。**矣。召彼僕夫，謂之載**叶職韻，節力翻。**矣。王事多難，**去聲。**維其棘**職韻。**矣。**賦也。此詩言「我」者不一。首二章言我者，文王之辭；中二章言我者，代爲南仲之辭；其第五章言我者，則代爲南仲室家之辭，分别觀之乃得。我車，我所統之戎車也。文王時爲西伯，則西方諸侯之戎車皆其所統，非必盡周車也。彼，主殷都而言。《爾雅》：「郊外謂之牧。」《周語》「國有郊牧」，注云：「放牧之地。」言我令人駕出我所統之戎車，已至于殷都郊外之牧地，蓋謂前軍之先行者也。李氏云：「《荀子》曰：『天子召諸侯，諸侯輦輿就馬，禮也。』遂舉此詩云：『我出我輿，于彼牧矣。』毛氏本《荀子》之説，以爲出車就馬于牧地，然未必得詩人之意。」馬端臨云：「古人用兵必以車戰，意在聲罪致討，其坐作進退，整暇有法，未嘗掩人之不備，而以奇取勝也。故韓厥遇齊侯，則奉觴加璧。郤至遇楚子，則免胄趨風。可以死，則爲于犨之請矢。可以無死，則爲庾公之叩輪。所謂殺人之中又有禮焉。至戎狄之侵中國，則雲合鳥散，輕進易退，于是車之雍容，不足當其徒之慓疾，遂至舍車而用徒。然彼長於徒，我長于車，捨我之長技而與角，是以兵予敵也，故必設伏以誘之，未陳而薄之，然後可以取勝，而車戰之法廢矣。秦、漢以後之用兵，其戰勝攻取者，大概皆如鄭之禦戎，晋之敗狄耳，何嘗有堂堂正正之舉乎？」自，從也。天子，指帝乙也。謂，命也。下同。謂我來者，命我來簡發此戎車也。召，《説文》云：「呼也。」僕夫，毛傳云：「御夫也。」載，《説文》云：「乘也。」文王既承王命，呼召己之御夫，命之載己而歸，將以料簡車徒，使之尅期上道也。王事，王室封疆之事也。時玁狁、昆夷並起爲患，故曰多難。棘，通作𩋜。《説文》云：「急也。」或通作亟，《説文》云：「疾也。」戎狄秋高馬肥，易于南牧，速則邊防可固，緩則邊警可虞，故曰「維其棘矣」。觀後章城方之命，則此行專以築城爲事，與《六月》出征不同。然必成師以出者，蓋不如是，則恐玁狁聞知，必來撓我之築，而方不可得而城也。

我出我車，于彼郊叶豪韻，居勞翻。**矣。設此旐矣，建彼旄**豪韻。**矣。彼旟旐斯，胡不旆旆？**叶寘韻，蒲寐翻。**憂心悄悄，僕夫況**豐氏本作「怳」。**瘁。**寘韻。陸德明本作「萃」。○賦也。韋昭云：「國外曰郊。」徐鍇云：「按《爾雅》注，百里之國，十里爲郊，王畿千里，郊當百里。」《司馬法》云：「王國百里爲郊，五十里爲近郊，百里爲遠郊。」《白虎通》云：「王及公侯必有郊者，上則郊接天神，下則郊接諸侯，郊接鄰國。」朱子云：「郊在牧内，蓋前軍已至牧，而後軍猶在郊也。」設，陳也。毛傳云：「龜蛇曰旐。」《考工記》云：「龜蛇四斿，以象營室。」疏云：「龜有甲，象其捍難。蛇無甲，見人避之，象其避害也。營室，北方七宿也，其星象龜形。」又《爾雅》云：「緇廣充幅長尋曰旐。」注謂：「以黑色之帛，廣全幅，長八尺，屬於杠，名旐。」蓋其製如此。建，立也。旄，注旄于旗干之首，解見《干旄》篇。鄭云：「設旐者，屬之於干旄，而建之戎車。」孔云：「此旐彼旄，一言彼，一言此，便文耳。『于彼新田，于此菑畝』，皆此類也。」毛云：「鳥隼曰旟。」謂畫朱雀及隼。《考工記》云：「鳥旟七斿，以象鶉火也。」《説文》云：「錯革畫鳥其上，所以進士衆。」孫炎云：「錯，置也。革，急也。畫急疾之鳥於縿也，有旐有旟。《禮》所謂前朱雀而後玄武也。」稱龜蛇爲玄武者，朱子云：「位在北方，故曰玄；身有鱗甲，故曰武。」陸化熙云：「出車在郊，視前在牧之車爲後軍，則所見止是設旐建旄。而設旟建旄，已在彼牧，故亟接之曰『彼旟旐斯』。蓋因言表章，而兼舉前後軍言之也。」胡不，猶言豈不也。旆旆，毛云：「旒垂貌。」董氏云：「《禮》曰：『德車結旌，武車綏旌。』綏，謂垂舒之也。昔晋治兵，建而不斾，壬申復斾，諸侯畏之，則知垂旒所以爲戰也。」按斾惟旐有之，《説文》云：「繼旐之旗，沛然而垂，名斾。」此云斾斾者，合旟旐飛揚之象而言，與「茌菽斾斾」同意。傳所謂旒，即四斿七斿之斿，乃旌旗之末垂者。嚴云：「繼旐曰斾。旐，以全帛爲之，續旐末爲燕尾者，名之爲斾，言斾之本體也。此胡不斾，斾乃飛揚之貌。」愚按，至此則文王出車之事已竣，可以還報天子矣。然兵凶器，戰危事，目擊醜虜憑陵，未知蕩平何日，所以思之，而憂心至于悄悄也。悄，徐鍇云：「憂思低小也。其思多端，故重言悄悄。」況，《説文》云：「寒水也。」荒凉之意。《説文》無瘁字，當通作顇，謂形容顦顇也。僕夫況瘁，則亦文王憂國之誠，有以感之而然耳。吕祖謙云：「古者出師，以喪禮處之。命下之日，士皆涕泣，皆此意也。」以上二章皆文王自爲敘述也。

王命南仲，往城于方。陽韻。**出車**《史記》作「輿」。**彭彭，**叶陽韻，逋旁翻。**旂旐央央。**陽韻。陸本作「英英」。**天子命我，城彼朔方。**同上。**赫赫南仲，玁**豐本作「獫」。**狁于襄。**陽韻。○賦也。首二章止言出車勤王耳，未明言其何所命也。此方以承命出車之故言之。王，天子也。蘇轍謂：「王，當爲文王。」按文王未受命，安得稱王乎？南仲此時承王命爲將者，即《常武》詩所稱也。又《春秋》「隱九年，天王使南季來聘」，杜注謂「南氏，季字」，意即南仲後也。城，築城也。方，毛云：「朔方，近玁狁之國也。」朱子云：「今靈夏等州之地。」曹氏云：「即《六月》所謂『侵鎬及方』，《郡縣志》『夏州朔方縣，什賁故城，在縣治北，即漢朔方縣之故城也』，《詩》所謂『王命南仲，城彼朔方』是也。漢武帝元朔二年，收河南地，置朔方五原郡，使蘇建築朔方。什賁之號，蓋蕃語也。」鄭云：「往築城于朔方，爲軍壘以禦北狄之難。」按朔方，即今陝西寧夏衛，在固原西南五百餘里。有待于南仲之城者，必翟患未肆之前，常倚山河爲固，不待設險。及玁狁内侵，則將有決藩之勢，其地始爲華夷要區，故不得不爲城以守耳。嚴云：「朔方之地，爲玁狁所侵軼。今王命南仲驅去玁狁，以城之而已，不事窮蹙之也。」彭，通作騯。《説文》云：「馬盛也。」毛云：「交龍爲旂。」《爾雅》注云：「懸鈴于竿頭，畫龍于旂上。」劉熙云：「旂，倚也。畫作兩龍相依倚也，通以赤色爲之，無文采，諸侯所建也。」鄭云：「兩龍，一象其升朝，一象其下復也。」孔云：「旂蓋南仲所建，以下或載旐，或載旟。此經所陳，唯旂、旐、旟三物而已。」愚按所以不再舉旟者，旟爲前軍，已往前進發。南仲大將當居中軍，王國大夫視外諸侯，分得建旂，此時統後軍繼進，故但言旂旐也。央央，通作英英，鮮明之貌。「天子命我」二句，述南仲稱王命以令衆也。吕云：「大將傳天子之命，以令軍衆，於是彭彭然張其車乘，央央然旆其旂旐，威靈氣焰，赫然動人。兵事以哀敬爲本，而所尚則威也。」赫赫南仲，乃文王讚歎之詞，後倣此。赫，《説文》云：「火赤貌。」以南仲之威焰如之，故曰赫赫。襄，與懷山襄陵之襄同。蔡沈云：「駕出其上也。」按襄字訓駕，當是通作驤。《漢書》「雲起龍襄」，又「交龍襄首奮翼」，皆取襄驤通用。季本云：「城朔方所以斷戎狄往來之路，西戎道絶而不相犄角，則可以駕玁狁而出其上，故曰『于襄』。」程子云：「此章指元帥之名，以顯其功也。」

昔我往矣，黍稷方華。麻韻，亦叶虞韻，芳蕪翻。**今我來思，雨**去聲。**雪載塗。**虞韻，亦叶麻韻，宅加翻。豐本作「涂」。**王事多難，**去聲。**不遑啓居。**魚韻。**豈不懷歸？畏此簡書。**魚韻。○賦也。第三章「惟天子命我」二句，述南仲之語，此章則全是南仲語矣。昔我往矣，南仲就道時也。黍稷方華，方生華也。鄭、孔皆以爲六月中時。按《考靈曜》云：「春，鳥星昏中，可以種稷；夏，火星昏中，可以種黍。」氾勝之云：「黍者暑也。種者必待暑。」羅願云：「稷爲首種，孟春正稷之時。」又賈思勰云：「凡黍穄，三月上旬種者爲上時，四月上旬爲中時，五月上旬爲下時。夏種黍穄，與植穀同時，非夏者，率以椹赤爲候。」大抵植種有早晚，則華實之早晚隨之，非必定在六月中時方生華也。孔氏但據《月令》有「孟秋，農乃登穀」之文，鄭解所登之穀爲黍稷，故以爲六月華，不知《月令》仲夏之月農既登黍矣，豈盡俟孟秋乎？今我來思，歸而在道時也。雪，春雪也。陸佃云：「臘雪，握之輒聚。立春以後，不復可搏，以微温搏之故也。」塗，毛云：「凍釋也。」《夏小正》云：「春正月，寒日滌，凍塗，農及雪澤。」孔云：「雪落而釋爲塗泥，是春凍始釋也。」鄭云：「因伐西戎，至春凍始釋而來反也。」王事多難，與首章語意正同。而此更爲伐西戎起語，所以至于雨雪載塗之時而後來歸者，以西戎助玁狁爲虐，復承王命徂征，自北而西，歸計轉緩，故不遑啓居也。畏者，凛凛欽承之意，與畏罪不同。簡書，策命之詞也。孔云：「古者無紙，有事書之於簡，謂之簡書。」當時命南仲城方，因見西戎竊發，故并命之，竣事後，移師往伐西戎耳。《左》閔元年，狄人伐邢，管敬仲言於齊侯曰：「戎狄豺狼，不可厭也。諸夏親暱，不可棄也。宴安鴆毒，不可懷也。《詩》云：『豈不懷歸，畏此簡書。』簡書，同惡相恤之謂也。請救邢以從簡書。」同惡相恤，意簡書中舊有此語，乃諸侯所受之于天子者，故敬仲引及之。舊説不達，謂鄰國有急，以簡書相告，誤矣。自「王事多難」而下四語，其事在「黍稷方華」之後，「雨雪載塗」之前，城方已畢，似可歸而猶不得歸者，爲將伐西戎故耳。《詩》之敘事，變幻錯綜若此。以後章臆之，其在徂秋涉冬之間乎？

喓喓草豐本作「艸」。**蟲**，東韻。**趯趯阜**豐本作「自」。**螽**。東韻。豐本作「蠓」。**未見君子，憂心忡忡**。東韻。豐本作「𢥞」。**既見君子，我心則降**。叶東韻，胡公翻。**赫赫南仲，薄伐西戎**。東韻。〇興而賦也。「喓喓」而下六語，義俱同《草蟲》篇。以時序考之，張衡謂「大火流，草蟲鳴」，正深秋候耳。草蟲鳴，則阜螽躍而從之，以興夫唱婦隨，其象亦如此也。孔云：「此明在冬前，晚秋之時，因有草蟲而爲興，冬則蟲死，不得過於晚秋也。」君子，室家斥南仲之辭。我，則室家自我也。朱子云：「室家感時物之變而念之，以爲未見而憂之如此，必既見而後心可降耳。」愚按《草蟲》詩，全同此六語，豈其詩早已聞于上，而文王採之以入詩乎？薄，發語辭。西戎，昆夷也。《逸周書》言「文王西距昆夷」是也。亦曰犬戎。伐西戎，所以剪玁狁之羽翼也。此時室家雖思南仲，而赫赫南仲方且薄伐西戎，若不知有其家者，婦義臣忠兩得之矣。曹氏云：「西北二虜相犄角爲寇，故征玁狁，則西戎作；伐西戎，則玁狁平。」

春日遲遲，支韻。**卉木萋萋。**叶支韻，此移翻。**倉庚喈喈，**叶支韻，堅夷翻。**采蘩祈祈。**支韻。**執訊獲醜，薄言還歸。**叶支韻，渠爲翻。**赫赫南仲，玁狁于夷。**支韻。〇賦也。春日，以《夏小正》及《七月》詩推之，知爲二月也。遲遲，解見《七月》篇。卉，《説文》云：「草之總名也。」萋，《説文》云：「草盛也。」通木言之者，以葉盛而言。《詩》咏梧桐亦曰萋萋。又毛傳解「蒹葭萋萋」云：「猶言蒼蒼也。」倉庚，解見《七月》篇。喈喈，解見《葛覃》篇。祈，通作祁，與《七月》篇「采蘩祁祁」解同。執，生擒也。訊，問也。程子云：「其魁首當訊問者。」獲，得也。醜，《説文》云：「可惡也。」謂其徒黨也。此訊醜，皆西戎之訊醜，若玁狁則第城方以備之耳，未嘗有交戰之事。但既城朔方，則玁狁不能乘虚爲害，而西戎可伐。西戎既伐，則有以剪玁狁之羽翼，而玁狁可平，事實相因也。鄭云：「稱美時物以及其事，喜而詳之也。」歐陽脩云：「述其歸時，春日暄妍，草木榮茂，而禽鳥和鳴。於此之時，執訊獲醜而歸，豈不樂哉？」夷，毛云：「平也。」陸云：

「末二句，全是歸功南仲。前言于襄，是在朔方時，不敢憑陵。此言于夷，則以去朔方後言，便有幾世平定意。」輔云：「曰玁狁于夷而已，則固不貴乎略地、屠城、輿尸、蹀血之事也。」鄭云：「獨言平玁狁者，玁狁大，故以爲始，以爲終。」

《出車》六章，章八句。《子貢傳》亦云：「勞將率也。」而但以爲宣王之詩。《申培説》謂：「宣王再命南仲伐獫狁，遂平西戎，勞其還師，史籀美之。」班固《漢書·古今人表》，南仲作南中，亦繫之宣王時人。又云：「宣王興師命將，征伐獫狁，詩人美大其功曰：『出車彭彭，城彼朔方。』」總之因《常武》篇有「王命卿士，南仲大祖」之語，遂致誤耳。或又疑《竹書》紀宣王三年，命大夫仲伐西戎，謂即此南仲。考《史記》，彼乃秦仲也，何得相混。

《四牡》，文王勞使臣之詩。出陳暘《樂書》。○《序》云：「勞使臣之來也，有功而見知則説矣。」《左》襄四年，穆叔如晉，晉侯享之。工歌《鹿鳴》之三，三拜。韓獻子使行人子員問之，對曰：「《四牡》，君所以勞使臣也，敢不重拜？」《魯語》則云：「叔孫穆子聘于晉，晉悼公享之。樂及《鹿鳴》之三，而後拜樂三。晉侯使行人問焉，對曰：『《四牡》，君之所以章使臣之勤也，敢不拜章？』」《子貢傳》襲其説亦云：「章使臣之勤也。」疏義云：「歌于使來之時，則勞其來也。而極言在外之情如此，則章其勤也。勞其來者，此詩之用。章其勤者，此詩之意。」按《采薇序》云：「文王之時，西有昆夷之患，北有獫狁之難，以天子之命，命將率，遣戍役，以守衛中國。」意是詩之作，即在此時。篇中曰「王事靡盬，我心傷悲」，曰「豈不懷歸，不遑啓處」，曰

「不違將父，不違將母」，與《出車》、《杕杜》二詩語意相爲出入，然則此詩倘亦即爲南仲而作，但彼全爲敘述之辭，此則代爲南仲之辭。以南仲此行，城朔方，伐西戎，樹功既懋，經時頗久，故所以勞之者，亦不一而足歟。又考舊史，惟王命南仲，西拒昆夷，城朔方，見于《竹書》，而此外寂寂無聞焉，故知是詩斷爲南仲作也。

四《儀禮》疏作「駟」。**牡騑騑，周道倭**《文選》注作「威」，《釋文》作「委」，豐氏本作「逶」。**遲。**支韻。《韓詩》、《文選》注、豐本俱作「夷」。又《漢書・地理志》注「倭遲」作「郁夷」，「右扶風有郁夷縣」，顔師古注云：「言使臣乘馬，行于此道。」**豈不懷歸？**叶支韻，渠爲翻。**王事靡盬，我心傷悲。**支韻。○賦也。牡，牡馬也。騑，《説文》云：「驂，旁馬。」《禮記》疏云：「車有一轅四馬，中兩馬夾轅，名服馬。兩邊，名騑馬，亦名驂馬。」今曰騑騑，則于四牡之中，特指兩驂馬而言也。周道，自周適他處之道路，主周而言，故曰周道。倭，通作逶。《説文》云：「逶迤，衺去貌。」遲，《説文》云：「徐行也。」程子云：「倭遲，回遠也。」王事靡盬，義與《采薇》篇同。傷，創。悲，痛也。俱見《説文》。心有所思而不得遂，起居不寧，如身之遭創痛然也。言我豈不思歸，特以王事尚未堅固，不敢顧私圖而忘國恤，徒自心懷傷悲而已。孔穎達云：「我心傷悲，正謂念憶父母。下章云『將父、母』是也。」毛傳云：「思歸者，私恩也。靡盬者，公義也。傷悲者，情思也。」鄭玄云：「無私恩，非孝子也；無公義，非忠臣也。君子不以私害公，不以家事辭王事。」范祖禹云：「臣之事上也，必先公而後私；君之勞臣也，必先恩而後義。」朱子云：「夫君之使臣，臣之事君，禮也。故爲臣者奔走于王事，特以盡其職分之所當爲而已，何敢自以爲勞哉？然君之心，則不敢以是而自安也，故燕饗之際，敘其情而憫其勞。臣勞于事而不自言，君探其情而代之言。上下之間，可謂各盡其道矣。」程子云：「上不知下之勞，則下不自盡其力。故《四牡》之義廢，則君臣缺矣。」

四牡騑騑，嘽嘽《說文》作「痑痑」，《漢書》注作「驒驒」。**駱馬。**叶麠韻，滿補翻。**豈不懷歸？王事靡盬，**麠韻。**不遑啓處。**叶麠韻，此主翻。○賦也。嘽，《說文》云：「喘息也。」毛云：「馬勞則喘息。」駱馬名，詳見《駉》篇。陸佃云：「駱馬，善奈勞苦。《詩》曰『嘽嘽駱馬』，言駱性善勞。而今喘息不平如此，則以甚苦故也。」不遑啓處，解見《采薇》篇。上言我心傷悲，其故正在于此。啓者，謂長跪而進食于父母。處，則居處而已。輔廣云：「我心傷悲，既述其私恩之不能忘。不遑啓處，又述其公義之不可已。所謂天理人情之至也。」《左》襄二十九年，葬靈王，鄭上卿有事。子展使印段往，伯有曰：「弱，不可。」子展曰：「與其莫往，弱不猶愈乎？《詩》云：『王事靡盬，不遑啓處。』東西南北，誰敢寧處？堅事晉、楚，以蕃王室也。王事無曠，何常之有？」遂使印段如周。

翩翩者鵻，《說文》、《釋文》俱作「隹」。**載飛載下，**叶麠韻，後五翻。**集于苞栩。**麠韻。**王事靡盬，**麠韻。**不遑將父。**麠韻。○興也。翩，《說文》云：「疾飛也。」以非一飛，故曰翩翩。鵻，鳩類，詳見《鵲巢》篇。陸佃云：「鵻性慈孝愨謹，蓋孝所以致私恩，謹所以致公義，故《四牡》勞使臣之詩，而其託況如此。」羅願云：「隹鳩，孝鳥，故少皞氏以爲司徒。一名祝鳩，似斑鳩，而臆無繡采，又頭有贅。鵻既孝鳥，故養老之杖倣之。漢仲秋之月，縣道皆案户比民，年始七十者，授之以玉杖，餔之糜粥。八十、九十，禮有加賜。玉杖長尺，端以鳩鳥爲飾。鳩者，不噎之鳥也，欲老人不噎。古之養老，祝哽在前，祝噎在後，以爲養老之備。此所以取鳩，而又名鳩爲祝鳩也。」嚴粲云：「鵻一鳥而十四名：鵻也，隹其也，鵓鳩也，祝鳩也，鳺鴀也，鴉鳩也，鶌鳩也，楚鳩也，鵴鳩也，荆鳩也，乳鳩也，鶞鳩也，鴭鳩也，鴉鳩也。」載之言則，蓋音近也。載飛載下，言雖飛而尚下也，後放此。集于苞栩，解見《鴇羽》篇。將，奉也。戴岷隱云：「扶持奉侍之謂。」蘇轍云：「祝鳩，孝鳥，是以孝子不獲養而稱焉。雖之飛也，則亦下而集于栩，不若使者之行久不返，不獲養父母也。」羅云：「《禽經》曰：『雖上無尋，鷚上無常。』言二鳥之起不過尋丈，不遠而復，而王事靡盬之臣，則征役不得暫息也。」范祖禹云：「忠臣孝子之行役，未嘗不念其親，君之使臣，豈待其勞苦而自傷哉。亦憂其憂，如己而已矣，此聖人所以感人心也。」又《韓詩外傳》云：「齊宣王謂田過曰：『吾聞儒者親喪三年，君與父孰重？』過對曰：『殆不如父重。』王忿然曰：『曷爲士去親而事君？』對曰：『非君之土地，無以處吾親；非君之祿，無以養吾親；非君之爵，無以尊顯吾親。受之于君，致之于親，凡事君以爲親也。』宣王悒然，無以應之。《詩》曰：『王事靡盬，不遑將父。』」

翩翩者鵻，載飛載止，紙韻。**集于苞杞。**紙韻。**王事靡盬，不遑將母。**叶紙韻，母鄙翻。○興也。杞，《爾雅》、毛傳皆云枸檵。《説文》云：「枸杞也。」陸璣云：「其樹如樗，一名苦杞，一名地骨。春生，作羹茹，微苦。其莖如莓，子秋熟正赤，莖葉及子服之輕身益氣。」《廣雅》：「名樹乳，又名地筋。」《本草》云：「一名枸根，一名枸忌，一名地輔，一名羊乳，一名仙人杖，一名西王母杖。」朱子云：「一名狗骨。」《抱朴子》云：「家菜，一名託廬。《清泠真君外訣》以枸杞爲三青蔓，其苗爲换骨菜。」《圖經》云：「枸杞春生苗，葉如石榴葉而軟薄，堪食，俗呼爲甜菜。其莖幹高三五尺作叢。六月、七月生小紅紫華，隨便結紅實，形微長，如棗核。其根名地骨，春夏採葉，秋採莖實，冬採根。」《廣韻》云：「春名天精子，夏名枸杞葉，秋名卻老枝，冬名地骨根。」今人相傳，謂枸杞與枸棘，二種相類，其實形長而枝無刺者，真枸杞也。圓而有刺者，枸棘也。沈括云：「陝西極邊生者，高丈餘，大可作柱，葉長數寸，無刺，根皮似厚朴，其美異他處。大體出河東諸郡，其次江淮間。實如櫻桃，暴乾爲餅，膏潤有味。」按《詩》有三杞，詳見《將仲子》篇。上兩章爲奉使初發之詞，此兩章以翩鵻起興，又爲久役未返之詞。物猶得所止，而人子乃缺乎孝養，其感深矣。集栩興將父，集杞興將母，第取叶韻，未必有義。觀《鴇羽》篇，亦詠集于苞栩，而統言父母何怙可見。

駕彼四駱，載驟駸駸。 侵韻，亦叶寢韻，初朕韻。❶**豈不懷歸？是用作歌，將母來諗。** 寢韻，亦叶侵韻，式針翻。〇賦也。按第二章云「四牡騑騑，嘽嘽駱馬」，則知四牡皆駱，故名四駱。陸佃云：「古者天子之卿純駟，故《詩》曰『駕彼四駱』，又曰『乘其四駱』，若諸侯之卿，則不能具純駟矣。」驟，《說文》云：「馬疾步也。」嚴云：「走馬曰馳，不馳而步疾爲驟。」駸，《說文》云：「馬行疾也。」以非一駸，故曰駸駸。載驟駸駸，則其尚在行役，而未能遽歸可見矣。是用作歌者，朱子云：「非使臣作是歌也，設言其情而勞之耳。」諗，鄭云：「告也。」《左傳》「辛伯諗周桓公」是也。將母來諗者，言以己思欲將母之情，來告于其母也，蓋父母愛子之情雖一，而父或猶知大義，母未必不牽于私情，故思所以慰其意者如此。陳際泰云：「先曰將父，而後曰將母者，尊父也。既曰將母，而又曰將母者，親母也。此孝子之志、人情之實也。」輔廣云：「詳于私情，而略于公義，君之勞臣當然也。」

❶「韻」，依文義當作「翻」。

《四牡》五章，章五句。《申培説》以爲「天子勞使臣之詩」，今繫此詩于文王，則非天子之詩矣。或問何以知其非帝乙作也？曰以「周道倭遲」之語知之。《儀禮》於燕禮、鄉飲酒禮，皆歌此詩，蓋其初本爲勞使臣作，後乃移以他用耳。大學始教，則肄此詩，義見《鹿鳴》篇小引下。又《詩緯汎歷樞》推四始之説，以《四牡》在寅爲木始，未詳其義。齊、魯、韓三家，又以此詩爲康王時詩，似不足信。

《杕杜》，勞還役也。出《序》。○愚按此與《出車》同爲一時之作，以次章「卉木萋止」一語知之。鄭玄云：「異歌異日，殊尊卑也。《禮記》曰『賜君子小人不同日』，此其義也。」范祖禹云：「《出車》勞帥，故美其功；《杕杜》勞衆，故極其情。先王以己之心爲人之心，故能曲盡其詞，使民忘其死，以忠于上也。」王安石云：「上之人能知其下中心委曲之情，而形於歌詠，則下悦之，《出車》、《杕杜》是也。上之人不能知，而其下自陳其勞苦之狀，悲傷之情，則怨也，《揚之水》、《鴇羽》是也。」

有杕之杜，有睆其實。質韻。**王事靡盬，繼嗣我日。**質韻。**日月陽**韻。**止，**豐氏本作「只」。**女心傷**陽韻。**止，征夫遑**陽韻。**止。**興也。有杕之杜，解見唐風《杕杜》篇。樹之特生者爲杕。陸化熙云：「《杕杜》雖以識時序之變，而取義于杕，亦因征夫在外，而傷其孤特無依也。」杜與棠相似，白者名棠，赤者名杜。又按《説文》云：「牡曰棠，牝曰杜。」趙頤光云：「牡棠、牝杜，與楊柳同義，又言陰陽也。」此詩代爲室家思夫之辭，故以杜寄興。」睆，明貌。《檀弓》「華而睆」之睆。樹果曰實，吕氏云：「杜之有實，秋冬之交也。」毛傳云：「杕杜猶得其時蕃滋，役夫勞苦不得盡其天性。」孔穎達云：「特生之杜，猶睆然其實，我君子獨行役勞苦，不得安於室家，以盡天性而生子孫，乃杕杜之不如也。」嗣，續也。我，我君子也。繼嗣我日，追往役之始至此日而言，日以繼日不得休息也。十月爲陽，兼言日者，陽月之日也。此即杕杜有實之候。止，通作只，語已辭也，後倣此。遑，《説文》云：「急也。」征夫隨南仲往城于方，事竣可以歸矣。至于十月而猶未歸，則以其時有伐西戎之事，故征夫方遑急于征役也。輔廣云：「述其室家之情，不直言其思之，而必曰『王事靡盬』焉，則雖其室家亦知義也。」

有杕之杜，其葉萋萋。叶支韻，此移翻。**王事靡盬，我心傷悲。**支韻。**卉木萋**同上。**止，**豊本作「只」。**女心悲**同上。**止，征夫歸**叶支韻，渠爲翻。**止。**興也。萋萋，丘氏云：「新葉也。」承上章言杕杜睆實，是去年十月間物色，于今杜葉萋萋，則實落而又生葉，爲今年之二月矣。以杕杜逢春而生意改觀如此，閨中思婦，其何以堪？我，女自我也。卉木萋止，復從杕杜而推廣之，見萋萋者不獨一杕杜，含悲更深，所以踰期未至者，因南仲伐西戎，故遷延至此。《出車》末章所謂「春日遲遲，卉木萋萋」即是時也。然曰「執訊獲醜，薄言還歸」，則已歸在道，特尚未至家，故其室人不知而思念之耳。王者之體悉如此。輔云：「『王事靡盬』者，公義也。『我心傷悲』者，私情也。雖其室家，亦情義並行而不相悖也。」

陟彼南山，言采其杞。紙韻。**王事靡盬，憂我父母。**叶紙韻，母鄙翻。**檀車幝幝，**銑韻。《韓詩》作「綫綫」，《石經》作「幝幝」，《釋文》作「張張」。**四牡痯痯，**叶銑韻，古轉翻。**征夫不遠！**叶銑韻，讀如「蝘」，於殄翻。○賦也。登山采杞，以望其君子。郝敬云：「北山幽方，憂思之北。」嚴云：「鄭、孔皆不明言杞爲何物，以采言之，當是枸杞。杞之可食者，惟枸杞也。」解見《四牡》篇。按《圖經》云：「枸杞，春生苗，葉如石榴葉而軟薄堪食，俗呼爲甜菜。」陸璣云：「春生，作羹茹，微苦。」計此云采杞，當即在「卉木萋止」之時，特期而未至，故借此以致其想望耳，以《出車》末章推之可見。說者泥朱注「春暮而杞可食」之語，遂謂采杞又過于木萋之時，恐未然也。又枸杞，甜菜，味苦，亦夫婦同甘共苦之況。父母，謂夫之父母，即舅姑也。憂我父母，言詒我父母之憂。嚴云：「蓋謂父母思之，當早歸也。」徐光啓云：「及期而望，曰『女心傷悲』，過期而不至，則曰『憂我父母』，其憂有進焉者矣，可見古人立言之法。」蔣悌生云：「此四句見于《北山》詩，其詞同，其義同。《杕杜》之詩爲正雅，《北山》爲變雅，何也？《杕杜》之詩，在上之人敘戍役之勞，以閔之也。《北山》之詩，役者自言其勞，而有怨懟之心也。詞義雖同，而苦樂之意異矣。」檀車，毛云：「役車也。」孔云：「《伐檀》曰『坎坎伐檀』，又曰『伐輪』、『伐輻』，是檀可爲車之輪輻。又《大明》云『檀車煌煌』，檀之所施于車廣矣。」幝，《說文》云：「車弊貌。」徐鍇云：「車弊則木連及韋革金鏄起，皆起若敗巾，故字从巾。」曰幝幝者，行役既久，凡車皆弊也。孔云：「役夫以從征之故，其甲士三人所乘之車而備四馬，故曰四牡，非庶人尋常得乘四馬也。」痯，《爾雅》云：「病也。」按《說文》無痯字，當通作蹇，跛也。檀車耐用而亦敝，牡馬有力而亦跛，以見其久且勞也。愚按車敝馬罷，非目所見，以行役之久料之。征夫不遠，又於車敝馬罷料之，皆意度之辭。見在邊之久當歸，非謂以幝痯之故，不得不歸也。又陳際泰云：「車之堅者敝，師老矣。卒遇寇，不可用也。向者悲傷，私情也，至此多此憂焉，其曲而中也夫。」

匪載匪來，叶職韻，六直翻。**憂心孔疚。**叶職韻，訖力翻。**期逝不至，**叶質韻，職日翻。**而多爲恤。**質韻。**卜筮偕**叶紙韻，苟起翻。**止，會言近**叶紙韻，巨椅翻。**止，征夫邇**紙韻。**止。**賦也。匪，通作非。載，鄭云：「裝載也。」疚，當作宊。《爾雅》云：「病也。」嚴云：「心甚病也。」期，歸期也。逝，往也，猶適也。恤，憂也。期逝不至，指妻止時言。憂心孔疚，女心傷悲也。而多爲恤，憂我父母也。不獨我憂之，父母亦憂，所謂多恤也。一説，謂前已期征夫不遠矣，既而「匪載匪來」，所以「憂心孔疚」。曰「而多爲恤」者，饑渴與，疾病與，死傷與，皆憂中事也。于義亦通。但歸期太賒，語意轉緩，且於當日情事不合耳。李氏云：「觀此詩言『王事靡盬，憂我父母』，何以異於《鴇羽》『王事靡盬，不能蓺稷黍，父母何怙』。言『期逝不至』，何以異於《采緑》『五日爲期，六日不詹』。然《鴇羽》、《采緑》，下之人自訴其勞苦，此則下之人勞苦而上知之也。」灼龜曰卜，揲蓍曰筮。偕，俱也。《禮》「大事先筮而後卜，小事則龜筮不相襲」，今相襲俱作，以心之惶惑不定，故至于無所不爲也。會，聚也，合也。會言，毛謂會聚卜人筮人之言，鄭謂卜之筮之，合言于兆卦之繇，二義皆通。既訊之卜筮，而皆曰近矣，則征夫其亦邇而將至矣。輔云：「征夫不遠，想料之辭也。征夫邇止，决定之辭也。邇字，如即刻到家之説。」嚴云：「此詩四章皆不言戍役來歸之事，唯述其未歸之時，室家思望之切如此，則今日之歸，其喜樂爲何如也？所以慰勞之也。」輔云：「勞帥勞役，體悉其情，無所不至，而略不及論功行賞之事者，何哉？蓋古者竭誠盡瘁以勤王之事者，人臣之義也。君臣各行其事而已，下不以賞而望乎上，上不以賞而夸乎下，此君臣相與之至情也，豈後世所能及哉。」

《杕杜》四章，章七句。《子貢傳》、《申培説》皆以爲「勞還戍也」，但繫之宣王時耳，辨已在《出車》下。鄒忠胤云：「《詩傳》以此列于體君臣内，則戍乃戍臣也。」舊以《出車》爲勞還率，《杕杜》爲勞還役，《出車》明言「赫赫南仲」，詳見本篇。若《杕杜》之檀車四牡，豈所概於卒伍，其爲先王勞戍臣可知已。愚按檀車四牡，唐孔氏之解自明。若以戍爲戍臣，則何以别於將率，豈謂戍守與征戰異乎。果爾，則檀車何以幝幝，四牡何以痯痯也。且篇中所敘述者，不過室家私情，視《出車》篇迥異，正與《東山》勞歸士詩同一聲口耳，從敘何疑。

《皇皇者華》，文王遣使臣之詩。出陳暘《樂書》。◯《序》云：「君遣使臣也，送之以禮樂，言遠而有光華也。」曹氏云：「燕以遣之，所謂禮也。歌以樂之，所謂樂也。」歐陽脩云：「稱美其能將君命，爲國光華于外耳。」《子貢傳》、朱傳皆云：「遣使臣也。」而《春秋内外傳》則云：「君教使臣。」愚謂遣者其事也，教者其意也。所以定此詩爲文王詩者，《晋語》胥臣言文王之即位也，「詢于八虞，而咨于二虢。度于閎夭，而謀于南宫。諏于蔡原，而訪于辛尹」，是詩亦以咨諏、咨謀、咨度、咨詢爲言，明是數事者皆將于使臣乎取之，則奉使者其即八虞、二虢之流乎。又按《通志》云：「文王即位之八年，六月寢疾，五日而地震東西南北，不出郊圻。有司曰：『地震，爲人主也。』群臣皆恐，欲跡其城以移之。文王曰：『天之見妖，以罰有罪，我若有罪，若何逃罰？率德改行，其可免乎？』於是謹其禮秩，皮革以交諸侯，飭其辭令，幣帛以禮俊士。未幾，疾愈。」意《皇華》之遣，當在此時也。考《竹書》，周地震在帝乙三年夏六月，因繫此詩于帝乙之世。

皇皇豐氏本作「煌煌」。**者華，于彼原隰。**緝韻。**駪駪**《國語》、《説文》、《説苑》俱作「莘莘」，《楚辭章句》作「侁侁」。**征夫，每懷靡及。**緝韻。◯興也。皇，通作煌。《説文》云：「煇也。」煇之爲言明也。毛傳云：「皇皇，猶煌煌也。」華，朱子云：「草木之華也。」《爾雅》云：「廣平曰原，下濕曰隰。」嚴粲云：「言皇皇然光明者，草木之華于彼原隰之間，猶使臣能將命，爲國光華於遠近也。」一説，毛云：「忠臣奉使，能光君命，無遠無近，如華不以高下易其色。」亦通。駪，《説文》云：「馬衆多貌。」征夫，毛云：「行人也。」時文王所遣，必非一使，則衆多並行，正謂同時出使之臣耳。觀後章，或乘騏，或乘駱，或乘駰，可見懷思也。衆征夫皆同此懷，故曰「每懷」，言無一人而不然，即《春秋外傳》所謂「懷和爲每懷」者也。「靡及」者，如恐不及事也。朱子云：「此詩若以戒夫使臣者，而托于其自道之詞以發之，詩之忠厚如此。」《晋語》齊姜謂公子重耳曰：「《周詩》曰：『莘莘征夫，每懷靡及。』夙夜征行，不遑啓處，猶懼無及。況其順身縱欲懷安，將何及矣！人不求及，其能及乎？日月不處，人誰獲安？」

我馬維駒，❶虞韻，亦叶尤韻，居侯翻。《説文》、《釋文》俱作「驕」。**六轡如濡。**虞韻，亦叶尤韻，如繇翻。**載馳載驅，**虞韻，亦叶尤韻，祛尤翻。但四章同用此句，則此字非韻。**周爰咨**《釋文》、《忠經》俱作「諮」。**諏。**虞韻，亦叶尤韻，將侯翻。○賦也。《説文》云：「馬二歲曰駒。」一云：「六尺以上馬，五尺以上駒。」陸佃云：「《傳》曰『大夫乘駒，血氣未定則有蹄齧之虞，故大夫乘之』。《荀子》曰『大路之馬，必倍至于教順，然後乘之，所以養安也』。倍，言年長以倍。今群牧選馬，十六歲以上，乃以進御。《曲禮》曰『齒路馬有誅』，路馬之齒高矣，故齒路馬有誅，所以廣敬也。《詩》曰『我馬維駒』，而後言維騏、維駱、維駰，則騏也，駱也，駰也，蒙上之文，宜皆爲駒。《説文》從句，字音拘，則以駒血氣未定，宜拘執之焉爾。《詩》曰『縶之維

❶「維駒」至下文「懷和爲每懷咨才爲諏」之「懷咨」一段，原缺，據《四庫全書》本補。

之』，義蓋取此。」陳祥道云：「馬八尺以上爲龍，七尺以上爲騋，六尺以上爲馬，六尺以下爲駒。天子所駕下止于馬，諸侯所畜上止于騋，則大夫乘駒，可知矣。」六轡，解見《駟鐵》篇。濡者，霑濕之義。如濡，言柔忍也。又鄭玄云：「言鮮澤也。」周，依左氏作忠信解。《書·太甲》篇「自周有終」之周，解亦同此。又歐陽脩云：「周爲周徧之周，雖有馳驅之勞，不忘國事，周詳訪問，因以博廣聞也。」愚按爲國事而周詳訪問，即忠信之意，苟非實心體國，則必濶略而不周矣。此一字，着落在使臣身上說。爰，《說文》云：「引辭也。」《爾雅》以爲「于也」。咨，訪問也。諏，《說文》云：「聚謀也。」此詩雖賦乘馬出使之事，而亦有比意寓其中。言我馬維駒，雖苦于血氣之未定，而賴有善執轡者，于此則可以使之進退合節，不至于泛駕而旁逸矣。今使臣既以每懷靡及爲心，凡征途採訪所及，必極周詳，以待上之人將於焉訪問，而與之聚謀。庶乎作用有可觀也。咨字虛，諏字實，諏正其所咨者，非泛泛訪問而已。後俱倣此。諏、謀、度、詢，俱就君咨使臣說，舊解未是。《左傳》魯穆叔如晉，晉侯享之。歌《鹿鳴》之三，三拜。韓獻子使行人子員問之，對曰：「《皇皇者華》，君教使臣曰：『必咨于周。』臣聞之：訪問于善爲咨，咨親爲詢，咨禮爲度，咨事爲諏，咨難爲謀。臣獲五善，敢不重拜？」而《外傳》則云：「《皇皇者華》，君教使臣曰：『每懷靡及，諏謀度詢，必咨于周。』敢不拜教？臣聞之曰：『懷和爲每懷，咨才爲諏，咨事爲謀，咨義爲度，咨親爲詢，忠信爲周。』君況使臣以大禮，重之以六德，敢不重拜？」二傳微有異同，而諏之爲義，具謀事、謀才二訓。愚按才猶言作用，蓋相與互參其說，以訂此事之作用當何如耳。馬融《忠經》云：「出于四方以觀風，聽不可以不聽，視不可以不明。聽則審于事，明則辨于理。《詩》云：『載馳載驅，周爰咨諏。』」

我馬維騏，支韻。**六轡如**《墨子》作「若」。**絲。**支韻。**載馳載驅，周爰咨**《淮南子》作「諮」。**謀。**叶支韻，謨悲翻。《淮南子》作「謨」。○賦也。騏，解見《小戎》篇。按騏非上駟。陸佃云：「《詩》曰：『騏騮是中，騧驪是驂。』蓋騏騮中駟，騧驪上駟，故服以騏騮，驂以騧驪。」如絲，言條直也。咨難爲謀，杜預云：「問患難也，又咨事爲謀，蓋問其事中之患難。」

我馬維駱，藥韻。**六轡沃若。**藥韻。**載馳載驅，周爰咨度。**叶藥韻，達各翻。《墨子》作「及」。○賦也。駱，解見《四牡》篇。沃，《説文》云：「溉灌也。」沃若，言潤澤也。咨義爲度，又咨禮爲度。毛傳總之云：「咨禮義所宜爲度。」《墨子》云：「助之視聽者衆，則其所聞見者遠矣。助之言談者衆，則其德音之所撫循者博矣。助之思慮者衆，則其談謀度速得矣。故古者聖人之所以濟事成功，垂名於後世者，無他故異物焉，曰惟能以尚同爲政者也。《詩》曰：『我馬維駱，六轡沃若。載馳載驅，周爰咨度。』又曰：『我馬維騏，六轡若絲。載馳載驅，周爰咨謀。』即此語也。」

我馬維駰，真韻。**六轡既均。**真韻。**載馳載驅，周爰咨詢。**真韻。○賦也。駰，解見《駉》篇。陸佃云：「今之泥驄也。《詩》曰『我馬維騏』，『我馬維駱』，『我馬維駰』，其先後與《駉》之序合，則駰不如駱，駱不如騏矣。然乃卒言駰者，以明馬雖彌劣，所以御之滋善。」既均，言和調也。咨親爲詢，舊説謂親戚之謀爲詢，非也。兩意相親，促膝籌畫，言無不盡，如舜之詢于四岳，即此詢也。諏有參伍意，謀有瞻顧意，度有折衷意，詢有詳究意，各以先後爲序，非徒取叶韻而已。參伍則其志遜，故與如濡之柔忍相應；瞻顧則其慮審，故與如絲之條直相應；折衷則其機活，故與沃若之潤澤相應；詳究則其事妥，故與既均之和調相應。

《皇皇者華》五章，章四句。《子貢傳》、《申培説》、豐氏本篇名俱作《煌華》。《莊子》云：「大聲不入于里耳，《折楊》、《皇荂》則嗑然而笑。」陸佃云：「《折楊》逸詩，《皇荂》即詩所謂《皇皇者華》是也。」○《申培説》以爲「天子遣使于四方，歌此餞之」。今按此詩既系之文王之世，則非天子之詩矣。然其後爲遣使通用之詩，至燕禮、鄉飲酒禮亦皆用之，而大學始教，亦以此先焉。又齊、魯、韓三家，皆以此詩爲康王時詩，不足信。

詩經世本古義卷之八（斗）

殷帝辛之世詩二十篇

何氏小引

《采蘩》，美大姒親蠶也。

《兔罝》，美周才多也。

《樛木》，南國諸侯歸心文王也。

《南有嘉魚》，文王燕南國賓客也。

《羔羊》，南國化文王之政，在位皆節儉正直，故詩人美其衣服有常，而從容自得如此。

《小星》，南國夫人承后妃之化，能不妬忌，以惠其下，故其衆妾美之如此。

《江有汜》，文王之時，江沱之間有嫡，不以其媵備數，媵遇勞而無怨，嫡亦自悔也。

《摽有梅》，及時擇壻也。

《漢廣》，文王化行南國，男女知禮，詩人美之。

《芣苢》，蔡人之妻傷夫也。

《野有死麕》，南國被文王之化，女子有貞潔自守，不爲强暴所污者，詩人因所見而美之。

《麟之趾》，美文王子多賢也。周家世有聖母，故其子孫之盛且賢如此。

《殷其靁》，憂文王也。文王囚於羑里，其臣相與救之，室家明於大義，從而思之。

《騶虞》，美文王蒐田也。

《行露》，召伯聽訟也。衰亂之俗微，貞信之教興，彊暴之男，不能侵陵貞女也。

《菁菁者莪》，樂育材也。其作于文王初立辟廱之日乎？亦名《由儀》。

《汝墳》，商人苦紂之虐，歸心文王，而作是詩。

《魚麗》，萬物盛多能備禮也。文王暮年，三分有二，國家富極之時，無事而飲酒，則歌此詩。

《采蘋》，美邑姜也。古者婦人將嫁，教于宗廟，教成有蘋藻之祭。武王元妃邑姜教成，能修此禮，詩人美之。

《鳧鷖》，武王爲諸侯，繹祭五廟，禮畢，因而享尸之樂。

《采蘩》，美太姒親蠶也。朱子云：「古者后夫人有親蠶之禮，此詩亦猶周南之有《葛覃》也。」《子貢傳》亦以爲「諸侯之夫人，勤于親蠶，國人美之」。《申培説》同。愚謂夫人即太姒也，何以證之？以詩稱公侯之事，與《兔罝》咏公侯干城同，皆指文王。周自王季始受命爲侯伯，至紂以文王爲三公，故得稱公侯也。又《射義》云：「士以《采蘩》爲節，樂不失職也。」取末章「被之僮僮，夙夜在公」，爲三宫夫人世婦有事于蠶者，皆不失其職，故士射以之爲節云。

于以采蘩？《釋文》作「繁」。**于沼于沚。**紙韻。**于以用之？公侯之事。**叶紙韻，鉏里翻。

○賦也。于，《説文》云：「於也。象氣之舒。」蘩，艸名。《本艸》云：「蓬蒿也，似青蒿而葉麤，上有白毛，從初生至枯，白于衆蒿，頗似細艾，三月採。《爾雅》所謂『皤蒿』也。一名兔蒵，一名由胡，又名游胡。」《夏小正》傳云：「蘩，游胡。游胡，旁勃也。」北海人謂之滂渤，《廣雅》謂之蒡葧。或云，蘩有二種：一曰白蒿，陸艸也，可以生蠶；一曰蘿蒿，水艸也，可以爲菹。此蘩當爲白蒿耳。陸佃云：「蒿青而高，蘩白而繁。《七月》之詩曰：『春日遲遲，采蘩祁祁。』采蘩所以生蠶也，今覆蠶種尚用蒿云。」季本云：「蠶之未出者，采蘩以洗之，令其易出。」鄒忠胤云：「蘩之生先于桑，或者狃于所見，不信蘩可生蠶。然《爾雅》有蟓、蚢、雔、蹊各種，而以桑繭、樗繭、蕭繭別之。《疏》云：『此皆蠶類因所食葉而異其名。』《爾雅》又云：『蘩，蕭莪之類。』則蕭繭或即蘩繭之類，況止云生蠶，未必即以啖蠶乎。」沼，《廣雅》云：「池也。圓曰池，曲曰沼。」《爾雅》云：「小洲曰渚，小渚曰沚。」《釋名》云：「沚，止也。可以止息其上。」蘩非水産，言「于沼于沚」者，沚即沼中之沚，猶云采蘩于沼之沚也。劉汝楨云：「池曲遶乎沚，故曰沼。蘩生沚上，四面有水，芻牧不到，此蘩最潔，故往沚取焉。」

于以用之，言采此蘩將有所用之也。事，謂成君服之事。《禮記・祭義》云：「古者天子、諸侯必有公桑蠶室，近川而爲之，築宮仞有三尺，棘墻而外閉之。及大昕之朝，君皮弁素積，卜三宮之夫人、世婦之吉者，使入蠶于蠶室，奉種浴于川，桑于公桑，風戾以食之。歲既單矣，世婦卒蠶，奉繭以示于君，遂獻繭于夫人。夫人曰：『此所以爲君服與！』遂副、褘而受之，因少牢以禮之。古之獻繭者，其率用此與？及良日，夫人繅，三盆手，遂布于三宮夫人、世婦之吉者，使繅。遂朱綠之，玄黄之，以爲黼黻文章。服既成，君服以祀先王先公，敬之至也。」《月令》云：「季春之月，命野虞毋伐桑柘。鳴鳩拂其羽，戴勝降于桑。具曲、植、蘧、筐，后妃齋戒，親東鄉躬桑，禁婦女毋觀，省婦使，以勸蠶事。蠶事既登，分繭稱絲效功，以供郊廟之服，毋有敢惰。」黄子道周云：「《周禮・內宰》以仲春率命婦，躬桑浴種，此言大昕。鄭氏疑再浴蠶，王后乃涖之也。」《國語》云：「王后親織玄紞，公侯之夫人加之以紘綖，卿之內子爲大帶，命婦成祭服，列士之妻加之以朝服，自庶士以下皆衣其夫。社而賦事，烝而獻功。」所謂公侯之事，此可以見矣。《左》文三年，秦伯伐晋，遂霸西戎，用孟明也。君子是以知秦穆公之爲君也，舉人之周也，與人之壹也。《詩》曰：「于以采蘩？于沼于沚。于以用之？公侯之事。」秦穆有焉。喻不遺小善。又昭元年，趙孟入于鄭，乃宴穆叔，賦《采蘩》，曰：「小國爲蘩，大國省穡而用之，其何實非命？」杜預云：「穆叔言小國微薄猶蘩菜，大國能省愛用之而不棄，則何敢不從命。」穡，愛也。以上皆斷章取義。

于以采蘩？于澗之中。東韻。**于以用之？公侯之宮。**東韻。○賦也。《爾雅》云：「山夾水曰澗。」《釋名》云：「澗，間也。言在兩山之間也。」孔穎達云：「于澗之中，亦謂于曲內，非水中也。」陸佃云：「先言『于沼于沚』，後言『于澗之中』，言夫人于事有進而無退。」愚按古者蠶室必近川，以便浴蠶，故有于沼于澗之采。宮，即《記》所謂「築宮」之宮，蠶室是也。上曰：「于以用之？公侯之事。」第有其意，此曰：「于以用之？公侯之宮。」則已親其事矣。鄒忠胤云：「不言采桑而言采蘩何也？蓋蘩之生常先于桑。古者王親耕，三推而止，后親蠶，三灑而止。繅二十七日而老，三俯三起，事乃大已。在三宮夫人、世婦登其事，而后夫人特躬爲之帥，賦事而不獻功，故於蠶未出時，第采蘩洗之，而事訖矣。」

被之僮僮，東韻。**夙夜在公。**東韻。**被之祁祁，**支韻。**薄言還歸。**叶支韻，讀如「龜」，居逵翻。○賦也。按《周禮·天官·内司服》后六服，褘衣、揄翟、闕翟，謂之三翟，與鞠衣、展衣、褖衣爲六也。首飾則有副、編、次三者。鄭玄謂：「三翟爲祭祀之服。褘衣從君見太祖，揄翟從君祭群廟，闕翟從君祭群小祀。」首皆服副。副之言覆，所以覆首爲之飾，其遺像若漢之步摇也。鞠衣，色如鞠塵，象桑葉始生之色，告桑之服。展衣，以禮見君及見賓客之服。首皆服編，編列髮爲之，其遺像若漢之假紒。假紒者，編列他髮爲之，假作紒形，加于首上也。褖衣，以接御。首則服次。次，次第髮長短爲之，髢他髮與己髮相合爲紒，所謂髲髢也。知三翟之首服副者，王之祭服有六，首服皆冕，則后之祭服有三，首服皆副可知。知褖衣首服次者，《昏禮》云：「女次純衣。」純衣者，褖衣也。據士服爵弁親迎，攝盛，則士之妻服褖衣，亦攝盛。又明言女次，則褖衣首服次可知。三翟服副，褖衣服次，則其中有鞠衣、展衣當是服編可知。凡諸侯夫人於其國，衣服與王后同，其燕居則並纚笄綃衣也。又《少牢禮》云：「主婦被錫，主婦贊者一人亦被錫。」注云：「被錫，讀爲髲髢。古者或剔賤者、刑者之髮，以被婦人之紒爲飾，因名髲髢焉。」孔云：「此言被，與被錫之文同，故知被是《少牢》之髲鬄，剔髮以被首也，鬄亦作髢。」今按鄭説，則夫人告桑宜服編。又據《祭義》文，則受繭宜服副，無服次之禮，此云「被之僮僮」者，蓋指三宫夫人、世婦之服耳。觀少牢乃卿大夫祭祀之禮，而主婦從祭服髲鬄可見。僮，通作曈。❶《説文》云：「日曈曨欲明也。」即下文夙字意。夙，毛云：「早也。」公，公所，即所謂公桑也。當日欲明之時，夫人、世婦即起趨事，自夙至夜，竟日之長皆在公所也。重言僮僮者，見其無日不然也。被之祁祁，與「祁祁如雲」義同，言服被者之人多也。還，《説文》云：「復也。」夙而趨事，至夜則可以還歸矣，非君夫人之重蠶事而勤于倡率，安能恪共無怠如此。

《采蘩》三章，章四句。《序》云：「《采蘩》，夫人不失職也。夫人可以奉祭祀，則不失職也。」按蘩，春始生可鬻，秋香美可生食，又可烝爲菹。《左傳》謂「蘋蘩薀藻之菜，可薦鬼神，可羞王公」是也。鄭玄以意言豆薦蘩菹，蓋牽于毛傳公侯夫人執蘩菜助祭之説，於禮未有所據。又《埤雅》云：「蘩有二種：一曰白蒿，陸草也，可以生蠶；一曰蘿蒿，水草也，可以爲菹。」此詩所采乃白蒿耳。朱子云：「從來説蘩可以生蠶，可以供蠶事，何必抵死説道只在奉祭祀，不爲蠶事？」鄒忠胤云：「或疑『夙夜在公』，即《特牲》所言視饎爨于夙興，而『旋歸』則鄭氏所云『釋祭服而去』者。然《特牲》之視濯，宗人職之，《少牢》之溉鼎溉甑，饔人、廩人職之，以至王之正祭，視滌濯，逆齊，省鑊，則大小宗伯職之，俱於婦職無與。《楚茨》曰：『執爨踖踖，爲俎孔碩。』而君婦則止於爲豆而已，即如《特牲》所言視饎爨，亦安得謂之在公。況詩人若美夫人奉祭，不應舍其

---

❶「曈」，原作「瞳」，據《説文解字》卷七上改。

祭時之敬恪，而但述其祭前祭畢戴被之景。是以諸説雖極意揣摩，終齟齬而難合。」愚按被非祭祀之服，只此一語便足以破之，又何必更論其餘乎。又王符云：「背宗族而采蘩怨。」殆不知所謂。

《兔罝》，美周才多也。《子貢傳》謂「文王得良臣于野，周人美之」，而《申培説》則直謂「文王聞太顛、閎夭、散宜生皆賢人而舉之，國史詠其事而美之」，蓋依附《墨子》之説。《墨子》云：「古者聖王列德而尚賢，雖在農旅工肆，有能則舉之，故堯舉舜于服澤之中，授之政，天下平；禹舉益于陰方之中，九州成；湯舉伊尹于庖厨之中，其謀得；文王舉閎夭、泰顛于罝網之中，西土服。」金履祥云：「此事於《兔罝》之詩辭意最爲脗合，計此詩必爲此事而作也。肅肅，敬也。赳赳，約也。夫罝兔而體貌有肅敬之容，武夫而步武有約束之度，此閎夭、泰顛之所以爲賢，而文王所以取之也。臼季之取冀缺，郭泰之取茅容，皆以是觀之，况文王之取人乎。閎夭、泰顛爲文王奔走、疏附、禦侮之友，後爲武王將威劉敵之人，信哉其公侯之干城、好仇、腹心者歟！」愚按《詩》專以武夫爲言，《墨子》之説，似若可信。若胡母輔之謂閎夭樵于山，與獵者争路，被執，纏以兔網，文王救而得解，則鄙俚無稽甚矣。篇中詠公侯，當在爲三公之後。《史記》曰：「紂以西伯、九侯、鄂侯爲三公。」而《竹書》紀「殷帝辛元年，命九侯、周侯、邗侯」，則文王之爲殷三公，在此時也。

肅肅兔陸德明本作「菟」。**罝，椓之丁丁。**叶庚韻，中莖翻。**赳赳**《後漢書》注作「糾糾」。**武夫，公侯干城。**庚韻。○賦也。肅，《説文》云：「持事振敬也。」肅肅，朱子云：「整飭貌。」兔，解見《巧言》篇。《爾雅》云：「兔罟謂之罝。」李巡云：「兔自作徑路，張罝捕之也。」歐陽脩云：「捕兔之人布網罟于道路林木之下，肅然嚴整，使兔不能越逸。」椓，通作㧻。《説文》云：「擊也。」丁之言當，蓋音近也，解見《伐木》篇。先擊橜于地中，然後張罝其上，其用物以擊之，適當其橜也。重言丁丁者，連椓也。劉向云：「『肅肅兔罝，椓之丁丁』，言不怠于道也。」《焦氏易林》云：「兔罝之容，不失其恭。」陸化熙云：「兔罝即是莘野之耕，渭濱之釣，豈是賤業。古人出爲名世，處即守其常，大率類此。」《詩故》云：「文治于岐，四方無侮，武夫無所効其用，相與從事罝網，以銷磨其壯心焉耳。」赳，《説文》云：「輕勁有材力也。」重言赳赳者，見其非一人也。蘇轍云：「罝兔之人，則赳赳之武夫也。世未嘗患無武夫，獨患其不知敬而不可近。今武而知敬，故可以爲公侯干城也。」鄧元錫云：「兔罝之武夫，肅肅其敬，親鄙事而無鄙心，于文王同心同德矣。」輔廣云：「文王之時固多賢者，此特言武夫者，見其無所不備也。且文王于武事尚矣，三分天下有其二，雖是德化之盛而天下歸之，然遏密、侵阮、伐崇、戡黎之後，其于武事，大約可觀矣。」朱子云：「此文王時周人之詩，極其尊稱不過曰公侯而已，亦文王未嘗稱王之一驗也。凡雅、頌稱王者，皆追王後所作耳。」干，通作𢧀。《説文》云：「盾也。」孫炎云：「干，盾，自蔽扞也。」城，《説文》云：「以盛民也。」一説，城，成也，一成而不可毁也。孔穎達云：「公侯以武夫自固，爲扞蔽若盾，爲防守如城然。」愚按爲干，則一身賴以無虞。爲城，則一國賴以無恐，託重恃力，有餘賴矣。嚴粲謂「此言其勇而忠」是也。《吕氏春秋》云：「宣孟德一士，猶活其身，而況德萬人乎？故《詩》曰：『赳赳武夫，公侯干城。』」

肅肅兔罝，施于中逵。支韻，亦叶尤韻，渠尤翻。《薛君章句》作「馗」。**赳赳武夫，公侯好仇。**尤韻，亦叶支韻，渠之翻。〇賦也。施者，旗逶迤之貌，故借爲敷張之義。逵，徐鍇云：「高土也。」或通作馗。《説文》云：「九達道也。」《爾雅》云：「一達謂之道路，二達謂之歧旁，三達謂之劇旁，四達謂之衢，五達謂之康，六達謂之莊，七達謂之劇驂，八達謂之崇期，九達謂之逵。」郭璞云：「四道交出，復有旁通者。」中逵，謂九道適中之處。好仇，猶言善匹。《左傳》云：「嘉耦曰妃，怨耦曰仇。」反妃而言仇，猶以潔爲污，以治爲亂也。朱子云：「公侯善匹，猶曰聖人之耦，則非特干城而已，歎美之無已也。」嚴云：「此言其勇而良也。」

肅肅兔罝，施于中林。侵韻。**赳赳武夫，公侯腹心。**侵韻。○賦也。中林，林中，猶中谷、中阿之類，皆顛倒成文也。陸佃云：「椓之丁丁，以有所聞。施于中逵，以有所見。施于中林，則無所聞，無所見。于是焉爾，則好德之至也，故《詩》以此爲後。」羅泌云：「中逵之德顯，中林之德晦。」徐幹云：「人性之所簡也，存乎幽微；人情之所忽也，存乎孤獨。夫幽微者，顯之原也。孤獨者，見之端也。胡可簡也？胡可忽也？是故，君子敬孤獨而慎幽微，雖在隱蔽，鬼神不得見其隙也。《詩》云：『肅肅兔罝，施于中林。』處獨之謂也。」稱「腹心」者，鄭玄云：「可用爲策謀之臣，使之慮事。」嚴云：「謂機密之事，可與之謀慮，言其勇而智也。」按《書》言武王率惟謀，從容德，此腹心之武夫，其即文王之謀臣乎？《左傳》郤至答子反之言曰：「諸侯間于天子之事，則相朝也，于是乎有享、宴之禮。享以訓共儉，宴以示慈惠。共儉以行禮，而慈惠以布政。政以禮成，民是以息。百官承事，朝而不夕，此公侯所以干城其民也。故其《詩》曰：『赳赳武夫，公侯干城。』及其亂也，諸侯貪冒，侵欲不忌，争尋常以盡其民，略其武夫，以爲己腹心、股肱、爪牙。故《詩》曰：『赳赳武夫，公侯腹心。』天下有道，則公侯能爲民干城，而制其腹心。亂則反之。」古人之説《詩》如此，雖于詩旨不盡合，然亦可見腹心之云爲運籌帷幄之事矣。西伯陰行善未容，遂無密謀也。葉氏云：「在野之凡夫，逐兔之細事，即可以知其才。正如日磾之馭馬，甯戚之飯牛，陳平之宰社，識者已知其可大用矣。」鍾惺云：「武夫爲周之干城、好仇、腹心，固是周之多才，亦是古人看人才特達精細處，具此心眼，有才何患不知，知之何患不用，用之何患不盡。」

《兔罝》三章，章四句。《序》謂：「《兔罝》，后妃之化也。《關雎》之化行，則莫不好德，賢人衆多也。」朱子謂：「此《序》首句非是。但爲化行俗美，賢才衆多而已。」豈知當時固有得賢于兔罝之事，而化行俗美又與武夫之咏殊不相肖乎？

《樛木》，南國諸侯歸心文王也。《詩》以「南有樛木」發端，與「南有喬木」、「南有嘉魚」一例，自是南國之人咏其所見。《子貢傳》、《申培説》皆以爲「南國諸侯慕文王之德，而歸心焉」，是也。《竹書》紀「帝辛二十一年，春正月，諸侯朝周」，意此詩當于此時而作。鄭玄謂「紂命文王典治南國江漢汝旁之諸侯」，其事史無所載，當即以《漢廣》、《汝墳》、《江沱》諸詩臆之。然孔子嘗言「文王三分天下有其二，以服事殷」，而《逸周書·程典解》亦云：「文王合六州之侯，奉勤于商。」則所謂諸侯歸心文王者，此自是確據。嚴粲以爲「文王之國，東北近紂都，西北近犬戎，故化獨南行」，可謂得其理矣。

南有樛馬融、《韓詩》本俱作「朻」。**木，葛藟**陸德明本作「纍」。**纍**支韻。《楚辭章句》、陸本俱作「虆」。**之。樂**音絡。下同。**只君子，福履綏**支韻。**之。**興之比又賦也。南，毛傳云：「南土也。」鄭玄云：「謂荆、楊之域。」樛木，喻文王也。《説文》云：「下句曰樛。」《爾雅》疏云：「樹枝下垂而曲也。」孔穎達云：「此南與『南有喬木』同，南方之木美，或下垂，或上竦也。」葛，解見《葛覃》篇。藟，徐鍇云：「葛蔓也。」又陸璣云：「藟，一名巨瓜，似燕薁，亦延蔓生，葉艾白色，其子赤亦可食，酢而不美，又作苣茪，亦名虆蕪。」《本艸注》云：「蔓延木上，葉如葡萄而小，四月摘其根，汁白而甘。五月開花，七月結實，八月結青黑，微赤，冬惟凋葉，而根不死。即《詩》云藟也。」此藤大者盤薄，又名千歲虆。《韻會》注云：「千歲虆，即今言萬歲藤，大者如盌，冬夏不凋，故从木。其形蔓似艸，故从艸。在艸木之間也。」愚按《易》、《詩》、《左傳》皆以葛藟二字連言，未必兩物皆生一處，況藟虆異字，葛蔓之藟从艸，似薁之虆从木，烏可援彼虆以解此藟乎？嚴粲云：「南土木美，葛藟亦茂，故以南言之。」纍，《說文》云：「綴得理也。」陸元朗云：「纏繞也。」張綱云：「木上竦曰喬，下曲曰樛，喬則與物絕，故曰：『南有喬木，不可休息。』樛則與物接，故曰：『南有樛木，葛藟虆之。』葛藟，在下之物也，以木之樛故得附麗以上。孔云：「只之言是，猶言『樂是君子』矣。」所謂君子，指文王也。嚴云：「動罔不吉，謂之福履。」蓋履即踐履之履。視履考祥，自然行與吉會，故不曰祿而曰履也。綏，安也。言福履安于其身也，雅曰「茀祿爾康矣」是也。此言文王之德，遠及南方，如樛木之蔭下，而凡弱小之國，有所依歸，如葛藟之得所繫也，于是以福履祝之。《書》曰：「文王誕膺天命，以撫方夏，大邦畏其力，小邦懷其德。」正謂此也。又《旱麓》詩云：「莫莫葛藟，施于條枚。豈弟君子？求福不回。」屬辭相類，而取義有別。彼以葛藟興福，此則南國諸侯以葛藟自比，而又祝其獲福耳。

南有樛木，葛藟荒陽韻。**之。樂只君子，福履將**叶陽韻，資良翻。**之。**興之比又賦也。荒，《說文》云：「蕪也。」蔓延廣遠之意。將，猶扶助也。《易》曰「天之所助者順」是也。

南有樛木，葛藟縈庚韻。《説文》作「蘔」，陸本、豐氏本俱作「帶」。**之。樂只君子，福履成**庚韻。**之。**興之比又賦也。縈，通作蘔。《説文》云：「艸旋貌。」成，《説文》云：「就也。」兼全與久二義。又豐熙云：「願其早成王業。」亦通。三章，一節深一節。纍，繫也。荒，則奄之也。縈旋，則奄之周也。綏者，安也。將者，助之不已也。成者，福於是大成也。層疊歌咏，藹然見無已之願。

《樛《韓詩》作「朻」。**木》三章，章四句。**《序》謂：「后妃逮下也。言能逮下，而無嫉妬之心焉。」朱子從之。然后妃不可稱君子，其謬明矣。朱子又云：「夫人稱小君，大夫妻稱内子，妾謂嫡曰女君，則后妃有君子之德，固可以君子目之。」其牽强如此。

《南有嘉魚》，文王燕南國賓客也。朱子云：「此亦燕饗通用之樂歌。」愚按此必文王時詩。文王承紂命，典治南國江漢汝旁之諸侯，諸侯咸歸心焉。周南所咏《南有樛木》、《南有喬木》，皆南國事也。此詩亦以「南有嘉魚」、「南有樛木」起興，其爲燕南國賓客無疑。後世因此，遂通用之燕饗耳。

南有嘉魚，烝然罩罩。叶藥韻。王雪山云：「胡郭翻。」《説文》作「鯙鯙」。**君子有酒，嘉賓式燕以樂。**叶藥韻，歷各翻。○興也。以魚起興，與《魚麗》同意。南，朱子云：「謂江漢之間。」毛傳云：「江漢之間，魚所産也。」嘉魚，魚名。《蜀都賦》云：「嘉魚出於丙穴。」《益州記》云：「蜀山謂之拙魚。」《雜俎》云：「丙穴魚食乳水，食之甚温。」陸佃云：「鯉質鱒鱗，肌肉甚美。」先儒言丙穴在沔南縣北，有亂穴二。」《水經注》云：「丙水上承丙穴，穴出嘉魚，常以三月出，十月入穴。穴口廣五六尺，去平地七八尺，泉懸注，魚自穴下透入水，穴口向丙，故曰丙穴。」《方輿勝覽》云：「丙穴在巴郡井峽中，其穴凡十，其中産嘉魚。其出也，止于巴渠龍脊灘，首有黑點，謂照映星象相感而成。長身細鱗，肉白如玉，其味自鹹，蓋食鹽象也。」《本草》陳藏器云：「李善注《蜀都賦》，嘉魚丙日出穴。今則不然。丙者，向陽穴也。陽穴多生此魚，魚復何能擇丙日耶。」陸云：「舊言魚尾象篆文丙字，故曰丙穴，蓋《爾雅》『魚枕謂之丁，魚腸謂之乙，魚尾謂之丙』，則魚尾象丙，豈特嘉魚而已。」又王質云：「今辰州、鄂州皆有此魚。鄂州取以名縣，然不必泥其名，但取其美，恐或是因詩取號也。」黄震云：「周都西北，以南方之魚爲美，故云『南有嘉魚』，未必獨指丙穴之魚也。丙穴之魚，飲乳泉而美，亦未必原名嘉魚也。自《詩》傳引丙穴之魚以釋《嘉魚》之詩，世遂名其魚爲嘉魚，好事者遂又名其縣爲嘉魚縣，皆以其有經目，託之爲美談耳。」嚴粲云：「下文樛木非木名，則嘉魚亦非魚名。要之詩人以魚之嘉者、瓠之甘者喻賢耳。」亦通。烝，王肅云：「衆也。」解見《東山》篇。《爾雅》云：「篧謂之罩。」郭璞云：「捕魚籠也。」李巡云：「編細竹以爲罩，無竹則以荆，謂之楚篧。」《詩詁》云：「魚罩有自上而下者，有自下而上者，今人謂自上罩下爲罩，則罩之自上而下者，今提罟也；自下而上者爲撩罟，即罾類。」《淮南子》云：「罩者抑之，罾者舉之，爲之雖異，得魚一也。」朱子云：「重言罩罩，非一之詞也。」吕祖謙云：「嘉魚群然入于網，罩之又罩，取之不竭。」愚按此以興嘉賓非一之意。取物必以其具，燕賓必以其禮。君子有酒，與《魚麗》篇同。式燕，解見《鹿鳴》篇。此燕禮，即唐孔氏所謂燕聘問之賓之禮。式燕以樂，用是燕以樂此嘉賓也。

南有嘉魚，烝然汕汕。叶翰韻，讀如「散」，先旰翻。**君子有酒，嘉賓式燕以衎。**叶翰韻，苦旦翻。○興也。汕，《説文》云：「魚游水貌。」徐鍇云：「舒散貌。」又《爾雅》云：「罺謂之汕。」郭璞云：「今之撩罟也。」陸佃云：「魚欲逸，則罩之使入。魚欲伏，則汕之使出。」愚按汕乃虚字，似非器名，當從《説文》義爲長。曰汕汕者，王雪山以爲「群行自得之意」是也。衎，《説文》云：「行喜貌。」又《爾雅》疏云：「飲食之樂也。」《易》云：「飲食衎衎。」愚按行喜曰衎，與「式燕以敖」同意，取興汕汕，正在于此。樂者，情意之歡洽也。衎者，形神之舒暢也。

南有樛木，甘瓠纍支韻。《釋文》作「虆」。**之。君子有酒，嘉賓式燕綏**支韻。**之。**興也。樛木，解見《周南》。羅願云：「瓠狀，要類於首，尾類於要，微鋭，緣蔓而生，長而瘦上曰瓠，短項大腹曰匏。」傳曰：「匏謂之瓠。」誤矣。蓋匏苦瓠甘，復有長短之殊，定非一物也。纍，解亦見周南《樛木》篇。樛木，興君子。甘瓠，興嘉賓。吕云：「樛木下垂，而美實纍之，言相與固結而不可解也。」綏，安也。纏綿周至，以安嘉賓之心，亦猶樛木之下垂而使其繫心于我也。

翩翩者鵻，支韻。豐氏本作「隹」。**烝然來**叶支韻，陵之翻。**思。君子有酒，嘉賓式燕又**叶支韻，盈之翻。**思。**興也。鵻，壹宿之鳥，解見《四牡》篇。鄭玄云：「壹宿者，壹於其所宿之木也。」此興嘉賓有專壹之意于我。「烝然來思」者，見嘉賓不一其人，群然而來，如鵻之飛集也。又鄭云：「復也。以其壹意，欲復與燕，加厚之。」孔云：「頻與之燕，言親之甚也。」又按《禮》「上公三燕，侯伯再燕」，是燕而又燕，固有之矣。兩「思」皆語辭。

《南有嘉魚》四章，章四句。《序》云：「樂與賢也。太平君子至誠，樂與賢者共之也。」蘇潁濱、嚴華谷皆祖其説而敷衍之，其詞甚美，今録于此。蘇云：「魚之在水，至深遠矣。然人未嘗以深遠爲辭而不求，雖不可得，猶久伺而多罩之，是以魚無有不得也。苟君子之求賢，心誠好之而不倦，如是人之於魚，則亦豈有不可得者哉。」又云：「魚非有求于人，而人則取之，以爲賢者亦如是。而吾則强求之歟？非也。瓜蔓于地，是豈可强使從人哉？然其遇樛木也，未嘗不纍之而上。物之相從，物之性也，豈有賢者而不願從人者哉？獨患不之求耳。孔子曰：『未之思也，夫何遠之有？』」又云：「父子之相親，物無不然者，故擇木之鳥常懷其親，來而不去。君子之事君，如子之養父母，義有不可已者，故曰：『長幼之節，不可廢也。君臣之義，如之何其廢之？』孔子歷聘於諸侯，老而不厭，乃所謂『烝然來思』者，惟莫之用，是以終舍而去。古之君子，於士之至也，則酒食以燕樂之，故士可得而留也。既燕矣，而又未厭，安之也。」嚴云：「成周太平持守之時，所用之人必先有德。《立政》之書，《卷阿》之詩，皆曰用吉士，此詩魚曰嘉，則味之美，瓠曰甘，則可以養人，鵻爲孝鳥，皆喻吉士也。未至則勤求之，已至則燕飲之，是樂與賢也。」又云：「南方有樛然下曲之木，故瓠之甘而可食者，得上而纏綿之，興成王屈己下賢，則賢者得以上進，固結而不可解也。綏之，謂燕飲以安之，醴酒不設而穆生去，蓋禮貌衰，則不能安賢者之心也。」又云：「人君之於賢，始則多方勤求之，繼則禮貌以招延之，其後則賢者聞風自至。如翩翩然飛者，是孝鳥鵻鳩，群然而自來也。《卷阿》言吉士，以有孝有德稱之，故此詩以孝鳥喻賢也。又思者，燕而又燕，見交際之款洽，所謂至誠樂與也。」朱子不從《序》説，謂《序》得詩意而不明其用，其曰「太平之君子」者，本無謂，而説者又以專指成王，皆失之矣。《子貢傳》則謂「《魚麗》、《嘉魚》、《瓠葉》皆所以燕大臣」，既無明據。《申培説》不能知其所作之繇，但云「全篇皆賦也」而已，又《詩緯含神霧》、《推度災》、《汎歷樞》等書，及《郎顗傳》四始之説，推《嘉魚》在巳，爲火始，更不可曉。

《羔羊》，南國化文王之政，在位皆節儉正直，故詩人美其衣服有常，而從容自得如此。出朱傳。○《孔叢子》載孔子曰：「于《羔羊》，見善政之有應也。」徐光啓云：「《書·畢命》曰：『茲殷庶士，席寵惟舊，怙侈滅義，服美于人。驕淫矜誇，將繇惡終。』俗之不良乃爾。文王一先以卑服，道以懿恭，而過化存神，一至于此，自非上聖，其能若是。」又云：「讀《羔羊》而不遊心于無聲無臭者，不可與言《詩》也。至德之世，上下相忘，衣衣食食而已。」

羔羊之皮，叶歌韻，蒲波翻。**素絲五紽。**歌韻。《毛詩》作「它」，陸德明本作「佗」。**退食自公，委蛇委蛇。**叶歌韻，湯何翻。《毛詩》作「委蛇」，《韓詩》作「逶迤」，《外傳》作「禕褘」，《石經》作「遏迆」，又《後漢書》作「委陀」，李鉉《字辨》作「倭俺」。沈重讀作「委委虵虵」。○賦也。小曰羔，大曰羊。孔穎達云：「此説大夫之裘，宜直言羔而已，兼言羊者，以羔亦是羊，故連言以協句。」剥取獸革謂之皮。按生曰皮，理之曰革，對文則皮革異，故《掌皮》云「秋斂皮，冬斂革」也。皮所以爲裘，大夫爲裘，用羔羊之皮。《周禮》注謂取其群而不失其類，《儀禮》注謂取其群而不黨，《公羊傳》注謂取其執之不鳴，殺之不號，乳必跪而受之，死義生禮者，此羔羊之德也。毛傳云：「古者素絲以英裘。」《薛君章句》云：「素喻潔白，絲喻屈柔。」《説文》無紽字，當通作緣。《説文》云：「扁緒也。」孔云：「織素絲爲組紃，以英飾裘之縫中。素絲爲飾，維組紃耳。若爲線，則所以縫裘，非飾也。故《干旄》曰『素絲組之』，紃亦組之類。」《襍記》注曰：「紃施諸縫，若今之條，是有組紃而施于縫中之驗。」錢氏云：「兩皮之縫不易合，故織白絲爲紃，施之縫中，連屬兩皮，因以爲飾，所以言五紽者。」《補傳》云：「合五羊之皮爲一裘也。百里奚衣五羊之皮，蓋倣古制。」又姚旅云：「皮小則合縫多而用絲煩，五紽見其皮之大，只用五紽耳。皮大則賤，正言其儉也。」按羔裘，大夫趨朝之服。嚴粲云：「緇衣羔裘，諸侯日視朝之服，卿大夫朝服亦服之。其所異者，君則純色，臣則以他物飾其褎，所謂羔裘豹褎，羔裘豹袪是也。」又按《論語》曰：「狐貉之厚以居。」注謂：「在家所以接賓客，則在家不服羔裘矣。」朱子以爲大夫燕居之服，非是。退食者，退朝而食于家也。自，從也，猶言往也。公，公所也。退食自公，言退食已畢，從而之于公所也。舊説謂自公退朝，食于私家，三章皆一意，未是。鄒忠胤云：「《玉藻》：『君日出視朝，退適路寢聽政，使人視大夫，大夫退，然後適小寢釋服。』蓋視朝之後，君適路寢，臣亦視其治事之館，館乃所直之廬，謂公館，非私家也。」此大夫蓋公爾忘私，日恪位箸，以勤其官，每宵衣而旰食，其自公所服此羔裘，故即所見稱之。又顔師古以爲卿大夫履行清潔，減退膳食，率從公道，殊無意義。委蛇，毛云：「委曲自得之貌。」孔云：「心志既定，舉無不中，神氣自若，事事皆然，故云委蛇。」陸佃云：「魚屬連行，蛇屬紆行，《詩》曰『委蛇』，蓋取諸此。」張敬夫云：「重言委蛇，舒泰而有餘裕也。」嚴云：「服飾有常，俯仰無愧，節儉正直之意，隱然可見矣。」《左》襄七年，衛孫文子來聘，公登亦登。叔孫穆子相，趨進曰：「諸侯之會，寡君未嘗後衛君。今吾子不後寡君，寡君未知所過。吾子其少安！」孫子無辭，亦無悛容。穆叔曰：「孫子必亡！爲臣而君，過而不悛，亡之本也。《詩》曰：『退食自公，委蛇委蛇。』謂從者也。衡而委蛇，必折。」

羔羊之革，叶職韻，訖力翻。**素絲五緎**。職韻。《説文》作「黬」，齊詩作「繣」。**委蛇委蛇，自公**

退食。職韻。〇賦也。《説文》云：「革，獸皮治去其毛，革更之。」上章言皮以有毛，故稱皮，蓋將以爲裘則不得去其毛。此章言革，則毛已脱去，而裘將敝矣。緎，《説文》云：「羔裘之縫也。」孫炎云：「縫之界域。」孔云：「縫合羔羊皮爲裘，縫即皮之界域，因名裘縫云緎。」又《西京雜記》云：「五絲爲繙，倍繙爲升，倍升爲緎，倍緎爲紀，倍紀爲緵，倍緵爲襚。」此以絲言，非羔裘之緎也。自公退食者，言自公之後退而食于私家也。唐人詩曰：「侍臣緩步歸青瑣，退食從容出每遲。」可想是詩景況矣。

羔羊之縫，叶東韻，讀如「逢」，蒲蒙翻。**素絲五總。**叶東韻，祖叢翻。**委蛇委蛇，退食自公。**東韻。〇賦也。縫，《説文》云：「以鍼紩衣也。」次章言革，毛去而革存也。此章言縫，革敝而縫見也。如晏子一狐裘三十年，必希革而縫見可知。總，《説文》云：「聚束也。」胡一桂云：「竊意縫之突兀謂之紽，有界限謂之緎，合二爲一謂之總。」又陸佃云：「『羔羊之皮，素絲五紽』，紽所以英裘，其制然也，此言其節。『羔羊之革，素絲五緎』，革者，言敝而因故以改造也，此言其儉。『羔羊之縫，素絲五總』，革而又敝，則補緝以縫之，此言其儉之至。」《禮記·緇衣》篇曰：「苟有衣，必見其敝。」而引《葛覃》「服之無斁」爲言，亦此意也。退食自公，同首章之文。王氏云：「朝夕往來，出公門入私門，出私門入公門而已，終無私交之行也。」

《羔羊》三章，章四句。《序》云：「《羔羊》，《鵲巢》之功致也。召南之國，化文王之政，在位皆節儉正直，德如羔羊也。」按所謂德如羔羊，已無義理，至歸功于《鵲巢》所致，則迂甚矣。《申培説》但以爲美大夫之詩，《子貢傳》則云：「大夫貞而能儉，忠乎公室，國史美之。」總之隨文生義，無所發明。

《小星》，❶南國夫人承后妃之化，能不妬忌，以惠其下，故其衆妾美之如此。出朱傳。

《序》云：「惠及下也，夫人無妬忌之行，惠及賤妾，進御于君，知其命有貴賤，能盡其心矣。」按《禮·內則》云：「夫婦之禮，惟及七十，同藏無間。故妾雖老，年未滿五十，必與五日之御。將御者，齊，漱澣，慎衣服，櫛縰笄，總角，拂髦，衿纓綦屨。雖婢妾，衣服飲食必後長者。妻不在，妾御莫敢當夕。」舊説謂天子之御妻八十一人，當九夕；世婦二十七人，當三夕；九嬪九人，當一夕；三夫人，當一夕；后，當一夕，凡十五日而徧。望前先卑，象月初生，漸進至盛，法陰道也。望後先尊，意可互觀。每月十五六日，月相對，故后獨當此二夕。羅氏頗不然其説，謂：「內寵無並后，豈有王后之尊，下與庶妾更進迭退，一月僅再見者？以《禮》言之，天子之后每夕皆進于王，所以正內治，五日一休，以休沐爲義，則一嬪與其御進，又五日一休，則一嬪與其御進。凡四十五日而九嬪畢見，凡一時而再見，一歲而八見，此嬪御進見之大數也。若《內則》所謂五日之御，則諸侯制也。諸侯一娶九女，夫人及二媵各有姪娣，此六人，當三夕；次二媵，當一夕；次夫人，專一夕。凡五日而徧其御，亦望前先卑，望後先尊。雖女君不在，而其御日，衆妾莫敢當之，故曰『莫敢當夕』也。味此詩，有『實命不猶』之語，僅能追承君惠而已，視《螽斯》之咏有間，故知爲南國諸侯媵妾所作。」

嘒豐氏本作「嘒」。**彼小星，三五在東。**韻。**肅肅宵征，夙夜在公。**東韻。**寔**《韓詩》作「實」。**命不同。**東韻。〇興也。嘒，本小聲之義，故毛傳訓爲微貌。《雲漢》之詩曰：「有嘒其星。」是也。孔子

❶ 自「小星」至下文「天文志云參爲白虎」之「天」字，底本缺頁，據《四庫全書》本補。

曰：「日者，天之明；月者，地之理。陰契制，故月上屬于天，婦從夫，放月紀也。」月爲后夫人之象，妾特借其餘光以自耀，故取興于星。下文「三五在東，維參與昴」，正其所指之小星也。毛傳云：「三心五噣。」《洪範五行傳》云：「心，三星：大星天王，前星太子，後星庶子。」《爾雅》云：「咮，謂之柳。」咮即噣。《天文志》云：「柳謂鳥喙。南方宿有七，共爲朱鳥形。柳，朱鳥口也，故名咮。」按孔穎達謂：「心在東方，三月時；噣在東方，正月時。」而陸佃謂：「三心以春見于東方，最先見者；五噣以冬見于東方，最後見者。」蓋心之見在正春，而噣之見在冬春之交，故二家之言云爾，然可知其不同時而見也。又《天文志》、《星經》皆以柳爲八星，則不得以五屬噣明甚。愚謂三五在東，不兼言心，乃專指噣也。《步天歌》云：「柳，八星曲頭垂似柳，近上三星號爲酒，享宴大酺五星守。」此詩之作，蓋在冬春之時，故道其所見如此。至其所以取象于三五者，亦自有意。陸佃謂「諸侯一娶九女，姪娣與媵而八，故《詩》正以三五況之」是也。肅，《説文》云：「持事振敬也。」通衆妾言之，故重曰肅肅。宵，夜；征，行。夙，早也；公，公所也。衆妾進御于君，初昏見星而往，將旦見星而還，往來總在暗中，雖夙亦是夜，故曰「宵征」。古者后夫人將侍君，前息燭，後舉燭，至于房中，釋朝服，襲燕服，然後入御于房。雞鳴，太師奏《雞鳴》于階下，然後夫人鳴佩玉于房中，告去。是夙夜往來，皆在暗中也，況衆妾乎？其所謂在公者，何所也？古者王立六宮，正寢一，燕寢五，皆王后之所治也。九嬪居于九室，掌婦學之法，以教九御，各帥其屬，而以其時敘，御于王所。女御掌御敘于王之燕寢，然則正寢爲王后所專，而燕寢雖嬪御皆得入矣。諸侯之宮，半于天子，故《禮》曰「卜三宮夫人世婦之吉者」，其御敘于燕寢之制，亦宜同也。實，《爾雅》云：「是也。」《説文》云：「止也。」徐鍇云：「寔如此，止如此也。」命，朱子云：「謂天所賦之分也。言其所以如此者，繇其所賦之分不同于貴者，是以得御于君，爲夫人之惠，而不敢致怨于往來之勤也。」安命，見諸妾感恩深處，非自諉咎于命。味一寔字，有貼然尊奉，毫無勉强之意。吕大臨云：「夫人無妬忌之行，而賤妾安于其命，所謂上好仁而下必好義者也。」

嘒彼小星，維參與昴。叶尤韻，力求翻。《史記·律書》云：「北至于留。留者，言陽氣之稽留也。」索隱云：「留，即昴也。」《元命苞》云：「昴之爲言留，言物成就繫留。」是也。豐本作「⿱日非」。**肅肅宵征，抱衾與裯。**叶尤韻，陳留翻。《爾雅》作「幬」。**寔命不猶！**尤韻。《爾雅》注作「猷」。○興也。劉熙云：「參謂之實沈，昴謂之旄頭。」《天文志》云：「參，爲白虎。三星直者，是謂衡石，下有三星，兊曰罰，爲斬艾事。其外四星，左右肩股也。」罰，即伐。孔穎達云：「伐與參連體，參爲列宿，統名之，若同一宿然。但伐亦爲大星，與參互見，皆得相統，故《周禮》『熊旂六旒以象伐』，注謂：『伐屬白虎宿，與參連體，而六星言六旒，以象伐。』明伐得統參也。是以《演孔圖》云『參以斬伐』，《公羊傳》曰『伐爲大辰』，皆互舉相見之文也，故言『參，伐也』。」《爾雅》云：「大梁，昴也。西陸，昴也。」正義云：「昴爲胡星，亦爲獄事。」《晋志》云：「昴，七星，天之耳也。北六星曰卷舌，主察知佞讒也。曲，吉，直而動，天下有口舌之害。中一星曰天讒，主巫醫。」其所以取象參昴者，陸佃謂：「進御之法，姪娣兩兩當夕，故《詩》又以參昴況之。參、昴二星也，而又皆西方之星，其在于冬，則以夕並見。」是也。愚按《月令》孟春之月，昏參中，《尚書》日短星昴，以正仲冬，皆謂見于南方。作詩者所見，蓋在冬春之交。柳在冬，參昴在南，皆一時事也。衾，《説文》云：「大被也。」孔云：「今名曰被，古者曰衾，《論語》謂之寢衣也。」裯，《説文》云：「衣袂祇裯。」按《方言》，汗襦，自關而西，謂之祇裯。

《後漢書·羊續傳》「唯有布衾敝袛裯」是也。曰衣袂袛裯者，言有衣袂之袛裯也。一説，鄭玄云：「牀帳也。」漢世名帳爲裯，抱衾與裯，即掌御敘于燕寢之事。猶，朱子云：「亦同也。」按猶本獸名，性多疑慮，故借爲恍惚相若之義。鄧元錫云：「詩之安命如此，誠味之，天下安有不盡分之人哉。知命則無怨尤，無怨尤則能安土，能安土則能樂天，抱衾裯而宵征，宵征而肅肅，安也。」

《小星》二章，章五句。《子貢傳》云：「小臣奉使而勤勞于公，賦《小星》。」《申培説》亦云：「小臣奉使行役之詩。」然「抱衾與裯」，正所謂「粲兮爛兮」者，豈使臣語哉。如泥「夙夜在公」之云爲勤于王事，則《采蘩》之詩亦當屬之使臣矣。

《江有汜》，❶文王之時，江沱之間有嫡，不以其媵備數。媵遇勞而無怨，嫡亦自悔也。

出《序》。《申培説》亦云：「諸侯之媵始不容于嫡，終而進之，故作是詩。」孔穎達云：「嫡謂妻也，媵謂妾也，謂之媵者，以其從嫡以送爲名。」胡安國云：「諸侯有三歸，嫡夫人行則姪娣從，二國來媵，亦以姪娣從，凡一娶九女。」《左傳》云：「凡諸侯嫁女，同姓媵之，異姓則否。」按《白虎通》及《春秋釋例》、《公羊傳注》云：「備姪娣從者，謂其必不相嫉妬也。姪者何？兄之子也。娣者何？弟也。一人有子，三人共之，若己生之。不娶兩娣何？傳異氣也。娶三國女何？廣異類也！姪娣年雖少，猶從適人者，明人君無再娶之義也。二

❶ 自「江有汜」至下文「而其入江處今名夏口」之「而其」，底本缺頁，據《四庫全書》本補。

國來媵，誰爲尊者？大國爲尊。國等，以德；德同，以色。質家法天，尊左；文家法地，尊右。所以不聘妾何？人有子孫欲尊之義，義不可求人以爲賤也。」又云：「古者女嫁，必姪娣從，謂之媵。獨言二國者，異國主爲媵，故持名之，其實，雖夫人娣姪亦爲媵也。」又云：「諸侯之娶凡九女，參骨肉至親所以息陰訟，陰訟息所以廣繼嗣。」又云：「夫人無子，立右媵之子；右媵無子，立左媵之子。」參前數説，蓋所以廣胤嗣之道，養壽命之源，其義遠矣。此詩前二章爲二國媵女之辭，後一章爲嫡之辭，蓋嫡媵相睦後所作。《序》所謂「媵遇勞而無怨」者，謂前此遭苦虐而無怨耳，非真有勤勞之事也。

江有汜，紙韻，養里翻。《石經》、《説文》俱作「洍」。貴竹本作「氾」。**之子**凌氏《子貢傳》本作「子之」。後同。**歸，不我以。**紙韻。**不我以，其後也悔。**叶紙韻，虎洧翻。○興之比也。此與下章皆媵辭也。時二國之媵皆不得備數偕行，故各述其一章。江，解見《漢廣》篇。汜，《説文》云：「水別復入水也。」《爾雅》云：「水決復入爲汜。」疏云：「凡水決之岐流，復還本水者爲汜。」劉熙云：「汜，已也，如出有所爲，畢已而復入也。」朱子云：「今江陵、漢陽、安復之間，蓋多有之。」又云：「夏水自江而別，以通于漢，復還入江，冬竭夏流，故謂之夏。而其入江處，今名夏口，即《詩》所謂『江有汜』也。」郝敬云：「以汜自比，以江比嫡，賢女恭順之辭。小星自託，以日月之光比夫人，江汜自況，以洪流之量比正嫡，知命守分，所以爲賢女。」之子，是子也，謂嫡也。婦人謂嫁曰歸，之子歸者，追數昔日之辭。我，媵自我也。能左右之曰以。朱子云：「謂挾己而偕行也。」一説，以，用也。「不我以」者，言棄我不用之于君所也。皆通。悔，《説文》云：「恨也。」言自恨其前日之非而改過也。此非感被文王后妃不妬忌之化，何以至是？蔡汝楠云：「風之江沱，雅之賓筵，皆取於悔，繇變之趨于正也。故曰『震无咎者存乎悔』。」

江有渚，語韻。**之子歸，不我與。**語韻。**不我與，其後也處。**語韻。○興之比也。右媵尊于左媵，上章當爲右媵之辭，此當爲左媵之辭。《爾雅》云：「小洲曰渚。」毛傳云：「水岐成渚。」劉熙云：「渚，遮也。體高能遮水，使從旁迴也。」與，《説文》云：「黨與也。」「不我與」者，猶言不與之爲儔侶也。處，《説文》云：「止也。」請得其所而安止也。「其後也悔」，「其後也處」，皆慶幸之辭。

江有沱，歌韻。**之子歸，不我過。**歌韻。**不我過，其嘯**豐氏本作「歗」。**也歌。**韻。○興之比也。此嫡辭也。《尚書》云：「岷山導江，東別爲沱。」《爾雅》云：「水自河出爲灉，漢爲潛，江爲沱。」孔穎達云：「皆大水分出，別爲小水之名也。」張萱云：「江，貢也。以貢于海爲義，別而爲沱者，爲有它焉。」蔡沈云：「南郡枝江縣有沱水，然其流入江而非出于江也。華容縣有夏水，首出于江，尾入于沔，亦謂之沱。」愚按上二章爲媵辭，曰汜曰渚，皆取合流于江之義，喻己之歸依于嫡也。此章爲嫡辭，曰沱，取江別爲沱之義，喻媵分雖卑，不妨與己並進也。興意各異，達者詳之。之子，指媵也。歸，謂今日來歸也。媵向者不得備數偕行，至今日始歸也。亦與上二章「之子歸」不同。過，猶失也。按過者，越度之義，如「賢者過之」之過，故謂過爲失。「不我過」者，喜二媵之不念舊惡，不以我爲過也。嘯，《説文》云：「吹聲也。」鄭玄云：「蹙口而出聲也。」歌，《説文》云：「詠也。」徐鍇云：「長引其聲以誦之也。」劉熙云：「人聲曰歌。歌，柯也。所歌之言，是其質也。以聲吟詠有上下，如草木之有柯葉也，故兗、冀喜柯，聲如歌也。」既嘯復歌，見二媵之恬然自得，絶無咎恨怨尤之意，蓋至是，而嫡媵之所以自處，可謂各得其道矣。

《江有汜》三章，章五句。 朱子以爲「是時汜水之旁，媵有待年于國，而嫡不與之偕行。其後嫡被后妃夫人之化，乃能自悔而迎之，故媵作此詩」。今按待年不行，於禮有之。《公羊傳》注云：「諸侯之媵，八歲備數，十五從嫡，二十承事君子，未任承事，還待年父母之國。」《白虎通》亦云：「還待年父母之國，未任答君子也。」若此媵爲待年之故而不與嫡偕行，豈得怨嫡乎？又《子貢傳》云：「諸侯之夫人，終容其媵也，賦《江有汜》。」則以此詩爲專美嫡。《序》則云「美媵也，動而無怨，嫡能悔過也」云云，則似專美媵。今按是詩，兩述媵嫡之辭，蓋兼美之。至推本其所以然，則當歸之文王、太姒之化耳。

《摽有梅》，及時擇壻也。 《序》云：「男女及時也。召南之國，被文王之化，男女得以及時也。」戴岷隱云：「此擇壻之辭，父母之心也。」《申培説》亦云：「女父擇壻之詩。」

摽趙岐《孟子》注作「莩」。**有梅**，《韓詩》作「楳」。**其實七**質韻。**兮。求我庶士，迨其吉**質韻。**兮。** 興而賦也。摽，擊也，落也，蓋擊而落之也。梅，木名，華白，實似杏而酢。陸佃云：「子赤者材堅，子白者材脆。華在果子華中尤香。俗云：『梅華優于香，桃華優于色。』故天下之美，有不得而兼者多矣。若荔枝無好葉，牡丹無美實，亦其類也。梅先桃李而華，女失婚姻之時，則感己之不如，亦梅華雖先桃李，然其着實乃更在後，則婚姻之年或未慊也。」按梅，冬而華，春而實，實常多而易落。曰「七兮」者，孔穎達云：「十分之中，尚七未落，已三分落矣。」愚按此及下章「其實三兮」，「頃筐塈之」，皆未然事，特借以形容時晚耳，非真歷盡而始咏也。求，有選擇之意。庶者，未定之詞。士者，禮義之人也。曰「我庶士」，蓋女父言云爾。迨，及也，有皇皇惟恐其晚之意。吉，吉日也。及此吉日而定其人，非謂便于歸也。後放此。《孟子》曰：「丈夫生而願爲之有室，女子生而願爲之有家。父母之心，人皆有之。」女子盛年難久，譬梅實之易落，故爲父母者，惟恐得壻之過時，而不覺其詞之棘如此。按孫卿曰：「霜降逆女，冰泮殺止。」霜降，九月也。冰泮，正月也。《家語》曰：「群生閉藏乎陰，而爲化育之始，故聖人以合男女、窮天數也。霜降而婦功成，嫁娶者行焉。冰泮而農桑起，昏禮殺于此。」而《夏小正》二月，則又云：「綏多女士。」據《周禮·媒氏》以仲春之月令會男女之無夫家者，于斯時也，相奔者不禁。蓋嫁娶自季秋至于孟春，惟其所用，不拘其月，此常禮也。及至仲春，而猶有男女之無夫家者，謂若男三十，女二十，爲期盡蕃育，則以媒氏會之，使各盡所欲，雖奔猶不禁。奔，非淫奔也。以事迫而禮簡不能如常昏焉，故曰奔也。鄭玄所謂「女年二十而無嫁端，則有勤望之憂」是也。黄佐云：「聖人之慮天下也，血氣既壯，難盡自簡，情竇既開，奚顧禮義，故昏欲及時者，所以全節行于未破之日也。故男子十六而娶，不踰三十，女子十四而嫁，不踰二十。使不至有過時之悔。然則男女得以及時，其亦周之禮化與？」徐光啓云：「《摽有梅》，説者以爲仲夏之時，非也。仲夏之時則梅已將熟矣，安得而有摽落，又安得有頃筐之多也。梅花繁，初結實時常多而易落，故如此。嘗試驗之，亦稍後于桃夭時耳。」《左傳》襄八年，晉范宣子來聘，告將用師于鄭，公享之。宣子賦《摽有梅》。季武子曰：「誰敢哉？今譬于草木，寡君在君，君之臭味也。歡以承命，何時之有？」杜預謂宣子欲魯及時共討鄭，取其汲汲相赴。

摽有梅，其實三叶侵韻，疏簪翻。**兮。求我庶士，迨其今**侵韻。**兮。**興而賦也。其實三兮者，承上章言，過此以往，梅之墮落又將多，其在者餘三耳。今，急辭也，謂今日也。

摽有梅，頃筐豐氏本作「匡」。**塈**叶未韻，於既翻。 吕氏《讀詩記》作「曁」。**之。求我庶士，迨其謂**未韻。**之。** 興而賦也。頃筐，解見《卷耳》。塈，毛傳云：「取也。」按塈字从土，《説文》云：「仰塗也。」《書》所謂「塗塈茨」是也。原無取義，據鄭玄謂「頃筐取之于地」，嚴粲謂「取之于地，霑地濕也」，亦屬强解。以意推之，當是概量之概，傳寫譌也。概，平斗斛木也。此又承上章言，過此以往，梅實當盡落，頃筐貯之過盈，故以木概之也。胡胤嘉云：「一時也，而七而三，而頃筐所盡，即年華瞥爾，何言之太迅也。」歐陽永叔曰：「梅實有七，至于落盡，不出一月之間，故前世學者多云詩人不以梅實紀時早晚，獨鄭玄以爲過春及夏晚，皆非詩人本義。《周禮》仲春奔者不禁，何待初夏方爲過時？ 詩人咏此，以興物之盛時不可久，言召南之人顧其男女方盛之年，懼其過時而至衰落，乃期于庶士以相婚姻也。」謂者，父母遣媒妁通言，❶姑先定約，徐俟禮行也。 語云：「走兔在野，人競逐之。 積兔在市，人不敢動。」在女父母，自爲其子計，不得不切。然始終必以求爲言，不肯苟且遷就，非文王之教而何。

《摽有梅》三章，章四句。 按鄭箋之解「求我庶士」云：「我，我當嫁者，謂求女之當嫁者之衆士。」孔氏正義云：「言此者，以女被文王之化，貞信之教興，必不自呼其夫，令及時之取己。 鄭恐有女自我之嫌，故辨之，言我者，詩人我，此女之當嫁者，亦非女自我。」味其語意，殊費幹旋。 朱傳徑以爲女子所作，則豈有女思求男，而爲聖人之化者乎。 《子貢傳》有闕文，今不録。

---

❶ 「妁」，原作「灼」，據《四庫全書》本改。

《漢廣》，文王化行南國，男女知禮，詩人美之。出《子貢傳》，《申培説》同。○《序》以爲：「德廣所及也。文王之道被于南國，美化行乎江、漢之域，無思犯禮，求而不可得也。」鄒忠胤云：「南有喬木題曰《漢廣》，亦猶《定之方中》之爲楚宮，有饛簋飧之爲《小東》也。」

南有喬陸德明本作「橋」。**木，不可**豐氏本「不可」作「可以」。**休**尤韻。**息。**孔穎達云：「詩之大體韻在辭上，疑休、求字爲韻，二字俱作思。」《韓詩外傳》、豐氏本俱作「思」。**漢有游**孔穎達本作「遊」。**女，不可求思。漢之廣矣，不可泳**叶漾韻，丁放翻。**思。江之永**《薛君章句》作「漾」，《説文》作「羕」。今按從此則廣、泳、羕、方四字皆成韻。廣，古曠翻。**矣，不可方**叶漾韻，甫妄翻。**思。**興而比也。南方之木美，作詩者自咏其土之所有也。喬，《説文》云：「高而曲也。」《爾雅》云：「句如羽喬，下句曰朻，上句曰喬。」又云：「小枝上繚爲喬。」注云：「樹枝曲卷似鳥毛羽。」「細枝皆翹繚上句者，名爲喬木。」木枝下蟠，則陰廣；上繚，則陰少。南有高竦之木，其陰不下及，故不可休息，興女之高潔而不可求也。經文息字當依《韓詩》作思，思者，語辭。胡胤嘉云：「樛木下垂，則附之者易。喬木上竦，則依之者難。」此興之有義者也。漢，水名。出嶓冢山，至大别入江。此漢上有游女者，《薛君章句》云：「謂漢神也，言漢神時見，不可求而得之。」愚按據此，則二句乃是比體，蓋如雒神宓妃之類耳，以比貞静之女，可望而不可即也。泳，《説文》云：「潛行水中也。」江，水名，出岷山，東流與漢水合，東北入海。《釋名》云：「江，公也。小水流入其中，公共也。」永，《説文》云：「長也。」方，《説文》云：「併船也。」《爾雅》以爲「泭也」。《方言》曰：「泭謂之篺，篺謂之筏。筏，秦、晉通語也。」郭璞云：「木曰篺，竹曰筏，小筏曰泭。」亦作[illegible]，又作桴，或作柎。泳以絶流横渡言，故屬廣；方以順流上下言，故屬永。嚴粲云：「江水尤深濶于漢，故漢止言不可泳，而江言不可方。」此四句轉言女自可求，但須媒妁通言，❶六禮俱備，不可以非禮而求，猶江漢未嘗不可渡，然須假舟楫以濟，不可凌忽泳方之耳。季本云：「漢水合江則濶，故言泳；江則其流本長，故言方。本詠漢而併及于江者，地近人遠，咫尺千里，語其地則如漢之不可泳，語其遠則如江之不可方。蓋即女所近之水，遠不可從者，以爲比。」

翹翹錯薪，豐本作「新」。下同。**言刈**豐本作「乂」。下同。**其楚。**叶麞韻，讀如「取」，此主翻。**之子于歸，言秣其馬。**叶麞韻，滿補翻。**漢之廣矣，不可泳**韻見首章。**思。江之永矣，不可方**韻見首章。**思。**興而比也。翹，《說文》云：「尾長毛也。」錯薪中之高者亦如之，故云翹翹。錯，毛傳云：「襍也。」薪，《說文》云：「蕘也。」《月令》「收秩薪柴」，注云：「大者可析謂之薪，小者合束謂之柴。」《左傳》言其父析薪，其子弗克負荷，以此證薪是麤大可析之物也。豐道生云：「新，古文作亲，从木定意，而以辛諧聲。小篆加斤，以斧析木也。隸借爲新舊字，而加艸爲薪，謂或艸或木，皆可以析爲薪也。然古新舊字本从見，而以亲諧聲。寴戚字从家省，而从親會意，言一家之寴，常見如新，無厭憎也。自借新爲親舊字，不知有寴爲七斤切，新、亲皆柴薪字，六義遂晦。」楚，木名，一名荆。《廣志》云：「牡荆，蔓荆也。」《圖經》云：「牡荆，即作箠杖者，枝莖堅勁，作科，不爲蔓生，故曰牡。實細而黃，如麻子大。蔓荆，莖高四尺，對節生枝，秋結實斑黑，如梧子大而輕虛。」沈括云：「揚州宜楊，荆州宜荆，地名因此。荆或爲楚，楚亦荆木之别名也。」荆在襍

❶「妁」，原作「灼」，據《四庫全書》本改。

薪之中尤爲翹翹，故析薪者欲刈之，以喻此女在衆女中尤爲高潔，人寧不思欲娶之乎。之子，此女子也。秣，食馬穀也。馬所以駕車，《士昏禮》壻親迎至婦家，婦升車，則壻授綏，御輪以行。今曰秣馬，謂親迎也。然非必作詩者自欲娶此女，蓋謂其不可以非禮干，設言人若欲娶之者，必待秣馬以行親迎之禮，而後可娶耳。鄒忠胤云：「翹薪四語，似與章首四句遥對，蓋喬木不可休，錯薪則有可刈也。游女不可求，于歸則有可效也。末又重述『漢之廣矣』四句，以咏嘆之。」

翹翹錯薪，言刈其蔞。虞韻。**之子于歸，言秣其駒。**虞韻。**漢之廣矣，不可泳**韻見首章。**思。江之永矣，不可方**韻見首章。**思。**興而比也。蔞，蔏蔞也，一名購，故《爾雅》曰：「購，蔏蔞。」郭璞云：「蔞蒿也。生下田，初生可啖，江東用羹魚也。」陸璣云：「其葉似艾，白色，長數寸，高丈餘，好生水邊及澤中。正月根牙生，旁莖正白，生食之，香而脆美，其葉又可蒸爲茹。」羅願云：「今古以爲珍菜。」按蔞亦艸中之翹翹者。許慎云：「馬二歲曰駒，三歲曰駣。」孔穎達云：「八尺以上爲龍，七尺以上爲騋，六尺以上爲馬。五尺以上，六尺以下曰駒。」古者駕車，兩服兩驂。服必壯馬，驂可用其次者。前言秣馬，衡外夾轅之服也。此言秣駒，衡下襄駕之驂也。范景文云「王者不易民而治此類」是也。望見端莊静一之女，而嗟歎之不足，其人亦賢者也。

《漢廣》三章，章八句。《朱傳》謂：「文王之化，自近而遠，先及於江漢之間，而有以變其淫亂之俗。」今按此詩具見女慕貞潔，男知禮義，以此歸本于文王之化漸被致然可耳，未必江漢之俗，有淫亂之事。大約因舊説解「漢有遊女」爲遊蕩之女，故致此誤。若《韓詩》以爲悦人也，其意亦謂之子守禮之可悦耳，不善會之，鮮不以辭害義。

《芣苢》，蔡人之妻傷夫也。韓嬰《詩序》以爲傷夫也。劉向《列女傳》云：「蔡人之妻者，宋人之女也，既嫁于蔡，而夫有惡疾，其母將改嫁之，女曰：『夫之不幸，乃妾之不幸也，奈何去之？適人之道，一與之醮，終身不改。不幸遇惡疾，不改其意。且夫采采芣苢之草，雖其臭惡，猶始于捋采之，終于懷襭之，浸以益親，況于夫婦之道乎？彼無大故，又不遣妾，何以得去？』終不聽其母，乃作《芣苢》之詩。君子曰：『宋女之意，甚貞而一也。』」愚按此亦后妃之化也。冉伯牛有惡疾，故《文選》用其事而曰「冉耕歌其《芣苢》」，蓋相傳舊矣。或疑蔡、宋非古國名，按《國語》云：「文王之即位也，諏于蔡原。」韋昭注謂：「蔡，蔡公也。」羅泌《路史・國名記》：「蔡，黄帝後，姞姓國。❶蘄春江中有蔡山。」❷又《樂記》云：「武王下車，而投殷之後于宋。」則蔡、宋非舊名而何？

采采芣苢，紙韻。《釋文》作「苡」。**薄言采**叶紙韻，此禮翻。亦叶有韻，此苟翻。**之。采采芣苢，**見上。**薄言有**韻。亦叶紙韻，羽軌翻。**之。**興而比也。采，捋取也。重言采采，非一采也。陸佃云：「他草所在或無，唯車前、蒼耳，所在有之，故《芣苢》、《卷耳》之詩，正言此二物。」芣苢，一名馬舄，一名車前，一

❶「姞」，原作「結」，據羅泌《路史》卷二十四改。

❷「江」，原作「汪」，據《路史》卷二十四改。

名當道，大葉長穗，好生道邊及牛馬跡中，故曰馬舄、車前、當道也。一名牛遺。陸璣云：「幽州人謂之牛舌草，可鬻作茹，大滑，其子治婦人産難。」《本草》云：「生平澤丘陵阪道中，一名勝舄，亦或謂之陵舄。」《列子》云：「若䵷爲鶉，得水爲㡭。得水土之際，則爲䵷蠙之衣，❶生于陵屯，則爲陵舄。」屯，阜也，故或謂之蝦蟆衣。《韓詩外傳》云：「直曰車前，瞿曰芣苢，蓋生于兩旁謂之瞿。」《圖經》曰：「春初生苗，布地如匙面，累年者長及尺餘，如鼠尾，花甚細，青色微赤，結實如葶藶，赤黑色。今人五月採苗，七八月採實。」程子云：「薄言，發語辭。」嚴粲云：「薄言震之，薄言追之，薄言采芑。凡薄言二字，皆辭也。」朱子云：「采，始求之也。有，既得之也。」《薛君章句》云：「芣苢，臭惡之菜。詩人傷其君子有惡疾，人道不通，求已不得，發憤而作，以事興，芣苢雖臭惡乎，我猶采取而不已者，以興君子雖有惡疾，我猶守而不離去也。」

采采芣苢，薄言掇曷韻。**之。采采芣苢，薄言捋**曷韻。**之。**興而比也。掇，《説文》云：「拾取也。」捋，《説文》云：「取易也。」《詩詁》云：「以指歷取也。」陸燧云：「舊説掇，拾其穗也。芣苢無取穗者，子之在地者拾之，未落者捋之也。」孔穎達以爲此章言采時之狀，是也。

采采芣苢，薄言袺叶屑韻，吉屑翻。**之。采采芣苢，薄言襭**屑韻。陸德明本作「擷」。**之。**興而比也。《爾雅》、《説文》皆云：「執衽謂之袺。」孫炎云：「執衽者，持衣上衽。」徐鍇云：「舉衣衿之一角也。」《説文》云：「以衣衽扱物謂之襭。」李巡云：「扱衣上衽于帶。」衽者，裳之下也。置袺，謂手執之而不扱。襭，

❶「䵷」，原作「蠅」，據《列子》改。

則扱于帶中矣。陳祥道云：「鄭氏釋《喪服傳》曰：『婦人不殊裳，其服如深衣而無衽。』按詩言婦人之采芣苢，或袺衽，或襭衽，是婦人之服，未嘗無衽也。」輔廣云：「曰采曰有，則始求而既得之辭；曰掇曰捋，則正采而拾取其子之辭；曰袺曰襭，則既采而携以歸之辭。」

《芣苢》三章，章四句。《子貢傳》以爲「文王之時，萬民和樂，童兒歌謡賦《芣苢》」，《申培説》亦謂「童兒鬭草嬉戲之詞」。然不識何以專采芣苢，豈以其多生道旁故耶。味亦短矣。《序》則謂：「《芣苢》，后妃之美也。和平，則婦人樂有子矣。」按《神仙服食法》曰：「車前之實，雷之精也。善療孕婦難産，蓋以其性大滑。」毛萇、陸璣皆取之，以此爲樂有子之證，尤屬鄙淺不經。或又引《本草》云：「强陰益精，令人有子。」今考《神農本經》之語，第云：「車前子，味甘寒無毒，主气癃上痛，利水道小便，除濕痹。久服，輕身耐老。」初無宜懷妊之説。至唐本餘等始增入此語，蓋因毛説而附會之也。滑伯仁云：「車前，性寒利水，男子多服，則精滑而易痿。婦人多服，則破血而隳胎。」豈宜子乎？又《周書·王會》篇芣苢本作桴枎，及《山海經》雖云：「芣苢食之宜子。」然謂其出于西戎，又指爲木名，縱使果有之，亦别是一種，未可便指爲此之芣苢也。馮時可云：「吾獨取《韓詩》之言，惡疾不相棄，則有得乎性情之正，且不失風人之旨，以意逆志者，當自得之矣。」

《野有死麕》，南國被文王之化，女子有貞潔自守，不爲强暴所污者，詩人因所見而美之。出朱傳。○《序》云：「惡無禮也。天下大亂，强暴相陵，遂成淫風。被文王之化，雖當亂世，猶惡無禮也。」郝敬云：「紂時淫昏成俗，而羞惡之心，人所自有。文王化行，皆知無禮之可惡，故詩不貴其貞潔，而貴其知耻。知耻自不屑不潔，此導民之本，格心之化也。」

野凌氏、《子貢傳》本作「埜」。**有死麕**，真韻。此章隔句用韻。陸德明本、豐氏本俱作「麇」。陸又云：「一作麏。」**白茅包**叶有韻，補苟翻。《路史》作「苞」。**之。有女懷春**，真韻。**吉士誘**有韻。豐本作「求」。**之。**比而賦也。《說文》、毛傳皆謂「郊外曰野」。麕，麞也，鹿屬無角。《本草》注云：「麞類甚多，麕其總名也。」陸佃云：「麕性善聚，善散，故从囷。囷，聚也，亦散也。齊人謂麕爲麞，或謂麞性善驚，故从章。《吳越春秋》謂：『章者，獐徨也。』蓋麕鹿皆健駭，而麕性膽尤怯，飲水見影，輒奔。《道書》謂『麞鹿無魂』，又謂『麞鹿白膽善怖』，爲是故也。《爾雅》『麇曰其跡躔，麕曰其跡解』。蓋麇性迷惑，故其跡躔而不解。麕性散驚，故其跡解而不躔。」郝云：「麕鹿，比奔也。死麕、死鹿，如惡惡臭，醜詆之辭。」茅，郭璞云：「菅屬。」《說文》訓菅爲茅，訓茅爲菅，非是。《通志》云：「茅類甚多，惟白茅擅名。」陸佃云：「茅體柔而理直，又潔白，故先王用之以藉，亦以縮酒。」包，毛云：「裹也。」通作苞。《禮》注疏解苞苴云：「苞者，以草包裹。苴者，以草藉器貯物。」羅泌云：「先王之治，先其禮而後其樂。樂者，涸潤之意。而禮者，人之城也。禮勝則愚，故樂以生之；樂勝則流，故禮以守之。禮也者，所以嚴分而防泆者也。苟嚴矣，何慢之足憂？苟防矣，何亂之足病？《詩》云：『野有死麕，白茅包之。』夫麕既已死矣，在所可弃矣，而猶苞以白茅何耶？死惡其洿于地也。夫茅之爲物薄，而用可重也。《易》曰：『藉用白茅，无咎。』苟厝諸地而可矣，藉之用茅，何咎之有？此禮之所以不可以已，而流遁者之所以獲罪于聖人也。」愚按詩之興意，謂野有死麕，人惡其臭，猶或以白茅包裹之。此强暴之男，何止如死麕之可惡，乃任其狂逸而莫之制，使其穢德彰聞，何邪？有女者，詩人美此女也。懷春者，鄭玄、孔穎達皆云：「仲春爲昏時，故貞女思仲春之月，以禮與男會也。」吉士，美士也。誘，《儀禮》「誘射」，《論語》「善誘人」之誘。《爾雅》云：「進也。」毛傳云：「道也。」此女非不懷婚姻，然必待吉士以禮進，而道之如媒妁之言是也。❶詩咏此女有三善焉，曰懷春，則必依其時；曰吉士，則必得其人；曰誘之，則必合其禮。非聖化所被而何？

林有樸樕，屋韻。**野有死鹿。**屋韻。**白茅純束，**沃韻。**有女如玉。**沃韻。上章麕、春、包、誘，隔句兩韻，此變體，以上二句、下二句分爲兩韻。○比而賦也。樸樕，《説文》云：「小木。」《詩詁》云：「孔疏引《爾雅》『樕樸，一名心，江河間以作柱』，案小木通呼樸樕，即非木名。云可作柱，則大木也。孔疏引樕樸以爲樸樕，誤矣。」林有樸樕，以野中之所見言。繼之曰「野有死鹿」，言有死鹿在野外之林中也。鹿，獸名，有角。純，通作全，亦音近也。全用白茅裹束此死鹿，亦惡其臭也。如玉，鄭玄云：「取其堅而潔白。」不以色言，此强暴之男譬如野外林中之死鹿，徒足啓人畏惡厭絶耳。其能浼如玉之女乎？

舒而脱脱叶隊韻，徒對翻。**兮，無**豐本作「毋」。下同。**感我帨兮，無使尨**《説文》作「龙」。**也吠。**隊韻。○賦也。舒，《説文》云：「緩也。」脱，通作娧。《説文》云：「好也。」舒而脱脱者，言此女舉止舒

❶「妁」，原作「灼」，據《四庫全書》本改。

遲，而容貌又姣好也，即上章美其如玉之意。無，通作毋，下同，戒彊暴之辭也。❶感，《爾雅》云：「動也。」我，我女子也。詩人敬愛之至，故以我稱之，若託于女子之自道然者。帨，拭物之巾，女子所佩也。《内則》云：「女子生，設帨于門右。」「感我帨」者，女子自動其帨，蓋見此强暴之男來，則女子必奔走失度而避之，至動其佩飾也。厖，通作尨。《説文》云：「犬之多毛者，字从犬从彡。」吠，《説文》云：「犬鳴也。」孔穎達云：「非禮相陵，主不迎客，則有狗吠。」郝敬云：「此章述女子羞惡之情，言尨吠，則狗彘惡之矣。」《左》昭元年，鄭伯享趙孟，子皮賦《野有死麕》之末章。杜預注謂喻趙孟以義撫諸侯，無以非禮相加陵。趙孟賦《常棣》且曰：「吾兄弟比以安，厖也可使無吠。」子皮興，拜，舉兕爵曰：「小國賴子，知免于戾矣。」范景文云：「通篇皆詩人美貞女，刺狂夫。若作女子拒之之詞，終乏風霜之氣。」

《野有死麕》三章，二章章四句，一章三句。 豐本篇名作《野麇》。○毛、鄭解「野有死麕，白茅包之」，「野有死鹿，白茅純束」，皆謂四荒則殺禮，貞女之情，欲令以白茅裹束野中、田者所分麕肉、鹿肉爲禮而來。諸家及朱子皆因之。案《昏禮》，五禮用鴈，唯納徵用幣，無麕鹿之肉。舊注殊屬不經。且思下一死字，豈佳語耶？《子貢傳》謂「埜人求昏而不能其禮，女氏拒之」。然不能其禮，似不應醜詆如是之甚。《申培説》謂「昏媾惡無禮之詩」，玩此詩，實未嘗爲昏媾也。若季本直目爲淫詩，則冤甚矣。

❶「彊」，原作「疆」，據《四庫全書》本改。

《麟之趾》，美文王子多賢也。周家世有聖母，故其子孫之盛且賢如此。所以知爲贊聖母者，以言麟不兼麒知之。麟乃麒之牝者也。三章皆詠麟，而一則美公子，一則美公姓，一則美公族，固知非專指太姒。何者？武王、周公皆晚得子，安得此時遂詠公姓？至公族則愈遠矣。主太任以稱文王之子，則爲公姓，故美公姓知其爲贊太任。主太姜以稱文王之子，則爲公族，故美公族知其爲贊太姜。詩三詠麟，蓋分擬三母也。

麟《齊詩》作「麐」。**之趾，**紙韻。《釋文》、豐氏本俱作「止」。**振振公子，**紙韻。**于嗟麟兮。**三章俱用此一句結，不用韻。○比中有賦也。按《説文》云：「麒，❶仁獸也。麐，牝麒也。麟，大牝鹿也。」則字當作麐，經傳中麟、麐通用。陸佃云：「不踐生草，不食生物，有愛吝之意，故麐从吝。」一説，麐不世出，世衰則麐死，故从吝，吝惜也。《京房易傳》云：「麐麕，身牛，尾狼，額馬，蹄有五采，腹下黄，高丈二。」何法盛云：「麒，仁獸也，牝曰麟。牡鳴曰遊聖，牝鳴曰歸和，春鳴曰扶幼，夏鳴曰養綏，秋鳴曰藏嘉，冬鳴曰思邊。」張揖云：「麟者，含仁懷義，行步中規，折旋中矩，遊必擇土，翔必復處，不群居，不旅行，不犯陷穽，不罹罘罡，文章彬彬。」《瑞應圖》云：「麟，王者嘉祥，食嘉禾之實，飲珠玉之英。」《大戴禮》云：「毛蟲三百六十，而麟爲之長。」《禮運》云：「麟以爲畜，則獸不狘。」孔子云：「刳胎伐夭，則麟不至。」羅泌云：「蔡邕以爲『中央軒轅大角之信』，《詩含神霧》以爲『木之精』，《鶡冠子》以爲『北方玄枵之獸』，或云『陽氣所孕』，又云『純陰之精，保

❶「麒」，原作「麐」，據《説文解字》卷十改。

乾圖以爲歲星之散，運斗樞以爲機星得則生』，陳欽以爲『西方之毛蟲』，《廣雅》以爲『壽一千』，《抱樸》以爲『壽三千』。❶ 自漢而來，爲祥説者，咸謂麟生于火而遊于土，王者視明禮脩，好生惡殺，動有儀容，賢者在位，不肖者退，則見郊野。《禮斗威儀》謂君垂金而王政太平，則在郊。而《春秋考異郵》以爲『王者功平則至』，《孝經緯》亦言『德至鳥獸，則鳳凰翔，麒麟臻』，遂使庸君想致，學士妄談。」按羅願謂麟只如麢麞之屬，後世言麐者皆妄，果爾，則何以稱四靈？ 陸璣謂今并州界有麟，大小如鹿，乃司馬相如賦所言射麋脚麟者，非瑞獸也。然則羅氏所指，殆即此物歟？ 趾，本作止。《説文》云：「下基也。」象艸木出有止，故以止爲足。麟之趾，贊太姒也。《孝經》曰：「親生之膝下。」因下文言「振振公子」，故以趾咏。麟之爲趾，生艸不踐，生蟲不履，是其仁之見于趾者也，舉一趾以見其仁。而舊説謂以趾比公子，非也。振，《説文》云：「奮也。」季本云：「振振者，振動之意，文王之德，繇親親而達于仁民愛物，故其公子皆振動其良心，莫不興起于仁，可以任民物之責也。」所以知此詩爲美文王之子者，以「公子」二字知之。文王時尚未王也。文王諸子，除三叔不足道，若武王、周公皆聖人，其餘伯邑考、康叔封、郕叔武、曹叔振鐸、聃季載，皆出自太姒，以賢仁著稱。至于衆妾所生，則武王之異母弟，又有毛部、雍滕、畢原、豐郇之屬，所謂則百斯男者，非太姒有仁厚之德，何能孕祥鍾美如是。故詩人復嘆息而稱之曰：「信哉！太姒之爲麟也。」以太姒之仁如麟也。于者舒氣，嗟者嘆聲。

❶「樸」，原作「璞」，據《四庫全書》本改。

麟之定，徑韻。《字書》、豐本俱作「題」。**振振公姓，**叶徑韻，蘇佞翻。**于嗟麟兮。**比中有賦也。定，《爾雅》作顁，云：「題也。」按《説文》無顁字，當通作頂。頂者，顛也，所謂額也。麟之定，贊太任也。太任者，王季之妃。朱子謂麟有額而不以抵，是其仁之見于定者也。因下文言「公姓」，則太任爲祖母，居上臨下，爲定之象。公姓，朱子云：「公孫也。姓之爲言生也。」按《禮記·玉藻》云：「子姓之冠也。」注謂孫是子之所生，故曰子姓。一説，孫傳姓者，亦通。公姓，主文王之子言之。于嗟麟兮，復嘆息，言太任之仁亦如麟，故有此賢孫也。大雅云：「思齊太任。」又云：「摯仲氏任，來嫁于周，乃及王季，維德之行。」《列女傳》云：「太任之性，端一誠莊。」《皇王大紀》云：「太任有賢德，目不視窈色，耳不聽淫聲，口不出惡言。」

麟之角，叶屋韻，盧谷翻。**振振公族，**屋韻。**于嗟麟兮。**比中有賦也。按麐，漢石刻全似鹿，但一角直卓如浮圖，其端有肉，圓如柹實。《孝經右契》、《春秋感精符》皆言「麒雌一角，明海内之共一也」。陸佃云：「麐似麕，圓頂一角，故西狩獲麐，曰有麕而角也。」傳曰：「麒似麐而無角。」按《爾雅》曰：「驨如馬，一角，不角者騏。」然則麒从騏省，不角故也。《漢·終軍傳》云：「麐角戴肉，設武備而不爲害，所以爲仁。」或曰：「麐肉角，鳳肉咮，皆示有武而不用也。」麟之仁見于角，所以贊太姜也。太姜者，太王之妃，于文王之子則爲曾祖母，所處益高，故取象于角。孔穎達云：「先言趾，次定，次角者，麐是走獸，以足而至，故先言趾。因從下而上，次見其額，次見其角也。」陸佃云：「始于趾，終于角，每況愈上。」族，謂三族也。三族者，父子孫三輩之親，則三代矣。自太王而下爲王季，爲文王，爲文王之子，是三輩之族，皆自太姜傳之，故主太姜而呼文王之子爲公族也。羅泌云：「《禮小記》曰：『親親者，以三爲五，以五爲九。』是所謂九族者，夫人生則有父，壯則有子，父子與己，此《小宗伯》三族之别也。父者，子之祖，因上推之，以及於己之祖。子者，父之孫，因下推之，以及於己之孫，此《禮》傳之以三爲五也。己之祖，自己子視之，則爲曾祖王父。自己孫視之，則爲高祖王父。己之孫，自己父視之，則爲曾孫。自己祖視之，則爲玄孫。故又上推以及己之曾高，下推以及己之曾玄，是所謂以五爲九也。而或者謂高非己之所逮事，玄非己之所及見，且出一族，則其所睦爲不廣。於是執爲異姓之説，以爲父母妻之族，合則爲三，别則爲九。父之族别而四，母之族别而三，妻之族别而二，是不然。在《爾雅》，内宗曰族，母妻之族曰黨，父可以爲黨，而妻與母不得謂之族也。《白虎通》云：『族者，凑也，聚也，恩愛相流凑也。生相親愛，死相哀痛，有會聚之道，故謂之族。』」于嗟麟兮，歎息，言太姜之仁亦如麟，故能傳世衍族皆賢如此也。《列女傳》云：「太姜貞順率道，靡有過失，廣于德教，而謀事次之。」

《麟之趾》三章，章三句。

陸元朗云：「《序》本或直云《麟趾》，無之字。」《子貢傳》、《申培説》俱作《麟止》。○《序》云：「《關雎》之應也。《關雎》之化行，則天下無犯非禮，雖衰世之公子，皆信厚如麟趾之時也。」愚按所謂《關雎》之應者，謂后妃有《關雎》之德，故有「振振公子」之應，此但以詮首章之義可耳。其謂衰世公子，皆信厚如《麟趾》之時者，鄭玄謂當文王與紂之時，乃是衰世，而《關雎》化行，公子皆信厚與禮合，古太平致麟之時，不能過也。此則指麟爲瑞應，而以公子當麟瑞，于義迂矣。朱傳謂文王后妃，德脩于身，而子孫宗族，皆化于善，故詩人以麟性仁厚，其趾亦仁厚，興文王后妃仁厚，故其子亦仁厚。曰定曰角，放此，夫一麟耳，而興文王，又興后妃，殊乖體物之義。《子貢傳》但云：「周人美公子之多仁也。」《申培説》亦云：「文王之子多仁，賢美之。」則第贊公子爲麟足矣，分之爲趾、爲定、爲角何居？昧詩人立言之意矣。

《殷其靁》，憂文王也。文王囚於羑里，其臣相與救之，室家明於大義，從而思之。何以知爲憂文王也？以「殷其靁，在南山」二語知之。靁者，紂威也。南山者，周地也。是詩也，其閎夭、太顛輩室家之爲之歟？按《竹書》，帝辛二十三年，囚西伯于羑里。桓譚《新論》云：「文王修德，百姓親附。是時崇侯虎與文王列爲諸侯，德不及文王，常嫉妬之，乃譖文王於紂曰：『西伯昌，聖人也。長子發、中子旦，皆聖人也。三聖合謀，君其慮之！』乃囚文王于羑里。」《史記》云：「紂以西伯昌、九侯、鄂侯爲三公。九侯有好女，入之紂。九侯女不憙淫，紂怒，殺之，而醢九侯，鄂侯争之彊，辨之疾，并脯鄂侯。西伯昌聞之，竊笑。崇侯虎知之，以告紂，紂囚西伯羑里。」又云：「崇侯虎譖西伯於殷紂曰：『西伯積善累德，諸侯皆嚮之，將不利於帝。』帝紂乃囚西伯。」《帝王世紀》云：「紂囚文王，文王之長子曰伯邑考，質於殷，爲紂御。紂烹爲羹，賜文王，曰：『聖人當不食其子羹。』文王食之。紂曰：『誰謂西伯聖者？食其子羹尚不知也！』」《皇王大紀》云：「周之臣子，日夜憂懼，謀所以救其君父者，無所不至。竭國中珍寶良馬，使閎夭、泰顛來獻，遣使四出，謀於牧伯及各諸侯，❶諸侯憂懼憤惋入見，請從昌囚，乃召昌釋之。」《史記》云：「紂囚西伯於羑里。閎夭之徒患之，乃求有莘氏美女，驪戎之文馬，有熊九駟，他奇怪物，因殷嬖臣費仲而獻之紂。紂大説曰：『此一物足以釋西伯，况其多乎！』乃赦西伯，賜之弓矢斧鉞，使西伯得專征伐，曰：『譖西伯者，崇侯虎也。』」《太平御覽》云：「文王四臣散宜生等，周流海内，經歷豐土，得美女二人，白馬朱鼠，以獻於紂。陳於中庭，紂立

❶「各」，原作「合」，據胡宏《皇王大紀》卷十三改。

出西伯。文王在羑里時，演《易》八卦爲六十四，作爵尼之辭。困于石，據于蒺藜，乃申憤以作歌，曰：『殷道溷溷，漫濁煩兮。朱紫相合，不别分兮。迷亂聲色，信讒言兮。炎炎之虐，使我愆兮。幽閉牢穽，繇其言兮。遘我四人，憂勤勤兮。』」又《古今樂録》「炎炎之虐」二句，作「閹閹之虎，使我褰兮」，蓋謂崇侯虎也。四人，舊注謂太顛、閎夭、散宜生、南宫适也。王世貞云：「内文明，外柔順，俟命正志，生死不易，文王之德也。委曲萬變，以出其主而任其過，顛、夭之德也。文王之德臣德也，身謀之也。顛夭之德亦臣德也，爲君謀之者也。《巽》之九二曰：『巽在牀下，用史巫紛若。吉。』夫子贊之曰：『巽以行權。』嗚呼，至哉！」陳氏云：「或曰：『爲人臣者，亡道以免其君之危，則苟而可歟？』曰人臣以忠爲其道。夫能忠以免其君，而何苟歟？吾聞之也，人臣之事君也，猶子之事其父也。爲人子者，不幸而其父之有過，苟可以全吾父，何弗用也？爲人臣者，不幸而其君之有患，苟可以免吾君，則何弗用也？瞽瞍殺人，皋陶執之。夫皋陶之執之也，則既已離於天子之司敗矣。而舜且勿恤也，竊負而逃。竊負而逃，非天子所以事其父，而舜爲之，以救敗也。閎夭、散宜生之間以行其賂，而免文王於梏也，是亦竊負而逃之譬也。或曰：『文王乃幸以免難歟？』曰文王何知焉。閎夭、散宜生之爲之，而紂之出之也。其爲之不知所以爲，而其出之不知所以出，幸而出之，而文王固且曰，天王之聖明也，又何怨焉？且吾聞之也，人臣之事君也，猶子之事其父也。昔者舜之祗載瞽瞍也，起居飲食未嘗不在側也。索而殺之，則不可得，故曰：『小杖則受，大杖則走。』孝也。文王之幸免患於紂，而受成於二三子之計也，是亦大杖則走之譬也。」

殷其靁，灰韻。首末句相應爲韻。陸德明本作「雷」。**在南山之陽**。韻。**何斯違斯，莫敢或**

遑？陽韻。**振振君子，歸哉歸哉！**灰韻。○興之比又賦也。殷者，作樂之盛稱，故有盛大之義。張子厚云：「天地之氣，陰因陽，陽在内者不得出，則奮擊而爲雷。」郝敬云：「比殷商也。」南山，周終南山。山南曰陽，雷發聲不在他處，而獨于南山之前後左右，施其搏擊之威，以喻紂之偏與周爲難也。時文王有羑里之厄，而其臣若閎夭輩，相與奔走出力以救之。其爲之室家者，偶聞雷聲殷殷然，感風雨將作，而念其君子，故即其事以起興。張敬夫云：「如鸛鳴婦嘆之義，將風雨則思念行者也。」何者，疑念之辭。何斯之斯斯此人，謂君子也。違，《説文》云：「離也。」違斯之斯斯此所，謂室家也。莫之言無，蓋音近也。遑，《説文》云：「急也。」我君子辭室家而遠出，將以脱主於難，莫敢或急求畢事也。振，《説文》云：「舉救也。」所救之方不一，故曰振振。張子厚云：「勸使勉也。」或用權，或用術，然後可以出文王，而使之歸周，而我之君子亦可與之俱歸矣。故曰「歸哉歸哉」，凝望之辭也。上「歸哉」，謂文王也。下「歸哉」，謂君子也。嚴粲云：「冀其畢事來歸，而不敢爲决辭，知其未可以歸也。」

殷其靁，見上。**在南山之側。**職韻。豐氏本作「仄」。**何斯違斯，莫敢遑息？**職韻。**振振君子，歸哉歸哉！**見上。○興之比又賦也。孔穎達云：「上陽，直云山南，此云側，不復爲山南，三方皆是。」毛傳云：「在其陰與左右也。」郝云：「在南山之側，天威不測也。」息，本喘息之義。人一呼一吸爲息，故謂息爲止。莫敢遑息者，莫敢求止息也。

殷其靁，見上。**在南山之下。**叶麌韻，後五翻。**何斯違斯，莫敢遑處？**叶麌韻，讀如「取」，此主翻。**振振君子，歸哉歸哉！**見上。○興之比又賦也。鄭玄云：「下謂山足。」陸佃云：「語曰『雷高弗雨』，雷在南山之下，則雨矣。」愚按此以比紂怒將解也。處，《説文》云：「止也。」謂至家而安止也。首章言「莫敢或遑」，謂當宛轉相機以圖之。次章言「莫敢遑息」，謂當竭蹶趨事以圖之。此章言「莫敢遑處」，則紂怒已可挽回，歸期行且不遠，特不敢急遽求歸耳。文王之時，不獨爲之臣者能篤忠貞，而其婦人亦能明于大義若此。

《殷其靁》三章，章六句。《子貢傳》謂「召公宣布王命，諸侯服焉，賦《殷其靁》」。《申培説》謂「武王克商，諸侯受命于周廟，出就終南之館，故作此詩」。然「何斯違斯」二語，終非踴躍受命氣象。《序》以爲召南之大夫，遠行從政，不遑寧處，其室家能閔其勤勞，勸以義也。其於經之大義，固無所害，而所謂召南之大夫，遠行從政者，則亦不過因此詩在召南中，遂從而附會之耳。郝敬則云：「西伯率南國大夫，以服事殷，故婦人以天威比王命，託咏《殷靁》，亦猶《汝墳》之王室如燬也。」語意差近，並存之。

《騶虞》，美文王蒐田也。何以知其爲蒐也？《禮》四時之田，春曰蒐，夏曰苗，秋曰獮，冬曰狩。彼茁者葭，則春之時也。《左傳》曰：「密須之鼓，與其大路，文所以大蒐也。」此詩所言者，春蒐之事，意其即爲彼之蒐與。若《六韜》言：「文王齋三日，乘田車駕馬，田于渭陽，見太公，載與俱歸。」《史記》亦言：「周西伯將出獵，卜之曰：『所獲非龍非彲，非虎非羆，所獲伯王之輔。』於是西伯獵，遇太公于渭之陽。」據《書·無逸》篇稱文王不敢盤于遊田，其見于傳記者，惟此二役而已。然此詩唯咏獲豝豵，不侈得賢，則必非渭陽之田也。又《周禮·射人》以射法治射儀：「王以六耦，射三侯，三獲三容，樂以《騶虞》，九節五正。」《禮記·射義》，爲闡其説曰：「天子以《騶虞》爲節，樂備官也。」倘亦以騶御、虞人無不在列，以充任使，故謂之備官歟？ 然此詩若咏文王，則固諸侯也，而天子用之爲射節何居？ 蓋文王既追王，則亦天子矣。不然，如文王之辟雍，亦何以爲天子之學乎？

彼茁者葭，麻韻。 **壹**《詩緝》、豐氏本俱作「一」。下同。 **發五豝，**麻韻。 **于**賈誼《新書》作「吁」。 **嗟乎，**虞韻。 三字句。 **騶**豐氏、《石經》本作「鄒」。 **虞！** 韻。 二字句。 舊叶麻韻，云即東方朔所謂「騶牙」者也。次章又叶東韻，同一虞字而兩其讀，不通甚矣。 劉芳《詩疏》作「吾」。 ○賦也。 彼者，徐鍇云：「據此之稱，謂彼之也，指葭言。」茁，《説文》云：「草初生出地貌。」葭、蘆、葦，又名華，一物四名。 鄭玄云：「記蘆始生者，著春田之早晚。」《説文》亦以葭爲葦之未秀者。 發，發矢。 《爾雅》云豕牝爲豝。 一曰豕二歲，能相把拏也，見《周禮》注。 《小爾雅》云：「大者謂之豝。」按《廣雅》，凡獸二歲，通名爲豝。 據杜預解春獵爲蒐，謂蒐索擇取不孕者。 若云豕牝，則有孕道，當從二歲名也。 《禮》曰：「無事而不田曰不敬。」《白虎通》云：「王者諸侯所以田獵，上以共宗廟，下以簡集士衆也。」《公羊傳》則以春獵爲苗。 舊説謂擇取不孕任者，若治苗去不秀實者，所以專取豝豵，以豝豵獨害稼。 《郊特牲》迎虎爲其食田豕，所以除春農之害也。 「一發五豝」者，毛傳云：「虞人翼五豝以待公之發。」鄭玄云：「君射一發，而翼五豝者，戰禽獸之命。 必戰之者，仁心之至。」孔穎達云：「田獵有使人驅禽之義。 《周禮·田僕》『設驅逆之車』，驅之逆之，皆爲殺也。 不盡殺之，猶如戰然，故云『戰禽獸之命』也。」按《易》「王用三驅」，褚氏諸儒皆以爲三面着人驅禽。 必知三面者，禽惟有背己向己趣己，故左右及于後，皆有驅之，即毛傳之所謂翼也。 蘇轍云：「于君之射也，一發而虞人翼五豝以待之，此蕃之至也。然猶不敢盡取之，一發而已。」王應麟云：「『言私其豵，獻豜于公』，致禽之禮也。『悉率左右，以燕天子』，奉上之誠也。『彼茁者葭，一發五豝』，愛物之仁也。」嚴粲云：「止于一發，仁心之至，不忍盡殺故也。」騶，《説文》云：「廐御也。」按《月令》，季秋，天子乃教于田獵，命僕及七騶咸駕。鄭氏云：「七騶爲趣馬，主爲諸官駕説者也。」《左》成十八年，晉悼公「使程鄭爲乘馬御，六騶屬焉，使訓群騶知禮」，是騶爲騶御也。虞者，掌山澤之官。《周禮》有山虞、澤虞，《左傳》：「周辛甲之爲太史也，命百官官箴王闕。」有虞人之箴，即此虞也。君田獵，則騶御及虞人咸在，故作詩者呼騶虞之官而嘆美之。馮時可云：「美公之仁，而及于掌鳥獸之官，猶咏王德，而及于武夫。言非但其主仁，即其下亦能體上意而仁及于物，故吁嗟以嘆之耳。」朱善云：「先儒所謂舉一世而言，固無一人之不仁，舉一人而言，又無一事之不仁者，惟此詩爲然。」又《周禮》疏引韓、魯説，騶虞，天子掌鳥獸官。賈誼《新書》云：「禮者，臣下所以承其上也。故《詩》云：『一發五豝，吁嗟乎，騶虞！』騶者，天子之囿也。虞者，囿之司獸者也。天子佐輿十乘，以明貴也。二牲而食，以優飽也。虞人翼五豝以待一發，所以復中也。人臣于是所尊敬，不敢以節待，敬之至也。甚尊其主，敬慎其所掌職，而志厚盡矣。作此詩者，以其事深見良臣順下之志也者，可以義矣，故其嘆之也長。曰『吁嗟乎』，雖古之善爲人臣者，亦若此而已。」愚按騶爲天子之囿，别無明文，據皇氏謂天子馬有六種，種别有騶，又有總主之人，并六騶爲七，故云七騶，即趣馬之類是也。所以咏及于騶者，爲其御馬以田。《車攻》之詩言「四黄既駕，兩驂不倚，不失其馳」，皆騶之能事，故及之耳。又此詩咏愛物之仁，而賈説專言事上之敬，其指頗異。

彼茁者蓬，東韻。**壹發五豵**，東韻。**于嗟乎**，虞韻。**騶虞**！韻。○賦也。蓬，陸佃云：「蒿屬，草之不理者也。其葉散生如蓬，末大于本，故遇風輒拔而旋，雖轉徙無常，其相遇往往而有，故字从逢。」❶《説苑》云：「秋蓬惡于根本，而美于枝葉，秋風一起，根且拔矣。是以君子務本也。」豵，《説文》云：「生六月豚，一曰一歲豵，尚藂聚也。」見《周禮·夏官》注。《小爾雅》云：「豕之大者謂之豜，小者謂之豵。」孔穎達云：「《七月》云『言私其豵，獻豜于公』，《周禮·大司馬》職謂『大獸公之，小禽私之』，豵言私，明其小也。」又按《爾雅》「豕生三，豵；二，師；一，特」，郭璞云：「猪生子常多，故别其小者。」《鄭志》，張逸問：「豕生三曰豵，不知母豕也？豚也？」答曰：「豚也。過三以往，猶謂之豵。以自三以上，更無名也，故知過三亦爲豵。」然則豵，蓋豕之小而多者也。季本云：「豝大，故藏于葭；豵小，故藏于蓬。」陸佃云：「葭，澤草。蓬，陸草。豝，把豝；豵，藂聚，皆蕃之意也。葭茁于下，蓬茁于上，豝獲于前，豵獲于後，以言上下草木，鳥獸繁殖。」吕祖謙云：「『彼茁者葭，彼茁者蓬。』記蒐田之時，蓋曹子桓所謂『句芒司節，和風扇物，草淺獸肥』之時也。一發五豝，一發五豵，獸之多，而取之鮮也。反三隅而觀之，則天壤之間，和氣充塞，庶類繁殖，交于萬物有道，而恩足以及禽獸者，皆可見矣。」馮時可云：「獸五惟一發者，不忍盡殺，仁心如是。而宋儒以爲中必疊雙，是後世之巧射窮兵黷武者所爲，非三代之禮射矣。至以謂四矢爲一發，偶一矢疊雙乃得五，尤附會可笑。」

---

❶ 「从」，原作「夕」，據陸佃《埤雅》卷十五改。

《騶虞》二章，章四句。舊皆作章三句。○《序》以爲：「《鵲巢》之應也。《鵲巢》之化行，人倫既正，朝廷既治，天下能被文王之化，則庶類蕃殖，蒐田以時，仁如騶虞，則王道成也。」先儒泥仁如騶虞之説，遂鑿空指一獸，名之騶虞，以爲國君如之。又泥于《麟趾》爲《關雎》之應，《騶虞》爲《鵲巢》之應，則曰「意者文王之時，二物應感而至，故詩人以發興」，益無稽甚矣。按騶虞爲獸名，見于《周書·王會》。毛氏以騶虞爲義獸，白虎黑文，不食生物，後世皆祖其説，如司馬相如《封禪文》云：「囿騶虞于珍群。」其頌曰：「般般之獸，樂我君囿。白質黑章，其儀可喜。旼旼穆穆，君子之態。」吴薛綜《頌》曰：「婉婉白虎，優仁是崇。饑不侵暴，困不改容。斂威揚德，君子之風。」陸機云：「騶虞尾長于軀，不食生物，不履生草，應信而至。」陸佃云：「騶虞，西方之獸，其色見于白，其文見于黑，又名之曰虎，則宜正以殺爲事。今反不履生草，食至死之肉，蓋仁之至也。」諸家考較形似，别白聲象，若真見其物然者。愚獨有以斷其不然。蓋《爾雅》乃《詩》詁，其《釋獸》中無騶虞也，又漢武帝時，建章宫後，有異物出焉，其狀如麋，東方朔云：「此騶牙也。」或以爲即騶虞，既屬附會。而《淮南子》言：「散宜生得騶虞、雞斯之乘，獻紂。」《尚書大傳》云：「散宜生等之於陵，取怪獸，尾倍其身，名曰虞。」蓋騶虞也。《山海經》云：「林氏有珍獸，大若虎，五采畢具，尾長于身，其名騶吾。乘之，日行千里。」《六韜》云：「紂囚文王。閎夭之徒，詣林氏國，求得此獸獻之，紂大悦，乃釋之。」張華亦云：「騶虞具五采，乘之日行千里。」詳上數説，則騶虞乃馬類，是皆不足信。《墨子》謂成王之樂，命曰《騶吾》，或疑爲即此詩《騶虞》，然别無所見。《琴操》則云：「《騶虞》，邵國之女所作也。古者役不踰時，不失嘉會。邵國之大夫久于行役，故作是詩也。」陳暘《樂書》亦載古琴曲，謂《騶虞》，召國女怨失嘉會而作。審爾，不過閨門怨詩耳，有何關係？

《行露》，召伯聽訟也。衰亂之俗微，貞信之教興，彊暴之男，不能侵淩貞女也。出《序》。○劉向《列女傳》云：「召南申女者，申人之女也。既許嫁于酆，夫家禮不備而欲迎之。女與其人言，以爲夫婦者，人倫之始也，不可不正。傳曰：『正其本，則萬物理。失之毫釐，差之千里。』是以本立而道生，源潔而流清。』故嫁娶者，所以傳重承業，繼續先祖爲宗廟主也。夫家輕禮違制，不可以行，遂不肯往。夫家訟之于理，致之于獄，女終以一物不具，一禮不備，守節持義，必死不往，而作詩曰：『雖速我獄，室家不足。』言夫家之禮，不備足也。君子以爲得婦道之儀，故舉而揚之，傳而法之，以絶無禮之求，防淫慾之行焉。又曰：『雖速我訟，亦不女從！』此之謂也。」《韓詩外傳》同。按文王既滅崇後，始作邑于酆。酆本崇地，此女爲酆人所訟，意者在文王初作邑之時，而文王使召伯聽之乎。黄氏云：「周家貞信之教興，而商人衰亂之俗未殄，此如一陽來復之時，而五陰猶未遜陽而却退也。」《申培説》亦以爲强委禽而不受，至于興訟，大夫以禮斷之，而國史美之。

厭浥陸德明本作「挹」。**行露，**遇韻。《易林》作「路」。**豈不夙夜，謂**豐氏本作「畏」。**行多露。**露、露相應爲韻。○比也。厭浥，毛傳云：「濕意也。」愚按《説文》：「厭，笮也。」笮者，壓也。浥，濕也。言壓此濕于道上。行露者，道上之露也。夙，早也。謂行多露，畏其沾濡也。蘇轍云：「二《南》當文王與紂之世，淫風之被天下，如露之濡物。召南之女被文王之化，能以禮自保，故其稱曰：『行者未嘗不欲夙夜也，謂道之多露，是以不敢。女子未嘗不欲從人也，謂世之多强暴，是以不可。』女子之所以自保如此。」《左》僖二十年，楚鬭穀於菟帥師伐隨，取成而還。君子曰：「隨之見伐，不量力也。量力而動，其過鮮矣。善敗繇己，而出人乎哉？《詩》曰：『豈不夙夜。謂行多露。』」自守之謂也。襄七年，晋韓獻子告老，公族穆子有廢疾，將立之。辭曰：「《詩》曰：『豈不夙夜，謂行多露。』」杜預注云：「言豈不欲早暮而行，懼多露之濡己，以喻違禮而行，必有污辱。」

誰謂雀無角？覺韻，亦叶屋韻，盧谷翻。**何以穿我屋？**韻亦叶覺，韻。乙角翻。**誰謂女**音「汝」。下同。**無家？何以速我獄？**沃韻。**雖速我獄，室家不足！**沃韻。○比而賦也。謂，猶言也。雀，小鳥。陸佃云：「雀，物之淫者。鼠，物之貪竊者。故《詩》言雀角鼠牙，以譬强暴。」師曠《禽經》云：「雀交不一，雉交不再。」穿，《説文》云：「通也。」其字从牙在穴中。屋，《説文》云：「居也。」家，即室家之家，夫婦合則成家。速，《爾雅》云：「徵也。」獄，毛傳、《説文》皆云：「确也。」字从㹜从言，二犬，所以守也。孔穎達云：「囚證于角核之處。《周禮》謂之圜土。然則獄者，核實道理之名。皐陶造獄，謂此也。」此女言：「誰敢謂雀但有味而無角，果爾，何故能穿我之屋也？」見雀之穿屋，則信爲有角矣。「誰敢謂汝與我無室家之道，果爾，何故而致我于獄也？」見汝之致我于獄，則信爲家汝所應有矣。下章放此。然雖致我于獄，而室家之禮實有未備者，不可掩也。《韓詩外傳》謂《行露》之女許嫁矣，然見一物不具，一禮不備，則不肯往，以著其守貞之至，觀「室家不足」之言可見，非謂全無媒聘也。或云，角乃嘴之鋭而鈎者，凡鷙鳥皆有之，未詳所出。室家不足，即「亦不女從」之意，言欲求與我爲室家，恐未能也。亦通。

誰謂鼠無牙？麻韻。**何以穿我墉？**冬韻。**誰謂女無家？**麻韻。按前章上二句自爲韻，此則取牙與家、墉與訟，隔句爲韻。朱傳以前章「家」字叶音谷，此章「家」字叶各空反，一字兩讀，恐無此理。**何以速我訟？**叶冬韻，祥容翻。**雖速我訟，亦不女從！**冬韻。○比而賦也。鼠，穴蟲也。牙，《說文》云：「牡齒也。」徐鍇云：「比于齒爲牡也。」按鼠有齒而無牙。《爾雅》云：「墻謂之墉。」訟，《說文》云：「争也。」字从言从公，言之于公也。按《周禮·司寇》職「兩造禁民訟」、「兩劑禁民獄」對文，注謂：訟，以財貨相告者；獄，相告以罪名。此詩無財罪之異，重章變其文，先獄後訟者，謂先繫之于獄，而後寘對也。陸佃云：「雀角鼠牙，皆言以無爲有，似是而非也。」從，《說文》云：「相聽也。」蘇轍云：「知其室家之道不足，而終不之從者，召公明于聽訟也。」劉公瑾云：「此詩貞女，乃《訟》之初六，强暴之男，則《訟》之九四也。初六陰柔，不終于訟，而九四以剛不中正應之。貞女自守，非所以召訟，而男子以强暴凌之。然曰『室家不足』，則初六之辨明矣。曰『亦不女從』，則九四不克訟矣。所以能然者，以有召伯爲九五之大人也。」

《行露》三章，一章三句，二章章六句。王雪山謂暴男侵貞女，女固可尚，男爲何人，豈王化獨及女而不及男耶？意此必衰世之詩，録其女之不苟隨耳。按王之疑亦是。顧不知酆乃崇侯虎之地，蓋染于崇侯之惡而然也。若朱傳但謂南國之人，遵召伯之教，服文王之化，有以革其前日淫亂之俗。則此女性本守貞，而非淫亂者，乃謂因文王召伯之教化，而始變其舊習，冤矣。《子貢傳》有闕文，今不録。

《菁菁者莪》，樂育材也。出《序》。**其作于文王初立辟廱之日乎？**《竹書》紀帝辛三十七年，周作辟廱。按周自文王都豐之後，始建辟雍，其後武王倣之，故鎬京亦有辟廱焉。詩之作，必美其所自始，故知《菁菁者莪》爲文王詠也。《序》以爲樂育材者得之，而更衍之曰：「君子能長育人材，則天下喜樂之矣。」愚謂天下二字似汎，此詩蓋作于入學鼓篋者，非作于圜橋觀聽者耳。又鄒忠胤因詩中「樂且有儀」之句，疑笙詩《由儀》即此。

菁菁《文選》注作「蓁蓁」，《集韻》作「葏葏」，豐氏本作「青青」。下同。**者莪**，歌韻。**在彼中阿**。歌韻。**既見君子，樂**音絡。**且有儀**。叶歌韻，牛何翻。○興也。陸佃云：「艸之初生，其色玄，盛則乃青，霜死而後黄落。故菁之文从青。《詩》曰『何草不玄』，以言其生，『何草不黄』，以言其死也。」重言菁菁者，不一菁也。莪，草名。《爾雅》云：「蘿，莪也。」《説文》云：「蘿，莪也，蒿屬。」郭璞云：「今莪蒿也，亦曰廩蒿。」廩之爲言高也。舍人云：「一名蘿蒿，一名角蒿。」陸璣云：「生澤田漸洳之處，葉似邪蒿而細，科生。三月中，莖可生食，亦可蒸，香美，味頗似蔞蒿。」《本艸》注云：「莖葉如菁蒿，開淡紅紫花，結角子，長二寸許，微彎。」陳藏器云：「生高岡，宿根先于百草。」馮振宗云：「陸以爲生澤田，陳藏器以爲生高岡，今以詩文證之，陵阿則高地也，沚則水中也。然則澤田高岡，俱有莪矣。」郝敬云：「蒿易長，俄然而成，故名莪。小曰莪，大曰蒿。諺云：『三月茵陳，四月蒿。』言易長也，故比育材。」嚴粲云：「莪雖微物，美而可食，故以喻人材。」中阿，毛云：「阿中也。」中沚、中陵放此。阿有二義，《説文》云：「大陵也，一曰曲阜也。」按阿既陵之大者，不應至第三章始言「在彼中陵」，似非立言之序，宜依後説爲正。大陸曰阜，其曲處名曰阿，及至大阜始曰陵耳。《詩·綿蠻》篇以丘阿與丘隅、丘側並稱，解者亦謂是丘之曲中也，可知曲乃阿之本義。羅願云：「莪，水中所生，陵阿亦通有之。此雖可食之菜，然彼中阿、沚、陵，有在者焉，而未采，蓋育之而使成也。亦地之良者善養物，君之仁者善養士，故以爲能長育人材焉。」鄧元錫云：「天之生材也實難，群之，師儒敎之學，育之，俾自得其性，成之也。中阿長莪，菁菁然似之，故以起興。」愚按中阿爲人所不見之地，興士之藏脩于國學，無慕人知也。既見，幸辭也。豐熙云：「始未見而今見之也。」君子，指文王也，後放此。鄧云：「學不樂不安，儀不度不成。遜業樂群，親師而安友，樂學也；容貌比禮，動作卒度，有儀也。其中心和樂，外貌莊敬而嚴威者與？其成也懌矣。然非良師儒不任，施悖求拂，將苦其難，不知其益，隱其學，且疾其師，豈有育哉？」按《詩》小序云：「《菁菁者莪》廢，則無禮儀矣。」吕氏云：「長育人材之道，固多術矣，而莫先于禮儀。禮儀者，内外兼養，非心過行無所從入，此人材所以成也。」徐幹云：「先王之欲人之爲君子也，故立保氏，掌教六藝：一曰五禮，二曰六樂，三曰五射，四曰五御，五曰六書，六曰九數。教六儀：一曰祭祀之容，二曰賓客之容，三曰朝廷之容，四曰喪紀之容，五曰軍旅之容，六曰車馬之容。大胥，掌學士之版，春入學，舍菜，學萬舞；秋班學，合聲，諷誦講習，不解於時。故《詩》曰：『菁菁者莪，在彼中阿。既見君子，樂且有儀。』既修其質，且加其文，文質著然後體全，體全然後可登乎清廟，而可羞乎王公。君子者，表裏稱而本末度者也。故言貌稱乎心志，藝行度乎德行，美在其中，而暢於四支，純粹内實，光輝外著。❶故賓玉之山，土木必潤，盛德之士，文藝必衆。」又《左》文三年，公如晉，及晉侯盟。晉侯饗公，賦《菁菁者莪》。莊叔以公降拜，曰：

---

❶「外」，原作「内」，據徐幹《中論》卷上改。

「小國受命于大國，敢不慎儀？君貺之以大禮，何樂如之？抑小國之樂，大國之惠也。」昭十七年，小邾穆公來朝，公與之燕。季平子賦《采尗》，穆公賦《菁菁者莪》。皆斷章取義，無與詩旨。

菁菁者莪，在彼中沚。紙韻。**既見君子，我心則喜。**紙韻。○興也。沚，解見《采蘩》篇。羅願云：「莪，即古之蘩。《釋艸》曰：『蘩之醜，秋爲蒿。』以醜言之，則其類多矣。春時雖各有種名，至秋老成，皆通呼爲蒿。今莪謂之莪蒿，又謂之蘿蒿，又謂之藁蒿，然則可謂蘩之醜矣。又莪在中沚，即與『于沼于沚』、『澗谿沼沚之毛』所在符合。《釋艸》曰『莪蘿』，《釋蟲》又曰『蛓羅』，字異而音皆同，謂蠶蛓也，莪豈有用於蠶，故同其兩名耶？古蘩，皤蒿，以爲可以生蠶，莪亦當爾，故曰莪即蘩也。」孔穎達云：「養莪者以沚，則有水之潤，得于中而長遂也。」郝云：「菁菁者莪，在彼小渚之沚，多士洒濯，亦猶此也。」愚按辟廱之制，以水環之，其形似沚，故以中沚爲興。喜，《說文》云：「樂也。」徐鍇云：「口壴爲喜。」壴者，陳樂立而上見。人心之悅，則其面目料然而變，知其喜也。「我心則喜」者，因育材之有地，喜己材之得成也。

菁菁者莪，在彼中陵。蒸韻。**既見君子，錫我百朋。**蒸韻。○興也。大阜曰陵，莪在中陵，則人皆得見之矣。士之材已成就，而爲人所共瞻仰者，其象如之，故以爲興。錫，通作賜。《說文》云：「予也。」朋，即朋友之朋。《周禮注》云：「同師曰朋，同志曰友。」按《說文》，朋本古鳳字，象形。鳳飛，群鳥隨以萬數，故以爲朋黨字。「錫我百朋」者，辟廱之中，人材所聚，新至者得于斯取友焉。喜其受益之多，故本其所自，而以爲君子之錫我也。百者，舉成數之大名，言其多耳。《王制》云：「樂正崇四術，立四教。順先王《詩》、《書》、《禮》、《樂》以造士。春秋教以《禮》、《樂》，冬夏教以《詩》、《書》。王大子，王子，群后之大子，卿、大夫、元士之適子，國之俊士，皆造焉。凡入學以齒。」所謂百朋也。又按《詩》之朋尊，以兩尊爲朋，《易》之十朋，以兩貝爲朋，皆取兩兩相偶之義。舊説解百朋，但放十朋之説，而鄭箋且以五貝爲朋。今按《漢書·食貨志》有五種之貝，大貝四寸八分，二枚爲一朋，直二百一十六；壯貝三寸六分以上，二枚爲一朋，直五十；幺貝二寸四分，二枚爲一朋，直三十；小貝寸二分以上，二枚爲一朋，直十；不成貝，不盈寸二分，漏度，不得爲朋，率枚直錢三。是爲貝貨五品。貝雖五品，惟大貝、壯貝、幺貝、小貝四品，各以二枚相與爲朋，其不成貝者，但數枚而用。鄭混謂五貝爲朋，非也。然五貝乃王莽所制，據《鹽鐵論》，謂用貝起于夏后氏，又周亦有泉貝，未知其法何如。貝中肉如科斗，而有首尾，以其背用，故謂之貝。今如依舊説，則錫我百朋者，直謂群賢麗澤，所益實多，如獲貝朋之衆耳，亦通。

汎汎楊舟，尤韻。**載沉載浮。**尤韻。**既見君子，我心則休。**尤韻。○興而比也。汎，《説文》云：「浮貌。」以下文觀之，浮而沉，沉而復浮，故曰汎汎。楊舟，以楊木爲舟也。楊性堅勁，故可爲舟。載之言則，蓋音近也。黄震云：「載沉載浮者，言舟泛泛水中，或上或下，不定之貌。」吴師道云：「沉者，持揚之勢，非没溺也。」楊舟以比賢士。《書》曰：「若濟巨川，用汝作舟楫。」虚舟汎汎，則沉則浮，將以待問渡者，即賢士待用之況也。休，从人依木。朱子云：「言安定也。」既見君子，則將論定而官，任官而爵，不患成材而不見用，我心於是乎安定也。按《文王世子》篇云：「凡語于郊者，必取賢斂材焉。或以德進，或以事舉，或以言揚。」當時文王作人之法如此。先儒謂辟雍尚仍殷制在郊，于此論課學士材能，故曰語于郊云。

《菁菁者莪》四章，章四句。朱傳以爲燕飲賓客之詩。《子貢傳》則云：「所以燕賢也。」《申培説》

謂：「天子燕賓興之士，則歌此詩。」陳氏疑爲天子行禮于學校，❶燕飲而歌此詩。今按詩中殊無言及燕飲之事，但以有歸美君子之辭，則雖燕饗通用，無不可者，非爲燕飲作也。

《汝墳》，商人苦紂之虐，歸心文王，而作是詩。出《申培說》。○《子貢傳》亦云：「受辛無道，商人慕文王而歸之，賦《汝墳》。」按汝旁去紂都朝歌不遠，至是皆歸心于文王，則不止三分有二而已。王弼《易》注曰：「周室陶復，而有《汝墳》。」足爲此詩明據。鄒忠胤云：「《竹書》紀帝辛三十九年，大夫辛甲出奔周。《汲冢周書》曰：『殷內史摯見紂之愈亂迷惑也，於是載其圖法，歸之周。』此與夏癸之世，太史令終古出奔商，費伯昌出奔商者，如同一轍。」即是推之，奔周奚止一辛甲、一內史摯哉？

遵彼汝墳，《漢書》注、《爾雅》注、豐氏本俱作「濆」。按《爾雅》，江有沱，河有灉，汝有濆。濆者，汝別也。《水經注》云：「汝水又東南，逕奇雒城西北，今南潁川郡治也，濆水出焉，世亦謂之大㶏水。其下夾水之邑，猶流汝陽之名，是或濆㶏之聲相近矣。」孔穎達云：「彼濆从水，此墳从土，伐薪宜于厓岸大防之上，不宜在濆汝之間。」**伐其條枚。**叶支韻，謨悲翻。**未見君子，惄**《韓詩》作「愵」。陸德明本作「𢘓」。**如調**《說文》、豐氏本俱作「輖」，《韓詩》作「朝」。**飢。**支韻。《說文》作「饑」。○興而賦也。遵，《說文》云：「循也。」汝，水名。《說文》云：「在弘農盧氏。」《水經》以爲出河南梁縣勉鄉西天息山，至原鹿縣，南入于淮。

---

❶「校」，原作「較」，據《四庫全書》本改。

《地理志》以爲出高陵山，酈道元云：「即猛山也，亦言出南陽魯陽縣之大盂山，又言出盧氏縣還歸山。《博物志》云：『汝出燕泉山。』並異名也。余以方志參差，遂令尋其源流。今汝水出大盂山黄栢谷，巖嶂深高，山岫邃密，石徑崎嶇，人蹟裁交，西即盧氏界也。」朱子云：「汝出天息，逕蔡、潁州入淮。」《爾雅》云：「墳，大防。」李巡云：「謂崖岸狀如墳墓，名大防也。」《周禮》注云：「水厓曰墳。」故《楚辭》云：「登大墳以遠望。」則此汝墳，謂汝水厓之高土，或謂即陶丘鄉是也。《一統志》云：「汝墳城，在河南南陽府葉縣境内。」條，小枝也。枚，榦也。俱見《説文》。戴侗云：「條，枝之脩達者也。枚，條之搏直者也。」徐鍇云：「條自枝而出，枚自條而出。」愚按「條枚」謂條之枚，條以況諸侯，枚以況諸侯之臣，如都大夫、邑宰之屬。時商紂暴虐，臣下化之，亦相與爲暴虐。汝旁之民，不勝其長吏之苦，故欲遵汝墳，以伐去其條枚，蓋寓言也。《商頌》言「苞有三蘖」，曰苞曰蘖，亦與言條枚同意。君子，指文王也。惄，據《爾雅》、《説文》，兼飢餓憂思二義。孔穎達云：「惄之爲訓，本爲思耳。但飢之思食，意又惄然，故又以爲飢。惄是飢之意，非飢之狀。」故舍人云：「恚而不得之思也。」調，《説文》云：「和也。」人飢餓最難忍，思之之切，如急欲和解其飢，有不能須臾待者，蓋歸心文王之甚如此。

遵彼汝墳，伐其條肄。 寘韻。**既見君子，不我遐棄。** 寘韻。○興而賦也。肄，毛傳云：「餘也。斬而復生曰肄。」《詩詁》云：「枿也。」孔云：「《左傳》：『晋國不恤宗周之闕，而夏肄是屏。』又曰：『杞，夏餘也。』是肄爲復生之餘也。」伐其條肄，謂伐去其條枚之已斬而復生者，以時長吏不恤其民。前人雖去，後人復然，故以條肄擬之。既者，已事之辭。遐，《説文》云：「遠也。」棄，《説文》云：「捐也。」言文王不以我所居遠于周地，而有棄我不恤之意也。時蓋文王以修職貢之故，往來于商，汝墳之人得見而喜之如此。

魴魚赬《説文》作「䞓」。**尾，王室如燬。**叶紙韻，虎委翻。《字書》、《薛君章句》俱作「焜」，《列女傳》作「毀」。下同。**雖則如燬，父母孔邇。**紙韻。○興之比又賦也。魴，魚名。解見《魚麗》篇。赬，本作䞓。《説文》云：「赤色也。」《爾雅》云：「再染謂之赬。」郭璞以爲淺赤也。《養生經》云：「魚勞則尾赤，人勞則髮白。」張子云：「謂水淺，魚摇尾多，則血流注尾，故尾赤也。」孔穎達云：「魴魚之尾不赤，故知勞則尾赤。《左傳》：『如魚赬尾，衡流而方羊裔焉。』鄭氏謂魚肥則尾赤，以喻蒯聵淫縱。不同者，此自魴魚尾本不赤，赤故爲勞也。」羅願云：「二説雖不同，然魚肥則不耐勞，不耐勞則尾易赤。以魴言之，其體博大而肥，不能運其尾，加之以衡流，則其勞甚矣，宜其尾之赬也。蓋《詩》之赬尾，以喻周臣下之勞。《左氏》之赬尾，則有志大心勞之象。」《説文》以魴爲赤尾魚，非是。王室，指紂。燬，《爾雅》、《説文》皆云：「火也。」以物入火中即毁壞，故言燬也。又按齊人謂火曰燬，楚人名曰燥，吴人曰焜，此方語各不同。如燬，言紂政酷烈，如火焚物也。潘岳賦有云：「環四海以爲鼎，跨九垠以爲鑪，爨以毒燎，煽以虐焰。」如燬之謂也。父母，亦指文王。孔，甚也。按孔本訓通，相傳訓甚者，以大通之極，則有甚之意也。邇，《説文》云：「近也。」汝旁去周殊遠，而云孔邇者，人遠而澤近也。石介云：「言王室雖酷烈，民不堪其苦，文王之化，行乎汝墳之國，被文王之德厚，戴之如父母也。《詩》曰：『愷悌君子，民之父母。』《春秋傳》曰：『愛之如父母。』」蘇轍云：「文王三分天下有其二，以事紂，周德雖廣，而紂之虐如將焚焉。民之被其害者，如魚之勞于水也。然而有文王以爲之父母，可以無久病矣。」張氏云：「勞苦之極，從而寬之，曰：『王室雖如燬，而文王在邇，有以恤我也。』玩此詩，則民心雖怨乎紂，而尚以周之故，未至于泮散也。是文王以盛德爲商之方伯，與商室繫民心而維宗社者也，其德可不謂至乎？」

《汝墳》三章，章四句。《序》謂：「道化行也。文王之化行乎汝墳之國，婦人能閔其君子，猶勉之以正也。」朱傳從之。《韓詩》則以爲辭家也。而劉向《列女傳》則云：「周南之妻，周南大夫之妻也。大夫受命，平治水土，過時不來，妻恐其懈于王事。蓋與其鄰人陳素所與大夫言：『國家多難，惟勉强之，無有譴怒，遺父母憂。昔舜耕于歷山，漁于雷澤，陶于河濱，非舜之事而舜爲之者，爲養父母也。家貧親老，不擇官而事；親操井臼，不擇妻而娶。故父母在，當與時小同，無虧大義，不罹患害而已。夫鳳凰不罹于蔚羅，麒麟不入于陷穽，蛟龍不及于枯澤，鳥獸之智猶知避害，而況于人乎？生於亂世，不得道理，而迫于暴虐，不得行義，然而仕者，爲父母在故也。』乃作詩曰：『魴魚赬尾，王室如毁，雖則如毁，父母孔邇。』蓋不得已也。君子于是知周南之妻而能匡夫也。」《薛君章句》亦云：「魴魚勞則尾赤，君子之勞苦則顔色變。以王室政教如烈火矣，猶觸冒而仕者，以父母甚迫近飢寒之憂，爲此禄仕。」後漢周磐誦《詩》至《汝墳》之卒章，慨然而嘆，乃解韋帶，就孝廉之舉。諸説雖不同，總之皆以爲婦人詩耳。細玩詩詞，終覺蒙繞不象。且於「父母孔邇」一句，尤自難通。今但以君子、父母皆屬文王，則前後文義暢然明白，不勞辭費。況是詩本載周南中，其爲文王而作，復何疑乎？

《魚麗》，萬物盛多能備禮也。出《序》。**文王暮年，三分有二，國家富極之時，無事而飲**

酒，則歌此詩。出方回《續古今考》。○飲賓客而賦多魚，當是據沼上所見。《竹書》紀文王四十年作靈臺，而囿沼亦同時並作，故其《詩》曰：「王在靈沼，於牣魚躍。」《孟子》曰：「文王以民力爲臺爲沼，而民歡樂之，樂其有麋鹿魚鱉。」而《楚語》伍舉曰：「先王之爲臺榭也，官寮之暇，於是乎臨之。」意《魚麗》之詩，其即作於此時與？又按頌《潛》之詩曰：「猗歟漆沮，潛有多魚。有鱣有鮪，鰷鱨鰋鯉。」此詩言鱨鰋鯉與彼同，而不及鱣鮪者，鱣鮪大魚，惟漆、沮大水有之，非寡婦之笱所能容。可知此詩爲靈沼詠，不爲漆、沮詠也。《儀禮·鄉飲酒》及《燕禮》，於笙入奏《南陔》、《白華》、《華黍》之後，間歌此詩而笙《由庚》。間者代也，言一歌一吹也。朱子本此，故以爲燕饗通用之樂歌。

魚麗于罶，有韻。朱子云：「罶、酒、鯊，多隔句協韻。」後倣此。**鱨鯊。**叶歌韻，桑何翻。**君子有酒，**有韻。**旨且多。**歌韻。○興也。魚以興賓客。麗，毛傳云：「歷也。」按《易》云：「離，麗也。」此麗當即是離義，如《小過》卦「飛鳥離之」之離。罶，《說文》云：「曲梁，寡婦之笱，魚所留也。从网、留，留亦聲。」《爾雅》云：「凡曲者爲罶。」又云：「嫠婦之笱，謂之罶。」按曲，蠶薄也。通作簿，所以養蠶器。郭璞云：「凡以薄取魚者名爲罶。」孔穎達云：「以簿爲魚笱，其功易，故號之寡婦笱耳，非寡婦所作也。」一說，《詩詁》云：「罶乃曲梁之笱，非曲梁也。古者獺祭魚，然後虞人入澤梁，川澤之利不使人得專之。惟寡婦家，上所矜閔，使得織曲薄，絶水爲梁，以笱承之，以時得魚，若遺秉滯穗之意。」黄震云：「王雪山謂後世有魚麗之陣，陣凡五，每陣又各有五，敵入其中者，無有不著。然則罶者曲薄也，雖不盡與陣法相似，而曲薄周匝，魚之入其中者，亦無得而脱也。爲魚麗之陣，其殆取《魚麗》之詩之義乎？」馮時可云：「此以興主人禮意，綢繆曲折，不疎薄也。」鱨、鯊、魴、鱧、鰋、鯉，皆魚名。孫鑛云：「兩字承四字句，法同《九罭》。」鱨，魚之大者。《説文》、毛傳皆以爲揚也。孔云：「徐州人謂之揚。」陸佃云：「今黄鱨魚是也，性浮而善飛躍，故曰揚，一名黄揚。舊説其膽春夏近下，秋冬近上。」陸璣云：「似燕頭魚身，形厚而長大，頰骨正黄，魚之大而有力解飛者，今江東呼爲鱨魚，一名黄頰魚，尾微黄，大者長尺七八寸。」按《家語》，宓子賤仕魯，爲單父宰，孔子使巫馬期往觀政焉，見獻得魚輒捨之。期問焉，獻者曰：「魚之大者名爲鱄鱨，吾大夫愛之。其小者名鱦，吾大夫欲長之。是以得二者輒捨之。」以此證鱨爲大魚之名也。鯊，魚之小者。《爾雅》以爲鮀。陸璣云：「吹沙也，似鯽魚，狹而小，體圓而有黑點，常張口吹沙。」陸佃云：「鯊性善沈，大如指，狹圓而長。常沙中行，亦於沙中乳子。故張衡云『懸淵沈之魦鰡』也。鰡，亦魦屬。俗言魦性沙抱。《異物志》曰：『吹沙長三寸許，背上有刺，螫人。』」羅願云：「鯊非特吹沙，亦止食細沙。其味甚美，大者不過二斤，然不若小者之佳。今人呼爲重唇，厚特甚，有若黿鼉，故以爲名。今江南小谿中，每春鯊至甚多，土人珍之。夏則隨水下，自是以後，時亦有之，然亦罕矣。春來復來，大抵正月輒至，魚之最先至者。」戴侗云：「鯊生淡水中者，附沙而游，噞喁輒吹沙，小魚也。海中所産，以其皮如沙而得名。❶哆口無鱗，胎生，其類尤多。大者伐之盈舟。」按鯊不一種，有虎頭鯊，能化虎；有蛟鯊，似蛟而鼻長，皮可飾劍；有湖鯊，背上有沙，炮去鬐鬣，外皮有絲可作膾，瑩若銀絲。皆所謂海鯊，非此鯊也。準《爾雅》之文，知此鯊乃小魚耳。燕饗之禮，卿大夫士皆得與，位有大小，故以鱨鯊

---

❶「如」，原作「加」，據戴侗《六書故》卷二十改。

起興。君子，指主人。旨，美也。酒味既旨而又多，可以遍及與燕之人矣。劉公瑾云：「樂工極道主人所薦之物如此，以見優賓之意。」朱子云：「道主人意以答賓，如今宴飲致語之類。」舊説不達興意，直以魚爲燕饗所薦之羞，且云「古人以魚爲重」，又云「北方牛羊多而魚少，故舉其貴者言之」，其迂鄙可笑有如此者。

魚麗于罶，魴鱧。 叶紙韻，讀如「履」，兩几翻。**君子有酒，多且旨。** 紙韻。○興也。魴、鱧，皆魚之美者。陸佃云：「魴，一名魾。比今之青鯿也。《郊居賦》曰：『赤鯉青魴。』細鱗縮項闊腹，蓋弱魚也。其廣方，其厚褊，故一曰魴魚，二曰鯿魚。魴，方。鯿，扁也。」陸璣云：「今伊雒濟潁魴魚也，廣而薄，肥恬而少力。」羅願云：「縮頭，空脊，博腹，色青白而味美。」按《説苑》云：「魴博而味厚。」大雅美韓國曰：「魴鱮甫甫。」陳風曰：「豈其食魚？必河之魴。」里語曰：「雒鯉伊魴，貴于牛羊。」又曰：「居就糧，梁水魴。」《埤雅》亦曰：「魴出漢水中者尤美，常以槎斷水，用禁人捕，謂之槎頭鯿。」是所在之魴，皆以美著也。鱧，《本草》作蠡。毛傳、郭璞皆云：「鮦也。」《本草》云：「鮦，味甘無毒。」邢昺云：「今鱷魚也。」鮦與鱷音義同。戴侗云：「魚之摯者，鱗墨駁首，左右各有竅，如七星，雌雄相隨，將子啖食衆魚。」羅云：「魚圓長而斑點，有七點，作北斗之象。夜則仰首向北而拱焉，有自然之禮，故从禮。膽獨甘也，故从醴。鱧者，古人所重。今道家忌之，以其首戴斗也，又指爲厭，故有『天厭鴈，地厭犬，水厭鱧』之説，皆禁不食。」陸佃云：「今玄鱧是也。諸魚中，惟此魚膽甘可食，有舌，鱗細，有花文，一名文魚，與蛇通氣。舊云鱧是公蠣蛇所化，至難死，猶有蛇性，故或謂之鯉也。」按《爾雅》云：「鯉，大鮦，小者鮵。」大者名鮦，即鱧也。小者名鮵，一説即鰻也。許慎以爲鱯，舍人以爲鯇，皆非是。陸璣所云「似鯉頰狹而厚」者，乃鯇也。鱧既味甘無毒，至其膽亦甘可食，則其美可知。以美魚興嘉賓，故有取于魴鱧也。「多且旨」者，言不徒以其多而已，惟其多而皆旨，乃爲可貴。以所享皆賢，故以旨言之，非旨亦不足以享此嘉賓也。

魚麗于罶，鰋豐氏本作「鰻」。**鯉。**紙韻。**君子有酒，旨且有。**叶紙韻，羽已翻。○興也。鰋，郭璞云：「今偃額白魚也。」《潛確類書》云：「鰋，身圓性偃。」《說文》以爲鮀，毛萇、孫炎以爲鮎，皆非是。鯉，郭璞云：「今赤鯉魚也。」陸佃云：「鱨魚黄，魴魚青，鱧魚玄，鰋魚白，鯉魚赤，則五色之魚具備。」羅願云：「今人但謂赤鯉，然按之古，種類至多。崔豹言兖州人謂赤鯉爲赤驥，青鯉爲青馬，黑鯉爲黑駒，白鯉爲白騏，黄鯉爲黄騅，皆取馬之名，以其靈仙所乘，能飛越江湖故也。其種易繁。陶朱公養魚，所以養鯉者，鯉不相食，易長，故《魚麗》美萬物盛多，終之以鯉，盛之極也。」陸佃云：「一章曰鱨鯊，長魚也；二章曰魴鱧，鱧魚圓，魴魚方，言其魚一方一圓；三章曰鰋鯉，鰋魚偃，鯉魚俯，言其魚一偃一俯。」愚按此章所以取鰋鯉者，正是取一偃一俯爲義。以酒酣之後，賓既醉止，有若偃若俯之象，故寄興于鰋鯉也。又陸佃云：「鱨鯊之美不若魴鱧，魴鱧之美不若鰋鯉，故其序如此。今魚品，齊、魯之間魴爲下色，鰋爲中色，鯉爲上色，《衡門》之詩先魴後鯉，亦以此故也。」此與前五色之説，皆非確義，並存之，以資多識耳。有，曹氏云：「言用之而愈有也。餘歡未殫，爵斝更陳，見主人愛客之無已也，故以旨且有終焉。」黄佐云：「或曰，樽酒簋貳，可以用饗，《魚麗》之燕，毋乃過于侈乎？噫！是未知道者也。夫養賢，所以養天下也，故聖王重之。燕饗，所以致其交也，故賢士觀之。儉豈其所先哉！燕之于寢，則稱之曰賓，燕之于廟，則躬爲獻酬。禮以食之，樂以樂之，實以將之，猶汲汲然若有所不及也。」然則損也者，其聖人不得已之世乎？不然，北門夏屋，又何以爲衰世之風乎？

物其多歌韻。**矣，維其嘉**叶歌韻，居何翻。**矣！**○賦也。前三章所言者，禮文也。後三章所言者，禮意也。物，指殽言。多，即承首章多字，不特酒多，而諸殽之物亦多也。嘉，美也。嘉賓之嘉。維其嘉美此賓客，故備物之多如此。

物其旨紙韻。《荀子》作「指」。**矣，維**《荀子》作「唯」。**其偕**叶紙韻，苟起翻。**矣！**賦也。旨，即承次章旨字，不特酒美，而諸殽之物亦美也。偕，俱也，言有恭敬之意與之俱，非徒物之旨而已。《荀子》云：「王者先仁而後禮，天施然也。《聘禮》志曰：『幣厚則傷德，財侈則殄禮。』禮云禮云，玉帛云乎哉！《詩》曰：『物其指矣，唯其偕矣。』不時宜，不敬交，不驩欣，雖指，非禮也。」指，通作旨。

物其有叶紙韻。**矣，維其時**叶紙韻，上紙翻。**矣！**賦也。有，即承上章有字，不特酒有而不竭，殽亦有而不竭也。時，謂可以燕饗之時。《荀子》注云：「雖有物，亦須得其時。」蘇轍云：「古之仁人，交萬物有道，取之有時，用之有節，則草木鳥獸蕃殖，無有求而不得。君子於是及其閒暇，而爲酒醴以燕樂之。」吕祖謙云：「所謂時者，不專爲用之之時也。苟非國家閒暇內外無故，則物雖盛不能全其樂矣。」又劉向《説苑》云：「天子南面，視四星之中，知民之緩急。急則不賦藉，不舉力役。《書》曰：『敬授民時。』《詩》曰：『物其有矣，維其時矣。』物之所以有而不絕，以其動之時也。」此與本《序》「美萬物盛多，能備禮也」意合，亦通。《左傳》季武子賦《魚麗》之卒章，杜預注以爲喻聘宋得其時。

《魚麗》六章，三章章四句，三章章二句。《序》云：「文、武以《天保》以上治內，《采薇》以下治外，始於憂勤，終於逸樂，故美萬物盛多，可以告於神明矣。」説者遂謂物之生育最多者，莫如魚。如牧人之夢，亦以「衆維魚矣」爲豐年之兆，似此説《詩》，皆所謂以辭害意者也。按《毛詩·魚麗》篇，次在《杕杜》後，以終《鹿鳴》之什，故晁景迂《序論》云：「序《騶虞》，王道成也，風其爲雅歟？序《魚麗》，可以告神明，雅其爲頌歟？」《解頤新語》亦云：「文王之風，終於《騶虞》。《序》以爲王道成，則近于雅矣。文、武之雅，終於《魚麗》。《序》以爲可告神明，則近于頌矣。」皆沿毛傳次第立論，以曲合《序》文，非事實也。而終於逸樂之説，程子及嚴氏亦皆不取，謂開人主怠政之漸。鄒忠胤亦云：「治内治外，及可告神明等語，何關詩旨，真衍説也。」《子貢傳》謂《魚麗》所以燕大臣，亦未有以見其然。《申培説》謂此詩全篇皆賦，則以鱨鯊等魚，即爲燕饗所進之羞，亦所謂以辭害意，固之乎言詩者也。

《采蘋》，美邑姜也。古者婦人將嫁，教于宗廟，教成，有蘋藻之祭。武王元妃邑姜教成，能修此禮，詩人美之。《禮記·昏義》云：「古者婦人先嫁三月，祖廟未毁，教于公宮。祖廟既毁，教于宗室。教以婦德、婦言、婦容、婦功；教成，祭之，牲用魚，芼之以蘋藻，所以成婦順也。」注云：「祖廟未毁，言此女猶於此祖有服，于君爲親，故使女師教之于公宮。公宮，祖廟也。既毁，謂無服也，則于君爲疏，故教之于宗子之家。」《白虎通》云：「國君取大夫之妾、士之妻老無子者，而明于婦道，又禄之，使教宗室五屬之女。大夫、士皆有宗族，自於宗子之室學事人也。」孔穎達云：「必先嫁三月教之，三月一時，天氣變，女德大成也。祖廟，女所出之祖也。祭無牲牢，告事耳，非正祭也。法度莫大于四教，四德既就，祭以成之，故詩人舉以言焉。」胡胤嘉云：「教成之祭，考之於禮，與詩甚合。芼用蘋藻，此一合也；禮正祭在奧西南隅，而此在牖下，孔氏以爲外成之義，據《昏禮》，納采以至請期，主人皆筵于户西，西上右几，是其禮皆户外設，此二合也；不言婦而言女，女又言季，孔氏謂將嫁故，以少言之，以女尸祭，鄭氏所謂成其婦禮也，此三合也。」愚所以知爲美邑姜詩者，以有齊季女之語知之。羅泌云：「齊，伯陵之故國，以天齊淵名。伯益書，炎帝生器，器生伯陵。《周語》謂天黿之分，我之皇妣大姜之姪，伯陵之後，逢公之所憑神。伯陵，太姜之祖。逢公，伯陵之後，爲商侯伯，封于齊地，而太公其繼焉者也。」《左傳》晏子云：「昔爽鳩氏始居此地，季萴因之，有逢、伯陵因之，蒲姑氏因之，而後太公因之。」按太公本齊後，仍封于齊。當武王爲西伯時，以女邑姜妻武王。計其時，太公年已老，則邑姜之爲季女，夫復何疑。又《左》襄二十八年，公過鄭，鄭伯不在，伯有廷勞于黄崖，不敬。穆叔曰：「伯有無戾于鄭，鄭必有大咎。敬，民之主也，而棄之，何以承守？鄭人不討，必受其辜。濟澤之阿，行潦之蘋藻，寘諸宗室，季蘭尸之，敬也。敬可棄乎？」所謂季蘭，意即邑姜之名不可知。而其言濟擇之阿，❶則尤齊地之證據。舊説相傳，皆讀齊爲齋，誤矣。時武王未爲天子，太公尚爲周大夫，雖未封齊，而以其系出伯陵之後，故得仍以故國稱。不然，二南之詩，其絫絫爲太姒詠者，不一而足。至如太姜、太任，亦再見于大雅之讚誦。以邑姜開國聖配，獨無一詩及之乎？《皇王大紀》云：「西伯納吕尚之女，曰邑姜，爲妃。邑姜賢，立未嘗倚，坐未嘗倨，怒未嘗厲，是年生子誦。」金履祥云：「自《史記》世家稱吕尚窮困年老，

❶「擇」，《四庫全書》本作「澤」。

後世遂有太公八十歸周之説。觀其以邑姜妻武王，則八十之説殆或不然。」又《射義》云：「卿大夫以《采蘋》爲節，樂循法也。」取義之意，以季女乃卿大夫之女，既教之以四德，而後使之尸祭，總之欲其能事人，是之謂循法耳。

于以采蘋？真韻。**南澗之濱。**真韻。**于以采藻？**皓韻。《説文》、《爾雅》疏俱作「藻」。❶**于彼行潦。**皓韻。○賦也。《爾雅》云：「萍，苹，其大者蘋。」嚴粲云：「今考《本草》，水萍有三種，其大者曰蘋，葉圓，潤寸許，季春始生，可糝蒸以爲茹。其中者曰荇菜，其小者曰水上浮萍，江東謂之薸。毛氏以蘋爲大萍是也。郭璞以蘋爲今水上浮萍，即江東謂之薸，是以小萍爲大萍，誤矣。蘋可茹而薸不可茹，豈有不可茹之薸，而乃用之以祭祀乎？今薸止可養魚。」項氏云：「柳惲所謂『江洲采白蘋』者，水生而似萍者也。宋玉所謂『起于青蘋之末』者，陸生而似莎者也。」《月令通考》云：「蘋葉下有一點如水沫，一名芣菜。」陸佃云：「《吕覽》曰『菜之美者，崑崙之蘋』，高誘謂蘋『大蘋，水藻也』，據此，蘋即所謂藻，水深絜處乃有，故曰『于以采蘋？南澗之濱』也。」南，郝敬云：「南山也。」澗，《説文》云：「山夾水也。」濱，本作瀕。《説文》云：「水厓也。」藻，毛傳云：「聚藻也。」按《爾雅》云：「莙，牛藻。」疏引《詩》「于以采藻」，《左傳》「蘋蘩薀藻之菜」，以此艸好聚生，故言薀藻。薀，訓聚也。江東亦呼馬藻。陸璣云：「藻，水艸也。生水底，有二種，其一種，葉如

❶「藻」，原作「藻」，據《爾雅》卷下、《説文解字》卷一下改。

雞蘇，莖大如箸，長四五尺；❶其一種，莖大如釵股，葉如蓬蒿，謂之聚藻。又扶風人謂之藻，聚爲發聲也。此二藻皆可食，煑熟，挼去腥氣，米麪糝蒸爲茹，❷嘉美。揚州饑荒，可以當穀食也。」陸佃云：「藻，水艸之有文者，生乎水下，而不能出水之上。其字从澡，言自絜如澡也。《書》曰『藻火粉米』，藻取其清，火取其明也。」又云：「《韓詩》曰：『沈者曰蘋，浮者曰藻。』蓋藻，萍類也，似槐葉而連生，生道旁淺水中，與萍襍，至秋則紫，今俗謂之馬薸，亦呼紫薸，故曰：『于以采藻？于彼行潦。』《淮南子》：『容華生蘩，蘩生萍藻，萍藻生浮草。』謂是歟？蓋非蒲藻之藻，萍藻之藻浮，蒲藻之藻沉。郭璞注《三蒼》亦云『薀藻之類』，則明非薀藻也。藻出乎水之上，蘋出乎水之下，故大夫妻采之。」愚按《韓詩》雖言蘋沉藻浮，然萍藻之藻，恐不可食，當依《爾雅》、毛傳爲薀藻也。行，流也。潦，《説文》云：「雨水也。」羅願云：「藻于流水之中，隨波衍漾，莖葉條暢，尤爲可喜，故采藻于行潦。」又郝云：「行，路也。潦，積水也。古者井田路在井上，其傍溝洫積水。古人五祀，祭井亦謂之祭行也。」孔穎達云：「南澗言濱，行潦言彼，互言也。」又云：「蘋之言賓，賓服也，欲使婦人柔順服從。藻之言澡，澡浴也，欲使婦人自潔清。故取名以爲戒。《左傳》：『女贄，不過榛、栗、棗、脩，以告虔。』言取早起戰栗，修治法度，虔敬之義也。則此亦取名爲戒明矣。又《昏義》注云『魚、蘋、藻，皆水物，陰類』者，義得兩通。」陸佃云：「魚，亦柔巽隱伏，故此三者昏禮以成婦順。」

❶「尺」，原作「户」，據《四庫全書》本改。
❷「米」，原作「采」，據陸璣《毛詩草木鳥獸蟲魚疏》卷上改。

于以盛音成。**之？維筐**豐氏本作「匡」。**及筥。**叶麔韻，讀如「矩」，果羽翻。**于以湘**《韓詩》作「鬺」。**之？維錡及釜。**麔韻。○賦也。受物曰盛。盛之、湘之、奠之，皆謂蘋藻也。筐、筥，皆竹器。筐，《説文》本作匡。徐鍇云：「受物之器，象形，正三方也。」筥，《説文》云：「䈰也。」❶陳祥道云：「宋、魏之間，謂箸筩爲筲，則其制圓而長矣。」或作篆，《方言》云：「江沔之間謂之籅，南楚謂之篓，自關而西，秦、晋之間謂之箄。」亦作籧，《月令》「具曲植籧筐」是也。湘之訓烹，似無其義。《韓詩》作鬺，《説文》本作鬺。《漢志》「鬺享上帝」，《史記·武紀》：「禹鑄九鼎，皆嘗鬺烹。」顔師古云：「鬺、烹一也。古人音同者，字得通用。」許慎云：「江淮之間，謂釜曰錡。」陸德明云：「三足釜也。」毛傳云：「無足曰釜。」古作鬴。鄭玄云：「烹蘋藻者于魚湆之中，是鉶羹之芼。」又云：「魚爲俎實，蘋藻爲羹菜。」按湆，汁也。鉶，盛和羹器。凡肉味之有菜和者，則以鉶盛之，故謂之鉶羹。芼者，用菜襍肉爲羹之名。先將蘋藻烹于魚汁之中，始盛之鉶器，所謂芼以蘋藻者也。

于以奠之？宗室牖下。叶麔韻，後五翻。**誰其尸之？有齊**如字。**季女。**叶麔韻，讀如「弩」，暖五翻。○賦也。奠，《説文》云：「致祭也。」采而盛，盛而湘，湘而奠，先後之序也。蔡汝楠云：「既采之，又盛之，既湘之，又奠之，即事不倦也。」胡云：「自采而盛而湘而奠，地以紀之，器以別之，敘以次之，物曲盡，人事飭，亦似教女以婦道，循循可守也。」宗室，大宗之廟也。按大宗，大夫之始祖，蓋諸侯自嫡子以

---

❶「䈰」，原作「箱」，據《説文解字》卷五上改。

外，皆爲别子。别子始爲大夫，繼别子之嫡子，世爲大夫，則立廟以祀之，是爲宗室。若諸侯，則祭于都官。大夫之别子，則但爲繼禰之小宗，不得祀于宗室矣。孔穎達云：「知非宗子之女自祭家廟者，若宗子之女自祭家廟，何須言于宗室乎？」牖下，鄭玄云：「户牖間之前。」按古人廟堂南向，室在其北，東户、西牖，皆南面。孔云：「以其正祭在奥西南隅，不宜繼牖言之。今此云『牖下』，故爲户牖間之前。户西牖東，去牖近，故云牖下。所以不于室中者，凡昏事，皆爲于女行禮，設几筵于户外，取外成之義。《昏禮》：『納采，主人筵于户西，西上，右几。』問名、納吉、納徵、請期皆如初。是其禮皆户外設几筵也。」今教成之祭，於户外設奠，此外成之義。尸，《説文》云：「陳也。」齊，國名，太公之先所封國也，解見小引下。季，少也。鄭玄云：「祭事主婦設羹，教成之祭，更使季女者，成其婦禮也。季女不主魚，魚俎實男子設之。」孔云：「以三月以來，教之以法度，故爲此祭，所以教成其婦禮，故使季女自設其羹也。云魚俎實男子設之者，以《特牲》、《少牢》俎皆男子主之故也。」陸埰云：「諸家以季女爲士大夫之妻，然已嫁曰婦，安得復稱女也。」

《采蘋》三章，章四句。《序》以爲：「大夫妻能循法度也。能循法度，則可以承先祖，共祭祀矣。」按此《序》於經無所發明。所謂循法，大抵掇拾《射義》語耳。王肅謂此篇所陳皆是大夫妻助夫氏之祭，采蘋藻以爲菹，設之于奥，奥即牖下。孔穎達云：「按宗室，大宗之廟，❶若非教成之祭，則大夫之妻自祭夫氏，何故云大宗之廟？又經典未有以奥爲牖下者，孫毓以王爲長，誤矣。」朱傳謂：「南國被文王之化，大夫妻能奉

❶「宗」，原作「祭」，據《毛詩注疏》卷一改。

祭祀，其家人敘其事以美之。」蓋祖述《序》說。《子貢傳》謂：「內子勤于祭祀，國史美之。」《申培說》謂：「內子敬祀，詩人賦之。」鄒忠胤闡之云：「《詩》不言婦而言季女，愚意此內子必初嫁者。《禮記·曾子問》云：『三月而廟見，稱來婦也。❶擇日而祭于禰，成婦之義也。』當其未廟見，則猶稱女，女而尸祭，其爲廟見之初祭可知。按《儀禮·士昏禮》云：『若舅姑既没，則婦入三月，乃奠菜。席于廟奥，東面，右几。席于北方，南面。祝盥，婦盥于門外。婦執笲菜，祝帥婦以入。祝告，稱婦之姓，曰：某氏來婦，敢奠嘉菜于皇舅某子。婦拜，扱插地，坐奠菜于几東席上，還，又拜如初。婦降堂，取笲菜入。祝曰：某氏來婦，敢告于皇姑某氏。奠菜于席，如初禮。婦出，祝闔牖户。老醴婦于房中，南面，如舅姑醴婦之禮。』按此即所謂『于以奠之？宗室牖下』也。昏禮下達，自天子至庶人皆然，不專爲士設耳。」其説亦近似，然終不如《昏禮》「芼用蘋藻」之説較爲有據。又晁氏謂齊、魯、韓三義，皆以此詩爲康王時詩。今據《儀禮·鄉飲酒》《鄉射》《燕禮》，合樂三終：《周南·關雎》《葛覃》《卷耳》，《召南·鵲巢》《采蘩》《采蘋》，工告于樂正曰：「正歌備。」《周禮·樂師》：「凡射，王以《騶虞》爲節，諸侯以《貍首》爲節，大夫以《采蘋》爲節，士以《采蘩》爲節。」《周禮》、《儀禮》皆周公所作，已有此詩，則其非康王之詩甚明。

《鳧鷖》，武王爲諸侯，繹祭五廟。禮畢，因而享尸之樂。《公羊傳》云：「繹者何？祭之明日

---

❶「來」，原作「季」，據《禮記·曾子問》及《儀禮·士昏禮》改。

也。」孔穎達云：「燕尸之禮，大夫謂之賓尸，即用其祭之日，今《有司徹》是其事也。天子諸侯則謂之繹，以祭之明日。《春秋》宣八年，書『辛巳有事于大廟，壬午，猶繹』，是謂在明日也。」《爾雅》云：「繹，又祭也。周曰繹，商曰肜，夏曰復胙。」何休云：「禮繼昨日事，但不灌地降神爾，天子諸侯曰繹，大夫曰賓尸，士曰宴尸，去事之殺也。必繹者，尸屬昨日配先祖食，不忍輒忘，故因以復祭。」邢昺云：「繹祭之禮，主爲賓事此尸，但天子諸侯禮大，異日爲之，别爲立名，謂之爲繹，言其尋繹昨日。卿大夫禮小，同日爲之，不别立名，直指其事，謂之賓尸耳。」又祭之名，三代各異，詳見《烈祖》篇小引下。《家語》云：「衛莊公改舊制，變宗廟，高子睪問於孔子曰：『周禮，繹祭于祊，祊在廟門之西。今衛君更之，如之何？』孔子曰：『繹之於庫門内，祊之于東方，失之矣。』」陳祥道云：「祊其位也，繹其祭也，賓尸其事也。」鄭氏以卿大夫賓尸在堂，故謂祊於門外之西室，繹又於其堂。孔穎達申之云：「求神在室，接尸在堂。」於義或然，别見《楚茨》篇。所以知爲祭五廟者，以此詩言公尸凡五知之。如謂辭煩而不殺，何必至五，且何以竟止于五乎？《王制》云：「諸侯五廟，二昭二穆，與太祖之廟而五。」《祭法》云：「諸侯五廟，曰考廟，曰王考廟，曰皇考廟，皆月祭之。顯考廟，祖考廟，享嘗乃止。」《疏》云：「曰考廟者，父廟。考，成也。謂父有成德之美也。曰王考者，祖廟。王，君也。祖尊于父，故加君名。曰皇考廟者，曾祖也。皇，大也，君也。曾祖轉尊，又加大君之稱也。曰顯考廟者，高祖也。顯，明。高祖居四廟最上，故以高祖目之。曰祖考廟者，太祖也。祖，始也。此廟爲王家之始，故云祖考也。天子月祭五，諸侯卑，故惟得月祭三也。太祖爲不遷，而與高祖並不得月祭，止預四時也。」今按此詩言「鳧鷖在涇」，涇爲水名，而其後沙、渚、潨、亹，皆非水名，乃蒙乎涇之辭。涇水居中，有太祖之象。沙、渚皆在水旁，有高、曾一昭一穆之象。濼、亹居涇水下流，又爲祖、考在高、曾下一昭一穆之象。其爲諸侯之五廟明矣。尸稱公尸，亦周家未爲天子時之稱。然愚初猶意其爲文王之詩，以《祭義》引《詩》云：「『明發不寐，有懷二人』，文王之詩也。祭之明日，明發不寐，饗而致之，又從而思之。」正言繹祭之事。後又思詩人凡言景物，必據所見。文王居岐周而祭宗廟，當言岐水，或已遷于豐而祭宗廟，當言豐水，是皆非涇經流之地，安得遠及涇水乎？及觀華谷嚴氏粲之説，而意始豁然，直斷其爲武王未有天下時之詩焉。嚴云：「渭水東流，先會豐而後會涇，豐水自南而入渭，涇水自西北而入渭。文王居豐，在豐水之西，則越豐而後至涇。武王居鎬，在豐水之東，則去涇近矣。張衡《西京賦》云：『欲灃吐鎬，據渭踞涇。』見涇水近鎬也。」

鳧鷖在涇，青韻。**公尸來燕來寧**。青韻。豐氏本作「寍」。**爾酒既清**，叶青韻，讀如「青」，倉經翻。**爾殽**豐本作「肴」，後同。**既馨**。青韻。**公尸燕飲，福禄來成**。本庚韻，當叶青韻，翻未詳。按《説文》，成，从戊丁聲，丁屬青韻，則成當有青叶。○興而賦也。鳧，鸍也，解見《女曰雞鳴》篇。《易林》云：「鳧舞鼓翼，嘉樂克德。」陸佃云：「《楚辭》曰『氾氾若水中之鳧』，蓋沈浮善没，而又容與，與波上下。」羅願云：「今江東有小鳧，其多無數，俗謂之冠鳧，善飛。王充《論衡》曰：『日月一日一夜行二萬六千里，與鳧飛相類。』故王喬以上方所賜舄假形於鳧，自葉朝京師焉。」《方言》曰：「野鳧甚小，而好没水中者，南楚之外，謂之鸊鷉。」鷖，毛云：「鳧屬。」《蒼頡解詁》云：「鷗也。」陸佃云：「鷖，一名漚。《列子》曰：『漚鳥之至者，百住而不止。』今字从鳥，後人加之也。」孔云：「一名水鴞。」《格物論》云：「鷖，鷖鴨也，以名自呼，大如水雞，生於荷葉之上。」《海物異名記》云：「鷗之别類，群鳴喈喈，隨潮往來，謂之信鳧。」《南越記》云：「水鴞色白，數百爲群，多在漲海中，隨潮上下。常以三月風至，乃還洲嶼，頗知風雲，若群飛至岸，必風。渡海者以此爲候。」郝敬云：「鳧善没，鷖善浮，有變化出没之象，以比鬼神。」愚按郝説是矣。《禮》謂索祭於祊，不知神之所在，於彼乎，於此乎，意亦近是。然《詩》之興義必有所取。舊説皆謂興公尸，則公尸只一人耳，而以二鳥興之何居？禮夫婦一體，昏則同牢合巹，終則同穴，祭則同几同祝，故《禮記》曰：「鋪筵設同几，爲依神也。」《疏》謂：「人生時體異，故夫婦别几，死則魂氣同歸于此，故夫婦同几。」唐博士陳正節議曰：「臣聞于禮，宗廟父昭子穆，皆有配座。每室一帝一后，禮之正儀。自夏、殷而來，無易兹典。」陳祥道曰：「祭祀同几則一尸。《儀禮》男，男尸，女，女尸，謂虞祭也。」又曰：「按《少牢饋食》，藏歲事于皇祖，必以某妃配某氏，故同几共牢一尸，而俎豆不兩陳，以其夫婦一體故也。」然則鳧、鷖，乃以興祖考妣，非興公尸也，後倣此。蓋是日先行繹祭之禮，而後享尸，《詩》既不言繹祭之事，而特寄興于「鳧鷖」一語，以致其怳忽想像之意，此詩筆之幻處，又取興之變體。或問，鳧鷖興考妣亦有分屬否？曰：説詩固不必拘拘如此。然據本文，先言鳧，後言鷖，則鳧當興考，鷖當興妣也。蓋鳧雖善没，尤善飛，其飛必于晨。《説苑》「魏文侯嗜晨鳧」是也。《周書・王會》篇，鳧羽爲旌，亦取其能遠飛耳。鷖雖善浮，然不過游戲水上，故忘機之人得與之游，雖復有時飛而不下，要非高飛遠舉者比也。《周禮》：「王后五路，安車用鷖總。」所謂總者，以繒爲之，着馬勒，直兩耳與兩鑣，其色青黑如鷖，而名之爲安車者，蓋亦有取于安樂自得若鷖然也。今即以鳧旌與鷖總對觀之，鳧旌，男子所執；鷖總，王后所用。則鳧謂興考，鷖謂興妣可矣。或乃大笑。涇，水名，解見《棫樸》篇。今按武王都鎬，則有鎬水，乃何以不言鎬而言涇？詩人於此亦有深意。《玉海》載涇水出原州百泉縣涇谷，東南流至涇州臨涇、保定二縣，又東南流至邠州之宜禄、新平、永壽三縣，又東北流至京兆之醴泉、高陵、雲陽三縣，以入渭。班固《地理志》謂「涇水行千六百里」，周之先祖居邠，其後再遷，至武王而始居鎬。涇水經流，亦從邠界來，而迤邐近鎬，故覩涇水而興祖功宗德之思焉。《詩》對祖廟而作，所以有取于涇也。若鎬水，則其來不遠矣。公尸，解見《既醉》篇。何休云：「諸侯以大夫爲尸。」此章首公尸，乃后稷之尸也。燕，通作宴，安也，饗之所以安之也。後倣此。孔云：「言公尸來燕，則是祭後燕尸，非祭時也。」黄佐云：「《禮·祭統》曰：『尸在廟門外則疑于臣，在廟中則全乎君。』爲其近于祖也。祭之明日，不忍輒忘也，是故以賓禮燕之也。故曰：『讀《鳧鷖》而益知周人仁義之兼至矣。』」寧，通作寍。《説文》云：「安也。」黄云：「爲尸之時，未免有象神之勞，而拘束不安。今則登筵依几而安矣。」爾，朱子云：「自歌工而指主人也。」清，孔云：「潔也。」殽，通作肴。《廣韻》云：「凡非穀而食曰肴。」馨，毛傳、《説文》皆云：「香之遠聞也。」愚按太祖距今遠矣，遠則以氣通之，故對其尸以清以馨。言燕而專言飲者，舉飲以該食也。福，《洪範》所謂五福。禄，《説文》亦訓爲福，義似無别。愚按福字从畐，當是取其與德相副耳。《孝經援神契》云：「禄者，録也。」徐鍇云：「若言省録之也。」然則福本於天之所予，謂之禄也。來者，云若隨公尸而來也。成，《説文》云：「就也。」尊尸所以尊神，尸安則神悦，庶乎以福禄來成就爾矣，亦祝辭也。閔光德云：「此繹祭燕尸之樂，到此祭事纔完備，故謂以公尸而燕飲于斯。則昔日所降之福禄，自今日而成就也。」《易林》云：「鳧鷖遊涇，君子以寧。復德不愆，福禄來成。」按《易林》所謂復德，其即夏人名繹祭爲復胙之義乎？

鳧鷖在沙，叶支韻，山宜翻。亦叶歌韻，桑荷翻。**公尸來燕來宜。**支韻，亦叶歌韻，牛何翻。**爾**

酒既多，歌韻，亦叶支韻，章移翻。**爾殽既嘉**。叶歌韻，居何翻。亦當叶支韻，居之翻。**公尸燕飲，福禄來爲**。支韻。亦叶歌韻，吾何翻。〇興而賦也。沙，《説文》云：「水中散石也。」孔云：「水少則沙見，故字从水少耳。」《易·需》卦九二「需于沙」，注謂沙接水者。上言「在涇」，此云「在沙」，則在涇水之傍沙也。此章「公尸」，以世次推之，爲古公之父太公之尸也，名公祖。皇甫謐云：「公祖一名組紺諸盩，字叔類，號曰太公。」太公位次，在后稷之傍最近，故取沙象。宜，亦安也，順適之意。嚴云：「來而宜之，謂樂之也多。」毛云：「酒品齊多。」孔云：「於《周禮》差之，惟大事於太廟，備五齊三酒。此雖爲宗廟之祭，其大事與時祭不明，但言品齊多耳，未必五齊三酒皆具也。」嘉，《説文》云：「美也。」高祖于玄孫，相去猶遠，恐人疑待尸之禮或有濶略，故特言多與嘉，以表其内盡志而外盡物也。爲，鄭云：「猶助也。」言有福禄來扶助之也。

鳧鷖在渚，語韻。**公尸來燕來處**。叶語韻，敞吕翻。**爾酒既湑**，語韻。《藝文類聚》作「滑」。**爾殽伊脯**。麌韻。**公尸燕飲，福禄來下**。叶麌韻，後五翻。〇興而賦也。《爾雅》云：「小洲曰陼。」即渚字。《釋名》云：「渚，遮也，能遮水使迴也。」此章「公尸」，謂古公之尸也。鳧鷖舍水而就渚，猶古公去邠而遷岐，故以爲興。處，毛云：「止也。」黄云：「安樂也。」與《蓼蕭》「譽處」之處同。湑，《説文》云：「茜酒也。」鄭云：「酒之泲者也。」《釋文》云：「謂以茅泲之而去其糟也。」脯，《説文》云：「乾肉也。」《釋名》云：「搏也，乾燥相搏着也。」《周禮·腊人》：「掌乾肉，凡祭祀，共豆脯，薦脯。」注云：「薄析曰脯。」曾祖親而尊者，曰湑曰脯，蓋質言之，不敢文飾，對其尸如對曾祖也。「來下」者，輔廣云：「自上而下，易辭也。」按周之王瑞，自太王興，故直云來下。

鳧鷖在潨，東韻。**公尸來燕來宗。**叶東韻，讀如「㚇」，租叢翻。**既燕于宗，**見上。**福禄攸降。**叶東韻，胡公翻。**公尸燕飲，福禄來崇。**東韻。○興而賦也。潨，毛云：「水會也。」《説文》云：「小水入大水也。」孔云：「潨音如叢，則叢是聚義。且字從水衆，知是水會聚之處。」此章「公尸」，謂公季也。公季以小宗而繼大宗，有以小水入大水之象，故取興于在潨。宗，鄭樵云：「宗廟也。」來燕來宗，言來燕于宗廟也。按禮，繹祭于廟門之西，享尸在堂，故云然。「既燕于宗」二句，指前三章「公尸」言。不言酒殽者，前言已備，變文互見之也。降，《説文》云：「下也。」崇，《説文》云：「嵬高也。」朱子云：「積而高大也。」后稷、太公、古公三尸，既皆來燕于宗廟，宗廟之神已將降下孝孫以福禄矣。今王季之尸，亦來燕飲，則福禄之來，於是積而益高也。

鳧鷖在亹，音門。**公尸來止熏熏。**文韻。《説文》作「醺醺」。**旨酒欣欣，**文韻。亦叶先韻，翰旃翻。**燔炙芬芬。**支韻。亦叶先韻，孚焉翻。**公尸燕飲，無有後艱。**叶先韻，經天翻。○興而賦也。亹，毛云：「山絶水也。」孔云：「謂山當水路，令水勢斷絶也。」鄭云：「亹之言門也。」西漢《地理志》，金城郡有浩亹縣，注云：「浩，水名也。亹者，水流峽山間，兩岸深若門也。」按《説文》無亹字，不知其所从，今姑依舊説解之。此章「公尸」，則文王之尸也。周自文王始大，有水出峽口而流益大之象焉，故以在亹爲興。不言來燕者，蒙上章之文略之也。言來止，猶之言來處也。熏熏，當依《説文》作醺醺，謂尸醉也。徐鍇云：「飲有酒氣熏熏然。」此兩字意連下文旨酒句看，以其酒美而可悦，故至于醉，因摹尸飲酒之喜容，曰欣欣也。欣，《説文》以爲笑喜也。燔，燔肉。炙，炙肝。芬，《説文》云：「屮初生，其香分布。」燔炙之氣，其馨香散布亦似之，故曰芬芬也。陳祥道云：「《楚茨》先言執爨，而繼之以『或燔或炙』；《鳧鷖》先言『爾殽』，而終之以『燔炙芬芬』。《禮運》亦先言『熟其殽』，然後繼之以『薦其燔炙』。《周禮·量人》，制從獻脯膰之數量。《特牲》，主人獻尸，賓長以肝從。主婦獻尸，賓長以燔從。是燔以肉，炙以肝。燔炙，在血腥爛熟之後，非祭之所先也。謂之從獻，非獻之正味也。」愚按前章第言酒殽而已，此并表尸之喜樂，異于前文者，以文王爲顯考，精氣尤親，孝子對其尸，如見先人然，致其喜樂之氣以迎之，故尸之喜樂有如此也。《祭義》云：「孝子之祭可知也，其立之也，敬以詘，其進之也，敬以愉，其薦之也，敬以欲。退而立，如將受命。已徹而退，敬齊之色不絶于面。孝子之祭也，孝子之有深愛者，必有和氣。有和氣者，必有愉色。有愉色者，必有婉容。嚴威儼恪，非所以事親也，成人之道也。」夫觀孝子之祀親如此，則其饗尸可知，宜其尸之喜悦也。無有後艱者，閔云：「謂祭事已成，昔之享福者，克保其後而永無艱難矣。」孫鑛云：「滿篇歡宴喜樂，而以無有後艱句收，可見古人兢兢戒慎意。」

《鳧鷖》五章，章六句。《序》云：「守成也。太平之君子，能持盈守成，神祇祖考，安樂之也。」此於經義全不相涉。鄭玄亦知爲祭祀既畢，明日又設禮，而與尸燕之詩，而於首章在涇，則云水鳥居水中，猶人爲公尸在宗廟；次章在沙，則云鳥以居水中爲常，今出在水旁，喻祭四方百物之尸；三章在渚，則云水中有渚，猶平地之有丘，喻祭天地之尸；四章在潨，則云潨水外之高者也，有瘞埋之象，喻祭社稷山川之尸；五章在亹，則云亹之爲言門也，燕七祀之尸於門户之外，不敢當燕禮，故變言來止。陸佃祖述其意而異其説，云：「來成，以祖言福禄；來爲，以考言福禄。曰既清、既馨、既多、既嘉，則以宗廟尚文故也；來下，以天神言福禄；來崇，以地示言福禄。蓋天故自上來下，地故自卑來崇，亦其天道主貴高，地事主富崇故也。其卒章則又總上四章之詞，故曰：『公尸燕飲，無有後艱。』『無有後艱』者，道也，蓋道之至，可以祐神，非有資于物也，孰能福禄之哉？故於福禄爲不足道也。」郝敬又異其説，謂：「首章『鳧鷖在涇』，動而浮，象天神之尸也，天主氣，故曰清曰馨，天生故曰成；二章在沙，静而宿，象地祇之尸也，地主形，故曰多曰嘉，地作故曰爲；三章在渚，渚，小丘，象山川社稷之尸也，主蓄儲，故曰湑脯，禮卑天地，故曰下；四章在潨，衆也，象群主九廟之尸也，故曰宗，烝嘗備禮，故不言酒殽，上祀禮尊，故曰崇；五章在亹門也，凡繹皆于門，每歲春夏，門户有專祭，是五祀之尸也，小祀尚飲食，故曰欣曰芬，禮尤卑，故曰後，不言福禄，天子之福禄非户竈門行所得司也，無艱而已。」以上三説，皆穿鑿附會，絶無稽據，坐繇求所以五章之故，而不得其説耳。夫既謂周得祀天地，則儼然天子矣，而尸尚稱公尸何與？若宗廟之稱公尸，則謂自組紺以上，第祀以天子之禮，而不追王，服尸以先公之服，則其稱公尸焉宜也。嚴謂五章皆言公尸，又四章言既燕于宗，皆祭宗廟是也。然此章言公尸，尚是諸侯之尸，與《既醉》公尸不同。朱傳亦以爲此祭之明日，繹而賓尸之樂。其言繹得之，但復稱賓尸，則與大夫之禮混耳。《申培説》稍變其文，謂祭之明日，繹公尸之樂。夫繹乃祭名，而謂之繹公尸，亦屬未妥。若《子貢傳》，亦以此爲訓成王之詩，尤爲無當。

詩經世本古義卷之九（牛）

周武王之世詩十三篇

何氏小引

《魚藻》，武王克商飲至也。

《緜》，周公追述大王始遷岐周，以開王業，而文王因之以受天命也。

《旱麓》，武王追王三后也。牧之野既事而退，遂率天下諸侯，執豆籩，逡奔走，追王太王亶父、王季歷、文王昌，不以卑臨尊也。此詩蓋追王之時，祭而受釐之樂歌。

《皇矣》，美周也。天監代殷莫若周，周世世修德莫若文王。

《天作》，祀岐山之樂歌。

《既醉》，神嘏也。武王大祀宗廟，禮成受釐，宗祝傳公尸之辭以致告。

《雝》，武王祭文王之廟，喜諸侯來助祭，及徹，歌此。

《思齊》，文王所以聖也。繇太任能教文王，故文王能刑太姒。

《棫樸》，詠文王祭告伐崇之事，而有群髦爲之用，又以見文王之能官人也。

《靈臺》，化成也。文王立靈臺而知民之歸附，作靈囿、靈沼而知鳥獸之得其所，以爲音聲之道與政通，故合樂以詳之。合樂於辟廱，育才之地也，是王道之終也。

《臣工》，耕耤也。

《白駒》，餞箕子也。

《小宛》，教康叔毖酒也。商受酗酒，天下化之。妹土，商之都邑，染惡尤甚。武王以其地封康叔，故作此詩以誡之，與《周書·酒誥》相表裏。

《魚藻》，武王克商飲至也。按《大雅》云：「考卜維王，宅是鎬京。維龜正之，武王成之。」經有「王在在鎬」之文，此以知其爲武王也。禮，君行，反必告廟，告廟則飲至。經有「豈樂飲酒」之文，此以知其爲飲至也。詳味詩意，是克商時所作。

魚在在藻，皓韻。**有頒其首。**有韻。**王在在鎬，**皓韻。**豈**陸德明本作「愷」。**樂**音「絡」，後同。**飲酒。**有韻。隔句各韻，藻、鎬相叶，首、酒相叶。○興也。兩言「在」字者，作詩者自爲詳審之辭。言魚何在乎？在於藻也。「王在在鎬」放此。魚興王，藻興鎬。藻，解見《采蘋》篇。頒，《説文》云：「大頭也。」劉彝云：「魚出遊水面，則露其首，故見其頭大也。」愚按遊藻之魚，當自不一，其中有首大而特出者，故舉以興王耳。王，武王也。鎬，地名，在長安西上林苑中，豐東二十五里，武王所都也。詳見《文王有聲》篇。豈，《説文》云：「還師振旅樂也。」《周禮》作「愷」。《後漢志》黄帝使岐伯勸戰士，作軍樂，即周愷樂。漢短簫鐃歌樂，有《朱鷺》等二十二曲，是其遺也。魏、晋而下，各易其名。《周禮·大司樂》職云：「王師大獻，令奏愷樂。」《樂師》職云：「凡軍大獻，教愷歌，遂倡之。」《眡瞭》職云：「賓射，奏鐘鼓鼜，愷獻亦如之。」《鎛師》職云：「軍大獻，則鼓其愷樂。」《大司馬》職云：「師有功，則左執律、右秉鉞以先，愷樂獻于社。」注謂兵樂曰愷。獻者，獻捷也。鼓愷樂，以晋鼓鼓之。律，所以聽軍聲；鉞，所以爲將威。《鄭志·荅趙商問》云：「司馬以軍之功，故獻于社。大司樂，宗伯之屬，宗伯主宗廟之樂，故獻于祖。」又《文選注》引《樂稽耀嘉》云：「武王興師誅商，萬國咸喜，前歌後舞，此愷樂之所繇昉也。」《左傳》城濮之戰，晋文公振旅，豈以入于晋，獻俘授馘，飲至大賞，事亦同此。《司馬法》云：「天下既平，天子大愷。」又云：「得意則愷樂愷歌，示喜也。」豈樂者，奏豈而樂也。飲酒即飲至也。先儒謂飲至在廟，以桓二年，公至自唐，《左傳》云：「告于廟也。」凡公行，告于宗廟，反行飲至，舍爵策勳焉，禮也。」彼飲至在廟，故知飲于廟也。孔穎達云：「《曾子問》曰：『凡告用制幣，反亦如之。』則出入皆以幣告也，但出則告而遂行，反則告訖，又飲至，以見至有飲而行無飲也。飲至者嘉其行至，故因在廟中飲酒爲樂也。」

魚在在藻，皓韻。**有莘其尾。**韻。**王在在鎬，**皓韻。**飲酒樂豈。**尾韻。○賦也。莘，毛傳訓爲長貌。今按《説文》無莘字，不知其義。據《國語》，以「駪駪征夫」作「莘莘征夫」，則莘當通作駪。《説文》

云：「馬衆多貌。」以魚之衆多似之，故借言駪。上章言「有頒其首」，蓋以興王。此言「有莘其尾」，則以興行間諸臣之從王者。今奏愷班師，皆得與于飲至之列，觀下文變言「飲酒樂豈」可見。數魚以尾，故指尾言。樂豈，言與諸臣共樂此豈也。

魚在在藻，皓韻。**依于其蒲。**虞韻。**王在在鎬，**皓韻。**有那其居。**叶虞韻，讀如「拘」，恭于翻。○興也。此章言封建事也。《左傳》言禮飲至之後，舍爵策勳。舍者，置也。古者軍賞不踰時，欲民速得爲善之利也。飲至禮畢，置爵之時，即書勳勞于策，言速紀有功也。武王勝殷，下車即行封建，意亦如此。蒲，解見《澤陂》篇。《名物解》云：「蒲生于春，盛于夏。」愚按《周書》，武王來自伐商，至豐祀廟，在夏正二月望後，正藻蒲方生之時，故詩人因以起興。藻生於水中，横陳水上，爲鎬京之況。則蒲生于水涯，乃緣邊所有，即六服群辟之況也。那字从邑，《説文》訓西夷國名，鄭箋訓爲安貌，殊不可解。陸雲《丞相誄》有「玠裘阿那」之句，解者以「阿那」爲垂也，訓那以垂，較爲近之。蓋那字右旁施冄，又古文聃、郍、冄皆通用，冄乃細毛下垂之貌，而垂字之解，亦遠邊之義，正如毛髮之麗于膚體者。然王所居在鎬京，而于九畿之内，封建六服群辟，環拱而擁衛之，所謂有郍其居也。《周禮》言「九畿」，《尚書》言「六服」。九畿，方千里曰國畿，其外方五百里曰侯畿，又其外方五百里曰甸畿，又其外方五百里曰男畿，又其外方五百里曰采畿，又其外方五百里曰衛畿，又其外方五百里曰蠻畿，又其外方五百里曰鎮畿，又其外方五百里曰蕃畿。六服，謂國、侯、甸、男、采、衛，不及蠻、鎮、蕃者。王者之於夷狄，羈縻而已，不可同于華夏，故惟云六服也。此詩先言王因豈樂而飲酒，故取興于「有頒其首」，爲首出庶物之義；次言王以飲酒與群臣共樂豈，故取興于「有莘其尾」，猶

《楚辭》「魚鱗鱗兮媵予」之意；末言王封建而有那其居，故取興魚依于蒲，魚雖以藻爲樂，而所據必在于蒲，魚之潛于蒲，猶鳥之集于菀。蒲者，魚所以藏身之固也，亦以策勳在飲至後，故立言之序如此。又《大戴禮·用兵》篇云，公問于孔子，曰：「古之戎兵，何世安起？」子曰：「傷害之生久矣，❶與民偕生。」公曰：「蚩尤作兵與？」子曰：「否！蚩尤，庶人之貪者也，及利無義，不顧厥親，以喪厥身。蚩尤惛欲而無厭者也，何器之能作？蜂蠆挾螫而生，見害而較，以衛厥身者也。人生有喜怒，故兵之作，與民偕生。聖人利用而彌之，亂人興之，喪厥身。《詩》云：『魚在在藻，厥志在餌。鮮民之生矣，不如死之久矣。較德不塞，嗣武孫武子。』」《詩》意謂魚性惟食藻，不宜貪餌，魚志在餌，此貪人之土地而妄用兵者，使民困于兵革，無生之樂。若此較争之事，不速遏絶，則子孫繼而效之，將無所底極也。據逸詩意反觀，則此但言「魚在在藻」，亦見武王非富天下之意。

《魚藻》三章，章四句。《序》云：「刺幽王也。言萬物失其性，王居鎬京，將不能以自樂，故君子思古之武王焉。」宗《序》説者，其解有二：一謂魚之依水艸，猶人之依明王也。「有頒其首」者，言魚樂而出游于藻之外；「有莘其尾」者，言魚樂復樂，而又戲于藻之内；「依于其蒲」者，言魚樂于藻，安于蒲。蓋樂而不知反，則樂有窮，故有静而止息之地，則時出而樂有餘矣。正言魚者，以潛逃之類，信其著見。毛傳、鄭箋、陸氏《埤雅》、羅氏《爾雅翼》，解皆如此意，主思武王也。一謂水深則魚樂，所謂躍淵縱壑，相忘于江湖者也。

---

❶「生」，原作「世」，據《大戴禮記·用兵》改。

今魚何在乎？淺水生藻而魚在焉，露其頒然之大首，復驚逝而露其莘然之長尾。蓋在淺水之處，故逃竄窘迫，首尾俱見也。然藻猶在水之中，若蒲生近岸，則水又淺矣，依于其蒲，愈更窘促也。嚴氏《詩緝》之解如此，意主刺幽王也。愚所以不取其說者，以「魚在在藻，王在在鎬」兩句，炤映甚明。魚興王，藻興鎬，若如前二說，則以魚訓民，反于王之外别生興意，于詩吻不肖矣。又蘇氏《傳》云：「魚何在？在藻耳。其所依者至薄也，然其首頒然而大，自以爲安，不知人得而取之也。今王亦在鎬耳，寡恩無助，天下將有圖之者，而飲酒自樂，恬于危亡之禍，亦如是魚也。」如此以魚興王亦順，但篇中有「豈樂」之語，明是因奏豈而作，抑亦幽王之世，有大閱之事而作此詩與？按克捷還師之樂名豈，大閱振旅之樂亦名豈。《左傳》云：「春蒐、夏苗、秋獮、冬狩，皆于農隙以講事也。三年而治兵，入而振旅，歸而飲至，以數軍實，昭文章，明貴賤，辨等列，順少長，習威儀也。」依此說，則次章「有莘其尾」當通作騂，赤色也。魚勞則尾赤，置首言尾者，興飲酒沈湎之容，《易》所謂飲酒濡首，亦不知節也。三章「依于其蒲」，興「有那其居」，言飲酒畢，而歸休于深宫也。惟玩詩詞，有盛世發揚之象，非衰世愁歎之音，故定從今説。若《子貢傳》謂「諸侯所以報天子」，《申培説》及《朱子集傳》皆謂「諸侯所以美天子」，而皆未明於豈樂之義，則所以報王美王者，亦僅述其飲酒之樂而已，不似諧媚之稱萬年觴者乎？乃唐詩有云「鎬飲周文樂」，又云「欲笑周文歌燕鎬」，則以此詩爲文王詩，豈知文王未嘗稱王，亦未嘗都鎬，抑失之遠矣。

《緜》，周公追述大王始遷岐周，以開王業，而文王因之以受天命也。出朱傳。○《序》亦云：「文王之興，本繇大王也。」孔穎達云：「敘以詩爲文王而作，故先言文王之興，而又追而本之，各自爲勢，故文倒也。」愚按所以疑此詩爲周公作者，以《書》載周公告君奭之言曰：「惟文王尚克修和我有夏，亦惟有若虢叔，有若閎夭，有若散宜生，有若泰顛，有若南宮适。」與此詩末章四「予曰」語，意頗相類。而太史公亦云：「天下稱頌周公，言其能論歌文、武之德，達太王、王季之思慮。」但朱子以爲戒成王，則未必然耳。孫鑛云：「此詩不但稱古公，且仍出其名，乃後又稱文王，豈武王初克商，甫尊文王，尚未追王大王，是彼時作耶？」又云：「《武成》已稱大王，若周公戒成王詩，豈應復稱古公耶？」

緜緜瓜瓞。屑韻。**民之初生，自土**《漢書》、《齊詩》作「杜」。**沮漆。**質韻，亦叶屑韻，于結翻。《水經》注作「漆沮」。**古公亶父，**陸德明本作「甫」。**陶復**《説文》、豐氏本俱作「𥤶」。**陶穴，**叶質韻，户橘翻。**未有家室。**質韻。○比也。緜，《説文》云：「聯微也。」緜緜，孔云：「微細之辭。」毛傳云：「不絶貌。」瓜，菰也。字象形，中象瓜實，外象瓜蔓。瓞，是瓜之小者，孔以爲瓜蔓近本之瓜，是也。按《爾雅》云：「瓞，瓝，其紹瓞。」舊解多不明。《説文》瓝作瓟，云：「小瓜名也。」《爾雅》又云：「瓝，九葉。」紹者，繼也。瓜有小大二種，大者名瓜，小者名瓝。瓞之種本非瓝，以其小似之，故云「瓞，瓝」也。凡瓜實近本則小，瓞實大瓜之種，特以近本故小，因别呼之爲瓞，故云「其紹瓞」也。緜緜瓜瓞，主大王與文王相首尾而言。立乎文王，以指大王正如瓜之有瓞然，其後連緜不斷，皆本于此，至文王之世，則儼然大瓜矣。朱子云：「瓜之近本，初生者常小，其蔓不絶，至末而後大，以比古公之時其國甚小，至文王而後大也。」民，毛云：「周民也。」初生，言始有生意也。周自后稷，始基靖民，以爲生民之初。其後居邠，困于狄難，生意槁矣，至于大王自邠遷岐，而民如槁得蘇，是又一初也。郃，通作豳。自，朱子云：「從也。」土，當依《漢書》作杜，水名。班固《地理志》云：「古扶風杜陽縣，有杜水南入渭。」酈道元《水經注》云：「杜水出杜陽山，其水南流，謂之杜陽川，東南流，左會漆水。」何景明《雍大記》云：「杜水在麟遊縣，源出舊普潤縣東南。」沮漆，與《禹貢》及《吉日》、《潛》篇之「漆沮」不同。沮水，諸家以爲未詳，季本疑爲大欒水，非是。按大欒水，乃岐水之别名。康海《武功志》云：「浴水，乾州西夾道水也，亦從豳西梁山來。」意此或即沮水。關西人讀浴若于，于、沮固易訛爾。按《志》浴水南入漆水。《山海經》云：「羭次之山，漆水出焉，北流注于渭。」桑欽《水經》云：「漆水出扶風杜陽縣俞山，東北入于渭。」闞駰《十三州志》云：「漆水出漆縣西北岐山，東入渭。」按杜陽，即今陝西鳳翔府麟遊縣，古岐周地。漆縣，即今陝西西安府永壽縣，古豳國。酈道元云：「今有水出杜陽縣岐山北漆谿，謂之漆渠。❶故徐廣曰『漆水，出杜陽之岐山者』是也。但川土奇異，今説互出，考之經史，各有所據，識淺見浮，無以辨之矣。漆渠水南流，大欒水注之，即岐水也。二川洋逝，俱爲一水，南與杜水合，俗謂之小黄水，❷亦或名之米流川，南逕美陽縣西，南流注于渭。」《雍大記》云：「漆水在武功縣東門外。」康海云：「漆水，今謬爲武水者也。自豳、岐之間，來武功縣，北受浴水，南受漳水，入渭。」鄭漁仲序《地理畧》謂：『天下如指諸掌，而信漆谿富平入渭之説，蓋《括地志》未審豳岐涇渭脉絡所在。富平在涇東，漆在涇西，安有岐梁之水越涇而東，再

❶「渠」，原作「岐」，據《水經注》卷十六改。
❷「俗」，原作「浴」，據《水經注》卷十八改。

至富平，始入渭也。』漁仲誤且如此，況其餘乎？《詩》曰『自土沮漆』，今郃封里有漆村，是也。」按武功，古有郃國，今隸西安府乾州。美陽，今鳳翔府扶風縣。嚴粲云：「扶風之漆水，至岐山入渭，在灃之上游。而《書》言渭水會灃、會涇之後，乃過漆沮，則漆沮在灃水、涇水之下游，故以《書》之漆沮與《詩》扶風之漆別也。」季本云：「雍州之域，有二漆沮，而皆入渭，其一在漢馮翊之地，涇之下游也。其一在漢扶風之地，灃之上游也。《禹貢》導渭，東過漆沮，則馮翊之漆沮也。意者扶風漆沮小而可畧，而馮翊漆沮大而當詳歟？馮翊之漆沮，即《潛》『猗歟漆沮』者是也。扶風之漆沮，即《緜》『自土沮漆』者是也。何以別其如此耶？蓋不窋之徙居戎翟也，在今慶陽府。公劉自不窋故地而遷豳，在今邠州淳化縣西，廢三泉縣界，當涇水之西，其道甚便，而沮在涇之東，漆又在沮之東，俱隔大山。公劉初遷，必不至馮翊之漆沮也。自土沮漆，言大王始避狄難，來居杜與沮漆之地，蓋去邠踰梁山後事。三水皆在岐梁間，于時尚未至岐下，故未定周原之居。舊說以此句爲指豳言，非也。」毛云：「古言久也。亶父字。或殷以名言，質也。」父，通作甫。《說文》云：「男子美稱也。」孔云：「謂之古公，言其年世久古，後世稱前世曰古公，猶云先王、先公也。太王追號爲王，不稱王而稱公者，此本其生時之事，故言生存之稱也。《士冠禮》爲冠者制字云：『伯某甫。』亶亦稱父，故知字也。以周制論之，甫必是字。但時當殷代，質文不同，故或以亶父爲名，名終當諱，而得言之者，以其時質故也。又《中候》注云：『亶父以字爲號。』」愚按父有制名者，春秋齊侯禄父、季孫行父是也。殷或尚質，但詩作周世，不應名其先王。陶，本作匋。《說文》云：「瓦器也。」蓋瓴甓之屬。復，當依《說文》作𥤶，云：「地室也。」穴，《說文》云：「土室也。」今按地室、土室，有何分別？愚意地乃地上，土則土中耳。賈公彥云：「古者窟居隨地而造。若平地則不鑿，但累土爲之，謂之爲複，言于地上重複爲之也。若高地則鑿爲坎，謂之爲穴也。」曰陶復陶穴者，復、穴雖皆土所爲，而以瓴甓之類甃之，欲其堅固，亦所以隔土氣、防土處之病也。王質云：「陶，今之土墼也。以陶爲蓋于其上謂之復，以陶爲基于其下謂之穴。」此言以土墼爲居也。《爾雅》：「宮謂之室，其内謂之家。」未有家室，與第五章「俾立室家」相炤。季本云：「大王自豳遷岐，踰梁山而始至岐山。梁山在今西安府乾州城西北五里，當豳之西南。太王初至於此，時尚未有室家也，故陶復陶穴，而先於杜漆沮三水之間野處焉。當其在豳，則公劉時先已有館，況至太王時在豳既久，豈得復言陶復陶穴哉？但其地水源所出俱在岐周之北扶風之地，非豳也。顔師古謂：『自土沮漆』，《齊詩》作『自杜』，公劉避地而來居杜與漆沮之地。其謂杜與漆沮爲三水則是，而曰公劉來居，蓋本鄭玄之説，則失之矣。」愚按太王所以不興土木，爲營建室家計，但陶復陶穴而已者，亦以卜居未定，姑取其便于人力之速成耳。

古公亶父，麐韻。**來朝**豐本作「鼂」。**走**顧野王本作「趣」，豐本作「趨」。**馬。**叶麐韻，滿補翻。**率西水滸，**麐韻。**至于岐**豐本作「㟚」。**下。**叶麐韻，後五翻。**爰及姜女，聿來胥**《新序》作「斯」。**宇。**麐韻。〇賦也。季云：「來者，自土沮漆而來也。」朝，早也。嚴云：「太王圖事敏疾，其來之朝，疾走其馬。」吕祖謙云：「形容其初遷之時，略地相宅精神風采也。」范景文云：「觀其匹馬經度，計不反顧，惟有德足以自恃，故往而不疑耳。」率，通作衛字，从行，故有循行之義。滸，本作汻。《説文》云：「水厓也。」循西方之水涯，指渭水也。杜水、沮水合漆水，流入于渭。《雍録》云：「郃在岐西北二百五十餘里，自郃而南一百三十里，爲奉天縣，有梁山，即所謂踰梁山也。渭水在梁山之南，循水西上，可以達岐。《詩》所謂『率西水滸，至于岐下』也。」奉天，今西安府之乾州。又《史記》云：「太王居豳，渡漆、沮。」《世紀》亦云：「太王避狄，循漆水。」並存之。《一統志》云：「岐山，在鳳翔府岐山縣東北十里，山有兩岐，故名。亦曰天柱山。其峰高峻，狀若柱然。《禹貢》導岍及岐，❶大王邑于岐山之下，文王時鳳鳴岐山，皆此也。俗名鳳皇堆。」《河圖括地象》云：「岐山在崑崙東南，爲地乳，上爲天糜星。」季云：「岐周在后稷部城西八十里間，蓋復其舊封地也。」按古公亶父復修后稷、公劉之業，積德行義，國人皆戴之。薰育戎狄攻之，事之以皮幣珠玉犬馬，皆不得免焉。乃召耆老而問曰：「狄人何欲？」耆老對曰：「欲得菽粟財貨。」亶父曰：「與之。」已復攻，欲得地，民皆怒欲戰。亶父曰：「有民立君，將以利之。今戎狄所爲攻戰，其所欲者吾土地也。民欲以我故戰，與人之兄居而殺其弟，與人之父居而殺其子，吾不忍也，請免吾乎！爲吾臣，與狄人臣，奚以異也。吾聞之也，君子不以其所養人者害人，我將去之。」耆老曰：「君不爲社稷乎？」曰：「社稷所以爲民者，不可以所爲民亡民也。」耆老曰：「君縱不爲社稷，不爲宗廟乎？」曰：「宗廟吾私也，不可以私害民。」遂杖策而去，踰梁山，止于岐下。其事襍見《孟子》、《史記》、《莊子》、《吕氏春秋》、《書傳畧説》，而互有出入。今并綜而録之于此。《孟子》云：「昔者大王居邠，狄人侵之，去之岐山之下居焉，非擇而取之，不得已也。苟爲善，後世子孫必有王者矣。君子創業垂統，爲可繼也。若夫成功，則天也。」孔云：「公劉遭夏人之亂而被迫逐，若顧戀疆宇，或至滅亡，所以避諸夏而入戎狄也。大王爲狄人所攻，必求土地，不得其地，攻將不止，戰以求勝，則人多殺傷，故又棄戎

❶「岍及」，原作「汧反」，據《明一統志》卷三十四及《尚書·禹貢》改。

狄而適岐陽，所以成三分之業，建七百之基。《王制》稱古者量地制邑，故無曠土，而公劉、大王得擇地而遷，又無天子之命，諸侯得舉國擅徙者，《王制》所云，平世大法，法不恒定，世有盛衰，王政既亂，威不肅下，迫逐良善，無所控告，戎狄内侵，莫之抗禦，故不待天子之命，可以權宜避之。以其政亂，故有空土，公劉、太王得擇地而遷焉。既往遷之，人居成國，後有明主，因而聽之也。」按夏衰，棄稷弗務，不窋失官，自竄于戎翟之間，厥孫公劉，始遷居邠。《世本》所載，歷十二傳，始至亶父。《竹書・商紀》，祖乙十五年，命邠侯高圉；盤庚十九年，命邠侯亞圉；祖甲十三年，西戎來賓，命邠侯祖紺；至武乙三年，命周公亶父，賜以岐邑，謂斯時也。先是但稱邠侯，今則進而稱公，此其所以號古公與？國名既改，王業浸昌，謂之肇基王迹，宜矣。爰，《説文》云：「引也。」謂引辭也。及，《爾雅》云：「與也。」姜女，太王妃也，號曰大姜。韋昭云：「有逢伯陵之後也。」《皇王大紀》云：「亶父娶于齊有台氏女，曰大姜，美而賢。」《列女傳》「有台」作「有吕」，云：「太姜者，有吕氏之女，太王娶以爲妃，生太伯、仲雍、王季，貞順率道，靡有過失。太王謀事遷徙，必與太姜。太姜淵智非常，雖太王之賢聖，亦與之謀。」《新序》云：「大王愛厥妃，出入必與之偕。」季云：「但言及姜女者，未敢期豳民之必從己也。」陸化熙云：「爰及姜女，不止是與妃同行，還重在資其謀議。此章點内助，與末章推功四友，俱是開創大關係，須知作者用意之密。」聿，通作吹，詞也。來，與「來朝走馬」之來相應。古公先來，而邠人後來也。胥，《爾雅》云：「皆也。」《方言》云：「東齊謂皆曰胥。」按胥訓皆者，以胥、疏同音，疏之爲言通也，通之爲言皆也。《韓詩》云：「屋霤爲宇。」言民見古公止于岐下，相率而來，皆將於此而建屋宇也。《孟子》謂太王至于岐山之下居焉，邠人曰：「仁人也，不可失也。」從之者如歸市。《書傳》謂太王邑岐山，周人束脩奔而從之者二千乘，一止而成三千户之邑。《史記》謂豳人舉國扶老携弱，盡復歸古公于岐下，及他旁國聞古公仁，亦多歸之，皆所謂聿來胥宇者也。劉晝云：「昔太王居邠而人隨之，仁愛有餘也。夙沙之君而人背之，仁愛不足也。仁愛附人，堅于金石，金石可銷而人不可離。故君者壤地，人者卉木也，未聞壤肥而卉木不茂，君仁而萬民不盛矣。」《孟子》引此詩以告齊宣王，而解之曰：「當是時也，内無怨女，外無曠夫。」正「聿來胥宇」義疏。而舊説但以爲與姜女來相視所居，謬矣。然此胥宇，亦第民情决計奠居于此，尚未及築室之事。張子厚云：「《書》稱大王肇基王迹，蓋見得民心之始也。方其去邠，民皆携持而隨之，固未嘗率之也。王迹之始，莫大於此。蓋民歸之，則天命之矣。」

周原膴膴，《文選》注作「腜腜」。**堇荼如飴。**支韻。**爰始爰謀，**叶支韻，謀悲翻。**爰契**陸本、《漢書》注俱作「挈」。**我龜。**支韻。**曰止曰時，**支韻。《演繁露》作「行」。**築室于兹。**支韻。○賦也。朱子云：「周，地名。」羅泌云：「郿故國，黄帝後，封在岐山之陽，所謂周原膴膴者。」鄭云：「廣平曰原，周之原地，在岐山之南。」酈道元云：「歷周原下，北則中水鄉成周聚，故曰有周也。周城在岐山之陽而近西，所謂居岐之陽也。」《山海經》云：「其上多白金，其下多鐵。」皇甫謐云：「邑於周地，始改國爲周。」按今鳳翔府岐山縣是其地。膴，本無骨腊之名，故朱子訓膴膴爲肥美貌。楊慎謂土膏如無骨肥肉也。堇，菜名。《説文》云：「根如薺，葉如細柳，蒸食之甘。」《爾雅》「齧，苦堇」，郭璞云「今堇葵也，葉似柳，子如米，肉食之滑」者，一曰黄土子。《唐本草》注云：「此菜野生，非人所種，俗謂之堇菜。葉似蕺，花紫色，莖汁味甘而言苦者，古人語側，猶甘草謂之大苦也。《禮記·内則》『堇荁枌榆』即此。」又《公食禮》「鉶芼皆有滑」，注云：「滑，堇荁之屬。」荼，解見《谷風》篇。飴，《説文》云：「米蘖煎也。」《釋文》云：「乾糖也。」《方言》云：「飴謂之餃，謂之餹。」《禮記》疏謂之餳。按《説文》云：「餳，飴和饊者。」然則飴非餳也。嚴云：「《内則》言婦養舅姑，《公食禮》言君待其臣，皆以堇，則堇是美菜也。《七月》言食農夫以荼，則荼非美菜也。雨露所濡，甘苦齊實，周之原地膴膴然肥美，所生堇荼皆甘如飴。言美惡皆宜也。孔氏謂堇即烏頭，且引《晋語》驪姬『寘酖於酒，寘堇於肉』，以爲證。蓋以此堇爲《爾雅》『芨堇』之堇也。説者皆祖之。若爲驪姬寘肉之堇，則與酖毒同類，與荼菜可食之物非其類矣。且詩人稱周原之美，當言宜稼宜蔬，不應言其宜毒物也。荼雖苦，得霜而甜脆，故可言如飴。烏頭，毒物，不可食，何繇知其如飴乎？」愚按劉勰有云：「鴞音之醜，豈有泮林而變好。荼味之苦，寧以周原而成飴。並意深褒讚，故義成矯飾。」尋勰此論，抑亦輕于疑古人者，然但舉荼而不及堇，亦可以見堇爲美菜，不與荼苦類耳。爰始之始，對後契龜看，以先事言。《國語》云：「咨事爲謀。」契，毛云：「開也。」按契之訓開，當通作栔。《説文》云：「刻也。」《左》定九年，盡借邑人之車，契其軸。杜注亦訓契爲刻。郭璞云「今江東呼刻斷物爲契斷」是也。契我龜者，當如朱子云或人之説，謂以刀刻龜甲欲鑽之處。《前漢書》注亦云：「言刻開之，灼而卜之。」舊説因《周禮·菙氏》職有「掌共燋契」之文，而《士喪禮》有「楚焞置于燋，在龜東」之語，遂謂楚焞即契，非也。無論楚焞名契，於義無取，即據以解此詩，曰「楚焞我龜」，有此文理否？今按《菙氏》職云：「掌共燋契，以待卜事。凡卜，以明火爇燋，遂歈其焌契，以授卜師。」所謂菙者，荆菙也，即楚焞也。必取荆木者，凡木心圓，荆心方，卦之德方以知，故于荆焉取之也。燋，鄭玄謂炬也，所用以然楚焞者。契，杜子春謂契龜之鑿也，蓋刮其外甲以視兆者，既契而後用楚焞以灼之也。曰供燋契者，灼契之火，得之于燋，故得以燋言。不及楚焞者，畧之也。又官既以華爲名，則楚焞不言可也。明火，以陽燧取火于日，用以爇燋，貴陽明之義也。燋既然，以荆華柱燋火吹之，於是向龜甲所刻之處灼之，謂之焌契。焌，《説文》以爲然火也。其契處既焌，則有墨可驗，故以授卜師使辨之。《卜師》：「掌開龜之四兆：一曰方兆，二曰功兆，三曰義兆，四曰弓兆。凡卜事，眡高，揚火以作龜，致其墨。」注謂「墨大坼明則逢吉」是也。其四兆之義未詳。又《占人》職云：「凡卜簭，君占體，大夫占色，史占墨，卜人占坼。體有吉凶，色有善惡，墨有大小，坼有微明。」以此辨之，若《大卜》「掌三兆之法：一曰玉兆，二曰瓦兆，三曰原兆」，意即所謂占體者也。然燋契之事，屬之華氏，而契龜又非華氏之事，蓋契龜即《周禮》所謂作龜也。《大卜》職云：「凡國大貞，卜立君，卜大封，❶則眡高作龜。」鄭司農解作龜，謂鑿龜令可爇也。視龜腹骨近足處，其部高可灼者，先作其墨。俟既灼，觀食不食爲兆也。又《卜師》職云：「凡卜，辨龜之上下左右陽陰，以授命龜者，而詔相之。」蓋龜首尾兩旁，陰腹陽背，各有高應灼處，辨之者，如春灼後左，夏灼前左，秋灼前右，冬灼後右，是也。國大貞，則大卜親作龜。大祭祀，則眡高命龜，以祭祀乃常禮，但告龜以所卜之事而已，不親作龜。至小事則涖卜，第臨視之耳，不但不作，亦不命。蓋皆遣其屬爲之，惟國大遷、大師則貞龜。貞，即大貞之貞。《説文》云：「卜問也。」以其事非常，亦與立君、大封等，故貞龜也。曰貞龜，則大卜必親作龜可知已。今古公將遷岐周而卜，則所謂大遷之貞也。又《大卜》職云：「以邦事作龜之八命：一曰征，二曰象，三曰與，四曰謀，五

❶「卜」，原作「十」，據《四庫全書》本改。

曰果，六曰至，七曰雨，八曰瘳。」遷都重事，古公始既謀之於從行之人，而後决之於神，所謂四曰謀者也。一説，契，合也，古公謀之人而從矣，謀之龜則又曰吉，與人謀契也。程大昌云：「古卜，卜人令龜已，遂預取吉兆，墨畫其上，然後灼之。灼文適順其畫，是爲食墨者吉。其兆不應墨，則云不食，不食則龜不從也。故《雒誥》曰：『我卜河朔黎水，我乃卜澗水東，瀍水西，惟雒食。』是龜之所食者畫雒之兆，而河朔黎水之兆不食也。古公之改居，經始而謀度之，未敢以爲可居也。以墨合龜，而兆與墨同，故曰契。契者，合也，人謀與龜協合也。」亦通。龜者，國之守器，故以我稱。《周禮·龜人》職云：「掌六龜之屬，各有名物。天龜曰靈屬，地龜曰繹屬，東龜曰果屬，西龜曰靁屬，南龜曰獵屬，北龜曰若屬。各以其方之色與其體辨之。凡取龜用秋時，攻龜用春時，各以其物入于龜室。上春釁龜。」太史公云：「略聞夏、殷欲卜者，乃取蓍龜，已則弃去之。以爲龜藏則不靈，蓍久則不神。至周室之卜官，常寶藏蓍龜，又其大小先後各有所尚，要其歸等耳。或以爲聖王遭事無不定，决疑無不見，其設稽神求問之道者，以爲後世衰微。愚不師智，人各自安，化分爲百室，道散而無垠，故推歸之至微，要潔於精神也。或以爲昆蟲之所長，聖人不能與争，其處吉凶，别然否，多中於人。」林之奇云：「太王遷岐，衛文遷楚丘，未嘗不卜，然君臣既有定議，乃卜。《洪範》所以先乃心、卿士、庶人，而後卜筮也。」《左》哀二年，齊人輸范氏粟，趙鞅禦之，卜戰，龜焦。樂丁曰：「《詩》曰：『爰始爰謀，爰契我龜。』謀協以故，兆詢可也。」李氏云：「古之建國必相土地之宜，土地既善矣，然後稽之於卜筮。衛文公遷于楚丘，始曰：『升彼虚矣，以望楚矣。望楚與堂，景山與京，降觀於桑。』則是其既有以相土地之宜矣。其後乃曰『卜云其吉，終焉允臧』也。」曰者，嚴云：「龜告之兆也。」曰止，言止居已得其地。曰時，言可以興土功之時。築室於茲，無容再計矣。蔣悌生云：「詩中凡言龜卜，下文必見卜吉之義。如『爾卜爾筮，體無咎言』，上句言卜，下句言吉。『卜云其吉』亦然。『考卜維王』，卜也。『維龜正之』，亦叶吉之義。如不吉之類，亦曰『我龜既厭，不我告猶』。未有但言灼龜而卜，不言兆之吉凶者，故知『曰止曰時，築室於茲』，當爲龜兆之繇辭也。」

迺慰迺止，紙韻。**迺左迺右。**叶紙韻，羽軌翻。**迺疆**陸本作「强」，云一作「壃」。**迺理，**紙韻。**迺宣迺畝。**叶紙韻，母鄙翻。**自西徂東，周爰執事。**叶紙韻，鉏里翻。○賦也。自此至第七章，先民事而次宗廟，首宗廟而及宮室門社，此經綸之次第也。迺，古作卤，讀若仍。《説文》云：「驚聲也。」慰，《説文》云：「安也。」止，即上章「曰止」之止。「迺慰迺止」者，慰安新從遷之衆，俾之止居於是也。嚴云：「上文曰止，則龜告以宜居於此。此言迺止，則遂安居於此，成龜告之意也。」左右，蘇轍云：「東西列之也。」孔云：「慰、止、左、右，文在『築室』之下，明其皆是作邑之事。乃左右而處之，據公宮在中，民居左右，故王肅云：『乃左右開地置邑，以居其民也。』」疆、理，解見《信南山》篇，此又因定民居而及授田之事。宣，朱子云：「布散而居也。」按宣之訓布，解見《江漢》篇。黄佐云：「此在野之居，如中田有廬，以便民事，所謂二畝半在田者。蓋徹法自公劉已有矣。畝，是分授以田畝。既各授有定分，而後可以隨人用其芟夷墾闢也。」陸云：「宣者，隨田而居以便田事也。畝者，隨居而田以服田業也。」連言迺字者，有驚駭耳目一新之意，第七章同。「自西徂東」者，鄭云：「據至時從水滸言也。」季云：「言西自漆沮之水滸，而東往岐山之下也。」周，即周原之周，舉新遷之地也，與《皇皇者華》篇「周爰」不同。執事，如制室治田，凡所當爲者皆是。鄭云：「從西方而往東之人，皆於周執事，競出力也。」孔云：「民性安土重遷，離居或有所悔，人競出力，明其勸樂於是，皆無悔心也。」一説，朱子云：「周，徧也，言靡事不爲也。」亦通。國以民爲本，民居既奠之後，方事營建，先王之重民如此。《吴越春秋》云：「古公去邠處岐周，居三月成城郭，一年成邑，二年成都，而民五倍其初。」

乃召司空，乃召司徒。虞韻。**俾**《釋文》作「卑」。**立室家，**叶虞韻，攻乎翻。**其繩**陸德明云：「或作『乘』，誤。」**則直。**職韻。**縮版以載，**叶職韻，節力翻。**作廟翼翼。**職韻。○賦也。王安石云：「乃者，繼事之辭，言畢民事而始及之也。」召，《説文》云：「呼也。」王逸云：「以手曰招，以言曰召。」鄭云：「司空、司徒，卿官也。」兩言「乃召」者，皆一時事，無先後。按《史記》云：「古公貶戎狄之俗，營築城郭室屋，而邑別居之，作五官有司，民皆歌樂之，頌其德。」孔云：「后稷封邰爲上公，《孟子》稱文王以百里而王，則大王之時，以殷之大國當立三卿，其一蓋司馬乎？時不召者，司馬於營國之事無所掌故也。」俾，《爾雅》云：「使也。」立，建也，創造之謂。第七章同。鄭云：「司空掌營國邑，司徒掌徒役之事，故召之使立室家之位處。」孔云：「司空之屬有匠人，其職有營國廣狹之度，廟社朝市之位，是司空掌營國邑也。司徒之屬有小司徒，其職云：『凡用衆庶，則掌其政教。』是司徒掌徒役之事也。以此二卿，各有所掌，故召之。召司空之卿，令之營度廣輪，召司徒之卿，令之興聚徒役。室家之位處，則《匠人》所謂『左祖右社，面朝後市』之類是也。」朱子云：「人君國都，如井田樣，畫爲九區，面朝背市，左祖右社，中間一區，則君之宫室。宫室前一區爲外朝，凡朝會藏庫之屬皆在焉。後一區爲市，市四面有門，左右各三區，皆民所居。而外朝一區，左則宗廟，右則社稷焉。此國君都邑規模之大概也。」黄佐云：「『俾立室家』一句，含宗廟宫室門社，皆在其中，對上未有家室而言。」繩，《説文》云：「索也。」鄭云：「繩者，營其廣輪方制之正也。」朱子云：「繩所以爲直，營度位處，皆先以繩正之。」陸云：「如分別何處是廟，何處是廄庫，何處是宮社，皆引繩以取直也。」縮版以載，專屬下文作廟言。《爾雅》云：「繩謂之縮。」郭璞云：「縮者，縛束之也。」孔云：「縮者束物之名，用繩束版，故謂之縮。」版，《説文》云：「判也。」謂木片也。李氏云：「《左傳》凡言興土功，則言版幹，蓋立木兩傍，所以障土。」載，鄭云：「上下相承也。」孔云：「以繩縮束其板，板滿築訖，則升下於上，以相承載。」作，起也，亦創造之謂。廟，宗廟也。《説文》云：「尊先祖貌也。」徐鍇云：「所以彷彿先人之容貌也。」《禮記》云：「君子將營宮室，宗廟爲先，廄庫爲次，居室爲後。」曹氏云：「此章『俾立室家』，則定其規模面向，若其營作，則先於廟，故其序如此。」翼，「如跂斯翼」之翼，通左右言曰翼翼，蓋象其軒翥方嚴之貌。疏義云：「《易》萃及渙之彖，皆曰『亨，王假有廟』者，萃因民之聚，立廟以堅其歸向之心，所以爲懷保之道；渙憂民之散，立廟以收拾其蕩析之心，所以爲招攜之術。皆所以統攝民心而堅凝之也。大王遷岐，與公劉遷豳之事，大概同。公劉相土以山川，大王相土以生物，公劉之止基其民，即大王慰止左右也。公劉之迺理其民，即大王疆理宣畝也。但彼則處處廬旅，言言語語，其規模小。此篇『乃召司空』以下，其規模大。蓋世時有先後，土地有廣狹，故不同耳。」

捄之陾陾，蒸韻。**度之薨薨。**蒸韻。**築之登登，**蒸韻。**削屢馮馮。**蒸韻。**百堵皆興，**蒸韻。**鼛鼓弗勝。**叶蒸韻，書蒸翻。○賦也。嚴云：「述遂作宮室也。」捄，《説文》云：「盛土於梩中也。」鄭云：「築牆者，捊聚壤土，盛之以虆。」孔云：「捄字从手，謂以手取土也。虆、梩，皆盛土之器。」陾，《説文》云：「築牆聲也。」引此詩。今按陾爲築聲，於義無取，正因此詩而附會之耳。毛傳解「陾陾」爲衆。以字形求之，左施自，土山曰自，自者厚也；右施臾，《説文》云：「稍前大也。」合二義解之，當爲取土衆多之義。度，通作剫。《説文》云：「判也。」謂分判所聚之土，納之于版中也。薨，通作轟，群車聲也。分土之聲，其嘈襍亦如之。「螽斯羽，薨薨兮」，「蟲飛薨薨」，皆以聲言也。築，《説文》云：「擣也。」登登，陳氏云：「漸高也。」嚴云：「既取得土，送之墻上，墻上之人受而投之版中，薨薨然其聲之衆，既投之版中，築之者登登然。積累而上，則墻漸高矣。」削，《增韻》云：「刮削也。」劉彝云：「謂墻成脱版，削其堅凸，以就平直。」屢，《説文》云：「數也。」蘇云：「重復削治也。」馮，《説文》云：「馬行疾也。」馮馮，狀其運腕敏疾之貌。百堵，解見《鴻雁》、《斯干》篇。堵，垣也，百者非一之辭，興，起也。百堵皆興，謂所治非一室，而群力一集，垣墻並舉也。輔廣云：「獨詳於版築之事者，蓋垣墻所以圍乎外，舉此則其中衆役可知。」鼛，解見《鼓鍾》篇。孔云：「韗人爲鼛鼓，正謂壹鼓耳。」鼛，亦作臯。陳祥道云：「《周禮》鼓人『以鼛鼓鼓役事』，《春秋》傳『魯人之臯』，蓋臯者緩也，役事以弗亟爲義，故以臯鼓節之。古者上之使下以仁，常欲緩而不迫，故名鼓以臯。下之事上以義，常欲敏而有功，以鼓節之而弗止，故曰『鼛鼓弗勝』。」按鼛鼓爲鼓役事而設，非欲止人之力作，但人心競勸，鼓自不勝其擊，且如有不能相赴者。然此句只就捄、度、築、削之時見之，孔云：「民皆樂事勸功，競欲出力，言大王之得人心也。」

迺立臯門，臯門有伉。 叶陽韻，苦郎翻。《韓詩》作「閌」，陸本作「亢」。**迺立應門，應門將將。** 叶陽韻，資良翻。**迺立冢土，戎醜**豐本作「䰩」。**攸行。** 叶陽韻，户郎翻。○賦也。毛傳謂：「王之郭門曰臯門，王之正門曰應門。」鄭玄謂：「諸侯之宮，外門曰臯門，廟門曰應門，内有路門。天子之宮，加以庫、雉。」孔穎達引《明堂位》云：「庫門，天子皋門。雉門，天子應門。」魯以諸侯而作庫、雉，則諸侯無皋、應，故以皋、應爲王門之名也。以實毛之説。又引《左》襄十七年宋人稱「皋門之晳」，是諸侯有皋門也。諸侯法有皋、應，大王自爲諸侯之制，非作天子之門矣。以實鄭之説。二義相反，未詳孰是。今考《左》襄十七年，宋築者謳曰：「澤門之晳，實興我役。」杜注：「澤門，宋東城南門也。」古文多以澤爲皋，爲其字形相混。其實宋有澤門，無皋門。孔之援引，於斯誤矣。《周書·康王之誥》篇，王出在應門之内，大保率西方諸侯入應門左，畢公率東方諸侯入應門右。《逸周書·作雒》篇云：「應門庫臺玄閫。」《明堂位》云：「九采之國，應門之外，北面東上。」《後漢紀》明帝詔曰：「昔應門失守，《關雎》刺世。」《薛君章句》曰：「人君退朝，入于私宫，后妃御見有度，應門擊柝，鼓人上堂，退反宴處，體安志明。」是則應門爲天子之制，諸侯之有皋、應，于書無所經見。《明堂位》所云，乃謂魯以周公之故，雉門兼天子應門之制，庫門兼天子皋門之制耳。然雖制兼皋、應，而名仍庫、雉，亦可見諸侯有庫、雉，無皋、應也。《檀弓》記魯莊公之喪，既葬而絰，不入庫門。《春秋》定二年，雉門及兩觀災，此魯之庫、雉也。又《家語》云：「衛莊公易朝市，孔子曰：『繹之於庫門内，失之矣。』」是衛亦有庫門，此皆諸侯稱庫、雉之證。毛傳所言，爲得其實。然獨怪大王時，尚爲殷諸侯，何以便用天子之制。唐孔氏以爲殷代尚質，未必曲有等級。朱子以爲「大王之時，未有制度，特作二門，其名如此。及周有天下，遂尊以爲天子之門，而諸侯不得立焉」，其論確矣。又按王者五門之説，本於鄭司農，外曰皋門，二曰雉門，三曰庫門，四曰應門，五曰路門。《郊特牲》云：「卜之日，王立于澤，親聽誓命，受教諫之義也。」獻命庫門之内，戒百官也。」是王有庫門。路門，一曰畢門，謂從外而入，至路門爲終畢也，《書·顧命》篇所謂

「二人雀弁執惠，立于畢門之内」者。《春秋傳》疏則謂雉門爲中門，外有皋、庫，内有應、路，於外内爲中。今以《明堂位》文證之，庫門向外兼皋門，雉門向内兼應門，則庫門在雉門外明矣。雉門設兩觀，所謂象魏。又應門亦名朝門，路門亦名寢門，以朝位在應門内，路寢在路門内，故名之。若《周禮·師氏》「居虎門之左，司王朝」，注謂虎門，即路寢門也，畫虎所以明勇猛，於守宜也。蓋諸儒之説五門如此，然經皆無明文，惟《月令》云：「季春之月，田獵罝罘、羅罔、畢翳、餧獸之藥，毋出九門。是月也，命國難，九門磔攘。」説者謂天子九門，法陽九之義；宫門有五，法五行；外門有四，法四時，合爲九門：一曰關門，二曰遠郊門，三曰近郊門，四曰國門，及五皋、六庫、七雉、八應、九路也，皆從外而數。諸侯七門，則以内五門少其二故耳。劉敞則云：「天子諸侯皆三門而名不同，以《詩》、《書》、《禮》、《春秋》考之，天子有皋、應、畢，諸侯有庫、雉、路，天子外朝在皋門之内，諸侯外朝在庫門之内；天子治朝在應門之内，諸侯治朝在雉門之内；天子内朝在畢門之内，諸侯内朝在路門之内。」又曰：「何謂畢門？畢者趩也，王出至于此則趩也，師氏掌焉。何謂應門？應，應也，王居治朝，正天下之政，四海之内莫不敬應也。何謂皋門？皋，告也，王者外朝，播告萬民，謀大事也。」是則五門三門，説各不同，要之天子門制自當與諸侯異，則五門之説固自可信。今制亦有五門：外曰大明門，二曰承天之門，三曰端門，四曰午門，五曰皇極門。皇極門内正殿曰皇極殿，則古之路寢也。又《考索》云：「天子五門。皋者遠也，明最在外，故曰皋；庫門，則有藏於此故也；雉門者，取其文明也；應門者，則居此以應治也；路門，則取其大也。此五門各有其義。然《書》又有南門，則路門之别名也。《周禮》又有中門，則雉門之别名也。《爾雅》有正門，則應門之别名也。」今按皋者，引聲之言。引聲者，長聲也，故以爲取綏遠之名。又以爲取播告之義，皆通。伉，當依《韓詩》作閌。《説文》云：「閌閬，高門也。」又《説文》解閬，亦云：「門高也。」將，如「鮮我方將」之將，當通作壯，美其閎敞壯觀也。兩户爲門，故重言將將。山頂之高，腫起者曰冢，故以爲高大之義。社，《説文》云：「地主也。」《郊特牲》云：「家主中霤而國主社。」孔云：「冢土訓爲大社，未即名爲大社。《祭法》：『王爲群姓立社曰大社。』《郊特牲》云：『天子大社，必受霜露風雨之氣。』以爲大社之名，唯施於天子。諸侯雖不可名大社，可以言冢土矣。乃立冢土，正是諸侯之法。」按《泰誓》言「類于上帝，宜于冢土」，則猶仍大王舊稱，以未爲天子故也。戎，《説文》云：「兵也。」醜，《説文》云：「可惡也。」小醜之醜。「攸行」者，言將加兵于所可醜惡之國，則必告于社而後行也。又按征伐必載社主以行，則以攸行爲載社主亦可。鄒忠胤云：「臯門、應門之設，前此未有也。有之自古公始，其視皇過之夾遡，芮鞫之止基，❶廬處之苟簡，固已不侔，而立冢土以利攸行，則隱然順治威嚴之梗概矣。故遂以昆夷之駾接之。」鍾惺云：「不讀此數章，不知周家經制多出古公，其才何必減周公也。」

肆不殄厥愠，問韻。**亦不隕**《孟子》作「殞」。**厥問**。韻。豐本作「聞」。**柞棫拔**叶隊韻，蒲妹翻。**矣，行道兑**叶隊韻，徒對翻。陸本作「脱」。**矣**。**混**《左傳》注作「畎」。趙岐《孟子》注作「昆」，《説文》作「犬」。**夷駾**叶隊韻，徒對翻。《説文》作「呬」，《左傳》注作「喙」，趙岐《孟子》注作「兑」。**矣，維其喙**隊韻。**矣！**《説文》引此二句作「犬夷呬矣，昆夷駾矣」。○賦也。肆，《説文》云：「極陳也。」極陳我周王業積累之

❶「芮」，原作「芮」，據《四庫全書》本改。

難，如下文所云也。殄，《説文》云：「盡也。」《爾雅》云：「絶也。」愠，《説文》云：「怒也。」此主昆夷之怒我言，觀《孟子》引《詩》意可見。隕，毛云：「墜也。」《儀禮》云：「小聘曰問。」《周禮》云：「時聘曰問。」此二句自大王遷岐之時，中歷王季及文王受命之初，皆是如此，言昆夷愠怒于我，不惟不遽殄滅之，而且不失墜其往來聘問之禮。《孟子》所謂以大事小者，樂天者也。嚴云：「大王始居於豳，則北有獯鬻之侵，既遷於岐，則西有昆夷之擾。北狄大而西戎小，豳地迫近彊狄，若以力争，傷人必多，大王所不忍也，故去豳而遷岐。至若昆夷惟不殄不隕，内備外和，彼自不能爲患矣。」按《孟子》言文王之始，猶事昆夷，正所謂不隕厥問者。又貉稽有不理於口之疑，而《孟子》曰：「無傷也，士憎兹多口。」因引此詩以咏歎文王，意謂士惟急于修德，雖爲多口所憎，固不必介介于胸，而遂踈其相與之跡，試觀文王之待昆夷何如乎？柞，栩也，即所謂柞櫟也，解見《鴇羽》、《晨風》、《車舝》篇。棫，《爾雅》云：「白桵也。」陸璣云：「《三蒼》説棫即柞也，其材理全白無赤心者，爲白桵。直理易破，可爲犢車軸，又可爲矛戟矜。」今人謂之白梂，或曰白柘。按《旱麓》之詩曰：「瑟彼柞棫，民所燎矣。」則柞棫皆木之大者。郭璞注《爾雅》，以桵爲小木，叢生，有刺，實如耳璫，紫赤可食，必非此詩之所謂棫也。如璣説棫，材理全白，則是白桵何疑？但柞别名栩，而棫又混名柞，往往致誤，不可不辨。拔，《説文》云：「擢也。」《增韻》云：「攻而舉之也。」柞棫拔矣，如《左傳》言「篳路藍縷，以啓山林」之意。行道，行人往來之路也。兑，朱子云：「通也。」按兑字下从人，中从口，上从八，象人口氣之分散，故有通義。混夷，即昆夷，又作緄夷，又作畎夷，皆犬聲之轉也。《書大傳》云：「文王四年伐犬夷。」注犬夷，昆夷也。亦稱犬戎，《山海經》云：「黄帝生苗龍，苗龍生融吾，融吾生弄明，弄明生白犬，白犬有牝牡，是爲犬戎。」韋昭云：「犬戎，昆夷之别名。」《史記》稱自隴以西有緄戎。今按其地當在豳、岐之西，在今鞏昌秦州之地。駾，《説文》云：「馬行疾來貌。」混夷突來之狀似之。喙，《説文》云：「口也。」吕大臨云：「張喙而息也，奔趨者其狀如此。昆夷所以敢於爲患者，恃其深林大麓之中，路岐阻塞而人不易入耳。今柞棫拔去，而道可通行，則生齒漸繁，歸附日衆。昆夷時或突來，但見其抱頭竄伏，喘息不暇而已。」愚按以《皇矣》篇觀之，則「柞棫拔矣」而下，皆指文王時言。其曰昆夷駾喙，意即四年伐犬夷事，下章所謂「蹶厥生」者也。又按《帝王世紀》云：「文王受命四年，周正丙子，混夷伐周，一日三至周之東門，文王閉門脩德而不與戰。」與《大傳》、《史記》諸書所載異者，或昆夷先伐周，然後文王從而伐之耳。

虞芮質厥成，庚韻。**文王蹶厥生**。庚韻。**予曰有疏**《孔叢子》作「胥」。**附**，宥韻，亦叶麌韻，芳武翻。**予曰**《楚辭章句》作「聿」。**有先**《尚書大傳》作「前」。**後**。叶宥韻，胡茂翻。亦叶麌韻，後五翻。**予曰**《楚辭章句》作「聿」。**有奔**陸本作「本」，豐本作「犇」。**奏**，宥韻，亦叶麌韻，宗五翻。《孔叢子》作「輳」，《尚書大傳》、陸本俱作「走」。**予曰有禦**《尚書大傳》、陸本俱作「御」。**侮**！麌韻，亦叶宥韻，莫候翻。豐本以此章爲《思齊》篇之第六章。○賦也。虞、芮，二國名，皆殷諸侯。質，《説文》云：「以物相贅也。」徐鍇云：「質之爲言實也。事疑虚，以人物實之也。」今按訟者，言其曲直，必有物以爲徵驗，故亦云質，謂質其實也。成，蘇云：「猷成也。」王安石云：「與《周官》所謂『書其刑殺之成』同。」《史記》云：「西伯陰行善，諸侯皆來決平。於是虞、芮之人有獄不能決，乃如周。入界，耕者皆讓畔，民俗皆讓長。虞、芮之人未見西伯，皆慙，相謂曰：『吾所争，周人所耻，何往爲，祇取辱耳。』遂還，俱讓而去。諸侯聞之，曰：『西伯蓋受命之君。』」毛傳云：「虞、芮之君相與争田，久而不平，乃相謂曰：『西伯，仁人也，盍往質焉。』乃相與朝周。入其境，則耕者讓畔，行者讓路；入其邑，男女異路，斑白不提挈；入其朝，士讓爲大夫，大夫讓爲卿。二國之君感而相謂曰：『我等小人，不可以履君子之庭。』乃相讓，以其所争田爲閒田而退。天下聞之而歸者四十餘國。」劉向《説苑》云：「虞人與芮人，質其成於文王。入文王之境，則見其人民之讓爲士大夫。入其國，則見其士大夫讓爲公卿。二國者相謂曰：『其人民讓爲士大夫，其士大夫讓爲公卿，然則此其君亦讓以天下而不居矣！』二國者，未見文王之身，而讓其所争以爲閒田而反。孔子曰：『大哉，文王之道乎！其不可加矣！不動而變，無爲而成，敬慎恭己，而虞、芮自平。』」三書所載大同小異，今俱録之。《郡縣志》：「故虞城，在陝州平陸縣東北五十里，虞山之上，古虞國。芮城，在陝州芮城縣西二十里，古芮國。閒原，在平陸縣西六十五里，即虞、芮争田，讓爲閒田之所。」今按平陸、芮城，俱屬山西平陽府解州，在河東。閒原與虞、芮相接，俗呼讓畔城。《史記》注引《地理志》謂芮在馮翊臨晉縣。杜氏《通典》從之，非也。馮翊故城，在陝西西安府高陵縣南二里，乃河西地，與平陸迥不相及。《史記》正義亦辨其踈矣。《路史》引《六韜》云：「文王質虞、芮之訟，暨師武伐紂，乃收虞師、芮師。」蹶，朱子云：「動而疾也。」生，猶起也，與「民之初生」生字同義。朱子云：「生是興起之意，其勢張盛，忽然見之，如跳起也。」萬時華云：「文王蹶厥生，王氣勃然奮起，如蕨之未奉，如竹之初葎，怒生之象，從筆端描出，正與《瓜瓞》光景關照，可味可思。」周昌年云：「初生，只是初起，至是，則向之所起者，蹶然興盛，非復初生微弱之象矣。」朱善云：「文王之德，其孚於人也久矣，至是而始動其興起之勢者，譬如弩機之既張，是惟無發，發則沛然而不可禦矣。」按《孟子》言文王繇方百里起，其始尚仍大王舊封于岐山之下，其地甚狹。及虞、芮質成之後，而歸附者始衆。《史記》稱明年伐犬戎，明年伐密須，明年敗耆國。《竹書》亦紀帝辛三十六年，春正月，諸侯朝于周，遂伐昆夷。凡此皆所謂「蹶厥生」者也。周之中葉，自竄于戎狄之間，其後困于獯鬻之侵，及大王遷岐，猶未能殄昆夷之愠。至蹶生有文王，而累世之所鬱結，始大爲發舒，故以此與肇基王跡之大王相首尾。蘇氏、嚴氏皆以蹶生爲動虞、芮之君，使其禮義廉耻之心油然而生，於理儘佳，然不過指一事而言，其爲義小矣。「予曰」以下，作詩者之辭也。歸功四友，爲章末餘波，若曰非特文王聖也，亦其臣與有助焉。「濟濟多士，文王以寧」，豈不信夫！疏附，以布德言，疏通德澤，使民親附也。先後，以納忠言，先君之意而啓之，後君之意而成之也。奔奏，以任事言，周旋竭力，不避險阻，奔君之命而進其所爲于君也。禦侮，以揚威言，敵未來而能折其氣，敵突至而能折其衝也。孔云：「以此四行徧該群臣，雖有賢聖不過此矣。」王符云：「夫士者，貴其用也，不必求備，故四友雖美，能不相兼。」郝敬云：「言雖本文王之聖，亦必資群臣之助，而況爲後王者乎？」陸化熙云：「試看《十月之交》一詩，其言群小用事于外，妖豔蠱惑于内，成何國家景象，則知此詩之言姜女，言四臣，豈不可想見老臣之用心？」又云：「周家起初，基業極微，而卒開王業。其爲國爲民，累仁積功，歷歷可見者如此，即此可以思仁，可以思孝，可以見創業之難，可以見祖宗貽謀之遠，非如他詩言以德受命，直須推原到精神感應之微妙處也。」愚又有一説焉。按《史記》以虞、芮質成，爲西伯出羑里得專征伐後事，而《詩》正義褋引書傳所載，謂：「紂聞文王斷虞、芮之訟，後又伐邗、伐密須、伐犬夷，三伐皆勝，而始畏惡之，拘于羑里。紂得散宜生等所獻寶，而釋文王。文王釋而伐黎，明年伐崇。」又云：「西伯得四友獻寶，免于虎口而克耆。」耆即黎也。果如所説，則文王政以虞、芮質成取忌，幾緣履虎遭咥，爲蹶厥生耳。蹶之爲言僵也，與死爲鄰之謂也。而《書傳》又云：「宜生、南宫括、閎夭三子，學頌于太公，遂與三子見文王于羑里，獻寶以免，文王乃云。」則「予曰有疏附」四言，乃文王當日之語。而太公、散宜生、南宫括、閎夭四人，又適符四友之數，故《孔叢子》云：「孟懿子問《書》曰：『欽四鄰，何謂也？』孔子曰：『王者前有疑，後有丞，左有輔，右有弼，謂之四近。言前後左右近臣，當畏敬之，不可以非其人也。周文王胥附、奔輳、先後、禦侮，謂之四鄰，以免乎羑里之害。』懿子曰：『夫子亦有四鄰矣。』孔子曰：『吾有四友焉。自吾得回也，門人加親，是非胥附乎？自吾得賜也，遠方之士日至，是非奔輳乎？自吾得師也，前有光，後有輝，是非先後乎？自吾得仲由也，惡言不至於門，是非禦侮乎？』」《尚書大傳》載孔子語亦同，而足之曰：「文王有四臣，以免虎口。丘亦有四友，以禦侮。」然則此章之意，乃是咏文王所遭之不幸，與前所言古公避狄遷國，總見周家創業艱難，以動嗣世者之警念。噫！作詩者其有憂患乎？

《緜》九章，章六句。《申培説》、豐本皆作八章，章六句。以去末一章故也。○《子貢傳》以爲「訓成王之詩」，辨已在小引下。《申培説》則直謂「周報大王，周公述其事，以訓嗣王之詩」，蓋因削去末章，則篇中無復咏文王之語，故但以爲報大王耳，是其説亦有所本。先是，季彭山氏謂第九章與上文似不相屬，竊意或是錯簡，惟以屬于《思齊》「譽髦斯士」之後，庶幾理順。于是作僞説者遂從而勦襲之，而不知其鄙闇之甚也。按《左》昭二年，晉侯使韓宣子來聘，公享之。季武子賦《緜》之卒章。杜預注謂義取以晉侯比文王，以韓子比四輔。然則「虞芮」六句，爲《緜》之卒章其來古矣，此而不知，乃敢爲僞，豈非不辨菽麥者乎？若《史記》

謂詩人道西伯，蓋受命之年稱王，而斷虞、芮之訟。觀于此詩，古公尚稱公，而文王已稱王，則稱王之事疑或有之，所以終不敢信其然者，賴《泰誓》篇中但稱文考，而不稱文王爲證佐耳。詩述先王積累德業之盛，故朝見燕享必歌奏之以致警，此叔孫穆子所以與《文王》、《大明》皆稱爲兩君相見之樂與？

《旱麓》，武王追王三后也。牧之野，既事而退，遂率天下諸侯，執豆籩，逡奔走，追王太王亶父、王季歷、文王昌，不以卑臨尊也。自「牧之野」下，俱出《禮·大傳》篇。**此詩蓋追王之時，祭而受釐之樂歌。**《序》云：「受祖也。周之先祖，世脩后稷、公劉之業。大王、王季，申以百福干禄焉。」《申培説》、朱傳皆以爲咏歌文王之德。今按詩意，實次第三后而兼嘆美之，前三章三言「豈弟君子」是也。❶自第四章而下，皆爲武王祀周廟而發。所以知然者，以騂牡既載，當自武王爲天子尚赤之後言耳。朱子又云：「詩中有享祀神勞等語，或亦受釐之樂。」釐，義見《既醉》篇。

瞻彼旱麓，《國語》、陸德明本俱作「鹿」。**榛楛濟濟。**叶薺韻，子禮翻。**豈**《國語》、陸本俱作「愷」。下同。陸云：「一作凱。」**弟**《國語》、陸本俱作「悌」。下同。**君子，干禄豈弟。**薺韻。○賦之興也。瞻，《説文》云：「臨視也。」旱，毛傳云：「山名也。」《漢書·地理志》云：「漢中郡南鄭縣旱山，沱水所出，東北入漢。」《寰宇記》云：「在南鄭縣西南二十里。」按今陝西漢中府，本《禹貢》梁州之域，周合梁于雍，又屬雍州，

❶「弟」，原作「第」，據《四庫全書》本改。

其地與鳳翔府接壤。鳳翔，即古岐周地也。昔周之興，鸑鷟常鳴於岐，翺翔至于南而集焉，是以西岐曰鳳翔，南岐曰鳳州。鳳州，今鳳縣，漢中所轄也，故何景明云：「余至鳳縣，觀鳳鳴之山，曰南岐。至成縣，詢古西康州，有鳳鳴處。鳳縣，今屬漢中。成縣，今屬鞏昌。各去數百里，間於羌戎，則文王治岐，地蓋廣遠矣。」詩人託山川以起興，皆指其在境内者。此舉旱麓，乃主大王遷岐而言。《爾雅》云：「山足曰麓。」應劭云：「林屬於山者也。」榛，解見《簡兮》篇。羅願云：「榛似栗而小，關中鄜坊甚多，然則其字从秦，蓋此意也。」楛，木名。陸璣云：「其形似荆而赤，莖似蓍。上黨人織以爲斗筥箱器，又揉以爲釵，故上黨人調問婦人，欲買赭不？曰：『竈下自有黄土。』問買釵不？曰：『山中自有楛。』」顔監云：「楛木堪爲箭笴，今豳以北皆用之，土俗呼其木爲楛子。」郝敬云：「榛可以供籩，楛可以爲矢，文武之材，以比聖德。」濟之爲言齊也。曰濟濟者，茂盛而整齊之貌。豈，通作愷。《説文》云：「康也。」弟，順也。《説文》解爲韋束之次第，言如積壓柔韋，順後前，不相戾也。嚴粲云：「豈弟者，德盛仁熟，和順充積之謂也。」君子，謂大王也。大王心存愛民，其將去邠而之岐也，曰：「君子不以其所養人者害人。」又曰：「與人之兄居而殺其弟，與人之父居而殺其子，吾不忍也。」是皆所謂豈弟者也。干，《爾雅》云：「求也。」禄，即福也。徐鍇云：「禄之言録也，若言省録之也。」按周之王瑞自大王興，此天之所録也。季本云：「君子有豈弟之德，則福禄隨之，是以豈弟而干禄也。君子本無干禄之心，猶所謂以堯、舜之道要湯云爾。」錢天錫云：「通詩『豈弟君子』一句最重，蓋天地福禄種種，不過和順之氣所凝成。故嚴厲乖戾，便有許多愁慘出來；温良易簡，便有許多太和凝聚，此豈弟也。在天則和風慶雲，在人則心安體豫，在家則雍雍穆穆，在國則怙冒咸若，在萬世則太和常在宇宙。不期福禄而福禄歸之，自是實理。」嚴云：「詩人言干禄者，謂在我有以致之，猶曰自求多福耳。」《周語》，景王將鑄大鍾，單穆公曰：「不可。《詩》有之曰：『瞻彼旱鹿，榛楛濟濟。愷悌君子，干禄愷悌。』夫旱鹿之榛楛殖，故君子得以易樂干禄焉。若夫山林匱竭，林鹿散亡，藪澤肆既，民力彫盡，田疇荒蕪，資用乏匱，君子將險哀之不暇，而何易樂之有哉？且絶民用以實王府，猶塞川原而爲潢污也，其竭也無日矣。」王應麟云：「誦『險哀』二字，此《文中子》所以有帝省其山之歎也。天地變化，草木蕃，況賢者而不樂其生乎？天地閉，賢人隱，況草木而得遂其性乎？」吕祖謙云：「《緜》之八章曰：『柞棫拔矣，行道兑矣。』《皇矣》之三章曰：『帝省其山，柞棫斯拔，松栢斯兑。』皆以山林之茂見王業之盛，然則所謂『榛楛濟濟』者，蓋當時所見之實也。」愚按旱麓濟濟，正如所紀周原膴膴者，以見大王當時新遷國邑，民安物阜之盛，此所謂賦也。然不言山而言麓，又言其所生榛楛之多，足資民用，則亦有深意存焉。《易》剥之象曰：「山附于地，剥，上以厚下安宅。」此殆詩人言旱麓之義也。人君不以高危峻絶自處，而以謙抑卑下爲心，人人得而親近之，無所縣隔，亦人人得而取給之，無所禁限。此其爲豈弟孰加焉？和氣致祥，干禄百福，固其宜矣。此則賦中有興也。

瑟《説文》、陸本俱作「璱」。《周禮注疏》作「卹」。《廣蒼》作「琗」，豐氏本作「僁」。**彼玉瓚，黄流在中。**東韻。**豈弟君子，福禄攸降。**叶東韻，胡公翻。○賦之興也。瑟，《説文》作「璱」。云：「玉英華相帶如瑟絃也。」然第五章「瑟彼柞棫」之瑟，當作何解？或謂瑟絃密，因訓瑟爲密，似矣。而以玉瓚之瑟爲縝密，以柞棫之瑟爲茂密，分别兩義，亦覺有不可通者。鄭衆、賈公彦於《周禮》注疏引此，皆作「卹彼玉瓚」，董氏謂古文以瑟爲卹，此較可信。卹字本義訓憂，愚意當是愛惜之義，《左傳》「君命寡君同卹社稷」是也。又

《曲禮》以策彗卹勿，注訓卹勿爲搔摩之狀，意亦同此。卹彼玉瓚，猶云可愛惜哉彼玉瓚也。玉瓚，毛云：「圭瓚也。」鄭云：「圭瓚之狀，以圭爲柄，黄金爲勺，青金爲外，朱中央矣。」孔云：「瓚者器名，以圭爲柄，圭以玉爲之。指其體，謂之玉瓚；據成器，謂之圭瓚。」詳見《棫樸》篇。「黄流」有二義，毛謂「黄金所以餙流鬯」，以瓚者，盛鬯酒之器，用黄爲勺，而有鼻口。鬯酒從中流出，器是黄金，照酒亦黄，故謂之黄流也。鄭但以黄流爲秬鬯，以秬鬯者，釀秬爲酒，以鬱金之草和之，使之芬香條鬯，故謂之秬鬯。草名鬱金，則黄如金色，酒在器流動，故謂之黄流。鄭所以易傳者，以言黄流在中，當謂在瓚之中，不謂流出之時，而瓚既以朱爲中央，則其中亦朱而不黄矣，明酒不得黄，故知非言黄金也。據此，當從鄭義。《郊特牲》云：「灌以圭璋，用玉氣也。」毛云：「九命然後錫以秬鬯、圭瓚。」《白虎通》云：「圭瓚、秬鬯，宗廟之盛禮，故孝道備而賜之秬鬯，所以極著孝道。孝道純備，故内和外榮，玉以象德，金以配情，芬香條暢，以通神靈。玉餙其本，君子之性；金餙其中，君子之道。金者，精和之至也。玉者，德美之至也。鬯者，芬香之至也。合天下之極美，以通其志也。其惟玉瓚秬鬯乎？」鄭云：「殷王帝乙之時，王季爲西伯，以功德受此賜。」按《孔叢子》云：「羊容問子思曰：『古之帝王中分天下而二公治之，謂之二伯。周自后稷封爲王者之後，至大王、王季、文王，此爲諸侯矣，奚得爲西伯乎？』子思曰：『吾聞諸子夏曰，殷王帝乙之時，王季以九命作伯于西，受圭瓚、秬鬯之賜，故文王因之得專征伐。』」沈約注《竹書紀年》亦云：「周公季歷，伐翳徒之戎，獲其三大夫，來獻捷。殷王文丁嘉季歷之功，賜之圭瓚、秬鬯，九命爲伯。」今考文丁之後爲帝乙，二書所載，雖世次不同，然其事相合，辨在《采薇》篇小引下。此詩咏玉瓚黄流，正指王季事也。豈弟君子，謂王季也。按《皇王大紀》云：「季歷守正而和，照臨無蔽，勤施無私，教誨不倦。順以事上，比以親民。」以此觀之，其稱愷悌宜矣。鄭云：「攸，所。降，下也。」言王季有樂易之德，故福禄所以降下而與之。周之進爵爲西伯，自王季受圭瓚之賜始，所謂福禄攸降者也。詩雖賦其事，而中亦有興意。朱子所謂「寶器不薦于褻味，而黄流不注于瓦缶，則知盛德必享于禄壽，而福澤不降于淫人」是也。故曰賦之興也。

鳶豐本作「蔦」。**飛戾天，**先韻，亦叶真韻，汀因翻。**魚躍于淵。**先韻，亦叶真韻，一均翻。豐本作「𣶒」。**豈**《左傳》、《潛夫論》俱作「愷」。**弟**《左傳》、《潛夫論》俱作「悌」。**君子，遐**《潛夫論》作「胡」。**不作人？**真韻，亦叶先韻，如延翻。○興之比也。鳶，解見《四月》篇。戾，通作麗，附着之意。淵，《説文》云：「回水也。」《管子》云：「水出不流曰淵。」豈弟君子，指文王也。《韓詩外傳》云：「度地圖居以立國，崇恩博利以懷衆，明好惡以正法度，率民力稼以重農，學校庠序以立教，事老養孤以化民，升賢賞功以勸善，禁奸止邪以除害，接賢連友以廣智，宗親族附以益强。《詩》曰：『豈弟君子。』文王之謂也。」愚按《棫樸》之詩，爲文王而作，其第四章曰「周王壽考，遐不作人」，與此文同，故知謂文王也。言文王有豈弟之德，何人不在所作之中乎？文王作人之妙，不過興起之，使各自率其性而已。能盡其性，則能盡人之性，能盡人之性，則能盡物之性。鳶且以之飛于上，魚且以之躍于下，而況于人。故子思子作《中庸》引此，而以爲言其上下察也。李氏云：「《抱朴子》曰：『鳶之在下無力，及至乎上，聳身直翅而已。』然後知鳶飛更不用力，亦如魚躍，怡然自得，而不知其所以然而然。王者之作人，鼓之舞之，使各盡其材，亦不知其所以然而然也。」錢云：「全重豈弟上，雷霆一發，港底震動，此之作未免動乎氣者也。君子獨以天性相感發，使之手舞足蹈而不知，《易》

曰：『易簡而天下之理得。』此之謂也。」馮時可云：「豈弟者，樂易之謂也。樂天則外無艷，居易則中無險。文王以此盛德，作興人才，而士皆象德從化，上者安於上而盡其大，不爲府權；下者安於下而務其小，不爲希高。如鳶飛魚躍，各適其性，此作人之極致也。」又蘇轍引或人之説云：「天之高也，以爲不可及矣，然鳶則至焉；淵之深也，以爲不可入矣，然魚則躍焉。夫鳶魚之能至此也，必有道矣，豈可以我之不能不信哉！君子推其誠心，以御萬物，雖幽明上下，無不能格，小人不能知而或疑之，何以異不信鳶魚之能飛躍哉？」按此意似從《中庸》所言夫婦可以與知與能，聖人有所不知不能生出，亦是一理，但比前説較淺耳。輔廣云：「《洪範》有曰：『皇建其有極，斂時五福，用敷錫厥庶民。』聖人之得名位者，豈以其身自斂其福禄哉？必使天下之人各羞其行，而邦其昌，然後爲福也。」又《左》成八年：「晉欒書侵蔡，遂侵楚，獲申驪。楚師之還也，晉侵沈，獲沈子揖，初從知、范、韓也。君子曰：『從善如流，宜哉！《詩》曰：「愷悌君子，遐不作人。」求善也夫！作人斯有功績矣。』」此但以作人爲登進善人而用之，似與詩意無涉。愚按此詩三章所言，只及三后，不及公劉以上者，以周之追王止于此故也。

清酒既載，叶質韻，子悉翻。亦叶職韻，節力翻。**騂牡既備**。叶質韻，筆栗翻。亦叶職韻。朱子云：「蒲北翻。」**以享以祀**，叶職韻，逸職翻。**以介景福**。叶職韻，筆力翻。〇賦也。此言武王祀三后之事。清酒、騂牡，解見《信南山》篇。既載，鄭云：「謂已在尊中也。」備，朱子云：「全具也。」按《雒誥》，成王在新邑，烝祭歲，文王騂牛一，武王騂牛一。據此，文、武之前既各用騂牛，則武王致祭三后，亦必皆各用騂牛，故云「騂牡既備」也。牲用赤色，周所尚也。享，《説文》云：「獻也。」以享獻行祭祀之禮，曰「以享以祀」。

介，鄭云：「助也。」景，《説文》云：「光也。」言神助之以彰明可見之福也。《祭統》云：「賢者之祭也，必受其福，非世所謂福也。福者，備也。備者，百順之名也。無所不順者之謂備，言内盡於己而外順於道也。」程子云：「此章言子孫承受其業，致其誠孝之報，載酒備牲，以享祀其先君。祖先饗報，而子孫受福也。」

瑟豐本作「僁」。**彼柞棫，民所燎**叶蕭韻，力昭翻。《説文》作「尞」。**豈弟**《左傳》作「愷悌」。**君子，神所勞**叶蕭韻，憐蕭翻。《詩》「維其勞矣」，鄭箋訓爲「勞勞廣濶」。正義云：「廣濶遼遼之字，當從遼遠之遼，而作勞字者，字義同。」**矣。**興而賦也。瑟，解見第二章。柞棫，解見《緜》篇。燎，《説文》云：「放火也。」朱子以爲爨也。豈弟君子，指武王也。後章同。神，指三后也。勞，慰撫也。杜預云：「勞者，敘其勤以答也。」鄭云：「猶言佑助也。」此下二章，皆受釐之辭，勉武王亦脩豈弟之德以致福也。蔣悌生云：「詩人前篇以玉瓚黄流興豈弟，宜也。柞棫微賤之物，乃託興而取義，何哉？柞棫之爲物，叢生蒙密，人得而取之，無有禁限，時時而薪之，無時或窮。借使松栢樟楠之高大，民欲薪之，固不可得。苟得伐而薪之，則今日之斧斤，而明日牛山之濯濯矣，又安能資民用哉？惟薪燎之不時，而柞棫之生繼續而不絶，猶民情之多欲，而豈弟之澤，溥博而不窮。得夫民所以得夫神也，觀民之所資，足用而無闕，則神之所念亦眷顧而不忘矣。」愚按取興柞棫，與首章咏榛楛同意。又《左》僖十二年，齊侯使管夷吾平戎于王，王以上卿之禮饗管仲，管仲受下卿之禮而還。君子曰：「管氏之世祀也，宜哉！讓不忘其上。《詩》曰：『愷悌君子，神所勞矣。』」斷章取義，非詩本旨。

莫莫葛藟，《後漢書》作「虆」，《晏子春秋》作「蘽」。**施**《韓詩外傳》、《吕氏春秋》俱作「延」。**于條枚。**

灰韻。豈《禮記》、《吕氏春秋》俱作「凱」，《國語》、《晏子》、《新序》俱作「愷」。弟《國語》、《晏子》、《新序》俱作「悌」。君子，求福不回。灰韻。○興也。莫莫，以葛葉之陰森言，《葛覃》篇「維葉莫莫」是也。藟，徐鍇云：「葛蔓也。」解見《樛木》篇。施者，纏繞之義，解見《葛覃》篇。毛傳云：「枝曰條，幹曰枚。」言此莫莫然葉盛之葛，其蔓或施于枝，或施于幹也。鄭云：「葛藟延蔓於木之枝本而茂盛，喻子孫依緣先人之功而起。」回，《説文》云：「轉也。」其字象回轉形，勉武王當修先人豈弟之德，以求福禄之來，不可生回轉之念也。《易》所謂「受茲介福，以中正」也。求福，與干禄例看。李氏云：「君子承其先祖之道，以求福禄。其求福也，無所回邪，惟承其先祖之道而已。」黄震云：「古説回者，邪也。愚謂回非邪也。回乃入於邪之所自始也，人心初何嘗不正不直，一旦禍福在前，計較之念一萌，即爲回轉。若自謂枉尺直尋，以苟濟目前者，不知一有回轉即入於邪，不可復還，自昔喪名敗節之士，如此類多矣。學者讀『求福不回』之詩，可以銘心而誓之終身也。」一説，葛藟以喻福，條枚以喻德，條枚無意于葛藟，而葛藟自施之。猶君子無意于獲福，而福自集之。亦通。《禮・表記》篇，子曰：「下之事上也，雖有庇民之大德，不敢有君民之心，仁之厚也。是故君子恭儉以求役仁，信讓以求役禮，不自尚其事，不自尊其身，儉於位而寡於欲，讓於賢，卑己而尊人，小心而畏義，求以事君，得之自是，不得自是，以聽天命。《詩》云：『莫莫葛藟，延于條枚。凱弟君子，求福不回。』其舜、禹、文王、周公之謂與！」按孔子雖借此詩以贊舜、禹、文王、周公之能盡臣節，而其言「得之自是，不得自是，以聽天命」，於以發明「求福不回」之旨，可謂至親切矣。又《晏子春秋》云：「崔杼既弑莊公而立景公，刼諸將軍大夫，令無得不盟者，次及晏子，晏子曰：『刼吾以刃而失其志，非勇也。回吾以利而倍其君，非義也。崔子，子獨不爲天討乎？《詩》云：「莫莫葛虆，施于條枚。愷悌君子，求福不回。」今晏且可以回而求福乎？曲刃鈎之，直兵推之，嬰不革矣。』崔子遂舍之。」噫！必若晏子，而後可謂之不回矣。抑愚因《左傳》、《禮記》引《詩》之言而别有説也。「騂牡」一章，雖言武王祭祀之事，而「柞棫」二章，或者仍是申贊三后之語。蓋周家世載明德，濟以忠貞，故咏柞棫之爲民所燎者，興積功累仁之深厚也。然惟守其樂易，以與上下相安，故神益眷之，即《左傳》美管仲之讓不忘其上，爲神所勞者也。若夫葛藟之施于條枚，亦猶臣子之託命于上，故于篇末，特表三后之求福不回，以見周家始終無圖度天命之意，則於《表記》孔子之言，更有合焉。敢並存此説，以質高明。又《周語》單襄公譏郤至之不讓，而引諺曰：「獸惡其網，民惡其上。」及此詩曰：「愷悌君子，求福不回。」其意亦頗與孔子之言「不自尚其事，不自尊其身」者同。

《旱麓》六章，章四句。《子貢傳》以此爲訓成王之詩，非也。果訓成王，何爲獨遺武王乎？

《皇矣》，美周也。天監代殷莫若周，周世世脩德莫若文王。出《序》。○此詩疑亦周公所作。太史公云：「夫天下稱頌周公，言其能論歌文、武之德，達太王、王季之思慮。」孔穎達云：「天監視善惡于下，就諸國之内，求可以代殷爲天子者，莫若周。周所以善者，以天下諸國，世世修德，莫有若文王者也，故作此詩以美之。湯以孤聖特興，禹則父無令問，文王之德不劣禹、湯，而以承藉父祖，始當天意者，欲見尊祖之心，美其世世修德，不必實繇之也。」萬時華云：「前『緜緜』章意在敘王業艱難之繇，故詳在大王遷岐，而以文王爲餘波。此章意在敘王業盛大之繇，故詳在文王伐密、伐崇二事，而以大王、王季爲緣起。凡讀書，須看古人下筆意思所在，如此着眼，便敘文王處亦是敘周業之興，原不爲文王，但詩人語氣，却倒注在文王上。」

皇矣上帝，臨下有《潛夫論》作「以」。**赫。**陌韻，亦叶藥韻，閡各翻。**監**《漢書》作「鑒」。**觀四方，求民之莫。**藥韻，亦叶陌韻，莫白翻。《漢書》作「瘼」。**維**《左傳》、《潛夫論》俱作「惟」。下同。**此**《左傳》作「彼」。**二國，其政**鄭箋作「正」。**不獲。**陌韻，亦叶藥韻，黄郭翻。**維彼**《左傳》、《潛夫論》俱作「此」。**四國，爰究爰度。**叶藥韻，達各翻。亦叶陌韻，直格翻。按《虞書》「宅西曰昧谷」。《周禮》注作「度西曰柳穀」。《漢書》注云：「古文宅、度同。」**上帝耆**《潛夫論》作「指」。**之，憎**豐氏本作「增」。**其式廓。**藥韻，亦叶陌韻。讀如虢，古獲翻。陸德明本作「郭」。**乃眷**《潛夫論》、陸本俱作「睠」。陸又云：「一作券。」**西顧，此維**《漢書》、《論衡》、《潛夫論》俱作「惟」。**與**《漢書》、《論衡》、《潛夫論》俱作「予」。**宅。**陌韻，亦叶藥韻，他各翻。《論衡》作「度」。○賦也。皇，毛傳、《説文》皆云：「大也。」帝者，天之主宰也。從高視下曰臨，與監同意。赫，《説文》云：「火赤貌。」程子以爲兼威明二義，是也。觀，《説文》云：「諦視也。」莫，當依《漢書》通作瘼。《説文》云：「病也。」大哉上帝，其照臨于下，赫然可畏而甚明白，此以帝之體言也。日監察諦審于四方，惟欲求民之所病苦者安在，又以見帝心之至仁也。二國，毛、朱二傳皆以爲夏、商也。其政，謂所行之政事。不獲，孔以爲不得于民心，朱以爲失其道，皆通。孔云：「此詩之意主於紂耳，以紂惡同桀，故配而言之。」愚按朱傳以此章爲咏大王，今考大王之世，商道猶未衰，何至與夏之末季並稱？其指文王之時明矣。四國無所指，如詩言「四國順之」、「正是四國」之類，毛、朱以爲四方之國是也。究，《説文》云：「窮也。」

謂窮其究竟。度，《廣韻》云：「度量也。」按度以度長短，量以量多少，故皆借以爲揆測之義。言商末失政，與夏季同，四方諸侯，於是預憂其終，又於是度其所當向往者何在，蓋有舍商他適之意矣。《左》文四年，楚人滅江，秦伯爲之降服，出次，不舉，大夫諫。公曰：「同盟滅，雖不能救，敢不矜乎！吾自懼也。」君子曰：「《詩》云：『惟彼二國，其政不獲。惟此四國，爰究爰度。』其秦穆之謂矣。」按觀此，可以得詩人立言之意。耆，當依《潛夫論》作指。按耆字訓老，而有指之義，其字从老从指省，故《曲禮》云：「六十曰耆，指使。」《釋名》云：「耆，指也。不從力役，指事使人也。」憎，《説文》云：「惡也。」式，毛、鄭皆云：「用也。」按式字从工，工制器以利用，故有用之義。廓，毛、鄭皆云：「大也。」《説文》有郭字，無廓字，城外爲郭，亦濶大之稱，故《釋名》云：「郭，廓也，廓落在城外也。」承上文言四方諸侯，方躊躇於去留之間，未能自決，上帝乃指示之。以紂不恤民瘼，侈于用大，以自快意，爲帝心所憎惡也。眷、顧同義，謂回首而視也。岐周在西方，故曰西。嚴粲云：「《大東》刺亂而思周道，《小明》悔仕而思共人，皆以回顧言之。此言天迴其首以西視，背商而向周也。」孔云：「天氣清虚，本無首目，而云西顧者，作者假爲與奪之勢，託而言之耳。」鄧元錫云：「天靡不欲安定其邦家，而用大，所憎也；小心翼翼，所眷也。」鄭樵云：「天憎其用大而爲虐者，乃眷然西顧。」范景文云：「周德默與天往來，故天眷之。」又王符云：「太古之時，烝黎初載，未有上下，而自順序，天未事焉，君未設焉。後稍矯虔，或相凌虐，侵漁不止，爲萌巨害。於是天命聖人，使司牧之，使不失性。四海蒙利，莫不被德，僉共奉戴，謂之天子。故天之立君，非私此人也以役民，蓋以誅暴除害，利黎元也。是以神謀鬼謀，能者處之。《詩》云：『皇矣上帝，臨下以赫。監觀四方，求民之莫。惟此二國，其政不獲。惟彼四國，爰究爰度。

上帝指之，憎其式廓。乃睠西顧，此惟與宅。』蓋此言也，言夏、殷二國之政不得，乃用奢夸廓人，上帝憎之，更求民之瘼，聖人與天下四國究度而使居之也。前招良人，疾奢夸廓，無紀極也，乃惟度法象，明著禮秩，爲優憲藝，縣之無窮。」按此雖主用人立法發論，而其意亦相近。此維與宅，乃追遡昔日而言，以起下節之意。宅，《爾雅》云：「居也。」《釋名》云：「擇也，揀擇吉處而營之也。」言此岐周之地，乃天昔日與大王，使之遷居于此，以肇基王迹。天之眷周非一日矣。又《漢書》谷永云：「天生烝民，不能相治，爲立王者以統理之。方制海内，非爲天子，列土封疆，非爲諸侯，皆以爲民也。垂三統，列三正，去無道，開有德，不私一姓，明天下乃天下之天下，非一人之天下也。王者躬行道德，承順天地，博愛仁恕，恩及行葦，籍税取民不過常法，宮室車服不踰制度，事節財足，黎庶和睦，則卦氣理效，五徵時序，符瑞並降，以昭保右。失道妄行，逆天暴物，窮奢極欲，沈湎荒淫，婦言是從，誅逐仁賢，離逖骨肉，群小用事，峻刑重賦，百姓愁怨，則卦氣悖亂，咎徵著郵，上天震怒，災異屢降。終不改寤，惡洽變備，不復譴告，更命有德。《詩》云：『乃眷西顧，此惟予宅。』夫去惡奪弱，遷命賢聖，天地之常經，百王之所同也。」

作之屏之，其菑《爾雅》注作「椔」，陸本作「甾」。**其翳。**霽韻，亦叶屑韻，一結翻。《韓詩》作「殪」。**脩**豐本作「修」。**之平之，其灌其栵。**屑韻，亦叶霽韻，力制翻。**啓之辟**音闢。**之，其檉其椐。**叶遇韻，讀如句，俱遇翻。**攘之剔**陸云：「或作鬄，又作⿰扌剔。」**之，其檿其柘。**叶遇韻，都故翻。**帝遷明德，串**陸本作「患」，豐本作「串」。**夷載路。**遇韻。**天立厥配，**《爾雅》注作「妃」。**受命既固。**遇韻。○賦也。作，朱云：「拔起也。」屏，本屏蔽之義，《釋文》以爲除也，謂除之使不見，《王制》「屏之遠方」是也。菑，《爾雅·釋木》云：「立死菑，斃者翳。」孔云：「以立死之木，妨他木生長，爲木之害，故曰菑也。自斃者，生木自倒，枝葉覆地爲蔭翳，故曰翳也。」按《荀子》云：「周公之狀，身如斷菑。」即此菑義。陸佃云：「木卧死爲翳。」一說，小木蒙密蔽翳者也，亦通。「修之平之」者，脩則攻治之謂，平則芟夷之謂，皆使其不至于礙行也。《爾雅》云：「木族生爲灌。」或作權。程子云：「行生曰栵。」按栵本木名，《爾雅·釋木》有栵、栭。郭璞謂「栭樹似槲樕而痺小，子如細栗，今江東呼爲栭栗」。陸璣謂「葉如榆，木理堅韌而赤，可爲車轅」。又《禮記·内則》有芝栭，説者謂在地曰芝，在木曰栭，蓋木耳也，非木之類。今按灌、栵並言，灌非木名，則栵亦非木名可知。字右施列，或取行列之義，程解可信。愚又疑當通作迾。《説文》云：「遮也。」啓，通作启。辟，通作闢。《説文》皆訓爲開也。林木薈蔚，人跡不通，至此始開闢之，《左傳》所謂「蓽路藍縷，以啓山林」是也。檉，《爾雅》、《説文》皆云：「河柳。」郭璞云：「今河傍赤莖小楊。」陸璣云：「生水旁，皮正赤如絳，一名雨師，枝葉似松。」羅願云：「天之將雨，檉先起氣以應之，故一名雨師，而字从聖。《字説》曰：『知雨而應，與于天道，檉非獨能知雨，亦能負霜雪，大寒不彫，有異餘柳。』《南都賦》注云：『檉似柏而香。』」《草木志》云：「《本艸》謂之赤檉木，以其材赤故也。大概松杉之類，而意態似柳，故謂之檉柳。其材可卷爲盤，又可爲梧器。」《衍義》云：「即今之三春柳，以一年三秀也。三月開淺紅花，成細穗，河西諸戎人，取滑枝爲靶。」段成式云：「赤白檉出凉州，大者爲炭，復入灰汁，可以煑銅。」椐，《爾雅》、《説文》皆云：「樻也。」陸璣云：「節中腫似扶老，即今靈壽是也。今人以爲馬鞭及杖，弘農共北山甚有之。」顔師古云：「似竹，有枝節，長不過八九尺，圍三四寸，自然有合杖制，不須削治也。」攘，《説文》云：「推也。」剔本解骨之義，以解析木之枝節如之，亦謂之剔。

程子謂穿剔去其繁冗，是也。檿，《爾雅》、《説文》皆云：「山桑也。」《管子》云：「五粟之土，其檿其桑。」羅云：「顔師古以爲山桑之有點文者，其葉可以食蠶，而材尤有用。古者青州以絲爲貢，以檿絲爲筐，蓋食檿之蠶，其絲中琴瑟弦，盛之箱筐，貴之也。其材可以爲車轅，又可以爲弓。弓人取幹之道七：柘爲上，檍次之，檿桑次之，橘次之，木瓜次之，荆次之，竹爲下。」蘇軾云：「山桑之絲，惟東萊有之，以之爲繒。其堅韌異常，萊人謂之山繭。」柘亦桑類，《埤雅》云：「柘宜山谷。」林兆珂云：「柘樹高大如桑，然枝條婀娜，葉大僅如掌耳。」《周禮》：「季夏取桑柘之火。」《禮記・投壺》篇：「矢以柘若棘，無去其皮。」又《古史考》云：「烏號弓以柘枝爲也。」《蠶書》云：「柘桑飼蠶，其絲作琴瑟弦，清鳴響亮，勝於凡絲遠矣。」《本艸》云：「柘，木裏有紋，亦可旋爲器。」嚴云：「此章述大王遷岐也。岐地險阻，尤多林木，民歸之者衆，乃競刊除，以立室家，以治田畝。」陸佃云：「其始『作之屏之』者，菑翳而已。既又就者衆，民無所居焉，則其『脩之平之』也。及于灌栵，其『啓之辟之』也。及于檉椐，至其尤衆也，無以處之，則『攘之剔之』。至於檿柘，檿柘材之美者，不得已而去之。」羅願亦云：「始而屏除之也，於已死之菑翳，而及于龐襍之灌栵，又及於檉椐之小材，又不得已而及于檿柘之良木，以明草木逾茂，則始之所愛者不能並育，以漸去焉。故其卒至於『柞棫斯拔，松柏斯兑』也。」一説，嚴云：「作、屏、脩、平、啓、辟，則皆除去其木，攘、剔則成長其木也。桑柘之性，以芟剔而後茂，非除之也。」亦通。遷，《爾雅》云：「徙也。」明德，朱子云：「謂明德之君，即大王也。」愚按此明德，但以光輝發越言，不就心體上説。德即仁民之德。串，當依陸元朗本作患。諸家經本傳寫訛耳。按《説文》有患字，無串字。患，憂也，从心上貫吅，吅亦聲。吅音讙，患之从串，與忠之从中同意。中从丨貫口，蓋取口如其心之義。串从丨貫吅，以二中定意，以从吅得聲。二中，猶言二心也。心憂疑而不一，是之謂患。吅字本兩口並列，今變作兩口相連，以諧吅，故有患音，乃知串非字也。董仲舒亦云：「持二中者謂之患，患人之忠不一者也。不一者，故患之所繇生也。」據此，患之字形字義，皆恍然可識。世俗傳訛，皆以串爲貫串之義，謬矣。夷，昆夷也。載路，與《生民》篇「厥聲載路」解同。朱子訓載爲滿，蓋取滿載之義。立者，建置之謂。配，通作妃，即下章所謂對。《爾雅》以對訓妃，是也。厥配，指文王也。文王有王者之德，可與天配，故云然。固，《説文》云：「四塞也。」堅固而不可拔之意。言帝雖遷明德之大王，使居岐周之地，而猶患昆夷滿布道路，時爲周患。及再傳至文王，天乃建之爲己之配，而於是乎我周所受于天之眷命，從茲既已堅固也。按天，即帝也，自形體言之爲天，自主宰言之爲帝。《書·益稷》篇，先言「昭受上帝」，而後言「天其申命用休」。《康誥》篇先言「帝休」，而後言「天乃大命文王」。與此詩先言「帝」，後言「天」，皆錯綜成文，非有異義。

帝省其山，柞棫斯拔，叶隊韻，蒲妹翻。**松柏斯兑。**叶隊韻，徒對翻。**帝作邦作對，**隊韻。**自大**音泰。**伯王季。**叶隊韻。陳第《古音考》云：「魚對翻。」**維此王季，**見上。**因心則友。則友其兄，**叶陽韻，虚王翻。**則篤其慶，**叶陽韻，虚羊翻。**載錫之光。**陽韻。**受禄無喪，**陽韻。**奄有四方。**陽韻。○賦也。「帝省」以下四句，承上文屬文王言。省，《説文》云：「視也。」其山，謂岐山也。拔、兑，解見《緜》篇。柞棫可以資薪燎，則拔而起之。松柏雖稍有删剪，然但求其可以通道而已，故以斯兑言。岐山之地，本皆深林險阻，無人之境，先此大王雖曾用作屏、脩平、啓辟、攘剔之力，必至文王之世，而生齒益盛，往來大通，故上帝省視其山，而見其景象有如此也。作，鄭云：「爲也。爲邦，謂興周國也。」愚按周至此而始成其爲邦，故曰作邦，即所謂周雖舊邦，其命維新者。作對，即上章所云「天立厥配」也。對，本訓應答，以有問方有答，故有相偶之義。自，從也，追遡之辭。大伯，大王之長子。王季，大王之少子。繇大伯讓于王季，而文王起，故曰自大伯、王季。《史記》云：「古公有長子曰大伯，次曰虞仲。大姜生少子季歷，季歷娶大任，皆賢婦人，生昌，有聖瑞。古公曰：『我世當有興者，其在昌乎？』大伯、虞仲知古公欲立季以傳昌，乃二人亡如荆蠻，文身斷髮，以讓季歷。古公卒，季歷立，是爲公季。」孔子曰：「泰伯其可謂至德也已矣，三以天下讓，民無得而稱焉。」朱子云：「大王欲立賢子聖孫，爲其道足以濟天下，而非有愛憎之間、利欲之私也。是以大伯知之而不爲狥，王季受之而不爲貪，蓋處君臣父子之變，而不失乎中庸，此所以爲至德也。」劉汝禎云：「仲雍不去，則季歷不王。此詩獨言大伯而不及仲雍何歟？大伯讓固有之天下，仲雍讓本無之天下，而難易分焉，輕重判焉。故但以嫡長言之，孔子至德之稱，其有味乎此詩耶？」鄒忠胤云：「按古樂録，稱大王寢疾，欲傳季歷，於是大伯與虞仲去，被髮文身，托爲王採藥。後聞大王卒，還奔喪，哭于門，示夷狄之人，不得入王庭。季歷垂涕而留之，終不肯止，適于吴。是後季歷作哀慕之歌曰：『先王既殂，長竄異都。哀喪腹心，未寫中懷。追念伯仲，我季如何？梧桐萋萋，生于道周。宫館徘徊，臺閣既除。何爲遠去，使此空虚？支骨離别，垂思南隅。瞻望荆越，涕淚交流。伯兮仲兮，逝肯來遊。自非二人，誰訴此憂？』按此歌蓋後人擬托，然亦善爲王季傳心矣。所云奔喪既畢，不肯止，適于吴，當是實録。蓋至德如大伯，必無父没不奔喪之理，伯既堅意于讓，必不復踵採藥衡山之故轍，令人得以物色，故知適吴在奔喪後也。」《史記》乃云：「大伯犇荆蠻，自號勾吴，荆蠻義之，從而歸之千餘家，立爲吴大伯。」若荆即爲吴者，遂滋後人臆附。《後漢》

趙燁云：「殷末世衰，中國侯王數用兵，大伯恐及于荆蠻，起城周三百里，在西北隅，名曰故吴。卒，葬于梅里平墟。」則又若吴即爲荆者。夫荆之爲吴遼矣，固若是乎無辨乎？焦氏《筆乘》又云：「何謂荆蠻？古者中國亦有夷狄，蠻之處于荆者，或嘗徙于吴，大伯至其所徙之地焉爾。」此皆知其一未知其二也。孔子稱大伯三讓，必有所指。夫適荆適吴，亦云再而已矣。按《韓詩外傳》云：「大王賢昌而欲季爲後也，大伯去之吴。大王將死，謂曰：『我死，汝往讓兩兄，彼即不來，汝有義而安。』大王薨，季之吴告伯、仲，伯、仲從季而歸。群臣欲伯之立季，季又讓。伯謂仲曰：『今群臣欲我立季，季又讓，何以處之？』仲曰：『要于扶微者，可以立季。』季遂立而養文王，文王果受命而王。孔子曰：『大伯獨見，王季獨知。伯見父志，季知父心。故大王、大伯、王季，可謂見始知終而能承志矣。』」豐坊又云：「《史記·周本紀》謂古公長子大伯，次曰虞仲。大姜生少子季歷，則大伯乃庶長，而季歷爲嫡出也。大伯庶出，則國非其有，季歷固當立，何以夫子謂之讓？殊不知夏、商尚質之世，其傳惟在立長，而未有嫡庶之辨。至周始定立嫡之法，蓋自大伯不以長自居，而以嫡推季歷，遂爲萬世之準則，夫子據商禮而稱之也。觀湯崩，大丁先卒而立仲壬，仲壬崩而立外丙，微子薨而立微仲，可見商禮如此。若周制，則湯崩之後，即立大甲。微子之薨，即立腯矣。」陸燧云：「大伯、王季，兩人皆可繼世，一逃一嗣，有莫之爲而爲者。詩人借此一段，形容天命耳。」因心，朱子云：「非勉强也。」《周禮》注云：「善於兄弟曰友。」李氏云：「孝悌之道豈可以僞爲哉？因其心而然耳。」其兄，朱子云：「謂大伯也。」因心則友，以平日言。則友其兄，以受讓言。陸化熙云：「兄讓亦讓，此特友之形迹而已。須知王季信得大伯心事過，此是兄弟間所難。」萬云：「聖賢作事，可讓則讓，可受則受，無意無必，無爾無我，無假託，無避忌，其於天親之愛，鞠子之哀，分毫無損。推而論之，堯、舜、禹之授受，不過如是。箇中父子兄弟，相知相成深處，當時人不能知，後世人不能到。使王季稍以形迹自疑，遜而不居，反不是因心，反是不友。」胡安國云：「昔泰伯奔吴而不反，季歷嗣位而不辭。武王繼統，受命作周，亦不以配天之業讓伯邑考，官天下也。」篤，通作竺。《説文》云：「厚也。」慶，福也。此下四句，不但言文王，直主武王得天下言。詩雖爲文王咏，而寔作于武王之世，觀篇中無頌武王之事可見矣。載之言則也。錫，通作賜。《説文》云：「予也。」光字从火在人上。《説文》云：「明也。」季本云：「王季友愛切至，因於本心，能體其兄大伯之意，遂受而不辭，故周家之慶益篤。雖其功業非大伯所爲，而亦錫之以光，如《書》所謂『於湯有光』也。舊説以爲與其兄以讓德之光，則與孔子『民無得而稱者』有戾矣。蓋大伯之讓，止是家庭常事，有何異焉。而王季受之，亦不以爲將得天下也。但原周所以得天下之繇，則自王季受大伯之讓始，故推及大伯言之。自史遷以來，言此事者，多失本意。」受禄，謂王季受大伯之讓，而爲諸侯也。喪，《説文》云：「亡也。」言能守先業，不亡失也。大伯既讓國而逃，使王季不受，則周家之禄喪矣。奄，《説文》云：「覆也。大有餘也。从大从申。申，展也。」孔云：「繇王季受此福禄，無所喪亡，故至其子孫而大有天下之四方也。」朱善云：「王業之成，雖在於武王得天下之時，而天命之定已見於大伯讓王季之日。大伯讓焉而無迹，王季受之而無愧，此王業之所繇基也。文王創造於前，武王繼續於後，此王業之所繇成也。大伯當立而不立，文王可爲而不爲，故皆謂之至德。非王季之友，無以成大伯之志；非武王之孝，無以成文王之功。武王之孝易知也，王季之友難知也，此詩人所以再三嘆咏於王季也。」又真德秀云：「王季之友大伯也，蓋其因心之本然，非以其遜己而後友之也。昆弟至情出于天性，豈有所爲而爲之乎？使大伯未嘗有遜國之事，王季之所以友之者，亦若是而已。夫王季之友，不過盡其事兄之道耳，豈有心于求福哉！閨門之内敬順休洽，固産祥之基也，故厚其慶而錫之光，受天之禄而有天下，天之報施其亦明矣。後世如漢顯宗，以東海王疆遜己而友之；唐明皇以宋王成器遜己而友之。其友雖同，而所以友之則異，蓋王季之心無所爲而然者也，顯宗、明皇之心有所爲而然者也。此天理人欲之分，而漢、唐之治所以不若周之盛歟。」

維《左傳》作「唯」。**此王季**，《左傳》、《韓詩》、王肅本俱作「文王」。孔云：「此云『維此王季』，彼言『維此文王』者，經涉亂離，師有異讀，後人因即存之，不敢追改。」**帝度**音鐸。**其心**。侵韻。**貊**《左傳》、《史記》、豐本俱作「莫」，陸本作「貉」。**其德音**，侵韻。**其德克明**。叶先韻，彌延翻。**克明克類，克長**上聲。**克君**。叶先韻，姑員翻。**王此大邦**，《左傳》作「國」。**克順克比**。紙韻。《樂記》、《史記》俱作「俾」。下同。**比于文王，其德靡悔**。叶紙韻，虎洧翻。**既受帝祉**，紙韻。**施于孫子**。紙韻。〇賦也。孫鑛云：「此度、貊，仍承上受國來。」度，通作剫。《説文》云：「判也。」剖析之義。帝度其心，與「帝省其山」同一文法，承上章言王季雖受大伯之讓，而實無利于得國之心，是心也，惟上帝能剖析之耳。或謂心即「因心則友」之心，亦通。貊，據《左傳》、《禮記》皆作莫，當通作嗼。《説文》云：「啾嗼也。」乃無聲之義。今文作寂寞。嚴云：「天監知王季之心，能以静養其令名，非有心于干譽者。」愚按王季重在宗社，見國之不得不受，則默然而受之，不計較于形迹，以博交讓之美名，正是「貊其德音」處。其德，指因心則友之德。克，能也。明，亦光輝發越之謂。曰「其德克明」，則不惟帝能度之，即人亦能亮之矣。類，似也。《説文》云：「種類相似，唯犬爲甚，故其字从犬。」克明克類，言其德之明著與大王相似也。類，指明言，不指德言。詩意咏大王、王季之德，各有所指，非混而一之也。此結上王季受讓之案。克長克君，又自其得國後而重嘆美之。克長，言能爲諸侯之長。克君，言能爲一國之君。《孔叢子》言「周自王季始命爲西伯」，是克長也。《旱麓》篇，以豈弟咏王季，是克君也。大邦，指周也。王此大邦，是據理之辭，言王季之「克長克君」如此，雖進而興王業于此大邦之地，無所難者。舊説謂自追王後言之，故以王稱王季，非也。鄒云：「《緯書》紀季歷十年，飛龍盈於殷之牧野，蓋聖人在下位將起之符也。乃詩不屑道，第言其『克長克君』，足王大邦而已。上凝既固之命，下衍篤慶之傳，豈偶哉？」順者，順以事上，所謂地道也，臣道也。比，猶並也。比肩事主之比，言相聯比也。其德，謂「克順克比」之德。靡悔，指文王言。悔，通作𠧪，字从卜。《易》以變卦爲𠧪，故𠧪有變義。今文皆作悔，言王季之德，足以化侯爲王，然終恪守臣節，既能盡其柔順之道，又能聯比四方之諸侯，以効力于上。及其繼世，傳至文王，此四方之諸侯仍與文王相比，以服事殷，而文王亦于王季克順克比之德，踵而行之，不少變焉。蓋我周之世篤忠貞如此。祉，《説文》云：「福也。」徐鍇云：「祉之言止也，福所止不移也。」施，旗逶迤之貌，故以爲延引附着之義。孫，指武王，以主王季言之。孫之後又有子，則武王之後人也。文王之德，自王季開之，故帝祉之來，亦自王季受之，積厚流光，時至事起，延及武王，遂有天下。卜世三十，卜年八百，皆王季之祉所貽也，猗歟盛哉！又《左》昭二十八年，魏子謂成鱄：「吾與戊也縣，人其以我爲黨乎？」對曰：「何也！夫舉無他，唯善所在，親疏一也。《詩》曰：『唯此文王，帝度其心。莫其德音，其德克明。克明克類，克長克君。王此大國，克順克比。比于文王，其德靡悔。既受帝祉，施于孫子。』心能制義曰度，德正應和曰莫，照臨四方曰明，勤施無私曰類，教誨不倦曰長，賞慶刑威曰君，慈和偏服曰順，擇善而從之曰比，經緯天地曰文。九德不愆，作事無悔，故襲天禄，子孫賴之。主之舉也，近文德矣，所及其遠哉！」《樂記》子夏對魏文侯曰：「君之所問者樂也，所好者音也。夫樂者與音相近而不同。」文侯曰：「敢問何如？」子夏對曰：「夫古者天地順而四時當，民有德而五穀昌，疾疢不作而無妖祥，此之謂大當。然後聖人作爲父子君臣以爲紀綱，紀綱既正，天下大定，然後正六律，和五聲，弦歌詩頌，此之謂德音，德音之謂樂。《詩》云：『莫其德音，其德克明。克明克類，克長克君。王此大邦，克順克俾。俾于文王，其德靡悔。既受帝祉，施于孫子。』此之謂也。」按成鏄以文王方魏斯，既大不倫，且誤以詩言王季爲文王，又妄以文王之文爲九德之一，其餘亦皆牽强鋪排，不成文理。從來《左傳》中解詩，未有拙滯若斯者，是固不足信。若《樂記》以詩中有「德音」二字便取以證樂，淺率殊甚，俱無取焉。

帝謂文王，無然畔援，叶霰韻，于眷翻。《漢書》注作「换」。**無然歆羡，**霰韻。**誕先登于岸。**叶霰韻，魚戰翻。**密人不恭，**冬韻。亦叶東韻，讀如弓，居雄翻。**敢距大邦，**叶東韻，悲工翻。**侵阮徂共。**叶冬韻，居容翻。亦叶東韻，户工翻。**王赫斯怒，**叶麌韻，暖五翻。**爰整其旅，**叶麌韻，讀如縷，隴主翻。**以按**《孟子》作「遏」。**徂旅。**見上。《孟子》作「莒」。**以篤于**《孟子》、朱傳、豐本俱無「于」字。**周祜，**麌韻。**以對于**豐本作「乎」。**天下。**叶麌韻，後五翻。○賦也。五章、六章述文王伐密之事。朱子云：「帝謂文王，設爲天命文王之詞，如下所言也。」又云：「天豈諄諄然命之，只是文王要恁地，便是理合恁地，便是天命之也。」無，通作毋，禁止辭。然，通作㷀。《説文》云：「語聲也。」猶云如此也。無然，言毋容諸侯之或如此也。畔，通作叛。徐鍇云：「離叛也。」援，《説文》云：「引也。」此言與國也，鄰邦與國，可以牽引相助，謂之援。歆，《説文》云：「神食氣也。」鬼神不能食物，但食其氣而已。人之感物而動，亦如之，故程子以爲欲之動也。羨，本貪欲之義，但既言歆，又言羨，于義似複，以上文畔援例之，當通作衍。衍者，水有餘而溢也。《周禮·小司徒》「凡起徒役，毋過家一人，以其餘爲羨」，《孟子》「以羨補不足」，皆同此解。畔援，謂自離叛其與國。歆羨，謂規得他人之土地以自有餘，若下文密人之侵阮，即其事也。誕放曰誕，此則謂大言之也。先，猶亟也。登，《爾雅》云：「陞也。」岸，崖之高者。歐陽脩云：「天謂文王，無信縱諸侯之跋扈貪羨者，宜先居可勝以臨之，無信而縱之也。岸，高也。當先據高以制下，謂諸侯有爲暴亂者，先脩威德以待之也。」按先儒皆謂「無然畔援」三句，爲贊美文王之德。今玩「無然」兩字，明是戒詞，豈文王先有畔援歆羨之事乎？又以先登于岸，爲先登道岸，更不知其所本，當亦如佛家之云彼岸耶？斷不可從。密，王肅云：「密須氏，姞姓之國也。」《地理志》云：「安定郡陰密縣，《詩》密人國。」《括地志》云：「陰密故城，在鶉觚縣西，其東接縣城。」按鶉觚故城，在今平凉府涇州靈臺縣西五十里，與邠州西界相接，蓋亦戎翟間之國，隋取文王伐密而民始附之意，以靈臺名縣。距，逆貌，以鷄距之狀取之。大邦，與上章大邦同。敢逆大邦，謂不遵方伯之約束，此密人不恭之實，即下文侵阮是也。侵，《説文》云：「漸進也。」《左傳》云：「凡師有鍾鼓曰伐，無曰侵。」胡安國云：「潛師掠境曰侵。」又《穀梁傳》云：「苞人民、毆牛馬曰侵。」季云：「阮在密之南界，亦近邠之國。」徂，《説文》云：「往也。」張氏云：「共，阮國之地名。」阮、共皆在今涇州。今有共池，即共也。王，文王也。赫，兼威明二義，此專以威言。斯，語辭。怒，《韻會》云：「努也。若强弩之發，人怒則面目張起也。」整，《説文》

云：「齊也。」旅，衆也，師之通稱。按《説文》云：「下也。」《廣韻》云：「抑止也。」徂，即上文「徂共」之徂。季云：「殷政不綱，故諸侯放恣，而密人敢侵小國。然文王已爲西伯，則其所專征之地也，於是整我之旅，以遏密人徂共之旅。」整旅之旅，文王之旅也。徂旅之旅，密人之旅也。徂旅，《孟子》作徂莒。疏謂《春秋》書莒子盟于密，則莒，密之近地。韓非亦云：「文王克莒。」今按古莒國，即今山東青州府莒州，其地去密須殊遠，《孟子》文以旅莒音近致誤耳。疏與韓説皆不足信。篤，解見第三章。祜，《説文》云：「福也。」周自大王、王季積累以來，獲福舊矣。今文王能遏密以安民，則帝遷之命至是而益鞏，帝祉之受至是而益固，故曰以篤于周祜。對，鄭云：「答也。」孔云：「以天下心皆向己，舉兵所以答之。」嚴云：「天下之望在周，所救者一阮，而爲亂者懼，小國皆安，故天下之心以慰也。」《書傳》云：「文王受命，三年伐密須。」今考《史記》，伐密、伐崇事俱在伐昆夷之後，《竹書》所載，又俱在伐昆夷之先，未詳孰是。皇甫謐云：「文王問大公：『吾欲用兵，孰可？』大公曰：『密須氏疑於我，我可先伐之。』管叔曰：『不可。其君，天下之明君，伐之不義。』大公曰：『臣聞先王之伐也，伐逆不伐順，伐險不伐易。』文王曰：『善。』遂侵阮徂共，而伐密須。密須之人，自縛其君而歸文王。」今按侵阮徂共，乃密人事，謐傳誤也。齊宣謂孟子曰：「寡人有疾，寡人好勇。」對曰：「王請無好小勇。夫撫劍疾視，曰：『彼惡敢當我哉！』此匹夫之勇，敵一人者也。王請大之。《詩》云：『王赫斯怒，爰整其旅，以遏徂莒，以篤周祜，以對于天下。』此文王之勇也。文王一怒而安天下之民。」又《左》文二年，箕之役，先軫黜狼瞫。狼瞫怒。其友曰：「盍死之？」瞫曰：「吾未獲死所。」及彭衙，既陳，以其屬馳秦師，死焉。晉師從之，大敗秦師。君子謂狼瞫於是乎君子。《詩》曰：「王赫斯怒，爰整其旅。」怒不作亂，而以從師，可謂君子矣。按如此引詩，亦殊不倫。

依其在京，叶陽韻，居良翻。**侵自阮疆。**豐本作「畺」。**陟我高岡，**陽韻。**無矢我陵，我陵我阿。**歌韻。**無飲我泉，我泉我池。**叶歌韻，唐何翻。**度其鮮原，居岐之陽，**韻。**在渭之將。**叶陽韻，資良翻。**萬邦之方，**陽韻。**下民之王。**陽韻。○賦也。上章言密人侵阮之後，繼以徂共，則阮已被侵，而共方告急，文王整旅以按徂共之衆。此章前七句皆咏救共時事。依，《説文》云：「倚也。」猶憑附也。京，周京也。共告急而文王興周師救之，共地之民，皆憑恃在京之衆以爲安也。自，從疆界陟登也。凡稱我者，皆指共地而言，以文王師至其地，故内之而稱我也。嚴云：「文王興問罪之師，視阮之地如己之地，可謂公天下以爲心矣。阮不幸而與密爲鄰，幸而遇文王爲伯也。」《爾雅》云：「山脊曰岡。」文王師既至共，而密人之從阮界來侵者，不敢與文王爭鋒，群然陟于高岡之上，蓋據險以自固也。舊説以「侵自阮疆」爲文王從阮侵密，則王者之師聲罪致討，不應若寇盜然，於理踈矣。矢，指也。高平地曰陸，大陸曰阜，大阜曰陵，大陵曰阿，皆見《説文》。《易》云：「山下有泉。」孔安國云：「停水曰池。」此四句乃文王爲持久之計，以困密人。蓋密人既先據高岡，此難與爭地利，惟令其求下不得，則彼將坐困，故遥爲語以告之，曰：「吾大軍四集，汝已自投死地，雖急而欲逸，無望指我之陵與我之阿也。雖渴而欲水，無望飲我之泉與我之池也。」中間我陵、我泉，各疊二字，亦自有意。陵或山腰，不可得矢，況阿尤夷於陵乎？泉出山下，不可得飲，況池尤卑於泉乎？按《孫子·軍爭》篇云：「用兵之法，高陵勿向，背丘勿逆。」《地形》篇云：「險形者，我先居之，必居高陽以待敵。若敵先居之，引而去之，勿從也。」故趙奢救閼與，許歷曰：「先據北山者勝。」奢從之。秦師後至，争山不得上，大敗而還。然則密人先陟高岡，已爲得地，難以速勝，此文王之所以不與争利也。《行軍》篇云：「凡處軍相敵，絶山依谷。」又《六韜》太公云：「凡三軍處山之高，則爲敵所棲。」故武都羌在氐道山上，馬援軍據便地，奪其水草，不與戰，羌遂窮困，亡走出塞。馬謖依阻南山，不下據城，張郃絶其汲道而擊之。又如劉先主升馬鞍山，陳兵自繞，陸遜四面蹙之，土崩瓦解，死者數萬。然則密人雖據高岡，實爲絶地，圍則受困，此文王之所以一于持久也。考《竹書》紀商紂三十二年，密人侵阮，西伯帥師伐密。三十三年，密人降于周師。計伐密距密降之時，尚隔一年，其爲持久以困之明甚。《吕氏春秋》言密須之民，自縛其主，而與文王，當繇勢蹙力窮故爾。罪魁既得，長圍遂解，則又文王之仁也。度，猶過也，借渡水之渡爲義。《爾雅》云：「小山别大山曰鮮。」孫炎云：「别不相連也。」按《逸周書·和寤解》云：「王乃出圖商，至于鮮原。」《竹書》紂五十二年，周始伐殷，師次于鮮原。孔晁以鮮原爲近岐周之地。據此，則鮮原乃岐周往來所必經者。度其鮮原，文王因密人既服，班師而歸，道經于此。居岐之陽，仍是歸于岐周。《魯頌》「實維大王，居岐之陽」，與此語同，可證。將，毛云：「側也。」按將有左右扶持之義，故因訓爲側。方，《説文》云：「併舡也。」禮，大夫方舟，徐鍇云：「方舟，今之舫，竝兩舡也。」因上有「在渭」之文，故云。然言文王歸居岐周，其地在渭水之側，但見萬邦諸侯遣其大夫，乘方舟渡渭，而來聘問者，相屬不絶。文王雖未爲王，而天下之民皆以王尊之，其得人心如此，此伐密以對于天下之效也。自鄭玄以度鮮原、居岐陽爲遷都之事，孔穎達遂引《周書》稱文王在程，作《程寤》、《程典》，及皇甫謐言文王徙都於程，以寔其説，先儒皆從之。季本謂考《史記》，無遷程之事，又觀《文王有聲》之詩，歷敘文、武豐、鎬之遷，而不及於程，則遷程之事本不經見。今按《竹書》，周自季歷之世已作程邑，文王釋羑里之囚，諸侯嘗逆之歸程，及降密之年，又書遂遷於程。其後周大饑，復自程遷于豐，與《逸周書·大匡解》稱「王宅程三年，遭天大荒」之語殊合。《國名記》亦云：「程在今咸陽，亦在岐南，與畢陌接，所謂畢程。」《孟子》言「文王卒於畢郢」是也。文王伐密而遷程，其事或有之，不可知，但此詩所咏，止言其班師歸岐耳，了無及遷都之事，讀者詳之。

帝謂文王，予懷《墨子》懷下有「而」字。**明德。**職韻。**不**《墨子》作「毋」。下句同。**大聲以色，**職韻。**不長**上聲。**夏以革。**叶職韻，訖力翻。**不**《淮南子》、《新書》俱作「弗」。**識不**《淮南子》、《新書》俱作「弗」。**知，順帝之則。**職韻。**帝謂文王，**陽韻。**詢爾仇方。**陽韻。**同爾兄弟，**《後漢書》作「弟兄」，當從之。叶陽韻。**以爾鉤援。與爾臨**《韓詩》作「隆」。**衝，**冬韻。《後漢書》作「衝」，《說文》作「䡴」。**以伐崇墉。**冬韻。《後漢書》作「庸」。○賦也。七章、八章述文王伐崇之事。蘇轍云：「凡言帝謂文王，以意推天也。」朱子云：「予，❶設為上帝之自稱也。懷，眷念也。明德，文王之明德也。」按篇中三言明德，皆主發用言，與《堯典》、《康誥》言明德皆同。下文「不大聲」四句，正文王明德之實。大聲，與「以色」對看。以，《說文》云：「用也。」不大聲，謂不夸燿其音聞，如條教號令之類。不以色，謂不粉飾于跡象，如弛張因革之類。長，即第四章「克長」之長。夏，《說文》云：「中國之人也。」鄭云：「諸夏也。」「以革」之「以」，與上句「以色」之「以」不同。《爾雅》疏謂以者，因前起後之語，是也。革，毛云：「更也。」《說文》謂獸皮治去其毛，更之

❶「予」，原作「子」，據《四庫全書》本改。

義也。不長夏以革者，言不必臨長諸夏，而諸夏已無不變革，見聖德之神于化也。文王位爲西伯，其所長者，僅西方之諸侯。此以夏言，是概指中國，惟天子乃可稱長夏耳。程子云：「天謂文王，予懷爾之明德，不大其聲色，而人化。夫聖人之誠，感無不通，所過者化，所存者神，豈暴著其形迹也哉？故孔子曰：『聲色之於以化民，末也。』」愚按孔子言化字正解革字。不大聲以色，所謂闇然也。不長夏以革，所謂日章也。識、知二字，從來俱無明解。《説文》解識爲常，解知爲詞，茫然莫曉。以愚意分别之，識者得之於外，當是聞人所常言而後識之，故其字左从言，右施戠。趙頤光謂戠即幟字，默傳軍令，故从音，蓋會意也。知者，得之於内，既我有真知，乃出而與人道之，故其字右从口，左施矢。其从口也，《説文》所以訓之爲詞。其施矢也，徐鍇解以爲知理之速，如矢之疾，是也。知比識爲深，故《樂記》曰：「知禮樂之情者能作，識禮樂之文者能述。」而陳暘解之曰：「識之外矣，知之内矣，識之淺矣，知之深矣。」順，猶循也。《説文》云：「理也。从頁从川。會意。」按頁者，首也。首者，人之百脉所會，血氣順行，如川水順下，故从川，此所謂會意也。則者，裁制之謂。《説文》云：「等畫物也。从刀从貝。古之物貨也。」徐鍇云：「則者，節也。取用有節，刀所以裁制之也。」蘇云：「文王之德，不以識識，不以知知，漠然無心，而與天爲徒。」嚴云：「天理之自然謂之則，即有物有則，乃見天則，謂理之不可踰也。文王無一毫人僞之私，油然大順，安行乎天理，所謂順者，繇仁義行，非行仁義也。」程子云：「不識不知，順帝之則，不作聰明，順天理也。」墨子云：「此語文王之以天志爲法也。」又云：「帝善其順法則也，故舉殷以賞之。」《文中子》云：「温彦博問知，子曰：『無知。』問識，子曰：『無識。』彦博曰：『何謂其然？』子曰：『是究是圖，亶其然乎？』彦博退，告董常。常曰：『深乎哉，此文王所以順帝之則也！』」又《左》僖九年，齊隰朋帥師會秦師，納晋惠公。秦伯謂公孫枝曰：「夷吾其定乎？」對曰：「臣聞之，唯則定國。《詩》曰：『不識不知，順帝之則。』文王之謂也。今其言多忌克，艱哉！」襄三十一年，北宫文子曰：「君有君之威儀，其臣畏而愛之，則而象之，故能有其國家，令聞長世。《周書》數文王之德曰：『大邦畏其力，小邦懷其德。』言畏而愛之也。《詩》云：『不識不知，順帝之則。』言則而象之也。」又《荀子》云：「禮者，所以正身也。師者，所以正禮也。無禮何以正身？無師，吾安知禮之爲是也？禮然而然，則是情安禮也。師云而云，則是知若師也。夫師以身爲正儀而貴自安者也。《詩》曰：『不識不知，順帝之則。』此之謂也。」亦斷章取義，非詩正旨。愚按惟不識不知所以能順帝則，惟順帝則，而一舉一動無不合乎天理，當乎人心，所以不大聲色，而人自化之。夫至于人化，則德之光顯孰加焉？故曰明德。言此以起下文伐崇含有二義：一則承「不大聲」二句，見崇之可伐。程子所謂聖人之化如此，而天下有昏惡之甚不能化者，謀而伐之，則天下皆善，而王業成。一則承「不識不知」二句，見惟文王乃可以伐崇。吕氏所謂文王德不形而功無迹，與天同體而已，雖興兵以伐崇，莫非順帝之則，而非我也。馮時可云：「心不物役，常在事外，則雖文王伐崇伐密，鉤援臨衝，執訊攸馘，擾攘傖儜，而依依安安，未嘗不恬退也。故《詩》曰：『不識不知，順帝之則。』文王但知密人不恭於天則，不可不伐，順天則行之而已，何嘗有利土地、耀甲兵之意。詩人蓋深知文王者矣。」歐陽云：「詩人上述侵密伐崇，皆先言帝謂者。古人舉事必稱天，於興師討伐猶託天命，如天討有罪，肅將天威，恭行天罰之類是也。」詢，《説文》云：「謀也。」鄭云：「諸侯爲暴亂大惡者，汝當謀征討之。」仇，《説文》云：「讐也。」方，即上章所云「萬邦之方」。仇方，指崇侯虎也。萬邦皆方舟以歸心于文王，崇侯惡之，獨與萬邦爲讐，故曰仇方，猶《書》言「葛伯仇餉」也。按《史記》云：「崇侯虎譖西伯於殷紂曰：『西伯積善累德，諸侯皆嚮之，將不利於帝。』紂乃囚西伯於羑里。」此即所謂仇方者也。因羑里，據諸書在伐密之前，然《竹書》紀商紂二十一年，春正月，諸侯朝周，至二十三年，始囚西伯於羑里，則先此固有渡渭朝周之事矣。又舊説謂方者，居一方之辭，仇方，指仇讎之國言，亦通。虎導紂爲無道，其譖周也，蓋欲剪其所忌，以恣其殃民之毒，故文王奉天伐之，非爲報私怨也。同，《説文》云：「合會也。」兄弟，朱子云：「與國也。」彭執中云：「以諸侯之國爲兄弟，亦未嘗稱王一驗。」鉤，毛云：「鉤梯也。」孔云：「鉤援一物，正謂梯也。以梯倚城，相鉤引而上，援即引也。《墨子》稱公輸般作雲梯以攻宋，蓋此之謂。」臨，毛云：「臨車也。」衝，毛云：「衝車也。」孔云：「臨者，在上臨下之名；衝者，從旁衝突之稱，故知二車不同。并書有作臨車衝車之法，《墨子》有《備衝》之篇，知臨、衝俱是車也。」陳祥道云：「臨車高，衝車大，高則可以臨下，大則可以突前。楚子使解揚登樓車以告宋人，蓋臨車之類也。孫武子曰：『攻城之法，修其轒輼。』蓋衝車之類也。荀子曰：『渠衝入穴而求利。』楊子曰：『衝不薺。』皆言衝車之大也。」又衝，《説文》作幢，云：「陷陳車也。」季云：「臨衝，皆臨時所制，非田賦所出之革車也。然古者寓兵於農，所賦惟以兵數，而車皆官所自造，故能合轍。臨衝之直，則亦取於賦兵常數之中，非使民另爲此車，以供軍用也。」崇，國名，在今陝西西安府鄠縣。夏時扈國，殷爲崇國，《路史》以爲夏后氏後，蓋據鯀封崇伯而云也。墉，《説文》云：「城垣也。」徐云：「築土壘甓曰墉，通呼曰城。」李云：「備鉤援臨衝，以爲攻城之具，亦可見崇之負固矣。」

臨衝閑閑，叶先韻，何甄翻。**崇墉言言。執訊**《釋文》云：「字又作訙，❶又作誶。」**連連**，先韻。**攸馘**陸本作「聝」。**安安。**叶先韻，於虔翻。**是類**《釋文》云：「或依《說文》作禷。」《爾雅》同。**是禡，是致是附**，宥韻，亦叶麌韻，宗五翻。**四方以無侮。**麌韻，叶宥韻，莫候翻。**臨衝茀茀**，勿韻。**崇墉仡仡。**勿韻。《說文》作「圪圪」。**是伐是肆**，豐本作「是肆是伐」。**是絶**豐本作「𢇍」。**是忽**，叶勿韻，盧屈翻。**四方以無拂。**勿韻。○賦也。閑，通作閒，安暇之意。兼臨與衝二者言之，曰閑閑。嚴云：「文王之問罪于崇，其始未忍攻城，故臨衝之車，閑閑而不用。」言，謂以言語相通，時必有遣使先入崇墉諭降之事。我以言往，彼以言來，曰言言。執，捕罪人也。訊，問也。俱見《說文》。意崇侯負固倔强，所遣先後傳言之人，必變詐不一，故捕執而訊問之。又《左》文十七年，晉侯不見鄭伯，以爲貳於楚也。鄭子家使執訊而與之書，以告趙宣子。杜預注云：「執訊，通訊問之官。」程大昌云：「兵交，使在其間，故《詩》亦曰『執訊』也。」按執訊，即如《左傳》解亦可，但玩上下文語意，從前義爲長。連，《說文》云：「員連也。从辵从車，會意。」蓋狀其接屬而來，如轉轂然。攸，《爾雅》云：「所也。」馘、聝，《說文》原有二字而義同，謂軍戰斷耳之名。孔引《玉藻》云：「聽嚮任左。」故不服者，殺而獻其左耳曰馘。罪其不聽命服罪，故取其耳以計功也。」今按陸元朗引《字林》云：「截耳則作耳傍，獻首則作首傍。」此解較確。安安，指崇侯虎言。執訊之後，有所斬馘，要以宣示威靈，動其警悟。而崇侯恬然安静，絶不介意，其爲肆無忌憚，不可教誨明矣。按《左》僖十九年，宋

❶「訙」，原作「訊」，據《經典釋文》卷七改。

人圍曹。司馬子魚言于宋公曰：「文王聞崇德亂而伐之，軍三旬而不降。退修教而復伐之，因壘而降。今君德無乃猶有所闕，而以伐人，若之何？盍姑内省德乎。」襄三十一年，衛北宫文子亦云：「文王伐崇，再駕而降爲臣，蠻夷率服。」及《後漢書》伏湛疏云：❶「崇國城守先退後伐，所以重人命，俟時而動，故參分天下而有其二。」此章首四句，即三句不降之事，自「是類」而下，皆再駕復伐時事也。《爾雅》云：「是類是禡，師祭也。」類者，類於上帝。《尚書》、《周禮》説，皆謂其禮依郊祀而爲之，故曰類，字本作禷。又《周禮·小宗伯》職云：「凡大烖，類社稷宗廟。」或者遂謂類乃類聚群神之當祭者，不必祭天。今按《棫樸》之詩，董仲舒以爲咏伐崇事，明有「薪槱」之語，非類上帝而何？但此乃復伐之祭，其始伐之祭，何以不言？愚意當與《棫樸》之詩互相備，彼紀其先，此紀其後。又或者始伐第命將以行，至復伐乃文王親征，故有類祭，與《棫樸》之「薪槱」同爲一事，皆不可知。禡者，禡於所征之地。《埤蒼》云：「馬上祭也。」楊慎云：「馬上祭曰禡，其字从馬，猶車下祭曰軷，其字从車也。」按鄭氏於《王制》注，謂「禡祭禮亡」，而於《周禮·肆師》注又云祭造軍法者，其神蓋蚩尤，或曰黄帝。季本不然其蚩尤之説，謂：「黄帝，聖人也。蚩尤敢與黄帝拒戰，逆臣也，何得與于祭？」此其理亦正，然上古之事荒忽，莫能明也。又詳見《吉日》篇。程子云：「古者出征類禡，所以暴明其罪，告之神明。伐而告之神明，其伐合神明之道也。」王安石云：「致，致其至也；附，使之内附也。」嚴云：「致以招其來，附以納其降。」愚按是致是附，當作一直説。兵威既臨，而於是乎廣布仁恩，以招致是歸附之

❶「湛」，原作「諶」，據《後漢書》卷二十六改。

衆，俾敵之黨益孤，而我亦不至多有殺戮，此伐國之道也。四方者，廣指之，非以在行間之與國言。鄭云：「文王伐崇，而無復敢侮慢周者。」孔云：「竟文王之世不復伐國，是繇無侮故也。」茀，即《易·既濟》卦「婦喪其茀」之茀。《爾雅》：「輿革前謂之艱，後謂之茀。」名茀，取蔽之義，草木翳薈爲茀。臨、衝，皆攻城之車，其前面向城，自不容有蔽，但見二車後之茀茀而已，亦以防矢石之自後至也。仡，本勇壯之義。《秦誓》「仡仡勇夫」是也，似於言城墉無當，宜依《説文》作圪，云：「墻高貌。」伐，《説文》云：「擊也。字从人持戈。」又伐與侵異義，見第五章。肆，本訓極，故爲放恣之義。絶，《説文》云：「斷刀絲也。」此謂斷其宗祀。忽，本訓忘，亦爲輕忽之義。肆、忽，皆指崇侯失德言。拂，通作咈。《説文》云：「違也。」文王所伐者，乃是恣肆無道之崇侯。所絶者，乃是輕忽無禮之崇侯。四方聞之，皆謂誅當其罪，無有違拂也。《説苑》云：「文王欲伐崇，先宣言曰：『余聞崇侯蔑侮父兄，不敬長老，聽訟不中，分財不均，百姓力盡，不得衣食，余將來征，唯爲民。』乃伐崇，令毋殺人，毋壞室，毋填井，毋伐樹木，毋動六畜，有不如令者，死無赦。崇人聞之，因請降。」今按令毋殺人，毋壞室等事，則此詩所謂「是致是附」者也；曰聽獄不中，分財不均，百姓力盡，不得衣食，即此詩所謂「是肆」者也；曰蔑侮父兄，不敬長老，即此詩所謂「是忽」者也。詩與《説苑》之相合如此。《竹書》以爲商紂三十四年事，又《史記》載：「九侯有女，入之紂，女不喜淫，紂怒，殺之，而醢九侯。鄂侯爭之彊，❶辨之疾，并脯鄂侯。西伯聞之，竊歎。崇侯虎知之，以告紂，紂囚西伯羑里。西伯之臣閎夭之徒，求美女、奇物、善馬

❶「彊」，原作「疆」，據《四庫全書》本改。

以獻紂，紂乃赦西伯。賜之弓矢鈇鉞，得專征伐。曰：『譖西伯者，崇侯虎也。』西伯歸三年，伐崇侯虎而作豐邑。」方孝孺云：「崇侯之事，遠不可知其詳矣。吾意其人，必比凶黨惡，不供職于天子，而侵害其與國，故西伯伐之，必不以其譖己也。不然，西伯嘗伐犬戎、密及耆矣，則此四國者，又豈皆譖西伯者耶？」鄒云：「按《竹書》商紀武乙二十四年，周師伐程，戰于畢，克之，正當季歷之初服。又嘗伐義渠，伐西落鬼戎，伐余無之戎，始呼之戎，翳徒之戎，而《詩》不一及之，獨侈言文王之遏徂旅、伐仇方，豈所重在此不在彼耶？」

《皇矣》八章，章十二句。 陸德明云：「一本無矣字。」○朱子以爲此詩敘大王、大伯、王季之德，以及文王伐密、伐崇之事，云：「一章、二章言天命大王，三章、四章言天命王季，五章、六章言天命文王伐密，七章、八章言天命文王伐崇。」夫一章言文王起之，二章言文王終之，三章又言文王起之，四章又言文王終之，意皆爲文王發也。今乃截然分作四柱，可謂得詩意否歟？《申培説》勦朱子，其陋斯甚。《子貢傳》又以此爲訓成王之詩，按三章之末言「奄有四方」，四章之末言「施于孫子」，皆指武王言，疑此詩定作于武王之世。果若作在成王時，亦必兼揚厲武王功德矣。

《天作》，祀岐山之樂歌。 出季本《詩説解頤》。○按《易·升》卦六四之爻曰：「王用享于岐山，吉。」則岐山之祭，周固有之矣。此詩所頌，止及太王、文王，而末系「子孫保之」一語，先言子而後言孫，定是武王時所作，豈亦在柴望大告武成之日與？鄒忠胤云：「天子爲百神主，岐山王氣攸鍾，豈容無祭，祭豈容無樂章，不言及王季者，以所重在岐山，故止挈首尾二君言之也。」

天作高山，大音泰。**王荒**陽韻。**之。彼作矣，文王康**陽韻。**之。彼徂**沈括《筆談》作「岨」。朱傳從之。王應麟云：「《筆談》引《朱浮傳》作『彼岨者岐』，今按《後漢·朱浮傳》無此語。《西南夷傳》，朱輔上疏曰：『《詩》云：彼徂者岐，❶有夷之行。』注引《韓詩》薛君傳曰：『徂，往也。』蓋誤以朱輔爲朱浮，亦無岨字。」朱子云：「韓子亦云『彼岐有岨』，疑或別有所據。」豐氏本亦作「岨」。**矣，**句。朱傳連下岐字，讀爲句。黄震云：「上云彼作矣，下云彼徂矣，自相對。今以岐字綴徂矣之下，恐驚俗也。」《後漢書》「矣」作「者」。**岐**《韓詩外傳》作「政」。**有夷之行。**叶陽韻，户郎翻。**子孫**《説苑》「孫」下有「其」字。**保之。**章末不用韻，亦變體。○賦也。作，《説文》云：「起也。」高山，以下文證之，謂岐山也。高山起于平地之上，若天所締搆然，故曰天作。張叔翹云：「周家王業，實始于岐，故大雅歌其帝省，周頌謂之天作。」大王，古公亶父也。荒，《爾雅》云：「奄也。」按荒者，草淹地也，故有奄義。奄之爲言覆也。「大王荒之」者，言此岐山之地，大王一旦奄而有之也。又《晉語》，鄭叔詹謂鄭文公曰：「臣聞之，親有天，在《周頌》曰：『天作高山，大王荒之。』荒，大之也。大天所作，可謂親有天矣。」此訓荒爲大，然于文氣欠順。彼，承上文謂大王也。作，亦訓起，但語意與《天作》之作不同，言大王始起而居此地也。文王，大王之孫。康，《爾雅》云：「安也。」大王遷都岐下，文王嗣興，惠鮮懷保，從而安康之，使其民有固志。《孟子》言：「文王之治岐，耕者九一，仕者世禄，關市譏而不征，澤梁無禁，罪人不孥，發政施仁，必先鰥寡孤獨。」即其事也。《荀子》云：「王者之等賦政事，財萬

❶「徂」，原作「岨」，據《困學紀聞》卷三改。

物，所以養萬民也。田野什一，關市幾而不征，山林澤梁以時禁法而不稅，相地而衰政。理道之遠近而致貢，通流財物粟米，無滯留，使相歸移也。四海之内若一家，故近者不隱其能，遠者不疾其勞，無幽閒隱僻之國，莫不趨使而安樂之。故澤人足乎木；山人足乎魚；農夫不斲削，不陶冶，而足械用；工賈不耕田，而足菽粟。天之所覆，地之所載，莫不盡其美，致其用，上以飾賢良，下以養百姓而安樂之，夫是之謂大神。《詩》曰：『天作高山，大王荒之。彼作矣，文王康之。』此之謂也。」又云：「治亂天耶？曰：日月、星辰、瑞曆，是禹、桀之所同也，禹以治，桀以亂，治亂非天也。時耶？曰：繁啓蕃長於春夏，畜積收藏於秋冬，是又禹、桀之所同也，禹以治，桀以亂，治亂非時也。地耶？曰：得地則生，失地則死，是又禹、桀之所同也，禹以治，桀以亂，治亂非地也。《詩》曰：『天作高山，大王荒之，彼作矣，文王康之。』此之謂也。」彼，承上文謂文王也。徂，《説文》云：「往也。」夷，《説文》云：「平也。」行，朱子云：「路也。」保者，抱持不失之義。《孝經》注以爲安鎮，是也。文王雖往矣，而此岐山之地，爲萬邦之所歸往，至今有平夷之道路焉，子孫當世世保守而不失也。鄧元錫云：「曰荒，括諸疆理宣畝、捄度築削、作廟立門之事。曰岐有夷行，括拔兑夷喙之事。蓋《緜》、《皇矣》數十百言，括之數言中而足也。」陳際泰云：「祖宗之建國也，據形勢之便，有天意焉，有地利焉。周大王於岐山，用是道矣。文王奄有天下三分之二，幾于改物。然先定根本，而後能有所立，以徐俟乎天下之自集。至子孫始用汧渭之地，捐以予秦。及詩人有作，而已知秦之履奄及終南，駸駸乎吞八州而朝同列。嗟嗟！使子孫誠能保之，即何以有秦哉？」黄佐云：「《春秋》公入祊，鄭伯假許，聖人譏其有無親之心，謂其與人以先祖所受之邑也，岐周之地。荒之者大王，康之者文王，創立之難，有如此者。後世子孫懦弱，舉而棄之如敝屣，然無親之心孰甚耶？」又薛君云：「夷，易也。行，道也。彼百姓歸文王者，皆曰岐有易道，可往歸矣。易道，謂仁義之道而易行，故岐道阻險，而人不難。」劉向《説苑》云：「齊宣王謂尹文曰：『人君之事何如？』尹文對曰：『人君之事，無爲而能容下。夫事寡易從，法省易因，故民不以政獲罪也。大道容衆，大德容下，聖人寡爲，而天下理矣。詩人曰：岐有夷之行，子孫其保之。』宣王曰：『善。』」《韓詩外傳》云：「昔者舜甑盆無膻，而下不以餘獲罪，飯乎土簋，啜乎土型，而農不以力獲罪。麑衣而盭領，而女不以巧獲罪。法下易繇，事寡易爲功，而民不以政獲罪。故大道多容，大德衆下，聖人寡爲，故用物常壯也。傳曰：易簡而天下之理得矣。忠易爲禮，誠易爲辭，賢人易爲民，工巧易爲材。《詩》曰：『政有夷之行，子孫保之。』」以上數條，皆同毛、鄭之説，然恐非詩意。

《天作》一章，七句。《序》云：「祀先王先公也。」蔡邕《獨斷》亦然。夫祀先王先公，而止及大王、文王。❶彼大王之前有后稷，文王之前有王季，何不一齒及歟？《禮經》中曾有此祀典否歟？朱子止以爲祭大王之詩，亦疑其不應獨遺王季故耳，然篇中何以兼頌文王？鄒駁之云：「夫《序》增入《詩》中所無之先公，而朱子又偏遺詩中所有之文王，均之莽矣。」《申培説》則曰：「周祭岐山，配以大王、文王之詩。」夫以二王配岐山，于禮無所載，皆臆説也。《子貢傳》闕文。

❶「止」，原作「正」，據《四庫全書》本改。

《既醉》，神嘏也。武王大祀宗廟，禮成受釐，宗祝傳公尸之辭以致告。嘏者，祝爲尸致告于主之辭。《郊特牲》云：「嘏，長也，大也。」《禮運》云：「嘏以慈告。」按《竹書》載武王滅商之次年，薦殷于太廟，遂大封諸侯。此詩之作，或在是時。于何知之？以「令終有俶」之語知之。俶者，始也，武王即位之始也。然則文王、武王亦皆有始矣，何以知其非文王、成王之詩也？愚又以「君子有孝子」之語知之。文王受命惟中身，而考其生武王，亦適在五十歲；成王年十三踐天子位，而康王猶未生。是二王初嗣服時，皆未有胤子可從祭也。唯武王滅商之年，成王已九歲，自是之後，諸弟以次受封。計成王必早正胤嗣之位，則餕獻受爵，固能之矣，謂非武王之詩而何？鄧元錫云：「《既醉》，神荅君，鄉之斯饗之，饗之斯荅之矣。嘉與顯相嗣子，竭誠盡慎，以事其先王，故神錫祚胤永永焉。微積誠也，能致然乎？」

既醉以酒，既飽以德。職韻，亦叶屋韻，都木翻。**君子萬年，介爾景福。**屋韻，亦叶職韻，筆力翻。○賦也。毛傳云：「既者，盡其禮，終其事。」醉飽，謂尸醉飽也。此以饋食之時言。楊氏云：「按《儀禮》，特牲饋食，士禮也。少牢饋食，大夫禮也。大夫士之祭，不祼，不薦血牲，惟行饋食禮。天子諸侯，饋食以前，堂上設南面位，行祼鬯薦腥之禮，而後延尸入室，東面位，行饋食禮。」愚按此時尸始飲食，及告飽，主人酳尸，尸遂嘏主人。此詩通篇皆尸嘏王之語，故但據饋食時爲言。所飽者，黍稷也，而曰「飽以德」者，即《周書》「黍稷非馨，明德惟馨」之意。德，謂仁孝之德。鄭玄云：「在意曰滿，謂之飽德。」孟子見世人之欲貴，因引此詩而釋之曰：「言飽乎仁義也。所以不願人之膏粱之味也。」識己之仁義，足以飽人，則人世之膏粱，俱屬無味矣。今尸之告飽，亦飽于王仁孝之德耳，如徒恃黍稷以薦馨，亦何足飽之有？又《坊記》，子云：「敬則用祭器，故君子不以菲廢禮，不以美没禮。故食禮，主人親饋，則客祭。主人不親饋，則客不祭。故君子苟無禮，雖美不食焉。《易》曰：『東鄰殺牛，不如西鄰之禴祭，寔受其福。』《詩》云：『既醉以酒，既飽以德。』以此示民，民猶争利而忘義。」引此，亦借以明行禮重誠敬，不重儀物之意，與詩旨正足相發。君子，謂主祭者，指王也，後倣此。萬年，祝其壽考。介，助也。爾，朱子云：「亦指王也。」景福，謂昭明可見之福，此尚虚言之，後章乃歷道其實。《左》襄二十七年，楚薳罷如晋涖盟，晋侯享之。將出，賦《既醉》。叔向曰：「薳氏之有後于楚國也，宜哉！承君命，不忘敏。」

既醉以酒，爾殽豐氏本作「肴」。**既將。**叶陽韻，資良翻。**君子萬年，介爾昭明。**叶陽韻，謨郎翻。○賦也。殽，通作肴。朱子云：「俎實也。」愚按此即《儀禮》所稱脊、幹、骼、肩，及肵俎、庶羞、獸魚之類，皆侑食時所用者，天子祭祀之俎實未聞。據此，對酒言殽，則前章稱飽屬黍稷可知矣。昭，《説文》云：「日明也。」昭、明同義，然此既以昭、明對言，則昭當爲小明，明當爲大明。《中庸》「斯昭昭之多」是也。「介爾昭明」者，謂助發其智慮，小事、大事皆無不明也。孔穎達云：「與之以昭明之道，謂使之政教常善，永作明君也。」曹居貞云：「老將智而耄及之，古人所病。天既錫之以壽考，又大之以昭明，則受福無窮也。」或以昭明爲明德，亦通。但上章言「既飽以德」，則德已無不明，不應至此始言助之明德耳。

昭明有融，東韻。**高朗令終。**東韻。**令終有俶，**屋韻。**公尸嘉告。**叶屋韻，居六翻。○賦也。融，《説文》云：「炊氣上出也。」服虔云：「高也。」《左傳》云：「明而未融，其當旦乎？」昭明有融，兼位言之，言其明高出，足以照臨四方，所謂居上克明也。下文言高，即有融也。言朗，即昭明也。徐鍇以月之明爲朗，高朗者，明之盛也。令終，朱子云：「善終也。」萬年皆此高朗，則能善其終矣。俶，《爾雅》云：「始也。」又云：「作也。」邢昺云：「動作之始也。」朱子云：「欲善其終者，必善其始。今固未終也，而已有其始矣。」愚按時武王新即位，故以有俶言。吕祖謙云：「周之追王止于太王，則宗廟之祭尸之尊者，乃公尸也。」陳祥道云：「父爲士，子爲大夫，葬以士禮，而祭之尸，則服士服。父爲大夫，子爲士，葬以大夫禮，而祭之尸，則服大夫服。故《周官·司服》享先公則鷩冕，以爲祭則各以其服授尸。尸服鷩冕，而王服衮以臨之，則非所以致敬，故不敢也。」愚按如前説，則此公尸當是於諸祖中舉其最尊者，乃后稷之尸也。周旅酬六尸，先儒謂「后稷之尸，發爵不受旅」是也。朱子援引秦已稱皇帝，而其男女猶稱公子、公主，謂周稱王，而尸但曰公尸，蓋因其舊，殊屬臆説。又何休謂天子以卿爲尸，諸侯以大夫爲尸，卿大夫以下以孫爲尸。毛傳同其説，謂天子之卿，蓋諸侯也，未詳何據。鄭玄則謂諸侯有功德者，入爲天子卿大夫，故云公尸。公，君也。孔穎達引《曾子》曰：「王者宗廟以卿爲尸，射以公爲耦。不以公爲尸，避嫌也。」此言公者，卿六命，出封則爲侯伯，故得以公言之。又引《石渠論》云：「周公祭天，用太公爲尸。」《白虎通》云：「周公祭太山，用召公爲尸。」謂天地山川得用公。皆牽强附會，絶非事實。嘉告，鄭云：「以善言告之，謂嘏辭也。」通篇皆宗祝傳公尸之意，所謂工祝致告者。

其告音鞫。**維何？籩豆静嘉。**叶歌韻，居何翻。**朋友攸攝，攝以威儀。**叶歌韻，牛荷翻。○賦也。自此章已後，首尾相啣，亦創體。維何，問辭也，推其故也。籩，《説文》云：「竹豆也。」面徑尺，柄尺。《爾雅》云：「木豆謂之豆，崇尺，厚半寸，其實皆容四升。」《周禮·籩人》：「掌四籩之實。朝事之籩，其實麷、蕡、白、黑、形鹽、膴、鮑魚、鱐。饋食之籩，其實棗、桌、桃、乾穚、榛實。加籩之實，蔆、芡、桌、脯。羞籩之實，糗餌、粉餈。」《醢人》：「掌四豆之實。朝事之豆，其實韭菹、醓醢，昌本、麋臡，菁菹、鹿臡，茆菹、麋臡。饋食之豆，其實葵菹、蠃醢，脾析、蠯醢，蜃、蚳醢，豚拍、魚醢。加豆之實，芹菹、兔醢，深蒲、醓醢，菭菹、雁醢，筍菹、魚醢。羞豆之實，酏食、糝食。」滌濯之治曰静，新美之薦曰嘉。朋友，朱子云：「指賓客助祭者。」劉公瑾云：「將祭之先，筮其臣之吉者，使之助祭。謂之賓客，謂之朋友，皆尊之之詞，所以重祭祀也。」攸，《爾雅》云：「所也。」攝，《説文》云：「引持也。」猶言簡束也。威儀，謂進退趍蹌之節，以主祭者言。《左傳》北宫文子云：「有威可畏謂之威，有儀可象謂之儀。《周詩》曰：『朋友攸攝，攝以威儀。』言朋友之道，必相教訓以威儀也。」孔云：「公尸以善言告者，是何故乎？繇祭饌則潔清而美，助祭者又相斂攝以威儀，當神之意也。」黄氏云：「祭不在物而在誠，誠之所可見者，寓于威儀之間。」愚按唯助祭者皆敬，則主祭者之威儀自莫不敬矣，即謂本于朋友之攝之可也。《緇衣》篇，子曰：「輕絶貧賤，而重絶富貴，則好賢不堅，而惡惡不著也。人雖曰不利，吾不信也。《詩》云：『朋友攸攝，攝以威儀。』」《家語》、《荀子》皆云：「子貢問于孔子曰：『賜倦于學矣，願息于朋友。』孔子曰：『《詩》云：朋友攸攝，攝以威儀。朋友難，朋友焉可息哉？』」此雖斷章取義，然可以得攝威儀之説，知非指朋友之自攝言也。

威儀孔時，叶紙韻，上紙翻。亦叶寘韻，時吏翻。**君子有孝子**。紙韻，亦叶寘韻，資四翻。**孝子不匱**，寘韻。**永錫爾類**。寘韻。○賦也。威儀孔時，承上文，指王言也。孔，鄭云：「甚也。」陸化熙云：「禮有先後節次，如始而求神，終而獻尸，威儀不一而悉如其節，故曰孔時。」孝子，謂主祭者之嗣子。《文王世子》篇云：「其登餕、獻、受爵，則以上嗣。」陳皓云：「登，自堂下而升堂上也。以特牲禮次序言之，先時祝酌爵觶，奠于鉶南，俟主人獻内兄弟畢，長兄弟及衆賓長爲加爵之後，宗人使嗣子飲鉶南之奠爵，嗣子盥而入拜。尸執此奠爵，嗣子進受，復位而拜，尸答拜。嗣子飲畢，拜尸，尸又答拜，所謂受爵也。嗣子又舉所奠爵，洗而酌之，以入獻尸，尸拜而受，嗣子答拜，所謂獻也。無算爵之後。禮畢尸出，乃餕。餕，食尸之餘也。宗人使嗣子及長兄弟升堂，相對而餕也。此三事者，受爵在先，獻次之，餕最後，今逆言之。上嗣，適子之長子，爲最上也。」吕大鈞云：「孝子飲奠，所以致其傳付祖考德澤之意深矣。」自「孝子不匱」至末，皆預祝其後日之詞。匱，《說文》云：「匣也。」毛訓爲竭者，當是匣中空之義。言不獨今日之君子能率其嗣子，有誠敬以事宗廟之孝，又祝其異日嗣子更有不匱之孝也。《祭義》，曾子曰：「孝有三，小孝用力，中孝用勞，大孝不匱。思慈愛忘勞，可謂用力矣。尊仁安義，可謂用勞矣。博施備物，可謂不匱矣。」觀此，則博施備物，乃不匱之明訓。一説，只就祭祀時言，當旅酬告利成之後，而其誠不少衰竭于祝祭迎尸之始，故曰不匱，亦通。又《坊記》，子云：「從命不忿，微諫不倦，勞而不怨，可謂孝矣。《詩》云：『孝子不匱。』」此亦言孝誠不衰竭之意。永錫爾類，鄭云：「長以與爾之旅類，謂廣之以教道天下也。」嚴云：「聖人之於民，類也，同此類，則同此心。孝者，人心之同，然以心感心，放之四海而準，是錫類也。《洪範》錫福之意亦如此。」《左》隱元年，鄭伯克段于鄢，遂寘姜氏于城潁。潁考叔聞之，有獻于公，公賜之食。食舍肉，曰：「小人有母，亦嘗君之食矣，未嘗君之羹，請以遺之。」公曰：「爾有母遺，繄我獨無！」遂爲母子如初。君子曰：「潁考叔，純孝也。愛其母，施及莊公。《詩》曰：『孝子不匱，永錫爾類。』其是之謂乎！」成二年，晋侯與齊侯戰于鞌，齊人致賂，晋人不可，曰：「必以蕭同叔子爲質。」對曰：「蕭同叔子非他，寡君之母也。若以匹敵，則亦晉公之母也。吾子布大信于諸侯，而曰：『必質其母以爲信。』其若王命何？且是以不孝令也。《詩》曰：『孝子不匱，永錫爾類。』若以不孝令于諸侯，其無乃非德類乎？」《家語》、《荀子》皆云，子貢問于孔子曰：「賜倦于學矣，願息事親。」孔子曰：「《詩》云：『孝子不匱，永錫爾類。』事親難，事親焉可息哉？」合觀此，可以得錫類之義。一說，彭執中云：「孝子之後，必有孝子繼之。蓋天之錫君以類相從，必然之理也。後漢楊氏事姑孝，姑曰：『我老，無以報婦，願爾生孝子！』即此意也。」亦通。

其類維何？室家之壼。 叶震韻，困閏翻。**君子萬年，永錫祚胤。** 震韻。○賦也。「其類維何」者，猶云所言錫爾類者，云何乎？下句乃指其實。壼，本作𡨴，今文作壼，與壺尊之壺，以宀下多一畫爲異。《爾雅》云：「宫中巷。」《説文》云：「宫中道，字象宫垣道上之形。」室家之壼，言其事只在家庭間，謂感上不匱之孝，皆能興起乎孝道也。祚，《説文》云：「福也。」後二章是也。胤，毛云：「嗣也。」即上章所云孝子也。君子固已享萬年之壽考矣，而其胤子有不匱之孝，天又將長與之以福也。《周語》，晉叔向聘于周，單靖公享之，儉而敬。叔向曰：「周其興乎？其有單子也。單若不興，子孫必蕃，後世不忘。《詩》曰：『其類維何？室家之壼。君子萬年，永錫祚胤。』類也者，不忝前哲之謂也。壼也者，廣裕人民之謂也。萬年也者，令聞不忘之謂也。祚胤也者，子孫蕃育之謂也。」解亦近似。一說，永錫爾類，以己之子孫繼孝言，則室家之壼，只就己之室家言，亦通。

其胤維何？天被爾祿。 屋韻，亦叶沃韻，力玉翻。**君子萬年，景命有僕。** 沃韻，亦叶屋韻，步木翻。○賦也。其胤維何，猶云所言錫祚胤者，云何乎？下文言「天被爾禄」，言「景命有僕」，皆所謂祚也。被者，寢衣之名，故有蒙覆在躬之義。爾，仍指王言。禄，即天禄，言天錫祚于爾之胤子，還被覆以爾所膺之天禄也。景，《説文》云：「光也。」景命，謂明命也。僕，猶屬也。毛云：「附也。」孔云：「以僕御必附近于人，故以僕爲附。」君子萬年，其享此天禄亦已久矣，乃萬年之後，帝眷之明命，依依然附屬于我周而未已，《周書》所謂「惟王子子孫孫永保民」者也。天被爾禄，主胤子之身言。景命有僕，主胤子之後人言，下章言「從以孫子」是也。

其僕維何？釐爾女士。紙韻。**釐爾女士，**見上。《列女傳》作「士女」。**從以孫子。**紙韻。○賦也。釐，即受釐之釐。《説文》云：「家福也。」應劭云：「祭餘肉也。」顔師古云：「字本作禧，假借用耳。」女士，鄭云：「女而有士行者。」按禮，祭必夫婦親之，君致齊于外，夫人散齊于内，君純冕立于阼，夫人副褘立于東房。及迎犧，君執紖，夫人薦涚，君執鸞刀羞嚌，夫人薦豆，君西酌犧尊，夫人東酌罍尊。卿大夫相君，命婦相夫人，君與夫人交獻，以嘉魂魄，是謂合莫。《周禮》内小臣，若有祭祀，則擯詔后之禮事。外宗佐王后薦玉豆，眡豆籩，王后以樂羞齍則贊。内宰贊瑶爵。此女士，指王后也。前皆以嘏予王，此特以釐予王后。王后無飲福受胙之禮，而嘏辭及之，所以爲周備也。今安邑姜爲十亂之一，是女而有士行者也。從，鄭云：「隨也。」前三章既皆言孝子矣，故此釐王后，不言子，而但祝其子之生孫，以世子誦時尚幼，孫猶未生，故預祝之。孫之後又有子，則無窮之辭也。子復有子，孫復有孫，景命有僕，長遠不替，嘏于是乎大備。

《既醉》八章，章四句。《序》云：「《既醉》，太平也。醉酒飽德，人有士君子之行焉。」與詩義全不相涉，其失明矣。《申培説》以爲王族與燕，畣《行葦》之詩，蓋亦襲朱傳父兄所以答《行葦》之説，然詩中既明言「公尸嘉告」矣，謂之父兄謝燕之辭可乎？又蘇子瞻有《既醉》備五福論，其説出于鄭箋，以景福爲五福也。唐孔氏爲分屬之，云：「君子萬年，壽也；天被爾禄，富也；室家之壼，康寧也；昭明有融，攸好德也；高朗令終，景命有僕，考終命也。」附會割裂，不成文理，豈此詩乃《洪範》注疏乎？若鄒忠胤謂《周禮》「鍾師奏九夏」，杜子春釋云：「客醉而出，奏《陔夏》。」疑即此。要亦爲舊説所誤。《子貢傳》以爲訓成王之詩，辨已在小引下。

《雝》，《論語》、《禮記》、《周禮》注俱作「雍」。**武王祭文王之廟，喜諸侯來助祭，及徹，歌此。在九夏中，疑即《昭夏》，亦名爲《繁》。** 朱傳以爲武王祭文王之詩，蓋徹祭所歌。胡一桂云：「以文母證之，則烈考爲文王無疑，此詩爲武王祭文王之詩無疑。」按《周禮·樂師》職云：「及徹，帥學士而歌徹。」《小師》職云：「下管擊應鼓，徹歌。」鄭玄謂徹者歌《雍》。陳暘云：「大祭祀告利成之後，徹必歌《雍》。古之祭祀，有樂以迎來，必有樂以徹食。」黄佐云：「此詩但爲武王祭文王而徹俎之詩，而後通用于他廟耳。」《論語》：「三家者以《雍》徹。子曰：『「相維辟公，天子穆穆」，奚取于三家之堂？』」賈公彦云：「有辟公助祭，并天子之容穆穆，乃可用《雍》詩徹祭器，大夫及諸侯皆不得用《雍》也。」昭夏者，九夏之一，《國語》別名爲《繁》。愚疑謂即此詩者，以篇中有「介以繁祉」之語耳。《左傳》謂「三夏，天子所以享元侯」。《路史》亦云：「《雝》，天子所以享元侯。」而《周禮》稱牲出入，奏《昭夏》。今按相維辟公，既與享元侯意合，於薦廣牡，又與牲出入事合，則其爲《昭夏》之章審矣。詳見《時邁》篇小引下。

有來雝雝，冬韻。《漢書》作「雍雍」。**至止肅肅**。屋韻。**相**去聲，後同。**維辟公**，叶冬韻，諸容翻。**天子穆穆**。屋韻。通篇俱隔句用韻。○賦也。有者，非一之辭，指下文辟公言。來者，孔穎達云：「從彼本國而來也。」雝，和也，解見《有瞽》篇。至者，至于周廟也。止，語辭。肅，《説文》云：「持事振敬也。」以非一人，故重言雝雝、肅肅。輔廣云：「來而不和，則有勉强不得已之心。至而不敬，則有怠緩不敬事之意。」相者，省視之義，故《爾雅》云：「導也。」毛傳云：「助也。」孔云：「助祭事也。」維字重看，閔光德云：「有字正與維字相應，便見非復大夫助祭意。」辟公，諸侯也，解見《烈文》篇。天子，以位言，武王自謂也。穆，通作㣎。《説文》云：「細文也。」重言之者，見其文章之非一也。言助祭者維有肅肅之諸侯，奔走將事，是以主祭之天子，進退周旋，皆中禮節，穆穆然有文之可觀，如所云「威儀孔時」是也。《漢書》韋玄成云：「唯聖人爲能饗親，立廟京師之居，躬親承事，四海之内，各以其職來助祭。尊親之大義，五帝三王所共，不易之道也。《詩》云：『有來雍雍，至止肅肅。相維辟公，天子穆穆。』」

於薦廣牡，有韻。**相予肆祀**。紙韻。**假**音格。**哉皇考**！叶有韻，去九翻。**綏予孝子**。紙韻。○賦也。薦之爲進，音之近也。廣，毛云：「大也。」按横量曰廣，博碩肥腯之謂也。牡，《説文》云：「畜父也。」廣牡，即《雒誥》所云「騂牛一」者，《易》所云「大牲」也。予，武王自謂也，後放此。肆，鄭玄云：「陳也。」嚴粲云：「言於我薦進大牡牲之時，其辟公助我肆陳祭祀之饌也。」假，通作徦。《説文》云：「至也。」皇，《爾雅》云：「君也。」父亡稱考。孔云：「考者，成德之名。」按《閔予小子》以皇考與皇祖相對，則知皇考謂父也。

家人有嚴君焉，父母之謂，故考以皇稱。鄭云：「皇考，斥文王也。」綏，《爾雅》云：「安也。」按綏本車中靶之名，升車執綏，所以安也。朱子云：「孝子，武王自稱也。」上對辟公言，故曰天子。此對皇考言，故曰孝子。我合辟公以肆祀，此時皇考之神靈至止，庶其有以安佑我孝子乎？于徹祭時歌此，故作冀望之辭。末章「眉壽」、「繁祉」，綏予之實也。《孝經》子曰：「昔者明王之以孝治天下也，不敢遺小國之臣，而況于公、侯、伯、子、男乎？故得萬國之歡心，以事其先王。夫然，故生則親安之，祭則鬼享之，是以天下和平，災害不生，禍亂不作。故明王之以孝治天下如此。」正與此詩意相發。

宣哲陸德明本作「晢」。**維人**，真韻，亦叶先韻，如延翻。**文武維后**。有韻。**燕及皇天**，先韻，亦叶真韻，丁因翻。**克昌**去聲。陸德明云：「周人以諱事神，不應犯諱，當音處亮反。」**厥後**。有韻。○賦也。上二章美諸侯之來助祭，此則追述其舊功而重贊美之也。宣，布也，解見《江漢》篇。哲，《說文》云：「知也。」文王能周知天下之事理，故以哲稱，所謂知之曰明哲也。人，謂文王之舊人也。文武維后，美文王也。《書·無逸》篇云：「自殷王中宗，及高宗，及祖甲，及我周文王，茲四人迪哲。」《君奭》篇云：「惟文王尚克修和我有夏，亦惟有若虢叔，有若閎夭，有若散宜生，有若泰顛，有若南宮适。亦惟純佑秉德，迪知天威，乃惟時昭文王，迪見冒聞于上帝。」夫文王有明哲之德，而所以宣布其明哲之作用者，惟賴有文王之諸臣在，故於其綱紀四方，則見文王之文，於其有此武功，則見文王之武。君道克盡如此，天下人皆樂得之以爲君也。燕，通作宴。《說文》云：「安也。」加皇于天，尊稱之辭。夫皇矣上帝，臨下有赫，其監觀四方，惟求民之莫耳，文王能盡文武之道，則能安民，而天之心亦與俱安矣。此謂其所安者，上及于天也。克，能也。昌，通作倡。《説文》云：「導也。」以開基創業言，所謂佑啓我後人也。陳際泰云：「《武成》曰：『皇天震怒，命我文考，肅將天威。』夫紂不能安人，皇天所爲怒也；而文王安之，皇天所爲燕也。在平寧之世，文德即能安人。在亂離之世，非文德而兼武德，不能安人，故曰：『文王一怒而安天下之民。』此豈拘拘之小智所能辨？拘拘之小智，則以文德終矣。其燕皇天而昌厥後，以享有廣牡之薦，豈虛也哉？」愚按武時去文未遠，此助祭諸侯，文王之舊臣，必尚有在者，故敘述及此。《書·立政》篇曰：「亦越武王，率惟敉功，不敢替厥義德；率惟謀，從容德，以並受此丕丕基。」其明據也。一説，蘇轍云：「先王之臣，有與祭者，故於是稱宣哲維人焉。」

綏我眉壽，有韻。**介以繁祉**。紙韻。**既右烈考**，叶有韻。見第二章。**亦右文母**。叶紙韻，母鄙翻。徐光啓云：「此篇句句隔韻，而第五、七韻又承第三韻，第六、八韻又承第四韻，宛轉相關，音律嫋嫋，用韻之變殆極于此。」○賦也。眉壽，解見《南山有臺》篇。武王未受命，故言福以眉壽爲先。孔云：「上言『綏予孝子』，是皇考綏之；今言『綏我眉壽』，亦是皇考綏之，以覆成上意也。」介，《釋文》云：「副也。」古者主有擯，客有介，故謂副爲介。繁者，盛多之意，當通作蕃。《説文》云：「草茂也。」祉，徐鍇云：「福所止也。」繁祉，凡諸福之物，可致之祥，皆是。《鹽鐵論》云：「刑錯不用，黎民若，四時各終其序，而天下不孤，頌曰『介以繁祉』。」右，朱子云：「尊也。《周禮》所謂『享右祭祀』是也。」《周禮·春官·大祝》，辨九𢷬以享右祭祀，解見《我將》篇。烈考，即文王也。朱子云：「猶皇考也。」文母，毛云：「太姒也。」烈以功稱，文從夫謚，承上章言文王藉諸臣之力，既能受天明命，以倡道厥後矣。今日辟公助祭，大禮告成，我文王庶其安佑我以秀眉之壽，使享年有永，又副益之以衆多之福，則自今以往，得以享右乎烈考文母，愈久而不替也。此非合衆辟公之精神，以邀皇考之感格不至此，我不敢忘皇考，其敢忘辟公哉？

《雝》四章，章四句。 舊作一章，十六句。○《序》及蔡邕《獨斷》皆云：「禘大祖之所歌也。」朱子謂：「《祭法》，周人禘嚳。」又曰：「天子七廟，三昭三穆，及大祖之廟而七。周之太祖，即后稷也。禘嚳于后稷之廟，而以后稷配之，所謂禘其祖之所自出，以其祖配之者也。」今熟味詩詞，無及于嚳、稷者，且篇末以文母爲言，於禘何與？ 吕祖謙强爲之説，謂周所以王天下，得行禘禮于大祖者，皆文王、武王之功，故成王於禘之時，推其得禘之繇，播之樂歌，以告大祖。要之迂迴難通。李氏以皇考、烈考皆稱其祖，嚴粲引《祭法》，父曰考，祖曰王考，曾祖曰皇考，高祖曰顯考，謂考者，祖、父之通稱。就如所云，惟曾祖稱皇考，而嚳、稷非曾祖也。且皇考果爲祖，即當以孝孫對言，而下文明言「綏予孝子」，則皇考即父明矣。或又謂禘乃吉禘，若《竹書》之吉禘于先王，《春秋》之吉禘于莊公是也。夫喪畢即吉，而致新死者之主于廟，謂之吉禘。武王以嗣位之十二年，伐紂克殷，而後爲天子。今《詩》稱「天子穆穆」，其非免喪之初又明甚，安在其爲吉禘也？《漢書》劉向上封事曰：「文王既没，周公、武王繼政，朝臣和于内，萬國驩于外，故盡得其驩心，以事其先祖。其《詩》曰：『有來雍雍，至止肅肅。相維辟公，天子穆穆。』言四方皆以和來也。」向以此詩作于武王之世，固爲得之，然謂事其先祖，則亦襲經師相傳之誤。《申培説》因篇中有「文武維后」一語，遂以此爲成王祀文、武之詩。今按鄭箋據《雒誥》稱武王爲烈考，而嚴氏據《閔予小子》及《訪落》二詩，又稱武王爲皇考，然則此詩果兼祀武王乎？夫烈考與文母相配而言，非文王無足以當之，未聞子之稱可加于母之上也。烈考既爲文王，則詩中言孝子者乃武王自稱，是則皇考、烈考俱爲一人，較然可知，其非成王之詩明矣。

《思齊》，文王所以聖也。出《序》。**繇大任能教文王，故文王能刑大姒。疑即九夏中之《齊夏》。**朱子以爲此詩亦歌文王之德，而推本言之。《申培説》同。季本云：「此章爲文王刑于寡妻而發，故推本大任閨門之教，以見大姒之賢有自也。」孔穎達云：「聖人禀性自天而歸德于母者，以其母實賢，遂致歌咏，見其歎美之深，録之以爲後法耳。」陸燧云：「文王性生處自多，根本處自足，而推本所生，猶云生來有聖德如此。」鄒忠胤云：「《周禮・春官》鍾師奏九夏，其六曰《齊夏》。杜子春謂夫人祭奏《齊夏》，倘即此詩。」

思齊音齋。**大**音泰。**任，文王之母，**有韻，亦叶紙韻，母鄙翻。又叶麌韻，滿補翻。**思媚周姜，京室之婦。**有韻，亦叶紙韻，房軌翻。又叶麌韻，奉甫翻。**大**音泰。❶**姒**《荀子》注作「妣」。**嗣徽音，**侵韻。**則百斯男。**叶侵韻，尼心翻。○賦也。思，念也。齊，通作齋。《説文》云：「戒潔也。」《禮記》云：「齋之爲言齊也，齊不齊以致其齊也。」毛傳以爲莊也。大任，王季之妃。《大明》之詩所云「摯仲氏任」者也。《皇王大紀》云：「大任有賢德，目不視窈色，耳不聽淫聲，口不出惡言，容貌恭肅齊如也，以來嫁之年生子。古公亶父視之曰：『我世當有興者，其在斯乎！』名之曰昌，即文王也。」媚，《説文》云：「悦也。」周姜，毛云：「大姜也。」朱子云：「大王之妃也。」按周自大王始遷，故系姜于周。京室，毛云：「王室也。」孔云：「京者京師，故言王室。王季未爲天子而言京者，以其追號爲王，故以京師言之。」大姒，《史記》云：「文王正妃也。」詳見《大明》篇。嗣，繼也。徽，毛云：「美也。」按徽本三糾繩之名，琴節亦曰徽，則以琴絃是繩爲之，故《淮南子》

---

❶ 「泰」，原作「秦」，據《四庫全書》本改。

云：「鼓琴循絃，謂之徽也。」《文選》五臣注亦云：「調也。」此以徽音連言，當即取琴節之義，以其音調和可聽謂之美音，猶云令聞也。「則百斯男」者，毛云：「大姒十子，衆妾則宜百子也。」按《左傳》祝鮀曰：「武王之母弟八人，是通武王、伯邑考爲十子也。」其名則《史記》云：「長伯邑考，次武王發，次管叔鮮，次周公旦，次蔡叔度，次曹叔振鐸，次郕叔武，次霍叔處，次康叔封，次聃叔季載。」皇甫謐則次周公于管、蔡、郕、霍之下，次曹叔振鐸，而康、聃二叔居其後，不知何據。又《左傳》富辰云：「管蔡郕霍，魯衛毛聃，郜雍曹滕，畢原豐郇，文之昭也。」則武王異母弟，又有毛、郜、雍、滕、畢、原、豐、郇八人，其他無考。襄楷云：「文王一妻，誕致十子。」錢天錫云：「百男以驗其賢，不主效言。」一説，季云：「并子孫言之也。」亦通。此詩以發端「齊」之一字貫串。後章詠文王之德，曰肅肅，曰臨保，皆本于此。其氣稟有自來矣，然此等家法，不始自大任，在大姜時已自如是。《皇王大紀》謂大姜美而賢，生三子：泰伯、仲雍、季歷，能化導之，皆成賢德。《列女傳》謂大姜貞順率道，靡有過失，廣于德教，而謀事次之，則大姜之爲人可知。故《詩》言此存心莊敬之大任，乃我文王之母也。彼知大姜以莊敬爲悦，故其所思念，惟是謹持婦德，以得姑之歡心，而稱其爲新造周室之婦，乃大姒又能繼大任之令聞，其莊敬之德亦如之，故無險詖私謁之心，有不妬忌之美，而子孫至于衆多也。夫多男繇于不妬忌，而不妬忌繇于克敬，如漢匡衡所云「致其貞淑，不貳其操，情欲之感無介乎容儀，宴私之意不形于動静」者，則妬忌之念，何自而生。周家世有聖妃，而一脉相傳，其造詣之邃如此，猗歟盛矣。《後漢書》梁皇后云：「夫陽以博施爲德，陰以不專爲義，螽斯則百，福之所繇興也。」又按古者親迎之禮，父南向，子北向而跪，醮而命之曰：「往迎爾相，承我宗事，勗率以敬，先妣之嗣，若則有常。」夫爲人婦而能敬繼先妣之事，此賢婦也。魯公父文伯之母，孔子亟稱之，而其言必曰：「吾聞諸先姑。」子夏聞之曰：「善哉！商聞之曰：古之嫁者，不及舅姑謂之不幸，夫婦學于舅姑者也。」

惠于宗公，東韻。**神罔時怨，**《國語》引無此一句。**神罔時恫。**東韻。《説文》作「侗」。**刑于**《後漢書》作「於」。**寡妻，至于兄弟，**《後漢書》引無此一句。**以御于**《後漢書》作「於」。**家邦。**叶東韻，悲工翻。○賦也。「惠于宗公」三句，蒙上章大姒而言。惠，《爾雅》云：「順也。」錢云：「惠有藹然相浹意。」宗公，毛云：「宗神也。」孔云：「《書序》云：『班宗彝。』《中庸》云：『陳其宗器。』皆謂宗廟爲宗。又下頻言『神罔』，則宗公是宗廟先公，故云宗神也。」罔，通作亡，亡之言無，故《爾雅》訓罔爲無。怨，《説文》云：「恚也。」恫，毛傳、《説文》皆云：「痛也。」先怨後恫，謂恚之極而痛也。鄒忠胤云：「《禮》國君娶夫人之辭曰：『請君之玉女，與寡人共有敝邑，事宗廟社稷。』此求助之本也。祭必夫婦親之，所以備外内之官也。婦順章而宗公惠，故曰罔怨罔恫。」「刑于寡妻」以下，詠文王之辭也。刑，毛傳訓爲法，當通作从井之刑，《易》所謂「井者，法也」。寡妻，鄭玄云：「寡有之妻，言賢也。」愚按大姒能取法文王，故其德爲世所鮮有，稱爲寡妻宜矣。真德秀云：「説者謂文王有賢妃之助，故能成其聖德，然后妃之所以賢，則又本于文王之躬化。故詩人歌之曰『刑于寡妻』，言文王之德，儀于閨門。」吕祖謙云：「毫髮不愧于隱微，然後近者孚。」嚴粲云：「刑于寡妻，美文王能儀刑之，非美寡妻也。《關雎》美后妃之德，所以見文王之德，亦此意也。」至者，自此及彼之謂。兄弟，泛言兄弟之國，與《皇矣》之詩言「同爾兄弟」義同。御，即御車之御，《説文》云：「使馬也。」家，指門内，蒙上寡妻言。邦，指友邦，蒙上兄弟言。文王之化，自門内而達于友邦，了無扞格，如駕輕車就熟路，六轡在手，故曰御于家邦。真云：「閨門正矣，次及于兄弟，以至于國家，無不正焉，其本皆自文王之身始。《孟子》舉此詩以告齊王，而斷之曰：『言舉斯心，加諸彼而已。』文王非人人化之也，脩吾身于此，而其效自形于彼。」」鍾離意云：「《春秋》先内後外，《詩》曰：『刑於寡妻，以御于家邦。』明政化之本，繇近及遠。」季云：「此章要旨在于『刑寡妻』而已。」又周子云：「治天下有本，身之謂也。治天下有則，家之謂也。家難而天下易，家親而天下踈。家人離必起于婦人，故《睽》次《家人》，以『二女同居，而志不同行』也。堯所以釐降二女于潙汭，舜可禪乎？吾茲試矣。是治天下觀于家，治家觀身已矣。身端心誠之謂也。」真氏爲之衍其義云：「夫治家之難，所以甚于治國者，門内尚恩，易于掩義故也。世之人，固有勉於治外者矣。至其處家，則或狃于妻妾之私，或牽于骨肉之愛，鮮克以正自簡者，而人君尤甚焉。漢高帝能誅秦滅項，而不能割戚姬、如意之寵；唐太宗能取孤隋，攘群盜，而閨門慙德，顧不免焉。蓋踈則公道易行，親則私情易溺，此其所以難也。不先其難，未有能其易者。漢、唐之君立本作則，既已如此，何怪其治天下不及三代哉？夫女子陰柔之性，鮮不妬忌而險詖者，故二女同居，則猜間易生。堯欲試舜，必降以二女者，能處二女，則能處天下矣。舜之身正而刑家如此，故堯禪以天下而不疑也。身之所以正者，繇其心之誠，妄去則誠存矣。誠存則身正，身正則家治，推之天下，猶運之掌也。」愚按從來言齊治相因之理，未有親切如斯者，觀此詩後章，亦以臨保爲言，即存誠之謂與。《家語》、《荀子》俱載子貢問於孔子曰：「賜倦于學，困于道矣，願息于妻子。」孔子曰：「《詩》云：『刑于寡妻，至于兄弟，以御于家邦。』妻子之難也，焉可以息哉？」又按《晋語》，胥臣云：「文王敬友二虢，而惠慈二蔡，刑于大姒，比于諸弟。《詩》云：『刑于寡妻，至于兄弟，以御于家邦。』於是乎用四方之賢良。及其即位也，詢于八虞，而咨于二虢；度于閎夭，而謀于南宫；諏于蔡、原，而訪于辛、尹，重之以周、召、畢、榮。億寧百神，而柔和萬民。故《詩》曰：『惠于宗公，神罔時恫。』」似皆依附詩詞，未得立言本旨。

雝雝《漢書》注作「雍雍」。**在宫，肅肅在廟。**叶效韻，眉教翻。**不顯亦臨，無射亦保。**叶效韻，彼教翻。○賦也。此章發明「刑于寡妻」之實。雝雝，毛傳云：「和也。」按雝乃鳥名，所謂雝渠也，亦名脊令。其鳥共母生者，飛鳴不相離，取其音聲之和，故借爲和義。諸書多作雍，《爾雅》又加口作噰，今考《説文》都無此兩字，或又作廱，乃辟廱也。亦或作邕，乃四方有水自邕城池之名，俱與和義無涉。夫倡婦隨，比之兄弟，故亦曰雝雝。凡室皆名宫，此宫謂宫中也。朱子云：「閨門之内也。」肅，《説文》云：「持事振敬也。」敬之至曰肅肅。廟，孔云「先祖之廟」也。此二句，非以宫廟對言。文王在宫之時，雖不廢雝雝矣，而其肅肅之心亦與在廟等，蓋心純于敬，直合宫廟而一之。下文言不顯、無射，皆所以形在宫也；言亦臨、亦保，正所以形肅肅也。季云：「在宫，和之處也；在廟，敬之處也。在宫而和，常恐其褻，故在宫雝雝之時，必有在廟肅肅之敬，然後爲不欺鬼神也。」不顯，言人所不見也。臨者，俯視之謂。徐鍇云：「與監同意。」真云：「其所處雖非顯明之地，常若天地神明之在其上也，父母師保之在其前也。」射，舊説皆通作斁，謂厭也。今按末章有「無斁」之文，彼斁既用本字，則此射但當如字解，凡指物而取皆曰射，言爲人所指，亦如爲弓弩所中也。閨門之内，乃彈射所不及，故曰無射。保者，抱持之義。毛晃云：「篆文从人从子从八，象人抱子形。」真云：「嚴於自保，常恐燕安怠惰之私萌于中，邪辟嫚易之氣設於體也。」愚按不顯而常若十目所視曰亦臨，無射而常若十手所指曰亦保，臨者自外臨之，保者己自保也。萬時華云：「文王之心，只是臨保。若説因不顯而加臨，因無射而加保，蚤已加一番提省，豈所語于文王之德之純？不顯句，是戒慎不睹，恐懼不聞。無射句，是不動而敬，不言而信。」季云：「此可見其心之嚴于隱微，而閨門之内所以爲寡妻之法者在是矣。」

肆戎疾不殄，朱子云：「此與下章用韻未詳。」**烈**鄭箋作「厲」。**假不瑕。**鄭箋繫此二句於第三章之後，爲一章。**不聞亦式，不諫亦入。**鄭箋繫此二句于「肆成人有德」之上爲第四章。今從毛傳及朱傳改正。〇賦也。此章發明「至于兄弟」之事。肆，解見《緜》篇。戎，謂西戎，指昆夷也。❶疾，病也。西戎爲周之患，如人之有疾病也。殄，絶也。戎疾不殄，與《緜》之「不殄厥愠」義同。烈，光也。按火猛曰烈，故有光義。假，通作徦，从彳。《説文》云：「至也。」烈假連文，猶《書》言光被也。瑕，《説文》云：「玉小赤也。」《禮記注》云：「玉之病也。」言文王之時，雖西戎之患猶未殄絶，而其德之光輝所被，人皆瞻仰，無有指斥其瑕玷者。《泰誓》所謂光于四方，顯于西土是也。黄佐云：「前此頌太王，曰：『肆不殄厥愠，亦不殞厥問。』後此頌周公，曰：『公孫碩膚，德音不瑕。』家法之相承，有如此者。」式，《説文》云：「法也。」諫，《説文》云：「證也。」《廣韻》云：「諍也。直言以悟人也。」《白虎通》云：「閒也，更也。是非相閒，革更其行也。」徐鍇云：「於文言柬爲諫。柬者，分别善惡之謂。」入，《説文》云：「内也。」言文王不必有號令條教以聞于人，而人皆以文王爲法，文王見人之不善，不必以言語諫諍之，而人自油然潛入其範圍，所謂不大聲色而人胥化也。蓋德盛則化自神，其至于兄弟之國有如此。按朱子云：「文王之化，始於《關雎》，而至於《麟趾》，則其化之入人者深矣。

❶「夷」，原作「荑」，據《四庫全書》本改。

形於《鵲巢》，而及於《騶虞》，則其澤之及物者廣矣。蓋意誠心正之功，不息而久，則其薰蒸透徹，融液周遍，自有不能已者。」

肆成人有德，小子有造。古之人無斁，《韓詩》、鄭箋、豐氏本俱作「擇」。**譽髦斯士。**賦也。此章與首章相照應。「肆成人」二句，指大任言，見文王之所以聖。「古之人」以下，則言文王亦能如大任之教子，以完「則百斯男」之意。朱子云：「冠以上爲成人。」有德，謂文王純亦不已之德。小子，朱子云：「童子也。」造，《説文》云：「就也。」有造，言涵養啓迪之，使其有所成就也。歐陽脩云：「詩人既述文王脩身之善，然後本其所以聖者，繇生於賢母，幼被養育，而至成人也，故曰：『肆成人有德，小子有造。』言文王有成人之德，自其幼小爲之子，而養育成其性也。」按《列女傳》稱大任娠文王，寢不側，坐不邊，立不蹕，不食邪味，割不正不食，席不正不坐，目不視惡色，耳不聽淫聲，口不出敖言，夜則令瞽誦詩，道正事，君子謂大任爲能胎教。文王生而明聖，大任教之，以一而識百。胥臣亦謂文王在母不憂，在傅弗勤，處師弗煩，事主不怒，是皆大任教誨之力，所謂有造者也。舊説皆以有德有造，爲文王作人之事，故劉向《説苑》亦謂此兩句乃大學之教，雖於理亦通，而於章旨未合，故定從歐説。古之人，謂古老之人，指文王也。《周書・無逸》篇言小人侮厥父母，曰「昔之人無聞知」，是亦以昔人稱父母矣，況此詩作于文王既没之後乎？吕云：「典謨作于虞、夏，其稱堯、舜、禹、臯陶，已曰若稽古，則此詩追述文王，以爲古之人，復何疑哉？」斁，《説文》云：「解也。」厭倦之意。譽，《説文》云：「稱也。」毛云：「有名譽也。」髦至眉爲髦。孔云：「士者，男子行成之大稱。」又人未有生而貴者，其初皆士，雖天子之子，亦不過比于元士而已。言文王教育諸子，亦如大任，無少厭倦，故皆能有聲譽，當其髮至眉之時，而德行已成，儼然有士之稱矣。《螽斯》之繩繩，《麟趾》之振振，譽髦斯士之謂也。然而有管、蔡者，何也？劉向謂人才質不同，有不可以少加重任者。《易》曰：「力小而任重，鮮不及矣。」反思其受教之時，未必至於是也。按武、周滅殷，管、蔡興殷，各行其志，雖不可以管、蔡爲是，要之彼亦自有所見。後之論者，且有以殷之忠臣目之矣。

《思齊》五章，二章章六句，三章章四句。故言如此，朱子從之。按故言即毛氏傳也。鄭箋分爲四章，章各六句。豐氏本移《緜》之「虞芮」章爲此詩末章，辨見《緜》篇。○《子貢傳》亦以爲訓成王之詩，未有所據。

《棫樸》，詠文王祭告伐崇之事，而有群髦爲之用，又以見文王之能官人也。疑即九夏中之《章夏》。《吴志》注云：「《棫樸》之作，有積燎之薪。文王郊酆，經有明文。」董仲舒《春秋繁露》云：「已受命而王，必先祭天，乃行王事，文王之伐崇是也。《詩》曰：『濟濟辟王，左右奉璋。奉璋峩峩，髦士攸宜。』此文王之郊也。其下之辭曰：『淠彼涇舟，烝徒檝之。周王于邁，六師及之。』此文王之伐崇也。上言奉璋，下言伐崇，以是見文王之先郊而後伐也。文王受命則郊，郊乃伐崇。崇國之民，方困于暴亂之君，未得被聖人德澤，而文王已郊矣。安在德澤未洽者不可以郊乎？」又云：「爲人子而不事父者，天下莫能以爲可。今爲天子而不事天，何以異是？故天子每至歲首，必先郊祭以享天，行子禮也。每將興事，必先郊祭以告天，行子道也。文王受天命而王天下，先郊，乃敢行事而興師伐崇。其《詩》曰『芃芃棫樸』云云，至『髦士攸宜』，此郊辭也。其下曰『淠彼涇舟』云云，至『六師及之』，此伐辭也。」今按以文王爲受天命而王天下，先儒多疑之。若紂尚存，而文王儼然行郊天之禮，是二天子也。且文王伐崇之後，始作邑于豐，無緣當伐崇時，遂有郊酆之事。惟《皇矣》之詩所云「是類是禡」者，固自可信。類、禡皆師祭，文王既受命得專征伐，故得行類祭之禮，亦如舜之居攝而類于上帝耳。其禮倣郊祀爲之，非正祭天也。《中候我應》云：「玄陽伐亂崇孽首。王曰：於戲斯在，伐崇謝告。」注云：「斯，此也。天命此在，伐崇侯虎，謝百姓，且告天。」是祭天而伐，主爲崇也。次章以造乎禰，宜乎社，言與祭天無預。若篇中所舉髦士，乃四友之倫，其能獎率六師，以從文王于邁，固所謂有禦侮者，而其他亦皆能分猷宣力，以潤色休明，如《雲漢》之爲章于天，則所謂疏附、奔奏、先後者也。濟濟多士，文王以寧，故《序》則又以爲文王能官人也。愚疑此詩即九夏中之《章夏》，説見《時邁》篇小引下。又但詠歌文王而不及武王，疑是詩必作于武王之世。

芃芃棫樸，薪豐氏本作「新」。**之槱**有韻，亦叶有韻，以九翻。陸德明本作「酒」。**之。濟濟辟王，左右趣**叶有韻，千候翻。亦叶有韻，此苟翻。《晏子》、賈誼《新書》俱作「趨」。**之。**賦之興也。芃芃，孔穎達云：「枝葉茂盛也。」棫，白桵也，解見《緜》篇。樸，當别是一木名。毛傳訓爲枹木，蓋本之《爾雅》，謂「樸屬叢生者爲枹，乃根枝迫迮相附着之貌，《詩》所謂棫樸枹櫟」是也。枹櫟，秦風作苞櫟。愚按《爾雅》有云：「樕樸，心。」注謂：「樕樸，乃槲樕之别名。有心能濕，江河間以作柱，一名心。」安知此樸非樕樸乎？又槲與櫟相類，亦有斗。櫟，即柞也。大雅以柞、棫連言者三，而《旱麓》篇直曰「瑟彼柞棫，民所燎矣」，此詩亦有「薪槱」之語，言棫樸，正猶之乎言棫柞耳。孔云：「伐木析之謂之薪。」按《禮記·月令》注云：「大者可析，名薪。小者合束，名柴。」據郭璞《爾雅》注，謂棫乃小木叢生者。今觀此詩，棫以薪言，則郭注之謬明矣。檷，《説文》云：「積火燎之也。」按《月令》季冬，乃命四監收秩薪柴，以供郊廟及百祀之薪燎。《周禮·大宗伯》以禋祀祀昊天上帝，以實柴祀日、月、星辰，以檷燎祀司中、司命、飌師、雨師。注謂禋之言煙，周人尚臭，煙氣之臭聞者也。檷者，積也。三祀皆積柴實牲體焉，燔燎而升煙，所以報陽也。孔云：「三者皆祭天神之禮，俱是燎柴升煙，但神有尊卑，異其文耳。下文言『奉璋峩峩』，是祭時之事，則此亦祭事。」愚按所以知此爲祭天者，以《皇矣》篇「是類」之語知之。蓋爲將出師伐崇，而類于上帝也。濟之爲言齊也。曰濟濟者，威儀整齊之貌。辟，《爾雅》云：「君也。」按辟本訓法，而轉訓爲君者，以君爲人所取法也。鄭玄云：「君王，謂文王也。君王臨祭祀，其容濟濟然敬。」嚴粲云：「辟王，從後尊稱之辭。左右，謂諸臣從王左右者。」趣，《説文》云：「疾也。」言諸臣皆疾速趨事以助祭也。薪檷棫樸，本賦其事，而中含興意。山善養木，資薪檷焉，國善養士，稱任使焉，是立言之義也。又《晏子春秋》云：「晏子聘于魯，魯昭公問焉：『吾聞之，莫三人而迷，今吾以魯一國迷，慮之不免于亂，何也？』晏子對曰：『君之所尊舉而富貴，入所以與圖身，出所以與圖君。及左右偪邇，皆同于君之心者也。犒魯國化而爲一心，魯無與二，其何暇有三？夫偪邇于君之側者，距本朝之勢，國之所以治也。左右讒諛，相與塞善，行之所以衰也。士者持祿，游者養交，身之所以危也。《詩》曰：芃芃棫樸，薪之檷之。濟濟辟王，左右趨之。此言古者明君之使以善也，故外知事之情，而内得心之誠，是以不迷也。』」賈誼《新書》云：「上主者可引而上，不可引而下；下主者可以引而下，不可引而上；中主者可以引而上，可以引而下。故其可憂者惟中主爾。又似練絲，染之藍則青，染之緇則黑，無善佐則亡，此其不可不憂者耳。故曰：『芃芃棫樸，薪之槱之。濟濟辟王，左右趨之。』此言左右日以善趨也。」又云：「古者年九歲，入就小學，蹍小節焉，業小道焉。束髮就大學，蹍大節焉，業大道焉。是以邪放非辟，無因入之焉。諺曰：『君子重襲，小人無繇入。正人十倍，邪辟無繇來。』古之人其謹於所近乎？《詩》曰：『芃芃棫樸，薪之槱之。濟濟辟王，左右趨之。』此言左右日以善趨也。」皆斷章取義，非詩正旨。

濟濟辟王，陽韻。**左右奉璋。**陽韻。**奉璋峨峨，**歌韻，亦叶支韻，魚羈翻。陸本作「俄」，今本皆書作「峩」。**髦士攸宜。**支韻，亦叶歌韻，牛何翻。○賦也。奉，《説文》云：「承也。」言以兩手承之。毛云：「半圭曰璋。」鄭云：「璋瓚也。祭祀之禮，王祼以圭瓚，諸臣助之，亞祼以璋瓚。」孔云：「臣行禮亦執圭璧，無專以璋者。《冬官·玉人》所云『大璋、中璋、邊璋』，皆璋瓚也。祭之用瓚，唯祼爲然。《郊特牲》曰：『祼以圭璋。』故知璋爲璋瓚矣。」按《考工記·玉人》云：「祼圭尺有二寸，有瓚，以祀廟。大璋、中璋九寸，邊璋七寸，射四寸，厚寸，黄金勺，青金外，朱中，鼻寸，衡四寸，有繅。」祼之言灌也，瓚如盤，其柄用圭，有流前注。漢禮，瓚盤大五升，口徑八寸，下有盤口徑一尺，三璋之勺，形如圭瓚。」勺即瓚也，璋其柄也，頭如矢鋭而穿物曰射，其勺以金爲之。鼻者，勺流也。流者，所以流鬯也。衡者，勺徑也。據《周禮·内宰》職云：「大祭祀，后祼獻則贊。」先儒謂王行初祼，后行亞祼，其或后有故不與，則大宗伯攝之。故《祭統》云「君執圭瓚祼尸，大宗執圭瓚亞祼」，是也。而諸臣則又有助祼將之事者，觀《小宰》職云「凡祭祀，贊祼將之事」，是可見助行祼事不獨一人矣。沈括云：「璋，圭之半體也，合之則成圭。王左右之臣，合體一心，趣乎王者也。」又按《周疏義云：「圭首鋭，一圭中分爲二璋，奉於王前，則其中分處向王，類乎人之鞠躬内嚮而歸心也。」又按《周禮》注云：「唯人道宗廟有祼，天地大神至尊不祼。」故孔氏以爲此言祼事，祭宗廟也。峨，《説文》云：「嵯峨也。」饒氏云：「衣冠壯偉之貌。」髦士，俊士之居官者，解見小雅《甫田》篇。宜，祭社之名。孔云：「兵凶戰危，慮有負敗，祭之以求其福宜，故謂之宜。」或云：「起大事，動大衆，必先有事于社，令誅罰得宜。」言此奉璋峨峨之髦士，廟祭之禮既畢，則又于宜社之所而助祭也。」按《王制》云：「天子將出征，類于上帝，宜乎社，造乎禰，受命于祖。」《泰誓》云：「受命文考，類于上帝，宜于冢土。」《周禮·大祝》職云：「大師宜于社，造于祖，設軍社，類上帝，數者言行禮先後，俱各不同。」按此詩先言祭天，以天最尊，故先之，與《王制》合也。次祭祖廟，然後祭社以出征，必載遷廟之祖主及社主以行。故《左傳》云：「帥師者，受命于廟，受脤于社。」《甘誓》亦云：「用命賞于祖，不用命戮于社。」皆言祖在社先。疑行禮次第，當是如此。文王行此三禮，蓋皆以伐崇告也。又受脤亦作受蜃，鄭玄引《春秋傳》云：「蜃，宜社之肉。」今按三傳皆無此文，孔穎達解之云：「蜃，大蛤也。」可以白器，令色白。然則器以蜃飾之，故謂之蜃。以祭祀之肉盛之蜃器而賜之，故曰受蜃也。

淠彼涇舟，烝徒楫叶緝韻，秦入、即入二翻。《春秋繁露》作「檝」。**之。周王于邁，六師及**緝韻。**之。**賦之興也。淠，《集韻》云：「動也。」字从水，如水之動。《詩》「萑葦淠淠」、「其旂淠淠」，皆言動也。涇，水名。《山海經》云：「涇谷之山，涇水出焉，東南流，注于渭。」《説文》云：「涇水出安定涇陽幵頭山，東南入渭，雝州之川也。」《雍大記》云：「涇水自平凉府城西南，自岩發源，至涇州，又東南至邠州界，又東北至西安府涇陽縣界，繇涇陽東流，至高陵縣，會于渭。」文王自岐伐崇，道必涉涇。按岐，即今岐山縣，與涇州連界。崇，即今鄠縣，與涇陽高陵，俱隷陝西西安府。烝，衆也，解見《東山》篇。徒，謂從行者，即船人是也。楫，

《説文》云：「舟櫂也。」《釋名》云：「在傍撥水曰櫂，又謂之楫。」楫，捷也，撥水舟行捷疾也。周王，文王也，亦從後追稱之辭。于，鄭云：「往也。」邁，《説文》云：「遠行也。」《周禮》五師爲軍，二千五百人爲師，萬二千五百人爲軍。天子六軍，則當用三十師，而《書》言張皇六師，《詩》言以作六師，整我六師。《孟子》言六師移之，皆謂天子之六軍也。不言軍而言師者，先儒謂多以軍爲名，次以師爲名，少以旅爲名。師者，舉中之言。以愚意度之，天子六軍，不必盡行，每軍之中各取其一師，其餘則以備更番之用，故謂之六師耳。文王爲西伯，奉王命得專征伐，故亦得抽調六師也。及，毛云：「與也。」此指統師之將言。詩于賦中有興，言彼涇水之舟，淠淠然順流而行者，爲有衆徒在傍，以楫撥之，蓋心力既齊，則舟行自疾也。周王以西伯奉命徂征，則諸臣之有事行間者，皆能提挈六師，同心協力，與之俱進，此文王得諸臣之助也。歐陽脩云：「文王養育賢才，助祭皆髦俊之士，有所征伐，則六師皆從。以見王所官之人，入宗廟，居軍旅，皆可用。言文武之材，各任其事也。」

倬彼雲漢，爲章于天。先韻，亦叶真韻，汀因翻。**周王壽考，遐不作人？**真韻，亦叶先韻，如延翻。○興也。倬，《説文》云：「著大也。」徐鍇云：「卓然高明也。」雲，《説文》云：「山川氣也。」漢，天河也，解見《大東》篇。或謂漢之在天，似雲非雲，故曰雲漢。今按《詩》言「維天有漢」，《夏小正》言漢案户，皆單舉漢字，未有連雲漢爲文者，知當指雲及漢也。豐道生云：「舊説雲漢爲一物，則未必有文，必曰雲曰漢二物，而後成文。蓋雲之變態不常，光采非一，點綴天河，而相映發，故曰『爲章于天』也。」章，通作彰。《説文》云：「文章也。」蘇轍云：「天之蒼蒼，豈自有章哉？則亦有雲漢以爲之章耳。」歐陽云：「雲漢在上，爲天之文章，猶賢才在朝，爲國之光采。」壽，《説文》云：「久也。」考，《説文》云：「老也。」鄭云：「文王是時九十餘矣，故云壽考。」遐之言胡，胡之言何，音之轉也。《易》云：「鼓之舞之之謂作。」孔云：「作人者，變舊造新之辭。」曹氏云：「商之末世，士氣卑弱甚矣，非鼓舞振動之，烏能自奮而有成哉？」郝敬云：「文王聖德，在位五十年，培植薰育久，兔罝野人皆爲干城。」輔廣云：「作人非一日偶然之可爲也，必積累漸漬之久，乃底于成。」愚按《恒》之彖曰：「聖人久于其道，而天下化成。」其文王之謂乎？

追《荀子》作「雕」，《説苑》作「彫」。**琢其章，**陽韻。《周禮》注作「璋」。**金玉其相。**陽韻。**勉勉**《荀子》、《韓詩外傳》、《白虎通》俱作「亹亹」。**我**《韓詩外傳》作「文」。**王，**陽韻。**綱紀四方。**陽韻。○比而賦也。按夏后氏冠名毋追，《禮記》疏云：「毋，發語辭。追，猶堆也，夏后氏質，以其形名之。」此追字當亦如此解，蓋於器物上爲堆起之形。照下文，當屬金言。趙希鵠云：「追即追蠡之追，三代鍾、鼎、尊、彝等器，爲雲雷、饕餮之文，曰追。」琢，《説文》云：「治玉也。」《爾雅》亦云：「玉謂之琢。」相，《説文》云：「省視也。从木目。」會意。引《易緯》文「地可觀者，莫可觀于木」。「金玉其相」者，謂觀其本質乃是金玉，故毛傳亦訓相爲質，蓋會意也。王安石云：「文王作人，外則使有文，內則使有質。」董鼎云：「玉不琢，不成器，作人猶追琢，使之就器也。然非養成其質，則文其得有傅哉？」鄧元錫云：「四友具矣，而原本於壽考之作人。追琢其章，教化之益也。金玉其相，髦俊之質也。學爲文，益其質，作之之力也，與『雲漢爲章』同義。金玉微追琢不章，髦俊微教化不成，夫有疏附，有先後，有奔奏，禦侮有人矣。惟其作之，是以有之。是《棫樸》之義也。」愚按二句聯言，猶云必追琢之，以煥發其章，而後顯其爲良金美玉云爾。徐幹云：「夫珠之含礫，瑾之挾瑕，斯其性與！良工爲之，以純其性，若夫素然，故觀二物之既純，而知仁德之可粹也。優者取多焉，劣者取少焉，在人而已，孰禁我哉！乘扁舟而濟者，其身也安。粹大道而動者，其業也美。故《詩》曰：『追琢其章，金玉其相。』」勉，猶勤也。勉勉，朱子云：「猶言不已也。」鄭云：「我王，謂文王也。」按《韓詩外傳》作亹亹文王。《説文》云：「綱，網紘也。紀，別絲也。」孔云：「綱者，網之大繩，故《盤庚》云：『若網在綱，有條而不紊。』是其事也。紀者，別理絲縷。以喻爲政有舉大綱者，有理微細者。」《白虎通》云：「綱者張也，紀者理也，大者爲綱，小者爲紀，所以疆理上下，整齊人道也。」吕氏云：「所以綱紀四方，維持而不墜者，皆官人之効，雖文王無爲，猶勉勉于斯而不已也。」愚按文王勞于作人，逸于任人，《書》曰：「文王罔攸兼于庶言、庶獄、庶慎，惟有司之牧夫，是訓用違，庶獄庶慎，文王罔敢知于兹。」文王得人，以任四方之事，而己不必與，特總其大綱而已，是綱四方也。四方之事，有群才以分理之，故無滲漏而不周、墜廢而不舉者，是紀四方也。又《説苑》云：「三王術如循環，故夏后氏教以忠，而君子忠矣，小人之失野；救野莫如敬，故殷人教以敬，而君子敬矣，小人之失鬼；救鬼莫如文，故周人教以文，而君子文矣，小人之失薄；救薄莫如忠，故聖人之與聖也，如矩之三襍。規之三襍，周則又始，窮則反本也。《詩》曰：『彫琢其章，金玉其相。』言文質美也。」《韓詩外傳》云：「夫五色雖明，有時而渝。豐交之木，有時而落。物有成衰，不得自若。故三王之道，周則復始，窮則反本，非務變而已，將以正惡扶微，絀繆淪非，調和陰陽，順萬物之宜。《詩》曰：『亹亹文王，綱紀四方。』」《荀子》云：「人之生，不能無群，群而無分別則争，争則亂，亂則窮矣。故無分者，人之大害也；有分者，天下之大利也；而人君者，所以管分之樞要也。故美之者，是美天下之本也；安之者，是安天下之本也；貴之者，是貴天下之本也。古者先王分割而等異之也，故使或美或惡，或厚或薄，或佚或樂，或劬或勞，非特以爲淫泰夸麗之聲，將以明仁之文，通仁之順也。故爲之彫琢、刻鏤、黼黻、文章，使足以辨貴賤而已，不求其觀；爲之鐘鼓、管磬、琴瑟、竽笙，使足以辨吉凶，合歡定和而已，不求其餘；爲之宫室臺榭，使足以避燥濕，養德辨輕重而已，不求其外。《詩》曰：『彫琢其章，金玉其相。亹亹我王，綱紀四方。』此之謂也。」皆非此詩正旨。

《棫樸》五章，章四句。朱子謂此詩亦以咏歌文王之德，而疑其作于周公。《申培説》則直謂周公咏歌文王之德，以訓嗣王，皆未知此詩立言之意者。使其見《春秋繁露》所云，則豁然矣。《子貢傳》但存「以訓成王」四字，而餘皆闕文。今按如傳説，則末章乃屬望嗣王之語，故稱我王耳，亦通。

《靈臺》，化成也。文王立靈臺而知民之歸附，作靈囿、靈沼而知鳥獸之得其所，以爲音聲之道與政通，故合樂以詳之。合樂於辟廱，育才之地也，是王道之終也。自「文王」下至「合樂以詳之」，出鄭箋、《黄圖》。〇按《竹書》，商紂三十七年，周作辟雍。四十年，周作靈臺。四十一年，春三月，西伯昌薨，故知是文王末年事。鄧元錫云：「文王久道成化，虞芮平而方國畢至，天下三分有二矣，於是乎作靈臺，庶攻子來，人和已。人和，化本也。囿沼以育物，濯翯於牣，則澤及蠕動也。在辟廱而於論於樂，論無患而後樂，樂行而倫清，教化流焉。德天則神，化久乃洽，故曰王道之終也。」蔡汝楠云：「若後世臺沼之樂，必非子來矣；鍾鼓之樂，必不及辟廱矣。」季本云：「文王存日，未嘗稱王，曰王在，見其爲武王時詩矣。」按賈逵、服虔注《左傳》，謂天子靈臺，在太廟之中，壅之靈沼，謂之辟廱。《大戴禮·盛德》篇，謂明堂者，所以明諸侯尊卑也，外水名曰辟廱。《政穆》篇，謂大學，明堂之東序也。盧植《禮記》注，謂明堂，即太廟也。天子太廟，上可以望氣，故謂之靈臺；中可以序昭穆，故謂之太廟；圜之以水似璧，故謂之辟廱。古法皆同一處，近世殊異，分爲三耳。蔡邕《月令論》，謂取其宗廟之清貌，則曰清廟；取其正室之貌，則曰大廟；取其堂，則曰明堂；取其四門之學，則曰大學；取其周水圓如璧，則曰辟廱。異名而實一也。潁子容《春秋釋例》，謂大廟有八名，肅然清静，謂之清廟；行禘祫，序昭穆，謂之大廟；告朔行政，謂之明堂；行饗射，養國老，謂之辟雍；占雲物，望氣祥，謂之靈臺；其四門之學，謂之大學；其中室，謂之大室；總謂之宫。此等諸儒皆以廟、學、明堂、靈臺爲一。袁準《正論》云：「明堂、宗廟、大學，禮之大物也，事義不同，各有所爲。而世之論者，合以爲一體，取《詩》、《書》放逸之文、經典相似之語而致之，不復考之人情，驗之道理，失之遠矣。夫宗廟之中，人所致敬，幽隱清静，鬼神所居，而使衆學處焉，饗射其中，人鬼慢黷，死生交錯，囚俘截耳，瘡痍流血，以干犯鬼神，非其理矣。且夫茅茨采椽，至質之物，建日月，乘玉輅，以處其中，象箸玉杯，而食於土簋，非其類也。如《禮記》先儒之言明堂之制，四面，東西八丈，南北六丈。禮，天子七廟，左昭右穆，又有祖宗，不在數中。以明堂之制言之，昭穆安在？若又區别，非一體也。夫宗廟，鬼神之居，祭天而於人鬼之室，非其處也。且明堂法天之宫，非鬼神常處，故可以祭天，而以其祖配之，配其父於天位可也。事天而就人鬼，則非義也。自古帝王，必立大小之學，以教天下，有虞氏謂之上庠下庠，夏后氏謂之東序西序，殷謂之右學左學，周謂之東膠虞庠，皆以養老乞言。《明堂位》曰：『瞽宗，殷學也。』《文王世子》曰：『春夏學干戈，秋冬學羽籥，皆於東序。』又曰：『秋學禮，冬學書，禮在瞽宗，書在上庠。』此周立三代之學也，可謂立其學，不可謂立其廟。然則大學非宗廟也。又曰：『世子齒於學，國人觀之。』宗廟之中，非百姓所觀也。是故明堂者，大朝諸侯講禮之處；宗廟，享鬼神歲覲之宫；辟雍，大射養孤之處；大學，衆學之居；靈臺，望氣之觀。各有所爲，非一體也。古有王居明堂之禮，《月令》則其事也。天子居其中，學士處其内，君臣同處，非其義也。明堂以祭鬼神，故亦謂之廟明堂。大廟者，明堂之内大室，非宗廟之太廟也。於辟廱獻捷者，謂鬼神惡之也。《王制》釋奠於學，以訊馘告，其上句曰『小學在公宫之左，大學在郊』，明大學非廟也。」

經始靈臺，經之營庚韻，亦叶陽韻，于方翻。**之。**賈誼引詩無此一句。**庶民**《史記》注作「人」。**攻**叶陽韻，姑黄翻。**之，不日成**庚韻，亦叶陽韻，辰羊翻。**之。經始勿亟**，職韻，亦叶支韻，去奇翻。《爾雅》作「悈」。**庶民子來。**叶支韻，陸之翻。亦叶職韻，六直翻。毛、鄭本只以「經始靈臺」四句爲第一章，今從朱傳改正。《三輔黄圖》引此詩云：「經始靈臺，庶民子來。經之營之，不日成之。」〇賦也。經，毛傳云：「度之也。」按經本織絲之經，縱曰經，横曰緯，故取爲縱横量度之義。始，《説文》云：「女之初也。」今但訓爲初。嚴粲云：「經度而始爲之，言創建也。」靈，字或从巫，或从玉。《説文》云：「靈，巫以玉事神也。」《大戴禮》云：「陽氣爲精，陰氣爲靈。」孔穎達云：「靈是神之别名。」毛云：「神之精明者稱靈。」《爾雅》云：「四方而高曰臺。」《易類謀》云：「文王伐崇，作靈臺。」《含神霧》云：「作邑于豐，起靈臺。」《周本記》云：「文王立靈臺，於時年九十六也。」又《周易乾鑿度》云：「昌二十九年，伐崇侯，作靈臺。」《淮南子》云：「文王爲玉門，築靈臺，以待紂之失。」《六韜》云：「文王既出羑里，周公旦築爲靈臺。」高誘云：「文王爲紂拘于羑里，得歸，乃作靈臺，作王門，相女童鐘鼓，示不與紂同也。」按文王年九十七而終，享國五十年。據《竹書》紀作靈臺之次年，西伯薨，與《周本紀》合。《鑿度》所云二十九年之説，或未足信。文王伐崇而作豐邑，其事在囚羑里之後，謂周公旦所築，固未測其信否。至謂築此以待紂之失，示不與紂同，則皆陋之乎觀聖者矣。又陳際泰云：「文王卑服，即康功田功，能惡衣服，不能卑宫室乎？其以靈臺爲也，則又文王所以詭爲窮奢以自玷之微權也。湯之不免於桀也，其以身爲莠稗也，至窮其所以，則仲虺之言曰：『惟王不邇聲色，不殖貨利。』而後湯之賢，適以見忌耳。文王伐崇而取之，紂之疑周，必自此始矣。爲臺爲沼，關中彈丸地，已自安之，豈有志天下哉？或謂聖人當無此。夫求美女而進之，獻雒西之地，而後始脱身虎口也，則孰謂聖人無機權也？」《關中記》云：「靈臺，在長安西北四十里。」《三輔故事》云：「在豐水北，經靈臺西，文王又引水爲辟廱靈沼。」《括地志》云：「今悉無復處所，惟靈臺孤立，臺基猶高二丈，周回一百二十步。」《五經通義》云：「靈臺在於野中，國之南，附近辟廱，積土增崇，其高九仞，極陽之數，上平無屋，望氣顯著。」按臺之所以名靈者，其説有三。《含文嘉》、《白虎通》皆云：「天子靈臺，所以觀天人之際，察陰陽之會，揆星度之驗，徵六氣之端，爲萬物獲福之元。」此一説也。《三輔黄圖》云：「靈者，言文王之有靈德也。」劉向云：「積恩爲愛，積愛爲仁，積仁爲靈。靈臺之所以爲靈者，積仁也。」鄭玄亦云：「臺而曰靈者，文王化行，似神之精明，故以名焉。」此又一説也。朱子云：「謂之靈者，言其倏然而成，如神靈之所爲也。」此又一説也。繇前一説，於以解臺似矣，然囿沼何以亦稱靈？不可通也。謂文王積仁而化行若神，故呼之以靈，此出於民之名之則可，而人君臺囿沼之名，民果得而命之乎？此正坐讀《孟子》誤耳。《孟子》云：「文王以民力爲臺爲沼，而民歡樂之，謂其臺曰靈臺，謂其沼曰靈沼。」蓋言文王因民之歡樂，而工速成也。以爲非神工不至此，故於臺囿沼，皆標之爲靈以紀異。正如後説所云，乃文王之自名之也。朱子既晰靈之義，而于《孟子集注》反云「民歡樂之，加以美名」，何哉？又《公羊説》云：「天子有三臺：靈臺，以觀天文；時臺，以觀四時施化；囿臺，以觀鳥獸魚鼈。諸侯卑，不得觀天文，無靈臺，但有時臺、囿臺，皆在國之東南二十五里。東南少陽用事，萬物著見，用二十五里者，吉行五十里，朝行暮返也。」今按靈臺既爲天子制，則文王尚爲西伯，安得有之？凡靈臺、辟雍之類，皆文王以意爲之，不必有所沿襲。其後周有天下，周公制禮，遂因以爲天子之制，而諸侯不敢同其名，故服虔《左傳》注言天子曰靈臺，諸侯曰觀臺。《王制》言天子曰辟雍，諸侯曰頖宫，皆所以示别也。又《前漢書·地理志》云：「濟陰郡成陽，有堯靈臺。」《後漢書·章帝紀》云：「祠唐堯於成陽靈臺。」是則靈臺之名，堯亦有之，豈文王慕其德因而踵襲之與？而康志賀《述禮統》則云：「夏爲清臺，商爲神臺，周爲靈臺。名清臺何？明明相承，太平相續，故爲清臺。名神臺、靈臺何？質者具天而王，天者稱神；文者具地而王，地者稱靈。」是皆競出新意以爲之説。古文散軼，誰使正之哉？若舊説，謂靈臺固以望氛祲，而亦因以疏瀹精神，宣節勞逸，則意已具是。自此之外，有求言于其上者，《管子》謂武王有靈臺之復，而賢者進，與堯有衢室之問，湯有總街之庭並稱，是也。復，謂白也。有偃武于其下者，《司馬法》謂偃伯靈臺，荅民之勞，示休，是也。偃伯，或曰偃武也。然則靈臺之爲用，亦博矣。孔云：「《左》僖十五年：『秦伯獲晋侯以歸，乃舍諸靈臺。』秦是諸侯，而得有靈臺者，杜預謂：『在京兆鄠縣，周之故臺也。』哀二十五年，衛侯爲靈臺於藉圃。言爲，則是新造。其時僭名之也。」營者，周匝之義，當以圖迴于心言。不然，則與上文經之之義相類。攻，毛云：「作也。」韋昭云：「治也。」不日，鄭云：「不設期日。」韋云：「不程課以時日也。」成，《説文》云：「就也。」言文王之經度始爲靈臺也。當其經度已定，此心猶在遲回熟慮間，而衆民則共協力攻作之，曾未設爲之期限，而臺功倏已告成矣。纔度即成，何其速也。鄭云：「説文王之德，勸其事，❶忘己勞也。」勿，通作毋，禁止辭。亟，《説文》云：「敏疾也。」文王以爲此臺也，乃經度而始爲之者，心恐煩民，戒令勿亟，而民心樂爲之，如子來趨父事，無所勉强，故其成之速有如此也。此兩句申説上四句意。陳櫟云：「不欲其急而過於來者，愛民之仁。子來而忘其勞者，事君之義。未有上好仁而下不好義也。」張栻云：「文王則勿亟，庶民則子來，君民之相與如此。」賈誼云：「文王志之所在，意之所欲，百姓不愛其死，不憚其勞，從之如集。《詩》曰：『經始靈臺，庶民攻之，不日成之。經始勿亟，庶民子來。』文王有志爲臺，令近規之。民聞之，麠裹而至，聞業而作之，日日以衆，故民趨而疾，弗期而成。」桓寬云：「夫牧民之道，除其所疾，適其所安，安而不擾，使而不勞，故取而民不厭，役而民不苦。《靈臺》之詩，非或使之，民自爲之。」《楚語》云：「靈王爲章華之臺，與伍舉升焉，曰：『臺美夫！』對曰：『先王之爲臺榭也，榭不過講軍實，臺不過望氛祥。故榭度於大卒之居，臺度於臨觀之高。其所不奪穡地，其爲不匱財用，其事不煩官業，其日不廢時務。瘠磽之地，于是乎爲之；城守之木，於是乎用之；官寮之暇，於是乎臨之；四時之隙，於是乎成之。故《周詩》曰：經始靈臺，經之營之。庶民攻之，不日成之。經始勿亟，庶民子來。王在靈囿，麀鹿攸伏。夫爲臺榭，將以教民利也，不知其以匱之

❶「勸」，《四庫全書》本作「觀」。

也。若君謂此臺美，楚其殆矣！』」《左》昭九年，築郎囿，季平子欲其速成也。叔孫昭子曰：「《詩》曰：『經始勿亟，庶民子來。』焉用速成，其以勦民也。無囿猶可，無民其可乎！」《孔叢子》云：「陳侯起凌陽之臺，未終，而坐法死者數十人。夫子適陳，陳侯問曰：『昔周作靈臺，亦戮人乎？』答曰：『文王之興，附者六州。六州之衆，各以子道來，故區區之臺，未及期日而已成矣，何戮之有乎？夫以少少之衆，能立大大之功，唯君爾！』」劉陶云：「聖王承天制物，與人行止，建功則衆悦其事，興戎而師樂其旅。是故，靈臺有子來之人，武旅有鳧藻之士。」

王在靈囿，宥韻。豐氏本作「圞」。**麀**豐本作「麀」。下同。**鹿攸伏。**叶宥韻，扶富翻。毛、鄭本以「王在靈囿」二句繫于「經始勿亟」二句之後，爲第二章。吕祖謙云：「今觀楚椒舉引《詩》，止於『麀鹿攸伏』，蓋全舉前二章之文也。若以首章爲章六句，則椒舉所引詩末二句在他章矣。然則章句其傳甚遠，未易以意改也。」愚按朱傳分前二章爲章六句，文義甚順。如毛、鄭分作三章，章四句，反隔斷語氣。且古人引《詩》，何常之有？椒舉所論，乃兼臺榭二者，自當引「靈囿」二句，以足論榭之意，必以引詩爲分章之證，則賈誼引此乃至「子來」而止，是非與朱傳脗合者耶？又按依毛、鄭分章，則伏當叶職韻，弼力翻。**麀鹿濯濯**，叶藥韻，書藥翻。**白鳥翯翯。**叶藥韻，下各翻。《孟子》、豐本俱作「鶴鶴」，賈誼《新書》作「皜皜」。**王在靈沼，於牣魚躍。**藥韻。○賦也。嚴云：「此詩謂文王爲王者，皆非作于文王之時。」囿，《説文》云：「苑有垣也。」孔云：「囿者，築墻爲界域，而禽獸在其中，所以域養禽獸也。」《淮南子》云：「湯始作囿，以奉宗廟犧鮮之具。」《周禮·囿人》職云：「禁牧百獸，祭祀、喪紀、賓客共其生獸死獸之物。」鄭云：「囿也，沼也，同言靈，於臺下爲囿爲沼可知。」按《三輔黄圖》載靈臺在長安西北四十里，靈囿在長安西四十二里，靈沼在長安西三十里。明有三處，但其地相近耳。朱子謂臺下有囿，囿中有沼。非也。《孟子》云：「文王之囿，方七十里，芻蕘者往焉，雉兔者往焉，與民同之，民以爲小，不亦宜乎？」班固《東都賦》云：「因原野以作苑，義合乎靈囿。」鹿者，彼類牝牡之總名。麀則專舉牝而言，解見《吉日》篇。攸，《説文》云：「行水也。」伏，《説文》云：「伺也。」然則攸有行義，伏有止義，言其行止，皆自得也。古説皆以攸爲所，伏爲伏子之義，故趙岐注《孟子》，謂文王在此囿中，麀鹿懷任，安其所而伏。韋昭注《國語》，謂牝鹿所伏，息愛㹀任之類。此皆從麀字生解，蓋但以麀鹿爲指麀耳。然《樂記》云：「羽者，嫗伏。毛者，孕鬻。」不應以伏咏麀，且於下文「濯濯」不甚聯貫，故不從。濯，本訓澣，取以擬鮮澤之貌，如言新沐新浴是也。重言者，非一之辭。「翯翯」倣此。白鳥，謂鳥羽色白者，偶舉所見而言。陸佃以爲鷺也。翯，《説文》云：「鳥白肥澤貌。」陸云：「《淮南子》曰：『的的者獲，提提者射。』故《詩》正言：『麀鹿濯濯，白鳥翯翯。』以美文王之德。」沼者，池之别名。圓曰池，曲曰沼，《雍大記》云：「靈沼，按《舊圖記》，在上長安城西四十里，豐水之西，真花確北，今爲水泊。」劉向《新序》云：「周文王作靈臺，及爲池沼，掘得死人之骨。吏以聞于文王，文王更葬之。吏曰：『此無主矣。』文王曰：『有天下者，天下之主；有一國者，一國之主。寡人者，死人之主，又何求主？』遂令吏以衣棺更葬之。天下聞之，皆曰：『文王賢矣，澤及枯骨，又況于人乎？』」於，朱子云：「歎美辭。」牣，《説文》云：「滿也。」字从牛者，牛大物，故爲滿也。鄭云：「靈沼之水，魚盈滿其中，皆跳躍，言得其所。」劉彝云：「魚驚則潛。今牣而躍者，習於仁而自遂也。」愚按《孟子》解此詩云：「樂其有麋鹿魚鼈，古之人與民偕樂，故能樂也。」麋鹿魚鼈之樂，正主文王言，所謂古之人能樂者，觀此詩以「王在」起語可見。深探其本，則以爲繇與民偕樂而然耳。舊説不達《孟子》立言之意，而并以此詩爲民歡樂之之辭，其亦誤矣。賈誼云：「此言德至也。聖主所在，魚鼈禽獸猶得其所，況於人民乎？故仁人行其禮，則天下安，而萬理得矣。逮至德渥澤洽，調和大暢，則天清徹，地富煴，物時熟，民心不挾詐賊，氣脉淳化，攫齧搏擊之獸鮮，毒蠚猛虭之虫蜜，毒山不蕃，草木少薄矣。鑠乎大仁之化也。」真德秀云：「鹿之在囿，如在山林。魚之在沼，如在江湖。文王之德及飛潛，各安其處，此所謂不擾也。漢儒作賦，鋪陳弋獵之盛，至曰風毛雨血，洒野蔽天。吁！物生斯時，與靈臺之世爲何如耶？」又按《周書》，言文王不敢盤于遊田，自朝至于日中昃，不遑暇食。而此詩言其在囿在沼者，何哉？順時伴涣，以節勞逸，雖聖王不能廢，然亦偶一涉之耳。若夫囿沼之設，以習武事以供祭祀、喪紀、賓客，各有所爲，初不爲遊觀設也。

虡《説文》作「巨」。**業維樅**，冬韻。**賁**陸德明本作「蕡」。**鼓維鏞**。冬韻。**於論鼓鍾**，冬韻。**於樂**音酪。**辟廱**。冬韻。豐本作「雝」。後同。○賦也。此章述文王既遊囿沼之後，遂於辟廱作樂之事。鄭云：「虡，所以懸鍾鼓也。」《説文》云：「鍾鼓之柎也。飾爲猛獸。」本作虡，从虍，異象其下足，今文作虡。顏師古以虡爲神獸名，又云：「猛獸名。」《上林賦》「擽蜚虡」是也。凌濛初云：「木刻虡獸之形，遂借以爲名。如掩兔之畢，祭器之畢，皆象畢星之形，而俱名之以畢也。」《禮記》云：「夏后氏勾龍作筍虡。」按《考工記》，梓人爲筍虡。天下之大獸五。脂者、膏者以爲牲，臝者、羽者、鱗者以爲筍虡。厚脣，弇口，出目，短耳，大胷，燿後，大體，短脰，若是者謂之臝屬。常有力而不能走，則於任重宜，大聲而宏，則於鍾宜，若是者以爲鍾虡。是故，擊其所縣，而繇其虡鳴。鋭喙，决吻，數目，顅脰，小體，騫腹，若是者謂之羽屬。常無力而輕，其聲清揚而遠聞。無力而輕，則於任輕宜，其聲清揚而遠聞，則於磬宜。若是者以爲磬虡，故擊其所縣，而繇其虡鳴。小首而長，摶身而鴻，若是者鱗屬，以爲筍。自孫炎、郭璞據此文，以虡爲懸鍾磬之用，俗説相因，皆謂此但懸編鍾、編磬之類耳。豈知編鍾、編磬乃樂之小者，若下文賁鼓、維鏞，各自有虡。此詩二句連言，故知所指者，乃賁鏞之虡，亦舉大以該小也。何以明之？《明堂位》云：「夏后氏之足鼓，殷楹鼓，周縣鼓。」此三鼓即建鼓也。建鼓，乃少昊氏所作之大鼓，夏加四足，故以足名。殷人柱貫之，故以楹名。周人縣之，故以縣名。是則周大鼓用縣之明據矣。故劉熙《釋名》云：「所以懸鼓者，横曰簨。簨，峻也，在上高峻也。從曰虡。虡，舉也，在傍舉虡也。」又《廣韻》云：「飛虡，天上神獸，鹿頭龍身，凡鍾之柎飾爲此獸，故謂之虡。」陳祥道云：「十二辰之鍾，以應十二月之律。十二辰之鍾，大鍾也，大鍾特懸，《詩》、《書》、《爾雅》所謂鏞是也。非十二辰之鍾，則編焉，《周禮》所謂編鍾是也。」《管子·霸形》篇云：「桓公起行筍虡之間，管子從至大鍾之西，大鍾鳴。」是又大鍾用縣之明據矣。然則《考工記》所云鍾虡磬虡者何居？愚意大鍾大鼓之虡，皆任重之類，當用鍾虡。編鍾編磬之虡，皆任輕之類，當用磬虡。於鍾虡不言大鼓，於磬虡不言編鍾者，互見之也。又按《鬻子》云：「大禹銘於筍虡，教寡人以道者擊鼓，以義者擊鍾。」是又非鍾鼓有虡之證乎？《爾雅》云：「大版謂之業。」《説文》云：「筍虡大版也。所以飾縣鍾鼓。捷業如鋸齒，以白畫之。象其鉏鋙相承也。」筍，亦作栒。孔云：「縣鍾磬者，兩端有植木，其上有横木，謂直立者爲虡，謂横牽者爲栒。栒上加之大版，爲之飾，謂之業。其縣鍾磬之處，又以彩色爲大牙，其狀隆然，謂之崇牙。」樅本木名，《尸子》所謂松栢之鼠，不知堂密之有美樅者。《字説》云：「檜，栢葉松身，則葉與身皆曲。樅，松葉栢身，則葉與身皆直。樅以直從，檜以曲會。」陳祥道云：「《詩》曰『虡業維樅』，樅身葉皆直，則虡業者，皆以直木爲之也。漢武帝時，樂虡銅人生毛，董卓壞銅人銅虡以充鑄，❶則漢時以銅爲之，與古異耳。」又《樂書》別有樅圖，其形圓首長柄，乃所以撞鍾鼓者。陳暘云：「撞鍾鼓謂之樅。《漢書・司馬相如傳》謂『樅金鼓』，古樂歌所謂『戞玉樅金』，豈謂是耶？」其説亦可從。賁，通作鼖。《説文》云：「大鼓也。」《爾雅》云：「大鼓謂之鼖，小者謂之應。」《考工記》云：「鼓長八尺，鼓四尺，中圍加三之一，謂之鼖。」劉彝云：「鼖鼓身高八尺，而其鼓之面皮所冒者徑四尺也。中圍者，謂鼓腹也。鼓而徑四尺，則其圍十二尺，鼓腹之圍，加以三之一，則其圍十六尺，而徑五尺三寸三分寸之一也。」《周書・顧命》篇云：「鼖鼓在西序。」《周官・鼓人》職云：「以鼖鼓鼓軍事。」《司馬法》云：「中春振旅，諸侯執鼖鼓。」陳暘云：「所謂鼖鼓者，大鼓而已。鼖鼓鼓軍事，則晝作衆之鼓，非夜以警衆之鼜也。鄭氏以鼜爲鼖，誤矣。凡此非特用之以和軍旅，雖節聲樂亦用之，故《詩》言『賁鼓維鏞』，以文王能作大事，考大功，作樂以象其成也。鼖鼓、路鼓，皆謂之大者。路者，人道之大；鼖者，人事之大。國之大事，在祀與戎，故鬼享以路，軍事以鼖。」愚按此賁鼓奏于辟雍，即射宫也。射乃軍事，故特用鼖耳。鏞，《説文》云：「大鍾也。」《爾雅》云：「大鍾謂之鏞，其中謂之剽，小者謂之棧。」張萱云：「鏞，庸也，故亦作庸。庸，

❶「充」，原作「克」，據陳祥道《禮書》卷一百九改。

用也，用以民功爲大也。故古人有大功者，必銘於鍾以此。」陳暘云：「莫非鍾也，大者謂之鏞，以民爲大故也。❶鍾師掌金，奏大鍾也；鎛師掌金，奏小鍾也。許慎曰：『鎛，錞于之屬，所以應鍾磬也。』於理或然，鄭康成謂鎛如鍾而大，孫炎、郭璞釋大鍾之鏞亦名爲鎛，不亦失小大之辨歟？以經考之，自虞至周，鏞大而鍾小；自周公制禮，鍾大而鎛小。雖有改制之名，無變大小之實也。」又云：「樂之作也，先鼓以警戒，後鍾以應之，故《虞書》論堂下之樂，以鼗鼓爲先，笙鏞次之。《商詩》以置我鞉鼓爲先，鏞鼓次之。《周詩》以賁鼓爲先，維鏞次之。是鼓大麗而象天，鍾統實而象地，天先而地從之，鼓先而庸從之，先王立樂之方也。」愚按《大射儀》云：「建鼓在阼階西，南鼓。西階之西，其南鍾，南陳。一建鼓在其南，東鼓。一建鼓在西階之東，南面。」所謂建鼓，宜即此詩之賁也。所謂鍾，舊皆謂即此之鏞也。言鼓在鏞之先者，禮視學必先奏鼓，《文王世子》曰「天子視學，大昕鼓徵，所以警衆」是也。於，亦歎美辭，下同。論，《説文》云：「議也。」蘇轍云：「講也。因民之樂，而講求鍾鼓之度，以作辟廱之樂也。」鍾鼓，蒙上文言。樂有八音，專言論鼓鍾者，亦舉大以該小也。陳暘云：「鍾鼓，樂之器，而樂非器也，有精微之義存焉。鍾鼓不論，吾無以知其義矣。古之論樂者，論倫無患，則論其情而已，非論其義也。其文足論而不息，則論其文而已，亦非論其義也。論其義，則得之於耳而心喻之，得之於心而神受之，豈特聽其鏗鏘而已？荀卿曰：『鍾鼓以道志。』莫非鼓也，而大者謂之賁；莫非鍾也，而大者謂之鏞。於論賁鼓，其義見於作大事也。於謂維鏞，其義見于考大功也。」又云：

❶「以民爲大故也」，《四庫全書》本作「以民功爲大也」。

「鍾，陰聲也。鼓，陽聲也。在天則陰陽和，然後萬物得。在樂則鍾鼓應，然後八音諧。故獨鍾不能以和聲，獨鼓不能以成樂。是以鍾師掌金奏，必以鼓倡之；鼓人掌六鼓，必以四金和之。然則於論鍾鼓，其義豈不深且遠哉！」又云：「鍾鼓之於樂，猶君之於國，父之於家也。」又云：「仲尼曰：『樂云，樂云，鍾鼓云乎哉！』以爲樂在於鍾鼓，則鍾鼓樂之器，而器非樂也；以爲不在于鍾鼓，則鍾鼓不抎，吾無以見聖人矣。」又云：「雷積陽氣而後成聲，蟲待雷聲而後啓蟄。先王之爲鼓，其冒之也必以啓蟄之日。其聲象雷，其形象天，其於樂象君。鼓無當于五聲，五聲不得不和。傳曰：『鼓所以撿樂，爲群音之長。』是鼓爲五聲之君，五聲又以中聲爲君。故鼓大而短，則其聲疾而短聞；小而長，則其聲舒而遠聞。然則大而不短，小而不長，則其聲必適舒疾之節，其聞必適短遠之衷，一會歸中聲而已。鼓之爲用，豈不大矣哉！」又云：「先王之制鍾也，大不出鈞，重不過石，律度量衡於是乎出。所制有齊，而無高下厚薄之偏；所容有量，而無違回侈弇之過。❶一歸正緩之中聲而已。《國語》曰：『古者神瞽考中聲，而量之以制，度律均鍾。』則鍾以中聲爲本矣。昔齊景公爲大鍾，鍾大懸下，其氣不上薄，仲尼譏之。周景王將鑄無射，而爲之大林，單穆公非之。魯莊公鑄大鍾，而國小鍾大，曹劌譏之。皆失中聲故也。」《周語》伶州鳩云：「聞之，琴瑟尚宮，鍾尚羽，石尚角，匏竹利制，大不踰宮，細不過羽。夫宮，音之主也，第以及羽。聖人保樂而愛財，財以備器，樂以殖財。故樂器重者從細，輕者從大。是以金尚羽，石尚角，瓦絲尚宮，匏竹尚議，革木一聲。夫政象樂，樂從和，和從平。聲以龢樂，

❶「違」，原作「達」，據《四庫全書》本改。

律以平聲。金石以動之，絲竹以行之，詩以道之，歌以咏之，匏以宣之，瓦以贊之，革木以節之。物得其常曰樂極，極之所集曰聲，聲應相保曰龢，細大不踰曰平。如是，而鑄之金，磨之石，繫之絲木，越之匏竹，節之鼓而行之，以遂八風。於是乎氣無滯陰，亦無散陽，陰陽次序，風雨時至，嘉生繁祉，人民龢利，物備而樂，上下不罷，故曰樂正。」按參上諸説，亦可以得論樂之概矣。辟，通作璧。廱，《説文》謂天子饗飲之地，即辟廱也。字从广，雝聲。按廱字當从广下邕，广，讀若儼，象對刺高屋之形。四方有水曰邕，辟廱之制，四面有水環之，正合邕義。从邕，爲意兼聲。今不諧邕而諧雝，殊不可解。雝者，鳥名也。《漢書》又通作雍。考《説文》乃無雍字。《三輔黄圖》云：「周文王辟廱，在長安西北四十里，亦曰璧廱。如璧之圓，壅之以水，象教化流行也。」蔡邕云：「水廣二十四丈，四周于外。」《禮統》云：「内如覆，外如偃盤。」毛云：「水旋丘如璧曰璧廱，以節觀者。」孔云：「璧體圓而内有孔，此水亦圓而内有地，猶如璧然。土之高者曰丘，此水内之地未必高於水外，正謂水下而地高，故以丘言之。以水繞丘所以節約觀者，令在外而觀也。」陳祥道云：「辟雍外圜内方，明德當圓，行當方。考之於《禮》，黼簋錢之類，皆外圜内方，圜而函方，陰陽之義也。漢明帝視辟廱，人圜橋門而觀，周制宜亦然也。」今按據此，則辟廱之説，本自明白。繹其字義，即其制度亦可想見。後人紛紛妄生異論：《白虎通》謂辟之爲言積也，積天下之道德也；雍之爲言壅也，壅天下之殘賤，故謂之辟雍也。《韓詩》説，謂言辟取辟有德，不言辟水，言辟廱者，取其廱和也。《禮記》注疏謂辟，明也，於此學中，習學道藝，欲使天下之人，悉皆明達和諧。《樂書》謂夏后氏以序名學，則主以禮射，而畧於樂。商人以瞽宗名學，則主以樂教，而畧於禮。周人兼而用之，而名其學以辟廱。辟者，法之所自出，本之以爲禮。廱者，和之所自生，本之以爲樂。辟廱以本之，則禮樂之教，足以同人心，出治道。胡致堂謂《靈臺》詩，言鳥獸昆蟲，各得其所，鼓鍾虡業，莫不均調，於此所樂之德，惟辟雍而已。辟，君也。雍，和也。《文王有聲》所謂「鎬京辟雍」，義亦若此。皆以己意穿鑿附會，最誤學者，故詳闢之。鄭云：「辟廱三靈，皆同處在郊。」今按《黄圖》載靈臺辟廱，皆在長安西北四十里，則同處之説，不爲無據。頌「振鷺于飛，于彼西雝」，先儒亦謂辟廱在西郊，故曰西雝也。《韓詩》説，謂辟廱在南方七里之内，此不足信。孫鑛云：「東漢左辟廱，右靈臺，正是法周，蓋二地相近。」又按《王制》云：「諸侯，天子命之教，然後爲學。小學在公宫南之左，大學在郊。天子曰辟廱，諸侯曰頖宫。」此辟廱在郊之明證。漢鄭氏以此爲殷制非周制者，以篇内言有虞氏養國老於上庠，養庶老於下庠，夏后氏養國老於東序，養庶老於西序。殷人養國老於右學，養庶老於左學，周人養國老於東膠，養庶老於虞庠，虞庠在國之西郊。鄭氏之意，以爲養國老，當在大學，養庶老，當在小學。殷人於左學養庶老，正與小學在公宫之左句相合，故斷以爲小學。既左學爲小學，則右學是大學，其地當在郊矣。周人則不然，以虞庠養庶老，而其地在國之西郊，則與小學在公宫之左者異。虞庠既在郊，則東膠當在國，故有殷大學在郊，周大學在國之説。又有四代相變，虞、殷貴在郊，夏、周貴在國之説。而陳氏《禮書》則又合《王制》先後二義而參訂之，謂此天子與諸侯之異也。諸侯之學，小學在内，大學在外，取其選士必繇内以升于外，故言小學在公宫之左。又《郊特牲》言魯人將有事于上帝，必先有事于頖宫。頖宫者，魯之大學，其地在郊，是其證也。天子之學，小學居外，大學居内，取其選士必繇外以升于内，故《文王世子》言凡語于郊者，必取賢斂才焉，乃進其等以其序，于成均以及取爵于上尊，是其證也。此其説良辨。今言文王辟廱在郊者，文王時爲殷諸侯，尚仍殷制耳。前此未有名學爲辟廱者，自文王始，其後周有天下，遂尊以爲天子之學名。《王制》襍引三代制度，故合記之。又陳祥道云：「四代之學，虞則上庠下庠，夏則東序西序，商則右學左學，周則東膠虞庠，而周則又有辟廱、成均、瞽宗之名。《記》曰：『天子設四學。』蓋周之制也。辟廱，即成均也；東膠，即東序也；瞽宗，即右學也。蓋以成其虧，均其過不及，則曰成均；以習射事，則曰序；以糾德行，則曰膠；以樂祖在焉，則曰瞽宗；以居右焉，則曰右學。成均居中，其左東序，其右瞽宗，此大學也。虞庠在國之西郊，則小學也。《記》曰：『天子視學，命有司行事，祭先師先聖焉。卒事，遂適東序，設三老五更之席。』又曰：『祀三老五更於大學，所以教諸侯之弟，祀先賢於西學，所以教諸侯之德。』夫天子視學，則成均也。祭先師先聖，即祀先賢于西學，祭于瞽宗也。適東序，設三老五更之席，即養國老於東膠，祀三老五更於大學也。然則商之右學，在周謂之西學，亦謂之瞽宗；夏之東序，在周謂之東膠，亦謂之大學。蓋夏學上東而下西，商學上右而下左，周之所存特其王者耳。則右學東序，蓋與成均並建于一丘之上而已。繇是觀之，成均頒學政，右學祀樂祖，東序養老更。右學東序，不特存其制而已，又因其所上之方而位之也。」按《文王世子》云：「春夏學干戈，秋冬學羽籥，皆於東序。春誦夏弦，大師詔之。瞽宗秋學《禮》，執禮者詔之。冬讀《書》，典書者詔之。《禮》在瞽宗，《書》在上庠。」覽陳氏所論，其位置亦自晢然。先儒謂周但立三代之大學，而不立三代之小學也。於樂辟廱者，辟廱，興賢育才之地。今文王討論樂之理數于此，使賢才日以向化，洵可樂哉此辟廱也！《孟子》曰：「得天下英才而教育之，三樂也。」詩人言樂，意亦如此。或引《莊子》言歷代之樂，黃帝有《咸池》，堯有《大章》，舜有《大韶》，禹有《大夏》，湯有《大濩》，文王有《辟雍之樂》，武王、周公作

《武》，遂以辟雍爲樂名。按《樂苑》言文王樂名《巨業》，固未足信。《周禮・大司樂》舞六代之樂，無所謂辟雍者。《尚書大傳》引《樂經》云：「舟張辟雍，鶬鶬相從，八風回回，鳳凰喈喈。」則辟雍乃奏樂之所。上言舟張，可知其爲璧水也。《莊子》謂文王有辟雍之樂，正據此詩而言。或又以辟雍別有所在，乃文王宫名，其地近水，作樂宜空虚，故於是奏合其樂，尤堪捧腹。

於論鼓鍾，韻見上。**於樂辟廱。**韻見上。**鼉鼓逢逢，**冬韻，亦叶東韻，蒲蒙翻。**矇瞍**豐本作「瞍」。**奏公。**東韻，亦叶冬韻，諸容翻。《楚辭章句》作「工」，豐本于此章之後，又有二章，其第五章云：「舟張辟雝，蹌蹌相从。八風回回，皇皇喈喈。」其第六章云：「有昭辟雝，率爾衆工。無怠無訩，肅肅雝雝。」按前章出《尚書大傳》，後章出《周官》注，而文尚多。舊分爲二章，其一云：「有昭辟雝，有賢泮宫。田里周行，濟濟鏘鏘。相從執質，有族以文。」其一云：「敕爾瞽，率爾衆工。奏爾悲誦，肅肅雝雝，無怠無凶。」此乃合而隱括爲四語，祇因有「辟雝」二字相類，遂竊取以眩衆，然絶無意義可味，真續貂耳。○賦也。按《竹書》，文王未作靈臺時，已有辟廱，至此乃講究作樂之事，故《詩》先言於論鼓鍾，而後言於樂辟廱。使辟廱雖設，而無所以爲育材之具，亦安見其可樂乎？詩人所以嗟嘆而不已也。鼉，《説文》云：「水蟲也。」陸璣云：「形似蜥蜴，四足，長丈餘。生卵，大如鵝卵，甲如鎧甲，今合藥鼉魚甲，是也。其皮堅，可以冒鼓。」陸佃云：「鼉具十二肖肉，蛇肉最後，在尾，其枕瑩淨，魚枕弗如。欲雨則鳴，故里俗以鼉識雨。鱗甲黑色，能横飛，不能上騰。」羅願云：「鼉能吐霧致雨，力尤酋健，善攻崎岸。夜則出邊岸，人甚畏之，聲亦可畏。」晋安《海物記》云：「鼉宵鳴如桴鼓，今江淮之間謂鼉鼓，亦或謂鼉更，以善夜鳴，其數應更故也。」又《樂書》云：「詩人託之，其鳴更更，爲靈德之應，非實鼓也。」如簫音似鳳，故謂之鳳簫，即此類。今按《月令》季夏，命漁師取鼉，注云：「皮可冒鼓。」李斯亦云：「樹靈鼉之鼓。」又司馬相如《上林賦》云：「建靈鼉之鼓。」是則古人固以鼉皮冒鼓矣。陸佃謂鼉鼓非特有取于皮，亦其聲象鼉之鳴，故謂之鼉鼓，此論爲允。逢逢，《埤蒼》云：「鼓聲也。」此鼉鼓，非上章賁鼓。《周禮·鼓人》所謂「以晋鼓鼓金奏」者是也。陳暘云：「其制大以短，所以鼓金奏，非所以節樂。鼓人掌六鼓四金之音聲，而晋鼓居一焉。鎛師掌金奏之樂，豈晋鼓歟。」按上章賁鼓，舉其最大者言之。此章鼉鼓，則以始作者言之。蓋自鼉鼓鼓衆而後，矇瞍始作樂也。毛云：「有眸子而無見曰矇，無眸子曰瞍。」孔云：「矇、瞍皆無目之名，就無目之中以爲等級。矇者，言其矇矇然無所見，即今之青盲者也。矇有眸子，則瞍當無。矇之小别也。故《春官·瞽矇》注鄭司農云：『無目眹謂之瞽。有目眹而無見謂之矇。有目而無眸子謂之瞍。』亦與此同。此則對而爲名，其總則皆謂之瞽。」又《文選》注云：「無珠子曰矇，珠子具而無見曰瞍。」愚按前説皆未盡。矇右施蒙，童蒙也，是幼而無見者。瞍右施叟，長老之稱，是老而無見者。總謂之瞽耳。《禮》云：「御瞽幾聲之上下。」《國語》云：「矇瞍修聲。」奏，《説文》云：「進也。」嚴粲云：「樂之更端曰奏，故九成謂之九奏。」官所曰公，即「夙夜在公」之公，言奏樂於公所也。古奏樂皆以瞽，以其善聽而審於音也。

《靈臺》四章，二章章六句，二章章四句。毛、鄭作五章，章四句，今從朱傳、豐氏本有六章，詳見第四章下。〇《序》云：「民始附也。文王受命，而民樂其有靈德，以及鳥獸昆蟲焉。」按如此説，將置後二章于何地？且民之歸周久矣，謂至此而始附，何歟？東萊吕氏謂前二章樂文王有臺池鳥獸之樂也，後二章樂文王有鍾鼓之樂也，皆述民樂之詞也。朱子從之似已。然辟廱作人論樂興化，乃文王制作之大者，詩人於於樂二句特疊言之，其鄭重之意殆可想見，而僅以爲如尋常之奏樂娱耳云乎？《孟子》所謂與民偕樂同樂者，乃引君之詞，其實聖人無皇耽樂也。《子貢傳》以爲訓成王之詩，既未有以信其然。《申培説》從而衍之，謂文王遷都于豐，作靈臺以齊七政，奏辟廱，周公述之以訓嗣王。所謂奏辟雍者，蓋誤襲《莊子》之説，其陋斯甚。

《臣工》，耕耤也。《樂記》言武王祀乎明堂，而民知孝。朝覲，然後諸侯知所以臣。耕籍，然後諸侯知所以敬。然則此詩其武王之詩歟？籍，本作耤。《説文》云：「帝耤千畝也。古者使民如借，故謂之耤。」通作藉。《祭義》云：「天子爲藉千畝，冕而朱紘，躬秉耒；諸侯爲藉百畝，冕而青紘，躬秉耒，以事天地、山川、社稷、先古，以爲醴酪齊盛於是乎取之，敬之至也。」又云：「耕籍，所以教諸侯之養也。」鄒忠胤云：「夫明堂朝覲，則《我將》、《載見》諸詩是已。至耕籍，豈容無詩？此詩嗟臣工，正指公卿大夫之屬，至嗟保介，則義益顯然，其爲耕籍而戒農官，益可據矣。」

嗟嗟臣工，東韻。**敬爾在公。**東韻。**王釐爾成，**自此以下俱無韻，未詳。**來咨來茹。**賦也。嗟嗟，孔穎達云：「歎聲。」嗟而又嗟，重歎以呼之。按篇中言嗟嗟者二，而意各别，此爲歎而美之，下則歎而勑之也。工，毛傳云：「官也。」臣工，通三公九卿、諸侯大夫、百吏而言。公，朱子云：「公家也。」敬爾在公，言能恪供于在公家之事，即從王耕耤之禮也。釐，《説文》云：「家福也。」爾，指臣工也。成，《説文》云：「就也。」鄧元錫云：「『王釐爾成』者，言王受釐，爾實成之，則敬之效也。」來，來諸臣也。咨，《說文》以爲謀事也。茹，《爾雅》云：「啜也。」《方言》云：「食也。」王與諸臣躬耕帝耤，祭于先農，事竣受釐，而歸美于臣工之克敬，故大禮告成，於是進而與之謀事，且進而與之飲食也。來咨，即下章勅保介、命衆人之事。來茹，則受釐之餘共分神惠耳。《禮·月令》篇：「孟春之月，乃擇元辰，天子親載耒耜，措之于參保介之御間，帥三公九卿、諸侯大夫躬耕帝籍。天子三推，三公五推，卿諸侯九推，反執爵于大寢。三公九卿、諸侯大夫皆御，命曰勞酒。」《周語》虢文公曰：「農祥辰正，日月底于天廟，土乃脉發。先時九日，稷告王曰：『距今九日，土其俱動，王其祗祓，監農不易。』王乃使司徒咸戒公卿、百吏、庶民，司空除壇于藉，命農大夫咸戒農用。先時五日，瞽告有協風至。王即齊宫，百官御事各即其齊三日，王乃淳濯饗醴。及期，鬱人薦鬯，犧人薦醴，王祼鬯，饗醴乃行，百吏、庶民畢從。及藉，后稷監之，膳夫、農正陳藉禮，太史贊王，王敬從之。王耕一墢，班三之，庶人終于千畝。其后稷省功，大史監之；司徒省民，大師監之；畢，宰夫陳饗，膳宰監之。膳夫贊王，王歆大牢，班嘗之，庶人終食。」今按五推九推、省功省民，即此詩所云「敬爾在公」者。膳夫農正陳藉禮，則祭先農之事，其反執爵于大寢，及膳夫贊王歆大牢，所謂王釐者也。酒則公卿諸侯大夫皆御，太牢則班共嘗之，所謂來茹者也。

嗟嗟保介，維莫陸德明本作「暮」。**之春。**豐氏本作「維春之莫」。**亦又何求？如何新**豐本作「親」。**畬。**於音烏。**皇來牟，將受厥明。明昭上帝，迄用康年。**豐本作「年康」。**命我衆**豐本作「烝」。**人，庤乃錢鎛，奄觀銍艾。**豐本作「穫」。○賦也。此下皆勅農官之辭。嗟嗟，解見上章。朱子云：「保介，見《月令》、《吕覽》，其説不同，然皆爲藉田而言。」按《月令》：「天子親載耒耜，措之于參保介之御間。」鄭玄注保介，以爲車右也。保，猶衣也。介，甲也。人君之車，必使勇士衣甲居右而參乘，備非常也。孔穎達云：「車右及御人，皆是參乘。於時天子在左，御者在中，車右在右，言置此耒器於參乘、保介及御者之間也。保，即襁保。保謂小被，所以衣覆小兒，故云保猶衣也。」今按以衣訓保，義已難通，就如所云，車右置勇士，以備非常，固非農官也，而使之勸農，于理踈矣。高誘注《吕覽》，惟云：「保介，副也。」朱子增其義，曰：「蓋農官之副也。」夫以介爲副，似矣，然保字當作何解？且以保介爲農官之副，則以何者爲農官之正乎？愚意保介，即《周禮》遂人之官，介當通作界。田有經界，保護其經界，不使相混，謂之保介。《遂人》職所云：「以土地之圖經田野，造縣鄙形體之法，皆有地域，溝樹之。」而《月令》亦云：「王命布農事，命田舍東郊，皆修封疆，審端徑術。」是皆保介之義也。以《韓詩外傳》明之。楚莊王寢疾，卜之曰：「河爲祟。」大夫曰：「請用牲。」莊王曰：「止！古者聖王之祭不過望，濉漳江漢，楚之望也。寡人雖不德，河非所獲罪也。」遂不祭。三日而疾有瘳。孔子聞之曰：「楚莊王之霸，其有方矣！制節守職，反身不貳，其霸不亦宜乎！《詩》曰『嗟嗟保介』，莊王之謂也。」傳意以莊王能自守其疆界，不越境以求福，故引此詩。然則介之通作界，其義亦昭然矣。「維莫之春」二句，反語也。如何新畬，問辭也。莫春，朱子云：「斗柄建辰，夏正之三月也。」新，新田也。畬，孫炎云：「和也，田舒緩也。」按《爾雅》、《説文》皆謂田三歲曰畬，而《爾雅》又謂田二歲曰新田，惟鄭玄《坊記》注云：「二歲曰畬，三歲曰新田。」《詩詁》深然其説。今從之，詳見《采芑》篇。王於耕籍禮畢，嗟呼保介之官而告之曰：時不可失也，土不可蕪也。孟、仲二春，正田工畢舉之時，倘過此而春莫，則時已過矣。爾爲農夫者，將何所求乎？欲其不違農時也。田之甫墾者，有三歲之新焉，有二歲之畬焉，雖已成田，而未能與久墾之田埒也。爾農夫之有新畬者，今亦曾如何加功否乎？欲其無曠地利也。於，亦歎聲。皇，通作煌，光華之貌，故《爾雅》訓爲華，鄭箋訓爲美也。來牟，解見《思文》篇。於皇來牟，據耕耤時所見而言也。「將受厥明」者，言將享受此來牟之獲，其事明明可必，無差爽也。鄒云：「或疑寅月安得有來牟，然麥種在南方，下於亥月。其在北方，則下于酉月。金王而生，火王而死，備四時之氣，謂之首種。」而此但云「將受」，則亦未遽受也。明昭上帝，本祈穀上帝而言。迄，《説文》云：「至也。」康，毛傳云：「樂也。」康年，即《孟子》所云樂歲也，言自郊而祈穀之後，不獨來牟之熟可必而已，此上帝之意甚照然，至于西成之時，又將用此豐年之慶以賜我，故宜亟勉力于農事，如下文所云也。羅願云：「鄭司農注《稻人》，稱今時謂禾下麥爲荑下麥，言芟夷其禾，於下種麥。又注《薙氏》云：『俗間謂麥下爲荑，言芟夷其麥，以其下種禾豆。』則是卒歲之間，無曠土閒民矣。」衆人，鄭云：「庶民也。」命我衆人，使保介轉命之也。庤，《説文》云：「儲置屋下也。」《爾雅》云：「具也。」錢，《説文》云：「銚也。古田器。」《世本》云：「垂作銚。」季本云：「錢之爲銚。」説者不詳。宋仲子注銚爲刈，則銍本刈器，而刈器又有一銚，不知其爲何物矣。據孔氏，以銚爲七遥反，即今之鍬。一謂之鍤，所以起土，可用于耕，蓋耜類耳。《爾雅》銚作斛，云：「斛謂之疀。」《方言》云：「燕之東北、朝鮮洌水之間謂之斛，宋、魏謂之鏵，或謂之鍏。江淮、南楚謂之臿，趙、魏謂之喿，東齊謂之梩。」鎛，毛云：「鎒也。」鎒亦作耨，《世本》云：「垂作耨。」韋昭、李巡皆云：「鋤也。」郭璞云：「鋤屬。」《廣雅》云：「定謂之耨。」《爾雅》云：「斪斸謂之定。」《吕氏春秋》云：「耨柄尺，此其度也。其耨六寸，所以間稼也。」《字詁》云：

「頭長六寸，柄長一尺。」高誘云：「耨，芸苗也。六寸，所以入苗間也。」《考工記》云：「攻金之工，段氏爲鎛器。」又云：「粤之無鎛也，非無鎛也，夫人而能爲鎛也。」錢，耕時所用。鎛，耘時所用。《莊子》所云「春雨日時，草木怒生，銚耨於是乎始修」是也。奄者，徧覆之義。奄觀者，徧觀之也。銍，劉熙云：「穫鐵也。」《説文》云：「穫禾短鎌也。」艾，通作刈。鄭云：「芟末曰艾。銍艾者，用銍以刈禾也。」孔穎達引《管子》云：「一農之事，必有一銍一耨一銚然後成農。」蓋此三器者，分耕、耘、刈三用，闕一不可，故云。然承上言天既將賜我以康年矣，凡我衆人，可不盡人事以承天意乎？必具其銚耨以待用。及至秋成，則爾農官，又當徧觀之，以驗其銍穫之多少。《書》曰：「惰農自安，不昬作勞，不服田畝，越其罔有黍稷。」此始之所以不能已于命，而卒之所以不能已于觀也。《周語》虢文公曰：「古者，大史順時覛土，陽癉憤盈，土氣震發。太史告稷曰：『自今至于初吉，陽氣俱烝，土膏其動。弗震弗渝，脉其滿眚，穀乃不殖。』稷則徧戒百姓，紀農協功，曰：『陰陽分布，震雷出滯。』土不備墾，辟在司寇。乃命其旅曰：『狥，農師一之，農正再之，后稷三之，司空四之，司徒五之，大保六之，大師七之，太史八之，宗伯九之，王則大狥。耨穫亦如之。』民用莫不震動，恪恭于農，修其疆畔，日服其鎛，不解于時，財用不乏，民用和同。」按虢公之言，與此章語意一一脗合，亦可以見此詩爲耕耤而作，彰彰無疑矣。

《臣工》二章，一章四句，一章十一句。舊作一章十五句。○《序》及蔡邕《獨斷》皆云「諸侯助祭，遣於廟」之所歌也。鄧元錫爲之説曰：「王祭郊社宗廟，親耕耤，百工終畝，供明粢焉，敬之矣。祭訖受釐，臣工來助祭者，於廟臨遣之。又申助以豫農穀，受明康之賜，爲後祀端焉。於是知先工事鬼神之忠也，靡時怠忘也，慎終如始，慎始於終也，教之至也。《禮》，嘗之日，卜來歲之芟；獮之日，卜來歲之戒；社之日，卜來歲之稼。其豫一也。祭先祼鬯，先黍稷清酒，故重之。嗚呼！於受釐之終，惟受明之始，於受明之始，惟銍艾之終，終始不失於敬，其惟《臣工》乎！」次之頌，以爲是交神明之本也，其論信美矣。顧不知保介之設，乃天子耕耤所用，載在《月令》、《吕覽》甚明。若遣諸侯而自呼保介，何不相蒙之甚，抑豈諸侯亦有保介耶？而郝敬又强解之，謂天子于諸侯將行，而呼其車右，亦猶敢告僕夫之意。善乎鄒忠胤之闢之也，曰以卑告尊，不敢斥言，故《虞箴》有敢告僕夫之説，若以君訓臣，何必爾？止有因卑以達尊者，豈有因卑以達卑者乎？《申培説》則以爲祭先農之詩。今按祭先農，亦耕耤中之一事，然此詩意重在勸農，不專爲祭咏耳。朱子但以爲戒農官之詩，果爾，當與勞使臣、遣戍役諸篇同在小雅，不應列頌中矣。《子貢傳》闕文。

《白駒》，餞箕子也。 出鄒忠胤《詩傳闡》。○陳際泰謂白宋色，客宋號，言授之縶，以縶其馬。頌之有客，已言之矣，其諸留微子與其子孫之詩歟？鄒氏直以爲餞箕子也。其説云：「殷人尚白，至周猶仍其色。乘彼白駒，非殷士而何？受之以縶維，隆之爲嘉客，至公侯不足挽空谷之輸，而尚冀其無金玉爾音，此其意何篤摯！然卒不彊留者，以賢者固各有志，無苦相逼也。嘗觀膚敏之億麗，侯服周京者，不爲少矣，且以不如夏迪簡在王庭，服在大僚爲憾。所謂伊人，何獨可近不可攀如此。則予又意非它人，必箕子也。蓋周人誠不吝公侯之爵，以寵殷獻臣，而箕子自靖，罔爲臣僕，豈肯變其初志。武王亦不敢彊臣之，故訪範之後，即封之朝鮮。雅詠《白駒》，頌詠《有客》，要之皆此志也。夫殷有三仁，微、箕猶並在，而予獨以如玉目箕子者，蓋微子向已行遯矣。若如抱器奔周之妄説，則必非倏來而忽去，今朝今夕，何煩縶焉？若既就封，則固已膺桓圭而爲上公矣，爾公爾侯，又何勸焉？即返旆宋都，亦未可云遁思也。夫維箕子釋囚而陳《範》，陳《範》而又不爲臣，是以有朝鮮之長往，在彼空谷，此行是已。無金玉爾音，其有味乎《洪範》之言，而更祈嗣音乎？予故曰《白駒》，餞箕子也。」按《書序》云：「武王勝殷殺受，以箕子歸，作《洪範》。」《書·洪範》篇云：「惟十有三祀，王訪于箕子。王乃言曰：『嗚呼！箕子，惟天陰騭下民，相協厥居，我不知其彝倫攸敘。』箕子乃言曰：『我聞在昔，鯀陻洪水，汩陳其五行。帝乃震怒，不畀洪範九疇，彝倫攸斁。鯀則殛死，禹乃嗣興，天乃錫禹洪範九疇，彝倫攸敘。初一曰五行，次二曰敬用五事，次三曰農用八政，次四曰協用五紀，次五曰建用皇極，次六曰乂用三德，次七曰明用稽疑，次八曰念用庶徵，次九曰嚮用五福，威用六極。』」蘇軾云：「箕子之不臣周也，而曷爲爲武王陳《洪範》也。天以是道畀之禹，傳至於我，不可使自我而絶。以武王而不傳，則天下無可傳者矣。故爲箕子者，傳道則可，仕則不可。」《史記》云：「武王既克殷，訪問箕子，乃封於朝鮮而不臣也。」《洪範大傳》云：「武王勝殷，繼公子禄父，釋箕子囚。箕子不忍周之釋，走之朝鮮。武王聞之，因以朝鮮封之。」班固《漢書》云：「昔殷道衰，箕子去之朝鮮，教其民以禮義、田蠶、織作，爲民設禁八條，相殺以當時償殺，相傷以穀償，相盜者男没入爲其家奴，女爲婢，欲自贖者人五十萬，雖免爲民，俗猶羞之，嫁娶無所讐。是以其民終不相盜，無門户之閉，婦人貞信不淫辟。可貴哉，仁賢之化也！」范曄《後漢書》云：「昔箕子違衰殷之運，避地朝鮮，回頑薄之俗，就寬畧之法，行數百千年，故東夷通以柔謹爲風，異乎三方。若箕子之省簡文條，而用信義，其得聖賢作法之原矣。」《竹書》云：「武王十六年，箕子來朝。」《史記》

云：「箕子朝周，過故殷墟，傷故都宫室毁圮，禾黍生焉，欲哭不可，欲泣則爲近婦人，故作麥秀之歌曰：『麥秀漸漸兮，禾黍由由兮，彼狡童兮，不與我好兮。』殷之遺民，聞之莫不流涕。」蓋箕子自入周後，其出處之見于傳記者如此。當釋囚之後，因而陳範，其時箕子已不肯仕周，而周人亦不忍違其意，聽其行遯，不問所往。厥後避地朝鮮，漸漸有聞，乃始從而封之。箕子見周之所以待己者，能盡其道，故又復朝周，誦麥秀之歌，其情甚悲故國，而其心寔公天下，斯固周人之所戀慕而不能已已者也。是詩若爲箕子作，定在陳《範》後遜荒之時，决不在封朝鮮來朝之日，觀「勉爾遁思」語可見。

皎皎白駒，音鉤。後同。**食我場苗**。蕭韻。**縶之維之，以永今朝**。蕭韻。豐氏本作「鼂」。**所謂伊人，於焉逍**豐本作「消」。**遥**？蕭韻。○賦也。月白曰皎，借以形馬色之白。陸德明以爲潔白也。重言之者，駕車非一馬也。駒，解見《皇皇者華》篇。白駒，箕子所乘。按《公羊》注云：「《禮》，天子馬曰龍，高七尺以上；諸侯曰馬，高六尺以上；卿大夫曰駒，高五尺以上。」箕子若已受五等之封，即宜乘六尺以上之馬，今乃乘駒者，不受周爵，故退而就卿大夫之服。白者，殷所尚之色，與《振鷺》、《有客》義同。我，詩人自謂也。場，《説文》云：「田不耕者。」苗，《説文》云：「艸生于田者。」又嚴粲云：「穀之始生曰苗。艸之類，始生亦曰苗。《本草》多言春夏采苗，是也。若以納稼在場，則不名苗矣。」縶，《説文》亦作馽，云：「絆馬足也。」維，毛傳云：「繫也。」《公羊傳》云：「牛馬維婁。」舊説，繫馬曰維，繫牛曰婁也。孔穎達云：「謂繫靮也，在胸曰靮。」永，長。朝，旦也。得賢人與之話言，則覺此朝旦爲久，語所謂「共君一夜話，勝讀十年書」也。以永今夕，放此。伊，鄭云：「當作緊，緊猶是也。」伊人，嚴云：「猶言彼人也，不斥言之，以致其嘆想之意。」焉，何也，與「焉有」之焉同。鄭云：「語助之焉，假借爲焉有之焉，因借而借也。」逍字，《説文》無解。與遥聯文，第云：「猶翱翔也。」今按遥本訓遠，逍雖無解，以字形求之，當與趙同意。趙者，趨也。然則逍遥乃是趨而至遠，猶言遠遊也。我欲留伊人，而伊人若不可留者，不知彼將欲於何處而逍遥乎。蓋既不敢問其所往，而思慕之意又不能忘。周人之愛敬箕子可謂至矣。

皎皎白駒，食我場藿。藥韻。**縶之維之，以永今夕。**叶藥韻，祥龠翻。**所謂伊人，於焉嘉客？**叶藥韻，克各翻。○賦也。藿，本作蘿。《説文》云：「尗之少也。」或以爲豆葉。又《爾雅》云：「蔨，鹿蘿，其實莥。」郭璞云：「今鹿豆也。葉似大豆，根黄而香，蔓延生。」《本草》云：「味苦，苗似豌豆，人取以爲菜，亦微有豆氣。」又《原始》云：「香草也。」未詳孰是。夕，暮。嘉，美也。嘉客，猶云嘉賓，言是人也將欲於何處爲嘉賓，而使我不得親就乎？

皎皎白駒，叶尤韻，居侯翻。此章六句，駒、侯、游三字一韻，思、期、思三字一韻，各隔句爲韻，亦奇體也。**賁然來思。**支韻。**爾公爾侯，**尤韻。**逸豫無期？**支韻。**慎**豐本作「眘」。**爾優游，**尤韻。**勉爾遁**陸德明、豐本俱作「遯」，陸本又作「遯」。**思。**見上。○賦也。賁，《易》、《説文》皆云：「飾也。」曰賁然者，朱子云：「光采之貌。」謝枋得云：「賢人所過之地，山川草木皆有精采。」思，語辭。賁然來思，望其既去而復來也。爾，指箕子也。前二章因其欲别去而不知所適，則想像之曰伊人。末章因其既别去而終不可留，則摹擬之曰其人。唯此章乃對語丁寧之辭，故稱爾也。公侯，爵之貴者。逸，通作佚，安佚不勞也。豫，劉熙云：「舒也。」通作預。《説文》云：「安也。」期，《説文》云：「會也。」言爾若爲公爲侯，則將勤勞國事，無有逸豫之期。時蓋箕子决意不肯臣周，而周人亦不敢拂其意也。宋人經義云：「以爾爲公，則夙夜在公。以爾爲侯，則謹爾侯度。勞於王事，逸無期矣。職思其憂，豫無期矣。」蓋爲國家計，則深惜賢者之去，爲賢者計，則又深體其情之不容不去，此頗得詩人微旨。慎，《説文》云：「謹也。」優游，舊統訓爲自如貌，若逐字釋之，則各有本義。優，通作優，本即憂字。《説文》云：「行之和也。」今誤作㥑愁之㥑。游，服虔云：「猶流也。」《爾雅》：「順流而下曰泝游。」步行爲優，舟行爲游，皆借以象其出入自得之意。「慎爾優游」者，言爾既無公侯之責，可以優游適志矣，猶當慎自保護，毋或有乖衛生之節，蓋將以期後會也。勉，《説文》云：「强也。」遁，本作遯。《易》云：「退也。」《説文》云：「逃也。」思，亦語辭，如上文「來思」之例。勉爾遁思，言爾雖决意行遯，猶望其時時勉圖一來，不以既遁而遂已也。語意與「賁然來思」相應。

皎皎白駒，在彼空《文選》注作「穹」。**谷。**叶沃韻，俞玉翻。**生芻一束，**沃韻。**其人如玉。**沃韻。**毋**陸本作「無」。**金玉爾音，**侵韻。**而有遐心。**侵韻。○賦也。此章人已别矣，因極贊其人之美，而仍致其拳拳思慕之意。谷，《書》注以爲兩山間流水之道也。芻，刈草也。解見《綢繆》篇。生芻，杜詩所謂青芻也。乘馬而行于空谷，其地寂寞，無人往來，但見行李蕭然，惟有新刈生草一束，以供秣馬之用，高風蓋可挹矣。其人如玉，以象其品之貴，亦自其出處之節見之，堅不可磷，潔不可淄，堪比德于玉也。此四語目極行暉，隱然丰采在望。漢鄒長倩《與公孫弘書》云：「夫人無幽顯，道在則爲尊，雖生芻之賤也，不能脱落君子，故贈君生芻一束。詩人所謂『生芻一束，其人如玉』也。」郭泰以喪歸，徐穉來弔，以生芻一束，頓泰廬前而去。泰曰：「此必南州高士徐孺子也。《詩》不云乎，『生芻一束，其人如玉』，吾不堪此喻耳。」「毋金玉爾音」者，言毋得自愛音聲，貴如金玉，蓋終望其來而有以教誨我也。舊説但以爲傳書相問訊，似未切。遐，《説文》云：「遠也。」行遯之後，若終靳一來，則是有遠心于我矣。是詩也，倘亦武王所作，其醉心于《洪範》之訓者深乎！曹氏學佺云：「誠其遁思之慎勉，而勿懷金玉之遐心，蓋今日以嘉客留之者，實他日以公侯期之也。噫！孰知箕子之適于東方哉？」

《白駒》四章，章六句。《子貢傳》以爲周公制作禮樂，用之燕享，此詩所以燕賢也。玩詩中縶、維、空谷等語，明是賢者不肯仕于其國，而以爲燕賢之詩可乎？《申培説》則謂賢者將隱去，王者留之而作是詩。夫果留之自上，賢者亦不應决去若是，是惟若箕子者，乃不可留耳。《序》以爲大夫刺宣王。鄭玄云：「刺其不能留賢也。宣王之末不能用賢。賢者，有乘白駒而去者。」而《文昌化書》亦云：「宣王以四方無虞，于心少怠。一日師氏韋仲將諫章方上，天威肅震，置韋于理。于是道德之士，老成之人，有翻然而去者。予心憂焉，乃作《白駒》之詩，以爲譏刺，勸王留意賢才，寬容受諫，使有位者無去志，已去者冀其來歸，隱迹者期于願仕。詩聞于上，上意感焉，於是詔告在庭，責躬悔過。復韋之職，束帛弓旌，日遺無虛。未幾，清議歸美，士風藹盛，天下復見成、康之化矣。」《序》因篇次與宣王諸詩相錯，遂以爲宣王事。《文昌化書》則好事者因《序》説而附益之，要未足信。陳暘《樂書》則引《古琴曲》，謂衰世失朋友而作，亦影響之辭。若《儀禮·投壺》篇云：❶「凡雅二十六篇，共八篇可歌，歌《鹿鳴》、《貍首》、《鵲巢》、《采蘩》、《采蘋》、《伐檀》、《白駒》、《騶

---

❶「儀禮」，據下引文當作「大戴禮記」。

虞》；八篇廢，不可歌；七篇《商》、《齊》，可歌也；三篇間歌。」按《投壺》所以歌此者，當是以其出處有合于君子之道，故以之娱賓耳。

《小宛》，教康叔毖酒也。商受酗酒，天下化之。妹土，商之都邑，染惡尤甚。武王以其地封康叔，故作此詩以誡之。與《周書·酒誥》相表裏。康叔，名封，文王子，武王弟。漢儒惑《康誥》篇首四十八字，有「周公作雒」之語，遂謂康叔受封在成王世。今按篇中曰「孟侯，朕其弟，小子封」，又曰「乃寡兄勗，肆汝小子封，在兹東土」，其爲武王之辭明甚。篇首四十八字，宋儒定以爲《雒誥》脱簡，是也。蔡沉云：「或謂康叔在武王時尚幼，故不得封。按《汲冢周書·克殷》篇，言王即位於社南，群臣畢從，毛叔鄭奉明水，衛叔封傳禮，召公奭贊采，師尚父牽牲。《史記》亦言衛康叔封布兹，與汲書大同小異。康叔在武王時，非幼亦明矣。且康叔文王之子，叔虞成王之弟，周公東征，叔虞已封於唐，豈有康叔得封，反在叔虞之後？必無是理也。」吴氏云：「先儒謂康叔受封時尚幼者，以此書稱小子之故。康叔與武王、周公，皆太姒之子，安得爲尚幼？今陝右之俗，凡尊命卑，貴命賤，雖長且老者，亦以小子呼之，此所謂小子亦然。」按《康誥》、《酒誥》二篇，皆同時之作，紂以酒亡國，餘習猶存。康叔所封在殷故墟，故武王深誡之，欲其剛制于酒，爲臣民倡。其後周公作《無逸》，以訓成王，亦曰「無若殷王受之迷亂，酗于酒德哉」，蓋惕心于墜命之故者深矣。今節録《酒誥》之文于此，以表此詩立言之意。王若曰：「明大命于妹邦。乃穆考文王，肇國在西土。厥誥毖庶邦庶士，越少正御事，朝夕曰：『祀兹酒。』惟天降命，肇我民，惟元祀。天降威，我民用大亂喪德，亦罔非酒惟行。越小大邦用喪，亦罔非酒惟辜。文王誥教小子有正有事，無彝酒。越庶國，飲惟祀，德將無醉。惟曰我民迪，小子惟土物愛，厥心臧，聰聽祖考之彝訓。越小大德，小子惟一。」王曰：「封，我西土棐徂，邦君、御事、小子，尚克用文王教，不腆于酒。故我至于今克受殷之命。」王曰：「封，我聞惟曰，在昔殷先哲王，不敢自暇自逸，矧曰其敢崇飲？在今後嗣王酣身，厥命罔顯于民祇，保越怨不易。誕惟厥縱淫泆于非彝，用燕喪威儀，民罔不盡傷心。惟荒腆于酒，不惟自息乃逸，厥心疾狠，不克畏死。辜在商邑，越殷國滅無罹。弗惟德馨香祀，登聞于天。誕惟民怨，庶群自酒，腥聞在上，故天降喪于殷，罔愛于殷，惟逸。天非虐，惟民自速辜。」王曰：「封，予不惟若茲多誥。古人有言曰：『人無於水監，當於民監。』今惟殷墜厥命，我其可不大監撫于時？予惟曰，汝劼毖殷獻臣，侯、甸、男、衛，矧太史友、内史友，越獻臣百宗工，矧惟爾事，服休、服采，矧惟若疇，圻父薄違，農父若保，宏父定辟，矧汝剛制于酒。厥或誥曰：『群飲。』汝勿佚。盡執拘以歸于周，予其殺。又惟殷之迪諸臣惟工乃湎于酒，勿庸殺之，姑惟教之。有斯明享，乃不用我教辭，惟我一人弗恤，弗蠲乃事，時同于殺。」王曰：「封，汝典聽朕毖，勿辨乃司民湎于酒。」

宛《釋文》作「菀」。**彼鳴鳩，翰飛戾**《文選》注作「厲」。**天**。先韻，亦叶真韻，汀因翻。**我心憂傷，念昔**《春秋繁露》作「彼」。**先人**。真韻，亦叶先韻，如延翻。**明發不寐，有懷二人**。見上。○興而比也。宛，毛傳云：「小貌。」按《説文》，宛或从心作惌。《考工記・函人》云：「凡察革之道，眡其鑽空，欲其惌也。」注亦解惌謂孔小貌，則宛義訓小明矣。鳴鳩，毛傳云：「鶻鵰也。」《爾雅》以爲鶌鳩。郭璞云：「似山鵲而小，短尾，青黑色，多聲，今江東亦呼爲鶻鵃。」《字林》作骨鵃，云：「小種鳩也。」羅願云：「鶌鳩春來冬去，備四時之事，故少皞以爲司事之官。」陸佃云：「一名鳴鳩，《月令》所謂『鳴鳩拂其羽』者是也；一名鷽鳩，《莊子》所謂『蜩與鷽鳩笑之』者是也。蓋此似山鵲而小。《釋鳥》曰：『鷽，山鵲。』故此一名鷽鳩，又其多聲，故一名鳴鳩也。性食桑葚，然過則醉而傷其性。而陸璣云：『鶻鳩，一名斑鳩。蓋斑鳩似鵓鳩而大，鵓鳩灰色，無繡項，陰則屏逐其匹，晴則呼天，語曰「天將雨，鳩逐婦」者是也。』斑鳩，項有繡文斑然，故曰斑鳩，則與此鶻鳩全異，璣之言非。今此鳥喜朝鳴，故一曰鶻嘲也。凡鳥朝鳴曰嘲，夜鳴曰咳。」翰，《廣韻》云：「鳥羽也。」戾，通作麗，附着之意。許慎云：「鳴鳩迅其羽，直刺上飛數千丈，入雲中，其勉而飛如此。」陸云：「鳴鳩小鳥，決起而飛，搶榆枋時則不至，而控于地而已矣。今飛鳴戾天，則其聲亦遠聞，其勢亦高至，惟勉强故也。」愚按詩興鳴鳩，亦就醉酒取義。鳩耽桑椹，過醉則傷其性，今高飛遠舉，則不至傷醉矣，可以人而不如鳥乎？　我心憂傷，武王憂康叔染于紂俗，不知毖酒，則必有喪亡之禍也。「念昔先人」以下，戒勉康叔之辭也。念，《説文》云：「常思也。」先人，指文考也。明發，朱子云：「謂將旦而光明開發也。」懷，《説文》云：「念思也。」二人，文王之父母也。念昔文王，以父母之心爲心，當明發之時，輒思親而不能寢寐，其孝如此。康叔當追文王之孝，則自不至喪德喪命，以辱吾親也。《禮·祭義》篇云：「文王之祭也。事死者如事生，思死者如不欲生，忌日必哀，稱諱如見親。祀之忠也，如見親之所愛，如欲色然，其文王與？《詩》云：『明發不寐，有懷二人。』文王之詩也。」按觀此可以得詩意。

人之齊聖，飲酒温克。職韻。**彼昏不知，壹**《列女傳》、豐氏本俱作「一」。**醉日富。**叶職韻，筆力翻。**各敬爾儀，**支韻。**天命不又。**叶支韻，盈支翻。○賦也。齊，《説文》云：「禾麥吐穗上平也。象形。」按生而齊者莫若禾麥，故借以爲整肅之義。聖，朱子云：「通明也。」洪邁云：「自孔子贊《易》，孟子論善信之前，未甚以聖爲尊崇。人之齊聖，不過飲酒温克而已。《左傳》八愷，齊聖廣淵，明允篤誠，《周官》六德，智仁聖義中和，皆混於諸字中，了無所異。以故魯以臧武仲爲聖人，伯夷、伊尹、柳下惠皆曰聖。」朱善云：「整肅者必不以酒而喪儀，通明者必不以酒而敗德。温和克勝也，以温和自勝，不止能勝乎酒而已。」郝敬云：「醉人多怒，故不醉而怒曰奰。《酒誥》曰：『厥心疾狠，不克畏死。』惟齊聖之人，醉能温克也。」昏，闇也。彼昏，指紂也。壹，《説文》云：「專壹也。」字从壺。徐鍇云：「取其不泄也。」富，備也。言彼昏昧之人，不知酒之爲害，專一惟取醉是務，且日備酒食，以資沈湎也。一説，萬尚烈云：「『壹醉日富』者，言能謹之于初，飲不至醉，則末路可持。惟一醉焉，則其繼也，遂日甚一日，有不能自禁者，酒使之也。今俗所云『入慣塲，走熟路』是也。」亦通。四句一法一戒，而意重在戒。敬主心言，儀主貌言。儀本于敬，則儀非外也。凡喪儀之事非一，而湎酒爲甚，故《酒誥》曰：「天降威，我民用大亂喪德，亦罔非酒惟行。」言各則不獨戒康叔，并欲轉戒其臣若民，所謂明大命于妹邦者此也。天命，與天威對看。凡諸侯之得有其國，卿大夫之得有其家，士庶人之得有其身，皆本于天之眷命而然也。又，毛云：「復也。」沈湎則天命將改，一去不復來也。或疑飲酒小節，未必係天命之去留，殊不知蕩心敗德，縱欲荒政，踈君子而狎近倖，玩寇讐而忘憂患，皆自飲酒啓之。禹惡旨酒，曰後世必有以酒亡國者，歷觀前史，其事可監。晉元帝以王導一言而覆杯，其能植立江左宜哉！一説，民受天地之中以生，所謂命也。於是有動作威儀之節，以定命也。無時無處可萌一懈心，纔有懈心，則命已棄我而去，不復存矣。此主義理言命較細，但于戒意未切。《左》昭元年，楚公子圍爲令尹，享趙孟，賦《大明》之首章，趙孟賦《小宛》之二章，義蓋取天命不又也。

中原有菽，豐本作「尗」。**庶民采**叶紙韻，此禮翻。**之。螟蛉**《説文》、豐本俱作「蝐」。**有子，**紙韻。**蜾**豐本作「果」，《説文》作「蠣」。**蠃負**叶紙韻，蒲美翻。**之。教誨爾子，**紙韻。**式穀似**紙韻。豐本作「佀」。**之。**比也。中原，毛云：「原中也。」季本云：「中原，曠地，非八家所受之田也。」菽，朱子云：「大豆也。」《爾雅》謂之戎菽。戎者，大也。張揖云：「大豆，菽也。小豆，荅也。」采，《説文》云：「捋取也。」毛、鄭以爲采藿。藿者，菽葉也。孔云：「以言『采之』，明采取其葉，故言藿也。」今按詩言采芑采麥，芑麥亦穀也，安在藿可言采，菽不可言采乎？鄧元錫云：「中原有菽，非適有主也。采者得之乃善，何適主之有？能者從之矣。」螟蛉，犍爲文學云：「桑上小青蟲也，似步屈，其色青而細小，或在艸葉上。」郭璞云：「俗謂之桑蟃，亦曰戎女。」蜾蠃，《説文》作蠣蠃。《爾雅》云：「蒲盧也。」郭云：「即細腰蜂也，俗呼爲蠮螉。」《方言》云：「蠭，燕、趙之間謂之蠓螉，其小者謂之蠮螉。」許慎云：「土蠭也。天地之性，純雄無子。」《列子》云：「純雌者，其名大腰；純雄者，其名稺蠭。」陸璣云：「取桑蟲負之于木空中，或書簡筆筒中，七日而化爲其子。里語曰：咒云『象我象我』。」《法言》亦云：「螟蛉之子，殪而逢果蠃，祝之曰『類我類我』，久則肖之矣。」《化書》云：「蠮螉之蟲，孕螟蛉之子，傳其情，交其精，混其氣，和其神，隨物小大，皆得其真，蠢動無定精，萬物無定形。」按舊説相傳，皆如此，惟陶隱居云：「今一種黑色，腰甚小，銜泥於人壁及器物邊作房，如併竹管。其生子如粟米大，置中，乃捕取艸上青蜘蛛十餘枚，滿中，仍塞口，以擬其子大爲糧也。其一種入蘆竹管中者，一名果蠃，亦取艸上青蟲。或言細腰，無雌，皆取青蟲教祝，便變成己子，斯爲謬矣。」程良孺云：「余乃見細腰黑蜂，在竹木縫上作巢七孔，以次封之，孔皆銜青黄蜘蛛，未半孔時，即生子如粟大，於蜘蛛之背，仍用蜘蛛置滿以泥封之。數日子漸大，如青屈螻形，蝕完蜘蛛，乃成蛹。蛹枯，内出蜂，嚙泥口而出，聲與大蜂祝聲無異。」《解頤新語》云：「近世詩人取蜾蠃之巢，毁而視之，乃自有細卵如粟，寄螟蛉之身以養之，其螟蛉不生不死，蠢然在穴中。久則螟蛉盡枯，其卵日益長大，乃爲蜾蠃之形，穴竅而出。蓋此物不獨取螟蛉，亦取小蜘蛛置穴中，寄卵於蜘蛛腹脅之間，其蜘蛛亦不生不死，久之，蜘蛛盡枯，其子乃成。今人養晚蠶者，蒼蠅亦寄卵于蠶之身，久之，其卵爲蠅，穴繭而出。殆物類之相似者。」董華翁云：「蜾蠃負螟蛉埋土中，而寄子其身，如雞抱子，暖之而使生。然其子即蜾蠃之子，非以螟蛉之子爲子。」戴侗云：「嘗親見蠮螉負螟蛉入筆管，有兩蠮螉互飛而共營之，非獨陽無子，而外取螟蛉之子爲子也。如腐艸化螢，亦螢宿其子于腐艸，既成形，則自腐草而出。杜詩有云『幸因腐艸出』，最精于物理。」楊慎云：「露蜂懸其巢，每穴各綴一卵如粟，不知用何物養之，久乃漸大成蜂。或謂細腰有術能禁物，其祝聲可聽，乃其禁術也。《莊子》曰『細腰者化』，彼之所不可知者，正謂其能禁螟蛉蜘蛛，不生不死，以化物身之膏潤，滋養其卵而成其形。《列子》以爲純雄，殆未可信。」置物于背曰負，螟蛉之背有子，乃蜾蠃之子。蜾蠃使之負之，正借之以孚化其子耳。教子之道日漸月絫，俟之自化，何以異是。《説文》云：「上所施，下所效曰教。」誨，曉也。徐鍇云：「丁寧誨之，若決晦昧也。」式，用。穀，善也。式穀者，沉湎之反。似之，言子克肖也。教爾子，必用善道而以身教，如庶民之采菽，不遺餘力而讓人，如螟蛉之負子，優游以聽其自化，則庶乎可與爾相似矣。上章危以命，此章感以子。蓋身者親之枝，子者身之枝。敬威儀以善吾身，所以繼先人也。式穀以教吾子，所以繼吾身，亦所以繼先人也。

題《中論》作「相」，《潛夫論》作「顧」。**彼脊**《潛夫論》、豐本俱作「鶺」。**令**，叶庚韻，離貞翻。《潛夫論》、《釋文》、豐本俱作「鴒」。**載飛載鳴。**庚韻。**我日斯邁，而月斯征。**庚韻。**夙興夜寐，毋**《大戴禮》、《韓詩外傳》、《潛夫論》、《詩大全》、潁濱《集傳》、朱傳、《讀詩記》、嚴氏《詩緝》俱作「無」。**忝爾所生。**庚韻。○興而比也。題，通作睇。鄭箋云：「題之爲言視睇也。」按《説文》：「睇，目小視也。」脊令，詳見《常棣》篇。載之言則也。《禽經》注云：「脊令共母者，飛鳴不相離，故取爲兄弟之比。」舊皆謂脊令且飛且鳴，口翼俱勞，無有止息，以興進修不得暇逸，故毛云：「脊令不能自舍，君子有取節爾。」東方朔亦云：「士所以日夜孳孳敏行，而不敢怠也，譬若鶺鴒，飛且鳴矣。」皆附會曲解，非詩本意。我，武王自我也。邁，猶過也，日月逾邁之邁。武王末受命，故言「我日斯邁」，猶云日薄西山也。而，汝也，指康叔也。征，猶進也。汝之春秋，方進未艾，當勉于自修，如下文所云也。日月對看，互舉見義。一説，朱子云：「我既日斯邁，則汝亦月斯征矣，言當各務努力，不可暇逸。」徐幹云：「有進業，無退功，我日斯邁，而月斯征，遷善不懈之謂也。」亦通。自朝至暮爲夙夜，興起寐卧也。《大戴禮》云：「言不自舍也。」毋，禁止辭。忝，《説文》云：「辱也。」所生，謂父母也。敬慎其身，無時不然，以求無辱于父母，正與首章「念昔先人」句相應。斯言也，天顯之哀，切于中心，康叔者聞之，有不戚戚然動乎？韓嬰云：「昨日何生，今日何成，必念歸厚，必念治生。日慎一日，完如金城。《詩》曰：『夙興夜寐，無忝爾所生。』」又《孝經》引此詩而足之曰：「用天之道，因地之利，謹身節用，以養父母，此庶人之孝也。」按《孝經》引詩，姑斷章比類云耳。若論謹身之爲孝，豈特庶人事哉？

交交桑扈，豐本作「鳫」。**率場啄粟。**沃韻。**哀我填**《韓詩》作「疹」。**寡，宜岸**《韓詩》、《鹽鐵論》、豐本俱作「犴」。**宜獄。**沃韻。**握粟出卜，**屋韻。**自何能穀？**屋韻。〇比也。此章因民多以湎酒罹罪，故舉以爲戒，爲末章發端也。交交，歐陽脩云：「參襍相亂之謂。」桑扈，鳥名。《爾雅》云：「竊脂也。」郭云：「俗呼青雀，觜曲，食肉，喜盜脂膏食之，因以名云。」《淮南子》云：「馬不食脂，桑扈不啄粟，非廉也。」陸佃云：「桑扈，蓋一名而二種，若魯有兩曾參也。《爾雅·釋鳥》謂『桑扈竊脂，鳲鳩剖葦』，此桑扈之一種也。又云『桑扈竊脂，棘扈竊丹』，此桑扈之一種也。蓋對剖葦言之，則竊脂者所謂青質觜曲食肉，好盜脂膏者是也。對竊丹者言之，則竊脂者所謂素質，其翅與領皆有文章者是也。」率場啄粟，正以其性之竊脂者言之也。色之竊脂，言淺白也。又《補傳》云：「或指其色，或指其性，實一物耳。」率，通作衛，循也。場，穀場也，解見《七月》篇。啄，《説文》云：「鳥食也。」桑扈本食肉之物，而今乃循穀場以啄粟，喻人不宜躭麴糵，而今反沉湎也。填，本寘字，通作闐。漢西域于闐國，或作寘，是也。闐，衆盛貌。岸，當依《韓詩》作犴，野狗也。犬所以守，故謂獄爲犴，本作豻。獄，《説文》云：「确也。」从言，謂訟言也。从㹜，二犬所以守也。《韓詩傳》云：「鄉亭之繫曰犴，朝廷曰獄。」言哀我人斯，或衆或寡，鮮不罹于在外之犴，在内之獄者。推其所以，皆酒之爲也。兩言宜字，悲慘可掬。握，《説文》云：「搤持也。」陸佃云：「持五指也。在外爲持，在内爲握。」嚴云：「《史·日者傳》曰：『卜而有不審，不見奪糈。』見古以粟問卜也。」自，從也。穀，善也。握粟出卜，蓋欲求所以禳災祈福者，亦商人尚鬼之遺習則然，但其所爲如此，亦從何能善乎？妹上染紂惡已深，其時以湎酒獲罪者，必比比而是，故武王云然。《酒誥》曰：「群飲，女勿佚。盡執拘以歸于周，予其殺。」此之謂也。《樂記》云：「夫豢豕爲酒，非以爲禍也，而獄訟益繁，則酒之流生禍也。」又桓寬云：「方今律令百有餘篇，文章繁，罪名重，郡國用之疑惑，或淺或深。自吏明習者，不知所處，而況愚民乎？此斷獄所以滋衆，而民犯禁也。《詩》云：『宜犴宜獄，握粟出卜，自何能穀？』刺刑法繁也。」雖非詩意，亦恍惚相近。

温温恭人，如集于木。屋韻。**惴惴小心，如臨于**《中説》作「空」，豐本作「深」。**谷。戰戰兢兢，**蒸韻。《韓詩外傳》此句下有「如臨深淵」四字。**如履薄冰。**蒸韻。豐本作「仌」。○賦也。承上章言民湎酒之生禍如此。康叔身居民上，可不益知所以自毖乎？《酒誥》言「矧汝剛制于酒」，意正如此。温温，毛云：「和柔貌。」恭人，謙恭之人。鳥栖曰集。如集于木，徬徨踧踖，不敢自安，蓋狀其温恭之容如此，即第二章言温克之意。《荀子》云：「行而拱翼，非漬淖也。立而俯項，非繫戾也。偶視而先俯，非恐懼也。然夫士欲獨修其身，不以得罪于比俗之人也。」惴，《説文》云：「憂懼也。」主心言。惴惴，以狀小心。如臨于谷，恐其隕越，以狀惴惴，即第二章言敬儀之意。温温恭人，惴惴小心，皆指好修君子而言，欲康叔取法也。《韓詩外傳》，孫叔敖遇狐丘丈人，狐丘丈人曰：「僕聞之，有三利必有三患，子知之乎？」孫叔敖蹵然易容曰：「小子不敏，何足以知之？敢問何謂三利，何謂三患？」狐丘丈人曰：「夫爵高者，人妬之；官大者，主惡之；禄厚者，怨歸之。此之謂也。」孫叔敖曰：「不然。吾爵益高，吾志益下。吾官益大，吾心益小。吾禄益厚，吾施益博。可以免于患乎？」狐丘丈人曰：「善哉言乎！堯、舜其猶病諸！《詩》曰：『温温恭人，如集于木。惴惴小心，如臨于谷。』」按此于詩旨不甚合，然亦格言也。「戰戰」二句，勉勵康叔之辭，解見《小旻》

篇。康叔取法于温温惴惴之賢者，當益戰兢自持，時時如履薄冰而恐陷者然，則自不敢湎酒，而不至以先父母之遺體行殆矣。今按《孝經》、《論語》所引「戰戰兢兢」之詩，皆有「如臨深淵」之句，味其語意，正與此詩之言「有懷二人」、「毋忝所生」互相脗合，非《小旻》詩也。《孝經》云：「非先王之法服不敢服，非先王之法言不敢道，非先王之德行不敢行。是故非法不言，非道不行，口無擇言，身無擇行，言滿天下無口過，行滿天下無怨惡。三者備矣，然後能守其宗廟，蓋卿大夫之孝也。」《論語》云：「曾子有疾，召門弟子曰：『啓予足，啓予手。《詩》云：戰戰兢兢，如臨深淵，如履薄冰。』」《韓詩外傳》引此章全文，亦有七句，當是二詩文法相類，因而相混耳。劉向云：「存亡禍福，其要在身，聖人重誡，敬慎所忽。諺曰：『誡無垢，思無辱。』夫不誡不思，而以存身全國者，亦難矣。《詩》曰：『戰戰兢兢，如臨深淵，如履薄冰。』此之謂也。」董鼎云：「古之爲酒，本以供祭祀灌地降神，取其馨香下達，求諸陰之義也。後以其能養陽也，故用之以奉親養老。又以其能合歡也，故用之冠婚賓客。然曰賓主百拜而酒三行，又曰終日飲酒而不得醉焉，未嘗過也。自禹飲儀狄之旨酒而疏之，寧不謂其太甚。已而亡國之君，敗家之子，接踵於後世，何莫繇斯！然則文王之教，不惟當明於妹邦，家寫一通，猶恐覆車之不戒也。」又按武王《觴豆銘》曰：「食自杖，食自杖，戒之憍，憍則逃。」又《觴銘》曰：「樂極則悲，沈湎致行，社稷爲危。」可與此詩及《酒誥》互相發。

《小宛》六章，章六句。《小宛》之義，解見《小旻》篇。《子貢傳》、《申培説》、豐氏本篇名俱作《鳴鳩》。今按《左傳》，趙孟賦《小宛》，則《小宛》之名舊矣。《子貢傳》諸書，所以變稱《鳴鳩》者，以《國語》秦伯燕公子重耳賦《鳩飛》，遂妄意此名，非古耳。豈知《國語》所載秦伯賦《鳩飛》，公子賦《河水》，原非篇名，第摘本章中二字，自是文家變體。其實《鳩飛》之篇，仍名《小宛》，猶之《河水》之篇，仍名《碩人》也。○《序》云：「大夫刺宣王也。」鄭玄以當爲刺厲王之詩，要皆無所據。唐孔氏又徑改爲刺幽王，而郝敬且從而曼衍其説，謂《鳴鳩》即《睢鳩》。引《本艸》食布穀，佩其骨，令夫婦和，以刺幽王之黜申后。又解二人爲宣王與姜后。引《禮》，雞初鳴，適父母舅姑所，爲明發不寐，刺幽王夫婦乖離。中原采菽，比太子見黜在外。螟蛉負子，比申侯扶太子，召犬戎。誨子式穀，刺王寵庶奪嫡；脊令，刺伯服兄弟亂倫。附會如此，亦不根甚矣。朱子則以爲此大夫遭時之亂，而兄弟相戒以免禍之詩。《申培説》襲朱傳，而不顯其世。要亦依附文義，而想像爲之辭者，不必有所根着也。

北京大學《儒藏》編纂與研究中心 編

《儒藏》精華編選刊

詩經世本古義（三）

〔明〕何楷 撰

李士彪 張丹丹 校點

北京大學出版社
PEKING UNIVERSITY PRESS

詩經世本古義卷之十七（胃）

周宣王之世詩二十篇

何氏小引

《都人士》，周人思共伯和也。

《鴻雁》，美宣王也。王新即位，丁亂離之後，民莫適有居。王命使臣勞來還定安集之，於其還而勞焉。

《韓奕》，宣王命蹶父如韓，韓侯來朝，王錫命之。尹吉甫作詩美之。

《六月》，紀北伐也。宣王五年夏六月，玁狁内侵，王命尹吉甫爲將，驅而出之于太原。師歸自鄗，行飲至之禮，詩人作此以美之。

《采芑》，紀南征也。宣王命方叔爲率，行三年大閱之禮，遂伐荆蠻，克敵而歸。詩人美之。

《常武》，召穆公美宣王也。有常德以立武事，因以爲戒。然是時王親征徐戎，自即位至此，已五用兵矣。

《江漢》，宣王命召穆公帥師伐淮夷，王歸自伐徐，錫召穆公，命尹吉甫作詩美之。

《無衣》，復王仇也。周宣王以兵七千，命秦莊公伐西戎。周從征之士賦此。

《崧高》，尹吉甫美宣王也。天下復平，能建國親諸侯，褒賞申伯焉。

《黍苗》，營謝也。宣王封申伯于謝，命召穆公往營城邑，故將徒役南行，而行者作此。

《烝民》，宣王命樊侯仲山甫城齊，尹吉甫作詩美之。

《無羊》，宣王考牧也。

《車攻》，美大田也。宣王朝諸侯于東都，遂狩于圃田，詩人美其能復古。

《汎彼柏舟》，衛共姜自誓也。釐侯世子共伯蚤死，其妻守義，母欲奪而嫁之，誓而弗許，故作是詩以絶之。

《庭燎》，箴晏朝也。宣王怠于政事，詩人設爲問夜以諷。

《雲漢》，仍叔美宣王憂旱也。

《祈父》，王師責諸侯也。

《沔水》，畏讒也。疑隰叔所作。

《黄鳥》，避讒去國也。宣王殺杜伯而非其罪，其子隰叔出奔晉，而作此詩。

《鶴鳴》，教宣王求賢人之未仕者。

《都人士》，周人思共伯和也。共，國；伯，爵；和，其名。按《竹書紀年》，周厲王十二年，王亡奔彘。國人圍王宫，執召穆公之子殺之。十三年，王在彘，共伯和攝行天子事。二十六年，大旱，王陟于彘，周定公、召穆公立太子靖爲王。共伯和歸其國，遂大雨。司馬彪云：「共伯和修行而好賢，厲王之難，天子曠絶，諸侯知共伯賢，請立爲天子。共伯不聽，弗獲免，遂即王位。一十四年，天下大旱，舍屋焚，卜于太陽，兆曰『厲王爲祟』。召公乃立宣王，共伯歸還于宗，逍遥得意于共丘山之首。」《莊子》及《吕氏春秋》、《魯連子》皆言共伯得志于丘首，即其人也。周宗亡而復存，實賴共伯之力。此詩之作，當在其逍遥共山時，故有「行歸于周，萬民所望」之語。羅泌云：「共和十四年，宣王立。説者曰：『周室無君，周公、召公共和王政，故號之曰共和。』自史遷至温公無異議也，予不敢以爲然。夫厲王之時，周公、召公非昔日之周、召也。予聞厲王之後，有共伯和者，以德和民，諸侯賢之，入爲王官。十有四年，天旱廬火，歸還于宗，逍遥共山之首，宣王乃立。是以王子朝告于諸侯，猶曰厲王戾虐，萬民弗忍，流王於彘。諸侯釋位，以間王政，宣王有志，而後效官。是宣王之前，諸侯有釋位間于天子之事者矣。然則所謂共和者，吾以爲政自共伯爾。若曰周、召共和，吾弗信也。和之賢也，蓋干王政，而非其得已者也。向秀、郭象援古之説，以爲共和者，周王之孫也，懷道抱德，食封於共。厲王之難，諸侯立之，宣王立乃廢。立之不喜，廢之不怒，斯則得其情矣。」《吕氏春秋》云：

「共伯和修其行，好賢仁，而海内皆以來爲稽矣。周厲之難，天子曠絶，而天下皆來謂矣。以此言物之相應也。」羅苹云：「按《人表》，厲王後有共伯和。孟康謂其人爲三公。蓋周室無君，和以三公攝政，惟其日久，故有大旱之變爾。《十三州志》謂共伯後歸國，逍遥得意于共山之首。使其竊篡，則宣王之立，可能得志于共首哉？共，今謂之共城，故漢之共縣。《寰宇記》云：『厲王崩，共伯使諸侯奉王子靖，立爲宣王。共伯復歸于國。共山，在縣北十里。』其事益明。而《水經注》亦云：『共即共和之故國，山在國北，故又曰共北山。』」

彼都人士，狐裘豐氏本作「求」。**黄黄。**陽韻。賈誼《新書》作「裳」。**其容不改，出言有章。**陽韻。**行歸于周，萬民所**《新書》作「之」。**望。**叶陽韻，武方翻。孔穎達云：「襄十四年《左傳》引此二句，服虔曰『逸詩也』。《都人士》首章有之，《禮記注》亦言毛氏有之，三家則亡。今《韓詩》實無此首章。時三家列於學官，❶《毛詩》不得立，故服以爲逸。」○賦也。彼，指共伯也。都，西都鎬京也。孔云：「士者，男子行成之大稱。」彼都人士，言彼乃我西都之人，素以士行著聞者，即昔人所稱懷道抱德、修行好賢是也。亦因其辭位逃榮，故但以士稱之。又蘇轍云：「都，美也。都人士，士之有美人之行者也。」亦通。狐裘，此人所服也。黄黄，朱子云：「狐裘色也。」以裘皮非一狐之腋，故重言之。按黄衣狐裘，大蜡之服也，故《郊特牲》云「黄衣黄冠而祭，息田夫也」，又云「野夫黄冠。黄冠，草服也」，則黄色之裘，爲野人所得用矣。共伯既廢之後，逍遥共山，同于野人，故亦服此。孔云：「狐色不等，狐白非君不服，狐青及小而美者，則可以供公子。

❶「官」，原作「言」，據《四庫全書》本改。

若黃狐及麤惡者，庶人亦服之。彼狐之黃者多，黃狐之衣非貴服也。庶人服犬羊不裼，故此狐裘亦不裼，取其温裕而已。」又按《玉藻》云：「君子狐青裘豹褎，玄綃衣以裼之。狐裘，黃衣以裼之。」注謂「君子，大夫、士也」，則狐裘黃衣貴者亦服之。但以次章言「臺笠」，乃野人所用，故知此當爲野服耳。「其容不改」者，言其動作容貌有常也。章，《説文》云：「樂竟爲一章。从音从十。十，數之終也。」「出言有章」者，吐辭合乎倫理，亦如樂章之有節奏也。此追思其平日在位時丰範如此。周，亦鎬京也。「萬民所望」者，望其自外行而復來歸于周，以爲民之儀表也。《禮·緇衣》篇：「子曰：長民者，衣服不貳，從容有常，以齊其民，則民德壹。」因引此詩。愚按此第推言其足爲民望之實，衣服不貳，從容有常，即所謂「其容不改，出言有章」者，非指此「狐裘黃黃」言也。又《左》襄十四年：「楚子囊還自伐吴，卒。將死，遺言謂子庚：『必城郢。』君子謂子囊忠。君薨，不忘增其名；將死，不忘衛社稷，可不謂忠乎？忠，民之望也。《詩》曰『行歸于周，萬民所望』，忠也。」引《詩》意以不忘舊國爲不忘君、不忘社稷之比。舊説訓周爲忠信，非也。

彼都人士，臺《爾雅》、豐本俱作「薹」。**笠緇撮。**叶屑韻，祖悦翻。**彼君子女，綢直如髮。**叶屑韻，方結翻。**我不見兮，我心不説。**屑韻，音悦。豐本以此爲第三章。○賦也。臺笠，鄭云：「以臺皮爲笠。」臺，艸名。林兆珂云：「有皮堅細滑緻，可爲簦笠。」詳見《南山有臺》篇。笠，所以禦暑雨，有柄曰簦，無柄曰笠。孔云：「《郊特牲》曰：『大羅氏，天子之掌鳥獸者，諸侯貢屬焉，草笠而至，尊野服也。』則草笠野人之服，是賤者也。前裘則冬所衣，此笠則夏所用，各舉其一而言之。」羅願云：「草服草笠，自伊耆氏爲蜡始，蓋已久矣。然猶存其衣服之制，謹而不敢變。」緇撮，毛云：「緇布冠也。」撮，《説文》云：「兩指撮也。」朱子云：「其制小，僅可撮其髻也。」孔云：「按《郊特牲》云：『太古冠布，齊則緇之。』三代改制，齊冠不復用布，故《玉藻》云：『始冠緇布冠，自諸侯下達，冠而敝之可也。』則此應始冠而敝之。今以爲常服者，士以上冠而敝之，庶人則雖得服委貌，因而冠之，而儉者服緇布，故詩人舉而美焉。又《論語》『今也純儉』，注云：『純當爲緇。』則緇亦得爲紂帛。何知非紂帛爲玄冠，而言緇布者，以緇雖古布、帛兩名，但字从才者爲帛，从甾者爲布，此言緇，故知非帛。且若是帛爲玄冠，則有制度，不得言撮。故《士冠禮》云：『緇布冠頍項。』注云：『緇布冠無笄者，着頍圍髮際，結項中隅爲四綴以固冠也。項中有緬，亦繇固頍爲之耳。』今未冠笄者着卷幘，頍象之所生也。是緇布冠制小，故言撮。以此益明非玄冠也。」按玄冠即委貌，亦名冠弁。陳氏云：「緇布冠無緌，後世以尊者不可無飾，故加續緌，用於始冠及大夫之卜宅與葬日而已。庶人或以爲常服，謂之緇撮，則無梁矣。」季本云：「臺笠，出田時所戴。緇撮，居家時所戴。」彼君子女，謂貴家之女，蓋指共伯之嫡媵，後章「尹吉」是也。又蘇云：「君子女，女之有君子之行者。」亦通。綢，《説文》云：「密也。」綢、直，皆指髮言。如髮，猶言其髮有如此者。按命婦首服，有副、編、次三者。副之言覆，所以覆首爲之飾；編則列髮爲之，假作紒形，加于首上；次則次第他髮長短，與已髮相合爲紒，謂之髲髢。今但曰如髮而已。以共伯既自棄其爵，則其嫡媵皆不得服命婦之飾，故第見其髮綢密而條直。《解頤新語》謂一如其髮之本然，不用髢爲高髻，是也。共伯賢，其内助亦必賢，故詩人思而欲見之。我不見兮，謂未見其歸來周京，故心思之而憂，非謂不見此人也。若果不見此人，則狐裘黄黄，臺笠緇撮，已明明見之矣。

彼都人士，充耳琇實。質韻。**彼君子女，謂之尹吉。**質韻。**我不**陸本作「弗」。**見兮，我心**

苑結。叶質韻，吉屑翻。豐本以此爲第二章。○賦也。充耳惟冕服有之。琇，通作秀，下垂之象也。解俱見《淇澳》篇。云「琇實」者，王肅謂以美石爲瑱，塞實其耳，是也。此與下章「垂帶而厲」，皆追言共伯昔日爲諸侯時，服飾如此。觀衛武公詩，亦云「充耳琇瑩」，則其爲侯服可知矣。尹，尹氏也，世爲周公卿。吉，鄭讀爲姞。《唐宰相世系》云：「吉氏，出自姞姓，黄帝裔伯鯈封於南燕，賜姓曰姞。」又后稷妃家也。《左》宣三年，鄭石癸曰：「吾聞姬姞耦，其子孫必蕃。」姞，吉人也，后稷之元妃也。或作鄅。《潛夫論》云：「鄅與姞同而字異。」孔云：「尹、姞，世貴舊姓，是有禮法者。」又姚寬云：「吉、尹二姓俱出尹吉甫之後。」《元和姓纂》云：「尹吉甫之後，以王父字爲氏。漢有漢中太守吉恪。」是也。二説並存之。苑，毛云：「積也。」按苑所以養禽獸，《風俗通》云：「苑，藴也。言薪蒸所藴積。」故有積義。結，締也。孔云：「如繩束之爲結也。」苑以言其思之不已，結以言其思之不解。意共伯攝政時，必有以深當于民心者，故思慕之深至于如此。後二章意同。

彼都人士，寘韻。**垂帶**陸本作「蔕」。**而厲。**舊叶泰韻，落蓋翻。今按下文蠆、邁俱無泰叶，當讀如詈字，叶寘韻，力智翻，與上句「士」字叶。**彼君子女，卷髮如蠆。**卦韻。**我不**陸本作「弗」。**見兮，言從之邁。**卦韻。○賦也。帶，大帶也。《小爾雅》云：「帶之垂者謂之厲。」《左傳》所謂「鞶厲」。孔云：「大帶之垂者，名之爲紳。而復名爲厲者，紳是帶之名，厲是垂之貌。」季本云：「從其垂下如將履之，有危厲之意焉。」按《禮》，紳長三尺。子游曰：「三分帶下，紳居二焉。」注謂：「人長八尺，大帶之下，四尺五寸，分爲三分，紳居二分焉，紳長三尺也。」卷，通作鬈。《説文》云：「髮好也。」引《詩》「美且鬈」。一曰髮曲也。蠆，《説文》云：「毒蟲也。」字象其奮螫曳尾之形。長尾爲蠆，短尾爲蠍。陸璣云：「一名杜伯。」愚按蠆尾能卷曲，曰

「卷髮如蠆」，當是假紒之形似之，即首服中之編也。羅願云：「此言命婦之飾，謂首飾整然矣。」言，發語辭。邁，《説文》云：「遠行也。」我不見此人行歸于周，則願從之遠行也。

匪伊垂之，帶則有餘。魚韻。**匪伊卷之，髮則有旟。**魚韻。**我不見兮，云何盱**叶魚韻，讀如噓。**矣。**賦也。伊，鄭云：「辭也。」餘，《説文》云：「饒也。」象髮于旟者，謂如旌旟舒卷之狀。休居翻。豐本作「吁」。羅願云：「《淮南子》言『鄭舞者髮若結旌』，許氏曰『屈而復舒也』。結旌則旟之義。」鄭云：「此言士非故垂此帶也，帶於禮自當有餘也。女非故卷此髮也，髮於禮自當有旟也。」盱，《説文》云：「張目也。」云何盱矣，猶云使我如何其懸望乎？言望之甚也。初言不見，則我心不悦。繼之以苑結，又甚于不悦矣。既又欲從之遠行，既又不欲其終于遠行而不歸，而託之懸望。夫共伯和何以得此于周人哉？雖曰不賢，吾不信也。

《都人士》五章，章六句。《序》云：「周人刺衣服無常也。古者長民，衣服不貳，從容有常，以齊其民，則民德歸壹。傷今不復見古人也。」賈誼《新書》取其説而衍之云：「人之情不異，面目狀貌同類，貴賤之別，非人人天根著于形容也。所持以別貴賤、明尊卑者，等級、勢力、衣服、號令也。亂且不息，滑曼無紀，天理則同，人事無別。然則所謂臣主者，非有相臨之具，尊卑之經也，特面形而膚之耳。近習乎晝，近貌然後能識，則疏遠無所放，衆庶無以期，則下惡能不疑其上？君臣同倫，異等同服，則上惡能不眩于其下？《詩》云：『彼都人士，狐裘黄裳。行歸于周，萬民之望。』孔子曰：『爲上可望而知也，爲下可述而志也。則君不疑於其臣，而臣不惑于其君。』此之不行，冰瀆無界，可爲長太息者此也。」今按「狐裘黄黄」，以臺笠例之，自是野人之服，而以此爲長民者衣服不貳，可乎？《序》不過勦《緇衣》成説耳。朱子亦知其誤，而以此詩爲亂離之後，人不復見昔日都邑之盛，人物儀容之美，因作此以歎惜之。且云：「厲王流死于彘，其時都邑自不能如舊，不必東遷之後也。」其語意亦近似。《子貢傳》有「君子懷」三字，大意當與朱傳同，而其餘文盡闕。《申培説》則謂尹伯封作。周既東遷，伯封見西周風俗之美，而傷今之不古若，賦此。亦不過勦《詩》傳賦《黍離》之意。愚所疑者，據舊説，以前二章爲言都人之賤者，後三章爲言都人之貴者，意謂盛世之人貴賤俱佳，濃淡皆好也。夫萬民所望，隆峻之稱，既非野服之田夫所可居；充耳琇實，五冕之飾，亦非都人士之等夷所可概。心疑詩之所思必有人焉，先居高位，而後淪沉于艸野者，故作此以招之。忽思及共伯和事，而與詩中之語意一一皆合。狐裘臺笠，其時所見也。琇實垂帶，追憶之辭也。稱之爲士，以著其不爲諸侯也。欲從于邁，以明其長往不反也。卒之曰「我不見兮，云何盱矣」，則猶是「行歸于周，萬民所望」之意耳。味詩辭既非盛世之詩，而尹氏之賢著于吉父，姞氏之賢著于蹶父，皆宣王時人，與厲王時相近，輒確信謂非共伯無足以當之。千載而下，必有以予爲知言者。

《鴻鴈》，美宣王也。出《序》。**王新即位，丁亂離之後，民莫適有居。王命使臣勞來還定安集之，於其還而勞焉。**出鄧元錫《詩經繹》。○《序》云：「美宣王也。萬民離散，不安其居，而能勞來還定安集之，至于矜寡，無不得其所焉。」鄭玄云：「宣王承厲王衰亂之敝而起，興復先王之道，以安集衆民爲始也。《書》曰：『天將有立父母，民之有政有居。』宣王之爲是務。」按「天將有立父母」二句，今《泰誓》文也。詳繹《詩》詞，乃宣王勞使臣之作。鄧云：「王閔勤念功，有皇華之心哉！」

鴻鴈于飛，肅肅陸德明本作「翻翻」。**其羽。**麐韻。**之子于征，劬勞于野。**叶麐韻，讀如羽，王矩翻。**爰及矜人，哀此鰥寡。**叶麐韻，果五翻。○比而賦也。「鴻鴈」二句以比流民，其下四句則勞使臣之辭，後放此。鴻、鴈，二鳥名。毛傳云：「大曰鴻，小曰鴈。」孔穎達云：「鴻、鴈俱是水鳥，故連言之。嫌其同鳥雌雄之異，故傳辨之。」羅願云：「按《淮南鴻烈》云，鴈乃兩來，仲秋鴻鴈來，季秋候鴈來。候鴈比于鴻鴈而小。今北方有白鴈，似鴻而小，秋深乃來，來則霜降，河北謂之霜信。唐杜甫曰『故國霜前白鴈來』，蓋謂此爾。今《月令》及《周書》乃不復有鴻鴈、候鴈之別。《月令》則云八月鴻鴈來，九月鴻鴈來賓。《周書》則曰白露之日鴻鴈來，寒露之日又來。既是一種，何得前後不齊如此。許叔重注二鴈，則以八月來者其父母也，是月來者蓋其子也，羽翼稚弱，故在後耳。今《淮南子》乃並作候鴈，此當有所據。」愚按如羅說，則以鴻名者乃鴻鴈，而以鴈名者則候鴈也。鴻大鴈小，兼言之者，取以爲民老少長幼之比。鴻鴈知避陰陽寒暑，木落南翔，冰泮北徂，故名之爲隨陽之鳥。鴈又一名朱鳥。楊雄云：「能來能往者，朱鳥之謂與？」肅肅，解見《鴇羽》篇。鴻鴈春則避陽暑就北，秋則避陰寒就南，民之避危就安似之。舊説以爲轉徙無定之比，非也。民實嗸嗸求安，得不思所以爲之地？故有藉于之子焉。之子，歐陽脩、嚴粲皆云使臣也。于，往也。後同。征，行也。劬，《韻會》云「勤也」，《韓詩》云「數也」。勞，《説文》云「劇也」。其勞頻數，謂之劬勞也。鄧云：「劬劬而勞之，有父母心焉。」野，《爾雅》云「牧外」，《説文》云「郊外」，《詩》傳云：「以細別言之，則郊外之地名牧，牧外之地名野。若大判而言，則野者，郊外通名。」以流民蕩析播遷，故命使臣巡行郊外，以招來之。爰，曰也，王命之辭也。及，《説文》云：「逮也。」《穀梁傳》云：「猶汲汲也。」矜，通作兢。兢之爲言危也。此待斃可危之人，若急爲之所，尚克有救，稍遲，則無及矣。鰥寡，即所矜之人也。《孟子》云：「老而無妻曰鰥，老而無夫曰寡。」劉熙云：「謂之鰥者，爲其愁悒不能寐，目常鰥鰥然。其字从魚，魚目恒不閉者也。寡，倮也，倮然單獨也。」又按鰥雖老而無妻之名，然有不得及時爲室家者，亦名爲鰥。舜年三十不娶，《書》曰「有鰥在下」，是未老亦稱鰥也。寡雖老而無夫之名，然不必老而無夫者，亦皆稱寡。史，卓文君新寡，湖陽公主新寡，皆當盛年。亦有男子稱寡者，《左傳》襄二十七年，「齊崔杼生成及彊而寡，娶東郭姜」，是喪婦稱寡。《小爾雅》以凡無夫無婦通謂之寡，寡夫曰煢，寡婦曰嫠，是也。毛傳亦云「偏喪曰寡」，然則鰥是不娶之名，寡是已娶而喪偶之名，專主男子言之亦可。有曠夫則有怨女矣，總是無室無家之意。世亂民散，舉目無非此輩，洵可哀也，重言以感動之。或謂矜人之中，惟鰥寡尤爲可哀，似覺支離，今不取。朱善云：「惠鮮鰥寡，文王之所以興也。哿矣富人，哀此煢獨，幽王之所以亡也。爰及矜人，哀此鰥寡，乃宣王之所以中興也。」《左》文十三年：「公如晉朝，且尋盟。衛侯會公于沓，請平于晉。公還，鄭伯會公于棐，亦請平于晉。公皆成之。鄭伯與公宴于棐，子家賦《鴻鴈》。季文子云：『寡君未免于此。』」

鴻鴈于飛，集于中澤。叶藥韻，達各翻。**之子于垣，百堵皆作。**藥韻。**雖則劬勞，其究安宅。**叶藥韻，他各翻。○比而賦也。中澤，毛云：「澤中也。」鴻鴈性好居澤，《書》「彭蠡既豬，陽鳥攸居」是也。《物類相感志》云：「鴻鴈夜宿洲中，鴻在内，鴈在外，遞更驚避，備狐與人之捕己也。」鄭云：「鴻鴈之性，安居澤中，今飛又集于澤中，猶民去其居而離散，今見還定安集也。」垣，孔云：「小墻之名。」于垣者，先往治小墻之所，將以起屋舍也。于征則之子出而在野，于垣則之子已反而在邑矣。蘇轍云：「使者所至，招來流民，使反其都邑，築其垣墻，而安處之。然後民知所止，如鴻鴈之集于澤也。」堵，即垣也。《公羊傳》云：「五版爲堵，五堵爲雉。」其高廣之制，傳者不一。有以一丈爲版者，則堵當五丈，雉當二十五丈，此毛傳説也。有以六尺爲版者，則堵當三丈，雉當十五丈，此鄭箋説也。然鄭又云：「雉長三丈。」蓋誤以堵爲雉。孔氏謂雉長三丈，經亦無文也。有謂版廣二尺者，則一堵之墻，長高各一丈；一雉之墻，長高當各五丈，此《周禮》注説也。然注又云：「雉高一丈，長三丈。」則於五堵爲雉之數，又不合也。有謂八尺爲版者，則堵當四丈，雉當二十丈，此《韓詩》傳説也。何休所謂「版長八尺，接五版而爲堵，接五堵而爲雉」是也。有確謂雉長三丈者，鄭駁《異義》云：「《左傳》鄭莊公弟段居京城，祭仲曰：『都城過百雉，國之害也。先王之制，大都不過三國之一，中五之一，小九之一。今京不度，非制也。』古之雉制，書傳各不得其詳，今以《左氏》説，鄭伯之城方五里，積千五百步也。大都三國之一，則五百步也。五百步爲百雉，則知雉五步。五步於度長三丈，則雉長三丈也。雉之度量，於是定可知矣。」此即向《詩》箋之説。然循而下之，堵當長六尺，版只當長一尺二寸，似無此理。故王懲期疑《公羊傳》「五堵爲雉」之文，「五」當爲「三」，以諸儒皆謂堵長一丈，三堵則三丈，是雉之數。然則五版爲堵，計一版當長二尺，正與《周禮》注説版堵之數合，較爲可信。堵高廣各一丈，三堵爲雉。以横言，不以直言。陸佃云：「雉飛若矢，一往而墮。雉，雞類也，不能遠飛，崇不過丈，修不過三丈，故雉高一丈，長三丈也。古者數數以萬，度度以雉。」師曠《禽經》云：「雉上有丈，鷃上有尺。」所謂上者，言飛而上也。雉上能丈，故計丈以雉也。曰百者，見非一家也。作，起也。鄭云：「百堵同時而起，言趨事也。」劬勞，謂之子也，與首章「劬勞」不同。向勞在招來，此勞在安集。究，窮也，猶言終也。之子今雖有從事版築之勞，然其終能使民享有安居之樂，亦何吝而不爲乎？蓋勸勉之辭。孔云：「欲其不憚勞也。」

鴻鴈于飛，哀鳴嗸嗸。豪韻。**維此哲人，謂我劬勞。**豪韻。**維彼愚人，謂我宣驕。**叶豪韻，起勞翻。○比而賦也。鳴之聲哀，曰哀鳴。嗸，《説文》云：「衆口愁也。」重言嗸嗸者，合鴻鴈言之也。王言我之所以遣汝于征于垣，頻頻勞汝如斯者，豈得已哉？念此矜人，當蕩析播遷之後，未有安宅，衆口嗷嗷，咸思控訴于上，亦猶鴻鴈之哀鳴然。此所以迴環焦勞于心，而不能自已也。哲，智也。維此哲人，美之子也。我，宣王自謂也。君臣一體，君勞心，臣勞力。我既劬勞于上，之子明智之人，體予此心，自當劬勞于下也。愚，《説文》云：「戇也。」指愚人。曰彼者，鄙之之辭，借以相形，不必有其人也。宣驕，猶《易》所云「鳴豫」。宣字从回，有轉運之義，故詁者以爲布也。驕，本馬名，乃馬之高者。一曰馬行貌，人之高亢縱逸似之。言假若彼一等愚人，不能知我之心，見我之僕僕相煩，則第謂我居人上而不能體恤，徒宣布其驕恣而已。設言以感動之，亦勸勉之意。又蘇云：「興廢補敗，不能自靖，不知者以爲宣驕耳。」嚴云：「王者事業，以民爲本，此詩可以見興復之規模矣。」《左》襄十六年：「冬，穆叔如晋聘，且言齊故。晋人曰：『以寡君之未禘祀，與民之未息，不然，不敢忘。』穆叔曰：『以齊人之朝夕釋憾於敝邑之地，是以大請。敝邑之急，朝不及夕，引領西望曰：「庶幾乎！」比執事之閒，恐無及也。』見范宣子，賦《鴻鴈》之卒章。宣子曰：『匄在此，敢使魯無鳩乎？』」

《鴻鴈》三章，章六句。《子貢傳》以爲懷流人，而不顯其世。《申培説》則云：「王者懷柔遠人，流民喜之，而作是詩。」朱子亦謂此詩流民所作。然始曰「之子劬勞」，明指他人，末乃曰「謂我劬勞」，何也？即云「之子」乃流民自相謂，似矣，然「爰及矜人」二句，終説不去，且無意味。嚴粲則謂「之子」乃流民美使臣之辭，而以首章「劬勞」屬使臣，後二章「劬勞」爲自道。至其解末章，大意謂「哀鳴嗸嗸」乃是既有安宅之後，因生理未復，别有所求。在明哲之使臣，憫其劬勞，則將有以撫恤之。若愚闇之使臣，必將怒其求索無厭，直以宣驕目之矣。於文理亦近之，但如此則祗是使臣之美耳，與王何與？如曰美使臣正所以美王，何如徑作王言之爲莊重剴摯，而可列于雅乎？郝敬云：「小雅自《鹿鳴》而下，至此二十餘篇，皆朝廷制作，不應忽采民謡一篇襍入其中。」此論是矣。又《緯書》有四始之説，以鴻鴈在申，爲金始。其理未詳。

《韓奕》，宣王命蹶父如韓，韓侯來朝，王錫命之。尹吉甫作詩美之。據《竹書》，爲宣王四年事。孔穎達云：「梁山於韓國之山，最高大，爲國之鎮，所望祀焉，故美大其貌奕奕然，謂之韓奕也。」《序》云：「《韓奕》，尹吉甫美宣王也。能錫命諸侯。」鄒忠胤云：「韓爲武穆，與晋同祖，均屬望國，諸侯之向背係焉。而又密邇北國，爲一方屏翰，故莫亟于得韓。命蹶父如韓，良有以也。蹶父因是以締姻，而韓侯遂來朝，蓋猶用繼世禀命之禮。王因命之纘舊服，受北國爲伯，其依毗亦隆重哉！而馭下之柄，可概見矣。」黄震云：「謝即南陽宛縣，衛武關以制楚，韓扞臨晋以制狄，皆天下形勝。故宣王中興，特著二詩焉。」又云：「前此厲王之世，諸侯不朝，入覲錫命之典，視爲贅物。宣王側身脩行，振舉精明，一洗衰頽之迹。尊文武之道而復之，故封申伯，所以懷南方之諸侯也。命樊侯城齊，所以懷東方之諸侯也。錫命韓侯，所以懷北方之諸侯也。以至淮夷不服，則命召虎以平之，徐方不庭，則自將以征之。規模宏大，雖文武之世，不是過也。」

奕奕梁山，叶真韻，疏臻翻。亦叶先韻，翰旃翻。**維禹甸**叶真韻，他鄰翻。亦叶先韻，亭年翻。亦叶徑韻，質證翻。《周禮》注作「嗽」。**之。有倬**陸德明本作「晫」。**其道，**皓韻。**韓侯受命。**敬韻。**王親命**見上。**之，纘戎**豐氏本作「爾」。**祖考，**皓韻。**無廢朕命。**見上。**夙夜匪解，**叶寘韻，居縊翻。**虔共**音恭。**爾位，**寘韻。**朕命不易。**陌韻。**榦不庭方，以佐戎**豐本作「汝」。**辟。**陌韻。○賦也。此章追述韓侯始受封，而王命之之辭也。奕，《說文》云：「大也。」重言之者，季本云：「大而疊也。」梁山，據《括地志》，在韓城縣東南一十九里。《雍大記》云：「在今陝西西安府同州郃陽縣北四十里，與韓城縣接界。」按其地臨河，上當龍門之南，西隔漆、沮，經耀州三水縣，而後至豳，去岐尤遠，非大王遷岐所踰之梁山也。大王所踰者，何景明以爲即《禹貢》「治梁及岐」之梁。治田出穀稅曰甸，詳見《信南山》篇。禹平水土，使梁山之野皆得成田，而貢賦於天子也。蘇轍云：「禹之治水也，九州之鎮山，無所不甸，雖梁山亦禹之所甸也。」嚴粲云：「功莫大於禹，故詩人言人君之功，多配禹言之。《文王有聲》言『豐水東注，維禹之績』，而繼之以『皇王維辟』，以武王之功配禹也。宣王命韓侯爲州牧，是興衰撥亂之事，此詩亦以宣王之功配禹也。」倬，《說文》云：「著大也。」蘇云：「將言韓侯，故先序其國。曰梁山之下，有倬然之道，此韓侯之所從朝周以受命者也。」周昌年云：「厲王之時，諸侯背侮，梁山之道，或未必通。有倬處，亦見中興氣象。」韓，國名，在今同州韓城縣。晉爲少梁邑，秦、晉戰於韓原，即此地。秦更名夏陽。《一統志》云：「古韓城在縣南十八里。」鄭云：「韓，姬姓之國也。後爲晉所滅。」按《鄭語》，史伯謂韓爲武王之子。韋昭云：「近宣王時，命韓侯爲侯伯，其後爲晉所滅，以爲邑，以賜桓叔之子萬，是爲韓萬。則其亡在平王時也。」孔云：「韓是武王之子，其封當在成王之時。其命爲侯伯，或成或康，未知定何時也。」受命，受繼世而爲諸侯之命也。王親命之者，將命之爲侯伯也。「纘戎祖考」七句，王命之辭也。纘，《説文》云：「繼也。」戎之言汝，音之轉也，後同。祖考，祖父也。觀末章云「以先祖受命」，則第標祖而言，見韓侯先世嘗爲州牧矣。無廢棄我之命，即纘戎祖考之命也。「夙夜」二句相承説，無廢之實也。夙，早。夜，晚也。匪，通作非。解，通作懈，怠也。虔，《説文》云：「虎行貌。」徐鍇云：「虎之行兢兢然有威，故謂敬爲虔。」共，通作供，《説文》云：「設也。」言汝能早夜不怠，敬謹以供爾所當盡之職事，則我今之命汝纘祖考者，不復改易，仍使爲州牧也。有戒勉之意。榦，徐鍇云：「築墻兩旁木也。」孔云：「所以當墻兩邊障土者。」不庭方，謂不來朝貢之國，猶《易》云「不寧方」也。《左傳》「以王命討不庭」，杜預注謂「下之事上，皆成禮于庭中」；《常武》「徐方來庭」，其義皆同。佐，助也，字本作左。辟，《爾雅》云：「君也。」言有不來庭之方國，汝當作楨榦而正之，謹侯度以作之倡，明大義以示之趨，用以佐汝君教化之所不及。此又自「虔共爾位」而推言之也。錢天錫云：「韓地近邊，蠻夷之叛服不常，自穆王以來，荒服者不至。天子欲振中興之烈，則榦不庭以佐辟，能無望于韓侯乎？」味「榦」之一字，有先自正而後正人之意。以末章觀之，則其所正者，亦北面之國耳。

四牡奕奕，孔脩且張。陽韻。**韓侯入覲，以其介圭，入覲于王。**陽韻。**王錫**《周禮》注作「賜」。**韓侯，淑旂綏**陸本作「緌」。**章，**陽韻。**簟茀錯衡，**叶陽韻，户郎翻。**玄衮赤舄，鉤膺鏤錫，**陽韻。《説文》作「鐊」。**鞹鞃**陸本作「鞃」。**淺幭，**叶質韻，讀如密，莫筆翻。陸本作「䁾」，豐本作「幦」。**鞗**豐本作「鋚」。**革金厄。**叶質韻，於栗翻。陸本、豐本俱作「搤」。○賦也。首章是初受封時事，此章則既封後而復入覲之事也。四牡，所以駕車者，韓侯在道所乘也。奕，解同前。以非一馬，故重言之。孔，甚也。脩，通作修，《説文》云：「飾也。」張，毛云：「大也。」孔云：「物之小者，張之使大。若《左傳》稱張公室，謂使公室强大，是張爲大之義也。」「孔脩且張」者，謂極其裝飾之美，而氣象又雄偉也。《周禮・大宗伯》職云：「以賓禮親邦國，春見曰朝，夏見曰宗，秋見曰覲，冬見曰遇。」注云：「覲之言勤也，欲其勤王之事。」《大行人》職云：「春朝諸侯而圖天下之士，秋覲以比邦國之功，夏宗以陳天下之謨，冬遇以協天下之慮。」《曲禮》云：「天子當依而立，諸侯北面而見天子，曰覲。天子當宁而立，諸公東面、諸侯西面，曰朝。」鄭玄云：「諸侯春見曰朝，受摯於朝，受享於廟，生氣文也。秋見曰覲，一受之於廟，殺氣質也。朝者，位於内朝而序進。覲者，位於廟門外而序入。王南面，立於扆宁而受焉。夏宗依春，冬遇依秋。」《郊特牲》云：「覲禮，天子不下堂而見諸侯。下堂而見諸侯，天子之失禮也，繇夷王以下。」按《儀禮》惟《覲禮》篇存，其朝宗遇之禮皆亡。孔云：「朝者，四時通名。覲則唯是秋禮。諸侯之朝天子，四方時節，其文不明。賈逵以爲一方四分之，或朝春，或覲秋，或宗夏，或遇冬。馬融以爲在東方者朝春，在南方者宗夏，在西方者覲秋，在北方者遇冬。」愚按一方四分，殊無明據。若馬説所本，以《明堂位》載魯之祭禮云「夏礿」、「秋嘗」、「冬烝」，獨無春祀，明爲朝王闕之。以魯在東方，宜行春朝之禮。然此詩言韓侯奄受北國，則宜行冬遇，何得行秋覲之禮？意韓城本在西偏，抑或天子於此四者自依其序，或各以特命行之。如欲圖士，則行朝禮。欲比功，則行覲禮。欲陳謨，則行宗禮。欲協慮，則行遇禮。未可知也。介，通作玠。玠圭，即鎮圭也。解見《崧高》篇。申侯奉王命爲伯，而有介圭之錫，則韓侯繼祖考爲伯，其亦有介圭之錫可知。今以比功入覲，故執之以還報天子。如後世持節出使者，亦持節反命也。鄭以爲韓侯覲宣王而奉享禮，貢國所出之寶，引《書》黑水西河，其貢璆琳琅玕。

孔亦謂西河之地，法當貢王。韓在西河之西，故以介圭入覲。介圭當是奇異之大玉，可以爲圭璧。按《儀禮·覲禮》篇：「天子衮冕，負斧依。侯氏入門右，坐奠圭，再拜稽首。擯者謁。侯氏坐取圭，升致命，王受之玉，侯氏降階，東北面再拜稽首，擯者延之曰：『升。』升成拜，乃出。四享，皆束帛加璧，庭實唯國所有。」據此，覲禮既有奠圭加璧之事，則鄭説似若可信。但圭名介圭，乃天子所執，斷無以製就成形者入貢之理。且《崧高》篇言「錫爾介圭，以作爾寶」，其文與此脗合，則其出於天子所錫明矣。或又以介圭即公侯所執之瑞圭，尤謬。彼但名桓、信，何得以介名也。兩言入覲者，上入覲承「四牡」言，謂此四牡之行，乃以入覲之故。下入覲承「介圭」言，則誌彼入覲之時其所執之物也。錫，通作賜。《説文》云：「予也。」按覲禮事畢，「天子賜侯氏以車服，迎于外門外，再拜。重賜無數」。下文所載即其事也。淑，疑通作儵。《説文》云：「青黑繒發白色也。」旂者，諸侯之所建。《覲禮》云：「侯氏載龍旂。」《樂記》云：「龍旂九旒，天子之旌也，所以贈諸侯也。」陳祥道云：「《覲禮》曰天子載大旂，升龍降龍。《周禮》曰交龍爲旂，又曰諸侯建旂。則天子諸侯之旂，龍章一也。」愚按先儒謂《周禮》所掌九旗之帛皆用絳。絳者，大赤色，以爲周所尚故耳。諸如交龍、熊虎、鳥隼、龜蛇之屬，❶皆謂畫之絳帛之上，愚終未敢信其然。《曲禮》謂前朱雀，後玄武，左青龍，右白虎，已明著朱、玄、青、白四色矣。而《巾車》職亦有云：「大旂以封同姓，大赤以封異姓，大白以封四衛，大麾以封蕃國。」舊説謂大麾者，黑色也。以此合《曲禮》所載，於朱、玄、赤、白四色之中，已有其三，所少者獨青耳，則

---

❶「隼」，原作「準」，據《四庫全書》本改。

大旂之爲青色可知。旂畫交龍，其爲青龍明甚。則大赤之爲朱鳥，大白之爲白虎，大麾之爲玄武，又可知。且自青而赤而白而黑，依四時之序，以爲降殺之等，此亦先王制禮之意。所可推者，竊意四旗之帛，各從其方之色，不必謂九旗之中有通帛爲旜者。是全帛皆絳，輒概以絳色例之也。如此詩言「淑旂」，若以淑、儵音通，則《說文》所訓爲青黑發白之色，蓋以象夫青之將近于黑，而尚淺于黑者，大抵即青色耳。以青白畫龍于上，所謂青龍。韓爲姬姓，大旂正封同姓所用。不然，訓淑爲善，但云旂之善者，成何文理？綏，通作緌。《禮記注》云：「旌旗之旄也。」按《說文》訓緌爲系冠纓，謂結纓頷下以固冠。其結之餘者，散而下垂也，旌旗之旒似之。孔云：「徐州貢夏翟之羽，有虞氏以爲緌。後世或無染鳥羽，象而用之。或以旄牛尾爲之，綴於幢上，所謂注旄於竿首者。然則綏者，即交龍旂竿所建。」章，王肅云：「所以爲表章也。」簟茀，詳見《載驅》篇。孔云：「茀者，車之蔽。簟者，席之名。」陳祥道云：「衛夫人之車以翟茀，齊襄公、方叔之車以簟茀，此婦人、男子車蔽之別也。」錯，《說文》云：「金塗也。」車軛曰衡，塗金于軛，所以爲文。詳見《采芑》篇。玄衮，玄衣而畫以衮龍也。凡冕服皆玄衣纁裳。詳見《采菽》篇。赤舄，冕服之舄也。上公九命，得服衮冕，故屨赤舄，與王同也。詳見《狼跋》、《車攻》篇。鉤膺，樊纓也。馬鞅在膺者，用金爲鉤以拘之。詳見《采芑》篇。鏤，《說文》云：「剛鐵，可以刻鏤。」鍚，本作鐊，《說文》云：「馬頭飾也。」徐鍇云：「刻金華當馬頷。」陳祥道云：「莊周言齊之以月題。月題，其象也。」鄭云：「今當盧也。」孔云：「在眉眼之上。」按《巾車》，玉路鍚樊纓，金路鉤樊纓，金路無鍚有鉤。計玉路非賜臣之物，此得有鏤鍚者，蓋特賜之，使得施於金路也。」陸元朗云：「皮去毛曰鞹。」鞃，毛云：「軾中也。」孔云：「軾者，兩較之間，有橫木可憑者也。鞃爲軾中，蓋相傳云然。言鞹鞃者，蓋以去毛之皮，施於軾之中央，持車使牢固也。」淺，毛云：「虎皮淺毛也。」幭，毛云：「覆軾也。」孔云：「《禮記》作『幦』，《周禮》作『䙓』，字異而義同。《玉藻》言羔幦、鹿幦，《春官·巾車》言犬䙓、豻䙓，皆以有毛之皮爲幦。此云『淺幭』，則以淺毛之皮爲幭也。獸之淺毛者，唯虎耳。」陳祥道云：「幦若席然，施之軾上。」鞗，馬轡也。革，謂轡首之垂者。詳見《蓼蕭》篇。厄，當依《釋文》通作搤，《説文》云：「捉也。」鄭云：「以金爲小環，往往纏搤之。」朱子云：「纏搤轡首也。」孔云：「往往者，言其非一二處也。」淑旂綏章，以旗言，是載之車上者。簟茀錯衡，以車言。玄衮赤舄，以服言。鉤膺鏤鍚，以馬言。鞹鞃淺幭，又于車中別其軾言之。鞗革金厄，又于馬中別其轡言之。

韓侯出祖，出宿于屠。虞韻。**顯父**上聲。陸本作「甫」。**餞之，清酒百壺。**虞韻。**其殽**陸本作肴。**維何？炰鼈鮮**豐本作「鱻」。**魚。**叶虞韻，讀如虞，元俱翻。**其蔌維何？維筍**《説文》作「葦」，陸本作「笋」。**及蒲。**虞韻。**其贈維何？乘馬路車。**魚韻。**籩**《集韻》作「邊」。**豆有且，**豐本作「俎」。**侯氏燕胥。**魚韻。○賦也。祖，將行祭行神釁祖也。詳見《烝民》篇。鄭云：「既覲而反國必祖者，尊其所往，去則如始行焉。」宿，《説文》云：「止也。」屠，地名。朱子云：「或曰即杜也。」《漢志》注云：「古杜伯國，漢宣帝葬其地，因曰杜陵。在長安南五十里。」按杜有屠音，晉有杜蒯，通作「屠蒯」，或説似可信。但韓侯返國，不宜復自鎬南行，意必其地與蹶里相近，韓侯覲事既畢，將便道往行親迎之禮，故出宿于彼也。鄭云：「祖于國外畢，乃出宿，示行不留于是也。」顯父，不詳其人。鄭云：「周之公卿也。」孔云：「諸侯反國爲王臣所送，送者唯卿士耳。送行飲酒曰餞。」按《儀禮·聘禮》篇云：「出祖，釋軷，祭酒脯，乃飲酒于其側。」注謂：「行出國門，止陳車騎，釋酒脯之奠於軷。軷者，祭道路之神。道路以險阻爲難，是以委土爲山，伏牲其上，以酒脯祈告之。卿大夫處者，於是餞之，飲酒於其側。禮畢，乘車轢之而遂行，舍於近郊。」是則祖畢而後餞，餞畢乃出宿。今言餞于出宿之後者，《詩》第先記韓侯所擬宿處，爲下章張本。顯父之餞，當仍在國門外也。鄭謂王使顯父餞之，今以下文所贈證之，知必出自王矣。謝枋得云：「申伯之行，王親餞之。韓侯之行，王使顯父餞之。禮亦有等差也。」清酒，孔云：「清美之酒。」壺，《説文》云：「昆吾圜器也。」徐鍇云：「昆吾，紂臣，作瓦器。」季云：「《禮器》注曰『壺大一石』，此以壺之大者言也。云百壺，則必小壺矣。」孔云：「多至于百壺，言愛韓侯而送酒多也。」殽，通作肴，《説文》云：「啖也。」孔云：「饌物也。」炰鼈，解見《六月》篇。鄭云：「炰，以火熟之。」孔云：「謂烝煮之也。」鮮魚，鄭云：「中膾者也。」孔云：「新殺謂之鮮。魚餒則不任爲膾。」蔌，《説文》云：「菜殽也。」按《説文》無「蔌」字，當作「鬻」，云：「鼎實也。陳留謂鍵爲鬻。」亦作餗，《易》「覆公餗」是也。筍，鄭云：「竹萌也。」《筍譜》云：「竹初種，根食土而下，求乎母也。及擢筍，冒土而上，愛乎子也。筍大約不過青緑色，本艸木性，甲乙氣。」蒲，毛云：「蒲蒻也。」徐鍇云：「按蒻蒲下入泥白處，今俗呼蒲白。」鄭云《周禮》注云：❶「蒲始生水中子。」按《周禮·醢人》職云：「加豆之實，深蒲醓醢，筍菹魚醢。」皆謂以蒲筍爲菹，故孔引陸璣云：「筍始出地，長數寸，鬻以苦酒，豉汁浸之，可以就酒及食。蒲始生，取其心中入地蒻，大如匕柄，正白。生噉之，甘脆。鬻而以苦酒浸之，如食筍法。」是説筍蒲菹之法也。然菹與

❶ 上「云」字，依文義疑當作「玄」。

蔌有異，《説文》訓菹爲酢菜，徐鍇謂以米粒和酢以漬菜是也。蔌者，酏食糝食之類。二者皆有肉，故鄭衆解《周禮》糝食爲菜餗蒸，而鄭玄解《易》「覆公餗」亦云：「糝謂之餗。震爲竹，竹萌爲筍。筍者，餗之爲菜也，是八珍之食。」此則筍可爲糝食之證也。維蒲之爲餗，無所經見。然《説文》解鬻字下，亦引此詩，曰「維葦及蒲」，意古必有用蒲爲糝食之法，但不傳耳。《經》言蔌，非言菹也，故不可以不辨。贈，孔云：「以物送人之名。」鄭云：「王既使顯父餞之，又使送以車馬，所以贈厚意也。人君之車曰路車，所駕之馬曰乘馬。」按《采菽》之詩曰：「君子來朝，何錫予之？雖無予之，路車乘馬。」《覲禮》曰：「天子賜侯氏以車服。路先設，西上。路下四，亞之。」注謂：「路下四者，乘馬也。亞之者，次車而東也。」是可以見其出于天子之證也。孔云：「卿大夫無路車、乘馬之名，則非顯父贈之。」籩，竹豆。豆，木豆。孔云：「盛脯醢之籩豆。」且，《説文》云：「薦也。」陳設之義。侯氏，吕祖謙云：「指韓侯也。」按《覲禮》稱諸侯爲侯氏，賈公彦云：「言諸侯，則凡之總稱。言侯氏，則指一身，不凡之也。」燕，通作宴，《説文》云：「安也。」胥，通作延，《説文》云：「通也。」延、疏字同，《爾雅》訓皆，《公羊》訓胥爲相，義當取此。彼此通同，故曰皆、曰相也。「侯氏燕胥」者，言韓侯與顯父通相燕樂，榮君寵也。

韓侯取去聲。陸本作「娶」。**妻，汾王之甥，蹶父**上聲。**之子。**紙韻。**韓侯迎**去聲。**止，**紙韻。**于蹶之里。**紙韻。**百兩彭彭，**叶陽韻，逋光翻。**八鸞鏘鏘，**陽韻。陸本作「將將」。**不**豐本作「丕」。**顯其光。**陽韻。**諸**《白虎通》作「姪」。**娣從之，祁祁如雲。**叶先韻，于員翻。**韓侯顧之，爛其盈門。**叶先韻，謨連翻。○賦也。韓侯畢覲事而出國門，遂于蹶父所居，行娶妻親迎之禮。蹶父爲周卿士，意其采邑必在王城外也。汾王，鄭云：「厲王也。厲王流于彘，彘在汾水之上，故詩人因以號之。」《解頤新語》云：「猶晉侯居翼謂之翼侯，晋人納之鄂謂之鄂侯。鄭叔段居京，謂之京城大叔。及出奔共，謂之共叔也。又楚人謂王不終者爲敖，葬郟者曰郟敖，葬訾者曰訾敖，其汾王之類乎？」《郡縣志》云：「汾水經霍邑縣西二里，周厲王陵在縣東北二十五里。」汾王之甥，指蹶父也。《爾雅》云：「妻之父爲外舅。謂我舅者，吾謂之甥。」郭璞云：「呼壻爲甥，《孟子》曰『帝館甥于貳室』是也。」又自壻而外，據《爾雅》，呼甥者有四輩：姑之子爲甥，舅之子爲甥，妻之晜弟爲甥，姊妹之夫爲甥。郭謂四人體敵，更相爲甥。蹶父于其中或處一焉，亦不可知。鄭箋謂姊妹之子爲甥，而孔疏誤以爲此文出于《爾雅》，遂皆以韓姑當之。按《爾雅》惟云「男子謂姊妹之子爲出」，未聞其以甥名。惟劉熙《釋名》有云：「舅謂姊妹之子曰甥。」雖今人亦同此稱，然要之《爾雅》不載，必非古名也。然則甥是同輩之稱，如謂韓姑與厲王同輩，至宣王時方嫁，於論疎矣。或謂外孫亦曰甥，何知姑非厲王外孫乎？今按外孫稱彌甥，不單名甥，《左傳》「以肥之得備彌甥」是也。夫既不可謂姑爲厲王同輩，又不可以外孫爲甥，則汾王之甥其確爲指蹶父無疑矣。故下文即以蹶父屬之。蹶父，毛云：「卿士也。」孔云：「蹶氏，父字，不書國爵，則非諸侯。下言『靡國不到』，則是爲王聘使之人，故知卿士也。」《焦氏易林》引此，作「大夫祈父」。子，女也。迎，昏禮六禮之中，所謂親迎也。止，語辭。蹶，即蹶父也。里，毛云：「邑也。」蹶父之里，不知所在。百兩，百乘也。義見《鵲巢》篇。彭，通作騯，《説文》云：「馬盛也。」八鸞，謂每車有八鸞鈴，象鸞鳥聲。鏘，通作瑲，《説文》云：「玉聲也。」鈴聲之和似之。孔云：「其迎之時，則有百兩之車彭彭然而行，每車皆有八鸞之聲鏘鏘然而鳴也。」不，通作丕，大也。顯者，明飾之義。光，鄭云：「猶榮也。

氣有榮光也。」孔云：「車馬之盛，禮備如此，顯其有光榮也。」諸，衆辭也。娣，《公羊傳》云：「女弟也。」鄭云：「媵者必娣姪從之，獨言娣者，舉其貴者。」孔云：「以衆妾之中娣爲最貴，故舉娣以言衆妾，明言諸可以兼娣姪也。」陸化熙云：「迎曰百兩，是迎以邦君之禮。從曰諸娣，是送以夫人之禮。」從，《説文》云：「隨行也。」祁，通作跂，緩步也。祁祁，行動舒遲貌。如雲，與《敝笱》篇「其從如雲」義同。雲順風而行，亦如媵之從嫡也。顧，《説文》云：「還視也。」爛，光盛貌，指諸娣言。孔云：「韓侯於是回顧而視之，見其鮮明粲爛，盈滿於蹶父之門也。」呂祖謙云：「古者任遇方面之臣，既盡其禮，復恤其私，使之内外光顯，體安志平，然後能展布自竭，爲王室之屏翰。詩人述宣王能錫命諸侯，而因道其娶之盛。其意蓋在於此。而王室尊安，人情暇樂，亦莫不在其中矣。」

蹶《焦氏易林》作「祈」。**父孔武，靡國不到。**號韻。**爲**去聲。**韓姞相**去聲。**攸，莫如韓樂。**叶號韻，力告翻。**孔樂韓土，**麐韻。**川澤訏訏。**叶麐韻，火羽翻。**魴鱮甫甫，**麐韻。**麀**豐本作「麢」。**鹿噳噳，**麐韻。《孔叢子》、陸本俱作「麌麌」。**有熊有羆，有貓**陸本作「苗」。**有虎。**麐韻。**慶既令居，**角韻。**韓姞燕譽。**叶魚韻，羊諸翻。○賦也。蹶父材力甚壯健，故能以王命奉使于四方。呂云：「靡國不到，特言涉歷邦國之多，非必國國皆至也。」韓姞，朱子云：「蹶父之子，韓侯妻也。」孔云：「婦人稱姓，今以姓配夫之國，謂之韓姞，故知姞是蹶父之姓也。」按姞，黄帝後，黄帝之子二十五人，爲姓十二，姞其一也。《左》宣三年，鄭石癸曰：「吾聞姬、姞耦，其子孫必蕃。姞，吉人也，后稷之元妃也。」亦作吉，《都人士》篇「彼君子女，謂之尹吉」是也。又按《路史·國名記》，姞姓一十四國，南燕伯儵國，即后稷妃家，亦曰東燕。及《左》昭三年北燕伯款，亦姞姓。此詩末章有「燕師所完」之語，疑蹶父國本在燕而仕于王朝，因與韓侯聯姻，故詩中敘及其先世之事。至如燕胥、燕譽，似皆指燕地而言，但以無明據，故未敢强解。相，《説文》云：「省視也。」攸，《爾雅》云：「所也。」按攸之爲所，其義難詳。據《説文》以攸爲行水。又引《秦嶧山刻石》中汥字與此同文，疑爲浮泛不定之義。以所訓攸，當亦是無定在之辭耳。言蹶父將爲女擇可嫁之地，汎觀之四方，無有如韓國之爲樂土者。《竹書》稱王命蹶父如韓，正此時也。孔，甚也。甚樂哉此韓土，深美之辭，下文正指其實。「川澤」二句相連説，以水産言。川，《説文》云：「貫穿通流水也。」澤，《國語》云：「水之鍾也。」訏者，誇張之義，故以爲大之稱。魴鱮，解見《汝墳》、《魚麗》、《敝笱》諸篇。陸璣云：「魴，魚之美者。鱮，魚之不美者。」陸佃云：「魴之爲美舊矣。今更與鱮魚連道，以著韓國水土之善。」甫，通作誧，《説文》云：「大也。」「麀鹿」三句，以陸産言。不言山者，韓地多山，故略之也。《爾雅》云：「鹿，牡麚，牝麀。」專言鹿則統乎牝牡之稱。今對麀言鹿，則鹿者牡鹿也。噳，《説文》云：「麇鹿群口相聚皃。」《小爾雅》云：「魴鱮甫甫，語其大也。麀鹿噳噳，語其衆也。」熊羆，解見《斯干》篇。羅願云：「羆乃熊類。古言熊者，率與羆連言之，如稱『如熊如羆』、『維熊維羆』、『非熊非羆』、『趙襄子射熊羆』是也。今獵者言熊有兩種。豬熊，其形如猪。馬熊，其形如馬。各有牝牡。問以羆，則云熊是其雄，羆則熊之雌者。羆力尤猛。或曰羆大於熊，熊爲羆之雄而稱雄，猶羖爲羭之羖而稱羖，兕爲犀之牸而稱兕也。蓋皆相類而爲牝牡，猶麇與鹿交，鱮與魚游也。」貓，毛云：「似虎淺毛者也。」按《爾雅》：「虎竊毛謂之虥貓。」注謂竊者，淺也。狻麑如虥貓。《周書》記武王之狩，禽虎二十有二，貓二。則是虎之類也。又捕鼠之貍亦名爲貓。然其形狀猥小，不當與熊羆虎並言。而陸農師引

《記》迎貓迎虎之文，謂貓食田鼠，虎食田彘，故《詩》以譽韓樂，亦迂甚矣。季云：「魴鱮甝鹿，皆可以供食。熊羆貓虎，皆可以供裘。韓地物産之隆如此，他國莫及焉。見其先祖能控百蠻，而人不敢漁獵其地，故得爲樂土也。」慶，喜。令，善也。喜其已得此善居也。「韓姞燕譽」者，謂韓姞之心當亦安樂，而稱其得所也。慶令居，就相攸時言。燕譽，則預度其後日而言也。曹居貞云：「此章與《碩人》卒章意同。齊近河，韓多山，各賦其所有，一則美其父母之國，一則美其所嫁之國也。」王安石云：「韓侯取妻，何預於王政，而詩言此？蓋汾王失道，王室幾喪，爲諸侯所卑，則王甥亦安能相攸。惟宣王任賢使能，然後汾王之甥更爲樂國賢君之所願娶，而威儀備具，光顯如此，乃所謂邦之榮懷也。」《左》成九年：「季文子如宋致女，復命，公享之。賦《韓奕》之五章。穆姜出于房，再拜，曰：『大夫勤辱，不忘先君，以及嗣君，施及未亡人，先君猶有望也。敢拜大夫之重勤。』」

溥《潛夫論》作「普」。**彼韓城，燕師所完。**叶先韻，夷然翻。**以先祖受命，因時百蠻。**叶先韻，民堅翻。**王錫韓侯，其追其貊。**陌韻，亦叶藥韻，末各翻。《説文》作「貉」。**奄受北國，因以其伯。**陌韻，亦叶藥韻，卜各翻。**實**鄭箋作「寔」。後同。**墉實壑，**藥韻，亦叶陌韻，呼格翻。**實畝實籍。**陌韻，亦叶藥韻，檣龠翻。**獻其貔**《説文》作「貔」，陸本作「豼」。**皮，**支韻。**赤豹黄羆。**支韻。○賦也。溥，《説文》云：「大也。」韓城，解見首章。或據《水經注》聖水逕方城縣故城北，又東南逕韓城東，引此詩爲證。王肅謂涿郡方城縣有韓侯城，世謂寒號，非也。按方城即今順天府固安縣，乃燕地，與下文言「奄受北國」似合，然去梁山遠矣。李氏謂恐是方城縣相近梁門界上之山，殊屬牽附。愚意寒號自是本名，其改寒號爲韓侯者，王肅緣此詩有「燕師所完」一語而誤，而酈道元又爲肅所誤也。燕，朱子云：「召公之國也。」按燕雖召公所封，而其地甚廣，如南燕、東燕、北燕皆是。《國都城記》云：「地在燕山之野，故國取名焉。」《一統志》云：「燕山在北京順天府薊州玉田縣西北二十里。」完，《説文》云：「全也。」鄭云：「築完也。」按《竹書》，成王十二年，王師燕師城韓，即此。朱子云：「韓初封時，召公爲司空，王命以其衆爲築此城，如召伯營謝、山甫城齊之類也。」呂云：「《春秋》之城邢、城楚丘、城緣陵、城杞之類，皆合諸侯爲之。霸令尚如此，則周之盛時命燕城韓，固常政也。」以者，推原其故之辭。先祖，毛云：「韓侯之先祖，武王之子也。」受命者，孔云：「受王命爲一州侯伯也。」愚按以下文「奄受北國，因以其伯」觀之，則所謂爲伯者，亦爲北國諸侯之伯耳。因，《説文》云：「就也。」時之言是也。百蠻之蠻，即《周禮》所謂蠻畿、蠻服者，主辨其疆界謂之畿，以其服王政教謂之服，其地在侯、甸、男、采、衛之外，亦號要服。以其國小而多，故曰百蠻耳。然此亦第據韓之先祖所率者言。一説，蠻、夷可通稱，北稱蠻，猶西稱夷，《史記·匈奴傳》「居于北蠻」是也，亦通。言所以築韓城，而使韓之先祖居之者，以其受命爲牧伯，實就是百蠻所介處之地，而於此資彈壓焉，規摹固宏遠矣。王錫韓侯，以今日言也，與次章「王錫韓侯」不同。彼錫以物，此錫以命也。又與首章「王親命之」不同，彼爲分封之初命，此因入覲而申命也。「其追」而下，命之辭也。按《覲禮》，事畢，賜車服之時，「諸公奉篋服，加命書于其上，升自西階，東面，大史氏右。侯氏升，西面立，大史述命。侯氏降西階之間，北面再降稽首，升成拜。大史加書于服上，侯氏受」。此正其事也。依《禮》文之序，當在次章之後、三章之前，而述之此者，因前皆敘事成文，故略之。至此則韓侯已畢親迎之事，而將歸國矣，故重爲誦服，以致其叮嚀之意，亦詩人行文變化處。

追,《説文》云:「逐也。」貊,《説文》云:「北方國,豸種。」「其追其貊」者,驅而遠之,不使其逼處中國也。上「其」字,期之之辭。下「其」字,則指貊而言。奄,《説文》云:「覆也。大有餘也。字从大从申。申者,展也。」與《魯頌》「奄有龜蒙」義同。北國,北方諸侯之國。伯者,州牧之稱。孔云:「《夏官·職方氏》『正北曰并州』,言受王畿北面之國,當是并州牧也。」宣王以貊不驅,則侯國不得安,期韓侯能驅北貊,以撫北國,故就以其先世侯伯之職予之,欲其思所以副重任也。即首章「纘戎祖考,無廢朕命」之意。「實墉」二句,先内治也。實之言是,音之轉也。墉,城垣也。壑,溝也。俱見《説文》。城下有壑。墉、壑皆舊所有,于是因而修之,使墉成其爲墉,壑成其爲壑,非謂新築新鑿也。畝,田畝也。籍,通作耤。古者借民力耕田,十分而取其一,謂之耤,亦訛作藉。《孟子》曰:「助者藉也。」「實畝實籍」者,言於是正其田畝之經界,與什一之税法也。觀「實籍」之文,而《孟子》「雖周亦助」之言益信。修墉壑,所以固吾圉,正畝籍,所以足民食,此立國根本。首章所謂「夙夜匪解,虔共爾位」者,盡在是矣。《儀禮》注云:「凡進物曰獻。」貔,《説文》云:「豹屬,出貊國。」《爾雅》云:「貔,白狐。」郭璞云:「一名執夷。」陸璣云:「似虎,或曰似熊。遼東人謂之白羆。」郭璞《贊》云:「《書》稱猛獸,如虎如貔。貔蓋豹屬,亦曰執夷。白狐之云,似是而非。」羅願云:「豹似虎而圈文,有數種。《山海經》:『泰山多赤豹。』」陸璣云:「毛赤而文黑謂之赤豹,毛白而文黑謂之白豹。」羅願云:「有黄羆,有赤羆。《王會》篇『東胡黄羆』,成王獻此。」愚按豹取赤,羆取黄,當是各取其美者,亦如裘之重狐白也。孔云:「『貔皮』之上言『獻其』,則豹、羆亦獻之。貔言皮,則豹、羆亦獻皮也。」輔廣云:「此章言王之委重於韓侯,勉以自强於政治,而修其職貢於王也。但言三獸之皮者,猛獸韓國所富有,故令貢其皮焉,亦以見不强責其所無也。」愚按職貢修則體統明，然後可以斡不庭方，而佐乃辟矣。申命之辭，語語與初命相應。黄佐云：「荒服不朝于穆王之時，覲禮大壞于夷王之際。宣王中興，諸侯畏服，無敢不禀命者。韓侯之朝，固出於忠愛之誠，亦宣王有以致之也。」

《韓奕》六章，章十二句。 朱子以爲韓侯初立來朝，始受王命而歸，詩人作此以送之。按《詩》詞前後明有兩命，非初立之命也。其敘述周詳，正以揚厲中興氣象，而但以爲送行而作，不綦小與？《申培説》則云：「韓侯來朝，受命將歸，顯父餞之，贈以是詩。」夫詩中第紀顯父餞行，未云作誦也，何據云然？其陋斯甚。《子貢傳》闕文。

《六月》，紀北伐也。宣王五年夏六月，玁狁内侵，王命尹吉甫爲將，驅而出之于太原。師歸自鄗，行飲至之禮。詩人作此以美之。 班固云：「周懿王時，周室遂衰，戎狄交侵，暴虐中國。至懿王曾孫宣王，興師命將以征伐之，詩人美大其功。」按《竹書》，事在宣王五年。愚按此詩，蓋當時與吉甫燕之友所作。陸化熙云：「雖美吉甫，而宣王之能命將在其中。」

六月棲棲，戎車既飭。 職韻。**四牡騤騤，載是常服。** 叶職韻，鼻墨翻。**玁**《鹽鐵論》、《漢書》、豐氏本俱作「獫」。下同。**狁孔熾，我是用急。** 叶職韻，讀如亟，訖力翻。《鹽鐵論》作「戒」。**王于出征，以匡王國。** 職韻。○賦也。六月，朱子云：「建未之月也。」濮一之云：「《詩》言『六月徂暑』，則爲夏正可知。」按《司馬法》，冬夏不興師，所以兼愛民也。今記六月者，鄭玄云：「盛夏出兵，明其急也。」孔穎達云：

「征伐之詩多矣，未有顯言月者，此獨言之，故云『明其急也』。」黄氏云：「人知其上之出于不得已，雖六月而人不以爲暴，蓋以爲其所以勞我者，乃所以安我也。」棲、栖同字，鳥宿曰棲。云棲棲者，取其翔集不定之義。《論語》：「何爲是栖栖者。」注云：「猶皇皇。」言其不安也。倉卒興師，人情擾攘，其象如此。戎車，革路之等也。其等有五，解見《采薇》篇。飭，《説文》云：「致堅也。」四牡，即五等戎車既駕之四牡，與第五章同。騤騤，解見《采薇》篇。「載是常服」者，車中或載常，或載服，兩舉之也。鄭以韋弁服爲常服，似難通。毛傳云：「日月爲常。」按《周禮·司常》職云：「王建太常。」《大司馬》職云：「若大師，則建大常比軍衆，誅後至者。」《小司馬》職云：「凡小祭祀、會同、饗射、師田，掌其事，如大司馬之法。」是知興師之始，必建大常以致軍衆。毛、鄭皆泥《大司馬》職文，謂必王親征，始建大常。而鄭又疑此舉非宣王親征，故但解常服爲戎服。豈知戎服不可以常服言，而《小司馬》職明言，凡小師田掌其事，亦如大司馬之法。然則是遣將出師，皆得建太常以令衆，不必王親征也。服，戎服也。以韎韋爲弁，又以爲衣裳。又《戎僕》職云「掌馭戎車」，及「王倅車之政，正其服」。倅車即五戎之倅，車中之將帥甲士各有所服之服，故曰正其服，不必盡韎韋也，韎韋特將帥服耳。所載有幾，載常以致衆，載服以備用，于是人知其將有事矣，乃告之以出師之故，如下文所云也。熾，盛也。我，主吉甫而言。以吉甫爲主將，乃發令者，後章二「我」字亦同。急，疾也。玁狁來侵，其勢甚盛，我是用急于徵兵，不暇顧炎暑也。于之爲曰，音之近也。解見《無衣》篇。按毛傳多訓于爲往。董氏云：「如下章『王于出征，以佐天子』，豈王自征而又佐天子乎？」匡，《爾雅》云：「正也。」夷不亂華，是之謂正。王國，王畿也。《周禮》：「方千里曰國畿。」王者畿内，謂之國畿。當時玁狁内侵，焦穫、涇陽皆在畿内，故曰「以匡王國」也。此吉甫初徵兵而述王命以告之也。《左》僖二十三年，晋公子重耳如秦，秦伯享之。公子賦《河水》，公賦《六月》。趙衰曰：「重耳拜賜！」公子降，拜，稽首，公降一級而辭焉。衰曰：「君稱所以佐天子者命重耳，重耳敢不拜？」《晋語》載此云：「君稱所以佐天子匡王國者以命重耳，重耳敢有惰心，敢不從德？」又《左》襄十九年，季武子如晋拜師，晋侯享之。范宣子爲政，賦《黍苗》。季武子興，再拜稽首，賦《六月》。

比物四驪，閑之維則。職韻。**維此六月，既成我服。**韻見前章。**我服既成，于三十**《石經》「三十」作「卅」。**里。**紙韻。**王于出征，以佐天子。**紙韻。○賦也。比，陸德明云：「齊等也。」物，類也。指馬而言。孔云：「比物者，比同力之物。」《爾雅》云：「戎事齊力。」按《周禮·較人》：「掌王馬之政。辨六馬之屬，種馬一物，戎馬一物，齊馬一物，道馬一物，田馬一物，駑馬一物。凡大祭祀、朝覲、會同，毛馬而頒之。凡軍事，物馬而頒之。」注云：「毛馬齊其色，物馬齊其力。」朱子云：「吉事尚文，武事尚强也。」驪，深黑色。陸佃云：「馬善騋牝驪牡。❶《爾雅》曰『騋牝驪牡』，以罕稱也。」孔云：「戎事齊力尚强，不取同色。而言『四驪』者，雖以齊力爲主，亦不厭其同色也，故曰『駟騵彭彭』，又曰『乘其四騏』，田獵齊足而曰『四黄既駕』，是皆同色也。無同色者，乃取異毛耳，『騏騮是中，騧驪是驂』是也。」愚按此四驪乃吉甫所乘，與凡言四牡不同。篇中「四牡」凡三見，皆謂軍中駕戎車之四牡耳。如使盡四驪，安得驪牡如彼之多乎？又《檀弓》云：「夏后氏尚黑，戎事乘驪。」今吉甫乃周將，而亦乘驪者，意當時必有所取，然不敢妄爲之辭也。《書傳》

❶「牡」，原作「牝」，據《四庫全書》本改。

云：「閑之者，貫之也。貫之也者，習之也。」則，法也。劉彝云：「閑習之久，則進退馳驅不失其則，言其教閱有素也。」我，主吉甫而言。服，則兩服之服。車駕四馬，在内兩馬謂之服，在外兩馬謂之騑。服字从舟，取其可以舟旋也。騑即驂也。前言「四驪」，則服與騑當各居其二，今專言服者，觀鄭詩云「兩服上襄，兩驂鴈行」，又云「兩服齊首，兩驂如手」，蓋兩服並首在前，而兩驂少次其後，故服馬必得其最良者爲之，是則舉服可以該驂，鄭詩言「巷無服馬」是也。比物四驪，所謂「既成我服」也。此詩三用「服」字，而義各異。舊謂指凡軍士之戎服，則軍需當有夙儲，必無臨出征而始製服之理，況寇迫門庭，得無緩不及事乎？于，亦曰也，發語之辭。三十里爲一舍。漢昭云：「吉行五十里，師行三十里。」孔云：「軍法，師行皆以三十里爲限。《漢書·律歷志》計武王之行亦準此也。」按《志》，武王伐紂，師初發，以殷十月戊子，日在析水，月在天駟。戊午，度于孟津。孟津去周九百里，凡三十一日而度，是師行日三十里之明證也。朱子云：「既成我服，即日引道，不徐不疾，盡舍而止。又見其應變之速，從事之敏，而不失其常度也。」愚按周都在今咸陽縣，玁狁侵周，至于涇陽。考《陝西志》，涇陽南至咸陽，僅三十八里，則此詩所云「于三十里」，乃正道其實耳。上章王曰出征，以匡王國，是統命軍衆之辭。此章王曰出征，以佐天子，乃責成吉甫之辭。分別觀之，乃得此章敘吉甫承王命而徂征之事。

四牡脩廣，其大有顒。冬韻。**薄伐玁狁，以奏膚公。**叶冬韻，讀如恭，居容翻。**有嚴有翼，共**音恭。下同。**武之服。**韻見首章。**共武之服，**同上。**以定王國。**韻見首章。○賦也。脩，毛傳云：「長也。」《考工記》「堂脩七步」之脩。廣，謂横量濶也。《檀弓》「廣輪」之廣。顒，《説文》云：「頭大也。」

曹氏云：「脩以言其身之長，廣以言其腹背之充，顒以言其首之大。三者相稱，所以成其大也。」薄，發語辭。伐，《説文》云：「擊也。」字从人持戈。《左傳》云：「有鐘鼓曰伐。」言陳鐘鼓而擊之也。玁狁，解見《采薇》篇。奏，進也。膚，舊訓爲大，殊無據。按《説文》無膚字，有臚字。《集韻》云臚省作膚，其義俱訓皮。是可見膚即臚字也。然以皮訓膚，于此詩義無當。考古文臚、旅通用。《周禮》「皆旅儐」，《儀禮·士冠禮》「東面旅占」，注云：「古文旅作臚。」又《史記》「臚於郊祀」，正義云：「臚讀旅。旅，祭名也。」是則臚、旅二字原以音同通用，後乃各異其讀。今因窮膚字之始而得臚，又因通臚字之用而得旅，則此膚字乃即旅字耳。六書之不明久矣，非好學深思，心知其意，誰能然予言者哉！程大昌云：「古人旅作臚。予因讀此，始悟臚傳曰旅傳也。自殿上至殿下，皆數人抗聲相接，使所唱之語聯續遠聞，則臚傳之爲旅傳，其已審矣。」旅，即師旅之旅。《周禮》軍制，萬二千五百人爲軍，二千五百人爲師，五百人爲旅，百人爲卒，二十五人爲兩，五人爲伍。今曰旅者，舉中言之也。公，公所也。毛傳訓爲功，亦無據。此行也，爲伐玁狁故，乃進師旅之衆于公所，將有以誓戒之也。下文「有嚴有翼」四句，正吉甫誓衆之辭。嚴，戒也，不敢輕敵之謂。翼，敬也，不敢亂行之謂。共，朱子云：「與供同。」《爾雅》云：「具也。」服，事也。兵凶戰危，通將帥士卒凡有事于戎行者，皆當致其戒謹，以具武事也。輔廣云：「兵，陰事也。用之當以嚴敬爲主，不嚴則不整，不敬則不肅。」范祖禹云：「共武之服者如此，則足以定王國矣。」定與匡不同。匡王國，是宣王語，以扶冠履之分言。定王國，是吉甫語，以奠中外之疆言。此章敘師既在途而誓衆之事，以下章元戎、啓行之語觀之，計此時亦將迫乎敵壘矣。

玁狁匪茹，叶遇韻，讀如籲，俞戍翻。**整居焦穫。**叶遇韻，胡故翻。《爾雅》作「護」。**侵鎬及方，**

陽韻。**至于涇陽。**韻。**織**豐氏本作「幟」。**文鳥章，**陽韻。**白旆**陸德明本作「茷」。**央央。**陽韻。**元戎十乘，以先啓**豐氏本作「启」。**行。**叶陽韻，寒剛翻。○賦也。匪，通作非。茹，茅根相牽引貌。《易・泰》卦「拔茅茹」之茹。整居，言整齊其衆而居之也。孔云：「整齊居周之地，無所畏憚也。」焦穫，周地。穫，通作護，《爾雅》十藪「周有焦護」，即此。孫炎云：「周，岐周也。」郭璞云：「今扶風池陽縣瓠中是也。」亦名瓠口。《溝洫志》，韓水工鄭國説秦，令鑿涇水，自中山西邸瓠口爲渠。班彪《北征賦》「夕宿瓠口之玄宫」，即焦穫地也。今在陝西西安府三原縣，其地有焦吴里，有焦村數處。王翺云：「焦吴即焦護之訛。」朱子分焦、穫爲二，非是。玁狁生長，非託根于中國，而來薦居焦穫之地，所謂他族逼處，將與我争此土也。又鄭箋依《爾雅》訓茹爲度，謂玁狁來侵，非其所當度爲也。故《焦氏易林》有云「玁狁非度，治兵焦穫」，蓋古説之相傳舊矣，並存之。侵，《説文》云：「漸進也。」字本作侵，从人又持帚，若埽之進。又者手也，會意。又《左傳》云：「無鐘鼓曰侵。」《穀梁傳》云：「苞人民、毆牛馬曰侵。」鎬，先儒未詳其所在，王肅以爲鎬京。王基駁之云：「據下章云『來歸自鎬，我行永久』，言吉甫自鎬來歸，猶《春秋》『公至自晋』、『公至自楚』，亦從晋、楚歸來也。故劉向曰：『千里之鎬，猶以爲遠。』鎬去京師千里。長安、雒陽代爲帝都，而濟陰有長安鄉，漢有雒陽縣，此皆與京師同名者也。」愚按下章先言「薄伐玁狁，至于太原」，而後即繼之云「來歸自鎬」，則鎬地必近太原。古文鎬、鄗通用。《荀子》「武王以鄗」，《史記・周本紀》「復都豐、鄗」，《漢書》「戎敗我驪，遂亡酆、鄗」，皆以鎬爲鄗。若此，詩之鎬乃鄗地也。鄗本晋邑，管仲對鄗邑之黍，齊弦施伐晋取鎬。《公羊春秋》桓十五年，公會齊侯于鄗。皆此鄗也。漢光武即位鄗南，始分鄗爲二字，名高邑縣。今尚仍原名，隸真定府，其地正與山西太原接壤，在漢均屬恒山國，其爲此詩之鎬明矣。若鎬京之鎬，字當作滈，蓋以滈水得名。方，朔方也。以《采薇》詩觀之，先言「王命南仲，往城于方」，而後即曰「天子命我，城彼朔方」，則方非朔方而何？解見《采薇》篇。涇陽，在今陝西西安府。水北曰陽，以地在涇水之北得名。鄭玄云：「來侵至涇水之北，言其大恣也。」孔云：「涇去京師爲近，故言大恣。」愚按焦穫、涇陽相去止十數里，涇陽在焦穫南。蓋自周穆王遷戎于太原，而太原鄰近遂爲玁狁出没之地。故始而侵鄗，迤邐西行，以及于靈夏等處，將以内犯京畿。見焦穫爲十藪之一，其地美水草，遂整居之，爲久駐不返之計。而時復鈔掠及于涇陽，去周都不過三十餘里而近，其勢亦孔岌矣，安得不聲罪致討，亟驅除之乎？織文鳥章，前軍所建，所謂前朱雀也。織、幟字通用。《漢志》「旗織加其上」，謂旗幟也。《説文》云：「幟者，旌旗之屬。」鄭云：「徽織也。」孔云：「言徽織者，以其在軍爲徽號之織。以絳爲縿，又絳爲旒，書名于末，以爲徽織。《司常》：『掌九旗之物名，各有屬。』云物名者，所畫異物則異名也。屬謂徽織。《大傳》謂之徽號。」愚按旗之正幅名縿，屬于旗下者名旒，即斿是也，亦名旓。在旒之末者名幟。《説文》解爲旌旗之屬，正言其綴屬于旌旗耳。書名旒末，以爲表識，如前軍、後軍、左軍、右軍之類，謂之織文。亦猶《周禮·司常》職所云：「官府各象其事，州里各象其名，家各象其號。」然《周禮》于此上文曰「皆畫其象焉」，唐孔氏疑徽織之制亦如所建旌旗而畫之，其象但小耳，今莫之能詳也。《説文》又解徽爲幟，謂以絳徽帛著于背，引《春秋傳》「揚徽者公徒也」。若今救火衣。而鄭箋既解織爲徽織，又云將帥以下，衣皆着焉。孔氏亦謂今城門僕射所被，及亭長着絳衣，皆其舊象。三説相合，或是倣旗幟之制，著之于衣，則謂之徽。若以此織文爲軍中所服，則與下鳥章、白旆語意不貫，斷不然也。鳥章，旟也。毛云：

「錯革鳥爲章也。」解見《出車》篇。凡旂旟旗之類，各有織文，此獨以「鳥章」言，則織文乃鳥章之織文耳。白旆央央，後軍所建。按《爾雅》：「繼旐爲旆。」旐畫龜蛇，所謂後玄武也。旆，惟旐有之。白，通作帛。孔云：「九旗之物皆絳，則此亦絳也。言白旆者，謂絳帛，猶通帛爲旃，亦是絳也。」又《周禮·巾車》職云：「革路，龍勒，條纓五就，建大白，以即戎，以封四衛。」或疑此白旆即大白。按五路皆王所乘，其云即戎、建大白，正謂王親征時所建耳，於將帥無預。央，通作英，解見《出車》篇。元，毛云：「大也。」戎，朱子云：「戎車也。軍之先鋒也。」《司馬法》云：「夏后氏曰鉤車，先正也。殷曰寅車，先疾也。周曰元戎，先良也。」孔云：「鉤，馬飾也。《周禮》革路無鉤，此特設鉤，故以名車。其行曲直有正，故云先正也。或謂此車行，鉤曲般旋，曲直有正，不必爲馬飾也。寅，進也。此車能進取遠道，故云先疾也。元戎，大車之善者，故云先良也。」十乘，爲馬四十匹，甲士三十人，步卒七百二十人。王安石云：「元戎十乘，所謂選鋒也。兵法，兵無選鋒曰北。」以先啓行，鄭云：「以先前啓突敵陳前行。」韓嬰《章句》云：「元戎，大戎，謂兵車也。車有大戎十乘，謂車縵輪，馬被甲，衡軛之上，盡有劍戟，名曰陷軍之車，所以冒突先啓敵家之行伍也。」《左傳》宣十二年，楚子入晉軍，遂出陳。孫叔曰：「進之！寧我薄人，無人薄我。《詩》云：『元戎十乘，以先啓行。』先人也。軍志曰：『先人有奪人之心。』薄之也。」遂疾進師，車馳、卒奔，乘晉軍。晉師大敗。朱子云：「建旌旗，選鋒鋭，進聲其罪而致討焉。直而壯，律而臧，有不戰，戰必勝矣。」此章敘吉甫師薄涇陽，而調度元戎以赴敵之事。

戎車既安，如輊《説文》、潘岳《賦》俱作「⿱執車」。**如軒。**元韻。軒與原叶，閑與憲叶，皆隔四句爲韻，亦一體也。**四牡既佶，既佶且閑。**叶先韻，何甄翻。如以軒、閑、原、憲爲一韻，則閑當叶元韻，讀如煩，符袁翻。**薄伐玁**《史記》、《漢書》俱作「獫」。**狁，**《漢書》作「允」。**至于**《漢書》作「於」。**大**音泰。**原。**元韻。**文武吉甫，萬邦爲憲。**叶元韻，虚言翻。《禮記》「武坐致右憲」，鄭氏云：「憲讀如軒，聲之誤也。」○賦也。上章言鳥章之旟，選鋒之乘，皆言其前軍也。至此戎車四牡，則大隊繼之矣。然以下文「至于大原」觀之，亦玁狁既離焦穫，而我師追奔逐北之事。輊，毛傳云：「摯也。」《説文》云：「抵也。」軒，車後重也。《集韻》云：「前頓曰輊，後頓曰軒。」鄭玄云：「戎車之安，從後視之如摯，從前視之如軒，然後適調也。」凡車之勢，一低一昂，戎車下尖上廣，易于不平。此言前後適均，可以平行而不傾跌，見制度工巧也。如輊如軒，乃摹擬之辭，猶云輊如軒如也。《後漢書》馬援疏云：「居前不能令人輊，居後不能令人軒。」注言爲人無所輕重，即此意也。佶，《説文》云：「正也。」《甘誓》云：「御非其馬之正，汝不共命。」今四牡既佶，所謂範我馳驅也。閑，習也，與前解同。但前「閑之」是以人閑馬，此曰「且閑」，則馬之自閑也。謝枋得云：「西北平原廣野，舉目千里，利於車戰，故此詩以車馬爲重。」大原，晋地，《禹貢》「既修大原」是也，亦名大鹵。《春秋》昭元年，晋荀吴帥師敗狄于大鹵。《穀梁傳》云「中國曰大原，夷狄曰大鹵」是也。《春秋説題辭》云：「高平曰大原。原，端也，平而有度。」《釋名》云：「地不生物曰鹵盧。」又名大夏，又名晋陽，在今山西太原府陽曲縣。縣本漢名，隋初以陽字叶音楊姓，惡其曲名，改名陽直，至唐仍復今名。《後漢·西羌傳》云：「穆王西征犬戎，遷戎于大原。夷王衰弱，荒服不朝，乃令虢公率六師伐大原之戎，至于俞泉。宣王遣兵伐大原戎，不克。」按《左傳》籍談云：「晋居深山，戎狄之與鄰，而遠于王室，王靈不及，拜戎不暇。」則以大原之地，爲戎所薦居故也。毛云：「至于大原，言逐出之而已。」孔云：「吉甫薄伐玁狁，敵不敢當，遂追奔逐北，至于大原之地。《采芑》、《出車》皆言『執訊獲醜』，此無其事，明其不戰也。莊三十年，齊人伐山戎。《公羊傳》曰：『此蓋戰也，何以不言戰？《春秋》敵者言戰，桓公之於戎狄，驅之耳。』義與此同。」嚴尤云：「當周宣王時，獫允内侵，至于涇陽。命將征之，盡境而還。其視戎狄之侵，譬猶蝨蝱之螫，毆之而已，故天下稱明。」陳師道云：「大王去邠，宣王薄伐至于太原，因時之宜，非異道也。大王，諸侯之事也。上無王，下無霸，既不能拒，又不能去，是危道也。宣王，王者事也。拯民以去亂，武之經也。逐以盡境，以限内外，天之制也。如鳥之攫，如獸之搏，毆之則已。暴者爲之，則覆巢焚穴，戮及𪇰卵，不可謂政。」王應麟云：「自穆王遷戎于大原，而大原爲戎狄之居，宣王僅能驅之出境而已。其後料民大原而民患益深，酈山之禍已兆于此，其端自穆王遷戎始。西周之亡，猶西晋也。」吉甫，尹吉甫，此時大將也。徐光啓云：「不專稱吉甫之武，而先美其文，見能協人心以禦侮，非迫人强戰以取勝于敵也。」文武只就出師上見，如誓衆嚴翼，以共武事，薄伐出境，而不窮追，皆是其文處。《史記》齊景公時，晋伐阿甄，而燕侵河上。齊敗績，景公患之。晏嬰乃薦田穰苴曰：「穰苴雖田氏庶孽，然其人文能附衆，武能威敵，願君試之。」意亦同此。一説，北伐可見其武，《崧高》、《烝民》詩可見其文，則文武二字當連説，以文爲賓，武爲主，言吉甫不徒能文，而又能武也。憲，表也，法也，謂若表法以示人也。字訓見《板》篇。能文能武，何往不濟？故可爲萬邦諸侯法。不重諸侯來法吉甫，重在吉甫足爲人法。謝枋得云：「漢、唐而下，縉紳介胄分爲兩途，愚儒、武夫各持一説，不知三代將帥必文武全才，可以爲萬邦之法則者也。」洪武二十五年，詔祭酒胡季安，與翰林官考定射法，頒於國子監。召國子生前問之曰：「爾等讀書暇，亦嘗習騎射矣乎？」對曰：「習之。」曰：「熟未？」對曰：「未也。」上曰：「古之學者，文足以經治，武足以戡亂，故能出入將相，而社稷奠安。今天下粗平，爾等當務學，然武豈可忘哉？《詩》曰：『文武吉甫，萬邦爲憲。』文武並用，古之道也。」

吉甫燕《漢書》作「宴」。**喜，**紙韻。**既多受祉。**紙韻。**來歸自鎬，我行永久。**叶紙韻，苟起翻。**飲御諸友，**叶紙韻，羽軌翻。**炰**毛、鄭本俱作「包」。**鼈膾鯉。**紙韻。**侯誰在矣？**紙韻。**張仲**《漢書》、豐氏本俱作「中」。**孝友。**見上。○賦也。此章有二「燕」，首二句是飲至之燕。「來歸」以下，則吉甫自敘其契濶，而私燕以相樂也。所以定後燕爲私燕者，以下文有「炰鼈膾鯉」之語。《燕禮》「其牲狗」，天子之燕，不過有牢牲，炰鼈膾鯉，非禮所載，故知爲私燕也。鄒忠胤云：「若謂總是宣王燕吉甫，則方叔亦嘗共功，豈得不與燕，而偏集吉甫之諸友，相與道故乎？」此論確矣。燕，天子燕之也。喜，吉甫自喜也。中外泰寧，疆埸無事，可喜孰如，非爲一己成功喜也。既者，已事之辭。祉，福也。鄭云：「吉甫既伐玁狁而歸，天子以燕禮樂之，則歡喜矣，又多受賞賜也。」劉向云：「《司馬法》曰：『軍賞不踰月。』欲民速得爲善之利也。蓋急武功，重用人也。吉甫之歸，周厚賜之，其《詩》曰：『吉甫燕喜，既多受祉。』」鎬，解見四章。來歸自鎬，我行永久，此吉甫意中語，作詩者代寫之也。勸侑曰御，《曲禮》「御食于君」，即此御也。諸友，王之諸臣與吉甫爲友者也。在外日久，朋友情疎，故進諸僚友與之飲燕。凡肉置火中曰炰。《説文》、《釋文》皆謂合毛炙肉爲炰，《詩》「毛炰」是也。嚴粲云：「《楚辭》『胹鼈炰羔』，胹，煮也。鼈可煮不可炰，今云炰鼈，謂火熟之耳。」鼈，介蟲之可食者。羅願云：「卵生，形圓而脊穹，四周有帬。在《易》，離爲鼈、爲蟹、爲龜，以其骨在外，肉在内也。至《考工記》則以外骨爲龜之屬，内骨爲鼈之屬，以鼈外有肉緣，比龜爲内骨耳。」一名神守，謂其可以守魚。又名河伯從事，俗呼團魚。膾，《説文》云：「細切肉也。」凡牛羊魚之腥，聶而切之爲膾。枚乘《七發》云：「鮮鯉之膾。」陸佃云：「熟則有炰鼈，腥則有膾鯉。」侯，毛云：「維也。」張仲，諸友之一。《爾雅》李巡注云：「張，姓。仲，字。」《路史》云：「帝鴻氏次妃生揮，造弧矢，受封于張，爲張氏。」毛云：「善父母爲孝，善兄弟爲友。」王安石云：「忠也者，移孝以爲之者也。順也者，移友而爲之者也。故言忠順之臣，必及孝友之友。」鄒云：「特揭孝友之張仲爲殿，固侈吉甫有重客，亦以見王室多名賢矣。」孔云：「吉甫之賢，有此善友，因顯宣王所任得人，使文武之臣征伐，孝友之臣處内，亦所以爲美也。」嚴云：「孝友者，德之本。《卷阿》言吉士曰：『有孝有德。』宣王之時，朝多賢臣，張仲獨以孝友稱，則必盛德之士也。北伐之功，繫夷夏盛衰，詩人美其功，而結以『張仲孝友』之辭，蓋有深意存焉。豈非養君德者有其人，乃攘夷復境之本歟？」范祖禹云：「宣王使吉甫征伐，而與張仲居朝，所以輔其德也。若無孝友忠信之臣養君之心，則雖征伐有功于外，而不善之政將出于内。朝廷，心腹也。戎狄，四支也。故孝友之臣日納王于善而敦厚之，然後戎狄可攘，而外患可除矣。」王云：「吉甫爲將于外，而内無忠順之臣與之同志者輔王耳目，而迪其心，則妨功害能之人至矣。妨功害能之人至，則若吉甫者，其身之不閲，何暇議勝敵哉？」愚按孔氏以後諸説，雖非詩人本旨，然議論俱佳，故備録之。

《六月》六章，章八句。《序》及《子貢傳》皆謂宣王北伐也。毛氏遂以爲咏宣王親征之詩。韋昭亦云：「《六月》道吉甫佐宣王征伐，復文、武之業也。」然觀「王于出征，以佐天子」二語，則親征之説不可通矣。鄒云：「《六月》之師，蓋宣王中興第一舉，而不與《江漢》、《常武》並列大雅者，彼之爲告廟策勳，此之爲讌賓敘款。彼之爲六飛親駕，此之爲四牡徂征。彼則歸功于天子，而此則歸美于人臣，詞氣固不侔也。」《申培說》謂吉甫帥師征玁狁，史籀美之。他無所經見，固未足信。金履祥《通鑑前編》屬之宣王元年甲戌時事，亦與《竹書紀年》不合。《史記·匈奴傳》則云：「周襄王與戎狄伐鄭，戎狄逐襄王。於是戎狄或居于陸渾，東至于衛，侵盜暴虐中國。中國疾之，故詩人歌之曰『戎狄是膺』，『薄伐玁狁，至于太原』。」按吉甫與申伯、仲山甫同時，讀《崧高》、《烝民》詩可見，正宣王時人。歷幽、平、桓、莊、釐、惠，而後及于襄王。今以此詩爲襄王時事，其謬明矣。又《序》以此詩爲變小雅之始，且云：「《鹿鳴》廢則和樂缺矣，《四牡》廢則君臣缺矣，《皇皇者華》廢則忠信缺矣，《常棣》廢則兄弟缺矣，《伐木》廢則朋友缺矣，《天保》廢則福禄缺矣，《采薇》廢則征伐缺矣，《出車》廢則功力缺矣，《杕杜》廢則師衆缺矣，《魚麗》廢則法度缺矣，《南陔》廢則孝友缺矣，《白華》廢則廉恥缺矣，《華黍》廢則蓄積缺矣，《由庚》廢則陰陽失其道理矣，《南有嘉魚》廢則賢者不安，下不得其所矣，《崇丘》廢則萬物不遂矣，《南山有臺》廢則爲國之基隊矣，《由儀》廢則萬物失其道理矣，《蓼蕭》廢則恩澤乖矣，《湛露》廢則萬國離矣，《彤弓》廢則諸夏衰矣，《菁菁者莪》廢則無禮儀矣，小雅盡廢，則四夷交侵，中國微矣。」似皆剩語，殊無義味。

《采芑》，紀南征也。宣王命方叔爲率，行三年大閱之禮，遂伐荆蠻，克敵而歸。詩人美之。

《竹書》紀宣王五年秋八月，方叔帥師伐荆蠻，即此詩事也。按是年六月方伐玁狁，而八月即伐荆蠻，其用師亦云憊矣。《通鑑前編》以伐玁狁爲元年事，伐荆蠻爲二年事，與《竹書》不合。然觀篇末有「征伐玁狁，蠻荊來威」之語，則南征固在北伐後也。嚴粲云：「《六月》之詩，事勢急迫。《采芑》之詩，辭氣雍容。蓋北伐則四夷交侵，初用兵也。南征則北方已服，中國麤定，方叔乘北伐之威以臨蠻荊也。」陳傅良云：「北伐南征之詩，班師時作。《六月》之詞迫，《采芑》之詞緩，《六月》以討而定，《采芑》以威而服也。」蘇轍云：「方叔之南征，先治其兵，既衆且治，而蠻荊遂服。故詩人詳其治兵，而略其出兵。至於卒章，而後言其遇敵。」愚按前三章乃大閱之事。《公羊傳》云：「大閱者何？簡車徒也。」何休云：「大簡閱兵車，使可任用而習之。比年簡徒謂之蒐，三年簡車謂之大閱，五年大簡車徒謂之大蒐。」《左傳》臧僖伯云：「春蒐、夏苗、秋獮、冬狩，皆於農隙以講事也。三年而治兵，入而振旅，歸而飲至，以數軍實，昭文章，明貴賤，辨等列，順少長，習威儀也。」杜預云：「雖四時講武，猶復三年而大習。出曰治兵，始治其事，入曰振旅，治兵禮畢，整衆而還。」《穀梁傳》云：「出曰治兵，習戰也。入曰振旅，習禮也。」以《周禮》考之，四時講武各有其名。中春教振旅以蒐，中夏教茇舍以苗，中秋教治兵以獮，中冬教大閱以狩，皆如戰之陳。兵，陰事。春，陰所入也，故教振旅。夏，陰所伏也，故教茇舍。舍之言止也。秋，陰始作，故教治兵。冬，陰大肅，故教大閱也。惟大閱之禮爲備，及三年大習，其出也名曰治兵，即中秋禮也。其入也名曰振旅，即中春禮也。統而取名于中冬之大閱，則以凡田之禮，惟狩最備故也。其不及茇舍何也？《王制》云：「天子諸侯無事，則歲三田。」注云：「三田者，夏不田也。」夏不田之説，本於《春秋運斗樞》，故《公羊》言春苗、秋蒐、冬狩，《穀梁》言春田、夏苗、秋蒐、冬狩，説各不同。而何休以爲《穀梁》有夏田，于義爲短也。賈誼《新書》亦引傳云：「夏不田何也？曰天地陰陽盛長之時，猛獸不攫，鷙鳥不搏，蝮蠆不螫。鳥獸蟲蛇且知應天，而況人乎哉？」然則《左傳》所言四時之田，雖與《周禮》合，意古者于夏苗之禮亦鮮舉行也，是故不以教戰也。此詩首章敘方叔承命爲帥，而將行大閱之始。次章言治兵之事，治兵辨旗物，故其詩曰「旂旐央央」。三章言振旅之事，末句明言「振旅闐闐」，是其證也。《穀梁傳》云：「大閱者何？閱兵車也。脩教明諭，國道也。」

薄言采芑，紙韻。**于彼斯田，**先韻。**于此菑畝。**叶紙韻，母鄙翻。**方叔**豐氏本作「尗」。後同。**涖**陸德明本、豐本俱作「莅」。後同。**止，**紙韻。豐本作「只」。後同。**其車三千。**先韻。芑、止一韻，田、千一韻，畝、試一韻，此用韻之奇。**師干之試，**叶紙韻，詩止翻。**方叔率**去聲。後同。**止。**豐本作「只」。後同。**乘其四騏，四騏翼翼。**職韻。**路車有奭，**叶職韻，訖力翻。**簟笰魚服，**叶職韻，鼻墨翻。豐本作「箙」。**鉤膺鞗革。**叶職韻，訖力翻。○興也。蘇云：「首章、二章、三章，皆治兵也。」薄言者，發語辭。芑，《説文》云：「嘉穀也。」《爾雅》云：「白苗也。」郭璞云：「今之白粱粟。」陶弘景云：「白粱穗大，毛多而長，殼粗扁長，不似粟圓。米亦白而大，其香美爲黃粱之亞。」又舊説以爲菜名。陸璣云：「芑菜似苦菜。」朱子云：「即今苦蕒菜，宜馬食。軍行采之，人馬皆可食也。」按詩言芑者三，毛傳以「薄言采芑」爲菜，「豐水有芑」爲草，「維糜維芑」爲穀。王安石皆以爲穀。嚴云：「新田、菑畝、中鄉，不應指菜，蓋以田畝善養嘉穀，喻周家善養士卒也。」而李氏頗疑之，以爲既謂之采，則不宜謂之穀。愚謂李氏之説迂也。《桑中》之詩曰「爰采麥矣」，麥亦穀也，麥可言采，何謂芑不可言采也？新田，田之新成者，三歲田也。菑畝田之初反草者，一歲田也。説見《坊記》鄭注。按《爾雅》，田一歲曰菑，二歲曰新田，三歲曰畬。孫炎云：「菑，始災殺其草木也。新田，新成柔田也。畬，和也，田舒緩也。」郭云：「今江東呼初耕地反草爲菑。」孔穎達云：「《臣工》傳及

《易》注皆與此同。唯《坊記》注云：『二歲曰畬，三歲曰新田。』《坊記》引《易》之文，其注理不異，當是轉寫誤也。」《詩詁》駁之云：「今詳田一歲曰菑，始反草也。二歲曰畬，漸和柔也。三歲曰新田，謂已成田而尚新也。四歲則曰田矣。若二歲曰新田，三歲則爲田矣，何名爲畬？鄭注《坊記》之説爲是，但於《采芑》、《臣工》不暇辨耳。」愚謂《易》以菑、畬並言，當是二田形質相近，無緣隔新田于中。若《臣工》之言新畬，則繇新而推之于畬也。《詩》之興意最爲深妙，以三歲新田爲三年大閲之況，其義以新田爲主。言「瞻彼新田」，則有芑可采矣。然其初繇菑畝而後成，猶之乎此之菑畝也。對彼言此，借他地以相形也。新田興今日之簡練，菑畝興昔日之培養。毛傳云：「宣王能新美天下之士，然後用之。」鄭玄云：「謂和治其家，養育其身。」嚴云：「厲王之亂，天下蕩蕩如荒榛之地。宣王經理弊壞之天下，如耕墾荒榛之地以爲田。故言采芑穀者於新墾之地，喻宣王取民爲兵，皆新撫之民也。」蘇云：「方其治田也則勞，而及其采芑也則佚，故宣王之南征，則亦使方叔治其軍而後用之。」方叔，毛傳云：「宣王卿士。」《路史》云：「《周書》武王命伐方，乃商圻内地，方叔采地。」涖，通作竦，《説文》云：「臨也。」涖止、率止之止，皆通作只，語已辭也。其車三千，合兵車、重車而得此數。兵車一千五百，重車一千五百。兵車亦名輕車。《尚書》孔疏云：「凡出車一乘，則有兩車。一曰輕車，甲馬四匹，甲士三人在車上，左主射，右主刺，中主御。步卒七十二人隨之，前拒二十四人，左角二十四人，右角二十四人，共七十二人。」李靖云：「周制一乘，步卒七十二人，甲士三人，以二十五人爲一甲，凡三甲，共七十五人。」一曰重車，牛十二頭。《曹公新書》謂之守車，炊家子十人，固守衣裝五人，廐養五人，樵汲五人，共二十五人，皆所以佐兵車者。兵車以戰，大車以載輜重，兩車總百人也。《左傳》，「乙卯，楚帥軍于郯」，「丙辰，楚重至于郯」。吕氏謂凡戰，兵車在前，輜重在後。楚重次日乃至，後兵車一日，故無鈔掠之患。愚按此詩言其車三千，内兵車一千五百乘，計甲士步卒共得十一萬二千五百人。重車一千五百乘，計炊家子等共得三萬七千五百人。合之爲十五萬人，天子六鄉六遂之衆也。以《周禮》制鄉遂、制卒伍之法考之，其數正與此合。六鄉之内，五家爲比，比有長。五比爲閭，二十五家也，閭有胥。四閭爲族，百家也，族有師。五族爲黨，五百家也，黨有正。五黨爲州，二千五百家也，州有長。五州爲鄉，萬二千五百家也，鄉大夫主之。六遂之内，五家爲鄰，鄰有長。五鄰爲里，二十五家也，里有宰。四里爲酇，百家也，酇有長。五酇爲鄙，五百家也，鄙有師。五鄙爲縣，二千五百家也，縣有正。五縣爲遂，萬二千五百家也，遂人主之。《小司徒》職云：「凡起徒役，毋過家一人，以其餘爲羨。」其用之爲卒伍，五人爲伍，伍有長。五伍爲兩，二十五人也，兩有司馬。四兩爲卒，百人也，卒有長。五卒爲旅，五百人也，旅有帥。五旅爲師，二千五百人也，師有帥。五師爲軍，萬二千五百人也，軍將主之。是則鄉遂、卒伍皆以五起數，鄉遂起數于家，卒伍起數于人。《尚書》孔疏云：「《周禮·司徒》萬二千五百家爲鄉。《司馬法》萬二千五百人爲軍。家出一人，一鄉爲一軍。天子六軍，出自六鄉也。《周禮》又云萬二千五百家爲遂。《遂人》職云：『以歲時稽其人民，簡其兵器，以令征役。』則六遂亦當出六軍，鄉爲正，遂爲副耳。」《禮記》疏亦云：「凡出軍之法，鄉爲正，遂爲副，則遂之出軍與鄉同。」今按《費誓》以魯人三郊三遂並言，大國三軍于郊遂均取給焉，則天子之鄉遂可推。孔説是也。舊説泥《周禮·小司徒》職「頒比法于六鄉」之文，而未詳觀《遂人》職中有「歲時登其夫家之衆寡及其六畜、車輦，以令貢賦，以令師田」之語，遂謂王國六軍僅取足于六鄉而止。以理論之，如六鄉之民人人盡用，歲無更休，而遂縣都鄙之民均在王畿千里之内，乃居然無事，何勞逸之不均也！况王國止此六軍，如天子巡狩于方岳，夷狄奸宄交侵竊發，誰與居守？遠近征討，何以迭用？正當如孔氏所云，鄉爲正，遂爲副者。觀《周禮·大司馬》所握之六軍，通王畿千里之内，更休而迭調之，故大事致民，用之軍旅。田役大故，致餘子。縣鄉遂至于都鄙，定法皆然。即如四時教閲之法，旗物號名，兼州里野家都鄙而並陳之，可見矣。然六軍止七萬五千人，而鄉遂之應縣役者共十五萬人。或者分番而各用其半，以足六軍之數，未可知也。易氏云：「先王軍制，調兵必五數，出兵必百數。自五人之伍，五伍之兩，以至五旅之師，五師之軍，其積數實起于五也。百人之卒成一小陳，五百人之旅成一中陳，二千五百人之師成一大陳，萬二千五百人之軍成五大陳，其積數實起于百也。」乃車徒異賦，徒起法于人，車起法于田。徒則上文之説備矣。車之賦法，考《周禮》及《司馬法》，六尺爲步，步百爲畝，畝百爲夫，夫三爲屋，屋三爲井，四井爲邑，四邑爲丘。丘十六井，出戎馬一匹，牛三頭，是曰匹馬丘牛。四丘爲甸，甸六十四井，出長轂一乘，戎馬四匹，牛十二頭，甲士三人，步卒七十二人，戈楯具，謂之乘馬。又班固《漢書》云：「殷、周以兵定天下，設六軍之衆，因井田而制軍賦。地方一里爲井，井十爲通，通十爲成，成方十里。成十爲終，終十爲同，同方百里。同十爲封，封十爲畿，畿方千里。有税有賦，税以足食，賦以足兵。一同百里，提封萬井，除山川、沈斥、城池、邑居、園囿、術路三千六百井，定出賦六千四百井，戎馬四百匹，兵車百乘，此卿大夫采地之大者也，是謂百乘之家。一封三百一十六里，提封十萬井，定出賦六萬四千井，戎馬四千匹，兵車千乘，此諸侯之大者也，是謂千乘之國。天子畿方千里，提封百萬井，定出賦六十四萬井，戎馬四萬匹，兵車萬乘，故稱萬乘之主。」今按《周禮》言甸，《漢書》言成者，甸方八里，四圍各加一里，則爲方十里之成。此一里，即除山川、沈斥等數也。然則計甸即是計成矣。所謂十同爲封者，以開方法折算，則九同方三百里，餘一同爲零數，計方三百里外，四面各加八里，則縱横各十六里，合之一同百里之數。每面各三百里，每百里加八里，三八爲二十四里，則四面共九十六里，尚長四里，爲四角補空之數，每角補空各一里也。然諸侯之封，實無此制，殆依千乘之説而以意爲之耳。詳見《閟宫》篇。丘甸之法，所謂出甲士步卒者，大抵只是供其糗糒耳，甲士步卒既皆出于鄉遂内，家各一人，不因田定數。又《禮記》疏云：「鄉遂之衆七十五人，遣出革車一乘，馬四匹，牛十二頭。」繹《漢書》「賦以足兵」之語可見。恐非力之所能，皆是國家所給，故《周禮·巾車》職云：『凡車之毁折，入齎于職幣。』又《質人》職云：『凡受馬于有司者，書其齒毛，與其賈。』《司兵》職云：『及授兵，從司馬之法以頒之。及其受兵輸，亦如之。』」是則戈楯、長轂、牛馬之類，皆出于官。戈楯供士卒之用，牛馬所以拽車。其芻秣之需，出自甸賦，《費誓》所謂「魯人三郊三遂，峙乃芻茭，無敢不多」是也。乃若以人配車，亦有卒伍。《周禮·縣師》職云：「將有軍旅，則受法于司馬，以作其衆庶，會其車人之卒伍。」是可見車亦有卒伍。大抵從二十五人之兩起數，三其兩則爲戎車、甲士、步卒之數。一其兩，則爲將重車者之數。凡出車一乘，則有兩車，合之共百人。其法以二十五乘爲一大偏，計共二千五百人，一師之數也，周魚麗之陳，先偏後伍是也。以十五乘爲一偏，計共一千五百人，三旅之數也，楚莊王爲乘廣三十乘，分爲左右二廣，廣有一卒，是也。以九乘爲一小偏，計共九百人，一旅四卒之數也，申公巫臣適吴所舍之偏，是也。孔氏云：「科兵既至，臨時配割，其車雖在，其人分散。前配車之人，臨戰不得還屬本車。」理亦近之。至若鄉遂丘甸徒賦之外，據《司馬法》又云：「井十爲通，通爲匹馬，三十家，士一人，徒二人。通十爲成，成百井，三百家，革車一乘，士十人，徒二十人。十成爲終，終千井，三千家，革車十乘，士百人，徒二百人。十終爲同，同方百里，萬井，三萬家，革車百乘，士千人，徒二千人。」與鄉遂丘甸法不同者，孔氏云：「此謂天子畿内采地法，彼是畿外邦國法，外内有異故也。凡出軍之法，先六鄉，賦不止，次出六遂，賦猶不止，徵兵于公邑及三等采。賦猶不止，乃徵兵于諸侯。賦猶不止，則諸侯有遍境出之法。」以上皆古人徵兵制賦之大略也。若此詩所詠「其車三千」，乃三年大簡車徒之事，與備六師以親征不同。鄉遂各七萬五千人，合而簡之，正以備六師番休之用。此時分配之于兵車重車，各應得一千五百乘，以車之備六師用者，亦當有正副，如《周禮》所云五戎之倅，故曰「其車三千」也。舊説皆以兵車、重車合算爲一乘，則計衆當三十萬人；又徑謂方叔領之以南征，故鄭玄以爲宣王承亂，羨卒盡起；王安石以爲合諸侯之師；朱子則謂此亦極其盛而言，未必實有此數；而嚴粲亦謂如項羽兵四萬號百萬，皆夢論也。師，鄉遂之衆也。干，《爾雅》云：「扞也。」試，朱子云：「肄習也。」謂如步伐止齊之類。師干之試，蘇氏謂試其衆以扞敵之法，是也。然此亦方叔初涖止而播告之辭，至第三章乃試之實。其車三千，所謂簡車也。師干之試，所謂簡徒也。又《漢書》云：「五國爲屬，屬有長。十國爲連，連有帥。三十國爲卒，卒有正。二百一十國爲州，州有牧。連帥比年簡車，卒正三年簡徒，群牧五載大簡車徒。」此乃主侯國而言，與此異也。率，本作衛，通作帥，將也。言此涖止之方叔乃承王命而來，爲大將者也。或作統率之義解，于末章文義似不可通。騏，解見《小戎》篇。按《檀弓》云：「周人尚赤，戎事乘騵。」然《六月》比四驪，《采芑》乘四騏，則亦不定乘騵矣。據《周禮》，謂軍事物馬而頒之，則毛色原非所泥，而偶有毛物皆同，如四驪、四騏者，安得不以充上駟之選，供元帥之用乎？陸佃强爲之説，謂「驪上駟，騏中駟。北伐舉四驪，南征舉四騏者，方是時，馬政愈修，故雖騏亦閑習任爲用，非獨四驪也」，此殊不足信。四騏，爲方叔駕路車者，在車左右，如鳥之有翼，以兩服爲兩翼，兩驂又爲兩翼，故重言翼翼也。路車，革路也。奭，通作赩，《説文》云：「大赤也。」舊以爲兵車之飾。按《周禮》，朱色惟象路有之，則此「有奭」，當指戎服言。言在車中者，有奭然之戎服，「韎韐有奭」是也。韎，茅蒐所染之名，赤色也。韐，即韠也，芾之通稱。《宋輿服志》：「皇祐三年，詔問冠韋弁何服？太常禮院奏謂：『《周禮·司服》：「凡兵事，韋弁服。」釋之者曰：「韋弁，以韎韋爲弁。又以爲衣裳。《春秋傳》『晋郤至，衣韎韋之跗注』是也。今伍伯緹衣，古兵服之遺色。」』」孔云：「跗注，《禮記》作『不注』。不，讀如幅。注，屬也，言幅有屬者。」據此，則兵事凡弁衣裳芾，皆以赤色爲之，故統稱「有奭」也。簟笰，解見齊《載驅》篇。魚服，與《采薇》篇之魚服不同，當是以魚皮飾馬服。《荀子》「蛟韅」，注云：「韅，馬服之革，以蛟魚皮爲之。」又《左傳》閔二年，「齊桓歸衛夫人魚軒」，注亦云：「車以魚皮爲飾也。」以上下文皆言車馬之飾，不應攙一矢箙于中。鉤膺，毛云：「樊纓也。」樊，讀如鞶帶之鞶。纓，今馬鞅在膺者。愚按鉤即馬腹帶之飾。帶必有鉤以拘之，以金爲鉤，施之于膺，所謂鞶也。又古者革帶、大帶皆謂之鞶。先繫革帶，然後加以大帶。革帶亦用赤金爲鉤以拘之，所謂一鉤金也。後世謂之鉤鰈。《晋語》寺人勃鞮云：「乾時之役，申孫之矢集於桓鉤，鉤近于袪而無怨言。」《太玄經》云：「帶其鉤鞶，錘以玉環。」皆帶鉤也。所以定此爲馬腹帶，非革帶者，以上下文類之。孔以馬婁環解鉤，以鞶與纓解膺。按婁頷之鉤，惟金路有之，非革路所有。膺乃馬之胷前，何得訓爲器物？又「鉤膺」二字連言，則是在膺之鉤，非婁頷之鉤明矣。鞗革，解見《蓼蕭》篇。

薄言采芑，見前。**于彼新田**，見前。**于此中鄉。**陽韻。**方叔涖止**，見前。**其車三千。**見前。**旂旐央央**，陽韻。**方叔率止。約軝錯衡**，叶陽韻，户郎翻。**八鸞瑲瑲。**陽韻。陸本、豐本俱作「鎗」。**服其命服，朱芾**陸本作「茀」，又云或作「紱」。《白虎通》作「紼」。豐本作「市」。**斯皇，有瑲**陸、豐本俱作「創」。陸又云亦作「鎗」。**葱**豐本作「蔥」。**珩。**叶陽韻，寒剛翻。《禮記》作「衡」。《國語》注作「絎」。〇興也。中鄉者，六鄉與六遂適中交界之地，故知此詩爲簡鄉遂之衆而言也。蘇云：「中鄉，民居在焉，故其田尤治。」言瞻彼新田，則有芑可采矣。然今日者彼地之新田，異日者亦猶此地之中鄉也。所以然者，田愈治則愈美，以興衆愈練則愈精。旂旐央央，文與《出車》篇相似，而義各不同。董氏云：「九旗之物，太常王所建。旞旌，象輅、木輅所建。其諸臣之旗，旂爲上，旐爲下，此言上下所建，則餘得兼舉矣。」按《周禮·大司馬》職云：「中春教振旅，司馬以旗致民，平列陳，如戰之陳，辨鼓、鐸、鐲、鐃之用。中夏教茇舍，如振旅之陳，群吏撰車徒，讀書契，辨號名之用。中秋教治兵，如振旅之陳，辨旗物之用。王載大常，諸侯載旂，軍吏載旗，師都載旜，鄉遂載物，郊野載旐，百官載旟，各書其事與其號焉。中冬教大閱，群吏以旗物鼓鐸鐲鐃，各帥其民而致。質明，弊旗，誅後至者。乃陳車徒，如戰之陳。」是則春、夏皆不用旗物，唯中秋治兵有之，至冬則兼三時之禮用之。若三年大閱，於其出也，亦行治兵之禮，則自當載旗物以辨其用。據此詩，特言「旂旐央央」，其爲出而治兵無疑也。又《司常》職云：「掌九旗之物名，以待國事。日月爲常，交龍爲旂，通帛爲旜，雜帛爲物，熊虎爲旗，鳥隼爲旟，龜蛇爲旐，全羽爲旞，析羽爲旌。及國之大閱，贊司馬頒旗物。王建太常，諸侯建旂，孤卿建旜，大夫、士建物，師都建旗，州里建旟，縣鄙建旐，道車載旞，斿車載旌。皆畫其象焉。

官府各象其事，州里各象其名，家各象其號。」據此，司馬所頒，惟常、旂二物與《大司馬》文同，其他各異者，彼爲四時講武之禮，此爲三年大閲之禮，故所建不同。此詩亦三年大閲，然王不自行，特命方叔往涖其事。九旗中如太常、旞、旌三者，以皆王旗，非人臣所敢建。其餘六旗，始于旂，終于旐。旂或方叔所建，所謂天子之卿視侯也。自方叔而下，如小司馬、軍司馬、輿司馬、行司馬，則孤卿大夫之類，及師都州里縣鄙，莫不畢至。則盡乎六卿六遂之衆，舉首尾可以該中，故但言旗旐。此詩所載典故與《周禮》合也。「約軝」二句，承上章而言，車之飾，不徒簟笰魚服也，又有約軝錯衡焉。馬之飾，不徒鉤膺鞗革也，又有八鸞瑲瑲焉。軝，毛傳、《説文》皆云：「長轂之軝也，以朱約之。」孔云：「《考工記》説兵車，『乘車，其轂長於田車』，是謂長轂也。言朱而約之，謂以朱色纏束車轂以爲飾。《輪人》云：『陳篆必正。』注云：『篆，轂約也。』蓋以皮纏之，而上加以朱漆也。」《詩詁》云：「按《考工記》：『三分其轂長，二在外，一在内，以置其輻。』是轂之外者長而内者短也。軝非轂名，乃是轂之外長而旁出者。凡在輪中，通名爲轂，轂之旁出者爲軝。」按輪内有輻，輻内有轂，轂内有軸。轂者，輻所湊也。三分其轂長，除一分在輻内不可見者，其二分在輻外可見者，名之爲軝，即轂端是也。故《爾雅》、《説文》解爲長轂之軝，正如《詩詁》之説，謂轂之長在輻外者。孔指兵車、乘車之轂長於田車，以解長轂，非訓意也。軝乃轂端，而《廣雅》云：「軝謂之轂。」其稱殊混。若《方言》所云：「輪，韓、楚閒謂之軑，或謂之軝。」夫軝雖輪内物，而不可名輪，名輪爲軝，混之混者也。《方言》又云：「關之東西曰輨，南楚曰軑。」今考《説文》訓釱云：「車輨也。」訓輨云：「轂端沓也。」以義求之，輨、軑、軝本是一物，而異其名。《方言》謂軑即軝，輨即軑，可通者也，特以爲輪非耳。約軝必以革，故《説文》云：「或从革作軝。」又《説文》

有軝字，與此不同。彼字从氏，大車後也。此从氏，不可不辨。錯衡，毛云：「文衡也。」孔云：「錯者襍也。襍物在衡，是有文飾。其飾之物，不知何所用也。」按《説文》訓錯云：「金塗也。」車軛曰衡，塗金于軛，所以爲文。鄭箋解《商頌》「錯衡」，亦曰金飾也，與《説文》合。鸞，解見《駟鐵》、《蓼蕭》篇。按鸞有在衡者，有在鑣者，爲鈴各八。其初本有虞氏所制，謂之鸞車。《吕氏春秋》注云：「鸞鳥在衡，和在軾，鳴相應和。後世不能復致，鑄銅爲之，飾以黄金，因謂之鸞路。」《月令》「孟春，天子乘鸞路」是也。《後漢書·輿服志》云：「乘輿，金根、安車、立車，皆鸞雀立衡。」《宋志》云：「漢制乘輿金根車，駕六黑馬，施十二鸞，如周玉輅之制。又五色安車，五色立車，駕四馬，施八鸞，餘如金根之制，猶周金輅也。」準此，則八鸞皆立于衡上，口各銜鈴，蓋初制如此，故仍取名爲鸞。又名作鑾，亦字从鸞省也。其後車乘異制，或衡上不施鸞，但設鈴于鑣，亦仍襲名爲鑾。故《説文》解鑾云：「人君乘車，四馬鑣，八鸞鈴，象鸞鳥聲。」朱子云：「馬口兩旁各一，四馬故八。」是也。蓋乘車鸞在衡，既象鸞聲，亦存鸞形。戎車鸞在鑣，初無鸞形，但象鸞聲而已。《詩》所咏，如《蓼蕭》、《庭燎》、《韓奕》、《烈祖》，皆在衡之鸞也。如《駟鐵》之鸞鑣及此之八鸞，皆在鑣之鸞也。所以知此鸞爲在鑣者，以方叔所乘當是戎路故也。瑲瑲，毛云：「聲也。」按《説文》：「瑲，玉聲也。」此鸞聲亦云瑲者，以聲和如玉，故義得通用耳。「服其命服」以下，又贊其服佩之美。命服，朱子云：「天子所命之服也。」朱芾，毛云：「黄朱芾也。」按黄朱即赤色，解見《斯干》篇。芾，亦作韍，韠也，解見《素冠》篇。陳祥道云：「韠色從裳。《禮記》言君朱，大夫素，士爵者，祭服之韠也。蓋君祭以冕服，冕服玄衣纁裳，故朱韠。大夫祭以朝服，緇衣素裳，故素韠。士祭以玄端，玄裳黄裳襍裳可也，故爵韠。《周官·典命》，公侯伯之士一命，而士之助祭以爵弁，爵弁纁裳，故緼韍，所謂『一命緼韍』是也。緼，赤黄之間色。公侯伯之卿三命，大夫再命，而卿大夫聘王、助祭以玄冕。玄冕纁裳，故赤韍，所謂『再命三命赤韍』是也。韠之爲物，以其茀前，則曰韍，以其一巾足矣，故曰韠。芾是韠之通稱。君韠以朱，而《采芑》言方叔之將兵，韍亦以朱，《瞻彼雒矣》言作六師而韍以靺韐者，蓋兵事韋弁服，韋弁服纁裳，故貴者以朱芾，卑者以靺韐。靺韐，即所謂緼韍也。」皇，通作黄。《爾雅》「黄鳥名皇」，是皇爲黄之通稱也。又黄白曰皇，《魯頌·駉篇》「有驈有皇」是也。然則「朱芾斯皇」蓋言朱而兼帶黄白色，所以別于純朱，即所謂黄朱也。瑲，解見前。葱，菜名。按《爾雅》「青謂之葱」，蓋象其色。珩，《説文》云：「佩上玉也。所以節行止也。」通作衡。《玉藻》云：「一命緼韍幽衡，再命赤韍幽衡，三命赤韍葱衡。」孔云：「累一命至三命而止，而云『葱珩』，則三命以上至九命皆葱珩，非謂方叔惟三命也。」《大戴禮》云：「上有葱衡，下有雙璜、衝牙，蠙珠以納其間。」孔云：「凡佩玉必上繫于衡，下垂三道，穿以蠙珠，前後下端垂以璜，中央下端垂以衝牙，動則衝牙前後觸璜而爲聲。所觸之玉，其形似牙，故曰衝牙。」璜，半璧也，懸之兩端，作牙形。按《禮》，凡帶必有佩玉，惟喪否。則方叔雖涖戎事，其服命服而佩玉焉宜也。曹氏誤謂芾佩非軍服，金路非戎車，和鸞非戎馬，以爲方叔克壯其猶，如吴起將戰不帶劍，諸葛武侯不親戎服，羊祜輕裘而盛著威名，杜預身不跨馬自能制勝。輔氏方謂方叔威儀整暇如此，可以決其有成，其與後世以一勇之夫爲民之司命者異矣。立論雖美，却非事實。又劉氏云：「或曰：吴起可謂知戰矣，親與士卒最下者同其甘苦。曰：是何足以言其知戰也？子見夫乞人乎？號呼偃仆乎康莊之間，其聲可哀也。不如是，不足以存其身。若乃家丈人者，五十可以衣絲，七十可以食肉，子孫求之耳。父母之仇不共戴天，兄弟之仇不與共國，非虛加之，然後稱于人情。視民如子者，民報之如父母；視民如弟者，民事之如兄，無所仇云耳，有則爭先致力焉。子弟豈待父兄已均其苦，然後爲用哉？故用民者，矯之以身，狥之以愛，濟之以術，若一時之勝而已矣，惡可以久也？《詩》云：『服其命服，朱芾斯皇，八鸞瑲瑲。』道上不失其度，下不失其節也。『駕彼四牡，四牡騤騤。君子所依，小人所腓。』君子之所依，而小人以爲己腓，安在其毀上下之節哉？」雖非經意所在，其論亦美。

鴥彼飛隼，其飛戾天，先韻。**亦集**豐本作「雧」。**爰止。**見前。**方叔涖止，其車三千。**先韻。**師干之試，**見前。天、千一韻，止、試一韻。**方叔率止。鉦人伐鼓，**麐韻。**陳師鞠旅。**叶麐韻，讀如魯，籠五翻。**顯允方叔，伐鼓淵淵，**先韻。崔注、《說文》、豐本並作「鼘」。**振旅闐闐。**先韻。《說文》作「嗔」。○興也。鴥，毛云：「疾飛貌。」隼，鳥名。陸璣云：「鷂屬。齊人謂之擊正，或謂之題肩，或謂之雀鷹，春化爲布穀者是也。」按布穀即鳴鳩，蓋隼所化也。《考異郵》云：「陰陽氣貪，故題肩擊。」宋均注云：「題肩有爪芒，爲陽中陰，故擊殺也。」顏師古云：「即今所謂鷂。」一曰鷂子，一曰鷂。《酉陽雜俎》云：「鷂子兩翅，各有後翎，左名撩風，右名掠草。帶兩翎出獵，必當獲。」陸佃云：「今鷹之搏噬，不能無失。獨隼爲有準，故其每發必中。古之制字以此。」《爾雅》云：「鷹隼醜，其飛也翬。」郭璞云：「鼓翅翬翬然。」是急疾之鳥也。戾，通作麗，附着之意。極言其飛之高，將附于天也。鄭云：「飛乃至天，喻士卒勁勇，能深攻入敵也。」集，本作雧，《說文》云：「群鳥在木上也。」興士卒之多，故以集言。爰，於也。亦集爰止，亦集於其所當止之地也。以隼之飛集有常，興師之進退有節。蘇云：「隼之飛而至天，甚迅疾矣。然必集於其所當止而後可用，言士雖勇，而不教則不知戰之節，亦不可用也。」師干之試，至此乃見之行事，下文所稱是也。程子云：「鉦人，擊鉦者。伐鼓，擊鼓者。以一句説兩事。」鄭云：「鉦也，鼓也，各有人焉。言鉦人伐鼓，互言爾。」鉦者，節鼓之器。《説文》解鐲爲鉦，又解鉦爲鐃，解鐃爲小鉦。鐲形如小鐘，鐃似鈴，柄中上下通。徐鍇云：「鐃鐲相類，俱得名鉦。」按《説文》既以鐲爲鉦，而稱鐃爲小鉦，則鉦正得鐲之名，不得以小鉦之鐃混之。一名丁寧，《晋語》趙宣子云「戰以丁寧，儆其民」，注謂「鉦也」。陳暘云：「自其聲濁言之謂之鐲，自其儆人言之謂之丁寧，自其正人言之謂之鉦，其實一也。」《周禮·鼓人》職云：「以鼖鼓鼓軍事，以金鐲節鼓，以金鐃止鼓。軍動則鼓其衆，田役亦如之。」又《大司馬》職云：「中春教振旅，辨鼓鐸鐲鐃之用。王執路鼓，諸侯執賁鼓，軍將執晋鼓，師帥執提，旅帥執鼙，卒長執鐃，兩司馬執鐸，公司馬執鐲，以教坐作進退疾徐疏數之節。」《周禮》注引《司馬法》云：「十人之長執鉦，百人之師執鐸，千人之師執鼙，萬人之主執大鼓。」是則軍中之器不止鼓鉦，特最卑者執鉦，最尊者執鼓，故舉其首末以該括之。毛又謂鉦以静之、鼓以動之。按《周禮》中冬教大閲之法，「虞人萊所田之野爲表，百步則一，爲三表，又五十步爲一表。田之日，司馬建旗于後表之中，群吏以旗物鼓鐸鐲鐃，各帥其民而致。質明，弊旗，誅後至者。乃陳車徒如戰之陳，皆坐。群吏聽誓于陳前，斬牲，以左右狥陳，曰：『不用命者斬之！』中軍以鼙令鼓，鼓人皆三鼓，司馬振鐸，群吏作旗，車徒皆作。鼓行，鳴鐲，車徒皆行，及表乃止。三鼓，摝鐸，群吏弊旗，車徒皆坐。又三鼓，振鐸作旗，車徒皆作。鼓進，鳴鐲，車驟徒趨，及表乃止，坐作如初。乃鼓，車馳徒走，及表乃止。鼓戒三闋，車三發，徒三刺。乃鼓退，鳴鐃且卻，及表乃止，坐作如初。遂以狩田。」此即所謂教坐作進退疾徐疏數之節也。初鼓行鳴鐲，車徒皆行。

又鼓進鳴鐲，車驟徒趨。既而復鼓，車馳徒走。又既而鼓戒，車三發，徒三刺，皆用鼓不用鐲。最後鼓退，乃鳴鐃且卻。是静衆者鐃。毛謂鉦以静之，非也。五旅爲師，一師二千五百人之衆，用輕車、重車各二十五乘爲大偏。此詩咏「其車三千」，則爲十二軍之衆，而但以陳師言者，蓋以車爲陳，故舉一師之衆以明大偏之法。若悉數之，則有六十大偏矣。鞠，通作鞫，毛云：「告也。」孔云：「誓而告之以賞罰，使之用命也。」專言旅者，告衆欲詳，一偏之中又分爲五旅而告之也。《司馬法》云：「有虞氏戒于國中，欲民體其命也。夏后氏誓于軍中，欲民先成其慮也。殷誓于軍門之外，欲民先意以待事也。周將交刃而誓之，以致民志也。」此詩所言鞠旅，亦周法也。顯允，蒙上陳師鞠旅而言。顯謂號令明，允謂賞罰信。伐鼓，以《周禮》考之，先鼓作，次鼓行，次鼓進，次鼓馳走，次鼓戒，又次鼓退，凡六節。自進而退，無不用鼓，故但言伐鼓也。淵，通作鼘，《説文》云：「鼓聲也。」鼓非一次，故云鼘鼘也。振，通作整，《説文》云：「齊也。」治兵禮畢，整衆而還也。孔云：「古者春教振旅，秋教治兵，以戎是大事，又三年一教，名異而禮同也。」《爾雅》云：「出爲治兵，尚威武也。」入則尊老在前，復常法也。杜預云：「出則少者在前，還則在後，所謂順也。」闐，《説文》云：「盛貌。」嚴云：「闐闐，衆盛也。猶今人言駢闐也。」至此而大閱之事斯畢。舊説以爲咏方叔南征還師，則「蠢爾蠻荆」一章不應言于還師之後。且治兵振旅皆古禮習戰之名，未聞古有以還師爲振旅也。

蠢爾蠻荆，大邦爲讎。尤韻。**方叔元老，克壯其猶。**尤韻。豐本作「猷」。**方叔率止，執訊獲醜。**叶尤韻，尺尤翻。豐本作「魗」。**戎車嘽嘽，嘽嘽焞焞，**《漢書》作「推推」，陸本作「啍啍」。**如霆如雷。**灰韻。**顯允方叔，征伐玁狁，蠻荆來威。**叶灰韻，烏恢翻。○賦也。大閱禮畢，而忽有蠻荆蠢動之事，故即命方叔爲將以征之。蠢，《説文》云：「蟲動也。」以蠻荆無知妄動，故狀之曰蠢爾。蠻，蠻服也。《周禮・職方氏》職云：「辨九服之邦國。」侯、甸、男、采、衛服之外，方五百里曰蠻服。又《王制》：「南方曰蠻。」《説文》云：「南蠻蛇種。」字从虫。荆，荆州，楚所封地。王安石云：「春秋之初，曰荆而已，後乃曰楚。」又《穀梁傳》云：「楚何謂之荆，狄之也。聖人立，必後至。天子弱，必先叛。」按《鄭語》史伯云：「當成周者，南有荆蠻。荆子熊嚴生子四人。叔逃難于濮而蠻，惟荆實有令德。」范曄《南蠻傳》云：「今長沙武陵蠻，其在唐、虞，與之要質，故曰要服。夏、商之時，漸爲邊患。逮於周世，黨衆彌盛，足以抗敵諸夏。宣王中興，命將南征，詩人所謂『蠻荆來威』者也。」亦似不概指荆楚。惟《晉語》叔向云：「昔成王盟諸侯於岐陽，楚爲荆蠻，置茅蕝，設望表，與鮮牟守燎，故不與盟。」則徑以蠻目荆。大抵蠻族不一，荆其最大而强者，其作亂必挾諸蠻而起，故概之曰蠻荆也。鄒忠胤云：「《國語》蠻夷要服，在侯、衛、賓服之外，戎翟荒服之內，即《周禮・巾車》所謂『革路以封四衛』者，其制宜歲貢于壇墠，不貢則修名，而有威讓之令。今至擱然勤王師，必其驕逸不虔，不容不致武耶？」《史記》謂荆楚僄勇輕悍，好作亂，自古記之。故以高宗中興，有事奮伐，《殷武》之歌，後世爲烈。而宣王《采芑》之役，亦堪與之媲美焉。大邦，鄭云：「列國之大也。」讎，仇也。孔云：「蠻荆不遜王命，侵伐鄰國，動爲寇害，與大邦爲讎怨。列國之大，尚猶讎怨，其旁小國，侵害多矣。」元，高也，字从一在兀上。徐鍇云：「與堯同義，會意。」老以年言，與下文壯字對看。毛解謂「五官之長，出於諸侯，曰天子之老」，非也。方叔年老，而其賢高出于人，故名之曰元老。《鹽鐵論》引此云：「方叔元老，克壯其猶。」故商師若烏，周師爲荼。」蓋謂商用少，而周用老也。劉公瑾云：「方叔以元老而率師，即《師》卦所謂丈人，所謂長子者也。」克，能。壯，健也。猶、猷同，謀也。按猶乃獸名，《爾雅》云：「猶如麂，善登木。」此獸多疑慮，常居山中，忽聞有聲，每緣登木，久之無人，然後敢下，須臾又上，如此非一，故借爲謀慮之義。朱子云：「言方叔雖老，而謀則壯也。」嚴云：「方叔克壯其猶，非取其老而勇決，若矍鑠翁之爲也。《易·大壯》注：『壯者，威盛彊猛之名。』詩人之意，正謂少年輕俊之人往往以勇力求勝，未能深謀遠慮。惟方叔老成，故能尚謀不尚戰，以謀爲壯，不以力爲壯也。」方叔率止，言方叔承命爲帥而徂征也。執訊獲醜，解見《出車》篇。兵不血刃而功已成，壯猶之效也。戎車，還師之車也。嘽嘽焞焞，如霆如雷，皆車聲也。嘽嘽，指輕車言。焞焞，指重車言。言聲之舒緩者曰嘽，《荀子》所謂「嘽咺」，《學記》所謂「其聲嘽以緩」是也。輕車固嘽嘽，而其隨于輕車後者，有載輜重之車，則其聲又焞焞然。焞焞，當依陸本通作「啍啍」，聲重遲貌，《王風》「大車啍啍」是也。霆，《說文》云：「雷餘聲也鈴鈴。所以挺出萬物。」陸佃云：「震雷謂之霹靂，其緩者霆。先儒或以霆爲疾雷，蓋《爾雅》『疾雷謂之霆霓』，先儒豈讀此故誤與？」雷本作靁，《河圖》云：「陰陽相薄爲雷。」《說文》云：「从畾，象回轉之形。」如霆，當承嘽嘽言，以車聲之舒緩似之。如雷，當承焞焞言，以車聲之重遲似之。時凱旋而歸，從容就道，故其車聲如此。顯允方叔，蒙上三章之文也。征者，上伐下之名，故以「征伐」二字連言。威，通作畏。嚴云：「方叔嘗與吉甫同伐玁狁，威名已著，是以蠻荆聞其名而皆來畏服也。」錢天錫云：「方叔一駕而爲北伐之勳，是名以功成者也。再駕而爲南征之績，是功以名致者也。」蔣悌生云：「玁狁大，素桀驁侵寇，在五服之外。荆蠻素服役，暫背叛，在五服之内。二詩均爲用兵，其氣象、大小、難易亦少異。」朱善云：「北伐之詩，是言行軍之法。南征之詩，是紀行軍之實。不言其法，則無以見軍制之復。不紀其實，則無以見民數之復。欲知宣王之復古，觀此二詩而可見矣。夫豈曰夸云乎哉？」

《采芑》四章，章十二句。《序》及《子貢傳》皆以爲宣王南征也。觀詩中「方叔率止」之語，其非宣王親征明甚。然則《序》以《六月》爲宣王北伐，其亦非親行北伐明矣。申培謂此詩史籀所作，要不足信。若《緯書》五際之説，以午爲《采芑》，更不可曉。

《常武》，召穆公美宣王也。有常德以立武事，因以爲戒然。出子夏《序》。**是時王親征徐戎，自即位至此，已五用兵矣。**按《竹書紀年》，宣王三年，王命大夫仲伐西戎。五年夏六月，尹吉甫帥師伐玁狁，至于大原。秋八月，方叔帥師伐荆蠻。六年，召穆公帥師伐淮夷，王帥師伐徐戎，皇父、休父從。王伐徐戎，次于淮。王歸自伐徐，錫召穆公命。鄒忠胤云：「宣王武功，見於小雅者，則有《六月》、《采芑》。見於大雅者，則有《江漢》、《常武》。」考之《竹書》紀六年，召穆公伐淮夷，王伐徐戎。然則平淮、平徐二師，蓋一時並發也。其錫召穆公命，則《紀年》亦云「歸自伐徐」也。徐自伯禽時，已與淮夷相倚爲患，故《費誓》曰：「徂兹淮夷，徐戎並興。」穆王時，徐夷僭號，率九夷以伐宗周。厲王時，淮夷侵雒，王命虢公長父伐之，不克。淮、徐蠢動，從來久矣。自宣王命吉甫伐玁狁，方叔征蠻荆，於是四方僭亂，以次削平。其一則遣召虎，一則躬董六師者，緣淮、徐相距不甚遠，慮其合而角我，故分道出師，以防侵軼耳。乃篇終要歸於文德王猶，若規若頌，詩人之寓意殆深矣。此皆宣王初年事也。厥後伐太原之戎不克，伐條戎、奔戎則敗，伐姜戎至於千畝則又敗，美業不終，惜哉！豈其四方平而遂有慆志乎？周宣且然，何論晉之武、唐之憲！朱子云：「詩中無『常武』字，召穆公特名其篇。蓋有二義，有常德以立武則可，以武爲常則不可，此所以有美而有戒也。」郝敬云：「虞人之箴曰：『武不可重，用不恢于夏家。』《常武》之謂也。卒也西周之禍不在淮夷，近在西戎，乃見詩人獻替之忠。」《解頤新語》云：「召穆公之意，謂德爲可常，武不可黷。故先極言其用兵之盛，以滿其志，卒章乃陳警戒之言，故其言易入也。昔之爲詞賦者，或竊取其義，而後人以曲終奏雅、勸百諷一譏之，是不知其得古詩之意也。」愚按第四章有「王奮厥武」之語，則「武」字固篇中所有。其所謂「常」者，即「匪紹匪遊」之「紹」字是也。

赫赫陸本作「爀爀」。**明明，王命卿士，**叶麌韻，讀如數，爽主翻。**南仲大**音泰。《白虎通》作「太」。**祖，**麌韻。**大**音泰。**師皇父。**麌韻。**整我六師，以脩我戎。**叶麌韻，讀如乳，橤主翻。**既敬**《周禮》注作「儆」。**既戒，**叶職韻，佐力翻。豐氏本作「既敬既戒，以脩我戎」。**惠此南國。**職韻。○賦也。發首以「赫赫明明」贊宣王，是何等氣象！赫，《說文》云：「火赤貌。」嚴粲云：「赫赫，威嚴也。明明，光顯也。」萬時華云：「夷、厲以來，威靈不振，幾于泯泯滅滅。宣王奮然，親總六師，真如雷霆下驚，日月重朗，故曰『赫赫明明』。」王命，宣王親命也。以皇父爲大將，故須親命之。卿士，皇父所居之職也。南仲，見《出車》篇。鄭玄云：「宣王之命卿士爲大將也，乃用其以南仲爲大祖者，今大師皇父是也。命將必本其祖者，因有世功，于是尤顯。」蘇轍云：「南仲，文王之所使伐玁狁者也，蓋稱其世功，以褎大之。」王應麟云：「召公是似，南仲太祖，世濟其美也。逵有充，超叛鑒，蘇文忠慨焉。或附曹，群忘漢，朱文公悕焉。」謝枋得云：「宣王命將多取之世臣，何也？文事武備，素講于家庭。定亂持危，常在其念慮。一日用之，必老成持重，不以輕易悞國事矣。」大師，朱子云：「皇父之兼官也。」陳鳥飛云：「自冢宰而下，謂之六卿。大師而下，謂之三公。既曰王命卿士，又曰大師皇父，周家不特設三公，皆兼職而已，如周公以冢宰兼大師也。」孔穎達云：「《十月之交》皇父擅恣，或皇氏父字，傳世稱之，亦未可知也。」整，《説文》云：「齊也。」一齊起發之謂。天子六師，知是王親行也。孔云：「王既親行，仍須命元帥以統領六軍。故《左傳》鄢陵之戰，楚王雖自親行，仍命子反將中軍是也。」王應麟云：「康王即位，同召六卿，而命仲桓、南宫毛者，必太保。宣王南征，程伯休父實爲司馬，而整六師者，大師皇父也。一相處内，無所不統。」脩，通作修，猶飭也。戎，《説文》云：「兵也。」整齊六師，具其人數以待，將以脩飭我用兵之事，言欲行天討也。既者，期其如此之辭。敬者，居如守，行如戰也。戒者，臨事而懼，不敢輕敵也。南國，鄭云：「淮浦之旁國。」董氏云：「伐其暴亂，所以惠之也。」嚴云：「淮夷、徐戎挻亂，南方之國皆被其禍。宣王之師，蓋除暴以安民也。」張文潛云：「赫赫示之顯，明明示之昭。兵事尚神密，而王之命將如此其明顯者，蓋將討伐有罪，民各欲正己而已，安用密乎？既敬者，不敢慢，既戒者，不敢忽也。以宣王中興之君，皇父賢才之將，而征蕞爾之徐土，其重慎如此者，蓋兵凶器，戰危事也，容可忽乎？王明顯以命之者道也，臣重慎以臨之者法也。宣王中興，如斯而正。」

王謂尹氏，命程伯休父。麔韻。《史記》、《前漢書》、《後漢書》俱作「甫」。**左右陳行，戒我師旅，**叶麔韻，讀如縷，嚨主翻。**率彼淮浦，**麔韻。**省此徐土。**麔韻。**不留不處，**叶語韻，敞吕翻。**三事就緒。**語韻。○賦也。謂，《説文》云：「報也。」尹氏掌策命之職，意必有所請于王，而王報之也。毛云：「尹氏掌命卿士。」孔云：「即内史也。其職曰『凡命諸侯及孤卿大夫則策命之』是也。此時尹氏當是尹吉甫也。吉甫卿士而掌命臣者，蓋爲卿而兼内史也。」命程伯休父者，尹氏承王命命之也。上章命皇父，三公也，故親命之。此章命休父，六卿也，故策命之。韋昭云：「程，國。伯，爵。休父，名也。」《楚語》觀射父云：「重黎氏世敘天地，而别其分主者也。其在周，程伯休父其後也，當宣王時，失其官守，而爲司馬氏。」鄭樵云：「重爲火正，裔孫封程。」羅泌云：「和實爲黎，後爲和氏，商封之程。」二説未知孰是。羅苹云：「或謂風姓有裔孫程伯始啓土，失之。」《子華子》云：「昔吾之宗君，爲周日正。周公作成周，定鼎於郟鄏，修和周郊，於是吾之宗君薦其所以爲祥者。其族有三，曰井里之璞也，曰大山之器車也，曰唐叔里畝之禾也。王命分寶玉于魯公，❶時庸展親，歸禾于周公，作《歸禾》。周公旅天子之命，作《嘉禾》。是以吾之宗君始有蒲璧以朝，作《程典》。令其顯庸，書在故府。迨宣王之時，吾之宗君入董六師，爲王虎臣，是曰司馬。司馬之後凡九世，而其子孫或播居于汾河之間，十有一世，而國并于温。」程伊川撰《明道先生行狀》云：「程氏之先曰喬伯，爲周大司馬，封于程，子孫遂以氏。」按喬伯、休父當是一人，喬名而休字，豈亦取喬木休息之意歟。《郡國志》云：「雒陽有上程聚，古程伯休父之國也。文王居程，故此加爲上程。」《一統志》云：「在河南府雒陽縣。」毛云：「休父始命爲大司馬。」孔云：「知爲大司馬者，以《大司馬》職云：『若大師則掌其戒令。』此言『戒我師旅』，是司馬之事。又《楚語》謂程伯休父當宣王時，爲司馬氏。韋昭謂以諸侯爲大司馬也。」按司馬遷《敘傳》自述爲休父之後，則休父之爲司馬明矣。朱子云：「上命皇父而此又命休父者，蓋王命大師以三

---

❶「玉」，原作「王」，據《四庫全書》本改。

公治軍事，而命司馬以六卿副之耳。」「左右陳行」四句，命休父之辭也。陳，通作敶，《説文》云：「列也。」劉熙云：「兩脚進曰行。行，伉也，伉足而前也。」「左右陳行」者，分其士衆爲左右，使成列而前，此肅隊伍也。戒，與上章「既戒」之戒不同，當通作誡，《説文》云：「敕也。」下二句正其所誡者。鄭云：「軍禮，司馬掌其誓戒。」二千五百人爲師，五百人爲旅。天子六師，一師之衆有五旅也。率，鄭云：「循也。」當通作「衛」字，从行，謂循之以行也。浦，《説文》云：「水濱也。」省，《説文》云：「視也。」如省方之省，亦足證爲王親行也。省之中兼叛而伐之、服而舍之二意。《一統志》云：「直隸鳳陽府泗州，古徐子國。徐城在州北五十里。」《玉海》云：「徐，嬴姓。伯益佐禹有功，封其子若木于徐。」《後漢書·東夷傳》云：「徐夷僭號，率九夷以伐宗周，西至河上。穆王畏其方熾，乃分東方諸侯，命徐偃王主之。」林之奇云：「周自文武興於西土，而化行於南，故南夷最先服，而東夷之服爲最後。是以武王牧野之戰，方與商師決勝負於行陳之間。而西南夷之邦，所謂庸、蜀、羌、髳、微、盧、彭、濮者，已皆作使。及成王之即政，天下已太平矣。然東夷之徐奄，猶興兵以叛也。故徐雖伯翳之後，而俗流於夷。周初一叛於三監流言之時，再叛於伯禽撫封之日。周公、魯公僅能定之。至穆王稍有荒淫之失，而偃王者遽爾僭號，侈然有朝諸侯有天下之意。洎厲王無道，宣王撥亂之始，而繹騷於南國者，又徐也。及徐始微弱，而東南之鴟張僭竊以争諸侯者，荆楚、吴、越，相繼興矣。其後徐益以弱，服屬吴、楚，不得免焉。然吴、楚倔强於東周衰微之後，而徐倔强於西周鼎盛之日，則其初本非弱國也。」曹氏云：「《禹貢》徐州東至海，北至岱，南及淮，其地廣人衆矣。若淮夷，則東夷之種散處淮浦者爾。」陳氏云：「徐大而淮夷小。淮夷，即徐州之夷，而服屬於徐者。」愚按徐國地在徐州，故以徐得名。命休父誡敕師旅，務必循淮之浦涯，以達徐之境土而省視之，毋得故違節制，規便趨利，此嚴號令也。萬尚烈云：「夫伐徐何以率淮？徐北淮南，其勢相倚，故淮、徐倡亂，每每並興。則淮者，固徐夷出没之地，常遁逃藏匿，以爲亂藪者也。王師來自西北，若惟直擣順攻，不爲東南雍截之計，彼不難於歷淮浮海，而天戈亦有所難指者。故命將之時，即已定策于淮，而師之所至，不曰鋪敦淮濆，則曰截彼淮浦。彼徐夷者，勢不得越淮南下，其來同也，固其所哉。此所以爲王猶之允塞也。」又按淮南之役，命一召虎而止，此乃自將。自將未已，又必正副之將。張皇若此，何哉？周起岐、豐，淮、徐至遠，其從化也則後，其倡亂也則先。徐之無周，其積玩也。宣王赫然中興，伐玁狁，滅蠻荆，平淮南，庶幾乎一伸中國之氣。而蠢爾之徐，尚背叛如此，其爲四方孽孽，豈小小哉？倘非出之全力，期于蕩平，何以成終善後，而稱極治？故不難屈萬乘之尊，躬夷荒之遠，正副之將，必諄諄焉，誠永逸之策，而長治之圖也。《常武》其三代之盛舉乎？「不留不處」二句，尹氏以王命命三事也。留，《説文》云：「止也。」《爾雅》云：「久也。」邢昺云：「留止稽久也。」處，《説文》亦云：「止也。」徐鍇云：「《詩》『爰居爰處』，居者定居，處者暫止而已。」留，如孔明平孟獲，而議者欲留兵以鎮之。處，如王全斌平蜀，而師遷延不還，是也。按《孫子》曰：「兵聞拙速，未聞巧久。夫兵久而國利者，未之有也。」《常武》所以戒留處也。三事，指六卿，與《十月》篇之「擇三有事」，《雨無正》篇之「三事大夫」，其義皆同。按《周書·立政》篇云：「任人、準夫、牧，作三事。」《周官》篇云：「三事暨大夫，敬爾有官，亂爾有政。」故知統指六卿而言。因六卿職掌六典，皆爲天子理事，故以任人稱。皆爲天子守法，故以準夫稱。皆爲天子愛民，故以牧稱。著其職業所在，非官名也。時六卿中，休父雖以司馬出履行間，然邦政之職亦必有人掌之耳。就，《説文》云：

「就高也。」字从京从尤。尤者，異于凡也。京者，高大之義。緒，《說文》云：「絲耑也。」《爾雅》訓爲事，毛傳訓爲業，以理事建業者如治絲然。《周禮·宮正》職云「稽其功緒」是也。言此行也，王師所臨，有征無戰，天子必不久居于外。爾三事諸臣，爲王居守，當各積累其事業，毋曠厥官，以待王之歸可也。

赫赫業業，叶藥韻，逆約翻。**有嚴天子。王舒保作**，藥韻。**匪紹匪遊**。尤韻。**徐方繹騷**，叶尤韻，蘇侯翻。**震驚徐方**。陽韻。**如雷如霆，徐方震驚**。叶陽韻，居良翻。○賦也。赫，解見首章。業者，動而不息之意。虡業之懸鐘磬，其象如之，故謂之業。徐光啓云：「當積弱之後，奮起而立功，真是威靈氣焰，足以動人，故曰赫赫明明，又曰赫赫業業，極其摹擬。」嚴，《說文》云：「教命急也。」字从吅。徐鍇云：「急則从二口也。」愚按此所謂嚴急，非急于束士卒，乃急于討徐方也，承上章言。大將有皇父，副將有休父，居守有三事，王乃可以出而親征矣。但見師行在途，其氣勢赫赫然，其進發業業然，有嚴急而可畏者，天子之教命，凡在師中者，俱無敢泄泄也。舒，通作紓。《說文》云：「緩也。」保，安。作，起也。言宣王之爲此行也，舒徐審諦，以爲必如此，然後可以保安南國，於是起而爲之，非輕舉也。匪，通作非。紹，《說文》云：「糾緊也。」遊，本作游，《說文》云：「旌旗之流也。」人之逍遥散誕，其象如之，故浮水、出行，皆命曰游。紹與舒字意反，遊與保字意反。舒而後作，則非激于一時之血氣而爲紹也。且作以圖保，則非騖于遠方之覽勝而爲遊也。徐方繹騷，正原其所以作之故也。曰徐土，曰徐方，曰徐國，非有二地，特變文耳。繹，《說文》云：「抽絲也。」相續而不斷之意。騷，《爾雅》云：「動也。」《說文》云：「擾也。」字从馬，當謂擾馬使動也。徐方數興兵擾動南國，爲害已甚，故親征之役，不可已也。震，《說文》云「劈歷振物者」，即雷也。《易》云：

「震爲雷。」驚,《説文》云:「馬駭也。」人之惶恐不安如之,故亦曰驚。天子親征,出徐方所不意,亦如雷之猝然發聲,不可預避,以此驚動乎徐方也。如雷,蒙上「震」字而言,指王也。觀下章「王奮厥武,如震如怒」可見。霆者,雷之餘聲。《采芑》言「嘽嘽焞焞,如霆如雷」,以如霆屬嘽嘽,如雷屬焞焞。此第五章亦曰「王旅嘽嘽」,則如霆當指王旅也。王行而六師從之,亦如雷之餘聲爲霆也。「徐方震驚」者,徐方聞王師之來,喪膽褫魄,亦如聞震雷而驚懼也。朱善云:「用兵之法,攻心爲上。徐方震驚,雖未即順從,而已先服其心矣。」

王奮厥武,麌韻。**如震如**陸云:「一本此兩『如』字皆作『而』。」**怒**。叶麌韻,暖五翻。**進厥虎臣**,**闞如虓**《風俗通》作「哮」。**虎**。麌韻。**鋪**《韓詩》、《後漢書》俱作「敷」。**敦**《爾雅》「鋪敦」作「敦彼」。**淮濆**,叶真韻,符筠翻。臣與濆叶。**仍**陸本作「扔」。**執醜虜**。麌韻。**截彼淮浦**,麌韻。**王師之所**。叶麌韻,讀如數,爽主翻。○賦也。上章言徐方震驚,意此時聞大軍從西來,必越淮南竄,而王師適至淮與之遇,故宣王奮武而進兵也。奮,《説文》云:「翬也。」字从雀在田上,鳥鼓翅翬翬然迅疾也。「奮厥武」者,奮揚其威武,命迎擊而進戰也。震、怒只一意,如震者,如雷之威,于下文「進厥虎臣」見之。如怒者,如天之怒而雷鳴不已,于下文「仍執醜虜」見之。進,鄭云:「前也。」虎臣,猛勇如虎之臣,所謂戰將也,不指皇父、休父言。進厥虎臣,如遣鋭騎以迎敵,用奇兵以邀擊,其大軍在後,尚未動也。闞,《説文》云:「望也。」虓,《説文》云:「虎鳴也。」《格物論》云:「虎怒而吼,其聲如雷,百獸爲之震恐,而風從之生。」言虎臣前行,人從後望之,但見其喑嗚叱咤之狀,如虎之虓而張威然也。鋪,鄭云:「陳也。」解見《江漢》篇。敦,通作惇,

《說文》云：「厚也。」漬，《說文》云：「水厓也。」孔云：「布陳敦厚之陣，於淮水漬厓之上。」愚按此所謂正兵也。仍，因也。執，捕罪人也。醜，可惡也。虜，獲也。孔云：「虜者，囚係之名。」「仍執醜虜」者，蓋正兵不動，但更番迭出，以頻仍捕執其可惡之人而囚係之也。截，《說文》云：「斷也。」即今人所謂堵截者。所，處所也，「獻于公所」之所。按所本伐木聲，而舊皆借訓爲處所，其義未詳，當是通作處，音之轉也。王師踞地利，截斷彼淮浦而居之，而時分兵以迎擊。彼欲拒則不得，欲逸則無路，此其所以服也。詳此章及下章，見宣王之行兵有法如此。

王旅嘽嘽，叶翰韻，徒案翻。**如飛如翰，**韻。**如江如漢。**翰韻。**如山之苞，**叶尤韻，甫侯翻。**如川之流。**尤韻。**緜緜**《韓詩》作「民民」。**翼翼，**職韻。**不測不克，**職韻。**濯征徐國。**職韻。○賦也。嚴云：「此章述移師征徐也。」王旅，王之師旅也。聲之舒緩者曰嘽，解見《采芑》篇。嘽嘽，鄭云：「閒暇有餘力之貌。」愚按此言其在道之容也。翰，鳥羽也。如飛如翰，只是一意，言其兵不留行，如鳥之飛，又如其有兩羽也，即次章所謂「左右陳行」者。如江如漢，以合流言。雖左右陳行，而同時俱發，絶無後先，亦如江漢之合流然也。嚴云：「征淮北之夷，不繇江漢，而言『如江如漢』者，以江漢爲九州之最大，天下所共知。猶《邶·谷風》言『涇以渭濁』，亦非土風也。」苞，通作包，裹也。如山包裹，不可闌入。李衛公所謂「大陳包小陳，大營包小營，隅落鉤連，曲折相對」者也。川，《說文》云：「貫穿通流水也。」如川長流，不可間斷。《八陳圖》所謂「以後爲前，以前爲後，四頭八尾，觸處爲首，敵衝其中，首尾俱救」者也。此三句皆以陳法言，蓋師行在道，亦必結陳而行也。一說，孔云：「兵法有動有静，静則不可驚動，故以山喻。動則不可禦止，故以川喻。」亦通。「緜緜」二句，申上四句而言也。緜，《説文》云：「聯微也。」翼，《説文》云：「翄也。」合流如江漢，固見其聯緜不絶矣。而細觀之，則左右分爲兩翼，如鳥之有羽翰然，隊伍何分明也！測，度。克，勝也。其層層包裹則如山，其節節穿貫則如川，亦既不可測度矣。不可測，又孰能攻而勝之？陳法何堅固也！濯，《説文》云：「澣也。」《孟子》云：「征之爲言正也。」言征而先之以濯者，有「殲厥渠魁，脅從罔治。舊染污俗，咸與維新」之意。又黄佐云：「《大雅》言文王之兵，若『臨衝閑閑』章，言武王之兵，若『牧野洋洋』章，皆略述武事耳。《常武》言宣王之兵，則極其鋪張揚厲，若有過於文武之威者。聖人之兵尚德，賢人以下之兵尚威。論德者其詞典，論威者其詞夸，且亦可見盛世、中興氣象。」張文潛云：「是詩所陳，蓋先王之時用兵之法，可以概見。王旅嘽嘽，所謂以逸待勞也。有飛鳥之舉者，善超高也。有積水之洋者，善守下也。固如山之苞，止營壘也。順如川之流，行部位也。緜緜爲弱，外誘敵也。翼翼爲飭，内謹法也。先王之用兵，雖動以仁義，然行之有法，馭之有術，不爲小仁末義，以陷人於死。蓋明恥教戰，務以勝敵，而宋襄公以君子不重傷、不禽二毛，爲君子之所笑也。」

王猶《韓詩外傳》、《荀子》俱作「猷」。**允塞**，職韻。**徐方既**《荀子》作「其」。**來**。叶職韻，六直翻。**徐方既同**，東韻。**天子之功**。東韻。**四方既平**，叶陽韻，皮陽翻。**徐方來庭**。叶陽韻，徒陽翻。**徐方不回**，灰韻。**王曰還歸**。叶灰韻，古回翻。○賦也。猶本獸名，性多顧慮，故借訓爲謀。徐光啓云：「凡平日所爲，興衰撥亂，安内攘外，經營于廟堂，敷布于海隅者，皆王猶也。」允，《説文》云：「信也。」塞，《説文》云：「窒也。」字本作「𡫳」，象疊物捧而塞于屋中，故有充塞之義。顔師古云：「滿也。」既來，鄭云：「已來告服也。」嚴助云：「言王道甚大，而遠方懷之也。」承上章言，宣王方移師以臨徐方，而徐方畏懾，不戰自服。於是推美其所以然者，繇于宣王平日經國之謀猷，信哉其無所不充滿，故能致徐方之來，非一時兵威使之然也。此微辭也，《序》所謂「有常德以立武事，因以爲戒」者，二意具見于此。《韓詩外傳》云：「修禮以齊朝，正法以齊官，平政以齊下，然後禮義節奏齊乎朝，法則度量正乎官，忠信愛利平乎下。行一不義，殺一無罪，而得天下，不爲也。故近者競親，而遠者願至，上下一心，三軍同力，名聲足以薰炙之，威强足以一齊之。則拱揖指麾，而强暴之國莫不趨使，如赤子歸慈母者何也？仁形義立，教誠愛深，故《詩》曰：『王猷允塞，❶徐方既來。』」《荀子》云：「厚德音以先之，明禮義以道之，致忠信以愛之，賞賢使能以次之，爵服慶賞以申之，時其事，輕其任，以調齊之，長養之，如保赤子。政令以定，風俗以一，故民歸之如流水，所存者神，所爲者化而順，暴悍勇力之屬爲之化而愿，旁辟曲私之屬爲之化而公，矜糾收繚之屬爲之化而調，夫是之謂大化至一。《詩》曰：『王猷允塞，徐方其來。』此之謂也。」又云：「械數者，治之流也，非治之源也。君子者，治之源也。官人守數，君子養源。源清則流清，源濁則流濁。故上好禮義，尚賢使能，無貪利之心，則下亦將綦辭讓，致忠信，而謹於臣子矣。故賞不用而民勸，罰不用而民服，有司不勞而事理，政令不煩而俗美。百姓莫敢不順上之法，象上之志，而勸上之事，而安樂之矣。故籍斂忘費，事業忘勞，寇難忘死，城郭不待飾而固，兵刃不待陵而勁，敵國不待服而詘，四海之民不待令而一，夫是之謂治平。《詩》曰：『王猷允塞，徐方既

❶「允」，原作「充」，據《四庫全書》本改。

來。』此之謂也。」或又以塞通作寋，其義訓實。「允塞」、「既來」即至誠動物之謂。劉向《新序》及《韓詩外傳》皆云：「勇士一呼，三軍皆辟，士之誠也。昔者楚熊渠子夜行，見寢石，以爲伏虎，關弓射之，滅矢飲羽，下視知石也。却復射之，矢摧無迹。熊渠子見其誠心，而金石爲之開，況人心乎？唱而不和，動而不隨，中必有不誠者矣。夫不降席而匡天下者，求之己也。孔子曰：『其身正，不令而行。其身不正，雖令不從。』先王之所以拱揖指揮而四海賓者，誠德之至，已形於外。故《詩》曰：『王猷允塞，徐方既來。』此之謂也。」又云：「昔者趙之中牟叛，趙襄子率師伐之，圍未合而城自壞者十堵。襄子擊金而退士。軍吏曰：『君誅中牟之罪，而城自壞，是天助也。君曷爲去之？』襄子曰：『吾聞之於叔向曰：君子不乘人於利，不迫人於險。』使之城而後攻。中牟聞其義，乃請降。《詩》曰：『王猶允塞，徐方既來。』此之謂也。」既同，孔云：「與他國同服於王也。」是役也，大將之敬戒，副將之陳行，虎臣之出力，王旅之用命，皆天子精神所鼓奮，故曰天子之功。《荀子》云：「君子賢而能容罷，智而能容愚，博而能容淺，粹而能容襍，夫是之謂兼術。《詩》曰：『徐方既同，天子之功。』此之謂也。」亦借辭取義。朱子云：「《江漢》篇召公帥師以出，歸告成功，故備載其褒賞之詞。此篇王實親行，故于卒章反復其詞，以歸功于天子也。」既，盡也。來庭，鄭云：「來王庭也。」先言四方既平者，宣王北驅玁狁，西征羌戎，南威荆蠻，東伐淮夷，皆已平定。獨徐方未服，及今而始來庭，以其平獨在四方之後也。回，《説文》云：「轉也。」嚴云：「不回，謂既服而不復叛也。徐方來在王庭，其心不復回轉，則天下晏安，不須用武。王乃告之曰：『可以還歸矣，不黷武也。』王猶允塞，王曰還歸，皆因以爲戒也。」劉氏云：「武則戒黷，故曰還歸者，止于義也。」愚按此亦與次章「不留不處」相應。

《常武》六章，章八句。王肅主毛傳，以爲王不親行。王基主鄭箋，以爲王自親行。今玩《詩》詞，則鄭説是也。乃朱子以爲宣王自將，以伐淮北之夷，詩人作此美之。鄒駁之云：「淮浦、淮瀆，指所經歷之地，未嘗指淮夷也。」或乃依違其説云：「徐方者，兼徐、淮而言。」謬也。《申培説》亦剽朱子親征淮北之説，而兼剽《序》，以爲召穆公所作。《子貢傳》闕文。

《江漢》，宣王命召穆公帥師伐淮夷，王歸自伐徐，錫召穆公命，尹吉甫作詩美之。據《竹書》，爲宣王六年事。《序》云：「尹吉甫美宣王也，能興衰撥亂，命召公平淮夷。」《後漢書》云：「殷武乙衰，東夷浸盛，遂分遷淮岱，漸居中土。周公征之，遂定東夷。厲王無道，淮夷入寇，王命虢仲征之，不克。宣王復命召公伐而平之。」劉汝楨云：「宣王淮上之役，武功告成也。蓋《六月》北伐首事四夷，《采芑》之南征次之，故曰『征伐玁狁，蠻荆來威』，此其證也。荆蠻既平，乃伐淮夷，故《常武》、《江漢》二篇，一是自將伐徐，一是命將伐淮。二師想一時並發，王則將本國之六師，而穆公則徵兵江漢以行者也。何也？夷在淮之南北，勢相犄角。假令穆公先平淮南，則還兵北伐亦易易耳，何必侈言於王之親行？假令王既北定徐戎，則淮南之夷膽已破，穆公此行如發蒙耳，何必張大其功，而寵異若此哉？故伐淮、伐徐，以兩詩考之，知其必並發也。知平淮在《采芑》之後者，荆蠻未平，則穆公疆理不得至南海，以南海之北正荆蠻之國故也。一平淮，而疆理至南海，可見南海以内諸國無不從服矣。」今按《竹書紀年》，其征伐次第實是如此。召穆公，名虎。

江漢浮浮，尤韻。《風俗通》作「陶陶」。**武夫滔滔。**叶尤韻，他侯翻。**匪安匪遊，**尤韻。**淮夷來**

求。尤韻。**既出我車，**叶魚韻，斤於翻。**既設我旟。**魚韻。**匪安匪舒，**叶虞韻，讀如須，詢趨翻。**淮夷來鋪。**虞韻。○賦也。江、漢，二水名。江出岷山，漢出嶓冢。漢流至大別，與江合流。杜預云：「大別在江夏界。」胡旦云：「今大別山之北漢口。」是也。亦曰沔口，亦曰夏口，江東即江夏郡也。呂祖謙云：「江漢合流，去淮夷絕遠，或者會江漢之師以伐之歟？」季本云：「召公伐淮夷，必自江漢順流而下，故所征本江淮之地，而併漢言之也。」浮，説文云：「氾也。」浮浮，毛傳云：「衆强貌。」孔穎達云：「以其合而東流，是水之衆而强大也。」愚按此固賦其所經，亦以二水合流，爲諸侯會師之況。林氏云：「古者畿兵不出，所以重內，調兵諸侯，各從其方之便。武王伐商，實用西土，至於征徐以魯，平淮夷以江漢。」季云：「荆蠻既服而後召伯伐淮夷，故此詩言『江漢浮浮，武夫滔滔』。若荆蠻方叛，則武夫何繇可從江漢而發耶？」武夫，將士從征者。滔，《説文》云：「水漫漫大貌。」曰「武夫滔滔」者，王安石云：「以其衆逝也。」鄭玄云：「宣王命將率，遣士衆，使循流而下滔滔然。」孔云：「淮在江北，相去絕遠，夷在淮上，兵當適淮。而云順流下者，江東北流，順之而行，將至淮夷乃北行嚮之也。」匪，通作非。匪安，以心言。此心兢惕，不敢遑寧，非急於争利也。下段放此。《説文》無遊字，當通作游。游本旌旗之流，人之翱翔自放似之，故以敖爲游。「匪遊」者，身在軍中，不敢別有所遊息也。淮夷，朱子云：「夷之在淮上者也。」孔云：「淮夷在東國。」昭四年，楚子會諸侯于申，而淮夷爲國號，其君之名姓則書傳無文。召公伐淮夷，當在淮水之南。《魯頌》所伐淮夷，應在淮水之北。當淮之南北皆有夷也。」求，通作逑，斂索之義。以其散處潛伏，故欲求而得之。《左傳》曰：「率師以來，唯敵是求。」是也。孔云：「淮夷來求，正是來求淮夷。古人之語多倒。凡言來，據自彼至此之辭。」車，鄭云：「戎車也。」設，《説文》云：「施陳也。」《周禮》云：「鳥準曰旟。」愚按軍行前朱雀，此舉前軍以該其餘也。孔云：「上言來求，已至淮夷之境，此承其下云出車、設旟，明兵至境而期戰地，至期日而出車建旟也。兵法止則有壘，謂從營壘而出陳之也。旌旆無事則納之於弢，故將戰乃建之也。」舒，通作紓。《説文》云：「緩也。」心既不敢安寧，故於出車設旟之事不敢紓緩，與前言「匪安匪遊」，見當時從征之武夫皆競勸用命如此。鋪，陸元朗云：「陳也。」按《説文》訓鋪爲著門鋪首，而舊説謂漢門有鋪首，乃鋪陳之義，故亦訓爲陳也。淮夷來鋪，句法當與「淮夷來求」一例，同爲倒語。季以爲來陳其罪，是也。鄭云：「據至戰地，故又言來。」

江漢湯湯，陽韻。**武夫洸洸**。陽韻。《鹽鐵論》作「潢潢」。**經營四方**，陽韻。**告成于王**。陽韻。**四方既平**，庚韻，亦叶敬韻，皮命翻。又叶青韻，讀如萍，旁經翻。**王國庶定**。徑韻，亦叶青韻，唐丁翻。**時靡有争**，庚韻，亦叶青韻，菑經翻。又叶敬韻，側迸翻。**王心載寧**。青韻，亦叶徑韻，乃定翻。

○賦也。湯，《説文》云：「熱水也。」江漢言湯湯者，水流之怒如湯之沸也，正與下文「洸洸」相炤。洸，《説文》云：「水湧貌也。」引《詩》「有洸有潰」。徐鍇云：「言勇如水之涌也。」語曰：「戰勝之威，士氣百倍。」伐淮夷而戰勝，于「洸洸」一語見之矣。經，本織絲之經，縱曰經，横曰緯。營，亦周匝之意，《説文》訓爲「匝居」是也。曰「經營」者，縱横周匝而相度之，正炤下文「四方」言，兼伐叛、招攜二意。當時江漢之間小國尚多，淮夷倡亂，或附和，或觀望者，必非一國。觀下章言「于疆于理，至于南海」，則豈獨淮夷而已。四方，近淮夷之四方。成，成功也。鄭云：「召公既受命伐淮夷，服之。復經營四方之叛國，從而伐之，克勝，則使傳遽告功于王。」孔云：「上言來至戰地，此言經營四方，明是既戰而勝，乃經營四方之叛國也。知非召公親告王者，以下章方云『于疆于理』，則是召公未還，故知使人告也。」四方既平，蒙上「經營四方」之文也。平，猶言帖服也。王國，《周禮》所謂國畿也，義與《六月》篇同。淮夷倡亂，聲息動揺，今四方既平，則畿甸之内自此庶幾安定也。彭執中云：「用兵非人主之美事，不得已而興師。故召公告成于王曰『王國庶定』。庶云者，幸其僅然，非以是爲美也。」時之言是，靡之言無，皆音之轉也。相侵相凌，所謂争也。時靡有争，概天下言之也。載之言則，亦音近也。寧，通作寍，《説文》云：「安也。」輔廣云：「宣王以天下爲心，一有争鬭，則王之心不安也。讀此章，見宣王能以天下之心爲心，而召公又能以宣王之心爲心也。」朱善云：「天下之所以未平者，以争心之未息。而争心之所以未息者，以王化之未洽也。故必使天下無有争心，而後大臣之功成，而王者之心亦安矣。」嚴粲云：「周興西北，岐、豐去江漢最遠，故淮夷最難服，從化則後乎，倡亂則先動。周人經理淮夷，用力最多。成王初年，淮夷同三監以叛，其後又同奄國以叛。伯禽就封，又同徐戎以叛。至厲王之時，四夷交侵。宣王一命吉甫，北方旋定。繼命方叔伐蠻荆，其後又命召公平淮南之夷，又命皇父平淮北之夷。蓋南方之役，至再至三，淮夷未平，則一方倡亂，天下皆危。故至淮夷平，然後四方平。此《江漢》、《常武》所以爲宣王之終事，而繫之宣王《大雅》之末也。」

江漢之滸，麏韻。**王命召**音邵，後同。**虎**。麏韻。**式辟**音闢。**四方，徹我疆土**。麏韻。**匪疚匪棘**，職韻。**王國來極**。職韻。**于疆于理**，紙韻。**至于南海**。叶紙韻，虎洧翻。○賦也。滸，本作汻，《爾雅》、《説文》皆云：「水厓也。」召公伐淮夷之師，從江漢來，仍從江漢歸，故班師至江漢合流之滸，而適承王之後命，諭以且無歸也。虎，召穆公名。《世本》云：「康公十六世孫。」「式辟」以下四句，命之辭也。

式，發語聲。辟，通作闢，《說文》云：「開也。」式辟四方，奬其平淮之功也。淮南諸國久隔化外，今始重開闢之也。云「四方」者，亦蒙上召公告成中有「四方既平」之言也。徹我疆土，今日所當有事也。徹，即《孟子》所謂「周人百畝而徹」者。方里而井，井九百畝，其中爲公田。八家皆私百畝，而同養公田。耕則通力合作，收則計畝均分，謂之徹也。疆，《說文》云：「界也。」與下文「于疆」之疆不同。此爲地界，以入版圖内之疆域言，彼爲田界。按《說文》畺、疆本有兩字，而誤混爲一。愚意疆从土定意，而以彊得聲，疆土之疆也。畺从二田，上中下各以一横之，是其界畫，「于疆」之疆當作此字。曰「徹我疆土」者，我疆域内之土地皆以徹法行之也。嚴云：「古人伐叛討貳之後，則必去其苛政，平其賦斂，以慰民心，故此章言徹法之事。」疚，本作宊，《說文》云：「久病也。」棘，通作亟，《說文》云：「急也。束物之急莫若革。」極，徐鍇云：「屋脊之棟也。」故爲高之義，亦爲中之義，此則以中言。《周禮》「體國經野，以爲民極」，是其義也。王國來極，是倒句法，與「淮夷來求」語氣正同，言來取中于王國也。嚴云：「武事僅定，而即行疆理賦税之法，疑於病民，且疑於急迫矣。宣王謂我非疚也，非棘也，蓋什一天下之中正，乃我周之定制，欲天下皆於王國來取中焉耳。」「于疆于理」二句，紀事之辭也。蘇轍云：「召公于是經理其地，至南海而止。」于，於也。對此而言，猶言往彼也。疆理，義與《信南山》篇同。畫經界爲疆，分地理爲理，南東其畝，所謂理也。吕云：「淮夷在南，故極其遠而言之，曰至于南海。」按《左傳》，楚子曰：「寡人處南海。」是時淮夷荆蠻俱已平定，故召公奉行徹法，得以至于南海也。

王命召虎，來旬來宣。先韻。**文武受命，召公維翰。**叶先韻，胡田翻。**無曰予小子，**紙韻。

召公是似。紙韻。**肇敏戎公，**《後漢書》作「功」。**用錫爾祉。**紙韻。○賦也。武功已成，疆理已定，宣王於是美召虎之功而錫命之。自「來旬來宣」以下，至「自召祖命」，皆册命之文也。旬，《説文》云：「徧也。十日爲旬。」周匝十日，有徧之義。宣，朱子云：「布也。」按宣字从宀，宀者屋也。《説文》訓爲天子宣室，無布之義。愚意當通作亘，其字上下从一，上天下地，中从回，象回轉形，故《説文》解云：「上下所求物也。」徐鍇又爲之解云：「回，風回轉，所以宣陰陽也。」其義俱湮鬱不明。以意通之，不過曰轉旋布濩于天地之間耳。凡訓宣爲布者，義皆當取此。來旬來宣，是敘功之辭。言爾昔奉王命，來此南方，徧歷淮夷之地，宣布疆理之事，皆有成勞也。孔云：「上章云『經營四方，告成于王』，又言『于疆于理，至于南海』，則召虎大功在此二事而已。今王命召虎，稱其功勞，則『來旬來宣』，當指此二事。」召公，召康公也，名奭。翰，鳥羽也。《白虎通》云：「《禮·服傳》曰：『子得爲父臣者，不遺善之義也。』《詩》曰：『文武受命，召公維翰。』召公，文王子也。」予小子，宣王謙自謂也。似，《説文》云：「象也。」昔文王、武王受天命之時，汝祖康公實爲羽翼。今即不敢言予小子能比蹤文、武，而汝則固已克肖康公矣。按康公日闢國百里，而其宣布政教亦在江漢之間，所謂「是似」者，此耳。肇，《爾雅》云：「始也。」當通作肁。《説文》云：「始開也。」敏，《説文》、毛傳皆云「疾也」。戎之言汝，音之轉也。此云「戎」，下文變云「爾」者，亦猶《韓奕》篇雖稱「戎祖考」、「戎辟」，亦變稱「爾位」也。公，當依《後漢書》通作功。《説文》云：「以勞定國也。」吕云：「自召康公之後，其風烈寂寥無聞矣。至穆公始復敏於從事，以繼其烈。」錫，通作賜，《説文》云：「予也。」祉，《説文》云：「福也。」徐鍇云：「祉之言止也，福所止不移也。」嚴云：「我用此賜汝以福，即下章所陳是也。」

釐爾圭瓚，秬鬯一卣。陸本作「攸」。按二句無韻，豐本遂改作「秬鬯一卣，釐爾圭瓚」，云瓚叶才田切。**告于文人，**真韻。**錫山土田。**叶真韻，他因翻。**于周受命，**叶真韻，眉辛翻。**自召祖命。**見上。**虎拜稽首，天子萬年。**叶真韻，奴因翻。○賦也。孔云：「上言用錫爾祉，此言賜之之事。」《釋文》云：「釐音賚。」按《周書》「用賚爾秬鬯一卣」，文法與此同，當通作賚。《説文》云：「賜也。」瓚者，祭時酌鬯以獻尸之器，其柄以圭爲之。詳見《旱麓》、《棫樸》篇。秬，黑黍也。詳見《生民》篇。鬯者，酒名。釀秬爲酒，和以鬱金。鬱金者，香艸也，狀如蘭。十葉爲貫，百二十貫爲築，擣之取汁，合黑黍米煑而釀之。秬爲百穀之華，鬱爲百艸之英，其氣芬香調鬯，故謂之鬯。今按鬯之爲字从凵，凵者器也。中从乂，又有四點，象秬米及鬱形，匕所以扱之。然則鬯之爲酒，以合釀秬、鬱二物而成，主秬言則謂之秬鬯，主鬱言則謂之鬱鬯。而或據《禮記》有「鬱合鬯」、「蕭合黍稷」之文，遂謂鬯亦香艸，另是一物，恐未然也。鬱字本作鬱。羅願云：「鬱與鬯皆陰，而玉爲陽物，圭璋又東南陽方之玉，故假之，嫌于無陽也。若諸侯，則天子賜之圭瓚，然後爲鬯。未賜圭瓚，則資鬯于天子。故先儒説《王度記》『天子以鬯，諸侯以薰』者，謂未得圭瓚之賜則用薰，得賜日用鬱耳。」故自《詩》、《書》所載召虎及晋文侯仇，皆嘗受秬鬯圭瓚之賜。惟文公重耳，獨言『秬鬯一卣』，不言圭瓚者，圭瓚自與秬鬯相副，不言可知也。既賜之後，得自爲鬯，故又有諸侯相朝，灌用鬱鬯之禮。」《爾雅》云：「彝、卣、罍，器也。卣，中尊也。」孫炎云：「尊，彝爲上，罍爲下，卣居中。」郭璞云：「卣，不大不小者。」按卣之爲字，要是象形，而《説文》不載。趙頤光疑當作盫。盫者，小甌也。似未足信。又《説文》有𠧪字，讀若調，其字形殊與卣類。按《周禮・鬯人》「廟用修」，注云修亦有調音。豈𠧪即卣耶？其義爲艸木實𠂹𠧪𠧪然，象形，豈亦以卣之爲形上小下大，艸木懸實之象似之耶？書之以質博古者。孔云：「按《春官・鬱人》『掌和鬱鬯以實彝而陳之』，則鬯當在彝，而此及《尚書》、《左傳》皆云『秬鬯一卣』者，當祭之時乃在彝，未祭則在卣。賜時未祭，故卣盛之。」毛云：「九命，錫圭瓚秬鬯。」《韓詩外傳》云：「諸侯之有德，天子錫之。一錫車馬，再錫衣服，三錫虎賁，四錫樂器，五錫納陛，六錫朱户，七錫弓矢，八錫鈇鉞，九錫秬鬯。」班固云：「圭瓚秬鬯，宗廟之盛禮。故孝道備而賜之秬鬯，所以極著孝道。」程大昌云：「初賜圭瓚，未及自爲之鬯，即并鬯以賜，使歸告之也。」告，祭告也。孔云：「告祭于汝先祖有文德之人。」按《周書・文侯之命》篇曰「追孝于前文人」，義亦同此。張文潛云：「釐爾圭瓚，文事之器也。秬鬯一卣，行禮之酒也。召伯有武功，而錫之以文事禮酒者，蓋將與之修文德故也。故曰告于文人，而終曰矢其文德也。」毛云：「諸侯有大功德，賜之名山土田。」孔云：「召本岐山之陽采地之名，且爲畿内之國。《書》傳無召穆出封之文，則益之土田，大於故耳。」羅泌云：「錫之山川，土田附庸，錫魯公也。錫山土田，于周受命，錫召虎也。無益地哉？蓋昔先王三歲而一受封，必其俊異之功，殊偉之德，乃於千百輩中陟其尤者一二，而稍益之，故善者以勸。必其敗群之憝，違命之最，乃於千百輩中絀其一二尤者，而稍削之，故不善以沮。時而措之，是所謂益削也。魯公、召虎見之歌頌，惟其希濶而不可易得也。」周，鄭云：「岐周也。宣王欲尊顯召虎，故如岐周，使虎受山川土地之賜命。」孔云：「時實周世，而特言于周受命，明非京師。以虎祖康公在岐周事文、武有功而受采地，今虎嗣其業，功與之等，故往岐周命之。《祭統》曰：『賜爵禄，必于太廟。』以岐是周之所起，爲其有先王之靈，謂有别廟在焉，故就之也。」朱子云：「示不敢專也。」自，從也。「自召祖命」者，追行先王所以命其祖康公之禮，以寵異之。孔云：「明虎之功與康公同也。」謝枋得云：「錫山川土田，必使召虎受賜於岐周，用文武封康公之禮以待之。此時此意，賞非宣王之賞，如禀命於乃祖文、武也。功非召虎之功，如受教於乃祖康公也。召虎思文、武之德，思康公之德，必能盡心盡力，以報宣王之德矣。三代令主，不責臣子以事功，惟勉臣子以忠孝，本於人心天理而感動之也。盤庚亦得此意。」稽首，首至地也。按《周禮·春官·大祝》：「辨九摻，一曰稽首。」鄭云：「拜稽首者，受王命策書也。臣受恩無可以報謝者，稱言使君壽考而已。」

虎拜稽首，有韻。**對揚王休。**叶有韻，虛九翻。**作召公考**，叶有韻，去九翻。**天子萬壽。**有韻。**明明天子**，紙韻。**令聞不已**，紙韻。**矢**《爾雅》作「弛」，《禮記》作「弛」。**其文德**，職韻。**洽**《禮記》作「協」。**此四國。**職韻。○賦也。上章「拜稽首」，第鳴感恩之意而已。此章意更有進焉，故復再拜稽首而陳之。「對揚」二句，自勉之詞也。「天子萬壽」以下，勉王之辭也。對揚王休，與《說命》篇「敢對揚天子之休命」，語氣相類。對，猶應也。揚，舉也。休，止也。王之所命虎者止矣，臣敢仰應王之意！重復舉之，見其服膺不忘也。作召公考，對揚之實也。作，爲也。考，成也。王之命虎也，曰召公是似，曰自召祖命，欲我無忝厥祖耳。我自今以往，當益戮力不怠，爲我祖召公成其終也。嚴云：「成者，毁之對。康公立大勳於王室，而後嗣子孫不能繼之，則康公之功業將毁矣。我不敢不勉，期爲康公之成，謂不毁墜其功也。」郝敬云：「前作後繼，則作者有成矣。」天子萬壽，申前「天子萬年」之祝，而轉致屬望無盡之意。言我誠願王壽考矣，而所深願者，尤在我王御世，明而益明，善譽垂于無窮，不徒得萬年之壽已也。矢者，政教所施，沛然莫禦，如發矢然。文德，如仁漸義摩，禮陶樂淑是也。洽，《說文》云：「霑也。」徐徐淪注，非用威武以震疊之也。

徐光啓云：「令聞不已是虚，矢其文德是實。武節飈逝，一時之功也。協氣横流，萬年之計也。至于文教浹洽，而治安之慶永世無斁，令聞不已，其在斯乎？」嚴云：「宣王方以武功褒虎，而虎乃以文德勉宣王，蓋不矜己之功，而納君于德，意度遠矣。」朱子云：「言武功之不可恃，亦所以戒之也。」《禮・孔子閒居》篇云：「三代之王也，必先其令聞。《詩》云：『明明天子，令聞不已。』三代之德也。『弛其文德，協此四國』。大王之德也。」

《江漢》六章，章八句。朱子謂：「宣王命召公平淮南之夷，詩人美之。」鄒云：「《江漢》明言伐淮夷，《常武》明言征徐國，何必取南北爲目。曰淮夷，則淮南淮北兼舉之矣。《常武》所云淮浦、淮濆，指所經歷及駐劄之地，未嘗指淮夷也。」《申培説》雷同朱傳，而但歸作詩者於史籀，不根殊甚。《子貢傳》闕文。

《無衣》，復王仇也。周宣王以兵七千，命秦莊公伐西戎。周從征之士賦此。據金履祥《通鑑前編》，以此詩屬之莊公，今從之。按《史記》，周厲王無道，西戎反王室，滅犬丘大駱之族。宣王即位，以秦仲爲大夫，誅西戎。後仲死于戎，有子五人，其長者曰莊公。宣王乃召昆弟五人，與兵七千，使伐西戎，破之。於是復予秦仲後，及其先大駱地犬丘并有之，爲西垂大夫。莊公居其故西犬丘。

豈曰無衣？與子同袍。叶尤韻，蒲侯翻。**王于興師，脩我戈矛。**尤韻。**與子同仇！**尤韻。《吴越春秋》作「讐」。○賦也。嚴粲云：「曰『子』者，行伍相爾汝也。」袍，《爾雅》、《説文》皆云：「襺也。」孔穎達云：「《玉藻》『纊爲襺，緼爲袍』，注謂『衣有著之異名也。緼謂今纊及舊絮也』。然則純着新緜名爲襽，褠用舊絮名爲袍。雖著有異名，其制度是一，故云『袍，襽也』。」與子同袍，猶所謂解衣相衣者。王，周天子也。于，《爾雅》云：「曰也。」李氏云：「按《左傳》欒武子曰：『楚自克庸以來，其君無日不討國人，而訓之于民生之不易。』杜元凱以于爲曰，與此正同。」脩，通作修，理也。戈，《說文》云：「平頭戟也。从弋，一橫之。象形。」徐鍇云：「謂戟小支上向則爲戟，平之則爲戈。」鄭玄云：「今之句孑戟也。或謂之雞鳴，或謂之擁頸。」句亦作鉤，孑亦作釨。孔云：「鉤孑戟，如戟而横安刃，但頭不向上爲鉤也。」《考工記》云：「戈廣二寸，内倍之，胡三之，援四之。」又云：「戈柲六尺有六寸。」按内謂刃下接柄處，其長四寸。胡，横刃，即所謂鉤釨者也，其長六寸。援，直刃，其長八寸。柲即柄也。矛，即今之鎗，字亦象形。毛云：「長二丈。」孔云：「謂酋矛也。夷矛則長二丈四尺。《考工記》謂『攻國之兵欲短，守國之兵欲長』。此言興師以伐人國，知用二丈之矛，非夷矛也。」仇，讐也。西戎反王室，又倜然殺天子之命吏，此必討之讐也。時七千之士從征在行者，自相告語曰：我平日所以與子衣袍必共，無分爾我者，豈誠爲爾與我無衣之故哉？正以我輩居則爲比閭族黨之民，出則爲伍兩軍師之衆，倘一日焉王命興師，則將飭我戎器，與子同心以讐君父之讐，是以相結締而不可解耳。言外見我輩今既奉王命征戎，正出力敵愾之日也。卒之破戎復所侵地，所藉于同仇之奮發者，不可誣矣。謝枋得云：「《無衣》一詩，毅然以天下大義爲己任，其心忠而誠，其氣剛而大，其詞壯而直。吾乃知岐、豐之地被文、武、周公之化最深。惜也周既不能以此而令諸侯，秦復不能以此而匡王室。卒之數傳之後，其囂然好戰之習，非復先王之民，真秦之民矣。」

豈曰無衣？與子同澤。叶藥韻，達各翻。《說文》作「襗」。**王于興師，脩我矛戟。**叶藥韻，訖約翻。**與子偕作！**藥韻。○賦也。澤，朱子云：「裹衣也。以其親膚近于垢澤，故謂之澤。」又《説文》作襗，云：「袴也。」孔云：「以上袍下裳，則此亦衣名。」戟，《説文》云：「有枝兵也。」本作戟，从戈从榦省。榦者，枝也。今文省作戟。劉熙《釋名》云：「戟，觡也，傍有枝觡也。」鄭玄云：「今之三鋒戟也。」《考工記》云：「戟廣寸有半寸，内三之，胡四之，援五之。」又云「車戟常」，謂之車戟者，以其建于車上，其制長丈六尺。晁錯云：「兩陣相近，平地茂艸，可前可後，此長戟之地也，劍盾三不當一。」作，《説文》云：「起也。」仇以心言，作以氣言。

豈曰無衣？與子同裳。陽韻。**王于興師，脩我甲兵。**叶陽韻，逋旁翻。**與子偕**《漢書》作「皆」。**行！**叶陽韻，户郎翻。○賦也。甲，鎧屬。《周禮》注云：「古用皮謂之甲，今用金謂之鎧。」《釋名》云甲、介、函、鎧皆堅重之名。按蚩尤作鎧，輿作甲。輿，少康子也。又蚩尤以金作兵。鄭司農云：「車之五兵，戈、殳、戟、酋矛、夷矛。卒之五兵，無夷矛而有弓矢。」行，毛云：「往也。」心相同，氣相鼓，則可以偕行矣。❶班固云：「山西、天水、隴西、安定、北地，處勢迫近羌胡，民俗修習戰備，高上勇力鞌馬騎射，故秦詩曰：『王于興師，脩我甲兵，與子偕行。』❷其風聲氣習自古而然，今之歌謡慷慨，風流猶存耳。」《左》定四年，吴入郢，楚申包胥如秦乞師，立依于庭墻而哭，日夜不絶聲，勺飲不入口七日。秦哀公爲之賦《無衣》。九頓

---

❶「偕」，原作「借」，據《四庫全書》本改。

❷「偕」，原作「皆」，據《四庫全書》本改。

首而坐。秦師乃出。以此詩凡三章，每章三韻，一韻一頓首，故有九頓首云。

《無衣》三章，章五句。《序》云：「刺用兵也。秦人刺其君好攻戰，亟用兵，而不與民同欲焉。」朱子以爲《序》意與詩情不協，良是。然謂是秦俗强悍，樂于戰鬬之詩，則胥失之矣。《子貢傳》、《申培説》皆云：「秦襄公以王命征戎，周人赴之，賦此。」較爲近之。然襄公之世，周西之地已爲秦有，宜不復知有王，而此詩尚諄諄以「王于興師」爲言，則固周人詩也。考《史記》稱宣王以兵七千，與秦莊公使伐西戎，正與「王于興師」之言合，故仁山金氏編次此詩，屬之莊公，不爲無見也。又按《竹書》，西戎殺秦仲，事在宣王六年。

《崧高》，尹吉甫美宣王也。天下復平，能建國親諸侯，褒賞申伯焉。出《序》。○《竹書》載宣王七年，王錫申伯命。鄒忠胤云：❶「《崧高》與《黍苗》相表裏，彼代爲役者言，此則王朝重臣贈章祖道，詞氣迥別。且篇中雖美申伯而多述王命，亦以見王靈之赫濯。《序》謂美宣王能建國親侯，褒賞申伯，得之矣。」張文潛云：「《崧高》之所序，止於建國親諸侯，褒賞申伯。《韓奕》之所序，止於能錫命諸侯。夫武王之盛時，大邦畏其力，小邦懷其德，朝覲會同，無敢失時，征伐侵討，莫不如志，爵賞有度，錫命有禮。夫豈以爲盛哉？天子之事，固若是也。一不能是，則亂而已矣。而宣王之所能乃止於褒賞申伯，錫命韓侯，而詩人美之如是者，蓋周至厲王而亂極矣，王室衰微，諸侯肆行，王且不能有國矣，而況能建國乎？諸侯背叛，搆

❶「鄒」，原作「鄭」，據《四庫全書》本改。

怨連禍，而況能親諸侯乎？賞命不行於上，則褒賞申伯爲可美也。錫命不行乎下，則錫命韓侯爲可善也。楊子曰：『習治則傷始亂也，習亂則好始治也。』方宣王之初，可謂習亂矣。而宣王之始，能行天子之職。詩人爲樂其始治而好之，此所以美之也。」郝敬云：「吉甫對揚于朝，而國史録之，聖人存之，以表親親崇賢，封建復古之治耳。人臣立功紀勳著於《小雅》，人主治定功成見於《大雅》。《詩》至《大雅》，作者之志愈遠，而序者之義愈精。故《雲漢》不爲救旱，以明格天之德；《崧高》不爲贈行，以明親賢之禮；《烝民》不爲贈山甫，以表使能之功；『梁山』不爲美韓封，以紀馭福之柄；《江漢》以下皆可知也。」

崧《風俗通》作「嵩」。**高維**《禮記》作「惟」。**嶽**，陸德明本、豐氏本俱作「岳」。**駿**《禮記》、豐本俱作「峻」。**極于天**。叶真韻，汀因翻。**維嶽降神**，真韻。**生甫**豐本作「吕」。下同。**及申**。真韻。**維申及甫**，**維**《禮記》作「爲」。**周之翰**。叶先韻，胡田翻。**四國于蕃**，叶先韻，汾沿翻。**四方于宣**。先韻。

○賦也。崧，毛傳云：「高貌。」劉熙云：「竦也。」孔穎達云：「山形竦然，故爲高貌。」崧，古文亦作嵩。《説文》因解爲嵩高山。按《爾雅》：「山大而高曰崧。」郭璞注謂：「今中嶽崧高，蓋依此名。」然則凡大山之高竦者，皆可以崧稱，因中嶽高大，故取崧以名之，非崧專爲中嶽之名也，觀郭注了然。嶽，即《周禮》所謂「嶽山」，雍州鎮也。古文嶽、岳通用，故《爾雅》又作岳。凡天下諸山之得專以嶽名者，惟此山耳。一名吴山，古文以爲汧山，在今陝西鳳翔府隴州南八十里，唐爲西鎮。山聳五峯，一曰西顛，二曰大賢，三曰靈應，四曰會仙，五曰望輦，見《雍大記》。其名不雅，非古名也。舊説皆謂指四嶽言。按四岳始見于堯舜時，以堯建官主四方之岳，故《堯典》每云「咨四岳」。至舜五載一巡守，東至岱宗，南至南岳，西至西岳，北至北岳，所謂四岳也。然自岱宗而外，皆未明言其處。至《周禮》有五嶽，《爾雅》稱泰山爲東嶽，華山爲西嶽，霍山爲南嶽，恒山爲北嶽，嵩丘爲中嶽，是也。泰山在今山東濟南府泰安州北五里，華山在陝西西安府華州華陰縣南十里。霍山即衡山，在湖廣衡州府衡山縣西三十里。恒山在直隸真定府定州曲陽縣西北一百四十里。嵩山在河南河南府登封縣北十里，《禹貢》之外方也，東謂太室，西謂少室，相去十七里，嵩其總名也。衡山一名霍，與泰山一名岱，皆一山而有二名。故孔安國、鄭玄、服虔及《孝經鉤命決》、《龍魚河圖》皆以衡山爲南嶽，而《書傳》、《白虎通》、《風俗通》、《爾雅》、《廣雅》、《説苑》諸書並以霍山爲南嶽，衡、霍一也。乃直隸廬州府六安州有霍山，即天柱山。漢武南巡，以衡山遼曠，移嶽神于此而祀焉，其後因得霍山之名。張揖、郭璞並以天柱當之，非也。然考《禮記》言天子祭天下名山，五嶽視三公。而《書·周官》篇乃言六年五服一朝，又六年王乃時巡，考制度于四岳，諸侯各朝于方岳。則意祭告有五岳，而堎考功德之處仍止四岳，固與唐、虞不異耳。五嶽之名雖見《爾雅·釋山》篇，而其發首則云「河南華，河西岳，河東岱，河北恒，江南衡」，與五嶽微異者，增河西之岳而不數嵩高。而《周禮·職方氏》列九州山鎮之名，正西曰雍州，其山鎮曰嶽山，嵩高亦不與焉。鄭玄注《周禮》五嶽因此，遂取吴山與岱、衡、恒、華以足其數。而其注《康誥》有云：「岐、鎬處五嶽之外，周公爲其於正不均，故東行於雒邑，合諸侯，謀作天子之居。」是西都無西嶽，權立吴嶽爲西嶽。《爾雅》嵩高爲中嶽，華山爲西嶽者，據東都地中而言爾。今即未知鄭説信否。然此詩之言「維嶽」，既與《周禮》、《爾雅》所言山名相合，又爲雍州之鎮，依文求義，其爲嶽山，斷斷無疑也。駿，通作峻，《説文》云：「高也。」極，毛云：「至也。」言其高竦之勢，將至于天也。山高近天，亦大臣近天子之象，五嶽之所以視三公也。降，《説文》

云：「下也。」孔云：「降其神靈和氣也。」甫，據鄭玄《禮記》注云：「仲山甫也。」申，即下章申伯也。《後漢書》劉陶云：「周宣用申、甫，以濟夷、厲之荒。」舊説依毛傳，指嶽爲四嶽之神，以堯之時姜氏爲四伯，掌四嶽之祀，申、吕皆其苗裔，故詩以爲嶽神所生。而據孔安國稱吕侯後爲甫侯，故《尚書·吕刑》篇名，《禮記》引作《甫刑》，因遂以此詩所言甫，即指穆王時甫侯也。嚴粲不然其説，謂申伯光輔中興，而遠取周道始衰之甫侯以匹之，非所以褒揚申伯。其論確矣。或又疑甫、父古文通用，仲山甫，《國語》作「仲山父」。至如吉甫、蹶父、皇父、休父之類，亦皆以甫、父爲名字，安見其爲仲山甫乎？愚但就《詩》文證之，唯仲山甫、吉甫，字俱作甫，而其餘蹶父、皇父、休父，皆是父，非甫，何虞其混？若吉甫既爲作詩之人，必無自讚之理。而《烝民》之詩美仲山甫，篇中亦明著爲吉甫所作，則此詩以申、甫並言，乃似統爲二詩發端，亦可以見甫之爲仲山甫，又斷斷無疑也。生甫及申，敘甫于申之前者，或以爵，或以齒差次之，皆未可知，定非泛泛趁韻。嶽山與岐周相近，乃肇基王迹之地，推本二人之生於神降者，猶曰祖宗神靈之所孕毓云爾。黄佐云：「凡氣之靈處則爲神，神之靈處則爲人。故曰人者，鬼神之會也。韓子論衡山，謂其蜿蜒扶輿，磅礴而鬱積，則白金、水銀、丹砂、石英等物，皆不足以當其奇，意必有魁奇才德之民生于其間也。是亦不過以氣之神而爲人之神耳。」嚴云：「詩人之意，謂申伯佐宣王中興，關國家之運，則其生必不凡，故設爲神異之辭。言崧然而高竦者嶽也，其山駿大，極至于天，維此嶽降其神靈，以生仲山甫及申伯也。當時仲山甫爲相，申伯亞於山甫。此詩爲美申伯而以山甫並言，蓋謂申伯與山甫伯仲間耳，借山甫以大申伯也。推原於嶽降以尊之，猶《烝民》言天生仲山甫耳。或者疑甫爲字，申爲國，則名稱不類，故以申、甫皆爲國。不知古人文辭，難以例拘。《舜典》稱稷、契，稷以官，契以名。漢稱絳、灌，絳以封邑，灌以姓。皆不類也。」維申及甫，又先申後甫者，明此詩爲贈申伯而作，自宜主申伯以立言耳。翰，鳥羽也。言其爲王室之羽翼。鳥有兩翼，亦見二人闕一不可也。四國，四方之國。蕃，通作藩。《晋語》「以蕃爲軍」，韋昭注云：「籬落也。」王安石云：「言扞蔽也。」四方，則自四國之外廣言之。張文潛云：「四國有所界，内也。四方無所限，外也。《民勞》曰『惠此中國，以綏四方』，則中國者，四國也。四方，外也。故先中國而後四方，則四國爲内可知也。又曰『惠此京師，以綏四國』者，蓋四國比四方爲内，而比京師爲外。京師者，王所都而已，故其言如此。」宣者，徧布之義。布威靈、布德澤皆是也。言二人雖身在王朝，而能佐王制馭宇内，故四國則于以藩蔽其患難，四方則于以宣布其威德，此皆指已然之效言。《禮記·孔子閒居》篇云：「清明在躬，氣志如神，耆欲將至，有開必先。天降時雨，山川出雲。其在《詩》曰：『嵩高維嶽，峻極于天。維嶽降神，生甫及申。維申及甫，爲周之翰。四國于蕃，四方于宣。』此文武之德也。」嚴云：「謂文、武之德施及後世，故天生申、甫以佐中興。」魏了翁云：「蓋自天地山川之神氣鍾而爲人，是心清明，與宇宙之内流行發見者，實同一原。又推本而求之，有如甫、申之生，乃繇十世而上，文、武二王，積德所感。嗚呼！人之此心與天地山川相爲流通，固也。而人物之生又係乎時數清明之感，山川英靈之會，祖宗德澤之積，然則是豈數數然哉。」

亹亹豐本作「娓娓」。**申伯，王纘**《韓詩》作「踐」。《潛夫論》作「薦」。**之事。**寘韻。**于邑于謝，**《潛夫論》、《路史》俱作「序」。**南國是**《潛夫論》作「爲」。**式。**叶寘韻，式吏翻。豐本「是式」作「之紀」。**王命召**音邵。後同。**伯，**陌韻。**定申伯之宅。**陌韻。**登是南邦，**叶東韻，悲工翻。**世執其功。**東韻。

○賦也。亹，《爾雅》訓勉，《説文》無亹字，當通作娓，其義訓順。兼此二義，見臣道無成代終之意。申，國名。王符謂在南陽宛北序山之下，即今河南南陽府南陽縣是也。李氏云：「按《史記·周本紀》，申者乃侯爵也，以其爲方伯，故謂申伯。」嚴云：「方伯者，一方之牧也。」黄佐云：「召公稱伯，恐亦是如此。」王，宣王也。後倣此。纘，《爾雅》、《説文》皆云：「繼也。」李云：「王纘繼之以事，如《北門》『政事一埤益我』。」于，鄭云：「往也。」下同。邑，指申言。王安石云：「國之所都亦曰邑。『作邑于豐』、『商邑翼翼』是也。」謝，國名，在今河南汝寧府信陽州。歐陽脩《謝絳銘》云：「黄帝後，昔周滅之，以封申伯，在南陽之宛。」羅泌《路史》云：「其地西甚廣。」嚴云：「西漢《地理志》，申國在南陽宛縣。後漢《地理志》，謝城在南陽棘陽縣東北百里。申、謝其地相近。」愚按時必宣王命申伯於申、謝之間有所經營，故先自京師而往其國邑，繼又從其國邑而往謝，正上文所謂「王纘之事」者也。于謝，或即是命之滅謝，特舊史無明文耳。林氏云：「宣王之世，申伯以王舅大臣，爲南國屏翰。蓋前此申在王畿之内，而宣始分封之，以扞城王室。楚經營北方，大抵用申、息之師，其君多居于申，合諸侯亦在焉。秦、漢之際，南陽爲要地，高祖踰宛攻武關，張子房曰：『强秦在前，强宛在後，此危道也。』漢與楚相持，常出武關，收兵宛、葉間。光武起南陽，以宛首事。申即宛也。」王應麟云：「當成周者，南有申、吕。《左傳》楚子重請申、吕以爲賞田。申公巫臣曰：『不可。此申、吕所以邑也，是以爲賦，以御北方。』蓋楚得申、吕而始彊，兹所以爲周室之屏翰與？高帝入關，光武起兵，皆先取宛，其形勢可見。李忠定嘗言天下形勢，關中爲上，襄、鄧次之。」季本云：「謝近於荆，而荆與徐連，舊嘗表裏爲江淮諸國之患。穆王以降，周德寖衰，至于厲王失道滋甚，江淮上下，荆、徐並興。宣王命將以伐荆而蠻荆威，自將以伐徐而淮夷服。於是使召虎疆理江漢，申在漢陽，因使虎徹謝土田，以築城定宅焉。謝，荆、徐之要衝也，其扼吭之慮遠矣。」南國，南方諸侯之國。式，《説文》云：「法也。」南國諸侯見申伯有于蕃于宣之能，則皆以之爲法式也。召伯，孔云：「以《常武》之序，知召伯是召穆公也。」王肅云：「召公爲司空，主繕治。」宅，《爾雅》云：「居也。」宅是鎬京之宅，該宗廟宫室城郭之類。王嘉申伯之能式南國也，思併以謝與之，乃使召伯更定申伯所居之國，欲使自申而遷于謝也。但尚未明言，至下章「王命申伯」，乃定指其地，而召伯遂因而成之耳。登，《爾雅》云：「陞也。」申伯在南邦中獨膺加地進律之賞，是陞之於此南邦也。執者，持守之意。功，即藩宣之功。世世子孫，長有此土，以持守其藩宣之功，欲其與國咸休，久而不替也。

王命申伯，式是南邦。叶見前章。**因是謝人，以作爾庸。**叶東韻，讀如融，余中翻。**王命召伯，徹申伯土田。**先韻。亦叶真韻，他因翻。**王命傅御，遷其私人。**真韻。亦叶先韻，如延翻。○賦也。申伯出爲諸侯，所治者不過一國而已，而命之式是南邦者，使之爲州牧也。使爲州牧，則當改大其邑，故以謝地界之。曰「因是」者，蒙上章「于謝」之文也。作，《説文》云：「起也。」庸，《爾雅》云：「勞也。」《説文》云：「用也。字从用从庚。庚，更事也。」《周禮》云：「民功曰庸。」按《鄭語》桓公問于史伯曰：「謝西之九州何如？」對曰：「其民沓貪而忍，不可因也。惟謝郟之間，其冢君侈驕，其民怠沓其君，是易取也。」注謂州者，二千五百家之州。以此推之，則謝地甚廣，其國新爲宣王所滅，其人必有難治者。宣王既使申伯往謝以經理之，而今又使之改封于謝以鎮壓之，故其命之之辭，謂因是謝地之人，俾之屬爾統轄，以奮起爾之事功也。徹者，周之税名。詳見《公劉》篇。用徹法以正其土田，則經界之脩明，税賦之畫一，皆在其中矣。此即

《黍苗》篇所云平原隰、清泉流之事。沈萬鈳云：「《韓奕》言『實畝實籍』，《江漢》言『徹我疆土』，而此言『徹申伯土田』。蓋自厲王貪暴，而税法壞盡矣。宣王中興之美，此亦可見其一。」傅御者，鄭云：「貳王治事，謂冢宰也。」孔云：「三公有太傅，知此非者，以王之所命，當有職事，三公無職，故知非也。僖二十八年《左傳》曰『鄭伯傅王』，是謂輔相王事者爲傅也。副貳於王，以治國事者，唯冢宰爲然，故知謂冢宰。」私人，毛云：「家臣也。」孔云：「對王朝之臣爲公人，家臣爲私屬也。《有司徹》云：『主人降，獻私人。』注謂『大夫言私人，明不純臣』。此申伯雖是王之卿士，亦是不得純臣，故稱私人也。」愚按此即第七章所云「徒御」者。遷其私人，謂先定其名籍以待遷耳，非先使之就國。孔謂其遷猶與申伯同行，是也。

申伯之功，召伯是營。庚韻。亦叶陽韻，于方翻。**有俶**陸本作「併」。**其城，**庚韻。亦叶陽韻，辰羊翻。**寢廟既成。**庚韻。亦叶陽韻，辰羊翻。**既成藐藐，**叶質韻，莫筆翻。**王錫申伯。**叶質韻，必益翻。亦叶藥韻，卜各翻。**四牡蹻蹻，**藥韻，亦叶沃韻，拘玉翻。**鉤膺濯濯。**叶沃韻，厨玉翻。亦叶藥韻，書藥翻。〇賦也。功，猶事也。與「世執其功」之功不同，此指工役之事言，觀《黍苗》篇言「肅肅謝功，召伯營之」可見。營者，周匝相度之意。規制新邑而自居之，乃申伯之事，而今召伯則奉王命爲之相度也。俶，《爾雅》以爲始，《説文》以爲善。兼此二義，言創始爲之而甚善也。堅完之謂善。城，《説文》云：「以盛民也。」寢廟，宗廟也。前曰廟，後曰寢。詳見《巧言》篇。專舉寢廟，亦營宮室先宗廟之意。既者，已事之辭。成，《説文》云：「就也。」城以納民而扞患，廟以奉先而萃涣，皆謝功之大者。下「既成」，只蒙上文言。寢廟既成，則其餘功之小者，皆可以兼該之矣。藐，通作邈，《説文》云：「遠也。」《上林賦》「微睇綿藐」，注亦以綿藐爲遠視貌。《左傳》「以是藐諸孤」，《孟子》「説大人則藐之」，其義皆同。謝去周京頗遠，故云藐藐也。此結王命召伯定申伯之宅一案，亦爲下文遣行發端。或問朱子：「《崧高》、《烝民》二詩皆是遣大臣出爲諸侯築城，不知當初何故不教本土人築？」朱子曰：「此也曉不得。封諸侯，故是大事。看《黍苗》詩，當初召伯帶領許多車徒人馬去，也是勞攘。古人重勞民，如此等事却又不然，更不可曉。如漢築長安城，如今建州南劍上下築城，皆去別處調人來，都曉不得。」鄧元錫云：「古王者封諸侯，諸定宅，俶城，作寢廟，至于徹田，皆司空職之。司空掌邦土也，又董工作，既成而全畀之，胙之土之道也。亦嫌侯始就國，以寢廟工作之事遽勤民焉。曲而至矣。」錫，通作賜，《説文》云：「予也。」謝功既成，就封有日，故又賜之車馬。四牡，所以駕車者。蹻，《説文》云：「舉足行高也。」以非一馬，故重言之，見其壯也。鉤膺，毛云：「樊纓也。」詳見《采芑》篇。乃馬腹帶之飾，非金路馬頷之鉤也。按《周禮・巾車》職云：「象路，朱樊七就，異姓以封。」申伯異姓諸侯，只宜用象路耳。濯濯，鮮明之貌。季云：「此章言營謝既成，而始命申伯以往，不以工役累其心也。」

王遣申伯，路車乘馬。叶麐韻，滿補翻。**我圖爾居，莫如南土。**麐韻。**錫爾介**《爾雅》注作「玠」。**圭，**《爾雅注》作「珪」。**以作爾寶。**皓韻。亦叶麐韻，彼五翻。**往近**豐本作「迡」。**王舅，南土是保。**皓韻。亦叶麐韻，彼五翻。○賦也。遣申伯者，孔云：「發遣申伯，令使之國也。」路車，象路也。四馬曰乘，即上章所云「四牡」也。上章言馬而未及車，故此又合車馬總言之。圖，《説文》云：「畫計難也。」徐鍇云：「規畫之也，故从口。啚者，吝嗇難之義也。」《爾雅》云：「謀也。」南土所包者廣，凡南方之國皆是，謝地亦在其中，故以南土言。曰「莫如」者，非徒以地美人衆，有酌全才、擇重地意。圭之類不同，其制上圜下方，介圭居其一。介，通作玠，《説文》云：「大圭也。」《爾雅》云：「珪大尺二寸，謂之玠。」注訓大爲長也。鄭箋訓介圭，從此説。按《考工記·玉人》之事云：「鎮圭尺有二寸，天子守之。命圭九寸，謂之桓圭，公守之。命圭七寸，謂之信圭，侯守之。命圭七寸，謂之躬圭，伯守之。天子執冒四寸，以朝諸侯。大圭長三尺，杼上終葵首，天子服之。」《周禮·典瑞》職云：「王晉大圭，執鎮圭，繅藉五采五就，以朝日。」據此，則《爾雅》所謂玠，即所謂鎮圭。鎮圭與大圭，其長不同。《説文》訓玠爲大圭，混也。又《書·顧命》言「太保承介圭，上宗奉同瑁」。王惟朝日始執鎮圭，搢大圭。若見諸侯，則執瑁圭耳。此承與奉所以不同也。至如公、侯、伯守圭，名桓、信、躬不名介，故宜從鄭説。寶，《説文》云：「珍也。」徐鍇云：「人所保也。」「以作爾寶」者，言錫此物以爲爾之所貴重也。陳祥道云：「夫王之大圭長三尺，則尺有二寸所以錫諸侯者也。諸侯之圭長不過九寸，錫以尺有二寸，使寶之而已。」愚按《典瑞》職云：「珍圭以徵守，以卹凶荒。」杜子春云：「珍，當爲鎮，書亦或爲鎮。以徵守者，以徵召守國諸侯，若今時徵郡守以竹使符也。鎮者，國之鎮，諸侯亦一國之鎮，故以鎮圭徵之也。凶荒則民有遠志，不安其土，故以鎮圭鎮安之。」鄭玄云：「珍圭，王使之瑞節。王使人徵諸侯、憂凶荒之國，則授之，執以往，致王命焉，如今時使者持節矣。凡瑞節，歸又執以反命。」詳杜、鄭二説，乃識此詩錫介圭之意。王命申伯填撫南土，故使之執介圭而往，以鎮安之，如王自行也。介圭，王之守器，申伯執此物，即王之威靈在焉，當加寶重，不敢褻也。又按《論語》言「執圭，鞠躬如也」，亦是使臣執諸侯之圭，可以相證。往，謂申伯之國也。近王舅，指南土諸國言。《説文》云：「母之兄弟爲舅，妻之父爲外舅。」申伯稱王舅，疑是后父。《漢書·外戚恩澤侯表》云：「其餘后父據《春秋》褒紀之義，帝舅緣《大雅》申伯之意，寖廣博矣。」又以《列女傳》證之，宣后稱姜后。申固姜姓，而後章亦有「申伯番番」之語。番番者，老也，此非后父而何？保，猶安也。言申伯往矣，表裏江淮，控帶荆、徐，爲南方巨鎮。凡地近王舅，遍南土之諸侯，皆將賴是以保安也。自「我圖」至此，皆册遣之辭。一説，萬象烈云：「此介圭也，自王錫之，往與王舅朝夕親近，而不相離，以保此南土。」亦通。

申伯信邁，王餞于郿。支韻。亦叶寘韻，明秘翻。**申伯還南，謝于誠歸。**叶支韻，俱爲翻。亦叶寘韻，求位翻。**王命召伯，徹申伯土疆。**陽韻。豐本作「畺」。**以峙**陸本作「時」。**其粻，**陽韻。**式遄其行。**叶陽韻，户郎翻。○賦也。邁，《説文》云：「遠行也。」信邁，猶云果行也。餞，《説文》云：「送去也。」鄭云：「送行飲酒也。」《一統志》云：「古郿城在今陝西鳳翔府郿縣北十五里，渭水之北也。」鄭云：「時王蓋省岐周，故于郿云。」孔云：「申在鎬京之東南，自鎬適申，塗不經郿。時宣王蓋省視岐周，申伯從王至岐。自岐遣之，故餞之于郿也。岐周，周之所起，以有先祖之靈，故時省之，非爲申伯故往。王先在岐，得召公之報，知營謝已訖，召申伯於鎬，至岐周而命之也。」嚴云：「郿即董卓所築郿塢。郿、豐皆在鎬京之西，其地相近。王命申伯爲州牧，改邑於謝，必册命於文王之廟，故告廟畢而飲餞于郿也。《祭統》云：『賜爵禄必于太廟。』《召誥》：『王朝步自周，則至于豐。』注謂『文王之廟在豐』。命諸侯必至豐告廟，于周受命，亦豐廟也。」還，《説文》云：「復也。」言復之鎬京也。南，指謝也。「還南」二字中具有轉折，自郿至鎬，繇是而南也。按輿地，岐周最在西北，稍東則爲郿，又東則爲鎬，而謝又在鎬之東南。或誤謂南還于鎬，然後適謝，豈知鎬在東不在南也。誠歸，言始成行也。申伯改封于謝，則謝是其本國，故以往爲歸。「謝于誠歸」者，鄭云：

「誠歸于謝也。」孔云：「古人之語多倒，故申明之。」嚴云：「申伯志存王室，宣王恩隆元舅，人疑其未必往謝，故言『信邁』、『誠歸』，謂果然成行也。」陸化熙云：「曰信曰誠，見王不能舍伯，伯亦不能去。王唯其勢不得已，故黽勉辭去。」王命召伯，是重復追述之辭，非謂此時更命也。徹土疆，與上「徹土田」同，言徹土田之疆界也，意在喚起下峙粻一語。言追自王命召伯徹土田之時，而已預峙其粻，謂取井田十一之賦，以供委積之用也。此結前「王命召伯，徹申伯土田」一案。峙，本作偫，《説文》云：「待也。」徐鍇云：「按《漢書》，張忠爲孫寶設儲偫物，以待須索也。」粻，《説文》云：「食米也。」式，發聲也。遄，《爾雅》云：「速也。」式遄其行，是預計其如此。鄭云：「自京至國，在道所須，命皆預備委積，以速申伯之行。」繇在道無所闕乏，故得疾至也。」按《周禮·地官·遺人》職云：「凡國野之道，十里有廬，廬有飲食。三十里有宿，宿有路室，路室有委。五十里有市，市有候館，候館有積。」少曰委，多曰積。季云：「觀申伯至此方行，則其事可以需遲而當在荆、徐既服之後矣。」

申伯番番，叶先韻，孚焉翻。亦叶歌韻，逋禾翻。**既入于謝**。《楚辭章句》作「徐」。**徒御嘽嘽**。叶先韻，於權翻。亦叶歌韻，託何翻。**周邦咸喜，戎**豐本作「我」。**有良翰**。叶先韻，見首章。**不**豐本作「丕」。**顯申伯，王之元舅，文武是憲**。叶先韻，孚焉翻。○賦也。番，通作皤，《説文》云：「老人白也。」《秦誓》「番番良士」，義亦同此。觀其先言詢茲黃髮，而以良士爲旅力既愆，又與仡仡勇夫對言，則其爲高年之狀可知矣。「既入于謝」者，黃佐云：「言自此而入于彼，非已到謝也。」徒御，毛云：「徒，行者。御，車者。」聲之緩者曰嘽，此「嘽嘽」亦取緩義，鄭訓爲「安舒」是也。此據其去時之儀如此，結前「王命傅御，遷其私人」

一案。「周邦咸喜」者，京師之臣若民，皆聚觀而喜也。「戎有良翰」者，周人自相謂之辭。戎之爲汝，音之轉也。古者戎有汝音。良，《説文》云：「善也。」申伯在王朝則王朝重，在南土則王朝益重，以其保南土於外，而内之王朝愈安，故曰良翰。與首章「維周之翰」相應。「不顯」三句，吉甫推咸喜之意，而誇美之也。不顯，即丕顯也，以聞望言。元字从一在兀上，徐鍇云：「高也。」舅以元稱，謂輩行之高尊者。黄佐云：「王之元舅似常事，何足道者？然觀韓信拜大將，而一軍皆驚，則位望亦未可全輕也，故道及之。」文武，毛云：「言有文有武也。」愚按文武是德之見于才者，乃據申伯平日在王朝而言。文能經邦，武能戡亂，蕃宣之績，所自來也。憲，《爾雅》云：「法也。」鄭云：「表也。」凡法令以表懸之謂之憲，是憲即「南國是式」之意。言丕顯申伯，豈徒以其爲王之元舅而人瞻仰之哉？亦以其有文武全才，足爲南國諸侯法式，此所以咸喜其爲良翰耳。錢天錫云：「因親建賢，疑爲王者之私恩。以親蒙寵，亦非申伯之休美。故特鋪張其賢，見錫之、遣之、餞之以華其行者，非止爲一外戚之榮而已。」

申伯之德，職韻。**柔惠且直。**職韻。**揉**陸本作「柔」。**此萬邦，聞于四國。**職韻。**吉甫作誦，其詩孔碩。**陌韻。亦叶藥韻，實若翻。**其風肆好，以贈**崔靈恩集注作「增」。**申伯。**陌韻。亦叶藥韻，卜各翻。○賦也。德高文武一層，承上章言，申伯所以有文武之才者，以其本于有柔惠且直之德耳。柔者，對剛之名。惠，《説文》云：「仁也。」《爾雅》云：「順也。」直，《説文》云：「正見也。」《荀子》云：「是謂是，非謂非，曰直。」惟有柔惠之德，故能文。惟有直之德，故能武。中加一「且」字，見兼濟之妙。張文潛云：「柔者嫌於無立，不能剛而有立，則其爲柔惠也，撓而已矣。夫惟柔惠且直者，外柔順而内不撓者也。夫直者，所以爲無撓也。」揉，《説文》云：「屈伸木也。」强者治以剛，弱者撫以柔之謂，此足以徵其文武矣。萬邦，即四國，舉其多而言則曰萬邦，就其方而言則曰四國。「聞」跟「揉」字來，謂懷其柔惠者頌仁，憚其直者頌義也。此皆追申伯在王朝時而言，觀「揉此萬邦」語可見。若在往謝後，則但當云揉此南邦，不得汎及萬邦矣。吉甫，毛云：「尹吉甫也。」周之卿士。孔云：「其先嘗爲尹官而因氏焉。《六月》言宣王北伐，吉甫爲將。禮，軍將皆命卿也。」作誦，毛云：「作是工師之誦也。」孔云：「詩者，工師樂人誦之以爲樂曲，欲使申伯之樂人常誦習此詩也。」孔，甚。碩，大也。詩中所指陳者甚大，有繫于天下國家也。風，鄭云：「風切申伯也。」按聲之足以感人者爲風。肆，朱子云：「遂也。」取披拂四散之意。好，《説文》云：「美也。」意無不盡，辭無不美，足以感動申伯矣。或謂此雅詩而有風體，非是。詩言志，吉甫豈按風雅之體而作詩者乎？贈，《説文》云：「玩好相送也。」毛云：「增也。」孔云：「凡贈遺者，所以增長前人。贈之財，使富增于本。贈之言，使行增于義也。」「以贈申伯」者，詳美其已往，所以益勉其將來，如德則柔惠且直也，才則文武也，功則四國于蕃、四方于宣也。循此不替，則可以保是南土而永爲周之翰矣。此吉甫作詩送行之意。崔靈恩謂「增益申伯之美」，是也。孔云：「此詩之作，主美申伯而已。申伯有德，王能建之，美申伯亦所以美宣王，故爲宣王詩也。」鄒忠胤云：「『夫柔惠且直，揉萬邦而聞四國，申伯固宜爲文武憲矣。豈可因王之元舅而反掩其德？謝功之營，亦豈猥與後世恩澤侯可同日語哉？至其後人逆節，亦非憑椒房之寵，内執朝權，如王、竇、閻、梁輩也。嗟夫！爲媾爲寇，斯其故蓋難言之，而以造端咎《崧高》，過矣。」又郝敬云：「按申伯以王元舅，褒封晋錫，可謂厚矣。未幾以幽后見黜，率犬戎殺幽王，而滅宗周，申爲戎首焉。然則宣王之褒賞元舅，與後世主寵任外戚、移祚篡國者，何以異乎？故天子有道則萬國親，無道則親戚叛。《易》曰『匪寇婚媾』，反覆手之間而已。父子相繼，宣興幽滅，可不畏哉！故《國風》存《揚之水》，《大雅》録《崧高》，聖人有微意焉。誦者見其美而忘其規，泥其辭而不逆其志，烏可與言《詩》矣？」王應麟云：「外戚秉政，未或不亡。漢亡于王莽、何進，晋亡于賈謐，唐幾亡于楊國忠，石晋亡于馮玉。」愚按《竹書》紀王錫申伯命，在宣王七年。又紀四十一年，王師敗于申。則申人之逆王命，已在宣王之季矣。

《崧高》八章，章八句。 朱子謂宣王之舅申伯，出封于謝，而尹吉甫作詩以送之。《申培説》同。此但據篇中約略成文，固自不謬。然使作詩之大意，非爲美王，則不過朋友相送之詩，但當列之小雅，何以入大雅乎？《子貢傳》闕文。

《黍苗》，營謝也。宣王封申伯于謝，命召穆公往營城邑，故將徒役南行，而行者作此。 自宣王下俱出朱傳。○朱子云：「此詩與大雅《崧高》相表裏。」鄒忠胤云：「《崧高》何以繫之大雅，《黍苗》何以繫之小雅？固知體裁音律自爾不等。蓋《黍苗》即非作于行役士庶，亦代爲行役士庶言。若《崧高》鋪敘宏濶，自是名公鉅章，此大、小雅所繇别與？」愚按《崧高》意重申伯，此意重召公，命旨各别。

芃芃黍苗，陰豐氏本作「黔」。**雨膏**叶號韻，居號翻。**之。悠悠南行，召**音邵。後同。**伯勞**叶號韻，郎到翻。**之。** 興也。芃芃黍苗，陰雨膏之，解見《下泉》篇。以陰雨能澤物，興召伯能撫下。悠，《説文》云：「憂也。」《爾雅》云：「思也。」字从心。國有大役，衆之所憚，又地遠而時久，則憂思迸集矣。北自鎬京至謝，故曰南行。孔穎達云：「以《崧高》言『王命召伯，定申伯之宅』，又曰『因是謝人』與四章『肅肅謝功』相當，故知此南行謂宣王之時，召伯營謝邑，將徒役南行也。」召伯，韋昭云：「召康公之子，穆公虎也。」勞之，謂慰其勞苦，恤其饑渴，拊循勸勉，如天澤沃然，其勞也，蓋膏也。孔云：「此言南行，是舉其始去而勞之。」《左》襄十九年，季武子如晉拜師，晉侯享之。范宣子爲政，賦《黍苗》。季武子興，再拜稽首，曰：「小國之仰大國也，如百穀之仰膏雨焉。若常膏之，其天下輯睦，豈惟敝邑？」《晉語》，秦伯燕公子重耳，子餘使重耳賦《黍苗》。子餘曰：「重耳之卬君也，若黍苗之卬膏雨也。若君實庇蔭膏澤之，使成嘉穀，薦在宗廟，君之力也。君若昭先君之榮，東行濟河整師，以復彊周室，重耳之望也。」

我任豐本作「壬」。**我輦，我車我牛。**叶支韻，魚其翻。**我行既集，蓋云歸哉。**叶支韻，將其翻。○賦也。召伯知南行者之勞苦憂思也，因呼而喻之。此下二章皆召伯之語，所謂勞之也。孔云：「任輦車牛，是轉運所用。」任，鄭箋訓抱也。按《說文》訓任爲保，保、抱同意，故孔氏謂任在前，負在背，訓抱是也。或訓爲擔，非也。輦，《說文》云：「輓車也。从車，从扶在車前引之。」扶音伴，並行也，从兩夫。《漢書》注：「駕人以行曰輦。」《司馬法》云：「夏后氏謂輦曰余車，殷曰胡奴車，周曰輜輦。輦，一斧一斤一鑿一梩一鋤，❶周輦加二板二築。」又云：「夏二十人而輦，殷十八人，周十五人。」楊慎云：「說者以謂夏出師不踰時，殷踰時，周歷時，故前世輦少，後世輦多。」車，大車也。孔云：「此轉運載任，則是大車。」朱子云：「牛，所以

❶「梩」，原作「狸」，據《四庫全書》本改。

駕大車也。」「我任我輦」者，我有所抱持之器具，則置於我之輦。「我車我牛」者，我有所任載之大車，則駕以我之牛也。集，猶就也。蓋者，未定之辭。百物具備，竣事不難，俟我南行之功既就，斯時庶可言歸哉。嚴粲云：「示以歸期，安其心也。」

我徒我御，我師我旅。語韻。**我行既集，蓋云歸處。**叶語韻，敞吕翻。○賦也。鄭云：「步行曰徒。召伯營謝邑，以兵衆行。其士卒有步行者，有御兵車者。五百人爲旅，五旅爲師。《春秋傳》曰：『君行師從，卿行旅從。』」孔云：「旅屬于師，徒行御車，還是師旅之人。天子之卿與諸侯同，故有師也。」處，止也。功成事畢，庶可以歸而止息矣。皆慰勞之辭。上章任、輦、車、牛，以載工作之器言。此章徒、御、師、旅，以受工役之人言。蓋皆自周調發，而不以勞謝民也。

肅肅謝功，召伯營庚韻。**之。烈烈**《左傳》杜注作「列列」。**征師，召伯成**庚韻。**之。**○賦也。肅，《説文》云：「持事振敬也。」以相度周至，故曰肅肅。謝，申伯今所改封之國。《郡國志》云：「南陽郡宛縣，本申伯國，棘陽縣東北百里有謝城。」按棘陽即今河南汝寧府信陽州也。申、謝相近。功，朱子云：「工役之事也。」營本匝居之義，故舊説以縱横相度爲經，周迴相度爲營。烈，《説文》云：「火猛也。」烈烈，是猛于趨事之狀。征，行也。師，即上章「我師」之師，謂此南行之師衆也。「成之」者，以撫循爲激勸，有以成其烈烈也。此詩先言初行之時，備加慰勞，及規模既定，于是人皆趨事赴功，而謝功於是可成矣。蓋立言之次第如此。《左》襄二十年，鄭伯享趙孟于垂隴，子西賦《黍苗》之四章。趙孟曰：「寡君在，武何能焉？」

原隰既平，庚韻。**泉流既清。**庚韻。**召伯有成，**庚韻。**王心載寧。**叶庚韻，泥耕翻。豐本作

「寍」。○賦也。原隰，解見《信南山》篇。孔云：「五土有十等，獨言原隰者，以其最利于人，故特言之。」治土高下，各得其宜，故曰平。泉流，以水利言，水壅則流濁。既清，如縱者爲溝，横者爲遂，而無壅塞之患也。蔡汝楠云：「清水道所以平原隰也。」上章言「烈烈征師，召伯成之」，不過成就建城郭、治宮室等事而已，至此相其原隰之宜，通其水泉之利，則召伯營謝之功，于是乎有成矣。載之言則也。寧，通作寍，安也。謝爲荆、徐要衝之地，封申伯于此，則足以鎮撫南國，宣王之心則安也。觀《崧高》之詩，一則曰「南土是保」，再則曰「戎有良翰」，則王心之所以寧可知，不獨謂其足以篤厚元舅，克副親親賢賢之念已也。吕祖謙云：「天子，子萬姓者也。大臣，慮四方者也。方伯，分一面者也。申伯之體勢不重，則無以鎮定南服。召穆公身爲卿士，豈得辭其憂責哉？宣王雖深居九重，宵旰之慮，固未嘗一日忘之也。必待召公告厥成功，而王心始寧焉。此真知職分者也。」

《黍苗》五章，章四句。《子貢傳》以爲城申也。按申伯改封于謝，《詩》言營謝，非言城申也。《序》以爲「刺幽王也。不能膏潤天下，卿士不能行召伯之職焉」。黄震云：「詩中明言美召公，而《詩序》乃以爲刺幽王，此類亦何訝晦庵之去《序》耶？」杜預謂美召伯勞來諸侯。韋昭亦云：「道召伯述職，勞來諸侯也。」今按詩言營謝功成，於述職何與？其云勞之者，乃勞南行師旅，非勞來諸侯甚明。華谷嚴氏又謂此詩乃兼美營謝、伐淮二役，郝敬取之，蓋誤認「徒御師旅」一章及「烈烈征師」二語爲平淮夷之事。考《竹書紀年》宣王六年，召穆公帥師伐淮夷。是年王伐徐戎，歸自伐徐，錫召穆公命。越明年，始錫申伯命。則營謝之舉在平淮之後。今篇中先言「肅肅謝功，召伯營之」，後言「烈烈征師，召伯成之」，何得以征師爲指伐淮耶？若

《申培説》亦與朱傳同，但謂此詩乃史籀所作，亦無稽據。何宣王之世，惟史籀作詩爲多？我未之聞也。

《烝民》，宣王命樊侯仲山甫城齊，尹吉甫作詩美之。據《竹書》事在宣王七年。《序》云：「尹吉甫美宣王也。任賢使能，周室中興焉。」愚按賢以德言，能以才言。篇中言「柔嘉維則」，是德也。「賦政于外，四方爰發」，是才也。「王命仲山甫，式是百辟。纘戎祖考，王躬是保」，所謂任賢也。「王命仲山甫，城彼東方」，所謂使能也。陳氏云：「《崧高》、《烝民》二詩，皆尹吉甫贈行之詩，而序《詩》者皆以爲美宣王，何也？蓋人君委任得人，而僚友之間賦詩以相娱樂，則人君之美莫大焉。」郝敬云：「普天之下，莫非王土，惟王建國，文武之制也。周衰，諸侯强僭，繼世不繇天子，裂封啓土，悉自己出。厲王中衰，周人放之于彘，是畿甸諸侯且不知有天子，而況齊遠在東隅境内，區區之城郭，必以上請，豈非宣王中興之烈，足以震疊之與？夫子删詩，存《烝民》、《春秋》之義也。故曰：『《詩》亡，《春秋》作。』」樊，地名，仲山甫所封也。杜預云：「一名陽樊，野王縣西南有陽城。」季本云：「野王本河内，今屬懷慶府。夾漈鄭氏以爲陽樊在濟源東南三十八里濟源南，與河内相鄰，即其地也。」《晉語》王賜文公陽樊之田，陽人不服。公圍之，將殘其民。倉葛呼曰：「陽有夏商之嗣典，有周室之師旅，樊仲之官守焉。」樊仲，即仲山甫也。毛傳稱仲山甫爲樊侯，與《竹書》合。孔穎達云：「山甫爲樊國之君。韋昭謂『食采於樊』，樊在東都之畿内。杜預曰『經傳不見畿内之國稱侯男者，天子不以此爵賜畿内也』，如預之言，畿内本無侯爵。傳言樊侯，不知何所按據。」

天生烝《孟子》、《韓詩外傳》俱作「蒸」。**民，有物有則。**職韻。**民之秉彝，**《孟子》作「夷」。**好**去聲。**是懿德。**職韻。**天監有周，昭假**豐氏本作「格」。**于下。**叶麐韻，後五翻。**保兹天子，生仲**豐本作「中」。後同。**山甫。**麐韻。豐本作「父」。後同。○賦也。烝，《爾雅》云：「衆也。」按烝本熱義，轉訓爲衆者，人衆則氣熱。曰烝民者，汎言天下之人也。物，猶事也。則，《説文》云：「等畫物也。从刀从貝。貝，古之物貨也。」徐鍇云：「則，節也。取用有節，刀所以裁制之也。」愚按凡制度品式皆曰則。天理當然，不可增減者，亦謂之則。《易》所云「天則」，《詩》所云「帝則」是也。《大學》言「致知在格物」。格者，格式之謂。有一物，必有一天然恰好之格，不可過，不可不及，即此所謂則也。是格也，《大學》又謂之至善，散之爲物物之至善，合之爲統體之至善，知其散則知其合也。以其極至而無以復加，如是則可以止矣。此非意識所得預，與生俱生，乃吾性本然之體也。故知而致及于是，則知止矣，亦所謂知之至矣。《莊子》云：「各有義則之謂性。」真德秀云：「《易》曰：『形而上者謂之道，形而下者謂之器。』道者，理也。器者，物也。精粗之辨固不同矣，然理未嘗離乎物之中。知此，則知有物有則之説矣。蓋盈乎天地之間者莫非物。而人亦物也，事亦物也，有此物則具此理，是所謂則也。以人言之，如目之視，耳之聽，物也。視之明，聽之聰，乃則也。君臣、父子、夫婦、長幼，物也。而君之仁，臣之敬，子之孝，父之慈，夫婦之别，長幼之序，乃則也。則者，準則之謂，一定而不可易也。古人謂規、矩、準、繩、衡爲五則者，以其方圓、平直、輕重皆天然一定之法故也。夫物之所以有是則者，天實爲之，人但循其則耳。」秉，《爾雅》云：「執也。」此字宜着力説。《韓詩外傳》云：「民之秉德，以則天也。」彝，《説文》云：「宗廟常器也。」《爾雅》訓彝爲常，其義取此。好者，慕愛之意。懿，《説文》云：「專久而美也。」曰則、曰彝、曰懿德，其實一也。自其麗于物而言，謂之則。自其人人所同，更無改易而言，謂之彝，即《書》言「恒性」是也。自其至一至精、無容增減出入而言，謂之懿德。按德與悳字有辨，理之得於天者謂之悳，其字从直从心。行道而有得于心者謂之德，其字从彳从悳。今文多混。此言懿德，乃性之悳也，正當通作悳。蘇轍云：「民能秉常，則莫不好德。維其失常，乃有不善。」《孟子》云：「仁、義、禮、智，非由外鑠我也，我固有之也，弗思耳矣。故曰求則得之，舍則失之。或相倍蓰而無算者，❶不能盡其才者也。《詩》云：『天生蒸民，有物有則。民之秉彝，好是懿德。』孔子曰：『爲此詩者，其知道乎！故有物必有則，民之秉夷也，故好是懿德。』」舊説皆謂民自然好德，殊未知此詩及孔孟之意。按詩人以此四語發端，其理甚精，而意甚切。乃統宣王及山甫，俱包括于天生之内而言。物各有則，而惟山甫能完其則，故能予君以則。觀後章言「柔嘉維則」，是山甫之能自完其則也。又言「衮職有闕，惟仲山甫補之」，是山甫之能予君以則也。凡民非能秉執其彝，不使放失者，則雖有自有之懿德，亦不知好。「德輶如毛，民鮮克舉之」，惟不能秉彝故也。「我義圖之，惟仲山甫舉之」，惟其能秉彝故也。山甫之德如是，爲保王躬計，豈可少此人哉？監，臨下也。昭，日明也。俱見《説文》。假，通作假，至也。保者，扶持之意。仲山甫，孔云：「字也。」按《漢書·杜欽傳》云：「仲山父異姓之臣，無親于宣，就封于齊。」唐《權德輿集》云：「魯獻公仲子曰仲山甫，入輔于周，食采於樊。」羅泌《路史》中樊國凡兩見，一以爲泰伯仲雍後，一據《潛夫論》以爲慶姓。俱未詳孰是。然據第三章，有「纘戎祖考」之語，疑德輿説爲近之。彼所云祖考，指周公耳，若其他固未有顯者。

---

❶「蓰」，原作「屣」，據《四庫全書》本改。

蘇云：「天之監周也，其明實至于下，將保安宣王，乃生仲山甫以佐之。凡宣王之所以能全其性而無失其常者，皆仲山甫之功也。」嚴粲云：「此詩欲美山甫，故謂山甫天實生之。」山甫卒，謚穆。《周語》亦稱樊穆仲。

仲山甫之德，職韻。**柔嘉維則。**職韻。**令儀令色，**職韻。**小心翼翼。**職韻。**古訓是式，**職韻。**威儀是力。**職韻。**天子是若，明命使賦。**若、賦叶韻未詳。豐本「賦」作「職」。○賦也。仲山甫之德，只「柔嘉維則」一語盡之。君道主剛，臣道主柔，此亦一物之則也。臣道無成，故尚柔。鄒忠胤云：「《易·坤》爲臣道，繫以利牝馬之貞，蓋坤非偏柔，承乾而爲柔也。」嘉，美也。則，即物則之則。萬象烈云：「柔嘉維則者，言柔之嘉處乃其則也。柔非其則，即不得爲嘉。柔而不嘉，只爲非其則。即此一句，已自細到至處。」令，鄭玄云：「善也。」令儀令色，亦自其對君者而言。嚴云：「令儀則動止雍容，令色則容貌温粹。」小心翼翼，與《大明》篇義同。爲君者，心欲大，主于仁也。爲臣者，心欲小，主于敬也。念念皆在羽翼王室，故曰翼翼。輔廣云：「令儀令色，柔嘉之發于外也。小心翼翼，柔嘉之存于内也。」古訓，鄭云：「故訓也。」式，《説文》云：「法也。」法古訓，遜志典學。後章言「既明且哲」，不茹柔，不吐剛，其理皆從此出。蔡汝楠云：「所以全此則者，爲其有此學也。凡民無此學，則無此德，天生之則，亦乍明乍滅，終謂之凡民而已。」《左傳》云：「有威可畏謂之威，有儀可象謂之儀。」力者，以志帥氣，以神馭官，非着力矜持之謂。嚴云：「山甫令儀令色，則動容周旋中禮矣，猶曰威儀是力，何也？有德者，固威儀之所自形，而謹其威儀者，亦所以撿攝而養其德也。故致禮以治躬則莊敬。外貌斯須不莊不敬，而慢易之心入之矣，可不勉與？」愚按式古訓力。威儀，亦見山甫之能時時秉執其常性處。此其所以有柔嘉之德，而能盡爲臣之則也。「天子」二句，引起下二章。若，《爾雅》云：「順也。」按若字从艸从右，《説文》云：「擇菜也。」徐鍇云：「擇之順手，故从右。右者，手也。」以此訓順，似乎强解，當通作叒。周伯琦云：「順也。从三又。又者手也，二又爲友，三又爲叒。所助者多，故爲順也。會意。」愚因是悟桑字从叒从木，古人析爲二文，訛叒爲若，曰若木。若木者，扶桑也，其實即桑之一字耳。然則叒、若同音，其混用久矣，請以此補字學所未發。「明命」者，天子明告邦國之命也。賦者，徵求之義。言宣王見宣甫有柔嘉之德，心悦順其爲人，因使之典司政本，爲天子宣布明命，以徵求邦國之應，即下章所稱「出納王命」是也。《書》曰：「令出惟行，不惟反。」令出而必求其行，即賦之説矣。

王命仲山甫，式是百辟。甫、辟叶，韻未詳。**纘戎**豐本作「爾」。**祖考，**皓韻。亦叶有韻，去九翻。**王躬是保。**皓韻。亦叶有韻，補苟翻。豐本作「佛」。**出納**陸本、豐本俱作「内」。**王命，王之喉舌。賦政于外，四方爰發。**舌、發叶，韻未詳。○賦也。此章言仲山甫所居之職，鄭以爲冢宰是也。自「式是百辟」以下，至「王之喉舌」，皆命詞。孔云：「王命此仲山甫曰：爾可以爲長官，施其法度於是天下之百君。」纘，《説文》云：「繼也。」戎之言汝，以音同通用。祖考，祖父也。疑但指祖言，意必嘗居冢宰之職，故今又使山甫繼之也。依權德輿説，周公是山甫之祖，《書》言「惟周公位冢宰，正百官」是也。自周公後，歷伯禽、考公、煬公、幽公、魏公、厲公至獻公，凡七公。煬公爲考公之弟，魏公爲幽公之弟，獻公爲厲公之弟，實止三世耳。獻公卒，子真公濞立。真公卒，弟放立，是爲武公。當宣王時，嘗以長子括、少子戲見王，王愛戲，欲立戲爲魯太子。山甫諫曰：「不可。」事見《周語》。據德輿謂山甫是獻公仲子，則山甫乃真公弟，武公兄，而仕于王朝者也。王躬是保，與首章「保茲天子」之保義同。王躬之所以保，其故尚在下文。「惟動丕應傒志」，則天子之身於是獲安矣。「出納王命」者，胡一桂云：「謹審上之命令，命之善者宣出之，不善者繳納之，如後世封還詞頭之類。」或但謂出爲宣而布之，既布則納而復之，亦自可通。但此不過一奉行之任。冢宰居密勿論思之地，其間調劑剛柔，使得其宜，以致邦國之若者尚有許多參詳，恐不止如此。且此既已言「出納」，而下文又言「賦政」，言「將命」，亦太複矣。喉，《説文》云：「咽也。」舌，《説文》云：「在口所以言也。」喉、舌皆言之所從出。曰王之喉舌，則其膺代言之任明矣。孔云：「舜命龍作納言，云：『出納朕命。』彼特立納言之官，以典王命出入，即今之納言也。與此『出納王命』者異。」賦，解見前章。凡有所施行者，皆謂之政。外，鄭云：「畿外也。」爰，《説文》云：「引詞也。」發，猶起也。徵求其所當施行之政于外，則天下諸侯無不于是皆起而應者，繇其所出之命皆盡善故也。山甫身在王朝，而其所召致者如此，非以經營四方言也。

肅肅《後漢書》作「赫赫」。**王命，仲山甫將**叶陽韻，資良翻。**之。邦國若否，仲山甫明**叶陽韻，謨郎翻。**之。既明且哲，以保其身。**真韻。**夙夜匪解，**音懈。《左傳》、《晏子春秋》、《韓詩外傳》作「懈」。**以事一人。**真韻。○賦也。嚴云：「此章申上章賦政之事。」命出天子，何等莊嚴，故曰「肅肅」。將者，奉行之義。此二句即上章所謂「賦政于外」者也。邦國，謂諸侯也。若，解見二章。否，《説文》云：「不也。」字从口从不。徐鍇云：「不可之意見于言也。」明，朱子云：「謂明于理。」此二句在將命以前事，即上章所謂「出納王命」者。一令之出，如何而邦國順，如何而邦國不順，山甫皆能燭照其理，而逆計其必然。其可使邦國順者，則詔王出之，否則納之，故其所將之于外者，皆有順而無拂。四方爰發，實繇于此，非徒以宣布塞責已也。又《韓詩外傳》云：「王者必立牧方二人，使闚遠牧衆也。遠方之民，有饑寒而不得衣食，有獄訟而不平其寃，失賢而不舉者，入告乎天子。天子於其君之朝也，揖而進之曰：『噫！朕之政教，有不得爾者耶？何如乃有饑寒而不得衣食，有獄訟而不平其寃，失賢而不舉？』然後其君退而與其卿大夫謀之。遠方之民聞之，皆曰：『天子也夫！我居之僻，見我之近也。我居之幽，見我之明也。可欺乎哉？』故牧者所以開四目，通四聰也。《詩》曰：『邦國若否，仲山甫明之。』此之謂也。」仲山甫既能明于邦國若否之理，且又能哲以保其身。哲，《爾雅》云：「智也。」就保身見哲，則知幾之謂，即「柔嘉」二字，可以想見。山甫主眷既隆，輿望共屬，若使驁然自恃，信心一往，略無前瞻後顧之意，未必非悔吝之所繇叢。有山甫之哲，則知微知彰，知柔知剛，故能功蓋天下，而主不疑。位極人臣，而衆不忌。自然災害不及其身矣。楊雄言：「明哲煌煌，旁燭無疆。」於山甫之哲，殆有合焉。特其言「遜于不虞，以保天命」者非耳。《中庸》云：「居上不驕，爲下不倍。國有道，其言足以興。國無道，其默足以容。《詩》曰：『既明且哲，以保其身。』其斯謂與？」徐幹云：「大雅貴『既明且哲，以保其身』。夫明哲之士者，威而不攝，困而能通，決嫌定疑，辨物居方，禳禍於忽杪，求福於未萌，見變事則達其機，得經事則循其常，巧言不能推，令色不能移，動止可觀，則出辭爲師表。比諸志行之士，不亦愈乎？」夙，早。夜，莫也。匪，通作非。解，通作懈，《説文》云：「怠也。」一人，鄭云：「斥天子也。」山甫之保身，非爲身也，將爲事一人計也。身保，則可以長在位而事一人。而山甫朝乾夕惕，凡所以盡其所事者，一日如是，日日亦如是，無有一毫怠忽，信可謂小心翼翼矣。《左》襄二十六年，衛大叔文子曰：「君子之行，思其終也，思其復也。《書》曰：『慎始而敬終，終以不困。』《詩》曰：『夙夜匪懈，以事一人。』」文三年：❶「秦伯伐晉，遂霸西戎，用孟明也。君子是以知孟明之臣也，其不解也，能懼思也。《詩》曰『夙夜匪解，以事一人』，孟明有焉。」《晏子春秋》云：「叔向問晏子曰：『人何以則可謂保其身？』晏子對曰：『《詩》曰：既明且哲，以保其身。夙夜匪懈，以事一人。不庶幾，不要幸，先其難乎，而後幸得之，時其所也；失之，非其罪也。』」《韓詩外傳》云：「昔者周德大衰，道繫于厲，申伯、仲山甫輔相宣王，撥亂世反之正，天下略振，宗廟復興。申伯、仲山甫乃並順天下，匡救邪失，喻德教，舉遺士，海内翕然向風，故百姓勃然，詠宣王之德。《詩》曰：『周邦咸喜，戎有良翰。』又曰：『邦國若否，仲山甫明之。既明且哲，以保其身。夙夜匪懈，以事一人。』如是可謂救世矣。」

人亦有言，柔則茹叶麌韻，讀如乳，粲主翻。**之，剛則吐**麌韻。**之。維仲山甫，**麌韻。**柔亦不茹，**見上。**剛亦不吐。**見上。《左傳》顛倒引此二句。**不侮矜**《左傳》、豐本俱作「鰥」。**寡，不畏彊**《韓詩外傳》作「强」。**禦。**叶麌韻，讀如麌，魚矩翻。《漢書》作「圉」。○賦也。此章再以其賦政之善言之。人亦有言，相傳之言也。後放此。五、六章言山甫之賢，各以人言起之，見恒情如此，而山甫不然，正其異于凡民處。柔剛就人所處之地言。引言之意，黏着邦國上，與第二章「柔嘉」之柔全無干涉。柔，鄭云：「猶濡毳也。」茹，《說文》云：「飤馬也。」飤者餧也，俗作飼。按馬之食草爲茹，而孔氏謂菜之入口亦名爲茹。《孟子》言「舜之飯糗茹艸」，《莊子》謂「不茹葷」，即其義也。又《禮記》言「飲血茹毛」，曹居貞云：「茹者，吞咍之名。

❶「三」，原作「二」，《左傳》此事在三年，據改。

凡魚肉柔也，則吞啗之。」剛，鄭云：「堅强也。」吐，《説文》云：「寫也。」曹云：「骨骾則吐棄之。」嚴云：「喻陵弱而畏强也。」侮，《説文》云：「傷也。」矜，通作鰥。《孟子》云：「老而無妻曰鰥，老而無夫曰寡。」劉熙《釋名》云：「鰥，愁悒不能寐，目常鰥鰥然。其字从魚，魚目恒不閉者也。」寡，倮也，倮然單獨也。畏者，懼怯之意。彊禦，解見《蕩》篇。但彼以彊梁禦善言，此以彊梁禦人財物言。凡人情鮮不茹柔吐剛，而非所以語山甫。柔莫柔于鰥寡，亦不之侮，而凡爲柔者可知已。剛莫剛于彊禦，亦不之畏，而凡爲剛者可知已。孔云：「不侮不畏，即是不茹不吐。既言其喻，又言其實以充之。」愚按不侮鰥寡，不畏彊禦，亦是借言，即扶弱除暴影子。見仲山甫所以爲王扶政者，寬猛相濟，仁義並用，各有當然之則。在澤所必加，不靳于弱小，故無不懷其德，勢所必行，不詘于强大，故無不畏其力，四方爰發，有以也夫。蘇轍云：「此詩言仲山甫，其始曰『柔嘉維則，令儀令色』，此與漢胡廣、趙戒何異？其終曰『柔亦不茹，剛亦不吐。不侮鰥寡，不畏彊禦』，此與漢汲黯、朱雲何異？胡、趙柔而陷于佞，汲、朱剛而近于狂。如仲山甫，内剛外柔，非佞非狂，然後可以爲王者之佐，當天下之事矣。嗚呼！非斯人，其誰與歸？」又《韓詩外傳》云：「君子崇人之德，揚人之美，非道諛也。正言直行，指人之過，非毁疵也。詘柔順從，剛强猛毅，與物周流，道德不外。《詩》曰：『柔亦不茹，剛亦不吐。不侮矜寡，不畏彊禦。』」又云：「所貴爲士者，上攝萬乘，下不敢傲乎匹夫，外立節矜，而敵不侵擾。内禁殘害，而君不危殆。是士之所長，君子之所致貴也。《詩》曰：『不侮矜寡，不畏强禦。』」《左》文十年，楚子田孟諸，宋公爲右盂，鄭伯爲左盂。文之無畏爲左司馬，命夙駕載燧。宋公違命，無畏抶其僕以狥。或謂子舟曰：「國君不可戮也。」子舟曰：「當官而行，何彊之有？《詩》曰『剛亦不吐，柔亦不茹』、『毋縱詭隨，以謹罔極』。是亦非辟彊也。敢愛死以亂官乎？」昭元年，楚右尹子干出奔晉，叔向使與秦公子同食。趙文子曰：「秦公子富。」叔向曰：「底祿以德，德鈞以年，年同以尊。公子以國，不聞以富。且夫以千乘棄其國，彊禦已甚。《詩》曰：『不侮矜寡，不畏彊禦。』秦、楚，匹也。」使后子與子干齒。定四年，蔡侯、吴子、唐侯伐楚，楚昭王奔鄖。鄖公辛之弟懷將弒王，曰：「平王殺吾父，吾殺其子，不亦可乎？」辛曰：「君討臣，誰敢讎之？君命，天也。若死天命，將誰讎？《詩》曰：『柔亦不茹，剛亦不吐。不侮矜寡，不畏彊禦。』唯仁者能之。違彊陵弱，非勇也。乘人之約，非仁也。滅宗廢祀，非孝也。動無令名，非知也。必犯是，余將殺女。」以王奔隨。按以上皆斷章取義，無關詩旨。

人亦有言，德輶如毛，民鮮克舉叶麿韻，讀如踽，果羽翻。**之。**《荀子》無「之」字。**我義**此毛傳古本。陸德明《釋文》同。鄭箋作「儀」，以後諸本皆從之。**圖**叶麿韻，動五翻。**之，維仲山甫舉**見上。**之，愛莫助**叶麿韻，牀五翻。**之。衮職有闕，維**《左傳》作「唯」。**仲山甫補**麿韻。**之。**賦也。此章推言山甫所以能賦政之善如斯者，繇於其中之有德故耳。人性中所本具，有一物必有一則，所謂懿德也。輶者，輕車也，故《爾雅》訓輶爲輕。言德而言其輶，又以如毛比之者，取微妙恍惚之義。民，即「烝民」之民。鮮，通作尟，《說文》云：「少也。」克，能也。舉者，以手挈之。天則無形，不可控執，毫釐之差，千里之謬。詩意言其微而難舉。而舊說相承，皆以爲輕而易舉，非也。鄧元錫云：「夫懿德之則如毛然，微乎微者也。入微難，烝民具有之，而鮮其舉之。」按《中庸》引《詩》曰：「予懷明德，不大聲以色。」子曰：「聲色之於以化民，末也。《詩》曰：『德輶如毛。』毛猶有倫，上天之載，無聲無臭，至矣。」夫繇聲色之不大，而推之于如毛。繇如毛，而極之于無聲無臭。則《中庸》之言德愈精，而德輶之義，亦可識矣。《韓詩外傳》云：「德也者，包天地之美，配日月之明，立乎四時之調，覽乎陰陽之交，寒暑不能動，四時不能化也。斂乎太陰而不濕，散乎太陽而不枯，鮮潔清明而備，嚴威務疾而神，競清而福乎天地之間者，德也。微聖人，其孰能與于此矣？《詩》曰：『德輶如毛，民鮮克舉之。』」《荀子》云：「財物貨寶，以大爲重，政教功名反是，能積微者速成。《詩》曰：『德輶如毛，民鮮克舉。』此之謂也。」我，鄭云：「吉甫自我也。」義，毛云：「宜也。」圖，猶度也。我義圖之，即孔子所謂「以義度人」者。我嘗于事事物物之間，以當然之宜度之，而見山甫之所爲，無不合乎是者，故知此微妙之德，惟山甫爲能舉之，如上章言柔不茹、剛不吐，即其類也。義字亦與則字同意。愛，好也，「好是懿德」之好。助，猶與也。山甫誠心好乎懿德，故能舉此懿德。而人莫有相偕助而好之者，此德之所以獨讓山甫也。《禮·表記》篇，子曰：「仁之爲器重，其爲道遠，舉者莫能勝也，行者莫能致也，取數多者仁也。夫勉於仁者不亦難乎？是故君子以義度人，則難爲人。以人望人，則賢者可知已矣。」子曰：「中心安仁者，天下一人而已矣。《大雅》曰：『德輶如毛，民鮮克舉之。我儀圖之，惟仲山甫舉之。愛莫助之。』」按德之渾然在心，無私意間斷，則謂之仁。故《詩》以德言，孔子以仁言。王安石云：「商之時，天下嘗大亂矣。在位貪毒禍敗，皆非其人。及文王之起，而天下之才嘗少矣。當是時，文王能陶冶天下之士，而使之皆有士君子之才，然後隨其才之所有而官使之。《詩》曰：『豈弟君子，遐不作人。』此之謂也。及其成也，微賤兔罝之人，猶莫不好德，《兔罝》之詩是也，又況於在位之人乎？文王惟能如此，故以征則服，以守則治。及至夷、厲之亂，天下之才又嘗少矣。至宣王之起，所與圖天下之事者，仲山甫而已。故詩人歎之曰：『德輶如毛，惟仲山甫舉之。愛莫助之。』蓋閔人士之少而山甫之無助也。宣王能用仲山甫推其類，❶以新美天下之士，而後人才復衆。於是内修政事，外討不庭，而復有文、武之境土。」衮職，鄭云：「不敢斥王之言也。」孔云：「以衣服之中有衮冕者，是人君之上服，故舉衮以表君也。不言王而言衮，猶律謂天子爲乘輿也。」凡事之有專主者謂之職。闕，本門觀之名。徐鍇云：「中央闕而爲道，故謂之闕。」舊説以闕爲空而不完之義，蓋本于此。或通作缺，《説文》云：「器破也。」補，《説文》云：「完衣也。」孔云：「服衮冕之人，職事有所廢闕，維仲山甫能補益之。謂有所不可，則諫争之。故可任用，以致中興。」鄧云：「仲山甫，踐物維則者也。微無不入，以補衮，衮不廢矣。」按《周語》宣王立魯公子戲，則山甫有諫。料民太原，則山甫又諫。此其爲補王闕也多矣。《左》宣二年，晉靈公不君，士季曰：「人誰無過？過而能改，善莫大焉。《詩》曰：『衮職有闕，唯仲山甫補之。』能補過也。君能補過，衮不廢矣。」季云：「言此，以起下章欲其遄歸之意。」又黄震云：「方博士解《王制》『三公，一命衮，若有加，則賜也』，云：『衮雖三公可服，非有加，則不賜。《詩》言衮職有闕，維仲山甫補之，蓋謂是也。』此言衮者，人臣之極，常缺之而不服，唯仲山甫加賜而得之，是當時所缺而今則補之也。」按《後漢書》，蔡茂在廣陵，夢坐大殿極上，有三穗禾。茂跳取之，得其中穗，輒復失之。以問主簿郭賀，賀離席慶曰：「大殿者，宫府之形象也。極而有禾，人臣之上禄也。取中穗，是中台之位也。於字禾失爲秩，雖曰失之，乃所以得禄秩也。衮職有闕，君其補之。」旬月而茂徵焉。

---

❶「甫」，原作「類」，據《四庫全書》本改。

賀之引《詩》，其意與黄説合。然補爲完衣之義，乃蒙上衮衣而言。從《左傳》補過之説，于義爲允。

仲山甫出祖，四牡業業，葉韻。**征夫捷捷，**葉韻。**每懷靡及。**叶葉韻，極葉翻。**四牡彭彭，**叶陽韻，逋旁翻。**八鸞鏘鏘。**陽韻。陸本作「將將」。**王命仲山甫，城彼東方。**陽韻。○賦也。顔師古云：「祖者，送行之祭，因饗飲焉。昔黄帝之子纍祖，好遊而死於道，故後人祀以爲行神，其祭設軷於門外。」曹云：「出門而後祖祭，故云出祖也。」詳見《生民》篇。四牡，駕車之四馬。業所以懸鍾虡，曰「業業」者，嚴以爲動而不息之意，蓋取鍾虡摇動之象。征夫，從行之人也。捷，通作疌，《説文》云：「疾也。」或通作倢，《説文》云：「佽也。」佽者，便利也。一云，佽者，相次比也。其義俱通。捷捷，鄭云：「言樂事也。」孔云：「捷者，舉動敏疾之貌。行者或苦於役，則舉動遲緩，故言捷捷以見其勸樂于事也。」每懷靡及，與《皇皇者華》義同。不獨山甫懷如不及事之慮而已，雖其征夫，亦無人而不然，蓋山甫之急公所感也。然以下章「永懷」之語觀之，山甫身遠闕庭，而心懸啓沃，其所爲皇皇如靡及者，亦欲事畢而早還朝耳。又《韓詩外傳》云：「趙王使人於楚，鼓瑟而遣之，曰：『慎無失吾言！』使者受命，伏而不起，曰：『大王鼓瑟，未嘗若今日之悲也。』王曰：『調。』使者曰：『調則可記其柱。』王曰：『不可。天有燥濕，絃有緩急，柱有推移，不可記也。』使者曰：『請借此以喻。楚之去趙也千有餘里，亦有吉凶之變。凶則吊之，吉則賀之，猶柱之有推移，不可記也。故王之使人，必慎其所之，而不任以辭。』《詩》曰：『征夫捷捷，每懷靡及。』蓋傷自上而馭下也。」彭，通作騯，《説文》云：「馬盛也。」八鸞者，四馬鑣八，鸞鈴象鸞鳥。朱子云：「馬口兩旁各一，四馬故八。」是也。詳見《采芑》篇。《説文》無鏘字，當作瑲，玉聲也。鸞聲之和似之，觀《采芑》篇可見。前「出祖」是將行之時，此彭彭、瑲瑲則行而在道矣。「王命」二句，始言其所以行之故也。東方，毛云：「齊也。古者諸侯之居逼隘，則王者遷其邑而定其居，蓋去薄姑而遷於臨淄也。」孔云：「毛時書籍猶多，去聖未遠，其當有所依約而言也。《史記·齊世家》獻公元年，徙薄姑都治臨菑。計獻公當夷王之時，與此傳不合，遷之言未必實也。」按薄姑在今山東青州府博興縣，臨菑今爲臨淄縣，亦在青州府。朱子云：「豈徙于夷王之時，至是而始備其城郭之守歟？」鄒云：「天爲保天子生山甫，王以保王躬命山甫。山甫之責甚鉅，區區城齊之役，曾何足以煩之？第成王時召康公亦嘗以太保營雒，雖王都之肇建不比於侯封，然是役也，倘非異人堪任，堪者必仲山甫乎？且山甫于王命固無不能將，而城彼東方，亦王命之一，此行亦未必久淹，固不妨其爲保躬補闕也。」王安石云：「城郭者，先王有之，而非所以恃而爲存也。及至喟然覺悟，興起舊政，則城郭之修也，又常不敢以爲後。蓋有其患，而圖之無其具。有其具，而守之非其人。有其人，而治之無其法。能以久存而無敗者，皆未之聞也。故文王之興也，有四夷之難，則城于朔方而以南仲。宣王之起也，有諸侯之患，則城于東方而以仲山甫。此二臣之德，協于其君，於爲國之本末與其所先後，可謂知之矣。慮之以悄悄之勞，而發赫赫之名。承之以翼翼之勤，而續明明之功。卒所以攘戎夷而中國以全安者，蓋其君臣如此，而守衛之有其具也。」林氏云：「宣王時，北有玁狁，南有荆楚，東有徐夷。故式是南邦以申伯，城彼東方以仲山甫，奄受北國以韓侯。其爲謀甚悉，而犬戎自西作焉。夫四隅而防其三，有變出于不備之方，況得一不爲備乎？」又杜欽以山甫爲封于齊，鄧展引《韓詩》之説亦然。王符謂山甫以文德致昇平，王封之以樂土。皆誤。

四牡騤騤，支韻。**八鸞喈喈**。叶支韻，堅夷翻。**仲山甫徂齊**，叶支韻，墻之翻。**式遄其歸**。叶支韻，讀如嫣，渠爲翻。**吉甫**豐本作「父」。**作誦，穆如清風。**叶侵韻，孚金翻。**仲山甫永懷，以慰其心。**侵韻。○賦也。騤，《説文》云：「馬行威儀也。」喈，《説文》云：「鳥鳴聲。」徐鍇云：「聲衆且和也。」前言彭彭，第咏馬之盛，此則及其行之容。前言鏘鏘，第咏聲之和，此則及其聲之衆。意微有別，而總之皆紀其在道所見耳。徂，往也。式遄其歸，吉甫告王之詞也。式，發聲也。遄，《説文》云：「往來數也。」毛云：「疾也。」欲王敦趣山甫，使其疾歸也。郝云：「《詩》稱山甫才德位望，爲王補衮之臣，不可一日去王所。《詩》言衮職有闕，式遄其歸，寓諷規之意云爾。」作誦者，作此詩，命工歌誦之也。穆，通作㣎，《説文》云：「細文也。」朱子云：「如《烝民》詩，大較細膩。」清風，毛云：「清微之風也。」篇中縷縷言山甫德業人品心術，若讚誦不盡者，朝野關重之人，誰不愛好？播之聲詩，使人聞之者，如清風徐來，形神爲之俱釋，而豈肯令久居于外乎？吉甫言此，非自誇所作之美，蓋寓規諷于揚厲，欲王之深思而自得之也。永懷，長思也。慰，《説文》云：「安也。」吉甫以遄歸告王，所以安山甫之心也。張叔翹云：「山甫一身，所繫甚重，不可一日不在朝廷之上者。當時城齊之役，未詳其事，或者當用大臣董治之，亦未可曉。然山甫一旦去君遠行，其身在遠，不得朝夕納誨，顧瞻君側，繫心不忘，能無永長之懷乎？故山甫之城齊而有懷，愛君之心也。吉甫之作誦以慰山甫，亦所以諷王也。夫漢臣尚有辭淮陽而願入禁闥者，山甫豈無是心？而大臣遠役，間疏之漸，識微如吉甫者，安得不深致意哉？❶遄歸之語，其旨深矣。」説者謂此詩言降生之異，爲舉德盡職張本。言德

❶ 「意」，《四庫全書》本作「思」。

職之隆，爲城齊易副張本。夫吉甫之反覆贊咏，乃僅爲一城齊事，而仲山甫之惓惓永懷，亦止於東方一役而已，是豈詩人立言之旨哉？

《烝民》八章，章八句。 朱傳謂宣王命樊侯仲山甫築城于齊，而尹吉甫作詩以送之。《申培説》同。郝云：「僚友相送，非關獻納，何登于雅？王朝命使往來，餞送不少，《詩》可勝録乎？」

《無羊》，宣王考牧也。 出《序》。《子貢傳》同。○考者，成也，故凡落成曰考。鄭玄云：「厲王之時，牧人之職廢，宣王始興而復之。」陳氏云：「牧者，牧養畜牲之牢。畜牲之多寡，足以表國之盛衰，故于其牧成而考之。」《孔叢子》載孔子曰：「於《無羊》，見善政之有應也。」按《列子》云：「周宣王之牧正，有役人梁鴦者，能養野禽獸，委食於園庭之内，雖虎狼鵰鶚之類，無不柔馴者。雌雄在前，孳尾成群，異類襍居，不相搏噬也。王慮其術終于其身，令毛丘園傳之。梁鴦曰：『鴦，賤役也，何術以告爾？懼王之謂隱於爾也。亦凡順之則喜，逆之則怒，此有血氣者之性也。然喜怒豈妄發哉？皆逆之所犯也。吾豈敢逆之使怒哉？亦不順之使喜也。夫喜之復也必怒，怒之復也常喜，皆不中也。今吾心無逆順者也，則鳥獸之視吾，猶其儕也。故遊吾園者，不思高林曠澤。寢吾庭者，不願深山幽谷。理使然也。』」《列子》之書，大都詼詭不足信。然彼生于周末，而以此事屬之宣王，則當日宣王之留意牧事可知已。

誰謂爾無羊？三百維《讀詩記》作「爲」。**群。** 叶先韻，逵員翻。**誰謂爾無牛？九十其犉。**

叶先韻，而宣翻。**爾羊來思，其角濈濈。**緝韻。陸德明本作「觧觧」，《埤雅》作「戢戢」。**爾牛來思，其耳濕濕。**緝韻。○賦也。爾，指牧人之官，舊以爲呼宣王，似無此理。首言「誰謂」者，矜詫之辭。季本云：「無羊無牛者，其心不知有羊牛也，故人以此謂之。然則斯人，其百里奚爵祿不入于心，而飯牛牛肥之儔與？」陸佃云：「羊性喜群，故于文羊爲群，犬爲獨也。」犉，牛名，有二義。《爾雅》及《尸子》云：「牛七尺爲犉。」又《爾雅》云：「黑唇犉。」《說文》、毛傳皆以爲黃牛之黑唇者。諸家俱從後說。愚按牛類雖多，不應獨舉黑唇者言，似無意味，當是標其最高大者，於義爲長。孔穎達云：「羊三百頭爲群，故一群有三百，不知其群之有多少也。犉者九十頭，直知犉者有九十，亦不知其不犉者之數也。」來者，自外而來歸，即「羊牛下來」之來。思，語辭也。濈，《說文》云：「和也。」王安石云：「羊以善觸爲患，故言其和，謂聚而不相觸也。」或通作戢，斂也。陸云：「其角戢戢，羊前其剛以觸者也，故以其角齊聚爲善。其耳濕濕，言潤澤也。蓋牛之爲物，❶病則耳燥，安則溫潤而澤。」毛傳則謂：「呞而動其耳濕濕然。」食已復出嚼之曰呞，言其用力，故濕濕也。董氏則謂牛臥則耳下垂，濕者其垂也。亦通。又《祭義》云：「卿大夫祖，而毛牛尚耳。」孔疏謂：「耳主聽，蓋欲使神聽之也。」然古之盟者亦執牛耳。陸謂：「牛耳無竅，以鼻聽，盟者聽于人神，故執牛耳，正以不聽爲戒。焦貢《易林》曰『牛龍耳聵』，蓋龍亦聾者也。先儒以爲面牛鼓簧，爲聾故也。」以上二說，各有取義，但與此言牛耳無涉。此章先舉羊牛之歸來者而言，已可見其衆盛。至若未歸來者，數目尚繁，不僅此三百

❶「牛」，原作「羊」，據《埤雅》卷三改。

九十，若下二章所稱是也。嚴粲云：「羊不歸而聚，則不見其角之濈濈。牛不歸而息，亦不見其耳之濕濕。兩言來思，皆所以見牢之成也。故首章及之。」先言羊，後言牛者，羊躁進競前，又其性畏露，每歸嘗先于牛，《君子于役》篇所謂「羊牛下來」、「羊牛下括」是也。古人立言之不苟如此。

或降于阿，歌韻。**或飲于池，**支韻。阿與訛叶，池與思叶，隔句爲韻。亦叶歌韻，唐何翻。**或寢或訛。**歌韻。《韓詩》、《讀詩記》、豐氏本俱作「譌」。**爾**《詩緝》作「而」。**牧來思，**支韻。**何**豐本作「荷」。後同。**蓑**豐本作「衰」。**何笠，或負其餱。**叶宥韻，讀如候，胡茂翻。**三十維物，爾牲則具。**叶宥韻，忌救翻。○賦也。阿，曲阜也。孔安國云：「停水曰池。」訛，本作吪，《說文》云：「動也。」徐鍇云：「臥既覺，必有聲氣也。」言羊牛之歸者歸矣，而其未歸者，或降阿，或飲池，又或寢者，或訛者，其不一如此，後乃將次第而來歸也。爾牧，指牧養牛羊之人，與末章「牧人」不同，彼乃官名，統此牧者。來思，亦謂日將夕而驅牛羊以來歸也。何，《說文》云：「儋也。」即負何也。蓑，《說文》云：「草雨衣也。」笠，《儀禮》注云：「竹簝蓋也。」有柄曰簦，無柄曰笠。蓑、笠皆雨具，今蓑何之而不披，笠何之而不戴，則亦但備之而已。又笠兼所以禦暑，日夕則笠亦無所用也。負之言背，蓋音近也。古負有背音，《史記·晉世家》「負父之命」，正義音佩是也。《釋名》云：「置項背也。」徐鍇云：「飯乾曰餱。」言牛羊布滿于山谷之間，而牧人持雨具，齎飲食，從其所如，以順適其性，故于其來歸之時，見其裝束如此。物，謂毛物，與「比物四驪」之物同。三十維物，兼牛、羊、豕、犬、雞五者言之也。按《周禮·牧人》職云：「掌牧六牲而阜蕃其物，以供祭祀之牲牷。凡陽祀，用騂牲毛之。陰祀，用黝牲毛之。望祀，各以其方之色牲毛之。凡時祀之牲，必用牷物。凡外祭毀事，用尨可也。」舊説本《爾雅》六畜之名爲六牲，謂牛、馬、羊、豕、犬、雞也。愚以爲不然。馬以供駕乘之用，原不可爲牲。所謂六牲者，止是以毛色别之耳。青、赤、黄、白、黑五色，并尨爲六色，凡牲皆具此六色，故謂之六牲。尨者，厖也，襍色曰厖，純色曰牷。天與宗廟爲陽祀，牲毛用赤。地與社稷爲陰祀，牲毛用黑。望祀岳瀆則隨其方之色以取其毛。山川以下，凡四時之常祀，則不拘何色，但必取其毛色之純者。其副辜、侯禳、毁除、殃咎之屬，謂之毁事，則用襍色之毛。此皆所謂物也。每牲六色，五六三十，故云三十維物。爾牲，則具兼祭祀燕享言。牲，謂牛羊也。鄭云：「始養之曰畜，將用之曰牲。」具，備也。毛物有三十，牛羊各居其六，爾之牲，索則皆有之也。按《周禮・牛人》職云：「掌養國之公牛，以待國之政令。凡祭祀，共其享牛，以授職人而芻之。凡賓客之事，共其牢禮積膳之牛。饗食、賓射，共其膳羞之牛。軍事，共其犒牛。喪事，共其奠牛。」又《羊人》職云：「掌羊牲。凡祭祀，飾羔。祭祀，割羊牲，登其首。凡祈珥，共其羊牲。賓客，共其灋羊。凡沈辜、侯禳、釁、積，共其羊牲。若牧人無牲，則受布于司馬，使其賈買牲而共之。」又《周禮》有犬人、雞人，獨無豕人，鄭以爲豕屬司空，《冬官》亡，故不見。孔云：「此詩惟言牛羊者，豕犬雞則比牛羊爲卑，故特舉牛羊以爲美也。」

爾牧來思，以薪豐本作「新」。**以蒸，**韻。**以雌以雄。**叶蒸韻，如乘翻。**爾羊來思，矜矜兢兢，**蒸韻。**不騫不崩。**蒸韻。**麾之以肱，**蒸韻。**畢來既升。**蒸韻。○賦也。再言爾牧者，牛羊多則牧養者亦必多，故複舉之也。上言來思，是方歸來之時，此則已來而至矣。鄭云：「麤曰薪，細曰蒸。」《説文》云：「雄，鳥父。雌，鳥母。」此言牛羊馴擾，故牧者亦閒暇，得乘其餘力，拾取柴木以供爨燎，弋取飛鳥以備飲食，至暮乃携之以俱歸也。又言「爾羊來思」者，此是續歸之羊，即前所言「或降于阿，或飲于池，或寢或訛」者。并牛亦在其内，而專以羊言者，羊性躁競，行常在牛前，故特揭之也。矜之爲言兢也，兢之爲言競也。陵矜不讓，競先争歸，此羊態也。又陸云：「矜矜，言羊之愛牧人也。兢兢，言羊之畏牧人也。牧之爲道，擾之以順其性，故能使物愛。支之以制其放，故能使物畏。」亦通。不騫不崩，舊説以騫爲虧損，似也。以崩爲群疾，則殊不倫。愚有二説，皆可通。《天保》言「如南山之壽，不騫不崩」，則此指山體言也。山之中，有虧損者，有崩圮者。今群羊皆循正道而行，未嘗奔逸旁出于崎嶇險仄之處，致難收攝。此一説也。又《説文》解騫爲「馬腹縶也」。崩，通作綳，束也。言此羊馴擾之極，不假縶維之，拘束之，但聽其自行。賈思勰所謂羊必須老人及心性宛順者，起居以時，調其宜適，緩驅行，勿停息。若使急性人及小兒者，欄約不得，必有打傷之災，或懶不驅行，則無肥充之理，是也。此又一説也。麾通作摩，亦作撝。王逸云：「以手教曰麾。」肱，徐鍇云：「臂上一節也。」畢，《説文》云：「田罔也。」以罔羅物，盡入其内，故《爾雅》又訓畢爲盡。言畢則兼及牛可知。以牛隨羊後而至，故概括之也。升之爲言進也。既升者，牛羊皆進入于閑也。至是而一日之牧事畢矣。

牧人乃夢，豐本作「㝱」。**衆維**《潛夫論》作「惟」。後同。**魚**韻。**矣，旐維旟**魚韻。**矣。大人占之，衆維魚矣，實維豐年。**叶真韻，奴因翻。**旐維旟矣，室家溱溱。**真韻。《潛夫論》作「蓁蓁」，豐本作「蓁蓁」。〇賦也。牧人，説見次章。仲山甫云：「牧協職。」《周禮·牧人》：「下士六人，府一人，史二人，徒二十人。」上章言牧事有成，物各得所，如此則年豐人阜，自是此時景象所有，故其朕兆形于牧人之夢。或以爲託言者，非也。衆維魚矣，言初見爲衆，而忽見爲魚。旐維旟矣，言初見爲旐，而忽見爲旟。皆夢景如此。大人占之，解見《斯干》篇。按《周禮·占夢》職云：「歲終，獻吉夢于王，王拜受之。」孔謂天下臣民，有爲國夢者，其官得而獻之。蓋此夢是也。人多爲衆，而魚則其族尤盛，故爲豐年之兆。以年豐則人蕃物阜，故夢衆又夢魚，蓋富庶之象也。鄭云：「旐旟所以聚衆。」按《周禮·司常》職云：「州里建旟，縣鄙建旐。」州里是州中之里，乃六鄉之屬，與五鄰之里不同。《爾雅》注以邑居爲里。故《鄉師》職云：「凡四時之田，前期，出田法于州里。」《州長》職云：「三年大比，則大考州里。」里繫于州，知其非六遂中五鄰之里也。縣鄙乃六遂之屬。詳《司常》之文，鄉遂所建，惟旐、旟二物。今既夢旐又夢旟，則鄉遂之衆羅列咸在，故其象爲室家溱溱，男有室，女有家。溱，通作蓁，艸盛貌。言生齒殷盛也。徐光啓云：「《記》曰：『問衆人之富，數畜以對。』若止前三章，則一庶人之富已耳。有此一章，便關天下國家之大。」鄒云：「詩人點綴中興富庶之兆如此。向使千畝之籍時修，太原之民不料，此豐年溱溱者，正未有艾矣。」曾鞏云：「竊觀于《詩》，其所言者，蓋農夫女工築室治田、師旅祭祀、飲尸受福委曲之常務，至於《兔罝》之武夫，行修于隱，牛羊之牧人，愛及微物，無不稱紀，所以論功德者，繇小以及大，其詳如此。後嗣所以昭先人之功，當世之臣子所以歸美其上，非徒薦告鬼神，覺寤黎庶而已也。《書》稱勸之以九歌，俾勿壞。蓋歌其善者，所以興其嚮慕之意，防其怠廢難久之情。養之於聽，而成之於心，其於勸帝者之功美，昭法戒於將來，聖人之所以列於經，垂爲世教也。」又陳際泰云：「卜夢之說，惟人以其意言之，未知其果安在也。衆何以爲魚也？民其魚乎？旐何以爲旟也？小其大乎？不數十年，諸侯分争，神州陸沉，而徐、吴、楚、越淫名上淹于天子，牧人之夢已妖矣。」馮時可云：「宣王雅終《無羊》，隱之哉。三百九十，濈濈濕濕，牧盈而牧人志亦盈矣。衆爲魚，旐維旟，盈之感也。太卜之官雷同獻諛，豐年溱溱，何以稱焉？吁嗟！虚美熏心，信吉忘凶。太子晋傷之，曰：『自我先王，厲、宣、幽、平貪天禍，至於今未弭。』宣之墡於三王也，其以鮮終哉？」按二論亦有理，並存之。

《無羊》四章，章八句。《申培説》云：「宣王考牧，史籀美之。」按宣王諸詩，申説多以爲史籀作，亦無據。又按《竹書》紀宣王八年，初考室。意考牧亦同時事也。

《車攻》，美大田也。宣王朝諸侯于東都，遂狩于圃田，詩人美其能復古。按《竹書》，宣王九年，王會諸侯于東都，遂狩于甫。❶即此詩事也。又《墨子》云：「周宣王殺其臣杜伯而不辜。杜伯曰：『吾君殺我而不辜，若以死者爲無知則止矣，若死而有知，不出三年，必使吾君知之。』其三年，周宣王合諸侯而田於圃田，車數百乘，從數千，人滿野。日中，杜伯乘白馬素車，朱衣冠，執朱弓，挾朱矢，追周宣王。射入車上，中心折脊，殪車中，伏弢而死。當是之時，周人從者莫不見，遠者莫不聞。著在周之《春秋》。」今考《竹書》，則殺杜伯乃宣王四十三年事，至四十六年而王陟。豈宣王之時，曾兩合諸侯于圃田歟？《序》云：「《車攻》，宣王復古也。宣王能内修政事，外攘夷狄，復文、武之竟土，修車馬，備器械，復會諸侯于東都，因田獵而選車徒焉。」朱子云：「此詩所賦，自修車馬備器械以下，其修政事，攘夷狄，則前乎此矣。」孔穎達云：

❶「甫」，《四庫全書》本作「圃」。

「《序》以選徒本爲田獵，故言因田獵選車徒也。言因者，以見王爲因會而獵也。王者能使諸侯朝會，是事之美者，故以會諸侯爲主焉。」嚴粲云：「宣王中興，爲東都之會。詩人自於復見威儀之盛，故鋪張揚厲，以見喜談樂道之意。」鄒忠胤云：「嘗觀《無逸》之訓曰：『繼自今嗣王，則其無淫于觀、于逸、于游、于田。』乃詩美宣王田事何也？ 此正宣王所爲無逸也。蓋古者蒐苗獮狩之法，實與軍政相爲表裏。先王陰用其道，使人繇而不知。而後王藉爲利獸之樂，宣王之舉，則異乎是。彼其乘積衰之後，奮然圖治，蠱事終而鼎事始。東萊吕氏所謂王賦復，軍實盛，師律嚴，上下洽，綜理周者，蓋具見之。」《左傳》楚椒舉曰：「夏啓有鈞臺之享，商湯有景亳之命，周武有孟津之誓，成有岐陽之蒐，康有酆宫之朝，穆有塗山之會，皆所以示諸侯禮也，諸侯所繇用命也。夏桀爲仍之會，有緡叛之。商紂爲黎之蒐，東夷叛之。周幽爲太室之盟，戎狄叛之，皆所以示諸侯汰也，諸侯所繇棄命也。」然則講事度軌，豈緊細故，其亦趾美成康者歟。王道云：「天下雖安，忘戰必危。故周、召二公於成王、康王之初，皆以詰爾戎兵、張皇六師爲言，正恐守文之主溺於宴安，忽忘武備，馴至陵夷，以階禍亂耳。況周家以仁厚立國，其勢頗弱，穆王幾致徐方之亂，昭王南征不復，至于厲王，遂死于彘。雖諸王君人之道有所未盡，而兵威不振，無以懾服人心，亦可見矣。宣王丁積衰之後，乃能蒐乘講武，蓄威昭德，以成中興之美，以復祖宗之舊，深合二公詰兵之意。故詩人喜而幸之。」

我車既攻，東韻。《子貢傳》、《申培説》、豐氏本俱作「工」。**我馬既同**。東韻。**四牡龐龐**，叶東韻，盧東翻。**駕言徂東**。韻。○賦也。《考工記》攻木之工七，輪、輿、弓、廬、匠、車、梓。董氏云：「攻者治也，治而成其良，故曰攻。」同，齊也。《爾雅》云：「宗廟齊毫，戎事齊力，田獵齊足。」毛傳云：「齊毫，尚純也。

齊力，尚强也。齊足，尚疾也。」孔云：「祭於宗廟，當加謹敬，取其同色也。兵革戰伐之事，當齊其力以戰。田獵取牲于苑囿之中，追飛逐走，取其疾而已。」此車馬皆所以備田獵之用者，曰既攻既同，見天子中興，百度惟新，田賦復，馬政修，非如昔日車馬之凋敝也。朱善云：「車攻馬同，泛言其軍實之盛也。四牡龐龐，則自君子所乘者言之也。」龐，通作厖。《説文》云：「石大貌。」蓋象馬之壯大也。凡君出，必先命有司所之，故曰駕言。徂，《説文》云：「往也。」東，東都，雒邑也。《左傳》成王合諸侯，城成周以爲東都。宣王既備車馬，因命駕將如東都。嚴云：「言往東都，未言所爲之事也。」蔡汝楠云：「周公營雒，非獨化殷，中原之地，鎬遠雒近，雒中乃兵車輻湊之處。天子都鎬以建邦極，幸雒以合中原，正聖人貽謀之精也。《車攻》幸雒蒐狩，故詩人美而咏之。」晁氏云：「昔夏后初都陽城，南踰雒陽百里而遠。成湯遷亳殷，東踰雒陽五十里而近，皆會雒陽而不都。周興，武王既定鼎郟鄏，厥後召公相宅雒邑，周公營成周，其意盛矣。而成王卒不果遷。逮夫宣王中興，自濟之雒，狩于圃田，及于敖山，因以朝諸侯，《車攻》之詩作焉。豈不欲成周、召之志歟？惜夫宣王卒亦不果遷矣。至平王是遷，而周衰矣。」王安石云：「成王欲宅雒者，以天事言，則日東景朝多陽，日西景夕多陰，日南景短多暑，日北景長多寒。雒，天地之中，風雨之所會，陰陽之所和也。以人事言，則四方朝聘貢賦，道里均焉。雖然，鎬京宗廟社稷官府宮室具在，不可遷也。故於雒時會諸侯而已。何以知其如此？以《詩》考之，宣王時會諸侯於東都，而《車攻》謂之復古。」鄒云：「夫東都者，蓋先王之所高會，四方之所軌則。康朝酆宮，穆會塗山，皆不于東都。若夫楚澤膠舟，徐方迴馬，又無論矣。宣王此舉，豈非目中夏而布德，瞰四裔而抗稜者哉？」按《春秋》成周宣榭火，《公羊傳》謂成周者，東周也。《楚語》云：「先王之爲臺榭也，榭不過講軍實。」汪克寬謂疑宣王南征北伐，講武于此，遂以爲廟。張洽則謂宣王復會諸侯于東都，因存其廟。古者祖有功，故不毀也。

田車既好，叶有韻，許厚翻。**四牡孔阜**。有韻。豐本作「駐」。**東有甫**《文選》注、《水經注》俱作「圃」。《後漢書》作「囿」。**草**，叶有韻，此苟翻。《群書音辨》、豐本俱作「艸」。**駕言行狩**。叶有韻，始九翻。豐本作「守」。○賦也。嚴云：「此章乃言所爲之事。」田車，田獵之車，木路是也。《周禮》，王五路，五曰木路，以田，亦曰田路。《考工記》云：「田車之輪，六尺有三寸。」好，善也。四牡，即上章之四牡，所以駕王車者。《周禮》所謂「田馬」也。孔阜，解見《駟鐵》篇，高厚之意。上言龐龐，象其大。此言孔阜，則象其高而且厚也。甫草，鄭云：「甫田之草也。鄭有甫田。」《爾雅》作圃田，十藪之一。澤無水者曰藪。郭璞云：「今滎陽中牟縣西圃田澤是也。」《郡縣志》云：「圃田澤，一名原圃，在中牟縣西北七里。其澤東西五十里，南北二十六里。」或疑下章言「搏獸于敖」與此「甫草」行狩地名互異，謂不應既獵于此，又獵于彼。按今《河南通志》，古敖城在滎澤縣西南十七里。滎澤南至鄭州界五里。鄭州東至中牟縣界三十五里。中牟、滎澤在晉俱屬滎陽郡，在金俱屬鄭州。我朝以滎澤屬鄭州，與中牟俱隸開封府。二地相去本不甚遠。據《郡縣志》，言圃田澤東西長五十里，則敖地正在圃田中耳。酈道元云：「圃田澤多麻黄草。《述征記》曰：踐縣境，便覩斯卉，窮則知踰界。《詩》所謂『東有圃草』也。」孔云：「宣王之時，未有鄭國。圃田在東都畿内，故宣王得往田焉。」按宣王封庶弟友於西都咸林之地，是爲鄭桓公。其子武公當平王時徙封於東都，然後圃田爲鄭地。陳傅良謂《詩》不以圃田繫鄭，猶《春秋》不以沙麓繫晉，以爲九州川浸澤藪，名在職方，不屬諸侯之版。

此說非也。其所以取名爲甫者，毛傳訓甫爲大。《周語》云：「藪有圃草，囿有林池。」韋昭亦訓圃爲大。古文甫、圃通用，然則此藪蓋亦以有茂大之草而得名。《穆天子傳》所云「天子里甫田之路，東至于房」，即此地也。行，謂往至彼也。狩，《爾雅》、《周禮》、《左傳》皆以爲冬獵之名。按下章言「之子于苗」，則是夏獵。而此云「狩」者，孔氏謂凡田之禮，惟狩最備，故以爲獵之總名。又蒐、苗、獮、狩，四時雖各異名，惟苗、獮二者不爲他時他事借用。若比年簡徒，亦名爲蒐。五年大簡車徒，名謂大蒐。《春秋》書蒐者五，皆簡車徒之蒐也。豈非以春蒐爲田事之始，冬狩爲田事之終，故大其名而借以他用乎？胡安國云：「蒐狩所以講大事也。然不時則害農，不地則害物。田狩之地，如鄭有原圃，秦有具囿，皆常所也。違其常所，犯害民物，而百姓害之，則將聞車馬之音，見羽旄之美，舉疾首蹙額而相告，可不謹乎！」錢天錫云：「行狩分明以收文、武之盛業，合宇宙之人心，非區區從獸也。」

之子于苗，蕭韻。亦叶豪韻，謨袍翻。**選徒囂囂**。蕭韻。亦叶豪韻，牛刀翻。豐本作「嚻」。**建旐設旄**，豪韻。**搏**《東京賦》、《水經注》、《後漢書》注俱作「薄」。**獸**《東京賦》、《水經注》、《後漢書》注俱作「狩」。**于敖**。豪韻。○賦也。之子，毛云：「有司也。」朱子云：「不敢斥王，故以有司言之。」于者，助語之辭，字本作亐。《說文》云：「象氣之舒。从丂从一。一者，其氣平之也。」試言于，則口氣直平出也。末章「之子于征」放此。苗，《周禮》、《爾雅》、《左傳》皆以爲夏獵之名，《公羊傳》以苗爲春獵，又謂夏不田，非也。所以名苗者，杜預云：「爲苗除害也。」又鄭玄、孫炎皆以爲擇取不孕任者，若治苗去不秀實者。劉向亦云：「苗者毛也，取之不圍澤，不掩群，取禽不麛卵，不殺孕重者。」選，通作算，亦作撰，數也。徒，步行之衆也。

不言車者，舉徒以該車。亦以首章先已言車，至第七章「徒御不驚」，則於二者皆兼舉之也。䜩，《説文》云：「聲也。氣出頭上，从㗊从頁。頁，首也。」鄭氏云：「象聲之形。聲形不可象，故象其氣从口出也。」重言䜩䜩者，以車徒多，故算數之聲衆而且盛。按《周禮·大司馬》職云：「中夏教茇舍，❶如振旅之陳。群史撰車徒，讀書契，辨號名之用，帥以門名，縣鄙各以其名，家以號名，鄉以州名，野以邑名，百官各象其事，以辨軍之夜事。其他皆如振旅。遂以苗田，如蒐之法。」鄭氏注云：「茇舍，草止也。軍有草止之法。草止者，謹于夜，于是主别其部職。」王安石云：「教茇舍者，教以草舍之法。撰車徒，所以具之。讀書契，所以聲之。皆比軍事也。比軍事爲將茇舍焉。古者晝戰則目相視，故爲之旗旌；夜戰則聲相聞，故爲之號名。草舍，欲其名聲相聞，足以相别而已。辨號名，固其宜也。」此詩所咏「選徒䜩䜩」，即《周禮》「撰車徒，讀書契，辨號名」之事也。時王行未至東都，而有司戒徒以待其事如此。旐者，郊野縣鄙所建。《周禮》中秋教治兵，則郊野載旐；及國之大閲，則縣鄙建旐。其夏苗建旐，《禮》無明文，然引類通之，距國五百里爲遠郊。周之東都在今河南府，敖在今開封府，與東都相去正四五百里，其地則遠郊之野，其人則畿内縣鄙之衆，理皆得建旐也。建，樹也，樹以致民，非建之于車之謂。設，施也。旄者，以旄牛尾結爲之，施于旐之首，如今之幢。解見《干旄》篇。搏，《説文》云：「索搏也。」與「捕」同義。搏獸在天子、諸侯、大夫既射之後，《王制》所謂「佐車止，則百姓田獵」是也。建旐設旄，以召致縣鄙之民近于敖地者，俾皆來會而搏獸于敖。此又出選徒之外。《周

❶ 「云中夏教茇舍」至「同邦國觀秋」，原缺二頁，據《四庫全書》本補。

禮・縣師》職云：「若將有田役之戒，則受法于司馬，以作其衆庶，使皆備旗鼓兵器，以帥而至。」《遂人》職云：「凡師田，任野民帥而致，以遂之大旗致之。」《縣正》職云：「若將用野民師田行役，則帥而至。」皆其事也。敖，山名，《史記》作「敫」，《尚書序》作「囂」。殷帝仲丁遷都于囂，即此。周時名北制，其城在敖山之陽。秦于此築倉，是爲敖倉，亦曰敖庾。《郡國志》云：「河南滎陽有敖亭，周宣王狩于敖。」即其地也。呂祖謙云：「晉師救鄭在敖、鄗之間，士季設七覆于敖前。則敖山之下平曠可以屯兵，翳薈可以設伏，所謂『東有甫草』，即此地也。宣王之往東都，以會諸侯爲主，因田獵以選車徒。而二章、三章，先言田獵者，蓋有司先爲戒具，以待畢而田獵也。」

駕彼四牡，四牡奕奕。陌韻。**赤芾**《白虎通》作「紼」，豐本作「市」。**金舄，**陌韻。**會同有繹。**陌韻。○賦也。四牡，即前章之四牡，王所乘也。嚴云泥一「彼」字，以爲指諸侯之四牡，非是。奕，《說文》云：「大也。」曰奕奕者，大而相連之貌，或通作翼翼。此時王已行而將至矣。「赤芾」以下，言諸侯來朝也。《序》所謂「會諸侯于東都」者，即此。天子朱芾，諸侯赤芾，然按《禮》，君韠用朱，則諸侯之在其國亦得用朱芾，唯入朝于天子乃用赤芾，所以別于天子也。又《禮》，三命以上皆赤韍，說見《采芑》篇。羅泌云：「《車攻》之諸侯會王則赤芾，而不以朱；《覲禮》之侯氏朝則墨車，而不以輅。蓋諸侯之在國，則南面制節以存君道，而有以與王同；徠朝則北面謹度以全臣道，而必以與王異。此禮之大辨也。」舄，毛云：「達屨也。」《古今注》云：「以木置履下，乾腊不畏泥濕，故曰舄。」《說文》本鵲字，象形。陸佃云：「今通爲『履舄』之『舄』。古人居欲如燕，行不欲如鵲，故借爲舄字，所以爲行戒也。」孔云：「重底者名舄，單底者名屨。凡屨舄，各象其裳之色。」《周禮・屨人》職云：「掌王及后之服屨，爲赤舄、黑舄，赤繶、黄繶，青句，素屨、葛屨。」繶者，牙底相接處，綴絛于其中。句，通作絇，謂絇頭以絛爲鼻。絇者拘也，取拘持之義。舄，以赤爲上，王冕服之舄也。然《詩》咏周公曰「赤舄几几」，咏韓侯曰「玄衮赤舄」，則諸侯之舄與王同。此云金舄者，鄭以爲黄朱色。按黄朱色名金，義所未聞。當是諸侯之舄雖赤色，而終與王之赤舄異，大都朱色較淺，黄色較深，金之爲色黄，主黄而言，故遂曰金舄也。孔謂加金爲飾，殊無依據。若唐制以金飾履，則亦祖孔之説耳。《周禮・大宗伯》職云：「時見曰會，殷見曰同。」鄭氏注云：「時見者，言無常期。諸侯有不順服者，王將有征討之事，則既朝覲，王爲壇于國外，合諸侯而命事焉。《春秋傳》曰『有事而會』是也。殷猶衆也。十二歲，王如不巡狩，則六服盡朝。朝禮既畢，王亦爲壇合諸侯以命政焉。」繹，《説文》云：「抽絲也。」抽絲愈長，連屬之義也，故往來不絶，曰絡繹。會同有繹者，言諸侯先此既已行會同之禮矣，因王有于苗之舉，復于會同之外，絡繹而來朝見也。或問：諸侯見王，不過春朝、夏宗、秋覲、冬遇、時會、殷同六禮。此有繹而來，既不名爲會同，當屬何禮？曰：彼所謂賓禮也，此則大田簡衆之禮，所謂軍禮也。大宗伯以賓禮親邦國，以軍禮同邦國。觀秋獮及大閲頒旗物之法，皆有諸侯載旂建旂之文，可見矣。從王于田，必先見王，則此詩所咏是也。舊説不達文義，即以此舉爲會同。又見會同原屬二禮，不得並行，遂謬謂會同即來朝之通稱。孔氏則但以字義强解，謂會者交會，同者同聚，其鄙率可笑更甚。曹居貞云：「東都雒邑本諸侯朝覲之地，而夷、厲以來此禮久廢。宣王中興復古，甫見斯會，詩人所以美之也。」陳際泰云：「此先王微權之所在也。天下新服，不可不借蒐狩之禮，略地而會諸侯，以振耀其甲兵。是故天王狩于河陽，因狩而行朝禮，文公之微權也。《車攻》狩于東都，因狩而行會禮，宣王之微權也。」

決《周禮》注作「抉」，陸德明本作「夬」。**拾既佽**，叶支韻，讀如茲，津之翻。荆有佽飛，《呂氏春秋》作「茲飛」可證。《周禮》注作「次」。**弓矢既調**。叶東韻，徒紅翻。此章四句以中二句相連爲韻，首末二句遥應爲韻，亦一奇體。豐氏本作「弓矢既調，決拾既佽」。**射夫既同**，東韻。**助我舉柴**。叶支韻，楚宜翻。《説文》作「㧘」。○賦也。諸侯既會，將行田獵，此章乃言其庀器除地之事。決，通作抉，其義訓挑也。毛云：「鉤弦也。」朱子云：「以象骨爲之，着於右手大指，所以鉤弦闓體。」詳見《芄蘭》篇。拾義訓掇，鄭云：「韝扞也。着左臂裹，以韋爲之。」《詩詁》云：「韜左臂，拾其衣袖以利弦，曰拾。亦名爲遂，取其能遂弦也。《内則》名爲捍，爲其可以捍弦也。」陳祥道云：「捍、拾、遂一物而三名。」決以護大指，拾以護左臂。佽，《説文》云：「便利也。」弓、矢，字俱象形。呂不韋謂蚩尤作弓，荀卿謂浮游作矢。《説文》、《世本》皆謂揮作弓，夷牟作矢。《山海經》謂少皞生般，是始弓矢。莫之詳也。調，《説文》云：「和也。」鄭云：「謂弓强弱與矢輕重相得。」《周禮・司弓矢》：「掌六弓八矢之法，辨其名物。夾弓、庾弓，以授射鳥獸者。殺矢、鍭矢，用諸田獵。」《考工記》云：「凡爲弓，各因其君之躬，志慮血氣。豐肉而短，寬緩以荼，若是者爲之危弓，危弓爲之安矢。骨直以立，忿執以奔，若是者爲之安弓，安弓爲之危矢。」又云：「其人安，其弓安，其矢安，則莫能以速中，且不深。其人危，其弓危，其矢危，則莫能以愿中。」謝枋得云：「矢之輕重，必視弓力之强弱。弓强而矢輕則不中，弓弱而矢重亦不中。」既調，謂配和弓矢以待。觀下章「四黄既駕」，專主王車而言，則此佽決拾，調弓矢，皆是待王射。《周禮・繕人職》：「掌王之用弓矢抉拾，掌詔王射。」即其事也。射夫，自諸侯而下，凡與于射者之通稱。孔云：「夫者，男子之總名。」按《賓之初筵》乃衛武公爲王卿士時所作，紀天子大射之事，亦咏「射夫既同」，可見與射之諸侯皆通稱射夫也。同，《説文》云：「合會也。」助，《説文》云：「佐也。」主王事而言，故曰我。舉，挈也，《説文》云：「對舉也。」柴，《説文》云：「小木散材。」徐鍇云：「師行野次，豎散木爲區落，名曰柴籬。後人語譌，轉入去聲，又别作寨字，非是。」愚按此即艾草爲防，纏質爲槷之事也。毛傳云：「田者，大芟草以爲防，褐纏旃以爲門，裘纏質以爲槷。左者之左，右者之右，然後焚而射焉。」孔云：「芟殺野草，以爲防限，作田獵之場，擬殺圍之處。既爲防限，當設周衛而立門。乃以織毛褐布纏通帛旃之竿，以爲門之兩傍。其門蓋南開，並爲二門，用四旃四褐也。又以裘纏椹質以爲門中之闑。闑，車軌之裏，兩邊約車輪者。以天子六軍，分爲左右。令三軍各在一方，其屬左者之左門，屬右者之右門，不得越離部伍，以此故有二門也。」《穀梁傳》文與毛小異，云：「艾蘭以爲防，置旃以爲轅門，以葛覆質以爲槷。」疏云：「蘭是草之貴者，廣澤之内而衆同生。艾之爲防，則逢蘭當剪，故舉以包之。置旃以爲轅門者，謂以車爲營，舉轅爲門，又建旃以表之。質者，中門之木椹，謂恐木椹傷馬足，故以葛草覆之以爲槷。」合毛傳、《穀梁》二説，則防限之設當如柴籬。豎橛門中，原需短木，故皆用柴。特以萊田立表，乃虞人事，而衆射夫協爲之，是之謂助我舉柴也。内如諸侯大夫，雖無自舉柴之理，然命其部衆舉之，亦得名助。又按《禮記·月令》季冬「收秩薪柴」，注謂大者可析謂之薪，小者合束謂之柴。薪施炊爨，柴以給燎。故《爾雅》「祭天曰燔柴」，注以爲既祭，積薪燒之。今宣王此舉乃屬夏苗。夏苗之教，以茇舍爲名。其所辨者，軍之夜事，當是夜獵，蓋所以習夜戰也。夜必用燎，故《爾雅》云「宵田爲獠」，或亦取義于燎。郭璞注云：「即今夜獵載鑪照也。」然則助我舉柴，所以給燎。亦通。但如此説，則射夫不過指士卒輩耳。自《説文》改柴爲「𢱭」，其義訓積，先儒遂以爲舉積禽也。夫苗事未行，何禽之積？試按章次繹之，亦自覺其不可通矣。

四黃既駕，兩驂不猗。叶寘韻，於寄翻。亦叶箇韻，於箇翻。朱傳、豐本俱作「倚」。**不失其馳，**叶寘韻，直詈翻。亦叶箇韻，徒卧翻。**舍**音捨。**矢如破。**箇韻。亦叶寘韻，披義翻。○賦也。此章方言田獵事，以首句貫之，知專主宣王言也。四黃，即前之四牡。王云：「向曰四牡，則既言力之强。今曰四黃，則又言色之純。」陸佃云：「黃騂曰黃。黃亦馬之上色，故《駉》頌首章曰『有驪有黃』也。《明堂位》曰『周人黃馬蕃鬣』，言吉事乘此，詩曰『四黃既駕』是也。」愚按《周書·康王之誥》諸侯入見新王，「皆布乘黃朱」。注謂陳四黃馬而朱其鬣，以爲庭實。是亦周馬貴黃之明證。又《漢樂府》云：「君馬黃，臣馬蒼。」獨言「兩驂」者，驂在服外，易于出入也。陸謂天子之馬，盛則駕六，常則駕四，以四黃兩驂爲駕六。要屬臆説，不足信。猗，通作倚，朱子云：「偏倚不正也。」《韻會》云：「相附着也。」馳，《説文》云：「大驅也。」不失，謂不失其法。舍，通作捨，釋也。「如破」者，鄭云：「矢發則中，如椎破物也。」舊説謂自左膘達于右腢爲上殺，能如是，則可謂如破矣。此章之義，須取《穀梁》及毛氏二傳解之方明。《穀梁傳》云：「艾蘭以爲防，置旃以爲轅門，以葛覆質以爲槷。流旁握，御轚者不得入。車軌塵，馬候蹄，掩禽旅，御者不失其馳，然後射者能中。過防弗逐，不從奔之道也。」疏云：「流、旒古字通。流旁握者，謂建旃表門之旒旁，去車之兩軸各一握。握，四寸也。轚謂掛着，若車掛着門，則不使得入，以恥其御拙也。車軌塵，謂驅車塵不出軌轍。馬候蹄，謂四蹄皆發，後足躡前足而相伺候。掩禽旅，旅，衆也，謂掩取衆禽。」愚按《禮》云「不掩群」，何得盡旅禽而掩取之？

詳其語意，聯屬下文，言欲掩取衆禽，必須御者不失馳騁之節，然後射可中而禽可得，非謂真掩旅也。至若車掛門，則自不能入，亦非謂其御拙恥之使不得入也。毛傳之文與《穀梁》少異，云：「褐纏旃以爲門，裘纏質以爲槷。間容握，驅而入，繫則不得入。」疏云：「門之廣狹，兩軸頭去旃竿之間各容一握。握人四指爲四寸，是門廣于軸八寸也。入此門，當馳走而入，不得徐也。若驅之其軸頭繫着門旁，則不得入也。」合以上二傳文觀之，車兩軸去門各止四寸，其窄已甚。若軸頭掛于門，則不得入，故有貴于兩驂不倚也。入此門，當馳走而入。蓋乘車馳之勢以從禽，若稍徐則禽必失，故有貴于不失其馳也。不失其馳，然後射者能中，是以舍矢如破也。學者不明古禮，安能解古經哉？又按《周禮·保章氏》掌教國子五馭之法，一曰鳴和鸞，二曰逐水曲，三曰道君表，四曰舞交衢，五曰逐禽左。詳俱見《大叔于田》篇。五御中，惟道君表、逐禽左二者爲田獵所用。若此章之御，乃道君表耳。所以知其非逐禽左者，以逐禽左乃驅逆之車，名爲佐車，此首云「四黄既駕」，則君車也，故知其爲道君表也。詳此，則上章先言助我舉柴，正爲此章而發。其爲設防樹槷之事，無可疑者。《孟子》云：「昔者趙簡子使王良與嬖奚乘，終日而不獲一禽。嬖奚反命曰：『天下之賤工也。』或以告王良。良曰：『請復之。』彊而後可，一朝而獲十禽。嬖奚反命曰：『天下之良工也。』簡子曰：『我使掌與女乘。』謂王良，良不可，曰：『吾爲之範我馳驅，終日不獲一。爲之詭遇，一朝而獲十。《詩》曰：不失其馳，舍矢如破。我不貫與小人乘，請辭。』御者且羞與射者比。比而得禽獸，雖若丘陵，弗爲也。」

蕭蕭二字當作去聲讀。**馬鳴**，庚韻。**悠悠旆旌**。庚韻。**徒御不驚**，庚韻。**大庖不盈**。庚韻。

○賦也。蕭，通作嘯，吹聲也。馬鳴之聲似之。重言之者，非一馬也。按毛傳云：「天子發，然後諸侯發。

諸侯發，然後大夫士發。」上章所言舍矢，是天子發之事。天子既發，則諸侯大夫士繼之矣。此所云「蕭蕭馬鳴」，當是諸侯大夫士所乘之馬，其更進迭鶩之狀，總于此四字括之。又《周禮・田僕職》云：「設驅逆之車。凡田，王提馬而走，諸侯晉，大夫馳。」驅謂驅出禽獸使趨田，逆謂逆要不得令走。若王提馬首而走其田路，將以趨其禽而射之，則諸侯自晉其車，大夫自馳其車，皆所以佐佑翼禽，致獲于王也。詳此，則蕭蕭之聲，在此時亦有。然如此則是但紀天子之射，其諸侯以下之射，更不言及，于紀事之義闕矣。不如前説爲密。悠，通作旟，《説文》云「旌旗之流也」，音、義與斿字俱同，流即旒也。以下言旆旌皆有旒，故重言之曰旟旟，亦猶朱幩鑣鑣，云非一鑣也。旆，解見《出車》篇。旆惟旐有之，與第三章「建旐設旄」相應，以其地在郊野，故自始事至終事，皆建此旐也。旌，解見《干旄》篇。此旌即虞旌也，所以屬禽者。按毛傳云：「天子發，抗大綏。諸侯發，抗小綏。獻禽于其下。」發者，發矢以射也。抗，舉也。綏，當作緌，旌旗無旒者，周謂之大麾，《巾車》職所謂「建大麾以田」是也。各舉緌以爲表，因獻其所獲之禽于其下，《田僕》職所謂「令獲者植旌」是也。此第一節事。又《王制》云：「天子殺則下大綏，諸侯殺則下小綏，大夫殺則止佐車，佐車止則百姓田獵。」殺者，射而殺之也。下者弊也，謂弊仆于地也。初殺之時，各抗其綏而舉之。已殺之後，各仆其綏而弊之。此第二節事。孔氏云：「因置虞旗于其中，受而致禽焉。受禽獵止則弊之。」此第三節事也。虞又有山、澤之異。《山虞》職云：「若大田獵，則萊山田之野。及弊田，植虞旗于中，致禽而珥焉。」注謂：「山虞有旗，以其主山，得畫熊虎。珥者，取禽左耳以效功也。」《澤虞》職云：「若大田獵，則萊澤野。及弊田，植虞旌以屬禽。」注謂：「澤虞有旌，以其主澤，澤鳥所集，故得注析羽也。」屬禽，亦猶致禽而珥焉。詳二虞所職，山以旗，澤以旌，各有專屬。圃田係澤，理當植澤之旌。今此詩以旌言，與《周禮》殊合。先既設旐，後復設旌，蓋正當比禽之時，而獵事亦將畢矣。徒，即選徒之徒。御，御車者。《爾雅》合釋徒御爲輦者，不足信也。驚，朱子云：「如《漢書》『夜軍中驚』之驚。」不驚，猶言不擾也。此言其分禽時也。大獸公之，小禽私之，何驚擾之爲？《郊特牲》云：「簡其車賦，歷其卒伍，左之右之，坐之起之，以觀其習變也。而流示之禽而鹽諸利，以觀其不犯命也。求服其志，不貪其得，故以戰則克，以祭則受福。」按流示諸禽而鹽諸利者，流如水之流，言多也。鹽與豔通，利則禽也。多示之以禽，而歆豔之以得禽之利。若皆能不犯君命，不貪苟得，則何往不可？是所謂不驚者也。大庖，朱子云：「君庖也。」不盈，兼二義，取之節，頒之均，則君庖不得盈滿矣。《王制》云：「天子諸侯無事則歲三田，一爲乾豆，二爲賓客，三爲充君之庖。無事而不田曰不敬，田不以禮曰暴天物。天子不合圍，諸侯不掩群。不麛，不卵，不殺胎，不殀夭，不覆巢。」孔云：「一曰乾豆，謂第一上殺者，乾之以爲豆實，供宗廟也。二曰賓客，謂第二中殺者，别之以待賓客也。三曰充君之庖，謂第三下殺者，取之以充實君之庖廚也。君尊宗廟，敬賓客，故先人而後己，取其下也。」毛傳云：「自左膘而射之達于右腢，爲上殺。射右耳本次之，射左髀達于右䯚爲下殺。面傷不獻，踐毛不獻，不成禽不獻。」膘，《三蒼》云：「小腹兩邊肉也。」《説文》云：「脅後髀前合革肉也。」徐以爲肉最薄處。合革肉，言皮肉相合也。腢，郭璞云：「肩前兩間骨也。」射右耳本，鄭云：「射當爲達。」髀，《説文》云：「股也。」䯚，《釋文》云：「謂水䐬也。」字書無此字，或作膘。」孔云：「自左膘而射之，達過於右肩腢，爲上殺。以其貫心死疾，肉最潔美，故以爲乾豆也。射右耳本，亦自左射之，達右耳本而死者，爲次殺。以其遠心，死稍遲，肉已微惡，故以爲賓客也。射左股髀，而達過于右脅髂，爲下殺。以其中脅，死最遲，肉又益惡，充君之庖也。凡射獸，皆逐後從左廂而射之，達於右髂，言射左髀，則上殺達於右髃，當自左脅也。次殺右耳本，當自左肩髃也。不言自左，舉下殺之射左髀，可推而知也。面傷不獻者，謂當面射之。翦毛不獻，謂在傍而逆射之。二者皆爲逆射，不獻者，嫌誅降之義。不成禽不獻者，惡其害幼少。此不能使獵者無之，自君所不取，以示教法耳。」又范甯云：「上殺中心，死速，乾之以爲豆實。次殺射髀骼，死差遲，故爲賓客。下殺中腸污泡，死最遲，故充庖廚。」與毛說異也。《穀梁傳》云：「禽雖多，天子取三十焉，其餘與士衆。以習射于射宫，射而中，田不得禽則得禽。田得禽而射不中，則不得禽。是以知古之貴仁義，而賤勇力也。」孔云：「三十者，宗廟、賓客、君庖各十也。」按合圍殺胎等事，在禮既皆有禁，及三等之獲，又惟下殺乃充君庖，且僅止于得十。其餘自總數三十而外，皆以分賜，則大庖不盈可知。愛物之仁，處己之約，待人之周，胥于此見之。後世作賦者曰：「收禽舉胔，數課衆寡。置互擺牲，頒賜獲鹵。割鮮野饗，犒勤賞功。」「樂不極盤，殺不盡物。馬踠餘足，士怒未泄。」蓋亦即此詩而衍之也。而又有云：「禽相鎮壓，獸相枕藉。風毛雨血，灑野蔽天。」則幾乎導侈，而先王之意微矣。

之子于征，庚韻。**有聞無聲**。庚韻。**允矣**《禮記》作「也」。**君子，展也大成**。庚韻。○賦也。

朱子云：「此章序其事既畢而深美之也。」征，《說文》云：「正行也。」謂以正道行也。之子于征，猶云之子之爲此行也。有聞，謂有聲譽著聞。無聲，謂無事條教號令。言不動聲色，而人自化之也。蘇轍云：「我必聲之，然後人聞之。我則不聲，而人則聞之，必其實有餘也。」允，信也。君子，兼德位言。循禮而動，以古爲師，信哉其德足居人上矣。展，《說文》云：「轉也。」大成，謂功業大有成就。宣王維新百度，整肅人心，繇此轉進而不已，則將有大成之業也。《禮記》：「子曰：言從而行之，則言不可飾也。行從而言之，則行不可飾也。故君子寡言，而行以成其信，則民不得大其美而小其惡。《小雅》曰：『允也君子，展也大成。』」愚按味孔子之解詩如此，亦可以悟有聞無聲之説矣。毛傳誤解無聲爲無喧嘩之聲，遂將篇中「選徒囂囂」、「蕭蕭馬鳴，悠悠旆旌」、「徒御不驚」等語，皆概以無喧嘩解之。諸家遞相祖述，且以此爲至極妙義，正不知即如此三字，亦有何名理，有何意趣？古禮典故通不研涉，何繇得見古人？誠可嘆也！朱子云：「好田獵之事，古人亦多刺之。畋于有雒，五子作歌以告大康。恒于遊畋，伊尹作訓以告太甲矣。然宣王之田，乃是因此見其車馬之盛，紀律之嚴，所以爲中興之勢者在此。其所謂田者，異乎尋常之田矣。」徐光啓云：「靡不有初，鮮克有終。故曰行百里者半于九十，言末路之難也。宣王赫然中興，幾復文、武之舊，而迨其晚節，竟以鮮終，則『展也大成』之一言，已逆窺而微諷之矣。爲此詩者，意亦吉甫之流與。」

《車攻》八章，章四句。 朱子云：「以五章以下考之，恐當作四章章八句。」今按以文勢考之，每章四句，自爲段落，條理井然，斷當依舊。○《子貢傳》以爲宣王閱武。《申培説》以爲宣王大閱于東都，諸侯畢會，史籀美之。皆妄説也。明言「之子于苗」，何謂大閱乎？

《汎彼柏舟》，衞共姜自誓也。衞侯世子共伯蚤死，其妻守義，母欲奪而嫁之，誓而弗許，故作是詩以絶之。 出《序》。朱傳從之。但本文「母」字上有「父」字，愚特據經文去之。又衛風有《柏舟》，今加「汎彼」二字爲別。〇釐侯，一作僖侯。共伯，一作恭伯，名餘，恭其謚也。恭伯娶齊武公之女。考《史記》，齊武公二十四年，周宣王初立。二十六年，武公卒，實宣王之三年，衛釐侯二十八年。周宣王立四十二年，釐侯卒實宣王之十五年。俱與《竹書》合。世子共伯之卒，其年無考，據詩中有「母也天只」之語，當在武公已殁之後。

汎彼柏舟，在彼中河。歌韻。**髧**《説文》作「紞」，《釋文》作「伉」。**彼兩髦，**《韓詩》作「髮」，《説文》作「髳」。**實維我儀。**叶歌韻，牛河翻。**之死矢靡它。**歌韻。今本或作「他」。**母也天**叶真韻，汀因翻。**只，不諒**《爾雅》作「亮」。**人**真韻。**只！**興也。柏舟，解見「亦汎其流」篇。共姜取以自況也。中河，河中也。舟在河中，猶婦人之在夫家，舟不可以去水，以興婦必不可以他適也。曹氏云：「齊地西以河爲境，而衛居河之西。共姜歸齊，則當乘舟渡河而去，故即此以起興。」又季本云：「柏舟堅實而在中河，以比志節之堅，而夫死無所着也。」亦通。髧，朱子云：「髮垂貌。」按《説文》無髧字，惟作紞。《葛覃》注云：「紞，織五采如絛狀，用縣瑱者。」此則繫髦之綵也。毛傳云：「髦者，髮至眉。子事父母之飾。」項安世云：「以髮作僞髻，垂兩眉之上，如今小兒用一帶連雙髻，横繫額上，是也。《禮記》注云：『髦，象幼時鬌。』小兒翦髮也。兒生三月，剪髮爲鬌，男角女羈，夾囟曰角，兩髻也。午達曰羈，三髻也。否則男左女右。長大猶爲飾存之，謂之髦，所以順父母幼小之心，《內則》所云『子事父母拂髦』是也。若父母有先死者，于死三日脱之，服闋，又著之。若二親並殁，則因去之矣，《玉藻》所云『親没不髦』是也。」又云：「父死，脱左髦。母死，脱右髦。親始死，猶幸其生，未忍脱之，故士待既殯，諸侯待小斂而後脱之也。」世子朝君，亦以拂髦爲飾。所謂拂髦者，謂拂去髦上之塵也。此兩髦之人，指共伯也。以夫已死不忍斥，故以其生前事親之飾言之。我，共姜自我也。儀，吕氏云：「以夫爲法也。猶夫曰皇辟，辟亦法也。」刑于寡妻之謂也。又按《爾雅》、《毛傳》皆訓儀爲匹。《書》「鳳凰來儀」，注以爲相乘匹。及《國語》「丹朱馮身以儀之」，注亦謂馮依其身而匹偶之。二義皆通。之，猶至也。矢，誓也。靡，無通。它，它適也。言至于死，誓不他適也。母也天只，情極而呼天以告也。只，《説文》云：「語已辭也。」陸佃云：「女子從母而已，故稱母焉。」朱子云：「母之于我，覆育之恩如天罔極，故曰『天只』。」諒，信也。言我心之堅貞如是，何母之不見信我也。徐光啓云：「不諒人只，不可説壞。蓋母之欲嫁共姜，不過兒女之情，姑息之愛，爲之慮其所終耳。今共姜之自誓如此，母方且信其心之不二，幸其節之可終，惑可解而慮可息矣。」按《喪服傳》云：「夫死，妻穉，子幼，子無大功之親，妻得與之適人。」或謂據此則于禮得嫁，但以守義言，終不如不嫁爲善。《禮》謂「一與之齊，終身不改」是也。或問程子，有孤孀貧窮無託者，可再嫁否？曰：「只是後世怕寒餓死，故有是説。然餓死事極小，失節事極大。」

汎彼柏舟，在彼河側。職韻。**髧彼兩髦，實維我特。**職韻。《韓詩》作「直」，云：「相當值也。」**之死矢靡慝。**職韻。**母也天**見前。**只，不諒人**見前。**只！**興也。季云：「柏舟在河側，則有畔岸，蓋以禮義爲依也。」特之言獨，音之近也。從一而終，故稱夫曰我特。胡氏云：「慝字从心从匿，蓋惡之匿於心者。」按《説文》無慝字，當通作匿，舊説以爲陰姦也。上章言他適而誓之死無爲，其事猶顯，至于一念邪思之微，亦誓至死而靡發，可見其心之貞固，而節不渝矣。鄧元錫云：「易淫莫若貞，故鄘首《柏舟》，明貞者性也。風潰乃流，豈繫固然？及其本而風可正也，移風之道也。」王慎中云：「古載籍可見，其辨于婦人女子之事，莫《詩》詳矣。事之大者，宜莫如節，《禮》所謂一醮不改，名之曰信，是爲婦德，而所以事人者也。今考其詩，以節著者，共姜一人而已。《詩》之所載，自芼蘋湘藻，求桑采蕨，抱衾宜雁，襍佩蓄旨，敬一職而勤細事，皆録于師氏。仲尼存之以爲教，不宜詳小而顧略于大，豈《詩》之所載，皆婦人之能言者。其以節自全者，或偶不能言，師氏無從采，而仲尼亦不得而存之與？至于《春秋》所書，終始全節不失婦道者，惟紀叔姬，又何其靳也？繇是以推，而節之難全也，蓋可見矣。」

《汎彼柏舟》二章，章七句。《序》謂共姜守義，父母欲奪而嫁之。《申培説》亦云：「衛釐侯在位，世子共伯先卒，恭姜守義。齊武公欲召之歸寧而嫁之，共姜不許，故作此詩。」今按詩中惟言「母也天只」，無呼父之文，則謂此詩作于齊武公在時者，非也。乃《史記·世家》則曰：「衛釐侯卒，太子共伯餘立。共伯弟和，有寵于釐侯，多與之賂。和以其賂賂士，攻共伯于墓上，共伯入釐侯羨自殺。羨，墓道也。衛人因葬之釐侯墓旁，謚曰共伯，而立和爲衛侯，是爲武公。」吕祖謙云：「按武公在位五十五年。《國語》又稱武公年九十有五，猶箴儆于國。計其初即位，其齒蓋已四十餘矣。使果弑共伯而篡立，則共伯見弑之時，其齒又加長于武公，安得謂之蚤死乎？髦者，子事父母之飾，諸侯既小斂則脱之。《史記》謂釐侯已葬，而共伯自殺。則是時共伯既脱髦矣，《詩》安得猶謂之『髧彼兩髦』乎？是共伯未嘗有見弑之事，武公未嘗有篡弑之惡也。」愚按共伯蚤卒于釐侯在位之時，故序以世子稱，東萊之辨，最爲明晰。以篡弑之惡加之叡聖武公，萬無此理。郝敬、鄒忠胤則謂此共姜未嫁而自誓之詩，以爲兩髦乃童子之飾，即丱是也。分髮作雙髻，字取象形。《内則》曰：「雞初鳴，櫛縰笄總，拂髦冠緌。」男女未冠笄者，亦櫛縰拂髦總角。其言婦事舅姑，止櫛縰笄總衣紳，并不言拂髦，則髦爲男子已冠、未冠及女子未嫁者之通飾。漢儒以初生之鬌垂兩眉之上者釋拂髦。竊意古今體制或不甚相遠，若既冠而仍横繫雙髻於額端，成何法象？觀《内則》以拂髦先冠緌，先總角，則冠者必先拂髦而後加冠，髦當在冠内。未冠者拂髦而總之爲角，斯真童子之飾，所謂兩髦者，此是耶？《禮》男子冠而後娶。共伯兩髦，故知共姜尚未嫁也。未嫁而父母欲以别適，蓋亦人情。共姜誓死，所以爲難能而可貴，故風首列之。愚按詩言「兩髦」，不言總角，意即所謂拂髦而韜之冠内者。況父喪脱左，母喪脱右，古有明文，誰謂兩髦不可以言既冠乎？

《庭燎》，箴晏朝也。宣王怠于政事，詩人設爲問夜以諷。《序》云：「美宣王也。因以箴之。」愚按宣王初年，勵精勤政，能得萬國之懽心，以成中興之業。觀此詩末章云「君子至止，言觀其旂」，明是諸侯來朝之事，非常朝也。蓋周自康王而後，王室漸卑，昭王南征而不復。穆王時，諸侯咸賓祭于徐，荒服者不至。及懿王而王室遂衰，夷王始下堂而見諸侯。至于厲王，諸侯不享，終流于彘。非宣王中興，孰能使會同有繹，復見周官威儀乎？是可美也。然勤初懈末，自不藉千畝而後，求治之志寢不如前，❶故《庭燎》詩人作此詩以諷。嘗考《外紀》，姜后脱簪諫王晏朝，事在二十二年，與此詩同意。《序》所謂「因以箴之」是也。先儒不察，反以爲宣王問夜之勤，誤矣。

❶「寢」，《四庫全書》本作「寖」。

夜如何其？夜未央，陽韻。**庭燎**豐本作「賚」。**之光。**陽韻。**君子至止，**豐氏本作「只」。後同。**鸞**豐本作「鑾」。後同。**聲將將。**陽韻。陸德明本作「鏘鏘」，豐本作「鎗鎗」。○賦也。夜如何其，問辭也。其者，語詞。「夜未央」以下，答辭也。後放此。舊説皆謂宣王不安于寢，而數問夜之早晚。王質云：「人君數問夜亦非體，恐是殿陛之間，宫掖之内，執事者相爲問答之辭。上夕及夜既旦，以警百官。《漢儀》中黄門持五夜甲、乙、丙、丁、戊相傳，未幾，衛士雞唱。所謂雞鳴歌，或是此曹。」黄震云：「王朝之報早晚，自有司存，不待人主親問而後知也。縱夜未央時，爲人主所問，至於鄉晨，是正不問所致。若每每親問如初，則不至于鄉晨矣。」愚按王、黄之説深爲近理，此詩蓋雞人司烜之流所作。《周禮·雞人》職云：「大祭祀，夜嘑旦以嘂百官。凡國之大賓客、會同、軍旅、喪紀，亦如之。凡國事爲期，則告之時。」《司烜》職云：「凡邦之大事，共墳燭庭燎。」此詩既有設燎之事，又有告時之語，其爲若輩所作無疑也。央，《廣雅》、《説文》皆云：「中也。」字从大在冂之内。徐鍇云：「从大，取其中正，會意。」《秦風》「宛在水中央」，央亦中也。顔師古以爲半也，今中夜亦曰夜半。夜未央者，鄭玄云：「猶言夜未渠央也。」按渠通作遽，《史記》尉陀曰「使我居中國，何渠不若漢」，班史作「何遽不若漢」是也。故《樂府》有云「丈人且安坐，調絃未遽央」，語正同此。但此詩明言夜未半，何必增一字曰未遽半乎？庭燎，將朝所設，所以照衆爲明，毛傳解以爲大燭，非也。據《周禮》，墳燭與庭燎對言，明是兩物。墳燭者，大燭也。鄭云在地曰燎，執之曰燭。又謂樹于門外曰大燭，于門内曰庭燎。鄭所以定庭燎在門内者，以庭是門内，故有庭燎之名。又燭、燎別文，則所設當非一處。然《燕禮》有云：「甸人執大燭于庭，閽人爲大燭于門外。」則大燭亦有在庭之設。或燕則用燭，朝則用燎，所用之地各異，未可知也。又《郊特牲》云：「庭燎之百，繇齊桓公始也。」鄭云：「庭燎之差，公蓋五十，侯伯子男皆三十。」《大戴禮》文。其百者，天子禮也。庭燎所作，依慕容所爲，以葦爲中心，以布纏之，飴蜜灌之，若今蠟燭。百者，或以百根一處設之，或百處設之。孔穎達云：「要以物百枚，并而纏束之。今則用松葦竹，灌以脂膏也。」愚按記以庭燎之百爲僭天子，恐非百枚并束之説。一燎自可束百枚，然所以異于諸侯者，正當是百處設之，所用人數與諸侯有多寡之異耳。光，《説文》云：「明也。」《爾雅》云：「充也。」言明充盛也。此初設庭燎之時，故其明盛。君子，毛云：「謂諸侯也。」至止，謂已至朝門之外。鸞，解見《蓼蕭》篇。將將，通作瑲瑲，鸞聲也。解見《采芑》篇。按《儀禮》諸侯覲天子之禮，乘墨車，載龍旂以朝。《記》以爲偏駕不入王門。謂之偏駕者，天子五路，惟玉路以祀，不賜諸侯。金路以封同姓，象路以封異姓，革路以封四衛，木路以封蕃國。此四路者，天子乘之爲正，侯國乘之爲偏，蓋對天子言也。諸侯在本國皆乘其路，若入朝則嫌于並天子，故止乘墨車。墨車者，大夫所乘也。此詩末章云「言觀其旂」，則是入覲之禮而有鸞聲者，豈墨車亦設鸞也與？又《周禮·大行人》以九儀待賓客。上公樊纓九就，諸侯諸伯樊纓七就，諸子諸男樊纓五就。夫既偏駕不入王門，何得有樊纓九就之等？孔氏謂彼乃覲禮，此乃朝禮，未知然否。詩人相與言曰：「今夜早晚何如乎？」應者曰：「此時夜尚未半。業已設燎于庭，以待王朝，其光甚盛。而諸侯已有來朝而至止者，聞其車鸞之聲，則將將矣。」蓋諸侯之敬王，而勤于趨朝也如此。王宴處深宮，其知之乎？

夜如何其？夜未艾，叶霽韻，魚刈翻。豐本作「乂」。**庭燎晣晣。**叶霽韻，征例翻。陸德明本作「晢」，字同。**君子至止，鸞聲噦噦。**叶霽韻，呼惠翻。《説文》、豐本俱作「鉞」。○賦也。艾，通作乂，或从刀作刈，刈草也。故鄭箋云：「芟末曰艾。」《左傳》秦后子云：「一世無道，國未艾也。」注訓艾爲絶，亦芟末之意。夜未艾，言夜漏尚未盡也。若漏盡，則天明矣。晣，《説文》云：「昭晣，明也。」《易》「明辨晳也」之「晳」。曰「晣晣」者，百燎森列，晣而又晣也。噦，《説文》云：「气啎也。」諸侯有後至者，驅車而行，如將不及，故其聲如此。而王於此時亦可以夙興矣。

夜如何其？夜鄉去聲。陸本、《通典》俱作「嚮」。**晨**，叶文韻，除軍翻。豐本作「晨」。按从臼之晨本昧爽之晨，从日之晨本晨星之晨。今以晨星之晨爲辰，昧爽之晨爲晨，殊誤。豐本是也。**庭燎有煇**。叶文韻，許云翻。**君子至止，言觀其旂**。叶文韻，巨斤翻。《説文》旂从㫃，斤聲。徐鍇云：「斤、旂近似，聲韻家所以言傍紐也。」○賦也。鄉，通作嚮。晨，《説文》云：「早昧爽也。」鄉晨，朱子云：「近曉也。」胡旦云：「從夜未中至未盡，從未盡至嚮明也。」煇與暈同意，字亦通用。《周禮·眂祲》「掌十煇之法」，即暈字也。日月之旁氣爲暈，火之旁氣爲煇。吴棫云：「天欲明而烟光相襍也。」黄佐云：「烟者，木之氣。光者，火之精。木火相爲體用，則烟結而明生焉。烟以晦而藏，光以晦而顯，烟光相襍而並見，則明窮而日出矣。」旂，建于車上，即《覲禮》所謂「龍旂」也。交龍爲旂，諸侯之所建。《周禮·司常》職云「大閱頒旗物，王建太常，諸侯建旂。凡祭祀、會同、賓客亦如之」是也。交龍者，畫作兩龍相依倚，一升一降，升象其升朝，降象其下復也。然《大行人》職又云上公建常九斿，諸侯諸伯建常七斿，諸子諸男建常五斿。彼言建旂，此言建常者，先儒亦謂禮有覲、朝之異，如覲則乘墨車，朝則乘路車也。陳祥道則謂：「旌、旗、旂、常之名，古人多通用。如熊虎爲旗，而九旗亦謂之旗，經傳凡言旌旗是也。析羽爲旌，而天子至大夫士之旗亦謂之旌，《樂記》

『龍旂，天子之旌』、《鄉射》『旌各以其物』是也。交龍爲旂，而天子之常亦謂之旂，《覲禮》『天子載大旂』是也。日月爲常，而諸侯之旂亦謂之常，《大行人》職公、侯、伯、子、男建常是也。」是其説良辨，并録以俟考。上二章尚在夜時，所聞者但鸞聲耳。至此，五等諸侯之旂一一可別，則辨色之時，可以朝矣，而王尚寂然也。勤怠之間，萬國之觀瞻所繫，用命恒于斯，棄命恒于斯，能不圖爲王告哉？《詩》不以刺而以諷，先述諸侯趨朝之早，後及王視朝之晏，而意已隱躍言外矣。又按周制，天子有三朝，外朝一，内朝二。外朝以大詢，秋官司士掌之。内朝二者，一曰治朝，亦謂之中朝，以旦夕聽政，夏官司士掌之。一曰燕朝，亦謂之路寢朝，天子退而居此，與宗人圖其嘉事，及待諸侯之復逆，夏官大僕掌之。諸侯來朝，則見于大廟，然外朝亦有諸侯之位在焉。意必諸侯來朝而未歸，則以其位位之，左九棘公卿大夫，右九棘公、侯、伯、子、男是也。諸侯朝于天子，其禮有六，春見曰朝，夏見曰宗，秋見曰覲，冬見曰遇。今惟覲禮存，而朝、宗、遇之禮皆亡。若時會曰會，殷見曰同，則諸侯既至天子之國，先朝于國内，然後爲壇于國外，更行朝禮。今按覲、會、同皆得建旂，而會、同則旂置于爲壇之處。此詩咏「言觀其旂」，與在庭之燎並稱，則明是朝覲之禮，與會、同無涉也。諸侯三朝，同于天子，《玉藻》所云：「朝于内朝，群臣辨色始入，君日出而視朝，退適路寢聽政，使人視大夫。大夫退，然後適小寢，釋服。」所謂内朝，即同天子之治朝。所謂路寢，即同天子之燕朝。其辨色始入、日出視朝之禮，雖僅見于此文，然竊意廟朝、外朝，其禮亦是如此，以其朝旦用事，故名之曰朝也。杜佑云：「朝辨色始入，所以防微。日出而視之，所以優尊。《詩》曰『夜嚮晨』，『言觀其旂』，臣辨色始入之時也。又曰『東方明矣，朝既盈矣』，君日出而視之之時也。蓋尊者體盤，卑者體蹩。體蹩者常先，體盤者常後。故視學，衆至，然後天子至。燕禮，設賓筵，然後設公席。則朝禮，臣入，然後君視之。皆優尊之道也。然朝以先爲勤，以後爲逸。退以先爲逸，以後爲勤。朝而臣先于君，所以明分守。退而君後于臣，所以防怠荒。此所以使人視大夫，大夫退，然後適小寢釋服也。然則公卿諸侯之朝王，其有先後乎？《詩》曰：『三事大夫，莫肯夙夜。邦君諸侯，莫肯朝夕。』夫夙先于朝，夜後于夕，則公卿朝常先至，夕常後退。諸侯朝常後至，夕常先退。」今按嚮晨視朝，未爲失禮，然於宣王初年勤政景象，覺不侔矣。詩人亦窺見其微，逆憂其漸與？《列女傳》云：「周宣姜后，賢而有德。宣王嘗早卧而晏起，后夫人不出于房。姜后既出，乃脱簪珥，待罪于永巷，使其傅母通言于王曰：『妾不才，妾之淫心見矣，至使君王失禮而晏朝，以見君王之樂色而忘德也。夫苟樂色必好奢，好奢必窮樂。窮樂者，亂之所興也。原亂之興，從婢子起。婢子生亂，當服其辜。敢請婢子之罪，唯君王之命！』王曰：『寡人不德，實自生過。過從寡人起，非夫人之罪也。』遂復姜后而勤于政事。」此詩之作，倘即其時與？

《庭燎》三章，章五句。《子貢傳》、《申培説》皆以爲美宣王勤政。朱子之意亦然。俱不達詩旨。申培謂此詩作于史籀，絶無稽據。至程子、吕東萊、嚴華谷皆以規宣王過勤爲言，更不成義理。

《雲漢》，仍叔美宣王憂旱也。《序》云：「仍叔美宣王也。宣王承厲王之烈，内有撥亂之志，遇烖而懼，側身修行，欲銷去之。天下喜於王化復行，百姓見憂，故作是詩也。」朱傳從之。鄭玄云：「仍叔，周大夫也。《春秋》魯桓公五年，夏，天王使仍叔之子來聘。」孔穎達云：「仍氏，叔字。《春秋》之例，天子公卿稱爵，大夫則稱字。此言仍叔，故知大夫也。以《史記》考之，桓之五年，上距宣王之崩七十六年，至其初則百餘年也。未審此詩何時而作。」按仍叔未必即《春秋》仍叔。彼仍叔《公羊》作任叔。孔又云：「宣王遭旱早晚及旱年多少，經傳無文。皇甫謐以爲宣王元年，不藉千畝，虢文公諫而不聽，天下大旱，二年不雨，至六年乃雨。以爲二年始旱，旱積五年。謐之此言，無所憑據，不可依信。」鄒忠胤云：「嘗考《竹書》，厲之末年，頻年大旱，廬舍俱焚。會其陟也，卜於太陽，兆曰：『汾王爲祟。』周定公、召穆公乃立太子靖爲王，共伯和歸其國，遂大雨。然則雨不係新王所禱明矣。《竹書》宣二十五年，大旱，王禱於郊廟，遂雨。《雲漢》之作，意在此時。觀其詩曰『祈年孔夙，方社不莫』，則涖政蓋亦有年。」愚按不藉千畝，據《國語》、《史記》、《竹書》係宣王末年事，皇甫氏指爲初元致旱之繇，其繆甚明。乃《皇王大紀》于宣王二年，以天下大旱書，三、四、五年書旱，六年書大旱。《通鑑前編》亦載宣王六年大旱。皆似祖《詩序》及謐說，何也？

倬彼雲漢，昭回于《春秋繁露》作「於」。**天。**叶真韻，汀因翻。**王曰於**《繁露》作「嗚」。**乎，**《繁露》作「呼」。**何辜今之人！**真韻。**天降喪亂，饑**《繁露》作「飢」。**饉薦**《繁露》作「荐」。**臻。**真韻。**靡神不舉，靡愛斯牲。**叶青韻，桑經翻。**圭**《繁露》作「珪」。**璧既卒，寧莫我聽？**叶青韻，湯丁翻。豐氏本作「⿰耳王」。○賦也。倬彼雲漢，解見《旱麓》篇。《淮南子》云：「旱雲煙火。」《左傳》梓慎云：「漢，水祥也。」昭，《爾雅》云：「光也。」回，《說文》云：「轉也。」鄭云：「精光轉運于天也。」陸佃云：「水氣之在天爲雲，水象之在天爲漢。今皆倬然昭明回轉于上，則非雨之候也。」此二句與末章「有嘒其星」相炤應，皆是同時所見，而此乃詩人之語。自「王曰」以下，則述王仰訴于天之詞，述之所以爲美也。王，宣王也。於、烏同。乎，通作呼。嗟嘆之聲，如烏烏之吁呼也。辜，《説文》云：「罪也。」何辜今之人，乃反求諸己，哀矜惻怛，不能自已之誠，與第六章「憯不知其故」同意。天降喪亂，就大旱言。衣食無資，民財盡失，是降喪也。流離載道，民心不安，是降亂也。或讀喪如字，謂死亡者多。亦通。顔師古云：「穀不熟爲饑，菜不熟爲饉。」又《穀梁傳》云：「一穀不升謂之歉，二穀不升謂之饑，三穀不升謂之饉，四穀不升謂之康，五穀不升謂之大侵。」薦，通作荐，《爾雅》云：「再也。」毛傳云：「重也。」按荐即藁也，所以藉席，故有重義。臻，《説文》云：「至也。」孔云：「宣王遭旱非止一年，故皇甫謐以爲旱積五年。五年之言，未知信否。要言饑饉薦臻，必是連年不熟，故云重至也。」靡之言無也。舉，猶揭也。凡爲祀典所載之神，無不一一揭而祭之也。孔云：「言己爲旱之故，祈禱明神，無有神不求而舉祭之者。即下經所陳上下郊宫之類也。《大司徒》『以荒政十有二聚萬民』，其一有曰索鬼神。遭遇天災，必當廣祭群神。神皆用牲祭之，故言『靡愛斯牲』，徧祈群神，所祭者廣。天地五帝，當用特牲。其餘諸神，或用太牢，或用少牢。三牲皆用，故言無所愛於三牲也。莊二十五年《左傳》曰：『凡天災有幣無牲。』而此云『靡愛斯牲』者，設文之意，各有所主。彼因日食大水而發。天之見異，所以譴告人君，只欲令改過修善，非爲求人飲食而降此災異。於時魯不罪己修政，謂天求飲食，而用牲祭之，望天不爲咎，故傳據正禮，謂救止天災，告社之法不當用牲也。至于水旱薦至，禱祀群神，以祈福祥，遏止災沴者，則不得不用牲也。《祭法》曰：『雩禜，祭水旱也。』注謂祭用少牢。又《春官・大祀》掌六祈以同鬼神示，類、造、禬、禜、攻、説。注謂造、類、禬、禜皆有牲，攻、説用幣而已。是天災祈禱有用牲也。」圭，《説文》云：「瑞玉也。上圜下方。」《白虎通》云：「璧者，外圜象天，内方象地。」《爾雅》云：「肉倍好謂之璧。」注謂肉，邊也；好，孔也。按《周禮·春官·大宗伯》職云：「以玉作六器，以禮天地四方。以蒼璧禮天，以黄琮禮地，以青圭禮東方，以赤璋禮南方，以白琥禮西方，以玄璜禮北方。皆有牲幣，各放其器之色。」《典瑞》職云：「四圭有邸，以祀天旅上帝。兩圭有邸，以祀地旅四望。祼圭有瓚，以肆先王。圭璧以祀日月星辰。璋邸射以祀山川。」《考工記·玉人》之事云：「四圭尺有二寸，以祀天。祼圭尺有二寸，有瓚，以祀廟。圭璧五寸，以祀日月星辰。」鄭玄引《爾雅》曰：「邸者，本也。」四圭有邸，中央爲璧，圭末四出。兩圭有邸，僢而同邸。僢謂兩足相向。圭璧者，圭其邸爲璧。賈公彦曰：「四圭兩圭及下璋邸，皆言邸。鄭皆以邸爲璧，圭璧不言邸，故鄭還以邸解璧也。」陳祥道云：「璧，天象也，祀天則四圭邸璧。琮，地象也，祀地必兩圭邸琮。日月星辰，天類也，必一圭邸璧。山川，地類也，必一璋邸琮。謂地與山川皆邸璧，非所稱也。或謂璧琮禮天地，四圭兩圭祀天地，皆一祭兼用之。四方有禮玉，無祀玉。日月星辰山川有祀玉，無禮玉。《周官》之書雖或簡略，不應如是之缺也。祀之乃所以禮之，康成以祀爲禮其神，於義或然。」孔云：「禮神之圭器，自有多名，言圭璧爲其總稱。」卒，鄭云：「盡也。」按卒、碎通用，碎義訓死，人死而事盡矣，故以卒爲盡。「既卒」者，萬象烈云：「某神合用某璧，某璧合祀某神，盡如典禮，用之無有餘者，如是之謂既卒也。」羅泌云：「祭天燔燎，祀地瘞埋，蓋牲幣耳。惟韓嬰《詩傳》始有天子奉玉升柴，加之于牲之説。而崔靈恩遂引《詩》之『圭璧既卒』，以實之爲燔玉，且謂肆師立大祀，用玉帛牲牷，爲論燎玉之差降。詳考肆師所用玉帛，特禮神之用，《雲漢》所言亦禮神之玉耳，何自而有燔且瘞哉？」寧，猶曾也。後放此。承上文，言我將如此，以致其呼籲之意，豈曾無有聽聆我之精誠，而興雲雨者乎？蓋追述始事，預擬而懸望之之辭也。孔云：「歲或水旱，皆是上天之爲，假祭群神，未必能已。聖王制此禮者何哉？將以災旱不熟，必至于死人。君爲之父母，不可忍觀窮厄，固當責躬罪己，求天禱神，罄忠誠之心，爲百姓請命。聖人緣人之情，而作爲此禮，非言祈禱必能止災也。」

旱既大音泰。後同。《春秋繁露》作「太」。**甚，蘊**《韓詩》作「鬱」，陸德明本作「煴」。**隆蟲蟲。**東韻。《爾雅》作「爞爞」，豐本同。《韓詩》作「烔烔」。**不殄**豐本作「腆」。**禋祀，自郊徂宫。**東韻。**上下奠瘞，靡神不宗。**叶東韻，讀如㚇，祖叢翻。**后稷不克，上帝不臨。**叶東韻，良中翻。**耗斁**《說文》、《字林》皆作「殬」。《繁露》作「射」。**下土，寧丁**繁露作「一」。**我躬。**東韻。○賦也。旱既大甚，旱愈久而益甚也。蘊，積也。隆，豐大也。俱見《說文》。蟲，通作爞，《爾雅》云：「薰也。」《說文》云：「旱气也。」嚴云：「旱氣蘊積隆盛，其熱熏人也。」殄，《爾雅》云：「絶也。」禋，《說文》云：「潔祀也。」祀，《說文》云：「祭無已也。」「不殄禋祀」者，謂既祭此而復祭彼，相續不絶，如下文所云也。上章言「靡神不舉」，乃擬議之辭，至此始行其禮也。自，從也。郊，朱子云：「祀天地也。」徂，往也。宫，鄭云：「宗廟也。」輔廣云：「先郊後宫，先尊而後親也。」陳祥道云：「雩必自郊徂宫，後世或祈山林、川澤、群廟、百辟、卿士，然後及于上帝。梁、北齊及唐皆然，非古也。」上下，猶云陟降也。奠，《說文》云：「致祭也。从酋。酋，酒也。下其丌也。」瘞，《說文》云：「幽薶也。」上言奠，謂祭時進之神前。下言瘞，謂祭畢埋之于土，凡酒食、牲玉、幣帛、祝册之類皆然。宗之言尊，音之轉也。曰靡神不尊祀之，則天神地祇人鬼，無不在其中矣。按《周禮·大宗伯》：「國有大故，則旅上帝及四望。」《小宗伯》：「大烖，❶及執事禱祠于上下神示。」《大祝》：「國有大故、天烖，彌祀社稷，禱祠。」《小祝》：「掌小祭祀，將事候禳、禱祠之祝號，以逆時雨，寧風旱。」《左傳》子産云：「山川之神，則水旱癘疫之災，於是乎禜之。日月星辰之神，則雪霜風雨之不時，於是乎禜之。」皆所謂「靡神不宗」者也。后稷，周之始祖。克之爲言能也。上帝，鄭玄云：「天之別號。」臨，視也。嚴云：「在宮之神，莫尊于后稷，非不臨顧我，而力不足以勝旱災。在郊之神，莫尊于上帝，力足以勝旱災，而不肯臨顧我。」愚按舉后稷于上帝之前者，先希望于親，而後敢上及于尊也。鄭、孔以爲又明從宮至郊，爲不絶之義，恐未然。輔云：「不言地及他鬼神者，舉尊親以該之也。」耗，本作秏，乃稻屬。《説文》引伊尹曰：「飯之美者，南海之秏。」舊説相傳，皆以爲虛減之義者，以耗通作毛，毛又通作無。《佩觿集》曰：「河朔謂無曰毛。」顔師古曰：「今俗語猶謂無爲耗。」是也。斁，通作殬，《説文》云：「敗也。」食爲民天，民爲邦本，旱不能生穀，耗可知矣。民無所得食，敗立見矣。是之謂「耗斁下土」也。丁，《爾雅》、毛傳皆云：「當也。」愚按丁之爲當，亦音之轉也。言此耗斁之禍，曾是不先不後，而適當我身耶？意者其有所以致之也。

旱既大甚，則不可推。灰韻。**兢兢**陸本作「矜矜」。**業業，如霆如雷。**灰韻。**周餘**《論衡》「周餘」作「維周」。**黎民，靡有孑遺。**叶灰韻，夷回翻。**昊天上帝，則不我遺。**見上。**胡不相畏，先祖于**《爾雅》注作「於」。**摧。**灰韻。○賦也。每章必以「旱既大甚」發端者，見王之憂旱，念念不忘，故娓娓言

❶「烖」，原作「栽」，據《周禮·小宗伯》改。

之不置也。推,《説文》云:「排也。」毛傳云:「去也。」排而去之也。兢,《説文》云:「競也。」兢兢,戰懼之意。業,筍虡大版也,所以飾懸鐘鼓者。業業,危動之象。災繇人興,自反必有所以致是者,故其且懼且危,有如此也。霆者,雷之餘聲。旱久已稱甚矣,而今比前又更甚,如霆之後,而又繼以雷也。孑,《説文》云:「無右臂也。」遺,猶言留餘也。旱甚如斯,周之黎民所餘者固已無幾,若更甚不已,勢必至無復有半身之餘者,甚憂之之辭也。王充云:「詩人傷旱之甚,民被其害,言『靡有孑遺』,增益其文,欲言旱甚也。」《孟子》云:「故説《詩》者,不以文害辭,不以辭害意,❶以意逆志,斯爲得之。如以辭而已矣,《雲漢》之詩曰:『周餘黎民,靡有孑遺。』信斯言也,是周無遺民也。」「昊天」四句又自「后稷不克,上帝不臨」推深一步説。昊天,孔安國云:「元氣昊然廣大。」程子云:「自形體言謂之天,自主宰言謂之帝。」「則不我遺」者,言天意似不欲爲我留遺此餘黎,非但不臨而已。胡之言何也。胡不相畏,對大夫君子言之。先祖,祖之最先者,指后稷也。摧,《説文》云:「擠也。」言我君臣何可不相與畏懼乎? 今日旱災,似先祖于冥冥之中陰爲摧擠而然者,非果不克之謂也。不知我何罪,而見怒于上帝與先祖之深,使黎民受困乃爾乎?

旱既大甚,則不可沮。叶語韻,在呂翻。**赫赫炎炎,**陸本作「惔惔」。**云我無所。**語韻。**大命近止,靡瞻靡顧。**叶語韻,讀如舉,苟許翻。**群公先正,則不我助。**叶語韻,牀舉翻。**父母先祖,胡寧忍予?** 語韻。○賦也。沮,通作阻,險也。人遇險則止,故毛傳訓沮爲止。上章言推,猶欲排而去之。

❶「意」,《四庫全書》本作「志」。

此但言沮，則僅欲其止于是，勿更加益耳，然而亦不能矣。赫，《説文》云：「火赤貌。」《韻會》云：「火炙、日曝皆曰赫。」炎，《説文》云：「火光上也。」炎炎，《爾雅》云：「薰也。」郭璞云：「旱熱薰炙人也。」愚按據上説，則赫赫是言日曝之象，炎炎是言旱熱之氣。「云我無所」者，承上章言。黎民既盡，則我亦無容身之所矣，非但如應璩所云「宇宙雖廣，無陰以憩」也。命者，人所稟受于天之度，人死則謂之命盡。今曰「大命」，則是以國祚言，《盤庚》篇「懋建大命」是也。近，謂滅亡之期不遠。止，通作只，語已辭也。仰視曰瞻，還視曰顧。瞻似屬下文群公先正，遠而疎之也。顧似屬下文父母先祖，近而親之也。靡瞻靡顧，言若遠若近，俱無可恃賴也。群公，即鄭玄所云古之上公，若勾龍、后稷之類。《穀梁傳》云：「古之神人有應上公者，通乎陰陽，君親帥諸大夫道之，而以請焉。」孔云：「《國語》鯀爲宗伯，《祭法》有祀之文。社稷五祀，雖爲王朝卿士，兼帶上公之官，故《左傳》云：『封爲上公，祀爲貴神。』」先正，季本云：「先世爲官之正人。即《月令》所謂『雩祭百辟卿士之有益于民者』也。」萬時華云：「《月令》季冬，乃畢山川之祀，及帝之大臣。季夏，乃命百縣，雩祀百辟卿士，以祈穀實。此即祭群公先正之禮，今則因旱而祭也。」陳祥道云：「鄭氏謂天子雩上帝，諸侯雩上公。然《周禮・小祝》『小祭祀，逆風雨，寧風旱』，則百辟亦天子所祀也。」愚按此皆在「靡神不宗」之內，特借之以形先祖及上帝耳。不我助，言不肯助興雲雨也。「父母先祖」者，孔云：「以其爲民父母，故稱父母。」愚按所以知詩言父母是意屬先祖者，厲王無道，獲罪于天，其必不能挽回天意明矣，況其文又加于先祖之上乎？忍，猶言決絶也。言我偏祭百神之中，若群公先正，其親與先祖異，固無望其我助也。乃以爲民父母之先祖，而亦何故曾若是之忍予乎？ 朱子云：「以恩望之，所謂垂涕泣而道之也。」此申前「后稷不克」及「先祖于摧」之意。

旱既大甚，滌滌《説文》作「蔋蔋」。**山川。**先韻。**旱魃爲虐，如惔**《後漢書》注作「炎」。**如焚。**叶先韻，汾沿翻。陸本作「樊」。**我心憚暑，憂心如薰。**叶先韻，許旃翻。陸本作「熏」，云又作「燻」。**群公先正，則不我聞。**叶真韻，微匀翻。**昊天上帝，寧俾我遯？**叶真韻，徒匀翻。陸本、豐本俱作「遂」。按此詩他章俱無轉韻，惟此章欲全用先韻，則於「遯」無叶。欲全用文韻，則於「川」、「遯」無叶。欲全用真韻，則於「薰」無叶。姑分前三韻入先，後二韻入真。俟後博詳。○賦也。滌，《説文》云：「洒也。」嚴云：「旱久則山枯川竭，故如滌濯然。」按《晏子》云：「靈山以石爲身，以草木爲髪。天久不雨，髪將焦，身將熱。河伯以水爲國，以魚鼈爲民。天久不雨，水泉將下，百川竭，國將亡，民將滅矣。」此所謂滌滌者也。「旱魃」二句，蒙「滌滌山川」言。魃，《説文》云：「旱鬼也。」《神異經》云：「南方有人，長二三尺，袒身，目在頂上，走行如風，名曰魃。所見之國大旱，赤地千里。一名旱母。遇者得之，投溷中即死，旱災消也。」《山海經》云：「係昆之山，有人衣青衣，名曰黄帝女魃。黄帝攻蚩尤冀州之野，蚩尤請風伯雨師，縱大風雨。黄帝乃下天女曰魃，雨止，遂殺蚩尤。魃不得復上，所居不雨。叔均言之帝，後置之赤水之北，所欲逐之者，令曰神北行。」魃，一作妭。《文字指歸》云：「女妭禿無髪。」或問韋曜：『天有常神，人死爲鬼，不審旱氣生魃奈何？』答曰：『天欲爲災，何所不生，而云有常神者耶？』」虐，《説文》云：「殘也。」「爲虐」者，爲虐于山川也。惔，通作炎，解見四章。焚，本作樊，《説文》云：「燒田也。」如惔如焚，直説，言旱熱之氣如火光之延燒然，此所以山川滌滌也。「我心」二句，起下「群公」四句。憚，忌難也。暑，熱也。俱見《説文》。「憚暑」者，忌熱氣之難退也。薰，通作熏，《説文》云：「火煙上出也。」心憂之極，熱氣上升，亦如火之炎上也，與《易》「厲熏心」義同。「不我聞」者，猶言若不相關也。遯，《説文》云：「逃也。」我心之憂如此，群公先正若無聞知然者，昊天上帝曾是欲使我避位而去，倘我一去，而旱庶幾可止乎？自怨之極，而爲無聊之思也。此申前「上帝不臨」及「昊天上帝，則不我遺」之意。

旱既大甚，黽勉畏去。叶遇韻，讀如袴，苦故翻。**胡寧瘨**《韓詩》作「疹」。**我以旱？憯不知其故。**遇韻。**祈年孔夙，方社不莫。**叶遇韻，莫故翻。陸本作「暮」。**昊天上帝，則不我虞。**叶遇韻，元具翻。**敬恭明神，**陸本作「祀」。**宜無悔怒。**遇韻。○賦也。黽，《説文》云「鼃黽也」。其性好躍，越王見怒蛙式之，爲其有氣，即此蟲也。勉，《説文》云：「强也。」曰「黽勉」者，力所不堪，猶勉强爲之，似黽之奮躍而不自量力者然。「畏去」者，承上「寧俾我遯」而又作一轉語。嚴云：「始欲遯去，既又念民命方急，當思救之，故黽勉于此，不敢去也。」蘇轍云：「棄位以避憂患，非人主之義，故黽勉不去，以求濟斯難。」畏，不敢也。瘨，病也。憯，痛也。俱見《説文》。嚴云：「天何偏病我以旱乎？水旱之災，皆由政失，必有以自取之，但痛哉不知其何故而致也。知其故，則當速改矣。」按《説苑》載湯之時，大旱七年，雒坼川竭，煎沙爛石。❶於是使人持三足鼎，祝山川。教之祝曰：「政不節耶？使人疾耶？苞苴行耶？讒夫昌耶？宮室營耶？女謁盛耶？何不雨之極也！」蓋言未已而天大雨。今宣王能自反如是，幾同符成湯矣，宜其建中

---

❶「沙」，原作「法」，據《四庫全書》本改。

興之業也。「祈年」二句，又更端以起下意。夙，早。莫，晚也。曹氏云：「《月令》孟冬，天子祈年于天宗，大割。注謂天宗，日月星辰也。大割者，大殺群牲而割之也。又云孟春，天子以元日祈穀于上帝。注謂以上辛郊祭天也。《春官·籥章氏》：『凡國祈年于田祖，歈豳雅，擊土鼓，以樂田畯。』注謂田祖，始耕田者，謂神農也。后稷配食焉。夫自去歲之孟冬，已祈今歲之豐稔，其祀至于上帝、日月、星辰、神農、后稷，無不徧及，可謂夙矣。」方社，指雩祭四方之神及后土言。詳見「倬彼甫田」篇。前此冬春既行祈年之禮，及巳月萬物始盛，待雨而大，復行雩祭請雨之禮，謹遵其時，不爲晚矣。又按秋報亦祭方，春祈、秋報皆祭社。解者或誤以此句兼祈報言，又或謂專指秋報言，皆于詩意未合。詩爲閔此時不雨而言，何遠及前歲報賽之事乎？虞，鄭云：「度也。」疑通作慮。敬、恭二字雖可通言，既已聯文，義當有異。孔氏謂在貌爲恭，在心爲敬。又謂貌多心少爲恭，心多貌少爲敬。愚意恭字从心，則是當主心言。敬字从攴，則是指其見于作爲者言。《論語》曰：「居處恭，執事敬。」是其義也。此敬恭，言其外則盡禮，内則盡誠也。神能聰明，故曰「明神」，指群公先正也。悔，《説文》云：「恨也。」怒，《説文》云：「恚也。」《韻會》云：「努也。若强弩之發，人怒則面目張起。怒當以心節之，故心奴爲怒。」愚按此二字亦當有别。悔猶蓄之于心，怒乃見之于外矣。言我于祈年方社，致其敬恭若此，昊天上帝處尊嚴高遠之地，或未必顧慮及我，群公先正，皆稱明神，宜無所懷恨而逞怒于我者，獨不能代籲上帝，爲民請命乎？因上二章有「則不我助」、「則不我聞」之言，故此章特指及之。《詩》之作法，綿密而條理不紊如此。周昌年云：「『宜無』二字有味。宜無而不無，必有其故矣。此與《孟子》『我竭力耕田』數語，意略相似。」

旱既大甚，散無友紀。紙韻。**鞫哉庶正，疚**陸云或作「宊」，又作「究」。**哉冢宰。**叶紙韻，獎里翻。**趣馬師氏，**紙韻。**膳夫左右。**叶紙韻，羽軌翻。**靡人不周，無不能止。**紙韻。**瞻卬**陸本、豐本俱作「仰」。**昊天，云如何里！**紙韻。《爾雅》作「悝」，陸本、豐本俱作「⿸疒里」。○賦也。此章言救旱之實政也。散者，散倉廩以賑濟也。友，朱子引或云「疑作有」，當從之。紀，《說文》云：「絲別也。」謂絲縷之數也。散無有紀者，宣王自言發散倉廩爲數已多，不可勝計也。鞫，《爾雅》云：「窮也。」字从言，當是謂其議論條畫之多，至于窮盡也。庶正，鄭云：「衆官之長也。」孔云：「周官三百六十，每官各有其長。」《說文》無疚字，當依別本作宊，《說文》云：「貧病也。」趙頤光云：「禮，晝不居内，故久在宀下爲宊。」冢宰，天官，特于庶正中提出之，以其爲衆長之長也。殫力倡率，夙夜不遑，故至于病也。趣馬、師氏、膳夫，解俱見《十月之交》篇。趣馬，掌馬之官。師氏，以孅詔王。膳夫，進飲食于王。皆近臣也。左右，則統指侍御僕從而言。舉大以該小，舉近以該遠，凡在王朝者，具舉之矣。周，《說文》云：「密也。」毛傳訓救，鄭云：「當作賙。」《周禮·大司徒》「相賙」，注謂「相給足」是也。但《說文》無賙字，《論語》「君子周急」，《孟子》「周之則受」，俱只用「周」字，蓋恩施密徧之義。孔云：「言汝等無有一人而不賙救其百姓困急者，無有自言不能賙救而止不爲者。以此分貧恤寡之故，使汝等益困也。」又按篇中如「大命近止」，「止」乃語辭，則此止字但作語辭，亦通。卬，《說文》云：「望也。欲有所庶及也。」字从匕从卪。徐鍇云：「匕，傾首望也。卪，庶也。會意。」曰「瞻卬」者，初則舉首而瞻，既則傾首而望也。言我及諸臣之勞于救荒如此，庶乎足以挽回天意矣，而天仍漠然也。乃瞻望昊天而訴之曰：天之去地不知有幾何里，雖居高而聽則卑，亦曾鑒察我君臣之所爲否乎？舊說但以此詩爲宣王憂旱之深，禱雨之切，而絕無所作爲然者，亦懵于詩旨甚矣。

瞻卬豐本作「仰」。**昊天，有嘒**《説文》作「譿」。**其星。**叶庚韻，讀如聲，青盈翻。《説文》作「聲」。**大夫君子，昭假**音格。豐本作「格」。**無贏。**庚韻。**大命近止，無棄爾成。**庚韻。**何求爲我，以戾庶正。**叶庚韻，諸盈翻。**瞻卬**豐本作「仰」。**昊天，曷惠其寧！**叶庚韻，讀如薴，泥耕翻。○賦也。此章勉群臣賑救之不怠也。賑救之事，兼公私皆有之。嘒，毛云：「微貌。」按小聲爲嘒，故有微小之義。陸佃云：「言旱久而繁星備見。繁星備見，則尤非雨之候也。且其正言昊天，則夏之時也。以今觀之，炎夏旱暵而熱，則小星森布如棊。星，陽之精也。陽盛而亢，則星稠於上，其理然也。」大夫君子，通指群臣也。大夫以位言，君子以德言。昭，明也。假，通作徦，《説文》云：「至也。」無，通作毋，戒辭。下同。贏，《説文》云：「賈有餘利也。」言女諸臣當勤于賑救，明布其惠，澤之所至，毋或慳嗇，尚有餘利。王肅謂無敢有私贏之而不敷散，是也。大命近止，解見四章。成，成功也。安民所以保國，前者靡人不周，無不能止，庶幾有成功已，然而旱災未已，則賑救猶未可輟，毋或厭倦苦難，而棄爾之成功，亦爲國祚計也。我，宣王自謂也。我居民上，一夫不獲，皆我之責。今所以求諸臣之爲民者，即爲我也。戾，猶虐也。使諸臣早夜戮力不違，以紓民之困，跡似乎虐矣。因自致其不安之意曰：奈何以求爲我之故，而重苦我庶正乎？曷，《説文》云：「何也。」惠，猶賜也。寧，通作寍，《説文》云：「安也。」得雨則民安矣。朱子云：「於是語終，又仰天而訴之曰：果何時而惠我以安寧乎？張子厚云：『不敢斥言雨者，畏懼之甚，且不敢必云爾。』」凌濛初云：「通詩不露一『雨』字，爲後來詩家不露本題法門。」張文潛云：「不誠意於人事，而誠之於祭祀。不勉之于吾身，而推之于臣僕，何也？ 蓋人事已修矣，吾身已勉矣，所不可知者，祭祀與臣僕而已。今也祭祀無不誠，臣僕無不善，則本末大小一切皆治矣，此所爲側身修行之至也。」晉穆帝永和時，大雩，歌《雲漢》之詩。初博士議：「宣王承厲王撥亂，遇災而懼，故作是詩。今晉中興，奕葉重光，豈比周人耗斁之辭乎？ 漢魏之代，别造新詩，晉室太平，不必因故。」司徒蔡謨議曰：「聖人迭興，禮樂之制或因或革。《雲漢》之詩興于宣王。今歌之者，取其修德禳災，以和陰陽之義，故因而用之。」

《雲漢》八章，章十句。 董仲舒云：「周宣王時，天下旱歲惡甚，王憂之，其詩曰云云。」今按詩中有「王曰」二字，其非宣王自作明矣。《申培説》以爲宣王憂旱，史籀美之。絶無稽據。凡申説遇宣王時詩，多歸之史籀，亦自可笑。《子貢傳》闕文。

《祈父》，王師責諸侯也。 《序》云：「刺宣王也。」愚按此王師刺宣王號令不行于諸侯，而用兵無已。考《竹書》宣王三十八年，王師及晉，穆侯伐條戎、奔戎，王師敗逋。《周語》宣王二十九年，戰于千畝，王師敗績于姜氏之戎。其時諸侯之師，亦有在行者。《左傳》所載晉穆侯之夫人姜氏，以條之役生太子，命之曰仇。其弟以千畝之戰生，命之曰成師。即其事也。然諸侯之師皆無恙，而王師獨受其敗，則以勤王不力故耳，故恨而責之。毛、鄭以爲此詩之作在戰于千畝之時，是也。

祈《左傳》、豐氏本俱作「圻」。**父，**音甫。後同。**予王之爪牙。**叶魚韻，牛居翻。**胡轉予于恤，靡**

所止居？　魚韻。○賦也。　祈父，侯國官名。　祈，通作圻，《左傳》叔孫穆叔賦《圻父》可證。　天子六卿，冢宰掌邦治，司徒掌邦教，宗伯掌邦禮，司馬掌邦政，司寇掌邦禁，司空掌邦土。　諸侯三卿，武王誥康叔曰：「矧惟若疇，圻父薄違，農父若保，宏父定辟。」是也。　説者以爲圻父所掌即司馬之事，農父所掌即司徒之事，宏父所掌即司空之事。　然其官名自與天子不同，故《周禮》之書不載，非如太史、内史之官，則天子、諸侯皆有之也。　舊説皆解圻父謂王之司馬，非是。　所以名爲圻父者，圻即畿字。《周禮·大司馬》職云：「以九畿之籍，施邦國之政職，方千里曰國畿。」其外有侯畿，有甸畿，有男畿，有采畿，有衛畿，有蠻畿，有夷畿，有鎮畿，有蕃畿，凡九畿，各方五百里。　以各有畿限疆畔，故皆名畿。　父者，官之尊稱，猶尚父、仲父、亞父之類。　圻父以薄違爲職，主于提師，迫逐違命者，故舊説謂其職掌封圻之兵甲也。　先王之制，諸侯有故，則方伯連帥以諸侯之師討之。　王室有故，則方伯連帥以諸侯之師救之。　其典兵，則圻父之事。　此詩首章主六軍之衆言之。　天子六軍，出自六鄉六遂。　予，軍衆自謂也。　後放此。　以對侯國之圻父言，故自稱爲王之爪牙，若對王朝之大司馬言，則無此文矣。　爪牙，凡軍士之通稱。　孔穎達云：「鳥用爪，獸用牙，以防衛己身。　此人自謂王之爪牙，以鳥獸爲喻也。」轉，移。　恤，憂也。　靡所止居，慮其不得竣役而安居，言必死也。　六軍之衆，呼圻父之官而責之曰：我以王之爪牙從征，汝爲王臣子，分當敵王所愾，胡爲坐視成敗，徒轉移我于憂恤之地，使我無所止居乎？　蓋自宣王廢魯嫡立庶，以成魯亂，諸侯從是不睦，其不肯戮力王室，有自來矣。　按章氏云：「古者畿内之兵不出，所以重内也。　卒有四方之役，調兵諸侯，亦各從其方之便。　武王克商，實用西土。至於征徐以魯，追貊以韓，平淮夷以江漢，略見于經，可考也。」然則六軍之怨望圻父，固其宜已。《左傳》襄十六年，魯穆叔如晉聘，且言齊故。晉人曰：「以寡君之未禘祀，與民之未息，不然，不敢忘。」穆叔曰：「以齊人之朝夕釋憾于敝邑之地，是以大請。敝邑之急朝不及夕，引領西望曰：『庶幾乎！』此執事之間，恐無及也。」見中行獻子，賦《圻父》。獻子曰：「偃知罪矣，敢不從執事以同恤社稷，而使魯及此？」

祈父，予王之爪士。紙韻。**胡轉予于恤，靡所底**豐本作「氐」。**止。**紙韻。○賦也。此章主宿衛之士言之。爪士者，虎士也。以其宿衛，故以士名，所以別于軍衆也。宿衛之士，居止輦轂之下，以蕃衛王室，原不在調發之列。按《周禮・虎賁氏》：「其徒有虎士八百人。」掌先後王而趨以卒伍，軍旅、會同亦如之。舍則守王閑，王在國，則守王宮。國有大故，則守王門。又《司士》職云：「正朝儀之位，辨其貴賤之等，虎士在路門之右。」徐氏云：「周之兵制，無事則散之田畝，有役則召以縣師。而宿衛常養之兵，則有虎賁之士八百人。」時蓋空國俱出，六軍與宿衛之士皆在行間。若如舊説漫無分別，則此章可省矣。底，通作致，毛云：「至也。」靡所底止，猶云不知所究竟也。

祈父，亶不聰。東韻。**胡轉予于恤？有母之尸饔。**叶東韻，讀如翁，烏公翻。《韓詩外傳》作「雍」，豐本作「饔」。○賦也。亶，實也。解見《常棣》篇。《書》云：「聽曰聰。」《易》云：「聞言不信，聰不明也。」更端以告，而祈父漠然，全不動念，是聽若無聽也，故以實不聰詆之。尸，《説文》云：「陳也。」饔，《説文》云：「熟食也。」孔云：「明熟食，故可陳也。」許氏《異義》云：「謂陳饔以祭也。」獨言有母者，以母性愛子。又或此從征之人多是無父，以王師屢喪，復遣孤子出征，猶《戰國策》所謂「今其存者，皆死秦之孤也」，其悲甚矣。蘇轍云：「饔，祭食也。士憂兵敗身没，不得還守祭祀，而使母獨主祭也。」愚按蘇解近之。但尸饔非主祭之説，乃是慮己必死，則其母當陳熟食以祭己也。一説，尸，主也。兵敗身没，無人可以奉養，則必使其母獨主饔飧之事。亦通。舊説謂軍士因久役而興歸養之思，欲如越勾踐伐吴，令有父母耆老而無昆弟者皆遣歸，及魏公子無忌救趙，亦令獨子無兄弟者歸養之例。則忘家忘身之謂何？雖在上人行之則爲恩，而使人人離心解體，睠懷内顧，則國難何時而平？於同仇之義傷矣。今不取。

《祈父》三章，章四句。《左傳》作「圻父」。《子貢傳》、《申培説》、豐氏本皆作「圻招」。〇朱子謂軍士怨於久役，故呼祈父而告之。語意亦近似。然祈父乃諸侯之官，實非司馬，則王爪牙之士何得繇祈父調發乎？《子貢傳》、《申培説》皆改此詩篇名爲《圻招》，謂穆王西征，七萃之士咸怨，祭公謀父作此詩以諷諫。而豐氏本徑取左氏《祈招》之詩列于首章之前。按《左傳》楚右尹子革曰：「昔穆王欲肆其心，周行天下，祭公謀父作《祈招》之詩以止王心，其詩曰：『祈招之愔愔，式昭德音。思我王度，式如玉，式如金，形民之力，而無醉飽之心。』」據《左傳》注祈招有三義。杜預依此詩，以祈爲祈父之官，招其名。賈逵本招作昭，云：「祈，求也。昭，明也，言求明德也。」馬融本祈作圻，招亦作昭，云：「圻爲王圻千里。王者遊戲不過圻内。昭，明也。言千里之内，足明德也。」是祈招二字，在古注中尚無確義。若杜氏以祈爲官，招爲名，則於下文「之愔愔」三字，尤自難通，且無端舉此人以規穆王，更不相涉。而如果爲賢人，則史傳何別無經見？愚意「祈招」乃樂章之名。祈通作祁，大也。招，即徵招、角招之招，通作韶。祈招者，大韶也，故其聲和樂，而可以式昭德音。穆王盤遊無度，馳八駿以周行天下。祭公欲奏韶樂以鎮定其心，猶趨以《采薺》，行以《肆夏》之意耳。又《詩緯》有午、亥、卯、酉、辰五際之説，以酉爲《祈父》，其理無傳。

《沔水》，畏讒也。疑隰叔所作。隰叔事，詳見《黄鳥》篇小引下。是詩也，其作于杜伯遭讒將見殺之時，左儒九諫而王不聽之日乎？

沔彼流水，紙韻。朝宗于海。叶紙韻，虎洧翻。鴥彼飛隼，載飛載止。紙韻。嗟我兄弟，叶紙韻，蕩以翻。邦人諸友。叶紙韻，羽軌翻。莫肯念亂，誰無父母？叶紙韻，母鄙翻。○比而賦也。

沔，毛傳云：「水流滿也。」海，納百川者。鄭玄云：「水流而入海，小就大也。」喻諸侯朝天子亦猶是也。諸侯春見天子曰朝，夏見曰宗。」孔穎達云：「朝，朝也，欲其來之早。宗，尊也，欲其尊王。臣之朝君，猶水之趨海，故以水流入海爲朝宗。《禹貢》亦云『江、漢朝宗于海』也。」鴥彼飛隼，解見《采芑》篇。載之言則也。載飛載止，飛則有止也。流水以喻讒言，所謂流言也。飛隼以喻讒人，所謂凶人也。水雖漫流，猶有到海之期。隼雖高飛，亦或時有止息。而讒人之造言生事以害人者，偏無所底極，故反言以爲喻。注疏泥「朝宗」二字，謂興諸侯當來朝，難通。水入海名朝宗，猶大水合小水爲會，二水合流，勢均力敵曰同，亦借名也。會、同不必泥，朝、宗何必泥乎？兄弟，謂僚友也。親之則曰兄弟，以其同國而居，則曰邦人諸友。莫之言無也，肯之言可也，古訓云爾，于義無所取，當以音通之。念，《説文》云：「常思也。」讒説殄行，致亂之繇，誠常思及此，則自不爲矣。黄佐云：「嘗誦此詩而歷考之，始知聖人之深惡夫佞人也。自《昊天》之有若人也，而君臣之道喪。自《小弁》之有若人也，而父子之恩絶。自《何人斯》之有若人也，而朋友之義虧。自《巷伯》

之有若人也，而士大夫之心離。自《十月》之有若人也，而地震天鳴，下民孽作矣。國有佞人，亦曰殆哉，此《沔水》之所以念亂也。」作此詩者，其父母必有身遭讒言，而將羅凶禍之事，故悲痛其詞，以聲動之曰：諸友縱不肯念亂，然誰人無父母乎？而何獨使我父母至于此極乎？愚所以疑爲隰叔之作者以此。以宣王末年，有殺杜伯一事，而其子隰叔因之以奔晋也。又王符云：「一國盡亂，無有安身。《詩》云：『莫肯念亂，誰無父母？』言將皆爲害，然有親者憂將深也。是故賢人君子，既憂民，亦爲身。夫蓋滿于上，沾溥在下，棟折榱崩，懼有厭患。仁者兼護人家者，且自爲也。《易》曰：『王明並受其福。』是以次室倚立而嘆嘯，楚女揭幡而激王。仁惠之思，忠愛之情，固能已乎？」按如此説，亦自可通。

沔彼流水，其流湯湯。陽韻，音商。**鴥彼飛隼，載飛載揚。**陽韻。**念彼不蹟，載起載行。**叶陽韻，户郎翻。**心之憂矣，不可弭忘。**陽韻。○比而賦也。湯湯，水盛貌。按湯本熱水之名，而《書》有「湯湯洪水方割」之語者，蓋謂水勢之盛如湯之沸也。揚，《説文》云：「飛舉也。」振羽之意。《爾雅》云：「鷹、隼醜，其飛也翬。」鷹亦好揚，《詩》「鷹揚」是也。❶水方盛而未殺，則與朝宗于海者異矣。隼方揚而未息，則與載飛載止者異矣。以喻讒方興而未已。前反言之，此正言之也。蹟，迹同字。《説文》云：「步處也。」不蹟，毛傳云：「不循道也。」如所謂無罪無辜，讒口囂囂者。起，《説文》云：「立也。」載起載行，起立而復行也。朱子云：「言憂念之深不遑寧處也。」弭之訓止，其義未詳。按弭乃弓末，反之可以解紒。不可弭，

❶「鷹」，原作「膺」，據《四庫全書》本改。

猶云不可解也。忘，遺也。言不可解此憂而使之遺忘也。上憂國家之將亂，下憂父母之不保，自不能釋然耳。

鴥彼飛隼，豐本此句上僞撰「沔彼流水，東灌于瀛」兩句。**率彼中陵。**蒸韻。**民之訛**《説文》、豐本俱作「譌」。**言，寧莫之懲？**蒸韻。**我友敬矣，讒言其興。**蒸韻。○比而賦也。率，《説文》云：「捕鳥畢也。象絲罔，上下其竿柄也。」大阜曰陵。中陵，陵中也。民，指小人，不欲斥言，故泛指之也。訛、吪同字，通作譌。鄭云：「僞也。小人好詐僞，爲交易之言。」孔云：「謂以善言爲惡，以惡言爲善，交而換易其辭也。」寧，反辭也，猶言如何也。懲，《説文》云：「㣻也。」戒止之意。言隼雖飛在中陵，人猶有持鳥畢而捕之者。今民造爲訛言，變亂是非，以熒惑聽聞，奈何遂無禁止之者乎？暗規王也。又舊説以率爲循，則「率彼中陵」，乃讒人優游自得之比，于義亦通。我友，即首章所謂「嗟我兄弟，邦人諸友」者，皆慣造讒説之人也。敬，猶戒也。讒，譖也。就所譖之事言曰讒。以所譖之言而求之于理，則是非變亂，曰訛。其者，將然之辭。興，起也。譖人者人恒譖之，長惡不悛，從自及也。故警之曰：我友其慎之哉！世風偷矣，讒言方起，其流之敝，必至天下無有完人。吾慮汝之將不免，毋以今日譖人爲得計也。後世若唐周興、來俊臣之徒，其明鑒也。出爾反爾，能無懼乎？《韓詩外傳》引此云：「鳥之美羽勾啄者，鳥畏之。魚之侈口垂腴者，魚畏之。人之利口贍辭者，人畏之。是以君子避三端：避文士之筆端，避武士之鋒端，避辨士之舌端。」朱子謂：「我之友誠能敬以自持，則讒言何自而興？」其意亦善。但以首章「邦人諸友，莫肯念亂」之語推之，固知此友非同調者，無緣以同心之言告之耳。王應麟云：「宣王晏起，姜后請愆，則《庭燎》之箴，始勤終怠可見矣。殺其臣杜伯而非其罪，則《沔水》之規，讒言其興可見矣。」

《沔水》三章，二章章八句，一章六句。 朱子疑卒章脱前兩句，謂當作三章，章八句。此大屬蛇足。豐氏本便添兩句，其僞妄可笑甚矣。○《序》謂規宣王也。朱傳謂憂亂也。於詩詞固亦相附，但無所發明耳。《子貢傳》則謂宣王念亂也。鄒忠胤爲闡其説，云：「厲王流彘，古今一大變也。即曰萬民弗忍，當時必有爲之倡亂者。至并欲甘心其太子，微召公以己子易之，周不祀矣。平王忘父讎而奸其位，比于篡逆，東遷而後，日以陵夷，則習亂而忘始治也。使宣王無念亂之志，是亦一平王耳。故人知宣王内修外攘，中興之烈爛然，不知《沔水》一詩實爲幹蠱之本。觀其言曰『誰無父母』，抑何情惻而旨痛乎？聞斯言而不相與共圖撥亂者，非人臣矣。乃末章復慮及于讒言，而勉我友以敬。想當時汾王即世，少主踐祚，中外危疑，或有幸亂之徒，造蜚語以撼在位，故其卒以此勗也與？」其説雖纚然可聽，然不無辭費。若《申培説》謂宣王即位，乞言于群后，而作是詩。則篇中殊無乞言意。又《文昌化書》云：「宣王有賢臣尹吉甫，文武兼資，縉紳所慕。國家中更板蕩，四夷交侵，及王即位，北伐西征，以復文、武之境。吉甫嘗任專鉞之命，惟予與王居。吉甫居多大略而忽細故，王之左右多不悦者，于是讒譖迭興，王亦未免于疑。方其在鎬，有飛語聞于王，予爲多方解釋，意猶未明。予爲《沔水》之詩，王聽之。洎吉甫歸，功烈既成，君臣膠固，中興之績，視少康、高宗爲優焉。」按文昌世傳張仲化身，此書乃其自譜以示人者。仙跡幻化，事尚在杳茫間耳。

《黄鳥》，避讒去國也。宣王殺杜伯而非其罪，其子隰叔出奔晋，而作此詩。《竹書》紀宣王四十三年，王殺大夫杜伯，其子隰叔出奔晉。《汲冢璅語》云：「宣王之妾女鳩欲通杜伯，杜伯不可。女鳩反訴之王，王囚杜伯于焦。杜伯之友左儒，九諫而不聽，并殺之。後三年，而杜伯射王。」《周語》內史過云：「周之衰也，杜伯射王于鄗。」《墨子》引《周春秋》云：「宣王殺杜伯而無辜。後三年，宣王會諸侯田于圃田。日中，杜伯起于道左，衣朱衣朱冠，操朱弓朱矢，射宣王中心，折脊而死。」今按《竹書》，宣王以四十六年陟，距殺杜伯時僅三載，與《璅語》、《周春秋》所記俱合，蓋杜伯爲祟也。隰叔者，杜伯子。所以知此詩爲隰叔作者，以「復我邦族」三語知之。《晉語》訾祏曰：「昔隰叔子違周難于晉國，生子輿爲理，世及武子，以受隨范。」《左傳》范宣子曰：「昔匄之祖，自虞以上爲陶唐氏，在夏爲御龍氏，在商爲豕韋氏，在周爲唐杜氏。晉主夏盟，爲范氏。」韋昭云：「豕韋自商之末，改國于唐。周成王滅唐而封弟叔虞，遷唐于杜，謂之杜伯。」張守節云：「周成王時，唐人作亂，成王滅之。」據前數說，則晉地，杜之故封，聚族在焉。國既被滅，而仕于周，然猶不忘其本，以唐杜爲氏。今隰叔以父死非罪，還歸故國，故曰「復我邦族」也。

黃鳥黃鳥，無豐本作「毋」。後同。**集于穀，**屋韻。此穀字从木不从禾。**無**豐本作「毋」。後同。**啄我粟。**叶屋韻，讀如菽，式竹翻。**此邦之人，不我肯穀。**屋韻。**言旋言歸，復我邦族。**屋韻。○興也。黃鳥，解見《葛覃》篇。一名黃鸝留，即黃鶯也。《格物論》云：「鶯，三四月間鳴，聲音圓滑。」羅願云：「《詩》稱『鳥鳴嚶嚶』。按《禽經》稱『鸎鳴嚶嚶』，則《詩》所言鳥殆謂此，故後人皆以鸎名之。」陸佃云：「韓子曰：『以鳥鳴春。』若黃鳥之類，其善鳴者也。」此詩託興，專取黃鳥善鳴爲巧言之況。《沔水》之詩以飛隼喻讒人之雄者。此則所況者下，所指者衆。以當時訛言繁興，夫人而能爲讒也，故重言黃鳥焉。又羅云：「此鳥之性好雙飛，故鸝字从麗，所謂鸝必匹飛，鵙必單棲也。」然則重言黃鳥，詩人抑又精于體物矣。榖，桑柎，以況讒人所處之地，皆醜之之辭也。榖，惡木也，解見《鶴鳴》篇。啄，《説文》云：「鳥食也。」鳥之啄物，興讒人之害人。粟、粱、黍皆嘉穀，則隰叔所以自況也。羅云：「古者不以粟爲穀之名，但米之有孚殼者，皆粟也。」《春秋説題辭》云：「粟，助陽扶性。粟之爲言續也。一變而以陽生爲苗，二變而秀爲禾，三變而粲然爲之粟，四變入臼米出甲，五變而蒸飯可食。西者金所立，米者陽精，故西合米而爲粟。」金履祥云：「粟即所謂穀也。古人米與穀兼積，米切用而易腐，穀氣全而可久，緩急兼儲。後世軍儲獨以米，故久即不可食。」黃鳥集于榖本之上，與粟判不相及，而來啄我粟，則意外之加也，故呼而戒之，其辭雖隱，亦近于罵矣。後放此。此邦之人，指在朝之人，《沔水》篇所謂「邦人諸友」是也。穀，毛傳云：「善也。」「莫我肯穀」者，造言生事，不肯以善道待我也。驚心于其父之往事，故云然。言，發語辭。旋、歸、復三字同義，皆謂返也。以初行言曰旋，以行之本意言曰歸，以返而已至言曰復。邦族，謂故國之宗族。此邦之人，非我族類，故反而自求其宗族也。隰叔之先本晉人，於是復出奔晉。

黃鳥黃鳥，無集于桑，陽韻。**無啄我粱。**陽韻。**此邦之人，不可與明。**叶陽韻，謨郎翻。**言旋言歸，復我諸兄。**叶陽韻，虛王翻。○興也。桑非惡木，而字音不佳，故以爲醜。伊陟相太戊，亳有祥桑穀，俱生于朝，七日而大拱。劉向以爲桑猶喪也，桑穀俱生，謂之不祥。此詩首章言穀，次章言桑，其醜可知。粱，解見《鴇羽》篇。「不可與明」者，不可與分剖其是非也。兄之親疎不同，凡長于我者謂之諸兄。以況僚友，本猶兄弟，故《沔水》之詩云「嗟我兄弟，邦人諸友」，而今不可與明若此，此所以欲返而依諸兄以居，蓋著其無兄弟之誼也。時杜伯雖死于女鳩之訴，然同朝之臣，爲杜伯明冤者，惟左儒一人耳。其與女鳩表裏相濟者，必實繁有徒，《沔水》之詩所以致憾于邦人諸友，而此詩所以廣慨及此邦之人也。

黄鳥黄鳥，無集于栩，麌韻。**無啄我黍。**叶麌韻，讀如豎，上主翻。**此邦之人，不可與處。**叶麌韻，讀如取，此主翻。**言旋言歸，復我諸父。**麌韻。○興也。栩，即櫟也，解見《晨風》篇。《莊子》云：「匠石之齊，至乎曲轅，見櫟社樹，其大蔽牛，絜之百圍。匠伯不顧，曰：『散木也。以爲舟則沈，以爲棺槨則速腐，以爲器則速毁，以爲門户則液樠，以爲柱則蠹。是不材之木也，無所可用。』」又羅云：「木不出火，唯櫟爲然。」然則櫟亦惡木也。黍，解見《黍離》篇。處，止居也。既不肯以善道相與，而又不能與之分理是非，則變亂黑白，何所不至？禍機一動，身且不保，豈可與之久處乎？伯叔謂之諸父，乃分之尊者，暗刺王也。王信讒在上，則臣守之在下者，無不懷危。計無所出，唯有返而依諸父以居耳。蘇轍云：「夫去，非士之患也。使天下之士從此而逝，則人主之患也。」

《黄鳥》三章，章七句。《焦氏易林》云：「黄鳥來集，既嫁不答。念我父兄，思復邦國。」朱子則云：「民適異國，不得其所，故作此詩。」《子貢傳》同。《申培説》亦云：「民適異國，見拒于人，而思歸故鄉，乃作是詩。」初觀語意，俱似近之。既而尋繹「不我肯穀」、「不可與明」二言，乃知分明爲懼讒而發，且于黄鳥啄粟，興義更自了然。《序》但以爲刺宣王，而不能知其事。

《鶴鳴》，教宣王求賢人之未仕者。出鄭箋。○《序》云：「誨宣王也。」按《説文》云：「誨，曉教也。」徐鍇云：「丁寧誨之，若決晦昧也。」此詩止一意，而引類曉譬，不一而足，有丁寧之思焉，故謂之誨。陸佃云：「箴規者，友道也。誨誘者，師道也。《記》曰：『能博喻然後能爲師。』《鶴鳴》二章皆比而不賦，則以誨誘故也。」鄧元錫云：「古納誨者之善誘如是乎？然言已孫，中興之業茲替矣。」愚按此必宣王末年之詩。意其時，山甫、吉甫、張仲、召虎諸賢，皆已次第凋謝，故其詩曰「爰有樹檀，其下維蘀」。至如諫廢魯適，諫不藉千畝，諫料民太原，諫殺杜伯，諸讜論皆不見聽，此詩人所以益致意于他山之石也。

鶴鳴于九皋，聲聞于野。叶語韻，余呂切。**魚潛在淵，**豐本作「𣶒」。後同。**或在于渚。**語韻。**樂**音絡。**彼之園，爰有樹檀，其下維蘀。**蘀韻。**它**朱子本作「他」。後同。**山之石，可以爲錯。**蘀韻。《説文》、豐本俱作「厝」。○比也。鶴，鳥名。陸璣云：「形狀大如鵞，長三尺。脚青黑，高三尺餘。赤頂，赤目，喙長四寸餘。多紅白，亦有蒼色者。常夜半鳴，其鳴高亮，聞八九里。雌者聲差下。雞鳴時亦鳴。」羅願云：「《繁露》曰：『隺知夜半。』隺，水鳥也。夜半水位感其生氣，則喜而鳴。」陸佃云：「舊云此鳥性警。至八月，白露降，流於草上，點滴有聲，因即高鳴相警，移徙所宿處，慮有變害也。蓋鶴體潔白，舉則高至，鳴則遠聞。性又善警，行必依洲嶼，止必集林木，故《詩》傳以爲君子言行之象。」楊觀光云：「隺，陽鳥也。依火精以自養，故頂紅而不畏海氣。夜半之鳴，喜陽至也。露降之戒，慮陰盛也。陽與陽遇，則喜而起。陰與陰遘，則疑而避。殆復後之臨，姤後之遯與？鶴也而龍德在其中矣。」《禽經》云：「鶴以潔唳。」又云：「鶴愛陰而惡陽。」《相隺經》云：「鶴，陽鳥也，而游于陰。」皋，毛傳云：「澤也。」《韓詩》云：「九皋，九折之澤。」按皋之爲澤，於義無取，或亦作滜。《史記·曆書》「秭鴂先滜」，《索隱》云：「謂子鳺鳥，春氣發動，則先出野澤而鳴。」是滜亦訓澤也。然滜字《說文》不載，愚意滜即澤字之訛，故《史記·天官書》云：「其色大圜黄滜。」滜亦音澤，即潤澤之義。澤或省作睪。《荀子》「側載睪芷」，睪芷者，澤芷也。睪或混作皋，故睪有皋音。《列子》「望其壙睪如」，《荀子》作「望其壙皋如」，又《後漢書·郡國志》以「成皋」爲「成睪」，皆其明證。然則九皋之皋，本澤字，傳寫訛耳，後人循用，遂忘其本。鄭云：「澤中水溢出所爲坎，自外數至九，喻深遠也。」孔穎達云：「鄭以一鳥不鳴九澤，而云九皋者，然則明深九坎，於時澤有然者，故作者舉之。」郝敬云：「九皋，深澤，猶九泉、九天，極言其深也。」羅云：「《禽經》曰：『鶴老，則聲下而不能高，近而不能遠。』鳴于九皋，鶴之俊者，以喻士之及時而未仕者。」聲，鶴鳴聲也。鶴鳴深澤中，人莫之見，而其聲聞于四野。鄭云：「喻賢者雖隱居，人咸知之。」毛云：「言身遠而名著也。」潛，藏也。淵，《說文》云：「回水也。」水盤旋處爲淵。渚，小洲也。解見《江有汜》篇。鄭云：「此言魚之性，寒則逃于淵，温則見于渚，喻賢者世亂則隱，治平則出，在時君也。」孔云：「此文止有一魚，復云或在，是魚在二處。以魚之出没，喻賢者之進退，於理爲密。」樹，《說文》云：「生植之總名。」檀，良木，解見《將仲子兮》篇。其材彊韌，可爲車，喻賢者之才，可以任重也。「樂彼之園，爰有樹檀」者，言何樂于彼園之遊乎？所以樂游彼園，以其中有良木故也。蘀，木葉墮也。解見《七月》篇。檀之下所見者惟蘀，則凋零之甚，而檀亦已槁矣，喻賢者衰謝也。毛、鄭以檀喻君子，以蘀喻小人，則蘀固檀之蘀也，豈其身足喻君子，而其葉乃喻小人乎？不可通矣。它山之石，喻賢人之在疎遠者，以其堅質而有廉隅，故以石象之。它本蛇字，象形，借爲别也，彼也。《說文》云：「上古艸居患蛇，故相問無它乎。」因借爲別之義。魏較云：「蛇匿莽中，莫知其處，因借爲彼之義。後人改作他，非古文也。」錯，通作厝，《説文》云：「厲石也。」旱石曰厲，可以磨刀劍。《荀子》所謂「鈍金必待礲厲，然後利」。又《禹貢》有「磬錯」，則治磬亦用之，不必嵩照下章攻玉言。喻得賢人，則可以砥世磨鈍，有移風易俗之效也。詩雖託喻四事，然轉折止是一意，言賢者身不可見，而名則可聞。苟得其所以致之之道，則雖始之不可見者，終亦未嘗不可見也。所以樂游王之庭者，爲賢者在位故耳。此時既衰謝如斯矣，野有遺賢，正當勞于求之，資其砥礪之用，慎毋以落落難合棄之也。九皋，他山，語自相應，皆爲側陋之賢者言耳。

鶴鳴于九皋，聲聞于天。先韻。**魚在于渚，或潛在淵。**先韻。**樂彼之園，爰有樹檀，其下維穀。**叶沃韻，讀如牿，姑沃翻。陸德明云：「《説文》穀从木㱿聲，非从禾也。」**它山之石，可以攻玉。**沃韻。○比也。上章言聲聞于野，僅野之人知之。此言聲聞于天，則已升聞在上矣。王充云：「鶴鳴九折之澤，聲猶聞于天，以喻君子脩德窮僻，名猶達朝廷也。」荀卿云：「君子務修其内，而讓之於外。務積德於身，而處之以遵道。如是，則貴名起之如日月，天下應之如雷霆。故曰君子隱而顯，微而明，辭讓而勝。《詩》曰：『鶴鳴于九皋，聲聞于天。』此之謂也。」魚在于渚，喻賢者出而用世也，承「聲聞于天」言。朝廷既聞賢者之聲名，于是迎之，致敬以有禮，言將行其言也，則賢者就之，猶之魚在于渚矣。其或禮貌衰，或言弗行也，則賢者又將去之，如魚始之在渚者，或復潛而在淵。鄭箋謂時蹇則魚在渚逃于淵，是也，非變文叶韻之説。穀，羅云：「惡木也，易生之物。一説穀田久廢則生穀，此聲所以通于穀。其實正赤，如楊梅而無核。《鶴鳴》之詩，園之所有木不同，而其下皆穀，則以穀易生故也。伊陟相太戊，亳有祥桑、穀共生于朝。《傳》

曰：『倶生于朝，七日而大拱。伊陟戒以修德而木枯。』劉向以爲桑猶喪也，穀猶生也。殺生之柄，失而在下，則是以桑、穀爲二物也。而陸璣以爲穀，幽州謂之穀桑，或曰楮桑，然則蓋一物也。《論衡》曰：『楓桐之木，生而速長，故其皮肌不能堅剛。樹檀以五月生葉，後彼春榮之木，其材彊勁，車以爲軸。商之桑穀，七日大拱，長速大暴，故爲變怪。』穀雖易生，至於七日而拱，則已速矣。江南人績其皮以爲布，又擣以爲紙，長數丈，潔白光澤，甚好。其葉初生可茹，又取班穀之皮以爲冠。裴淵《廣州記》曰：『蠻夷取穀皮，熟槌爲揭裏布，鋪以擬氈。』然則雖惡木，用亦博矣。」陸佃云：「穀，惡木也。而取名于穀者，穀，善也。惡木謂之穀，則甘草謂之大苦之類也。穀，惡木也而疑于美，散木也而疑于才，其别之則難矣，故以誨宣王分别善惡。先賢以爲皮斑者爲楮，皮白者爲穀，有瓣者曰楮，無瓣者曰構，非一種。」首章言「其下惟蘀」，第嘆賢人凋謝耳。此言「其下維穀」，則喻所進用者無非小人，又不獨無賢人而已。《孟子》有云：「舍其梧檟，養其樲棘，則爲賤場師焉。」然則向所樂遊于彼園而觀之者，既景象一變如此，亦何樂有此園乎？攻，治也。磨玉以石，所謂攻也。玉主君言，以玉者貴物，故爲君德之比。程子云：「兩玉相磨，不可以成器，以石磨之，然後玉之爲器成焉。」王符云：「攻玉以石，洗金以鹽，濯錦以魚，浣布以灰，夫物固有以賤理貴。」愚按此比首章亦深一層説。喻賢者不特下之可以善俗，上之亦可以正君，故求而用之，不可以不亟也。

《鶴鳴》二章，章九句。此章依鄭作求賢解，其義甚明，而意甚串，試逐語細玩自見。如《子貢傳》云：「所以修身也。」反覺寬泛不切。朱子亦以爲陳善納誨之辭，謂「鶴鳴」二句言誠之不可掩，「魚潛」二句言理之無定在，而「樹檀」二段則以愛當知惡、憎當知善爲言。夫然，則固知人之事也，胡前四句之不相蒙耶？《申培説》闕文。

詩經世本古義卷之十八（昴）

周幽王之世詩三十一篇

何氏小引

《無將大車》，刺幽王任用小人也。

《隰桑》，刺幽王也。小人在位，君子在野，思見君子，盡心以事之。

《大東》，刺亂也。東國困于役，而傷于財，譚大夫作是詩，以告病焉。

《巷伯》，嫉讒也。幽王初聽讒，有孟子者，爲巷伯所譖，遂遭宫刑，因作此詩。

《鴛鴦》，美大昏也。疑爲詠幽王娶申后而作。

《白華》，幽王娶申女以爲后，又得褒姒而黜申后，故申后作此詩。

《車舝》，刺幽王也。王以褒姒爲后，宫中之人醜之，思得賢女代之爲后焉。

《角弓》，父兄刺幽王也。不親九族而好讒佞，骨肉相怨，故作是詩也。

《頍弁》，同姓刺幽王也。亂亡已迫，而不自知，族人與國同休戚，深竊憂之，而王疏遠宗族，無繇進其忠告。其族人之尊者，遂作是詩。

《瓠葉》，大夫刺幽王也。上棄禮而不能行，雖有牲牢饔餼，不肯用也，故思不以微薄廢禮焉。

《小戎》，美秦襄公也。備其兵甲，以討西戎。

《正月》，大夫刺幽王也。

《瞻卬》，凡伯刺幽王大壞也。其原在嬖褒姒以致亂。

《召旻》，刺幽王任用小人，以致饑饉侵削焉。

《小旻》，大夫刺幽王也。以王棄高明昭顯，而好讒慝暗昧，去和而取同，故作此詩。

《青蠅》，大夫刺幽王也。愚意爲太子宜臼遭讒而作。

《我行其野》，疑太子宜臼出奔申之作。

《小弁》，周幽王太子之傅所作，刺幽王也。幽王娶于申，生太子宜臼。後得褒姒而惑之，信其讒，黜申后，逐宜臼。其傅憫其無罪，故述太子之情，而爲之作是詩，以冀王之一悟也。

《蓼莪》，孝子思養也。疑亦太子宜臼之傅所作。因宜臼被廢于外，代爲思親之辭，將使人諷誦，以感悟幽王也。

《十月之交》，大夫刺幽王也。幽王之世，褒姒用事于内，皇父之徒亂政于外。六年之冬，日食陽月，大夫惡之，故作此詩。

《雨無正》，刺幽王也。正大夫離居之後，暬御之臣所作。

《北山》，行役之士刺幽王不均也。勞于王事，而不得養父母焉。

《何草不黄》，周室將亡，征役不息，行者苦之，故作此詩。

《小明》，大夫悔仕于亂世也。遭時不偶，役則偏苦，行則過期，所以悔也。

《匪風》，檜之君子行役適周，見周道衰微，歸而感傷之作。

《素冠》，刺不能三年也。

《逍遥》，鄶大夫以道去其君也。國小而迫，鄶君不用道，好潔其衣服，逍遥遊燕，而不能自强于政治，故作是詩也。

《丘中有麻》，刺鄭桓公也。桓公處于留，與鄶君夫人叔妘通焉。詩人託爲叔妘之辭以醜之。

《隰有萇楚》，疾恣也。鄶君之夫人與鄭伯通，鄶君弗禁，國人疾之。

《菀柳》，刺幽王也。侮慢諸侯，數徵會之，而無信義焉。

《巧言》，大夫傷讒也。幽王惑于讒，既立伯服，逐宜臼，復與諸侯爲太室之盟，將謀伐申，以求宜臼而殺之。大夫憂喪亂之將至，而作此詩。

《苕之華》，幽王之時，西戎之亂，始于褒姒，而其禍遂連于中國。詩人傷之，於其末章窮而反本。

《無將大車》，刺幽王任用小人也。按《竹書》紀幽王元年，錫太師尹氏、皇父命，其後與家伯、仲允、番、掫、蹶、楀之徒朋比褒姒，表裏爲惡，卒以滅周。詩人當王任用之初，預憂及此，故作此詩。又《國語》言虢石父，讒諂巧從之人也，而王立以爲卿士。《史記》亦言石父爲人佞巧善諛，好利，幽王以石父爲卿用事，國人皆怨。又云褒姒有寵，生伯服，於是乎與虢石父比，逐太子宜臼而立伯服，周於是乎亡。然則皇父之外，更有石父，群小充斥，紊亂朝政，祚安得延？《左傳》王子朝曰：「至于幽王，天不弔周，王昏不若，用愆厥位。」正謂此也。

無將大車，祇自塵真韻。**兮。無思百憂，祇自疷**叶真韻，武巾翻。趙頤光云「多我覯痻」之「痻」，即此字。《石經》作「痻」。俗按疷、痻所以有「民」音者，古文如昏、婚等字，或从氏，又或从民，且云以民得聲。然則氏、民通用，當是字畫相近，傳寫致然。此「疷」字下从氏，或亦通从民也。豐氏本作「㾁」。**兮。**興而比也。將，鄭云：「猶扶進也。」按將字从寸，寸者，手也，故爲扶而進之之義。孔穎達云：「《冬官》

車人爲車，有大車，平地載任之車也。其車駕牛，故《酒誥》曰：『肇牽車牛，遠服賈。』須人傍而將之，是爲扶車而進導也。大車比小人，言無扶進此小人也。」郝敬云：「小車駕馬，大車駕牛。車行利輕而惡重，貴馬而賤牛，故以牛車爲小人負重之比。始不察而誤用，至于困憊不前，誤國僨事，所以可憂。」祇，舊皆訓適也，亦通作多。塵，本作𪋻，《説文》云：「鹿行揚土也。」車行土起亦然。凡大車所過，塵必障天，將車之人，面目殆不可辨。《焦氏易林》云：「大車多塵，小人傷賢。」所憂多端曰百憂。要玩「無思」二字，憂至于不欲思，正其憂之深也。疧，《説文》云：「病不翅也。」不翅，猶言不止也。小人進用，則蠱惑君上之視聽，以是爲非，以非爲是，國事受其紊亂，人才受其顛倒，其可憂者非止一端，故思之而至于疾病不能止也。然是小人者，誰用之？王自用之耳。王誠能深思其可憂，則斥而遠之不難矣。不敢誦言，而代爲懊恨之辭，欲王聞之而庶有悟也。

無將大車，維塵冥冥。叶迥韻，母迥翻。**無思百憂，不出于熲。**迥韻。○興而比也。冥，《説文》云：「幽也。从日六，冂聲。日數十。十六日而月始虧。」冂亦夜也。鄭云：「冥冥者，蔽人目明，令無所見也。」《荀子》云：「君人者不可以不慎取臣，匹夫者不可以不慎取友。友者，所以相有也，道不同，何以相有也？❶均薪施火，火就燥。平地注水，水流濕。夫類之相從也，如此之著也，以友觀人，焉所疑？取友善人，不可不慎，是德之基也。《詩》曰：『無將大車，維塵冥冥。』言無與小人處也。」《韓詩外傳》云：「魏文侯

❶ 「有」，原作「友」，據《荀子》改。

之時，子質仕而獲罪焉，去而北游，謂簡主曰：『從今已後，而不復樹德于人矣！』簡主曰：『何以也？』質曰：『吾所樹堂上之士半，吾所樹朝廷之大夫半，吾所樹邊境之人亦半。今堂上之士恐我以法，邊境之人刼我以兵，是以不樹德於人也。』簡主曰：『噫！子之言過矣。夫春樹桃李，夏得陰其下，秋得陰其實。春樹蒺藜，夏不可採其葉，秋得其刺焉。繇此觀之，在所樹也。今子所樹，非其人也，故君子先擇而後種也。』《詩》曰：『無將大車，維塵冥冥。』」熲，《説文》云：「火光也。」可憂多端，倘復思之，滿腹迷悶，終無以自解矣。鄭云：「思衆小事以爲憂，使人蔽闇，不得出于光明之道。」

無將大車，維塵雝叶腫韻，委勇翻。亦叶宋韻，於用翻。《大全》、朱傳、嚴本、蘇本、豐本俱作「雝」，陸德明本作「壅」。**兮。無思百憂，祇自重**宋韻。亦叶腫韻，柱勇翻。**兮。**興而比也。雝，通作邕。《説文》云：「邕，四方有水，自邕城池者。从川从邑。」故有障塞之義。先言塵，繼言冥，繼言雝，轉起而轉盛也。嚴云：「塵雝蔽，則小人之勢盛矣。是其始將之之過也。」愚按：此謂小人用事，則其類方且湊集而至，故其象爲塵合，而壅蔽之甚如此。重，鄭云：「猶累也。」王安石云：「凡物之行，不爲物所累則輕而速，爲物所累則重而遲。」此言不思則已，一思則百端交集，徒自覺重累耳。

《無將大車》三章，章四句。《序》云：「大夫悔將小人也。」鄭玄云：「幽王之時，小人衆多。賢者與之從事，反見譖害，自悔與小人並。」今按幽王之時，未有以進用小人而爲小人所害者，雖史册無考，然政不足信。《子貢傳》謂是周人諫大夫之詩，而其文不全。《申培説》則足之云：「周大夫有親信小人者，其臣諫之而作是詩。」與《序》意大同小異，而其義反淺。鄒忠胤云：「玩詩人語意，實非以大車比小人。蓋任車莫如重，『大車以載，積中不敗』，此豈小人可擬？　愚意周人其諫士大夫之貪位擅權乎？　蓋王政不綱，王室大夫每相與争政而釀釁，《小雅》故刺之曰：『民之無良，相怨一方。受爵不讓，至於已斯亡。』夫器小不可以懷大，《易》曰：『鼎折足，覆公餗。』又曰：『負且乘，致寇至。』漆園氏有言：『親權者不能與人柄，操之則慄，舍之則悲，而一無所鑒，以闚其所不休者，是天之僇民也。』此大夫必力小任重，又戀不能舍，其所謂『百憂』，亦不過患得患失，自貽伊戚而已。　詩人諫以弛于負擔，無徒自苦爲也，故曰：『無思百憂，祇自疷兮。』若使憂而爲王室起見，則嫠猶不恤其緯，而憂宗周之隕爲將及，周人顧躭怡堂而忘棼棟，欲禁使憂者之勿憂，反不及嫠恤之忠，聖人又何爲録之乎？」其説亦通。　愚但玩「自塵」及「冥冥」、「雍兮」等語，明是爲誣上行私者而發。　若朱子以爲行役勞苦而憂思之詩，則謂此詩真是將大車者所作，殊可笑也。

《隰桑》，刺幽王也。　小人在位，君子在野，思見君子，盡心以事之。出《序》。○愚按鄭史伯之言幽王也，曰：「王棄高明昭顯而好讒慝暗昧，惡角犀豐盈而好頑童窮固，去和而取同。　夫和實生物，同則不繼。　以它平它謂之和，故能豐長而物生之。　若以同裨同，盡乃棄矣。　先王擇臣取諫工而講以多物，務和同也。　聲一無聽，物一無文，味一無果，物一不講。　王將棄是類而與剸同。　天奪之明，欲無弊，得乎？」史伯之論和，即此詩「遐不謂矣」之旨。　知無不言，言無不盡，是和也，非同也。　詩人所思之君子，其亦向在位而今在野者與？

隰桑有阿，歌韻。**其葉有難。**叶歌韻，囊何翻。**既見君子，其樂**音絡。**如何。**歌韻。○興也。

隰，《説文》云：「阪下濕也。」《典術》云：「桑木者，箕星之精，神木也。蟲食葉爲文章。」阿，通作娿，《説文》云：「陰娿也。」《韻會小補》云：「娿娜，弱態也。」難，通作儺，本人行步有節之義，以葉之迎風摇曳似之。孔穎達云：「阿那是枝葉條垂之狀。桑非能水之木，而言隰桑美者，以桑不宜在停水之地，宜在隰潤之所。隰之近畔，或無水而宜桑，以今驗之，實然者也。」鄭玄云：「正以隰桑興者，反求此義，則原上之桑枝葉不能然。」馮時可云：「不在原而在隰，喻其野處有覆養之德。言隰而不言原，陰刺在位者之無德於民也。」愚按《車鄰》篇言「阪有桑」，《南山有臺》篇亦言「南山有桑」，此獨以隰桑爲言，詩人不爲無意，鄭、馮之解是也。桑生下濕，其枝葉娿儺可愛，興君子在野，雖處窮約，而英華發外，無入而不自得。我若見此君子，其樂當如何哉！樂，喜樂也。小曰喜，大曰樂。曰「如何」，知爲虛擬之辭，非朝中真見此人也。君子必有所指。「難」字中亦含有樂意。

隰桑有阿，其葉有沃。叶藥韻，鬱縛翻。**既見君子，云何不樂。**叶藥韻，歷各翻。○興也。沃，《説文》云：「溉灌也。」「其葉有沃」者，劉彝云：「謂長茂光潤，如膏之沃也。」按王盤《桑書》云：「桑種甚多，世所名者，荆與魯也。葉薄而尖，其邊有瓣者，荆桑也。凡枝幹條葉堅勁者，皆荆之類也。葉圓厚而多津者，魯桑也。凡枝幹條葉豐腴者，皆魯之類也。魯桑宜飼大蠶，而荆桑宜飼小蠶。」今此桑言阿又言沃，意即所謂魯桑耳。桑葉沃，則可以養蠶，而人皆資其衣被之用，興君子之德足爲人所利賴。俾之在位，則有澤民濟世之能，此既見之，所以可樂也。云何不樂，反言以見意。今不得見，則其不樂可知。又徐光啓云：「曰『其樂如何』者，欲自言而非言語之所能形容也。曰『云何不樂』者，欲自止而非在我之所能抑遏也。」亦通。

隰桑有阿，其葉有幽。尤韻。亦叶肴韻，於交翻。**既見君子，德音孔膠。**肴韻。亦叶尤韻，居侯翻。○興也。《春秋元命苞》云：「幽之爲言窈也。」毛傳以爲黑色。愚按此狀葉盛之貌。葉盛而密，祇見其窈然作深黑色，稀疏則不能也。言從德出，曰德音。孔，甚也。膠，《説文》云：「昵也。」煮皮作之，所以黏物，或用角。君子非德不言，無言非德，亦如桑葉之茂密然。聞之者漸漬其中，自然膠固而不可解，所謂君子之德音甚足以膠固乎人者，此也。下章「遐不謂矣」，正「孔膠」之實。《韓詩外傳》云：「夫狂者自齕忘其非揭拳也，飯土而忘其非粱飯也。❶然則楚之狂者楚言，齊之狂者齊言，習使然也。夫習之于人，微而著，深而固，是暢于筋骨，貞于膠漆，是以君子務爲學也。《詩》曰：『既見君子，德音孔膠。』」

心乎愛叶未韻，許既翻。**矣，遐**《禮記》作「瑕」。**不謂**未韻。**矣。中心藏**陽韻。**之，何日忘**陽韻。**之。**賦也。嚴粲云：「心乎，言繇中也。」愛，謂愛君也。遐之言胡也，胡之言何也，皆音之轉也。《儀禮》「永受胡福」，注亦訓胡爲遐，故知胡、遐通用。「遐不」猶言「無不」也。謂，朱子云：「猶告也。」《序》所謂思見君子，盡心以事王者，即此。藏，蓄也。中心藏之，拳拳服膺之意。忘，遺忘也。言此德音孔膠之君子，彼固心乎愛君者。凡所當言，將無不以之入告矣。王誠能以其所言者藏之于心，服念不置，必知其皆本于忠愛之發，自不能一日暫忘此人也。「藏之」「之」字指言，「忘之」「之」字指人。此君子必以言見棄者，故詩人云然。《表記》子曰：「事君欲諫不欲陳。」因引此詩。以諫者，造膝披誠，意在悟主，君必亮之。若陳者，

---

❶「粱」，原作「梁」，據《四庫全書》本改。

乃揚之于外，直暴君之失耳，所繇與心乎愛君異矣。《孝經》子曰：「君子之事上，進思盡忠，退思補過，將順其美，匡救其惡，故上下能相親也。」亦引此詩。愚繹孔子之言，因悟此詩之義。進思盡忠，退思補過，心乎愛也。將順其美，匡救其惡，遐不謂也。遐不謂，從心乎愛而來，是下親上也。君因其遐不謂，而中心藏之，自知其心乎愛而無日忘之，是上親下也。《左》襄二十七年，鄭伯享趙孟于垂隴，子產賦《隰桑》，趙孟曰：「武請受其卒章。」意欲子產之見規誨也。又《韓詩外傳》引《孟子》曰：「『仁，人心也。義，人路也。舍其路而弗由，放其心而弗求。人有雞犬放則知求之，有放心而不知求，其于心爲不若求雞犬哉？不知類之甚矣。悲夫！終亦必亡而已矣。故學問之道無他焉，求其放心而已。』《詩》曰：『中心藏之，何日忘之。』」玩此引《詩》之意，可知「中心藏之」更自喫緊。

《隰桑》四章，章四句。朱子謂此喜見君子之詩，詞意大概與《菁莪》相類。《子貢傳》則謂此詩與《鹿鳴》、《伐木》、《菁莪》、《白駒》皆所以燕賢也。《申培説》亦以爲天子燕士之詩。今按此詩雖彷彿與《菁莪》近似，然細味寔有不同者。以《菁莪》取興自「中阿」，而「中沚」，而「中陵」，有離潛向升之象，此三章但皆曰「隰桑」耳。隰者，卑下之地，其非在高明之位可知，況「其樂如何」、「云何不樂」又皆未有是事而假設之語乎？故知《序》解自確。若季本謂此乃婦人于蠶桑之時，得見其夫而作，其鄙淺不經殊甚。

《大東》，刺亂也。東國困于役，而傷于財，譚大夫作是詩，以告病焉。出《序》。○詩稱「西人」，謂西京之人也，則其爲西周之詩可知。《竹書》紀幽王二年，初增賦。是詩之作，其在此時乎？周道雖衰，而誅求之令尚行于天下，及至東周，則不能然矣。王應麟云：「『擇三有事，亶侯多藏』，貪墨之臣爲蟊賊。『小東大東，杼柚其空』，聚斂之臣爲斧斤。《文侯之命》所謂『殄資澤于下民』也。」孔穎達云：「譚大夫以譚國在東，而見偏役，故經云小東、大東。不指譚而言東者，大夫雖自爲己怨，而非譚獨然，故言東以廣之。」陳氏云：「晉之《乘》，楚之《檮杌》，魯之《春秋》，皆東遷之史也。古者諸侯無私史，有邦國之志，則小史掌之而藏周室。魯人所謂周人御書，晉人所謂辛有之二子董之晉，於是有董史者也。是故《費誓》繫於《周書》，漢、汝、江、沱至於譚大夫下國之詩，皆編入于南、雅。」按譚，嬴姓，子爵。詳見《碩人》篇。

有饛楊氏《奇字》作「盟」。**簋飧，有捄棘匕。**紙韻。**周道如砥，**紙韻。《孟子》作「底」。**其直如矢。**紙韻。**君子所履，**紙韻。**小人所視。**叶紙韻，善旨翻。豐氏本作「眎」。《墨子》引此詩云：「其直若矢，其易若底。君子之所履，小人之所視。」**睠**《後漢書》、陸德明本俱作「眷」。**言**《後漢書》作「然」，《荀子》作「焉」。**顧之，潸焉**《荀子》作「然」。**出涕。**叶紙韻，天以翻。○賦也。饛，《說文》云：「盛器滿貌。」簋，解見《權輿》篇。飧，毛傳云：「熟食，謂黍稷也。」鄭玄云：「飧者，客始至，主人所致之禮也。凡飧饔餼以其爵等爲之牢醴之數陳。」孔云：「主人供賓客，有禾有米，此以盛于簋，故知熟食也。又禮之通例，皆簠盛稻粱，簋盛黍稷，故知謂黍稷也。《聘禮》：『賓初至，大夫帥至于館，宰夫朝服設飧。』必先設之者，以其初至，權致小禮。彼注云：『食不備禮曰飧。』對饔餼之大爲不備。《司儀》注謂『小禮曰飧，大禮曰饔餼』是也。」楊慎云：「飧，客始至之禮。饔，將幣之禮。今之通訓，曰朝饔夕飧。飧如今驛舍下馬飯，饔如今下馬宴。客至必夕，夕食未盛，故曰夕飧。享宴必以早爲敬，而享宴必盛，故曰朝饔。」按《周禮·大行人》以九儀待賓客，有饗禮，有食禮。《小行人》掌賓客禮籍，以待四方之使者。春入貢，秋獻功，王親受之，各以其國之籍禮之。大客則擯，小客則受其幣而聽其詞。《掌客》掌四方賓客之牢禮、餼獻、飲食之等數，群介、行人、宰、史，皆有飧饔餼。凡諸侯之卿大夫士爲國客，則如其介之禮以待之。捄，通作觩，本作斛，角上曲而長之貌，此亦以曲而長言。棘，赤心之木。匕，亦作枇。匕所用以取飯，亦所以載牲體。載，謂出之于鼎，升之于俎也。其別有四。《儀禮・少牢》篇，廩人所溉者，黍稷之匕也。雍人所溉者，牲體之匕也。又有疏匕，注謂匕柄有刻飾者，以其言疏，是疏通刻飾之名，通柄刻雲氣以飾也。又有挑匕，注謂挑者長枋，可以抒物于器中者。此二匕皆有淺升，狀如飯槮，則亦皆雍人所用之匕也。《襍記》云：「枇以桑，長三尺，或曰五尺。刊其柄與末。」鄭注謂此喪祭之枇，若吉祭則用棘。孔謂知吉祭枇用棘者，《特牲》記「枇用棘心」是也。按《易・震》卦言「不喪匕鬯」。震所以有匕象者，以三、四、五互體坎，坎爲叢棘，故云。則吉祭之用棘匕審矣。桑枇刊柄與末，棘匕當不然，吉凶之別也。孔又云：「待賓客之匕，禮當用棘。棘木赤心，言于祭祀、賓客，皆赤心盡誠也。古之祭祀享食必體解，其肉之胖既大，故須以匕載之。」按《國語》周定王云：「禘郊之事，則有全烝。王公立飫，則有房烝。親戚宴享，則有殽烝。今我王室之一二兄弟，以時相見，將龢協典禮，以示民訓則，無亦擇其柔嘉，選其馨香，潔其酒醴，品其百邊，修其簠簋，奉其犧象，出其尊彝，陳其鼎俎，静其巾羃，敬其祓除，體解折節而共飲食之。」是正所謂殽烝者。此詩棘匕所用，亦當主殽烝言。蓋追思周之盛時，其待諸侯之客禮意殷勤，勞來周悉如此。所以懷遠爲近，賓至如歸，觀周道，而不覺憮然興今昔之感，如下文所云也。周道，適周之道。砥，細于礪，磨石也。如砥，以平原四達言。如矢，以馳道千里言。履者，朝覲會同，循斯道以往來。視者，沿途小民，莫不跂踵盱眸，樂觀盛典也。又《孟子》引此《詩》云：「夫義，路也。禮，門也。惟君子能繇是路，出入是門也。」乃斷章取義，非此詩旨。睠、眷同字，睠、顧皆以還視爲義。言，語辭。潸，《説文》云：「涕流貌。」涕，目汁也。鄭云：「在乎前世過而去矣，我從今顧視之，爲之出涕，傷今不如古也。」朱子云：「以東方之賦役，莫不繇是而西輸于周也。」

小東大東，韻。**杼柚**《易林》、陸本、豐本俱作「軸」。**其空。**東韻。**糾糾葛屨，可以履霜。**陽韻。**佻佻**《韓詩》作「嬥嬥」，云：「往來貌。」《楚辭章句》作「苕苕」。陸云或作「窕」，非也。**公子，行彼周行。**叶陽韻，户郎翻。**既往既來，**叶職韻，六直翻。**使我心疚。**叶職韻，訖力翻。《詩》以「來」、「疚」爲叶者凡三處。《采薇》篇「憂心孔疚，我行不來」，《杕杜》篇「匪載匪來，憂心孔疚」，并此而三。豐本作「怦」。

○賦也。小東大東，朱子云：「東方小大之國也。自周視之，則諸侯之國皆在東方。」一説，鄭云：「小也、大也，爲賦斂之多少也。小亦于東，大亦于東。」亦通。杼，《説文》云：「機之持緯者。」柚，通作軸。董鼎云：「卷織者。」朱子云：「受經者也。」所以知柚爲此器者，以上文「杼」推之，布縷爲三征之首，舉此以見其餘也。又《方言》云：「作也。土作謂之杼，木作謂之柚。」似非此詩義。空，盡也。《易林》云：「賦斂重數，政爲民賊。杼軸空虛，家去其室。」陳際泰云：「關東諸侯之不貢也，於求車求金，見東諸侯之罪。於小東大東，見周天子之罪。」糾糾二句，解見《葛屨》篇。上泛言諸侯，此下則大夫自詠也。言敝壞之葛屨，以繩糾纏之，糾而復糾，用以踐霜，貧乏之甚也。時蓋以夏日供賦適周，至履霜時反國，故云然。佻，薄也。佻佻，朱子云：「輕薄不耐勞苦之貌。」謂形體脆弱也。諸侯之子曰公子。此譚國之公子，大夫所從行者也。季本云：「以周人責禮于諸侯，而諸侯使貴戚之卿修問也。」周，密布也。行，班列也。與《卷耳》、《鹿鳴》篇義同。既者，已事之辭。往，往周朝也。來，來本國也。我，大夫自謂也。疚，《爾雅》云：「病也。」《說文》無「疚」字，當作「宊」。此公子行至于周，見彼布列有位者，無非疆禦掊克之徒，即第四章所稱者。是以賦斂無經，流毒下國。而大夫與之偕行，親所目擊，故自往而來，心懷疚病，不能自已，是詩之所爲作也。

有洌氿陸本作「晷」。**泉，無浸**陸本、豐本俱作「寑」。**穫**《爾雅》作「穫」，云「木名」。**薪。**真韻。豐本作「新」。下同。**契契寤歎，哀我憚**《爾雅》、陸本、豐本俱作「癉」。下同。**人。**真韻。**薪是穫薪，**見上。**尚可載**叶職韻，節力翻。**也。哀我憚人，**見上。**亦可息**職韻。**也。**興而比也。洌，本作冽，《說文》云：「水清也。」《爾雅》云：「氿泉穴出。穴出，仄出也。」李巡云：「水泉從旁出名曰氿。」劉熙云：「氿，軌也。流狹而長如車軌也。」浸，本作「濅」，漬也。穫，毛云：「艾也。」孔云：「讀如穫稻之穫，刈也。薪當析之，云刈者，蓋木之細，荊楚之類。曰『言刈其楚』，是小者刈之也。」按《周禮》，邦畿之外，侯服貢祀物，甸服貢嬪物，男服貢器物，采服貢服物，衛服貢財物，要服貢貨物，是皆有常數矣。此外有所徵求，即非惟正之供，是側出之泉之比也。譚，小國也。不憚悉索，以效輸將，民力竭矣。譬之穫薪，生意已槁，更以氿泉漬之，行且腐敗而不中用，即薪亦不能成其爲薪。民已憔悴，而更殫殘之，勢必至無民而後已耳。契，通作愾。「契契寤歎」，即《下泉》篇云「愾我寤歎」也。解見《下泉》篇。或云契通作栔，刻也。重言之者，刻畫切心之意。亦通。憚，通作癉，勞病也。「薪是穫薪」以下四語，爲王朝正告也。息，即喘息之息。一呼一吸，有停歇之義。惟茲穫薪司爨者欲用之爲薪，庶其載而蓄之，勿使受浸可也。哀我勞病之民，亦可稍從休息，勿使勞而不已可也。鄧元錫云：「周轍東，而諸侯之職貢不復至，則浸穫薪之效也。當是時，即欲來憚人，豈有及哉？故九經於遠人，於諸侯，曰柔曰懷，有以也夫。」

東人之子，職勞不來。叶職韻，六直翻。**西人之子，粲粲**《韓詩》作「采采」。**衣服。**叶職韻，鼻墨翻。**舟**朱育《集字》作「周」。**人之子，熊羆是裘。**叶支韻，渠之翻。豐本作「求」。**私人之子，百僚**陸本作「寮」。**是試。**叶支韻，申之翻。**或以其酒，不以其漿。**陽韻。**鞙鞙**《爾雅》、陸本、豐本俱作「琄琄」。**佩璲，不以其長。**陽韻。○賦也。孔云：「從首章以盡三章，皆是困役財之事。四章以下，言周衰政偏，衆官廢職，繇此己國所以賦重，故言之以刺周亂也。」東人，泛言諸侯之人，譚亦與焉。職，專主也。來，來之也。朱子云：「慰撫也。」職勞不來，謂專主勞苦之事，而無有慰撫之者。西人，毛云：「京師人也。」蓋當權用事者，與譚之公子、大夫對看。粲，通作燦，《説文》云：「燦爛明瀞貌。」重言之者，見非一粲也。衣服，謂在官之章服。舟人，操舟之人。熊羆，解見《斯干》篇。裘，《説文》云：「皮衣也。」寒時所用。朱子云：「熊羆是裘，言富也。」愚按《説苑》載晋平公使叔向聘于吴，吴人拭舟以逆之。左五百人，右五百人，有繡衣而豹裘者，有錦衣而狐裘者。叔向歸以告平公，平公曰：「吴其亡乎！❶奚以敬舟？奚以敬民？」此即所謂「舟人之子，熊羆是裘」者也。私人，謂權門私家之人。按《崧高》云「遷其私人」，以申伯爲王卿士，稱其家臣爲私人。又《儀禮·有司徹》云「獻私人」，《禮記·玉藻》云「大夫私事使，私人擯則稱名」，皆以臣事于私

---

❶「吴」，原作「吾」，據《四庫全書》本改。

家謂之私人也。僚，官。試，用也。百僚是試，毛云：「用于百官也。」舟人、私人，又就西人中舉其至賤者，以深惡之。四種人，皆平等以子稱，寓不足之意，猶曰夫非盡人之子與？蘇轍云：「舟人水居，而服熊羆之裘，所服非其所有也。私人無籍于王室，而試百官，所事非其所職也。」嚴粲云：「東人困悴，雖貴者猶葛屨以履霜，而西人逸樂，雖賤者皆美服厚禄。言不均也。」酒與漿有别，漿乃酒之薄者，《素問》所云「今時之人，以酒爲漿」是也。《説文》謂之酢漿，言其有酸味也。《周禮·酒正》辨四飲之物，三曰漿。注以爲今之截漿也。《石氏星經》云：「酒醪，五齊之屬，天文酒旗星主之。漿水，六清之屬，天文天乳星主之。」毛云：「或醉于酒，或不得漿。」愚按此亦以厚薄不均言。東人之子，職勞不來，其不獲沾一漿之賜，固其宜矣。《韓詩外傳》云：「宋燕相齊，見逐，罷歸之舍，召門尉陳饒等二十六人曰：『悲乎哉！何士大夫易得而難用也！』饒曰：『君弗能用也，則有不平之心，是失之己而責諸人也。三斗之稷不足於士，而君鴈鶩有餘粟，是君之一過也。果園梨栗，後宮婦人以相提擲，士曾不得一嘗，是君之二過也。綾紈綺縠，靡麗於堂，從風而弊，士曾不得以爲緣，是君之三過也。且夫財者，君之所輕也。死者，士之所重也。君不能行君之所輕，而欲使士致其所重，猶譬鈆刀畜之，而干將用之，不亦難乎？』宋燕面有慙色，逡巡避席曰：『是燕之過也。』《詩》曰：『或以其酒，不以其漿。』」鞙，《説文》云：「大車縛軛靼也。」靼者，柔革也，於佩璲文義不相蒙，當通作繯。繯者，絡也。凡偏旁用睘、肙者多易混，如狷或爲獧、蜎或爲蠉是也。但从革从糸不同，以音同通用耳。《爾雅》作「琄琄」。按《説文》無琄字。璲，通作瑞。鄭云：「以瑞玉爲佩。」又徐廣云：「今名璲爲縌。」范曄云：「縌者，古佩璲也。佩綬相迎受，故曰縌。佩所以章德，韍所以執事。禮有其度，威儀之制三代同之。五伯迭興，戰兵不息，佩非戰器，韍非兵旗，於是解去韍佩，留其係璲，以爲章表。故《詩》曰：『鞙鞙佩璲。』此之謂也。韍佩既廢，秦乃以采組連結於璲，光明章表，轉相結受，故謂之綬。漢承秦制，用而弗改。」今按《說文》無璲字，《爾雅》解璲爲瑞，正當以音同通用。若曄《後漢書》以綖爲璲，恐未必然，意即是佩璲之絡耳。「不以其長」者，蘇云：「雖則佩王盛服，而非其長過人也。」鄭云：「徒美其佩而無其德，刺其素餐。」愚按「或以其酒」二句承「舟人之子」言，「鞙鞙佩璲」二句承「私人之子」言，以深嫉其富貴。《周語》衛彪傒曰：「自幽王而天奪之明，使迷亂棄德，而即慆淫，以忘其百姓。夫周，高山廣川大藪也，故能生之良材，而幽王蕩以爲魁陵、糞土、溝瀆。」此之謂也。

維天有漢，鑒亦有光。陽韻。**跂**《說文》、豐本俱作「跂」。**彼織女，終日七襄。**陽韻。**雖則七襄，**見上。**不成報章。**陽韻。**睆彼牽牛，不以服箱。**陽韻。○賦也。此下皆恨極無聊之詞。萬時華云：「自此至末，文字到無義理處，已入絕妙田地，癡人說夢不得。」漢，毛云：「天河也。」《河圖括地象》云：「河精上爲天漢。」楊泉云：「水之精也，氣發而著，精華浮上，宛轉隨流，名曰天河。」又《史記》云：「漢者，亦金之散氣。」朱子云：「在箕斗二星之間，其長竟天。」《步天歌》云：「天河亦一名天漢，起自東方箕尾間。遂乃分爲南北道，南經傅說入魚淵。開籥戴弁鳴河鼓，北經龜宿貫箕邊。次絡斗魁冒左旗，又合南道天津湄。二道相合西南行，分夾匏瓜絡人星。杵畔造父螣蛇精，王良附路閣道平。登此大陵泛天船，直到卷舌又南征。五車駕向北河南，東井水位入吾驂。水位過了東南游，經次南河向闕丘。天狗天紀與天稷，七星南畔天河沒。」石氏云：「天漢，蓋天一所生，凝毓而成者。天所以爲東南西北襟帶之限也，天下河漢之源，蓋出諸此。」按天河從北極分爲兩條，至于南極。其一經南斗中過，其一經北斗中過，兩河隨天轉入地中。《夏小正》云：「七月漢案户。」注云：「案户，直户也。」古者户皆南，是時初昏，天漢直南。孔云：「星皆在天，獨漢言『維天』者，以其初言天象，故云『維天』以總之，使下諸星皆蒙『維天』之文也。」監，《説文》云：「臨下也。」譚人仰訴于天，言我民困矣，維天之漢，固有光明者，亦能下監我民乎？其不言日月之明而言漢之光者，歐陽脩謂不能下監，是也。又按毛、孔説天漢雖有精氣之光，然徒有光而無所明，則是亦刺王不明之意。自「跂彼織女」至末，分爲五段，節節與前章相應。求助于織女，爲「職勞不來」而言也。跂，通作企，舉踵也。「跂予望之」同此。《天官書》云：「婺女，其北織女。織女，天女孫也。」《星經》云：「織女三星，在天市東端，主絲帛。嘗以七月、一月六七日見東方。色赤精明，女功善。常向扶匡，即善。不向，則絲帛倍貴。火星守，布帛貴。客守，絲帛等貴。婺女四星，主布帛。大明，女功有就，日月蝕女中，天下女功不爲。火星守，布帛貴。水星守，布帛貴。客守，布絹貴。」《左》昭十年，有星出於婺女。杜預注：「婺女爲既嫁之女，織女爲處女也。」按此詩止言織女，因下文有「七襄」字，則似當兼婺女言之。以織女星三、婺女星四合之，方成七數，又皆主布帛，則皆能織之類耳。婺女居二十八宿之一，亦名須女。須者，賤妾之稱，婦職之卑者也。若織女，乃牛宿所屬，雖頗相近，自不可混而爲一。杜甫詩云：「牽牛出河西，織女處其東。」張鼎思云：「余考《天文圖》，織女在河南而東，牛宿在河北而西，以河爲界，子美詩是也。張子野謂須女在牛東。考圖，乃在牛西，亦不隔河。」從旦至暮爲終日。襄，通作纕，佩帶也。報，答也。章，文章錦綺之屬。企望織女，至于竟日，且致七襄，以申其祈禱之意，《楚辭》所謂「解佩纕以結言」是也。庶七星者憐我杼柚之空，肯以織作之文章答我乎？其如有虚願而無成事何哉？《易林》云：「天女撫床，不成文章。」睆，《説文》云：「大目也。」睆彼牽牛，蓋謂張目以視之。《天文志》，牽牛爲犧牲，其北河鼓。按河鼓十二星，在牽牛北，《爾雅》直以河鼓爲牽牛，非也。《步天歌》云：「牛，六星近在河岸頭。頭上雖然有兩角，腹下從來欠一足。」鄭云：「以，用也。」丘氏云：「服箱，猶言駕車。」按鄭司農云服讀爲負，有負荷之義。箱，《説文》云：「大車牝服也。」大車，平地任載之車，牛所駕者。牝服，長八尺，謂較也。兩較之内謂之箱，是車内容物之處。毛、鄭皆以服爲牝服。夫牝服即箱，既言服，又言箱，於義複矣。彼睆然之牽牛，既不可用以負箱，則我東人盡其車牛，輸其職貢，以勞敝于道路者，尚未有已也。夫財殫不勝役，力疲不勝求，而天又不肯見恤我如是，然則我將于何請命乎？

東有啓《爾雅》、《説文》、徐注、豐本俱作「启」，《大戴禮》作「開」。**明，**庚韻，亦叶陽韻，謨郎翻。**西有長庚。**韻。亦叶陽韻，居郎翻。**有捄天畢，載施之行。**庚韻。亦叶陽韻，户郎翻。**維南有箕，不可以簸揚。**❶陽韻。**維北有斗，**陸德明云：「沈作『主』。」後同。**不可以挹酒漿。**陽韻。**維南有箕，載翕其舌。**屑韻。**維北有斗，西柄之揭。**叶屑韻，丘傑翻。〇賦也。上章因賦役之苦，而望救于天。此則刺在位者皆貪鄙小人，而愬之于天也。《爾雅》云：「明星謂之啓明。」孫炎云：「明星，太白也。晨出東方，高三舍，命曰啓明。昏出西方，高三舍，命曰太白。」班固云：「太白，白比狼，赤比心，黄比參，右肩青比參，

---

❶「簸」，原作「籢」，據《詩・大東》改。下同。

左肩黑比奎大星。」《天官占》云：「太白者，西方金之精，白帝之子。一名熒星，一名官星，一名梁星，一名滅星，一名大囂，一名大爽。徑一百里。」《史記》云：「察日行以處位太白。太白，大臣也，其號上公。其他名殷星、太正、營星、觀星、官星、明星、大衰、大澤、終星、大相、天浩、序星、月緯。大司馬位謹候此。」張衡云：「一名火政，一名明堂，一名文表，一名太皞，一名天相，一名威星。」孔云：「長庚不知是何星，未能審也。」今按太白名號甚多，獨不見長庚之稱。其廣如一匹布着天者，亦名長庚。此星見，兵起，乃妖異之星，非常見者，不應與啓明對言。鄭樵則以長庚爲水星，謂金、水二星附日而行。金在日西，故日將出則東見。水在日東，故日將没則西見。夫水星自名辰星，古來載籍未嘗聞有以長庚呼水星也。且據《史記》稱太白出以辰戌，入以丑未，辰星出入，亦常以辰戌、丑未，安得每日東西見乎？及考張揖《廣雅》則云：「太白謂之長庚，或謂之太囂。」始知長庚、啓明本是一星。而李白之生，母夢長庚星，因以白爲名，而字太白，非無據也。《韓詩》、毛傳亦皆指爲明星，特從來解説東、西二字不明，似乎每日東西兩見者。然孟康有云：「太白陰星，出東當伏東，出西當伏西，過年爲經天，❶謂出東入西，出西入東也。」太白經天，天下革，民更王。今使每日皆東西兩見，豈每日皆經天乎？抑豈作詩之時偶逢此變乎？以文害辭，正此之謂。夫東西原非同時，當其晨見東方，去夕見之期甚遠，及其夕見西方，去晨見之期甚遠，啓明、長庚正因東西見而異其名。先儒謂啓者開也，言開導日之明也。庚者續也，言長能續日之明也。一説，庚金屬。亦通。又按星之在天，有經有

❶「年」，《四庫全書》本作「中」。

緯，三垣二十八舍爲經星，附天轉運，各有常位。譬如百官萬民，各守其職業，而聽命于七政。三垣，一曰紫微，一曰太微，一曰天市。二十八舍者，東方七宿，角、亢、氐、房、心、尾、箕，爲蒼龍之體。北方七宿，斗、牛、女、虚、危、室、壁，爲玄武之體。西方七宿，奎、婁、胃、昴、畢、觜、參，爲白虎之體。南方七宿，井、鬼、柳、星、張、翼、軫，爲朱雀之體。中外官星，總計二百八十三座。常明者百有二十，可明者三百二十，爲星二千五百，微星之數，萬有一千五百二十焉。金、木、水、火、土五星爲緯星，合日月爲七政，懸虚運轉，不附于天。木曰歲星，行四千三百三十一日有奇，約十二歲一周天。火曰熒惑，行六百八十七日弱，約二歲一周天。土曰填星，行一萬七百四十八日弱，約二十八歲一周天。惟金曰太白，水曰辰星，二星各行三百六十五日有奇，歲一周天。舊説謂金、水二星常附日行者，乃謂其一歲所行周天日數與日行相等，非謂星體常附日行也。凡五星之遲留伏逆，皆因于日，近日則疾，遠日則遲，遲甚而留，留久而退。初遲退，漸疾退，退最疾，而後遲退如初，退止而留，留久而順行，却從最遲以至于最疾，最疾則與日同躔也。水、火、土三星，比日行度較少，與日未對衝之先，夜半後可望，與日既對衝之後，夜半前可望，兹不具陳。若太白、辰星則不然，其行度亦各不相似。太白最疾時，約四日行五度有餘。辰星最疾時，約一日行一度有餘。此兩星比日行度較多，伏合以後，則過日而前。太白距日十度半而夕見，辰星距日十六度而夕見，夕見則在西方。太白距日，甚遠不過四十五度。辰星距日，甚遠不過二十四度。既已甚遠，則所行遲，比日較少，繇是漸與日近。大白距日三十度有餘而初留，辰星距日二十一度半而初留。太白留後，距日二十四度有餘而初退。辰星留後，距日十九度半而初退。退行之際，與日相近，如夕見之度，伏而不著，與日相遠，如夕見之度，晨見于東。退行最疾之時，與日必同度。退止而留，則距日如初退之度。留久而順行，則距日如初留之度。遲行漸疾而漸近日，距日如退伏之度，則又退而不著矣。與日未退合之先，昏後可望。與日既小合之後，曉前可望。蓋金、木形體大，故伏見與日近。水、火、土形體小，故伏見與日遠。歲星八十三年而七周天，與日合度者七十六，合期約二百九十九日。熒惑七十九年而四十二周天，與日合度者三十七，合期約七百八十日。填星五十九年而二周天，與日合度者五十七，合期約三百七十八日。太白、辰星與日常相近，隨日一年一周天。太白八年而五合于日，退合者又五，約五百八十四日，而順逆兩合。辰星四十六年之間，合于日者一百四十五，退合亦然，約一百一十六日，而順逆兩合。此乃五緯之常數也。古法唯知有常度，未知有變數之加減。北齊張子信仰觀歲久，知五緯有盈縮之變，當加減常數，以求其逐日之躔。蓋五緯不繇黄道，亦不繇月之九道，而出入黄道内外，各自有其道。視日遠近爲遲速，如足力之有倦勤，其變數之加減，如里路之徑直斜曲也。歲星加減最多處約七度，熒惑加減最多處二十五度有餘，填星加減最多處八度有餘，太白加減最多處四度有餘，辰星加減最多處六度有餘，此乃五緯盈縮之變數也。五緯之外，又有四餘。四餘者，天之隱曜也。行無遲疾。紫氣，木之餘氣也，隱而不見，見爲有道，謂之景星。其行一萬二百二十七日有奇，約二十八歲一周天。月孛，水之餘氣也，隱而不見，見則妖孽，謂之彗孛。其行三千二百三十二日弱，約八歲十月一周天，凡六十二年而七周天。羅睺，火之餘氣。計都，土之餘氣。常隱不見，是謂天首天尾，從交會之蝕限計之，其行六千七百九十三日有奇，約十八歲七月一周天。但五緯與月孛、紫氣順行，皆以左旋步之。羅睺、計都逆行，乃右旋步之耳。夫在天成象，日月星辰皆象也。而日月五星獨異于衆星，自有行度者，此陰陽五行之精，所以爲造化之妙，非衆星比也。舊聞如此，因詳録之。陸佃云：「啓明則以況其左，長庚則以況其右。言王左右，或當養人以啓導王德，或當養人以賡續王事，今皆有名位而已，無其實也。」愚按日者君象，故啓明、長庚有臣之義。詩隱辭以刺，正與上章言采采衣服、鞙鞙佩璲者相應。一説，蘇云：「言王之百役，皆取于東，則曰東有啓明，西有長庚。啓明、長庚，皆太白也。」亦通。有捄，與首章「有捄」同義，曲而長也。天畢，朱子云：「畢星也。」《爾雅》云：「濁謂之畢。」孫炎云：「掩兔之畢，或呼爲濁，因以名星。」孔云：「《月令》『禁羅網畢翳，無出國門』，是田器有畢也。《特牲饋食禮》曰『宗人執畢』，是祭器有畢也。孫毓云：『祭器之畢，狀如畢，星名，象所出也。畢弋之畢，又取象焉，而施網于其上。』」《步天歌》云：「畢，恰似爪叉八星出。」《史記》云：「畢曰罕車，主弋獵。」其以天名，必有其義。《後漢書》云：「畢爲天網，主網羅無道之君。故武王伐紂，上祭于畢，求助天也。」又《晉書》「畢八星，其大星曰天高」，又昴畢之間，爲日月五星出入要道，故《元命包》云：「畢爲天階。」今不知何所取之。載之言則也。施，旗逶迤貌。行，謂二十八宿之行列。畢星捄然逶迤于星宿之列，若欲盡皮革之族而掩捕之者，小人罔利之象，何以異此？亦與「熊羆是裘」相應。南箕，解見《巷伯》篇。《步天歌》云：「四星形狀如簸箕，箕下三星名木杵，箕前一黑是糠皮。」簸，《説文》云：「揚米去糠也。」揚，《説文》云：「飛舉也。」維北有斗，乃七星之北斗。《晉書》云：「北斗七星在大微北，七政之樞機，陰陽之元本也。」《星經》云：「第一名天樞，爲土星，主陽德，亦曰政星也，是太子像。第二名璇，主金刑，陰女主之位，主月及法。第三名璣，主木及禍，亦名金星。第四名權，主火，爲伐，爲天理，主伐無道。第五名衡，主水，爲煞，助四時旁煞有罪。第六名闓陽，主木，及天下倉庫五穀。第七名瑶光，主金，亦爲應星。」《春秋運斗樞》云：「第一至第四爲魁，第五至第七爲標，合而爲斗。」《史記》云：「杓携龍角，衡殷南斗，魁枕參首，用昏建者杓，夜半建者衡，平旦建者魁。斗爲帝車，運于中央，臨制四鄉，分陰陽，建四時，均五行，移節度，定諸紀，皆繫于斗。」舊説謂魁第一星，衡第五星，杓第七星，此三星謂之斗綱，乃七政之樞機，四時之斟酌，隨所指以運元化者也。如今寅月雨水後，日躔入亥宫，則斗杓昏刻指寅，斗衡夜半指寅，斗魁平旦指寅。以春卯月春分後，日躔入戌宫，則斗杓昏刻指卯，斗衡夜半指卯，斗魁平旦指卯，以推餘月皆然。下文言「西柄之揭」，是斗柄指西，正在秋時，且明言「維北有斗」，於二十八宿之南斗何與？孔、朱泥箕、斗連言，謂箕、斗二星以夏秋之間見于南方，箕在斗南，斗在箕北，故云「維北有斗」，迂矣。凌蒙初云：「考天文，夏秋之間，斗宿在箕東而稍北，固未嘗在北。且譚大夫東人，自東而指，正謂其在北之斗耳，豈得指時方在南之斗宿，而因在箕北，以謂之北斗乎？」按南斗六星，狀亦如北斗，東四星爲魁，西二星爲柄。挹，毛云：「㪺也。」《説文》云：「抒也。」徐鉉云：「從上酌之也。」陸佃云：「《詩》曰：『酒醴維醹，酌以大斗。』罍取象于雷，斗取象于斗也。」東人困于不得飲食，故思簸揚米粟以成酒漿而挹㪺之，而箕斗徒存空名，了無實用，亦徒付之妄想而已。與「或以其酒，不以其漿」相應。翕，合也。孔云：「箕斗之形成于柄舌。」揭，《説文》云：「高舉也。」末又轉一意而言，箕斗非特不可用已也。箕其踵似箕，且有舌，今其舌翕翕，反若將有所吞噬。斗四星爲斗，三星爲柄。今既西揭其柄，則其方如斗者，且向東而將有所挹取。哀我憚人，何時得息乎？亦深惡在位皆貪殘也。又此章止作刺横斂無已，亦可。但於第四章似無縮結，故定主前説。嚴云：「此詩其作于秋乎？露漸爲霜，雲漢分明，斗指西，箕在南，皆秋時也。時惟畢未見，因言星及之耳。」按《月令》「孟秋，旦畢中」，《唐月令》「八月，曉畢中」，則此時畢星或旦見也。

《大東》六章，四章章八句，二章章十二句。《子貢傳》、《申培説》、豐氏本篇名俱作《小東》。毛傳及諸家本皆作七章，章八句。惟嚴粲分爲六章，内第四章十二句，與此同。第五章自「維天有漢」起，至「載施之行」止，共十二句爲一章，與此異。今以愚意定之。○《子貢傳》惟存「厲王之時，諸侯勞」七字，其餘文皆闕。《申培説》與《序》同，惟「譚大夫」去一「譚」字，因朱子有云：「譚大夫未有所考，不知何據。」遂删此字，真僞書之陋者也。又楊慎云：「周自平王遭父子之變，去豐而遷雒，周始東也，故曰大東。自敬王遭兄弟之争，子朝居王城，曰西王，敬王居狄泉，曰東王，周又東也，故曰小東。周有二東之變，王跡熄而王室亂矣。大國攻戰會盟，小國貢賦奔走，故空其杼柚，而怨刺作也。曰：然則詩詞何以先小也？曰：自今而追昨，故先小而後大也。曰：詩篇名何又曰《大東》也？曰：紀亂之原也。」按用修之説二東，亦自有理。但篇中以「西人」與「東人」對言，明指西周，非東遷後詩也。今不取。

《巷伯》，嫉讒也。幽王初聽讒，有孟子者，爲巷伯所譖，遂遭宫刑，因作此詩。《序》云：「刺幽王也。寺人傷於讒，故作是詩也。」《申培説》云：「幽王之時，孟子遭讒而被宫刑，作此。」朱傳同。按班固之評史遷曰：「跡其所以自傷悼，小雅《巷伯》之倫。夫惟大雅『既明且哲，以保其身』，難矣哉！」其意亦謂巷伯本以被譖而遭刑也，作詩在爲寺人之後，故自表其官以志恨。劉敞云：「詩名《巷伯》，是其身所病者，故以冠篇。」愚按巷伯即行譖之人，詩中既隱其名以明厚，而又不欲其湮泯失傳，故特于篇名著之。《路史》以巷爲伯之采邑，而《姓纂》有巷氏者，云是巷伯之後，可見巷伯自有其人。舊説以巷爲永巷，伯者，内小臣之長，云即寺人。非也。《周禮》官名有寺人而無巷伯，其非奄官審矣。

萋《説文》、豐氏本俱作「緀」。**兮斐**陸德明本作「菲」。**兮，成是貝錦。**寑韻。**彼譖人者，**音覯。後同。**亦已大**音泰。**甚。**寑韻。〇比也。萋，盛貌，如「卉木萋止」之萋。斐，《説文》云：「分別文也。」萋兮斐兮者，言盛矣其文章之分別也。若依《説文》，則萋通作緀，白文貌，言白質而加之以襍文也。若依《釋文》，則斐通作菲，薄也。文有盛處，又有薄處，見其濃淡之相錯也。貝，陸璣云：「水介蟲也，龜鼈之屬。其文彩之異，大小之殊甚衆。古者貨貝是也。餘蚳以黄爲質，白爲文。餘泉以白爲質，黄爲文。」又《相貝經》云：「貝盈尺，狀如赤電黑雲，謂之紫貝。素質紅黑，謂之珠貝。青地緑文，謂之綬貝。黑文黄畫，謂之霞貝。紫愈疾，珠明目，綬消氣障，霞服蛆蟲。」陸佃云：「錦文如貝，謂之貝錦。」《禹貢》云：「厥篚織貝。」嚴粲云：「此言讒人織成己罪也。錦文如貝，繇萋兮菲兮，錯襍衆采，織而成之也。」譖，誣告之也。人，作詩者自謂也。後放此。亦已太甚，言譖人之人所爲之忍也。鄭箋云：「謂使己得重罪也。」

哆《説文》作「鉹」，云：「曲鉹也。一曰鬵鼎。」崔靈恩注作「侈」。**兮侈**叶寘韻，充豉翻。《説文》、崔注俱作「哆」，《爾雅》作「誃」，豐本作「鉹」。**兮，成是南箕。**叶寘韻，居吏翻。按「箕」籀文作「其」。其有忌音，《詩》「彼其之子」是也。**彼譖人者，**叶麌韻，當古翻。《集韻》云：「助語辭。」**誰適與謀。**叶麌韻，滿補翻。〇比也。哆，《説文》云：「張口也。」侈，《説文》云：「掩脅也。」侈之訓掩脅，其義未聞。以意揣之，侈从人从多，人多則力盛，故可以掩脅也。掩者，掩而取之之謂。脅即脅從之脅，通作脅，摺也。若今人用奢侈之侈，本炨字，或㢋字。炨，火盛也。㢋，廣也。以音同通用，積習相沿，遂忘其本。「哆兮侈兮」者，象箕星張口之狀，如將掩物而食之者然，所謂「維南有箕，載翕其舌」也。孔穎達云：「箕四星，二爲踵，二爲舌，踵狹而舌廣。」又按《步天歌》云：「箕，四星形狀如簸箕，中有三星名木杵，箕前一黑是糠皮。」與孔説微異。《晋書》云：「箕四星，亦後宫妃后之府，亦曰天津，一曰天雞，主八風。」鄭曉云：「箕承帚以埽者，又揚穀器，尾受之以箕，章婦道也。又主口舌，骨肉讒之所生也，故箕一名卷舌。」《詩緯》云：「箕爲天口，主出氣。」《史記·天官書》云：「箕爲敖客，曰口舌。」宋均云：「敖，調弄也。箕以簸揚調弄爲象，又受物，有去去來來，客之象也。」嚴云：「箕，東方之宿，考星者多驗於南方，故曰南箕。」愚按以比意求之，取象南箕，有簸揚其説之意，與下文「誰適與謀」相炤。貝錦，錦也，而譖人者其言似之。南箕，星也，而共謀爲譖者其人似之。故曰「成是貝錦」、「成是南箕」也。非因小過而飾成大罪，因疑似而搆成實罪之説。果爾，則在我實有瑕可乘矣，於譖者何尤？適，鄭云：「往也。」誰往就汝謀乎？怪其言多且巧也。」

緝緝《説文》作「咠咠」，云：「聶語也。」**翩翩**，陸本作「扁扁」。**謀欲譖人**。真韻。**慎爾言也，謂爾不信**。叶真韻，升人翻。○賦也。承上言「誰適與謀」，故此及下章緝、翩、捷、幡皆用重字，見同謀者之衆也。緝，《説文》云：「績也。」翩，《説文》云：「疾飛也。」嚴云：「接續增益，緝緝然如女之績。往來輕飄，翩翩然如鳥之飛。相與經營，謀爲讒譖而已。」不信者，言之無實也。爾譖人今日固自以爲得意矣，然更宜慎重爾言，毋徒餙虚爲實。苟不慎爾言，將有時而敗露，聽者亦知爾言爲無實而不受也。此蓋微詞，以諷王。下章放此。

捷捷幡幡，《説文》引此有「咠咠幡幡」之語，當是誤以上章「緝緝」與此章「幡幡」合作一語。豐本從之，非也。**謀欲譖言。**叶真韻，疑斤翻。**豈不爾受？既其女**音汝。**遷。**叶真韻，倉新翻。○賦也。捷，通作疌，疾也。幡，通作翻，飛也。朱子云：「捷捷，儇利貌。幡幡，反覆貌。」「謀欲譖言」者，謀欲求工於譖人之言也。受，納也。女，即爾也。遷，毛云：「去也。」孔云：「王於倉卒之間，豈不爲汝受之？但已受之後，知汝言不誠實，王心或將舍汝而更遷去也。」

驕人好好，皓韻。**勞人草草。**皓韻。《讀詩記》、豐本俱作「艸艸」。**蒼天蒼天，**先韻。亦叶真韻，汀因翻。**視彼驕人，**真韻。亦叶先韻，如延翻。**矜此勞人。**同上。○賦也。驕，縱恣也，如馬行驕驁之貌。驕人，指譖人者言。好好，毛云：「喜也。」嚴云：「譖人者得意而驕，好而又好也。」勞人，作詩者自謂也。草，通作慅，愁不安也。身雖勞于職事，而不見察，憂愁之極，慅而又慅也。不敢斥王，故重呼蒼天而告之也。陸佃云：「《莊子》曰：『天之蒼蒼，其正色耶？遠而無所至極耶？』故《詩》於高遠難訴，每稱蒼天。《黍離》曰：『悠悠蒼天，此何人哉？』《巷伯》曰：『蒼天蒼天，視彼驕人，矜此勞人。』《黄鳥》曰：『彼蒼者天，殲我良人。』是也。」鍾惺云：「視字妙，即俗所云看他不過也。」矜，憐也。輔廣云：「視彼驕人，庶乎有以抑遏沮止之也。矜此勞人，庶乎有以扶持安全之也。」陸燧云：「下三句無可奈何，要天開眼的話頭。」

彼譖人者，叶麌韻。見第二章。**誰適與謀？**叶麌韻。見第二章。**取彼譖**《禮記》注、《後漢書》俱作「讒」。**人，**豐本無「誰適與謀，取彼譖人」二句，其爲僞刪無疑。**投畀豺**陸本作「犲」，《後漢書》注作「有」。**虎。**麌韻。**豺虎不食，**職韻。**投畀有北。**職韻。**有北不受，**叶皓韻，時倒翻。亦叶宥韻，承呪翻。**投畀有昊。**皓韻。亦叶宥韻，許候翻。○賦也。彼譖人者，果誰適與謀乎？恨之之深，而又不得其主名，姑但欲取譖人者而甘心焉。投，《説文》云：「擿也。」「畀，相付與也。」俱見《説文》。豺，《説文》云：「狼屬，狗聲。」郭璞云：「脚似狗，貪殘之獸也。」羅願云：「牙如錐，長尾白頰，足前矮后高而長尾，其色黄，瘦健。今人稱豺狗。」《格物論》云：「虎如猫而大，如黄牛，黑章鈎爪踞牙，舌不大於掌，生倒刺，鬚硬尖而光，横行而妥尾。其怒而吼也，聲如雷，百獸爲之震恐。」陳藏器《本草》云：「虎威如乙字，長一寸，在脅兩傍皮内，尾端亦有之。」北，北方也。毛云：「北方寒凉而不毛。」羅泌云：「帝戮蚩尤，遷其民，善者于鄒屠，惡者于有北。《詩》曰『投畀有北』，惡可知矣。」昊，昊天也，大而明曰昊天。朱勃云：「此言欲令上天而平其惡。」孔云：「豺虎若不肯食，當擲予有北太陰之鄉，使凍殺之。若有北不肯受，則當擲予昊天，自制其罪。以物皆天之所生，天無推避之理，故止於昊天也。豺虎之食人，寒鄉之凍物，非有所擇。言不食不受者，惡之甚也。故《禮記》曰『惡惡如《巷伯》』，言欲其死亡之甚。」陸佃云：「地於四方，正言有北者，有北，朔地也。朔地者，寬閑之至。天於四時，正言有昊者，有昊，南天也。南天者，辨察之至。」真德秀云：「譖人爲害至深，故詩人疾之亦甚。舜之治四凶也，以禦魑魅，而《大學》於不仁之人，欲屏諸四夷。詩人之情，亦若是也。」錢天錫云：「上之求訴於天，以王之不明。下之求制于天，以王之不振。」鄧元錫云：「聽斷制其命于天，蓋于是知其疾讒者一天也。」鍾云：「無可奈何，反作此奇想。」鄒忠胤云：「五刑之屬，宫居一而詬稱甚，所謂中才莫不傷氣，何况慷慨之士？巷伯所以痛心疾首，撫膺而籲天也。」

楊園之道，猗于畝丘。叶支韻，袪箕翻。**寺人孟子，作爲此詩。**支韻。陸云：「一本云『作爲作詩』。」**凡百君子，敬而聽之。**支韻。○比而賦也。楊者，近水之木，宜下濕，故楊園爲下地。猗，通作倚，郝敬云：「自下而達上，如倚立也。」《爾雅》云：「如畝，畝丘。」按畝，田之壠也。丘如田壠曰畝丘。孫炎云：「方百步也。」孔云：「於時王都之側，蓋有此園丘，詩人見之而爲辭也。」嚴云：「楊園下地，以況卑人。畝丘高地，以況大臣。欲陵畝丘，則必道楊園。言將譖大臣，必始于卑人也。」寺人，内小臣。《周禮·寺人》職云：「王之正内五人。」寺之爲言侍也。正内者，路寢也。侍王于路寢，而掌王之内人及女宫之戒令，蓋奄人也。孟子，其字也，姓名無考。毛云：「寺人而曰孟子者，罪已定矣，而將踐刑，作此詩也。」孔云：「知罪已定者，若不定，則不應疾讒人如此之甚也。繇踐刑而作此詩，知自言孟子，以殊于餘寺人不被讒者也。」作，《説文》、《鄭箋》皆云：「起也。」孟子起而爲此詩。王應麟云：「爲吉甫易，爲家父、孟子難。」又云：「大雅之變，作於大臣，召穆公、衛武公之類是也。小雅之變，作於群臣，家父、孟子之類是也。風之變也，匹夫匹婦皆得以風刺，清議在下，而世道益降矣。」魏了翁云：「氣數屈伸之變，人事昏明之感，天下治忽之機，猶陰陽晝夜，一長則一消，不能獨無者。雖然，其所以主張是者，則未嘗一日無也。《節》之詩，尹氏以太師秉國鈞，方茂惡怨正，莫敢戲談。周大夫既誦言之，而其亂曰『家父作誦，以究王訩』。《巷伯》之詩，彼譖人者方幡幡其詞，好好其容。寺人既深詆之，而其亂曰『寺人孟子，作爲此詩』。《詩》中譏刺之語，率多微婉詞義，隱匿姓名，至於自狀其人，甘於抵冒忌諱，如此類絶少。人之惡不善如惡惡臭，凡皆實理之不能自欺者，及其隱于心而不自知其不可而言之也，雖刀鋸鼎鑊在前，亦奚暇恤哉！」凡百君子，謂衆在位者，亦以諷王也。敬而聽，與聽而敬有異。敬者，不忽略之謂。勿以爲微賤之言而輕之，勿以爲隔膚之視而置之，就聽言上説。劉敞云：「讒人罔極，不獨譖己而已。必將上及大臣骨肉，但先自己始也。故曰『凡百君子，敬而聽之』。其後，王后、太子及大夫，果多以讒廢者。」輔廣云：「譖始於微者，進而嘗之也。君若受之，則譖者之氣益壯，而心益大，故塱讒必折其芽。」鄒云：「詩作於寺人，聖人録之，夫亦閔其受禍之酷，爲不聽聽者永鑒耶？夫幽王之時，哲婦煽處以傾城，群小如簧而競進，惡惡如巷伯，且不難自署其詩尾，固宜不免於口哉！其爲君子謀則忠矣。抑巷伯此詩，非僅爲百君子謀也。嘗按班固史贊，歷數春秋以來禍敗，曰：『昔子翬謀桓而魯隱危，欒書搆郤而晋厲弑，豎牛奔仲叔孫卒，郈伯毁季昭公逐，費忌納女楚建走，宰嚭譖胥夫差喪，李園進姝春申斃，上官訴屈懷王執，趙高敗斯二世縊，伊戾盟坎宋座死，江充造蠱太子殺，息夫作姦東平誅，皆自小及大，繇疎逮親，可不懼哉！』因斯以觀，讒人之禍，豈止被讒者受之？并使信讒者還自受之。是故申后黜，宜臼廢，而幽王亦竟不免於僇。向令早聽巷伯之詩不及此。噫！吾猶慮夫譖之近而易以信受而莫之遷者，無過於寺人也。」

《巷伯》七章，四章章四句，一章五句，一章八句，一章六句。《禮記》：「子曰：好賢如《緇衣》，惡惡如《巷伯》，則爵不瀆而民作愿，刑不試而民咸服。」《緇衣》、《巷伯》皆《詩》篇名，非以作詩之寺人爲巷伯也。《子貢傳》闕文。《後漢書》云：「《詩》之小雅，有巷伯刺讒之篇，宦人之在王朝，其來舊矣。」楊氏云：「寺人，内侍之微者，出入于王之左右，親近于王，而日見之，宜無間之可伺矣。今也亦傷于讒，則疎遠者可知。故其詩曰：『凡百君子，敬而聽之。』使在位知戒也。」董鼎亦云：「幽王之世，大臣傷于讒者如蘇公，小臣傷于讒者如寺人孟子，則上下其得以免乎？」愚謂此詩果出于奄豎之口，聖人未必録之於經，正爲孟子本非寺人，而以遭讒被宮，故憤懣作此。孔子取之，以爲惡惡者訓，宜矣。

《鴛鴦》，美大昏也。疑爲咏幽王娶申后而作。此美大昏之詩，故以鴛鴦起興。若如《序》以爲刺幽王，則咏娶申后事也。以《白華》之詩證之，其第七章曰「鴛鴦在梁，戢其左翼。之子無良，二三其德」，是詩亦有「在梁」二語，詞旨昭然矣。幽王之娶申后，當在未即位時。詩人追美其初昏時，祝以萬年之福。亦猶唐高宗欲廢王皇后，長孫無忌述太宗言「朕佳兒佳婦，今以付卿」，言猶在耳之意。

鴛鴦于飛，畢之羅歌韻。亦叶支韻，陵之翻。**之。君子萬年，福禄宜**支韻。亦叶歌韻，牛何翻。**之。**興也。鴛鴦，毛傳云：「匹鳥也。」羅願云：「《歸藏》曰『有凫鴛鴦』，蓋凫屬也。雄名爲鴛，雌名爲鴦。水鳥之類，多相匹偶，好以頸相勾，惟此雄雌鳥尤甚。其大如鶩，其質杏黄色，頭戴白長毛，垂之至尾，翅皆黑。今婦人閨房中餙鴛鴦，以黄赤五采有纓者，皆鸂鶒耳。然鸂鶒亦鴛鴦之類，其色多紫。李白詩所謂『七十紫鴛鴦，雙雙戲亭幽』，謂鸂鶒也。」《稽聖賦》云：「雎鳩奚别，鴛鴦奚雙。」鄭玄云：「飛則爲雙，止則相耦。」崔豹云：「鴛鴦，水鳥也。雌雄未嘗相離，人得其一，則其一思而死，故謂之匹鳥也。」陸佃云：「鵲好外反，鴛好内思。」《説文》稱鳳，謂「鸛顙鴛思」是已。畢，《説文》云：「田罔也。」《月令》注云：「罔小而柄長，謂之畢。」羅，《説文》云：「以絲罟鳥也。」孔穎達云：「畢、羅異器。畢則執以掩物，羅則張以待鳥。」舊説謂畢所以掩兔。按《説文》訓率字爲「捕鳥畢也。象絲罔，上下其竿柄也」，是則捕鳥之率亦名爲畢，何專指爲掩兔之物乎？鴛鴦匹鳥，其飛必雙，或畢或羅，皆可雙而得之。今人多畜之池塘，以供翫賞，亦重其匹配之有情故耳。孔云：「鴛鴦性馴善而相耦，則取之易得。」君子，指王也。萬年，以傳世之久言。《書》云「惟曰欲至于萬年，惟王子子孫孫」是也。無窮祚胤，皆自此日之伉儷開之，福禄之宜，非虚祝矣。《禮記》，孔子侍坐於哀公，哀公曰：「敢問人道誰爲大？」孔子對曰：「禮爲大。所以治禮，敬爲大。敬之至矣，大昏爲大，大昏至矣！大昏既至，冕而親迎，親之也。親之也者，親之也。是故君子與敬爲親。舍敬，是遺親也。弗愛不親，弗敬不正。愛與敬，其政之本與？」公曰：「冕而親迎，不已重乎？」孔子愀然作色而對曰：「合二姓之好，以繼先聖之後，以爲天地宗廟社稷之主，君何謂已重乎？天地不合，萬物不生。大昏，萬世之嗣也，君何謂已重焉！」按孔子所言「萬世之嗣」，正與此詩咏「萬年」、「福禄」同意。鴛鴦不再匹，故以興新昏，且刺幽王黜申后，立褒姒也。凡《詩》中言于飛者有六，曰「黄鳥于飛」，曰「倉庚于飛」，曰「雄雉于飛」，皆單舉一鳥。曰「燕燕于飛」，雖重言之，然以比莊姜、戴嬀，則猶之乎皆雌燕也。曰「鴻鴈于飛」，則以有大小之異，要非一族。其以雌雄連言者，惟「鳳凰于飛」及此「鴛鴦于飛」耳。《卷阿》咏鳳凰，雖不從配匹取義，而《左傳》載齊懿氏之卜妻陳敬仲也，❶其妻占之，曰：「吉。是謂：『鳳凰于飛，和鳴鏘鏘。有嬀之後，將育于姜。』」亦以雄鳳雌凰之俱飛，比夫婦也。然則此詩雙舉鴛鴦，以興夫婦，抑何疑焉？興意重于飛，不重畢羅。

鴛鴦在梁，戢其左翼。職韻。**君子萬年，宜其遐福。**叶職韻，筆力翻。○興也。梁，即「無逝我梁」之梁。戢，鄭玄云：「斂也。斂其左翼，以右翼掩之。」陰陽相下之義也。孔云：「此舉雄者而言。」按《爾

---

❶ 「卜」，原作「十」，據《四庫全書》本改。

雅》云：「鳥之雌雄不可別者，以翼右掩左，雄；左掩右，雌。」鄭、孔之説，蓋本于此。然詩稱戢左翼，明以鴛鴦合言，何得謂單舉雄乎？陸云：「正言左翼者，蓋凡鳥左顧則怒作，右盼則喜生。飛而起則仰左翼，飛而下則仰右翼，故今鷙鳥下擊，皆先側左翅也。」又張子厚云：「禽鳥並棲，一正一倒，戢其左翼，以相依于内。舒其右翼，以防患于外，蓋左不用而右便故也。」二説皆通。鴛鴦于飛，畢而羅之皆可得，所謂飛則爲雙也。鴛鴦在梁，戢其左翼以相向，所謂止則爲耦也。遐，遠也，即所云萬年也。詩興夫婦之和睦如此，故宜其享長遠之福。不言禄者，舉福可以兼禄也。上「宜」字，猶云「應」爾。人與福相配，故曰「宜其」。

乘馬在廄，摧《説文解字》作「剉」，鄭云：「今莝字。」**之秣**叶隊韻，莫佩翻。**之。君子萬年，福禄艾**叶隊韻，疑刈翻。**之。**賦也。此下二章皆咏親迎之事，而因以致其頌禱之意。按《昏義》云：「天地合，而後萬物興焉。夫昏禮，萬世之始也。取於異姓，所以附遠厚別也。男子親迎，男先於女，剛柔之義也。壻親御授綏，親之也。親之也者，親之也。敬而親之，先王之所以得天下也。出乎大門而先，男帥女，女從男，夫婦之義，繇此始也。玄冕齊戒，鬼神陰陽也。將以爲社稷主，爲先祖後，而可以不致敬乎？」是則古之先王，亦行親迎之禮也。孔云：「《公羊》説天子至庶人，娶皆當親迎。《左氏》説王者尊，無體敵之義，故不親迎。鄭駁之云：『天子雖至尊，其於后猶夫婦也。夫婦判合，禮同一體，所謂無敵，豈施於此哉？《禮記》孔子言親迎「繼先聖之後，爲天地宗廟主」，非天子則誰乎？』」《白虎通》云：「天子下至士，必親迎授綏者何？以陽下陰也，欲得其歡心，示親之心也。必親御輪三周，下車曲顧者，防淫泆也。」宋范祖禹《論立后疏》云：「進言者，必曰天子至尊，無敵于天下，不當行夫婦之禮。而荀卿有言：『天子無妻，告人無匹也。』如此，則是周公之典，孔子之言，皆不可信，而荀卿之言可信也。謹按《禮》冠、昬惟有士禮，而無天子、諸侯之禮，故三代以來，惟以士禮推而上之，爲天子、諸侯之禮。蓋以成人之與夫婦，自天子至于士則一也。」乘馬，四馬也。廄，《説文》云：「馬舍也。」《周禮》馬四匹爲乘，乘馬一師四圉，三乘爲皁，一趣馬。二皁爲繫，一馭夫。六繫爲廄，一僕夫。計一廄之馬，凡二百一十有六，應乾之策。此乘馬乃親迎時所用，與《碩人》、《車舝》之四牡同，在廄則其未親迎之時也。毛云：「摧，莝也。秣，粟也。」鄭云：「摧，今莝字。」按摧之所以爲莝者，以摧通作挫，《説文》解挫爲摧是也。挫又通作莝，以形聲相鄰而混。莝，《説文》云：「斬芻也。」《史記》范雎坐須賈于堂下，置莝豆其前，令兩黥徒夾而馬食之，即此莝也。秣，《説文》本作䬴，云：「食馬穀也。」鄭云：「古者明王所乘之馬繫于廄，無事則委之以莝，有事則予之穀，言愛國用也。」愚按此謂在廄之馬，前此無事則莝之，今將用之以親迎，則秣之也。《漢廣》之詩曰：「之子于歸，言秣其馬。」事亦同此。艾，久也，見毛傳「夜未艾」之訓，當是以艾乾久益善。又《方言》「東齊、魯、衛之間，凡尊老謂之艾」，故訓艾爲久耳。言自今日新昬以往，至于萬年，福禄之來，永久而不替也。蓋祝辭，下章倣此。

乘馬在廄，秣之摧叶胷韻，取果翻。按「摧」字與下「綏」字雖各有灰、支二韻，然此「摧」字通作「莝」，則當用胷韻叶。**之。君子萬年，福禄綏**叶胷韻，吐火翻。**之。**賦也。此乘馬在廄，與上章異，謂親迎返時也。前此將用以乘車，則飼之以秣，今既返而在廄，則仍飼之以莝也。綏，《爾雅》云：「安也。」徐鍇云：「升車必執綏，所以安也。」綏者，所執轡之總也。此承上章艾之言，久而不替，則安而不遷矣。言外見大昬關係之重如此，今申后安在乎？「失意一人，是謂永訖」，甚爲王惜此盛禮也。

《鴛鴦》四章，章四句。《子貢傳》謂諸侯所以報天子，《申培説》謂諸侯祝天子之詩，朱子謂諸侯所以答《桑扈》，亦頌禱之詞。三説皆同，然於鴛鴦、乘馬之解，不可通也。《序》則云：「刺幽王也。思古明王，交於萬物有道，自奉養有節焉。」其意以前二章言鴛鴦，爲交于萬物有道，後二章言乘馬，爲自奉養有節。牽强附會如此，蓋無理之尤者。

《白華》，幽王娶申女以爲后，又得褒姒而黜申后，故作此詩。出朱傳。〇按《史記・周本紀》云：「幽王三年，嬖愛褒姒。褒姒生子伯服，幽王欲廢太子。太子母，申侯女，而爲后。後幽王得褒姒，愛之，欲廢申后，并去太子宜臼，以褒姒爲后，以伯服爲太子。周太史伯陽讀史記曰：『周亡矣。』昔自夏后氏之衰也，有二神龍止於夏帝庭而言曰：『余，褒之二君。』夏帝卜殺之與去之與止之，莫吉。卜請其漦而藏之，乃吉。於是布幣而策告之，龍亡而漦在，櫝而去之。夏亡，傳此器殷。殷亡，又傳此器周。比三代，莫敢發之，至厲王之末，發而觀之。漦流于庭，不可除。厲王使婦人裸而譟之，漦化爲玄黿，以入王後宫。後宫之童妾既齔而遭之，既笄而孕，無夫而生子，懼而棄之。宣王之時童女謡曰：『檿弧箕服，實亡周國。』於是宣王聞之，有夫婦賣是器者，宣王使執而戮之。逃於道，而見鄉者後宫童妾所棄妖子出於路者，聞其夜啼，哀而收之，夫婦遂亡，奔於褒。褒人有罪，請入童妾所棄女子者於王以贖罪。棄女子出於褒，是爲褒姒。當幽王三年，王之後宫，見而愛之，生子伯服，竟廢申后及太子，以褒姒爲后，伯服爲太子。太史伯陽曰：『禍成矣，無可奈何！』」據《本紀》，褒姒爲后，事在幽王三年，則申后見黜，當在是時。金履祥《通鑑前編》謂三年王始嬖褒姒，至五年始廢申后及太子宜臼。不知何所本，然大約誤也。《汲冢竹書》亦載三年王始嬖褒姒，而不言立之爲后，或亦醜其事而微之。及五年，書王世子宜臼出奔申。八年，書立伯服爲太子。而《鄭語》史伯有云：「王嬖是女也，使至於爲后而生伯服。」則生伯服乃在褒姒爲后之後，皆與《本紀》不合。綜而覈之，廢后立后事最在先，即幽王三年事。其後伯服生，宜臼心懷疑懼，始出奔申。又三年，而伯服稍長，故遂立之。《竹書》之紀事確矣。孔穎達云：「厲王之末，流彘之歲也。毁齒曰齔。女七歲而毁齒，十五而笄。《帝王世紀》以爲幽王三年嬖褒姒，褒姒年十四。若然，則宣王立四十六年崩，是先幽王之立十一年而生，其生在宣王三十六年也。厲王流彘之歲，爲共和十四年，而後宣王立。自宣王三十六年，上距流彘之歲爲五十年。流彘時童妾七歲，則生女時，母年五十六，凡在母腹五十年。其母共和九年而笄，年十五而孕，自孕後尚四十二年而生，作爲妖異，故不與人道同。」

白華菅兮，白茅束叶屋韻，讀如速，蘇木翻。**兮。之子之遠，俾我獨**屋韻。**兮。**興也。白華，《爾雅》云：「野菅。」毛傳云：「已漚爲菅。」孔云：「漚之柔韌，異其名，謂之爲菅，因謂在野未漚者爲野菅也。」解見《東門之池》篇。陸佃云：「菅，茅屬也。而其華白，故一曰白華。《詩序》曰：『白華，孝子之潔白也。』」按束晳《補白華》詩云：「白華朱蕚，被于幽薄。粲粲門子，如磨如錯。白華絳趺，在陵之陬。蒨蒨士子，涅而不渝。白華玄足，在丘之曲。堂堂處子，無營無欲。」推是以思，則白華之美信矣。茅，解見《野有死麕》篇。茅亦潔白，故曰白茅。孔子謂茅之爲物薄而用可重，爲其可以爲藉，又祭祀亦用之以縮酒。然詩人觸物起詠，寄意不同，故《楚辭》云：「蘭芷變而不芳兮，荃蕙化而爲茅。」則亦賤茅之辭。此詩取茅與菅對言，正以菅、茅同類。但菅韌茅脆，菅比茅爲有用，故申后以菅自喻，而以茅喻褒姒也。又《左傳》引逸《詩》云：「雖有絲麻，不棄菅蒯。雖有姬姜，不棄憔悴。」則菅蒯乃憔悴之比，而白茅用之于宗廟祭祀，或取以包裹禮物，其崇重可知，亦褒姒得時之比。束，《説文》云：「縛也。」束薪之束，字从口木。嚴粲云：「白華柔韌宜爲索，則刈取之，漚以爲菅。白茅不可用，則以纏束白華而已。菅喻后，茅喻妾，以賤承貴，宜也。」歐陽脩云：「言二物各有所施，可以並用，如妻妾各有職，可以並居。」按天子一后，三夫人，九嬪，二十七世婦，八十一御妻，皆以助后治內事。是亦菅、茅相須之意。孔云：「寵褒姒以黜申后，似取白茅而棄韌菅。」之子，鄭云：「斥幽王也。」俾，使也。我，朱子云：「申后自我也。」獨，單也。劉熙云：「鹿也。鹿鹿無所依也。」今之子遠棄我而不相親近，使我單獨失所，則不獨菅茅無別，且棄菅而專取茅矣。

英英《韓詩》作「泱泱」。**白雲，露彼菅茅。**叶尤韻，迷侯翻。姚旅謂古本作「英英白露，霑彼菅茅」，不知何據。**天步艱**豐氏本作「囏」。**難，之子不猶。**尤韻。○興也。草華而不實者謂英。季云：❶「白雲，水土輕清之氣，未爲層雲也。而英英如花朵然。」露者，顯露之義。大凡天清明，則夜氣降而爲澤，其名曰露。若有雲，則無露矣。故言物之隱而忽見者，以露稱之，如露臂、露身之類是也。此刺幽王不明。言白雲在天，非能如日月之明也，然猶能下炤庶物。如菅之非茅，茅之非菅，一一顯露其下，了然可指，豈有遁形？今王惑于嬖寵，不知菅之可貴，茅之可賤，猶之涇渭莫辨，玉石無分。則非特明有愧于日月，抑亦白雲

❶「季」，原作「李」，引文見季本《詩説解頤》，據改。

之不如矣。天步，猶天運。天步艱難，以天下將亂言。繇王寵褒姒，故天下將亂也。猶，謀也。孔云：「之子幽王，何故不圖其變之所繇來，而寵之以代后，將至于滅國乎？」詩人深見狐媚惑主，乃宗社危亡所係，故欲王之深思而自得之，痛之至也。鄒忠胤云：「后實天步是慮，豈直爲己之失意永訖發哉？」愚按英英白雲，露彼菅茅，申上章「白華」二句。天步艱難，之子不猶，申上章「之子」二句。此上二章皆諷幽王。

滮《説文》作「淲」。**池**《説文》、豐本俱作「沱」。**北流，浸**陸德明、豐本俱作「寖」。**彼稻田。**先韻。亦叶真韻，他因翻。**嘯**陸本、豐本俱作「歗」。**歌傷懷，念彼碩人。**真韻。亦叶先韻，奴延翻。○興也。滮，毛傳、《説文》皆云：「水流貌。」池，《説文》作沱，無池字。今按水自江出者別名爲沱。意凡大水枝流別而爲小水者，亦皆可以沱稱。穿地通水曰池，亦其類也。《水經注》云：「鄗水又北流，西北注，與滮池合。水出鄗地西，而北流入于鄗。滮，流浪也，而世傳以爲水名矣。鄗地又北逕于渭。」《九域志》云：「京兆府冰池名滮池，亦名聖女泉。」《寰宇記》云：「渭水西自京兆鄠縣，流入長安。漢建元三年，造便橋跨渭。斯滮池之別名，西北合渭水。」今按滮池北入鄗，鄗北合渭，則是皆北流矣。故鄭箋云「豐、鎬之間，水北流」也。鄗、鎬通用。浸字本作「濅」，漸漬之義。羅願云：「稻性宜水，故五穀外別設稻人之官，掌稼下地，以瀦畜水，以防止水，以溝蕩水，以遂均水，以列舍水，以澮寫水。」愚按稻田，下流所歸之地，故以喻褒姒，觀一「彼」字可見。嚴云：「池水滮然北流，則止能浸彼在北之稻田耳。喻幽王之澤有所偏也。」嘯歌者，既嘯而復歌。解見《江有汜》篇。謝枋得云：「所謂長歌之哀過于痛哭也。」傷懷者，懷思往事而自傷也。念，《説文》云：「常思也。」碩人，朱子云：「尊大之稱，亦謂幽王也。」愚按親之則曰之子，尊之則曰碩人。凡言碩人皆稱彼者，以幽王既愛褒姒，非己所敢親故也。此詩意不專刺王，與下章皆是自鳴其不妒忌之意。言褒姒未正位中宮之先，王澤雖偏于彼，亦繇我能容之，何幽王之不知返念？所以追懷往事，憮然欲絶也。蓋於怨恨之中，寓感動之意。

樵彼桑薪，豐本作「新」。**卬烘于煁。**侵韻。**維彼碩人，實勞我心。**侵韻。○興也。樵，據《説文》是散木之義。《漢書音義》又訓取薪者爲樵。孔云：「樵者，薪之一名。但諸事皆反其名以名其事，此『樵彼桑薪』，猶薪是穫薪也。」桑雖嘉木，但鳩食其葚則淫，故「氓之蚩蚩」篇取以自況。此舉以喻褒姒，亦刺淫亂之意。又程大昌云：「吾徽之桑，春每氣應，土脉欲動，木津未上，則相與腰刀，相其良監。凡柯枝繁密而相翳者，倒垂亂行而不上達者，或又半枯半萎、不善茁葉者，率皆删剟棄之，不使分其正力，俗語謂之剃桑，言能剪惡存好也。張堪守漁陽，勸民耕種，百姓歌曰：『桑無附枝，麥穗兩岐。』夫桑枝以無所附着爲貴，則是常加删剪而無有交戛相防者矣。」按據此則桑木之可析爲薪者，乃附枝耳，亦庶妾之比。大木可析者謂之薪。卬字从匕从卪，與「維王之邛」从工从邑不同。《爾雅》訓卬爲我，《詩》「人涉卬否」是也。郭璞云：「卬猶姎也。」女人稱我曰姎，其語轉，故曰卬。烘，《爾雅》、《説文》皆云：「燎也。」煁，《爾雅》、《説文》皆以爲烓。郭云：「今三隅竈也。」孔云：「烓者，無釜之竈。其上然火，謂之烘。本爲此竈止以然火炤物，若今之火爐也。」上章言北流、浸彼，猶曰王之自幸之，而我姑能容之耳。此興言取彼外來之桑木爲薪，我則特爲置之于煁，以共炤燎之用，不使有積薪之嘆也。意褒姒初來時，申后必有進之于王，而讓之當御之事，則不徒能容之而已。幽王寧不之知，乃今之待我何如，能不使我撫今思昔，而勞病我之心乎？此上二章刺王而兼諷褒姒。

鼓鐘《韓詩外傳》亦作「鐘鼓」。**于宮，聲聞于外。**叶隊韻，魚刈翻。**念子懆懆，**陸本、豐本俱作「慘慘」。**視**豐本作「眎」。**我邁邁。**叶隊韻，讀如昧，莫佩翻。《韓詩》、《説文》、豐本俱作「怖怖」，云意不説好也，又很怨也。○興也。鼓鐘，擊鐘也。擊鐘于深宮之中，而其聲必徹聞于外，喻誠之不可掩，蓋反興也。《韓詩外傳》云：「僞詐不可長，空虚不可守，朽木不可雕，情亡不可久。《詩》曰：『鐘鼓于宮，聲聞于外。』言有中者必能見外也。」又云：「孔子見客，客去。顔淵曰：『客，仁也。』孔子曰：『恨兮其心，類兮其口。仁則吾不知也，言之所聚也。』顔淵蹙然變色曰：『良玉度尺，雖有十仞之土，不能掩其光。良珠度寸，雖有百仞之水，不能掩其瑩。夫形，體也。色，心也。閔閔乎其薄也。苟有温良在中，則眉睫與之矣。疵瑕在中，則眉睫不能匿之。』《詩》曰：『鐘鼓于宮，聲聞于外。』」子，指王也。懆，《説文》云：「愁不安也。」陸元朗云：「愁不申也。」非一念之而已，故曰懆懆。邁，《説文》云：「遠行也。」王之視我，望望然去之不顧，若邁而又邁然者，遠之之甚也。朱子云：「鼓鐘于宮，則聲聞于外矣。念子懆懆，而反視我邁邁，何哉？」程子云：「此自傷其誠意之不能動王也。懆懆然憂戚，而曾不能感動，視我邁邁然而去。」愚按此承上文兼諷褒姒之後，而專諷王。言褒姒於我固無情者，我之誠意或不足以動彼。若王之于我有伉儷之分，有相愛之素，豈不知我之愁慘如斯，而亦漠然不一動念，謂之何哉？一説，以首二句爲喻宮庭之事不可掩，王當端本以善則，如知遠之近，知風之自，知微之顯之意。於理亦近之，然於下二句興意不甚關切，故不從。

有鶖在梁，有鶴在林。侵韻。**維彼碩人，實勞我心。**侵韻。○興也。鶖，毛傳、《説文》皆云：

「禿鶖也。」陸佃云：「鶖性貪惡，一名扶老。狀如鶴而大，長頸赤目，其毛辟水毒，頭高八尺，善與人鬭，好啗蛇。劉楨《魯都賦》曰：『緑鵠蒽鶖。』鶖色蓋青也。」按《禽經》云：「扶老强力。」注謂食之益人氣力，走及奔馬，即此。一名舍利。《北史》後魏明帝時，嘗獲鶖鳥於宫中養之，崔光以爲此貪惡之鳥，野澤所有，《詩》所謂「有鶖在梁」者。魏黄初中，鵜暫集而去，猶以爲戒，况饕餮之禽，必費魚肉菽麥稻粱之食，豈可留意於醜形惡聲哉？梁，孔云：「魚梁也。」解見衛《谷風》篇。鶴，解見《鶴鳴》篇。《説文》云：「平土有叢木曰林。」陸佃云：「鶴飛必依洲嶼，止必集林木。」按鶖、鶴相類，亦猶之菅、茅，然特鶖貪鶴潔，故興意以鶖喻褒姒，而以鶴自喻。鄭云：「鶖也、鶴也，皆以魚爲美食者也。鶖之性貪惡，而今在梁。鶴潔白，而反在林。興王養褒姒而餒申后。」蘇轍云：「鶖、鶴皆以魚爲食，然鶴之於鶖，清濁則有間矣。今鶖在梁而鶴在林，鶖則飽而鶴則饑矣。幽王進褒姒而黜申后，譬之如養鶖而棄鶴也。」歐陽云：「言二物皆非其所處，如妾不宜居正位，而妻不宜被遠棄也。」維彼碩人，實勞我心者，王之所爲如此，所以使我思之極而至于勞，但自傷其所遭之不幸而已。

鴛鴦在梁，戢其左翼。職韻。**之子無良，二三其德。**職韻。○興也。「鴛鴦」二句，解見《鴛鴦》篇。鴛鴦，匹耦相隨之鳥，雄者名鴛，雌者名鴦。然則鴛以喻幽王，鴦后以自喻。梁，與上章「梁」同。斂左翼以相向，雌雄和睦之象，亦反興也。謝枋得云：「鴛鴦不失其匹耦，幽王乃喪其良心，嬖妾廢后，有愧於鴛鴦矣。衛《詩》曰：『士也罔極，二三其德。』亦刺夫婦之相棄背也，與此意合。」上章以己與褒姒相形，歸咎碩人。此又專責備「之子」，使之子不二三其德，雖百褒姒何能爲？其怨之也切矣。

有扁斯石，履之卑支韻。**兮。之子之遠，俾我疧**支韻。**兮。**興也。扁，《説文》云：「署也。从户、册。户册者，署門户之文也。」徐鍇云：「門户封署也。」按何晏《景福殿賦》云「爰有禁扁」，即此石。鄭云：「乘石也。」《周禮・夏官・隸僕》職云：「王行，則洗乘石。」鄭司農謂乘石者，王所登上車之石。《禮書》云：「王乘車，於是石登降也，設于兩階。」今按路寢崇嚴，其上必有題署，而於兩階之間，又設有乘石焉，所謂「有扁斯石」也。履，踐。卑，下也。履之卑兮，是倒句文法。言此乘石也，雖其處地卑下，亦時得蒙王之踐履，而我獨無繇與王親近，則是斯石之不如也。唐詩有云：「玉顔不及寒鴉色，猶帶昭陽日影來。」意亦類此。王起《洗乘石賦》云：「承玉趾以增麗，拂衮衣而更妍。洗列周經，履合《詩》雅。」疧，本作疷，《説文》云：「病不翅也。」按不翅猶言不止，或以爲過多之意，蓋言病之甚也。以欲親近之子不得，故至于困病。此詩通篇備極曲折，而條理故自井然。首言妻妾相資，王不宜棄妻嬖妾，若貴賤倒置，恐亂天下。次言己亦素有恩于褒姒，固不當傾己，而王亦不宜聽之。既又言己誠意不足動褒姒，或無足怪，而王不知己之念彼，至待己與待褒姒相越之遠爲可訝。既又謂褒姒無足責，而獨歸咎于之子之無良，蓋至是始露其怨王之意。然竟不忍決絶，而自嘆其不如乘石，至以俾我疧終焉，亦可謂怨而不怒者矣。真德秀云：「申后雖見棄，而其辭氣和平如此，信乎其爲先王之澤與！」鄒云：「《易・家人》之九五曰：『王假有家，勿恤。』象以爲交相愛也。解者曰：夫愛其内助，婦愛其刑家也。自夫婦之道苦，而《谷風》之篇奏，此在氓庶家猶羞稱之，況爲天下主乎？《記》云：『無以嬖御人疾莊后。』夫王后固奉神靈之統，理萬物之宜者，爲龍漦之妖倖，而至于見黜幽之，三綱於是乎淪矣。史遷謂妃匹之際，或雖合而不能成子姓，或能成子姓而不能要其終。人能弘道，無如命何。是故京室將隆，任姒幸逢其盛。宗周將滅，申后不幸遇其艱，豈非命也哉？讀《白華》之雅，有餘悯焉。嗟夫！周失申后而殞於戎，衛失莊姜而熸於狄。聖人録《白華》及《緑衣》、《終風》諸篇，以著鬩敗之原，非直爲怨婦寫侘憏而已。」

《白華》八章，章四句。《序》云：「周人刺幽后也。幽王娶申女以爲后，又得褒姒而黜申后，故下國化之，以妾爲妻，以孽代宗，而王弗能治。周人爲之作是詩也。」《漢書》注引此《序》，「幽」字下有「王廢申」三字。郝敬云：「愚幼受朱傳，疑申后能爲《白華》之忠厚，胡不能戢父兄之逆謀？宜臼能爲《小弁》之親愛，胡乃預驪山之大惡？讀古《序》始知二詩託刺，故《序》不可易也。」今按謂此詩爲周人代申后作，亦無不可。但「滮池」二章自是申后意中事，恐非外人所能及。至若驪山之事，舉以責宜臼則可，舉以責申后則不可。何者？宜臼身在申國，親與逆謀，何所逃罪？故《小弁》之詩，《序》不謂宜臼作，愚深信之。若申后被廢，未必大歸。又幽王遇弑，事在十一年，距廢后時蓋已九載，此時申后存亡亦未可知。鄒氏忠胤謂：「觀于宮、于外、在梁、在林之咏，當時或廢處離宮，其賦《白華》，亦如後世之賦《長門》耳。」此論爲允。若《申培説》以爲幽王廢姜后，后歸申作此。然他書絶無載后歸申之事，故不足信。《子貢傳》但存「申后」二字，而缺其二字。

《車舝》，刺幽王也。王以褒姒爲后，宮中之人醜之，思得賢女代之爲后焉。《序》以爲：「大夫刺幽王也。褒姒嫉妒，無道並進，讒巧敗國，德澤不加於民。周人思得賢女以配君子，故作是詩也。」

愚按以此詩爲刺褒姒嫉妒，思得賢女以配君子者近之。但竊意是宮中之人所作。如謂出于大夫，則于好友、酒殽、歌舞等語，俱不可通，讀者詳之。因憶漢許后之廢也，成帝欲立趙飛燕爲皇后，諫大夫劉輔上書，以爲宜「畏天命，念祖宗，妙選有德之世，考卜窈窕之女，以承宗廟，順神祇心，塞天下望子孫之祥。今乃觸情縱欲，傾於卑賤之女，欲以母天下，不畏于天，不愧于人，惑莫大焉。里語曰：『腐木不可以爲柱，卑人不可以爲主。』」與此詩惡褒姒而思賢女，意雅相類。或疑何不諷王復故后，而諷以別選新婚。則此時申后以廢黜故，或幽憂而死，亦不可知，但經傳無明文耳。

間關車之舝叶曷韻，何葛翻。左傳作「轄」。**兮，思孌季女逝**叶屑韻，食列翻。**兮。匪饑匪渴，**曷韻。亦叶屑韻，巨列翻。**德音來括。**曷韻。亦叶屑韻，紀劣翻。**雖無好友，**叶紙韻，羽軌翻。**式燕且喜。**紙韻。○賦也。間，襍也，厠也。横木持門者爲關，即門牡也，車之横軸似之。加鐵于軸端，使鐵與木相間而不得脱，是謂間關，下文言舝是也。今人以馳驅爲間關，義亦本此。舝，《説文》云：「車軸耑鍵也，兩穿相背。」孔穎達云：「舝無事則脱，行乃設之。」孌，《説文》云：「慕也。」季女，謂女之少者。逝，往也。言所以設此間關之舝者，爲思慕彼少女之故，欲以車往迎之，使代褒姒爲后也。此虚擬之辭。曰思孌，則非有其人可知。饑，餓也。渴，通作潵，《説文》云：「欲飲也。」今經傳中凡「潵」字俱作「渴」。括，當依《釋文》作佸，《説文》云：「會也。」言思慕此季女之深，非饑而若饑，非渴而若渴。所以然者，欲聞其有德之言，來與我輩相會聚也。思季女之德音，亦以刺褒姒之不德也。雖無好友，宮人自謂也。宮人從王后之後，魚貫以事主，亦有友之義焉。式，發語聲。燕，通作宴，安也。言我輩雖無可爲季女之好友，然使得季女而事之，亦庶乎心安而可以自喜樂矣。

依彼平林，有集維鷮。蕭韻。**辰**《列女傳》作「展」。**彼碩女，**豐氏本作「人」。**令德來教。**叶蕭韻，讀如澆，堅堯翻。**式燕且譽，**叶遇韻，讀如芋，王遇翻。**好**去聲。**爾無射。**叶遇韻，都故翻。○興也。依，《説文》云：「倚也。」平林，毛傳云：「林木之在平地者也。」集，《説文》云：「群鳥在木上也。」薛綜云：「雉之健者爲鷮，尾長六尺。」陸璣云：「鷮微小于翟也，走而且鳴，音鷮鷮然。其色如雌雉，尾如雉尾而長，其頭上有肉冠，冠上藂毛長數寸，如雄雉尾角也。其肉甚美，故林慮山下人語曰：『四足之美有麃，兩足之美有鷮。』麃者，似鹿而小也。」《禽經》云：「火爲鷮，亢爲鶴。」王安石云：「鷮字从喬，尾長而走且鳴，則其首尾喬如也。」陸佃云：「鷮走且鳴，行止不能自舍，女有取節爾。夫雖等雉也，類有不同，則其取以擬象，亦因以異。若王后翬衣，夫人揄翟，公之服自鷩冕而下是也。鷮又下鷩一等，故取以況衆妾。《説文》以爲雉十有四種，字或从弟，以此故也。《詩》曰『依彼平林，有集維鷮』，言王后無妒忌之行，險詖之心，能庇其所賴，而淑女從焉，則如平林之集鷮雉也。」辰，北辰也。《論語》曰：「居其所，而衆星共之。」北辰之象也。碩，大也。碩女，即季女。前據其在家而言，則第稱季女。此以正位中宮而言，則尊之爲碩女也。「辰彼碩女」者，擬碩女于北辰，尊而仰之，若史之稱韓愈，謂學者尊之如北斗也。令，善也。令德來教，謂以令德之言來相訓告，即上章所謂「德音」也。衆妾尊之爲北辰，而望其來教，即末章所謂「高山仰止，景行行止」也。時褒姒已立爲后，而宮人之言如此，則其嫉褒姒無德甚矣。式燕，解見上章。譽，《説文》云：「稱也。」好，猶愛也。爾，爾碩女也。射，通作斁，《説文》云：「解也。」碩女有德音，可以教人，故衆妾皆心安之，且相與稱道之，悦慕爾碩女，終無有解釋之期也。嚴云：「悦彼，所以惡此也。」

雖無旨酒，式飲庶幾。尾韻。**雖無嘉殽，**豐本作「肴」。**式食庶幾。**幾、幾相應爲韻，亦變體。**雖無德與女，**音汝，叶麐韻，讀如乳，橤主翻。**式歌且舞。**麐韻。○賦也。首章言往迎，次章欲其立以爲后，此章則虛擬其初至時也。旨、嘉，皆美也。殽，通作肴。徐鍇云：「謂肉已修庖之，可食也。」或云，凡非穀而食皆曰肴。治中饋者，衆妾之事，故以酒殽言。時幽王與褒姒沈湎無度，其見于《頍弁》之詩者，方且酒必求旨，殽必求嘉，此欲反其所爲，言我雖無美酒殽以爲供具，爾庶幾飲之食之，萬不至如褒姒之厭縱其口腹也。與，如「與人爲善」之「與」。朱子云：「猶助也。」女，朱子云：「亦指季女也。」既又内自循省，言我輩雖自愧無德可以助女，然忻喜之深，誠不自禁其咏，猶舞蹈之不置也。雖無德與女，即首章謙言「雖無好友」之意。又《左》昭二十六年，齊侯與晏子坐于路寢。公歎曰：「美哉室！其誰有此乎？」晏子曰：「敢問何謂也？」公曰：「吾以爲在德。」對曰：「如君之言，其陳氏乎！陳氏雖無大德，而有施于民。豆、區、釜、鍾之數，其取之公也薄，其施之民也厚。公厚斂焉，陳氏厚施焉，民歸之矣。《詩》曰：『雖無德與女，式歌且舞。』陳氏之施，民歌舞之矣。」此雖斷章取義，然亦可見「式歌且舞」爲賤者之事也。

陟彼高岡，陽韻。**析**豐本作「𣃔」。**其柞薪。**叶陽韻，思將翻。**析其柞薪，**見上。**其葉湑**語韻。**兮。鮮我覯爾，我心寫**叶語韻，敞吕翻。**兮。**興也。此章言欲黜褒姒也。褒姒時爲王后，不黜之則季女無繇得立，故首以析薪爲言。《説文》云：「陟，登也。」岡，山脊也。析，破木也。柞，郭璞以爲栩，即柞櫟也。解見《鴇羽》篇。周處《風土記》云：「歷山在始寧邳、郯二縣界上。舜所耕田在於山下，多柞樹，吴越之間名柞爲櫟，故曰歷山。」羅願云：「柞生南方，葉細而密，今人爲梳用之。《齊民要術》稱柞砍去尋生，料理還復，宜種于山阜之曲，十年中椽，二十年中屋槫，薪樵不在此數，然則爲利亦博矣。」大木可析曰薪，所以施炊爨者。孔云：「言爲薪，是廢棄不用之辭。」湑，葉得露而潤澤之貌，解見《蓼蕭》篇。曹居貞云：「柞堅忍之木，其新葉將生，故葉乃落，附著甚固。」孔云：「言有人登彼高岡之上，當必析伐其柞木以爲薪。析伐其柞木以爲薪者，以此柞木其葉湑湑然茂盛兮，爲其蔽岡之高，故伐而去之。以興褒姒其惡衆多，爲其蔽王之明，故除而去之也。」歐陽脩云：「夫豔嬖之興，常在中主，第禍既接，則情與愛遷。顔辭媚熟，則事爲私奪。乘昜昏之明，牽不斷之柔，險言似忠，故受而不詰，醜行已效，反狃而爲好。左右附之，憸壬惎之。狡謀鉗其悟先，哀誓揵于寵初，天下之事已去，而恬不自覺也。」鮮，通作尠，少也。鮮我覯爾，與「鮮我方將」意同。寫，《爾雅》注云：「有憂者，思散寫也。」解見《泉水》篇。《詩詁》云：「接見曰覯。」郝敬云：「柞生高岡，其葉湑然，豔妻方煽猶是也。惟彼碩女，世所鮮有，我得覯之，易柞薪而爲良木，心憂亦傾寫矣。」

高山仰陽韻，疑剛翻。陸德明本、豐本俱作「卬」。**止**，陸本、豐本俱作「之」。**景行**叶陽韻，户郎翻。**止**。《史記》、豐本俱作「之」。**四牡騑騑，六轡如琴**。侵韻。**覯爾新**豐本作「親」。**昏，以慰**《韓詩》作「愠」，云：「恚也。」**我心**。侵韻。○興也。仰，《説文》云：「舉也。」謂舉首而望也。景，《説文》云：「光也。」鄭云：「明也。」上「行」字謂道也，下「行」字謂人之步趨也。劉熙云：「兩脚進曰行。行，伉也，伉足而前也。」此興季女之賢可爲師法，與「令德來教」相應。言山維高，則人共瞻望而仰之，彼培塿奚仰焉？大道之燦然可見者，人則共往來而行之，彼邪徑奚行焉？深譬此，所以痛斥彼也，亦卑人不可以爲主之意。

《韓詩外傳》云：「南假子過程本，本爲之烹鱺魚。南假子曰：『聞君子不食鱺魚。』本子曰：『此乃君子食也，❶我何與焉？』假子曰：『夫高比所以廣德也，下比所以狹行也。比於善者，自進之階。比於惡者，自退之原也。且《詩》不云乎？高山仰止，景行行止。吾豈自比君子哉！志慕之而已矣。』」《表記》引此詩，孔子曰：「《詩》之好仁如此。鄉道而行，中道而廢，忘身之老也，不知年數之不足也。俛焉日有孳孳，斃而後已。」又徐幹云：「學者如登山焉，動而益高，如寤寐焉，久而愈足。顧所繇來，則杳然其遠。以其難而懈之，誤且非矣。《詩》云：『高山仰止，景行行止。』好學之謂也。倦立而思遠，不如速行之必至也。矯首而狗飛，不如循雌之必獲也。孤居而願智，不如務學之必達也。」按此雖非詩義，然借意甚精。四牡、六轡，女來時所乘之車，即首章所云車舝也。騑騑，解見《四牡》篇。如琴，猶如舞，調和之意。慰，《説文》云：「安也。」嚴云：「我願具四牡之馬，騑騑然行而不息。調其六轡，如琴聲之相應，以往迎此賢女，使我見王得此賢女爲新昏，則慰我心矣。言新昏，則外其舊者也。」愚按通章皆虚設之辭，非有是人，非有是事。

《車舝》五章，章六句。《左》昭二十五年，宋元夫人生子，以妻季平子。叔孫昭子如宋聘，且逆之。宋公享昭子，賦《新宫》。昭子賦《車轄》，義取此詩思得賢女以配君子也。《子貢傳》繫此詩于宣王之世，云：「樂親昏也。」朱子亦以爲燕樂其新昏之詩。《申培説》則云：「宣王中興，士得親迎，其友賀之而作此詩。」若然，皆當入風，何緣得入于雅，況文義又多所未協乎？抑聞之《禮》云：「昏禮不賀，人之序也。」申培

❶ 「子」下，據《韓詩外傳》當有「不」字。

之說何居？又云：「娶婦之家，三日不舉樂，思嗣親也。」新婚安得有燕耶？此又可以破子貢及朱子之說矣。

《角弓》，父兄刺幽王也。不親九族而好讒佞，骨肉相怨，故作是詩也。出《序》。○愚按此刺幽王寵任昏姻而疎遠同姓之詩。《序》所謂讒佞，指昏姻也。《申培說》與《序》同。魏文帝《報曹植詔》曰：「恩澤衰薄，不親九族，則《角弓》之章刺。」《前漢書》王音與王譚有隙，杜鄴說音曰：「鄴聞人情恩深者其養謹，愛至者其求詳。夫戚而不見殊，孰能無怨？此《棠棣》、《角弓》之所爲作也。」

騂騂陸德明本引《說文》作「弲弲」。今按《說文》引此詩作「觲觲」。《玉海補遺》、豐氏本同。**角弓，翩**《路史》作「扁」，豐本作「偏」。**其反**叶先韻，分邅翻。**矣。兄弟昏姻，無胥遠**叶先韻，於圓翻。按反、遠皆屬阮韻，依下章以「遠」叶「然」，故當用先叶。**矣。**興也。騂字本作騂，當依《說文》通作觲，云：「用角低卬便也。」毛傳云：「騂騂，調利也。」角弓，朱子云：「以角飾弓也。」《考工記》云：「弓人爲弓，取六材必以其時。六材既聚，巧者和之。幹也者，以爲遠也。角也者，以爲疾也。筋也者，以爲深也。膠也者，以爲和也。絲也者，以爲固也。漆也者，以爲受霜露也。」又云：「弓有六材焉，維幹强之，張如流水。維角定之，欲宛而無負弦。引之如環，釋之無失體，如環。」言六材之中，惟幹與角爲要。幹者，弓身也。角附幹而安，故指幹爲强也。定，讀如掌距之掌。宛之爲言引也。引之弓體不辟戾，謂之無負弦也。幹善，則張之如水之順流。角善，則引之無負弦，其狀如環然。及放矢後，能無失體，亦如環然。此弓之妙也。翩，《說文》云：「疾飛也。」朱子云：「反貌。」蓋疾速而反之義。反，《説文》云：「覆也。」謂弛弓時弓外反而去也。詩意言王於兄弟昏姻，無偏用偏舍之理，如弓之一張一弛，角幹亦有互爲内外之時，張時則角在内幹在外，弛時則幹在内角在外。今王惟一于任昏姻，而不任兄弟，則是弓有張而無弛，角恒在内幹恒在外也。兄弟與君同體，爲幹之況。昏姻本乎人合，則外來附麗者，乃角之況耳。詩爲昏姻發論，故特舉角言。兄弟，乃同姓之通稱。今按《頍弁》之詩爲幽王不親兄弟之明證，而《十月之交》篇所言皇父卿士、番聚蹶楀輩，大抵皆褒姒姻婭。故《漢書》谷永云：「古之王者，廢五事之中，失夫婦之紀，妻妾得意，謁行于内，勢行于外，至覆傾國家，惑亂陰陽。誠修後宫之政，明尊卑之序，抑褒、閻之亂，息《白華》之怨。後宫親屬饒之以財，勿與政事，以遠皇父之類，損妻黨之權，未有閨門治而天下亂者也。」又《正月》之詩亦曰「洽比其鄰，昏姻孔云」，意皆指此。觀此詩第三章但言「兄弟」，不言昏姻，其爲嘲刺之意明矣。或又見《頍弁》末章兼舉兄弟甥舅，疑此亦因言親親而并及之。豈知王者於異姓之臣通呼甥舅，此特指言昏姻，自是私門嬖倖，瑣瑣膴仕之流，與汎言甥舅自别。無，通作毋，戒辭也。胥，相也。無胥遠矣，言王之視兄弟，不必與昏姻大相懸絶也，怨恨而規戒之。《左》襄八年，范宣子來聘，公享之。宣子賦《摽有梅》，季武子賦《角弓》。昭二年，晉侯使韓宣子來聘，公享之。韓子賦《角弓》。季武子拜，曰：「敢拜子之彌縫敝邑，寡君有望矣。」既享，宴于季氏。有嘉樹焉，宣子譽之。武子曰：「宿敢不封植此樹，以無忘《角弓》。」

爾之遠見前。**矣，民胥然**先韻。**矣。爾之教**效韻。**矣，民胥**《潛夫論》作「斯」。**傚**效韻。《左傳》、《潛夫論》俱作「效」。**矣。**《白虎通》作「欲民斯效」。○賦也。爾，爾幽王也。遠字承上章而言。然，通作噭，《説文》云：「語聲也。」民胥然矣，猶言民亦相與如此也。上所施，下所效曰教。傚，本作效，《説文》云：「象也。」下二句只申上二句。爾幽王視兄弟不如昏姻，則自此以往，恐下民亦將無不然者，繇爾居上位，實以此教之，故民皆相與則而象之也。抑親昏姻，疎兄弟，恒情類然，況重以上之教乎？重致其警醒之意。《左》昭六年，韓宣子之適楚也，楚人弗逆。公子棄疾及晋竟，晋侯將亦弗逆。叔向曰：「楚辟，我衷，若何效辟？《詩》曰：『爾之教矣，民胥效矣。』從我而已，焉用效人之辟？《書》曰：『聖作則。』無寧以善人爲則，而則人之辟乎？匹夫爲善，民猶則之，況國君乎？」晋侯悦，乃逆之。

此令兄弟，綽綽有裕。遇韻。**不令兄弟，交相爲瘉。**叶遇韻，俞戍翻。○賦也。令，善也。按令乃發號之義，舊皆訓善，不知何據。疑通作泠。《莊子》云：「列子御風而行，泠然善也。」泠雖水名，必水之流而清者，人之無欲自得亦如之，故有善義，與「寒冷」之「冷」不同，彼字乃从冫，冫即冰字。此令兄弟，意爲作詩者自道之辭。綽，《説文》云：「緩也。」裕，《説文》云：「衣物饒也。」綽綽有裕，與《孟子》云「則吾進退，豈不綽綽然有餘裕哉」意同。交，鄭云：「猶更也。」瘉，毛云：「病也。」言王之親疎失宜如此，在此宗族之中，有令善者，固綽綽然寬裕，不以介意。其不善者，激於怨毒，不能自制，則與昏姻交相搆釁，而爲王之病矣。愚按此必爲王朝卿士相與争政而作。《坊記》子云：「睦於父母之黨，可謂孝矣。故君子因睦以合族。《詩》云：『此令兄弟，綽綽有裕。不令兄弟，交相爲瘉。』」

民《説苑》、《後漢書》俱作「人」。**之**《説苑》作「而」。**無良**，陽韻。**相怨一方。**陽韻。**受爵不讓，**叶陽韻，如羊翻。**至于己**音紀。**斯亡。**陽韻。○賦也。良，善也。相怨一方，正無良之實。一方，猶言一隅。各有所執，自見其是，而不肯相下，所以每至相怨。顔師古云：「一方，謂自守一方，所嚮異也。」又鄭箋云：「民之意不獲，當反責之於身，思彼所以然者而恕之。無善心之人，則徒居一處怨恚之。」朱子云：「相怨者各據其一方耳。若以責人之心責己，愛己之心愛人，使彼己之間，交見而無蔽，則豈有相怨者哉？」此皆名理之言，然似非詩意。《禮記疏》則云：「小人在朝，無良善之行，各在一方，不相往來。」《韓詩外傳》則云：「民皆居一方而怨其上，不亡者未之有也。」今按經言民，則非屬有位。言相怨，則非指怨上。故皆不取。爵，錢氏云：「酒爵也。」至于己斯亡者，嚴粲云：「失意杯酒之間，以亡其身，如漢田蚡、灌夫是也。」鄧元錫云：「怨不在大。獻酬而讓，細矣。受不讓而怨茲生，或以死亡，子公之嘗黿是已。」愚按此承上章，言不令兄弟，交相爲瘉，固無足怪。大凡民情好勝護前，罕有善者，彼執其一偏，此亦執其一偏，誰肯相下，往往非有積怨深讐，但一爵之酒，受之不讓，遂至逞忿以亡其身，況事有大于此者？使其彼此之間，得意與失意相形，懟忮恚怒，亦勢所必至者已。《坊記》子云：「觴酒豆肉，讓而受惡，民猶犯齒。衽席之上，讓而坐下，民猶犯貴。朝廷之上，讓而就賤，民猶犯君。《詩》云：『民之無良，相怨一方。受爵不讓，至于己斯亡。』」舊説以受爵不讓，謂受爵禄不辭讓，故《荀子》引此詩云：「君子務修其内，而讓之於外。務積德于身，而處之以遵道。如是則貴名起之如日月，天下應之如雷霆，故曰君子隱而顯，微而明，辭讓而勝。鄙夫反是，比周而譽俞少，鄙争而名俞辱，煩勞以求安利，其身俞危。」孔穎達云：「凡稟血氣，皆有争心，在上者可量功較能，受之者當先人後己，故《禮》設辭讓之法，曰『爵禄可辭』，又曰『爵位相先』。文王之朝，士讓爲大夫，大夫辭爲卿。舜命群官，禹讓稷、契之類，皆先聖典謨有相讓之法也。」此于理亦通。但據經以民爲言，則似無爵禄之可争耳。又蘇轍解「至于己斯亡」，謂民于受爵不讓之人，皆知尤之，而至于己則亡其非，此所謂一方也。其説與《韓詩外傳》合，云：「有君不能事，有臣欲其忠。有父不能事，有子欲其孝。有兄不能敬，有弟欲其從令。《詩》曰：『受爵不讓，至于己斯亡。』言能知于人，而不能自知也。」詳詩中俱無此意，今皆不取。

老馬反爲駒，叶遇韻，如遇翻。隔句各叶。**不顧其後**。叶麌韻，后五翻。**如食宜**《韓詩》、陸本皆作「儀」。**饇**，遇韻。**如酌孔取**。麌韻。○比也。此章專刺昏姻之竊位者。老馬，喻當謝事。駒，以喻新進。輔廣云：「此必指當時實事而言，蓋時有譏己以取其爵位，而不自度其不勝任者。」朱子云：「如老馬憊矣，而反自以爲駒，不顧其後將有不勝任之患也。」饇字本作飫，《説文》云：「燕食也。」毛傳云：「不脱屨升堂謂之飫。」《周語》單穆公云：「夫禮之立成者爲飫，昭明大節而已。」注謂立成者，立而行禮，不坐也。酌，《説文》云：「盛酒行觴也。」鄭云：「孔取，謂度其所勝多少。」凡器之孔，其量大小不同。」孔穎達云：「孔，所謂器中空虚受物之處。器之所受有大小，滿則止。《老子》『孔德之容』，亦謂器之受實爲孔也。」按孔、空以古音同，通用。此二語蓋反言以規之。言如食者，但宜于舉立成之禮而已，不可過食而無節。如酌酒者，必于其孔焉取之，若孔已滿，則無以爲容受之地。皆諷其知止足也。一説，饇，飽。孔，甚也。言其惟以得爵禄爲快，如食者但知稱其饇飽之欲，酌者但知多取，曾不少加斟量也。按此則與上章受爵不讓之喻相爲映發，亦可從。

毋教猱豐本作「夒」。**升木，如塗塗附**。叶遇韻，符遇翻。**君子有徽猷，小人與屬**。叶遇韻，朱戍翻。○比也。此章專刺王之棄兄弟而任昏姻，而不知其皆假合，不足恃也。猱字本作夒，亦作獿，《説文》

云：「貪獸也。」《爾雅》云：「猱蝯善援。」蝯亦作猿。孔云：「猱則猿之輩屬，非猿也。」按猱之類有五種。一曰猴，亦名獼猴，狀似愁胡，故謂之胡孫，或謂之王孫也。老者爲獑猴也。一曰爲母猴也，好爪下腹，亦謂之沐猴。母、沐音通，非以牝稱母也。一曰玃，貑玃也，似獼猴而大，色蒼黑，能攫持人，好顧眄。一曰禺，頭似鬼，母猴之屬。其一則猱，亦作猱。司馬相如賦「蛭蜩玃猱」，顔注云：「今狨皮爲鞍褥者，非獼猴也。」陸佃云：「狨蓋猿狖之屬，輕捷善緣木，大小類猿，長尾，尾作金，俗謂之金線狨。人以藥矢射殺之，取其尾，爲卧褥、鞍被、坐毯。狨甚愛其尾，中矢毒，即自齧斷其尾以抑之，惡其爲深患也。狨，一名猱，顔氏以爲其尾柔長可藉，然則制字从柔，以此故也。」塗，泥飾也。按服虔云：「獶人，古之善塗者。」師古云：「獶善拉扻，故今謂塗者爲獶人。」《樂記》所謂「及優侏儒，優褋子女，不知父子」是也。附本小土山之名，故取以爲附麗、附益之義。詩以猱刺昏姻之小人，猶史言沐猴而冠之意。真猱自能升木，假則安能？王毋庸教之，言不必以假當真也。此輩呼朋引類，實繁有徒，猶如獶人之相附麗，彼亦塗餙，此亦塗餙，皆非其本來面目，與天屬之親異矣。王信任之，亦何爲乎？一説，小人之性，本能爲讒佞，今王又好以來之，是猶教猱升木，又如於泥塗之上，加以泥塗附之也。亦通。君子，指王也。徽，《説文》云：「三糾繩也。」「慎徽五典」之徽，取人倫相綰結之意，與下文「屬」字相炤。猷，謀也。小人，指民。郝敬云：「君子、小人以分而言，即德風、德艸之意。」屬，《説文》云：「連也。」徐鍇云：「以相聯屬，若尾之在體，故从尾。」此與第二章反應，言在上者若能親其骨肉，有綰結而不可解之謀，則小民效之，亦皆連屬而相親矣。《論語》子曰：「君子篤於親，則民興于仁。」此之謂也。

雨去聲。後同。雪瀌瀌，蕭韻。《漢書》、《韓詩外傳》俱作「麃麃」。見《韓詩》作「曣」，云：「見日出也。」《荀子》作「宴」。晛《荀子》作「然」，豐本作「曣」。後同。曰《韓詩》、《漢書》、《荀子》、《韓詩外傳》、豐本俱作「聿」。消。蕭韻。莫肯下遺，《荀子》作「隧」。式居婁《荀子》、豐本俱作「屢」。驕。蕭韻。〇興也。首二句反興，末章同。自上而下曰雨。瀌瀌，陸德明云：「雪盛貌。」見，顔師古云：「無雲也。」晛，《説文》云：「日見也。从日、从見。」毛云：「日氣也。」顔云無雲，日氣始出也。消，釋也。鄭云：「雨雪之盛瀌瀌然，至日將出，其氣始見，人則皆稱曰雪今消釋矣。」孔云：「以曰者，人言之辭。若日出則雪消，不復須言矣。明言者，於日未出而言之。」愚按雨雪，喻昏姻之進讒言于王，以離間兄弟者，《序》所謂「王不親九族，而好讒佞」者也。然使王心稍一憬悟，如日氣之見于天，則讒言有頓爲衰止之勢，以陰不能勝陽故也。陸佃云：「言君子體道在上，而小人之類易消如此。」劉向云：「讒邪之所以並進者，繇上多疑心，既已用賢人而行善政，如或譖之，則賢人退而善政還。夫執狐疑之心者，來讒賊之口；持不斷之意者，開群枉之門。讒邪進則衆賢退，群枉盛則正士消。故《易》有否、泰，小人道長，君子道消。君子道消，則政日亂，故爲否。否者，閉而亂也。君子道長，小人道消，則政日治，故爲泰。泰者，通而治也。《詩》又云：『雨雪麃麃，見晛聿消。』與《易》同義。」莫之言無也，肯之言可也，皆以聲轉通用。言王之意，有所不可于此也。下，降。遺，棄也。張子厚云：「讒言遇明者當自止，而王甘信之，不肯貶下而遺棄之也。」式，發語聲。居，謂居于王所。婁，鄭云：「斂也。」按婁之訓斂當通作「摟」，《説文》云：「曳聚也。」《爾雅》又通作樓，云：「裒、鳩、樓，聚也。」馬之高者爲驕，故有驕騖之義。言王既信任此輩，俾之居于王所，且日招集諸驕騖之人，與之同惡相濟也。《荀子》云：「人有三不祥，幼而不肯事長，賤而不肯事貴，不肖而不肯事賢，是人之三不祥也。人有三必窮，爲上則不能愛下，爲下則好非其上，是人之一必窮也。鄉則不若，偝則謾之，是人之二必窮也。知行淺薄，曲直有以縣矣，然而仁人不能推，知士不能明，是人之三必窮也。人有此三數行者，以爲上則必危，爲下則必滅。《詩》曰：『雨雪瀌瀌，見晛聿消。莫肯下遺，式居婁驕。』此之謂也。」

雨雪浮浮，尤韻。**見晛曰**豐本作「聿」。**流**。尤韻。**如蠻如髦**，豐本作「髳」。**我是用憂**。尤韻。○興也。浮浮，劉彝云：「積之厚而浮于地上也。」王安石云：「積之高則浮浮流，義比消爲深。」毛云：「流而去也。」蠻，毛云：「南蠻也。」孔云：「《爾雅》八蠻在南。」髦，通作髳。《説文》引《詩》「紞彼兩髳」，今《詩》文作「髧彼兩髦」可證。鄭云：「西夷別名。武王伐紂，其等有八國從焉。」孔云：「《牧誓》曰：『及庸、蜀、羌、髳、微、盧、彭、濮人。』又曰：『逖矣，西土之人。』是西方也。彼髳此髦，音義同也。」《括地志》云：「姚府以南，古髳國之地，有髳州。」如蠻如髦，亦指讒人言。兩舉之者，見其人之不一，且比驕爲又甚矣。朱子云：「言其無禮義而相殘賊也。」「我是用憂」者，憂其爲害無底止也。唐士諤云：「昔辛有適伊川，見有被髮野祭者，曰：『不及百年，此其戎乎？其禮先亡矣。』已而楚子果遷陸渾之戎于此，類之應也。如蠻如髦，我是用憂，詩人之意深矣。幽王卒死犬戎之難，可畏哉！」《韓詩外傳》云：「君子大心即敬天而道，小心即畏義而節。知即明達而類，愚即端慤而法。喜即和而治，憂即靜而違。達即寧而容，窮即納而詳。小人大心即慢而暴，小心即淫而傾。知即攫盜而漸，愚即毒賊而亂。喜則輕易而快，憂則挫而懾。達則驕而偏，窮則棄而累。其肢體之序，與禽獸同節，言語之暴，與蠻夷不殊。出則爲宗族患，入則爲鄉里憂。混然無道，此明王聖主之所罪。《詩》曰：『如蠻如髦，我是用憂。』」

《角弓》八章，章四句。《子貢傳》唯有「兄弟不」三字，其大指與《序》説合。然兄弟之離心，繇王聽信昏姻之讒佞，則從無明言之者。劉向引此詩，以爲幽、厲之際，朝廷不和，轉相非怨，詩人疾而憂之，曰：「民之無良，相怨一方。」今按此詩作于幽王之世，殆無可疑，分屬之厲，似無據。

《頍弁》，同姓刺幽王也。亂亡已迫，而不自知，族人與國同休戚，深竊憂之，而王疎遠宗族，無繇進其忠告。其族人之尊者，遂作此詩。出嚴粲《詩緝》。○《序》云：「諸公刺幽王也。暴戾無親，不能宴樂同姓，親睦九族，孤危將亡，故作是詩也。」嚴粲云：「族人因王不宴樂同姓，藉以爲辭，而告以禍敗之戒，非欲王宴樂之也。但詩人優柔之辭，先從宴樂上説來，以漸及危亡警懼之意，故讀者不覺，真謂刺不能宴樂同姓而已。當是時，驪山之禍將作，人情凜凜，不保朝夕，幽王方且飲酒無度，詩人豈復勸其宴樂哉？」郝敬云：「幽王日與群小酗于酒，親族疎遠，無繇得關其忠。文、武盛世，《鹿鳴》樂嘉賓，《伐木》宴朋友，故忠言得上聞。幽王以兄弟爲路人，危亡已至，而深宫之飲不休。故詩人借飲酒以致願見之情，而非爲酒也。」愚按劉向《列女傳》稱幽王惑于褒姒，出入與之同乘，不恤國事，驅馳弋獵不時，以適褒姒之意。飲酒沉湎，倡優在前，以夜繼晝。是可爲幽王酗酒之證。

有頍者弁，實豐氏本作「寔」。後同。**維伊何？**歌韻。**爾酒既旨，爾殽既嘉。**叶歌韻，居何翻。**豈伊異人？兄弟匪他。**歌韻。豐本作「它」。**蔦與女蘿，施于松柏。**陌韻。朱傳、《大全》、《讀詩記》、豐本俱作「栢」。**未見君子，憂心弈弈。**陌韻。《詩緝》、潁濱《集傳》、豐本俱作「奕」。**既見君子，庶幾說懌。**陌韻。陸德明本、豐本俱作「繹」。〇賦而比也。頍，《說文》云：「舉頭也。」陸德明云：「著弁貌。」弁，毛傳云：「皮弁也。」孔穎達云：「弁者，冠之大名，稱弁者多矣。但爵弁則士之祭服，韋弁則服以即戎，冠弁則服以從禽，非常服也。唯皮弁上下通服之，故知皮弁也。」有頍者弁，指幽王也。實，通作寔，寔之言是也。爾，亦指王也。旨、嘉，皆美也。言有舉首而冠是皮弁之冠者，是果何所作爲乎？不過日從事于飲食而已。爾之酒，爾之殽，必求其精，亦既具美矣，而自旨酒嘉殽而外，曾有所繫念否耶？今我輩之叩閽求見者，豈有異人疎遠者乎？皆王同姓兄弟至親，情誼關切，將有所建白于王，而非有他故也。若下文所云是也。蔦，郭璞云：「寄生樹也。」《廣雅》作樢，《爾雅》「寓本，宛童」，即此。陸璣云：「葉似當盧，子如覆盆，赤黑，甜美。」《本草》一名寄屑。《圖經》云：「是烏鳥食物，子落枝節間，感氣而生。葉似橘而厚軟，莖似槐枝而肥脆，三、四月生華，黄白色，六月、七月結實，黄色，如小豆大。」女蘿，一名蒙，《說文》云：「玉女也。」陸德明云：「在艸曰菟絲，在木曰松蘿。」羅願云：「女蘿、菟絲，其實二物也。然皆附木上。《釋草》謂『唐蒙，女蘿。女蘿，菟絲』，郭云『別四名』，則是謂一物也。《廣雅》謂女蘿，松蘿也。菟丘，菟絲也。則是兩物。陸璣亦云：『今菟絲蔓連艸上，正黄赤如金，藥中菟絲子是也。非松蘿。松蘿自蔓松上，枝正青，與菟絲殊異。』以予考之誠然。今女蘿正春而細長，無襍蔓，故《山鬼》章云『被薜荔兮帶女蘿』，蘿青而長如帶也，何與菟絲事？然兩者皆附木，或當有時相蔓。《古樂府》云：『南山幕幕菟絲花，北陵青青女蘿樹。繇來花樹同一根，今日枝條分兩處。』唐《樂府》亦曰：『菟絲故無情，隨風任傾倒。誰使女蘿枝，而來强縈抱。兩艸猶一心，人心不如艸。』則古今多知其爲二物者。《博物志》魏文帝所記諸物相似亂者，女蘿寄生兔絲，兔絲寄生木上，根不著地。然則女蘿有寄生兔絲上者，《釋草》『女蘿，菟絲』，或亦此義耳。」施者，纏繞之義。解見《葛覃》篇。松、柏，二木名。林兆珂云：「《史記》松柏爲百木長也，而守宫闕。」按蔦與女蘿，諸公自比，松柏則以比君相也。陸佃云：「柏視松也，猶伯視公。伯用詘，所執躬圭者以此。公用直，所執桓圭者以此。」時王任虢石父爲卿士，國事日非，危亡不保，故言我輩皆託命于君相，所以醒王也。嚴云：「蔦與女蘿延于松柏之上，視松柏以爲命，松柏殞，則二艸亡矣。」奕，《説文》云：「圍棊也。」弈者舉棊不定，不能勝其耦，故凡人之對弈，勝負在念，無暫置者。今心憂有似之也。或以大解，則當通作奕，言所憂甚大也。懌，亦悦也。按悦、懌義同，連言似無意味，當依陸本作繹。抽絲爲繹，人之抽引其思緒似之，故《書》曰：「庶言同則繹。」孔子曰：「巽與之言，能無悦乎？繹之爲貴。」是也。今王疎遠族人，使之不得親近，故我未見王，則憂心弈弈然。以我輩與王死生存亡相關，而無繇効其忠告，其憂可知。倘既見王，則忠言得以上達，庶幾王之忻然有當于心，而深思吾言矣。又蘇轍云：「兄弟之於王，譬如蔦蘿之託松柏耳。不見則憂，見則庶幾王樂之。王奈何獨不顧哉？」

有頍者弁，實維何期？支韻。陸本、豐本俱作「其」。**爾酒既旨，爾殽既時。**支韻。**豈伊異人？兄弟俱來。**叶支韻，陵之翻。**蔦與女蘿，施于松上。**叶漾韻，時亮翻。**未見君子，憂心怲怲。**叶漾韻，兵旺翻。楊用修云：「丙，古與方同音，柄亦作枋，可證。」**既見君子，庶幾有臧。**叶漾韻，才浪翻。○賦而比也。何期，言何所期約也。王寵任小人，則所期約者，不過虢石父之輩耳。「爾殽既時」

者，楊氏云：「君子之食，惟其時物，如春則食麥與羊之類是也。」具，通作俱，偕也。來，至也。言我同姓兄弟皆來見王，非止一二人之私憂過計也。前言松柏，此變言松上者，專責王也。王實制命，當自爲社稷計，奈何令小人敗之，使同姓兄弟有危亡不保之憂乎？怲，《説文》云：「憂也。」毛云：「憂盛滿也。」按怲从丙得聲。丙位南方，火地也。心火上炎，因狀憂爲怲也。所憂非一，故弈弈、怲怲，皆重言之。臧，善也。庶其以吾言爲善，則改圖有機，猶云「庶曰式臧」也。

有頍者弁，實維在首。有韻。**爾酒既旨，爾殽既阜。**有韻。**豈伊異人？兄弟甥舅。**有韻。**如彼雨雪，先集維霰。**韻。《爾雅》、陸本俱作「霓」。❶**死喪無日，無幾相見。**霰韻。**樂**音絡。**酒今夕，**《楚辭章句》作「昔」。**君子維宴。**霰韻。○賦而比也。弁所以莊首，群臣之戴王，亦如衣服之有冠冕也。此兼有興義。孔云：「《穀梁傳》云：『弁冕雖舊，必加于首。』周室雖衰，必先諸侯。』然則王者之在上位，猶皮弁之在人首，故以爲喻。」劉熙云：「土山曰阜。阜者，厚也。」鄭云：「猶多也。」不但嘉而且時，不但時而且阜，遞進之辭也。《爾雅》云：「姑之子爲甥，舅之子爲甥，妻之晜弟爲甥，姊妹之夫爲甥。母之晜弟爲舅，母之從父晜弟爲從舅，妻之父爲外舅。」按此則甥、舅之稱其類不一。今世惟母之昆弟、妻之父、妻之昆弟有舅名。己女之子、己之壻、姊妹之子有甥名。其他不然，非古法也。許慎云：「謂我舅者，吾謂之甥。」劉熙云：「甥者，生也。他姓子本生于外。」孔云：「舅之言舊，尊長之稱。」前只言兄弟，此兼言甥舅者，

---

❶「霓」，原作「霓」，據《爾雅》及下文改。

見無人不知國之將亡，故合辭求見，以冀王之悔悟也。孔云：「先集者，謂雪集聚也。天將大雨雪，其始必微温暖。雪自上下，逢遇温氣消釋，❶集聚而摶，謂之霰。」《説文》云：「霰，稷雪也。」徐鍇云：「雪初作未成花，圓如稷粒，撒而下也。」曾子云：「陽之專氣爲霰，陰之專氣爲雹。」《爾雅》作霓。陸佃云：「《爾雅》『雨霓爲霄雪』。霓从晛省，霄从消省。《詩》『見晛曰消』，蓋雪以微温摶之，故散而成霓，郭璞所謂『冰雪褋下，謂之消雪』是也。閩俗謂之米雪，言其霰粒如米。今名瀋雪，亦曰濕雪。」雪之所加，物有死者，霰其先至者也，霰至則危亡之兆見矣。霜霰，陰剛之微也，霜集而後堅冰至，霰集而後雪至。故《詩》、《易》以爲始亂之象。嚴云：「霰集，雪即繼之，不待遲久而死亡之兆已見，近在旦夕，無多日矣。上二章言以未見王爲憂，其辭猶緩也。末章言國亡無日，縱得見王，其能幾乎？其辭甚迫矣。所以警告于王者，至剴切矣。」郝云：「今夕何夕，死喪近矣。而君子惟怡然宴樂，長夜之驩不輟，來朝之事未可知矣。如後世敵兵四合，而帳中夜飲，亡國之慘，千古一轍。杜甫所謂『東方漸高奈樂何』者也。長歌可以代泣，其《頍弁》之謂乎？」愚按此詩亦求見于王而終不得見之辭，憂而繼之以怨矣。

《頍弁》三章，章十二句。《子貢傳》以爲燕親戚之詩，《申培説》以爲燕王族之詩。朱傳合之，以爲燕兄弟親戚之詩。今玩末章詞旨哀傷，果可與《伐木》、《行葦》例觀否耶？朱子云古人勸人燕樂多爲此言，如「逝者其耋」、「他人是保」之類。然「如彼雨雪」二句當作何解？即如所言，霰集則將雪之候，以比老至則

❶「消」，《四庫全書》本作「澌」。

將死之徵，亦牽强甚矣。

《瓠葉》，大夫刺幽王也。上棄禮而不能行，雖有牲牢饔餼，不肯用也，故思不以微薄廢禮焉。出《序》。惟「故思」下有「古之人」三字，今去之。○愚按古者蔬以芼羹，未聞徒羹瓠葉者。庶羞有兔及兔羹、兔醢，未聞炮炙純用兔者。必如毛、鄭説，以爲庶人之禮，則篇中何以有君子之目乎？《序》謂思古之人不以微薄廢禮。「古之人」三字，殆剩語也。惟謂刺幽王有牲牢饔餼而不肯用者，深得之。誦《頍弁》之詩，旨酒嘉殽，徒爲群小設，而兄弟甥舅總不得沾其餘瀝，分其一臠，故寓言瓠、兔以諷。若曰何時得被此禮乎？是亦足耳。郝敬云：「士君子日親，則深宫長夜之娱自損。幽王日荒于酒，群臣宗族罕得進見，故詩人託興瓠葉，以訓恭儉。瓠賤而葉，兔小而首，至薄也。牲牢饔餼不用，而取其至薄善誘之意。」

幡幡瓠葉，采之亨叶陽韻，鋪郎翻。豐氏本作「亯」。**之。君子有酒，酌**豐本作「勺」。後同。**言嘗**陽韻。**之。**賦也。幡，帉帨之類。《説文》以爲書兒拭觚布也。瓠之葉似之，非一葉而已，故曰幡幡。瓠，解見《碩人》、《七月》、《南有嘉魚》諸篇。羅願云：「其葉可爲菜。」采，《説文》云：「捋取也。」亨，鄭玄云：「熟也。熟瓠葉者，以爲飲酒之菹也。」按菹者，酢菜之名。徐鍇謂以米粒和酢以漬菜也。孔穎達云：「知爲菹者，以禮飲酒爲菹醢故也。」君子，謂主人。若此詩意所稱，則指王也。酌，《説文》云：「盛酒行觴也。」謂挹酒而實之于巵也。言者，語辭。嘗，徐鍇云：「口試其味也。」王安石云：「嘗其旨否，然後行獻酬之禮。」愚按此嘗之，當謂使客嘗之。臣侍食于君，有先嘗之禮。《左》昭元年，趙孟、叔孫豹入于鄭，鄭伯兼享之。子皮戒趙孟，禮終，趙孟賦《瓠葉》。子皮遂戒穆叔，且告之。穆叔曰：「趙孟欲一獻，子其從之。」子皮曰：「敢乎？」穆叔曰：「夫人所欲也，又何不敢？」乃享，具五獻之籩豆于幕下。趙孟辭，私于子産曰：「武請于冢宰矣。」乃用一獻。按戒趙孟之戒猶告也，謂告以享期。

有兔《後漢書》注作「菟」。**斯**鄭玄本作「鮮」。**首，炮**陸德明本作「炰」。**之燔**元韻。亦叶先韻，汾沿翻。**之。君子有酒，酌言獻**叶元韻，虚言翻。亦叶先韻，汾沿翻。**之。**賦也。兔，獸名。《蟫史》云：「似羊而小，長耳短足，大者不過二斤。」亦見《巧言》篇。《食物本艸》云：「兔爲食品之主品。」羅願云：「冬月唯齕木皮，至春艸長麥繁，而肉反不美。」按《儀禮·公食大夫》云：「上大夫庶羞二十，加於下大夫，以雉、兔、鶉、鴽。」《禮記·内則》篇紀諸膳，共二十豆，與《儀禮》同。雉、兔、鶉、鷃四物爲四豆，列爲第五行，惟上大夫得有之，然不過二十豆中之一耳。又有以兔爲羹者，《内則》云：「兔羹和糝不蓼。」言以五味調和米屑爲糝，不須加蓼也。又云：「雉兔皆有芼。」言雉羹皆有芼菜以和之也。又有以兔爲菹類者，《内則》云：「兔爲宛脾。」按《青箱記》云：「古稱兔無脾，今有宛脾之名，其制後人所未詳也。」有以兔爲醢者，《周禮》：「加豆之實，芹菹兔醢。」《内則》云：「脯羹兔醢。」言食脯羹者，當以兔醢配之也。此詩單舉兔一物，而又以炮炙爲言，皆禮所不載。孔云：「有兔斯首，謂惟有一兔。斯字當訓爲此。王肅、孫毓皆云惟有一兔頭耳。然按經有『炮之燔之』，且有『炙之』，則非惟一兔首而已。既能有兔，不應空用其頭。若頭既待賓，其肉安在？以事量理，不近人情。」季氏、朱子皆謂兔以首言，猶數魚以尾。愚謂此説未盡。《内則》言物之不可食者，狼去腸，狗去腎，狸去正脊，兔去尻，狐去首，豚去腦，魚去乙，鼈去醜。夫兔既去尻，則棄其後臀處不用，故但舉首以顯之耳。又陸佃云：「兔尻有九孔。今尻於文从九，蓋生於兔也。」炮、燔、炙三字，舊説據鄭箋義，謂鮮明而新殺者，合毛炮之。若割截而柔者，則臠貫而炙之。其爲脯腊而乾者，則加之火上燔之。今按「有兔斯首」，三章同文，止此一新殺之兔耳，既已合毛與肉而炮之，何又有肉之柔處可割截而炙之？又于何時乾其肉成脯腊而至今復燔之？彼其大者不過二斤，而其爲用之宏至于如此，豈不可笑！若謂有新殺而鮮者，又有近殺而柔者，又有久殺而乾者，則是具三兔也，何不移以治他羞，而酷嗜此物若是？且觀所言菜惟瓠葉，其禮之薄可知，必非具三兔明矣。此辨近俚，然於理有妨，又於先後文義未合，故不容以不辨。以愚見，則燔是先事，而或炮之，或炙之，則其後事也。燔，《説文》云：「爇也。」兔始殺而爇去其毛也，與「或燔或炙」之燔不同，彼乃燔肉耳。炮，《禮記》注謂裹燒之。《周禮・地官・封人》職云：「毛炮之豚。」鄭氏注謂爓去其毛而炮之，以備八珍。按《内則》云：「炮取豚，刲之刳之，實棗於其腹中，編萑以苴之，塗之以謹塗。炮之，塗皆乾，擘之。」刲之刳之，殺而去其五藏。萑，蘆葦之類。苴，裹也。謹，通作墐，黏土也。擘之者，擘去乾塗也。自是之後，則濯手以摩之，去其皽膜，和之以稻粉之粥，煎之以膏，調之以醯醢，此八珍之一也。賈公彦云：「鄭知去毛者，毛於牲無用，空以汙損牲體，故知凡炮者皆去毛也。」此言「炮之」，當亦如是，燔毛之後，乃以物包裹而燒之也。毛傳云：「炕火曰炙。」孔云：「炕，舉也。謂舉於火上以炙之。」愚按此炙非炙肉，當與「或燔或炙」之炙同解。彼爲炙肝，知此所炙者亦肝之類。蓋將炮之時，刳去五藏，因取而炙之。孔疏《楚茨》篇，謂炙者遠火之稱，以難熟者須近火，易熟者遠之。肝易熟之物，故但用炙是也。又《藥性本艸》謂兔肝主明目，亦可食之物。若以炙爲炙肉，則全體既皆炮之矣，復何處可用其炙乎？然則此詩先言「炮之燔之」者，謂本欲炮之，先命燔其毛也。次言「燔之炙之」，末言「燔之炮之」者，謂既燔之後，先刳出其五藏，因擇取而炙之，而後乃實物于腹中，從而炮之也。各有條序，非變文叶韻之説。又按鄭云：「飲酒之禮，既奏酒於賓後，乃薦羞。」據下文初言獻之，則此「炮之燔之」，乃未獻賓以前事。此時尚未薦羞及獻賓，後始薦之。後二章是也。朱子云：「主人酌以獻賓曰獻。」

有兔斯首，燔之炙叶藥韻，職畧翻。**之。君子有酒，酌言酢**藥韻。**之。**賦也。燔之炙之，解見上章。孔云：「今《禮·鄉飲酒》《燕禮》《大射》皆先進酒，乃薦脯醢，乃羞庶羞。」愚按薦脯醢，事在羞庶羞之前。此下二章，先舉炙，後舉炮者，亦先脯醢而後庶羞之意。《倉頡篇》云：「客報主人曰酢。」朱子云：「賓既卒爵，而酌主人也。」

有兔斯首，燔之炮叶尤韻，蒲侯翻。**之。君子有酒，酌言醻**尤韻。**之。**賦也。燔之炮之，解見首、次二章。醻，毛云：「道飲也。」鄭云：「主人既卒酢爵，又酌自飲，卒爵復酌進賓，猶今俗之勸酒。」孔云：「欲以醻賓，而先自飲以導之。其賓飲訖，❶進酒于賓，乃謂之醻也。」按禮，主人導飲之後，賓受爵，卻不飲，奠于席前，乃行旅醻之禮，交錯以徧。卒飲者，實爵于篚。今此一獻禮薄，當無旅酬之事。

《瓠葉》四章，章四句。朱子謂此亦燕飲之詩。然古無以瓠葉、一免爲禮者，雖曰物薄意誠，不應喬野如此，其何敢信？或又以爲謙言之。味詩詞，果謙言之云乎？申培氏不著説。若《子貢傳》謂所以燕大

❶「賓」，原作「實」，據《毛詩注疏》改。

臣，則不根益甚矣。

《小戎》，美襄公也。備其甲兵，以討西戎。出《序》。○《史記・秦本紀》云：「莊公生子三人，其長男世父。世父曰：『戎殺我大父仲，我非殺戎王則不敢入邑。』遂將擊戎，讓其弟襄公爲太子。莊公卒，襄公代立。二年，戎圍犬丘世父，世父擊之，爲戎人所虜。歲餘，復歸世父。」按《竹書》紀幽王四年，秦人伐西戎。意世父遇虜，即在是年。則此詩之所爲作，蓋因秦師車甲之盛，戎慮非敵，故復歸世父耳。終襄公之世，惟兩伐戎。是役之後，至平王五年之役，則卒于師矣。據《史記》稱襄公伐戎，至岐卒，詩不應有「在其板屋」之語，固知是役爲救世父也。

小戎俴收，尤韻。**五楘梁**《漢書》注作「良」。**輈。**尤韻。**游**陸德明本作「靷」，引沈云：「舊本皆作『靳』。」**環脅**豐氏本作「脇」。**驅，**叶尤韻，祛尤翻。又叶遇韻，區遇翻。又叶屋韻，居録翻。陸本作「駈」，豐本作「敺」。**陰靷鋈續。**叶屋韻，讀如熟，神六翻。亦叶遇韻，辭屨翻，徐邈讀。**文茵**《釋名》作「鞇」，豐本作「因」。**暢**豐本作「鬯」。**轂，**屋韻。**駕我騏馵。**遇韻。亦叶屋韻，讀如祝，之六翻。**言念君子，温其如玉。**沃韻。**在其板屋，亂我心曲。**沃韻。○賦也。小戎，毛傳云：「兵車也。」董氏云：「《六月》言『元戎十乘』，此天子之車也，故夏鉤車，殷寅車，周元戎。然則諸侯之戎車謂之小戎，宜也。」俴，《爾雅》、《説文》皆云：「淺也。」舊説以爲平地任載之大車，前軫至後軫，其深八尺。兵車當輿之内，從前軫至後軫，惟深四尺四寸，是兵車比大車之軫爲淺。人之升車也，自後登之，入于車内，故以深淺言之。按此解亦通，然于

第三章「俴駟」二字，終覺難解。《管子》有曰：「甲不堅密，與俴者同實。將徒人，與俴者同實。」房玄齡注以俴爲單也。單猶空也。言甲不堅，與單身無甲者同。徒卒無器械，亦與單身同也。此可識俴之義。俴之爲單，以音近耳。戎車不載他物，故曰俴。收，毛云：「軫也。」孔穎達云：「軫者，車之前後兩端之横木也，所以收斂所載，故名收焉。」按軫在輿上，以載人物，故《考工記》言軫方以象地，即車箱是也。《説文》以軫爲車後横木，《方言》、《小爾雅》以軫爲車枕，蓋但據其後言之耳。兵車以馳突攻擊爲事，故車箱中空，無所收載，貴取其輕利也。五，毛云：「五束也。」楘，《説文》云：「歷録束交也。」孔云：「五楘是輈上之飾，故以五爲五束，言以皮革五處束之。所束之處，因以爲文章歷録然。歷録，蓋文章之貌也。」梁輈，毛云：「輈上句衡也。」按《小爾雅》云：「轅謂之輈。」又《方言》云：「楚、衛之間謂轅爲輈。」車之進退，以轅爲主。車前兩服馬，一在轅左，一在轅右，轅直一木。據《禮記車制圖》云：「長一丈四尺四寸。」《考工記》云：「三分其長，二在前，一在後。」其制從後軫至前軫，稍曲而上，以便兩服馬之進退，不使碍其體膚。至施衡之處，則駕于衡之上，而向下鈎之。衡，轅端横木，當服馬項上，有缺處以扼馬頸，亦謂之扼。《考工記》謂之鬲，長六尺六寸，横居于轅下。而轅形穹窿上曲如屋之梁，故謂之梁輈也。愚因此得服馬服字之義。服从舟，𠬝聲，蓋以兩服馬居輈兩旁得名。而《説文》但以爲車右騑之稱，非也。或又謂梁輈即所謂軏。按《説文》云：「軏，車轅端持衡者。」徐鍇解以爲重縳在衡上，其非梁輈明矣。五分其輈之穹，每分各束以皮。蓋爲恐曲處多是斵成，不隨木理，易致折耳。按《考工記》云：「良輈環灂。」灂即漆也。輈有膠筋之被，故輈之良者，四環皆漆之也。游環，毛傳、朱子皆以爲靷環，非是。陸德明引沈云：「舊本皆作『靳』。靳者，言無常處，以驂馬外轡貫之，以止驂之出。《左傳》所云『如驂之有靳』，無取于靷也。」據此，則靳、靷二字原有辨。靷解見下。靳乃游環之名。所謂游環者，以皮爲環，即皮圈也。引兩驂馬之外轡，并兩服馬之内外兩轡，俱貫于圈内而執之，所以制驂馬，使不得外出，故謂之靳。徐鍇以爲靳制其行，是也。其號此環爲游者，取游移之義，以其在兩服、兩驂背上，或前或却，變動不居。而陸德明但據驂馬而言，劉熙但據服馬而言，俱非通義。脅驅，鄭玄云：「著服馬之外脅，以止驂之入。」孔云：「以一條皮上繫于衡，後繫于軫。驂馬欲入，則此皮約之。」按此則左右兩邊皆有，以此物正當服馬之脅，而隔斷兩驂于其外，如驅之使不得相近者，然故名之曰脅驅也。陰，毛云：「揜軌也。」劉熙云：「陰，蔭也。橫側車前，以蔭笭也。」按軌，車下橫木以持輪者，亦謂之轛。笭，橫在車前，織竹作之。笭在軌之上，陰又在笭之上，其制爲板木，橫側車前，繫靷于此。嚴粲以揜軌之軌當作軓，音犯，非是。考軓與軋同，其義則軾前也。據鄭解，揜軌垂輈之上，當軾之前，疑此陰即軋耳。靷，毛云：「所以引也。」朱子云：「以皮二條，前繫驂馬之頸，後繫陰板之上。」孔云：「車衡之長，惟六尺六寸，止容二服而已。驂馬頸不當衡，别爲二靷以引車，故云『所以引也』。《大叔于田》云『兩服齊首，兩驂鴈行』，明驂馬之首不與服馬齊也。《左傳》稱郵無恤説已之御云：『兩靷將絶，吾能止之。』駕而乘材，兩靷皆絶。是横軌之前别有驂馬二靷也。」又《廣雅》以陰靷爲伏兔，非是。鋈，毛云：「白金也。」劉熙云：「鋈，沃也，治白金以沃灌靷環也。」孔云：「《爾雅》：『白金謂之銀，其美者謂之鐐。』然則白金不名鋈，謂銷此白金以沃灌，非訓鋈爲白金也。金、銀、銅、鐵總名爲金，此説兵車之飾，或是白銅、白鐵，未必皆白銀也。」續，毛云：「續靷也。」孔云：「鋈續是作環相接，以白金飾續靷之環。」愚按陰與靷原是兩物，不相聯屬。今綴環于陰板，而繫靷于環，以聯屬此兩物，故名此環爲續也。若鋈，則意即今所謂流金是也。文茵，孔云：「茵者，車上之褥，用皮爲之。言文茵，則皮有文采。」劉熙《釋名》作「文鞇」，云：「車中所坐者也。用虎皮，有文采，因與下輩相連著也。」暢轂，毛云：「長轂也。」朱子云：「轂者，車輪之中，外持輻、内受軸者也。」王安石云：「《老子》曰：『三十輻共一轂。』輪之心爲轂，轂中横截者謂之軸。」《考工記》云：「轂也者，以爲利轉也。輻也者，以爲直指也。」孔云：「鄭司農注《考工記》，謂兵車之轂長三尺二寸，大車轂長尺半。是兵車之轂比之爲長，故謂之長轂。」按兵車所以貴長轂者，蓋以其馳驅險阻，慮轂短則脱輻故也。騏，毛云：「綦文也。」孔云：「色之青黑者名爲綦。馬名爲騏，知其色作綦文。」又《説文》云：「馬青驪，文如博棊也。」或云：「蒼艾色。」《易》云：「震爲馵足。」《爾雅》云：「馬後右足白，驤。左白，馵。」又云：「膝上皆白，惟馵。」郭璞云：「馬膝上皆白，爲惟馵。後左脚白者，專名馵也。」統全文訓之，俴收、暢轂，戎車之制也。文茵，車上所用物也。五楘梁輈，所以馭兩服也。游環脅驅，陰靷鋈續，所以馭兩驂也。終之曰「駕我騏馵」，則又仍主兩服而言，即下章「騏駵是中」是也。言，發語辭。君子，謂襄公之兄世父也，事見小引下。後倣此。温其如玉，以德性言。若曰戰陣乃武勇者之事，以世父之温然如玉，則不堪此任矣。故復仇之志雖切，而卒至爲戎所虜也。又《聘義》子貢問於孔子曰：「敢問君子貴玉而賤碈者，何也？爲玉之寡而碈之多與？」孔子曰：「非爲碈之多故賤之也，玉之寡故貴之也。夫昔者君子比德于玉焉。温潤而澤，仁也。縝密以栗，知也。廉而不劌，義也。垂之如隊，禮也。叩之其聲清越以長，其終詘然，樂也。瑕不掩瑜，瑜不掩瑕，忠也。孚尹旁達，信也。氣如白虹，天也。精神見于山川，地也。圭璋特達，德也。天下莫不貴者，道也。《詩》曰：『言念君子，温其如玉。』故君子貴之也。」《荀子》引孔子之言曰：「雖有珉之彫彫，不若玉之章章。」亦引此詩，皆無關詩旨。板屋，朱子云：「西戎之俗，以板爲屋。」班固《地理志》云：「天水隴西，山多林木，民以板爲屋。故秦《詩》云：『在其板屋。』」酈道元云：「上邽，故邽戎國，秦武公十年伐邽，縣之，漢改天水郡。其鄉居，悉以板蓋屋。」按張宣公《南嶽唱酬序》云：「方廣寺皆板屋。問老宿，云：『用瓦輒爲冰雪凍裂。』」以南嶽觀之，則知板屋非獨西陲爲然。愚按時世父被虜在戎地，故云然。心曲，鄭玄云：「心之委曲也。」憂思而至于心亂，故今日之具兵甲以往征，亟亟不容已也。

四牡孔阜，有韻。豐氏本作「[illegible]」。**六轡在手**。有韻。**騏駵是中**，東韻。**騧驪是驂**。豐道生云：「當叶東韻，讀如驄，麤叢翻。」**龍盾之合**，韻。**鋈**《説文》作「渋」。❶**以觼軜**。合韻。**言念君子**，**温其在邑**。叶念韻，遏合翻。**方何爲期**，支韻。**胡然我念之**。支韻。○賦也。承上章「駕我騏馵」而言。四牡，謂駟馬皆牡。孔阜、六轡在手，解俱見《駟鐵》篇。駵，《説文》以爲赤馬黑毛尾。鄭箋以爲赤身黑鬣。按此詩所言戎車，乃駟馬之車，騏、駵、騧、驪，四牡備矣。益以上章之馵，不又成五馬乎？偶以《爾雅》求之，而悟此章之駵，即上章之馵，乃《爾雅》之所謂「駵白駁」者也。蓋馬有駵色，有白色者，名之曰駁。此本駁馬，特上章因其白之在足，而題之以馵，此章則因其駵之在體，而題之以駵耳。又羅願云：「古者駵非所貴，故《淮南子》曰：『旁光不升俎，駵駁不入牲。』以其犂也。」陸佃云：「騏駵中駟，騧驪上駟。故服以騏駵，

❶「渋」，《四庫全書》本作「沃」。

驂以騧驪。《淮南子》曰：『驂欲馳，服欲步。』」《説文》云：「騧，黄馬黑喙。驪，馬深黑色。」毛云：「中，中服也。驂，兩騑也。」孔云：「車駕四馬，在内兩馬謂之服，在外兩馬謂之騑。春秋時鄭有公子騑，字子駟，是有騑乃成駟也。」盾，干也。《説文》云：「瞂也。」瞂者，所以蔽身扞目，以木爲之，畫龍于上，謂之龍盾。合，王肅云：「合而載之，以爲車蔽也。」黄震云：「盾狹而車廣，一盾不足爲衛，故合載之。非止防其破毁也，與二矛重弓意不同。」觼，《説文》云：「環之有舌者。」徐鍇云：「言其環形象玦。」通作觖。軜，毛云：「驂内轡也。」按此與陰靷之靷不同，彼乃引車之靷，此是控驂之轡。鄭云：「鋈以觼軜，軜之觼以白金爲飾也。」孔云：「四馬八轡，而經傳皆云六轡，明有二轡當繫之。馬之有轡者，所以制馬之左右，令之隨逐人意。驂馬欲入，則偪于脅驅，内轡不須牽挽，故知軜者納驂内轡，繫于軾前，其繫之處，以白金爲觼也。」今按一車之内，通計轡與革，凡十二條，在手者六皆轡，即服馬内外四轡，驂馬外二轡是也。游環，則總收六轡之皮圈也。係之車者，其四爲革，即脅驅、陰靷，各皮二條，其二爲驂内轡，即此所謂軜是也。脅驅則係之衡與軫，靷則係之于陰板，而軜則係之于軾者也。各不容混。邑，犬丘之邑也。方，將也。此温然之世父，望其在邑，將以何爲期乎？按世父有言曰：「我非殺戎王，則不敢入邑。」已而遇虜，故詩人念其入邑之無期也。胡，通作何，聲之近也。此世父也，胡然我輩念之至是乎？自問之辭。其所以念之之故，至下章始明言之，「厭厭良人，秩秩德音」二語是也。

俴駟孔群，文韻。**厹**《説文》、豐氏俱本作「叴」。**矛鋈**《説文》作「沃」。**錞**。**蒙伐**《釋文》作「瞂」。**有苑**，叶文韻，於云翻。**虎韔**《釋文》作「暢」。**鏤膺**。蒸韻。**交韔二弓**，叶蒸韻，姑弘翻。**竹閉**《周禮》

注、豐氏本俱作「韔」，《儀禮》注作「柲」。**緄縢。**蒸韻。**言念君子，載寢載興。**蒸韻。**厭厭**平聲。《列女傳》作「愔愔」。**良人，秩秩德音。**叶蒸韻，一陵翻。○賦也。承上章「龍盾之合，鋈以觼軜」而言。《韓詩》云：「駟馬不著甲曰俴駟。」按戰馬無不被甲者，此固其未進戰之時也。孔云：「物不和則不得群聚，故美其能甚群，言和調也。」章潢云：「汧、渭，馬之所産也。秦以非子善養馬開國，觀《小戎》所咏信然。唐張萬歲雲錦成群，非此地乎？今秦隴如故，而苑馬行太僕之所職者，即其事也。而馬政不舉，得非有其地而無其人，抑亦牧之不得其道也。」厹矛，毛云：「三隅矛也。」孔云：「刃有三角，蓋相傳爲然。」錞，《説文》云：「矛戟柲下銅鐏也。」通作鐓。孔云：「《曲禮》曰：『進戈者，前其鐏，後其刃。進矛戟者，前其鐓。』是矛之下端，當有鐓也。彼注云：『鋭底曰鐏，取其鐏地。平底曰鐓，取其鐓地。』則鐓、鐏異物。言鐓爲鐏者，取類相明，非訓爲鐏也。」鋈錞，朱子云：「以白金沃矛之下端平底者也。」毛云：「蒙，討羽也。伐，中干也。」鄭云：「蒙，厖也。討，襍也。畫襍羽之文于伐，故曰厖伐。」孔云：「《夏官·司兵》：『掌五盾，各辨其等，以待軍事。』注謂：『五盾，干櫓之屬，其名未盡聞也。』言辨其等，則盾有大小。櫓是大盾，伐爲中干。干、伐皆盾之別名也。蒙有襍色，知苑是文貌。」陸化熙云：「厹矛以敵人，蒙伐以自衛。鋈之畫之，俱尚文采之意。」毛云：「虎，虎皮也。韔，弓室也。」陳祥道云：「韔、弢、韣、櫜、鞬，皆弓衣也。《覲禮》言『包干戈以虎皮』，《詩》言『虎韔』，而韔、韣皆從韋，則古之弓衣以皮爲之也。」《爾雅》云：「金謂之鏤。」鄭云：「刻金飾也。」孔云：「《弟子職》曰『執箕膺揭』，則膺是胷也。」《補傳》云：「謂弓室之胷也。言以虎皮爲韔，而以金鏤飾其胷也。」嚴粲云：「傳以膺爲馬帶，疏釋之爲鏤胷之鞶，即鉤膺也。然《采芑》『鉤膺鞗革』，《崧高》『鉤膺濯濯』，《韓奕》『鉤膺鏤錫』，上下文皆言車馬之飾，則膺當爲馬胷之帶。此首言『虎韔』，繼言『鏤膺』，下文又言『交韔二弓，竹閉緄縢』，則皆言弓耳。不得以此鏤膺爲彼鉤膺也。」交韔二弓，孔云：「交二弓于韔中，謂顛倒安置之。」王安石云：「韔必二弓，如有副馬，以備壞也。」竹閉，一名䪐，亦作柲。《周禮》注云：「弓檠也。弛則縛之于弓裏，備損傷也，以竹爲之。」緄，《説文》云：「織帶也。」毛云：「繩也。」縢，約也。弓體欲正，故必以竹爲閉，象弓之形，納于弓之裡，用繩約之，而後入于韔，即《考工記》所謂紲也。陳祥道云：「柲以閉之，故亦謂之閉。緄以繫之，故亦謂之紲。如此則納之韣中，足以定往來之體，祛翩反之病矣。」載之言則，音之近也。寢，寐。興，起也。寢興不忘，念之切也。「厭厭」二句，則所以念之之故也。厭，通作懕，《説文》云：「安也。」厭厭，毛云：「安静也。」即前章「温」字意。良，善也。秩，《説文》云：「積也。」秩秩德音，言世父有德之言，不一而足也。敵王所愾，是其忠。復祖父之仇，是其孝。世父秉心惟以忠孝爲歸，故美之曰「厭厭良人」。其所言者，一本於忠孝之言，故贊之曰「秩秩德音」。而兹不幸遇敵失利，至幽囚于板屋之中也，此今日之所以大舉而往救也。朱子云：「襄公報仇，所以不自已者，豈忮忿之心哉？乃人倫之正，天理之發，以大義驅其人而戰之也。此襄公所以能用其人，而秦人所以樂爲之用也。」

《小戎》三章，章十句。《子貢傳》、《申培説》皆謂襄公遣大夫征戎而勞之。夫襄公當幽王時，尚爲西垂之大夫，未爲諸侯也。而所遣者，亦大夫耶？安知其非自將耶？《序》則謂襄公備兵甲以討西戎，西戎方疆，而征伐不休，國人則矜其車甲，婦人能閔其君子焉。朱子本此，遂以爲婦人之詩。不審深居閨閤者，安能知軍容之盛若此？此不過因篇内有「良人」字，遂意之耳。然《黄鳥》之詩亦稱「良人」，安在其爲婦人語耶？又按先秦之世，良人爲君子通稱。呂氏《紀·序意》曰：「秋甲子朔，朔之日，良人請問十二紀。」注亦謂良人，君子也。

《正月》，大夫刺幽王也。出《序》。○按《竹書》紀幽王四年，夏六月隕霜。即此詩所謂「正月繁霜」者也。篇中有「不自我先」二語，與《瞻卬》篇同，疑亦爲凡伯所作。

正月繁霜，陽韻。**我心憂傷。**陽韻。**民之訛**《説文》、《讀詩記》俱作「譌」，《石經》、豐氏俱本作「僞」。**言，亦孔之將。**叶陽韻，資良翻。**念我獨兮，憂心京京。**叶陽韻，居良翻。**哀我小心，癙憂以痒。**陽韻。○賦也。正月，毛傳云：「夏之四月。」鄭玄云：「建巳之月。」按《左傳》昭十七年，夏六月，甲戌朔，日有食之。祝史請所用幣，季平子曰：「止也。惟正月朔，慝未作，日有食之，於是乎有伐鼓用幣。其餘則否。」大史曰：「在此月也。當夏四月，是謂孟夏。」顔師古云：「四月，正陽之月，故謂之正月。」按周之六月，夏之四月也。孔穎達云：「以大夫所憂，則非當霜之月。若建寅正月，則固有霜矣，不足憂也。」邵寶云：「四月曰正月，十月曰陽月。扶陽抑陰，無所不用其極也。」繁，多也。霜，凝露也。《大戴禮》云：「霜露陰陽之氣，陰氣勝則凝而爲霜。」劉熙云：「其氣慘獨，物皆喪也。」《解頤新語》云：「或疑四月不應有霜。考之漢武帝元光四年四月，隕霜殺草。晉武帝咸寧九年四月，隕霜殺粟麥。」鄭云：「建巳之月，純陽用事而霜多，急恒寒若之異。」按《洪範》「謀時寒若，急恒寒若」，以聽屬金，金主寒，謀者聽之用，急者謀之反，故有恒寒之異。訛言繁興，王聽不聽之應也。《淮南子》云：「逆天暴物，則日月薄蝕，五星失行，四時干乖，晝冥宵光，山崩川涸，冬雷夏霜。《詩》曰：『正月繁霜，我心憂傷。』天之與人，有以相通也。故國危亡而天文變，世惑亂而虹蜺見，萬物有以相連，精祲有以相蕩也。」傷，《説文》云：「痛也。」思其所以致此繁霜之異，厥有繇然，故憂之甚，而至于傷，若下文所云是也。民之訛言，解見《沔水》篇。孔，甚也。將者，蘇林云：「甫始之辭。」言訛言方興，其勢甚熾，而未有艾也。真德秀云：「以是爲非，以非爲是，以忠爲佞，以佞爲忠，此所謂訛言也。訛言興，則君子小人易位而邪正混淆，所以致繁霜之災。」獨對衆言，衆訛成群，而己孤特無與。與第十二章語意相似，非衆皆不憂而己獨憂之説。京者，數目之稱。十萬曰億，十億曰兆，十兆曰京，十京曰垓。京京，衆也。言所憂多端，蓋不徒爲一身憂，而爲社稷生民憂也。癙从鼠，《説文》無此字，毛傳以爲病也。吕氏云：「與『鼠思泣血』，文雖小異而義同。」范氏云：「凡物之多畏者，惟鼠爲甚，故謂癙憂。」痒、瘍同義，頭創也。亦作癢。鼠潛穴内，不敢見人，己之小心畏謹似之，其狀之可哀如此。而念及國家之將亡，則所憂者，又不能自已，如皮膚之有癢，欲不抑搔之而不得也。

父母生我，胡俾我瘉？ 麌韻。**不自我先，不自我後。** 叶麌韻，後五翻。**好言自口，** 叶麌韻，孔五翻。**莠言自口。** 同上。**憂心愈愈，** 麌韻。《爾雅》作「瘐瘐」。**是以有侮。** 麌韻。○賦也。瘉，毛云：「病也。」與「交相爲瘉」之義同。《説文》以「病瘳」解，非是。嚴粲云：「人窮則呼父母，言父母生我，胡爲使我瘉病乎？不出我之前，不居我之後，適當其時，是我生之不幸也。」好言者，誇諛之言。莠，害苗草也。莠言者，害正之言。曰「自口」者，訛言之人，爲譽爲毁，惟其口之所出，本非繇中之言，無真實也。愈與愉同字，于義難通，當依徐鉉作「悆」。《説文》云：「忘也，嘽也。」嘽者，含深也，蓋含憂之深，而至于善忘也。侮，

《説文》云：「傷也。」鄭玄云：「我憂心愈愈然，與謁言者殊塗，爲謁言者所疾，是以有此，見侵侮于己也。」首章憂「民之訛言」，猶屬汎詞，至此曰「是以有侮」，則已亦親受其害矣。

憂心惸惸，陸德明本作「焭焭」。**念我無禄。**屋韻。**民之無辜，并其臣僕。**叶屋韻，步木翻。**哀我人斯，于何從禄？**見上。**瞻烏爰止，于誰之屋？**韻。○賦也。《周禮》注云：「人無兄弟曰惸。」按《説文》無惸字。《孟子》通作煢，《説文》云：「回飛疾也。」于義無取。《集韻》云：「或作惌，憂也。」趙頤光云：「三十斤爲惌。从鈞从心，心之重也，憂可知矣。」又《杕杜》篇「獨行睘睘」，《説文》云：「目驚視也。」陸德明本亦作「煢煢」，古文字音同通用，或又作焭、嬶、嬛，其義俱同。然《説文》皆不載。禄，《説文》云：「福也。」孔云：「禄名本出於居官，食廩得禄者，是福慶之事，故謂福祐爲禄。」無禄，猶言不幸。《左傳》「無禄獻公即世」是也。此承上章「有侮」而言。辜，罪也。并，相從也。其者，將然之辭。臣僕，家之賤者。《左傳》晉惠公卜男爲人臣，女爲人妾。《孝經》云：「治家者不敢侮于臣妾，而況其妻子乎？」臣者，事人之通稱。凡己所得役使者，皆謂之臣，故與妾並言，明其賤也。僕，給事者。《左傳》云：「人有十等，王臣公，公臣大夫，大夫臣士，士臣皁，皁臣輿，輿臣隸，隸臣僚，僚臣僕，僕臣臺。」是也。臣僕雖賤稱，然必貴家有之，非謂凡人皆有臣僕。此言無罪之民，遭此訛言孔將之世，惴惴莫必其命，將來必盡皆服屬于權門，爲其臣僕，庶可自免也。輔廣云：「民指在下之民，人則并上下而言之。」念我無禄，傷己之不幸也。哀我人斯，將從何人而受禄乎？傷斯人之俱不幸也。然味「于何從禄」之語，則能禄人者，必在權門可知。故繼之曰試觀群烏之飛，果止于何人之屋乎？毛云：「富人之屋，烏所集也。」鄭云：「烏止于富人之屋，以求食。」愚按烏以比趨炎附勢者。《禽經》云：「烏向啼背棲。」《管子》云：「烏集之交，初雖相驩，後必相咄。」而招集流亡，亦稱烏合之衆，以烏易合亦易散也。小人趨附情狀類此，故借烏言。所集之屋，則褒姒、虢石父輩是也。舊説以爲哀國之將亡，如郭林宗所云「不知瞻烏爰止，于誰之屋」者，似非詩意。

瞻彼中林，侯薪豐本作「新」。侯蒸。韻。民今方殆，視豐本作「眎」。天夢夢。叶蒸韻，莫滕翻。豐本作「瘮瘮」。後章同。既克有定，靡人弗勝。叶蒸韻，書蒸翻。有皇上帝，伊誰云憎？蒸韻。○比而賦也。中林，林中也。侯，維也。薪、蒸，解見《無羊》篇。鄭云：「林中大木之處，而惟有薪蒸爾。喻朝廷宜有賢者，而但聚小人。」愚按《韓詩外傳》亦如此説，蓋承上烏止誰屋而言。見布滿有位者，皆趨炎附勢之徒也。殆，危也。徐鍇云：「夢之言蒙也，不明之貌。」既克有定，指天言。定者，夢之反。人，謂有位之人。勝，《説文》云：「任也。」今日小人用事，民方在危殆之中，視天若夢夢不明然者。而究竟天亦有定之日，及其既定，必使登明選公，無不克勝其任，斷不似今日闒冗充位也。一説，靡人弗勝，言天非不能勝惡人，特此時天猶未定耳。正深恨惡人之語，如諺所謂「善惡到頭終有報，只争來早與來遲」之意。皇，《説文》云：「大也。」上帝，朱子云：「天之神也。」程子云：「以其形體謂之天，以其主宰謂之帝。」伊，發語辭。憎，惡也。小人固可憎，而使小人在位者，誰實爲之？然則上帝當憎惡何人乎？推本用人之人，所以刺王也。

謂山蓋卑，陸本作「庳」。爲岡爲陵。蒸韻。民之訛豐本作「譌」。言，寧莫之懲。蒸韻。召彼故老，訊之占夢。叶見上章。具曰予聖，誰知烏《孔叢子》作「鳥」。之雌雄。叶蒸韻，如乘翻。○

比而賦也。「謂山蓋卑」二句，與「瞻彼中林」二句對看。語曰：「培塿無松栢。」將謂山蓋卑，故美材不生，而其實爲高岡，爲大陵，非卑也，安在其無嘉植乎？以比國非無賢才，特小人巧肆排擠，或詆之曰無能，或中之以奇禍，人主受其蠱惑，遂謂舉朝無足稱任使者，驁然有輕士大夫之心。下文「予聖」之病，正原于此，皆訛言之爲也。其空虚人國如是，而曾莫之懲創，何哉？《周語》衛彪傒曰：「自幽王而天奪之明，使迷亂棄德，而即慆淫。夫周，高山、廣川、大藪也，故能生之良材，而幽王蕩以爲魁陵、糞土、溝瀆，其有悛乎？」正謂此也。「召彼」以下，皆主王言。訊，問也。孔云：「愛好鄙碎，共信徵祥，召彼元老宿舊有德者，但問之占夢之事。言其不尚道德，侮慢長老也。」班固云：「惑者不稽諸躬，而忌妖之見，是以《詩》刺『召彼故老，訊之占夢』。傷其舍本而憂末，不能勝凶咎也。」嚴云：「但問占夢之事，其所問不急也。李義山詩曰：『可憐夜半虚前席，不問蒼生問鬼神。』亦此意。」具，通作俱，偕也。予，代王自予也。具曰予聖，意連下文，與上不相蒙。此非故老之言，乃諂佞小人，思以逢王之歡，聊獻諛爲固寵地。而王不察，聞其稱神頌聖，遂真謂天下莫己若也。故嘆之曰，是皆上章所比集屋之烏群然爲利來者耳，其雌其雄誰能辨之？鄙其識趣齊等，無以相别也。歐陽脩云：「凡禽鳥之雌雄，多以其首尾毛色不同而别之。烏之首尾毛色雌雄不異，人所難别。」按《國語》鄭桓公問于史伯曰：「周其弊乎？」對曰：「殆於必弊者。《太誓》曰：『民之所欲，天必從之。』今王棄高明昭顯，而好讒慝暗昧。惡角犀豐盈，而近頑童窮固。去和而取同。夫和實生物，同則不繼。以它平它謂之和，故能豐長而物生之。若以同裨同，盡乃棄矣。故先王以土與金、木、水、火，襍以成百物。是以和五味以調口，剛四支以衛體，和六律以聰耳，正七體以役心，平八索以成人，建九紀以立純德，合十數以訓百體。

出千品，具萬方，計億事，材兆物，收經入，行姟極。故王者居九畡之田，收經入以食兆民，周訓而能用之，龢樂如一。夫如是，龢之至也。於是乎先王聘后于異姓，求財于有方，擇臣取諫工，而講以多物，務和同也。聲一無聽，物一無文，味一無果，物一不講。王將棄是類而與剸同。天奪之明，欲無弊，得乎？夫虢石父讒諂巧從之人也，而立以爲卿士，與剸同也。棄聘后而立内妾，好窮固也。侏儒戚施，實御在側，近頑童也。周法不昭，而婦言是行，用讒慝也。不建立卿士，而妖試幸措，行暗昧也。是物也不可以久。」味史伯所言棄和取同，與此詩「具曰予聖」之意殊合，其爲刺幽王詩明矣。又按《吕氏春秋》云：「幽王染于虢公鼓、祭公敦。」鼓即石父名。《孔叢子》云：「子思謂衛君曰：『君之國事，將日非矣。』君曰：『何故？』對曰：『有繇然焉。君出言皆自以爲是，而卿大夫莫敢矯其非。卿大夫出言亦皆自以爲是，而士庶莫敢矯其非。君臣既自賢矣，而群下同聲賢之。賢之則順而有福，矯之則逆而有禍，故使如此。如此則善安從生？《詩》曰：「具曰予聖，誰知烏之雌雄。」抑亦似衛之君臣乎？』」

謂天蓋高，不敢不局。叶陌韻，居亦翻。《説苑》、陸本俱作「跼」。**謂地蓋厚，不敢不蹐。**陌韻。《説文》作「趚」。**維號**豐本作「号」。**斯言，有倫有脊。**陌韻。《春秋繁露》作「迹」。**哀今之人，胡爲虺蜴？**陌韻。《鹽鐵論》、《説文》俱作「蜥」。〇賦也。局，曲也。蹐，《説文》云：「小步也。」毛云：「累足也。」鄭云：「局蹐者，天高而有雷霆，地厚而有陷淪，上下皆可畏怖之言也。」王述之云：「言天高，已不敢不曲身危行，恐上觸忌諱也。地厚，己不敢不累足，懼陷于在位之網羅也。」愚按此因小人工爲詭言，而王又聽信之，故畏懼之甚，至於如此。《家語》及《説苑》皆載孔子論《詩》，至于《正月》六章，惕然如懼，曰：「彼不逢時之君子，豈不殆哉？從上依世則道廢，違上離俗則身危。時不興善，已獨繇之，則曰非妖即妄也。故賢者既不遇，恐不終其命焉。桀殺關龍逢，紂殺比干，皆是類也。《詩》曰：『謂天蓋高，不敢不跼。謂地蓋厚，不敢不蹐。』此言上下畏罪，而無所自容也。」號，《説文》云：「呼也。」斯言，指訛言者。倫，《説文》云：「輩也。」猶類也。脊，當依《繁露》通作迹，《説文》云：「步處也。」謂人行事之可據者。虺，解見《斯干》篇。蜴，蟲名，舊皆以爲蜥蜴。羅願云：「蜥蜴似蛇而四足，長五六寸，生艸澤中。《爾雅》蠑螈、蜥蜴、蝘蜓、守宮，四名轉相解。至陶隱居，以爲其類有四種，形大純黄色者，名蛇醫。其次似蛇醫，而小形長尾，見人不動者，名龍子。小而五色，尾青碧可愛者，名蜥蜴。形小而黑，喜緣墻壁者，名蝘蜓。則與今所見似同。按《説文》及《字林》及崔豹《古今注》並以蠑螈爲蛇醫，而《説文》又云：『在壁曰蝘蜓，在艸曰蜥蜴。』蜥蜴，守宮也。《方言》亦云：『秦、晉、西夏謂之守宮。或謂之蠦蟺，或謂之蜇易。其在澤中者，謂之易蜥。南楚謂之蛇醫，或謂之蠑螈。』按此諸文，則在艸澤名蠑螈、蜥蜴，在墻壁者名蝘蜓、守宮也。」《詩詁》云：「守宮、蜥蜴二物。蜥蜴尾通于身，如蛇而加足，有黑色者，有青緑色者，常居艸間。守宮褐色，四足有尾，偃伏壁間，故名蝘蜓，亦名守宮，常在屋下也。」又陸璣云：「虺蜴，一名蠑螈蜴也。或謂之蛇醫，如蜥蜴，青緑色，大如指，形狀可惡。」詳陸所言，則虺蜴乃蠑螈之别名，實非二物，未詳孰是。虺蜴之爲蟲雖小，以其有毒而能螫人，故以爲小人之比。詩人跼蹐于訛言之害，故號呼此爲訛言者而告之曰：凡以言加人者，必稽于其類，如人之倫輩，灼然難混。附于其事，如人之行步，昭然可數。則是者不可以爲非，無者不可以爲有，自無所容訛言爲矣。哀今之人，胡爲肆毒以害人，而自同于虺蜴乎？深根之之詞。又董仲舒云：「是非之正，取之逆順。逆順之正，取之名號。名號之正，取之天地。天地爲名號之大義也。古之聖人，謞而效天地謂之號，鳴而命施謂之名。名號異聲而同本，皆鳴號而達天意者也。號凡而畧，名詳而目。目者，偏辨其事也。凡者，獨舉其事也。物莫不有凡號，號莫不有散名，事各順于名，名各順于天，天人之際，合而爲一。同而通理，動而相益，順而相受，謂之德道。《詩》曰：『維號斯言，有倫有迹。』此之謂也。」此讀號爲去聲，其解又異。

瞻彼阪田，有菀其特。職韻。**天之杌我，如不我克。**職韻。**彼求我則，**職韻。**如不我得。**職韻。**執我仇仇，亦不我力。**職韻。○比而賦也。山脅曰阪。鄭云：「阪田，崎嶇墝埆之處。」菀，茂也。特，朱子云：「特生之苗也。」視彼阪田之苗，菀然而特生，以況己居昏亂之朝，挺然而特立。雖然，地之美者善養禾，君之仁者善養士，彼苗在阪田，亦豈能以其菀終乎？杌，《説文》云：「動也。」我，詩人自我也。歐陽脩云：「曰『天之杌我』者，君子居危，推其命于天也。」下文「執我仇仇」，正所謂杌我者。克，勝也。朱子云：「天之杌我，如恐其不我克，何哉？亦無所歸咎之詞。」彼，指王也。則，「其則不遠」之則。猶言求之以爲榜樣，其始求之惟恐不得，蓋第借以美觀，非真欲取法之也。鍾惺云：「士居亂世，擯一退位不仕耳。讀此詩乃知亂而可退，猶非亂之至也。」執，持。仇，讐也。執我仇仇，言衆訛朋興，持我之短長以與我爲讐者不一其人，即第二章所謂「有侮」是也。亦不我力，言不使我得以效力于國也。《禮記》子曰：「大人不親其所賢，而信其所賤。民是以親失，而教是以煩。《詩》云：『彼求我則，如不我得。執我仇仇，亦不我力。』《君陳》曰：『未見聖，若己弗克見。既見聖，亦不克繇聖。』」

心之憂矣，如或結屑韻。**之。今茲之正，胡然**《大全》作「爲」。**厲**叶屑韻，力薛翻。**矣？**豐本作「之」。**燎之方揚，**《漢書》作「陽」。**寧**《漢書》作「能」。**或滅**屑韻。韻書作「烕」。楊慎云當作「㷉」。**之。赫赫宗周，褒姒烕**屑韻。音血。與「滅」字異。《左傳》、《漢書》、《列女傳》俱誤作「滅」。**之。**賦也。孔云：「心之憂矣，如有結之者，言憂不離心，如物之纏結也。」愚按此不爲已往之訛言憂，而爲孔將之訛言憂。見其勢方盛，其來未已，即下文所謂「燎之方揚，寧或滅之」者，宜其憂之纏綿于心，而不可解也。正，正月也。厲與沴同。當今兹正陽之時，而有繁霜之異，所謂厲也。變不虛生，必於其類，胡然而致此哉？可以推其故矣。燎，《説文》云：「放火也。」《尚書》「若火之燎于原」是也。揚，舉也。火熄爲滅，以水沃之而熄，故其字从水。訛言孔將，一唱衆和，如方當燎原之初，火烈具揚，未易撲滅也。赫赫，明盛貌。宗周，鎬京也。褒姒，幽王之嬖妾，褒國女，姒姓也。《列女傳》云：「褒姒者，童妾之女，周幽王之后也。初，夏之衰也，褒人之神，化爲二龍，同于王庭而言曰：『余褒之二君也。』夏后卜殺之與去，莫吉。卜請其漦藏之，而吉，乃布幣焉。龍忽不見，而藏漦櫝中，乃置之郊。至周，莫之敢發也。及周厲王之末，發而觀之，漦流于庭，不可除也。王使婦人裸而譟之，化爲玄蚖，入後宮。宮之童妾，未毀而遭之，❶既笄而孕，當宣王之時産，無夫而乳，懼而棄之。先是，有童謡曰：『檿弧箕服，實亡周國。』宣王聞之，後有人夫妻賣檿弧箕服之器者，王使執而戮之。夫妻夜逃，聞童妾遭棄而夜號，哀而取之，遂竄于褒。長而美好，褒人姁有獄，獻之以贖。幽王受而嬖之，遂釋褒姁，故號曰褒姒。既生子伯服，幽王乃廢后申侯之女，而立褒姒爲后，廢太子宜

❶ 「而」，《四庫全書》本作「齒」。

曰，而立伯服爲太子。幽王惑于褒姒，出入與之同乘，不恤國事，驅馳弋獵不時，以適褒姒之意。飲酒沉湎，倡優在前，以夜繼晝。褒姒不笑，幽王乃欲其笑，萬端故不笑。幽王爲烽燧大鼓，有寇至則舉，諸侯悉至而無寇，褒姒乃大笑。幽王欲悦之，數爲舉燧火，其後不信，諸侯不至。忠諫者誅，唯褒姒言是從。上下相諛，百姓乖離。申侯乃與繒、西夷犬戎共攻幽王，幽王舉烽燧徵兵，莫至，遂殺幽王于驪山之下，虜褒姒，盡取周賂而去。于是諸侯乃即申侯，而共立故太子宜臼，是爲平王。自是之後，周與諸侯無異。《詩》云：『赫赫宗周，褒姒滅之。』此之謂也。」威義即滅，而字與滅異，从火从戌。許慎云：「火死于戌，陽氣至戌而盡。」朱子云：「時宗周未滅，以褒姒淫妒讒諂，而王惑之，知其必滅周也。」歐陽脩云：「上七章皆述王信讒言亂政，至此始言滅周主於褒姒。謂王溺女色而致昏惑，推其禍亂之本以歸罪也。」孫鑛云：「『威之』二字，點得煞然險峻，此必作未然説方有味。」按史蘇謂褒姒與虢石父比，逐太子宜臼，而《史記》亦稱石父爲人佞巧，善諛好利，王以爲卿用事，國人咸怨。然則訛言之禍即二孽所爲。蓋主之者褒姒，翼之者石父，宜詩人之推本于是也。又《左》昭元年，楚令尹子園享趙孟，❶事畢，趙孟謂叔向曰：「令尹自以爲王矣，何如？」對曰：「王弱，令尹疆，其可哉？雖可不終。」趙孟曰：「何故？」對曰：「疆以克弱而安之，疆不義也。不義而疆，其斃必速。《詩》曰：『赫赫宗周，褒姒滅之。』疆不義也。」此解赫赫又異。

終其永懷，又窘陰雨。麌韻。**其車既載，乃棄爾輔。**麌韻。**載輸爾載，將伯助予。**叶麌

❶「園」，據《左傳》當作「圍」。

韻，讀如雨，王矩翻。郭忠恕云：「予本無余音，後人讀之也。」〇賦而比也。終其永懷，承上「褒姒威之」言。周雖未滅亡，然其勢不滅亡不止，有深識遠慮者，已當永思其終矣，況又迫于强臣跋扈，戎狄薦窺之時乎？窘，《說文》云：「迫也。」朱子云：「陰雨則泥濘，而車易以陷。」按《鄭語》史伯云：「申、繒、西戎方强，王室方騷，將以縱欲，不亦難乎？王欲殺太子以成伯服，必求之申，申人弗畀，必伐之，若伐申而繒與西戎會以伐周，周不守矣。繒與西戎方將德申，申、吕方强，其隩愛太子，亦必可知也。王師若在，其救之亦必然矣。王心怒矣，虢公從矣，凡周存亡，不三稔矣。」據此所言申、繒、西戎皆將合力以與周爲難，即此詩所云「陰雨」也。其車既載，言此車載物，既當此陰雨之時，甚可懼也。鄭云：「以車之載物，喻王之任國事也。」棄輔，喻遠賢也。」孔云：「《考工記》車人爲車，不言作輔。此云『乃棄爾輔』，則輔是可解脱之物，蓋如今人縛杖於輻，以防輔車也。」張文潛云：「輔之爲物，有功於車而非車也。考一車之物，而輔不與焉。然正六轡，謹輪輻，僕在前，馬伏軛，而輔不至，則車不安，登險而憂傾，涉淖而憂濡，視車中之載，如寄物焉。天下之物，固有不相有而相須，不同域而相成者，豈獨輔也哉？」載，即「既載」之載，與下「輸」字連讀。輸，通作渝，變也。《左氏春秋》「鄭人來渝平」，《公羊》作「輸」，二字以音同通用。傳解輸爲墮。今按輸，委輸也，以車運物，與載同意，訓墮似難通。特載、輸二字不應並言，故當通作渝。《尚書》云：「若乘舟，汝弗濟，臭厥載。」注謂乘舟者，久而不濟，必至敗壞其所資。「載輸」之謂也。蓋遇雨而又棄輔，則車將有泥陷之患，而不得行，故所載之物必至臭敗。而此臭敗者，非他人之載，乃爾之載，得無惜乎？將，毛傳云：「請也。」蓋請辭也。伯，長也。以望助于彼，因尊稱之爲伯。曰「助予」者，代王自言也。及夫爾載既輸之時，然後呼請長者而告之曰：試助我爲出此載于泥塗。嗟何及矣！詩人逆知周之必亡，而此懷不能自已，冀其任賢自輔，庶幾挽回萬一，毋終任其傾覆而不可救也。王氏云：「如唐太宗敗于高麗，乃思郭元振。玄宗蒙塵入蜀，乃思張九齡。不用而思之，亦晚矣。」

無棄爾輔，員于爾輻。叶職韻，筆力翻。**屢**陸本作「婁」。**顧爾僕，不輸爾載。**叶職韻，節力翻。**終踰絶險，曾是不意。**叶職韻，乙力翻。《文中子》作「億」。○比也。反應上章而言。「無棄爾輔」二句，與「其車既載，乃棄爾輔」相應。「屢顧爾僕」二句，與「載輸爾載，將伯助予」相應。「終踰絶險」二句，與「終其永懷，又窘陰雨」相應。員，即方員之員，通作圓。員于爾輻，蓋言輪也。輪之栅名輻，其心名轂。轂中虚而容軸，輻三十枝，以實輪而湊轂，其包于轂外者名輞，所以爲員也。合是三者，總名爲輪。故《考工記》云：「望而眡其輪，欲其幎爾而下迆也。進而視之，欲其微至也。無所取之，取諸圜也。」舊訓員爲益，未是。輪、輻皆車中所有，所以喻政。輔則車外之物，所以喻賢。無棄爾輔，以防傾跌，則爾輻有員轉之利，雖有陰雨，而所載者自不至于輸矣。屢，數也。顧，猶視也。僕，將車者也。俱見鄭箋。愚按「爾僕」以比當時用事者，即虢石父輩是也。棄爾輔而不用，試屢顧爾將車之僕，果能不渝爾之載否乎？終，即「終其永懷」之終。踰，《説文》云：「越也。」鄭云：「終是用踰度陷絶之險，女不曾以是爲意乎？」嚴云：「奈何終踰絶險，曾不以爲意，而覆敗必矣。」蔣悌生云：「此二章復借驅車以明救亂之道，惓惓然憂君愛國之誠，有不忍恝然之意。此《詩》之所以爲厚也。」文中子遊馬頰之谷，遂至牛首之谿，登降信宿，從者樂。竇威進曰：「聞朝廷有召子議矣。」子曰：「彼求我則，如不我得。執我仇仇，亦不我力。」姚義曰：「其車既載，乃棄爾輔。」竇威曰：「終踰絶險，曾是不億。」子喟然，遂歌《正月》終焉。既而曰：「不可爲矣。」

魚在于沼，叶嘯韻，之少翻。**亦匪克樂。**叶嘯韻，力炤翻。亦叶藥韻，歷各翻。**潛雖伏矣，亦孔之炤。**❶嘯韻。亦叶藥韻，職畧翻。《中庸》、豐本俱作「昭」。**憂心慘慘，**叶藥韻，七各翻。豐本作「懆懆」。**念國之爲虐。**藥韻。亦叶嘯韻，宜炤翻。○比而賦也。沼者，池之别名。一云，圓曰池，曲曰沼。魚相忘于江湖者也，今乃在于池沼之中，其生已蹙，云胡能樂。以比小人之在危朝，雖侈然肆志，然國事日非，其樂必不能久，猶處堂燕雀之意。潛，《爾雅》云：「深也。」伏，匿。孔，甚。炤，明也。此二句亦指魚言。魚雖匿于水之深處，而其形狀亦甚炤然而易見。以比群小立朝，總之以害人爲事，雖藏機不露，而其念慮所存，人無有不知之者，即下文言「爲虐」是也。故《中庸》引此而申之曰：「君子内省不疚，無惡於志，君子之所不可及者，其惟人之所不見乎？」慘，《説文》云：「毒也。」《爾雅》云：「憂也。」慘慘，毛云：「猶戚戚也。」虐，《説文》云：「殘也。」我所以憂心慘慘然愁戚者，惟念舉國相率爲虺蜴之事，其肆毒于人未已耳。

彼有旨酒，叶篠韻，子小翻。**又有嘉殽。**叶篠韻，下了切。陸本作「肴」。豐本改「嘉殽」二字作「肴烝」，僞也。**洽**《左傳》作「協」。**比其鄰，昏姻**豐本作「婣」。**孔云。**文韻。陸本作「員」。**念我獨兮，憂心慇慇。**文韻。《爾雅》、豐本俱作「殷殷」。○賦也。彼，嚴云：「小人也。」旨、嘉皆美也。殽，通作肴。《廣韻》云：「凡非穀而食曰肴。」又《曲禮》注云：「熟肉有骨曰肴。」洽，《説文》云：「霑也。」比，《説文》云：「密

❶「炤」，原作「昭」，據《四庫全書》本改。

也。二人爲从，反从爲比。」相與周密也。五家爲鄰。據《左傳》則以爲指兄弟，蓋會意耳。云，毛傳以爲旋也。按云即古雲字。陸佃云：「象周旋盤薄之形，故云旋也。此以形訓。」林堯叟云：「猶言旋，旋歸之。」慇，《説文》云：「痛也。」曰京京，曰愈愈，曰惸惸，曰慘慘，曰慇慇，重文疊見，總見其所憂之無已也。承上章言。我心雖憂，小人則樂。彼有旨酒，又有嘉殽，與其鄰近之人霑洽親比，而瑣瑣姻亞之輩，亦甚相與回旋而歸之。獨我孤特無侶，而不禁其慇慇然憂之痛也。《左》僖二十二年，富辰言于王曰：「請召大叔。《詩》曰：『協比其鄰，昏姻孔云。』吾兄弟之不協，焉能怨諸侯之不睦？」王説。王子帶自齊復歸于京師，王召之也。又襄二十九年，晋平公，杞出也，故治杞。六月，知悼子合諸侯之大夫以城杞。衛大叔文子曰：「甚哉其城杞也！」鄭子大叔曰：「若之何哉！晋國不恤宗周之闕，而夏肄是屏，其棄諸姬，亦可知也已。諸姬是棄，其誰歸之？吉也聞之：棄同即異，是謂離德。《詩》曰：『協比其鄰，昏姻孔云。』晋不鄰矣，其誰云之？」合觀此可以識「洽比」二句之義。李氏云：「昔人有言曰：『燕雀處堂，母子相安，自以爲樂也。突决棟焚，而母子恬然，不知禍之將至也。』今國勢如此，而小人徒乃群居飲酒以相樂，殆燕雀之類也。」愚按首章「念我獨兮」之獨，對衆訛而言。此章「念我獨兮」之獨，對衆樂而言。正所謂人皆不憂，而已獨憂者也。

佌佌佌，《爾雅》、《説文》、豐本皆作「佌」，斯氏翻。**彼有屋**，韻。**蔌蔌**《後漢書》、豐本俱作「速速」，《爾雅》、《韓詩》同。**方有穀**。屋韻。《後漢書》、《韓詩》、豐本俱作「轂」。又陸本「方有穀」作「方穀」，無「有」字，云：「或作『方有穀』，非也。」**民今之無禄**，屋韻。**天夭**《後漢書》、《韓詩》、豐本俱作「夭夭」。**是椓**。叶屋韻，丁木翻。**哿矣富人，哀此惸**《孟子》作「煢」。《楚辭章句》、陸本俱作「焭」。**獨**。屋韻。○

賦也。仳，《説文》作佌，云：「小貌。」字从人从囟。趙頤光云：「囟爲小兒頭，故从囟。」彼，亦彼小人也。《爾雅》：「菜謂之蔌。」考《説文》無蔌字，有鬻字，云：「鼎實。惟葦及蒲。陳留人謂之鍵。」通作餗。《周禮·醢人》「糝食」，注「菜餗也」。今按《韓奕》之詩云：「其蔌維何？維筍及蒲。」其語與《説文》合，則蔌、鬻同字，信矣。穀，禄也。言彼小人，同類互相汲引，向之所鄙爲佌佌然瑣小者，今且有華屋以爲居。向之所食惟能具菜餗者，今且有厚禄以爲養，不特旨酒嘉殽相呼召而已。重言佌佌、蔌蔌者，見小人之衆也。夭，通作殀，短折也。《商書·肜日》篇云：「非天夭民，民中絶命。」正與此「天夭」同義。是，指小人言。椓，通作㧻，《説文》云：「擊也。」孔云：「如椓杙之椓，謂打之也。」言民何不幸而生于今之時乎？然斯人之惡貫已盈，而天怒亦將及矣，行且從而夭折之，必盡是群類而椓擊之也。張衡《應問》云：「利端始萌，害漸亦芽。速速方穀，夭夭亦加。」欲豐其屋，乃蔀其家。」意正如此。獨以「天夭」爲「夭夭」，則傳寫之訛耳。哿，《説文》云：「可也。」一云，嘉也。言天之所以怒是人何哉？以爲此輩有屋有穀，儼然富人，其於自爲封植計誠可矣。獨哀此煢獨之人，無辜受其荼毒耳，得不速夭椓之爲快乎？蓋恨之之深，姑托言于天以恐懼之。然天意誠亦有在于此，是以《孟子》言文王發政施仁，必先鰥寡孤獨，而引此詩以爲證也。季本云：「此詩憤世嫉邪，不避忌諱，忠於國而不顧其力者，自險艱之世言之，鮮有不蒙危禍者矣。然而敢于直言如此類者，皆得免焉。豈非先王立采詩之官，正欲得人憤鬱之情，以觀國政之有闕，言雖誹謗，而不以爲尤。故凡情之不得伸者，皆欲因詩而達，此文、武之澤，所以没世而不忘也。殺諫臣之事，至春秋始有之，然後有誹謗之誅矣。孔子謂『邦無道，危行言遜』，其有感于此與？史載厲王使衛巫監謗，得謗者而殺之。厲固虐君也，不可以常理論。」

《正月》十三章，八章章八句，五章章六句。《子貢傳》以爲西周喪退，大夫傷之。《申培説》亦謂周室喪亂，大夫傷之而作是詩。皆不顯其世。朱子引或説曰：「此東遷後詩也。時宗周已滅矣，其言褒姒滅之，有監戒之意，而無憂懼之情。」劉公瑾深然之，謂使宗周未滅，褒姒方寵，則詩人之言未應指斥如是。然滅、威原不同字，愚但據《竹書》隕霜之事在幽王四年六月，與此詩合，故定從《序》説云。

《瞻卬》，凡伯刺幽王大壞也。出子夏《序》。**其原在嬖褒姒以致亂。**凡伯作《板》詩在厲王末，歷共和攝政十二年，宣王在位四十六年，至幽王三年，嬖褒姒。八年，立伯服。九年，王室始騷。中間相距六十餘年。此詩之作在幽王時，計凡伯當爲八九十歲間人矣。老臣見國事之非，日甚一日，不避禍怨，憤激而言，故《序》于此詩及《召旻》皆以爲刺大壞也。合《正月》、《小旻》四詩，疑皆爲凡伯所作。詩中語意，俱互爲出入。見幽王之時，褒姒擅權于内，皇父石父之輩朋應于外，所用者小人，所信者讒言，所任者刑罰，所事者尅剥，饑饉薦臻，戎狄窺伺，馴致驪山之禍，非大壞而何？

瞻卬豐氏本作「仰」。**昊天，則不我惠。**霽韻。**孔填不寧，降此大厲。**霽韻。**邦靡有定，士民其瘵。**卦韻。亦叶霽韻，子例翻。**蟊**陸德明本作「蛑」。下同。**賊蟊疾，**叶寘韻，秦二翻。**靡有夷届。**卦韻。亦叶寘韻，居吏翻。又叶霽韻，居例翻。**罪**豐本作「辠」。**罟不收，**尤韻。**靡有夷瘳。**尤韻。

○賦也。舉首而視曰瞻，傾首而望曰卬。説見《雲漢》篇。昊天，孔安國云：「元氣昊然廣大。」惠者，仁愛之意。朱子云：「首言昊天不惠，無所歸咎之辭也。」孔，甚也。填，《説文》云：「塞也。」寧，通作寍，安也。甚填塞不安寧之事，言其多也。降，《説文》云：「下也。」厲，猶危也，義見《桑柔》篇。瘵，《爾雅》、《説文》皆云：「病也。」下文言「蟊賊蟊疾，靡有夷届」，正孔填不寧之實。食苗根者曰蟊，解見《大田》篇。蟊賊，言如蟊之爲苗賊，以比當時用事者，如尹皇父、虢石父輩是也。賊自外至，故《桑柔》之詩刺厲王用小人，亦曰「降此蟊賊」也。蟊疾，言如蟊之爲苗疾。疾自内生，則指褒姒耳。靡之言無，音之轉也。夷，《説文》云：「平也。」猶云稍稍衰息也。届，《説文》云：「極也。」罪罟，毛云：「設罪以爲罟。」孔云：「謂多立科條，使人易犯，若設網以待鳥獸，是以謂之罟。」愚按此斥蟊賊蟊疾之人言。收，《説文》云：「捕也。」瘳，《説文》云：「疾瘉也。」徐鍇云：「忽愈，若抽去之也。」言此内外之蟊相煽爲害，無有平夷止極之時。譬如張設羅網，以陷人于罪，若不急加收捕，則士民之病，亦無有平夷瘳愈之時也。甚恨之之辭。

人有土田，先韻。亦叶真韻，他因翻。**女**音汝，後同。**反有**叶宥韻，于救翻。**之。人有民人，**真韻。亦叶先韻，如延翻。**女覆奪**曷韻。**之。此宜無罪，**與下「罪」相應爲韻。**女反收**叶宥韻，舒救翻。**之。彼宜有罪，女**《潛夫論》作「汝」。**覆**《後漢書》、《潛夫論》俱作「反」。**説**叶曷韻，他活翻。《後漢書》、《潛夫論》俱作「脱」。**之。**分章依朱傳。按此章四段八句，每段上句各隔一句、下句各隔四句用韻，又轆轤之變體。○賦也。此章指言罪罟之實。蓋以刑罰爲陷阱，而後從而侵牟奪取之，所以成其爲蟊也。土田人民，乃諸侯卿大夫所有。無罪有罪，則兼括士民而言。彼淫刑以逞，惟賄是求，其待諸侯卿大夫已如此矣，又何有于士民乎？宜其刑宥之顛倒也。女，通指蟊賊、蟊疾兩輩人也。反者，對正之稱。凡事之不當然而然者，則謂之反，怪之之辭也。覆，鄭云：「猶反也。」奪，猶攘也。按董仲舒云：「周室之衰，其卿大夫緩于義而急于利，亡推讓之風，而有争田之訟。」則土田之爲他人有者多矣。《正月》之詩曰：「民之無辜，并其臣僕。」則民人之爲他人奪者多矣。收，與上章義同。説，通作挩，《説文》云：「解挩也。」周昌年云：「取非其有者，其貪之本謀也。出入人罪，正所以行其貪，重在收無罪上。言説有罪，只以見其獨及無辜之人耳。」王符云：「先王之制刑法也，非好傷人肌膚，斷人壽命者也，乃以威姦懲惡，除民害也。天下本以民不能相治，故爲立王者以統治之，在于奉天威命，共行賞罰，故經稱『天罰有罪，五刑五用』，《詩》刺『彼宜有罪，汝反脱之』。」

哲陸本作「喆」。後同。**夫成城，哲婦傾**豐本作「頃」。**城。**城、城相應爲韻。毛、鄭本以「人有土田」至此爲第二章。**懿厥哲**《漢書》作「悊」。**婦，爲梟爲鴟。**支韻。**婦有長舌，維厲之階。**叶支韻，堅夷翻。**亂**《漢書》引此句，無「亂」字。**匪降自天，**先韻。亦叶真韻，汀因翻。**生自婦人。**真韻。亦叶先韻。見第二章。○賦也。此章斥蟊疾也。有蟊疾主于内，而後蟊賊得肆于外，故先言之。哲，《説文》云：「智也。」夫婦非伉儷之謂，即男子婦人之目耳。成城，猶所謂衆心成城者。傾，《説文》云：「仄也。」物仄則覆，故朱傳又以爲覆也。傾城，猶所謂壞汝萬里長城者。上之賢臣，有才智，多謀慮，足以擁衛國家，猶如城然。而王所嬖寵之婦，心不利其所爲，必逞其才智，百計以傾陷之，使不得安其位，所謂傾城也。後章言「人之云亡」指此。哲夫退則蟊賊進矣，故下文又以梟鴟目之。孫鑛云：「豔妻意淺，哲婦意精。説到哲處，可謂透入骨髓。」一説，鄭云：「城，猶國也。」歐陽脩云：「士多才智，爲謀慮則能興人之國。婦有才智者，干外事則傾敗人之國。」亦通。《晏子春秋》云：「翟王子羨臣于景公以重駕，公觀之而不説也。嬖人嬰子説之，因爲之請曰：『厚禄之！』公許諾。晏子起病而見公，公曰：『翟王子羨之駕，寡人甚説之，是欲禄之以萬鍾，其足乎？』對曰：『昔衛士東野之駕也，公説之，嬰子不説，公曰不説，遂不觀。今翟王子羨之駕也，公不説，嬰子説，公因説之，爲請，公許之，則是婦人爲制也。且賢良廢滅，孤寡不振，而聽嬖妾以禄御夫以蓄怨，與民爲讐之道也。《詩》曰：哲夫成城，哲婦傾城。今君不思成城之求，而惟傾城之務，國之亡日至矣。』公曰：『善。』」懿，《説文》云：「專久而美也。」厥，鄭云：「其也。」懿厥哲婦，顔師古云：「言幽王以哲婦爲美也。」愚按言「懿厥」者，即鍾愛之意。梟，土梟也。羅願云：「梟穴土以居，故曰土梟。偃伏其子，百日而長，羽翼既成，食母而飛。蓋稍長從母殺食，母無以應，于是而死。黄帝欲絶其類，使百吏祠皆用之。今人養以致鳥。《後漢・五行志》稱衆鳥之性，見非常斑駁，好聚觀之，至于小爵希見梟者，暴見尤聚。」鴟，怪鴟，即鵂鶹也，亦名鵄鵂，與鵄鴞不同。彼但名鴞，以其爲鵄屬，故謂之鵄鴞耳。陸佃云：「一名隻狐，晝無所見，夜即飛噉蚊蝱。《莊子》所謂『鵄鵂夜撮蚤，察豪末，晝出瞋目而不見丘山』者，其鳴即雨，爲幽可以聚衆鳥。」愚按察羅、陸所説，可以識詩人引喻之意。梟、鵄皆惡鳥而能致衆禽，以比幽王惟鍾愛褒姒，故群小皆來集聚之也。舊説但取譬惡聲，似未盡。舌，所以言者。長舌，非指褒姒自言，蓋謂言出而人皆附和而奉行之，則其長孰甚焉。厲，即首章「降此大厲」之厲。階，《説文》云：「陛也。」曹氏云：「自下而上，以漸而升也。」丁奉云：「婦有長舌，其自此詩創言乎？然亦《泰誓》『牝雞之晨』之遺旨也。夫謂『維厲之階』者，幽王之厲，夥甚矣。申后黜而太子廢，家厲也。小人盛而刑獄繁，國厲也。諸侯畔而夷狄侵，天下厲也。三川竭而岐山崩，天地厲也。凡此之厲，皆從婦之一舌以爲階。小雅曰：『赫赫宗周，褒姒滅之。』而不言其所以滅，然則所以滅者此舌耶？」亂，謂朝政紊亂也。政事人所自作，豈從天而下，而莫尸其咎者哉？實繇此婦人而已。然則向所云「降此大厲」，亦無可奈何，而歸咎于天之辭。其實致厲固有階，天不任受過也。

匪教匪誨，叶寘韻，胡位翻。**時維婦寺**。寘韻。毛、鄭以「懿厥哲婦」至此，朱傳以「哲夫成城」至此，爲第三章。**鞫**《説文》作「⿱⺮鞫」。**人忮**《説文》作「伎」。**忒**。職韻。**譖**陸本作「僭」。**始竟背**。叶職韻，必墨翻。**豈曰不極**，職韻。**伊胡爲慝**？職韻。**如賈**音古。**三倍，君子是識**。職韻。**婦無公事，休其蠶織**。職韻。毛、朱諸本皆以「鞫人」至此爲第四章。○賦也。此章斥蟊賊也。蟊賊與蟊疾互相表裏，以恣其攘攫之謀。于是乎有罪者挩，無罪者收，而有土田奪人民之事，紛然接踵矣。教，導。誨，曉也。皆施之自上者。婦，斥褒姒，即上文云「哲婦」也。寺，《説文》云：「廷也。」有法度者也，故字从寸。《左傳》疏云：「庭有法度，令官所止，皆曰寺。」劉熙云：「寺者嗣也。治事者相嗣續于其内也。」承上章言褒姒爲王寵愛如此，故一時承望風旨者，皆不知有王之教誨，而惟褒姒之言是依。其所從出法度之庭，雖有吏存焉，猶無吏也。謂之是惟婦人之寺焉可也。「鞫人」以下乃道其實。一説，朱子云：「寺，奄人也。婦人與奄人，二者常相倚而爲奸。歐陽公嘗言『宦者之禍，甚于女寵』。其言尤爲深切，有國家者可不戒哉？」孔云：「奄人防守門閤，親近人主。庸君以其少小貫習，朝夕給使，顧訪無猜憚之心，恩狎有可説之色。且其人久處宫掖，頗曉舊章，常近牀第，探知主意。或乃色和貌厚，挾術懷奸，或乃捷對敏才，飾巧亂實。于是邪正並行，情貌相越，遂能迷罔視聽，謂其智足匡時，忠能輔國，信而使之，親而任之。國之滅亡，多繇此作。」鄒忠胤云：「《周禮》寺人掌女官之戒，其酒人、漿人、籩人、醢人、舂人、稾人之屬，皆與女奚爲類。内司服、縫人至與女御、女工共事，則其相倚爲奸利固易耳。此言婦而兼及寺也。」愚按此説亦通。但以上下俱無言及寺人之事，而幽王之時寺人亂政，史亦未有聞者，故定主前説。鞫，《説文》云：「窮理罪人也。」徐鍇云：「以言鞫之也。」忮，當依《説文》通作「伎」，云：「與也。」忒，《説文》云：「更也。」毛傳云：「變也。」言此蟊賊之輩奉命鞫獄，惟與其能更變辭説，以誣陷人于罪者，下文所云「譖始竟背」是也。一説，忮如字，《説文》云：「恨也。」毛傳云：「害也。」曰「忮忒」者，朱子云：「言其心忮害而變詐無常。」亦通。譖，《説文》云：「愬也。」誣告之也。譖者簪也，若簪之著物切至也。樂曲盡爲竟，故有終之義。反面爲背，故有反之義。極者，屋脊之棟，故有中之義。伊，發語辭。胡之言何，音之轉也。《説文》無慝字，當通作匿，陰姦也。義見《民勞》篇。言譖人之人，其始所譖之説如此，而其終乃與之相反，斯其虚僞灼然。彼鞫獄者，豈曰不可即是而得其中正之理乎？乃藏匿姦惡于心，若將有所圖者何也？總之外内呼應，皆爲貪心所使，以爲不忮忒則不足以羅織無罪者爲有罪，而攫其土田民人之屬耳。居貨曰賈，蓋坐賣以待售者。物相二曰倍。孔云：「利之多少，其數無常。必以三倍爲言者，以三是三才之數，數之小成，故舉以言焉。」君子，有位之稱，指蟊賊輩也。婦，指褒姒。公事，官府之事。休，《説文》云：「息止也。」鄭云：「婦人無與外政，雖王后猶以蠶織爲事。古者天子諸侯，必有公桑蠶室，近川而爲之，築宫仞有三尺，棘墻而外閉之。及大昕之朝，君皮弁素積，卜三宫之夫人、世婦之吉者，使入蠶于蠶室，奉種浴于川，桑于公桑，風戾以食之。歲既單矣，世婦卒蠶，奉繭以示于君，遂獻繭于夫人。夫人曰：『此所以爲君服與。』遂副褘而受之，少牢以禮之。及良日，后夫人繅，三盆手，遂布于三宫夫人世婦之吉者使繅，遂朱緑之，玄黄之，以爲黼黻文章。服既成矣，君服之以祀先王先公，敬之至也。」劉向云：「婦人以織績爲公事者也，休之非禮也。」嚴云：「商賈有三倍之利，賤丈夫之所爲，而君子反知之。婦人不宜與外事，今乃休其蠶桑織紝之事，而與朝廷之事，皆非其宜也。」愚按如賈三倍，刺鬻獄者坐而網利也，所謂蟊賊也。休其蠶織，刺内外相關通而王不能制也，所謂蟊疾也。《十月之交》歸咎皇父，外則番聚蹶楀，布列要津，内則豔妻驕扇，日以不臧。《國語》史伯策周之必敝，曰：「先王聘后于異姓，求財于有方，擇臣于諫工，而講以多物。王將棄是類而與剸同，天奪之明，欲無弊得乎？夫虢石父讒諂巧從之人也，而立以爲卿士，與剸同也。棄聘后而立内妾，好窮固也。侏儒戚施，實御在側，近頑童也。周法不昭，而婦言是行，用讒慝也。不建立卿士，而妖試幸措，行暗昧也。」可與此詩互證。

天何以刺？寘韻。**何神不富？**叶寘韻，香義翻。**舍**音捨**爾介狄，**《説文》作「逖」。**維予胥忌。**寘韻。**不弔不祥，**陽韻。**威儀不類。**寘韻。**人之云亡，**陽韻。**邦國殄瘁。**寘韻。《漢書》作「顇」。○賦也。刺，《説文》云：「直傷也。」總承前三章言，天何以直傷良善而使受罪罟之毒乎？爲其瘵之士民歎也。既言天，又變言神者，盈天地之間，惟神而已矣。孔云：「亞前爲勢，故何在神上。」言何故神不以富予此君子、婦人，而使之網利爲慝無已乎？蓋深惡蟊賊、蟊疾者，而又歸咎于神也。舍，通作捨，《説文》云：「釋也。」爾，指王也。介，猶擯介之介。古者主有擯，客有介。《禮》云「七介以相見」，《孔叢子》云「士無介不見」，是也。狄，汎指夷狄，非專斥北狄也。言此蟊賊、蟊疾輩，日惟以求富爲事，彼非忠于上者，其心皆已捨置王矣。而據其所爲，勢必能招夷狄之來，若爲之擯介然。《國語》史伯云：「申、繒、西戎方强，王室方騷，將以縱欲，不亦難乎？」此所謂介狄者也。萬時華云：「『介狄』一語，驪山之禍已逆覩之矣。」予，凡伯自謂也。胥，《爾雅》云：「皆也。」當通作「㢟」，《說文》云：「通也。」忌，《說文》云：「憎惡也。」言我時出正言以相規戒，則此輩皆胥以我爲憎惡也。弔，猶愍也。祥，《說文》云：「善也。」不弔，謂所存無仁心。不祥，謂所行無善事。皆指蟊賊、蟊疾輩也。外言不入，内言不出，則有威可畏，有儀可象。今也内外交通，曾無嫌限，成何威儀乎？不類，言與尋常不相類，甚怪之之辭也。人，汎指朝中之賢臣。亡，《說文》云：「逃也。」邦國，天下之通稱。殄，《說文》云：「盡也。」《說文》無瘁字，當依《漢書》通作顇，徐鍇云：「勞苦見于貌也。」朝中賢士，見幾而作，既皆曰奔亡矣，則任群蟊之横行，將孰與救正之？勢不至使天下之邦國盡皆顦顇不止矣。按《周書・文侯之命》篇云：「閔予小子嗣，造天丕愆，殄資澤于下民，侵戎，我國家純。即我御事，罔或耆壽俊在厥服。」與此詩所言一一脗合。《韓詩外傳》云：「《易》曰：『困于石，據于蒺藜。』此言困而不見據賢人者也。昔者秦繆公困于殽，疾據五羖大夫、蹇叔、公孫支，而小霸。晋文困于驪氏，疾據咎犯、趙衰、介子推，而遂爲君。越王句踐困于會稽，疾據范蠡、大夫種，而霸南國。齊桓公困于長勺，疾據管仲、甯戚、隰朋，而匡天下。此皆困而知疾據賢人者也。夫困而不知疾據賢人而不亡者，未嘗有之也。《詩》曰：『人之云亡，邦國殄瘁。』無善人之謂也。」《左》文六年，秦伯任好卒，以三良爲殉。君子曰：「秦繆之不爲盟主也，宜哉！《詩》曰：『人之云亡，邦國殄瘁。』無善人之謂，若之何奪之？古之王者知命之不長，是以並建聖哲，樹之風聲，分之采物，著之話言，爲之律度，陳之藝極，引之表儀，予之法則，告之訓典，教之防利，委之常秩，道之以禮，則使毋失其土宜，衆隸賴之，而後即命。聖王同之。」

天之降罔，叶陽韻，武方翻。維其優尤韻。矣。人之云亡，陽韻。心之憂尤韻。矣。天之降罔，見上。維其幾叶支韻，讀如饑，居宜翻。矣。人之云亡，見上。心之悲支韻。矣。賦也。此咏嘆上章之言。天之降罔，即所謂天何以刺也。罔與「罪罟」之罟同義。優，《説文》云：「饒也。」憂，通作𢝊，《説文》云：「愁也。」徐鍇云：「𢝊形於顔面，故从頁。頁者首也。」幾，《説文》云：「殆也。」悲，《説文》云：「痛也。」天降下羅網，民之犯罪者亦既多矣。加以人之云亡，則此罔之降尚不知何所底止，所以愁而形于面也。天降下羅網，民之犯罪者將殆盡矣。加以人之云亡，則此罔之降勢必至靡有留遺，所以痛而結于心也。曰憂曰悲，亦正爲邦國殄瘁故耳。後段深前段。又《左》昭二十五年，宋樂祁曰：「魯政在季氏三世矣，魯君喪政四公矣。無民而能逞其志者，未之有也，國君是以鎮撫其民。《詩》曰：『人之云亡，心之憂矣。』魯君失民矣，焉得逞其志？靖以待命猶可，動必憂。」按此以人作民解，亦通。但上章亦當一例，不宜自相矛盾。

觱豐本作「滭」。沸檻《爾雅》作「濫」。泉，維其深侵韻。矣。心之憂矣，寧自今侵韻。矣？不自我先，韻。不自我後。叶麌韻，後五翻。藐藐昊天，先韻。無不克鞏。叶麌韻，果五翻。朱子云：「叶音古。」無忝皇祖，麌韻。式救爾後。見上。○興而賦也。觱，水噴出之貌。沸，《説文》云：「水騰涌也。」檻，通作濫，氾也。水泉從下上出者曰檻泉。義見《采菽》篇。鄭云：「涌泉之源所繇者深，喻己憂所從來久也。」徐光啓云：「蓋自初進褒姒之時，已憂之矣。史蘇識女戎之亂晋，方成知禍水之滅火，此其類也。」「不自我先」二句，語氣與《正月》篇同。鄭云：「惡政不先己，不後己，怪何故正當之。」《韓詩外傳》云：「孟子曰：『夫蓺，冬至必彫，吾亦時矣。』《詩》曰：『不自我先，不自我後。』非遭彫世者歟？」又《左》昭十年，叔孫昭子至自晉，大夫皆見，高彊見而退。昭子語諸大夫曰：「爲人子不可不慎也哉！昔慶封亡，子尾多受邑，而稍致諸君，君以爲忠，而甚寵之。其子不能仕，是以在此。忠爲令德，其子弗能任，罪猶及之，難不慎也。喪夫人之力，棄德曠宗，以及其身，不亦害乎？《詩》曰：『不自我先，不自我後。』其是之謂乎？」據此引《詩》之意，則此二句乃主幽王而言，猶《書》所云「自作孽」者，亦通。藐，通作邈，《説文》云：「遠也。」無，通作毋，戒辭也。下同。克，能也。鞏，《説文》云：「以韋束也。」毛云：「固也。」天意在今日，似邈不相屬矣，然亦有可以鞏固之理，毋自諉于不能鞏固，而聽其邈邈已也。鞏固之道，惟在法祖而已。忝，《説文》云：「辱也。」皇祖，指文、武也。去讒遠色，賤貨貴德，此文武之道布在方策者。王當倣而行之，迸群蝨，親善類，毋自忝辱于皇祖也。式，發語聲。救者，維挽之謂。對往日言爲後。幽王果能猛圖補救，當自今日始矣。嚴云：「往者不可諫，來者猶可追。所謂『式救爾後』也。幽王大壞至此，凡伯尚欲救之，拳拳之忠不能自已也。」鄒云：「檿弧箕服，亡國之兆雖已久見于童謠，亦俟淫德而後加之。幽王惟長舌是嬖，休蠶織而預朝政，欲代后則代后，欲奪宗則奪宗，方且裂繒爲入耳之歡，舉烽爲博粲之賦，幾如是而不亡者。而詩人尚規之以善後，蓋誠欲回國脉于一綫，不忍坐視其殄瘁也。」陸燧云：「通詩『生自婦人』是病，『無忝皇祖』是藥。」

《瞻卬》七章，三章章十句，四章章八句。 内第二章依朱傳分章，與毛、鄭舊本異。第三章、第四章與毛、鄭、朱諸本俱異。○朱子以爲此刺幽王嬖褒姒，任奄人，以致亂之詩。今按此因篇中有「時維婦寺」一語，故遂以奄人當之，而詩意政未必然。《申培説》剽竊朱子，已彰其淺，且謂尹伯奇憂亂而作此詩，則又疑序所云凡伯，其見于咏《蕩》詩者，乃厲王時人；❶見于《春秋》隱七年者乃桓王時人，皆于幽王時不合，而趙岐、王充又有尹伯奇作詩《小弁》篇之説，時世相同，輒妄取而附會之，尤淺之淺者也。《子貢傳》闕文。

《召旻》，凡伯刺幽王大壞也。出《序》。**任用小人，以致饑饉侵削焉。**出朱傳。○蘇轍云：「因其首章稱『旻天』，卒章稱『召公』，故謂之《召旻》，以别《小旻》而已。」郝敬云：「昔周公興而《召南》作，今周將亡，故詩人思召伯，因以《召旻》名篇。」潘笠江云：「《瞻卬》言内惑于寵妾，《召旻》言外嬖于小人，蓋内有褒姒之寵，則外無召公之臣矣。低昂輕重之勢如持衡然，故曰後宫色盛，則賢者隱微，群婢倡言則善類喑啞，邦國殄瘁，恒必繇之。若二詩，非萬古永鑑哉？」

旻《韓詩外傳》作「旲」。**天疾威，天篤降喪。**陽韻。**瘨我饑饉，民卒流亡。**陽韻。**我居圉**《韓詩外傳》作「御」。**卒荒。**陽韻。○賦也。旻，郭璞云：「愍也。」《虞書説》云：「仁閔覆下，則稱旻天。」疾，迅。威，怒也。天以仁閔爲德，而今也反迅疾其威怒，是可異也。「天篤降喪」以下，疾威之實。篤，通作竺，《説文》云：「厚也。」厚降以死喪之禍，下文「饑饉」是也。瘨，《説文》云：「病也。」我，我國家也。顔師古云：「穀不熟爲饑，菜不熟爲饉。」卒，鄭云：「盡也。」當通作殚，義見《雲漢》篇。亡，《説文》云：「逃也。」逃徙無定，如水之流，曰流亡也。天病我國家以饑饉之災，故民之死喪甚衆，而其僅存者，又盡皆逃散之四方也。

---

❶ 「王」，原作「玉」，據《四庫全書》本改。

居，孔穎達云：「謂城中所居之處。」圉，《爾雅》云：「垂也。」當通作圄，《説文》云：「守之也。」拒守在外，故爲邊垂，《左傳》「聊以固吾圉」是也。季本云：「以國事爲己事，故曰『我居圉』也。」荒，《説文》云：「蕪也。」自國中至邊境，盡皆荒蕪，田野不治，是時蓋歲旱之極也。鄧元錫云：「蟊賊訌，胥讒也。罪罟張，胥虐也。婦舌長，胥聒也。土田人民，胥奪也。故怨戾之氣干天和，而饑饉卒荒，周其亡夫。」季云：「此章言歲饑民散而無可愬，則歸禍于天而已。」

天降罪豐氏本作「辠」。**罟，蟊賊内訌**。東韻。**昏椓靡共**，叶東韻，居雄翻。豐本作「恭」。**潰潰回遹，實**豐本作「寔」。**靖夷我邦**。叶東韻，悲工翻。○賦也。此章推天所以疾威之繇也。罪罟、蟊賊，俱見《瞻卬》篇。小人羅織善良，使手足無措，真罪罟也。本繇王用之，而曰天降，是無所歸咎之辭也。吕祖謙云：「天降罪罟，所謂天之降罔也。」蟊賊，斥小人。内，斥褒姒。訌，《説文》云：「讃也。」《司馬法》曰：「師多則人讃。」蓋謂以言相惑亂也。昏，通作閽，司昏晨以啓閉者，以墨者爲之。《周禮·天官·閽人》職云：「掌守王宫之中門之禁。凡内人、公器、賓客，無帥則幾其出入，以時啓閉。凡内外命夫、命婦出入，則爲之闢。」椓，鄭云：「椓毁陰者也。」《周書·吕刑》篇云：「爰始淫爲劓刵椓黥。」即此。本作斀，《説文》云：「去陰之刑也。」孔云：「《書傳》曰：『男女不以禮交者，其刑宫。』丈夫則割其勢，女子閉于宫中。」按《周禮》内小臣、寺人、内豎、奄人之屬，皆以宫刑者爲之，此詩所指，當謂内小臣、内豎也。内小臣掌王后之命，后出入則前驅，后有好事于四方，則使往，有好令于卿大夫，亦如之。内豎掌内外之通令。靡之言無，音之轉也。共，通作供，《説文》云：「設也。」言此蟊賊之人，内與褒姒夤緣交通，以相惑亂。而爲閽寺者，曾無有能供其職事，爲之禁斷，是以出入自如，畧無間阻也。潰者，水流四散之貌。毛云：「潰潰，亂也。」回，《説文》云：「轉也。」遹，《説文》云：「避也。」回轉而避于正道，言去正就邪也。靖，安也，「俾予靖之」之靖。夷，平也，「亂生不夷」之夷。承上言蟊賊通内之後，肆無顧忌，潰潰然敢亂爲邪僻之行。而王乃實使之治國，以望其轉危爲安，轉陂爲平，其將能乎？言所使非其人，猶《大學》所謂「小人之使爲國家」也。

皐皐訿訿，曾不知其玷。叶琰韻，多忝翻。豐本作「𠛎」。**兢兢業業，孔填不寧，我位孔貶。**琰韻。○賦也。此章歎用舍倒置也。皐，引聲之緩者，故有緩之義，《左傳》「魯人之皐」是也。訿與呰同意，斥人不肯用力勤事，徒騰口説而已。解見《小旻》篇。《爾雅》云：「皐皐，刺素食也。訿訿，莫供職也。」毛云：「皐皐，頑不知道也。訿訿，窳不供事也。」曾，《説文》云：「詞之舒也。」玷，本作𠛎，《説文》云：「缺也。」小人在位所爲如此，其於政事之缺失者多矣，而王曾不知其缺也。兢兢，戰懼之意。業業，勤動之意。形容憂時供職之心，即末章「召公」之流，所謂「不尚有舊」者也。孔，甚。填，塞也。寧，通作寍，安也。甚填塞以擾攘不安之事，所謂「王事一埤遺我」也。我，代爲兢業者之自我也。位，所居之職位也。貶，《説文》云：「損也。」勞于趨事而不遑安寧如我輩者，反不能安其位，而甚遭貶黜，其顛倒錯亂如此。《十月之交》篇云：「黽勉從事，不敢告勞。無罪無辜，讒口嚣嚣。」正謂此也。

如彼歲旱，草豐本作「艸」，《韓詩外傳》作「莫」。**不潰**《韓詩外傳》作「漬」。崔靈恩注、豐本俱作「遂」。**茂，**叶紙韻，姥罪翻。**如彼棲苴。我相此邦，無不潰止。**紙韻。豐本作「且」。○賦也。首章言天之疾威亦既甚矣，而在位用事者素皆蟊賊者流，方且視之漠然，絶無恪供職業以挽回災變之意，則天下之民寧復有生理乎？故復即首章之意而申言之，以重致其歎憫之意。如彼歲旱，草不潰茂，死喪多也。草最易生之物，何地無之？歲旱至，草亦枯槁，而他物之死者多矣。曹氏云：「潰訓散，又訓亂。草散亂則茂盛，故歲旱無雨澤，則草不潰茂。」如彼棲苴，流亡衆也。苴者蒯屬，可以作履，其質輕微，隨風栖泊，無有定處，猶所云「轉蓬」也。王安石云：「民蕩析離散，故如彼棲草也。」相，《説文》云：「省視也。」此邦，即次章之「我邦」，兼居圉而言也。凡水之潰者，其勢横暴而四出，故亂之甚者爲潰亂。《公羊傳》云：「國亂曰潰，邑亂曰叛。」鄭云：「無不亂者，言皆亂也。」季云：「潰止者，不至于潰不止也。」愚按居圉卒荒，猶曰天災所爲。此邦無不潰止，則人怒不可收拾矣。

維昔之富不如時，支韻。七言爲句。**維今之疚**陸德明本作「宊」。**不如茲。**支韻。七言爲句。**彼疏斯粺，胡不自替？職兄**豐本作「況」。後同。**斯引。**《大全》云叶韻，未詳。○賦也。富，禄也，「既富方穀」之富。時之言是，音之轉也。維昔之富不如時，申前「天降罪罟」二章而言。孔云：「維昔明王之所富者，不如今之時。昔時富賢人，今時富讒佞也。」疚，本作宊，《説文》云：「久病也。」茲之言此，亦音轉也。維今之疚不如茲，申上「如彼歲旱」一章而言。徐云：「言今之疚亦不意其如此之甚，如不圖爲樂之至于斯也之意。」曰彼曰斯，就小人中强爲分别之也。斯之言此，亦音轉也。疏，通作粗，鄭云：「謂糲米也。米之率，糲十，粺九，鑿八，侍御七。」孔云：「其術在《九章》粟米之法。彼云粟率五十，糲米三十，粺二十七，鑿二十四，御二十一。言粟五升，爲糲米三升。以下則米漸細，故數益少。四種之米，皆以三約之，得此數也。」曰疏曰粺，言其相去不遠，猶曰不相長弟也。胡之言何，亦音轉也。替，《爾雅》云：「廢也。」職，《説文》

云：「記微也。」《爾雅》云：「主也。」兄，通作怳，《説文》云：「狂之貌。」輔廣云：「謂憂亂而無情緒之意。」引，本關弓之義，《爾雅》云：「長也。」謂伸之使長也。言今民疢之甚，皆繇于朝廷所富不得其人。試使比肩而品題之曰，彼爲粗，此爲粺，其度量總無以大相越者，胡不自行引退，以避賢者路乎？而使我記憶在心，專主爲此之故，惝怳不知所爲，且至于思緒引之愈長，而不能自釋也。錢天錫云：「小人日在君側，本自難退，而詩人爲是言者，蓋絶望于王，冀得收功于萬不可知之中，無聊之極也。」

池之竭矣，不云自頻，鄭箋、《列女傳》俱作「濱」。八言爲一句，觀此句不用韻可見。**泉之竭矣，不云自中。**東韻。**溥斯害矣，職兄**《路史》作「況」。**斯弘，**叶東韻，胡公翻。**不烖**《路史》作「災」。**我躳。**東韻。○比也。上章責小人，此章刺王也。維今之疚所以益甚于前者，實繇于此。蟊賊内訌，相表裏爲姦利，故王澤日竭，而王不知也。孔云：「池者，穿地引水。《家語》曰：『池水之大，魚鼈生焉，萑葦長焉，誰知其非泉也？』是池繇自外引水而爲之。」竭，通作渴，《説文》云：「盡也。」頻，《説文》云：「水厓也。」鄭云：「池水之溢，繇外灌焉。今池竭繇外無益者，喻王猶池也，政之亂繇外無賢臣益之。泉者，中生水則益深，水不生則竭。喻王猶泉也，政之亂，又繇内無賢妃益之。」兩曰「不云」者，言王不肯歸咎于是也。劉向《列女傳》云：「趙昭儀之凶嬖，與褒姒同行。成帝之惑亂，與周幽王同風。《詩》曰：『池之竭矣，不云自濱。泉之竭矣，不云自中。』成帝之時，舅氏擅外，趙氏專内，其自竭極，蓋亦池泉之勢也。」溥，《説文》云：「大也。」鄭云：「猶徧也。」孔云：「王内無賢后，外無賢臣，溥徧有此内外無賢之害矣。」弘，通作宏，《説文》云：「屋深響也。」屋廣大則響，故有大之義。職兄斯弘，謂我之惝怳益甚也。引言其憂之長，弘言其憂之大，蓋爲宗社慮，非爲身家危也。故繼之曰此害之溥，不獨烖禍及于我身而已，將無不被其毒者矣。

昔先王受命，句。**有如召**音邵。**公日辟**音闢。**國百里，**紙韻。九言爲句。**今也日蹙國百里。**七言爲句。**於乎哀哉！**句。**維今之人不尚有舊。**八言爲句。叶紙韻，暨凡翻。○賦也。此章欲王用賢以救亂也。鄭云：「先王受命，謂文王、武王時也。召公，召康公奭也。」辟，通作闢，《說文》云：「開也。」蹙，毛云：「促也。」《說文》云：「迫也。」曰辟曰蹙，皆以國勢言，借百里以形容之耳。按召公受采邑于召，在文王時。分陝西爲伯，在武王時。周、召分理，此詩獨思召公者，蘇轍謂文王之治周也，所以爲其國者，屬之周公。所以交于諸侯者，屬之召公。周公治內，召公治外。故周人之詩，謂之《周南》；諸侯之詩，謂之《召南》是也。文王之化，自北而南，三分天下有其二，漸至武王，因之以有天下。召公助流政教，與有力焉。然則日闢國百里之言，非無據矣。朱子云：「今，謂幽王之時。蹙國，蓋犬戎內侵，諸侯外叛也。」孔云：「於蹙國之上，不言無賢臣者，以不尚有舊事見於下，故空其名，以下句互而知之。」於，烏名。乎，通作呼，歎息之聲。如烏鳥之吁呼也。「不尚有舊」者，謂老成人猶在也。第三章言「兢兢業業」，即其人耳。朱子云：「又歎息哀痛而言，今世雖亂，豈不猶有舊德可用之人哉？言有之而不用耳。」陳櫟云：「此詩及《瞻卬》篇末，皆有拳拳望治之意。前詩望其改過而無忝皇祖，此詩望其改圖而擢用舊人。審如是，則否猶可泰，危猶可安也，豈至有犬戎禍哉？」陳傅良云：「《周南》繫于周公，《召南》繫于召公，豈非化之盛者，必有待乎二公也？至於《風》之終繫以《邠》，《雅》之終繫以《召旻》，豈非化之衰者，必有思乎二公也？」又陳際泰云：「宣王之興也，有召虎之命矣。幽王之亂也，有召公之思矣。與『召公勞之』之語若出一揆，何也？召公之後，世有庸於周焉，而周公之後，易世其衰矣，一也。召公居外以分陝，《甘棠》志之矣。而周公居中以運，其功在輔，精微也未易見焉，二也。」

《召旻》七章，章五句。舊皆作四章章五句，三章章七句。自第五章而下，每章俱作七句。今改正。

○《序》云：「凡伯刺幽王大壞也。旻，閔也，閔天下無如召公之臣也。」朱子謂「旻閔」以下不成文理。蘇氏亦詆其衍説，是矣。《申培説》則云：「幽王邇刑人，近頑童，諂巧用讒慝，諸侯携貳，戎狄内侵，饑饉因之，國人流散。尹伯奇諫王而作是詩。」蓋掇取篇中近似之語，堆積成文，贅累特甚，尤無義理。其妄駕之于尹伯奇，辨已見《瞻卬》篇。《子貢傳》闕文。

《小旻》，大夫刺幽王也。出《序》。**以王棄高明昭顯，而好讒慝暗昧，去和而取同，故作是詩。**朱子云：「大夫以王惑于邪謀，不能斷以從善，而作此詩。」鄒忠胤云：「《小旻》作於幽王之世，與《召旻》相表裏。彼云『潰潰回遹，靖夷我邦』，此『謀猶回遹』所自來也。《國語》史伯策周之必弊，謂其棄和而與剸同，猶之聲一無聽，色一無文，味一無果，物一不講。此正所謂舍臧而用不臧者。」愚按據此，則此詩疑亦凡伯所作。

旻《列女傳》作「昊」。**天疾威，敷于下土。**麏韻。**謀**豐本作「謨」。後同。**猶**《石經》、崔靈恩注、豐本俱作「猷」。下同。**回遹，**《韓詩》作「鴥」，《石經》作「沇」，《文選》注作「穴」。**何日斯沮？**叶麏韻，讀如組，總古翻。**謀臧不從，**冬韻。**不臧覆用。**叶冬韻，丑封翻。**我視謀猶，亦孔之邛。**冬韻。○賦也。

旻天疾威，與《雨無正》篇意同。敷，《説文》云：「施也。」對上天稱下土。嚴粲云：「旻天，以仁憫爲稱，今乃迅烈威虐敷布于下土，使偏受其害，言災禍薦臻也。是皆人事有以召之，幽王宜恐懼而改圖矣。」徐鉉云：「慮一事，畫一計，爲謀。」今按謀字，右旁施某，不徒定聲，亦自有義。《説文》云：「某者，未定之位宅也。」凡不知名者皆言某，猶枚數之云慮某事、畫某計云爾。徐解是也。猶，解見《采芑》篇。猶本獸名，性多疑慮，故以爲熟思覆酌之意。謀主臣言，猶主王言，各有所屬，觀篇中本文可見。回，《説文》云：「轉也。」古字作回，口中象回轉形。遹，《説文》云：「回避也。」回遹者，回轉而避于正道，言去正就邪也。沮，通作阻。人行爲險所限隔，則不能進前，故其義又訓爲遏止也。此言下之謀，上之猷，皆相尋于回遹，莫知其何日能遏止也。臧，善。覆，反也。謀之善，即第四章所謂「先民是程」，可以福國庇民者，而王則不從。謀之不善，即所謂淺末之邇言，必至于有咎敗者，而王反用之。孔，甚也。邛，趙頤光云：「當通作窮。」窮之爲言困也，故《爾雅》以爲病，《廣雅》以爲勞也。我觀今日君臣之謀猶其回遹，而何日斯沮，則可謂甚勞。其臧者不從，而不臧者覆用，則可謂甚病。二義皆有也。

潝潝《爾雅》、《説文》俱作「翕翕」，《漢書》、豐本俱作「歙歙」，《荀子》作「噏噏」。**訿訿**，叶支韻，將支翻。《説文》作「訾訾」，《荀子》作「呰呰」。**亦孔之哀**。灰韻。亦叶支韻，魚羈翻。**謀**豐本作「謨」。下同。**之其臧，則具是違**。叶灰韻，胡隈翻。亦叶支韻，於宜翻。**謀之不臧，則具是依**。叶支韻，魚羈翻。**我視**曹本作「眎」。**謀猶**，豐本作「猷」。**伊于胡底**？叶支韻，蒸夷翻。○賦也。朱善云：「上章指王而言，此章指小人而言。」《爾雅》云：「翕翕訿訿，莫供職也。」郭璞注云：「賢者陵替姦黨熾，背公卹私曠職事。」

按潝之爲義，水流疾聲也。重言潝潝者，孔穎達以爲狀小人作威福之勢，即《爾雅》注所云「姦黨熾」也。訿，《説文》作呰，與呰、啙二字形音相類，而義各别。訿，不思稱意也。徐鍇云：「言不思稱事之意。」呰，窳也。啙，苛也。今以字義求之，則訿正與呰同意。蓋訿从言，呰从吅，斥人不肯用力勤事，徒騰口説而已，故訓訿爲不思稱乎事，而訓呰爲惰窳。觀《召旻》篇以「臯臯訿訿」與「兢兢業業」對言，其旨可見。毛傳解訿訿，亦云「窳不共事也」，與《爾雅》、《説文》合，當從之。若如劉向引此，謂衆小在位而從邪議，歙歙相是而背君子。則潝通作歙，縮氣出聲也。訿通作啙，乃苛細之義，即朱傳所云「相詆也」，亦通。鄭云：「臣不事君，亂之階也，甚可哀也。」具，通作俱，偕也。言謀之善者，則羣小皆譏議而必欲背違之，其不善者，則皆附和而必欲依就之。先立一從違之幟，以簧鼓于君側，王之不從、覆用，全根于此。《荀子》云：「小人致亂，而惡人之非己也。致不肖，而欲人之賢己也。心如虎狼，行如禽獸，而又怨人之賊己也。謟諛者親，諫諍者疏，修正爲笑，至忠爲賊，雖欲無滅亡，得乎哉！《詩》曰：『潝潝訿訿，亦孔之哀。謀之其臧，則具是違。謀之不臧，則具是依。』此之謂也。」厎、砥同字，磨石也。我觀今日，謀猷錯出，剌謬若是，誰能磨治之，使歸于正乎？

我龜既厭，不我告猶。叶宥韻，余救翻。豐本作「猷」。**謀夫孔多，是用不集。**叶宥韻，疾救翻。《韓詩》、崔注、豐本俱作「就」。**發言盈庭，誰敢執其咎？**有韻。亦叶宥韻，巨又翻。**如匪行邁謀，是用不得**豐本作「集」。**于道。**有韻。亦叶宥韻，徒侯翻。○賦也。具違、具依，彼潝訿之徒何足責？而不從、覆用，王之自爲猶亦已踈矣。故三、四兩章專以猶言，意重責王也。夫必有預定之人謀，而後有協從之神謀，故《虞書》曰：「官占，惟先蔽志，昆命于元龜。」《洪範》曰：「謀及乃心，謀及卿士，謀及庶人，謀及卜筮。」《綿》之詩亦曰：「爰始爰謀，爰契我龜。」今王胷無定見，既聽熒于不臧之謀矣，雖乞靈于卜何益？此龜所以厭之，而不復告其所圖之吉凶也。《禮記》子引此詩曰：「南人有言曰：『人而無恒，不可以爲卜筮。』古之遺言與？龜筮猶不能知也，而況于人乎？」謀夫孔多，言既與臧者謀之，而復使不臧者亂之，是非相奪，莫適所從。我龜既厭，正繇于此。不集者，謂龜之神靈不來集也，即「不我告猶」之意。發言，猶云出言。自堂下至門謂之庭。執，持。咎，愆也。謀臧具違，不臧具依，一唱衆和，鬨然盈庭，其勢之熾盛如此，誰敢與之爲敵而持其愆咎者哉？邁，《説文》云：「遠行也。」嚴云：「如人欲行路，必問于曾行之人。非行邁之人而與之謀，問其所不知，宜其無得于道路之事也。如沈慶之言耕當問奴，織當訪婢也。」《左》襄八年，楚子囊伐鄭。子駟、子國、子耳欲從楚，子孔、子僑、子展欲待晉。子駟曰：「周詩有之曰：『俟河之清，人壽幾何？兆云詢多，職競作羅。』謀之多族，民之多違，事滋無成。《詩》云：『謀夫孔多，是用不集。』發言盈庭，誰敢執其咎？如匪行邁謀，是用不得于道。』請從楚，騑也受其咎。」乃及楚平。

哀哉爲猶，豐本作「猷」。下同。**匪先民是程，**叶陽韻，仲良翻。**匪大猶是經。**叶陽韻，居良翻。**維邇言是聽，**叶陽韻，他陽翻。**維邇言是爭。**叶陽韻，諸良翻。**如彼築室于道謀，是用不潰于成。**叶陽韻，辰羊翻。○賦也。潝訿固可哀，而不意王之遂聽之也，則其爲猶亦可哀矣。言禍必中之國也。《國語》云：「古曰在昔，昔曰先民。」孔云：「民者，人之大名，其實是賢聖者也。」今按《書》「相古先民有夏」，稱亦同此。程，品也。按《説文》「十髮爲程，十程爲分，十分爲寸」，蓋度量繇此而起，故取以爲品式之名。《荀子》所謂「程者，物之準也」。大猶，謂謀慮之大者。經，《説文》云：「織也。」今織作家東西其緯曰經。大猶是經，言取大是非、大利害所在，圖迴于心，亦如織經之往來也。誠欲經大謀，必先取程先民矣。邇言，淺末之言，無關宗社生靈之計者，正與大猶相反。桓寬云：「此詩人刺不通于王道而善爲權利者。」聽，受。争，競也。聽在上，争在下，言上之人固惟邇言是聽，而下之人見上之聽邇言也，亦隨有起而以邇言争。邇言者，蓋始合終離，自相犄角，小人情態往往如此。鄒云：「向猶有臧否之兩端，至此則能爲臧者，咸思卷舌退矣。向猶有從違之兩見，至此則具是依者，又相與攘臂起矣。纖計小談，不勝異指。兆云詢多，職競作羅。聽者聽所不必聽，争者争所不必争，國是其何定之有？」潰，決。成，就也。譬如築室者，不謀之于工師，而維于行道之人是謀。彼原不知作室爲何事，其能決斷此謀，而有所成就也哉？行道之謀，正譬邇言。東漢曹褒請著漢禮，班固以爲宜廣集諸儒，共議得失。章帝曰：「諺言：『作舍道邊，三年不成。』會禮之家，名爲聚訟，互生疑異，筆不得下。昔堯作大章，一夔足矣。」意亦同此。

國雖靡止，紙韻。**或聖或否**。叶紙韻，補美翻。**民雖靡膴**，魚韻。亦叶灰韻，莫杯翻。又叶麌韻，罔甫翻。《韓詩》作「腜」，《外傳》作「憮」。**或哲**《漢書》作「悊」。**或謀**，叶虞韻，蒙晡翻。亦叶灰韻，蒲杯翻。又叶麌韻，滿補翻。**或肅或艾**。泰韻。亦叶隊韻，疑刈翻。豐本作「乂」。**如彼泉流**，朱傳、《讀詩記》、《詩大全》、豐本俱作「流泉」，誤。**無淪胥以敗**。叶泰韻，烏外翻。亦叶隊韻，蒲昧翻。豐本作「退」。○賦也。國，以國事言。止，定也。聖，通明也。否，不通也。民以倫品言。膴，腊之無骨者，故以爲腴美之稱，「周原膴膴」是也。哲，知。肅，敬也。艾，通作乂，治也。《洪範》五事之疇云：「貌曰恭，言曰從，視曰明，聽曰聰，思曰睿，恭作肅，從作乂，明作哲，聰作謀，睿作聖。」按視明則知見徹，故哲。聽聰則多聞善斷，故謀。貌恭則氣象嚴整，聾頑起懦，故肅。言從則令行人順，故乂。通微之謂睿，思能通微，則無所不通，故聖。劉公瑾云：「《洪範》五事次序，與此詩不同者，彼以人事發見先後爲序，此則便文以叶韻耳。」言國事紛紜，雖未有定止矣，然或有聖焉其人者，正可就之以決謨議，即思慮不通之人容或有之，豈可薄待天下謂盡皆否而無聖哉？二「或」字，要看得圓融。聖足以該下四德，故特提言之。民之才識豐美者，誠不多見，然哲、謀、肅、艾之四德，或各有其一焉，亦可取材而用也。《召旻》之詩云：「維今之人，不尚有舊。」亦此意。凌濛初云：「言民字，正見野有遺賢，不在謀夫之列者。」如彼泉流，以比言路欲其疏通，不欲其底滯也。《國語》云：「爲川者決之使導，爲民者宣之使言。」引類不同，其指一耳。無，通作毋，屬望而警戒之，欲使其無至此極也。淪，水流轉貌。謀臧不臧，無所分別，正如泉流之清淪而至于溷濁也。胥，皆。敗，毀也。猶言賢人與國與民同盡也。蘇轍云：「雖世亂民辟，猶有賢者在焉。苟能用之，愚者可賴以皆濟也。苟廢而不用，而使愚者壅之于上，則相與皆敗，無能爲矣。譬如泉水，苟疏而流之，則淤腐者從之而行。苟不疏其源而瀦蓄之，雖其流者亦相與陷溺腐敗而已矣。」

不敢《鹽鐵論》作「可」。**暴虎，不敢馮**《鹽鐵論》作「憑」。**河。**歌韻。**人知其一，莫知其他。**歌韻。《荀子》作「佗」。**戰戰兢兢，**蒸韻。《左傳》「兢兢」作「矜矜」。**如臨深淵，**豐本作「𣶒」。**如履薄冰。**蒸韻。豐本作「仌」。○賦也。暴虎，解見《大叔于田》篇。馮，通作淜，《說文》云：「舟渡河也。」孔云：「空涉水凌波而渡也。」一、他，汎指而對舉之辭。衆人之慮不能及遠，暴虎馮河之患，近而易見，皆知畏之。若夫無形之禍，遠在歲月，則恬然不以爲憂。此所謂「人知其一，莫知其他」者也。《吕氏春秋》云：「此言不知鄰類也。」戰者危事，恐懼之至如臨大敵，故重言戰戰也。兢之猶言競也，競者强也，重言兢兢，努力自强之意。「如臨」二句又就其戰兢處而形容之。淵言深，冰言薄，危之至也。如臨，恐其墜。如履，恐其陷。慎謀若此，自不至舍其臧者，而從其不臧者矣。鄧元錫云：「君子之戰兢也，皆以其戒暴虎馮河之心將之。謀與有無遠乎是，篤敬之謀也。昔夫子之行三軍也，曰：『暴虎馮河，死而無悔者，吾不與也。必也臨事而懼，好謀而成者也。』此聖者謀也。」《左》僖二十二年，「伐邾，取須句。邾人以須句故出師。公卑邾，不設備而禦之。臧文仲曰：『國無小，不可易也。無備，雖衆，不可恃也。《詩》曰：「戰戰兢兢，如臨深淵，如履薄冰。」又曰：「敬之敬之，天惟顯思，命不易哉！」先王之明德，猶無不難也，無不懼也，况我小國乎？』弗聽，及邾師戰于升陘，我師敗績。」又《荀子》引此《詩》云：「人不肖而不敬，則是狎虎也。狎虎，則危災及其身。」《左》昭元年，會于虢。楚公子圍設服離衛。晋樂王鮒曰：「《小旻》之卒章善矣，吾從之。」杜注謂卒章義取非惟暴虎馮河之可畏也，不敬小人亦危殆。王鮒從斯義，故不敢譏議公子圍。今按毛傳意亦同此。然實非詩意。又宣十六年，晋士會將中軍，且爲大傅，于是晋國之盗逃奔于秦。羊舌職曰：「吾聞之：『禹稱善人，不善人違。』此之謂也夫！《詩》曰：『戰戰兢兢，如臨深淵，如履薄冰。』善人在上也。善人在上，則國無幸民。諺曰：『民之多幸，國之不幸也。』是無善人之謂也。」如此説《詩》，其去《詩》旨尤遠矣。

《小旻》六章，三章章八句，三章章七句。 鄭謂所刺列于《十月之交》、《雨無正》爲小，故曰《小旻》。其義難通。蘇云：「《小旻》、《小宛》、《小弁》、《小明》四詩，皆以小名篇，所以别其爲小雅也。其在小雅者謂之小，故其在大雅者，謂之《召旻》、《大明》，獨《宛》、《弁》闕焉，意者孔子删之矣。雖棄其大，而其小者猶謂之小，蓋即用其舊也。」朱傳録之。而郝敬則謂凡篇目皆作者自命，或太史記之，太師目之，未有二雅先有篇目。如前説，是先有小雅，而後以此詩從之，非也。且小雅詩多矣，何獨别此四篇？若然，《大東》名「小東」正宜，反以大名何也？至謂《大宛》、《大弁》，夫子删之，然則頌有《小毖》，又焉得有《大毖》乎？皆猜説也。馮時可則云：「此詩言朝廷諸臣瑣尾齷齪，謀猶反覆，君子無所容其身，而跼天蹐地，故以《小旻》名篇。」亦是一説。《子貢傳》闕。《申培説》襲朱傳，益表其爲僞書耳。

《青蠅》，大夫刺幽王也。出《序》。**愚意爲太子宜臼遭讒而作。**按《小弁》之詩曰：「君子信讒，如或醻之。」《巧言》之詩曰：「亂之又生，君子信讒。」即此詩首章所言「信讒」。《國語》史伯曰：「夫虢石父，讒諂巧從之人也，而立以爲卿士，與剸同也。周法不昭，而婦言是行，用讒慝也。」即此詩二三章所謂「讒人」也。《焦氏易林》亦云：「青蠅集藩，君信讒言。害賢傷忠，患生婦人。」又云：「馬蹄躓車，婦惡破家。青蠅污白，恭子離居。」義亦同此。漢戾太子之亂，壺關三老令狐茂上書曰：「臣聞父者猶天，母者猶地，子猶萬物也。故天平地安，陰陽和調，物乃茂盛。父慈母愛，室家之中，子乃孝順。陰陽不和，則萬物夭傷，父子不和，則室家喪亡。故父不父，則子不子，君不君，則臣不臣。雖有粟，吾得而食諸。昔者虞舜孝之至也，而不中于瞽瞍，孝己被謗，伯奇放流，骨肉至親，父子相疑。何者？積毁之所生也。繇是觀之，子無不孝，而父有不察。今皇大子爲漢適嗣，承萬世之業，體祖宗之重，親則皇帝之宗子也。江充，布衣之人，閭閻之隸臣也。陛下顯而用之，銜至尊之命，以迫蹵皇太子，造飾姦詐，群邪錯謬。是以親戚之路鬲塞而不通，太子進則不得上見，退則困于亂臣，獨冤結而亡告。不忍忿忿之心，起而殺充，恐懼逋逃，子盗父兵，以救難自免耳，臣竊以爲無邪心。《詩》曰：『營營青蠅，止于藩。愷悌君子，無信讒言。讒言罔極，交亂四國。』陛下不省察，深過太子，發盛怒，舉大兵而求之。智者不敢言，辨士不敢説，臣竊痛之。《詩》云：『取彼譖人，投畀豺虎。』唯陛下寬心慰意，少察所親，無令太子久亡。」書奏，天子感寤。按茂奏引此詩，事相類而指正合，故備録之云。

營營《説文》、豐氏本俱作「謍謍」，云小聲也。後同。**青蠅，止**《漢書》作「至」。**于樊。**元韻。《説文》、豐本俱作「棥」，《史記》作「蕃」，《漢書》作「藩」，《易林》作「蕃」。**豈**《左傳》、《漢書》作「愷」。**弟**《左傳》、《漢書》作「悌」。**君子，無**《漢書》作「毋」。**信讒言。**元韻。《漢書》引此章，下即接以「讒言罔極，交亂四國」。○興也。營，《説文》云：「帀居也。」連言營營者，象其迴旋飛繞之狀。程子云：「讒人之情，常欲污白以爲黑，而其言不可以直達，故必營營往來也。」青蠅，與蒼蠅異種。段成式云：「蒼蠅聲雄壯，青蠅聲清聒，其聲皆在翼。」又云：「青蠅糞尤能敗物，雖玉猶不免。」陸佃云：「蒼蠅善亂聲，青蠅善亂色，故《詩》以青蠅刺讒。青蠅首赤如火，背若負金，懷蛆縈利，喜暖而惡寒。」《漢書》昌邑王夢青蠅之矢，積粟階東，可五六石，以屋版瓦覆。發視之，青蠅矢也。以問郎中令龔遂，遂曰：「陛下之詩不云乎？『營營青蠅，至于藩。愷悌君子，毋信讒言。』陛下左側，讒人衆多，如是青蠅惡矣。宜進先帝大臣子孫親近，以爲左右。」顔師古云：「惡即矢也。」按青蠅之惡只在于矢，止則布穢，飛則不能也。或以青蠅止于樊，與讒言止于智者，非是。樊，當從《説文》作楙，从木中枝交也，其義爲藩，即今之籬屏也。嚴粲云：「青蠅集于在外之藩籬，若不必惡之也。然其營營往來，將入宫室，污几席，不但止樊而已也。喻讒人爲亂，漸致迫近，當防其微也。」王充云：「讒言傷善，青蠅污白，同一禍敗，詩以爲興。」豈，通作愷，康也。弟，通作悌，順也。鄭玄云：「豈弟，樂易也。」陳鳥飛云：「讒言多繇持心傾險而後入，故君子當持心樂易，不聽讒言也。」一説，豈弟乃優容不斷之意，猶「齊子豈弟」之稱，微諷之辭也。讒言之所以得入，實繇于此。苟遇英斷之主，自畏而遠去矣。亦通。劉晝云：「讒邪之蔽善人也，猶朝日洞明，霧甚則不見天。沙石至浄，流濁則不見地。雖有明浄之質而不發明者，水霧蔽之也。」《左》襄十四年，會于向。范宣子將執戎子駒支。駒支對曰：「今官之師旅無乃實有所闕，以携諸侯而罪我諸戎。我諸戎飲食衣服不與華同，贄幣不通，言語不達，何惡之能爲？不與于會，亦無瞢焉。」賦《青蠅》而退。宣子辭焉，使即事於會，成愷悌也。

營營青蠅，止于棘。職韻。**讒人**《史記》、《漢書》、《論衡》俱作「言」。**罔極，**職韻。然以下章例之，則此句非韻。**交亂四國。**職韻。《史記》東方朔引此詩上章之後即繼之曰：「讒言罔極，交亂四國。」○興也。宜臼之廢也，有褒姒以讒之于内，有虢石父以讒之于外。此章所興青蠅，指石父也。石父爲王卿士，周王朝植九棘，孤卿大夫位焉，故言止于棘也。又棘者，刺人之物，故以爲讒人之況。《楚辭》云：「藜棘樹于中庭。」王逸注謂蒺藜棘刺之木滿于中庭，以言遠仁賢近讒賊也。讒人，進讒言之人也。罔極，謂深險變幻無所底極。人罔極，則其言亦罔極矣。交亂者，交搆以成亂。四國，四方之國也。交亂四國，如搆王伐申之事，以宜臼爲申之自出，故求之申。其時吕、繒、西戎，皆申與國，因遂蠢然俱動，是皆虢公之爲也。王充云：「人中諸毒，一身死之。中於口舌，一國潰亂。《詩》曰：『讒言罔極，交亂四國。』四國猶亂，況一人乎？故君子不畏虎，猶畏讒夫之口。讒夫之口爲毒大矣。」陸賈云：「讒夫似賢，美言是信，聽之者惑，觀之者冥。故蘇秦尊於諸侯，商鞅顯於西秦。世無賢智之君，孰能別其形？故堯放驩兜，仲尼誅少正卯。甘言之所嘉，靡不爲之傾，惟堯知其實，仲尼見其情。故干聖王者誅，遏賢君者刑，遭凡王者貴，觸亂世者榮。鄭儋亡齊而歸魯，齊有九合之名，而魯有乾時之耻。夫據千乘之國，而信讒佞之計，未有不亡者也。故《詩》云：『讒人罔極，交亂四國。』衆邪合黨，以回人君，邦危民亡，不亦宜乎！」

營營青蠅，止于榛。真韻。**讒人罔極，構我二人。**真韻。○興也。此章所興青蠅，指褒姒也。以「止于榛」之語知之。《左傳》女摯榛栗棗修。榛者，婦人贄也。又説者以榛可爲贄爲文事，亦可爲矢爲武事。今青蠅止焉，爲讒人害善之興。亦通。構，《廣韻》云：「架也。」解見《四月》篇。孔云：「構者，構合兩端，令二人彼此相嫌，交更惑亂也。」我者，親之之辭。二人，謂王與宜臼也。王，天下君也。太子，亦儲君也。故以「我二人」稱之。離間骨肉之事，非外庭之臣所能辨，浸灌滋潤，當以屬之豔妻耳。鄧元錫云：「交亂四國，造亂罔大也。構我二人，靡親不離也。皆罔極也。」羅願云：「君子之于讒也，初蓋易之，至于亂之又生，而後君子信其讒。此詩亦然。故首章但云『毋信讒言』，至其二章則已交亂在外之四國，至其三章則雖同心如我二人者，亦不能以相有。其始輕之而不忌，皆如此蠅矣。」高伯宗云：「君子之讒於小人，亦可悲哉！忠臣不得而卒寵于君，孝子不得而終愛于父，貞女不得而暴志于夫，良士不得而全交于友。是故晁錯削國，計安宗社，可謂智矣。朝衣東市，慘何極焉？然猶可誒曰：『深刻之賈禍也。』屈原定令，修潔無私，可謂忠矣。汨羅之沈，至今悲之，然猶可諉曰：『婞直之招謗也。』子胥之功，何負于吳，而有鴟夷之浮乎？則又諉曰：『君寵之不篤也。』楚之美人，何疎于王，而有劓鼻之禍乎？則又諉曰：『嬪婦之愚，自見欺也。』西伯之聖，足自全矣，而羑里之囚，幾不免焉，則又諉曰：『主臣之疎，人易間耳。』申生致胙，分非疎矣，而待烹之殃，奚爲而至？則又諉曰：『父之不道，人倫之變也。』伯奇掇蜂，非不遇賢父矣，而何至有伯勞之傷乎？吁！智如晁錯，忠如屈平，功如子胥，寵如美人，聖如西伯，戚如父子，聰者如尹吉甫，亦可保矣，而皆不能免，則不及此者，當何如也！甚矣讒之爲禍，而君子之不可不辨也。嗟夫！青蠅爲祟，一至于此。中冓之言，可勝道哉！斯誠來世之永鑒矣。」

《青蠅》三章，章四句。 朱子不著其世。《子貢傳》以爲厲王信讒，大夫憂之。《申培説》亦云：「厲王之世，讒言繁興，君子憂之而作。」鄒忠胤云：「厲王之信讒，雖無可考，然觀《蕩》之詩曰『流言以對』，《桑柔》之詩曰『朋友以譖，不胥以穀』，而《國語》載其用衛巫監謗，道路以目。夫惡直未有不好諛者，故《逸周書·芮良夫解》有云：『賢智箝口，小人鼓舌。』厲之世，如蜩如螗，如沸如羹，國步茂資，亂況斯削，有繇然矣。」今按是詩之屬于幽厲，雖皆可通，然不若幽王信讒奪嫡之事爲較然明著也。而袁孝政注《劉子》則云：「魏武公信讒，《詩》刺之曰：『營營青蠅，止于藩。豈弟君子，無信讒言。』」正不知其所自出。國風有魏，而世系無考，今于此詩得一武公遺事，奇矣！然此故魏詩也，何得入雅？愚終不敢信以爲然。竊意毛傳篇次此詩與《賓之初筵》相屬，彼爲衛武公所作，遂以此并繫之武公，而訛衛音爲魏耳。又此詩若指爲周公之詩，亦自肖似。所謂讒言，即指流言也。所謂四國，即指管、蔡、商、奄也。所謂二人，則王及周公自謂，猶之

《雒誥》所云「我二人共貞」者也。真德秀云：「自昔不惟狂暴之君信讒害政，雖慈祥樂易之君，一惟讒言是信，亦能變移心志，如成王疑周公是也。成王豈非樂易之資哉？始爲管、蔡流言所入，幾至猜阻，賴天動威而後悔，故曰『豈弟君子，無信讒言』也。讒人之情志在傷善，無有窮已，故家有讒則家亂，國有讒則國亂，管、蔡流言而四國不靖，乃其驗也。故曰『讒人罔極，交亂四國』。末章又指實事而言。」

《我行其野》，疑太子宜臼出奔申之作。《晋語》史蘇曰：「周幽王伐有褒，有褒人以褒姒女焉。褒姒有寵，生伯服，於是乎與虢石甫比，逐太子宜臼而立伯服，太子出奔申。申人、繒人召西戎以伐周，周於是乎亡。」《竹書》紀幽王五年，王世子宜臼出奔申。愚按宜臼以被逐而奔申，其情可憫。厥後驪山變作，而偃然身居天位，忘仇不討，則無以解于弑父與君之罪矣。

我行其野，《子貢傳》、豐氏本俱作「埜」。後同。**蔽芾其樗。**魚韻。**昏姻**《讀詩紀》作「因」，豐本作「婣」。後同。**之故，言就爾居。**魚韻。**爾不我畜，復我邦家。**叶魚韻，讀如居，斤於翻。○賦也。此詩愚疑爲宜臼所作。我行其野，身被放逐，而無所依怙之辭也。蔽芾，解見《甘棠》篇。樗，解見《七月》篇。昏，通作婚。《爾雅》云：「壻之父謂姻，婦之父謂婚。婦之父母，壻之父母，相謂爲婚姻。婦之黨爲婚兄弟，壻之黨爲姻兄弟。」劉熙云：「曰婚者，言壻親迎用昏，又恒以昏夜成禮也。曰姻者，姻，因也，女往因媒也。」幽王娶于申，宜臼申后所出，故云然。畜，毛云：「養也。」按《淮南子》云：「玄田爲畜。」偶思而得其解。當玄月之時，田事已畢，收穫而藏之，故畜有止義，又有聚義。所藏之穀可以爲養，故又有養義。復，反也。邦家，即己家也。樗惡木，尚可庇而息，今以我父與舅家爲婚姻之故，特就爾國而託處焉，豈敢謂爾乃樗之不如乎？有如爾不肯畜養我，則惟有復反我之邦家，以歸死于君父之前耳。情急而與之自訣之辭。

我行其野，言采其蓫。屋韻。陸德明本作「蓄」。**昏姻之故，言就爾宿。**屋韻。**爾不我蓄，**屋韻。**言歸斯**朱傳、《讀詩紀》、豐本俱作「思」。**復。**屋韻。○賦也。蓫，鄭玄云：「牛蘈也。仲春時生。」《爾雅》以爲蕢，郭璞云：「今江東呼艸爲牛蘈者，高尺餘許，方莖，葉長如鋭，有穗，穗間有華，華紫縹色，可淋以爲飲。」《圖經》云：「生下濕地，春生苗，高三四尺，葉狹長，頗似萵苣而色深，莖節間紫赤，花青白成穗。子三稜，若茺蔚，夏中即枯。根似牛蒡而堅實。」陸璣云：「揚州人謂之羊蹄，似蘆服而莖赤，可瀹爲茹，滑而美也。多啖令人下氣。幽州人謂之蓫。」按《説文》無蓫字。蓫亦作蓄。《谷風》篇云：「我有旨蓄，亦以御冬。」陶隱居謂即此菜也。戴侗云：「今羊蹄菜謂之禿唐，即此物也。禿、蓫、蓄一聲之轉。」一名東方宿，一名連虫，一名鬼目。又《原始》云：「蓫即馬尾艸也。亦可作蔬。」《爾雅》：「蓫薚馬尾。」《廣雅》云：「馬尾，蔏陸。」《本艸》云：「今關西呼爲薚，江東爲當陸。一名薚根，一名夜呼，一名白昌。」據此則蓫有兩解，未詳孰是。宿，止也，暫託宿而已。若君父悔悟，則歸期不遠，非必遂爲久居之計也。夫旨蓄尚可以御冬，昏姻緩急所賴，獨不可以託宿乎？爾若不然，則當回首言歸，而復我之邦家，更不再計矣。

我行其野，言采其葍。叶職韻，筆力翻。**不思**《白虎通》作「惟」。**舊姻，**《白虎通》作「因」。**求爾**

俗本、朱傳作「我」，誤。**新**豐本作「親」。**特。**職韻。**成**《論語》作「誠」。**不以富，**叶寘韻，香義翻。亦叶職韻，筆力翻。**亦祇以異。**寘韻。亦叶職韻，逸職翻。○賦也。葍，《爾雅》、《説文》皆以爲蔔也。《廣雅》謂之烏魃。郭云：「大葉白華，根如指，❶正白，可啖。」陸璣云：「河内謂之蓘，幽州人謂之燕蔔，其根正白，可著熱灰中温噉之。饑荒之歲，可蒸以禦饑。漢祭甘泉或用之。」《原始》云：「俗名老鴉蒜。昔生于燕地，今隨處有之。」鄭云：「亦仲春時生。」《風土記》云：「葍，蔓生，被樹而升，實狀如牛角。一枝數枚，味甜如密。」戴云：「按此，其蔓即木通。《本艸》云：『木通蔓大者徑三寸，每節有二三枝，實如小木瓜，長三四寸，核黑，穰白。』陳士良云：『實名桴棪子。』陶弘景云：『近道繞樹藤生，汁白，莖有細孔，兩頭皆通，含一頭吹之，氣出彼頭者良。主通利九竅，出音聲，去脾胃中寒熱。』蓋通可去塞，故其治如是也，但未有嚼其根者。」又《爾雅》云：「葍，藑茅。」邢昺云：「華白者即名葍，華赤者别名藑茅。」陸璣言其艸兩種，赤者有臭氣也，葍猶有治疾禦饑之用。昏姻之相與，固望其窮則相收，困則相恤也，曾葍之不如乎？舊姻，宜臼自謂也。特之爲言獨也。申國新强足以自立，所謂新特也。言我之所以就爾者，豈其不思我父爲爾之舊姻，徒以爾國新能自立之故而求爾乎？此二句反辭也。下文「誠不以富」二句，乃是正意。成，通作誠。富，謂有國之富，土地廣、甲兵衆是也。異，謂甥舅情誼異于他人也。我之求爾，實不因爾國强大之故，亦但謂爾如念舊姻之誼，則休戚相關，必有大異于他人者，庶幾其相收卹耳。《論語》云：「齊景公有馬千駟，死之日，民無德而稱

❶「根」，原作「枨」，據《四庫全書》本改。

焉。伯夷、叔齊餓于首陽之下，民到于今稱之。『誠不以富，亦祇以異』，其斯之謂與？」引《詩》之意，言民之稱譽人，誠不以其人之富，而但以其人之異。雖命意不同，然恍惚可得富、異之解。按《禮記·檀弓》篇云：「晉獻公將殺其世子申生。公子重耳謂之曰：『子蓋言子之志於公乎？』世子曰：『不可。君安驪姬，是我傷公之心也。』曰：『然則蓋行乎？』世子曰：『不可。君謂我欲弑君也，天下豈有無父之國乎？吾何行如之？』使人辭於狐突曰：『申生有罪，不敢愛其死。』再拜稽首乃卒，是以爲恭世子也。」《晉語》亦云：「人謂申生曰：『非子之罪，何不去乎？』申生曰：『不可。去而釋罪，必歸于君，是惡君也。章父之惡，而笑諸侯，吾誰鄉而入？內困于父母，外困于諸侯，是重困也。棄君去罪，是逃死也。吾聞之，仁不惡君，知不重困，勇不逃死。若罪不釋，去而必重。去而罪重，不知。逃死而惡君，不仁。有罪不死，無勇。去而厚惡，惡不可重，死不可避，吾將伏以俟命。』乃雉經于新城之廟，是以謚爲共君。」先儒有謂申生自經而死，陷父不義，不得爲孝，但得謚恭而已。然則宜臼之被逐奔申，尚有合于大杖則走之義，未有甚失。聖人亦憐其所遭之不幸而録之與？

《我行其野》三章，章六句。《子貢傳》云：「士就寴戚而莫之恤，賦《我行其埜》。」朱子亦以爲民適異國，依其婚姻，而不見收卹，故作此詩。語意固自近似，而爲士爲民，孰能詳之？《序》則謂刺宣王也。夫下有偷俗，實上之人無以導之，謂刺王是也。獨以爲刺宣，則無所據。序詩者但見篇次當在宣王之世，又篇中有「復我邦家」之文，與《黄鳥》篇「復我邦族」相似，因其彙作一處，而遂概目之爲刺王耳。毛、鄭則以爲宣王之末，男女失道，以求外昏，棄其舊姻而相怨。審爾，則所云就爾居、就爾宿者，亦可謂無志節之甚。視

《谷風》之婦，相去不啻倍蓰，而又何録焉？若蘇轍謂此詩，乃甥舅之諸侯，求入爲王卿士而不獲者之所作。毋論其牽强難通，且以爾呼王，成何文理？《申培説》闕。

《小弁》，幽王太子之傅所作，刺幽王也。 出《序》。**幽王娶于申，生太子宜臼。後得褒姒而惑之，信其讒，黜申后，逐宜臼。其傅憫其無罪，故述太子之情，而爲之作是詩。** 出朱傳。**以冀王之一悟也。** 宜臼，亦作宜咎。孔穎達云：「以太子不可作詩刺父，故自傅意述而刺之。」按《竹書》幽王三年，嬖褒姒，五年，太子宜臼出奔申。此詩當是奔申時所作。高子曰：「《小弁》，小人之詩也。」孟子曰：「何以言之？」曰：「怨。」曰：「固哉，高叟之爲《詩》也！有人於此，越人關弓而射之，則己談笑而道之。無他，疏之也。其兄關弓而射之，則己垂涕泣而道之。無他，戚之也。《小弁》之怨，親親也。親親，仁也。固矣夫，高叟之爲《詩》也！」曰：「《凱風》何以不怨？」曰：「《凱風》，親之過小者也。《小弁》，親之過大者也。親之過大而不怨，是愈疏也。親之過小而怨，是不可磯也。愈疏，不孝也。不可磯，亦不孝也。」羅泌云：「《小弁》，人子之怨其親者也。親，天也，天可怨乎？怨者，親愛之情也。伊人子之於親，惟欲用其情耳。於其親不得而用其情，能無怨乎？雖然，君子之爲怨，亦有道矣。思而怨，怨而不訐。是故虞帝怨，申生亦怨，豈若匹夫匹婦自經於溝瀆，而人莫之知歟？方幽王之惛也，將放其太子宜臼而殺之。夫爲人子而將見殺，此人情之至痛而無告者也。苟於是而不怨，則是陷父不義，而致己于不終矣。此《小弁》之所以不得不怨也。兄弟之親，情同手足，安則同安，辱則偕辱。邦分崩，族離析，于此猶得而相忘乎？然則五觀之怨，亦涕泣乎關弓者也。孔子曰：『《詩》可以怨。』此於《詩》所以取《小弁》，於《書》所以取《五子之歌》也。」郝敬云：「竊疑平王與申侯殺父，而棄祖宗累十世之業。孟子許以親親之仁，何也？讀毛傳以爲其傳所作，然後此疑頓釋。」

弁彼鸒斯，支韻。**歸飛提提**。叶支韻，是移翻。**民莫不穀，我獨于罹**。支韻。亦叶歌韻，良何翻。**何辜于天？我罪伊何？**歌韻。**心之憂矣，云如之何？**同上。○興也。弁，通作拚，拚手之義。鳥之將飛，而拚翼似之。或通作般，謂般旋也。鸒，雅烏也，亦名鵯鶋，或作卑居。《説文》云：「楚烏也。」秦謂之雅，或作鴉。張揖云：「純黑而反哺者，謂之烏。小而腹下白，不反哺者，謂之雅烏。」郭璞云：「雅烏小而多群，江東呼爲鵯烏。」孫炎云：「犍爲舍人以爲壁屋。」又馬融以爲賈烏。嚴粲云：「鴉烏不能反哺，猶己之不能致養，是爲不孝自罪之辭也。」孔穎達云：「斯者，語辭。」按《爾雅》、《禽經》皆名此鳥爲鸒斯。楊雄《法言》亦云：「頻頻之黨，甚於鸒斯。」劉孝標作《類苑》，于鳥部立鸒斯之目。孫氏云：「詩人以斯爲語助者多矣。不然，此篇又有柳斯、鹿斯，亦將併以爲柳、鹿名可乎？」「歸飛」二字，興意在此。鳥得所歸而飛，不若宜臼之被放逐而無所歸也。提之爲言舉也。提提，群飛而高舉之貌。孔云：「此鳥性好群聚，故云提提。」陸佃云：「《東都賦》謂鵯鶋秋棲，鶻鳩春鳴。今衆鳥秋分皆群集，非特烏也。然至春分，輒兩兩而翔，不復群矣。里俗謂之分群。」穀，鄭玄云：「養也。」按五穀所以養人，故有養義。于，通作吁，嘆也，「于嗟麟兮」之于。罹，《説文》云：「心憂也。」凡民爲子，無不得養其父者，我獨所遭不幸，而日惟歎息憂愁之不置也。辜，罪也。我之不得于親，疑天實使之，我何所得罪于天而至是乎？且不知我之所以得罪于親者，其故安在乎？遲迴自審，以探被放之繇，非謂自反果無缺也。朱子云：「怨而慕也。舜號泣于昊天曰：『父母之不我愛，于我何哉！』蓋如此矣。」心之憂矣，終將何道以處此，故曰「云如之何」，乃無聊賴之極，而思欲補救之辭。朱子謂「知其無可奈何而安之」，亦非也。

踧踧《爾雅》作「儵儵」。**周道，**叶有韻，他口翻。**鞠**《石經》作「鞫」。**爲茂草。**叶有韻，此苟翻。豐本作「艸」。**我心憂傷，惄焉如擣。**叶有韻，當口翻。《韓詩》、豐本俱作「疛」，陸本作「𤸫」。**假寐永歎，維**《論衡》作「惟」，《漢書》作「唯」。**憂用老。**叶有韻，朗口翻。**心之憂矣，疢**陸本作「疹」。**如疾首。**有韻。○興也。踧，《說文》云：「行平易也。」周道，毛云：「周室之通道。」鞠，通作竆，《說文》云：「窮也。」趙頤光云：「竆爲茂草，《石經》誤作鞫。注疏、内本並誤用鞫，非是。」茂，《說文》云：「草豐盛也。」周道坦平，人所共來往，一旦窮塞，化爲榛莽之區。以我天倫無故，父子一朝隔絶，何以異此？惄，舍人云：「恚而不得之思也。」解見《汝墳》篇。擣，《說文》云：「手椎也。」顔師古云：「築也。」孔云：「惄焉悲悶，如有物之擣心也。」按此即《易林》所謂「胸春」也。鄭云：「不脱衣冠而寐曰假寐。」永歎，長歎。解見《泉水》篇。「維憂用老」者，嚴云：「身未老，而以憂故老也。」謝枋得云：「事關心者，夢中亦長吁，故曰『假寐永歎』。憂愁多者，年少而髮白，故曰『維憂用老』。」疢，《說文》云：「熱病也。从病从火。」會意。憂思不解，心火上炎，則頭爲之痛。《孟子》所謂「人之有德慧術知者，恒存乎疢疾。獨孤臣孽子，其操心也危，其慮患也深」是也。輔廣云：「憂非特能老人，又能使人病。頭痛最叵忍，疢如疾首，則其病甚矣。」朱善云：「此章『憂』之一字，凡三言之。惄焉如擣，憂之而至於痛也。維憂用老，憂之而至于衰也。疢如疾首，憂之而至于病也。」愚按上章怨己之不得於親而思慕，此則憂親之終棄乎己而自傷也。

維桑與梓，紙韻。**必恭敬止。**紙韻。豐本作「只」。**靡瞻匪父，靡依匪母。**叶紙韻，母鄙翻。**不屬于毛，不離于裏。**紙韻。**天之生我，我辰安在？**叶紙韻，才里翻。豐本「安在」作「曷以」。○興也。此章痛己之遭放，而不得近乎親也。《孟子》云：「五畝之宅，樹墻下以桑。」羅願云：「梓爲百木長，室屋之間有此木，則餘材皆不復震。其葉可以飼豕，肥碩十倍。古者見喬木，必下而趨，所以廣孝。桑者母之所事，以供蠶繅。梓者父之所植，以伐琴瑟。故見之而恭敬之心惕然生焉，不必待于口澤、手澤之所漸也。又梓之爲木，有子之道。昔者伯禽之于康叔，見周公，三見而三笞，遂見商子。商子使觀于南山之陽，見喬木高而仰。又使之觀乎北山之陰，見梓焉，晉然實而俯。商子曰：『橋者，❶父之道也。梓者，子道也。』於是二子再見乎周公，入門而趨，登堂而跪。周公拂其首，勞而食之，則以能子道焉耳。《襍五行書》曰：『舍西種梓楸五，令子孫順孝。』蓋亦此義。」陸佃云：「桑梓，父之所植，尚或敬之。《禮》曰『見君之几杖則起』，其類是乎？」劉公瑾云：「古者一夫受五畝宅，二畝半在邑，二畝半在田。田圍墻下植木，此民居之制也。蓋託以起興耳。」恭、敬，《説文》皆云：「肅也。」《禮記》疏云：「在貌爲恭，在心爲敬。又貌多心少爲恭，心多貌少爲敬。若通而言之，則恭、敬是一。《左傳》云：『恭敬父命。』《士昏禮》云：『敬恭宗父母之言。』《孝經》云：『恭敬安親。』此並恭、敬連言，明是一也。」朱子云：「瞻者，尊而仰之。依者，親而倚之。」興意言家庭之

---

❶「橋」，《四庫全書》本作「喬」。

間有桑梓焉，以其爲父母所植，一望見之，如見父母，尚且恭敬之念油然而生，況父母之身，人子之所怙恃，所瞻者惟有一父，他無足爲我瞻，所依者惟有一母，他無足爲我依，而忍自睽離于膝下乎？ 傷己既已爲父所放，又其母申后早已見黜，不得瞻父依母也。屬，《説文》云：「連也。从尾，蜀聲。」徐鍇云：「相連續，若尾之在體，故从尾。」毛者，血之餘。離，麗也。裏，《説文》云：「衣内也。」此當主皮膚而言，謂與衣之裏相親近者也。今我被放逐，無繇與父母相見，則真若不連接于父母之毛，不附麗于父母之裏矣。天下豈有無父無母之人乎？ 無所歸咎，則推之于天。曰我生所遇值之辰，果安在哉？ 豈適逢其凶而然耶？ 何爲使我至此極也！ 按日月之會是謂辰，即月建是也。程良孺云：「我辰安在，鄭氏以爲六物之吉凶，王充《論衡》所謂『覩命禄而知骨體』，即此法也。況小運之法本許慎《説文》『巳』字之訓，空亡之説原司馬《史記》孤虚之術。蓋以五行甲子，推人休咎，其術已久矣。」

菀彼柳斯，鳴蜩嘒嘒。霽韻。**有漼者淵，**豐本作「淵」。**萑**《韓詩外傳》作「藋」，《説苑》作「莞」。**葦淠淠。**霽韻。《外傳》作「渒渒」。**譬**陸本、豐本俱作「辟」。**彼舟流，不知所届。**叶寘韻，居吏翻。**心之憂矣，不遑假寐。**寘韻。○興也。此章詳己所以見放之故，❶皆讒言爲之。菀，茂也。蜩，諸蟬之總名。其類不一，若此詩所詠，則《爾雅》所謂「蝒，馬蜩」者也。亦名馬蟬，大如雀，黑色，鳴震巖谷。亦名蜩范。《格物論》云：「五月鳴，亦名蚱蟬。」羅願云：「《本草》：『蚱蟬生楊柳上。』《詩》曰：『菀彼柳斯，鳴蜩嘒

❶「放」，原作「故」，據《四庫全書》本改。

嘒。』是形大而黑，所謂馬蜩。今夏中鳴者，比衆蟬最大。」《方言》謂之蝒馬，又謂之蟧。《廣雅》謂之蟧蜩。陸佃云：「鄒陽《柳賦》以爲『蜩螗厲響，蜘蛛吐絲』，蓋蟬得美蔭，則其鳴聲尤清厲。蜩亦蟬之一種，形大而黑，昔人啖之。《禮》有『雀、鷃、蜩、范』是也。」按爵、鷃、蜩、范皆人君燕食所加庶羞，《記》所謂「范則冠而蟬有緌」者也。嘒，《説文》云：「小聲也。」不一其聲，故曰嘒嘒。漼，《説文》云：「深也。」淵，《説文》云：「回水也。」萑、葦，二草名。解見《蒹葭》篇。淠，《集韻》云：「動也。」字从水，如水之動。《詩》「其旂淠淠」是也。菀柳、漼淵，以興朝廷。鳴蜩嘒嘒，以興讒言之多。萑葦淠淠，以興小人之衆，如虢石父、番、棸、蹶、楀之儔皆是也。《説苑》東郭子惠問于子貢曰：「夫子之門，何其襍也？」子貢曰：「夫隱括之旁多枉木，良醫之門多疾人，砥礪之旁多頑鈍。夫子修道以俟天下，來者不止，是以襍也。《詩》云：『菀彼柳斯，鳴蜩嘒嘒。有漼者淵，萑葦淠淠。』言大者之旁，無所不容。」届，《説文》云：「極也。」郭璞云：「有所限極。」徐云：「極即至也。」宜臼被放，如不繫之舟，流于水中，無所依泊，不知其終所至也。孔云：「於時太子奔申，則是有所至矣。言無所至者，棄儲君之重而逃竄舅家，非太子所當至故也。」遑，《説文》云：「急也。」不急急求假寐，蓋雖勞苦倦極，欲假寐而有所不得，視前言「假寐永歎」，憂轉深矣。

鹿斯之奔，維足伎伎。叶支韻，翹移翻。**雉之朝**豐本作「鼂」。**雊，尚求其雌。**支韻。**譬**豐本作「辟」。**彼壞**《爾雅》疏、《説文》俱作「瘣」。**木，疾用無枝。**支韻。**心之憂矣，寧莫之知？**支韻。

○興也。《説文》云：「鹿，解角獸，群萃善走。」孔云：「此鹿斯與鸒斯、柳斯，斯皆辭也。」伎，通作跂，《説文》云：「足多指也。」重言伎伎者，以不一其鹿，故見其足指之衆耳。羅願云：「鹿愛其類，發于天性，欲食皆鳴相召，志不忌也。」陸佃云：「古伏羲之世，麗皮爲禮。按《説文》、《集韻》『麗，旅行也』。鹿之性，見食急則旅行。麗皮，蓋鹿皮也。」今宜臼出奔，孑然一身，絶無與之爲偶者，則鹿奔之不如矣。雉，解見《兔爰》篇。雊，《説文》云：「雄雌鳴也。雷始動，雉鳴而雊其頸。」蔡邕以爲雷在地中，雉性精剛，故獨知之，應而鳴也。羅云：「雊鵒以足相勾，雉以頸相勾，故雊鵒从句，雉雊亦从句。」雊一作呴。《夏小正》云：「正月雉震呴。」注云：「震，晨之訛也。爵乳子而集以春，雉求雌而呴以朝。蓋雉當春而雊，桴粥時也。」雌，《説文》云：「鳥母也。」鄭云：「雉之鳴，猶知求其雌。今太子之放棄其妃匹，不得與之去。」愚按雉雊在于春初，蜩鳴在于夏半，萑葦、鶬鶊皆秋分時所有。計太子自春初出奔，至此已歷三時矣，故各即其所見以起興。壞木，當依《爾雅》、《説文》作「瘣木」。《爾雅》云：「瘣木，苻婁。」《説文》云：「腫旁出也。」陸德明云：「木瘤腫也。」郭璞云：「謂木病尫傴癭腫，無枝條者。」殷大白云：「奔鹿也而留其群，雉雊也而求其雌。放逐之人，兄弟妻子不得近，若無枝壞木也，悲哉！」寧字有怪歎之意。莫之知，指王也。此章述己被放出奔之苦，以起下章。蘇、嚴二家皆謂幽王黜后放子，兀然如傷病之木，内有蠹病而外無附枝。亦通。但奔鹿之擬，既于幽王不倫，即雉雊求雌，豈所以比父母？又王有褒姒爲后，伯服爲子，亦未可謂之無雌、無枝也。

相去聲。**彼投兔，尚或先**叶震韻，蘇晋翻。**之。行有死人，尚或墐**震韻。《説文》作「殣」。**之。君子秉心，維其忍**軫韻。**之。心之憂矣，涕既隕**軫韻。**之。**興也。此承上章「寧莫之知」而言。相，視也。投兔，朱子云：「投人之兔也。」導之使前進曰先之。劉敞云：「兔爲人所驅，急更投人。人哀其窮，則及驅者未至，而先存之。兔雖可利，以其可憐，猶存之也。何則？誠不忍其心之窮急也。今俗猶言『飛鳥入懷勿殺，殺之不祥』。此投兔之比。」行，鄭云：「道也。」墐，通作殣。《說文》云：「道中死人所覆也。」孔云：「墐者，埋藏之名。於道旁，故曰路冢。《左傳》『道墐相望』是也。」兔乃異類，行道之人于我無親，尚有憐而恤之者，以惻隱之心，人所皆有故也。子歸命于父，何啻兔之投人？出亡在外而無所歸，勢亦必轉乎溝壑耳，曾是天性之親，而漠不動念何哉？兩言「尚或」，意義甚活，雖未必盡然，而亦未必盡無，詞之婉也。君子，鄭云：「斥幽王也。」後同。秉，執也。忍，對不忍看，謂不憐恤。於文心上施刃，割絶之義也。心之憂矣，篇中凡五見，至此則付之無可奈何矣。涕，解見《澤陂》篇，目涪、鼻液皆是。❶隕，《說文》云：「從高下也。」涕出無聲，見悲之極。徐光啓云：「此詩到此，求哀乞憐之意不復可加，圖迴感悟之方更無餘術。已是盡情語，盡頭路也。」

君子信讒，如或醻叶宥韻，承咒翻。**之。君子不惠，不舒究**宥韻。**之。伐木掎**叶歌韻，居何翻。**矣，析**豐本作「𣃁」。**薪**豐本作「新」。**杝**叶歌韻，徒何翻。陸德明本、《讀詩記》、潁濱《集傳》俱作「扡」。**矣。舍彼有罪，予**豐本作「子」。**之佗**歌韻。**矣。**賦而比也。承上章。原王心之忍，繇于信讒。而爲讒者，又非一人。此王之所以終不悟也。醻，通作酬。《說文》云：「主人進客也。」按主人進酒于客曰獻，客答主人曰酢。主人既卒酢爵，又酌自飲，卒爵，復進賓曰酬，故謂之導飲。猶今俗人勸酒也。孔云：

❶「目」，原作「自」，據下卷二十六《澤陂》篇改。

「酬有二等。既酢而酬賓者，賓奠之不舉，謂之奠酬。至三酌之後，乃舉嚮者所奠之爵，以行之於後，交錯相酬，名曰旅酬，謂衆相酧也。此喻得讒即受而行之，故知是旅酧，非奠酧也。」惠，鄭云：「愛也。」字从心从叀。徐鍇云：「爲惠者心專也。會意。」舒，通作紓，緩也。苟亦無信，苟亦無然，所謂舒也。究，《説文》云：「窮也。从穴从九。」亦究竟之意。「不舒究」，正根「不惠」來。真德秀云：「父子天性之恩，太子天下之本。幽王一聽褒姒之讒，如受獻酬之爵，得則飲之，曾不少拒。夫讒者之言，驟而聽之，則不能無惑。徐而察之，則可得其情。幽王惟無愛子之心，故一聞讒言，不復舒緩以究其實，而遽加放逐焉，此太子所以不能自明也。雖然，褒姒亦豈能自爲讒哉！《國語》謂褒姒有寵，于是乎與虢石父比，而逐宜臼。虢石父者，讒諂面諛之人也，幽王立之以爲卿士。聘后棄而内妾立，庶孽寵而嫡長危，皆石父實爲之也。卒使申侯銜忿以召戎，幽王死，褒姒虜。宜臼雖立，而東周遷矣。讒人之害，至於如此，可不監哉！」掎，《説文》云：「偏引也。」按《左傳》云：「辟如捕鹿，諸戎犄之。」注謂掎其足也。《釋文》云：「從後牽也。」析，《説文》云：「破木也。」薪，蕘也。解見《漢廣》篇。杝，《説文》云：「落也。」鄭云：「謂觀其理也。」孔云：「杝者，施也，言觀其裂而漸相施及也。」嚴云：「木附着于本根，伐木者既以斧斤伐之，又以繩索從其後牽拽之，以倒其木，使絶離其本根。又薪本一木相聯屬，析薪者既斧之，又以手杝而離之，使一木析而爲二。皆喻幽王父子天性，本附着聯屬爲一體，而讒人横離絶之也。」舍，通作捨，釋也。彼有罪，謂讒人也。予，通作余，我也。對彼而言。佗，《説文》云：「負荷也。」按《史記》「匈奴奇畜有橐佗」，義正取此。今俗訛作他，非也。彼讒人者，離間人骨肉，其罪大矣。王捨置不問，乃以彼所搆之虚詞，將加罪于我者，悉使我負何之也。又予若如字解，則予乃上下相推予之義。佗當通作它。言捨彼有罪之人不加窮治，乃推予其罪于它人。對彼言它，蓋自道也。亦通。

莫高匪山，叶先韻，翰旃翻。**莫浚匪泉。**先韻。**君子無易**去聲。**由言，**元韻。**耳屬于垣。**元韻。無此用「無」字與《谷風》用「毋」字異。下同。**逝我梁，無發我笱。**有韻。**我躬不閱，**《左傳》作「説」。**遑**《左傳》作「皇」。**恤我後。**有韻。○比而賦也。此章專寫去後屬望之意，以結通章。浚，毛云：「深也。」山處高，泉處深，嫡庶之分似之，使庶可奪嫡，是山與泉易位也。易，輕易也。任意而言曰繇言。鄭訓繇爲用，謂王無輕用讒人之言。亦通。垣，墻也。王不可輕於其言，恐左右小人窺伺意旨，將有附屬其耳于墻壁之間而竊聽之者。考《竹書》，宜臼奔申，在平王五年。至八年始立褒姒之子爲太子。計奔申之時，宜臼尚未見廢。《國語》史伯所謂「王欲殺太子以成伯服，必求之申」是也。故此詩云然，猶惓惓慮王醉飽之昏，或有溺愛輕許之語，則羽翼伯服者愈多，而媒孽宜臼者愈甚。人皆集于菀，誰肯集于枯，勢不至廢立不止矣。《韓詩外傳》云：「孔子侍坐于季孫。季孫之宰通曰：『君使人假馬，其與之乎？』孔子曰：『吾聞君取于臣，謂之取，不曰假。』季孫悟，告宰通曰：『今以往，君有取，謂之取，無曰假。』孔子曰：『正假馬之言，而君臣之義定矣。』《論語》曰：『必也正名乎！』《詩》曰：『君子無易繇言。』名正也。」吕祖謙云：「唐德宗將廢太子而立舒王，李泌諫之，且曰：『願陛下還宫，勿露此意。左右聞之，將樹功於舒王，太子危矣。』此正『君子無易繇言，耳屬于垣』之意。」「無逝我梁」以下，訓俱見《谷風》篇。疑古有此成語，故二詩皆引用之。言我今去後，庶幾勿使人往我之梁，發我之笱，以儲位不可竊據，神器不可黯干也。雖然，我身且不容，誰肯恤我後者乎？婉諷微規，正是望王悔悟見容之意。雖復金玦長辭，銅龍永絶，而思慕之懷不能自已。故曰：「《小弁》之怨，親親也。親親，仁也。」

《小弁》八章，章八句。《漢書》篇名作《小卞》。○趙岐《孟子》注云：「伯奇仁人，而父虐之，故作《小弁》之詩曰『何辜于天』，親親而悲怨之詞也。」中山勝亦如此説。劉更生且以伯奇爲王國子正，謂繼母欲立其子伯封，而譖之王，王以信之。王充《論衡》亦云：「伯奇放流，首髮早白，故《詩》云『惟憂用老』。」《子貢傳》、《申培説》翕然同辭，而以爲吉甫之鄰大夫所作。按《琴操》云：「尹吉甫子伯奇，事親甚孝。甫娶後妻，欲害伯奇，乃取蜂去尾，而自着衣領上。伯奇恐其螫也，趨而掇衣。後妻呼曰：『伯奇牽我衣！』甫聞之曰：『唉！』伯奇懼，走之野，履霜以足，采楟花以食。其鄰大夫憫伯奇無罪，爲賦《小弁》，以諷吉甫。吉甫悟，逐後妻，而召伯奇。伯奇至，請父復後母，吉甫從之。後母感伯奇孝，化而爲慈。」諸家之説，蓋本於此。但果如所云，則不過閨人家庭之事，於義小矣。且「踧踧周道，鞫爲茂草」，此豈伯奇之言哉？又韓詩及曹植皆謂吉甫信後妻之讒，殺孝子伯奇，其弟伯封求而不得，作《黍離》之詩。則與《琴操》言吉甫感悟者，更相矛盾。總之，皆委巷傳訛之語，要不足信。

《蓼莪》，孝子思養也。疑亦太子宜臼之傅所作。因宜臼被廢于外，代爲思親之辭，將使人諷誦，以感悟幽王也。《孔叢子》載孔子曰：「於《蓼莪》，見孝子之思養也。」愚按此詩與《小弁》同意。何以知之？以二詩詞相脗合知之。《小弁》曰：「靡瞻匪父，靡依匪母。」此曰：「無父何怙，無母何恃。」

《小弁》曰：「不屬于毛，不離于裏。」此曰：「父兮生我，母兮鞠我。拊我畜我，長我育我。顧我復我，出入腹我。」《小弁》曰：「民莫不穀，我獨于罹。」此曰：「民莫不穀，我獨何害。」「民莫不穀，我獨不卒。」殆若出一吻然者。乃《小弁》慕而兼怨，此詩慕多怨少，其言更悲，其情更切矣。昔者魏文侯有子曰擊，次曰訢。訢少而立以嗣，封擊中山，三年莫往來。其傅趙蒼唐曰：「父忘子，子不可忘父，何不遣使乎？」擊曰：「願之而未有所使也。」蒼唐曰：「臣請使。」擊曰：「諾。」蒼唐至，文侯曰：「中山之君亦何好乎？」對曰：「好《詩》。」文侯曰：「於《詩》何好？」曰：「好《黍離》與《晨風》。」文侯曰：「《黍離》何哉？」對曰：「彼黍離離，彼稷之苗。行邁靡靡，中心搖搖。知我者謂我心憂，不知我者謂我何求。悠悠蒼天，此何人哉？」文侯曰：「怨乎？」曰：「非敢怨也，時思也。」文侯曰：「《晨風》謂何？」對曰：「鴥彼晨風，鬱彼北林。未見君子，憂心欽欽。如何如何，忘我實多。」於是文侯大悦，曰：「欲知其子視其母，欲知其君視其所使。中山君不賢，惡能得賢？」遂廢太子訢，召中山君以爲嗣。今宜臼之傅，其委曲調護，不下于蒼唐也。蒼唐能稱《詩》以悟文侯，此傅屢作詩，終不能悟王，則以其惑志于艷妻者甚耳。又所以知此詩及《小弁》非太子自作者，以太子立言仁孝如此，不應他日有弑父、戌申之事。

蓼蓼者莪，匪莪伊蒿。豪韻。**哀哀父母，生我劬勞。**豪韻。○比也。蓼，艸蒼蒨貌。解見《蓼蕭》篇。莪，解見《菁莪》篇。蓼蓼者莪，言非一莪，蓋以概比天下之爲人子者。蒿，《爾雅》云：「菣也。」又云：「蘩之醜，秋爲蒿。」以菣雖專得蒿之名，而蘩之類如蕭如莪，在春時種名各異，至秋老成，通呼爲蒿。詳味詩意，此蒿正指蘩之醜言，非謂菣也。晏子云：「蒿，艸之高者也。」羅願云：「古者言蒿，以爲非美物者，涼秋九月，枝幹益高，荒壇枉徑，蕪穢不治，故蒿者農惡之。《明堂月令》：『違天時，則藜莠蓬蒿並興。』管仲戒威公封禪，❶亦稱：『今鳳凰麒麟不至，嘉禾不生，而蓬蒿藜莠茂，鴟鴞群翔，而欲封禪，無乃不可乎？』威公爲是而止。然則蒿者，蓋非農祥也。」嚴粲云：「始生爲莪，長大爲蒿。以莪形蒿，莪美而蒿惡。莪始生，香美可食，至秋高大爲蒿，則麤惡不可食。故菁莪以喻人材，而蒿正爲鹿食也。其始爲莪猶可食，其後爲蒿則無用。喻父母生長我，身至于長大，乃是無用之惡子，不能終養也。此孝子自怨其身之辭也，與《凱風》言棘非美材，僅堪爲薪之意正同。」哀，徐鉉云：「閔痛之形于聲也。於文口衣爲哀，衣，哀聲也。」哀哀二字，聲氣畧歇，以「父母」連下句看。重言之者，《爾雅》云：「懷報德也。」報德則兼父母也。生我不專指始生言，如第四章所云，皆所以生我者。劬，勤。勞，劇也。其勞頻數，謂之劬勞。父母生我，何等劬勞！今我之不才如此，有負父母多矣。晋王裒父儀，爲文帝所殺。裒痛父非命，未嘗西向而坐，示不臣朝廷也。隱居教授，廬于墓側，旦夕拜跪，攀栢悲號，涕泣着樹，樹爲之枯。及讀《詩》，至「哀哀父母，生我劬勞」，未嘗不三復流涕。門人受業者，並廢《蓼莪》之篇。齊顧歡早孤，讀《詩》至「哀哀父母」，輒執書痛泣。繇是受學者廢《蓼莪》篇，不復講焉。二事大相類。又孟元方誦《詩》至《蓼莪》篇，必哀咽不已。唐太宗生日，謂群臣曰：「吾今日生日，世俗皆爲樂，在朕翻成傷感。今君臨天下，富有四海，而欲承顏膝下，永不可得，此子路有負米之恨也。《詩》曰：『哀哀父母，生我劬勞。』奈何更以

---

❶「威公」，《四庫全書》本作「桓公」，宋人或因避諱而改爲「威公」。後倣此。

劬勞之日爲宴樂乎？」因泣數行下，左右皆悲。

蓼蓼者莪，匪莪伊蔚。叶寘韻，讀如萎，於僞翻。**哀哀父母，生我勞瘁。**寘韻。《英雄記》作「悴」。○比也。蔚，《爾雅》云：「牡菣也。」陸璣云：「牡蒿也。三月始生，七月華，華似胡麻而紫赤。八月爲角，角似小豆角，鋭而長。一名馬新蒿。」邢昺云：「蔚即蒿之雄無子者，故云牡菣。」❶羅云：「匪莪伊蒿，蒿猶有子者。匪莪伊蔚，蔚則無子。蓋今青蒿葉端皆作子如米大，蔚獨無爾，以見父母得我之難也。今皆無報矣，則有我之不如無也。且蔚又治無子，亦寓其意焉。《本草》謂之馬先蒿。」愚按匪莪伊蒿，蒿即莪所成，穉爲莪，壯爲蒿也。比宜臼幼見立爲太子，亦以美材視之，長以不材失愛，故被廢也。匪莪伊蔚，蔚與莪異類。莪有子，蔚無子，人爲莪，我則蔚也。比凡人有子，望其嗣續，若宜臼見逐于外，父母不以爲子，一身孑然，此後永無嗣續之望，雖有子，猶之乎無子也。瘁，通作顇，顦顇也。劬勞而至于瘁，勞苦見于貌也。念生我之勞瘁，而我不能以子報，其哀奚如？

缾之罄《説文》、豐氏本俱作「窒」。**矣，維罍之耻。**紙韻。**鮮民之生，不如死之久**叶紙韻，苟起翻。**矣。無父何怙？無母何恃？**叶寘韻，嘗利翻。**出則銜恤，入則靡至。**寘韻。○比而賦也。缾，《説文》云：「罋也。」或从瓦作瓶。瓶有二義。有以爲酒器者，《禮記》孔子曰：「夫奥者，老婦之祭也，盛於盆，尊於瓶。」疏以爲盛食于盆，盛酒于瓶也。有以爲汲器者，《易·井》卦言「羸其瓶」，楊雄《酒賦》言「觀

❶「菣」，原作「臤」，據《爾雅疏》卷八及上文改。

瓶之居，居井之眉」是也。罄，《説文》云：「器中空也。」罍之用不一。有盛酒者，《周禮·鬯人》社壝用大罍，以盛鬯也。《司尊彝》祠、禴、嘗、烝皆有罍，及《詩·卷耳》「酌彼金罍」者，盛酒也。有盛水者，《儀禮》「罍水在洗東」是也。罍有大有小，《爾雅》釋盛酒器有彝、卣、罍三者，孫炎以彝爲上，卣爲中，罍爲下。邢昺據毛詩説，謂罍大一碩，乃尊之大者。今按《爾雅》又云：「小罍謂之坎。」則罍之小者別名坎，其大者自名罍，邢説是也。舊説謂罍，金飾龜目，刻爲雲雷之象。又取象雲雷博施，如人君下及諸臣，故名爲罍。張萱解云：「大罍震也，小罍坎也。」其説奇矣。耻，《説文》云：「辱也。」《禮圖》云：「罍大一斛。」其所容甚多。瀉酒於瓶，以供斟酌，故瓶罄而罍耻也。缾小喻子，罍大喻父母。此缾罍皆當主酒器言。缾之充實，皆罍所注，以比子之免于饑寒，皆父母所恤。今宜臼被逐在外，無以爲生。誰獨無子，而使之至此？爲父母者寧不欿然于心？此慕而兼怨之辭。蓋以骨肉至情動之，庶幾王之轉念也。然以耻貽父母，則人子之罪益甚，言外亦有痛自刻責意。《左》昭二十四年，鄭伯如晋，子大叔相，見范獻子。獻子曰：「若王室何？」對曰：「老夫其國家不能恤，敢及王室？抑人亦有言曰：『嫠不恤其緯，而憂宗周之隕，爲將及焉。』今王室實蠢蠢焉，吾小國懼矣，然大國之憂也，吾儕何知焉？吾子其早圖之！《詩》曰：『缾之罄矣，維罍之耻。』王室之不寧，晋之耻也。」獻子懼，乃徵會于諸侯。傳引《詩》意，以瓶自喻，以罍喻晋，謂寧王室乃晋之責，意雖是而比類欠順。又嚴云：「缾以汲水，罍以盛水，缾汲水以注于罍，猶子之養父母。缾罄竭則罍無所資，爲罍之耻，猶子窮困則貽親之羞也。」亦通。然與宜臼被廢事不合，故不從。鮮，通作尟，《説文》云：「少也。」俗作尠，非。民，庶民也。宜臼居東宫之貴，而其所遭乃凡民之不若，故每以民對言。鮮民之生，猶云無生人之樂。民間父子膝下相歡，雖在貧賤，猶有生意也。疢疾孤窮，速死爲幸。曰不如死之久矣，痛切之言也。《大戴禮》孔子引逸《詩》曰：「魚在在藻，厥志在餌。鮮民之生矣，不如死之久矣。」言君好貪利興師，民困兵革，鮮有生者，則不如速死也。怙義訓恃，恃義訓賴。「無父何怙」者，言非父則子何所依怙，非以父死爲無父也。下句放此。時申后已被廢，倘幽王聞詩而悟，則將復立申后，召還宜臼，父母與子皆可聚首如初。故《小弁》及此詩皆以父母並言，非以母呼褒姒也。出，謂餬口四方。銜，馬銜也。行馬所用，含之口中，以金爲之，故字从金从行，與含同意。恤，憂也。《通論》云：「於文心血爲恤。血，恤聲也。血亦心之至也。」入則靡至，所謂如窮人無所歸也。此皆放逐後之語。孔穎達云：「出門則中心銜憂，旋來入門，則堂宇空曠，不復覩見。如行田野，無所有至，是其所以悲恨也。」唐鶴徵云：「抱苦在心，鬱鬱不自得，神魂不定，憒憒靡所之，銜恤、靡至四字，形容真切。」

父兮生我，母兮鞠屋韻。**我。拊**《後漢書》作「撫」。**我畜**屋韻。**我，長**上聲。**我育**屋韻。**我。顧我復**屋韻。**我，出入腹**屋韻。**我。欲報之德，**職韻。**昊**《漢書》作「皞」。**天罔極。**職韻。○賦也。此章皆父母所以生我者，正劬勞勞瘁之實也。鄭箋云：「父兮生我者，本其氣也。」鞠，通作匊。《說文》云：「兩手曰掬。」子幼，而母時嘗置手中，以玩弄之，所謂愛惜如掌上之珠也。拊，《說文》云：「揗也。」《史記》「淮南拊揗其民」，謂撫摩身體，察其肥瘠，憂其疥鮮也。畜兼止與養二義。既乳哺之，又謹其出入，察其起居，藏之堂奧之中，惟恐其有疾病，所以善其養也。長者，謝云：「如南方之長養萬物，調和其身體，滋養其血氣，日夜望其長大也。」育，《說文》云：「養子使从善也。从云，肉聲。」按，云音突，乃子字之倒體。徐鉉云：

云，不順子也。不順子亦教之，況順者乎？」謝云：「如《易》曰『育德』，《孟子》曰教育英才，涵養其德性，發舒其志氣，開導其聰明，日夜望其成人也。」顧，《説文》云：「還視也。」嘗目在之，察其所行之是否也。復者，反覆之義。丁寧反復，諄諄然命之也。出入，主父母言。腹，鄭云：「懷抱也。」自少至長，惓惓置之于懷，出入以之，不暫釋也。掬、拊、畜三事，次于生之後，皆以養言。育、顧、復三事，次于長之後，皆以教言。出入腹我，則總括教養而言。養所以全其生，教所以善其生，皆本于父母愛子之心爲之也。連下數「我」字，撫躬自念，淒其欲絶。《韓詩外傳》引此詩云：「夫爲人父者，必懷慈仁之愛，以畜養其子，撫循飲食，以全其身。及其有識也，必嚴居正言，以先導之。及其束髮也，授明師以成其技。十九見志，請賓冠之，足以死其意。血脉澄静，娉内以定之，信承親授，無有所疑。冠子不言，髮子不笞，聽其微諫，無令憂之。此爲人父之道也。」舊説皆主幼時言，則畜謂乳之，育謂哺之。其「顧我復我，出入腹我」二語，謝謂父母行而兒不隨，則回顧之。兒行而父母不隨，則追唤之。父母有所往，將出門，懷抱其子而不忍捨。父母自外歸，既入門，懷抱其子而未肯置。嚴謂兒稍長，行戲于地，父母或去，則回首以顧視之，且顧之又顧，反覆不能暫捨，愛之之至也。在家容其行戲，或自内而出外，或自外而入内，未可令其自行，則抱之於懷。此曲盡父母愛子之情也。二説雖微不同，然皆摹寫逼真，❶令人回想父母深恩，不覺潸然泣下，故備録之。《禮記疏》云：「謝其恩謂之報。」《儀禮》疏云：「感恩者皆稱報。」鄭云：「之，猶是也。」按《莊子》言「之人也」、「之德也」，字法同此。之

❶「皆」，《四庫全書》本作「其」。

德，指上文「生我」以下六句言。昊天，孔安國云：「元氣昊然廣大也。」言欲報父母是德，而其德廣大，如天無窮，不知所以爲報也。唐孟郊有詩云：「誰言寸艸心，報得三春暉。」意本于此。今我既見逐于外，且不能自比于人子，況言報乎？痛當奈何也。郝敬云：「君之恩，捐軀足報，以身爲吾有也。至於親，則身亦親之有也，雖捐軀莫報也，而況身之外乎？而況身之外且不能致之親乎？哀痛可勝道哉！」嚴云：「讀此詩而不感動者，非人子也。」又章潢云：「天之大德曰生，故論德之罔極者，必歸諸天也。以天德之大而欲報之，難矣。子之于親，雖莫不受其鞠育之恩，若難乎與天並也。然得天地之塞以成形，而所以成其形者非親乎？得天地之帥以成性，而性即秉于賦形之始，所以成其性者非親乎？形性合而成人，天親原自合一，以其生生者一也。窮神善繼其志，知化善述其事，踐形惟肖，果在天爲肖子，即爲父母之孝子。所以孔子謂：『能敬其身，則能成其親。仁人之事親也如事天，事天如事親，是故孝子成身。』此之謂也。」

南山烈烈，豐本作「峛峛」。**飄**陸德明本作「票」。後同。**風發發**。叶曷韻，北末翻。**民莫不穀，我獨何害**！叶曷韻，何葛翻。○興而比也。南山，南面所向之山。烈，通作列，分布之義。峯巒相錯，故重言列列也。此即所見起興，亦以比人之父父子子各有定位，如山之峙，高卑羅列也。飄風，回風也。《荀子》謂「輕利僄速，卒如飄風」，即此。發，如矢之發，言其疾也。非一發而已，曰發發也。此讒言之比。又王吉云：「《詩》曰：『匪風發兮。』說者曰：是非有道之風也，發發者。」民莫不穀，解同《小弁》。害，傷也。民皆得養其父母，我獨爲何人所傷害，而不得共子職？蓋斥褒姒及虢石父輩也。

南山律律，豐本作「嵂嵂」。**飄飄弗弗**。叶月韻，讀如忽，呼骨翻。**民莫不穀，我獨不卒**。月韻。○興而比也。律，《説文》云：「均布也。」律律，亦列列之意。以比凡人父父子子，無不各得其所者。弗，通作拂，《説文》云：「過擊也。」徐云：「擊而過之也。」卒，通作猝，《説文》云：「大夫死曰猝。」我既被逐于外，不得事親，而獨不死何也？深自恨之辭。

《蓼莪》《隸釋》漢碑作「儀」，亦作「義」。**六章，四章章四句，二章章八句。**《序》云：「刺幽王也。民人勞苦，孝子不得終養爾。」後漢陳忠疏亦云：「《孝經》始於愛親，終於哀戚。上自天子，下至庶人，尊卑貴賤，其義一也。夫父母於子，同氣異息，一體而分，三年乃免于懷抱。先聖緣人情而著其節，制服二十五月。是以《春秋》臣有大喪，君三年不呼其門。閔子雖要絰服事，以赴公難，退而致位，以究私恩，故稱『君使之非也，臣行之禮也』。周室陵遲，禮制不序，《蓼莪》之人，作詩自傷曰：『缾之罄矣，維罍之耻。』言己不得終竟子道者，亦上之耻也。」蓋相傳云爾。愚獨有疑者，如《序》言民人勞苦，則不獨孝子爲然，乃篇中云「民莫不穀」，何説？至不得終養之解，相沿以爲二親病亡之時，在役所，不得見之也，豈真偕亡耶？天奚禍彼人之酷若是，固哉其爲詩矣！《子貢傳》闕文。《申培説》則謂王室昏亂，讒邪肆行，其大夫士有役而不得其所者，孝子痛傷而作是詩。此特影響王哀之事，而强爲説以傳之，尤鄙陋不根之甚。

《十月之交》，大夫刺幽王也。出《序》。**幽王之世，褒姒用事于内，皇父之徒亂政于外。六年之冬，日食陽月，大夫惡之，故作此詩。**谷永云：「古之王者廢五事之中，失夫婦之紀，妻妾得意，謁行於内，勢行於外，至覆傾國家，惑亂陰陽。昔褒姒用國，宗周以喪，閻妾驕扇，日以不臧，此其效也。傳曰：『皇之不極，是謂不建，時則有日月亂行。』誠修後宫之政，明尊卑之序，抑褒閻之亂，息《白華》之怨。後宫親屬饒之以財，勿與政事，以遠皇父之類，損妻黨之權，未有閨門治而天下亂者也。」劉向云：「衆賢和于朝，則萬物和于野，天應報于上，此皆以和致和，獲天助也。幽、厲之際，朝廷不和，轉相非怨，君子獨處守正，不撓衆枉，勉强以從王事，則反見憎毒讒愬。故其詩曰：『密勿從事，不敢告勞。無罪無辜，讒口嗸嗸。』當是之時，日月薄蝕而無光，其詩曰：『朔日辛卯，日有蝕之，亦孔之醜。』天變見於上，地變動於下，水泉沸騰，山谷易處，其詩曰：『百川沸騰，山冢卒崩。高岸爲谷，深谷爲陵。』自此之後，天下大亂，篡殺殃禍並作。繇此觀之，和氣致祥，乖氣致異。祥多者其國安，異衆者其國危。天地之常經，古今之通義也。」班固云：「懸象著明，莫大乎日月。是故聖人重之，於《易》在豐之震曰：『豐其沛，日中見昧，折其右肱，亡咎。』於《詩・十月之交》則著卿士司徒，下至趣馬師氏，咸非其材，同于右肱之所折，明小人乘君子，陰侵陽之原也。」丁鴻云：「昔周室衰季，皇甫之屬專權於外，黨類彊盛，侵奪主埶，則日月薄食。」按《竹書》紀幽王元年，錫皇父命。二年，涇渭雒竭，岐山崩。三年，王嬖褒姒，冬大震電。四年，夏六月，隕霜。五年，王世子宜臼出奔申，皇父作都于向。六年，冬十月辛卯朔，日有食之。其事與此詩及《正月》之詩合。又愚疑此詩爲暬御之臣所作，説見《雨無正》篇小引下。

十月之交，朔月《前漢書》、《後漢書》、朱傳、《讀詩記》、蘇子繇本、《大學衍義》、《詩大全》俱作「日」。**辛卯。**叶有韻，莫後翻。**日有食**《漢書》作「蝕」。**之，亦孔之醜。**有韻。**彼月而微，**韻。**此日而微。**

同上。**今此下民，亦孔之哀。**叶微韻，於希翻。○賦也。十月，蘇子繇、陳少南、朱子、嚴華谷皆謂夏正建亥之月也。《緯書》、《竹書》、鄭箋以爲周正建酉之月。元齊履謙云：「以授時曆推之，周幽王六年，歲在乙丑，距延祐丁巳二千九十二年，是歲實以夏正八月辛卯朔入食限，是周人改月數之一證。」邢雲路亦云：「以元郭守敬授時法上推，周幽王六年乙丑十月建酉朔，辛卯日辰時日食。」梁太史令虞劌、唐僧一行亦步得是日日食。今按虞劌造梁大同曆，推此食在幽王六年，而未明言此爲八月。一行定朔之法，本乎傅仁均。仁均造唐戊寅元曆，列其大要，所可考驗者七事，其三曰：「周幽王六年十月辛卯朔日蝕。」與《詩》合，亦未明言此十月乃夏之八月也。愚以三議推之，則建酉之説似未可信。一者先儒謂《詩》有夏正，無周正，如《七月》之詩，皆夏正也。章潢云：「小雅《出車》章曰：『春日遲遲，卉木萋萋。倉庚喈喈，采蘩祁祁。』周頌《臣工》章曰：『維暮之春，亦又何求？如何新畬？於皇來牟，將受厥明。』使周果改時，則春日暮春，必夏之正月也，正月安得有遲遲、萋萋、喈喈、祁祁之景，而來牟安得有將熟之徵乎？至于『四月維夏，六月徂暑』，『秋日淒淒，百卉俱腓』，『冬日烈烈，飄風發發』，其未改時與月也，又不待訓釋而自明矣。夫《詩》皆夏正，而何獨以此爲周正乎？」一者，食當八月，則是秋分。《左》昭二十一年，秋七月壬午朔，日有食之。公問于梓慎曰：「是何物也？禍福何爲？」對曰：「二至二分，日有食之，不爲災。日月之行也，分，同道也。至，相過也。其他月則爲災。」於是叔輒哭日食。昭子曰：「子叔將死矣，非所哭也。」八月，叔輒卒。是則八月日食，未足爲災。乃孔穎達又引《左》昭七年，四月甲辰朔，日有食之。周之四月，乃夏正二月。晉侯問于士文伯曰：「誰將當日食？」對曰：「魯、衛惡之。衛大，魯小。」公曰：「何故？」對曰：「去衛地如魯地，於是有災，魯實受之。其大咎其衛君乎！魯將上卿。」其年八月，衛侯惡卒。十一月，季孫宿卒。以此爲春分之月，日食有災之驗。按即如孔所駁，分月之災，所應僅在侯國，未至若此詩孔醜之云。明其將有大變，應在幽王驪山之事，則以陽月之災，爲古人所甚忌故也。一者，古歷年之某歲某甲子，其真否總未可知。如《尚書·胤征》篇「季秋月朔，辰弗集于房」。虞劆以爲元年，僧一行以爲五年，以授時法步之，在仲康六年丁丑歲九月辛巳朔日食，其餘前後十餘年之九月朔，俱不入時限。據授時法步此詩日食，既與劆、一行同，何仲康之食差殊若此？班固云：「周不班朔，魯歷不正，置閏不得其月，月大小不得其度。」王應麟亦云：「黄帝、顓頊、夏、殷、周、魯六曆，皆無推日食法，但有考課疎密而已。」嘗考《通鑑》、《皇極經世》，秦始皇八年，歲在壬戌。《吕氏春秋》則云：「維秦八年，歲在涒灘。」涒灘者，申也。歷有二年之差。後之算曆者，於夏之辰弗集房，周之十月之交，皆欲以術推之，亦已疎矣。據此三議，皆足以破建酉之説，故當從夏正解爲長。而孔氏又引王基云：「以曆較之，自共和以來，當幽王世，無周十月、夏八月辛卯交會，欲以此會爲共和之前。」其説更疎謬無據。今但即詩辭以求時事，則其在幽王世明矣。十月謂之陽月。孔云：「日月之食，本無常時。惟正月之月，君子忌之。」沈括云：「先儒以日食正陽之月，止謂四月，不然也。正陽乃兩事，正謂四月，陽謂十月，『歲月陽止』是也。《詩》有『正月繁霜』、『十月之交，朔月辛卯，日有食之』二者，此先王所惡也。蓋四月純陽，不欲爲陰所侵。十月純陰，不欲過而干陽也。」蘇轍云：「四月純陽，故謂之正月。十月純陰，故謂之陽月。純陽而食，陽弱之甚也。純陰而食，陰壯之甚也。」《類占》云：「十月日食，乃六陰之極，陰冒其陽，君昏信讒，陰謀作亂。」毛傳云：「之交，日月之交會。」孔云：「日月行相逮及，交而會際，故云交會。」朱子云：

「謂晦朔之間也。」按會與交不同。會但言其同度而已，交則同度又當交道也。會不必食，會而交則食，曆家所謂交食是也。故此詩特以交言。古歷緯及《周髀》皆云：周天三百六十五度四分度之一，每度九百四十分算，四分度之一，該二百三十五分，計共行過三百六十五度二百三十五分，日月皆右行于天。日，日行一度。月，日行十三度十九分度之七。以每度九百四十分，剖爲十九分，每分該四十九分四釐七毫三系六忽八微四塵有奇，于十九分中得其七，計于十三度外。又行過三百四十六分三釐一毫五系七忽八微九塵有奇。蓋天行至健，每一晝夜繞地一周又過一度，以其行過處，一日作一度。至三百六十五日四分日之一，則適合其初起之度，謂之一期。而周天之數，遂爲三百六十五度四分度之一。凡星辰遠近之相去，月與五星之行，皆以其度爲度焉。度之爲言數也，則也。天本無度，以與日離合而有度之名。在天成度，在曆成日。天體員，故日東西行，其周布本東西，而縱横南北，皆以其度爲數。月行疾于日，日行積三百六十五日九百四十分日之二百三十五，而與天會。月行二十七日有奇，而行天一周，又二日，追及于日，計積二十九日九百四十分日之四百九十九，而與日會。方會，則月光都盡而爲晦。已會，則月光復蘇而爲朔。一歲之會，凡有十二次。十有一月，會于星紀之次。十有二月，會于玄枵。正月，會娵訾。二月，會降婁。三月大梁。四月實沈。五月鶉首。六月鶉火。七月鶉尾。八月壽星。九月大火。十月析木。亦名十二辰也。日月相去，近一遠三，謂之上弦、下弦。日月相去百八十二度六十二分有奇，分天之中，謂之望。日有中道，月有九行。中道者，黄道，亦曰光道。光道北至東井，去北極近，爲夏至。南至牽牛，去北極遠，爲冬至。東至角，西至婁，去極中，爲春秋分。九行者，黑道二，出黄道北。赤道二，出黄道南。白道二，出黄道西。青道二，出黄道東。立春、春分，月東從青道。立秋、秋分，西從白道。立冬、冬至，北從黑道。立夏、夏至，南從赤道。八行與中道而九，是謂九道。月不行中道，但此八道皆斜出入于中道内外。凡日行，不可指而知也。以二至、二分之星爲候，至月行則以晦朔決之。春分，月上弦在東井，望于角，下弦在牽牛。秋分，月上弦在牽牛，望于婁，下弦在東井。此於日如繩衡往來流通而相應也。日行黄道，陽路也。月者陰精，不繇陽路，故或出其外，或入其内。出入去黄道不得過六度，入十三日有奇而出，出亦十三日有奇而入，凡二十七日有奇，而一入一出矣。又沈存中謂黄、赤諸道，第欲以别算位，如算法用赤籌、黑籌，以别算位而已，非真有黄、赤等色也。日月異道，有時而交，交則相犯。交道有二，朔交爲交初，望交爲交中。曆家爲日月交會之術，大率以百七十三日有奇爲限，朔而日月之會，東西同道，南北同度，則月掩日而日爲之食。望而日月之對，同度同道，則日衝月而月爲之食，是之爲交食。如月或在日道表，或在日道裏，則不食矣。日之所以食者，朱子謂日嘗在上，會時月在下面，遮了日，故日食。劉保齋亦云：「日輪大，月輪較小，日道近天在外，月道近人在内。日食既時，四面猶有光溢出，可見月輪小，不能盡掩日輪也。日月合朔時，月常在内，未有日在内者，故月食日也。」何孟春深然之，謂日外月内者，日，火也。月，水也。此日月之行，所以有上下之異。而劉孝榮則謂朔旦之日，日月同宫，如月在日上，掩太陽而過，則日光爲所遮。即朱子他日亦云：「日月會合處，月合在日之下，或反在上，故蝕。」二者説皆可通，而謂月在日下，則理較可信也。月之所以食者，朱子謂火日外影，其中實闇，至明中有闇虚，其虚至微，望時月與之對，無分毫相差，爲闇虚所射，故食。保齋亦云：「曆家所謂闇虚，言月爲日所暗，而非日之實體暗之，乃日之虚衝耳。如點燈者，當正爐炭炎熾之尖所衡射，則燈反不然。」卓爾康亦云：「日月異道，有時而交，道不正交則日斜照月，故月光更盛。道若正交，則日衡當月，故月光即滅。譬如火斜照水，日斜照鏡，則水鏡之光旁照他物。若使鏡正當日，水正當火，則水鏡之光不能有照。日之奪月，亦猶是也。」而孝榮則謂月受日爲明，望夜正與日對，故一輪光滿。或月行有遲疾先後，日光所不照處，則爲食。張鼎思亦云：「月非以抗日而食也，乃與日對時，不全合耳。一分不對則食一分，數分不對則食數分，頃之復其當行之道而相對，則復滿矣。」二説皆可通，而謂闇虚所射，則理較可信也。大抵月本無光，沈括謂如銀丸，日耀之乃光。《皇極外書》亦言月本黑，受日之光而白，故魄掩日，則日爲之食。當日闇虚，日光不及照，則爲日所食。以掩闇有表裏淺深，故食有南北多少。又星家祖西天法，以爲交初者，羅睺所爲，亦名天首。交中者，計都所爲，亦名天尾。自交初至交中，月在黄道外，名陽曆，乃背羅向計之處。自交中至交初，月在黄道内，名陰曆，乃背計向羅之處。月道猶水道，日道猶陸道，而羅、計猶橋道，然隱暗不可見，於是爲入交法以求之。其説殊無據。若李日華述利瑪竇之説，謂日大於地，地大於月，地之最高處有闕。日月行度適當闕處，則光爲映蔽而食。其膚甚矣。萬尚烈云：『十月之交』四字，最有意義。按曆家日月之交也有限，其交會之法，日行黄道，月不行黄道，只行其餘八道。每行一道，必隨黄道而斜出其旁，半在黄道之裏，半在黄道之表，或高而出黄道之上，或低而出黄道之下，然其高低上下，與黄道相去約計六度。方其在表，謂之入陽曆。方其在裏，謂之入陰曆。曆者，日之所歷也。入曆之時，正其入表裏之際，或相迫相偪，或兩道相合，遂交而觸。以其交媾而觸，故謂之交觸。故驗日食者，必以日纏月道之交驗之。月一歲十二次經天，惟有兩次與日會，約計一百七十三日有奇而有一交，日方有食，此常度也。故《左傳》曰：『二至二分，日有食之，不可爲災。』此而曰十月之交，非分非至，失其常度，正謂之災。愚以爲四字最有意義者此也。」朔月，謂十月之朔日，即交之日也。史繩祖云：「朔日也而乃謂朔月，蓋月朔之反辭也。亦猶《書》之月正元日乃正月元日之比也。」又《論語》「吉月」，注謂月朔也。《詩》「二月初吉」，注：「月朔謂之吉。」吉月亦猶朔月也。按古曆有平朔、定朔二家，三大三小，爲定朔望。一大一小，爲平朔望。平朔亦名經朔。古者止用經朔，故朔或在晦，或在二日。《春秋》日食三十五，書朔者二十七，其不書朔者八。《公羊傳》以爲二日，《穀梁傳》以爲晦日，惟《左傳》云：「不書朔者，官失之也。」漢魏以後，日食亦多在晦。宋何承天始立新法，謂月有遲疾，前歷合朔，月食不在朔望，今當以盈縮定小餘，正朔望之日。隋劉孝孫亦推算《春秋》日食不書朔者，俱在朔日，乃議行定朔，而爲有司所抑，不得行。至唐傅仁均，申孝孫舊議，引此詩及《胤征》爲證，云：「《書》既言『季秋月朔，辰弗集于房』，又云『先時者殺無赦，不及時者殺無赦』，既有先後之差，是知定朔矣。」梁虞𠜾亦云：「所謂朔在會合，苟躔次既同，何患頻大？日月相離，何患頻小？」僧一行力主梁、傅之説，爲《合朔議》云：「日月合度謂之朔，無所取之，取之蝕也。昔人考天事，多不知定朔。假蝕在二日，而常朔之晨，月見東方。食在晦日，則常朔之夕，月見西方。或以爲朓朒變行，或以爲曆術疎闊。遇常朔，朝見則增朔餘，夕見則減朔餘，此紀曆所以屢遷也。」又云：「天事誠密，雖四大三小庸何傷？」一行蓋取《左傳》「官失之」之言，而深明定朔之不可易，惟定朔立，而晦不東見，朔不西朓，日食常在朔，月食常在望矣。辛卯，朔日之干支也。辛爲日，卯爲辰。《左》昭七年，季武子卒。晉侯謂伯瑕曰：「吾所問日食，從矣。可常乎？」對曰：「不可。六物不同，民心不壹，事序不類，官職不則，同始異終，胡可常也？」公曰：「何謂六物？」對曰：「歲、時、日、月、星、辰，是謂也。」公曰：「多語寡人辰而莫同，何謂辰？」對曰：「日月之會是謂辰，故以配日。」又翼奉云：「師法用辰不用日，辰爲客。」孟康注云：「假令甲子日，子爲辰，甲爲日，用子不用甲也。」《天官書》又云：「日食，食所不利。復生，生所利。不然，食盡爲主位。以其直及日所躔，加日時，用名其國。」此詩舉辛卯，亦有意義，乃六物中所謂論日者也。但占法深微，非有師授，莫能通之。箋疏謂日爲君，辰爲臣。辛，金也。卯，木也。辛日以辰侵木，金應勝，木反侵金，是五行相逆，猶君臣顛倒。此一説也。或謂十干寄宫，辛寄在戌，戌土，卯木賊之。又一説也。或又謂十月建亥，六陰用事，一陽未復，而月與日交會，又正在晦朔之間，是其月爲純陰。且庚辛屬金，而重光之辛爲陰金。寅卯屬木，而單閼之卯爲陰木，是其日又爲纯陰。此日而食，則群陰擅令，微陽不能獨存。又一説也。又司馬遷云：「甲子，四海之内不占。丙丁，江淮海岱也。戊己，中州河濟也。庚辛，華山以西。壬癸，恒山以北。日蝕，國君。月蝕，將相當之。」今食在辛日，屬華山以西，正在周地。而翼奉推論六情十二律，又以卯爲陰賊，王者所忌，《禮經》避之，《春秋》諱焉。故《春秋潛潭巴》云：「辛卯蝕，臣伐其主。」《戎事類占》亦云：「日食辛卯日，有謀逆。」具觀數説，則此日之食，其爲凶禍昭然矣。又劉昭云：「按《春秋緯》，六旬之蝕，各以甲子爲説，此偏舉一隅，未爲通證，故於事驗不盡相符。」日有食之者，月食之也。何休云：「不言月食之者，其形不可得而觀，故疑言日有食之。」焦竑云：「不徒曰日食，而曰『日有食之』，則若真有物食之者，記異也，警人君也。」《穀梁傳》云：「吐者外壤，食者内壤，闕然不見其壤，有食之者也。有，内辭也。有食之者，内於日也。其不言食之者何也？知其不可知，知也。」李尋云：「日者，衆陽之長，煇光所燭，萬里同晷，人君之表。」《京房易傳》云：「亡師，茲謂不御。厥異日食，其食也既，並食不一處。誅衆失理，茲謂生叛。厥食既，光散縱畔，茲謂不明。厥食先大雨三日，雨除而寒，寒即食。專禄不封，茲謂不安。厥食既，先日出而黑，光反外燭。君臣不通，茲謂亡。厥食三既。同姓上侵，茲謂誣君。厥食四方有雲，中央無雲，其日大寒。公欲弱主位，茲謂不知。厥食中白青，四方赤，已食地震。諸侯相侵，茲謂不承。厥食三毁三復。君疾善，下謀上，茲謂亂。厥食既，先雨雹，殺走獸。弑君獲位，茲謂背。厥食既，先風雨折木，日赤。内臣外向，茲謂背。厥食食且雨，地中鳴。冢宰專征，茲謂因。厥食先大風，食時日居雲中，四方亡雲。伯正越職，茲謂分威。厥食日中分。諸侯争美於上，茲謂泰。厥食日傷月，食半，天營而鳴。賦不得，茲謂竭。厥食星隨而下。受命之臣，專征云試。厥食雖侵光猶明，若文王臣獨誅紂矣。小人順受命者征其君云殺。厥食五色，至大寒隕霜，若紂臣順武王而誅紂矣。諸侯更制，茲謂叛。厥食三復三食，食已而風，地動。適讓庶，茲謂生欲。厥食日失位，光晻晻，月形見。酒亡節，茲謂荒。厥食乍青乍黑乍赤，明日大雨，發霧而寒。」凡食二十占，其形二十有四，改之輒除。不改三年，三年不改六年，六年不改九年。孔，甚。醜，惡也。以陽月而有日食之異，甚可醜惡也。《大戴禮》孔子曰：「古之治天下者，必聖人。聖人有國，則日月不食，星辰不孛。」楊簡云：「堯、舜、禹之時，歷年多，無日食。至太康失邦，始日食。曆家謂日月薄食，可以術推者，衰世之術也。」杜預云：「日月動物，雖行步有大量，不能不少有盈縮，故有雖交會而不食者，或有頻交而食者。」劉公瑾云：「若以常度論之，一歲兩交，當兩食，而《春秋》二百四十二年，日食三十六。唐二百九十年，食百餘者，此所謂雖交而不食，或頻交而食者也。在乎人君行事之所感召耳。」朱子云：「王者修德行政，用賢去奸，能使陽盛足以勝陰，陰衰不能侵陽，則日月之行，雖或當食，而月常避日，故其遲速高下，必有參差而不正相合、不正相對者，所以當食而不食也。若國無政，不用善，使臣子背君父，妾婦乘其夫，小人陵君子，夷狄侵中國，則陰盛陽微，當食必食。雖曰行有常度，而實爲非常之變矣。」程子云：「日食有定數，聖人必書者，蓋欲人君因此恐懼修省。如治世而有此變，則不能爲災，亂世則爲災矣。人氣血盛，雖遇寒暑邪穢，不能爲害，其血氣衰，則爲害必矣。」胡安國云：「日者，衆陽之宗，人君之表，而有食之，災咎象也。或妾乘其夫，或臣子背君父，或政權在臣下，或夷狄侵中國，皆陽微陰盛之證也。是故《十月之交》，詩人以刺，日有食之，《春秋》必書。」僧一行云：「使日食而不可以常數求，則無以課曆數之疏密。使日食而皆可以常數求，是何以占政教之休咎？」來斯行云：「唐、虞之時，曆象已極詳密，獨日月之食缺而不講，良有深意。後世疇人預定，視爲固然，戒省之意蔑如矣。」何孟春云：「古人罔不以日蝕爲懼，《春秋》於日食，必謹而書之。聖賢豈不知數不可移？欲以存上天之戒耳。漢時詔有云：『謫見于天，災莫大焉。』猶是此意。宋徽宗時，乃下詔言：『此定數，不足爲災異。古人以爲異者，皆不曉曆之故。』是何言歟！」孔云：「日月之食，於算可推而知，則是雖數自當然，而云爲異者，人君位貴居尊，恐其志移心易，聖人假之靈神，作爲鑒戒耳。夫以昭昭大明，照臨下土，忽爾殲亡，俾晝作夜，其爲怪異，莫斯之甚，故有伐鼓用幣之儀，貶膳去樂之數，皆所以重天變，警人君者也。而天道深遠，有時而驗，或亦人之禍釁，偶與相逢，故聖人得因其變常，假爲勸戒，使智達之士識先聖之深情，中下之主信妖祥以自懼。但神道可以助教，而不可以爲教。神之則惑衆，去之則害宜，故其言若有若無，其事若信若不信，期於大通而已矣。」彼，彼昔日也。李尋云：「月者，衆陰之長，消息見伏，百里爲品，千里立表，萬里連紀，妃后大臣諸侯之象。」❶微，鄭云：「謂不明也。」孔云：「下章『彼月而食』、『此日而食』，與此『微』同，則不明爲日月被食而不明也。」彼月而微，意前此必有月食之事。此，此今日也。前既月食，今又日食，所謂「日居月諸，胡迭而微」也。歐陽脩云：「日，君道也。月，臣道也。望而至于黄道，是謂臣干君明，則陽斯蝕之。朔而至于黄道，是謂臣壅君明，則陽爲之蝕。」按《周禮·春官·大司樂》云：「日月食，令去樂。」《秋官·庭氏》有救日月之弓矢。《昏義》云：「陰事不修，讁見於天，月爲之食。」《管子》云：「日食修德，月食修刑。」然則日月之食皆謂之災，非謂月宜食、日不宜食也。嚴粲云：「傷敗將至，災異先出，故此下民將罹其禍而可哀也。」

日月告《漢書》作「鞫」。**凶，不用其行。**叶陽韻，户郎翻。**四國無政，不用其良。**陽韻。**彼月而食，則維其常。**陽韻。**此**《左傳》作「彼」。**日而食，于何不臧。**陽韻。○賦也。日月告凶，兼日食、月食而言，以是時二變皆有也。告凶，鄭云：「告天下以凶亡之徵。」凌濛初云：「『告』字妙，天不言，以日月示之也。」行，鄭云：「道度也。」不用之者，謂相干犯也。」顏師古云：「言日月不用其常行之道，以告凶災者，繇四方之國無政理，不能用善人也。」按《鄭語》史伯策周之必敝，謂其棄高明昭融而好讒慝暗昧，惡角犀豐盈而近頑童窮固，去和而取同。好窮固者，棄聘后，立內妾也。近頑童者，侏儒戚施，實御在側也。用讒慝

❶「大」，原作「太」，據《四庫全書》本改。

者，周法不昭，而婦言是行也。行暗昧者，不建立卿士，而妖試幸措也。其立爲卿士者，讒諂巧從之虢石父，所謂與剸同也。凡此，皆不用其良之實。左雄云：「幽、厲昏亂，不自爲政，褒、閻用權，七子黨進，賢愚錯緒，深谷爲陵。故其《詩》云：『四國無政，不用其良。』」《韓詩外傳》云：「人主欲附下一民，則莫若反之政。欲修政美俗，則莫若求其人。彼其人者，生今之世，而志乎古之世，知國之安危臧否，若别白黑，則是其人也。人主欲强國安樂，則莫若與其人用之。巨用之，則天下爲一，諸侯爲臣。小用之，則威行鄰國，莫之能御。若殷之用伊尹，周之遇太公，可謂巨用之矣。齊之用管仲，楚之用孫叔敖，可謂小用之矣。巨用之者如彼，小用之者故如此也。曰：『粹而王，駁而霸，無一而亡。』《詩》曰：『四國無政，不用其良。』不用其良臣而不亡者，未之有也。」彼月而食，此日而食，與上章「微」字同是一事，而意稍别。前以陰陽之本體較，此以陰陽之勝負較也。「維其常」者，言視之爲常事也。「于何」二字有味，乃唤醒之辭，班固所謂「推日食之占，循變復之要」也。臧，善也。真德秀云：「吾何繇而有此不善之證也？月之食也，繇于以陰干陽，故爲陽所蝕。昔遭此變，亦可以懔然矣，乃以尋常視之，畧不介意。今天心仁愛無已，復以日食告，是明言陽非特不能蝕陰，且爲陰所蝕也。其非吉祥善事，昭然甚明，可不亟思其何以致此，而改圖以銷此變乎？」又《漢書》引《詩》傳云：「月食非常也，比之日食猶常也，日食則不臧矣。謂之小變可也，謂之正行非也。」此解費詞，似非詩旨。《左》昭七年，晋侯問于士文伯曰：「《詩》所謂『彼日而食，于何不臧』者，何也？」對曰：「不善政之謂也。國無政，不用善，則自取謫于日月之災，故政不可不慎也。務三而已，一曰擇人，二曰因民，三曰從時。」

爗爗豐本作「燁燁」。**震電，不寧**豐本作「寍」。**不令。**叶蒸韻，讀如陵，閭承翻。**百川沸騰，**蒸韻。**山冢崒**《漢書》、《博物志》俱作「卒」。**崩。**蒸韻。**高岸爲谷，深谷爲陵。**蒸韻。**哀今之人，胡憯莫**豐本作「不」。**懲？**蒸韻。○賦也。爗字从火，火盛也，即電光也。震，《説文》云：「劈歷，振物者。」《易》「震爲雷」是也。電，《説文》云：「陰陽激燿也。」《淮南子》云：「雷以電爲鞭。」陸佃云：「與雷同氣發而爲光。雷从回，電从申。陰陽以回薄而成雷，以申洩而爲電，故曰雷出天氣，電出地氣，故電从坤省。《説卦》曰『離爲電』，電，火屬也。蓋陰陽暴格，分争激射，有火生焉，其光爲電，其聲爲雷。《易》曰『雷電噬嗑』，又曰『雷電皆至，豐』。雷電噬嗑，言雷電合而章也，蓋今震雷與電俱赴者，所謂雷電皆至者也。故君子以折獄致刑，以象天之至威，非特明罰勑法而已。《詩》曰：『爗爗震電，不寧不令。』言震雷變亂于上，不安故常，且非所以號令萬物也。董子曰：『太平之時，雷不驚人，號令啓發而已矣。電不眩目，宣示光耀而已矣。』」沸，水涌出貌。騰，相乘陵也。漢李尋《災異對》云：「臣聞五行以水爲本，其星玄武婺女，天地所紀，終始所王。水爲準平，王道公正修明，則百川理落脉通。偏黨失綱，則踊溢爲敗。《詩》所謂『百川沸騰』者也。其咎在於皇甫卿士之屬，惟陛下留意詩人之言，少抑外親大臣。」冢，《爾雅》云：「山頂也。」《釋名》云：「腫也。象山頂之高腫起。」字从勺。徐鍇云：「地高起，若有所包也。」崒，《説文》云：「危高也。」《爾雅》云：「崒者，厜㕒。」自上墜下曰崩。《穀梁傳》云：「高曰崩，厚曰崩，尊曰崩。」岸，《説文》云：「水崖而高者。」《爾雅》云：「望厓洒而高岸。」註以爲視厓峻而水深者曰岸也。《説文》云：「泉出通川爲谷，从水半見出于口。」張揖云：「水注川曰溪，注溪曰谷。」陵，《説文》云：「大阜也。」《釋名》云：「隆也，體隆高也。」孔云：「當時天下有百川之水，皆溢出而相乘，水流趨下，小人之象。今溢出，繇貴小人在上也。又時山之冢頂高峰之上，崒然崔嵬者皆崩落。山高在上，君之象，今崩落，是君道壞也。於時又高大之崖陷爲深谷，岸應處上，今陷而在下，繇君子居下故也。又深下之谷，進出爲陵，谷應處下，今進而在上，繇小人處上故也。此所陳皆當時實事。《推度災》云：『百川沸騰衆陰進，山冢崒崩人無仰，高岸爲谷賢者退，深谷爲陵小臨大。』」張華云：「小人握命，君子陵遲，白黑不別，大亂之徵也。」《周語》幽王三年，西周三川皆震。伯陽父曰：「周將亡矣！夫天地之氣，不失其序。若過其序，民之亂也，陽伏而不能出，陰迫而不能烝，於是有地震。今山川實震，是陽失其所而鎮陰也。陽失而在陰，川源必塞。夫水土演而民用也，水土無演，民乏財用，不亡何待？昔伊雒竭而夏亡，河竭而商亡，今周德若二代之季矣，其川源又塞，塞必竭。夫國必依山川，山崩川竭，亡之徵也。川竭，山必崩，若國亡，不過十年，數之紀也。夫天之所棄，不過其紀。」是歲也，三川竭，岐山崩。十一年，幽王乃滅，周乃東遷。又《左》昭三十二年，公薨于乾侯。晉史墨曰：「魯君世從其失，季氏世修其勤，民忘君矣。雖死于外，其誰矜之？社稷無常奉，君臣無常位，自古以然。故《詩》曰：『高岸爲谷，深谷爲陵。』三后之姓於今爲庶。」此以高下變遷爲尊卑易位之象，亦通。董仲舒云：「國家將有失道之敗，而天乃先出災異以譴告之，不知自省。又出怪異以警懼之，尚不知變，而傷敗乃至。此見天心仁愛人君，而欲止其亂也。」胡憯莫懲，與「節彼南山」解同。嚴云：「變異荐臻，哀哉今幽王君臣，何爲處可痛而莫懲創也！」謝枋得云：「詩人不指幽王，而曰『哀今之人』，微而婉也。」徐光啓云：「野雉著怪，高宗深動。大風暴過，成王恒然。二君亦知所懲也，而卒成中興業。幽王之亡，不亦宜乎？」愚按此承上二章。因十月之日食，而推及于前此之月食，又及雷電崩竭諸異，皆追述之語，非同時事也。考《竹書》，涇渭雒竭，岐山崩，在幽王二年。與《史記》同。即《周語》所云「三川皆震，川竭，山必崩」者也。特《周語》以爲三年耳。《竹書》又記冬大雷震電，在三年，即此詩之震電。夏六月隕霜，在四年，即《正月》篇之繁霜。而日食之變，乃在六年冬十月。惟月食無所考，則以《春秋》凡日食必書，而月食無紀，意古史之法皆然。詩人追數之，意若曰：昔年天已示變如此，胡不少悛改，而復致于天象于今也？山崩川竭，已是亡國之徵，況冬電夏霜月食諸變，頻仍不已，又繼之以日食乎？朱子以諸異皆在十月，似太泥。徐士彰云：「天地猶人身也，天地之氣舛錯，猶人身之氣壅閼也。人身之氣壅閼，於是發而爲疹疾，結而爲贅疣，欝而爲臃腫。天地之氣舛錯，於是有日月薄蝕之變，亦猶人身之疹疾也。有陵谷變遷之異，亦猶人身之贅疣也。有山崩川溢之患，亦猶人身之臃腫也。人身之氣，非無自而壅閼，則天地之氣之舛錯，亦必有使之者矣。」

皇父卿士，紙韻。**番**《漢書》作「皮」。《漢書》注作「蕃」，《韓詩》作「繁」。**維司徒**，虞韻。**家伯維**朱傳、《大全》、《讀書記》、《衍義》、豐本俱作「冢」。**宰**，叶紙韻，獎里翻。**仲**《漢書》作「中」。**允**《漢書》作「術」。**膳**《漢書注》作「繕」。**夫**，虞韻。**聚**《漢書》作「掫」。**子内史**，紙韻。**蹶**《釋文》作「蹷」，豐本作「蹷」。**維趣馬**，叶麌韻，滿補翻。**楀**《漢書》作「萬」。**維師氏**，紙韻。此章八句，前四單句，士、宰、史、氏俱一韻。後四雙句，徒、夫爲一韻，馬、處爲一韻。亦奇體。**豔**《緯書》作「剡」，《漢書》作「閻」。**妻煽**《説文》作「傓」，《漢書》注作「扇」。**方處**。叶麌韻，讀如取，此主翻。陸德明本作「熾」。○賦也。皇父，與《常武》篇之「皇父」非一人，彼乃文王時南仲之後。《辨證》云：「湯八世孫盤庚妃姜氏，夢赤龍入懷，孕十二月生子，手抱『南』字，長荆州，號『南赤龍』。生條，孫仲，爲紂將，平獫狁。」此南仲，則尹氏也。《竹書》載宣王二年，錫太師皇父命。又載幽王元年，錫太師尹氏皇父命。系尹氏于皇父之上，所以别于宣王時之皇父耳。卿士，孔云：「謂卿之有事。」按《左傳》鄭武公、莊公爲平王卿士。杜注謂王卿之執政者，與周公以蔡仲爲己卿士不同。鄭云：「下文六人之中，雖官有尊卑，權寵相連，朋黨於朝。皇父則爲之端首，兼擅群職，故但目以卿士云。」番，疑即樊，仲山甫之後。據《漢書》作皮，顔師古《漢書》注作蕃，《韓詩》作繁。按古文番、蕃、皮、繁、樊五字皆通用。《卜式傳》「隨牧畜番」，番即蕃也。《路史》載有虞氏後，有番國者，其地在漢屬魯國，亦名蕃城。而引白褒《魯國記》云：「陳子游爲魯相，太尉陳蕃子也，國人爲諱蕃，改曰皮。」是番與蕃通、蕃與皮通之證也。《儀禮》「君射則皮樹中」，今文皮作繁，音婆，是皮與繁通之證也。《左傳》「繁纓以朝」，《禮記》作大禮樊纓，是繁與樊通之證也。此詩若皇父之先爲尹吉甫，蹶之先爲蹶父，而率犬戎以攻周者，其先爲申伯，皆宣王時臣，則番之爲仲山甫後，可類推矣。司徒，周地官卿。《尚書》云：「司徒掌邦教，敷五典，擾兆民。」崔琦《外戚箴》云：「匪賢是上，番爲司徒。荷爵負乘，采食名都。詩人是刺，德用不憮。」家亦采邑，解見《節南山》篇，但未詳其處。伯，字也。家伯，即家父之先也。宰，王肅以爲小宰。鄭司農《周禮》注引此，以爲宰夫。孔穎達謂經傳于宰夫未有單稱宰者，至如小司徒、小宗伯，不得單稱司徒、宗伯，則小宰亦不得單稱宰也。鄭箋以爲冢宰。今按《漢書·古今人表》稱太宰家伯，則箋説是矣，當從之。《尚書》云：「冢宰掌邦治，統百官，均四海。」周天官卿也。《周禮》疏云：「宰者，調和膳羞之名。冢宰亦能調和衆官，故名。」仲允，鄭云：「字也。」《人表》作中術，未詳何許人。膳夫，天官之屬，上士也。《周禮·膳夫》職云：「掌王之食飲膳羞，以養王及后世子。」棸、蹶、楀，鄭云：「皆氏也。」棸、楀未詳其所出。《韻會》云：「棸，姓也。襄州有之。」孔云：「棸子，以子配之，若曾子、閔子然，故知皆氏。」季本云：「稱氏者，繇世族而進用也。稱子者，年尚少也。」内史，春官之屬，中大夫也。《周禮·内史職》云：「掌王之八枋之法，以詔王治。一曰爵，二曰禄，三曰廢，四曰置，五曰殺，六曰生，七曰予，八曰奪。執國灋及國令之貳，以致政事，以逆會計。掌敘事之灋，受納訪，以詔王聽治。」蹶本姞姓，蓋以蹶父之字爲氏。趣馬，趣養馬者，名趣，取督促爲義。夏官之屬，下士也。《周禮·趣馬》職云：「掌贊正良馬，而齊其飲食，簡其六節。掌駕説之頒，辨四時之居治，以聽馭夫。」顔師古云：「楀者木名，因樹以得姓也。謂女寵之族，有姓楀者，爲師氏之官。」《人表》作萬，《漢書·遊俠傳》有萬章，字子夏者，其後也。師氏，地官之屬，中大夫也。《周禮·師氏》職云：「掌以媺詔王。以三德教國子，一曰至德，以爲道本。二曰敏德，以爲行本。三曰孝德，以知逆惡。教三行，一曰孝行，以親父母。二曰友行，以尊賢良。三曰順行，以事師長。居虎門之左，司王朝。掌國中失之事，以教國子弟，凡國之貴遊子弟學焉。」按司徒當在宰下，膳夫、趣馬皆士職，當在内史、師氏之下，而各序于其上者，孔謂便文取韻，理或然也。蔡汝楠云：「古人慎獨之學，自宮及府，無非正人。幽王自中朝大臣以至燕朝小臣，皆不得其正。」豔妻，毛云：「褒姒也。」豔，《説文》云：「好而長也。从豐。」徐鍇云：「容色豐滿也。」鄭云：「敵夫曰妻。」錢天錫云：「詩人稱太姒，則曰淑女。稱褒姒，則曰豔妻。」王安石云：「言其配王以色而已，非以德也。是時褒姒已正位中宮矣。禮，天子之妻曰后。此不言后而言妻者，不予其爲后也。」煽，本作傓，《説文》云：「熾盛也。」徐云：「人權力相成，若火之相扇也。」方，四方也。處，居也。

褒姒與皇父之徒相比，肆行鼓煽，令各散處四方，以張其羽翼，便其私圖，絶無爲國家分猷宣力之念。若後章「作都于向」之事是也。

抑此皇父，豈曰不時？支韻。**胡爲我作，不即我謀？**叶支韻，謨悲翻。**徹我墻屋，田卒汙萊。**叶支韻，陵之翻。**曰予不戕，**王肅本作「臧」。**禮則然矣。**叶支韻，於姬翻。豐本移置此章于「皇父孔聖」章之後，未可信。〇賦也。上章言「豔妻煽方處」，則自皇父而下，皆已布滿四方，各有分邑，而皇父尤爲衆惡之首，故特斥而言之。抑，朱子云：「發語辭。」鄭云：「抑之言噫。」噫是皇父，疾而呼之。」時，朱子云：「農隙之時。」我，皇父自我也。作，即下章「作都」之作。畫計爲謀。言抑此皇父，承方處之命，豈肯謂此時非興作之時？但聞其聚族而相語曰：是役也，既將爲我作邑，何故不先就我謀乎？行當即徹我王都所居之墻屋，以移居于外邑，無庸再計。蓋喜幸之極，見其與褒姒有同心也。徹，《説文》云：「通也。」除去之意。墻屋除去，則其地通達無礙，故謂之徹。田卒汙萊，以紛紛不時移徙之故，使民疲于興作，不得趨農事，故田盡化爲汙萊。卒，盡也。毛云：「下則汙，高則萊。」孔云：「汙者，池停水之名。萊者，草穢之名。」下田可以種稻，無稻則爲池。高田可以種禾，無禾則生草。」曰皇父，對衆之言也。予，皇父自予也。戕，鄭云：「殘也。」田卒汙萊，所謂戕也。言我非欲殘敗汝田業，但臣奉君命，禮實當然。吾豈敢以不時之故而憚遷乎？其託辭文過，有如此者。

皇父孔聖，作都于向。漾韻。**擇三有事，亶侯多藏。**叶漾韻，材浪翻。**不憖遺一老，俾守我王。**叶漾韻，于況翻。**擇有車馬，以居徂向。**見上。〇賦也。孔，甚。聖，通也。上章言「曰予不戕，禮則然矣」，皇父偃然自以爲達于禮，而不恤民之病，詩人所爲譏孔聖也。錢云：「夫惟有自聖之心，故謂天變爲不足畏，人言爲不足恤。」王應麟云：「皇父孔甚，自謂聖也。具曰予聖，君臣俱自謂聖也。自聖者，亂亡之原。光武詔上書者不得言聖，大哉言乎！」向，地名。孔云：「在東都畿内。」按《左》隱十一年，桓王取鄔、劉、蔿、邘之田于鄭，而與鄭人蘇忿生之田，共十二邑，向在其中。杜注云河内軹縣西有地名向上。在今河南懷慶府濟源縣西南。忿生，周初時人，《書》所謂司寇蘇公者，向原其所食邑，意其後復歸于王，故幽王以之與皇父，而桓王復以之與鄭耳。《路史》以爲沛國之向，《九域志》以爲同州之向，皆非是。又承縣亦有向城，乃姜姓。《左傳》所爲莒子娶于向，向姜不安莒而歸者，别是一向，與此無涉。《竹書》紀幽王五年，皇父作都于向。鄒忠胤云：「向在京都畿内，而此時周尚都西鎬。皇父既總集朝權，何肯舍此而徂彼？夫亦見西戎方疆，王室方騷，自知負天下之怨，而營狡窟以自固耶？且如鄭桓公，亦賢司徒也，懼周難之及，謀何所可以逃死，乃東寄孥與賄于虢、鄶。蓋當時諸侯皆有郿鄔之營焉，而皇父實爲之俑，其背公植私如此，卒至王室播遷，三事大夫，莫肯夙夜，斯固勢之必至者。」三有事，即三事，解見《雨無正》篇。擇之者，擇以爲王之三事也。亶，實也。侯，語辭，《爾雅》云：「維也，乃也。」藏，蓄也。皇父既出居私邑，而所選擇爲王朝三事之官，留以輔佐天子者，實維貪墨聚斂之人，《周書·文侯之命》篇所謂「殄資擇于下民，侵戎我國家純」也。史稱虢石父爲人佞巧，善諛好利，王立以爲卿士，國人咸怨。又《吕覽》云：「幽王染于虢公鼓、祭公敦。」其即此時爲三事之人乎？憖，《爾雅》云：「强也，且也。」鄭云：「憖者，心不欲自彊之辭。」字从心。孔引《說文》云：「肯從心也。」言初時心所不欲，後始勉强而肯從也。遺，餘也。老，謂老成人。云「一」者，數之少也。王，以王業言。皇父播棄黎老，不肯勉强留一人于朝，以守我周王天下之大業也。蓋所用者多藏，則所棄者故老，趣向使然，無足怪者。謝枋得云：「平王東遷，作《文侯之命》，推原召亂之繇，亦曰：『罔或耆壽俊在厥服。』西周之亡，實兆于此。使皇父秉政之時，能留一老以守我王，如周、召之師保，如仲山甫之保王躬，則幽王有馮有翼，未至於身辱國亡也。皇父之罪，莫大于此。」擇有車馬，亦指皇父言。擇，謂擇取其精。有，謂具有其數。自擇而自有之，蓋備輜重以行也，非遴取富民偕遷之説。以居徂向者，以往向邑而居，此倒文法，亦取叶韻耳。

黽陸本作「僶」，《漢書》作「密」，豐本作「宓」。**勉**《漢書》、豐本俱作「勿」。**從**豐本作「从」。**事，不敢告勞。**豪韻。**無罪**豐本作「辠」。**無辜，讒口囂囂。**叶豪韻，牛刀翻。《韓詩》作「嗸嗸」，《漢書》、豐本俱作「嗸嗸」。**下民之孽，匪降自天。**先韻。亦叶真韻，汀因翻。**噂**《説文》亦作「噂」，❶《左傳》、豐本俱作「僔」。**沓**陸本、豐本俱作「噂」。**背憎，職競由人。**真韻。亦叶先韻，如延翻。○賦也。黽勉，解見《谷風》篇。從事，從王事也。囂囂，解見《車攻》篇。時皇父輩已散之四方矣。詩人獨留居王朝，勉力以供王之事，未嘗敢以勞苦自言。然且非有罪辜，而橫罹讒毁，繇褒姒用事于内，已又非其黨，故不免爲讒口所害，自傷其所遭之不幸也。「下民之孽」以下，推本禍始而言。孽，本作孼。《通論》云：「妾隸之子曰孽。」孽之言蘖也，有罪之女没廢，役之而已。得幸於君，有所生，若木既廢而生枿，故於文子辥爲孼。辥者罪也。童妾感

❶ 「噂」，原作「僔」，據《説文解字》卷二上及下文改。

褻而生褒姒，褒人姁得之，因以贖己罪，而納之于後宮，所謂孽也。對天言故曰下民。降，下也。噂，《說文》云：「聚語也。」沓，《說文》云：「語多沓沓也。」字从水从曰，以語多若水之流，故从水也。曰者，言也。背憎，背後相憎惡也。職，主。競，逐也。方王嬖褒姒之初，使在朝賢士大夫同心匡救，必不至釀成廢立之事。無如皇父輩陰相比附，其所與聚談以浸潤于上前者，無非醜直毀正之語，故使忠言不行，王終感溺不悟。如唐高宗欲立武昭儀爲后，長孫無忌、褚遂良、韓瑗皆執以爲不可，而李勣則曰：「此陛下家事，何必更問外人？」許敬宗則曰：「田舍翁多收十斛麥，尚欲易婦，况天子立一后，何豫諸人事，而妄生異議乎？」上意遂決，即其類也。然則此孽之在王宮，豈誠天所降下哉？皆繇此噂沓背憎之人，立定主意，競逐爲此，此所以致有今日之煽耳。又《左》僖十五年，初晉獻公筮嫁伯姬于秦，史蘇占之曰：「不吉。」及惠公在秦，曰：「先君若從史蘇之占，吾不及此夫！」韓簡侍，曰：「龜，象也。筮，數也。物生而後有象，象而後有滋，滋而後有數。先君之敗德，及可數乎？史蘇是占，勿從何益？」亦引此詩，蓋取其意相近。

悠悠《爾雅音義》作「攸攸」。**我里，**紙韻。《韓詩》作「悝」，《爾雅》注、顧野王本、豐本俱作「⿸疒里」。**亦孔之痗。**叶紙韻，讀如毀，虎委翻。陸本作「悔」，又云一作「侮」。**四方有羨，我獨居憂。**尤韻。**民莫不逸，**《韓詩外傳》作「穀」。**我獨不敢休。**尤韻。**天命不徹，**叶質韻，直質翻。**我不敢傚我友自逸。**質韻。八言爲句，又見此。○賦也。悠悠，《爾雅》云：「思也。」《周禮》：「五鄰爲里。」《說文》無痗字，當作悔，云：「恨也。」嚴云：「仕不得志，則思其鄉里，悠悠然道遠而未得歸，亦甚恨矣。」四方有羨，民莫不逸，我友自逸，皆指皇父輩而言。羨，《說文》云：「貪欲也。」凡散處于四方者，皆有貪欲，我獨居此憂苦之地，無所可欲也。逸，通作佚，安佚不勞也。民之得遂其身圖者，莫不優游自便，我獨於職業置力，不敢休息也。徹，通。傚，學也。我友，僚友也。汎言則爲民，斥言則爲友。國家氣運方在否塞不通之時，食人之食者，當事人之事，我豈敢傚傚我友而自求安逸乎？所以雖思我里，而不忍言歸者以此。其詞婉，其志堅。彼幽王君臣聞之，亦戚戚有動否也。

《十月之交》八章，章八句。《中候擿雒貳》云：「昌受符，厲倡孽，期十之世權在相。」又云：「剡者配姬以放賢，山崩水潰納小人，家伯罔主異載震。」孔穎達解之云：「既言昌受符，爲王命之始，即云『期十之世』，自文數之，至厲王，除文王爲十世也。剡與家伯與此篇事同。以剡對姬，剡爲其姓，以此知非褒姒也。」剡、豔古今字耳。山崩水潰，即此篇「百川沸騰，山冢崒崩」是也。如此《中候》之文，亦可以明此爲厲王。但緯候之書，人或不信。又《尚書緯》說豔妻，謂厲王之婦，不斥褒姒。《漢書》「豔妻」作「閻妻」，顔師古注亦謂此詩刺厲王淫于色，皇父之屬因嬖寵而爲官，内寵熾盛，政化失理，故致災異，日爲之食也。顔說不知何所本，或當是祖緯書。而鄭氏箋則又以意斷其爲刺厲王詩，謂：「《節》刺師尹不平，亂靡有定，此篇譏皇父擅恣，日月告凶。《正月》惡褒姒滅周，此篇疾豔妻煽方處。又幽王時，司徒乃鄭桓公友，非此篇之所云番也。是以知然。」愚按尹氏乃桓王時之尹氏，非幽、厲時人。解見《節南山》篇。皇父以幽王五年作都于向，而鄭桓公至幽王八年方爲司徒，正是皇父徂向後，故以友代之耳。惟褒姒、豔妻或疑是兩人。以《漢書》考之，谷永云：「褒姒用國，宗周以喪。閻妻驕扇，日以不臧。」班倢伃《賦》云：「悲晨婦之作戒兮，哀褒、閻之爲郵。」使厲王時別有閻妻，則當序閻于褒之前，不應先褒後閻也。褒表其地，剡仍是豔之轉音，以表其色。且使厲王因豔妻用事以致亂亡，《國語》、《史記》不應都没而不見。而《竹書》紀幽王事，又與是詩種種相合乃爾，其爲刺幽王詩明矣。又翼奉云：「竊學《齊詩》，聞五際之要，《十月之交》篇，知日蝕地震之效，昭然可明，猶巢居知風，穴居知雨。」按五際之説，本於緯書。《詩緯汎歷樞》云：「午亥之際爲革命，卯酉之際爲改正，辰在天門，出入候聽。卯，《天保》也。酉，《祈父》也。午，《采芑》也。亥，《大明》也。然則亥爲革命，一際也。亥又爲天門，出入候聽，二際也。卯爲陰陽交際，三際也。午爲陽謝陰興，四際也。酉爲陰盛陽微，五際也。」其理亦未所喻。

《雨無正》，刺幽王也。正大夫離居之後，暬御之臣所作。出朱傳。○鄒忠胤云：「詩人慨『正大夫離居，莫知我勩』，又曰『曾我暬御，憯憯日瘁』，其爲暬御所賦無疑。惜乎不著其名，如家父、孟子之類也。王伯厚有云：『大雅之變作于大臣，小雅之變作于群臣。』雖未必盡然，意亦近似。」愚按此與《十月之交》篇同爲一人之作。今以二詩語意參考之，「皇父徂向」，即所謂「正大夫離居」也。「黽勉從事，不敢告勞」，即所謂「莫知我勩」也。「我獨居憂」、「我獨不敢休」，即所謂「憯憯日瘁」也。「噂沓背憎」，即所謂「巧言如流」也。「四方有羡，我友自逸」，即所謂「俾躬處休」也。「無罪無辜，讒口囂囂」，即所謂「若此無罪，淪胥以鋪」也。至云「謂爾遷于王都」、「昔爾出居，誰從作爾室」，則其爲刺徹墻屋、擇車馬之事，更復瞭然。蓋是時散處四方，經營私邑者，不獨皇父一人，如番維司徒、家伯冢宰，皆正大夫也。若仲允、聚子、蹶、楀之流，則所謂三事之大夫，莫肯夙夜者也。特彼因災異頻仍而作，此因戎饑荐而作，命旨不同耳。凡禍患之來，其徵必先見，則此詩實作于《十月》之後，《毛詩》次第是也。

浩浩昊天，劉安世云：「嘗讀《韓詩》，篇首多『雨無其極，傷我稼穡』八字。」豐氏本同。**不駿其德。**職韻。**降喪**去聲。**饑饉，斬伐四國。**職韻。**旻**陸德明云：「本有作『昊天』者，非也。」孔穎達云：「上有『昊天』，明此亦『昊天』，定本皆作昊天。俗本作『旻天』，誤也。」二説未詳孰是。《埤雅》作「昊」。**天疾威，弗慮弗圖。**虞韻。**舍**上聲。**彼有罪，既伏其辜。**虞韻。❶**若此無罪，淪**齊韓魯《詩》、《漢書》俱作「薰」，《後漢書》作「熏」。**胥以鋪。**虞韻。《韓詩》作「痡」。鄒忠胤云：「按《韓詩》篇首多二句，愚意此十二句當分爲二章，其韻乃叶。」豐本以前六句爲第一章，後六句爲第二章。○賦也。浩，大水貌。王安石云：「浩浩，廣大流通之意。」昊，本作昦，从日从夰。从日取其明，从夰取其大。陸佃云：「昊天者，大而明也。大所以臨下，明所以照下。」駿，馬之良者，其行最疾，故取以爲疾速之義。德，朱子云：「惠也。」降，下也。喪，死亡也。兵戎不靖，民多死亡，第四章所謂「戎成不退」也。饑饉，有二義。《爾雅》云：「穀不熟曰饑，蔬不熟曰饉。」《穀梁傳》云：「一穀不升謂之嗛，二穀不升謂之饑，三穀不升謂之饉，四穀不升謂之康，五穀不升謂之大饑，又謂之大侵。」未詳孰是。天災流行，民困饑饉，第四章所謂「饑成不遂」也。四國，四方之國。言天不速行德惠，而惟降下此喪亂饑饉之變，相尋未已，以戕害四方之人也。旻，閔也。昊天、旻天，解俱見《黍離》篇。疾，迅。威，虐也。與「不駿其德」對看。弗慮弗圖，指王也。言此昊天也，以其有仁覆閔下之

❶「韻」，原作「雅」，據《四庫全書》本改。

德，則又謂之旻天。今德則不駿，而威反迅疾若此，王當思慮其所以致此之故，而亟圖謀挽回之術可矣，乃漠不動念何哉？舍，通作捨，釋也。彼有罪既伏其辜，作一氣看。既伏其辜，言罪狀明確也。此主刺皇父輩言。「若此無罪」二句，則詩人懼禍而自擬也。淪，没也。胥，《爾雅》云：「皆也。」按《方言》「東齊謂皆曰胥」，疑古有此語。鋪有陳布之義，故鄭箋以爲徧也。彼小人之有罪狀可指據者，則王既捨之而不問矣。若此無罪之人，日爲小人所陷害，行見其淪没于非辜，而皆徧及也。此將然之辭，所以然者，以讒口嗸嗸，而王聽不聽故也。

周宗《左傳》作「宗周」。**既滅，靡所止戾。**霽韻。**正大夫離居，莫知我勩。**霽韻。《左傳》作「肄」。**三事大夫，莫肯夙夜。**叶藥韻，弋灼翻。**邦君諸侯，莫肯朝**豐本作「鼂」。**夕。**叶藥韻，祥龠翻。**庶曰式臧，覆出爲惡。**藥韻。豐本以爲第四章。○賦也。周室爲天下所宗，故曰宗周。止，居息也。戾，《説文》云：「身曲戾也。」字从犬出户下。徐鍇云：「犬善出卑户。會意。」此二句乃設爲未然之語。言假若宗周既滅，則我輩爲臣子者，將托身何所？是以當不憚早夜勤渠，恪修職業，亦爲共維宗社計耳。正大夫者，六官之長，皆上大夫，《周禮》「八職：一曰正」是也。離居者，離析而居于外邑，若皇父之居向也。我，作詩者自我也。勩，《説文》云：「勞也。」人去而己獨居，則人逸而己獨勞。然雖勞，而去者曾莫之知，抑亦彼所不欲知也。三事大夫，猶《周官》所謂「三事暨大夫」也。三事，鄭以爲三公，殊無據。按《周書·立政》篇云：「任人、準夫、牧，作三事。」《周官》篇云：「三事暨大夫，敬爾有官，亂爾有政。」則明指六卿而言。因六卿職掌六典，皆爲天子理事，故以任人稱。皆爲天子守法，故以準夫稱。皆爲天子愛民，故以牧稱。著其職業所在，非官名也。三事之屬，各有中下大夫。此三事，乃《十月》篇所謂「擇三有事，亶侯多藏」者。大夫，則其所屬之大夫耳。夙夜者，早夜在公，以供職業也。諸侯各君其國，則邦人呼之爲君。莫肯朝夕者，不來朝也。柳宗元云：「古者旦見曰朝，暮見曰夕。《傳》『朝而不夕』，《禮》云：『日入而夕，朝不廢朝，夕不廢夕。』晋叔向夕，楚右尹子革夕，趙文子礱其椽，張老夕，知襄子爲室，士茁夕，皆暮見也。《漢儀》夕則兩郎向瑣闈拜，謂之夕郎。亦出是名也。」「庶曰式臧」二句，指正大夫言。式，發聲。臧，《説文》云：「善也。」覆，毛云：「反也。」爲惡，猶言肆虐也。自正大夫離居之後，六官之屬，無肯夙夜勤王事者。其稱邦君而爲諸侯，莫肯來朝暮省王者。惟我躬任其勞，庶幾其以我爲善，乃反出而肆虐無已，即「讒口嗸嗸」是也。《左》昭十六年，齊侯伐徐，徐人行成，賂以甲父之鼎。魯叔孫昭子曰：「諸侯之無伯，害哉！齊君之無道也，興師而伐遠方，會之，有成而還，莫之亢也。無伯也夫！《詩》曰：『宗周既滅，靡所止戾。正大夫離居，莫知我肄。』其是之謂乎！」

如何昊天，叶真韻，汀因翻。**辟言不信。**叶真韻，斯人翻。**如彼行邁，則靡所臻。**真韻。**凡百君子，各敬爾身。**真韻。**胡不相畏，不畏于天？**見上。豐本以爲第二章。❶○賦也。鄭云：「如何乎昊天，痛而愬之也。」辟，法也。辟言，所謂法語。邁，遠行也。臻，至也。解俱見《説文》。繇讒言高張，故己所進法度之言不爲王所聽信，將來受禍，未知胡底，如行遠道者，茫茫莫測其所至也。凡百君子，亦主

❶「二」，《四庫全書》本作「三」。

正大夫輩而言，不欲斥之，故汎指之也。各敬爾身，欲其不敢爲惡也。以是爲非，以非爲是，所謂不相畏也。作惡既甚，則天罰將及之，能無懼乎？王安石云：「世雖昏亂，君子不可以爲惡，自敬故也，畏人故也，畏天故也。」錢天錫云：「王之不信，則訴于天。臣之不敬，則愓于天。皆首章呼天之意。」《左》文十五年，齊侯侵我西鄙，謂諸侯不能也。遂伐曹，入其郛，討其來朝也。季文子曰：「齊侯其不免乎？己則無禮，而討于有禮者，曰：『女何故行禮？』禮以順天，天之道也。己則反天，而又以討人，難以免矣。《詩》曰：『胡不相畏，不畏于天？』君子之不虐幼賤，畏于天也。在周頌曰：『畏天之威，于時保之。』不畏于天，將何能保？以亂取國，奉禮以守，猶懼不終。❶多行無禮，弗能在矣。」

戎成不退，叶實韻，吐類翻。陸本作「退」，豐本作「徥」。下同。**饑成不遂**。實韻。**曾我暬御，憯憯日瘁**。《釋文》作「慘慘」。實韻。**凡百君子，莫肯用訊**。叶實韻，雖遂翻。《集韻》本作「誶」。**聽言則答**，《新序》、《漢書》俱作「對」，豐本作「畣」。**譖言則退**。見上。○賦也。戎，兵也。遂，《禮記》疏云：「謂申也。申遂不有缺少也。」嚴云：「兵戎之禍已成，而其勢不退，言外患之熾也。饑困之災已成，而其生不遂，言内憂之迫也。」鄒云：「或謂秦以前無『歲』字，止有『遂』字，遂即歲。然則《易》云『羝羊觸藩，不能遂』，豈亦不能歲耶？」曾，《說文》云：「詞之舒也。」徐鍇云：「緩氣言之，故曰舒。」暬，《說文》云：「日狎習相慢也。」御，侍也。暬御，蓋近侍之官，《國語》所謂「居處有暬御之箴」是也。憯，《說文》云：「痛也。」瘁，通作

❶「不」，原作「以」，據《四庫全書》本改。

顇，《説文》云：「顦顇也。」憯憯日瘁，即前章所云「我勩」也。訊，《説文》云：「問也。」言時事多艱，師旅饑饉，褋然並凑如此。曾是爲我贄御之官，不過王之左右小臣，尚且日憂痛之而至于病，凡百君子，乃莫有問及此者何哉？聽言之言，詩人所自謂辟言也。答，《爾雅》云：「然也。」注云：「應也。」按《説文》無答字，疑當通作合，謂相合也。譖，《韻會》云：「誣告之也。」譖者簪也，若簪之著物切至也。」言王若聽我之言，知其俱從愛君憂國中來，而虚懷欣合，則雖有加譖于我之言，亦將自退遠矣。然則彼之譖我，繇王之信譖故耳。王之信譖，繇王不知我之憯憯日瘁，而不聽我之言故耳。劉向《新序》云：「齊有閭丘卬，年十八，道遮宣王曰：『家貧親老，願得小仕。』宣王曰：『子年尚稚，未可也。』閭丘卬對曰：『不然。昔有顓頊，行年十二，而治天下。秦項橐七歲，爲聖人師。繇此觀之，卬不肖耳，年不稚矣。』宣王曰：『善。子有善言，何見寡人之晚也？』卬對曰：『夫雞豚讙嗷，則奪鐘鼓之音。雲霞充咽，則奪日月之明。讒人在側，是以見晚也。《詩》曰：「聽言則對，譖言則退。」庸得進乎？』宣王拊軾曰：『寡人有過。』遂載與之俱歸而用焉。」

哀哉不能言，匪舌是出，叶寘韻，尺類翻。**維**《左傳》作「唯」。**躬是瘁。**寘韻。《爾雅》作「顇」。**哿矣能言，巧言如流，**尤韻。**俾躬處休。**尤韻。○賦也。此承上章末二句而言。哀哉，詩人自哀也。按辟言質樸，世之所謂不能言也。然非徒出之於舌而已，且瘁其身以圖之，而人終莫之憐也，是可哀也。按「是出」之「出」，作去聲讀。《韻會》云：「自内而外也。物自出，則入聲。使之出，則去聲。」哿，可也。哿矣能言，致其嘆羨之意。「巧言如流」者，旋轉無滯，如水轉流，使是非邪正爲之易位，巧孰如之，此世之所謂能言者也。用能使其身處于休息安樂之地，而理亂不關其責，亦不入其心，《十月之交》篇所云「我友自逸」是也。

又《左》昭八年，石言于晋魏榆。晋侯問于師曠曰：「石何故言？」對曰：「石不能言，或馮焉。不然，民聽濫也。抑臣又聞之曰：『作事不時，怨讟動于民，則有非言之物而言。』今宫室崇侈，民力彫盡，怨讟並作，莫保其性。石言，不亦宜乎？」於是晋侯方築虒祁之宫，叔向曰：「子野之言君子哉！君子之言，信而有徵，故怨遠於其身。小人之言，僭而無徵，故怨咎及之。《詩》曰：『哀哉不能言，匪舌是出，唯躬是瘁。哿矣能言，巧言如流，俾躬處休。』其是之謂乎？是宫也成，諸侯必叛，君必有咎，夫子知之矣。」此引詩大與詩旨相反，亦左氏之失也。

維曰于仕，紙韻。**孔棘且殆。**叶紙韻，養里翻。**云不可使，**紙韻。**得罪于天子。**紙韻。**亦云可使，**見上。**怨及朋友。**叶紙韻，羽軌翻。○賦也。此章詩人自悼苦之辭，言其去住兩難也。于，往。孔，甚也。棘，小木叢生者，如棗而多刺。又《方言》云：「凡草木刺人者，北燕、朝鮮之間謂之茦，自關以西謂之刺，江淮之間謂之棘。」言人皆曰往仕耳，殊不知仕途甚多荆棘，動輒遭刺，且有凶危也。一説，棘通作𩋾，急也，謂其不得從容也。鄭箋云：「居今衰亂之世，云往仕乎？甚急迮且危。」亦通。使，即任使之使。我見讒言朋興，仕路之孔棘且殆也，于是萌乞休之志。告于上曰：小臣無狀，不足供任使矣。而天子不許也，且將以君臣大義責我，罪何能免？故曰得罪于天子。我既求去不得，則必夙夜在公，以盡厥職，姑不獲已，而亦云可使矣。而同官之朋友，又且咸相忌怨，似不容我爲天子使者。去既不可，留復不可，亦且奈之何哉？《北門》之詩曰：「我入自外，室人交徧謫我。」則行者爲居者所忌也。此曰：「亦云可使，怨及朋友。」則留者爲出者所忌也。衰世臣工不和，轉相非怨，大率如此。異態同情，亦足慨矣。

謂爾遷于王都，虞韻。**曰予未有室家。**叶虞韻，攻乎翻。**鼠思泣血，無言不疾。**質韻。**昔爾出居，誰從作爾室？**質韻。○賦也。爾，朱子云：「指離居者。」即第二章所言「正大夫」也。遷，《説文》云：「登也。」《集韻》云：「去下之高也。」《詩》「遷于喬木」，其義如此。王都，京師也。詩人因己之留居王都，而爲朋友所怨也，乃呼離居者而告之曰：爾今亦自外而還朝何如？而彼不肯也，但托言己於王都未有室家可居耳。詩人見彼之不肯來，而己之不得去也，自狀其思曰「鼠思」，言其幽憂窘迫，如鼠在穴中不得出也。泣，《説文》云：「無聲出淚也。」建安何士信云：「人淚必因悲聲而出，若血出，則不繇聲也。今無聲而涕出，如血之出，故曰泣血。」疾，通作嫉，憎惡之意。我所以憂思之甚，至于泣血者，亦謂國無群僚，誰與共理？而彼則不以爲然，但聞我勸遷王都之言，則無不見憎嫉也。故又因而詰之曰：爾謂王都無室家可居，是則然矣。然昔爾自都出居于外，此時都中本有室家，而外則無之，誰隨爾營建室宅于彼乎？夫出既能作室，則還何患無家？爾亦無庸遁辭爲也。抑是人也，即使其還而同朝，其所爲者不過醜直害正之事，詩人何利焉？然猶惓惓屬望若此，蓋隱然以體國至情動之，庶幾幡然改圖，忠厚之至也。

《雨無正》七章，二章章十句，二章章八句，三章章六句。《韓詩》作《雨無極》，《子貢傳》、《申培説》、豐本俱作《雨無其極》。豐本又顛倒章序，分爲八章，五章章六句，二章章八句，一章十句。○《序》云：「大夫刺幽王也。雨自上下者也，衆多如雨，而非所以爲政也。」鄭箋謂刺王所下教令甚多，而無正也。歐陽脩云：「古之人於詩多不命題，而篇名往往無義例。其或有命名者，則必述詩之意，如《巷伯》、《常武》

之類是也。今《雨無正》之名，據《序》所言，與《詩》絶異，當闕其所疑。」蘇子繇則云：「雨之至也，不擇善惡而雨焉。幽王之世，民之受禍者，如受雨之無不被也。夫雨豈嘗有所正雨哉？此所以爲雨無正也。」愚按二説俱難通。以詩意玩之，所謂雨，即戎成不退，饑成不遂，禍亂之來，其多如雨也。所謂無正，即正大夫離居，無劻勷國事也。馮時可云：「《雨無正》之篇，不敢刺王而言天，不敢指天而言雨，其稱名也隱，其慮患也深。」而元城劉氏又云：「嘗讀《韓詩》，有《雨無極》篇，《序》云：『《雨無極》，正大夫刺幽王也。』至其詩之文，則比《毛詩》篇首多『雨無其極，傷我稼穡』八字。」元詩所見《韓詩》本，世無傳者，似未足信。朱子疑之，謂第一、二章本皆十句，今遽增之，則長短不齊，非詩之例。又此詩實正大夫離居之後，暬御之臣所作，其曰「正大夫刺幽王」者，亦非是。夫以章句長短爲疑，或云未可概例。然謂此詩爲正大夫所作，則詩中明有正大夫「莫知我勩」之語，對彼言我，其不作于正大夫明矣。至若《子貢傳》、《申培説》篇名皆作《雨無其極》，殆後人取元城之説附會爲之，非古書也。《申培説》又以此詩爲東遷之初，大夫有不忠于王室者，暬御之臣閔之而作。《傳》亦有「王室播遷」之語，而中有闕文，其意亦同此。又襲《大全》中安成劉氏之説，謂東遷之際，群臣懼禍者，因以離居，不復隨王同遷于東都，故見于詩詞如此。鄭箋則以爲刺厲王之詩，謂在王流彘後所作，總皆泥于「周宗既滅」之云。然細味詩意，俱不似，且絶無稽據。

《北山》，行役之士刺幽王不均也。勞于王事，而不得養父母焉。《孟子》曰：「是詩也，勞于王事，而不得養父母也。」曰：此莫非王事，我獨賢勞也。」子夏《序》同，而以爲大夫刺幽王役使不均。愚按篇中自敘「偕偕士子」，而怨「大夫不均」，則作此詩者其爲士，而非大夫明甚。唯謂刺幽王，則理固可信。《雨無正》之詩曰：「正大夫離居，三事大夫，莫肯夙夜。」即所謂「大夫不均」、「燕燕居息」也。曾我暬御，慘慘日瘁，即所謂「偕偕士子」、「盡瘁事國」也。特彼意主黽勉盡職言，此意主行役四方言，微不同耳。三山李氏云：「《北山》不當怨而怨，夫子不删之者，蓋所以刺幽王也。孔子曰：『公則悦。』人主苟有均平之心，則雖征役之重，不以爲怨。若不均，則雖未甚勞苦，而人亦將怨矣。觀《大東》之詩，則有『粲粲衣服』者，有『葛屨履霜』者，《北山》之詩則有『息偃在牀』者，有『不已于行』者，天下安得而悦服哉？」鄧元錫云：「雅之盛也，上平其政，載恤其私，内外均勞役也，故士盡瘁而忘其勞。雅之變也，上不平其政，不恤其私，私内勤外，故士盡瘁而哀其病。蓋《四牡》、《皇華》之意，❶索其盡矣。」

陟彼北山，言采其芑。紙韻。豐氏本作「芑」。**偕偕士子，**紙韻。**朝**豐本作「鼂」。**夕從事。**叶紙韻，鉏里翻。**王事靡盬，**麌韻。**憂我父母。**叶麌韻，滿補翻。亦叶紙韻，母鄙翻。○賦也。杞，枸檵，❷解見《四牡》、《杕杜》篇。郝敬云：「北山，背陽之比。杞，苦菜，食苦之比。」偕，《説文》云：「俱也。」士，六等之爵之一，有上士、中士、下士。子者，男子之通稱。嚴粲云：「偕偕，同也。士子，己之侶也。」王事靡盬，解見《鴇羽》篇。憂我父母，貽父母以憂也。詩人奉王命行役于外，言陟彼北山，采杞而食，勞苦饑餓甚

---

❶「牡」，原作「牲」，據《四庫全書》本改。

❷「枸」，原作「拘」，據前卷七《四牡》、《杕杜》篇改。

矣。念我偕偕然與衆士子旅行，以朝夕從王之事，無有休時。亦以王事不可以不堅固，故我當盡力勤勞於役，乃至久不得歸，使父母思我而憂也。

溥《左傳》、《孟子》、《荀子》、《韓子》、豐本俱作「普」。**天之下，**叶麌韻，後五翻。**莫非王土。**麌韻。**率土之濱，**真韻。《説文》、豐本俱作「瀕」。**莫非王臣。**真韻。**大夫不均，**真韻。**我從事獨賢。**叶真韻，下珍翻。○賦也。溥，《爾雅》、《説文》皆云：「大也。」率，通作衛，字从行，故毛傳以爲循也。濱，《説文》本作瀕，水厓也。孔穎達云：「滸、濱、涯、浦，皆水畔之地，同物而異名也。民居不盡近水，而以濱爲言者，古先聖人謂中國爲九州，以水中可居曰州，言民居之外皆有水也。鄒子曰：『中國名赤縣，赤縣内自有九州，瀛海環之。』是地之四畔皆至水也。」嚴云：「溥大天下，皆王土也。循土地之岸濱，除海水在外，居其中者，皆王臣也。」愚按四句串説，意重「王臣」，以起下「不均」之意。《左》昭七年，楚申無宇曰：「天子經略，諸侯正封，古之制也。封略之内，何非君土？食土之毛，誰非君臣？故《詩》曰：『普天之下，莫非王土。率土之濱，莫非王臣。』天有十日，人有十等。下所以事上，上所以供神也。故王臣公，公臣大夫，大夫臣士，士臣皁，皁臣輿，輿臣隸，隸臣僚，僚臣僕，僕臣臺。馬有圉，牛有牧，以待百事。」又《吕氏春秋》謂舜自爲詩曰：「普天之下，莫非王土。率土之濱，莫非王臣。」此疑與咸丘蒙同一説，而托之於舜耳。豐熙云：「大夫，指官長之預國政者。」均，《説文》云：「平徧也。」王安石云：「取數多謂之賢。《禮記》曰『某賢於某若干』，與此同義。」《小爾雅》云：「我從事獨賢，勞事獨多也。」謝枋得云：「自古君子常任其勞，小人常處其逸。君子常任其憂，小人常享其樂。雖曰役使不均，我獨賢勞，然君子本心亦不願逸樂也。」朱子云：「不斥王而曰大夫，詩人之忠厚如此。」愚按此亦指其實言之，玩後章「燕燕居息」等語，則大夫不止一人，凡正大夫及三事所屬之大夫皆有，故統以大夫言。上章雖言「偕偕士子，朝夕從事」，玩此則士子之中，己又獨當其勞也。又《左》襄十三年，晉侯使士匄將中軍，辭曰：「伯游長。」君子曰：「讓，禮之主也。范宣子讓，其下皆讓。晉國以平，數世賴之，刑善也。夫一人刑善，百姓休和，可不務乎！周之興也，其《詩》曰：『儀刑文王，萬邦作孚。』言刑善也。及其衰也，其《詩》曰：『大夫不均，我從事獨賢。』言不讓也。世之治也，君子尚能而讓其下，小人農力以事其上，是以上下有禮，而讒慝黜遠，繇不争也，謂之懿德。及其亂也，君子稱其功以加小人，小人伐其技以馮君子，是以上下無禮，亂虐並生，繇争善也，謂之昏德。國家之敝，恒必繇之。」此以獨賢爲不讓，其旨又異。

四牡彭彭，叶陽韻，蒲光翻。《説文》作「騯騯」。**王事傍傍。**陽韻。**嘉我未老，鮮我方將。**叶陽韻，資良翻。**旅**豐本作「吕」。**力方剛，**陽韻。**經營四方。**陽韻。○賦也。彭彭，當依《説文》作「騯騯」，馬盛也。傍，通作旁，側出無方所之意。彭彭四牡，奉使時所乘，而又每有意外之王事紛至沓來，所以勞而不得息也。嘉，美也。鮮，通作尟，少也。朱子云：「以爲少而難得也。」將，毛傳訓壯，當通作壯。未老，以年言。方將，以力言。下文言「旅力方剛」，正其實也。旅，毛云：「衆也。」嚴云：「《秦誓》『旅力既愆』，夏氏解謂衆力，如目力、耳力、手力、足力也。或説旅爲陳，如『陳力就列』之陳，然陳力方剛，則不詞矣。」經，經畫。營，營造。如人作室，曰「經之營之」是也。言我之從事，所以獨賢于諸大夫者，以王美我之年尚未老，且氣力方壯，亦少有如我者，如耳目聰明，手足輕捷之類，無在不見其剛强，故獨使我區畫造作四方之事也。謝云：「此詩本爲役使不均，獨勞于王事而作，反以王爲知己，忠厚之至也。」

或燕燕《漢書》作「宴宴」。**居息，**職韻。**或盡**《左傳》、豐本俱作「憔」。**瘁**《左傳》、豐本俱作「悴」，《漢書》作「顇」。**事國。**職韻。**或息偃**豐本作「匽」。**在牀，**陽韻。**或不已于行。**叶陽韻，户郎翻。**或不知叫**陸德明本作「嘂」。**號，**叶豪韻，呼刀翻。豐本作「号」。**或慘慘**陸本作「懆懆」。**劬勞。**豪韻。**或棲**豐本作「卤」，《大全》、朱傳俱作「栖」。**遲偃**豐本作「匽」。**仰，**養韻。陸本、豐本俱作「卬」。**或王事鞅掌。**養韻。**或湛**家諱。**樂**音絡。**飲酒，**有韻。**或慘慘畏咎。**有韻。**或出入風議，**叶支韻，魚羈翻。**或靡事不爲。**支韻。○賦也。劉公瑾云：「以下凡十二句爲偶，皆以他人之逸樂對己之憂勞，所以形容不均之意。」愚按單句六「或」字，分六項人看。首言「燕燕居息」，蓋指正大夫也。自「息偃在牀」而後，其情狀各不同，則三事大夫之輩耳。雙句分六項，總是自道，以與上句對舉相形，❶故皆用或字。燕燕，當依《漢書》作宴宴，安也。輔廣云：「重言之，見安之甚也。」愚按六官之長，養尊處優，故特以燕燕言。居，謂私居。息，謂休息。言惟休息于私居而已，無所事事也。瘁，病也。盡瘁，猶言盡勞，與「燕燕」對看。事國，嚴云：「從事于國也。」與「居息」對看。《左》昭八年，晉侯謂伯瑕曰：「吾所問日食，從矣。可常乎？」對曰：「不可，六物不同，民心不壹，事序不類，官職不則，同始異終，胡可常也？《詩》曰：『或燕燕居息，或盡瘁事國。』其異終也如是。」偃，《説文》云：「僵也。」《吴越春秋》云：「迎風則偃，背風則仆。」仆是前覆，偃是卻倒。

---

❶「句」，《四庫全書》本作「文」。

牀，《説文》云：「安身之坐者。」劉熙云：「牀，裝也，所以自裝載。」徐鉉云：「《左傳》薳子馮詐病，掘地下冰而牀焉。至于恭坐，則席也。故从爿。爿象人斜身有所倚着。」愚按休息而偃卧于牀，如今仕者之引疾在告也。已，止也。不止于行，謂日馳驅于道路，若病則不能矣。叫，徐鉉云：「直聲呼也。」《釋文》作嘂，謂大呼也。《周禮·雞人》掌夜嘑旦嘂百官，即此。號亦呼也。一云，教令也。孔穎達云：「或不知叫號者，居家用逸，不知上有徵發呼召也。」愚按此有意違命而佯爲不知者。慘慘，當依《釋文》作懆懆，以别于後之「慘慘畏咎」。懆，《説文》云：「愁不安也。」與下「劬勞」連言，所謂勞人懆懆也。其勞頻數，曰劬勞。棲遲，解見《衡門》篇。仰，舉首也。李氏云：「有棲遲于家而偃仰者。」愚按此如今仕者之請急休沐，或偃或仰，則象其夷猶自得之容耳。鞅，《説文》云：「頸組也。」孔云：「馬鞅之鞅。」掌，《説文》云：「手中也。」控馬者，執組在手，一釋手，則馬逸矣。身肩王事，如納鞅于掌中，無時可以暫釋，則雖欲不夙夜在公，亦不可得寧，復有棲遲于家之日乎？《説文》云：「媅，樂也。从女。」今文與从水通用。又《説文》云：「酖，樂酒也。」徐云：「酖酖然安且樂也。」觀下文言「飲酒」，則通用酖亦可。此以酩酊而曠廢職業者，亦其咎責不及，故能適意如是。慘，《爾雅》云：「憂也。」咎，《説文》云：「災也。从人从各。各者，相違也。」鄭云：「猶罪過也。」救過不暇，其焉能樂？畏者，樂之反也。風，如「馬牛其風」之風。鄭云：「猶放也。」言其議論不根，如風飄蕩，且出亦議論，入亦議論，則天下事之不經其議論者，蓋亦少矣。然何嘗以身親之乎？而我則百責交萃，至于無所不爲。《雨無正》之詩曰：「哀哉不能言，匪舌是出，維躬是瘁。哿矣能言，巧言如流，俾躬處休。」正此詩之謂也。以上兩兩相形，其不均有如此者。劉氏云：「彼或如彼，我則如此。

以彼爲賢耶？則國事待我而集。以我爲賢耶？則厚禄居彼爲多。」丁奉云：「『或』字十二疊，詩中奇格也。後代韓昌黎《南山》詩，❶文信國《正氣歌》，皆祖諸此。」

《北山》四章，三章章六句，一章十二句。舊作六章，自「或燕燕」而下分爲三章，章各四句。○《子貢傳》以爲懿王時詩。鄒忠胤諫其説，引《竹書紀年》註，謂懿王之世，興居無節，號令不旹，挈壺氏不能供其職，諸侯於是攜德。按此乃全抄《東方未明》篇詩《序》，固齊詩也。沈約意其在懿王時，遂以屬之耳。然即如所云，亦於役使不均何與？《申培説》及朱傳皆謂大夫行役作此，與《序》畧同，辨已見前。

《何草不黃》，周室將亡，征役不息，行者苦之，故作此詩。出朱傳。○曰周將亡，則朱子亦以爲在幽王之世矣。此詩與《北山》相表裏。《北山》爲行役之士所作，故其詩曰「偕偕士子，朝夕從事」，又曰「大夫不均，我從事獨賢」。此詩爲從役行役之人所作，故曰「哀我征夫，獨爲非民」，蓋自道也。又曰「有棧之車，行彼周道」，正指士也。二詩中亦皆有「經營四方」之語，其爲同時共事明矣。

何草豐氏本作「艸」。後同。**不黃？**陽韻。**何日不行？**叶陽韻，户郎翻。**何人不將？**叶陽韻，資良翻。**經營四方。**陽韻。○賦也。朱子云：「草衰則黃。」鄭玄云：「歲晚矣，何草而不黃乎？言草皆黃也。」孔穎達云：「何草不黃，是見黃而怨。若草大始去，或欲黃乃行，不應見草之黃，嗟怨若此。明草

❶「代」，原作「仕」，據《四庫全書》本改。

有生死之期，行者覩物而思，日月長久，征行不息，是其所以怨也。」何日不行，言歲已將盡，可休息矣，而行猶未已，正與《北山》篇「不已于行」語意相類。此二句，只據自己言。「何人不將」二句推廣言之，見行役者不獨一人，所以爲時事慨也。將，有相扶持之義，字从寸，寸者手也。言何人不爲奉王命以經營四方之故，而相將以偕行乎？經營，解見《北山》篇。幽王之世，行役不息之事，無所考。然讀《小明》、《大東》諸詩，意必政令繁興，誅求無藝，其僕僕道路之象，殆可想見。詩即史也。

何草不玄？先韻。亦叶真韻，胡匀翻。**何人不矜？**叶真韻，渠巾翻。亦叶先韻，姑元翻。《韓詩》、豐本俱作「鰥」。**哀我征夫，**豐本「征夫」作「人斯」。**獨爲匪民。**真韻。亦叶先韻，彌延翻。○賦也。玄，鄭云：「赤黑色。始春之時，草芽孽者將生，必玄於此時也。」孔云：「玄色在緅緇之間。《春秋元命苞》、《稽耀嘉》皆言夏以十二月爲正。物生色黑，故知始春之時，草牙孽者，將生必玄也。」王安石云：「草既黄而死矣，歲暮之時，死而復生，其色既玄，則又改歲矣。」《焦氏易林》云：「何草不黄，至末盡玄。室家分離，悲愁于心。」按《小明》篇，大夫以十二月西征，中歷一歲至後歲之二月，猶未得歸。《四月》篇，大夫亦以去歲六月征伐南國，至今歲四月猶未得歸。以此而推，當時征途所見，其爲草之歷黄而玄者多矣。矜、兢，音同通用。兢者，戰栗之貌。凡憐人者，必爲之心寒色戰，故矜有憐義。何人不矜，言豈有人而不相矜憐者乎？先儒謂天地之性，人爲貴，人之於人，尤爲同類而相親，正此意也。草既黄而又玄，生意之不斷也。人皆有不忍人之心，性體之本然也。哀我征夫，雖主我言，凡同時行役者，皆兼舉之，猶云我輩也。匪，通作非。後同。孔云：「既久役如此，哀我征行之夫，豈獨爲非民乎？若亦是民，當休息，何爲使之從役，久而不得歸也？」謝枋得云：「《東山》、《采薇》、《出車》、《杕杜》諸詩，敘情憫勞，皆以室家之望者爲説，同爲天民，血氣嗜欲豈有異哉？先王以民待民，幽王之待民如犬馬耳，故曰：『哀我征夫，獨爲匪民。』」

匪兕匪虎，麘韻。**率彼曠野**。叶麘韻，讀如竪，上主翻。**哀我征夫，朝**豐本作「鼂」。**夕不暇**。叶麘韻，後五翻。○賦也。兕，解見《吉日》篇。虎，《説文》云：「山獸之君也。」《格物論》云：「虎屬陽獸，狀如猫，而大如黄牛。黑章鈎爪鋸牙，舌不大於掌，生倒刺，鬚硬尖而光，横行而妥尾。其怒而吼也，聲如雷，百獸爲之震恐，而風從之生。」《考異郵》云：「三九二十七日，陽氣成，故虎七月而生。陽立於七，故虎首尾長七尺。般般文者，陰陽襍也。」《癸辛襍志》云：「虎不行曲路。」率，通作衛，循也。衛从行，故有循義。曠，顔師古云：「廣也。」毛云：「空也。」野者，郊外通名。陸佃云：「言兕抵觸，虎搏噬，先王驅而遠之，則率彼曠野，兕虎之所宜。今征人如此，則可哀矣。」按《家語》，楚昭王聘孔子，孔子往拜禮焉。路出于陳、蔡，大夫使徒兵距孔子，不得行，絶糧七日，外無所通。孔子乃召子路而問焉，曰：「匪兕匪虎，率彼曠野。❶吾道非乎？奚爲至于此乎？」引詩之意，亦爲被人驅逐，使循行于曠野，而無所棲泊也。孔云：「我此役人，非是兕，非是虎，何爲循曠野之中，與兕虎無異乎？時既視民如禽獸，故哀我此征行之夫，朝夕常行而不得閑暇。」

---

❶「彼」，原作「波」，據《四庫全書》本改。

有芃者狐，率彼幽草。皓韻。**有棧之車，行彼周道。**皓韻。○興也。芃，《説文》云：「艸盛貌。」徐鍇云：「汎汎然若風之起也。」狐，解見《有狐》篇。以芃言狐者，丘氏云：「毛尾長貌。」幽，《説文》云：「隱也。」幽草，謂草中也。孔云：「狐草行草止。」羅願云：「雄狐者，君子之象也。《春秋》秦穆伐晋，筮之吉，曰：『獲其雄狐。』釋者曰：『夫狐蠱，必其君也。』既而獲晋惠公。」棧，《説文》云：「棚也。竹木之車曰棧。」按《周禮·巾車》職云：「服車五乘：孤乘夏篆，卿乘夏縵，大夫乘墨車，士乘棧車，庶人乘役車。」注謂服車，服事者之車也。夏，即「夏翟」之夏。五采備，乃爲夏轂。有約曰篆。夏篆，謂以五采畫轂約也。夏縵，亦五采畫，如縵帛，無篆耳。墨車無畫，以墨漆革車而已。棧車，謂不革輓而漆之。役車，方箱，可載任器以共役。又大昏禮，攝盛，亦得乘墨車。《考工記·輿人》云：「棧車欲弇，飾車欲侈。」注謂棧車無革輓輿，亦可折壞，故欲弇向内爲之。飾車以革輓輿，不畏折壞，故欲得向外後也。未命爲士者，不得乘飾車。士得乘飾車者，後異代法也。又《儀禮·既夕》篇云：「賓奠幣于棧。」程良孺云：「車之上者有棧，今人編竹置木，亦謂之棧，則棧車者，編竹爲輿也。」周道，謂周之路。孔云：「狐本是草中之獸，故可循彼幽草。此人本非禽獸，何爲行彼周道之上，常在外野，與狐在幽草中同乎？故傷之也。」嚴粲云：「士乘棧車，行於周之道路，非特民也。」愚按此士，蓋征夫所從者。

《何草不黄》四章，章四句。《序》云：「下國刺幽王也。四夷交侵，中國背叛，用兵不息，視民如禽獸。君子憂之，故作是詩也。」按經有「征夫」之語，故《序》以用兵不息爲言。然出使、行役皆名曰征，不必征伐也。至此詩乃征夫所作，語氣昭然，與下國無預。或疑爲舉火召諸侯師之事。其曰棧車，則謂因兵車不足而取之，爲物力凋敝之證。然篇中言「經營四方」，豈云命諸侯勤王乎？《子貢傳》有「桓王卒苦之」五字，而「桓王」下缺二字。《申培説》直云：「桓王之世，伐滕、薛、唐、杞諸國，連歲不息。周人苦之，而作是詩。」今按伐滕、薛、唐、杞，事無所考。鄒忠胤以爲先是魯隱五年，曲沃莊伯以鄭人、邢人伐翼，王使尹氏、武氏助之，無何而曲沃叛王，乃始命虢公伐曲沃，而立哀侯于翼。喜怒總以恣其私，不足彰天討，而三時之中，再尋干戈，輕用民力如此。嗣是魯隱九年，宋公不王，鄭伯爲王左卿士，以王命討之，徵兵畿内可知已。魯桓四年冬，王師、秦伯圍魏，執芮伯以歸，師競已甚，明年遂有伐鄭之役，繻葛中肩，王令益不行于天下。嗣是曲沃滅翼，王命虢仲立晋哀侯之弟緡于晋。又十年春，虢仲譖其大夫詹父，詹父有辭，以王師伐虢。終桓王之世，無歲不有兵革，軍旅驛騷，非止《春秋》所書伐鄭一役而已，此正所謂「經營四方」者。按如鄒説歸之桓王，亦近似，但篇中何故專指士之棧車爲言？明與《北山》「偕偕士子」之言脗合，故仍定以爲幽王世之詩。

《小明》，大夫悔仕于亂世也。 出《序》。**遭時不偶，役則偏苦，行則過期，所以悔也。** 出馮時可《詩説》。○鄧元錫云：「世亂，則制命者庇私人而娼賢，必寘之艱虞，投之煩劇，張之深文刺法。或制之前，或議其後，或牽其左右，凌捽頓蹷，靡所不至，已又從而扢齕之。蓋内不量心，外不度力，俾進不得遂，退不得全，必窘其用，巇其名，使敗塗地而後已也。故《北山》傷其獨勞，《小明》畏其罪罟讒怒反覆也。❶如

❶ 「明」，原作「人」，據《四庫全書》本改。

張之罟然，罹之豈有脱哉？古於危亂，不入不居，有以也夫！」愚按此西征大夫困于行役，瓜期已踰，而代者不至，故作此詩。觀前三章皆曰「念彼共人」，後二章曰「無恒安處」、「無恒安息」可見，當與《北山》合看。篇名《小明》，歐陽脩以爲大雅「明明在下」謂之《大明》，小雅「明明上天」謂之《小明》，自是名篇者偶爲誌别耳。馮謂耿耿小明，乃憂之貌，故取以命篇。亦通。

明明上天，照臨下土。麏韻。**我征徂西，至于艽**豐氏本作「荒」。**野。**叶麏韻，讀如竪，上主翻。**二月**豐本作「日」。**初吉，載**豐本作「再」。**離寒暑。**叶麏韻，讀如數，爽主翻。**心之憂矣，其毒大苦。**麏韻。**念彼共**音恭。後同。**人，涕零**豐本作「霝」。**如雨。**麏韻。**豈不懷歸，畏此罪**豐本作「辠」。**罟。**麏韻。○賦也。蘇轍云：「大夫行役久勞而不息，故稱天之無不照臨，言臣下無賢勞而不察者也。」《爾雅》云：「春爲蒼天，夏爲昊天，秋爲旻天，冬爲上天。」李巡云：「冬氣在上，萬物伏藏，故曰上天。」陸佃云：「言時無事，在上臨下而已。」今按此以「上天」對「下土」，則不必泥冬爲上天之説。詩意呼天而訴之，但欲其見察而已，故以「明明」言。明明者，照也。明明在上者，以能照爲臨也。鄭玄云：「征，行。徂，往也。我行往之西方也。」孔穎達云：「野是遠稱，艽蓋地名。」今按艽野，未詳其地。《説文》訓艽爲遠荒，或當是西戎荒服之地耳。二月，朱子云：「夏正建卯之月。」初吉，毛傳云：「朔日也。」孔云：「以言初而又吉，故知朔日也。君子舉事尚早，故以朔爲吉。《周禮》正月之吉，亦朔日也。」按「二月初吉」，文繫在「至于艽野」之下，當是此時作詩之日，非徂征初行之日。玩後章云「昔我往矣，日月方除」，則知此大夫徂西在前歲之十二月，中歷一歲，至今歲之二月，猶未得歸，故云「載離寒暑」也。載，猶更也。按載字从車，車所以載物而運行者。唐、虞號年爲載，取物終更始，以年運而往爲義。上天之載，其義亦同。離者，脱離之離。前此歷春夏而秋，已離乎暑，今此歷秋冬而春，又離乎寒也。心之憂矣，憂未得歸也。孔云：「其憂之甚，則如毒藥之大苦然。」共，通作供，具也。共人，謂治事之人。輔廣云：「即『靖共爾位』之僚友也。」愚按此共人，蓋指在内僚友，當出與己代者。本安處而不肯供事，乃以共人稱之，亦反詞也。雨餘爲零，望其來而不來，故涕之下有如雨也。罟，徐鉉云：「網之總名。」輔云：「言其以罪而加人，如網罟取物，而物有不及知者也。」愚按此言己本無罪，但恐以歸獲罪，故雖過期懷歸而終不敢也。桓寬云：「古者行役不踰時，春行秋反，秋往春來，寒暑未變，衣服不易，固已還矣。上不苛擾，下不煩勞，各修其業，安其性。今則繇役極遠，盡寒苦之地，危難之處，今茲往而來歲還，父母延頸而西望，男女怨曠而相思。故一人行而鄉曲恨，一人死而萬人悲。《詩》曰：『念彼恭人，涕零如雨。豈不懷歸，畏此罪罟。』」

昔我往矣，日月方除。叶遇韻，讀如措，蒼故翻。**曷云其還，歲聿云莫。**叶遇韻，漠故翻。**念我獨兮，我事孔庶。**叶遇韻，讀如素，蘇故翻。**心之憂矣，憚**陸德明本、豐本俱作「癉」。**我不暇。**叶遇韻，胡故翻。**念彼共人，睠睠**《文選注》作「眷眷」。**懷顧。**遇韻。**豈不懷歸，畏此譴怒。**遇韻。○賦也。日月方除，謂十二月也。除，毛云：「除陳生新也。」邢雲路云：「如《堯典》朔易，言丑月歲功將興，正除舊更新之日。」云、聿，皆詞也。還，《説文》云：「復也。」當徂征之時，預計之曰：何時可以言歸？必歲暮方可竣此役。蓋以匝歲爲期也。庶，衆也。鄭云：「我事獨甚衆，言王政不均，臣事不同也。」憚，《説文》云：「忌難也。」身獨而事衆，是以心焉懷憂，唯忌畏我之力量難支，必至于日不暇給也。睠、顧，皆以還視爲義，所謂内顧也。此指共人言。譴，《説文》云：「謫問也。」念彼在位供事之人，方且皆以勤視妻子爲念，我豈不思家哉？祇畏上人譴怒之及，故不敢耳。此章本其于役之始而言之。

昔我往矣，日月方奥。叶屋韻，於六翻。豐本作「隩」。**曷云其還？政事愈蹙。**屋韻。**歲聿云莫，采蕭穫菽。**屋韻。**心之憂矣，自詒伊戚。**叶屋韻，子六翻。《左傳》作「慼」。**念彼共人，興言出宿。**屋韻。**豈不懷歸，畏此反覆。**叶屋韻，芳六翻。○賦也。奥，《説文》云：「宛也。室之西南隅。」朱氏云：「古人室在東南隅，門開東北隅爲穴，入西北隅爲堂，西南隅爲奥。人隨進，先見東北，却到西北，然後西南，此至深密之地。」愚按此與《堯典》「厥民隩」同義。言是時日月正在季冬，氣方寒，而民聚于室之内也。愈，鄭云：「猶益也。」蹙，《説文》云：「迫也。」何時能來旋乎？其如政事糾紛，擘畫不前，愈益蹙迫何哉？捋取曰采，刈穀曰穫。蕭，解見《生民》篇。菽，解見《七月》篇。采蕭穫菽，事在秋冬之交，言歲行且暮矣，人皆有事于此，將以爲改歲之備也。董鼎云：「采蕭，所以祭也。穫菽，所以畜也。觀時之晚，所以爲畜爲祭，不得有備，故憂之而感也。」詒，通作貽，遺也。伊，語辭。戚，當依《左傳》作感，即憂也。鄭云：「我冒亂世而仕，自詒此憂。悔仕之辭。」興，起也。言，亦語辭。宿，止也。興言出宿，亦指共人言。冀其起而出宿于外，將來代己也。然而不可必也，故繼之曰：我一年役事已竣，豈不思歸哉？但畏此供事之人，不循常道，反覆而未即來耳。「反覆」二字義互相通，但倒上而下即爲反，易面而背即爲覆，亦微有辨。此章又敘其竣事之際而言之。

嗟爾君子，無恒安處。叶語韻，敞吕翻。**靖**《外傳》作「静」。**共**《漢書》、《外傳》、豐本俱作「恭」。

爾位，正直是與。 語韻。 **神之聽之，式穀以女。** 語韻，音汝。 ○賦也。 嗟，嘆聲。 君子，指僚友。 謝枋得云：「即所謂共人也。」無，通作毋，誡辭也。 恒，《説文》云：「常也。」安處，安於其所止之地也。 蘇轍云：「有久勞于外，則必有久安於内者矣，故告之，使無以安處爲常。」朱子云：「言當有勞時，勿懷安也。」靖，《説文》云：「立竫也。」竫者，亭安也，蓋亭亭安立而不遷之意。《書》曰「自靖」，解者以爲安其義之所當爲是也。 共，通作供。 靖共爾位，勗之自靖以供其職，則東西南北，自當唯命是從矣。 正者無邪，直者無曲，此正直，指人言。 與者，與之遊也。 僚友中有不正不直之人，思中人之歡心，必導以擇便偷安之説，故言此以深規戒之。 末冀鑒于神，亦怨語也。 聽，猶察也。 式，用也。 穀，善也，猶言福也。《春秋傳》云：「能左右之曰以。」女，即爾也。 孔云：「女者，相於之辭。」《禮·表記》篇，子曰：「事君不下達，不尚辭，非其人弗自。《小雅》曰：『靖共爾位，正直是與。 神之聽之，式穀以女。』」疏云：「言若見正直善人，於是與之爲朋友。 如此，則神明聽聆女之所爲，用此福禄以與女也。」徐幹引此詩，亦云：「君子之交人也，歡而不媟，和而不同，好而不佞詐，學而不虚行，易親而難媚，多德而寡非，故無絶交，無畔朋。《書》曰：『慎始而敬終，終以不困。』」王應麟云：「『神之聽之，終和且平』，朋友之信，可質于神明。『神之聽之，式穀以女』，正直之道，無愧于幽隱。」愚按此下二章皆反語，玩一「無」字可見。 責僚友，正所以自傷也。

嗟爾君子，無《春秋繁露》作「勿」，《漢書》作「毋」。**恒**《漢書》作「常」。**安息。** 職韻。 **靖**《繁露》作「静」。 **共**《外傳》、豐本俱作「恭」。 **爾位，好**去聲。 **是正直。** 職韻。 **神之聽之，介爾景福。** 叶職韻，筆力翻。 ○賦也。 安息，比「安處」較深。 息有休息之義，言了不事事也。 好，猶慕也。 此正直主己言，言在己當以正直之道爲好。同爲王臣，勞逸均之，若居人于勞而自處以逸，不正不直孰甚焉？馬融云：「有國之建，百工惟才，守位謹常，非忠之道。故君子之事上也，入則獻其謀，出則行其政，居則思其道，動則有儀，秉職不回，蓋百工之忠也。《詩》云：『靖共爾位，好是正直。』」又《禮・緇衣》篇，子曰：「有國家者，章善癉惡，以示民厚，則民情不貳。」亦引此詩。此以「好是正直」爲愛好正直之人，又是一説。介，鄭云：「助也。」按古者主有擯，客有介，故以介爲助。景，《説文》云：「光也。」景福，謂彰明可見之福。言穀言福，即永保禄位之意。《荀子》引此詩而云：「神莫大于化道，福莫長于無禍。」董仲舒云：「聖人於鬼神也，畏之而不敢欺也，信之而不獨任，事之而不專恃，恃其公報有德也，幸其不私與人福也。其見於《詩》曰：『嗟爾君子，勿恒安息。靖共爾位，好是正直。神之聽之，介爾景福。』正直者得福也，不正者不得福，此其法也。」《左》襄七年，晉韓獻子告老，公族穆子有廢疾，將立之。辭曰：「無忌不才，讓其可乎？請立起也。與田蘇游，而曰『好仁』。《詩》曰：『靖共爾位，好是正直。神之聽之，介爾景福。』恤民爲德，正直爲正，正曲爲直，參和爲仁。如是則神聽之，介福降之。立之，不亦可乎？」庚戌，使宣子朝，遂老。宣子，即韓起也。

《小明》五章，三章章十二句，二章章六句。 豐氏本作四章，章十二句，合「嗟爾君子」二章爲一章。○《子貢傳》有「厲王出居于彘」六字，下皆闕文。《申培説》亦云：「厲王流于彘，大夫之從行者，歷時既久，悲傷而作。」按此於詩義絶不相蒙，正以其中有「念彼共人」一語，爲指共伯和耳。其妖妄如此。

《匪風》，檜之君子行役適周，見周道衰微，歸而感傷之作。 《序》云：「思周道也。國小政亂，憂及禍難，而思周道焉。」《子貢傳》有「檜之君子」四字，而其下闕文。《申培説》及朱子皆以爲周室衰微，賢人憂之而作。愚按系此詩檜風之末，❶則作此詩者，必檜之賢者也。《韓非子》云：「鄭桓公將欲襲檜，先問檜之豪傑、良臣、辨智果敢之士，盡與其名姓，擇檜之良田賂之，爲官爵之名而書之，因爲設壇埸郭門之外而理之，釁之以雞豭，若盟狀。鄶君以爲内難也，而盡殺其良臣。桓公襲鄶，遂取之。」今觀此詩，則檜果非無賢臣也，特爲鄭桓所間耳，國安得不亡？

匪風發叶曷韻，北末翻。**兮，匪車偈**叶曷韻，胡葛翻。《前漢書》、豐氏本俱作「揭」，《韓詩外傳》作「揚」。**兮。顧瞻周道，中心怛**曷韻。《前漢書》、豐本俱作「制」。**兮。**賦也。匪、非通。發，錢氏云：「風大起也。」嚴粲云：「今俗呼大風爲風發。」偈，《博雅》云：「疾也。」按《説文》無偈字，當依《前漢書》作揭，云：「高舉也。」車升高，則在車上者，必震盪而不安也，此亦車中即事之語。鄭玄云：「迴首曰顧。」《廣韻》云：「仰視曰瞻。」與「民具爾瞻」之瞻同。周道，朱子云：「適周之路也。」孔穎達云：「言顧瞻周道，則周道已過，迴首顧之。」愚謂詩言「顧瞻」，雖指適周之路，而意之所托，則仍在西周盛時，其禮樂刑政布在方策者，與今之所行大不相同，如孔子所謂「我觀周道，幽、厲傷之」是也。孔云：「怛者，驚痛之言。」詩人言我中心之所以驚怛者，非關風之大作也，非關車之高舉也，直謂周道日非，迴首仰觀，不覺動傷今思昔之感耳。又《韓詩外傳》云：「國無道，則飄風厲疾，暴雨折木，陰陽錯氛，夏寒冬温，春熱秋榮，日月無光，星辰錯行，民多疾

❶「系」，原作「糸」，據《四庫全書》本改。

病，國多不祥，群生不壽，而五穀不登。當成周之時，陰陽調，寒暑平，群生遂，萬物寧，故曰其風治，其樂連，其驅馬舒，其民依依，其行遲遲，其意好好。《詩》曰：『匪風發兮，匪車揚兮。顧瞻周道，中心怛兮。』」前漢王吉治《韓詩》，其上昌邑王疏云：「臣聞古者師日行三十里，吉行五十里。」引此詩説曰：「是非古之風也，發發者。是非古之車也，揭揭者。蓋傷之也。」今按毛傳之解同此。但玩詩人語意，殊不爾，故不從。

匪風飄叶嘯韻，匹妙翻。**兮，匪車嘌**叶嘯韻，匹妙翻。《説文》作「嘌」，《釋文》作「票」，豐本作「漂」。**兮。顧瞻周道，中心弔**嘯韻。**兮。**賦也。《爾雅》、《説文》皆云：「迴風爲飄。」李巡云：「旋風也。」嚴云：「今考《爾雅》，扶搖謂之猋。孫炎云：『迴風從下上曰猋。』又云：『迴風爲飄。』與猋同音義别。蓋迴風謂之飄，其迴風自下而上則謂之猋。」嘌，《説文》云：「疾也。」字从口，蓋言聲之疾也。程大昌云：「言嘌嘌，無節度也。」上言風發，未明其爲何風。此言飄，則所發者乃迴風也。上言車偈，則行之不安。此言嘌，則其不安之見于聲者也。弔，毛云：「傷也。」上言怛，此言弔，先驚痛而後悲傷也。

誰能亨音烹。**魚？溉**《説文》、《釋文》俱作「摡」。**之釜鬵。**侵韻。**誰將西歸？懷之好音。**侵韻。○比也。亨、享同字，本進熟之義，故又借爲熟物之名。後人加火字于亨下，非古文也。溉，通作摡，《説文》、《毛傳》皆云：「滌也。」《少牢禮》祭之日，雍人溉鼎，廩人溉甑，是洗器之名。鬵，《説文》云：「大釜也。」又陸德明云：「鼎大上小下若甑，曰鬵。」孔云：「《爾雅》䰝謂之鬵。鬵，鉹也。孫炎云：『關東謂甑爲鬵，涼州謂甑爲鉹。』然則鬵是甑，非釜類。烹魚用釜不用甑，雙舉者，以其俱在食器，故連言耳。」愚按鬵果是甑，則非烹魚之器，不應與釜並言。政當依陸氏解，其形若甑耳，非便可以鬵當甑也。烹魚以喻治國。曰

「漑之釜鬵」者，取洗濯更新之義，以喻當改絃易轍之意，猶《易》所謂「鼎顛趾，利出否」者，與下文「懷之好音」相照。鄭云：「檜在周之東，故言西歸。」孔云：「檜在滎陽，周都豐鎬，周在于西。」按《匪風》作于幽王之世，周猶都鎬，故云然。懷，抱也。好音，謂安民致治之言。貽之好音，使之懷之，倒句法也。言誰有將西歸而見周天子者，將以興道致治之理告之，使之曠然一大變革其政，以復文武成康之盛，毋徒使人瞻周道而興感也。吕祖謙云：「《匪風》思周道何也？曰：政出天子，則强不陵弱，各得其所。政出諸侯，則徵發之煩，共億之困，侵伐之暴，惟小國偏受其禍，所以睠懷宗周爲獨切也。戰國時，厲喜謂韓王曰：『大國惡有天子，而小國利之。』以此詩驗之，其理益明。賈誼欲衆建諸侯而少其力，雖其言畧而不精，亦可謂少知治體矣。」章潢云：「讀《素冠》而興孝思，讀《匪風》而動忠義，故曰興于《詩》。」

《匪風》三章，章四句。王符云：「《匪風》，冀君先教也。會仲不悟，重氏伐之，上下不能相使，禁罰不行，遂以見亡。」所謂先教，未詳其旨。

《素冠》，刺不能三年也。出《序》及朱傳，《子貢傳》、《申培説》俱同。○此詩在鄶風中，愚意當爲刺鄶君而作。鄶君在位，好潔衣服，計其居先君之喪，服制必不能如禮，故詩以爲刺。

庶見素冠寒韻。**兮，棘**崔靈恩注、豐氏本俱作「悈」。**人欒欒**寒韻。《説文》作「臠臠」，豐本作「變變」。**兮，勞心慱慱**寒韻。**兮。**賦也。庶，《爾雅》云：「幸也。」庶見者，憂不得見之辭。素冠，王肅、鄭玄、孫毓皆以爲大祥之冠。《玉藻》云：「縞冠素紕，既祥之冠也。」注云：「紕，緣邊也，既祥祭而服之也。」《間傳》

注云：「黑經白緯曰縞。」其冠用縞，以素爲紕，故謂之素冠也。毛傳以爲練冠。按禮，三年之喪，十三月而練。孔穎達云：「毛以此冠練布使熟，其色益白，是以謂之素焉。然經傳之言素者，皆謂白絹，未有以布爲素者，則知素冠非練也。」鄒忠胤云：「人子於親喪，再期則大祥，祥後則將即吉，於是不以布爲冠而以縞，然猶不以采爲緣而以素，蓋雖漸易凶，而不敢遽用吉。此與《喪服小記》所謂『朝服縞冠』除喪不類。《小記》曰：『除殤之喪者，其祭也必玄。除成喪者，其祭也朝服縞冠。』此則期功之喪除服所通用，不必三年喪也。」棘，《韻會》云：「羸瘠也。」季本云：「因棘刺而言。棘刺葉少而體常露，故謂居喪而骨立見者爲棘人。」愚按即此冠素冠之人也。欒，當依《說文》作臠，云：「臞也。」臞者，少肉也。曰欒欒者，毁瘠之甚也。勞心，詩人自謂也。《說文》無慱字，當依作團，云：「圜也。」結聚不散之謂。世衰禮廢，庶幾有此欒欒之棘人，使我得而一見之，而其如終不可見何？故勞心而至于慱慱也。陳際泰云：「上古質朴，心喪父母，有終身之哀痛焉。中世稍漓，心不可測也，於是制爲喪服，緣情以爲之節文，非止於三年，然而遂之，則是無已也。至春秋而廢久矣，悲夫！」

庶見素衣微韻。亦叶支韻，讀如依，魚羈翻。**兮，我心傷悲**支韻。**兮，聊與子同歸**微韻。亦叶支韻，讀如歸，區韋翻。**兮**。賦也。毛傳云：「素冠，故素衣也。」又《禮·深衣》云：「孤子，衣純以素。」「我心傷悲」者，哀其孝也。子，指棘人。後倣此。「聊與子同歸」者，言世有此敦崇古禮之人，則凡事必皆能如禮，自此我之諸凡趨向，皆欲與之同歸也。

庶見素韠質韻。**兮，我心蘊結**叶質韻，激質翻。**兮，聊與子如一**質韻。**兮**。賦也。韠，《說文》

云：「韍也。所以蔽前，以韋爲之。」《玉藻》云：「韠，君朱，大夫素，士爵韋。天子直，公侯前後方，大夫前方後挫角，士前後正。下廣二尺，上廣一尺，長二寸，其頸五寸。」古者席地而坐，以臨俎豆，故設蔽膝，以備濡漬。鄭玄云：「冕服謂之韍，他服謂之韠。」又孔云：「古者佃漁而食，皆衣其皮，先知蔽前，後知蔽後。後王易以布帛，而猶存其蔽前者，不忘本也。」陳祥道云：「衣之上韋，猶尊上玄酒，俎上生魚也。鄭氏謂衣之上韠者，執事以蔽裳爲敬，與不忘其本之説戾矣。」孔云：「喪服斬衰，有衰裳絰帶而已，不言其韠。《檀弓》説既練之服云：『練衣黄裏、縓緣，葛要絰，繩屨無絇，角瑱，鹿裘。』亦不言有韠，則喪服始終皆無韠矣。禮，大祥祭服，朝服縞冠。朝服之制，緇帶素韠，韠從裳色。素韠是大祥祭服之韠，故毛公意亦謂卒章思大祥之人也。」鄒忠胤云：「《間傳》曰：『又期而大祥，素縞麻衣。』是則素冠、素衣、素韠，特服於祥祭之日，祭訖，則反服微凶之深衣，以寄其餘哀。至間一月而禫，禫而纖，斯無不佩矣。詩人所願見謂其能舉祥祭者耳，終喪而後有祥。喪禮不終，則未祥而服已除，無論禫也。此素者何從見之？」蘊，《説文》云：「積也。」本作薀。《左傳》「蘊崇」，解云：「積之低爲蘊，堆之高爲崇。」結，《説文》云：「締也。」蘊結，謂積想繫思而不可解之意。「與子如一」者，言凡可遵先王之典禮，而立于無過之地，皆欲與之爲一，即同歸之意。但歸以事言，一以心言。輔廣云：「素衣、素冠，不祥之服也，常情之所厭見也。檜國之俗，不能行三年之喪，則不復見此既祥之衣冠矣，而當時賢者，庶幾見之而不可得，則至于憂勞如此，是其心必有大不安者也。幸而得見之，則又爲之愛慕，而欲與同歸爲一焉。是又必有大慊于其心者也，此秉彝之心也。先王之制喪服，亦以是心而已，豈强民而爲之哉？」方弘静云：「三年之喪，其不盡行也久哉！孟子去春秋未遠也，而滕之父兄憂曰：『吾宗國魯先君莫之行，吾先君亦莫之行。』明王不興，道德不一，風俗不同，喪親如禮者鮮矣。」又按《禮記大全》云：「從祥至吉，凡服有六。祥祭，朝服縞冠，一也。祥訖，素縞麻衣，二也。禫祭，玄冠黄裳，三也。禫訖，朝服祲冠，四也。踰月吉祭，玄冠朝服，五也。既祭，玄端而居，六也。」

《素冠》三章，章三句。舊説皆以爲慕見孝子之辭。朱得之深不謂然，以爲此詩鑒羔裘之驕奢，冀得見勤儉勞苦之人也，悲傷其驕奢，欲同歸于勤苦，謂欲見行喪禮者迂而鑿也。今按素冠明是大祥之冠，素韠明是大祥祭服，棘人欒欒，明是孝子毁瘠之狀，則舊説固未可廢。

《逍遥》，本名《羔裘》，嫌與鄭風、唐風篇同，摘用首句二字爲别。**鄶大夫以道去其君也。國小而迫，鄶君不用道，好絜其衣服，逍遥遊燕，而不能自强于政治，故作是詩也。**出《序》。○《鄭語》史伯謂鄭桓公曰：「鄶仲恃險，有驕侈怠慢之心，而加之以貪冒。」今按《序》所云「絜其衣服，逍遥遊燕」，近于驕侈怠慢，非其有恃，必不至此。大夫知其國之將亡，而諫必不聽，故去之。

羔裘豐氏本作「求」。下同。**逍**《説文》作「消」。**遥，**蕭韻。《説文》作「摇」。**狐裘以朝。**蕭韻。**豈不爾思？勞心忉忉。**叶蕭韻，讀如凋，丁聊翻。○賦也。鄭玄云：「諸侯之朝服，緇衣羔裘。」逍遥，毛傳云：「遊燕也。」嚴粲云：「狐裘，有白有青有黄，《玉藻》謂『君衣狐白裘，錦衣以裼之』，此狐白裘也。又云『君子狐青裘豹褎，玄綃衣以裼之』，此狐青裘也。又云『狐裘黄衣以裼之』，此狐黄裘也。鄭氏以狐白之上加皮弁服，天子以日視朝，諸侯在天子之朝亦服之。以黄衣狐裘，爲大蜡之後，作息民之祭，則服之。黄衣黄冠而祭，息田夫也。引此爲證，以狐青爲臣下之服，諸侯不服之。《玉藻》稱『君子狐青裘』，注以君子爲大夫士也。此詩狐裘不指何色，狐青爲臣下之服，非檜君所服。檜君好絜其衣服，亦必不服狐黄，當從蘇轍之説，以爲狐白。然詩人之意，非以羔裘、狐裘爲大故，而以逍遥翺翔爲可憂也。」陳祥道則謂狐白裘爲君之燕服，狐青裘爲大夫士之燕服。鄒忠胤云：「《少儀》曰：『衣服在躬而不知其名爲罔。』蓋羔裘法服也，狐裘燕服也。羔裘何以爲法服？《春秋繁露》曰：『羔有角而不用，如好仁者。執之不鳴，殺之不號，類死義者。乳必跪而受，類知禮者。故羊之爲言猶祥也。』君純羔而臣以豹飾，在朝皆得服之。狐裘何以爲燕服？《埤雅》曰：『狐性好疑，貉性好睡，又皆藏獸，不可以有爲。故狐貉之厚以居，疑斯戒，睡斯安，取燕息之義。』今逍遥也而以羔裘，是法服爲嬉遊之具矣。視朝也而以狐裘，是臨御爲褻媟之塲矣。蘇子繇謂錦衣狐裘，朝天子之服，此本鄭氏臆説。按《玉藻》但云『君衣狐白裘，錦衣以裼之』，安在其爲朝天子？陳氏祥道不從之，是也。狐比羔爲賤，故朝服用羔，燕服用狐，而檜君一切反其常，則凡敗度敗禮，恣情顛倒，何所不至？其廑詩人之勞心，豈獨以鮮衣故哉！」愚按先言「逍遥」，後言「以朝」，則是以逍遥爲急務，而朝在所緩矣。但舉首句，已見其不能自强于政治，而裘服反常，猶其後耳。《説文》無忉字，當作怊，云：「悲也。」《莊子》云：「怊乎若嬰兒之失其母。」是也。悲而不已，故重言之曰忉忉。嚴云：「檜君者，當深思遠慮，孜孜汲汲，求所以爲自彊之計。今乃偷安歲月，坐而待亡，大夫諫而不聽，故去之。雖去國而不忘君，故言我豈不思爾乎？實思之而勞心忉忉也。」朱子云：「孟子去齊，其心蓋如此云。」

羔裘翺翔，陽韻。**狐裘在堂。**陽韻。**豈不爾思，我心憂傷。**陽韻。○賦也。《説文》訓翔爲飛，訓翱但云「翱翔也」，終未詳翱字之義。按翱字左施皋，皋者，氣之進也。翱翔，猶云高飛也。上章言逍遥，謂趨而至遠，即遠遊也。此章言翱翔，謂遊而不止，猶鳥之高飛而不下也。孔穎達云：「上言以朝，謂日出視朝。此云在堂，謂正寢之堂。人君日出視朝，乃退適路寢，以聽大夫所治之政。二者于禮同服羔裘，今檜君皆用狐裘，故二章各舉其一。」憂，通作慐，《説文》云：「愁也。」傷，《説文》云：「創也。」人遭創則痛，曰憂傷者，臣之於君榮辱一體，休戚相關，見君之所行如此，而自傷無如之何，故不徒憂之，而又痛之。

羔裘如膏，叶號韻，居號翻。**日出有曜。**叶號韻，于號翻。**豈不爾思，中心是悼。**號韻。○賦也。《韻會》云：「以脂膏潤物曰膏。」孔云：「此言裘色潤澤如脂膏。」嚴云：「凡人憂勞戒懼，則不暇鮮其衣。禹惡衣，文王卑服，衛文大布之衣，是也。今檜君衣服鮮明如此，其志慮凡近可見矣。」《説文》無曜字，當作燿，❶云：「照也。」陸佃云：「言日出有曜，然後見其如膏，且亦聽朝之時也，而反以燕遊，又與狐裘以朝、狐裘在堂異矣，故是詩後之也。」愚按此「如膏」，正于遊燕之時見之，上言以朝，次言在堂，則遊燕之後，尚有視朝適寢之時。今并其以朝、在堂者而亦無之，則自辨色而起以至竟日，皆遊燕也。悼，《説文》云：「懼也。陳、楚謂懼曰悼。」又毛云：「動也。」蓋謂心神震動，亦懼意也。首言勞心忉忉，悲其君之失道也。繼言我心憂傷，痛己之不能匡救也。此言中心是悼，則懼其國終不可保矣。

《逍遥》三章，章四句。《子貢傳》闕文。《申培説》云：「檜君不能自强于政治，國人憂之而作。」今

---

❶「燿」，原作「懼」，據《説文解字》卷十上改。

玩詩意，是大夫去國之語，從《序》爲長。又王符《潛夫論》云：「會在河雒之間，其君驕貪嗇儉，滅爵損禄，群臣卑讓，❶上下不臨。詩人憂之，故作《羔裘》，閔其痛悼也。會仲不悟，重氏伐之，上下不能相使，遂以亡。」愚按《逸周書·史記解》亦云：「昔有鄶君，嗇儉，滅爵損禄，群臣卑讓，上下不臨，禁罰不行。重氏伐之，鄶君以亡。」與《潛夫》之語相合。然《史記解》乃周穆王所作，以命左史戎夫者，其非詩之鄶國明甚。及考《竹書》載帝嚳十六年，使重帥師滅有鄶，則《史記》所述鄶亡，政帝嚳時事，而王符乃取以解此詩，何其罔也！

《丘中有麻》，刺鄭桓公也。桓公處于留，與鄶君夫人叔妘通焉。詩人託爲叔妘之辭以醜之。《春秋公羊傳》云：「古者鄭國處于留，先鄭伯有善于鄶公者，通乎夫人以取其國，而遷鄭焉，而野留。」今按《鄭語》，幽王八年，桓公爲司徒，問于史伯曰：「王室多故，余懼及焉，其何所可以逃死？」史伯對曰：「其濟雒河潁之間乎？是其子男之國，虢、鄶爲大，虢叔恃勢，鄶仲恃險，是皆有驕侈怠慢之心，而加之以貪冒。君若以周難之故，寄孥與賄焉，不敢不許。周亂而弊，是驕而貪，必將背君。君若以成周之衆，奉辭伐罪，無不克矣。若克二邑，鄢、蔽、補、丹、依、⿰目柔、歷、莘，君之土也。若前莘後河，右雒左濟，主芣、騩而食溱、洧，修典刑以守之，惟是可以少固。」又《周語》富辰曰：「昔鄢之亡也繇仲任，密須繇伯姞，鄶繇叔妘，聃繇鄭姬，息繇鄭嬀，是皆外利離親者也。」參觀此兩説，鄭伯以寄孥于鄶，故得與叔妘通。而叔妘以行淫辟

❶「群」，原作「君」，據《四庫全書》本改。

求利于外，故富辰謂之外利，鄶風《萇楚》之刺，繇斯而作，是則《公羊》之言不爲無據矣。此詩篇次本在王風之末，以鄭桓公初封，國在畿内，然亦以其爲鄭事，故與鄭風之卷相連。朱子能知舊説之非，直謂婦人望其所與私者而不來賦此，其於詩意，固自脗合。而特不知其爲誰而作，惜無以《公羊傳》之言告之者。又按《竹書》紀幽王二年，晉文侯同王子多父伐鄶，克之，乃居鄭父之丘，是爲鄭桓公。而班固《地理志》則云：「桓公死，其子武公與平王東遷，卒取史伯所云十邑之地，食溱洧焉。」韋昭亦引唐尚書云：「鄶，鄭武公滅之。」似與《竹書》異者，蓋幽王二年第伐鄶，克之而已，未滅其國。至平王六年，《竹書》始記鄭遷于溱、洧，斯則鄶國已滅，正當武公之時。可知寄孥賄，通叔妘，爲桓公之事，而滅鄶者乃武公也。

丘中有麻，韻。亦叶歌韻，謨婆翻。**彼留子嗟。**麻韻。亦叶歌韻，曹哥翻。**彼留子嗟，**見上。**將其來施施。**叶麻韻，時嗟翻。亦叶歌韻，疎何翻。顔之推《家訓》云：「毛傳、鄭箋、《韓詩》重爲『施施』，河北《毛詩》皆云『施施』，江南舊本悉單爲『施』。俗遂是之，恐有少誤。」○興也。丘，《説文》云：「土之高也。」麻、麥皆五穀之一。麻、枲同類，無實曰枲，有實曰麻。《本草》云：「麻，一名麻勃。此麻上花勃勃者。麻子味甘平，無毒，園圃所蒔，即今人所作布者。」《春秋説題辭》云：「麻之爲言微也，陰精寢密，女作纖微也。」宋均云：「麻三變，生成，形一變也。漚取皮，二變也。積成爲縷，三變也。」愚按麻有三變，詩之取興，蓋疑桓公之多變態，猶之麻也。留，地名。《路史》云：「留國，陶唐氏之後，妘姓。」愚按留後入于鄭，或先爲王所滅，而以之封鄭，或鄭自取之，莫能詳也。孟康云：「留，鄭邑，後爲陳所并，故曰陳留。」留子，指鄭伯也。隱其國爵而以留子呼之，蓋自醜其行而忌諱之意，亦猶《氓》篇之婦人呼夫爲「復關」也。嗟，《説文》云：「咨也。」甫呼留子而嗟嘆之辭，即與之俱傷其不得見也。將，猶言方且也。曰將其者，望之也。施，《説文》云：「旗貌。」徐鍇云：「旗之逶迤也。」象其來時行動逶迤之狀曰施施也。言安得彼逶迤而來，以慰我之望乎？又按麻皮漚之甚長，故以興施施。

丘中有麥，叶職韻，紇力翻。**彼留子國**。職韻。**彼留子國**，見上。**將其來食**。職韻。○興也。麻、麥互相爲候。麥黄種麻，麻黄種麥，蓋皆同時所有，故即所見以起興。羅願云：「麥者，接絶續乏之穀。夏之時，舊穀已絶，新穀未登，民于此時乏食，而麥最先熟。」愚按興意，疑桓公之有他遇，亦如麥之可以接絶續乏，故不來也。「彼留子國」者，指鄭伯所居之國，即留是也。來食，朱子云：「就我而食也。」麥可養人，故以興來食。

丘中有李，紙韻。**彼留之子**。紙韻。**彼留之子**，見上。**貽我佩玖**。叶紙韻，苟起翻。○興也。李字从木子，蓋有二義。羅願謂李，木之多子者。陸佃則云：「李、韭皆酸，李，東方之果，木子也。」二義皆通，羅説爲正。《詩》曰：「何彼穠矣，華如桃李。」興意蓋疑桓公别有所遇，悦他人顔色之美，而忘己也。又陸云：「李性頗難老，老雖枝枯，子亦不細。」然則言李，又正以自況耳。貽，《説文》云：「贈遺也。」佩，襍佩也。劉熙云：「陪也，言其非一物，有陪貳也。」玖，《説文》云：「玉之黑色者。」趙頤光云：「玖从玉从久，意兼聲，玉久土侵，白光似石，故从久也。」之子曩曾貽我以佩玖，蓋取堅久不渝之意，豈其一旦而遂棄我乎？

《丘中有麻》三章，章四句。《子貢傳》、豐氏本篇名俱作《丘中》。○《序》云：「思賢也。莊王不明，賢人放逐，國人思之，而作是詩也。」《子貢傳》亦云：「留子賢而退隱，周人慕之。」蓋勦襲《序》説云爾。毛傳遂以子嗟、子國爲二賢之字，又以子國爲子嗟父，絶無稽據，殆不足信。毛又以丘中有麻麥艸木，乃留氏子之所治。而陸佃爲之説曰：「麻以衣之，麥以食之，又有李焉，且皆丘中植之，則留子之政修矣。此人之所以思之。《法言》曰：『男子畝，婦人桑之謂思。』吕子曰：『子産相鄭，桃李之垂于街者，莫之援也。』然則丘中有李，又能使人不盜也。」愚按似此説《詩》，絶不識比興之趣，固亦甚矣。《申培説》闕。

《隰有萇楚》，疾恣也。出《序》。**鄶君之夫人與鄭伯通，鄶君弗禁，國人疾之。**鄶，《詩》作「檜」。鄶君，字仲。《序》云：「國人疾檜君之淫恣，而思無情慾者也。」愚按詩言樂無家無室，是兼刺夫人，不專刺鄶君也。夫人名叔妘，通于鄭伯。事見《丘中有麻》篇。韋昭云：「鄶，妘姓之國。叔妘，同姓之女，爲鄶夫人。」

隰有萇《爾雅》作「長」。**楚，猗儺其枝。**支韻。**夭之沃沃，樂**音絡。後同。**子之無知。**支韻。○興也。下濕曰隰。萇楚，艸名。《爾雅》云：「銚芅也。」一作銚戈。《廣雅》以爲鬼桃，《本草》以爲羊腸，《通志》以爲御戈。郭璞云：「今羊桃也。葉似桃，華白，子如小麥，亦似桃。」而陸璣則云：「葉長而狹，華紫赤色，其枝莖弱，過一尺，引蔓于艸上。」或云，一名葉楚，生平澤中，子細如棗核，苗弱不能爲樹。蜀本《圖經》云：「今人呼爲細子，根似牡丹。」猗，通作倚，依也。儺，通作郍，郍又通作娜，《説文》云：「弱長貌。」夭，通作枖。徐鍇云：「謂艸木始生未幾，得地力而速大也。」沃，《説文》云：「漑灌也。」曰沃沃者，潤澤之意，「其葉沃若」是也。子，朱子云：「指萇楚也。」呼萇楚爲子，猶今人對物而言皆稱爾也。萇楚條弱，不能自立，過尺則引蔓于草上，其枝有所倚着，而嫋娜下垂，但見其沃沃然發榮滋長，在萇楚若有以自樂矣。然亦惟萇楚無知之物，故可以隨處蔓引而不擇地。若人含五常之性，各有配偶，男有室，女有家，無相瀆也，謂之有禮。而可以不顧廉耻，漫然相附麗爲哉？此即言檜夫人通乎鄭伯之事，而檜君不禁，故借萇楚反言以志刺，其語意恍然。胡安國云：「男女，人之大欲存焉。欲生于色而縱于淫，色出于性。目之所視，有同美焉，不可掩也。淫出于氣，不持其志，則放僻趨蹶，無不爲矣。夫以志狥氣，肆行欲而不能爲之帥，至於棄其家國而不顧，此天下之大戒也。」

隰有萇楚，猗儺猗儺，《楚辭章句》作「旖旎」。**其華。**麻韻。**夭之沃沃，樂子之無家。**麻韻。○興也。上言無知，合君與夫人並刺之。此下二章，則析言之也。樂子之無家，刺夫人也。女以男爲家。

隰有萇楚，猗儺其實。質韻。**夭之沃沃，樂子之無室。**質韻。○興也。先言枝，次言華，後言實，乃立言之序。又陸佃云：「有一種羊桃，華實皆連理，故《詩》以刺淫恣。」樂子之無室，刺檜君也。男以女爲室，檜君不能有其室也。華之敷在外，故以興家。實之含在内，故以興室。鄧元錫云：「人生而有知，其願有室家者，人之道也。以從淫，不如無之爲愈也。深痛至矣。」

《隰有萇楚》三章，章四句。《子貢傳》、《申培說》、豐氏本篇名俱作《萇楚》。○《子貢傳》、《申培說》皆以爲檜人困于賦役而作，朱子解亦然。愚初亦從其說，因爲之義曰：「萇楚不能自立，必引蔓于草上，以興民必附君以有生。而今乃憔悴于虐政，曾不如無知之萇楚，猶得榮茂于光天化日之下也。」此以解首章亦近之，特以後兩章有室家之語，明是爲男女之事而發，故定從《序》焉。

《菀柳》，刺幽王也。出《序》。**侮慢諸侯，數徵會之，而無信義焉。**愚按《采菽》之《序》有云：「幽王侮慢諸侯，諸侯來朝，不能錫命以禮，數徵會之而無信義。」即移爲是詩之本序可。《史記》云：「褒姒不好笑，幽王欲其笑，萬方，故不笑。幽王爲烽燧大鼓，有寇至，則舉烽火。諸侯悉至，至而無寇，褒姒乃大笑。幽王説之，爲數舉烽火，其後不信，諸侯益亦不至。」《吕氏春秋》亦云：「周宅酆、鎬，近戎人。與諸侯約，爲高葆，禱於王路，置鼓其上，遠近相聞。即戎寇至，傳鼓相告，諸侯之兵皆至，救天子。戎寇當至，幽王擊鼓，諸侯之兵皆至，褒姒大説喜之。幽王欲褒姒之笑也，因數擊鼓，諸侯之兵數至而無寇。至于後，戎寇真至，幽王身之，乃死于麗山之下，爲天下咲。」是詩所刺，蓋在舉烽悉至而無寇時也。

有菀者柳，不尚息職韻。**焉。上帝甚蹈，**鄭玄本作「悼」。**無**豐氏本作「毋」。後同。**自暱**叶職韻，質力翻。**焉。俾**陸德明本作「卑」。後同。**予靖之，後予極**職韻。**焉。**興也。菀，毛傳云：「茂木也。」《國語》優施歌曰：「暇豫之吾吾，不如鳥烏。人皆集于菀，己獨集于枯。」即此菀也。柳，《説文》云：「小楊也。」郝敬云：「楊之垂者曰柳，柔脆之木也。桑車亦曰柳，日酉亦曰柳，昧谷謂之柳谷，蓋頹敗喪亡之比。」不者，疑辭。尚，鄭玄云：「庶幾也。」息本喘息，人以一呼一吸爲一息，故有止義。言此菀然森茂之柳，雖其枝葉低垂，不庶幾爲行路之人所就之止息焉。以興王室將卑，未卜此後天下尚肯宗周否也？上帝，指天。觀《國策》引此句作「上天」可見。蹈，毛云：「動也。」按動足踐履爲蹈，故有動義。無，通作毋，禁止辭。暱，《説文》云：「日近也。」徐鍇云：「日日相近也。」亦作昵，訓爲黏。《考工記》「凡昵之類，不能方」是也。此指王嬖褒姒言。言天意甚變動，其去留將不可測，王毋徒自快意，而日與褒姒相親暱也。俾，使也。靖，安也。解見《小明》篇。極、劇同音，古皆以爲勞倦之意，晋人所謂小極，《史記・屈原傳》所謂「勞苦倦極」是也。言王舉烽伐鼓，將使我會兵京師，以安靖禍亂矣。而後乃不然，乃徒以欲悦褒姒之故，假稱有寇，使我疲于道路也。

有菀者柳，不尚愒霽韻。**焉。上帝**《戰國策》作「天」。**甚蹈，**《戰國策》作「神」，《韓詩外傳》作「慆」。**無自瘵**叶霽韻，子例翻。**焉。**《戰國策》作「也」。**俾予靖之，後予邁**叶霽韻，力制翻。**焉。**興也。愒，毛傳、《説文》皆云：「息也。」徐云：「猶憩也。」瘵，毛傳、《説文》皆云：「病也。」郭璞云：「今江東呼病曰瘵。」上帝甚變動，其意將有所轉移。王毋以暱于内嬖之故，而卒至于自病也。《韓詩外傳》載荀卿爲賦謝春申君曰：「璇玉瑶珠不知佩，襍布與錦不知異，閭娵子都莫之媒，嫫母力父是之喜。以盲爲明，以聾爲聰，以是爲非，以吉爲凶。嗚呼！上天曷維其同？《詩》曰：『上帝甚慆，無自瘵焉。』」《戰國策》畧同。邁，《説文》云：「遠行也。」言將使我安靖寇亂，既至之後，乃徒使我空歸而遠行也。

有鳥高飛，亦傅于天。先韻。亦叶真韻，汀因翻。**彼人之心，于何其臻。**真韻。亦叶先韻，則然翻。**曷予靖之，居以凶矜。**叶真韻，渠巾翻。亦叶先韻，姑元翻。○興而比也。鳥，譬褒姒也。傅，通作附，取附麗之義，故毛傳以爲至，《周禮》注以爲近也。天譬王也。彼人，亦斥褒姒也。臻，毛傳、《説文》皆云：「至也。」褒姒，一下國之賤女，而獲寵于王，至奪嫡爲后，譬如鳥之高飛，亦既附麗于天矣。然猶不知厭足，所以蠱惑王者日新無已，不識彼人之心，將于何底止乎？《左傳》云：「女德無極。」此之謂也。曷，《説文》云：「何也。」怪歎之辭。矜，通作兢。毛傳云：「危也。」按戰戰兢兢，乃危意也。時方無寇，何故舉烽爲戲，使我來靖亂乎？信義不立，其何以令？徒自居于凶危之地而已。厥後申侯與繒、西戎、犬戎攻幽王，幽王舉烽火徵兵，兵莫至，遂殺幽王驪山下，虜褒姒，盡取周賂而去。居以凶矜之言，於斯驗矣。《吕氏春秋》云：「褒姒之敗，乃令幽王好小説以致大滅，故形骸相離，三公九卿出走。此褒姒之所用死，而平王所以東徙也。」

《菀柳》三章，章六句。《序》云：「刺幽王也。暴虐無親，而刑罰不中，諸侯皆不欲朝，言王者之不可朝事也。」《子貢傳》云：「厲王不禮于諸侯，諸侯相戒以避之。」《申培説》云：「厲王暴虐，諸侯相戒而作。」朱子亦主暴虐不朝之説，而不顯其世。夫君臣大義，無所逃于天地之間。王雖不道，而臣子朝貢之禮，豈可以不修？果如舊説，諸侯相戒不欲朝王，乃悖理傷教之甚者，夫子豈肯録之乎？

《巧言》，大夫傷讒也。周幽王惑于讒，既立伯服，逐宜臼，復與諸侯爲太室之盟，將謀伐申，以求宜臼而殺之。大夫憂喪亂之將至，而作此詩。《序》云：「刺幽王也。大夫傷於讒，故作是詩也。」愚按《竹書》幽王十年春，王及諸侯盟于太室。秋九月，王師伐申。《左傳》椒舉亦云：「周幽爲太室之盟，戎狄叛之。」據此篇有「君子屢盟」之語，則此詩必于盟太室後作也。何以盟太室？謀伐申也。何以謀伐申？時宜臼奔于申，將求而殺之也。誰爲此謀者乎？虢石父也。其事始末，在《國語》言之最詳，與此詩相印合，備録于此。《晉語》史蘇謂獻公曰：「周幽王伐有褒，有褒人以褒姒女焉。褒姒有寵，生伯服，於是乎與虢石甫比，而立伯服。太子出奔申，申人、繒人召西戎以伐周，周于是乎亡。」《鄭語》史伯謂桓公曰：「夫虢石甫，讒諂巧從之人也，而立以爲卿士，與剸同也。棄聘后而立内妾，好窮固也。侏儒戚施，實御在側，近頑童也。周法不昭，而婦人是行，用讒慝也。不建立卿士，而妖試幸措，行暗昧也。是物也，不可以久。申、繒、西戎方强，王室方騷，將以縱欲，不亦難乎？王欲殺太子以成伯服，必求之申，申人弗畀，必伐之。若伐申，而繒與西戎會以伐周，周不守矣。繒與西戎方將德申，申、吕方彊，其隩受太子，亦必可知也。王師若在，其救之亦必然矣。王心怒矣，虢公從矣，凡周存亡，不三稔矣。」此詩所指「僭始既涵」，正斥褒姒也。所指爲讒爲盗，爲巧言，皆斥石父也。曰「既微且尰」，則石父之徒，所謂「侏儒戚施」，❶實御在側」者也。曰「爾勇伊何」、「爾居徒幾何」，則斥其同謀伐申之事也。曰「躍躍毚兔，遇犬獲之」，則豫策周之必亡于申也。然亂之長，亂之暴，亂之餤，總之石父之讒階之。《序》謂「大夫傷于讒」，猶云所痛傷者，在于讒人耳，非謂大夫身自遭讒也。舊解俱謬。

悠悠昊天，曰父母且。叶虞韻，叢租翻。**無罪無辜，**虞韻。**亂如此憮。**叶虞韻，荒烏翻。《石經》、《爾雅》俱作「幠」。**昊天已威，**叶賄韻，讀如猥，鄔賄翻。**予慎無罪。**賄韻。**昊天大**《韓詩外傳》引此同。陸德明本、朱傳、蘇傳、《讀詩紀》、《詩緝》俱作「泰」，《新序》作「太」。**憮，**見上。**予慎無辜。**見上。

○賦也。悠，《説文》云：「憂也。」《爾雅》云：「思也。」悠而又悠者，憂思之極，故呼昊天而訴之也。昊天，解見《雨無正》篇。天之於人，若父母然，親之之辭也。且，語助也。無罪無辜，汎指下民。憮，通作幠，覆也。昊天爲民父母，今乃使無罪無辜之民，横遭禍亂之及，如此乎其無不籠罩也。此以未然言，逆料其勢必至是

❶「戚」，原作「威」，據文義改。

也。已，止。威，虐也。予，詩人自謂也。慎，謹也。大，如字。詩人見天下大亂，已將與人俱不免，故又呼天而祝之曰：昊天庶幾其止此威虐乎？若予平日兢兢自審，未嘗有亂國之事，固無罪也，昊天庶幾其大加覆庇乎？若予平日兢兢自審，未嘗有亂國之事，固無辜也。夫亂階于一人，而禍延于衆人，使無罪無辜同歸于盡，生斯世乎，何不幸若此！詩人灼見周之必亡，故先作危懼之語以發端。鄭桓公所謂「王室多故，余懼及焉，其何所可以逃死」，即此意。

亂之初生，僭《讀詩紀》作「譖」。**始既涵。**叶咸韻，胡讒翻。《韓詩》作「減」。**亂之又生，君子信讒。**咸韻。**君子如怒，**叶麌韻，暖五翻。顔師古《糾繆正俗》云：「自古讀『怒』有上、去二音，今山東、河北但知怒有去聲，❶失其真也。」**亂庶遄沮。**叶麌韻，讀如組，總古翻。**君子如祉，**紙韻。**亂庶遄已。**紙韻。○興也。僭，《説文》云：「假也。」徐鉉云：「按《左傳》，惟名與器，不可以假人，是僭也。」涵，毛云：「容也。」此言褒姒不安嬪妾之分，當其初興奪嫡之謀，幽王惟欲順適其意，輒涵容之，此亂之所自生也。君子，以位言，謂天子也。不忍斥言王，故但言君子，若汎指者然。讒，指虢石父也。石父讒佞，與褒姒爲比，幽王信之，於是乎申后廢，太子宜臼逐，此亂之所以又生也。然則幽王蓋身自開亂，而石父其成之者也。「君子如怒」以下四句，規王之辭。庶，庶幾也。遄，《爾雅》云：「疾也。」沮，通作阻，遏也。祉，福。已，止也。如怒，反信讒而言。如祉，反涵僭而言。讒而信之，則有怒其所不當怒者矣。君子如有所加譴怒于人，必其庶

❶「知怒」，原作「如愁」，據《四庫全書》本改。

幾可以疾速遏亂者。怒一人而人知懲，然後怒之，若惑于讒而妄怒焉，烏可也？僭而涵之，則有祉其所不當祉者矣。君子如有所施福澤于人，必其庶幾可以疾速止亂者。福一人而人知勸，然後福之，若溺于僭而妄祉焉，烏可也？傷幽王之不然，所以致亂。馮時可云：「人主之好惡喜怒，乃天之暖清寒暑也。當暑而寒，當寒而暑，物受其災。當怒而喜，當喜而怒，民逢其亂。是故人主大守，在於謹藏而深禁怒。四時之未嘗過，則胡不底于理？」按《左》昭十七年，范武子將老，召文子曰：「燮乎！吾聞之，喜怒以類者鮮，易者實多。《詩》曰：『君子如怒，亂庶遄沮。君子如祉，亂庶遄已。』君子之喜怒以已亂也。」正此詩義疏。又文二年，秦孟明帥師伐晉，以報殽之役。晉獻公以狼瞫爲右。箕之役，先軫黜之。瞫怒。其友曰：「盍死之？」瞫曰：「周志有之：『勇則害上，不登于明堂。』死而不義，非勇也。」及彭衙，既陳，以其屬馳秦師，死焉。晉師從之，大敗秦師。君子謂狼瞫於是乎君子。《詩》曰：「君子如怒，亂庶遄沮。」怒不作亂，而以從師，可謂君子矣。昭三年，齊景公繁于刑，有鬻踊者。公問晏子曰：「子之宅近市，識貴賤乎？」對曰：「踊貴，屨賤。」景公爲是省于刑。君子曰：「仁人之言，其利溥哉！晏子一言，而齊侯省刑。《詩》曰：『君子如祉，亂庶遄已。』其是之謂乎？」皆借詞立義。

君子屢盟，叶陽韻，謨郎翻。**亂是用長**。陽韻。**君子信盜**，號韻。**亂是用暴**。號韻。**盜言孔甘**，覃韻。**亂是用餤**。叶覃韻，徒甘翻。**匪其止共**，叶冬韻，居容翻。《韓詩外傳》、陸本俱作「恭」。陸又云：「一作『供』。」**維**《禮記》、《說苑》、《家語》、《外傳》作「惟」。**王之邛**。冬韻。○賦也。屢，古文作婁，數也。《爾雅》云：「疾也，亟也。」義同。盟，朱子云：「殺牲歃血告神，以相要束也。」字从明在血上，會意。

明者，明神也。《周禮·司盟》職云：「凡邦國有疑會、同，則掌其盟約之載及其禮儀，北面詔明神。」鄭玄云：「時見曰會，殷見曰同，非此時而盟謂之數。盟之所以數者，繇世衰亂，多相背違也。」愚按此正指王及諸侯盟于太室之事。《史記》載褒姒不好笑，幽王欲其笑，萬方，故不笑。幽王爲烽燧大鼓，有寇至，則舉烽火，諸侯悉至，至而無寇，褒姒乃大笑。幽王説之，爲數舉燧火。其後不信，諸侯蓋亦不至。此時王亦覺諸侯離心，故不得已爲盟以要之。曰「屢盟」，則前此蓋不一盟矣。長，如字。無所以聯諸侯之心，而徒乞靈于盟。盟可燖亦可寒也，此亂之所以未已也。《荀子》云：「不足于信者誠言，故《春秋》善胥命，而《詩》非屢盟，其心一也。」王符云：「大人之道，周而不比。微言相感，掩若同符，又焉用盟？」《左》桓十二年，公欲平宋、鄭。冬，又會于龜。宋公辭平，故與鄭伯會于武父，遂帥師伐宋而戰焉，宋無信故也。君子曰：「苟信不繼，盟無益也。《詩》曰：『君子屢盟，亂是用長。』無信也。」襄二十九年，鄭大夫盟於伯有氏。裨諶曰：「是盟也，其與幾何？《詩》曰：『君子屢盟，亂是用長。』今是長亂之道也，禍未歇也。」盜，亦指石父也。《公羊傳》云：「賤者窮諸盜。」孔穎達云：「窮者盡也。小人賤者盡諸盜，知盜是惡名，故引以證盜爲小人也。」盜晝伏夜行，石父投間伺隙，爲讒言以中王，其狀亦如穿窬之盜然，故以盜目之。暴，通作暴，《説文》云：「疾有所趣也。」王惟信石父不已，故亂之來甚疾也。按《史記》稱王以虢石父爲卿用事，國人皆怨，夫曰國人怨，則諸侯之怨可推。使王不信石父，亦無事屢盟爲矣。孔，甚。甘，美也。小人之言，先務諛説其君，甘言卑辭以入之，使人君聽之不倦，如嗜美物而不厭也。餤，本作啗，《説文》云：「食也。」《趙世家》云「故以齊餤天下」是也。亂是用餤，言王以身受亂，如人之食物也。亦與甘字相應。《禮·表記》篇，子曰：「君子之接如水，小人之接如醴。君子淡以成，小人甘以壞。《小雅》曰：『盜言孔甘，亂是用餤。』」止以心言。共，通作恭，敬也。邛，通作窮，困也。聽小人孔甘之言，斌媚曲謹，似甚恭敬君者，而其心實不然，非能安止于恭者也，不過欲借此售其奸利，徒足蠱惑王心，而使王受其困耳。《禮·緇衣》篇，子曰：「下難知則君長勞。臣儀行，不重辭，不援其所不及，不煩其所不知，則君不勞矣。小雅曰：『匪其止共，惟王之邛。』」《家語》、《説苑》云：「魯哀公問政于孔子，孔子曰：『政在於諭臣。』子貢問曰：『政有異乎？』孔子曰：『哀公有臣三人，内比周公，以惑其君。外障距諸侯賓客，以蔽其明。故曰政在諭臣。《詩》不云乎？匪其止共，惟王之邛。此傷姦臣蔽主以爲亂者也。』」《韓詩外傳》云：「哀公問取人。孔子曰：『無取健，無取佞，無取口讒。健，驕也。佞，諂也。讒，誕也。故弓調然後求勁焉，馬服然後求良焉，士信慤而後求知焉。士不信焉，又多知，譬之豺與，其難以身近也。《周書》曰「爲虎傅翼」也，不亦殆乎？《詩》曰：「匪其止恭，惟王之邛。」言其不恭其職事，而病其主也。』」又云：「有大忠者，有次忠者，有下忠者，有國賊者。不恤乎公道之大義，偷合苟同，以持祿養者，是謂國賊也。《詩》曰：『匪其止共，惟王之邛。』」

奕奕寢廟，君子作藥韻。**之。秩秩**《説文》作「𢧁𢧁」。**大猷，**《漢書》注作「繇」。**聖人莫**藥韻。陸本作「漠」，《漢書》注作「謨」。**之。他**豐本作「它」。**人有心，予**《史記》作「余」。**忖**陸本作「寸」。**度**叶藥韻，達各翻。亦叶陌韻，直格翻。**之。躍躍**《史記》、《韓詩》、豐本俱作「趯趯」。**毚兔，遇犬獲**陌韻。亦叶藥韻，黄郭翻。**之。**《史記》引，此「趯趯毚兔」二句在「他人有心」二句之前。○賦而比也。奕，《説文》云：「大也。」兼寢廟而言，故重曰奕奕。寢廟，即太室也。《書·雒誥》云：「王入太室祼。」疏云：「清廟有五室，中央曰太室。」《周禮注》云：「前曰廟，後曰寢。」方氏云：「既曰寢，又曰廟，何也？蓋王者之于祖宗，以人道事之，則有寢。以神道事之，則有廟。」《後漢・祭祀志》云：「古宗廟，前制廟，後制寢，以象人之居，前有朝，後有寢也。《月令》有『先薦寢廟』，《詩》稱『寢廟奕奕』，言相通也。廟以藏主，以四時祭，寢有衣冠几杖，象生之具，以薦新物。秦始出寢，起於墓側，漢因而弗改，故陵上稱寢殿。起居衣服，象生人之具，古寢之意也。」陳祥道云：「春秋之時，子太叔之廟在道南，其寢在道北，此古者前廟後寢之遺制也。」此「君子」，謂天子也。作，造也，即「奚斯所作」之作。按《曲禮》注云：「諸侯春見曰朝，受摯于朝，受享于廟。秋見曰覲，一受之于廟。朝者，位於内朝而序進。覲者，位於廟門外而序入。王南面立於依宁而受焉。夏宗依春，冬遇依秋。」《左傳》叔向云：「明王之制，使諸侯歲聘以職業，間朝以講禮，再朝而會以示威，再會而盟以顯昭明。」所謂再會而盟者，十二年王一巡守，盟于方岳之下也。是則王之立宗廟，所以待諸侯之朝覲宗遇，非爲盟而設。又盟之事，惟時巡與會同有之，今幽王與諸侯盟于太室，失禮甚矣。秩，《説文》云：「積也。」字从禾。徐鉉云：「有敘之貌。」猷，猶同字，謀慮也。謀之有關于朝常國典、世道人心者，謂之大猷。聖人，以廟中之聖人言，文、武是也。莫，通作謨。徐鉉云：「汎議將定其謀曰謨。」大猷之定，皆擬議自聖人，如《周禮》、《儀禮》之類，各有次序，不可移易。繼世而爲天子者，必本祖宗所定之大猷以出治，然後可以仰對宗廟而無媿。今幽王於君臣、父子、夫婦之間，舉失其道，至如伯服、石父之輩，亦皆於兄弟、朋友有慙德焉，則天與我民彝大泯亂，而負此尊位多矣。他人，指申侯也。對他人言稱予，欲幽王之自審也。「忖度」二字互相解，皆取量度長短之義。時石父與王謀者，非大猷是經，惟以伐申求太子爲事，豈知申侯必有所以處此。當宜臼奔申之後，太室未盟之先，《竹書》所記申侯聘西戎及鄫，事正在幽王九年，其心已叵測矣，奈何徒見己而不見彼乎？　董仲舒云：「物莫無鄰，察視其外，可以見其内也。」東郭先生云：「目者，心之符也。　言之者，行之指也。　夫知者之於人也，未嘗求知而後能之也。　觀容貌，察氣志，定取舍，而人情畢矣。」齊宣王謂孟子曰：「夫我乃行之，反而求之，不得吾心。　夫子言之，於我心有戚戚焉。」凡此皆明于忖度之術者也。　躍，《説文》云：「迅也。」或作趯，踊也。　毚，《説文》云：「兔之駿也。」《蒼頡解詁》云：「大兔也。　大兔必狡猾，又謂之狡兔。」《格物論》云：「兔，鼠形，尾匾彎短，大如猫，毛色褐，耳大而鋭且卓，口缺，長鬚，趫捷善走。　毚其狡者，毚又其大也。」有毚又有兔，故重言躍躍，則石父與其徒黨之比，皆同謀伐申者也。　犬，比申、繒、犬戎。獵所得曰獲。　毚兔雖善騰躍，適與田犬遇，或又爲所獲，深危之之辭也。　其後申人、繒人及犬戎入宗周弑王及鄭桓公。　犬戎殺王子伯服，執褒姒以歸。　詩人之言，於是乎始驗。《史記》秦令白起與韓、魏共伐楚，楚使黄歇適至於秦，乃上書説秦昭王曰：「昔智氏見伐趙之利，而不知榆次之禍。　吴見伐齊之便，而不知干隧之敗。　此二國者，非無大功也，没利于前，而易患于後也。　吴之信越也，從而伐齊，既勝齊人于艾陵，還爲越王禽三渚之浦。　智氏之信韓、魏也，從而伐趙，攻晉陽城勝有日矣，韓、魏叛之，殺智伯瑶於鑿臺之下。　今王妬楚之不毁也，而忘毁楚之彊韓、魏也，臣爲王慮而不取也。《詩》曰：『大武遠宅而不涉。』從此觀之，楚國援也，鄰國敵也。《詩》云：『趯趯毚兔，遇犬獲之。』他人有心，予忖度之。』今王中道而信韓、魏之善王也，此正吴之信越也。」按歇所援引，可借爲此詩義疏。

荏染柔木，君子樹叶麌韻，上主翻。**之。　往來行言，心焉數**麌韻。**之。　蛇**以支翻。下同。**蛇**

碩言，出自口有韻。**矣。巧言如簧，顔之厚**有韻。**矣。**比而賦也。荏，「色厲而内荏」之荏。愚按宜通作恁。《説文》云：「下齎也。」言心所齎者卑下，故借爲柔弱之意。染，通作姌，《説文》云：「弱長貌。」柔木，朱子云：「桐梓之屬，可用者也。」樹，植也。荏染然之柔木，良材也。君子當封殖之，俾無牛羊斧斤之患。以比太子宜臼，柔弱不能自立，王宜愛護之，勿聽讒言傷害之也。按《中候》云：「無易樹子。」注以樹子爲適子。所以名適子爲樹子者，《文王》之詩云「本支百世」，以適子比樹本，庶子比支孽也。行言，朱子云：「行道之言也。」焉，何也。數，錢氏云：「猶記也。」吕祖謙云：「讒言易入而難忘，聽之當如聽行路之言。人之聽往來行路之言者，或歌或詈，如風過耳，心焉嘗數之乎？」愚按此以上四句，皆比體。蛇蛇，屈曲之貌。蛇屬紆行，所言不必與理會，而宛轉關生，無所不入，有似蛇行之紆曲者，然又此唱彼和，故目之以蛇蛇也。碩，大也。出自口矣，與「好言自口，莠言自口」同意。簧，解見《君子陽陽》篇。宜臼奔申，豈無善處之術？彼但以伐申殺太子爲事，信口大言，謂王師所至，必無敢逆我顔行者。騁其巧辨，❶總不根心，如笙中之簧，隨氣轉動，而不自知其可羞愧。蓋爲人臣子，而日以離間骨肉爲事，誠負恩之甚者，尚敢靦然呈面目于人世，所謂胡顔之厚也。上章以事勢言，故曰「躍躍毚兔，遇犬獲之」，危之也。此章以情理言，故曰「巧言如簧，顔之厚矣」，鄙之也。

彼何人斯？支韻。**居河之麋。**支韻。《爾雅》注、陸本俱作「湄」。**無拳無勇，職爲亂階。**叶

❶「騁」，原作「聘」，據《四庫全書》本改。

支韻，堅夷翻。**既微且尰，**《説文》作「瘇」，陸本作「腫」。**爾勇伊何？** 歌韻。**爲猶將多，**歌韻。**爾居徒幾何？** 見上。○賦也。彼，彼小人也。孔云：「賤而惡之，作不識之辭，故曰何人。」斯，通作𧥜，《説文》云：「悲聲也。」麋，古文通作湄，水艸交際之處。《左傳》「吾賜汝孟諸之麋」是也。拳，通作捲，《説文》云：「氣勢也。」引《國語》「予有捲勇」之捲。勇，《説文》云：「健也。」小人之工爲讒佞者，其貌極卑，其氣極下，奄奄若九泉下人，何拳勇之有？ 職，主也。階，級也。劉熙云：「梯也，如梯之等差也。」鄭云：「此人主爲亂作階，言亂繇之來也。」愚按此以上四句，專主虢石父而言。居河之麋，則其所居之采邑也。微，細也，以形體言。尰，《説文》云：「脛氣足腫。」《賈誼傳》「方病大瘇」是也。此石父之徒黨，史伯謂「侏儒戚施，實御在側」，微即侏儒也，尰即戚施也。戚施爲蟾蜍之别名，背上多疿磊，似于尰也。爾，爾石父也。後同。石父固無拳勇之可言矣，觀其徒黨，既有微者，且有尰者，與石父表裏相依，石父未必不資之以爲重。然其形狀猥陋如此，即爾之所謂勇，亦烏在其能勇哉？ 猶，謀也。將者，且然之辭。爲猶將多，所謀皆興兵搆怨之事，方興而未艾也。因又警之曰：爾所與聚居之徒衆幾何許人，而能爲此？正恐作之不順，威之不立，衆怒難犯，禍不旋踵耳。《左》襄十四年，衛獻公射鴻于囿，孫文子從之，不釋皮冠而與之言。公飲之酒，使太師歌《巧言》之卒章。太師辭。師曹請歌之，遂誦之。文子曰：「君忌我矣，弗先，必死。」遂作難，公出奔衛。

《巧言》六章，章八句。 朱子云：「以五章『巧言』二字名篇。」○《子貢傳》、《申培説》、豐氏本皆合《巧言》、《何人斯》爲一篇，故其篇名止有《巧言》而無《何人斯》。今按二詩立言，各有所爲，原不相涉。彼但見篇中皆有「彼何人斯」一語，遂謬欲混之爲一耳。鄒忠胤謂詩以「悠悠昊天」發端，而摘第五章中「巧言」二字爲目，意詩章原止于五，其居河麋章當與下篇相屬。然《左傳》衛獻公使太師歌《巧言》之卒章，以嘲林父。時林父如戚將爲亂，則所歌必是「居河之麋」也。《左傳》所舉章次與毛傳殊合，猶不足信耶？若舊説相沿，皆以此詩爲聖讒之作，故於「寢廟」章則曰是言讒之心不難知也。於「荏染」章，❶則曰是言讒之説不難辯也。於「河麋」章，則曰是言讒之黨不難除也。於是有爲之著論者云：「如王莽之謙恭，使當年即死，孰知其僞？如王安石之依於道，動引經術，神宗以爲聖人，雖司馬亦不知其僞。又或有拳勇如羿、奡、吕布，有徒黨如漢、唐宦官，宋章惇、蔡卞之流，除之不得其方，必致大亂，是皆可患也。今讒人之伎倆如此，而王不能去，其罪不獨在讒人也。」又云：「國家之有小人，其强悍跋扈者多易敗，而奸深詭譎者多難驅。此何以故？爲其心如重淵之不可窺，而知之實難。其言如懸河之不可禦，而辨之實難。此其所以卒至覆國。不然，雖有羿、奡之權力，章、蔡之結黨，而除之如發蒙振落耳。詩人繇心不難知，言不難辨，而始推及于黨不難除，意深遠矣。」二論皆佳，然要之非此詩本旨。

《苕之華》，幽王之時，西戎之亂，始于褒姒，而其禍遂連于中國。詩人傷之，於其末章窮而反本。 出羅願《爾雅翼》。○《竹書》紀幽王十年，王師伐申。至次年，申人、鄫人及犬戎遂入寇。此詩之作，當在其時。

❶「染」，原作「苒」，據《四庫全書》本改。

苕之華，芸其黄陽韻。**矣。心之憂矣，維其傷**陽韻。**矣。**興而賦也。苕，毛傳云：「陵苕也。」嚴粲云：「非《防有鵲巢》所謂『卭有旨苕』也。」郭璞云：「一名陵時。」華，《爾雅》云：「荂也。木謂之華，草謂之榮。」邢昺云：「木則名華。《月令》季春，桐始華。草則名榮。《月令》仲夏，木槿榮。此對文耳，草亦名華。鄭風云『隰有荷華』是也。」愚按以字母推之，華从艸，榮从木，疑木當名榮，草當名華也。芸其黄矣，言如芸華之色黄也。解見《裳裳者華》篇。按《爾雅》：「苕，陵苕。黄華，蔈。白華，茇。」舍人謂「別華色之名也」。華黄者名蔈，華白者名茇，故《説文》解蔈字，謂苕之黄華也。《本草》以爲紫葳，又一名茇華，則蕐之白者耳。《圖經》云：「凌霄花也，多生山中，人家園圃亦或種蒔。初作藤，蔓生，依大木，歲久延引至巔而有華。其華黄赤，夏中乃盛。」羅云：「凌霄蔓生喬木，極木所至，開花其端。是物雖名紫葳，而華不紫。又或以爲瞿麥，根爲紫葳，瞿麥花紅，亦非此類。然則芸其黄者，正自花開之色耳。」據《圖經》及羅説，與此詩及《爾雅》殊合。陸璣乃謂一名鼠尾，似王芻，生下濕水中，七八月中華紫，似今紫草。華可染皁，煑以沐髮即黑，葉青如藍而多華。今考璣所説，乃《爾雅》所謂葝也。《爾雅》云：「葝，鼠尾。」注云：「可以染皁。」《本草經》云：「鼠尾草，有白華者，赤華者。一名葝，一名陵翹。生平澤中，四月採葉，七月採華。」陶隱居云：「田野甚多，人採作滋，染皁。」《圖》云：「苗如蒿，夏生，莖端作四五穗，穗若車前。」與陸説生下濕，七月華可染皁者相似，則陸誤以陵苕爲鼠尾矣。苕蔓生，附于喬木，正如藤蘿之類，乃女寵小人之比。而首以華黄發端，則指以興褒姒，取其容貌如蕐，如《史記》趙武靈王歌曰「美人熒熒兮，顔若苕之榮」是也。且黄者土色，《坤》卦所謂「黄裳」也，時褒姒已正位中宮矣。又羅説此華彌絡石壁，盛夏視之如錦繡，不可仰望，露滴目中，有失明者。則亦褒姒妖艷能蔽明之況耳。褒姒爲亡周禍本，而詩人不敢斥言，故首託興于此。**心之憂矣**，憂周之將亡也。傷，《説文》云：「創也。」「維其傷矣」者，憂痛之甚，坐立不安，如體之被創也。

苕之華，其葉青青。韻。**知我如此，不如無生。**叶青韻，桑經翻。○賦而興也。葉以斥褒姒之黨，故亦蒙苕華之文，謂是輔華之葉耳，皇父卿士輩是也。葉方盛則其色青，興其得時也。非一葉而已，故重言之。知我之所遭如此，不如不生之爲愈。痛之深，亦恨之至。孔穎達云：「人莫不好生，而云已不用生，生非己所裁，而以生爲恨，自傷逢今世也。」又羅云：「周室之於諸夏，猶衣服之有冠冕，水木之有本源，蓋有深根固植之義，不特以其在物上而已。今苕雖居高在物之上，然荏弱而託於物，所自恃者微矣。雖華之芸黄，葉之青青，識者知其將不久也。故見其華則爲之憂傷，逮其華落而葉存，則不如無生矣。」今按以弱周比苕，固爲近似，但於華、葉兩義，終覺無當。且苕華自黄，非將落而黄，有何可憂？若云「其葉青青」，見華已盡落，則上文何云「苕之華」乎？故皆不取。

牂羊墳《易林》、豐氏本俱作「羵」。**首，**有韻。**三星在罶。**有韻。陸德明本作「霤」。**人可以食，鮮可以飽！**叶有韻，補苟翻。○比也。牂羊，毛云：「牝羊也。」墳，據《焦氏易林》作「羵」。按《説文》有羒字，無羵字。羒、羵同音，當通作羒。《爾雅》釋羊「牡羒，牝牂」是也。《説文》解羒爲牂，當是爲此詩句所誤。《廣雅》云：「吴羊，牡一歲曰牡翔，三歲曰羝。其牝，一歲曰牸䍮，三歲曰牂。」羅云：「牂止是牝羊，而《詩正義》欲合墳大首之義，稱爲牝小羊。夫吴羊三歲稱牂，則非小矣。」《焦氏易林》有云：「開牢擇羊，喜得大牂。」《字説》謂犅以乘而不逆爲剛，牂以承而不隨爲臧，蓋羊之性順，犅雖牡而猶有順性，故爲乘而不逆。

羊性狠，牂雖牝而猶有狠，故爲承而不隨。牂羊羵首，喻婦人而爲男子之事，猶武王數紂稱牝鷄之晨矣。牂，或作牂。劉晝云：「晋文公不服羔裘，群臣皆衣牂羊。牂非美毳，而競之者，隨君所好也。」即此「三星在罶」者。三星，婚姻之星，在罶，則非其所矣，又以歎夫褒姒也。按三星者參也，參爲白虎宿，見于十月而終于正月，正昏姻之時，故以爲昏姻之星。罶，《説文》云：「曲梁，寡婦之笱，魚所留也。」《爾雅》亦謂之嫠婦之笱。所以取此名者，其説有三。《爾雅疏》謂罶曲梁，其功易，故曰寡婦之笱，蓋曲薄也。寡婦者，匹婦也。言雖一婦人，亦能爲此笱，非鰥寡之寡也。《詩詁》謂古者獺祭魚，然後虞人入澤梁，川澤之利，不使人得專之。惟寡婦家上所矜閔，使得織薄曲，絶水爲梁，以笱承之，以時得魚，若遺秉滯穗之意。罶乃曲梁之笱，非曲梁也。二説皆通。詩言此以刺王娶褒姒，而託之隱語，謂寡婦乃無夫者。今以昏姻之星下臨寡婦之笱，則必將有配匹之事也。人可以食，承「牂羊」句言。牝羊牡首，物之妖也，人遇此物可以殺而食之，則牝羊之妖亡矣，惡褒姒也。鮮可以飽，承「三星」句言。《老子》云：「治大國若烹小鮮。」鮮者，魚也。三星在天，人見之而行昏姻之禮，當其下照魚笱，斯時魚可以盡吞而厭飫之，則人不見此星，而庶乎無昏姻之事矣。以王娶褒姒致階禍亂，故遡其本而云然。又羅云：「《五行傳》有羊禍，説者曰：《易》剛而包柔爲離，離爲火爲目。羊上角下蹏，剛而包柔，大目而不精明，視毁，故有羊禍。」然則咏牂羊羵首，又與咏苕華損目同意，皆於王溺嬖寵而不明，有深恫焉。

《苕之華》三章，章四句。《序》云：「大夫閔時也。幽王之時，西戎、東夷交侵中國，師旅並起，因之以饑饉。君子閔周室之將亡，傷己逢之，故作是詩也。」先儒皆主饑饉之説，謂羊瘠則首大，罶中無魚而水靜，故但見三星之光。又謂羊食百卉乃肥，歲荒，草木皆瘁，羊所以瘠。魚與蝗本一種，歲荒，盡化爲蝗，魚所以少，以是爲饑饉之驗。果爾，則當野無青草，而上章言苕華之黄，苕葉之青，又何以云乎？《焦氏易林》亦云：「牂羊羵首，君子不飽。年饑孔荒，士民危殆。」蓋祖述《序》説。朱子但謂詩人自傷身逢周室之衰，而不著其世。《子貢傳》有「王室亂，人不生」六字，而「生」字之上闕其一字。《申培説》則云：「景王崩，王室亂，兵連歲饉，民物盡耗。君子自傷身逢其難，而作是詩。」要皆想像之語，無所依據。

詩經世本古義卷之十九（畢）

周平王之世詩三十四篇

何氏小引

《瞻彼洛矣》，紀東遷也。

《緇衣》，美鄭子掘突也。犬戎弑幽王於驪山下，并殺鄭桓公。鄭人共立其子掘突，是爲武公。與晉、衛、秦會師，興復周室，故平王愛之如此。

《車鄰》，秦臣美襄公也。平王初命襄公爲秦伯，其臣榮而樂之。

《裳裳者華》，美同姓諸侯也。繼世象賢，天子美之。意必爲鄭武公而作。

《溱洧》，刺鄭風淫也。

《東門之墠》，亦刺鄭風淫也。

《女曰雞鳴》，述鄭賢夫婦相勸勉之辭。《溱洧》之反。

《出其東門》，鄭之貞士，宜其室家，不染淫俗，而作此詩。《東門之墠》之反。

《駟鐵》，秦人從狩而作。

《賓之初筵》，衛武公飲酒悔過也。

《抑》，衛武公刺王室，亦以自戒。行年九十有五，猶使臣日誦是詩，而不離于其側。

《淇奧》，衛人美武公之德也。

《終南》，美秦襄公也。始爲諸侯受服于周，國人矜而祝之。

《蒹葭》，刺秦也。未能用周禮，將無以固其國焉。

《黍離》，閔宗周也。周大夫行役，至于宗周，過故宗廟，宫室盡爲禾黍。閔周室之顛覆，彷徨不忍去，而作是詩也。

《中谷有蓷》，宗周當喪亂之後，地棄不恤，其人民饑荒離困，罔克匡生之象，該乎詞矣。

《碩人》衛傅母作也。莊姜始嫁至衛，先容後禮，傅母作此以勵之。

《緑衣》，衛莊姜傷己也。妾上僭，夫人失位，而作是詩。

《終風》，衛莊姜見怒于莊公，賦此。

《日月》，衛莊姜傷己也。

《簡兮》，衛之賢者，仕于伶官，而作此詩，刺莊公廢教也。

《考槃》，刺衛莊公也。不能繼先君之業，使賢者退而窮處。

《采葛》，懼讒也。

《遵大路》，周公卿欲留鄭莊公也。

《白石》，刺晋昭公也。昭公分國以封沃，沃盛强，昭公微弱，國人將叛而歸焉。

《山有樞》，刺晋昭公也。諸大夫哀昭公之將亡，而私相告語之詞。

《椒聊》，晋人美當時忠臣不入沃黨者，然終有寡不敵衆之慮，所以深危昭公也。

《戍申》，刺平王也。不撫其民，而遠屯戍于母家，周人怨思焉。

《君子于役》，戍申者之妻所作。

《葛藟》，王族刺平王也。周室道衰，棄其九族焉。

《叔于田》，刺鄭莊公也。弟叔段以好勇得衆，而公不教，故詩人刺之。

《大叔于田》，刺鄭莊公也。叔多才而好勇，不義而得衆也。

《將仲子》，鄭莊公欲陷弟段，授以大邑。祭仲諫，陽拒之。大夫原其情而刺之。

《野有蔓草》，刺鄭莊公也。祭仲爲公謀去段，遂有寵于公，國人託爲公愛仲之辭以刺之。

《瞻彼洛矣》，紀東遷也。按史，周幽王十有一年，申侯與犬戎入寇，戎弒王于驪山之下，鄭桓公友死之。鄭人共立其子掘突，是爲武公。時晋、衛、秦皆以兵來救，平戎，武公收父散兵，從諸侯東迎故太子宜臼于申，立之，是爲平王。王以豐、鎬逼近戎狄，不可居，乃遷都于洛。此詩所詠，正其事也。篇中有「靺韐」一語，知爲指鄭武公。解見本文下。武公新喪父，故服靺韐。《竹書》稱武公爲鄭子，而《緇衣》之詩亦呼武公爲子，則以諸侯即位，未踰年改元，猶稱子也。《左傳》謂周之東遷，晋、鄭焉依，故《書》有《文侯之命》，而《詩》如《瞻雒》、《裳華》、《緇衣》諸篇，凡爲鄭武公咏者不一而足，則以申爲平王母家，而武公亦娶于申，有昏姻之誼，深爲平王所倚重故也。

瞻彼洛光廟諱。今文通作雒。按光武都雒，以火行忌水，故去其「水」而加「隹」。及魏爲土德，以土水之母也，水得土而流，土得水而柔，復除「隹」加「水」。**矣，**紙韻。**維水泱泱。**豐氏本作「漪漪」。彼不知「矣」、「止」之爲韻，而欲與「茨」、「師」叶耳。二、三章亦妄以意改之，僞書之庸鄙可哂如此。**君子至止，**紙韻。**福禄如茨。**支韻。**靺韐有奭，**《白虎通》作「赩」。**以作六師。**支韻。每三句一韻，❶而夾一句不韻于其中，亦殊製也。○賦也。雒，水名。王安石、朱子皆以爲在東都者是也。《山海經》稱讙舉之山，雒水出焉。而《禹貢》云：「導雒自熊耳。」蓋發源讙舉而經繇熊耳也。及過河南縣南，又過雒陽縣南，則周公所營雒邑在焉。《孝經援神契》云：「八方之廣，周雒爲中，謂之雒邑。」《周書》云：「周公將致政，乃作大邑成

---

❶「一」，原作「二」，據《四庫全書》本改。

周于土中，城方千七百二十丈，郭方七百里，南繫于雒水，北因于郟山，以爲天下之大湊。制郊甸方六百里，國西土爲方千里。」摯仲治云：「古之周南，今之雒陽也。」泱，《説文》云：「滃也。」重言泱泱，毛傳云：「水深廣貌。」錢天錫云：「自古都會，必居大川之側，以四方朝貢，漕輓爲易。如在渭之將，豐水東注。觀《禹貢》所列貢道，此意可見。」君子，朱子云：「指天子也。」至止者，至雒邑而定都也。孔穎達云：「凡言福者，大慶之辭。禄者，吉祉之謂。善事皆是，不必一定。」愚按此主言其居天位，享天禄也。茨以覆屋，綿密堅固，不可動摇。今王遷都，實爲子孫奠無窮基業，故以「如茨」期之。後章所云保家室、保家邦是也。韎，《説文》云：「茅蒐染韋也。」杜預云：「韎，聲也。今絳草茅蒐，急疾呼茅蒐成韎也，即今之蒨。」《禮記注》云：「赤黄之間色。」韐，本作紷，从市，合聲。市即韍字，亦謂之韠。《説文》云：「士無市有紷，制如榼，缺四角。」徐鉉云：「酒榼腹圜，上小下大，象之也。」鄭云：「韎韐者，祭服之韠，合韋爲之。」孔云：「大夫以上，祭服謂之韍。士無韍名，謂之韎韐。《士冠禮》『爵弁服韎韐』，不言韍，是也。士言韎韐，亦猶大夫以上之言韍也。」陳暘云：「韠之色，視裳而已。兵事韋弁服，韋弁服纁裳。故貴者以朱芾，卑者以韎韐。」周祈云：「韍、韠、韐三者，皆蔽膝之衣，制同名異。韐乃合韋，韍、韠不合，此其異耳。」奭，通作赩，赤貌。《白虎通》云：「世子上受爵命，衣士服何？謙不敢自專也。故《詩》曰『韎韐有赩，世子始行』也。」孔云：「《王制》言諸侯之世子，未賜爵，視天子之元士，以君其國。此言韎韐，故知諸侯世子未賜爵命，服士服也。」愚按此指鄭武公也。作，《説文》云：「起也。」指麾鼓舞之意。毛云：「天子六軍。」鄭云：「時有征伐之事，天子以其賢任爲軍將也。」《補傳》云：「六師、萬年之語，可爲王者之證。」王應麟云：「『周公東征，四國是皇』，此上公爲軍將也。『韎韐有奭，以作六師』，此諸侯世子爲軍將也。」金履祥云：「按東遷時，定難立君，惟秦、晉、鄭、衛四國耳。秦襄公與西戎世爲不共戴天之讐，其勢亦不兩立，其與戎力戰，固亦爲己，不獨爲王室也。平王以岐、豐之地予之，使之自取。然西戎方熾，父子力戰二十一年而始得之，固不暇東略矣。周室都雒，則晉居河北，表裏山河，是爲屏輔。文侯固忠而賢，然其前有殤叔之難，其後有曲沃之封，晉之替，實自是始。平王所望于文侯者，亦固不以興復期之，則其委任可知。平王申出，鄭武公娶于申。武公以昏姻之故，迎王于申立之。觀平王戍申之志，則其依鄭之心可推也。想其柄任在于鄭武，所以終平王之世，鄭伯父子世于其職。衛武雖賢，其柄任未必在。」

瞻彼洛矣，見前。**維水泱泱。**豐本作「滃滃」。**君子至止**，見前。**鞞**陸德明本作「琕」。**琫**陸本作「鞛」。**有珌。**質韻。陸本作「琿」。**君子萬年，保其家室。**質韻。○賦也。鞞，《説文》云：「刀室也。」孔云：「古之言鞞，猶今之言鞘也，亦謂之遰。《内則》云『右佩遰』是也。」琫，徐鍇云：「刀削上飾也，琫之爲言捧也，若捧持之也。上謂首也。」劉熙云：「室口之飾曰琫。」或作鞛，《左傳》「鞞鞛」是也。珌，《説文》云：「佩刀下飾。」亦作琕，劉熙云：「下末之飾曰琕。琕，卑也。」蓋琕、琫雖皆刀削之飾，而琕尤在其下也。毛云：「天子玉琫而珧珌，諸侯璗琫而璆珌，大夫鐐琫而璆珌，士珕琫而珕珌。」董氏云：「此出于《三朝禮》。」陸德明云：「蜃謂之珧，黄金謂之璗。」璆、鐐皆玉也。珕，蜃屬。又璆鐐，或从金作鏐鐐，《爾雅》云：「黄金美者謂之鏐，白金美者謂之鐐。」愚按《左傳》云：「藻、率、鞞、鞛、鞶、厲、游、纓，昭其數也。」此詩概言琫珌而不言其所飾之物，當是通天子、諸侯而下言之，猶云不圖今日復見周官威儀耳。家室，以天子之家室言。天室既奠，貽子孫以萬年之安，所謂保也。

瞻彼洛矣，同前。**維水泱泱。**豐本作「瀜瀜」。**君子至止，**同前。**福禄既同。**東韻。**君子萬年，保其家邦。**叶東韻，悲工翻。○賦也。蘇轍云：「福禄既同，言與諸侯共之也。」愚按《孟子》言與共天位、與食天禄，即所謂「既同」者。家邦，指天下也。王者以天下爲家，故曰家邦。

《瞻彼洛矣》三章，章六句。《序》云：「刺幽王也。思古明王能爵命諸侯，賞善罰惡焉。」其於經義有何相涉？朱子謂此天子會諸侯于東都，以講武事，而諸侯美天子之詩。《申培説》襲之。《子貢傳》則謂此詩與《鴛鴦》、《魚藻》，皆諸侯所以報天子，而或又據《車攻》有「徂東」之語，疑爲宣王時詩。雖皆近似，然究之「韎韐有奭」，非天子服也，故斷謂非東周鄭武不足以當之。

《緇衣》，美鄭子掘突也。犬戎弑幽王於驪山下，并殺鄭桓公。鄭人共立其子掘突，是爲武公。自「犬戎」下至此，俱出《史記》。**與晉、衛、秦會師，興復周室，故平王愛之如此。**《竹書》紀幽王十一年，申侯、魯侯、許男、鄭子立宜臼于申。平王元年，王東徙雒邑，晉侯會衛侯、鄭伯、秦伯以師從王，入于成周。是則武公之于平王，始而迎立，繼而東徙，皆與有力。王之德鄭也深，故其情見乎詞，特爲懇摯如此。《禮記》載子曰：「好賢如《緇衣》。」《孔叢子》亦載子曰：「於《緇衣》，見好賢之至也。」

緇衣之宜支韻。**兮，敝，**絶句。陸德明本作「弊」。❶**予又改爲**支韻。**兮。適子之館**叶翰韻，古玩翻。**兮，還，**絶句。此與上文「敝」字，皆以一言爲一句。**予授子之粲**翰韻。**兮。**賦也。緇，《說文》云：「帛黑也。」按《爾雅》及《考工記》云「一染謂之縓」，縓，淺赤色，今之紅也。「再染謂之竀」，竀與赬同，赤色也。「三入爲纁」，謂染朱黑色，即絳也。「五入爲緅」，謂三入之後，再染以黑。「七入爲緇」，謂五入之後，又復以黑再染之也。此緇衣，乃諸侯與其臣服之以日視朝者，故禮通謂此服爲朝服。時武公繼立，新受封爵，故有緇衣之賜。宜，《說文》云：「所安也。」言此服與此人相安，明其德足以居此也。敝，敗衣也。改，更也。俱見《說文》。言他日此衣若敝，則我當更製以賜，見其眷注之無已也。適，《說文》云：「之也。」子，指武公也。諸侯即位，未踰年改元稱子。館，《說文》云：「客舍也。」時周新遷東都，故武公止于客舍。平王親臨視之，亦以省其舍止之安否也。還，《說文》云：「復也。」謂見畢而駕旋也，承「適」字而言。授，《說文》云：「予也。」粲，粟治之精者。《說文》云稻重一䄷，爲粟二十斗，爲米十斗，曰毇。爲米六斗大半斗，曰粲。漢有白粲之刑，給舂稻之役。《爾雅》訓粲爲餐，亦曰粲，乃所以爲餐云爾。郭璞以爲今河北人呼食爲粲，則粲乃餐之轉音，非是。嚴粲云：「既見之而歸，我又取米之精者以遺之，猶白飯青芻之意。」孔穎達云：「飲食雖云小事，聖人以之爲禮。《伐柯》言王迎周公，云『我覯之子，籩豆有踐』，奉迎聖人，猶願以飲食也。」

緇衣之好皓韻。**兮，敝，予又改造**皓韻。**兮。適子之館**見前。**兮，還，予授子之粲**見前。

---

❶「明」，原作「文」，據《四庫全書》本改。

兮。賦也。好，美也。此以緇帛之美好言，與上章「宜」字意有別。造，《説文》云：「就也。」謂成就也。

緇衣之蓆叶藥韻，祥龠翻。**兮，敝，予又改作**藥韻。**兮。適子之館**見前。**兮，還，予授子之粲**見前。**兮。**賦也。蓆，《韓詩》云：「儲也。」《説文》云：「廣多也。」《爾雅》云：「大也。」愚按蓆之爲字，从艸从席，如前三訓，不得其解。今人誤謂蓆即席，故程子謂蓆有安舒之義。然攷古文，凡用席字，無通用蓆者，則蓆之非席確矣。偶思之而得古人命字之義，古人坐席，或敷數重，此蓆字加艸于席上，當是取卉艸相枕藉如席然，故《韓詩》訓儲，《説文》訓多。又因多而推言之，則爲廣，爲大，總之不離儲與多者近是。然則此言緇衣之蓆者，亦明其所贈緇衣不止一襲也。作，《説文》云：「起也。」謂創起而爲之也。平王之愛武公，雖用物有盡，而寄意無窮，故其言之不一而足如此。

《緇衣》三章，章六句。舊于「敝」字、「還」字不絶，皆云章四句。〇《序》云：「美武公也。父子並爲周司徒，善于其職，國人宜之，故美其德，以明有國善善之功焉。」朱子從其説。徐學謨云：「適館授粲，豈民之得施于上者？而朱傳因之，何也？」愚按《禮・玉藻》云：「天子皮弁，以日視朝。諸侯朝服，以日視朝。」曹氏云：「天子常朝之服用皮弁，諸侯常朝之服用羔裘玄冠也。皮弁以白鹿皮爲冠，以狐白皮爲裘，以素錦爲衣而裼之，其上加朝服，十五升白布爲之，衣冠同色故也。羔裘以緇布爲冠，以黑羊皮爲裘，以緇布爲衣而裼之，其上加朝服，十五升緇布爲之，其裳皆素。凡朝服，君與卿大夫同。」今武公既入爲天子之卿，則當服皮弁，不當服緇衣矣。又按《竹書》，王錫司徒鄭伯命，在平王三年，此時武公已除服即吉，不應復以子稱。且曰「適子之館」，明是周初遷都時，栖止未定，故武公暫就客舍以居。然則此詩之作，當在武公初受封爲伯，而從王入成周之時，其必非在爲司徒之日甚明也。若《子貢傳》、《申培說》皆以爲鄭武公好賢，賦詩貽之，雖亦近似，然武公好賢之事，史無所載，不敢謂然。

《車鄰》，秦臣美襄公也。平王初命襄公爲秦伯，其臣榮而樂之。《子貢傳》云：「襄公伐戎，初命爲秦伯，國人榮之，賦《車鄰》。」按《史記》，襄公七年，西戎、犬戎與申侯伐周，殺幽王驪山下。而襄公將兵救周，戰甚力，有功。周避犬戎難，東徙洛邑。襄公以兵送周平王，平王封襄公爲諸侯，賜之周以西之地。玩此詩，乃秦臣所作。

有車鄰鄰，叶先韻，陵延翻。《漢書》作「轔」，《釋文》作「隣」。**有馬白顛。**先韻。**未見君子，寺**《釋文》作「侍」。**人之令。**叶先韻，力延翻。《韓詩》作「伶」。○賦也。鄰，通作轔，《說文》云：「車聲也。」曰「鄰鄰」者，毛傳以爲衆車聲。孔穎達云：「車有副貳，明非一車。」又曹氏、陸佃皆解如字，云鄰鄰，密比之意，言車之衆。亦通。《爾雅》云：「馬的顙，白顛。」舍人云：「的，白也。顙，額也。額有白毛，今之戴星馬也。」陸佃云：「《覲禮》曰：『奉束帛，匹馬卓上，九馬隨之。』說者以爲卓即的顙，故以爲上列，而九馬隨其後。《莊子》曰：『齊之以月題。』蓋月題，額上當顱如月者，所以象顛之白。然則馬之貴的顙也可知矣。《易》曰：『其于馬也爲的顙。』蓋震二陰在上，故爲的顙。夫文，入二爲白。白，陰色也。二，陰數也。」于車言其衆，于馬言其特，相備也。陸化熙云：「車多則聲衆，故鄰鄰然。馬多則色奇，故有白顛。」君子，指襄公也。寺人，奄人。《周禮》天子有之。今按《左傳》，齊有寺人貂，晉有寺人披，宋有寺人柳，是諸侯之官亦有寺人也。

令，使也。言君子尚未得見，但見其往來奔走者，有寺人以供使令也。嚴粲云：「秦前此所未有，故詩人美其始有也。」馮時可云：「古者君臣相與，如家人父子，至秦而始自尊大，屏居深宫，怠于延接矣。君臣隔絶，則必以寺人傳語，蓋秦俗然也。《史記·年表》書繆公學于宁人。宁人，守門之人，即寺人也，是襄公爲之法也。夫傳語而至于受學，受學而至于竊權，變所繇來，非一日矣。然則望夷之禍，其濫觴于《車鄰》也。聖人録此以冠秦風，垂戒深矣。」嚴云：「秦反周之政者，秦興而帝王之影響盡矣，《車鄰》其濫觴也。世道興衰升降之機在是歟？」沈守正云：「夫子删《書》，以秦世爲殿，知代周者秦也。删秦風，以寺人之令爲冠，知亡秦者寺人也。聖人無不知者，以近怪而不言耳。」

阪有漆，質韻。豐氏本作「桼」。**隰有栗。**質韻。豐氏本作「㮚」。**既見君子，並坐鼓瑟。**質韻。**今者不樂，**音絡。後同。**逝者其耋。**叶質韻，徒吉翻。○興也。《爾雅》云：「陂者曰阪，下者曰隰。」李巡云：「陂者，謂高峰山陂。下者，謂下濕之地。」曹氏云：「《説文》：『阪，山脇也。』《地理志》『隴西有隴坻在其西』，注：『隴坂也，即今隴山。』《三秦記》『其坂九回，欲上者七日乃越高處，東望秦川』，然則阪固秦地所有也。」漆，解見《定之方中》篇。栗，解見《東門之墠》篇。羅願云：「秦風『隰有栗』，『燕、秦千樹栗』是其出處也。秦饑，應侯請發五苑之果蔬橡棗栗以活民，昭王不許。《毛詩義疏》曰：『五方皆有栗，周、秦、吴、楊特饒。』」阪有漆，以興位之尊者，隰有栗，以興位之卑者，況人材之盛也。並坐鼓瑟，是伶工之輩與其儕侣並坐，以供鼓瑟之事，非君臣並坐也。下章放此。瑟，解見《關雎》篇。鼓瑟、鼓簧，第取叶韻，别無意義。按李斯上秦皇書曰：「夫擊甕叩缶，彈筝搏髀而歌呼嗚嗚，快耳目者，真秦之聲也。」今鼓瑟鼓簧，非其舊聲，蓋亦變西戎之陋，而習華夏之風矣。今者不樂，恐失時也。曰逝者，猶言自今以往也。耋，《爾雅》云：「老也。」或言七十，或言八十，無正文也。《增韻》云：「耋，至也，年之至也。」孫炎、劉熙皆云：「耋，鐵也，皮膚變黑色如鐵也。」《詩詁》云：「耋之言昳也。過七十，則筋力已衰，如日之昳，故謂之耋。至八十則大耋。」《易》云：「日昃之離，不鼓缶而歌，則大耋之嗟。」與此語意相類。此與下章「其亡」，猶漢疏所云「冀須臾無死，以觀德化之成」之意。輔廣云：「蓋國家方興，禮儀初備，而人情喜樂，故至于此。」嚴云：「言貴生前得意，否則虛老歲月耳。此彊毅果敢之氣，勇于有爲，已有安能邑邑以待數十百年之意矣。秦之能彊者在此，而周人之氣象變矣。」

阪有桑，陽韻。**隰有楊。**陽韻。**既見君子，並坐鼓簧。**陽韻。**今者不樂，逝者其亡。**陽韻。

○興也。桑，解見《氓》篇。楊，木名。有黃、白、青、赤四種，此當指白楊耳。以桑、楊興下文其亡者，桑之爲言喪也，白楊墓上所種，株大，葉圓如梨，皮白。一名高飛，一曰獨摇。其樹干霄，古詩所謂「上葉拂青雲，下根通黃泉」，又云「鬼火燒白楊」，又云「白楊多悲風，蕭蕭愁殺人」是也。簧，解見《君子陽陽》篇。陳暘云：「《書》以琴瑟爲堂上之樂，笙簫爲堂下之樂。則鼓瑟，堂上常御之樂也。鼓簧，堂下甚盛之樂也。先鼓瑟，後鼓簧，與《關雎》先琴瑟、後鍾鼓同意。」亡，死也。耋之後，則亡矣。

《車鄰》三章，一章四句，二章章六句。《序》以爲美秦仲也。秦仲始大，有車馬禮樂侍御之好焉。陳暘爲之説云：「《定之方中》曰：『椅桐梓漆，爰伐琴瑟。』則阪有漆，君子所以爲樂也。《東門之墠》曰：『東門之栗，有踐家室。』則隰有栗，君子所以爲禮也。《曲禮》曰：『並坐不横肱。』則並坐者，禮也。鼓瑟者，樂也。秦仲始大，有禮樂之好，是禮樂自諸侯出，非所以爲美。而《車鄰》美之者，變中之美也。」説詩如是，可謂鑿矣。按《史記》秦仲立三年，周厲王無道，諸侯或叛之。西戎反王室，滅犬丘大駱之族。周宣王即位，乃以秦仲爲大夫，誅西戎。劉公瑾云：「秦仲但爲宣王大夫，未必得備寺人之官。此詩疑作於平王命襄公爲侯之後。」其説與《子貢傳》合矣。朱子亦心疑之，但汎指爲秦君，不顯其名。若《申培説》則云：「襄公初爲諸侯，周大夫與燕，美之而作。」今按篇中所云「今者不樂，逝者其耋」、「逝者其亡」，似非過客之語。總因「並坐鼓瑟」一句不得其解，誤以爲君臣無並坐之理，遂别爲之辭耳，不足信也。

《裳裳者華》，美同姓諸侯也。繼世象賢，天子美之。意必爲鄭武公而作。《孔叢子》載孔子曰：「於《裳裳者華》，見古之賢者，世保其禄也。」愚按此詩以常華起咏，知其興同姓也。以常常者華聯言，知其興繼世也。既曰「維其有章」、「是以有慶」，又曰「維其有之，是以似之」，知其賦象賢也。終周之世，惟周公之後有魯公，鄭桓之後有鄭武，足以當之。然魯公出就侯封，未嘗踵周公冢宰之位。而鄭桓公以宣王母弟，始封于鄭。及子武公，皆相繼入爲周司徒，善于其職，則濟美之最著者。且據毛傳系此詩篇次于《瞻彼雒矣》之後，彼「韎韐有奭」既指武公，則此詩之斷爲武公咏無疑也。又按《竹書》載平王三年，錫司徒鄭伯命。是詩之作，當在此時。

裳裳《子貢傳》、《申培説》、豐氏本俱作「常常」。後同。董氏云：「『裳』，古文作『常』。」**者華，其葉湑**叶語韻。**兮。我覯之子，我心寫**叶語韻，洗與翻。**兮。我心寫**見上。**兮，是以有譽處**叶語韻，敞吕翻。**兮。**興也。裳，《説文》本从巾作常，或从衣作裳。徐鉉云：「裳下直而垂，象巾，故从巾。」然則常、裳在古文本是一字，非通用也。此言裳，謂常棣也。《采薇》之詩曰：「彼爾維何？維常之華。」即此。解見《棠棣》篇。郝敬云：「常棣，其華同蔕，故比兄弟世族。非親非族，鮮有以常棣比者。」重言裳裳者，相繼非一之辭，興兄弟再傳，又有兄弟也。湑，葉上露貌。解見《蓼蕭》篇。葉得露而潤，則其華之承露可知。諸侯受天子德澤，有似于此，以興父既膺寵于前，子復膺寵于後也。楊慎云：「『裳裳者華，其葉湑兮』，氣相屬、潤相滋也。『常棣之華，鄂不韡韡』，體相親，意相承也。」我，天子自我也。覯，《説文》云：「遇見也。」按遇有接遇之意。之子，是子，指諸侯也。心寫、譽處，解俱見《蓼蕭》篇。嚴粲云：「我見是勳賢之子孫，我心爲之輸寫，愛其先人，美其有後也。」愚按詩咏葉湑，興意在此。孔穎達云：「君臣相得，是以有聲譽之美而處之兮，言常處此聲譽之美也。」

裳裳者華，芸其黄陽韻。**矣。我覯之子，維其有章**陽韻。**矣。維其有章**見上。**矣，是以有慶**叶陽韻，虛良翻。**矣。**興也。此下三章皆咏之子藴藉之盛，所以我覯而心寫也。亦以裳裳起興者，先表其父子合德，不獨爲之子咏也。芸，草名。芸其黄矣，言如芸華之色黄也。按《爾雅》云：「權，黄華。」郭璞註云：「今謂牛芸草爲黄華，其華黄，葉似䔧蓿。」邢昺疏云：「牛芸者，亦芸類也。」章，鄭玄云：「禮文也。」蘇轍云：「黄，色之正也。君子之有文，粲然如華之盛也。」鄒忠胤云：「黄者，中央正色。《易·坤卦》曰『含章可貞』，曰『黄裳元吉』，蓋陰雖有美，含之以從王事，美在中而暢四肢，發事業，則章莫美于黄矣。」有慶，謂君寵錫之，指禄位言。如《王制》、《孟子》所云「則有慶」是也。鄭武繼桓爲周司徒，以典司文教爲職，非其德之有章，何以得此？

裳裳者華，或黃或白。叶藥韻，僕各翻。**我覯之子，乘其四駱。**藥韻。**乘其四駱，**見上。**六轡沃若。**藥韻。○興也。按戴侗《六書故》稱棣華有紅、白二種。今言或黃或白，疑紅、黃二色相近，亦或另自有一種也。四駱，解見《四牡篇》。禮，惟天子之卿駕純駟，諸侯亦然。沃若，解見《皇皇者華》篇。乘其四駱，必有出使從戎之事，見其才無所不可，下章所謂左宜右有是也，故以或黃或白起興。黃言文，白言質。維其有章，英華發外，是其文也。乘其四駱，急病讓夷，是其質也。又鄒云：「黃白之華，以興四駱，蓋黃馬黑鬣曰駱，白馬朱鬣亦曰駱。之子所乘非一，或黃或白，有如此華矣。」此雖巧合，嫌其太巧。

左之左叶歌韻，祖戈翻。**之，君子宜**叶歌韻，牛何翻。按宜、儀通用，儀亦有紙叶，語綺翻。**之。右之右**叶有韻，云九翻。亦叶紙韻，羽軌翻。**之，君子有**韻。亦叶紙韻，羽軌翻。**之。維**《左傳》作「惟」，《新序》作「唯」。❶**其有**見上。**之，是以似**紙韻。**之。**賦也。毛傳云：「左陽道，朝祀之事。右陰道，喪戎之事。」孔云：「陽道，謂嘉慶之事。朝者人所樂，祀者吉之大，故爲陽也。陰道謂憂凶之事。喪者人所哀，戎者有所殺，故爲陰也。以能事弘多，故皆重言以見衆也。」鄭云：「君子，斥其先人也。多才多藝，有禮于朝，有功于國。」按《詩》目諸侯爲之子，故知此變言君子爲指其先人也。宜，安也。言與之相安習也。有，嚴云：「謂所藴不竭也。」劉向《説苑》引此詩，傳云：「君子者，無所不宜也。是故韡冕厲戒，立于廟堂之

❶「作」，原作「非」，據文義改。

上，有司執事無不敬者。斬衰裳，苴絰杖，立于喪次，賓客吊唁無不哀者。被甲纓胄，立于桴鼓之間，士卒無不勇者。故仁足以懷百姓，勇足以安危國，信足以結諸侯，强足以拒患難，威足以率三軍。故曰爲左亦宜，爲右亦宜，爲君子無不宜者，此之謂也。」又《荀子》云：「此言君子之能以義屈伸變應也。」《韓詩外傳》云：「孔子曰：『昔者周公事文王，行無專制，事無繇己，身若不勝衣，言若不出口，有捧持于前，洞洞焉若將失之，可謂子矣。武王崩，成王幼，周公承文、武之業，履天子之位，聽天子之政，征夷狄之亂，誅管蔡之罪，抱成王而朝諸侯，誅賞制斷，無所顧問，威動天地，振恐海内，可謂能武矣。成王壯，周公致政，北面而事之，請然後行，無伐矜之色，可謂臣矣。故一人之身能三變者，所以應時也。』《詩》曰：『左之左之，君子宜之。右之右之，君子有之。』」愚按《老子》言吉事尚左，凶事尚右，毛傳之説本此。今觀下文，單以「維其有之」爲言，明是指武公帥師興復之事，傳解自確。一説，季本云：「左，逆行也，不用之義。右，順行也，見用之義。左之而不宜者，不能藏也。右之而不有者，不能行也。」此説亦通，但於作詩之指不合耳。維其有之，指之子也。之子之先君子，不特宜于左，而且有于右。今之子亦能以戎事建功，爲國家所倚賴，此則左右咸有，亦如其先君子也。似，《説文》云：「象也。」才德如其先人，故受天朝寵任，特命之爲司徒，亦如其先人也。鄒云：「《曲禮》諸侯既葬見天子曰類見，謂其繼先君之德，乃得受國而見天子，故曰類見。《郊特牲》所云『繼世以立諸侯，象賢也』，《士冠禮》亦云。然則『似之』猶言克肖，即《宛鳩》所云『式穀似之』也。譽處而有慶，所謂世保其禄也。若析薪而弗克荷，其何似之有？」又《左傳》贊祁奚能舉善，引此詩謂「唯善，故能舉其類」，亦斷章取義也。

《裳裳者華》四章，章六句。《序》云：「刺幽王也。古之仕者世禄，小人在位，則讒諂並進，棄賢者之類，絶功臣之世焉。」其以此詩爲功臣世禄而言，與《孔叢子》微合，但篇中絶不見有刺語。《子貢傳》以爲天子燕諸侯，然篇中亦無言及燕飲之事，坐繇首章與《蓼蕭》首章詞意頗相似，遂因而附會之耳。《申培説》及朱子皆以爲天子美諸侯之詩，蓋亦近之。而朱子又謂此詩所以答《瞻彼雒矣》，則未必然也。

《溱洧》，刺鄭風淫也。《竹書》紀平王六年，鄭遷于溱洧。《後漢書》薛君注云：「鄭國之俗，三月上巳，桃花水下之時，之溱洧兩水之上，招魂續魄，秉蘭草，祓除不祥。」《韓詩傳》、《十道志》皆云然。按此即後世所謂修禊事者。但彼乃士女同游，故相于淫耳。輔廣云：「鄭國之土地寬平，人物繁麗，情意駘蕩，風俗淫佚，讀是詩者可以盡得之。詩可以觀，豈不信然？」《白虎通》云：「鄭國土地人民，山居谷浴，男女錯雜，爲鄭聲以相悦懌。故邪僻聲，皆淫色之聲也。」

溱《説文》作「潧」。**與洧，方渙渙**叶元韻，于元翻。《韓詩》作「洹洹」，《漢書》作「灌灌」，《説文》作「汎汎」。**兮。士與女，方秉蕑**叶元韻，讀如昆，公渾翻。《漢書》作「菅」，《韓詩》、豐本俱作「蘭」。**兮。女曰觀乎？**虞韻。**士曰既且。**叶虞韻，叢租翻。**且往觀乎？**虞韻。**洧之外，洵**《漢書》、《韓詩》俱作「恂」，《爾雅》作「詢」，豐本作「昫」。後同。**訏**《漢書》、《韓詩》俱作「盱」，云：「恂盱，樂貌。」豐氏本亦作「盱」。後同。**且樂。**叶藥韻，歷各翻。**維士與女，伊其相謔，**藥韻。**贈之以勺**《埤雅》作「芍」。**藥。**

韻。○賦也。溱洧，解見《褰裳》篇。《前漢書・地理志》云：「鄭地右雒左沛，食溱洧焉。土陿而險，山居谷汲，男女亟聚會，故其俗淫。」渙，《説文》云：「流散也。」鄭玄云：「冰已釋，水則渙渙然。」《韓詩傳》云：「謂三月桃華水下之時。」方者，始事之辭。秉，執。蕑，蘭也。陸佃云：「蘭，香草也。而文闌草爲蘭，蘭，闌不祥，故古者爲防刈之也。一名蕑。蓋蘭以闌之，蕑以閒之，其義一也。」陸璣云：「蕑即蘭。《春秋傳》曰『刈蘭』，《楚辭》云『紉蘭』，孔子曰『蘭當爲王者香草』，皆是也。其莖葉似藥草澤蘭，但廣而長節，節中赤，高四五尺，漢諸池苑及許昌宮中皆種之，可著粉中。故天子賜諸侯茝蘭，藏衣着書中，辟白魚也。」羅願云：「陸氏所説皆是，惟引以解《左傳》、《楚辭》之蘭爲非矣。蘭草，一名都梁香，一名水香，大都似澤蘭。其澤蘭葉尖，微有毛，不光潤，方莖紫節，八月花白，人多種于庭池。此蘭生澤畔，葉光潤，其陰小紫。所以一名都梁者，盛洪之《荆州記》曰：『都梁縣有山，山下有水清淺，其中生蘭草，因名都梁。』因山爲號。其物可殺蟲毒，除不祥。故鄭人方春之月，于溱洧之上，女士相與秉蘭而祓除，因以淫佚。又《周禮》『女巫歲時祓除釁浴』，鄭氏亦云：『今三月上巳水上之類。釁浴，以香藥薰草沐浴。』然則用蕑可知矣。」按羅意，以此蕑爲水香，而《左傳》、《楚辭》之蘭乃澤蘭耳。馮復京云：「蘭之種類至多，《本草經》謂蘭草可辟不祥，故執以祓除。抑或以蘭有國香，人所服媚。《淮南子》曰：『男子樹蘭，美而不芳。』説者以爲蘭，女類，故《左傳》稱女爲季蘭，宜女子樹之，鄭女故執之以媚其士與？」「溱與洧」四句，是敘時事如此。「女曰」以下，見人往而已亦欲往也。然「女曰」、「士曰」，亦是旁觀者之辭。此女、士與《女曰雞鳴》之女、士不同，彼謂夫婦，此謂衆女與衆士中之相悦者，以末句臨別有勺藥之贈，故知其非夫婦也。曰「觀乎」者，鄭云：「欲與士觀于寬閒之處。」鄧元錫云：

「淫始于觀游，《禮》禁婦女無觀，慎微也。鄭女、士淫于觀矣。」既者，已事之辭。且，通作徂，《説文》云：「往也。」士曰：余業已往而觀矣。末之從也。且往觀乎？洧之外，洵訏且樂，女勸男之辭也。專言洧者，《水經》謂洧水過新鄭縣南，溱水從西北來注之。是溱已爲洧所有，故不必言溱也。洵，通作恂，《説文》云：「信也。」訏，通作迂，其意則遠也，曲也。言洧水之外，其土地信闊大紆迴，而且可樂也。伊，鄭云：「因也。」士從女言，因往觀而相謔也。謔，《説文》云：「戲也。」字从言，蓋以言相調戲也。勺藥，即芍藥，《廣雅》名攣夷。《本草》云：「一名黑牽，一名没骨花，一名白木，一名餘容，一名犂食，一名解倉，一名鋌。」《圖經》云：「春生紅芽，作藂莖上，三枝五葉，似牡丹而狹，長一二尺。夏開花，有紅、白、紫數種，子似牡丹而小。」《本草注》云：「芍藥有二種，有草芍藥、木芍藥，亦名江離。」《博物志》云：「芍藥養性。」毛傳云：「香草也。」《釋文》云：「離草也。言將離別，贈此草也。」崔豹《古今注》載牛亨問曰：「將離別，相贈以芍藥者何？」答曰：「芍藥一名可離，故將别以贈之。亦猶相招召贈之以文無，文無亦名當歸也。」羅云：「芍藥名可離，然則相謔之後，喻使去爾。其根可以和五臟，制食毒。古者有芍藥之醬，合之于蘭桂五味，以助諸食，因呼五味之和爲芍藥。《七發》曰：『芍藥之醬。』《子虚賦》曰：『芍藥之和具，而後御之。』《南都賦》曰：『歸鴈鳴鵽，香稻鮮魚，以爲芍藥。酸恬滋味，❶百種千名。』是因致其滋味也。服虔、文穎、伏儼輩解芍藥，稱具美也。或以爲芍藥調食，或以爲五味之和，或以爲以蘭桂調食。雖各得彷彿，然未究名實之所起。至韋昭又訓其讀勺丁

❶「恬」，《四庫全書》本作「甜」。

削切，藥旅酌切，則并没此物之名實矣。今人食馬肝、馬腸者，猶合芍藥而煮之。古之遺法，食之毒莫甚于馬肝，則制食之毒者，宜莫良于芍藥，故獨得藥之名。又陸璣謂今藥草芍藥無香氣，非是也。蓋醫方但用其根，陸不識其花，故云無香氣。」陸佃云：「芍藥榮于仲春，華于孟夏。傳曰：『驚蟄之節後二十有五日，芍藥榮。』是也。華有至千葉者，俗呼小牡丹。今群芳中牡丹品第一，芍藥第二，故世謂牡丹爲華王，芍藥爲華相，又或以爲華王之副也。」陳氏云：「芍藥者，溱洧之地富有之，詩人賦特有所因也。」宋熙寧時，始尚經術，説《詩》者競爲穿鑿。如「伊其相謔，贈之芍藥」，謂此爲淫佚之會，必求其爲士贈女乎？女贈士乎？劉貢父善滑稽，嘗曰：「芍藥能行血破胎氣，此蓋士贈女也。若『視爾如荍，貽我握椒』，則女之贈士也。《本草》云椒性温，明目暖水臟故耳。」聞者絶倒。

溱與洧，瀏其清庚韻。**矣。士與女，殷其盈**庚韻。**矣。女曰觀乎？**見前。**士曰既且。**見前。**且往觀乎？**見前。**洧之外，洵訏且樂。**見前。**維士與女，伊其將謔，**見前。**贈之以勺藥。**見前。○賦也。瀏，毛云：「深貌。」《説文》云：「流清貌。」按水深故清。殷，毛云：「衆也。」盈，滿也。遊人衆多，而填滿于溱洧之上也。陸佃云：「鄭人會于溱洧，秉蕑以自祓除，其風俗之舊也。及其甚也，淫風大行，過時而不反，來者且益以衆。」將，嚴粲云：「方且也。猶『將安』、『將樂』之將。」鍾惺云：「後人詩語用『相』、『將』字，本此。」自「女曰觀乎」以下，復將上章文咏嘆一番，而于無意中易一「將」字，是詩人最善脱换處。言方且相謔而未已也。朱子以爲「相」、「將」聲同而訛，其亦誤矣。

《溱洧》二章，章十二句。《序》以爲刺亂也。兵革不息，男女相棄，淫風大行，莫之能禁焉。《申培說》亦然。朱子謂鄭俗淫亂，乃其風聲氣習流傳已久，不爲兵革不息、男女相棄而後然也。今以詩詞觀之，模寫士女駘蕩之狀，宛然在目。使果困于兵革後，則其情事必然淒苦，安能遊奕若此？❶《子貢傳》則以爲鄭靈公好倡，國人化焉，君子譏之，賦此。然攷《左傳》，靈公以魯宣三年冬嗣位，至次年六月，爲公子歸生所弒。計其在位，僅半載耳，未有移風如此之速。朱子據薛君注以解此詩，是矣。然謂淫奔者自敘之詞，則亦未然。觀篇中具敘事體，乃直是作詩者暴其事以刺爾。又馮時可云：「古于睽合通塞，皆借夫婦以喻君臣。鄭國政教迫促，上下間隔，作詩者進以樂易廣大，故曰『洧之外，洵訏且樂』。訏，大也。曰『贈之以芍藥』，芍藥，調和具也。」此意甚美，但恐未然也。

《東門之墠》，亦刺鄭風淫也。鄭玄云：「此女欲奔男之辭。」焦贛《易林》云：「東門之墠，茹藘在坂。禮義不行，與我心反。」劉公瑾云：「自昔說鄭詩者，惟以《東門之墠》與《溱洧》爲淫詩。」

東門之墠，銑韻。正義云：「諸本作『壇』，今定本作『墠』。」**茹藘**《易林》作「廬」。**在阪**。阮韻，亦叶銑韻，孚戀翻。《易林》作「坂」。**其室則邇，其人甚遠**。阮韻。○賦也。東門，城東門，衆所經行也。嚴粲云：「東門，鄭要會之地。《左》隱四年，宋公、陳侯、鄭人、衛人伐鄭，圍其東門。」即此門也。墠，毛傳云：「除地町町者。」孔穎達云：「《禮記》、《尚書》言壇、墠者，皆封土者謂之壇，除地謂之墠。除地去草，故云町

❶「奕」，《四庫全書》本作「佚」。

町。」此婦人所奔以待男子之處，非男子所居也。茹藘，草名。《爾雅》云：「茅蒐也。」李巡云：「茅蒐，一名茜，可以染絳。」陸璣云：「蒨草也。一名地血，齊人謂之茜，徐州人謂之牛蔓。今圃人或作畦種蒔，故《貨殖傳》云：『巵茜千石，亦比千乘之家。』」陸佃云：「葉似棘。《説文》曰『人血所生』，故蒐从草从鬼。齊人謂之茜。陶隱居以爲東方諸處乃有而少，不如西多。夫文，西草爲茜，其或又以此乎？」羅願云：「葉似棗葉，頭尖下闊，莖葉俱澁，四五葉對生節間，蔓延草木上，根紫赤色。今所在有，八月採根，人血所生，故一名地血。今茹藘能治血，又所染亦赤，蓋其類耳。古者士爵弁服，弁色赤而微黑，如爵頭，裏亦纁色。《士冠禮》曰：『爵弁服，纁裳，純衣，緇帶，韎韐。』❶緼韍也。士緼韍幽衡，合韋爲之。染以茅蒐，因名焉。《説文》曰：『茅蒐染韋，一入爲韎。』《詩》曰『韎韐有奭』，《左傳》『韎韋之跗注』是也。其女子之染，則毛氏云：『茹藘，茅蒐之染，女服也。』鄭箋云：『茅蒐，染巾也。』則縞衣茹藘，爲婦人服矣。」《博雅》云：「隥者，阪也。」《爾雅》云：「陂者曰阪。」孔疏云：「陂陀不平而可種者名阪。」司馬相如《哀二世賦》『登陂陀之長阪』是也。詳詩意，男子所居正在阪外，女身至東門之墠以待之，而尚有阪以爲之限，故嘆室雖近而人甚遠，蓋欲奔而未遂之辭也。

東門之栗，質韻。豐氏本作「㮚」。**有踐**《韓詩》作「靖」，《藝文類聚》、豐氏本俱作「静」。**家室**。質韻。**豈不爾思？子不我即**。叶質韻，子息翻。○賦也。栗，《説文》作「㮚」，云：「其實下垂，故从卣。」

---

❶「帶韎」，原作「韎帶」，據《儀禮·士冠禮》乙正。

卤者，草木實垂卤卤然，蓋象形也。古文从西从二卤。徐巡説「木至西方戰㮚」。羅云：「言木則凡木皆然，而栗至鏬發之時，將墜不墜，尤有戰栗之象，故天子五社，西社植栗。」陸佃云：「栗味鹹，北方之果也，有莱蝟自裹，故先賢云：『皂者，柞栗之屬。』《國語》曰：『婦摯不過棗栗，以告虔也。』先儒以爲棗取早敬，栗取恂栗。」踐，履也，與「踐約」之踐同意，猶後跡之履前跡也。男以女爲室，女以男爲家。蘇轍云：「栗，女贄也。取栗爲禮，而可以行室家之道矣。」即，猶就也。《爾雅》云：「尼也。」註云：「尼者，近也。」即今相近也。此女言東門有栗，人固有取之爲贄，以踐室家之約者，我豈不爾思，而欲往汝家以行此禮哉？特無如子之不我就何耳？上章思之而未得見之詞，此章思之切，而冀其亟來就己之辭。詳此，則鄭所謂女欲奔男者，信矣。又羅云：「茹藘，女所以染也，今方在陂。栗者，女所以爲贄也，今方在門。則衣服贄見之物未備，不待禮而相奔矣。」亦通。

《東門之墠》二章，章四句。《子貢傳》無此篇。《申培説》于王風内有《唐棣》篇名。豐氏本以爲即此篇，作《唐棣》三章，章四句。其首章云：「唐棣之華，偏其反而。豈不爾思？室是遠而。」〇豐氏據《申培説》云：「此因僖王棄賢而諷之。」但《唐棣》四句原出《論語》，舊説以爲逸詩。今以此冠于首章，倘亦以「豈不爾思」二語與此詩詞頗相類而附益之耶？不足信也。季本云：「『唐棣』之與『東門』各爲起語，『室遠』之與『室邇』亦各異情，不得合而爲一也。」《序》以爲刺亂也，男女有不待禮而相奔者也。夫淫者自淫，不關世亂，必曰因亂而淫，豈其然乎？

《女曰雞鳴》，述鄭賢夫婦相勸勉之辭。《溱洧》之反。《子貢傳》云：「夫婦相戒以勤生樂善。」輔廣云：「觀此詩，則鄭國之俗雖曰淫亂，然在下之人，夫婦之間，猶知禮義，勤生業，不昵于宴私，相安于和樂，而又能贊助其君子親賢樂善，以輔成其德。此可以觀先王之澤與民性之善矣。」

女曰雞鳴，士曰昧旦。翰韻。**子興視夜，明星有爛。**翰韻。**將翺將翔，弋鳧與鴈。**叶翰韻，魚旰翻。○賦也。女曰、士曰，婦與夫相對語也。孔穎達云：「士者，男子之大號。」昧，晦。旦，明也。朱子云：「昧旦，天欲旦，昧晦未辨之際也。」《列子》云：「將旦昧爽之交，日夕昏明之際。」「子興視夜」二句，婦之語也。子，指夫也。興，起也。警以夙興，不留色也。明星，朱子、蘇氏、嚴氏皆以爲啓明之星，先日而出者也。爛，光色也。嚴粲云：「此詩述夫婦相警之辭。始婦警其夫曰：『雞鳴可興矣。』夫曰：『姑俟昧旦也。』婦又警其夫曰：『子宜興而視夜之如何，蓋小星已不見，惟明大之星爛然，天將曉矣。』毛氏謂天將曉，則小星不見，惟明大之星爛然。雖不指爲啓明，然將曉而明大者，惟啓明耳。」「將翺將翔」二句，夫之語也。將，發語辭。《説文》訓翺爲翺翔，訓翔爲飛，不容二義無别。以字求之，翺左施皋，皋者緩也，當爲緩飛之義。若翔，則初飛而布翅之狀，所謂迴翔是也。此指鳧鴈言。弋，本作隿，《説文》云：「繳射飛鳥也。」以生絲爲繩，繫矢而射也。按《周禮·夏官·司弓矢》云：「矰矢茀矢，用諸弋射。」注云：「結繳于矢謂之矰。矰，高也。茀之言刜也。二者皆可以弋飛鳥，刜羅之也。」鳧，水鳥。按《爾雅》云：「舒鳧，鶩。」又云：「鸍，沉鳧。」蓋舒鳧則名鶩，沈鳧則名鸍。鶩，郭璞以爲鴨也。李巡云：「野曰鳧，家曰鶩。」然則專有鳧名者，乃鸍耳。又此詩言「弋鳧與鴈」，則其在野明矣。郭云：「鳧似鴨而小，長尾，背上有文。」陸璣云：「青色，卑脚，短喙，水鳥之謹愿者也。」《莊子》云：「鳧脛雖短，續之則憂。」鴈，陽鳥，鴻屬。大曰鴻，小曰鴈。又《爾雅》云：「鳧鴈醜，其足蹼，其踵企。」郭云：「鳧鴈之類，脚指間有幕蹼屬相著，飛則伸其脚跟。企，直也。」陸佃云：「鳧、鴈常以晨飛，故是詩如此。賦曰：『晨鳧旦至。』此之謂也。」夫聞其婦「明星有爛」之言而曰：「果爾，天將曉矣。此時有鳧鴈翺翔，吾將起而弋之。」蓋將有所用之，如下章所云也。按《左》昭二十八年，魏獻子曰：「昔賈大夫惡，娶妻而美，三年不言不笑。御以如臯射雉，獲之，其妻始笑而言。賈大夫曰：『才之不可以已。我不能射，女遂不言不笑夫？』」與此詩意象，頗相彷彿。

弋言加叶支韻，居之翻。亦叶歌韻，居何翻。**之，與子宜**支韻。亦叶歌韻，牛何翻。**之。宜言飲酒，與子偕老。**皓韻。**琴瑟在御，莫不静好。**皓韻。○賦也。此章承上「將翺將翔」二句，皆其夫之語。加，猶施也，「吾亦欲無加諸人」之加。二「子」皆指婦也。言我之弋鳧與鴈，何爲也哉？言將有所施之耳。所施必得其人，故與子謀其所宜也。昔晋山濤之婦，自比于負羈之妻，欲觀狐趙，而言阮籍等正當以識度相友。是可見明鑒在婦人中多有之，知此婦亦非汶汶者矣。治酒食者，中饋之職。既相商度而得其所宜，則言將召是人爲賓客，而飲之酒以示歡洽，庶乎賴仁賢之助，以保室家，亦可以與爾偕老矣。云飲酒，則鳧鴈以充豆實，亦在其中。琴瑟所以樂賓。《曲禮》云：「士無故不徹琴瑟。」御，侍也。按車中御在左，故謂御爲侍。静好，以聲言。静，安静也，不煩數浮蕩之謂。好，和好也，不淫哇惉懘之謂。此又囑其婦而曰：「爾不但治酒食而已，凡勸侑之人，操琴瑟而在侍御者，爾皆當預謹飭之，使之莫不静好，以娛此嘉賓可也。」蓋是夫之好德如此。《白虎通》云：「《公羊傳》曰：『天子八佾，諸公六佾，諸侯四佾。』《詩》曰：『大夫士，琴瑟御。』大夫士，北面之臣，非專事子民者也，故但琴瑟而已。」《左傳》醫和曰：「君子之近琴瑟，以儀節也，非以慆心也。」陳暘云：「琴瑟，其聲尚宮，其音主絲，士君子常御，所以樂得其道，堂上之樂也。故用大琴，必以大瑟配之。用中琴，必以小瑟配之。然後大者不陵，小者不抑，足以禁淫邪，正人心矣。故荀卿曰：『琴瑟以樂心。』」羅泌云：「琴統陽，瑟統陰。以陽佐陰，不可易也。瑟維陰也，故朱襄鼓五絃之瑟，而群陰來。琴惟陽也，故虞氏鼓五絃之琴，而南風至。陰陽之應，各從其類。是以伯牙鼓琴而馬仰秣，瓠巴鼓瑟而魚出聽。魚水物而馬火物，以類應也。楊泉曰：『琴欲高張，瑟欲下聲，數不踰琴，以佐陽也。』陽主生，故其情喜。陰主殺，故其情悲。陰陽并毗，則寒暑不成，而四時忒矣。此帝女之鼓瑟，所以動陰聲，而悲不能克也。故樂惟不可苟作也。先王以術調鼎，以鼎調樂，樂和而玉燭調矣。《詩》曰：『琴瑟在御，莫不静好。』此古之君子無故之所以不徹歟？」

知子之來叶職韻，六直翻。**之，襍佩以贈**朱子云「叶音則」，入職韻。按來、贈相叶，終覺牽强。豐氏本「贈」作「貽」，係支韻。上文「來」，據《儀禮》注讀爲「釐」，亦叶支韻，似可從。且贈、貽字形頗相似，疑傳寫譌也。**之。知子之順**震韻。**之，襍佩以問**叶震韻，微閏翻。**之。知子之好**叶號韻，虚到翻。**之，襍佩以報**號韻。**之。**賦也。此婦人答其夫之詞。三「子」皆指夫也。朱子云：「來之，致其來者，如所謂『修文德以來之』」。《禮》，婦人「左佩紛帨、刀、礪、小觿、金燧，右佩箴、管、線、纊、大觿、木燧」之屬，所以備尊者使令也。毛氏以爲佩玉，珩、璜、琚、瑀、衝牙之類，似非士庶之常服，且與襍字不協。贈，《説文》云：「玩好相送也。」一曰，增也。孔云：「贈遺者，所以增長前人。贈之財，使富增于本。贈之言，使行增于義。故曰贈，增也。」順，鄭云：「謂與己和順。」即莫逆于心之謂。問，毛傳云：「遺也。」孔云：「《曲禮》『凡以苞苴、簞笥問人者』，《左傳》『衛侯使人以弓問子貢』，皆遺人物謂之問。」古人通言，必遺以物。好者，喜好也，所謂「中心好之」者是也。報，答也。《禮》疏云：「感恩者皆稱報。」陸化熙云：「既致其來，故思贈其往，順則不忍其踈闊，故思問之。」「好之」者，好其善也。❶我好彼善，是彼以善施我，故有報。下字俱有別。此婦言子之好德既如此，則我私心幸甚，非但治酒食、飭琴瑟而已，雖服玩之物，亦無所愛。知其初來，則將有以贈之。知其久而莫逆，則將有以問之。知其能以善道相成，則將有以報之也。是不特能奉承其君子之意，而其好德更甚于君子矣。朱子云：「此詩意思甚好，讀之使人有不知手舞足蹈者。」

《女曰雞鳴》三章，章六句。《申培説》以爲夫婦相警戒之詞，與朱傳同。今按此詩，亦不見有戒意，直相勸勉耳。《序》則云：「刺説德也。陳古義以刺今，不説德而好色也。」所謂陳古刺今，亦不必有所據。

《出其東門》，鄭之貞士，宜其室家，不染淫俗，而作此詩。出《申培詩説》。《子貢傳》同。**《東門之墠》之反。**朱子云：「是時淫風大行，而其間乃有如此之人，亦可謂能自好，而不爲習俗所移矣。羞惡之心，人皆有之，豈不信哉！」又云：「鄭詩雖淫亂，然此詩却如此好。《女曰雞鳴》一詩亦好。」輔廣云：

❶「其」，《四庫全書》本作「之」。

「鄭詩惟《女曰雞鳴》與此詩爲得夫婦之道。夫子録之，正以見人性之本善，而先王之澤猶未泯也。」

出其東門，叶先韻，謨連翻。**有女如雲**。叶先韻，于員翻。**雖則如雲，匪我思存**。叶先韻，從緣翻。**縞衣綦**《説文》作「綥」。**巾**，叶先韻，經天翻。**聊樂**音絡。**我員**。先韻。陸德明、豐氏本俱作「云」。《韓詩》作「魂」。魂，神也。○賦也。蘇轍云：「東門，鄭之爲亂者之所在也，故墠、栗皆曰東門。」毛傳云：「如雲，衆多也。」匪，通作非。言此如雲之女，皆非我思所存也。嚴粲云：「『縞衣綦巾』稱其妻，猶云荆釵布裙也。」縞，《説文》云：「鮮色也。」一云，帛已練研者曰縞。一云，繒精白者，曲阜之俗善作之，尤爲輕細，故曰魯縞。孔穎達以爲薄繒不染，故色白也。綦，一作綥，《説文》云：「帛蒼艾色。」孔云：「綦者，青色之小别。蒼即青也。艾謂青而微白，爲艾草之色也。」巾，佩巾，即紛帨也。《禮》，婦人「左佩紛帨」。紛，本作帉。楚謂大巾曰帉。帉以拭器，帨以飾手，皆巾也。故下章有茹藘之異，蓋一是帉，一是帨耳。聊，鄭玄云：「且略之辭。」亦自足之意。樂，謂室家之樂。員、云通。孔云：「云、員古今字，助句辭也。」楊慎云：「今之云字，乃員之省文。《詩》『景云維何』、《秦誓》『雖則員然』、《石鼓文》『君子員獵』、『員獵員游』，皆云、員通也。」「縞衣綦巾，聊樂我員」，正以著如雲之女，匪我思存耳。又按《説文》云：「縞衣綥巾，未嫁女所服。」不知何據，殆不足信。

出其闉闍，虞韻。**有女如荼**。虞韻。**雖則如荼，匪我思且**。叶虞韻，叢租翻。**縞衣茹藘**，叶虞韻，讀如盧，籠都翻。**聊可與娱**。虞韻。豐氏本作「虞」。○賦也。闉闍，東門之闉闍也。闉，毛云：「曲城也。」徐鍇云：「若今門外甕城門。」陳氏云：「門外之有副城，回曲以障門者。」《爾雅》云：「闍謂之臺。」孫炎云：「積土如堵，所以望氣祥也。」孔云：「出，謂出城，則闍是城上之臺，謂當門臺也。」荼，毛以爲英荼，鄭以爲茅秀。按《詩》中咏荼有三種，邶風「誰謂荼苦」，則《爾雅》所謂「荼，苦菜」者也。周頌「以薅荼蓼」，則《爾雅》所謂「蒤，委葉」者也。蒤，通作荼。此「有女如荼」，即芀也，萑茅之屬。《爾雅》所謂「蔈、荂，荼。猋、藨，芀」者也。曰蔈曰荂，曰猋曰藨，皆荼、芀之別名，方語異爾。毛言英荼者，孔云：「茅之秀者，其穗色白。《國語》：『吴王黄池之會，陳兵脅晋，萬人爲方陳，皆白常、白旗、素甲、白羽之矰，望之如荼。』亦以白色爲如荼也。」又鄭謂荼乃物之輕者，飛行無常，則是又淫佚女子之比矣。且，通作徂，兼往、存二義。郭璞云：「以徂爲存，猶以亂爲治，以曩爲曏，以故爲今，此皆訓詁義有反覆也。」故鄭云：「匪我思且，猶匪我思存也。」茹藘，可以染絳，鄭以爲染巾是也。蒙上章「縞衣綦巾」之文，知此亦爲巾也。此草乃鄭東門所有，觀《東門之墠》篇可見。娱，《説文》云：「樂也。」上章言「聊樂」者，自樂也。此曰「與娱」，則與之同樂矣。

《出其東門》二章，章六句。《序》以爲閔亂也。公子五争，兵革不息，男女相棄，民人思保其室家焉。所謂公子五争者，謂突再也，忽子、亹子、儀各一也。郝敬爲之説云：「恒情窮則反本，安則思淫。鄭昭、厲之際，干戈不息，人民離散，室家以苟全爲幸。雖有東門之游女，而無江漢之求思，時使之然也。故夫男女之際，人之至情。世治，則懷春之女誘于吉士。世亂，則如雲之女所思匪存。若使上無教化，則《野有死麕》爲淫奔矣。國無亂離，則《出其東門》爲義士矣。故誦其詩，當論其世，未可以其辭而已也。」劉辰翁云：「舍《序》讀詩，辭意甚美。」今按詩中所云「聊樂我員」、「聊可與娱」，襟懷灑落，似非兵革不息，男女相棄時語。朱子改正，較爲得之。

《駟鐵》，秦人從狩而作。出《申培説》。○按《史記》，秦文公元年，居西垂宫。三年，文公以兵七百人東獵。四年，至汧、渭之會，乃卜居之。此詩當即是文公東獵之事。居西垂而東獵，其亦有略地岐、豐之意乎？又按文公三年，即平王之九年。

駟《漢書》、《説文》俱作「四」。**鐵**《漢書》作「驖」。**孔阜，**有韻。豐氏本作「⿰馬出」。**六轡在手。**有韻。**公之媚子，從公于狩。**叶有韻，始九翻。豐氏本作「守」。○賦也。四馬曰駟。鐵，馬名。毛傳以爲驪，非也。陸佃云：「《説文》曰：『馬深黑色。』驪，赤黑色。鐵，先儒謂取其馬色如鐵，非特有取于色，蓋亦取其堅壯如鐵，故曰鐵也。《月令》『孟冬乘鐵驪』，即此是也。」孔，甚也。阜，字本作自。徐鍇云：「彌高大也，故从三尸。」劉熙云：「土山曰阜，厚也，言高厚也。」鄭玄云：「四馬六轡，六轡在手，言馬之良也。」陳祥道云：「四馬八轡，而《詩》每言六轡者，蓋駕馬之法，有游環以止驂馬之外出，有脅驅以止驂馬之外入。有脅驅矣，則驂馬之内轡無所施也，繫于軾前而已，此《詩》所以言六轡也。」孔云：「驂馬内轡納之于觖，故在手者惟六轡耳。《聘禮》『賓覿，總乘馬』，注云：『總八轡牽之贊者。』謂步牽馬，故八轡皆在手也。《大叔于田》言『六轡如手』，謂馬之進退如御者之手，故爲御之良。此言『六轡在手』，謂在手而已，不假控制，故爲馬之良也。」陸云：「馬之族不一，而駻馬則喜前，駑馬則喜後。故古之御者，駑馬以鞭爲主，駻馬以轡爲主。鐵性堅駻，則疑于難御，而有繁手之勞矣。今其六轡在手而已，則是無事于轡，故《詩》以美之也。」一説，嚴粲云：「在手，言把握其轡，能制馬之遲速，惟手之是聽也。在，如『師之耳目在吾旗鼓』之在。」亦通。公，文公也。媚，《説文》云：「悦也。」媚子，謂公所愛悦之人也。狩，字从犬，《説文》云：「犬田也。」以末章「載獫」觀之，知其爲犬田也。此章言往狩之事。

奉時辰牡，辰牡孔碩。陌韻。**公曰左之，舍拔則**豐氏本作「其」。**獲。**陌韻。○賦也。奉，謂以兩手翼之，驅獸而聚之一處，以待君射也。誰奉之者，媚子也。毛云：「時，是。辰，時也。」牡，朱子云：「獸之牡者。」辰牡，猶言時獸。碩，鄭云：「肥大也。」孔云：「公曰左之，是公命御者從禽之左逐之，欲從禽之左而射之也。逐禽繇左，禮之常法。」朱子云：「射必中左，乃爲中殺。五御所謂逐禽左者，爲是故也。」逐禽左逆驅禽獸，使左當人君，以射之也。建安何氏士信曰：「《公羊傳》解第一殺、第二殺、第三殺，皆自左膘射之達于右，則左當人君之左，指禽獸之左膘而言。」詳見《車攻》篇。舍，放也。拔，毛傳云：「矢末也。」鄭云：「括也。」孔云：「以鏃爲首，故拔爲末。」拔，當作柭，亦猶括當作栝。《列子》曰「後鏃中前栝」是也。亦作筈。筈，會也，謂與弦相會，乃受絃處，又名比。《考工記》曰「夾其羽而設其比」是也。孔云：「既言『公曰』，則是公自舍之。」獵所得曰獲。公舍放矢末，則應弦而獲其獸，言善射也。此章言方狩之事。

遊于北園，叶先韻，于權翻。**四馬既閑。**叶先韻，何甄翻。**輶車鸞鑣，**蕭韻。**載獫歇**《說文》作「猲」。**驕。**蕭韻。《說文》作「獢」。○賦也。顔師古云：「養鳥獸曰苑，苑有垣曰園。」孔云：「遊于北園，蓋近在國北。《地官·載師》云『以場圃任園地』，明去其國近也。」朱子云：「田事已畢，故歸而遊于北園。」四馬，即駟驖也。閑，《爾雅》云：「習也。」輶車，輕車也。耑言輶，亦訓輕車，見《說文》。鸞，鈴也，象鸞鳥聲，故曰鸞，亦作鑾。鑣，馬勒傍鐵也，解見《碩人》篇。言置鈴于馬口之兩旁也。鄭云：「輕車，驅逆之車也。置鸞于鑣，異于乘車也。」陸云：「驅逆之車，尚輕疾。」孔云：「驅，驅禽使前趨獲。逆，御還之，使不出圍。若君所乘者，謂之田車，不宜以輶輕爲名。乘車鸞在衡，此鸞在于鑣，故異于乘車也。」載，車中所載也。毛云：「獫猲驕，田犬也。」獫，或作玁。周謂北夷曰玁，即此獫也。歇驕，當依《爾雅》、《説文》作猲獢。張衡《西京賦》曰「屬車之簉，載獫猲獢」是也。《爾雅》云：「長喙獫，短喙猲獢。」朱子云：「以車載犬，蓋以休其足力也。韓愈《畫記》有騎擁田犬者，亦此類。」一説，王雪山、嚴華谷、戴岷隱皆云：「歇驕，謂歇其驕逸，即休其足力之意。」亦通。但《爾雅》、《説文》皆以爲犬名，似當從古耳。又按古者狩以講武，未嘗以犬，從禽載犬者，秦之陋也。輕車有和鸞之聲，而犬載其上，總是寫畢狩光景。此章言畢狩而游觀之事。張敬夫云：「讀《車鄰》、《駟鐵》之詩，則知秦之立國，自其始創時，不過盛其車馬奉養之事，競爲射獵之爲而已，蓋不及于用賢制民也。則其流風，亦習乎是而已。」

《駟鐵》三章，章四句。《序》云：「美秦襄公也。始命，有田狩之事，園囿之樂焉。」《子貢傳》亦以爲襄公始有田囿之事，秦人喜之。按秦自文公東獵而外，其他君田狩之事，史皆無所見，則此詩之當屬文而不屬襄明矣。朱子謂此詩亦《車鄰》之意，要是影響。

《賓之初筵》，衛武公飲酒悔過也。出《後漢書》注引《韓詩》之説。○《申培説》亦云：「衛武公自警之詩。」朱子云：「今按此詩意，與大雅《抑》戒相類，必武公自悔之作，當從韓義。」劉公瑾云：「此詩之意，欲以自警，《抑》詩之意，亦以自警也。此詩之意，恐醉酒而伐德，猶《抑》詩所謂『顛覆厥德，荒湛于酒』也。此詩之意，反覆以威儀爲言，猶《抑》詩言抑抑威儀、敬而威儀、敬爾威儀、不愆于儀也。以至此章有『童羖』

之語，《抑》詩亦有『彼童而角』之喻，其語氣亦相類也。」然《抑》詩凡言女言爾，《集傳》以爲武公使誦詩者命己之詞。今按此詩凡言賓、言爾者，恐亦武公自謂也。

賓之初筵，左右秩秩。朱子云：「無韻，未詳。」後三四章放此。豐氏本作「秩秩左右」。**籩豆有楚，**語韻。**殽核維旅。**語韻。**酒既和旨，**紙韻。**飲酒孔偕。**叶紙韻，苟起翻。**鍾鼓既設，**叶質韻，式質翻。**舉醻逸逸。**質韻。**大侯既抗，**漾韻。亦叶陽韻，丘岡翻。**弓矢斯張。**陽韻，亦叶漾韻，知亮翻。**射夫既同，**東韻。**獻爾發功。**東韻。**發彼有的，**叶藥韻，子藥翻。陸德明本作「勺」。**以祈爾爵。**藥韻。○賦也。孔穎達云：「上八句言射初飲燕之事，下六句言大射之事。將祭而射謂之大射。大射之初，先行燕禮。按《禮》，射有三，一爲大射，二爲賓射，三爲燕射。大射者，將祭擇士之射也。」《射義》云：「天子將祭，必先習射于澤。澤者，所以擇士也。已射于澤，而後射于射宮。射中者得與于祭，不中者不得與于祭。不得與于祭者有讓，削以地。得與于祭者有慶，益以地。」先儒謂將祭之時，再爲射禮。然澤宮言習射，則未是大射，至射于射宮，乃行大射也。今考《周禮·夏官·司弓矢》職云：「澤，共射椹質之弓矢。大射、燕射，共弓矢如數。」是則澤宮之射與大射異，此其證也。《郊特牲》云：「卜之日，王立于澤，親聽誓命。」澤者，澤宮也。今《家語》文亦作「王親立于澤宮」。蓋既卜之後，必到澤宮，擇可與祭祀者，因誓敕之以禮耳。其地所在，舊無明文，先儒謂于寬閑之處，近水澤而爲之。愚意即辟廱也。辟廱之水，旋丘如璧。朱子云：「説者以廱爲澤，蓋即旋丘之水，而其學即所謂澤宮也。」此論得之。亦如《説文》解泮，爲諸侯鄉射之宮。《禮》言魯人將有事于上帝，必先有事于泮宮，蓋亦于此處射而擇士。其制西南爲水，東北爲墻，與澤宮制蓋相近也。又卿大夫從君田獵後，班餘獲而習射，亦于澤宫。《尚書大傳》所云「凡祭取餘獲陳于澤，然後卿大夫相與射」是也。射宫，則在郊。《樂記》云：「武王克殷，散軍而郊射，左射貍首，右射騶虞，而貫革之射息。」註謂郊射，是爲射宫于郊。又《周禮·夏官·諸子》職云：「掌國子之倅，使之脩德學道。春合諸學，秋合諸射。」疏謂學，大學也。射即射宫，乃國之小學，在西郊，則虞庠是也。疏所以指爲小學者，以天子大學在國中，小學在郊。故《鄉射禮》云：「君國中射，則皮樹中。于郊，則閭中。於竟，則虎中。」國中射者，燕射也。于郊者，大射也。於竟者，謂與鄰國君射，則賓射也。中者，盛算之器，以木爲之，刻爲獸形。皮樹與閭皆獸名。閭狀如驢，詳見《猗嗟》篇。而《大射禮》于事畢之後，云「卿大夫皆出，公不送。公入，《驁》」。《驁》者，《驁夏》也，樂章之名。公入則奏之。以從郊入國，故言入。凡此，皆射宫在郊之證也。又《春官·司服》職云：「饗射則鷩冕。」注謂饗射者，饗食賓客，與諸侯射也。《燕禮》云：「燕朝服于寢。」注謂其服玄冕緇衣素裳，漢法衣皮弁服，與古異。據此詩第三章言「側弁之俄」，則其非饗燕之射可知。先儒謂爲學宫之射，當服皮弁，以《學記》云「皮弁祭菜」故也。然則此詩以弁入咏，而二章又有「烝衎烈祖」之語，其爲將祭而行大射之禮，無可疑矣。賓射者，諸侯來朝天子，入而與之射，或諸侯相朝而與之射，即《周禮》所謂「饗射」，大宗伯之職，「以賓射之禮，親故舊朋友」是也。燕射者，謂息燕而與之射。息者，休農，息老物也。燕者，謂勞使臣，若與群臣飲酒而射也。《春官·樂師》職云「燕射，帥射夫以弓矢舞」是也。賓射行于朝，燕射行于寢，三射之處不同，其侯亦别。《考工記·梓人》云：「張皮侯而棲鵠，則春以功。張五采之侯，則遠國屬。張獸侯，則王以息燕。」凡侯，皆用布爲之。皮侯，則以虎熊豹麋之皮飾其側。又方制之以爲臯，謂之鵠，著于侯中。《周禮・天官・司裘》職云：「王大射，則共虎侯、熊侯、豹侯，設其鵠。諸侯則共熊侯、豹侯，卿大夫則共麋侯，皆設其鵠。」即此大射之侯也。賓射之侯，畫以五采。《周禮・夏官・射人》職云：「掌國之三公、孤、卿、大夫之位，三公北面，孤東面，卿、大夫西面。諸侯在朝，則皆北面。以射法治射儀，王以六耦，射三侯，三獲三容，樂以《騶虞》，九節五正。諸侯以四耦，射二侯，二獲二容，樂以《貍首》，七節三正。孤、卿、大夫以三耦，射一侯，一獲一容，樂以《采蘋》，五節二正。士以三耦，射豻侯，一獲一容，樂以《采蘩》，五節二正。」三侯，虎、熊、豹也。二侯，熊、豹也。一侯，麋也。獲，謂唱獲之旌。容亦名乏，以革爲之，在侯之旁，所以爲唱獲者御矢也。以其可以容身，故謂之容。以其矢于此匱乏不去，故亦謂之乏。九節、七節、五節之解見後。五正者，先儒以爲中朱，次白，次蒼，次黄，玄居外。三正，損玄、黄。二正，去白、蒼而畫朱、緑。未知何據。正者，鳥名。正與鵠皆鳥之捷黠者。大射射鵠，賓射射正，燕射射質。燕射之侯，畫獸爲侯。《鄉射記》所云「天子熊侯白質，諸侯麋侯赤質，大夫布侯，畫以虎豹。士布侯，畫以鹿豕」是也。綜上諸禮文，天子、諸侯、大夫三射皆具，士惟有賓射、燕射，而無大射。先儒以爲士無臣，故祭無所擇，理或然也。三射之禮，皆有飲酒，故《射義》引《詩》曰：「曾孫侯氏，四正具舉。大夫君子，凡以庶士，小大莫處，御于君所，以燕以射，則燕則譽。」但賓射、燕射因饗燕而射，意止于娱賓。大射是將祭而射，意專主于擇士，飲酒特其中之儀節耳。此三射之外，又有鄉射，其侯用采侯，禮與燕射同，乃鄉大夫貢賢能之後行之，以詢衆庶，及州長射于州序之禮，非天子諸侯所用也。又《射義》云：「古者諸侯之射也，必先行燕禮。卿大夫士之射也，必先行鄉飲酒之禮。故燕禮者，所以明君臣之義也。鄉飲酒之禮者，所以明長幼之序也。」今按所謂先行燕禮者，言大射未旅之前所行之禮似燕之法，非謂先一日行燕禮，畢而後射也。天子大射之禮亡，所可攷見者，唯諸侯大射，見于《儀禮》。意其節文，當不甚相遠。若此詩乃衛武公入爲王卿士所作，則天子之大射也。賓，武公自謂也。時王以武公爲賓，故自云然。初筵，朱子云：「初即席也。」孔云：「鋪陳曰筵，藉之曰席。筵、席通也。」左右，鄭玄云：「謂折旋揖讓也。」孔云：「以賓與主人爲禮，隨其左右之宜，其行或方折，或回旋，相揖而辭讓也。」秩，序也。合賓與主人言之，故重云秩秩。按《大射儀》，擯者納賓，賓及庭，公降一等揖賓。賓辟，公升即席，奏《肆夏》。賓升自西階，主人從之賓右，北面再拜。賓答拜，主人取觚酌膳，筵前獻賓。賓拜受爵于筵前，然後賓升筵。即此所謂「賓之初筵，左右秩秩」者也。其禮以宰夫爲主。人君于臣，雖爲賓，不親獻，以其莫敢抗禮也。籩豆，解見《伐柯》篇。楚，毛傳云：「列貌。」按楚字義，《説文》以爲叢木。謝朓詩曰「平楚正蒼然」，以叢木廣遠，謂之平楚。此言有楚，謂森然成列，如叢木然也。殽，毛云：「豆實也。」鄭云：「菹醢也。凡非穀而實之曰殽。」核，鄭云：「籩實，有桃梅之屬。」按《周禮》，籩人掌四豆之實，凡祭祀，共其籩豆薦羞之實，賓客、喪紀亦如之，是饗燕有籩豆也。四籩内有餽食之籩，其實棗、㮚、桃、乾穣、榛實。乾穣者，乾梅也。《内則》有桃諸、梅諸，是其乾者，皆有核之物也。孔云：「此經二句，自相充配。殽、核即籩豆所盛，殽則實之于豆，核則實之于籩也。先殽後核，不依籩豆次者，便其文耳。」旅，衆也。軍之五百人爲旅，故有衆多之義。和旨，鄭云：「酒調美也。」孔，甚。偕，俱也。言與燕者皆在列也。按《大射儀》，官饌羹定，射人告具于公，公升即位于席，西向。小臣師納諸公卿大夫，諸公卿大夫皆入門右，北面東上。公降立于阼階之東南，南鄉。小臣師詔揖諸公卿，諸公卿西面北上，揖大夫。大夫皆少進，然後擯者請賓。即此所謂「飲酒孔偕」者也。首二句紀賓初升筵之禮，次三句紀官所饌之物，至此句乃紀與燕之人。鍾鼓，謂笙鍾、頌鍾、建鼓之屬。《大射儀》所云「樂人宿縣于阼階東，笙磬西面，其南笙鍾。建鼓在阼階西，南鼓。西階之西，頌磬東面，其南鍾。一建鼓在其南，東鼓。一建鼓在西階之東，南面」是也。設，《説文》云：「施陳也。」云「既設」者，非謂此時方設，言既設則奏之可知，蓋在主人獻君爵而奏《肆夏》時也。按《周禮・鍾師》以鍾鼓奏《九夏》。《肆夏》者，九夏之一。《大射儀》擯者納賓，及庭，公先升，即席奏《肆夏》，賓升自西階，主人送爵獻賓，賓乃升筵，啐爵而樂闋。賓遂酢主人，主人乃獻公。公拜受爵，復奏《肆夏》。卒爵而樂闋。又《郊特牲》云：「賓入大門而奏《肆夏》。」《燕禮記》亦云：「賓及庭，奏《肆夏》。」皆指公升即席時而言。此言「鍾鼓既設」，在初筵之後，舉醻之前，明是君受爵時所奏，與即席之奏無預。舉醻，朱子云：「舉所奠之醻爵也。」逸逸，往來安閒之貌。按《儀禮》，主人酌賓曰獻。賓既酢主人，主人又自飲而獻賓曰醻。賓受之，奠于席前而不舉，至旅，而遂舉所奠之爵，交錯以偏。以《大射儀》考之，初主人獻賓，賓酢主人。次主人獻公，此時奏《肆夏》。卒爵，樂闋。主人受公酢，乃醻賓。賓告于擯者，請旅諸臣。公許之，乃舉旅行醻。即此所謂「舉醻逸逸」也。大侯，毛云：「君侯也。」侯者，射布之名，字本作矦，从人从厂从矢，象張布，矢在其下。古者以射選賢，射中者獲封爵，因謂之諸侯也。故《射義》云：「天子之大射，謂之射侯。射侯者，射爲諸侯也。射中則得爲諸侯，不中則不得爲諸侯。」又《考工記》云：「祭侯之禮，以酒脯醢，其辭曰：『惟若寧侯，毋或若女不寧侯，不屬于王所，故抗而射女。』」今以字義考之，諸侯之名義，本因射布之侯而得名。而《考工記》以爲射諸侯之不安於爲侯者，則是射布之名侯，乃反因射諸侯而得名，非事實也。若大侯之名見于此詩及《儀禮》，而未詳其爲何侯。據《周禮》注謂王之大射，虎侯，王所自射。熊侯，諸侯所射。豹侯，卿大夫所射。理或近之。則此詩所云「大侯」，蓋虎侯也。然《射人》職謂王大射，則以貍步張三侯，與《司裘》職王大射共虎、熊、豹三侯之説合。若諸侯，則皆云二侯而已。《儀禮·大射》篇所記者，諸侯之禮，乃云：「命量人量侯道，與所設乏以貍步。大侯九十，參七十，干五十，設乏各去其侯西十、北十。遂命量人巾車張三侯。大侯之崇，見鵠于參，參見鵠于干，干下綱不及地武。」抑又異《周禮》二侯之説何耶？先儒謂彼乃畿内諸侯，用二侯。此畿外諸侯，亦得用三侯，但不敢同于天子虎、熊、豹之三侯。似已，然亦以大侯爲熊侯，而讀參爲糝，讀干爲豻。糝者襍也。襍侯者，豹鵠而麋飾。豻侯者，豻鵠豻飾也。是皆妄意推測，未有以證其必然。愚偶以《鄉射記》之説合之，則此所云大侯，果熊侯也。所云參侯，乃麋侯也。何以明之？蓋諸侯本宜射熊侯，而《鄉射記》「天子熊侯白質」，以天子之燕射，亦有取于熊，爲其同于天子，故尊而大之也。麋侯，據《司裘》職本卿大夫所用，而《鄉射記》云「諸侯麋侯赤質」，則諸侯之燕射，亦有取于麋。以其諸侯、卿、大夫皆得參用，故變名之爲參也。若干侯，即士所射之豻侯，見于《射人》職者是也。熊侯，諸侯所自射。麋侯，以待卿大夫之射。故《大射儀》云：「公射大侯，大夫射參，士射干。」士雖不得自行大射之禮，然得與君同射。又《射義》云：「古者天子之制，諸侯歲獻貢士于天子，天子試之于射宫。」則是天子之大射，士亦得與矣。并記于此。抗，毛云：「舉也。」《廣韻》云：「以手抗舉也。」先此已張侯，而不繫左下綱，至此乃繫之，故曰既抗。按《鄉射儀》，初張侯，不繫左下綱，中掩束之，及有司請射，于是司馬命張侯，弟子説束，遂繫左下綱。綱者，持舌繩之名。舌，所以維持侯者。侯上下各有左右舌，故有左右上下綱繩出于舌外，以持舌，而繫之于植也。侯以向堂爲面，則左下綱以西畔而言。初之不繫者，事未至也。中掩束之者，中掩左廂，向東束之，故將射乃解之也。司馬者，即司正所爲。涖酒名司正，涖射名司馬。弟子，卑幼者也。脱其束，遂繫左下綱于植，事至故也。《大射儀》于將射，雖不言繫綱，而前此張三侯之時，亦有不繫左下綱之文，及畢事，又有量人解左下綱之文，則於此時繫之可知，所以不言及者，互相見耳。又鄭箋以爲既抗者，舉鵠而棲之于侯也。按《考工記》：「梓人爲侯，廣與崇方，三分其廣，而鵠居一焉。」又云：「張皮侯而棲鵠。」當侯之中，别製皮爲鵠舉以棲之，故曰既抗。亦通。所抗者不止于大侯，舉尊以該卑也。又按《禮》，卑者與尊者爲耦，不異侯。張，《説文》云：「施弓弦也。」孔云：「弓可言張，而并言矢者，矢配弓之物，連言之耳。」按《大射儀》，旅酬之後納工，歌《鹿鳴》，管新宫。畢，司射適次，袒決遂，執弓，挾乘矢于弓外，見鏃於弣右，巨指鈎弦，自阼階前曰：「爲政請射。」即此所謂「弓矢斯張」也。以句在「射夫既同」之前，知爲司射之弓矢，非射夫之弓矢也。射夫，鄭云：「衆射者也。」既同，朱子云：「比其耦也。」射每二人相對，以決勝負，曰耦。與《車攻》「既同」差異，彼特以人衆齊集言，此乃以藝能相近言。按《大射儀》，司射請射之後，遂告曰：「大夫與大夫，士御于大夫。」言大夫與大夫，不足，則士侍于大夫，與爲耦也。乃比三耦，三耦俟于次。司射命上射曰：「某御於子。」命下射曰：「子與某子射。」及三耦卒射之後，復比衆耦。比者，選次之謂，即此所謂「射夫既同」也。然三耦乃諸侯之禮，若天子則六耦，以諸侯爲之。《周禮·大司馬》職云：「若大射，則合諸侯之六耦。」是也。或諸侯不足，亦當取足于卿大夫也。獻，鄭云：「猶奏也。」爾，指賓，武公自謂。蓋使人誦之以刺己也。發功，鄭云：「發矢中的之功。」按《大射儀》，三耦取弓矢于次，司射適次，作上耦射。命曰：

「毋射獲，毋獵獲。」乃射，上射既發挾矢，而後下射射，拾發，以將乘矢。獲者坐而獲，舉旌以宫，偃旌以商，獲而未釋獲，三耦卒射亦如之。此射之第一節。作上耦射者，射有三耦，先使上耦射，而後遞及其次三耦也。獲，解見前。毋射獲者，毋使矢中乏也。從旁爲獵。發挾矢者，發其所挾之乘矢也。下射亦如之。拾之言更也。將之言行也。獲者坐而獲，言負獲旌之人，坐而告獲。下文「舉旌偃旌」是也。以宫以商者，以磬聲之宫商爲節奏也，此即所謂「獻爾發功」者也。獲而未釋獲者，此時但言獲而已，猶未釋算也。彼，指射侯也。的，《説文》云：「明也。」即鵠是也。以其明白而可見，故名的也。祈，求也。爾，即賓也。爵，飲器，其形象雀，取其鳴節節足足也。《韓詩》説云：「一升曰爵。爵，盡也，足也。二升曰觚，三升曰觶，四升曰角，五升曰散，總名曰爵。」陸佃云：「雀固物之淫者也。酒善使人淫佚，故一升曰爵。爵所以戒也，亦取其鳴節，以戒荒淫之飲。」言爾所與射之耦，發矢于彼侯，而有中其的者，則將以此求爾之飲此爵也。《射義》孔子曰：「《詩》云：『發彼有的，以祈爾爵。』祈，求也，求中以辭爵也。酒者，所以養老也，所以養病也。求中以辭爵者，辭養也。」按《大射儀》，三耦初射之後，乃設楅，上耦取矢復射，司射請釋獲于公，公許。司射命曰：「中離維綱，揚觸梱復，公則釋獲，衆則不與。唯公所中，中三侯皆獲。」復進視上射，命曰：「不貫不釋。」釋獲者實八算于中，乃射。若中，則釋獲者每一箇釋一算。上射于右，下射于左，若有餘算，則反委之。俟三耦卒射，然後公及諸公卿大夫相繼卒射，於是司射視算，釋獲者先數右獲。二算爲純，一純以取，實于左手，十純則縮而委之。每委異之，有餘純則横諸下。一算爲奇，奇則又縮諸純下。又釋左，兼斂算，實于左手，一純以委，十則異之。其餘如右獲。司射復位，釋獲者遂進取賢獲，執之，繇阼階下，北面于公。若右勝，則曰：「右賢于左。」若左勝，則曰：「左賢于右。」以純數告，若有奇者，亦曰奇。若左右鈞，則左右各執一算以告曰：「左右鈞。」于是司射者命設豐，勝者之弟子洗觶升酌，奠于豐上。一耦出揖，及階，勝者先升，升堂少右。不勝者進，北面卒觶，遂揖而下。不勝者先降，與升飲者相左，交于階前，相揖反位。三耦以次卒飲。若賓、諸公卿大夫不勝，則僕人師洗升賓觶以授賓，諸公卿大夫受觶于席。若飲公，則侍御者降，洗角觶升酌，及射爵辦，乃徹豐與觶。此射之第二節也。詳第一節之射，似是人皆先習射一次，故雖告獲而未釋算，至此乃計的之中否，以爲勝負，而飲射爵焉。即此詩所謂「發彼有的，以祈爾爵」也。楅、中，二器名。解見《猗嗟》篇。離，猶過也，獵也。侯有上下綱，其邪制躬舌之角者爲維。躬，侯身也。舌，解見前。揚觸者，謂矢中他物，揚而觸侯也。梱復，謂矢至侯不着而還反也。言雖中侯，而獵過侯之維綱，及揚觸梱復之類，皆不得釋獲，惟公則許，所以優君也。又三侯隨公所值，中一侯，亦得釋獲，若他人則必中其所應射之侯，方釋獲也。貫，猶中也。不貫不釋，言不中鵠，不釋算也。釋獲者，謂主釋算之人也。射以二人爲耦，一名上射，一名下射。人各四矢，一耦則八矢矣，故於中上實八算也。上射中，則釋算于中内之右。下射中，則釋算於中内之左。其不得釋之餘算，則另置之。視算，先右後左，先上射而後下射也。純，猶全也。縮者從也，東西爲從。賢獲者，勝黨之算也。豐形似豆，卑而大。觶，飲酒角也，受四升，或云三升。僕人師者，服役之人也。角觶，即兕觥，罰爵也。辦者徧也。

籥豐本作「龠」。**舞**豐本作「叕」。**笙鼓**，麕韻。**樂既和奏**。叶麕韻，宗五翻。**烝衎烈祖**，麕韻。**以洽百禮**。豐本叶麕韻，籠五翻。**百禮既至，有壬有林**。侵韻。**錫爾純嘏，子孫其湛**。先君印海先生諱。叶侵韻，持林翻。**其湛曰樂，**音絡。**各奏爾能。**豐本叶侵韻，奴金翻。**賓載手仇，**尤韻。亦叶支韻，渠之翻。董本、豐本俱作「𣂪」。**室人入又。**叶尤韻，夷周翻。亦叶支韻，盈之翻。**酌彼康**《爾雅》作「漮」。**爵，以奏爾時。**支韻，亦叶尤韻，時流翻。○賦也。籥舞，執籥而舞，文舞也。解見《簡兮》篇。按《周禮·春官》，籥師掌教國子舞羽歈籥，祭祀則舉羽籥之舞，賓客饗食亦如之。大射具賓客饗食之禮，既命用樂，則有舞可知。《儀禮》無文，偶略之也。又按《大司樂》職云：「大射，令奏《騶虞》，詔諸侯以弓矢舞。」陳暘云：「祭祀，天子執干戚而舞，所以樂尸。大射，諸侯執弓矢而舞，所以樂王。」笙，解見《鹿鳴》、《鼓鍾》篇。《大射儀》所謂笙鍾、笙磬，皆應笙之鍾磬。而《周禮·笙師》凡祭祀饗射，共其鍾笙之樂，亦謂與鍾聲相應之笙也。又笙有與瑟琴相應者，《鹿鳴》所謂「鼓瑟吹笙」是也。有與磬相應者，《鼓鍾》所謂「笙磬同音」是也。有與歌相應者，《儀禮》所謂「歌《魚麗》，笙《繇庚》」是也。有與鼓相應者，此言「笙鼓」是也。以其爲用無所不備，故特舉之。鼓，解見《關雎》篇。不獨樂以鼓爲節，射亦以鼓爲節，所謂「不鼓不釋」者也。奏以出聲言，聲有高下緩急之度謂奏，即奏《騶虞》、《貍首》之奏。言樂之聲，既和于所奏之詩也。按《大射儀》，徹豐觶之後，獻服不氏，及釋獲者畢，司射復請射如初。司射北面，請以樂于公，公許。司射東面，命樂正曰：「命用樂。」樂正曰：「諾。」司射遂適堂下，北面眂上射，命曰：「不鼓不釋。」樂正命太師曰：「奏《貍首》，間若一。」遂奏《貍首》以射，三耦卒射，賓待于物如初。公樂作而後就物，稍屬，不以樂志，其他皆如初儀。然後反位就席，始命退楅，解左下綱，退中與算而俟。此射之第三節也。服不氏於《周禮》爲司馬之屬，掌養猛獸而教擾之者。請用樂于公，請奏樂以爲節也。不鼓不釋者，不與鼓節相應，不釋算也。貍首，愚謂即《七月》之四章。間若一者，聲之中間相去，或希疏，或密數，調之使如一也。物，謂射時所立處也。謂之物者，物猶事也，君子所有事也。君之射儀，遲速從心，但稍與樂相屬而已。其發不必應樂，避不敏也。志，猶擬也。及解左下綱，則正射之事畢矣。末猶言俟者，俟將復射與否也。鄭玄云：「始將射而未釋獲，復釋獲，復用樂行之。君子之于事，始取苟能，中課有功，終用成法，教化之漸也。射用應樂爲難。」《射義》云：「天子以《騶虞》爲節，諸侯以《貍首》爲節，卿大夫以《采蘋》爲節，士以《采蘩》爲節。《騶虞》者，樂官備也。《貍首》者，樂會時也。《采蘋》者，樂循法也。《采蘩》者，樂不失職也。是故天子以備官爲節，諸侯以時會天子爲節，卿大夫以循法爲節，士以不失職爲節。故明乎其節之志，以不失其事，則功成而德行立，德行立則無暴亂之禍矣。功成則國安。故曰：射者，所以觀成德也。」按《周禮·射人》職云，《騶虞》九節，《貍首》七節，《采蘋》、《采蘩》皆五節。先儒謂九節者，五節先以聽。七節者，三節先以聽。五節者，一節先以聽。其後四節，皆以應乘矢拾發也。乘矢，四矢。拾發，連發也。一終爲一節。孔子曰：「射者何以射？何以聽？循聲而發，發而不失正鵠者，其惟賢者乎！若夫不肖之人，則彼將安能以中？」「烝衎烈祖」以下六句，皆預擬之辭，非實祭也。承上言大射之禮既畢，凡射而中者，皆得與于祭，則今日能中之人，即後日助祭之人矣。烝，衆也。通與射者而言也，映下文「百禮」可見。衎，《説文》云：「行喜貌。」《爾雅》云：「樂也。」烈本火猛，以功之光而盛者似之，故《爾雅》又轉訓爲業也。烈祖，孔云：「功烈之祖也。」洽，鄭云：「合也。」當以偏傍省，通用。百禮，嚴云：「事神之衆禮。」「以洽百禮」者，言助祭之人既多，則可以合舉事神之衆禮也。百禮既至，言行禮之時至也。壬，通作任，任之爲義，擔也，負也，言任其事也。木多爲林，衆之意也。衆禮次序，行之各有其時，當其時之至，則有身任其事者，又有衆多林立以待事者，凡皆駿奔走于廟中也。錫，通作賜，《説文》云：「予也。」篇内「爾」字皆指賓，則以兼通助祭者而言。純，全也。嘏，《説文》云：「大遠也。」皆指福言。子孫，指主祭者，猶云曾孫也。湛，本作媅，《説文》云：「樂也。」言助祭者，能合舉百禮以樂先祖，則神將賜之以純全久大之福。而主祭之子孫，見助祭者之皆得人，亦因之以喜樂也。其媅曰樂，爲復射發端也。其媅以心言，乃虚寫未然之景。曰樂，則指其當日射畢，升坐安燕之事而言也。按《大射儀》，射畢，徹俎，司正升賓，賓諸公卿大夫，皆説屨，升就席。公以賓及卿大夫坐，乃安，羞庶羞。公曰：「衆無不醉。」賓及諸大夫皆興，對曰：「諾，敢不醉！」乃舉爵，爲士偏舉旅行酬，即此所謂「樂」也。各奏爾能，命復射也。奏，猶獻也。爾通與射者而言，賓在其内。載者，更始之義。唐虞名歲曰載，取物終更始也。手，毛云：「取也。」仇，匹也。訓仇爲匹，猶訓潔爲污，訓亂爲治，反言之也。賓載手仇，謂再取其技能之相敵者，與之爲耦也。按《大射儀》，若命曰復射，司射命射唯欲，一發，中三侯皆獲。云命射唯欲者，欲者則射，不欲者則止，可否之事，從人心也。此所謂「手仇」者也。前此惟君釋獲，不拘三侯，此臣得與君同者，以燕後復射，其法寬，亦尚歡樂之意也。室人，孔云：「有室中之事者。」毛云：「主人也。」按主人，即宰夫也。「入又」者，謂入而又行獻酬之禮。康，《爾雅》云：「安也。」毛云：「酒所以安體也。」鄭云：「虚也。」無酒于爵，謂之虚爵。按康即糠字，从米庚聲，穀皮也。故《爾雅》亦訓康爲空，謂去其内之米以空之也。然則空虚是康本義，其轉訓爲安者，當是康莊之康。《爾雅》道五達曰康，亦空虚洞達之意。康衢可以安行，故又訓爲安也。二義皆通。按《大射儀》，復射後，無算爵，士有執膳爵者，有執散爵者。膳爵者酌以進公，散爵酌以之公，命所賜，受賜爵者以爵就席坐，公卒爵，然後飲。執膳爵者受公爵酌，反奠之。受賜者以散爵授執者，執散爵者乃酌行之，唯受于公者拜。此康爵即散爵也。膳爵公所用，公飲畢，仍反奠于公所。散爵自拜賜後，隨執爵者勸其所歡，徧行于賓。及諸公卿大夫士，不以次數爲限，所謂「無算爵」也。奏與「樂既和奏」之奏同義，謂奏《陔夏》也。《陔夏》者，九夏之一。時謂歡燕已洽，賓可以出之時也。按《大射儀》，無算爵之後，君有命徹幕，皆降，再拜稽首，反位。無算樂。宵則庶子執燭于阼階上，司宫執燭于西階上，甸人執大燭于庭，閽人爲燭于門外。賓醉，北面坐，取其薦脯以降。奏《陔》，遂出，卿大夫皆出，公不送。公入，《驁》。而大射之儀畢于此。命徹幕者，君意殷勤，欲盡酒也。無算樂者，升歌間合，無次數，惟意所樂也。取脯以降，重得君之賜也。奏《陔》者，《陔》之言戒也，以《陔》爲節，明無失禮也。驁，解見前。此詩所載行禮次第，與《大射儀》一一具合，而舊説絶不理會。今故逐段爲之附麗，以詔來者，不敢厭其繁焉。

賓之初筵，先韻。**温温其恭。**無韻。未詳。**其未醉止，威儀反反。**叶先韻，分邅翻。《韓詩》作「昄昄」，云：「善貌。」**曰既醉止，威儀幡幡。**叶先韻，孚焉翻。**舍**音捨。**其坐遷，**先韻。**屢**陸德明本作「婁」。**舞僊僊。**先韻。《樂書》作「躚躚」。**其未醉止，威儀抑抑。**叶寘韻，固利翻。《國語》引《詩》「抑戒」作「懿戒」可證。**曰既醉止，威儀怭怭。**叶寘韻，毗志翻。《説文》作「佖佖」。**是曰既醉，不知其秩。**叶寘韻，直詈翻。○賦也。賓之初筵，謂未射以前行燕禮時也。温温，和柔貌。在心爲敬，在貌爲恭。又貌多心少爲恭，心多貌少爲敬。故《少儀》云：「賓客主恭，祭祀主敬。」各有攸當也。其未醉止，卒射而飲觶時也。有威可畏謂之威，有儀可象謂之儀，皆主升降周折之容言。反反，蘇轍云：「顧禮也。」曰既醉止，謂酌康爵時也。此時飲無算爵，又徹幕盡歡，則勢必至于醉矣。幡，通作翻，《説文》云：「飛也。」飄揚之意。幡幡，猶翩翩也。蘇云：「輕數也。」舍，通作捨，置也。遷，移。屢，數也。賓醉降階將出，業已舍其故坐，斯時聞樂人奏《陔》，即當遂出，而猶未肯出，乃遷移他處，以屢舞爲樂也。此舞非樂舞，如以舞屬客之類，直是戲耳。陳暘云：「前代歡飲，酒酣必起舞，蓋所以極歡心，敘誠意。魏、晋以來，尤重以舞相屬，樂飲以舞相屬，猶飲酒以杯相屬也。故漢李陵起舞以屬蘇武，王智起舞以屬蔡邕，晋謝安起舞以屬桓嗣。陳智匠曰：『比見北人猶以舞相屬。』則屬舞，古人非不尚也。然田蚡與灌夫過竇嬰家，酒酣，起舞屬蚡，蚡不起。夫徙坐，語侵之。陶謙爲舒令，見太守張磐，磐舞屬謙，謙不爲起，固强之，雖舞而不轉。曰：『不當轉耶？』曰：『不可轉，轉則勝人。』繇此觀之，以舞相屬，情意一有不至，而禍患隨之，可不重之哉！《詩》曰：『屢舞躚躚。』然則相屬之舞，其亦不可屢而常矣。江表孫譚，酒酣屢舞，而不知止，顧雍所以深責之也。唐中宗數與近臣狎宴，遞起舞唱，憸幸之人因之徼求官爵，君臣之禮微矣。」僊，通作躚，《説文》云：「蹁躚旋行也。」若如本字解，則爲仙人輕舉之狀。亦如《趙飛燕外傳》云「后揚袖曰，仙乎仙乎」之意。以屢舞，故重言僊僊，後放此。抑，《説文》云：「按也。」字本从反印，後加从手作抑。印者，執政所持信器也。印所以行之于外，今反而斂之于内，則爲自按抑也。《説文》無怭字，引此詩作佖佖，云：「威儀也。」《韻會》云：「威儀備也。」此四句以理言。人當未醉時，其威儀固當折抑而收斂。即當既醉時，其威儀亦當怭怭而周備，乃是之名既醉者何如哉？第見昏然沉迷，不知其秩而已矣。秩，即「左右秩秩」之秩，亦以折旋揖讓言，彼入時之禮，此出時之禮也。《莊子》云：「以禮飲酒者，始乎治，常卒乎亂。」孔云：「小人未醉，身有惡態，强自收掩。及其醉酒，則舊時情態皆出。」莊子說察人之法曰：「醉之以酒以觀其態。」是久飲酒，則情態出也。蔡汝楠曰：「武公自戒甚嚴，多勗以威儀。觀風人稱之曰『善戲謔兮』，蓋亦過于和易而能悔者也。」

賓既醉止，載號豐本作「号」。平聲。**載呶**。無韻。未詳。**亂我籩豆，屢舞僛僛**。支韻。**是曰既醉，不知其郵**。叶支韻，是爲翻。**側**《說文》、豐本俱作「仄」。**弁之俄**，歌韻。**屢舞傞傞**。歌韻。《說文》作「䇩䇩」。**既醉而出，並受其福**。屋韻。亦叶職韻，筆力翻。**醉而不出，是謂伐德**。職韻。亦叶屋韻，都木翻。**飲酒孔嘉**，叶歌韻，居何翻。**維其令儀**。叶歌韻，牛何翻。○賦也。號，《說文》云：「呼也。」呶，《說文》云：「讙聲也。」亂我籩豆，與首章「籩豆有楚」相應。此因「屢舞僛僛」而亂及籩豆，二句當合看，非兩事也。僛，徐鉉云：「欹傾不能自正也。」郵，通作尤，過也。側，旁也，通作仄，《說文》云：「傾側也。」言傾于其旁也。弁，皮弁也。解見前。俄，《說文》云：「行頃也。」傞，《說文》云：「醉舞貌。」傞傞，毛云：「不止也。」詩言既醉而屢舞者三，初遷而屢舞，已可異矣。然且不止，而繼之以號呶，又繼以俄頃之間數側其弁，蓋君形者去，而口容、首容舉失其度，屢舞不休，欲何爲乎？酒以合歡，原期于醉，先王之禮，所以有無算爵也。既醉何病，然醉斯可以出，惟醉而不出，爲可醜耳。此詩專爲酗康爵奏《陔夏》從昏醉喪儀而不肯出者發，意武公必曾有是失，故使人誦之以自儆也。全篇次序相承，皆紀當日實事，非謂以前二章爲思古，以後三章爲傷今也。「既醉」以下是嘆悔之辭。「並受其福」者，鄭云：「賓醉則出，與主人俱有美譽也。」「是謂伐德」者，孔云：「若至于醉而不出，是謂誅伐其德。醉前無失爲有德，既醉爲愆以喪之，是伐其德也。」《晏子春秋》云：「晏子飲景公酒，日暮，公呼具火。晏子辭曰：『《詩》云側弁之俄，言失德也。屢舞傞傞，言失容也。既醉以酒，既飽以德，既醉而出，並受其福，賓主之禮也。醉而不出，是謂伐德，賓之罪也。嬰已卜其日，未卜其夜。』公曰：『善。』舉酒祭之，再拜而出。」諸葛亮《戒子書》云：「夫禮之設，合禮致情，適體歸性，禮終而退，此和之至。禮意未殫，賓有餘倦，可以至醉，無致于亂。」孔，甚。嘉，美。令，善也。儀，即「威儀」之儀。朱子云：「飲酒之所以甚美者，以其有令儀耳。今若此，則無復有儀矣。」蘇云：「此章申言其亂，而終悔之也。」

凡此飲酒，有韻。**或醉或否**。有韻。**既立之監，或佐之史**。紙韻。**彼醉不臧，不醉反恥**。紙韻。**式勿從謂，無俾大**音泰。**怠**。叶紙韻，養里翻。**匪言勿言，匪由勿語**。叶麌韻，讀如午，疑古翻。**由醉之言，俾出童**豐本作「䍶」。**羖**。麌韻。**三爵不識**，叶寘韻，職吏翻。**矧敢多又**。叶寘韻，夷豉翻。○賦也。此章皆深絶醉者之辭，所以著自儆之意。飲酒一也，而醉與不醉異，故爲之監、史以伺察之。朱子云：「監、史，司正之屬。」按《燕禮》，射人爲司正。注謂將留賓飲酒，更立司正以監之，察儀法也。又《大射儀》，先以大射正爲擯，其後以擯爲司正。及誓射，則大史俟于西序東面以聽政。其釋獲釋算之事，大史司之。既畢射，司正升賓，將公命曰：「衆無不醉。」則以司正爲監者近之，但未知史即太史否耳。呂祖謙云：「淳于髡説齊威王曰：『賜酒大王之前，執法在傍，御史在後。』秦、趙會澠池，秦王請趙王鼓瑟，藺相如請秦王擊缻。兩國御史，皆前書之。此古人君燕飲之制，猶存于戰國者也。或立之監，即執法也。或佐之史，即御史也。」董鼎云：「監以監之，史以書之，古之慎禮如此。」錢天錫云：「一察一書相爲副貳，謂之佐。非謂監所不及，史則書之也。」臧，善也。失禮爲不臧。朱子云：「彼醉者所爲不善，而不自知，使不醉者反爲之羞愧也。」「式勿從謂」以下，設爲監史告不醉者之辭，所以深厭惡夫醉者也。式，發語聲。勿，禁止辭。從，就。謂，告也。嚴粲云：「彼人已醉，勿就其位而與之言。與之言，則彼愈更號呶，是使之大爲怠慢也。」匪，通作非。言，自言也。由，謂理所當繇者。語，與人語也。徐鉉云：「語者午也，言交午也。」所不當言者勿言，所不當由者勿語。彼醉者雖極善號呶，然無人與之酬答，則亦將廢然而自止矣。羖，羊名。《爾雅》云：「夏羊，牡羭，牝羖。」羅願云：「羖本夏羊牝者之名，以吴羊白，夏羊黑，今人便以羖爲黑羊名。羖羊之角，主明目安心，益氣輕身，辟鬼魅虎狼，療疥蟲蠱毒結氣，止寒洩，其角爲用最大。」嚴云：「童羊無角，羖未有無角者。」愚按此蓋戒人以醉言不可聽，亦如人言羖羊無角，其不足信明甚。汝若聽醉人之言，則責之使出童羖，困之以必無之物。以喻有是言，無是事也。馮時可云：「信醉者之言，以虚而責實，則必不可行。」傳注曰：「設言必無之物以恐之。」非也。既曰必無之物，惡足以恐哉？三爵，謂射畢後飲酒，君已舉旅三次，則情意已洽，禮文已備，可以辭而出之時也。按《大射》，三射禮畢，公舉奠觶，惟公所賜，若賓若長，以旅于西階上。此第一爵也。于是徹俎，升賓及諸公卿大夫，皆就席坐，羞庶羞。賓降洗升，媵觶于公。公取賓所媵，唯公所賜，受者如初受酬之禮。及就席，坐行之。注云：「坐行之者，若今坐相勸酒也。」旅酬至士而徧。此第二爵也。已而命復射，遂行無算爵之禮。執散爵者，酌以之公，命所賜。受賜者飲畢，以散爵授執者。執散爵者，乃酌行之。注云：「酌行之，謂與其所歡者也。」亦旅酬至士而徧。此第三爵也。舊説皆失考。又《玉藻》云：「君子之飲酒也，受一爵而色洒如也，三爵而言言斯，禮已三爵而油油以退。」識，記也。又，即「室人入又」之又，謂復飲酒也。言君已舉行三爵之禮矣，汝奈何不記憶？而況敢號呶不出，更復思多飲乎？監史以此爲訓，明者以醉爲監，庶乎知儆耳。

《賓之初筵》五章，章十四句。《序》云：「衛武公刺時也。幽王荒廢，媟近小人，飲酒無度，天下化之。君臣上下，沈湎淫液。武公既入，而作是詩也。」按此詩明止爲刺賓而作，未見君臣上下沈湎淫液之意。而語氣雅與《抑》戒相類，其爲武公自儆之詩無疑。或謂王朝之詩曰雅，侯國之詩曰風，果武公作，宜與衛風《淇澳》伍。今在雅，則王朝獻納之辭矣。是又不然。《序》言武公既入而作是詩，鄭箋謂入者，入爲王卿士。然則以其爲王朝卿士所作，故列之雅耳。曰：果爾，何以辨其非刺幽王？曰：《史記》載武公四十二年，犬戎殺周幽王，武公佐周平戎，甚有功，平王命武公爲公。其後平王十有三年，武公始卒。則武公爲周卿士，實在平王之世。當幽王時，武公受封于衛，未嘗入周也。又《子貢傳》但存「衛武公」三字，其下闕文。

《抑》，衛武公刺王室，亦以自戒。行年九十有五，猶使臣日誦是詩，而不離于其側。出侯包《韓詩翼要》。○《楚語》左史倚相云：「昔衛武公年數九十有五矣，猶箴儆于國曰：『自卿以下，至于師長士，苟在朝者，無謂我老耄而舍我。必恭恪于朝，朝夕以交戒我。聞一二之言，必誦志而納之，以訓道我。』在輿有旅賁之規，位宁有官師之典，倚几有誦訓之諫，居寢有暬御之箴，❶臨事有瞽史之道，宴居有師工之誦。史不失書，矇不失誦，以訓御之。於是乎作《懿》戒以自儆也。及其没也，謂之叡聖武公。」韋昭

❶「暬」，原作「贄」，據《國語·楚語上》改。

云：「《懿》，《詩·大雅·抑》之篇也。懿，讀曰抑。」徐幹云：「昔衛武公年過九十，猶夙夜不怠，思聞訓道，作《抑》詩以自儆。衛人誦其德，爲賦《淇澳》。」鄒忠胤云：「夷考武公在位五十有五年，以宣王十六年立，以平王十三年卒。此詩作于晚年，在平王之世，篇中『亦聿既耄』其證也。諷時王之意，在于言外見之。所云『天方艱難，曰喪厥國。取譬不遠，昊天不忒』，則明指驪山之覆轍矣。驪山之難，武公將兵救周有功，平王命爲公。是詩作于王朝，故不復還繫其本國。」鄧元錫云：「王妉酒，故《初筵》引以爲戒。不斥言，故引而反之躬自怨責感焉。《初筵》專言酒，《抑》廣言深言精言于天人之際，故分隷二雅。又衛風録《淇澳》，風、二雅具有詩，惟周、召、衛武矣。」

抑抑威儀，維《漢書》作「惟」。**德之隅。**虞韻。亦叶尤韻，魚侯翻。**人亦有言，靡**《淮南子》作「無」。**哲**陸德明本作「喆」，又云：「亦作『悊』。」**不愚。**虞韻。亦叶尤韻，魚侯翻。**庶人之愚，亦職維疾。**質韻。亦叶寘韻，秦二翻。**哲人之愚，亦維斯戾。**叶寘韻，力置翻。亦叶質韻，力質翻。○賦也。

抑，《説文》云：「按也。」自按抑也。詳見《賓之初筵》篇。抑抑者，抑而又抑也，與揚揚相反。威儀揚則放，抑則斂。抑而不揚，謙下之度也。《左傳》北宮文子云：「有威而可畏謂之威，有儀而可象謂之儀。」孔穎達云：「隅者，角也。」鄭玄云：「宮室之制，内有繩直則外有廉隅。」王安石云：「德譬則宮城也，儀譬則隅也。觀其隅，則宮城之中可知矣。有諸中，必形于外故也。」嚴粲云：「廉隅者，屋之外角，譬人之外有威儀也。凡宮室觀其外有廉隅，則知其在内之制必方正也。如人外有抑抑然謹密之威儀，則知其在内之德性嚴正也。」張文潛云：「《老子》曰：『高者抑之使卑。』《書》曰：『太王王季，克自抑畏。』蓋裁其盛而使退，挹其滿而使虧者，抑也。臨下而使物畏之者，威也。居上而使物象之者，儀也。威能抑，抑則不至於剛暴。儀能抑，抑則不至于不遜。雖威儀外也，非不可以僞作。使脩其威儀者，蓋使之勉其德而已，故曰惟德之隅。治室者不先治隅也，使之治隅者，是使之治宫室而已。」愚按全詩頭緒甚多，讀者茫然，不能得其要領。再四諷詠，始知意分四層。脩德是第一層，其工夫全在謹獨，七章「不愧屋漏」等語是也。能潛心脩德，則威儀自然敬慎，是第二層，此所謂「抑抑」，後所謂「柔嘉」及「不僭不賊」、「温温恭人」等語是也。其威儀見于外者如此，則聞善言必能虚心聽受，此第三層，二章言「遠猶辰告」，九章言「順德之行」是也。所樂聞者善言，則小人變亂舊章之言無繇而入，而條教號令必皆中理，此第四層，二章言「定命」，五章、六章言「慎爾出話」、「惠于朋友庶民」是也。反是而回遹其德，則不能敬其威儀，方且驁然自大，而反以教我者爲虐，于是忠直日退，諛佞日進，所出政令必皆與先王明刑相悖，而俾民大棘矣。詩詞雖錯綜，而其條理明白如此。人亦有言，謂古人之遺言。靡，無通。哲，《説文》云：「知也。」《書》云：「知之曰明哲。」孔云：「愚者，癡也。」靡哲不愚，即老子所謂「良賈深藏若虚，君子盛德，容貌若愚」者。《淮南子》云：「人能繇昭昭于冥冥，則幾于道矣。」《詩》曰：『人亦有言，無哲不愚。』此之謂也。」職，《爾雅》云：「主也，常也。」鄭云：「衆人性無知，以愚爲主，是其常也。」疾，《説文》云：「病也。」王云：「庶人之愚，則天性之疾也。」孔子曰：『民有三疾。』」斯者，語辭，亦訓爲此，蓋指愚而言也。戾訓爲至，鳶飛戾天，魯侯戾止，皆同是義。「亦維斯戾」者，言哲人之所以哲者，亦維其愚以自居，故能至于哲也。徐光啓云：「此詩之作，以聽言脩德爲主。欲聽言修德，必先磨去一段矜許自賢之心，使此中退然自下，若拙若訥乃可。故曰『虚以受害』，又曰『滿招損，謙受益』。此章全是發明此義，以爲一篇提領。」抑抑，謙遜卑下之貌。有此威儀，便想見他虛中受善之意，故曰維德之隅。此等人，其中全無纖翳障塞，廓然空洞，澄然虛明，故又謂之哲人。人亦有言，無有哲人而不愚者。哲即德也。愚即抑抑威儀也。惟哲故愚，惟愚益見其哲也。後四句，又言愚有不同。庶人氣濁質闇，稟賦之偏，此真愚也。若哲人之愚，是其盛德容貌，收斂退藏，乃所繇以至于道也。老子之若愚，顔子之如愚，烏得與庶人之愚同類而稱哉？第九章説脩德之事已畢，重宣此義。温温恭人，即是抑抑威儀。維德之基，即是維德之隅。哲人順德，即是靡哲不愚。其維愚人，即是庶人之愚。語意相應，脈絡粲然。一説，抑抑威儀，爲德之隅，此宜盡人知之，而靡哲不愚，皆不能知也。庶人之愚，專坐此不知抑抑之病。哲人而愚，亦維于此抑抑處有乖戾耳。按此説亦通。但第九章明以哲人、愚人對言，哲、愚相反，果其真愚，又何以稱哲人乎？故定主前説。

無競《吕覽》作「兢」，《五經文字》作「倞」。**維**《吕覽》作「惟」。**人，四方其訓**叶震韻，讀如釁，許刃翻。**之。有覺**《禮記》作「梏」。**德行，四國順**震韻。**之。訏謨**《釋文》云：「沈本作『漠』。」**定命，遠猶**《外傳》、《世説》、豐氏本俱作「猷」。**辰告。**叶職韻，訖得翻。**敬慎**《中論》作「爾」。**威儀，維**《左傳》、《中論》俱作「惟」。**民之則。**職韻。○賦也。無、毋通，戒辭也。競，彊語也。訓，教也。俱見《説文》。無競維人，是勸其虛受，即上章所謂「哲人之愚」者。言汝若不與人争辨求勝，則四方之人皆將以言來訓誨乎女也。覺，《説文》云：「寤也。」歐陽脩云：「警動也。」按朱子謂呼寐者而使之寤曰覺。有覺德行，言人君有德行，足以醒動人心，人皆曉之也。德，即上章「維德之隅」之德。德不可見，自其行之著于威儀者，而信其有德，謂之德行也。董仲舒引此詩而釋之云：「覺者著也。王者有明著之德行于世，則四方莫不響應，風化善于彼矣。」四國，即四方之國。《左傳》云：「慈和徧服曰順。」歐陽云：「謂一日克己，而天下歸仁也。」《韓詩外傳》云：「水淵深廣，則龍魚生之。山林茂盛，則禽獸歸之。禮義脩明，則君子懷之。故禮及身而行修，禮及國而政明。能以禮扶身，則貴名自揚，天下願焉。令行禁止，而王者之事畢矣。《詩》曰：『有覺德行，四國順之。』夫此之謂也。」又云：「齊桓公見小臣，五往而得見也。天下諸侯聞之，謂桓公猶下布衣之士，而況國君乎？于是相率而朝，靡有不至。桓公之所以九合諸侯，一匡天下者此也。《詩》曰：『有覺德行，四國順之。』」《禮記・緇衣》篇，子曰：「上好仁，則下之爲仁爭先人。故長民者章志、貞教、尊仁，以子愛百姓，民致行己以説其上矣。《詩》云：『有梏德行，四國順之。』」《孝經》子曰：「昔者明王之以孝治天下也，不敢遺小國之臣，而況于公侯伯子男乎？故得萬國之懽心，以事其先王。治國者不敢侮于鰥寡，而況于士民乎？故得百姓之懽心，以事其先君。治家者不敢侮于臣妾，而況于妻子乎？故得人之懽心，以事其親。夫然，故生則親安之，祭則鬼享之，是以天下和平，災害不生，禍亂不作。故明王之以孝治天下如此。《詩》云：『有覺德行，四國順之。』」按以上數條引《詩》，意皆恍惚相近。又毛傳訓覺爲直，與《爾雅》「梏」、「較」等字同解，皆以音同通用，而未詳其義所出。《左》襄二十一年，范宣子囚叔向，樂王鮒見叔向曰：「吾爲子請。」叔向弗應。出不拜，其人皆咎叔向。叔向曰：「必祁大夫，外舉不棄讐，内舉不失親，其獨遺我乎？《詩》曰：『有覺德行，四國順之。』夫子覺者也。」昭五年，叔孫昭子朝其家衆，曰：「豎牛禍叔孫氏，殺適立庶，罪莫大焉。」豎牛懼，奔齊，殺諸塞關之外。仲尼曰：「叔孫昭子之不勞，不可能也。周任有言曰：『爲政者不賞私勞，不罰私怨。』《詩》云：『有覺德行，四國順之。』」按《左傳》所引有覺，皆取訓直之義，但于《詩》意甚遠，不必從。

「訏謨」二句，承無競二句而言。訏，即「實覃實訏」之訏，鄭以爲「張口嗚呼」是也。謨，《說文》云：「議謨也。」徐鍇云：「汎議將定其謀曰謨。」定，朱子云：「審定不改易也。」命，政令也，第五章所謂「出話」者指此。言嗟呼衆人，使各出其議論以爲酌定政令之地，絕無自廣以狹人之心，又不止于無競而已。猶本獸名，其性多疑，故借爲謀慮之義。曰「遠猶」者，吕祖謙云：「所謀不止于一身，而計天下之安危。不止于一時，而監百世之損益。長慮却顧，思其所終，稽其所敝也。」辰，毛云：「時也。」按《爾雅》以不辰爲不時。告，當通作誥，《爾雅》云：「請也。」嚴云：「入告爾后于内之告。」言人君誠樂于求言，則凡有深遠之圖者，得以時時入告。此即上文所謂「四方其訓之」者。《孟子》有言：「夫苟好善，則四海之内，皆將輕千里而來告之以善。」正謂此也。《世說新語》云：「謝公因子弟集聚，問《毛詩》何句最佳。公曰：『訏謨定命，遠猶辰告。』此句偏有雅人深致。』」「敬慎」二句，承上文「有覺」二句而言。敬慎者，有覺之本也。敬勝其怠，❶慎防其疏，必能敬慎威儀，然後德行之見于外者，始于兹大著矣。則，鄭云：「法也。」其儀不忒，而後民法之，上文所謂「四國順之」者此也。匡衡云：「聖王之自爲動静周旋，奉天承親，臨朝享臣，物有節文，以章人倫。蓋欽翼祗栗，事天之容也。温恭敬遜，承親之禮也。正恭嚴恪，臨衆之儀也。嘉惠和說，饗下之顔也。舉錯動作，物遵其儀，故形爲仁義，動爲法則。孔子曰：『德義可尊，容止可觀，進退可度，以臨其民，是以其民畏而愛之，則而象之。』大雅云：『敬慎威儀，維民之則。』」徐幹云：「夫法象立，所以爲君子。法象者，莫先乎正容貌，慎

❶「勝」，《四庫全書》本作「慎」。

威儀。是故先王之制禮也，爲冕服采章以旌之，爲佩玉鳴璜以聲之，欲其尊也，欲其莊也，焉可懈慢也？夫容貌者，人之符表也。符表正，故情性治。情性治，故仁義存。仁義存，故盛德著。盛德著，故可以爲法象，斯謂之君子矣。《詩》云：『敬爾威儀，惟民之則。』若夫墮其威儀，恍其瞻視，忽其辭令，而望民之則我者，未之有也。莫之則者，則慢之者至矣。小人皆慢，而致怨乎人，患己之卑，而不知其所以然，哀哉！」《左》襄三十一年，衛侯在楚，北宮文子見令尹圍之威儀，言于衛侯曰：「《詩》云：『敬慎威儀，惟民之則。』令尹無威儀，民無則焉。民所不則，以在民上，不可以終。」公曰：「善哉！何謂威儀？」對曰：「有威而可畏謂之威，有儀而可象謂之儀。君有君之威儀，其臣畏而愛之，則而象之，故能有其國家，令聞長世。臣有臣之威儀，其下畏而愛之，故能守其官職，保族宜家。順是以下皆如是，是以上下能相固也。」

其在于今，叶庚韻，讀如京，居卿翻。**興迷亂于政。**叶庚韻，諸盈翻。**顛覆厥德，荒湛**先君諱。《漢書》作「沈」，《韓詩》作「愖」。**于酒。**叶篠韻，子小翻。**女**音汝。**雖湛樂**音雒。**從，弗念厥紹。**篠韻。**罔敷求先王，**陽韻。**克共**豐本作「恭」。**明刑。**叶陽韻，胡光翻。諸本祖毛、鄭，皆以「其在于今」至此爲第三章。**肆皇天弗尚，**叶陽韻，辰羊翻。**如彼泉流，**《讀書記》、《大全》、朱傳、豐氏本俱作「流泉」。**無淪胥以亡。**歐陽以「其在于今」至此爲第三章，今從之。○賦也。今，朱子云：「武公自言己今日之所爲也。」蓋使人箴儆，而爲是切責之辭，非必真有是事，所謂諷王者，正在于此。「興迷亂于政」者，鄭云：「興，猶尊尚也。尊尚小人，迷亂于政事者。」一說，蘇轍云：「作起迷亂之人，而任之以政也。」皆通。顛，通作槙，仆木也。覆，猶反也。己本有德而自壞之，謂之顛覆也。興迷亂于政，則與「訏謨定命」反矣。顛覆厥德，則與「敬慎威儀」反矣。荒，蕪。湛，没也。俱見《説文》。初則荒蕪而不治，繼則沉没而不還，均是縱情于酒，而亦有淺深。時必王有此事，又武公亦曾蹈此，觀《初筵》詩可見。女，朱子云：「武公使人誦詩而命己之辭也。後凡言爾、言女、言小子者放此。」又云：「如幕中之辨，人反以女爲叛。臺中之評，人反以女爲傾等類，亦是自謂。古人此樣亦多。」從，隨也。謂與沈湎爲樂之人相隨也。念，《説文》云：「常思也。」紹，《爾雅》云：「繼也。」朱子云：「謂所承之緒也。」罔，通作亡，與無同意。敷，《説文》云：「施也。」求，通作逑，《説文》云：「斂聚也。」先王之典章法度，其猶存者則不能施布之，其散逸者則不能斂聚之。共，通作恭。刑，通作荆，法也。明刑，謂成法之昭垂者。王安石云：「弗念爲人子孫當紹祖考，故罔敷求先王克共明刑。克共者，不敢慢之謂也。」愚按敷求以事言，克共以心言。前空言先王尚未知何所指，故以明刑實之。肆，承上起下之辭，《説文》以爲極陳也。皇，《説文》云：「大也。」惟天爲大，故曰皇天。尚，通作上，猶言崇重也。弗尚，朱子云：「厭棄之也。」言如上文所爲，自絶于天，故不爲天所崇尚，而喪亡之禍，亦將及矣。無，通作毋。朱子云：「言無者戒之，欲其不至是也。」「如彼泉流」者，輔廣云：「如泉流之不可止。」季本云：「其亡如流泉趨下之易。」《韓詩》云：「順流而風曰淪。」胥，《爾雅》云：「皆也。」《方言》云：「東齊謂皆曰胥。」歐陽云：「淪胥以亡者，君臣皆將滅亡矣。」郝敬云：「言當早隄防之，無使淪没相率以亡可也。」

夙興夜寐，寘韻。**灑埽**《外傳》作「掃」。**庭**陸本、《讀詩記》、《大全》、朱傳、《詩緝》俱作「廷」。**内**，叶寘韻，而瑞翻。**維民之章**。陽韻。**脩爾車**《潛夫論》作「輿」。**馬**，**弓矢戎**《潛夫論》作「戈」。**兵**，叶陽韻，逋旁翻。**用戒戎作，**《潛夫論》改「戎作」爲「作則」。**用逷**《潛夫論》作「逖」。**蠻方。**陽韻。諸本皆以「肆皇天」至此爲第四章。歐陽以「夙興」至此爲第四章。**質**《鹽鐵論》作「詰」，《外傳》、《説苑》俱作「告」。**爾人民，**《説苑》、《鹽鐵論》俱作「民人」。**謹**《左傳》作「慎」。**爾侯度，**遇韻。**用戒不虞。**叶遇韻，元具翻。**慎爾出話，敬爾威儀，**叶歌韻，牛何翻。**無不柔嘉。**叶歌韻，居何翻。歐陽以「質爾人民」至此爲第五章。○賦也。此章承上章，示以救亡之法。「夙興」六句，是不泄邇不忘遠之意。上文言迷亂于政，則事之大者且置不理，何況細行？故此言及寢興洒掃，舉細以該大也。近而易見者且或遺忘，何有遠慮？故此言及修武備逷蠻方，舉遠以該近也。夙興夜寐，是無逸之念，言須侵早而即起，夜分而後卧也。洒，滌。埽，棄也。俱見《説文》。孔云：「洒埽者，謂以水洒地而掃之。」庭，《説文》云：「宫中也。」洒掃庭内，是慎微之念。此兩句正克勤之實，崇功廣業皆基于此。《韓詩外傳》云：「子路治蒲三年，孔子過之。入境而善之，曰：『繇恭敬以信矣。』入邑，曰：『善哉！繇忠信以寬矣。』至庭，曰：『善哉！繇明察以斷矣。』子貢執轡而問曰：『夫子未見繇而三稱善，可得聞乎？』孔子曰：『入其境，田疇草萊甚辟，此恭敬以信，故民盡力。入其邑，墉屋甚尊，樹木甚茂，此忠信以寬，故民不偷。入其庭甚閑，此明察以斷，故民不擾也。』《詩》曰：『夙興夜寐，洒埽庭内。』」章，通作彰，明著之義。「維民之章」承上二句言，民皆曉然知上之勤于政事也。脩，通作修，《説文》云：「飾也。」戎兵，孔云：「戈盾矛戟之類。」戒，《説文》云：「警也。」謂警備也。逷，毛云：「遠也。」《説文》無逷字，當通作逖。蠻方，鄭云：「蠻畿之外也。」孔云：「《周禮》九服，六服之内爲中國，七服以外爲夷狄。而第六者，《大行人》謂之要服，《職方氏》謂之蠻服，《大司馬》謂之蠻畿。此經有二義，用戒戎作爲中國，則用遏蠻方爲夷狄，且蠻方與彼蠻夷同，故知是蠻畿之外也。」按《周禮・大司馬》職云：「蠻畿外方五百里曰夷畿，又其外方五百里曰鎮畿，又其外方五百里曰蕃畿。」孔云：「言當修治汝征伐之車馬，及弓矢與戎兵之器用，以此戒備戎兵動作之處，當征伐之。又用此以驅遠蠻方之來内侵者，當逐令遠去，使不得來侵也。」李氏云：「當時沉荒于酒，貪目前之樂，而忘意外之變，故戒之如此。」以上兩段，皆推開一步説，「質爾人民」以下始就其本諸身者而言。質，猶證也，據《説文》，爲以物相贅之義。徐鍇云：「質，實也。事疑虚，以人物實之也。」人，謂群臣。民，謂庶民。質爾人民，質證之人民，以驗其信從與否。下章言慎出話之事，則曰惠于朋友庶民。言敬威儀之事，則曰不僭不賊，鮮不爲則，是也。侯度，諸侯所以律身治國之常度，不越「出話」、「威儀」二者，但未説出耳。曰「謹」者，即下文言慎言敬之，謂戒備也。虞本獸名，《爾雅》訓虞爲度，未詳其義，疑即是慮字之誤，故音與度叶。而朱子亦訓虞爲慮。虞字從虍而吴聲，故宜爲獸名。慮字从思而虍聲，故宜爲思慮。雖字形相似，而所从各别。又有訓虞爲樂者，正當通作娱耳。「不虞」者，孔云：「非意所億度之事。」愚按謹侯度，正所以戒不虞，二句相聯説。人民皆我之人民，一旦離心，不爲我用，是不虞也。若侯度克謹，自不至是。一説，質爾人民，與《天保》「民之質矣」同意。謹爾侯度，與《尚書》「明乃服命」同意。亦通。《説苑》及《韓詩外傳》云：「古者必有命民，命民能敬長憐孤，取舍好讓，居事力者，告於其君，然後君命得乘餙車駢馬。未得命者不得乘，乘者皆有罰。故其民雖有餘財侈物，而無仁義功德，則無所用。故其民皆興仁義而賤財利，賤財利則不争，不争則彊不陵弱，衆不暴寡，是唐、虞所以興象刑而民莫敢犯法。民莫犯法，而亂斯止矣。」皆引此詩。《左》襄二十二年，鄭公孫黑肱有疾，歸邑于公，召室老、宗人立段，而使黜官、薄祭。盡歸其餘邑，曰：「吾聞之：生於亂世，貴而能貧，民無求焉，可以後亡。敬共事君與二三子。生在敬戒，不在富也。」君子曰：「善戒。《詩》曰：『慎爾侯度，用戒不虞。』鄭子張其有焉。」以上皆從後説。慎，《説文》云：「謹也。」徐鍇云：「心真爲慎，不鹵莽也。」話，《爾雅》、《説文》皆云：「善言也。」鄭云：「謂教令也。」慎爾出話，必如前章所云遠猶足以定命者，而後出之。無不柔嘉，單承「敬爾威儀」説，觀後章言「輯柔爾顔」、「俾臧俾嘉」，皆敬威儀之事。曰「無不」者，内自深宫，外至大庭，凡動容周旋之間，無不氣象從容，中規中矩也。柔指氣象，嘉則極致其贊美之辭。王應麟云：「古之君子，剛中而柔外。仲山甫之德，柔嘉維則，隨會柔而不犯。韓文公爲王仲舒銘曰：『氣鋭而堅，又剛以嚴，哲人之常。與其友處，順若婦女，何德之光。』」愚按慎出話從虚受中來，敬威儀從慎獨中來。《禮記·緇衣》篇，子曰：「君子道人以言，而禁人以行，故言必慮其所終，而行必稽其所敝，則民謹於言而慎於行。《詩》云：『慎爾出話，敬爾威儀。』」劉向《説苑》云：「夫樹曲木者，惡得直景。人君不直其行，不敬其言者，未有能保帝王之號，垂顯令之名者也。《易》曰：『夫君子居其室，出其言善，則千里之外應之，況其邇者乎？居其室，出其言不善，則千里之外違之，況其邇者乎？言出於身，加於民。行發乎邇，見乎遠。言行，君子之樞機。樞機之發，榮辱之主。君子之所以動天地，可不慎乎？』天地動而萬物變化。《詩》曰：『慎爾出話，敬爾威儀，無不柔嘉。』此之謂也。」

白圭之玷，《説文》、豐本俱作「刮」。下同。**尚可磨**叶歌韻，眉波翻。**也。斯言之玷，不可爲**叶歌韻，吾何翻。**也。**諸本皆以「質爾人民」至此爲第五章。**無易**音異。**由言，無曰苟矣，**《大全》云此二句不用韻。豐氏《考補》云與第四句二「矣」字自爲韻。**莫捫朕舌**，屑韻。**言不可逝**叶屑韻，食列翻。**矣**。歐陽以「白圭」至此爲第六章。**無**《漢書》作「亾」。下同。**言**《墨子》「言」下有「而」字。**不讎**，叶宥韻，承呪翻。《列女傳》作「醻」，《外傳》作「酬」。**無德**《墨子》「德」下有「而」字。**不報**。叶宥韻，敷救翻。《漢書》引此句下有「惟民之則」一句。**惠于朋友庶民**。句。叶陽韻，謨陽翻。**小子子孫繩繩**，蒸韻。《爾雅》作「憴憴」，《外傳》作「承承」。**萬民靡**陸云一本作「是」。**不承**。蒸韻。亦叶陽韻，辰羊翻。諸本皆以「無易由言」至此爲第六章。○賦也。此章言「慎爾出話」之事。圭，《説文》云：「瑞玉也。上圜下方。」按王搢大圭，長三尺。執鎮圭，長尺有二寸。公執桓圭，九寸。侯執信圭，伯執躬圭，皆七寸。凡有土地者必有圭，故其字从重土。玷本作刮，《説文》云：「缺也。」磨，謂以石磨之使平也。斯，鄭云：「此也。」孔云：「白玉爲圭，圭有損缺，猶尚可更磨鑢而平。若此政教言語之有缺失，則遂往而不可改。爲王者安危在于出令，故特宜慎之。」愚按詩人以白圭爲喻，原非汎論。圭乃國之守器，雖玷尚可磨，猶未至于失國也。若條教號令一失其當，則必有危亡之禍，不可解救。夫有天下國家者，而一出言所係，其重若此。等而下之，士庶人不能慎言，則必至于亡其身矣。此南容一日三復白圭，獨居思仁，公言必于仁義。孔子謂其邦有道不廢，邦無道免于刑戮，而以其兄之子妻之也。劉向《説苑》云：「口者關也，舌者機也。出言不當，四馬不能追也。口者關也，舌者兵也。出言不當，反自傷也。故蒯子羽曰：『言猶射也，括既離弦，雖有所悔，不可從而追已。』」因引此詩。《左》僖九年，晉獻公疾，召荀息曰：「以是藐諸孤，辱在大夫，其若之何？」稽首而對曰：「臣竭其股肱之力，加之以忠貞。其濟，君之靈也。不濟，則以死繼之。」及里克殺奚齊及公子卓，荀息死之。

君子曰：「《詩》所謂『白圭之玷，尚可磨也。斯言之玷，不可爲也』，荀息有焉。」「無易由言」四句，戒之也。無，通作毋，禁止辭。易，通作傷，《説文》云：「輕也。」任意而言曰由言。嚴云：「由言者，自由之言，所謂惟其言而莫予違也。」「無曰苟矣，莫捫朕舌」二句相聯説。苟，《説文》訓艸，古義又相傳訓且者，取麗亂之意，猶云艸艸也。捫，《説文》云：「撫持也。」朕，《説文》云：「我也。」蔡邕云：「古者上下共稱。咎繇與帝舜言稱朕，伊尹曰『惟朕以懌』，周公曰『朕復子明辟』，屈原曰『朕皇考』。至秦始皇二十六年始尊爲天子之自稱，漢因之不改。」按朕之訓我，其解難明，字左从舟，於義甚遠。吴氏謂从身不从舟，宜若可信。右施弃，上火下廾，其字《説文》不載，音義俱無傳。余再四尋繹，忽憶秦趙高謂二世曰：「天子不宜親近卑賤之人，但示之朕兆而已。」索隱爲之解曰：「才有朕兆，不見其形也。」以此義推測，知朕乃至小之稱。因悟弃字从火又从廾之説，廾音拱，人竦兩手也。火至熱之物，而人敢以兩手拱之，此必火之至小者，其音似當與朕同。古人自稱曰朕，蓋謙居渺末之辭，猶曰寡人、曰小子云耳。非趙高言，幾不識朕字本義，誰謂六書不可以意通哉？逝，去也。鄭云：「女無輕易於教令，無曰苟且如是，今人無持我舌者，而自聽恣也。教令一往行于下，其過誤可得而已之乎？」孔云：「往則不可復改，故時須慎之。」讎，《爾雅》云：「匹也。」《説文》云：「猶譍也。」从言又从雔，雙鳥爲雔，匹之義也。孔云：「匹敵相報也。」愚按《易》云：「出其言善，則千里之外應之。」《大學》云：「言悖而出者，亦悖而入。」善悖之報，皆如其所施，非相匹而何？德，指言之根乎德者，即下文所謂「惠」是也。無言不讎，兼善惡而汎論之。無德不報，則專指言之善者。「惠于朋友庶民」三句，正承此一句而言。前用戒，此下則用勸也。惠，鄭云：「順也。」朋友，謂群臣，與《假樂》篇義同。有德之言，據理而發，自然順于人心，故不獨同朝之群臣皆以爲然，轉屬而下，至于庶民，亦莫不以爲然也。小子，武公自謂也。使人誦于己側，爲命己之辭，謙卑之至也。小子之子孫，謂繼世而爲君者。繩，《説文》云：「索也。」繩繩，嚴云：「如繩之牽連不絶。」萬民，即上文之「庶民」。承，《説文》云：「奉也，受也。」「小子子孫繩繩」者，謂其善言可以爲後世無窮之法則。萬民靡不承，謂言出而人無不尊奉之，正上文所謂「無德不報」也。君者出令，臣者行君之令而致之民，故「靡不承」但以庶民言，而不及朋友焉。

視豐本作「眎」。**爾友君子，輯柔爾顔，**叶真韻，魚巾翻。亦叶先韻，倪堅翻。**不遐有愆。**先韻。亦叶真韻，乞鄰翻。歐陽以「無言」至此爲第七章。**相**去聲。**在爾室，尚不愧**陸本作「媿」。**于屋漏。**宥韻。**無曰不顯，莫予云覯。**宥韻。**神之格**陌韻。亦叶藥韻，葛鶴翻。**思，不可度**叶陌韻，直格翻。亦叶藥韻，達各翻。**思，矧可射**叶陌韻，夷益翻。亦叶藥韻，弋灼翻。**思。**諸本以「視爾」至此爲第七章。歐陽以「相在」至此爲第八章。**辟爾爲德，俾臧俾嘉。**叶歌韻，見四章。**淑慎爾止，不愆**《禮記》作「僁」。**于儀。**叶歌韻，見四章。**不僭不賊，**職韻。**鮮不爲則。**職韻。歐陽以「辟爾」至此爲第九章。

○賦也。此章言「敬爾威儀」之事。視，猶云交接也。友，即上章「朋友」。爾友君子，謂爾所友之君子，指士大夫也。輯，《説文》以爲車和輯也，調和之意。柔，與第四章「柔嘉」義同，謙卑之意。顔，《説文》云：「眉目之間也。」不遐有愆，問辭也。不遐，言近也。愆，《説文》云：「過也。」主威儀言，不敬則愆矣。言爾當交接諸君子之時，必和柔其顔色，以質證于君子曰：「吾之舉動，得無有未遠于過差者乎？」然威儀之所以敬，全本于心，故下文又以謹獨之事言之，正抑抑之所從出，非徒簡束其外已也。相，省視也。尚，庶幾也。愧，慚也。俱見《説文》。《爾雅》云：「西北隅謂之屋漏。」李氏云：「《曾子問》謂之當室之白。」孫炎云：「當室之白，日光所漏入也。」舍人云：「古者徹屋西北隅，以炊浴没者，訖而復之，故謂之屋漏。」言爾自視獨居在室之時，雖未與君子相接，其敬與否，人不得而知之。然室有屋漏，光斯入焉，庶幾求不愧之可也。《中庸》云：「君子之所不可及者，其惟人之所不見乎？」因引此詩而足之曰：「故君子不動而敬，不言而信。」薛應旂云：「屋漏非身之所處，乃心之所存。心曲隱微之中，自家照自家，慚阻略無所容，如何可愧？」下文特把神明來形容不可愧之意，非是爲鬼神而求其不愧也。無，通作毋。「無曰」者，戒辭也。「不顯莫予云覯」六字相貫。覯，《説文》云：「遇見也。」格，通作假，《説文》云：「至也。」度，猶量也。矧，《説文》云：「況也。」从矢从引，取詞之所之如矢也。射，通作斁，《説文》云：「解也。」三「思」皆語辭。爾無以屋漏爲不顯之地，而人莫我見也。當室之白，則非不顯矣。且人縱不見，而神則無不體。神之往來，不可測度，不顯亦臨，何如可畏？況可自解散其精神而不敬乎？謝枋得云：「《莊子》曰：『爲不善于顯明之中者，人得而非之。爲不善于幽暗之中者，鬼神得而責之。』君子無人非，無鬼責，亦此意也。」真德秀云：「人之常情，祇敬于群居者易。淵蜎蠖伏之地，無法家拂士之在側，有近習褻御之旁環，而能凜然自持，不愧屋漏者，雖明主猶或難之。故武公自謂，無曰此非顯明之地，而莫予見也。當知鬼神之妙，無物不體，可有厭斁之意乎？子思作《中庸》，推明其説曰：『微之顯，誠之不可揜也。』嗚呼！武公其聖賢之徒與！」「辟爾爲德」以下，復舉敬威儀之效驗，以勸勉之。與上章「惠于朋友庶民」三句對看。辟，《説文》云：「法也。」法爾爲德，於威儀上徵之。威儀其可見者，德其不可見者，觀其威儀，則可以知其德矣。首章所云德隅，次章所云德行，意正如此。俾，使。

臧，善。嘉，美也。言臧又言嘉，猶云盡善盡美也。下文「淑慎」二句，正所以使之臧嘉者。淑，通作俶，《説文》云：「善也。」止者，心之所止，與《虞書》「安汝止」、《商書》「欽厥止」同義。善其所止，澄然粹白，無妄念之參。謹其所止，亹然惺存，無一刻之懈。此申上「相在爾室」七句而言，乃「不愆于儀」之本領處。武公之學至是，亦可謂深矣。不愆，以工夫言，不使其有愆也。舍威言儀者，凡動容可象者皆謂之儀，威亦儀也，觀古人以《經禮》爲禮儀，以《曲禮》爲威儀可見。又《禮記・緇衣》篇，子曰：「王言如絲，其出如綸。王言如綸，其出如綍。故大人不倡游言。可言也，不可行，君子弗言也。可行也，不可言，君子弗行也。則民言不危行，而行不危言矣。《詩》云：『淑慎爾止，不諐于儀。』」按此似與《詩》意相遠。僭，《説文》云：「假也。」毛云：「差也。」愚按有所假借，則失其當然之則，而至于差矣。二義俱通。賊，朱子云：「害也。」鮮，通作尟，《説文》云：「少也。」則，法也。季本云：「僭則有愆而害德，不足以爲民則矣。」此申前章「敬慎威儀，維民之則」意。又《左》僖九年，公孫枝曰：「維則定國。《詩》曰：『不識不知，順帝之則。』文王之謂也。又曰：『不僭不賊，鮮不爲則。』無好無惡，不忌不克之謂也。」昭元年，會于虢。趙文子曰：「武將信以爲本，循而行之。譬如農夫，是穮是蔉，雖有饑饉，必有豐年。且吾聞之：能信不爲人下，吾未能也。《詩》曰：『不僭不賊，鮮不爲則。』信也。能爲人則者，不爲人下矣。」《荀子》云：「仁者必敬人。敬人有道，賢者則貴而敬之，不肖者則踈而敬之，其敬一也，其情二也。若夫忠信端慤，而不害傷，則無接而不然，是仁人之質也。忠信以爲質，端慤以爲統，禮義以爲文，倫類以爲理。喘而言，臑而動，而一可以爲法則。《詩》曰：『不僭不賊，鮮不爲則。』此之謂也。」以上皆借辭立義，非詩本旨。

投我以桃，報之以李。紙韻。**彼童而角，實虹小子。**紙韻。諸本以「辟爾」至此爲第八章。**荏染柔木，言緡之絲。**支韻。**温温恭**陸本作「共」。**人，維德之基。**支韻。歐陽以「投我」至此爲第十章。**其維哲人，**叶先韻，如延翻。**告之話**《説文》作「詁」。**言，順德之行。**叶先韻，胡千翻。**其維愚人，覆謂我僭，**叶侵韻，千尋翻。《晁補之集》作「譖」。**民各有心。**侵韻。諸本以「荏染」至此爲第九章。歐陽以「其維哲人」至此爲第十一章。○比而賦也。此下皆教之以聽言也。凡人有投我以桃者，我必報之以李，感其善意故也。今人有進美言于我者，而我顧不思所以報之乎？夫至聞言思報，則其欣然嘉納，絶無扞格可知矣。舊説以爲承上文「鮮不爲則」，而喻上感下應之理。果爾，則當云「投之以桃，報我以李」，不宜云投我報之也。彼童而角，指當時少年用事者，即第三章所稱迷亂于政之人也。童，通作僮。按《説文》，童，奴也。僮，幼也。今文僮幼字作童，童僕字作僮，相承失也。下文以而角爲言，則此童乃指畜類之幼者，猶《易》言「童牛」，《詩》言「童羖」也。角者，堅剛之物，故《易》云：「姤其角。」新進少年，見事風生，不知遠猶之所在，不念明刑之當遵，但逞其意見，恣爲議論，如戴角之牛羊，遇物無所不牴觸也。然天下無童牛羊而有角者，曰童而角，則更可異矣，甚怪而賤之之辭也。虹，毛云：「潰也。」嚴云：「謂幻惑也。如蝃蝀不正之氣，暫見于天，須臾散滅也。」小子，指武公也。孔云：「言而角以潰小子，則是專恣之人，能亂朝政者也。」愚按武公自責，而亦以諷王，意正在此。《書》曰：「聽德維聰。」惟主聽不聰，則僉小之言皆得起而潰亂之，而於忠直之言鮮不以爲逆耳而見擯者，故下文又反覆以虚懷聽納之理告之。荏染，陸元朗云：「柔意。」解見《巧言》篇。柔木，鄭云：「柔忍之木。」緡，《爾雅》云：「綸也。」孔云：「綸則繩之别名。」言緡之絲，正謂以絲爲繩，被之于木。有荏染然柔忍之木，是維可以爲弓之幹。我乃緡被之以絲，則有弦而成弓。」按《考工記》，弓人爲弓，取幹之道七。柘爲上，檍次之，檿桑次之，橘次之，木瓜次之，荆次之，竹爲下。自柘至荆，皆所謂柔木也。温者，和柔之意，以氣象言。恭者，謙下之意，以存心言。俱與下章「盈」字相反。基，《説文》云：「墻始也。」此以柔和之木，乃弓之材，比温恭之人，乃德之基。温恭之所以基德者，正謂其能容受善言，故其德日進于高大，特此尚未説出耳。輔廣云：「人纔温柔，則便是消磨了那客氣。消磨得客氣，則其德方可進。故明道謂義理與客氣常相勝，只重消長分數，爲君子小人之别。消盡者爲大賢。而横渠亦言，學者先須去其客氣，惟温柔則可以進學。」蔣悌生云：「人謙卑巽順，納諫受言，則過而能改。善言日聞，而可以爲進德之基。苟或剛愎自用，則善言不聞，過不能改，而終無以入德矣。」《表記》篇，子曰：「恭近禮，儉近仁，信近情，敬讓以行此，雖有過，其不甚矣。夫恭寡過，情可信，儉易容也，以此失之者，不亦鮮乎？《詩》云：『温温恭人，維德之基。』」《荀子》云：「君子寬而不僈，廉而不劌，辨而不争，察而不激，寡立而不勝，堅彊而不暴，柔從而不流，恭敬謹慎而容，夫是之謂至文。《詩》曰：『温温恭人，維德之基。』此之謂也。」又云：「君子恥不修，不恥見汙。恥不信，不恥不見信。率道而行，端然正己，不爲物傾側，夫是之謂誠君子。《詩》云：『温温恭人，維德之基。』此之謂也。」哲人、愚人，與首章相應。陸化熙云：「明谿虚生。恭人，即哲人也。」話，《爾雅》、《説文》皆云：「善言也。」順德，指話言説。德者，人心同得之理。言之善者，必與德相合。哲人於人所告之話言，知其順乎德，即從而行之，無留難也。劉向《新序》云：「葉公諸梁問樂王鮒曰：『晋大夫趙文子，爲人何若？』對曰：『好學而受規諫。』葉公曰：『疑未盡之矣。』對曰：『好學，智也。受規諫，仁也。江出汶山，其源若甕口，至楚國，其廣十里。無他故，其下流多也。人而好學受規諫，宜哉其立也。《詩》曰其惟哲人，告之話言，順德之行。此之謂也。』」《左》襄二年，齊姜薨。初穆姜使擇美檟，以自爲櫬與頌琴，季文子取以葬。君子曰：「非禮也。禮無所逆。婦，養姑者也。虧姑以成婦，逆莫大焉。《詩》曰：『其惟哲人，告之話言，順德之行。』季氏於是爲不哲矣。」杜預云：「言智者行事無不順。」按觀此，足以識「順德」二字之義。覆，鄭云：「猶反也。」僭義見前。其維愚人，有如我告以順德之言，彼必反以爲假設之辭，謂非實有此理也。民各有心，專承愚人說，而致其慨嘆之意。言人之度量相越，如哲人之心，以善言爲當受，而愚人則不然，其心之不同，有如此者。泛就民說，似推開一步，而諷動之意愈深。後章放此。陸云：「順行之哲人，所以有哲人之隅。謂僭之愚人，所以成愚人之疾。」

於音烏。後同。**乎**音呼。後同。**小子，**紙韻。**未知臧否。**叶紙韻，補美翻。**匪手攜之，言示之事。**叶紙韻，鉏里翻。**匪面命之，言提其耳。**紙韻。**借**《漢書》作「藉」。**曰未知，亦既抱子。**見上。**民之靡盈，**庚韻。**誰夙知而莫**音慕。陸本作「暮」。**成？**庚韻。諸本以此章爲第十章。歐陽以爲第十二章。○賦也。於，烏鳥也。乎，通作呼。於乎，歎聲，如烏之吁呼也。此章蓋追其昔日而責之，若曰女之不肯受言，自少時而已然矣。未知臧否，猶俗人言不識好醜，指其年幼未有知識之時也。「手攜」四語皆昔日事。匪，通作非，言不但也。攜，《說文》云：「提也。」鄭云：「挈也。」提本訓挈。焦竑云：「此提當音抵，言附耳以教之也。《禮・少儀》『牛羊之肺，離而不提心』，《史記》『薄后以冒絮提文帝』，《漢書》『景帝以博局提殺吴太子』，楊雄《酒箴》『身提黃泉』皆作抵音。若平聲讀，當作揪扯之義，不如前說爲雅。」鄒忠胤云：「此解甚精，且於匪面命意關切。《淮南子》有云：『握火提人，反先之熱。』亦是義也。」嚴云：「《曲禮》云：『長者與之提攜，則兩手奉長者之手，負劍辟咡詔之。』注謂傾頭與語。又云：『口耳之間曰咡。』是攜手提耳，皆長者教詔小子之常也。」手攜既指點其大概矣，又嫌其踈略，且隨事而爲之指示。面命既啓廸之無餘矣，又慮其忽忘，且附耳而加之儆惺。我之所以誨爾者，一日如是，日日亦如是，可謂勤矣。假設爾猶曰未有所知，則韶華不待，爾亦既忽然抱子爲人父矣。斯時年已長大，非復未知臧否之時也，而顧猶然懵懵耶？靡之言無也。盈，滿。夙，早也。莫，毛云：「晚也。」成，《説文》云：「就也。」凡汝所以懵懵如斯者，坐繇盈滿爲累，以中堅成外拒，不能受人言耳。假使凡民而皆能除去盈滿之念，虚懷聽納，則其早歲必有所知，以成就其德，豈俟晚年而後成就耶？知與成相因，惟夙之不知，則不能無待于晚成矣。吾之所懊恨于爾之昔日者如此。陸燧云：「知則必成，夙知則必夙成。聽言始能夙知，不聽言必滿之爲害耳。」民泛言，是論從來道理如此。

昊天孔昭，叶嘯韻，三笑翻。亦叶藥韻，元若翻。**我生靡樂**。叶嘯韻，力炤翻。亦叶藥韻，歷各翻。**視**豐本作「眎」。**爾夢夢**，**我心慘慘**。叶藥韻，七各翻。《大全》云當作「懆」。《五經文字》、豐本俱作「懆」。**誨爾諄諄**，《禮記》注作「忳忳」，《爾雅》、陸本俱作「訰訰」。**聽我**《中論》作「之」。**藐藐**。叶效韻，眉教翻。**匪用爲教**，效韻。**覆用爲虐**。藥韻。**借曰未知**，**亦聿既耄**。叶藥韻，慕各翻。諸本以此章爲第十一章。歐陽以爲第十三章。○賦也。上章以晚成爲言，則當其抱子之時，雖曰未知，猶冀其末路有知之日。及今年已老大，而其未知者猶故也，故此章特據今日之所見者而切責之。昊天孔昭，遥應前皇天非尚言。元氣皓旰，謂之昊天，天道虧盈益謙，其理甚明，故曰孔昭。我生靡樂，託爲誦詩者自警之語。謂我生無日非恐得罪于天之日，不見有可逸樂也。凡人忽于修德者，其病只在「樂」之一字，故言此以深惕之，亦與前「樂從」句相應。夢，猶今人言「醉生夢死」者。視爾夢夢，即前所稱「顛覆厥德」一段，正與「靡樂」相反。夫然，故我心慘慘然爲之憂也。慘，當作懆。慘訓毒，懆訓愁，二義相近，特作懆，則於韻爲叶耳。誨，《説文》云：「曉教也。」諄，《説文》云：「曉教之熟也。」誨爾諄諄，從「我心慘慘」來，惟憂之深，故誨之切，通以上所言者皆是。藐，通作邈，《説文》云：「遠也。」聽我藐藐，於我所言汎汎置之，不相關切也。匪，通作非。虐，猶苦也。不以我之諄諄爲意，欲曉教之，反以我言太多，爲將欲煩苦之也。聿，通作欥，《説文》云：「詮辭也。」《曲禮》云：「八十、九十曰耄。」借曰爾此時尚猶然未知臧否如前，則年亦已踰耄矣，將待何時而後能知乎？然則向所冀晚成者，竟終于無成已耶？左史謂衛武公作詩自警，在年九十有五之時，於「既耄」句可見。

於乎小子，告爾舊止。紙韻。豐本作「只」。**聽用我謀，庶無大悔。**叶紙韻，虎洧翻。**天方艱**豐本作「囏」。**難，曰**《韓詩》作「聿」。**喪**去聲。**厥國。**職韻。**取譬**《列女傳》作「辟」。**不遠，昊天不忒。**職韻。**回遹其德，俾民大棘。**職韻。諸本以此章爲第十二章。歐陽以爲第十四章。○賦也。舊，久也。言我之告爾，非一日也。止，語辭。我謀，即前所言者，勸脩德，正所以計保國也。大悔，指喪國言。此厥不聽，將有敗亡之禍，彼時悔之，亦無及矣。曰「庶無」者，望之也。方者，近今之辭。天步近方艱難，亦既有喪國之禍矣，指幽王驪山之事也。譬，《説文》云：「喻也。」徐云：「猶匹也。」匹而論之也。取譬，即前喪國之譬，其事甚近。言無多日，欲其以幽王爲戒也。愚指此詩謂兼諷平王者，於此可見。忒，《説文》云：

「更也。」毛云：「變也。」天道終古不變，有德者興，無德者亡也。此亦與「孔昭」句相應。但「孔昭」以理言，「不忒」以效言。回，轉也。遹，回避也。俱見《説文》。回轉而避于正道，即是自盈滿，不聽用我謀，不修政令，不謹威儀，而迷亂顛覆意。棘，通作輮，《説文》云：「急也。」字从革，亟聲。徐云：「束物之急莫若革。」大棘，鄭云：「大困急也。」以不修德之故，而使民至于大困急，則國之喪亡無日矣。總是反覆望其聽言之意。黄佐云：「是詩也，雖古聖賢之簡身，❶亦不過是。而衛武公乃能身體而力行之，至使人直呼爲小子，而無一毫自恃自高之意，其亦有得于切磋琢磨之力而然與？」❷鄧云：「篇中精言類《皐謨》，質言類《説命》，深言爲《學》、《庸》源，乃諄怛似周文公書金錫圭璧，故君子兢兢，三復終身焉。」

《抑》《國語》作《懿》。《子貢傳》、《申培説》俱作《懿戒》。**十章，二章章八句，三章章十句，一章章十一句，二章章十三句，一章章十四句，一章章十六句。**諸本皆作十二章，三章章八句，九章章十句。歐陽脩云：「舊分斷章句皆失其本，既害詩義，不可以不正也。詩句無長短之限，短或一二言，長至八九言，取其意足矣，分爲十四章，四章章六句，一章章七句，四章章八句，一章章九句，三章章十句，一章章十一句。」今皆不從。○《序》云：「衛武公刺厲王，亦以自儆也。」朱子云：「此詩之《序》，有得有失，蓋其本例以爲非美非刺，則詩無所爲而作，又見此詩之次，適出于宣王之前，故直以爲刺厲王之詩。又以《國語》有左

---

❶ 「簡」，《四庫全書》本作「檢」。

❷ 「琢」，原作「啄」，據《四庫全書》本改。

史之言，故又以爲亦以自儆。以詩考之，則其曰刺厲王者失之，而曰自警者得之也。夫曰刺厲王之所以爲失者，《史記》武公即位於宣王之三十六年，不與厲王同時，一也。《詩》以小子目其君，而爾汝之，無人臣之禮，與其所謂敬威儀、慎出話者，自相背戾，二也。厲王無道，貪虐爲甚，詩不以此箴其膏肓，而徒以威儀詞令爲諄切之戒，緩急失宜，三也。詩詞倨慢，雖仁厚之君，有所不能容者，厲王之暴，何以堪之？四也。或以《史記》之年不合，而以爲追刺者，則詩所謂『聽用我謀，庶無大悔』，非所以望于既往之人，五也。曰自警之所以爲得者，《國語》左史之言，一也。詩曰『謹爾侯度』，二也。又曰『曰喪厥國』，三也。又曰『亦聿既耄』，四也。詩意所指，與《淇澳》所美，《賓筵》所悔相表裏，五也。二説之得失，其佐驗明白如此。必去其失而取其得，然後此詩之義明。」歐陽云：「鄭於《蕩》，謂召穆公畏王監謗，不敢斥言王，而遠引殷商。於《抑》，則以小子皆爲斥王。何前後之不類也？召穆、衛武皆厲王時人，不宜相戾如此。臣斥其君爲小子，義亦難安也。今徧考《詩》、《書》，稱小子者多矣，皆王自稱，爲謙損自卑之言也，未見臣呼其君爲小子者也。《書》曰『小子封』、『小子胡』，君命其臣可也。周公呼成王爲孺子者，成王幼，周公屬親而尊，其語或然。其曰公將不利於孺子者，蓋言成王之幼，疑周公害之，猶言欺孤兒耳。理亦通也。衛武公於厲王，非如周公之尊親，而厲爲暴虐之長王，斥以小子，而乳臭待之，理必不然。況考詩義亦非也。」嚴云：「或又以爲武公老作此詩，故呼其同寮爲小子。武公學問深粹，謙抑自處，年九十有五猶求益于其國之臣。若哆然以老成自處，而呼王朝同寮爲小子，不似武公之氣象也。」愚按武公爲諸侯，實在宣、幽、平三王之世，是詩既非所以刺宣，而篇中有「既耄」之語，計其年歲亦非當幽之時。況武公入爲王卿士，乃在東遷之後，則是詩爲平王而作無可疑者。其惓惓忠君之意，欲顯語之不能，故託之自儆耳。篇末言「曰喪厥國」，正指驪山往事而言。國乃天下之通稱，朱但以爲侯國，而引此語爲自警之證，亦非也。或引《左》襄四年魯人之歌云「我君小子」，然彼稱幼君爲小子，乃私刺之辭。而又有引《天保》、《卷阿》之詩，謂古人亦爾其君，則美惡原不同文，在彼爲親，而在此爲賤。據斯爲解，其迂甚矣。《申培説》謂衛武公自警，兼訓國人。訓國人之説，尤爲無謂。《子貢傳》但存「衛武」二字，而其餘闕文。

《淇奥》，衛人美武公之德也。出朱傳。○《申培説》以爲美衛武公之詩。《子貢傳》云：「武公好學明德，國人美之。」徐幹《中論》云：「昔衛武公年過九十，猶夙夜不怠，思聞訓道，命其群臣曰：『無謂我老耄而舍我，必朝夕交戒。』又作《抑》詩以自儆也。衛人誦其德，爲賦《淇澳》。」《序》云：「《淇奥》，美武公之德也。有文章，又能聽其規諫，以禮自防，故能入相于周，美而作是詩也。」數説皆相爲出入。《孔叢子》載孔子曰：「於《淇澳》，見學之可以爲君子也。」

瞻彼淇奥，《大學》、《孔叢子》、《子貢傳》皆作「澳」。**綠**《爾雅》、《大學》、陸璣疏、豐氏本俱作「菉」。**竹**《韓詩》、《石經》、豐本俱作「薄」。下同。**猗猗。**叶歌韻，於何翻。陸璣疏作「漪漪」。**有匪**《大學》、《釋文》、豐本俱作「斐」。下同。《韓詩》作「邲」，云：「美貌。」**君子，如切**豐本作「屑」。**如磋，**歌韻。豐本作「磋」。**如琢如磨。**叶歌韻，眉波翻。《釋文》作「摩」，豐本作「礳」。**瑟**豐本作「僁」。**兮僩兮，赫兮咺**阮韻。亦叶元韻，許元翻。《大學》、《列女傳》俱作「喧」，《韓詩》作「宣」，《説文》作「愃」。**兮。有匪**《列女傳》

作「斐」。**君子，終不可諼**元韻。亦叶阮韻，兄晚翻。《大學》、《列女傳》、豐本作「諠」。**兮。**❶興也。淇，衛水也。解見《泉水》篇。奥，通作澳，《説文》云：「隈崖也。其内曰澳，其外曰隈。」《爾雅》作隩。李巡云：「厓内近水爲隩。」是也。又《艸木疏》云：「奥亦水名。」《水經注》云：「美溝水東南注淇水。」《博物志》謂之奥水，流入于淇。並存之。緑，色也。竹，艸屬。戴凱之云：「謂竹是艸，不應稱竹。竹是一族之總名，一形之偏稱也。植物之中有艸、木、竹，猶動品之中有魚、鳥、獸也。」又云：「根深耐寒，茂被淇苑。」班彪《志》云：「淇園衛地，殷紂竹箭園也。」《漢志》「武帝塞瓠子決河，薪柴少，乃下淇園之竹以爲揵」。又《寇恂傳》「伐淇園之竹，爲矢百餘萬」。則淇上多竹，在漢世猶然矣。《詩故》云：「河朔無竹，淇澳獨産，興武公特禀異氣而生也。」又陸璣云：「緑竹，一艸名，其莖葉似竹，青緑色，高五六尺。今淇澳傍生此，人謂此爲緑竹。」未知是否。猗，通作倚。季本云：「猗與依同，倚也。互相依倚，則不摧折而得以成其美，以興工夫之夾持也。」匪、斐通，《考工記》曰：「且其匪色，必似鳴矣。」匪者，有文章之謂也。君子，指武公。切，《説文》云：「刌也。」磋，《廣韻》云：「磨治象牙也。」按《説文》無磋字，當通作蓋。蓋者，齒不齊之名。蓋以器之有齒者，磨之使光。朱子謂磋以鑢鐋，是也。琢者，治玉器，加功而成之名。磨，治石也。按《爾雅》云：「象謂之鵠，角謂之觷，犀謂之剒，木謂之剫，❷玉謂之雕，金謂之鏤，木謂之刻，骨謂之切，象謂之磋，玉謂之琢，石謂之磨。」象

❶「兮」，原作「分」，據《四庫全書》本改。

❷「木」，原作「本」，據《四庫全書》本改。

言鵠又言磋，玉言雕又言琢者，《爾雅》疏云：「鵠、觷、剒、劇、雕，皆物未成而治其樸也。鏤、刻、切、磋、琢、磨，皆物已成而復治之也。」朱子謂治骨角者，既切復磋。治玉石者，既琢復磨。似無據。郭璞云：「骨角須切磋而爲器，人須學問以成德。玉石之被琢磨，猶人自修飾也。」又《荀子》云：「人之於文學也，猶玉之於琢磨也。《詩》曰：『如切如磋，如琢如磨。』謂學問也。和之璧，井里之厥也。玉人琢之，爲天子寶。」愚按武公之學脩，如楚倚相所云「在輿有旅賁之規，位宁有官師之典，倚几有誦訓之諫，居處有贄御之箴，臨事有瞽史之道，宴居有師工之誦」，皆切磋琢磨之實。此就成德後敘述，故以四「如」言，亦狀其有匪之象如此耳。《論語》子貢曰：「貧而無諂，富而無驕，何如？」子曰：「可也。未若貧而樂，富而好禮者也。」子貢曰：「《詩》云：『如切如磋，如琢如磨。』其斯之謂與？」子曰：「賜也，始可與言《詩》已矣！告諸往而知來者。」蓋樂與好禮原非二事，惟有切磋琢磨之工夫者，則皆能之。觀武公之充耳、會弁，是其好禮也。寬綽戲謔，是其樂也。豈徒借此以馭貧富哉？此孔子所謂「知來者」也。瑟，縝密也。按瑟二十五絃，其絃甚密，故訓瑟爲密。僩，《説文》云：「武貌。」按《荀子》「陋者俄且僩」，釋之者引「晉、魏之間謂猛爲僩」。《左傳》「僩然授兵登陴」。皆武意也。武公資性嚴武，故謚曰武，觀此可見。赫，明盛貌。字从二赤，言火盛也。咺，殷敬順云：「寬綽貌。」張氏家諱云：「汙緩貌。」按《説文》「朝鮮謂兒泣不止曰咺」，亦緩意也。瑟僩赫咺，俱以德容言。諼，《爾雅》云：「忘也。」曰「終不可諼」者，猶言到底如此，非没世之謂。是義也，《大學》傳言之詳矣。如切如磋者，道學也。如琢如磨者，自修也。瑟兮僩兮者，恂慄也。赫兮咺兮者，威儀也。有斐君子，終不可諠兮者，道盛德至善，民之不能忘也。然玩此詩三章，皆以「匪」之一字爲言，還是就德容上想象意居多。《左》

昭二年，韓宣子聘于衛，衛侯享之，北宮文子賦《淇澳》。

瞻彼淇奧，緑豐本作「菉」。下同。**竹青青。**韻。《釋文》作「菁菁」。**有匪君子，充耳琇**《說文》作「璓」，豐本作「秀」。**瑩，**叶青韻，户扃翻。**會**《說文》作「䯤」，云：「骨擿之可會髮。」**弁如星。**青韻。**瑟兮僩兮，赫兮咺**見前。**兮。有匪君子，終不可諼**見前。**兮。**興也。青青者，青而又青，堅剛之貌。陸佃云：「竹之初生，其色緑，長則轉而青矣。」宋熙寧中，太子右贊善大夫吴安度，召試舍人院，賦入第三等，論入第四等。止「緑竹青青」詩不依註解作「王蒭，篇竹」，遂定入第五等，因是改一官放罷。宰臣富弼言，切詳安度命意，必謂「王蒭，篇竹」，柔脆常艸，不足以詠武公之德。又按《史記·河渠書》云「淇園之竹」，則知淇奧之竹，祇是竹箭之竹也。又按陸德明《釋文》，青音菁，茂盛之貌。於理甚通，未爲不識題意。乞再取安度所試，下學士院看詳。於是賜安度進士出身。程大昌云：「漢世下淇園之竹爲揵。又《詩》『籊籊竹竿，以釣于淇』。衛竹大可以爲河揵，而其竿之長可以垂釣，則其不爲王芻之艸亦已明矣。」充耳，瑱也，惟服冕旒時有之，若皮弁以下，不得有充耳。按《周禮·弁師》職云：「掌王之五冕，皆玄冕、朱裏、延、紐，五采繅十有二就，皆五采玉十有二，❶玉笄朱紘。諸侯之繅斿九就，瑉玉三采，其餘如王之事。繅斿皆就，玉瑱玉笄。王之皮弁，會五采玉璂，象邸玉笄。」注謂王之冕不言玉瑱，於諸侯言之者，以互見爲義。又王之皮弁，

❶「五」，原作「玉」，據《四庫全書》本改。

不言玉瑱，可知瑱惟服冕時有之矣。琇，《釋文》云：「石之次玉者。」毛傳云：「天子玉瑱，諸侯以石。」蓋據此文爲説。按《説文》無琇字，當通作秀，禾實也。禾有實，則其象下垂，充耳之形亦如之，故《都人》篇亦曰「充耳琇實」也。瑩，潔也，《説文》云：「玉色。」引逸《論語》曰「如玉之瑩」。「會弁如星」者，鄭云：「會，謂弁之縫中，飾之以玉，皪皪而處，狀似星也。」弁，皮弁也。按《周禮注》，皮弁，以皮六方縫之。會，其合縫處，每貫結五采玉以爲飾。五采玉者，五色之玉，琢爲珠貫之，如冕旒之數。其名曰璂，通作綦，即此詩「會弁如星」及「其弁伊綦」是也。天子璂飾十二，玉五采。侯伯璂飾七，子男璂飾五，瑉玉三采。瑉，石似玉者。不以玉，三采，注謂未白蒼也。不以五，皆如其冕旒七就五就之數。天子諸侯皆服皮弁以視朝，禮，在朝君臣同服。時武公入相于周，則亦在王朝之服也。詩人瞻望丰儀，肅然讚歎，以竹之堅剛，興其服飾之崇嚴，正《抑》詩所云「抑抑威儀，惟德之隅」。敬慎威儀，惟民之則」者。上章所咏瑟僩赫咺之氣象，于斯倍爲盎溢，故申詠之。

瞻彼淇奥，緑竹如簀。陌韻。亦叶錫韻，則歷翻。《韓詩》作「蕢」，字从艸，云：「積也。」薛君云：「緑蕃盛如積也。」**有匪君子，如金如錫，**韻。亦叶陌韻，思積翻。**如圭如璧。**陌韻。**寬兮綽**藥韻。**兮，猗**豐本作「倚」。**重**平聲。**較兮。善戲謔**藥韻。**兮，不爲虐**藥韻。**兮。**興也。《檀弓注》云：「簀，謂床第。」即床棧也。竹之疎密得宜似之。陸佃云：「曰如簀，則又以明其爲竹矣。」凌濛初云：「簀，竹所爲也。即以既比之竹，形容在林之竹，巧于取喻。」萬時華云：「猗猗興其進修，青青興其尊嚴，如簀興其成就。然言有次第，意無淺深。按《爾雅》云：『菉，王芻。竹，篇蓄。』舊説以爲即緑竹也。讀至『如簀』之句，而始悟其不倫。王芻、篇艸，❶安能如簀？則綠竹之是竹非艸，無可疑者。」金，黄金也。錫，《説文》云：「銀鉛之間也。」徐鍇云：「銀色而鉛質也。」顧起元云：「攻金之工，如築、冶、鳧、㮚、段、桃，以金工料言之，宜用銅鐵等物爲多，特總名曰金錫，以分六齊。六分其金，而錫居一，爲鐘鼎之齊。五分其金，而錫居一，爲斧斤之齊。四分其金，而錫居一，爲戈戟之齊。三分其金，而錫居一，爲大刃之齊。五分其金，而錫居二，爲削殺矢之齊。金錫半，爲鑑燧之齊。使如今時所謂錫，則豈堪爲斧斤戈戟矢刃哉？㮚氏改煎金錫，定火候以青、黄、黑、白之氣，而使以鑄量。使如今時所謂錫，則豈能聲中黄鐘之宫哉？觀《史記·平準書》及《漢·食貨志》，亟稱銀錫，漢武帝造銀錫爲白金，可以見古者銀與錫通稱白金。《考工》先秦古書，當以錫爲銀鉛之總名。《説文》謂錫曰銀鉛之間，稍近古意。徐氏不察《考工》金錫之説，殊失許叔重本旨。《周禮·丱人》職，金皆言金玉錫石，蓋銅鐵銀錫，皆取卝煉成，言錫而不必枚舉銅銀鐵也。嘗歎漢儒拘《爾雅》之文於卝人之注，直以錫爲鈏鉛，《爾雅》專以銀爲白金。不思漢時固以錫爲白金，其注鐐銀鈑金，名物瑣細，而於《考工》金錫之義乃無所發明，曾不若《説文》能合銀鉛以言錫也。《職方氏》於揚州言金錫，荆州言銀。以今出産之地言之，則銀在揚而錫在荆。錫亦銀也，持以荆、揚地利，互文見之爾。若如今人分別銀錫，則《考工》所謂金錫，於理有不通者，故著其説，使讀《考工記》者無惑焉。今世用物，銅鐵爲多，經文絶少言銅，亦罕言銀鐵。《考工》言金者，銅鐵在其中。言錫者，銀鉛在其中。合而言之，總曰金錫爾。聞决銀者言，錫能賊他

❶「艸」，《四庫全書》本作「蓄」。

金，似不宜混合，然物各有用，攻金之工不一，銅鐵及鍮銅，得錫愈佳，鑄銅得鉛益骨，金錫相須尚矣。」圭，瑞玉也，其製上圜下方。璧亦瑞玉，其製外圜内方。如金如錫，言其從革之隨宜，從容中道也。如圭如璧，言其方圜之不呲，周旋中禮也。緑竹挺于淇濱，其疎密得宜，象亦如此，故因以起興。寬者，屋寬大之義，故因訓爲大。綽，《説文》云：「緩也。」猗，通作倚，《説文》云：「依也。」孔穎達云：「《周禮・輿人》注曰：『較，兩輢上出軾者。』今謂之平較。但《周禮》無重較、單較之文。」楊慎云：「輢是兩邊植木，較横輢上，輢兩而較一。」《説文》作較，通作較，云：「車輢上曲銅也。」蓋較在軾上，恐其墜，故以曲銅關之。古謂較爲車耳，故諺云：「仕宦不止車生耳。」《三國志》吴童謡云：「黄金車，班蘭耳。閶闔門，見天子。」符曲銅之説矣。晉崔豹云：「重耳，古重較也。文官青耳，武官赤耳。或曰重較在軍車藩上，重起如牛角，故云重較耳。」吕和叔云：「古者車箱長四尺四寸三分，前一後二，横一木，下去車牀三尺三寸謂之軾。又于軾上二尺二寸横一木謂之較，去車牀凡五尺五寸。古人立乘，平常則憑較。若應爲敬，則落手憑下軾，而頭得俯。」又按《補傳》云：「較高五尺五寸，軾高三尺三寸，較既出于軾上，故曰重較。」亦通。車上之人致敬則憑軾，閒適則憑較，故以目寬綽時焉。戲，通作麾，即摩字，以音同通用。麾者，用旌旗以指麾也。人之舉止散誕，象亦如之。謔，《説文》亦訓戲。但字从言，則當爲戲言耳。「善戲謔兮」者，頤氣解言，不立崖岸，載色載笑，與孔子莞爾之戲同。陳傅良云：「古人肅肅不廢雍雍，僮僮不廢祁祁，有所拘者，必有所縱也。」虐者，戲謔之過，必至任情凌物。玩一「善」字，已是中節，特言不爲虐以足之耳，非二時事。首言如切磋琢磨，是何等工夫，末言如金錫圭璧，是何等造詣！前二章皆美其瑟僩赫咺，此更美其寬綽戲謔。卷舒張弛，各得其宜，是其所以謂有匪也與？

徐光啓云：「有謂上二章末四句猶有英氣，末章末四句則渾化無迹，爲武公漸進之益。此説不是。盛德容貌，當敬而敬，則瑟僩赫咺。當和而和，則爲寬綽戲謔。如孔子有時而踧踖色勃，有時而申申夭夭。豈有到寬綽戲謔時，便不瑟僩赫咺乎？詩人之言本自互見，而不知者巧生意見，便錯認詩意，不可不察。」

《淇奥》三章，章九句。嚴粲定爲幽王時詩。然以幽王之暴虐，至于殺身，武公于此，略不見有庇君匡國之效，何哉？考《世家》，武公四十二年，犬戎殺幽王。武公將兵佐周平戎，甚有功。平王命武公爲公，意必此時始入相耳。徐幹《中論》謂此詩之作，在武公年九十作《抑武》之後，而歐陽氏《補圖》屬之于平，蓋有見矣。

《終南》，秦人美文公也。始得岐周之地，國人矜而祝之。按《史記·秦本紀》云：「秦襄公以兵送周平王，平王封襄公爲諸侯，賜之岐以西之地，曰：『戎無道，侵奪我岐、豐之地。秦能攻逐戎，即有其地。』與誓封爵之。襄公於是始國，與諸侯通使聘享之禮。十二年，伐戎至岐卒。生文公，文公十六年以兵伐戎，戎敗走，於是文公遂收周餘民有之，地至岐，岐以東獻之周。」以《竹書》攷之，事在平王十八年。襄公雖受岐西之賜于周，而未能有其地，至文公始大敗戎師而後取之。此詩以終南入咏，當在文公時。孔穎達云：「《本紀》謂文公收周地至岐，岐以東獻之周。按終南之山在岐之東南，則亦得岐東，非惟自岐以西也。」

終南何有？有條《釋文》作「樤」。**有梅。**叶支韻，莫悲翻。豐氏本作「某」。**君子至止，錦衣狐裘。**叶支韻，渠之翻。豐本作「求」。**顔如渥丹，**《韓詩》作「沰」，云：「赭也。」《外傳》作「赭」。**其君也**

哉！叶支韻，將其翻。○興也。終南，山名，即中條山，在今陝西西安府。或謂一名太乙，非也。按太乙在終南之南。嚴粲云：「周都豐、鎬，面對終南，平王以岐西之地賜秦。岐西之地，其名山莫如終南，舉終南，則可以該岐西北。」鄒忠胤云：「九州之險，終南居一焉。其地據天之中，在都之南，連岡乎嶓冢，西至于褒斜，又西至于隴首，以臨于戎。東至于商顏，又東至于太華，以拒于關。抱杜含鄠，飲豐吐鎬，爰有藍田，珍玉是之自出。班固所謂華實之毛則上腴，防禦之阻則奧區，實能作固，以屏王室。平王一旦捐以畀秦，秦得百二，實始基之，而周則自失其險矣。」條，陸璣以爲槄，今山楸也。皮葉白，色亦白，材理好，宜爲車板，宜陽共北山多有之。按《爾雅》云：「槄，山榎。」又云：「柚，條。」是則山榎名槄，條自名柚，無緣以槄爲條也。然以條爲柚，亦未足信。《列子》曰：「吴、楚之國，有大木焉，其名爲柚。食其皮汁，已憤厥之疾，齊州珍之。渡淮而北，而化爲枳也。故曰：『橘柚有鄉，萑蒲有叢。』又曰：『橘柚凋于北徙，若榴鬱于東移也。』」據此，柚不北徙，則終南不宜有之矣。梅，《爾雅》、《説文》皆云：「枏也。」孫炎云：「荆州曰梅，楊州曰枏。」按梅、枏異木，何得相混？枏木似豫章，陳文帝嘗出枏木造戰艦，即此枏也。梅似杏，古者用以和羹。然陸佃有云：「梅至北方多變而成杏，故北人有不識梅者。」是則亦非終南所宜有矣。愚意此梅但當通作枚，與《汝墳》篇「條枚」義同。條自榦而出，興文公之爲諸侯。枚自條而出，則以興文公之群臣也。章末「其君也哉」，言使群臣共戴之爲君。正興意歸結處。君子，指文公也。至止者，鄭玄云：「受命服于天子而來也。」錢天錫云：「『至止』句最重，言逐戎之後，奄有岐、豐八百里之地，而終南爲秦鎮也，此不比游觀覽勝看。」《玉藻》云：「錦衣狐裘，諸侯之服也。」又云：「君衣狐白裘，錦衣以裼之。君子狐青裘豹褎，玄綃衣以裼之。」陳皓云：

「古人之衣，近體有袍襗之屬，其外有裘。夏月則衣葛。或裘或葛，其上皆有裼衣，裼衣上有襲衣，襲衣之上有常著之服。則皮弁服及深衣之屬是也。」孔穎達云：「君衣狐白毛之裘，則以素錦爲衣覆之，使可裼也。袒而有衣曰裼，必覆之者，裘褻也。」陳祥道云：「古者行禮之裘，必以羔與麛。燕居之裘，必以狐與貉。狐白爲人君之服，所以象德之成。狐青而下爲君子之服，所以象仁之發。言君子之服，則大夫士同之也。夫天下無粹白之狐，而有粹白之裘，則狐白裘，天下之尤難得者也。士不衣狐白裘，不特以其德之未成也，蓋亦不敢以賤服貴歟？」渥，《說文》云：「霑也。」毛云：「厚漬也。」丹，《說文》云：「巴越之赤石也。」鄭云：「顏色如厚漬之丹，言赤而澤也。」一說，淩濛初云：「渥丹，花名，似鹿蔥而小，色甚紅。見《仙經》。又名葦丹，見《抱朴子》。此言『如』，正喻其顏之紅也。」程良孺云：「今其種不一，有散丹，有捲丹。」其君也哉，蘇轍云：「嚴憚之辭也。」韓嬰云：「上之人所遇，色爲先，聲音次之，事行爲後。故望而宜爲人君者容也，近而可信者色也，發而中者言也，文而可觀者行也。故君子容色，天下儀象而望之，不暇言而宜人，爲人君者。《詩》曰：『顏如渥赭，其君也哉！』」蔡汝楠云：「秦人之稱其君，曰『其君也哉』，而生其矜心。《周書》則曰『孺子王矣』，而生其懼心。敬肆之所以關乎盛衰也。」黄佐云：「終南者，周之故都也。東遷而王轍不西矣。蓋復周公之宇，魯人所以願僖公。而鄭伯以璧假許田，《春秋》譏之。終南入秦，周欲不亡得乎？」又蘇轍云：「終南有草木以自衣被，而成其深。君子則有服章以自嚴飾，而成其尊。」愚按此説于興意亦近。

終南何有？有紀《釋文》、崔靈恩《集注》、《初學記》俱作「屺」。**有堂。**陽韻。**君子至止，黻衣繡裳。**陽韻。**佩玉將將，**叶陽韻，資良翻。《中論》作「鏘鏘」。**壽考不忘。**陽韻。《毛詩》作「亾」。○

興也。紀，通作屺，毛傳云：「基也。」謂山基也。解見《陟岵》篇。又崔靈恩云：「終南之旁有屺山。」今未詳其處。堂，朱子云：「山之寬平處也。」按《爾雅》云：「山如堂曰密。」郭璞以爲形如堂室者，《尸子》謂「松柏之鼠，不知堂密之有美樅」是也。毛傳誤因《爾雅》有「畢堂墻」之句，遂解云「畢道平如堂」。今考畢，即「周公葬畢」之畢，以爲終南之道名，是矣。但既謂其平如堂，則《爾雅》何得有墻之目？鄭玄以爲畢道邊如堂之墻，則《爾雅》又不應即以畢爲堂墻也。愚意凡厓岸如堂墻之形者，名之爲畢，原與畢道無涉。上章咏「有條有梅」，取有君有臣之義，以興文公之能爲人君。此章咏「有紀有堂」，亦猶祝如山如阜，如岡如陵之意，以興下文之「壽考不忘」也。黻有二義，《考工記》及《説文》，皆以爲黑與青相次。韋孟《詩》註云：「畫爲亞，古『弗』字。」《增韻》云：「爲兩己相背形。」《周禮》注云：「黻取臣民背惡向善，亦取君臣有合離之義，去就之理。」孔云：「鄭於《周禮》之注，差次章色，黻皆在裳。言黻衣者，衣大名，與繡裳異其文耳。」愚按九章盡于黻，故以黻該之。黻衣繡裳，猶云此有黻之衣，其繡之則在裳也。以五采刺文謂之繡，以黑、青兩色繡爲兩己相背，則名黻。須兼此兩義始全。衣之章用繪，裳之章用繡，故云「繡裳」。佩玉，見非三命黝珩之舊。《玉藻》云：「天子佩白玉，公侯佩山玄玉，大夫佩水蒼玉，世子佩瓀玉。」是佩各不同也。將，通作瑲，《説文》云：「玉聲也。」壽考不忘，祝願之辭。欲其居此位，服此服，長久安寧，不忘王命也。吕祖謙云：「蘇氏謂周之失計，未有如東遷之謬。使平王定不遷之計，收豐、鎬之遺民，以形勢臨諸侯，齊、晉雖大，未敢貳也。此論考之不精。岐、豐之地，自犬戎盤據，舊都非周所有，故平王遂以賜襄公，使之自取，其勢非可以不遷也。」金履祥云：「秦與戎，世爲不共戴天之讐，勢不兩立。其與戎力戰，固亦爲己，不獨爲王室也。當時犬戎盤據岐、豐之間，平王不得不許秦，秦亦不得不取之。然西戎方熾，父子力戰二十一年而始得之，固不暇東畧矣。」《巵言》云：「世儒多咎周平王不宜以岐周之地予秦，宜自取之。竊謂不然。夫犬戎之力，足以弑幽王，取宗周，則亦非一二諸侯之所能制也。且召犬戎者申侯也，立平王者申侯也，平王能背申侯以令諸侯乎？申侯能率諸侯以攻犬戎乎？惟犬戎於秦爲世讐，而其地相近，故不得不賜之岐西，而與之誓曰：『能逐犬戎，即有其地。』是藉手于秦，以報其讐，而償利於秦，以動其心。地之與秦，猶愈于犬戎。平王此舉，未甚失也。」鄒忠胤云：「秦能以一國取之，王獨不能率諸侯取之乎？竟使千年堂構，一旦瓦解。周人方悲其離黍，而秦人且侈其條梅。代興之兆，於是見矣。」

《終南》二章，章六句。朱子但以爲秦人美其君之辭，而不著其世。《序》謂戒襄公也。能取周地，始爲諸侯受顯服，大夫美之，故作是詩，以戒勸之。《子貢傳》則云：「襄公克戎，始取周地，秦人矜之。」歐陽脩謂自戎侵岐、豐，周遂東遷，雖以岐、豐賜秦，而終襄公之世不能取之，但嘗一以兵至岐。至文公，始逐戎而取岐、豐之地。據此，則是詩爲咏文公，非咏襄公明矣。若《申培説》以爲襄公初爲諸侯，秦人祝之而作。則詩之發首，即以「終南何有」爲言，自是誇其得地，非但美其爲諸侯也。

《蒹葭》，刺秦也。未能用周禮，將無以固其國焉。出《序》。但原本「秦」下有「襄公」二字，今去之。〇秦至襄公子文公，始有岐、豐之地，則此詩當屬之文公。郝敬云：「周道親親尚賢，平易忠厚，黜詐力而卑武功。自文、武至宣、幽，國于岐、豐，民習先王禮教，數百年矣。平王東遷，秦據有其地，始以攻戰爲事，刑殺爲威。其民愁居懾處，思昔大和景象，不復可見。東望河洛，有游從宛在之思。西視秦邦，有艱難牽率之苦。文、武、成、康之澤，維係民心，而秦人慘礉之法，束縛其手足，自立國之初已然矣。《序》所以謂之將無以固其國。蓋周之興也，詩歌芣苢，是春和之明景也。周禮行而忠厚篤祐，開卜世有道之長。秦之興也，詩歌《蒹葭》，是肅殺之蕭晨也。周禮廢而强梁腊毒，兆二世撲滅之禍。聖人删定，法戒昭然。後儒不達，詆《詩序》爲鑿空，豈不誤乎？」

蒹葭蒼蒼，陽韻。**白露爲霜**。陽韻。**所謂伊人，在水一方**。陽韻。**遡**《爾雅》作「泝」。《説文》作「溯」，豐氏本同。下三「遡」如字。**洄**豐本作「回」。**從之，道阻且長**。陽韻。**遡游從之，宛**《釋文》作「苑」。**在水中央**。陽韻。○興也。《爾雅》云：「蒹，薕。葭，蘆。」郭璞云：「蒹，萑之未秀者，即今之荻。葭，葦之未秀者，即今之蘆。蒹高數尺，今人以爲簾箔，因此爲名也。葭，一名華，至秋堅成，謂之萑葦。《詩》曰：『八月萑葦。』《莊子》曰：『欲惡之孽，爲性萑葦，蒹葭始萌，以扶吾形，尋擢吾性。』則明此幼曰蒹葭，長曰萑葦矣。」又云：「萑，荻也。荻之初生曰菼，一曰薍，一曰騅。蒹其未秀者也。」按此，則蒹自小至大有七名，菼、薍、騅、蒹、薕、荻、萑也。葭自小至大有四名，葭、華、蘆、葦也。二物共十一名，覽者易混，詳載于此。蒼蒼，深青色。毛傳云：「盛也。」「白露爲霜」者，孔穎達云：「八月白露節，秋分八月中。九月寒露節，霜降九月中。」鄭玄云：「蒹葭在衆艸之中，蒼蒼然彊盛，至白露凝戾爲霜，則成而黄。」愚按露主敷施，霜主刻制。白露況周，霜以況秦。言時值白露，蒹葭之色尚蒼蒼然。今也陰氣過盛，露忽凝而爲霜，則蒼蒼者將忽變而爲黄矣。以興岐豐之地，今爲秦有，秦變周道，非復昔日忠厚德澤之舊也，民何以堪？伊，《説文》

云：「从人从尹。尹，正也。」又云：「尹，大治天下者。」所謂伊人，言追思昔日正治天下之人，指文、武也。文王都豐，武王都鎬。豐依灃水，鎬依鎬水，故以在水一方言之。一方，解見《汾沮》篇。以後章「湄」、「涘」推之，乃近水之地，與下文「水中」不同。遡，本作「㴑」，《說文》云：「向也。」《爾雅》云：「逆流而上曰遡洄，順流而下曰遡游。」孫炎云：「逆渡者，逆流也。順渡者，順流也。」道，水道也。《增韻》云：「山巇曰險，水隔曰阻。」宛，《說文》云：「屈草自覆也。」掩蔽而不能自達之意。央，《說文》云：「中央也。从大在冂之内。」徐鍇云：「从大，取其中正，會意。」《禮記集解》方氏云：「央以適當言之，惟中乃可言央。」詩人設爲立此望彼之言，云彼近水一方之地，恍惚見伊人在焉。必逆水以求，庶有登岸相見之期，然其如目前之苦難何。若順水而求，則愈趨愈下，而伊人終不可得而見矣。何者？伊人所居原不在水，而求之于水，此必不得之數也。嚴粲云：「夷狄之俗，不聞中國之禮義，將使之逆流而上，以往求攸濟歟？則路險阻而且長遠。喻其狃于功利，以道爲遠而難致，必不能彊勉而行之也。將使之順流以涉，而聽其所止與？則宛然惟在水之中央。喻繇今之道，無變今之俗，終夷狄而已矣。道本非遠，而秦人以爲遠，所謂安能邑邑以待數百十年而爲帝王也？故詩人因秦人之意，以道阻且長言之。」又云：「周弱而繇，秦彊而顛，繇其禮之存亡異焉耳。」蘇轍云：「秦起于西垂，與戎狄襍居，本以彊兵富國爲先，而不知以禮義終成之。故其後世狃于利而不知義，至商君厲之以法，卒以此勝天下。既勝之後，二世而亡，其數有以取之矣。」

蒹葭淒淒。叶支韻，此移翻。《石經》、豐氏本俱作「萋萋」。**白露未晞。**叶支韻，讀如羲，虛宜翻。**所謂伊人，在水之湄。**支韻。豐氏本作「麋」。**遡洄從之，道阻且躋。**叶支韻，讀如支，章移翻。《釋文》作「隮」。**遡游從之，宛在水中坻。**支韻。○興也。淒，通作萋，《説文》云：「艸盛也。」言蒹葭尚盛也。晞，乾也。未晞，鄭云：「未爲霜。」孔云：「匪暘不晞，言見日則乾。此篇上章言白露爲霜，則此言未晞謂未乾爲霜，與彼異。」蓋時當八月，雖氣候早寒，而露亦有未盡凝爲霜者，以喻王澤之猶未熄也。湄，毛云：「水隒也。」《爾雅》、《説文》皆云：「水草交爲湄。」孔云：「謂水草交際之處，水之岸也。」《釋名》云：「湄，眉也。臨水如眉臨目也。」躋，《爾雅》、《公羊》皆云：「陞也。」逆流漸上，與陞高同也。坻，水中地之畧高者。《爾雅》云：「小洲曰渚，小渚曰沚，小沚曰坻。」

蒹葭采采，叶紙韻，此禮翻。**白露未已。**紙韻。**所謂伊人，在水之涘。**紙韻。**遡洄從之，道阻且右。**叶紙韻，羽軌翻。**遡游從之，宛在水中沚。**紙韻。○興也。采，《説文》云：「捋取也。」曰「采采」者，非一辭也。先言蒼蒼，象其色。繼言淒淒，美其盛。至是則可以采矣。然猶是八月之時，故白露方下而未止也。子貢曰：「文、武之道未墜于地。」白露未已之況也。涘，厓也，水濱之地。言湄比一方爲近，言涘比湄又爲近，以況王道之近人也，人病不求耳。右者，在我之右也。初言道阻且長，似茫茫未有窮期。次言躋，則道雖阻，然已近在我之上，更一躋而是耳。此言右，則道雖阻，然已迫居我之右，但一轉而是耳。亦漸求而漸近之況也。沚，《釋名》云：「止也。可以止息其上。」言如狃于所趨，必無見伊人之日。初言在水中央，或猶可以縱一葦凌茫然，而改途以求至焉，過此遡游不已，則登岸何從，將有小于沚之坻，爲之礙矣。又將有大于坻之沚，爲之礙矣。是又愈隔而愈遠之況也。《詩》言之婉而多風如此。

《蒹葭》三章，章八句。朱子謂此詩不知何所指，而以《序》説爲鑿。夫不能虛心以求其義，則《序》

說誠鑿也。《子貢傳》、《申培説》皆以爲君子隱于川上，秦人慕之。于語意近似。然詩人託物起興，皆有深意存焉。「白露爲霜」，「白露未已」，語自有骨，豈徒紀時而已乎？《序》深得之，但以爲刺襄公，則此詩乃刺文，非刺襄也。

《黍離》，閔宗周也。周大夫行役，至于宗周，過故宗廟，宮室盡爲禾黍。閔周室之顛覆，彷徨不忍去，而作是詩也。 出《序》。朱傳從之。○按武王作邑于鎬京，謂之宗周，是爲西都。成王在豐，欲宅雒邑，使召公先相宅，以庶殷攻位于洛汭，在澗水東、瀍水西。既成，謂之王城，今河南是也，是爲東都。召公既相宅，周公又再卜瀍水東，以居殷頑民，謂之成周，今雒陽是也，是爲下都。已而成王遷九鼎于雒邑，而復還歸處西都。至十一世，幽王嬖褒姒，生伯服，廢申后，太子宜臼奔申，申侯與犬戎攻宗周，殺幽王于戲。晋文侯、鄭武公迎宜臼于申而立之，是爲平王。以亂故，徙居東都王城。及襄公興兵討西戎，救周，乃以岐、豐之地賜之，秦遂有西都宗周畿内八百里之地。自平王東遷之後，凡稱西周者，指豐、鎬也。稱東周者，指東都也。及威烈王而後，東都、下都又分二周。所謂西周，則東都河南也。所謂東周，則下都雒陽也。

彼黍離離，《説文》作「穲穲」。**彼稷之苗。** 蕭韻。**行邁靡靡，中心摇摇。** 蕭韻。《爾雅》作「愮愮」。**知我者，謂我心憂。** 尤韻。**不知我者，謂我何求。** 尤韻。**悠悠蒼**《釋文》作「倉」。**天，** 先韻。亦叶真韻，汀因翻。**此何人** 真韻。亦叶先韻，如延翻。**哉？** 賦而興也。彼，彼宗廟宮室。黍，《説文》

云：「禾屬而黏者也。以大暑而種，故謂之黍。」《本艸》注云：「黍似粟而非粟也。有二種，米黏者爲秫，可以釀酒。不黏者爲黍，如稻之有秔糯耳。」羅願云：「孔子曰：『黍可以爲酒，禾入水也。』然則又以『禾入水』三字合而爲黍。」《家語》孔子曰：「黍者，五穀之長，祭先王以爲上盛。」離乃鳥名，當通作麗，《説文》云：「艸木相附，麗土而生。」重言「離離」者，謂衆黍分布相屬著也。稷，似黍而小，黑色，亦謂之粟。古謂之粢，《曲禮》「稷曰明粢」是也。亦謂之穄，《穆天子傳》「赤烏之人，獻穄百載」是也。徐鉉云：「關中謂之糜。」羅願云：「冀州謂之⿱髟祭。」凡艸之生于田者曰苗，故字从艸从田。初生亦曰苗，《論語》謂苗而不秀，秀而不實，蓋自苗而秀而實，是其序也。孔云：「黍言離離，稷言苗，則是黍秀稷未秀。按《出車》謂『黍稷方華』，則二物大時相類，但以稷比黍，黍差爲稙，故黍秀而稷苗也。」陸化熙云：「詩爲閔故宗廟宮室作，而詩中不見一字，直將彼字暗指而已。此是感慨最深處。」又程氏解「彼黍」者，我后稷之苗也。殊穿鑿。一説，季本云：「宗廟宮室盡爲禾黍，以事理論之，似不盡然。當時周雖東遷雒邑，而岐周舊地已盡封秦。假使故宮爲其所毁，則都城之内，宜爲室廬。乃以黍稷爲言，則當在野外之地，而豈可語于城内哉？且五穀者，民之所資以養者也，而稱其黍稷之盛，則其民尤爲勤力，似有歎羨之意，與言蔓草荆蓁者不同矣。其必秦得岐周之後，務本力農，周大夫出過其地而見之，知秦地廣民勤，將以富强雄天下，而傷周室之不競乎？」亦通。行邁，以往來之人言。邁，《説文》云：「遠行也。」靡，《説文》云：「披靡也。」徐鍇云：「披靡，分也。」故於非取相違之義。往者過，來者續，覩兹丘墟景象，已習爲故常，但分道而馳，畧無停步低徊之意，所謂靡靡也。摇摇者，心憂而無所附著，《戰國策》謂「心摇摇如懸旌」是也。下文兩「謂我」，正是靡靡情狀。我見行者邁者之靡靡，則中心益摇動而不能自已。間有一二知者，或亦謂此人必有所憂，然其實非真知也。其不知者，怪我低徊不去，謂我將何所求乎？一腔隱痛，向伊誰訴？言下已有欲呼天之意矣。鍾惺云：「知我者謂我心憂，不知我者謂我何求。蓋以黍離爲固然，而不復知此爲何地，此詩之作爲何繇矣，那得不哭？」悠，《説文》云：「憂也。」《爾雅》云：「思也。」蒼天，以體言之。尊而君之，則稱皇天。元氣廣大，則稱昊天。仁覆閔下，則稱旻天。自上降鑒，則稱上天。據遠視之，蒼蒼然，則稱蒼天。孔云：「《爾雅》春爲蒼天，夏爲昊天，秋爲旻天，冬爲上天。謹按《尚書·堯典》羲和以昊天總勑以四時，故知昊天不獨春也。《左傳》夏四月，孔子卒，稱曰『旻天不吊』，非秋也。六藝之中，諸稱天者，以情所求之耳，非必于其時稱之。浩浩昊天，求天之博施。蒼天蒼天，求天之高明。旻天不吊，求天之生殺當得其宜。上天同雲，求天之所爲當順其時也。此之求天，猶人之説事，各從其主耳。若察於是，則堯命羲和，欽若昊天，孔子卒，旻天不吊，無可怪耳。」陸佃云：「《詩》于高遠難訴，每稱蒼天，《巷伯》之『矜此勞人』、《黄鳥》之『殲我良人』，皆是也。」又云：「《爾雅》于春言其色，于夏言其氣，于秋言其情，于冬言其位，相備也。」悠悠蒼天，言我之憂思惟蒼天知之而已。此何人哉，不忍斥言，蓋指平王也。對彼言此，謂此居東都之人也。舊説以爲指幽王，然幽王已成往事，似不足言矣。大夫之爲此詩，其有志于興復者乎？謝枋得云：「能爲閔周之詩者，一行役大夫之外無人也。不知平王而聞此詩也，亦有惻于中否乎？吾觀《書》至《文侯之命》，知平王之不足有爲矣。所以訓戒晋文侯者，惟曰自保其國而已。王室之盛衰，故都之興廢，悉置度外。吾于《黍離》之詩，重有感夫。」蘇軾云：「周之失計，未有如東遷之謬也。自平王至于亡，非有大無道者也。頴王之神聖，諸侯服享，然終以不振，則東遷之過也。昔武王克商，遷九鼎于洛邑，成王、周公復增營之。周公既没，蓋君陳、畢公更居焉，以重王室而已，非有意于遷也。周公欲葬成周，而成王葬之畢，此豈有意于遷哉？今夫富民之家，所以遺其子孫者，田宅而已。不幸而有敗，至于乞假以生可也，然終不敢議田宅。今平王舉文、武、成、康之業而大棄之，此一敗而鬻田宅者也。夏、商之王皆五六百年，其先王之德無以過周，而後王之敗亦不減幽、厲，然至于桀紂而後亡。其未亡也，天下宗之，不如東周之名存而實亡也。是何也？則不鬻田宅之效也。盤庚之遷，復殷之舊也。古公遷于岐，方是時，周人如狄人也，逐水草而居，豈所難哉？衛文公東徙渡河，恃齊而存耳。齊遷臨淄，晋遷于絳，于新田，皆其盛時，非有所畏也。其餘避寇而遷都，未有不亡。雖不即亡，未有能復振者也。春秋時，楚大饑，群蠻叛之，申息之北門不啓，楚人謀徙于阪高。蒍賈曰：『不可，我能往，寇亦能往。』于是乎以秦人、巴人滅庸，而楚始大。蘇峻之亂，晋幾亡矣，宗廟宫室盡爲灰燼。温嶠欲遷豫章，三吴之豪欲遷會稽。將從之矣，獨王導不可，曰：『金陵，王者之都也。王者不以豐儉移都，若弘衛文大帛之冠，何適而不可？不然，雖樂土爲墟矣。且北寇方彊，一旦示弱，竄于蠻越，望實皆喪矣。』乃不果遷，而晋復安。賢哉導也，可謂能定大事矣。嗟夫！平王之初，周雖不如楚之彊，顧不愈于東晋之微乎？使平王有一王導，定不遷之計，收豐、鎬之遺民，而修文、武、成、康之政，以形勢臨東諸侯，齊、晋雖彊，未敢貳也，而秦何自霸哉！魏惠王畏秦，遷于大梁。楚昭王畏吴，遷于郢。頃襄王畏秦，遷于陳。考烈王畏秦，遷于壽春。皆不復振，有亡徵焉。東漢之末，董卓劫帝遷于長安，漢遂以亡。近世李景遷于豫章，亦亡。故曰周之失計，未有如東遷之謬也。」

彼黍離離，彼稷之穗。寘韻。**行邁靡靡，中心如醉。**寘韻。**知我者，謂我心憂。**見前。**不**

知我者，謂我何求。見前。**悠悠蒼天，**見前。**此何人哉？**賦而興也。穗，本作「采」，《説文》云：「禾成秀也。」❶《通志》云：「稷穗似蘆，而米可食。」如醉者，言憂之沉昏而不醒，如醉然也。

彼黍離離，彼稷之實。質韻。**行邁靡靡，中心如噎。**叶質韻，於悉翻。**知我者，謂我心憂。**見前。**不知我者，謂我何求。**見前。**悠悠蒼天，**見前。**此何人**見前。**哉？**賦而興也。實，謂成實而堅也。孔云：「三章歷道其所更見。大夫役當有期而反，但事尚未周了故也。」或疑稷文有改易，而黍文不變何也？按羅願云：「黍以大暑而種，故農家以三月上旬爲上時，四月上旬爲中時，五月上旬爲下時。《月令》仲夏之月，農既登黍，天子以雛嘗黍，羞以含桃，先薦寢廟。黍固有早晚，其晚者不妨至孟秋始熟，故庶人秋乃薦黍。此天子之禮，自重其先熟者，而嘗薦之耳。」據此，黍既有早晚三輩，則當離離時，而或值稷之苗，稷之穗，稷之實，蓋以早晚爲異，理固然也。楊慎直以爲猶興桃夭者，因葉及華，因華及實，蓋一時所見，一日所賦，則詩人乃是懸空託咏，似未是。又羅云：「黍大體似稷，故古人併言黍稷。行役之人有憂于內，則有不察于外，故于此或不能辨也。」此説在《太平御覽》先有之，故劉勰云：「思親者莪、蒿不分，閔周者禾、稷莫辨，蓋心在於憂與哀，而視物之似而誤也。」亦通。孔云：「噎者，咽喉蔽塞之名，言憂深不能喘息，如噎之然。」三章所以爲賦而興者，蓋以苗之摇曳興摇摇，以穗之下垂興如醉，以實之堅滿興如噎也。按《小弁》之詩云：「踧踧周道，鞫爲茂草。」若預知有今日然者。箕子朝周，過殷故墟，城壞生黍，箕子傷之，乃作

---

❶ 「禾」，原作「不」，據《説文解字》卷七改。

《麥秀》之詩，曰：「麥秀漸漸兮，禾黍油油。彼姣童兮，不我好仇。」其語意與此相類。但彼所謂姣童正指紂，此則意在平而不在幽耳。

《黍離》三章，章十句。《序》不録作者姓名，而《子貢傳》以爲尹伯封之作。至《申培説》獨詳，云：「幽王伐申，申侯逆戰于戲，射王弑之，立平王于申。自申遷雒，命秦伯帥師逐犬戎于鎬京，尋遣尹伯封犒秦伯之師，過故宗廟宫室，秦人皆墾爲田，咸生禾黍，旁皇不忍去，故作此詩。」因記曹植云：「昔尹吉甫信後妻之讒，而殺孝子伯奇。其弟伯封求而不得，作《黍離》之詩。」而《太平御覽》亦載《韓傳》云：「《黍離》，伯封作也。離離，黍貌也。詩人求亡不得，憂懣不識于物，視彼黍離離然。憂甚之時，反以爲稷之苗，乃自知憂之甚也。」則此詩之爲伯封作，相傳已久，特作詩之指異耳。乃劉向《新序》則云：「衛壽閔其兄伋之且見害，作憂思之詩，《黍離》是也。」其事與伯封事相類。但《黍離》爲王風之首，向之言殆未可信，或訛以傳訛耳。

《中谷有蓷》，宗周當喪亂之後，地棄不恤，其人民饑荒離困，罔克匡生之象，該乎詞矣。

出程仲虞《紫雲隱書》。〇《序》云：「閔周也。夫婦日以衰薄，凶年饑饉，室家相棄焉。」《申培説》亦云：「民饑而流，夫婦不保，君子閔之而作是詩。」孔穎達、嚴粲皆屬之平王時，然則直是王室東遷，舊都之民無所依怙，故其顛沛流離，遂至于此，誠可閔也。胡安國云：「男女居室，人之大倫也。婚姻之禮廢，則夫婦之道苦，淫辟之罪多矣。《氓》之詩所以刺衛，《中谷有蓷》所以閔周，《易》序咸、恒爲下經首，《春秋》内女出，夫人歸，凡男女之際，詳書于策，所以正人倫之本也，其旨微矣。」

中谷陸璣疏作「谷中」。**有蓷，暵**《説文》作「灘」，云：「水濡而乾也。」陸德明本一作「灘」。**其乾**叶寒韻，居寒翻。**矣。有女仳離，嘅其嘆**叶寒韻，他干翻。陸本一作「歎」。**矣。嘅其嘆**同上。**矣，遇人之艱**豐氏本作「囏」。**難**寒韻。**矣。**興也。《爾雅》云：「水注川曰谿，注谿曰谷。」蓷，艸名，《説文》云：「萑也。」陸佃云：「葉形似荏，方莖白華。華生節間，如雞冠。子黑色，細長，三稜。」羅願云：「全似杜天麻，而不生横枝。」陸璣云：「舊説及魏博士、濟陰周元明皆云菴蕳，是也。」《韓詩》及《三蒼説》悉云：「益母也。」故曾子見益母感恩。郭璞云：「今茺蔚也。」《本艸衍義》云：「茺蔚子，葉至初春，亦可煑作菜食，凌冬不凋瘁。一名益母，一名益明，一名大札，一名貞蔚。」劉歆、李巡皆以爲臭穢艸，即茺蔚也。毛、鄭誤解爲鵻，按鵻乃萑之别名，即菼也。初生爲菼，長大爲薍，成則名萑，又名爲鵻。一物四名。其字从艸，萑聲。萑音完，从隹从𦫳，𦫳，𦫳乃山羊角。今文於萑省𦫳，故作萑耳。與名蓷之萑相亂，而實不同。此萑从艸，隹聲，音追，不可不辨。嚴粲云：「舊以蓷艸宜生高陸，生谷中則傷于水，非也。據《本艸》，茺蔚正生海濱池澤，其性宜濕。」暵，旱燥也。《易》曰：「燥萬物者莫暵乎火。」《説文》云：「耕暴田曰暵。」毛傳解暵爲菸，以爲萎死之義，非是。乾亦燥也，指蓷而言。嚴云：「谷中之地陰潤，其蓷艸宜難旱也。今暵燥其乾者。旱，則乾者先燥也，興饑饉，則貧者先悴也。」萬尚烈云：「蓷，益母也。故以興女。」仳，《説文》云：「别也。」鄭氏云：「近曰離，遠曰别。」有女仳離者，有女爲其夫所棄，或近而離，或遠而别，見非一女也。嘅，嘆聲。徐鍇云：「意氣有所鬱，嘅然也。」歎，《説文》云：「吟也。」亦謂之長大息。人嘅嘆，則息大而長也。人，謂夫也。艱難，猶言窮厄也。蓋歸咎其夫之所遭云爾，未有怨意。范祖禹云：「世治則室家相保者，上之所養也。世亂則男女相棄者，上之所殘也。其使之也勤，其取之也厚，則夫婦日以衰薄，而凶年不免于離散矣。」又羅願云：「蓷一名益母，曾子見之而悲，詩人之托此，亦其窮而反本。《氓》之詩，色衰相棄，則歎兄弟之不知。《竹竿》適異國而不見答，則嘆父母之相遠。此所以獨感于益母與？」亦通。

中谷有蓷，暵其脩叶屋韻，式竹翻。陸云：「或作『蓨』。」**矣。有女仳離，條其歗**叶屋韻，式六翻。陸云：「或作『嘯』。」**矣。條其歗**同上。**矣，遇人之不淑**屋韻。豐本作「叔」。**矣。**興也。脩，《說文》云：「脯也。」旱既久，則艸乾之極，如脯然也。條，猶長也。漢《郊祀歌》云：「聲氣遠條。」歗，吹聲也。解見《江有汜》篇。嚴云：「條條然而長歗，其悲恨深于歎矣。」淑，通作俶。不淑，不善也。鄭玄云：「言君子與己不善。」此正斥其夫之行而言，蓋怨辭也。

中谷有蓷，暵其濕緝韻。蘇子繇本作「隰」。**矣。有女仳離，啜**《韓詩》本作「惙」，《外傳》作「掇」。**其泣**緝韻。**矣。啜其泣**同上。**矣，何嗟及**緝韻。**矣。**興也。濕，《廣韻》云：「水霑也。」嚴云：「生于濕者，今亦爲所暵，興富足者亦乏絶矣。凶年饑饉之甚，貧富皆憔悴也。」啜，《說文》云：「嘗也。」《爾雅》云：「茹也。」《詩詁》云：「泣而縮氣也。」泣，《說文》云：「水涙也。無聲出涕曰泣。」徐鍇云：「泣，哭之細也。微子過殷墟，欲哭則不可，欲泣則以其似婦人。」是也。《補傳》云：「歗甚于歎，泣甚于歗。」蘇轍云：「中谷之蓷，旱之所難及也。今也既先熯其乾者，及其甚也，則雖其生于濕者亦不免也。旱及于濕則盡矣，譬如周人風俗衰薄，其始也，人之艱難者棄其妻耳。其後，人之不善者棄之矣。及其既甚，至有無故而棄之者。故其以艱難而見棄者則嘆之，嘆之者，知其不得已也。以不善而見棄者，則條條然而歗，歗者，怨之深矣。及其無故而見棄也，則泣而已，泣者，窮之甚也。」何嗟及者，言何所嗟悔而可及。蓋雖其所遭之不幸，亦自傷其所從之非人也。《説苑》引孔子曰：「不慎其前而悔其後，雖悔無及矣。《詩》曰：『啜其泣矣，何嗟及矣。』言不先正本，而成憂于末也。」黄佐云：「周官行于盛時，每遣小行人賙委其凶荒。今也不然，室家相棄，則亦付之無可奈何而已。」

《中谷有蓷》三章，章六句。《子貢傳》、《申培説》、豐氏本篇名俱作《中谷》。○按《詩序》乃詩人閔周之作，朱子改爲婦人自述其悲歎之辭，非也。觀篇中云「有女仳離」，安在其爲婦人自作也？《子貢傳》中有闕文，大抵與《申培説》同。

《碩人》，衛傅母作也。莊姜始嫁至衛，先容後禮，傅母作此以勵之。劉向《列女傳》云：「齊女爲衛莊公夫人，號曰莊姜。姜姣好。始往，操行衰惰，心淫佚，冶容。傅母見其婦道不正，諭之曰：『子之家，世世尊榮，當爲民法則。子之質，聰達于事，當爲人表式。儀貌壯麗，不可不自修整。衣錦絅裳，飾在輿馬，是不貴德也。』乃作詩曰：『碩人其頎，衣錦絅衣。齊侯之子，衛侯之妻，東宫之妹，邢侯之姨，譚公維私。』砥厲女之心以高節，以爲人君之子弟，爲國君之夫人，尤不可有邪僻之行焉。女遂感而自脩。君子善傅母之防未然也。」愚因此悟子夏「禮後」之説，其所謂「素以爲絢」者，蓋咏象服耳。先儒謂象服者，畫翟羽于其上，故孔子以「繪事後素」解之。詩人但咏姜氏族類、容貌、服飾之盛，而絶無一語稱贊其德。子夏心疑詩人之有微辭也，若曰：君夫人信美矣，但象服，禮服也，詩人何爲僅附見于容貌之後？倘亦刺其修容而簡禮乎？此即傳母立言之指，所謂意在言外者。故孔子許之，曰：「起予者商也，始可與言《詩》已矣。」今文逸「素絢」一語，而舊解「禮後」，復牽强不可通，非《列女傳》孰使正之哉！他詩若刺宣姜、刺魯桓，亦俱言服飾、容貌、威儀、技藝之美，而闕失自見，其機軸頗與此同。甚矣，古詩之微而婉也。又按《史記》，衛武公卒，子莊公揚立。莊公五年，取齊女爲夫人，好而無子。以《竹書紀年》推之，武公之薨在平王十三年，則莊公取齊女之歲，實平王之十八年也。

碩人其頎，微韻。**衣錦褧**《禮記》、《列女傳》俱作「絅」，《説文》作「檾」，《書大傳》作「蘔」。**衣。**微韻。**齊侯之子，衛侯之妻，**叶支韻，子宜翻。**東宫之妹，邢侯之姨，**支韻。**譚**《白虎通》作「覃」。**公維私。**支韻。○賦也。頭大曰碩，故碩爲大義。碩人，尊大之人，指莊公也。《白華》之詩，申后亦稱幽王爲碩人。《説文》無頎字，本作頯，其義則面顴也。然《莊子》云「其頯頯然」，注以爲大朴之貌。又《爾雅》「貝蚆博而頯」，注云「頯者，中央廣，兩頭鋭」。合此二説，可以得用頯字之意，蓋摹擬莊公容貌如此。「衣錦」以下始咏莊姜。「衣錦」三句須一氣讀，急回顧，與首句相應。言此衣錦褧衣而來者，乃是以齊侯之子而爲衛侯之妻也。錦，《説文》云：「襄色織文。」按襄者，襍色也。劉熙云：「錦，金也。作之用功重，其價如金，故字从金帛。」衣錦者，言以錦爲衣也。舊注「衣錦」之衣去聲，謂衣著。「褧衣」之衣如字，謂衣服。然《丰》之詩云「衣錦褧衣」，與此文正同。下文對「裳錦褧裳」，則以上衣爲衣著者，非也。鄭玄云：「國君夫人，翟衣而嫁。今衣錦者，在塗之所服也。」褧，《説文》云：「檾也。」檾者，枲屬。羅願云：「檾高四五尺，或六七尺，葉似苧，實如大麻子。今人績爲布，或作潁。」《襍記》云：「三年之喪既潁。」是也。通作絅，《玉藻》云「禪爲絅」是也。禪者，衣不重也。亦作景，《士昏禮》云：「女登車，姆爲加景，乃驅。」是也。古婦人盛服，必加禪衣于外，即《周禮》六衣之「素沙」，《君子偕老》篇之「蒙彼縐絺」，《中庸》所謂「惡其文之著」者也。孔穎達云：「婦人之服尚輕細，且欲露錦文，必不用厚繒。」故鄭箋云：「以禪縠爲之。」而許慎《説文》字作檾，沈括謂是織檾麻以成布，未知孰是。嚴粲云：「齊侯之子，嫁爲衛侯之妻，言匹敵也。」「東宫」以下，又自齊侯一語而推衍言之，乃文法波瀾處。東宫，太子所居之宫。杜預云：「太子不敢居上位，故常處東宫。」孔穎達云：「四時，東爲春，萬物生長在東。西爲秋，萬物成就在西。以此君在西宫，太子常處東宫也。《易》象，西北爲乾，乾爲君父，故君在西。東方震，震爲長男，故太子在東也。」按《左傳》東宫名得臣。孔云：「《齊世家》莊公生僖公。東宫得臣，未知何公太子。按《史記·年表》，衛莊公之立在春秋前二十五年，齊僖公之立在春秋前八年。然則莊姜必非齊僖之女，蓋是莊公之女，僖公姊妹也。得臣爲太子，早死，故僖公立也。不言僖公姊妹，而繫得臣者，見其是適女也。」《爾雅》云：「男子謂女子先生爲姊，後生爲妹。」張揖云：「妹，末也。」劉熙云：「妹，昧也。猶日始入，歷時少，尚昧也。」孔云：「繫太子言之，明與同母，見夫人所生之貴。」邢，周公子所封邑，《左傳》所謂「邢茅胙祭，周公之胤」者，在今直隸順德府邢臺縣。侯，爵也。譚，國名，在今山東濟南府歷城縣。《路史》云：「嬴姓。」《春秋》莊十年，書齊侯滅譚，譚子奔莒。則譚本子爵，而得稱公者，《白虎通》云：「伯、子、男臣子，於其國中，褒其君爲公。以爲諸侯有會聚其事，相朝聘之道。故稱公而尊，或稱伯、子、男而卑。爲交接之時，不私其臣子之義，心俱欲尊其君父，故皆令臣子得稱其君爲公也。」此詩亦言「公」者，蓋依其臣子之稱，便文耳。《爾雅》云：「妻之姊妹同出爲姨，女子謂姊妹之夫爲私。」郭璞云：「同出，謂其已嫁。」劉云：「姊妹互相謂夫曰私，言於其夫兄弟之中，此人與己姊妹有恩私也。」孫炎云：「私無正親之言，然則謂吾姨者，我謂之私。」邢侯、譚公皆莊姜姊妹之夫，互言之耳。劉公瑾云：「歷言此者，以見莊姜之姊妹，與莊公之姻婭，其尊皆同也。」鄒云：「按漢儒謂禮惟嫁長女，餘皆爲媵。然碩人既爲衛侯妻，而邢、譚之夫人又皆其姊妹行也，亦足證漢儒之誕妄。」

手如柔荑，叶支韻，弋枝翻。**膚如凝脂，**支韻。**領如蝤蠐，**《釋文》作「蠤」，又作「齊」。**齒如瓠犀，**叶支韻，息滋翻。《爾雅》注作「棲」。**螓**《説文》作「頱」，云：「好貌。」**首蛾眉。**支韻。**巧笑倩**霰韻。《釋文》作「蒨」。**兮，美目盼**叶霰韻，匹見翻。《説文》、《釋文》、《石經》俱作「盻」。按盻，胡計翻，恨視貌。《佩觿集》云：「流俗以盻恨之盻爲盼睞之盼，莫以爲非。」**兮。**《論語》此下有「素以爲絢兮」一句，豐氏本同。朱子謂《碩人》詩四章，而皆七句，不應此章獨多一句。蓋不可知其何詩。○賦也。茅之始生曰荑。解見《静女》篇。按荑不專爲茅荑，《説文》徐鍇云：「荑，初生艸也。」一云，卉木初生葉貌。《相經》云：「筋不束體，血不華色，手無春荑之柔，髮有寒蓬之憔，蓋形之下也。」膚本作臚，《説文》云：「皮也。」《禮運疏》云：「革外薄皮曰膚，膚内厚皮曰革。」凝、冰同字，故有凝結之義。《内則》疏云：「凝者爲脂，釋者爲膏。」孔云：「脂有凝有釋。散文則膏脂皆總名，對例即孫炎云『膏凝曰脂』是也。」領，《説文》云：「項也。」一名頸。蝤蠐，蟲名。《方言》作蝤蟦。《爾雅》云：「蟦蠐，螬。蝤蠐，蝎。」又云：「蝎，蛣蝠。蝎，桑蠹。」孫炎據《方言》云：「蟦螬謂之蟦，自關而東謂之蝤蟦，梁、益之間或謂之蝎，秦、晉之間謂之蠹。然則蟦蠐也，蠐螬也，蝤蠐也，蛣蝠也，桑蠹也，蝎也，一蟲而六名也。」按郭璞云：「蠐螬在糞土中，蝎在木中。」陸佃云：「蟦蠐外黄内黑，亦或謂之蠐螬。《列子》所謂『烏足之根爲蠐螬』是也。蝤蠐内外潔白，《符子》所謂『石生金，木生蝎』是也。《化書》曰：『燥濕相育，不母而生蝤蠐。』此即木中蠹蟲，亦曰桑蠹。」繇是以觀，蠐螬名螬，蝤蠐名蝎，原是兩物，而蛣蝠與桑蠹則蝤蠐之别名也。以其在木中，白而長，故以況莊姜之領。《七辨》云「蝤蠐之領，阿那宜顧」是也。瓠，匏屬。陸佃云：「長而瘦上曰瓠，短頸大腹曰匏。」犀，《爾雅》作棲，字異音同，通用。孫炎云：「瓠中瓣也。」「齒如瓠犀」者，朱子云：「言其方正潔白，而比次整齊也。」按《相法》，齒瓣白如瓠犀，青如榴子者貴。螓，鄭玄云：「謂蜻蜻也。」郭璞云：「如蟬而小，有文。」《爾雅翼》云：「蟭蟟之小而緑色者。」此蟲額廣而且方，故以爲婦人首之比。蛾，蠶蛾也。陸佃云：「繭生蛾，蛾生卵。蛹者，蠶之所化。蛾者，蛹之所化。荀卿《蠶賦》云『蛹以爲母，蛾以爲父』是也。蛹一名螝，蛾一名羅。孫炎以爲螝即是雄，蛹即是雌，羅即是雄，蛾即是雌。蛾似黄蝶而小，其眉句曲如畫，故曰蛾眉也。」巧，猶工也。笑，解顔啓齒也，字从竹从夭。李陽冰云：「竹得風，其體夭屈，如人之笑。」故蘇子瞻作《文與可畫竹贊》云「竹亦得風，夭然而笑」是也。倩，《説文》云：「美也。」徐鍇云：「若艸木之葱蒨也。」毛傳以爲好口輔，《韓詩》以爲倉白色，俱無據。盼，《説文》云：「目好貌。」按盼本作盻，从目从分。毛傳解以爲目黑白分者是也。是則莊姜容貌之美，又有如此者。鄒云：「此章妙寫娟麗，後世騷人辭賦祖之。如《大招》篇云：『朱唇皓齒，嫭以姱只。豐肉微骨，體便娟只。曾頰倚耳，曲眉規只。小腰秀頸，若鮮卑只。靨輔奇牙，宜笑嗎只。』《招魂》篇云：『娭光眇視，目曾波些。被文服纖，麗而不奇些。長髮曼鬋，豔陸離些。』《好色賦》云：『眉如翠羽，肌如白雪，腰如束素，齒如含貝。』《雒神賦》云：『肩如削成，腰若約素，延頸秀項，皓質呈露。雲髻峩峩，修眉聯娟。丹唇外朗，皓齒内鮮。明眸善睞，靨輔承權。』皆此詩爲之嚆矢也。」

碩人敖敖，豪韻。**說**《釋文》、豐氏本俱作「稅」。**于農郊**。叶豪韻，居勞翻。**四牡有驕**，叶豪韻，起勞翻。**朱幩鑣鑣**。叶豪韻，博毛翻。豐氏本作「麃麃」。**翟茀**《周禮》注作「蔽」，又作「茇」。**以朝**。叶豪韻，直高翻。**大夫夙退**，《列女傳》作「夜」。**無使君勞**。豪韻。○賦也。碩人，指莊公也。敖，《說文》云：「出遊也。」說，《爾雅》云：「舍也。」《說文》云：「釋也。」農郊，近郊。時蓋莊公不行親迎之禮，故因莊姜未至而出遊，舍止於近郊以待之也。「四牡」以下皆謂莊姜之輿馬也。四牡，車之四馬。驕，壯貌。《說文》云：「馬高六尺爲驕。」幩，鑣飾也。毛傳云：「人君以朱纏鑣，且以爲飾。」按《說文》無幩字，疑通作噴。噴者，吒也，蓋鑣在馬口傍，時或噴吒而出涎沫，故鑣謂之排沫。其纏之則以朱爲飾，但以其正當馬噴吒之處，故曰朱噴也。噴訛爲幩，今謂朱是鑣飾之色則可，謂朱爲鑣飾之名則不可。鑣者，馬銜外鐵。《釋名》云：「包也，在旁也斂其口也。」一名扇汗，一名排沫。《爾雅》謂之钀。嚴粲云：「鑣鑣，非一鑣也。每馬之鑣，皆有朱色之飾，故曰鑣鑣。」翟，翟車也，夫人以翟羽飾車。茀者，艸盛之義。艸盛則能蔽物，故謂車蔽爲茀。《爾雅》「輿革，前謂之鞎，後謂之茀」，《易》「婦喪其茀」是也。孔云：「婦人乘車，不露車之前後，設帳以自隱蔽，謂之茀，因以翟羽爲飾。」《周禮·巾車》注引此謂厭翟也。厭翟者，次其羽，使相迫也。朱幩，擬人君之貴。翟茀，極小君之儀，嫡夫人之正禮。「以朝」者，莊姜已至于衛，而入君之朝也。夙，早。退，罷也。《禮·玉藻》云：「君日出而視朝，退適路寢聽政，使人視大夫。大夫退，然後適小寢釋服。」國人樂得夫人以爲君配，而又鄭重大昏之禮，故謂大夫之在公者宜早退，無使吾君勞倦于政事，而于禮文或有所闕耳。非恐其不得相親之謂也。

河水洋洋，北流活活。曷韻。《説文》作「湉」。**施罛**《説文》作「罟」。**濊濊，**叶曷韻，呼括翻。又叶月韻，許月翻。《説文》作「濊」。**鱣鮪發發。**月韻。叶曷韻，北末翻。《韓詩》作「鱍」，《説文》作「鮁」，豐氏本作「䡤」。**葭菼揭揭，**叶月韻，語訐翻。又叶屑韻，蹇列翻。又叶曷韻，烏割翻。**庶姜孽孽，**屑韻。《韓詩》、豐本俱作「钀」，云：「長貌。」**庶士有朅。**屑韻。亦叶月韻，丘謁翻。《韓詩》、豐本俱作「桀」，云：「健也。」〇興也。此即來途所見以起興。河在齊西衛東，自齊適衛，河界其中，北流入海。洋洋，盛大貌。活活，《説文》云：「水流聲。」《爾雅》：「魚罟謂之罛。」注云：「網最大者。」濊濊，朱子云：「罟入水聲也。」《説文》云：「凝流也。」本作濊。楊慎云：「水平則流凝。杜詩『江平不肯流』，李端詩『水深難急流』是也。」又馬融云：「大魚網目大豁豁也。」此但以音解，似無據。郭璞云：「鱣，大魚，如鱏，肉黄。大者二三丈。今江東呼爲黄魚，即是也。」陸佃云：「俗謂之玉版。」嚴云：「《本艸》以鱣爲鱑魚，俗作鱘，即鱘鱑魚也。」鮪，鱣屬。陸佃云：「鮪岫居，至春始出而浮陽，北入河，西上龍門，入漆、沮，故《詩》言漆、沮及河，通道此魚。」按《爾雅》：「鮥，鮛鮪。」沈云：「江淮間曰鮛，伊、洛曰鮪，海濱曰鮥，即一魚也。」能度龍門則爲龍，故《禮記》云：「龍以爲畜，故魚鮪不淰。」鮪從龍者也。陸璣云：「鱣、鮪出江海，三月中，從河下頭來上。鱣，身形如龍，鋭頭，口在頷下，背上腹下皆有甲，縱廣四五尺。今于盟津東石磧上釣取之，大者千餘斤，可烝爲臛，又可爲鮓，魚子可爲醬。鮪魚，形似鱣而青黑，頭小而尖，似鐵兜鍪，口亦在頷下，其甲可以磨薑，大者不過七八尺。益州人謂之鱣鮪，大者爲王鮪，小者爲鮛鮪，色白，味不如鱣也。」宋祁云：「王鮪腥不可近，官以爲鮓獻御，其味甚美。」發，《韓詩》作鱍，魚掉尾也。云「發發」者，馬融云：「魚著網尾發發然。」即諺所云「撥剌」是也。《爾雅》云：「葭，蘆。菼，薍。」李巡云：「分别葦類之異名。」按葭，葦之未秀者，即蘆也。菼，萑之初生者，似葦而小，長大名薍，成則名萑，又名鵻。陸璣云：「薍或謂之荻，其初生三月中，其心挺出，其下本大如箸，上鋭而細，揚州人謂之馬尾。」揭，《説文》云：「高舉也。」云「揭揭」者，争長而競進之貌。馮時可云：「葭菼出河中者，得氣尤厚，故衛風曰『河水洋洋』、『葭菼揭揭』。北魏信都芳爲律管吹灰之術，得河内葭灰用之，應節便飛，餘灰即不動也。可以信詩人之深于物理矣。」庶姜，謂姪娣。莊姜爲東宫之妹，乃莊公之嫡出。曰庶姜，則同姓之媵也。嚴云：「庶出爲孽。言孽孽者，衆多之貌。」猶言非一孽也。庶士，毛傳云：「齊大夫送女者。」孔云：「《左傳》凡公女嫁于敵國，公子則下卿送之。於時齊、衛敵國，莊姜齊侯之子，則送者下卿也。大夫，卿之總名。士者，男子之大稱，故云庶士。」朅，《説文》云：「去也。」字从去。《楚辭》「車既駕兮朅而歸」，即此朅也。庶士送莊姜而來，今既畢事，則有去衛國而歸者矣。詩之興意，以施魚罟于河中而得大魚，興莊公求昏于齊而得貴女。以河上葭菼之艸揭揭然，興庶姜、庶士從莊姜而來歸也。夫以莊姜所居之貴，齊國資送之盛如此，方爲衛人所仰望，而可不以禮自修乎？鄭重言之，使其自悟，傅母之所以爲善諷也。《左》僖二十三年，公子重耳如秦，秦伯納女五人，懷嬴與焉。他日公享之，公子賦《河水》。杜預以爲逸《詩》，韋昭《國語》注以爲當作《沔水》，取朝宗于海之義。今按二説皆非也。河水即此章，因秦伯納女，故有「庶姜孽孽」之詠。然不云《碩人》之四章，而但舉章首二字，史筆固不拘一法耳。

《碩人》四章，章七句。《左傳》云：「初，衛莊公娶于齊，東宫得臣之妹曰莊姜，美而無子，衛人所爲賦《碩人》也。」《序》泥其説，遂以爲閔莊姜也。莊公惑于嬖妾，使驕上僭，莊姜賢而不答，終以無子，國人閔而憂之。《子貢傳》、《申培説》亦云：「衛莊公娶于齊夫人，賢而不禮焉，國人閔之。」今按此詩作于莊姜始至之時，初無閔意。《左傳》所云「衛人爲之賦《碩人》」者，但謂碩人之詩爲莊姜咏耳，非謂以莊姜無子之故，然後賦此詩也。不善讀古書者以辭害意，弊率類此。

《緑衣》，衛莊姜傷己也。妾上僭，夫人失位，而作是詩也。出《序》。○按《左傳》，衛莊姜美而無子。公子州吁，嬖人之子也，有寵而好兵，公弗禁。母嬖子驕，所謂妾上僭，而夫人失位者也。

緑《子貢傳》作「菉」。**兮衣兮，緑衣黄裏。**紙韻。**心之憂矣，**紙韻。**曷維其已！**紙韻。○比也。緑，蒼黄之間色。黄，中央之正位。劉公瑾云：「青、黄、赤、白、黑，五方之正色也。緑、紅、碧、紫、緅，五方之間色也。蓋以木之青克土之黄，合青、黄而成緑，爲東方之間色。」郝敬云：「婦人衣夫者也。夫人位中宫，黄者，中央土之正色。襍以青，則爲緑。青，木氣也。木克土，中宫所以見逼于旁孽也。」「緑兮衣兮」者，言此間色之緑也，今乃爲衣也。按《玉藻》云：「衣正色，裳間色。」是間色不可爲衣，而正色當爲衣也。嚴粲云：「讀《詩》不可鹵莽，如讀『緑兮衣兮』，不可但言是緑色之衣，當玩味兩『兮』字。《詩》有《黄鳥》、《白華》，不言『黄兮鳥兮』、『白兮華兮』，惟《緑衣》曰『緑兮衣兮』，蓋緑字衣字皆有意義。緑以喻妾，衣以喻上僭，故以二『兮』字點綴而丁寧之。」裏，《説文》云：「衣内也。」孔云：「間色之緑，不當爲衣，猶不正之妾，不宜嬖寵。今間色之緑爲衣而見，正色之黄反爲裏而隱，以興不正之妾今蒙寵而顯，正嫡夫人反見疏而微。緑衣以邪干正，猶妾以賤凌貴。夫人既見疏遠，故心之憂矣，何時其可已止也。」張敬夫云：「緑衣之憂，言嫡妾之亂，其弊將至于不可勝言者。憂在家國也，夫豈特爲一身之私哉！」

緑兮衣兮，緑衣黄裳。陽韻。**心之憂矣，曷維其亡！**陽韻。○比也。上曰衣，下曰裳。孔云：「以興不正之妾今蒙寵而尊，正嫡夫人反見疏而卑。雖嫡妾之位不易，而莊公禮遇有薄厚也。」嚴粲云：「緑衣黄裏，言掩蔽而已。緑衣黄裳，則貴賤倒置，夫人失位矣。」曾鞏云：「亡，失也。不須訓爲忘。言此心之憂，無時失去也。」真德秀云：「嫡妾之亂，其弊將有不勝言者。曰曷維其已，曷維其亡，蓋雖欲亡憂而不可得也。其後嬖妾之子州吁，果以篡立，而衛爲之大亂。莊姜之憂，於是乎驗。有國者其可不鑒于兹？」張洽云：「夫君臣、父子、夫婦之分，一失其正，則亂之所從生。衛莊溺愛，而使内寵僭嫡，嬖子害正。辨之弗早，貽禍後嗣，可謂慘矣。」

緑兮絲支韻。**兮，女所治**叶支韻，澂之翻。**兮。我思古人，俾无訧**叶支韻，盈之翻。**兮。**比而賦也。「緑兮絲兮」者，言此間色之緑也，本是絲也。女，泛指婦女。治，謂染治之也。皎皎練絲，在所染之，不然，奚轉而有此緑也？以比妾之所以能上僭者，皆繇己不德致然。此與下章皆自訟之辭也。古人，泛言古之人或有處此者。訧，《説文》云：「罪也。」黄佐云：「天下無難處之事。善處嫡妾之間，則亦必敬必戒，無違夫子，不使有愆而已。」程子云：「衛莊姜傷己無德以致之。行有不得，反求諸己而已矣。絲之緑，繇女之染治以成，言有所自也。絺綌，所以來風也。」又《魯語》，公父文伯之母，欲室文伯，享其宗老，而爲賦《緑衣》之三章。師亥聞之曰：「善哉！宗室之謀，不過宗人，謀而不犯，微而昭矣。《詩》所以合意，歌以詠之，度於法矣。」賦詩之意，亦取章首二句，欲其慎于始耳。

絺兮綌兮，淒箋云：「妻旁二點者，从冰也，寒也。妻旁三點者，从水也，水雲慘澹之貌。此『淒其以風』及鄭風『風雨淒淒』、《四月》『秋日淒淒』，皆當从冰。」今按《説文》只有从水之淒，無从冰之淒，當以淒字爲正。**其以風。**叶侵韻，孚金翻。**我思古人，實獲我心。**侵韻。○比而賦也。絺、綌，解見《葛覃》篇。淒，毛傳云：「寒風也。」按《説文》：「淒，雲雨起也。」今以狀風者，取其陰凉慘淡亦如雲雨方起之時耳。絺綌，乃來風之物。衫絺綌以禦風，吾知其難矣，故古語云「禦寒莫如重裘，止謗莫如自修」也。或以上章緑絲比少艾之妾，言惟其緑而絲也，故人愛而欲治之。此章喻己之過時，言絺綌本暑服，今乃當淒然寒風之候，猶班婕妤《怨歌行》所謂「常恐秋節至，凉飇奪炎熱」者，蓋恕己諒人，絶無争寵之心。雖摹情近似，然斤斤以色之盛衰爲較量，其于義末矣。獲我心，謂先得我之心。《孟子》曰：「心之所同然者何也？謂理也，義也。聖人先得我心之所同然耳。」我思古人，其處夫婦嫡妾之際，實有當于我心者，我其可不自勉乎？古人，不知何所指，蓋亦如《關雎》、《鵲巢》之類，當時女史所載也。曰無訧，只委曲以全婦道，猶有模範古人之意。實獲我心，則古人來合我矣。俾字與實字遥相呼應。陳櫟云：「不得于夫，而不疾其妾，惟思古人以自修其身，憂而不傷，怨而不怒。孔子謂《詩》可以怨，其此類也夫！」鄧元錫云：「鏡古，所以平心也。困而能通，憂而維則，其惟《緑衣》乎？」又《左》成九年，季文子如宋致女，復命，公享之，賦《韓奕》之五章。穆姜出于房，再拜曰：「大夫勤辱，不忘先君以及嗣君，施及未亡人，先君猶有望也。敢拜大夫之重勤！」又賦《緑衣》之卒章而入。亦借辭取義。

《綠衣》四章，章四句。《子貢傳》、《申培説》皆謂衛莊公嬖人生州吁，有寵而好兵，莊姜憂之而作。今按此詩，無刺及好兵之意。

《終風》，衛莊姜見怒于莊公，賦此。出《子貢傳》。○徐光啓云：「詳味《日月》、《終風》，見莊姜惻然望夫之情，見詩人忠厚之意。《長門賦》義本于此。」

終風且暴，號韻。《説文》作「瀑」。**顧我則笑。**叶號韻，讀如燥，先到翻。古本一作「咲」，陸德明云：「俗字也。」**謔浪笑敖，**叶號韻，疑到翻。**中心是悼。**號韻。○比也。終風，終日風也。暴，《説文》云：「晞也。」亦風亦日，比莊公之意態變幻不可測識也。顧，《説文》云：「還視也。」笑，喜也。顧我則笑，玩一「則」字，便見原無笑意。謔，《説文》云：「戲也。」浪者，水流之名。敖，通作傲，《説文》云：「倨也。」此承上「笑」字而言，言不過是戲謔放浪，以笑爲傲而已。悼，《説文》云：「懼也。」不知其所以待我者終將何如，惟有中心自悼懼而已。

終風且霾，叶支韻，陵之翻。**惠然肯來。**叶支韻，陵之翻。**莫往莫來，悠悠我思。**支韻。○比也。《爾雅》、《説文》皆云：「風而雨土爲霾。」孫炎云：「大風揚塵，土從上下也。」肯之言可，莫之言無，皆音近也。惠然肯來，乃期望之辭。言莊公仁愛于我，庶其可一來乎？「莫往莫來」者，言我不往，則彼亦不來也。悠，《説文》云：「憂也。」莊姜無自往之理，則莊公終不來矣，是以使我思之，而憂愁不置。蓋望其君子之深，厚之至也。

終風且曀，霽韻。**不日有曀**。見上。**寤言不寐，願言則嚏**。霽韻。《韓詩》、陸本作「疌」，云一作「唓」，又作「疐」。○比也。曀，《説文》云：「陰而風也。」有之言又，亦音近也。吕祖謙云：「陰風終日，意其止矣，不旋日而又曀焉。厭苦之辭也。」愚按三章之言「終風」同，然始而曰暴，則尚有日。繼而曰霾，則不見日矣。又重之以不日之曀，則無開霽之時矣。比莊公之狂惑日甚也。《説文》云：「寐覺而有言曰寤。」《論語》注云：「自言曰言。」寐，《説文》云：「卧也。」願通作愿，《説文》云：「謹也。」曰「願言」者，以其心之所謹念者，發之于自言也。嚏，《説文》云：「悟解氣也。」徐鍇云：「腦鼻中氣壅塞，嚏嚏則通。」鄭玄云：「嚏，讀當爲不敢嚏咳之嚏。我其憂悼而不能寐，汝思我心如是，我則嚏也。今俗人嚏，云人道我。此古之遺語也。」《宗鏡録》云：「心者，形于未兆，動静無不應于自心。如《詩》之『願言則嚏』，謂人思己則嚏，故知心應千里。設有處遠而思者，我皆知矣。是以萬事惟心先知，故得稱心靈也。」豐熙云：「此承『莫往莫來』而言，不敢望君之復來矣。但得一齒及之，而使我一嚏亦足矣。蓋思望之尤深也。」

曀曀《韓詩》、豐氏本作「𡔖𡔖」。**其陰**，豐本作「衿」。**虺虺其靁**。灰韻。**寤言不寐，願言則懷**。叶灰韻，胡猥翻。○比也。重言曀曀，即所謂「不日有曀」也。萬尚烈云：「蛇之小者爲虺。虺虺，電光之貌，諺謂『蛇子霍閃』是也。」前三章皆言風，此不言風，而獨終之以靁者，風比莊公之初惑于嬖妾。及其惑之甚而至于昏，則取象于霾。曀又其甚也，則將有無道之施于嫡矣，故以靁終之也。首章曰「中心是悼」，莊姜已懼及此。懷，《説文》云：「念思也。」嚴粲云：「我爲傷悼汝之故，寤覺而不寐，願汝思懷我而悔悟也。」豐熙云：「此承『願言則嚏』而言，不敢望君之道我，然亦願君之一思及之乎？至此則望之極矣，亦因以見其君之至薄也。」

《終風》四章，章四句。《序》以爲衛莊姜傷己也。遭州吁之纍，見侮慢而不能正也。《申培說》則云：「莊姜戒州吁，公不悅，姜憂而作詩。」朱子謂詳味此詩，有夫婦之情，無母子之意。

《日月》，衛莊姜傷己也。出《序》。○朱子云：「明是莊公在時所作，其篇次亦當在《燕燕》之前。」按史遷有言：「甚哉妃匹之愛，君不能得之于臣，父不能得之于子，況卑下乎？」賢如莊姜，而不見禮，卒於無子，信有命焉。

日居月諸，照臨下土。麐韻。**乃如之人兮，逝不古**豐氏本作「故」。**處。**叶麐韻，讀如取，此主翻。**胡能有定？寧不我顧。**叶麐韻，果五翻。陸德明本作「頋」。○興也。日、月，鄭玄云：「喻國君與夫人也。」居、諸，皆語助辭，與《柏舟》篇解同。又吾師蔡先生毅中云：「居、諸分屬日、月，亦有義。居言日新之日，居然無改。諸言生明生魄，諸常改易。」亦一說也。孔穎達云：「日以照晝，月以照夜，同曜齊明，照臨下土。以興國君視外治，夫人視內政。」之人，鄭云：「是人也，謂莊公也。」逝者，一往而不反之意。古處，朱子云：「以古道相處也。」古人于夫婦之倫，必以道相處，如文王之刑于寡妻是也。輔廣云：「觀《緑衣》之詩，所謂『我思古人』，則于此歎莊公不以古道處己者宜也。自處以古人爲法，而望人以古道處己。莊姜之處己望人，皆有則矣。」胡之言何，音之轉也。定，《說文》云：「安也。」寧，猶豈也。顧，《說文》云：「還視也。」言是其心志回惑，何能有安止之時乎？使其能有定也，豈終棄我而不顧乎？此二句皆期之之辭。朱子云：「見棄如此，而猶有望之之意焉。此詩之所以爲厚也。」又《韓詩外傳》云：「君子之聞道，入之于耳，藏之于心，察之以仁，守之以信，行之以義，出之以遜，故人無不虛心而聽也。小人之聞道，入之于耳，出之于口，苟言而已。譬如飽食而嘔之，其不惟肌膚無益，而于志亦戾矣。《詩》曰：『胡能有定。』」按此借辭取義，然于刺莊公處夫婦之間，不能以古道自持，其意亦復相合。

日居月諸，下土是冒。號韻。**乃如之人兮，逝不相好。**叶號韻，虛到翻。**胡能有定？寧不我報。**號韻。○興也。冒，毛傳云：「覆也。」李氏云：「亦照臨下土之意。」愛而不釋曰好。《韻會》云：「女子之性柔而滯，有所好則愛而不釋，故于文，女子爲好。」報，答也。不我報者，張氏云：「以禮事莊公，不以恩答己。」劉公瑾云：「每章末二句，皆有望之之意。」孫能傳云：「寧不我顧，猶望其顧也。寧不我報，猶望其報也。語意何等繾綣。《玉臺新詠》載王僧孺《爲姬人自傷詩》：『還君與妾扇，歸妾奉君裘。斷絃猶可續，心去最難留。』果於自絶，無少顧戀，失詩人忠厚之意矣。」

日居月諸，出自東方。陽韻。**乃如之人兮，德音無良。**陽韻。**胡能有定？俾也可忘。**陽韻。○興也。《禮》云：「大明生于東。」楊雄云：「月未望則載魄于西，月既望則終魄于東。」朱子云：「日旦必出東方，月望亦出東方。」陸佃云：「日月之盛，皆在東方。」愚按此詩言日月，皆以日月相望之時言，敵體同德之意也。音，聲。良，善也。嚴粲云：「此『德音無良』及邶《谷風》言『德音莫違』，皆婦人言其夫待己之意耳，故爲聲音言語。」朱子云：「德音美其辭，無良醜其寔。」陸化熙云：「德音，如『顧我則笑』之類，然皆出于戲慢，故曰『無良』。」忘，《説文》云：「不識也。」謂遺忘也。言何時能有定乎？果有定，則向日所以待我者，庶幾使我可以遺忘之，而亦不復記憶之，追咎之矣。詩之敦厚如此。

日居月諸，東方自出。 質韻。**父兮母兮，畜我不卒。** 叶質韻，即事翻。**胡能有定？報我不述。** 質韻。《文選》注作「術」，薛君云：「法也。」○興也。畜，養。卒，終也。朱子云：「不得其夫，而歎父母養我之不終。蓋憂患疾痛之極，必呼父母，人之至情也。」徐光啓云：「畜我不卒，非欲父母養之終身也。只如今人説養我不了，悮我一生。真婦人語也。」述，《説文》云：「循也。」循其事而稱述之也。言何時能有定乎？則向日莊公之所以報我者，亦不復稱述之矣。厚之至也。

《日月》四章，章六句。《序》以爲衛莊姜遭州吁之難，傷己不見答于先君，以至困窮之詩。蘇轍引《左傳》石碏之諫莊公曰：「將立州吁，乃定之矣，若猶未也，階之爲禍。」莊公不從，故及于禍。此「胡能有定」之謂與？呂祖謙亦云：「子叔姬妃齊昭公，生舍。叔姬無寵，舍無威。夫人見薄，則冢嗣之位望亦輕，此國本所以傾摇也。莊姜既不見答，則桓公之位何能有定乎？」今繹詩中全無此意，其解「有定」二字甚牽强。朱子以爲詩言「寧不我顧」，猶有望之之意。又言「德音無良」，亦非所宜施于前人者。明是莊公在時所作。其辨甚核。然不以首句日月爲取興，而云是呼日月而訴之，則迂矣。至如《子貢傳》、《申培説》皆謂州吁弑桓公，莊姜大歸于齊，而作是詩。蓋悮認詩中有「父兮母兮，畜我不卒」之言，然其事無據。

《簡兮》，衛之賢者，仕于伶官，出《序》。**而作此詩，刺莊公廢教也。** 衛風《碩人》之詩，爲莊姜作也，其兩言「碩人」，則指莊公也。此詩及《考槃》之詩，皆有「碩人」之語，與彼同文，故知亦刺莊公也。伶官，樂官也。自黄帝時使伶倫氏截竹而吹之，以爲黄鐘之宫。及周景王鑄無射，而問律于伶州鳩。是伶氏世掌樂官，故後世多號樂官爲伶官。《左傳》鍾儀對晋侯，自稱伶人。《魯語》「伶簫詠歌及《鹿鳴》之三」是也。此詩言「萬舞」者，伶官之事。其所以通于教者何也？《周禮》大司樂以樂教國子，樂師教國子小舞，籥師掌教國子舞羽吹籥。諸侯之禮亡。先儒謂彼雖天子之法，推此，諸侯亦有國學也。按《王制》云：「諸侯，天子命之教，然後爲學。」是則侯國設學之明證。然祭祀、燕享亦皆有舞，何知此爲學中之舞？《月令》仲春上丁，命樂正習舞釋菜。《周禮·大胥》掌學士之版，以待致諸子，春入學舍菜合舞。舍菜，即釋菜也。入學者必釋菜，以禮先師。其時在仲春，即此詩所云「日之方中」者也。衛自桓公始入春秋，莊爲桓父，其行事無所攷見，但以《左傳》所載寵州吁一節觀之，公子州吁，嬖人之子也，有寵而好兵，公弗禁。石碏諫曰：「臣聞愛子教之以義方，弗納于邪。驕、奢、淫、佚，所自邪也。」弗聽。其子厚與州吁游，禁之，不可。夫州吁、石厚，皆國子之流，而所行若是。然則莊公當時之廢教，蓋可知矣。又篇末有「西方美人」之語，則此詩之爲東遷後作，無可疑者。

簡陸德明云：「或作『蕑』，非也。」豐氏本作「柬」，云：「伶官名。」**兮簡兮，方將萬舞。**麐韻。**日之方中，在前上處。**叶麐韻，讀如取，此主翻。朱傳自章首至此爲第一章，今依毛、鄭舊本。**碩人俣俣，**麐韻。《韓詩》作「扈扈」，云：「美貌。」**公庭萬舞。**麐韻。○賦也。簡，通作柬，《說文》云：「分別之也。」謂分別其能舞與否者，將使之舞也。舊說訓簡爲簡易不恭。按《周禮·小胥》巡舞列而撻其怠慢者，若使當舞之時簡易不恭，豈得爲賢者乎？方將，猶言且也。萬，《初學記》云：「大舞也。」所以名萬者，何休以爲象武王以萬人定天下，民樂之，故名之。然《商頌》曰「萬舞有奕」，《夏小正》曰「丁亥，萬用入學」，《竹書》「帝舜十七年，春二月，入學初用萬」，則萬之稱其來已久，或但取萬物得所之義耳。舞者，用兩足左右相背，故其字从舛。《山海經》云：「帝俊八子始爲舞。」又《吕氏春秋》云：「陰康氏之始，陰多滯伏，民氣鬱閼，故作舞以宣導之。」毛傳云：「以干羽爲萬舞。」按武舞名干舞，言干則有戚矣。文舞名羽舞，言羽則有籥矣。或又以文舞爲籥舞。吕祖謙云：「鄭康成據《公羊傳》，以萬舞爲干舞，蓋《公羊》釋經之誤也。《春秋》書萬入去籥，言文、武二舞俱入，以仲遂之喪，于二舞之中去其有聲者，故去籥焉。《公羊》乃以萬舞爲武舞，與籥舞對言之，失經意矣。若萬舞止爲武舞，則此詩與《商頌》何爲獨言萬舞，而不及文舞耶？《左氏》載攷仲子之宮，將萬焉。婦人之廟，亦不應獨用武舞也。然則萬舞爲二舞之總名明矣。」又《左》莊二十八年，楚令尹子元欲蠱文夫人，爲館于其宮側而振萬焉。夫人聞之，泣曰：「先君以是舞也，習戎備也。」蓋謂萬舞之中有武舞焉，非專以萬舞爲武舞也。孔穎達云：「《月令》仲春之月，命樂正習舞，入學者必釋菜，以禮先師。此『日之方中』，即彼『春，入學』是矣，謂二月日夜中也。《尚書》『日中星鳥』，《左傳》『馬日中而出』，皆與此同也。」愚按《竹書》所載二月入學初用萬，及《夏小正》所云「丁亥萬用入學」，即《月令》仲春上丁之制也。「在前」者，在下文「公庭」之前。上，謂上頭也。處，《説文》云：「止也。」此教舞之伶官，在公之前，其所止之地位，則在衆舞者之上頭也。孔云：「在前列上頭，唯教者爲然。」碩人，指莊公也。解見《碩人》篇。俣，《説文》云：「大也。」以容貌言。言莊公以俣俣之容，臨之于上也。公庭者，公所居之庭。《禮》仲春入學習舞。此日中之時，舞當在學，乃令之于公庭而萬舞焉。莊公之屑越禮教，於此徵之矣。

有力如虎，麐韻。**執轡如組。**麐韻。朱傳自碩人至此爲第二章，今依毛、鄭舊本。**左手執籥，**藥韻。豐本作「侖」。**右手秉翟。**叶藥韻，讀如迪，毒藥翻。**赫如渥赭，公言錫爵。**藥韻。○賦也。「有力」二句，與舞事無關，意是武舞之形容耳。有力如虎，言其武力比于虎也。執，持也。轡，馬韁也。組，《說文》云：「綬屬。」《詩詁》云：「間次五采爲之。織組者，總紕于此，而成文于彼。御者執轡于此，使馬騁于彼，如織組也。」按武舞中有所謂發揚蹈厲者，故見其如虎。有所謂夾振駟伐者，竊意即謂驅駟馬以往伐，故有執轡之事。先儒謂駟通作四，恐未然也。又《呂氏春秋》云：「《詩》云『執轡如組』，孔子曰：『審此言也，可以爲天下。』子貢曰：『何其躁也？』孔子曰：『非謂其躁也，謂其爲之于此，而成文于彼也。聖人組修其身，而成文于天下矣。』」《淮南子》云：「聖人在上化育如神。太上曰：『我其性與！』其次曰：『微彼其如此乎？』故《詩》曰『執轡如組』，《易》曰『含章可貞』。動于近，成文于遠。」斷章取義，古人說《詩》類如此。《禮記》云：「伊耆氏作葦籥。」陸元朗云：「以竹爲之，長三尺，執之以舞。」劉熙云：「籥，躍也。氣躍而出。」古者取卯地之竹以爲籥，春分之音，萬物振躍而出也。《易林》云：「芽蘖生達，陽唱于外。」陳暘云：「道生一，則奇而爲陽。一生二，則偶而爲陰。二生三，因陰陽參合而爲冲氣。籥之爲器，如笛而三孔，律度量衡所出，陰陽冲氣所生。伊耆氏用葦以始之，後世用竹以易之，徒度所生，陰陽合焉，所以通中聲也。」又云：「《易》曰『震爲萑葦，爲蒼筤竹』，葦籥、竹籥，皆震音也。蓋太極元氣，函三爲一，行于十二辰，而律呂具矣。籥之爲器，本於黄鐘之籥，竅而三之，所以通中聲而上下之，律呂之所繇生也。古之人始作樂器，而葦籥居其先焉。震爲六子之首，籥爲衆樂之先。」又毛傳以爲六孔，《廣雅》以爲七孔，云即笛，是也。按《爾雅》，籥有三種，大籥謂之産，其中謂之仲，小者謂之箹，其七孔、六孔、三孔之異乎？孔云：「籥雖吹器，舞時與羽並執，故得舞名。是以《賓之初筵》云『籥舞笙鼓』，《公羊傳》云『籥者何？籥舞』是也。」按《周禮》言「舞羽歙籥」，蓋執羽舞，吹籥爲節。陳氏云：「舞羽皆執籥，以聲音之本是故也。」秉，持也。翟，《説文》云：「山雉尾長者。」此云「秉翟」，謂持翟雉之羽而舞。《公羊》説，「樂萬舞以鴻羽，取其勁輕，一舉千里」，《韓詩》説，「萬以夷狄大鳥羽」，非也。南齊鄭義奏更以翟爲笛，謂笛飾以髦，籥飾以羽。梁武帝曰：「翟是五雉之一，取其毳羽以秉之耳，寧謂羌笛耶？」宋元豐三年，詳定朝會儀注，以爲今文舞所秉翟羽，以雉尾掉髹漆之柄，求之古制，蓋無所本。《景祐廣樂記》載聶崇義圖，羽舞所執類羽葆幢，析羽四重，以結綏系之于柄，請依崇義圖以翟羽爲之。今按此説與古義合。陳暘云：「籥所以爲聲，翟所以爲容。聲繇陽來，故執籥於左，左陽故也。容自陰作，故秉翟於右，右陰故也。」李照《舞節論》云：「翟進則籥退，籥進則翟退。」按《書》言「舞干羽于兩階」，《樂記》言「比音而樂之，❶及干戚、羽旄，謂之樂」。《郊特牲》、《明堂位》、《祭統》皆言朱干玉戚以舞《大武》，皮弁素積以舞《大夏》，則皆用干與羽矣。其所以先武後文者，兩階之舞，則以苗民逆命故也。湯武征伐，則以有武功爲大故也。此詩先言「有力」二句，愚以爲武舞。繼言執籥秉翟，則是文舞。亦先武後文者，蓋周時萬舞之制然耳。漢舞，先武德，後文始。唐舞，先七德，後九功。其意以謂武以威衆而平難，文以附衆而守成。

---

❶「比」，原作「皆」，據《禮記・樂記》改。

平難在所先，守成在所後。唐太宗謂封德彝曰：「朕始雖以武功興，終以文德綏。海内謂文容不如蹈厲，斯言過矣。」厥指正同。又按《周禮·大司樂》以樂舞教國子《雲門》、《大卷》、《大咸》、《大磬》、❶《大夏》、《大濩》、《大武》。此六者謂之大舞。《雲門》、《大卷》，黄帝之樂也。《大咸》，堯樂也。《大磬》即《韶》，舜樂也。《大夏》禹樂。《記》言「二十舞《大夏》」，則六舞皆學，而特舉《大夏》者，舊謂自夏以上，揖讓得天下。自夏以下，征伐得天下。夏爲文武中，故特舉之，可以兼前後也。《大濩》湯樂，《大武》武王樂。若《内則》言「成童舞象」，《左傳》季札「見舞《象箾》、《南籥》者」，《象箾》武舞，《南籥》文舞。此皆文王之樂，不列于六舞之内。赫，通作赩，《説文》云：「大赤也。」渥，《説文》云：「霑也。」毛傳云：「厚漬也。」孔云：「渥者，浸潤之名。漬之久厚則有光澤，故以興顔色之潤。」赭，《説文》云：「赤土也。」鄭玄云：「容色赫然，如厚傅丹。」愚按此贊伶官容貌之美，蓋德充之符，晬然見于面，《序》所以稱之爲賢者也。公，謂莊公也。言，謂命也。錫，通作賜，《説文》云：「予也。」爵，飲器，似雀。所以飲器象雀者，取其鳴節節足足也。按錫爵樂工，其禮有二。一則《祭統》有「畀韗胞翟閽」之禮。翟者，樂吏之賤者也。毛傳以爲「見惠不過一散」。孔云：「《禮器》云：『禮有以小爲貴者，貴者獻以爵，賤者獻以散。』《祭統》云：『尸飲九，以散爵獻士。』」散受五升。一則《儀禮》有君燕臣而獻工之禮。臣爲賓，公命宰夫爲主人，樂賓，升歌。工歌《鹿鳴》、《四牡》、《皇皇者華》。卒樂，主人洗升獻工。工不興，左瑟一人拜受爵。若與四方之客燕，舞則以《勺》。今詳此詩，乃上丁習舞之禮，與祭祀、燕

❶「磬」，原作「罄」，據《周禮》改。下一「磬」字同。

享不同。既以教國子爲職，則與有教化之責，今乃以畀翟獻工之禮施之，賤斯甚矣。自「簡兮」至此，該括當日習舞始終。上章刺意在公庭萬舞，此章刺意在公言錫爵。

山有榛，真韻。《釋文》作「蓁」，《説文》作「亲」。**隰有苓。**叶真韻，讀如鄰，離珍翻。豐本作「蘦」。**云誰之思？西方美人。**真韻。**彼美人**同上。**兮，西方之人**同上。**兮。**興也。榛，木名。本作亲。陸璣云：「栗屬。其子小似柹子，表皮黑，味如栗。」羅願云：「枝莖如木蓼，葉如牛李色，高丈餘，子如小栗。關中鄜坊甚多，其字从秦，從此意也。」《周禮・籩人》職云：「饋食之籩，其實榛。」《左傳》云：「女贄榛、栗、棗、脩。」下濕曰隰。苓，艸名，《説文》云：「卷耳也。」按《爾雅》「菤耳，苓耳」也。解見《卷耳》篇。諸家相傳，則謂詩中咏「苓」，乃《爾雅》之「蘦」。一名大苦，今之甘艸是也。《本艸》名爲國老。陸佃云：「解百藥毒，安和七十二種石，一千二百種艸，故號國老之名。國老，賓師之稱，蓋藥有一君二臣三佐四使。苓者，又其賓師也。故藥罕不用者，雖非其君，而君實宗焉。蔓生，葉狀似荷，少黄，莖赤有節，節間有枝相當，喜生下澤。」或云，似地黄，又名美丹，又名蜜甘，又名美艸，又名蜜艸，又名蕗艸。愚按甘艸味甘，而《爾雅》名之大苦者，反言之也。榛可供籩實，資民生之用。苓可備藥物，救民之患害。皆有益于人者。此以興教化行，則人才盛也。山有榛，以興國君之子。隰有苓，則興卿大夫之子耳。今莊公所寵之公子如州吁，其州吁所從游之人如石厚，有愧榛苓多矣。西方，指西周也。《晉語》齊姜氏引西方之書。韋昭亦以爲西周也。朱子云：「西方美人，托言以指西周之盛王也。如《離騷》亦以美人目其君也。又曰『西方之人』者，歎其遠而不得見之辭也。」所以思西方美人者，非泛然懷明王之思而已。春夏學干戈，秋冬學羽籥，文王之教也。樂正司業，父師司成，武王、周公之制也。其教之成，則大樂正論造士之秀者，以告于王，而升諸司馬，曰進士。司馬辨論官材，論進士之賢者，以告于王而定其論。論定然後官之，任官然後爵之，位定然後禄之，所謂山有榛而隰有苓者也。且唐、虞三代，舞用國子，意亦欲其早習于道，非如後世給繇役之賤者而已。唐臣趙慎言有言，古之舞者，即諸侯子孫，故神祇降福，靈光燭壇。是以其教之人，亦必擇賢人君子爲之，其所以立教之意，何如鄭重。而公僅以伶工視之，徒取供悦目之娱而已。教化不興，則人才何以逮古，可勝歎哉！王應麟云：「《大司樂》言樂德樂語，而終于樂舞。《樂師》言樂成告備，而終于臯舞。《孟子》言仁義禮樂之實，而終于不知手之舞之。《記》言詩言志，歌咏聲，而終于舞動容。此舞所以爲樂之成也。繇小學之書，以進于瞽宗之禮樂，而成之以東序之舞，則周之教法可知矣。」

《簡兮》三章，章六句。 朱傳作四章，三章章四句，一章六句。○《序》謂刺不用賢也。衛之賢者，仕于伶官，可以承事王者也。按詩中廢教、簡賢二意皆有，而刺廢教之意居多。若《申培説》以爲伶官心乎王室，而自傷之詩。《子貢傳》則謂邶之伶柬心乎王室，又若在武庚之時然者。今以詩詞觀之，若「有力如虎」、「赫如渥赭」，皆旁觀贊歎之詞，絶非自作之語。至以柬爲伶名，則别無經見，尤不足信。

《考槃》，刺衛莊公也。不能繼先君之業，使賢者退而窮處。 出《序》。○莊公，名揚，武公子。鄧元錫云：「夫武公之德聖矣，務士于交儆，終老弗懈也。莊公有溺志，賢者退而適于野，孰與盡規儆哉？先公之業宜替矣，故《序》以爲刺。」愚按此詩與《簡兮》篇宜皆爲一人之作，以「考槃」二字知之。君不用賢，使之沉淪下位，與伶人賤工爲伍，尚能俛首求容乎？所以考槃而自樂也。《孔叢子》載孔子曰：「吾于《考槃》，見遯世之士，無悶于世。」

考《孔叢子》、《吕氏讀詩記》俱作「攷」。**槃**《韓詩》、豐氏本俱作「盤」。**在澗**，叶先韻，居賢翻。《韓詩》作「干」，云：「墝埆之處。」《文選》注云：「地下而黄曰干。」豐本同。**碩人之寬**。叶先韻，驅圓翻。**獨寐寤言**，元韻。**永矢弗諼**。元韻。按二章、三章，四句俱一韻，而此上下二句各自爲韻。○賦也。考，通作攷，《説文》云：「敂也。」毛傳云：「擊也。」槃，木器，《説文》云：「承槃也。」籀文作盤。陳氏云：「蓋扣之以節歌，如鼓盆、拊缶之爲樂也。」《爾雅》云：「山夾水曰澗。」碩人之寬，刺莊公之辭也。碩人，解見《碩人》、《簡兮》篇。寬，《説文》云：「屋寬大也。」莊公爲人好醜兼容，賢不肖無别，故以寬目之。孔子所謂「糟者猶糟，玉者猶玉，血者猶血，酒者猶酒」是也。觀當時知州吁之好兵而不禁，知石厚之匪類而不絶，非寬而何？寐，卧也。寐覺而有言曰寤。俱見《説文》。自言曰言。獨寐寤言者，既寐而寤，既寤而言，皆獨自也。後放此。永，《説文》云：「長也。」矢，《爾雅》云：「誓也。」蓋謂意之激切，如矢之直也。諼，《説文》云：「詐也。」奉身而退處澗谷之間，獨自寐，獨自寤，獨自言，可謂離索寂寞矣。然長久誓願如此，非敢有詐，所以自表其素心，亦憤懣之極也。《記》曰：「道合則從。」又曰：「事君者，量而後入。」既已沉伏下僚，而人君又以俳優畜之，度無復表見之時矣。不然，學期世用，而顧甘于遯世耶？

考槃在阿，歌韻。**碩人之薖**。歌韻。《韓詩》作「𠋢」，云：「美貌。」**獨寐寤歌**，韻。**永矢弗過**。歌韻。○賦也。毛傳云：「曲陵曰阿。」《文選》注云：「曲景曰阿。」孔穎達云：「以大雅云『有卷者阿』，則阿有曲者，于隱遯爲宜。」想碩人所居之地，兩山夾水，其旁有阿也。薖，《説文》云：「艸也。」「碩人之薖」者，刺莊公時政憒亂，亦如艸之蕪穢荒䅥也。歌，咏也。徐鍇云：「長引其聲以誦之也。」過，《説文》云：「度也。」「永矢弗過」者，長誓栖託于此山阿之中，不復别有所過從矣。

考槃在陸，屋韻。**碩人之軸。**屋韻。《爾雅》作「逐」，云：「病也。」**獨寐寤宿，**屋韻。**永矢弗告。**叶屋韻，居六翻。○賦也。陸，《説文》云：「高平地。」在澗、在阿、在陸，總是一處，蓋謂左右、前後之相近者。軸，《説文》云：「持輪也。」《釋名》云：「抽也。入轂中可抽出也。」「碩人之軸」者，言其意向無定，如軸之隨輪以轉徙也。誦《終風》、《日月》之篇，莊公之所以待莊姜者如彼，則其爲人可知矣。宿，《説文》云：「止也。」「獨寐寤宿」者，言獨寐而覺，既覺而仍然止宿于彼也。告，通作誥，謂相曉示也。「永矢弗告」者，長誓不以姓字告人，如韓休逃名是也。

《考槃》三章，章四句。《子貢傳》、《申培説》皆謂鄘人美其君子不仕亂邦，賦此。殊無明據。朱傳但以爲詩人美賢者之詩，而不著其世。

《采葛》，懼讒也。出《序》。○《左傳》稱鄭武公、莊公爲平王卿士，王貳于虢。鄭伯怨王，王曰：「無之。」故周鄭交質。此詩疑鄭莊公所作也。周之東遷，晉、鄭焉依，平王不知以何事愛虢而憎鄭。及桓王立，遂奪鄭伯政，至有繻葛之役。鄭固不臣，而周之所以待鄭，亦失其道矣。

彼采葛叶月韻，居謁翻。**兮，一日不見，如三月**韻。**兮！**比也。田藝衡云：「彼謂君也。」愚按此不敢斥言王，故託之乎彼也。葛，解見《葛覃》篇。田云：「葛性善攀附。蕭、艾並腐穢之物，喻小人也。采，喻君方暱近之也。小人本好讒，君又暱近之，則易讒。」歐陽脩云：「詩人以采葛、采蕭、采艾者，皆積少以成多，如王聽讒，積微而成惑。夫讒者，疎人之所親，疑人之所信，奪人之所愛，非一言可効，一日可爲，必須累積而後成。或漸入而日深，或多言之並進，故曰『浸潤之譖』，又謂『積毀銷骨』也。『采葛』之義，如是而已。」郝敬云：「葛之爲物，可以織。讒言蔓引，何以異葛？」愚按葛生于初夏，采于盛夏，故下承「三月」也。一日不見，謂偶以事他出，不進見于君也。如三月兮，如三月之久，其中變態有不可知者也。李氏云：「小人之譖人，多乘間而讒之。如上官桀等謀譖霍光，伺光出沐日奏之。弘恭、石顯欲譖蕭望之，候望之出沐日上之。」郝云：「君臣相與，近則親而遠則疎。君子日在君側，精誠可以直通，群邪有所畏而不敢。孟軻致主，憂十寒于退後。趙高竊秦，使二世深居，人不得見，而後馬鹿之計行。自古小人排君子，權奸欺庸君，未有不始于離間，而終于陷害者。詩人憂慮深矣。古語曰：『一日不朝，其間容刀。』」李覯云：「夫君臣之禮，不可以不接。不接，則上恩不下流，下情不相通，嫌疑易以生，毀譽易以入。在《易》，天地不交則否。柔進而上行，則錫馬蕃庶，晝日三接也。先王知其如此，故制諸侯之朝，遠者不過六歲，以之圖事比功，陳謀協慮，發禁施政，則言何以不納，行何以不見知，奸邪何以介其間，左右何以塞其路？漢刺史奏事京師，其是之謂乎？石顯、五鹿充宗疾京房欲遠之，元帝以房爲魏郡太守。房自請歲盡，乘傳奏事，天子許焉。房未發，詔止無乘傳奏事，房意愈恐。繇此觀之，臣子不得見君父，其禍何如？《詩》曰：『彼采葛兮，一日不見，如三月兮。』一日之中，尚曰如三月、三秋、三歲，況其久者乎？」

彼采蕭蕭韻。亦叶尤韻，疎鳩翻。**兮，一日不見，如三秋**尤韻。亦叶蕭韻，七遥翻。**兮。**比也。

蕭，解見《生民》篇。祭祀以脂爇之爲香。郝云：「蕭之爲物可以爇，讒言熏灼，何以異蕭？」姚舜牧云：「蕭采于秋，故下承『三秋』。」又孔云：「年有四時，時皆三月。設言『三春』、『三夏』，其義亦同，作者取其韻耳。」

彼采艾泰韻。亦叶霽韻，魚刈翻。**兮，一日不見，如三歲**霽韻。亦叶泰韻，與艾翻。**兮。**比也。

《爾雅》云：「艾，冰臺。」《博物志》云：「削冰令圓，舉以向日，以艾承其影，得火，故號冰臺。」一名炙艸，亦名醫艸，爲其可用以炙，又名病艸。《師曠占》云「歲欲疫，病艸先生」是也。羅願云：「蕭與艾本皆香艸，古者天子祭以鬯，諸侯薫，大夫蘭，士蕭，庶人艾。至《離騷》則薄之曰：『户服艾以盈要兮，謂幽蘭其不可佩。』又云：『何昔日之芳艸兮，今直爲此蕭艾也。』蕭艾雖非惡物，然比之薫蘭芳艸，則有間矣。」愚按蕭艾乃士庶人所用，豈得非賤？郝云：「艾之爲物可以炙，讒言爍膚，何以異艾？」歲，年也。郭璞云：「取歲星行一次。」歲星者，木星也。越歷二十八宿，宣徧陰陽，十二月一次。晋灼注《天文志》云：「太歲在四仲，則歲行三宿。太歲在四孟、四季，則歲行二宿。二八十六，三四十二，而行二十八宿，十二歲而周天。」此星行一次而四時功畢，故年謂之歲。羅云：「艾以久畜爲善，《孟子》所謂『七年之病，求三年之艾』。艾之久畜者至三年，此采艾者，所以一日不見，如三歲也。」孔云：「積日成月，積月成時，積時成歲，故以月、秋、歲爲次。」鄧元錫云：「夫尊賢莫先于去讒，已則不明，好摘伺爲明。即有讒，如或酬之，親而暫離，隙矣。❶隙斯投，投斯售

❶「隙」上，《四庫全書》本有「斯有」二字。

矣。嗟夫！主之不明，豈足賴哉？乃安得無懼矣？唐人傷之曰：『春明門外即天涯。』善夫！」一説，此賢臣見棄而思君之作。葛藟蔓延，本支聯屬，比君臣情誼相維也。蕭可薦祭，香氣上達，比君臣誠悃相通也。艾可療疾，采而預蓄，久而益善，比君臣休戚相關也。今君棄予，一日不見，則思之極其切矣，故于《采葛》見慕君之至也。亦通。

《采葛》三章，章三句。《子貢傳》云：「某王好讒，大夫憂之。」於「王」字上闕一字。《申培説》以爲賢者被讒，見黜于野，周人閔之而作。總之不能知其世，以意想像之耳。至如朱子目爲淫奔者懷人之詩，則猥斯甚矣。鄭《譜》屬此詩于桓王，謂桓王之時，政事不明，臣無大小，使出者則爲讒人所毁，故懼之。此但據篇次而爲之説，要不必有所本。

《遵大路》，周公卿欲留鄭莊公也。《左》隱三年，初鄭武公、莊公爲平王卿士，王貳于虢，鄭伯怨王。王曰：「無之。」故周鄭交質，王子狐爲質于鄭，鄭公子忽爲質于周。君子曰：「信不繇中，質無益也。明恕而行，要之以禮，雖無有質，誰能間之？」按《國語》、《史記》，當幽王之時，褒姒與虢石父比，實廢平王。而《竹書》又載驪山之亂，虢公翰立王子余臣于攜，是爲攜王，與平王並立。至平王二十一年，余臣始爲晋文侯所殺。然則虢者平王之仇，宜不得與東遷所依之鄭莊等。王不知何意，反貳于虢，此鄭莊之所以怨王也。既而王亦自悟暱虢貳鄭之非，故有交質之事，以自解于鄭。意即此詩之所繇作。其後平王崩，桓王立，復欲畀虢公政，於是周、鄭交惡。莊公如周朝王，王不禮焉。周公黑肩言于王曰：「我周之東遷，晋、鄭焉依。善鄭以勸來者，猶懼不蒞，況不禮焉？鄭不來矣。」

遵大路遇韻。今按後章亦用「路」字，與下韻不叶，則此不宜爲韻。**兮，摻執子之袪**叶遇韻，區遇翻。**兮。無我惡**叶遇韻，烏故翻。**兮，不寁**俗作「趲」。**故**遇韻。**也。**《釋文》作「兮」。後同。○賦也。遵，《説文》云：「循也。」路，即道也。字从足从各，言人足有所適也。一云，道容三軌曰路。摻，毛傳云：「擥也。」孔穎達云：「以摻字从手，又與執共文，故爲攬也。」按《説文》無摻字，宜通作攕，云：「好手貌。」執，持也。子，謂鄭莊公也。按莊公以平王二十八年即位，初爲周卿士。王貳于虢，當在此時。以即位未踰年，故稱子耳。袪，徐鍇以爲袖口也。孔云：「《禮·喪服》云：『袂屬幅，袪尺二寸。』則袂是袪之本，袪是袂之末。」無、毋通，止辭也。惡，如「周、鄭交惡」之惡。寁，《説文》云：「居之速也。」字从宀从疌。宀者，屋也。疌者，疾也。言不必退居之速。時莊公欲自周歸鄭，故云然。故，舊也。周公卿見武公有不安于周之意，心欲留之，乃擬爲遵循于大路之間，攬持其袂末而告之曰：「子毋惡我，遂歸而不留也。我雖不德，然不汲汲于退居者，亦故舊之誼當然。子寧不以厚道自處乎？」不言其惡平王，而以爲惡我，婉辭也。言故、言好，非止爲挽留莊公，亦所以諷王也。鄭于周有興復之勳，自桓公、武公父子爲周卿士，善于其職，甚得周衆。其子莊公繼輔平王，乃以王貳于虢之故，不能安于其位，此周公卿所深惜也。誦周公黑肩告桓王之辭，可以得周公卿欲留莊公之意。

遵大路豐氏本作「道」。**兮，摻執子之手**有韻。**兮。無我魗**有韻。《説文》作「𢿎」，《釋文》作「𢿎」，又作「𣫘」。豐本作「𥁕」，云：「忤視貌。」**兮，不寁好**叶有韻，許厚翻。**也。**賦也。鄭玄云：

「言執手者，思望之甚。䰡亦惡也。」孔云：「䰡與醜，古今字，謂醜惡可棄之物。」好，情好也。故以誼言，好以情言。

《遵大路》二章，章四句。《序》以爲思君子也。莊公失道，君子去之，國人思望焉。今按鄭莊公在位之時，已入春秋，其失道而爲君子所去，傳無所見，愚不敢信其然。朱子初亦從《序》説，既而見宋玉《登徒子好色賦》有曰：「鄭、衛溱、洧之間，群女出桑，臣觀其麗者，因稱詩曰：『遵大路兮攬子祛，贈以芳華詞甚妙。』」以爲宋玉去此詩之時未遠，其所引用，當得詩人之本旨。然彼爲男語女之詞，而此似女語男之詩。又疑大道之傍，不應顯然執男子之手，則又指謂淫婦爲人所棄者之作。果爾，于義更猥矣。《子貢傳》、《申培説》意與朱傳同，而但列此詩于鄶風，謂是鄶氏夫婦相棄之詞，總之無據。

《白石》，刺昭公也。昭公分國以封沃，沃盛强，昭公微弱，國人將叛而歸沃焉。王風、鄭風俱有《揚之水》，今摘篇中「白石」二字命篇，以爲識別。〇《申培説》云：「成師有篡國之謀，國人知之，而作是詩。」按叔虞始封于唐，至子燮改爲晉侯，再傳成侯，南徙居曲沃。又三傳僖侯，再傳穆侯，始徙居于絳。穆侯卒，弟殤叔立，爲穆侯太子仇所殺。仇立，是爲文侯，即《書·文侯之命》平王稱父義和者，仇之字也。文侯卒，子昭侯立。元年，封文侯之弟成師于曲沃，爲曲沃伯，而徙于翼。翼在平陽絳邑縣東。晉始分而爲二，時魯惠公之二十四年也。及惠之三十年，晉潘父弑昭侯而納桓叔，晉人發兵攻桓叔，桓叔敗，還歸曲沃。晉人殺潘父，立昭侯之子孝侯。後八年，成師卒，子鱓立，是爲莊伯。惠四十五年，莊伯伐翼，弑孝侯。晉人攻莊伯，莊伯復入曲沃，翼人立孝侯之弟鄂侯。魯隱公五年，曲沃莊伯以鄭人、邢人伐翼，王使尹氏、武氏助之，鄂侯奔隨。已而曲沃叛王，命虢公伐曲沃，而立鄂侯之子哀侯于翼。哀侯立二年，莊伯卒，子稱代立，是爲曲沃武公。魯桓公二年，哀侯侵陘庭之田，陘庭南鄙啓曲沃伐翼。三年春，曲沃武公伐翼，次于陘庭，逐翼侯于汾隰，驂絓而止，夜獲之。晋人立其子小子侯。桓七年，武公誘晋小子侯，殺之。八年春，曲沃滅翼。冬，王命虢仲立晋哀侯之弟緡于晋。及魯莊公十六年，曲沃武公伐晋侯緡，滅之，遂并晋國。是年王使虢公命曲沃伯以一軍爲晋侯，即武公也，已即位三十七年矣。以上晋封曲沃，及曲沃并晋本末如此。事見《春秋傳》、《竹書紀年》、《史記》及鄭氏《譜》、《左傳注》。郝敬云：「此托爲國人從沃之詞，刺昭公之失民也。」章潢云：「讀其辭，若美曲沃。推其意，實刺晋昭。意在言外，諷詠當自得之。」嚴粲云：「時沃有篡宗國之謀，而潘父陰主之，將爲内應，而昭公不知。故此詩深警之，謂昭公勿以沃爲患之在外而猶緩也，今國内有謀應之者，欲奉沃以爲君，而篡汝之位。腹心作難而外患乘之，禍已迫矣。此正發潘父之謀，其忠告于昭公者，可謂切至。若真欲從沃，則是潘父之黨，必不作此詩，以泄漏其事，且自取敗也。」又云：「將叛者，潘父之徒而已。國人拳拳于昭公，無叛心也。異時潘父弑昭公，迎桓叔，晋人發兵攻桓叔，桓叔敗，還歸曲沃。皆可以見國人之心矣。亦唐風之厚也。」

揚《子貢傳》、《申培説》、豐氏本俱作「踼」。後同。**之水，白石鑿鑿。**藥韻。**素衣朱襮，**叶藥韻，伯谷翻。**從子于沃。**叶藥韻，鬱縛翻。**既見君子，云何不樂？**❶叶藥韻，歷各翻。○比而賦也。揚，解見《王風》。水喻晉侯，石喻桓叔。石在水中，爲水所蕩滌，故白。鑿，器之能穿木者，《廣韻》以爲塹也，石之廉利似之。揚水以求其能流，雖物之易流者，有不能流矣，而況于石乎？但見其鑿鑿然立于水中，水緩而石壯也。晉弱沃强，何以異此？素，絲也。衣，中衣也。中衣者，朝服、祭服之裏衣也，後世謂之中單。嚴云：「凡服先以明衣親身，次加中衣，其制如深衣，但袖小長耳。此以素爲衣，是以絲爲之。」按《玉藻》云：「以帛裏布，非禮也。」注謂中外宜相稱也。冕服，絲衣也，中衣用素。皮弁服，朝服玄端，麻衣也，中衣用布。大夫以上，祭服中衣用素，其朝燕之中衣皆以布爲之。士祭以朝服，中衣以布，惟助祭于君，則中衣亦用素，但不得用朱襮也。朱者赤色，染繒爲純，純者緣也。襮者，繡刺黼文爲褗。褗者領也。此諸侯中衣之制也。按《郊特牲》云：「繡黼，丹朱中衣，大夫之僭禮也。」大夫服之則僭，知諸侯當服之也。今國人具此服，將以進之桓叔，見欲奉爲諸侯耳，即一旦黄袍加身之意。嚴云：「子指叛者。下文『君子』既指桓叔，則此言『子』者，設言欲叛之人，如潘父之徒也。」于，往也。我將從子往沃，以見此桓叔。其意謂國中有相與爲叛，以應曲沃者矣。此微詞以泄其謀，欲昭公聞之而戒懼，早爲之備也。沃，曲沃也。《地理志》云：「河東聞喜縣，故曲沃也。」漢武帝元鼎六年更名。應劭云：「武帝于此聞南越破，故曰聞喜。」既見君子，云何不樂，與《草蟲》章同意，乃未見之時，而想既見之樂如此。

---

❶「何」，《四庫全書》本作「胡」。

揚之水，白石皓皓。叶號韻，胡暴翻。**素衣朱繡，**叶號韻，讀如燥，先到翻。《魯詩》、《儀禮注》、崔靈恩《集注》、豐氏本俱作「綃」。**從子于鵠。**叶號韻，居號翻。**既見君子，云何**石經作「胡」。**其憂。**叶號韻，讀如奥，於到翻。○比而賦也。❶《說文》無皓字，當作顥，云：「白貌。」水微而石顯也。繡，毛傳云：「黼也。」孔穎達云：「《郊特牲》文『繡黼丹朱中衣』。注謂繡讀爲綃。以《考工記》云『白與黑謂之黼，五色備謂之繡』，若五色聚居，則白、黑共爲繡文，不得別爲黼稱。繡、黼不得同處，明知非繡字也。綃是繒綺別名，于此綃上刺爲繡文，故謂之綃黼也。綃上刺黼以爲衣領，然後名之爲襮，故《爾雅》黼領謂之襮，襮爲領之別名也。如傳意，繡得爲黼者，繢是畫，繡是刺。刺雖五色備具乃成爲繡，初刺一色即是作繡之法，故繡爲刺名。傳言『繡，黼』者，謂于繒之上繡刺以爲黼，非訓繡爲黼也。孫炎注《爾雅》取毛『繡，黼』爲義，不破繡字，義亦通也。」鵠，毛云：「曲沃邑也。」孔云：「晉封桓叔于曲沃，非獨一邑而已。其都在曲沃，其旁更有邑。」按鵠地所在，今未詳。愚意蓋指欲叛者所居之邑也。曰「云何其憂」者，晉衰沃盛，從沃之願既遂，則可以免禍而無危，何憂之有？

揚之水，白石粼粼。真韻。陸德明本又作「磷」。**我聞有命，不敢以告人。**真韻。《荀子》引此詩曰：「國有大命，不可以告人，妨其躬身。」疑詩原有此末句，而孔子删之。第觀《左傳》，駟赤以《揚水》卒章爲四言，則《荀子》所引，亦未可據。○比而賦也。粼，《說文》云：「水生厓石間粼粼也。」徐鍇云：「水流石

❶「比」，原作「此」，據《四庫全書》本改。

間不駛也。」此言水落而石見也。言桓叔簒晋之謀已定，如白石在清水之中，昭然可見，所謂「司馬昭之心，路人所知」也。曰我聞者，通國皆知之辭。命，桓叔之命，言已命其徒以舉事也。曰不敢告人，則固已告矣，語甚隱妙，是巧于告密者。嚴云：「昭公諸詩，皆以沃强爲憂，《山有樞》言死亡之迫最激切，而微詞深意，未若此詩末章之云，蓋反詞以見意，故泄其謀，欲昭公知之，忠之至也。諸家皆謂國人助之而匿其情，且引陽生夜至于齊，國人知之而不言爲比。晋人之心異于齊也，自桓叔至武公，屢得志矣，而晋人終不服，相與攻而去之。其後更六世，逾六七十載，迫于王命，而後不敢不聽。在昭公之初，晋人之心豈從沃哉？若助桓叔而匿其情，則此詩不作可也。亦既聲之于詩，使采詩者颺之以諷其君矣，安在其爲匿之也？故言不敢告人者，乃所以告昭公，言我聞有命者，又以見其事已成，禍至甚迫，所以激發昭公者至切切也。執《詩》之辭，而不能以意逆志，固哉説《詩》，風人之情遠矣。」凌濛初云：「素衣朱襮，何等服物！我聞有命，何等密謀！而明明見之篇什，且不敢告人一語，直同兒戲，不虞敗乃公事耶？謬意此陽雖爲沃，陰實聳晋，猶廝養卒所謂名爲求趙王，實欲燕殺之也。惜哉晋主孱庸，辜負此一片深心耳。」《左傳》定十年，侯犯以郈叛，叔孫武叔謂駟赤曰：「將若之何？」對曰：「臣之業，在《揚水》卒章之四言矣。」

《白石》三章，二章章六句，一章四句。朱子解此詩爲叛者自作，非也。無論民欲叛主，斷無敢作詩以自明者，縱使有之，亦不義之甚，聖人胡爲録之于經，以爲後世亂臣賊子口實哉？《子貢傳》闕文。

《山有樞》，刺晋昭公也。出《序》。**諸大夫哀昭公之將亡，而私相告語之詞。**《申培説》以爲唐人憂國之詩。按《左傳》云：「初，晉穆侯之夫人姜氏，以條之役生太子，命之曰仇。其弟以千畝之戰生，命之曰成師。」仇立爲文公，卒，昭公立，封成師于曲沃，是爲桓叔。桓叔有不軌之謀，而昭公不知。諸大夫難察察言之，故作此詩以使之覺悟，非相勸爲樂也。胡胤嘉云：「是時昭公弱不自竪，桓叔强且漸逼，若朝生之菌，夕而即落。識者傷之，以甚愚之主，至急之勢，百務頽廢不舉之時，而欲告之以保身寧家之道，則其説也長，而其入也無緒。故喟然曰：『與其齷齪以待亡，何如快樂以永日？』所以發其傷心之痛，而振其欲死之氣，詩人語苦而意蹙迫矣。其後昭公卒爲潘父所弑，何其難悟耶？」

山有樞，虞韻。亦叶尤韻，烏侯翻。《爾雅》作「藲」，《石經》作「蓲」。**隰有榆。**虞韻。亦叶尤韻，夷周翻。**子有衣裳，弗曳弗婁。**❶ 尤韻。亦叶虞韻，龍珠翻。**子有車馬，弗馳弗驅。**虞韻。亦叶尤韻，袪尤翻。豐氏本作「駈」。**宛**陸德明云：「一作『苑』。」**其死矣，他**豐氏本作「它」。後同。**人是愉。**虞韻。亦叶尤韻，他侯翻。《漢書》、《文選注》俱作「媮」。○興也。樞，榆屬，亦名荎，即所謂刺榆也。陸璣云：「其針刺如柘，其葉如榆。瀹爲茹，美滑于白榆。榆之類有十種，葉皆相似，皮及木理異爾。」《齊民要術》注云：「今世有刺榆木，甚牢紉，可以爲犢車材。挾榆，可以爲車轂及器物。凡種者，直種刺、挾兩種，利者爲多。其餘軟弱，例非佳好之木也。」隰，解見《山有扶蘇》篇。嚴粲云曰：「榆者，總言諸榆也。榆之種多，不知所指也。陸璣釋榆云：『白枌也。』誤矣。《爾雅》謂榆白爲枌，璣誤謂榆爲白枌也。枌乃榆之白者，無緣

❶ 下「弗」，原作「甚」，據《四庫全書》本改。

榆又爲枌之白者。然則此言『隰有榆』，總言榆耳。」《管子》云：「五粟五沃之土，其榆條直以長。」羅願云：「按陳藏器云：『江南有刺榆，無大榆。』蓋大榆北方有之。秦漢故塞，其地皆榆塞。榆，北方之木也。是以江南無榆，但見樞耳。若晉風，則山、隰兼有之。」按樞、榆同類，《襍五行書》云：「舍北種榆九株，蠶大得。」《齊民要術》亦云：「于北方種榆九根，宜蠶桑，田穀好。」又榆種至十五年後，中爲車轂，一樹三具。《考工記注》云：「轂用襍榆。」意者詩人因下文有衣裳車馬之咏，故即樞、榆以起興歟？子，大夫相謂也。曳，猶披拂也。孔穎達云：「曳者，衣裳在身，行必曳之。」嚴云：「《漢文帝贊》『衣不曳地』，曳有優游娛適之意。」婁，通作縷，《説文》云：「綫也。」衣曳而至于敝壞，則當以綫紩之也。馳，《説文》云：「大驅也。」孔穎達云：「走馬謂之馳，策馬謂之驅。驅馳俱是乘車之事。」宛，通作惌。《説文》謂惌、宛同字，非也。惌字从心，即今人所謂「惋惜」是也。《白虎通》云：「死之爲言澌也，精氣窮也。」愉，通作覦，《説文》云：「欲也。」詩人之意，謂此岌岌者國也，此衣裳車馬之物，必非我輩所能享，何不及今曳婁之、馳驅之之爲愉快，而坐視其爲他人所欲乎？昭公聞此，若會其言外之意，則必瞿然知懼，汲汲然思所以爲防患之計矣。

山有栲，叶有韻，去九翻。《詩草木疏》云：「許慎讀栲爲穇，今人音考，失其聲也。」今按《説文》本音栲，❶或陸璣所見本異耳。**隰**陸璣《疏》作「山」。**有杻**。有韻。**子有廷内，弗洒**呂氏《讀詩記》、豐氏本俱作「灑」。**弗埽**。叶有韻，蘇后翻。**子有鐘鼓，弗鼓**陸德明云：「或作『擊』。」**弗考**。叶有韻，去九翻。

❶「栲」，《四庫全書》本作「考」。

宛其死矣，他人是保。叶有韻，補苟翻。○興也。《爾雅》云：「栲，山樗。」《説文》作杫，亦云：「山樗也。」郭璞云：「栲似樗，色小白，生山中，因名云。亦類漆樹。」古俗語云：「櫄、樗、栲、漆，相似如一。」張萱云：「杫樗，惡木也。《莊子》『吾有大樹，人謂之樗』，即此。與椿相類。樗本以不才而壽，故莊子因而有大椿之説耳。」又陸璣云：「山樗與下田樗畧無異，葉差狹耳，吴人以其葉爲茗。今所云爲栲者，葉如櫟木，皮厚數寸，可爲車輻。或謂之栲櫟。」未詳是否。杻，《爾雅》云：「檍也。」《説文》云：「檍，杶也。」郭云：「似棣，細葉。葉新生，可飼牛。材中車輞。關西呼杻子，一名土橿。」陸璣云：「葉似杏而尖，白色，皮正赤，爲木多曲少直，枝葉茂好。二月中葉疎，華如練而細，蘂正白，蓋此樹也。今官園種之，正名曰萬歲。既取名于億萬，其葉又好，故種之。共汲山下人或謂之牛筋，或謂之檍。材可爲弓弩榦也。」《考工記》云：「取榦之道，柘爲上，檍次之。」張云：「檍，梓屬。大者可爲棺槨，小者乃可爲弓。」杻之名萬歲者，以檍有億萬之義也，謝脁詩「風動萬年枝」，即此。楊慎云：「宫中多樹之，取億萬之意，謂之萬年樹。注唐詩者，以冬青爲萬年枝，非也。」廷、庭通，宫中也。《抑》詩曰：「夙興夜寐，洒埽庭内。」孔云：「洒，謂水濕地而埽之，故轉爲灑。灑是散水之名。」埽，拚除也。字从土从帚，會意。鐘鼓，廷内所設。《周禮·小胥》正樂縣之位，王宫縣，諸侯軒縣，大夫判縣，士特縣。《曲禮》云：「大夫無故不徹懸。」《樂記》云：「鼓無當于五聲，五聲不得不和。」是則天子、諸侯、大夫、士，凡奏樂必有鍾鼓也。鍾鼓之鼓从支，弗鼓之鼓从攴。顔師古云：「鼓者，動也。」嚴云：「動其聲也。」解見《鼓鐘》篇。考，通作攷，《説文》云：「攴也。」攴者，擊也。保，猶守也。此章以栲、杻取興，未喻其指。豈亦以栲全天年，杻號萬歲，有長守之義故耶？

山有漆，質韻。豐氏本作「桼」。**隰有栗。**質韻。豐氏本作「㮚」。**子有酒食，何**《石經》作「胡」。**不日鼓瑟？**質韻。**且以喜樂，**音絡。**且以永日。**質韻。**宛其死矣，他人入室。**質韻。○興也。漆，解見《定之方中》篇。栗，解見《東門之墠》篇。漆可成琴瑟，栗可供籩實，故以興下文酒食鼓瑟之事。《魯詩》傳云：「天子食日舉樂，諸侯不釋縣，大夫士日琴瑟。」陳暘云：「此與《車鄰》言瑟不及琴者，琴則五絃，瑟則二十五絃。言瑟不及琴，舉大以見之也。與《儀禮·鄉飲》、《燕禮》皆言『左何瑟』，《樂記》言『清廟之瑟以見琴』同意。言何不日鼓瑟，而鐘鼓不言日者，以琴瑟常御之樂故也，與『士無故不徹琴瑟』同意。」一說，羅泌云：「登歌惟王備琴瑟，諸侯則有瑟而無琴。《燕禮》登歌有瑟而已，所以別于王也。」二「且」字有匆問其他意。永，《說文》云：「長也。」毛云：「引也。」曰「永日」者，嚴云：「言死亡迫矣，不及時爲樂，則有倉卒之恨。是來日已短，宜及今爲樂，以延引此日也。」呂祖謙云：「詩人豈真欲馳驅飲樂者哉？蓋曰是物也行且爲他人所有，曾不若及今爲樂之爲愈。其激發感切之者深矣，非勸其爲樂也。呂禄棄軍，其姑呂嬃悉出珠玉寶器散堂下，曰：『毋爲他人守也。』乃此詩之意也。末章可見。」愚按首言衣裳車馬，是身中物。次言廷內鐘鼓，是家中物。至末章，則身家之物俱有所不暇念，姑偷取目前之樂而已，意愈悲而詞愈切矣。通篇興意，惟以章首六「有」字引起下文五「有」字。蘇轍所謂「有衣服、車馬、鐘鼓、飲食而不能用，譬如山木之不采，終亦腐敗摧毁，歸于無用而已」。

《山有樞》三章，章八句。《序》云：「刺晋昭公也。不能修道以正其國，有財不能用，有鐘鼓不能以自樂，有朝廷不能灑埽，政荒民散，將以危亡。四鄰謀取其國家而不知，國人作詩以刺之也。」朱子以「宛其死矣」之言，謂非臣子所得施于君父者，《序》説大誤。其論亦正。惟謂此詩蓋亦答《蟋蟀》之意而寬其憂，則無據甚矣。且及時行樂，乃狃目前細娱者之爲，以此相勸，豈足以訓？愚詳味詩意，以爲大夫相告語之詞者近是。又季本云：「此刺儉而不中禮之詩。大意言天地變化，草木蕃殖，未嘗閟而不發也。人于衣服、車馬、宫室、器具、飲食，凡禮所當爲者，乃皆閉而不用，徒自憂苦一生，何哉？」是説也，吾有取焉，可舉以破夫世之爲慳者，然而非詩意也。《子貢傳》闕文。

《椒聊》，晋人美當時忠臣不入沃黨者，然終有寡不敵衆之慮，所以深危昭公也。此詩據《序》，以爲指曲沃桓叔之事。而《韓詩外傳》引「碩大且篤」，以爲贊君子之語，故特主今説。

椒豐氏本作「茮」。後同。**聊之實，蕃衍盈升。**蒸韻。**彼其之子，碩大無朋。**蒸韻。**椒聊**蕭韻。**且，**子餘反。後同。**遠條**蕭韻。**且。**比而賦也。椒、聊，二木名。《爾雅》云：「椒、樧醜，荥。」樧，茱萸也。醜，類也。椒與茱萸之類皆有荥。荥者，裹實之房也。陸璣云：「椒樹如茱萸，有針刺，葉堅而滑澤。」《説文》作茮，徐鍇云：「按《説文》無椒字，此『茮』爲『椒』字也。」椒叢生如薔薇之屬，非木也，故但从艸。」陸佃云：「《酉陽襍俎》曰：『椒可以求水銀，茱萸氣好上，椒氣好下。』蓋椒氣性不上達故也。」聊，舊以爲語助辭，似非文理。按《爾雅》云：「杭，繫梅，杊者聊。」又云：「杜，赤棠，白者棠。」以兩處文法例之，赤棠名杜，其白者名棠，則繫梅名杭，其杊者名聊也。杊，《説文》云：「高木也。」聊，即杭之高者。郭璞云：「杭樹狀似梅，子如指頭，赤色，似小柰，可食。」蕃，茂。衍，饒。盈，滿也。《漢志》云：「升者，登合之量也。」龠十爲合，合十爲升。古升上徑一寸，下徑六分，其深八分。《詩》取二樹之實，以比從桓叔于曲沃者，其黨繁盛如此。又椒氣下求，則桓叔之植黨似之。聊樹上亢，則桓叔之偪上似之。詩人取類，各有當也。彼其之子，指晉忠臣，意如師服之流，惜其姓名不顯。按《左傳》，晉始封桓叔于曲沃，師服曰：「吾聞國家之立也，本大而末小，是以能固。故天子建國，諸侯立家，卿置側室，大夫有貳宗，士有隸子弟，庶人工商各有分親，皆有等衰。是以民服事其上，而下無覬覦。今晉，甸侯也，而建國，本既弱矣，其能久乎？」昭公不能用，其後卒爲曲沃所滅。若師服者，可謂忠于晉者也。碩，《說文》云：「頭大也。」碩以貌言，大以德言。《白虎通》云：「朋者黨也。」時晉人多趨曲沃，而之子獨介然特立，不與之爲黨，故詩人云然。然羽翼既成，雖有之子將奈之何？故于章末復咏歎之曰：此椒也，聊也，其枝條愈布濩，愈益長遠，勢必至遍地無非椒聊者。猶之晉人趨曲沃者日衆，不至盡化爲曲沃之人不止也。范祖禹云：「椒聊且者，本其始也。遠條且者，言其枝別將遠而無窮也。」朱子云：「且，歎辭。」

椒聊之實，蕃衍盈匊。屋韻。《釋文》作「掬」。**彼其**《韓詩外傳》作「己」。**之子，碩大且**如字。**篤。**叶屋韻，讀如牘，徒谷翻。**椒聊且，遠條且。**比而賦也。毛傳及《廣雅》皆以兩手爲匊，字从勹从米。徐云：「手掬米，會意。」陸佃云：「先盈升，後盈匊。古者匊大而升小，升之所容不足以盈匊故也。」范云：「盈匊者不復以升，較言益多也。」篤，通作竺，《說文》云：「厚也。」前言「無朋」，此言「且篤」，守志不移，純乎忠者也。《韓詩外傳》云：「子路曰：『士不能勤苦，不能輕死亡，不能活貧窮，而曰我行義，吾不信也。昔者申包胥立于秦廷，七日七夜，哭不絕聲，是以存楚。不能勤苦，焉得行此？比干且死，而諫愈忠。伯夷、叔齊餓于首陽，而志益彰。不輕死亡，焉能行此？曾子褐衣緼緒，未嘗完也。糲米之食，未嘗飽也。義不合則辭上卿。不活貧窮，焉能行此？夫士欲立身行道，無顧難易，然後能行之。欲行義狗名，無顧利害，然後能行之。』《詩》曰：『彼己之子，碩大且篤。』非良篤修身行之君子，其孰能與之哉？」

《椒聊》二章，章六句。《子貢傳》、《申培説》、豐氏本篇名皆作「茮」。○《子貢傳》闕文。《申培説》云：「唐昭侯封公子成師于曲沃，成師治聚盛强，師服憂之，而作是詩。」《序》亦云：「刺晋昭公也。君子見沃之盛强，能修其政，知其蕃衍盛大，子孫將有晋國焉。」二説皆相彷彿。解者以「無朋」猶云「無比」，然沃即大都耦國，尚未併晋，何至便云碩大無比哉？或謂此句及下「碩大且篤」，皆指桓叔之德而言，如此贊詞，于義悖矣。郝敬云：「彼其之子，指昭公也。無朋，言寡助也。篤者，馬行不進貌，言遲鈍也。以其身爲諸侯，奄有邦國，故以碩大稱之。」于文義亦通，但從來未聞有國人斥其君爲「彼其之子」者，故不敢從。若朱子則以此詩謂未必爲沃而作，且不知其所指，則又過于疑舊説者也。

《戍申》，鄭風亦有《揚之水》，今摘篇中「戍申」二字命篇，以爲識別。**刺平王也。不撫其民，而遠屯戍于母家，周人怨思焉。**出《序》。○按鄭《譜》云：「幽王嬖褒姒，生伯服，廢申后，太子宜臼奔申。申侯與犬戎攻宗周，弑幽王于戲。晋文侯、鄭武公迎宜臼于申立之，是爲平王。」《竹書紀年》云：「平王三十三年，楚人侵申。三十六年，王人戍申。」愚按此詩當與《君子于役》合看，彼爲思婦之辭，此爲征夫之辭。

揚《子貢傳》、《申培説》、豐氏本俱作「暘」，下同。然考字書無「暘」字。**之水，不流束薪。**真韻。豐氏本作「新」。**彼其**鄭箋云：「或作記讀，或作己讀，聲相似。」《詩》内皆放此。**之子，不與我戍申。**真韻。**懷哉懷**叶微韻，胡威翻。亦叶灰韻，胡隈翻。**哉，曷月予還歸**微韻。亦叶灰韻，古回翻。**哉！**比也。揚字从手，乃以手播揚之義。《説文》以爲飛舉也。束，《説文》云：「縛也。」字从口从木。徐鍇云：「謂束薪也。口音圍，象纏也。」大木可析曰薪。蘇轍云：「揚之水，非自流之水也。水不能自流，而或揚之，雖束薪之易流，有不流矣。水之能自流者，物斯從之，安在其揚之哉？周之盛也，諸侯聽役于王室，無敢違命。及其衰也，雖令而不至。」嚴粲云：「薪本浮物，一束之薪，非不可流轉，若鑿鑿之白石也。而水淺弱不能流轉之，喻諸侯本非難令，而東周衰弱不能號令之也。」朱子云：「其，語助也。」歐陽脩云：「彼其之子，周人謂他諸侯國人之當戍者也。」戍，守也。字从人从戈，人持戈以守也。申，姜姓之國，四嶽之後，初封于宛，今河南南陽府南陽縣。至宣王時，遷于謝，則今汝寧府之信陽州也。鄭箋云：「平王母家申國，在陳、鄭之南，迫近彊楚，數見侵伐，王是以戍之。」後竟爲楚所滅。吕氏云：「平王戍申，與晋平公城杞相類。」懷，念思也。曷，何也。還，復也。俱見《説文》。彼諸侯之人，無肯與我共戍申國者，而獨使我周人遠戍，久而不得代，故我思念不置，未知何月而得旋歸也。朱子云：「先王之制，諸侯有故，則方伯連帥以諸侯之師討之。王室有故，則方伯連帥以諸侯之師救之。天子鄉遂之民，供貢賦，衛王室而已。今平王不能行其威令于天下，無以保其母家，乃勞天子之民遠爲諸侯戍守，故周人之戍申者，以非其職而怨思焉。又況申侯實啓犬戎以致驪山之禍，乃平王及其臣民不共戴天之讐也。今平王知有母而不知有父，知其立己爲有德，而不知其弑父爲可怨。至使復讐討賊之師，反爲報施酬恩之舉，則其絶滅天理，而得罪于民又益甚矣。」劉彝云：「六鄉六遂之兵，所以制方伯之失職，非以禦夷狄也。」嚴云：「宗廟禾黍，曾不以之興懷，而惟中國之憂，失輕重矣。」郝敬云：「是時周室播遷，非有餘勇可賈，特以受人施者畏人，欲不爲之役，不可得耳。寄生之天子，既不能令于諸侯，六百里之甸卒，又無人可爲踐更，故行者有不均之嘆。力本寡弱，而使人又不以道，人所以怨之。苟師出有名，討賊興復，如夏少康一成一旅，人誰敢謂爲揚之水哉？夫子刪《詩》存此篇，《書》録《文侯之命》，其作《春秋》始平王，垂戒遠矣。」

揚之水，不流束楚。叶麌韻，讀如取，此主翻。**彼其之子，不與我戍甫。**麌韻。**懷哉懷**見前。**哉，曷月予還歸**見前。**哉！**比也。楚，叢木，一名荆。甫，國名，本作吕，姜姓。《史記》云：「吕尚先祖爲四嶽，佐禹治水有功，虞、夏之際受封于吕。」《尚書》有《吕刑》之篇，《禮記》引之皆作《甫刑》。《唐世系表》云：「宣王世改吕爲甫。」按《括地志》，故申城在鄧州南陽縣北三十里，故吕城在鄧州南陽縣西四十里，同爲宛縣地。周時荆、宛并韓，皆近京師。韓扞臨晋以制狄，宛衛武關以制楚，其後申、吕皆入于楚。《左傳》楚子重請取于申、吕，以爲賞田。申公巫臣曰：「不可。此申、吕所以邑也，是以爲賦，以御北方。若取之，是無申、吕也。晋、鄭必至于漢。」然則申、吕相距不遠，此周人戍申而亦以戍甫與？又《輿地廣記》載蔡州新蔡縣，古吕國。王應麟云：「以《左傳》考之，楚有申、吕時，新蔡屬蔡，非楚邑，當以在宛縣爲正。」

揚之水，不流束蒲。叶麌韻，頗五翻。**彼其之子，不與我戍許。**叶麌韻，火五翻。**懷哉懷**見前。**哉，曷月予還歸**見前。**哉！**比也。蒲，陸佃云：「水艸，似莞而褊，有脊，生于水厓，輕揚善泛，柔滑而温，可以爲席。故男執蒲璧，言有安人之道也。」按《左傳》臧文仲妾織蒲，即此。豐氏云：「楚小于薪，蒲輕于楚。」嚴云：「楚愈輕，蒲又愈輕，至不流束蒲，則弱之極矣。」鄭玄解爲蒲柳，以首章言薪，下言蒲、楚，則蒲、楚是薪之木名，不宜爲艸。陸佃駁之云：「夫芻亦艸也，而《綢繆》之詩乃曰『束薪』、『束芻』、『束楚』，則豈以言木故妨艸哉？」許，國名，亦姜姓，在今河南開封府許州，即古許昌是也。按《國語》曰：「齊、許、申、呂繇大姜。」又曰：「申、呂雖衰，齊、許猶在。」然則許與申、呂皆同姓。鄒忠胤云：「甫、許與申接壤，當時楚人因伐申，而并侵甫及許，容有之。即不然，而二國惕於震鄰，或邀王靈併爲之戍，亦非必待其見侵也。」《國語》史伯曰：「王欲殺太子以成伯服，必求之申。」申、呂方强，其隩愛太子，亦必可知也。《竹書》紀幽王既弑，立宜臼于申者，許男與焉。則平王之德甫、許，當亦德申之亞。夫以天子恤諸侯之患，豈非義舉？第平王此舉則私，私其恩實私其讐。呂氏謂平之戍申，與晉平城杞相類。夫晉於杞，戚也，非讐也。以其棄諸姬而屏夏肆，君子猶譏之。若平王奄奄甘爲讐人役，又未可同日語矣。

《戍申》三章，章六句。《申培説》謂荆子討申侯弑幽王之罪，伐申，侵甫及許。于他史無所見，蓋捃摭詩辭而爲之，反覺附會不可信。

《君子于役》，戍申者之妻所作。出《申培説》。○《子貢傳》云：「戍者不歸，室家思怨。」今按《揚之水》篇云「懷哉懷哉，曷月予還歸哉」，與此詩言「君子于役，不知其期，曷至哉」語意相類，以爲戍申者之妻作，亶其然矣。

君子于役，不知其期。支韻。**曷至哉？**叶支韻，將其翻。**雞棲于塒，**《釋文》及《群經音辨》俱作「時」。**日之夕矣，羊牛下來。**叶支韻，陵之翻。**君子于役，如之何勿思！**支韻。○賦也。君子，婦人目其夫之辭。于，往也。役，謂行役。不知其期，計時也，猶云不知何時可以竣事也。謝枋得云：「雨雪霏霏，遣戍役而預言歸期也。卉木萋萋，勞還卒而詳言歸期也。四牡之役，寧幾何時，勞之曰『我心傷悲』。吉甫在鎬，不過千里，勞之曰『我行永久』。不如是，無以體群臣也。本推己及物之恕，爲敘情閔勞之仁，豈有無期度者哉？今君子于役，至不知其期，仁恕之意泯然矣。」曷至哉，計地也。音耗久斷，恐調發無恒，并其所至之處亦不能知也。雞，知時畜也。棲，本作西，加木作栖。《禽經》云：「陸鳥曰栖。」《説文》云：「日在西方而鳥栖，故因以爲東西之西。」後人于鳥之栖加木以別之。李巡云：「寒鄉鑿墻，爲雞作棲曰塒。」夕，暮也。字从月半見。月初生，則暮見西方，故半月爲夕。「羊牛下來」者，鄭箋云：「羊牛從下牧地而來。」陸佃云：「先羊後牛者，羊性畏露，晚出而早歸，常先于牛故也。」「日之夕矣」一句關上下兩語，雞棲于塒，則日之夕，日而已夕，則羊牛下來。明明見有出即有入，有旦即有暮，而欲付萍踪飄泊、杳無歸期之人于不思，非人情矣。鄭云：「言畜産出入，尚使有期節，至于行役者，乃反不也。」愚謂《詩》意乃因思觸物，猶唐人云「月明花落又黄昏」，有無限感嘆，非緣感物興思，而方人于物也。重言「君子于役」，彌增淒惋。鄒忠胤云：「悦以使民，民忘其勞。平王遣畿内之民爲讐人役，周人固已不甘，使其蚤畢事言旋，猶慰室家之望。觀《揚之水》篇，言曷月予旋，則固已卜歸休無期矣。居者之思，當亦猶行者之懷，此于役所爲賦也。嘗觀《杕杜》、《采薇》，悲日月之繼嗣，多恤於『匪載匪來』，悼啓居之不遑，烈憂於『載饑載渴』，似與此詩不甚相遠。然彼則自上閔之，此則自下述之。民情舒鬱，所繇異乎？嗟乎！先王以人道使人，後世以牛羊使人，而不知牛羊之歸猶有期也。齊襄葵丘之戍，瓜時而遣，及瓜弗代，而無知之禍因之。爲人上者，勿以于役爲細故，人情固聖王之田也。」

君子于役，不日不月。叶屑韻，讀如臬，倪結翻。**曷其有佸？**叶屑韻，紀劣翻。《說文》作「佸」。**雞棲于桀，**屑韻。《爾雅》作「榤」。**日之夕矣，羊牛**朱傳作「牛羊」。**下括。**叶屑韻，紀劣翻。**君子于役，苟無飢渴！**叶屑韻，巨列翻。○賦也。不日不月，言君子往役，非一日一月之故，是已往事。佸，《說文》云：「會也。」《韓詩》云：「至也。」曷其有佸，言何時而有聚會至止之期乎？是將來事。《爾雅》云：「雞棲于杙爲桀。」括，《說文》云：「絜也。」絜之爲義，麻一耑也。《禮記》注云：「猶結也，挈也。」蓋以繩繫之，挈而來歸，曰下括也。《太玄經》云：「四馬就括。」義亦同此。苟無飢渴，猶云庶幾無疾病。「苟」字最下得悽惋，❶有無可奈何之意。苟幸無飢渴，庶後歸有期，此思之極也。《後漢書》所謂「萬里之外，以身爲本」，亦此意也。

《君子于役》二章，章八句。《序》云：「刺平王也。君子行役無期度，大夫思其危難以風焉。」呂祖謙云：「考經文不見思其危難以風之意。」朱子亦云：「此國人行役，而室家念之之辭。《序》說誤矣。」今按篇中有「雞棲」、牛羊等語，乃尋常村莊中景象，絕不似冠蓋家口角。

《葛藟》，王族刺平王也。周室道衰，棄其九族焉。出《序》。○《申培說》亦云：「王族流散而

❶「悽」，原作「凄」，據《四庫全書》本改。

作。」《子貢傳》但存「平王之族流散」六字，而其餘闕文。

緜緜葛藟，在河之滸。麌韻。**終遠兄弟，謂他**豐氏本作「它」。下同。**人父。**麌韻。**謂他人父，亦莫我顧。**叶麌韻，果五翻。○興而比也。緜，《說文》云：「聯微也。」毛傳云：「緜緜，長不絕之貌。」葛藟，葛之蔓也。解見《樛木》篇。羅願云：「葛蔓延盛者，牽其首以至根，可二十步。」朱氏云：「葛藟支蔓聯屬，有宗族之義。」《左傳》宋昭公將去群公子，樂豫曰：「不可。公族，公室之枝葉也。若去之，則本根無所庇廕矣。葛藟猶能庇其本根，故君子以爲比，況國君乎？此諺所謂『庇焉而縱尋斧焉』者也。必不可，君其圖之！親之以德，皆股肱也，誰敢攜貳？若之何去之？」即此詩托物起興之意。滸，舊以水厓解，似未是。按《爾雅》釋厓岸云：「重厓岸，岸上滸。」蓋厓乃水邊，即下章之所謂涘。厓之上又有厓則爲岸，岸上地則爲滸也。然于《釋水》，又云「滸，水厓」者，或是謂滸之下乃水之厓，非以水厓名滸也。胡旦云：「周南『葛之覃兮，施于中谷』，又云『南有樛木，葛藟纍之』，邶風云『旄丘之葛兮，何誕之節兮』，唐風云『葛生蒙楚，蘞蔓于野』，大雅云『莫莫葛藟，施于條枚』，然則葛藟必生于山谷丘野之地，延蔓于草木條枚之上，不生于河滸水厓。」嚴粲云：「近水之岸善崩，將爲水所齧，猶王室衰微，人將失其所依也。」又陸佃云：「河滸爲水所齧，危地也，然潤澤葛藟而生之，則亦所以自固。今王棄其九族，則曾是之不如也。」亦通。「終遠兄弟」以下，皆指王言，斥也，非諷也。終遠，與「緜緜」字相應。謂他人父，所謂不愛其親而愛他人者。顧，《說文》云：「還視也。」王之終遠兄弟，畧不以親親爲念，繇于不父其父，而以他人爲父，故視我輩漠然無親，而亦不我肯顧也。幽王爲申侯所弒，平王但以其父昔日之廢己爲可恨，感申侯之立己爲有德，父讐不討，反汲汲圖報焉，非謂他人父而何？鄒忠胤云：「周之盛也，華鄂輝於《常棣》，苞體茂于《行葦》。逮《葛藟》之刺興，而維翰之勢日衰矣，周所以卒于不競與？」

緜緜葛藟，在河之涘。紙韻。**終遠兄弟，謂他人母。**叶紙韻，母鄙翻。**謂他人母，亦莫我有。**叶紙韻，羽軌翻。○興而比也。《爾雅》、《説文》皆云涘爲水厓。按此詩兩章以滸、涘分言，涘既爲厓，則滸之爲岸而非厓明矣。「謂他人母」者，朱子云：「謂他人父者，其妻則母也。」有，鄭箋云：「識有也。」嚴云：「莫我有，言視之若無也。《左傳》曰：『不有寡君。』」

緜緜葛藟，在河之漘。真韻。**終遠兄弟，謂他人昆。**叶真韻，俱倫翻。**謂他人昆，亦莫我聞。**叶真韻，微勻翻。○興而比也。按《爾雅》云：「夷上洒下不漘。」舊注謂夷上平上，洒下陗下，惟不字難解，或以爲發聲，或以爲衍字。愚意「不」即「否」字，言其上面平夷，而陗下處則否。東陽許氏以爲岸下爲水洒蕩齧入，若脣是也。涘在滸之下，漘在涘之下，故其序云爾。昆，兄也，本作罤，从弟从眔。徐鍇云：「眔，目相及也。」兄弟親比之義，省作𣅀，與昆音同通用。《禮》「天子必有父，諸侯必有兄」，故天子無兄禮。今斥王謂他人兄者，醜之也。聞，相聞知。

《葛藟》三章，章六句。朱子謂世衰民散，有去其鄉里家族而流離失所者，作此詩以自嘆。于義小矣。味詩意，實出于王族，其辭甚直，而不説出一「王」字，故使觀者不覺耳。

《叔于田》，刺鄭莊公也。出《序》。**弟叔段以好勇得衆，而公不教，故詩人譏之。**《申培説》

云：「叔段多才而好勇，大夫憂之，而作是詩。」所謂憂之者，蓋憂其將爲國禍，不能令終也。嚴粲云：「二《叔于田》皆美叔段之材武，無一辭他及。而《序》以爲刺莊公，蓋與《春秋》書鄭伯克段譏失教之意同。」蘇轍云：「言莊公力能禁之而不禁，俟其亂而加之以大戮也。」章潢云：「詞雖美叔段，意實刺莊公。國人不敢直指其君，故詞在此而意在彼，乃風之體也。」

叔豐氏本作「赤」，上有「大」字。下同。**于田，**先韻。亦叶真韻，他因翻。豐氏本作「林」。**巷**豐氏本作「衖」。**無居人。**真韻。亦叶先韻，如延翻。**豈無居人？**見上。**不如叔也，洵美且仁。**真韻。亦叶先韻，如延翻。〇賦也。叔名段，鄭莊公寤生之弟。孔穎達云：「其字曰叔。」于，往也。田者，獵之别名，以取禽于田，因名曰田，《易》所謂「田有禽，利執言」是也。巷，《説文》云：「里中道也。」古文作䢽，从𨛜从共，言在邑中所共也。省作衖，又省作巷。《增韻》云：「直曰街，曲曰巷。」洵，通作恂，《説文》云：「信也。」美以態度言。仁，愛人也，字从人从二。《通論》云：「仁者兼愛，故人二爲仁。」以叔與衆混處，故見其仁。」歐陽脩云：「國人愛叔，以謂叔出于田，則所居之巷若無人矣。非實無人，雖有而不如叔之美且仁也。」嚴云：「叔豈真美且仁哉？其黨私之之言，猶河朔之人謂安、史爲聖也。詩人之意，謂段之不令，而群小相與縱臾如此，必爲厲階以自禍，莊公曷爲不禁止之乎？故《序》曰：『刺莊公也。』」

叔于狩，叶有韻，始九翻。《春秋》「天王狩于河陽」，《穀梁傳》作「守」。**巷無飲酒。**有韻。**豈無飲酒？**見上。**不如叔也，洵美且好。**叶有韻，許厚翻。〇賦也。狩者，冬獵之名。杜預云：「狩，圍守也。冬物畢成，獲則取之，無擇也。」孔《車攻》註云：「狩者，獵之總名。冬獵大于三時，故名以狩。」又《爾雅》云：「火田爲狩。」疏以爲放火燒草，守其下風，故名爲狩。若以後篇「火烈」等語例之，則此亦火田也。《説文》又謂犬田爲狩，未詳孰是。「巷無飲酒」者，叔出則巷無可飲酒之人也。好者，獻酬款洽、情意交通之謂，以其與衆飲酒，故見其好。

叔適野，叶麞韻，❶讀如羽，王矩翻。**巷無服馬。**叶麞韻，滿補翻。《史記》索隱音姥，凡馬皆讀如姥。**豈無服馬？**見上。**不如叔也，洵美且武。**麞韻。○賦也。適，《説文》云：「之也。」野，《説文》云：「郊外也。」又《爾雅》云：「牧外謂之野。」《詩傳》云：「以細别言之，則郊外之地名牧，牧外之地名野。若大判而言，則野者，郊外通名。」服馬，鄭玄云：「猶乘馬也。」孔云：「《易》稱服牛、乘馬，俱是駕用之義，故云服馬猶乘馬。」「巷無服馬」者，言叔出則巷無能服馬之人矣。武亦于服馬見之，罄控馳騁，力能使馬之謂。一説，夾轅兩馬謂之服馬，後篇言兩服、兩驂是也，舉服以該驂耳。亦通。彭執中云：「玩味此詩，宛然如見叔段輕儇浮揚之意。如今之貴族輕薄子，閭里少年朋徒追逐，而極口誇美之也。」

《叔于田》三章，章五句。豐氏本作《大叔于田》。○《序》以此篇爲《叔于田》，後篇爲《大叔于田》。今按段稱大叔，據《左傳》在封京之後，號爲京城大叔。既受寵異之號，又有人民、兵甲之衆，不得出居閭巷，下襍民伍。玩此詩，有「巷無居人」等語，當是未受封時事耳，故篇名但以叔稱。《子貢傳》謂大叔段多才而好勇，鄭人愛之，賦《尗于田》。于詩意甚合，然却衍「大」之一字。若《序》云「刺莊公也。叔處于京，繕甲治

❶「叶」，原作「田」，據《四庫全書》本改。

兵，以出于田。國人説而歸之」，則全未解古人名篇之意，所謂似是而非者也。朱子于此詩既從《序》矣，而又云：「或疑此亦民間男女相説之詞。」則胡不思後篇「獻于公所」之語，其爲叔段之事鑿鑿明甚。夫亦猶此叔于田也。此而可疑，孰不可疑耶？

《大叔于田》，刺鄭莊公也。叔多才而好勇，不義而得衆也。出《序》。○莊公封叔段于京之後，段始有「京城大叔」之號。此詩古篇名作《大叔于田》，則受封後事也。范祖禹云：「莊公之于段，稔其惡而欲斃之也。故《春秋》書克段于鄢，以罪鄭伯。詩人言叔多才好勇而得衆心，以深咎莊公。夫段之惡易知，而莊公之罪難見，故《春秋》書鄭伯，而詩人刺其君。皆本其所起以罪之，所以爲世戒也。」

叔《毛詩》古本叔上有「大」字。嚴粲云：「采詩之初未有《序》，故于首章加『大』，後有《序》，因存而不去。猶《書序》『作《堯典》』之下復有『堯典』二字，存其舊也。」豐氏本作「未」。下同。**于田，乘乘**上「乘」平聲，下「乘」去聲。後倣此。**馬。**叶麌韻，滿補翻。**執轡如組，**麌韻。**兩驂如舞。**麌韻。《家語》作「儛」。**叔在藪，火烈**《文選》注作「列」。**具舉。**語韻。**襢**《釋文》作「袒」，《説文》作「膻」。**裼暴虎，**麌韻。**獻于公所。**語韻。**將叔無**《釋文》、豐本俱作「毋」。**狃，戒其傷女。**語韻，音汝。○賦也。叔于田，毛傳以此爲叔之從公田也，以下文有「獻于公所」之句，故云爾。若上篇叔于田，❶則段自出田耳。乘乘馬，上

❶「田」，原作「出」，據文義改。

乘，駕也。下乘，四數也。凡物之四數者皆名乘，故四馬爲乘馬，四鴈爲乘鴈，四矢爲乘矢。又田制四丘曰乘，亦其類也。又陸佃云：「古者庶人駕一，士駕二，大夫駕三，諸侯駕四，天子駕六。」乘馬則僭諸侯之禮矣，蓋亂生于車馬衣服之間而已。大叔于田，乘乘馬，而沃之大夫素衣朱襮，此晉、鄭之所繇亂也。執轡如組，解見《簡兮》篇。轡，御馬索，所謂韁也。車四馬，各兩轡，以驂馬内兩轡繫于軾，驂馬外轡及夾轅兩服馬轡分置兩手，故在手者惟六轡耳。驂，《説文》云：「駕三馬也。」按夏初駕兩謂之麗，殷益一謂之驂，周又益一謂之駟。春秋時，鄭有公子騑字子駟。車駕駟馬，在内兩馬謂之服，在外兩馬謂之騑，是有騑乃成駟也。今曰「兩驂」者，一驂之外又益一驂，❶即騑是也。故《禮記》注云：「外騑曰驂。」董氏云：「五御之法，有舞交衢者，蓋《詩》所謂『如舞』也。服制于衡，不得如舞，其言舞者驂也。」按《周禮·保氏》掌教國子五馭。注云：「一曰鳴和鸞，和在軾，鸞在衡，皆鈴也。升車則馬動，馬動則鸞和應。二曰逐水曲，謂車行如水，順曲而流。三曰道君表。《詩》毛傳謂褐纏旃以爲門，裘纏質以爲槸，閒容握，驅而入，擊則不得入也。四曰舞交衢，謂車在交道，旋應舞節。五曰逐禽左，謂田車逆驅禽獸，使左當君，以射。」此首言叔之善御，是往田在道時，自矜其能，親代御者執轡，其御馬光景如此。至「在藪」以下，則至其所而田矣。後章同。《韓詩》云：「禽獸居之曰藪。」毛傳云：「藪澤，禽之府也。」孔穎達云：「澤，水所鍾。水希曰藪。俱是曠野之地，但有水無水，異其名耳。《爾雅·釋地》説十藪云：『鄭有圃田。』此言在藪，蓋在圃田也。」烈，《説文》云：「火猛也。」

❶ 「又」，原作「人」，據《四庫全書》本改。

具，通作俱，偕也。舉，火之初舉也。火烈具舉，疏以爲宵田，故持火炤之。按《周禮・大司馬》中春蒐田用火。《爾雅》冬獵名狩，火田亦名狩。曹氏謂《王制》昆蟲未蟄，不以火田，惟冬田乃用火。孔穎達《禮記疏》則云：「今俗放火張羅，從十月以後至仲春，皆得火田。」是則田之用火，凡春冬皆有之，不必宵田也。然春冬之火，亦自有辨，所云蒐田用火，不過刈草爲防，驅禽而納之防中，然後焚而射焉。所以除陳草，習火攻，要其所焚者，不出于防外，非如冬之火田，直是放火焚山林以獵也。若此詩所云「火烈具舉」，後又云具揚、具阜，其火勢之猛如此，定不比春蒐之火，或即冬之火田耳。又叔馳逐自雄，鄭伯不善教弟，其射獵不必盡依禮法。然以舉火爲宵田，則似屬無當。襢，《説文》作膻，肉膻也，脱衣而見體也。亦作亶，《荀子》「露亶」是也。今文訛作襢。按襢乃丹縠衣，本作襄，亦作展，即王后六服中之展衣也，與肉膻義無涉。裼，《説文》云：「袒也。」袒者，衣縫解也。暴，當作㬥，《説文》云：「疾有所趣也。」按暴、㬥字易相混，不可不辨。公，莊公也。孔云：「公亦與之俱田也。」「獻于公所」者，進之于君前。一説，胡胤嘉云：「所不必于田所，獻之曰公所，則不在田可知。」將，請也。無，通作毋，禁止辭。狃，《説文》云：「犬性驕也。」字从犬。《爾雅》云：「復也。」顔師古云：「忕也。」孫炎云：「狃伏前事復爲也。」蓋因驕成慣，故徐氏解以爲忕慣習是也。叔之徒，見叔露體解衣，疾趨搏虎，相與戒叔曰：「請叔無驕慣此事，恐虎之或傷汝也。」愛之之辭。鄭氏云：「段以國君介弟之親，京城大叔之貴，而所好者馳騁弋獵也，所矜者襢裼暴虎也，所賢者射御足力也，出而人思之者，飲酒服馬之儔也。氣習至此，而又恃其君母之愛，玩于莊公之惟其所欲而不誰何也，欲不爲叛，得乎？是則置段于必亂之地者莊公也。」鍾惺云：「叔段無大志，一馳馬試劍公子耳。其徒夸美，亦不過媚子狎客，從臾遊戲者。不然，且爲曲沃武公矣。看將叔無狃，戒其傷女，及我聞有命，不敢以告人，氣象大小，深淺相去多少。」

叔于田，乘乘黃。陽韻。**兩服上襄，**陽韻。**兩驂鴈行。**叶陽韻，寒剛翻。**叔在藪，火烈具揚。**陽韻。**叔善射**禡韻。豐氏本作「䠶」。**忌，又良御**叶禡韻，五駕翻。**忌。抑磬控**送韻。**忌，抑縱送**韻。**忌。**賦也。陸佃云：「黃騂曰黃。黃亦馬之上色，故《駉》頌首章曰『有驪有黃』，《列子》亦曰：『牝而黃，牡而驪。馬至，果天下之馬也。』」舊説以「乘黃」爲四馬皆黃，然則後章「乘鴇」，豈又四馬皆鴇乎？何叔乘馬之驟易如此。愚謂乘黃、乘鴇，俱當于「乘」字畧斷讀之，蓋四馬爲乘，于乘之中，有黃者，又有鴇者，或兩服爲黃，而兩驂爲鴇也。朱子云：「衡下夾轅兩馬曰服。」按服字从舟，舟即車輈也，蓋以兩服馬居輈兩旁得名。襄，通作驤，《説文》云：「馬之低昂也。」兩服上襄，言兩服在兩驂之上，其行並低並昂，即下章所言「齊首」是也。「兩驂鴈行」者，謂驂少次服行，如飛鴈斜行。《曲禮注》云「雁行者，與之竝，差退」是也。孔穎達云：「此四馬同駕，其兩服則齊首，兩驂與服馬鴈行，其首不齊，故《左傳》云：『如驂之有靳。』」揚，《説文》云：「飛舉也。」蓋言接續而舉，畧無停歇也。射，《説文》作䠶，从身从矢，謂弓弩發于身而中于遠也。篆改矢从寸。寸者，手也。忌，語助辭。或作其，或作己，或作記，或作期，或作萁，皆音近也。良，亦善也。御，《説文》云：「使馬也。从彳从卸。」徐鍇云：「彳，行也。卸，解車馬也。或彳或卸，皆御者之職。」射、御不對言，叔本善射，因有良御而益以濟其善射也，下二句正舉其實。抑，發語辭。毛傳云：「騁馬曰磬，止馬曰控。」謂之磬者，騁馬從禽，隨其所使，馬即從之，曲折如磬也。按磬之折殺，其形必曲，故謂之磬折。控，《説文》云：「引也。」馬行方速，遇獸而射，引而止之即止，隨所制勒也。朱子云：「舍拔曰縱，覆彇曰送。」拔即括也。矢銜弦處，滿則放手以任其去，故曰縱。彇，弓弰頭也。覆，倒也。弓滿時，弓弰向内，既放矢，則顛倒其弰並指于前，如送矢遠去也。又嚴粲云：「縱，放箭也。送，送箭也。今射者云，前手攧，後手絶。攧即送也，絶即縱也。能絶能攧，則矢去勁而有力。」亦通。陸化熙云：「要知磬時未嘗不控，縱時即爲之送，不是二事。」上章言徒搏，第見其始事之勇，此章乃以其射獵之實言也。

叔于田，乘乘鴇。叶有韻，補苟翻。豐氏本作「𠤏」。**兩服齊首，**有韻。**兩驂如手。**有韻。**叔在藪，火烈具阜。**有韻。**叔馬慢**叶翰韻，莫半翻。《釋文》、豐氏本俱作「嫚」。**忌，叔發罕**叶翰韻，黄半翻。**忌。抑釋掤**蒸韻。豐氏本作「仌」，《禮書》作「弸」。**忌，抑鬯**豐氏本作「韔」。**弓**叶蒸韻，姑弘翻。**忌。**賦也。鴇，鳥名。《爾雅》馬驪白襍毛曰鴇，蓋取諸鳥也。郭璞云：「今呼之爲鳥驄。」齊首，馬首齊也。如手，鄭云：「如人左右手之相佐助也。」朱子云：「兩服並首在前，而兩驂在旁，稍次其後，如人之兩手。」上章言「乘黄」，意是主兩服爲言，而并及兩驂之善。此章言「乘鴇」，意是主兩驂爲言，而明其能爲兩服之助。然第據驂服並行之象如此，無御之善，意與首章「執轡如組」二句不同。阜，本土山之名。劉熙云：「厚也。言高厚也。」毛云：「盛也。」徐光啓云：「始而具舉，既而具揚，終而具阜，形容火勢以漸而熾，乃知詩人體物之妙，一字不苟。」此「在藪」二句，雖與上同，然已是田事將畢時矣。慢，毛云：「遲也。」孔云：「凡惰慢者必遲緩，故訓慢爲遲。」罕，毛云：「希也。」按罕本罔名，所以訓希者，當是謂其罔目希疏故耳。鄭云：「田事且畢，則其馬行遲，發矢希。」釋，《説文》云：「解也。」掤，毛傳及《説文》皆云：「所以覆矢。」亦作冰。昭二十五年《左傳》云：「公徒執冰而踞。」服虔云：「冰，櫝丸蓋。」杜預云：「櫝丸是箭筩，其蓋可以取飲。」嚴云：「用矢，則舉掤以開箙。既用，則納矢箙中。釋下其掤，以覆箙也。」鬯，孔云：「韜弓之器。鬯弓，蓋韜弓而納之鬯中。」本作韔，《説文》云：「弓衣也。」又《蒼頡》名冰爲矢房，《詩》注名韔爲弓室，可作的對。蓋矢韜弓，乃田事既畢之時。嚴云：「言其從容得意，如庖丁解牛，提刀而立，爲之四顧，爲之躊躇滿志，善刀而藏之也。亦可想叔段洋洋之意矣。」又云：「段有不義之謀，兄弟之間，人所難言。詩人優柔之意，但言段矜能恃勇，暴虎以獻，氣陵其兄。私黨謟事，甘言媚説，方且踴躍馳騁，不能自已，從容畢事，意氣自得。其氣習輕揚麤暴如此，殆非令終之器。所謂智伯射御足力則賢，而以不仁行之者也，公何爲不早禁止之乎？」吕祖謙云：「鷙鳥將擊，必匿其形。二詩所載段之輕淺如此，宜其爲莊公之所易也。詩人乃若憂其不能制者，豈其未得莊公之情也哉？憂之云者，兄弟之心也，欲止其惡者也，涕泣而道之者也。易之云者，仇敵之心也，欲養其惡者也，談笑而道之者也。詩人直以兄弟之心，爲莊公憂耳，豈知其他哉？」萬時華云：「叔之得衆如此，爲魏之信陵、齊之孟嘗不足，爲晋之桓叔、衛之州吁亦不足，何也？其智不深，其勇不沉，結納皆亡命之人，終不足以舉大事。莊公識破此人，弄之股掌中亦久矣。莊志殺段，固不足言。漢文實友愛諸弟，不朝賜几杖，不問。殺辟陽侯，不問。警蹕稱制，不問。卒令以驕恣自敗，損愛弟之名。始知國家大體，畢竟私情上稍姑息不得，公義上稍寬假不得。」

《大叔于田》三章，章十句。豐氏本作《叔于田》。〇郝敬云：「《于田》二詩，朱子皆以爲鄭人愛段而作，非也。《序》刺莊公無中才之教，陷其弟于惡也。二詩極道段材藝武勇，其繕甲治兵，不軌之志，隱然言外。夫子删《詩》，存此戒人君、父兄于子弟愛之能勿勞乎。若謂鄭人美段而作，何足以風？」又漢匡衡謂鄭伯好勇，而國人暴虎，殊非事實。

《將仲子》，鄭莊公欲陷弟段，授以大邑。祭仲諫，陽拒之。大夫原其情而刺之。 出《申培說》。○《左》隱元年，初，鄭武公娶于申，曰武姜，生莊公及共叔段。❶莊公寤生，驚姜氏，故名曰寤生，遂惡之。愛共叔段，欲立之。亟請于武公，公弗許。及莊公即位，爲之請制，公曰：「制，巖邑也，虢叔死焉。他邑惟命。」請京，使居之，謂之京城大叔。祭仲曰：「都城過百雉，國之害也。先王之制，大都，不過參國之一。中，五之一。小，九之一。今京不度，非制也，君將不堪。」公曰：「姜氏欲之，焉辟害？」對曰：「姜氏何厭之有？不如早爲之所，無使滋蔓。蔓，難圖也。蔓艸猶不可除，況君之寵弟乎？」公曰：「多行不義必自斃，子姑待之。」既而大叔命西鄙、北鄙貳于己。公子吕曰：「國不堪貳，君將若之何？欲與大叔，臣請事之。若弗與，則請除之，無生民心。」公曰：「無庸，將自及。」大叔又收貳以爲己邑，至于廩延。子封曰：「可矣。厚將得衆。」公曰：「不義不暱，厚將崩。」大叔完聚，繕甲兵，具卒乘，將襲鄭，夫人將啓之。公聞其期，曰：「可矣。」命子封帥車二百乘以伐京。京叛大叔段。段入于鄢，公伐諸鄢。五月辛丑，大叔出奔共。書曰：「鄭伯克段于鄢。」段不弟，故不言弟。如二君，故曰克。稱鄭伯，譏失教也，謂之鄭志。不言出奔，難之也。鄒忠胤云：「嘗觀楚申無宇云，制城邑若體性焉，自首領股肱，至于手拇毛脉，大能掉小，故變而不動。

❶「共」，原作「其」，據《四庫全書》本改。

國爲大城，未有利者。叔段以京患嚴公，鄭幾不封，櫟人實使鄭子不得其位。衛蒲戚實出獻公，宋蕭蒙實殺昭公，魯卞費實弱襄公，齊渠丘實殺無知，晋曲沃實納成師，秦徵衙實難桓、景，此即祭仲所謂大城不過百雉，及晋師服所謂本大而末小，是以能固之説也。何國無謀臣，而其主不聽，或戕其弟，或戕其身，或戕其子孫。以此爲鑒，猶有樹國相疑，豪植太强，釀七國之變者。」嚴粲云：「祭仲之謀迫而淺，欲速去其偪，曰『早爲之所』。莊公之謀狡而深，欲養成其惡，曰『子姑待之』。公與祭仲皆欲致段于死地，所争遲速之間耳。公非拒祭仲也。國人知公與祭仲有殺段之謀，乃反其意，設爲公拒祭仲之辭以諷之。」按《序》云：「《將仲子》，刺莊公也。不勝其母，以害其弟，弟叔失道而公弗制，祭仲諫而公弗聽，小不忍以致大亂焉。」《子貢傳》亦云：「鄭莊公封弟段于京，祭足諫之不聽，大夫風之。」嚴云：「莊公克段之事，《左氏》以爲譏失教，《詩序》以爲小不忍，皆責之也輕。《穀梁》、《公羊》及胡氏深誅其心，以爲大惡。後之説《詩》者祖其意，以《序》爲非，且謂詩人探莊公之心在于殺段，而託諸父母、諸兄、國人以爲説，冀以稔成其惡耳。竊謂此駁《序》未盡莊公之惡則然，而説詩之本意則未也。叔段舊有奪嫡之謀，莊公固已不能釋然于懷矣。而又挾材武，怙母寵，結群小，將不利于宗國，此莊公之所深忌也。請制弗許，請京與之，迫于母意不得已焉耳。始答祭仲曰『多行不義必自斃』，繼答公子吕曰『無庸，將自及』，至公子吕又言之，則曰『不義不暱，厚將崩』。蓋挾數用術，爲秋實黄落之計，設心不仁矣。觀段之淺露，爲群小所從臾，而欲謀宗國，何能爲者耶？固易之矣。及段將襲鄭，公曰『可矣』，蓋幸其釁自彼作，謂人不得以議我，豈有涕泣而道之之意哉？公固非不忍者，然《春秋》乃聖人褒貶之法，變風乃國人諷諫之辭，不可以並論也。此詩止以公與祭仲有殺段之謀，故設爲公拒祭仲之辭，以天理感動之，公論開悟之耳。如此，則不失詩人温柔敦厚之旨。」胡安國云：「姜氏當武公存之時，嘗欲立段矣。及公既没，姜以國君嫡母主乎内，段以寵弟多才居乎外，國人又悦而歸之。恐其終將軋己爲後患也，故授之大邑，而不爲之所，縱使失道，以至于亂。然後以叛逆討之，則國人不敢從，姜氏不敢主，而大叔屬籍當絶，不可復居父母之邦。此鄭伯之志也。王政以善養人，推其所爲，使百姓興於仁而不偷也。況以惡養天倫，使陷於罪，因以翦之乎？」又云：「世衰道隱，民彝汨亂，若宋殤之於馮也，衛侯鄭之於叔武瑕也，皆爲利争，不勝計也。而莊公獨以順母爲辭，養成段惡。夫中也養不中，才也養不才，故人樂有賢父兄也。仁人之於兄弟，不藏怒焉，不宿怨焉，親愛之而已矣。象憂亦憂，象喜亦喜，恩掩義也。使吏治其國，而象不得有爲，義勝恩也。恩義並立，而中持衡焉。段雖凶逆，焉攸亂，此《春秋》責莊公之意也。」《東萊博議》云：「莊公雄猜陰狠，視同氣如寇讎，而欲必致之死，故匿其機而使之狎，縱其欲而使之放，養其惡而使之成。封京之後，伐鄢之前，其處心積慮，曷嘗須臾而忘叔段哉？吾嘗反覆考之，然後知莊公之心，天下之至險也。祭仲之徒不識其機，反諫其都城過制，不知莊公正欲其過制。諫其厚將得衆，不知莊公正欲其得衆。是舉朝之卿大夫皆墮其計中矣。鄭之詩人不識其機，反刺其不勝其母以害其弟，不知莊公正欲得不勝其母之名。刺其小不忍以致大亂，不知莊公正欲得小不忍之名。是舉國之人皆墮其計中矣。莊公之機心，猶未已也。魯隱之十一年，莊公封許叔，而曰：『寡人有弟，不能和協，而使糊其口于四方，況能久有許乎？』其爲此言，是莊公欲以欺天下也。魯莊之十六年，鄭公父定叔出奔衛，三年而復之，曰：『不可使共叔無後于鄭。』則共叔有後于鄭舊矣。段之有後，是莊公欲以欺後世也。既欺其朝，又欺其國，又欺天下，又欺後世。噫嘻，岌岌乎險哉，莊公之心與！」胡云：「莊公志殺其弟，使糊其口於四方，自以爲保國之計得也。然身歿未幾，而世嫡出奔，庶孽奪正，公子五争，兵革不息。忽儀亹突之際，其禍憯矣。亂之初生也，起于一念之不善。後世則而象之，至於兄弟相殘，國内大亂，民人思保其室家而不得，不亦酷乎？」

將仲子兮，無豐氏本作「毋」。下同。**踰我里，**紙韻。**無**豐本作「毋」。下同。**折我樹杞。**紙韻。**豈敢愛之，畏我父母。**叶紙韻，毋鄙翻。**仲可懷**叶微韻，胡威翻。亦叶灰韻，胡猥翻。**也，父母之言，亦可畏**叶微韻，於非翻。亦叶灰韻，烏回翻。**也。**賦而比也。將，毛傳云：「請也。」仲子，祭仲也，名足，仲其字，鄭大夫也。其先爲祭封人，因以爲氏。踰，《説文》云：「越也。」《周禮》五家爲鄰，五鄰爲里，皆有地域溝樹之。折，《説文》云：「斷也。」杞，木名。陸璣云：「柳屬也。生水傍，樹如柳，葉麤而白，色理微赤。今人以爲車轂。」按杞材堅韌，故以比段。李氏云：「無踰我里，言無與我家事也。」鄭玄云：「無折我樹杞，喻言無害我兄弟也。」蘇轍云：「異姓而干公族以謀兄弟，譬如踰里而折杞也。」吕祖謙云：「首三句辭雖拒仲，❶而意則與之。如侍人僚相告昭公以去季氏之謀，公執戈以懼之之類。」鄭云：「段將爲害，我豈敢愛之而不誅歟？以父母之故，故不爲也。」蘇云：「莊公非畏父母之言者也，欲必致叔于死耳。夫叔之未襲鄭也，有罪而未至于死，是以諫而不聽。諫而不聽，非愛之也，未得所以殺之也。未得所以殺之而不禁，而曰畏我父母，君子知其不誠也，故因其言而記之。夫因其言而記之者，以示得其情也。」吕云：「豈敢愛之，畏

---

❶「拒」，原作「柜」，據《四庫全書》本改。

我父母，則于段非有所不忍也。其拳拳于叔，而不得已于姜氏者可見矣。」郝敬云：「借莊公之口以誅其心，辭若寬而心甚險，千載讀之，如見肺肝，《詩》所以善于諷也。」鄭云：「懷私曰懷，言仲之爲我謀，實與我親暱，以私情論，若可懷也。然聽人言而忍于同氣，在父母必有怨望之辭，亦可畏也。此又詩人因上有『畏我父母』之言而撥轉之，以致其諷動之意，含情更深。」嚴云：「公未嘗有是言也，而詩人代公言之，若謂公縱不愛段，獨不畏父母乎？蓋譎諫也。」孔云：「於時其父雖亡，遺言尚存，故與母連言之也。」

將仲子兮，無踰我牆，陽韻。**無折我樹桑。**陽韻。**豈敢愛之？畏我諸兄。**叶陽韻，虚王翻。**仲可懷**見前。**也，諸兄之言，亦可畏**見前。**也。**賦而比也。牆，《説文》云：「垣蔽也。」字从嗇，取愛嗇自護也。桑亦木之韌者，故以比段。按《孟子》曰：「五畝之宅，樹墻下以桑。」則桑在墻下也。諸兄，毛云：「公族。」嚴云：「諷公縱不愛段，獨不畏公族之議乎？」

將仲子兮，無踰我園，叶先韻，于權翻。**無折我樹檀。**叶先韻，徒沿翻。**豈敢愛之，畏人之多言。**叶先韻，倪堅翻。**仲可懷**見前。**也，人之多言，亦可畏**見前。**也。**賦而比也。孔云：「《太宰》職『園圃毓草木』，園者圃之藩，故其内可以種木也。」檀彊韌之木，可以爲車，亦以比段。《鶴鳴》之詩云：「樂彼之園，爰有樹檀。」羅願云：「《淮南子》『十月檀』，檀，陰木也。」王充云：「楓桐之樹，生而速長，故其皮肥，❶不能堅剛。樹檀以五月生葉，後彼春榮之木，其材彊勁，車以爲軸。」人，國之人也。繇父母

❶「肥」，《四庫全書》本作「脆」。

而諸兄而國人，立言之序如此。嚴云：「諷公縱不愛段，獨不畏國人之多言乎？」呂云：「畏我諸兄，畏人之多言，特迫于宗族國人之議論，非愛段也。具文見意，而莊公之情得矣。」豐熙云：「莊公所以不惜以京授段者，乃《老子》所謂『將欲取之，必固與之』，其術深矣。顧諉於諸兄、國人之言，蓋潛秘其機，而陽以拒仲之諫耳。」又《晋語》公子重耳安于齊，姜氏勸之行，曰：「西方之詩有之曰：『懷與安，實疚大事。』鄭詩云：『仲可懷也，人之多言，亦可畏也。』」韋昭注云：「言雖欲從心思仲，猶能畏人自止，見可懷，思可畏也。」

《將仲子》三章，章八句。《左》襄二十六年，鄭伯爲衛侯如晋，晋侯言衛侯之罪，使叔向告鄭伯。子展賦《將仲子兮》，晋侯乃許歸衛侯。叔向曰：「鄭七穆，罕氏其後亡者也，子展儉而壹。」詩篇名多「兮」字，實即此詩也。○此詩爲祭仲諫大叔事而作，語意昭然，無可疑者。朱子先有成見胷中，主定鄭、衛皆淫詩。一聞蒲田鄭樵氏謂此淫奔者之辭，便欣然引爲同調，令人懣極。

《野有蔓草》，刺鄭莊公也。祭仲爲公謀去段，遂有寵于公，國人託爲公愛仲之辭以刺之。按段之初封京也，祭仲實首先爲公謀，其言曰：「今京不度，非制也。不如早爲之所，無使滋蔓。蔓，難圖也。蔓草猶不可除，况君之寵弟乎？」此詩以「野有蔓草」發端，因祭仲之辭也。又《左傳》曰：「初祭封人仲足，有寵於莊公，莊公使爲卿。」夫仲之先不過一封人耳，已而驟進爲卿，則以爲公忠謀之故，因而獲寵。《詩》所爲歌邂逅者，此也。

野有蔓草，豐氏本作「艸」。後同。**零**豐本作「霝」。後同。**露漙**叶阮韻，上兖翻。陸德明本作「團」。顔師古《糾繆正俗》作「專」，云：「古本有水旁作專者，皆當讀上兖切，叶清揚婉兮。」陸粲云：「今韻書作上兖切，非。蓋『兖』字傳寫作『袞』耳。」楊慎云：「婉字在阮韻，專字當從之矣。諸韻書不收，當補入之。」**兮。有美一人，清揚婉**阮韻。《集韻》作「畹」。**兮。邂**豐本作「解」。後同。**逅**陸本作「遘」，豐本作「覯」。後同。**相遇，適我願**叶阮韻，五遠翻。**兮。**興之比又賦也。野在四郊之外。蔓，《説文》云：「葛屬。」莖葉相聯。野有蔓草，比叔段也。説見小引下。零之爲義，雨餘也，露之潤澤似之，故亦曰零。蔡邕《月令章句》云：「露者，陰液也。釋爲露，結爲霜。」漙，《説文》云：「露貌。」草之延蔓者凝露濃，以比段之有寵于姜氏也。有美一人，指祭仲足也。清揚，解見《君子偕老》篇。婉，順也。言其眉目之間，和順可掬也。邂、逅二字，《説文》皆解云：「不期而遇也。」遇，《説文》云：「逢也。」祭仲以封人入見于公，故曰「邂逅相遇」。適，猶當也。願，通作愿。愿者，專謹之義。人心有所愛，則謹持之而不能釋，謂之愿也。適我願兮，言與我心之所懷來者適相當也。公欲去段，仲亦欲去段，謂之曰「適我願兮」，以見莊公之處心積慮，欲害弟段，見乎辭矣。又《左》襄二十七年，鄭伯享趙孟于垂隴，子大叔賦《野有蔓草》。趙孟曰：「吾子之惠也。」昭十六年，鄭六卿餞晋韓宣子于郊，子齹賦《野有蔓草》。宣子曰：「孺子善哉！吾有望矣。」《韓詩外傳》亦云：「孔子遭齊程木子于郯之間，傾蓋而語終日，有間，顧子路曰：『繇，束帛十匹，以贈先生。』子路不對。有間，又顧曰：『束帛十匹，以贈先生。』子路率爾而對曰：『昔者繇也聞之于夫子，士不中道相見，女無媒而嫁者，君子不行也。』孔子曰：『夫《詩》不云乎？野有蔓草，零露漙兮。有美一人，清揚婉兮。邂逅相遇，適我願兮。

且夫齊程木子，天下之賢士也。吾于是而不贈，終身不之見也。』」程木子名本，即子華子。《家語》、《説苑》及《子華子》、《孔叢子》諸書具載此事，皆借此詩以表其喜于相遇之意，要與詩旨無涉。

野有蔓草，零露漙漙。陽韻，奴當翻。**有美一人，婉如清揚。**陽韻。**邂逅相遇，與子偕臧。**陽韻。○興之比又賦也。漙漙，露盛貌。段封京未已，又命西鄙、北鄙貳于己，又收貳以爲己邑，至于廩延，比蔓草得露之盛也。婉如清揚，猶言清揚婉如，倒句法也，亦就上章語而翻之耳。偕，俱。臧，善也。與子偕臧，猶言欲與子共安樂、同富貴也。蓋莊公感仲之深如此，不愛其弟，而愛同謀害弟之人，莊公可爲有人心乎？　此詩不必莊公作，而國人代爲之言，欲公聞之而自醜之也。

《野有蔓草》二章，章六句。《序》以爲思遇時也。君之澤不下流，民窮于兵革，男女失時，思不期而會焉。吕祖謙云：「君之澤不下流，蓋講師見零露之語，從而附益之。」而陳氏引《綢繆》詩云「見此邂逅」，以爲邂逅正謂婚姻。若爾，直爲野合紀咏耳，子大叔輩何取焉？　蘇轍云：「信如此説，則趙文子將不受，雖與伯有同譏可也。」時伯有賦《鶉之賁賁》，文子譏之。朱子直改爲男女相遇于野田草露之間而作，邪穢已甚，更不足辨。《子貢傳》、《申培説》則云：「臼季遇郤缺于冀，薦于文公，晋人美之。」意頗近似。愚所以斷其不然者，以《左傳》爲證。當子蠡賦此詩餞韓宣子，宣子美之，以爲賦皆不出鄭志，豈得入之唐風耶？

北京大學《儒藏》編纂與研究中心　編

《儒藏》精華編選刊

詩經世本古義

（二）

〔明〕何楷　撰

李士彪　張丹丹　校點

北京大學出版社
PEKING UNIVERSITY PRESS

詩經世本古義卷之十（女）

周成王之世詩五十篇

何氏小引

《閔予小子》，武王既葬而祔主于廟，嗣王朝于廟也。

《匏有苦葉》，邶人刺管叔之詩。

《鴟鴞》，周公救亂也。成王未知周公之志，公乃爲詩以遺王。

《狼跋》，美周公也。周公雖遭疑謗，然所以處之不失其常，故詩人美之。

《伐柯》，周人商迎周公也。

《九罭》，迎周公歸自東也。

《假樂》，贊美武王之德，爲祭武王之詩。

《載見》，成王免喪朝諸侯，率以見于武王廟，助祭既畢而慰勞之。

《烈文》，成王初見于武王廟，諸侯來助祭。事畢將歸國，君臣交相勑戒之辭。

《訪落》，成王除武王之喪，將始即政而朝於廟，與群臣謀於廟也。

《小毖》，嗣王求忠臣助己之所歌也。爲《訪落》之第二章。

《敬之》，《訪落》之第三、四章也。群臣進戒成王，王乃答群臣見戒之意。

《東山》，周公伐武庚，既克而歸，勞其從行之士，故作此詩。

《破斧》，美周公也。從軍之士以前篇周公勞己之勤，故言此以答其意。

《泮水》，頌伯禽允文允武也。伯禽就封于魯，初作泮宫，遂服淮夷，魯人爲之頌。

《常棣》，管、蔡失道，周公於合宗族之時，作此詩以閔之。

《大明》，訓成王也。言周家世有賢聖之君，德合乎天天，予以賢聖之配，生聖子而成伐功也。

《文王有聲》，詠文、武遷都豐、鎬之事，而重歎美之，以訓成王。

《思文》，郊祀后稷以配天之樂歌。周公所作也。

《生民》，郊祀后稷，以祈穀也。禮啓蟄之月，上辛之日，祈穀于上帝，以后稷配，爲田功所自始也。

《我將》，宗祀文王於明堂，以配上帝之樂歌。

《絲衣》，祭靈星也。靈星，農祥也。先王祀之而配以后稷，歌此詩以樂之。

《楚茨》，秋祫嘗之禮也。

《信南山》，冬祫烝之禮也。

《潛》，薦魚於寢廟之樂歌。與《月令》季冬漁人始漁同。

《桑扈》，饗諸侯之禮也。諸侯春見曰朝，天子饗之。

《蓼蕭》，諸侯繼世嗣封，天子與之燕而歌此。

《湛露》，諸侯朝正于王，王行饗禮畢，而燕之于寢，於是乎賦此。

《彤弓》，諸侯敵王所愾而獻其功，王賜之彤弓，歌此詩以饗之。

《緜蠻》，諸侯貢士也。亦名《崇丘》。

《吉日》，成王蒐岐陽也。

《振鷺》，微子來助祭于祖廟，先習射于澤宮，周人作詩以美之。

《有瞽》，成王大祫也，合諸樂于太廟奏之。微子以客禮來助祭，詩人紀述其事。

《武》，《大武》一成之歌。首紀北出伐商之事，爲武樂六成之始，故專得《武》名。

《酌》，告成《大武》也。周公所作言能斟勺先祖之道也，是爲《大武》之再成，象武王滅商之事。

《賚》，武王滅殷，南還于周，遍封諸侯，命之大賚。是爲《大武》之三成。

《般》，述武王巡守之事，爲《大武》之四成。所謂南國是疆者也。

《時邁》，爲《大武》之五成。巡行方岳後，分周公左、召公右之事也。

《桓》，武志也。是爲《大武》之六成，復綴以崇天子之所歌也。武亂，皆坐周、召之治也。

《有客》，微子來助祭于周，畢事而歸，王使人燕餞之，而作此詩。

《文王》，周公陳文王受命作周，以告成王也。

《蟋蟀》，唐風也。成王十年，封弟叔虞于唐，其國風如此。

《天保》，祝王也。成王遣周、召二公營雒邑，既成報命，因致其祝願之意。

《清廟》，雒邑既成，諸侯朝見宗祀，文王之所歌也。

《維天之命》，《清廟》之第二章也。以太平告。

《維清》，《清廟》之第三章。奏《象舞》時之所歌也。

《斯干》，落新宫也。詩作于肇建雒邑之時。

《泂酌》，召康公教成王以豈弟化庶殷也。豈以强教之，弟以悦安之。

《卷阿》，召康公戒成王任賢保治也。成王三十三年游于卷阿，召康公從，因王之歌，作此以爲戒。

《凱風》，衛七子自責也。能盡孝道，以慰母心焉。

《閔予小子》，武王既葬而祔主于廟，出殷大白《詩經副墨》。**嗣王朝于廟也。**出《序》。○嗣王者，成王也。朝于廟者，朝于武王所祔之廟，則王季廟是也。《左傳》云：「凡君薨，卒哭而祔，祔而作主。」《禮·檀弓》篇云：「卒哭曰成事，是日也，以吉祭易喪祭，明日祔于祖父。殷練而祔，周卒哭而祔。」《儀禮·士虞禮》篇云：「將旦而祔，則薦。卒辭曰：『哀子某，來日某，隮祔爾于爾皇祖某甫。尚饗！』明日，以其班祔。曰：『孝子某，孝顯相，夙興夜處，小心畏忌，不惰其身，不寧。用尹祭、嘉薦、普淖、普薦、溲酒，適爾皇祖某甫，以隮祔爾孫某甫。尚饗！』」賈公彥云：「欲使死者祔於皇祖，又使皇祖與死者合食，故須兩告之。」尹祭者脯也，嘉薦者葅醢也，普淖者黍稷也，普薦者鉶羹也，溲酒者醲酒也，此詩首三句，明在喪中之辭，又有「皇祖夙夜」之語，大都與《儀禮》合，其爲既葬卒哭隮祔于廟之祭，無可疑矣。

閔予小子，遭家不造，皓韻，叶宥韻，徂候翻。**嬛嬛**《石經》、豐氏本俱作「煢煢」，《漢書》、崔靈恩本俱作「焭焭」。《文選注》作「惸惸」。**在疚。**宥韻。《説文》、陸德明本俱作「㝌」。**於**音烏，後同。**乎皇考，**皓韻。**永世克孝。**叶宥韻，許候翻。**念兹皇祖，陟**《山堂詩考》作「徙」。**降**《山堂詩考》作「肇」。**庭**叶經韻，他定翻。《漢書》作「廷」。**止。維予小子，夙夜敬**叶經韻，讀如徑，吉定翻。**止。於乎皇王，**陽韻。**繼**豐本作「𢇍」。**序思不忘。**陽韻。○賦也。閔，通作愍。《説文》云：「痛也。」鄭玄云：「悼傷之言也。」李氏云：「《左傳》言『寡君少遭閔凶，予不能文』。是閔者，居喪之稱。」《曲禮》云：「天子未除喪曰予小子。」遭，《説文》云：「遇也。」造，《説文》云：「就也。」鄭云：「猶成也。」嬛，本作嬛。❶《説文》云：「材緊也。」字从女，乃女之輕便者，故取以爲渺小纖弱之名，此成王自稱也。疚，《爾雅》云：「病也。」按《説文》無疚字，當作㝌。李氏云：「《左傳》有『在疚』之文，亦是居喪之稱也。」言遭逢此時，我家父子不爲造物所成就，大統方集，武王遽崩，使我渺弱之身，失所依怙，正在憂病之中，未知彼濟也。於乎，歎聲，如烏之吁呼也。皇考，解見《雝》篇。鄭云：「武王也。」永世克孝，蘇轍云：「終身能孝也。」愚按時武王將祔祖廟，故特舉其孝而言，世德作求，善繼善述，皆武王克孝之實。「念兹皇祖」四句，告皇祖之辭也。念者，成王思念之也。兹，此也。皇祖，以昭穆之序推之，則王季也。按古者祔廟之禮，孫必祔于祖，以孫與祖昭穆之位同，所謂以其班祔也。自太祖而下，昭穆相間，祖爲昭，則父爲穆，而己身復爲昭；祖爲穆，則父爲昭，而己身復爲穆。周之世次，太王、文王皆穆，王季、武王皆昭。《書》稱文王爲穆考，《詩》稱武王爲昭考，是也。太王、文王之子爲昭，王季、武王之子爲穆。《左傳》曰「太王之昭」、「王季之穆」、「文之昭」、「武之穆」是也。祔之爲言附也。祔祭者，告其祖父，當遞遷于向上之廟，而新死之主，當入此廟也。《儀禮》祝辭，稱死者之祖父爲皇祖，故知爲王季也。陟，升。降，下也。庭，《説文》云：「宮中也。」止，通作只。《説文》云：「語已辭也。」後同。「陟降庭止」者，顔師古謂鬼神上下臨其廷。朱子引《楚辭》「三公穆穆，登降堂只」，與此文勢正相似。夙夜敬止，即

❶「嬛」，原作「嬛」，依《説文》篆形改。

《儀禮》祝辭言「夙興夜處，小心畏忌」之意。成王于祔祭之日，祗告王季之廟，言我思念皇祖之神靈，時時往來于此廟廷之中，如在其上，如在其左右。今我小子將以皇考躋祔于廟，夙夜畏忌，不敢寧居，蓋愛敬交至之辭也。「於乎皇王」二句，成王自嗚其思慕也。皇王，武王也。《文王有聲》篇稱武王爲皇王，可據。以武王自居王位，故稱皇王，若太王、王季、文王，乃追王耳。繼序，指祔廟言，繼昭穆之序也。「思不忘」者，言武王功德盛大，天下人思慕之，皆不能忘也。《書》曰：「七世之廟，可以觀德。」武王永世克孝，身創鴻業，異日者將爲我周世世不祧之主，豈徒如今日之繼序，以其班祔已乎？《烈文》之詩曰：「無競維人，四方其訓之。不顯維德，百辟其刑之。於乎前王不忘。」《大學》曰：「君子賢其賢而親其親，小人樂其樂而利其利，此以没世不忘也。」是皆「思不忘」之義疏也。徐光啓云：「凡子孫不類者，統承大業，便謂可以佚蕩自恣。觀此詩何等悲愴怨慕，即此便是守成之本。」

《閔予小子》一章，十一句。《前漢書》元帝時，匡衡上疏曰：「昔者成王之嗣位，思述文、武之道以養其心，休烈盛美皆歸之二后而不敢專其名，是以上天歆享，鬼神祐焉。其《詩》曰：『念我皇祖，陟降庭止。』言成王常思祖考之業，而鬼神祐助其治也。」元帝崩，成帝即位，衡復上疏曰：「陛下秉至孝，哀傷思慕不絕於心，未有游虞弋射之燕，誠隆於慎終追遠，無窮已也。竊願陛下雖聖性得之，猶復加聖心焉。《詩》云『煢煢在疚』，言成王喪畢思慕，意氣未能平也。蓋所以就文、武之業，崇大化之本也。」此説流傳，遞相祖述。鄭玄、蔡邕皆云：「成王除武王之喪，將始即政，朝于廟也。」《申培説》則云：「成王免喪，始朝先王之廟，作詩以自警。」朱子則云：「成王免武王之喪而朝于廟。玩其辭，知其哀未忘也。」又説者亦皆以皇祖指文王，謂念茲皇祖者，言武王能念文王，即上文所謂克孝者也。惟武王能念文王，故成王今日，亦不忍忘武王。其曰「夙夜敬止」者，即文王之敬止，武王之敬勝，以心法爲家法也。繼序者，繼其一統相承之次序，而爲天子也。似此鋪敘，其於文理亦順，惟發首三句，終非免喪之語。《禮》居喪不祭，既未免喪，則必無朝廟之事，而此詩亦不宜載之頌中矣。愚故以《儀禮》「皇祖」、「夙夜」等語爲據，而斷以爲卒哭祔祭之詩，讀者試一諷咏，定知不妄。《子貢傳》闕文。

《匏有苦葉》，邶人刺管叔之詩。 出《申培説》。○鄭玄云：「邶，殷紂畿内地名。」范曄云：「朝歌，紂所都居，南有牧野，北有邶國。」羅泌云：「邶，武庚之封漕是也。今滑之白馬有鄁水。」《孟子》云：「周公使管叔監殷，管叔以殷畔。」《子貢傳》云：「管叔以殷畔，邶人風之，賦《匏有苦葉》。」今按《子貢傳》、《申培説》二書皆後人贋託，而愚獨于是詩有取者，以其語意較《序》旨爲近。且是詩固邶詩也，通章皆寓言，與枚乘《諫吴王書》相類。

匏《周禮》注作「苞」。**有苦葉，**韻。**濟有深涉。**葉韻。**深則厲，**霽韻，亦叶屑韻，力薛翻。《説文》、豐氏本俱作「砅」。**淺則揭。**霽韻，亦叶屑韻，丘傑翻。○比也。匏者，苦匏也。陸佃云：「長而瘦上曰瓠，短頸大腹曰匏。傳曰：『匏謂之瓠。』誤矣。蓋匏苦瓠甘，復有長短之殊，定非一物也。子曰：『吾豈匏瓜也哉，焉能繫而不食？』繫而不食，苦故也。」《魯語》諸侯伐秦，及涇不濟，叔向見叔孫穆子。穆子曰：「豹之業，及《匏有苦葉》矣。」叔向曰：「苦匏不材於人，共濟而已。魯叔孫賦《匏有苦葉》，必將涉矣。」韋昭注謂：「匏不可食，但佩之可以渡水。」是也。《詩義疏》云：「匏葉小時，可以爲羹，又可淹煮極美，河東及播州常食之。八月中堅强，不可食，故云苦葉。」嚴粲云：「苦匏經霜，其葉枯落，然後乾之，腰以渡水。今匏尚有苦葉，則其匏未堅，不可用也。」濟，朱子云：「渡處也。」深者，淺之對。朱子云：「行渡水曰涉。」又陸佃云：「匏，記時也。言匏有苦葉，則濟有深涉矣。《莊子》以爲秋水時至，百川灌河。秋水漲之時也，冬水縮之時也，匏亦可以濟水，❶故《詩》以紀濟有深涉之時。」厲，通作砅，《説文》云：「履石渡水也。」字从水从石，會意。淺，《説文》云：「不深也。」揭，《説文》云：「高舉也。」褰裳渡水之稱。詩人之意，言匏未可用，而渡處之水方深，則尚難以徒行而涉也。有人焉，曰：「我于深處，則累石以涉之；我于淺處，則褰裳以涉之。」不問水之淺深，惟期于渡而已，則亦冥行不顧之甚矣。以比殷無復興之理，周無可圖之機。管叔以殷畔亦如無匏而涉深者然，不自致殞身不止也。《論語》荷蕢之譏孔子曰：「莫己知也，斯已而已矣。深則厲，淺則揭。」意亦同此。蓋譏其可已而不已，非度量淺深之説也。

有瀰濟盈，庚韻。**有鷕雉鳴。**庚韻。**濟盈不濡軌，**叶有韻，己有翻。**雉鳴求其牡。**有韻。〇

比也。瀰，本作濔。《説文》云：「滿也。」濟，即上章「濟有深涉」之濟。盈，滿也。鷕，《説文》云：「雌雉聲。字从鳥唯。」趙頤光云：「唯者，鷹聲也。雄唱雌龢，故从唯。」雉，野鷄也。徐鍇曰：「雉豸豸然介直貌。」《春秋運斗樞》云：「璣星散爲雉。」羅願云：「雉，耿介之禽，應義氣，其鳴以頸相勾。」沈萬鈳云：「雉，火畜也，感

❶「可」，原作「在」，據《四庫全書》本改。

于陽而有聲，先鳴而後鼓翼。」《化書》云：「雉不再合，信也。」詳見《雄雉》篇。濡，毛傳云：「漬也。」軌，《説文》云：「車轍也。」轍者，車迹也，車輪所輾迹也。又《詩詁》云：「轊也。車軸之端貫轂者，名爲轊；轂末之小穿容轊者，名爲軹。」《少儀》注謂軌與軹于車同謂轊，《考工記》注謂軹轊二名俱非軌，皆非也。羅中行云：「車輪廣狹高下，皆定于軌。軌同則轍迹亦同，後人因謂車轍亦曰軌。《曲禮》『塵不出軌』，以高下言。《中庸》『車同軌』，以廣狹言。蓋車輪崇六尺六寸，軌居輪中，若濡軌，則水深三尺三寸也。」毛傳則謂谿軓以上爲軓。按《説文》，軌从車，九聲。軓音范，車軾前也，从車，凡聲。經文軌、牡相叶，非凡聲也。然軌有二義，當以《説文》之解爲正。牡，《説文》云：「畜父也。」《爾雅》云：「飛曰雌雄，走曰牝牡。」濟盈無不濡之理，而涉者貪于必進，謬謂不能濡轍，以比不義之人，自以其所行爲無傷而爲之也。雌雉喻管叔，管叔爲周同姓，當忠于周，今乃挾武庚以叛，是求其異類之牡也。張學龍云：「諸家以牝雞雄狐爲證，言飛走通也，殊不識詩人之意曰當濡其轍，今乃不濡其轍迹，是大可怪也；當求其雄，今乃求其牡獸，是大異常也。如此尋之，則得詩人之意矣。」

雝雝《爾雅》、《埤雅》作「噰噰」，今《石經》作「雍雍」。**鳴鴈**，叶翰韻，魚旰翻。開元《五經文字》音「岸」。《史記》「鴈門」，正義云：「鴈當爲岸，聲之誤也。」《説文》本作雁，从隹从人，厂聲。其从鳥作鴈者，鵝也。徐鍇云：「从雁省聲，僞物也。鵝鴰似雁而德不然，故凡以僞亂真者曰鴈。」《韓非子》齊伐魯，索讒鼎，魯人以其鴈往。齊人曰鴈，魯人曰真。今文以鴈爲贋，而以雁爲鴈。《鹽鐵論》作「鳱」。**旭**《易》、《釋文》引《詩》作「旴」，《埤雅》作「朝」。**日始旦**。翰韻。**士如歸妻，迨冰未泮**。翰韻。○比也。雝本鳥名，即雝渠也。其鳴聲和，故謂和鳴爲雝雝。鴈本作雁，鳥名，畏寒，秋南春北，謂之陽鳥，又名朱鳥。其飛翔有次序，《記》謂「兄弟之齒鴈行」，是也。羊祜賦云：「排雲墟以頡頏，汰弱波以容與。進凌厲乎太清，退嬉遊乎玄渚。鳴則相和，行則接武。前不絶貫，後不越序。齊力不期而並至，同趣不要而自聚。」愚按此以比周公于武王，有兄弟之親，盡忠王室，其和聲遠聞。管叔亦武王之弟，而圖爲不軌，則是鴈之不若也。旭，《説文》云：「日旦出貌。」孔穎達云：「旭者，明著之名，故爲日出。」旦字从日見一上。一，地也。徐鍇云：「日出于地也。」此以比周室方興之象。又《鹽鐵論》引：「《詩》云：『雍雍鳴鳱，旭日始旦。』登得前利，不念後咎。故吴王知伐齊之便，而不知干遂之患。秦知進取之利，而不知鴈門之難。是以知一而不知十也。」愚按依此則爲嘲刺管叔之辭，亦通。歸妻者，謂使之來歸于己。豐坊云：「古人詩文多倒句法，婦人謂嫁曰歸，娶妻而曰歸妻，言使之嫁我，亦倒意也。」迨，本作逮。《爾雅》云：「及也。」泮，通作判。《説文》云：「分也。」鄭玄云：「冰未散，正月中以前也。」孫卿云：「霜降逆女，冰泮殺止。」《家語》云：「霜降而婦功成，嫁娶者行焉。冰泮農業起，昬禮殺于此。」言士之娶妻，當及九月霜降之後，正月冰未泮散之前。以比武庚如欲興復，當及周室王業未固之時，今天下事已定矣，管叔欲何爲哉？《書》所爲「殷小腆，❶誕敢紀其敘」，正此意也。

招招舟子，叶有韻，濟口翻。**人涉卬**陸德明云：「或作仰。」音同。**否**。有韻。豐本作「不」。❷**人**

---

❶「爲」，《四庫全書》本作「謂」。

❷「韻豐」，原作「豐韻」，據《四庫全書》本改。

涉卬否，同上。**卬須**《爾雅》作「頚」。**我友**。有韻。○比也。招，《説文》云：「手呼也。」招之不一而足，曰招招也。舟子，舟人，主濟渡者。人，指管叔。卬，《爾雅》云：「我也。」否，《説文》云：「不也。」須，通作頚。《説文》云：「待也。」張衡《應間》云：「雖有犀舟勁楫，猶人涉卬否，有須者也。」此言人皆徒涉，我獨招舟子而不徒涉，則與履險冥行者異矣。然所以如此者，我意更有所爲，欲須待我友而同濟也。蓋審擇所從，必在忠于王室者，其肯與亂賊爲黨乎？然則此詩之作，其亦民獻十夫之徒與？郝敬云：「通篇意似不屬，而聯絡如貫珠，首言深涉，次章即接以濟盈，次言雉鳴，三章即接以鳴鴈，而末章舟子仍歸利涉，須友仍是擇偶，迨冰未泮，語亦於濟涉晻映有情。且舟則不需匏矣，猶然慎重如此，彼厲揭者可苟焉已哉？迴合縱横，隱隱躍躍，待聞者自喻。」

《匏有苦葉》四章，章四句。《序》以爲刺衛宣公也。公與夫人並爲淫亂。胡胤嘉云：「刺淫之詩，未有若苦葉之辭微矣，豈有所避而然歟？《序》言刺宣公也，夫人當爲宣姜，宣姜適伋子，公要之。公無人道矣，姜亦從亂也，何得無刺焉？前二章指其淫，則痛惡之意不必極言矣。後二章導以正，則我之不然，因彼而自顯也。一章不可涉而涉，刺公要伋妻也。苦匏供濟，而渡處方深，難以濟矣。妄行者若曰深則厲，淺則揭，何待匏哉？此蓋有無畏忌之意焉。二章非其妃而求，刺姜從公也。瀰然濟盈，鷕然雉鳴，其淫佚之意，於此可想見矣。濟盈而曰不濡軌，雉鳴而反求其牡，其悍然不顧，犯禮相從，何所不至哉？三章求之有禮，刺公無禮也。鴈取其匹，日取其明，冰未泮以言其及時，朱子所謂求之不暴，而節之以禮也。曰士如歸妻，自士而上更不可苟矣。於此見其爲刺宣公詩也。四章卬須我友，刺姜不須伋也。濟渡之細，猶擇而從，邂逅倉皇，不忘氣類，況匹妃之際，可苟合乎哉？」按此說亦通，但於鳴鴈一章，頗覺附會難解，故不從。

《鴟鴞》，周公救亂也。成王未知周公之志，公乃爲詩以遺王，名之曰《鴟鴞》焉。出《序》。

○救亂者，救管、蔡之亂。未知周公之志者，未知周公安王室之志也。按《尚書・金縢》篇曰：「武王既喪，管叔及其群弟乃流言于國，曰：『公將不利于孺子。』周公乃告二公曰：『我之弗辟，我無以告我先王。』周公居東二年，則罪人斯得。于後，公乃爲詩以貽王，名之曰《鴟鴞》。王亦未敢誚公。」漢孔氏解辟爲法，以居東爲東征，謂致辟法于管叔，而誅殺之也。鄭玄讀辟爲避，以居東爲避居東都。黄氏辨之，謂管、蔡流言之時，尚未有東都也。王應麟以爲居國之東，似得其實。今考《書》，成王感風雷之變，出郊以迎，意當時必如今之大臣釋位待罪，出國之東郊以居耳。朱子云：「弗辟之說，只從鄭氏爲是。三叔方流言，周公處骨肉之間，豈應以片言半語，遽然興師以征之。聖人氣象大不如此。又成王方疑周公，周公固不應不請而自誅之，若請之于王，亦未必見從。雖曰聖人之心公平正大，區區嫌疑似不必避，但舜避堯之子，禹避舜之子，自是合如此。若居堯之宫，逼堯之子，即爲篡矣。或謂周公居東，不幸成王終不悟，不知周公又如何處。愚謂公亦惟盡其忠誠而已矣。問：《鴟鴞》詩，其詞艱苦深奥，不知當時成王如何便理會得？曰：當時事變在眼前，故讀其詩者，便知其用意所在。自今讀之，既不及見當時事，所以謂其詩難曉。然成王雖得此詩，亦只是未敢誚公，其心未必能遂無疑。及至風雷之變，啓金縢之書後，方始釋然開悟。」劉公瑾云：「流言之興，而公弗避，居以待成王之察，則其心雖無私，而義有未盡，故曰我無以告我先王。是以避居二年之後，成王既知流言之罪人，而疑慮未釋，乃作《鴟鴞》以喻之。觀其告鴟鴞以無毁我室，可見其詩作于武庚未誅之先。自雷風之變，而周公既歸，乃承王命作《大誥》東征。一書之中，首言王若曰，繼而屢言王曰，又言冲人，又曰寧考，皆自成王而言，可見公之東征王實命之，當在王既感悟而迎公以歸之後也。」黄佐云：「《鴟鴞》之詩，乃周公居東之時，預見二叔、武庚將有潰亂之勢而作。一以釋罪而明吾之心，一則勸王爲先事之備。」

鴟鴞鴟鴞，既取我子，叶寘韻，資四翻。亦叶質韻，職日翻。**無毁我室**。質韻，亦叶寘韻，式吏翻。**恩斯勤**叶真韻，讀如槿，渠斤翻。**斯，鬻**豐氏本作「育」。**子之閔**叶真韻，眉貧翻。**斯**。比而賦也。託爲鳥之愛巢者，呼鴟鴞而告之。鴟鴞，《爾雅》云：「鸋鴂也。」郭璞以爲鴟類，而陸璣則云：「鴟鴞，似黄雀而小，其喙尖如錐，取茅莠爲窠，以麻紩之，如刺襪然。縣著樹枝，或一房，或二房。幽州人謂之鸋鴂，或曰巧婦，或曰女匠。關東謂之工雀，或謂之過鸁。關西謂之桑飛，或謂之襪雀，或曰巧女。」陸佃、邢昺、丘光庭輩皆非之，謂當從璞義。今據《爾雅》本文，鴟鴞、鸋鴂之下，又有狂茅鴟、怪鴟、梟鴟等名，則此自應同是鴟屬，無緣得爲巧婦小雀也。或以鴟與鴞爲二物，賈誼賦云：「鸞鳳伏竄兮，鴟鴞翺翔。」顔師古注云：「鴟，鵂鶹，怪鳥也。鴞，惡聲鳥也。」或以爲鴟鴞即鵂鶹。按鵂鶹即怪鴟，一名鴟鵂，未聞有鴟鴞之名。況《爾雅》明别鴟鴞與怪鴞爲二物，無容混而爲一也。愚考鴟鴞單言之即鴞，是也。解見《墓門》篇。《魏志》云：「鴞，天下賤鳥也。及其在林食椹，則懷我好音。」以其爲惡聲之鳥，故周公取以比夫流言者。取，猶致也，「君子以貨取」之取。子，比成王也。呼成王爲子者，親之之意，觀《洛誥》「朕復子明辟」之語可見。成王惑于流言，而不加覺察，是墮二叔之術中，而爲其所召致也，故曰「既取我子」，是時王猶未悟，故公直發此一語以喚醒之。《書》所謂「王亦未敢誚公」，正指此也。毀，壞也。室，鳥巢也，以比王室。曹氏云：「雀以巢爲室，如稱雀入燕室。」是也。通章主意，只在「無毀我室」一語。范祖禹云：「成王幼弱，未足以及天基命定命。周公苟不攝政，則禍亂將作，而毀周室矣。」恩，愛。勤，勞也。斯，語辭。鬻，毛云：「稚也。」鬻子，稚子，指成王也。按鬻何以訓稚？鬻之爲義，據《説文》云：「鍵也。」字亦作粥，即糜是也。糜性淖弱，故借爲幼稚之義。《禮記》「粥粥若無能也」，義亦同此。閔，傷也。言我之所以恩愛結于中心，念兹在兹，日勞勞焉而不釋者，以成王年方幼冲，而爲浮言所摇動，孤立于上，其勢甚危，誠可閔傷故也。承上文「無毀我室」，正指遭流言變後而言，以起下章思患預防之意。

迨《家語》作「殆」，《説文》作「隸」。**天之未陰雨**，麌韻。**徹彼桑土**，麌韻。《石經》、《韓詩》、《爾雅》注、豐氏本俱作「杜」，《字林》作「敊」。**綢繆牖户**。麌韻。**今女**音汝。《孟子》、嚴氏、豐氏本俱作「此」。**下民，或敢侮予？**叶麌韻，讀如雨，王矩翻。○比之賦也。迨，及也。天將雨必先陰，故曰陰雨。徹，毛云：「剥也。」本通徹之徹，借爲徹去之徹。此訓剥者，以剥而脱之，亦有去義。桑土，毛云：「桑根也。」通作杜。《方言》云：「東齊謂根曰杜。」又《字林》作敊，云：「桑皮也。」孔穎達云：「取彼桑土，用爲鳥巢，明是桑根在上，剥取其皮。」或欲讀土如字，謂取桑和土膠結成巢，于理亦通。但桑乃全樹之名，今但云徹桑而已，未辨所徹者是枝是葉，不如作桑杜之爲確也。綢繆，解見《唐風》。朱子云：「牖，巢之通氣處。户，其出入處也。」愚按詩言牖、户二字有味。此巢之通隙虚處，正足以窺伺禍患之來，而預爲之地。陸佃云：「迨天之未陰雨，及其閒暇之譬也。徹彼桑土，綢繆牖户，明其政刑之譬也。蓋窘生于陰雨，而户牖所以取明，故是詩托況如此。《文子》曰：『百星之明，不如一月之光；十牖畢開，不如一户之明。』」是也。下民，鄭玄云：「巢下之民。」侮，《説文》云：「傷也。」予，代鳥自謂也。言今女巢下之民，得毋或敢有傷害我者乎？或字有味，與莫敢、誰敢自别。「或敢」者，正恐猶有侮者在，所以宜綢繆也。孔子讀此詩而贊之曰：「爲此詩者，其知道乎！能治其國家，誰敢侮之！」此承上章毁室言，而深以「綢繆牖户」爲成王望，一段恩勤悲閔至心正在于此。見今日武庚之毒雖未發，然終必有潰決之時，庶幾王之一悟，而思保其國家也。舊説謂周公自述其締造周密，則于末章「予室翹翹」句如何可通。且維音嘵嘵，但祈汲汲自明于忠，淺矣。前以毁室屬鴟鴞，而此以侮予屬下民者，蓋室一毁，則探鷇取卵之事，必有起而乘之者。猶之管叔、武庚蠢動，而頑民亦遂洶洶不静也。

予手拮据，叶虞韻，讀如拘，恭于翻。**予所捋荼。**虞韻。**予所蓄**《釋文》作「畜」。**租，**虞韻。**予口卒瘏，**虞韻。《釋文》作「屠」。**曰予未有室家。**叶虞韻，攻乎翻。○比之賦也。此下予字，代鳥自謂，而周公以自況也。拮据，毛云：「撠挶也。」按拮之訓撠，据之訓挶，當是以音相近取義。《説文》則云：「拮，手口共有所作也。据，戟挶也。」徐鍇云：「謂手執臂，曲局如戟，不可轉也。」蓋拮言其作之物，据言其作之狀，當從《説文》解爲長。武王未受命，而周公欲以一手之烈，成文、武之德，苦可知矣。捋，《説文》、毛傳皆云：「取也。」荼，依鄭注《周禮》及《詩》皆云：「茅秀也。」蓄，《説文》云：「積也。」租，通作蒩。《説文》云：「茅藉也。《禮》：『封諸侯以土，蒩以白茅。』」《周禮》音義亦作租。上文「綢繆牖户」，必取桑根之皮，此但納茅秀于窠中，以爲之藉，蓋作窠之始事也。舊解殊混。捋荼，手之爲也。手之用不足，因以口繼之。租而曰蓄，蓋有資于口者矣，故即承之曰「予口卒瘏」。卒，通作猝，盡也。瘏，《説文》云：「病也。」室家，朱子云：「巢也。」鄭云：「我作之至苦如是者，曰我未有室家之故。」錢天錫云：「當初不利孺子之謗，必以周公止爲身謀。今特表出未有室家，見得我平日之吐哺握髪，固結人心，祈求天命，祇以王室之未集，豈爲身謀？而顧云不利也。」徐光啓云：「五箇『予』字可玩。勞亦予也，病亦予也，惟予而已，無可他諉者，爲予室故也。上四予字，匪躬之義。下一予字，體國之忠。」愚按此周公自追其前日攝政之事而言。

予羽譙譙，叶蕭韻，慈焦翻。《釋文》作「燋」。**予尾翛翛**，叶蕭韻，思邀翻。孔氏載《經文》及毛傳皆作「消消」，云：「定本作『修修』。」豐氏本同。**予室翹翹**。蕭韻。**風雨所漂摇**，蕭韻。**予維音嘵嘵**。蕭韻。《爾雅》作「憢憢」，《説文》作「唯予音之嘵嘵」。○比之賦也。譙，《説文》云：「嬈譊也。」《增韻》云：「以辭相責也。」《説文》無翛字，當通作消。據正義，疑古本是如此。《説文》云：「盡也。」承上文言，我雖勤于爲巢如此，而無如惡我之成者何也。羽翮所至輒被譙讓，而予終不能自舍，至于尾毛之長者亦已消盡，蓋其瘁如此。翹翹，毛云：「危也。」按《説文》云：「翹，尾長毛也。」借爲竦起之義。以其托巢于高枝，而結構猶尚未成，故危之也。漂，浮。摇，動也。俱見《説文》。漂屬雨，摇屬風，乃未然事，與第二章「未陰雨」相應。今雖未至于此，而後來將必至于此也。然則「徹彼桑土，綢繆牖户」，以成完巢，其可緩乎？嘵，《説文》云：「懼也。」「維音嘵嘵」者，鄭云：「恐懼告愬之意。」正指「迨天之未陰雨」五句言。而所云「恩斯勤斯，鬻子之閔斯」者，其大指畢露乎此。周昌年云：「要見多難將毀我室，故已作詩以喻王，使之知保其室家，有不容不汲汲意，非公只明己之見誣而已。」王樵云：「《鴟鴞》四章，蓋極道武庚之情。武庚之情既明，則成王之疑自釋。《大誥》曰:『殷小腆,誕敢紀其序。曰予復,反鄙我周邦。』此武庚之情。而《詩》所謂『毁我室』與『侮予』者,皆謂此也。武庚雖包藏此心,而王室未有釁,則亦安從而發哉?不幸而三監者,入其機械之中,爲所扇惑,欲動摇周室,而不閒周公,則不可動。于是流言曰『公將不利于孺子』,此其謀欲使周室先自生釁,而後起而圖之也。而成王果不能無疑,周公于是而不退去,以待王心之察,不惟非大臣自處之義,其不反實奸人之口乎?于是告二公而避位以去,項氏所謂既不居中,則不利之謗自息者。既去而公亦不汲汲于自明,又居東二年,而罪人之主名,王自得之,蓋奸人雖能爲幻于一時,而徐之未有不情見計露者也。周公于是究其本謀之所自,而直以武庚之情陳之于王,王可悟矣。然而武庚之叛未形也,故未能決然遂以公爲是,而亦未敢誚公爲非。周公陳武庚之情,而一己之心迹不足復言,乃若武庚之志,欲紀亡殷之緒,復其舊物,而覆我周室,其禍不在周公之身已也。王雖或已知周公之無他,而或未足以及此,故周公曰:『予羽譙譙,予尾翛翛,予室翹翹。風雨所漂摇,予維音曉曉。』言憂在王室,而己之鳴不得不急也。武庚若起,王室安危有未可知者。此感喻王之深也。《鴟鴞》之詩,斷在管、蔡未誅之前。若既誅,而成王尚未知周公之意,則王心之蔽深矣,豈區區之詩所能回?豈自述其勤勞所能感動哉?」

《鴟鴞》四章,章五句。《子貢傳》以爲「周公孫于魯,殷人畔,公憂王室,勸王修政以備之,賦《鴟鴞》」。《申培説》亦云:「管叔及其群弟,流言于國,周公避居于魯。殷王禄父,遂與十七國作亂,周公憂之,作此詩以貽成王,欲王省悟以備殷。全篇以鳥之育子成巢者,比先王之創業,而代之爲言也。」皆附會不足信。周公原未嘗有居魯之事,且使此詩作于殷人畔後,則所云「未雨綢繆」者謂何?而奈何猶以「無毁我室」致戒乎？朱子又謂：「周公東征二年，得管叔、武庚而誅之，而成王猶未知周公之意，乃作此詩以貽王。」蓋惑于孔安國之説。後來與蔡九峯辨其不然，乃以爲當從鄭氏云。又趙岐謂《鴟鴞》之詩刺邠君，蓋漢儒言詩多異説，要無據，不足信。

《狼跋》，美周公也。周公雖遭疑謗，然所以處之不失其常，故詩人美之。出朱傳。○《序》云：「美周公也。周公攝政，遠則四國流言，近則王不知。周大夫美其不失其聖也。」《孔叢子》載孔子曰：「于《狼跋》，見周公之遠志，所以爲聖也。」

狼跋陸德明云：「或作拔。」**其胡，**虞韻。**載疐**《説文》作「躓」，陸本作「疐」。**其尾。**叶紙韻，讀如鮪，羽軌翻。**公孫**音遜。後同。**碩膚，**虞韻。**赤舄几几。**紙韻。《説文》、崔靈恩《集注》俱作「掔掔」。董氏云：「一作己己。」○比而賦也。狼，解見《還》篇。羅願云：「股中有筋如鷄子，又筋滿身，如織絡之狀。」跋，《説文》云：「蹎跋也。」《爾雅》云：「躐也。」李巡云：「前行曰躐。」胡，《説文》云：「牛頷垂也。」今狼亦稱胡者，以其頷下垂皮，亦如牛然。孔穎達云：「狼之老者，則頷下垂胡。」載之言則，蓋音近也。疐，《説文》云：「礙不行也。从叀，引而止之也。叀者，如穿馬之鼻，从此，與牽同意。」《爾雅》云：「跲也。」李巡云：「却頓曰疐。」孔云：「跋與疐皆是顛倒之類，進則躐其胡，謂躐胡而前倒也，退則跲其尾，謂卻頓而倒于尾上也。」《毛詩草蟲經》云：「老狼項下有袋，求食滿腹，向前行，乃觸之；退後，又自踏踐，上疐其尾，進退有患。」公，周公也。孫，鄭玄云：「讀當如『公孫于齊』之孫。孫之言孫遁也。」孔云：「古之遜字借孫爲之。」按《春秋》「夫人孫于邾」、「公孫于齊」，《論語》「孫以出之」，皆以省文通用。周公避位居東，所謂孫也。碩，大。膚，皮也。碩膚，與跋、胡、疐、尾對看。《禮記》云：「四體既正，膚革充盈，人之肥也。」所謂碩膚也。按革，膚外薄皮。❶膚，革内厚皮。故其字从肉。舊説訓膚爲美，難通。赤舄，《周禮》注云：「冕服之舄也。王吉服有九，舄有三等，赤舄爲上，下有白舄、黑舄。」孔云：「上公九命，得服衮冕，故履赤舄。」又按《詩》云：「王錫韓侯，玄衮赤舄。」則諸侯亦得用赤舄也。李如圭云：「天子諸侯，冕服用舄，他服用履。」解見《南山》篇。几几，朱子云：「安重貌。」王安石云：「几，人所凴以爲安，故几几，安也。」蘇轍云：「周公之輔成王亦多故矣，二叔流言以病其外，成王不信以憂其内，人之視周公如視狼然，前憂其躐胡，而後憂其跆尾也，然周公居之從容自得，而二患皆釋。人徒見其履赤舄几几然安且閑，而不知其解患釋難之方也。」愚按跋胡比公之進而立朝，遭流言之變；疐尾比公之退而居東，至二年之久。詩人畧假荒迫之狀爲喻，如《易》所稱羝羊觸藩云者，非以狼爲公比也。然此章先言「跋其胡」，而後言「疐其尾」，則意專重在疐尾，蓋主公居東而言。公雖遜而膚自碩，若了無所患苦者然，赤舄几几，正想其居東時意象耳。所以然者，以公之純忠，仰可對皇天，幽可質先王，則其几几自得也固宜。又朱子云：「公遭流言之變，而其安肆自得乃如此，蓋其道隆德盛，而安土樂天，有不足言者，所以遭大變而不失其常也。」程子云：「周公至公無私，進退以道，無利欲之蔽，故雖危疑之地，安于舒泰。」范祖禹云：「其德備者其容亦盛。赤舄几几，則其餘可見矣。夫神龍或潛或飛，能大能

---

❶「外」，原作「内」，據《禮記·禮運》孔疏改。

小，其變化不測，然得而畜之若犬羊然，有欲故也。惟其可以畜之者，是以亦得醢而食之。凡有欲之類，莫不可制焉。唯聖人無欲，故天地萬物不能易也。富貴貧賤死生，如寒暑晝夜相代乎前，吾豈有二其心乎哉！亦順受之而已矣。舜受堯之天下而不以爲泰，孔子阨于陳、蔡而不以爲戚，周公遠則四國流言，近則王不知，而赤舄几几，德音不瑕，其致一也。」鄒忠胤云：「《易・明夷》之象傳曰：『内文明而外柔順，以蒙大難，文王以之。内難而能正其志，箕子以之。』甚矣象傳之言似周公也。繇今觀公之事冲，雖不若文、箕之事暴，厄亦未至于羑里，辱亦未至于囚奴。顧當時流言鼎沸，王心懷疑，豕塗鬼車，禍且不測，斯亦多凶多懼之時矣。昔人謂爲箕子更難於爲文王，以其屬尊而最親，尤爲紂所忌耳。公内憑叔父之尊，外總冢宰之任，負斧扆而履乘石，木秀風摧，石峻流湍，不利之謗所從來矣。即其精誠可以告先王，而不能顯白之幼主，且天下之人何可門到户説，使皆坦然邪？遜而居東，公所爲善用晦，固即柔順蒙難之家法，處《明夷》以艱貞者也，豈與夫以自我之重，挾非常之勳，身危繇於勢過，而不知去勢以求安者等哉？」《文中子》云：「美哉！公旦之爲周也！外不屑天下之謗而私其迹，曰：『必使我子孫相承而宗祀不絶也。』内實達天下之道而公其心，曰：『必使我君臣相安而禍亂不作。』深乎！深乎！安家者所以寧天下也，存我者所以厚蒼生也。」

狼疐其尾，載跋其胡。虞韻。**公孫碩膚，**虞韻。**德音不瑕？**叶虞韻，洪孤翻。○比而賦也。有德之言謂之德音。瑕，《廣韻》云：「玉之病也。」狼既退而疐其尾矣，于是復進，則又跋其胡。此章之意重在跋胡也。公之居東二年，可謂疐尾矣，罪人斯得之後，而又作詩以貽王，獨不慮其跋胡乎？而公不然也。身尚孫而膚仍碩，凡所矢口，莫非有德之言，終無得而瑕疵之者。王亦未敢誚公，不瑕之謂也。杜預云：

「心平則德音無瑕闕。」一說，朱子云：「德音，猶令聞也。」亦通。又《左》昭二十年，晏子曰：「先王之濟五味，和五聲，以平其心，成其政也。聲亦如味，一氣，二體，三類，四物，五聲，六律，七音，八風，九歌，以相成也；清濁、大小、短長、疾徐、哀樂、剛柔、遲速、高下、出入、周流，以相濟也。君子聽之，以平其心。心平，德和，故《詩》曰：『德音不瑕。』」此直借語立義，非詩本旨。

《狼跋》二章，章四句。《子貢傳》云：「周公居于魯，魯人觀焉，賦《狼跋》。」《申培說》以爲魯人覩周公德容，而作是詩。今按《書》言，周公居東，非居魯也。

《伐柯》，周人商迎周公也。《子貢傳》云：「周人思周公而賦《伐柯》。」《序》于此詩及《九罭》篇皆云：「美周公也。周大夫刺朝廷之不知也。」愚按《序》所云刺朝廷之不知者，蓋追刺雷風未作以前，成王及二公皆不知周公之忠耳。考之《書·金縢》篇云：「秋，大熟，未穫，天大雷電以風，禾盡偃，大木斯拔，邦人大恐。王與大夫盡弁，以啓金縢之書，乃得周公所自以爲功代武王之説。二公及王乃問諸史與百執事，對曰：『信。噫！公命我勿敢言。』王執書以泣，曰：『其勿穆卜。昔公勤勞王家，惟予冲人弗及知。今天動威，以彰周公之德，惟朕小子其新逆，我國家禮亦宜之。』王出郊，天乃雨，反風，禾則盡起。二公命邦人，凡大木所偃，盡起而築之。歲則大熟。」新逆，馬融本作親迎。我國家禮亦宜之者，孔穎達云：「國家尊崇有德，宜用厚禮。《詩》稱『袞衣籩豆』是也。」王出郊者，金履祥云：「意成王俟于郊，而以使者先之。」愚詳繹《金縢》篇文，先言二公及王，則啓王之問諸史百執事，以知周公請命之忠者，二公也。末言二公命邦人凡大木所偃，盡起而築之，則成王特出待周公于郊，而迤邐郊外，往見周公，以將成王之命者，亦二公也。二公，漢孔氏以爲召公、太公也。此詩蓋當王議迎公之時，爲王商遣使，必無踰二公者，而因及所以待公之禮耳。

伐柯如何？匪斧不克。職韻。**取**《釋文》作「娶」。**妻如何？匪媒不得。**職韻。○比也。

柯，毛傳、《説文》皆云：「斧柄也。」太公《六韜》有大柯斧。《考工記・車人》云：「柯長三尺，❶博三寸，厚一寸有半，五分其長，以其一爲之首。」注云：「首六寸，謂門頭斧也。柯其柄也。」是斧柄大小之度。匪斧不克，與齊風「析薪如之何？匪斧不克」語意不同。柯者，斧之柄。操斧以伐之，即所操之柄以得其所伐之度，若非有所操之斧可據，則所伐者亦不能成其爲柯也。下二句，即申上二句意，蓋觸類廣譬以明之。柯與妻，以喻周公，伐柯取妻，以喻迎周公。斧與媒，則以喻二公也。鄭玄云：「伐柯之道，惟斧乃能之。此以類求其類也。以喻成王欲迎周公，當使賢者先往。媒者，能通二姓之言，定人室家之道。以喻王欲迎周公，當先使曉王與周公之意者先往。」愚按賢而曉王與周公之意者，惟二公耳。

伐柯伐柯，《孔叢子》作「操斧伐柯」。**其則不遠。**叶銑韻，讀如究，以轉翻。**我覯之子，籩豆有踐。**銑韻。○比而賦也。迎周公者，當遣召公、太公二人，故重言伐柯。則，猶言法則也，即大小長短之度是也。所伐者柯，伐之者斧，此斧之柯與新伐之柯，其大小長短當亦無以異者。《孔叢子》作操斧伐柯，於義更明，以比二公、周公，同此忠愛之心。觀武王有疾，而二公即欲爲王穆卜，其休戚相關，與周公之心豈有異

❶「尺」，原作「寸」，據《四庫全書》本改。

哉？周公不聽穆卜，而自以爲功者，孔穎達謂公位居冢宰，地則近親，脱或卜之不善，不可使外人知悉，亦不可苟讓，故自以爲功也。是則迎周公者必非二公不可。以二公忠愛之心爲周公所素鑒耳，然心雖無二，而跡則稍殊，故詩人但以不遠想像之。而《中庸》引此詩亦云：「執柯以伐柯，睨而視之，猶以爲遠也。」此言外之意，而詩人亦可謂善爲説辭者矣。稱我者，詩人代成王籌度之辭。覯，《説文》云：「遇見也。」《詩詁》云：「汎見曰見，接見曰覯。」之子，鄭云：「是子也，斥周公也。」《爾雅》云：「竹豆謂之籩，木豆謂之豆。」鄭氏云：「籩豆其容實皆四升。」踐，原訓履，毛傳訓爲行列貌。鄭云：「王欲迎周公，當以饗燕之饌行，至則歡樂以悦之。」孔云：「飲食之事，聖人以之爲禮。今勸迎周公，而言陳列籩豆，是令王以此籩豆與公饗燕也。」郝敬云：「設其籩豆，踐然陳列，君臣相與燕咲，一見而往事釋然矣，聖人豈有成心乎？」

《伐柯》二章，章四句。《申培説》云：「管叔以殷圍衛，大夫議迎周公，乃作此詩。」解者謂伐柯，匪斧則無以取木，比武庚、管叔之亂，非周公不能平，則次章「其則不遠」當作何解？于文義不可通矣。朱子以爲周公居東之時，東人言此，首章比平日欲見周公之難，次章比今日得見周公之易。牽强附會，尤爲無理。

《九罭》，迎周公歸自東也。郝敬云：「前篇諷成王以饗禮迎公，此篇諷王以冕服迎公。」愚按此當是使者將命而至東之作。

九罭之魚，鱒魴。陽韻。**我覯之子，袞衣繡**《讀詩記》作「綉」。**裳。**陽韻。○興而比也。九罭，魚網也。《爾雅》云：「緵罟謂之九罭。」孫炎云：「謂魚之所入，有九囊也。」陸德明云：「今江南呼緵罟爲白囊網。」郝云：「九罭，以比天子羅致大臣。」鱒，魚名，一名鮅，《爾雅》曰「鮅鱒」是也。陸璣云：「似鯤魚，而鱗細于鯤也。赤眼，多細文。」鯤，亦作鯶。羅願云：「目中赤色一道横貫瞳，魚之美者，食螺蚌。」孫炎正義云：「鱒好獨行，制字从尊，殆以此也。」魴，解見《魚麗》篇。羅云：「詩稱『九罭之魚，鱒魴』，鱒多獨行，亦有兩三頭同行者，極難取，見網輒遁。魴則《説苑》所謂『若存若亡，若食若不食』者也。周公有聖德，遭時之未信，退避于東，有難進易退之操，故以鱒魴言之。」又陸佃云：「鱒魚圓，魴魚方，君子道以圓内，義以方外，而周公之德具焉，故是詩主以言之。然則鱒象公之圓，而衮衣者道也；魴象公之方，而繡裳者義也。玄衮纁繡而後可以見周公，猶之九罭之取鱒魴也。」我覯之子，解見《伐柯》篇。代爲成王籌度之辭也。衮，龍衣也。陸德明云：「天子畫升龍于衣上，公但畫降龍。」解見《采菽》篇。繡，《説文》云：「五采備也。」程子云：「鱒魴，魚之美者。施九罭之網，則得鱒魴之魚。用隆厚之禮，則得聖賢。我欲覯之子，當用上公禮服往逆之。」嚴粲云：「服其服，則居其位矣。❶欲朝廷復相之也。」

鴻飛遵渚，語韻。**公歸**朱子云：「此章飛、歸字是句腰，亦用韻，詩中亦有此體。」**無所**。語韻。**於女**音汝。後同。**信處**。叶語韻，敞呂翻。○興也。鴻、鴈，皆水鳥也。知避陰陽寒暑者，春則避暑而北，秋則避寒而南，所謂木落南翔，冰泮北徂者也。陶隱居云：「大曰鴻，小曰鴈。」或云：「鴈多群而鴻寡侶。」遵，《説文》云：「循也。」渚，小洲也。《釋名》云：「渚，遮也。能遮水使迴也。」鴻飛遵渚，蓋自北而南之時，以況

❶「位」，原作「住」，據《四庫全書》本改。

公之避京師而居東也。歸，歸周也。女者，對東人之辭。《左傳》云：「再宿曰信。」彼一時也，冲人之疑未釋，公雖欲歸周，而無安身之所，故不得不暫于汝地焉信處耳，然謂之信也，而豈可久哉？所以然者，以公之精忠感格，必有悟主之期故也。此一章，追前日居東時而言。

鴻飛遵陸，屋韻。**公歸不復**，屋韻。**於女信宿**。屋韻。〇興也。陸，《説文》云：「高平地。」鴻飛遵陸，蓋自南歸北之時，不復爲渚上之遊，以況公之自東而還歸于周，亦將留相王室，而不復來東也。故《易·漸》卦九二之象曰「鴻漸于陸，夫征不復」，公之歸以之。上九之象曰「鴻漸于陸，其羽可用爲儀」，公之不復以之。宿，《説文》云：「止也。」信宿，即信處也。此一時也，王既悟，而遣余輩銜命以迎公。公之留于女地，不過信宿間耳，歸不久矣。此一章，據見在迎公而言。

是以有衮衣叶支韻，讀如伊，幺夷翻。**兮，無以我公歸**叶支韻，渠爲翻。**兮，無使我心悲**支韻。**兮**。賦也。是以有衮衣者，得請之辭。向之籌於王前者曰「我覯之子，衮衣繡裳」，王不以其言爲非，所以今日有衮衣之命，而使人賫之以予公也。「無以我公歸兮」二句，作一氣讀，上無字畧斷。親之故曰我，言今日衮衣來，而我公固將歸矣。然使風雷不作，則公安有今日？公之得有今日也，幸也。君臣相遇，自古稱難，況公以元勳叔父，而猶遭此患，則忠而被謗，信而見疑者，可勝道哉？俯仰之間，感慨係之。無謂以我公今日獲歸，而遂無可使我心悵然含悲者在也，忠厚悱惻溢于言表，所謂言之無罪，聞之足以戒。是詩也，其亦二公所作與？

《九罭》四章，一章四句，三章章三句。《序》見《伐柯》篇。《子貢傳》、《申培説》皆云：「周公歸于周，魯人欲留之，弗克，賦《九罭》。」朱子亦以爲周公居東，東人喜之而作。今按本文，有「於女信處，於女信宿」之語，其爲使者所作，而非出于東人之口可知已。且公，天下之公也，居東，公之不幸也。不以朝廷失公爲憂，而以東土得公爲喜，何所見之昧，而所愛之細乎！

《假樂》，贊美武王之德，爲祭武王之詩。所以知爲美武王者何也？有三徵焉。《大明》之詩曰：「篤生武王，保右命爾，燮伐大商。」今此詩亦有「保右命之」之語，一也。《中庸》子曰：「舜其大孝也與？德爲聖人，尊爲天子，富有四海之内，宗廟饗之，子孫保之，故大德必得其位，必得其禄，必得其名，必得其壽。故天之生物，必因其材而篤焉，故栽者培之，傾者覆之。《詩》曰：『嘉樂君子，憲憲令德。宜民宜人，受禄于天。保佑命之，自天申之。』故大德者必受命。」夫舜起匹夫爲天子，武王自諸侯有天下，其事相類，故孔子合言之，知此詩非咏守成之詩，二也。又篇中云：「穆穆皇皇，宜君宜王。」按《禮》云：「天子穆穆，諸侯皇皇。」舊説亦皆以君爲諸侯，王爲天子。夫以一身而兼歷諸侯天子者，惟湯武而已，三也。所以知爲祭詩者，以「子孫千億」一語知之。凡詩中言子孫，多是對祖考而言，紀述廟中所見也。大雅咏文王詩最多，其專爲武王咏者，唯此一詩而已，疑亦周公所作。太史公云：「夫天下稱頌周公，言其能論歌文、武之德。」

假《左傳》、《中庸》、豐氏本俱作「嘉」。**樂**音酪。**君子，**叶寘韻，資四翻。《詩》「既取我子，無毁我室」，舊皆謂叶職韻，音則。今按子、則相去甚遠，未足信也。**顯顯**《中庸》作「憲憲」。**令德，**本職韻，當叶寘韻，丁惕翻。**宜民宜人。**真韻。**受禄于天，**叶真韻，汀因翻。嚴粲以自章首至此爲第一章。**保右**《中庸》

作「佑」。**命**叶真韻，眉幸翻。❶**之，自天申**真韻。**之。**毛、鄭及諸家本，皆以自章首至此爲第一章。**干禄百福，**叶職韻，筆力翻。**子孫千億。**職韻。嚴以自「保右」至此爲第二章。○賦也。假，當依《左傳》、《中庸》通作嘉，美也。輔廣云：「假樂君子，是作詩者美而樂之也。唯其美之，故樂之。」顯，《説文》云：「頭明飾也。」「顯顯令德」者，鄭玄云：「有光光之善德。」愚按下章言「不愆不忘，率繇舊章」，「無怨無惡，率繇群匹」，正令德之實，明著而可見者。宜，《説文》云：「所安也。」輔云：「謂心愜之。」朱子云：「民，庶民也。人，在位者也。」孔穎達云：「民、人，散雖義通，對宜有别。《臯陶謨》：『能安民，能官人。』其文與此相類。」受，《説文》云：「上下相付也。」禄之爲言録也。天録其德，而與之以福，則曰禄，其實禄即福也。董仲舒《對策》引此，而衍之云：「爲政而宜于民者，固當受禄于天。」深得此詩之旨。通篇骨子只「宜民宜人」一句耳。保者，扶持之意。右者，贊助之義。命者，命之爲天子也。自，從也。申者，申束之義。故毛傳以爲重也，天眷有德，久而不替之謂。「干禄」二句，申結上文。干禄，與《旱麓》篇解同。有顯顯之令德，足以宜其民人，故能受天之禄，所謂自求多福也。百福，言衆也。曰保，曰右，曰命，皆是也，此已然之事。子孫，據時王而言，不汎言孫子，而順數子孫，知此詩作于成王之世矣。十百爲千，自一萬而十萬，以至萬萬，皆曰億，承上文「百福」而極言之。舊説以爲子孫衆多，非也。子孫之獲福多于前王，所謂自天申之者也。此句乃祝辭。

穆穆皇皇，陽韻。《班固傳》注作「煌煌」。**宜**陸德明本作「且」。**君宜**陸本作「且」。**王。**陽韻。**不**

---

❶「眉」字，原缺，據《四庫全書》本補。

愆《春秋繁露》作「騫」，《文選》注作「僁」。**不忘**，陽韻。《說苑》作「忘」。**率由舊章**。陽韻。毛、鄭諸本自「干祿」至此爲第二章，嚴以「穆穆」至此爲第三章。**威儀抑抑，德音秩秩**。質韻。**無怨無惡**，去聲。**率由群**《春秋繁露》作「仇」。**匹**。質韻。嚴以「威儀」至此爲第四章。○賦也。此章贊武王之德。穆，通作㣻。《說文》云：「細文也。」皇，通作煌。《說文》云：「煇也。」此以法制之明備言，與下文「率繇舊章」相照。自其曲折備具，曰穆穆，自其光采發越，曰皇皇。「宜君宜王」之宜，亦謂與其位相愜，解見小引下。言武王先既宜于爲一國之君矣，而後又宜于爲天下之王也。愆者，謬戾之謂。忘者，踈畧之謂。率，通作衛，循也。由，舊說多訓爲從。按《說文》有甹字，無由字，其義則木生條也。然《說文》中，字諧由聲者頗多，疑古本有由字，但許叔重偶遺耳。經書用此字，通訓爲從，不知何據。或謂其字从田上出，指所從之道也，因憶仲由，字子路。而《韓詩》注有云：「東西耕曰横，南北耕曰由。」則由之从田，其義明矣。或又疑由實非字，仍當作甹，遠其本訓。凡《說文》中，字諧由聲者，皆是从甹省。又古文由、繇通用，如由余之爲繇余，許由之爲許繇，是也。繇本作䌛，乃隨從之義，則通用之說，較爲可信。但䌛乃音謠，由則音猶，其音不叶，如何可通？今考《說文》有邎字，以行邎徑爲義，音與由同，然則凡用由字者，大抵從邎通之耳。此字犯上諱，已通行天下，改由爲䌛，惜當時議者考不及此。舊章，杜欽云：「先王法度。」鄭云：「舊典之文章。」愚按如文王治岐之政是也。《孟子》云：「今有仁心仁聞，而民不被其澤，不可法于後世者，不行先王之道故也。故曰：徒善不足以爲政，徒法不能以自行。《詩》曰：『不愆不忘，率由舊章。』遵先王之法而過者，未之有也。」此武王之所以宜民也。威儀，以接下之禮言。抑，自按抑也，解見《賓之初筵》篇。德音，嚴云：「有德之聲音也。」言語、教令、聲名，皆可稱德音，此德音指言語也。」秩本訓積，徐鍇以爲有序之貌。蘇轍云：「無所不容，故無怨；無所不矜，故無惡。」群，群臣也。匹，通作妃。群臣之才品高下，其等第不同，各循從其匹耦而衡量之，絶不以一己愛憎之私意參預其間，蓋大以成大，小以成小，《武成》所謂建官惟賢，位事惟能，事正如此，此又武王之所以宜人也。董仲舒論《春秋》云：「吾以其近近而遠遠，親親而疎疎也，亦知其貴貴而賤賤，重重而輕輕也。有知其厚厚而薄薄，善善而惡惡也；有知其陽陽而陰陰，白白而黑黑也。百物皆有合偶，偶之合之，仇之匹之，善也！《詩》云：『威儀抑抑，德音秩秩。無怨無惡，率由仇匹。』此之謂也。」嚴云：「穆穆皇皇，與抑抑、秩秩一體，率由舊章，與『率繇群匹』相對。」

受福無疆，陽韻。**四方之綱**。陽韻。毛、鄭諸本自「威儀」至此爲第三章。**之綱之紀**，紙韻。**燕及朋友**。有韻，亦叶紙韻，羽軌翻。嚴本以「受福」至此爲第五章。**百辟卿士**，紙韻。**媚于天子**。紙韻，亦叶有韻，濟口翻。**不**《釋文》作「匪」。**解**《漢書》作「懈」。**于位**，寘韻。**民之攸塈**。寘韻。毛、鄭諸本自「之綱」至此爲第四章。嚴本以「百辟」至此爲第六章。○賦也。此章著民人之皆宜于武王，而復交互言之。受福無疆，四方之綱，宜民也。之綱之紀，燕及朋友，則宜民之所以宜人也。百辟卿士，媚于天子，宜人也。不解于位，民之攸塈，則宜人之所以宜民也。武王之所得于民人者如此，受禄于天，不亦宜乎！無疆，言無有畔界。綱紀，解見《棫樸》篇。燕，通作宴。《説文》云：「安也。」朋友，吕祖謙云：「合百辟卿士言之也。」《泰誓》曰：「友邦冢君。」《酒誥》曰：「太史友内史友。」承上章言「不愆不忘，率繇舊章」，則典則昭垂，後人可守成業而治。受福無疆，實自此始。所以然者，其統領既挈，四方皆于是繫屬焉。且不特挈其綱領而已，至于節目所在，亦皆犁然分別，井井有條，如是，綱舉目張，四方昇平，則輔治之朋友，亦賴以安矣。按《棫樸》，咏文王之詩也。曰：「勉勉我王，綱紀四方。」然則此詩言綱紀，固即文王舊章之綱紀也。黄櫄云：「元氣不存，雖盛且壯，不足爲一身之福；綱紀不立，雖强且富，不足爲人君之福。」輔云：「人君能綱紀四方，則臣下自然賴之。若在上者管束不來，則臣下何恃以爲安也？」辟，《爾雅》云：「君也。」百辟，謂諸侯也。卿士，王朝之群臣。鄭云：「卿之有事也。」此即前所云「朋友」也。媚，《説文》云：「悦也。」解，猶脱也。位，即公、侯、伯、子、男、公卿、大夫、士之位。「不解于位」者，人各守其位，以盡其職，無侵官，無曠官也。攸，所也。塈，通作臮。《説文》云：「衆辭與也。」引《虞書》「稷契臮臯陶」，又《史記・夏本紀》「蠙珠臮魚」，今《尚書》文皆作暨。言外而百辟，内而卿士，皆愛悦武王，各盡其職，而爲民之所與也。《左》成二年，盟于蜀。蔡侯、許男不書，乘楚車也，謂之失位。君子曰：「位其不可不慎也乎！蔡、許之君，一失其位，不得列于諸侯，况其下乎！《詩》曰：『不解于位，民之攸塈。』其是之謂矣。」昭二十一年，葬蔡平公。蔡太子朱失位，位在卑。大夫送葬者歸見昭子。昭子問蔡故，以告。昭子嘆曰：「蔡其亡乎！若不亡，是君也必不終。《詩》曰：『不解于位，民之攸塈。』今蔡侯始即位，而適卑，身將從之。」哀五年，鄭駟秦富而侈，嬖大夫也，而常陳卿之車服於其庭，鄭人惡而殺之。子思曰：「《詩》曰：『不解于位，民之攸暨。』不守其位而能久者，鮮矣。」按觀此，可以得不解于位之義。

《假樂》三章，章八句。毛、鄭及諸家本皆作四章，章六句。嚴本依陳氏分爲六章，章四句。惟季彭山氏更定作三章，章八句。今從之。○《序》以爲嘉成王也。不知果何據而云然。朱子疑爲公尸之所以答

《鳧鷖》。《申培説》剽之云：「公尸美王者之詩。」尤爲不根。《子貢傳》漫以爲訓成王，而詩之用于何地，殊不能知，要之影響耳。又按《左》文四年，公如晉。及晉侯盟，晉侯享公，賦《菁菁者莪》，公賦《嘉樂》。襄二十六年，齊侯、鄭伯爲衛侯故如晉，晉侯兼享之，賦《嘉樂》。國景子相齊侯，賦《蓼蕭》。子展相鄭伯，賦《緇衣》。附録于此。

《載見》，成王免喪朝諸侯，率以見于武王廟。出郝敬《毛詩原解》。**助祭既畢而慰勞之詩。**出季本《詩説解頤》。○《序》及蔡邕《獨斷》，皆以爲諸侯始見于武王廟之所歌也。朱傳、《申培説》亦以爲諸侯助祭于武王廟之詩。按《竹書》，成王四年春正月，初朝于廟。是詩之作，當在此時，蓋免喪始朝廟也。詩專爲助祭諸侯而發，或即疑爲獻助祭諸侯之樂歌。然於《禮》文無所出，惟祭後有歸俎、餕餘二禮，因作此詩，以致其贊勞之意，則不可知耳。鄒子静云：「此篇諸侯之來，本爲來朝，而是詩之作，則爲助祭。如《車攻》詩東都之行，本爲會同，而是詩之作，則重田獵。」

載《墨子》「載」下有「來」字。**見辟**《墨子》作彼。**王，**陽韻。**曰求厥章。**陽韻。**龍旂陽陽，**韻。**和鈴**豐氏本作「檽」。**央央。**陽韻。**鞗革有鶬，**陽韻。《説文》作「瑲」，陸德明本作「鎗」。**休有烈光。**陽韻。**率見昭考，以孝以享。**叶陽韻，虚良翻。**以介眉壽，永言保之，思皇多祜。**麌韻。**烈文辟公，綏以多福，俾**陸文作「卑」。**緝熙于純嘏。**叶麌韻，果五翻。徐光啓云：「『以介眉壽』而下，三句一韻，秦人功德碑本此。」○賦也。載，毛傳云：「始也。」載之所以訓始者，以字从𢦏，𢦏从才。才者，艸木之初也。古字音同形近者，皆得通用，故載與哉，皆訓爲始也。鄭玄云：「諸侯始見君王，謂見成王也。曰求其章者，求車服禮儀之文章制度也。」孔穎達云：「將自説其事，故言『曰』以目之。作者所稱曰，非諸侯自言曰也。諸侯謹慎奉法，即是自求其章。」愚按下文龍旂、和鈴、鞗革等物，皆等威所繫，故以章言。諸侯將入朝天子，故求其所自有之章，一以重王事，一以昭君賜也。又《墨子》云：「先王之書，周頌之道之曰，載來見彼王，曰求厥章。則此語，古者國君諸侯之以春秋來朝聘天子之廷，受天子之嚴教，退而治國，政之所加，莫不賓。當此之時，本無有敢紛天下之教者。」按舊説求章，亦多同斯義，然似非詩旨。龍旂者，交龍爲旂，詳見《庭燎》篇。陽，即「我朱孔陽」之陽。曹氏云：「色之鮮明也。」和者，車軾上之鈴。鈴，《説文》以爲令丁也。和亦鈴也，而疊云和鈴者，車中之鈴有二，在軾者名和，或在衡、或在鑣者皆名鸞。言和鈴，所以别于鸞鈴也。干寶云：「和鸞皆以金爲鈴，馬動則鸞鳴，鸞鳴則和應。」央，《説文》云：「中央也。」顔師古云：「半也。」車前後皆有馬，和鈴設在軾上，當車之半，故以央言之。重言陽陽央央者，見其非一旂非一車也。毛、孔主《爾雅》有「鈴曰旂」之説，謂以鈴著旂端，亦自有據，但文理欠順，又於央義不合，故不從。鞗革，解見《蓼蕭》篇。鶬，當依《説文》通作瑲，玉聲也。鞗革安得有瑲音？惟纏搤其上者以金爲之，謂之金厄，則其聲所觸，亦往往能如玉之鳴。然則有鶬，蓋指金厄言也，詳見《韓奕》篇。休，《説文》云：「止息也。」烈者，火猛之義，光之貌也。諸侯盛其儀衛，從本國而來以至止于此，則見其丰采赫奕，足以殿天子之邦，而有烈烈然之光輝也。率者，統領之義。昭考，毛云：「武王也。」朱子云：「此乃言王率諸侯，以祭武王廟也。廟制，太祖居中，左昭右穆。周廟文王當穆，武王當昭，故《書》稱穆考文王。而此詩及《訪落》皆謂武王爲昭考。」

又云：「昭穆之分，是始封以下，入廟之時便有定次。後雖百世不復移易，而其尊卑，則不以是而可紊也。故成王之世，文王爲穆，而不害其尊於武；武王爲昭，而不害其尊於文。」又云：「遷毁之序，則昭常爲昭，穆常爲穆。假令新死者當祔昭廟，則毁其高祖之廟，而祔其主于左祧，遷其祖之主于高祖之故廟，而祔新死者于祖之故廟，即當祔於穆者，其序亦然。蓋祔昭則群昭皆動，而穆不移。祔穆，則群穆皆移，而昭不動。故虞之明日祔于祖父，蓋將代居其處，故爲之祭，以告新舊之神也。昭穆之次既定，則其子孫亦以爲序，《禮》所謂昭與昭齒，穆與穆齒。傳所謂太王之昭，王季之穆，文王之昭，武王之穆者是也。」章氏云：「凡廟主在本廟之室中，皆東向，及袷于太廟之室中，惟太祖東自如，而爲最尊之位。群昭入此者，皆列北牖下而南向；群穆入此者，皆向南牖下而北向。蓋群廟之列左爲昭，而右爲穆。袷祭之位北爲昭，而南爲穆也。」又云：「二世祧，則四世遷穆之北廟，六世祔昭之南廟矣；三世祧，則五世遷穆之北廟，七世祔穆之南廟矣。昭者祔，則穆者不遷；穆者祔，則昭者不動。此所以祔必以班，尸必以孫，而子孫之列，亦以爲序也。」又云：「宗廟之制，但以左右爲昭穆，而不以昭穆爲尊卑。故五廟同爲都宫，則昭常在左，穆常在右，而外有以不失其序。一世自爲一廟，則昭不見穆，穆不見昭，而内有以各全其尊也。」以者，承上之辭，後倣此。孝者，孝思，内盡志也。享者，獻享，外盡物也。鄒子静云：「『以孝以享』者，合天下之孝享，以爲一人之孝享也。」大抵宗廟祭祀，多以諸侯助祭爲重，觀此及《清廟》、《雝》詩可見。楊子雲有曰：「孝莫大於寧親，寧親莫大於寧神，寧神莫大乎四表之懽心。」介，鄭云：「助祭也。」按古者主有擯，客有介，故介亦有助義。眉壽，解見《南山有臺》篇「以介眉壽」，主諸侯言。孔云：「謂助行具禮，使孝子得壽考之福也。」愚按此已結助祭之事，自「永言保之」而下，則又屬望于後日之辭。永言，長言也。《書》曰：「歌永言。」保者，抱持不失之義。思，發語辭。皇，通作煌。徐鍇云：「皇之爲言煌煌然也。」祜，《説文》云：「福也。」《爾雅》云：「福厚也。」多祜，以已然之福言，尊爲天子，富有四海是也。烈，即「休有烈光」之烈，以丰采言。文，即「曰求厥章」之文，以儀衛言。辟公，朱子云：「諸侯也。」王炎云：「爲國君，故稱辟。舉五等之貴，故稱公。」❶《荀子》云：「論禮樂，正身行，廣教化，美風俗，兼覆而調一之，辟公之事也。」綏，安也。多福，即上文之「多祜」。俾，《説文》云：「益也。」緝熙，解見《文王》篇。純之爲全，音之近也。嘏，《説文》云：「大遠也。」徐鍇云：「大遠之福也。」作此詩者，咏歌以申其意，言欲保守此今日煌煌之多福，必爾有烈光文章之諸侯，實有以安鎮此多福，使永固而不移。則自今以往，庶益繼續其光明于純全之嘏福也。陸化熙云：「福本昭明，不繼則晦矣。」愚按綏以多福，即《烈文》篇「惠我無疆」之意。純嘏，以未然之福言。鄧元錫云：「『永言保之，思皇多祜』，言大福難保也。曰『俾緝熙于純嘏』，言大嘏不易也。陳戒于德也。古君臣上下，無時而不戒于德也。」❷

《載見》一章，十四句。孔穎達謂周公居攝七年，而歸政成王。成王即政，諸侯來朝，於是率之以祭武王之廟，詩人述其事而爲此歌焉。郝敬辨之云：「按成王立，年十有三，非甚童穉也。世儒惑于《明堂位》云：『周公負扆踐阼，七年而後致政。』併强此詩爲七年後王親政作，蓋據《雒誥》云：『周公誕保文武受命惟

❶「公」，原作「云」，據《四庫全書》本改。
❷「而」，原重，據《四庫全書》本删。

七年。』彼謂成王七年，周公留雒耳，非謂七年前，成王未親政也。十三歲，天子尸居，而又七年，則二十矣，乃始見諸侯乎？初年以流言疑忌叔父，豈幼冲無知者之所爲乎？」鄧元錫則以爲：「諸侯殷見朝廟也。《周官》以賓禮親邦國，朝宗覲遇，各以其方歲至，會以發禁至，皆主於來王。其殷見曰同，則五年而禘，五服群后畢具至，故殷見曰載見。又殷同以發政，故《載見》曰求厥章。」今按大禘之禮，禘其祖之所自出，而以其祖配之，於昭考何與？斯其論疏矣。鄒忠胤又云：「《竹書》紀成王元年丁酉，春正月，王即位，命冢宰周文公總百官。庚午，周公誥諸侯于皇門，夏六月葬武王於畢。夫天子七月而葬，同軌畢至，一則送故主之終，一則覲新君之始，於義何疑？《逸周書·皇門解》述昔之藎臣助王，恭明祀，敷明刑，用能承天嘏命，萬子孫用永被先王之靈光。此即介壽保祐，緝熙純嘏意也。而先之以命我辟王，小至于大，其與是詩同作可知已。」按《禮》居喪不祭，若此詩爲諸侯會葬而作，則成王未終喪也。未終喪，而爲詩以作樂可乎？且以介眉壽，緝熙純嘏，豈居喪時語乎？如謂周公總百官，亦可率之以見于廟，則武王，周公兄也，「率見昭考」之云，何以稱焉？愚皆不取。

《烈文》，成王初見于武王廟，諸侯來助祭。事畢將歸國，君臣交相勑戒之辭。《序》及蔡邕《獨斷》，皆以爲成王即政，諸侯助祭之所歌。歐陽脩以爲成王初見于廟，諸侯來助祭，既祭而君臣受福，自相勑戒之辭。愚按此與《載見》篇同爲一時之作。觀二詩，皆稱「烈文辟公」可據。彼爲廟中贊勞之語，此則諸侯事畢將行，當陛辭之時，因而交相勑戒也。

烈文辟公，叶陽韻，姑黄翻。**錫兹祉福。惠我無疆**，陽韻。按此詩公、疆乃皆於單句用韻，而雙句不用韻，亦變體也。**子孫保之。無**《白虎通》作「毋」。**封靡于爾邦**，叶東韻，悲工翻。**維王其崇**東韻，亦叶陽韻，仕莊翻。**之。念兹戎功**，叶陽韻，姑黄翻。**繼**豐氏本作「𢇍」。**序其皇**陽韻。**之。**賦也。

歐陽脩云：「此君勑其臣之辭也。」嚴粲云：「成王即政之初，周興未久也，其助祭諸侯，往往身佐文、武，以定天下者。故先稱美之，乃告戒之。」烈文辟公，解與《載見》篇同。錫，通作賜，《説文》云：「予也。」兹，此也，指下文祉福言。祉，《説文》亦以爲福也。《爾雅》疏云：「繁多之福也。」按祉之言止，諸福所止，繁多之義也。福之言祜，祜之言厚也，言爲天所加厚也。錫兹祉福，主武王克商之後，封建諸侯而言。既列之爵，復胙之土，其爲祉福孰大焉。一説，《白虎通》云：「周頌曰：『烈文辟公，錫兹祉福。』言武王伐紂定天下，諸侯來會聚于京師，受法度也。」以受法度爲錫祉福，亦即下文戒封靡之意。《書》曰：「各守爾典，以承天休。」此之謂也。惠，猶貽也，與分人以財謂之惠義同。無疆，孔云：「無有疆畔，謂長遠無期也。」子孫，辟公之子孫也。保者，抱持勿失之義。《孝經》注以爲安鎮，是也。成王呼助祭之諸侯而告之曰：「爾有光烈文章之辟公，我先王既賜汝以建邦啓宇之祉福矣，爾其思所以屏翰王家，果能惠我以無疆之休，則女之子孫，亦庶乎其永保此爵土也。」《左》襄二十一年，晋侯問叔向之罪於樂王鮒。於是祁奚老矣，聞之，乘馹而見宣子，曰：「《詩》曰：『惠我無疆，子孫保之。』夫謀而鮮過、惠訓不倦者，叔向有焉，社稷之固也。猶將十世宥之，以勸能者。今壹不免其身，以棄社稷，不亦惑乎？」宣子説，與之乘，以言諸公而免之。按味此，可以得釋詩之意。下文「無封靡」四句，正申上「惠我無疆」二句而言。無、毋通，戒辭也。土陪益曰封，與《禮·檀弓》「封之崇四尺」義同。靡，《説文》云：「披靡也。字从非。」徐鍇云：「披靡，分也。」故从非，取相違之義。爾邦，爾所有之國也。五等之爵，分土惟三，受之天子，傳之先君，不可益也，不可損也。戒以無封，欲其無吞併人之土地以自益也；戒以無靡，欲其土地無爲人所吞併而致損也。按《白虎通》云：「《詩》云：『毋封靡于爾邦。』此言追誅大罪也。或盜天子土地自立爲諸侯，絶之而已。」意與此合。崇，《爾雅》云：「高也。」尊尚之意。上凛王章而不敢踰，下守成業而不敢失，大不役小，强不陵弱，夫如是，則能各安其分，共享和平，而天子亦尊尚之矣。上文所謂「惠我無疆」者，其故全繇于此。陸機云：「先王知帝業至重，天下至曠，曠不可以偏制，重不可以獨任。任重必于借力，制曠終乎因人。於是乎立其封疆之典，財其親疎之宜，使萬國相維以成磐石之固，宗庶襍居而定維城之業，南面之君各務其治，九服之民知有定主，上之子愛於是乎生，下之體信於是乎結。世治足以敦風，道衰足以禦暴，故疆毅之國不能擅一時之勢，雄俊之士無所寄霸王之志。然後國安繇萬邦之思治，主尊賴群后之圖身，譬猶衆目營方則天綱自昶，四體辭難而心膂獲乂，三代所以直道，四王所以垂業也。」陳際泰云：「讀《烈文》而知周之君臣相愛無已也。念其助祭之勞，遂欲其世世子孫與周相始終而益昌大，特戒其封靡，蓋駕馭之權，亦隱隱寓焉。以爲苟有犯此者，王法無私，恩不爾貸也。嗟嗟，誰謂周獨忠厚歟哉？」念，《説文》云：「常思也。」戎，《説文》云：「兵也。」戎功，武功。《閟宮》言敦商之旅，克咸厥功，是也。繼，《説文》云：「續也。」序，通作敘。《説文》云：「次第也。」子孫繼世，以敘相及，故曰繼序也。皇，《説文》云：「大也。」徐云：「皇之爲言煌煌然也。」我念爾辟公夾輔先王，用武功平定天下，以有今日。自今以後，凡汝之子孫繼汝爲諸侯者，其亦能張皇威武，以消四方窺覦不軌之心，而壯王室之勢，不徒保守其爵土而已，是則我之所深致望者也。嚴云：「説者多以辟公爲稱諸侯之祖父，念茲戎功，爲勉之以念祖父之功。今考《本紀》注，徐廣云：『武王克商，二年而崩。』皇甫謐云：『武王定位元年，歲在乙酉，六年庚寅崩。』正如謐之言，武王克殷纔六年耳。《烈文》作于成王即政之初，孟津諸侯固多存者，不應專戒其子孫也。」

無競《五經文字》作「倞」。**維**《左傳》作「惟」。**人**，真韻。**四方其訓**叶真韻，詳遵翻。《左傳》作「順」。**之。不顯維**《中庸》作「惟」。**德，百辟其刑**叶陽韻，胡光翻。**之。於**音烏。**乎**，《大學》作「戲」。**前王**陽韻。**不忘！**陽韻。○賦也。歐陽云：❶「此臣戒其君之辭也。」競，《爾雅》云：「彊也。」《説文》云：「彊語也。」無競維人，與「無競維烈」語氣相類。言宣力四方者，皆得其人，莫與之争强也。訓，通作馴。《説文》云：「馬順也。」《左》昭元年，莒展輿奔吴，於是莒務婁、瞀胡及公子滅明奔齊。君子曰：「莒展之不立，棄人也夫！人可棄乎？《詩》曰：『無競維人。』善矣。」哀二十六年，衛出公以弓問子贛，曰：「吾其入乎？」子贛稽首受弓，對曰：「臣不識也。」私於使者曰：「昔成公孫於陳，甯武子、孫莊子爲宛濮之盟而君入；獻公孫於齊，子鮮、子展爲儀之盟而君入。今君再在孫矣，内不聞獻之親，外不聞成之卿，則賜不識所繇入也。《詩》曰：『無競惟人，四方其順之。』若得其人，四方以爲主，而國於何有？」不，通作丕，大也。德者，君人之大德，以丕顯贊德，亦主發用而言。百辟，諸侯也。刑，通作㓝。《復古編》云：「刑从刀，幵聲，剄也。㓝从刀，从井，法也。」於乎，嘆聲。前王，前乎此之爲王者，謂武王也。忘，《説文》以爲不識也。王往矣，而

❶「歐陽」下，《四庫全書》本有「脩」字。

功烈德澤如在，其訓之刑之者，至今猶尚可記識於人心，故曰不忘也。此章乃助祭諸侯因王上章有「戎功其皇」之語，不欲王之徒以力服人也，因於廟中歎美前王用人修德之事以進之，曰前王雖不得已，用戎功以得天下，而所以使天下人不能忘者，其故全不在此。王今日者欲皇戎功，臣以爲不如法前王之用人修德，而戎功亦可不用也。《中庸》引「不顯維德」二句，而足之曰：「是故君子篤恭而天下平。」篤恭者，恭己正南面之謂，如《武成》所云垂拱而天下治者，❶蓋言德惟丕顯，則自足以致天下之平，他無所事矣。而舊説皆以篤恭釋不顯，非也。若《大學》之釋「於乎前王不忘」，尤爲明白。曰：「君子賢其賢而親其親，小人樂其樂而利其利，此以没世不忘也。」夫無競維人，即封建千八百國之事，異姓以賢，同姓以親，此所謂賢君子之賢，親君子之親也。不顯維德，凡發政施仁皆是，此所謂樂小人之樂，利小人之利也。一説，萬尚烈云：「與人無競，故四方其訓；德維不顯，故百辟其刑。前王之所以人不能忘者，全在於此。若稍與人競，必不能訓四方；稍自顯露，必不能刑百辟。前王不如是也。《中庸》引此，正以發明闇然之意，故曰後其身而身先，外其身而身存，惟無以天下爲者，乃可託於天下。爲此詩者，其知道乎！」亦通。

《烈文》二章，一章八句，一章六句。舊只作一章，十三句。〇朱傳及《申培説》皆以爲成王祭宗廟而獻助祭諸侯之樂歌。今按次章言四方訓、百辟刑，似非天子告諸侯之語。或有謂贊美前王之德，以感動諸侯者，亦自可通，然語意覺散緩，不如歐陽説爲長。《子貢傳》闕文。

❶「成」，原作「王」，據《四庫全書》本改。

《訪落》，成王除武王之喪，將始即政而朝於廟，與群臣謀於廟也。《序》云：「嗣王朝于廟也。」蔡邕《獨斷》亦云：「成王謀政于廟之所歌也。」按廟者，武王廟，以詩辭「昭考皇考」等語知之。《逸周書序》云：「成王既即政，因嘗麥以語群臣而求助，作《嘗麥》。」而《竹書》亦載成王四年春正月，初朝于廟，夏四月初嘗麥，與《書序》言嘗麥求助者合，此詩之作在此時也。與《小毖》、《敬之》二詩當合爲一篇。孔穎達云：「成王既朝廟而與群臣謀事，詩人述之而爲此歌。」鄧元錫云：「喪三年不言，至是始廟，見群臣訪焉。」又《家語》，孔子曰：「成王年十有三而嗣立，明年夏六月，冠而朝于祖，以見諸侯。」未詳孰是。愚但以《逸書序》有「即政求助」之語，因摭爲據耳。

訪予落止，豐氏本作「只」。**率時昭考。於**音烏。**乎悠哉，朕未有艾。將予就之，繼猶判涣。維予小子，未堪家多難。紹庭上下，陟降厥家。休矣皇考，以保明其身。**通篇俱無韻。○賦也。《説文》云：「汎謀曰訪。」徐鍇云：「謂廣問於人也。」予，成王自謂也。落，木葉隕墜也。《説文》云：「凡艸曰零，木曰落。」成王即位之初，武庚蠢動，王室幾摇，故以落言。止，通作只。《説文》云：「語已辭也。」率，《爾雅》云：「循也。」當通作衛。時之言是，音之近也。昭考，武王也，解在《載見》篇。鄧云：「免喪之思惟考也武王。在廟中訪問諸臣，言自武庚倡亂後，我國家已有隕落之勢，今將思其所以救是者，惟在循是武王治天下之道而行之，庶可轉危爲安也。」於乎，嘆聲，如烏之吁呼也。悠，《説文》云：「憂也。」朕，萬尚烈云：「朕兆之朕。」解見《抑》篇。艾，猶盡也。朱子云：「如夜未艾之艾。」解見《庭燎》篇。將，如「無將大車」之將。鄭玄云：「猶扶進也。」就，《説文》云：「就高也，从京从尤。尤，異于凡也。」徐鍇云：「語曰：『就之如日。』日高，人就之，會意。」繼，續。判，分也。渙，流散也。俱見《説文》。成王欲率循武王之道，既又歎而憂思之，謂武王之道甚大，雖頗知其端緒朕兆，而未能測其究竟。賴爾諸臣扶將我以就之，然尚恐繼其道，而判焉不合，渙焉不屬也。輔廣云：「味此意，則成王固已默識夫武王之道，若不曾用工夫，則便以爲易矣，豈識此味哉？」三山李氏云：「自訪予落止，至繼猶判渙，皆是仰先王之盛德，歎眇躬之凉薄，苦前哲之高遠也。」胡一桂云：「自『維予小子』而下，則君蒿悽愴，如或見之也。」愚按此下皆屬望先王陰助默相之辭。未堪家多難者，追指前日三叔挾殷以叛之事而言。堪，通作戡。《爾雅》云：「勝也。」曰「家多難」者，武庚之變，三叔寔爲之。《書·大誥》篇所謂「民不静，亦惟在王宫邦君室」是也。「紹庭」二句，猶昔人言舜見堯于羹墻之意，與「陟降庭止」義同。紹，《説文》云：「繼也。」謂往來不絶也。庭，以廟庭言。上下，即陟降也。家，謂家庭也。武王與成王，親則父子。曰「厥家」者，親之也。休，《説文》云：「息止也。」孔云：「上言昭考，此言皇考，皆斥武王也。變稱皇者，尊之也。」王安石云：「保其身，無危亡之憂；明其身，無昏塞之患。」成王既慮率循昭考之難，因自言予幼稚小子，嚮者遭王室多難，變生肘腋，力量固有所難勝矣。自今以往，其庶幾我昭考之靈，往來不絶于廟庭之中，或上而陟，或下而降，皆在我家止息，未嘗少離。于以翼我之行，使身有所憑藉，而不陷于危。啓我之思，使身有所開悟，而不迷于往也。按太甲、成王，皆再世守成之主，太甲復辟，而伊尹所以訓之者，一則曰率祖攸行，再則曰奉先思孝。成王免喪即政，而首惓惓以率時昭考爲言，可謂知本矣。

《訪落》一章，十二句。朱傳云：「成王既朝于廟，因作此詩，以道延訪群臣之意。」《申培説》襲之。按此詩雖對群臣而作，以延訪發端，而意皆屬望昭考，至《小毖》篇，始道其延訪群臣之意耳。《子貢傳》闕文。

《小毖》，嗣王求忠臣助己之所歌也。出蔡邕《獨斷》。**爲《訪落》之第二章。**《序》亦以爲嗣王求助也。何以知其爲《訪落》之第二章也？彼曰「維予小子，未堪家多難」，此曰「未堪家多難，予又集于蓼」，苦愈甚而意愈迫矣。將望皇考之紹庭上下，陟降厥家，以陰佑己，而冥冥之中不可必也。非資藉明保于臣，其曷克有濟？愚以爲此成王自怨自艾之辭，以歸誠于周公，亦如太甲復辟而致辭伊尹者焉。即下篇「敬之敬之」數言所進戒于王者，未必非周公之語，而説者已久失其傳矣。孔穎達云：「頌之大列，皆繇神明而興，於《訪落》言謀于廟，則進戒求助亦在廟中，與上一時之事。」《史記·樂書》太史公曰：「余每讀《虞書》，至于君臣相勑，惟是幾安，而股肱不良，萬事墮壞，未嘗不流涕也。❶成王作頌，推己懲艾，悲彼家難，可不謂戰戰恐懼，善守善終哉？君子不爲約則修德，滿則棄禮，佚能思初，安能惟始，沐浴膏澤，而歌詠勤苦，非大德誰能如斯？」篇名《小毖》者，鄭玄云：「天下之事，當慎其小，小時而不慎，後爲禍大。故成王求忠臣早輔助己爲政，以救患難。」劉公瑾云：「不以蜂爲小，則其後無辛螫之患矣。不信其爲桃蟲之小，則其後無拚飛之患矣。名篇者特于毖字上加一小字，其意深矣。」又云：「朱子以此詩作于成王免喪之際，則是武王崩後之三年也。按《書》曰：『周公位冢宰，正百工，群叔流言。』則是武王方崩，流言即興，周公避而居

---

❶「未」，原作「朱」，據《四庫全書》本改。

東。二年之秋，天有雷風之變，於是王迎公歸。明年免喪，朝廟，而此詩繼作。故此篇深懲管、蔡之事也。」

予其懲而毖後患。莫予荓《爾雅》作「甹」，《潛夫論》作「併」。**蜂，**叶東韻，讀如洪，胡公翻。《爾雅》作「夆」，《潛夫論》作「蠭」，豐氏本作「蠭」。**自求辛螫。**《韓詩》作「赦」。**肇允彼桃蟲，**東韻。**拚**《文選》注作「翻」。**飛維鳥。**篠韻。**未堪家多難，**去聲。**予又集**豐本作「雧」。**于蓼。**篠韻。○賦中有比也。予，成王自謂也。懲，《說文》云：「㣻也。」朱子云：「有所傷而知戒也。」毖，《說文》、毛傳皆云：「慎也。」徐鍇云：「慎密也。」懲以已然言，毖以未然言。後，後日也。患，《說文》云：「憂也。」从心上串。徐云：「串之言貫也，貫於心也。」初武王既喪，管叔及群弟流言于國曰：「公將不利於孺子。」成王信之，而疑周公。其後三監挾殷以叛，成王至是始白周公之忠，而悔己之輕信三叔，以致禍亂也。曰：「予其懲創往日之失，從今以往，與廷臣更始，以毖後日之患乎！爾廷臣其毋以予往日者爲昏爲愎，而棄我也。」孔云：「我今欲慎小防患，故須汝等助我，言己求助之意也。」自「莫予荓蜂」以下，皆追數往日之失，予之所以其懲者此也。莫之爲無，音之近也。荓，通作迸，斥逐散走也，解見《桑柔》篇。蜂以比三叔，桃蟲以比武庚。蜂，本作蠭。《說文》云：「飛蟲螫人者。」《爾雅》別土蠭、木蠭二種，在地中作房者，名土蠭，其形大。在樹上作房者，名木蠭，其形差小。又曰「蠭醜螸」，謂垂其腴，腴即腹下螫毒也。羅願云：「蠭種類至多。土蠭黑色，最大者，螫人至死，能食蜘蛛。《楚辭》謂玄蠭若壺，壺形圓大，故蠭似之。蜜蜂螫人，芒入人肉不可復出，蠭亦尋死。」陸佃云：「其毒在尾，垂穎如鋒，故謂之蜂。傳曰『蜂蠆垂芒』，此之謂也。一名萬，其字象形，蓋蜂類衆多，動以萬計，故借爲萬億之萬。舊説數人以千，數物以萬，《莊子》所謂號物之數謂之萬也。」愚按《漢書·中山靖王傳》云：「讒言之徒蠭生。」顔師古注以爲衆多也。此詩比意與彼同。當管叔流言，與群叔囂然更進迭和，如蜂起然，而成王不察其奸，故言當時無有人爲我迸逐此蜂者。❶使我自以爲是，而終羅於螫毒之苦，即謂之自求辛螫可也。辛屬金，金剛味辛，辛痛即泣出，故以爲痛苦之義。肇，通作肁，始也。允，信也。俱見《説文》。桃蟲，小鳥。《爾雅》云：「桃蟲鷦，其雌鴱。」按鷦，即鷦鷯也。鷯一作鷮，又名鷦鷚，江東呼布母。陸佃云：「《説苑》曰：『鷦鷯巢於葦苕。』繫之以髮。鳩性拙，鷦性巧，故鷦俗呼巧婦。一名工雀，一名女匠，其喙尖利如錐，取茅秀爲巢，巢至精密，以麻紩之，如刺韈然，故又一名韈雀。」楊雄《方言》云：「自關而東謂之工爵，或謂之過鸁，或謂之女鴎。自關而東謂之鸋鴂。自關而西謂之桑飛，或謂之韈爵。」拚，《説文》云：「拊手也。」鷦鷯巢於深林，以一枝爲安，苟以手拊之使飛，則彼固羽族之鳥也。其遠舉別適，何所不至？以比武庚受封于殷，其始帖然臣服，亦可以相信矣。而三叔煽之使動，遂至悍然稱兵，欲反鄙我周邦，不復肯守其侯封之舊耳。又郭璞謂鷦鷮小鳥而生鵰鶚，陸璣亦謂鷦鷯微小于黄雀，其鶵化而爲鵰，故俗語「鷦鷯生鵰」。及觀《焦氏易林》亦有「桃蟲生鵰」之語，毛傳解此，以爲鳥之始小終大者，義實本此。若以比武庚，則郝敬所云：「方武王誅紂，宥其子，人以爲孤雛耳。未幾挾徐、奄諸國叛，周公東征三年而後定。此桃蟲之爲大鳥也。」理亦可通。然鷦化爲鵰，目所未見，世多疑之。又經文但言鳥耳，未嘗言大鳥也，豈謂鷦鷯非鳥，必待變而後爲鳥乎？愚故定主前説。未堪家多難，解見《訪落》篇。集者，栖止之義。蓼，《説文》

❶「逐」，原作「遂」，據《四庫全書》本改。

云：「辛菜，薔虞也。」按《爾雅》「薔，虞，蓼」即此。郭璞以爲澤蓼也。陸佃云：「蓼生水澤者，莖赤，味辛。」羅願云：「越王苦思報吳，臥則以蓼。《楚辭》曰：『蓼蟲不知徙乎葵菜。』言蓼辛葵甘，蟲各安其故，不知遷也。而魏子曰：『蓼蟲在蓼則生，在芥則死，非蓼仁而芥賊也，本不可失也。』」毛傳云：「集于蓼，言辛苦也。」季本云：「多難，謂管、蔡之亂。蓼，以喻武王之喪也。言己方幼沖，不堪國之多難，而又適當大喪之苦，故曰又集于蓼也。此以流言疑周公之事自懲，見己德之不及武王，而欲群臣之助也。」陳際泰云：「夫物有大甘也，必有大苦隨之。成王之克成令主也，則集蓼之故也夫？」張文潛云：「成王懲周公之事，將毖後患，使後之知人不復如前日之惑，而首之以求助何也？蓋昔之不知周公之聖，出于無助故也。何以知其然耶？夫成王在廷之臣，聖莫如周公，而賢莫如召公。周公之爲師，召公固不說之矣，召公且不說，則在廷之臣，豈復有能辨而言之者也？此成王所以懲前日之事，出于左右無有助之者，則其懲後患而首之以求助，不亦宜乎？《破斧》刺朝廷之不知，蓋舉朝廷而刺之。舉朝廷之不知，則孰爲成王之助哉？」按《逸周書・嘗麥解》云：「維四年孟春，❶王初祈禱于宗廟，乃嘗麥于太祖。是月，王命大正正刑書。王若曰：『嗚呼，敬之哉！如木既顛厥巢，其猶有枝葉作休，爾弗敬恤爾執，以屏助予一人，集天之顯，亦爾子孫，其能常憂恤乃事。』衆臣咸興，受大正書。」蓋即與此詩同意，疑亦同時作也。

《小毖》一章，六句。《申培說》、豐氏本篇名俱無「小」字。○朱傳云：「此亦《訪落》之意。」《申培說》

---

❶「春」，《逸周書》作「夏」。

襲之。今按二詩命意各有所主，原不相混。一屬望皇考，一屬望群臣也。特謂其皆一時廟中之作，則可耳。《子貢傳》闕文。

《敬之》，《訪落》之第三、四章也。群臣進戒成王，王乃答群臣見戒之意。自「群臣」下，俱出歐陽脩《毛詩本義》。○何以知其爲《訪落》之第三、四章也？《訪落》曰「陟降厥家」，而此曰「陟降厥士」。《訪落》曰「將予就之」，而此曰「日就月將」，蓋相爲首尾之辭也。陳氏云：「嗣王於祭之明日，繹祭賓尸，而群臣與焉。既作謀政之詩，以發群臣之志，而作頌者又設群臣進戒之詩以答之。又形容嗣王虛己求言之意，爲群臣者當何如哉？」鄧元錫云：「王朝廟，群臣戒王，皆不言而將之以樂，宣其所欲言，其斯爲不言之教，不肅之嚴乎？故父子君臣天人上下仁孝忠敬之道，咸在王周公朝廟間，故樂其深也。」

敬之敬之，支韻。**天維**《左傳》、賈誼《新書》俱作「惟」。**顯思，**支韻。**命不易**音異。**哉。**叶支韻，將其翻。**無**《漢書》、《新書》俱作「毋」。**曰高高在上，陟降厥士，日監在茲。**支韻。❶○賦也。此群臣因王之求助而進戒也。敬，《說文》云：❷「肅也。」《禮記》注云：「在貌爲恭，在心爲敬。」周昌年云：「敬非敬天，乃心存戒慎。重言敬之者，無時無事而不敬也。」賈誼云：「志敬而怠，人必乘之。」真德秀云：「重言以

❶「支」，原作「走」，據《四庫全書》本改。

❷「文」，原作「支」，據《四庫全書》本改。

求其聽也。」「天維顯思」二句，稱天命以聳動之，正見所以當敬也。顯，明也。思，朱子云：「語辭也。」「天維顯思」者，顔師古云：「言天甚明察也。」按《大雅》曰：「皇矣上帝，臨下有赫。」維顯之謂也。命者，有天下之命也。不易者，言保之不易也。杜預云：「奉承其命甚難。」愚按此亦承上章多難而言。《左》僖二十二年，邾人以須句故出師。公卑邾，不設備而禦之。臧文仲曰：「國無小，不可易也。《詩》曰：『敬之敬之，天惟顯思，命不易哉。』先王之明德，猶無不難也，無不懼也，況我小國乎！」成四年，公如晉，晉侯見公，不敬。季文子曰：「晉侯必不免。《詩》曰：『敬之敬之，天惟顯思，命不易哉。』夫晉侯之命在諸侯矣，可不敬乎！」「無曰」以下，主先王而言也。無、毋通，禁止辭也。曰者，代爲成王意中之語也。高高在上，指先王也，語意與「文王在上」一例。因首章《訪落》之詩，以乞靈皇考爲言，故特破其所恃，言天甚難諶，命實靡常，王毋謂先王之靈在天，或能陰爲王地也。重言高高者，兼指文、武之辭也。《周書・召誥》篇曰：「天既遐終大邦殷之命，兹殷多先哲王在天。」又曰：「相古先民有夏，天迪從子保，面稽天若，今時既墜厥命。今相有殷，天迪格保，面稽天若，今時既墜厥命。」即此意也。陟降，與《閔予》、《訪落》篇義同。士，《説文》、毛傳皆云：「事也。」按事乃士之本訓，其字从一从十，數始于一，終于十，故《説文》引孔子曰：「推十合一爲士也。」其以士爲人品之稱者，則謂其人足任事，故亦以士名之。或當通作仕耳。監，《説文》云：「臨下也。」兹之言此，音之近也。先王之心，與天之心一也，其神靈，恒上下來往于王之所爲，而無日不監視于王之所處。王固欲皇考陟降厥家，而豈知其日所監之家中者，實陟降厥事乎？所事善則許之，不善則怒之，先王當無所私也。抑又無小大，無衆寡，無麤精之不體也。夫上天之命既不易保，而先王之監又不少踈，然則王可有一時一事之不敬哉？真德秀云：「當時群臣之學，以格心爲主，故其言純粹如此，人主宜深味之。」王應麟云：「《荀子》曰：『天子即位，上卿進曰：「能除患則爲福。」中卿進曰：「先事慮事，先患後患。」下卿進曰：「敬戒無怠。」』群臣進戒始以敬，三卿授策終以敬，此心學之原也。伊尹訓太甲曰：『祇厥身。』召、畢告康王曰：『今王敬之哉！』皆以此爲告君第一義。」陸化熙云：「周公之戒王曰：『皇自敬德。』召公之誥王曰：『王其疾敬德。』曰：『王敬作所，不可不敬德。』曰：『惟不敬厥德，乃早墮厥命。』即是此詩首章之旨。」

維予小子，紙韻。**不聰敬止。**紙韻。**日就月將，**叶陽韻，資良翻。**學有緝熙于**《韓詩外傳》作「於」。**光明。**叶陽韻，謨郎翻。**佛**《韓詩外傳》、《説苑》俱作「弗」。**時仔肩，示**《新書》作「視」。**我顯德行。**叶陽韻，户郎翻。○賦也。胡一桂云：「自『維予小子』以下，則嗣王先自述，而後求群臣之助也。」聰，《説文》云：「察也。」不聰，以質言。鄭玄云：「承之以謙也。」止，通作只。《説文》云：「語已辭也。」不聰敬止，猶顔淵言「回雖不敏，請事斯語」之意。言我雖不聰，而聞群臣之陳戒警切如此，誠不敢以不敬也。然徒敬而不學，則于先王之道茫無入門，雖尸居寂守，何益于治？故仍以將予就之，爲諸臣望焉。就、將，解見《訪落》篇。就言日，將言月者，學者工夫無息可間斷，故日必有就，教者第條示其綱領，啓發其關鑰而已，故但須計月也。《韓詩外傳》云：「劒雖利，不厲不斷。材雖美，不學不高。雖有旨酒嘉殽，不嘗不知其旨。雖有善道，不學不達其功。故學然後知不足，教然後知不究。不足，故自壞而勉。不究，故盡師而熟。繇此觀之，則教學相長也。《詩》曰：『日就月將。』」又云：「孟嘗君請學于閔子，使車往迎閔子。閔子曰：『禮有來學無往教。致師而學不能禮，往教則不能化君也。君所謂不能學者也。臣所謂不能化者也。』於是孟嘗君曰：『敬聞命矣。』明日袪衣請受業。《詩》曰：『日就月將。』」又云：「孔子燕居，子貢攝齊而前，曰：『弟子事夫子有年矣，才竭而智罷，振於學問，不能復進，請一休焉。』孔子曰：『闔棺兮乃止播兮，不知其時之易遷兮，此之謂君子所休也。故學而不已，闔棺乃止。』《詩》曰：『日就月將。』言學者也。」緝熙，解見《文王》篇。緝字，從日月推出。熙者，光明之謂。成王言我于先王之道，欲日有所就，必賴爾諸臣之月有所將。誠如是，以爲學積漸不已，則于事事物物之理無不洞徹，而此心之光明者，益繼續其光明矣，是之謂「緝熙于光明」也。「光明」二字，意雖無異，而義當有辨。《晋語》郭偃以光爲明之耀，朱子謂「明者，光之體。光者，明之用」是也。成湯有言曰：「去聖人之道而獨居以思，猶之去日于庭，就火于室也。」劉向亦曰：「少而好學，如日出之陽。壯而好學，如日出之光。老而好學，如秉燭之游。」繇是以觀，有求光明之志者，斷不能舍學矣。錢天錫云：「緝、熙二字，與《文王》不同，乃勉然工夫，從一隙之明，而聯緝不已，到那萬里明浄地位。」徐幹云：「學也者，所以疏神達思，怡情理性，聖人之上務也。民之初載，其矇未知，譬如寶在于玄室，有所求而不見。白日照焉，則群物斯辨矣。學者，心之白日也。」又云：「大樂之成，非取乎一音。佳膳之和，非取乎一味。聖人之德，非取乎一道。故曰：『學者，所以總群道也。』群道統乎己心，群言一乎己口，惟所用之，述千載之上若其一時，論殊俗之類若與同室，度幽明之故若見其情，原治亂之故若見已效。故曰：『學有緝熙于光明。』」王符云：「人之情性，未能相百，而其明智，有相萬也。此非其真性之材也，必有假以致之也。君子之性未必盡照，及學也，聰明無蔽，心智無滯。前紀帝王，顧定百世，此則道之明也，而君子能假之以自彰爾。夫如是，道之於心也，猶火光於人目也。中穽深室，幽黑無見。及設盛燭，則百物彰矣。此則火之燿也，非目之光也。而目假之，則爲明矣。天地之道，神明之爲，不可見也。學問、聖典、心思、道術則皆來覩矣，此則道之材也，非心之明也，而人假之，則爲己知矣。《詩》曰：『日就月將，學有緝熙于光明。』是故凡欲揚光烈者，莫良于學矣。」《淮南子》云：「知人無務，不若愚而好學。自人君公卿，至于庶人，不自彊而功成者，天下未之有也。《詩》云：『日就月將，學有緝熙于光明。』此之謂也。」又云：「生木之長，莫見其益，有時而修；砥礪礛監，莫見其損，有時而薄；君子修美，雖未有利，福將在後至。故《詩》云：『日就月將，學有緝熙于光明。』此之謂也。」《韓詩外傳》云：「凡學之道，嚴師爲難。師嚴，然後道尊。道尊，然後民知敬學。故大學之禮，雖詔于天子，無北面，尊師尚道也。故不言而信，不怒而威，師之謂也。《詩》曰：『日就月將，學有緝熙于光明。』」「佛時」二句，申言其望助之切也。佛，《説文》云：「見不審也。」愚按此與「髣髴」之「髴」同義，即謙言不聰之意。時之言是，音之近也。仔，《説文》云：「克也。」肩，鄭玄云：「任也。」按人肩能勝重任，故有任之義。示者，天垂象以示人之示。顔師古云：「君子以目視物，以物示人，同作視字。後世作字異，目示物，从示傍見，示人物，作單示字。」德行，謂德之見于行者。先王已然之成跡，皆明德所流露，故曰德行也。成王既以月將之助望群臣，而自期于緝熙光明之效矣，又恐不得其所以將之之術，而終無受益之可望也。復申懇之曰：「以我之見理不明若是，而欲克勝天下之重任，其必示我以顯明可見之德行，庶乎啓發有機，日不迷於所事，而天命可保乎！」蓋示之不顯，則恐有似是之訛，而亦非見地未明者所能驟領。此成王之所深慮，非徒承之以謙而已。佛、顯二字對看。張文潛云：「夫德行固道之顯者也，而成王尚欲使示之以顯德行者，蓋學之始，其道當然也。以其德行之幽者，未足以知之，故曰『示我顯德行』。非獨成王爲然，伊尹之告太甲，『明言烈祖之成德』，夫以言爲未足，而明言之，則亦以太甲始進於學故也。」《韓詩外傳》云：「宋大水，魯人弔之，宋人應之曰：『寡人不仁，齋戒不修，使民不時，天加以災，又遺君憂。拜命之辱。』孔子聞之，曰：『宋國其庶幾乎！ 昔桀紂不任其過，其亡也忽焉。成湯文王知任其過，其興也勃焉。過而改之，是不過也。』宋人聞之，乃夙興夜寐，吊死問疾，戮力宇內。三歲，年豐政平。鄉使宋人不聞孔子之言，則年穀未豐，而國家未寧。《詩》曰：『弗時仔肩，示我顯德行。』」一説，佛者，矯戾之意。《曲禮》云：「獻鳥者佛其首。」《學記》云：「其求之也佛。」楊子《法言》云：「荒乎淫，佛乎正。」劉熙《釋名》云：「牽引佛戾以制馬。」是也。愚按此當通作咈，《説文》云：「違也。」或通作拂，《説文》云：「過擊也。」二義相近。嚴粲云：「我負荷天下，其任甚重，爾群臣當有以正救之，無爲面從容悦，必示我以顯然之德行，使我有所則效也。」亦通。又《韓詩外傳》云：「《詩》曰：『示我顯德行。』故道義不易，民不繇也。禮樂不明，民不見也。」此借語立義，非詩本旨。陳際泰云：「吾讀成王之詩，深有味乎其人也，而又思周公之教之深也。抗世子法於伯禽，於兹驗焉。」蔣悌生云：「成王自爲謙退之辭，願加不息之功，使學進于光明之地。蓋成王悔悟之後，深服周公之訓，雖曰困知勉行，而學亦漸進于精密矣。」

《敬之》二章，章六句。《序》及蔡邕《獨斷》皆云：「群臣進戒嗣王之所歌也。」此但據上章爲説耳。朱傳以爲成王受群臣之戒而述其言，《申培説》因之。然此詩自是作頌者紀述之辭，亦不得以上章進戒之語謂述自成王也。《子貢傳》闕文。

《東山》，周公伐武庚，既克而歸，勞其從行之士，故作此詩。出《申培説》。○《子貢傳》云：「周公帥師征殷，三年克之，勞其歸士，賦《東山》。」《序》云：「一章言其完也，二章言其思也，三章言其室家之望女也，四章言男女之得及時也。君子之于人，序其情而閔其勞，所以悦也。悦以使民，民忘其死，其惟《東山》乎！」《孔叢子》載孔子曰：「于《東山》，見周公之先公而後私也。」所謂先公後私者，謂公事既畢，便恤其私耳。郝敬云：「周公避謗，居東二年。成王誅管叔，得《鴟鴞》之詩，感風雷之變，始悔悟迎公。公歸，大誥天下，奉王東征武庚，伐奄。《孟子》所謂三年討其君，滅國五十，即此行也。」

我徂東山，慆慆不歸。朱子云：「無韻。」未詳。**我來自東，**韻。**零**《説文》、豐氏本俱作「霝」。後同。**雨其濛。**東韻。又豐本叶支韻，謨悲翻。按據此則「不歸」之「歸」，亦叶支韻，渠爲翻。《楚辭章句》作「蒙」。**我東曰歸，**見上。**我心西悲。**支韻。**制彼裳衣，勿士**豐本作「事」。**行枚。**叶支韻，謨悲翻。**蜎蜎者蠋，**《説文》、豐本俱作「蜀」。**烝在桑野。**馬韻。**敦彼獨宿，亦在車下。**馬韻。○賦也。凡言我者，皆設爲軍士自道之詞。徂，《説文》云：「往也。」李氏云：「周在豐、鎬，三監叛，其地在王室之東。周公自周征之，是自西而東，故謂東征。」嚴粲云：「軍屯必依山爲固，故以東山言之。」王應麟云：「今按商故都在河北。唐杜牧以河北爲山東，❶秦、漢謂山東、山西者，皆指太行山。東山，即商地。」慆，《説文》云：「水漫漫大貌。」今曰慆慆者，借爲悠緩之意，言其久也。朱善云：「文、武深仁厚澤，其浸漬於西土者雖深，而漸濡於

❶「山」，原作「出」，據《四庫全書》本改。

殷邦者猶淺，其頑民染于商辛之舊俗未盡變，其賢士懷于先王之遺澤者未盡泯。一旦改商而爲周，其眷眷思念之意，固未遽釋然也，況又益之以管、蔡之流言，在我有釁之可乘乎？故周公之東征也，袞衣繡裳，舒徐容與于東山之下，諄諄乎友邦之訓誨，懇懇乎讋民之戒飭，使人心曉然知逆之不可以犯順，邪之不可以干正，則自然有以剪其羽翼而披其枝葉，將不必斧鉞干戚之用，而罪人斯得矣。則周公之于庶殷，非以力勝之也，以德化之也。惟其以德照人也，故軍士之從公而東者，雖有別離之苦，而無死亡之患，則周公此舉，可謂仁之至而義之盡矣。」來，即歸也。我來自東，言從東方而歸來也。零，《説文》云：「餘雨也。」濛，《説文》云：「微雨也。」行役最以雨爲苦，驟雨猶可立待，微雨若斷若續，其苦不堪言。零雨其濛，形容得羈旅愁慘之象。此四句即景紀事，故每章皆以之爲起語。「我東曰歸」以下四句，又追其將歸之始而言。曰字可味。向未言歸，乃心敵愾，纔提起歸之一字，便有無限感愴，故身雖在東，而心已念西而悲，此羈旅之情也。西者，家室所在。萬時華云：「東歸，極快活事，悲却在此時，可思可思。纔説起便悲，曰字更有味。少陵詩『喜心翻倒極，嗚咽淚沾巾』，後山詩『住遠猶相忘，歸近不可忍』，人情類然。」制，《説文》云：「裁也。」裳衣，朱子云：「平居之服也。」與素裳、白舃、韎衣、韎弁對看。勿，鄭玄云：「猶無也。」士，《説文》云：「事也。數始于一，終于十。孔子曰：推十合一爲士。」愚按士原訓事，其稱人爲士者，亦以其能任事，故名之耳。今人多昧此義。行枚者，行而用枚，所以止語，軍中之制也。顏師古云：「枚狀如箸，横銜之，繣挈于項。繣，結礙也。挈，繞也。」蓋征事既畢，將歸有期，可釋介冑不用，于是新製裳衣，以爲在途之服。而此行與出師時不同，故亦無事于銜枚而行也。「蜎蜎者蠋」四句，亦歸途所見，與「零雨其濛」同一時事。蜎，本井中蟲之名。蠋之動亦如之，故曰蜎蜎。《考工記》「刺兵欲無蜎」，注云：「掉也。」疏云：「凡兵欲堅勁，不欲柔軟，謂若蟲之蜎蜎擾擾然。」蠋，蟲名，《爾雅》云：「蚅，烏蠋。」疏云：「蚅，一名烏蠋。」亦專名蠋。字本作蜀。毛晃云：「蜀本从虫，而又加虫焉，俗也。」郭璞云：「蟲大如指，似蠶。」《韓非子》云：「蟺似蛇，蠶似蠋，人見蛇則驚駭，見蠋則毛起。然婦人拾蠶而漁者握鱣，故利之所在，皆爲賁育。」羅願云：「蜀，葵中蠶也。从虫，上目，象蜀頭形，中象其身蜎蜎。葵者，菜之甘者也。古人有言，蓼蟲不知徙乎葵菜，今蜀食葵之甘，故其體肥大。亦食于藿。庚桑子曰：『奔桑不能化藿蠋。』言大小不同量也。」烝，《爾雅》云：「衆也。」按烝本熱義，轉訓爲衆者，人衆則氣熱。羅云：「蠋雖蠶類，而不食桑。詩乃稱『烝在桑野』者，葵藿之下，亦桑野之地也。蠶致養于人，萬百爲族，蜀則獨行，故以比敦然獨宿者。于文獨字从蜀，則蜀當獨處爾。又蜀亦或作鳥名，師曠《禽經》曰『蜀不獨宿』，不知何物也。蜀不獨宿，故以歎獨宿者。」愚按羅前説是，後説非也。據《爾雅》云：「鸀，山烏。」又《南康記》：「石室山有鳥，亦曰鸀。形色鮮潔，自愛毛羽。若隻者，則照水悲鳴。」此或即《禽經》之所謂蜀耳。蠋既禽名，不應以蜎蜎狀之。又蜀有獨義，故《管子》云「抱蜀不言，而廟堂既修」，學者多不識抱蜀之義。以今思之，即抱獨也。敦，通作惇，《説文》云：「厚也。」厚重不移之貌。彼，概指軍士也。曰獨宿者，對離室家而言。亦在車下者，王安石云：「古用戰車，則將卒有所蔽倚，止則爲營衛，與塹栅無以異。言彼衆多之蠋，皆獨行而散處于桑野，此離家之軍士，亦敦然不動，而獨宿于車下，與蜎蜎者蠋無以異也。」殷大白云：「看亦字，正匪兕匪虎之意。以其語出于上人，則爲體其情耳。」《序》以此章爲言其完也。古全師爲上，蓋師全而後公喜可知也。

我徂東山，慆慆不歸。我來自東，零雨其濛。果臝之實，質韻。**亦施**音異于**宇。**麌韻。豐本作「寓」。**伊**《爾雅》作「蛜」。**威在室，**質韻。陸德明云：「或作堂，誤。」**蠨**《説文》作「蟰」。**蛸在户。**麌韻。實、宇、室、户，隔句二韻。**町**陸本作「圢」。**畽**陸本作「埵」，又作「疃」。**鹿場，**陽韻。**熠燿**《説文》作「熠熠」，云：「盛光也。」**宵行。**叶陽韻，户郎翻。**不可畏**叶微韻，於非翻。亦叶灰韻，烏回翻。**也，伊可懷**叶微韻，胡威翻。亦叶灰韻，胡隈翻。**也。**賦也。果臝之實，《爾雅》云：「栝樓也。」郭璞云：「今齊人呼之爲天瓜。」邢昺云：「實即子也。葉似瓜葉形，兩兩相值，蔓延，青黑色。六月華，七月實，如瓜瓣。」《本草》云：「一名地樓，一名澤姑。」《圖經》云：「栝樓生山谷，實名黄瓜，根亦名白藥。皮黄肉白，三四月生苗引藤蔓，葉如甜瓜葉，作叉，有細皮，❶七月開華，似葫蘆華，淺黄色。實在華下，大如拳，生青，至九月熟，赤黄色。其實有正圓者，有鋭而長者。」施，朱子云：「延也，蔓生，延施于宇下也。」伊威，蟲名。《爾雅》云：「蛜威，委黍。」又云：「蟠，鼠負。」即一物也。陸璣云：「在壁根下甕底土中生，似白魚者是也。」《本草》云：「所謂濕生蟲也，多足，其色如蚓，背有横文，一名負蟠。多在下濕處及土坎中，常惹著鼠背，故名鼠負。」今誤作婦字，或作蝜。一云，食之令人善淫術，曰鼠婦淫婦，是也。陸佃云：「一名鼠姑，亦或謂之鼠黏。鼠婦，猶鼠姑也。鼠黏，猶鼠負也。」蠨蛸，蟲名。《爾雅》云：「長踦也。」郭璞云：「小鼅鼄長脚者，俗呼爲喜子，亦作蟢子。」陸佃云：「蕭梢，長踦之貌，因以名云。」陸璣云：「一名長脚，荆州、河内人謂之喜母。此蟲來着人衣，

❶「皮」，《四庫全書》本作「毛」。

當有親客至，有喜也。幽州人謂之親客。亦如蜘蛛，爲網羅居之。」在户，言爲網于户也。町畽，程子云：「廬傍畦壠。」《説文》云：「田踐處曰町。」董氏云：「區種法曰，伊尹作爲區田，一畝之中，地長十八丈，分十八丈作十五町。町間分十四道，通人行。」楊慎云：「《左傳》町原防，井衍沃，干寶注：『平川廣澤，可井者則井之。原阜隄防，不可井者，則町之。』町，小頃也。張平子《西京賦》『徧町成篁』，注町爲畎畝。」畽，本作疃。《説文》云：「禽獸所踐處也。」楊云：「《莊子》『舜舉于童土之地』，其疏云：『童土，疃也。』」場，本作場。《説文》云：「田不耕者。」楊云：「原詩人之意，謂征夫久不歸家，町畽之地踐爲鹿場，非爲町畽即鹿場也。」熠燿，螢火。孔穎達云：「即夜飛有火蟲也。《本草》『螢火，一名夜光，一名熠燿』。曹植《螢火論》云：『熠燿宵行。』《章句》以爲鬼火，或謂之燐，未爲得也。天陰沈數雨，在于秋日，螢火夜飛之時也，故云宵行。」陸佃云：「一説，螢非熠燿，熠燿行蟲耳。今卑濕處，有蟲如蠶蠋，尾後載火，行而有光，俗謂之熠燿。」未詳孰是。朱子因第四章有「熠燿其羽」之句，因解熠燿爲明不定貌，而以宵行爲蟲名。楊慎駁之云：「古人用字，有虚有實。燿熠之爲螢火，❶實也。熠燿爲倉庚之羽，虚也。有一明證可以決其疑。小雅『交交桑扈，有鶯其領』，與此句法相似。此言桑扈之領，如鶯之文，非謂鶯即桑扈也。彼謂倉庚之羽，如熠燿之明，非謂熠燿即倉庚也。」上章述初發時事，此章則漸抵家矣，因感念丁夫于役，室廬就荒，想像有果蠃以下五者，其景象如許焉。懷，思也，有繫戀在抱之意。陸燧云：「言家中光景如此，難得便畏而不歸，但出外已久，種種意念，

❶「燿熠」，原倒，據《四庫全書》本乙正。

排遣不開，轉念之而釋然喜也。」嚴粲云：「室廬將近，則家事纖悉，一一上心，此人之情也。蓋別家之情，于久住之處猶或相忘。至于歸心已動，行而未至，則思家之情最切。故序其在途之情以慰勞之。」

我徂東山，慆慆不歸。我來自東，零雨其濛。鸛《説文》、陸本、豐本俱作「雚」。**鳴于垤，**叶質韻，徒吉翻。**婦歎于室。**質韻，亦叶寘韻，式吏翻。**洒掃穹窒，**質韻。**我征聿至。**寘韻，亦叶質韻，職日翻。**有敦瓜苦，烝在栗**《韓詩》作「蓼」，云：「衆薪也。」豐本同。**薪。**真韻。豐本作「新」。**自我不見，于今三年。**叶真韻，奴因翻。○賦也。鸛，鳥名。陸璣云：「似鴻而大，長頸赤喙，白身黑尾翅，一名負釜，一名黑尻，一名背竈，一名皂裙。」《本草》注云：「頭無丹，項無烏帶，身似鶴，不善唳，但以喙相擊而鳴。亦有二種：白鸛、烏鸛。」垤，《説文》云：「螘封也。」❶亦名蟻冢。陸璣云：「蟻將雨，則出而壅土成峰，鸛鳥見之，長鳴而喜。」今蟻取小蟲入穴，輒壞垤窒穴，蓋防其逸，亦以室雨，《易占》所謂「蟻封其穴，大雨將至」是也。今朔地蟻封，其高大有如冢者，所謂蟻冢，蓋出于此。《禽經》云：「鸛俯鳴則陰，仰鳴則晴。」愚按鸛好水之鳥也，亦善群飛，薄霄激雨，雨爲之散。舊説皆以「鸛鳴于垤」爲將雨之徵。將雨則征夫之至不必如期，故婦歎于室。然上文明言「零雨其濛」，則非將雨矣。以下文「洒掃穹窒」推之，此鸛之鳴，即《禽經》所謂「仰鳴則晴」者也。晴則征夫將至，故洒掃穹窒以待之，然則其嘆者何也？以其宜至而猶未至，望之之切，故嘆也。羅願云：「《易》之《中孚》九二鳴鶴在陰，上九翰音登于天，説者以爲鸛者，別于鶴也。《震》爲

---

❶「螘」，原作「塏」，據《四庫全書》本改。

鶴，陽鳥也。《巽》爲鸛，陰鳥也。鶴感于陽，故知夜半；鸛感于陰，故知風雨。」洒掃穹窒，與上章「伊威蠨蛸」等語相應。穹窒，解見《七月》篇。嚴云：「此皆想其婦在家之歎望，蓋行人念家之情，如白居易詩云『想得家中夜深坐，還應説著遠行人』也。」我，代軍士自謂也。征，行也。聿，通作欥。《説文》云：「詮辭也。」敦、烝，解俱同首章。瓜苦，瓜之苦者。栗薪，栗樹之爲薪者。蓋取以制棚架之類。行者至家，因見苦瓜纍纍，繫于栗薪之上，而曰：「自我之不見此，亦已三年矣！」濶别許久，見故園風物依然如舊，似喜似驚，有無限感慨，況其室家乎？唐詩「始憐幽竹山窗下，不改清陰待我歸」，意與此同。又苦瓜，以況其婦，栗薪枯槁，取以自況。苦瓜延蔓于栗薪之上，以況夫婦纏綿不解，亦猶蔦蘿施于松栢之意。朱子云：「《東山》之詩，言自我不見，于今三年，則居東之非東征明甚。蓋周公居東二年，成王因風雷之變，既親迎以歸，三叔懷流言之罪，遂脅武庚以叛。成王命周公征之，其東征往返，首尾又自三年也。」按《逸周書・作雒解》云：「師旅臨衛攻殷，殷大震潰。降辟三叔，禄父者奔，管叔經而卒，所征熊盈族十有七國，俘維九邑。俘殷獻民，遷于九畢。」《竹書》成王三年，王師滅殷，殺武庚禄父，遷殷民于衛。遂伐奄，滅蒲姑。四年，王師伐淮夷，遂入奄。五年，王在奄，遷其君於蒲姑。夏五月，王至自奄。此則東征之役，斧斨破缺，蓋歷三年也。自此及下章，乃已歸至家，而夫婦相見之語。

我徂東山，慆慆不歸。我來自東，零雨其濛。倉庚于飛，微韻。**熠燿其羽。**麌韻。**之子于歸，**微韻。**皇**《爾雅》作「騜」。**駁其馬。**叶麌韻，滿補翻。按飛、歸、羽、馬，亦隔句二韻。**親**豐本作「寴」。**結其褵，**支韻。《韓詩外傳》作「縭」。**九十其儀。**支韻，亦叶歌韻，牛河翻。**其新**豐本作「親」。

孔嘉，叶歌韻，居何翻。**其舊如之何？**歌韻，亦叶支韻，于離翻。○賦也。《序》以此章爲樂男女之及時。細味，乃追述昔日之語，非此時方諧婚娶也。倉庚，即黄鳥，解見《葛覃》篇。鄭云：「倉庚仲春而鳴，嫁娶之候也。」熠，《説文》云：「盛光也。」燿，《説文》云：「照也。」狀其羽色之鮮明，如可照也。之子，即其婦也。于歸，謂始嫁時也。皇，《爾雅》作騜，云：「黄白曰騜，騂白曰駁。」孫炎云：「騂，赤色也。」孔穎達云：「黄白，謂馬色有黄處，有白處。騂白，謂馬色有騂處，有白處。是子往嫁之時，所乘者，皇其馬，駁其馬，言其車服盛也。」親，是子之親，即其母也。結，《説文》云：「締也。」褵，本作縭，有二義。《説文》云：「以絲介履也。」《爾雅》云：「婦人之褘謂之縭。」縭，緌也。郭璞以爲即今之香纓，邪交絡帶，繫于體，因名爲褘。陳祥道云：「纓帶曰衿，《婚禮》所謂施衿是也。帶結而垂曰縭，《爾雅》所謂縭緌是也。按《士昏禮》母戒女，施衿結帨曰：『勉之敬之，夙夜無違宫事。』庶母申之曰：『夙夜無愆，施諸衿鞶。』考《爾雅》，衿謂之袸。郭璞解袸爲衣小帶也。然則衿者，纓之帶；縭者，衿之緌。先施衿而後結其縭，總是一事。而孫炎、孔穎達泥《禮》文，徑以結縭爲結帨，誤矣。」愚按《説文》、《爾雅》二義皆可通，並列之。九者，數之盛，十者，數之終。舉九與十，喻其多也。儀，謂昏禮之儀。《韓詩外傳》云：「嫁女之家，三夜不息燭，思相離也。取婦之家，三日不舉樂，思嗣親也。是故昏禮不賀，人之序也。三月而廟見，稱來婦也。厥明見舅姑，舅姑降于西階，婦升自阼階，授之室也。故禮者，因人情爲文。《詩》曰：『九十其儀。』言多儀也。」嘉，《説文》云：「美也。」按昏禮名嘉禮，以陰陽際會謂之嘉。舊，對新之稱，鄭云：「其新來時甚善，至今則久矣，不知其如何也。」又極序其情，樂而戲之。」一説，上章咏舊有室家者，此章咏新有室家者，理亦可通。但以前章「果臝施宇，熠燿宵行」，及「有敦瓜苦」等語思之，彼皆夏末秋初所有，而倉庚之鳴，正在仲春之月，時不相值。則于飛結褵，其爲追述之語，無可疑者，故當以鄭箋之解爲正。朱子云：「古之勞詩皆如此，其上下之際，情志交孚，雖家人父子之相語，無以過之。此其所以維持鞏固，數十百年，❶而無一旦土崩之患也。」真德秀云：「周公述歸士之辭，士之藴于其心而不能言者，周公盡發之于言。遐想其時上下交孚，歡欣感激，有不能自已者。後世征戍頻繁，民病于役，則有爲詩以刺者，如《陟岵》、《鴇羽》，此以父子不相保而怨也；《葛生》、《采緑》，此以夫婦不相保而怨也；《漸漸之石》、《何草不黄》，此將率戍役以勞苦而怨也。與《采薇》、《東山》之辭，大抵畧同。然《采薇》、《東山》，上序戍者之情也。《陟岵》諸詩，戍者或其家人自感其情也。得失相去，顧不遠哉？」

《東山》四章，章十二句。《序》以爲周公東征三年而歸，勞歸士，大夫美之，故作是詩。按此詩既爲勞歸士而作，自當是周公語，屬之大夫，似未足信。朱子以爲成王既得《鴟鴞》之詩，又感風雷之變，始悟而迎周公。于是周公東征已三年矣，既歸，因作此詩，以勞歸士。今考東征斷是親迎以後事，朱子亦自知其誤矣。説見《鴟鴞》篇。

《破斧》，美周公也。出《序》。**從軍之士以前篇周公勞己之勤，故言此以答其意。**出朱傳。

○輔廣云：「《東山》之詩，周公能得歸士之心也。《破斧》之詩，歸士能得周公之心也。所謂上下交而其志

---

❶「十」，《四庫全書》本作「千」。

同者也。」章潢云：「《易》曰：『剛中而應，行險而順。以此毒天下，而民從之。』《破斧》之謂也。」焦氏《易林》云：「《鴟鴞》、《破斧》，邦人危殆，賴旦忠德，轉禍爲福，傾危復立。」揚子《法言》：「或問：『爲政有幾？』曰：『思斁。昔在周公，征于東方，四國是王，其思矣夫！齊桓公欲徑陳，陳不果納，執轅濤塗，其斁矣夫！』」《公羊傳》云：「古者周公東征則西國怨，西征則東國怨。」

既破我斧，又缺我斨。陽韻。**周公東征，四國是皇。**陽韻。《齊詩》、豐氏本俱作「匡」，《法言》作「王」。**哀我人斯，亦孔之將。**叶陽韻，資良翻。○賦也。破者，石碎之義。缺者，器破之義。皆毀也。斧斨，解見《七月》篇。《司馬法》輜輦，載一斧一斤一鑿一梩一鋤，二版二築，皆軍中樵蘇築壘用之。《易·旅》卦得其資斧，注亦謂「斧所以斫除荆棘」是也。斨，亦伐木用之，非指兵器。嚴粲云：「周公奉王命以討罪，有征無戰，四國聞王師之至，即窮蹙自守。周公又遲之三年，不爲急攻之計，故未嘗從事于戰陣，惟行師有除道樵蘇之事，斧斨之用爲多，歷時之久則必敝。觀《尚書》所載周公化商之事，勤拳懇惻，如父兄之愛其子弟。若以爲殺戮之多，至于破斧缺斨，則是與之血戰而僅勝之，亦疲敝甚矣。」愚按周公雖無急于戰勝攻取之心，然武庚之亂，挾三監，并奄與淮徐之地，幾半天下，差與漢七國之變無異。周公居東三年始平之，其事勢亦有然者，破斧缺斨，正三年從征内事，蓋亦舉勞苦而極言之也。昔人詩有云：「從軍有苦樂，但問所從誰。所從神且武，焉得久勞師。」若嫌公之一徂輒三齡，爲久暴師，頓兵于外，彼未覩乎當日之情形耳。❶

❶「覩」，原作「睹」，據《四庫全書》本改。

萬尚烈云：「東山之師，非周公不可。蓋周公之教化在西土者雖深，在東方者尚淺。商之世德，其斲喪者固甚，其固結者亦存，況武王一崩，公即攝政，而王方幼冲，三叔流言，儘可借爲摇動之隙，孰謂頑民義士，遂無夷、齊在乎？萬一山東諸國有仗義而起者，不可謂非周之難，此周公之所哀也。當時勞心焦思，鞠躬盡瘁，不知何如，而安用矩步雅歌之士，迂談濶論爲耶？」四國，金履祥云：「三監、武庚國内臣民也。」《書傳》云：「武王殺紂，繼公子禄父，及管、蔡流言，奄君薄姑謂禄父曰：『武王死，成王幼，周公見疑矣。此百世之時也，請舉事。』然後禄父及三監叛。」愚按朱子以四國爲四方之國，然觀《書·多方》篇曰：「告爾四國多方。」既于四國之下，復言多方，則四國之非泛指四方明矣。毛、孔皆以四國爲管、蔡、商、奄，蓋以霍叔之罪比二叔差輕，故除霍不言，而取奄以足其數。然觀《書·多士》篇曰：「昔朕來自奄，予大降爾四國民命。」既于奄之外，復言四國，則奄不在四國數内明矣，斷當從金氏解。皇，通作遑。《説文》云：「急也。」《尚書》「無皇曰今日耽樂」，《漢書》「謙遜未皇」，「夙夜不皇康寧」，皆用此皇字。言周公東征，豈得已哉！祇爲四國不静，天下將危，故皇皇如斯耳。舊説訓皇爲正，然皇無正義。或引《齊詩》改作匡字，恐非經文之舊，故不敢從。哀，猶言憐愛也。我人，通言天下之人。將，通作壯，字之近也。毛訓爲大也，言是舉也，非以勤勞我軍士，實哀憐我天下之人，而欲永措之生全之地。蓋仁者愛人，故惡人之亂之也。今蠢靖而民生自是無虞，其爲德不亦大乎？蘇轍云：「使周公嫌于救其身，潔身而退，以避二叔之難，則其亂將及于四方。如是而周公亦清矣，然而未免于小也。維不嫌于自救，哀人之不治，以誅管、蔡，而後可以爲大。」朱子云：「夫管、蔡流言以謗周公，而公以六軍之衆，往而征之。使其心一有出于自私，而不在于天下，則撫之雖勤，勞之雖至，而從役之士豈能不怨也哉？今觀此詩，固足以見周公之心，大公至正。天下信其無有一毫自愛之私，抑又以見當是之時，雖披堅執鋭之人，亦皆能以周公之心爲心，而不自爲一身一家之計。」朱善云：「是詩雖作于軍士，然亦可謂知聖人者矣。」徐光啓云：「周公之心歸士能知之，司馬昭之心路人能知之。故曰：『鶴鳴于九臯，聲聞于天。』」金履祥云：「君臣之際，天下之大戒。昔者成湯伐桀則放之，武王克殷而紂死矣。武王爲天下除殘而已，固不必加兵于其身也。聖人惡惡，止其身而已，固不必誅絶其子孫也，于是立武庚以存其祀。以常情論之，誅其父而立其子，安知武庚之不復反乎？慮其反而不立，與立之而不能保其不反，是不得以存之也。于是分殷之故都，使管叔、蔡叔、霍叔爲之監以監之。夫天子使其大夫爲三監，監于方伯之國，國三人，亦殷禮也。況所使爲監者，又吾之懿親介弟也。武庚何得爲亂于其國？假使管叔非至不肖，❶何至挾武庚以叛哉？聖人于此，亦仁之至，義之盡矣。不幸武王則既喪，成王則尚幼，而天下之政則周公攝之，是豈其得已也。彼管叔者，國家之謂何，又因以爲利，彼固以爲周之天下，或者周公可以取之，已爲之兄，而不得與也。此管叔不肖之心也，而況武庚實嗾之。于是唱爲流言以撼周公。既而成王悟，周公歸，而遂挾武庚以叛。彼武庚者，瞯周室之内難，亦固以爲商之天下，或者己可以復取之，三叔之愚可因使也。此武庚至愚之心也，而況三叔實藉之。于是始爲浮言，以誘三叔，既而三叔與之連，遂挾三監淮奄以叛。夫三叔、武庚之叛，同于叛而不同于情。武庚之叛，意在于復商，三叔之叛，意在于得周也。至于奄之

---

❶「非」，原作「而」，據《四庫全書》本改。

叛，意不過助商，而淮夷之叛，則外乘應商之聲，内撼周公之子，其意又在于得魯。三叔非武庚不足以動衆，武庚非三叔不足以間周公，淮夷非乘此聲勢，又不能以得魯，此所以相挺而起，同歸于亂周也。抑當是時，亂周之禍亦烈矣，武庚挾殷畿之頑民，而三監又各挾其國之衆，東至于奄，南及于淮夷、徐戎，自秦、漢之世言之所謂山東，大抵皆反者也。然《大誥》之書，曰『殷小腆』，曰『殷逋播臣』，于三監，則略而不詳，何也？蓋不忍言也。不忍言則親親也。其卒誅之，何也？曰：親親尊尊，並行不悖，周道然也。故于家曰親親焉，于國曰君臣焉。象之欲殺舜，止于亂家，故舜得以全之。管叔之欲殺周公，至于亂國，故成王得以誅之，周公不得以全之也。傳曰：『管、蔡爲戮，周公右王。』《書序》曰：『成王伐管叔、蔡叔。』則管、蔡之誅，是成王之意。使管叔而可以無誅，則天下後世之爲王懿親者，皆可以亂天下而無死也。可以亂天下而無死，則天下之亂，相尋於後世矣，而可乎？故黜殷，天下之公義，誅管、蔡，亦天下之公義也。夫茍天下之公義，聖人不得而私，亦不得而避也。吁！是亦成王周公之不幸也。」

既破我斧，又缺我錡。叶歌韻，于何翻。陸德明云：「或作奇。」**周公東征，四國是吪。**歌韻。《爾雅》注、陸本俱作「訛」。**哀我人斯，亦孔之嘉。**叶歌韻，居何翻。○賦也。錡有二義，《説文》云：「鉏鋤也。」徐鍇云：「鉏鋤，猶犬牙也。立薅所用。」按《司馬法》輜載有一鋤，疑即此。又《説文》云：「江淮之間，謂釜曰錡。」《召南》「維錡及釜」是也。依此，則錡乃軍中所以爨者，亦非兵器。吪，《説文》云：「動也。」徐云：「臥既覺必有聲氣。」《詩》尚寐無吪，或寢或吪，訓皆同。或引《爾雅》注改作訛，云：「化也。」恐非經文之舊，亦不敢從。言周公東征，祇爲四國倡亂，故寤寐不安耳。嘉，鄭玄云：「善也。」嚴云：「言德之甚善也。」

既破我斧，又缺我銶。尤韻。**周公東征，四國是遒。**尤韻。**哀我人斯，亦孔之休。**尤韻。○賦也。毛云：「木屬曰銶。」《韓詩》云：「鑿屬也。」今按《説文》無銶字，惟木部有梂字。梂有二義：一曰櫟實，説者以爲有毛散裹之如裘，故从求；一曰鑿首，蓋以木爲之，加于鑿之首，即鑿柄是也。用之既久，其木亦茸茸如毛之散裹者然，故名爲梂。其説與毛、韓合，即此銶也。《司馬法》輜載中，亦有一鑿，或指爲今之獨頭斧，未確。又按此詩三言破斧者，蓋以形武庚。分言斨錡銶者，亦以形三叔耳。遒，《説文》云：「迫也。」吡深于皇，皇猶晝時情事，吡則夜以繼日矣。遒又深于吡，吡僅思慮不安，遒則迫而必應矣。或據别本改作揫，云是收斂之義，恐非經文之舊，亦不敢從。休，毛云：「美也。」按休字从人依木，所以安也。前言將嘉，皆就周公之德言，周公既有此哀我人之德，使天下咸受其生全之芘，故曰休。

《破斧》三章，章四句。《子貢傳》闕文。《序》謂周大夫美周公以惡四國。《申培説》謂周公至自征殷，周人美之。今按篇中斧曰我斧，斨曰我斨，其爲從軍之士所作無疑。

《泮水》，頌伯禽允文允武也。伯禽就封于魯，初作泮宫，遂服淮夷，魯人爲之頌。許衡云：「此頌伯禽之詩，蓋伯禽時始有征淮夷之役。」愚按經言既作泮宫，淮夷攸服，此二事者，皆在伯禽之世，所以益斷其爲頌伯禽也。何以徵之？《明堂位》云：「米廩，有虞氏之庠也。序，夏后氏之序也。瞽宗，殷學也。頖宫，周學也。凡四代之服器官，魯兼用之，是故魯王禮也。」成王以周公有大勳勞，故使魯得爲此。

斯則伯禽作泮宮之證也。《史記》云：「伯禽即位之後，有管、蔡等反也。淮夷、徐戎亦並興反。於是伯禽率師伐之於肹。」肹即費也。《書·費誓序》云：「魯侯伯禽宅曲阜，徐夷並興，東郊不開，作《費誓》。」其辭曰：「嗟！人無譁，聽命，徂茲淮夷，徐戎並興。」言往已中淮夷之難矣，而今徐戎又蠢動也，斯則伯禽征淮夷之證也。夫《王制》之言諸侯也，曰「天子命之教，然後爲學」。伯禽受命于天子，備四代之學，躬涖泮宮，以修其教，大本端矣。內順治則外威嚴，淮夷、徐戎，相次帖伏，固其宜也。淮夷之征，在泮獻功，事在作泮宮之後。《費誓》之作，惟征徐戎，事在服淮夷之後。《詩》、《書》相輔，而往蹟瞭然。讀史者當以是訂之。

思樂音絡。後同。**泮**陸德明本作「頖」。**水，**紙韻。後同。**薄采其芹。**文韻，亦叶微韻，渠希翻。《白虎通》作「荇」。**魯侯戾止，**紙韻。後同。**言觀其旂。**微韻，亦叶文韻，巨斤翻。**其旂茷茷，**月韻，亦叶泰韻，蒲蓋翻。又叶墜韻，房廢翻。陸本、《群經音辨》俱作「伐」，朱傳及《大全》俱作「筏」。**鸞聲噦噦。**月韻，亦叶霽韻，呼惠翻。又叶泰韻，呼外翻。又叶隊韻，許穢翻。**無小無大，**叶霽韻，徒帝翻。**從公于邁。**叶霽韻，力制翻。○興也。「思樂泮水」者，思我國有泮水之可樂也。泮水，孔穎達云：「泮宮之外水也，於文，半水爲泮。」據《說文》云：「諸侯鄉射之宮也。西南爲水，東北爲墻。」徐鍇云：「天子辟廱，水周之；諸侯泮宮，水纔其半。」此會意也。鄭玄則云：「泮之言半也。半水者，蓋東西門以南通水，北無也。」孔申鄭義云：「辟廱者，築土爲堤，以壅水之外，使圓如璧，令四方來觀者均，故謂之辟廱也。辟廱之宮，內有館舍，外無墻院，故得圜觀之也。天子宮形既如璧，則諸侯宮制當異矣。而泮爲名，則泮是其制，必疑南有水者，以行禮當南面，而觀者宜北面。畜水本以節觀，宜其先節南方，故知南有水而北無也。北無水者，下天子耳，亦當爲其限禁，故云『東西門以南通水』，明門北亦有溝塹，但水不通耳。」今按許、鄭二説，規制互異，然《白虎通》有云：「泮宫者，半于天子宫也。」半者象璜也，獨南面禮儀之方有水，其餘壅之以垣，與鄭説合。三人占，吾將從二人矣。泮宫，今或稱作頖宫，當是璜宫之誤。半水爲泮，字義甚明。或通作頖，亦字訛也。乃鄭注《禮記》，又謂頖之言班也，所以班政教也，因聲附會，殆不足信。至戴埴則直疑泮宫非學名，而引《通典》，言魯郡乃古魯國，郡有泗水縣，泮水出焉。建宫于上，名爲泮宫，與楚之渚宫，晋虒祁之宫無以異。楊慎深然其説。愚考《一統志》，泮水，一名雩水，源出曲阜縣縣治西南，西流至兖州府城東入泗水，即《詩》所云泮水也。雩乃此水本名，以其爲泮宫池，又名爲泮耳。水因宫得名，而謂宫以水得名乎？戴、楊可謂喜於立異，而不顧泮字之所從來者矣。酈道元《水經注》云：「靈光殿之東南，即泮宫也，在高門直北道西。宫中有臺，高八十尺。臺南水東西一百步，南北六十步。臺西水南北四百步，東西六十步。臺池咸結石爲之。《詩》所謂『思樂泮水』也。」黄氏云：「魯人非樂乎泮水也，樂乎人才所賴以長育成就也。」薄者，發語辭。采，《説文》云：「捋取也。」後放此。芹，解見《采菽》篇。陸佃云：「芹取有香。士之於學也，攬其芳臭而至，則采芹之譬也。」愚按興意在「小大從公」二句，教不擇人，苟有其材，皆可以取而成就之，猶采菜者之不廢夫芹也。後章采藻、采茆，各有取義，而或泥古之入學者，有釋菜之禮，以菜爲贄，故即水中采三品之水艸以薦之，今釋奠先聖猶用芹云。如此學詩，亦固斯甚矣。魯侯，伯禽也。是時新就封國，故以爵稱。戾，《説文》云：「曲也，身曲戾也。」愚按此當爲鞠躬之意，狀魯侯謙虚之容也。止者，孔云：「至而止住也。」其旂，孔云：「其車所建之旂也。」《周禮》交龍曰旂，解見《庭燎》篇。茷，《説文》云：「艸葉多也。」曰茷茷者，取飛揚之貌。鸞，車中八鸞鈴也。解見《蓼蕭》、《采芑》篇。噦，《説文》云：「气牾也。」毛云：「徐行有節也。」車行則旂建，馬動則鸞鳴，觀其旂茷茷而有容，聽其鸞噦噦而有節。以之視學，若增而華矣。嚴粲云：「稱其儀物之美者，喜其來至之辭。如所謂聞車馬之音，見羽旄之美，舉欣欣然有喜色也。」無，猶云不論也。小，小子也。大，成人者。從，《説文》云：「隨行也。」公，謂魯侯伯禽。邁，《説文》云：「遠行也。」孔云：「從公往行，而至泮宮也。」愚按行至泮宮，不足爲遠，而云于邁者，有踴躍奮迅，不能自止之意。李氏云：「如漢明帝開辟廱，冠帶縉紳之人圜橋門而觀聽者，蓋億萬計。」

思樂泮水，薄采其藻。叶巧韻，側絞翻。**魯侯戾止，其馬蹻蹻。**叶巧韻，讀如巧，告絞翻。**其馬蹻蹻，**見上。**其音昭昭。**蕭韻。亦叶巧韻，讀如爪，則絞翻。**載色載笑，**叶蕭韻，思邀翻。**匪怒伊**《列女傳》作「匪」。**教。**叶蕭韻，❶讀如驕，居祆翻。○興也。藻，水艸之有文者，其字下施澡，言自潔如澡也，詳見《采蘋》篇。興意取受教之義，人受教，則能洒濯自新，而有文采也。蹻，《説文》云：「舉足行高也。」其馬蹻蹻，見魯侯急于臨泮水而施教也。音，謂涖學時講藝論道之音。「其音昭昭」者，嚴云：「其聲音昭昭然明亮也。」載之言則也。色者，顏之和。笑者，聲之和。《論語》所謂「即之也温」，《洪範》所謂「而康而色」也。匪，通作非。怒，《説文》云：「恚也。」伊，語辭。後放此。教，《説文》云：「上所施，下所效也。」載色載笑，則未嘗有所怒也，唯教之而已。契之敷教在寬，夫子之循循善誘，魯侯以之。又《韓詩外傳》云：「孔子

❶「韻」，原作「讀」，據《四庫全書》本改。

曰：『不戒責成，害也。慢令致期，暴也。不教而誅，賊也。君子爲政，避此三者。』」又子貢曰：「賜聞之，託法而治謂之暴，不戒致期謂之虐，不教而誅謂之賊，以身勝人謂之責。責者失身，賊者失臣，虐者失政，暴者失民。居上位行此四者而不亡者，未之有也。」皆引《詩》曰：「載色載笑，匪怒伊教。」又云：「當舜之時，有苗不服。其不服者，衡山在南，岐山在北，左洞庭之陂，右彭澤之水，繇此險也。❶以其不服，禹請伐之，而舜不許，曰：『吾喻教猶未竭也。』久喻教，而有苗民請服。天下聞之，皆薄禹之義，而美舜之德。《詩》曰：『載色載笑，匪怒伊教。』舜之謂也。」此皆借詩立論，無關本旨。

思樂泮水，薄《説文》作「言」。**采其茆。**有韻。羅願云：「杜子春讀爲卯。《説文》作力久切。以《泮宮》詩讀之，《説文》音爲叶。」**魯侯戾止，在泮飲酒。**有韻。**既飲旨酒，**見上。**永錫難老。**叶有韻，朗口翻。**順彼長道，**叶有韻，他口翻。**屈**《爾雅》作「淈」。**此群醜。**有韻。○興也。李氏云：「一章言至泮水，二章言教人，三章言與賢者飲酒也。」茆，毛傳、《説文》皆云：「鳧葵也。」干寶云：「今之鳧蹏艸，江東有之。」何承天云：「此菜出東海，堪爲菹醬也。」鄭小同云：「江南人名之蓴菜，生陂澤中，或名水葵。一曰，今之浮菜，即猪蓴也。」陸璣云：「茆與荇菜相似，菜大如手，赤圓。有肥者，著手中滑不能停。莖大如匕柄，葉可以生食，又可鬻，滑美。」羅云：「蓴小於荇。陸所説蓴，則大於荇。今蓴菜自三月至八月，莖細如釵股，黄赤色，短長隨水深淺，名爲絲蓴。九月十月漸麤硬，十一月萌在泥中，麤短，名瑰蓴，味苦體澁，取以爲

---

❶「此」，原作「北」，據《四庫全書》本改。

羹，猶勝襍菜，宜襍鮒鯉爲羹，又宜老人。今吴人嗜蓴菜鱸魚，蓋魚之美者，復因水菜以芼之，兩物相宜，獨爲珍味。然茆既爲蓴，後鄭及許叔重皆云鳧葵，而蜀本《圖經》稱蓴葉似鳧葵，《本草》有蓴又有鳧葵者，蓋《本草》以荇爲鳧葵也。」《齊民要術》云：「蓴性易生，種以深淺爲候。水深則莖肥而葉少，水淺則葉多而莖瘦，亦逐水而性滑，故謂之淳菜。」《周禮·醢人》，有茆菹鹿臡，以爲朝事之豆。陸佃云：「茆取有味，知道之味，又嗜而學焉，則采茆之譬也。」愚按茆既有味而爲羹，又獨宜于老人，魯侯在泮養老，故興意取此。古者視學必養老，《文王世子》云：「天子視學，衆至，然後天子至，乃命有司行事，興秩節，祭先聖、先師焉。有司卒事反命。始之養也。適東序，釋奠于先老。遂設三老、五更、群老之席位焉。適饌省醴，養老之珍具，遂發咏焉。退修之，以孝養也。反，登歌《清廟》。既歌而語，以成之也。言父子、君臣、長幼之道，合德音之致，禮之大者也。樂闋，王乃命公、侯、伯、子、男及群吏，曰：『反，養老幼於東序。』終之以仁也。」《樂記》云：「食三老、五更於太學，天子袒而割牲，執醬而饋，執爵而酳，冕而總干，所以教諸侯之弟也。」《王制》云：「五十養於鄉，六十養於國，七十養於學，達於諸侯。」愚按天子視學之禮如是，而其禮達於諸侯，又有養老東序之命，此魯侯之所以在泮。飲酒者，亦爲養老而飲也。黄子道周云：「養老之禮廢，則子弟易其父兄，庶姓慢其長上，驕奢薦出，而叛亂滋起，章服不足以勸，刑戮不足以威，而天下乃亂矣。有王者作，必重養老之令，養老必自七十而上，不服官政。春秋吉日，畢在庠序，王者而下，親爲餽酳。鄉里貴人，不先耆老，行之信久，而後勸威可効也。」鄭云：「在泮飲酒者，徵先生君子，與之行飲酒之禮，而因以謀事也。」孔云：「《王制》云：『天子將出征，受成于學。』注謂：『定兵謀也。』天子之禮如是，則知諸侯亦然。下章言『淮夷攸服』，明當於是謀之也。」既者，已事之辭。旨，《說文》云：「美也。」永，長也。錫，通作賜，予也。曰難老者，孔云：「言其身力康强，難使之老。」鄭云：「已飲美酒，而長賜其難使老。難使老者，最壽考也。」愚按此魯侯養老，而致其祝願之意也。孔云：「順者，隨從之義。長道，謂道之可久者，即泮宮中所修明之禮教是也。」屈，《韓詩》、毛傳皆云：「收也。」按屈者，無毛之義，故爲收斂之貌。群，《說文》云：「輩也。」徐鍇云：「羊性好群，故从羊。」醜，《說文》云：「可惡也。」群醜，謂成群之小醜，指淮夷也。順從彼先生君子所訓之長道，則可以收伏群醜，不使其有竊發之患也。孔云：「將伐淮夷，於泮宮謀之，未是兵已行也。下云『淮夷攸服』，乃是伐而服之。」

穆穆魯侯，敬明其德。職韻。**敬慎威儀，維民之則。**職韻。**允文允武，**麌韻。**昭假**音格。**烈祖。**麌韻。**靡有不孝，自求伊祜。**麌韻。○賦也。穆，通作㣎。《說文》云：「細文也。」此主威儀言，蓋文章之見于外者。上章言戾止、泮宮、色笑、飲酒，皆所謂穆穆也。明者，光輝發越之謂。敬以明其德于外，德不可見，第見其所爲敬者，惟致其恪慎于威儀之間，此皆其德體之所流露，有威則人望而畏之，有儀則人倣而象之，故能爲維民之所法則也。泮宮之設，禮讓相先，明君臣父子長幼之道，此威儀之大者也。允，信也。文，文德。武，武功。允文，結上在泮之事。允武，起下征夷之事。昭，明也。假，通作徦，《說文》云：「至也。」烈祖，有功烈之祖，謂文王也。祜，福也。伯禽既信有文德矣，又信有武功，其精神所仰對，明明至于烈祖文王之前，而於文武二事，無有一之不能繼述者，孝孰加焉？伯禽之孝如此，故福禄自來歸之，以内則順治，以外則格心，是之謂自求伊祜也。《韓詩外傳》云：「魏文侯問狐卷子曰：『父賢足恃乎？』對曰：『不足。』『子賢足恃乎？』對曰：『不足。』『兄賢足恃乎？』對曰：『不足。』『弟賢足恃乎？』對曰：『不足。』『臣賢足恃乎？』對曰：『不足。』文侯勃然作色而怒曰：『寡人問此五者於子，一一以爲不足者何也？』對曰：『父賢不過堯，而丹朱放。子賢不過舜，而瞽瞍頑。兄賢不過舜，而象傲。弟賢不過周公，而管叔誅。臣賢不過湯武，而桀紂伐。望人者不至，恃人者不久。君欲治，從身始。人何可恃乎？』《詩》曰：『自求伊祜。』」

明明魯侯，克明其德。職韻。**既作泮宮，淮夷攸服。**叶職韻，鼻墨翻。**矯矯**陸德明本作「蟜蟜」。又云：「亦作蹻蹻。」**虎臣，在泮**《禮記》注作「頖」。**獻馘。**叶職韻，古或翻。**淑問如臯陶，**叶尤韻，夷周翻。**在泮獻囚。**尤韻。○賦也。季本云：「明明，即穆穆之著見也。」克，能也。明其德，解見上章。有威可畏，有儀可象，則信能著見其德于外，而使人共見之矣，所謂抑抑威儀，維德之隅也。凡《詩》、《書》言明德者，皆就發見上説。舊解多謂自明其德於內，未得其意。創起曰作。《王制》云：「天子曰辟雍，諸侯曰頖宮。」《周官》注載古逸詩云：「有昭辟廱，有賢泮宮。田里周行，濟濟鏘鏘。相從執質，有族以文。」辟雍、泮宮，皆所謂太學也，特因天子諸侯而其名異耳。《王制》又云：「諸侯，天子命之教，然後爲學。小學在公宮南之左，太學在郊。」《禮器》云：「魯人將有事于上帝，必先有事於頖宮。」按頖宮，魯之太學也。魯太學在郊，故將有事上帝，則於此有事焉。孔云：「泮宮、泮水，正是一物。《詩》言采芹藻之菜，則云泮水；説行禮謀獻之事，則云泮宮。魯有四代之學，此詩主頌泮宮者，先代之學尊，魯侯得立之，示存古法而已。其行禮之飲酒養老，兵事之受成告克，當於周世之學，在泮宮也。」淮夷，居淮水之上，在《禹貢》徐州之界，最近於魯，每爲魯患。《世本》云：「嬴姓。」攸者，語辭。受事于我曰服。攸服者，非謂淮夷遂已來服，謂此時泮宮已作，則受成有地，獻功有地，因而往稱兵于彼，以服之耳。矯，通作撟。《說文》云：「舉手也。」下文言獻馘，知所獻之馘不一，皆當舉手以獻之，故曰撟撟。臣之有勇力如虎者曰虎臣。萬尚烈謂：「虎臣與臯陶對看，言臣之如召穆公虎者，以昔召虎平淮，故云然。」其説亦新巧，然《常武》篇有「進厥虎臣」之語，又何以稱焉？孔云：「泮宫之名既定，亦可單名爲泮。此經四言在泮及泮林，皆謂泮宫也。」獻，進也。凡進物，下之於上，皆曰獻。馘，解見《皇矣》篇。淑，通作俶。《説文》云：「善也。」問，《説文》云：「訊也。」臯陶，虞臣。《書・舜典》篇云：「帝曰：『臯陶，蠻夷猾夏，寇賊姦宄，汝作士。五刑有服，五服三就。五流有宅，五宅三居。惟明克允。』」此臯陶之淑問也。囚，朱子云：「所虜獲者。」孔云：「《王制》云：『出征執有罪，反，釋奠于學，以訊馘告。』注謂：『釋菜奠幣禮先師。』以告克，故既伐淮夷，而反在泮宫也。所馘者，是不服之人，須武臣之力，當殺其人而取其耳，故使武臣如虎者獻之。所囚者，服罪之人，察獄之吏當受其辭而斷其罪，故使善聽獄如臯陶者獻之。」司馬光云：「受成獻馘，莫不在學。所以然者，欲其先禮儀而後勇力也。君子有勇而無義爲亂，小人有勇而無義爲盗，若專訓之以勇力，而不使之知禮義，奚所不爲矣。」陳祥道云：「諸侯視學之禮，蓋有同于天子。《詩》曰『魯侯戾止，在泮飲酒。既飲旨酒，永錫難老』，此養老也。『在泮獻馘』，此以訊馘告也。」

濟濟多士，克廣德心。侵韻。**桓桓于征，狄**豐氏本作「逖」。**彼東南。**叶侵韻，乃林翻。**烝烝皇皇，**陽韻。**不吳**陸云：「一作吴。」**不揚。**陽韻。**不告于訩，**叶東韻，讀如烘，呼公翻。**在泮獻功。**重言東韻。○賦也。上章言獻馘獻囚，則已征淮夷而告克矣，此章則美將士之獻功有禮也。濟，通作齊。重言濟濟者，整齊如一之意。多士，以行閒之將帥言，上章獻馘之虎臣亦在其内。下章徒御，方指士卒。殿之大屋曰廣，故爲濶大之義。德藏于心，故曰德心。此止照「不吳不揚」二句而言。孔云：「謂心德寬弘，並無褊躁。」李氏云：「夫人心可謂廣矣，以其無所不至，無所不有也。爲血氣所使，一有毫釐之利，則忿而争，其心于是乎隘。惟其寬厚未嘗褊躁，此其心所以廣也。」「桓桓」三句，追言其深入建功之事。桓桓，《爾雅》云：「武也。」解見《桓》篇。于，往也。《孟子》云：「征之爲言正也。」狄，通作逖，《説文》云：「遠也。」東南，鄭云：「斤淮夷。」孔云：「淮夷之國，在魯之東南。狄彼東南者，言所征之國遠在彼東南也。」烝，《説文》云：「火氣上行也。」皇，通作煌，煌然有光華也。烝烝皇皇，以成功言，言其功烈熾盛又明著也。吴，《説文》云：「大言也。」解見《絲衣》篇。揚，《説文》云：「飛舉也。」嚴云：「争其功者，戰士之常也。僥僥一勝，❶萬死一生之間，惟圖厚賞而已，則其争功，無所不至。」告，通作誥，相曉語之謂。訩，陸元朗云：「訟也。」嚴云：「衆語也。」解見《節南山》篇。按《説文》無訩字，或偶遺耳。言多士克敵而後，雖各有大功可稱，而皆能恬以居之，不喧嘩，不矜躁，從不聞有以彼此相争競之語爲魯侯告者，第見其濟濟然，皆于泮宫而自獻其功焉。非其從公于邁，受教有素，于以涵養氣質，薰陶德性，安能有此？學之不可以已也如是夫！蔡汝楠云：「古人勞農訊獄，獻馘飲至，皆於學宫，示學政之出於一也。」

角弓其觩，尤韻。**束矢其搜。**尤韻。《説文》、豐本俱作「捘」。**戎車孔博，**藥韻。**徒御無斁。**陌韻，亦叶藥韻，弋灼翻。陸本作「繹」，又作「射」，又作「懌」。**既克淮夷，孔淑不逆。**陌韻，亦叶藥韻，逆約翻。**式固爾猶，淮夷卒獲。**陌韻，亦叶藥韻，黄郭翻。○賦也。「角弓」四句，言班師之事。弓飾以角

---

❶「僥僥」，《四庫全書》本作「僥倖」。

曰角弓，解見《小雅・角弓》篇。觩，本作斛。《説文》云：「角貌。」毛傳以爲弛貌，與《絲衣》篇「兕觥其觩」同意。蓋師凱旋在道，弓弛而反，徒見其觩然上曲而已。束矢，毛萇謂五十矢爲束，鄭玄謂百矢爲束，均無正文。毛主五十矢者，蓋本其師荀卿云，魏氏武卒，衣三屬之甲，操十二石之弩，負矢五十箇，是一弩用五十矢。然此特配弩之矢耳。鄭主百箇者，則以《尚書》及《左傳》所言賜諸侯以弓矢者，皆云彤弓一，彤矢百，是束矢當百箇。然《左傳》下文又曰「盧弓矢千」，則百箇一束之説，亦未爲定也。搜，《説文》同毛傳，以爲衆意也，又以爲求也。蓋遍求而聚之一處，所謂無亡矢遺鏃之費也。戎車，兵車也。孔，甚也。博，《説文》云：「大通也。」謂道塗之上，馳驅自如，無所阻也。徒，徒行者。御，御車者。斁，《説文》云：「解也。」厭倦之意。戰勝而歸，士氣百倍，故其徒御在途，皆勤於所事，無厭倦也。克，勝也。淑，通作俶，善也。逆，通作屰。《説文》云：「不順也。」王肅云：「言弓弛而不張，矢衆而不用，兵車甚博大，徒行御車，無厭其事者。已克淮夷，淮夷甚化於善，不逆道也。」孔云：「不復爲逆亂也。」式固爾猶，推原昔日之辭，與下文卒字對看。式，發語聲。固者，固守之義。猶，謀。獲，得也。固守爾之所謀，即第三章所謂「順彼長道」者，季氏謂「敷教泮宮，使人知義」，是也。卒，通作𣨛，終也。獲，得也。惟伯禽能固其謀，故能終致淮夷，爲我所得也。至是而所謂屈群醜者，非虚語矣。陳暘云：「隆禮樂之教于西雝，而自西自東，自南自北，無思不服者，近者悦之，遠者懷之，大學之道也。隆禮樂之教於泮水，不過屈此群醜，淮夷攸服而已。以道有遠近，德有大小故也。」

翩彼飛鴞，集于泮林。侵韻。**食我桑黮，**《説文》、《字林》皆作「葚」，豐本作「椹」。**懷我好音。**侵韻。**憬**《説文》作「懬」，《韓詩》作「獷」。**彼淮夷，來獻其琛。**侵韻。**元龜象齒，大賂南金。**侵韻。

〇興而比也。此章言淮夷歸化也。上章曰「既克淮夷」，猶以兵服之至，此則聞風興起，已囿于大化之中矣。翩，《説文》云：「疾飛也。」鴞，解見《墓門》、《鴟鴞》篇。集，本作雧。《説文》云：「群鳥在木上也。」泮林，泮宮外水畔之林也。桑，解見《氓》篇。黮，《説文》云：「桑葚之黑也。」舊説皆混黮作葚，非是。葚有白黑二種，以黑者爲美。又王盤《桑書》云：「桑種甚多，世所名者，荆與魯也。荆桑多葚，魯桑少葚。」然則泮林之有桑黮，亦可貴之物矣。懷，鄭云：「歸也。」按懷有依就懷抱之義，故訓懷爲歸。鴞，本惡聲之鳥，今改其鳴而歸我以美善之聲也。《世説》，張天錫爲孝武所器，頗有嫉己者，於坐問張：「北方何物可貴？」張曰：「桑葚甘香，鴟鴞革響，淳酪養性，人無嫉心。」尹焞云：「周原膴膴，堇荼如飴，美土可以變惡味；食我桑黮，懷我好音，美味可以變惡聲。」季云：「鴞集泮林，食桑黮而懷好音，可見講學之功，格乎禽鳥矣。」矧淮夷雖逆，亦人類也，其不悔悟，而貢獻其所有耶？」憬，《説文》云：「覺悟也。」舍人云：「美寶曰琛。」淮夷心慕泮宮之化，而自悟其昔日作梗之非，於是來獻其國所有之琛寶，以自明其悔罪輸誠之意。上章所言「孔淑不逆」，於此見之矣。元龜，孔云：「龜之大者。」《漢書》云：「龜不盈尺，不得爲寶。」按《書・大禹謨》篇「昆命于元龜」，《禹貢》篇「九江納錫大龜」，即此龜也。毛云：「元龜尺二寸。」象，南方獸之大者。《禹貢》荆、揚二州皆有之。陸佃云：「其牙生花，必因雷聲，故古者以爲器飾。《左傳》曰：『象有齒以焚其身，賄也。』」羅願云：「其齒歲脱，❶猶愛惜之，或削木爲僞齒，潛往易之，覺則不藏故處。」賂，《説文》云：「遺也。」徐鍇云：「以財與人也。」曰大

---

❶「歲」，《四庫全書》本作「雖」。

賂者，鄭云：「猶廣賂也。」按《左》襄二十五年，晋帥諸侯伐齊。齊人賂晋侯，自六正五吏三十帥，及處守者，皆有賂。此所謂大賂也。南金，南方之金。《禹貢》荆、揚之州，厥貢惟金三品，王肅以爲金銀銅，鄭以爲銅三色，蓋青、白、赤也。鄭所以異于王者，以《禹貢·梁州》有「厥貢鏐銀」之文。據《爾雅》，鏐乃黄金之美者，而白金謂之銀。夫黄金銀既以鏐銀爲名，則知金三品者，其中不得有金銀。此説較王爲允。孔云：「《左》僖十八年，鄭伯始朝于楚。楚子賜之金，既而悔之，與之盟曰：『無以鑄兵。』故以鑄三鍾。《考工記》：『六分其金而錫居一，謂之鍾鼎之齊。』是謂銅爲金也。」《禹貢》于徐州紀淮夷土産，惟蠙珠暨魚，至如象齒與金，乃荆、揚所有，而元龜則獨荆有之，兹附言於獻琛之後者，據《閟宫》篇詠魯侯之功曰：「淮夷來同，及彼南夷，莫不率從。」然則此數物，皆南夷所貢，乃繼獻琛而來者，明泮宫之化，所及之遠也。舊説謂淮夷旁求以爲獻賂，蓋以非其土産爲貴。金仁山則謂周無徐州，故淮夷爲荆州之界。蘇轍則謂荆、揚之貨，其至於齊、魯也，自淮而上。皆附會不可從。項安世云：「古之爲泮宫者，其條理不見於經，而有《詩》在焉。予嘗反覆而推之，其首三章，則言其群臣之相與樂此而已。自四章以下，始盡得其學法，自敬其德而至於明其德，明其德而至於廣其心，廣其心而至於固其道，終焉。此則學之本也。自威儀孝弟之自修，而達於師旅獄訟之講習，自師旅獄訟之講習，而極於車馬器械之精能。此則學之事也。自烈祖之鑒其誠，而至於多士之化其德，自多士之化其德，而至於遠夷之服其道。此則學之功也。」

《泮水》八章，章八句。《序》以爲僖公能修泮宫也。今按經明言作泮宫，而《序》獨以爲修，何歟？即如《序》云「修泮宫矣」，戴氏謂《春秋》二百四十二年，所書莫大於復古。僖公登臺望氣，小事也，左氏猶詳書。學較久廢而乍復，蓋關吾道之盛衰，何經傳畧不一書也？ 楊慎云：「近世曲爲説者曰：『《春秋》，經也；魯頌，亦經也。 魯頌既載，《春秋》可畧。』此説又滯矣。 高克一事，《詩》詠《清人》，《春秋》書鄭棄其師，他如廬漕、城楚丘、《木瓜》、《碩人》、《無衣》，《詩》與《春秋》互見，不厭其複，安有《詩》載而《春秋》可略乎？ 或又曰：『事亦有特載而不見于經傳者，季氏伐顓臾之類也。』曰：顓臾之事，將然而未舉也。 故《論語》載之，而經傳略焉。 泮宮已成之迹，《春秋》豈容不書哉？」乃蘇轍則謂：「泮宮，魯之學也，自魯先君而有之矣。 僖公因其舊而修之，是以不見於《春秋》。」種種諸説，無非爲《序》回護。 然經之所言，不特戾止泮宮而已，又有服淮夷一事。 夫僖公則何嘗服淮夷也？ 考僖公十三年，嘗從齊桓會于鹹，爲淮夷之病杞。 繼而十六年，又從齊桓會于桓，❶爲淮夷之病鄫。 然且因此而見止于齊矣，黃震所謂其可羞之甚者也。 魯人不以其從齊爲諱，而妄以本無有之事爲夸，何與？ 朱子初以爲燕飲落成之詩，則直以僖公爲作《泮宮》者，乃求服淮夷之説而不得，則以爲飲于泮宮而頌禱之詞，諸如獻馘獻囚、獻功獻琛，皆群臣祝願之語，不必其有是事也。 幻想所成，鋪張滿楮，無乃説夢。 《申培説》襲之，直謂僖公作《泮宮》，而落其成，太史克頌禱之詞。 且云：「前三章皆賦其事以起興也。」蓋全抄朱傳之語，而彼乃僞稱漢代之書，則反似朱子竊抄于彼者，有是理否？ 亦僞書之至庸妄者矣。 《子貢傳》有僖公獻捷于太廟，史克賦《泮水》之語，而史克下闕二字，蓋泥篇中有「昭假烈祖」一語。 然而泮宮可謂太廟乎？ 鄒忠胤祖戴仲培、楊用修之説，疑泮宮乃泮水上之宮，非學

❶ 下「桓」字，《四庫全書》本作「淮」。

宮也。然魯之太廟在泮水上，有所載乎？又引蔡邕《月令論》，謂明堂者，天子太廟，朝諸侯、選造士於其中，生者乘其能而至，死者論其功而祭，故爲大教之宮，而四學具焉。取其堂則曰明堂，取其正室之貌則曰太廟，取其宗祀之清則曰清廟，取其尊崇則曰太室，取其四門之學則曰太學，取其四面周水圓如璧則曰辟雍。故曰異名而同事。蓋欲以此附會諸侯泮宮亦即太廟。然蔡之説實爲不根，先儒駁之詳，具載《清廟》小引下，是豈足爲定證乎？

《常棣》，周公作也。管、蔡失道，周公於合宗族之時，作此詩以閔之。《序》云：「燕兄弟也。閔管、蔡之失道，故作《常棣》焉。」按《左傳》，周襄王以狄伐鄭，富辰諫曰：「不可。昔周公弔二叔之不咸，故封建親戚以藩屏周。召穆公思周德之不類，故糾合宗族于成周，而作《詩》曰：『常棣之華，鄂不韡韡。凡今之人，莫如兄弟。』其四章曰：『兄弟鬩于墻，外禦其侮。』如是，則兄弟雖有小忿，不廢懿親。周之有懿德也，猶曰莫如兄弟，故封建之。其懷柔天下也，猶懼有外侮。扞禦侮者，莫如親親，故以親屏周。召穆公亦云。今周德既衰，於是乎又渝周召，以從諸姦，無乃不可乎？」《國語》記此事，其文微異，并載于此。王將以狄伐鄭，富辰諫曰：「不可。人有言曰：『兄弟讒鬩，侮人百里。』周文公之詩曰：『兄弟鬩于墻，外禦其侮。』若是，則鬩乃内侮，而雖侮不敗親也。」參詳《左》、《國》所引，既云周之有懿德也，曰「莫如兄弟」，猶懼有外侮，又以鬩墻禦侮爲周文公之詩，則此詩爲周公所作明甚。毛傳泥于《左傳》有「召穆公糾合宗族于成周，而作詩」之説，遂謂周公弔二叔之不咸，而使兄弟之恩疏，召公爲作此詩而歌之，以親之。及《史記》、譙周，皆以召公爲周公之庶兄。韋昭云：「穆公，召康公之後穆公虎也。去周公，歷九王矣。周公作《唐棣》之篇，以閔管、蔡而親兄弟。其後周室既衰，厲王無道，骨肉恩闕，親親禮廢，宴兄弟之樂絶，故召穆公思周德之不類，而合其宗族于成周，復修作《常棣》之歌以親之。鄭、唐二君，以爲穆公所作，失之矣，唯賈君得之。」

常《左傳》、《路史》、《子貢傳》俱作「棠」。**棣**成廟諱。《藝文類聚》「常棣」作「夫移」。**之華**，豐氏本作「弮」。**鄂**《説文》、《藝文》、《謝靈運集》、《路史》俱作「蕚」，豐本作「蘁」。**不**豐本作「柎」。**韡韡**。叶紙韻，讀如鮪，羽軌翻。《説文》、豐本俱作「韡韡」，《藝文》、《路史》俱作「煒煒」。**凡今之人，莫如兄弟**。叶紙韻，蕩以翻。○興也。常棣，與唐棣異木。《爾雅》云：「唐棣，栘。常棣，棣。」按此則惟常棣得以棣名。戴侗謂常棣、唐棣、棠棣特一物，以棠、唐、常聲相邇，故通用，非也。郭璞云：「今關西有棣樹，子如櫻桃，可食。」陸璣引許慎云：「白棣樹也，如李而小，子如櫻桃，正白，今官園種之。又有赤棣樹，亦如白棣，葉如刺榆葉而微圓，子正赤，如郁李而小，五月始熟，自關西天水、隴西多有之。」戴侗云：「棣實小木，叢生，高不過五六尺，其種不一，其華或紅或白，或單或重出。紅而重出者，園圃多植之，亦名錦帶。白而單出者，結實如小李，與李同時熟。」程子云：「今玉李也，華鄂相承甚力。」陸化熙云：「江南呼爲麥李，一跗輒生二蕚，兩兩相麗，如垂絲海棠一般。」陸佃云：「栘从移，棣从隶。唐棣之華，反而後合，常棣華鄂，上承下覆，甚相親爾。从隶，言華蕚相承，輝榮相隶也。隶，仁也，移義也。兄弟尚親親，仁也，故常棣以燕兄弟。」宋祁云：「世人多誤以常棣爲唐棣，於兄弟用之。唐棣，栘也，栘開而反合者也。此兩物不相親。」鄂，當作蕚。曹憲云：「花苞也。」唐明皇以華蕚交輝名樓，正取此詩義。今按《説文》引此詩，亦作蕚字，蓋偶漏耳。不，鄭玄云：

「當作柎，鄂足也。」孔穎達云：「華下有鄂，鄂下有柎。」《韻會小補》云：「蕚，花蒂也。不，花蔕也。草木下房。柎，一作不，篆文不字即象柎形。今注以不爲不然之不，誤矣。又古聲不與柎同，不有方于、芳浮二音，讀如缶者，芳浮之轉聲也。讀如柎者，方于之轉聲，以俯切不，則平聲當是夫音，故云不、柎同音。今俗皆逋骨切，宜無古音也。」程良孺云：「湖州有餘英溪、餘不溪，蓋此地有梅溪、苕溪，其流相通，故曰餘英、餘不，義自可見。」《左傳》「華不注山」，人皆讀入聲，誤也。惟伏琛《齊記》引虞摯《畿服經》作柎，言此山孤秀，如花跗之注于水，深得之矣。太白詩「昔我遊齊都，登華不注峰。兹山何峻秀，彩翠如芙蓉」，亦可證也。柎字，又作趺作跗。楊慎云：「束晳詩曰：『白華朱蕚，被于幽薄。白華絳趺，在陵之陬。』唐人亦有『紅蕚青趺』之句，皆可證詩意。」來斯行云：「郤至衣韎韋之跗注，《襍問志》作韎韋之不注，可見柎、跗、不三字，皆作通用。」韡，《説文》云：「盛也。」重言韡韡者，以其一跗輒生二蕚，兩兩相麗，故稱韡韡，興取兄弟同生之意。鄭、孔舊説，謂華以覆蕚，蕚以承華，喻弟以敬事兄，兄以榮覆弟，華鄂相覆而光明，猶兄弟相順而榮顯，似附會難通。一鄂止是一華，安得爲兄弟之況？一跗麗有兩蕚，乃可爲兄弟之況耳。《詩》意若曰常棣有華，其蕚之著于柎者，兩兩交相映發，且見其韡韡然而盛，人之兄弟連枝同氣，何獨不然？凡今之人，莫如兄弟者，喚醒世人之言，與篇末「儐爾籩豆」三章相應，蓋公感于往昔管、蔡之事，骨肉相殘，有餘恫焉，故指兄弟之情誼以告人，欲今世之爲兄弟者，皆相親也。范氏以今人爲汎言舉世之人莫有如兄弟至親者，而嚴氏則以爲總括下文朋友妻子而言，皆非是。《左》昭元年，趙孟入于鄭。鄭伯享之，子皮賦《野有死麕》之卒章，趙孟賦《常棣》，且曰：「吾兄弟比以安，尨也可使無吠。」

死喪之威，叶灰韻，烏恢翻。豐本作「畏」。**兄弟孔懷**。叶灰韻，胡隈翻。**原隰裒**尤韻。**矣，兄弟求**尤韻。**矣**。賦也。威，畏。懷，思也。鄭云：「死喪，可畏怖之事，維兄弟之親，甚相思念。」萬時華云：「死喪下一威字，何等慘惡。兄弟下一懷字，何等纏綿。他人見威則避，兄弟見威愈懷。」高平曰原，下濕曰隰。《說文》無裒字，疑即褎字，衣袂也。求矣，毛云：「言求兄弟也。」蘇轍云：「人失其常居，而播越于原隰之間，在他人皆褎手而去，而兄弟則未有不相求者。」此就常情而言，上章所謂莫如兄弟者，于此兩者驗之，最爲親切。《莊子》所云：「以利合者，迫窮禍患害相棄也；以天屬者，迫窮禍患害相收也。」朱子以「原隰裒矣」爲尸裒聚于原野之間，然觀本文威與裒下，各以兄弟承接，明是兩事，非蒙上文也。

脊《爾雅》作「即」，《左傳》、豐本俱作「䳭」，《韓詩》作「鶺」，《釋文》作「即」。**令**《爾雅》、《左傳》、《韓詩》、《釋文》、豐本俱作「鴒」。**在原，兄弟急難**。叶翰韻，乃旦翻。**每有良朋，況**豐本作「怳」。**也**豐本作「兮」。**永嘆**。翰韻。○比也。此下二章，皆承上章而言。兄弟情誼深重如此，而深追恨于二叔之不然。《爾雅》云：「脊令，雝渠。」《義訓》云：「錢母也。」郭璞云：「雀屬。」陸璣云：「大如鷃雀，長脚長尾尖喙，背上青灰色，腹下白，頸下黑，如連錢，故杜陽人謂之連錢。」《物類志》云：「俗呼爲雪姑，其色蒼白似雪，鳴則天當大雪。」《禽經》云：「脊令友悌。」張華注云：「脊令共母者，飛鳴不相離，故取以喻兄弟。」按唐明皇時，有鶺鴒數十，集麟德殿廷木，翔棲浹日。魏光乘作頌，以爲天子友悌之祥。毛謂脊鴒飛則鳴，行則搖，不能自舍，以喻兄弟相救于急難，殊屬附會。鄭謂脊令水鳥，而今在原，失其原處，故爲兄弟遭急難而失其常處之比。然脊令實非水中之鳥，嚴氏駁之矣。「兄弟急難」者，言兄弟當相急于患難，謂相救也。《春秋傳》「急病讓夷」,《戰國策》「以公子高義,能急人之困」,字法同此。武庚不靖,王室幾摇,其爲難何如? 每有,猶言多有也。良朋,好友也。況,通作怳。《説文》云:「狂之貌。」永嘆者,長太息也。人遇患難之時,每有善良之朋,尚有相憐而驚況長嘆者,況在同父,能恝然而無悼痛耶? 《左》昭七年,衛襄公卒。晉大夫言于范獻子曰:「衛事晉爲睦,晉不禮焉,庇其賊人,而取其地,故諸侯貳。《詩》曰:『鶺鴒在原,兄弟急難。』又曰:『死喪之威,兄弟孔懷。』兄弟之不睦,于是乎不弔,況遠人誰敢歸之?」

兄弟鬩于墻,《釋文》作「廧」。**外禦**正義、豐本俱作「御」。**其務**。叶麐韻,罔甫翻。《左傳》、《國語》、豐本俱作「侮」。亦叶東韻,漢蓬翻。楊慎云:「古《尚書》『雨霽蒙』之蒙作霧,以下从務也。」**每有良朋**,叶東韻,蒲蒙翻。**烝也無戎**。東韻,亦叶麐韻,讀如乳,燊主翻。豐本作「甙」。〇賦也。鬩,毛傳云:「狠也。」孔云:「狠者,忿争之名。」《説文》云:「恒訟也。」其字以鬥以兒,鬥音鬪,蓋取兒曹争辨之義,此暗指流言之變而言。墻,與外對看。禦,通作圉,拒守之義。務,通作侮,謂外人之侮我兄弟者也,此暗指武庚叛周而言。兄弟雖有小忿,不廢懿親,即其偶不相得,鬪狠于内,倘遇外侮之來則亦竭力以拒守矣。故《周語》曰:「兄弟讒鬩,侮人百里。」言禁外人侵侮己者。百里,喻遠也。此與上章「兄弟急難」,皆責望之辭。舊以實在語解,未得此旨。一説,務如字,事也,言當以外禦爲其事,亦通。烝,衆也,解見《東山》篇。戎,兵也。每有以良朋之衆相助,而免于兵戈之害者矣,何兄弟之不然乎? 按《書》曰:「今蠢,今翼日,民獻有十夫予翼,以于敉寧武圖功。」即永嘆無戎之事,固知公非無所據而云然也。

喪亂既平,既安且寧。青韻。**雖有兄弟,不如友生?**叶青韻,桑經翻。〇賦也。喪,死亡也。

鋒鏑不静，則有死亡之憂，故以喪言亂，即武庚之亂。既平者，止事之詞。安，謂國祚安也。寧，通作寍，其字从心在皿上。《説文》云：「皿，人之飲食器，所以安人也。」周室之國祚既安，則公之心亦可以釋然而自寧矣。乃迴想兄弟之間，辟者辟，囚者囚，生死升沉，迴不相及，曾不如一時友生，戮力王室者，今日得以偕享富貴也。飲恨滿懷，聲淚俱咽。郝敬云：「二叔得罪王室與天下，雖有可殺之罪，而公終無殺兄之心。天下以討罪人爲大義，而公終以不能全兄爲不仁。故于《康誥》曰：『弟弗克恭厥兄，兄亦不念鞠子哀，大不友于弟。』此詩亦云：『雖有兄弟，不如友生。』其自怨之情慘然，長歌代泣，使工瞽諷誦，愬諸同父，千載之下，猶堪揮淚。」愚按舊説以「脊令」而下三章，皆模寫世情之語，謂遇患難，則朋友不如兄弟；值安樂，則兄弟不如朋友。其于朋友兄弟之間，風斯下矣。總之于此詩旨趣，全未夢見。

儐爾籩豆，飲酒之飫。叶遇韻，威遇翻。《説文》作「飫」。**兄弟既具，**遇韻。**和樂**音絡。後同。**且孺。**遇韻。《釋文》作「⿰子焉」。○賦也。此下三章正提醒凡今之人，莫如兄弟之意，蓋既歷變故之後，益信兄弟當親耳。儐，《説文》云：「導也。」毛云：「陳也。」飫，《説文》云：「燕食也。」又朱子、蘇氏皆云：「厭也。」是詩爲燕兄弟而作，故即以飲酒發論。具，朱子云：「俱也。」兼無故與俱來二意。和在心，樂主發散在外。孺，《説文》云：「乳子也。」《爾雅》云：「屬也。」李巡云：「骨肉相親屬也。」程子云：「孺者，親慕之義。小兒親慕父母，謂之孺子。」謝枋得云：「會集兄弟，不維和樂，其情親義厚，無異于孺子相慕也。孺子無不愛其親，無不敬其兄者，人欲未萌，天理昭著也。」愚按《中庸》引此詩下章而贊之曰：「父母其順矣乎！」蓋得于且孺之感者深矣。蘇轍云：「患世之疏遠其兄弟，故教之陳其籩豆，飲酒之飫，使兄弟具來，以覩其樂否。

苟樂也，則其疏之者過矣。」

妻子好去聲。**合，如鼓瑟琴。**侵韻。**兄弟既翕，和樂且湛。**先君諱。叶侵韻，持林翻。《中庸》、《韓詩》俱作「耽」，《爾雅》作「妉」。○賦也。此又因兄弟之和樂，而更進之。舊説皆以妻子爲己之妻子，非也。妻，謂兄弟之妻，即娣姒是也。子，謂兄弟之子，即從父昆弟是也。好，式相好矣之好。合之言和，蓋音近也。好合者，謂以美意相和合也。孔云：「志意合和，如鼓瑟琴相應和。」董鼎云：「鼓宫宫動，鼓角角應，琴瑟尚宫，其合也無間矣。」史承祖云：「《世本》伏羲作瑟，黄帝作琴，琴之作後于瑟。又《爾雅》注疏：『瑟者，登歌所用之樂器，故先釋之。琴爲樂器，通見《詩》、《書》，故後釋之。』詳此，則先後之序見矣。」陳暘云：「是詩先瑟後琴者，以弦多寡序之，與《鹿鳴》鼓鐘同意。《關雎》先琴後瑟者，以音大細序之，與《女曰鷄鳴》同意。」愚按詩人惟取叶韻耳，若以制之先後、弦之多寡爲序，則瑟乃比妻，琴乃比子，亦可通也。詩意言非特兄弟當相親愛而已，雖我之妻與兄弟之妻，我之子與兄弟之子，亦當使之和好而無間也。所以必及之妻子者，顔之推《家訓》云：「兄弟者，分形連氣之人也。方其幼也，父母左提右挈，前襟後裾，食則同案，衣則傳服，學則連業，遊則共方，雖有悖亂之人，不能不相愛也。及其壯也，各妻其妻，各子其子，雖有篤厚之人，不能不少衰也。娣姒之比兄弟，則疎薄矣。今使疎薄之人，而節量親厚之恩，猶方底而圓蓋，必不合矣。惟友悌深至，不爲傍人之所移者免夫！」又云：「兄弟相顧，當如形之與影，聲之與響，愛先人之遺體，惜己身之分氣，非兄弟何念哉！兄弟之際，異于他人，望深則易怨，地親則易弭。譬猶居室，一穴則塞之，一隙則塗之，則無頽毁之慮。如雀鼠之不卹，如風雨之不防，壁陷楹淪，無可救矣。僕妾之爲雀鼠，妻子之爲風雨，甚哉！」又云：「娣姒者，多争之地也。使骨肉居之，亦不若各歸四海，感霜露而相思，佇日月之相望也，况以行路之人，處多争之地，能無間者鮮矣。所以然者，以其當公務而執私情，處重責而懷薄義也。若能恕己而行，換子而撫，則此患不生矣。」又云：「兄弟不睦，則子姪不愛。子姪不愛，則群從疎薄。群從疏薄，則僮僕爲讐敵矣。如此，而行路皆踖其面而蹈其心，誰救之哉？人或交天下之士，皆有歡愛，而失敬于兄者，何其能多而不能少也！人或將數萬之師，得其死力，而失恩于弟者，何其能疎而不能親也！」翕，《説文》云：「起也。」「兄弟既翕」者，兄弟同心如鳥之合兩羽，而齊奮起也。耽，通作媅。《説文》云：「樂也。」字右施甚，故《韓詩》云：「樂之甚也。」此妻子相合，如鼓瑟琴之效，讀者其尚三復于斯言。《韓詩外傳》云：「孔子燕居，子貢攝齊而前曰：『弟子事夫子有年矣，才竭而力罷，振于學問，不能復進，請一休焉。』孔子曰：『賜也，欲焉休乎？』曰：『賜欲休于事兄弟。』孔子曰：『《詩》云：「妻子好合，如鼓瑟琴。兄弟既翕，和樂且耽。」爲之若此其不易也，如之何其休也？』」可以得此詩之意矣。

宜爾家室，此注疏本如此，當是古文，嚴粲本亦然。後儒多依《中庸》作「室家」。**樂爾**賈公彦《周禮》注作「女」。**妻帑**。虞韻。賈公彦《周禮》注作「奴」。董氏云：「奴即子，蓋唐人猶作奴字。」豐氏作「伖」。**是究是圖**，虞韻。**亶其然乎**？虞韻。〇賦也。上章言「妻子」，概指兄弟之妻子。此言「爾家室」、「爾妻帑」，則謂在我之家室妻帑也。家室，即夫婦也。帑，通作孥，子也。陸德明云：「帑本帑藏，今經典通爲妻帑字。」《中庸》注云：「古者謂子孫曰帑。」《書》曰：「予則帑戮汝。」漢景帝詔云：「罪人不帑。」又鳥尾曰帑。《左傳》裨竈曰：「歲棄其次，而旅于明年之次，以害鳥帑。」注：「南方朱鳥之宿。帑者，細弱之名，于人則妻子爲帑。妻子爲人之後，鳥尾亦鳥之後，故俱以帑爲言。」妻，即上文所云家室。兼言妻帑者，繇妻而推之子也。孔穎達云：「宗族同心，人無侵侮，然後宜汝之室家，保樂汝之妻子矣。若族人不和，忿鬩自起，外見侵侮，内不相救，則不能保其大小，家室危焉。」謝枋得云：「兄弟不和，則家庭之間，無非乖氣，雖有妻子之樂，亦不安其樂矣。惟兄弟和樂，則一家之情，無不相宜，妻子之樂，乃爲可久。」《中庸》云：「君子之道，辟如行遠必自邇，辟如登高必自卑。《詩》曰：『妻子好合，如鼓瑟琴。兄弟既翕，和樂且耽。宜爾室家，樂爾妻帑。』子曰：『父母其順矣乎？』」按一家之内，以兄弟則翕，以妻帑則樂，以父母則順，雖天地位、萬物育，景象不是過也，此非所謂卑邇而高遠者耶？王安石云：「人情皆知保其室家，私其妻子，而罕知厚其兄弟。然兄弟不和，以至毀其室家，危其妻子者，有之矣。管、蔡是也。」是，指章首二句。究，《説文》云：「窮也。」圖，《説文》云：「畫計難也。」究有推極到底意，圖有揆度擬議意。亶，實也。案《説文》云：「多穀也。」穀多則實，故當訓實。然，是也，當作肰，从犬从肉。古人以犬肉爲美味，故以心之所美者爲肰，下如火字，乃訓爲燒，《孟子》「若火之始然」是也。乎，《説文》云：「語之餘也。」亶其然乎，問辭也。輔廣云：「不自以爲然，而使之反求諸心，以見其真情實理之所在，周公亦可謂善教人者也。」蘇轍云：「小人思慮不能及遠，常以兄弟之于我無所損益。不知兄弟之相親，亦所以宜其室家，樂其妻帑者，患其淺陋而不信，故使之深思而遠圖之，以信其然否。」吕祖謙云：「告人以兄弟之當親，未有不以爲然者也。苟非是究是圖，實從事于此，則亦未有誠知其然者也。不誠知其然，則所知者，特其名而已矣。」《左》襄二十年，季武子如宋。褚師段逆之以受享，賦《常棣》之七章以卒。卒，盡也，謂賦上章及此章也，取相親如兄弟之意。

《常棣》八章，章四句。《子貢傳》篇名作《棠棣》。《韓詩》作「夫栘」。○朱傳、《子貢傳》、《申培説》皆以爲燕兄弟之歌。今按此詩，乃周公所作，其後因以爲燕兄弟之詩耳。鄭玄答趙商云：❶「凡賦詩者，或造篇，或誦古。」

《大明》，言周家世有賢聖之君，德合乎天，天予以賢聖之配，生聖子而成伐功也。出《大學衍義》。○孫鑛云：「此詩似專爲頌兩母而作，故敘其來歷特詳。」真德秀云：「始則太任繇摯國而來配王季，相與修德，於是乎生文王。繼則大姒繇莘國而來配文王，相與修德，於是乎生武王。有文王以興周室，有莘女以繼太任，天實命之，非人能爲也。厚周室而生武王，順天命而伐大商，天實祐之，亦非人能爲也。原周之成伐功者，以其有聖子。原周之生聖子者，以其有聖后。而聖后之生，又以王季、文王修德格天之故，則周家之興，豈偶然哉！」王通云：「愚讀《大明》之詩，而知人之求配不可不慎擇也。蓋雖大聖賢，而配非其人，所生之子，必不能全類其父。若不幸而遇妖妬悍陋之女，則其家之敗也忽諸，后夔以玄女而絶其祀，叔向以夏姬之女而滅其族，是可鑒也。《詩》稱文、武之興，必各本其母而言，有旨哉！」篇名《大明》者，鄭氏以爲二聖相承，其明德日以廣大，故曰大明。先儒或謂在小雅曰小明，在大雅曰大明。二義皆通，後説尤妥。《子貢傳》以爲訓成王之詩，《申培説》亦以爲周公述文、武受命之功，以訓嗣王，與朱傳同。按太史公

❶「趙」，原作「周」，據《毛詩注疏·常棣》改。

云：「夫天下稱頌周公，言其能論歌文、武之德，達太王、王季之思慮。」則謂此詩作于周公，亦或可信。

明明在下，赫赫在上。叶陽韻，辰羊翻。**天難忱**《說文》、《春秋繁露》、《漢書》並作「諶」，《韓詩外傳》作「訦」。**斯，**《說文》作「思」。**不易**音異。**維**《漢書》作「惟」。**王。**陽韻。**天位**《外傳》作「謂」。**殷適，**音嫡。**使不挾**《外傳》作「俠」。**四方。**陽韻。○賦也。嚴粲云：「首章先泛言天人之理，然後及殷亡之繇，爲美文、武張本。重言明者，至著也。曰赫赫，顯而可畏之意。明明在下，君之善惡不可掩也。赫赫在上，天之予奪爲甚嚴也。」愚按如此說，則下文承接，甚省轉語。一說，萬尚烈云：「明明在下，即小雅明明上天，照臨下土之云。自其監察于下而莫能逃者言之，則謂之明明在下。自其威嚴在上而甚可畏者言之，則謂之赫赫在上。其實一也，總是天之難忱也。」亦通。又《荀子》云：「上宣明則下治辨矣，上端誠則下愿愨矣，上周密則下疑玄矣，上幽顯則下漸詐矣。故主道利明不利幽，利宣不利周。《詩》曰：『明明在下。』故先王明之，豈特玄之耳哉！」又云：「周而成，泄而敗，明君無之有也；宣而成，隱而敗，闇君無之有也。故君人者周則讒言至矣，而直言反矣，小人邇而君子遠矣。《詩》曰：『墨以爲明，狐狸其蒼。』此言上幽而下險也。君人者宣則直言至矣，而讒言反矣，君子邇而小人遠矣。《詩》曰：『明明在下，赫赫在上。』此言上明而下化也。」按此乃斷章取義，恐非正解。忱，通作諶。《爾雅》云：「信也。」《說文》云：「誠諦也。」按諦者，審也，審其爲誠實而信之也。斯，語辭。天難忱斯，以命之去留言，言不可信其終眷我，而不棄我也。有德則眷之矣，無德則棄之矣。有赫在上，欲信而恃之，焉得乎？易，通作傷，《說文》云：「輕也。」不易惟王，即在難忱上見出，惟天命不可恃，故居此王者之位，甚不輕傷。如《書》言「惟天無親，天位艱哉」之意。爲下文嘆紂發端，非汎以爲君難之理言也。貢禹云：「天生聖人，蓋爲萬民，非獨使自娱樂而已也。故《詩》曰：『天難諶斯，不易惟王。』」《韓詩外傳》云：「言爲王之不易也。大命之至，其太宗、太史、太祝，斯素服執策，北面而弔乎天子曰：『大命既至矣，如之何憂之長也！』授天子策一矣，曰：『敬享以祭，永主天命，畏之無疆，厥躬無敢寧。』授天子策二矣，曰：『敬之！夙夜伊祝，厥躬無怠。萬民望之。』授天子策三矣，曰：『天子南面授於帝位，以治爲憂，未以位爲樂也。』《詩》曰：『天難忱斯，不易惟王。』」天位之天，亦指上天言。位，位之也，言位之以天子之位。殷適，指紂也。適，通作嫡。正室曰嫡，正室所出之子亦曰嫡，妾出之子曰庶。《公羊傳》云：「立嫡以長不以賢。」《左傳》云：「王后無嫡，則擇立長。」毛傳云：「紂，殷之正適也。」《史記》云：「帝乙長子曰微子啓，啓母賤不得嗣，少子辛母正后，立爲嗣。」按紂名受辛，受、紂以音同，通用。《外紀》云：「帝乙妾生微子，中衍爲后而生紂。乙及后以啓賢，欲立爲太子，太史據法争曰：『有妻之子，不可立妾之子。』故紂爲後。」孔穎達云：「《微子之命》及《左傳》皆謂微子爲帝乙之元子，而紂得爲正適者，鄭注《書序》謂：『微子，紂同母庶兄。紂之母本帝乙之妾，生啓及衍，後立爲后，生受。』然則以爲后乃生受，故爲正適也。」胡宏云：「堯、舜與賢，三王與適，二帝三王同道，惟所遇之時不同也。堯、舜之時，中夏初開闢，制度草創，自非以聖繼聖，則不能成功以貽萬世。使丹朱若爲中材之君，猶不與也，故商均無大過，亦不得爲天子。而大禹以有天下，及其末年，制度已成，雖中材之君，輔之以賢者，亦可以守矣。聖人不世出，德賢無以大相過，則定於與嫡，所以一民心、重天下也。雖然，大君人命所繫，興亡之本，聖人有權焉，未嘗執一也。是以太甲雖嫡，又有成湯之命，而幾不免於廢。武王雖弟，上承文考之命，而終不釋爲君。帝乙亦賢君也，泥於立嫡，而不知紂之足以亡天下也，亦不慎不知變之過矣。孔子作《春秋》，監觀前代，賢可與，則以天下爲官。嫡可與，則以天下爲家。此萬世無弊之法也。使帝乙而知道，商之卜世猶未可知也。」使，天使之也。挾，《說文》云：「俾持也。」朱子云：「挾而有之也。」天既位置殷之正適矣，而竟使之不能提挈四方，以保有其位，則是天有權，而人主不得專其權。甚哉，王之不易！而天之難諶亦可知矣。《天問》曰：「授殷天下，其位安施。反成乃亡，其罪伊何？」《易・明夷》上九曰：「初登于天，後入于地。」此之謂也。說一使字，便凜然可畏。真氏云：「此與《召誥》『皇天改厥元子之命』同意。」愚按以殷適爲言者，欲與後章言「生此文王」、言「篤生武王」相形，猶昔人所謂「生子當如孫仲謀，若劉景升兒子豚犬耳」。孔云：「帝王神器，實有大期，殷之存亡，非無定算。但興在聖君，滅繇愚主，應使周興，故誕兹睿聖。應使殷滅，故生此愚主，斯則受之於自然，定之於冥運。」《韓詩外傳》云：「紂之爲主，勞民力，冤酷之令，加於百姓，憯悽之惡，施於大臣。群下不信，百姓疾怨，故天下叛而願爲文王臣，紂自取之也。夫貴爲天子，富有天下，及周師至而令不行乎左右，悲夫！當是之時，索爲匹夫，不可得也。《詩》曰：『天位殷適，使不挾四方。』」《左》昭元年，楚令尹圍享趙孟，賦《大明》之首章。事畢，趙孟謂叔向曰：「令尹自以爲王矣，何如？」對曰：「王弱，令尹彊，其可哉？雖可，不終。」

摯仲豐氏本作「中」。**氏任，自彼殷商。**陽韻。**來嫁于周，曰**《爾雅》注作「聿」。**嬪于京。**叶陽韻，居良翻。**乃及王季，維德之行。**叶陽韻，户郎翻。**大**音泰。**任有身，生此文王。**陽韻。注疏本以此二句冠下「維此文王」六句，爲第三章。朱傳、吕、嚴諸本俱移繫于第二章之後。按繫二章有韻，冠三章無韻，當從後定。○賦也。摯，毛云：「國也。」《國名記》云：「蔡之平輿有摯亭。」《一統志》云：「平輿故城，在河南汝寧府東。」仲者，中也，謂中女也。氏任者，其氏所自出之姓曰任。按唐世系表，祖己七世孫曰成，徙國于摯。祖己者，仲虺後也。《周語》「摯、疇之國繇大任」，摯、疇，二國名，其源出于黄帝。《國語》司空季子云：「黄帝之子十二人，姬、酉、祁、己、滕、葴、任、荀、僖、姞、儇、依。」是也。王符云：「黄帝之子二十五人，班爲十二。夏之興，有任奚，爲夏車正，以封于薛，後遷于邳。其嗣仲虺居薛，爲湯左相。王季之妃大任，及謝、章、昌、采、祝、結、泉、卑、遇、狂、大氏，皆任姓也。」孔云：「此言仲任，下言大任者，此本其未嫁，故詳言其國及姓字。下言已嫁，以常稱言之。」鄒忠胤云：「漢儒謂禮惟嫁長女，餘皆爲媵，自殷以前皆然，然則摯任非耶？」殷商，詳見《玄鳥》篇。孔云：「成湯之初，以商爲號，及盤庚後爲殷，取前後二號而言之。」黄佐云：「都殷，因稱殷商，亦猶劉備都蜀，因稱蜀漢耳。」「自彼殷商」者，繇今日追遡前日之辭，言當彼殷商有天下之時也。或以摯爲殷商畿内國，故曰「自彼殷商」，亦通。嚴云：「將述商亡而周興，故以摯繫商，與周對言之也。」來者，内辭也，對彼稱來。《説文》云：「女適人曰嫁，从女从家。」婦人内夫家，以嫁爲歸，言歸其家也。又郭璞云：「自家而出謂之嫁。」周，國名，後以爲有天下之號。曰，發語辭。嬪，《爾雅》云：「婦也。」《曲禮》疏云：「婦人之美稱，可賓敬也。」孔云：「《曲禮》：『生曰妻，死曰嬪。』此生而言嬪者，《周禮》立九嬪之官，婦人有德之稱。妻死，其夫以美號名之，故稱嬪。若非夫於妻，傍稱女婦有德，雖生亦曰嬪，故《書》曰『嬪于虞』，亦是生稱之也。」按就夫家言之曰來嫁，❶自夫家言之曰嬪，互文也。京，周京也。嚴云：「《大雅》

---

❶「夫家」，與下文重複，疑誤。據萬時華《詩經偶箋》、孫鼎《詩義集説》等書，疑當作「父家」、「父母家」或「母家」。

作於成王之時，皆用王者之禮，從後稱周京耳。」及，鄭玄云：「與也。」王季，太王之子，文王之父，名季歷，後追王稱王季。德，即乾健坤順之德。行音杭，猶列也，言其德與王季相頡頏也。又《列女傳》云：「太任之性，端一誠莊，惟德之行。」則行當如字解，言於其所行，而徵其有德，在王季則名類長君，在太任則思齊思媚是也。《皇王大紀》云：「季歷有謀能斷，守正而和，照臨無蔽，勤施無私，教誨不倦，順以事上，比以親民，慶賞刑威，政自己出，四鄰服焉。娶於摯曰太任，亦有賢德，目不視窈色，耳不聽淫聲，口不出惡言，容貌恭肅齊如也。」孔云：「禮，婦人從夫之謚，故《頌》稱大姒爲文母。大任非謚也，以其尊加于婦，尊而稱之，故謂之大姜、大任、大姒。惟武王妃之稱，《左傳》謂之『邑姜』，不稱大，蓋避大姜故也。」身，毛傳云：「重也。」鄭玄謂懷孕也。孔云：「以身中復有身，故言重。」生文王之歲，《大紀》謂在祖甲三十一祀，即娶大任之年。金氏《通鑑前編》則謂在祖甲二十八祀，未知其審。《晋語》胥臣云：「昔者大任娠文王不變，少溲于豕牢而得文王，不加疾焉。」豕牢，厠也。少溲，便也。沈約云：「生季歷之十年，飛龍盈於殷之牧野，此蓋聖人在下位將起之符也。季歷之妃曰大任，夢長人感己，溲于豕牢而生昌，是爲周文王。龍顔虎肩，身長十尺，胸有四乳。大王曰：『吾世當有興者，其在昌乎！』」《列女傳》云：「文王生而明聖，大任教之，以一而識百，君子謂大任爲能胎教。古者婦人妊子，寢不側，坐不邊，立不蹕，不食邪味，割不正不食，席不正不坐，目不視于邪色，耳不聽于淫聲，夜則令瞽誦詩道正事，如此，則生子形容端正，才德必過人矣。故妊子之時，必慎所感，感于善則善，感于惡則惡。人生而肖父母者，皆其母感于物，故形意肖之。文王母，可謂知肖化矣。」陳櫟云：「聖賢之生，不偶然也，有配偶之賢，而後有嗣續之賢。故《詩》推本聖賢之生，往往自其所從來，如《生民》言稷而及姜嫄，此言文王而及大任，下章言武王而及大姒，皆是也，其意深矣。」

維《禮記》、《左傳》、《吕覽》俱作「惟」，《春秋繁露》作「唯」。**此文王，小心翼翼。**職韻。**昭事上帝，聿**《繁露》作「允」。**懷多福。**叶職韻，筆力翻。**厥德不回，以受方國。**職韻。○賦也。維，發語辭。此章指文王繼王季爲諸侯後，克盡臣職而言。爲君者心欲大，主于仁也；爲臣者心欲小，主于敬也。翼，即輔翼之翼，以其無念不在于羽翼商室，故曰翼翼，與「厥猶翼翼」義同。昭，明也。上帝，即天也。帝者，諦也。諦者，審也。言能審察在下，故謂之帝。程子以爲天之主宰是也。《後漢書》斥帝欲不諦，義亦本此。「昭事上帝」者，承上文言。文王事殷之誠，明白顯著，可與上帝相對越也。聿，通作欥，語辭也。懷，《説文》云：「念思也。」多福者，爵土不替，與國同休，自文王視此，其爲福已多矣。吾師蔡先生毅中云：「聖人視現在之福，恒恐不足以保其有，故曰懷。解來非也。」《吕氏春秋》云：「文王處岐事紂，冤侮雅遜，朝夕必時，上貢必適，祭祀必敬。」又云：「昔者紂爲無道，殺梅伯而醢之，殺鬼侯而脯之，以禮諸侯於廟。文王流涕而咨之。紂恐其叛，欲殺文王而滅周。文王曰：『父雖無道，子敢不事父乎？君雖不惠，臣敢不事君乎？孰王而可叛也？』紂乃赦之。天下聞之，以文王爲畏上而哀下也。《詩》曰：『維此文王，小心翼翼。昭事上帝，聿懷多福。』」厥德，即小心翼翼之德。回，《説文》云：「轉也。」文王爲臣敬止，始終以之，絶無一毫覬倖圖度之私，所謂不回也。「受方國」者，孔云：「四方之國來附之。」愚按主我言，故曰受。《論語》曰：「三分天下有其二。」《周書》武王曰：「王季其勤王家，我文考文王，克成厥勳，誕膺天命，以撫方夏。大邦畏其力，小邦懷其德。」非文王之小心翼翼足以感動人心不至此，所謂「以受方國」者也。《表記》篇子曰：「下之事上也，雖有庇民之大德，不敢有君民之心，仁之厚也。是故君子恭儉以求役仁，信讓以求役禮，不自尚其事，不自尊其身，儉於位而寡於欲，讓於賢，卑己而尊人，小心而畏義，求以事君。得之自是，不得自是，以聽天命。《詩》云：『莫莫葛藟，施于條枚。凱弟君子，求福不回。』其舜、禹、周公之謂與！有君民之大德，有事君之小心。《詩》云：『惟此文王，小心翼翼。昭事上帝，聿懷多福。厥德不回，以受方國。』」《左》昭二十六年，齊有彗星，齊侯使禳之。晏子曰：「無益也，祇取誣焉。天道不諂，不貳其命。《詩》曰：『惟此文王，小心翼翼。昭事上帝，聿懷多福。厥德不回，以受方國。』君無違德，方國將至，何患于彗？《詩》曰：『我無所監，夏后及商。用亂之故，民卒流亡。』若德回亂，民將流亡，祝史之爲，無能補也。」公説，乃止。

天監在下，有命既集。輯韻，亦叶合韻，昨合翻。**文王初載，天作之合。**韻，亦叶緝韻，胡急翻。**在洽**《説文》、《水經注》俱作「郃」。**之陽，在渭之涘。**紙韻。**文王嘉止，**紙韻。**大邦有子。**紙韻。注疏本以此二句冠下「大邦有子」六句爲第五章。朱傳、吕、嚴諸本俱移繫于第四章之後。今按繫四章有韻，冠五章無韻，當從後定。○賦也。朱子云：「將言武王伐商之事，故此又推其本而言。」監，《説文》云：「臨下也。」有居高監察之意。在下，即首章所謂「明明在下」者。命，謂君天下之命。集，如翔而後集之集。天命必有所厭後有所集，以六百年之商，將欲革其命而新之，非監觀之久而眷顧之深，固不輕集也。既者，已事之辭。鳥止爲集，有審擇而就之之意。初，始也。載，《爾雅》云：「歲也。」唐虞曰載，取物終更始，以年運而往爲義。作者，造立之名。合，《説文》云：「合口也。」取其上下相合，故《漢書注》云：「合者，相配耦之言也。」惟命既集于周，不可無承命之人，故武王不可不生，惟生聖不可無聖德之母，故天於文王之早年，而默定其配。在洽之陽，以大姒所居言。洽，當依《説文》作郃。《穀梁傳》云：「水北曰陽。」今陝西西安同州有郃陽縣，《水經》云：「河水又逕郃陽城東。」酈道元云：「周威烈王之十七年，魏文侯伐秦，至鄭，還築汾陰郃縣，即此城也。故有莘邑矣，爲太姒之國，城南有瀵水，東流，東注于河，水南猶有文母廟，前有碑，去城一十五里，水即洽水也。又有一瀵水，出汾陰縣南四十里，平地開源，濆泉上湧，大幾如輪，深則不測，俗呼之爲瀵魁。古人壅其流，以爲陂水種稻。東西二百步，南北一百餘步，與郃陽瀵水夾河中渚上，皆相潛通，故呂忱曰：『《爾雅》異出同流，爲瀵水。』」愚按據此，則郃乃邑名，原非水名。其邑中之水名爲瀵水，又兩瀵合流，故其字从邑从合，義或取此。鄭云：「天於文王，爲之生配于氣勢之處。」孔云：「名山大川，皆有靈氣。《崧高》曰：❶『惟嶽降神，生甫及申。』水亦靈物，氣與山同。詩人述其所居，明是美其氣勢。」在渭之涘，以文王所居言。今陝西鳳翔府，即古岐周地。《寰宇記》云：「汧、渭、岐、漆、雍五水，皆會于郡界。」酈云：「岐水與杜水合逕岐山，而又屈逕周城南，又南逕美陽縣，南流注于渭。」涘，《説文》云：「水厓也。」其一在洽之陽，其一在渭之涘，兩地睽隔，適成佳偶，此所謂天作之合也。舊説謂此二句皆指大姒所居，今考洽水入河不入渭，則與渭涘無涉，故正之。嘉，朱子云：「昏禮也。」按《周禮》，大宗伯以嘉禮親萬民，昏禮其一也。《易·隨》卦九五，孚于嘉，亦取陰陽配偶之義。止，語詞。大邦，謂莘國也，以其系本夏啓，爲天子之後，故稱大邦，猶《書·召誥》言「大邦殷之命」，以殷爲天子，稱大邦也。子，謂大姒也。按子者，男女之通稱。《論語》

❶「崧高」，原作「高嵩」，據《四庫全書》本改。

「以其子妻之」，是女亦稱子也。文王嘉止，謂初行納采之嘉禮。大邦有子，蓋使者致命問名之辭，《儀禮》所謂「敢請女爲誰氏」者也。孔云：「案《昏禮》納采、問名同日行事，是其禮相因，遣納采即問名也。」宋元祐中上將大昏，范祖禹言于宣仁太后曰：「臣聞古之帝王，所與爲昏姻者必大國諸侯，先聖王之後，勳賢之裔，不然，則甥舅之國也，不以微賤上敵至尊，故其福祚盛大，子孫繁昌。昔黄帝娶于西陵之女，是爲螺祖，爲帝正妃，其子孫皆有天下。五帝三王，皆黄帝之後也。舜娶帝堯之二女，釐降于潙汭，遂有天下；大禹娶塗山，是生夏啓，天下歸之，子孫享國四百七十餘年；成湯娶于有莘氏，子孫有天下六百餘年。周之先祖后稷，生于姜嫄，世有賢妃。大王娶大姜，是生王季。王季娶大任，是生文王。文王娶大姒，其禮尤盛。大姜，炎帝之後也。大任，太昊之後也。大姒，大禹之後也。大姒生十子，武王、周公皆聖人也，其餘皆爲顯諸侯。周之子孫徧于天下，大姒之德也。武王亦娶于姜，是生成王，周有天下二十餘世，八百餘年，其基本蓋繇此也。故族姓不可不貴。秦、漢以後，昏姻多不正，無足取法，惟後漢顯宗明德馬后，唐太宗文德長孫后，皆有后德，出于勳賢之家。其餘敗亂，足以戒而已。惟陛下遠觀上古，近鑑後世，上思天地祖宗之奉，下爲萬世子孫之計，選卜窈窕，以母儀萬國，表正六宮，非有德孰可以當之？然閨門之德不可著見，必視其世族，觀其祖考，察其家風，參以世事，亦可知也。昔漢之初，大臣議欲立高帝子齊王，皆曰：『王母家駟鈞惡戾，虎而冠者也。代王母家薄氏，君子長者。』乃立代王，是爲文帝，文帝爲漢之賢主，亦繇其母家仁善也。故女德不可不先。」《白虎通》云：「王者之娶，必先選于大國之女，禮儀備，所見多。《詩》云：『大邦有子。』明王者必娶大國也。」

大邦有子，俔《韓詩》作「磬」，云：「譬也。」孔云：「如今俗語譬喻物云磬作然也。」**天之妹。**叶寘韻，讀如媚，明祕翻。**文定厥祥，親**豐氏本作「寴」。**迎**去聲。**于渭。**叶寘韻，讀如僞，于睡翻。**造**《廣韻》作「艁」。**舟爲梁，**陽韻。**不**豐本作「丕」。**顯其光。**陽韻。○賦也。俔，《說文》云：「譬喻也。一曰聞見，从人从見。」徐鍇云：「會意。」愚按《說文》解俔，具有二義，而絶無解者，今以意通之，字从人見，蓋人之所見，非我見也，以其聞之于人而得之，故曰聞見，原非目見，特于耳聞後因而想像之，故又會其意曰譬喻也。又《爾雅》訓間爲俔。間者，軍中間諜也，是亦謂使人見之也。此「大邦有子」二句，蓋使者既得請而還報命之辭。大姒深居閨中，非使者所得見，但得之耳聞，謂其德之美，足以爲天之配也云爾。天，擬文王。夫婦之道，取象乾坤。《易》言坤爲妻道，明夫道得擬乾矣，況文王又與天合德者乎？妹，《說文》云：「女弟也。」《爾雅》云：「男子謂女子先生爲姊，後生爲妹。」孔云：「初嫁必幼，故以妹言之。」愚按此對文王稱之，則文王似兄，而大姒似妹耳。陸化熙云：「文王之德，與天爲一，譬則天矣。而大姒配以幽閒貞静之德，譬則天之妹也。」文，禮文也。定者，成其事也。祥，吉祥也。鄭云：「問名之後，卜而得吉，則文王以禮定其吉祥，謂納幣也。」孔云：「使人納幣，則禮成昏定也。昏以納幣爲定，幣繇卜吉行之，故《昏禮》謂之『納徵』。徵者，成也。是亦爲卜吉而言，與此祥意協也。」案昏有六禮，先納采而後問名，次納吉，次納徵，次請期，次親迎，其禮尊卑皆同。納采、問名、納吉、請期、親迎，俱用鴈，惟納徵用玄纁束帛儷皮，不用鴈。賈公彦云：「用鴈，取順陰陽往來也。鴈，木落南翔，冰泮北徂。❶夫爲陽，婦爲陰，今用鴈者，亦取婦人從夫之義。惟納徵

❶「徂」，原作「阻」，據《四庫全書》本改。

不用鴈，以其自有幣帛可執也。言納者，恐女氏不受，若《春秋》內納之義。問名不言納者，女氏已許，故不言納也。請期、親迎不言納者，納幣則昏禮已成，女家不得移改，❶故皆不言納也。」按《周禮・媒氏》職云：「凡嫁子娶妻入幣，純帛無過五兩。」鄭讀純爲緇，云：「納幣用緇者，以婦人陰也。」《襍記》又云：「納幣一束，束五兩，兩五尋，八尺爲尋。五尋者，四丈也。五兩爲十端，每端各二丈。」乃《儀禮》有玄纁之文，鄭謂彼庶人用緇，士大夫以玄纁，象陰陽備也。陽奇陰偶，五兩當三玄二纁也。又《周禮・玉人》職云：「穀圭，天子以聘女；大璋，諸侯以聘女。」鄭謂玄纁束帛之外，天子加以穀圭，諸侯加以大璋也。此詩「文定厥祥」一語，櫽括納吉、納徵二禮而統言之，猶云以納徵之文完納吉之事也。親迎二字畧斷，謂文王親往迎大姒也。《昏義》云：「父親醮子而命之迎，男先於女也。子承命以迎，主人筵几於廟，而拜迎于門外，壻執鴈入，揖讓升堂，再拜奠鴈，蓋受之於父母也。降出，御婦車，而壻授綏，御輪三周，先俟於門外。婦至，壻揖婦以入，共牢而食，合巹而酳，所以合體同尊卑，以親之也。」《白虎通》云：「天子下至士，必親迎授綏者何？以陽下陰也。欲得其歡心，示親之心也。必親迎，輪三周，下車曲顧者，防淫佚也。《詩》曰：『文定厥祥，親迎于渭。』」程子云：「文王親迎時，乃爲公子，未爲君也。」孔云：「此篇主美文王，雖王季尚存，皆以文王爲主。」又云：「請期之文不見者，既親迎，明請之可知也。」「于渭」二字，語意帶下讀，言文王行親迎之禮，其往來所經，必濟渡于渭水，則造舟爲梁以俟之也。造舟，孫炎云：「比舟爲梁也。」梁，《說文》云：「水橋也。」《爾雅》

❶「移」，原作「遺」，據《儀禮疏》改。

云：「天子造舟，諸侯維舟，大夫方舟，士特舟。」李巡云：「比其舟而渡，曰造舟；中央左右相維持，曰維舟；併而船，曰方舟；一舟，曰特舟。」孔云：「造舟者，比船于水，加板於上，即今之浮橋。故杜預云『造舟爲梁』，則河橋之謂也。維舟以下，則水上浮而行之，但船有多少有等差耳。禮，天子乃得造舟。殷時未有等制，文王敬重昏事，始作而用之。後世以文王所用，故制爲天子法耳。故王基云：『自殷以前質略，未有造、維、方、特之差。周公制禮，因文王敬大姒，重初昏，行造舟，遂即制之以爲天子禮，著尊卑之差，記以爲後世法。』是也。」不，通作丕，大也。「丕顯其光」者，承上句，以禮文之盛言。毛云：「造舟，然後可以顯其光輝。」鄭云：「迎大姒而更爲梁者，欲其昭著，示後世敬昏禮也。」范云：「自古昏禮，未有如文王之盛也。」真云：「其禮盛，故其光顯。」

有命自天，命此文王。陽韻。**于周于京，**叶陽韻。見第二章。**纘女維莘。**叶陽韻，尸羊翻。**長**上聲。**子維行，**叶陽韻。見第二章。**篤生武王。**陽韻。**保右**陸德明本作「佑」。**命爾，燮伐大商。**陽韻。○賦也。命，即王天下之命。天命文王，不必于其身，但使其生聖子，以有天下，亦所謂有命既集也。下文「篤生武王」，正天命之可見處。于周于京，蒙第二章之文，與「纘女維莘」句聯說。纘，《説文》云：「繼也。」此一字畧斷讀，繫女于莘，是倒文法，言昔者太任來嫁于周，曰嬪于京，今繼之者，則維此莘國之女也。又按《昏禮》父醮子親迎之辭曰：「往迎爾相，承我宗事，勗帥以敬先妣之嗣。若則有常。」正此詩言纘之意。《説文》無莘字，當作辛。《唐世系表》云：「啓封支子于莘。辛聲相近，遂爲辛氏。」《路史》云：「莘，辛之轉。」或云：「辛，莘之轉。」非也。其地即今郃陽縣，春秋時屬晉。《漢書》云「縣西南有梁山」，《公羊傳》以爲洽陽之山，《爾雅》稱爲晋望，故《左》僖二十八年，城濮之戰，晋侯登有莘之墟以望楚師，即此莘也。《一統志》云：「縣東四十里，有夏陽城，内有周文王妃大姒墓。」夏陽，一作下陽，羅苹謂下、夏字通，乃虢地，故《周語》有神降于莘，内史過以爲在虢受之，即此莘也。至羑里之厄，散宜生求有莘氏美女獻紂，則以其爲文王外族故耳。又齊、蔡、管城、大名、陳留俱有莘，與此無預。長子，文王之長子伯邑考也。行，猶逝也。如天子新不諱曰大行，韋昭云：「大行者，不在之辭。」是也。伯邑考早卒，故曰長子維行。舊説以大姒爲莘國之長女，稱長子，如大任之稱摯仲，行即女子有行之行，亦通。但古未有號長女爲長子者，以此疑之耳。篤，《説文》云：「馬行頓遲也。」邑考既没之後，又遲久之而復生武王也。昔孟子有言「盡信書則不如無書」，《大戴禮》稱文王十三生伯邑考，十五生武王。《小戴禮》載文王謂武王曰：「女何夢矣？」武王對曰：「夢帝與我九齡。」文王曰：「女以爲何也？」武王曰：「西方有九國焉，君王其終撫諸？」文王曰：「非也。古者謂年齡，齒亦齡也，我百爾九十，吾與爾三焉。」文王九十七乃終，武王九十三而終。《竹書紀年》記武王十七年陟，年五十四。數説相距懸絶，未有確然能信其孰然者也。乃《周書·無逸》篇，周公所言「文王受命惟中身，厥享國五十年」者，當是實録，與《小戴》所稱文王九十七乃終者，彷彿相近。今即以此數上下推之，既十五生武王，則距文王没時，武王年已八十二歲，此時方嗣諸侯之位，距其爲天子而崩，僅十一年，而《書》明言惟十有三年春，大會于孟津，又言既克商二年，王有疾弗豫，且已而復瘳，則其享國實不止于十一年。此何以解也？武王崩，成王幼，相傳成王時方十三歲，距其生時，武王年已八十一，又有小弱弟叔虞，亦邑姜所出。子産所云「邑姜方震大叔」是也，世即有八旬外生子之父，安得有八旬外生子之母乎？此其誕妄明甚。若夫九齡之說，數之修短，定自有生，文王豈能損己齡以益其子？尤不足置辨者。如依《竹書》武王享年五十四之說，則於生成王、生叔虞之歟，或無可疑，但既稱武王嗣位十七年陟，則推其未嗣位，尚有三十七年，皆文王享國之歲也。計文王當於六十歲生武王，自武王而下，如管、魯、蔡、曹、郕、霍、衛、聃諸弟，皆同母而生，何大姒前此壯年，惟有伯邑考一人，❶他無聞者，自耆年而後，乃生子纍纍如許乎？此又可疑也。鄒忠胤求而不得其說，則意大姒爲文王繼妃，故有「纘女維莘」之語，謂諸侯不再娶，或周制，非殷制，而《關雎》篇之寤寐淑女，求之如彼其迫，倘亦以文王年已中身，胤嗣未廣故耶？此亦臆揣之言，要非至理。惟《汲冢周書·度邑解》有云：❷「王尅殷，告叔旦曰：『唯天不享于殷，發之未生，至于今六十年。』」《史記》亦採用其語，此其說可信。武王以即位十三年尅殷，而其時年已六十，則其未即位之年，當四十七。計文王享年九十七，除其四十七，爲武王已生之年，則文王以五十一生武王也。武王在諸侯天子之位，則十七年而崩，則六十歲尅殷之後，享國尚有四年，其時成王已十三歲，於武王享年六十四歲之中，除其十三，爲成王已生之年，則武王以五十二生成王也。夫五十一二歲上下生子，世多有之，不爲希濶，雖聖人亦與人同耳。或者《竹書》誤以六十四紀爲五十四，一字之訛，亦不可知。若《戴記》所載武王九齡之夢，要自靈驗，特記者不悟其占，而妄爲之敷衍。蓋此段實在記文王有疾，武王不說冠帶而養，一飯亦一飯，再飯亦再飯，旬有二日乃間之後，文

❶「考」，原作「者」，據《四庫全書》本改。

❷「邑」，原作「殷」，據《四部叢刊》影明嘉靖二十二年刊本《汲冢周書》卷第五改。

王欲自測其壽數若何，因以何夢詢武王，亦以孝子之精神，必能有朕兆，與天通也。乃帝與九齡之夢，何爲來哉？蓋文王以身膺大邦小邦之歸，業已九年，而大統猶未集，今帝以九齡與武王者，若謂文王九年後之事業，當屬之武王耳。故文王自知其當死，若曰人生以百歲爲期，我之事業，僅止于九年，則計享壽但當九十七而止，所餘三年，吾不能有，以與爾可也。武能夢之，文能知之，二聖一天也。又羅泌亦謂：「吾與汝三者，豈非謂于吾没之後，與汝三年而成之乎？未可知也。」此説亦通。世人不察，遂真謂文王能以年歲畀武王，又妄以九齡爲九十，正所謂癡人説夢者。三王之事，若存若亡，信哉！保右，皆指革命之事言。保者，扶持之意。《周書》言「天迪格保」是也。右者，贊助之義。思若啓，行若翼也。命，謂下文燮伐之命，天非諄諄然命之，但理所當然，即天命之所在也。爾，詩人代爲天命武王之辭也。燮，《説文》云：「和也。」和人心以伐大商也。《左傳》云：「師克在和，三千一心，八百咸會，和之象也。」王安石云：「言大商，則乃所以大文、武之德。以商大矣，非德大，則不能燮伐也。」又劉辰翁云：「古人厚，故稱大商。」

殷商之旅，其會《説文》作「旝」，云：「建大木，置石其上，發以機，以追敵也。」引《左傳》「旝動而鼓」。**如林。**侵韻。**矢于牧野，**豐本作「埜」。後同。**維予侯興。**叶侵韻，虚音翻。**上帝臨女，**音汝。《吕覽》、《春秋繁露》俱作「汝」。**無**《漢書》、豐本俱作「毋」。**貳爾**《繁露》作「汝」。**心。**侵韻。○賦也。旅，毛云：「衆也。」會，《説文》云：「合也。」又云：「平地有叢木曰林。」孔云：「殷商之兵衆，其會聚之時，如林木之盛也。」《書·武成》篇云：「甲子昧爽，受率其旅若林，會于牧野。」《鬻子》云：「武王率兵車以伐紂，紂虎旅百萬，陳于商郊，起自黄鳥，至于赤斧，三軍之士，莫不失色。」《史記》亦云：「紂發兵七十萬人，拒武王。」矢，

《爾雅》云：「誓也。」按矢之訓誓，與訓陳同意。劉熙《釋名》謂：「矢，指也。有所指而迅疾。」蓋直莫如矢。誓者，直指而言之，故亦借曰矢，《詩》「之死矢靡他」，《論語》「夫子矢之」是也。牧，當依古文作坶，《説文》云：「朝歌南七十里地。」孔云：「戰在平野，故言野耳。」《括地志》云：「今衛州地，即牧野之地。武王至牧野，乃築此城。」《一統志》云：「河南衛輝府汲縣，本殷牧野地。牧野在府城南陵西社朝歌之南，武王伐紂，陳師于此。」按《書·牧誓》篇云：「時甲子昧爽，王朝至于商郊牧野，乃誓。」即此詩所謂「矢于牧野」也。「維予侯興」以下，誓衆之詞也。予，我也。侯，諸侯也。先是大會于孟津，諸侯不期而至者八百，及戊午，次于河朔，群后以師畢會，咸曰：「孶孶無怠。」迨陳師牧野，諸侯兵會者，車四千乘，事襍見《泰誓》、《史記》。曰予侯者，親之也，《牧誓》篇云王曰「嗟我友邦冢君」是也。興，《説文》云：「起也。」警其起而聽誓命也。上帝，天之主宰。臨，《説文》云：「監臨也。」《爾雅》云：「視也。」猶言眷顧也。女、爾，皆謂諸侯也。無，通作毋，戒之也。貳，通作二，不一之謂。紂以如林之衆來戰，恐諸侯計及衆寡强弱，不無勝敗莫知之慮。武王灼見天意所在，紂師雖衆，固不足畏，故稱上帝臨女，以鼓其鋭而一其志。觀《泰誓》，一則云「商罪貫盈，天命誅之」，再則云「朕夢協朕卜，襲于休祥，戎商必克」。又《説苑》稱武王伐紂，至有戎之隧，大風折旆，散宜生諫曰：「此其妖歟？」武王曰：「非也，天落兵也。」風霽而乘以大雨，水平地而嗇，散宜生又諫曰：「此其妖歟？」武王曰：「非也，天漉兵也。」卜而龜熸，散宜生又諫曰：「此其妖歟？」武王曰：「不利以禱祠，利以繫衆，是熸之已。」故武王順天地，犯三妖，而擒紂于牧野。《荀子》亦云：「武王之誅紂也，行之日以兵忌，東面而迎太歲，至汜而汜，至懷而懷，至共頭而山隧。霍叔懼曰：『出三日而五災至，無乃不可乎？』周公曰：『刳比干而囚箕子，飛廉、惡來知政，夫又惡有不可焉？』遂選馬而進，朝食于戚，暮宿于百泉，厭旦于牧之野，鼓之而紂卒易鄉，遂乘殷人而進誅紂。」此非皆真有見于臨女之天心，而能若是乎？《史記》載武王誓師之言曰：「今予發，惟共行天罰，勉哉夫子，不可再，不可三。」所謂「無貳爾心」者也。魯頌亦云：「致天之届，于牧之野。無貳無虞，上帝臨女。」義正同此。觀彼下文，即繼之曰「敦商之旅，克咸厥功」，則「無貳」二句，其爲牧野誓師之語明矣。金履祥云：「牧野之誓，將戰之時也，故自諸侯三卿大夫，師卒之長，夷狄之酋豪，而咸誓戒之。荀卿氏謂桓、文之節制，不足以敵湯、武之仁義，然而湯、武之仁義，則有以該桓、文之節制，吾於牧野之事見之矣。」又董仲舒云：「一而不二者，天之行也，反天之道無成者。是以目不能二視，耳不能二聽，一手不能二事，一手畫方，一手畫圓，莫能成。是故古之人物而書文，正於一者謂之忠，持二中者謂之患，患人之忠不一者也。不一者，故患之所繇生也，是故君子賤二而貴一。人孰無善，善不一，故不足以立身。治孰無常，常不一，故不足以致力。《詩》曰：『上帝臨汝，無貳爾心。』知天道者之言也。」吕不韋云：「古之事君者，必先服能，然後任。必反情，然後受。主雖過與，臣不徒取。《大雅》曰：『上帝臨汝，無貳爾心。』以言忠臣之行也。」皆斷章取義，非詩正旨。舊説皆以此章爲殷商之衆嚮周而勸戰之語，故毛傳解「無貳爾心」，謂言無敢有懷貳於爾之心者。《左》襄二十四年，范宣子爲政，諸侯之幣重，鄭人病之。子産寓書於宣子曰：「僑聞君子長國家者，非無賄之患，而無令名之難。夫諸侯之賄聚于公室，則諸侯貳。若吾子賴之，則晋國貳。諸侯貳，則晋國壞。晋國貳，則子之家壞。何没没也？將焉用賄？夫令名，德之輿也。德，國家之基也。《詩》曰：『樂只君子，邦家之基。』有令德也夫！『上帝臨女，無貳爾心。』有令名也夫！恕思以明德，則令名載而行之，是以遠至邇安。」子産之解「貳心」，與毛義同。鄭箋則謂此勸戒武王，言天護視女伐紂必克，無有疑心。先儒皆從之。今按二義亦通。愚詳繹魯頌立言之意，定從今説。

牧《水經注》作「坶」。**野洋洋**，陽韻。**檀車煌煌**，陽韻。《韓詩外傳》作「皇皇」。**駟**《公羊》疏、《石經》作「四」。**騵彭彭**。叶陽韻，蒲光翻。**維**《漢書》。**師尚父**，上聲。**時維鷹揚**。❶陽韻。**涼**《漢書》、《韓詩》及《外傳》、《風俗通》、豐本俱作「亮」，陸德明本一作「諒」。**彼武王**，陽韻。**肆**《風俗通》作「襲」。**伐大商**，陽韻。**會朝**豐本作「鼂」。**清明**。叶陽韻，謨朗翻。○賦也。洋洋，毛云：「廣也。」酈道元云：「自朝歌以南，南暨清水，土地平衍，據皋跨澤，悉坶野之地，故《詩》稱『坶野洋洋』。」鄭云：「言其戰地寬廣，明不用權詐也。」檀，堅韌之木，材可爲車，解見《將仲子》、《杕杜》篇。煌煌，毛云：「明也。」鄭云：「兵車鮮明也。」四馬曰駟，《説文》云：「一乘也。」《爾雅》云：「騵馬白腹，騵。」按赤馬黑鬣曰騂，此則赤色黑鬣而白其腹也。陸佃云：「騵从縓省。《禮》曰：『練而縓，縓，淺赤也。一染謂之縓，再染謂之赬，三染謂之纁。』」《檀弓》云：「夏后氏戎事乘驪，殷人戎事乘翰，周人戎事乘騵。」毛云：「言上周下殷也。」孔云：「《檀弓》説『三代乘馬，各從正色』，而周不純赤，明其有義，故知白腹爲『上周下殷』。戰爲二代革易，故見此義。戎事乘騵，明非戎事不然。因武王所乘，遂爲一代常法。」彭，通作騯。《説文》云：「馬勝也。」極言其盛，故重曰騯騯。陳

❶「鷹」，原作「膺」，據《四庫全書》本改。

祥道云：「《樂記》夾振之而駟伐，《詩》所謂『駟騵彭彭』是也。」魏浣初云：「武王革車三百兩，虎賁三千人。《詩》言師衆之盛，將帥之强，只在一片人心上看出。」維，語辭，下同。師，毛云：「太師也。」尚父，太公也，姜姓，呂氏，名尚。孔云：「父，男子之美號。文王得呂尚，立以爲太師，號曰尚父，尊之，爲作此號，故《雒師謀》云『號曰師尚父』，是也。」愚按古人尚質，呼尚之名爲尚父，亦猶周公呼奭爲君奭也。《史記》云：「呂尚蓋嘗窮困，年老矣，以漁釣奸周西伯。西伯將出獵，卜之，曰：『所獲非龍非彲，非虎非羆；所獲霸王之輔。』於是周西伯獵，果遇太公於渭之陽，與語大悅，曰：『自吾先君太公曰：「當有聖人適周，周以興。」子真是耶？吾太公望子久矣。』故號之曰『太公望』，載與俱歸，立爲師。或曰，太公博聞，嘗事紂。紂無道，去之。西歸周西伯。或曰，呂尚處士，隱海濱。周西伯拘羑里，散宜生、閎夭素知而招呂尚。呂尚亦曰：『吾聞西伯賢，又善養老，盍往焉。』三人爲西伯求美女奇物，獻之於紂，以贖西伯。西伯得以出，反國。言呂尚所以事周雖異，然要之爲文、武師。後世之言兵，皆宗太公爲本謀。」《韓詩外傳》云：「武王伐紂，到于邢丘，楯折爲三，天雨三日不休。武王心懼，召太公而問曰：『意者紂未可伐乎？』太公對曰：『不然。折爲三者，軍當分爲三也。天雨三日不休，欲灑吾兵也。』武王曰：『然。』乃修武勒兵于甯，行克紂于牧之野。」李靖云：「昔太公佐武王，至牧野，遇雷雨，旗鼓毀折，散宜生欲卜吉而後行。此則因軍中疑懼，必假卜以問神焉。太公以謂腐艸枯骨無足問，且以臣伐君，豈可再乎？」時，通作是。鷹，《爾雅》云：「鶆鳩也。」郭璞云：「鶆當爲鷞，字之誤耳。」羅願云：「鳥之摯者，雄大雌小。少皞氏以名司寇之官，蓋鷹正月則化爲鳩，秋則鳩化爲鷹，故鷹通有鳩名，在五鳩之數。」《禽經》云：「鷹不擊伏。」裴氏《新書》云：「鷹在衆鳥之間，若睡夢然，故積怒而後全剛生焉。」揚，《説文》云：「飛舉也。」「時維鷹揚」者，孔云：「是維勇畧，如鷹之飛揚。」羅云：「鷹好揚，隼好翔，故以比尚父之武。」陸佃云：「言其武之奮揚如此，《樂記》所謂『發揚蹈厲，太公之志也』。」陸化熙云：「要見義氣激烈，直欲夷大難以快人心意。」後漢高彪作《幽州督箴》云：「吕尚七十，氣冠三軍。詩人作歌，如鷹如鸇。」《世紀》云：「商客與殷民，觀周師之入，見太公至，民曰：『是吾新君也。』客曰：『非也。視其爲人，虎踞而鷹趾，當敵將衆，威怒自倍，見利即前，不顧其後。』」按《史記》，陳師牧野，武王使師尚父與百夫致師，以大卒馳帝紂師，紂師雖衆，皆倒兵以戰，以開武王。武王馳之，紂兵皆崩，畔紂。紂走登鹿臺，自燔于火而死。於是封功臣謀士，而師尚父爲首封，即此詩所言鷹揚事也。涼，《説文》云：「薄也。」萬尚烈云：「涼對炎字看。名雖爲伐，而惟以三千人舉事，牧野之中，惟檀車爾，惟駟騵爾，惟師尚父，若此其涼涼然，未嘗若凡征伐者威靈氣燄炎炎然不可當也。何也？殷商之不敵已久，此惟一決焉耳，故上曰燮而此又曰涼也。」肆，通作四。會朝，朱子云：「會戰之旦也。」清明，以治象言之。言涼薄彼武王之師，雖不能與紂衆絜盛，而與四方諸侯共伐大商。計其會合兵衆，不過一朝旦之頃，而除去紂之穢濁，宇宙便見清明，《泰誓》所期永清四海，于兹始克慰矣。夫帝乙以受辛爲適，而殷以亡。文王以武王爲子，而周以興。雖曰人事，亦有天意存焉。詩人所以推原于發祥之所自也。沈萬鈳云：「詩咏一代之德，夫孰備于《大明》乎？觀其鋪張世家，遡流窮源，粤自王季，而大任，而文王，而大姒，而武王，而尚父，見其夫妻之同德焉，見其父子之同德焉，見其婦姑之同德焉，見其祖孫之同德焉，見其君臣之同德焉，見其天人之同德焉。嗚呼！具此六同，而八百年之基業，不待卜而已定矣。」

《大明》八章，四章章六句，四章章八句。 朱子云：「其章以六句、八句相間。」○《序》云：「文王有明德，故天復命武王也。」今玩詩詞，固頌文、武，然實因文、武而揚厲及二母也。蓋不啻詳哉其言之矣，是果專爲頌文、武而發者歟？若叔孫穆子以爲此兩君相見之樂，則特舉其所用之一處而言，詩固不爲兩君相見作也。又《詩緯汎歷樞》有五際之説，以《大明》在亥爲水始，理則未詳。

《文王有聲》，咏文、武遷都豐、鎬之事，而重嘆美之，以戒成王。 鄧元錫云：「前三章陳文王之伐，後六章皆武作鎬成文，卒其伐功之事，故以王后、皇王變文目之。」郝敬云：「詩首尾四章稱文、武者，文始之，武終之也。中四章稱王后、皇王者，繼諸侯而爲天子也。作豐而王業始，❶作鎬而王業成，文王求寧以始武也，武王詒孫以終文也。」愚按此詩言「以燕翼子」，當是作于成王之世。《子貢傳》謂以訓成王者是也。《申培説》以爲作于周公。

文王有聲， 庚韻。**遹駿** 豐氏本作「俊」。**有聲。** 見上。**遹** 《説文》、孫毓本俱作「欥」。**求厥寧，遹觀厥成。** 庚韻。**文王烝哉！** 每章各用「烝哉」一句結，不用韻，亦變體。○賦也。有聲，言有聲譽也，歌功頌德之謂。孔穎達云：「《孔子閒居》曰：『三代之王，必先其令聞。』是爲有聲矣。」篇中四「遹」字，俱當依《説文》作欥，云：「詮辭也。」字从欠从曰，曰亦聲。徐鍇云：「詮理其事之詞也。」駿，通作俊。《禮記》疏謂

---

❶「王」，原作「三」，據《四庫全書》本改。

「倍人曰茂，十人曰選，倍選曰俊」，《説文》謂「材千人也」，《北史》謂「萬人之秀曰俊」，其説不一，要之皆賢人之稱也。特舉「遹駿有聲」者，立言之意，與末章「武王豈不仕」相應。言文王固有聲矣，而又有俊傑之臣與之共事，故益使之有聲。《緜》詩所謂予曰有疏附、先後、奔奏、禦侮者也。遹求厥寧，自文王之心言之也。文王之心，惟期望天下之安寧。下文言「有此武功」，正除殘去暴，求爲寧民計，非爲私也。成，《説文》云：「就也。」遹觀厥成，兼武王言，自後人觀之也。殘暴去而民安，其後終于武王伐紂而有天下，文王之汲汲求寧者，至是果有成功矣。是雖文王以聖謨開先，而中間諸臣左右贊襄之力，自不可少，故詩人不徒曰「文王有聲」，而必足之曰「遹俊有聲」也。烝，《説文》云：「火氣上行也。」字从火，蓋熾盛升進之意，後倣此。

文王受命，有此武功。東韻。**既伐于崇，**東韻。《書大傳》作「崈」。**作邑于豐。**東韻。**文王烝哉！**賦也。命者，天討有罪之命。《左傳》云：「戡定禍亂爲武功。」《説文》云：「以勞定國也。」《周禮》云：「國功曰功。」崇，國名。伐崇，事詳《皇矣》篇。孔云：「經別言『既伐于崇』，則『武功』之言，非獨伐崇而已。所伐邘、耆、密須、混夷之屬皆是也，而別言『既伐于崇』者，以其功最大，其伐最後，故特言之，爲作邑張本，言功成乃作都也。」作者，創起之辭。邑，《説文》云：「國也。」又《左傳》都、邑互稱，都亦通名邑。豐，通作酆。《説文》云：「周文王所都，在京兆杜陵西南。」《通典》云：「酆在今長安縣西北靈臺鄉豐水上。」《括地志》云：「豐宮在鄠縣東三十五里。」《韓非子》云：「文王侵盂、克莒、舉酆，三舉而紂惡之。」鄒忠胤云：「文王以伐密之明年伐崇，越三年，自程遷豐。豐即崇國之地，故言作邑于豐，而先之以伐崇。」季本云：「文王既滅崇，則拓地漸廣，而其民未馴，宜親撫治之，故徙居焉。」張子厚云：「大王邑于岐山之下，❶既基王迹矣，文王又遷于豐，武王又遷于鎬者，當是時民歸之者日衆，無地以容之，必至于遷也。」愚按二意皆有。

築城伊淢，叶質韻，于筆翻。《韓詩》、陸德明本俱作「洫」。**作豐伊匹。**質韻，亦叶屋韻，莫卜翻。

匪棘《禮記》作「革」，《爾雅》作「悈」，陸本作「亟」。**其欲，**依《禮記》通作「猶」。尤韻，亦叶宥韻，余救翻。陸本作「慾」，豐本作「猷」。**遹**《禮記》作「聿」。**追來孝。**叶尤韻，呼侯翻。亦叶宥韻，許候翻。又叶屋韻，許六翻。《禮記》云：「孝者，畜也。」**王后烝哉！**賦也。築，《說文》云：「擣也。」築室百堵之築，謂築城墻也。《古今注》云：「城，盛也。以受人物。」伊，語辭，後同。淢，《說文》云：「疾流也。」毛、鄭作洫字解，非是。築城于水所疾流之處，指城鎬也。《雍大記》云：「鎬水在長安縣西北十八里。」《水經注》云：「鎬水上承鎬池，於昆明池北，周武王之所都也。自漢帝遷昆明池於是地，基搆淪褫，今無可究。鎬水又北流，西北注，與滮池合。又北逕于渭。」《廟記》云：「長安城西有鎬池，在昆明池北，周匝二十一里，溉池二十三頃。」《帝王世紀》云：「今鎬池，即周之故都也。」按《竹書》，商帝辛三十五年，西伯自程遷于豐。三十六年，西伯使世子發營鎬。其事尚在文王作辟廱、靈臺之前，即此章所咏也。匹，耦也。按布帛長四丈爲匹，其字从八从匸。八揲爲一匹，匸者，盛布帛之器也。《詩》、《書》多用爲配偶之義，當是以音同妃。《說文》訓妃爲匹，亦以此

---

❶「大」，原作「文」，據嚴粲《詩緝》引張氏說改。

爾。作豐伊匹，與《周書・雒誥》篇「作周匹休」，語意正同。成王命周公營洛，與周對峙，爲周之匹。今文王命武王營鎬，與豐對峙，亦爲豐之匹也。此下三章，皆言營鎬事，而詩人隱鎬字不出，乃文筆之幻處。棘，通作亟。鄭云：「急也。」欲，《説文》云：「貪欲也。」若依《禮記》通作猶，則謂謀慮也，意亦相通。輿圖漸拓，營建日廣，似乎逼上，而有急于取天下之意，是之謂棘其欲也。鄧云：「作豐伊匹，兩都相望，如作之耦也。文作豐矣，武復作鎬，宜若已棘然，然匪棘欲也，追孝也。」追，猶逐也，是追而及之之意。來孝，指文王言。來者，自岐之程，而又來豐也。上體先志，改建都邑，于以安民，使世業不墜，後昆永保，孝孰如之？武王竭歷營鎬，其心亦惟欲追及文王來豐之孝而已。《禮器》篇云：「禮，時爲大，順次之，體次之，宜次之，稱次之。堯授舜，舜授禹，湯放桀，武王伐紂，時也。《詩》曰：『匪革其猶，聿追來孝。』」按觀此，可以明此詩之義。劉公瑾云：「孝者，善繼志，善述事者也。文王所求乎子，即文王所以事父者也，故曰：『父作之，子述之。』」朱善云：「文王之孝，有以追先人之志，武王之孝，有以成文王之功。此周之王業所以盛也。」萬時華云：「周家父子兄弟之間，王季與夷、齊，分讓不讓兩局，王季不讓便是友，讓便不友。君臣之間，武王與舜、禹，分征誅禪受兩局，征誅便是孝，不征誅反是不孝。武王化家爲國，化侯爲王，全是曲體先人至孝處。夫子達孝之稱，正本于此。」王后，指武王也，後倣此。自今日言之爲王，自昔日言之則但爲后。后者，君之通稱。此以武王未有天下之時言，故其稱與後章「皇王」異。又按武王遷都于鎬，史不載其何時。沈約謂有天下後始都鎬，殊無所據。以此詩觀之，疑武王嗣位爲諸侯便都鎬也。鄭玄亦謂居鎬之後始伐紂。

王公伊濯，維豐之垣。叶寒韻，胡官翻。**四方攸同，王后維翰。**叶寒韻，河干翻。**王后烝**

哉！ 賦也。王公，指文王也。自今日追王稱之爲王，自昔日爲西伯時稱之，其爵則上公也。考《竹書》，邠侯組紺稱侯，至周公亶父、周公季歷，已進爵稱公矣。又凡國人稱本國之君皆曰公，以王公稱文王，亦文王未嘗稱王之一證。濯，《説文》云：「澣也。」取洒濯更新之意。垣，《説文》云：「墻也。」文王始遷于豐，重新氣象，復命武王營鎬邑，以爲豐之藩籬，故以垣稱。鄧云：「維豐之垣，聲靈羅絡，如作之蔽也。」「四方攸同」者，鄭云：「天下同心歸之。」翰，鳥羽也。吾師蔡先生毅中云：「翰即羽翰之翰。鳥以翰蔽身，王以德蔽天下。言文王營鎬，但欲固豐邑之藩，及武王居之，而大邦小邦，咸倚賴焉，則直可爲四方之屏蔽。以其時尚未有天下，故仍以王后稱之。」

豐水東注，維禹之績。 叶陌韻，讀如積，資昔翻。**四方攸同，皇王維辟。** 陌韻。**皇王烝哉！**

興也。《雍大記》云：「豐水，出長安縣西南五十里終南山豐谷。其源濶一十五步，其下濶六十步，水深三尺，自鄠縣界來，入咸陽，合渭水。」《尚書》作灃。《文子》云：「老子曰：『灃水之深十仞，而不受塵垢，金鐵在中，形見于外矣。』」《帝王世紀》云：「豐、鎬皆在長安之西南。」《後漢書》注云：「豐、鎬相去二十五里。」鄭云：「豐邑在豐水之西，鎬京在豐水之東。」董鼎云：「周之建都在豐、鎬，豐水正居其中。」嚴云：「《禹貢》『東會于灃』注云：『灃水自南而合。』蓋灃水自南而北流入渭，故豐在其西，鎬在其東。經言東注者，是會渭之後，乃東注入河也。」《水經注》云：「渭水東與豐水會矩陰山，無他高山異巒，惟原阜石徼而已。」績，《説文》云：「緝也。」人之功業，必繇積累而成，如緝績然，故《爾雅》轉訓績爲功爲業也。皇，《説文》云：「大也。」《白虎通》云：「君也，美也，大也。」號之爲皇者，煌煌人莫違也。按王已爲天子之稱，今又加皇者，大之也。孔云：「此與下章俱言皇王，而下有鎬京之事，知此皇王爲武王也。」辟，《説文》云：「法也。」《爾雅》轉訓爲君者，以君爲人所取法也。嚴云：「豐、鎬在豐水之東西，二都皆可言豐水，此章皇王稱武王，則豐水東注，指鎬京所見而言也。言豐水之所以會渭而東注于河者，是禹之功也。武王作邑于豐水之東，而四方之所以同歸周者，以武王爲天下之君也。蓋以武王之功配禹，皆除害濟民也，武王誠得人君之道也。變王后言皇王，一統天下，其事又大也。」愚按詩以豐水興四方，以東注興攸同，以武王之能君天下興神禹之能治洪水，意正贊武王，不在思禹功，故知是興非賦也。

鎬京辟廱，冬韻。《説苑》作「雍」。**自西自東**，叶冬韻，讀如冬，都宗翻。**自南自北**，職韻。**無思不服**。叶職韻，鼻墨翻。**皇王烝哉**！賦也。鎬，通作滈，地以水得名。《史記》「灃滈」，《荀子》「武王以滈」是也。《後漢·地理志》云：「鎬在京兆尹上林苑中。」《古史考》云：「武王遷鎬，長安豐亭鎬池也。」辟廱，解見《靈臺》篇。張子厚云：「靈臺辟廱，文王之學也。鎬京辟廱，武王之學也。至此始立爲天子之學矣。」愚按武王之遷鎬已久，及有天下，鎬始稱京。辟廱在鎬京中，所以教天下春射秋饗，尊事三老、五更之處，武王所首重，故特舉而言之。《樂記》子曰：「武王克殷反商，散軍而郊射，左射貍首，右射騶虞，而貫革之射息也。裨冕搢笏，而虎賁之士説劍也。食三老、五更于太學。天子袒而割牲，執醬而饋，❶執爵而酳，冕而總干，所以教諸侯之弟也。若此，則周道四達，禮樂交通。」愚按此詩首咏辟廱，即武王散軍而郊射之事，所謂

❶「醬」，原作「爵」，據《四庫全書》本改。

偃武修文者也。郊射者，習射於郊學之中，其地在西郊。所謂右學，又謂之射宮，射則歌《騶虞》之詩以爲節。左學在國中之左，謂之澤宮，射則歌《貍首》之詩以爲節。先儒謂在國中爲大學，在西郊者爲小學，然總之皆名辟廱也。袒而割牲者，袒衣而割制牲體，爲俎實也。饋，進食也。酳，食畢而以酒虛口也。總干者，總持干盾，以立于舞位也。鄭云：「自，繇也。武王于鎬京行辟廱之禮，自四方來觀者，皆感化其德，心無不服者。」孔云：「既言辟廱，即云四方皆服，明繇在辟廱行禮，見其行禮，感其德化，故無不歸服也。辟廱之禮，謂養老以教孝弟也。」或謂東、西、南、北四自字，皆汎言之，不必當時觀禮者，以武王教化大行，故聞風心服，亦通。《左傳》周景王曰：「我自夏以后稷，魏、邰、芮、岐、畢，吾西土也；及武王克商，蒲姑、商奄，吾東土也；巴、濮、楚、鄧，吾南土也；肅慎、燕、亳，❶吾北土也。」其數四方之次第，正與此同。周自西土興，近者先被其化，其後乃漸及于東，故曰「自西自東」。周自文王，化已南行于江漢，其後乃漸及于北，故曰「自南自北」。皆對舉之辭，亦立言之序也。張子厚云：「無思不服，心服也。天下不心服而王者，未之有也。」劉向云：「孔子曰：『移風易俗，莫善於樂。安上治民，莫善於禮。』是故聖王修禮文，設庠序，陳鍾鼓，天子辟廱，諸侯泮宮，所以行德化。《詩》云：『鎬京辟雍，自西自東，自南自北，無思不服。』此之謂也。」《禮・文王世子》篇云：「天子視學，大昕鼓徵，所以警衆也。衆至，然後天子至，乃命有司行事。興秩節，祭先師、先聖焉。有司卒事反命。始之養也。適東序，釋奠于先老。遂設三老、五更、群老之席位焉。適饌省醴，養老之

❶「亳」，原作「毫」，據《四庫全書》本改。

珍具，遂發咏焉。退修之，以孝養也。反，登歌《清廟》。既歌而語，以成之也。言父子、君臣、長幼之道，合德音之致，禮之大者也。下管《象》，舞《大武》，大合衆以事，達有神，興有德也。正君臣之位，貴賤之等焉，而上下之義行矣。有司告以樂闋，王乃命公、侯、伯、子、男及群吏，曰：『反，養老幼于東序。』終之以仁也。是故聖人之記事也，慮之以大，愛之以敬，行之以禮，修之以孝養，紀之以義，終之以仁。是故古之人一舉事，而衆皆知其德之備也。古之君子，舉大事必慎其終始，而衆安得不喻焉。」《祭義》篇云：「祀先賢于西學，所以教諸侯之德也。食三老、五更於太學，所以教諸侯之弟也。是故，鄉里有齒，而老窮不遺，强不犯弱，衆不暴寡，此繇大學來者也。」又《孝經》子曰：「昔者明王事父孝，故事天明；事母孝，故事地察；長幼順，故上下治；天地明察，神明彰矣！故雖天子必有尊也，言有父也。必有先也，言有兄也。孝弟之至，通於神明，光於四海，無所不通。《詩》云：『自西自東，自南自北，無思不服。』」《祭義》篇，曾子曰：「夫孝，置之而塞乎天地，溥之而横乎四海，施諸後世而無朝夕，推而放諸東海而準，推而放諸西海而準，推而放諸南海而準，推而放諸北海而準。《詩》云：『自西自東，自南自北，無思不服。』此之謂也。」《孟子》云：「以力服人者，非心服也，力不贍也。以德服人者，中心悦而誠服也，如七十子之服孔子也。《詩》云：『自西自東，自南自北，無思不服。』此之謂也。」《荀子》云：「志意定乎内，禮節修乎朝，法則度量正乎官，忠信愛利形乎下。故近者歌謳而樂之，遠者竭蹶而趨之，四海之内若一家，通達之屬莫不從服，夫是之謂人師。《詩》云：『自西自東，自南自北，無思不服。』此之謂也。」愚按辟廱之設，莫重于養老，養老本于天子之孝悌，而因以教天下之孝悌，此以善養人之大者，故聖王盡心焉。

考卜維《禮記》作「惟」。下同。**王，**陽韻。**宅**《禮記》作「度」。**是鎬京。**庚韻，亦叶陽韻，居良翻。**維龜正之，武王成**庚韻，亦叶陽韻，辰羊翻。**之。武王烝哉！**賦也。考，《説文》云：「老也。」父之稱也。禮，父亡稱考，《儀禮》「卜葬其父某甫考」是也。或引《書》言「奔走事厥考厥長」，又《蒼頡篇》曰「考妣延年」，則明非死生之異稱矣。鎬雖武王所都，而實營於文王之世，故曰考卜，蓋卜云其吉而後營之。按《逸周書》，文王受命之九年，時維暮春，在鄗，謂太子發曰：「吾語汝。」則文王固嘗居鎬矣，特不嘗居耳。曰維王者，言至今日遂爲興王之地也。「宅是鎬京，維龜正之」二句相聯看。宅，《爾雅》云：「居也。」正，猶定也。鄭云：「謂得吉兆。」言武王所以居是鎬京者，以文王當日契龜之時，龜已出吉兆以正告之，故武王遂决意往遷于彼也。❶ 然則文王何以不遷也？曰：時之未至，文王猶可以無遷。可以無遷而遽遷焉，則爲棘其欲矣。故文王留之以有待也，聽後人之爲之也。成，《説文》云：「就也。」鄭云：「武王伐紂，定天下，成龜兆之占也。」孔云：「龜正定其吉，云此地可居，居之而得天下，是爲成龜兆之占也。」《坊記》子云：「善則稱人，過則稱己，則民讓善。《詩》云：『考卜惟王，度是鎬京。惟龜正之，武王成之。』」前稱武王爲王后，已而爲天子，則稱皇王。至此舉謚者，詩作于武王既喪之後，故述其事而歎美之也。言成之，正與首章言「聿觀厥成」相應。

豐水有芑，紙韻。**武王豈不仕？**紙韻。《晏子春秋》作「事」。**詒**《晏子春秋》作「貽」。**厥孫謀，**

❶「决」，原作「央」，據《四庫全書》本改。

以燕《後漢書》作「宴」。**翼子。**紙韻。**武王烝哉！**興也。前言武王受命之事已畢，至此又舉其爲子孫計深遠者言之，爲篇末餘波，而實訓嗣王圖任舊人，以申章首發端即言「遹駿有聲」之意。芑，嚴以爲維穈維芑之芑。按經言「豐水有芑」，恐非指嘉穀言。孔以豐水之傍有芑菜者近之。陸璣云：「芑菜似苦菜，莖青白色，摘其葉，白汁出，脆可生食，亦可蒸爲茹，青州人謂之芑。西河雁門芑尤美，胡人戀之不出塞。」服官曰仕。豐水興武王，芑興仕者。豐水潤澤之地，則芑菜叢生焉。武王聖仁之君，則仕者湊集焉。凡生於武王之時，豈有抱德懷才而不仕者乎？是雖仕者之歸心于武王，亦繇武王汲汲旁求，一念有以召致之。《武成》言成王建官維賢，位事維能。《論語》言武王修廢官，四方之政行焉，舉逸民，天下之民歸心焉。此士之所以願立於朝，而樂爲之用也。又《晏子春秋》云：「景公與晏子登寢而望國，公愀然而歎曰：『使後嗣世世有此，豈不可哉？』晏子曰：『臣聞明君必務正其治，以事利民，然後子孫享之。《詩》云：武王豈不仕？詒厥孫謀，以燕翼子。今君處佚怠，逆政害民有日矣，而猶出若言，不亦甚乎？』」此解與毛、鄭同。朱傳所謂「豐水猶有芑，武王豈無所事乎？詒厥孫謀，以燕翼子，則武王之事也」。於理亦通，並存之。詒，《說文》云：「遺也。」當通作貽。鄭云：「猶傳也。」《說文》云：「慮難曰謀。」燕，通作晏。《說文》云：「安也。」翼，即羽翼之翼。孫所該者遠，子則指成王也。嚴云：「人材，武王無不用之，蓋欲傳其孫之謀而燕安翼輔其子耳。曾孫、玄孫以下皆孫也，謀及於孫之遠，則其子可知矣。聖人於子孫之計，莫大於遺之以人材，所謂敷求哲人，俾輔于爾後嗣也。」班彪云：「昔成王之爲孺子，出則周公、召公、太史佚，入則太顛、閎夭、南宮括、散宜生，左右前後，禮無違者，故成王一日即位，天下曠然太平。」《左》文三年：「秦伯伐晉，遂霸西戎，用孟明也。君子是以知秦穆公之爲君也，舉人之周也，與人之壹也。子桑之忠也，其知人也，能舉善也。《詩》曰：『詒厥孫謀，以燕翼子。』子桑有焉。」子桑，公孫枝字，舉孟明者。觀此可以得詩意矣。《表記》云：「子言之，仁有數，中心憯怛，愛人之仁也。《詩》云：『豐水有芑，武王豈不仕？詒厥孫謀，以燕翼子。』數世之仁也。」徐光啓云：「帝王之視天下也，重爲萬世之子孫謀，即爲萬世之天下謀也。」

《文王有聲》八章，章五句。《序》云：「繼伐也。武王能廣文王之聲，卒其伐功也。」愚按此特因「既伐于崇」一語而敷衍之，其實詩爲遷都咏，不爲伐功咏也。朱子謂此詩言文王遷豐，武王遷鎬之事，是已，而從孔氏之説，謂上四章言文王，後四章言武王。然於文王，則先稱文王，後稱王后。於武王，則先稱皇王，後稱武王，錯互不倫，難爲解説。蘇轍謂文王其正號，於文王後言王后者，以老而稱王，於武王先言皇王者，以即位而稱王故也。夫文王既皆稱王矣，何得有王后、皇王之異？且商命未革，文、武果曾稱王否乎？觀《泰誓》，武王稱文王止曰文考，❶至《大誥》、《武成》，追王始稱文王，此文王生前不稱王之驗。武王牧野誓師，所告者不過司徒、司馬、司空，猶未備天子六卿之制，則亦武王爲諸侯時不稱王之驗也。是皆關係名教之大者，故不可以不辨。又前五章，既皆以爲都豐之事，至六章始言鎬京，而辟廱之美反在宅鎬之前，其於先後，更失倫次。唯潛谷鄧氏以後六章皆言武王，深得其解，今從之。先儒又謂《維清》奏象舞，合此詩爲九德之歌，所謂頌合大雅例如此，未知何據。

❶ 「文考」，原作「又考」，據《四庫全書》本改。

《思文》，郊祀后稷以配天之樂歌。出《申培説》。**周公所作也。**孔穎達云：「《孝經》云：『昔者周公郊祀后稷以配天。』是后稷配天，周公爲之。又《國語》云：『周文公之爲頌曰：思文后稷，克配彼天。』是此詩周公所作也。」按《祭法》云：「周人禘嚳而郊稷。」《公羊傳》云：「郊則曷爲必祭稷？王者必以其祖配。王者則曷爲必以其祖配？自内出者無匹不行，自外至者無主不止。」《史記》云：「王者天太祖。」《郊特牲》云：「萬物本乎天，人本乎祖，此所以配上帝也。郊之祭也，大報本反始也。」然郊禮有二，而皆配以后稷。《家語》定公問于孔子曰：「寡人聞郊而莫同，何也？」孔子曰：「郊之祭也，迎長日之至也。大報天而主日，配以月，故周之始郊，其月以日至，其日用上辛。至於啓蟄之月，則又祈穀于上帝。此二者，天子之禮也。」公曰：「郊之牲若何？」孔子曰：「上帝之牛，角繭栗，必在滌三月。后稷之牛惟具。」今《思文》之詩，據《序》及蔡邕《獨斷》，皆以爲祀后稷配天矣，然未知其爲迎長日之郊與？抑爲祈穀之郊與？曰：此迎長日之郊也。于何知之？曰：于「貽我來牟」一語知之。郝敬云：「冬至郊祀，惟二麥生，《易》所謂復見天地之心者也。」或又問，此郊也，即圜丘之郊乎？曰：即圜丘之郊也。《祭法》歷敘四代禘郊之禮，禘文皆在郊上。鄭玄不察，疑禘更大于郊，於是以《祭法》之禘爲祀天圜丘，以嚳配之，而於稷之配禘，則直以爲正月配祀感生帝于南郊而已。感生帝者，東方青帝靈威仰，周爲木德，威仰木帝，言以后稷配蒼龍精也。王肅駮之，謂漢世英儒，自董仲舒、劉向、馬融之倫，皆言周人祀昊天于郊，以后稷配，無如玄説配蒼帝也。且《詩》云「克配彼天」，蒼龍不過天之司吏，而稷所作合，僅僅如是耶？若《祭法》先言禘後言郊者，楊氏引《大傳》云：「禮不王不禘，王者禘其祖之所自出，諸侯只及其太祖，大夫惟有功始祫其高祖，所論宗廟之祭，隆殺遠近爾，於祀天乎何與？ 郊止于稷，而禘上及乎嚳，禘之所及者最遠，故先言之爾。」此其論確矣。 愚于天與上帝之辨，亦兼取鄭氏六天之説，然五帝即五行，謂是天之一體則可。 祀天而兼及五帝，禮之所有也。 若謂一代必各祀其感生帝，則讖緯之陋説，雖秦、漢多祖述之，明禮之君子所不敢信也。 又《周禮・夏官・節服氏》郊祀裘冕，二人執戈送逆尸，從車。 羅泌云：「舜入唐郊，丹朱爲尸。 晋祀夏郊，董伯爲尸。 則祭天有尸矣。 而《公羊》、《白虎通》、《五經異義》俱以爲祭天無尸，則似失之。」按張子厚云：「天地山川之類，非人鬼者，恐皆難有尸。《節服氏》言郊祀有尸，不害后稷配天而有尸也。」張説似近理。 靈星之尸，亦同此意，但未知於古制有合否耳。

思文后稷，職韻。 **克配彼天。 立我烝民，莫匪爾極。** 職韻。 **貽**《漢書》作「飴」，陸德明本作「詒」。 **我來**《漢書》作「釐」，《文選》注作「嘉」。 **牟，**《漢書》、《字書》俱作「麰」，《文選》注、陸本俱作「麰」。 **帝命率育，無此疆**豐氏本作「畺」。 **爾界。** 叶職韻，訖力翻。 **陳常于時夏。** 此篇但用稷、極、界三字爲韻，亦變體。 ○賦也。 嚴粲云：「后稷人臣，而周人推以配天，疑於追崇之過，此詩發明之。」思文，鄭玄云：「周公思先祖有文德者。」孔云：「后稷有此文德，故周公思之。」韋昭云：「經緯天地曰文。」萬時華云：「后稷教稼，本是小民本分中極質極樸之事，然經天緯地俱從艱食中出，天下文章孰大于是，故曰思文。」一説，萬尚烈云：「史讚堯而曰文思，稷曰思文，一也，特字之上下不同爾。 彼注文思者曰：道德純備曰文；謚法，謀慮不愆曰思。 則以此二義，加于后稷，豈不當乎？」亦通。 后稷，解見《生民》篇。 克，能也。 配，通作妃。《説文》云：「匹也。」曹氏云：「天地能生之，而不能養之。 苟不得其養，則亦弗克遂其生矣，惟后稷能養人，故其功足以配天矣。」劉公瑾云：「真可配天，故謂之克配。如文王之克明德也。」「立我烝民」二句，正克配之實。立，即爲生民立命之立。張文潛云：「免於仆之謂立。立我烝民者，食而後免于顛仆之患也。」烝，衆也。按火氣上行爲烝，人衆則氣熱，故烝有衆義。莫，通爲無，音之轉也。匪，通作非，字之近也。極，徐鍇云：「屋脊之棟也。」舊注訓極爲中，義蓋本此。鄭云：「天下之人，無不於爾時得其中者，言反其性。」嚴云：「民心莫不有是中，而阻饑則失其常心。自后稷播時百穀，存立衆民之命，而後各復其受中之性，是民之中，皆是后稷之中也。天能予民以中，后稷能全民之中，天以偏覆爲德，后稷則達天之德，推后稷以配天，信無慊矣。」又云：「中者，民心所自有，特因后稷有以養之而勿喪耳。非后稷以己之中予之，而曰『莫匪爾極』何也？后稷之心與斯民之心，同此一中，非二物也。斯民既全其中，則斯民與后稷同此心，亦同此理，更無差別。民之中，即后稷之中，故曰『莫匪爾極』。《康衢》所詠爾極，《洪範》所謂汝極，《天保》所謂爾德，《君牙》所謂惟爾之中，其意一也。」《左》成十六年，申叔時曰：「德以施惠，刑以正邪，詳以事神，❶義以建利，禮以順時，信以守物。民生厚而德正，用利而事節，時順而物成，上下和睦，周旋不逆，求無不具，各知其極。故《詩》曰：『立我烝民，莫匪爾極。』是以神降之福，時無災害，民生敦龐，和同以聽，莫不盡力以從上命。」《周語》芮良夫曰：「夫王人者，將導利而布之上下者也，使神人百物無不得其極。故頌曰：『思文后稷，克配彼天。立我烝民，莫匪爾極。』」楊觀光云：「禹平水土，易巢窟爲廬舍，凡萬世之民免魚龍之患者，皆禹安之，

❶「詳」，《四庫全書》本作「祥」。

通計得什之五；契制人倫，以仁義還心性，凡萬世之民免禽獸之憂者，皆契成之，通計得什之七；稷教稼穡，以飲食通天地之和，凡萬世之民具饑渴之質者，稷生之，通計得什之十。故禹之功，多于南而少于北。契之澤，深于賢而淺于愚。稷之德，無貴賤貧富，山澤高下，蠕蠢飛走，粒食罔不賴。天美報之，或身或子孫，皆有天下，而微具分别，夏四百，殷六百，周八百是也。」貽我來牟，據冬至郊祀時所見之物言之也，説見本篇小引下。貽，《爾雅》、《説文》皆云：「遺也。」遺，猶與也。來牟，麥名，《説文》云：「來者，周所受瑞麥，一來二縫，其字象芒束之形。」又云：「天所來也，故爲行來之來。」牟，通作麰。《孟子》云：「今夫麰麥，播種而耰之，其地同，樹之時又同，浡然而生。至于日至之時，皆熟矣。」謂此牟也。但來、牟二字，《説文》每合言之，不别其爲一物二物。張揖《廣雅》以麰爲大麥，來爲小麥。而羅願則引：「《吕氏春秋》曰：『孟夏之昔，殺三葉而獲大麥。』注：『昔，終也。三葉，薺，亭藶，菥冥也。』牟之始，蓋后稷受之于天。故《詩》曰『貽我來牟』，又曰『於皇來牟』。劉向以爲釐麰，麥也，始自天降，此皆以和致和，獲天助也。然則來麰一物明矣。」愚按《孟子》言麰麥，以麥種非一，故繫麰于麥上，所以别異于他麥也。麰既得專名矣，更加以來之名，無乃贅累，疑從《廣雅》爲允。不然，《孟子》何以云「麰麥」，不云「來麰」乎？來牟之始，雖或爲天所賜，而此詩則第言后稷教民樹藝，至今人傳習之，謂之貽我耳，非真如劉向所云「武王周公繼政，諸侯和于下，天應報于上」，有若後世雨粟之事也。而鄭箋乃更過信僞《泰誓》之言，謂：「武王渡孟津，白魚躍入舟，出涘以燎，後五日，火流爲烏，五至以穀俱來。」且引《詩説》，謂：「烏以穀俱來者，所以紀后稷之德。」其荒唐不根甚矣。「帝命率育」二句，祈禱之辭也。以形體言之謂之天，以主宰言之謂之帝。命，猶使也。率，通作衛，循也，徧歷之意。育，

《爾雅》、《説文》皆云：「養也。」對彼爲此，對我爲爾，皆互文也。疆，本作畺，《説文》云：「界也。从畕。三，其界畫也。」界，《説文》云：「境也。」按疆既訓界，則二義無别。以字求之，畺从二田，是總彼此之田界而言。界从田从介，介者，畫也，則但主言一田之界耳。言此時也，我民既傳后稷之教，以藝此來牟矣。帝其使三時不害，普天之下各得其養，而無此疆爾界之殊乎？《孟子》曰：「其有不同，則地有肥磽，雨露之養，人事之不齊也。」是則此疆爾界之所爲異，而詩之所深慮也。《大戴禮》載古祝辭曰：「皇皇上天，照臨下土。集地之靈，降甘風雨。庶物群生，各得其所。靡今靡古，維予一人某，敬拜皇天之祜。」正與此詩同意。段氏云：「《詩》言來牟者二，蓋麥者，五穀成熟之最先，一歲豐稔之占，故養民者以此爲善。」羅云：「麥者，接絶續乏之穀。夏之時，舊穀已絶，新穀未登，民於此時乏食，而麥最先，故以爲重。董仲舒曰：『《春秋》於他穀不書，至無麥禾則書之，以此見聖人於五穀，最重麥與禾也。』因説武帝勸關中種麥，而《明堂》、《月令》亦有『仲秋勸種麥』之文，其有失時，行罪無疑，凡以接續所賴，懼民不以爲意耳。麥比他穀，獨隔歲種，故號宿麥，説者或以爲首種。」陳常于時夏，指今日所行郊祀之禮而言。冬至郊祀，歲一舉行，以此爲常，故曰陳常。時之言是，亦音通也。夏，即九夏之夏。按《周禮·太司樂》職云：「凡樂事，大祭祀，宿縣，遂以聲展之。王出入，則令奏《王夏》；尸出入，則令奏《肆夏》；牲出入，則令奏《昭夏》。」郊祀，大祭祀也，循常禮而行，當奏此三夏，故曰陳常于是夏，所以著其爲盛禮也。

《思文》一章八句。呂叔玉謂此詩即《國語》金奏之三所稱渠者。而鄭玄爲之説曰：「渠者，大也，美稷配天，王道之大也。」其説固已迂謬難通。韋昭謂即九夏中之納夏，而朱子又引：「或曰，此所謂納夏者，亦以其有時夏之語而命之也。」然於納之義何取？要皆影響不足信。詳見《時邁》篇小引下。《子貢傳》闕文。

《生民》，郊祀后稷，以祈穀也。禮，啓蟄之月，上辛之日，祈穀于上帝，以后稷配，爲田功所自始也。《夏小正》云：「正月啓蟄。」《月令》云：「孟春之月，天子乃以元日祈穀于上帝。」《左》襄七年，孟獻子曰：「郊祀后稷，以祈農事也。是故，啓蟄而郊，郊而後耕。」《家語》孔子曰：「郊之祭也，迎長日之至也。周之始郊，其月以日至，其日用上辛，至于啓蟄之月，則又祈穀于上帝。」馬端臨云：「古者一歲，郊祀凡再。」楊氏云：「冬至之郊爲大報天，正月之郊爲祈穀。二郊不同，而皆配以后稷。」按《周禮》，祀天與祀上帝異稱，各有所謂。《孝經》言周公郊祀后稷以配天，宗祀文王於明堂以配上帝，亦各異文。若祈穀之郊，據《月令》與《家語》，皆以爲事上帝，而此詩末章亦曰「上帝居歆」，此以知其爲祈穀也。其上章曰「以興嗣歲」，益以明末章所言豆登之祀，在正月也。因祈穀而詳述后稷之農事，又因述后稷之農事，而推本于所自生，見天爲粒食烝民而生后稷，此其所以配也。后稷于長至配天，其樂歌則《思文》之詩；於元日配上帝，其樂歌則《生民》之詩。《思文》簡而《生民》繁者，配天，止渾然一天而已，故以簡質爲尚；配上帝，則兼天與五帝，其禮繁，故其辭亦繁也。羅泌謂：「日至，天帝用事之始，故事天帝；孟春，五帝用事之始，故祀五帝。」郊之必用上辛者何也？取其新潔莫先也。祈穀之郊稱元日者何也？元之爲言善也，甲、乙、丙、丁等謂之日，以用辛，故稱元日，猶下文言「乃擇吉辰，天子親載耒耜」，則以子、丑、寅、卯等謂之辰，耕用亥日，故稱元辰也。祈穀與長至兩郊，冬至日初長，故云迎長日之至。而鄭玄以二祭爲一，且引《易緯》謂三王之郊一用夏正，又以爲春分日漸長曰長至，於論疎矣。祭天而必以祖配者，孔穎達謂天無形象，推人道以事之，當得人爲之主，是也。《郊特牲》則云：「萬物本乎天，人本乎祖，此所以配上帝也。郊之祭也，大報本反始也。」愚謂長至之郊稷，固以祖配，若祈穀之郊稷，寔以功配，無教民稼穡之功，安得祈穀配帝乎？又魯郊以夏正孟春，《家語》載孔子謂魯無冬至大郊之事，降殺于天子，是以不同。葉適云：「魯雖得郊，不得同于天子，故使因周郊之日，以次上辛，三卜不從，至建寅之月而止乃不郊，書于《春秋》者甚明，則魯郊殆周祈穀之郊而已。」此詩疑亦周公所作，太史公云：「夫天下稱頌周公，言其能論歌文、武之德，達太王、王季之思慮，爰及公劉，以尊后稷也。」

厥初生民，真韻。**時維姜嫄。**叶真韻，魚倫翻。**生民如何？克禋克祀，**紙韻。**以弗**豐氏本作「祓」。**無子。**紙韻。**履帝武敏歆，**句。朱子以「歆」字屬下句讀，無此文法。**攸介攸止，**紙韻。**載震載夙。**屋韻，亦叶職韻，相即翻。**載生載育，**屋韻，亦叶職韻，曰逼翻。**時維后稷。**職韻。○賦也。厥乃發石，當通作欮，从欠从屰。欠，《説文》云：「張口气悟也。」屰，音逆。《説文》云：「不順也。」蓋初張口而氣未順，故以爲發語辭。初，《説文》云：「始也。」民，汎指天下之人也。鄭樵云：「民賴五穀以生，其初生此民者誰與？是維姜嫄也，以后稷生于姜嫄故也。」張文潛云：「姜嫄生后稷，而謂之生民者，蓋后稷教民食。食者，民待之以生故也。故《思文》祀后稷之詩曰『立我烝民，莫非爾極』，蓋免于死之謂生，免于仆之謂立，食而後免于死亡顛仆之患，則后稷之于民，寔生之者也。」時之言是也。姜，姓也，炎帝之後。《晉語》云：「黄帝以姬水成，炎帝以姜水成，成而異德，故黄帝爲姬，炎帝爲姜也。」嫄，《説文》以爲周棄母字，鄭箋以爲名，未知其審。《列女傳》云：「郃侯之女也。」諸載記俱作郃，惟《説文》、《吴越春秋》作台。羅泌《路史》云：「后稷母有駘氏，魯東鄙地，今沂之費縣南，故駘亭是也。地接齊、邾，亦作台，故越使魯還邾田，封境至于駘上，莒人伐我，圍台。洎哀公時，齊亂，景公子荼遷于駘，則入齊矣，非武功之郃也。」毛傳云：「后稷之母，配高辛氏帝焉。」鄭玄云：「姜嫄當堯之時，爲高辛氏世妃。」按高辛者，帝嚳之號，《吴越春秋》、《史記》皆以姜嫄爲帝嚳元妃。《大戴禮》云：「帝嚳卜其四妃之子，皆有天下。上妃，有郃氏之女，曰姜嫄，生后稷；次妃，有娀氏之女，曰簡狄，生契；次妃，陳鋒氏之女，曰慶都，生帝堯；下妃，娵訾之女，曰常儀，生摯。」孔穎達云：「《家語》、《世本》其文亦然。其後劉歆、班固、賈逵、馬融、服虔、王肅、皇甫謐等，皆以爲然。鄭信讖緯，❶以《命歷序》云：『少昊傳八世，顓頊傳九世，帝嚳傳十世。』則堯非嚳子，稷年又小于堯，則姜嫄不得爲嚳妃，謂爲其後世子孫之妃也。張融云：『若使稷、契必嚳子，如《史記》是堯之兄弟也。堯有賢弟，七十不用，須舜舉之，此不然明矣。嚳爲稷、契之父，帝嚳聖夫，姜嫄正妃，配合生子，人之常道，則《詩》何故但歎其母，不美其父？』」羅泌駁之云：「傳稱堯以契爲司徒，棄爲農師，及得舜爲司徒，然後以契爲司馬，則堯非不用之也，特至舜始大任焉。故太史公以爲堯皆舉用，而未有分職。傳記之説，畧可見矣。又《世本》、《大戴》之書，言昔帝嚳卜四妃之子，皆有天下，而稷之後爲周，周人既上推后稷爲嚳子矣，何所疑耶？」羅苹亦云：「王充每言稷仕堯爲司馬，而伏氏《書》及《吕氏春秋》皆云堯使弃爲田，田乃古農字，見《亢倉子》，故《文子》、

❶「緯」，原作「諱」，據《四庫全書》本改。

《淮南子》皆云堯之治也，舜爲司徒，契爲司馬，禹爲司空，稷爲大田師，乃大農師也。」愚按羅氏父子所言稷、契用于堯朝，既有驗矣。若嚳之後，摯嗣爲帝，摯立九年而廢，諸侯共尊堯爲帝，亦以摯、堯之年長于稷、契。論長幼，不論嫡庶，或古道固然。堯既嗣嚳爲帝，則爲嚳後者，當屬堯之子孫，稷不得爲嚳後，此周人所以特立姜嫄之廟，而咏歌亦止及嫄，彼有爲爾也。然《祭法》言周人禘嚳而郊稷，所謂禘者，乃推其始祖之所自出，而以始祖配之也，則周人亦何嘗不祀嚳乎？又嫄若非嚳妃，則何得行郊禖之禮？此理甚明，無容曲説。生民如何，問辭也。此通篇之起語，言所謂姜嫄之能生天下之民者，何也？嚴粲云：「生后稷所以生此民也。下説姜嫄生后稷之事。」克，能也，能盡其禮也。《周禮·大宗伯》職云：「以禋祀祀昊天上帝。」鄭玄云：「禋之言煙。周人尚臭，煙氣之臭聞者也。」袁準云：「禋者，煙氣煙熅也。天之體遠，不可得就，聖人思盡其心，而不知所繇，故因煙氣之上，以致其誠。《外傳》曰：『精意以享，禋。』此之謂也。」孔云：「鄭以禋者惟祭天之名，故《書》稱『禋于六宗』，鄭皆以爲天神。」此下説郊禖之祀，郊必祭天，則此禋爲祭天也。鄭云：「弗之言祓也。禋祀上帝于郊禖，以祓除其無子之疾，而得其福也。」毛云：「古者必立郊禖焉。玄鳥至之日，以太牢祠于郊禖，天子親往，后妃率九嬪御。乃禮天子所御，帶以弓韣，受以弓矢，于郊禖之前。」孔云：「經言禋祀，未知所祀之神。以婦人無外事，不因求子之祭，無有出國之理。又禋祀以求子，惟禖爲然，故知禖祀是祀禖也。自『玄鳥至之日』以下，皆《月令》文。惟彼『郊』作『高』耳。玄鳥，燕也。燕至在春分二月之中，以此時感陽氣來集人堂宇，其來主爲産乳蕃滋，故王者重其初至之日，用牛羊豕之太牢，祀于郊禖之神，蓋祭天而以先禖配之。其祭之時，天子親自身往，敬其事，故親祭之。于時后妃率九嬪從之。未有孕而往者，求其早有孕也。乃禮天子所御，謂已被幸者。使大祝酌酒飲之于郊禖之庭，以神之惠光顯之也。又帶以弓之韣衣，以授弓矢，使執之于郊禖之前。弓矢者，男子之事，冀其所生爲男也。郊天用特牲，而此祭天用太牢者，以兼祭先禖之神，異于常郊故也。祀天而以先禖配之，義如后土祀以爲社。」《月令》注云：「燕以施生時，來巢人堂宇而孚乳，嫁娶之象也。媒氏之官以爲候，變媒言禖，神之也。」曹植云：「玄鳥至時，陰陽中，萬物生，故于是時，以三牲請于高禖之神，居高明之處，故謂之高。因其求子，故謂之禖。」黄子道周云：「高禖，或曰高辛氏，或曰有儷氏。」鄭氏曰：「禮，于高禖之下，其子必得天材，蓋古云然也。」又蔡邕、束晳皆云：「高禖，❶人之先也。」陳際泰云：「祓，祓除之義，所以禱于郊以祓除不祥，故用弓矢。後世射弧星，即其遺也。」履，足所踐也。帝，毛云：「高辛氏之帝也。」孔云：「以二章、卒章皆言上帝，此獨言帝不言上，故以爲高辛氏帝也。」武，《爾雅》云：「迹也。」按武何以訓迹？武字从戈从止，當是謂兵戈所止，故借以爲足跡所止之義。《左氏》言止戈爲武，乃有爲之言，未必是武之本訓也。敏，《説文》云：「疾也。」毛云：「從于帝而見于天，將事齊敏也。」歆，《説文》云：「神食氣也。」殷大白云：「敏，即膚敏之敏。歆，即居歆之歆。」孔云：「解姜嫄得踐帝跡所繇，以高辛之帝親行禋祀，姜嫄行在後，而踐帝之迹。即上傳所云『后妃率九嬪御』是也。踐足者，直謂隨後行耳，非必以足躡其踐地之處也。將事齊敏者，謂行祀天之事齊敬而速疾也。鬼神食氣謂之歆，謂祭而神饗之也。」《文獻通考》載宋高宗十六年禮部言：「竊詳《生民》之詩，言『履帝武敏

❶「禖」，原作「媒」，據《四庫全書》本改。

歆』，先儒以敏爲拇，謂姜嫄履巨迹之拇，以歆郊媒之神，是生后稷，以爲從帝嚳祀禖神之應，其説頗附會玄鳥生契之意。如《詩》言『繩其祖武』，傳言『夫子步亦步，趨亦趨』，皆繼踵相因循之意。帝嚳行禖祀之禮，姜嫄踵而行之，疾而不遲，故上帝所歆，居然生子，以見視履考祥，其應亦速。而後世弗深考經旨傳注，怪詭機祥，併爲一談。至北齊妃嬪參饗，黷而不蠲，去禮逾遠，歷世非之。」攸，《爾雅》云：「所也。」孫炎云：「介者，相助之義。」攸介，以姜嫄助祭言。攸止，則謂祭畢之時也。此起下之語，當連「載震載夙」一氣説。震，《説文》云：「劈歷震物者。」《爾雅》以爲動也。按《左傳》云「邑姜方震」，又云「后婚方震」，與此震不同。彼震通作娠，此但當如字解，以震而生，乃見其異。鄭云：「夙之言肅也。」按《説文》訓夙爲早敬也。早敬亦有肅義，蓋狀其戰凜不安之意。言姜嫄助祭甫畢，而身如有所感，如爲雷所震動而肅肅然不安。此蓋上帝歆饗，后稷將生，故顯其靈異使之然也。胡宏著《皇王大紀》，謂「姜嫄與帝嚳，禋祀上帝，步從帝而歸，忽然心動」是也。又云：「天地之間，有氣化，有形化。人之生，雖以形相禪，固天地之精也。姜嫄志之所至，氣亦至焉，氣之所至，精亦至焉，於是有子，不可謂怪。」生，産。育，養也。既生而育養之。及其長也，則爲后稷。以封爲諸侯，故稱后，以爲稷官，故稱稷。《周語》云：「稷爲大官。」名官以稷者，以其職在教稼。稷爲五穀之長，因以命官。孔云：「稷，字度辰。」今按嚴氏謂古無巨跡之説，特列子異端，司馬遷好奇，鄭氏信讖緯，❶以帝武疑似之辭，藉口而爲是説耳。《列子》云：「后稷生乎巨跡。」《河圖》云：「姜嫄履大人跡生后稷。」《中

❶「緯」，原作「諱」，據《四庫全書》本改。

侯稷起》云：「蒼耀稷，生感迹。」《禮緯》云：「后稷，以履大蹟而生。」《史記》云：「姜原出野，見巨人蹟，心欣然説，欲踐之。踐之而身動，如孕者。」《吴越春秋》亦云：「姜嫄爲帝嚳元妃，年少未孕。出遊于野，見大人跡而觀之，中心歡然，喜其形像，因履而踐之。身動，意若爲人所感，後妊娠，恐被淫佚之禍，遂祭祀以求無子。」《竹書》注則云：「姜嫄助祭郊禖，見大人跡，履之。當時歆如有人道感己，遂有身而生男。」是其説大都相類，而《列女傳》之説又較異。《傳》云：「姜嫄者，邰侯之女也。當堯之時，行見巨人跡，好而履之，歸而有娠。浸以益大，心怪惡之，卜筮禋祀，以求無子。」鄧元錫祖之，謂：「有邰女未有適也，故稷生長有邰，因即家室焉。其後禘所自出之帝，莫可名，命之曰感生帝已焉。」晋世張華，亦有是論，謂「思女不夫而孕，后稷生乎巨跡，伊尹生乎空桑」是也。果如所言，則嫄爲處子，而以淫佚聞，悖于理而妨于教，其謬明矣。惟是履跡之説，相傳已久，爲有爲無，訖無定論。《韓詩》説謂聖人皆無父，感天而生。鄭玄云：「諸言感生得無父，有父則不感生，此皆偏見之説也。《商頌》曰：『天命玄鳥，降而生商。』謂娀簡吞鳦子生契，是聖人感見于經之明文。劉媪是漢太上皇之妻，感赤龍而生高祖，是非有父，感神而生者也。且夫蒲盧之氣，嫗煦桑蟲，成爲己子，觀乎天氣，因人之精，就而神之，反不使子賢聖乎？是則然矣，又何多怪！」張子厚云：「天地之始，固未嘗先有人也。則人固有化而生者矣，蓋天地之氣生之也。」蘇子繇云：「凡物之異于常物者，其取天地之氣常多，故其生也或異。麒麟之生，異于犬羊。蛟龍之生，異于魚鱉，物固有然者矣。神人之生，而有以異于人，何足怪哉？」此皆信履跡之事爲有者也。王充謂太史公《三代世表》言三王五帝，皆黄帝子孫，自黄帝轉相生，不更禀氣于天。作《殷本紀》，言契母簡狄浴于川，遇玄鳥墜卵吞之，遂生契焉。及《周本紀》，言后稷之母姜嫄野出，見大人跡，履之，則姙身生后稷焉。夫觀《世表》，則契與后稷，黄帝之子孫也，讀《殷》《周本紀》，則玄鳥、大人之精氣也，二者不可兩傳，而太史公兼紀不别。按帝王之妃，不宜野出，浴于川水。今言浴於川，吞玄鳥之卵；出于野，履大人之跡，違尊貴之節，誤是非之言也。歐陽脩云：「所謂天生聖賢者，其人必因父母而生，非天自生之也。《詩》曰：『維嶽降神，生甫及申。』申、甫皆父母所生也。且天既自感姜嫄以生后稷，不王其身，而王其一千歲後之子孫，天意果如是乎？無人道而生子，與天自感于人而生之，在于人理，亦必無之事，可謂誣天也。」嚴云：「神怪之事，聖人所不語。若《詩》言巨跡，聖人删之久矣。毛之不信神怪，其説甚正。天地固有化生者，此可以言鴻荒之始，不可以言稷。或又以爲神人之生，必有異于人，辭則美矣，非事實也。古今大聖人，莫如帝舜、文王、孔子，其生不聞有異于人也。」此皆決履跡之事爲無者也。愚謂以履跡爲有，則稷之生涉怪。以履跡爲無，則稷之弃無因。姜嫄于從高辛郊禖之時，偶緣心動而有孕，事誠有之，驚疑過甚，輒弃所生。祇因向來不察「履帝武」三字之義，謬以履大人跡附會之，遂使異論紛然，徒爲圖讖家嚆矢耳。

誕彌厥月，先生如達。曷韻。《説文》、豐本俱作「羍」。**不拆**依注疏本。今按《説文》無「拆」字。諸本皆作「拆」，《説文》、豐本俱作「坼」。**不副，**《説文》、豐本俱作「疈」。**無菑**豐本作「甾」。**無害。**叶曷韻，何葛翻。**以赫厥靈，**青韻。**上帝不**豐本作「丕」。**寧。**青韻。豐本作「寍」。**不**豐本作「丕」。**康禋祀，**紙韻。**居然生子。**紙韻。○賦也。大言曰誕，謂大其事而言之也。後倣此。彌，《爾雅》云：「終也。」按《説文》無彌字，當作𢐄。《説文》云：「弛弓也。」射既畢則弛弓，故有終竟之義。「彌厥月」者，鄭云：「終人道十月而生也。」《大戴禮·易本命》篇，子曰：「夫易之生人、禽獸、萬物、昆蟲，各有以生。或奇或偶，或飛或行，而莫知其情，惟達道德者，能原本之矣。天一，地二，人三，三三而九。九九八十一，一主日，日數十，故人十月而生。八九七十二，偶以承奇，奇主辰，辰主月，月主馬，故馬十二月而生。七九六十三，三主斗，斗主狗，故狗三月而生。六九五十四，四主時，時主豕，故豕四月而生。五九四十五，五主音，音主猨，故猨五月而生。四九三十六，六主律，律主禽鹿，故禽鹿六月而生也。三九二十七，七主星，星主虎，故虎七月而生。二九一十八，八主風，風主蟲，故蟲八月化也。其餘各以其類也。」按《史記》謂姜嫄孕，居期而生子，以爲不祥。今觀上章言禋祀，下章言置之寒冰，則稷以春分之月孕，以冰堅之候生，正足十月之數，未見其周一年也。或又沿古注，以下文「先生如達」之達爲小羊，因有謂五月生之羔爲羜，六月生之羔爲䍪，七月生之羔爲達。曰如達者，疑稷在孕止七月生也，爲其胎氣未足，恐難長養，是以見棄。今觀七月生子，世多有之，未聞有慮其難養而棄之者，況經文明曰「彌月」，則七月之説，尤可無疑矣。先生者，先乎后稷之生，謂未生時也。達，通也，以言語相通也。舊説訓達爲羊子，按羊子名羍，經文乃達字，非羍也。姜嫄孕后稷，已終十月之期，此時后稷未生，而如有神焉告語之者，或聞之空中，或得之夢寐，皆是所以著其靈異也。下文「不坼」四句，正所達之語。坼，《説文》云：「裂也。」副，本作疈。《説文》云：「判也。」愚按坼副，即《周禮》所謂疈辜。《大宗伯》職云：「以疈辜祭四方百物。」《鬯人》職云：「凡疈事用散。」《小子》職云：「凡沈辜侯禳，飾其牲。」《羊人》職云：「凡沈辜侯禳釁積，共其羊牲。」鄭注謂疈者，疈牲胷也。辜之爲言磔也。磔者，裂也，與坼同義。今支解人亦曰磔。賈公彦云：「磔牲體者，皆從胷臆解析之。《禮記·月令》曰：『九門磔禳。』是磔牲，禳去惡氣之禮也。」菑，當依《魯頌》作災。《爾雅》云：「危也。」按天火爲災，當以降于天者言。害，《説文》云：「傷也。」天災降，則身與子或受其傷也。赫，火明盛之貌。毛云：「神之精明稱靈。」「以赫厥靈」者，孔云：「天意以此顯明其有神靈也。」上帝，以統乎天者言之。寧，《説文》云：「願詞也。」愚按丁寧以致其願受之意，謂之願辭也。神傳上帝之意，以達姜嫄，謂爾孕期已足，更不必慮惡氣相侵，而復有事于祓除爲也。雖磔禳之禮不行，而可保爾之無災無害，以此顯著上帝之靈異，特傳其保佑之意于爾，不别有丁寧矣。上章言「載震載夙」，則姜嫄雖懷孕，而心抱憂疑，故神以此慰解之。《閟宮》之詩云：「赫赫姜嫄，其德不回。上帝是依，無災無害。彌月不遲，是生后稷。」事正如此。舊説以爲姜嫄首生之易，而比先祖于羊子，既屬不倫，又謂坼副乃産婦身體割裂，且别引《帝王世紀》，言簡狄剖背生契；《史記》言陸終娶女潰，孕三年不乳，乃剖其左右脇，各獲三人之類。羅泌引或者之言云：「后稷之生，不坼不副，夏后闢背。禹逆生，故刑背。稷順生，故不坼副。逆生者，子孫逆死，故桀王討。順生者，子孫順亡，故懿奪邑而已。」羅願亦云：「感異而孕者，其生亦異，故禹母修己，感石而生禹，拆胷而出。契母簡狄，吞燕卵而生契，副背而出。姜嫄履武，其事類此，宜乎有拆副災害。而今也生乃如羊子之易，所以尊而頌之也。」皆荒唐不經，豈可使上帝先祖聞之，褻斯甚矣！康，安也，解見《賓之初筵》篇。不康禋祀，追昔日震夙而言。居然，猶云安然也。姜嫄震動不安于禋祀之時，懷孕至今而端然生子，意其驚怪之心終未能釋，此稷之所以棄也。蘇洵論姜嫄之事，既力辨《史記》之誣，而獨未解稷之何以見棄。謂稷之生，無菑無害。或者姜嫄疑而棄之，如鄭莊公寤生驚姜氏，遂惡之之類。則人情未有惡其子之易産而欲多方致之死地者，似未可與寤生例論也。

誕寘之隘巷，牛羊腓字之。誕寘之平林，會伐平林。誕寘之寒冰，豐本作「仌」。**鳥覆**去聲。**翼之。**以上俱無韻，未詳。**鳥乃去**叶虞韻，讀如區，虧于翻。**矣，后稷呱**虞韻。**矣。實覃**陸德明本作「譚」。**實訏，**叶遇韻，王遇翻。《説文》作「吁」。**厥聲載路。**遇韻。毛、鄭以「寔覃」二句繫在下章，朱傳移在此，今從之。○賦也。姜嫄以禋祀之時如有所震動而孕，疑其子生必爲妖異，因不敢育而遂棄之。寘，《説文》云：「置也。」謂放置之也。隘，孔云：「狹也。」字本作阸。《説文》云：「塞也。」狹隘之地，人所不得往來，是塞也。巷，《説文》云：「里中道也。」腓，《説文》云：「脛腨也。」亦名腨腸，即足肚也。字本孳乳之義，毛以爲愛也。胡一桂云：「牛羊見稷，以足肚遮芘之，如有愛之之意，故謂之腓字。」平林，林木之在平地者也。或云：「林茂則平。」亦通。會，朱子云：「值也。」伐，伐木也。冰，《説文》云：「凍也。」冰性寒，曰寒冰。孔云：「姜嫄以玄鳥至月而禋祀，在母十月而生稷，其生正當冰月，故得棄之冰也。」鳥，謂衆鳥。覆，蘇轍云：「蓋也。」翼，以兩旁言。「鳥覆翼之」者，謂衆鳥競集，慮其爲寒氣所侵，或從上覆蓋之。又或輔翼其兩傍。《吴越春秋》謂「置于澤中冰上，衆鳥以羽覆之」是也。呱，《説文》云：「小兒啼聲也。」實，發語聲，與式同。覃，通作談。《説文》云：「語也。」訏，通作吁。《説文》云：「驚也。」厥聲載路，以收養之時言。聲即呱矣之聲。載，朱子云：「滿也。」后稷經歷多難，而終無死地，人聞其呱聲，競相傳語，驚咤其異，于是姜嫄復取之以歸，而其呱聲聞于滿路也。《史記》云：「姜原生子，以爲不祥，棄之隘巷，馬牛過者皆辟不踐。徙置林中，適會山林多人。遷之而棄渠中冰上，飛鳥以其翼覆薦之。姜原以爲神，遂收養長之。初欲棄之，因名曰棄。」《吴越春秋》所載，亦是如此。褚先生云：「棄之道中，羊牛避不踐也。抱之山中，山者養之。又捐之大澤，鳥覆席食之。姜嫄怪之，於是乃取長之。堯知其賢才，立以爲大農，姓之曰姬氏。姬者本也。詩人美而頌之，曰『厥初生民』，深修益成，而道后稷之始也。」鄒忠胤云：「嘗歷觀傳紀，齊頃公無野之棄，野貍嫗之，卒有齊國。楚若敖之棄也，於菟乳之，卒爲令尹。昆莫之棄也，野馬銜肉飼之，卒王烏孫。橐東明棄溷，而豕嘔之，棄廄，而馬嘘之，卒王扶餘。是皆有天意默宰於其間，豈人所得而棄，又何疑于《生民》之聖祖哉？」又按馬融、王肅皆以臆説，謂后稷乃帝嚳遺腹子，姜嫄以寡居生子，爲衆所疑，不可申説，故棄之。絶迂謬不成義理。

誕實匍陸本作「扶」。**匐**，職韻。陸本作「服」。**克岐克嶷**。叶職韻，鄂力翻。《説文》作「⿰口疑」。**以就口食**。職韻。**蓺之荏菽**，陸本作「叔」，豐本作「尗」，下同。**荏菽斾斾**。叶寘韻，蒲寐翻。**禾役**《説文》、豐本俱作「穎」。**穟穟**，寘韻。**麻麥幪幪**，叶董韻，母總翻。**瓜瓞唪唪**。董韻。崔靈恩《集注》作「菶菶」，《集韻》作「⿸厂走⿸厂走」。○賦也。誕、實，解俱見前。匍，《説文》云：「手行也。」匐，《説文》云：「伏地也。」克，能也。岐，通作跂。《方言》云：「登也。梁、益之間曰跂。」嶷，當依《説文》作⿰口疑，云：「小兒有知也。」克岐，承上「匍匐」。克嶷，起下「以就口食」。言后稷稍長，其始寔以手伏地而行，已復能跂足而登，既又能有知識，明乎樹蓺之理，以成就己之口食，如下文所云是也。一説，岐嶷，爲立而竦峻之貌，亦通。蓺，本作埶。《説文》云：「種也。」《爾雅》云：「戎菽謂之荏菽。」孫炎云：「大豆也。」按《齊民要術》云：「凡區種大豆，令相去一尺二寸。」區種荏，令相去三尺。」則荏與大豆異。樊光、李巡、郭璞皆云：「今胡豆。」崔寔云：「二月昏參夕，杏花盛，桑椹赤，可種大豆。」羅願云：「大豆以二月中旬種者爲上時，至三四月則費子。」《吕氏春秋》云：

「得時之菽，長莖而短口，其葉二七以爲族，多枝數節，競葉蕃實。大菽則圓，小菽則博。」氾勝之云：「大豆生，戴甲而出，種土不可厚，厚則項折，不能長達。」旆旆，如旟旆之揚起也，解見《出車》篇。禾，《説文》云：「嘉穀也。二月而生，八月而熟，得時之中，故謂之禾。」愚按此指稻黍稷言。豳詩言禾麻菽麥，孔謂麻與菽麥則無禾稱，故于麻菽麥之上更言禾字，以總諸禾是也。役，毛云：「列也。」孔云：「人供役者，在于行列。禾無在役之義，故知役爲列，言其行相當也。」按《説文》引此作禾穎，於義較順。穎，解見後章。穟，《説文》云：「禾采之貌。」采，即穗字。穟穟，《詩詁》云：「禾多穗也。」麻，子可食，皮可績爲衣。羅云：「麻之屬總名麻，别而言之，則有實者别名苴，而無寔者别名枲。」賈思勰云：「夏至前十日爲上時，至日爲中時，至後十日爲下時。」《説文》云：「麥，芒穀，秋穜厚薶，故謂之麥。麥，金王而生，火王而死。」《月令》云：「仲秋之月，乃勸人種麥，無或失時。其有失時，行罪無疑。」賈云：「八月中戊社前種者爲上時，下戊前爲中時，八月末九月初爲下時。小麥宜下種。八月上戊社前爲上時，中戊前爲中時，下戊前爲下時。」羅云：「麥者，接絶續乏之穀。夏之時，舊穀已絶，新穀未登，民于此時乏食，而麥最先熟，故以爲重。」幪，當通作蒙，茂密之貌。經先言荏菽，次言禾，次言麻麥者，以種植之先後爲次。大豆最宜早種；稻黍稷之類，期不甚相遠；麻在夏至，次之；麥在仲秋，最居後。又或云，麻與麥互相爲候，故《齊民要術》注謂麥黄種麻，麻黄種麥，亦良候也。然則《詩》以麻麥連言者以此，菽麻之利人，不及禾麥，故言蓺菽，即亟繼以禾；言蓺麻，即亟繼以麥。董仲舒云：「《春秋》于它穀不書，至無麥禾則書之，以此見聖人于五穀，最重麥與禾也。」羅云：「鄭司農注《稻人》，稱：『今時謂禾，下麥爲荑。』下麥言芟荑其禾，于下種麥。又注《薙氏》云『俗間謂麥下爲夷』，言芟夷其麥，以其下種禾豆，則是卒歲之間無曠土閑民矣。」瓜瓞，解見《緜》篇。唪，通作菶，茂盛之貌。瓜瓞所以佐食，故附于五穀之後。旆旆、䅉䅉、幪幪、唪唪，爲其種植繁多，故皆重言之。荏菽等雖是嘉種，而洪荒初闢，尚襍草萊中，稷兒時即能簡而植之，自有天啓其聰明者。《史記》言：「棄爲兒時，屹如巨人之志，其游戲好種樹麻菽，麻菽美。」正謂此。而《列女傳》又稱姜嫄之性清静專一，好種稼穡，及棄長而教之種樹桑麻。棄之性明而仁，能育其教，卒致其名。則稷之樹蓺五穀，實本于姜嫄之教，然《詩》中都無此意，未足信也。

誕后稷之穡，有相去聲。**之道。**皓韻，亦叶有韻，他口翻。又叶宥韻，徒候翻。**茀**《韓詩》作「拂」。**厥豐草，**皓韻，亦叶有韻，此苟翻。豐本作「丰」。**種之黄茂。**宥韻，亦叶有韻，莫後翻。**實方實苞，**叶有韻，補苟翻。**實種實褎。**宥韻，亦叶有韻，徐九翻。**實發實秀，**宥韻，亦叶有韻，忽久翻。**實堅實好。**叶有韻，許厚翻。**實穎實栗，**質韻。豐本作「㮚」。**即有邰**《白虎通》作「台」。**家室。**質韻。○賦也。此章是后稷已爲農師而教民之事。《説文》云：「穀可收曰穡。」但舉穡者，要其成而言也。相，毛云：「助也。」與《洪範》「相協厥居」之相義同。上章言「以就口食」，乃是成就己之口食。此言「有相之道」，則謂有相助小民之道。《孟子》所謂「后稷教民稼穡，樹藝五穀」是也。下文「茀厥豐草」四句，是言「有相之道」。「實發實秀」三句，則正與首句「后稷之穡」相應。天下之人，賴后稷教之，而後有穀可收，是天下人之穡，即后稷之穡也，故大言之而繫其穡于后稷焉。鄒云：「《國語》展禽曰：『昔烈山氏之有天下也，其子曰柱，能植百穀百蔬。夏之興也，周棄繼之，故祀以爲稷。』然則穡事非昉于稷，而曲盡其道者，則于稷乎昉。」《吕氏春秋》云：「后稷曰：子能以窐爲突乎？子能藏其惡而揖之以陰乎？子能使吾土靖而甽浴土乎？子能使保溼安地而處乎？子能使灌夷無淫乎？子能使子之野盡爲冷風乎？子能使藁數節而莖堅乎？子能使穗大而堅均乎？子能使粟圓而薄糠乎？子能使米多沃而食之彊乎？無之若何？凡耕之大方：力者欲柔，柔者欲力。息者欲勞，勞者欲息。棘者欲肥，肥者欲棘。急者欲緩，緩者欲急。溼者欲燥，燥者欲溼。上田棄畝，下田棄甽。五耕五耨，必審以盡。其深殖之度，陰土必得，大草不生，又無螟蜮。今茲美禾，來茲美麥。是以六尺之耜，所以成畝也；其博八寸，所以成甽也；耨柄尺，此其度也；其耨六寸，所以間稼也。地可使肥，又可使棘。人肥必以澤，使苗堅而地隙；人耨必以旱，使地肥而土緩。」按繇此觀之，然則后稷相穡，信自有道也。又相，亦訓視，《史記》云：「后稷成人，好耕農，相地之宜，宜穀者稼穡焉。民皆法則之。」《吴越春秋》亦云：「相五土之宜，青赤黄黑，陵水高下，粢稷黍禾，蕖麥豆稻，各得其理。」此以相作相地解，亦通。茀，《説文》云：「道多草不可行也。」豐，通作丰。《説文》云：「艸盛丰丰也。」種，本作穜。《説文》云：「埶也。」徐鍇云：「布之也。」黄，土色。《洪範》曰：「土爰稼穡。」故五穀色多黄。茂者，美盛之貌。蘇轍云：「后稷之爲稷官也，雖茀穢豐草之地，皆能以生嘉穀。」嚴云：「擇其種之黄色而茂盛者種之。」按《齊民要術》云：「粟黍穄粱秫，常歲歲別收，選好穗絶色者，劁割高懸之。」即此所謂黄茂也。方，毛云：「極畝也。」孔云：「方者，正方之義。地皆方正有苗，故以方爲極畝，據地滿耳。」苞，即「集于苞栩」之苞。李巡云：「物叢生曰苞。」《吕氏春秋》云：「凡苗之患，不俱生而俱死，虚稼先死，衆盗乃竊。望之似有餘，就之則虚。農夫知其田之易也，不知其稼之疏而不適也；知其田之際也，不知其稼居地之虚也。不除則蕪，除之則虚，此事之傷也。故畝欲廣以平，甽欲小以深。慎其種，勿使數，亦無使疏。晦廣以平，則不喪本莖。生有行，故遫長；弱不相害，故遨大。衡行必得，縱行必術。正其行，通其風。苗，其弱也欲孤，長也欲相與居，其熟也欲相扶。是故三以爲族，乃多粟。」按觀此，可以明「寔方寔苞」之説。方以壟畝之地形言，苞以播種之位置言。種，鄭云：「生不褋也。」孔云：「不褋，謂不稂不莠也。」嚴云：「《大田》言『既種既戒』，在未耕之前，故爲擇其種。此詩前言『種之黄茂』，已是擇種，繼言實種，在方苞之後，故爲生不褋也。」褎，即袖字，从采从衣。言衣袂之長，如禾穗之垂也。制字者以袖擬穗，今作詩者又以穗擬袖，故毛、鄭訓此字，皆以爲枝葉長也。發，鄭云：「發管時也。」孔云：「苗之將秀，心如竹管，穗發中而出，故言發管也。」秀，徐鍇云：「禾實也，字象有實下垂之形，即穗也。」毛傳及張衡乃云：「不華而實曰秀。」今按《論語》言秀而不實，則秀與實有異。《論語》所謂實，即下文所謂堅，故此秀字，朱子解以爲始穗是也。堅，孔云：「實皆堅成也。」好，解見《大田》篇。穎，《説文》云：「禾末也。」孔云：「穎是禾穗之挺。」王安石云：「穎者，垂末也。寔繁碩，故垂末也。」栗，《説文》作㮚，木名也。从木，其實下垂，故从卤。卤音調，艸木實垂卤卤然，象形。粟字亦从此。徐云：「栗實彙，亦有芒穎，與粟相類也。」按《説文》卤部中，只有此兩字，此詩言栗，則直狀禾實下垂之貌如栗耳。《左傳》「嘉栗旨酒」，其義亦出於此。實方實苞，指始種之時言。實種實褎以後，則言禾生之次序，始而苗，「實種實褎」也；中而秀，「實發實秀」也；末而實，「實堅實好，實穎實栗」也。至穎栗，則可以穡之時矣，然節節皆有道存乎其中。嚴云：「所以詳言其成熟之次序者，見稼穡之艱難，非一日所能致。或苗而不秀，或秀而不實。滅裂耕者，報之亦滅裂；鹵莽耘者，報之亦鹵莽。今后稷能教民以盡人事，故其穡如此。」即，《説文》云：「即食也。从皀，卪聲。」徐云：「猶就食也。」按皀音香，穀之馨香也，故訓即爲即食。又趙頤光謂从卪者，寓戒也。

卩音節，食欲有節，故从卩，聲兼意，今人皆不曉即義。「即有邰家室」者，謂就食于有邰，蓋享其土地之所入，而於是建家室于此，言始建國也。邰，在今陝西西安府乾州武功縣，亦作斄。《括地志》云：「故斄城，在武功縣西二十二里，古邰國也。有后稷及姜嫄祠，亦作駘。」《左傳》「魏駘芮岐畢，吾西土也」，杜預注云：「后稷受此五國。」《中候握河紀》云：「堯即政七十年，受河圖，封稷、契、皋陶，賜姓號。」《吳越春秋》云：「堯遭洪水，人民泛濫，遂高而居。堯聘棄，使教民山居，隨地造區，姸營種之術三年餘，行人無饑乏之色，乃拜棄爲農師，封之台，號爲后稷，姓姬氏。」《列女傳》云：「堯使棄居稷官，更國邰地，遂封棄于邰，號曰后稷。及堯崩，舜即位，乃命之曰：『棄，黎民阻饑，汝后稷播時百穀，其後世世居稷。』」愚按詳前數說，則張融謂堯不用稷，其疑可豁然矣。孔云：「邰國當自有君，所以得封后稷者，或時君絶滅，或遷之他所也。」舊說相傳，皆以有邰爲后稷母家，故毛傳謂堯見天因邰而生后稷，乃國后稷于邰，命使事天，以顯神順天命耳。李氏云：「以邰爲姜嫄父母之國，於經無所考，據羅泌云：『昔者帝嚳取于有駘氏曰姜嫄，生后稷，而后稷之封亦曰駘。』說者咸謂帝堯以其母國封之。然及太王，復取于有駘氏曰太姜，是姜姓之駘，至周猶在，豈得云以是而封稷哉？不知稷封之駘，在于武功，而姜姓之駘，在于琅邪，固不同也。然則前事之缺失，可勝悼哉？」愚按琅邪之駘固齊地，乃有逢伯陵所居，太姜祖也。然太姜之有台，據《列女傳》作有吕，台、吕相似，疑但當作吕耳。吕，姜姓也。《國語》云：「堯胙四岳國，命爲侯伯，賜姓曰姜，氏曰有吕。」嫄固姜姓，或是訛有吕爲有台，轉訛爲有邰，未可知也。

誕降嘉種，《說文》作「穀」。**維**《說文》作「惟」。下同。**秬維秠，**叶紙韻，普鄙翻。**維穈**《爾雅》作

「虋」。**維芑。**紙韻。**恒**崔《集注》、《顔氏家訓》、陸本、豐本俱作「亘」。下同。**之秬秠，**見上。**是穫是畝。**叶紙韻，母鄙翻。**恒之穈芑，**見上。**是任**豐本作「壬」。**是負，**叶紙韻，蒲美翻。**以歸肇祀。**紙韻。○賦也。此章述后稷封邰之後，教民播種嘉穀，以供祭祀也。降，《説文》云：「下也。」朱子云：「降是種于民也。」嚴云：「后稷擇嘉種而降于民，以教其耕種。」《孔叢子》云：「魏王問子順曰：『寡人聞昔者上天神異后稷，而爲之下嘉穀，周以遂興。往中山之地，無故有穀，非人所爲，云天雨之，反亡國，何故也？』答曰：『天雖至神，自古及今未聞下穀與人也。《詩》美后稷，能大教民種嘉穀，以利天下，故《詩》曰「誕降嘉種」，猶《書》所謂稷降播種，農殖嘉穀，皆説種之，其義一也。若中山之穀，妖怪之事，非所謂天祥也。』」嘉，《説文》云：「美也。」嘉種，謂嘉穀之可種蓺者，下文「秬秠穈芑」是也。上章言「有相之道」，則已教民播種矣。然所播者，不過尋常荏菽、黍稷、麻麥之類，此特舉種之嘉者言之，以其可以供祭祀，故重之也。《閟宮》之詩，亦兩言之，其曰「黍稷重穋，稙稺菽麥。奄有下國，俾民稼穡」，則前二章所言是也。其曰「有稷有黍，有稻有秬。奄有下土，纘禹之緒」，則此章所言是也。蓋至此而修六府之事乃終也。又金履祥謂秬秠穈芑，自后稷始知種之，故曰「誕降嘉種」，亦通。秬，《説文》云：「黑黍也。一稃二米，以釀也。」按稃，《爾雅》云：「穀皮也。」《字書》云：「麄糠也。」《周禮·鬯人》，鄭氏注云：「釀秬爲酒，秬如黑黍，一秠二米。」又答張逸云：「秠即皮，稃亦皮也。」孔云：「言如者，以黑黍一米者多，一米亦可爲酒。《鬯人》之注必言二米者，以宗廟之祭，惟裸爲重，二米嘉異之物，鬯酒宜當用之。」羅云：「古者薦籩，有白黑形鹽，白爲熬稻，黑即秬也。至藏冰，則用黑牡秬黍，以享司寒，蓋倣其方之色。」《漢書·律曆志》云：「度者，分寸尺丈引，所以度長短也。本起黄鍾之長，以子穀秬黍中者，一黍之廣，度之九十分。」孟康云：「子北方，北方黑，謂黑黍也。」顔師古云：「子穀，猶言穀子耳。中者，不大不小也。言取黑黍穀子大小中者，率爲分寸也。」林兆珂云：「古之定律，以上黨所出秬黍之中者，累之以生律度量衡，後之人取此黍定之，終不能協律。或説秬黍之中者，乃一稃二米之黍也，此黍得天地中和之氣乃生，蓋不常有，有則一穗皆同二米，米粒皆匀，無大小，得此，然後可以定鍾律，古今所以不能協聲律者，以無此黍也。他黍則不然，地有腴瘠，歲有凶穰，則米之大小不同，何繇如其中者？此説爲信然矣。」郭璞云：「漢和帝時，任城生黑黍，或三四實，實二米，得黍三斛八斗。」秠，《説文》云：「一稃二米。」解已見前。按《爾雅·釋草》云：「秬，黑黍。秠，一稃二米。」郭云：「秠亦黑黍。」孔云：「秬是黑黍之大名，秠是黑黍之中有二米者，别名之爲秠，故此經異其文。而《爾雅》釋之若然，秬、秠皆黑黍矣。」羅駁之云：「秬與秠之所以異，秠必不黑，秬必不一稃二米也。而鄭氏釋《鬯人》，既云『秬如黑黍，一秠二米』，則是以秠之狀，襍之於秬。郭氏解《釋草》又曰『秠亦黑黍』，則是又以秬之色襍之於秠。秬既欲兼秠之狀，秠又欲兼秬之色，所以紊亂不復可推究者，繇此故也。又引漢和帝時，任城生黑黍，實二米，以顯二米者爲黑黍。且任城所生，漢之異事，歷世所未有。《詩》歌后稷降播，乃民事之常，如必待任城所生而後降之，則没世不可得矣。至唐，説者又言今上黨民間黑黍，或值豐歲，往往得二米者，但稀闊而得之，不以充貢耳，以此附成郭氏之説。夫后稷所降，既謂之種，何得以豐歲偶有一二爲説？若皆以豐歲言之，則禾有同穎，麥有兩岐，又可待以爲種耶？今百穀之中一稃二米者，唯麥爲然，舍麥未有二米者。周所受瑞麥來麰，一來二縫，則秠者正此來麰爾。但《生民》、《臣工》所稱不同，來麰又爲釐麰，古者来、釐、丕三字相通，故《方言》：『貔，陳、楚、江、淮之間謂之貅，北燕、朝鮮之間謂之貊，關西謂之貍。』彼雖説獸，亦以一名通三音，然則此禾亦然。來，猶貅也。秠，猶貊也。釐，猶貍也。要是一物。鄭答張逸，併以秠稃皆解爲皮，轉失實矣，予故詳而論之。」愚按如羅説，甚爲近理。常棣之華，一跗輒生二萼，江南呼爲麥李者以此。然則林言必一稃二米之黍方可定鍾律，又不足信矣。穈，本作虋。《爾雅》、《説文》皆云：「赤苗也。」郭云：「今之赤粱粟。」沈括云：「毳衣如璊。璊，赭色也。稷之璊色者謂之穈，穈色在朱黄之間，似乎赭而極光瑩，掬之粲澤，熠熠如赤珠，此自是一色，似赭非赭。」又云：「穈乃黍屬，以色别之，丹黍謂之穈。」羅云：「黍有赤黍、黑黍，黑黍己别見，虋稱赤苗，恐是赤者，其類有黏不黏，如稻之有粳糯。其不黏者以爲飯，黏者别名秫，以爲酒。《説文》『秫，黍之黏者』，即謂此也。黍之爲物黏而香，故馨、馥、黏、䵒皆从之。古人雪桃用黍，以黍黏去桃毛也。」《廣志》云：「有遼東赤粱，魏武帝常以作粥。」芑，《爾雅》、《説文》皆云：「白苗也。」郭云：「今之白粱粟。」羅云：「粱，今之粟類。古不以粟爲穀之名，但米之有孚殻者皆稱粟。今人以穀之最細而員者爲粟，則粱是其類。」詳見《采芑》篇。季本云：「黍爲總名，分而言之，則穈芑爲粱。粱似粟而大，即今之膏粱也。五穀中，黍爲最美，故言穀者常以黍爲先。」恒，《説文》云：「常也。」季云：「言他穀有時而可闕，惟此四穀，則當徧植，歲以爲常也。」穫，《説文》云：「刈穀也。」畝，田畝也。任，朱子云：「肩任也。」蘇云：「擔也。」周伯琦謂字當作壬，前後器物，而中以横木壬之，蓋指事也。負之爲言背也。按負有背音，當是以音通，故有背義，舊説皆以爲背負之也。《釋名》亦云：「置項背也。」朱子云：「既成，則穫而棲之于畝，任負而歸，以供祭祀。秬秠言穫畝，穈芑言任負，互文耳。」肇，《爾雅》云：「始也。」按肇本訓擊，原無始義，當通作肁。《説文》云：「始開也。」祀，《説文》云：「祭無已也。」秬秠穈芑，可以充酒醴粢盛之用，前此祀典所未有，至后稷誕降嘉種，于是内外百神之祀，始用之以祭，明此禮始于唐、虞，而實后稷開之也。毛、鄭謂后稷以此郊祀，既重誣后稷，先儒但主稷自祭其郃國之宗廟而言，固亦甚矣。季云：「祭祀之禮，雖上古有之，然當其初，明水大羹、薦血捭豚而已，爲饎之禮未備也。至是既有嘉穀，則爲酒食，而牲殺則加燔炙，禮於是大成焉。此蓋自后稷始，故云肇祀，言其起事神之禮也。」殷大白云：「以上結束后稷功案。」

誕我祀如何？或舂豐本作「舂」。**或揄**，叶尤韻，以周翻。《韓詩》、《周禮》注、《儀禮》注俱作「抌」。**或簸**豐本作「匧」。**或蹂**。叶尤韻，而猷翻。《説文》作「舀」，豐本作「臿」。**釋**《爾雅音義》作「淅」。**之叟叟**，叶尤韻，踈鳩翻。《爾雅音義》、豐本俱作「溞溞」，陸本作「溲溲」。**烝之浮浮**。尤韻。《爾雅》、《説文》俱作「烰烰」。**載謀載惟**，支韻。**取蕭祭脂**。支韻。**取羝**陸本作「牴」。**以軷**，叶泰韻，蒲蓋翻。**載燔載烈**。叶霽韻，力制翻。**以興嗣歲**。霽韻，亦叶泰韻，與艾翻。○賦也。殷云：「我祀，不承上説后稷，乃詩人自我，在時主之時矣。」如何，問辭也。自后稷始以嘉穀供祀，我子孫今日踵而行之，其制以爲饎之法則，如下文所云也。孔云：「美而將説其事，意欲説之，故設辭自問。上生民如何，亦如此也。」舂，本作舂。《説文》云：「擣粟也。从廾持杵臨臼上。午，杵省也。古者黄帝臣雝父初作舂。」孔云：「桓十四年《穀梁傳》説宗廟之事，夫人親舂。《楚語》説：『天子禘郊之事，王后必自舂其粢；諸侯宗廟之事，夫人必自舂其盛。』韋昭謂：『粢、盛互文也。』言舂，不過如天子躬耕三推而已。《楚語》又云：『天子親舂禘之盛。』韋昭亦云：『率后舂之。』故言或，不斥后夫人也。」揄，《説文》云：「引也。」依毛傳訓抒臼，則當作舀字，古文通也。

舀从爪从臼，徐云：「抒而下取之也，會意。」簸，《説文》云：「揚糠也。」从箕从皮，指事，皮亦聲。蹂，本作⿰彳柔。《説文》云：「復也。」徐云：「謂往來蹂踐之也。」舂、揄、簸、蹂，以事之次言之，先擣之於臼中，擣畢，引之出臼，揚去其米皮，則成糳矣。復言蹂者，朱子謂「蹂禾，取穀以繼之」是也。蹂最居先，既蹂而後舂之。《詩》不言之舂先，而轉綴之于末，亦行文變幻處。釋，通作釋，从米不从釆。《説文》云：「漬米也。」與「接淅」之淅義頗異。彼乃汰米也，漬者浸潤之，汰則但淘洗而已。叟叟，舊説依毛傳，皆以爲釋之聲，於義無據。按叟與籔同音，當通作籔。《説文》云：「炊籅也。」《廣韻》云：「漉米器也。」釋米於籔，接續釋之曰籔籔也。烝，《説文》云：「火氣上行也。」浮浮，當依《爾雅》、《説文》作烰烰。徐云：「烝氣上出也。」孔云：「炊之于甑，爨而烝之，其氣浮浮然，言升盛也。」鄭云：「釋之烝之，以爲酒及簠簋之實。」謀，朱子云：「卜日擇士也。」劉公瑾云：「《周禮·太宰》及《儀禮·少牢饋食》，皆前期十日，帥執事而卜祭日之吉凶。又按《射義》，將祭必先習射以擇士，射中者得與于祭，所擇之士，謂諸侯諸臣及所貢士也。」惟，《説文》云：「凡思也。」凡者，非一之辭，《祭義》所謂「思其居處，思其笑語，思其志意，思其所樂，思其所嗜」是也。此合下句，皆指宗廟之祭言。蕭，《爾雅》云：「荻也。」毛公、李巡皆以爲蒿。今按《爾雅》，又釋蒿爲菣，則蕭非蒿。嚴云：「蒿者，總名也。曰蕭者，蒿之香者也。故疏以爲香蒿也。」陸璣云：「今人所謂荻蒿者是也。或云牛尾蒿，似白蒿，白葉，莖麤，科生，多者數十莖，可作燭，有香氣，故祭祀以脂爇之爲香。許慎以爲艾蒿，非也。」羅云：「蕭，蓋甸師所供。《周禮·甸師》『祭祀共蕭茅』。先鄭但作縮茅解之，杜子春始讀爲蕭。」祭脂，鄭謂祭牲之脂，即《信南山》篇所謂膋也。膋者，牛腸脂也。《説文》云：「戴角者脂，無角者膏。」「取蕭祭脂」者，取香蒿及祭牲之脂褋燒之，所以達其馨香之氣，使神歆饗之也。其燒此二物，又必合黍稷。按《禮記》疏云：「一祭之中，再度炳蕭。❶故《郊特牲》云：『取膟膋升首，報陽也。』《祭義》亦云：『建設朝事，燔燎羶薌，見以蕭光，以報氣也。』此朝踐炳蕭也。《郊特牲》又云：『蕭合黍稷，既奠，然後炳蕭合羶薌。』此饋熟炳蕭也。」朝踐，即朝事，謂薦血腥時也。饋熟，則薦黍稷時也。羶者，脂膋之別名。薌、香同字，指黍稷也，《曲禮》云「黍曰薌合」是也。此宗廟之祭所用，觀《祭義》言「設爲宗祧」及「報氣報魄」等語可見。灌鬯求諸陰，炳蕭求諸陽，奏樂求諸天地之間。羅云：「昔有虞氏尚氣，血腥爓，祭用氣；商人尚聲，以聲音之號，詔告天地之間；周人尚臭，以鬱合鬯，灌以圭璋，而使臭陰達於淵泉。既奠，然後炳蕭，合黍稷羶薌爇之，而使臭陽達於墻屋。臭陰以水而報魄，臭陽以火而報氣。古人以神之道微，不可搏執，故求萬物之理，以爲同聲相應，同氣相求，水流濕，火就燥，故用百物之英華，庶幾麗而留之。此蕭之氣，逸于墻屋，則墻内乃爇蕭之地，故曰蕭墻之内。」王應麟云：「古所謂香者如此。韋彤《五禮精義》謂祭祀用香，今古之禮，並無其文。梁天監初，何佟之議鬱鬯蕭光，所以達神，與其用香，其義一也，考之殊無依據。開元開寶禮不用。」羝，《説文》、毛傳皆云：「牡羊也。」《爾雅》云：「羊，牡羒牝牂。」郭云：「羒，謂吴羊白羝者也。」《博雅》云：「吴羊牡，一歲曰牡䍮，三歲曰羝。」羅云：「羝是牡羊之總名，而羒乃吴羊之羝者。古者大率多只言羝。《易》曰：『羝羊觸藩。』《漢書》，匈奴徙蘇武北海上無人處，使牧羝，羝乳，乃得歸。專牧羝而望其乳，猶秦要燕丹以烏白頭、馬生角也。羝性

❶「炳」，《禮記》孔疏作「爇」。查「爇」或作「焫」，「炳」或又爲「焫」之俗。下文「炳」字尚多類此。

好抵觸,《齊民要術》畜牧之法,大率十羊二羝,以爲羝少則不孕,多則亂群。」軷者,祭道神之名。其祭有二,《周禮·夏官·大馭》職云:「掌馭玉路以祀。及犯軷,王自左馭;馭下祝,登受轡,犯軷,遂驅之。及祭,酌僕;僕左執轡,右祭兩軹,祭軓,乃飲。」鄭注云:「行山曰軷,犯之者,封土爲山象,以菩芻棘栢爲神主。既祭之,以車轢之而去,喻無險難也。」按王路所以祀,故鄭箋解祭軷,謂自此而往郊以祭天,蓋本于此。菩芻棘栢,孔謂三者之中,但用其一,以爲神主,則可也。又《戎僕》職云:「掌馭戎車犯軷,如玉路之儀。」犯軷,《説文》作範軷,云:「出,將有事于道,必先告其神,立壇四通,樹茅以依神,爲軷。既祭軷,轢於牲而行,爲範軷。」孔氏謂軷祭,卿大夫用酒脯,天子以犬,諸侯以羊。又名祖,《聘禮》及《詩》云「出祖」是也。又名道,《曾子問》云「道而出」是也。此出行之軷也。《月令》,中央土,其祀中霤,春祀户,夏祀竈,秋祀門,冬祀行,即《周禮》、《儀禮》所謂五祀也。鄭注云:「冬陰盛,祀之于行,從辟除之類也。行在廟門外之西,爲軷壤,厚二寸,廣五尺,輪四尺,祀行之禮,北面設主于軷上。」孔疏云:「按鄭注《聘禮》云『禮畢,乘車轢而遂行』,惟車之一輪轢耳。所以然者,以兩輪相去八尺,今軷惟廣五尺,故知不兩輪俱轢。云北面設主軷上者,以主須南嚮,故人北面設之。其主則鄭注《大馭》云:『蓋以菩芻棘栢爲神主也。』」此祭行之軷也。據此詩下文有「以興嗣歲」之語,當主冬祭行言。又《祭法》,王立七祀:曰司命,曰中霤,曰國門,曰國行,曰泰厲,曰户,曰竈;諸侯立五祀:曰司命,曰中霤,曰國門,曰國行,曰公厲;大夫立三祀:曰族厲,曰門,曰行;庶人立一祀,或立户,或立竈。鄭氏以王立七祀爲周制,《月令》五祀爲商制。陳祥道駁之,謂:「《周官》雖天子,亦止于五祀。《儀禮》雖士,亦得五祀。今《祭法》自七祀推而下之,至于適士二祀,庶人一祀,非《周禮》也。《白虎通》、劉昭、范曄、高堂隆之徒，又以五祀爲門、井、户、竈、中霤，春夏秋及中央之祀，皆同《月令》，惟冬祭井而不祭行，不知何所據。要之與經義不合。隋、唐參用《月令》之説，五祀祭行。及李林甫之徒復修《月令》，冬亦祀井而不祀行。林甫何人？斯無足道者。」又《周禮·犬人》職云：「凡祭祀，共犬牲，用牷物，伏瘞亦如之。」注云：「伏，謂伏犬，以王車轢之。」故孔氏有「軷祭，天子以犬」之説，與此詩言「取羝」不合。惟《小子》職云：「掌祭祀，羞羊肆、羊殽、肉豆，而掌珥于社稷，祈于五祀。」《羊人》職云：「凡祈珥，供其羊牲。」此爲祭五祀用羊之明證，益知取羝以軷，爲祭行，非出行之軷也。載之言則也，言則有此物也。毛傳云：「傅火曰燔。」烈，《説文》云：「火猛也。」蓋謂以猛火炙之。按《周禮·量人》職云：「凡祭祀，制其從獻脯燔之數量。」燔，即《楚茨》篇「或燔或炙」之燔，《祭禮》「獻以燔從」。脯，《説文》以爲乾肉，疑即此所謂烈也。從獻者，謂從于獻酒之肉炙也。數，謂多少。量，謂長短。如《儀禮》脯十脡，各長尺二寸之類。季云：「燔烈，兼宗廟軷祭而言，蓋廟與軷皆有尸，所以爲尸羞也。」按《曾子問》云「既殯而祭五祀，尸入三飯」，是五祀有尸之證也。嚴云：「上自宗廟，下至軷祭，群祀該舉之矣。」愚按此承上章秋收之後而言。一歲之中，四時有祭，然秋物告成，始備祀事，在宗廟則爲秋烝冬嘗，至于冬祀行，則祀無不舉，而今歲之事終矣，故繼之曰「以興嗣歲」。興，起也。嗣歲，鄭謂今新歲也。興起新歲之事，謂孟春祈穀之祭，即下章所稱是也。孔云：「新歲而謂之嗣者，使之繼嗣往年，猶嗣子之繼父。」

卬盛平聲。**于豆，于豆于登，**蒸韻。**其香**陸本作「馨」。**始升。**蒸韻。**上帝居歆，**侵韻。《大全》云：「下與今叶。」**胡臭亶時。**叶紙韻，上紙翻。**后稷肇**《禮記》、《集韻》俱作「兆」。**祀，**紙韻。**庶無**

罪豐本作「辠」。**悔**，叶紙韻，虎洧翻。**以迄于今。**《大全》云：「上與歆叶。」按一章八句之中，各隔四句爲叶，又一變體也。○賦也。此章言祈穀郊天，而以后稷配，詩正爲此而作。卬，《爾雅》云：「我也。」郭云：「猶姎也。女人稱我曰姎，其語轉，故曰卬。」按此主時王而言，故曰卬盛，猶上章之言我祀者，非必身親執其勞也。又古文俯仰之仰或作卬，《詩》「瞻卬昊天」，《荀子》「上足卬則下可用」，《漢書》「偃卬詘信」，皆通仰字，則此卬盛，謂仰而以物盛之，亦通。盛，《廣韻》云：「受也，字从皿，謂受物于器中也。」豆、登皆《禮器》，豆字象形，登兼指事，本作𢍏，从廾持肉在豆上。隸登，遂與上車之登混。彼字上从癶，音撥，足刺癶也。下从豆，象登車之形，非用俎豆字。《爾雅》云：「木豆謂之豆，瓦豆謂之登。」毛傳云：「豆，薦葅醢也。登，大羹也。」孔云：「經維言盛，傳辨其所盛之物。《天官·醢人》掌四豆之實，皆有葅醢，是豆爲薦羞葅醢也。《公食大夫禮》大羹湆，不和，實于鐙，是登爲盛大羹也。太古之羹，不調以鹽菜。」湆者，肉汁也。按《郊特牲》言器用陶匏，《禮器》言大羹不和，正祀天之禮。惟豆之所盛，禮無明文，然豆有加豆，有恒豆，又有酏食糝食之豆，故《楚茨》之詩言「爲豆孔庶」。據此詩，于豆重言，于登惟一舉之而已，亦可以見豆多而登少也。王安石云：「釋之烝之，簠簋尊爵之實也。羝，俎實也。豆登，則實以葅醢大羹之器也。或言其器，或言其實，互相備也。」香，豆登內所盛物之香也。始，初也。升，上進也，當通作昇。《說文》云：「日上也。」孔云：「薦祭此豆登所盛之物，其馨香之氣始上行也。」合天與五帝謂之上帝，說見小引下。羅泌云：「《周禮》或言天，或言帝，或曰上帝，曰五帝，曰昊天上帝。《大宗伯》：『以禋祀昊天上帝，以蒼璧禮天，有大故，則旅上帝及四望。』《典瑞》：『四圭有邸，以祀天、旅上帝。』上帝非天，而天非昊天上帝矣。《掌次》：『大旅上帝，張氈案，設皇邸。朝日，祀五帝，則張大次、小次。』而《司服》：『祀昊天上帝，大裘而冕，五帝如之。』則五帝非上帝，而昊天上帝非五帝矣。然則天帝果不同歟？天者，元氣之統稱，而帝者，德之見乎用者也。及因其氣之顥淑高廣而言，則又謂之昊天上帝，而水、火、木、金、土之帝，居于五方，佐而迭王者，則謂之五帝。此皆分統別號而言之者，至于合昊天若五帝，群然而祀，列位乎上，而非可一名者，夫然後總而稱之曰上帝也。昔虞肆類上帝，而大師亦類上帝，肆師類造上帝。曰類，曰旅，則上帝果非一帝矣。然《司裘》『爲大裘，以共王祀天之服』，而《司服》『王祀昊天上帝，大裘而冕』，則天宜爲昊天上帝也。以《司服》昊天上帝與五帝之祀服有所不殊，則五帝于昊天疑不降矣。然以《掌次》祀、旅所張之次乃不同焉，則五帝顧得合昊帝而同稱乎？祀帝圜丘，牲玉以蒼，兆五帝于四郊，玉以珪、璋、琥、璜、琮，牲幣色從其方，而迎之各以其氣之日，則五帝豈得同帝哉？雖然，昊帝統五精而運化，五帝佐昊帝而毓物，猶之子父，非可離也。是故昊天五帝六神之辨，俱以禋祀，司服大裘，而皆用圭邸，則知有所分又有所合矣。類稱上帝，孰不可哉？康成以上帝爲五帝而不及天，王肅以上帝爲天而不及五帝，抑未之悉耳。」陳祥道云：「上帝之文，既不主于天與昊天上帝。又不主于五帝，而《典瑞》旅上帝，對旅四望言之。旅者，會而祭之之名，則上帝非一帝也。上帝非一帝，而《周禮》所稱帝者，昊天上帝與五帝而已，則上帝爲昊天上帝及五帝明矣。」又云：「五帝與昊天同稱帝，不與昊天同稱天，猶諸侯與天子同稱君，不與天子同稱王。《周官》祀五帝之禮，有與天同以極其隆，有與天異以致其辨。」居，鄭云：「安也。」歆，《説文》云：「神食氣也。」朱子云：「其香始升，而上帝已安而享之，言應之疾也。」謝枋得云：「天地間惟理與氣，有此理則有此氣，有此氣則有此理。鬼神無形無聲，惟有理有氣，在冥漠之間耳。

凡祭皆以心感神，以氣合神者也。」陸燧云：「獨言天不言稷者，天之感格，以稷配祭而然也。」「胡臭亶時」一句，轉語也。鄭云：「胡之言何也。」臭，即上文所謂香也。亶，《説文》云：「多穀也。」穀多則實，故轉爲實之義，謂品物多也。時，朱子云：「言得其時也。」此與《周書》言「黍稷非馨，明德惟馨」語意相類，言上帝之所以居歆者，豈爲芳臭之充實而得其時哉？蓋自有克當天心者在，如下文所云也。肇祀，即第六章之「以歸肇祀」，此主教民稼穡言，惟后稷能教民稼穡，故誕降嘉種，而祭祀之有潔粢豐盛，于是始也。庶者，喜幸之辭。獲戾于天曰罪，已心自恨曰悔，因得罪而後悔也。迄，《説文》云：「至也。」庶無罪悔，以至于今，皆后稷所貽也。只重在讚歎后稷，上詩爲后稷配帝咏耳。嚴云：「天生后稷以養民，后稷能教民稼穡以相天，天心眷之久矣。自后稷肇祀以來，子孫世修其業，不敢失墜，以獲罪于天，遂至今日，得以成王業而郊天，天之歆饗，蓋在此耳。周之郊也，因稷而致，所謂文、武之功起于后稷，尊后稷以配天，不亦宜乎？」《表記》子曰：「后稷之祀易富也，其辭恭，其欲儉，其禄及子孫。《詩》曰：『后稷兆祀，庶無罪悔，以迄于今。』」鄧元錫云：「天有元德，民有大命，土穀修唐，稼穡啓周，香始升而居歆之，於是知天人之一體無間也。古詩大篇敘事首尾具始此，美哉乎！盡質而盡文。」

《生民》八章，四章章十句，四章章八句。朱子云：「舊説第三章八句，第四章十句。今按第三章當爲十句，第四章當爲八句。則去呱、訏路，音韻諧協，呱聲、載路，文勢通貫，而此詩八章，皆以十句八句相間爲次。又二章已後，七章已前，每章章之首，皆有誕字。」〇《序》云：「尊祖也。后稷生于姜嫄，文、武之功起于后稷，故推以配天焉。」愚按《序》言后稷配天良是，然是祈穀之郊，非冬至之郊。《序》無明言，何也？

《申培説》同朱子，謂周公制禮作樂，尊后稷以配天，故作此詩，以推本其始命之祥，明其受命于天者，其原如此。則但泥滯此詩前半篇以立説，而不能知其所用之地。朱子又疑以爲郊祀之後，有受釐頒胙之禮，則用此詩。蓋因《思文》之詩，已是郊祀配天所用，不應復有二詩，不得不揣摩及此。若《子貢傳》以此爲訓成王之詩。今按《孝經》言郊祀配天之禮制于周公，則此詩或作于成王時，但未必是訓成王耳。

《我將》，宗祀文王於明堂，以配上帝之樂歌。出朱傳。○《序》及蔡邕《獨斷》皆云：「祀文王于明堂之所歌也。」按《孝經》子曰：「孝莫大於嚴父，嚴父莫大於配天，則周公其人也。昔者周公郊祀后稷以配天，宗祀文王于明堂以配上帝，是以四海之内，各以其職來祭。」今觀此詩，以天與文王並言，則所云祀文王明堂者，其爲祀上帝明矣。上帝者，兼昊天上帝與五帝之稱也。雖兼祀五帝，而以天爲主，故篇中但言天。《孝經》言宗祀配帝，而首曰嚴父配天，亦其義也。羅泌云：「郊一，明堂六，尊祖而親考也。」詳見《生民》篇。陳祥道云：「先王之於天，尊而遠之，故祀於郊，而配以祖；親而近之，故祀於明堂，而配以父。《孝經》曰：『郊祀后稷以配天，宗祀文王於明堂以配上帝。』天則昊天上帝也，上帝則五帝與天也。以上帝爲昊天上帝耶？而《周禮》以旅上帝對旅四望言之，則上帝非一帝也。以明堂特祀昊天上帝耶？而《考工記》明堂有五室，則五室非一位也。」又云：「《易》曰：『先王以作樂崇德，盛薦之上帝，以配祖考。』以配祖者天也，以配考者兼五帝也，合天與五帝而謂之上帝，則《易》、《孝經》之於《周禮》，其義一矣。《周禮》明其祀之大小輕重，故天帝之辨如此。《詩》、《書》之文，未嘗有稱五帝，而《書》亦未嘗有稱昊天上帝者。其稱天及上帝者，類皆泛言之而已，此固不可援之以議《周禮》也。」蘇轍云：「古之論郊祀者，莫密於鄭氏，然世或以其怪而不信。予爲之辨曰：天一而已，然而天有五行，五行之神而尊之曰五帝，不可謂無六天也。史稱秦襄公居西方，自以爲主少皞之神，故作西畤以祀白帝；其後宣公作密畤以祀青帝，靈公作吴陽上畤以祀黄帝、下畤以祀炎帝。漢高帝曰：『吾聞天有五帝，而不足一，何也？』於是復作北畤以祀黑帝。其説與鄭氏合，故鄭氏之説古矣。若夫王肅之學有昊天而無五行，予竊非之。」朱子云：「上帝即天也，聚天之神而言之，則曰上帝。」又云：「凡説上帝者，總昊天上帝與五帝言之，皆稱上帝也。如《周禮》歲有九祭，其四爲祭天，其五爲祭五帝，其禮若不同矣。《易》則但説享上帝，未嘗分别。如曰『聖人亨以享上帝』，『殷薦之上帝，以配祖考』，以此觀之，凡説上帝者，是總説帝也。」林之奇云：「歲之祭天者四，郊于冬至，一也；明堂于季秋，一也；祈穀于孟春，一也；大雩于龍見，一也。」孔穎達云：「此言祀文王于明堂，謂大享也。」按《月令》「季秋，大享帝」，蓋以兼昊天上帝與五帝而祭之，故曰大享。郊、祈穀之祭，以后稷配，雩之祭，以五人帝配，皆與文王無預，此以知其爲大享也。其曰宗祀者何也？程子謂以宗廟之禮享之，朱子亦謂「祭于屋下，而以神祇祭之」，此其義也。程子云：「萬物本乎天，人本乎祖，故冬至祭天，而以祖配之，以冬至，氣之始也。萬物成形于帝，而人成形于父，故季秋享帝，而以父配之，以季秋，成物之時也。」胡致堂云：「文王已有廟矣，以季秋享帝，而奉文王配焉，不可於七廟中，獨舉大禮於一廟，故迎主致之明堂，以配帝也。祭帝必於明堂者，帝出震而宰萬物，猶向明而治天下也。武王即位，追王文王，周公制禮，推本王功，故以文王配帝，而祀于明堂，此義類也。」陳氏云：「郊者，古禮。而明堂者，周制也。周公以義起之也。」又孔云：「《月令》季秋有總祭五帝之禮，但鄭以《月令》爲秦世之書，秦法自季秋，周法不必然，故《禘問志》云『不審周以何月』。」《樂記》云：「祀乎明堂，而民知孝。」《祭義》云：「祀乎明堂，所以教諸侯之孝也。」

我將我享，維羊維牛，尤韻。**維天其右**叶尤韻，夷周翻。陸德明本作「佑」。**之。儀式刑文王之典，**《左傳》作「德」。**日靖四方。**陽韻。**伊嘏文王，**陽韻。**既右享**叶陽韻，虚良翻。**之。我其夙夜，畏天之威，于時保之。**此三句俱無韻。或云，此詩以三之字爲韻。○賦也。將，鄭玄云：「猶奉也。」按將字从寸。寸者，手也，故有奉持之義。享，《爾雅》、《説文》皆云：「獻也。」曰「我將我享」者，陸化熙云：「明堂之禮自我義起，二我字，最有深意。」羊，季本云：「實柴之羊也。按《祭法》云：『燔柴于泰壇，用騂犢。』則明堂祭天，當用特牛，而有羊者，《周禮·羊人》曰：『積共羊牲。』謂積柴祭天，則用羊實柴也。先柴而後獻，故『維羊』文在『維牛』之上。將者，奉羊以共柴也。享者，獻牛以共祀也。孔氏以爲：『祭天貴誠用犢，其配之人當用太牢，則天與文王異饌矣。』以父配帝，牲牢自宜如一，不得異施，如《召誥》用牲于郊，以稷配，而曰牛二也。況牛羊之下，但曰『維天其右之』，則首舉羊牛，專爲天言，而不及配帝之文王矣。」又云：「《周禮·羊人》：『凡積，共其羊牲。』鄭氏謂積爲積柴，疏謂積柴實牲幣，煙氣上聞也。又謂祭天用犢，日月以下有用羊者，故云『維羊維牛』。而鄭司農於《大宗伯》實柴注，又直云『實牛柴』，則其説不同矣。今詳此詩，本祭上帝，其牲用犢者也，而『維羊』之文在其上，《牛人》不言積共牛牲，而獨《羊人》於積言羊，則可見實柴當以羊矣。實柴之羊，非大牢之羊也。」右，則左右之右。黄佐云：「明堂之位，帝居中，文王居西南，主皆西坐東向，東左西右，則饌在左而神在右矣。」鄭箋解右爲助，朱子駁之云：「方説『維羊維牛』，如何便説保佑？

到『伊嘏文王，既右享之』，也説未得佑助之佑。依《周禮》有『享右祭祀』之文，《詩》中此例亦多，如『既右烈考』、『亦右文母』之類。維天其右之，言天庶幾其臨之于右，猶云如在其上也。」其者，不敢遽必之辭。嚴粲云：「夫天之所饗，不在於物，維自託於文王，庶幾可以格天乎？」儀，有儀可象之儀，聲名文物之類，若《儀禮》所載是也。式，《説文》云：「法也。」紀綱制度之類，若《周禮》所載是也。刑，通作刑，義亦訓法，但儀、式皆實字，刑是虚字。典，莊都云：「大册也，字从册在丌上，尊閣之也。」孔子曰：「文武之政，布在方策。」所謂典也。日字，與「聖敬日躋」日字同意。靖，《説文》云：「立竫也。」竫者，亭安也。文王自朝至于日中昃，不遑暇食，用咸和萬民。今法其舊典，所以日求安乎四方也。《左》昭六年，鄭人鑄刑書。叔向使詒子産書，曰：「昔先王議事以制，不爲刑辟，懼民之有争心也。猶不可禁禦，是故閑之以義，糾之以政，行之以禮，守之以信，奉之以仁，制爲禄位，以勸其從，嚴斷刑罰，以威其淫。懼其未也，故誨之以忠，聳之以行，教之以務，使之以和，臨之以敬，蒞之以彊，斷之以剛。民於是乎可任使，而不生禍亂。今吾子相鄭國，作封洫，立謗政，制參辟，鑄刑書，將以靖民，不亦難乎？《詩》曰：『儀式刑文王之德，日靖四方。』如是，何辟之有？」伊，發語聲。嘏，《禮記》云：「長也，大也。」《説文》云：「大遠也。」徐鍇云：「謂大遠之福也。」右，解見前。享，本訓獻，然神歆其獻亦曰享，《孝經》「祭則鬼享之」是也。「伊嘏文王」二句，俱主天言。天意不過欲四方安靖，而我凡議禮制度，無一不取法于文王之舊典，日日施行之，以安四方，惟天惠民，惟文王之典足以安民，是天所大福也。天苟大福我文王，則必歆文王所配之祭，其臨之在右，而享我之祭也必矣。曰「既右享之」者，自必之辭也，必之以理也。蔡汝楠云：「《我將》之詩，以文王配帝，曰『天其右之』、『既右享之』，明堂之樂，其詞婉，親之也。《思文》之詩，以后稷配天，曰『克配彼天』，圜丘之樂，其詞簡，尊之也。」我其夙夜，爲祭後言之也。上文既投誠于天，而冀天之來享我矣，而今而後，苟我不能法文王之典，則天將變其享我者而威我，我其敢不夙夜畏天之威，于以時時保此右享之意，使天永眷我而不替乎？時字正與「夙夜」字相應。陸云：「夙夜畏威，只是常法文典，以靖四方耳。保之，亦不敢恃爲可保，是心上思想如此。」按《左傳》曰：「『畏天之威，于時保之』，敬主之謂也。」君以天爲主，故曰敬主。通篇俱主天言，則以天爲主，文王爲配耳。嚴云：「明堂之禮，天與文王在焉，成王寫其中心之誠，以對越而言之也。」真德秀云：「後世人主一行郊祀明堂之禮，類哆然有矜大之心，如漢武諸詔是也，其視《我將》之頌，可愧多矣。」又《孟子》言「畏天者保其國」，而引此詩。《左》文十五年，齊侯侵我西鄙，遂伐曹。季文子曰：「齊侯其不免乎！禮以順天，天之道也。己則反天，而又以討人，難以免矣。在《周頌》曰：『畏天之威，于時保之。』不畏于天，將何能保？」《前漢書》孔光曰：「天右與王者，故災異數見，以譴告，欲其改更。若不畏懼，有以塞除，而輕忽簡誣，則凶罰加焉，其至可必。《詩》曰：『畏天之威，于時保之。』謂不懼者凶，懼之則吉也。」及《韓詩外傳》記湯時穀生大拱，文王寢疾地動之事，俱引此詩，皆斷章取義，非詩正旨。

《我將》一章十句。《申培説》以爲季秋禘上帝于明堂，而配以文王之樂歌。按禘乃宗廟之祭名，未聞明堂大享亦名曰禘也。季彭山氏謂：「此蓋朝諸侯於方岳時事，以文王爲方伯，有功于方岳，故時巡則以配帝，蓋天之主宰一方者曰帝。唐、虞巡狩，而以燔柴祭天，即此禮也。而配文王以嚴父，則周公爲之，故宗祀明堂非季秋大享之謂也。」今按《孟子》書載齊人欲毀明堂，則明堂之設在方岳誠有之，而篇中亦有

「日靖四方」之語，則以爲時巡祭天之詩，亦若可信。但古者天子巡狩以遷主行，載于齊車，言必有尊也，此載在《曾子問》中甚明。文王乃不遷之主，何得有時巡配帝之事？故知古禮甚不可妄臆也。《子貢傳》闕文。

《絲衣》，祭靈星也。靈星，農祥也。先王祀之而配以后稷，歌《絲衣》之詩以樂之。自「靈星農祥」下，出陳祥道《禮書》。○此詩有二説。《序》初云「繹賓尸也」，又引高子曰：「靈星之尸也。」愚以本文「絲衣其紑」、「載弁俅俅」、「自羊徂牛」三語定之，當從高子之説。陳祥道亦云：「高子以《絲衣》之尸爲靈星之尸，是也。」靈星者，農祥也。東方蒼龍七宿，房心通有農祥之稱。《周語》虢文公曰：「農祥晨正，土乃脉發。」韋昭以爲房星也。立春之日，晨中于午，農事之候，故曰農祥。又伶州鳩曰：「昔武王伐殷，月在天駟。月之所在辰馬，農祥也，我太祖后稷之所經緯也。」《晋語》董因曰：「大火，閼伯之星也，是謂大辰。辰以成善，后稷是相。」韋昭謂心星所在大辰之次，爲天駟。駟，馬也，故曰辰馬。辰爲農祥，周先后稷之所以成善道，戒農事也。合前二説，則房心皆爲農祥，亦以二星相近故也。而應劭則引賈逵説，以爲龍第三有天田星，靈者神也，故祀以報功。辰之星爲靈星，故以壬辰日祀靈星於東南。金勝木，爲土相也。張晏亦曰：「龍星左角曰天田，則農祥也，晨見而祭之。」范曄亦引舊説，以龍左角爲天田，官主穀祀，用壬辰位祠之。壬爲水，辰爲龍，從其類也。據此，則靈星乃專指天田而爲之名。考《星經》，則天、田二星在角北者是也，故服虔以靈星爲角星。又有天田九星，在牛東南，非此天田也。《唐志》云：「歲星主農祥，后稷馮焉，故周人常閱其機祥，以觀善敗。其始王也，次于鶉火，以達天黿。其衰也，淫于玄枵，以害鳥帑。」《逸周書·作雒》篇云：「周公作大邑成周于土中，乃設丘兆于南郊，以祀上帝，配以后稷，日月農星，先王皆與食。」是則農星有祭，自周公時已然，以周家農事開基，而此星獨主農祥，故特著之祀典，不與凡星同，所謂后稷之所經緯者也。杜佑《通典》載周制，仲秋之月，祭靈星於國之東南，以爲東南祭之，就歲星之位也。歲星，五星之始，最尊，故就其位。王充《論衡》亦云：「今靈星，秋雩也。」而《漢舊儀》則謂古時歲再祭靈星，春秋用太牢。要之古禮無文，俱莫能定其是否。愚以是詩證之，則正孟冬蜡祭時事，其謂祭于仲秋，謂春秋再祭者誤也。何者？蜡祭之禮，皮弁素服，他祭不然。據此詩曰「絲衣」，曰「載弁」，此足表明其爲蜡祭矣。絲衣之爲蜡祭者何也？《禮·月令》篇，孟冬之月，天子祈來年于天宗，與祭八蜡，祠大社門閭同時而舉，即此祭也。靈星之爲天宗者何也？《祭法》曰：「幽宗，祭星也。」是星有宗之名。《虞書》「禋于六宗」，賈逵謂：「天宗三：日，月，星；地宗三：河，海，岱。」是星又有天宗之名。然星與日月，雖並稱天宗，而日月及他星皆無關農事，其晨見之時，當歲功之始而獨主穀者，惟靈星耳。故周公郊祀，特舉與日月並列，固以重民事，亦以彰祖德。美其名則曰靈星，尊其神則曰天宗也。漢興，高祖五年，或言周興而邑立后稷之祠，至今血食天下。於是制詔御史，其令天下立靈星祠。言祀后稷而謂之靈星者，以后稷配食星也。亦名赤星祠，龍左角色赤也。牲用太牢。縣邑令長侍祠，舞者用童男十六人。舞者象教田，初爲芟除，次耕種、耘耨、驅爵及穫刈、春簸之形，象其功也。孝武遊登五岳，尊祠靈星。建武二年立靈星祠，有司掌之。晉令縣祀靈星。唐以立秋後辰日祠靈星，祝曰：「九穀方成，三時不害，馮兹多祐，介其農嗇。」開元祀於國城東南，天寶四載升中祠。宋皇祐中，立靈星壇，東西丈三尺，南北亦如之。蓋歷代靈星之見于祀典者如此。是祠之設，專爲祈田，每隸郡邑，惟周之肇祀，反其所自，始與后稷比隆，制固淵乎遠矣。《風俗通》載俗説，縣令問主簿：「靈星在城東南何法？」主簿仰答曰：「惟靈星所以在東南者，亦不知也。」每思其詼諧，啞然失笑。嗚呼！以高子筆之於《詩序》之後，而先儒猶未能明其制而信其是，且詆以爲誤。彼縣令、主簿皆俗吏，其能知之也哉？羅泌云：「於祭有尸，見君子亹亹事神之盡也。宗廟有尸，以盡孝也，而自天地社稷山川群小祀，一皆有尸，則亦以事父母之心事之也。大氏神鬼陰屬，非附陽體則不可以見，是故尸以託之。繹賓之尸，高子以爲靈星，是三辰亦有尸矣。後世禮闕，尸不復見，而今巫童方士，亦有憑身附體之法，其所以交神明，猶有聖人之遺意。」孔云：「高子與孟子同時，趙岐以爲齊人。」王應麟云：「高子，即高行子。」徐整云：「毛公之學，自謂子夏所傳。子夏授高行子，高行子授薛蒼子，薛蒼子授帛妙子，帛妙子授河間大毛公。」蘇轍云：「毛氏襍取衆説以解經，非皆子夏之言，凡類此耳。」

絲《説文》作「素」。**衣其紑**，尤韻。**載**《爾雅》注作「戴」。**弁**《説文》「載弁」作「弁服」。**俅俅**。尤韻。《説文》作「絿絿」。**自堂徂基**，支韻。**自羊徂**《韓詩外傳》作「來」。**牛**。尤韻。**鼐鼎及鼒**，支韻。《説文》作「鎡」，《史記》作「哉」。**兕**陸德明本作「兕」。**觩**陸本、豐氏本俱作「觵」。**其觩**。尤韻。陸本作「斛」。**旨酒思柔**。尤韻。**不吳**《説文》、《漢書》俱作「吴」。**不敖**，陸本作「傲」，《史記》作「驁」。**胡考之休**。尤韻。○賦也。絲衣，《説文》作素衣，即《郊特牲》言素服蜡祭之禮也。紑，《説文》云：「白鮮衣貌。」鄒忠胤云：「祭服鮮不用絲，而五冕之服，各有章采。此專言絲衣，則以素別於繪耳。」載，鄭玄云：「猶戴也。」

孔穎達云：「載者，在上之名，故經稱『載弁』。」愚按此當通作戴，以首荷物謂之戴也。弁，即《郊特牲》所云「皮弁」也，解見《頍弁》篇。俅，《説文》云：「冠飾貌。」按《詩》言會弁如星，則其飾也。字从人，毛傳以爲恭順貌，亦通。《郊特牲》云：「皮弁素服而祭，素服，以送終也。蜡之祭，仁之至、義之盡也。」孔云：「天宗公社門閭謂之蜡，其祭則皮弁素服。臘先祖五祀謂之息民之祭，其服則黄衣黄冠。」自，從也。堂，廟堂也。徂，往也。基，《説文》以爲墻始，此則廟堂下之階基也。天子之祭禮無聞，以《特牲》士禮準之。先夕陳事，設洗于阼階東南，壺禁在東序，籩豆鉶在東房。几席兩敦在西堂。主人及子姓兄弟，即位於堂下之東，北面東上。賓及衆賓，即位于堂下之西，東面北上。宗人升自西階，視壺濯及豆籩，反降，東北面告主人及賓，於壺及籩豆之屬，凡有洗濯者告濯，几席不洗者告具而已。是則自堂徂基，乃自堂上而往于堂下之階基，當亦如《特牲》禮告濯具之事也。「自羊徂牛」者，先省視羊，以備燔燎，復往省視乎牛，以供享獻也。羊文在牛之上，與《我將》篇「維羊維牛」義同。羊者，實柴之羊。《周禮·大宗伯》職云：「以實柴祀日月星辰。」是祭星用柴。《羊人》職云：「凡沈、辜、侯、禳、釁、積，共其羊牲。」鄭玄謂積者，積柴禋祀，槱燎實柴，是實柴以羊也。《公羊傳》注謂：「祭天，牲角繭栗。社稷宗廟，角握。六宗五岳四瀆，角尺。」靈星者，六宗之一，亦得用牛，其不與天同者，以角尺、繭栗爲别。漢高時去古未遠，祠靈星以太牢，其禮當有所據。此獨言牛者，舉大以該小耳。又《韓詩外傳》及《説苑》云：「東野鄙人，有以九九之術見齊桓公者。公曰：『九九何足以見乎？』對曰：『臣非以九九爲足以見也。夫九九薄能耳，而君猶禮之，況賢于九九乎？太山不讓礫石，江海不逆小流，所以成大也。』桓公曰：『善！』乃因禮之。朞月，四方之士，相携而並至。《詩》曰：『自堂徂基，自羊徂牛。』言以内及外，以小及大也。」按此特借譬之語，與詩旨無涉，然亦可謂善引詩者矣。鼐，《爾雅》、《説文》皆云：「鼎之絶大者。」鼎，《説文》云：「三足兩耳，和五味之寶器也。」《爾雅》云：「圜弇上謂之鼒。」孫炎云：「鼎斂上而小口者。」陳祥道云：「《士虞禮》有上鼎、中鼎、下鼎，《有司徹》司馬舉羊鼎，司士舉豕鼎、魚鼎，則鼎之體，有大小侈弇之别，而其用有牛、羊、豕、魚之異。天子諸侯有牛鼎，大夫有羊鼎，士豕鼎、魚鼎而已。上得兼下，下不得兼上，則鼐鼎特王有之也。」按《特牲禮》，宗人告濯具之後，「賓出，主人出，皆復外位。宗人視牲，告充。舉鼎鼏，告潔」。孔云：「彼先視濯籩豆，次視牲，次舉鼎，先後與此次第正同。以此知從羊之牛是告充，鼐鼎及鼒是舉鼏告潔也。」愚按自此以上，將祭時事，兕觥以下，則方祭時事，乃主人與尸賓獻酢旅酬之禮也。《小雅・楚茨》曰：「爲賓爲客，獻酬交錯。禮儀卒度，笑語卒獲。」即此時也。「兕觥」二句，與《桑扈》篇同，而語意小異。觥乃罰爵，非祭所用。曹氏謂「旅酬之後，恐有失禮者，則以此罰之」是也。其觩者，孔云：「觩然徒設，無所用之。」吴，毛傳云：「譁也。」《説文》云：「大言也。字从口从夨，夨音仄。」徐鍇云：「大言，故夨口以出聲也。」又《釋文》引《説文》作吳，且引何承天云：「吴字誤，當作吳，从口下大。魚之大口者曰吳，呼化切。」今按《説文》只有吴字，無吳字，徐氏深闢改吴爲吳之謬，何、陸所云，不足信也。敖，通作傲。《説文》云：「倨也。」解見《桑扈》篇。胡考，解見《載芟》篇。休，美也。言獻酢旅酬之時，雖有觩然上曲之罰爵在旁，而此與祭者，皆人人飲美酒而思和柔，不讙譁，不倨慢，無所用罰。飲酒時之恭順如此，其能恭順以交于神明可知矣。如此，則神降之福，宜乎其必有壽考永年之休美也。又顔師古讀胡爲何，曰何壽之美者，歎之之言也。亦通。

《絲衣》一章九句。《序》先以爲繹賓尸，蔡邕《獨斷》亦仍之曰：「繹賓尸之所歌也。」鄭康成從其說，而不取《序》後所引高子之説，謂：「載弁者，戴爵弁也，爵弁而祭于王，士服也。繹禮輕，使士升門堂，視壺濯及籩豆之屬。降往于基，告濯具，又視牲，告充，已乃舉鼎冪告潔，禮之次也。」按大夫以上，祭服謂之冕，士祭服謂之弁。《襍記》云：「大夫冕而祭于公，弁而祭于己；士弁而祭于公，冠而祭于己。」故唐孔氏申鄭之義云：「禮有冠弁、韋弁、皮弁，皆不以絲爲衣，且非祭祀之服。《襍記》謂士弁而祭于公，《士冠禮》有爵弁紂衣，與此絲衣相當，故知此弁是爵弁，士服之以助君祭也。」鄒忠胤駁之云：「《士冠禮》絲衣爵弁，原不言助祭，《襍記》士弁而祭于公，亦未聞服絲衣。且果如《序》所云繹賓尸，則牲器以何旹省？若是《周禮》王者正祭，則視滌濯、逆齊省鑊、告旹告備者，有宗伯在，不必使士。若《儀禮·特牲》祭之前夕，宗人視濯視牲，厥明乃祭，此則士祭于己之禮，非祭于公之禮。康成種種牽合，又曲爲之説曰『繹禮輕，故用士』，以實其所謂繹賓尸，謬矣。」郝敬亦主繹義，而第不從其所云「告濯具，告充，告潔」者，謂：「繹禮殺于正祭，牲牢器皿皆用祭之餘。《有司徹》云『埽堂』，『爇尸俎』，行禮，非別殺牲，先夕省視也。《詩》言『自堂徂基』者，即《少牢》云祭畢，尸出廟門外俟儐。❶天子明日儐，則昨日堂上之尸今往儐于門基也。言『自羊徂牛，鼐鼎及鼒』者，牲鼎皆自堂往門，始祭，牲入，先太牢，後少牢，徹，故羊先出，而牛從之。鼐鼎大以烹牲體，鼒小以盛和羹。羹近尸，牲近外，故鼐先出而鼒從之，猶《士虞禮》朼者逆退復位之類，皆自堂往基之序也。」今按《周禮·牛

❶「尸」，原作「户」，據《儀禮·少牢饋食禮》改。

人》職云：「祭祀共其享牛求牛。」鄭玄謂：「享牛者，獻神之牛，所以祭者也。求牛者，終事之牛，所以繹者也。宗廟有繹者，孝子求神非一處。」故以繹牛爲求牛也，此則繹禮别殺牲之明據。且謂徹牲自堂往于門基，則似當日不徹，至繹之日而後徹者，其于廢徹不遲之義，又何居焉？鄭之失，在於以此詩爲繹，其言省視未有失也，若郝則兩失之者也。又張横渠以絲衣、載弁爲繹祭之尸服，謂：「天子既以臣爲尸，不可祭罷便使出門而就臣位，故其退尸也皆有漸，言絲衣，已是不着冕服，言弁，已是不冠冕也。」要是憑臆立説，無所稽據。愚以《序》言「繹賓尸」三字，自是可疑。天子諸侯曰繹，大夫曰賓尸，此鄭康成之説，見于《爾雅》、《春秋》三傳及《儀禮》甚明。二祭之名各别，何得並舉成文？即孔氏謂繹者是此祭之名，賓尸是此祭之事，總屬附會。竊意繹是懌字之訛，懌者悦也，祭祀盡禮，則賓與尸皆悦。而第未明其所祭之爲何尸，故又繼之以高子之言曰「靈星之尸也」。斯《序》未嘗不明，特以亥豕爲累，遂誤後學耳。郝又泥絲之一字，以此詩爲祈蠶之繹祭，謂：「靈星者龍星，蠶爲龍精，凡尸象神，神象物，絲衣、戴弁者尸服也。蠶爲絲，故衣絲。紑，潔也，象蠶色。俅俅，下曲貌，弁無曲者，象蠶形也。」此似戲論，其秕陋，固無煩辨。且繹祭惟宗廟有之，即有和合《序》及高子之説，謂是繹靈星之尸者，愚尚不敢從也，而況于妄指爲祈蠶之繹乎？朱子但以爲祭而飲酒之詩，固亦近之，而其祭于何地，飲以何時，總莫能明。《申培説》以爲士執事于王祭，而飲以旅酬之樂歌。季本亦云：「此《祭統》所謂尸飲九，而君以散爵獻士者。」要皆惑于鄭氏爵弁助祭之説，與朱傳同。《子貢傳》闕文。

《楚茨》，秋祫嘗之禮也。疑即九夏中之《祴夏》，又名《采薺》。《申培説》以爲農事既成，乃祭宗廟，燕及王族之詩。吕氏云：「《楚茨》極言祭祀所以事神受福之節，致詳致備，所以推明先王致力於民者盡，則致力於神者詳。觀其威儀之盛，物品之豐，所以交神明，逮群下，至于受福無疆者，非德盛政修，何以致之？」愚按此與《信南山》皆爲祭祀之詩，而指各有異。彼乃冬祭，故其辭曰「是烝是享」；若此，則秋祭也。何以知之？以「祝祭于祊」一語知之。《周禮·大司馬》春蒐獻禽以祭社，夏苗獻禽以享礿，秋獮致禽以祀祊，冬狩獻禽以享烝。舊説以祊當爲方，謂秋田主祭四方，報成萬物。按方祭在夏雩秋報俱有之，原不專于秋，且夏礿冬烝，皆宗廟之祀，何獨于秋祊而疑之？其所以不言春祠者，亦自有説。四時之祭，春爲小禮，夏秋冬爲大禮，《王制》曰：「天子犆礿，祫禘、祫嘗、祫烝。諸侯礿則不禘，禘則不嘗，嘗則不烝，烝則不礿。」又曰：「諸侯礿犆，禘一犆一祫，嘗祫，烝祫。」犆之爲言特也，祫之爲言合也。天子之禮，春則特祭，夏秋冬則合享，特祭各於其廟，合享同于太廟。諸侯春祭亦犆，而秋與冬皆祫，其異于天子者，惟夏禘之禮，一年行犆、一年行祫而已。若夫天子言犆礿，諸侯言礿犆，天子言祫禘、祫嘗、祫烝，諸侯言嘗祫、烝祫，此特變文，非有異義。然礿禘乃虞、夏祭名，殷人改礿名爲禴，周人又以礿禴名夏祭，而更春祭名祠，升禘名爲五年之大祭。若嘗烝之名，四代無改，至于犆祫之禮，想亦皆同。陳祥道《禮書》辨之甚悉。此《周禮》之所以言礿祊烝，而不及春祠也。《禮書》云：「《楚茨》之詩，始言『以往烝嘗』，終言『神具醉止』。《儀禮》大夫三廟，筮止丁亥之一日，而言薦歲事于皇祖。《禮記》亦云：『嘗禘之禮，所以仁昭穆。』則會群神于烝嘗而具醉者，祫也。合三廟于一日，而薦于皇祖者，亦祫也。嘗禘所以仁昭穆，亦祫也。祫有三年之祫，有時祭之祫。時祭，小祫也。三年之祫，大祫也。《公羊傳》曰：『大事者何？大祫也。』則明時祭之祫爲小祫矣。《禮記》曰大嘗，《周禮》曰大烝，則春祀爲小禮矣。蓋小祫止于未毁廟之主，大祫已及于毁廟之主。《禮記》曰：『周旅酬六尸。』又曰：『祫于太廟，祝迎四廟之主。』夫天子旅酬止于六尸，諸侯迎主止于四廟，非小祫而何？」宋神宗時，詳定郊廟奉祀禮文，議者謂：「祠禴烝嘗之名，春夏則物未成而祭薄，秋冬則物盛而祭備，故許慎以品物少、文詞多爲祠，而王弼以禴爲祭之薄。何休謂秋穀成者非一，黍先熟可得薦，故曰嘗。冬萬物畢成，所薦衆多，故曰烝。故《禮記》以嘗爲大嘗，《周禮》以烝爲大烝，孔安國亦以烝嘗爲大享。」又按祊爲秋祭，《周禮》固有明文。然竊嘗以義求之，而深覺其可信。蓋祊祭在廟門之内，與他祭不同，其字从示从方，有索求諸四方之義。舊説謂祊有二種，一是正祭之時，既設祭于廟，又求神于祊，此詩所云是也。一是祭之明日，繹祭之時，行禮于祊，若《禮器》所云是也。又謂正祭之祊，在廟門内之西，繹祭之祊，在廟門外之西。今按《爾雅》祊作閍，云：「閍謂之門。」《説文》祊一作鬃，云：「門内祭先祖，所以徬徨。」是則祊祭自在門内，原無二祊，《禮器》所謂「設祭于堂，爲祊乎外」，蓋對堂而言，則門爲外，非謂祊在門外也。《家語》衛莊公改舊制，變宗廟，高子睪問于孔子曰：「《周禮》繹祭于祊，祊在廟門之西，今衛君更之，如之何？」孔子曰：「繹之於庫門内，祊之於東方，失之矣。」是可見繹祭當在祊，祊自當在廟門内之西。今衛君既改祊之所於東，而行繹禮又不於祊，乃於庫門之内，皆所謂失禮也。然繹之所以必於祊者，以繹爲明日之又祭，蓋正祭事畢，則神可以歸矣。孝孫孝子猶未忍其遽歸也，故於明日又設繹祭，而於門以求之。秋祭于祊，意亦同此。《祭義》謂：「霜露既降，君子履之，必有悽愴之心，非其寒之謂也。春，雨露既濡，君子履之，必有怵怛之心，如將見之，樂以迎來，哀以送往，故禘有樂而嘗無樂。」是則秋祭、繹祭同有送往之義，❶故皆求之於祊也。又《祭統》云：「礿禘，陽義也。嘗烝，陰義也。禘者，陽之盛也。嘗者，陰之盛也。故曰：莫重于禘嘗。古者於禘也，發爵賜服，順陽義也。於嘗也，出田邑，發秋政，順陰義也。未發秋政，則民弗敢草也。」觀此詩，首以楚茨抽棘爲言，亦秋政已發之明據。至諸儒詮釋，大抵引《儀禮》爲證，然《儀禮》之言祭禮者，不過《特牲饋食》、《少牢饋食》及《有司徹》三篇，而舊説謂《特牲饋食》乃諸侯之士祭祖禰之禮，《少牢饋食》乃諸侯之卿大夫祭祖禰之禮，《有司徹》爲《少牢》下篇，所載乃上大夫祭畢而儐尸于堂，及下大夫祭畢而禮尸于室之事。其禮皆非天子諸侯所用，故此詩如「祝祭于祊」，在《儀禮》中絶無道及。而獻酬、笑語一節，據《儀禮》，其事本在祭末，及「執爨踖踖」等事，皆當處嘏辭「工祝致告」之後，今詩文反在先者，則以天子諸侯之禮自當與卿大夫士不同，固無足怪。即天子諸侯祭禮，亦當有別，特古禮久亡，其襍見于《周禮》、《禮記》諸書者，雖畧可考見，而參錯涣散，不相連屬。愚解此詩，第取其相似者引用之，要之據《詩》以明禮，不敢泥禮以疑《詩》。若諸儒所言祭祀之節，皆多以意推測，支離附會，終未必與古禮相合，不足信也。愚又疑此詩爲九夏中之《祴夏》，説見《時邁》篇小引下。

楚楚者茨，《禮記》注作「薺」，《楚辭章句》作「薋」。**言抽其棘。**職韻。**自昔何爲？我蓺**《説文》作「埶」。**黍稷。**職韻。**我黍與與，我稷翼翼。**職韻。**我倉既盈，我庾維億。**職韻。**以爲酒食，**

❶「義」，《四庫全書》本作「意」。

職韻。**以享以祀。**叶職韻，逸職翻。《韓詩外傳》作「配」。**以妥以侑，**宥韻。《韓詩外傳》引詩無此句。**以介景福。**叶宥韻，敷救翻。亦叶職韻，筆力翻。○賦也。楚楚，朱子云：「盛密貌。」按楚字義，《説文》以爲叢木，謝朓詩云「平楚正蒼然」，以叢木廣遠謂之平楚，今茨之盛密似之，故亦云楚楚也。茨，《爾雅》云：「蒺藜也。」陸佃云：「蒺藜布地蔓生，子有三角刺人，狀如蔆而小。蒺之言疾也，一名茨，可以茨墻，故謂之茨。《墻有茨》序曰：『國人疾之而不可道也。』正言蒺藜以此。」又吕祖謙云：「《説文》曰：『薺，蒺藜也。』而茨則以茅葺覆屋之名。鄭康成謂趨以《采薺》，當爲《楚薺》之薺。然則當康成世字猶爲薺，其爲茨者，後人誤也。」抽，拔也。毛傳云：「除也。」棘，指蒺藜也。蒺藜能刺人，故以棘稱。楊雄《方言》云：「凡艸木刺人，北燕、朝鮮之間，謂之茦。自關以西，謂之刺。江淮之間，謂之棘。」黄震云：「言抽其棘與言刈其楚，語意正同。」昔，古也。抽除茨棘，以利農事，從古而然。我，代爲王者之自我也。蓺，種也，解見《南山》篇。鄭玄云：「自古之人，何乃勤苦爲此事乎？我將得黍稷焉。」與，《説文》云：「黨與也。」曰與與者，黍黍相並，如人之有儔侶也。翼，羽翼也。曰翼翼者，稷稷相輔，如鳥布翅相接也。《吕氏春秋》云：「苗，其弱也欲孤，其長也欲相與俱，其熟也欲相扶。是故三以爲族，乃多粟。」與與、翼翼之謂也。倉，《説文》云：「穀藏也。」《戰國策》注云：「圓曰囷，方曰倉。」盈，《説文》云：「滿器也。」庾，《説文》云：「倉無屋者。」毛云：「露積曰庾。」孔穎達云：「《甫田》言『曾孫之稼，如茨如梁』，此聚稼也。又曰『曾孫之庾，如坻如京』，是積粟也。下言『乃求千斯倉，乃求萬斯箱』，欲以萬箱載稼，千倉納庾。是庾未入倉矣，故曰『露積』，言露地積聚之，《九章算術》『平地委粟』是也。《周語》『野有庾積』，言野有，則非倉之類，亦露積之驗也。」韋昭云：「十萬曰億，古數也。秦時改制，始以萬萬爲億。」孔云：「既言露積爲庾，則庾在於空，非有可滿之期。舉億爲多，以至億爲滿也。倉無一億者，假令一億十萬斛，依《九章算術》，古粟斛方一尺，長二尺七寸，是一億之積，方一尺，而長二十七萬尺也。立方開之，幾六十五尺，雖則高大之倉，未有能容此者。知其不相通也。」王安石云：「我倉既盈，無所藏之，露積爲庾，其數至億。」此以上述祭之酒食所從出。始而種，繼而收，連用五我字，見一粒皆我精神，則皆我孝思也。凡祭以酒食爲主，而牛羊俎豆佐之。以爲酒食，以字指黍稷言。孔云：「《月令》命大酋爲酒云『秫稻必齊』，則爲酒非直黍也。又天子之祭，當用黍稷稻粱，然則爲酒食者，非獨黍稷而已。以黍稷爲穀之主，故舉黍稷以總衆穀。」「以享」而下四「以」字，俱指酒食言。享，《說文》云：「獻也。」祀，《說文》云：「祭無已也。」妥，毛云：「安坐也。」按《說文》無妥字，當是綏省文耳。侑，《說文》云：「耦也。」毛云：「勸也。」蓋有人耦之于旁，以勸之也。鄭云：「以黍稷爲酒食，獻之以祀先祖。既又迎尸，使處神坐而食之。爲其嫌不飽，祝以主人之辭勸之也。」蘇轍云：「主人拜尸而安之，祝勸尸而食之。」按《禮記·郊特牲》云：「舉斝角，詔妥尸。古者，尸無事則立，有事而後坐也。」注云：「尸始入，舉奠斝，若奠角。將祭之，祝則詔主人拜安尸，使之坐。尸即至尊之坐，或時不自安，則以拜安之也。天子奠斝，諸侯奠角。」《儀禮·特牲》篇略云：「祝延尸入，尸即席坐，主人拜妥尸。尸答拜，祝命挼祭。尸左執觶，佐食取黍、稷授尸。尸祭之。主人拜，尸奠觶，答拜。」《少牢》篇略云：「祝延尸入，主人從。尸升筵，祝、主人皆拜妥尸，尸不言。尸答拜，遂坐。上佐食取黍稷授尸。尸受，祭于豆。」注云：「黍稷之祭爲墮祭，將食神餘，尊之而祭之。」《周禮》曰「既祭則藏其墮」，墮與挼讀同。此妥尸之禮也。《禮器》云：「夏立尸而卒祭，殷坐尸，周坐尸，詔侑武方，其禮亦然。」注云：「武當爲無，聲之誤也。」《特牲》篇云：「尸三飯告飽。祝侑，主人拜。尸又三飯告飽，祝侑之如初。又三飯告飽，祝侑之如初。」《少牢》篇云：「尸告飽，祝西面于主人之南獨侑，不拜，侑曰：『皇尸未實，侑。』尸又食。尸不飯，告飽，祝西面于主人之南，主人不言，拜侑。尸又三飯。」注云：「祝言而不拜，主人不言而拜，親疏之宜。」此侑尸之禮也。妥、侑相繼，其禮皆在迎尸初入之時。獻尸，即所以獻神也。以介景福，承上二句言。介，助。景，光也。解見《小明》篇。言助之以彰明可見之福也。

濟濟蹌蹌，陽韻。**絜**豐氏本作「潔」。**爾牛羊，**陽韻。**以往烝嘗。**陽韻。**或剥或亨，**叶陽韻，鋪郎翻。**或肆或將。**叶陽韻，資良翻。**祝祭于祊，**叶陽韻，分房翻。《説文》作「𥛱」。**祀事孔明。**叶陽韻，謨郎翻。**先祖是皇，**陽韻。**神保是饗。**叶陽韻，虚良翻。豐本作「亯」。**孝孫有慶，**叶陽韻，虚良翻。**報以介福，萬壽無疆。**陽韻。○賦也。濟之爲言齊也，亦音齊。濟濟，行列整齊之貌。蹌，《説文》云：「動也。」《虞書》「鳥獸蹌蹌」，解正同此。愚按此以下文牛羊之盛言。舊説謂與祭者有容儀，亦通。《祭義》云：「仲尼嘗，奉薦而進，其視也慤，其行也趨趨以數。已祭，子贛問曰：『子之言祭，濟濟漆漆然，今子之祭，無濟濟漆漆，何也？』子曰：『濟濟者，容也，遠也。漆漆者，容也，自反也。容以遠，若容以自反也，夫何神明之及交？夫何濟濟漆漆之有乎？夫言豈一端而已，夫各有所當也。』」孔云：「《曲禮》曰：『大夫濟濟，士蹌蹌。』祭祀之禮，主人自慤而趨，其賓客則有容儀，故濟濟蹌蹌也。」絜，通作潔。《説文》云：「瀞也。」劉彝云：「在滌而芻之也。」爾，指典司其事者言。《周禮·小宗伯》毛六牲，頒于五官，使共奉之。充人掌繫祭祀之牲牷于牢，芻之三月。觀下文言以往烝嘗，則此第鮮潔，儲之以備用，與省牲迎牲不同。以往，猶言後日也。烝嘗，解見《天保》篇。言過此以往，將有事于烝嘗也。廟事莫重于烝嘗，田功成而品物備也。「或剥」二句，承牛羊言。剥，裂。亨，煮。肆，陳。將，奉也。剥、亨治牲，肆、將獻牲，四或字，兼事與人言。鄭云：「祭祀之禮，各有其事。有鮮剥其皮者，有煮熟之者，有肆其骨體于俎者，有奉持而進之者。」孔云：「於《周禮》則《内饔》云：『凡宗廟之祭祀，掌割亨之事。』則解剥其肉，是内饔也。《亨人》云：『掌供鼎鑊，以給水火之齊，職外、内饔之爨亨煮。』則煮熟之者，是亨人也。《外饔》：『掌外祭祀之割亨，陳其鼎俎實之牲體。』則肆其骨體于俎，是外饔也。《大司徒》云：『祀五帝，奉牛牲，羞其肆。』注云：『肆進所解骨體。』又《小子》職云：『掌祭祀，羞羊肆羊殽肉豆。』則奉持進之，是司徒、小子之類也。既解剥，則當亨煮之于鑊。既煮熟，當陳其骨體于俎，然後奉持而進之爲尸羞也。」自首章至此，皆預言祭祀之事，未及行禮，觀烝、嘗二字連言可見。《左》桓六年，隋季梁曰：「夫民，神之主也，是以聖王先成民而後致力于神。故奉牲以告曰『博碩肥腯』，謂民力之普存也，謂其畜之碩大蕃滋也，謂其不疾瘯蠡也，謂其備腯咸有也；奉盛以告曰『絜粢豐盛』，謂其三時不害而民和年豐也；奉酒醴以告曰『嘉栗旨酒』，謂其上下皆有嘉德而無違心也。所謂馨香，無讒慝也。故務其三時，修其五教，親其九族，以致其禋祀，於是乎民和而神降之福，故動則有成。」《祭義》云：「君子反古復始，不忘其所繇生也，是以致其敬，發其情，竭力從事，以報其親，不敢弗盡也。是故昔者天子爲籍千畝，冕而朱紘，躬秉耒。諸侯爲籍百畝，冕而青紘，躬秉耒，以事天地、山川、社稷、先古，以爲醴酪齊盛，於是乎取之，敬之至也。古者天子、諸侯，必有養獸之官，及歲時，齋戒沐浴而躬朝之。犧牲祭牲，必於是取之，敬之至也。君召牛，納而視之，擇其毛而卜之，吉，然後養之。君皮弁素積，朔月，月半，君巡牲，所以致力，孝之至也。」祝，《説文》云：「祭主贊詞者。」祊，解見前。祝祭于祊，爲行禮之始，畧如迎神之類，雖其禮不傳，然愚以《祭統》之文知之。《祭統》稱祭有十倫，首言鋪筵設同几，爲依神也。詔祝于室而出於祊，此交神明之道也。是則祭祊爲行禮之始之明據也。輔廣云：「凡祀，祼鬯則求諸陰，焫蕭則求諸陽。索祭祝于祊，則求之陰陽之間，蓋魂無不之，神無不在，求之之備如此。」祀事，祭祀之事。孔，甚。明，著也。蓋謂祭祊以前，尚有灌地、迎牲、告幽全、升臭等事，其祀禮甚明著也。不詳悉言之者，與《信南山》篇互見，故畧之也。何以知諸禮在祭祊之前？嘗參繹《郊特牲》、《禮器》之言祊者而得之。《郊特牲》云：「詔祝于室，坐尸于堂，用牲于庭，升首于室。直祭，祝于主；索祭，祝于祊。不知神之所在，於彼乎？於此乎？或諸遠人乎？祭于祊，尚曰求諸遠者與？」又云：「祊之爲言倞也，首也者直也。」而《禮器》則云：「納牲詔於庭，血毛詔于室，羹定詔于堂。三詔皆不同位，蓋道求而未之得也。設祭于堂，爲祊乎外，故曰：於彼乎？於此乎？」二禮所記畧同。今按《信南山》所言「祭以騂牡」，即納牲詔于庭，及用牲于庭也。「啓毛取血」，即血毛詔于室也。「膟膋燔燎」，先儒皆以爲詔祝于室之事。在取血膋之後，即朝踐時也。室之内有主在焉，因而升牲首于室，《郊特牲》所謂「直祭祝于主」，而自解之曰「首也者，直也」，是可見升首之爲直祭也。此時尸坐于堂，亦設有腥爓之祭焉，所謂「設祭于堂」也。❶猶恐神之或不在，求而未之得也，因于祊以求之。《郊特牲》于「直祭祝于主」之下，即繼之曰「索祭祝于祊」，《禮器》于「設祭于堂」之下，即繼之

---

❶「祭」，原作「坐」，據文義，此處用《禮器》文，據改。

曰「爲祊乎外」，互相備也。皆曰：「于彼乎？于此乎？」蓋汲汲于求神也。自是而神若或至矣，始行薦熟之禮。以尸人也，必薦熟而後尸可饗也，則執爨以下事也。朝踐以前，皆交于神明之道，其意在于求神；薦熟以後，始兼用人道，其事在于饗尸。《信南山》紀朝踐以前事，《楚茨》紀薦熟以後事，愚於是而悟二詩之相爲首尾也。或問：祊祭亦有牲否？曰：有，即求牛是也。《周禮·牛人》職云：「凡祭祀，共其享牛、求牛。」正祭之牛，謂之享牛；索祭之牛，謂之求牛。求即索也。若祭之明日，繹祭于祊，其牲當亦求牛也。先祖，通七廟而言，則以其爲小祫故耳。孔云：「烝嘗，時祭也。時祭當自禰以上，而言先祖者，據遠可以兼近。」皇，通作煌。徐鉉云：「皇之爲言煌煌然也。」按煌者煇也，光明之意，洋洋乎如在其上也。神，先祖之神也。孔云：「本其生存謂之祖，言其精氣謂之神。」保，毛云：「安也。」饗，歆也。《祭義》云：「饗者，鄉也。鄉之，然後能饗焉。」神保是饗者，言先祖之神安之，於是饗其祭祀也。朱子謂：「神保蓋尸之嘉號，猶《楚辭》所云『靈保』者。」按《楚辭》云「思靈保兮賢姱」，乃謂神安附于巫身，以賢姱目巫，非以靈保目巫也。若以神保名尸，則於第三章「神保是格」固自難通。而第五章「神保聿歸」之前，不應變言「皇尸載起」矣。對先祖稱孝孫，乃主祭之人，謂天子也。慶，福也，賀也，言有福而可賀也。介福，即上章所介之景福。疆，鄭云：「竟界也。」孝孫能盡力於祭祀，故先祖報以所助之景福，使之得萬年之壽，無有盡界也。萬壽無疆，正介福之實，所謂有慶者也。

執爨踖踖，陌韻，亦叶藥韻，七約翻。**爲俎孔碩**，陌韻。亦叶藥韻，實若翻。**或燔或炙**。陌韻，亦叶藥韻，職畧翻。**君婦莫莫**，藥韻，亦叶陌韻，莫白翻。通作「貊」。**爲豆孔庶**，叶藥韻，職畧翻。亦叶陌韻，之石翻，讀如摭。《釋名》云：「庶，摭也，拾摭之也。」**爲賓爲客。**陌韻。亦叶藥韻，克各翻。**獻醻**陸德明本、《大全》、朱傳、豐本俱作「酬」。**交錯，**藥韻。**禮儀**《韓詩外傳》作「義」。**卒度，**叶藥韻，達各翻。**笑語卒獲。**陌韻，亦叶藥韻，黄郭翻。**神保是格，**陌韻。亦叶藥韻，葛鶴翻。**報以介福，萬壽攸酢！**藥韻。○賦也。祭以饋熟爲正，故此章專就薦熟時言之。執，即執事之執，謂供事也。爨，賈公彦云：「今之竈也。周公制禮之時謂之爨，至孔子時則謂之竈。」按《少牢》禮有雍爨，有廪爨。雍爨以炙肉，雍人掌之；廪爨以炊米，廪人掌之。《特牲》禮有牲爨，有魚腊爨，即雍爨也。然無廪爨而有饎爨，主婦視之。舊説炊黍稷曰饎，饎廪所爨同物，而廪比饎爲大，則行禮之人異耳。此詩言爲俎，言燔炙，則所執者乃雍爨也。踖，《説文》云：「長脛行也。」重言踖踖，《爾雅》云：「敏也。」郭璞云：「便速敏捷也。」俎，《説文》云：「禮俎也。字从半肉在且上。」指事。且即薦肉之器，字从几，足有二横，一，其下地也，象形。爲俎，謂載牲體于俎。碩，大也。孔云：「其爲俎之牲體甚博大，言肥腯而得禮也。」按《特牲》記俎之類不一，有肵俎，有折俎，有尸俎，有阼俎，有主婦俎，有祝俎，有佐食俎，有賓俎。肵俎，載牢心舌于上，設于尸饌之北，尸每食牲體，反著于肵俎，是主人敬尸之俎，《郊特牲》所謂肵之爲言敬也。折俎，謂節解者，旅酬時所設也。尸俎，事尸之俎。牲體有九，曰肩，曰臂，曰臑，曰肫，曰胳，曰正脊二骨，曰横脊二骨，曰長脅二骨，曰短脅。凡九體，皆尚右，周道也，所以尊尸也。體貴奇者何？陽數也。骨者何？以致敬也。又有膚三焉，以致愛也。愛敬交致，孝之至也。又有離肺一，刌肺三焉。所以貴肺者何？氣主也。又魚十有五。魚，陰物也，取諸月十有五日而盈之義也。腊如牲骨，則猶是貴奇之意也。阼俎者，主人之俎，自阼俎而下，亦總名爲執事之俎，而其物薄矣。據此詩以孔碩言俎，蓋專指尸俎。毛云：「加火曰燔，炕火曰炙。」嚴粲云：「《漢志》言秦燔滅文章，顔氏注謂：『燔，燒也。』然則燔是近火燒之，如今之燒肉，火焰所及也。炕，舉也。以物貫之，而舉於火上，以炙之也。」鄭云：「燔，燔肉也。炙，肝炙也。皆從獻之俎也。」孔云：「《夏官・量人》：『凡祭祀，制其從獻脯燔之數量。』言從獻者，既獻酒，即以此燔肉從之也。知炙肝者，《特牲》：『主人獻尸，賓長以肝從；主婦獻尸，兄弟以燔從。』彼燔與此燔同，則彼肝與此炙同，故云：『肝炙也。』然燔者，火燒之名；炙者，遠火之稱。以難熟者近火，易熟者遠之，故肝炙而肉燔也。」吕祖謙云：「爲俎孔碩，謂薦熟也。或燔或炙，謂從獻也。鄭氏以爲一事，誤矣。燔肉與肝炙，豈得謂之孔碩乎？」君婦，意如九嬪、世婦、女御之屬。《爾雅》解嬪爲婦，而鄭氏亦以女御爲御妻，是皆可以君婦名。觀第五章次「君婦」于「諸宰」之下，則其非王后可知。按《周禮・九嬪》：「凡祭祀，贊玉齍，贊后薦、徹豆籩。」《世婦》：「掌祭祀之事，帥女宮而濯溉，爲齍盛。及祭之日，蒞陳女宮之具，凡内羞之物。」《女御》：「凡祭祀，贊世婦。」夫九嬪之職，在贊后薦、徹豆籩，即第五章所云「君婦廢徹」也。世婦之職，在蒞陳内羞之物，而女御又贊世婦者，即下文所云「爲豆孔庶」也。君婦之稱，斷屬之此。莫，通作寞。《説文》作嗼，云：「啾嗼也。」啾嗼，今文作寂寞，謂寂寞無聲也，與「奏假無言」同意。君婦非一人，故重言莫莫耳。豆，薦菹醢之器，后、夫人、大夫妻皆得薦之。《周禮・外宗》「佐王后薦玉豆」，此后薦豆也。《祭義》云：「君獻尸，夫人薦豆。」《祭統》云：「君執鸞刀羞嚌，夫人薦豆。」又云：「夫人薦豆，執較。執醴授之，執鐙。」較，謂豆之中央直者。鐙，謂豆下跗。執醴之人，以豆授夫人之時，則執鐙。夫人受而薦之，則執較也。此夫人薦豆也。《少牢》禮云：「主婦薦韭、菹、醓、醢。」《有司徹》篇云：「主婦薦韭菹。」此大夫妻薦豆也。孔，甚。庶，衆也。毛以爲兼内羞、庶羞而言，孔云：「以言『孔庶』則非一，故爲兼二羞也。《有司徹》云：『宰夫羞房中之羞于尸、侑、主人、主婦，皆右之。司士羞庶羞于尸、侑、主人，皆左之。』注云：『二羞所以盡歡心。房中之羞，其籩則糗餌粉餈，其豆則酏食糝食。庶羞，羊臐豕膮，皆有胾醢。房中之羞，内羞也。内羞在右，陰也。庶羞在左，陽也。』是有二羞之事也。彼大夫賓尸尚有二羞，明天子之正祭有二羞矣。天子庶羞百有二十品，明内羞亦多矣。」愚按此承上文「君婦」而言，明豆中之實，乃君婦所爲。據《周禮・世婦》職，所涖陳者惟内羞之物，似不必兼言庶羞也。内羞共于籩人、醢人，籩人掌四籩之實，醢人掌四豆之實，而世婦涖陳之。四豆，一曰朝事之豆，其實韭菹、醓醢，昌本、麋臡，菁菹、鹿臡，茆菹、麇臡；饋食之豆，其實葵菹、蠃醢，脾析、蠯醢，蜃、蚳醢，豚拍、魚醢；加豆之實，芹菹、兔醢，深蒲、醓醢，箈菹、鴈醢，筍菹、魚醢；羞豆之實，酏食、糝食。古者祭祀宗廟，有九獻之禮：一獻王祼；二獻后祼；三獻王薦腥；四獻后亞獻，於是薦朝事之豆籩各八；五獻王薦熟；六獻后亞獻，於是薦饋食之豆籩各八；七獻王酳尸；八獻后酳尸，於是薦加事之豆籩各八；既酳尸畢，后又獻羞籩、羞豆各二，而諸臣進以酳尸焉，是爲九獻。凡四豆之實，其不同有如此者，非孔庶而何？賓客，謂四方來助祭者。散文則賓客通，今既對舉，則當有異。《周禮・大行人》：「掌大賓之禮及大客之儀，以親諸侯。」注謂：「大賓，要服以内諸侯；大客，謂其孤卿。」推此以觀，客小于賓，意即所謂衆賓耳。此下言旅酬之禮。旅酬有長兄弟、衆兄弟，而此不及者，舉賓客以例見之也。鄭云：「始主人酌賓爲獻。賓既酌主人，主人又自飲酌賓曰醻。至旅而爵交錯以徧。」毛云：「東西爲交，邪行爲錯。」按《特牲禮》，主人酳尸，主婦亞獻，賓三獻，畢，主人遂酌以獻賓，賓飲獻爵，主人自飲酢爵，遂獻衆賓。立飲，復洗觶，酌于西方之尊，以酬賓。主人又自飲以導賓飲，賓卒觶，復洗觶酌賓。賓奠觶于尊南，不敢飲，以俟主人獻長兄弟如賓儀，又獻衆兄弟如衆賓儀，又獻内兄弟如衆兄弟之儀，遂行旅醻之禮。賓舉前尊南所奠觶，酬長兄弟，遂自飲卒觶，更酌于東方之尊，以飲長兄弟。長兄弟卒觶，酌于西方之尊，以飲初受旅者。初受旅者止一人，乃衆賓中之長也。於是衆賓及衆兄弟交錯以偏，皆如初儀。已而長兄弟酬賓，亦如賓酬兄弟之儀。最後賓弟子及兄弟弟子，各舉觶於其長，而互相酬，皆無筭爵。此所謂獻醻交錯也。東西互對飲爲交，東西邪行錯綜互飲爲錯。甘泉先生有言：「予于旅酬之禮，而知上下之易達也。主先飲而酬賓，賓奠觶以俟獻禮畢于下，然後取觶卒，以酬長兄弟。長兄弟卒觶，以酬衆賓長。其奠，仁也，其飲，禮也。衆賓及衆兄弟交錯，殺于其長，義也。不勞而以辨，智也。長兄弟酬賓長，賓長以酬衆兄弟，衆兄弟以酬衆賓，以偏焉，是仁義禮智之周流無窮，交相感應者也。及賓弟子、兄弟弟子卒觶，舉觶于其長，而交酬無筭焉。上下交，和氣浹，而庶事成矣。」然此亦士禮如此，若天子、諸侯之禮，則如《祭統》所云「尸飲五，君洗玉爵獻卿；尸飲七，以瑶爵獻大夫；尸飲九，以散爵獻士及群有司，皆以齒，明尊卑之等」也。又云：「凡賜爵，昭爲一，穆爲一，昭與昭齒，穆與穆齒。凡群有司皆以齒，此之謂長幼有序。」意其旅酬儀節必自有異，然而其詳不可得聞矣。禮儀、笑語，即「獻酬交錯」中之禮儀、笑語也。統言之曰禮，其中之揖讓進退，有儀可象者，謂之儀。儀者，容也。卒，鄭云：「盡也。」度，法也。言禮儀盡合法度也。祭飲而曰笑語者，古者于旅也語，禮也。獲，得也。卒獲，言盡得其時宜也。《坊記》子云：「七日戒，三日齋，承一人焉以爲尸，過之者趨走，以致敬也。醴酒在室，醍酒在堂，澄酒在下，示民不淫也。尸飲三，衆賓飲一，示民有上下也。因其酒肉，聚其宗族，以教民睦也。故堂上觀乎室，堂下觀乎上，《詩》云：『禮儀卒度，笑語卒獲。』」又按《禮器》云：「周旅酬六尸。曾子曰：『周禮其猶醵與？』」注云：「使之相酌也。后稷之尸，發爵不受旅。」疏云：「旅酬六尸，謂祫祭時聚群廟之主於太祖后稷廟中。后稷在室，西壁東嚮，爲發爵之主，尊，不與子孫爲酬酢。餘廟尸凡六，在后稷之東，南北對爲昭穆，更相次序以酬也。『周禮其猶醵與』者，醵斂錢共飲酒也。凡相敵，斂錢飲酒，必非忘懷之酌，得而遽飲，必令平偏不偏，頗與周禮次序旅酬相似也。」是則旅酬之禮在尸亦有之，但以章中有「爲賓爲客」一語，故知非言尸旅酬也。格，通作假。《說文》云：「至也。」按假字从彳，故有至義，以與假形相似，遂通作假。《說文》引《易》「王假有廟」，今文作假，是也。假音又與格同，遂通作格。《說文》引《書》「假于上下」，今文作格，是也。再變而訛，幾忘其本。神保是格，言其禮節之備而情意歡洽如此，故神安之而來至也。上章既言是饗矣，至此始言是格者，前猶自孝孫之心想像之，此則合廟中與祭者皆想像之，亦如在之意。客酌主人曰酢，主人有獻，客必有酢，理之當然。神報孝孫以萬壽之福，亦孝孫之所自致耳，神何私厚于其間哉！

我孔熯矣，式禮莫愆。先韻，亦叶真韻，起巾翻。豐本作「僁」。**工祝致告，徂賚孝孫。**叶先韻，荀緣翻。亦叶真韻，須倫翻。**苾**《文選》注作「馝」。**芬孝祀，**叶職韻。見首章。**神嗜**《釋文》、豐本俱作「耆」。**飲食。**職韻。**卜爾百福，**叶職韻。見首章。**如幾如式。**職韻。**既齊既稷，**職韻。豐本作「畟」。**既匡**陸德明本作「筐」，豐本作「匚」。**既勑。**職韻。蘇子繇本、《大全》、朱傳、豐本俱作「敕」。按勑本音賚，世訛與敕同音久矣。**永錫爾極，**職韻。**時萬時億。**職韻。○賦也。我，鄭云：

「我孝孫也。」孔，甚也。熯，《説文》云：「乾貌。」朱子云：「竭也。」陳氏云：「按《左傳》云『外彊中乾』，馬勞如是，人亦如之，久勞而乾竭也。」式，《説文》云：「法也。」式禮，與禮儀卒度同意。莫，通作無，音之近也。愆，《説文》云：「過也。」言禮行既久，孝孫之筋力宜甚竭矣，而取法于禮，終無有過差，敬之至也。工，官也。百工之工，凡能其事者皆稱工，故官以工稱。今曰工祝，蓋《周禮》大祝之官也。又有小祝，然其職止于佐大祝，凡大祭祀，皆大祝主之。《郊特牲》云：「尸，神像也。祝，將命也。」言設祝以傳達尸之辭命也。致告者，致尸意以告主人，使受嘏也。按主人受祭福，其名曰嘏。徂，往。賚，賜也。祝承尸命，以嘏之物往予主人，即下文言「既齊既稷」是也。按《少牢禮》畧云：「佐食取黍摶之，以授尸。尸執以命祝，祝受以嘏於主人。」《特牲禮》畧云：「佐食摶黍授祝，祝授尸。尸受以菹豆，執以親嘏主人。」夫特牲乃士禮，而尸親嘏；少牢爲卿大夫禮，而尸命祝嘏，當是以尸之尊卑不同。若天子之尸其尊更甚，則其命工祝徂賚焉宜也。「苾芬孝祀」以下，皆祝所傳嘏辭也。苾，《説文》云：「馨香也。」芬，《説文》云：「艸初生，其香分布。」《荀子》注云：「花草氣香也。」愚按此當指黍稷言，《書》曰：「黍稷非馨，明德惟馨。」明黍稷有馨，頌所謂「有飶其香，有椒其馨」者也。祭以酒食爲主，而此詩又爲農事既成而作，故云然。嗜，喜也。鄭云：「女以孝敬享祀，神乃歆嗜女之飲食也。」卜者，前知之謂。爾，爾孝孫也。幾者，數問多少之辭。如幾，猶言如干也，即所云百福之數也。如式之如，如之也。式，法也。福以配德，其多寡大小，若有法式存焉。爾之孝德盛，則福亦自然盛，故先知爾之膺受百福，其繁駢之數如許，必皆如其法式也，言其福與其德相當也。齊，即《周禮》五齊之齊，一曰泛齊，二曰醴齊，三曰盎齊，四曰緹齊，五曰沈齊。謂之齊者，鄭玄謂：「每有祭祀，以度量節作之。」若祫祭備五齊，禘祭備四齊，時祭備二齊也。既齊，如後世之飲福酒。《周禮·鬱人》：「大祭祀，受舉斝之卒爵而飲之。」注云：「斝，受福之嘏，聲之誤也。」王酳尸，尸嘏王，比其卒爵也，鬱人受之。稷，即黍稷之稷。按《郊特牲》云：「祭黍稷加肺，祭齊加明水，報陰也。」以黍稷與齊對舉，與此詩言既齊既稷同，但此止言稷不言黍者，以稷爲五穀之長。稷所以爲五穀之長者，羅願謂：「稷中央之穀，《月令》『中央土，食稷與牛』，五行土爲尊，故五穀稷爲長也。陶唐之世，名農官爲后稷，其祀五穀之神，與社相配，亦以稷爲名，以爲五穀不可徧祭，祭其長以該之。」程大昌云：「《職方氏》：『并州宜五稷。』鄭玄謂黍、稷、麥、稻、菽，后稷、社稷皆取此，以其該五種名之也。」匡，《説文》云：「飯器筥也。」象形，後人加竹作筐。既匡者，鄭云：「天子使宰夫受之以匡。」愚按此連上文既稷言，即所以盛稷也。又按《少牢禮》畧云：「尸又三飯，主人洗爵，酌酒，酳尸。尸卒爵，酌醋主人，主人拜受爵。尸執黍，命祝嘏于主人，主人坐奠爵，受黍，嚌之。詩懷之，實于左袂，執爵以興。卒爵出，宰夫以籩受嗇黍。主人嘗之，納諸內。」酳之爲言羡也。既食之而又飲之，所以樂之也。醋、酢同字。嚌之爲言嘗也。詩之爲言承也。曰嗇黍者，收斂曰嗇，明豐年乃有黍稷也。《特牲禮》畧云：「尸又三飯，主人洗角，升酌酳尸。尸卒角，酌以醋主人。主人拜受角，進聽嘏。尸執黍親嘏，主人詩懷之，實于左袂。卒角出，寫嗇于房，祝以籩受。」二禮畧同，惟用爵與用角異，祝嘏與尸嘏異，而嘏皆用黍。今此用稷者，明天子之禮亦當與卿大夫異也。先受酌而後受黍，亦與此先既齊而後既稷同。勑，當作敕。《説文》云：「誡也。」既勑者，鄭云：「祝則釋嘏辭以勑之也。」永，長也。錫，通作賜。《説文》云：「予也。」極者，至善之稱。徐鉉云：「極者，屋脊之棟也。今人謂高及甚爲極，義出於此。」愚按此爾極，當與《思文》之詩「立我烝民，莫匪爾極」同解。王者重民之事，使民皆有以遂其生，復其性，善莫至焉。時萬時億，仍以稼穡所獲言。時萬，猶言萬斯箱也。時億，猶言我庾維億也。言爾孝孫，既飲我所賚之齊矣，既受我所賚之稷，而既盛之以筐矣，既又聽我所勑之嘏辭矣，自今而後，其長俾爾務農重本，有極至之盛德，而歲歲所獲，或以萬計，或以億計，無少歉焉。周王業起于農，《詩》詠饗祀豐潔，又皆本于農，故其言如此。天子嘏辭無所見，惟《天保》之詩云：「君曰卜爾，萬壽無疆。」及此詩，皆天子嘏辭也，若《少牢》嘏辭云：「皇尸命工祝，承致多福無疆于汝孝孫，來汝孝孫，使汝受禄于天，宜稼于田，眉壽萬年，勿替引之。」則卿大夫嘏辭也。田乃粢盛之所自出，故卿大夫嘏辭，亦以宜稼于田爲言，則此章嘏辭之旨可知矣。《周語》虢文公云：「夫民之大事在農，上帝之粢盛於是乎出，民之蕃庶於是乎生，事之供給於是乎在，和協輯睦於是乎興，財用蕃殖於是乎始，敦龐純固於是乎成。」王事惟農是務，乃能媚於神而和於民矣，則享祀時至，而布施優裕也。此可與「永錫爾極」互相發。祝嘏爲行禮終事，疑天子之禮或當如此。《禮運》孔子曰：「後聖有作，作其祝號，玄酒以祭，薦其血毛。腥其俎，孰其殽，與其越席，疏布以冪，衣其澣帛，醴醆以獻，薦其燔炙。君與夫人交獻，以嘉魂魄，是謂合莫。然後退而合亨，體其犬豕牛羊，實其簠簋籩豆鉶羹，祝以孝告，嘏以慈告，是謂大祥。此禮之大成也。」據此所言行禮次序，與此詩雅相彷彿，不必泥于《特牲》、《少牢》之文耳。

禮儀既備，寘韻。**鐘鼓既戒。**叶寘韻，居吏翻。**孝孫徂位，**寘韻。**工祝致告。神具醉止，**紙韻。豐本作「只」。**皇尸載起。**紙韻。**鼓鐘送尸，**支韻。**神保聿歸。**叶支韻，讀如嬀，俱爲翻。**諸宰**

君婦，廢徹不遲。支韻。**諸父兄弟，備言燕私。**支韻。○賦也。備，本作葡。《説文》云：「具也。」「禮儀既備」者，言祭禮中之儀節，無不具舉也。戒，通作誡。《説文》云：「敕也。」謂警敕也。「鐘鼓既戒」者，孔云：「謂擊鐘鼓以告戒廟中之人，言祭畢也。」徂位，鄭云：「往位堂下西面位也。」孔云：「《特牲》告利成之位，云：『主人出，立于户外，西面。』《少牢》告利成之位，云：『主人出，立于阼階上，西面。』《特牲》、《少牢》皆西面，故知天子之位亦西面也。」致告，朱子云：「祝傳神意，告利成于主人。」按《少牢禮》于主人出之下云：「祝出，立于西階上，東面，告曰：『利成。』祝入，尸謖。」《特牲禮》于主人出之下云：「祝東面，告利成，尸謖。」注云：「利，猶養也。成，畢也。言孝子之養禮畢也。謖，起也。」二禮之告利成，皆在祝與主人同出之後。祝以利成告主人，非告尸也。孔云：「孝子之事尸，有尊親及賓客之義，命當繇尊者出，讓當從賓客來。禮畢，義繇于尸，非主人所當先發，故二禮皆言祝告主人以利成也。」此下文「神具醉止」正致告之辭，即告利成之意。具，通作俱，偕也。孔云：「言皆醉者，所祭群廟非止一神故也。」愚按此小祫之祭也，解已見前。朱子云：「鬼神無形，言其醉者，誠敬之至，如見之也。」皇，大也，君也。加尸以皇，尊稱之也。古者祭必立尸，所以象神，《特牲》是士禮，《少牢》是大夫禮，並皆有尸。又《祭統》云：「君執圭瓚祼尸。」是諸侯有尸也。又《周禮·守祧》職云：「若將祭祀，則各以其服受尸。」是天子有尸也。天子以下宗廟之祭，皆用同姓之嫡，故《祭統》云：「夫祭之道，孫爲王父尸，所使爲尸者，於祭者子行也。父北面而事之，所以明子事父之道也。」注云：「子行，猶子列也，祭祖則用孫列，皆取於同姓之嫡孫也。」疏云：「主人爲欲孝敬己父，不計己尊，而北面事子行，則凡爲子者，豈得不自尊事其父乎？是見子事父之道也。」而《儀禮》疏則云：「大夫士以孫之倫爲尸，皆取無爵者，無問成人與幼，皆得爲之。若天子諸侯雖用孫，取卿大夫有爵者爲之，故《鳧鷖》祭尸之等，皆言公尸是已。」又何休《公羊》注云：「禮，天子以卿爲尸，諸侯以大夫爲尸，卿大夫以下以孫爲尸。」《坊記》子云：「祭祀之有尸也，宗廟之有主也，示民有事也。以此坊民，民猶忘其親。」鄭云：「載之言則也。」尸，節神者也。神醉而尸謖。鼓鐘之鼓从攴，與鍾鼓之鼓从支不同，彼二器並作，此則以擊鐘爲主，所謂金奏也。《周禮·大司樂》：「凡樂事，大祭祀，宿縣，遂以聲展之。尸出入，則令奏《肆夏》。」《鐘師》「掌金奏，以鐘鼓奏九夏」，《肆夏》其一也。九夏掌于鐘師，先擊鐘，次擊鼓，以金爲奏樂之節，故但言鼓鐘耳。李如圭云：「尸在廟門外則疑於臣，故送迎尸皆以廟門爲斷。」鄭云：「神安歸者，歸于天也。」孔云：「神尸相將，神無形，故尸象焉。」羅泌云：「夫神猶火也，火生無形，因物顯照，物盡而火熄。神本無方，因物顯用，物盡而神藏。是故火非可盡也，而在物者爲可盡；神非可盡也，以其在物者有可盡之理也。《白虎義》曰：『祭之所以尸，以其虚無而寂寞也。視之無形，聽之無聲，升自阼階，仰視榱桷，俯察几筵，其器存而人亡，思慕哀傷，無所寫洩，故坐尸而食之。毁損其饌，欣然若親之飽；其醉，若神之醉也。《詩》云：神具醉止，皇尸載起，鼓鐘送尸。』是故侑神尸入，舉角妥尸，食爲之節，及乎酌盎醉尸，有至沾醉，旅酬降冕，則尸弁而舞之，以盡神也。」陳暘云：「祭之日，樂與哀半。饗之必樂，已至必哀。樂以迎來，哀以送往也。然則鼓鍾送尸，神保聿歸，則反樂而不哀者，豈孝子之情也哉？哀以送往，孝子之心也。鼓鍾送尸，先王之禮也。以禮廢心則不仁，以心忘禮則不智。二者並行，夫然後全之盡之也。」諸宰，謂宰夫之屬。孔云：「《周禮·宰夫》無徹饌之文，惟《膳夫》云：『凡王祭祀，則徹王之胙俎。』注謂：『膳夫親徹胙俎，胙俎最尊也。』其餘則其屬徹之。』然則徹饌者，膳夫也。言諸宰者，以膳夫是宰之屬官。宰、膳皆食官之名，故繫之宰。言諸者，《序官》『膳夫，上士二人，中士四人，下士八人』，故言諸也。」《周禮·九嬪》：「凡祭祀，贊后薦徹豆籩。」知君婦徹籩豆耳，餘饌諸宰徹之。又按《特牲禮》云：「宗婦徹祝豆籩，入于房，徹主婦薦俎。」則君婦所徹，亦可例推。廢，鄭云：「去也。」徹本訓通，以除去其礙乃得開通，又訓爲去。遲，徐緩也。不遲有二義，朱子云：「以疾爲敬，亦不留神惠之意也。」嚴云：「不以禮終而惰也。」皆通。諸父，伯父叔父也。言者，語辭。燕，通作宴，宴之爲言安也。飲以合歡，安之意也。對異姓言，則同姓爲私。孔云：「諸父兄弟留之，使皆備具，我當與之燕而盡其私恩也。」鄭云：「祭祀畢，歸賓客豆俎，同姓則留與之燕，所以尊賓客、親骨肉也。」今按歸賓客豆俎，禮無明文，惟《孔子世家》云「魯郊，不致膰肉于大夫，孔子不脱冕而行」，是亦歸俎之一證。至祭末有餕，古之君子以爲惠術，《祭統》所稱「尸謖，君與卿四人餕；君起，大夫六人餕；大夫起，士八人餕；士起，各執其具以出，陳于堂下，百官進，徹之。凡餕之道，每變以衆」，其禮何彬彬也。即《少牢禮》亦以四人餕，《特牲禮》亦以二人餕，而此獨不之及，抑畧之與？若《中庸》以「燕毛序齒」列于「旅酬逮賤」之後，以爲武王、周公所作，自是此詩燕私之禮。然竊怪祭以當日，燕亦以當日，而又有餕之一節，襍于其間，即窮日之力，將不暇給，甚矣古人之勤于行禮也！《尚書傳》云：「宗室有事，族人皆侍終日。大宗已侍于賓奠，然後燕私。燕私者何也？已而與族人飲也。」陳祥道云：「先王之於同姓，有時燕焉，有因祭而燕焉。《國語》曰：『時燕不淫。』此時燕也。《詩》曰：『備言燕私。』《坊記》曰：『因其酒肉，聚其宗族，以教民睦。』此因祭而燕也。其禮之詳雖不可考，要之服皮弁服，宰夫爲主，異姓爲賓。其物殽烝，所以合好也；其食世降一等，所以辨親疏也；昭穆以序之，所以明世次也；夜飲以成之，所以别異姓也。若夫几席之位，升降之儀，脱履而坐，立監相禮，羞庶羞以盡愛，爵樂無算以盡驩，其大率蓋與諸侯燕禮不異。諸侯燕族人，與父兄齒，雖王之尊，蓋亦不以至尊廢至親也。《特牲饋食禮》祝告利成，徹庶羞，設于西序下。鄭氏謂徹庶羞置西序下者，爲將以燕飲與。繇是觀之，燕族之禮不特天子諸侯而已。」又《特牲禮》注云：「自尸祝至於兄弟之庶羞，宗子以與族人燕飲于堂；内賓宗婦之庶羞，主婦以飲于房。」

樂具入奏，叶屋韻，昨木翻。**以綏後禄**。屋韻。**爾殽**豐本作「肴」。**既將**，叶陽韻。見二章。**莫怨具慶**。叶陽韻。見二章。**既醉既飽**，叶有韻，補苟翻。**小大稽首**。有韻。**神嗜**豐本作「耆」。**飲食，使君壽考**。叶有韻，去九翻。**孔惠孔時，維其盡**軫韻。**之。子子孫孫，勿替引**軫韻。**之**。賦也。孔云：「以上章云『備言燕私』，故此即陳燕私之事。以祭時在廟，燕當在寢，故言祭時之樂皆復來入于寢而奏之。燕、祭不得同樂，而云皆入者，歌詠雖異，樂器則同，故皆入也。」朱子云：「凡廟之制，前廟後寢，祭於廟而燕於寢。」具，備也。奏者，上進之義。凡樂一更端爲一奏，進而動其聲也。綏，安也。後，後日也。禄，《説文》云：「福也。」此主君言。孔云：「宗族不親，則公室傾危，故骨肉歡而君之福禄安。」錢天錫云：「諸父兄弟，昔本一身，假廟之典，所謂尊祖敬宗，亦以展親睦族也。燕私一舉，至恩旁洽，太和流行，實爲受福之本，非僭慢也。」殽，當作肴。徐鉉云：「謂肉已修庖之可食者。」黄佐云：「即祭祀所徹之殽也。」將，奉持而進之也。爾殽既進，神惠均，皇恩洽，與祭之人無有怨者，《中庸》所謂「親親則諸父昆弟不怨」也。具，通作俱，偕也。慶，賀也，歡洽而相慶賀也。莫怨具慶，一反言，一正説，非有二義。醉，《説文》云：「卒也。」各卒其度量，不至于亂也。飽，《說文》云：「厭也。」小大，謂輩行之尊卑，年齒之長幼，即諸父兄弟也。稽首，頭拜至地也。孔云：「『神嗜飲食』以下，即慶辭也。」愚按此亦名爲嘏，《少牢》云：「上籑親嘏，曰：『主人受祭之福，胡壽保建家室。』」即此類也。籑、餕同字。神嗜飲食，以祭時言。朱子云：「向者之祭，神既嗜君之飲食矣，是以使君壽考也。」孔惠孔時，復贊其祭之美。孔，甚。惠，順也。時，謂春祠、夏禴、秋嘗、冬烝之時。鄭云：「甚順于理，甚得其時。」《祭統》云：「賢者之祭也，必受其福，非世所謂福也。福者，備也。備者，百順之名也，無所不順者之謂備，言内盡于己，而外順于道也。忠臣以事其君，孝子以事其親，其本一也。上則順于鬼神，外則順于君長，内則以孝于親，如此之謂備。唯賢者能備，能備然後能祭。」又云：「夫祭之爲物大矣，其興物備矣，順以備者也，其教之本與？是故君子之教也，外則教之以尊其君長，内則教之以孝于其親。是故明君在上，則諸臣服從。崇事宗廟社稷，則子孫順孝。盡其道，端其義，而教生焉。君子之教也，必繇其本，順之至也，祭其是與？」又云：「孝子之事親也，祭則觀其敬而時也。」《祭義》云：「祭不欲數，數則煩，煩則不敬。祭不欲疏，疏則怠，怠則忘。是故君子合諸天道，春禘、秋嘗。」維其盡之，指此祭畢而燕，見其禮無所不盡也。子子孫孫，子復生子，孫復生孫也。替，《爾雅》云：「廢也。」引，《爾雅》云：「長也。」謂伸之而使長也。鄭云：「謂子孫勿廢而長行之。」按《爾雅》云：「子子孫孫，引無極也。」舍人云：「子孫長行美道，引無極也。」

《楚茨》六章，章十二句。輔廣云：「或謂《采薺》即《楚茨》也。」今按《楚茨》在鄭玄時本尚爲《楚薺》，而言抽其棘，亦采之義。《周禮·樂師》之教樂儀，《大馭》之馭王路，皆言行以《肆夏》，趨以《采薺》，先儒以《時邁》之詩爲《肆夏》，爲其中有「肆于時夏」之語，而《周禮》載尸出入，奏《肆夏》，則《肆夏》、《采薺》皆祭祀時所奏。祭祀乃禮之大者，故車步皆視之爲節，惜古文散逸，無可考據。若《序》所云：「刺幽王也。政煩賦重，田萊多荒，饑饉降喪，民卒流亡，祭祀不饗，故君子思古焉。」今觀此詩，與《信南山》等篇，始終皆稱美豐登祭祀之盛，無一毫幾微不滿之意，其非衰世之詩甚明。《子貢傳》謂「所以勸農也」，似亦惑于豳雅之説。朱子直以爲述公卿有田禄者，力於農事，以奉其宗廟之詩。則祭禮之見于《少牢饋食》者，初無鍾鼓送尸之禮，即此已可證其非矣，又況滌牛燕毛，皆天子之禮乎？

《信南山》，冬袷烝之禮也。《左》成二年，晉師及齊戰于鞌，齊師敗績。齊侯使賓媚人致賂，晉人不可，曰：「必使齊之封内盡東其畝。」對曰：「先王疆理天下，物土之宜，而布其利。故《詩》曰：『我疆我理，南東其畝。』今吾子疆理諸侯，而曰『盡東其畝』而已。唯吾子戎車是利，無顧土宜，其無乃非先王之命也乎？」愚按《左傳》既以此爲先王之命，則此詩之作于周初，無可疑者，大指與《楚茨》畧同，蓋爲冬祭而作。篇中既言「獻之皇祖」，又言「享于祖考」，所謂袷烝者也。趙汸云：「烝嘗皆袷，與祠礿不同。烝嘗蓋豐于祠礿，烝又豐於嘗，嘗以嘗新爲名。烝，衆也，可以薦者衆也。」詳見《楚茨》篇。

信彼南山，維禹甸叶先韻，亭年翻。亦叶真韻，他鄰翻。《周禮》注云：「四丘爲甸。甸，讀與『維禹敶之』之『敶』同。」疏云：「甸作敶，出《韓詩》。」**之。昀昀**陸德明本作「眴眴」，《周禮》注作「畇畇」，楊慎本作「均均」。**原隰，曾孫田**先韻，亦叶真韻，他因翻。**之。我疆我理，**紙韻。**南東其畝。**叶紙韻，母鄙翻。○賦也。信彼南山，與「節彼南山」文法正同。信，通作伸，蜿蜒之貌，與引而伸之同義，指山之左右前後所綿亘也。《易》「屈信相感」，《周禮》「侯執信圭」，俱與伸通用。南山，終南山也。《禹貢》所云「荆岐既旅，終南惇物」即此。《王制》「天子之田方千里」，《周禮·職方氏》：「辨九服之邦國，方千里曰王畿。」周都鎬京，終南山在王畿之内，所謂天子之田也。《詩》所言乃天子祀事，而推本于重農，咏南山，即咏畿内之地云耳，非以山言也。治田出穀税曰甸，王畿名甸，《禹貢》「五百里甸服」是也。若此甸乃丘甸之甸，與上文二甸不同。《周禮·少司徒》職云：「九夫爲井，四井爲邑，四邑爲丘，四丘爲甸，四甸爲縣，四縣爲都，以任地事，而令貢賦。」舊説謂以《孟子》方里爲井計之，則邑方二里，丘方四里，甸方八里，甸之言乘也，以其於車賦，出長轂一乘也。賦者，出車徒給繇役之名。以甸爲賦兵車一乘之始，故此詩以甸言。於甸之外，四旁各加一里，除以爲治溝洫之用，而不出税，則爲方十里之成也。縣都就四層累起數，亦如之。縣方四十里，都方八十里，旁各加十里，則是方百里，名爲一同。孔穎達云：「《論語》注引《司馬法》云：『井十爲通，通十爲成，成出革車一乘。』是據成方十里，出車一乘也。《左傳》服注引《司馬法》云：『四邑爲丘，有戎馬一匹，牛三頭，是曰匹馬丘牛。四丘爲甸，甸六十四井，出長轂一乘，馬四匹，牛十二頭，甲士三人，步卒七十二人，戈楯具備，謂之乘馬。』是據甸方八里，出車一乘也。二者事得相通，故各據一焉。且井邑丘甸，出於周法，今謂禹亦丘甸之者，《禮運》説『大道既隱』，而曰『以立田里』，是則三王之初而有井甸田里之法也。《論語》説『禹盡力乎溝洫』，與《匠人》『井間有洫』同也。《皋陶謨》『畎澮距川』，與《匠人》『同間有澮，專達於川』同也。是則丘甸之法，禹之所爲。《左傳》少康之在虞思，有田一成，有衆一旅，則十里爲成，非周之賦法也。」李氏云：「老蘇亦謂井田之興，其始於唐、虞之世。非唐、虞之世，則周之世無以成，唐、虞啓之，以至夏、商之世，稍稍葺治，至周而大備。《孟子》言夏后氏五十而貢，殷人七十而助，周人百畝而徹，其實皆什一也，以貢助徹，皆本於什一。若非丘甸之法，何以能行什一之法也？」劉公瑾云：「禹平水土，大舜美其功，曰『地平天成，萬世永賴』，今考於《詩》尤信也。其見於《小雅》則有此詩。《大雅》則曰『豐水東注，維禹之績』，又曰『奕奕梁山，維禹甸之』。《魯頌》則曰『纘禹之緒』。《商頌》則曰『禹敷下土方』，又曰『設都于禹之績』。可以見禹力之存人心，可以見人心之知所本也。」鄧元錫云：「首章慕稷功也。禹暨稷，奏平成之烈，烝民粒焉，言禹甸稷功於禹時成也，不斥言稷，言曾孫著之矣。」又《吴越春秋》稱禹乘四載以行川，始於霍山，徊集五嶽，因引此詩。其意謂南嶽，一名霍山，即此詩所云南山者也。今按禹治水功首冀，無始于南嶽之事，此説妄也。畇畇，《爾雅》云：「田也。」毛傳云：「墾闢貌。」愚按《説文》無畇字，疑當作均字，或匀字，因其言田事，遂加田於其旁，未必真古文也。均者，平也。匀，亦均也。《周禮·少師徒》職云：「乃均土地，以稽其人民，而周知其數。上地家七人，中地家六人，下地家五人。」言一家男女七人以上，則授之上地，所養者衆也。若五人以下，則授之以下地，所養者寡也。又《大司徒》職云：「不易之地，家百晦；一易之地，家二百晦；再易之地，家三百晦。」言不易之地，歲種之，地美，故家百畝；一易之地，休一歲乃復種，地薄，故倍之也；再易之地，亦以類推。凡此皆均之意也。均于原，又均于隰，曰畇畇也。必以原隰爲言者，《大司徒》職云：「以土會之法，辨五地之物生，一曰山林，二曰川澤，三曰丘陵，四曰墳衍，五曰原隰。」五地之内可爲田者，惟墳衍、原隰耳。《爾雅》云：「高平曰陸，可食者曰原。」《釋名》云：「下濕曰隰。隰，蟄也。蟄，隰意也。」《春秋》傳云：「井衍沃，牧隰皋。」衍沃即墳衍，地之美者。九夫爲一井，下隰高皋之地，即原隰，乃地之不美者。鄭玄謂九夫二牧，二牧而當一井也，均及於此，而後井地始均，故但指言原隰也。黄子道周云：「地不中於繩墨，則漆林柘材興焉；丘陵險阪，則阨塞牢豬成焉；原隰可墾，則阡陌畎畒形焉；三易再易之田，定其準直，則民志平焉。」曾孫，承宗廟者，謂天子也。孔云：「曾者，重也，自曾祖以至無窮，皆得稱曾孫，是爲遠辭。」《郊特牲》云：「稱曾孫某，謂國家也。」郝敬云：「曾孫雖事神之通稱，實莫大乎天子，故武王自稱有道曾孫。在諸侯，如《貍首》之曾孫侯氏，《春秋》傳之曾孫蒯聵，《周禮·考工記》之祝侯曰：『詒女曾孫，諸侯百福。』自諸侯以下禮卑，名小分輕，不足舉矣。」吕祖謙云：「周自后稷教民播種，於《詩》言後王務農者，皆本之后稷，而謂之曾孫也。」曰田之者，井牧相兼以成田。田盡乎原隰，則無遺田可知，故但據原隰而言也。我，指曾孫也。玩「我疆我理」二句，則知此詩所言曾孫，乃立法定制者，《序》傳以爲成王，理蓋近之。劉彝云：「田法成於禹、稷久矣。文、武既有天下，而周公輔弼成王，廣五服爲九服，推后稷之法，以踐禹功，遂成畎澮於天下。」陳祥道云：「《禹貢》於九州之地，或言土，或言作，或言乂，蓋禹平水土之後，有土焉而未作，有作焉而未乂，則於是時，人工未足以盡地力，故家五十畒而已。沿歷商、周，則田寖開而法備矣，故商七十而助，周百畒而徹。觀此詩所言，則法畧於夏，備於周可知。」季本云：「按《緜》之詩，太王遷岐之初已疆理矣，然太王所疆理者，殷人七十畒之助。周既有天下，則復開拓釐定之，而爲百畒之徹也。」疆，《説文》云：「界也。」曰「我疆」者，疆之也。毛云：「畫經界也。」愚按後章言疆埸，疆爲大界，埸爲小界，此可以明疆之義，謂八家同井之疆也。《大司徒》職云：「辨其邦國都鄙之數，制其畿疆而溝封之。」疆以溝爲限，同井有溝，亦其證也。我理，毛云：「分地理也。」按下文言「南東」，即地之理，畝勢宜南，則同井皆南；畝勢宜東，則同井皆東也。田寬一步長百步爲畝，本作畮，从田从十，久聲。徐鉉云：「十四方也。」韋昭云：「下曰甽，高曰畝。」畝，隴也。按甽乃隴中水道，古作𤰝。六甽爲一畝，對畝，則甽爲下；對甽，則畝爲高。畝即田身是也。劉公瑾云：「地之勢，東南下，水勢皆趨之，故順其勢，以爲遂、爲溝，而或南其畝，東其畝也。」按遂横則溝從，遂從則溝横。劉彝所云：「其遂東入于溝，則其畝南矣；其遂南入于溝，則其畝東矣。」是也。遂乃百畝之遂，溝乃同井之溝。而《周禮・考工記》所載，其制各別。《周禮・遂人》職云：「凡治野，夫間有遂，遂上有徑；十夫有溝，溝上有畛；百夫有洫，洫上有涂；千夫有澮，澮上有道；萬夫有川，川上有路，以達于畿。」鄭注以爲此鄉遂用溝洫之法也。《考工記》云：「匠人爲溝洫，耜廣五寸，二耜爲耦，一耦之伐，廣尺深尺謂之𤰝。田首倍之，廣二尺深二尺謂之遂。九夫爲井，井間廣四尺深四尺謂之溝。方十里爲成，成間廣八尺深八尺謂之洫。方百里爲同，同間廣二尋深二仞謂之澮，專達于川。」鄭注以爲此都鄙用井田之法也。陳及之駁之云：「周制井田之法，通行于天下，安有内外之異哉？《遂人》言十夫有溝，以一直度之也。凡十夫之田之首，必有一溝以瀉水，以方度之，則方一里之地，所容者九夫。其間廣四尺深四尺謂之溝，則方一里之内，凡四溝矣，兩旁各一溝，中間二溝。至于溝洫亦然，若川則非人力所能爲，故《匠人》不爲川，而云兩山之間，必有川焉。《遂人》萬夫有川，亦大約言之耳。大概𤰝水瀉於溝，溝水瀉于洫，洫水瀉于澮，澮水瀉於川，其縱横因地勢之便利，《遂人》、

《匠人》皆以大意言之。《遂人》以長言之，故曰以達於畿。《匠人》以方言之，故止于同耳。」又云：「《遂人》所言者積數也，《匠人》所言者方法也。積數則計其所有者言之，方法則積其所圓之内名之，其實一制也。」又按《風俗通》云：「南北曰阡，東西曰陌。」或云：「河南以東西爲阡，南北爲陌。」愚謂二説皆有之。畎畝之南東無定，故阡陌之爲南爲東亦無定。但陌之名從于遂洫，阡之名從于溝澮。蓋陌之爲言百也，遂洫之或南或東，而徑涂因之，則遂間百畝，洫間百夫，而徑涂爲陌矣。阡之爲言千也，溝澮之或南或東，而畛道亦因之，則溝間千畝，澮間千夫，而畛道爲阡矣。《孟子》以溝澮皆盈連言，亦形勢相合之驗也。又《虞書》云「濬畎澮距川」，始于濬畎，終于濬澮，其制亦與《考工記》合。一説田事喜陽而惡陰，東南向陽則茂盛，西北傍陰則不實，亦通。又郝云：「南東其畝者，概率土而言也。周京偏據西北，天地之勢，西北高而東南下，故其田之膏沃，與疆理之功，莫遠于南，而極于東。文王化行，亦止南國，《王制》云『東田』，《大雅·江漢》云『于疆于理，至于南海』。成王時，周公東征，至于海隅，奄徐、淮夷之土，始歸版圖，故曰『南東其畝』。」是説亦自新創，但《左傳》「南東」之解甚明，不必從。自首章至「黍稷彧彧」，先從田事説起，爲祭祀張本，與《楚茨》前八句同意。

上天同雲，文韻。**雨雪雰雰**。文韻。**益之以霡**豐本作「霢」。**霂**，屋韻。**既優**《説文》作「瀀」。**既渥**，叶屋韻，烏谷翻。**既霑既足**，叶屋韻，讀如祝，子六翻。**生我百穀**。屋韻。○賦也。《爾雅》：「冬爲上天。」朱子云：「同雲，雲一色也，將雪之候如此。」陸佃云：「夏則天降而下，冬則天升而上，燠則雲陽而異，寒則雲陰而同。」雨雪，解見《北風》篇。雰雰，毛傳云：「雪貌。」按《説文》雰即氛字，云「祥也」，與雪無涉，當通作紛。紛之爲言亂也。《世説》謝太傅于雪日内集，謂兒女曰：「白雪紛紛。」同此。彭執中云：「蝗産子于地，至春夏而出地，若冬有雪，寒氣逼之，深入于地，春夏不能出矣。一雪，入地三尺，三雪，則入地九尺，故三白爲豐年之兆也。諺云：『要宜麥，見三白。』」孔云：「積雪是年之前冬，以此章言穀之生，下章言其成熟，舉一年之生成，以爲首尾之次，非復言歲初歲末，限以同年耳。」愚按此詩作于冬祭之時，因紀述舊冬之事，見一歲之田功所自始也。益，又加也。《爾雅》云：「小雨謂之霡霂。」陸云：「霡者，膏潤入土，如人之脉。霂者，霂歷霑漬，如人沐頭，惟及其上枝而已，根不濡也。霂言其上，霡言其下。」董子云：「太平之世，雨不破塊，潤葉津莖而已矣。」優，通作瀀。《説文》云：「澤多也。」渥，《韻會》云：「厚漬貌。」此指雪言，以澤之瀀而漬者渥也。霑，《説文》云：「雨霂也。」霂者，濡也。足，滿足也。此指雨言，以其僅止于微濡，而用已足也。陸云：「三農之事，雪則欲盛而遍也，雨則欲微而潤也。蓋豐年之冬，必有積雪，其春，必有小雨，故是詩雨言小，雪言盛也。雪則欲其盛矣，然又欲其潤澤之甚周也，故繼之曰『既優既渥』。雨則欲其微矣，然又欲其膏潤之僅足也，故繼之曰『既霑既足』。蓋驟雨不如久雪之入土深，且無泛溺，又可以覆陽於根箬也。」愚按天澤既充，斯土膏饒洽，故能生我衆穀也。

疆埸翼翼，❶職韻。**黍稷彧彧。**叶職韻，越逼翻。**曾孫之穡，**職韻。**以爲酒食。**職韻。**畀我尸賓，**真韻，亦叶先韻，卑眠翻。**壽考萬年。**先韻，亦叶真韻，奴因翻。○賦也。疆埸，皆田界之名。疆

---

❶「埸」，原作「場」，據《四庫全書》本改。下同。

乃八家同井之界畔，埸乃一夫百畝之界畔。埸，通作易。張晏云：「田至此易主，故曰易。」翼翼者，言疆之左右又有疆，埸之左右又有埸，如鳥之有兩翼也。彧，《説文》云：「有文章也。」或種黍，或種稷，交錯成文，曰彧彧。疆埸翼翼，承首章「我疆我理」言。黍稷彧彧，承次章「生我百穀」言，而意重在黍稷，謂可取以奉祭祀也。孔云：「上言百穀，此獨言黍稷者，黍稷爲穀之長，故特言之也。」《説文》云：「穀可收曰穡。」同井之中有公田，其稼皆天子所有，故曰「曾孫之穡」。畀，《説文》云：「相付與也。」與尸，謂酌齊獻尸及獻熟食是也。與賓，謂助祭之賓，於祭末行獻酬之禮是也。鄭云：「尊尸與賓，所以敬神也。敬神則得壽考萬年。」此章及下章皆先事擬議之辭，至五六章方言祭時事。

中田有廬，魚韻。**疆**《外傳》作「壃」。**埸有瓜**。本麻韻。當叶魚韻，讀如居，斤於翻。**是剥是菹**，虞韻。**獻之皇祖**。麌韻。**曾孫壽考**，叶麌韻，讀如苦，孔五翻。**受天之祜**。麌韻。○賦也。中田，公田也。一井九百畝，其中百畝爲公田也。廬，《説文》云：「寄也。秋冬去，春夏居。」孔云：「古者宅在都邑，田於外野，農時則出而就田，須有廬舍，以便其農事。」《食貨志》云：「理民之道，地著爲本，故必建步立晦，正其疆界。六尺爲步，步百爲晦，晦百爲夫，夫三爲屋，屋三爲井，井方一里，是爲九夫。八家共之，各受私田百晦，公田十晦，是爲八百八十晦。餘二十晦，以爲廬舍。」《穀梁傳》云：「古者公田爲居，井竈葱韭盡取焉。」《韓詩外傳》云：「公田餘二十畝，共爲廬舍，各得二畝半。八家相保，出入更守，疾病相憂，患難相救，有無相貸，飲食相召，嫁娶相謀，漁獵分得，仁恩施行，是以其民和親而相好。」《後漢書》注云：「井田法，廬舍在內，貴人也。公田次之，重公也。私田在外，賤私也。」陳祥道云：「《孟子》曰：五畝之宅，樹墻下以桑。

廬舍二畝半，田中之居也；廛亦二畝半，國中之居也。其在邑，則春出于野；其在野，則冬入于邑。考之於禮，鄉師巡國及野以施惠，鄉大夫辨國中之可任舍者，鄉士掌國中之獄，則六鄉之民，莫不廛里于國中矣。廛里所以奠居，而廬舍特其宿息之地而已，觀《遺人》言十里有廬，《詩》言廬旅，莊周言蘧廬，則田之有廬，亦若此耳。」「疆場有瓜」者，鄭云：「於畔上種瓜。」按篇中三疆字，其義皆同，惟兩場字，微有分別。上章場字，分指九夫之場。此場字，則專主公田之場也。蓋八家各私其場以種果蓏，惟井畔之疆，與公田之場，理當屬之于公，故于此種植以盡地利。所藉以獻皇祖者，皆是之自出，於民無與也。《周禮・甸師》：「掌帥其屬而耕耨王籍，以供齍盛。祭祀共蕭茅，共野果蓏之屬。」《場人》：「掌國之場圃，而樹之果蓏珍異之物，以時斂而藏之。凡祭祀、賓客，共其果蓏。」果者，棗李之類。蓏者，瓜瓠之類。春夏於疆場之地種植諸品，則名爲圃。秋冬諸品成熟，築之以蹂踐禾稼，則名爲場也。若去郊百里外曰甸，天子籍田在焉，則又特命甸師掌之也。《郊特牲》云：「天子樹瓜華，不斂藏之種。」言瓜華祇供一時之食，非收斂久藏之種，明不與民争利，亦天子圃樹瓜之證。又《食貨志》云：「田中不得有樹，用妨五穀，還廬樹桑，菜茹有畦，瓜瓠果蓏，殖于疆場。」此則通指井九百畝之疆場耳。陸佃云：「場言至此而易主矣。至此易主，今種瓜於其上者，以明百姓親睦，利與同井共之也。蓋古之人，禮有讓畔者，義有灌瓜者，繇是而已。」按《禮》云：「瓜祭上環。」是則瓜爲祭品所有，故《詩》并及之。環，謂瓜之脱華處也。是剥，言棗也。剥之言擊，豳風「八月剥棗」是也。特以棗爲言者，《周禮・籩人》掌四籩之實，唯饋食之籩屬果品，其實僅五物耳，曰棗，曰桌，曰桃，曰乾薐，曰榛實。以棗居五物之首，故第舉剥棗以該之也。菹，《說文》云：「酢菜也。」徐鉉云：「以米粒和酢，以漬菜也。」《周禮・

豆人》：「掌四豆之實，朝事之豆，其實韭菹、菁菹、茆菹；饋食之豆，其實葵菹。加豆之實，芹菹、菭菹、筍菹。」凡七菹，其羞豆之實，則無菹也。《詩》言疆埸所植，非特有瓜可以祭而已，又有於是而剥以用之者，於是而菹以用之者。但言剥菹而不言其物，以惟棗用剥，言剥則知其爲棗。菹惟七種，言菹則知其爲七菹也。舊説以剥、菹皆主瓜言，按禮爲天子削瓜者副之，爲國君削瓜者華之。副言析也，既削，又四析之也。華，若草木之華，中裂之，不四析也。是皆有剥削之義，惟菹無用瓜者，僅見于《齊民要術》載瓜菹之法云：「瓜浄洗，令燥，鹽揩之，以鹽和酒糟，令有鹽味，不須多。合藏之，蜜泥甌口，軟而黄便可食。大者六破，小者四破，五寸斷之，廣狹盡瓜之形。」又云：「長四寸，廣一寸。」但此瓜菹乃後世所用，以供口體之奉，非古祭禮所有，故知菹斷非指瓜也。菹非指瓜，則剥亦非指瓜矣。《祭統》云：「水草之菹，陸産之醢，小物備矣。三牲之菹，八簋之實，美物備矣。昆蟲之異，草木之實，陰陽之物備矣。凡天之所生，地之所長，苟可薦者，莫不咸在，示盡物也。外則盡物，内則盡志，此祭之心也。」《郊特牲》云：「恒豆之菹，水草之和氣也。其醢，陸産之物也。加豆，陸産也。其醢，水物也。籩豆之薦，水土之品也，不敢用常褻味而貴多品，所以交於神明之義也，非食味之道也。」《儀禮》注云：「凡進物曰獻。」皇，君也。加祖稱皇，尊之也，除禰而上皆稱祖。時祭當及禰而第言祖者，孔謂據遠可以兼近，是也。祜，《説文》云：「福也。」《爾雅》云：「厚也。」使曾孫得壽考之福，而爲天所加厚也。

祭以清酒，有韻。亦叶磨韻，兹五翻。**從以騂牡**，有韻。亦叶磨韻，滿補翻。**享于祖考**。叶有韻，去九翻。亦叶磨韻。見第四章。**執其鸞刀**，豪韻。**以啓其毛**，豪韻。**取其血膋**。叶豪韻，魯刀翻。

《説文》作「膫」。○賦也。清酒，朱子云：「清潔之酒，鬱鬯之屬也。」《郊特牲》云：「周人尚臭，灌用鬯臭。鬱合鬯臭，陰達於淵泉。灌以圭璋，用玉氣也。既灌，然後迎牲，致陰氣也。」孔云：「祭之禮，先以鬱鬯降神，然後迎牲。此下有鸞刀，謂殺牲祭時，則騂牡在其上，據迎牲時，清酒又在其上，明據灌時。《春官·鬱人》：『掌祼器，凡祭祀之祼事，和鬱鬯以實彝而陳之。』祼者，灌祭之名，是祀祼用鬱鬯也。《天官·酒正》：『辨五齊之名：一曰泛齊，二曰醴齊，三曰盎齊，四曰緹齊，五曰沈齊。辨三酒之物：一曰事酒，二曰昔酒，三曰清酒。』清酒，今之中山冬釀，接夏而成者也。何知《詩》清酒非三酒之清酒者？以言祭以清酒，則以清酒祭神也。三酒卑于五齊，非祼獻所用，故《司尊彝》：『凡六尊之酌，鬱齊獻酌，醴齊縮酌，盎齊涚酌，凡酒修酌。』鄭注差次之云：『四者，祼用鬱齊，朝用醴齊，饋用盎齊，諸臣自酢用凡酒。』然則三酒乃是諸臣之所酢，不用之以獻神，故知《詩》之清酒，非三酒之清酒也。」又鄭以清爲玄酒。愚按《禮運》：「玄酒在室，醴醆在户，粢醍在堂，澄酒在下。」蓋第設之而不用，與此無涉也。馬赤色曰騂，以牲色赤，亦名騂。牡，《説文》云：「畜父也。」《郊特牲》云：「牲用騂，尚赤也。」又《周禮·牧人》職云：「凡陽祀，用騂牲毛之；陰祀，用黝牲毛之；望祀，各以其方之色牲毛之。」舊説謂陽祀，祭天及宗廟；陰祀，祭地及社稷；望祀，祭五嶽四鎮四瀆也。凡三代各尊其所尚之色，周人尚赤，而惟陽祀用騂，蓋重其禮，以别于凡祭也。然此所言「從以騂牡」，及下文啓其毛，取血膋，亦第以牛爲主，蓋牛乃牲之大者。《周禮·大司徒》奉牛牲，羞其肆。《祭義》謂卿大夫毛牛，而《説文》亦解膋爲牛腸脂，是也。享者，祭宗廟之名。《周禮·大宗伯》以吉禮事天神、地示、人鬼。人鬼者，宗廟也。於天神曰祀，於地示曰祭，於人鬼曰享。享有六，以肆獻祼享先王，謂大祫也；以饋食享先王，謂禘也；以祠春享，以禴夏享，以嘗秋享，以烝冬享。若此詩所言，則冬享耳。考，謂禰也。《禮記》云：「生曰父，死曰考。」《白虎通》云：「考，成也。言有成德也。」冬烝合祭七廟，自始祖而下，以至于禰，故以祖考並言。鄭云：「享于祖考，納亨時也。」孔云：「《周禮·大宰》云：『及納亨，贊王牲事。』納亨者，謂牽牲入廟，將殺，授亨人，故謂之納亨也。納亨而謂之獻于祖考者，《地官·充人》云：『碩牲則贊。』注云：『贊，助也。』助君牽牲入告肥，是獻之也。」鸞刀，毛云：「刀有鸞者。」孔云：「鸞即鈴也，謂刀環有鈴，其聲中節，《郊特牲》云：『割刀之用，而鸞刀之貴，貴其義也。聲和而後斷也。』言取其鸞鈴之聲，宮商調和，而後斷割其肉也。」陳祥道云：「夫和非斷則牽，斷非和則劌，故天以秋肅物，而和之以兑；聖人以義制物，而和之以仁；鸞刀以和濟割，亦此意也。」按執其鸞刀有二，《祭義》云：「祭之日，君牽牲，穆答君，卿大夫序從。既入廟門，麗于碑，卿大夫袒而毛牛尚耳，鸞刀以封取膟膋，乃退。」注疏謂將殺牲故袒，然則此卿大夫執之也。《祭統》云：「及迎牲，君執紖，卿大夫從。士執芻，宗婦執盎從。夫人薦涚水，君執鸞刀羞嚌，夫人薦豆，此之謂夫婦親之。」注疏謂嚌者，嚌肺也。饋熟之時，君以鸞刀割制所羞進嚌肺，橫切之，使不絶，奠於俎上，尸嚌之，故云羞嚌。又《禮器》云：「太廟之内敬矣，君親牽牲，大夫贊幣而從。君親制祭，夫人薦盎，君親割牲，夫人薦酒。」注疏謂親制祭者，殺牲已畢，進血腥之時，斷制牲肝，洗于鬱鬯，入以祭神於室。親割牲者，薦熟時，君親割牲體也。以上三事，曰羞嚌，曰制祭，曰割牲，皆君執之也。此下文言啓毛、取血膋，與《祭義》合，知是卿大夫執鸞刀也。啓，告也。《楚語》觀射父云：「毛以示物。」韋昭云：「物，色也。」啓其毛者，取毛之色，以告于祖考。鄭箋所謂「以告純」是也。孔疏謂開其毛，似難通。所取之毛，以耳毛爲上，所謂毛牛尚耳是也。其色則赤色，所謂從以騂牡者也。取血以祭，即所謂膟也。觀射父云：「血以告殺。」韋昭云：「明不因故也。」孔云：「若不殺則無血，故以血告殺也。」又《郊特牲》云：「血祭，盛氣也。」疏謂血是氣之所含，故云盛氣也。愚按二義兼之始備。《郊特牲》又云：「毛血，告幽全之物也。告幽全之物者，貴純之道也。」疏云：「血是告幽之物，毛是告全之物。告幽者，言牲體肉裏美善。告全者，牲體外色完具，貴其牲之純善之道也。中善則血好，外善則毛好也。」又血亦所用以燎也。膋，解見前。取膋爲備燔燎之用，以告臭也。先儒皆謂當朝踐時，祝取膟膋燎于爐，入以告神于室，始升牲首于室，故《郊特牲》云：「取膟膋燔燎，升首，報陽也。」以升首在燔燎之後，故知當朝踐時也。朝踐之禮，行于灌後，亦謂之朝事，謂早朝祭事也。故《祭義》云：「建設朝事，燔燎羶薌，見以蕭光，以報氣也。」羶即血膋，薌即黍稷。先儒又謂此朝踐時之燎，及薦熟時又有燎，故《郊特牲》云：「蕭合黍稷，臭陽達于墻屋。故既奠，然後焫蕭合羶薌。」奠謂熟薦時也。據此，則一祭而前後有二燎，未知然否。

是烝是享，叶陽韻，虚良翻。**苾苾芬芬，祀事孔明。**叶陽韻，謨郎翻。**先祖是皇，**陽韻。**報以介福，萬壽無疆。**陽韻。○賦也。烝，冬祭名。牲既殺矣，臭既升矣，於是行烝祭中享獻之禮，謂薦熟也。薦熟之禮，《周禮》謂之饋獻，亦謂之饋食。此時始薦黍稷，故以「苾苾芬芬」言。苾芬，解見《楚茨》篇。饋食之薦，不止于黍稷，而獨言苾芬者，祭以黍稷爲主也。祀事孔明，言自是而後，所行祀禮又甚明備，如執爨踖踖，以至鼓鍾送尸等事是也。《楚茨》、《信南山》同爲一時之作，《楚茨》詳于後而畧于前，自祭祊以前，但以「祀事孔明」一語該之。《信南山》詳于前而畧于後，自薦熟以後，亦但以「祀事孔明」一語該之。古人文字互見之妙如此。先祖是皇，解亦見《楚茨》篇。福受于天，而實先祖之所介助，惟曾孫能致孝如此，故先祖報以己所介助之福，俾其萬壽無疆。而向所預擬爲壽考萬年，受天之祜者，皆非虚語矣。張文潛云：「受莫大之福，而其君有安寧壽考之樂，此天下之至美，極治之際也。而其本出於倉廩之盈，原隰之治，田廬之修，蓋衣食不足于下，則禮樂不備于上。禮樂廢，則亂隨之而起，惟田事備而衣食豐，衣食豐而禮樂備，禮樂備而和平興，和平興而人君有安寧壽考之盛。此詩人深探其本，要其終，而言之序如此也。」鄧云：「《楚茨》、《信南山》二詩，言天祐皇福萬壽，不一而足，歆王也。不知稼穡艱難，不念小民之依，亦罔或克壽，《周書》戒之矣。」

《信南山》六章，章六句。《子貢傳》、《申培説》篇名作《南山》。〇《序》以爲刺幽王也。不能修成王之業，疆理天下，以奉禹功，故君子思古焉。此不過爲毛傳篇次所誤，其謬不待言矣。《子貢傳》以《南山》、《楚茨》皆所以勸農，而《申培説》亦以此爲王者勸農而禱祝之詩，皆似惑于朱子豳雅之説，益信二書之爲僞書也。朱子云：「或疑《楚茨》、《信南山》、《甫田》、《大田》四篇，即爲豳雅，未知是否。」愚按此詩有「從以騂牡」之語，明是周有天下所尚，豈豳侯所有？而《楚茨》辭指與此詩畧同，亦皆一時所作，特一言秋祊，一言冬烝耳。且「我疆我理」，王事也。鸞刀啓毛，王禮也。觀其以「曾孫田之」配「維禹甸之」，此其爲曾孫何如者？即諸侯不敢當，而朱子乃以爲公卿奉宗廟之詩，何也？

《潛》，薦魚於寢廟之樂歌。出《申培説》。**與《月令》季冬漁人始漁同。**出賈公彦《周禮》疏。

○《月令》季冬之月，命漁師始漁。天子親往，乃嘗魚，先薦寢廟。黄子道周云：「是薦鮪之終事也。」鄭玄云：「天子必親往視漁，明漁非常事，重之也。」孔穎達云：「按仲秋以犬嘗麻，季秋以犬嘗稻，皆不云天子親往，今此親往，以四時薦新，是其常事。❶魚則非常祭之物，故云重之也。」又云：「《白虎通》云：『王者不親取魚，以薦廟，故親行。非此則不可。』故隱五年公矢魚於棠，《春秋》譏之，是也。」應氏云：「嘗者，試而驗之也。將薦於所尊，故不敢輕也。藥必先嘗，膳必品嘗，此致敬于君與親也。大享帝則嘗犧牲，薦寢廟則嘗魚，此致敬于天與親也。秋嘗曰嘗，亦謂物已備成，嘗而後祭，以致其孝也。」《吕氏春秋》所載，與《月令》同，惟《淮南子》嘗魚作射魚，似不足信。《魯語》宣公夏濫於泗淵，里革斷其罟而棄之，曰：「古者大寒降，土蟄發，水虞於是乎講罛罶，取名魚，登川禽，而嘗之寢廟，行諸國人，助宣氣也。鳥獸孕，水蟲成，獸虞於是乎禁罝羅，矠魚鼈，以爲夏槁，助生阜也。鳥獸成，水蟲孕，水虞於是乎禁罝麗，設穽鄂，以實廟庖，畜功用也。今魚方別孕，不教魚長，又行網罟，貪無藝也。」賈公彦云：「取魚之法歲有五：《月令》孟春，獺祭魚，此時得取矣，一也；季春，薦鮪於寢廟，即獻人春獻王鮪，二也；鼈人秋獻鼈魚，三也；《王制》云『獺祭魚，然後虞人入澤梁』，與《孝經援神契》云『陰用事，木葉落，獺祭魚』同時，是十月取魚，四也；《潛》詩，季冬薦魚，與《月令》季冬漁人始漁同，五也。是一歲三時五取魚，惟夏不取。宣公夏濫於泗淵，以其非時，里革諫之。」愚按是詩以「潛有多魚」爲言，明謂天寒，魚多潛藏，其爲《月令》季冬之薦，《魯語》大寒之取，已無可疑，但未詳其作于

❶「常」，原作「嘗」，據《禮記正義》改。

何世。孔謂：「周公成王太平，澤及潛逃，魚皆肥美，獻之先祖，神明降福，作者述其事而爲此。」亦無明據，今姑從之。

猗與平聲。**漆沮，**魚韻。**潛**正義、《釋文》、《薛君章句》俱作「涔」，《小爾雅》作「槮」。**有多魚。**韻。**有鱣有鮪，**紙韻。**鰷鱨鰋**豐氏本作「鰻」。**鯉。**紙韻。**以享以祀，**叶職韻，逸職翻。**以介景福。**叶職韻，筆力翻。○賦也。猗，通作欹，歎聲也。與，通作歟。《說文》云：「安氣也。」徐鍇云：「氣緩而安也。」俗以爲語末之辭。猗與漆沮，孔云：「可猗嗟而歎美歟，此漆、沮之二水也。」漆水，一名同川，《水經》謂之柒水，云：「即濁水也。」《雍大記》云：「自同官縣西境來，經華原縣，合沮水。」華原，今省入耀州。沮水，一名同官川，《水經》云：「出北地直路縣，東過馮翊祋祤縣北，東入于雒。」《一統志》云：「在中部縣南門外發源。」《陝西通志》云：「合慈馬諸川，經同官縣北子午嶺，南流入耀州岔口，與漆水合流。」按耀州，即漢之祋祤也，以漆、沮二水合流于此，故通名爲漆沮水。《水經注》以爲柒沮水也。但據注，合流之後，仍分爲二：其一水東南出者，即此之漆沮水，故柒水也，絶白渠東，逕萬年縣故城北，又南屈，更名石川水，又南入于渭，《禹貢》所謂「導渭東過漆沮」，及此詩「猗歟漆沮」，皆此水也。其一水東出者，仍名爲沮，循鄭渠東，逕當道、蓮芍、粟邑等處，又東北流注于雒。則《水經》所謂入于雒者即此，故先儒誤傳以爲漆沮水一名雒水。《周禮・職方氏》雍州，「其浸渭、雒」，正指此雒，非河南之雒也。然謂沮水因入雒而概名雒則可，謂入渭之漆沮水混名雒則不可。若大雅《緜》「自土沮漆」，乃扶風之水，與此無涉。曹氏云：「漆沮之水，上接涇渭，下與河通，所以多魚。」潛，朱子云：「藏之深也。」《解頤新語》云：「魚喜潛。」鄭云：「冬魚之性定。」孔云：「冬月既寒，魚不行孕，性定而肥充，故冬薦之。」毛傳解潛爲椮，謂積柴水中，令魚依之止息，因而取之。按此則潛當通作槮，《小爾雅》云：「魚之所息謂之槮。」是也。鄧元錫駁之云：「猗其多也，潛其深也，取以時，用有禮，故足樂也，於以祭受福矣。柴而涔之，薄圍而取之，是盡物之心也，非王心也。」「有鱣」二句，多魚之實也。鱣鮪，詳見《碩人》篇。羅願云：「鱣，蓋鮪之類，常三月中從河上，於孟津捕之，淮水亦有之。鮪出海，三月從河上來。許慎謂遡河而上，能度龍門之浪，則得爲龍。今鞏縣東雒度北崖上山腹穴，舊説此穴與江湖通，鱣鮪從此穴而來入河。」又云：「孔子曰：『食水者善游而耐寒。』謂魚類也。鱣鮪之類，雖食於水，而不正食水。《淮南子》曰：『鵜胡飲水數斗而不足，鱣鮪入口若露而死。』故鱣鮪不善游，冬乃岫居，入河而眩浮，亦其驗也。」《水經注》云：「鞏縣北有山臨城，謂之崟㟨丘。其下有穴，謂之鞏穴。直穴有渚，謂之鮪渚。」成公子安《大河賦》曰：「鱣鯉王鮪暮來游。」《周禮》春薦鮪，然非時及它處則無，故河自鮪穴已上，又兼鮪稱。《吕氏春秋》稱武王伐紂至鮪水，紂使膠鬲候周師，即是也。按《周禮·天官·𩞁人》職云：「春獻王鮪。」《月令》季春之月：「命舟牧覆舟，五覆五反。乃告舟備具于天子焉，天子始乘舟。薦鮪于寢廟。」《夏小正》則以二月祭鮪。戴德爲之傳云：「祭不必記，記鮪何也？鮪之至有時，美物也。鮪者，魚之先至者也，而其至有時，謹記其時。」陸佃亦云：「鮪岫居，至春始出而浮陽，北入河，西上龍門，入漆沮，見日而目眩，故《詩》言漆沮及河，通道此魚。」今詳鮪既以三月間來，鱣爲鮪之類，而來時又同于鮪，且冬皆岫居，則其非季冬所有明矣。《詩》于下文諸魚不言有，而獨于此二魚言有者，正以其從它處而來，非漆沮所本有，抑亦追昔日之辭，不爲此時季冬詠耳。鰷，《説文》云：「白鰷也。」其形纖長而白，故曰白鰷。又謂白鯈，江東呼爲鮂。《釋魚》「鮂，黑鰦」是也。此魚好游水上，故莊子觀于濠梁，稱鯈魚出游從容，以爲魚樂，明遂其性也。《淮南子》曰：「不得其道，若觀鯈魚，望之可見，即之不可得。此魚好游也。」陸云：「鰷魚形狹而長，若條然，故曰鰷也。今江淮之間，謂之鰺魚。性浮，似鱨而白，蓋鱨从嘗，鰺謂之飡，其義一也。」鱨、鰋、鯉，解俱見《魚麗》篇。漆沮之魚多矣，于鱣鮪外，獨舉四魚者，蓋鰷善游，鱨善飛，其性浮；鰋性偃，鯉性俯，其性沉。今至冬而皆潛，則凡爲魚之類者，無所不潛矣。又陸云：「先鰷後鱨，先鰋後鯉者，鱨大于鰷，鯉大于鰋，亦其美之遞不如也。」享，《說文》云：「獻也。」祀，《說文》云：「祭無已也。」以享指今日言，以祀指後日言。以介景福，與《楚茨》篇義同。《詩》言漆沮所有之魚，不獨春時從河來者，有鱣有鮪而已，若鰷、鱨、鰋、鯉之類，皆二水所素饒，茲于季冬之時，取之以獻寢廟。繼此以往，祀典之脩，復無歲而不然，以此邀祖考之佑，則將助之以彰明可見之福也。又按《周禮·㪑人》，凡祭祀，共其魚之鱻薧。《曲禮》曰：「薧魚曰商祭，鮮魚曰脡祭。」則王於凡祭祀，其登俎者，奚適而不用魚哉？特季冬純用魚，而春薦新則專用鮪耳。

《潛》一章六句。《序》及蔡邕《獨斷》皆以爲季冬薦魚、春獻鮪之所歌也。按孟春而魚陟負冰，若以此詩爲兼用之獻鮪，則據《夏小正》已在二月，據《月令》且在三月，于時魚已不潛，與《詩》語盭矣。《子貢傳》只存「寢廟」二字，而其餘闕文，當亦同子夏之說，以《禮記》薦魚、薦鮪，皆在寢廟故也。乃鄒忠胤又引或者之說，疑爲祭漆沮之詩，謂瓜瓞所興，開源自本，豈容無祭？祭則豈無樂歌？夫漆沮有二，此近鎬之漆沮，非彼漆沮也，烏得同之《天作》之篇，與祀岐山一例哉？

《桑扈》，饗諸侯之禮也。諸侯春見曰朝，天子饗之。疑即九夏中之《驁夏》。《左傳》成二十三年，衛侯饗苦成叔，甯惠子相。苦成叔傲。甯子曰：「苦成家其亡乎！古之爲饗食也，以觀威儀、省禍福也，故《詩》曰：『兕觵其觩，旨酒思柔。彼交匪傲，萬福來求。』今夫子傲，取禍之道也。」按禮有饗、食、燕三者，其詳已見《鹿鳴》、《彤弓》、《蓼蕭》、《露斯》諸篇，饗食比燕禮爲大。《周禮·大行人》以九儀之禮待賓客。上公饗禮九獻，食禮九舉；侯伯饗禮七獻，食禮七舉；子男饗禮五獻，食禮五舉。大國之孤眂小國之君，諸侯之卿其禮各下其君二等，以下及其大夫士皆如之。疏謂饗禮九獻者，王酌獻賓，賓酢主人，主人酬賓，酬後更八獻，是爲九獻也。食禮九舉者，亦亨大牢以食賓。無酒，行食禮之時，九舉牲體而食畢也，後放此。《儀禮》傳云：「饗禮，敬之至也。食禮，愛之至也。饗爲愛弗勝其敬，食爲敬弗勝其愛。文質之辨也。」饗食之禮，俱於廟行之，燕則在寢而已。然食禮雖大，而以無獻酢之法，又差異于饗燕，故《大宗伯》職但云：「以饗燕之禮親四方之賓客。」《周語》晉隨會聘于周，定王饗之殽烝。范子私于原公，曰：「此何禮也？」王召士季，曰：「子弗聞乎？禘郊之事，則有全烝；王公立飫，則有房烝；親戚燕饗，則有殽烝。」而《左傳》亦載宣十六年冬，士會問殽烝。王曰：「王享有體薦，宴有折俎。公當享，卿當宴。王室之禮也。」饗，通作享。宴，通作燕。禮升殽於俎，皆謂之烝。烝者，升也。凡禘郊皆血腥，全其牲體而升之，謂之全烝。公侯來朝，王爲設享，則有體薦，薦其半體，謂之房烝。切肉爲殽，升俎，謂之殽烝。又饗禮，亨大牢以飲賓，獻依命數。燕者，其牲狗，行一獻，四舉旅。降脱屨升坐，無算爵，以醉爲度。蓋饗燕之異如此。故《左傳》晉郤至曰：「世之治也，諸侯問於天子之事，則相朝也，於是乎有享宴之禮。享以訓共儉，宴以示慈惠。共儉以行禮，而慈惠以布政。政以禮成，民是以息。」古者於饗、食、燕三禮之中，特以饗禮爲盛禮。唐賈公彦謂饗有食有酒，兼燕與食，故云盛禮也。據甯惠子引此詩爲咏饗食之事，則既與燕禮無涉，而詩中有「旨酒思柔」之云，則其爲饗禮而非食禮甚明，特以饗中有食，故兼言享食耳。愚又意此必諸侯春來朝于天子，而天子饗之之詩。《周禮·大行人》職云：「春朝諸侯，而圖天下之事。」此詩詠桑扈、黄鳥，俱春時所有，非朝而何？饗禮之見于詩者，惟有此篇。又按《周禮》九夏，《鷔夏》居其一。杜子春謂公出入，奏《鷔夏》。賈氏疏云：「按《大射》，公入奏《鷔夏》，是諸侯射于西郊，自外入時奏之。出入禮同，故兼云出也。」今按鷔、敖古俱通作傲，《莊子》「惠以歡爲敖」，《前漢書·竇嬰傳》「諸公稍自引而怠鷔」，皆傲字也。射之奏《鷔》，意亦取無憮無敖之義。此詩詠饗諸侯，而末有「彼交匪敖」之語，正與夏名相合，則饗禮時出入所奏，其即此詩乎。

交交桑扈，麐韻。《爾雅》、《子貢傳》、《申培説》、豐氏本俱作「鳸」，後同。《説文》作「雇」。**有鶯其羽**。麐韻。**君子樂**音絡，後同。**胥，受天之祜**。麐韻。○興也。交交，鄭玄云：「飛往來貌。」鄒忠胤云：「周之盛世，有賓禮以親邦國，固交而爲泰之時也。」以桑扈交交起興，正與末章「彼交」相映。桑扈，解見《小宛》篇。丘光庭云：「《爾雅》『桑扈，竊脂』，竊之言淺也。竊脂者，淺白色也。今三四月間，採桑之時，見有小鳥灰色，眼下正白，俗呼白鴂鳥是也。以其採桑時來，故謂之桑扈。」按《左傳》剡子云：「我高祖少皞摯之立也，鳳鳥適至，故紀於鳥，爲鳥師而鳥名。九扈爲九農正，扈民無淫者也。」杜預引《爾雅》解之云：「扈有九種也：春扈鳻鶥，夏扈竊玄，秋扈竊藍，冬扈竊黄，棘扈竊丹，行扈唶唶，宵扈嘖嘖，桑扈竊脂，老扈鷃鷃。以九扈爲九農之號，各隨其宜，以教民事。」陸佃云：「賈逵、樊光以爲春扈趣民耕種，夏扈趣民耘耔，秋扈趣民收斂，冬扈趣民蓋藏，棘扈爲果驅鳥，桑扈爲蠶驅雀，行扈唶唶，晝爲民驅鳥，宵扈嘖嘖，夜爲農驅獸，老扈鷃鷃，則趣民刈麥，令起不得晏者也。説者非之，以爲入林爲果驅鳥，入室爲蠶驅雀，晝驅鳥，夜驅獸，窮日通宵，常在田野，非先王所以建官之意，則亦以誤矣。蓋九扈農桑候鳥，扈民無淫者也，故先王名官，以主農桑之事，取其意云爾。非謂依此諸扈使之動作也。蓋如棘扈，則主園事爾，桑扈則主蠶事爾，驅鳥驅雀，非所以爲難也。」又扈字，《説文》本作雇，从隹，户聲。徐鉉云：「雇，扈也。扈，止也。婬者過時也，扈民不婬，爲止民使無過時也。」今按扈乃邑名，原無止義，當是因雇鳥能止民不淫，通用作扈，故又因訓扈爲止也。鶯，鳥名，即黄鳥也，一名倉庚。《月令》以仲春之月鳴，亦名黄鸝，鳴則蠶生。陸璣云：「幽州人謂之黄鶯。」❶詳見《葛覃》篇。羅願云：「倉庚者，蠶之候，故《詩》稱：『倉庚喈喈，采蘩祁祁。』後人皆以鸎名之。此鳥之性好雙飛，故鸝字从麗。又曰：『鸝必匹飛也。』」有鶯其羽，謂振羽而群飛也。與桑扈並言者，以興春朝之時，爵有尊卑，姓有同異，皆在班列，亦如鳥之不一其族者然。又《小雅》兩咏桑扈，皆曰交交，而《秦風》之詠黄鳥，亦曰交交，意其參裸往來之狀，殆是相類。故此詩於桑扈之下，連言鶯羽，似亦以交交象之，俗所云「鶯梭織柳」是也。且桑扈既能扈民無淫，而酒以成禮，不繼以淫，末章所云「彼交匪傲」者，雖在樂胥之時，未嘗忘扈止之戒。而鸝必匹飛，于同時來朝之義，尤有合焉。詩人所以取興于二鳥者，意固在是。君子，朱子云：「指諸侯也。」賈誼云：「胥者，相也。」《爾雅》云：「皆也。」郭璞云：「《方言》東齊謂皆曰

---

❶ 「鶯」，《四庫全書》本作「鳥」。

胥。」樂胥，猶古樂府云「今日樂相樂」也。楊慎云：「古人倒句法類如此。」愚按此以獻酬款洽言，樂胥之度正匪傲所形，惟敬故能和也。祜，《説文》云：「福也。」地天交泰，使天子之寵眷不衰，即所謂受天之福也。

交交桑扈，有鶯其領。梗韻。**君子樂胥，受天之屏。**❶梗韻。○興也。領，毛傳云：「頸也。」鳥將飛，則先奮其頸。屏，小墻當門中者，所以禦外而蔽内，《爾雅》「屏謂之樹」是也。君子能循禮以盡其事上之敬，則名分辨，紀綱正，外侮不侵，天下和平，信乎其足爲萬邦之屏蔽也。曹氏云：「魯秉周禮而齊不敢圖，何屏如之？有禮則安，無禮則危。秦襄公未能用周禮，則無以固其國。」

之屏之翰，叶元韻，讀如繁，符袁翻。**百辟爲憲。**叶元韻，虛元翻。**不戢不難，**叶歌韻，囊何翻。**受**《説文》、《長箋》作「逑」。**福不那。**歌韻。《説文》、《長箋》作「儺」，非也。上文「不難」之「難」，當作「儺」。○賦也。二「之」猶是也。之屏，承上章言。翰，鳥羽也，與「屏」字皆借字取義。言是君子也，不特可爲萬邦之藩屏，亦可爲天朝之羽翼也。百辟，汎指其餘諸侯也。憲，毛云：「法也。」愚按憲字从心从目，故有取法之義。言此來朝之君子能循禮，則四方諸侯之聞風者，皆將以之爲法式，而謹于禮矣。戢，《説文》云：「藏兵也。」收斂之義。難，通作儺。《説文》云：「行有節也。」按難、儺古文通用，《周禮·方相氏》「率百隸時難，以索室驅疫」，《禮記·月令》「季冬之月，命有司大難」，《論語》、《史記》俱作儺，是其證也。那之爲言彼也。按《説文》訓那爲西夷國，故字从邑。凡經傳語辭用那者，皆借聲無義，故《爾雅》以爲於也，杜預以

❶「受天」，《四庫全書》本作「萬邦」。

爲猶何也，郭璞以爲語之韻絶也。愚謂不那，即俗所云不那箇也。下足以屏萬邦，上足以翰天朝，遠足以憲百辟，則受天之祜，自是無斁，福孰如之？使其中不以禮自戢，而矜肆未除，外不以禮自持，而行動無節，乃妄欲冀其受福，恐亦不足以受彼矣。不能受福，則那而彼之。那者，外之之辭也。能受福，則來而納之。來者，内之之辭，下章云「萬福來求」是也。《孝經》言諸侯之孝，云：「高而不危，所以長守貴也。滿而不溢，所以長守富也。」此可以通戢難受福之義矣。

兕觵《左傳》、《説文》、豐本俱作「觥」。**其觩**，尤韻。《説文》、陸德明本、豐本俱作「斛」。**旨酒思柔**。尤韻。**彼**《左傳》、《前漢書》俱作「匪」。**交**《前漢書》作「徼」。**匪敖**，《左傳》、《前漢書》、《中説》俱作「傲」。**萬福來求**。尤韻。○賦也。兕觵，鄭云：「罰爵也。」解見《卷耳》篇。吕祖謙云：「如《卷耳》罍觥並陳，則不必指爲罰爵。若此詩，則罰爵也。」觩，朱子云：「角上曲貌。」本作斛。旨，徐鉉云：「甘也。」旨酒者，以酒爲旨而嗜之，猶《書》云「甘酒」也。柔，《説文》云：「木曲直也。」其字从木，與剛對看。《禮記疏》云：「謂情性和柔也。」此二句，解先王制兕觵之意。言先王於燕饗之禮，所以有觩觩然兕觵之設者何哉？以酒爲陽物，能發人之剛，其過在抵觸，故制兕觵爲罰爵以寓戒。兕，善觸者也，取其角爲觵，欲人顧此物，則雖以酒之旨美爲可嗜，而必思所以和柔其性情，不敢失禮過飲，而爲酒所困也。況饗又與燕不同，設几而不倚，爵盈而不飲，則酒之設，亦徒取具文以成禮，而非賓主之所酣用者乎？彼，彼諸侯也。交者，交接于一堂之謂，升降酬酢，皆其事也。敖，當依《左傳》作傲，倨也。按《禮記》「敖不可長」，及「毋憮毋敖」，皆通作傲。匪敖，兼戢難言。《左傳》云：「萬，盈數也。」求本古衣裘字，象形，後人加衣作裘，實一字也。此當通作逑，《説文》

云：「聚斂也。」凡經書中言求者，皆是逑字。彼君子於行禮交際之間，謹守侯度，絶無傲侮之形。位雖高而不驕，情雖通而不肆，是雖非有意于斂福，而萬福皆來就而聚之也。《易》曰：「德言盛，禮言恭。謙也者，致恭以存其位者也。」正謂此也。上章末句自我受福言，此自福就我言，猶云富貴逼人耳。《中説》云：「文中子曰：『命之立也，其稱人事乎！故君子畏之，無遠近高深而不應也，無洪纖曲直而不當也，故歸之於天。《易》曰：乾道變化，各正性命。』魏徵曰：『《書》云：「惠迪吉，從逆凶，惟影響。」《詩》云：「不戢不難，受福不那。彼交匪傲，萬福來求。」其是之謂乎？』子曰：『徵其能自取矣。』」《左》襄二十七年，鄭伯享趙孟于垂隴，公孫段賦《桑扈》，趙孟曰：「『匪交匪敖』，福將焉往？若保是言也，欲辭福禄，得乎？」以彼交爲匪交，字之訛也。而《前漢書·五行志》亦云：「匪儌匪傲，萬福來求。」注謂飲酒者不儌倖，不傲慢，則福禄就而求之。古文傳寫互異如此。

《桑扈》四章，章四句。《子貢傳》、朱子皆謂天子燕諸侯之詩，然此饗詩，非燕詩也，如《蓼蕭》、《露斯》乃燕諸侯詩耳。《申培説》則以爲天子燕方伯之詩，蓋從「萬邦之屏，百辟爲憲」二句生説，其意見亦出于朱子。鄒云：「夫以《桑扈》爲燕方伯，則亦當以《彤弓》爲燕連帥，此等總不必臆爲之説。古者方伯連帥，亦未必有專職，觀所云『百辟爲憲』，則文武總在其中，如後世《六月》之吉甫、《崧高》之申伯可見已。」《序》則以爲刺幽王也，君臣上下動無禮文焉。范甯《序穀梁》亦云：「君臣之禮廢，則《桑扈》之諷興。」今按詩中原無刺意，説者謂盛陳古之君子樂循禮文如此，所以刺今之不然，殊屬附會。總之，爲篇次所惑耳。

《蓼蕭》，諸侯繼世嗣封，天子與之燕而歌此。《左傳》襄二十六年，衛侯如晉，晉人執而囚之于士弱氏。秋七月，齊侯、鄭伯爲衛侯故如晉，晉侯兼享之。晉侯賦《嘉樂》。國景子相齊侯，賦《蓼蕭》。子展相鄭伯，賦《緇衣》。叔向命晉侯拜二君，曰：「寡君敢拜齊君之安我先君之宗祧也，敢拜鄭君之不貳也。」又昭十二年，宋華定來聘，通嗣君也。享之，爲賦《蓼蕭》，弗知，又不答賦。昭子曰：「必亡。宴語之不懷，寵光之不宣，令德之不知，同福之不受，將何以在？」據二傳，其一以賦此詩爲安先君之宗祧，其一以通嗣君之故賦此詩，則其爲繼世嗣封之詩明矣。故《序》云：「《蓼蕭》，澤及四海也。」豈亦以天子能懷四方之諸侯，爲澤及四海耶？

蓼彼蕭斯，零豐氏本作「霝」，後同。**露湑**語韻。**兮。既見君子，我心寫**叶語韻，洗與翻。**兮。燕笑語**韻。**兮，是以有譽處**叶語韻，敞呂翻。**兮。**興也。蓼，戴侗云：「艸蒼蒨貌。」蓋蓼本辛菜名，故以蒼蒨象其色。毛傳以爲長大貌，似無據。蕭，香蒿也，解見《生民》篇。斯，語辭，如露斯、鷽斯、鹿斯、柳斯是也。零露，解見《野有蔓草》篇。鄭玄云：「露，天所以潤萬物，喻王者恩澤。」湑，毛云：「湑然，蕭上露貌。」按《説文》訓湑爲莤酒，《伐木》所云「有酒湑我」者是也。今以蕭上露貌爲湑者，蕭之受露，其狀沾濡，有似于茅之泲酒也。蕭既受露，則色愈蒼蒨，故以蓼言之也。陸佃云：「蕭，微物也，而其香能上達，故《詩》以況四海之諸侯。」疏義云：「露零于蓼蕭，天子以心寫于諸侯，如天道之下濟然，而語又相應也，故爲興。」君子，指此繼世之諸侯也。我，天子自我也。寫，毛云：「輸寫也。」今作瀉。嚴云：「心有憂，則鬱而不泄，如傾寫器中之物，則舒快矣。」燕，謂設燕。笑語，是燕時君臣相悦豫之情。按答述曰語，語者，午也，言交午也。譽，朱子云：「善聲也。」處，止也，留也。譽處，猶言爲聲譽之所歸也。上下交而泰道成，則君臣皆有美譽也。輔廣云：「諸侯象賢嗣封，天子見之，得以輸寫其心，因與之燕飲，語笑和悦，蓋愛念其先人，美其有後也。國以永存，爰及苗裔，繇是則君無寡恩之嫌，臣有同休之慶，皆得以保有其聲譽也。」《蓼蕭》、《裳華》，皆爲繼世諸侯而作，故其首章之語畧同。

蓼彼蕭斯，零露瀼瀼。陽韻。**既見君子，爲龍**《左傳》作「寵」。**爲光。**陽韻。**其德不爽，**叶陽韻，師莊翻。**壽考不忘。**陽韻。○興也。起興與上章同，皆上交于下之意。瀼瀼，毛傳云：「露蕃貌。」鄧元錫云：「龍，象德之靈變。光，美德之昭明。」一云：「爲龍，見能膏澤下民。爲光，見能照臨下國。」亦通。其德，即龍光之德。爽，《爾雅》云：「差也。」欲其德常如此，而不至於有差爽也。一云：「爲龍爲光，用之有變化。其德不爽，存之無改移。」亦通。考，《説文》云：「老也。」不忘，謂無忘今日規勸之言，即「其德不爽」一語是也。祝其壽考，而勉其不忘，主情之肫切如此。朱子云：「褒美而祝頌之，又因以勸戒之也。」

蓼彼蕭斯，零露泥泥。叶薺韻，乃禮翻。**既見君子，孔燕豈**音與下「壽豈」同。陸德明本作「愷」。**弟。**薺韻。陸本作「悌」。**宜兄宜弟，**同上。**令德壽豈。**叶薺韻，去禮翻。《左傳》杜注作「凱」。○興也。泥泥，露盛而凝洽之貌，興下文「孔燕豈弟」、「孔甚豈樂」也。弟，順也，易也。《説文》云：「弟，韋束之次弟也。」徐鍇云：「積之而順不相戾者，莫近於韋，故取名於韋束之次第。」孔燕豈弟，孔字畧斷，燕字又畧斷，猶言：「甚哉！燕時如此乎豈弟也。」宜兄宜弟，因其德之形于燕，而知其必宜于家。朱子云：「以宜兄宜弟美之，亦所以警戒之也。」蓋諸侯繼世而立，多疑忌其兄弟，如晉詛無畜群公子，秦鍼懼選之類。」黃佐云：「疑忌兄弟，薄世之常情。《春秋》或出奔而書弟，或盜殺而書兄，皆正人倫而存天理，爲後世訓也。」《大學》云：「宜兄宜弟，而後可以教國人。」令德，即宜兄弟之令德。壽豈，壽而且樂也。有此令德，則自今以後壽考之年，皆優游順適之境，蓋樂以天者也。鄒忠胤云：「王者建國親侯，欲其光昭令德，翼戴王室，與國咸休，永世無窮，故褒之以龍光，祈之以不爽，美之以宜兄宜弟，祈之以壽考壽豈，意何慇慇也！古親賢之典，其相勉以正如此，豈徒以私惠自留哉？」

蓼彼蕭斯，零露濃濃。叶東韻，奴同翻。**既見君子，鞗**豐本作「鋚」。**革**豐本作「勒」。**忡忡。**東韻。毛傳、陸德明本皆从心，作「忡」。直弓、勑弓二翻。自唐孔氏而下，諸本皆从水作「沖沖」，誤。**和鸞**豐氏本作「鑾」。**雝雝，**叶東韻，讀如翁，烏公翻。賈誼《新書》作「噰噰」，《左傳》注、《後漢志》注俱作「雍雍」。**萬福攸同。**東韻。○興也。濃，《説文》云：「露多也。」蓼蕭承露之厚，興諸侯受福之多，諸侯之福，皆天子所賜也。毛傳訓鞗爲轡，革爲轡首。按《詩》言「鞗革」有三處，而鄭箋解各不同。鉤膺鞗革，云：「轡首垂也。」鞗革金厄，云：「轡也。」惟本傳爲得之。《詩詁》云：「轡，御者所執也。从絲曰轡，从革曰鞗。」《爾雅》云：「轡首謂之革。」郭璞云：「轡，靶也。」以馬轡所把之外，有餘而垂者謂之革。然則鞗即轡之別名，革乃轡首之垂者，鄭氏於兩處分而解之，則各缺其一也。忡忡，轡垂貌。《草蟲》傳謂猶「衝衝」，是也。和、鸞皆鈴也。《抱璞子》云：「鸞聞樂而舞，至則國安樂。」其雌曰和。《禽經》云：「雌曰和，雄曰鸞。」陸佃云：「禮，在輿則聞鸞和之音，蓋取諸此。」毛以爲和在軾，鸞在鑣。鄭以爲戎車鸞在鑣，乘車鸞在衡。按衡是車前衡木駕馬者，即軛也。軾是車上橫板，手所憑伏以致敬者。鑣則馬銜也。以《駟鐵》詩觀之，輶車置鸞于鑣，明其異于乘車，則謂戎車鸞在鑣，乘車鸞在衡者，似若可信。崔豹云：「鑾輅衡上金爵者，朱鳥也。」朱鳥，鸞也，鸞口銜鈴，故謂之鸞，或謂爲鑾，事一而異義也。干寶《周禮》注云：「和鸞皆以金爲鈴，鸞者在衡，和者在軾，馬動則鸞鳴，鸞鳴則和應，舒則不鳴，疾則失音，故《詩》云『和鸞雝雝』，言得其和也。」又京山程氏云：「和，金口木舌。鸞，金口金舌。」雝，通作噰。《爾雅》云：「音聲和也。」和鸞相應，故曰雝雝。鞗革和鸞，皆諸侯車馬之飾。既受命于天子，則當備此儀物矣。又王介甫、吕伯恭皆謂乘馬、路車，天子所以好諸侯也。有車馬，則有鞗革和鸞矣。《韓奕》之二章曰「王錫韓侯，鞗革金厄」，三章曰「其贈維何？乘馬路車」，即其事也。萬福，所該者廣，享壽考、保禄位，皆在其中。攸，所。同，聚也。去後祝願之詞。又賈誼云：「聲曰和，和則敬，故《詩》曰：『和鸞雝雝，萬福攸同。』言動以紀度，則萬福之所聚也。」此以雝雝象其德，亦通。殷大白云：「篇中頌美處俱含訓誡，意此王言也。」

《蓼蕭》四章，章六句。《子貢傳》、《申培説》、朱傳皆以爲諸侯來朝，天子燕之而歌此詩。按來朝燕詩，則《露斯》篇是矣，此故不應複出。

《湛露》，諸侯朝正于王，王行饗禮畢，而燕之于寢，於是賦此。《序》及《子貢傳》皆云：「天子燕諸侯也。」鄭玄云：「諸侯朝覲會同，天子與之燕，所以示慈惠。」《左傳》文四年，衛甯武子來聘，公與之宴，爲賦《湛露》。不辭，又不答賦。使行人私焉。對曰：「臣以爲肄業及之也。昔諸侯朝正于王，王宴樂之，於是乎賦《湛露》，則天子當陽，諸侯用命也。今陪臣來繼舊好，君辱貺之，其敢干大禮以自取戾？」杜預注云：「朝正者，朝而受政教也。」鄒忠胤云：「古者封建之法，諸侯各據其土而有其民，其勢易分而難合。天子獨立于上，千里之畿，豈足制萬邦之命？唯是有道以懷之。《周禮·大宗伯》『以賓禮親邦國，春見曰朝，夏見曰宗，秋見曰覲，冬見曰遇，時見曰會，殷見曰同』是也。以饗燕之禮，親四方之賓客，上公三饗三食三燕，侯伯二饗再食再燕，子男一饗一食一燕，職在《掌客》者是也。」

湛先君印海先生諱。　**湛露斯，匪陽**豐氏本作「昜」。**不晞。**微韻。　**厭厭**《説文》作「懕懕」，《韓詩》作「愔愔」，云：「和悦之貌。」**夜飲，不醉無歸。**微韻。○興也。湛，《增韻》云：「澄也，澹也。」重言之者，毛傳云：「露茂盛貌。」斯，語辭。以天澤厚被于物，興君恩厚及于臣，與《蓼蕭》同意。又歐陽脩云：「天之潤澤于物者，若雨若雪，若水泉之浸，其類非一，而獨以露爲言者，露以夜降者也。因其夜飲，故近取以爲比。」厭厭，當依《説文》作懕懕，安也。郭璞云：「安詳之容。」蓋心安之也。《小戎》「厭厭良人」，解亦同此。夜飲，毛云：「私燕也。」孔穎達云：「《楚茨》『備言燕私』，傳謂『燕而盡其私恩』。明夜飲者，亦君留而盡私恩之義。」按《儀禮·燕禮》云：「宵則庶子執燭于阼階上，司宮執燭于西階上，甸人執大燭于庭，閽人爲大燭于門外。」燕禮輕，無庭燎，設大燭而已，是夜飲之禮，古誠有之。其禮一獻，四舉酬，降脱屨升坐，無算爵，無算樂。君曰：「無不醉！」賓及卿大夫皆對曰：「諾！敢不醉？」非若饗禮之設几而不倚，爵盈而不飲，故曰「不醉無歸」也。郝敬云：「朝以朝旦，禮主于辨也。飲以昏夜，情主于合也。」朱子云：「湛湛露斯，非日則不晞，以興厭厭夜飲，不醉則不歸。」

湛湛露斯，在彼豐草。皓韻。豐本作「艸」。　**厭厭夜飲，在宗載考。**皓韻。○興也。豐，毛云：

「茂也。」愚按以豐言草，當是通作丰，《説文》云：「草盛丰丰也。从生，上下達也。」徐鍇云：「察草之生，上盛者其下必深根也。」歐陽云：「言在彼豐草杞棘者，以露之被草木，如王恩被諸侯爾。」宗，祖廟也。載，音義俱與再同。唐、虞以年爲載，《爾雅》注謂取物終更始，是也。考，成也。按《儀禮》受賓聘享則于太廟，享食則于禰廟，惟燕行于寢。故《燕禮》云：「膳宰具官饌于寢東。」此云在宗載考者，蓋饗畢而燕，言既在宗廟行饗禮矣，更在路寢成此燕禮也。毛傳漫以宗爲宗室，而朱子以爲即路寢之屬，俱與宗字義未合。露在豐草，則膏澤深，以興饗而又燕，則恩意厚。

湛湛露斯，在彼杞棘。職韻。**顯允君子，莫不令德。**職韻。○興也。杞，王應麟以爲梓杞，蓋大木也，其狀未詳。或引陸璣云：「山木也。一名狗骨，其樹如樗，理白而滑，可以爲函及簡板，其子爲木蝱，可合藥。」今按枸杞，一名狗骨，其樹亦如樗，陸所云或即枸杞也。然簡陸疏中無此條，當俟再考。棘，解見《凱風》篇。戴侗云：「並束爲棘，象其叢生。棘有二：樲棘之棘，其實似棗而多酸；荆棘之棘，襍生荆中，木小而尤多朿。此棘乃樲棘之棘也。」愚按《詩》以杞棘竝言，棘木低小，則杞非大木可知。且以後章桐椅例之，桐椅相類，杞棘亦當相類，此杞即枸杞也。又枸杞之類，亦有枸棘，形長而枝無刺者爲枸杞，圓而有刺者爲枸棘。杞棘、桐椅，皆以興同類之諸侯，以此時來朝者，非一人也，觀下文「莫不」字可見。謝枋得云：「顯者，其心明白洞達。允者，其心忠信誠慤。」君子，朱子云：「指諸侯爲賓者也。」令，善也。飲酒之盛，而不困于酒，則可謂令德矣。蘇轍云：「露之在草也，如將不勝。其在木也，則能任之矣。將言其無不醉也，故以豐草興之；將言其醉而不能亂，故以杞棘言之。」鄒云：「杞棘中堅，承露雖厚而不屈，有强幹意，故以興顯允之令德，即《酒誥》所云『剛制』也。」

其桐其吕祖謙、歐陽脩本俱作「如」。**椅，**支韻。**其實離離。**支韻。**豈弟君子，莫不令儀。**支韻。○興也。桐、椅，解俱見《定之方中》篇。桐，羅願謂其子可以取油者，陸佃以爲岡桐是也。生於高岡，亦謂之岡梧，蓋梧性便濕，不生於岡，故此桐有岡之號。椅，梓實桐皮，與桐相類，故鄭箋云：「桐也，椅也，同類而異名。」離離，毛云：「垂也。」孔云：「言二樹當秋成之時，其子實離離然垂而蕃多。」豈弟，解見《蓼蕭》篇。《左傳》云：「有儀可象謂之儀。」鄭云：「謂《陔》節也。」孔云：「當奏《陔夏》之節，猶善威儀，以其美，人必舉其終，故知當《陔》之節也。《燕禮》：『賓北面坐，取其薦脯以降。奏《陔夏》。取所執脯以賜鍾人於門内霤，遂出。』是也。天子燕諸侯之禮亡，故據《燕禮》以況之。」輔廣云：「顯允，明信也。豈弟，樂易也。明信者，固宜其有德矣；樂易者，則恐其或畧于威儀也。樂易君子，而威儀無不令焉，此其所以爲成德也。」鄒云：「桐椅高竦，其實離離而下垂，有恭順意，故以興豈弟之令儀，即《宛鳩》所云温克也。要以威儀即令德之符，所謂飲酒孔嘉者也。」或謂豐草有露，露始降，杞棘有露，夜漸久，見椅桐之垂實離離，爲天向明而醉歸之候，則是君臣相與長夜而飲，豈所語天子當陽，諸侯用命之義？夫露待陽而晞，賓乃待露晞而後言歸與？愚按先言豐草，取類于卑下之物，爲君尊臣卑之況；次言杞棘，則高于豐草矣。杞棘中寔，故取以象其德，然亦以其德盛而心下，故僅取于杞棘也；末言桐椅，又高于杞棘，則象其威儀可爲人所瞻仰，每況愈上，以致其贊美之意。又按豐艸似興子男，杞棘似興侯伯，桐椅似興上公，二説俱可通。張叔翹云：「君之燕臣，第曰不醉無歸，曰在宗載考，期於情之洽、禮之成而已，非沉湎無度也。乃其臣令德令儀，罔不祗畏，又有以善其燕，豈與後世長夜之飲同乎哉？《左氏》稱酒以成禮，不繼以淫，周王有焉；以君成禮，不納于淫，諸侯有焉。」季本云：「此詩前二章，以君之勸飲者言，欲其盡歡也。後二章，以臣之承恩者言，喜其盡敬也。樂而不淫，此所以懷諸侯，而天下畏之。」鄧云：「燕主示慈惠，《蓼蕭》之燕笑語也，《露斯》之厭厭飲也，慈惠至矣，而卒歸之德不爽，沖沖雝雝也；德顯允，莫不令儀也。和而節，美夫！」黄佐云：「《記》曰：『朝覲之禮，所以明君臣之義也。』周室之盛，諸侯之朝也有常期，天子之禮遇也有常典。夫何周室既衰，其禮遂廢。《春秋》二百四十二年之間，公如京師者一見而已，可歎也夫！」

《湛露》四章，章四句。《申培説》以爲天子燕同姓諸侯之詩，此蓋泥于「在宗載考」一語耳。毛傳因天子燕諸侯之禮亡，故假宗子與族人燕爲説，云宗子將有事，則族人皆侍，不醉而出，是不親也。醉而不出，是渫宗也。而鄭箋又引陳敬仲飲桓公酒，欲以火繼。敬仲辭以卜晝未卜夜，乃止，謂：「夜飲之禮，在宗室同姓則成之，其庶姓讓之則止。」要亦揣摩之説，不必有所據。且毛、鄭既皆知燕飲有宵而設燭之禮，何謂止可行于同姓乎？即據《左傳》，稱諸侯朝正于王，主宴樂之，賦此，是可知概指凡諸侯而言，未嘗分同姓庶姓也。

《彤弓》，諸侯敵王所愾而獻其功，王賜之彤弓，而歌此詩以饗之。《序》云：「天子錫有功諸侯也。」《孔叢子》載孔子曰：「於《彤弓》，見有功之必報也。」按《左傳》文四年，衛甯武子來聘，公與之宴，爲賦《彤弓》。不辭，又不答賦。使行人私焉。對曰：「臣以爲肄業及之也。昔諸侯敵王所愾，而獻其功，王於是乎賜之彤弓一、彤矢百、玈弓矢千，以覺報宴。今陪臣來繼舊好，君辱貺之，其敢干大禮以自取戾。」杜預注云：「言諸侯盡力以當王所狠怒之人，而獻其成功。王賜之弓矢，又爲歌《彤弓》，以明報功宴樂。」《申培説》與《左傳》同。胡安國云：「諸侯終喪入見則有錫，歲時來朝則有錫，能敵王所愾則有錫。韍冕圭璧，因其終喪入見而錫之者也，禮所謂喪畢，以士服見天子，已見，賜之黻冕圭璧，然後歸是已。車馬衮黻，因其歲時來朝而錫之者也，《詩》所謂『君子來朝，何錫予之？路車乘馬，玄衮及黼』是已。《彤弓》玈矢，因其敵愾獻功而錫之者也，《詩》所謂『彤弓弨兮』是已。」

彤弓弨兮，受言藏陽韻。**之。我有嘉賓，中心貺**叶陽韻，虚王翻。**之。鐘鼓既設，一朝**豐氏本作「鼂」，下同。**饗**叶陽韻，虚良翻。豐氏本作「亯」。**之。**賦也。彤，《説文》云：「丹飾也。从丹彡。彡，其畫也。」按《周禮·夏官·司弓矢》掌六弓之法：王弓、弧弓，以授射甲革、椹質者；夾弓、庾弓，以授射豻侯、鳥獸者；唐弓、大弓，以授學射者、使者、勞者。注：「往體寡，來體多，曰王弓、弧弓，皆遠射强弓也。往體多，來體寡，曰夾弓、庾弓，皆近射弱弓也。往體來體若一，曰唐弓、大弓也。勞者，勤勞王事，若晋文侯、文公受彤弓、玈弓之賜是也。」《考工記》亦云：「王弓之屬，利射革與質；夾庾之屬，利射侯與弋；唐弓之屬，利射深。」孔穎達云：「《周禮》無彤弓之名。此彤弓，必當唐、大二者之中有之耳。唐大者，是其體强弱之名；彤玈者，爲弓色之異稱。爲弓者，皆漆之，以禦後霜露。漆之爲色，赤黑而已。彤既爲赤，則知玈者爲黑也。色以赤者，周之所尚，故賜弓以赤爲重。」又按《荀子》云：「天子彫弓，諸侯彤弓，大夫黑弓。」《周禮》疏亦云：「天子之弓王弧，諸侯之弓唐大，大夫之弓夾庾。」《尚書大傳》云：「三適謂之有功，賜以車服弓矢。」

《王制》云：「諸侯賜弓矢然後征，賜鈇鉞然後殺。」《韓詩外傳》云：「諸侯之有德，天子錫之。一錫車馬，再錫衣服，三錫虎賁，四錫樂器，五錫納陛，六錫朱户，七錫弓矢，八錫鈇鉞，九錫秬鬯，謂之九錫也。」《山海經》云：「帝俊賜羿彤弓素繒，以扶下國。」漢韋孟詩云：「肅肅我祖，國自豕韋。彤弓斯征，撫寧遐荒。總齊群邦，以翼大商。」《書·文侯之命》云：「父義和，其歸視爾師，寧爾邦，用賚爾秬鬯一卣，彤弓一，彤矢百；盧弓一，盧矢百。」盧、玈通。《史記》云：「齊桓公三十五年，夏，會諸侯于葵丘。周襄王使宰孔賜文武胙，彤弓矢大路，下拜受賜。」《左傳》僖二十八年，晉文公獻楚俘于王。己酉，王享醴，命晉侯宥。王命尹氏及王子虎、内史叔興父，策命晉侯爲侯伯，賜之彤弓一、彤矢百，玈弓矢千，曰：「王謂叔父：敬服王命，以綏四國，糾逖王慝。」晉侯三辭，從命，受策以出，出入三覲。酈忠胤云：「古者諸侯有大功，天子賜弓矢及圭瓚。其賜之圭瓚，使得爲鬯以祭先也。其賜之弓矢，使得待王命以征不庭也。故《王制》曰『諸侯賜弓矢而後征伐』，典綦重矣。後儒遂以爲得專征伐。毛萇釋《詩》，孔安國釋《書》，鄭康成釋《禮》，杜預釋《春秋左氏》，皆有是説。彼特因《王制》之語而誤增一字，失之遠矣。夫以胤后之征羲和也，必曰『承王命徂征』。南仲之伐玁狁也，必曰『自天子所，謂我來矣』。今以爲賜弓矢者，即得專征伐，是作威不必維辟，而春秋之戰皆義戰矣，豈彤弓之設，端使然哉？」孔云：「甯武子所言，及晉文侯、文公所受，皆必有玈弓，此詩獨言彤弓者，以二文皆先彤後玈，彤少玈多，舉重可以包輕，故直言彤弓也。有弓則有矢，言弓則矢可知，故亦不言矢也。」弨，《説文》云：「弓反也。」毛傳云：「弛貌。」徐鍇云：「弛弦而體反也。」嚴粲云：「賜弓不張。」受，謂諸侯受之，言命也。鄭玄云：「謂王策命也。」藏之者，孔云：「藏之于其家，以示子孫。」言諸侯既受此弓，因命之曰：「汝得此弓以歸，尚其寶藏之。」以示珍重之意。《左》襄八年，晋范宣子來聘，公享之，季武子賦《彤弓》。宣子曰：「城濮之役，我先君文公獻功于衡雍，受彤弓于襄王，以爲子孫藏。匄也先君守官之嗣也，敢不承命？」所謂以爲子孫藏，即此詩云「藏之」也。我，天子自謂也。稱受賜諸侯曰嘉賓。「我有嘉賓」以下，鄭箋謂「受出藏之乃反入」，正義引晋文公出入三覲之事爲證，非也。出入三覲，紀其先後覲王，凡有三次，無受賜後復受饗之事。考文公饗賜正同日，傳先言饗而後言賜，《詩》先言賜而後言饗，行文異耳。孔云：「饗之日，先受弓矢之賜，後受獻酬之禮。《左傳》曰：將賞則加膳，加膳則飫賜。將欲賞人，尚加殺膳，況弓矢之賜，賞之大者，焉得無其禮也？」既，《說文》云：「賜也。」蒙上文而言，即以彤弓賜之也。曰中心者，言中心實欲貺之，非有所勉强而然。如内疑其臣，而外牽于其功。内忌其臣，而外迫于其勢，則雖貺而非本于中心矣。鐘鼓既設，謂設陳鐘鼓之樂，以樂賓也。鄭云：「大飲賓曰饗。」陳暘云：「《周官·樂師》：『饗食諸侯，序其樂事，令奏鐘鼓。』《鎛師》：『凡饗祀，鼓其金奏之樂。』《典庸器》：『帥其屬而設筍簴。饗食亦如之。』繇是觀之，饗禮不終朝，以訓恭儉，要之賓主百拜，而酒三行，其樂未嘗不令奏鐘鼓也。然錫彤弓，必因饗禮，《笙師》饗射共笙鐘之意也。」孔云：「饗者，烹大牢以飲賓，是禮之大者。獻如命數，設牲俎豆，盛于食燕。《周語》曰：『王饗有體薦，燕有折俎。公當饗，卿當燕。』是其禮盛也。言一朝者，言王殷勤于賓，早朝而即行禮，故云『一朝』。燕或至夜，饗則如其獻數，禮成而罷，故以朝言之。《左傳》：『鄭饗趙孟，禮終乃燕。』是饗不終日也。」鄒云：「《周禮·大行人》：『上公饗禮九獻，侯伯七獻，子男五獻。大國之孤視小國之君。』《掌客》：『上公三饗，侯伯二饗，子男一饗。』其牲則體薦，體薦則房烝，其禮亦有飯食。《舂人》云：『凡饗食，共其食米。』

是饗禮亦兼燕與食矣。但燕或至夜，而饗則於朝，立成不坐，設几不倚，爵盈不飲，獻如其命數而止，不必於時之久，故一朝可以成禮。然亦見王者勤于待賓，賞不踰時如是。」嚴云：「彤弓，非常賜也。鐘鼓，大樂也。饗，盛禮也。設盛，所以重彤弓之賜也。」朱子云：「後之賞賜，非出于利誘，則迫于事勢。至有朝賜鐵券而暮屠戮者，則與中心貺之者異矣。屯膏吝賞，功臣解體，至有印刓而不忍予者，則與一朝饗之者異矣。」

彤弓弨兮，受言載叶寘韻，子利翻。**之。我有嘉賓，中心喜**叶寘韻，許既翻。**之。鐘鼓既設，一朝右**叶寘韻，于記翻。韓本作「佑」。**之。**賦也。載，毛云：「載以歸也。」鄭云：「出載之車也。」喜，悦也，悦其有功也。《詩詁》云：「古者饗燕，有物以章其意，謂之右。」嚴云：「右與宥、侑通，皆助也。莊十八年《左傳》王饗醴，命之宥。注謂以幣物助歡也。僖二十五年、二十八年皆云：『饗醴命宥。』是饗禮必有賜以爲宥。」

彤弓弨兮，受言櫜叶號韻，右號翻。亦叶宥韻，疾救翻。**之。我有嘉賓，中心好**叶號韻，呼報翻。亦叶宥韻，許救翻。**之。鐘鼓既設，一朝醻**叶號韻，大到翻。亦叶宥韻，承咒翻。陸德明本作「酬」。**之。**賦也。櫜，毛云：「韜也。」陸德明云：「弓衣也。」《説文》云「車上大櫜」，引《詩》「載櫜弓矢」。又按《樂記》：「倒載干戈，包之以虎皮，名曰建櫜。」注謂兵甲之衣曰櫜，蓋兵甲弓矢皆以皮爲之衣，故皆以櫜名。據《説文》言櫜在車上，則上章所云「受言載之」，爲載之於車明矣。好，亦悦也。喜、好皆悦，但喜淺而好深。醻，鄭云：「猶厚也，勸也。」《説文》或从州，作酬。《儀禮・士冠禮》「主人酬賓」，注謂飲賓客而從之以財貨曰酬，所以申暢厚意也。愚按禮，于食，有侑賓勸飽之幣，上章言右是也。于飲，有酬賓送酒之幣，此章言醻是也。飲爲饗禮，兼言右醻者，以饗亦兼食故也。孔云：「飲食必酬侑之者。按《公食大夫禮》，賓三飯之後，公授宰夫束帛以侑。注謂君以爲食賓殷勤之意未至，復發幣以勸之，欲其深安賓也。又《聘禮》云：『若不親食，使大夫朝服，致之以侑幣。』注謂君有疾病及他故，必致之者，不廢其禮。又曰：『致饗以酬幣，亦如之。』然則不親饗，以酬幣致之，明親饗有酬幣矣。侑幣，《公食大夫》用束帛，其酬幣則無文。《聘禮注》又引《禮器》曰：『琥璜爵，蓋天子酬諸侯也。』必疑琥璜爲天子酬諸侯之幣，以琥璜非爵名而云爵，明以送酒也。食禮無爵可送，則琥璜饗酬所用也，謂饗時酬賓，以琥璜將幣耳。《小行人》合六幣，琥以繡，璜以黼，則天子酬諸侯以黼繡，而琥璜將之。」嚴云：「鄭以醻爲獻醻，但酬酢是燕禮，其饗禮爲訓共儉，爵盈而不飲，未必有酬酢也。」愚按此詩三章所言，雖無淺深，而未嘗無條理。首章其總也。其言彤弓，當先言櫜之，既乃載以歸，後始藏于家，以示子孫。此先言藏者，以藏爲重，故致意言之。因藏而推始于載，又因載而推始于櫜，皆丁寧鄭重意也。先言貺之者，實指其事，次乃推言其喜之，又推言其好之，正發明「中心」二字意，以見其貺之之有所自來也。先言饗之，是大禮之總名，後言右之、醻之，皆饗中事。必至右醻兼舉，而饗禮斯畢，亦見其愛賓之無已也。言酬于右後，饗以飲爲主，故結言之也。

《彤弓》三章，章六句。《左傳》之説甚明，《子貢傳》但謂天子之燕諸侯，混矣。

《緜蠻》，諸侯貢士也。疑即《崇丘》。説見《艸蟲》篇小引下。《崇丘》爲六笙詩之一，見于《儀禮》。此詩又爲諸侯貢士于天子之詩，當作于成王之世。

緜蠻黄鳥，止于注疏作「於」，恐誤。**丘阿。**歌韻。**道之云遠，我勞如何。**歌韻。**飲之食**音嗣，後同。**之，教之誨**隊韻。**之。命彼後車，謂之載**隊韻。**之。**興也。緜，《說文》云：「聯微也。从系从帛。」蓋纊之精者。蠻，即南蠻之蠻。緜蠻連文，朱傳以爲鳥聲，甚是。以其聲之微細，相連不絶如緜，而鳥語不可與人解，又似蠻也。《孟子》擬南蠻爲鴃舌，同此。黃鳥，解見《葛覃》篇，亦名倉庚。陸佃云：「凡《詩》言黃鳥者，興也。言倉庚者，賦也。倉庚鳴于仲春，其羽之鮮明在夏。」又名鸎，《格物總論》云：「鸎三四月鳴，音聲圓滑。」此詩特取興黃鳥者，按《月令》：「季春，勉諸侯，聘名士，禮賢者。孟夏，命太尉，贊傑儁，遂賢良，舉長大。」黃鳥善鳴，正在斯時，故觀之而起興。止，鄭玄云：「謂飛行所止託也。」丘，《說文》云：「土之高也。」《爾雅》云：「非人爲之丘。」李巡云：「謂非人力所爲，自然生爲丘也。」阿非大陵之阿，與《菁莪》「在彼中阿」同義，謂曲也。孔穎達云：「以下丘側、丘隅類之，則丘阿非二物也。《卷阿》曰『有卷者阿』。知丘阿是丘之曲中也。」取興丘阿者，士聲譽著聞，超出齊民之上，則止于丘之況，然尚未離奧渫，則又止于丘阿之況也。道之云遠者，謂自侯國而升之王朝，其道路甚遠也。我，代爲諸侯自我也。勞，猶煩也。因遠道而欲資遣其行，故籌度之，至于煩。勞爲下文「命彼後車」發端也。飲之食之，教之誨之，追言其平日盡心教養之事也。渴則予之飲，飢則予之食，養之義也。《說文》云：「教，上所施下所效也。誨，曉教也。」徐鍇云：「丁寧誨之，若決晦昧也。」又鄭云：「事未至則豫教之，臨事則誨之。」《荀子》云：「治國者，不富無以養民情，不教無以理民性。故家五畝宅，百畝使田，務其業而勿奪其時，所以富之也。立大學，設庠序，修六禮，明十教，所以導之也。《詩》曰：『飲之食之，教之誨之。』王事具矣。」《春秋繁露》云：「君子內治，反理以正身，據祉以勸福。外治推恩以廣施，寬制以容衆。孔子謂冉子：『治民者先富之，而後加教。』語樊遲曰：『治身者，先難後獲。』以此之謂治身之與治民，所先後者不同焉矣。《詩》云：『飲之食之，教之誨之。』先飲食而後教誨，謂治人也。又曰：『坎坎伐輻，彼君子兮，不素餐兮。』先其事，後其食，謂之治身也。」按《王制》云：「凡居民，量地以制邑，度地以居民。地邑民居，必參相得也。無曠土，無游民，食節事時，民咸安其居，樂事勸功，尊君親上，然後興學。司徒修六禮以節民性，明七教以興民德，齊八政以防淫，一道德以同俗，養耆老以致孝，恤孤獨以逮不足，上賢以崇德，簡不肖以絀惡。六禮，冠、昏、喪、祭、鄉、相見也。七教：父子、兄弟、夫婦、君臣、長幼、朋友、賓客也。八政：飲食、衣服、事爲、異別、度、量、數、制也。」凡此，皆先飲食而後教誨之事，意侯國制亦同此也。命，諸侯命之也。後車，鄭云：「倅車也。」按《周禮》王之五路，皆有副車，謂之倅。五路之中，金路以封同姓，象路以封異姓，革路以封四衛。然則諸侯之乘此路者，亦必皆有倅車矣。謂，即命也。載，《説文》云：「乘也。」諸侯將貢士于天子，命彼典車者以己所有之倅車，與之乘之，敬愛之至也。又按彭更言孟子後車數十乘。則凡從君行之車，皆名後車，不必路車之倅矣。《漢書》高帝下詔求賢，令御史中執法下郡守，其有意稱明德者，必身勸，爲之駕。注謂郡守身自往勸勉令至京師，又駕車遣之。是則後車載士之風，漢世猶存，益信此詩爲諸侯貢士咏也。孔安國《書傳》云：「古者諸侯之於天子也，三年一貢士，一適謂之好德，再適謂之賢賢，三適謂之有功。有功者，天子賜以衣服弓矢，再賜以秬鬯，三賜以虎賁百人。一不適謂之過，再不適謂之敖，三不適謂之誣。一詘以爵，再詘以地，三詘而地畢。」《漢志》云：「先王之制，里有序，而鄉有庠。序以明教，庠以行禮，而視化焉。八歲入小學，學六甲五方書計之事，始知室家長幼之節；十五歲入大學，學先聖禮樂，而知朝廷君臣之禮。其有秀異者，移鄉學于庠序。庠序之異者，移國學于少學。諸侯歲貢少學之異者於天子，學于太學，命曰造士。行同能偶，則別之以射，然後爵命焉。」

緜《大學》作「緡」。**蠻黄鳥，止于丘隅。**虞韻。**豈敢憚行，畏不能趨。**虞韻。**飲之食之，教之誨**韻見前。**之。命彼後車，謂之載**韻見前。**之。**興也。隅，《説文》云：「陬也。」鄭云：「丘隅，丘角也。」《大學》引《詩》云：「邦畿千里，惟民所止。《詩》云：『緡蠻黄鳥，止于丘隅。』子曰：『於止，知其所止。可以人而不如鳥乎？』」今按此詩，皆以丘爲言，蓋取高敻之義。鳥置身於高敻之地，則患害莫之能及，故謂之其所止。《大學》引此與邦畿對言，正以邦畿爲四方之極，丘隅爲至高之處，俱是欲人止于至善影子。善而曰至，所謂至精至粹，無以復加，如仁、敬、孝、慈、信，各造其極之類，乃絶頂之名。人能止於此，亦如黄鳥之止丘隅，可望而不可即。舊説以丘隅爲岑蔚安閒之地，鳥擇此地而止處之，爲得所止，則與止至善之義漠不相涉，故知非詩意也。憚，《説文》云：「忌難也。」行，指後車載之言。畏，猶慮也。劉熙云：「疾行曰趨。」我豈敢憚命後車一行乎？誠慮賢人在道，不能疾行以至王國，故此命不容已耳。《韓詩外傳》云：「客有見周公者，應之於門，曰：『何以道旦也？』客曰：『在外即言外，在内即言内，入乎將毋？』周公曰：『請入。』客曰：『立即言義，坐即言仁，坐乎將毋？』周公曰：『請坐。』客曰：『疾言則翕翕，徐言則不聞，言乎將毋？』周公唯唯：『旦也喻。』明日興師而誅管、蔡。故客善以不言之説，周公善聽不言之説，若周公可謂能聽微言矣。故君子之告人也微，其救人之急也。《詩》曰：『豈敢憚行，畏不能趨。』」按此雖非本文正解，然摹寫慇懃之意，若有合焉。「飲之食之」以下，解已見前。上章言「命彼後車」，尚未就道，此則行而在道矣。又上興丘阿，此興丘隅者，丘阿爲人所不見之地，進而丘隅，則人咸得見之，喻士之離衡茅而至止于射宮也。《射義》云：「古者天子之制，諸侯歲獻貢士于天子，天子試之于射宮。」又云：「天子將祭，必先習射于澤宮。澤者，所以擇士也。已射於澤，而後射於射宮。」按射宮乃王國之小學，即虞庠是也，在西郊。澤宮在近水澤之地。皆非當國之中，此其爲丘隅之況與？云歲貢者，鄭氏亦以爲三歲一貢，大國三人，次國二人，小國一人。

緜蠻黄鳥，止于丘側。職韻。豐氏本作「仄」。**豈敢憚行，畏不能極。**職韻。**飲之食之，教之誨**韻見上。**之。命彼後車，謂之載**韻見上。**之。**興也。側，《説文》云：「旁也。」射宮試士之後，得與于祭者有慶。謂之慶，則當授以爵禄矣。《王制》所謂司馬辨論官材，論進士之賢者，以告于王，而定其論，論定然後官之，任官然後爵之，位定然後禄之。此時在王左右，故以丘側起興，與丘隅不同。隅是丘之一角，進而丘側，則在丘當中之側矣。極之爲言至也。《國語》云：「齊朝駕，則夕極于魯國。」道之云遠，恐不能至其所，故不得不命後車以載之也。當周盛時，諸侯貢士之典如此。

《緜蠻》三章，章八句。朱子云：「此微賤勞苦，而思有所託者，爲鳥言以自比。」細按「飲之食之」以下，語氣如何可通？五「之」字，皆自我施人而言，豈人來施我之謂乎？《申培説》云：「大夫適位他國，其過賓之主人，閔之而作是詩。」蓋彷彿詩辭而爲之説，然殊鄙迂，不成義理。《子貢傳》則但存「王之時大夫避」六字，而上下俱缺文。鄒忠胤云：「夫以王朝大夫踉蹌出奔，而乞憐于人如此，聖人奚取而録之？如謂其能見幾而作，則宜超然高舉以保貞，而嘵嘵然飲食是冀，似不辭雁鶩之餘粒者，志何憊也！岐路堪悲，導迷登覺，誠不無需于教誨，乃以墜風之羽，思振翮軒甍之間，輒希後車命載，願又何奢也。豈其從大夫之後，不可徒行故耶？然《易》不云『舍車而徒，義弗乘』乎？《剥》之上九『碩果不食，君子得輿』，此則出于衆心之願載。若夫俛仰號呼，如戰國歌長鋏者流，斯亦鄙矣。」《序》以爲：「微臣刺亂也。大臣不用仁心，遺忘微賤，不肯飲食教載之，故作是詩也。」愚按《序》説於詩意較近。所謂大臣，即指諸侯也。不能飲食之，所謂不用仁心也。不能教誨而薦揚之，所謂遺忘微賤也。但《詩》無刺意，《序》以爲刺亂者，直以其篇次在《白華》後，並繫之幽王耳。必謂追述往時盛事，以傷今之不然，亦屬附會。又王符云：「行人定而《緜蠻》諷。」其意亦與《序》同。

《吉日》，成王蒐岐陽也。《竹書》紀成王六年，大蒐于岐陽。《左傳》昭四年，楚椒舉言于楚子曰：「臣聞諸侯無歸，禮以爲歸。夏啓有鈞臺之享，商有景亳之命，周武有孟津之誓，成有岐陽之蒐。」杜預云：「成王歸自奄，大蒐于岐山之陽。」按《晉語》叔向曰：「昔成王盟諸侯于岐陽，楚爲荆蠻，置茅蕝，設望表，與鮮牟守燎，故不與盟。」即此時事也。所以知此詩爲蒐岐陽者，以「漆沮之從」一語知之。詩言田獵，不及會盟之事，蓋成王于此時，先蒐而後盟，是詩之作，但爲大蒐咏耳。《周禮》中春教振旅，遂以蒐，《公羊》、《穀梁》皆謂夏曰蒐，當以《周禮》之義爲正。愚又疑此詩即六笙詩中之《由庚》，説見《艸蟲》篇小引下。

吉日維戊，叶有韻，莫後翻。《風俗通》「維戊」作「庚午」。**既伯**音禡。《説文》作「禡」。**既禱**。叶有韻，當口翻。《説文》、豐氏本俱作「禂」。**田車既好**，叶有韻，許厚翻。**四牡孔阜**。有韻。豐本作「[illegible]」。**升彼大阜**，同上。豐本作「自」。**從其群醜**。有韻。豐本作「謉」。○賦也。吉，善也。《楚辭》云：「吉日兮辰良。」天干爲日，地支爲辰。日干，五剛五柔：甲、丙、戊、庚、壬五奇爲剛，❶乙、丁、己、辛、癸五偶爲柔。十二支，六陽六陰：子、寅、辰、午、申、戌爲陽，丑、卯、巳、未、酉、亥爲陰。對月言日，以日統辰，故此章單言戊，稱吉日，而後章兼言庚午，亦稱吉日也。《曲禮》云：「外事以剛日，内事以柔日。」鄭玄皆主祭祀言，而以出郊之祭爲外事，郊内之祭爲内事。孔穎達駁之，謂：「郊天是國外之事，應用剛日，而《郊特牲》云『郊之用辛』，非剛也。社稷是郊内，應用柔日，而《郊特牲》云『祀社日用甲』，非柔也。崔靈恩則謂外事指用兵之事，内事指宗廟之祭，所以不及郊社者，以郊社之禮尊，不可以外事内事律之。崔説比鄭爲允。」《孔叢子》云：「凡類禡，皆用甲、丙、戊、庚、壬之剛日。」此詩所咏「既伯既禱」，禡祭之禮也。然則吉日維戊，即田獵之日，以次章「庚午」推之，後于庚午八日，於辰屬寅。朱子以爲戊辰，非也。何以知之？以後章「既差我馬」之句知之。若果此日爲戊辰，則既言「四牡孔阜」、「從其群醜」矣，何待閲二日後，始行差擇其馬乎？又按寅、午同氣，孟康云：「南方火，火生於寅，盛於午。火性炎猛，其氣精專嚴整，故爲廉貞。」是也。詳見次章。既伯既禱，田祭也。伯，通作貊，亦作貉，鄭司農讀爲禡。《王制》云：「天子將出征，類于上帝，宜乎社，造乎禰，禡於所征之地。」《孔叢子》云：「已克敵，使擇吉日，復禡于所征之地，柴于上帝，祭社奠祖，以告克。」鄭云：「禡，師祭也，爲兵禱，其禮亡。」其田獵之祭，則名之爲貉。《周禮》蒐苗獮狩，有司皆表貉于陳前，又《肆師》職云：「凡四時之大田獵，祭表貉，則爲位。」《甸祝》職云：「掌四時之田，表貉之祝號。」鄭注謂貉讀爲千百之

❶「奇」，原作「寄」，據《四庫全書》本改。

百，於立表處爲師祭，祭造軍法者，禱氣勢之增倍也。其神蓋蚩尤，或曰黃帝。杜子春讀亦同，云：「貉，兵祭也。田以講武治兵，故有兵祭。習兵之禮，故貉祭，禱氣勢之十百而多獲。」邢昺云：「貉之言百，祭祀此神，求獲百倍也。」愚按貉、貊本是一字，以百解貊，無乃强解。讀貉爲百，亦未必然。又有言祭貉以導獸者，要皆附會之説。以愚意揣之，政繇古人讀貊與禡同音，遂訛禡爲貊耳。禡，祭名也，故字从示。其以馬諧聲，義必有取。或殺馬爲牲，或以馬者國之大事，克敵必藉馬，故爲馬祈福，亦未可知。師、田皆行軍之事，其同有禡祭焉宜也，觀《説文》「既伯」作「既禡」可證。今《韻會》中，「伯」字亦有「禡」音，蓋繇伯、貊相訛而然，無足疑者。此既伯，即田獵之日表貉之祭也，毛傳以伯爲馬祖。按《周禮·校人》職云：「春祭馬祖，執駒；夏祭先牧，頒馬攻特；秋祭馬社，臧僕；冬祭馬步，獻馬講御夫。」馬祖，鄭以爲天駟。天駟，房也。《晉·天文志》云：「天駟爲天馬，主車駕。南星曰左驂，次左服，次右服，次右驂，亦曰天廄。」孔云：「馬與人異，無先祖可尋，故取《孝經説》『房爲龍馬』，是馬之祖。」先牧，始養馬者。馬社，舊説謂始乘馬者。或云廄中土神也。馬步，舊謂神爲災害馬者。一云行神。四時之祭，各有所爲，未聞田獵有馬祖之祭，亦從未聞馬祖有伯之稱也。祖者，始也。伯者，長也。二義懸殊，何得以伯當祖乎？祈福曰禱，毛以爲禱獲是也。戰必禱克，田必禱獲。《説文》作禂，云：「禱牲馬祭也。」按禱牲馬祭，分爲二事。《周禮·甸祝》職云：「禂牲、禂馬，皆掌其祝號。」杜子春注云：「爲田禱多獲禽牲，爲馬禱無疾。」觀此，禂牲，即貉祭所禱。禂馬，即《校人》四時之祭所禱，皆名爲禂也。此詩「既伯既禱」，乃甸祝所職也。《爾雅》以爲馬祭，似誤以禂牲爲禂馬耳。又《小宗伯》職云：「凡王之會同軍旅田役之禱祠，肄儀爲位。」則以伯爲小宗伯，亦通。惟於既字，文理似不甚順。「田車」二句，解見《車攻》篇。《周禮·田僕》職云：「掌馭田路以田，掌佐車之政，設驅逆之車。」田路，王所乘，即此田車是也。驅逆之車，謂之佐車。下章「既差我馬」，皆用之于驅逆者。阜，《説文》云：「山無石者。」《爾雅》：「高平曰陸，大陸曰阜，大阜曰陵。」今曰大阜，正當名陵耳。從，從禽也。以追逐其後，故曰從。醜，鄭云：「衆也。」謂禽獸之群衆也。孔云：「車牢馬健，故得歷險從禽。」嚴粲以「田車」四語皆禱辭，言告神以將田獵，其實戊日未田也，亦似可通。但以《車攻》篇「田車既好，四牡孔阜」二語例之，明是紀事語耳。《左》昭三年，鄭伯如楚，子産相，楚子享之，賦《吉日》。既享，子産乃具田備，王以田江南之夢。楚靈賦詩，自擬天子，其汰如此。

吉日庚午，麐韻。**既差我馬。**叶語韻，滿補翻。**獸之所同，麀**豐本作「麢」。**鹿麌麌。**韻。《説文》作「噳噳」。**漆沮之從，天子之所。**叶麐韻，讀如數，爽主翻。○賦也。庚，剛日也。外事以剛日。擇馬以田，亦外事也。孔云：「必用午日者，蓋於辰，午爲馬故也。」邢凱云：「古今涓吉，外事用剛日，内事用柔日，如甲子爲剛，乙丑爲柔，至爲簡易。甲午治兵，壬午大閱，吉日庚午，既差我馬，皆外事也，故用剛日。丁丑燕之，乙亥嘗之，凡祭之用丁用辛，内事也，故用柔日。社祭用甲，郊以日至，亦不拘也。後世術家既多，互相矛盾。褚先生云：『武帝聚會占家，問某日可娶婦乎？五行家曰可，堪輿家曰不可。又有建除、叢辰、天人、太乙、曆家，凡七種，所言吉凶相半。制曰：避諸死亡，以五行爲主。』今觀諸歷，一日之内，有吉有凶，當如武帝主一家可也。鄭鮮之啓宋武帝，明旦見蠻人，是四廢日。答曰：『吾初不擇日。』此亦可法。」又翼奉云：「北方之情，好也。好行貪狼，申子主之。東方之情，怒也。怒行陰賊，亥卯主之。貪狼必待陰賊而後動，陰賊必待貪狼而後用，二陰並行，是以王者忌子卯也。禮經避之，《春秋》諱焉。南方之情，惡也。惡行廉貞，寅午主之。西方之情，喜也。喜行寬大，巳酉主之。二陽並行，是以王者吉午酉也。《詩》曰『吉日庚午』。上方之情，樂也。樂行姦邪，辰未主之。下方之情，哀也。哀行公正，戌丑主之。辰未屬陰，戌丑屬陽，萬物各以其類應。」差，《廣韻》云：「次也，不齊等也。」按《爾雅》云「田獵齊足」，即差等其足力之謂也，此以給從王于田者。吉日庚午，乃追述之辭，言先此已差馬以待矣，見戒備有素也。凡四足而毛者謂之獸，總名也。《禮記》注云：「獸者，守也。言力多，不易可擒，先須圍守，然後可獲。」同，合會也。《爾雅》云：「鹿，牡麚牝麀。」嚴云：「言牝鹿，則見蕃息之意。」又羅願云：「鹿自有無角者，名爲麀鹿。」麌，當依《說文》作噳，云：「麇鹿群口相聚也。」若如字解，則麕牡曰麌，《爾雅》「麕，牡麌牝麜」是也。鄭云：「麌復麌，言多也。」於鹿則舉牝，於麕則舉牡，足盡乎麕鹿之類矣。二說皆通。漆沮，二水名，即《緜》篇之「沮漆」是也，在漢扶風之地，漆水出杜陽縣岐山北，沮水與漆水合流，至岐山入渭，詳見《緜》篇。與《潛》之「猗歟漆沮」不同。愚所以定此詩爲成王大蒐岐陽之詩者，正以此一語定之。從，猶循也，言循漆沮之濱以行也。漆沮與岐陽相近，故云然。天子，謂成王也。岐陽之地，爲天子大蒐之所在也。

瞻彼中原，其祁《爾雅》作「麎」。**孔有。**韻。亦叶紙韻，羽軌翻。**儦儦**《說文》、豐本俱作「伾伾」，陸德明本作「麃麃」，一作「爊爊」。《後漢書》注、《韓詩》俱作「駓駓」。**俟俟，**紙韻。《文選》注、《薛君章句》俱作「騃」，《韓詩》作「駿駿」。**或群或友。**有韻，亦叶紙韻，羽軌翻。**悉率左右，**叶有韻，云九翻。亦叶紙韻，羽軌翻。**以燕天子。**紙韻，亦叶有韻，濟口翻。○賦也。仰視曰瞻。中原，朱子云：「原中也。」祁，通作岐，謂山道之旁出者。愚意當即指岐山也。山有兩岐，故名。孔有，甚有也，指獸言。儦，《説文》云：「行貌。」俟，《説文》云：「大也。」言儦然而來者，皆獸之大者也。又《薛君章句》及毛傳云，趨則儦儦，行則俟俟，則此俟當通作竢，言相待而緩行也。《周語》云：「獸三爲群。」毛傳云：「獸二曰友。」孔云：「或三三爲群，或二二爲友，是其甚有也。自三以上皆稱群，不必要三也。」悉，盡。率，循。燕，安也。鄭云：「悉驅禽，順其左右之宜，以安待王之射也。」孔云：「趨逆之車，驅而至于彼防。虞人乃悉驅之，循其左右之宜，以禽必在左射之，或令左驅令右，皆使天子得其左廂之便也。」

既張我弓，既挾我矢。紙韻。**發彼小豝，殪**豐本作「壹」。**此大兕。**紙韻。**以御賓客，且以酌醴。**叶紙韻，力紙翻。○賦也。張，《説文》云：「施弓弦也。」我，主天子而言。《儀禮》注云：「方持弦矢曰挾。」郝敬云：「挾、夾同。兩物夾一曰挾。矢在弦上，以大、二指夾而引之也。」發，發矢。豝，解見《騶虞》篇。嚴云：「傳言百發百中，則發有中否。今曰發彼小豝，言發則中豝，矢無虚發，不待言中也。」殪，毛云：「壹發而死也。」兕，獸名。羅願云：「重千斤。或曰即犀之牸者。兕似牛，犀似豕。兕青而犀黑，兕一角而犀二角，以此爲異。然兕之革堅，故犀甲只壽百年，而兕甲壽二百年。射以得兕爲雋，故周時美殪此大兕。唐叔虞射兕於徒林，殪，以爲大甲，爲是武也，以享晉封。其後世之臣，相與傳道之。而楚人招魂，稱君王親發兮躭青兕，以爲物之偉觀，可以娱魂而來之云爾。」孔云：「虞人既驅禽待天子，故言既張我天子所射之弓，既挾我天子所發之矢，發而中彼小豝，亦又殪此大兕也。小豝、大兕俱是發矢殺之，但小者射中必死，苦於不能射中；大者射則易中，惟不能即死。小豝云發，言發則中之。大兕言殪，言射着即死。異其文者，言中微而制大也。」或云：「發見其巧，殪見其力。」勸侑曰御。賓客，謂從王大蒐之諸侯也。孔云：「《周禮》：『六服之内，其君爲大賓，其臣爲大客。』彼對文，則君爲大賓，臣爲大客。若散，則賓亦客也。故此賓客并言之。」劉公瑾云：「此言進禽于賓客，亦猶《車攻》言『大庖不盈』之意。」酌，《説文》云：「盛酒行觴也。」醴，《説文》云：「酒一宿孰也。」《文選》注云：「甜而不泲也。」《周禮·酒正》職云：「辨五齊之名，一曰泛齊，二曰醴齊，三曰盎齊，四曰緹齊，五曰沈齊。」注云：「泛者，成而滓浮泛泛然；醴，猶體也，成而滓汁相將；盎，猶翁也，成而翁翁然葱白色；緹者，成而紅赤；沈者，成而滓沈。自醴以上尤濁，盎以下差清。謂之齊者，每有祭祀，以度量節作之也。」「且以酌醴」者，鄭云：「酌而飲群臣，以爲俎實。」孔云：「《左傳》天子饗諸侯每云：『總醴，命之宥。』是饗有醴也。」杜預云：「先置醴酒，示不忘古也。」嚴云：「《周官》五齊味薄，所以祭也。三酒味厚，人所飲也。《坊記》『醴酒在室，醍酒在堂』，則五齊亦曰酒，醴味甜於餘齊，與酒味殊。穆生不嗜酒，故元王每置酒，常爲穆生設醴，見醴與酒味異也。饗爲盛禮，惟王饗諸侯則設醴，示不忘古，禮之重也。」既得禽獸，則以爲俎實，進於賓客，又且以酌醴而饗，舉行盛禮也。吕祖謙云：「《車攻》、《吉日》皆以蒐狩爲言，何也？蓋蒐狩之禮，所以見王賦之復焉，所以見軍實之盛焉，所以見師律之嚴焉，所以見上下之情焉，所以見綜理之周焉。欲明文、武之功業者，觀諸此足矣。」馬融云：「夫樂而不荒，憂而不困，先王所以平和府藏，頤養精神，致之無疆，❶故『戛擊鳴球』，載于《虞謨》，《吉日》、《車攻》，序於《周詩》。聖主賢君，以

❶「疆」，原作「彊」，據《四庫全書》本改。

增盛美，豈徒爲奢淫而已哉？」

《吉日》四章，章六句。《序》云：「美宣王田也。能慎微接下，無不自盡以奉其上焉。」朱子謂「慎微」以下，非詩本意。或曰篇中兩諏吉日，所謂慎微也。既差我焉，所謂接下也。若悉率左右以燕天子，則所謂無不自盡以奉其上者也。以此解《序》得矣，然究於詩義何涉？《申培説》謂宣王畋獵復古，史籀美之。焦氏《易林》亦云：「《吉日》、《車攻》，田弋獲禽，宣王飲酒，以告嘉功。」總之因毛傳篇次，以類繫此詩于《車攻》之後，遂并屬之宣王耳。然宣王自圃田一狩之外，其他皆不見于史，即岐陽石鼓，舊相傳爲宣王獵碣，而楊慎援據《左傳》，且疑爲成王時詩矣。若《子貢傳》以爲宣王閲武，其謬益甚。愚疑此詩爲即《由庚》，蓋以「吉日庚午」之句取之，篇末曰「以御賓客，且以酌醴」，故燕饗通用。果爾，則是詩在周公作《儀禮》時已有之，其爲成王之詩明矣。

《振鷺》，《禮記》作「振羽」。**周成王時，微子來助祭于祖廟，先習射于澤宫，周人作詩以美之。**此與《有瞽》、《有客》，皆一時之詩，爲微子作也。何以知其爲微子也？微子之封宋也，統承先王，修其禮物，作賓于王家，故《有客》之詩曰「亦白其馬」。商尚白也，鷺乃白鳥，而我客之容似之，意者其衣服車旂之類，皆用白與，此以知其爲微子也。何以知其在成王時來助祭也？《書》序云：「成王既黜殷命，殺武庚，命微子啓，作《微子之命》。」是則微子之封宋也，自成王始命之。而《詩・大雅・文王》篇，乃周公所作以訓成王者，其曰：「商之孫子，侯服于周。厥作祼將，常服黼冔。」《白虎通》謂言微子服殷之冠，助祭于周，此以知微子在成王時來助祭也。何以知其習射于澤宮也?《禮》天子將祭,必習射于澤。澤者,所以擇士也。已射于澤,而後射于射宫,射中者得與于祭,不中者不得與于祭。此詩言西雝,雝者天子之辟雝,正澤宫也,此以知其爲將祭而先習射也。澤宫自習射而外,亦有以他事至者與?曰:有之。其一爲郊祀,《家語》及《郊特牲》皆云:「卜郊之日,王親立于澤宫,以聽誓命,受教諫之義也。」其一爲養老,《樂記》云:「食三老、五更于太學,天子袒而割牲,執醬而饋,執爵而酳,冕而總干,所以教諸侯之弟也。」然則此客之在西雝也,何以知其不爲彼二者而至與?曰:以《有瞽》之詩例之。彼祭祖廟之詩也,而曰「我客戾止」,此亦曰「我客戾止」,大抵同時咏耳,故知其爲助祭祖廟也。

振鷺于飛,于彼西雝。冬韻。《薛君章句》作「雍」。**我客戾止,亦有斯容。**冬韻。○興中有比也。振,錢氏云:「自振其羽也。」鷺,毛傳云:「白鳥也。」陸璣云:「水鳥也,好而潔白,故謂之白鳥。齊、魯之間謂之春鉏,遼東、樂浪、吴楊人皆謂之白鷺。大小如鴟,青脚,高尺七八寸,尾如鷹尾,喙長三寸。」陸佃云:「鷺步于淺水,好自低昂,故曰春鋤。色雪白,頂上有絲毵毵然,長尺餘,欲取魚則弭之,亦或謂之白露。今人畜之,極有馴擾者,每至白露降日,則定飛揚而去,不可復畜矣。俗説雌雄相眄則産。」羅願云:「鷺潔白而善爲容,其集必飛舞而下,其翅背上皆有長翰毛,江東人取爲接離。」《海録》云:「一名帶絲禽。」《格物論》云:「一名屬玉。」雝,當通作廱。王氏云:「辟廱也。」辟廱有水,鷺所集也。辟廱,解見《靈臺》篇。朱子云:「先儒多謂辟廱在西郊,故曰西雝。」王應麟云:「即旋丘之水。其學,即所謂澤宫也。」鄭玄云:「白鳥集于西雝之澤,言所集得其處也。」我客,微子也。尊之曰客,親之曰我客,愛敬兼至也。按《有客》之詩,《序》

以爲微子來見祖廟。《左》昭二十五年，宋樂大心曰：「我於周爲客。」然則此客之爲稱微子明矣。孔穎達云：「客者，敵主之言。諸侯之於天子，雖皆有賓客之義，但先代之後，時王偏所尊敬，特謂之客。」戾，通作麗。《說文》云：「旅行也。」止，息也。戾止，據西雝而言。我客與衆諸侯來助祭者，偕行而止息于此，將射以與祭也。斯，指鷺也。容，自禮物言之，如車旂服御之類，從其先代所尚，亦如鷺色之潔白然也。孔云：「受命之祖，皆聖哲之君，故能克成王業，功濟天下，後世子孫無道，喪其國家，遂令宗廟絶享，非仁者之意也。故王者既行天罰，封其支子，爵爲上公，使得行其正朔，用其禮樂，所以尊賢德，崇三統，明王位非一家之有也。」

在彼無惡，叶遇韻，烏故翻。**在此無斁。**叶遇韻，都故翻。《中庸》及《薛君章句》俱作「射」。**庶幾夙夜，以永終譽。**叶遇韻，讀如裕，俞戍翻。○賦也。彼，此主客相對之辭。惡，猶怨也。斁，《說文》云：「解也。」謂恩禮衰替也。錢天錫云：「爲勝國之遺，易起猜嫉，在革命之際，易生厭薄。」陳氏云：「在彼不以我革其命而有惡于我，知天命無常，惟德是與，其心服也；在我不以彼墜其命而有厭于彼，崇德象賢，統承先王，忠厚之至也。」輔廣云：「在彼無惡，其心公也；在此無斁，其心厚也。公則順天，厚則盡道。」萬尚烈云：「說者于《有客》章，以白其馬，追琢其旅，爲在彼無惡；以去而留，追而綏，爲在此無斁。」曰庶幾者，期望之也。夙夜，乃循環無窮之意。永，《說文》云：「長也。」終者，對今之辭。譽，《說文》云：「稱也。」此日彼此各盡其道，固爲人所稱譽矣。自今以往，庶幾時時如此，而後可以終有此譽。成王告微子曰：「與國咸休，永世無窮。」又曰：「以蕃王室，毗予一人，俾我有周無斁。」皆比意也。《中庸》云：「君子動而世爲天下道，言而世爲天下法，行而世爲天下則，遠之則有望，近之則不厭。《詩》曰：『在彼無惡，在此無射。庶幾夙夜，以永終譽。』君子未有不如此，而蚤有譽于天下者也。」引詩之意，謂君子與天下，精神意慮，兩兩綰結，無時不然，故能終譽，亦與此詩意彷彿相近。陳際泰云：「仍以國制而不改，周以後無此也。待以客禮而不臣，周以後無此也。《微子之命》猶有戒勑之辭，至《振鷺》而益渾融矣。無惡無斁、夙夜終譽之語，抑何愛而婉也，若惡傷其意者然！噫嘻，後世無望此矣。當塗之待山陽，典午之待歸命，始終保全，其去古猶近，乃劉豫獨何心也哉！」羅泌云：「武王既勝商煞紂，即武庚而立之。夫吊其民，誅其君，❶而乃立其子，獨不以其它日之將不利而廢之，此周之至德也。及武庚之作難，三監、淮夷並起應之，當此之時，周之事亦洶矣。周公於是焉濯征龕伐，❷至久而後克之，兹宜深監武庚之事，而乃更立商王之元子微子啓。夫以微子之賢，吾君之子，顧乃使之代商後，而邦之宋。宋爲故亳，商之舊都，民之被其澤者，固未忘也。使微子而非人，少異其志，則全商之地，恪非周矣。❸而成王、周公方且晏然命之，統承先王，修其禮物，不少爲疑。而宋之臣人卒以按堵，❹非聖人之盛德，能如是乎？于以是知立國惟在于賢，而不在於疑之多也。秦、漢而下，不原仁義，而徒汲汲以防虞天下爲心，豈不大可慙哉！」《禮·仲尼燕居》篇，子曰：「禮有九焉，大饗有四焉。苟知

❶「君」，原作「居」，據《四庫全書》本改。
❷「濯」，原作「灌」，據《四庫全書》本改。
❸「恪」，《四庫全書》本作「確」。
❹「按」，《四庫全書》本作「安」。

此矣，雖在畎畝之中事之，聖人已。兩君相見，揖讓而入門，入門而縣興；揖讓而升堂，升堂而樂闋。下管《象》、《武》，《夏籥》序興。陳其薦俎，序其禮樂，備其百官。如此，而后君子知仁焉。行中規，還中矩，和鸞中《采齊》，客止以《雍》，徹以《振羽》。是故，君子無物而不在禮矣。」注謂《振羽》即《振鷺》。徹以《振羽》者，言禮畢徹器之時，歌《振鷺》也。在彼無惡，在此無斁，主賓歡洽，於斯爲盛，故歌之。

《振鷺》二章，章四句。 舊作一章八句。○《序》及蔡邕《獨斷》、朱傳皆以爲二王之後來助祭之詩。鄭玄云：「二王，夏、殷也。其後，杞也，宋也。」按《書傳》云：「天子存二代之後，與己三。所以通夫三統，立三正。」《郊特牲》亦云「天子存二代之後，猶尊賢也，尊賢不過二代」而已。然又有所謂三恪者何？鄭《駁異義》曰：「三恪尊於諸侯，卑于二王之後。」則杞、宋以外，別有三恪。《樂記》曰：「武王克商，未及下車，而封黄帝之後于薊，帝堯之後于祝，帝舜之後于陳。」所謂三恪者，其是乎？惟杜預云：「周封夏、殷二王後，又封舜後謂之恪，并二王之後爲三國，其禮轉降，示敬而已。」此解未確。陵川郝氏曰：「三皇始制封建，著爲令。諸侯有罪，方伯連帥請于天子而征之。天子無道，三恪之國偏告方伯連帥，率天下諸侯而伐之。此三恪所從來矣。」《左傳》曰：「武王以元女大姬，配胡公而封諸陳，以備三恪。」蓋薊、祝待陳而備，非杞、宋待陳而備也。若夫二王之後，亦有隆殺。《左傳》皇武子曰：「宋，先代之後也，於周爲客。天子有事膰焉，有喪拜焉。」女叔侯曰：「杞，夏餘也。」子大叔曰：「夏肄是屏。」此雖以其後世即東夷故，然周之尊杞不及其尊宋，明矣。此詩以振鷺發咏，明是以宋從殷尚爲言，固非兼杞。《申培説》但以爲先代之後，助祭于周而勞之之歌，混稱先代，了無主名，要是夢論。朱子又云：「看此文意，都無告神之語，恐是獻助祭之臣。古者祭每一受胙，主與賓尸皆有獻酬之禮。既畢，然後亞獻。至獻畢，復受胙。如此禮意甚好，有接續意思，到唐時尚然。今併受胙於諸獻既畢之後，主與賓意思皆隔了。」黄光昇駮之云：「按正祭時，未有獻助祭之臣之樂歌者，統于尊也。祭後歸諸侯賓客之俎，獨留同姓燕飲，亦未見二王之後在此。想別日燕飲，故歌此詩耳。」濮一之亦謂疑此微子來朝，始至而王燕勞之所奏之樂歌。今按果如所説，則此詩當班在雅中，不得列之于頌。且「西雝」二字，竟無着落。季本又謂此詩必專爲武庚而發，蓋武庚庸愚，不知天命，故欲使之觀樂辟雍以養德，庶幾其能忠順耳。鄒忠胤亦以爲周之嘉客，孰先武庚，作賓王家，豈微子哉！是皆鑿空無據之談，不足信也。

《有瞽》，成王大祫也，合諸樂于太廟奏之。微子以客禮來助祭，詩人紀述其事。《序》云：「始作樂而合乎祖也。」朱傳及《申培説》因之。愚按《序》意謂成王至是始行合祖之禮，大奏諸樂云爾，非謂以新樂始成之，故合乎祖也。合祖者，祫祭之謂，其禮有二：曰時祫，曰大祫。《王制》曰：「天子犆礿、祫禘、祫嘗、祫烝。」四時之祭，惟春礿不祫，夏禘、秋嘗、冬烝皆祫。此時祫也，對大祫而言，亦曰小祫。《春秋》文二年八月大事于太廟，《公羊傳》曰：「大事者何？大祫也。大祫者何？合祭也。其合祭奈何？毁廟之主，陳于太祖。未毁廟之主，皆升合祭于太祖。」此所謂大祫也。小祫止及未毁廟之主，大祫則并及于毁廟之主。以禮文徵之，《禮器》曰「周旅酬六尸」，此天子之禮也。《曾子問》曰「祫于大廟，祝迎四廟之主」，此諸侯之禮也。夫天子旅酬，止于六尸，諸侯迎主，止于四廟，則小祫之僅及于未毁廟之主明矣。杜預曰：

「《逸禮》記祫于大廟之禮云：『毀廟之主，升合食而立二尸。』」此則大祫并及于毀廟之主，與《公羊》説脗合者也。但大祫年月，經無明文。鄭玄謂魯禮三年喪畢，而祫于太祖，明年春禘于群廟。自爾以後，五年而再盛祭，一禘一祫。杜佑闡其説，謂：「古者天子諸侯三年喪畢，皆合先祖之神而享之，以生有慶集之歡，死亦應備合食之禮。緣生以事死，因天道之成，而設禘祫之享，皆合先祖之神而享之。」按喪畢而致新主于廟，謂之吉禘。《公羊》解大事爲大祫，即吉禘也。雖其以新主合于舊主，不妨得祫之名，而大祫自有大祫之禮，未容以吉禘當之。至鄭氏所謂禘祫相因，蓋本于《公羊傳》五年而再殷祭之説。楊氏闢之，謂殷祭乃大祫之祭也，五年而再殷祭，即三年一祫，五年再祫，猶天道三歲一閏，五歲再閏耳，於禘祭乎何與？此其説殊朗然可信。乃大祫之月，崔靈恩則謂祭以秋，以合聚群主，其禮最大，必秋時萬物成熟，大合而祭之。東漢張純則謂祫以冬十月，五穀成熟，物備禮成，故合聚飲食。二説意頗相近，而未知孰是。至此詩之所以定爲大祫者，以《楚茨》祫嘗之詩也，則有「祝祭于祊」之語。《信南山》祫烝之詩也，則有「是烝是享」之語，而此詩但渾言「先祖是聽」而已，非大祫而何？嘗考《竹書》，成王九年春正月，有事于太廟，初用勺。意者其即此時乎？抑又有疑焉，《王制》所謂祫禘者，夏祭也，自周公升禘爲大祭，更名夏祭爲禴，先儒謂禴祭以樂爲主，故其字从龠。龠者，樂之竹管，三孔以和衆聲也。是詩所舉，不及品物，唯悉數樂器而已，則謂即祫禘之祭，亦無不可。請以俟知者。

有瞽有瞽，麌韻。**在周之庭。**豐氏本作「廷」。**設業設虡**，叶麌韻，讀如枸，果羽翻。**崇牙樹**《樂書》作「植」。**羽。**麌韻。**應田**《爾雅》、《周禮》注、豐本俱作「輮」。**縣鼓**，麌韻。**鞉**陸德明本、豐本俱作

「鼗」。**磬柷圉。**叶麌韻，讀如麌，魚矩翻。豐本作「敔」。**既備乃奏，簫管備舉。**叶麌韻，讀如踽，果羽翻。**喤喤厥聲，**庚韻。**肅雝**《禮記》作「雍」，《爾雅》注作「噰」。**和**去聲。**鳴，**庚韻。**先祖是聽。**豐本作「眐」。**我客戾止，永觀厥成。**庚韻。○賦也。瞽，《説文》云：「目但有眹也。」徐鍇云：「按《書》説，言漫若鼓皮也。眹，但有黑子外微黑影而已。」此有瞽，毛傳以爲樂官也。重言有瞽者，見所有者非一瞽也。鄭玄云：「瞽，矇也。目無所見，于音聲審也。《周禮》：『上瞽四十人，中瞽百人，下瞽百六十人。』有眡瞭者相之。」陳暘云：「耳目，形也。聰明，神也。聾聵者，其神在目不在耳，故以之司視而掌火。瞽矇者，其神在耳不在目，故以之司聽而鼓樂。其使人也，可謂器之矣。傳曰：『黄帝使神瞽考中聲。』《夏書》曰：『瞽奏鼓。』《禮》曰：『御瞽幾聲之上下。』《詩》曰：『矇瞍奏公。』《國語》曰：『矇瞍修聲。』則瞽矇之職，自古以固然，非特周也。」在周之庭，孔穎達云：「皆在周之廟庭也。」黄佐云：「曰周庭，則非復商之庭矣。」陳暘云：「有瞽有瞽，兼上中下瞽而言之也，其來則大司樂詔之，其歌則大師帥之，相之則在眡瞭焉。孔子言相師之道，豈非眡瞭之職與？在周之庭，蓋有眡瞭相之，不特及階及席而已。」又《韓詩外傳》云：「太平之時，無瘖、瘻、跛、眇、尪蹇、侏儒、折短，父不哭子，兄不哭弟，道無襁負之遺育，然各以序終者，賢醫之用也，故安止平正除疾之道無他焉，用賢而已矣。《詩》曰：『有瞽有瞽，在周之庭。』紂之餘民也。」此全非詩旨。設，《説文》云：「施陳也。从言从殳。殳，所以驅遣使人也。」業虡，解見《靈臺》篇。毛云：「植者爲虡，横者爲栒。業，大版也，所以飾栒爲縣也。捷業如鋸齒。」孔云：「虡者立於兩端，栒則横入於虡。其栒之上，加之以業，所以飾此栒而爲懸設也。」栒，亦作簨，又作筍。按《考工記》有「鍾虡」、「磬虡」，而《説文》解虡爲鍾鼓之柎，則鍾、鼓、磬皆有虡也。其所以懸，則在于業也。設業設虡，乃謂設業於所設之虡耳。崇牙，業上之飾。毛云：「卷然可以縣也。」孔云：「栒之上，加以大板，側著于栒。其上刻爲崇牙，似鋸齒捷業然，故謂之業牙，即業之上齒也。以其形卷然，得掛繩於上，故言可以爲懸也。」樹羽，毛云：「置羽也。」朱子云：「置五采羽。」孔云：「置之於筍虡之上角。」按《禮·明堂位》篇云：「夏后氏之龍簨虡，殷之崇牙，周之璧翣。」據《考工記》筍飾以鱗屬，故曰龍簨虡也。殷又于龍上刻畫之爲重牙，以掛懸紞。名曰崇牙者，以牙爲業之上齒，所處者高故也。璧翣者，注謂周人畫繪爲翣，樹于翣之角上，載以璧，垂五采羽其下也。陳暘云：「筍之上有業，業之上有崇牙，筍之兩端又有璧翣。鄭氏謂載璧垂羽是也。蓋筍虡所以架鍾磬，崇牙璧翣所以飾筍虡，夏后氏飾以龍，而無崇牙。商飾以崇牙，而無璧翣。至周則極文，而三者具矣。故《周頌》曰：『設業設虡，崇牙植羽。』是也。」《爾雅》云：「大鼓謂之鼖，小者謂之應。」毛傳訓應爲小鞞。孔云：「此《大射禮》應鞞也。」田，通作㮰。鄭云：「應鞞之屬也，聲轉字誤，變而作田。」孔云：「㮰字以柬爲聲，聲既轉，去柬惟有申在，申字又誤去其上下，故變作田也。」愚按《書·君奭》篇「申勸文王之德」，《禮記》亦訛作「田觀文王之德」，申、田相混，鄭、孔之説可信。陳祥道云：「大射有朔鼙應鼙，《詩》又以應配㮰，則朔鼙乃㮰鼓也。以其引鼓焉，故曰㮰。以其始鼓焉，故曰朔。是以《儀禮》有朔無㮰，《周禮》有㮰無朔，猶《儀禮》之玄酒，《周禮》之明水，其寔一也。鄭氏以應與㮰及朔爲三鼓，恐不然也。大射，建鼖南鼓，應鼙亦南鼓，而居其東。建鼓東鼓，朔鼙亦東鼓，而居其北。則鼙與鼓皆建，而鼙常在其左矣。朔作而應應之，朔在西，應在東，則凡樂之奏常先西矣。」按《周禮·大師》職云：「大祭祀：帥瞽登歌，令奏擊拊。下管，播樂器，令奏鼓㮰。大饗亦如之。」《小師》職云：

「大祭祀：登歌擊拊。下管，擊應鼓。徹，歌。大饗亦如之。」是則鼓朄擊應，皆在堂上擊拊之時，而鼓朄職于大師，擊應職于小師，則應比朄爲賤矣。《儀禮》應鼙朔鼙，舊説謂應鼙者，應朔鼙也。朔者始也，先擊朔鼙，次擊應鼙。然則堂下鼓朄，與堂上之擊拊同時，而擊應繼鼓朄而起，亦取其與朄相應，故名應耳。陳暘云：「於歌言登，則知管之爲降；于管言下，則知歌之爲上。堂上之樂衆矣，其所待以作者，在乎奏擊拊；堂下之樂衆矣，其所待以作者，在乎奏鼓朄。舜之作樂，言拊詠于上，言鼗鼓于下。《樂記》亦曰『會守拊鼓』，蓋拊爲衆器之父，鼓朄爲衆聲之君。以拊爲父，凡樂待此而作者，有子道焉。以鼓朄爲君，凡樂待此而作者，有臣道焉。」又云：「堂下之樂，以管爲本，器之尤小者也，應之爲鼓鞞之尤小者也。《禮器》曰：『縣鼓在西，應鼓在東。』作樂及其小者，乃所以爲備也。大師大祭祀擊拊鼓朄，亦此意歟？當堂上擊拊之時，則堂下擊應鼓朄以應之，然後播鼗而鼓矣。應施于擊拊，又施于歌徹，其樂之終始歟？」縣鼓，毛云：「周鼓也。」《明堂位》云：「夏后氏之足鼓，殷人楹鼓，周人縣鼓。」陳暘云：「昔少昊氏造建鼓，夏后氏加四足，商人貫之以柱，周人縣而擊之。縣鼓本出于建鼓，則縣鼓，大鼓也。應田縣鼓，先小後大，所以爲備樂也。」愚按路鼓、鼖鼓，皆爲大鼓，以《周禮》考之，則此縣鼓乃路鼓。陳祥道以爲晋鼓，非也。《周禮·鼓人》職云：「以雷鼓鼓神祀，以靈鼓鼓社祭，以路鼓鼓鬼享。」此祭宗廟，故知爲路鼓也。鞉，鄭玄云：「如鼓而小，持其柄摇之，旁耳還自擊。」劉熙云：「鞉，導也，所以導樂作。」亦作鼗。《爾雅》云：「大鼗謂之麻，小者謂之料。」又作鞀。《月令》云：「修鞀鞞。」先儒謂小鼓有柄曰鞀，大鞀謂鞞。愚按此鼗，即路鼗也。《周禮·大司樂》職云：「靁鼓靁鼗，冬日至，於地上之圜丘奏之，若樂六變，則天神皆降，可得而禮矣；靈鼓靈鼗，夏日至，于澤上之方丘奏之，若樂八變，則地示皆出，可得而禮矣；路鼓路鼗，於宗廟之中奏之，若樂九變，則人鬼可得而禮矣。」陳暘云：「鼗于鼓爲小，所以兆奏鼓者也。鼓以節之，鼗以兆之，作樂之道也。鼓則擊而不播，鼗則播而不擊。雷鼓、雷鼗六面，而工十有二，以二人各直一面，左播鼗，右擊鼓故也。靈鼓、靈鼗八面，而工十有六。路鼓、路鼗四面，而工八人，亦若是歟？《商頌》言『置我鞉鼓』，則鞉與鼓同植，非有播擊之異，與周制差殊矣。《鬻子》曰：『禹之治天下也，縣五聲以聽，曰：語寡人以獄訟者揮鞀。』《吕氏春秋》曰：『武王有戒謹之鞀。』繇是觀之，欲誡者必播鞀鼓矣。蓋鞀兆奏鼓者也。作堂下之樂，必先鼗鼓者，豈非《樂記》所謂先鼓以警誡之意歟？」又云：「鞉、鼓二者以同聲相應，故祀天神以雷鼓、雷鼗，祭地示以靈鼓、靈鼗，享人鬼以路鼓、路鼗。《樂記》亦以鞉鼓合而爲德音，《周官》少師亦以鞉鼓并而鼓之也。」磬，頌磬笙磬也。陳暘云：「大射之儀，樂人宿縣于阼階東，笙磬西面，西階之西，頌磬東面。蓋應笙之磬，謂之笙磬；應歌之磬，謂之頌磬。笙磬在東而面西，頌磬在西而面東。頌磬歌于西，是南鄉北鄉以西方爲上，所以貴人聲也。笙磬吹于東，是以東方爲下，所以賤匏竹也。大射，鼗倚于頌磬西紘。頌磬在西而有紘，是編磬在西，而以頌磬名之；特磬在東，而以笙磬名之。」又云：「鼗，堂下之樂也。磬，堂上之樂也。堂下之鼗播，則堂上之磬作矣，故眡瞭以播鼗爲先，而擊頌磬笙磬次之。《商頌》言『鞉鼓淵淵』，繼之『依我磬聲』，亦是意也。」柷，毛云：「木椌也。」郭璞云：「柷如漆筩，方二尺四寸，深一尺八寸，中有椎柄，連底挏之，令左右擊。」圉，通作敔，毛云：「楬也。」郭云：「敔如伏虎，❶背上有二十七鉏

---

❶「敔」，《四庫全書》本作「形」。

語刻，以木長尺櫟之。」《虞書》云：「合止柷敔。」蔡沈云：「始作也，則擊柷以合之，及其將終也，則櫟敔以止之，蓋節樂之器也。」陳祥道云：「柷方二尺四寸，陰也；敔二十七鉏鋙，陽也。樂作，陽也，以陰數成之；樂止，陰也，以陽數成之。固天地自然之理。」徐光啓云：「柷之制中虛，蓋聲之所出，以虛爲本也。圉之制中寔，蓋聲之所止，則歸寔也。」王邦直云：「《樂記》曰『聖人作爲椌楬』，柷敔、椌楬，皆一物而異名。不言柷敔而言椌楬者，柷以中虛爲用而聲出焉，故又謂之椌；敔以伏虎爲形而聲伏焉，故又謂之楬。蓋聲之出也，樂繇之合；聲之伏也，樂繇之止焉，亦陰陽之義也。」陳暘云：「鞉所以兆奏鼓，堂下之樂也。磬則上聲而遠聞，堂上之樂也。堂上堂下之樂備奏，其合止有時，制命于柷圉而已。」既備者，鄭云：「懸也，陳也。皆畢已也。」❶奏者，動作之義，此則指金奏而言。凡樂，必先奏鍾以均諸樂。所謂鍾，即十二律之鍾也。以《周禮·大司樂》考之：奏黃鍾，歌大吕，舞《雲門》，以祀天神。奏太簇，歌應鍾，舞《咸池》，以祭地示。奏姑洗，歌南吕，舞《大磬》，以祀四望。奏蕤賓，歌函鍾，舞《大夏》，以祭山川。奏夷則，歌小吕，舞《大護》，以享先妣。奏無射，歌夾鍾，舞《大武》，以享先祖。此詩言「先祖是聽」，則其所奏可知也。賈公彦云：「奏者，奏擊以出聲，故據鍾而言。歌者，發聲出音，故據聲而説，亦互而通也。欲作樂，先擊此二者之鍾，以均諸樂，是以《鍾師》云：『以鍾鼓奏九夏。』鄭云：『先擊鍾，次擊鼓。』《論語》云：『始作，翕如。』鄭云：『始作，謂金奏也。』」陳暘云：「言奏，則堂下之樂。言歌，則堂上之樂。《春秋》傳曰：『晉侯饗穆叔，奏《肆夏》，歌《文王》、

❶「畢已」，《四庫全書》本作「已畢」。

《大明》、《緜》。』又曰晉侯歌鍾二肆，取半以賜魏絳。則奏之與歌，雖有堂上下之辨，其寔不離于六律六同也。」按六同，即六呂也。《樂叶圖徵》有云：「撞鍾以知君，鍾調則君道得。」得非謂鍾所以均樂，故以爲諸樂之君與。又按《周禮·鍾師》：「掌金奏，凡樂事，以鍾鼓奏九夏。」《大司樂》職亦云：「凡大祭祀，王出入，則令奏《王夏》；尸出入，則令奏《肆夏》；牲出入，則令奏《昭夏》。」彼所謂奏，雖兼用鍾鼓，而以金爲主，故名金奏。則此詩云「乃奏」，或即指三夏之奏，亦未可知。要之，當據鍾而言也。簫，郭璞云：「大者編二十三管，長尺四寸。小者十六管，長尺二寸。一名籟。」《爾雅》云：「大簫謂之言，小者謂之筊。」陳暘云：「謂之言，以其管二十四，無底而善應故也。謂之筊，以其管十六，有底而交鳴故也。」孔云：「《易·通卦驗》云：『簫長尺四寸。』《風俗通》云：『簫參差象鳳翼，十管，長二尺。』其言管數長短不同，蓋有大小故也。要是編小竹管爲之耳。」管以笙言，與《商頌》「嘒嘒管聲」不同。笙之爲物，列管匏中，施簧管端，以管爲用者也。觀《執競》篇言「磬筦將將」，明管與磬之相應也。磬管之相應者，惟笙磬耳。笙磬者，應笙之磬。《鼓鍾》之詩曰「笙磬同音」，蓋亦指此，益可以明此管爲笙之管也。又按陰竹之管，用於宗廟，《周禮》固有明文。愚獨以此詩備舉衆音，不應缺匏，故定主前說。舉，《説文》云：「對舉也。」簫管之樂，俱在堂下，備舉而作之，則堂下之器，無或遺者矣。上文但述樂器之名而已，此或言奏，或言舉，互相備也。陳暘云：「《周官·眡瞭》掌凡樂事，播鼗，擊頌磬笙磬。《小師》掌教鼓鼗柷敔塤簫管。《瞽矇》掌播鼗柷敔塤簫管。是皆先鼗而磬次之，先柷敔而簫管次之。是詩言『鞉磬柷圉』，繼之『簫管備舉』，固作樂之序也。論備樂而不及舞者，舞所以節八音也，言八音則舞舉矣。」「喤喤厥聲」二句，以堂上之樂言。喤，《説文》云：「小兒聲。」詩「其泣喤喤」是也。毛傳解

「鍾鼓喤喤」爲和也。按《老子》云：「含德之厚，比于赤子，終日號而嗌不嗄，和之至也。」正喤字義疏。厥聲，人聲，謂登歌也。《周禮・大司樂》職云：「九德之歌，于宗廟之中奏之。」《大師》職云：「大祭祀，帥瞽登歌。」《瞽矇》職云：「掌九德六詩之歌，以役大師。」陳暘云：「聲，樂之象也。金石絲竹，樂之器也。象形而上，器形而下。故《郊特牲》曰：『歌者在上，匏竹在下，貴人聲也。』」肅，敬。雍，和也。舊解如此，但雍字《説文》不載，其訓爲和，義亦未詳。如通作饔，則取煎和五味之和。或通作雝，則取雝渠音聲之和耳。和，《説文》云：「相譍也。」作去聲讀，乃唱和之和。《增韻》云：「凡出聲者皆曰鳴。」和鳴，指琴瑟言，琴瑟之聲，與人之聲相應而鳴，肅肅然使人敬，雍雍然使人和也。《記》曰「樂在宗廟之中，上下同聽之，莫不和敬」，於此見矣。按《周禮・小師》掌教絃歌。鄭云：「絃，謂琴瑟也。歌，依詠詩也。」賈云：「工歌詩，依琴瑟而詠之。」詩，即《詩傳》云『曲合樂曰歌』也，故鄉飲酒之屬，升歌皆有琴也。❶若不依琴瑟，即《爾雅》『徒歌曰謡』也。」陳暘云：「嘗考之《虞書》，琴瑟以詠，則琴瑟之聲所以應歌者也。歌者在堂，則琴瑟亦宜施之堂上矣。」又云：「古之君子，反情以和其志，比類以成其行，然後發以聲音，文以琴瑟，而堂上之樂作矣。動以干戚，飾以羽旄，從以簫管，而堂下之樂作矣。琴瑟作于堂上，象廟朝之治；簫管作于堂下，象萬物之治。」或問：子何據，而以肅雍和鳴指絃歌也？曰：吾有所本之也。《周禮》鄭司農注引古樂詩曰：❷「勑爾瞽，率爾衆

❶「琴」下，《四庫全書》本有「瑟」字。

❷「司」，原作「師」，據《周禮・樂師》鄭注改。

工，奏爾悲誦，肅肅雝雝，無怠無凶。」所謂悲，指琴瑟也。《樂記》曰「絲聲哀，哀以立廉」，悲之義也。所謂誦，即歌也。《文王世子》「春誦」，注謂「歌樂」，以配樂而歌，故云歌樂也。合悲與誦並奏，而期之以肅肅雝雝，則是詩之所指肅雍，其爲堂上之絃歌明矣。《樂記》篇子夏曰：「鄭音好濫淫志，宋音燕女溺志，衛音趍數煩志，齊音敖辟喬志。此四者，淫于色而害于德，是以祭祀弗用也。《詩》云：『肅雍和鳴，先祖是聽。』夫肅肅，敬也；雍雍，和也。夫敬以和，何事不行？」愚按此詩所紀大合諸樂，唯有七音。應田縣鼓鞉，革也。磬，石也。柷圉，木也。乃奏，金也。簫，竹也。管，匏也。和鳴，琴瑟也。但不及土。陳暘云：「八音以土爲主，故《虞書》、《樂記》之論八音皆不言土。」又云：「《左氏傳》曰『爲之七音，以奉五聲』，《左氏》爲七音之説，蓋八音耳。八音以土爲主，而七音非土不和，故《書》之《益稷》、《禮》之《樂記》，其言八音，皆虛其土，猶大衍之數虛其一也。大衍之數虛其一，無害爲五十。七音之數虛其土，無害爲八音也。」又云：「《詩》、《書》不言土音，《易》于比、離、坎獨言缶，不及七音者，蓋八音以土爲主，猶五事以思爲主也。故七音非土不和，土非七音不備。《詩》、《書》舉七音以見土，推用以見體也。《易》舉缶以見七音，明體以見用也。」自「先祖是聽」以下，蒙上文，亦皆主堂上而言。觀《書・益稷》篇，言「琴瑟以詠」，而屬以「祖考來格，虞賓在位，群后德讓」等語可見。若「鳥獸蹌蹌」、「鳳皇來儀」，則繫之堂下之樂矣。先祖，謂后稷也。《周官・大司樂》先妣文在先祖之上，此但言先祖不及先妣，故知斷自后稷也。后稷而下，毀廟未毀廟之主，皆得合食于廟，謂之祫祭。成王之禰武王，亦當與焉，而但以先祖總之者，統于尊也。我客戾止，與《振鷺》篇義同。劉公瑾云：「虞賓在位，則舜之作樂，以此爲盛。我有嘉客，則商人作樂，以此爲盛。我客戾止，則周人作樂，以此爲盛也。」

永，《説文》云：「長也。」樂有聲有形，先祖，神也，神以聲感，故曰聽；我客，人也，人以形感，故曰觀。此皆兼及衆樂，非止絃歌，特以尊神貴人，故言之于堂上耳。成，朱子云：「樂之一終也。」按樂以象成，故曰成。舜樂九成，武樂六成。永觀厥成，猶云自今以往，我客來助祭，觀樂于周，未之有艾焉而已。陳暘云：「武樂六成，周始作備樂而合乎祖，不過主《大武》而已。《記》曰：『武，始而北出，再成而滅商，三成而南，四成而南國是疆，五成而分，周公左，召公右，六成復綴，以崇天子。』武樂之成，終于崇天子，戾止而觀成，得非所以崇天子之意歟？《商頌》『我有嘉客，亦不夷懌』，同義。」

《有瞽》一章，十三句。 蔡邕《獨斷》云：「始作樂，合諸樂而奏之所歌也。」《詩》固不爲始合樂作，果爲始合樂作也，則無助祭之事，我客何以來歟？鄧元錫又引或人之説曰：「《序》所云合于祖者，謂合于樂祖，祭瞽宗樂歌也。」夫然，則篇中明有「先祖是聽」之語，將何以稱焉？《子貢傳》但存「瞽合」二字，而其餘闕文。

《武》，《大武》一成之歌。 出《申培説》。**首紀北出伐商之事，爲《武》樂六成之始，故專得「武」名。在九夏中，疑即《納夏》，亦名爲《遏》。** 《序》云：「奏《大武》也。」唐孔氏及朱子皆謂周公象武王之功，作《大武》之樂，蓋本於《明堂位》篇言周公攝政六年制禮作樂之説。武王以武功定天下，故樂以武名。四代之樂，如《大磬》、《大夏》、《大濩》、《大武》，皆稱大者，以功成作樂，爲一代大事故耳。《樂記》子曰：「夫樂者，象成者也。且夫《武》，始而北出，再成而滅商，三成而南，四成而南國是疆，五成而分，周公左，召公右，六成復綴，以崇天子。」鄭玄云：「成，猶奏也。每奏《武》曲，一終爲一成。」賈公彦云：「舞人須有限約，立四表，以與舞人爲曲別也。舞人從南表向第二表爲一成，從第二至第三爲二成，從第三至北頭第四表爲三成，舞人各轉身南向，於北表之北還，從第一至第二爲四成，從第二至第三爲五成，從第三至南頭第一表爲六成。」陳祥道云：「周都商之西南，商都周之東北，故舞始而北出，則出表之東北，以商居東北故也。三成而南，則入表之西南，以周居西南故也。疆南國然後可得而分治，分治然後可得而復綴。分治繫于臣，故散而爲二，復綴統於君，故合而爲一。」陳暘云：「文舞九成，武舞六成，何也？曰：二與四爲六而坤用之，兩地之數也。一、三、五爲九而乾用之，參天之數也。文樂，陽也，其成以參天之數。武樂，陰也，其成以兩地之數，亦節奏自然之符也。」又云：「《周官・大司樂》奏無射，歌夾鐘，舞《大武》，以享先祖。然則《武》，奏《大武》，歌是詩而舞之可知矣。《記》有言，八佾以舞《大武》，語其數也；朱干玉戚以舞《大武》，語其器也；冕而舞《大武》，語其服也。《周官》、《樂記》皆先《大夏》後《大武》，以世次先後言之。《祭義》、《明堂位》皆先《大武》後《大夏》者，尊時王之制故也。古者帝王之於天下，入則揖遜，出則征誅，其義一也。然以文得之者，必先乎文；以武得之者，必先乎武，各適其時故也。」又季本云：「天子廟樂，禮宜九成，意必尚有文舞九成，如《禮記》所謂『八佾以舞《大夏》』者，不在此武舞六成之數歟？」愚按聲以節舞，唐賈氏謂《詩》爲樂章，與舞人爲節，是也。《序》於象舞、《大武》皆言奏，然象舞，管奏也。《大武》，疑即《納夏》，乃九夏之一，則金奏也。《大武》之所以疑爲《納夏》者，以《國語》別名爲《遏》，而篇中有「勝殷遏劉」之語知之，詳見《時邁》篇小引下。

於音烏。**皇武王，無競維**《左傳》作「惟」。**烈。** 通篇俱無韻。○賦也。於，歎辭。皇，君也，武王爲天下君之稱，即所謂皇王也。無競維烈，義與《執競》同。愚按此二句，乃隱括武樂六成之起語。舊説專主克商言，亦通。《左》宣十二年，晋師救鄭，隨武子曰：「兼弱攻昧，武之善經也。仲虺有言曰『取亂侮亡』，❶兼弱也。《汋》曰『於鑠王師！遵養時晦』，耆昧也。《武》曰『無競惟烈』，撫弱耆昧，以務烈所，可也。」一説，季本云：「無競者，不争而不見其强也。言大哉武王之功，不以力争天下，維以德服之，執競而無競者也。」萬尚烈云：「人知武王之烈，而不知武王之烈以無競也。」皆通。

允文文王，克開厥後。嗣武受之，勝殷遏劉，耆定爾功。 賦也。此推言武王之善，繼述也。黄佐云：「文王之在周也，功德最盛，故《天作》頌大王而下及文王，《武》頌武王而上及文王。蓋大王之功，非文王無以底于成。武王之功，非文王無以肇其始。」允，《説文》云：「信也。」允文文王，言信哉有文德之文王也。文王之文德，于愛民而不忍殘民上見之，惠鮮懷保，視民如傷，文王之所以爲文也。克，能。開，啓也。後，後人也。克開厥後，鄭玄云：「能開其子孫之基緒也。」與下文「爾功」對看，三分有二，肇造區夏，是也。嗣，《説文》云：「諸侯嗣國也。」字从册从口，司聲。」徐鍇云：「按《尚書》史祝册，謂册必於廟，史讀其册，故从口，會意。」嗣武受之，鄭云：「嗣子武王受文王之業也。」孔云：「既言文王開後，即云嗣武受之，其文相承，故以爲嗣子武王也。」勝殷遏劉，擬議之辭。必勝殷而後可以遏劉，武王之北出伐商，爲是故也。殷，指

❶「仲」，原作「伸」，據《四庫全書》本改。

紂也。商自盤庚後改稱殷。遏，《爾雅》云：「止也。」《說文》云：「微止也。」徐云：「繳統使止也。」劉，本作鎦。《說文》云：「殺也。」遏劉，有以止紂殺言者，有以武王自止其殺言者，其實二意皆有。紂之作威殺戮，毒痛四海，固爲殺機。紂既播虐，則武之干戈必不可戢，弓矢必不可櫜，亦殺機也。獨夫一殄，而殺機杜矣，此勝殷之所以不容已也。《武成》曰「予小子敢祗承上帝，以遏亂畧」，《孟子》曰「救民于水火之中，取其殘而已矣」，皆此意也。李氏云：「《大武》之意，在於止戈。《大武》之詩，在於止殺。」耆，鄭云：「老也。」按《曲禮》云：「六十曰耆。」《汲冢周書》及《史記》，皆載武王告叔旦曰：「唯天不享於殷，發之未生，至於今六十年。」此則武王以耆歲伐殷之明據也。定，即天下大定之定。爾功者，克開厥後之功，對上文文王言，故稱文王爲爾。鄭云：「年老乃定汝之大功，言不汲汲于誅紂。」按《書·武成》篇，王若曰：「惟先王建邦啓土，❶公劉克篤前烈，至于太王，肇基王迹，王季其勤王家。我文考文王克成厥勳，誕膺天命，以撫方夏。大邦畏其力，小邦懷其德。惟九年，大統未集，予小子其承厥志。」此所謂定爾功者也。然以除暴救民，❷安定天下，則武之爲武，亦不出于文之外矣。徐光啓云：「文王事殷，守其常也。武王伐紂，通其變也。紂惡已稔，天下歸心，武王於此，勢不得以已也。不得已而爲之，乃所以善承其變之節也。二聖于此，易地皆然，故曰聖達節。夫子爲之廣其説曰『善繼善述』，曰『踐其位，行其禮，奏其樂』，而子思子引之以明中庸之道。中者，隨時處中之謂

❶「土」，原作「上」，據《四庫全書》本改。

❷「救」，原作「敕」，據《四庫全書》本改。

也。」嚴云：「殷虐未除，則文王之文德，未能盡達於天下，非武王之武，無以成文王之文也。《武》頌言文王之德不可無武王之功，爲奏《大武》而言之；《維清》言周之成功皆本于文王之德，爲奏象舞而言之，各有攸當也。」

《武》二章，一章二句，一章五句。 舊只作一章七句。按《左傳》引「耆定爾功」一語爲《武》之卒章，故知當分二章也。朱子誤引傳，以此爲《大武》之首章，今考傳文，乃「卒」字，非「首」字。○蔡邕《獨斷》云：「周武所定一代之樂之所歌也。」按《左》宣十二年，楚莊王曰：「武王克商，作頌曰：『載戢干戈，載櫜弓矢。』❶又作《武》，其卒章曰：『耆定爾功。』其三曰：『鋪時繹思，我徂惟求定。』其六曰：『綏萬邦，屢豐年。』」《竹書》載武王十二年，作《大武》樂。《吕氏春秋》云：「武王即位，以六師伐殷。六師未至，以鋭兵克之於牧野，歸，乃薦俘馘于京太室，乃合周公，爲作《大武》。」《墨子》亦云：「武王因先王之樂，又自作樂，命曰《象武》。」《象武》即《大武》也。諸説俱相脗合。朱子謂篇内已有武王之謚，則其説誤矣。愚按《周禮》言「舞《大武》」，意者《大武》之舞已作于武王之世，特其詩未備，及周公時，乃始成之耳。愚于《武》、《賚》、《桓》三詩外，更定《勺》爲《大武》之再成，《般》爲《大武》之四成，《時邁》即《肆夏》，爲《大武》之五成。合此六詩，而《大武》六成之樂章，俱無欠闕，真千古快事，然亦非强爲之附會牽合也。或又因《左傳》以「耆定」一語爲《武》之卒章，則所引其三、其六，當在其前，何以綴之於後？斯可以見此語但是《武》詩一篇之卒章，而非《大武》全樂之卒章，瞭然無疑矣。《子貢傳》闕文。

---

❶ 「櫜」，原作「樂」，據《四庫全書》本改。

《酌》，《儀禮》、《禮記》、《漢書》、《風俗通》、《樂書》、《申培説》、豐氏本俱作《勺》，《左傳》、《荀子》俱作《汋》，《白虎通》作《酌合》。**告成《大武》也。**出《序》。**周公所作，言能斟勺先祖之道也。**出應劭《風俗通》。❶又班固《漢書》同，但「勺」上無「斟」字。顔師古云：「勺，讀曰酌，酌取也。」**是爲《大武》之再成，象武王滅商之事，亦名《武宿夜》。**《大武》之舞，作于武王之世，而樂章未備。周公先後裸取諸詩可與舞容相附者，以爲之節，至最後《酌》詩作，而六成之樂章始完，故《序》曰：「告成《大武》也。」《竹書》成王九年春正月，有事于太廟，初用《勺》，其即告成之日乎？張子謂《勺》是周公制禮樂時，於《大武》有所增添，其説是也。乃朱傳謂此詩與《賚》、《般》皆不用《詩》中字名篇，疑取樂節之名。今按勺字，《説文》訓爲挹取，則固有其義矣。酌，只當依《儀禮》、《禮記》諸書通作勺。先祖則指文王也。周公何以稱文王爲先祖，以此詩作於成王之世，主成王而言耳。其曰斟勺先祖之道者，以末二句取之。詩意與《武》篇文義相屬。彼曰「嗣武受之，勝殷遏劉」，此曰「載用有嗣，實惟爾公」。武王勝殷遏劉，乃以嗣文王至公爲民之心，非富天下也。所謂挹取先祖之道者如此。《禮·祭統》篇云：「夫祭有三重焉。獻之屬莫重於裸，聲莫重於升歌，舞莫重於《武宿夜》，此周道也。」孔穎達云：「《武宿夜》是武曲之名。皇氏云：『師説《書傳》云：武王伐紂，至於商郊停止宿夜，士卒皆歡樂歌舞以待旦，❷因名焉。』熊氏云：『此即《大武》之樂也。』」今按《詩》中言「遵養

---

❶「劭」，原作「邵」，據《四庫全書》本改。
❷「歡」，原作「勸」，據《四庫全書》本改。

時晦」，即宿夜之説也。至純熙而大介，則甲子昧爽之事也。戎衣一着，而遂滅商，自是周有天下，故諸舞之中，莫重于此。或引《左傳》隨武子云：「《汋》曰『於鑠王師』，《武》曰『無競維烈』。」以《汋》與《武》並言，疑《汋》不在《武》樂六成之數。不知《武》、《汋》俱是樂章之名，其全樂則名《大武》，非謂《武》之一章可以盡之。不然，何以三章別名《賚》，六章別名《桓》也？

於音烏。**鑠王師，**支韻。**遵養時**豐氏本作「旹」，後同。**晦。時純熙**支韻。**矣，是用大介。我龍**豐本作「寵」。**受之，**支韻。**蹻蹻王之造。**豐本「造」下有「旹」字。**載用有嗣，**叶支韻，祥慈翻。**實維爾公，**句。**允師。**見上。○賦也。於，歎辭。鑠，即「非繇外鑠」之鑠。朱子云：「以火銷金之名，自外以至内也。」王師，武王伐商之衆也。八百諸侯皆已從周，紂所有者維畿内耳。武王一旦稱兵臨之，外援已絶，内勢將潰，其象猶之鑠也。遵，《説文》云：「循也。」循道而行，以達于商郊也。養，謂養威蓄鋭，不遽戰也。晦，《爾雅》云：「冥也。」時晦，謂時當晦冥，即停止宿夜之事也。《書·武成》篇言「癸亥，陳于商郊，俟天休命」，《周語》伶州鳩言「王以二月癸亥夜陳」者，指此。《樂記》孔子曰：「總干而山立，武王之事也。」又曰：「久立于綴，以待諸侯之至也。」皆謂是時，故舞象之也。又《左》宣十二年，晉師救鄭，隨武子曰：「兼弱攻昧，《武》之善經也。」仲虺有言曰『取亂侮亡』，兼弱也。《汋》曰：『於鑠王師，遵養時晦。』耆昧也。」其解《詩》、《書》俱誤。純之言全，音之近也。熙，《爾雅》云：「光也。」時純熙矣，謂辨色大明之時，《詩》之所謂會朝，《書》之所謂甲子昧爽者也。介之言甲，亦音近也。是用大介，朱子云：「所謂一戎衣也。」我龍，指武王也。龍能變化，武王變侯爲王，故以龍稱。受之者，受天命而有商之天下也。蹻，《説文》云：「舉足行高也。」造，《説文》云：

「就也。」言卓越哉，武王之所成就，謂爲天子也。吾師蔡中山先生云：「遵養時晦，龍躍在淵也。蹻蹻，則飛龍在天矣。此《易》所謂大人之造也。」載，始也，當通作才。嗣，繼也，即嗣武受之之嗣，謂嗣文王也。爾，指武王也。公者，無私之名，字从八从厶。八，猶背也。厶音私。《韓非子》云：「自營爲私，背私爲公。」允，《説文》云：「信也。」師，即王師之師。言推原武王用兵之始，有所以繼嗣文王者，實惟爾武王，得文王至公無私之心，第欲除暴安民，非以富天下爲念，信乎其爲王者之師也。使有一毫闇奸天命之意襍于其間，則人之稱是師也其謂之何，而慙德于文王多矣。歐陽脩云：「武王用師，實天下之至公，信可爲王師矣。」

《酌》，《白虎通》篇名作《酌合》。**一章九句。**毛、鄭、嚴本皆如此讀，諸本但作八句。○《序》云：「告成《大武》也。」復繼之曰：「言能酌先祖之道，以養天下也。」蔡邕《獨斷》因之。《韓詩外傳》三條，意亦本此。其一曰：「太平之時，民行役者不踰時，男女不失時以偶，孝子不失時以養。外無曠夫，內無怨女。上無不慈之父，下無不孝之子。父子相成，夫婦相保。天下和平，國家安寧。大事備乎下，天道應乎上。❶故天不變經，地不易形，日月昭明，列宿有常。天施地化，陰陽和合，動以雷電，潤以風雨，節以山川，均以寒暑。萬民欲生，各得其所，而制國用。故國有所安，地有所主。聖人刳木爲舟，剡木爲楫，以通四方之物，使澤人足乎水，山人足乎魚，餘衍之財有所流。故豐膏不獨樂，磽确不獨苦。雖遭凶年饑歲，禹湯之水旱，而民無凍餓之色。故生不乏用，死不轉壑。夫是之謂樂。《詩》曰：『於鑠王師，遵養時晦。』」其一曰：「能治天下，必

❶「上」，原作「止」，據《四庫全書》本改。

能養其民也。能養民者，爲自養也。飲食適乎藏，滋味適乎氣，勞佚適乎筋骨，寒煖適乎肌膚，然後氣藏平，心術治，思慮得，喜怒起居而遊樂，事時而用足。夫是之謂能自養者也。故聖人不淫佚侈靡者，非鄙夫色而愛財用也。養有適，過則不樂，故不爲也。是以冬不數浴，非愛水也。夏不頻湯，非愛火也。不高臺榭，非無土木也。不大鐘鼎，非無金錫也。不沉於酒，不貪於色，非辟醜也。直行情性之所安，而制度可以爲天下法矣。故用不靡則足以養其生，而天下稱其仁也。養不害性，足以成教，而天下稱其義也。適情辟餘，不求非其有，而天下稱其廉也。行成不可掩，息刑不可犯，執一道而輕萬物，天下稱其勇也。四行在乎民，居則婉媮，怒則勝敵。故審其所以養而治道具矣，治道具而遠近畜矣。❶《詩》曰：『於鑠王師，遵養時晦。』言相養者之至於晦也。」其一曰：「夫百姓内不乏食，外不患寒，則可教御以禮義矣。《詩》曰：『烝畀祖妣，以洽百禮。』百禮洽則百意遂，百意遂則陰陽調，陰陽調則寒暑均，寒暑均則三光清，三光清則風雨時，風雨時則群生寧。《詩》曰：『於鑠王師，遵養時晦。』」言相養之至於晦也，總爲經文「養」之一字所誤，在經中實無此意。至其解「晦」字，更不可曉。朱傳但以爲頌武王之詩，而不知其即爲《大武》之樂。《申培說》知其爲《大武》矣，而謂「蓋《大武》之五成」。夫分周公左召公右，此《大武》五成之樂也。《酌》詩中曾有分周、召之意否？若《白虎通》之說更異矣，云「周公之樂曰《酌合》」，言周公輔成王，能斟酌文武之道而成之也。張子厚亦云：「周公没，嗣王以武功之成繇周公，告其成於宗廟之歌也。」然則所謂爾公者，豈即指周公耶？夫周公

❶「具」，原作「其」，據《四庫全書》本改。

安得有樂耶？至於陳暘不知《勺》之即《武宿夜》，而妄爲之辨曰：「《燕禮》言若舞則《勺》，《記》言十有三年舞《勺》，成童舞《象》，皆小舞也。朱干玉戚，冕而舞《大武》，則大舞也。《周官》大舞以大司樂掌之，小舞以樂師掌之，然則周之舞，豈不重于《武宿夜》乎？此《勺》、《象》所以不言大，異乎《大武》配六樂而謂之大也。」今按古人舞《勺》舞《象》之意，誠不測其云何？愚意或祇欲其知祖宗之德耳。傳有曰：「舜樂莫盛于《韶》，周樂莫盛于《勺》。」《勺》豈小舞之謂耶？《子貢傳》闕文。

《賚》，武王滅殷，南還于周，遍封諸侯，命之大賚。是爲《大武》之三成。《樂記》所謂三成而南者也。殷在河北，周在河南，既渡河滅殷，至是始南旋也。《序》云：「《賚》，大封于廟也。賚，予也，言所以錫予善人也。」愚按《論語》曰「周有大賚，善人是富」，《序》之所謂「錫予善人」者本此。其實發政施仁，統名大賚。《論語》之意特謂於衆民之中有善人焉，則又別有以加厚之，非謂必待善人方以賚及之也。《書·武成》篇曰：「大賚于四海，而萬姓悅服。」觀其言四海，言萬姓，則周之所謂賚者，其非專指善人可知已。或者又因上文言散鹿臺之財，發鉅橋之粟，以爲此即大賚之事，又非也。散財發粟，不過一時矯革之政，所及幾何？必藉衆諸侯之來旬來宣，而後天子之德澤始遍。是則《賚》之詩所爲作，而《賚》之所繇名也。《序》首以「大封于廟」爲言者，蓋敘述當時告廟封諸侯之後，即以大賚之意告之，乃紀事之辭，全與此詩立言之指無涉。而舊説相沿，皆以封當賚，誤矣。篇中無「武王」字，疑如《左傳》言，此詩乃武王所自作，意即在封建策遣之際乎？皇甫謐云：「武王伐紂之年，夏四月乙卯，祀于周廟。將率之士皆封，諸侯國四百人。」孔穎達云：「《樂記》説：『武王克殷，未及下車而封薊、祝、陳，下車而封杞、宋。』《左傳》曰：『武王克商，光有天下，其兄弟之國者十五人，姬姓之國者四十人。』古文《尚書·武成》篇説：『武王克殷而反，祀於周廟，列爵惟五，分土惟三。』皆是武王大封之事也。」《荀子》則云：「周公立七十一國，姬姓獨居五十三人，周之子孫苟不狂惑者，莫不爲天下之顯諸侯。」

文王既勤叶支韻，渠覊翻。**止，我應受之。**支韻。**敷**《左傳》作「鋪」。**時繹思，**支韻。**我徂維**《左傳》作「惟」。**求定。時**豐氏本作「旹」。**周之命，於**音烏。**繹思。**見上。○賦也。勤，《爾雅》、《説文》皆云：「勞也。」止，通作只。《説文》云：「已辭也。」文王陳錫哉周，乃既勤之實。當日自朝至昃，食之不遑，遹求厥寧，心之無逸，其勤可知。《左》宣十一年，晋郤成子求成于衆狄。衆狄疾赤狄之役，遂服于晋。是行也，諸大夫欲召狄。郤成子曰：「吾聞之：非德莫如勤，非勤何以求人？能勤有繼，其從之也。《詩》曰：『文王既勤止。』文王猶勤，況寡德乎？」我，武王自我也。應，《爾雅》、《説文》皆云：「當也。」受之，受天命也。蘇轍云：「文王之勤勞天下至矣，其子孫應受而有之。」孔云：「我當受之，謂受其位爲天子也。」愚按首章言「允文文王，克開厥後」，次章言「我龍受之」，至此復合言之，所以歸受命之自于文王，而不敢自以爲功也。「敷時」以下，勑勉諸侯就國之辭，欲其皆師文王也。敷，《説文》云：「施也。」孔云：「敷者，分散之言。」杜預云：「布政陳教也。」時、繹二字連文。繹，《説文》以爲抽絲也，聯續不絶之義。時繹者，民遭紂虐久矣，今新政更始，當以布德施仁爲先。又當時時聯續之，勿以一敷而遽止，是所謂大賚也。思，杜預、蘇轍皆云：「辭也。」愚按此與風之「不可求思」、雅之「式燕又思」一例，後放此。徂，往。定，安也。俱見《説文》。

我自今日以往，維欲求天下之安定，所以深屬望于諸侯之敷而時繹也。命，即上文敷繹求定之命。曰時周之命者，言是我周新命，非殷之舊政，爾諸侯當時時以此命自爲提撕，不可忘也。既又嘆而勑之，仍於時繹惓惓焉。武王安民之心，與文王之既勤，後先同揆矣。

《賚》，一章六句。蔡邕《獨斷》以爲大封于廟，賜有德之所歌也。徐幹《中論》亦云：「先王將建諸侯而錫爵禄也，必於清廟之中，陳金石之樂，宴賜之禮，宗人擯相，内史作策也。其頌曰：『文王既勤止，我應受之。敷時繹思，我徂維求定。時周之命，於繹思。』繇此觀之，爵禄者，先王之所重也。」朱傳亦以爲頌文、武之功，而言其大封功臣之意，皆爲《序》之首句所誤。無論以肇造區夏爲文王之勤勞既非終身服事之心，而所謂繹思者只是欲群臣知今日大封皆是文、武之恩澤，則淺陋甚矣。陳際泰乃爲之説曰：「文王既勤止，我應受之，似數其祖父之勤勞，以告天下。若曰我當受天命久矣，天下之人，亦可以自靖而相安矣。舜、禹以匹夫受唐、虞之天下，嘿無一言，若以爲固然，而天下亦遂安之。至武周之際，岌岌也，世變也，夫聖人因世變，不得已而爲此。聖人爲之，風俗于是乎遂成，後世循焉，而又爲其每下者。噫！聖人之心戚矣。敷時繹思，可繹而思者何物？大封同姓，大封異姓。神明之後，或在畎畝，夏、商未有三恪之備也，至周亦求諸民間，而祚之以土。夫以文之勤而及諸人，❶人人得以自利，欲人繹思，而不明告其所以，若曰我周無所私利如此，是亦足以答天下矣。此正所謂慰安天下之人之心，以求天下之安定。而又恐天下之不吾以也，

❶「勤」，原作「勒」，據《四庫全書》本改。

復曰時周之命不可不繹思也。使商不亡，周不興，彼南面而稱寡者，不幾以寠人子終？是可不深思，以無忘其勤勞也哉？噫！其意抑何含蓄而不露也。蓋其事難言之，姑微示其意焉耳。」愚按此近于以市心窺聖人者。子瞻持論往往若此，政恐武周聞之，必大捧腹。《申培説》沿襲舊義，既以爲武王大封于廟之詩，而又以爲《大武》之二成。夫武再成而滅商，大封于廟于滅商何預？且《左傳》明以此爲武之三章，又何以稱焉？《子貢傳》闕文。

《般》，述武王巡守之事，爲《大武》之四成，出《申培説》。**所謂南國是疆者也。**商在河北，周在河南。曰南國是疆者，言自南國之周，而疆理及于天下也。按《竹書》，武王嗣位之十五年，初狩方岳，誥于沬邑，即滅殷之四年也，《武》樂于四成之時，舞以象之。其詩篇名《般》者，曹氏引《説文》云：「般，旋也。象舟之旋，从舟从殳。殳，所以旋也。巡守而遍乎四嶽，所謂盤旋也。」郝敬云：「嫛婗勃窣，行路之貌。天子巡守，按節徐行，故謂之般。」

於音烏。**皇時**《白虎通》作「明」。**周，陟其高山，嶞**陸德明本作「墮」。**山喬嶽，**豐氏本作「岳」。**允猶翕河。敷天之下，裒時**豐本作「旹」，下同。**之對，時周之命。**通篇俱無韻。齊、魯、韓三家詩篇末有「於繹思」句，崔靈恩《集注》同。○賦也。於，嘆聲。皇，君也。於皇時周，歎言君天下者，此時之周天子也。陟，《説文》云：「登也。」陟其高山，燔柴以祭天也。《郊特牲》云：「天子適四方，先柴。」《禮器》云：「因名山升中于天。」陳澔云：「中者，平也。巡守而祭方岳之下，必因此有名之大山，升進此方諸侯治功平成之事，以告于天也。」愚按此高山，即下文所云喬嶽。觀《舜典》篇，紀舜東巡狩，至于岱宗，而即繼之以柴望，則其于岱宗之上行禮可知已。「墮山」二句，望秩以祀山川也。《爾雅》云：「巒山曰墮。」《説文》云：「山之墮墮者。」郭璞云：「山狹而長也。」按《月令》疏云：「似方非方，似圓非圓。」是也。《祭法》謂山林川谷丘陵，能出雲雨，見怪物者，皆曰神。《公羊傳》謂山川有能潤于百里者，天子秩而祭之，此望祀之所以及于墮山也。喬，通作嶠。《説文》云：「山鋭而高也。」嶽，五嶽也，詳見《崧高》篇。《白虎通》云：「嶽之爲言埆也，埆功德也。」按喬嶽與高山，文異而實則一，尊之爲嶽，所以别異于諸山也。允，信。猶，似。翕，合也。墮山與喬嶽並祭，信乎其似諸川之合流于河者，亦並河而望祭之也。《書》傳云：「五嶽視三公，四瀆視諸侯，其餘山川視伯，小者視子男。」劉向《説苑》云：「五岳者何謂也？泰山，東岳也；霍山，南岳也；華山，西岳也；常山，北岳也；嵩高山，中岳也。五嶽何以視三公？能大布雲雨焉，能大斂雲雨焉。雲觸石而出，膚寸而合，不崇朝而雨天下，施德博大，故視三公也。四瀆者何謂也？江、淮、河、濟也。四瀆何以視諸侯？能蕩滌垢濁焉，能通百川於海焉，能出雲雨千里焉，爲施甚大，故視諸侯也。山川何以視子男也？能出物焉，能潤澤物焉。能生雲雨，爲恩多，然品類以百數，故視子男也。」此詩言武王先于喬嶽之上祭天，又旁及諸山川，皆在喬嶽之上，望而祭之，無所不徧，蓋天子省方告祭，所以承天命而答人心，禮當如此。而《白虎通》乃云：「陟其高山，言周太平，封太山也。」或又以此詩爲頌成王而作，而引《管子》言「周成王封泰山，禪社首」爲據。然經傳無文，孔子不道，殆不足信。《文中子》曰：「封禪，非古也，其秦、漢之侈心乎？」斯論正矣。「敷天」以下，則《孟子》所謂巡所守者也。敷，即「敷時繹思」之敷。曰天之下者，總四方而言。裒，《爾雅》訓衆多，又訓聚也。按《説文》有褎字，無裒字。衣之博裾者名褎，故顔師古訓褎衣爲褎大之衣，以其廣大有餘裕，所以《爾雅》轉訓衆多，又轉訓爲聚。然則裒字乃褎字之訛也，褎又對貶之稱，因褎有饒益之義，貶乃損乏之名，故獎人名褎，謫人名貶。若此詩之意，正主褎獎諸侯而言。對者，應答之義，言能與上命相應也。時周之命，解與《賚》同，亦丁寧之語。武王巡行方岳，當祭告之時，其方之諸侯畢至，武王欲使仁政之施徧于天下，無處不然，于是褎獎其一時之能奉宣德意以應上命者，爲諸侯勸，如《王制》所謂「有功德于民者加地進律」是也，且囑之曰：「自今以往，爾其時時念我周向者敷時繹思、徂維求定之命，毋或忘也。」言褎而不及貶者，一王更始，憲度惟新，有土之君，固宜人懷警省，未敢越軼，《時邁》篇所謂「薄言震之，莫不震疊」者，其謂是與？篇中曰「敷天之下」，曰「時周之命」，皆承上章《賚》之語。曰「墮山喬嶽，允猶翕河」，又起下章「及河喬嶽」之語。然則次此詩爲《大武》之四成，或不誣矣。

《般》，一章七句。朱子云：「《般》義未詳。」《序》云：「巡守而祀四嶽河海也。」蔡邕《獨斷》同。孔穎達云：「岳實有五而稱四者，天子巡守遠適四方，至於其方之岳，有此祭禮，於中岳無事，故《序》不言焉。經無海而《序》言海者，海是衆川所歸，經雖不説，祭之可知，故《序》特言之。」愚按祭祀特巡守中之首事，諸侯各朝于方岳，尚有考制度、明黜陟等事，則篇中後三句是也。《記》所謂「南國是疆」者指此，而《序》不之及，何也？若《般》之名，不離般旋者近是。鄭玄注云：「《般》，樂也。」固甚謬。而崔靈恩《集注》乃用此注句爲《序》文，誤矣。《子貢傳》闕文。又鄒忠胤云：「《史記》武王憂天保之未定，謂周公曰：『自雒汭延于伊汭，居易無固，其有夏之居。我南望三塗，北望嶽鄙，顧瞻有河，粤瞻伊、雒，毋遠天室。』將營周居于雒邑。夫三塗嶽鄙之望，高山是陟矣。有河伊雒之瞻，翕河是繇矣。雒居中土，可以隆上都而觀萬國，爲朝覲者所走集，故是冬遂遷鼎焉。」按驟觀此論，亦似近于《樂記》所云「南國是疆」者，及細味詩中語意，原與前後章相爲關合，此畢竟不類，故不敢從。

《時邁》，一名《肆夏》，爲《大武》之五成，巡行方岳後，分周公左、召公右之事也。孔穎達云：「宣十二年《左傳》云：『昔武王克商，作頌曰：載戢干戈。』明此篇武王事也。《國語》稱周文公之頌曰：『載戢干戈。』明此詩周公作也。」劉勰云：「《時邁》一篇，周公所製，哲人之頌，規式存焉。」按所以知爲《大武》之五成者，以《般》篇有「墮山喬嶽，允猶翕河」之語，而此詩亦言「懷柔百神，及河喬嶽」，明是次《般》之後而申言之。所云「式序在位」，則正指分陝事也。《白虎通》云：「《春秋公羊傳》曰：『自陝已東，周公主之。自陝已西，召公主之。』不分南北何？東方被聖人化日少，西方被聖人化日久，故分東西，使聖人主其難者，賢者主其易者，乃俱致太平也。」《時邁》，亦名《肆夏》。按《周禮·鍾師》凡樂事，以鍾鼓奏九夏：《王夏》、《肆夏》、《昭夏》、《納夏》、《章夏》、《齊夏》、《族夏》、《祴夏》、《驁夏》。夏之爲言大也。蓋歌之大者，杜子春曰：「王出入，奏《王夏》；尸出入，奏《肆夏》；牲出入，奏《昭夏》；四方賓來，奏《納夏》；臣有功，奏《章夏》；夫人祭，奏《齊夏》；族人侍，奏《族夏》；客醉而出，奏《祴夏》；公出入，奏《驁夏》。」鄭司農謂九夏皆篇名，頌之類也，載在樂章，樂崩，亦從而亡，是以頌不能具。《左》襄四年，穆叔如晉，晉侯享之，金奏《肆夏》之三，不拜。工歌《文王》之三，又不拜。韓獻子使行人子員問之，對曰：「三夏，天子所以享元侯也，使臣弗敢與聞。

《文王》，兩君相見之樂也，臣不敢及。」《魯語》亦載叔孫穆子聘于晉，晉悼公饗之，樂及《鹿鳴》之三，而後拜樂三。晉侯使行人問焉，對曰：「夫先樂金奏《肆夏》、《繁》、《遏》、《渠》，天子所以享元侯也。夫歌《文王》、《大明》、《緜》，則兩君相見之樂也，皆非使臣之所敢聞也。臣以爲肆業及之，故不敢拜。今伶簫詠歌及《鹿鳴》之三，君之所以況使臣，臣敢不拜？」杜預、韋昭皆謂《肆夏》一名《樊》，樊即繁也；《韶夏》一名《遏》，《韶夏》即《昭夏》也；《納夏》一名《渠》。擊鍾而奏此三夏曲。呂叔玉則云：「《肆夏》、《繁》、《遏》、《渠》，皆周頌也。《肆夏》，《時邁》也；《繁遏》，《執競》也；《渠》，《思文》也。」杜、韋之説三夏，蓋牽于《周禮》九夏序次，而呂之説三詩，又惑于毛傳篇次，意謂《文王》之三，《鹿鳴》之三，傳既明指爲《文王》、《大明》、《緜》及《鹿鳴》、《四牡》、《皇皇者華》，則《肆夏》之三，必爲《時邁》、《執競》、《思文》矣。劉公瑾駁之云：「《時邁》、《思文》皆周公所作，而《周禮》九夏，亦制作于周公，固可以《時邁》爲《肆夏》，《思文》爲《納夏》矣。至于《執競》，則昭王以後之詩，而乃以爲《韶夏》，《左傳》、《國語》之注，恐難盡信。」乃愚所尤疑者，繁、遏二字，杜、韋既分爲二，叔玉乃合爲一，殊不可曉。再四尋繹，始恍然悟《國語》句讀誤也。夫先樂金奏《肆夏》、《繁》、《遏》，九字當自爲絶句。《肆夏》也，《繁》也，《遏》也，正《左傳》所謂「金奏《肆夏》之三」者。以詩語求之，《時邁》之詩曰「肆于時夏」，則《肆夏》也。《雝》之詩曰「介以繁祉」，疑即《繁》也。《武》之詩曰「勝殷遏劉」，疑即《遏》也。渠字帶下讀，古以爲呼彼之稱，杜詩「只有不關渠」是也。言此《肆夏》、《繁》、《遏》三詩，渠乃天子所用，以享元侯者，豈使臣所敢聞乎？與下文「則兩君相見之樂」「則」字對看。更以詩意求之，《時邁》言「莫不震疊」，「式序在位」，《雝》言「相維辟公」，「相予肆祀」，俱指諸侯而言；而《武》則追述其「勝殷遏劉」，以有天下，而爲共主，故宜皆爲享元侯所用。若合之《周禮》九夏序次，則《肆夏》之後，《繁》當爲《韶夏》，《遏》當爲《納夏》。《時邁》言「昊天其子」，「懷柔百神，及河喬嶽」，乃柴望祭告之事，故于尸出入奏之也。《繁》言於薦廣牡乃用大牲之事，故于牲出入奏之也。《遏》言「勝殷遏劉，耆定爾功」，則我周得統受命之事，故于四方賓來奏之，亦與享元侯同意者也。是則子春之説，不爲無據，而於《左》、《國》二書，俱可以渙然矣。若夫三夏之外，愚疑《王夏》即「文王在上」之詩，以皆陳戒修德之言，故于王出入奏之。而傳稱兩君相見亦用此樂，則意者金奏與工歌異耳。《章夏》即《棫樸》之詩，其四章曰「倬彼雲漢，爲章于天」，以其紀六師伐崇之事，故于臣有功奏之。《齊夏》即《思齊》之詩，以文王聖德，繇于母教，太任太姒，兩世踵美，故于夫人祭奏之。《族夏》，鄒忠胤以爲《行葦》之詩，其首章曰「戚戚兄弟，莫遠具爾」，是族燕也，故于族人侍奏之。《祴夏》，《周禮》所謂祴樂。《笙師》職云：「春牘應雅，以教祴樂。」意即《楚茨》之詩。按《説文》訓祴字云：「宗廟奏祴樂，故字从示。」是則《祴夏》本宗廟所用，《楚茨》之詩，祭宗廟之詩也。《祴夏》又名《陔夏》，徐鍇謂擊鼓爲登階之節。而鄭玄則謂《陔》之言戒也，蓋以陔、祴通用，而祴偏旁作戒，故即以戒爲義。《楚茨》之五章曰「禮儀既備，鍾鼓既戒」，是即其所以名祴者，而又曰：「神具醉止，皇尸載起。鼓鍾送尸，神保聿歸。諸宰君婦，廢徹不遲。」夫神以既醉而言歸，則賓醉之當出可知矣。故於客醉而出奏之，以神道尊人，致敬之至。《儀禮》鄉射，賓興，樂正命奏《陔》；燕禮、大射禮，賓降俱奏《陔》，即其事也。《驁夏》即《桑扈》之詩，其四章曰「彼交匪敖，萬福來求」，古文敖、驁字皆通作傲。《禮記》「敖不可長」，「毋憮毋敖」，《莊子》「惠以歡爲驁」，《前漢書·竇嬰傳》「諸公稍自引而怠驁」，皆傲字也。此詩咏饗諸侯，故于公出入時奏之。公者，諸侯之稱。又《儀禮・大射》公入奏《驁》，則意亦取無憮無敖之義耳。然則九夏之篇，犁然具在，劉敞、鄭樵謂九夏有聲無辭，既屬臆説。唐皮日休作《補九夏歌》，義殊淺陋，不作可也。又《周禮・樂師》教樂儀，行以《肆夏》，趨以《采薺》，車亦如之。按《肆夏》既爲金奏，則《采薺》當亦是金奏，疑即《祴夏》也。《祴夏》乃《楚茨》之詩，在鄭玄時本尚作《楚薺》，國風《墻有茨》，《説文》亦作墻有薺，可知古文茨、薺通用，而言抽其棘，亦采之義。行以《肆夏》，取其言柴望祭告之事，趨以《采薺》，取其言祭宗廟之事。古人心存恭敬，一行一趨，欲其如承大祭云爾。乃《儀禮・大射》，公即席，奏《肆夏》。《燕禮》，賓及庭，奏《肆夏》。《郊特牲》記曰：「賓入大門而奏《肆夏》，示易以敬也。」其義不知何所取之，意者欲四方之諸侯皆震疊于王靈與？《郊特牲》又云：「大夫之奏《肆夏》，自趙文子始也。」則越禮無章，猶之魯三家以《雍》徹而已。

時邁其邦，昊天其子之，實右序有周。薄言震《後漢書》作「振」。**之，莫不震疊。**《爾雅》作「慴」。**懷柔**陸德明本作「濡」。**百神，及河喬**《淮南子》作「嶠」。**嶽，**陸本作「岳」。**允王維后。**賦也。

時邁其邦，即「於皇時周」篇事也。邁，《説文》云：「遠行也。」錢天錫云：「應天時行，故曰時邁。」邦，朱子云：「諸侯之國也。」萬尚烈云：「古之得天下者，必告於名山大川，禮也。舜受堯之天下，望於山川，徧於群神，蓋受命之始，不得不爾。故武王革命之始，凱歌方終，天下初定，遂有方岳之行，告以革命之事。」時邁其邦，言以此時而往諸侯之邦，乃時之不得不然也。非周十二年王巡守殷之常制也。「昊天其子之」二句，贊辭也。吕祖謙云：「人之宗子，主一家者也。天之子，主天下者也。」嚴粲云：「有天下曰天子。子之，謂使之爲王也。」右，鄭玄云：「助也。」序，鄭云：「次序也。」曹氏云：「帝王之傳序也。」錢氏云：「謂以周繼夏、商也。」季本云：「實右序有周，猶曰曆數在爾躬也。蓋天命所右，次序及之之意。」言天以武王爲子，實扶助之，使膺曆數，而爲人神主。下文「震疊」、「懷柔」，正其實也。薄，發語辭。震，《易》及《爾雅》皆以爲動也。錢云：「震之，只是朝會舉而示以更始之意，如頒正朔，一律度，修五禮，如五器是也。」按《王制》云：「天子五年一巡守。柴而望，祀山川。覲諸侯，問百年者就見之。命太師陳詩，以觀民風。命市納賈，以觀民所好惡。命典禮，考時月，定日，同律、禮樂、制度、衣服，正之。山川神祇，有不舉者爲不敬，君削以地。宗廟有不順者爲不孝，君絀以爵。變禮易樂者爲不從，君流。革制度衣服者爲畔，君討。有功德于民者，加地進律。」莫通作無，音之轉也。疊，毛傳云：「懼也。」按疊字本作曡，从三日从宜。楊雄説：「古理官决罪，三日得其宜，乃行之。王莽嫌三日太盛，改爲三田。」今訓爲懼者，以罪既定，則將施刑，故有恐懼之義。或通作慴，《爾雅》、《説文》皆云：「懼也。」「莫不震疊」者，言有邦諸侯，莫不因王之震動，而各懷恐懼也。《後漢書》李固云：「夫表曲者景必邪，源清者流必潔，猶叩樹本，百枝皆動也。《周頌》曰：『薄言振之，莫不震疊。』此言動之於内，而應於外者也。」懷者，招來使就己之義。柔者，和順不相怫之義。曹云：「《祭法》曰：『山林川谷丘陵，能出雲雨，見怪物，皆曰神。有天下者祭百神，諸侯在其地則祭之。』溥天之下，莫非王土，故巡守所至者，神皆祭焉。」楊氏云：「所謂懷柔百神者，言合祭四方山川之神，故云百神，非必兼上下之神也。」愚按《般》詩所云墮山之附于喬嶽者，川之翕于河者，皆百神也。河、喬嶽，解見《般》篇。河，水之大者；喬嶽，山之高者，皆望而祭之。胡氏云：「望祭各設于巡狩之方，具位，茅以辨之，而植表于中。《周禮》所謂『旁招以茅』，《晉語》所謂『置茅蕝，設表望』是也。」錢云：「河無汎濫，岳無騫崩，便是懷柔處。河嶽感格，百神可知。」《淮南子》云：「聖人者，懷天心，聲然能動化天下者也。故精神感于内，形氣動于天，則景星見，黃龍下，祥鳳至，醴泉出，嘉穀生，河不滿溢，海不溶波。❶故《詩》云：『懷柔百神，及河嶠嶽。』」《荀子》云：「天能生物，不能辨物也。地能載人，不能治人也。宇中萬物生人之屬，待聖人然後分也。《詩》曰：『懷柔百神，及河嶠嶽。』此之謂也。」蔡汝楠云：「諸侯所懷也，而曰震疊，仁義之盡也。百神所欽也，而曰懷柔，和敬相生也。」愚按「薄言震之，莫不震疊」，正承《般》篇「敷天之下」三句而言。「懷柔百神，及河嶠嶽」，正承《般》篇「陟其高山」三句而言，人神受職，而時巡之事終矣。允王維后，亦贊辭也。諸侯服之，鬼神享之，信哉王者之爲天下君，皆本于天心右序之而然也。對天言則爲子，對神人言則爲后，以位言則爲王。

明昭有周，式序在位。載戢干戈，載櫜弓矢。我求懿德，肆于《鹽鐵論》作「於」。**時夏，允王保之。**賦也。昭者，光明著見之意。明昭有周，言天表揚我周，宜爲共主，如《書·武成》篇所云「昭我周王，天休震動」者，上文人神受職，則其事也。式，發語聲。武王身任曆數之重，以天下不能獨理，巡行既畢，乃次序諸侯之在位者，立周、召爲東西二伯，使之分陝而治。其餘五等諸侯，各依其方而聽命焉。《樂記》言《大武》之樂五成而分，周公左，召公右，正是《詩》之所爲作。然但言「式序在位」而已，畧不及分陝之文者，以是詩作于周公，嫌自誇張，故渾之也。舊説謂「式序」指慶讓黜陟言，理亦可通。但上章云「薄言震之，莫不震疊」，則此等事已包其内，不應複説。鄭箋以爲用俊乂次第處位，《韓詩外傳》有數條引此，其意亦同，以

❶「溶」，《四庫全書》本作「揚」。

非作詩之意，今皆不取。「載戢干戈」以下，言偃武修文之事。武王所以式序在位者，其注念全在于此。載之言則也。戢，《説文》云：「藏兵也。」干戈，解見《公劉》篇。櫜，毛云：「韜也。」詳見《彤弓》篇。陳祥道云：「韔弢韣櫜鞬，皆弓衣也，亦曰弓室，以皮爲之。」按櫜爲弓衣，而下文以矢並言者，《樂記》言包干戈以虎皮，名曰建櫜。❶則櫜之爲用，不獨施于弓可知矣。弓矢，字皆象形。《史記》云：「揮作弓。」陳云：「弓以木爲身，以角爲面，筋所以爲深，絲所以爲固。」《説文》云：「古者夷牟初作矢。」劉熙云：「矢，指也。有所指而迅疾也。」班固云：「出軍行師，把旄仗鉞，誓士衆，抗威武，所以征畔逆、止暴亂也。《詩》云：『有虔秉鉞，如火烈烈。』又曰：『載戢干戈，載櫜弓矢。』動静應誼，説以犯難，民忘其死。」我，代爲武王自我也。求者，講求之義。懿，《爾雅》、《説文》皆云：「美也。」美德，即文德，凡可以綏太平者皆是。李氏云：「文猶膏粱，武猶藥石。藥石可以治病，而不可以養生，武王取天下矣，必求文德而施之也。」肆，《説文》云：「極陳也。」時，通作是。鄭云：「樂歌大者稱夏。」肆于時夏，言以武王偃武修文之意，陳于是夏而歌之也。保之，以保在位言。文德誕敷，兵端不起，則凡列爵分土者，可永無變置之虞，故曰：「信哉王者之能保此有位也！」言此，以起《桓》篇「保有厥士」之意。《吕氏春秋》云：「武王以武得之，以文持之，倒戈弛弓，示天下不用兵，所以守之也。」《鹽鐵論》云：「兵者，凶器也。甲堅兵利，爲天下殃。以母制子，故能久長。聖人法之，厭而不揚。《詩》云：『載戢干戈，載櫜弓矢。我求懿德，肆於時夏。』」《周語》穆王將征犬戎，祭公謀父諫曰：「不可。先

❶「建」，《四庫全書》本作「鞬」。

王耀德不觀兵。夫兵戢而時動，動則威，觀則玩，玩則無震。是故周文公之頌曰：『載戢干戈，載櫜弓矢。我求懿德，肆于時夏，允王保之。』先王之於民也，茂正其德而厚其性，阜其財求而利其器用，明利害之鄉，以文修之，使務利而避害，懷德而畏威，故能保世以滋大。」

《時邁》二章，一章八句，一章七句。 舊作一章十五句。○《序》及蔡邕《獨斷》皆云：「巡守告祭柴望也。」朱子以爲巡守而朝會祭告之樂歌。今按《詩》不專述祭告，兼朝會言之是已。然此詩實不爲巡守發，因巡守事畢後式序在位也。先舉朝會祭告等事者，蒙《般》篇之文耳。《申培説》同朱傳，且亦知爲《大武》之樂，而但以爲三成之歌。夫《記》言三成而南也，與是詩之義何涉乎？《子貢傳》闕文。

《桓》，武志也。 出《序》。**是爲《大武》之六成，**《申培説》同。**復綴以崇天子之所歌也。武亂，皆坐周、召之治也。** 出《樂記》。○郝敬云：「言其志在安民、保士、定家，非利天下也，故曰武志。」黄佐云：「周公作《大武》，以象武王之功，不盛陳其殺伐之功，而獨敘其用賢圖治之事，若不稱其名者何哉？曰：此聖人之所謂武也。噫！武一也，而古今異焉，此擇術者之所當知也。」按此詩當次在《時邁》之後，是謂《大武》之六成。其曰「保有厥士，于以四方」，即《時邁》所云「式序在位」者。復綴以崇天子，則其舞之容也。綴者，連絡之義。鄭玄以爲酇也。孔穎達謂：「酇者，酇聚也。舞人行位之處，立表酇以識之也。」陳暘謂：「位則酇也，所以爲綴。列則佾也，所以爲行。」先是舞者在南頭第一位，所謂綴也。已而北出，則已離乎綴，又繼而滅商，又繼而南，又繼而南國是疆，又繼而分，周公左，召公右，皆未復乎綴也。及夫六成而舞事將終矣，然後復其本位，《樂記》所謂「復亂以飭歸」是也。樂卒曰亂，故曰復亂也。其所謂「崇天子」者何也，則武亂皆坐是也。《樂記》賓牟賈侍坐於孔子，孔子與之坐。及樂，曰：「夫《武》之備戒之已久，何也？」對曰：「病不得其衆也。」「咏歎之，淫佚之，何也？」對曰：「恐不逮事也。」「發揚蹈厲之已蚤，何也？」對曰：「及時事也。」「武坐致右憲左，何也？」對曰：「非武坐也。」子曰：「惟丘之聞諸萇弘，亦若吾子之言是也！夫樂者，象成者也。總干而山立，武王之事也。發揚蹈厲，太公之志也。武亂皆坐，周、召之治也。」按坐者，跪也。致，謂至也。憲，通作軒，謂起也。致右憲左者，王肅謂右膝至地，左膝去地也。若夫皆坐，則是俱跪也。致右憲左，似將復起而有所事者然，故曰非《大武》之坐也。武王一怒而安天下之民，固將與天下相安于無事矣。而致右憲左，何爲乎？然則所謂武坐者何也？曰：武亂皆坐，是武坐也。舞者既象周、召之分陝，以分左右矣，既乃復綴而俱跪，不復如向之迴移轉動者，所以致敬乎天子，亦偃武脩文之意也。唐孔氏謂以文止武，象周、召之治是也。詳見《武》篇小引下。《左》宣十二年，楚師敗晉師于邲。潘黨曰：「臣聞克敵必示子孫，以無忘武功。」楚子曰：「非爾所知也。夫文，止戈爲武。武王克商，作頌曰：『載戢干戈，載櫜弓矢。我求懿德，肆于時夏，允王保之。』又作《武》，其卒章曰：『耆定爾功。』其三曰：『鋪時繹思，我徂維求定。』其六曰：『綏萬邦，屢豐年。』夫武，禁暴、戢兵、保大、定功、安民、和衆、豐財者也。故使子孫無忘其章。今我使二國暴骨，暴矣；觀兵以威諸侯，兵不戢矣。暴而不戢，安能保大？猶有晉在，焉得定功？所違民欲猶多，民何安焉？無德而彊爭諸侯，何以和衆？利人之幾，而安人之亂，以爲己榮，何以豐財？武有七德，我無一焉，何以示子孫？」今按楚子所引四詩，雖篇名錯襍，然皆以爲《武》之樂章，則愚所定六詩皆《大武》，或亦不安。

綏萬邦，婁毛、鄭、嚴本皆此字，音屢，《左傳》作「屢」，今諸本俱從之。**豐年。天命匪解，**音懈。**桓桓武王。**陽韻。**保有厥士，于以四方，**陽韻。**克定厥家。於**音烏。**昭于天，**先韻。**皇以間**叶先韻，居賢翻。**之。**賦也。綏，《爾雅》云：「安也。」按綏本車中靶之名，人升車所以安者，故謂之安也。萬邦，諸侯之國也。此克商以後事，萬邦之安，實繇懿德之求。婁，《説文》云：「數也。」豐年，大有之年也。解見「多黍多稌」篇。《左》僖十九年，衛大旱，甯莊子曰：「昔周饑，克殷而年豐。」《竹書》紀武王克商之明年，其秋大有年。舊説皆引《老子》，言大軍之後，必有凶年，謂武王誅無道以安天下，故能召天地至和之氣，而獲豐年之報。此於理誠有之，然此屢豐，乃在周、召分陜之後，《詩》特以此表天眷周之篤，非就克商時言也。天命，謂天眷也。匪，通作非。解，通作懈。《説文》云：「怠也。」天命之於周，久而不倦，於屢豐年見之，「桓桓」以下則著天命所繇，此詩家倒插體也。桓桓，《爾雅》云：「威也。」《書》「勗哉夫子，尚桓桓」，義與此同。按桓本亭郵表之名，以其傑搆竦峙，足以聳人觀望，故以狀威武之貌。謚法：辟土服遠曰桓，亦取此也。保，承《時邁》篇「允王保之」而言，能保而後能有之也。厥士，謂昔與武王共定天下者，凡分封爲諸侯者皆是，《書・康王之誥》篇曰「則亦有熊羆之士，不二心之臣」是也。此不專指周、召言，周、召爲東西二伯，乃其統領之人耳。按《時邁》篇言「載戢載櫜，以求懿德」，則兵革不試，帶礪晏如，故能保有厥士。《左傳》云：「能左右之曰以。」「于以四方」者，猶言使之宰制運量乎四方也。按《書・武成》篇，言列爵惟五，分土惟三，建官惟賢，位事惟能，此皆可以厥士稱。然建官位事，乃王朝之職，此舉于以四方爲言，其爲特指列爵分土者可知矣。克，能也。「克定厥家」者，朱善云：「天子以天下爲家者也，必四方安定，而後克定乎厥家也。」夫武王之得天下，雖以桓桓，而其究也能保有厥士，以綏萬邦。如此，此天命之所以不解，而有屢豐年之應也。於昭于天，指文王也。皇，指武王也。間，《韻會》云：「厠也。」猶言襍厠于其間也。文王在上，於昭于天，今武王能定文王之功，其靈爽在天，亦與文王相爲間襍也。因《武》樂告終，而極致其頌美之意，《樂記》所謂「樂終而德尊」也。首章曰「允文文王，克開厥後」，此曰「於昭于天」；首章曰「於皇武王，無競維烈」，❶此曰「皇以間之」，蓋相爲首尾之辭。

《桓》，一章九句。《序》以《桓》爲武志，而先之云：「講武類禡也。」蔡邕《獨斷》因之，亦云：「師祭講武類禡之所歌也。」今按《詩》中語意，絶與師祭不類。朱子但以爲頌武王之功，而疑《序》之所謂講武類禡者，或後世取其義而用之於其事，似猶可信。《子貢傳》闕文。又按《左傳》，以《賚》爲《大武》之三章，此詩爲《大武》之六章，深爲得之。賴傳有此條啓其端，遂使《武》樂六成之詩篇復明今日。杜預拘泥毛詩篇次，以此三六之數，爲楚樂歌之次第，誤矣。

《有客》，微子助祭于周，畢事而歸，王使人燕餞之，而作此詩。《詩小序》、蔡邕《獨斷》及朱傳，皆以爲微子來見祖廟之詩。按微子，名啓，紂同母庶兄也。當殷之世，封于微而爵爲子。微蓋殷畿内國

❶「維」，原作「無」，據上文《武》篇改。

名，及武王克商，改封微子于宋，《樂記》所謂「未及下車，而投殷之後于宋」是也。其時武庚尚在，故不得爲殷後。及武庚叛，成王誅之，而湯祀斬矣，於是即微子，始封之宋國，進爵上公，命爲殷後，以主湯祀。《史記・世家》言周公既承王命誅武庚，乃命微子代殷後，奉其先祀，作《微子之命》以申之，是也。黄佐云：「《微子之命》一篇，乃申命之書。凡策命諸侯，必有初封之辭，如《蔡仲之命》，乃命諸王邦之蔡之類，此篇初無此等語也，則《史記》申命之言，信不誣矣。且武王猶封箕子于朝鮮，豈有舍微子不封，待成王而後封乎？」孔穎達云：「《序》言見於祖廟，必是助祭。知非此時召來受命見祖廟者，以經言『亦白其馬』，『敦琢其旅』，是自國而來之辭。若未受命，不得已乘白馬，明是受命而後乃來，與上《有瞽》、《振鷺》或亦一時事也。」《白虎通》云：「『有客有客，亦白其馬』，謂微子朝周也。」《尚書大傳》云：「微子朝周，過殷故墟，見麥秀之蔪蔪兮，禾黍之蠅蠅也。曰：『此故父母之國。』乃爲《麥秀之歌》，歌曰：『麥秀漸兮，禾黍油油。彼狡童兮，不我好仇。』」❶

有客有客，亦白其馬。叶麐韻，滿補翻。**有萋有且，**豐氏本作「苴」。**敦琢其旅。**叶麐韻，讀如縷，隴主翻。○賦也。篇中言有客者，不一而足，有欣然創見之意。客，指微子也。《左傳》云：「宋，先代之後，於周爲客。」朱子云：「以客禮待之，不敢臣也。」《白虎通》云：「王者有不臣者三，二王之後，妻之父母，夷狄也。」重言「有客」者，上「有客」，據下文「亦白其馬」而言，在道時所見也；下「有客」，據下文「有萋」二句而

---

❶ 「不我好仇」，《四庫全書》本作「不與我仇」。

言，陳玉帛時所見也，其實止一人耳。亦，蘇轍云：「仍也。」言仍殷之舊也。「亦白其馬」者，毛傳云：「殷尚白也。」《檀弓》云：「殷人尚白，戎事乘翰。」注云：「以建丑之月爲正，物牙色白。翰，白色馬也。《易》曰：『白馬翰如。』」《明堂位》云：「殷人白馬黑首。」愚按此亦修先王禮物中之一事。李氏云：「殷士裸將常服黼冔。微子助祭，乘其白馬，蓋其一代之所尚，雖已易代矣，而其臣猶服其冠、乘其馬也。」一説，鄭玄云：「亦，亦武庚也。武庚爲二王後，乘殷之馬，乃叛而誅，不肖之甚也。今微子代之，亦乘殷之馬，獨賢而見尊異，故言亦，駁而美之也。」「有萋」二句，微子至周所獻之禮也。上言帛，下言玉。萋，即「萋兮斐兮」之萋，當通作緀。《説文》云：「白文貌。」殷尚白，故所執之帛亦以白，此又「萋」當作「緀」之明據。且，即「籩豆有且」之且。《説文》云：「薦也。字从几，足有二横，一，其下地也。」且乃薦帛之具，薦緀于且，故曰「有萋有且」也。敦，通作琱，訛作雕。孔云：「敦、雕，古今字。」琱、琢，《説文》皆云：「治玉也。」《爾雅》疏以治其璞未成器者爲雕，以治器加工而成之者爲琢。旅，陳也。軍之五百人爲旅，以其陳而成列，故舊説亦訓旅爲陳，「庭實旅百」即此旅也。按《禮器》篇云：「三牲魚腊，四海九州之美味也。籩豆之薦，四時之和氣也。内金，示和也。束帛加璧，尊德也。龜爲前列，先知也。金次之，見情也。丹漆絲纊竹箭，與衆共財也。其餘無常貨，各以其國之所有，則致遠物也。」《郊特牲》篇云：「旅幣無方，所以別土地之宜，而節遠邇之期也。龜爲前列，先知也。以鐘次之，以和居參之也。虎豹之皮，示服猛也。束帛加璧，往德也。」夫《禮器》言諸侯助祭之事，《郊特牲》言諸侯朝享之事，而皆有束帛加璧之禮，則此詩言「有萋有且」之即爲束帛，「追琢其旅」之即爲加璧，明矣。萬時華云：「微子受封于宋，以存先王之祀，殆如虞賓之類。彼視天下非吾家物，而惡得專之？此正堯、舜揖讓公天下之心，在夷、齊兩賢之上，第難向三代以下人説耳。」朱子云：「此一節言其始至也。」

有客宿宿，有客信信。言授之縶，以縶其馬。此章無韻，殊不可曉。○賦也。宿，《説文》云：「止也。」《左傳》云：「再宿爲信。」有客來此已一宿矣，復又一宿，是宿宿。有客宿宿，則已經一信矣，又復經一信，則共爲四宿，是信信也。言者，發語辭。授，《説文》云：「予也。」縶，本作馽。《説文》云：「絆馬足也。」孔云：「至已多日，可以去矣。我周人授之縶絆，以絆其馬，愛而留之，不欲使去也。古之朝聘，留停日數不可得而詳。《易·豐》卦『初九，遇其配主，雖旬無咎』，注謂：『初修禮上朝四，四以匹敵恩厚待之，雖留十日不爲咎。』正以十日者，朝聘之禮，止于主國以爲限。又《聘禮記》云：『既致饔，旬而稍。』于大禮之後，每旬而稍，稍者供其芻秣，亦非一旬即歸。且諸侯朝王，必待助祭，❶祭前齋，齋猶十日，明非一旬而反。不知於信信之後幾日乃可去也。」徐光啓云：「微子尹茲東夏，本不可留，留之，只是愛之無已。」朱子云：「此一節言其將去也。」

薄言追支韻。**之，左右綏**支韻。**之。既**豐本作「無」。**有淫威，降福孔夷。**支韻。○賦也。薄言，發語辭。追，鄭云：「送也。」孔云：「謂已發上道，逐而送之。」左右，鄭云：「左右之臣也。」綏，安也。孔云：「左右之臣，從而安樂之，亦猶顯父餞之，與之歡燕，以安樂其心，是厚之無已。」愚按追綏總是一事，微

❶「待」，原作「侍」，據《四庫全書》本改。

子禮畢當去，本不可留，王乃遣左右之臣，尾追其後而餞送之，以盡其禮，非微子不告而去，亦非有去而復還之事也。輔廣云：「萋且敦琢，其始至也。慎重其事如此，非以媚乎周也，誠之至也，所謂在彼無惡也。宿宿信信，不欲其去，去而追之，慇懃之意如此，非以私商也，厚之至也，所謂在此無斁也。」淫之爲義，放也過也，即「淫人懼焉」之淫。威，即「天降威」之威。郝敬云：「淫，凶淫，指紂與武庚也。威，謂誅紂討武庚也。」降，《說文》云：「下也。」劉氏云：「有德而神降之福，故以降福終焉。」夷，《爾雅》、毛傳皆云：「易也。」「降福孔夷」者，鄭云：「神與之福，亦甚易也。」按夷本訓平，惟平則易，故又訓爲易。天道福善禍淫，紂亡未幾，而武庚以淫德繼之，既有誅滅之威及之矣。今日能反武庚之所爲，則變降威爲降福，亦甚易易。蓋勉之也，亦祝之也。《書·微子之命》篇，王若曰：「猷！殷王元子！惟稽古，崇德象賢。統承先王，修其福物。❶作賓于王家，與國咸休，永世無窮。欽哉！往敷乃訓，慎乃服命，率繇典常，以蕃王室。弘乃烈祖，律乃有民，永綏厥位，毗予一人。世世享德，萬邦作式。俾我有周無斁。」凡此，正降福孔夷之實也。郝云：「成王誅武庚，遂命微子後殷，故舉武庚事以諷之。曰威曰福，尋常祭享不及此，辭雖頌客，而亦告于廟，故皆爲頌。」王樵云：「自後世論之，懲管、蔡事，鮮不疑同姓。懲武庚事，少有能善處前代後者。周家則不然，管、蔡敗，而並建親賢，以藩屏周者爲益盛。武庚敗，而建微子于上公，其待遇爲益加，此周德之爲至也。」羅泌云：「武王既勝商殺紂，即武庚而立之，夫弔其民，誅其君，而乃立其子，獨不以其他日之將不利而廢之，此周之至德

❶「福」，《四庫全書》本作「禮」。

也。至於周公，則使管、蔡二叔監商。監之云者，所以制止其沈湎淫奔之俗，而納之道耳。土地人民皆我之有，固非利其國而欲之，如宇文之于蕭氏也。及武庚作難，三監、淮夷並起應之，當此之時，周之事亦洶矣。周公於是征伐，至久而後克之，兹宜深監武庚之事，而乃更立商王之元子啓。夫以微子之賢，吾君之子，而商人父師之，顧乃使之代商後而邦之宋，宋爲故亳，商之舊都，民之被其澤者固未忘也。使微子而非人，少異其志，則全商之地，確非周矣。而成王、周公方且晏然命之統承先王，修其禮物，不少爲疑，而宋之臣人卒以按堵，❶非聖人之盛德，能如是乎？于以是知立國惟在於賢，而不在於疑之多也。秦、漢而下，不原仁義，而徒汲汲以防虞天下爲心，豈不大可塹哉！」

《有客》，一章十二句。《白虎通》云：「《詩》『有客有客，亦白其馬』，謂微子朝周也。」按朝周實爲助祭，《振鷺》之言西雝，《有瞽》之言先祖，皆助祭事也。或謂微子始封，必受命于周之祖廟，于是朝周，謬矣。《申培説》則云：「成王既誅武庚，❷封微子啓于宋，來朝于周，見于祖廟，此其燕樂之歌。」今詳詩中有「薄言追之」之語，則此詩乃微子濱行燕餞時所作，不得以爲燕樂也。《子貢傳》闕文。

《文王》，周公陳文王受命作周，以告成王也。疑即九夏中之《王夏》。《詩本序》云：「文王

❶ 「按」，《四庫全書》本作「安」。

❷ 「誅」，原作「許」，據《四庫全書》本改。

受命作周也。」《吕氏春秋》云：「周文王處岐，諸侯去殷之淫而翼文王。散宜生曰：『殷可伐也。』文王弗許。周公旦乃作詩曰：『文王在上，於昭于天。周雖舊邦，其命維新。』以繩文王之德。」按繩之爲言譽也。《左傳》「蔡侯繩息嬀以語楚子」是也。《世説新語》載荀慈明云：「公旦《文王》之詩，不論堯、舜之德，而頌文、武者，親親之義也。」朱子則以爲周公追述文王之德，明周家所以受命而代商者，皆繇於此，以戒成王。《子貢傳》亦以爲訓成王之詩。《申培説》與朱傳同，而云：「作詩歌奏于清廟受釐陳戒之時。」今按所以知爲戒成王詩者，以篇中有「無念爾祖」之語，若《吕氏春秋》所言文王不許伐殷，正以見其無圖度天命之意，所謂至德，莫著于是。其後周公追感往事，因而作詩耳。荀言公旦作此詩與吕合，然以爲頌文、武，則篇中無及武王之事。申以爲奏于受釐之時，朱子亦有此説。觀篇首「在上」、「於昭」二語，及篇中敘述祼將于京之事，殆若可信。朱又以爲天子諸侯朝會之樂歌，則因《左》、《國》有「兩君相見之樂」一語而臆之耳。嚴粲云：「《序》言受命作周者，推本之辭也。作，造也。造周之王業，猶《康誥》言『肇造區夏』也。天命歸於文王，而文王退然不敢當，故在文王時無受命之説，《泰誓》、《牧誓》猶皆不言文王受命，至大告《武成》乃曰『我文考文王，誕膺天命』，蓋武王既得天下之後，推本言之。凡經中稱文王受命，皆謂天命歸之而已，文王未嘗當而受之也。《中庸》記孔子之言曰：『武王末受命。』武王末年方受命，文王何嘗受命乎？史遷因《詩》、《書》有受命之語，因謂文王受命稱王，而斷虞芮之訟。漢儒又襍以讖緯之説，則亦誣矣。」游氏云：「君臣之分，猶天地尊卑，紂在上而文王稱王，是二天子也。服事殷之道，固如是耶？觀武王於《泰誓》三篇，稱文王爲文考，至《武成》而柴望，然後稱文考爲文王，則可知矣。孰謂至德如文王，一言一動，順帝之則，乃盗虚名而拂天理乎？」歐陽脩云：「文王之甚盛德所以賢于湯武者，事殷之大節爾。而後或誣其與紂並立而稱王，然而學者可以斷然而不惑者，以孔子之言爲信也。孔子曰：『三分天下有其二，以服事殷。』此一言者，揚子所謂衆言淆亂，則折諸聖者也。至于虞芮質成，毛、鄭之説雖疑過實，然考傳及箋，初無改元稱王之事，❶未害文王之爲文王也。惟雅之序言文王受命，毛以爲受天命而王天下，鄭又謂天命之以爲王云者，惑後世之尤甚者也。詩人之意，以爲周自上世以來，積功累仁，至於文王，攻伐諸國，威德並著，周國自此盛大，至武王因之，遂伐紂滅商而有天下。然以聖人爲天所相而興周者，自文王始也。其義如此而已，故《序》但言受命作周，不言受命稱王也。且《詩》述新周之業，歸功於其父，而言國之興也，有命自天。此古今之常理，初無怪妄之説也。《書》曰『天之歷數在爾躬』，又曰『天既訖殷命』，又曰『勦絶天命』之類，其言甚多，蓋古人於興亡之際，必推天以爲言者，尊天命也。如毛、鄭之注文王，則是天諄諄命西伯稱王爾，此所以失詩本義，而使諸家得肆其怪妄也。」胡宏云：「君子小人之不可相處，如水火也，況文王大聖、受辛下愚乎？惟文王致紂敬信，得專征伐，紂雖名爲天子，其實與天下諸侯及萬民均入化育之中矣，此文王受命之實也。先儒不識天道，乃以改元稱王爲受命，陋之甚也。文王得征伐之柄，九年而薨，故《泰誓》曰：『皇天震怒，命我文考，肅將天威。惟九年，大統未集。』既曰『大統未集』，則安有改元稱王之事？先儒不本經文，推原義理，而妄生此論，是以文王爲曹操、司馬懿之流矣。吁！操與懿尚不改元稱帝，而謂文王爲之，甚哉！」朱子云：「文

❶「王」，原作「正」，據《四庫全書》本改。

王之德，上當天心，下爲天下所歸往，三分天下而有其二，則已受命而作周矣。武王繼之，遂有天下，亦率文王之功而已。然漢儒惑於讖緯，始有赤雀丹書之説，又謂文王因此遂稱王而改元，殊不知天之所以爲天者，理而已矣。理之所在，衆人之心而已矣。衆人之心，是非向背若出於一，而無一毫私意襍於其間，則是理之自然。而天之所以爲天者，不外是矣。今天下之心既以文王爲歸矣，則天命將安往哉？《書》所謂天視自我民視，天聽自我民聽，所謂天聰明自我民聰明，天明畏自我民明威，皆謂此爾，豈必赤雀丹書而稱王改元哉？」張子厚云：「文王之於天下都無所與，惟正已而已。後世多疑文王行善，以傾紂之天下，正猶曹丕語禪讓之事曰：『舜、禹之事，吾知之矣。』觀《文王》一篇，便知文王之德性。文王之德業固美，更得詩人能道之。」真德秀云：「《文王》之詩七章，蓋周公親筆，後之王者欲保天命，所宜列之屏幃，書之簡櫝，晝讀而夜思之，則將若上帝之實臨其上，雖欲斯須之自放，有不可得。」愚疑此詩即九夏中之《王夏》，説見《時邁》篇小引下。

文王在上，於音烏。**昭于天。**先韻，亦叶真韻，汀因翻。**周雖舊邦，其命維**《禮記》作「惟」。**新。**真韻，亦叶先韻，蕭前翻。豐氏本作「親」。**有周不顯，帝命不時。**叶尤韻，時流翻。❶亦叶紙韻，上紙翻。**文王陟降，在帝左右。**叶尤韻，夷周翻。亦叶紙韻，羽軌翻。○賦也。「文王在上」二句，爲告王唱首之語，尊瞻之辭也。只以文王之神言，疑于祭祀受釐之後，因而陳戒者。文王，商西伯，名昌。嚴

❶「翻」，原作「韻」，據《四庫全書》本改。

云：「文王未嘗稱王，曰文王者，追稱之也。」董鼎云：「人之死，各返其根。體魄陰也，故降而在下。魂氣陽也，故升而在上。況聖人清明在躬，志氣如神，故其没也，精神在天，與天爲一。」於本烏名，古文烏字。陸佃云：「烏又爲歎辭。隹見虎則鳴，烏見異則噪，故以爲烏虖，歎所異也。」昭，《説文》云：「日明也。」我周一代王業，始自文王，文王往矣，而其神赫然臨之在上，於哉如日之明于天，嗣王所當仰觀而敬念也。錢天錫云：「生前爲德，死後爲神，神之昭，即德之顯處也。德若有愧于天，其神必且磨滅矣。」萬尚烈云：「聖人之學本諸天，儒者本天，自生而死不能與天爲一，非聖人之學也，非儒者也。維天之命，於穆不已。文王之德之純，與天爲一，乃古帝王學脉本自如是，而成王未必知之，故首揭而言之，使之聞之，而知帝王祈天永命求福成孚之道，盡在于此。庶幾日用凛然，一出入，一起居，一食息，斯須頃刻，無敢與天相違也。」自「周雖舊邦」以下，始追述文王之所以造周而受命者，皆繇于德。鄭玄云：「太王聿來胥宇，而國于周。」孔穎達云：「言太王已來居此地，是周雖舊邦也。」命，説見本篇小引下。朱子云：「命如何受于天？只是人與天同。周自后稷以來積仁累義，到此時人心奔趨，自有不容已。」新，《説文》云：「取木也。」字从斤。按新以取木爲義，則是除舊之意，而今皆以爲反舊之名者，蓋除舊則新矣。《大學》引此而足之曰：「是故君子無所不用其極。」夫用其極，乃所以爲新命之本，則止於至善之謂也。止至善，所以自新，即所以新民。無所不者，兼該散見之辭，若下文以仁敬孝慈信釋文王敬止之類。其後孟子對滕文公爲國之問，亦引此詩，且云：「子力行之，亦以新子之國。」然滕豈能師文王者乎？毛傳云：「有周，周也。」孔云：「以『周』文單，故言『有』以助之。《烝民》曰『天監有周』，《時邁》曰『昭明有周』，皆同也。猶《左傳》謂『濟』爲『有濟』也。」不，楊慎、陸深皆讀作丕，謂古通用，當從之。今按《書》言「丕顯哉文王謨」，即此之言不顯也。又言「在讓後人于丕時」，即此之言不時也。丕，《説文》云：「大也。」顯，《説文》云：「頭明飾也。」借用以爲光明之義。帝，朱子云：「上帝也。」程子云：「天以形體言，帝以主宰言。」時者，方應其期之謂。天運肇啓，旺氣大來，所謂丕時也。陟，登。降，下也。俱見《説文》。毛云：「言文王上接天，下接人也。」鄭云：「在，察也。文王能觀知天意，順其所爲，從而行之。」孔云：「文王升則以道接事于天，下則以德接治于人，常觀察天帝之意，隨其左右之宜，順其所察而行之。」愚按《書》曰：「予欲左右有民。」《易》曰：「后以財成天地之道，輔相天地之宜，以左右民。」此云左右，即其義也。《爾雅》云：「左右，導也。」又云：「助也。」《詩》言文王所襲者，雖太王岐封之舊，而天之眷命周家，則始自文王而新，因贊之曰：「有周何其丕顯乎！」以新之象言也。「帝命何其丕時乎！」以新之機言也。又推其故，謂文王何以能致此哉？緜其平日注精凝神，陟觀于天，降觀于民，知天之與民爲一。必察帝則之所在，奉而行之，以左右民。民心既合，天意斯得，命之維新，固其所也。昔孟子之贊文王也，曰「望道而未之見」，在帝之謂也。曰「視民如傷」，左右之謂也。篇中言命而本之德，言德而本之敬，非欲嗣王求之杳冥玄默而已。敬者，敬天也，勤民乃所以敬天也。曰左右，曰陳錫，正文王敬德之實。文惟得民，用能得天，殷以喪師，遂至喪命，此是通篇骨子，故末章結之曰「儀刑文王，萬邦作孚」，亦以爲必孚萬邦之民心，而後可以徵德耳。又程子云：「文王陟降，在帝左右，不識不知，順帝之則，不作聰明，順天理也。」此意甚佳，愚取以爲「在帝」二字訓釋。若《亢倉子》引此詩而釋之云：「文王坐作進退，天必贊之，故紂不能害。」此則是帝在左右，非在帝左右矣。而《墨子》則云：「若鬼神無有，則文王既死，彼豈能在帝之左右哉？此吾所以知周書之鬼也。」舊説多與《墨》同，然於發首二語殊複，故不從。又《左》襄三十年，爲宋災故，諸侯之大夫會，以謀歸宋財。冬，十月，叔孫豹會大夫于澶，既而無歸于宋，故不書其人。君子曰：「信其不可不慎乎！澶淵之會，卿不書，不信也。故曰：『文王陟降，在帝左右。』信之謂也。」此全與詩旨無涉。

亹亹崔靈恩《集注》、豐本俱作「娓娓」。宋氏《國語補音》云：「《説文》無亹字，徐鉉以爲字當从女从尾，改之驚俗。」《墨子》作「穆穆」。**文王，令聞**音問。**不已。**紙韻。**陳錫哉**《左傳》、《國語》、《史記》、陸德明本俱作「載」。**周，侯文王孫子。**紙韻。**文王孫子，本支**《左傳》作「枝」。**百世，**叶寘韻，讀如翅，施智翻。**凡**後魏《禮志》作「惟」。**周之士，**叶寘韻，側吏翻。**不**豐本作「丕」。**顯亦**《左傳》、後魏《禮志》、豐本俱作「奕」。**世。**見上。○賦也。亹亹文王，申上章「陟降」二句言。《爾雅》訓亹爲勉。鄭云：「勉勉乎不倦，文王之勤用明德也。」或謂《説文》無亹字，通作娓，其義訓順，乃順帝則之意。二訓皆通。令聞，善譽也。鄭云：「其善聲聞，日見稱歌，無止時也。」此以文王當日言，《康誥》所謂「庸庸祗祗，威威顯民，我西土惟時怙冒，聞于上帝」者。陳，韋昭云：「布也。」按陳當通作敶。《説文》云：「列也。」因行列爲名，故有敷布之義。錫，通作賜，上予下也。哉，《爾雅》云：「始也。」按哉字从口，而諧𢦏聲。𢦏字从戈，而諧才聲。以始訓哉，當通作才。《尚書》「往哉汝諧」，古文作「往才汝諧」，此見哉、才通也。邢昺云：「《説文》：『才，草木之初也。』聲相近，借哉亦爲才也。」「陳錫哉周」者，王肅云：「文王能布陳大利，以錫予人。」鄭云：「繇能敷恩惠之施，以受命造始周國也。」嚴云：「陳錫，敷施也。推懷保惠鮮之澤也。言亹亹而繼以陳錫，繇精神心術而達於政事設施，同此一誠之運，不誠則不溥也。」《周語》厲王説榮夷公，芮良夫曰：「王室其將卑乎！夫榮公好專利而不知大難。夫利，百物之所生也，天地之所載也，而或專之，其害多矣。天地百物，皆將取焉，胡可專也？所怒甚多，而不備大難，以是教王，王能久乎？夫王人者，將導利而布之上下者也，使神人百物無不得其極，猶日怵惕，懼怨之來。《大雅》曰：『陳錫載周。』是不布利而懼難乎？故能載周，以至于今。今王學專利，其可乎？」《左》宣十五年，晉侯賞桓子狄臣千室，羊舌職説是賞也，曰：「《周書》所謂『庸庸祗祗』者，謂此物也夫？文王所以造周，不是過也。故《詩》曰：『陳錫載周。』能施也。率是道也，其何不濟？」又昭十年，齊欒施、高彊來奔。陳、鮑分其室。晏子謂桓子：「必致諸公。凡有血氣皆有争心，故利不可彊，思義爲愈。義，利之本也。藴利生孽。姑使無藴乎！可以滋長。」桓子盡致諸公，而請老于莒。凡公子、公孫之無禄者，私分之邑；國之貧約孤寡者，私與之粟。曰：「《詩》云：『陳錫載周。』能施也。」愚按上章言「其命維新」，所謂哉周也。侯，毛云：「維也。」《爾雅》亦訓維爲侯，蓋互相訓。侯、維，皆發語辭，《詩》「侯誰在矣」是也。嚴云：「不曰子孫，而曰孫子，謂孫又生子，言其遠也。」愚按此對成王言，故首稱孫，繫子于孫後，則謂成王及其後人耳。以第五章「無念爾祖」句形之可見。侯文王孫子者，言文王造周，維文王之孫子能膺此方新之天命，非他人所能與也。毛云：「本，本宗也。支，支子也。」支依《左傳》通作枝。孔云：「適譬本幹，庶譬其支。」「本支百世」者，嚴云：「其本宗百世爲天子，其支庶百世爲諸侯，盛德必百世祀也。」愚按本、支二字亦當玩，殊本于支，則名分明；以支扶本，則氣勢厚。有本有支，此其所以能百世。《大學》所謂「君子親其親」也，非徒贊其慶澤之長而已。《左傳》：「衛左公子洩、右公子職立公子黔牟，惠公奔齊。莊六年，衛侯入，放公子黔牟于周，殺左公子洩、右公子職，乃即位。君子以二公子之立黔牟爲不度矣。夫能固位者，必度於本末，而後立衷焉。不知其本，不謀。知本之不枝，弗彊。《詩》云：『本枝百世。』」又陸云：「照後命不于常，何能保得百世？只就文王以不已之德，流不已之聞，理當如此耳。隱隱諷王修德。」凡周之士，孔云：「凡於周爲臣之士。以士者，男子成名之大號。下至諸侯，及王朝公卿大夫，總稱亦可以兼士也。凡爲總辭。」不顯亦世，是倒句文法，言周士之子孫世世亦丕顯也。長享禄位，謂之丕顯。孔云：「前本支百世，謂繼世在位，知此亦世世在位也。《王制》言『大夫不世爵』，《公羊傳》曰：『世卿，非禮。』《左氏》説卿大夫得世禄，不得世位，父爲大夫死，子得食其故采，而有賢才則復升父故位。故傳曰：『官有世功，則有官族也。』《白虎通》曰：『諸侯繼世者，南面之君，體陽而行，陽道不絶。大夫人臣，北面體陰而行，陰道有絶故也。』此託之陰陽之義。其實諸侯以大功而封故也，卿大夫本以佐君行令，非賢不可，所以不世也。其得世者，又違常法，以大功而許之耳。」嚴云：「文王惟知錫民，而錫民者，乃所以錫孫子也。不特孫子之盛如此，凡周之士亦世世相傳，與周匹休焉。」

世之不豐本作「丕」。**顯，厥猶**豐本作「猷」。**翼翼。**職韻。**思皇多士，生此王國。**職韻。**王國克生，**庚韻。**維周之楨。**庚韻。**濟**上聲，下同。**濟多士，文王以寧。**叶庚韻，讀如薴，泥耕翻。豐本作「寍」。○賦也。厥，發語辭，解見《生民》篇。猶，鄭云：「謀也。」翼，即羽翼之翼。《書》曰「庶明勵翼」，《左傳》曰「翼戴王室」，皆其義也。言此周士所以能光顯其後人，世世勿絶者，繇其當日所謀，無一不以輔翼文王爲事。《緜》之詩云：「予曰有疏附，予曰有先後，予曰有奔奏，予曰有禦侮。」《周書·君奭》篇云：「惟文王尚克修和我有夏，亦惟有若虢叔，有若閎夭，有若散宜生，有若泰顛，有若南宫括。」又曰：「無能往來，茲迪彝教，文王蔑德降于國人。」《晋語》胥臣云：「文王之即位也，詢于八虞而咨于二虢，度于閎夭而謀于南宫，諏于蔡原而訪于辛尹，重之以周、召、畢、榮。」即此所云「厥猶翼翼」者也。思，發語辭。皇，通作煌，光明之義。徐鍇云：「皇之爲言煌煌然也。」毛傳解「皇皇者華」，亦云：「猶煌煌也。」多士，衆多之士，上章所云「凡周之士」也。王國，我周王之國。文王時尚爲諸侯，而國以王稱者，追尊之辭也。《春秋繁露》云：「周國多賢，至于四産而得八男，❶皆君子俊雄也。此天之所以興周國也。」「王國克生」者，嚴云：「惟周王之國能生此衆士也。生此王國，天生之也。王國克生，文王教化作成之也。」朱善云：「繇天命之保佑，而多士以生。繇聖化之造就，而王國克生。」《史記》云：「文王篤仁，敬老慈少，禮下賢者，日中不暇食以待士，士以此多歸之。伯夷、叔齊在孤竹，聞西伯善養老，往歸之。太顛、閎夭、散宜生、鬻子、辛甲大夫之徒，皆往歸之。」王褒云：「世必有聖智之君，而後有賢明之臣，故虎嘯而風冽，龍興而致雲，蟋蟀俟秋吟，蜉蝣出以陰。《易》曰：『飛龍在天，利見大人。』《詩》曰：『思皇多士，生此王國。』故世平主聖，俊艾將自至。」張耒云：「思皇多士，何也？皇，美且大者也。美且大者，非一二而已故也。夫士之美者，常難致也，而得一二焉，亦足以爲善矣，而況於多士皆美乎？故士之美者可致也，至於多士皆美，所以爲難也。然則文王之能養士作人，以招納天下之俊乂可知矣。雖然，文王豈有他術哉？致禮以來其所已成，勤教以養其所未就而已。敦養老之禮，則太公、伯夷欣然而歸之。天下之賢者，蓋未有不能致者也，此之謂致禮以來其所已成。示之以法

❶「八」，原作「人」，據《四庫全書》本改。

象，如雲漢之文章，以道藝，如金玉之文質，此之謂勤教以養其所未就也。」楨，《爾雅》、毛傳皆云：「榦也。」邢昺云：「築墻所立兩木也，所以當墻兩邊，障土者也。」按楨、榦相似，而實有異。《費誓》「峙乃楨榦」，兩舉之，知其非一物也。《書傳》謂題曰楨，旁曰榦。疏謂楨當墻兩端者，榦在墻兩邊者，其説確矣。楨、榦皆四旁障土之具，以國楨目多士，亦取輔翼之義。濟之爲言齊也。曰濟濟者，班列整齊之貌。寧，通作寍。《説文》云：「安也。」嚴云：「墻恃榦而立，國恃人而立，故濟濟然衆盛之多士，文王賴之以爲安也。」王吉云：「謹選左右，審擇所使。左右，所以正身也。所使，所以宣德也。《詩》云：『濟濟多士，文王以寧。』此其本也。」黄佐云：「《書》曰『自朝至于日中昃，不遑暇食，用咸和萬民』，言文王心在乎民，不自知其勤勞如此。《立政》言『罔攸兼于庶言、庶獄、庶慎』，則文王又若無所事者。不讀《無逸》，無以知文王之勤。不讀《立政》，無以知文王之逸。合而觀之，則文王以寧，從可知矣。上必無爲而用天下，執其要也。下必有爲而爲天下用，執其職也。君得臣而萬化行。」《左》成二年，楚令尹子重曰：「君弱，群臣不如先大夫，師衆而後可。《詩》曰：『濟濟多士，文王以寧。』夫文王猶用衆，況吾儕乎？」《荀子》云：「墻之外，目不見也；里之前，耳不聞也；而人主之守司，遠者天下，近者境内，不可不畧知也。天下之變，境内之事，有弛易齵差者矣，而人主無繇知之，則是拘脅蔽塞之端也。耳目之明，如是其狹也；人主之守司，如是其廣也；其不可以不知也，如是其危也。然則人主將何如知之？曰：便嬖左右者，人主之所以窺遠收衆之門户牖嚮也，不可不早具也。故人主必將有便嬖左右足信者然後可，其知惠足使親物、其端誠足使定物然後可，夫是之謂國具。人主不能不有遊觀安燕之時，則不得不有疾病物故之變焉。如是國者，事物之至也如泉源，一物不應，亂之端也。故曰：人主不可以獨也。卿相輔佐，人主之基、杖也，不可不早具也。故人主必將有卿相輔佐足任者然後可，其德音足以鎮撫百姓、其智慮足以應待萬變然後可，夫是之謂國具。四鄰諸侯之相與，不可以不相接也，然而不必相親也。故人主必將有足使喻志決疑于遠方者然後可。其辨説足以解煩，其知慮足以決疑，其齊斷足以距難，不還秩，不反君，然而應薄扞患足以持社稷，然後可，夫是之謂國具。故人主無便嬖左右足信者謂之闇，無卿相輔佐足任者謂之獨，所使於四鄰諸侯非其人者謂之孤，孤獨而晻謂之危。國雖若存，古之人曰亡矣。《詩》曰：『濟濟多士，文王以寧。』此之謂也。」梅福云：「士者，國之重器。得士則重，失士則輕。《詩》云：『濟濟多士，文王以寧。』」王褒云：「聖主必待賢臣而弘功業，俊士亦俟明主以顯其德，上下俱欲，驩然交欣，千載壹合，論説無疑。翼乎如鴻毛遇順風，沛乎如巨魚縱大壑，其得意若此，則胡禁不止，曷令不行？化溢四表，横被無窮，遐夷貢獻，萬祥畢臻。是以聖主不徧窺望而視已明，不單傾耳而聽已聰，恩從祥風翺，德與和氣游，太平之責塞，優游之望得，遵遊自然之勢，恬淡無爲之場，休徵自至，壽考無疆。《詩》云：『濟濟多士，文王以寧。』蓋信乎其以寧也！」劉彝云：「濟濟多士，本繇文王教化陶範而後生也，而文王又待多士之濟濟，以爲安寧焉。猶人勤於菑田，反以自養；樂於植材，反以自庇。」錢云：「反覆言多士之爲周楨，見修德不可無輔也。有欲當時君臣交儆意。」又《管子》云：「濟濟者，誠莊事斷也。多士者，多長者也。周文王誠莊事斷，故國治。其群臣明理以佐主，故主明。主明而國治，竟内被其利澤，殷民舉首而望文王，願爲文王臣。」此以濟濟指文王言，其解特異。

穆穆文王，於音烏。**緝熙敬止。**紙韻。**假**豐本作「格」。**哉天命，有商孫子。**紙韻。**商之孫**

子，其麗不億。職韻。**上帝既命，侯于周服。**叶職韻，畀墨翻。○賦也。穆，據《説文》訓禾，於義無取，當是通作㣎。《説文》云：「細文也。」字从彡，从𡭴省。彡者，文之義。𡭴者，細之義。蓋謂文理之細密者。加禾爲穆，因而通用。故謚法：布德執義、中情見貌，並曰穆。中情見貌，其文可知；布德執義，其細可知。於，嘆辭。緝，《説文》云：「績也。」績麻者，縷縷而分之，又因而連續之，謂之緝也。熙字，从火，光明之義。敬止者，敬於其所當止之地，《大學》所謂「至善」是也。至善者，事理當然之極。止者，依據之謂。此承上章，言文王既得多士之助，疑若可以端拱而少休矣。然文王在帝之心，終不敢以自已，於凡事事物物之理，必窮極其精微至當之處，但見其穆穆然，文則極文，細則極細，故又嘆息而美之。文王心通夫理，隨處露其光明，而皆積累而聯續之，以會于一，蓋事物有異而至善無異。緝熙之後，自見有一境焉，爲我所當止之處，而不容少出入者。一念兢兢，惟期合乎是而已。穆穆，以文王之成德言；緝熙敬止，以文王之用心言。《大學》深探此理，故爲之條析以著其類曰：「爲人君，止於仁；爲人臣，止於敬；爲人子，止於孝；爲人父，止於慈；與國人交，止於信。」分之則爲仁、敬、孝、慈、信，合之則總是一至善。格物致知，緝熙也；誠意正心，敬止也。緜緝熙而知止，則自然能敬止，《大學》所以先格致而後誠正也。格者，格式之格，有一物必有一格，不可移易。《大學》所謂「矩」，孔子所謂「不踰矩」，《詩》所謂「天生烝民，有物有則」是也。統之有宗，會之有元，《易》所謂「繼之者善」是也。悟此，則詩人以「穆穆」咏文王，乃盡乎精微之辭，而以爲虛摹其深遠之意者，謬矣。又《緇衣》篇，子曰：「君子道人以言，而禁人以行，故言必慮其所終，而行必稽其所敝，則民謹於言而慎於行。《大雅》曰：『穆穆文王，於緝熙敬止。』」味此，君子於一言一行無所不究心焉，則緝之爲義可識，而穆穆之義亦可識矣。假，通作假。《說文》云：「至也。」天命舍商而集于周，如自外而至也。有商孫子，鄭云：「天命之使臣有商之子孫。」按商者，契所封之地，湯取契之所封以爲代號。不曰子孫，而曰孫子者，以主孫爲言。其繫子于孫後者，則謂孫之子耳。嚴云：「文王之時，未能有商之孫子，蓋推原周之代商，繇于文王，故以爲文王能有之也。」麗，《說文》云：「旅行也。」古數以十萬爲億。嚴云：「商之孫子，其附麗之者實繁有徒，不止于一億也。」「上帝既命」者，既命周也，與「假哉天命」相應。侯，亦維也。服，《周禮》注云：「屬也。」按車衡下夾轅兩馬曰服。人之受制于人，亦如馬之受制于衡，故謂之服也。天命歸周，商孫子維于周而臣服焉，其徒黨雖衆，不能勝天也。故孔子云：「仁不可爲衆也。」

侯服于周，天命靡常。陽韻。**殷士膚敏，裸將于京。**叶陽韻，居良翻。《春秋繁露》引此，以「殷士」二句繫于「侯服」二句之前。**厥作裸將，常服黼冔。**麌韻。**王之藎臣，無念爾祖。**麌韻。○賦也。陸云：「『侯服于周』句疊上起下，蓋自周以命之集，致商之服，在商則豈非以命之去，致服于周，故遂揭出命之靡常。語極感慨。」靡，無也。按《爾雅》訓靡、罔皆爲無。張萱云：「靡者非而靡焉，罔者亡而罔之。」愚意靡之訓無，當是古讀如礳，音與無同耳。莫之訓無，亦以音通也。常者旗名。日月爲常，謂畫日月于其端，天子所建，言常明也，故爲常久之義。《書》云：「盤庚遷于殷。」張守節云：「自湯已下號商，至盤庚改號曰殷。」上章言商，此變言殷者，彼主孫子之世系言，則遡其開基之始；此主國亡而臣服于周言，則但以亡時所稱之國號稱之，各有攸當也。朱子云：「諸侯之大夫，入天子之國曰某士，則殷士者，商孫子之臣屬也。」葉氏云：「《春秋傳》『晉士起』是也。」膚，本臚字，當通作旅，言衆也。解見《六月》篇。敏，《說文》云：「疾也。」殷士衆多，皆疾行從商之孫子，以助祭也。「祼將于京」二句，一氣讀下，不接「殷士」句，言當王行祼禮之時，而殷士之助祭者，皆服常服以趍事，有如此也。祼，《説文》云：「灌祭也。」《周禮・大宗伯》以肆獻祼享先王。注：「祼之言灌，灌以鬱鬯，謂始獻尸求神時也。《郊特牲》云：『魂氣歸于天，形魄歸于地。故祭所以求諸陰陽之義也。殷人先求諸陽，周人先求諸陰。』灌是也。祭必先灌，乃後薦腥薦熟。」❶賈公彦云：「凡宗廟之祭，迎尸入户，坐於主北。王以圭瓚酌鬱鬯以獻尸，尸得之，瀝地祭訖，啐之，奠之，不飲。尸爲神象，灌地所以求神也。」《祭統》云：「祭有三重焉，獻之屬莫重于祼。」《周禮注》云：「將，送也。」按將字从寸。寸者，手也，謂以手送之也。孔云：「宗廟之祭，以祼爲主。於禮，王正祼而后亞祼，則祼將，主人之事矣。周人尚臭，舉祼將以表祭事，見殷士助祭耳，不必專助行祼也。」愚按祼將與將祼不同。《周禮・天官・小宰》：「凡祭祀，贊祼將之事。」《小宗伯》：「辨六彝之名物，以待祼將。」《鬱人》：「詔祼將之儀與其節。」此祼將，皆指王言，謂王行祼禮，以圭瓚酌酒，送與尸也。《小宗伯》職又云：「凡祭祀賓客，以時將瓚祼。」此將祼指小宗伯言，謂送瓚于王，以行祼禮也。今此詩明言祼將，非言將祼，正如孔氏「舉祼將以表祭事」之説，其非指殷士助送祼明矣。京，周京也。按《説文》，人所爲絶高丘曰京，故天子所居，亦以京名。《孟子》引孔子讀詩至此而曰：「仁不可爲衆也。夫國君好仁，天下無敵。」劉向云：「王者必通三統，明天命所授者博，非獨一姓也。孔子論《詩》，至於『殷士膚敏，祼將于京』，喟然歎曰：『大哉天命！善不可不傳于子孫。是以富

❶「薦腥薦熟」，《四庫全書》本作「獻腥獻熟」。

貴無常，不如是，則王公其何以戒慎，民萌何以勸勉？』蓋傷微子之事周，而痛殷之亡也。」厥作裸將，指王也。作，猶行也。常服，猶云舊服，即下文「黼冔」是也。朱子云：「先代之後，統承先王，修其禮物，作賓于王家。時王不敢變焉，而亦所以爲戒也。」黼繡于裳，解見《采菽》篇。于章服之中，專舉黼者，未知何意。殷制無考。冔，殷冠名。《説文》無冔字。按冔字，从冃，吁聲，與冕同意，古必有其字，但《説文》偶遺之耳。《禮記》云：「周弁，殷冔，夏收。」又云：「有虞氏皇而祭，夏后氏收而祭，殷人冔而祭，周人冕而祭。」又云：「周人弁而葬，殷人冔而葬。」蔡邕云：「冕冠，周曰爵弁，殷曰冔，夏曰收，皆以三十升漆布爲殼，廣八寸，長尺二寸。加爵冕其上，周黑而赤，如爵頭之色，前小後大。殷黑而微白，前大後小。夏純黑而赤，前小後大。皆有收以持笄。」《禮記》注云：「冔名出於幠。幠，覆也，言所以自覆飾也。」《白虎通》云：「殷冔謂之詡者，十二月之時，施氣受化，詡張而後得牙，故謂之詡。」又云：「厥作裸將，常服黼冔。言微子服殷之冠，助祭于周也。」熊禾云：「此見周家忠厚之至。一代之興，雖改正朔，易服色，以示作新之政。然考之《詩》、《書》，則一代之禮樂固未嘗廢也。常服黼冔，猶用商之衣冠也。王訪于箕子稱十有三祀，奔走臣我監稱五祀，猶用商之紀年也。一則曰商王士，二則曰殷多士，何嘗敢有一毫鄙夷之心？其視後世亡人之國則絶人之祀，衣冠禮樂能存先代之舊，亦鮮也。此皆出于疑慮之過，而不知以公天下爲心者。周家忠厚之澤，所以爲不可及也。」藎，本草名。《爾雅》訓進，未詳其義。舊説相傳，皆訓爲忠藎，絶無稽據。按《方言》：「孑、藎，皆餘也。周、鄭之間曰藎，或曰孑，青、徐、楚間曰孑。❶自關而西，

❶「間」，原作「問」，據《四庫全書》本改。

秦、晉之間，炊薪不盡曰蓋。」此其説可信。上施草，下施盡，薪者，草之類也；盡與燼通，火之餘也。又按《桑柔》篇「具禍以燼」，陸德明本「燼」作「蓋」，則古文燼、蓋通用，益知蓋之即爲燼也。王之蓋臣，以目商孫子及殷士，乃勝國餘燼云耳。自「祼將于京」至此五句，是一氣語，言王方舉祼將之禮于周京，凡助祭者畢至，故當王行祼將之時，而此商之孫子率其臣屬，皆服其故國黼冔之常服，助祭于廟，爲王之蓋臣也。上言商之孫子，與「文王孫子」相照。此言殷士，與「凡周之士」相照。疑周公因成王祭文王廟，遂陳及此，非文王時事也。無念，朱子云：「猶言豈得無念也。」爾祖，指文王也。殷滅而周興，非文王之德不至此爾，得無念爾祖文王之德乎？此與上章皆歸重文王得天，不重商家命去悽惻上，其監殷之意，尚留在下章。

無《孝經》、《左傳》俱作「毋」。**念爾祖，聿**《漢書》作「述」。**脩厥德。**職韻。亦叶屋韻，都木翻。**永言配命，自求多福。**屋韻。亦叶職韻，筆力翻。**殷之未喪**去聲。**師，克配上帝。**叶寘韻，丁異翻。**宜**《大學》作「儀」。**鑒**《大學》作「監」。**于殷，駿**《大學》作「峻」，豐本作「俊」。**命不易。**叶寘韻，羊吏翻。

○賦也。聿，通作欥。《説文》云：「詮辭也。」徐鍇云：「詮，理也。理其事之辭也。」脩，通作修。《説文》云：「飾也。」「聿脩厥德」三句，俱主文王言。德字从彳，謂悳之見於行者，内得于心曰悳，外見于行曰德。承上章言，成王得無念爾祖文王之能脩飭其德乎？曰左右，曰陳錫，文王修德之實也，所以得民心而受天命者，其原正在于此。漢元帝時，頗改宣帝之政，言事者多進見，人人自以爲得上意。匡衡上疏曰：「陛下聖德天覆，子愛海内，然陰陽未和，姦邪未禁者，殆論議者未丕揚先帝之盛功，爭言制度不可用也，務變更之。所更或不可用而復復之，是以群下更相是非，吏民無所信。臣竊恨國家釋樂成之業，而虚爲此紛紛也。願陛下詳覽統業之事，留神於遵制揚功，以定群下之心。《大雅》曰：『無念爾祖，聿修厥德。』孔子著之《孝經》首章，蓋至德之本也。」按漢宣之德，無足言者，而匡之說《詩》，則可謂深得其意矣。《左》昭二十三年，楚囊瓦爲令尹，城郢。沈尹戌曰：「古者，天子守在四夷。天子卑，守在諸侯。諸侯守在四鄰，諸侯卑，守在四竟。《詩》曰：『無念爾祖，聿脩厥德。』無亦監乎若敖、蚡冒至于武、文，土不過同，愼其四竟，猶不城郢。今土數圻，而郢是城，不亦難乎？」引詩之意，亦以修德屬尔祖。時說皆指爲勸王之辭，非是。又《孝經》子曰：「愛親者，不敢惡于人；敬親者，不敢慢于人。愛敬盡于事親，而德教加于百姓，刑于四海，蓋天子之孝也。」章首引此詩，其意以愛親、敬親解念祖，以不敢惡人、不敢慢人解脩德，則修德乃自脩其德，亦斷章取義。永言者，謂長言之，即歌是也。《虞書》曰：「詩言志，歌永言。」《樂記》曰：「言之不足，故長言之。長言之不足，故嗟歎之。」蓋作此詩者，欲王聞而警念，故自言其歌詠于王側，以動王聽，猶上言「於昭」、言「於緝熙」，亦祼用嗟歎之聲于句中也。配，匹也。命，即假哉天命之命。文王有左右陳錫之德，足與天命相匹敵，故多福歸之，是其致福之繇，皆自實有以求之，非倖致也。文王無求福之心，然脩德而福來應，即謂之自求可矣，與《旱麓》篇之「干祿求福」義同。多福，如上言福及子孫、多士皆是。《孟子》引此詩及《太甲》「自作孽，不可活」之語，而總斷之曰：「禍福無不自己求之者。」又云：「愛人不親反其仁，治人不治反其智，禮人不答反其敬。行有不得者，皆反求諸己。其身正，而天下歸之。」亦引此詩。《左》昭二十八年，晉魏獻子爲政，以賈辛爲祁大夫。將適其縣，見于魏子。魏子曰：「辛來！今女有力於王室，吾是以舉汝。行乎！敬之哉！毋墮乃力！」仲尼聞魏子之舉也，以爲義。又聞其命賈辛也，以爲忠。「《詩》曰：『永言配命，自求多福。』忠也。魏子之舉也義，其命也忠，其長有後于晉國乎！」觀此，可以得詩人立言之意。又桓六年，鄭太子忽辭齊昏曰：「人各有耦，齊大，非吾耦也。《詩》云：『自求多福。』在我而已，大國何爲？」則尤明于自之解者。喪，失。師，衆也。未喪師三字最重，命之去留，只視師之喪與否耳。朱子云：「上帝，天之主宰也。」克配者，殷先王之德能與之相匹敵也。《周書·多士》篇云：「自成湯至于帝乙，罔不明德恤祀，亦惟天丕建保乂有殷，殷王亦罔敢失帝，罔不配天其澤。」此所謂殷之未喪師，克配上帝也。今其後人何如哉？詩人於此處，偏含蓄不忍説出，益覺其辭凜凜。宜，猶當也。鑒，孔云：「鏡也。鏡照物，知善惡，故以殷爲鏡，知存亡。」言爾不可不鑒于有殷，蓋近事不遠，周所代也。駿，當依《大學》通作峻。《説文》云：「高也。」莫高非天。峻命，即天命也。易，通作傷。《説文》云：「輕也。」不易者，得之不輕傷，守之亦當不輕傷也。《大學·平天下》章引「殷之未喪師」四語而解之云：「道得衆則得國，失衆則失國。」《孟子》云：「桀、紂之失天下也，失其民也。失其民者，失其心也。」漢翼奉《上元帝疏》云：「臣聞三代之祖，積德以王，然皆不過數百年而絶。周至成王，有上賢之材，因文、武之業，以周、召爲輔，有司各敬其事，在位莫非正人，天下甫二世耳。然周公猶作《詩》、《書》，深戒成王，以恐失天下。《書》則曰：『王毋若殷王紂。』其《詩》則曰：『殷之未喪師，克配上帝。宜鑒于殷，駿命不易。』」鄒忠胤云：「周室方新之命，即商邑已陳之命，而今日天所降喪之殷，即異時天所保乂之殷。殷禮陟配天，多歷年所久矣，其在于今，麗億在廷，何如本支之奕葉；膚敏在廟，何如周楨之贊襄。黼冔祼將，見爲假哉可，見爲靡常亦可。倘未能亹亹如文，緝熙敬止如文，厥德既墜，爾躬是遏，其爲喪師之續不難耳。」

命之不易，音異。**無遏**陸云：「或作謁。」**爾躬。**叶先韻，居員翻。**宣昭義問，**豐本作「聞」。**有**豐本作「又」。**虞殷自天。**先韻，亦叶真韻。見首章。**上天之載，無聲無臭。**宥韻。亦叶尤韻，初尤翻。**儀刑**《潛夫論》作「形」。**文王，萬邦**《禮記》作「國」。**作孚。**叶宥韻，敷救翻。亦叶尤韻，芳尤翻。○賦也。遏，《爾雅》云：「止也。」郭璞云：「今以逆相止爲遏。」徐鍇云：「徼繞使止也。」躬，《説文》云：「身也。」歐陽脩云：「知天命之不易，無使天命至爾躬而止。」真德秀云：「周至成王再世耳。周公已憂其命之不延，讀『毋遏爾躬』之一語，至今猶使人凛然震懼，況周公親言之，而成王親聽之乎？亦猶堯之告舜曰『天禄永終』也。以後世言之，必且謂此不祥之語，而古者君臣更相告戒，不諱危亡如此，斯其所以不危亡也。」宣字下从亘，象回轉周匝之形，故《爾雅》以爲徧也。昭，明也。宣昭者，徧求此理之明徹，與緝熙同義。昭，即熙也。宣，即緝也。義問，以義理相詢問也。吕祖謙云：「宣昭義問，所謂闢四門，明四目，達四聰。蓋天命之大，非小智偏學所能與也。」有，通作又。鄭訓有爲又。孔云：「以上已有所行之事，下復言之，故知宜爲又也。」虞，《爾雅》云：「度也。」按古者山澤之官名曰虞，以其能相度山澤，故又訓虞爲度，《周書》「出入自爾師虞」是也。又其字形聲皆與慮字相近，疑古文慮、虞通用。殷，專指已亡之殷，不兼指未喪師之殷。以上既言「宜鑒于殷」，又言命在爾躬，則意主于鑒其亡可知。自天，與《周書·召誥》「矧曰其有能稽謀自天」，語氣正同。嚴云：「以義理詢問于人，而又虞度殷之所以自天者，殷之亡也，實自于天，天命無私，可以爲鑒也。鑒殷之所以失，必法文王之所以得。」愚按殷之所以見棄于天，不過在失民心耳。蔡汝楠云：「宣昭義問，有虞殷自天，蓋體文王翼翼之心法也。德之顯可繼，命之時可久，總在敬。不惟問察之廣，而又虞度于心，其敬也至矣。」曰上天者，見其高高在上，與人相隔絶，非人意所能測也。載者，乘車之名。唐虞號歲爲載，取物終更始，以年運而往爲義。此言載者，亦謂天意轉運無常，其予其奪，不可控揣，故以無聲無臭形容之。臭者，氣之總名。天地間惟聲傳于虛，臭達于微，已非有形之物，此并聲臭而亦無，則窈冥之極也。《中庸》因之以精擬至德之合天，曰：「《詩》云：『予懷明德，不大聲以色。』子曰：『聲色之於以化民，末也。』《詩》云：『德輶如毛。』毛猶有倫，『上天之載，無聲無臭』，至矣。」儀，朱子云：「象也。」按《左傳》：「有儀可象謂之儀。」刑，毛云：「法也。」按訓法之刑當作荆字，从井。《易》曰：「井，法也。」《復古編》云：「今經史皆通作刑，而从井从刀之荆字，不復用矣。」萬邦，謂萬國之民也。作，《説文》云：「起也。」孚，毛云：「信也。」按孚之爲義卵孚也，从爪从子。徐鍇云：「鳥之乳卵，皆如其期，不失信也。鳥抱，恒以爪反覆其卵。」故从爪也。象法文王如其陟降在帝，緝熙敬止，以左右陳錫乎斯民，則萬邦起而信我，亦如文王矣。人歸之外，豈别有天與哉？《左》襄十三年，晋諸卿讓，晋國之民是以大和，諸侯遂睦。君子曰：「讓，禮之主也。晋國以平，數世賴之，刑善也夫！一人刑善，百姓休和，可不務乎？周之興也，其《詩》曰：『儀刑文王，萬邦作孚。』言刑善也。」昭六年，鄭人鑄《刑書》，叔向使貽子産書曰：「昔先王議事以制，不爲刑辟。《詩》曰：『儀刑文王，萬邦作孚。』如是，何辟之有？」《緇衣》篇，子曰：「好賢如《緇衣》，惡惡如《巷伯》，則爵不瀆而民作愿，刑不試而民咸服。《大雅》曰：『儀刑文王，萬邦作孚。』」按二書所引，總借「儀刑」一語，以明當取法前修之意，於經旨無涉。凌濛初云：「此篇詩體，自二章以下，首尾相銜。王元美謂曹子建《白馬篇》祖此。」

《文王》七章，章八句。《左》襄四年，穆叔如晋，晋侯享之。工歌《文王》之三，不拜。韓獻子使行人子員問之，對曰：「《文王》，兩君相見之樂也，臣不敢。」及《魯語》亦云：「叔孫穆子聘于晋，晋悼公饗之，樂及《鹿鳴》之三，而後拜樂三。晋侯使行人問焉，對曰：『夫歌《文王》、《大明》、《緜》，則兩君相見之樂也，皆昭令德，以合好也，非使臣之所敢聞也。臣以爲肄業及之，故不敢拜。』」朱子云：「今按此詩一章言文王有顯德，而上帝有成命也。二章言天命集于文王，則不惟尊榮其身，又使其子孫百世爲天子諸侯也。三章言命周之福，不惟及其子孫，而又及其群臣之後嗣也。四章言天命既絶于商，則不惟誅罰其身，又使其子孫亦來臣服于周也。五章言絶商之禍，不惟及其子孫，而又及其群臣之後嗣也。六章言周之子孫臣庶當以文王爲法，而以商爲監也。七章又言當以商爲監，而以文王爲法也。其於天人之際、興亡之理，丁寧反覆，至深切矣。故立之樂，而因以爲天子諸侯朝會之樂，蓋將以戒乎後世之君臣，而又以昭先王之德于天下也。《國語》以爲兩君相見之樂，特舉其一端而言耳。」

《蟋蟀》，唐風也。成王十年，封弟叔虞于唐，其國風如此。班固《地理志》云：「河東土地平易，有鹽鐵之饒，本唐堯所居，《詩》風唐魏之國也。周至成王滅唐，而封弟叔虞于唐，其民有先王遺教，君子深思，小人儉陋，故唐詩皆思奢儉之中，念死生之慮。吴札聞唐之歌曰：『思深哉！其有陶唐氏之遺民乎？』」《孔叢子》載孔子曰：「于《蟋蟀》，見陶唐儉德之大也。」《左》襄二十七年，鄭伯享趙孟于垂隴，印段賦《蟋蟀》。趙孟曰：「善哉！保家之主也，吾有望矣！」愚按此詩，乃班書所謂深思之君子所作，蓋唐叔虞始封時之風也。

蟋蟀《説文》作「蛩」。**在堂，歲聿其**豐氏本作「云」。**莫。**叶遇韻，莫故翻。**今我不樂，**音絡，後同。**日月其除。**叶遇韻，讀如戍，春遇翻。**無已**杜預《左傳》注作「以」。**大**音泰，後同。**康，職思其居。**叶遇韻，讀如屨，俱遇翻。**好**去聲，後同。**樂**音絡，後同。**無荒，良士瞿瞿。**遇韻。豐本作「䀠䀠」。

○賦也。蟋蟀，《説文》作蟋蛩。毛傳云：「蛬也，九月在堂。」陸璣云：「蟋蟀，似蝗而小，正黑，有光澤如漆，有角翅。一名蛬，一名蜻蛚，楚人謂之蛀孫，或作王孫。」《廣雅》一名趨織，幽州人謂之趨織，督促之言也。里語曰：「趨織鳴，懶婦驚。」是也。蜻蛚，一作青蛚，又名吟蛬，亦作吟蛩。羅願云：「其聲如急織，故幽州謂之促織，又其鳴時正織之候，故以戒婦功。《春秋説題辭》曰：『趣織爲言趣織也。織興事遽，故趣織鳴，女作兼。』而崔豹云濟南人謂蟋蟀爲懶婦，非也。許叔重謂蟋蟀爲即且，亦非也。以夏生，秋始鳴。《周書》：『小暑之日，温風至，又五日，而蟋蟀居壁。』《淮南》則云：『蟋蟀居奥。』奥者，西南隅也。比寒，則漸近人。《易通卦驗》曰：『立秋，蜻蛚鳴。白露下，蜻蛚上堂。』」按據此則蟋蟀在堂，蓋自七月已然矣。毛以爲九月在堂者，以豳風有「十月蟋蟀入我牀下」之言，可知九月尚在堂也。聿，通作吹。《説文》云：「詮詞也。」引詩「吹求厥寧」，今文亦作聿。徐鍇云：「詮，理也，理其事之詞也。」莫，晚也。歲將盡，如日且冥也。孔云：「時當九月，則歲未爲暮，而言『歲聿其暮』者，言其過此月後，則歲遂將暮耳。謂十月以後爲歲暮也，此月未爲暮也。《小明》云：『歲聿云莫，采蕭穫菽。』采穫是九月之事也，云『歲聿云莫』，其意與此同也。」除，去也。鄭玄云：「今不自樂，日月且過去，不復暇爲之也。」首二句言物不能安其常，時不能限其去，有無限咨嗟。

及時爲樂，正見過時則職業復生矣，有不盡驚慌，非泛泛言日月逝矣之謂。已，過。大，極也。康，本作穅，从禾从米，庚聲。今文作糠，省作康。徐鍇云：「康，空也。米皮去其内以空之也。」《詩》「酌彼康爵」，亦取空義。又按《史記·前諸侯王表》有「中山穅王」，師古注：「穅，惡謚也。好樂怠政曰穅。」蓋以其蕭然自放，無所用心，如米皮之空其内而從風簸揚者。然穅、康字義俱同，故後人因又轉訓康爲安樂也。職，《爾雅》云：「主也。」居，張子厚云：「謂其位也。」言心中之所專主者，惟在思其見在所居之位，各有當盡之業也。好，猶愛也。樂，即「今我不樂」之樂。荒者，廣遠之義。好樂過甚，其情蕩然，無復簡制也。愚按此詩原不爲及時行樂發論，正意止在「好樂無荒」四字耳，却從「今我不樂」倒翻來，而急以正意唤醒。唐中宗引群臣宴集，令各獻伎爲樂。張錫爲談客娘舞，宗晋卿舞渾脱，張洽舞黄麞，杜元琰誦波羅門呪，李行言唱駕車西河，盧藏用效道士上章，郭山惲誦古詩兩篇，誦《鹿鳴》、《蟋蟀》未畢，李嶠以《詩》有「好樂無荒」之語止之。唐之君臣，狂縱乃爾，如之何不啓亂也。瞿瞿，解見《東方未明》篇。有左顧右盼，計後思前之意。所謂良士即于瞿瞿見之，虚摹讚嘆，祇爲思居者加鞭，非必真有此人，而欲其就彼取法也。

蟋蟀在堂，歲聿其逝。霽韻。**今我不樂，日月其邁。**叶霽韻，力制翻。**無已大康，職思其外。**叶霽韻，以計翻。**好樂無荒，良士蹶蹶。**叶霽韻，姑衛翻。○賦也。逝，往也。邁，遠行也。歲聿其莫，可驚也，未幾而暮者又將逝矣。日月其除，可惜也，未幾而除者又已邁矣。「職思其外」者，歐陽脩云：「廣周慮也。」嚴粲云：「前言思所居之位，則在内之事，皆入于念慮矣。至于在外之事，皆不可不慮。」朱子云：「蓋其事變或出于平常思慮之所不及，故當過而備之也。」蹶，有僵與跳二義。《吕氏春秋》云「此蹶痿之機」，僵也；「狐援聞而蹶往過之」，跳也。此當從跳義。蹶蹶，毛云：「動而敏于事也。」上章瞿瞿，第寫其顧慮周旋之狀，未見于爲也，至此則亟見于爲矣。輔廣云：「思之雖周而爲之不敏，則亦無益矣。」

蟋蟀在堂，役車其休。尤韻。**今我不樂，日月其慆。**叶尤韻，他侯翻。**無已大康，職思其憂。**尤韻。**好樂無荒，良士休休。**尤韻。◯賦也。前章「其暮」、「其逝」，皆豫擬之辭。此「役車其休」，但據即境而言。《周禮・春官・巾車》職云：「庶人乘役車。」注云：「有方箱，載任器供役者。」孔云：「收納禾稼，亦用此車。」陳祥道云：「牛車也。」鄭玄云：「役車休，農功畢，無事也。」輔廣云：「庶人之役車猶休矣，則君子可無一日之樂乎？」慆，久也，《詩》「慆慆不歸」之慆。言今我不樂，則日月其尚肯久留而待我耶？徐光啓云：「唐詩言『今我不樂，日月其除。今我不樂，日月其慆』，有憂深思遠之意。秦詩言『今者不樂，逝者其耋。今者不樂，逝者其亡』，有嘆老拊髀之風。讀此二詩，可見風俗之異。」職思其憂，即思其居其外之所可憂者。不然，思居思外，所思何事？惟專主于思憂，而後憂庶乎可免也。休，《說文》云：「息止也。从人依木。」休休者，休而又休。《爾雅》以爲儉也。樂而不淫，不願乎外，皆儉意也，此瞿瞿、蹶蹶之根本。舊以安閒自得解之，未是。鍾惺云：「《出其東門》，以樂止思。《蟋蟀》，以思止樂。極善居心人也。」

《蟋蟀》三章，章八句。《序》云：「刺晋僖公也。儉不中禮，故作是詩以閔之，欲其及時以禮自虞樂也。」馬融亦云：「孔子曰：『奢則不遜，儉則固。』奢儉之中，以禮爲界，是以《蟋蟀》、《山樞》之人，並刺國君，諷以大康、馳驅之節。」郝敬爲之說云：「國奢濟之以儉，國儉濟之以禮。晋自僖公之世，俗尚固陋，儉不中禮，以蟋蟀比，諷其終歲廢禮也。蟋蟀『十月在堂』，周以十一月爲歲首，十月歲畢，是大蜡之時，終歲禮樂不止十月，而歲暮猶寥寥，則禮壞樂崩矣。是詩不必即作于十月，一歲之中，朝廷有食饗，宗廟有獻酬，邦國有賓興，鄉有射，里有社，食以時，用以禮，烏可無財廢禮，當時而廢樂也？禮樂，先王所以和上下，調人情。勞身焦思，以天下爲桎梏，是墨道也。故詩人借爲樂以廣其儉，即致大康之戒。所謂禮減而能進，樂盈而能反，中和之道，忠臣弼諧之語，里巷歌曲焉得有此？」愚按此說，敷衍《序》義，雖極濶大，然所謂勸君行樂，終非格訓。且一章之中，既勸于前，復戒于後，依文鋪敘，覺費周旋。朱子謂《序》與詩意正自相反，其見確矣。但以爲民間歲晚燕飲之作，則似未然。繹「思居」、「思外」，及「良士瞿瞿」等語，自是士大夫聲口。又《申培說》但云唐人相戒之詩，不詳作者何人。《子貢傳》闕文。

《天保》，祝王也。成王遣周、召二公營雒邑，既成報命，因致其祝願之意。《子貢傳》云：「大臣所以報王也。」鄒忠胤云：「《史記》武王克商，憂天保之未定，於是有營雒之意。此詩之作，蓋在東都既成後矣。傳以爲大臣報上，其即周、召之徒與？」按《史記》所載，與《逸周書》及《隨巢子》微有同異，今摘録于此。武王至于周，自夜不寐，周公旦即王所，曰：「曷爲不寐？」王曰：「告女：維天不饗殷。自發未生，於今六十年，麋鹿在牧，飛拾滿野，天不饗殷，乃今有成。今我未定天保，何暇寐？」又曰：「定天保，依天室，自雒汭延于伊汭，居易毋固，其有夏之居。我南望三塗，北望嶽鄙，顧詹有河，粵詹雒伊，毋遠天室。」蓋意欲營雒也。及成王即位，追武王之意，使召公相宅。周公復卜申視，卒營築，居九鼎焉，《書·召誥》《雒誥》之所爲作。此詩前三章俱以「天保定爾」一句發端，通章語意亦與三誥相出入，其爲營洛後報命而致其祝願之辭，無可疑者。

天保《潛夫論》作「祿」。**定爾，亦孔之固。**叶御韻，讀如倨，居御翻。**俾爾單**《潛夫論》作「亶」。**厚，何**《潛夫論》作「胡」。**福不除？**叶御韻，遲據翻。**俾爾多益，以莫不庶。**御韻。○賦也。保者，抱持愛護之義。曰天保者，《召誥》云：❶「相古先民有夏，天迪從子保。今相有殷，天迪格保。」與此義同。以受命于天，故曰天保也。定者，不移之謂。爾，指王也。歐陽脩云：「詩人爾其君者，蓋稱天以爲言。」又劉辰翁云：「詩人爾君，雖古人爾汝之常，抑非此無以著其親愛諄至之情也。」孔，甚。固，堅也。雒邑既成，基命始定，卜世三十，卜年八百，固孰如之？又《韓詩》解云：「言天以仁義禮智保定人之甚固也。」義與此異。「俾爾」以下，望之也。俾，使也。孰使之？天使之。思若啓，行若翼，是也。君子謂之善頌善禱。曰「俾爾」者，猶《卷阿》言「俾爾彌爾性」。單，鄭玄云：「盡也。」即《禮記》「惟爲社事單出里」之單，與殫通用。厚，謂忠厚。俾爾單厚，諷以仁也。周家以忠厚開基，今厚而益盡其厚，《書》所謂「乃單文祖德」也。除，沈括云：「猶易也。」以新易舊曰除，如新舊歲之交謂之歲除，《易》「除戎器，戒不虞」，以新易弊也。程子云：「除有消去之義。福祉之來，不問多寡，其受之也，皆若消去而常有者。」多益，多受益也。惟虛能受，俾爾多益，諷以虛也。庶，《爾雅》云：「侈也。」鄧元錫云：「天下之益無方，俾王弘受，而何益不庶也。」《易・損》之

❶「誥」，原作「語」，據《四庫全書》本改。

六五曰：「或益之十朋之龜，弗克違。」莫不庶之謂也。夫單厚，自盡也。多益，盡人也。内盡于己，外盡夫物，然後善美盡而大備，下章所謂「戩穀」也。詩人頌福，必本德言之。

天保定爾，俾爾戩穀。屋韻。**罄無不宜，受天百禄。**屋韻。**降爾遐福，**屋韻。**維日不足。**叶屋韻，讀如祝，之六翻。○賦也。自「俾爾戩穀」以下，亦以未然言，與首章同意。戩，《説文》訓滅，《爾雅》訓福。今按戩字从戈，似無福義，當以《説文》之訓爲正，引《詩》「實始戩商」，今文作剪，謂剪滅也。然此戩字訓滅，則非詩意，當通作晋。晋，進也。穀，善也。言日進于善而不已也。罄，《爾雅》云：「盡也。」盡無不宜，所謂「宜民宜人」是也。百禄，謂多禄。遐，《説文》云：「遠也。」不但受天之百禄而已，天又將下與爾以廣遠之福。百以盛言，遐以久言。維日不足，亦規勸之辭。嚴粲云：「滿招損，謙得益，❶故福禄雖盛，而不自止足，所謂『吉人爲善，維日不足』也。天下無德外之福，詩人歸美之中，有責難者寓。若盡以爲言福禄，則全篇皆容悦之辭矣。」

天保定爾，以莫不興。蒸韻。**如山如阜，**豐本作「自」。**如岡如陵。**蒸韻。**如川之方至，以莫不增。**蒸韻。○賦也。自「以莫不興」而下，即上章所謂「降爾遐福」者。興，《説文》云：「起也。」鄭玄云：「盛也。」《爾雅》云：「高平曰陸，大陸曰阜，大阜曰陵。」李巡云：「謂土地豐正名爲陸，土地獨高大名曰阜，最大名爲陵。」應劭云：「阜者茂也，言平地隆踊，不屬于山陵也。」岡，《爾雅》、《説文》皆云：「山脊也。」

---

❶「得」，《四庫全書》本作「受」。

陵，《釋文》云：「隆也。體隆高也。」川之方至，鄭玄云：「謂其水縱長之時也。」嚴云：「如山之高矣，又復如山脊之岡，則愈高矣。如阜之大矣，又復如大阜之陵，則愈大矣。此所謂興也。山阜岡陵，猶有定體，故又欲其福之增。增，言加益也。川本源深流長，而方至則又盛長之初，其增不可量也。」鄒忠胤云：「古人文字，不拘拘板對。有一句而參錯者，如《論語》『迅雷風烈』，《楚辭》『吉日兮辰良』是也；❶有兩句而參錯者，如《楚辭》『蕙肴蒸兮蘭藉，奠桂酒兮椒漿』，及韓退之『春與猿唫兮，秋隺與飛』是也；有一章而參錯以成文者，《天保》之三章是也。」以山川爲祝者，蓋亦賦景以見志，《逸周書》所謂「作大邑成周于土中，南繫于雒水，北因于郟山，以爲天下之大湊」者也。

吉《周禮》疏、《大戴禮》注俱作「絜」。**蠲**《韓詩》、《儀禮》注、豐本俱作「圭」。**爲**《韓詩》作「惟」。**饎，是用孝享。**叶陽韻，虚良翻。**禴**《禮記》注、《釋文》俱作「礿」。**祠烝嘗，**陽韻。豐本作「祠禴嘗烝」。**于公先王。**陽韻。**君曰卜爾，萬壽無疆。**陽韻。○賦也。吉，謂諏吉日。劉公瑾云：「君臣諏謀祭日，於旬有一日之先，至次日，乃卜所諏之日吉否。如《少牢饋食》，大夫先與有司諏丁巳之日，至明日，乃筮其日之吉凶也。」蠲，通作涓。涓者小流，有潔之義。樊光謂「蠲除垢穢，使令清明」，蓋以意通之也。朱子云：「言齋戒滌濯之潔。」按齋戒，謂七日齋、三日戒之類，致潔于内也。滌濯，謂溉濯祭器、掃除宗廟之類，致潔于外也。爲，猶備也。饎，《説文》云：「酒食也。」《方言》以爲熟食。《儀禮》「有饎爨」，注：「炊黍稷曰饎。」按

❶「兮」，原作「分」，據《四庫全書》本改。

饎字从食，當只作食解，兼酒言非也。享，《説文》云：「獻也。」孝以盡志，享以盡物。《爾雅》云：「春祭曰祠，夏祭曰礿，秋祭曰嘗，冬祭曰烝。」孫炎云：「祠之言食。汋，新菜可汋。❶嘗，嘗新穀。烝，進品物也。」董仲舒云：「春上豆實，夏上尊實，秋上杌實，冬上敦實。豆實，韭也，春之始所生也；尊實，麵也，夏之所受初也；杌實，黍也，秋之所先成也；敦實，稻也，冬之所畢實也。始生故曰祠，善其可也；夏約故曰礿，貴所初礿也；先成故曰嘗，嘗言甘也；畢熟故曰烝，烝言衆也。奉四時所受于天者而上之，爲上祭，貴天賜且尊宗廟也。一年之中，天賜四至，至則上之，此宗廟所以歲四祭也。」礿，即禴。一説夏祭以樂爲主，故曰禴。祠之爲義，謂品物少、多文詞也。按仲春之月，祠不用犧牲圭璧及皮幣，但多其文詞而已。孔穎達云：「若以四時，當云祠、禴、嘗、烝，詩以便文，故不依先後。自殷以上，則春曰禴，夏曰禘，秋曰嘗，冬曰烝，《王制》文也。至周公去夏禘之名，以春禴當之，更名春爲祠，以禘爲大祭。」公，鄭玄云：「先公也。」孔云：「周之所追，太王以下。其太王之前，皆爲先公。」朱子云：「謂后稷以下，至公叔祖類也。」按《史記》，公叔祖類生古公亶父，《世本》作組紺，鄭箋作諸盩，《世表》作叔類。先王，太王以下也。武王以王業肇於太王、王季、文王，故追王三王。孔云：「經於公上不言先者，以『先王』在『公』後，王上言先，則公爲先可知。」《周禮》祀先王以衮冕，祀先公以鷩冕。朱子云：「文王時，周未有曰先王者，此詩必武王以後所作也。」君，毛傳云：「先君也。」朱子云：「通謂先公先王也。」君曰者，皇尸傳先君之意，以嘏主人之辭。尸以象神，《少牢》禮云「皇尸命工

---

❶ 二「汋」字，《四庫全書》本皆作「礿」。

祝，承致多福無疆于汝孝孫」之等，是傳神辭嘏主人也。卜者，前知之謂。前知爾萬年之壽，無有彊畔境界，使其長爲天地山川之主，華夏民物之君，蓋極其盛而言，《雒誥》所謂「萬年厭于乃德」，「王伻殷乃承敘萬年」，皆此意也。黄佐云：「禮有五經，莫重于祭，此《天保》，臣子所以欲人君奉祭而獲福也。春秋之時，有世室屋壞者，有四不視朔者，有烝以廩之餘者，不敬孰甚焉？惜無以是詩告之。」鄒云：「按《雒誥》，周公曰：『王肇稱殷禮，祀于新邑，咸秩無文。』《竹書》成王七年，王歸自東都，立高圉廟。此詩『吉蠲』、『孝享』，雖備舉四者之祭，然亦因祀新邑而述之也。」

神之弔豐本作「逖」。**矣，詒爾多福。**叶職韻，筆力翻。**民之質矣，日用飲食。**職韻。**群黎百姓，**豐本作「百姓群黎」。**徧爲爾德。**職韻。○賦也。承上章祭祀言。神，即上先公先王是也。弔，本作迅。《説文》云：「至也。」朱子云：「神之至矣，猶言祖考來格也。」一説，吊，恤也，猶「不吊昊天」之吊，義雖可通，而詞頗不倫。詒，通作貽。《説文》云：「贈遺也。」多福，即下文所稱是也。質，本以物相贅之義。徐鍇云：「實也。事疑虛，以人物實之也。」朱子云：「言其質實無僞，日用飲食而已。」日是「日日」之日。用者轉字，如《易》「利用享祀」之用。李廷機云：「飲食質也，質即平也。今人但肯耕食鑿飲，朝饔夕飧，此外無事，豈不是唐、虞世界？」蔣悌生云：「此詩不以福言福，而以德爲福。不以德言德，而以質實爲德，可謂知所本矣。人君茅茨土階，菲衣惡食，躬行于上，正欲導天下之人去奢而即儉，禁僞以存誠也。今也斯民惟事乎耕田鑿井，樂其日用之常，無慕乎浮華侈靡之習，無事乎虛妄譎詐之風，如是，則民物安阜于下，人君端拱于上，所謂多福，孰有加于此哉？」又云：「周尚文，今詩人不以文稱周民，而以質言，何哉？周之文所以美者，以其有質爲之本也。文滅其質，又惡足稱乎？論周之文，當參考于此。」群，《説文》云：「輩也。」徐鍇云：「羊性好群，故从羊。」黎，通作驪。《説文》馬深黑色爲驪，故黎有黑義。《禹貢》「厥土青黎」，《史記》作「青驪」，是也。朱子云：「猶秦言黔首也。」百姓，毛云：「百官族姓也。」繇群黎而推之百姓，蓋繇民而推之于臣，故下文以偏言之。「爲爾德」者，鄭云：「言則而象之。」偏臣民之所爲，皆爾之德，《堯典》所謂「百姓昭明，黎民於變時雍」是也。夫允升大猷，成王自謂膺受多福；道洽政治，康王自謂膺受多福，使民若臣皆偏爲爾德，非多福之實而何？味「爾德」二字，亦含規諷。鄒云：「《召誥》曰：『其惟王位在德元，小民乃惟刑。用于天下，越王顯。』又曰：『予小臣，敢以王之讎民、百君子、越友民，保受王威命明德。』皆所謂『群黎百姓，偏爲爾德』者也。」

如月之恒，蒸韻。《釋文》作「緪」。韻同。**如日之升。**蒸韻。**如南山之壽，不騫不崩。**蒸韻。**如松柏之茂，無不爾或承。**蒸韻。○賦也。此一章俱承上章「偏爲爾德」一句而言。恒，毛云：「弦也。」古本亦作緪。緪，大索也，有弦之義，當從之。鄭云：「月上弦而就盈。」孔云：「弦有上下，知上弦者，以對如日之升，是益進之義，故知上弦矣。日月在朔交會，俱右行于天，日遲月疾。從朔而分，至三日，月去日已當二次，始死魄而出，漸漸遠日，而月光稍長。八日、九日，大率月體正半，昏而中，似弓之張而弦直，謂之上弦也。後漸至十五、十六日，月體滿，與日正相當，謂之望，云體滿而相望也。從此後漸虧，至二十三日、二十四日，亦正半在，謂之下弦。於後亦漸虧，至晦而盡也。以取漸進之義，故言上弦，不用望。」升，通作昇。《説文》云：「日上也。」鄭云：「日始出而就明。」面所向之山謂南山，非謂終南山也。壽以堅固言。騫，毛云：「虧也。」閔損，字子騫，取虧損之義。按騫字从馬，《説文》云：「馬腹縶也。」徐鍇云：「馬腹病也。」今訓爲虧者，當是馬腹以被縶而致虧損，故徐又解爲馬腹病也。崩，《説文》云：「山壞也。」《曲禮》疏云：「自上墜下曰崩。」不騫，是無缺損，指山之一處言。不崩，是無傾覆，指山之全體言。松，解見《竹竿》篇。栢，解見《栢舟》篇。茂，《爾雅》注云：「枝葉婆娑也。」王逸子謂木有扶桑、梧桐、松栢，皆受氣淳，異于群類者也。莊子謂受命于地，惟松栢獨也，在冬夏青青，故獨舉松栢之茂言之。恒、升、壽、茂，皆以王者之遐福言，年壽悠長、運祚綿遠皆是也。「或」者，不知其誰何之辭。曰「無不」，曰「或」，皆指群黎百姓言也。承，《説文》云：「奉也，受也。」臣民承奉上德，從今伊始未有窮極，亦更無虧減，《雒誥》所謂「其永觀朕子懷德」是也。一説，無不爾或承，即蒙上松栢言，亦通。言無不憑藉爾之大德，而受其庇蔭也。

《天保》六章，章六句。《序》云：「下報上也。君能下下以成其政，臣能歸美以報其上焉。」朱子謂人君以《鹿鳴》以下五詩燕其臣，臣受賜者歌此詩以答其君。與古注意同。是則群臣、嘉賓、使臣、兄弟、朋友，凡受燕者皆歌此詩，不幾于雷同虛文乎？善乎蘇子繇之言曰：「古禮廢矣，不可得而知也。」愚不敢信。又按翼奉學《齊詩》，聞五際之要，郎顗曰：「四始之缺，五際之厄。」應劭以五際爲君臣、父子、兄弟、夫婦、朋友也。孟康則引《詩内傳》曰：「五際：卯、酉、午、戌、亥也。陰陽終始際會之歲，於此則有變改之政。」又《汎歷樞》云：「午、亥之際，爲革命。卯、酉之際，爲改正，辰在天門出入候聽。卯，《天保》也；酉，《祈父》也；午，《采芑》也；亥，《大明》也。亥爲革命，一際也；辰爲天門出入候聽，二際也；卯爲陰陽交際，三際也；午爲陽謝陰興，四際也；酉爲陰盛陽微，五際也。」又云：「《大明》在亥，水始也；《四牡》在寅，木始也；《嘉魚》

在巳，火始也；《鴻鴈》在申，金始也。」四始之説，與《毛詩序》異，其理更不可曉，以俟知者。

《清廟》，雒邑既成，諸侯朝見，宗祀文王之所歌也。出蔡邕《獨斷》。○王褒云：「周公詠文王之德，而作《清廟》。」《申培説》云：「周公成雒也，奉成王見諸侯，作明堂，宗祀文王，以配昊天上帝。率諸侯祀之，而作此樂歌。」按《尚書大傳》云：「周公將作禮樂，優游之三年，不能作。君子恥其言而不見從，恥其行而不見隨。將大作，恐天下莫我知；將小作，恐不能揚父祖功烈德澤。然後營雒，以觀天下之心。於是四方諸侯率其群黨，各攻位於其庭。周公曰：『示之以力役，且猶至，況導之以禮樂乎？』然後敢作禮樂。」又云：「卜雒邑，營成周，改正朔，立宗廟，序祭祀，易犧牲，制禮樂，一統天下，合和四海，而致諸侯，皆莫不依紳端冕，以奉祭祀者。太廟之中，繽乎其猶模繡也。天下諸侯之悉來，進受命於周公，而退見文武之尸者，千七百七十三。諸侯皆莫不磬折玉音，金聲玉色。然後周公與升歌而弦文、武。諸侯在廟中者，伋然淵其志，和其情，愀然若見文、武之身，然後曰：『嗟子乎！此蓋吾先君文、武之風也夫？』」鄭玄云：「文王遷豐、鎬，作靈臺辟雍而已，其餘猶諸侯制度焉。周公攝政，制禮作樂，乃立明堂于王城。」又趙商問云：「説者謂天子廟制如明堂，是謂明堂即文廟耶？」鄭答曰：「明堂主祭上帝，以文王配耳。」愚謂明堂之作不始于周公，自武王之時業已有之。《樂記》曰：「武王克殷，祀于明堂，而民知孝。」是也。然亦不獨武王有之。《淮南子》言「神農之世，祀以明堂」，《新論》亦云：「神農氏祀明堂，有蓋而無四方。」又《通典》曰：「黄帝拜祀上帝于明堂。」則明堂爲祭祀之所，自上古而已然矣。諸儒皆言周公營雒邑，始立明堂，當自是雒邑之明堂。

惟宗祀文王以配上帝之禮，本昉于周公，《孝經》以此贊周公之孝，而曰：「孝莫大于嚴父，嚴父莫大于配天。」所云「嚴父」，蓋主周公尊文王而言也。文王有盛德，宜享此盛禮，武王末受命，一切制度俱所未遑，至周公始能成之。假使文王無周公，則雖有盛德，亦遏佚而不彰矣。以此論孝，孝孰加焉？後世不達此義，但誤執「嚴父」二字，以爲凡爲人子而有天下者，必尊崇其父以配天，而後爲孝。西漢孝武始建明堂，固以高帝配矣，其後又以景帝配，唐初以元帝配，其後以高祖、太宗配，及孝和時以高宗配，明皇時以睿宗配，永泰時以肅宗配，元和時以順宗配，穆宗即位以憲宗配，宋初以宣祖配，後以太祖配，既而真、仁、英、神、徽諸宗，皆相繼而配，莫有能正其失者。惟東漢明帝時，以光武配饗明堂，迄章、安而後不變，識者稱爲近古。善乎司馬光之推言之也，曰：「孝子之心，誰不欲尊其父者。聖人制禮，以爲之極，不敢踰也，故祖己訓高宗曰『祀無豐于昵』。孔子與孟懿子論孝，亦曰『祭之以禮』。然則事親者，不以數祭爲孝，貴于得禮而已。《孝經》曰：『嚴父莫大於配天。』孔子以周公有聖人之德，成太平之業，制禮作樂，而文王適其父也。故引之以證聖人之德，莫大于孝，答曾子之問而已。非謂凡有天下者，皆當以父配天，然後爲孝也。」朱子亦曰：「此是周公創立一箇法如此。將文王配明堂，永爲定例，以后稷配郊推之自可見。後來妄將嚴父之説亂了。」或又泥「嚴父」二字，謂此禮自周公言之，固謂嚴父；若以成王言之，則是嚴祖，何得云嚴父乎？又《祭法》有「祖文王，宗武王」之語，注疏謂祭五帝五神于明堂，以文王配五天帝，則謂之祖；以武王配五人神，則謂之宗。文王爲父配祭于上，武王爲子配祭于下。何佟之議曰：「《孝經》是周公居攝時禮，《祭法》是成王反位後所行，故《孝經》以文王爲宗，《祭法》以文王爲祖也。」此蓋惑于鄭氏諸儒之説，王肅駁鄭義曰：「古者祖有功而宗有德，祖宗自是不祧之名，非謂配食于明堂者也。審如鄭言，則經當言祖祀文王于明堂，不得言宗祀也。宗者尊也，周人既祖其廟，又尊其祀，孰謂祖于明堂者乎？鄭引《孝經》以解《祭法》，而不曉周公本意，殊非仲尼之義旨也。」斯其論確矣。然《清廟》、《我將》同爲宗祀文王之詩，豈祭時俱歌此二詩乎？今以《小序》及《獨斷》之説考之，《我將》是季秋大饗帝時所用，《清廟》乃雒邑初成，特奉文王以配帝之樂歌，觀篇中「秉文之德」、「對越在天」二語，固自可見，即《雒誥》所謂「王肇稱殷，禮祀于新邑」者，非季秋大饗所用也。周公于雒邑宗祀製此詩，其季秋配帝，別有《我將》之篇，而此詩因移之以他用，蓋有五處焉。其一，《祭統》曰：「夫大嘗禘，升歌《清廟》，下而管《象》，天子之樂也。」周祖文王，故大嘗禘歌之也。其一，《文王世子》曰：「天子釋奠于先老，遂設三老、五更、群老之席位焉。適饌省醴，養老之珍具，遂發咏焉，反登歌《清廟》。既歌而語，以成之也。下管《象》，舞《大武》，大合衆以事，達有神，興有德也。」陳暘謂養老必「歌《清廟》，下管《象》」者，以文王善養老故也。其二，❶《仲尼燕居》曰：「大饗，兩君相見，升歌《清廟》，示德也。下而管《象》，示事也。夫君燕其臣與四方之賓，第升歌《鹿鳴》，下管《新宮》而已。」大饗及兩君相見，皆歌《清廟》管《象》者，以開國之諸侯得與于配帝之祭，肅雍顯相之贊，播之聲詩，榮莫大焉，故於盛禮用之也。其一，《明堂位》曰：「以禘禮祀周公于太廟，登歌《清廟》，下管《象》。」夫周公之廟，何以得用此詩？以此禮實始作于

❶「其二」，據上下文例，疑當作「其一」。

周公，故追思而報之以重祭，所以康周公，非以賜魯也。達此五者，❶而升歌《清廟》之義明矣。季本云：「自此至《維清》，似宜合爲一篇。」是説也，愚有取焉。夫《維清》之詩，序所謂奏《象舞》也。凡禮之言歌《清廟》者，未嘗與管《象》相離，斯其證也。然而章分爲三者，以登降時所奏，各有節序，亦如古樂府一篇之中，分爲數解耳。而後人不察，乃真謂各自爲一篇者，誤矣。試觀首章言「於穆」，而次章亦言「於穆」；首章言「不顯」，而次章亦言「不顯」；首章言「秉文之德，對越在天」，而次章即以「維天之命」與「文王之德」並言；又首章言「清廟」，而三章亦曰「維清」，其前後呼應，井然可數，此非同爲一篇而何？特以古文章句相沿已久，姑仍其分篇之舊耳。至《孝經》明言郊祀后稷以配天，宗祀文王于明堂以配上帝，而此詩及《我將》之篇，乃但以天爲言者，蓋上帝原兼昊天及五帝而言，以昊天尊于五帝，故特舉天以該之，詳見《生民》篇。又按《樂記》云：「樂之隆，非極音也；食饗之禮，非致味也；《清廟》之瑟，朱弦而疏越，一倡而三歎，有遺音者矣。大饗之禮，尚元酒而俎腥魚，大羹不和，有遺味者矣。」鄭玄云：「朱弦練，則聲濁。越，瑟底孔也。疏之，使聲遲也。倡，發歌句也。三歎，三人從歎之耳。」孔穎達云：「樂歌文王之德，不極音聲，故但以熟弦廣孔，少唱寡和。」程大昌云：「凡瑟之弦，練而朱之，則其聲濁。底竅洪疏，則其聲遲。用絲本以取聲，而時貴其遲濁者，正與玄酒大羹薦味而棄味者同一意度，故曰『遺音』、『遺味』也。遺味、遺音，即與上文之謂非極音、非致味者相發相應也。鄭氏釋遺爲餘，失其旨矣。至於一唱三嘆，則鄭謂三人從而嘆之。《大戴禮傳》亦曰：『《清

❶ 「達此五者」，上文亦云「蓋有五處焉」，然檢其文中，僅舉四證。

廟》之瑟，一唱而三嘆之也。』漢去古未遠，一唱三歎，其言如此，必有所受也。陳僧匠智敘《古今樂録》引《尚書大傳》云：『古者帝王升歌《清廟》之樂，大琴練弦達越，大瑟朱弦達越，以韋爲鼓，謂之搏拊，何以也？君子有大人聲，不以鍾鼓竽瑟之聲亂人聲。』《清廟》升歌者，歌先人之功烈德澤也，故欲其清也，其歌之呼也，曰：『於穆清廟。』於者，歎之也。穆者，敬之也。清者，欲其在位者偏聞之也。故周公升歌文王之功烈德澤，苟在廟中見文王者，愀然如見文王。故《書》曰：『搏拊琴瑟以詠，祖考來假。』此之謂也。據此而言，其三人從旁嘆之者，從『於穆』等語，申以嗟嘆，至于三人也。」鄧元錫云：「郊之用繭栗也，廟之用犢牲也，頌之歌《清廟》也，一也。《清廟》之歌，一唱而三歎。懸一鐘，尚拊膈，朱絃而通越，皆交于神明之道也。」朱子云：「漢因秦樂，乾豆上，奏登歌，獨上歌，不以筦絃亂人聲，欲在位者偏聞之，猶古《清廟》之歌也。」

於音烏。**穆清廟。肅雝顯相，**去聲。**濟濟多士，秉文之德，對越在天，駿**《禮記》注作「逡」。**奔**豐氏本作「犇」。**走在廟。不**豐本作「丕」。**顯不**豐本作「丕」。**承，無射**《禮記》作「斁」。**於人斯。**

倪氏云：「《詩》傳謂周頌多不叶韻，未詳其説。然朱子又言一唱三歎者，一人唱之三人和之，如今人換歌之類，蓋每句而四人歌之則成四句，已似一章，而句末一字自然成韻。」○賦也。於，毛傳云：「歎辭也。」穆，通作㣈。《説文》云：「細文也。」《爾雅》訓穆爲美，義蓋取此。清廟，即明堂之大廟，《月令》所謂「中央土，天子居太廟太室」者，是也。何以知之？以茅屋之制知之。《左傳》言「清廟茅屋」，而《大戴禮》亦言：「明堂以茅蓋屋，上員下方，所以明諸侯尊卑。」漢濟南公玉帶上黄帝時明堂圖，其制，中有一殿，四面無壁，覆之以茅，環之以水，斯知清廟即明堂矣。蔡邕《月令論》謂：「明堂者，天子太廟，所以宗祀。夏世室，商重屋，周謂明堂。東曰青陽，南曰明堂，西曰總章，北曰玄堂，中曰太室。人君南面，故主以明堂爲名。在其五室之中央，皆曰太廟。饗射、養老、教學、選士，皆於其中，故取其宗祀之清貌，則曰清廟；取其正室之貌，則曰太廟；取其尊崇，則曰太室；取其堂，則曰明堂；取其四門之學，則曰太學；取其周水員如璧，則曰辟雍。雖各異名，而事實一也。」晋袁準非之，謂：「明堂、宗廟、太學，事義不同，各有所爲，而世之儒者合爲一體，取《詩》、《書》放逸之文，經典相似之語，推而致之。考之人情，失之遠矣。宗廟之中，人所致謹，幽隱清静，鬼神所居，而使衆學處焉，饗射于中，人鬼慢黷，死生交錯，囚俘截耳，瘡痍流血，以干犯鬼神，非其理也。茅茨采椽，至質之物，建日月，乘玉輅，以處其中，非其類也。夫宗廟鬼神之居，而祭天于鬼神之室，非其處也。王者五門，宗廟在一門之内，若在廟而張三侯，又辟雍在内，人物衆多，非宗廟之中所能容也。明堂太廟者，明堂之内太室，非宗廟之太廟也。明堂法天之官，故可以祭天，而以祖配之。」按邕所言明堂爲五室之一，自不可易，其以明堂之太廟爲宗廟，則非也。如準所論，故爲得之。而漢儒相傳，或以明堂爲文王廟，謬矣。又或謂文王廟如明堂制，亦屬附會。陳祥道云：「明堂之中堂曰太廟，以其大享在焉故也。古者鬼神所在，皆謂之廟，《書》與《士虞》以殯宫爲廟，則大享在焉，謂之太廟可也。」楊氏云：「明堂者，王者所居，以出教令之堂，非王者之常居也。疏家謂明堂在國之南，丙己之地，三里之外，七里之内。此言雖未可以爲據，然其制必凛然森嚴，肅然清静，王者朝諸侯、出教令之時而後居焉，而亦可以事天地、交神明於此地而無愧焉。周人祀上帝於明堂，而以文王配之者，此也。說者乃以明堂爲宗廟，又爲大寢，又爲大學，則不待辨說而知其謬矣。惟《考工記》謂『明堂五室』，《大戴禮》謂『明堂九室』，二說不同。前代欲建明堂者，往往惑于二說，莫知所決而遂止。愚謂五室，取五方之義也。九室，則五方之外，而必備四隅也。九室之制，視五室爲尤備，然王者居明堂必順月令，信如《月令》之説，則爲十二室可乎？此又不通之論也。漢承秦後，禮經無全，姑以《考工記》觀之，亦粗可見。《考工記》曰：『周人明堂，度九尺之筵。』東西九筵，爲八丈一尺，言明堂之廣也。南北七筵，爲六丈三尺，言明堂之脩也。五室象五行之方位，有五方，則有四隅，不言可知也。夫有五方四隅，則一堂之地，裂而爲九室矣，又安得通而爲一，復有九筵之廣、七筵之脩乎？蓋明堂云者，通明之堂也，所以朝諸侯行王政者在是，所以享上帝配祖考者在是，非七筵九筵之脩廣，不能行也。五方四隅，亦惟辨其方，正其位，隨王者所居之月，掌次以帷幕幄帟爲之，以詔王居，以順月令，以奉天道耳。亦如所謂隨其時之方位開門是也。此其大畧也。」廟以清名，獨見于此。賈逵、杜預皆以爲肅然清静之稱。孔謂：「廟者，人所不居，雖非文王，孰不清静，何獨文廟顯清静之名？」鄭以爲祭有清明之德者之宫，謂祭文王也。愚按《説文》訓清爲朗，鄭説近之，而義有未盡。此當合天與文王而言，以文王在此配帝，故周公創爲之名。孔所謂天德清明，文能象天清明，故《樂記》曰：「清明象天。」是天德清明。《孔子閒居》曰：「清明在躬，是聖人之德亦清明。」此其義也。「肅雝」二句相連説。肅，《説文》云：「持事振敬也。」雝，毛云：「和也。」解見《思齊》篇。孔云：「既内敬于心，且外和于色，顯明相助也。」鄭云：「有光明著見之德者來助祭也。」吕祖謙云：「《士虞禮》祝辭曰：『孝子某，孝顯相，夙興夜處。』然則自主人之外，餘皆顯相也。成王，祭主也。周公及助祭之諸侯，皆顯相也。」嚴粲云：「稱助祭之人曰顯相者，謂其有顯著之德美稱之也。」濟濟多士，解見《文王》篇。吕云：「廣言助祭之人，凡執事者皆在也。」「秉文之德」二句，亦相連説。秉，持也，手持禾爲秉也。文之德，即所謂文王之德之純者。對，猶配也，「帝作邦作對」之對，解見《皇矣》篇。越，鄭訓爲於，蓋音之轉也。在天之在，指昊天上帝及五帝而言。文王與天合德，故此顯相多士輩，皆持舉文王之德，謂可以配於在天之帝。周公因之，舉行宗祀明堂配帝之禮，見其出于天下之公議，而非周公以己意私爲之也。駿，當依《禮記》注作逡，《説文》云：「復也。」凡有事于廟中者，往復行禮，必非一次，故曰逡奔走也。奔，《爾雅》疏云：「大走也。」走，《説文》云：「趨也。」鄭玄云：「行而張拱曰趨。」又劉熙云：「疾行曰趨，疾趨曰走。」在廟之在，指助祭者言。廟，即清廟也。不，通作丕。《説文》云：「大也。」解見《文王》篇。承，《説文》云：「奉也。」不顯，即《書》之言「丕顯哉文王謨也」。不承，即《書》之言「丕承哉武王烈也」。想穆王命君牙之辭，必本諸此。射，彈射也，解見《思齊》篇。人，汎指天下人言，奉祭之顯相多士，亦在其中。斯，語辭。言文王有大明之德，而武王能遵奉而大承之，此其所以使天下人心悦誠服，不起彈射之端。假使丕顯不若文王，則無以爲後人丕承之地，而指摘之來，亦將有所不免矣。語意只歸重文王上。《泰誓》曰：「維我文考，若日月之照臨，光于四方，顯于西土。惟我有周，誕受多方。」此之謂也。又《禮記・大傳》篇云：「自仁率親，等而上之，至于祖。自義率祖，順而下之，至于禰。是故，人道親親也。親親故尊祖，尊祖故敬宗，敬宗故收族，收族故宗廟嚴，宗廟嚴故重社稷，重社稷故愛百姓，愛百姓故刑罰中，刑罰中故庶民安，庶民安故財用足，財用足故百志成，百志成故禮俗刑，禮俗刑然後樂。《詩》云：『不顯不承，無斁于人斯。』此之謂也。」按此文引《詩》之意，蓋主文王爲周公之禰而言，亦如《孝經》嚴父之説耳。

《清廟》，一章八句。 《序》云：「祀文王也。周公既成雒邑，朝諸侯，率以祀文王焉。」朱傳從之。鄭云：「成雒邑，居攝五年時。」李氏云：「周公之營雒邑，見於《召誥》、《雒誥》。」按《召誥》曰：「周公乃朝用書，命庶殷侯甸男邦伯。」則是周公營雒邑之時，諸侯在也。至於雒邑以朝諸侯，則於《書》無所見。吕云：「朝諸侯者，特相成王以朝諸侯而已，周公非自居南面而受諸侯之朝也。」愚按朝諸侯率以祀文王之説，蓋本于《明堂位》所云「周公踐天子之位，以治天下。六年，朝諸侯于明堂」者，其誣妄不經，不待言矣。或又謂此詩即《雒誥》所云「王在新邑，烝祭歲」者。然彼言「文王騂牛一，武王騂牛一」，則是文、武並祭，此獨言「秉文之德，對越在天」，既非兼武而言，又武王亦無配天之事，烏可强合也。《子貢傳》闕文。

《維天之命》，❶《清廟》之第二章也。說見《清廟》篇。**以太平告。**《序》云：「太平告文王也。」蔡邕《獨斷》亦云：「告太平于文王之所歌也。」蘇轍云：「文王受命，未終而没，成王、周公繼之，天下太平，以爲文王之德之致也，故以告之。」郝敬云：「頌，告成功者也。成王、周公之世，天下和平，制禮作樂，皆文德所貽，故以告廟。」愚按觀篇中有「假以溢我」二語，則所謂告太平者，固亦近之，但章首以天與文王對言，明是宗祀配帝之語，而篇末亦有冀望于天之意，則此頌非但告文王，乃所以告天耳。善哉，毛傳引孟仲子之言曰：「大哉，天命之無極，而美周之禮也夫！」所謂天命之無極，即此詩所云「假以溢我」也。其所謂美周之禮者，則美周公宗祀文王于明堂，以配帝之禮也。孟仲子親受學于孟子，彼所得于《詩》深矣，後人自不解其義耳。

---

❶ 自「維天之命」至下文「爲人臣止於敬爲人子止於孝」，原缺頁，據《四庫全書》本補。

維天之命，於音烏。下同。**穆不已。**孟仲子本作「似」。鄭譜云：「子思論《詩》『於穆不已』，仲子曰『於穆不似』。」**於乎不顯，文王之德之純。假**《左傳》作「何」，《說文》作「誐」，云：「嘉善也。」**以溢**《左傳》作「恤」，《廣韻》作「謐」。**我，我其收之。駿惠我文王，曾孫篤之。**通章俱無韻。○賦也。維，發語辭。命，鄭玄云：「猶道也。」程子云：「天命，即天道也。以其用言之則曰命，造化之謂也。」又云：「言天之自然者曰天道，言天之賦與萬物者曰天命。」於穆，贊辭，解見《清廟》篇。箋訓爲於乎美哉，是也。不已，嚴粲云：「天之運行不已也。造化之機或息，則其賦物者窮矣。」《禮記》，哀公問于孔子曰：「敢問君子何貴乎天道也？」孔子對曰：「貴其不已，如日月東西相從而不已也，是天道也。不閉其久，是天道也。無爲而物成，是天道也。已成而明，❶是天道也。」於乎不顯，亦贊辭也。於乎者，歎美之聲，若烏之吁乎也。不顯，即丕顯也。黄佐云：「在天爲命，即所謂元亨利貞；在人爲德，即所謂仁義禮智。」純，本訓絲，以音同全，亦通作全。《禮記・投壺》「二算爲純，一算爲奇」，是也。愚按《大學》解文王之緝熙敬止曰：「爲人君，止於仁；爲人臣，止於敬；爲人子，止於孝；爲人父，止於慈；與國人交，止於信。」此所謂文王之德之全也。《中庸》論至誠無息，而引此詩曰：「『維天之命，於穆不已』，蓋曰天之所以爲天也。『於乎不顯，文王之德之純』，蓋曰文王之所以爲文也，純亦不已。」世之説者，謂純釋至誠，不已釋無息，愚以爲非也。夫純與不已對言，皆無息之謂，非謂純然後能不已也。純者全也，德既無不全矣，夫何止息間斷之有。謂文王之純，即天

❶「已成」，原作「成已」，據《禮記・哀公問》乙正。

之不已可也。若推其所以能純能不已者，則誠實爲之，故曰「誠者，天之道也」，又曰「誠者，不勉而中，不思而得。從容中道，聖人也」，此《中庸》之義，亦此詩之義也。《大學》之言緝熙，則純之謂也；言敬止，則誠之謂也。程子云：「天道不已，文王純於天道亦不已。純則無二無襍，不已則無間斷先後。」范景文云：「大雅『於昭于天』、『在帝左右』，已見文王與天合德，此兩句咏歎深長，❶更不若他處贊聖者言配言如，分明文王一天矣。」鄒忠胤云：「此之謂配帝之樂歌乎？」假，通作格，升聞之義。按假與假，字形相似，而假或作徦，因訛作格。古文《易》「王假有廟」，今文作「王假有廟」，是假與假通也。《方言》云：「梁、益之間，謂登曰徦。」而《禮記》曰：「天王登假。」是假與徦通也。《爾雅》訓格爲陞，即徦字義，是徦與格通也。古文《書》「假于上下」，今文作「格于上下」，是格與假通也。溢，鄭云：「盈溢之言也。」朱子云：「盈而被于物也。」我，周公代成王自謂也。嚴云：「其者，自期之辭。」收，《爾雅》、毛傳皆云：「聚也。」孔穎達云：「收者，斂聚之義，故爲聚也。」郝云：「文王以聖德格天，其餘澤波及我後人，我當收之，不敢失墜也。」愚按《序》以此詩爲告太平者，其意本此。天休滋至，惟敬德諴民，以祈天永命，則所謂「我其收之」者也。又《左》襄二十七年，宋左師請賞，公與之邑六十，以示子罕。子罕曰：「以誣道蔽諸侯，罪莫大焉。縱無大討，而又求賞，無厭之甚也。」左師辭邑。向氏欲攻司城，左師曰：「我將亡，夫子存我，德莫大焉。又可攻乎？」君子曰：「『彼己之子，邦之司直。』樂喜之謂乎！『何以恤我，我其收之。』向戌之謂乎！」杜預注謂「何以恤我」二句爲逸詩。今按假字

❶「句」，原作「兩」，據《四庫全書》本改。

同遐，而遐通作何，故朱子以爲聲之轉也。溢字近恤，故朱子以爲字之訛也，似乎宜即此詩矣。然如此說，則是望天與文王之有以恤我，既於上下文氣不甚浹洽，又不見《序》中告太平之意，故定主前說。駿，通作峻。《大學》引「駿命不易」作「峻命不易」可證。峻，《說文》云：「高也。」莫高非天，故以峻言。惠，《說文》云：「仁也。」曾，鄭云：「猶重也。」自孫之子而下，事先祖皆稱曾孫。孔云：「哀二年《左傳》云：『曾孫蒯聵，敢告皇祖文王，烈祖康叔。』是雖歷多世，亦稱曾孫也。」篤，即《中庸》「必因其材而篤焉」之篤，通作竺。《說文》云：「厚也。」此屬望于天之辭。言我於文王爲孫，既幸藉文王以受天之祐矣，今日高穹之上，庶其愛念我文王，自我而後，凡爲曾孫者，皆益篤厚之而不替也。前以天與文王對言，既又承言文王以德格天，故福及于我，末復欲天念文王之德，而益厚其福于後人。蓋交互言之，以足其意。

《維天之命》，一章八句。朱傳、《申培說》皆但以爲祭文王之詩，而不能明其所用之地。《子貢傳》闕文。

《維清》，《清廟》之第三章。說見《清廟》篇。**奏《象舞》時之所歌也。**《序》云：「奏《象舞》也。」蔡邕《獨斷》云：「奏《象武》之所歌也。」《申培說》以爲亦祭文王于明堂而奏《象舞》之詩。按樂有歌有舞，歌以爲聲，舞以爲容，聲容備，謂之奏。容所以象也，故謂之象。《象舞》者，鄭玄以爲象用兵時刺伐之舞，武王制焉。《春秋繁露》云：「武王作《象》樂，繼文以奉天。」《墨子》亦云：「武王勝殷殺紂，環天下自立，以爲王事成，功立，無大後患，因先王之樂，又自作樂，命曰《象》也。」孔穎達謂文王時有擊刺之法，武王作樂，象而爲舞。至周公、成王之時，用而奏之于廟。詩人以今太平，繇彼五伐，覩其奏而思其本，故述之而爲此歌也。象舞，亦名象武，《禮・仲尼燕居》篇所謂「下管《象武》」是也。或分《象》爲《維清》、《武》爲《大武》者，非是。而孔又謂《象舞》之樂，象文王之事，《大武》之樂，象武王之事，二者俱是爲《象》，尤屬臆説。推原其故，以鄭於《禮記・文王世子》、《明堂位》、《祭統》諸篇所言「升歌《清廟》，下管《象》」者，彼皆解《象》爲武王之舞，其意蓋謂《清廟》與《象》，若皆是文王之事，不容一升一下耳。故孔申其義，謂周推文德以先文王，則武王爲子道。子道在堂下者，上下之義也。其迂滯不經，至于如此。嚴粲駁之云：「古樂，歌者在上，以人歌者，皆曰升歌，亦曰登歌。匏竹在下，以管奏者，皆曰下管。《春官・大師》『帥瞽登歌，下管，奏樂器』、《益稷》『下管，鼗鼓』是也。《清廟》以人歌之自宜升，《象》以管奏之自宜下，凡樂皆有堂上堂下之奏也。」季本亦云：「升歌在堂上，所貴人聲，《象》管在堂下，則合樂而舞矣。」此其説良是。所以知《象舞》爲武舞者，以《左傳》言「舞《象箾》、《南籥》」知之。《襄》二十九年，吴公子札來聘，見舞《象箾》、《南籥》者，曰：「美哉！猶有憾。」杜預注云：「文王樂也。」又見舞《韶箾》者，杜云：「舜樂也。」曹氏云：「象有箾，韶亦有箾，説者謂以竿擊人曰箾。然則執箾以舞即干舞也，執籥以舞即籥舞也。」愚按舞《象箾》而歌《維清》，賈氏謂《詩》爲樂章，與舞人爲節，殆近之。若舞籥，則歌二南，《鼓鍾》之詩所謂「以籥以南」是也。武舞左執朱干，右秉玉戚，文舞則左執籥，右秉翟，故知《象箾》之舞，原係武舞，康成之解非無據而云然也。蘇轍云：「文王之舞謂之《象》，武王之舞謂之《武》。《記》曰十三舞《勺》。《勺》，《大武》也。十五舞《象》。《象》，《象箾》也。」孔云：「《春官・大司樂》六代之樂。此《象舞》不列于六樂，蓋大合諸樂，乃爲此舞，或祈告所用，《周禮》無之。」愚按此詩因雒邑成而宗祀，正所謂告成事之祭耳。又《竹書》成王八年，作《象舞》。《吕氏春秋》云：「民反王命，周公伐之，商人服象爲虐于東夷。周公遂以師逐之，至于江南，乃作《三象》以嘉其德。」《淮南子》亦云：「周樂，《大武》、《三象》、《棘下》。」今按《三象》之樂，無可考據，要是成王所作，固非武王之《大武》，亦非文王之《象舞》也。

維清，二字爲句。庚韻。**緝熙文王之典。**六字爲句。**肇禋，**二字爲句。**迄用有成，**庚韻。**維周之禎。**庚韻。陸德明本作「祺」。按《清廟》「維天之命」二章，以唱嘆，故皆不用韻。而此章獨用韻者，時當合樂而舞，非唱嘆之時也。〇賦也。維，發語辭。清，即清廟也。緝熙，解見《文王》篇。朱子云：「緝，繼續也。熙，光明也。」典，莊都云：「大册也。字从册在丌上，尊閣之也。」曰「文王之典」者，猶云文王之故事也。此蓋據象舞而言。文王當時有七年五伐之事，即《尚書》傳所云「二年伐邘，三年伐密須，四年伐犬夷，五年伐耆，六年伐崇」者。今悉以其功次第象之爲舞，而奏之于清廟之中，則文王所行之往事，明白如見。故曰維此清廟之中，所繼續而重爲闡揚者，乃文王之典故也。然文樂有文、武二舞，而此獨奏武舞者何？《大雅》曰：「文王受命，有此武功。」故大其事，而於配帝之祀，特奏之也。《禮·祭統》篇亦云：「及入舞，君執干戚就舞位，君爲東上，冕而總干，率其群臣，以樂皇尸。是故天子之祭也，與天下樂之。諸侯之祭也，與竟内樂之。冕而總干，率其群臣，以樂皇尸，此與竟内樂之之義也。」是則祭禮之用武舞，經有明文，《詩》、《禮》所載，若合符節。又按《禮·仲尼燕居》篇云：「孔子曰：『升歌《清廟》，示德也。下而管《象》，示事也。』」陳祥道云：「德莫盛于文王之《清廟》，事莫先于文王之《象》。」《白虎通》云：「歌在堂上，舞在堂下。歌者象德，舞者象功，君子上德而下功也。」繇此以觀，是則管與舞，皆在堂下，于以示事，于以象功，❶則此詩所言文王之典，其爲指文王征伐之事明矣。文王有此大功，宜王而不王，此季札所以曰「美哉，猶有憾」也。肇，《爾雅》云：「始也。」當通作庫，解見《生民》篇。禋，孔云：「祭天之名。」《周禮·大宗伯》職云：「以禋祀祀昊天上帝。」鄭玄云：「禋之言煙。周人尚臭，煙氣之臭聞者也。」鄭玄云：「文王始祭天而枝伐也。」孔云：「《中候我應》云：『枝伐弱勢。』注謂『先伐紂之枝黨，以弱其勢，若崇侯之屬』是也。《皇矣》說伐崇之事云：『是類是禡。』類即祭天也。」愚按《棫樸》之詩曰：「芃芃棫樸，薪之槱之。」亦言文王將伐崇，而先祭天之事。迄，《爾雅》、《說文》皆云：「至也。」用，猶以也。黄佐云：「如《小旻》『是用不集』、『是用不得于道』、『是用不潰于成』，用字同。」「迄用有成」者，謂至今日用能成此王業也。禎，《說文》云：「祥也。」孔云：「祥者，徵兆之先見者也。」周家有天下之祥，早已見于文王肇禋之日，其感格天心舊矣。然則今日明堂之祀，舉以配帝，不亦宜乎？一說，周公始創宗祀之禮，所謂肇禋，以文王配帝始于此也。曰「迄用有成」者，言舉行此禮，至九獻之後，此禮已告成也。祭則受福，故曰「維周之禎」。周禎，自鬼神享配上見，猶《禮運》所言「脩其祝嘏，以降上神。與其先祖，以正君臣。以篤父子，以睦兄弟，以齊上下，夫婦有所。是謂承天之祜」者，亦通，並存之。鄧元錫云：「曰迄有成，豈送神樂與？推之，豈《清廟》登歌樂，《維天之命》將饗樂與？」

---

❶「象」，原作「家」，據《四庫全書》本改。

《維清》，一章五句。朱子以爲亦祭文王之詩，而謂詩中未見奏《象舞》之意，且疑其有闕文。皆繇不深考詩義故也。《子貢傳》闕。

《斯干》，落新宮也。詩作于肇建雒邑之時，亦名《新宮》。《子貢傳》以爲落寢宮也。《申培説》云：「王者落其新宮，史佚美之。」愚按此即古《新宮》詩也。《儀禮·大射之儀》云：「乃歌《鹿鳴》三終，乃管《新宮》三終。」《燕禮》公與客燕儀云：「升歌《鹿鳴》，下管《新宮》。」鄭注云：「《新宮》，小雅逸篇也。」賈公彦云：「知在小雅者，以配《鹿鳴》而言。《鹿鳴》是小雅，明《新宮》小雅可知。」朱子亦疑爲此篇，但謂未有明證。愚以《左傳》宋元公賦《新宮》事繹之，斷其爲此篇無疑也。《左》昭二十五年，宋元夫人生子，以妻季平子。叔孫昭子如宋聘，且逆之。宋公享昭子，賦《新宮》，昭子賦《車轄》。《車轄》，即《車舝》篇。杜注謂：「小雅。周人思得賢女以配君子，昭子將爲季孫迎宋公女，故賦之。」然則宋公所賦，必是此詩之末章，咏乃生女子事，正爲昏姻發耳。若《大射》、《燕禮》，下管俱用此詩，所以答《鹿鳴》而寓祝頌之意。其云三終者，當以首章發端語先爲一終，「似續」以下四章言宮室爲二終，「下莞」以下四章言生育爲三終。如謂此詩非《新宮》，而《新宮》之詩果亡，則後漢明帝永平二年，詔亦曰：「升歌《鹿鳴》，下管《新宮》。」是《新宮》詩至後漢尚在，何云亡也？《新宮》之詩不亡，則非此詩無以當之，其不取詩中字爲篇名，而特以其事名篇者，亦如《常武》之例。《儀禮》定于周公，此詩在《儀禮》中已有，意必作于成王營雒之時。所以知非遷豐時作者，以文王時尚未有子，文王身爲西伯，不應生男章言君而兼及王也，所以知非都鎬時作者。沈約謂武王既有天下，始都于鎬。今考武王在位六年而崩，成王即位年已十三，則當武王爲西伯時，成王已生，無緣此時方祝武王生子爲王也。所以斷爲成王營雒時詩者，以《召誥》中有「庶殷攻位于雒汭」之語。舊説謂位乃左祖右社前朝後市之位，正與此詩言「築室百堵」相合。又考營雒事在成王七年，其時成王年甫二十，春秋方壯，正生子之時，故并祝其生育之蕃。而所生元子釗，果能守文、武之業，繼統之後，天下安寧，刑錯不用，號爲賢王。終周之世，成、康並稱，差於熊羆之夢無忝。且首章即以「兄弟式相好，無相猶」爲言，蓋感管、蔡之事，恫乎有餘悲焉。此詩殆必周公所作。《申説》歸之史佚，或未足信。

秩秩斯干，叶先韻，經天翻。**幽幽南山。**叶先韻，翰旃翻。**如竹苞**叶有韻，補苟翻。**矣，如松茂**叶有韻，莫口翻。**矣。兄及弟矣，式相好**叶宥韻，許候翻。**矣，無相猶**叶宥韻，余救翻。豐氏本作「猷」。**矣。**賦也。毛晃云：「秩本再生稻之名，借爲秩序字。」重言秩秩者，毛傳云：「流行也。」徐鍇云：「有序之貌。」兼此二義方明，言其流行之有序也。斯，此也。干，毛云：「澗也。」按干通作澗，《韓詩》「考槃在澗」作「考槃在干」可證。山夾水曰澗。又此敘雒邑風景，則指澗水東之澗，亦未可知。幽者，深隱之義。《春秋元命苞》云：「幽之爲言窈也。」深而又深，故曰幽幽。南面所對之山曰南山，非終南山也。《天保》篇亦雒邑既成之詩，所云「如南山之壽」即此。陸佃云：「干言源流之長也，山言基址之固也，竹言根本叢緻，松言枝葉繁衍，苞言其本，茂言其末。」孔穎達云：「竹言苞而松言茂，明各取一喻。以竹筍叢生而本概，松葉隆冬而不凋也。」愚按竹苞、松茂，皆表此地物色之美，乃枚舉之詞。其云如者孰如之？主下文「兄及弟矣」爲言。兄弟相好，則其根本堅固而不可摇，其枝葉茂盛而不可替，所以擬之竹苞松茂也。兄及弟矣，謂同姓兄弟之國，郕、霍、邘、晉之屬皆是。式，發語辭。相好，言相親愛也。無與毋異，乃見成語，非禁止之辭。猶，朱子云：「謀也。」言此時兄弟幸皆和好，無有如昔日管、蔡之相圖謀者，故可以肇建新邑，爲四方朝會之地，而鞏萬世子孫不拔之業也。

似豐本作「侣」。**續妣祖，**麐韻。**築室百堵，**麐韻。**西南其户。**麐韻。**爰居爰處，**叶語韻，敵呂翻。**爰笑爰語。**韻。○賦也。《曲禮》云：「君子將營宮室，宗廟爲先，廄庫爲次，居室爲後。」此章言宗廟也。似，《説文》云：「象也。」按《古今注》「廟之爲言貌也，所以彷彿先人之容貌」，即此「似」字意也。續，《説文》云：「連也。」自妣而下，祖廟不一，連續而立之，謂之爲續，即天子七廟是也。又鄭玄讀似如巳午之巳。孔氏解之，謂《周禮》左宗廟，在雉門外之左，門當午地，則廟當巳地。此其説不經甚矣。妣，鄭云：「先妣姜嫄也。」孔云：「知妣是姜嫄者，以特牲、少牢祭祀之禮，皆以其妃配夫而食，無特立妣之廟者。《春官·大司樂》職：『舞《大濩》以享先妣，舞《大武》以享先祖。』妣先于祖，用樂别祭，則周之先妣有不繫于夫而特立廟矣。《閟宮》、《生民》説姜嫄生后稷以配天，爲周之王業，則周之先妣特立廟者，惟姜嫄耳。此妣文亦在祖上，故知是姜嫄也。祖，先祖，不斥號謚，則后稷、文、武兼親廟亦在其中。司樂七廟同用樂，言先祖以總之，明先祖之文兼通諸廟也。」按古樂，祀姜嫄爲先妣，尊之也。今樂，祀后稷以下之先祖，親之也。又《周禮·春官·守祧》職下奄八人。注疏以爲天子七廟，通姜嫄爲八廟。廟一人，故奄八人。築，《説文》云：「擣也。」主下文「百堵」而言。室者總名，對堂，則自半已前虚之謂堂，自半已後實之爲室。统舉則與宮皆爲所居之通稱。《爾雅》「宮謂之室，室謂之宮」，是也。《爾雅》又云：「室有東西廂曰廟，無東西廂有室曰寢。」百堵，解見《鴻鴈》篇。堵，高廣各一丈。百者，非一之辭。概舉之也，以其爲宮室之堵墻，故曰築室百堵。下文西南其户，則又特于百堵内，首指宗廟而言。《考工記》云：「匠人營國，方九里。左祖右社，面朝後市。」《周禮・小宗伯》職云：「掌建國之神位，右社稷，左宗廟。」注以爲在庫門内、雉門外之左右，皆夾治朝。何休云：「質家右宗廟，尚親親。文家左宗廟，尚尊尊。」半門曰户，單舉之也，合二户則爲門矣。廟在朝之左，與朝皆南向，其内則南其户，其外之通于朝者，適在廟之西，故曰西其户。今朝内太廟，❶制可想見。自外以及内，故先言西而後言南。古人立言，各有依據。或謂舉西南以該東北，非是。爰，《爾雅》云：「于也。」宗廟非居處笑語之地，此皆主妣祖而言。《禮》曰：「思其居處，思其笑語。」蓋事死如事生，事亡如事存，故廟貌之中，恍若妣祖于焉陟降，于焉優游。上文之所謂似，意正如此。觀下三章皆言君子，而此章獨無之，則可以悟詩人之意之所屬矣。

約之閣閣，藥韻。《周禮》注作「格格」。**椓之橐橐。**藥韻。陸德明本作「柝柝」。**風雨攸除，**叶御韻，遲據翻。**鳥鼠攸去，**御韻。**君子攸芋。**叶御韻，讀如豫，羊茹翻。陸本作「吁」。○賦也。此章言廄庫也。首二句主垣墻言，中二句兼棟宇言。約，《説文》云：「纏束也。」鄭云：「謂縮板也。」孔云：「若今之墻衽。」《爾雅》云：「樴謂之杙，大者謂之栱，長者謂之閣。」按今築墻者，每束一版，必以二長杙貫其兩端，使不動摇，所謂閣閣也。椓，通作㧻。《説文》云：「擊也。」孔云：「如椓杙之椓，正謂以杵築之也。」橐所以盛土。

❶「今」，《四庫全書》本作「如今之」。

徐鍇云：「《字書》有底曰囊，無底曰橐。」以非一橐，故曰橐橐。按鄭以椓爲搯土，孔謂搯者，以手平物之名。取壤土投之版中，搯使平均，然後椓之，此所以有資于橐也。《易》云：「上古穴居而野處，後世聖人易之以宮室，上棟下宇，以待風雨。」除，朱子云：「亦去也。」鄭云：「其墻屋弘殺，則風雨之所除。其堅致，則鳥鼠之所去。」朱子云：「言其上下四旁，皆牢密也。」君子，謂王者也，後放此。芋，毛訓爲大，鄭訓爲憮，陸改爲吁，義俱難通。按戴侗云：「芋，噂鴟也，古通作預，別作蕷。」然則芋即是預，蓋取預備之義，知其主廄庫而言也。廄乃畜牧之所，庫則財用攸藏，若風雨鳥鼠，最爲廄庫之害，故特言之。古人云：「壯哉鼠雀！」亦庫中之事也。

如跂斯翼，職韻。**如矢斯棘**，職韻。《韓詩》作「朸」，云：「隅也。」豐本同。**如鳥斯革**。叶職韻，訖力翻。《韓詩》、豐本俱作「鞠」，云：「翅也。」**如翬斯飛**，叶支韻，讀如犧，虛宜翻。**君子攸躋**。叶支韻，讀如脂，蒸夷翻。○賦也。此下三章，始言所居之宮室。何休云：「天子諸侯皆有三寢，曰高寢、路寢、小寢。」今按高寢之制未詳。路寢，亦名大寢，所以聽政，制如明堂。《三禮義宗》云：「天子宮方一千二百步。三分，四爲路寢之前，一爲路寢之後。」此章所言，則路寢也。跂，通作企。《釋文》云：「脚跟不着地也。」翼，嚴粲云：「如《論語》『翼如也』之翼。人舉腫則竦臂翼然，❶如鳥舒翼也。」蓋堂既高而體勢又方嚴，故其象如此。棘，通作亟。歐陽脩云：「急也。矢行緩則枉，急則直。謂廉隅繩直如矢行也。」陸佃云：「自其四中視

❶「腫」，《四庫全書》本作「踵」。

之，則如跂斯翼。自其四角視之，則如矢斯棘。」革，本作鞕。《説文》云：「急也。」徐鍇云：「束物之急莫如鞕，今文省作革。」❶按鳥隼之屬，古謂之革鳥，言其急疾也。此以簷阿軒翥之勢言。簷，是屋之前後正簷。阿，是棟邊飄出之側簷。翬，雉名，《爾雅》云：「伊雒而南，素質五采皆備成章曰翬。」吕大臨云：「覆以瓦而加丹雘，有文采而勢騫舉也。」陸云：「《左傳》曰：『五雉爲五工正。』翬其一也。翬蓋中央之雉，南方曰鷂，東方曰鶅，北方曰鵗，西方曰鷷。如鳥斯革，以言其勢之騫揚。如翬斯飛，以言其文之奂散。」躋，《爾雅》云：「陞也。」君子陞之以視朝聽政事也。按周制，天子之堂九尺。以堂高言，故曰陞。

殖殖其庭，有覺其楹。庚韻。**噲噲其正，**叶庚韻，諸盈翻。**噦噦其冥，**青韻。豐氏本作「宧」。**君子攸寧。**青韻。豐本作「寍」。◯賦也。此章言小寢也，在路寢之後，亦名燕寢。殖，通作直。按自堂下至門謂之庭。庭與門相直，故或又訓庭爲直。曰殖殖者，合路寢、燕寢之庭而通言之也。《逸周書·大正解》云：「王乃召冢卿、三老、三吏、大夫、百執事之人，朝于大庭。」蓋謂路寢之庭。又《酆保解》云：「王在酆，昧爽，立于少庭。」則燕寢之庭耳。覺，通作梏。《禮記·緇衣》引《詩》「有覺德行」，作「有梏德行」可證。梏者，械也。《廣雅》云：「楹謂之柱。」《説文》云：「楹之言盈盈然對立之狀。」《釋名》云：「楹，亭也。亭亭然孤立，旁無所依也。齊、魯讀曰輕。輕，勝也，孤立獨處，能勝任上重也。」今按柱之上，有橫木承棟者，其形似笄，因名爲枅，亦名爲欂，又名爲櫨。漢《柏梁臺》詩所謂「柱枅欂櫨相支持」是也。刻枅爲坎，傅于柱端，有

---

❶「文省」，《四庫全書》本作「省文」。

械之象，故曰有梧其楹。噲，《説文》云：「咽也。」重言噲噲，人衆而聲氣襍也。正，謂正朝之所在，指路寢也。噦，《説文》云：「氣牿也。」重言噦噦，屋深而響逆也。冥，《説文》云：「幽也。」《爾雅》云：「幼也。」幼，通作窈。李巡曰：「深閒之窈也。」指燕寢也。其地淵邃，故以冥稱。寧，通作寍，安也。庭之直，楹之梏，路寢、燕寢同之。而路寢則百官聚會之所，但聞人聲氣噲噲然，君子於此聽政而出治。燕寢則人跡不容易至，閒有至者，則其聲必噦噦然，乃君子之所以休息而安身也。攸寧，專承「其冥」一句言。

下莞上簟，叶寢韻，徒錦翻。亦叶琰韻，徒點翻。**乃安斯寢**。韻。亦叶琰韻，于儉翻。**乃寢乃興**，蒸韻。亦叶東韻，火宫翻。❶又叶陽韻，虚良翻。**乃占我夢**。東韻。亦叶蒸韻，莫滕翻。又叶陽韻，謨郎翻。豐本作「㝱」。**吉夢維何**？**維**《潛夫論》作「惟」。下同。**熊維羆**，支韻。**維虺維蛇**。叶支韻，余支翻。豐本作「它」。後同。〇賦也。莞，草名。《爾雅》云：「苻蘺也。」顔師古云：「今謂葱蒲。」《本草》云：「楚謂之莞蒲。」陸德明云：「草蘩生水中，莖圓，江南以爲席，形似小蒲，而實非也。」濮氏云：「莞，又名燈心草。」下莞，是鋪席，其上則竹葦之簟，所以覆席。孔云：「以常鋪在上，宜用堅物，故知竹簟也。」鄭以爲寢既成，乃鋪席與群臣安燕，爲歡以樂之。董氏駁之云：「按几筵、莞筵、蒲筵則有之，而葦竹無施於席，則知所以爲寢也。」此承上章「君子攸寧」而言，因紀當日獲夢之奇。乃安斯寢，乃寢乃興，二寢字與燕寢之寢不同，皆謂卧也。興，夙興也。我，代爲成王之自我也。乃占我夢，詢之人也。占，《説文》云：「視兆問

❶「宫」，原作「官」，據《四庫全書》本改。

也。从卜从口。」會意。問卜曰占。今據夢而問其吉凶，亦同于卜，故曰占也。吉夢維何，占者問也。「維熊」二語，成王自述其夢也。熊、羆，皆獸名。羅願云：「熊類大豕，❶人足黑色，春出冬蟄，輕捷，好緣高木，見人自投而下，亦以革厚而筋駑，用此自快，故稱熊經。」《爾雅》云：「羆如熊，黃白文。」郭璞云：「似熊而長，頭似馬，有髦，高脚，猛憨多力，能拔樹木。關西呼曰貑羆。」蛇、虺，蟲名。張奐云：「蛇能屈伸，配龍騰蟄。」陸佃云：「虺狀似蛇而小。語曰『爲虺弗摧，爲蛇奈何』，以此故也。」或以爲蝮蛇者非，果蝮蛇入夢，將懼有凶徵，而何吉之與有？錢天錫云：「熊羆虺蛇，俱耳目心思不及，則朕兆之異可知。」王符云：「凡夢，有直，有象，有精，有想，有人，有感，有時，有反，有病，有性。《詩》云：『惟熊惟羆，惟虺惟蛇。』『衆惟魚矣，旐維旟矣。』此謂象之夢也。」

大人占之：支韻。之、羆、蛇三字叶。**維熊維羆**，見上。**男子之祥**；祥祥相應爲韻，亦與下章叶。**維虺維蛇**，見上。**女子之祥**。賦也。大人之稱，非王莫當之。所以知非指王者，以前章皆稱王爲君子，故此大人，朱子以爲大卜之屬是也。按《周禮·大卜》職云：「掌三夢之灋，一曰致夢，二曰觭夢，三曰咸陟。其經運十，其別九十。」致夢，蓋謂有所以致是夢者。觭夢，異夢，蓋謂非意所及者。咸陟，蓋謂無心之感，神魄升游，所至有見者。其屬有占夢之官：「掌其歲時，觀天地之會，辨陰陽之氣。以日月星辰占六夢之吉凶，一曰正夢，二曰噩夢，三曰思夢，四曰寤夢，五曰喜夢，六曰懼夢。季冬聘王夢，獻吉夢於王，王拜而受

---

❶「大」，原作「犬」，據羅願《爾雅翼》卷十九改。

之。乃舍萌于四方，以贈惡夢。」愚按此六夢者，以三夢之别取之，則正夢、思夢，即致夢也；噩夢、寤夢，即觭夢也；喜夢、懼夢，即咸陟也。若此詩所夢熊羆虺蛇，當屬噩夢。噩者，驚愕之義。祥，猶兆也。徐鍇云：「祥之爲言詳也。天欲降以禍福，先以吉凶之兆詳審告悟之也。」陸云：「熊羆，陽物也，强力壯毅，故爲男子之祥。虺蛇，陰物也，柔弱隱伏，故爲女子之祥。蓋人之精神，與天地陰陽流通，故夢之吉凶，各以其類至。」嚴云：「心清神定，則有開必先；博物通達，則占事知來。熊羆猛獸，爲男之祥；虺蛇陰類，爲女之祥。昔人謂占夢無書，以意言之，殆近是矣。」輔廣云：「詳占夢之意，則先王致察于天人之際，可謂密矣，惜乎其法之不傳也。然後世之人，情性不治，晝之所爲，猶且昏惑迷亂而不自知覺，則其見于夢寐者，率多紛紜乖戾，未必與天地之氣相流通。其間縱有徵召之可驗者，亦須迂回隱約，必待其既驗而後可知。想古占法雖存，亦未必能盡信也。」

乃生男子，載寢之牀。陽韻。**載衣**去聲。後同。**之裳，**陽韻。**載弄之璋。**陽韻。**其泣喤喤，**陽韻。**朱芾**豐本作「市」。**斯皇，**陽韻。豐本作「煌」。**室家君王。**陽韻。○賦也。此下二章皆未然事，蓋因夢兆而預卜其將然，亦頌禱之意也。乃者，將然之辭。古者男女初生，即表異之。載之言則，蓋音近也。後俱放此。牀，《説文》云：「安身之坐也。」笫簀所施之處。寢之以牀，貴之也。裳者，下之飾。衣之以裳，臣道也。孔云：「王子孫當爲君，而言臣者，王肅謂：『無生而貴之也。』明欲爲君父，當先知爲臣子也。』」或云，以他日衮繡之榮貴之，亦通。弄，《説文》云：「玩也。从廾持玉。」弄之璋者，以玉爲戲具也。毛云：「半珪曰璋。」孔云：「知『璋，半圭』者，以《典瑞》云：『四圭有邸以祀天，兩圭有邸以祀地，圭璧以祀日月，璋邸射以祀山川。』從上而下，遞減其半，故知半圭也。玉不用圭而以璋者，明成人之有漸。璋是圭之半，故言漸也。」嚴云：「今考《大宗伯》，以赤璋禮南方。注謂圭銳，象春物初生。半圭曰璋，象夏物半死。然則圭之首銳，璋則圭體之半也。一圭中分，則爲二璋也。瓚有圭瓚、璋瓚。瓚，勺也，以圭璋爲瓚之柄，以祼於宗廟也。又有璋玉以禮神及朝聘，以爲瑞。此生男弄璋，必不用祭器之璋瓚，當止是璋玉也。」又《詩故》云：「赤璋以禮南方。弄璋，南面之象也。」亦通。此上三句俱見古人早豫教之法，後章放此。喤，《説文》云：「小兒聲。」孔云：「其泣聲大，喤喤然。」按喤字右施皇，皇者，大義，知爲大聲也。后稷之呱，實覃實訏。揚食我之生也，聞其聲知其必滅羊舌氏。則其泣喤喤，其爲吉祥可知。東坡賀人生子詩云：「試教啼看定何如。」嚴云：「今人以兒初生，啼聲長而大，爲福壽。」朱芾斯皇，解見《采芑》篇。「朱芾」二字畧斷，所謂天子之芾純朱也。斯皇者，朱色而襍之以黄，所謂諸侯之芾黄朱也。室家者，國與天下之通稱，如《瞻彼洛矣》所謂保其室家。胡安國亦曰：「王者以京師爲室，天下爲家。」是也。衆子爲諸侯，以君稱，嫡長爲天子，以王稱。言生子衆多，他日者皆將服朱赤之芾，以保有其室家，而或爲一國之君，或爲天下之王也。先君于王，取叶韻。

乃生女子，載寢之地。寘韻。**載衣之裼，**叶寘韻，徒四翻。《説文》、豐本俱作「褅」，《韓詩》作「褅」。**載弄之瓦。**叶寘韻，魚貴翻。**無非無儀，**支韻。亦叶寘韻，宜寄翻。**唯酒食是議，**寘韻。亦叶支韻，疑羈翻。**無父母詒**陸德明作「貽」。**罹。**支韻。亦叶寘韻，力置翻。陸本作「離」。○賦也。寢之于地，卑之也。女人法地，以示天尊地卑之意，非謂賤之也。裼，通作褅。《説文》云：「緥也。」孔云：「縛兒被也。」《詩故》云：「男子裳之，出其手，示有志于四方；女子裼之，并手足而裹之，示無外務也。」瓦，毛云：「紡磚也。」孔云：「以瑋是全器，則瓦非瓦礫，故云紡磚。婦人所用瓦，唯紡磚而已。」黄震云：「今所見紡無用磚者，而瓦亦與磚爲二物，恐風俗古今不同爾。嘗見湖州風俗，婦人皆以麻線爲業，人各一瓦，覆膝而索麻線於其上，歲久，瓦率成坎。古亦豈有此事，而詩人因指之與？」郝敬云：「紡用磚以鎮車。」朱子云：「弄之以瓦，習其所有事也。」曹大家云：「古者生女三日，卧之牀下，弄之瓦磚。卧之牀下，明其卑弱，主下人也。弄之瓦磚，明其習勞，主執勤也。」非，通作誹，訾議也。《左傳》云：「有儀可象謂之儀。」孔云：「以婦人少所交接，無如丈夫折旋揖讓棣棣之多。」丘氏云：「婦人尚静默，不當有所是非，尚質慤，不當爲威儀。」又鄭云：「儀，善也。婦人無所專於家事，有非，非婦人也。有善，亦非婦人也。」鍾惺云：「無非易知，無儀難見。趙母勅其女慎勿爲好，好尚不可爲，而況惡乎？即此意也。」亦通。議，《説文》云：「語也。」一曰謀也。詒，通作貽。《説文》云：「贈遺也。」罹，《説文》云：「心憂也。」惟酒食之事是謀，而無遺父母之憂則可矣。朱子云：「《易》曰：『無攸遂，在中饋，貞吉。』而孟子之母亦曰：『婦人之禮，精五飯，羃酒漿，養舅姑，縫衣裳而已矣。故有閨門之脩，而無境外之志。』此之謂也。」自「無非無儀」以下，預期其長大有家之後，其行如此。

《斯干》九章，四章章七句，五章章五句。《儀禮》、《左傳》皆以爲《新宫》。〇《序》云：「宣王考室也。」劉向亦云：「周德既衰而奢侈，宣王賢而中興，更爲儉宫室，小寢廟，詩人美之，《斯干》之詩是也。上章道宫室之如制，下章言子孫之衆多也。」蓋本序説云爾。愚獨斷其不然者，以宣王既熊羆入夢，則所生必是賢子，乃繼宣者幽，至于身之不保，周室遂東，則此夢亦不靈甚矣。不靈之夢，是夢幻也，聖人何録焉？舊所以相傳爲宣詩者，意《無羊》之詩是宣王時事，篇中亦有「大人占夢」之語，因遂彙作一處，而併屬之宣耳。又按禮，「成廟則釁之，路寢成則考之而不釁」。考也，釁也，總名爲落。落者，樂也。此詩不獨營宮室，亦立宗廟，而獨以考之一字該之，於義亦未爲允。

《洞酌》，召康公教成王以豈弟化庶殷也。豈以强教之，弟以悦安之。《序》以此詩爲召康公所作。《申培説》及朱傳因之，皆以爲召康公戒成王之詩。鄭玄云：「成王始幼少，周公居攝政。及歸之，成王將涖政，召公與周公相成王爲左右。」《書序》云：「周公爲師，召公爲保。」公名奭，康其謚也。所以知爲教成王化庶殷者，以《尚書·召誥》知之，其文云：「太保入，錫周公曰：『拜手稽首，❶旅王若公。』誥告庶殷，越自乃御事：『王先服殷御事，比介于我有周御事。節性，惟日其邁。其惟王勿以小民淫用匪彝，亦敢殄戮用乂民，若有功。其惟王位在德元，小民乃惟刑用于天下，越王顯。』」蓋召公惓惓欲王以德化庶殷若此。玩詩意殊似，而古説又以爲召康公之作，其與《召誥》相表裏明矣。强教悦安，則孔子之釋豈弟也，與興意合，定是正解。

洞酌彼行潦，舊皆爲句。**挹彼注兹，**支韻。摯虞云：「古詩九言者，『洞酌彼行潦挹彼注兹』之屬是也。」讀與舊異。**可以餴**陸德明本作「饙」，豐氏本作「𩞁」。**饎。**叶支韻，許羈翻。亦叶紙韻，昌里翻。**豈**

---

❶「手」，原作「乎」，據《四庫全書》本改。

《家語》、《荀子》、《吕覽》、《韓詩外傳》俱作「愷」，《禮記》作「凱」。**弟**《荀子》、《吕覽》、《韓詩外傳》俱作「悌」。**君子**，紙韻。亦叶有韻，濟口翻。**民之父母**。有韻。亦叶紙韻，姆鄙翻。○興也。洞，《説文》云：「滄也。」滄之爲言寒也。《爾雅》云：「遠也。」按洞字从同，❶同者，野外也。趙頤光謂洞有遠義，遠有寒曠義。酌，通作勺。《説文》云：「挹取也。」行潦，毛傳云：「流潦也。」孔穎達云：「行者，道也。潦者，雨水也。行道上，雨水流聚，故云流潦也。」挹，《説文》云：「抒也。」徐鍇云：「從上酌之也。」彼，彼大器也。注，《説文》云：「灌也。」兹，此也，此小器也。孔云：「遠酌取置之大器，挹來乃注于小器。以潦水泥濁，置之大器以澄之，浥小器而用之，所以轉經二器也。」餴，《説文》云：「滫飯也。」滫者，久泔也。泔者，潘也。潘者，淅米汁也。淅者，汰也。《字書》云：「一烝米也。」朱子云：「烝米一熟，而以水沃之，乃再烝也。」饎，《説文》云：「酒食也。」可以餴饎者，嚴粲云：「言可灌沃饋米，以爲酒食也。」豈，通作愷。《説文》云：「康也。」弟者，次弟之義，順之意也。君子，朱子云：「指王也。」孔云：「一人之云父母，有父之尊，有母之親也。」《逸周書》云：「周公曰：『生之樂之，則母之，禮也。政之教之，遂以成之，則父之，禮也。父母之禮，以加于民。』」蘇轍云：「流潦，水之薄也。然苟挹而注之，則可以餴饎。言物無不可用者。是以君子之于人，未嘗有所弃，猶父母之無弃子也。或曰：雖行潦汙賤之水，苟挹之於彼而注之於此，則遂可以餴饎。孟子曰：『雖有惡人，齋戒沐浴則可以祀上帝。』」季本云：「蓋欲人君舍短取長，不録人過也。如此，則中養不中，才養不才，而可以爲民父

❶「从」，原作「以」，據《四庫全書》本改。

母矣。」《表記》云：「子言之，君子之所謂仁者其難乎？《詩》云：『凱弟君子，民之父母。』凱以强教之，弟以悦安之，樂而無荒，有禮而親，威莊而安，孝慈而敬，使民有父之尊，有母之親，如此而後可以爲民父母矣。非至德，其孰能如此乎？」《韓詩外傳》云：「《詩》曰：『愷悌君子，民之父母。』君子爲民父母何如？曰：君子者，貌恭而行肆，身儉而施博，故不肖者不能逮也。殖盡於己，而區略於人，故可盡身而事也。篤愛而不奪，厚施而不伐。見人有善，欣然樂之；見人不善，惕然掩之，有其過而兼包之。授衣以最，授食以多。法下易繇，事寡易爲。是以中立而爲人父母也。築城而居之，别田而養之，立學以教之。使人知親尊。故父服斬縗三年，爲君亦服斬縗三年，爲民父母之謂也。」又云：「度地圖居以立國，崇恩博利以懷衆，明好惡以正法度，率民力稼，學校庠序以立教，❶事老養孤以化民，升賢賞功以勸善，懲奸絀失以醜惡，講御習射以防患，禁奸止邪以除害，接賢連友以廣智，宗親族附以益强。《詩》曰：『愷悌君子。』」《荀子》云：「彼君子者，固有爲民父母之説焉。父能生之，不能養之；母能食之，不能教誨之；君者，已能食之矣，又善教誨之者也。」以上數則，俱是此詩本意。又《吕氏春秋》云：「愷者大也，悌者長也。君子之德，長且大者，則爲民父母。」按以長大解愷悌，於字義無據。《孔子閒居》篇云：「子夏曰：『敢問《詩》云：「愷悌君子，民之父母。」何如斯可謂民之父母矣？』孔子曰：『夫民之父母乎，必達於禮樂之原，以致五至而行三無，以横於天下，四方有敗，必先知之。此之謂民之父母矣。』」《家語》云：「美功不伐，貴位不喜，不侮不佚，不傲無告，是顯孫師之

❶「校」，原作「較」，據《四庫全書》本改。

行也。孔子言之曰：『其不伐則猶可能也，其不弊百姓則仁也。《詩》云：「愷悌君子，民之父母。」』皆借辭立義，非爲詩作解也。

洞酌彼行潦，挹彼注兹，可以濯罍。灰韻。**豈弟君子，民之攸歸。**叶灰韻，古回翻。○興也。濯，《説文》云：「澣也。」毛云：「滌也。」義同。罍，本作櫑，解見《卷耳》篇。孔云：「《春官·司尊彝》云：『四時之祭皆有罍。』是罍爲祭器也。《卷耳》云：『我姑酌彼金罍。』則燕饗亦有罍。」愚按罍者貴器，可以濯罍，言其可以貴用之也。上章言可以饙饎，但譬養成其材，此則材既成而將見之用矣。攸，所也。歸，猶依投也。君子以豈弟爲德于天下之人，教之則無類，立之則無方，宜其爲民之所歸心也。鄧元錫云：「豈弟，大德也。王者以無怨怒爲大德。行潦耳，而洞酌之，而挹之，又從而注之，雖濯罍以祀可也。率斯術也以往，强教悦安，有一毫疾頑亟成心哉？是豈弟之德也。」

洞酌彼行潦，挹彼注兹，可以濯溉。隊韻。亦叶寘韻，巨至翻。又叶未韻，居氣翻。**豈弟君子，民之攸暨。**寘韻。亦叶未韻，於既翻。又叶隊韻，古代翻。○興也。溉本水名，毛傳以爲清也。孔云：「《特牲》注云：『濯，溉也。』則溉亦是洗名，謂洗之使清潔也。」季云：「可以濯溉，則無物不可濯，非但一罍而已。以喻人才養成，無所用而不可也。」暨，❶通作臮，與也，義與《假樂》篇同。攸暨，猶攸歸也。非君子有豈弟之德，能爲民父母，其何以致之？《孟子》曰：「河海之於行潦，類也。聖人之於民，亦類也。」故行

❶「暨」，原作「塈」，據《四庫全書》本改。

潦所以比民也，雖然，未盡也。夫行道上之流潦，其穢濁必與凡水不同。愚以是知詩意爲殷之遺民染紂污俗者之況也。而舊説皆以行潦興豈弟君子，不倫甚矣。自召康公於《詩》、《書》以此義告成王，與周公申誥多士多方同一意緒。厥後周公既没，王命君陳尹兹東郊，亦曰：「爾無忿疾于頑，無求備于一夫。必有忍，其乃有濟，有容，德乃大。簡厥脩，亦簡其或不脩，進厥良，以率其或不良。」蓋所得于周、召之訓者深矣。金履祥云：「殷自中葉以來，士大夫世家巨室，殖貨慢令，風俗浸不美，盤庚一嘗正之，歷高宗諸賢君，風俗固嘗正矣。至紂又以浮酗驕奢唱之，❶一時風靡，而又爲天下逋逃主，聚諸亡命，是崇是長，凡億兆之心，如林之旅，計皆是物，蕩無廉耻。一旦周師至，則倒戈迎降之不暇爾。武王入殷，固已慮之，曰：『若殷之大衆何？』太公亦已有誅斥之意矣，獨周公不然，而兼包并容之。然商民之意得氣滿，終不若在紂之日，故其後從武庚以叛。于是分遷畿甸，而處之，而誘之，亦殊勞矣。跡商民之所爲，自秦、漢言之，坑戮誅夷之而已矣。而乃待之如此，此乃周公之德，而所以爲周家之忠厚也。」王應麟云：「殷民既化，其效見於東遷之後。盟、向之民，不肯歸鄭；陽樊之民，不肯從晋；及其末也，周民東亡，而不肯事秦。王化之入人深矣。」

《泂酌》三章，章四句。舊本皆作章五句。○《序》云：「召康公戒成王也。言皇天親有德，饗有道也。」按《左》隱三年，周、鄭交質，君子曰：「信不繇中，質無益也。明恕而行，要之以禮，雖無有質，誰能間

❶「浮酗驕奢唱之」六字，《四庫全書》本作「沈酗驕奢倡之」。

之？苟有明信，澗谿沼沚之毛，蘋蘩蘊藻之菜，筐筥錡釜之器，潢汙行潦之水，可薦於鬼神，可羞於王公，風有《采蘩》、《采蘋》，❶雅有《行葦》、《泂酌》，昭忠信也。」《序》説本此，豈知《左氏》特斷章取義耳，而援以釋經可乎？朱子詆其踈是也。然朱子於取興之意，亦自未解。其云：「行潦尚可餴饎，豈弟君子，豈不爲民之父母乎？」或爲之暢其説，謂行潦無本，豈弟有源，餴饎濯罍之用可數，父母斯民之德無量。是皆牽强附會，不成義理。《子貢傳》闕文。

《卷阿》，召康公戒成王任賢保治也。成王三十三年遊于卷阿，召康公從，自三十三年至此，出《竹書紀年》文。**因王之歌，作此以爲戒。**出朱傳。《申培説》同。○愚按周公之戒成王也，于《無逸》則曰「繼自今嗣王，則其無淫于觀、于逸、于遊、于田」，于《立政》則曰「繼自今立政，其勿用憸人，其惟吉士」，是詩爲遊觀而作，而篇中又惓惓以吉士、吉人爲言，其爲告成王之詩明矣。況又有《竹書》足據乎？黄佐云：「卷阿之樂，固召公之所深慮也。然召公之作《旅獒》，恐武王之玩物而喪志也。其詞直者何也？以武王大聖人也，而又當君臣同心之際，故直也。《卷阿》之作，蓋恐成王之逸游，或至於流連也。其詞婉者何也？以成王中材之主也，而又當君臣危疑之後，故不得而不婉也。要之，各有攸當焉耳。」

有卷者阿，歌韻。**飄**陸德明本作「票」。**風自南。**叶侵韻，乃林翻。**豈弟君子，來游**《列女傳》作

❶ 二「采」字，原皆作「菜」，據《四庫全書》本改。

「遊」。**來歌**，韻。**以矢其音**。侵韻，阿、歌，南、音，隔句各韻。○興而賦也。卷，《説文》云：「膝曲也。」故毛傳訓曲也。阿，《説文》云：「曲阜也。」按曲阜名阿，卷則其曲之貌也。飄，《爾雅》、《説文》皆云：「迴風也。」孔穎達云：「阿之曲者，風無去路。」鄭玄云：「有大陵卷然而曲，迴風從長養之方來入之。興者，喻王當屈體以待賢者，賢者則猥來就之，如飄風之入曲阿然。其來也，爲長養民。」王安石云：「有卷者阿，則虛中屈體之大陸；飄風自南，則化養萬物之迴風。不虛中則風無自而入，不屈體則風無自而留。」愚按此興意，但諷王受言，未及求賢之事，蓋召公將有所進戒于王，❶慮其扞格不入，故即所見以起興。有卷者阿，興下文「豈弟君子」。飄風自南，興下文「以矢其音」。豈，通作愷。《説文》云：「康也。」故晉世顧愷，字長康。弟，《説文》以爲韋束之次第，順之意也。君子，指成王也。曹居貞云：「豈弟君子，樂於循理而已，故詩人美人君之德，必以豈弟言之。」游本旌旗之流，借以爲飄揚自得之意。來游來歌，謂王來游而歌也。末章「惟以遂歌」之歌指此。矢音，康公自言賡歌也。矢者，直指之意。臣以詩陳於君前，故曰矢其音，則此詩所言是也。輔廣云：「有卷者阿，言其地也。飄風自南，言其時也。豈弟君子，來游來歌，以矢其音，言其事也。召公從成王來游於卷阿之上，時有飄風自南而來，成王樂而歌之，故公因陳此詩以爲戒。」

伴豐氏本作「泮」。**奐**豐本作「渙」。**爾游**尤韻。**矣，優游爾休**尤韻。**矣。豈弟君子，俾爾彌爾性，似**《爾雅》注作「嗣」。**先公**《爾雅》注「公」下有「爾」字。**酋**尤韻。**矣**。賦也。伴，《説文》云：「大貌。」

❶「蓋」，原作「益」，據《四庫全書》本改。

奂，《説文》云：「取奂也。」字从廾，从夐省。廾音拱，竦手也。徐鍇云：「夐，營求也，取之義也。」爾，指王也，後放此。「伴奂爾游」者，言大取此地而游之，以爲王所游，故大之也。優，通作𢕟。《説文》云：「行之和也。」休，《説文》云：「息止也。字从人依木。」「優游爾休」者，言王以神情和豫而來游，遂止息于此也。俾，使也。此與下二章言「俾」字，詞雖若祝，而意實主諷。《説文》無彌字，本作𢐄，弛弓也。性字从心从生。人受仁、義、禮、智之德于天以生，而此四德皆藏于心，謂之性也。彌性，與《周書・召誥》言「節性」反看。心放則性失，必時時撿束之，勿使放逸，節之義也。養定則性恬，縱任之而已，不事矜持，彌之義也。然此亦只在游豫上説。按鄭箋解伴奂爲自縱弛之意，王肅非之，云：「周公著書，名曰《無逸》，而云自縱弛也，不亦違理哉？」孫毓亦云：「忠臣戒君，而發章令自縱弛，非直方之義也。」唐孔氏爲申鄭意云：「周公之言無逸者心也，召公之言優游者事也。心常戰兢，無時可逸，事若無爲，自然逸矣。『子之燕居，申申如也』，是縱弛之狀。『無爲而治，其舜也與』，是自逸之事。召公教其求逸，勸使任賢，此則達者之格言，萬世所不易，何以爲違理之談，非直方之義也？」愚謂孔説辨矣。然召公實非教王以縱弛。其曰「俾爾彌爾性」者，微辭也，正意乃在「似先公酋」一語。若曰，使王若能勤于政事，如當日之先公，則亦可以久享此逸矣。似，《説文》云：「象也。」吕祖謙云：「似先公者，召公周之尊老，故其祝成王遠本先公不忘舊也。祝之所以戒之也。」酋，久也。按酋本繹酒之名，其字从酉，水半見于上。酉者酒也，酒久則水上見而糟少也，故《周禮》注云：「酋者，久遠之稱，酒以久熟者爲善，因名酒官爲大酋。」《方言》亦云：「久熟曰酋。」似先公酋，以壽考言。不曰先王而曰先公者，周之先公多壽，王季壽百歲，文王壽九十七歲，至武王爲天子，而壽乃不及，故但言先公也。言外欲王思先公所以居此久者，其必非以逸游爲事可知矣。又劉敞云：「召康公何以不欲成王似先王，而獨曰似先公乎？曰：成王之時，周之先王惟有文、武，文、武皆聖人，不可似也。是以欲成王似其可及者，則莫若似先公也。然則聖人不可及，而大賢有可到，非其不欲其似先王也，智不能也。」黄櫄云：「漢文之時，賈誼爲之痛哭流涕，如禍患之迫乎其後，誼之憂國誠深矣。然其言大過，而無優游不迫之意。帝退而觀天下之勢不至於此，則一不之信。然後知康公之戒君，其言亦有法也。」

爾土宇昄章，亦孔之厚有韻，亦叶麏韻，後五翻。**矣。豈弟君子，俾爾彌爾性，百神爾主**麏韻。亦叶有韻，當口翻。**矣。**賦也。土，土地也。宇本屋邊之名，此當以邊垂言。《左傳》「在君之宇下」，是爲邊垂也。昄，《説文》云：「大也。」章，通作彰，明也。昄章二字對言，蘇氏謂大而且著，是也。昄屬土，謂混一無外。章屬宇，謂疆界劃然。孔，甚也。曰厚者，有基圖鞏固，不可動摇之意。百神，以土宇内之衆神言之。《祭法》云：「有天下者祭百神。」主，猶依也。周昌年云：「主字内便有常字意。凡不常者，只如過客一般，不得爲主。必常，而後可以言主。」吕云：「天子者，百神之主也。苟以逸欲虧其性，則天位難保，將無以主百神矣。」愚按天子統臨萬方，諸侯咸視傚焉，故臯陶戒舜曰：「無教逸欲有邦，兢兢業業。」王誠念及主萬方之百神也，將勤于政事之不暇，而何彌爾性之爲乎？勸一諷百，召公之謂與。

爾受命長陽韻。**矣，茀**《爾雅》注作「祓」。❶ **禄爾**《爾雅》注無此字。**康**陽韻。**矣。豈弟君子，**

❶「注」，原作「法」，據《四庫全書》本改。

俾爾彌爾性，純嘏爾常陽韻。**矣。**賦也。受命，謂受天命而爲天子也。長，以歷年多言。黃佐云：「成王即位，共三十有七年。《無逸》謂自三宗后，人君類皆短折，或十年，或七八年，或五六年，或四三年，其稱祖甲享年之永，亦惟曰三十有三年。然則成王即位十年以後、三十七年以前，皆可謂之長無疑也。況其初即位，爲三叔、武庚所擾，首尾凡六年矣，其時必不暇爲卷阿之遊也。今得遊卷阿矣，而曰『伴奂優游』，曰『土宇昄章』，曰『茀祿爾康』，此亦可以見其歷年之久，非復《小毖》、《訪落》，徬徨恐墜之時比矣。」茀，草木蔽盛之貌。祿，即福也。茀祿，言福祿之來，亦如草木之盛蔽，無欠闕也。康，安也，安於王之身也。純，通作全。嘏，《說文》云：「大遠也。」《郊特牲》亦云：「長也，大也。」皆指福言。純主言其備，嘏主言其久。爾常二字，相連說，言爾常常享此純嘏之福也。先言似先公，既又進之于主百神，至此更推極之于天命，王而歷歷思及此也，雖欲彌爾性而自暇自逸，亦有所不能矣。輔云：「三章皆極言壽考福祿，以廣王心而歆動之。然後五章以下，乃告以所以致此之繇，則其言入之易而感之深也。召公可謂能盡師保之道者矣。」朱子云：「康公戒王，其始只說箇好意思，告人法當如此。」

有馮陸本作「憑」。**有翼，**職韻。**有孝有德，**職韻。**以引以翼。**見上。**豈弟君子，四方爲則。**職韻。○賦也。人君能用賢，然後可以優游而享盛治，故自此章以下，皆以用賢之事言之。馮，通作凭。《說文》云：「依几也。」翼，通作翊。《說文》云：「輔也。」有馮有翼，指大臣言。蘇轍云：「在前則有馮，在側則有翼。」愚按此與下文引翼相照，大臣日在王側，能引君，故君以之爲馮。能翼君，故君以之爲翼。漢世三輔郡，其左名馮翊，取義本此。孝者，百行之本。德者，及物之源。蘇云：「孝致於內，德施於外。」謝枋得云：「求賢不取非常之才，而止曰有孝有德，何也？曰：孝於親者，必忠於君。取其孝，正求其忠也。唐、虞以上，取人以德，無才德之分，如皋陶九德，皆才也。舜舉八元八愷之才，皆德也。有德則才在其中矣。」引本關弓之名，借以爲牽引之義。以引者，爲引導其前，使不迷於所往，即《孟子》「引君當道」之引。以翼者，謂翼贊其左右，使不怠於所行，即《虞書》「予欲左右有民，汝翼」之翼。皆主啓沃言。則，法也。王能得賢臣之引翼，則其德日修，而可以爲四方之法則也。昔召公誥王惓惓以無遺壽考爲言，此詩作時，雖周公已喪，而芮伯、彤伯、畢公、衛侯、毛公之屬尚在，所云孝德，意即其人與？呂云：「是詩雖戒求賢，然咏歌以道之，故其辭從容不迫，至此章始明言賢者之益焉。」有馮有翼，自成王言之也。以引以翼，自賢者言之也。有孝有德之人在王左右，以引以翼，然後王德罔愆，可以爲四方之法也。賢者之行非一端，必曰有孝有德何也？蓋人主常與慈祥篤實之人處，其所以興起善端，涵養德性，鎮其躁而消其邪，日改月化，有不在言語之間者矣。故宣王之在内者，唯云張仲孝友，而蕭望之亦謂張敞材輕，非師傅之器，皆此意也。

顒顒卬卬，陽韻。**如圭**《荀子》、《中論》俱作「珪」。**如璋**，陽韻。**令聞**陸本作「問」。❶**令望**。叶陽韻，武方翻。**豈**《中論》作「愷」。**弟**《中論》作「悌」。**君子，四方爲綱**。陽韻。○賦也。顒，《說文》云：「頭大也。」《易》「有孚顒若」之顒，主君言。卬，徐鍇云：「傾首望也。」《說文》引《詩》「高山仰止」，主臣言。承上章言君臣相與于一堂之上，君端拱以俯臨，其象則顒顒然。臣精白以仰對，其象則卬卬然，猶《書》言「穆

❶「問」，原作「間」，據《四庫全書》本改。

穆在上，明明在下」也。圭者，君所執。璋者，臣所執。詳見《棫樸》篇。兩璋之合，則爲一圭。王有馮有翼，與左右諸臣合爲一體，如圭之象。左右諸臣以引以翼，亦協心内嚮，以趣乎王，如璋之象也。令，善也。綱者，網之大繩。君明臣良，同心同德，則令聞令望，皆歸于王。遠者傳其聲譽，近者挹其丰采，如此，則豈弟君子，信乎可以制命于上，而爲四方之綱也。上章爲則，以德言；此爲綱，以位言。

鳳皇《大全》、朱傳、蘇傳、《讀詩記》俱作「凰」。後同。**于飛，翽翽**《説苑》作「噦噦」。**其羽，亦集**豐本作「㠍」。**爰止。**紙韻。**藹藹王多吉士，**紙韻。**維君子使，**紙韻。**媚于天子。**紙韻。○賦之興也。吕云：「自此以下，廣言人材之盛也。」鳳皇，毛傳云：「靈鳥，仁瑞也。雄曰鳳，雌曰皇。」《爾雅》云：「鶠鳳，其雌皇。」《禽經》皇作翟，云：「翟以鳴鳴鳳，鳳以儀儀翟。」《周書・王會》篇云：「西申以鳳鳥，方揚以皇鳥。」《大戴禮》云：「羽蟲三百六十，而鳳爲之長。」《詩義疏》云：「鳳在天爲朱雀。」陸佃云：「鳳，鳥之美者，能君其類而知時，雌則美而不大。」按《京房易傳》謂鳳皇高丈二，而郭璞則云：「高六尺許。」豈亦雌雄之異與？又按鳳皇之象，其説不一。《韓詩外傳》及《説苑》皆載黄帝召天老而問之曰：「鳳象何如？」天老對曰：「夫鳳象鴻前麟後，蛇頸而魚尾，鸛顙而鴛鰓，❶龍文而龜身，燕頷而鷄喙，駢翼而中注。首戴德，頂揭義，背負仁，心信智，翼挾義，衷抱忠，足履正，尾繫武，延頸奮翼，五彩備明，光興八風，氣降時雨，食有質，飲有儀，往即文始，來即嘉成。惟鳳爲能通天祉，應地靈，律五音，覽九德，去則有災，見則有福，嚴照四方，仁聖皆伏。天下有道，得鳳象之一，則鳳過之；得

❶「鰓」，原作「思」，據《四庫全書》本改。下同。

二者，則鳳下之；得三者，則春秋下之；得四者，則四時下之；得五者，則没身居之。」羅願云：「鴻前者軒也，麐後者豐也，蛇頸者宛也，魚尾者岐也，鸛顙者椎也，鴛鰓者張也，龍文者緻也，龜背者隆也，燕頷者方也，雞喙者鈎也。又説者曰，出東方君子之國，翱翔四海之外，過崑崙，飲砥柱，濯羽弱水，暮宿風穴，見則天下大安寧。」《山海經》云：「丹穴之山，有鳥焉，其狀如鶴，五采而文，名曰鳳。首文曰德，翼文曰順，背文曰義，膺文曰仁，腹文曰信。是鳥也，飲食自歌自舞。」《論語摘衰聖》云：「鳳有六像九苞。六像者，一曰頭像天，二曰目像日，三曰背像月，四曰翼像風，五曰足像地，六曰尾像緯。九苞者，一曰口包命，二曰心合度，三曰耳聽達，四曰舌詘伸，五曰彩色光，六曰冠矩朱，七曰距鋭鈎，八曰音激揚，九曰腹文户。」《孝經援神契》云：「王者德至鳥獸，則鳳皇翔。」《樂動聲儀》云：「鎮星不逆行，則鳳皇至。」《樂叶圖》云：「五音克諧，各得其倫，則鳳皇至。」又《禽經》云：「青鳳謂之鶡，赤鳳謂之鶉，黄鳳謂之鸞，白鳳謂之鷫，紫鳳謂之鷟。」《樂叶圖徵》云：「五鳳皆五色，爲瑞者一，爲孽者四，其四皆似鳳，並爲妖。一曰鷫鸘，鳩喙圓目，至則疫之感也；二曰發明，烏喙大頸，至則喪之感也；三曰焦明，長喙疏翼圓尾，至則水之感也；四曰幽昌，兑目小頭，大身細足，脛若鱗葉，至則旱之感也。」《人鏡經》云：「凡五方之鳥，皆似鳳而非也。東方發明，全身總青；西方鷫鸘，全身總白；南方焦明，全身總赤；北方幽昌，亦曰退居，全身總黑；中央鳥名玉雀，亦曰鳳皇，全身總黄。」以上諸説，紛紛詭異，羅氏謂：「其至蓋罕，故孔子稱之。而世好事者喜爲之傳道，務奇怪其章，故千世而不合焉。既夸爲希世之瑞夸而無驗，極而必反，則又推之以爲孽，皆不足取。」其論達矣。《竹書》紀成王十八年，鳳凰見。沈約注及古樂府皆言成王時，鳳皇翔舞於庭，王援琴而歌，作《神鳳操》曰：「鳳皇翔兮於紫庭，予何德兮以感靈，賴先人兮恩澤臻，于胥樂兮民以寧。」今按操辭固疑假託，然觀《書》，周公留《君奭》篇曰：「耇造德不降，我則鳴鳥不聞。」耇指召公，鳴鳥指鳳也。則前此召公未求去之時，鳳固嘗至矣。周公以鳴鳥之聞，爲耇德之應，故此以鳳皇至止，興大臣在朝，即前章所言有孝有德，而居輔弼之位者也。翽，《説文》云：「飛聲也。」翽翽其羽，言衆鳥也。《説文》云：「鳳飛，群鳥從之以萬數。」陸佃云：「夫文，凡鳥爲鳳，鳳總衆鳥者也。古文作朋，蓋四靈唯鳳能鳩其類，故以爲朋黨之字。同門曰朋，其類不一，所從者一而已。」亦，指衆鳥也。對鳳皇，故言亦。集，《説文》云：「群鳥在木上也。」爰，于也，集于其所止之地。其，即後章所云「高岡」乎？鄭云：「衆鳥慕鳳皇而來，喻賢者所在，群士皆慕而往仕也。因時鳳鳥至，因以喻焉。」嚴粲云：「鳳皇飛，衆羽亦集，猶大賢用而善類樂附之，從其類也。」舊説多以翽翽爰集，爲鳳鳥衆多。曹居貞謂鳳皇希見之鳥，不應群飛之衆若此，此自是正理。若唐孔氏引《中候握河紀》云：「鳳皇巢阿閣讙樹。」言讙讙在樹，是鳳必群飛。《白虎通》亦云：「黄帝之時，鳳皇蔽日而至。」是來必衆多。要皆茫昧不足信。藹，《説文》云：「臣盡力之美也。」與《爾雅》解合。字从言葛聲，非从艸謁聲也。或以爲艸木之盛多，誤矣。王，鄭云：「王朝也。」吉，《説文》云：「善也。从士从口。」徐鍇云：「口無擇言也，會意。」愚按《易》云：「吉人之辭寡。」正與制字意合，大約有德者必簡于言。皋陶論人有九德：寬而栗，柔而立，愿而恭，亂而敬，擾而毅，直而温，簡而廉，剛而塞，彊而義，彰厥有常，吉哉！周公言立政，惟用吉士，而復申之曰：「繼自今，後王立政，其惟克用常人。」可知吉士即常人也。身無擇行，則口無擇言，此吉士義疏也。士者，任事之稱。君子，即前數章所稱「豈弟君子」，指王也。使，謂任用之。媚，《説文》云：「悦也。」吉士雖多，惟在王之任用之，則必能各修其職，以博王之歡悦也。朱子云：「既曰君子，又曰天子，猶曰王于出征，以佐天子云爾。」黄佐云：「按《書》，成王命君陳曰：『爾有嘉謀嘉猷，則入告爾后于内，爾乃順之于外。曰：斯謀斯猷，惟我后之德。』欲其媚于天子也。成王中材之主，而其言若此，召公以老臣將順，其亦有諷諫之意乎？守成之世，喜承順而惡忌諱，唐、虞言事君，則曰汝無面從，此豈成王之所能及哉？」

鳳皇于飛，翽翽其羽，亦傅于天。叶真韻，汀因翻。**藹藹王多吉人，**真韻。**維君子命，**叶真韻，眉辛翻。**媚于庶人。**見上。○賦之興也。傅，通作附，取附麗之義。天，以興王朝。吉人，即吉士也，就其人言，則但曰人；自其効用于王朝言，則變稱士。命即使也，命之以所居之職，所爲之事也。媚于庶人，言有以得民之歡心也。上章言「媚于天子」，嫌其類於以邪媚爲悦也。故此章質言之，若曰：媚庶人，乃所以媚天子耳。黄佐云：「成王之時，泰之時也。嘗讀《易》而得其説矣。泰之爲卦，雖吉且亨，然聖人懼焉，○謂無平不陂。❶又慮陰皆失實者，蓋變二四則至于《豐》可憂；變上下則入于《否》不利。聖人深恤將來，而預圖保之，其設戒深矣。惟九二一爻，乃人臣之正位，上應六五之賢君，爲得其中。周公立爻辭曰：『包荒，用馮河，不遐遺。朋亡。』以四者爲治泰之道，蓋世道久安，則法度弛，而習成誕慢欺蔽矣。驟然改圖，近患先起，不可不包以大量也。人情久逸，則紀綱縱，而下趨委靡陵替矣。恬然安之，將又愈甚，不可不革以猛力也。衆志久寧，則變故少，而無復深謀矣。遠而慮之，必周庶事，不可以遺遐遠也。時勢久順，則人情肆，而至于私昵惡德矣。約而正

❶「○」，《四庫全書》本作「故」。

之，必絶黨與，不可以私朋比也。召公欲用馮翼孝德之賢，以成君德，而爲四方之綱，是則慈祥者進，而有所謂包荒者矣。篤實者進，而有所謂馮河者矣。上而媚君，下而媚民，則遐遠無不周矣。❶吉人彙征，儉壬自遠，則朋比無所私矣。召公立意，蓋與《易》合，其得保泰之道哉！」

鳳皇鳴庚韻。**矣，于彼高岡。**陽韻。**梧桐生**庚韻。**矣，于彼朝**豐本作「鼂」。**陽。**韻。王充《論衡》作：「梧桐生矣，於彼高岡。鳳皇鳴矣，於彼朝陽。」**菶菶萋萋，**叶支韻，❷此移翻。**雝雝**《論衡》作「噰噰」，豐本作「邕邕」。**喈喈。**叶支韻，堅夷翻。又豐本于此章之上增入一章六句，「鳳皇于飛，其鳴將將，其翼若干，其音若蕭。有鳳有皇，樂帝之心」，云「石經有之」。○賦之比也。此與下章較上三章又深一意。此章專言鳳皇所集之處，欲王優禮大臣，有加而無已，則有孝有德之大臣，可以常留而不去也。先是周公有明農之語，而召公亦有求去之思，意成王所以待大臣必有未盡其道者，故惓惓及此。高岡，高山之脊也。梧桐，本二木名，《爾雅》云：「櫬梧。」❸又云：「榮桐木。」郭璞皆以爲梧桐，後人遂混而一之，非也。羅願云：「梧者，植物之多陰，最可玩者，青皮而白骨，似青桐而多子。蓋桐有青赤白，而青桐又有有實無實之辨。今人以梧之青，亦曰青桐，云其生莢，如箕子相對，綴箕上多者至五六，成材之後，樹可得實一石，食之

❶「遠」，原作「遺」，據《四庫全書》本改。

❷「支」，原作「韻」，據《四庫全書》本改。

❸「櫬」，原作「襯」，據《四庫全書》本改。

味如芡。《古今方書》稱『丸藥如梧桐子』者，蓋倣此也。《莊子》曰：『空閲來風，桐乳致巢。』蓋子生纍然似乳，鳥悦於得食，因巢其上，亦猶枳椇之來巢，以味致之也。此木易生，鳥銜墜者，輒隨生殖，其畦種者，是歲可高一丈。古稱鳳皇集于朝陽梧桐之上，豈亦食其實耶？梧亦良木，《孟子》謂場師舍梧檟而養樲棘則爲賤場師，明梧者，場中所貴也。此木雖不中樂器，然堪車板盤合木牒等用。桐名榮者，桐以三月華，蓋自春首東風解凍，蟄蟲、魚獺、鴻雁皆應陽而作，惟桃桐之作華，乃在衆木之先，其榮可紀，故名桐爲榮也。《周書·時訓》曰：『清明之日，桐始華。桐不華，歲有大寒。』蓋不華則陽氣微，陽氣微則寒可知已。又《易緯》曰：『桐枝濡毳而空中，難成易傷，須盛氣而後華。』蓋以經言始華，有遲之之義。桐與梧既異，而桐之中又有數種。」陸佃亦云：「梧一名櫬，即梧桐也。今人以其皮青，號曰青桐，華净妍雅，極爲可愛，故多近齋閣種之。梧櫜鄂皆五焉，其子似乳，綴其櫜鄂生，多或五六，少或二三，故飛鳥喜巢其中。桐木華而不實，即白桐也。白桐無子，冬結似子者，乃是明年之華房。《爾雅》曰：『榮桐木。』即此是也。賈又曰：『華而不實者曰白桐，實而皮青者曰梧桐。今炒其實噉之，味似菱芡。桐有三輩，青、白之外，復有岡桐，即油桐也。』陶氏曰：『桐有四種，青桐，葉皮青似梧而無子；梧桐，色白，葉似青桐而有子；白桐，與岡桐無異，唯有華子爾；岡桐無子，是作琴瑟者。』皆不足據。青桐，即今梧桐。白桐又與岡桐全異。白桐無子，材中琴瑟。岡桐子大有油，與陶氏之説正反。」今按詳觀諸説，則此詩所云梧桐，乃《爾雅》所云「櫬梧」者，絶與榮桐木無預。櫬梧生實，故鳥喜棲之，《莊子》桐乳致巢之説可據。若桐有三種，其白桐與岡桐，或當如陸氏之説，惟青桐與櫬梧相似，而櫬梧有子，青桐無子，此其所以爲别。櫬梧相似，故亦號之爲桐，然不欲没其本名，因又名之爲梧桐也。陶隱居之説青桐、梧桐得之，然不宜以梧桐混于諸桐之中。若陸氏謂青桐即今梧桐，則尤混矣。《遁甲書》言梧桐不生，則九州異主。注云：「梧桐以知日月正閏，生十二葉，一邊有六葉，從下數一葉爲一月，至上十二葉，有閏則十三葉。視葉小者，則知閏何月也。」《爾雅》云：「山東曰朝陽。」孫炎云：「朝，先見日也。」毛傳云：「梧桐不生山岡，太平而後生朝陽。」陸云：「梧性便濕，不生于岡。」邵博云：「梧桐，百鳥不敢棲止，遂鳳皇也。古語云爾，驗之果然。」舊説皆以鳳皇比臣，梧桐比君。愚謂陽乃君象，若梧桐爲鳳皇所棲，在高岡朝陽之地，亦猶輔弼大臣所居，乃近君之位耳。高岡者，朝廷之比。梧桐者，大臣爵位之比。按《白虎通》云：「黄帝之時，鳳皇止于東園，食常竹實，栖常梧桐，終身不去。」菶、萋，《説文》皆云：「艸盛也。」此則借以狀枝葉茂密之貌。雝本鳥名，即脊令也。其同産者，飛鳴不相離，故狀聲之和者取之。喈，《説文》云：「鳥鳴聲。」徐鍇云：「聲衆且和也。」鳳雖希有之物，然經合雌雄而言，明非一鳳，比立朝之大臣亦非一人也。按王充云：「《禮説瑞命》篇云『鳳鳴曰即即，皇鳴曰足足』，《詩》云『雍雍喈喈』，此聲異也。使聲審，則形不同也。使審同，詩與禮異。世傳鳳皇之鳴，故將疑焉。」按黄帝使伶倫制十二筩，聽鳳鳴，其雄鳴爲六，雌鳴亦六，比黄鍾之宫，而皆可以生之，是爲律本。少皞氏以其鳴合十二律，❶故設鳳鳥氏之官，以爲歷正。舊謂鳳鳴若簫，故帝舜之世作簫以象之，及簫韶九成，而鳳皇來儀。天老云：❷「晨鳴曰發明，晝鳴曰保長，

❶「合」，原作「不」，據《爾雅翼》中相同文字改。
❷「天」，原作「大」，按下文之説出自《説苑》，據改。

飛鳴曰上翔，集鳴曰歸昌。小音金，大音鼓。」而《論語摘衰聖》則云：「行鳴曰歸嬉，止鳴曰提扶，夜鳴曰善哉，晨鳴曰賀世，飛鳴曰郎都。知我惟黄，持竹實來。」羅願以爲譯者即其音而附之聲也。蓋其説之不一如此。蘇云：「鳳皇鳴于高岡，將欲得而畜之，則植梧桐於朝陽以待之。使梧桐之盛，至於菶菶萋萋也，則鳳皇鳴于其上，雝雝喈喈矣。」鄭云：「喻賢者待禮乃行，翔而後集。」劉公瑾云：「梧之菶菶萋萋者，人君待賢之盛禮也。鳳之雝雝喈喈者，群賢和集之德音也。比意蓋如此。」愚按《中庸》言官盛任使，所以勸大臣。《孟子》言與共天位，與治天職，與食天禄，即此詩託喻菶菶萋萋之意。

君子之車，既庶且多。歌韻。亦叶支韻，章移翻。**君子之馬，既閑且馳。**支韻，亦叶歌韻，唐何翻。**矢詩不多，**見上。**維以遂歌。**韻。亦叶支韻，居支翻。○賦也。此章言王朝雖多吉士，而猶恐野有遺賢，欲王之旁求之也。車、馬皆所以待徵聘錫予之用者。庶，衆也。多，《説文》云：「重也。字从重夕。夕者，相繹也。」徐鍇云：「繹之言尋也。今日復尋前日之事，是爲多也，故重日則爲疊，重夕則爲多。」「且多」云者，猶言不止于衆而已，且重一倍也。閑，當通作嫺。《爾雅》云：「習也。」馳，《説文》云：「大驅也。」「既閑且馳」者，言不徒閑習法度，能鳴和鑾、清節奏而已，且可以疾驅直騁，無不如意，真良馬也。輔廣云：「王今既有車馬衆多，而且閑習，將安所用乎？亦惟招延禮待賢者于無窮可也。不明言其事，蓋欲王自得之也。」矢詩，即首章所云「矢音」。彭執中云：「詩所以言其志，而音則聲之成文者，其實一也。」曰不多者，見中心所欲言，非矢音所能盡。不然，此詩以章計者十，以句計者五十四，不爲不多矣。遂，《禮記疏》云：「謂申也。」朱子云：「猶《書》所謂『賡載歌』也。」王來游而作歌，計此時情亦甚快，臣之矢詩，維以申遂王之所歌，欲王長享此樂耳。此詩雖以戒成王，還爲賡歌而發，故語多諷而無規切之詞。

《卷阿》十章，六章章五句，四章章六句。《序》云：「召康公戒成王也。言求賢用吉士也。」毛、鄭泥其説，謂吉士必賢者而後能用，因解「豈弟君子」爲賢者，然篇中如「四方爲則」、「四方爲綱」，明是贊天子之語，豈人臣所敢當？且通篇惟贊美賢臣，亦非賡歌王前之體。嚴氏則以爲召公欲王留周公而作，謂周公有明農之請，將釋天下之重負，以聽王之所自爲。康公慮周公歸政之後，成王涉歷尚淺，任用非人，故作《卷阿》之詩，反覆歌詠，欲以動悟成王，若曰：是豈弟君子也，可以輔君德，可以儀百辟，可以總衆職，可以司進退人物之權。今欲歸政矣，王所倚仗者誰歟？以詩語印之，頗屬近似，然於末節言車之庶多，馬之閑馳，終屬難解。及考《竹書》成王十八年，鳳凰見。二十一年，周文公薨于豐。至三十三年，方有卷阿之游，則此詩之作，乃在周公薨後，當成王初政，固未嘗游卷阿，而亦未嘗有鳳鳴之事。嚴之臆説，不足信也。《子貢傳》闕文。

《凱風》，衛七子自責也。能盡孝道，以慰母心焉。季本云：「衛有七子，不能安其母之心，故作此詩以自責，無怨言也。《孟子》曰：『《凱風》，親之過小者也。親之過小而怨，是不可磯也。』所謂過小，必奉養有闕，而其母憤怒諸子，欲自勞苦耳，非謂衛之淫風盛行，而其母欲嫁也。如此，尚得爲小過哉？」愚按武王之誥康叔曰：「子弗祗服厥父事，大傷厥考心。于父不能字厥子，乃疾厥子。女乃其速繇文王作罰，刑茲無赦。」所云作罰者，謂罰其子。繇子不孝，故致父不慈也。又曰：「矧今民罔迪不適，不迪，則罔政在厥邦。」蓋欲康叔以教化先之也。此詩邶人所作，以不能得母歡心而負罪引慝若此，其所感于康叔之化者深矣。昔者季札觀樂于魯，爲之歌《邶》、《鄘》、《衛》。曰：「吾聞衛康叔武公之德如是，是其《衛風》乎？」今觀三國之詩，絶無有言及康叔之事者，愚特舉是詩以當之。又按康叔封衛在武王時，《書·康誥》篇言「孟侯，朕其弟小子封」是也。其兼有邶、鄘二國，在成王時。《逸周書·作雒》篇言俾康叔宇于殷，《史記》言「周公旦以成王命，興師伐殷，以武庚殷餘民封康叔，居河淇間故商墟」是也。是詩乃《邶風》，故宜系之成王之世。

凱風自南，叶侵韻，女今翻。**吹彼棘心**。侵韻。**棘心夭夭**，叶蕭韻，於喬翻。**母氏劬勞**。叶蕭韻，憐蕭翻。〇興也。凱，本作愷。《説文》云：「康也。」《爾雅》云：「南風謂之凱風，東風謂之谷風，北風謂之凉風，西風謂之泰風。」陸佃云：「凱風言其情，谷風言其自，凉風言其德，泰風言其交。」李巡云：「南風長養萬物，萬物喜樂，故曰凱風。」自南者，從南方而來也。棘，《説文》云：「小棘，叢生，从並朿。」徐鍇云：「小棘故从並朿，低小也。」《詩詁》云：「棘如棗而多刺，木堅，色赤，叢生，人多取以爲藩。歲久無刺，亦能高大如棗。木色白者爲白棘，實酸者爲樲棘，亦名酸棗。」按傳云「豫章以木稱郡，酸棗以棘名邦」，是酸棗即棘也。沈括云：「棗獨生，高而少横枝；棘列生，卑而成林。以此爲别。其文皆从朿，朿音刺，木芒刺也。朿而相戴立生者棗，相並横生者棘也。不識二物，觀文可辨。」陸佃云：「棘性堅强，費風之長養者，其心之生更難於榦。」《四時纂要》云：「四月棗葉生，凱風之時也。」孔穎達云：「母性寬仁似凱風，已難長養似棘。」羅願云：「八風，南曰景風。凱風既云自南，乃當景風。《白虎通》曰：『景風至，棘造寔。』蓋吹彼棘心者，將以趣其造寔。」郝敬云：「棘，小棗叢生，以比七子也。」夭，通作枖。《説文》云：「木少盛貌。」徐鍇云：「謂草木始生未幾，而先長大也。」劬，勤。勞，劇也。其勞頻數，謂之劬勞。嚴粲云：「凱風自彼南方長養之方而來，吹彼穉弱之棘心，至于夭夭然少長，則風之爲力多矣。興母以慈愛之情，養我七子之身，至于少長，則母亦病苦矣。母之養子，於少時最勞苦，故于夭夭言劬勞。」朱子云：「本其始而言，以起自責之端也。」

凱風自南，吹彼棘薪。真韻。豐氏本作「新」。**母氏聖善，我無令人。**真韻。○興也。《月令》注云：「大者可析謂之薪。」孔穎達云：「上章言『棘心夭夭』，是棘之初生，風長之也。此不言長之狀，而言棘薪，則棘長已成薪矣。」鍾惺云：「棘心、棘薪，易一字而意各入妙。」嚴粲云：「棘心喻子之幼小，棘薪喻子之成立。」朱子云：「棘可以爲薪，則成矣。然非美材，故以興子之壯大而無善也。」聖者，明達之稱。善者，賢淑之稱。❶鄭玄以爲有叡智之善德。孔云：「此母氏聖善，人之齊聖，皆以明智言之，非必要如周、孔也。」令，善也。朱子云：「以聖善稱其母，而自謂無令人，其自責也深矣。」愚按韓退之作文王《拘幽操》云：「臣罪當誅兮，天王聖明。」與此同意。

爰有寒泉，在浚之下。叶麌韻，後五翻。**有子七人，母氏勞苦。**麌韻。○興也。《通典》云：「寒泉，在濮州濮陽縣東南浚城。」《水經注》云：「濮水枝津，東逕浚城南，而北去濮陽三十五里，城側有寒泉岡，即《詩》：『爰有寒泉，在浚之下。』世謂之高平渠，非也。」言子賴母以有生，猶浚民賴寒泉以爲養。舊以寒泉興七子，浚民興母，難通。我七子向當幼小之時，固賴母氏劬勞，以有今日。即今成立之後，而母氏之

---

❶「淑」，原作「俶」，據《四庫全書》本改。

勞苦，尚無時不然，所謂欲報之德，昊天罔極。愛慕之情，何能已已乎！

睍睆《太平御覽》作「簡簡」。**黃鳥，載好其音。**侵韻。**有子七人，莫慰母心。**侵韻。〇興也。

睍，《説文》云：「出目也。」一云好視也。睆，本作睅。《説文》云：「大目也。」趙頤光云：「从完何？猶言目全體也。」睍以視言，睆以目言，乃注視凝眸之貌。俗訛以爲黃鳥之聲，非也。黃鳥，解見《葛覃》篇。載之言則，蓋音近也。好其音者，興其辭令順也。慰，《説文》云：「安也。」孔穎達云：「《論語》曰『色難』，又《内則》云：『父母之所，下氣怡聲。』是孝子當和顏色、順辭令也。今有子七人，皆莫能慰母之心，繇顏色不悦、辭令不順故也。自責言黃鳥之不如也。」愚按七子怨艾之深，全在一「莫」字，見其中亦宜有一人能養且悦者，而今無有也，不獨引爲己非，亦寬爲母地矣。

《凱風》四章，章四句。《序》云：「美孝子也。衛之淫風流行，雖有七子之母，猶不能安其室，故美七子能盡其孝道，以慰其母心，而成其志爾。」朱子則謂此乃七子自責之辭，非美七子之作。然此亦《序》録詩者之意耳，固未爲甚謬。乃《集傳》亦取其淫風流行，不能安室之説，則恐未必然。夫有子七人，既皆成立，母年亦當邁矣，而尚欲嫁耶？《子貢傳》亦云：「寡母欲去，而子自訟焉，賦《凱風》。」《申培説》則云：「邶人母不安其室，七子自咎而作。」總之勦襲《序》義，固不如季氏之説較爲近于人情。乃自《孟子》解此詩，而引孔子「舜其至孝矣，五十而慕」之言以明之。漢儒熊氏遂以舜彈琴歌南風爲即此詩，則紕繆甚矣。

詩經世本古義卷之十一（虚）

周康王之世詩五篇

何氏小引

《采菽》，康王即位，召公、畢公爲東、西二伯，率諸侯來朝，王錫命之。

《昊天有成命》，祀成王之詩，道成王之德也。成王，能明文昭、能定武烈者也。

《下武》，康王祭成王廟，受釐陳戒之詩。

《噫嘻》，康王春祈穀也。既得卜于禰廟，因戒農官。

《甘棠》，思召公也。

《采菽》，康王即位，召公、畢公爲東、西二伯，率諸侯來朝，王錫命之。《書·康王之誥》篇云：「王出在應門之内，太保率西方諸侯，入應門左，畢公率東方諸侯，入應門右。」此詩第四章有「平平左右，亦是率從」之語，故知爲朝康王詩也。《樂記》云：「武王克商，分周公左、召公右。」班固云：「自陝以東，周公主之。自陝以西，召公主之。」王肅云：「畢公代周公爲東伯。」孔穎達云：「二公率領諸侯，知其爲二伯各率其所掌諸侯，《曲禮》所謂『職方』者，此之義也。」又按《儀禮・覲禮》篇云：「天子袞冕，負斧依。侯氏入門右，坐奠圭，再拜稽首。擯者謁。侯氏坐取圭，升致命，王受之玉，侯氏降，階東北面再拜稽首，擯者延之曰：『升。』升成拜，乃出。四享，皆束帛加璧，庭實惟國所有。」及事畢，「天子賜侯氏以車服，迎于外門外，再拜。重賜無數」。今據《康王之誥》篇所載「諸侯布乘黃朱，賓稱奉圭兼幣，曰：『一二臣衛，敢執壤奠。』皆再拜稽首」，則所謂圭幣庭實之獻，固有之矣。而天子之賜，泯焉無聞，深屬可疑。此詩言「何錫予之」，「路車乘馬」，「玄袞及黼」，則正賜以車服之禮，謂《詩》足補《書》之闕可也。又覲禮事畢，賜車服之時，「諸公奉篋服，加命書于其上，升自西階，東面，大史是右。侯氏升，西面立，大史述命。侯氏降兩階之間，❶北面再拜稽首，升成拜。大史加書于服上，侯氏受」。是詩言「天子命之」，則正其事也。其第四章「殿天子之邦」云云，是命中語，而《康王之誥》篇，記王報誥庶邦侯甸男衛之辭，有曰：「乃命建侯樹屏，在我後之人。雖爾身在外，乃心罔不在王室。」則亦于殿邦之旨，深有合焉。愚所以定爲康王之詩者以此。《孔叢子》載孔子曰：「於《采菽》見古之明王，所以敬諸侯也。」

采菽《左傳》、《國語》、陸德明本、《子貢傳》、《申培說》俱作「叔」，豐氏本作「尗」。**采菽，筐**豐本作

---

❶「兩」，原作「西」，據《儀禮・覲禮》改。

「匚」。**之筥**語韻。**之。君子來朝，**音潮，後同。**何錫予**語韻。《白虎通》作「與」，後同。**之？雖無予之，路車乘馬。**叶麐韻，滿補翻。**又何**《白虎通》「何」下有「以」字。**予之？玄衮及黼。**麐韻。○興也。采，《説文》云：「捋取也。」菽，大豆也。又羅願云：「菽者，衆豆之總名。其類最多，故九穀之中居其二，於用甚多。羞籩之實，糗餌粉餈，皆擣粉，熬大豆以爲表也。又以爲豉，又以爲粥。」筐筥，解見《采蘋》篇。陳祥道云：「《聘禮》君使卿歸饔餼，賓與上介，皆米百筥，筥半斛。夫人使大夫歸饔餼，賓上介，米八筐；士介，六筐，筐五斛。夫百筥以多爲榮，而所實少，八筐、六筐以少爲貴，而所實多，則筐大而筥小矣。於文筐正而筥圜之，則筐方而筥員矣。」詩意以菽興車馬衣服，采菽而貯以筐筥，將以待不時之需。諸侯來朝，有錫予之禮，而可不亟儲其具乎？君子，謂五等之諸侯也，後同。凡諸侯見于天子曰朝，此則因康王初即位而來朝也。錫，通作賜。《説文》云：「予也。」予，《説文》云：「推予也。」字象上下相予之形。愚按予字，乃以上與下之義，觀字形下引可見。何錫予之，心口相問之辭，言將賜何物以予之乎？旋即自計曰：雖無他可以予之，然如下文車馬之賜，不可闕也。路，即《周禮》「五路」之路。杜預謂行於道路，故以路名。鄭玄云：「王在焉曰路。」賈公彦云：「謂若路門、路寢、路車、路馬，皆稱路，故廣言之。」鄧元錫云：「《周禮》車直名路，於路切也。五路，惟玉路不以賜，其餘金路以封同姓，象路以封異姓，革路以封四衛，木路以封蕃國。四馬爲乘，乘馬所以駕路車者。」按《韓奕》之詩曰：「其贈維何？乘馬路車。」即諸侯來朝而錫予之事也。又何予之，言車馬之外，于禮又當有所予也。玄衮，鄭云：「玄衣而畫以卷龍也。凡冕服，皆玄衣纁裳。」按古者天子服十二章。《虞書》舜曰：「予欲觀古人之象，日月星辰山龍華蟲作會，宗彝藻火粉米黼黻絺繡。」

是也。繪繡各六，衣用繪，裳用繡，共爲十二，象天數也。公則自山而下，以次遞減，故臯陶謨曰「五服五章哉」。鄭注以爲十二也、九也、七也、五也、三也，是其遞減之數，理或然也。至周以日月星辰畫於旌旗，爲大常，服止九章，而稍變其序。登龍於山，登火於宗彝，尊其神明也。九章，初一曰龍，次二曰山，三華蟲，四火，五宗彝，六藻，七粉米，八黼，九黻，龍取其變，山取其鎮，華蟲取其文，火取其明，宗彝取其孝，藻取其潔，粉米取其養，黼取其斷，黻取其別。公之服與王同，衣五章，自龍至宗彝；裳四章，自藻至黼。侯伯則衣三章，自華蟲至宗彝；裳四章與公同，凡七。子男亦衣三章，起宗彝，而升藻、粉米于衣，其裳止黼、黻二章耳，凡五。以上衣皆用繪，裳皆用繡。降是，孤衣止一章，刺粉米，無畫，裳二章同子男，凡三。又降是，卿大夫衣無文，裳刺黻而已。蓋鄭康成説如此，鄭所以云然者，以《周禮》推之。《周禮·司服》職云：「王祀昊天上帝，則服大裘而冕，祀五帝亦如之。享先王則衮冕，享先公、饗、射則鷩冕，祀四望、山川則毳冕，祭社稷、五祀則希冕，祭群小祀則玄冕。凡兵事，韋弁服。眡朝，則皮弁服。凡甸，冠弁服。凡凶事，服弁服。凡吊事，弁絰服。公之服，自衮冕而下如王之服；侯伯之服，自鷩冕而下如公之服；子男之服，自毳冕而下如侯伯之服。孤之服，自希冕而下如子男之服，卿大夫之服，自玄冕而下如孤之服；士之服，自皮弁而下如大夫之服。」配冕之服五，通大裘而六，配弁之服則止于五。大裘之制未詳。《司裘》職云：「掌爲大裘，以共王祀天之服。」鄭司農以爲黑羔裘也，服以祀天，示質也。然《郊特牲》云：「祭之日，王被衮以象天。」若與《周禮》不同者。《家語》云：「郊之日，天子大裘以黼之，被裘象天，既至泰壇，王脱裘矣，服衮以臨燔柴。」據此，《家語》之説最爲明白。曰大裘以黼之者，言先服大裘，而後服黼衣。黼衣，即衮衣也。若《玉藻》所謂「被衮象天」，則謂以大裘被于衮之上，正指大裘也。及燔柴之時，始去大裘而露其衮。若宗廟之祭，則惟用衮而已。羔裘色玄，與天同色，故曰象天。必取裘者，衮外服裘，猶裳有韍，示不忘古。不然，則如祭群小祀之玄衣足矣。固知古人制禮，自有深意。公自衮以下皆如王服，惟不敢服大裘，以此爲異。故《玉藻》云：「唯君有黼裘以誓省，大裘非古也。」白黑謂黼，謂狐白與黑羔，合爲黼文，惟諸侯得服之，以誓衆田獵。其後皆僭用天子之大裘矣，故譏之，云非古也。衮，鄭玄云：「卷龍衣也。」孔云：「衮之言卷也，謂龍首卷然。《玉藻》曰『龍卷以祭』，知爲龍首卷也。」《説文》云：「天子享先王，卷龍繡於下幅，一龍蟠阿上向。」按龍本衣之章，而《説文》謂「繡於下幅」，似未爲允。此四字，當是指裳言，一龍蟠阿上向，乃是正解衮義。阿，曲也，謂龍蟠曲之狀，其首上向，即卷意也。又《王制》云：「三公一命卷，若有加，則賜也，不過九命。」考《周禮》云：「三公八命，其出封，加一等。」然則所謂一命卷者，謂進八命，而九命始服卷龍耳。但王服卷，公亦服卷，王九章，公亦九章，將何所别？終不能無疑。按《白虎通》引傳曰：「天子升龍，諸侯降龍。」賈公彦以爲據衣服而言。鄭玄注《覲禮》，謂上公衮無升龍，蓋本於此，此其説可信。天子之龍，蟠阿上向，故名爲卷，此即升龍也。衮字，从衣从公，可知衮但爲上公之服，必與天子有異。卷、衮同是畫龍，而升降有别，以聲音相鄰，傳訛遂混。其實天子之服當名卷，上公之服則名衮也，請以俟知者。自衮以下，皆名裨衣。《禮記·曾子問》云：「諸侯裨冕。」《覲禮》：「侯氏裨冕。」鄭玄謂：「裨之言埤也。天子大裘爲上，其餘爲裨也。」所以知侯伯之章始於華蟲者，以侯伯服鷩冕。鷩者，赤雉也。雉又名華蟲，以其有文采，故稱華。以其頸毛及尾似蛇，兼有細毛似獸，故以蟲名。《考工記》謂之鳥獸蛇，言鳥之似獸似蛇者，即雉也。侯伯服以鷩冕，故知始華蟲也。所以知子男之章始于宗彝者，以子男服毳冕。獸之細毛名毳。鄭玄以毳畫虎蜼，謂宗彝也。宗彝者，宗廟彝尊之飾。彝與爵相似。《周禮》六彝，有雞彝、鳥彝、斝彝、黄彝、虎彝、蜼彝，其序以遠代者在後，如六尊之次，曰犧、象、著、壺、大、山。大者，虞氏之尊也。山者，夏后之尊也。《明堂位》云：「夏后氏雞彝，殷以斝，周以黄鳥。」彝序在雞、斝之間，知必皆三代之彝，而宗彝之會于衣，自舜已有之，其非三代之彝可知，故鄭斷其爲虎蜼。蜼形如母猴，與虎皆淺毛細毳，又與《周禮》毳冕之義合也。子男服以毳冕，故知始宗彝也。所以知孤絺粉米者，以孤服希冕。希與絺同，本作黹。《説文》云：「箴縷所紩衣也。」紩者縫也，即刺繡也。章在裳者刺繡，其在衣者繪畫而已。今升粉米于衣，粉米不可畫之物，雖在衣亦刺之不變，故得希名。粉米而下，唯有黼黻二章，乃在裳者，故知孤章始粉米也。孔又謂以此推毳冕之粉米，當亦刺之也。卿大夫知衣無文者，以卿大夫服玄冕。祭服衣本是玄，今但言玄，知其無文。又自九章而下，降殺以兩，至此當得一章，則所餘者惟黻而已，故知但裳刺黻也。《易》云：「黄帝、堯、舜，垂衣裳而天下治，蓋取諸乾坤。」衣法天，故章數奇。裳法地，故章數偶。七章以下，其數漸少，則裳上之章，亦漸勝于衣也。所以知凡冕服皆玄衣纁裳者，亦以衣法天，天色玄，裳法地，地色黄。但土無正位，託於南方火色，赤與黄相兼，即纁色也。凡此，皆鄭、孔諸儒以意推之，而著其説如此，雖未足盡信，然亦彷彿近之。今據此詩「玄衮」，明上公之衣亦玄色。《周禮》言玄冕，謂衣之無文者，其本色是玄。然則凡冕服之皆玄衣，其説確矣。鄭又知登龍于山者，若如舜時山在龍上，則衮冕不爲最尊，故知登龍于山也。知登火于宗彝者，若不登火，則五章之服自藻而下，不得稱爲毳冕，故知當登火，以間于華蟲之下、宗彝之上也。然宗彝之下，有藻、火兩章，知不登藻而登火者，以火有光明之盛。《春秋傳》云「火龍黼黻」，《禮記》「殷火，周龍章」，是火貴于藻，故知登火不登藻也，備録于此。或疑自古衣裳十二章，周道尚文，不應遂簡其三。按《左傳》子大叔曰：「爲九文、六采、五章，以奉五色。」所謂九文，即九章也。九文之説，自《左傳》已著之，其非漢儒臆揣明甚。又臧哀伯曰：「三辰旂旗，昭其明也。」是又漢儒所云「日月星辰，畫于旌旗」之證也。或又舉《郊特牲》云：「祭之日，王被衮以象天，戴冕，璪十有二旒，則天數也。」謂衮備十二章，所以象天，以此破九章之説。豈知被衮戴冕，原分二事：大裘色玄，被于衮上，象天之色；冕璪十有二流，法天之數，何相涉之有？又按五服雖異，而冕則一。《周禮·弁師》職云：「掌王之五冕，皆玄冕，朱裏，延，紐，五采繅十有二就，皆五采玉十有二，玉笄朱紘。諸侯之繅斿九就，瑉玉三采，其餘如王之事。」又云：「諸侯及孤卿大夫之冕，各以其等爲之。」注謂：「諸侯之繅斿九就，侯當爲公之誤也。」斿即旒也。天子前後十二旒；諸公九命，故九旒；侯伯七命，七旒；子男五命，五旒；王之三公八命，其卿六命，其大夫四命，公之孤四命，其大夫再命，子男之卿再命，其大夫一命，凡旒數，各視其命數爲差。鄭又謂一命之大夫，冕而無旒，未知然否。自天子之下，皆以一冕冠數服，服之章極于九，從九而遞殺；冕之旒極于十二，從十二而遞殺，各不相同。士則無冕。黼有二義，《考工記》、《説文》皆謂白與黑相次謂之黼，舊説又謂黼作斧形。《周禮注疏》云：「斧之謂黼。」蓋半白半黑，似斧刃白而身黑。又云：「近刃白，近上黑，取斷割焉。」公衣五章，裳四章，而衣以衮爲首；子男衣三章，裳二章，而裳以黼爲首。此言玄衮及黼者，舉公及子男以該侯伯也。又《詩》若概舉九章，當始于衮，終于黻。《古爾雅》訓衮爲黻，黻者，衮之盡也。此不言黻者，以卿大夫止有裳一章，刺黻無黼，故但言黼以別于卿大夫，明此所錫予者，止於來朝之諸侯，不爲卿大夫設也。凡此皆先王待諸侯之常制。是時諸侯尚未來朝，而王者已預爲之儲具如此。《國語》秦穆公燕公子重耳，賦《采菽》。子餘使公子降拜，秦伯降辭。子餘曰：「公以天子之命服命重耳，重耳敢有安志，敢不降拜！」《左》昭十七年，小邾穆公來朝，公與之宴，季平子賦《采菽》，穆公賦《菁菁者莪》。昭子曰：「不有以國，其能久乎？」秦穆公、季平子皆僭歌天子之詩以自誇大，其失禮均矣。

觱《說文》作「畢」，豐本作「滭」。**沸檻**《說文》作「濫」。**泉，言采其芹。**文韻，亦叶微韻，渠希翻。羅願云：「芹，今蘄多有之。蘄之爲蘄，以有芹也。蘄即芹，亦有祈音。」**君子來朝，言觀其旂。**微韻。亦叶文韻，巨斤翻。**其旂淠淠，**霽韻。**鸞**豐本作「鑾」。**聲嘒嘒。**霽韻。**載驂載駟，**寘韻。**君子所届。**叶寘韻，居吏翻。亦叶霽韻，居例翻。《晏子春秋》作「誡」。〇興也。觱字，本作觱，羌人所吹以驚馬也。此狀水噴出之貌，與觱發同意。沸，《說文》云：「水騰涌也。」檻泉，《爾雅》云：「正出。」正出者，涌出也。李巡云：「水泉從下上出曰涌泉。」愚按檻當依《說文》作濫，云：「氾也。」芹，《爾雅》、《說文》皆云：「楚葵也。」陸佃云：「水菜也。一名水英，潔白而有節，其氣芬芳。」羅云：「二月三月作英時，可作菹，及熟瀹食之。葉似芎藭，花白色而無實，根赤白色。《周禮·醢人》加豆之實用水艸，則有芹菹深蒲。」《本艸》注云：「芹有兩種：荻芹取根，白色；赤芹取莖葉，並堪作菹及生菜。」《詩》意以檻泉自下上出，興君子自下國而朝于王朝；檻泉之旁有芹可采，興君子之來朝亦有儀從可觀也。旂，建在車上，解見《庭燎》篇。淠淠，毛云：「動也。」字从水，如水之動也。鸞，解見《蓼蕭》、《采芑》篇。嘒，《說文》云：「小聲也。」王安石云：「言其聲之細，則無敢馳驅故也。」車行在道，旂不一其動，鸞不一其聲，故連言之。載，則也。驂有三義，《禮記》注外騑曰驂，謂服外兩馬，《詩》「騧驪是驂」是也。《説文》謂駕三馬。王肅云：「夏駕兩謂之麗，殷益一騑謂之驂，周又益一騑謂之駟。」是也。此以驂駟並言。四馬爲駟，則兩服、兩騑兼舉之，不應重言兩騑，當是驂乘之驂。顏師古云：「乘車之法，尊者居左，御者居中，又一人處右，以備傾側。是以戎車則曰居右，餘曰驂乘。驂者三也，蓋取三人爲義。」屆，《説文》云：「極也。」徐鍇云：「極即至也。」見旂聞鸞，漸來漸近，至此而見其車上之人，又見其駕車之馬，則君子於是至矣。又《晏子春秋》云：「翟王子羨臣于景公，以重駕，公觀之而不説也。嬖人嬰子説之，因爲之請曰：『厚禄之。』公許諾。晏子曰：『《詩》曰：載驂載駟，君子所屆。夫駕八，固非制也，今又重此，其爲非制也，不滋甚乎？田獵則不便，道行致遠則不可，然而用馬數倍，此非御下之道也。淫于耳目，不當民務，此聖王之所禁也。』」

赤芾《白虎通》作「紼」，豐本作「市」。**在股，**麌韻。**邪幅在下。**叶麌韻，後五翻。**彼**《荀子》作「匪」。**交匪**《韓詩外傳》作「庶」。**紓，**叶語韻，神與翻。**天子所予。**語韻。**樂**音雒。後同。**只君子，天子命**叶真韻，眉辛翻。**之。樂只君子，福禄申**真韻。**之。**賦也。赤芾，解見《候人》、《車攻》、《采芑》、《素冠》諸篇。芾，本作市，通作韍。毛傳云：「諸侯赤芾。」鄭玄云：「冕服謂之芾，其他服謂之韠。」孔云：「士之有爵弁，猶大夫以上有冕也。士有韎韐，猶大夫以上有芾也。《士冠禮》：『陳服於房中，爵弁、韎韐，皮弁、素韠，玄端、爵韠。』《襍記》謂『士弁而祭于公』，即爵弁也。士服爵弁，以韎韐配之，則服冕者以芾配之，故知冕服謂之芾。士服皮弁、玄端皆服韠，是他服謂之韠。以冕爲主，非冕謂之他也。韍、韠俱是蔽膝之象，其制則同，但尊祭服，異其名耳。」愚按芾韍通稱，《説文》解韍爲韠，解韠爲韍，隨便言之。必以祭服名芾，則《采芑》乃大閱之禮，《車攻》乃大田之禮，何以云朱芾、赤芾乎？股，《説文》云：「髀也。」鄭云：「脛本曰股。」邪通作衺，不正之謂。幅，即《左傳》「帶裳幅舃」之幅。毛云：「偪也，所以自偪束也。」鄭云：「如今行縢也。偪束其脛，自足至膝，故曰在下。」孔云：「邪纏于足，謂之邪幅。」劉熙云：「言以裹脚，可以跳騰輕便也。」按《内則》「子事父母有偪」，即此。或云：「今之布襪，是邪幅之遺制。」此兩句紀諸侯入朝之禮，芾爲膝衛，謹拜跪也。幅以束脛，利趨蹌也。彼，彼諸侯也。交，謂上交于天子。匪，通作非。紓，毛傳、《説文》皆云：「緩也。」新君嗣位，相率趨朝，不敢紓緩也。予，首章錫予之予，即車服是也。向所儲以待其來者，而今始可以予之矣。朱善云：「彼交匪敖，則萬福之所求；彼交匪紓，則天子之所予。」鄒忠胤云：「孔子謂於《采菽》見明王所以敬諸侯。夫非獨君敬其臣，亦繇臣自爲敬，則彼交匪紓盡之矣。」樂，喜好也。只，助語詞。命之，謂天子有言以褒勉之，下章「殿天子之邦」等語是也。申者，申束堅固之意。《律曆志》云：「堅于申。」《説文》云：「七月陰氣成，自申束。」此申之義也。福禄申之，有加無已，即下章言「萬福攸同」也。鄭云：「天子賜之，神則以福禄申重之，所謂人謀鬼謀也。」孔云：「《祭統》曰：『古者明君爵有德而禄有功，必賜爵禄于太廟，示不敢專也。』則賜或在廟，故神得福之。」

維柞之枝，其葉蓬蓬。東韻。**樂只**《左傳》作「旨」。**君子，殿天子之邦。**叶東韻，悲工翻。**樂只**《左傳》作「旨」。**君子，萬福**《左傳》「萬福」作「福禄」。**攸同。**東韻。**平平**《韓詩》作「便便」，《左傳》作「便蕃」。**左右，亦是率**《左傳》作「帥」。**從。**叶東韻，麤叢翻。○興也。柞，解見《車舝》篇。蓬，乃艸之不理者，葉散生，遇風輒拔而旋。今以柞葉之涣然似之，故曰蓬蓬。《詩》意以柞興朝廷，枝興召、畢二公，葉興東西二方之諸侯。劉彝云：「柞之所以有枝，以衛其株；枝之所以有葉，以庇其榦者。皆繇根本堅固，氣脉盛大俾之然。根本天子也，枝葉者諸侯也，氣脉者朝廷之寵命也。故葉之蓬蓬者，根本氣脉之所及，反以衛其根株，而爲之堅固也。」又鄭云：「以柞爲興者，柞之葉新將生，故乃落于地，喻繼世相承以德。」亦通。樂只君子，殿天子之邦，此天子褒勉之辭，上章所謂命之者也。殿，毛云：「鎮也。」孔云：「軍行在後曰殿，取其鎮重之義。」愚按《說文》，殿乃擊聲，然古者以屋之高嚴，通呼爲殿，及軍後名殿，皆不詳其說。意此殿當通作奠，奠之爲言置也，定也，與「奠高山大川」之奠同意，即「四方無虞，一人以寧」是也。萬福，極言其福之盛。攸同者，同于天子，所謂君臣並受其福也。平平率從，預期後日之辭。平平，依《韓詩》通作「便便」，《史記》「平章」、「平秩」、「平在」之平，皆作便，蓋以音取之。便，《說文》云：「安也。」便便，《韓詩》云：「閑雅之貌。」贊辭也。左右，指應門左右而言。時東西方諸侯俱分列左右，故云然。率，通作衛，統領之義。從，《說文》云：「隨也。」言繼此以往，凡此嫺習禮儀之諸侯，自應門左右而入者，亦如今日之統率而相從，以修職貢於天子，永永勿替可也。《左》襄十一年，晉侯以樂賜魏絳，曰：「子教寡人和諸戎狄以正諸華，八年之中，九合諸侯，如樂之和，無所不諧，請與子樂之。」辭曰：「夫和戎狄，國之福也。臣何力之有焉？抑臣願君安其樂而思其終也。《詩》曰：『樂旨君子，殿天子之邦。樂旨君子，福禄攸同。便蕃左右，亦是帥從。』夫樂以安德，義以處之，禮以行之，信以守之，仁以厲之。而後可以殿邦國，同福禄，來遠人，所謂樂也。」

汎汎楊舟，紼纚《爾雅》作「縭」。**維**支韻。**之。樂只君子，天子葵**支韻。**之。樂只君子，福禄膍**支韻，《韓詩》作「朓」。**之。優哉游哉，**《韓詩外傳》作「游哉優哉」。**亦是戾**叶支韻，郎之翻。**矣。**

○興也。汎汎楊舟，解見《菁莪》篇。紼，《説文》云：「亂絲也。」《爾雅》、毛傳皆云：「繂也。」孫炎云：「大索也。」蓋以亂絲爲大索也。纚，當依《爾雅》通作縭。《説文》云：「以絲介履也。」《爾雅》注云：「介猶閡也。」孫炎云：「舟止，繫之於樹木也。」凡四角繫之爲維。《爾雅》「天子方舟，諸侯維舟」，注謂方舟，比船爲橋也；維舟，連四船也。楊木之舟，浮于水上，汎汎然將逐流而去，舟人以大索罣之於樹，且并其四船而同聯絡之，使不得他適，興諸侯朝事已畢，行當辭歸，而欲致其挽留之意也。葵，菜名，詳見《七月》篇。其性向日。曹植云：「若葵藿之傾葉，太陽雖不爲回光，然向之者誠也。」《淮南子》云：「聖人之於道，猶葵之與日也，雖不能以終始，其鄉之誠也。」羅云：「夫天有十日，葵與之終始，故葵从癸。」陸佃云：「《左傳》云：『鮑莊子之智不及葵，葵猶能衛其足。』今葵心隨日光所轉，輒低覆其根，故葵，揆也，能揆日向焉。《本艸》曰『葵爲百菜之主』，豈亦以此乎？」天子葵之，言天子鑒其忠于王朝，亦如葵之向日，故即以葵擬之也。膍，《説文》云：「牛百葉也。」《周禮·醢人》脾析，即此。析者，言其狀分析也。此言福禄之多不可數紀，亦如牛肚之有百葉然也。葵、膍皆實字活用，見詩人用字之奇。三章言「福禄申之」，乃屬望其後而期之之辭。此章言「福禄膍之」，則俯鑒其忠而必之之辭，語意自別。優，通作優。《説文》云：「行之和也。」水行曰游。優哉游哉，從容和緩之貌，欲其不急于行也。一説，萬時華云：「優游，忠愛自然之意。君尊而臣卑者，固有局迫疑畏之形；君弱而臣强者，亦有飛揚跋扈之色，如何説得優游。」亦通。戾，鳶飛戾天之戾，通作麗，言附着于此而不去也。蓋錫予之不足，而眷留之無已如此。

《采菽》五章，章八句。韋昭但謂王錫諸侯命服之樂，而不能知其世。《序》則以爲：「刺幽王也。

侮慢諸侯，諸侯來朝，不能錫命以禮，數徵會之而無信義，君子見微而思古焉。」舊説皆謂此幽王舉火戲諸侯以悦褒姒之事。今按通篇皆交泰懽悦之辭，絶無幾微諷刺之意，其爲盛世詩無疑，況又有《孔叢子》一言可證據乎！《序》之所云，大抵爲毛傳篇次惑耳。若《申培説》以爲諸侯免喪入朝，天子錫賚之詩。鄒忠胤駁之，謂：「此不過從《韓奕》篇竊倣其意。然彼云『韓侯受命』，此云『君子來朝』，語意固自不類。且來朝者，豈必終王世告至耶？」其論覈矣。《子貢傳》謂天子燕諸侯之作，玩本文何曾涉「燕」字一語？朱子謂天子所以答《魚藻》，則彼言豈樂，此言來朝，絶不相蒙。皆不足信。

《昊天有成命》，祀成王之詩，出朱傳。**道成王之德也。成王，能明文昭、能定武烈者也。**出《國語》。○朱子云：「此康王以後之詩。」鄒忠胤云：「《竹書》紀康王三年，吉禘於先王，更定樂章。此類是已。」此詩爲頌成，雖微《國語》，亦自曉然，而證之《國語》，尤信。黄佐云：「此爲祀成王之頌，大雅《下武》篇爲此頌受釐之雅，其爲一時之樂無疑也。」按《穆天子傳》：「祭公飲天子酒，乃歌《㒺天》之詩。」舊注謂㒺天即昊天也。篇中有「成王不敢康」之語，疑祭公以此規諫也。

昊《穆天子傳》作「㒺」。**天有成命，二后受之。成王不敢康，夙夜基**《禮記》、陸德明本俱作「其」。**命宥密。**賈誼《新書》作「謐」。❶**於**音烏。《國語》無此字。**緝熙！單**《國語》作「亶」。**厥心，**

❶「謐」，原作「謚」，據《四庫全書》本改。

肆其靖之。通章俱無韻。○賦也。昊，本作昦。孔安國云：「元氣昊然廣大也。」成命，季本云：「謂不易之定命也。」二后，毛公、賈誼皆云：「文、武也。」受，《説文》云：「相付也。」徐鍇云：「取上下相受也。」成王，名誦。康，《爾雅》云：「安也。」夙夜，謂朝夕也。基者，朱子云：「積累乎下，以承藉乎上者也。」命，即有成命之命。陸化熙云：「德立于此，命承于彼，如有憑藉者然，故曰基命。」宥，《説文》云：「寬也。」密，當依《新書》作「謐」。《説文》云：「静語也。一曰無聲也。」萬時華云：「繼世之君，多以成命可徼，于是心安逸豫，無以爲承藉天命之基，如築室者基址不固，雖棟宇巍然，已有土崩之勢矣。成王以不敢康爲心，故其所以基命于夙夜者，如是宥，如是密。」鄭玄云：「寬仁所以止苛刻也，安静所以止暴亂也。」《禮·仲尼燕居》篇，孔子曰：「夙夜其命宥密，無聲之樂也。」今按密通爲謐，乃無聲之義。人君以寬大之德爲本，而安静以行之，則其施之民者，既無所苛，又無所擾，自然歡欣和悦，各得其所，樂孰加焉？是之謂無聲之樂也。又賈誼云：「夫《昊天有成命》，頌之盛德也。其詩曰：『昊天有成命，二后受之。成王不敢康，夙夜基命宥謐。』謐者，寧也，億也。命者，制令也。基者，經也，勢也。夙，早也。康，安也。后，王也。二后，文王、武王。成王者，武王之子、文王之孫也。文王有大德而功未就，武王有大功而治未成，及成王承嗣，仁以臨民，故稱昊天焉。不敢怠安，蚤興夜寐，以繼文王之業。布文陳紀，經制度，設犧牲，使四海之內，懿然葆德，各遵其道，故曰有成。承順武王之功，奉揚武王之德，九州之民，四荒之國，謌謡文、武之烈，纍九譯而請朝，致貢職以供祀，故曰二后受之。方是時也，天地調和，神民順億，鬼不厲祟，民不謗怨，故曰宥謐。」此其解頗異，要從前説爲順。於，嘆美辭。緝，朱子云：「繼續也。」熙者，光明之義，主二后之業言。《書·顧命》篇所謂「昔君文王、武王，宣重光」是也。曰緝熙者，篤前人成烈之謂。單，通作殫。《説文》云：「極盡也。」《禮》語「歲既單矣」，「惟爲社事，單出里」，《莊子》「單千金之家」，義並與殫同。「單厥心」者，凡可以繼續二后光明之業者，無所不盡其心也。前言「宥密」，體也。此言「單厥心」，用也。周昌年云：「單字作完滿看，與盡性之盡一般。」肆，《説文》云：「極陳也。」猶云暢言之也。靖，《説文》云：「立竫也。」竫者，亭安之義。肆其靖之，主天命而言，謂天之眷周安固而不移也，與首句及基命句相應。徐光啓云：「武王未受命，故武王之後不可無成王。歷觀三代以至今日，繼世而後，必有變更。天心人事，其勢自爾，尋其所以，殆未易言。獨周家不然，以此知成王之功大矣。」一説，閔光德云：「肆其靖之，還指祭時説。言時王之能靖，正見成王保命之悠久也。」亦通。又《周語》晉羊舌肸聘于周，單靖公享之，儉而敬，語説《昊天有成命》。單之老送叔向，叔向告之曰：「昔史佚有言曰：『動莫若敬，居莫若儉，德莫若讓，事莫若咨。』單子之況我，禮也，皆有焉。且其語説《昊天有成命》，其詩曰：『昊天有成命，二后受之。成王不敢康，夙夜基命宥密。緝熙！亶厥心，肆其靖之。』是道成王之德也。成王能明文昭，能定武烈者也。夫道成命者，而稱昊天，翼其上也。二后受之，讓于德也。成王不敢康，敬百姓也。夙夜，恭也；基，始也。命，信也。宥，寬也。密，寧也。緝，明也。熙，廣也。亶，厚也。肆，固也。靖，龢也。其始也，翼上德讓，而敬百姓。其中也，恭儉信寬，帥歸于寧。其終也，廣厚其心，以固龢之。始於德讓，中於信寬，終於固龢，故曰成。」此與賈説雖於《詩》意未必盡合，然亦可以證是詩爲祀成王之詩矣。

《昊天有成命》，一章七句。《序》及蔡邕《獨斷》皆云：「郊祀天地之所歌也。」漢儒惑其説，至蘇子瞻輩猶引之，以爲古者合祀天地之證。夫郊社之分合，代有不同，紛如聚訟，乃此詩止舉天命而已。何嘗有一語言及于地？而郝敬强爲之説曰：「古者冬至，合祀天地于郊。此詩頌昊天而不及地，如人稱父而不及母，統于尊也。」是則然矣，然篇中「成王」二字當作何解？豈成王可配天，而郊祀之詩至康王時始有乎？求其説而難通，則不得不仍從賈、鄭、唐、韋之説，謂成王云者，言文、武成此王功，猶《書》言「成王畏相」者爾。就如所云，則郊祀天地之樂歌，而盛稱二后之功，已自不倫。若云以配祭故及之，則惟文王有季秋大饗之配，未聞武王曾配帝也。推原其故，皆繇毛、鄭輩定以頌爲成王之時周公所作，康王而後不容有頌。然則《執競》篇以「不顯成康」並言，非明指成王誦、康王釗而何？善乎，范蜀公之言曰：「揚雄所謂康王之時頌夸作于下，班固亦謂成康没而頌聲寢。言自成康之後，不復有見于頌也。」此可以破從前諸儒之瞽説矣。朱子云：「《昊天有成命》之類，便是康王詩，而今却要解那成王做成王業，費盡氣力。要從王業上説去，不知怎生地。」乃《申培説》則以爲康王禘成王于明堂之詩，即《子貢傳》有缺文，亦于「祀成王」下空二字，而尚存一「堂」字，蓋亦同《申培説》之意，不知其所謂禘者，大禘乎？吉禘乎？大禘則成王無獨配始祖所自出之理，吉禘則于大廟不宜于明堂。倘謂亦如嚴父配天之説乎？果此禮世世可以通行，則若厲若幽將何以處之？愚已詳晰此禮于《清廟》、《我將》二小引之下，有以深著其不然矣。鄙儒無識，僞作古書，多見其不知量耳。

《下武》，康王祭成王廟，受釐陳戒之詩。朱子云：「此詩有成王字，當爲康王以後之詩。」愚按此與《昊天有成命》篇同爲一時之作，知爲受釐陳戒詩者，以「昭兹來許」二章知之。

下豐氏本作「文」。**武維周，世有哲**陸德明本作「悊」，云：「又作喆。」**王。**陽韻。**三后在天，王配于京。**叶陽韻，居良翻。○賦也。下，堂下也。武，《大武》也。周公作《大武》之樂，象伐紂之事，以管播其聲，又於庭中爲《大武》之舞，皆在堂下，故云下武。《文王世子》云：「下管《象》，舞《大武》。大合衆以事，達有神，興有德也。」《祭統》曰：「夫大嘗禘，升歌《清廟》，下而管《象》，朱干玉戚以舞《大武》，八佾以舞《大夏》，此天子之樂也。」是皆所謂下武者也。《周禮·大司樂》職云：「舞《大武》，以享先祖。」孔穎達謂七廟同用樂，言先祖以總之，不斥號謚，則后稷、文、武兼親廟，亦在其中，明先祖之文兼通諸廟也。下武維周者，言堂下奏《大武》之樂，維我周有之也。此《大武》之樂，雖爲武王而作，而積累有自，因推原于世有哲王，指下文三后也，以追王故稱王。一説，萬尚烈云：「自古開國之君未有不以武者，故湯必曰武湯，亦曰武王。高宗中興，亦必曰殷武，亦曰武王。是武之于君尚矣。然武者未必能下也，武而能下者周乎？故曰『下武維周』。其語意猶濬哲維商之云也，何以言周之下武，如太王來朝走馬，武也，始而事狄，既而避狄，亦何下乎？如王季其勤王家，武也，而王此大邦，克順克比，亦何下乎？如文王赫怒整兵，武也，而小心翼翼，昭事上帝，亦何下乎？所謂下武維周，此類是已。」雖近牽强，理亦可通。哲，《説文》云：「知也。」上知天意之所嚮，下知民心之所歸，惟德而已，此其哲之實也。三后，毛傳云：「大王、王季、文王也。」周自大王遷居周原，國勢漸盛，其後雖有天下，猶仍還國之號。遡肇基王迹者，必自大王焉。在天，與《周書》「兹殷多先哲王在天」相類。朱子云：「既没，而其精神上與天合也。」王，毛云：「武王也。」配者，對立之義。京，鄭玄云：「謂鎬京也。」愚按周以京言，則見其有天下矣。周之當王已久，至武王而後終其業，故此在鎬京者，足以配彼在天者，據時位而言也。此章專美武王。錢天錫云：「武王恢大統基，而曰克配，其義可想。」陸燧云：「京字重看，見化國爲天下，有極難配處。」

王配于京，世德作求。尤韻。亦叶虞韻，舉朱翻。**永言配命，成王之孚。**虞韻。亦叶尤韻，芳尤翻。○賦也。世德，謂先世之德。依本篇經文，但指三后言。作，《說文》云：「起也。」求，猶索也，當通作述。按《康誥》云：「我時其維殷先哲王德，用康乂民作求。」與此語意正相類。嚴粲云：「武王所以能配三后于京者，以其於先世之德，能起而求之，善繼述也。」愚按三后之德，積累已深，醖釀已厚，至于武王，益加振揚而光大之，天命之集，自有不容已者，此其所以稱克配。若使德不至，而遏佚前光，宜王而不王，或圖度天命，不當王而王，其負愧于三后多矣，何配之有？徐光啓云：「三后事殷，武王代紂，功業不同，順逆相反。然迹逆而理順，事異而心通。三后而在，牧野之舉，必不得以已也。故詩頌武王，曾無一語道其創基立業，恢拓前功，而但曰配京求德。見武王此舉無非曲體先人，克全孝道，雖化家爲國，變侯爲王，實無分毫與前人謬戾。孔子所稱善繼述，意本此。皆所以白聖人之心迹，扶萬世之名教。」周昌年云：「求有參經權，通常變，無方以求之意。」永言配命，解見《文王》篇。成王，武王之子，名誦。烏抱子曰孚，取抱持不失之義。武王受命，繇于作求三后之德，此武王之孝也。再傳成王，克配天命，與之相副，則以成王亦潛乎于武王之德故耳。武王述三后，成王又能述武王，故詩人長言以美之。此章兼美武王、成王。按《昊天有成命》篇，有「成王不敢康」之句，朱子以爲康王以後祀成王之詩。此詩明稱成王，其爲祀成王而作，無可疑者，與《周書》言「維助成王德顯」及「成王畏相」等語不同。

成王之孚，下土之式。職韻。**永言孝思，孝思維則。**職韻。○賦也。下土，兼臣民而言。君尊如天，故目四方之人爲下土。式，《說文》云：「法也。」成王潛孚于武王之德，抱持不失，故下土之人咸歸心于成王，而以之爲法。謂遵其命、服其化也。《韓詩外傳》云：「上不知順孝，則民不知返本。君不知敬長，則民不知貴親。禘祭不敬，山川失時，則民無所畏矣。不教而誅，則民不識勸也。故君子修身及孝，則民不倍矣。敬孝達乎下，則民知慈愛矣。好惡喻乎百姓，則下應其上如影響矣。是以兼制天下，定海內，臣萬姓之要法也，明王聖主之所不能須臾而舍也。《詩》曰：『成王之孚，下土之式。』」《禮記·緇衣》篇，子曰：「禹立三年，百姓以仁遂焉，豈必盡仁？《大雅》曰：『成王之孚，下土之式。』」按二書引《詩》之意，皆謂上當以身教，民之所取法者，惟上耳。然尚非此詩正旨，此詩通章只宜以「德」之一字貫。三后之所以造周，武王之所以受命，後嗣之所以守成，皆此具也。孝根於思謂之孝，思即孚字意。《書》曰：「奉先思孝。」則者，裁制之義，故亦訓法。維則，屬康王言。詩人長言此成王之孝，一本於其真切之思，如此孝思，乃後王之所當取法也，與「下土之式」句，判不相涉。舊說合看，甚誤。孟子贊舜孝而引此詩，乃是就孝發論，謂凡爲人子者所當取法耳。此章專美成王。

媚茲一人，應侯順《家語》、《淮南子》、定本俱作「慎」，豐本作「昚」。**德。**職韻。亦叶屋韻，都木翻。**永言孝思，昭哉嗣服。**屋韻。亦叶職韻，❶鼻墨翻。○賦也。媚，《說文》云：「悅也。」一人，毛云：「天子

❶ 「職」，原作「屋」，據《四庫全書》本改。

也。」孔云：「《曲禮》天子自稱曰『予一人』，言其天下之貴，唯一人而已。」愚按觀下文「應侯」二字，則此指武王也。應，通作膺，以言相答，故爲感應之義。侯，諸侯也，指武王昔日爲諸侯也。《左傳》云：「慈和徧服曰順。」德，即世德作求之德。言天下之所以悦服武王，當其爲諸侯之日，即相與起而應之者，亦順其有作求三后之德耳。此二句申美武王。昭，明。嗣，繼。服，事也。長言此成王之孝思，與武王之德相爲乎契，顯明哉其能繼續武王之事也。此二句申美成王，皆所以歆動康王也。又《大戴禮·將軍文子》篇美顏淵，《荀子·仲尼》篇美吉人，悉引此詩，以其迂遠太甚，故置不録。

昭茲《漢碑》、豐本俱作「哉」。**來許**，叶麌韻，火五翻。《後漢書》注作「御」。❶ **繩**《後漢書》注作「慎」。**其祖武。**麌韻。《後漢書》注作「父」。**於**音烏。後同。**萬斯年，受天之祜。**麌韻。○賦也。此下二章，以孝思勉康王，而致其期望之意。昭，即上章「昭哉嗣服」之昭，指成王也。茲，此也，謂今日也。來，來康王也。許，《説文》云：「聽也。」繩，如繩索之相續不斷，故朱子以爲繼也。武，指武王也。武王乃康王之祖，故稱祖武。按周頌《武》篇云「嗣武受之」，亦單稱武王爲武也。於，嘆美辭。受，《説文》云：「相付也。」徐鍇云：「取上下相受也。」祜，《説文》云：「福也。」言成王嗣服之德，於今爲昭，我言及此，康王尚來而聽之，當以成王爲法，而繼爾祖武王之德。又歎而美之，言果能如此，則庶乎自今以往，至于萬年受天之福，無有紀極矣。篇中所舉有三后，有成王，此獨言「繩其祖武」者，三后之德總會于武王，即成王亦不過嗣武王之德

---

❶「御」，原作「慎」，據《後漢書·祭祀下》注文改。

耳。繩武王，則三后與成王悉包括其中矣。周有天下，自武至康，已歷三世，而積德不替如一日，基厚則難傾，根深則不拔，萬年子子孫孫永保民，固其所也。

受天之祜，四方來賀。箇韻。**於萬斯年，不遐有佐。**叶箇韻，子賀翻。〇賦也。受天之祜，語聯上章，當主後日子孫言。賀，《説文》云：「以禮相奉慶也。」朱子云：「朝賀也。周末秦强，天子致胙，諸侯皆賀。」即此賀也。四方來賀，所謂四海之内悉主悉臣，莫敢不來享，莫敢不來王也。遐，《説文》云：「遠也。」指萬年言。佐，孔云：「助也。」❶謂助子孫。《説文》無「佐」字，本作左，上从𠂇，𠂇音左，左手也，謂以手相助。下从工，其所作爲也。會意。今文書𠂇皆作左，書左皆作佐。言王誠能繩祖德，而使後人蒙業而安，則自今日而遥計及萬年，吾王之於子孫，不亦遠有所佐助乎？一説：「遐，即指四方。有佐，即指來賀言。四方之遠，皆爲我周之屏翰也。」亦通。《韓詩外傳》云：「成王之時，有三苗貫桑而生，同爲一秀，大幾滿車，長幾充箱。成王問周公曰：『此何物也？』周公曰：『三苗同一秀，意者天下殆同一也。』比期三年，果有越裳氏重九譯而止，獻白雉於周公。道路悠遠，山川幽深。恐使人之未達也，故重譯而來。周公曰：『吾何以見賜也？』譯曰：『吾受命國之黄髮曰：久矣天之不迅風疾雨也，海不波溢也，三年於兹矣。意者中國殆有聖人，盍往朝之。於是來也。』周公乃敬求其所以來。《詩》曰：『於萬斯年，不遐有佐。』」黄佐云：「武王之道，繼述而已。然應候順德，大著於當時，受祜有佐，可及于後世，效驗之大如此，能配三后，有以哉！後之謂

---

❶「助」，原作「佐」，據《四庫全書》本改。

漢家自有制度者，守漢法也；喜觀《貞觀政要》者，守唐法也。惜乎漢、唐之非法也。大甲視乃烈祖，而諸侯咸歸；武丁監于成憲，而編髮來朝，孝思維則也。」陸燧云：「孝者，通乎天人，貫乎今古。在武王爲求德，在子孫爲繩武，在今日爲媚茲，在萬年爲有佐。分量豈小哉？」

《下武》六章，章四句。《子貢傳》、《申培説》、豐氏本篇名俱作《大武》。○《申培説》以爲康王大禘，報祀成王，奏《大武》六成既畢，受釐陳戒之詩。今按申説近之。然祭禮有五，禘郊祖宗報，既曰大禘矣，又曰報祀，何也？且大禘之禮，禘其祖之所自出，而以其祖配，此詩所稱，無及帝嚳之事，惡在其爲大禘乎？《序》則云：「繼文也。武王有聖德，復受天命，能昭先人之功焉。」專主武王言，已不得詩意，況「繼文」二字，尤無義味，不過以此詩篇次系《靈臺》後，《靈臺》爲文王詩，而此詩繼之，謂之繼文耳。後人或從而爲之説，謂周家世崇文德，今言《下武》者，武王之賤武也。賤武，所以繼文也。夫武王以武得天下，且制爲《大武》之樂，以示子孫，而乃謂其賤武，何歟？又《子貢傳》及《申培説》俱以《下武》作《大武》。鄒忠胤諛之，謂此即《大武》之樂章。則《武》、《賚》、《桓》諸篇，將安所置之？二書皆僞出，其以《下武》爲《大武》，猶之朱子以《下武》爲《文武》也，皆求「下」之解而不得者也。乃傳又以此爲訓成王之詩，則愚將執「祖武」二字正之，知此詩作于康世，不作于成世明矣。

《噫嘻》，康王春祈穀也。既得卜于禰廟，因戒農官。《家語》定公問于孔子曰：「寡人聞郊而莫同，何也？」孔子曰：「郊之祭也，迎長日之至也，大報天而主日，配以月。故周之始郊，其月以日至，其日用上辛，至於啓蟄之月，則又祈穀于上帝。此二者，天子之禮也。魯無冬至大郊之事，降殺于天子，是以不同也。」公曰：「天子之郊，其禮何可得聞乎？」孔子對曰：「臣聞天子卜郊，則受命于祖廟，而作龜于禰宮，尊祖親考之義也。卜之日，王親立于澤宮，以聽誓命，受教諫之義也。既卜，獻命庫門之内，所以戒百官也。太廟之命，戒百姓也。」《郊特牲》疏云：「作龜于禰宮者，作，灼也。禰宮，禰廟也。先告祖受命，又至禰廟卜之也。考亦禰也，尊祖故受之命，命宜繇尊者出，親禰故作龜，是事，事宜就親近之也。」《左》襄七年，夏四月，三卜郊，不從。孟獻子曰：「吾乃今而後知有卜筮。夫郊祀后稷，以祈農事也。是故啓蟄而郊，郊而後耕。今既耕而卜郊，宜其不從也。」《穀梁傳》云：「自正月至于三月，郊之時也。我以十二月下辛卜正月上辛；如不從，則以正月下辛卜二月上辛；如不從，則以二月下辛卜三月上辛；如不從，則不郊矣！郊三卜，禮也；四卜，非禮也；五卜，强也。」陳祥道云：「考之於禮，卜筮不過三。則僖襄之四卜郊，成之五卜郊，其爲非禮與强可知也。然《明堂位》曰：『孟春乘大路，祀帝于郊，配以后稷。』《左氏》曰：『啓蟄而郊，郊而後耕。』則魯郊固在夏之孟春矣。啖助曰：『以周二月卜三月上辛，不吉，則卜中辛；又不吉，則卜下辛。』此説是也。《穀梁》謂自夏正至三月，郊之時也，皆卜上辛。然考之《儀禮·少牢饋食》『筮旬有一日，若不吉，則及遠日，又筮日如初』，《曲禮》曰『旬之外曰遠日』，是古人踰旬則卜，未聞踰月乃卜也。」愚按《左傳》、《穀梁》及陳氏《禮書》，所云正月、二月、三月、四月，皆主周正而言。古者一歲郊祀凡再，冬至之郊爲報本也，建寅之郊爲祈穀也，建寅之郊用卜，而冬至之郊不用卜。蓋以禮文徵之，《郊特牲》云：「郊之用辛也，周之始郊日以至。」《家語》亦云：「周之始郊，其月以日至，其日用上辛。」所謂始郊者，對建寅之郊而言。日不取至日，而定用上辛，此以知冬至之郊不用卜也。《月令》云：「孟春之月，天子乃以元日祈穀于上帝。乃擇元辰，天子親載耒耜，躬耕帝籍。」甲、乙、丙、丁等謂之日，子、丑、寅、卯等謂之辰。元之爲言善也。日必須卜，辰必須擇。據《春秋》言卜郊者，皆祈穀之郊，此以知惟建寅之郊用卜也。然祈穀卜郊仍以辛日爲主，則啖助之説，較之《穀梁》爲近。三辛推移，要不出建寅一月，若三卜不從，則孟獻子所云既耕之後，亦可無用郊爲矣。日所以必取辛者，鄭玄謂取人君齋戒自新之義，陳祥道則謂：「社用甲者，日之始；郊用辛者，乾之方；生物者社也，故用甲；成功者天也，故用辛。」理皆可通。若元辰之擇，舊説謂用亥日，以陰陽式法，正月亥爲天倉，合于耕事。皇氏又云：「正月建寅，日月會辰在亥。」俱未知然否。愚所以定《噫嘻》之詩爲咏祈穀卜郊之事者，以篇中專言勸農，而章首有「成王昭假」之語，明此詩作于康王之世，乃主作龜禰宮而言。不然，周自后稷以農事開國，即欲勑農官，何不于始祖之廟舉始祖爲辭，而顧于成王何取乎？《序》及蔡邕《獨斷》亦皆云：「春夏祈穀于上帝之所歌也。」此説相傳，必非無本。今觀詩中雖言耕事，而絶無一語及祈穀者，惟章首二語，以爲作龜禰宮，乃與孟春祈穀相涉耳。然孟春、仲夏，雖皆有祈穀，而禮各不同。仲夏大雩，帝用盛樂以祈穀，實無作龜禰宮之事，《序》不應兼夏而言，疑傳説之誤，或「夏」字衍也。又《竹書》載康王三年，申戒農官，告于廟。是詩之作，其在此時乎？

噫嘻成王，既昭假豐氏本作「格」。**爾。**紙韻。**率**《韓詩》作「帥」。**時農夫，播厥百穀。**叶宥韻，居候翻。**駿**陸德明本作「浚」。**發爾私，終三十里。**紙韻。**亦服爾耕，十千維耦。**叶宥韻，牛遘翻。里與爾叶，耦與穀叶，蓋轆轤體。○賦也。噫，《説文》云：「飽食息也。」嘻，本作譆。《説文》云：「痛也。」今皆以爲嘆聲。鄭玄云：「噫嘻，有所多大之聲也。」孔穎達云：「孔子見顔淵死，曰：『噫！天喪予。』成湯見四面羅者曰：『嘻！盡之矣。』則噫嘻皆是歎聲。作者有所哀多美大，❶而爲聲以歎之也。」成王，名誦，康王父也。既者，已事之辭。昭，明也。假，通作徦。《説文》云：「至也。」爾，爾農官也，以「率時農夫」之語推之可見，與下文「爾私爾耕」兩「爾」字不同，彼爾謂農夫也。康王將祈穀于上帝，先灼龜禰宮，既得吉卜，郊且有日，乃召農官，歎息而告之曰：「祈穀而郊，重事也。頃者卜日于我成王，受命如響，是我成王于冥冥之中，其神靈貫徹，已昭昭至于爾之所事矣，爾農官可不思所以副成王之意乎？」「率是農夫」以下，勑勉農官之辭也。率，通作𧗿。《説文》云：「將𧗿也。」蓋統領士卒以行者，故有統領之義。時之言是，音之近也。農夫，耕甿也。鄭氏以《爾雅》訓田畯爲農夫，謂是主田之吏。今按《七月》篇云：「嗟我農夫，我稼既同，上入執宮功。」此豈田畯之謂乎？播，《説文》云：「種也。」百穀，解見《七月》篇。薛君云：「穀類非一，故言百也。」駿，當依陸本通作浚。《説文》云：「抒也。」徐鍇云：「取出之也。」愚按此即浚井之浚，謂浚田使深，取土出之，即下文言發，《孟子》所謂「深耕」是也。發，猶起也。鄭以爲伐也。孔云：「《冬官・匠人》云：『一耦之伐。』伐，發地也。以耜擊伐此地，使之發起也。」私，毛云：「民田也。」朱子云：「此必鄉遂之官，司稼之屬，其職以萬夫爲界者。溝洫用貢法，無公田，故皆謂之私。」漳州陳安卿云：「周制，國中鄉遂之地，用貢法，田不井授，但爲溝洫。一夫受田百畝，與同溝之人通力合作，計畝均收，大率十而賦其一。」終，鄭云：

❶「哀」，《四庫全書》本作「裒」。

「竟也。」萬尚烈云：「無遺地之謂。」但言三十里者，鄭云：「《周禮》曰：『凡治野田，夫間有遂，遂上有徑；十夫有溝，溝上有畛；百夫有洫，洫上有塗；千夫有澮，澮上有道；萬夫有川，川上有路。』計此萬夫之地，方三十三里少半里也。」孔云：「《周禮》以萬夫爲限，與此十千相當。又計此萬夫之地，一夫百畝，方百步，積萬夫方之，是廣長各百夫，以百乘百，是萬也。既廣長皆百夫，夫有百步，三夫爲一里，則百夫爲三十三里。餘百步，即三分里之一，爲少半里，是三十三里又少半里也。」愚按古者六尺爲步，廣一步長百步曰畝，四方長廣皆百步，曰百畝。一畝之田，實積百步而方十步；一夫之田，實積百畝而方十畝；萬夫之田，四方縱橫計之，各百夫也。以一方百步之畝，積之三百步爲一里。百夫之長萬步，計得三十三里零。言三十里，舉成數耳。趙頤孫云：「按《遂人》云：『十夫有溝，百夫有洫。』竊意鄉遂之地，在近郊遠郊之間，六軍之所從出，必是平原廣野，可畫爲萬夫之田，有溝有洫，又有涂路也。」又陳祥道云：「《考工記·匠人》爲溝洫，廣尺深尺謂之甽。田首倍之，廣二尺深二尺謂之遂。九夫爲井，❶井間廣四尺深四尺謂之溝。方十里爲成，成間廣八尺深八尺謂之洫。方百里爲同，同間廣二尋深二仞謂之澮。鄭康成以《匠人》有甽遂溝洫澮之制，而多寡與《遂人》異，故言采地制井田，鄉遂公邑制溝洫。又謂鄉遂公邑之吏，或促民以公，使不得恤其私；諸侯專國之政，或恣爲貪暴，税民無藝。故畿内用夏貢，邦國用商助。賈公彦之徒，遂以《載師》自國中園廛，以至甸稍縣都，皆無過十二。是鄉遂及四等公邑，皆用貢而無助，以明鄉遂特爲溝洫而已。然先王之爲井田也，

---

❶ 「九」，原作「危」，據《四庫全書》本改。

使所飲同井，所食同田，所居同廛，所服同事，出入相友，守望相助，疾病相扶持，鄉遂六軍之所寓，庸豈各授之田，而不爲井法乎？《大田》之詩言『曾孫來止』，而歌『雨我公田，遂及我私』；《噫嘻》之詩，言祈穀于上帝，而歌『駿發爾私，終三十里。亦服爾耕，十千維耦』。《周官·遂人》言興鋤，《旅師》有鋤粟，此鄉遂井田之事也。《孟子》曰：『鄉田同井，請野九一而助。』則鄉遂之爲井田可知矣。先王之時，上以仁撫下，下以義事上。以仁撫下，故先民而後公，則『駿發爾私』是也；以義事上，故先公而後己，則『雨我公田，遂及我私』是也。又私田稼不善則非吏，公田稼不善則非民，庸有鄉遂公邑之吏，促民以公，使不恤其私者乎？《小司徒》九夫爲井，《匠人》亦九夫爲井，井間有溝，自井地言之也；《遂人》十夫有溝，兼溝涂言之也。然《遂人》百夫有洫，而《匠人》十里爲成，成間有洫，則九百夫之地；《遂人》千夫有澮，而《匠人》百里爲同，同間有澮，則九萬夫之地。其不同何耶？成間有洫，非一成之地，包以一洫而已，謂其間有洫也；同間有澮，非一同之地，包以一澮而已，謂其間有澮也。成與同，地之廣者也；洫與澮，溝之大者也；於成舉洫，於同舉澮，亦其大畧云爾。」按此説甚辨，並存之。亦，鄭訓爲大，朱訓爲皆。愚按從鄭説，則當通作奕，然二説俱通。服，鄭云：「事也。」耕，《説文》云：「犂也。」字从耒从井，耒所以犂，古者井田，故从井。亦服爾耕者，言使之皆從事於耕也。十千者，一川之内萬夫之數也。《疏義》云：「一里三夫，十里三十夫，三十里則九十夫。又三里則九夫，又三分里之一則一夫，合爲百夫。縱横皆百夫，則萬夫也。」此蓋以百乘百，以三十三里有奇乘三十三里有奇之法也。耦，《漢志》注云：「併兩耜而耕也。」《考工記》云：「耜廣五寸，二耜爲耦。」《説文》云：「耒廣五寸爲伐，二伐爲耦。」季本云：「古之耕者步百爲畝，畝爲三畎，廣尺深尺。耜廣五寸，以二人並耕，左右起土，其深者爲畎，高者爲壠也。」胡一桂云：「十千維耦者，蓋萬夫合耦而耕，實五千耦耳。」按《周禮・遂人》職云：「以興耡利甿。」《里宰》職云：「以歲時合耦于耡。」《旅師》職云：「掌聚野之耡粟而用之。」興耡者，謂鼓舞作興之，使之通力合作也。合耦者，謂配合其力相等者爲之，俾强不獨勞，弱不獨逸也。耡粟者，謂有興耡合耦不至者，則罰之粟，以備賑恤之用也。古者未有以牛挽犂之法，故須用兩人並耕。如此，上言「駿發爾私，終三十里」，則各言之，人人發起其私田，至竟三十里之内，無一畝而不然，《説文》所謂「一耒之伐」也。此言「亦服爾耕，十千維耦」，則對言之，一人各有一耦，以舉耕犂之事，盡萬夫而皆然，《考工》所謂「二耜之耦」也。耒、耜共爲一器，柄曲木曰耒，耒端曰耜，《説文》、《考工》偶舉其一耳。欲播種，必先深耕，故惓惓及此。又季云：「一夫百畝，畝百步。百畝之田，縱横各百步，積之得萬步。以三百步爲里法約之，得三十三里三分里之一，言三十者，舉成數也。田一面百步計之爲一畝，以千步計之則爲阡，阡爲十畝，是百畝之田爲十阡也。十阡之内，以耦耕之，是百畝爲一耦也。」按據此説，則三十里十千，皆但主一夫百畝而言，於筭法亦似可通，但古人文辭質確，不應詼詭若此。《孟子》曰：「方里而井，井九百畝。」一夫之田不過方一里中九分之一，而乃張之爲三十餘里，可乎？

《噫嘻》，一章八句。 朱子以爲亦戒農官之詞，則此詩宜在雅不宜在頌，辨已在《臣工》篇矣。《申培説》謂康王孟春祈穀于東郊，以成王配享之詩。愚不知成王配享祈穀載在何典，聞以后稷配矣，未聞以禰配也，豈亦將依倣于明堂嚴父之説耶？誕妄如此，大是可笑。《子貢傳》闕文。

《甘棠》，思召公也。《序》云：「美召伯也。召伯之教，明于南國。」按《韓詩外傳》云：「昔者周道之盛，召伯在朝。有司請營召以居。召伯曰：『嗟！以吾一身而勞百姓，此非吾先君文王之志也。』於是出而就蒸庶于阡陌隴畝之間而聽斷焉。召伯曓處遠野，廬于樹下。百姓大悦，耕桑者倍力以勸。于是歲大稔，民給家足。其後在位者驕奢，不恤元元，税賦繁數，百姓困乏，耕桑失時。于是詩人見召伯之所休息樹下，美而歌之。」劉向《説苑》云：「召公述職，當桑蠶之時，不欲變民事，故不入邑中，舍于甘棠之下而聽斷焉。陜間之人，皆得其所，是故後世思而歌詠之。」《漢書・王吉傳》云：「昔召公述職，當民事時，舍于棠下而聽斷焉，是時人皆得其所。後世思其仁恩，至虖不伐甘棠。」《史記・燕世家》云：「召公之治西方，甚得兆民和，巡行鄉邑，有棠樹，決獄政事其下。自侯伯至庶人，各得其所，無失職者。召公卒，民人思召公之政，懷棠樹不敢伐，歌咏之。」焦氏《易林》云：「大樹之子，百條共母。當夏六月，枝葉盛茂。鸞鳳以庇，召伯遊暑。」數説不一，然總以見召伯之德入人之深，故《序》謂召伯之教，明于南國也。《左》昭二年，晋侯使韓宣子來聘，公享之。季武子賦《甘棠》。宣子曰：「起不堪也，無以及召公。」孔穎達云：「召伯食采文王時，爲伯武王時。故《樂記》曰武王伐紂，『五成而分陜，周公左，召公右』，是也。鄭以此篇所陳巡民決訟，皆是武王伐紂之後，爲伯時事，以經云召伯，即此詩召公爲伯時作也。若文王時，與周公共行王化，有美即歸之于王，詩人何得感文王之化，而曲美召公哉？武王之時，召公爲王官之伯，故得美之。因《詩》繫召公，故録之在召南。」愚按鄭《譜》謂文王受命，作邑于豐，乃分岐邦周、召之地，爲周公旦、召公奭之采地，分施政教于雍、凉、荆、豫、徐、揚六州，而采其詩爲風，愚終不能無疑。周、召二公，至武王時，乃始輔佐，在文王時未嘗用事也，故《書·君奭》乃周、召對語之辭，其歷舉文王之臣，惟曰虢尗、閎夭、散宜生、泰顛、南宮适，及武王時，虢尗先死，則曰武王惟茲四人尚迪有禄而已。周、召之分陝而治，在武王得天下之後，而《甘棠》頌召伯之詩，又當在康王之時。考《竹書》，召公以康王二十四年薨，諸書皆謂召公没後，始作此詩，故《孔叢子》載孔子曰：「吾于《甘棠》，見宗廟之敬也。」《左》定九年，鄭駟歂殺鄧析，而用其竹刑。君子謂：「子然于是不忠，用其道不棄其人。《詩》云：『蔽芾甘棠，勿翦勿伐，召伯所茇。』思其人，猶愛其樹，况用其道而不恤其人乎！子然無以勸能矣。」襄十四年，晋士鞅言「欒黶汏虐已甚，猶可以免」，蓋武子之子也。秦伯問故，對曰：「武子之德在民，如周人之思召公焉，愛其甘棠，况其子乎？」劉歆廟議，以爲思其人，尚愛其木，况宗其道而毁其廟乎？繹前數説，則此詩因召公已殁而作，尤其彰明較著者，不但非作于文王之時，亦非作于武王之時矣。鄒忠胤云：「周公先以成王二十一年薨，舊説二南皆爲文王詩，周公所集以明德化之盛，亦正未可泥耳。」

蔽芾《韓詩外傳》作「茀」。**甘棠，勿翦**《韓詩》作「剗」，《漢書》作「鬋」，豐氏本作「勱」。**勿伐，**叶隊韻，符廢翻。亦叶泰韻，蒲蓋翻。**召**《漢書》作「邵」。**伯所茇。**叶隊韻，放吠翻。亦叶泰韻，博蓋翻。《説文》、《讀詩記》並作「废」。○賦也。蔽，《説文》云：「蔽蔽，小草也。」一云蔓也，又云奄也。《齊語》「使海于有蔽」，注云：「可依蔽也。」芾，《説文》云：「艸木盛貌。」今以蔽芾二字連言，蓋陰翳茂盛之意。甘棠，郭璞云：「今之杜梨也。」陸璣云：「棠梨也。」按《爾雅》云：「杜，赤棠，白者棠。」樊光云：「白者爲棠，赤者爲杜。」陸佃云：「《草木蟲魚疏》以爲赤棠與白棠同爾，但子有赤白美惡，子白色爲白棠，甘棠也。赤棠子澁而酢，無味，俗語曰『澁如杜』是也。」《字説》云：「《詩》言『蔽芾甘棠』，以杜之美言。『有杕之杜』，以棠之惡言。説詩者以意逆志，乃能得之。」《九域志》云：「召伯甘棠樹，在陝州府署西南隅。」翦，通作剪。《説文》云：「齊斷也。」伐，《釋文》云：「斬木也。」謂斬伐其枝。曰勿者，是惓惓愛護而不忍傷之，故詞若相戒，言不但剪其根幹不可，雖伐其枝條亦不可也。思人愛物與覩物思人，二意俱有。召，地名，召公奭采邑也。《史記·燕世家》云：「與周同姓。」皇甫謐云：「文王之庶子，勝殷後，封于北燕，留周佐政，食邑于召。輔成王、康王，卒，謚曰康。長子繼燕，支子繼召。」按《左傳》，富辰言文之昭十六國無燕，似不足信。豐熙以爲王季庶子，亦不知何所本也。茇，通作废。《説文》云：「舍也。」徐鍇云：「今《詩》、《周禮》皆借作茇。」鄭玄云：「草舍也。」《周禮·夏官》「教茇舍」，注云：「草止之也，軍有草止之法。」孔云：「茇者，草也。草中止舍，故云茇。」張文潛云：「召公爲天子之大臣，中分天下而治之，而治事臨務，至出于草野田畝草木之間，宜若不知體矣。然古人惟不敢遺一人，故能康一家；不敢遺一家，故能王一國。嘗讀《西漢書》，見循吏傳，如黄霸、召信臣之徒，❶其治郡邑，事無大小，一一立法，曲有制度，至於躬行田野，不少休息，未嘗不愛其知爲政之理，竭力勤事，而至誠愛其民也。」《考索》云：「周南，天子所都，周公不得專有其美。召公專主諸侯，則南國之教，得以稱召伯也。在《易》，二與四同功而異位，二多譽，遠也。四多懼，近也。周公近，召公遠，有詩無詩，此其異與？」蘇轍云：「周公在内，近于文王，雖有德而不見，則其詩不作。召公在外，遠于文王，功業明著，則詩作于下。」此理之最明者也。

❶「黄霸」，原作「美宣」，據張耒《力政篇》改。

蔽芾甘棠，勿翦勿敗，叶泰韻，烏外翻。豐本作「退」。**召伯所憩。**叶泰韻，丘蓋翻。原愒字，今文作憩。《釋文》、豐本俱作「愒」。○賦也。敗，謂殘壞之。憩，本作愒。《説文》云：「息也。」

蔽芾甘棠，勿翦勿拜，叶霽韻，變制翻。《廣韻》作「扒」。**召伯所説。**叶霽韻，輸芮翻。《爾雅》注、豐本俱作「稅」，陸德明本作「脱」。○賦也。拜，《説文》云：「首至地也。」錢氏云：「謂攀下也。攀下其枝，如人之拜。」嚴粲云：「謂低屈之，挽其枝以至地也。」程大昌云：「三章皆曰『勿翦』，翦者斷也。勿拜則不止不翦，且不敢屈其枝而垂之，敬之至也。《孟子》論天下易事，曰『爲長者折枝』，即肢體之肢，與木枝一義，則拜者折枝之謂也。」嚴云：「始則相戒不可斬伐而去之，中則相戒，豈特不可斬伐，但殘壞之亦不可。終則相戒，豈特不可殘壞，但低屈之亦不可。愛之愈深，護之愈至也。」説，《説文》云：「釋也。」後人作悦，即此字，言此樹爲召公所喜悦也。太史公云：「召公奭可謂仁矣，甘棠且思之，況其人乎？燕社稷血食者，八九百歲，於姬姓獨後亡，豈非召公之烈耶？」

《甘棠》三章，章三句。《子貢傳》謂召康公勤于勞民，燕人懷之，賦《甘棠》。《申培説》亦謂燕人追美召公之詩。按李德裕《宋齊丘論》有曰：「燕人之思召伯，甘棠勿翦。」似相脗合，然他無所出，直是見召公其後封燕故耳。燕詩别無入國風，不如還諸召南之民之爲得也。

詩經世本古義卷之十二（危）

周昭王之世詩二篇

何氏小引

《執競》，祭成、康也。昭王之世，始以成、康備七廟，此其日祭之詩也。

《鼓鍾》，昭王南遊，宴樂于淮水之上。君子憂傷而作。

《執競》，祭成、康也。昭王之世，始以成、康備七廟，此其日祭之詩也。朱子云：「此昭王以後之詩。」昭王名瑕，成王孫，康王子。按天子廟制，先儒所説不同。有謂代各異制者，《禮緯稽命證》及《春秋鈎命决》皆云：「唐、虞五廟，親廟四，始祖廟一；夏四廟，至子孫五；殷五廟，至子孫六；周六廟，至子孫七。」注謂夏太祖無功而不立，惟禹與二昭、二穆，故五；殷契爲始祖，湯爲受命王，各立其廟，與親廟四，故六；周以后稷始封，文王、武王受命而王，是以三廟不毁，與親廟四，故七也。有主四廟之説者，《喪服小記》云：「王者立四廟。」今按四廟，即謂高、曾、祖、考四親廟。《南齊志》云：「先儒説高祖以下，五世親盡，故親廟有四也。」有主五廟之説者，漢匡衡云：「在昔帝王，承宗廟之休典，取象於天地，天序五行，人親五屬。天子奉天，故率其意而尊其制，是以禘嘗之序，靡有過五。受命之君，躬接于天，萬世不墜。繼烈以下，五廟而遷，上陳太祖，間歲而祫，其道應天，故福禄永終。」韋玄成等四十四人奏云：「禮，王者始受命，諸侯始封之君，皆爲太祖。以下五廟而迭毁，毁廟之主藏乎太祖。五年而再殷祭，言一禘一祫也。祫祭者，毁廟與未毁廟之主，皆合食于太祖。父爲昭，子爲穆，孫復爲昭，古之正禮也。《祭義》曰：『王者禘其祖自出，以其祖配之，而立四廟。』言始受命而王，祭天以其祖配，而不爲立廟，親盡也。立親廟四，親親也。親盡而迭毁，親疏之殺，示有終也。周之所以七廟者，以后稷始封，文王、武王受命而王，是以三廟不毁，與親廟四而七。非有后稷始封、文武受命之功者，❶皆當親盡而毁。成王成二聖之業，制禮作樂，功德茂盛，廟猶不世，以行爲謚而已。」鄭玄亦同是説。馬融申鄭之意，謂天子七廟者，有其人則七，無其人則五，若諸侯廟制，雖有其人，不得過五也。有主七廟之説者，《禮器》云：「有以多爲貴者，天子七廟。」孫卿云：「有天下者事七世。」《家語》子羔問尊卑立廟制，孔子云：「禮，天子立七廟，諸侯立五廟，大夫立三廟。」《穀梁傳》亦云：「天子七廟，諸侯五。」劉歆云：「天子七日而殯，七月而葬。諸侯五日而殯，五月而葬。此喪事尊卑之序也，與廟數相應。故德厚者流光，德薄者流卑。」然七廟亦有二説。《王制》云：「天子七廟，三昭三穆，與太祖之廟而七。」

---

❶「武」，原作「王」，據《漢書·韋賢傳》改。

而《祭法》則云：「王立七廟，曰考廟，曰王考廟，曰皇考廟，曰顯考廟，曰祖考廟，皆月祭之。遠廟爲祧，有二祧，享嘗乃止。」王肅依據《王制》，而兼取二祧之文，謂天子七廟者，高祖之父及高祖之祖廟，爲二祧，并始祖及親廟四，爲七。朱子爲之圖説，又頗異王肅。其大概謂太祖百世不遷，一昭一穆爲宗，亦百世不遷。二昭二穆爲四親廟，親盡迭毁。其制，則外爲都宫，内各有寢廟，别有門垣，太祖在北，東向，左昭右穆，以次而南。六廟親盡，則毁而遞遷，昭常爲昭，穆常爲穆。祔昭，則群昭皆動，而穆不移；祔穆，則群穆皆移，而昭不動。且引《書》「穆考文王」，《詩》「率見昭考」，及《左傳》「文之昭也，武之穆也」以爲證。蓋文爲穆，則文之孫及玄孫皆穆，其子與曾孫皆昭也；武爲昭，則武之孫及玄孫皆昭，其子與曾孫皆穆也。既創此六廟之後，其新陟王之升祔者，昭入于昭，穆入于穆，截然不可紊，此立廟之制也。諸侯大夫其遷毁之次，與天子同，《儀禮》所謂「以其班祔」，《檀弓》所謂「祔于祖父」者也。有主七廟之外，宗無定數之説者，王肅云：「周之文、武，受命之王，不遷之廟，權禮所施，非常廟之數。殷之三宗，宗其德而存其廟，亦不以爲數。」王舜、劉歆亦云：「《左氏傳》曰：『名位不同，禮亦異數。』自上以下，降殺以兩，禮也。七者，其正法數，可常數者也。宗不在此數中。宗，變也。苟有功德則宗之，不可預爲設數。故於殷，太甲爲太宗，大戊曰中宗，武丁曰高宗。周公爲《無逸》之戒，舉殷三宗，以勸成王。繇是言之，宗無數也。然則所以勸帝者之功德博矣。」而鄭玄非之，謂七廟自夏及周，少不減五，多不過七，《禮器》曰「周旅酬六尸」，一人發爵，則周七尸，七廟明矣。今使文、武不在七數，豈禮也哉？故盧植、尹更始皆云：「天子七廟，據周也。」又《石渠論》、《白虎通》云：「周以后稷、文、武特，七廟。」張融亦云：「《曾子問》孔子説周事，而云七廟無虚主。若王肅數高祖之父，高祖之祖廟與文、武而九，主當有九，孔子何云七廟無虚主乎？」其後唐明皇創立太廟九室，胡致堂深非之，云：「宗廟之禮，繇子孫不忘而建。不忘者，仁也。或七廟，或五廟，或三廟者，禮也。其有功德，無功德，非子孫所當祔祧而隆殺之也。是故，天子七廟而已矣。有祧焉，不患其數盈也；有禘焉，不患其乏饗也。明皇始爲九廟，何所取乎？以爲有功德之廟不毁，則九亦安足以盡之？一斷以先王之禮，無敢損益于其間，是則禮之盡也。」愚嘗合衆説而折衷之，四廟習其近而忘其遠，五廟沿其同而昧其别，七廟斯盡制矣。而無以處夫有功德而親盡者。至如朱子謂初立一昭一穆，亦百世不遷，則苟非德如文、武，安足以當之？故不如宗無常數之説，於理爲長。若拘摹文、武二世室之制，定爲九廟，則不經之甚者也。陳祥道云：「天子七廟，諸侯五廟，自虞至周之所不變也。是故，《虞書》『禋於六宗』，以見太祖，《周官》『守祧八人』，以兼姜嫄之宫，則虞、周七廟可知矣。伊尹言七世之廟，商禮也。《禮記》、荀卿、《穀梁》皆言天子七廟，不特周制也。則自虞至周七廟，又可知矣。然存親立廟，親親之至恩，祖功宗德，尊尊之大義。古之人，思其人而愛其樹，尊其人則敬其位，況廟乎？法施于民則祀之，以勞定國則祀之，況祖宗乎？於是禮以義起，而商之三宗，周之文、武，漢之孝文、孝武，唐之神堯、文皇，其廟皆在三昭三穆之外，歷世不毁，此所謂不遷之廟，非謂祧也。鄭康成之徒以周制七廟，文、武爲二祧，親廟四而已，則文、武不遷之廟在七廟内，是臆説也。王肅《聖證論》曰：『《禮》自上以下，降殺以兩。使天子諸侯皆親廟四，則是君臣同等，尊卑不别也。又王祭殤五，而下及無親之孫，上不及無親之祖，不亦詭哉？』王舜、劉歆論之于漢，韓退之論之于唐，皆與肅同。蓋理之所在者，無異致也。」又云：「父昭子穆，而有常數者，禮也。祖功宗德，而無定法者，義也。故周於三昭三穆之外，而有文、武之廟。魯于二昭二穆之外，而有魯公之世室。觀《春秋傳》，稱襄王致文、武胙於齊侯，《史記》稱顯王致文、武胙於秦孝公，方是時文、武固已遠矣。襄王、顯王猶且祀之，則其廟不毀可知矣。《家語》孔子在陳，聞魯廟火，曰：『其桓、僖乎？』以爲桓、僖親盡，無大功德，而魯不毁，故天災之。其言雖涉于怪，而理或有焉。若然，則魯公之室在所不毁可知矣。王舜、劉歆、王肅、韓退之之徒，皆謂天子祖功宗德之廟，不在七世之列。特鄭康成以《周禮》『守祧有八人』，《小記》『王者立四廟』，則謂周制七廟，文、武爲二祧，親廟四而已。是不知周公制禮之時，文、武尚爲近廟，其所以宗之之禮，特起于後代也。果所以宗之者在七廟内，使繼世祖先同有豐功盛德，不下文、武，復在可宗之列，則親廟又益殺乎？理必不然。《祭法》曰：『遠廟爲祧。』則祧者兆也。天子以五世六世之祖爲祧，所謂『有二祧』是也。諸侯以始祖爲祧，所謂『先君之祧』是也。鄭氏以祧爲超去之超，誤矣。既曰祧矣，又以文、武爲不毁之祧，何耶？」詳觀數説，而七廟之義又益明矣。然周自武王受命，七廟自后稷而下始自何代，經無明文，以《周禮》考之，守祧奄八人。注疏謂天子七廟，通姜嫄爲八廟，廟一人，故八人也。是固然矣。《夏官·隸僕》職又云：「掌五寢之埽除糞洒之事，祭祀修寢。」鄭玄注則謂五廟之寢也。前曰廟，後曰寢，周天子七廟，惟祧無寢。易氏以鄭説爲誤。成王之時，七廟雖立而未備，以天子之禮致六享者五，后稷、大王、王季、文、武，此爲五廟五寢也。愚按易氏之言深爲可信。唐中宗時，太廟亦僅有六室，周之追王，止于大王，則自大王而上，皆不得登于七廟之列。及成、康殁，而周始備七廟，是則《執競》之詩所爲作也。然成王崩，周人祀之于廟，則有《昊天有成命》及《下武》二詩，而康王祀廟之詩無聞焉。《執競》之詩爲成、康作，但一詩而以二王並言，則又心疑之，已乃恍然悟曰：「此即所謂日祭之詩也。」《周語》祭公謀父曰：「先王之制，邦内甸服，邦外侯服，侯衛賓服，蠻夷要服，戎翟荒服。甸服者祭，侯服者祀，賓服者享，要服者貢，荒服者王。日祭，月祀，時享，歲貢，終王，先王之訓也。」劉歆以爲去事有殺，故祖禰則日祭，曾高則月祀，二祧則時享，壇墠則歲貢，大禘則終王。德盛而游廣，親親之殺也。彌遠則彌尊，故禘爲重矣。韋昭説大都相合。而《楚語》觀射父亦曰：「古者先王日祭，月享，時類，歲祀，諸侯舍日，卿大夫舍月，士庶人舍時。」漢初陵園中，各有寢便殿，日祭於寢，月祭於廟，時祭於便殿。寢，日四上食；廟，歲二十五祠，蓋猶存古意。至唐貞元時，中書舍人武儒衡議曰：「『日祭者，薦新也。』言物有可薦則薦之，不必卜擇時也。故叔孫通云：『古有嘗果。今櫻桃方熟，可以爲獻。』繇是惠帝取以薦宗廟，是不卜日矣。當叔孫通之言，且曰有嘗果，足明古禮，非漢制也。月享者，告朔也。《論語》子貢欲去告朔之餼羊，孔子以爲不可，則告朔必具牲牢明矣。《春秋》又譏閏月不告朔，猶朝于廟，此則月祭，殷周已降皆有之也。薦園寢者，始于秦代，漢氏因之，而又改人君三年之制，以日易月。喪紀既以二十七日而除，則朔望奠酬，不復親執。故既葬之後，移之園陵。又諸陵祠殿，月遊衣冠，既象平生，務從豐潔。所以陵寢朔望上食，與太廟日祭月享，本旨不同。」朱子云：「《左氏》言『特祀於寢』，而《國語》有『日祭』之文，是主復寢，猶日上食矣。然主既復寢，則其几筵未知當俟臨祭而後設耶？或常設而不除也？」今按日祭之典，雖於他經無所見，而《國語》兩及之。劉歆、韋昭輩皆爲推明其説，則古有此禮矣。《五經異義》亦云：「謹按叔孫通宗廟有日祭之禮，自古而然也。」然則成於昭爲祖，康於昭爲禰，《執競》之詩，當是於日祭上食時歌之，故以二王並言。篇中於八音，獨舉金、革、石、竹四者，亦可見其與大祭祀不同，故於音有所不備也。

執競《周禮》注作「傹」。**武王，**陽韻。**無競**《五經文字》作「倞」。**維烈。不**豐氏本作「丕」。**顯成康，**陽韻。**上帝是皇。**陽韻。**自彼成康，**見上。**奄有四方，**陽韻。**斤斤其明。**叶陽韻，謨郎翻。○

賦也。執，鄭玄云：「持也。」競，通作倞。《説文》云：「强也。」執競以德之剛言。敬勝怠，義勝欲，純守此心，如執持而不失者然，《易》所謂「自强不息」是也。此詩本爲祭成、康作，而以武王發端者，原我周有天下之所自始也。無競維烈，以興王之功業言。烈本火猛之義，功之光且盛者，亦以烈名之，言武王功業著盛，莫能與之争强也。李氏云：「觀武王伐紂而得天下，拱揖指揮，雖强暴之國，莫不趨使。一戎衣而天下大定，則其功烈爲莫强矣。」周昌年云：「功業皆德性中作用，有是德故有是功。」朱克升云：「剛健而加悠久，乃能成莫大之功。武王承肅將之志，十三年始一怒而安天下，養勇非一日，宜其功烈之無競矣。」不，通作丕。《説文》云：「大也。」顯者，頭明飾之義，故《爾雅》訓爲見，鄭訓爲光也。丕顯，亦以德言。成之日就月將，學有緝熙于光明；康之敬忌天威，對揚文、武之光訓，是也。上帝，即天也。程子云：「以形體言，謂之天；以主宰言，謂之帝。」皇，朱子云：「君也。」成王、康王有丕顯之德，故天命之繼世以君天下也。徐士彰云：「創業之君開天闢地，其爲天心之所屬，有不待言。至于守文之主，類多憑藉舊業耳。今成、康以德凝命，是其爲君亦天作之，與武王之聰明作后不殊也。」自彼者，追數昔日之辭。奄，《説文》云：「覆也，大有餘也。」奄有四方者，居高位以臨四方，如天之覆然也。斤斤其明，亦以業言。斤斤，《爾雅》云：「察也。」舍人云：「物情詳之察也。」孫炎云：「重慎之察也。」按斤者，所以權輕重之數，十六兩爲斤。班固以爲斤者，明也。十六兩者，四時乘四方之象。以斤斤言明者，禮樂刑政所以流布之四方者，纖悉畢具，錙銖不爽，察之義也。一說，謂明察如斧斤之斷，亦通。愚疑斤只當通作昕，《說文》云：「旦明，日將出也。」周之方興，亦如明初出地之象，故擬之曰昕昕耳。以兼舉成、康，故重言之。

鐘鼓喤喤，陽韻。《漢書》、《風俗通》俱作「鍠鍠」。**磬筦**《風俗通》、陸德明本俱作「管」。**將將**，叶陽韻，資良翻。《漢書》作「鏘鏘」，《說文》作「蹡蹡」，❶《風俗通》作「鎗鎗」。**降福穰穰**。陽韻。**降福簡簡**，叶銑韻，九件翻。**威儀反反**。叶先韻，甫鑾翻。《潛夫論》作「板板」。**既醉既飽，福禄來反**。見上。○

賦也。上章頌成、康之德業，至此乃言日祭之事。八音中獨舉鐘、鼓、磬、筦四者，皆燕樂所用也。喤，當依《漢書》，當作鍠，《說文》云：「鐘聲也。」筦，陳暘云：「笙之筦也。」將，當依《說文》通作蹡，云：「行貌。」按《周禮·鐘師》掌金奏，凡祭祀、饗食，以鐘鼓奏燕樂。《磬師》掌教燕樂之鐘磬。《笙師》凡祭祀、饗、射，共其鐘笙之樂，燕樂亦如之。此詩言日祭上食之禮，非大祭祀，意但與享食禮同，故止用燕樂。而燕樂所用之器，其見于《周禮》者，惟有鐘、鼓及鐘磬、鐘笙四者而已，四器以鐘爲主。鄭玄解金奏之樂，謂先考鐘，次擊鼓，鼓與鐘相間爲節，所先聞者鐘聲耳，故詩但以「鍠鍠」爲言。鍠鍠者，鐘聲也。按《大司樂》職云：「王大食，三宥，皆令奏鐘鼓。」日祭上食，猶之乎大食也，其奏鐘鼓宜矣。鐘磬者，應鐘之磬。鐘笙者，應鐘之笙。鐘先作，而磬笙自後從之，如人之行而相就者然，故《說文》引此詩曰：「磬筦蹡蹡。」荀卿所謂「從以磬管」是也。《荀子》云：「鼓大麗，鐘統實，磬廉制。鼓似天，鐘似地，磬似水。」又竹音亦有名管者，然與鐘、鼓、磬相

❶「作」，原作「將」，據《四庫全書》本改。

聚爲類，則於經無文。陳暘亦知此筦爲笙之筦矣，而但泥笙磬同音之説，謂鐘與鼓應，則磬當與筦應。今考《周禮・眡瞭》掌擊笙磬，固應笙之磬也，而無燕樂用之文，詩不應錯舉及之，不敢從也。陳暘云：「先王之交鬼神也，非祭則祀，祭之以其物，有養而親之之意，所以致愛也。祀之以其道，有止而寧之之意，所以致敬也。燕之爲禮，雖與祭祀不同，要之亦不過致愛敬而已。」降，《説文》云：「下也。」穰，《説文》云：「黍梨已治者。」按梨乃黍茂盛之義，故借爲穀豐稔之貌。《詩》「豐年穰穰」，《史》「穰穰滿車」是也。日祭之禮，即唐武儒衡所云薦新者，如《月令》所載薦麥、薦黍、薦穀、薦稻之類，故祖考降以穰穰之福，俾其時和年豐也。《漢書》云「萬物不夭，天地順而嘉應降」，降福穰穰之謂也。簡，通作柬。《説文》云：「分別之也。」猶簡在之簡。威儀反反，與《賓之初筵》解同。祭太數則易黷，每行禮之時，必周詳反顧，式禮莫愆也。既醉既飽，謂神享之也。福禄者，廣言之，凡諸福之物皆是。萬尚烈云：「反，乃『出乎爾，反乎爾』之反，即《楚茨》云『報以介福』也。」承上言，日祭之禮既行，則祖考當降以穰穰之福。然此福之降，非妄施也，先于冥冥之中用其簡閲，果其威儀克謹，則神歆其祭，方且報以無限之福禄，不徒穰穰而已。王符云：「德義無違，神乃享，鬼神受享，福祚乃隆。故《詩》云：『降福穰穰，降福簡簡，威儀板板。既醉既飽，福禄來反。』此言人德義茂美，神歆享醉飽，乃反報之以福也。」又《荀子》云：「上得天時，下得地利，中得人和，則財貨渾渾如泉源，汸汸如河海，暴暴如丘山，不時焚燒，無所藏之，夫天下何患乎不足也？故儒術誠行，則天下大而富使有功，撞鐘擊鼓而和。《詩》曰：『鐘鼓喤喤，磬筦將將，降福穰穰。降福簡簡，威儀反反。既醉既飽，福禄來反。』此之謂也。」《韓詩外傳》云：「重色而成文，累味而備珍，則聖人所以分賢長，明貴賤。故道得則澤流群生，而福歸王公，澤流群生則下安而和，福歸王公則上尊而榮。❶百姓皆懷安和之心，而樂戴其上，夫是之謂下治而上通。下治而上通，頌聲之所以興也。《詩》曰：『降福簡簡，威儀反反。既醉既飽，福禄來反。』」以上二條俱影響傅會，全與詩旨無涉。

《執競》二章，❷章七句。舊作一章十四句。○桓寬《鹽鐵論》云：「周文、武尊賢受諫，敬戒不殆，純德上休，神祇相貺。《詩》云：『降福穰穰，降福簡簡。』」夫篇中第言武王，未嘗及文王也，而以文、武並稱，於論疏矣。《序》及蔡邕《獨斷》皆云：「祀武王之所歌也。」然「不顯成康」、「自彼成康」等語，當作何解？毛傳强爲之説曰：「成大功而安之也。」如此詁字，豈成文理？即蘇轍亦誚其説，謂周之奄有四方，不自成康之時。朱子闢之，云：「此以辭害意之失。《皇矣》之詩，於王季章中蓋已有此句矣，又豈可以其太早而别爲之説耶？」夫成、康明是二王之謚，然如依《序》，則固祀武王之詩也，而下及成、康何歟？范蜀公有云：「祀武王而述成、康，見子孫之善繼也。」吕涇野亦謂自成、康以來，其功則能崇天下，其德能和敬以奉祭祀，武王其必享之，是於説亦似可通矣。然既以成、康二王爲言，則此詩必作於昭王之世。周公當成王時，制禮作樂，已極明備，不應祀武王之歌，至昭王而後有也。朱子據詩詞，直以爲祭武王、成王、康王之詩，較爲近之。《子貢傳》於《執競》下空六字，復有「成康」二字，疑亦同朱子之説。然三后合祭，禮所未聞。鄒忠胤謂周制，

---

❶「上」，原無，據《韓詩外傳》補。

❷「二」，原作「三」，據《四庫全書》本改。

先公廟在岐，文王廟在豐，武王廟在鎬，其成、康亦祔於武廟可知。而此祭非祫非禘，故止及三王耳。朱克升亦云：「祭三王無其例，然武王有世室，則必有專祭矣，豈昭王以後，祭武世室而配以成、康歟？借曰文世室無詩，則夫子正樂于殘缺之餘，但因所存者存之耳。」二説要皆憑臆揣摩，無所稽據。《申培説》直以爲昭王禘康王于明堂之詩，則將置篇中武王、成王于何地？其妄固無庸辨。又按《周禮》注引呂叔玉謂此詩名《繁遏》，即《國語》三夏之一。以爲繁者多也，遏者止也，言福禄止于周之多也，故曰「穰穰」、「簡簡」。杜預、韋昭又謂此詩名《遏》，乃九夏中之《韶夏》，其詳俱見《時邁》篇小引下。今按九夏見于《周禮》，自周公時已有之，而此詩乃作于康王以後，則周公何從預定此歌章耶？

《鼓鍾》，昭王南遊，宴樂于淮水之上。❶君子憂傷，而作是詩。出《詩説》。○《韓詩》云：「昭王之時作。」鄭玄於《中候握河紀》注亦云：「昭王時，《鼓鍾》之詩所爲作。」《子貢傳》但存「昭王南」三字，而其餘闕文。按《史記》云：「昭王之時，王道微缺。昭王南巡狩不返，卒於江上，其卒不赴告，諱之也。」《外紀》云：「昭王南巡狩，反濟漢。漢濱之人以膠膠船，王至中流，膠液船解，王及祭公溺焉。」二説皆以昭王爲南巡。而《竹書》則紀昭王十六年，伐楚，涉漢，遇大兕。又紀十九年，祭公辛伯從王伐楚，天大曀，雉兔皆震，喪六師于漢。《大紀》亦云：「王在位久，不能强於政治，風化稍衰，有光五色貫紫微，井水溢。是歲，王

❶「水」，原作「上」，據《四庫全書》本改。

征荆蠻，軍旋涉漢，梁敗，王及祭公隕於漢。王右辛餘靡振王北濟，反振祭公，王因是發疾崩。」《吕氏春秋》云：「周昭王親將征荆，辛餘靡長且多力，爲王右，遠反涉漢。梁敗，王及蔡公抎於漢中，辛餘靡振王北濟，又反振蔡公。周公乃侯之於西翟，實爲長公。」《水經注》則云：「昭王南征，船人膠舟以進之，渡沔，中流而没。」故地有左桑、大斂口、横桑、死沔之稱。左桑者，言百姓佐昭王喪事于此也。大斂口者，言昭王于此殯斂也。横桑者，言得昭王喪處也。死沔者，言昭王濟于是而死，故有死沔之稱也。以上諸説，皆以昭王爲南征，故《左傳》齊桓公責楚之辭曰：「昭王南征而不復，寡人是問。」又屈原《天問》有云：「昭后成遊，南土爰底。厥利維何，逢彼白雉。」其説皆頗與《竹書》相應，想亦乘巡遊之便，而因爲征伐之舉耳。王南行過淮，凡再往一返，是詩不知作于何時。郝敬云：「是役也，未必無朝會，而詩但言鼓鍾淮水，以諷其荒樂遠遊，無復先王修禮輯瑞、柴望祭告之典，與秦政、隋廣，先後一轍，所以爲刺。」鄒忠胤云：「自楚澤膠舟，王靈斯替，乃識者已于淮上之遊，卜宫聲之無旋矣。夫克詰戎兵，陟禹迹而方行天下，周公《立政》之訓固云。然戢而時動則威，觀則玩而無震，況以水濱即次之地，爲徜徉容與之觀，將覲光揚烈謂何？嘉樂而野合，亦異乎《靈臺》之奏公、《卷阿》之矢音矣。樂是德非，詩人所爲悼今懷古，不勝愴耳。其詞隱，其意微，故曰思而不貳，怨而不言，其周德之衰乎？嗟乎！成、康既没，德如昭王，頌聲安得不寢？豈惟頌哉？即雅之亡，愚以爲不亡於《黍離》，而已亡于賦《鼓鍾》之日。」又云：「《記》曰：『樂不可極。』樂極生悲。大夫憂之而賦《鼓鍾》，似有先見。」

鼓鐘將將，叶陽韻，七羊翻。**淮水湯湯**，陽韻，音傷。**憂心且傷**。陽韻。**淑**豐氏本作「叔」。後同。**人君子，懷允不忘。** 陽韻。○賦而興也。擊鼓爲鼓，而擊鍾亦稱鼓者，以擊之義通也。字从攴，攴者，小擊也。从又爲意，以卜得聲，與樂器之鼓从支不同。支字从手持半竹，亦象其手擊之也。从壴者，象陳樂立而上見之形也。孔穎達云：「以鼓瑟鼓琴類之，故鼓鍾爲擊鍾也。」鍾，當作鐘，樂鐘也，字从童，以其爲秋分之音，物穜成之時也，與酒器之鍾不同。彼字从重，乃慎重之意，所以寓戒也，解見《關雎》篇。孔云：「樂器多矣，必以鍾爲首而先言之者，以作樂必擊鍾。《左傳》謂之『金奏』，是先擊金以奏諸樂也。」按《周禮·鍾師》職云：「掌金奏，凡樂事，以鍾鼓奏九夏。」《鎛師》職云：「凡祭祀，鼓其金奏之樂，饗食賓射亦如之。」陳暘云：「金音鏗，立秋之氣。先王作樂，用之以爲金奏焉。《禮》曰：『內金，示和也。』又曰：『入門而金作，示情也。』奏金而鳴之，內以示情，外以示和也。」又云：❶「十二辰之鐘，以應十二月之律，大鐘也，大鐘特縣，《詩》、《書》、《爾雅》所謂『鏞』是也，非十二辰之鐘則編焉，《周禮》所謂編鐘是也。」將，通作鏘。《説文》云：「鐘聲也。」以其連擊而聲不斷，故曰將將。淮，水名。《爾雅》云：「江河淮濟爲四瀆。四瀆者，發源注海者也。」《水經》云：「淮水出南陽平氏縣胎簪山，東北過桐栢山，至廣陵淮浦縣入海。」《廣雅》云：「淮，均也。」《春秋説題辭》云：「淮者，均其勢也。」按淮之訓均，其義未喻，當是字从準省。準之爲言平也，言水流平均也。湯湯，盛大貌，《書》云「湯湯洪水」是也，興下文「淑人君子」，意正在此。言其流長遠，以興先王往矣，而其至德遺韻，至今尚爲人所思也。傷，痛也。《説文》云：「創也。」創者，刀傷，心之痛有似之也。鄭玄

❶「又云」以下一段引文，出自陳祥道《禮書》卷一百十九。

云：「爲之憂傷者，嘉樂不野合，今乃于淮水之上作先王之樂，失禮尤甚。」嚴云：「當時禍變將作，曾不覺悟，顧遠離京師，爲從流忘反之樂。詩人爲之寒心，憂而且傷，知禍之必不免也。」凌濛初云：「此詩之刺，最爲微婉，若非『憂心』一句，後人必以爲升歌雅樂矣。」淑人君子，解見《鳲鳩》篇，言此淑人之君子，指文、武也。嚴云：「周家以仁厚立國，故以善人君子稱其先王。」懷，思。允，信也。子貢曰：「聞其樂而知其德。」樂作于先王，而用于後王，聞其聲者感焉。因是以思其人而信其有是德，雖至于歷世之久，而終不能忘也。然此章猶未明言，至下章言「其德不回」，乃道其實。

鼓鍾喈喈，叶支韻，堅夷翻。**淮水湝湝**，叶支韻，堅夷翻。**憂心且悲**。支韻。**淑人君子，其德不回**。叶支韻，乎爲翻。○賦而興也。喈喈，徐鉉云：「聲衆且和也。」湝，《説文》云：「水流也。」徐云：「衆水之貌。」按湝字，水右施皆，當是以意兼聲，徐解謂「衆水之貌」是也。《禹貢》「導淮自桐栢，東會于泗沂」，而《水經》所載入淮之水，其流甚多，故以湝湝言，興意亦取流水朝宗之義。先王有盛德以來諸侯，故諸侯咸歸之，不如王之以逸豫滅德，使下國携貳，而致勤兵于遠也。悲，《説文》云：「痛也。」一云，心非爲悲，心之所以非則悲矣。回者，邪曲之義，與正道相反。樂以象德，觀其樂之有節，即知其德之不回，且用之各有其地，施之必於其宜焉。有遊逸淫樂如王，今者奏樂于淮水之上乎？

鼓鍾伐鼛，叶尤韻，居侯翻。豐本作「臯」。**淮有三洲**，尤韻。豐本作「州」。**憂心且妯**。叶尤韻，丑鳩翻。《説文》作「怞」。**淑人君子，其德不猶**。尤韻。○賦而興也。鼛，《説文》云：「大鼓也。」亦作臯鼓，以音同，通用耳。《考工記》云：「韗人，爲臯鼓，長尋有四尺，鼓四尺，倨句磬折。」按長尋四尺者，謂長一丈二尺；鼓四尺者，謂鼓面徑四尺也。倨言其直，句言其曲。磬折，謂中高而兩頭下，有如磬之圓折，即今之鼓式也。《周禮・地官・鼓人》職云：「掌教六鼓四金之音聲，以節聲樂，以和軍旅，以正田役。教爲鼓而辨其聲用，以雷鼓鼓神祀，以靈鼓鼓社祭，以路鼓鼓鬼享，以鼖鼓鼓軍事，以鼛鼓鼓役事，以晋鼓鼓金奏，以金錞和鼓，以金鐲節鼓，以金鐃止鼓，以金鐸通鼓。凡軍旅，夜鼓鼜，軍動則鼓其衆，田役亦如之。」按鼛乃役事所用，《緜》詩所謂「鼛鼓弗勝」是也。據此詩先言鼓鍾，末言琴瑟笙磬，自是金奏之樂，則當用晋鼓，而此言伐鼛者，豈王在淮上，有興衆動役之事，如繕治離宫别館之類乎？因憶《淮南子》云：「堯、舜、禹、湯、武王，伐鼛而食，奏《雍》而徹，已飯而祭，可謂至貴矣。然戰戰慄慄，日慎一日。」許慎謂鼛鼓，王者之食樂，《詩》「鼓鍾伐鼛」是也。《雍》則已食之樂也。《周禮・大司樂》職「王大食三宥，皆令奏鍾鼓」，即此。前二章第言伐鐘，此乃言伐鼓耳。三洲，毛傳云：「淮上地。」吕祖謙云：「作詩者賦其當時所見。」洲，古作州，水中可居者。水落成洲，靚盈涸之無常，興世事之多變，臨流之間感慨繫之矣。與下文「其德不猶」相照。妯，《説文》云：「動也。」《子華子》云：「憂心有妯，心由是以動也。」《方言》云：「擾也。齊、宋曰妯。」鄭云：「妯之言悼也。」按妯字从女，訓動訓擾訓悼，於文義雖近之，終於制字从女之義無涉。《爾雅》注「娣姒或曰妯娌」，則妯字自有其解。《説文》引此詩妯作怞字，从心，云朗也。以朗狀憂者，此心炯炯，所見惟有憂之一路，猶所云耿耿小明，憂之貌也。其德，即不回之德。猶，若也，似也。按猶乃獸名，性多疑慮，故借以爲恍惚之義。不猶，言與後之人不相彷彿也。首章第虚虚言懷，次章乃言所懷者先王不回之德，至此則隱隱諷到王身上矣。

鼓鍾欽欽，侵韻。**鼓瑟鼓琴**，侵韻。**笙磬同音**。侵韻。**以雅**豐本作「正」。**以南**，叶侵韻，乃林翻。又《後漢書·陳忠傳》引此詩，於此句下有「韎任朱離」四字。**以籥**豐本作「龠」。**不僭**。叶侵韻，千尋翻。○賦也。欽，《説文》云：「欠貌。」蓋震慄之容，見于欠伸，故又借以爲敬也。欽欽，毛云：「言使人樂進也。」孔云：「此亦鍾聲也。云『使人樂進』者，以陳先王之正樂正聲之美，使人聞樂而進于善也。」鼓瑟鼓琴，詳見《關雎》、《鹿鳴》篇。《樂書·琴瑟論》云：「古者瞽矇掌琴瑟。《詩·鹿鳴》『鼓瑟鼓琴』，《書》曰：『琴瑟以詠。』《大傳》亦曰：『大琴練絃達越，大瑟朱絃達越。』《爾雅》曰：『大琴謂之離，大瑟謂之灑。』《明堂位》曰：『大琴大瑟，中琴小瑟，四代之樂器也。』古之人作樂，聲應相保而爲和，細大不踰而爲平，故用大琴必以大瑟配之，用中琴必以小瑟配之，然後大者不陵，細者不抑，五聲和矣。後世有雅琴、雅瑟、頌琴、頌瑟，豈其聲合于雅頌耶？」又云：「考之《虞書》，琴瑟以詠，則琴瑟之聲，所以應歌者也。歌者在堂，則琴瑟亦宜施之堂上矣。」又云：「《關雎》先琴瑟後鍾鼓，此詩先鼓鍾後琴瑟者，蓋琴瑟者樂之常，鍾鼓者樂之盛。《關雎》主樂得淑女，至誠有加而無已，故繇常以至盛；《鼓鍾》主刺好樂而不厭，故先其盛者，所以甚刺之也。」笙、磬，居八音中之二。笙，解亦見《鹿鳴》篇。笙者，匏音，堂下之樂。《記》云：「歌者在上，匏竹在下。」毛因笙磬連言，遂以爲磬名，非也。按《周禮·眡瞭》「掌擊頌磬笙磬」。《大射禮》云：「樂人宿縣于阼階東，笙磬西面，其南笙鍾，其南鑮，皆南陳。」又云：「西階之西，頌磬東面，其南鍾，其南鑮，皆南陳。」解者謂磬在東方者名笙，以東生出之方也；在西方者名頌，以西成功之方也。頌，或作庸，庸，功也。二磬對立，無緣獨舉笙磬爲言，故知其謬。陳暘云：「《大射儀》『笙磬西面，其南笙鍾』蓋笙，艮音也，於方爲陽；鍾，兑音也，於方爲陰。《周官・笙師》掌教吹笙，共其鍾笙之樂，以教《祴夏》。《書》曰：『笙鏞以間。』是鼓應笙之鍾，而笙亦應之也。《眡瞭》掌擊笙磬。磬，乾音也，與笙同爲陽聲，是擊應笙之磬，而笙亦應之也。笙磬，則異器而同音；笙鍾，則異音而同樂。《儀禮》有衆笙之名，而簜在建鼓之間，蓋衆笙所以備和奏，洽百禮，豈特應鍾磬而已哉？《鹿鳴》所謂『鼓瑟鼓琴』、『吹笙鼓簧』，應琴瑟之笙也。《賓之初筵》曰『籥舞笙鼓』，應鼓之笙也。《檀弓》『孔子十日而成笙歌』，《儀禮》『歌《魚麗》，笙《繇庚》』之類，應歌之笙也。然則笙之爲用，豈不備哉？」磬，石音，《虞書》謂「擊石拊石」是也。亦有用玉者，《虞書》謂「戛擊鳴球」是也。堂上之樂，《考工記》云：「磬氏爲磬，倨句一矩有半。」按磬形如人字，以上曲而折角者爲句，下自左右兩角，不言灣曲，而惟以直言，爲倨。矩者，爲方之器。自此倨句磬形而言，有如一長方，并半長方也。或云磬形四方，如一矩焉。內缺少一角，猶云一矩之內有大半也。《爾雅》云：「大磬謂之毊，徒鼓磬謂之蹇。」《釋名》云：「磬，罄也。其聲罄罄然堅緻也。」《明堂位》云：「叔之離磬。」《世本》云：「毋句氏作磬。」毋句，堯臣也。《廣雅》云：「毋句氏磬十六枚。」張萱云：「世或謂黃帝使伶倫爲磬，又謂堯實使叔爲磬，余按特縣者，名離磬，即大磬曰毊是也。毋句氏及伶倫所製，則編磬也。第編磬止十二枚，以應十二律。漢成帝時，犍水濱得石磬十六枚，此乃後世工師傅會二少二變之説，鄭康成亦從之，誤矣。」陳云：「磬，立秋之音，夷則之氣也。其用，編之則襍而小，離之則特而大。叔之離磬，則專簴之特磬，非十二器之編磬也。《周官・磬師》掌教擊磬擊編鍾，言編鍾於磬師，則知有編磬矣。大則持縣，小則編縣。《儀禮》『鼗倚於頌磬西紘』，所謂紘者，其編磬之繩與。」又云：「應笙之磬，謂之笙磬。應歌之磬，謂之頌磬。笙磬在東而面西，頌磬在西而面東，頌磬歌于西，是南鄉北鄉，以西方爲上，所以貴人聲也。笙磬吹于東，是以東方爲下，所以賤匏竹也。《大射》『簜倚于頌磬西紘』，頌磬在西而有紘，是編磬在西，而以頌磬名之，特磬在東，而以笙磬名之。然言笙磬繼之以鍾鎛，應笙之鐘鎛也，《笙師》『共笙鐘之樂』是已；言頌磬繼之以鐘鎛，應歌之鐘鎛也，《左傳》『歌鐘二肆』是已。」愚按笙磬同音，專主笙磬相和言。舊説皆總上琴瑟言，非是。以雅以南者，以奏二雅，以奏二南也。鄭樵云：「周世未有樂名南者，惟《鼓鍾》之詩曰：『以雅以南。』《左氏》載季札觀樂，有『舞象箾南籥』者，詳而考之，南籥，二南之籥也。象舞，頌之《維清》也。箾之舞象，籥之奏南，其在當時見古樂如此。而《文王世子》又有所謂『胥鼓南』，則南之爲樂古矣。」程大昌云：「南、雅、頌，樂名也，若今樂曲之在某宮者也。南有周、召，頌有周、魯、商，本其所從得，而還以繫其國土也。二雅獨無所繫，以其純當周世，無所標別也。均之爲雅，音類既同，又自別爲大小，則聲度必有豐殺廉肉，亦如十二律然，既有大呂，又有小呂也。若夫邶、鄘、衛十三國者，❶詩皆可采，而聲不入樂，則直以徒詩著之本土。春秋諸侯卿大夫士賦詩道志者，凡《詩》襍取無擇，至考其入樂，則自邶至豳，無一詩在數。享之用《鹿鳴》，鄉飲酒之笙《繇庚》、《鵲巢》，射之奏《騶虞》、《采蘋》，諸如此類，未有或出南、雅之外者，然後知南、雅、頌之爲樂詩，而諸國之爲徒詩也。杜預之釋《左氏》，亦知南籥當爲文樂矣，不勝習傳之久，無敢正指以爲二南也。劉炫之釋《鼓鍾》，雖疑雅南當爲二南，亦不敢自信，惟能微出疑見，而曰南如周南之意而已。諸儒既不敢主二南以爲南，而《鉤命決》之書，敘載四夷凡樂，

❶「邶」，原作「邸」，據《四庫全書》本改。

適有名南者，鄭氏因遂采取，以傅足其數。孔穎達輩率皆因襲其説，凡六經之文，有及于南者，皆指南夷南樂，以應塞古制，甚無理也。且夫周備古樂，如韶、夏、濩、武，各取一代極盛者用之，何有文王象舞，而獨采夷樂以配？此其謬誤不待辨而白也。假設其時欲以廣取爲備，乃四夷之樂，獨取其一，何名爲備？此予所以敢違諸儒之説也。《語》曰：『夫子自衛反魯，然後樂正，雅、頌各得其所。』夫雅、頌得所于樂正之後，非樂而何？子謂伯魚曰：『女爲周南、召南矣乎？』爲之爲言，有作之義。既曰作，則有器有聲，非但歌詠而已。夫在樂爲作樂，在南爲鼓南，質之《論語》，則如三年不爲樂之爲。吾以是合而言之，知二南、二雅、三頌之爲樂無疑也。」鄒云：「按《儀禮》、《禮記》，凡樂四節：首節歌也，工入，升堂，歌《鹿鳴》、《四牡》、《皇皇者華》，是爲升歌三終。其比歌則以瑟，手彈而口和也。二節，笙也。笙入堂下，奏《南陔》、《白華》、《華黍》，是爲笙入三終。其輔笙則以磬，所謂磬南北面立也。于是堂上間歌《魚麗》，則堂下笙《繇庚》；堂上間歌《南有嘉魚》，則堂下笙《崇丘》；堂上間歌《南山有臺》，則堂下笙《繇儀》，是爲間歌三終。歌笙相禪，故曰間，此樂之第三節也。于是上歌《關雎》，笙吹《鵲巢》合之；上歌《葛覃》，笙吹《采蘩》合之；上歌《卷耳》，笙吹《采蘋》合之。堂上下歌瑟及笙並作，是爲合樂三終。此樂之第四節也。《燕禮》又有所謂『下管《新宮》』，《大射儀》亦曰『《新宮》三終』，《鄉射禮》又曰『奏《騶虞》，間若一』，『鼓瑟鼓琴，笙磬同音，以雅以南』，此之謂也。」以籥，孔云：「謂吹籥而舞也。《簡兮》曰：『左手執籥，右手秉翟。』或謂之羽舞也。」鄭云：「籥舞，文樂也。」解見《簡兮》篇。《周禮·籥師》職云：「掌教國子舞羽歈籥。祭祀，則鼓羽籥之舞。賓客饗食，則亦如之。」僭，猶亂也。不僭，專就籥舞言，樂之章有詩，樂之容有舞，以籥協音，舞蹈疾徐有節，是謂不僭。此章絶無刺辭，言外見樂非不古，特作樂之人異于古耳，此我之所以心憂也。

《鼓鍾》四章，章五句。《序》云：「刺幽王也。」然史無幽王東巡之事。或又有謂淮水爲害，幽王作樂而不恤，則鑿之尤矣。又有謂此詩爲徐偃王作者，亦似近之，但無據，不敢信。

詩經世本古義卷之十三（室）

周共王之世詩一篇

何氏小引

《綢繆》，刺密康公也。康公從恭王遊于涇上，有三女奔之，詩人託爲其母之辭以刺之。

《綢繆》，刺密康公也。康公從恭王遊于涇上，有三女奔之，詩人託爲其母之辭以刺之。

《周語》云：「恭王遊于涇上，密康公從，有三女奔之。其母曰：『必致之于王。夫獸三爲群，人三爲衆，女三爲粲。王田不取群，公行下衆，王御不參一族。夫粲，美之物也。衆以美物歸女，而何德以堪之？王猶不堪，況爾小醜。小醜備物，❶終必亡。』康公弗獻，一年，王滅密。」《列女傳》稱康公母姓隗氏。按《路史·國

---

❶ 「物」，原脱，據《國語·周語》補。

名記》載赤狄、潞氏皆隗姓，潞氏後爲晉所滅，是詩乃周畿内詩，而入之《唐風》者，倘亦以康公母族後入晉故歟？詩言「三星」，言「粲者」，又言「邂逅」，非三女同奔之事而何？

綢繆束薪，真韻。豐氏本作「新」。**三星在天。**叶真韻，汀因翻。**今夕何夕，見此良人？**真韻。**子兮子兮，如此良人**同上。**何？**賦之興也。綢，《説文》云：「繆也。」繆，《説文》云：「枲之十絜也。」今按綢右施周，周者密也，綢繆連文，當是以十絜之枲周而束之，毛傳所謂猶纏綿也。孔穎達云：「綢繆，是束薪之狀。」薪，解見《漢廣》篇。曹氏云：「詩人每以薪喻婚姻，如『翹翹錯薪』、『析薪如之何』是也。束薪者，析于彼而合于此，有婚姻之義焉。」蘇轍云：「合異姓以爲婚姻，譬如錯取衆薪而束之耳。薪之爲物，束之則合，而釋之則解。是則綢繆固之，而後可以望其合也。」「三星」之解有二：毛以爲參，參爲白虎宿，見于十月而中于正月；鄭箋及朱傳皆以爲心，心爲明堂火星，見于三月而中于六月。今未知此詩果何所指也。在天，謂初昏之時，始見東方也。嚴粲云：「二十八宿，半隱半見，故以始見東方爲在天。」綢繆束薪，仰而見三星則在天。陶詩「采菊東籬下，悠然見南山」，語意同此。取興三星，亦三女同奔之況耳。妻象月，妾象星，「嘒彼小星，三五在東」，正同斯義。今夕，謂今此三星在天之夕也。曰何夕者，訝之之辭，後放此。良人，夫也。《孟子》謂「良人者，所仰望而終身」是也。子兮子兮，稱女之辭也，因此女來奔，故重言之，以致其諷動之意。男女居室，人之大倫，今也不繇其道，而妄委身于人，雖稱之曰良人，恐未必終爲汝之良人也，將如此良人何哉？《易》曰「見金夫，不有躬，无攸利」，此之謂也。

綢繆束芻，叶尤韻，側鳩翻。亦叶有韻，楚九翻。**三星在隅。**叶尤韻，魚候翻。亦叶有韻，語口翻。

今夕何夕，見此邂《釋文》、豐本俱作「解」，下同。**逅？**叶尤韻，户鉤翻。亦叶有韻，狼口翻。《釋文》、豐本俱作「覯」，下同。**子兮子兮，如此邂逅**同上。**何？**賦之興也。芻，《説文》云：「刈艸也。」其字象包束艸之形，配不以正，猶之束亂艸而已。隅，毛云：「東南隅也。」朱子云：「昏見之星至此，則夜久矣。」「邂逅」二字，《説文》合解之云：「不期而遇也。」見此邂逅，合密康公與三女而並言之。子兮子兮，上子指康公，下子指三女也。如此邂逅何，知其必不終也。

綢繆束楚，叶麌韻，讀如取，此主翻。**三星在户。**麌韻。**今夕何夕，見此粲者？**叶麌韻，當古翻。**子兮子兮，如此粲者**同上。**何？**賦之興也。楚，《説文》云：「叢木，一名荆也。」解亦見《漢廣》篇。楚在衆薪中特爲翹起，故以興粲者，見其美異于他女耳。《漢廣》之詩曰「翹翹錯薪，言刈其楚」，雖所取不同，然寓意相類。户，朱子云：「室户也。户必南出，昏見之星至此，則夜分矣。」粲，通作𣦼。《説文》云：「三女爲𣦼。」𣦼者，美也。子兮子兮，曉悟康公之辭也。小醜備物，終亦必亡而已矣，其如此粲者何哉？先主女來奔而言，故首云良人；既則主康公與三女相見而言，故次云邂逅；既又主康公受三女之奔而言，故末云粲者。黄省曾云：「密康公室家久矣，又濫取奔女，而勿受厥母之誡，則其覆宗也固宜。」

《綢繆》三章，章六句。《序》以爲「刺晋亂也。國亂則昏姻不得其時焉」。《申培説》亦云：「晋亂民窮，昏媚失時，君子傷之而作是詩。」朱子謂此但爲昏姻者相得而喜之詞。首章婦語夫，次章夫婦相語，末章夫語婦。三説之意皆同，然末章言「粲者」，於義何居？豈其國亂，婚姻失時，而仍能備妾媵耶？《子貢傳》闕文。

詩經世本古義卷之十四(壁)

周懿王之世詩一篇

何氏小引

《還》,刺荒也。齊哀公好田獵,從禽獸而無厭。國人化之,遂成風俗,習于田獵謂之賢,閑於馳逐謂之好焉。

《還》,刺荒也。齊哀公好田獵,從禽獸而無厭。國人化之,遂成風俗,習于田獵謂之賢,閑於馳逐謂之好焉。 出《序》。〇哀公,名不辰,太公四世孫。後朝周,爲夷王所烹,因紀侯之譖也。宋衷云:「哀公荒婬田遊,史作《還》詩以刺之。」按《史記》曰:「懿王之時,王室遂衰,詩人作刺。」金履祥云:「詩之時世,多不可考,其時王風未作,變小雅多有刺詩。《序》皆以爲刺幽王。太史公多見古書,殆必有考。」胡氏《大紀》,以齊哀公之立,當在懿王之世,而以刺哀公之詩隸之。

子之還叶先韻，旬宣翻。《齊詩》、《漢書》、《水經注》、豐氏本俱作「營」，云：「營丘也。」《韓詩》作「嫙」，云：「好貌。」**兮，遭我乎**《説文》作「于」，《漢書》、《齊詩》俱作「虖」。**峱**《齊詩》、《漢書》、崔靈恩《集注》、豐氏本俱作「嶩」，吕氏注作「巎」。**之閒**叶先韻，居賢翻。**兮。****並驅**《釋文》作「駈」，豐本作「毆」，後同。**從**《説文》作「从」。**兩肩**先韻。《説文》、《釋文》俱作「豣」，豐氏本作「猏」。**兮，揖我謂我儇**先韻。《韓詩》、豐氏俱作「婘」，云：「好貌。」**兮。**賦也。孔穎達云：「三章皆士大夫相答之辭。」還，通作嬛。《説文》云：「材緊也。」所謂便嬛也。鄭玄云：「子也，我也，皆士大夫也。俱出田獵而相遭也。」遭，《説文》云：「遇也。」徐鍇云：「猶匝也，若行復相值也。」峱，齊山名，字从山从狃。按狃之爲義，犬性驕也。此山當是獵犬出没之所，故从狃也。董氏云：「考于《地記》，嶩、峱、巎皆山名，在齊之郊，故諸書或異。」閒，近也，與峱山相近也。並，《説文》云：「併也。」即子與我也。驅，驅馬也。從，逐也。張揖云：「獸三歲爲肩。」不定其爲何獸也。或以爲即豣。《説文》云：「豣，三歲豕，肩相及者。」《詩》「獻豣于公」是也。揖我謂我儇，譽辭也。儇，《説文》云：「慧也。」孔云：「以報答相譽，則尊卑平等，非國君也。然馳車逐獸，又非庶人，故知子也，我也，皆士大夫出田相遭也。」嚴粲云：「以子之便捷，乃揖我謂我甚儇利也。如子之能，尚且見推，此自矜于其黨，以氣陵之之辭也。」章潢云：「子之還兮，己譽人也；謂我儇兮，❶人譽己也。並驅，則人己皆與有能也。詩人直述其詞，而不加一語以致美刺之意。然齊人矜詩之俗，昭然不容掩矣。」又班固云：「此亦其舒緩之

❶「儇」，原作「獧」，據《四庫全書》本改。

體也。」

子之茂叶有韻，莫後翻。豐本作「戊」。**兮，遭我乎峱之道**叶有韻，他口翻。**兮。並驅從兩牡**有韻。**兮，揖我謂我好**叶有韻，許厚翻。**兮。**賦也。茂，盛也。謂年華壯盛，猶今言茂齡也。道者，適峱之路。《爾雅》云：「一達謂之道路。」牡，《説文》云：「畜父也。」亦不明言其何獸。好，美也。猶言其年力恰與彼相宜也。

子之昌陽韻。**兮，遭我乎峱**豐本首章作「嶩」，次章作「猛」，此章作「嶩」。**之陽**韻。**兮。並驅從兩狼**陽韻。**兮，揖我謂我臧**陽韻。**兮。**賦也。昌，《説文》云：「美言也。」每相稱譽，是其言之美也。山南曰陽。初猶近峱，既而適峱，此則在峱之中矣。陸佃云：「狼，物之尤暴戾者，故《詩》以爲後。豺祭狼卜，又善逐獸。里語曰：『狼卜食。』狼將遠逐食，必先倒立以卜所向。故今獵師遇狼輒喜，蓋狼之所嚮，獸之所在也。其靈知如此。」許慎云：「狼似犬，鋭頭，白頰，高前廣後。」陸璣云：「其鳴能小能大，善爲小兒啼聲以誘人。去數十步，其猛健者，雖善用兵者不能免也。」按《爾雅》云：「狼，牡貛牝狼，其子獥，絶有力迅。」狼爲總名，分之則有貛、狼、獥、迅四名。然狼之名獨歸之牝者，羅願云：「鳥之類，雄摯于雌；獸之類，牝猛于牡。以乳獲其子，非可得犯也。是以羆爲熊之牝，而羆猛于熊。狼爲貛之牝，而狼名獨著。虎猛者稱乳虎，蓋其類也。」又陳祥道云：「《周禮·庖人》掌共六畜，辨其名物。《春秋》傳言六畜五牲，以奉五味。鄭司農謂六獸者，麋、鹿、熊、麕、野豕、兔。鄭康成謂《獸人》冬獻狼，夏獻麋。又《内則》無熊，則六獸當有狼，而熊不屬。杜預則曰五牲者，麋、鹿、狼、麕、兔。今考之於《詩》，五豝五豵，兩肩兩狼，私豵獻豜，麀鹿麌麌，小豝大兕。

《内則》有鹿脯，田豕脯，麋脯，麇鹿、田豕、麋皆有軒。又曰：『麇鹿爲菹，麋爲辟雞，野豕爲軒，兔爲宛脾。』《少儀》：『麇鹿爲菹，野豕爲軒，皆聶而不切。麋爲辟雞，兔爲宛脾，皆聶而切之。』《内則》八珍有『狼臅膏』，則六獸當有狼無熊，如康成之説。五牲當有野豕，非如杜氏之論也。」臧，善也，譽其技藝之善。鄒忠胤云：「夫鬬雞、走犬、六博、蹴鞠者，齊之俗固然。其於田事尤所習，但如豳風之『于貉爲裘，其同纘武』，秦風之『奉時辰牡』，亦誰得訾且禁之？乃卒然狹道相逢，而必欲以僄狡逞伎。」吕氏謂意氣飛動勃勃，見于眉宇之間，所以染其神者深矣。曹植樂府《名都篇》有云：「鬬雞東郊道，走馬長楸間。馳騁未能半，雙兔過我前。攬弓捷鳴鏑，長驅上南山。左挽因右發，一縱兩禽連。餘巧未及展，仰手接飛鳶。觀者咸稱善，衆工歸我妍。」此正與《營》之詩同意，蓋刺時人遊聘之樂也。❶鄧元錫云：「《還》，刺禽荒也。言俗好獵，不言君從禽，斯風人之旨哉？」

《還》三章，章四句。《韓詩》篇名作《嫙》，《齊詩》、《子貢傳》、《申培説》、豐氏本俱作《營》。○《子貢傳》云：「齊俗習于田，賦《營》。」《申培説》云：「齊俗好田，君子刺之。」朱傳云：「獵者交錯于道路，相稱譽如此。」皆不著其世。愚以《序》及宋朿兩説脗合，皆以爲哀公時事，故從之。

---

❶「聘」，依文義疑當作「騁」。

詩經世本古義卷之十五（㚒）

周夷王之世詩三篇

何氏小引

《栢舟》，言仁而不遇也。衛頃公之時，仁人不遇，小人在側。

《北門》，仕不得志也，亦衛頃公時之詩。

《北風》，賢者去國也，亦衛頃公時詩。

《栢舟》，言仁而不遇也。衛頃公之時，仁人不遇，小人在側。出《序》。〇焦氏《易林》云：「汎汎栢舟，流行不行。耿耿寤寐，心懷大憂。仁不逢時，退隱窮居。」《孔叢子》載孔子曰：「吾于《栢舟》，見匹夫執志之不可易也。」按頃公時，事無所考。據《史記》，衛自康叔封爲孟侯，子康伯立，六傳至貞伯，俱降封伯。貞伯卒，子頃侯立，厚賂周夷王，復命爲侯。以謚法考之，墮廢社稷曰頃，則謂其時仁人不遇，小人在側者，理或然也。

汎彼柏舟，尤韻。**亦汎其流。**尤韻。**耿耿不寐，如有隱**《文選》注作「殷」。**憂。**尤韻。**微我無酒，以敖**《釋文》一作「遨」。**以遊。**尤韻。豐氏本作「游」。○比而賦也。汎，浮也。柏，木名。《説文》謂之「鞠」，《爾雅》謂之「椈」。陸佃云：「《襍記》所謂『暢臼以椈』者是也。栢性堅緻，有脂而香，故古人破爲暢臼，用以擣鬱。」《竹竿》之詩云「檜楫松舟」，《菁菁者莪》之詩云「汎汎揚舟」，是則松、楊皆可爲舟。而此獨言柏舟者，以柏木内貞外固，故賢者取以自況。後章「匪石」、「匪席」之心，内之貞也；「威儀」二句，外之固也。舟，載渡物者，今不用，而汎汎然流于水中，喻己有濟世之才而不見用也。又嚴粲云：「舟以喻國，必有人以維楫之，而後能有所濟。今浮舟于水，而無其人以維楫之，則亦浮汎而流去耳，其將何所止泊乎？所謂渡江河亡維楫，中流而遇風波，船必覆矣。亦汎其流，猶言譬彼舟流不知所届也。」亦通。耿，杜林云：「光也。」朱子云：「耿耿，小明，憂之貌也。」輔廣云：「人有所憂，則其心耿耿然，惟于憂之一路分明耳，其他固有所不及也。古人下字不苟如此，惟其心耿耿然，故不能寐也。」如有隱憂者，沉憂之人不知所憂何事，但覺胸中有物耳。微之言非，蓋音近也。遨，《説文》云：「出遊也。从出从放。」以出放爲遨，蓋會意也。非我無酒可藉遨遊以解此憂，而此憂似非酒與遨遊之所能解耳。

我心匪鑒，《釋文》作「監」，《韓詩外傳》作「鑑」。**不可以茹。**御韻。**亦有兄弟，不可以據。**御韻。**薄言往愬，**遇韻。**逢彼之怒。**遇韻。○賦也。鑒，鏡也，所以察形。茹，《方言》云：「食也。吴、越凡貪食者謂之茹。」故其義又訓受，取吞納之意，《詩》「柔則茹之」是也，解見《烝民》篇。歐陽脩云：「傳曰：

『火日外景，金水内景。』蓋鑒之於物，納影在内。凡物不擇妍媸，❶皆納其景。我心匪鑒，不能善惡皆納，善者納之，惡者不納。以其不能兼容，是以見嫉于在側之群小，而獨不遇也。」《韓詩外傳》云：「君子潔其身而同者合焉，善其音而類者應焉。馬鳴而馬應之，牛鳴而牛應之，非和也，其勢然也。故新沐者必彈冠，新浴者必振衣，莫能以己之皭皭，容人之混污然。《詩》曰：『我心匪鑒，不可以茹。』此之謂也。」兄弟，指僚友言。據，《説文》云：「杖持也。」猶言依也。薄，發語辭。愬，《説文》云：「告也。」逢，《説文》云：「遇也。」彼，彼兄弟也。怒，《説文》云：「恚也。」共事兄弟，不與我同心，意嚮既殊，則言不相入，故往愬以情，而反逢其怒。猶《離騷》所謂「申申詈予」者也。上章言上不得于君，此章言下不得于寮友也。

我心匪《列女傳》作「非」。**石，不可轉**叶銑韻，陟兖翻。**也。我心匪**《列女傳》作「非」。**席，不可卷**銑韻。**也。威儀棣棣，**《禮記》、《釋文》作「逮」。**不可選**銑韻。朱穆傳注作「算」。**也。**賦也。轉，《説文》云：「運也。」筦蒲曰席。卷本曲卻之義，因爲舒卷之卷。此承上往愬逢怒而言。小人之惡君子曰：「何爲斯踽踽涼涼？」然君子終不以是故易其所守，于是自誓，言我心非如石然，石可轉，我心之專一不可轉也；我心非如席然，席可卷，我心之專一不可卷也。劉向云：「言守善篤也。」棣，通作逮。《説文》云：「及也。」威儀棣棣，言其威儀之所汎及者，衆多之辭也。故毛傳訓棣棣云：「富而閑習也。」物有其容，不可數

❶「媸」，原作「强」，據《四庫全書》本改。

也。」賈誼云：「夫有畏可畏謂之威，❶有儀可象謂之文。富不可爲量，多不可爲數，故《詩》曰：『威儀棣棣，不可選也。』棣棣，富也。不可選，衆也。言接君臣上下、父子兄弟、内外大小品事之各有容志也。」《左傳》北宫文子亦云：「言君臣上下、父子兄弟、内外大小皆有威儀也。」愚按古字選、筭通用，《論語》「斗筲之人何足筭也」，《漢書》作「斗筲之徒何足選也」，故以不可選爲衆。若如字解，則選乃簡擇也，言威儀棣棣然盛，各有常度，誰可容吾簡擇而自貶以苟合乎？故孔子引此詩，而以爲無體之禮也。是道也，非大德不踰閑，而細行必矜者，其孰能之？《詩》之好仁如此。

憂心悄悄，篠韻。**慍于**《尹文子》作「於」。**群小。**篠韻。**覯**《釋文》、豐本作「遘」。**閔既多，受侮不少。**篠韻。**靜言思之，寤**《説文》作「晤」。**辟**《爾雅》作「擗」，陸德明本作「擘」。**有摽。**叶篠韻，卑小翻。○賦也。上章言内不失乎己，此章言外不理于口也。悄，徐鍇云：「憂思低小也。」慍，《説文》云：「怒也。」群小，衆小人在君側者。君子見遠識微，憂先于事；小人安其危而樂其所以亡，見君子與己異趣，則嘗疾視于君子。故君子憂國之心悄悄然，反見怒于群小也。昔者孟子誦此詩，而以孔子當之。而孔子亦曰：「小人成群，斯足憂矣。」覯，遇見也。閔，吊者在門也。侮，傷也。俱見《説文》。不少者，不一而足也。小人得志，則爲讒譖以害君子，既可哀憐矣，又復從而傷之。其曰既多、不少者，以著小人之衆也。靜，《説文》云：「審也。」言，語辭。《説文》云：「寐覺而有言曰寤。」辟，通作擘。《説文》云：「撝也。」摽，《説文》云：「擊

❶「有畏」，《四庫本書》本作「有威」。

也。」言靜審而思念之，每寤覺之時，但自搯其手以拊心而已。蓋爲國事痛，非自傷其遇也。

日居月諸，胡迭《韓詩》作「臷」，云：「傷也。」**而微？**韻。**心之憂矣，如匪澣衣。**微韻。**靜言思之，不能奮飛。**微韻。○比也。日，君象。月，臣象。居、諸者，語助也。《檀弓》云「何居」，《左傳》云「忽諸」，皆語助也。迭，《說文》云：「更迭也。」微，本隱行之義。嚴云：「謂不明也。日月食則不明，《十月之交》云『彼月而微，此日而微』是也。言日食朔，月食望，日乎月乎，何爲更迭而皆微乎？喻衛之君若臣并昏也。」匪，通作非。澣，《說文》云：「濯衣垢也。」匪澣衣，謂垢污不濯之衣。鄭玄云：「衣之不澣，則憒辱無照察。」愚按「如匪澣衣」，猶《孟子》所謂「如以朝衣朝冠，坐于塗炭」者。又蘇轍云：「憂之不去于心，如衣垢之不澣，不忘濯也。」亦通。奮，《說文》云：「翬也。」翬者，大飛也。不能奮飛，言不能如鳥大奮翼而飛去也。雖含垢忍辱如此，然以義則不可去，以情則不忍去，知其無可奈何，而安之若命，厚之至也。此即箕子我不顧行遯之意。若夫屈原事楚，不忍其憤，懷沙自沉，此猶賢者之過。賈誼不見用于漢文，吊湘作賦，乃曰「歷九州而相其君兮，何必懷此都也」，則心可轉而卷矣。噫！《序》以作此詩者爲仁人，誠仁人哉！

《栢舟》五章，章六句。韓嬰以爲衛宣姜自警所作。劉向《列女傳》亦云：「衛宣夫人者，齊侯之女也。嫁于衛，至城門而衛君死，保母曰：『可以還矣。』女不聽，遂入。持三年之喪畢，弟立，請曰：『衛，小國也，不容二庖，請願同庖。』終不聽。衛君使人愬于齊兄弟，齊兄弟皆欲與君，使人告女，女終不聽，乃作詩。」愚按衛宣姜生子壽、朔，至宣公卒，而見烝于昭伯，《左傳》記載甚明。今云至城門而衛君死，豈有兩衛宣乎？又他日向上封事，論恭、顯傾陷正人，引是詩「憂心悄悄，愠于群小」，則又解之曰：「小人成群，亦足愠也。」夫非即向之言哉，何其與《序》合乃爾？乃朱子本《列女傳》之意，而以爲此婦人不得于其夫之詩，遂疑莊姜所作，政坐爲毛傳篇次誤耳。然章首言飲酒遨遊，此豈婦人之事？愚未敢以爲然。《申培説》以爲康叔因管叔欲害周公，挾武庚以叛，憂之而作。考《地理志》云：「邶以封紂子武庚，使管、蔡監之。」是詩固邶風也。篇中如「亦有兄弟，不可以據」，似是惡管、蔡之詞。至如「威儀棣棣，覯閔受侮」等語，皆與康叔不類。至《子貢傳》，則謂管叔封于邶，與蔡叔、霍叔、康叔監殷四國，害周公。康叔諫不聽，三叔遂以殷叛。康叔憂王室，賦《栢舟》。子曰：「仁矣。」《漢書》亦曰：「周公善康叔不從管、蔡之亂。」然考《史記》，明言武王封管、蔡之時，康叔尚少，未得封。及周公殺武庚禄父、管叔，放蔡叔，以武庚殷遺民封康叔爲衛君。周公旦懼康叔齒少，乃申告康叔，謂之《康誥》、《酒誥》、《梓材》以命之。則所謂康叔先受封，及不從管、蔡之亂者，皆未足信。

《北門》，仕不得志也，亦衛頃公時之詩。《序》云：「刺仕不得志也。」言衛之忠臣，不得其志爾。朱傳亦云：「衛之賢者，處亂世，事暗君，不得其志。」愚按《栢舟》之詩曰：「亦有兄弟，不可以據。」所謂兄弟，指僚友也。此詩言「我入自外，室人交徧謫我」，❶室人，亦指僚友也。其語意固已相類。又《史記》載衛自康叔後，六世俱降爵爲伯，至頃侯，厚賂周夷王，夷王始命衛爲侯。此詩云「王事敦我」，意必曾有遺使往周

❶「徧」，原作「偏」，據《四庫全書》本改。

之事，故以王事稱耳。

出自北門，叶真韻，眉貧翻。亦叶先韻，謨連翻。**憂心殷殷。**叶真韻，於真翻。亦叶先韻，因蓮翻。《釋文》作「慇慇」。**終窶且貧，**真韻。亦叶先韻，頻瞖翻。**莫知我艱。**叶真韻，渠巾翻。亦叶先韻，經天翻。豐氏本作「囏」。**已焉哉！**叶支韻，將其翻。《韓詩外傳》作「亦已焉哉」。**天實爲之，**支韻。**謂之何哉！**叶韻。見上。○賦也。自，從也。舊説謂北門背陽向陰，故借爲事暗君之況。然以下章「我入自外」證之，則亦不過因征役出此門，遂賦之以自歎耳。殷，通作慇。《説文》云：「痛也。」所痛心者非一，故重言之，若下文所稱是也。終者，自始至今之謂。窶，《説文》云：「無禮居也。」徐鍇云：「階阼升降，所以行禮。貧無禮，故先見於屋室。」貧，《説文》云：「財分少也。」終窶且貧，二事之辭。窶則無以爲居，貧則無以自給也。艱，《爾雅》云：「難也。」無知己以此爲難者，言君既然矣，諸臣亦如之。嚴粲云：「仕不得志，誰知我遠役之艱苦者？蓋從事獨賢之歎也。」已焉哉，言固不見知于人，亦無望于人矣。鄭云：「詩人事君無二志，故自決歸之于天。」孔云：「君臣義合，道不行則去。今君于己薄矣，猶云勤身以事之，知復何哉？無去心，是忠之至也。」愚按此與《栢舟》篇末言「不能奮飛」，意正相似，定是一人之作。《莊子》云：「夫仕其君者，不擇事而安之，忠之盛也。知其無可奈何而安之若命，德之至也。」

王事適陌韻。**我，政事一埤益**陌韻。**我。我入自外，室人交徧讁**陌韻。**我。已焉哉！天實爲之，謂之何哉！**哉、之韻，見首章。○賦也。凡以事往來于王所者，皆謂之王事。適，《説文》云：「之也。」政事，謂本國之政事，如兵甲、財賦、内外盟會之類。一，猶皆也。埤，增也。益，饒也。俱見《説文》。言奉命王所之事，既適于我矣，衛國之政事，又皆一切增益叢集于我矣。「我入自外」者，我行役自外而歸也。室人，謂僚寀也。盡人而求曰交，每事而責曰徧。讁，責也。蘇轍云：「言已事而反，則其處者争求其瑕疵而譴責之，言勞而不免于罪也。謂之室人者，在内而不事事也。」舊以室人爲室家之人。交徧讁我，如《周書》所謂「弗能有好于而家」者，亦自可通。但專以歎貧爲言，于義似淺。

王事敦叶灰韻，魚回翻。**我，政事一埤遺**叶灰韻，夷回翻。**我。我入自外，室人交徧摧**灰韻。《釋文》作「催」，《韓詩》、豐本俱作「讙」。**我。已焉哉！天實爲之，謂之何哉！**哉、之韻，見首章。○賦也。敦，《説文》云：「怒也。」《韓詩》云：「迫也。」蓋督促而不能副其意，則怒也。遺，通作貽。《説文》云：「贈也。」適者始辭，敦者極辭，益者畧辭，遺者盡辭。摧，《説文》云：「擠也。」一云：「挏也。」皆挫抑之意。

《北門》三章，章七句。《子貢傳》云：「管叔以殷畔，仕者苦之，故賦此詩。」然以武庚之事爲王事，是豈明于義者耶？《申培説》以爲邶之仕者，處危國，事亂君，因征役而出門，賦之以自歎。彼但見此詩在邶風中，故云然，不必有所據。

《北風》，賢者去國也，亦衛頃公時詩。愚按此與《柏舟》、《北門》二篇皆爲僚友不睦之語，而或去或不去異矣。所以繫之頃公者，《柏舟》之序曰：「衛頃公之時，仁人不遇，小人在側。」此詩亦足以當之。

北風其凉，陽韻。**雨**去聲。後同。**雪其雱。**陽韻。《穆天子傳》注作「霶」，籀文作「雱」。**惠而好**

去聲。後同。**我，攜手同行。**叶陽韻，寒剛翻。**其虚其邪？**叶魚韻，祥余翻。《爾雅》、豐氏本俱作「徐」。**既亟只且！**叶魚韻，子余翻。○興也。北風，寒凉之風。程子云：「四時之風，春而自東，則生物也；夏而自南，則養物也；秋而自西，則成物也；冬而自北，則殺物也。以北風之殺害萬物，故以起興。」自上而下曰雨。雪，《説文》云：「凝雨説物者。本作雺，从雨从彗。」蓋雪，雨之可埽者，亦能净紛穢若彗也。省作雪，《釋名》云：「雪，綏也。水下遇寒而凝，綏綏然下也。」雱，即旁字。《説文》云：「溥也。」雪助風爲虐，風以譬君，雪以譬臣。惠，《説文》云：「仁也。」猶愛也。好，謂相好也。攜，《説文》云：「提也。」行，去也。言誰有仁人，與我相親厚者，我將提攜其手，與之同行，去而避之也。其虚，言君子在野也。《孟子》云：「不信仁賢，則國空虚。」邪者，正之反。其邪，言小人在位也。既，盡也。亟，通作慖。《説文》云：「疾也。」或通作輙，《説文》云：「急也。」只且，語助辭。孔穎達云：「我所以去之者，非直爲君之酷虐，而在位之臣莫不盡爲急刻之行矣，所以當去以此也。」又鄧元錫云：「《内經》四時有經風，風從其方來，曰實風，主生養收藏；從其衝若前後來，曰虚邪賊風，犯則傷人。」按此解於「虚邪」二字亦合，但章首以風雪並言，不應咏風遺雪耳，況末章亦有此二句，而章首並無北風之語乎？

北風其喈，古文作「飅」。**雨雪其霏。**微韻。《列女傳》作「霏霏」。**惠而好我，攜手同歸。**微韻。**其虚其邪？**見前。**既亟只且！**見前。○興也。喈，通作偕。《説文》云：「强也。」霏，雰也，雪落急也。毛傳云：「甚貌。」謝枋得云：「喻禍害愈急也。」又陸佃云：「雱蓋言聚，霏蓋言散，凉者其刻也，喈者其和也。自今觀之，雪勢布散，無所不加，其意或未艾也，則風候更和。故是詩風以其喈，雪以其霏爲後。」

雖理亦可通，然恐非詩意。歸，擬歸家而退休也。

莫赤匪狐，虞韻。**莫黑匪烏。**虞韻。亦叶麻韻，於加翻。**惠而好我，攜手同車。**麻韻。韋昭云：「古惟尺遮翻，自漢以來，始有居音。」按章首二句，同用虞韻，則此亦當叶虞韻，讀如駒，恭于翻。謂漢後始有居音者，恐未然。**其虛其邪？既亟只且！**邪、且韻，見首章。○比也。狐，獸名，似犬，赤色。《說文》云：「狐，妖獸也，鬼所乘之。」烏，烏名，一名鵶。黑色，其字象形，林罕以爲全象鳥形，但不注其目睛。萬類目睛皆黑，烏體全黑，遠而不分別其睛也。狐、烏，皆不祥之物。狐之類皆赤，烏之類皆黑，人莫能分別赤以爲非狐者，莫能分別黑以爲非烏者。谿狐赤、烏黑，其類相似，以況衛之諸臣同惡相濟，無有出于其類者。陸佃云：「狐，群者也。烏，合者也。又《管子》曰：『烏集之交，初雖相驩，後必相咄。』詩人每引以刺者，非特譏其爲惡如一，亦以刺其初皆利合，不以道也。」一說，嚴粲云：「最赤者狐，最黑者烏，見其色而可知矣。猶衛之無道，不難辨也，宜速去。」亦通。程子云：「同車亦偕行耳。但卒章詞意益迫切，同車有已駕之意。」愚按只因此一語，故疑爲仕于衛者所作。

《北風》三章，章六句。《序》以爲刺虐也。衛國並爲威虐，百姓不親，莫不相攜持而去焉。程子謂《詩》爲君子見幾而作，非百姓相攜而去。今按末章有「攜手同車」之語，則其非賤者可知矣。《子貢傳》、《申培說》皆謂邶國危亂，士民去之。豐熙附會其說，指爲管叔不義，而衆叛親離也。然味詩意實不爾。

詩經世本古義卷之十六(𡜏)

周厲王之世詩十篇

何氏小引

《漸漸之石》,將士苦東征也。

《桑柔》,芮伯刺厲王也。託爲誡諭僚友之詞,以諷切之。

《四月》,孝子歎征役而思祭也。

《采緑》,刺怨曠也。

《民勞》,召穆公刺厲王也。皆戒同列之詞,蓋王所親信者。戒同列,即所以刺王也。

《板》,凡伯刺厲王也。切責僚友用事之人,而義歸于刺王。

《蕩》,厲王無道,召穆公賦此詩以諫之。

《宛丘》,刺陳幽公也。淫荒昏亂,游蕩無度焉。

《東門之枌》，刺陳風也。巫覡盛行，女子往往棄其業而觀之。

《衡門》，誘陳僖公也。愿而無立志，故作是詩，以誘掖其君也。

《漸漸之石》，將士苦東征也。《竹書》紀厲王三年，淮夷侵雒，王命虢公長父伐之，不克。是詩之作，疑在此時也。淮夷在東方，故篇中有「東征」之語。深入苦雨，師人扶病不暇，其不能克敵可知矣。

漸漸陸德明本、《子貢傳》、《申培説》、豐氏本俱作「嶄嶄」。**之石，維其高**豪韻。**矣。山川悠遠，維其勞**豪韻。**矣。武人東征，不皇**朱傳、《大全》俱作「遑」。後同。**朝**叶豪韻，直高翻。**矣。**賦也。首二句以遠言。漸漸於石義難通，《釋文》作「嶄嶄」。然考《説文》無「嶄」字，疑但通作「斬」，言石之森立，其狀如斬截然也。劉彝云：「漸漸之石，維其高矣者，謂所歷之路，石皆廉利，傷人之足，割馬之蹄，不可以踐履也。不獨漸漸而已，其高峻峭拔，非攀緣則不可以登也。」悠，本憂思之義，借以爲長遠之意。「山川悠遠」者，劉云：「其山窮者川斷之也，其川盡者山間之也。重重相間不可極，不曰悠遠乎？」勞，《説文》云：「劇也。」謂疲倦也。程途遼邈，我行將倦，此初行而懸擬之辭，非已行而倦也。武人，鄭玄云：「謂將率也。」東征者，受王命東行而征伐也。皇，通作遑。朱子云：「暇也。」按遑本訓急，或訓爲暇者，蓋反言之，猶亂之爲治也。覲君曰朝，《周禮》注云：「朝，猶朝也。欲其來之早也。」「不皇朝矣」者，謂身既遠行，不得朝見天子。此章以陛辭就道之時言。嚴粲云：「雖在勞苦之地，不忘君也。」

漸漸豐本作「嶄嶄」。**之石，維其卒**叶質韻，即聿翻。**矣。山川悠遠，曷其没**叶質韻，莫筆翻。

矣？武人東征，不皇出質韻。**矣。**賦也。卒，毛傳云：「竟也。」孔穎達云：「漸漸然險峻之山石，我等登之，維其終竟。言徧歷此石也。」没者，沈滅之義，猶盡也。上章因石路阻隔不前，而嘆山川之悠遠。此章言既過此石，而山川之悠遠，仍復如故，故又歎其登歷何時而可盡也。一説，萬時華云：「没字，狀深箐懸洞，杳杳深入之意。曷，何爲也。杜子美詩：『行色遞隱見，人烟半有無。僕夫穿竹語，稚子入雲呼。』可想此景。」亦通。不皇出矣，朱子云：「謂但知深入，不暇謀出也。」

有豕白蹢，豐本作「蹢」。**烝涉波**歌韻。**矣。月離于畢，俾滂**豐本作「霶」。**沱**歌韻。《史記》作「池」。**矣。武人東征，不皇他**歌韻。豐本作「它」。**矣。**豐本於此章之上又有一章，其辭云：「馬鳴蕭蕭，陟彼岨矣。月離于箕，風揚沙矣。武人東征，不皇家矣。」蓋因《春秋》有「月離于箕，風揚沙」之語，而妄益之，其膚鄙可笑如此。○賦也。豕，彘也。《姤》初六云：「羸豕孚蹢躅。」《説文》訓蹢爲住足，訓躅則但曰蹢躅。毛亨、孫炎皆訓蹢爲蹄。今以意詳之，則住足之訓當分屬蹢躅兩字，足即蹢，所謂蹄也。躅當訓住，其音類也。蹢，《爾雅》亦作豴，云：「豕四豴皆白豥。」鄭云：「豕之性能水，又唐突難禁制，白蹄其尤躁疾者。」孔云：「駭與豥，字異義同。駭者，躁疾之言，白蹄名之爲駭，是躁疾于餘豕。」羅願云：「在十二肖，皆配十二支，故巳象虵，豕象亥。史『晋師伐齊，以己亥爲三豕』是也。今既从豕，又从亥者，蓋北方之卦，水洊至焉。豥豕爲水之畜，又應於水，爲能充其類，故在物从豕，在氣从亥。」烝本火氣上升之義，故又訓爲進也。涉，《説文》云：「徒行厲水也。」波，《説文》云：「水涌流也。」《韓詩》注云：「犬喜雪，馬喜風，豕喜雨。」陸佃云：「《説卦》坎爲豕。坎性趨下，豕能俯其首，又喜卑穢，亦水畜也。」羅云：「豕之性能水。牧豬之所必在水草之交，故瀦从豬，以豬所食息也。天將久雨，則豕進而涉水波，白蹢尤其躁進者，故先進焉。」愚按涉以流言，則是水流涌盛，足見雨澤之多，非以涉波爲雨兆也。或疑此豕爲江豚，今按江豚乃風信，于雨無與。離，通作麗，《易》訓離爲麗，謂相附也。亦通作儷。《月令》「宿離不貣」，注讀如「儷偶」之「儷」，謂相偶也。畢，二十八宿之一，解見《大東》篇。孔云：「以是陰雨之星，故謂之陰星。」甘氏云：「畢主街巷陰雨，天之雨師也。故明而移動，則霖潦及街壅塞；明而定，則天下安。」朱子云：「畢是漉魚底叉網。漉魚，則其汁水淋漓而下，若雨然。畢星名義，蓋取諸此。今畢星，上有一柄，下開兩叉，形亦類畢。」俾，使也。滂，《説文》云：「沛也。」沱，本水名，今訓以爲水貌。按沱字右施它，它者蛇也，當是以其水之蜿蜒而來，有如蛇然，故施它也。《漢書》云：「西方爲雨。雨，少陰之位也，月失中道，移而西入畢，則多雨。」孔云：「《洪範》曰『星有好風，星有好雨』者，即此畢是也。《春秋緯》説曰：『月離于箕，風揚沙。』則好風者箕也。所以箕好風、畢好雨者，鄭以爲箕東方木宿，風中央土氣，木克土爲妻，從妻所好，故好風也；畢西方金宿，雨東方木氣，金克木爲妻，從妻所好，故好雨也。❶推此，則南宫好暘，北宫好燠，中宫四季好寒也。是繇己之所克而得其妃，從其妃之所好故也。鄭知然者，以《五行傳》貌屬木，言屬金，視屬火，聽屬水，思屬土。庶徵亦依此貌、言、視、聽、思爲次。鄭繇此故言：雨，木氣也，春而施生，故木氣爲雨也。暘，金氣也，秋物成而堅，故金氣爲暘也。燠，火氣也。寒，水氣也。風，土氣也。凡氣，非風不行，猶金、木、水、火非土不處，故知土氣爲風。以此知

---

❶ 「好雨」，原作「雨好」，據《四庫全書》本乙正。

風土、雨木皆從妃所好也。」按此說五事庶徵所屬，與蔡沈《書傳》不同，存以備考。《家語》云：「孔子將近行，命從者皆持蓋，已而果雨。巫馬期問曰：『旦無雲，既日出，而夫子命持雨具，敢問何以知之？』孔子曰：『昨暮月宿畢。《詩》不云乎：月離于畢，俾滂沱矣。以此知之。』」《論衡》云：「孔子出，使子路齎雨具。有頃，天果大雨。子路問其故，孔子曰：『昨暮月離于畢。』後日，月復離畢。孔子出，子路請齎雨具，孔子不聽。出果無雨。子路問其故，孔子曰：『昔者月離其陰，故雨；昨暮月離其陽，故不雨。』」愚按「俾滂沱矣」，玩一「俾」字，是未雨而預料其將雨，以爲月離畢實使之，若歸咎于月者。然與首二句言從前之多雨不同。嚴云：「停潦尚多，雨歇未久，而月離于畢，則又將雨矣。厭苦多雨之辭也。」對苦雨一事而言謂之他。「不皇他矣」者，遭逢蹇而智慮廢，惟雨是憂足矣，尚能講求制勝之事乎？劉云：「深入蠻夷之域，爲山川之所困，雨水之所淫，戰敵未捷，病疫相仍，救其生命之不暇，何皇及于他事哉？」此章在「不皇出矣」之後，蓋已至其地，特爲雨所苦，而恐其不能戰耳。輔廣云：「世之治也，固未嘗無征伐之事也。然行者之勞未嘗自言，而上之人則汲汲然以言其勞之可念。世之亂也，上之人未嘗念其勞而言之也，而行者則自言其勞苦而不置焉。夫使勞者自言，而上之人不加恤焉，則烏在其爲民之父母也？」

《漸漸之石》三章，章六句。《序》云：「下國刺幽王也。戎狄叛之，荆舒不至，乃命將率東征，役久病于外，故作是詩也。」按幽王東征之役，史傳無所經見，殆不足信。朱子但曰：「將帥出征，經歷險遠，不堪勞苦，而作此詩。」《子貢傳》亦云：「周人從征賦此。」而皆不能知其世。《申培說》則直以爲桓王伐鄭，將帥不堪勞苦而作。彼但知鄭在周東，而不知自西周視天下諸侯之國皆在東方，所謂小東、大東是也。況篇中有「山川悠遠」之語，斷非指鄭可知。

《桑柔》，芮伯刺厲王也。出《序》。朱傳從之。**託爲誡諭僚友之詞，以諷切之。**鄭玄云：「芮伯，畿内諸侯，王卿士也，字良夫。」按《左》文元年，秦穆公引「大風有隧」章，稱爲芮良夫之詩。其説與《序》合，《序》之可信如此。篇中不敢斥言王，而但斥當時執政者信用非人，貪利生事，以致禍亂。❶大抵爲榮夷公輩發也。《周語》厲王説榮夷公，芮良夫諫不聽。既榮公爲卿士，諸侯不享。而《墨子》亦言：「厲王染於纑公長父，榮夷終。」荀卿《成相篇》亦云：「讒夫多進，反覆言語生詐態。争寵嫉賢利惡忌，下斂黨與上蔽匿。上壅蔽，失輔勢，任用讒夫不能制。孰公長父之難，厲王流于彘。」然則纑公、孰公、長父，蓋亦一時用事之人與？又《汲冢周書》有《芮良夫解》，其言頗與詩意脗合，今附録于此。芮伯若曰：「予小臣良夫，稽道謀告，子惟民父母，致厥道，無遠不服，無道，左右臣妾乃違。民歸于德，德則民戴，否則民讎。兹言允効，于前不遠。商紂不道，夏桀之虐，肆我有家。嗚呼，惟爾天子，嗣文、武業。惟爾執政小子，同先王之臣，昏行不顧道，❷王不若。專利作威，佐亂進禍，民將弗堪。治亂信乎其行，惟王暨爾執政小子攸聞。古人求多聞以監戒，不聞是惟弗知。后除民害，不維民害。害民乃非后，惟其讎。后作類，后弗類，民不知后，惟其怨。民至

❶「禍」，原作「福」，據《四庫全書》本改。
❷「不」，原作「□」，據《四庫全書》本補。

億兆，后一而已，寡不敵衆，后其危哉。嗚呼！爾無或如之。❶今爾執政小子，惟以貪諛爲事，不懃德以備難。下民胥怨，財單竭，手足靡措，弗堪戴上，不其亂而。以予小臣良夫，觀天下有土之君，厥德不遠，罔有代德。時爲王之患，其惟國人。嗚呼！惟爾執政朋友小子，其惟洗爾心，改爾行，克憂往愆，以保爾居。爾乃聵禍翫烖，遂弗悛。余未知王之所定，矧乃攸行❷。惟禍發於人之攸忽，於人之攸輕。□不存焉，變之攸伏。爾執政小子不圖善，偷生苟安，爵以賄成。賢者箝口，小人鼓舌，逃害要利，並得厥求，唯曰哀哉！我聞曰：以言取人，人飾其言；以行取人，人竭其行。飾言無庸，竭行有成。惟爾小子，飾言事王，寔蕃有徒。王貌受之，終弗獲用。面相誣蒙，及爾顛覆。自謂有餘，予謂爾弗足。敬思以德，備乃禍難。難至而悔，悔將安及？無曰予爲，惟爾之禍。」《書序》謂芮伯納王于善，曁執政小臣咸省厥躬，作爲此書。

菀彼桑柔，尤韻。**其下侯旬**，真韻。《爾雅》作「洵」。**捋采其劉**，尤韻。**瘼此下民**。真韻。**不殄心憂**，尤韻。孫鑛云：「柔、劉、憂，與旬、民間叶，此即後世所謂轆轤韻，乃知古人體無所不有。」愚按篇中多用此體。**倉兄**陸德明本作「況」。**填**叶真韻，他鄰翻。**兮**。**倬彼昊天**，叶真韻，汀因翻。**寧不我矜**？叶真韻，渠巾翻。○比也。菀，毛傳云：「茂貌。」侯，語詞。據《爾雅》，則伊、維之類。旬，《説文》云：「徧也。」按十日爲旬，以周匝十日而言之，故有徧之義。捋，《説文》云：「取易也。」《詩詁》云：「以指歷取

---

❶「爾無或」，原作「□□□」，據《四庫全書》本補。

❷「攸行」，原作「□□」，據《四庫全書》本補。

也。」采，《説文》亦云：「捋取也。」愚按二字並言，義當小別。蓋逐葉摘之謂之采，牽枝以手循衆葉而兼下之，謂之捋也。劉本作鎦，殺伐之義。桑葉雖茂而徧，而或捋之，或采之，又或劉之，三事並用，則無遺葉矣。喻王之於民，其所以殘削之者，無所不備也。豳風言「采蘩祁祁」，所謂采也。言「猗彼女桑」，毛傳以爲角而束之，所謂捋也。言「取彼斧斨，以伐遠揚」，❶所謂劉也。歐陽脩云：「他木皆有枝葉，而詩人獨以桑爲譬者，惟桑以葉用于人。」瘼，《説文》云：「病也。」殄，《爾雅》云：「絶也。」《説文》云：「盡也。」不殄心憂，猶曹操《短歌行》所云「憂從中來，不可斷絶」也。見下民之病，故心憂也。倉，通作愴。《説文》云：「傷也。」兄，通作怳。《説文》云：「狂之貌。」填，本作窴。《説文》云：「塞也。」憂之極而愴，愴之極而怳，至于胸鬲俱懣塞也。倬，《説文》云：「著大也。」鄭亦以爲明大貌。矜、兢同音。兢者，危栗不安之狀。人心有所憐憫，其狀亦如之，訛而爲矜，因又訓矜爲憐耳。不然，矜本矛柄之名，訓憐殊難解。言彼明著于上之昊天，見我之憂，寧不少加矜憐，使民病獲瘳，而我之憂亦因之以已乎！民病之實，備在下三章。蘇轍云：「桑之爲物，其葉最盛，然及其采之也，一朝而盡，無黄落之漸，故詩人取以爲比。言周之盛也，如桑柔之茂，其陰無所不徧。至於厲王肆行暴虐，以敗其成業，則王室忽焉凋弊，如桑之既采，民失其陰而受其病。故君子憂之不絶于心，悲之益久而不已，號天而訴之也。」又陳際泰云：「周之於物，象瓜也、桑也。瓜甘美而善潰，桑盛而柔。周以忠厚立國而尚文，歸馬放牛，祖宗貽謀已弱，即能延其世也，然遂數傳而不振。吁！柔之道，固不利遠

---

❶「揚」，原作「陽」，據《四庫全書》本改。

也哉？」

四牡騤騤，支韻。**旟旐有翩**。先韻。亦叶真韻，批賓翻。陸本作「偏」。**亂生不夷**，支韻。**靡國不泯**。叶先韻，民堅翻。亦叶真韻，彌鄰翻。**民靡有黎**，叶支韻，吕支翻。**具禍以燼**。叶真韻，詞辛翻。陸本作「藎」。**於**音烏。**乎有哀**，叶支韻，魚羈翻。**國步斯頻**。真韻。《說文》作「矉」。○賦也。首章既啓其端，次章乃據時事言之。騤，《說文》云：「馬行威儀也。」騤騤，毛云：「不息也。」鳥隼曰旟，龜蛇曰旐。此戎車所建，禮所謂前朱雀而後玄武也。翩，《說文》云：「疾飛也。」孔云：「翩是旌旆行而舒張之貌。旌旗止則納之弢中，言其行而翩翩，是在路不息。」歐陽云：「四牡騤騤，臣吏奔走於道路也。旟旐有翩，庶民召集于兵役也。」愚按此必厲王時，有數興征伐之事，故詩云然。或疑史無所載，然《史記·楚世家》明言周厲王暴虐，熊渠畏其伐楚，去其王。又《秦本紀》亦言厲王無道，諸侯或叛之。西戎反王室，滅犬丘大駱之族。《竹書》載厲王三年，淮夷侵雒，王命虢公長父伐之，不克。十一年，西戎入于犬丘。《皇王大紀》載厲王時，荆楚寇于南，玁狁寇于北，淮夷寇于東，命虢公征之不克。徵斂數起，虐用其民，民不堪命，聚議而興謗。召穆公以告，王怒，得衛巫，使糾謗者，收殺之。是其事皆與《詩》相脗合，故自足信。鄒忠胤云：「司馬子長有言：『《詩》、《書》所以復見者，多藏人家，而史記獨藏周室，以故滅。』夫三代以前征伐之事，豈盡可考哉？」亂，謂兵革之亂。夷，《說文》、毛傳皆云：「平也。」孔云：「王本用兵，欲以除亂，但伐不得罪，而亂日生，不復能平之。」靡，無通。泯，《說文》、毛傳皆云：「滅也。」《爾雅》云：「盡也。」征役繁興，侯國有調遣之煩，故財力頓盡，非謂無國不伐，而使之皆泯滅也。黎，通作驪，馬深黑色。《禹貢》「厥土青黎」，《史記》作

「青驪」可證。《詩》、《書》言「黎民」，則以頭之黑髮言之，猶秦呼百姓曰黔首，黔亦黑也。民靡有黎者，言丁壯從軍，死亡畧盡，無復有黑髮之人也。具，通作俱，偕也。禍，謂兵革之禍。燼，《說文》云：「火餘也。」「具禍以燼」連上句一串讀。鄭云：「俱遇此禍以爲燼，言害所及廣。」孔云：「燼是燋燭既然之餘，以比其時之民得存性命者，皆死亡之餘。」愚按上文既言「靡有黎」，而此尚云「以燼」者，猶曰存什一于千百云爾。繇王好用兵，故亂日生而不能平。繇亂日生而不能平，故諸侯之國無不驛騷，而王國及侯國之民，皆受其病若此也。於乎，解見《抑》篇。「於乎有哀」者，歎而傷之，言烏呼有是可哀痛也。國，謂王國，猶言朝廷也。步，《說文》云：「行也。」頻者，《說文》以爲人臨水厓，頻蹙不前而止之義，則是與蹙同意。言國家所行如是，吾且見其日以窮迫，而不能復有所施展矣。一說，蘇云：「國步，國之動也。頻，數也。畜大物者，惡數動之，故以國步斯頻爲哀也。」亦通。

國步蔑資，支韻。**天不我將**。漾韻。亦叶陽韻，資良翻。**靡所止疑**，支韻。**云徂何往**？叶漾韻，于放翻。亦叶陽韻，於王翻。**君子實維**，支韻。豐本作「惟」。**秉心無競**。敬韻。亦叶漾韻，其亮翻。《五經文字》作「倞」。**誰生厲階**，叶支韻，堅夷翻。**至今爲梗**？叶敬韻，古孟翻。亦叶漾韻，口浪翻。○賦也。蔑，通作滅，盡也。資，《說文》云：「貨也。」人所齎持也。將者，扶持之意，字从寸。寸者，手也。疑，《說文》云：「惑也。」徂，即往也。徂以人之行往言，下文往以所往之地言，故兩文以別之。曰云曰何，皆疑辭也。言國家數勞民動衆，已殫盡其資財矣，而天又不肯扶持我，謂所至皆敗衄也。民心洶洶，慮主之未肯悛改，大役必未休息，乃王無所以止其疑者，於是咸相與驚惑，曰今又將往何處乎？一說，毛傳云：「疑，定也。」朱子云：「讀如《儀禮》『疑立』之『疑』。」按《儀禮・士昏禮》「婦疑立于席之西」，注：「疑立，自定之貌。」又《鄉射禮》：「賓拜西階上，疑立；主人阼階東，疑立。」《鄉飲酒》亦有此文。蓋人有疑，則有徘徊姑定之意。曰「靡所止疑」者，鄭云：「我從兵役，無有止息時。」亦通。但如此屬字，似太奇耳。君子，指當時執政者言，即榮夷公輩是也。維，《説文》云：「網綱也。」繫綴之義。人以手持禾爲秉，故鄭箋訓秉爲執。秉心，猶今人云立定主意者。競，《説文》云：「彊語也。」喜争啓釁，所謂競也。誰，指上文君子，不欲斥言之也。厲本旱石之名，岸之危處亦曰厲。階，砌之有級者。《説文》以爲陛也。曰「生厲階」者，岸之危處，本無階可升，今忽生一階焉以授之，使之舍康莊而立于危險之地，《孟子》所謂「安其危而利其菑」也。梗，錢氏以爲水上浮木壅水者，今語以斷梗與浮萍、飄蓬並言是也，言柄政之君子，實爲國家之所繫，維其所以執持其心者，當以無所争競爲主，用養和平之福。誰爲興兵搆怨之謀，以階之厲，使從役之民，飄泊靡定，至今如水上之浮梗乎？《左》昭二十四年，楚子爲舟師以啓吴疆，沈尹戌曰：「亡郢之始，於此在矣。《詩》曰：『誰生厲階，至今爲梗。』其王之謂乎？」

憂心慇慇，叶真韻，於真翻。豐本作「殷殷」。**念我土宇**。麌韻。**我生不辰**，真韻。**逢天僤**陸本作「亶」。**怒**。叶麌韻，暖五翻。**自西徂東**，《韻會小補》云：「叶音丁，入青韻。」古叶青通真。**靡所定處**。叶語韻，敞呂翻。**多我覯痻**，真韻。**孔棘我圉**。語韻。○賦也。慇，《説文》云：「痛也。」宇本屋邊之名，因借爲邊垂之義。徐鍇云：「按《左傳》在君之宇下，是爲邊垂也。」念我土宇，言國家之土宇可念，亦如所謂日蹙國百里者。不辰，《爾雅》云：「不時也。」邢昺云：「言不得其時也。」逢，《説文》云：「遇也。」僤，

《説文》云：「疾也。」僤怒者，迅疾之怒，猶云疾威也。兵連禍結，無稍停緩之時，若天意所使者然，故云「逢天僤怒」也。處，《説文》云：「止也。」嚴云：「是時鎬京在西，中原在東。自西至東，無有寧居者，言京師及中原皆亂也。」覯，《説文》云：「遇見也。」痻，鄭云：「病也。」孔云：「痻字从病，而以昏爲聲，是昏忽之病。」按《説文》無痻字，當通作昏。《晉語》「鮮不夭昏」，韋昭注以爲狂惑之疾，是也。多我覯痻，言我所遇見者，無非狂惑之人，指當時凡居位謀國者言也。孔，甚也。棘，通作亟。《説文》云：「急也。」圉，通作圄。《説文》云：「守之也。」按圉本囹圄，所以拘罪人者，今文圉、圄多誤用，故《爾雅》訓圉爲垂。舍人云：「拒邊垂也。」邢昺云：「守禦在外垂也。」「孔棘我圉」者，言朝廷信任昏惑之人，挑怨賈禍，故我之邊垂又甚急。即《史》言諸侯叛王，及東夷西戎迭見侵擾之事也。

爲謀爲毖，叶質韻，壁吉翻。《大全》云：「叶音必。」**亂況斯削**。藥韻。**告爾**《墨子》作「女」。下同。**憂恤**，質韻。《墨子》作「卹」。**誨爾序爵**。藥韻。《墨子》「序爵」作「予爵」。**誰**《墨子》作「孰」。**能執熱**，**逝**《墨子》作「鮮」。**不以**《墨子》作「用」。**濯**？覺韻。亦叶藥韻，青藥翻。**其何能淑**，**載胥及溺**。藥韻。亦叶覺韻，女角翻。○賦中有比也。承上三章，言時事至于如此，亦將如之何哉？其惟知謀知毖而後可。《説文》云：「慮難曰謀。」毖，慎也。亂，即「亂生不夷」之亂。況，本寒水之名，毛傳、鄭箋皆訓爲兹，《晉語》韋昭注訓爲益，二解相通，未詳其義。孔穎達以爲況者賜也，賜人之物，則益滋多，故爲滋也。據此説，則況當通作貺，然以滋益訓貺，於義爲迂，不如依貺字本義，即訓作賜耳。禍亂之來，若夫所與之，故曰亂貺也。削，《説文》云：「析也。」《儀禮》注云：「猶殺也。」殺音色界翻，謂刻削之使小也。言今廟堂之上，特無有謀改圖而毖後患者耳。若能爲謀以圖其新，爲毖以防其患，則天之以大亂與我者，將繇此漸漸削小，非復不可收拾之勢矣。告，通作誥，曉諭之意。爾，指執政者，觀後有「嗟爾朋友」之語可見，蓋不欲斥言王，而但託之告朋友耳。恤，據《説文》兼憂與收二義，謂哀痛民之窮而收之也。誨，《説文》云：「曉教也。」序爵，朱子云：「辨别賢否之道也。」張文潛云：「宜爲公卿者，爵之以公卿。宜爲大夫士者，爵之以大夫士。此爵之所以序也。愚者爵尊，賢者爵卑，爵之所以亂也，故序爵者别賢不肖而已。」前章推原禍亂之繇，而曰「誰生厲階」，又曰「多我覯痻」，故此言謀毖之道維何，亦惟告爾以憂念民窮，而亟收恤之。然非在位皆賢者，必不能代君恤民，故又誨之以序爵焉。以其時在位皆忍心之人，故欲其取而澄汰之也。執熱，孫鑛云：「熱氣盈身，如執之然。」鍾惺云：「舊解執字，作執持之執，今人以水濯手，豈能便執持熱物乎？蓋熱曰執熱，猶云熱不可解，此古文用字奥處。」逝，往也。濯，洗濯之濯。浴可解熱也。此二句以比語作正意，言人當盛熱之時，誰能執守此熱以往，而不思澣濯於清泠之淵，用此以解其熱者。比今之民，困于兵革已甚，惟賢者在位，秉無競之心，招携以禮，懷遠以德，以罷兵息民，而後民困可解也。以濯解熱，是賢者恤民作用。曰誰能，曰不以，皆歎今之不然。《孟子》云：「今也欲無敵于天下，而不以仁，是猶執熱而不以濯也。」《左》襄三十一年，北宫文子相衛襄公如楚，過鄭，印段迋勞于棐林，如聘禮，而以勞辭。文子入聘，子羽爲行人，馮簡子與子大叔逆客。事畢而出，言于衛侯曰：「鄭有禮，其數世之福也，其無大國之討乎？《詩》云：『誰能執熱，逝不以濯？』禮之於政，如熱之有濯也，濯以救熱，何患之有？」合觀《孟》、《左》，可得以濯之義。又《墨子》云：「爵位不高，則民不敬；蓄禄不厚，則民不信也；政令不斷，則民不畏也。故古聖王，高予之爵，重予之祿，任之以事，斷予之令。夫豈爲其臣賜哉？欲其事之成也。《詩》曰：『告女憂卹，誨女予鬱。孰能執熱，鮮不用濯？』則此語古者國君諸侯之不可以不執善承嗣輔佐也，譬之猶執熱之有濯也，將休其手焉。」按此則即取用賢比以濯，舊説皆如是，然意似未盡。淑，通作俶，《説文》云：「善也。」使民無鋒鏑死亡之憂，有安生樂業之慶，善孰如之？載之言則也。胥，《爾雅》云：「皆也。」溺，通作休。《説文》云：「没也。」此二句承「不以濯」而言，以濯解熱，理勢當然，既不以濯，則熱終不可解，其何能善哉？不特民陷溺于禍難，無出脱之時，恐女在位者，亦將與之俱盡而無脱身之地矣。《孟子》云：「苟不志于仁，終身憂辱，以陷于死亡。《詩》云：『其何能淑，載胥及溺。』此之謂也。」

如彼遡風，叶侵韻，孚金翻。**亦孔之僾。**隊韻。**民有肅心，**侵韻。**荓**陸本作「迸」，云：「或作拼。」**云不逮。**隊韻。**好**去聲。**是稼**鄭、陸本俱作「家」。**穡，**職韻。鄭、陸本俱作「嗇」。陸云：「尋鄭『家、嗇』二字，本皆無禾者，下稼穡卒痒，始從禾。」**力民代食。**職韻。**稼穡維寶，**皓韻。**代食維好？**皓韻。○比而賦也。遡，通作溯。《説文》云：「向也。」水欲下，違之而上也。曰遡風者，流逆而風亦與之俱逆也。僾，《説文》云：「仿佛也。」徐鍇云：「見之不明也。」按《祭義》云：「祭之日，入室僾然，必有見乎其位。」字義正同。風水俱逆，舟行難前，遥瞻彼岸，不知尚在何處。此承上章「載胥及溺」而言，以比人處危亂之時，真莫測將來世運如何究竟，猶《書》所謂「如涉大水，茫無津涯」也。「民有肅心」二句，又舉當時病民之事言之。肅，《説文》云：「持事振敬也。」荓，當依陸本作迸。《説文》云：「散走也。」一云：「斥逐也。」與《大學》「迸諸四夷」義同，謂斥逐使之散去也。逮，通作隶。《説文》云：「及也。」民本無怠惰之心，徒以征役繁興，使之東馳西竄，不能及時趨事。嚴云：「謂奪其農時，使不得耕耨也。」「好是稼穡」四句，勸諫之辭也。好，謂崇尚之。耕種曰稼，收斂曰穡。孔云：「《司勳》云：『治功曰力。』則力民，謂有功加于民者也。」代食，錢氏云：「代耕而食也。」稼穡維寶，申言好是稼穡之意。鼂錯有言，明君貴五穀而賤金玉，寶之義也。《韓詩外傳》云：「晋平公之時，寶藏之臺燒，士大夫聞之，趨車馳馬救火，三日三夜乃勝之。公子晏子獨束帛而賀曰：『甚善矣！』平公勃然作色，曰：『珠玉之所藏也，國之重寶也，而天火之，士大夫皆趨車走馬而救之，子獨束帛而賀，何也？有說則生，無說則死。』公子晏子曰：『何敢無說？臣聞之，王者藏于天下，諸侯藏于百姓，商賈藏于篋匱。今百姓之于外，短褐不蔽形，糟糠不充口，虚耗而賦斂無已。王收大半而藏之臺，是以天火之。且臣聞之，昔者桀殘賊海内，賦斂無度，萬民甚苦，是故湯誅之，爲天下戮笑。今皇天降災於藏臺，是君之福也，而不自知變怪，亦恐君之爲鄰國笑矣！』公曰：『善。自今以往，請藏于百姓之間。』《詩》曰：『稼穡維寶。』」維好之好，如字，謂美好也。嚴云：「今當好是稼穡，言重農也。其有功力於民者，則使之代耕而食，言任賢也。蓋稼穡當以爲寶，而不可輕。食禄以代耕者，當擇其人之好，而不可濫也。」愚按「好是稼穡」，與「告爾憂恤」相應。「力民代食」，與「誨爾序爵」相應。使代食者不得其人，則民亦不得盡力于稼穡矣。故因言民之不逮，而仍推及之。

天降喪去聲。**亂，滅我立王。**陽韻。**降此蟊賊，**職韻。豐本作「賊」。**稼穡卒痒。**陽韻。**哀恫**陸本作「同」，豐本作「痌」。**中國，**職韻。**具贅卒荒。**陽韻。**靡有旅**豐本作「呂」。**力，**職韻。**以念穹蒼。**陽韻。〇賦中有比也。降，下也。喪者，亡失之謂。民失農業，是降喪也。兵連不休，是降亂也。

滅，《爾雅》、《説文》皆云：「盡也。」立王，鄭、蘇皆云：「我王所恃以立者。」愚按即指下文稼穡是也。國以民爲本，民以食爲天，非所恃立以爲王之具而何？蟊，食苗根者，惡之故呼之以賊，非二物也。解見《大田》篇。季本云：「此非以害稼者言，蓋借以指當時在位貪亂之人，能害國者。」鄧元錫云：「稼穡，國之寶也。貪人以好兵荒之，是蟊賊也。天降蟊賊，是降之喪亂也。」卒，盡。痒，病也。俱見《爾雅》。又《説文》訓痒爲瘍，季云：「天下既亂，則民不得盡力于農畝，所以卒病而無成也。」哀，《説文》云：「閔也。」徐云：「閔痛之形于聲也。於文，口衣爲哀。衣，哀聲也。」恫，《説文》云：「痛也。一曰：呻吟也。」中國，兼人與地言之。具，通作俱，偕也。以物質錢曰贅，爲其放貝于外，故字从敖。男子出附女家謂之贅壻，亦取斯義。具贅者，言中國之人民相偕從役于外，鮮有家居者，如贅物然也。荒，《説文》云：「蕪也。」卒荒者，言中國之田地，盡皆荒蕪也。夫然，則是不肯寶好稼穡，而使民苦于不逮者，皆此蟊賊之爲矣。旅，衆也。旅力，猶言合力也。穹蒼，天也。李巡云：「古時人質，仰視天形穹隆而高，色蒼蒼然，故曰穹蒼。」念穹蒼，則思所以挽回氣運矣。嚴云：「群臣無有盡力以念及天意者，是代食者其人非好也。」《韓詩外傳》云：「民勞思佚，治暴思仁，刑危思安，國亂思天。《詩》曰：『靡有旅力，以念穹蒼。』」

維此惠君，民人所瞻。叶陽韻，諸良翻。按漢《較官碑》以「瞻」爲「彰」。❶**秉心宣猶，考慎其相。**陽韻。**維彼不順，自獨俾臧。**陽韻。**自有肺**陸本作「胇」。**腸，**陽韻。**俾民卒狂。**陽韻。○賦

❶「較」，依文義當作「校」，乃頌漢溧陽長潘乾之碑，碑額即作「校官碑」。

也。惠,《説文》云:「仁也。字从心从叀。徐云:爲惠者心專也。」惠君,謂仁愛之君。曰維此者,亦諷勸之辭。以王暴虐,不敢直斥其非,故姑爲巽語以感動之,後言「維此聖人」放此。民謂百姓,人謂群臣。《廣韻》云:「仰視曰瞻。」仁愛之君,有所舉動,必足以福國庇民,故臣民皆瞻仰之也。「秉心」二句,教其當如此也。秉心宣猶,與「秉心無競」句法正同。鄭云:「宣,徧。猶,謀也。」考,通作攷。《説文》云:「敂也。」撞擊之義。趙頤光云:「凡攷索攷究,並當用考。」相,《説文》云:「省視也。」惠君之所存心者,凡所舉事,必以徧謀于衆爲主,不但不偏執一己之見,亦不輕徇一二人之言。既與衆共謀之矣,然後從而參互研索之,務致謹于其所省視者,可行則行,可止則止,不敢苟且從事也。惠君之所以爲惠君者,道固如此。舊説依鄭箋,以相作輔相解,亦通。但韻不叶耳。維彼不順,指當時執政者而言。曰維彼者,鄙而外之之辭,如《論語》問子西,曰「彼哉」是也。後凡言「維彼」者放此。不順,謂不順于理。自獨者,言其自視唯有一獨而已。此外,天下人皆無足當意者也。俾,使。臧,善也。嚴云:「欲用獨自之見,而使之善,何繇得善乎?」「自有肺腸」者,鄭云:「行其心中之所欲。」孔云:「肺腸,五臟之物,言之以表其心,故云『自有肺腸』。」愚按肺氣最盛,故劉熙《釋名》云:「肺,勃也,其氣欝勃也。」腸謂大小腸,能化糟粕,其所出者皆滓穢耳。以不順之盛氣自用,故但舉肺言。且所出者總非良謀,故但舉腸言。曰自有者,見其不合於衆所同然也。「俾民卒狂」者,使民逐逐奔命,盡皆如狂也。彼不順者之所行,惟任己見,不顧民病如此,而爲惠君者乃聽信之,何哉?此正與第三章「誰生厲階」二句相應。

瞻彼中林,侵韻。**甡甡其鹿。**屋韻。**朋友已譖,**叶侵韻,子林翻。陸本作「僭」。**不胥以穀。**

屋韻。**人亦有言，進退維**《韓詩外傳》作「惟」。**谷。** 屋韻。○興也。中林，林中也。甡，《説文》云：「衆生竝立之貌。」甡甡，毛云：「衆多也。」許慎云：「鹿性旅行。」《草蟲經》云：「鹿欲食，皆鳴相召。志不忌也。」朋友，僚寀之稱，指執政者，後放此。譖，《説文》云：「愬也。」以鹿之相從，起朋友之相譖，乃反興也。穀，《爾雅》云：「善也。」不胥以穀，與「自獨俾臧」相應，言彼惟自以爲是，不肯參伍衆論，以求其真善之所在也。意當時執政所謀者，芮伯必曾力阻之，既不見用而反被譖毁，故云然。人亦有言，蓋恒言也。谷，兩山間流水之道也。欲進而盡言，則已見惡于朋友。欲退而不言，則又抱愧于幽獨。躊躇于前却之間，如皆將墜于深谷也。《晏子春秋》云：「叔向問晏子曰：『齊國之德衰矣，今子何若？』晏子對曰：『嬰聞事明君者，竭心力以没其身，行不逮則退，不以誣持禄。事惰君者，優游其身以没其世，力不能則去，不以諛持危。且嬰聞君子之事君也，進不失忠，退不失行。不苟合以隱忠，可謂不失忠；不持利以傷廉，可謂不失行。』叔向曰：『善哉！《詩》有之曰「進退維谷」。其此之謂與。』」又《韓詩外傳》云：「田常弑簡公，乃盟于國人曰：『不盟者死及家。』石他曰：『古之事君者，死其君之事。捨君以全親，非忠也。捨親以死君之事，非孝也。他則不能。然不盟，是殺吾親也。從人而行，是背吾君也。嗚呼！生亂世，不得正行，刼乎暴人，不得全義。悲夫！』乃進盟以免父母，退伏劍以死其君。聞之者曰：『君子哉！安之命矣！《詩》曰：「人亦有言，進退惟谷。」石先生之謂也。』」

維此聖人，瞻言百里。 紙韻。**維彼愚人，覆狂以喜。** 紙韻。**匪言不能，胡斯**《漢書》作「此」。**畏忌？** 叶紙韻，渠綺翻。○賦也。維此聖人，亦諷王也。聖，《説文》云：「通也。」字从耳。應劭云：「聖者聲也，言聞聲知情也。」「瞻言百里」者，嚴云：「聖人於人之言，能瞻之於百里之外，謂望之而喻其意也。」一説，瞻言百里，謂聖人能知微見遠，亦通。惟彼愚人，刺當時執政者愚惷。覆，反也。狂，即「俾民卒狂」之狂。「覆狂以喜」者，言民之奔命若狂，其狀甚可憐，而彼反以爲喜也。匪，通作非。非言不能，芮伯自道也。鄭云：「胡之言何也。」《禮記》注云：「忌之言戒也。」言聖人在上，雖疎逖之人驟進言于前，且一見而能察其所懷來之意。然則今有以狂爲喜之愚人若彼者，聖人豈不辨之？我爲其所譖，亦非不能指摘其爲愚也，乃於此若有所畏懼忌諱而不敢言者，何也？恨極而自訝之辭。徐幹云：「夫酒食，人之所愛者也。而人相見莫不進焉，不吝於所愛者，以彼之嗜之也。使嗜者甚於酒食，人豈愛之？故忠言之不出，以未有嗜之者也。《詩》云：『匪言不能，胡斯畏忌？』」按《周語》云：「厲王虐，國人謗王。王怒，得衛巫，使監謗者，以告，則殺之。國人不敢言，道路以目。王喜，告召公曰：『吾能弭謗矣，乃不敢言。』召公曰：『是鄣之也。防民之口，甚於防川。川壅而潰，傷人必多，民亦如之。是故爲川者决之使導，爲民者宣之使言。故天子聽政，使公卿至於列士獻詩，瞽獻典，史獻書，師箴，瞍賦，矇誦，百工諫，庶人傳語，近臣盡規，親戚補察，瞽史教誨，耆艾修之，而後王斟酌焉。是故事行而不悖。民之有口也，猶土之有山川也，財用於是乎出。猶其有原濕衍沃也，衣食於是乎生。口之宣言也，善敗於是乎興。行善而備敗，所以阜財用衣食者也。夫民慮之於心而宣之於口，成而行之，胡可壅也？若壅其口，其與能幾何。』❶王弗聽，於是國人莫敢出言。」《竹書》載厲王八年初，

❶「何」，原作「行」，據《四庫全書》本改。

監謗，芮伯良夫戒百官于朝。疑即此詩之所爲作也。

維此良人，弗求弗迪。叶屋韻，讀如軸，直六反。**維彼忍心，是顧是復。**屋韻。**民之貪亂，寧爲荼毒。**叶屋韻，讀如竺，丁木翻。《史記》身毒國轉爲天篤，又爲竺，是也。○賦也。此章專責執政者。良，善也。求，通作逑。《說文》云：「斂聚也。」迪，《說文》云：「道也。」毛云：「進也。」愚按《書》「迪簡在王庭」，義亦同此，謂導引而進之也。忍心，謂有殘忍之心者，與良人對看。良人以慈良爲德，主于愛民。忍心以殘忍爲心，主于害民。亦曰「維此」、「維彼」者，與上二章所指不同，乃詩人行文錯綜處。然於良人言此者，則愛而內之之辭。於忍心言彼者，則惡而外之之辭也。顧，《說文》云：「還視也。」復，猶重也。國有善人，則不肯尋覓而導進之，偏于忍心之人，乃顧視而眷念之，重復而綢繆之，蓋不順者之所爲如此。此其所以數建貪利之謀，數興得已之役，而瘼此下民也。張文潛云：「《蕩》曰『曾是掊克』、『曾是在服』，則『維彼忍心，是顧是復』可知也。」貪，鄭云：「猶欲也。」寧，本願詞，此則反而言之，猶云豈肯也。荼，苦菜也。解見《谷風》篇。朱子以爲蓼，謂南方人名荼爲辣荼，或用以毒溪取魚，即所謂荼毒也。此或未足信。毒，《說文》云：「厚也。害人之草，往往而生。」愚按以往往而生，故訓毒爲厚，說者以爲荼蔓野葛之屬是也。荼、毒二字並言，荼當比不順者，毒當比忍心者。以執政者唯一人，而忍心者其類實繁故也。民本喜亂，至弱而强，至順而險，豈肯甘爲人所荼毒而俯首聽命乎？言其勢必終至于叛亂，以深悚惕之。《周語》太子晉云：「人有言曰：『無過亂人之門。』又曰：『佐雝者嘗焉，佐鬬者傷焉。』又曰：『禍不好不能爲禍。』《詩》曰：『四牡騤騤，旟旐有翩。亂生不夷，靡國不泯。』又曰：『民之貪亂，寧爲荼毒。』夫見亂而不惕，所殘必多，其飾彌章，民有怨亂，猶不可遏。」《坊記》子云：「貧而好樂，富而好禮，衆而以寧者，天下其幾矣。《詩》云：『民之貪亂，寧爲荼毒。』故制國不過千乘，都城不過百雉，家富不過百乘。以此坊民，諸侯猶有畔者。」《荀子》云：「凡人莫不欲安榮而惡危辱，故惟君子爲能得其所好，小人則日徼其所惡。」亦引此詩。

大《爾雅》注作「泰」。**風有隧，有空大谷。**屋韻。**維此良人，作爲式穀。**屋韻。**維彼不順，征**《韓詩外傳》作「往」。**以中**《韓詩外傳》作「虫」。**垢。**叶屋韻，居六翻。○興之比也。此承上章而言。嚴云：「大風損物，喻小人也。」《爾雅》作泰風，云：「西風也。」愚按此以比忍心者。隧，本作邃。《說文》云：「深遠也。」字从穴，蓋謂穴之深遠者。晋文公請隧，鄭莊公隧而相見，其義正同。空，《說文》云：「竅也。」字亦从穴。一云：「虛也。」兼此二義。《爾雅》注云：「有水曰溪，無水曰谷。」鄒云：「有空大谷，蓋風洞也。」今風洞所在有之。聞之陽和有洞出風，每年致祭。而金華宋濳夫亦有《風門洞碑記》，此類是也。《水經注》亦云：「北屈縣故城西十里，有風山，上有穴如輪，風氣蕭瑟，習常不止。當其衝飄也，而略無生草，蓋不定，衆風之門故也。」鄭云：「大風之行，有所從而來，必從大空谷之中。」愚按有空大谷，即上文所謂隧也，此以比不順者。空谷爲大風之所自出，亦猶不順之人當國，乃忍心之群小所繇藉以進身也。維此良人，維彼不順，解俱見前。式，《說文》云：「法也。」穀，即不胥以穀之穀。言良人之作爲，必取法于善道也。又毛傳引《爾雅》云：「式，用也。」言良人之所作爲者，必用善道也。征，鄭云：「行也。」中，中所藏也。垢，《說文》云：「濁也。」字从土，蓋土之穢濁者。言其中藏之汙穢，盡爲忍心之人鼓動而發行之，以流毒于下民，亦如大風之飛塵揚沙然也。君子小人，各於其類。彼忍心者有隧，而良人無之，然則雖作爲式穀，而不見求迪，固其宜矣。

《韓詩外傳》云：「以明扶明，則昇于天；以明扶闇，則歸其人。兩瞽相扶，不傷墻木，不陷井穽，則其幸也。《詩》曰：『維彼不順，往以虫垢。』闇行也。」

大風有隧，寘韻。**貪人敗類。**寘韻。**聽言則對，誦言如醉。**寘韻。**匪用其良，覆俾我悖。**

叶寘韻，蒲寐翻。○比而賦也。貪人，指不順者言。類，鄭云：「等夷也。」敗類者，言使同類之人，皆將化其所爲，胥而爲貪也。地中有隧，乃大風之所從生，以比不順者當權，則士習因而敗壞也。《周語》厲王説榮夷公，芮良夫曰：「王室其將卑乎？夫榮公好專利，而不知大難。夫利，百物之所生也，天地之所載也，而或專之，其害多矣。天地百物，皆將取焉，胡可專也？所怒甚多，而不備大難。以是教王，王能久乎？夫王人者，將導利而布之上下者也。使神人百物無不得其極，猶日怵惕，懼怨之來，故頌曰：『思文后稷，克配彼天。立我烝民，莫匪爾極。』大雅曰：『陳錫載周。』是不布利而懼難乎？故能載周以至于今。今王學專利，其可乎？匹夫專利，猶謂之盜。王而行之，其歸鮮矣。榮公若用，周必敗。」既榮公爲卿士，諸侯不享。愚按觀此，則《詩》所詠貪人，其指榮夷公明矣。然以此詩繹之，則所謂榮公好利而不備難者，非但聚斂掊克之謂，乃生事搆釁，以奪諸侯之有，若孔子言「患寡、患貧」，《孟子》言「闢土地、充府庫」是也。《韓詩外傳》云：「福生於無爲，而患生於多欲。知足，然後富從之。德宜君人，然後貴從之。故貴爵而賤德者，雖爲天子不尊矣；貪物而不知止者，雖有天下不富矣。夫土地之生不益，山澤之出有盡，懷不富之心，而求不益之物，挾百倍之欲，而求有盡之財，是桀、紂之所以失其位也。《詩》曰：『大風有隧，貪人敗類。』」按《韓詩》所言，正爲「貪人」二字作解。「聽言則對，誦言如醉」者，郝敬云：「欲人聽從己言，則以辭色接對。若人指陳時事誦説，則瞀然不顧，如醉者矣。」一説，鄭云：「誦《詩》、《書》之言，則冥卧如醉。」孔云：「《樂記》魏文侯自言端冕而聽古樂，唯恐卧。《史記》稱商鞅説秦孝公以帝道，孝公睡而弗應。皆是心所不悟，如醉然也。」亦通。《韓詩外傳》云：「古之謂知道者曰先生，何也？猶言先醒也。不聞道術之人，則冥於得失，不知亂之所繇，眊眊乎其猶醉也。故有先生者，後生者，有不生者。《詩》曰：『聽言則對，誦言如醉。』」匪，通作非。良，良人也。覆，反也。悖，本作誖。《説文》云：「亂也。」籀文顛倒从二或，謂上下反覆相惑，正誖亂之意。「不用其良，覆俾我悖」者，謂不順之人，所用者非善人之言，而彼之所言，則皆反于理，以是爲非，以非爲是，使我聞之而惑亂也。《左》文元年，殽之役，晋人既歸秦師，秦大夫及左右皆言於秦伯曰：「是敗也，孟明之罪也，必殺之！」秦伯曰：「是孤之罪也！周芮良夫之詩曰：『大風有隧，貪人敗類。聽言則對，誦言如醉。匪用其良，覆俾我悖。』是貪故也，孤之謂矣。孤實貪以禍夫子，夫子何罪？」復使爲政。

嗟爾朋友，予豈不知而作？藥韻。**如彼飛蟲，時亦弋獲。**叶藥韻，黄郭翻。**既之陰女，**音汝。**反予來赫。**叶藥韻，閾各翻。陸作「嚇」。○賦也。自此章而下，皆自明其作詩之意。朋友，指貪人也，與第九章義同。作，嚴云：「即下『既作爾歌』之作。」承上章「誦言如醉」而言，我豈不知吾言之不合于爾，而復作此詩乎？一説，我豈不知其理，而妄作此詩乎？亦通。飛蟲，孔云：「飛鳥。蟲是鳥之大名，故羽蟲三百六十，鳳凰爲之長，是鳥之稱蟲者也。」弋，本訓橜，通作隿。《説文》云：「隿射飛鳥也。」獲，得也。鄭云：「女所行如是，猶鳥飛行自恣東西南北時，亦爲弋射者所得。」言放縱久無所拘制，則將遇伺女之間者得謀女也。」一説，飛蟲，喻事理。朱子云：「言己之言，或亦有中，猶曰千慮而一得也。」亦通。既者，已事之辭。之，往也。陰女，張子厚云：「陰往密告于女也。」赫，《説文》云：「火赤也。」朱子云：「威怒之貌。」言女恣貪不已，必有禍患。我昔日已曾以此意微婉勸諭于女，欲女改圖避禍，而女反加赫然之怒于我，是可怪也。此即追述朋友已譖之事，雖已經被其譖，而仍作此詩以致其忠告，詩人之厚也。

民之罔極，職韻。**職涼**鄭箋作「諒」。**善背。**叶職韻，必墨翻。**爲民不利，如云不克。**職韻。**民之回遹，職競用力。**職韻。○賦也。極者，止極之義。民困于征役，未知所止，即第四章所謂「靡所止疑，云徂何往」者。職，《説文》云：「記微也。」字从耳，蓋聽而記之，服膺不忘之謂。故《爾雅》又訓爲主也，常也。涼，《爾雅》、《説文》皆云：「薄也。」《左傳》「虢多涼德」、「作法于涼」，其義皆同。善，即前所謂穀也。背，通作倍。《説文》云：「反也。」克，勝也。言民之罔極，已可憐矣，而汝所記之心者，惟以涼薄爲主，絶無一毫惻怛之意，聞人進仁愛之善言，則違倍而不聽。其所爲者，皆不利于民之事，且如恐其不勝，而勇于爲之也。回，《説文》云：「轉也。」遹，《説文》云：「回避也。」民疲奔命，相與流轉之四方以避之，猶《書》所謂「保抱攜持厥婦子，以哀籲天，徂厥亡」是也。競，即「秉心無競」之競。民既因罔極而四散奔避矣，而汝猶專主爲争競之謀，日尋諸仇讐，而用力不休也。此皆據時事而言。篇首四章所指，即其事也。

民之未戾，叶寘韻，力置翻。**職盜爲寇。涼曰不可，**叶歌韻，居何翻。古字歌作可，是可有歌音也。**覆背善詈。**寘韻。❶**雖曰匪予，**叶魚韻，羊諸翻。**既作爾歌！**韻。亦叶魚韻，斤於翻。按朱子

❶「韻」，原作「語」，據《四庫全書》本改。

謂此章叶韻未詳。今觀戾與詈叶，可與歌叶，乃隔句用轆轤體。此用韻之最奇者，諸家所未有也。若末二句只以魚韻叶，亦可，但如此則前四句皆無韻矣。達者詳之。〇賦也。戾字从犬出户下，《說文》以爲身曲戾也，故訓戾爲曲，與乖同意。盜，指貪人所行。言竊人之財，猶爲之盜，況攫非其有乎？《書》注云：「群行攻刼曰寇。」民之未戾，言民此時雖逃亡，猶未至于悍然乖戾而爲叛也。若汝所專主者，惟争奪是圖，則與盜無異，民不堪此荼毒，且群起而爲寇，而女亦不能復役使是民矣。此即第十一章言「民之貪亂，寧爲荼毒」之意，預揭將來之禍以申戒之也。「涼曰不可」三句，追前日而言，即第十四章所謂「既之陰女，反予來赫」者。覆，反也。背善，猶上章云「善背」也。詈，《說文》云：「罵也。」匪，讀作非。予，與前予字同，皆芮伯自謂也。言我嘗獻規于女，謂女所行涼薄，多失民心，斷不可復蹈者，汝反違背我之善言，而罵詈我。蓋指前此譖毀之事也。然雖曰女曾以我所言爲不是，似無庸再更端矣。而我之心終不能以自已，亦既不憚諄復，爲汝作歌，庶其聞之而省悟乎！提醒深切，正與「予豈不知而作」句相應。

《桑柔》十六章，八章章八句，八章章六句。《申培説》以爲芮良夫傷厲王之失國，而作是詩。蓋因詩中有「滅我立王」一語。朱子曾疑此詩之作，在共和之後，遂附會之耳。愚謂果共和之後，景象如斯，周其亡而宣不興矣。立王，依鄭箋解，自不可易。又考玩《詩》詞，與《國語》、《汲冢周書》、《竹書》俱互相出入，斷其在厲王之世。《子貢傳》闕文。

《四月》，孝子歎征役而思祭也。《孔叢子》載孔子曰：「於《四月》，見孝子之思祭也。」《韓詩》以爲歎征役也。愚定屬此詩於厲王之世。按《桑柔》之詩曰：「四牡騤騤，旟旐有翩。亂生不夷，靡國不泯。」則當時征役繁興可知已。❶又《蕩》之詩曰：「内奰于中國，覃及鬼方。」鬼方者，荆楚之地。此詩詠滔滔江漢，南國之紀，意即爲覃及鬼方之事而發，但史失傳耳。

四月維夏，六月徂暑。語韻。**先祖匪人，**豐氏本作「神」。**胡寧忍予？**語韻。○賦也。四月，夏正建巳之月，所謂孟夏也。此詩作于是時。六月，建未之月。徂，《説文》云：「往也。」二十四氣中，大暑在六月，故以暑言。徂暑，謂往年之暑也。遡父而上，皆曰先祖。忍，含忍也。時蓋有征伐南國之役，大夫與焉，踰年不歸，祭祀曠廢，因作詩以自悼，曰今兹四月時，已越春而夏矣，追思往歲于征，正在季夏盛暑之時。屈指韶華，朱明再歷。禮，卿大夫宗廟，四時皆有祭。今以行役于外，而此典缺焉不修，❷我先祖獨非人情乎？所望於後人之報本反始者謂何？寧能姑含忍予，而無怨恫否也。《左》文十三年，鄭伯會公于棐，請平于晋。鄭伯與公晏于棐，子家賦《鴻鴈》。季文子曰：「寡君未免於此。」文子賦《四月》，子家賦《載馳》之四章，文子賦《采薇》之四章。鄭伯拜，公答拜。杜注謂子家賦《鴻鴈》，義取侯伯哀恤鰥寡，有征伐之勞，言鄭國寡弱，欲使魯侯還晋恤之。文子賦《四月》，義取行役踰時，思歸祭祀，不欲爲還晋。子家賦《載馳》之四章，義取小國有急，欲引大國以救助。文子賦《采薇》之四章，義取豈敢定居，許爲鄭還晋，不敢安

❶「繁」，原作「緐」，據《四庫全書》本改。
❷「缺」，原作「鈌」，據《四庫全書》本改。

居。此鄭伯之所以拜而謝也。今按季文子賦詩之意，與孔子思祭之説正合。王肅亦主是説。

秋日淒淒，陸德明本作「棲棲」。**百卉具**《韓詩》作「俱」。**腓**。微韻。《爾雅》作「痱」。**亂離瘼矣**，瘼矣，《家語》、《説苑》俱作「斯瘼」，《韓詩》作「斯莫」。**爰**《家語》、朱傳俱作「奚」。**其適歸？**微韻。○賦而興也。秋日，謂去歲六月後之秋日，亦追述之辭也。淒淒，毛傳云：「涼風也。」按淒字本義，據《説文》云：「雲雨起也。」此不可以雲雨言，故毛傳解爲涼風，蓋擬其陰寒慘淡之狀如雲雨之方起者然，《緑衣》所謂「淒其以風」是也。卉，《説文》云：「艸之總名也。」具，通作俱，偕也。腓，通作痱。《説文》云：「風病也。」鄭玄云：「涼風用事，而衆草皆病。」按漢賈誼《治安策》云：「夫辟者一面病，痱者一方痛。今西邊北邊之郡，雖有長爵，不輕得復。五尺以上不輕得息，斥候望烽燧不得卧，將吏被介冑而睡。臣故曰一方病矣。」《詩》之興意，亦以王數興兵征伐，重苦下國，從征之人如百草遭風，其枝葉當風者，先受摧折也。亂，謂兵戈不息。離，謂室家分離。瘼，《説文》云：「病也。」郭璞云：「東齊謂病曰瘼。」「亂離瘼矣」者，言因兵亂而分離，凡有事于戎行者，亦甚病矣。自六月啓行，秋尚在道，而其士卒愁苦之狀如此。爰，《説文》云：「引也。」謂引詞也，字从𠬪从于，于者詞也，𠬪者引也。故或以爲曰，或以爲于也。適，毛云：「之也。」言此病不獨士卒受之，且還往歸之于國家也。王安石云：「亂出乎上，而受患常在下。及其極也，乃適歸乎其所出矣。」《左》宣十二年，鄭石制入楚師，將以分鄭而立公子魚臣。辛未，鄭殺魚臣及石制。君子曰：「史佚所謂毋怙亂者，謂是類也。《詩》曰：『亂離瘼矣，爰其適歸。』歸於怙亂者也夫！」又《家語》、《説苑》載葉公問政于孔子，孔子曰：「政在附近而來遠。」子貢問曰：「政有異乎？」孔子曰：「夫荆之地廣而居狹，民有離志焉，故曰在于附近而來遠。《詩》不云乎：『亂離斯瘼，奚其適歸。』此傷離散以爲亂者也。」又是一說。

冬日烈烈，豐本作「洌洌」。**飄風發發。**叶曷韻，北末翻。**民莫不穀，我獨何害？**叶曷韻，何葛翻。○賦而興也。冬日，謂去歲秋後之冬日。烈，通作颲。《說文》云：「烈風也。」烈者，火猛之義。風以烈名，亦風之猛者。飄風，回風也。輕利僄遬，軍中之策應無常，有似于此。民，汎指不從征者而言。穀，毛云：「養也。」嚴云：「民莫不得遂其安養，而我獨何以遭此害乎？」

山有嘉卉，侯栗豐本作「㮚」。**侯梅。**叶支韻，莫悲翻。豐本作「某」。**廢爲殘賊，莫知其尤！**叶支韻，盈之翻。○興而比也。嘉，美也。錢氏云：「卉，草也。」通言之，則艸木皆卉也。侯栗，栗名。侯梅，梅名。漢《西京襍記》云：「初修上林苑，群臣遠方，各獻名果異樹，亦有製爲美名，以標奇麗。栗四：侯栗、榛栗、瑰栗、嶧陽栗。梅七：朱梅、紫葉梅、紫華梅、同心梅、麗枝梅、燕梅、侯梅。」《廣志》云：「栗有關中侯栗，大如雞子。」《三秦記》曰：「侯國出栗。」愚按侯栗、侯梅，未詳其狀，然意必栗與梅之大者，故特以侯名。❶又《西京雜記》中有侯李、侯查，其所以得名，想亦同此。栗梅之實，皆可以薦籩豆，而侯栗、侯梅，品尤瑰異，故詩人因其名，取以爲侯國之比。李氏云：「言山有嘉卉，是栗是梅也。《考工記》言天下之大獸五：脂者、膏者、臝者、羽者、鱗者，與此詩之文相類。」「廢爲殘賊」者，嚴云：「今其山廢爲殘賊之地，言斫伐其本根，無復存留，其地荒矣。」尤，通作郵，過也。詩人言王朝設立藩屏，助宣政教，譬之封殖嘉卉，原以厚民

❶「特」，原作「持」，據《四庫全書》本改。

之生。今王搆怨侯國，日尋干戈，俾紛紛背叛，無有寧宇，皆繇在位者多喜功貪利之輩，蠱惑致然，而王曾不自知其過也。又《韓詩外傳》云：「善爲政者，順情性之宜，順陰陽之序，通本末之理，合天人之際。如是，則天氣奉養，而生物豐美矣。不知爲政者，使情厭性，使陰乘陽，使末逆本，使人詭天，氣鞠而不信，欝而不宣。如是，則災害生，怪異起，群生皆傷，而年穀不熟。是以其動傷德，其静亡救，故緩者事之，急者弗知，日反理而欲以爲治。《詩》曰：『廢爲殘賊，莫知其尤。』」

相去聲。**彼泉水，載清載濁。**叶屋韻，徒谷翻。**我日構**豐本作「遘」。**禍，**豐本作「害」。**曷云能穀？**屋韻。○興而比也。相，《說文》云：「省視也。」从目木，會意。《易緯》文云：「地可觀者，莫可觀于木也。」載之言則也。丘氏云：「我視泉水，則有清時，則有濁時，不一於濁也。」我，我王朝也。構，《說文》云：「蓋也。」鄭云：「猶合集也。」愚按結屋爲構，合集衆材而成之也。曷云能穀，與「民莫不穀」相應。嚴云：「今我國乃日日結禍，猶水之無清時也。何繇遂其生養乎？」

滔滔江漢，南國之紀。紙韻。**盡瘁**陸本作「萃」。**以仕，寧莫我有？**叶紙韻，羽軌翻。○興而比也。滔，《說文》云：「水漫漫大貌。」以下言江、漢二水，故重云滔滔。江漢，解見《漢廣》篇。發源于梁，而合流于荆。南國，主荆州之地言也。紀，《說文》云：「絲別也。」朱子云：「謂經帶包絡之也。」鄭云：「江也，漢也，南國之大水。紀理衆川，❶使不壅滯。」蘇轍云：「諸侯放恣，天下治亂，莫能相一。是以思得王者以紀

❶「川」，原作「用」，據《四庫全書》本改。

諸侯，如江漢之紀衆水，使天下國有所宗，而人有所賴。」孔云：「荆楚之域，國無道則先强，有道則後服。」瘁，病。仕，宦也。我以仕宦之故，馳驅戎行，固當鞠躬盡力，然不識能終保有我身否乎？鄭云：「懼危亡也。」

匪鶉《説文》、陸本、豐本俱作「鷻」。**匪鳶**，先韻。豐本作「蔦」。**翰飛戾天**。先韻。**匪鱣匪鮪**，愚按若四句一韻，則當作「匪鮪匪鱣」。鱣，先韻。**潛逃于淵**。先韻。豐本作「㴊」。○賦也。鶉，當依《説文》作「鷻」，云：「鵰也。」李氏云：「若以爲鶉鵲之鶉，則無戾天之理。」今按鶉鵲之鶉，本从隹，非从鳥也。陸佃云：「鵰能食草，似鷹而大，黑色，俗呼皂鵰，一名鷲，其飛上薄雲漢。」羅願云：「鵰者，鶚之類，土黄色，健飛。擊沙漠中，空中盤旋，無細不覩。」鳶，鴟類，《爾雅》云：「鳶烏醜，其飛也翔。」陶隱居云：「即俗人呼爲老鴉者，與鵰鶚並相似而大，極善飛騰。江淮間，捕魚食之。」陸云：「鳶摩風回翔，故其飛也翔。《曲禮》曰：『前有塵埃，則載鳴鳶。』鳶鳴則將風故也。」翰，《廣韻》云：「鳥羽也。」蘇軾云：「鳥飛不在翼，而在翰。翰者，翼之鋭也。」戾，通作麗，附着之意。鱣、鮪，二魚名，解見《碩人》篇。朱子云：「鶉、鳶則能翰飛戾天，鱣、鮪則能潛逃于淵。我非是四者，則亦無所逃矣。」愚按此憂其終不能免禍也，即「寧莫我有」之意。

山有蕨薇，叶支韻，靡爲翻。**隰有杞桋**。支韻。陸本作「荑」。**君子作歌，維以告哀**。叶支韻，魚羈翻。○賦也。蕨、薇，二草名，解見《草蟲》篇。陸佃云：「蕨薇，所以祭也。蓋大夫妻之祭，於其將嫁，則以蘋藻；於其既嫁，則以蕨薇。神饗德與信，不求備焉。漢時官園種薇以共宗廟祭祀，然則祭用蕨薇，先王之禮舊矣。」隰，《説文》云：「阪下隰也。」《公羊傳》云：「下平曰隰。」又《詩》「徂隰徂畛」，鄭箋以爲新發田也。杞，通作芑。舊説以杞爲枸檵，今按《禮·表記》引《詩》「豐水有芑」，注亦以芑爲枸檵，是杞、芑二字通也。然此杞非枸檵，乃《爾雅》所云「白苗之芑」，郭璞謂今之白粱粟也。芑，田中所生，所以供祭，《生民》之詩云「恒之穈芑，是任是負，以歸肇祀」是也。桋，當依《説文》作荑。嚴云：「即《静女》『自牧歸荑』之荑，茅始生者也。」陸佃云：「《列子》云：『因以爲茅靡。』茅靡，一作弟靡。弟，讀如稊，茅之始生也。荑、稊一也。茅體柔而理直，又潔白，故先王用之以藉，亦以縮酒。《易》曰：『藉用白茅。』《禮》曰：『縮酌用茅。』謂之明酌，以茅縮而後酌也。」陸璣云：「茅之白者，古用包裹禮物，以充祭祀。」舊説泥《爾雅》，以桋爲赤楝。陸璣亦云：「楝葉如柞，皮薄而白，其木理赤者爲舜楝，一名桋。」然據郭璞説，赤楝樹葉細而岐鋭，皮理錯戾，好叢生山中，中爲車輞，則其非隰地所有明矣。又《爾雅》以女桑爲桋桑，而《詩》亦云「隰桑有阿」，則此隰之桋，其或爲女桑不可知，但于思祭之意不合，故不取。《詩》咏采薇采蕨，昔人皆以爲在暮春之時，戴侗謂薇生山中，冬晚抽茅，至春柔矣，夏而剛，宜芼豕。賈思勰謂種粱與植穀同時，以二月上旬種者謂上時，三月上旬及清明節爲中時，四月上旬爲下時。而《楚辭》注亦謂茅春生，布地如針，俗謂之茅針，亦可噉，夏生白葉，茸茸然，至秋而枯。然則是四物者，皆四月維夏時所有，故詩人即所見而賦之與？君子，詩人自謂也。禮不下庶人，君子則有位之稱，以見己當守禮也。陸佃云：「下國構禍，怨亂並興，則孝子有不得饗其親者矣，故《詩》所以告哀也。」愚按此亦憂其身之將不免，故云然，不然，豈以家事先國事哉？

《四月》八章，章四句。《序》云：「大夫刺幽王也。在位貪殘，下國搆禍，怨亂並興焉。」按《漸漸之石》，《序》亦以爲下國刺幽王也。戎狄叛之，荆舒不至，乃命將率東征，疑足與此詩相證。然徧考史傳，皆無所載，似不足信。朱子但以爲遭亂自傷之詩，而詆先祖爲非人，既屬無理，且無端指出「滔滔江漢」二句，尤不相涉。申培謂大夫遭讒，流離南國，而作是詩。恍惚近似，今爲之集説于此。先祖匪人，言先祖非人也，乃神也。陟降在上，胡寧忍予乎？夏則暑，秋則腓，冬則烈，既亂日進，無時而息也。獨不及春者，蓋天氣和暢，萬物發育，治之象也。自古治世少，亂世多，觀四時可知矣。嘉卉廢爲殘賊者，猶《離騷》所謂：「蘭芷變而不芳，荃蕙化而爲茅。何昔日之芳艸兮，今直爲此蕭艾也。」莫知其尤，言上無明主，煬竈蔽明，莫有能知其罪過者也。相彼泉水，載清載濁，歎世道昏亂，永無清明之期也。我日構禍，所謂舉手掛網羅，動足觸機穽。滔滔江漢，咏其所見，亦如三閭放逐，澤畔行吟乎？今我盡瘁以從仕，而曾不我有，此惓惓不忘君之辭也。「匪鶉」四句，不獨義無可逃，亦見避之無路。薇蕨在山，刺纖植而高張也。杞梗在隰，歎美材而下列也。一説，謂蕨薇杞梗，四物皆可食，蓋思遁跡山林，以逃世患，如伯夷食薇，四皓茹芝之意。維以告哀者，作此詩以告其哀憐天下之志，非以爲其身也。愚但以與《左傳》、《孔叢子》不合，故不敢從。《子貢傳》闕文。

《采緑》，刺怨曠也。出《序》。○《子貢傳》、《申培説》皆謂周人從軍，室家念之而作。李氏云：「時多征役，久勞于外，其所以怨曠也。」郝敬云：「人情者，聖王之田，男女居室，人之大欲。古者用民之力，歲不過三日，新婚三月不從政，恤其私也。今使其室家睽離，匹婦銜怨，故聖人録是詩，以明王道本乎人情。」愚按篇中有「五日爲期，六日不詹」之語，謂三月當來歸，遲之四月，猶未至也。疑與「四月維夏」篇爲同時事，一爲征夫之辭，一爲思婦之語。

終朝豐氏本作「鼂」，後同。**采緑**，沃韻。《楚辭章句》作「菉」。**不盈一匊**。屋韻。**予髮曲局**，沃韻。**薄言歸沐。**屋韻。緑與局叶，匊與沐叶，亦隔句用韻。○賦也。毛云：「自旦及食時爲終朝。」采，《説文》云：「捋取也。」緑，當依王逸作菉，《爾雅》云：「王芻也。」郭璞云：「即菉蓐艸也。今呼鴟脚莎。」亦作莎脚莎，又作鹿蓐，又名藎艸。《唐本草》注云：「此草葉似竹而細薄，莖亦圓小，生平澤溪澗之側。荆襄人煑以染黄色，極鮮好，俗亦呼淡竹葉。」陸璣云：「其莖葉似竹，青緑色，高數尺。今淇澳傍，生如草，其草澀礪，可以洗攬笏及盤枕，利於刀錯，俗呼爲木賊。」盈，《説文》云：「滿器也。」毛云：「兩手曰匊。」或謂一手曰匊。今按《説文》訓匊爲左手，則以爲一手者得之，《詩詁》謂「屈掌曰匊」，是也。鄭玄云：「終朝采之而不滿手，怨曠之深，憂思不專于事也。」曲，《説文》云：「受物之器。」局，《説文》云：「促也。」如物之盤礴局促于曲中，有蓬鬆散亂之意。或以曲局爲不舒展，非也。鄭云：「禮，婦人在夫家，笄象笄。今曲卷其髮，憂思之甚也。」謝枋得云：「婦人夫不在，不事容飾。故《伯兮》曰：『自伯之東，首如飛蓬。』」薄言，程子云：「發語辭。」後同。沐，《説文》云：「濯髮也。」萬時華云：「手方采緑，忽念髮之曲局，歸而膏沐，此中想頭轉動處，大可味。」輔廣云：「薄言歸沐，恐君子之或歸也。好飾者，婦人之性也。」愚按菉艸澀礪，可以爲攬洗之用，故采之而動歸沐之思，抑亦感其染色鮮好，因而修容也與？季本云：「爲夫將歸有期，故汲汲沐以待夫。」此以方及五日之期言也。

終朝采藍，覃韻。**不盈一襜。**鹽韻。亦叶覃韻，都甘翻。**五日**豐本作「月」，後同。**爲期，六日不詹。**鹽韻。亦叶覃韻，多甘翻。豐本作瞻。○賦也。藍，《説文》云：「染青艸也。」《爾雅》「葴，馬藍」，注云即今大葉冬藍爲澱者。《通志》云：「藍三種，蓼藍如蓼，染緑。大藍如芥，染淺碧。槐藍如槐葉，染青。」

三藍皆可作澱，色成勝母，故曰：『青出藍而青于藍。』」秦子云：「園圃之藍，不異衆草，染而後朗。」《齊民要術》云：「藍地欲得良，三徧細耕。三月中浸子令芽出，乃畦種之。五月中新雨後，拔栽，三莖作一科，相去八寸。五徧爲良。七月中刈。」藍，羅願云：「《月令》仲夏之月，令民毋刈藍以染。注謂此月藍始可別，引《夏小正》曰：『五月，啓灌藍蓼。』灌，謂叢生也。種藍之體，初必叢生，藍兒長大，始可分移，使之稀散。以言正養藍之時，非刈藍之侯也。自四月微陰始起爲政者，繼長增高，毋有壞墮。此月又陰陽争、死生分之月，君子戒静，以待宴陰之所成，則微陰未成也。戒刈藍以損生氣，恐微陰不勝故耶？又是月，班馬政，游牝別群縶駒之月。馬之爲性，畏新出之灰，駒遇輒死。石礦之灰，亦能令馬落駒。刈藍以染也，燒灰也，暴布也，三者皆有出灰之氣，令而禁之者，蓋爲馬歟？刈藍之禁，與馬質禁原蠶同意，不然蠶之再養，藍之早刈，聖人何留意哉？藍于草中獨有禁，故字从監。」又按崔寔謂榆莢落時可種藍，五月可刈藍，其説與《月令》異，非先王之法也。衣蔽前謂之襜，毛傳、《説文》同。郭璞謂今之蔽膝。今按襜蔽前，正當蔽膝之處，非蔽膝也。陸佃云：「藍、緑易得之物，今以憂思貳之，故雖終朝采掇，而緑不盈一匊，藍不盈一襜也。藍大于緑，又其畦植如鱗，則其采之盈襜易矣，故《詩》以爲後。緑可以染黄，藍可以染青，則皆婦人致餙之物，故《詩》正言之。」五日、六日，以《豳風》一之日、二之日、三之日、四之日例之，則五日爲三月，六日爲四月也。愚以《易》「七日來復」之七日爲五月，❶義亦本此。詹，朱子云：「與瞻同。」仰視曰瞻。期以三月而歸，至四

❶ 上「日」字，原作「月」，據《四庫全書》本改。

月猶未瞻見也。今又及采藍之時，則過五月矣。是以不禁其憂思之如此也。《後漢書》劉瑜上疏云：「天地之性，陰陽正紀，隔絶其道，則水旱爲并。《詩》云：『五日爲期，六日不詹。』怨曠作歌，仲尼所録。」

之子于狩，言韔陸德明本作「鬯」。**其弓。**東韻。亦叶蒸韻，姑弘翻。**之子于釣，言綸之繩。**蒸韻。亦叶東韻，神融翻。○賦也。之子，鄭云：「是子也。」謂其君子也。于，往也。孔穎達云：「狩者，獵之總名。」言者，發語辭。韔，《説文》云：「弓衣也。」亦名弢，以革爲之。韔其弓者，孔云：「弛弓納于韔中也。」釣，釣魚也。朱子云：「理絲曰綸。」《周易》王肅注云：「纏裹也。」《禮記》疏云：「綸如宛轉繩。」今按常説皆謂合絲爲繩謂之綸，是也。繩，《説文》云：「索也。」孔云：「釣繩以生絲爲之。」此下二章，皆預擬之詞。婦人苦夫之困于征役也，曰君子今遠出如此，倘使歸來，將何所事乎？假使往狩，我當爲之納其弓於韔中，不使之用。所以然者，以田獵所以講武，我不欲其習於武事也。如其往釣，我則願從焉，當合絲爲繩以待耳。蓋時事倥偬，故欲規其君子但以烟波釣徒自娱。是雖閨閣之言，亦見其所遭之不幸也。觀下章言釣不言狩，則微意大可想見。又「韔其弓」與「綸之繩」，一「其」一「之」，下字自别。其者，外之之辭。之者，内之之辭。

其釣維何？維魴及鱮。語韻。**維魴及鱮，**見上。**薄言觀**《韓詩》作「覩」。**者。**叶語韻，掌與翻。定本、崔靈恩《集注》並作「多」。孔云：「俗本作『觀覩』，誤。」○賦也。魴鱮，解見《汝墳》、《魚麗》、《敝笱》諸篇。按陸璣云：「魴，魚之美者。鱮，魚之不美者。」今舉一美一不美，則可以概衆魚矣。我之與子，相親相暱，于其釣而獲也，行往觀之，豈至如今怨曠。然歸果何時耶？意想如此，非有是事。或謂此與上節，皆追述昔日之子在家時所爲，殊覺味短。

《采緑》四章，章四句。《序》謂幽王之時，多怨曠者也。今亦未有以見其然。朱子但謂是婦人思其君子之詩，非刺也。然則聖人録此，有何關係。

《民勞》，召穆公刺厲王也。出《序》。皆戒同列之詞，蓋王所親信者。戒同列，即所以刺王也。季本云：「集傳以爲同列相戒之辭，以詩詞觀之，大抵得之矣。但所謂同列者，必王所親信之人，故末章曰『王欲玉女』。」錢天錫云：「厲王之世，衛巫監謗，道路以目。穆公故亂其詞，言在同列，實刺王也。」

民亦勞止，汔《漢書》作「迄」。可小康。陽韻。惠此中國，以綏四方。陽韻。無《左傳》作「毋」。縱《左傳》、豐氏本俱作「從」。詭隨，以謹無《潛夫論》作「是」。良。陽韻。式遏寇虐，憯《左傳》、《家語》、陸德明本俱作「慘」，《説文》作「朁」。不畏明。陽韻，謨郎翻。柔陸本作「揉」。遠能邇，以定我王。陽韻。○賦也。民，中國之民也。勞，《説文》云：「劇也。」云「亦勞」者，凌濛初云：「下一亦字，視甚字更百倍。《大東》『哀我憚人，亦可息也』，亦然。」鄧元錫云：「夫民之勞也，實詭隨之人貪於利，寇之虐之也。」止，通作只，語助辭。錢天錫云：「賈生有言，安民可以行義，而危民易與爲非。民勞者，危之漸也。」汔，當依《漢書》作迄。《説文》云：「至也。」曰可者，見惟此時尚可，他日將不及也。曰小者，幾幾不敢過望之辭。康，鄭玄云：「安也。」顔師古云：「言人勞已久，至此可以小安逸之。」彭執中云：「民勞甚矣，未能遽望其太平也，但庶幾小康耳。」萬時華云：「開口便唱此二語，已自淒絶。」惠，《説文》云：「仁也。」對四夷言爲中國，兼京師四國皆是。下文言「式遏寇虐」，正所以仁此中國也。綏，本車中靶之名，《爾雅》以爲安也。徐鍇云：「升車必執綏，所以安也。」四方對中國而言，乃四夷也。内地堅固，則四夷皆帖息而不敢動，是乃所以撫綏之也。《淮南子》云：「聖主在上，無隱人，無軼民，無勞役，無冤刑。四海之内，莫不仰上之德，象主之指，夷狄之國，重譯而至，非户辨而家説之也，推其誠心施之天下而已矣。《詩》曰：『惠此中國，以綏四方。』内順而外寧矣。」又《荀子》云：「朋黨比周之譽，君子不聽；殘賊加累之譖，君子不用；隱忌雍蔽之人，君子不近；貨財禽犢之請，君子不許。凡流言、流説、流事、流謀、流譽、流愬，不官而衡至者，君子慎之。如是，則姦言、姦説、姦事、姦謀、姦譽、姦愬，莫之試也；忠言、忠説、忠事、忠謀、忠譽、忠愬，莫不明通。刑政平而百姓歸之，禮義備而君子歸之。故禮及身而行脩，義及國而政明，天下願，令行禁止，王者之事畢矣。《詩》曰：『惠此中國，以綏四方。』此之謂也。」《左》僖二十八年：「君子謂晋文公其能刑矣。《詩》云：『惠此中國，以綏四方。』不失賞刑之謂也。」引《詩》之意，皆與下文「無縱詭隨」四語互相發。縱，《説文》云：「緩也。」視若不介意之謂。詭，詐。隨，從也。萬云：「通章『無縱詭隨』句最重，故章章有之。小人禍國，只是一味詭隨，大氐居高位者，多喜軟熟，惡剛方，小人欲進其身，亦必未命先唯，未令先諾，陽順其意，陰匿其奸。人主不察而信之，于是逞其無良之志，肆其惛怓之口，窮其罔極之惡，露其醜厲之狀，遂其繾綣之奸，寇虐播于下民，而王國因之以壞。故不徒曰隨而曰詭隨，隨者不詭，不過臧獲下賤奔走承奉之態。詭者不隨，雖敦、懿、操、莽亦無進身之路。合此二字，真可謂曲盡小人情態矣。」無縱者，明以辨之，斷以絶之，决不姑息也。謹，《説文》云：「慎也。」與「縱」字對看。無良，不善也。嚴粲云：「人見詭隨者無所傷拂，則目爲善良，不知其容悦取寵，皆爲自利之計，而非忠於所事，實非善良之士也。今戒用事者，無縱此詭隨，則可以謹防無良之人。」蘇轍云：「人未有無故而妄從人者，惟無良之人，將悦其君而竊其權則爲之，故無縱詭隨，則無良之人肅。無良之人肅，則寇虐無畏之人止。」又《後漢書》陳忠上疏云：「臣聞輕者重之端，小者大之源，故隄潰蟻孔，氣洩鍼芒。是以明者慎微，智者識幾。《書》曰：『小不可不殺。』《詩》云：『無縱詭隨，以謹無良。』蓋所以崇本絶末，鉤深之慮也。」按詩意謂詭隨之事，乃無良之人所爲，而忠則謂詭隨不禁，必至無良，亦隨意取義耳。式，發語聲。遏，《爾雅》云：「止也。」郭璞云：「今以逆相止爲遏。」又《説文》云：「微止也。」徐鍇云：「繳繞使止也。」寇，《説文》云：「暴也。」《尚書》注云：「群行攻刼曰寇。」虐，《説文》云：「殘也。」寇、虐二字串説，謂逞虐于民，荼毒如寇，《孟子》所謂「民賊」也。憯，《爾雅》訓曾，當依《説文》作朁，字从曰，發語聲也。「憯不畏明」者，言此作爲寇虐之人，肆然公行，無所忌憚，曾不畏人之共見之也。李氏云：「不於詭隨之時而禁止之，至於爲寇虐而欲遏止之，亦以晚矣。」嚴云：「遠，謂夷狄。邇，謂中國。治道畧外而詳内，夷狄則撫柔之而已，中國之治甚詳，故必能其事。」猶言克家也。「以定我王」者，如此而後天位可永固也。承上文言寇虐之人不遏，則中國之民必不得安，故又申之曰：「凡欲柔遠，必先能邇。」吾前所云「惠此中國，以綏四方」者，可不勤勤加之意，以爲定我王地乎？《書》言「柔遠能邇」，必難壬人。《詩》言「柔遠能邇」，在謹無良。其旨一矣。又《左》昭二十年，鄭子産有疾，謂子大叔曰：「我死，子必爲政。唯有德者能以寬服民，其次莫如猛。」仲尼曰：「善哉！政寬則民慢，慢則糾之以猛。猛則民殘，殘則施之以寬。寬以濟猛，猛以濟寬，政是以和。《詩》曰：『民亦勞止，汔可小康。惠此中國，以綏四方。』施之以寬也。『毋從詭隨，以謹無良。式遏寇虐，慘不畏明。』糾之以猛也。『柔遠能邇，以定我王。』平之以和也。」此非詩本旨，然聖賢借經明理，亦何所不可？

民亦勞止，汔可小休。尤韻。**惠此中國，以爲民逑。**尤韻。**無縱**豐本作「從」。下同。**詭隨，以謹惛**《説文》、豐本俱作「惽」。**怓。**叶尤韻，尼猶翻。**式遏寇虐，無俾民憂。**尤韻。**無棄爾勞，以爲王休。**見上。豐本作「庥」。○賦也。休，《説文》云：「止息也。」獨言惠中國者，上章據天下之大勢發論，此章則專主修内治而言。逑，《説文》云：「斂聚也。」民勞則散，故必思所以斂聚之。惛，本作惽。《説文》云：「不憭也。」怓，《説文》云：「亂也。」詭隨之人，心不明了，惟欲變亂成法，以逞其寇虐之謀，《書》所謂「辨言亂政，利口亂官」，即其人也。舊但作讙譁解，于義未盡。蓋「惛怓」二字，皆从心不從口也。俾，使也。憂，通作㥑。《説文》云：「愁也。」先王立法，所以造福民生，事事皆有深意存焉。今一旦取而紛更之，于彼之爲寇虐計得已，而民之愁苦，將何所紀極？故叮嚀醒之曰「無俾民憂」。棄，《説文》云：「捐也。」爾勞，亦主變法言。爾誤信惛怓者之言，日從事于更張，固自謂勞于爲國矣，豈知有害無利，徒自擲此勞耳。慎無虚用其勞于所不必用，但因其固然，行所無事，而使吾王亦得享安静之福可也。時必有變法之事，「王休」之「休」，與「小休」之「休」，其解正同。

民亦勞止，汔可小息。職韻。**惠此京師，以綏四國。**職韻。**無**《左傳》作「毋」。**縱詭隨，以謹罔極。**職韻。**式遏寇虐，無俾作慝。**職韻。**敬慎威儀，以近有德。**職韻。○賦也。息，毛傳云：「止也。」按息本喘息，人以一呼一吸爲一息，故息有止義。此章又於中國内，獨提京師而言。《公羊傳》云：「京，大也。師，衆也。天子之居，必以大衆言之。」京師者，天下根本之地，若京師先不安，亦何能綏及四方之國乎？然寇虐之施，自近及遠，故戒其謹罔極，此「罔極」與他處言「罔極」不同。罔，無也。極者，屋脊之棟，有高與中二義，惟京師足以當之，《商頌》所謂「商邑翼翼，四方之極」也。使詭隨之人，得肆其寇虐之害，則根本先摇，而亦無以爲四方之極矣。京師離心，則四國必皆解體，天子將安所託乎？胡安國云：「王者以天下爲家，則以京師爲室。京師者本也。周公作《立政》曰：『迪惟有夏，乃有室大競。』其作《鴟鴞》詩以遺成王，亦曰：『既取我子，無毁我室。』皆指京師言之也。以京師爲室，王畿爲堂，諸夏爲庭户，四夷爲藩籬，治外者先自内，治遠者先自近，本亂而末治者否矣。」慝，當通作匿，陰姦也。按《説文》無慝字，《漢書》月見東方謂之仄慝，一謂之側匿，故知慝、匿通用。「無俾作慝」者，無使其招來姦黨，暗相嘯聚也。「敬慎威儀」二句，教其但當親近君子，非謂小人盤結，必合衆君子與之争勝也。觀《板》之詩曰「小子蹻蹻」，與下章言「戎雖小子」，正是一人，則此人必平素侮慢自賢者，《孟子》所謂「訑訑之聲音顔色，距人于千里之外」。彼有德之人，安肯爲之用乎？故以敬慎威儀箴之。又《左》昭二年，叔弓聘于晋。晋侯使郊勞，辭。致館，又辭。叔向曰：「子叔子知禮哉？吾聞之曰：『忠信，禮之器也。卑讓，禮之宗也。』不忘國，忠信也。先國後己，卑讓也。《詩》曰：『敬慎威儀，以近有德。』夫子近德矣。」斷章取義，非詩正旨。

民亦勞止，汔可小愒。霽韻。**惠此中國，俾民憂泄。**霽韻。**無縱詭隨，以謹醜厲。**霽韻。亦叶泰韻，落蓋翻。**式遏寇虐，無俾正敗。**叶泰韻，烏外翻。**戎雖**豐本改此二字，作「無曰」。**小子，**

而式弘大。泰韻。○賦也。愒，《爾雅》、《説文》皆云：「息也。」徐鍇云：「猶憩也。」惠此中國，承上章惠京師、綏四國言，與首次二章語意有别。言果能惠内以及外，則惠庶幾遍此中國矣。泄，毛云：「去也。」孔穎達云：「泄者，閉物漏去之名，故以爲去。」愚按泄字从水，當如水流去之意。俾民憂泄，與次章「無俾民憂」相照。前此惑于惛怓之説，妄有變動，既不能使民無憂矣。及兹改圖，尚可使民憂寫泄而去也。醜，《説文》云：「可惡也。」劉熙云：「臭也，如物臭穢也。」厲，《説文》云：「旱石也。」愚按此厲字，即《孟子》「厲民」之厲。「以謹醜厲」者，言以慎防此臭穢可惡之人，與有德者相齟齬，如旱石之劘物也。正敗，朱子云：「正道敗壞也。」使有德者不見用，而惟詭隨之言是從，則悖正者勝，而守正者敗矣。戎，鄭云：「猶汝也。」孫毓云：「戎之爲汝，詩人通訓。」按其義未詳，當是古讀戎、汝同音，故字得通用耳。小子，少年也。《國語》稱厲王説榮夷公，其即此人乎？輔廣云：「以小子稱同列，必是長老者之辭。」式，亦語聲。弘，鄭云：「猶廣也。」按弘本弓聲，轉訓爲廣，于義無取，當通作弦，《説文》云：「屋響也。」屋廣則響，故以廣訓，言汝乃新進少年，而不意其曠度洪量，於人無所不容乃爾，蓋譏調其濫比匪人。舊説以爲規其責任之重，非也。

民亦勞止，汔可小安。寒韻。亦叶先韻，於虔翻。**惠此中國，國無有殘。**寒韻。亦叶先韻，財先翻。**無縱詭隨，以謹繾綣。**叶銑韻，讀如卷，古轉翻。陸本作「卷」。**式遏寇虐，無俾正反。**叶銑韻，甫彎翻。**王欲玉女，**音汝。**是用大諫。**叶銑韻，九件翻。魏《高堂隆傳》、豐本俱作「簡」。○賦也。安，《説文》云：「静也。」字从女在宀下。徐鍇云：「女子非有大故，不踰閾也。」愚按此亦止息之意。康、休、息、愒、安，義無淺深，趁韻成文耳。惠此中國，亦申上章之語。殘，《説文》云：「賊也。」劉熙云：「踐使殘壞也。」國無有殘，李氏云：「言國無殘敗之禍也。」五章「無縱詭隨」下，各深一步說，而各立一意。繾綣，蘇、朱皆云：「小人之固結其君者也。」輔云：「惟詭隨之人，方能委曲逢迎，以自固結于君也。」按「繾綣」二字，舊無明解，《説文》訓繾，則曰：「繾綣不相離也。」訓綣，則曰：「繾綣也。」《釋名》訓綣，亦但云：「藏物繾綣束縛之也。」毛傳訓繾綣，云：「反覆也。」孔氏訓繾綣，云：「牢固相着之意。」愚以字意求之，繾左施遣，遣之爲言縱也。綣左施卷，卷之爲言曲也。然則繾是縱絲繩令直，後乃從而屈曲纏束之，則謂之綣也。此章爲五章之終，故特言「以謹繾綣」，乃歸根挈要所在。必使君志清明，曉然知是之爲是，非之爲非，則自不爲詭隨所惑。倘無以破其奸，而俾其得以詭隨自結，則交將日益深而不可解矣。王安石云：「正敗者敗而已，未盡反而爲不正，若正反則無正也。」曹居貞云：「以是爲非，以惡爲善，一切相反則亡無日矣。」玉，朱子云：「寶愛之意。」女，指同列也。諫，《白虎通》云：「間也，更也。是非相間，革更其行也。」徐鍇云：「於文，言柬爲諫。柬者，分別善惡。」通詩反覆詳委，言之不已，故曰大諫。朱子云：「言王欲以女爲玉而寶愛之，故我用王之意，大諫正於女，蓋託爲王意以相戒也。」凌濛初云：「文似相戒，而忽着『王欲玉女』一句，便是刺王本旨。」愚按「玉」之一字，亦詩人嘲謔之辭。然古今以鼠朴爲璞者多矣，獨厲王哉？

《民勞》五章，章十句。《申培説》云：「厲王之時，公卿憂亂，同列相戒而作此詩。」按此詩雖戒同列，實刺同列，以此同列乃王所信任爲執政者。篇中所指詭隨寇虐之人，皆其黨也。申説於《詩》意大相刺謬。《子貢傳》闕文。

《板》，凡伯刺厲王也。出《序》。**切責僚友用事之人，而義歸于刺王。**出嚴氏《詩輯》引朱子之言。○按《左傳》云：「凡、蔣、邢、茅、胙、祭，周公之胤。」《春秋》隱七年，天王使凡伯來聘。然則凡伯乃周同姓，國于畿内，世在王朝。胡一桂云：「厲王無道，召穆、凡伯以親賢之故，宜極言而力救之，顧乃不直致其諫，而姑責同僚，以使之聞之者，豈非亦以監謗之故，不欲嬰其鋒以陷于罪，而甚吾君之惡也耶？」蔣悌生云：「詳味此詩，蓋朝廷始昏亂之時，其時文、武、周公之道，典章法度，粲然具在，非不存也。在朝之臣，老成才德，非不有也。但王心暴虐，棄舊章而不顧，踈斥老成而不用，而其所任以政者，乃少年不更事之人。是以民勞于下，而政亂于上。其時若召穆公、凡伯之徒，又皆世臣與國同休戚者，言不行，諫不聽，義又不可去，故其熱中之情，發而爲懇惻切直之詞。一語責之，旋以一語勸之，不厭繁複，惟欲其有所警悟，而改紀于其政。所謂亂世之音怨以怒，其政乖，此類是也。」

上帝板板，叶銑韻，俾緬翻。《爾雅》作「版」。**下民卒**《韓詩》作「瘁」。**癉。**叶銑韻，多卷翻。《禮記》、沈本俱作「癉」，陸德明本作「僤」。**出話不然，**先韻。**爲猶**豐氏本作「猷」。下同。**不遠。**叶先韻，於圓翻。**靡聖管管，不實於亶。**叶諫韻，直莧翻。按管、亶本俱旱韻，但下兩句遠、諫無叶。今以亶叶諫。**猶**《左傳》作「猷」。**之未遠，是用大諫。**韻。《左傳》、豐本俱作「簡」。○賦也。上帝，天也。程子云：「以主宰言，謂之帝。」板，本作版。《説文》云：「判也。」「上帝板板」者，言天心判離之甚，無眷顧之意也。毛傳訓板爲反，蓋取其偏傍。《韓詩外傳》引此，亦云：「勞心苦思，從欲極好，靡財傷情，毁名損壽。悲夫傷哉！窮君之反於是道，而愁百姓。」其解與毛傳同。《爾雅》訓板板爲僻，則但以文意取之，然皆非板字本訓也。癉，《説文》云：「勞病也。」「下民卒癉」者，鄭玄云：「天下之民盡病也。」又《禮記·緇衣》篇，子曰：「上人疑，則百姓惑。故君民者，章好以示民俗，慎惡以御民之淫，則民不惑矣。《詩》云：『上帝板板，下民卒癉。』」按此乃推探亂本之言，非本文正義。話，《爾雅》、《説文》皆云：「善言也。」孫炎云：「善人之言也。」然，通作嘫。《説文》云：「語聲也。」蓋相應許之意。猶，《爾雅》云：「謀也。」解見《采芑》篇。人有進善言于彼者，彼則不以爲然，而據彼之所爲謀者，又全無長遠之慮，即下三章所稱是也。靡、無通，音之轉也。管，樂器，以竹爲之，鄭玄謂「如篴而小，併兩而吹」者是也。實者，對虚之名。不實則虚矣。亶，《説文》云：「多穀也。」穀多則實，故借爲充實之意。此刺當時用事者，相習諂諛，謂從古安有聖人？惟吾王聖耳。一唱衆和，如管與管之相應，猶《正月》之詩所云「具曰予聖」者。第五章夸毗，正指此。然聽其言，則洋洋盈耳，而其實何嘗有此事？徒夸張贊誦以取悦而已。時厲王好利，其倉廩之所藏者必多，故歎之曰：「若輩言不根心，以無爲有，不能如穀藏之充實也。」亦嘲謔之辭。猶之未遠，與爲猶不遠，語意有别。彼不遠，乃實指之辭。此未遠，則根發端二句説，言天心已離，民病已極，此何等時也，宜可以改弦易轍矣，而尚狃于細娱，忘其大患，謀猷仍然未遠乎。是用大諫，雖曰諫同列，正所以諫王也。自次章以下至末，反覆詳委，言之不已，所謂大諫者也。《左》成八年，晉侯使韓穿來言汶陽之田，歸之于齊。季文子餞之，私焉曰：「士之二三，猶喪妃耦，而況霸主？霸主將德是以，而二三之，其何以長有諸侯乎？《詩》曰：『猶之未遠，是用大簡。』行父懼晉之不遠猶而失諸侯也，是以敢私言之。」按傳言不遠猶，但取無遠慮之意。

天之方難，叶先韻，那沿翻。**無然憲憲**。叶先韻，乎焉翻。**天之方蹶**，叶霽韻，姑衛翻。亦叶屑韻，紀劣翻。**無然泄泄**。霽韻。亦叶屑韻，私列翻。《説文》引此作「呭呭」，又作「詍詍」。《爾雅》、今《石經》俱作「洩洩」。**辭之輯**韻。亦叶合韻，祖合翻。《説文》作「咠」，《新序》作「集」。**矣，民之洽**叶輯韻，胡急翻。亦叶合韻，葛合翻。《左傳》作「協」。**矣**。**辭之懌**陌韻。亦叶藥韻，弋灼翻。《説苑》、陸本俱作「繹」。**矣，民之莫**藥韻。亦叶陌韻，莫白翻。**矣**。賦也。難本鳥名，後借與易對言者，以偏傍與艱同，因從艱義。艱，《説文》訓爲土之難治者，以其用工不易，故爲反易之稱。憲，《説文》云：「敏也。」字下从心从目。徐鍇云：「目與心應爲敏。」上从宀从丰。宀，讀若綿，深屋也。丰，讀若介，艸生散亂也。許氏曰：「于宀暗丰亂之中，以心目治之，四體會意。」蹶，《説文》云：「僵也。」即顛蹶也。泄，當依《説文》通作呭，云：「多言也。」按《孟子》引此詩而解之曰：「泄泄，猶沓沓也。事君無義，進退無禮，言則非先王之道者，猶沓沓也。」夫《孟子》以言則非先王之道解泄泄，而《説文》亦以沓爲語多如水之流，故其字从水从曰，則與訓呭爲多言之義合矣。宜從之。《荀子》注引此詩作「詍詍」，亦云：「辨説利口，而飾非以言亂，是則謂之詍也。」言天方以否塞之運難我，爾無逞爾之敏捷，一往而不顧也。天方以顛蹶之運蹶我，爾無騁爾之利口，以非而亂是也。又《樂記》「武坐致右憲」，鄭氏謂憲讀如軒，聲之誤也。則此憲憲，通作軒軒，亦可。《世説》謂「軒軒若朝霞舉」是也。車前爲軒，蓋狀其足高氣揚之象耳。《民勞》之詩云「俾民憂泄」，取水流去之義。則此泄泄，如字解亦可。言其神情涣散，不與國事相關，亦如水之流去也。「辭之輯矣」四句，引起下章之語。辭非號令之謂，乃在朝諸臣各出所見，而有裨益于廟謨者。輯，《説文》云：「車和輯也。」故取以爲和集之義，言欲其集衆思也。洽，當依《左傳》通作協。《説文》云：「衆之同和也。」懌，當從《説苑》及陸德明本通作「繹」，於義爲長。繹者，抽絲也。《書》曰：「庶言同則繹。」《論語》曰：「巽與之言，能無悦乎？繹之爲貴。」蓋欲其集合衆論，抽繹于心，而思其至當之理也。今但依本字解，則《爾雅》訓樂，《説文》訓悦，乃是平心易氣，不相扞格之意。莫，通作嗼。《説文》云：「⿰口叔嗼也。」按嚴忌《哀時命》篇云：「嗼⿰口叔默而無聲。」正此字義。《爾雅》訓定，而毛傳解此莫字亦以爲定，則知莫、嗼通用，取静定之意。夫既和同，又静定，則亂何自生？徐光啓云：「《書》云：『同寅協恭，和衷哉。』國家之患，莫大乎人私其見，而不相能也。厲王之時，上監謗以防民，下好利而不備難，此是彼非，盈庭莫執，壎篪之誼泯矣。所謂輯懌，只是平心易氣，獻可替否，順理調劑，至爾我同心，以釐庶政，便能爲民造福，而洽莫之效臻，難蹶之天定也。」嚴粲云：「此詩首章責同僚出話不然，爲猶不遠，故二章因戒之以言論之間，宜相和協。謂徒執一己之見者，未必有深長之慮，惟寮友和同商議，庶幾合謀并智，可以措民于安耳。然愚而自用者，終不能舍己而從人，故三章言『我即爾謀，聽我囂囂』，四章言『匪我言耄，爾用憂謔』，謂己以善言告之，而不見聽也。善言既不見聽，乃大言虚誕，諛言阿附，善人見其如此，不肯復言矣。故五章言『無爲夸毗，善人載尸』也。前五章皆説寮友議論不相協，猶《小旻》詩六章，其前五章皆説謀猶之不臧也。達觀上下章旨，知辭之輯懌，非謂王者出令矣。」又《左》襄三十一年，叔向曰：「辭之不可以已也如是夫！子産有辭，諸侯賴之，若之何其釋辭也。《詩》曰：『辭之輯矣，民之協矣。辭之懌矣，民之莫矣。』其知之矣。」《説苑》云：「子貢曰：『出言陳辭，身之得失，國之安危也。《詩》云：「辭之懌矣，民之莫矣。」夫辭者，人之所以通也。』主父偃曰：『人而無辭，安所用之。昔子産修其辭，而趙武致其敬；王孫滿明其言，而楚莊以慙；蘇秦行其説，而六國以安；蒯通陳其説，而身得以全。夫辭者乃所以尊君、重身、安國、全性者也。故辭不可不修，而説不可不善。』」此皆因《詩》中有「辭」字，遂借以明辭令之重，非詩本意也。

我雖異事，及爾同寮。蕭韻。陸本、《大全》、朱傳俱作「僚」。**我即爾謀，聽我囂囂。**蕭韻。《爾雅》作「敖敖」。**我言維服，勿以**《荀子》作「用」。**爲笑。**叶蕭韻，思邀翻。**先民有言，詢于芻**《説苑》作「蒭」。**蕘。**蕭韻。○賦也。此章主出話不然而言異事。朱子云：「不同職也。」寮，同官也。按《左傳》，荀林父謂先蔑曰：「同官爲寮。吾嘗同寮，敢不盡心乎？」爲賦《板》之三章。是寮爲同官也。但《説文》有僚字，無寮字，而《蒼頡篇》訓寮云：「小窓也，其字从宀。」則於同官之義無預。惟僚字从人，《説文》訓爲好貌，蓋服官之人，其威儀美好可知，故古以官爲僚，《虞書》「百僚師師」是也。然則此寮字，正當通作僚。陳櫟云：「觀此言，則其爲同列相戒甚明。」即，就也。囂，《説文》云：「聲也，氣出頭上。」解見《車攻》篇，蓋相詬誶之意。鄭云：「我雖與爾職事異者，乃與爾同官，俱爲卿士，我就爾而謀，忠告以善道，爾反聽我言，謷謷不肯受也。」我言維服，與《商書》説「乃言維服」語正相類。服，即佩服之服。凡我所言者，爾當時常記存之於心，亦如衣服之附麗于身，《康誥》篇所謂「衣德言」是也。笑，解顔啓齒也。輕侮其言，故用以資笑柄也。先民，孔穎達云：「先世上古之民賢者。」有言，所謂成語也。詢，《説文》云：「謀也。」芻，《説文》云：「刈艸也。」蕘，《説文》云：「薪也。」芻蕘，毛云：「薪采者。」孔云：「芻者，飼馬牛之草。蕘者，供燃火之草。」言古之賢人，有語傳于後世，謂凡謀國者，必須謀及下賤者，始有以得民之情。今我所與爾謀者，皆詢于下賤之所得，其言民情最真，而女顧以爲笑而不聽乎？《禮·坊記》篇，子云：「上酌民言，則下天上施。上不酌民言，則犯也。下不天上施，則亂也。故君子信讓以蒞百姓，則民之報禮重。《詩》云：『先民有言，詢于芻蕘。』」舊説皆謂芻蕘尚可詢，況于僚友。其義亦通，但不如《坊記》孔子之説，於味爲長。若諸書引此，皆同後説。《荀子》云：「天下國有俊士，世有賢人，迷者不問路，溺者不問遂，亡人好獨。《詩》曰：『我言維服，勿用爲笑。先民有言，詢于芻蕘。』言博問也。」《韓詩外傳》云：「天子居廣厦之下，帷帳之内，旃茵之上，被躧舄，視不出閫，莽然而知天下者，以其賢左右也。故獨視，不若與衆視之明也；獨聽，不若與衆聽之聰也；獨慮，不若與衆慮之切也。故明王使賢臣輻輳竝進，所以通中正，而致隱居之士。《詩》曰：『先民有言，詢于芻蕘。』此之謂也。」《説苑》云：「齊桓公設庭燎，爲士之欲造見者，朞年而士不至。於是東野鄙人有以九九之術見者。桓公曰：『九九何足以見乎？』鄙人對曰：『臣非以九九爲足以見也。臣聞主君設庭燎以待士，朞年而士不至。夫士之所以不至者，君，天下賢君也，四方之士，皆自以論而不及君，故不至也。夫九九薄能耳，而君猶禮之，況賢於九九乎？夫太山不辭壤石，江海不逆小流，所以成大也。《詩》云：先民有言，詢于芻蕘。言博謀也。』桓公曰：『善。』乃因禮之。朞月，四方之士相携而並至。」

天之方虐，藥韻。**無然謔謔**。藥韻。**老夫灌灌**，《爾雅》作「讙讙」。**小子蹻蹻**。藥韻。《列女傳》作「矯矯」。**匪我言耄**，號韻。亦叶藥韻，慕各翻。**爾用憂謔**。見上。**多將熇熇**，叶號韻，苦到翻。亦叶藥韻，黑合翻。《爾雅》作「謞謞」。**不可救藥**。韻。○賦也。此章主「爲猶不遠」而言。虐，殘。謔，戲也。俱見《説文》。天方降殘虐，將有覆亡之禍，不止於方難、方蹶而已，女無以國事爲戲謔，恬然不知斂戢也。觀下文「爾用憂謔」，則知此謔謔，是言其視國事不介意，非謂其聽己言而笑，狀類戲謔也。老夫，孔云：「凡伯自謂也。」灌，溉也。言之不已，欲其沁入于心，與《書》言「啓乃心，沃朕心」沃字義同。小子，指執政者，即《民勞》篇所稱「戎雖小子」也。❶蹻，《説文》云：「舉足行高也。」劉向云：「《詩》曰：『老夫灌灌，小子蹻蹻。』言老夫欲盡其謀，而少者驕而不戎也，❷秦穆公所以敗其師，殷紂所以亡天下也。故《書》曰：『黄髮之言，則無所愆。』《詩》曰：『壽胥與試。』美用老人之言以安國也。」耄，朱子云：「老而昏也。」《左傳》所謂「老將智而耄及之」是也。憂謔，當可憂之時，而反以之爲謔，《孟子》所謂「安其危而利其菑」是也。多，猶久也。將者，且然之辭。熇，《説文》云：「火埶也。」藥，所以治病。《周禮·疾醫》職云：「以五藥養其病。」注謂草木蟲石穀也。《瘍醫》職云：「凡藥，以酸養骨，以辛養筋，以鹹養脉，以苦養氣，以甘養肉，以滑養竅。」王安石云：「《列子》曰：『曾不發藥乎？』《左氏》曰：『不如聞而藥之也。』與此救藥同意。」蘇轍云：「老者知其不可，而盡其款誠以告之，少者不信而驕之。故曰非我老耄而妄言，乃女以憂爲戲耳。夫憂未至而救之，猶可爲也。苟俟其益多，則如火之盛，不可復救矣。」朱善云：「夫憂不可戲也，苟以憂爲謔，則積之之多，將如火之燎于原，不可得而撲滅矣。」劉向云：「夫死者猶不可藥而生也。悲夫！亂君之治，不可藥而息也。《詩》曰：『多將熇熇，不可救藥。』甚之之辭也。」《韓詩外傳》云：「人主之疾，十有二發，非有賢醫，莫能治也。何謂十二發？痿、蹶、逆、脹、滿、支、膈、盲、煩、喘、痺、風，此之曰十二發。賢醫治之何？曰省事輕刑，則痿

❶「戎」，原作「受」，據《四庫全書》本改。

❷「戎」，《四庫全書》本作「受」。

不作；無使小民饑寒，則蹶不作；無令財貨上流，則逆不作；無令倉廩積腐，則脹不作；無使府庫充實，則滿不作；無使群臣縱恣，則支不作；無使下情不上通，則膈不作；上材恤下，則盲不作；法令奉行，則煩不作；無使下怨，則喘不作；無使賢伏匿，則痺不作；無使百姓歌吟誹謗，則風不作。夫重臣群下者，人主之心腹支體也，心腹支體無疾，則人主無疾矣。故非有賢醫，莫能治也。人皆有此十二疾，而不用賢醫，則國非其國。《詩》曰：『多將熇熇，不可救藥。』終亦必亡而已矣。故賢醫用，則衆庶無疾，況人主乎？」

天之方懠，叶支韻，疾之翻。亦叶齊韻，征奚翻。**無爲夸毗**。支韻。亦叶齊韻，部迷翻。**威儀卒迷**，齊韻。亦叶支韻，武移翻。**善人載尸**。支韻。**民之方殿**《說文》作「唸」，豐本作「墊」。**屎**，支韻。《說文》作「吚」，豐本作「咿」。**則莫我敢葵**？支韻。豐本作「揆」。**喪**去聲。《說苑》作「相」。**亂蔑資**，支韻。**曾**《家語》無此字。**莫惠我師**？支韻。○賦也。懠，《爾雅》云：「怒也。」按《說文》無懠字，疑當通作擠，排也。天之方懠，就執政身上說，與前章方難、方蹶、方虐就國運說者不同。夸，通作誇。《說文》云：「譀也。」譀者，誕也，即朱子所謂大言也。毗，通作比。《說文》云：「相與周密也。」言天怒汝之甚，方擠排汝，不使汝當國，汝無徒恣爲夸大之言，稱聖頌神，諂媚人主，以自固結。首章「靡聖管管」，正指夸而言。若《爾雅》釋夸毗爲體柔，其實只解「毗」之一字耳。卒，鄭云：「盡也。」迷，《說文》云：「惑也。」屈己卑身，求得于人，籧篨戚施，亦孔之醜，其終日所行之威儀，盡錯亂回惑也。善人，憂國之人。載之言則也。尸，孔云：「謂祭時之尸，以爲神象，故終祭而不言。賢人君子則如尸，不復言語，畏政故也。」鄭云：「時厲王虐而弭謗。」錢天錫云：「小人之焰張，善人之氣結，畏而不敢言，憤而不肯言，知其無益而不遽言，即欲不載尸得乎？」萬時華云：「或束手旁觀，或屏跡閑處，皆載尸也。」徐幹云：「君子者，行不媮合，立不易方，不以天下枉道，不以樂生害仁，安可以祿誘哉？雖强搏執之，而不獲已，亦杜口佯愚，苟免不暇，國之安危，將何賴焉？故《詩》曰：『威儀卒迷，善人載尸。』此之謂也。」王應麟云：「善人載尸，裴度之晚節也。」殿，《說文》云：「擊聲也。」《說文》作唸，云：「吚也。」屎，當從《說文》作吚，云：「呻也。」孫炎云：「人愁苦呻吟之聲也。」本無屎字，又俗以糞爲屎，《莊子》謂「道在屎溺」是也。然古文屎本作菌，一字兩譌，可見其謬。民之方殿屎，以刑法之峻言。無、莫通，音之轉也。葵，菜也，其性常傾葉向日，解見《采菽》篇。言民方遭搏擊之威，愁苦呻吟，無敢依歸于我，如葵之向日也。喪，猶失也。蔑，王弼云：「猶削也。」孔云：「謂微蔑，物之見削，則微蔑也。」陸元朗云：「楚俗有削蔑之言。」資，《說文》云：「貨也，人所齎持也。」曾，《說文》云：「詞之舒也。」惠，即「行慶施惠」之惠，謂恤其不足也。師，衆也。民失其業，又遭四方多故，其所齎持者既削小矣，而曾無有憐恤我衆之意，嘆其誅求之無已也。此以賦斂之重言。時榮夷公好利，而厲王悦之，故重斂不已，民不能供其求，則必至于重法。民之殿屎，蓋繇于此。《家語》、《説苑》俱載孔子曰：「《詩》不云乎『喪亂蔑資，曾莫惠我師』。此傷奢侈不節以爲亂者也。」又鄧元錫云：「此章儆求人也。喪亂而善人尸居，將蔑所與資，孰爲代天惠民乎？」亦通。

天之牖《風俗通》作「誘」。**民，如壎**《風俗通》作「塤」。**如篪**，叶齊韻，讀如齊，前西翻。**如璋如圭**，齊韻。**如取如攜**。齊韻。**攜無曰益**，陌韻。**牖**《禮記》、《外傳》俱作「誘」。**民孔易**。陌韻。**民之多辟**，陌韻。**無自立辟**。見上。○賦也。此章承上章「喪亂蔑資」二句，而深著其禍。《大學》曰：「貨悖而入者，亦悖而出。」《孟子》曰：「上下交征利而國危矣。」即其意也。「天之牖民」三句，推原民性本善，皆本于天之所命，《湯誥》所謂「維皇上帝，降衷于下民，若有恒性」者，凡仁不遺親，義不後君，皆民之所能爲也。特視上人所以開導之者何如耳。牖，《説文》云：「穿壁以木爲交窻也，所以見日。」徐鍇云：「古者一室一户一牖。」程子云：「牖者，開通之義。」愚按《左傳》言「天牖其衷」，用字同此。但彼只就一時言，此則本其受于有生之初者言之，謂開民良知，而民無不知，開民良能，而民無不能也。壎篪，解見《何人斯》篇。璋圭，解見《卷阿》篇。毛云：「如壎如篪，言相和也。如璋如圭，言相合也。」孔云：「壎篪俱是樂器，其聲相和，故云相和。半圭爲璋，合二璋則成圭，故云相合。」愚按「如壎如篪」，指衆民言。《孟子》謂「故凡同類者，舉相似也」。同肖形而爲人，則同有此性，故彼如壎，此如篪也。如璋如圭，指天人相合言。子思言天命之謂性，散之，則爲人人之性；合之，則共一維天之命。故民如璋，天如圭也。然則王如能以德道民，即無不能秉德，以尊君親上者矣，而其如在位之臣，以言利導王，棄德不務何哉？如取如攜，言取民也。取，孔云：「謂物在他處，行往取之。」攜，《説文》云：「提也。」謂以手舉之。取攜只是一意，言如取物于他處，而以手舉之也。故下文但承「攜」字言。無，通作毋，戒辭也。無曰者，言慎毋出之于口也。攜而至于增益，征斂無度，非維正之供也，此即上章所謂「喪亂蔑資，曾莫惠我師」者，民何以堪？牖民，指君言。孔，甚也。易，變易也。按《説文》，易本蟲名，乃蜥易也。陸佃謂蜥易一日十二時變色，故有變易之義。夫上之所爲，下之歸也。君好利，民誰不好利，君所以啓迪其民者如此，民亦將疾趨改易，而向所得于天牖之本體，總澌滅而不復自存矣。勢必至于君能取，民亦能奪。下文言「民之多辟」，所自來也。《樂記》子夏云：「爲人君者，謹其所好惡而已矣。君好之，則臣爲之；上行之，則民從之。《詩》云：『誘民孔易。』此之謂也。」又《韓詩外傳》云：「人有六情，目欲視好色，耳欲聽宫商，鼻欲嗅芬香，口欲嗜甘旨，其身體四肢，欲安而不作，衣欲被文繡而輕煖。此六者，民之六情也。失之則亂，從之則穆。故聖王之教其民矣，必因其情而節之以禮，必從其欲而制之以義。義簡而備，禮易而法，去情不遠，故民之從命也速。孔子知道之易行，曰：《詩》云：『誘民孔易。』非虚辭也。」按此則以易爲難易之易，舊説亦皆如此讀，然於韻不合，其失明矣。若《樂記》所引孔易，仍是變易之義，定當以前説爲正。民之多辟，鄭云：「民之行多爲邪辟者。」按此，則辟當通作僻，《説文》云：「從旁牽也。」從旁牽之，其非出于正道可知。自立，猶言置身也。辟，即上文之辟。「毋自立辟」者，憂其不免也。言民今既多邪僻，而有亂心矣。汝毋晏然置身于群邪之中，而不思所以挽回之策，竊憂禍之及女也，能無懼乎？《左》宣九年，陳靈公與孔寧、儀行父通于夏姬，皆衷其衵服，以戲于朝。洩冶諫曰：「公卿宣淫，民無效焉，且聞不令，君其納之！」公曰：「吾能改矣。」公告二子。二子請殺之，公弗禁，遂殺洩冶。孔子曰：「《詩》云：『民之多辟，無自立辟。』其洩冶之謂乎！」昭二十八年，晋祁勝與鄔臧通室。祁盈將執之，訪於司馬叔游。叔游曰：「鄭書有之：『惡直醜正，實蕃有徒。』無道立矣，子懼不免。《詩》曰：『民之多辟，無自立辟。』姑已若何？」按二《傳》引詩，語意正同。

价《荀子》、《漢書》俱作「介」。**人維**《漢書》作「惟」，下同。**藩，大**《荀子》作「太」。**師維垣，**叶寒韻，胡官翻。按藩、垣俱元韻，但翰無元叶，故俱用寒韻。**大邦維屏，大宗維翰。**叶寒韻，河干翻。**懷德維**《左傳》作「惟」。下同。**寧，**叶陽韻，尼良翻。豐本作「寍」。**宗子維城。**叶陽韻，辰羊翻。**無**《左傳》、《漢書》俱作「毋」。**俾城壞**，叶賄韻，胡罪翻。**無**《左傳》、《漢書》俱作「毋」。**獨斯畏**。叶賄韻，烏賄翻。○賦也。此章承上章「民之多辟」二句而教之以弭亂之道。价，《爾雅》、《説文》皆以爲善也。价人，即第五章所云善人也。藩，孔云：「園圃之籬也。」善人在位，足以建威銷萌，天下望其氣勢，自然有所畏憚而不敢發，故曰維藩，如此而可令其載尸乎？大師，王安石云：「大衆也。」垣，孔云：「小墻之名。」國之有封疆，❶猶家之有垣墻，后非衆罔與守邦，故曰維垣，如此而可令其莫敢葵乎？《荀子》云：「君人者愛民而安，好士而榮，兩者無一焉而亡。《詩》曰：『价人維藩，大師維垣。』此之謂也。」「大邦」二句，又進而推言之。大邦，鄭云：「成國諸侯也。」孔云：「以言大邦，則不兼小國，故知爲成國諸侯，七命賜國，伯以上爲成國也。」《爾雅》云：「屏爲之樹。」謂小墻當門中者。王者以天下爲家，侯甸男采衛諸侯，在門庭之內、堂奥之外，有屏之象焉。宜有以綰結之，不可使之離心也。大宗即《梓材》所謂大家，《孟子》所謂巨室，如尹吉之類。翰，鳥羽也。大宗，勳閥之舊，枝葉之蕃，足以聯合衆心，羽翼王室，有翰之象焉。宜有以聯屬之，不可使其解體也。時厲王用榮公爲卿士，諸侯不享，而衛巫監謗之後，國人莫敢出言，道路以目，則外而大邦，内而大宗，其爲携二者多矣，故是詩云然。懷德，欲其懷愛民之德，不言利也。懷，如懷抱之懷，與《論語》、《孟子》「懷德」同例。下章言無在而不敬天，正所謂懷也。寧，通作寍。《説文》云：「安也。」天下康寧，無多辟之患也。宗子，鄭云：「謂王之適子。」愚按此蓋不忍斥言王故，但目宗子耳，即所以目王也。孔云：「城可以禦寇難，故以城喻。」

❶「疆」，原作「彊」，據《四庫全書》本改。

言爾信能懷德以事君，使四方無虞，則庶乎王之太子，亦有所恃以爲安矣。《左》僖五年，晉侯使士蔿爲二公子築蒲與屈，不慎，置薪焉。夷吾訴之，公使讓之。士蔿稽首而對曰：「《詩》云：『懷德維寧，宗子維城。』君其修德而固宗子，何城如之？」無，通作毋，戒辭也。下同。俾，使也。城，指宗子也。壞，《説文》云：「敗也。」獨，鄭云：「獨居也。」斯，《説文》云：「析也。」鄭云：「離也。」斧以斯之之斯。畏，懼也。言汝苟不能懷德，而仍惟賄是求，則民不堪命，必禍及宗子，是謂城壞。城既壞矣，汝將焉往？雖存汝之一身，而家與之爲怨，人與之爲讐，終必不免，可懼也哉！爾其長慮早圖，毋使至此，非獨爲宗子，亦所以自爲也。抑是言也，豈獨戒同列哉？古人有言曰：「撫我則后，虐我則讐。」《孟子》曰：「寡助之至，親戚叛之。」使厲王而聞及此，能無矍然懼乎？孔云：「《周語》曰：『彘之亂，宣王在召公之宮，國人圍之，召公以其子代宣王。』是禍及宗子也。《左傳》曰：『至于厲王，王心戾虐，萬民弗忍，居王于彘。』是獨居而畏也。賢人之言，皆有徵矣。」又《左》昭六年，宋寺人柳逐華合比，於是華亥欲代右師，乃與寺人柳比，公使代之，見于左師。左師曰：「女夫也必亡。女喪而宗室，於人何有？人亦於汝何有？《詩》曰：『宗子維城，毋俾城壞，毋獨斯畏。』女其畏哉！」此引詩意又稍異。

敬《後漢書》作「畏」。**天之怒**，遇韻。**無**《左傳》、《後漢書》俱作「不」。**敢戲豫**。叶遇韻，愈戍翻。**敬天之渝**，虞韻。《後漢書》作「威」。**無**《左傳》、《後漢書》俱作「不」。**敢馳驅**。虞韻。《後漢書》作「驅馳」。**昊天曰明**，叶陽韻，謨郎翻。**及爾出王**。陽韻。豐本作「往」。**昊天曰旦**，叶霰韻，都眷翻。**及爾游衍**。叶霰韻，延面翻。陸本作「羡」。○賦也。敬天四句，言懷德也。敬，非空空畏懼而已，必思所以安民而回天者，其所懷抱當在德矣。夫方難不已，至于方蹶，方蹶不已，至于方虐。此天怒之甚也，尚敢以戲豫處之耶？爾用憂謔，所謂戲豫也。戲，舊解皆訓爲謔弄之意，未詳其義所出。考《説文》，解戲爲三軍之偏，而徐鍇則云：「所謂戲下者也。」戲下，即麾下。然則戲、麾通用，直是狀其信手指麾，謂之謔弄耳。豫，乃象之大者。舊訓爲怠緩，又訓爲逸樂，皆所未喻。當是通作舒，舒者伸也。伸展自如，則怠緩逸樂二義俱有矣。故《晋書·地理志》解豫州名義云：「豫者，舒也。」言性理安舒也。舒亦有豫音，又偏傍相同，故得通用也。渝，《説文》訓爲變汙，故有變之義。《易》言「官有渝」，《春秋》言「渝盟」是也。篇首言「上帝板板」，則已將改易天命屬之他人矣，天心之變如此，尚敢以馳驅承之耶？走馬謂之馳，策馬謂之驅，然此不必指盤遊言。如「小子蹻蹻」，即所謂馳驅也。兩「無」皆戒辭。昊天曰明，又覆説所以當無敢之意。昊，《爾雅》注云：「氣皓旰也。」天明、天旦，對天怒、天渝言。出王、游衍，對戲豫、馳驅言。世亂者，天晦之象；世治者，天明之象。自治而趨亂，爲明入于地之象；自亂而轉治，乃夜復爲旦之象。兩「及爾」與「及爾同僚」，語氣相類。王，毛云：「往也。」按往有王音，故以音同通用。左貴嬪《德柔頌》云：「邈邈德柔，越天之剛。神以知來，智以藏往。」是也。出王者，朱子云：「言出而有所往也。」游，《説文》云：「旌旗之流也。」亦借爲浮水之義。衍，水溢也。言游又言衍，總象其飄飖縱裕之意。言我所以戒爾毋敢戲豫馳驅者，亦謂此時天方怒方渝故耳。假使天步際其清明，則我固將偕汝以出往，而觀化自娱，抑使否運倏而獲轉，則我亦且偕汝以游衍，而及時爲樂矣，而豈故爲是苦言以規汝乎？舊説謂天之監人，無往不在，其理自精。然於此詩立言之意，反覺寬緩未切。讀者詳之。

《板》八章，章八句。《申培説》云：「厲王用事之臣多懷不忠，以致禍敗，故公卿賦此以責之。」按「不忠」二字既屬寬泛，而《序》言此詩凡伯所作，則已明著其人，乃泛云公卿賦此，何也？僞書鄙淺，固無足怪。《子貢傳》闕文。

《蕩》，厲王無道，召穆公賦此詩以諫之。出《申培説》。○《序》、傳皆以此詩爲召穆公作。萬時華云：「反覆説紂，賈山之借秦爲喻也。反覆説天，霍光之所謂王行自絶于天也。」鄒德胤云：「通篇託之文王嘆商，危言不諱，而卒不能啓王之聰。故異時彘之亂，國人圍王宫，召公曰：『昔吾驟諫王，王不從，以及此難。』夫驟諫者，非獨《春秋外傳》所載諫監謗數語，蓋《蕩》之詩尤最危焉。而厲王不以爲罪，其猶有容言之度乎？」愚按《民勞》、《蕩》二詩，皆穆公所作，初猶託諷于同列，其後王惡愈深，故遂直諫王耳。季本云：「此詩若非面陳，則當爲小雅。」

蕩蕩《爾雅》作「盪盪」。**上帝，下民之辟。疾威上帝，其命多辟。**陸德明本作「僻」。兩「帝」、兩「辟」，不別用韻，亦一變體。**天生烝民，其命匪諶。**叶東韻，市隆翻。《説文》作「忱」，《韓詩》作「訦」。**靡不有初，鮮克有終。**東韻。○賦也。孔穎達云：「此下諸章皆言文王曰咨，此獨不然者，見實非殷商之事，故於章首不言文王，以起發其意也。」蕩字从水，非从艸，故爲水流廣遠之貌，《書》「蕩蕩懷山襄陵」是也。蕩蕩上帝，呼上帝而告之也。云蕩蕩者，象其廣遠而言。不敢斥君，故借言下民，與《書·高宗肜日》篇言「惟天降下民」意同。辟，通作僻，邪僻也。解見《板》篇。疾，《説文》訓病，亦訓急。徐鍇云：「病來急，故从矢。」矢，急疾也。威，《説文》以爲姑之稱，故其字从女，而又从戌者，徐鍇謂土盛于戌，土者陰之主，亦猶姑爲婦之主，故从戌也。《漢律》有「婦告威姑」之文，然則姑之稱威，其來古矣，後人因此遂借爲氣勢可畏之義，以其統内事而爲婦所嚴憚故也。命，自天之付畀于人者而言。言此下民之相習于邪僻也，豈上帝欲疾速降之威虐，❶故其所以命之者，無非戾氣所鍾，而使之多邪僻如是乎？蓋無所歸咎，而姑爲憾天之辭也。烝，衆也。「其命」二字畧斷。匪，非通。諶，《説文》云：「誠諦也。」匪諶，主民言。靡之言無也。鮮，通作尟，少也。有初、鮮終，以閲歷之變態言。詩人既先致憾于天矣，因又爲之解曰，天生衆民，其付畀之理本一而無二，惟人不能使此理之在己者諶信不移，故使天之命亦若有不可信者耳。是使其命匪諶者，皆人之爲也。試觀天下人，當其始時，去性尚近，多有可觀。迨夫末路，染習日深，少不變節，此豈可歸咎于天哉？以《詩》意觀之，厲王初年，似未甚有失德，如第三章言「而秉義類」，是猶知任賢人也。迨其後小人進用，遂至多行不義，斂怨于民，皆小人教之耳。民亦知其播虐有自，所以小人既殛，而王流于彘之後，猶尚得以壽終。此詩言「靡不有初」，以致其歎惜，復言「鮮克有終」，以動其挽回。王若聽此而覺悟焉，且將不失爲賢王，何至有流彘之事乎？朱善云：「人性皆善。厲王之性亦文、武、成、康之性也，而何不善之有？要其終而觀之，則文、武、成、康若彼其仁厚，而厲王若彼其暴虐，何也？蓋文王，性之者也；武王，身之者也；成康，困知勉行者也；厲王，自暴自棄者也。惟其自暴自棄也，故與之言仁義之言，則拒之而不信；與之行仁義之

---

❶「虐」，原作「雪」，據《四庫全書》本改。

行，則絶之而不爲。然則非天命之多辟也，乃王之逆天命，而自底于多辟也；非天命之匪諶也，乃王之逆天命，而自爲是匪諶也。非天命之多辟，非天命之匪諶，則其蕩蕩者固自若也，而豈可以疾威言之哉？因知其爲怨天之辭，而非天之實有是也。」朱子云：「劉康公曰：『民受天地之中以生，所謂命也。能者養之以福，不能者敗以取禍。』此之謂也。」《左》宣二年，晋靈公不君，士季將諫。三進，及溜，而後公視之，曰：「吾知所過矣，將改之。」士季稽首而對曰：「人誰無過？過而能改，善莫大焉！《詩》曰：『靡不有初，鮮克有終。』夫如是，則能補過者鮮矣。君能有終，則社稷之固也，豈惟群臣賴之？」《晏子春秋》云：「景公將觀于淄上，與晏子閒立，公喟然歎曰：『嗚呼！使國可長保，而傳于子孫，豈不樂哉？』晏子對曰：『嬰聞之：能長保國者，能終善者也。諸侯並立，能終善者爲長。列士並學，能終善者爲師。昔先君桓公，其方任賢而贊德之時，亡國恃以存，危國仰以安，是以民樂其政，而世高其德，行遠征暴，勞者不疾，驅海内使朝天子，而諸侯不怨。當是時，盛君之行不能進焉。及其卒而衰，怠于德而并于樂，身溺于婦寺，而謀因豎刁，是以民苦其政，而世非其行。故身死乎胡宫而不舉，蟲出而不收。當是時也，桀、紂之卒不能惡焉。《詩》曰：靡不有初，鮮克有終。不能終善者，不遂其君。』」《韓詩外傳》云：「官怠于有成，病加于小愈，禍生于懈惰，孝衰于妻子。察此四者，慎終如始。《易》曰：『小狐汔濟，濡其尾。』《詩》曰：『靡不有初，鮮克有終。』」按合觀諸書所引，可以得此詩之意。又《外傳》云：「繭之性爲絲，弗得女工燔以沸湯，抽其統理，不成爲絲；卵之性爲雛，不得良雞覆伏孚育，積日累久，則不成爲雛。夫人性善，非得明王聖主扶携内之以道，則不成君子。《詩》曰：『天生烝民，其命匪諶。靡不有初，鮮克有終。』言惟明王聖主，然後使之然也。」其言理甚是，然以《詩》言烝民，爲主化民言，則絶非詩意。若《左》襄三十一年，衛侯在楚，北宫文子見令尹圍之威儀，言於衛侯曰：「令尹似君矣，將有他志。雖獲其志，不能終也。《詩》曰：『靡不有初，鮮克有終。』終之實難，令尹其將不免。」此但借「初」、「終」二字爲言，去詩旨更遠矣。

文王曰咨，咨女音汝。下同。**殷商。**每章俱用此二句起，又不用韻，亦變體也。**曾是彊禦？**《漢書》注作「圉」。**曾是掊克？**職韻。**曾是在位？曾是在服？**叶職韻，鼻墨翻。**天降滔**《大全》、朱傳、豐本俱作「慆」。**德，女興是力。**職韻。○賦也。咨，孔云：「歎辭。」殷商，解見《大明》篇。先儒以爲指紂也。《吕氏春秋》云：「昔者紂爲無道，殺梅伯而醢之，殺鬼侯而脯之。以禮諸侯於廟，文王流涕而咨之。」孔云：「厲王弭謗，穆公朝廷之臣不敢斥言王之惡，故止陳文王咨嗟殷紂，以切刺之。」歐陽脩云：「以下條陳王者之過惡，言此等事皆殷紂所爲，文王咨嗟以戒於初，而厲王踐而行之於終也。」陳際泰云：「《板》，刺厲王也。其似刺同列，託也。惟《民勞》亦然。至《蕩》而亂益深矣，其每章以文王發端，亦託也。託同列，指言時事也。託文王，乃不指言時事。託同列，可盡言也。託文王，尤可盡言也。文王尊，蓋所刺譏又在勝國。夫在勝國，于是益展其言，故曰亂益深也。」曾，《説文》云：「辭之舒也。」曰曾是者，怪詫之辭。上二句「曾是」，言何乃有是人。下二句「曾是」，言何乃用是人也。彊禦，毛傳云：「彊梁禦善也。」彊，《説文》云：「弓有力也。」孔云：「任威使氣之貌。」禦，猶禦人以口給之禦。按禦、圉、圄三字，音同解異。禦者，祀也。圉者，守也，止也。圄者，囹圄也。今誤以囹圄之「圄」爲圉，而以止守之「圉」爲禦，至禦之爲祀名，則全無識者。此禦字當通作圉，謂拒而止之也。掊，《説文》云：「把也。」引鹽官入手取鹽爲掊，然則是取物之名也。

克，勝也。逆取于民，而民無如之何，是爲彼所勝也。彊禦，是妬賢嫉能者，下章言「彊禦多懟」是也。掊克，是聚斂巧取者，下章言「寇攘式内」是也。時厲王任用此兩等人，故云然。《墨子》曰：「厲王染于纗公長父、榮夷終。」《呂覽》亦云：「厲王染于虢公長父、榮夷終。」其即此輩乎？服，毛云：「服政事也。」在位、在服，總上言，謂居公卿百執事之位，而任其職事也。孔云：「在服，與在位對文，謂非徒備官，又委任之也。」降，下也。滔，《説文》云：「水漫漫大貌。」滔德，即指彊禦掊克言。以其存之心者方興未艾，如滔天之水未知所極，故曰滔德。篇中女、而、爾，皆指王也。興，《説文》云：「起也。」登庸之謂。人事之得失，本于氣化之盛衰，國家不幸而有此滔德之人，固若天之所降，然亦繇汝作興信用此一輩人，故彼于是得以肆力爲之耳。下章曰流言，曰斂怨，皆所謂是力者也。一説，馮時可云：「天降慆慢之德于人，而女又興起此輩以協爲力，則胡爲不亂也。」亦通。

文王曰咨，咨女殷商。而秉義類，寘韻。亦叶隊韻，盧對翻。**彊禦多懟。**寘韻。亦叶隊韻，徒對翻。**流言以對。**隊韻。**寇攘式内。**隊韻。亦叶寘韻，而瑞翻。**侯作**陸本作「詛」。**侯祝，**叶宥韻，職救翻。**靡届靡究。**宥韻。○賦也。而之爲汝，音之轉也。手持禾爲秉，則秉乃執持之意。義，猶善也。觀對第五章不義言，則此義指善人也。類，似也。汝所秉持而見之行者，乃與善人同類之事，謂行善道也。觀此，則善人當厲王初年其嘗稍見用可知矣。懟，怨也。彊禦之人，見王之嚮善也，則嘗懷怨恨，而思所以間阻之，於是乎巧造言語，以入告于王，務誹謗其事之不便，總之皆無根之言也。以其浮浪如水之流，謂之流言。孔云：「以謗毁之言對王，令王不用之，使賢者黜退也。」按《泰誓》篇數紂之惡云「崇信姦回，放黜師保，屏棄典刑，囚奴正士」，事正謂此。寇攘，奪刧之名，即掊克之人是也。群行攻刧曰寇，取非其有曰攘，加以盜名，醜之之甚也。式，用也。孔云：「彊禦之人既退賢者，乃進其黨類，故寇盜攘竊爲姦宄者，進在王朝而信之，使用事於内也。以小人後至，而自外入内，故云式内。」按《牧誓》篇數紂之惡云：「乃惟四方之多罪逋逃，是崇是長，是信是使，是以爲大夫卿士，俾暴虐于百姓，以姦宄于商邑。」即此所謂「寇攘式内」者也。侯，諸侯也。作，通作詛。《周禮·詛祝》掌盟詛。鄭注云：「大事曰盟，小事曰詛。」鄧元錫云：「詔明神殛之使沮敗曰詛。《左傳》『鄭伯使詛射潁考叔者』是也。」祝，謂致詞于神以求福。《周禮·大祝》「掌六祝之辭，以事鬼神示，祈福祥，求永貞」是也。六祝：一曰順祝，二曰年祝，❶三曰吉祝，四曰化祝，五曰瑞祝，六曰筴祝。此其爲順祝、化祝乎？鄧云：「順祝者，君仁臣忠之類；化祝者，祝化廣被也。」靡，無通。届，極。究，窮也。俱見《説文》。諸侯苦王之聽信小人，恣爲暴虐，故有詛小人，使神速殛之者，亦有祝王，使神牖王心而改圖者，而皆不敢必王暴虐之事於何時而始有窮極也。

文王曰咨，咨女殷商。女炰烋于中國。職韻。**斂怨以爲德。**職韻。**不明爾德，**見上。**時無背無側。**職韻。豐本作「仄」。**爾德不明，**庚韻。**以無陪**陸本作「培」。**無卿。**庚韻。《前漢書·五行志》中引此四句云：「爾德不明，以亡倍亡卿；不明爾德，以亡背亡仄。」○賦也。炰烋，毛云：「猶彭亨也。」鄭云：「自矜氣健之貌。」按炰、烋字俱从火，則疑爲火熾盛之貌。然《説文》解炰爲火炙肉，而無烋字，

❶ 「二」，原作「三」，據《四庫全書》本改。

其義俱難解。趙頤光謂本作咆哮，乃是狀其喑嗚立威之象，亦或可信，但未詳所出耳。愚意烋但當通作包，包者裹也。烋，《韻會》云：「通作休。」休者，美也。包休，猶云積德，與斂怨相反。言女當斂聚美事于中國，而乃信用斂怨之人乎？❶ 此解較順，請以俟達者。中國，對夷狄言，與《民勞》篇解同。觀第六章對「鬼方」言可見。斂怨者，寇攘之人所行者，皆斂集衆怨之事。吕正獻公所謂小人聚斂以佐人主之欲，而不知其終爲害也。賞其納忠，而不知其大不忠也。嘉其任怨，而不知其怨歸于上也。《微子》篇云：「降監殷民，用乂讐斂。召敵讐不怠，罪合于一，多瘠罔詔。」正謂此也。以爲德者，言王反以此斂怨之人爲有德之人，而任用之也，此惟王之不明于德故如此。人心虚靈不昧，衆理具焉，是之謂德。能明其德，則自能知人矣，此探本之論。時、是通用，音之轉也。反面爲背，是違于理，不正爲側，是趨于邪，皆指小人之斂怨言也。背、側俱非佳字，舊説以背爲前後左右之稱，背可謂之前乎？其不該明矣。爾德不明，與不明爾德，顛倒變文，而意自相屬。繇不能明其德，故其德遂不明也。陪本重土之義，因又訓爲貳。貳者，重也。孔云：「陪貳，謂副貳。王者，則三公也。卿士，謂六卿也。昭三十二年《左傳》曰：『物有陪貳，天生季氏，以貳魯侯。』諸侯以上卿爲貳，則知天子陪貳唯三公也。冢宰雖亦貳王治事，當從六卿之制也。」《前漢書·五行志》云：「《詩》云：『爾德不明，以亡陪亡卿。不明爾德，以亡背亡仄。』言上不明，暗昧蔽惑，則不能知善惡。親近習，長同類，亡功者受賞，有罪者不殺。」顔師古云：「言不別善惡，有逆背傾仄者，有堪爲卿大夫者，皆不知之也。」愚

❶「信用」，《四庫全書》本作「偏爲」。

按班、顔之解已得詩意，但背、側、陪、卿四字，俱是就小人身上説，承上文「斂怨以爲德」一句而言。無背無側者，彼實背側而不知其爲背側，故明有而謂之無也。「無陪無卿」者，不知其不堪爲陪卿而漫以之爲陪卿，故雖有而猶之無也。又《韓詩外傳》云：「智如泉源，行可以爲表儀者，人師也。智可以砥，行可以爲輔弼者，人友也。據法守職，而不敢爲非者，人吏也。當前決意，一呼衆諾者，人隸也。故上主以師爲佐，中主以友爲佐，下主以吏爲佐，危亡之主以隸爲佐。《語》曰：『淵廣者其魚大，主明者其臣惠。』眼觀而志合，必繇其中。故同明相見，同音相聞，同志相從，非賢者莫能用賢。故輔弼左右所任使者，有存亡之機，得失之要也，可無慎乎？《詩》曰：『不明爾德，時無背無側。爾德不明，以無陪無卿。』」又云：「有諤諤争臣者，其國昌。有默默諛臣者，其國亡。《詩》曰『不明爾德』云云，言文王咨嗟，痛殷商無輔弼諫諍之臣，而亡天下矣。」按韓于背側陪卿之義，亦仍從舊説。

文王曰咨，咨女殷商。天不湎爾以酒，無韻，未詳。**不義從式。**無韻，未詳。**既愆**陸本作「僁」。**爾止。**紙韻。**靡明靡晦。**叶紙韻，呼洧翻。**式**陸本作「或」。下同。**號**平聲。**式呼。**叶遇韻，荒故翻。亦叶箇韻，呼箇翻。又叶禡韻，虚訝翻。《漢書》、崔注俱作「謼」。**俾**陸本作「卑」。**晝作夜。**禡韻。亦叶遇韻，元具翻。○賦也。湎，《説文》云：「沉于酒也。」按孔引《酒誥》注云：「飲酒齊色曰湎。」而《文選》、《薛君章句》則云：「齊顔色，均衆寡，謂之沉。閉門不出客，謂之湎。」總之沈、湎義頗相似。而沈字右施冘，冘者，淫淫行貌，乃沈溺于酒之稱。湎字右施面，則是自其見于面者言。孔解爲確。齊色，謂共飲者皆醉，面色齊同也。湎爾以酒，兼指君臣。天之立君，以爲民也，豈使爾漫不事事，乃偕其臣而湎于酒乎？

不義從式，推所以湎酒之繇也。從，隨。式，用也。爾于不義之人隨其所行，用其所言，因遂以飲酒爲樂事，而君臣交湎耳。小人蠱惑其君，如聲色狗馬之類，固自多端，而飲酒亦其一。彼乘醉飽之昏，將有所爲也。下章蜩螗沸羹之弊，皆繇于此，而君豈能知之乎？「既愆爾止」四句，湎酒之容也。愆，《説文》云：「過也。」止，舉止也。按止字，象艸木初生之形。艸木出有址，故以止爲足。愆爾止者，起坐無恒，舉止失其常度也。靡之言無也。明言日，晦言夜，言其窮日夜以爲樂也。按《禮記》云：「飲酒之節，朝不廢朝，日不廢夕。」今王異是矣。式，發語聲，與篇中諸式字不同。陸德明云「一作或號」者，嗟吁之聲。《爾雅》「舞號，雩也」，注云「雩之祭，舞者吁嗟而請雨」是也。呼本外息，與吸對言，内息爲吸，外息爲呼，此當通作虖。《説文》云：「哮虖也。」蓋大叫之聲，古文「烏呼」亦作「於虖」是也。號、呼，亦愆止中之一事，然至於號呼，則酒酣極矣。《漢書》成帝乘輿幄坐張畫屏風，畫紂醉踞妲己作長夜之樂。上因顧指畫而問班伯曰：「此圖何戒？」伯曰：「沈湎于酒，微子所以告去也。式號式謼，大雅所以流連也。《詩》、《書》淫亂之戒，其原皆在于酒。」上迺喟然嘆曰：「吾久不見班生，今日復聞讜言。」俾晝作夜，視「靡明靡晦」句更深，言其沈醉不省，雖白日昏昏然，亦如夜也。蓋荒躭既甚，神志昏迷，豈特廢時失事而已。按《微子》篇云：「天毒降災荒殷邦，方興沈酗于酒。」《酒誥》篇云：「在今後嗣王酣身，用燕喪威儀。」皆紂湎酒之證。又劉向《説苑》引此詩，謂人之有鬭，比之狂惑疾病。《詩》云：「式號式呼，俾晝作夜。」言鬭行也。此全非詩旨。

文王曰咨，咨女殷商。如蜩如螗，陽韻。**如沸如羹。**叶陽韻，盧當翻。豐本作「鬻」。**小大近喪，**去聲。**人尚乎由行。**叶陽韻，寒剛翻。**内奰于中國，覃及鬼方。**陽韻。○賦也。蜩，蟬也，解見

《七月》篇。螗，蝘也，亦名螗蜩。按陸璣云：「蟬之大而黑色者，有五德，文、清、廉、儉、信，一名蝘虭，一名虭蟧。青、徐謂之蠑蠊，楚人謂之蟪蛄，秦、燕謂之蛥蚗，或名之蜓蚞。」郭璞云：「俗呼爲胡蟬，江南謂之螗蛦。」陸佃從郭説，謂螗其首方廣，似蟬而小，鳴聲清亮。蜩亦蟬之一種，形大而黑，昔人啖之。佃所謂蜩，乃璣所謂螗。總之蜩、螗皆蟬類，大小異名，莫能詳也。以詩意推之，冠蜩于螗之上，則蜩當是大者。鄱陽《柳賦》亦云：「蜩螗厲響。」而《爾雅》于蜋蜩、螗蜩，又皆得蜩之名，則佃之説爲足信矣。蜩、螗，皆善噪者。沸，《説文》云：「水騰涌也。」羹，《説文》云：「五味和羹也。」劉熙云：「汪也，汁汪郎也。」如蜩如螗，言之亂也。謀夫孔多，各爲其所欲爲，位之尊者則如蜩，位之卑者則如螗也。如沸如羹，政之亂也。今日行一令，明日行一令，迭進無停，如水之沸。甲言亦行之，乙言亦行之，錯互無章，如羹之襍也。顔師古亦云：「謂政無文理，虛言噂沓，❶如蜩螗之鳴，湯之沸涫，羹之將熟也。」小大，以法度言。喪，亡也。先王之法度，無論大綱領，小節目，皆爲小人所變亂，其有尚存而未亡者，特千百中之十一耳，故曰近喪也。《周書・無逸》篇云：「乃變亂先王之政刑，至於小大。」語正同此。人，指王也，不欲斥言，故但汎稱人也。由，從也。彼之變亂成法如此，而人尚猶然從其所行，曾不以爲非也。按《微子》篇云：「卿士師師非度。」正謂此也。對夷狄言，則中國爲内。奰，《説文》云：「壯大也。」本作奰。三大三目，二目爲䀠，居倦切，目圍也。三目爲奰，益大也。此象其赫奕尊嚴之狀，人不敢近。蘇子瞻所謂「秦人視其君，如雷霆鬼神」者也。《史記》云：「王行暴虐侈

❶「沓」，原作「畓」，據《四庫全書》本改。

傲，國人謗王。王怒，得衛巫，使監謗者，以告則殺之。王益嚴，國人莫敢言，道路以目。」此即所謂奰于中國者也。覃者，延長之義。《説文》以爲長味，《爾雅》以爲延也。鬼方，王質謂楚俗多鬼，指楚也。季本云：「唐高祖以爲夏曰熏鬻，商曰鬼方，周曰玁狁，漢曰匈奴，唐曰突厥，本一國而異名。非也。大王避熏鬻之患，本在殷時，則商亦仍熏鬻之舊未嘗有鬼方之名也。至周始名玁狁耳。」又《世本》注云：「鬼方於漢，則先零戎。」《後漢・西羌傳》云：「武丁伐西戎鬼方。」然皆無確據。今按《易》言「高宗伐鬼方」，而《詩》言高宗伐荆楚，則鬼方之地在荆楚中明矣。《史記・楚世家》亦云：「周厲王之時暴虐，熊渠畏其伐楚，亦去其王。」此詩先言「内奰」，而承之以「覃及鬼方」，正謂峻厲之威，及于遠方，與史殊合。然則鬼方非荆楚而何？

文王曰咨，咨女殷商。匪上帝不時，叶紙韻，上紙翻。**殷不用舊。**叶紙韻，暨几翻。**雖無老成人，尚有典刑。**叶陽韻，胡光翻。**曾是莫聽，**叶陽韻，他陽翻。豐本作「旺」。**大命以傾。**叶陽韻，曲王翻。豐本作「頃」。○賦也。匪，通作非。嚴云：「不時者，猶言厄運非上天爲此厄運，乃殷自不用其先王之舊法耳。」按《周書》「政繇舊」之舊，亦指舊法言。一説，用舊謂用舊人，亦通。老成人，孔云：「年老成德之人。」典，莊都云：「大册也。」字从册在丌上，❶尊閣之也。刑，當作荆，字从井从刀。井者，法也。犯法者必罹于刑，故从刀也。典刑二字連言，謂典册所載之法也。聽，猶察也。人有舉典刑以入告者，王每厭薄之，以爲此豈足當老成人，而我信之乎？然其人雖可輕，而其言一一本於典刑，則固不可棄，乃曾無一語見

❶「上」，原作「下」，據《説文解字》卷五上改。

聽察何也？此隱隱是穆公自道，而同志如凡伯、芮伯之輩，亦在其中矣。一説，鄭云：「朝廷皆任喜怒，曾無用典刑治事者。」孔云：「以莫爲總辭，故知指君臣也。」亦通。按《微子》篇云：「乃罔畏畏，咈其耇長舊有位人。」亦紂棄老成之證。大命以傾，預卜其將然之辭。嚴云：「《盤庚》云：『懋建大命。』大命，謂國之興亡也。」傾，《説文》云：「仄也。」凡物傾仄，則摇兀而不安，故亦訓爲危。王應麟云：「正先諫誅嬴運促，李雲忠隕漢宗覆，章華罹僇陳業隳，昭圖嬰禍唐鼎移。《詩》曰：『曾是莫聽，大命以傾。』」劉向云：「君有過，不諫諍，將危國隕社稷也。有能盡言於君，用則留之，不用則去之，謂之諫。用則可生，不用則死，謂之諍。有能比和用力，率群下相與彊矯君，君雖不受，不能不聽，遂解國之大患，除國之大害，成於尊君安國，謂之輔。有能亢君之命，反君之事，竊君之重，以安國之危，除主之辱，攻伐足以成國之大利，謂之弼。故諫、諍、輔、弼之人，社稷之臣也。明君之所尊禮，而闇君以爲己賊，故明君之所貴，闇君之所殺也。明君好問，闇君好獨，明君上賢使能而享其功，闇君畏賢妬能而滅其業。罰其忠而賞其賊，夫是之謂至闇，桀、紂之所以亡也。《詩》云：『曾是莫聽，大命以傾。』此之謂也。」

文王曰咨，咨女殷商。人亦有言：顛沛之揭，霽韻。亦叶屑韻，蹇列翻。**枝葉未有害，**叶霽韻，暇憇翻。**本實先撥。**叶屑韻，筆別翻。《列女傳》作「敗」。豐本作「蹶」。**殷鑒不遠，在**《國語》「在」字上有「近」字。**夏后**《杜欽傳》「后」字下有「氏」字。**之世。**霽韻。亦叶屑韻，私列翻。○賦也。人，孔云：「古之賢哲之人。」亦有言，即「顛沛」以下三語是也。顛，通作槙。《説文》云：「仆木也。」徐鍇云：「《尚書·盤庚》『若顛木之有由枿』，本作此，假借作顛仆字也。」沛，本水流之貌，《孟子》「若水之就下，沛然孰能禦之」是也。此言沛者，以仆地之勢如之。揭，《説文》云：「高舉也。」枝，《説文》云：「本别生條也。」徐云：「自本兩分，故曰别生。」害，《説文》云：「傷也。」木下曰本。實，謂充實。撥，《説文》云：「治也。」古人言顛仆之木，沛然至地，必高舉而起之，其根葉縱有所損，未足爲傷，須先撥治其根本，使其元氣充實，則顛木可生矣。今民怨已甚，國勢已危，先王法度無小無大，又皆爲小人所破壞，欲驟然概舉而修復之，固未易言。惟于大關鍵所在，亟加講求，斥遠小人，蠲除苛政，要以收拾民心爲主。民心者，國家之根本，根本既固，國勢可安。然後漸次釐飭節目，以還先王之舊，此撥亂爲治之機括也。召公諫王，所惓惓望王有終者，其指歸全在于此。舊説訓揭爲蹶，訓撥爲絶，於二字本義無涉，全非詩意。即如所説木之本根既已絶矣，而枝葉尚然無害，有此理否？況厲王之時，衆口嗷嗷，内而中國，外而鬼方，人心無不盡去，亦不得謂之枝葉未有害也。傳訛相沿，深知其謬。「殷鑒」二句，危言以動之也。夏后之世，指桀也，承上文言。苟爲不然，則大命之傾將不可救，王其能無懼乎？明鏡非遠，視爾所代，彼夏后之世，何以訖于桀哉？《泰誓》篇亦云：「厥鑒惟不遠，在彼夏王。」但彼爲詆辭，此爲惕辭耳。蘇轍云：「殷鑒在夏，蓋爲文王歎紂之辭。然周鑒之在殷，亦可知矣。」《周語》太子晋云：「天所崇之子孫，或在畎畝，繇欲亂民也。畎畝之人，或在社稷，繇欲靖民也。無有異焉。《詩》云：『殷鑒不遠，近在夏后之世。』」《孟子》云：「暴其民甚，則身弑國亡；不甚，則身危國削。名之曰幽、厲，雖孝子慈孫，百世不能改也。《詩》曰：『殷鑒不遠，在夏后之世。』此之謂也。」《韓詩外傳》云：「昔者禹以夏王，桀以夏亡，湯以殷王，紂以殷亡。故無常安之樂，宜治之民，得賢則昌，不肖則亡。自古及今，未有不然者也。夫明鏡者，所以照形也，往古者，所以知今也。夫知惡往古之所以危亡，而不襲蹈其所以安存者，則無以異于斂行而求遂於前人。鄙語曰：不知爲吏，視已成事。或曰：前車覆而後車不誡，是以後車覆也。故夏之所以亡者，而殷爲之；殷之所以亡者，而周爲之。故殷可以鑒於夏，而周可以鑒於殷。《詩》曰：『殷鑒不遠，在夏后之世。』」黄佐云：「《板》、《蕩》之詩，深刺其君之惡，非章君過也，憂國愛君之心所發也。唐之太宗以詩賜其臣蕭瑀，而曰：『《板》、《蕩》識誠臣。』噫！其亦有感于此也夫？」

《蕩》八章，章八句。《序》云：「召穆公傷周室太壞也。厲王無道，天下蕩蕩，無綱紀文章，故作是詩也。」蘇轍駁之云：「《蕩》之所以爲蕩，繇詩有『蕩蕩上帝』也。《序》以爲天下蕩蕩，無綱紀文章，則非詩之意矣。」嚴云：「臣子作詩，皆發於憂國之忠，欲以感悟其君。雖弊壞已極，猶幾其改圖。君臣大義，無所逃于天地之間也。此詩託言文王歎商，特借秦爲喻耳。或謂傷者傷嗟而已，非諫刺之比。如此，殆類後世詞人弔古之作，非當時臣子惓惓之義也。」《子貢傳》但存「召穆公」三字，而其餘闕文。朱子但汎稱爲詩人之作，亦未深信其出于召穆。又鄭樵云：「三百篇中之詩，皆可被之絃歌，故琴中有《鵲巢操》、《騶虞》、《伐檀操》、《白駒操》，❶皆今詩文。又古人謂之雅琴、頌琴，古之雅頌，即今之琴操。琴者禁也，將以禁人之邪心，故以歌乎詩。如文中子歸而援琴，鼓蕩蕩之什，乃知聲至隋末猶存。」

《宛丘》，刺陳幽公也。淫荒昏亂，游蕩無度焉。出《序》。○朱子謂陳國小，無事實，幽公但以

---

❶「檀」，原作「擅」，據《四庫全書》本改。

謚惡，故得游蕩無度之詩，未敢信也。愚按幽公非游蕩無度，何至得惡謚，亦安在其不可信乎？考《史記》載幽公十二年，周厲王奔于彘。而《竹書》亦紀厲王二十二年，陳幽公薨。則幽公之爲諸侯，實在厲王之世。

子之湯叶漾韻，他浪翻。《楚辭章句》作「蕩」。**兮，宛丘之上**叶漾韻，時亮翻。**兮。洵有情兮，而無望**漾韻。**兮。**賦也。子，毛傳以爲指大夫，鄭箋以爲斥幽公。孔穎達云：「大夫稱子，是其常稱。又《公羊傳》，公子翬謂隱公曰：『百姓安子，諸侯説子。』則諸侯之臣亦呼君曰子。」愚按毛、鄭之説皆非也，此直是游人相謂之辭，所以唤起下二章，而著幽公淫荒之實耳。湯，水流貌。曰「子之湯兮」者，言其縱情流覽，如水之流。宛丘，《水經注》云：「在陳城南道東。」《郡縣志》云：「在陳州宛丘縣南三里。」王隱云：「漸欲平，今不知所在矣。」按《爾雅》云「宛中」、「宛丘」，又云「丘上有丘爲宛丘」，毛公、李巡、孫炎皆以爲四方高，中央下。惟郭璞謂中央隆峻，狀如一丘，與諸説異。邢昺《爾雅》疏云：「郭謂中央高者，以四方高、中央下，即上文水潦所止泥丘也。又下文云丘上有丘爲宛丘，既言丘上有丘，非中央隆高而何？」洵，通作恂。《説文》云：「信也。」有情，猶云可以適情也。下章言歌舞之場，乃在此丘之下，憑高流覽，信乎其有足繫人情懷也。而之爲爾，音之近也。望，袁仁云：「責望也。」此歌舞之樂，乃吾君幽公之所爲，女無責望之也。言無望，乃所以深望之耳，其諷切之者至矣。舊説以無望爲刺君之辭，言其威儀不足觀望，亦通。但以國人刺君而正斥之，曰湯曰無望，安所稱婉而多風乎？

坎其擊鼓，麏韻。**宛丘之下。**叶麏韻，後五翻。**無**《漢書》作「亡」。下同。**冬無夏，值**豐本作「植」。後同。**其鷺羽。**麏韻。○賦也。坎，通作竷，《説文》引《詩》「竷竷鼓我」，今文作「坎坎鼓我」。竷，

《説文》云：「舞也。」字从章从夅从夊，樂有章，故从章。夅者，降也。舞有升降，故从夅。夊，象人兩脛有所躧也，舞者之行步夊夊然，故从夊。如舊説以坎爲擊鼓聲，然則後章「坎其擊缶」，又將爲擊缶聲乎？應劭云：「鼓者，春分之音，以助萬物皆鼓甲而出，故謂之鼓。」按舞必應節擊鼓，所以爲舞節也，故曰「坎其擊鼓」。後章放此。無冬無夏，言無時不然。范祖禹云：「冬夏，祁寒大暑之時也。人之好樂，于是時必少息焉。今也無冬無夏，則其他時可知矣。」值，《説文》云：「措也。」猶持也。鷺，水鳥，《爾雅》云：「春鉏也。」一作春鋤。陸佃云：「步于淺水，好自低昂，故曰春鋤也。」《方言》鸍鳴謂之「獨春」，與此同意。陸璣云：「鷺好而潔白，故謂之白鳥。齊、魯之間謂之春鉏，遼東、樂浪、吴揚人皆謂之白鷺。青脚，高尺七八寸，尾如鷹尾，喙長三寸，頭上有長毛十數枚，長尺餘，毵毵然與衆毛異，欲取魚時則弭之。」《禽經》云：「鷺啄則絲偃，鷹捕則角弭，藏殺機也。」郭璞云：「其頭、翅、背上皆有長翰毛，今江東人取以爲睫欐，名之曰白鷺縗。」羽，《説文》云：「鳥長毛也。」毛云：「鷺鳥之羽，可以爲翳。」鄭玄云：「翳，舞者所持以指麾。」愚按此即下章所謂「翿」也，與《周禮》之「羽舞」不同。彼乃翟羽，舞人所執，《衛》詩「右手秉翟」是也，此舞師所執。宋太樂文舞，不用翟羽，而用鷺羽，蓋惑於此詩所云矣。

坎其擊缶，有韻。**宛丘之道**。叶有韻，他口翻。**無冬無夏，值其鷺翿**。叶有韻，殖有翻。《爾雅》、豐氏本俱作「纛」。〇賦也。《爾雅》云：「盎謂之缶。」孔云：「《易·離》卦『九三，不鼓缶而歌』。注謂：『艮爻也，位近丑，丑上值弁星，弁星似缶。《詩》「坎其擊缶」。』則樂器亦有缶。又《史記》藺相如使秦王鼓缶,是樂器爲缶也。《坎》卦:『六四,樽酒簋貳,❶用缶。』注謂:『爻辰在丑,丑上值斗,可以斟之象。斗上有建星,建星之形似簋。貳,副也。建星上有弁星,弁星之形又如弁。天子大臣以王命出會諸侯,主國尊于簋,副設玄酒以缶。』則缶又是酒器也。《比》卦初六爻『有孚盈缶』,注謂:『爻辰在未,上值東井,井之水人所汲,用缶。』《左傳》曰:『具綆缶,備水器。』則缶是汲水之器。然則缶是瓦器,可以節樂,若今擊甌。又可以盛水、盛酒,即今之瓦盆也。」《國語》云:「缶絲尚宮。」陳暘云:「缶之爲器,中虛而善容,外員而善應,中聲之所自出者也。唐堯之時,有擊壤而歌者,因使鄭以麋鞈冥缶而鼓之,是以《易》之『鼓缶而歌』見于《離》,《詩》之『擊缶』見于《宛丘》。缶之爲樂,自唐至周所不易也,孰謂始于西戎乎?」顧起元云:「或曰,形如覆盆,以四杖擊之。《墨子》吟缶,《史記》秦王爲趙王擊缶,其來久矣。」又黄佐云:「缶,秦聲也。陳師從胡公于豐,徒衆習其聲以歸,國人化之。」翿,解見《君子陽陽》篇。陳祥道云:「《春秋》傳曰:『舞師題以旌夏。』則鷺翿蓋若今大樂工執之以引舞者也。」又《詩故》云:「擊鼓擊缶,舞鷺羽鷺翿,娱神也。蓋若孫皓于巫,梁武于佛矣,踵大姬之餘習也。」顔師古亦云:「鷺鳥之羽以爲翿,立之而舞,以事神也。」愚按《商書》伊尹曰:「敢有恒舞于宫,酣歌于室。」是謂巫風,況其真溺于巫,而恒舞于道上者乎?

《宛丘》三章,章四句。《申培説》以爲陳人譏其大夫之詩,此特因章首有「子」之一字耳。玩詩意似不然。《子貢傳》闕文。又按《春秋》桓五年,書春正月甲戌己丑,陳侯鮑卒。《公羊傳》云:「曷以爲二日卒

---

❶「樽」,原作「罇」,據《四庫全書》本改。

之？怴也。甲戌之日亡，己丑之日死而得，君子疑焉。故以二日卒之也。」《穀梁傳》亦云：「陳侯以甲戌之日出，己丑之日得，不知死之日，故舉二日以包也。」然則此詩所云「宛丘之下」、「宛丘之道」、「無冬無夏」者，其即刺陳侯鮑與？未可知也。

《東門之枌》，刺陳風也。巫覡盛行，女子往往棄其業而觀之。班固《地理志》云：「周武王封嬀滿于陳，是爲胡公。妻以元女大姬，婦人尊貴，好祭祀，用巫，故其俗好巫鬼。」鄭玄《詩譜》云：「大姬無子，好巫覡禱祈鬼神歌舞之樂，民俗化而爲之。」孔穎達云：「大姬無子，而《左傳》子産云：『我周之自出。』杜預曰：『陳，周之出者。』蓋大姬于後生子。以禱而得子，故彌信巫覡也。在女曰巫，在男曰覡。巫是總名。《詩》稱擊鼓于宛丘，婆娑于枌栩，是有大姬歌舞之遺風也。」匡衡云：「陳夫人好巫，而民淫祀。」黄佐云：「大姬好巫禱，本于忠信，以通神明之德，豈非肅肅之化哉？但流俗日至于匪彝爾。」蘇轍云：「列國之風，皆有所自起。方周之盛時，王澤充塞，其善者篤于善，不善者以禮自將，亦不至于惡。其後周德既衰，諸侯各因其舊俗而增之，善者因善以入于惡，而不善者日以益甚。故陳以大姬之餘俗，爲游蕩無度，亦理勢然也。」愚按時幽公恒舞酣歌，國人化之，相與縱觀巫覡，資其遊戲，所謂上有好者，下必有甚也。毛傳繫此詩于《宛丘》之後，所以著巫風之自，若歸咎于大姬，或未足信。

東門之枌，宛丘之栩。麏韻。**子仲之子，婆**《説文》、豐氏本俱作「媻」。後同。**娑**豐本作「莎」。**其下。**叶麏韻，後五翻。○賦也。嚴粲云：「陳都宛丘之側，其東門與丘之間，乃國之交會。」戴氏云：「陳詩多言東門，必陳人遊息之地。」《爾雅》云：「榆，白枌。」邢昺疏云：「榆之皮色白，名枌，然則枌即白榆也。」陸佃云：「先敷葉，後著莢，榆性扇地，所扇各與木等。故其陰下五穀不植，而古之人就以息焉。齊桓公時，衢之民桑麻不種，繭縷不治，衣多弊，屨多穿。管仲請沐途旁之枝，使無尺寸之陰，爲是故也。」栩，解見《鴇羽》篇。枌栩之陰，皆人之所趨而聚者。子仲之子，孔云：「禮孫以王父字爲氏，此人上祖必有字子仲者，故氏子仲也。」嚴云：「子，女子也。」愚按以下文「婆娑」觀之，字皆从女，則子仲之子即女巫是也。《詩》「之子于歸」，亦以女子爲子。婆，《說文》作「媻」，云：「奢也。」奢者，張也。娑，《說文》云：「舞也。」李巡云：「婆娑，盤辟舞也。」舞所以娛神。或婆娑于枌之下，或婆娑于栩之下，明其非一時非一處也。

穀旦陸德明本作「且」，云：「苟且也。」**于差**，叶歌韻，倉何翻。《韓詩》作「嗟」。**南方之原**。豐本作「宛丘之坡」，蓋因見原字于韻不叶，❶贋改之耳。然四句何必盡用韻？鄙淺不足信。**不績其麻**，叶歌韻，眉波翻。**市**《潛夫論》作「女」。**也婆娑**。歌韻。○賦也。穀，《爾雅》云：「善也。」旦，早朝也。本一日之始而言。孔以無陰雲風雨謂穀旦，是也。差，《說文》云：「不相值也。」《爾雅》云：「廣平曰原。」又《說文》云：「高平之野曰原。」南方之原，高明之地。子仲之子向皆婆娑于枌栩之下，而今忽變而之于南方之原，則自故處求之而不可得矣，故曰「穀旦于差」也。績，緝也。市，即「南方之原」之市也。此女子聞子仲之子婆娑于南方之原之市，因遂不績其麻，而欲往觀之也。漢王符《潛夫論》云：「《詩》刺不績其麻，女也婆娑。今

---

❶「字」，原作「子」，據《四庫全書》本改。

多不修中饋，休其蠶織，而起學巫祝，鼓舞事神，以欺誣細民，熒惑百姓。婦女羸弱，疾病之家懷憂慣慣，皆易恐懼，至使奔走便時，去離正宅，崎嶇路側，上漏下濕，風寒所傷，姦人所利，賊盜所中，益禍益祟，以致重者不可勝數。或棄醫藥，更往事神，故至于死亡不自知爲巫所欺誤，乃反恨事巫之晚。此熒惑細民之甚者也。」

穀旦于逝，霽韻。豐氏本作「市」。**越以鬷邁**。叶霽韻。**視爾如荍**，蕭韻。**貽我握椒**。蕭韻。豐氏本作「茮」。○賦也。逝，往也。此穀旦之時，既知子仲之子所在，因往而從之。越，《爾雅》云：「於也。」鬷，通作緵。《說文》云：「聚束也。」孔云：「麻縷每數一升，用繩紀之。」邁，《爾雅》云：「行也。」緵邁，言挾其麻緵而行，不暇績也。爾，指子仲之子也。《爾雅》云：「荍，蚍衃。」毛傳以爲芘芣。郭璞云：「今荆葵也。」謝氏云：「小草多華少葉，葉又翹起。」陸佃云：「似蕪菁，華紫綠色，可食，微苦。」羅願云：「華五銖錢大，色粉紅，有紫文縷之。一名錦葵，大抵似蘆菔華。」濮氏云：「芘芣紫荆，春時開華，自根及幹而上，連接甚密，❶有類蟣寠，故《爾雅》名蚍衃，俗曰火蟣。」愚按此以同時湊集而覿子仲婆娑者，其人亦如蚍衃開華之盛，故曰「視爾如荍」。舊說皆謂以荍華比女色，似未合。握，《說文》云：「搤持也。」陸佃云：「持五指也。在外爲持，在內爲握。」椒，毛云：「芬香也。」按《周禮·女巫》掌歲時祓除釁浴。注謂如上巳修禊，以薰草藥沐浴滌邪穢。椒之實芬香，故子仲之子取以相貽，亦辟除不祥之意。如後世元正小歲，皆進椒酒，亦其類也。巫之所

❶「密」，原作「蜜」，據《四庫全書》本改。

以結納人心者，其術在是。此婦人女子輩之所以樂觀之與？鄧元錫云：「《國語》曰：『古者民神不褋，民之精爽不携貳者，又能齊肅中正，其知能上下比義，其聖能光遠宣朗，其明能光昭之，其聰能聽徹之。如是則神降之，在男曰覡，在女曰巫。是以使制神之處位次主，而爲之牲器時服。』是以聖人用之。今之巫祝，既闇其義，何明之見？何法之行？正神不降，惑于淫厲，苟貪貨食，遂誣人神，令此道滅，痛矣！」

《東門之枌》三章，章四句。《序》云：「疾亂也。幽公淫荒，風化之所行，男女棄其舊業，亟會於道路，歌舞于市井爾。」朱子亦云：「此男女聚會歌舞，而賦其事以相樂。」愚按此詩所言婆娑，正巫覡之事，未有良家子女而群然歌舞于市中者。況「不績其麻」二句，潛夫之解更自明晰乎？《子貢傳》、《申培説》俱闕。

《衡門》，誘陳僖公也。愿而無立志，故作是詩，以誘掖其君也。出《序》。○歐陽脩亦云：「詩人以陳僖公其性不恣放，可以勉進于善，而惜其懦無自立之志，故作詩以誘進之。」按謚法，小心畏忌曰僖。公得此謚，則《序》所謂愿而無立志者，蓋近之矣。然是詩通篇俱賢者自道之語，蓋言己雖隱居無求，而實有用世之具，特君不見用耳。誠用之，則轉弱小爲强大不難矣。詩人作此以誘進僖公，其寓意如此。蕞爾國乃有此人，惜姓名之不傳也。

衡門之下，可以棲遲。支韻。《漢書》「棲遲」作「徲夷」。**泌之洋洋，可以樂**音絡。《韓詩外傳》、《列女傳》俱作「療」，鄭玄本及《石經》俱作「瘵」。**飢。**支韻。《韓詩外傳》作「饑」。○賦也。此章言己不見用，雖遯世亦足自樂也。衡，《説文》云：「牛觸横大木。」徐鍇以爲牛好抵觸，用木闌制之，然則衡乃横木之義，故毛傳解衡門，謂横木爲門也。孔穎達云：「門之深者，有阿塾堂宇，此惟横木爲之，言其淺也。」棲，即栖字，《禽經》云：「陸鳥曰棲，謂止息也。」遲，《廣韻》云：「久也，緩也。」泌，《説文》云：「狹流也。」洋洋，朱子云：「水流貌。」飢，餓也。孫毓云：「此言臨水歎逝，可以樂道忘飢。是感激立志，慷慨之喻。」陸燧云：「棲遲、樂飢字連看，上漏下濕，恨不急去之爲快，惟棲而遲，則可久矣。不曰忘飢而曰樂飢，人惟飢餓切身，未免愁煩，惟樂而飢，雖飢亦樂矣。」又樂飢，一本作𤻲飢。按《説文》云：「𤻲，治也。」與療同義。孔云：「飲水可以𤻲渴，而云𤻲飢者，飢久則爲渴，得水則亦小𤻲，故言飢以爲韻。」《韓詩外傳》云：「子夏讀《詩》已畢，夫子問曰：『爾亦可言于《詩》矣。』子夏對曰：『《詩》之于事也，昭昭乎若日月之光明，燎燎乎如星辰之錯行。上有堯、舜之道，下有三王之義，弟子不敢忘。雖居蓬户之中，彈琴以詠先王之風，有人亦樂之，無人亦樂之，亦可發憤忘食矣。《詩》曰：衡門之下，可以棲遲。泌之洋洋，可以療飢。』夫子造然變容，曰：『嘻！吾子始可以言《詩》已矣。』」

豈其食魚，必河之魴？陽韻。**豈其取**音娶。下同。**妻，必齊之姜？**陽韻。○賦而比也。此下二章言己若見用，則展布必有可觀，不問國之大小也。孔子曰：「苟有用我者，朞月而已可也，三年有成。」《孟子》曰：「地方百里而可以王。」語意相類。歐陽脩云：「言何必大國然後可爲，譬如食魚者，凡魚皆可食，若必待魴鯉，則不食魚矣。譬如娶妻，則諸姓之女皆可娶，若必待齊、宋之族，則不娶妻矣。」此所謂誘掖之也。」魴，解見《汝墳》篇。姜，齊姓。齊者，伯夷之後。伯夷主四岳之職。《周語》云：「四岳賜姓曰姜。」

豈其食魚，必河之鯉？紙韻。**豈其取妻，必宋之子？**紙韻。○賦而比也。陸佃云：「鯉，魚之貴者，故《爾雅・釋魚》以鯉冠篇。而《神農書》曰：『鯉最爲魚之主。』」又云：「河性宜魚。故《詩》曰『豈其食魚，必河之魴，必河之鯉』也。《列女傳》曰：『糊弓以河魚之膠。』説者以爲河膠粘。」子，宋姓。《本紀》云：「舜封契於商，賜姓曰子。」齊姜、宋子言其族類之貴，足爲繫援，非謂色之美也。❶食魚不必于魴鯉，比小國亦可爲。娶妻不必于姜子，比大國不足慕。陳國有賢焉如此，而僖公不知，其委靡而不能自立，不亦宜乎？

按僖公，幽公子。

《衡門》三章，章四句。朱子云：「此隱居自樂而無求者之辭。」《申培説》亦以爲君子樂隱之詩。愚謂如此説，亦只贊得君子一半耳。雖曰隨寓而安，不願乎外，心地自閒，品格自高。然使其徒爲泉石膏肓，烟霞痼疾已也，亦不過一自了之人耳，於世道何賴焉？《子貢傳》闕文。

---

❶「美」，原作「姜」，據《四庫全書》本改。

北京大學《儒藏》編纂與研究中心 編

《儒藏》精華編選刊

詩經世本古義

四

〔明〕何楷 撰

李士彪 張丹丹 校點

北京大學出版社
PEKING UNIVERSITY PRESS

詩經世本古義卷之二十（觜）

周桓王之世詩三十篇

何氏小引

《燕燕》，衛莊姜送歸妾也。

《擊鼓》，怨州吁也。衛州吁使公孫文仲帥師，會陳侯、宋公伐鄭，其從軍者賦此。

《節南山》，刺桓王從尹氏助曲沃也。

《雄雉》，刺衛宣公也。軍旅數起，室家之人，思其君子行役于外，而作是詩。

《新臺》，刺衛宣公也。納伋之妻，作新臺于河上而要之。

《蝃蝀》，刺衛宣公奪太子伋婦也。亦齊人所作。

《君子偕老》，刺衛宣姜之詩。

《静女》，刺時也。衛君無道，夫人無德。

《相鼠》，衛夷姜讁宣公也。

《谷風》，刺夫婦失道也。衛人化其上，淫于新昏，而棄其舊室，夫婦離絶，國俗傷敗焉。

《氓》，衛宣公之時，淫風大行，男女無別，互相奔誘。華落色衰，復相棄背。淫婦爲人所棄，而自敘其事，以道其怨悔之意。

《何人斯》，絶友也。暴辛公爲王卿士，而譖蘇成公。成公之友有與暴同行者，成公惡之，作是詩以絶之。

《著》，刺魯桓公也。娶齊文姜而不親迎，至于讙以逆之，于是得見乎公矣。國人代爲文姜之辭以醜之。

《敝笱》，刺魯文姜也。

《葛屨》，刺芮姜也。芮伯萬之母芮姜，惡芮伯之多寵人也。逐之，出居于魏。其寵人作此。

《墓門》，刺陳佗也。陳佗無良師傅，以至于不義，惡加于萬民焉。

《習習谷風》，疑鄭人怨周之詩。

《伯兮》，衛宣公之時，蔡人、衛人、陳人從王伐鄭，伯也爲王前驅久，故家人思之。

《兔爰》，閔周也。桓王失信，諸侯背叛，搆怨速禍。王師傷敗，君子不樂其生焉。

《有女同車》，刺忽也。鄭人刺忽之不昏于齊也。太子忽嘗有功于齊，齊侯請妻之。齊女賢而不取，卒以無大國之助，至于見逐。故國人刺之。

《鴇羽》，刺時也。晋昭公之後，大亂五世。民從征役，而不得養其父母，故作此詩。

《山有扶蘇》，刺鄭忽也，所美非美然。

《狡童》，鄭人忠于忽者之辭。聞祭仲有立突出忽之謀，而因以告之也。

《蘀兮》，鄭人思出突而納忽也。忽以世子踐位，正矣。宋人乃使祭仲立突而逐忽，故鄭人不義突，而作此詩。

《褰裳》，思見正也。鄭祭仲恣行，國人思大國之正己也。

《二子乘舟》，衛宣公之子伋也、壽也、朔也。伋，前母子也。壽與朔，後母子也。壽之母與朔謀，欲殺太子伋而立壽也。使人與伋乘舟于河中，將沉而殺之。壽知不能止也，因與之同舟，舟人不得殺。伋方乘舟時，伋傅母恐其死也，閔而作詩。

《芄蘭》，刺衛惠公也。驕而無禮，大夫刺之。

《墻有茨》，衛人刺其上也。公子頑通乎君母，衛人疾之。

《鶉之奔奔》，娣妾刺衛宣姜之詩。

《桑中》，刺奔也。衛之公室淫亂，男女相奔，至于世族在位，相竊妻妾，期于幽遠，政散民流，而不可止。

《東方未明》，齊人刺襄公無常也。

《盧令》，刺荒也。齊襄公好田，大夫風之。

《燕燕》，衛莊姜送歸妾也。 出《序》。○鄭玄云：「莊姜無子，陳女戴嬀生子名完，莊姜以爲己子。莊公薨，完立，而州吁弑之。戴嬀于是大歸，莊姜遠送之于野，作詩見己志。」按完即桓公也。春秋始於隱元年，爲平王之四十九年，時桓公在位已十三年矣。計其即位，在平王之三十七年也。及隱四年，而桓公見弑，凡在位十六年。《史記》載桓公二年，弟州吁驕奢，桓公絀之，州吁出犇。十三年，鄭伯弟段，攻其兄不勝，亡。而州吁求與之友。十六年，州吁收聚衛亡人，以襲殺桓公，州吁自立爲衛君。此一段足補《左傳》之缺。或者不知，謂桓公甫立便遇弑，非也。

燕燕于飛，差池其羽。 麐韻。亦叶語韻，王許翻。**之子于歸，遠送于野。** 叶麐韻，讀如竪，上主翻。亦叶語韻，上與翻。**瞻望弗**《列女傳》作「不」。**及，泣涕如雨。** 麐韻，亦叶語韻，於許翻。○興也。燕，鳥名。陸佃云：「齊人呼鳦，蓋取其鳴自呼，故曰鳦也。一名玄鳥，蓋取其色之玄，故曰玄鳥也。一名鷾鴯，莊周所謂『鷾鴯』者也。」言「燕燕」者，曹氏云：「兩燕也。」按《爾雅》云：「巂周，燕。燕，鳦。」孫炎、舍人皆以爲巂周名燕，燕又名鳦，一物三名。戴侗引陸璣言：「巂周，子規也。燕燕，則乙也。」考《説文》云：「巂，周燕也。」是以周燕訓巂。其訓爲乙者，祇名燕，不名燕燕也。孔穎達則謂古人重言之，《漢書》童謡「燕燕尾涎涎」是也。然童謡之所云燕燕，亦謂趙飛燕姊弟二人同時入宫，仍是兩燕也。郝敬云：「燕雀依人，爲孚子也，故玄鳥爲祈子之祥。莊姜于嬀，以子相依，子亡相失，故用爲比。」「于飛」者，各飛也，以興己與嬀相離也。差，《説文》云：「弍也。差不相值也。」陸佃云：「兩相差爲差。」池，通作遲，《説文》云：「徐行也。」楊慎云：「師曠《禽經》曰：『鳥向飛背宿，燕向宿背飛。』此物理也。故莊姜以爲送歸妾之比，取其背飛之義，送别之情也。」之子，指戴嬀也。歸，大歸也。《春秋》文十八年，夫人姜氏歸于齊。《左傳》云：「大歸也。」以歸寧者有時而反，此即去不復來，故謂之大歸也。郊外曰野。蘇轍云：「禮，婦人送迎不出門。遠送于野，情之所不能已也。」「瞻望弗及」者，至野與之訣别，己留而彼去，稍稍更遠，瞻望之不復能及也。無聲出涕曰泣，自目曰涕。「如雨」者，如雨之傾也。夫之子于歸，以子弑也。歸極苦矣，送其歸者遭際同之，悲人亦還自悲。而州吁方阻兵安忍，痛哭之不可，則有涕泣而已。此豈若尋常臨岐惜别而已乎？風人含不盡之意，止言涕泣，而吁之暴、子之弑、國之危，悉寓涕泣之中矣。

燕燕于飛，頡之頏陽韻。**之。之子于歸，遠于將**叶陽韻，資良翻。**之。瞻望弗及，**緝韻。**佇立以泣。**緝韻。○興也。頡，《説文》云：「直項也。」頏、亢同字，《爾雅》以爲鳥嚨也。蓋鳥高飛直上，故見其項頸上向也。雙燕各飛，興己與嬀形影相望也。將，持也，言相携持而行也。佇，《説文》云：「久立也。」

燕燕于飛，下上其音。侵韻。**之子于歸，遠送于南。**叶侵韻，乃林翻。**瞻望弗及，實勞我心。**侵韻。○興也。孔云：「音無上下，惟飛有上下耳。知飛而上爲音曰上音，飛而下爲音曰下音也。」鍾惺云：「音字從飛字看出，故曰下上。」「送于南」者，毛傳云：「陳在衛南。」朱子謂「遠送于南」一句，可爲送戴嫣之驗。初别時，至泣涕如雨。已别后，猶佇立以泣。及望之不見，而茫然以失。此時目斷行塵，無淚可揮矣，所謂「寔勞我心」也。陸化熙云：「實字絶有味，政見無限苦楚都在心上，而口説不出，亦微逗下思其賢意矣。」

仲氏任只，其心塞淵。叶真韻，一均翻。豐氏本作「肙」。**終温且惠，淑慎其身。**真韻。**先君之思，以勗**《禮記》、《列女傳》作「畜」。**寡人。**真韻。○賦也。仲氏，嫣字也。孔云：「婦人不以名行。禮，男女異長，各自爲伯季，故稱仲氏也。」鄭云：「任者，以恩相親信也。」《周禮》六行，孝、友、睦、婣、任、恤。陸化熙云：「任，是以恩意相孚，在平日嫡妾相與上見，提此一字，便見感念。」只，語已辭也。塞，窒也。一説，通作寋，實也。亦通。淵，深也。塞淵，有困心衡慮，憂深思遠之意，與衛文公之「秉心塞淵」同義。終者，始終如一。温，和。惠，仁也。藏諸中者爲塞淵，見諸外者爲温惠。淑，通作俶，《説文》云：「善也。」慎，謹也。淑慎其身，言善能謹慎其身，塞淵温惠，即其寔也。身者，兼内心外貌而言。徐光啓云：「凡人朝夕聚首，雖深恩厚誼，都可相忘。一經别離，便想像他平日許多好處，詩之曲盡人情如此。」先君，謂莊公也。勗，《説文》云：「勉也。」寡人，寡德之人，莊姜自稱也。顧起元云：「君稱寡人，而凡人亦可稱。王右軍論字：『假令寡人躭之若此。』婦人亦可稱寡人，莊姜云『以勗寡人』是也。」此述其臨時分手之語。蓋以莊姜敵體先君，誼不可去，與己爲媵妾不同，故勉其以先君爲念。又鄭云：「戴嫣思先君莊公之故，故將歸，猶勸勉莊姜以禮義。」亦通。《坊記》子云：「利禄先死者而後生者，則民不偝。先亡者而後存者，則民可以托。《詩》云：『先君之思，以畜寡人。』以此坊民，民猶偝死而號無告。」鄧元錫云：「篇中傷離美德，終不斥言國禍。處大亂，包周身之防也夫？」豐熙云：「《春秋傳》曰：『石碏之子厚，從于州吁。州吁弑桓公，厚問定君于碏。碏曰：王覲爲可。曰：何以得覲？曰：陳桓公方有寵于王，陳、衛方睦，若朝陳使請，必可得也。厚從州吁如陳，石碏使告于陳曰：衛國褊小，老夫耄矣，無能爲也。此二人者，實弑寡君，敢即圖之。陳人執之，而請蒞于衛。衛人使右宰醜，涖殺州吁于濮。』夫陳人既從州吁之請，而與之伐鄭矣。曾幾何時，乃從石碏之請而誅州吁。蓋戴嬀歸在陳國，有以愬于陳侯，故碏得藉之以成討賊之功耳。然則戴嬀誠賢矣哉？」按《史記》，州吁新立，好兵，弑桓公，衛人皆不愛。石碏乃因桓公母家於陳，詳爲善州吁，至鄭郊，石碏與陳侯共謀，使右宰醜進食，因殺州吁于濮。夫桓公陳之自出，而州吁弑之，戴嬀方大歸于陳，則陳與州吁，蓋仇國也。州吁不知忌陳，而反與陳睦，卒殺其身，可謂愚矣。

《燕燕》四章，章六句。孔氏正義云：「《衛世家》謂莊公娶齊女爲夫人，無子。又娶陳女爲夫人，生子早死。陳女女娣亦幸于莊公，而生子完。完母死，莊公命夫人齊女子之，立爲太子。禮，諸侯不再娶，且莊姜仍在，《左傳》唯言『又娶于陳』，不言爲夫人。《世家》云『又娶陳以爲夫人』，非也。《左傳》唯言戴嬀生桓公，莊姜養之，以爲己子，而言完母死，亦非也。然傳言又娶者，蓋謂媵也。《左傳》曰：『同姓媵之，異姓則否。』此陳得媵莊姜者，《春秋》之世不能如禮。」戴，謚也。嬀，陳姓也。劉向《列女傳》則以爲衛姑定姜者，衛定公之夫人，公子之母也。公子既娶而死，其婦無子，畢三年之喪，定姜歸其婦，自送之，至于野。恩愛哀思，悲心感慟，立而望之，揮泣垂涕。乃賦詩曰：「燕燕于飛，差池其羽。之子于歸，遠送于野。瞻望弗及，泣涕如雨。」送去歸，泣而望之。又作詩曰：「先君之思，以畜寡人。」君子謂定姜爲慈姑，過而之厚。《韓詩》

則云：「定姜歸其娣，送之而作。」然其事有可疑者，時定公尚在，不得稱先君也。定公卒，立敬姒之子衎爲君，是爲獻公。王伯厚引《魯詩説》云：「畜，孝也。獻公無禮于定姜，定姜作詩。言獻公常思先君定公，以孝于寡人。」則于是詩之上下文全不相屬，其謬明矣。按孔云：「《坊記》引此詩，注以爲夫人定姜之詩，不同者，《鄭志》答炅模云：『爲《記》注时，就盧君先師亦然。後乃得毛公傳，記古書義又且然。《記》注已行，不復改之。』」《申培説》又謂莊姜與娣戴嬀皆爲州吁所逐，同出衛野而别，莊姜作詩以贈嬀焉。今按莊姜被逐，事無所載，且詩中明言「遠送于野」，豈同逐之辭乎？

《擊鼓》，怨州吁也。 出《序》。 **衛州吁使公孫文仲帥師，會陳侯、宋公伐鄭，其從軍者賦此。** 《子貢傳》云：「州吁求寵于諸侯，使公孫文仲帥師，及宋公、陳侯、魯人、蔡人伐鄭，衛人怨之。」《申培説》亦云：「州吁伐鄭，國人怨之而作。」按《左》隱元年，鄭共叔之亂，❶公孫滑出奔衛。衛人爲之伐鄭，取廩延。二年冬，鄭人伐衛，討滑之亂。四年春，衛州吁弒桓公而自立。宋殤公之即位也，公子馮出奔鄭，鄭人欲納之。及衛州吁立，將修先君之怨于鄭，而求寵于諸侯，以和其民，使告于宋曰：「君若伐鄭以除君害，君爲主，敝邑以賦與陳、蔡從，則衛國之願也。」宋人許之，于是陳、蔡方睦于衛，故宋公、陳侯、蔡人、衛人伐鄭，圍其東門，五日而還。秋，諸侯復伐鄭，敗鄭徒兵，取其禾而還。朱傳以爲此詩衛人從軍者所作。愚謂此當

---

❶ 「共」，原作「與」，據《四庫全書》本改。

是再伐鄭時，軍中寓書，與家人訣别之辭。以二章「不我以歸」、三章「爰居爰處」之語知之。

擊鼓其鏜，陽韻。《石經》、《説文》作「鼞」，豐氏本作「鼞」。**踊躍用兵。**叶陽韻，逋旁翻。**土國城漕，我獨南行。**叶陽韻，寒剛翻。○賦也。鏜，通作鼞，鼓聲也。踊，跳。躍，迅也。俱見《説文》。嚴粲云：「踊躍，言喜之之意。」鄭玄云：「此用兵謂治兵時。」曾鞏云：「鏜然擊鼓，踊躍用兵，想見州吁好兵喜鬪之狀。其興師動衆，非出于不得已也。人所甚憚者，州吁之所最樂。國人怨之，正以其踊躍爾。」郝敬云：「擊鼓踊躍，輕佻之狀，輕佻者無謀。《易·師》之彖曰：『師貞，丈人吉。』以兵爲戲，未有不亡者，州吁所以死也。」按《左傳》記魯衆仲之對隱公曰：「州吁阻兵而安忍。阻兵，無衆。安忍，無親。衆叛親離，難以濟矣。夫兵猶火也，弗戢將自焚也。夫州吁弑其君而虐用其民，于是乎不務令德，而欲以亂成，必不免矣。」是歲九月，衛人殺州吁于濮。衆仲之言于是始驗。土，土功。國，國中。城，築城也。漕，衛邑，《左傳》作曹。戴公廬于曹，即此。《一統志》云：「廢白馬縣，在今大名府滑縣治南，本衛之漕邑。」「南行」者，從軍南行伐鄭，鄭在衛之南也。衛國之民，或役土功于國，或築城于漕，非不勞苦而猶處于境内。今我獨南行，則死亡未可知，其危苦爲尤甚也。此章追述始行之辭。鄒忠胤云：「按《史記》，衛桓公二年，弟州吁驕奢，桓公絀之，州吁出奔。十三年，鄭伯弟段，攻其兄不勝，亡，而州吁求與之友。十六年，州吁收聚衛亡人，以襲殺桓公，自立爲衛君。爲鄭伯弟段欲伐鄭，請宋、陳、蔡與俱，三國皆許之。觀此，則州吁之伐鄭，蓋與段比謀，所謂同欲相求，如市賈者也。」

從孫子仲，送韻。**平陳與宋。**叶送韻，讀如送，蘇弄翻。**不我以歸，憂心有忡。**叶送韻，敕衆翻。豐本作「皣」。○賦也。從，《説文》云：「隨行也。」王粲詩曰「從軍有苦樂，但問所從誰」，即此從也。孫，公孫，其後因以孫爲氏。子仲，其字。《序》稱公孫文仲者，文，其謚也。名無考。時軍帥也。平，朱子云：「和也。合二國之好也。」陳與衛相睦，宋與鄭有仇。衛欲伐鄭，使宋爲主，以是時陳尚未從宋，故先合二國之好，而後進兵也。自此以上，皆追述前日之語。「不我以歸」者，先是平陳與宋之後，即往伐鄭，既圍其東門，五日而還矣。未幾，魯翬帥師來會，復往伐鄭。自夏而秋，僅隔一時耳，必師歸在途，又聞後命，未得班師，故曰「不我以歸」也。忡，《説文》云：「憂也。」既言憂又言忡者，憂主前日言，忡主今日言。見其憂之繼至而無已也。

爰居爰處，上聲。**爰喪其馬。**韻。**于以求之？于林之下。**馬韻。○賦也。此下皆與家人訣別之語。爰，《説文》云：「引也。」謂引辭也。上章言「不我以歸」，則於是居，於是處矣。居者久居，處者暫止，未死則當久居，死則爲暫止，總之無還日也。下文言「林之下」，是其居處所在也。喪，失也。錢氏云：「自知必死也。不言死，唯言喪馬，蓋婉辭。」嚴粲云：「身死則馬非我所有，唐人詩所謂『去時鞍馬別人騎』也。」郝敬云：「唐詩『可憐馬上郎，意氣今誰見』本此。」汝家中之人若欲求我，其于林之下乎？山木曰林。鄭玄云：「軍行必依山林，求其故處，近得之。」此蓋囑以後事。《左傳》蹇叔哭送其子曰：「晋人出師必于殽，必死是間，余收爾骨焉。」即此意也。

死生契陸德明云：「一作『挈』。」**闊**，曷韻。**與子成說**。叶曷韻，讀如蹐，桑曷翻。❶**執子之手**，有韻。**與子偕老**。叶有韻，朗口翻。○賦也。契，《說文》云：「大約也。」合以爲信，故其義爲合也。闊，《說文》云：「疏也。」猶言離也。死生契闊，蓋言夫婦之情死生以之，雖時之所遇有合有離，而終于不相忘棄。此是約誓渾成語。子，謂其家人。成說，朱子云：「謂成其約誓之言。」偕，《說文》云：「俱也。」又相與執手，而期以俱老，蓋欲其有合無離，而白首同歸也。此又成說時繾綣祝願之意。

于嗟闊曷韻。**兮，不我活**曷韻。**兮**。**于嗟洵**真韻。《韓詩》作「夐」。陸德明云：「一作『詢』」，誤也。」**兮，不我信**叶真韻，升人翻。陸云：「信，即古『伸』字，經典通作『伸』。」徐鍇云：「假借也。」**兮**。賦也。于嗟，嘆也。活，生活也。洵、恂通，《說文》云：「信也。」信，通作伸，舒展之意。此承上章而言。言人生雖契闊不常，然離尚有合之日，今則必至死地，無相見期矣。向者執手之言，何如其信，今則中道捐棄，不能遂其前約矣。其憂危如此，所以然者，則以州吁身犯大逆，衆叛親離，有必敗之道故也。

《擊鼓》五章，章四句。《序》云：「怨州吁也。衛州吁用兵暴亂，使公孫文仲將而平陳與宋，國人怨其勇而無禮也。」今按平陳與宋專爲伐鄭，《序》但依經爲說，而不及伐鄭，亦是漏義。

《節南山》，刺桓王從尹氏助曲沃也。按《左傳》，魯隱公五年，桓王之二年也。曲沃莊伯以鄭人、

❶「翻」，原作「韻」，據《四庫全書》本改。

邢人伐翼，王使尹氏、武氏助之，翼侯奔隨。又據《春秋》書桓八年，天王使家父來聘。魯桓公八年，乃桓王之十六年，則此詩所云尹氏、家父，其皆爲桓王時人明矣。莊伯者，文侯仇弟，成師之子。而翼侯者，則文侯孫孝侯之弟也。事見《揚之水》、《鴇羽》等篇。桓王輕狥曲沃之請，助少陵長，不可以訓。意必尹氏輩實慫恿之，故詩以爲刺。已而曲沃叛王，是年秋，王復命虢公伐曲沃，而立翼侯之子哀侯。

節彼南山，維《漢書》作「惟」。**石巖巖。**咸韻。亦叶鹽韻，疑杴翻。陸德明本作「嚴嚴」。**赫赫師尹，民具爾瞻。**鹽韻。亦叶咸韻，側銜翻。**憂心如惔，**覃韻。《韓詩》、《後漢書》俱作「炎」，《字書》、豐氏本俱作「焱」，《説文》作「羡」。**不敢戲談。**覃韻。**國既卒斬，**叶咸韻，側銜翻。**何用不監！**咸韻。○興也。節，通作岊，从山从卩。徐鍇云：「山之陬隅高處曰岊。」凡國都南面所向之山，皆可謂南山，非終南山也。以所見起興。巖，通作喦，《説文》云：「磛喦也。」巖巖，毛傳云：「積石貌。」鄭玄云：「興者，喻三公之位，人所尊嚴。」赫赫，毛云：「顯盛貌。」師，大師，周之三公也。尹，尹氏，爲大師。李氏云：「《洪範》曰『師尹惟日』，此師尹不可指其人。如此詩曰『尹氏大師』，是尹氏爲太師明矣。」具，通作俱，偕也。瞻，視也。孔云：「尹氏爲大師既顯盛，處位尊貴，故下民俱仰爾而瞻之。爾既天下所瞻，宜當行得以副之。」按《大學》引此詩而申之曰：「有國者不可以不慎，辟則爲天下僇矣。」謂任相當慎也。憂心，家父自寫也。惔字从心从炎，《説文》云：「憂也。」徐鍇云：「如火熱也。」《孔叢子》載孔子曰：「於《節南山》，見忠臣之憂世也。」戲，謔。談，語也。徐鍇云：「談者，和繹而悦言之。」不敢戲談，言不敢以談爲戲，猶云不敢不以正告也。卒，通作猝，暴疾也。斬，毛云：「斷也。」謂國祚中斷也。監，「厥監維不遠」之監，通作鑒，誡也。按《竹書》載幽王二年，錫太師尹氏皇父命。則皇父乃今尹氏之先，當幽王之世已爲太師。善狀無聞，徒與豔妻及多藏之人表裏煽結，致使國統猝然而絶。今日者尹氏復居太師之位，豈可不用此以爲鑒戒，而圖蓋前愆乎？此追述驪山事，其爲東遷以後之詩明矣。

節彼南山，有實其猗。叶歌韻，於何翻。**赫赫師尹，不平謂何！**歌韻。**天方薦瘥，**叶歌韻，才何翻。《說文》、豐本俱作「䁟」。**喪亂弘多。**歌韻。**民言無嘉，**麻韻。亦叶歌韻，居何翻。**憯**陸德明本作「噆」。**莫懲嗟。**麻韻。亦叶歌韻，曹哥翻。豐本作「着」。○興也。實，毛云：「滿也。」滿乎山者，艸木是也。猗，通作倚。《說文》云：「依也。」山中卉樹叢襍，則交加相倚，固其宜也。今赫赫師尹，爲百官之長，而偏倚不平，謂之何哉！不平，即指助曲沃伐翼之事，然不明説出，使之自悟。後章言「秉國之均」亦此意。「謂何」者，訝而詰之之辭也。方者，方來未已也。薦，通作荐，《爾雅》云：「再也。」毛云：「重也。」按荐即藁也，所以藉席，故有重義。天方降此荐至之病，以人則死喪，以世則禍亂，甚大而且多也。興師助戰，故有死喪。兵爭未已，故爲禍亂。嘉，《說文》云：「美也。」民丁此喪亂，不聞美言，但有謗讟而已。憯，《說文》云：「痛也。」家父自言，我爲民言無嘉，深痛朝廷之舉動乖方至於如此。而尹氏太師絶無懲創之見于事，嗟閔之形于聲，恬然自是，無改悔之意也。金履祥云：「晉文侯于平王有修扞之功，其後嗣爲曲沃所弱，王室不能救，已非矣。桓王使尹氏、武氏助曲沃，於君臣大義邪正，一切反之。東遷已來，諸侯方恣，而周之舉措如此，何以服諸侯之心乎？」首章第就「師尹」二字起議，此及下章則直指其助曲沃一事而深責之也。

尹氏大音泰。**師，**支韻。**維周之氏。**叶支韻，陟離翻。**秉國之均，**《漢書》、豐本俱作「鈞」。**四方是維。**支韻。**天子是毗，**支韻。《爾雅》作「肶」，《荀子》作「痺」，王肅本作「埤」。**俾**《荀子》作「卑」，陸本作「裨」。**民不迷。**叶支韻，武夷翻。**不弔昊天，不宜空我師。**見上。〇賦也。尹氏，吉甫之後。大師，三公之首。《公羊傳》云：「尹氏者何？天子之大夫也。其稱尹氏何？貶。曷爲貶？譏世卿，世卿非禮也。」何休云：「世卿者，父死子繼也。氏者，起其世也。若曰世世尹氏也。禮，公卿、大夫、士，皆選賢而用之。卿大夫任重職大，不當世。爲其秉政久，恩德廣大，小人居之，必奪君之威權。」胡安國云：「官不擇人，世授之柄，黨與既衆，威福下移，大姦根據而莫除，人主孤立而無助，國不亡幸爾。」汪氏云：「宣王時，吉甫已稱氏。《春秋》惟尹武公兩伐鄭書子，其餘經傳所紀悉曰尹氏。疑若漢大將軍霍氏專權秉政，特寵異之而不名也。」王應麟云：「《春秋》於平王之末，書尹氏卒，見權臣之繼世也。於景王之後，書尹氏立王子朝，見權臣之危國也。《詩》之所刺，《春秋》之所譏，以此坊民，猶有五侯擅漢、三馬食曹之禍。」氏，毛云：「本也。」徐鍇云：「天根也。指事。」按氏，二十八宿之一，説者謂角、亢下繫於氏，若木之有根，故名爲天根，因借訓爲本也。王安石云：「朝廷以尊官爲氏。氏者，安危存亡所出也。大師，尊官也。」秉，持也。字从又持禾。又者手也，以手持禾，故其義爲持也。均，《説文》云：「平徧也。从土从勻。」平徧意也。秉國之均，言持國之平，猶商相名阿衡，亦謂天下所倚平也。孫鑛云：「刺其人，却頌其職，蓋反意責之。」維者，連綴之義。毗，本作𣬈，《説文》云：「臍也。」字从囟。囟，取氣通也。按此則「天子是毗」，猶云天子于焉寄心腹也。或通作仳，輔也。徐鍇云：「仳輔字本作仳，多借此𣬈字。」迷，《説文》云：「惑也。」惟平則能使民不迷，尊尊卑卑，長長幼幼，各安其分，民知所趨向，不至迷惑也。夫然後不愧爲天子之腹心臣，而四方侯國亦庶幾繫屬而不散矣。孔子曰：「三軍大敗，不可斬也。獄犴不得，不可刑也。罪不在民故也。故先王既陳之以道，上先服之。若不可，尚賢以綦之。若不可，廢不能以單之。綦三年，而百姓往矣。邪民不從，然後俟之以刑，則民知罪矣。《詩》曰：『尹氏大師，維周之氐。秉國之均，四方是維。天子是庳，卑民不迷。』」又曰：「上陳之教，而先服之，則百姓從風矣。躬行不從，而後俟之以刑，則民知罪矣。夫一仞之墻，民不能踰，百仞之山，童子升而遊焉，陵遲故也。今是仁義之陵遲久矣，能謂民弗踰乎？《詩》曰：『俾民不迷。』」又曰：「昔之君子，道其百姓不使迷。是以威厲而刑措不用也。故形其仁義，謹其教道，使民目晰焉而見之，使民耳晰焉而聞之，使民心晰焉而知之，則道不迷，而民志不惑矣。」按魯有父子訟者，季康子欲殺之，孔子以爲不可。《荀子》、《説苑》、《韓詩外傳》三書所載孔子之言，互有出入，而皆引此詩。今節録之，蓋所責備于上人之身教者深矣。綦，當作惎，教也。單，當作癉，病也。不弔昊天，刺尹氏也。弔，恤也。天方薦瘥，而尹氏不恤，故曰「不弔昊天」。此與「昊天不弔」，文理自異，《左傳》之解甚明，詳見第六章。空，猶曠也。我師，以大師之官言。尹氏既不能佐天子以平其政，而使民不迷，是不恤昊天之譴怒，則不宜虚踞其位，徒曠我大師之官也。嚴云：「非其人而處其位，與無人同，故謂之空。」一説，興師征伐，將恐有敗亡之禍，是空我師也。亦通。

弗躬弗親，叶震韻，七刃翻。豐本作「窺」。**庶民弗信**。震韻。**弗問弗仕**，紙韻。**勿罔君子**。紙韻。**式夷式已**，紙韻。**無小人殆**。叶紙韻，養里翻。**瑣瑣**陸云：「或作『璅』，非也。」**姻**《石經》、豐本俱作「媚」。亞，《石經》、豐本俱作「婭」。**則無膴仕。**見上。○賦也。承上章言尹氏之不平，固可罪矣，而亦繇王之任用而聽信之，故此章專規王也。躬，謂王身也。王不身親爲政，自籌度其可否，而一任尹氏之所爲，此庶民之所以不信服也。胡安國云：「昔周公戒成王，以繼自今，我其立政立事。夫不自爲政，而委于臣下，是以國之利器示人，而不知寶也。」《左》襄七年，晉韓獻子告老，公族穆子有廢疾，將立之。辭曰：「《詩》曰：『弗躬弗親，庶民弗信。』無忌不才，讓其可乎？請立起也。」夫穆子身有廢疾，尚知不躬親之不可以爲政，而王乃使尹氏代爲之可乎？問，訪問也。弗仕，謂失位者。以下文姻亞膴仕反觀之，則此時失位者皆賢人也。勿，戒辭。罔，《論語》「不可罔也」，《孟子》「難罔以非其道」之罔。謂造設機謀以籠絡之，如陷物于網罟之中，使之不能自脱也。君子，指王也。勿罔君子，責尹氏也。王縱不肯下問及弗仕之人，以裁度其事理，而尹氏顧可以非理之事，欺罔王行之乎？《楚語》靈王虐，白公子張諫曰：「齊桓、晉文皆非嗣也。還軫諸侯，不敢淫逸，心類德音，以得有國。近臣諫，輿人誦，以自誥也。是以其入也，四封不備一同，而至於有畿田以屬諸侯，至于今爲令君。桓、文皆然，君不度憂於二令君，而欲自逸也，無乃不可乎？周詩有之曰：『弗躬弗親，庶民弗信。』臣懼民之不信君也，故不敢不言。」按詩刺王「弗躬弗親」，而歸咎于「弗問弗仕」，與白公諫楚靈意同。式，發語辭。夷，平。已，止也。尹氏之所行固不平矣，尚望王平其心，止其事也。無，毋通，禁止辭。下同。小人，指尹氏、武氏輩也。殆，鄭云：「近也。」孔云：「無小人近，猶云無近小人也。」按《易》「其殆庶幾乎」，亦訓殆爲近，疑通作逮。逮訓爲及，近之義也。又《大戴禮》，子貢云：「學以深，厲以斷，送迎必敬，上友下交，銀手如斷，是卜商之行也。」孔子曰：「《詩》云：『式夷式已，無小人殆。』而商也其可謂不險也。」此言子夏于交友必慎，即無近小人之意。瑣，通作貞，字从貝从小，蓋貝之小者，故爲細小之義。舍人云：「計謀褊狹之貌。」愚按此即上文所謂「小人」也，以不一其人，故曰瑣瑣，下文言有爲姻者、有爲亞者是也。《爾雅》云：「壻之父謂姻，兩壻相謂爲亞。」劉熙云：「曰亞者，言每一人取姊，一人取妹，相亞次也。又並來女氏，則姊夫在前，妹夫在後，亦相亞也。」膴，《説文》云：「無骨腊也。」腴美之意。位高則禄厚，謂之膴仕。按《都人士》之詩，稱彼君子女，謂之尹吉。鄭氏以爲尹氏，周室昏姻之舊姓，然則此尹氏、武氏，意必皆憑藉昏連王室，以處大位，故勸王當擇賢而用之，不可使此輩濫居要職也。往者不可諫，來者猶可追，王可不亟清政地，以回喪亂之運，收四方之心乎？

昊天不傭，冬韻。《韓詩》、豐本俱作「庸」。**降此鞠訩。**冬韻。**昊天不惠，**霽韻。**降此大戾。**霽韻。**君子如屆，**叶霽韻，居例翻。**俾民心闋。**叶霽韻，苦桂翻。**君子如夷，**支韻。**惡**去聲。**怒是違。**叶支韻，讀如爲，于嬀翻。○賦也。此章申首章「國既卒斬，何用不監」之意，但首章爲尹氏言，此則爲王言耳。昊，大也。《説文》以春爲昊天，《爾雅》以夏爲昊天，然《堯典》命羲和，統言欽若昊天，則未必爲春夏之專稱也。傭，《説文》云：「均直也。」降，下也。鞠，通作鞫，《爾雅》云：「窮也。」字从言，蓋謂以言語相窮詰也。《説文》無訩字，當通作凶，云：「惡也。象地穿交陷其中也。」惠，順也。戾，毛云：「乖也。」大戾，猶言大變也。不傭、不惠，皆指幽王之已事而言。詩刺幽王信任昏姻，而疎遠宗族，所謂不傭也。《史記》言幽王數欺諸侯，諸侯叛之，所謂不惠也。昊天惟以幽王之所行爲不均也，故降之以鞠訩，謗讟鬨然，離心離德也。昊天惟以幽王之所行之事爲不順也，故降之以大戾，身既被弑，而周遂東也。然則王今日可不知監乎？君子，與上章「君子」同，皆指王也。届，《説文》云：「極也。」闋，息也，《説文》云：「事已閉門也。」按事已閉門，息之意也。夷，即「式夷式已」之夷。惡怒，謂民惡之極而至于怒，次章言「民言無嘉」是也。「君子如届」二句，反上文「不傭」而言，王之信任姻婭，如極于此，而後勿復然，庶使民弗信之心，於此而息。「君子如夷」二句，反上文「不惠」而言。王所行之政，如自今以往，能反不平而之平，則民之惡怒自去矣。勸勉之之辭，欲王懲前毖後也。

不弔昊天，叶庚韻，鉄明翻。**亂靡有定。**叶青韻，唐丁翻。**式月斯生，**庚韻。亦叶青韻，桑經翻。**俾民不寧。**青韻。亦叶庚韻，讀如儜，漏耕翻。**憂心如酲，**庚韻。**誰秉國成？**庚韻。**不自爲政，**敬韻。亦叶庚韻，諸盈翻。《禮記》作「正」。**卒勞百姓。**敬韻。亦叶庚韻，師庚翻。○賦也。定，止也。昊天於幽王之時，降謫降戾，其鑒戒甚明如此，而王曾不少恤，故今日喪亂弘多，未有所止。《左傳》成七年，吴伐郯，郯成。季文子曰：「中國不振旅，蠻夷入伐，而莫之能恤。無吊者也夫！《詩》曰：『不吊昊天，亂靡有定。』其此之謂乎！有上不吊，其誰不受亂？吾亡無日矣。」襄十三年，吴侵楚，養由基奔命，子庚以師繼之。養叔曰：「吴乘我喪，謂我不能師也，必易我而不戒。子爲三覆以待我，我請誘之。」子庚從之。戰于庸浦，大敗吴師，獲公子黨。君子以吴爲不吊，《詩》曰：「不吊昊天，亂靡有定。」合觀此二傳，則「不吊昊天」之解甚明。式，發語聲。月生必盈，如月復生，言幽王之世既亂矣，而今亂又方始也。俾民不寧，即前言「弗信」，言「惡怒」，皆震盪而不安寧之象也。憂心如酲，家父自道也。酲，《説文》云：「病酒也。」前云「憂心如惔」，如烈炎之乍熾，據時事之亂言也。此云「憂心如酲」，如宿酒之未醒，則兼幽王時之亂而言也。誰秉國成，怨問之辭，刺尹氏也。成，猶定也。自其公平正大之體而言，則曰國均。自其紀綱法度，有一成而不可變者在，則曰國成。尹氏能秉國成，則不至有今日之事矣。不自爲政，歸咎王也。前章所謂「弗躬弗親」是也。百姓與庶民不同，古者以官爲氏，又《左傳》云：「天子建德，因生以賜姓。」謂建立有德，以爲公卿，因其所生之地而賜之，以爲其姓。故《書·君奭》篇云：「百姓王人，罔不秉德明恤。」《酒誥》篇云：「越百姓里居，罔敢湎于酒。」《楚語》觀射父云：「民之徹官百，王公之子弟之質，能言能聽，徹其官者，而物賜之姓，以監其官，是爲百姓。」愚按此即指尹氏、武氏也。尹、武二氏，乃百官之著姓者，今王使之帥師助曲沃，是煩勞之也。興得已之役，故以煩勞嘲之，亦微辭。

駕彼四牡，四牡項領。梗韻。**我瞻四方，蹙蹙靡所騁。**梗韻。〇賦也。此章刺尹氏承王命出師，而行役于外也。四牡，駕車四牡馬，尹氏所乘也。項，《説文》云：「頭後也。」領，即項。四牡項領，言四牡之項領整齊可觀，蘇子繇謂「好其項領」是也。駕四牡者，必加衡軛于頸上，故以項領言。「我瞻四方」二句，歎其行無所之也。蹙，迫也。騁，直馳也。俱見《説文》。尹氏助少凌長，其心不平，其事不順，四方諸侯聞之，方且心非舌刺，共加憎惡，行將安入乎？又徐幹云：「良農不患疆埸之不修，而患風雨之不節。君子不患道德之不建，而患時世之不遇。《詩》曰：『駕彼四牡，四牡項領。我瞻四方，蹙蹙靡所騁。』傷道之不遇也，豈一世哉？豈一世哉？」劉向《新序》云：「宋玉事襄王而不見察，意氣不得，形於顔色。或謂曰：『先生何談説之不揚，計畫之疑也？』宋玉曰：『不然。子獨不見夫玄蝯乎？當其居桂林之中，峻葉之上，從容游戲，超騰往來，龍興而鳥集，悲嘯長吟。當此之時，雖羿、逢蒙，不得正目而視也。及其在枳棘之中也，恐懼而掉栗，危視而蹟行，衆人皆得意焉。此皮筋非加急，而體益短也，處世不便故也。夫處世不便，豈可以量功較能哉？《詩》不云乎？駕彼四牡，四牡項領。夫久駕而長不得行項領，不亦宜乎？《易》曰：臀無膚，其行趑趄。此之謂也。』」按此皆借《詩》辭爲比喻，與本旨無涉。

方茂爾惡，相爾矛尤韻。**矣。既夷既懌，如相醻**尤韻。陸德明本作「酬」。**矣。**賦也。茂，《說文》云：「艸豐盛也。」爾，指尹氏。惡，謂偏黨不平之惡。相，《說文》云：「省視也。」矛，所以刺者。夷，平。懌，悦也。醻，《說文》云：「主人進客也。」毛云：「猶道飲也。」鄭云：「猶今俗人勸酒。」按主人進酒於客曰獻，客答主人曰酢，主復酌賓曰醻。及舉旅，則又衆相醻。此章據周、鄭之事起議。先是鄭莊公爲平王卿士，及平王崩，周人將畀虢公政，於是周、鄭交惡。今曲沃以鄭人伐翼，而王又使尹氏、武氏助之。時尹氏方有寵于王，必是以一己愛憎私意播弄其間，故家父責之曰：當爾惡意方逞，視爾之於鄭，不難推刃相加，故使王惡鄭也。及爾忿怒既平，轉爲悦懌，則如飲酒者，主賓相酬而不倦然，何愛憎之至變如此？夫周之東遷，晉、鄭焉依，前此王之惡鄭也，固爲惡其所不當惡。今鄭與曲沃，同惡相濟，王不致討而反助之，亦爲助其所不當助矣。

昊天不平，庚韻。**我王不寧。**叶庚韻，漏耕翻。豐本作「寍」。**不懲其心，覆怨其正。**叶庚韻，諸盈翻。○賦也。師尹不平，將來必致昊天之不平，言天怒也。俾民不寧，其究必至吾王之不寧，言王危也。天怒君危，皆自尹氏之私心釀之，可以憬然而改圖矣。而莫懲者猶故，反自以爲是，而怨人之規正于爾，謂之何哉？

家父音甫。**作誦，**叶冬韻，墻容翻。又楊慎云：「誦音松。《淮南》書『赤松子』作『赤誦子』。」**以究王訩。**冬韻。**式**《新語》作「或」。**訛爾心，以畜**《新語》作「蓄」。**萬邦。**叶冬韻，悲恭翻。○賦也。家父，周大夫。何休以家爲采地，因以爲氏。父其字也。《春秋》桓八年，天王使家父來聘。十有五年，天王使家父來求車。皆作詩後事。家父刺尹氏之不平，不憚激怒于君相，蓋竭忠于王室者。曾幾何時，風節頓隳，至于曲狥王命，而有求車之失，人品之難持如此，可畏哉！誦，《説文》云：「諷也。」又《周禮》注云：「背文曰諷，以聲節之曰誦。」作誦，謂作此可誦之辭，即此詩是也。孔云：「詩人之情不一，或微加諷諭，或指斥愆咎，或隱匿姓名，或自顯官字。家父盡忠竭誠，不憚誅罰，故自載字焉。寺人孟子亦此類也。」王應麟云：「吉甫作誦，美詩以名著者也。家父作誦，以究王訩；寺人孟子，作爲此詩，刺詩以名著者也。爲吉甫易，爲家父、孟子難。」又鄒忠胤云：「其詩諫尹氏而非諫王，故無嫌自稱其字。」究，《説文》云：「窮也。」訩即凶字。「以究王訩」者，家父自陳其作詩之意，欲王聽家父之言，則王之凶禍，當窮止于此，庶國不至復斬耳。「式訛爾心」二句，又爲叮囑尹氏之辭。式，發語聲。訛，《爾雅》云：「化也。」猶今人言「洗滌腸胃」也。上章言「不懲其心」，爲指尹氏。則此言「式訛爾心」，其指尹氏可知。舊説謂指王，非是。畜，養也。畜萬邦，猶云懷諸侯。治其亂，使上下相安。持其危，使大小相恤。皆畜養之事也。尹氏非盡化其從前不平之心，必不能爲此，而王向之失于偏聽輕任者，聞此可以覺悟矣。《左》昭二年，晋侯使韓宣子來聘，公享之，季平子賦《節》之卒章。

《節南山》十章，六章章八句，四章章四句。《左傳》、《子貢傳》、《申培説》、豐氏本篇名俱作

《節》。申、豐又作八章，章八句。今按後四章語氣恰是四段，若合而爲二，其意反不相屬，當以章四句爲正。○董仲舒云：「周室之衰，其卿大夫緩於誼而急於利，亡推讓之風，而有争田之訟，故詩人疾而刺之曰：『節彼南山，維石巖巖。赫赫師尹，民具爾瞻。』爾好誼，則民向仁而俗善；爾好利，則民好邪而俗敗。豈可以居賢人之位，而爲庶人行哉？」今觀篇中絶無一語及争田事，惟「天方薦瘥」，《説文》作「薦睉」，云：「殘歲田也。」豈即争田説耶？然即如所言，亦於義小矣。若《子貢傳》第存「桓王伐鄭，家父諫之」二語，而中有闕文。申培爲暢其説云：「桓王之時，任用非人，諸侯咸叛，兵敗民殘。家父憂之，作此以諫王焉。」此亦據《春秋》以家父爲桓王時人，遂附會于伐鄭之事，而於詩刺尹氏，竟無着落。《序》則以爲家父刺幽王，蓋亦爲篇序所惑，又泥于東遷以後，不當有雅，故不敢以此之家父爲《春秋》之家父耳。愚按幽王時有家伯維宰，爲褒姒之黨，彼决不敢刺王。若家父之見于《詩》、《春秋》，止是一人，則以《左傳》載尹氏之伐翼，家父之聘魯，同在桓王之世，此其最足徵者也。

《雄雉》，刺衛宣公也。軍旅數起，出《序》。**室家之人，思其君子行役于外，而作是詩。**

《左傳》隱四年，冬十二月，宣公即位。隱五年四月，鄭人侵衛牧，以報東門之役。衛人以燕師伐鄭，鄭曼伯與子元以制人敗燕師于北制。秋，衛師入郕。隱十年，秋，宋人、衛人入鄭，又伐戴。桓五年，王以諸侯伐鄭，虢公將右軍，衛人屬焉。桓十年，諸侯之大夫戍齊，齊人饋之餼，使魯爲其班，後鄭。鄭人怒，請師于齊。齊人以衛師助之，戰于郎。凡此，皆宣公在位軍旅數起之事也。是詩之作，不知其何時。愚意必爲以燕師伐鄭而發，此室家所思之君子，即所使乞師于燕之人也。宣初即位，當以休養民生爲急，而仍蹈州吁往轍，報復無已，忮求之刺，其殆是與？

雄雉于飛，泄泄《石經》作「洩洩」。**其羽。**叶語韻，讀如雨，於許翻。**我之懷矣，自詒**《釋文》作「貽」。**伊阻。**語韻。○興也。雄，《説文》云：「鳥父也。」雉，解見《匏有苦葉》篇。雉之雄者，有冠，長尾，身有文采，善鬭。陸佃云：「雉死耿介，妒壟護疆，善鬭。雖飛不越分域，一界之内，要以一雄爲長，餘者雖衆，莫敢鳴雊。潘岳所謂『畫墳衍以分畿』者也。《周官》曰：『士執雉。』士死制，故執雉，所謂一生一死贄者也。」泄，通作曳，牽曳也。愚按雉妒壟護疆，雖飛不越分域，故有牽曳之象。今大夫以軍事遠行于外，則是雉之不如也。懷，《説文》云：「念思也。」思其夫也。詒，通作貽，《説文》云：「贈遺也。」伊，鄭玄云：「當作繄。繄，猶是也。」阻，險難也。指軍旅之事而言。此行役者，必當時在朝同與謀議，以啓兵端，故其妻咎之曰「自詒」也。《左傳》趙宣子曰：「嗚呼！我之懷矣，自詒伊慼。其我之謂矣。」自詒伊慼，與「自詒伊阻」語氣正同，而彼二句不見于經，杜預以爲逸《詩》。愚疑「阻」改爲「慼」，或傳寫譌也。

雄雉于飛，下上其音。侵韻。**展矣君子，實勞我心。**侵韻。○興也。嚴粲云：「詩人之言不必盡同。《燕燕》言『下上其音』，謂雙燕相追逐而飛鳴也。此言雄雉下上其音，則止是一雉之音，或下或上也。」愚按雌飛不越分域，故其鳴音近而可聞。今大夫遠行在外，則無音之可聞矣。展，《説文》云：「轉也。」君子，謂其夫也。展轉在懷，惟此仰望終身之君子，實使我心憂勞而不置也。所以勞我心者，誠慮其挑釁賈禍，非徒牽於閨門之愛而已。

瞻彼日月，悠悠《説苑》作「遥遥」。**我思。**叶灰韻，新才翻。**道之云遠，曷云能來？**灰韻。○賦也。程子云：「日月，取其迭往迭來之意。又日月陰陽相配而不相見，且旦暮所見，動人情思。」悠，《説文》云：「憂也。」嚴粲云：「視日月之往來，則君子之從役，積時已久矣。使我心悠悠然思之，道路之遠如此，不知何時能歸乎？」又《家語》載孔子謂季孫曰：「今世之陵遲亦久矣，而能使民勿踰乎？」因引此詩而曰：「伊稽首，不其有來乎？」其意謂若施德化，使下人稽首歸向，雖道遠必有來者。然則此章乃刺宣公不務德以來遠人，即下章規其「不忮不求」之意。並存之。

百爾君子，不知德行。叶陽韻，寒剛翻。亦叶漾韻，合浪翻。**不忮不求，何用不臧？**陽韻。亦叶漾韻，才浪翻。○賦也。百，猶凡也。百爾君子，泛及同時在位者而言。德在内，主于心；行在外，主于行。忮，《説文》云：「恨也。」毛傳云：「害也。」求，通作逑，《説文》云：「斂聚也。」臧，善也。言告爾有位之君子，我婦人亦不知如何爲德行也。我但知人若不忮恨而傷害于人，不貪求而斂聚非有，則何往而不善乎？刺當時之不然也。夫不忮求則臧，苟徒以忮求爲事，則必不臧矣。言外深有爲宣公慮患之意，而亦慮其君子之及，所以勞心于伊阻之自詒，而悠悠不能已也。胡安國云：「春秋之時，用兵者非懷私復怨，則利人土地耳。不忮則能懲忿，不求則能窒慾，然後貪忿之兵亡矣。」朱善云：「不忮不求，此孔門克己之術，求仁之方，而婦人能言之，其亦可謂賢也已。」子曰：「衣敝緼袍，與衣狐貉者立而不恥者，其由也與？『不忮不求，何用不臧？』」子路終身誦之。《韓詩外傳》云：「喜名者必多怨，好與者必多辱。唯滅跡于人，能隨天地自然，爲能勝理而無愛名。名興則道不用，道行則人無位矣。夫利爲害本，而福爲禍先，惟不求利者爲無害，不求福者爲無禍。《詩》曰：『不忮不求，何用不臧？』」又云：「聰者自聞，明者自見。聰明，則仁愛著而廉耻分矣。故非道而行之，雖勞不至；非其有而求之，雖强不得。故智者不爲非其事，廉者不求非其有，是以害遠而名彰也。《詩》曰：『不忮不求，何用不臧？』」又云：「安命養性者，不待積委而富；名號傳乎世者，不待勢位而顯。德義暢乎中，而無外求也。信哉賢者之不以天下爲名利者也！《詩》曰：『不忮不求，何用不臧？』」

《雄雉》四章，章四句。《序》云：「刺宣公也。淫亂不恤國事，軍旅數起，大夫久役，男女怨曠，國人患之，而作是詩。」今按此詩，但是婦人思君子從役於外，如朱傳之説，而絶無譏及淫亂之意。毛、鄭欲牽經以配《序》，至謂下上其音，興宣公大小其聲，怡悦婦人，可笑甚矣。《子貢傳》、《申培説》皆以爲大夫諫管叔之詩，然觀此詩以雄雉起興，而又曰「展矣君子，實勞我心」，及「瞻彼日月」一章，自是婦人思夫之語。

《新臺》，刺衛宣公也。納伋之妻，作新臺于河上而要之。齊人聞而惡之。按《左傳》，初，衛宣公烝于夷姜，生急子，屬諸右公子職。爲之娶于齊而美，公取之。是謂宣姜。即此事也。宣公名晋，莊公之庶子，桓公之弟也。以周桓王二年即位，實魯隱公之五年也。《史記》載伋、壽争死事，在宣公十八年，計其納宣姜，當在初即位時。伋、急古字通用。嚴粲云：「自齊人言之，故以籧篨、戚施詆衛君而無嫌，非衛人之辭也。」

新《子貢傳》、《申培説》、豐氏本俱作「親」。下同。**臺有泚，**叶紙韻，淺氏翻。《説文》作「玼」，云：「玉色鮮也。」**河水瀰瀰。**紙韻。**燕**《文選》注作「嬿」，《説文》作「暥」，云：「目相戲也。」豐氏本作「媛」。下同。**婉之求，籧篨不鮮。**叶紙韻，想止翻。○賦而比也。《爾雅》云：「四方而高曰臺。」《水經注》云：「鄄城北岸有新臺。」《寰宇記》云：「在濮州鄄城縣北十七里。」蘇轍云：「國人疾宣公而難言之，故但識其臺之所在而已。」孔穎達云：「此時伋妻蓋自齊始來，未至于衛，而公聞其美，恐不從己，故使人于河上爲新臺。待其至于河，而因臺所以要之耳。若已至國，則不須河上要之矣。」泚，《説文》云：「清也。」新臺有泚，言新臺之下有此泚然之清水也。瀰，《説文》云：「水滿也。」水所以潔污穢，公反于河上而爲淫昏之行，雖挹彼洪流，安能滌之乎？登兹臺可以愧矣。燕，安。婉，順也。俱見《説文》。燕婉，謂伋也。籧篨，《説文》以爲麤竹席。顏師古云：「織蓆而麤文者。」《方言》云：「關西謂之簟，其粗者謂之籧篨。」按籧篨人或編之爲囷，其狀如人之擁腫而不能俯者，故以名不能俯者之疾，與末章「戚施」，皆借以醜宣公，非真有此疾也。鮮，通作癬，《説文》云：「乾瘍也。」其物善浸淫移徙，亦惡疾也。言齊女之來，固將求爲燕婉者之匹，若彼醜惡之人，何不嬰被重疾，而顧使能爲新臺之遊，以逞其淫穢之行乎？甚惡之之辭。

新臺有洒，叶銑韻，蘇典翻。與「洗」字通。《韓詩》作「漼」，云：「鮮貌。」豐本同。**河水浼浼。**叶銑韻，亡辨翻。《韓詩》作「浘浘」，云：「盛貌。」豐本同。**燕婉之求，籧篨不殄。**銑韻。○賦而比也。洒，《説文》云：「滌也。」新臺有洒，言新臺之下有水來洒滌之也。按《爾雅》云：「望厓洒而高，岸。」洒義同此。浼，《説文》云：「汙也。」《詩緝》云：「浼浼，水濁流貌。」臺下之水甚深，而公爲淫昏之行，累此河水亦浼浼然受其汙也。殄，《説文》云：「盡也。」《爾雅》云：「絶也。」言此等醜惡之人，天何不盡絶之也？至此而惡之之辭爲益甚矣。一説，鮮，少也。殄，絶也。詩意蓋曰：方將燕婉是求，豈意世固不乏籧篨者哉？亦通。

魚網之設，鴻則離支韻。**之。燕婉之求，得此戚施。**支韻。戚施，《説文》作「䵷䵶」。韓氏《集韻》作「規覍」，楊氏《古音略》作「頍頣」。○比而賦也。網，《説文》云：「庖犧所結繩以魚。」鴻，鴈之大者。離，《易》云：「麗也。」設魚網者宜得魚，鴻反麗焉，所得非所求也。魚比伋，鴻比宣公。戚施，人之不能仰者，亦醜疾也。又《太平御覽》載薛君云：「戚施，蟾蜍也。」楊慎云：「蟾蜍形大，背上多痱磊，行極遲緩，不能跳躍，亦不解鳴，多在濕處，故詩人以況宣公老而無耻之狀。」《説文》引詩作「䵷䵶」，即此物也。以䵷䵶爲戚施，其音之轉乎？又按《爾雅》云：「籧篨口柔，戚施面柔。」孔云：「籧篨、戚施，本人疾之名，《晉語》『籧篨不可使俯，戚施不可使仰』是也。但人口柔者，必仰面觀人之顔色而爲辭，似籧篨不能俯之人，因名口柔者爲籧篨。面柔者必低首下人，媚以容色，似戚施之人，因名面柔者爲戚施。」而季本不以爲然，以爲籧篨，龜匈之疾；戚施，駝背之疾。蓋衛、晉以舅爲君，初至新臺時，則以尊臨卑，外爲尊大之態，如籧篨然。其後見齊女有未順者，則俯而求之，極其卑屈，如戚施矣。故衛人形容其情狀如此。「新臺」二章，本在臺言，而皆曰籧篨。魚網鴻離一章，則言戚施。義各有當也。真德秀云：「宣公既納伋妻而殺伋、壽，自伋、壽死而國俗敗。子頑象之，上烝君母，君臣父子之行皆同于夷狄。❶衛國之俗，亦淪于夷狄。安得夷狄之禍，不乘之以

❶「皆同于夷狄」至「氣類之相感也」五十六字，《四庫全書》本作「皆同於禽獸衛國之俗與之俱敝安得狄人之禍不乘之以作乎夫狄人非能滅衛國也以衛君自爲禽獸而後狄人得以肆焉亂亡之自兆也」。

作乎？夫夷狄非能滅中國也，以中國自爲夷狄，而後夷狄得以肆焉，氣類之相感也。原宣公之初，亦溺于情欲而不能制耳，安知其禍若此之烈哉？」三山李氏云：「聖人存此以垂戒，後世宜懲其轍。而乃有踵其惡者，楚平王納太子建妻，唐明皇納壽王妃，此三君者，其惡一也。其後宣公之子伋、壽爲賊所殺，惠公奔齊，子懿公爲狄所滅。楚平王有鞭尸之禍。唐明皇身竄南蜀，幾失天下。則知淫亂之禍，其報知此，可不戒哉？」

《新臺》三章，章四句。《子貢傳》作《親臺》。《申培説》作《窺臺》。○《序》謂「刺衛宣公也」云云，國人惡之，而作是詩也。朱傳從之。《申培説》亦云：「衛宣公爲伋娶婦而美，築窺臺而自納之，衛人惡之，而賦其事。」《子貢傳》但云：「衛宣公納伋之妻，國人惡之。」今按國人即惡其君，未必敢顯然目爲籧篨、戚施。嚴氏之説，固自中理。

《蝃蝀》，刺衛宣公奪太子伋婦也。亦齊人所作。《史記·衛世家》云：「初，宣公愛夫人夷姜，夷姜生子伋，以爲太子，而令右公子傅之。右公子爲太子取齊女，未入室而宣公見所欲爲太子婦者好，説而自取之，更爲太子取他女。」今按此詩及《新臺》皆爲此事而作。《新臺》作于宣姜初至衛之時，此詩作于宣姜既配公之後。所以知爲齊人語者，以「懷昏姻也，大無信也」二語知之。

蝃《爾雅》、《説文》作「蝃」。**蝀在東，**皮日休云：「鴛鴦在梁，蝃蝀在東，即後人疊韻之始。」**莫之敢指。**紙韻。**女子有行，遠父母兄弟。**叶紙韻，蕩以翻。○興而賦也。蝃蝀，通作蝃蝀。毛傳云：「虹也。」《爾雅》云：「螮蝀謂之雩。」郭璞云：「俗名爲美人。」《音義》云：「虹雙出，色鮮盛者爲雄，雄曰虹。闇者爲雌，雌曰蜺。虹色赤白，蜺色青白。」《春秋元命苞》云：「陰陽之氣，聚爲雲氣，立爲虹蜺，離爲倍僪，分爲抱珥。」曹氏云：「《淮南子》曰：『天二氣則成虹。』説者謂陰陽相干也。蓋陰氣積而上升，日光映之，乃成虹。」《莊子》云：「陽炙陰成虹。」劉公瑾云：「虹之爲質，不映日不成。蓋雲薄漏日，日映雨氣則生也。今以水噀日，亦成青紅之暈。」劉熙云：「虹，攻也。純陽攻陰氣也。」又云：「淫風流行，男美于女，女美于男，恒相奔隨之時，則此氣盛。」按《爾雅》，螮蝀名雩。夫雩以祈雨也，謂之雩者，猶言雨與不雨尚未定也。在東者，暮虹也。虹隨日所映，故朝在西，而暮在東也。蔡邕云：「夫陰陽不和，昏姻失序，即生此氣。虹見有青赤之色，常依陰雲，而晝見于日衝，無雲不見，太陰亦不見。見輒與日相互，率以日西見于東方，故《詩》曰『螮蝀在東』，螮蝀，虹也。」劉熙云：「蝃蝀，其見每于日在西而見于東，掇飲東方之水氣也。」顧起元云：「雲心漏日，日脚射雲，則虹特明，俗謂之鱟。諺謂『東鱟日頭西鱟雨』，信然。大率與霞相映，『朝霞不出市，暮霞走千里』是也。」指，以手指之也。「莫之敢指」者，深惡而諱及之也。陸佃云：「夫水氣之在天成虹，天之淫氣爾，尚且惡之如此，而況于人乎？」愚按蝃蝀在東，所以擬衛宣也。宣年老，比日薄西山矣，而淫恣不已，猶蝃蝀爲天之淫氣見于日在西之時也。陰陽不和，不能降雨澤，猶之昏姻失序不能成家道也。女子，指宣姜也。有行，謂嫁也。女子有行，與父母兄弟相隔遠矣，公於是無所顧忌，因取而自納之耳。《韓詩》傳云：「臣子爲君父隱藏，故言莫之敢指，又曰乃如之人兮。」

朝豐氏本作「鼂」。下同。**隮于西，**按「隮」、「西」亦疊韻。**崇朝其雨。**麌韻。**女子有行，遠兄弟**

父母。叶麏韻，滿補翻。○興而賦也。隮，本作躋，《爾雅》云：「陞也。」按《周禮・眡祲》掌十煇之法，以觀妖祥，辨吉凶。一曰祲，二曰象，三曰鑴，四曰監，五曰闇，六曰瞢，七曰彌，八曰敘，九曰隮，十曰想。孔穎達云：「隮，虹隮也。谿升氣所爲，故號虹隮。」朱子云：「蓋忽然而見，如自下而升也。」崇之言終，音之近也。從旦至食時爲終朝。朝隮于西，擬宣姜也。姜年少，正如朝日在東之時，而與宣公爲配耦，猶蝃蝀之朝升于西，雖能成雨，然不過終朝止耳。以女妻配老夫，暫爾歡娛，其能久乎？女子有行，遠在異國，兄弟父母不能爲謀，而使之失身至此，深惜之也。上先父母，此先兄弟，變文叶韻，非有他義。

乃如之人真韻。**也，**《韓詩外傳》作「兮」。《說苑》無「也」字。**懷昏姻**真韻。豐氏本作「婣」。**也。**

大無信叶真韻，息鄰翻。**也，不知命**叶真韻，眉辛翻。**也。**賦也。乃如之人，指衛宣也。懷，猶戀也。《禮記》疏云：「壻曰昏，妻曰姻。」壻以昏時而來，女則因之而去。此云「懷昏姻」者，言宣公心思戀戀，欲與宣姜諧昏姻之事也。宣公爲其子求昏于齊，竟自取之，是與其初約相背，故曰「大無信也」。命者，人所稟于天之正理，子思所云「天命之謂性」也。縱欲恣情，不顧禮義，裂衣裳爲毛羽，貶人類于禽獸。如宣公者，彼豈知稟受之初，有所謂天命之理哉？故曰「不知命也」。又按《韓詩外傳》及劉向《說苑》云：「天地有合，則生氣有精矣。陰陽消息，則變化有時矣。故人生而不具者五：目無見，不能食，不能行，不能言，不能施化。三月達眼，而後能見。七月生齒，而後能食。期年生髕，而後能行。三年顖合，而後能言。十六精通，而後能施化。陰陽相反，陰窮反陽，陽窮反陰，故男八月生齒，八歲而齠齒，十六而精化小通。女七月生齒，七歲而齔齒，十四而精化小通。是故陽以陰變，陰以陽變，故不肖者精化始具，而生氣感動，觸情縱欲，故反施亂化，是以年歲亟夭，而性不長也。《詩》曰：『乃如之人也，懷昏姻也。大無信也，不知命也。』賢者不然，精氣闐溢，而後傷時之不可過也。」《列女傳》亦云：「大無信也，不知命也。言嬖色殞命也。」按此皆以命爲壽命之命，蓋古説云爾，然于義膚矣。

《蝃蝀》三章，章四句。《序》云：「止奔也。衛文公能以道化其民，淫奔之耻，國人不齒也。」朱謀㙔云：「文公懲衛之難，繇乎縱欲忘禮，故爲是詩，使瞽朝夕諷誦于宫闈之内，以示教戒焉。」今按是詩之屬于文公時，無所依據。序詩者或以其篇次在《定之方中》之後，從而附會之耳。《韓詩》傳則云：「刺奔女也。」詩人言「蝃蝀在東」者，邪色乘陽，人君淫佚之徵，雖亦近似，然莫能定其爲何世。至《子貢傳》、《申培説》皆以爲衛靈公爲南子召宋朝于宋，國人譏之。按太白詩云：「漢祖吕氏，食其在旁。秦皇父后，毐亦淫荒。蝃蝀作昏，遂掩太陽。」似與其意脗合。然靈公之世，已在春秋之末，聖人删詩，疑未及此。

《君子偕老》，刺衛宣姜之詩。出《申培説》。朱傳同。〇《子貢傳》亦以爲宣姜不閑于禮，衛人風之。按宣公奪公子伋之妻，其後遂稱宣姜，則儼然爲君夫人矣。《序》以「君子偕老」發端，故知爲刺宣姜也。

君子偕老，副笄六珈。叶歌韻，居何翻。**委委**《爾雅音義》作「褘褘」。**佗佗，**歌韻。《爾雅音義》作「它它」，《釋文》作「他他」。**如山如河，**歌韻。**象服是宜。**叶歌韻，牛何翻。**子之不淑，**豐氏本作「叔」。**云如之何？**歌韻。〇賦也。君子，指宣公也。凡婦人稱夫爲君子。偕，俱也。倡隨大義，從一而終，所謂偕老也。此一句正指宣姜言，若曰之人也，是君子之所將偕與俱老也云爾。副者，祭服之首飾。毛傳云：「編髮爲之。」按《周禮》追師掌王后之首服，爲副、編、次，追衡、笄。注云：「副之言覆，所以覆首爲之飾，其遺象若今之步摇矣，服之以從王祭祀。編者，編列他髮爲之，其遺象若今假紒，服之以告桑也。」次者，鬄他髮而次第其長短，與己髮相合爲紒，服之以見王也。追者，治玉石之名，謂治玉爲衡笄，即《詩》「追琢其章」之追。衡笄，鄭玄以爲二物，其制皆以玉爲之。謂祭服有衡，垂于副之兩旁當耳，其下以紞縣瑱。孔氏以《左傳》「衡紞紘綖」證之，謂紞與衡連文，明言紞爲衡設矣。然衡者横也，笄横據在頭上，以横貫爲横，此衡垂在副旁當耳，據人身而言，竪爲從，則此衡爲横，其衡下，乃以紞懸瑱也。愚按如孔説，大是强解。《左傳》雖衡紞連言，然自是兩事，如下言「紘綖」，紘是纓從下而上者，綖是冠上覆之玄布，何相涉之有？且衡之爲制，既言垂于副之兩旁，何得名衡？據鄭衆、杜預解衡，但謂維持冠者。愚意《左傳》言衡，直是指笄，而《周禮》「衡笄」連文，亦正謂笄横貫在頭上，故名之謂衡笄耳。男子之笄以維持冠，婦人之笄則以固髮。所以知后笄用玉者，以《弁師》王之笄以玉，故知后與王同也。侯夫人無考。珈，《説文》云：「婦人首飾。」毛傳云：「珈，笄飾之最盛者，所以别尊卑。」鄭箋云：「珈之言加也。」孔云：「以珈字从玉，則珈爲笄飾，繇副既笄，而加此飾，故謂之珈，如漢之步摇之上飾也。言六珈，必飾之有六。據此，侯夫人爲六，王后則多少無文也。」季云：「笄本婦人之常飾，惟副之珈，則后夫人有之，卿大夫以下妻所無也。」錢氏云：「今人步摇，加飾以珠，飾之少者六，多者倍蓰，至三十六。據《詩》云『六珈』，然則古玉數凡六也。」按《後漢書·輿服志》云：「皇后步摇，以黄金爲山題，貫白珠爲桂枝相繆，一爵九華，熊、虎、赤羆、天鹿、辟邪、南山豐大特六獸，《詩》所謂『副笄六珈』者。諸爵獸皆翡翠爲毛羽。金題，白珠璫繞，以翡翠爲華云。」疑未必古制也。委，《説文》

云：「委隨也。」字从女从禾。徐鍇云：「女子從人者也。」徐鉉云：「取禾穀垂穗委曲之貌。」佗，《說文》云：「負荷也。」愚按委委，以狀其行步之美。佗佗，則指其首容所負荷者而言，即「副笄六珈」是也。朱子云：「如山，安重也。如河，寬廣也。」又季云：「山河，衛國之疆域，故特舉以明同主山川之意。」象服，即下章「翟」也。孔云：「翟而言象者，象鳥羽而畫之，故謂之象。以人君之服畫日月星辰謂之象，故知畫翟羽亦爲象也。」宜，《說文》云：「所安也。」子，謂夫人也。淑，通作俶，《說文》云：「善也。」此章及次章皆以祭服爲言，以見夫人承宗祧之重，不可慢易輕恌。❶況祭祀家廟，其禮尚嚴，神實鑒之，必有委委佗佗、如山如河之度，而後可與象服相宜。有如子而不淑，謂此象服何哉？蓋惜其不稱也。咏歎諷動，優柔不迫。舊説徑以「子之不淑」二語爲指斥之詞，似未是。

玼陸德明云：「本或作『瑳』，與後文同，不容重出。」**兮玼兮，其之翟**叶霽韻，都計翻。**也。鬒**《說文》作「㐱」。**髮如雲，不屑髢**霽韻。《周禮》注作「鬄」。**也。玉之瑱也，**《說文》作「兮」。**象之揥**霽韻。陸德明云：「一作『摘』，音同。或作『擿』，又作『讁』。並非。」**也。揚且**子餘反。**之晳**按「晳」字係錫韻，無霽韻。疑當作晢，从折不从析。《詩》「明星晢晢」，《易》「明辨晢也」，皆此晢也。霽韻。**也。胡然而天也！胡然而帝**霽韻。**也！**賦也。玼，《說文》云：「玉色鮮也。」王肅云：「顏色衣服鮮明貌。」上章言「子」，指宣姜。此言「其」者，承上文也。翟，山雉尾長者，取以爲衣名。按《周禮》內司服掌王后之六服，褘

❶「恌」，原作「祧」，據《四庫全書》本改。

衣、揄狄、闕狄、鞠衣、展衣、緣衣。註云：「褘當作翬，揄與摇同，狄與翟同，皆雉名。伊雒南，雉素質五色皆備成章曰翬。江淮南，雉青質五色皆備成章曰摇。褘衣畫翬，揄翟畫摇，闕則刻繒爲翟形而不畫。褘衣，從王祭先王之服，色玄。揄翟，從祭先公服，色青。闕翟，祭小祀服，色赤。」孔云：「凡諸侯夫人於其國衣服與王后同。上公夫人得褘衣以下，褘衣從君見大祖，揄翟從君見群廟，闕翟從君祭群小祀。侯伯夫人得揄翟以下，揄翟見大祖及群廟，闕翟祭群小祀。」又郝敬云：「闕狄，《喪大記》作屈狄。栖伏曰屈，狄有揄屈，猶衮龍有升降也。」鄭玄云：「三翟，以翟雉之形爲飾，不用真羽。」孫鑛云：「自古衣飾，山、龍、華蟲、藻、火、粉米，及《周禮》六服，無言以羽飾衣者。羽施于旌旂蓋則可，施于衣裳則否。蓋附人身，動則卷舒，非可以羽飾故也。」鞠、菊通，黄衣也，告桑事之服。展，《玉藻》作襢，《説文》作襄，云：「丹縠衣也。」毛傳亦云：「禮有展衣者，以丹縠爲衣。」與《説文》合，當從之。《禮》，見王及賓客之服，緣當作褖，御于王之服，色黑，此后六服也。又按鄭司農謂褘衣玄，揄翟青，闕翟赤，展衣白，鞠衣黄，褖衣黑。而孫鑛以爲褘衣赤，闕翟黑，展衣赤。其揄翟、鞠衣、褖衣同，俱未詳所出，姑兩存以備考。此翟依鄭説，則揄翟，闕翟也，與上章言「副」，皆祭祀之服。鬒，《説文》云：「髮稠也。」鄭玄云：「髮黑也。」二義兼之。以下曰「如雲」，則稠密之象。又天油然作雲，亦黑象也。屑，《説文》云：「動作切切也。」髢，亦作鬄，《説文》云：「髲也。」宣姜髮美，無資于髢，故不切切于用髢也。瑱，《説文》云：「塞耳也。」以玉爲之，亦曰充耳。《周禮・弁師》職云：「侯，玉瑱。」夫人與君同也。玉瑱，象，象齒也。揥，所以摘髮，因以爲飾。一云，以象骨搔首，若今篦兒。一云，整髮釵也。未詳孰是。玉瑱，禮服所有。象揥，禮服所無。今並用之，亦非禮也。揚，《説文》云：「飛舉也。」且，朱子云：「助語辭。」皙，通作哲，《説文》云：「昭哲，明也。」言揚又言哲，形容其軒昂開爽之狀。想其瞻矚舉止，風流照映，正與如山如河之象相反，而又致訝于天帝，胡然生有此人？蓋嘆其爲尤物也。《禮記》疏云：「據其在上之體謂之天，因其生育之功謂之帝，帝爲德稱。」是也。舊説以爲言其服飾容貌之美，見者驚猶鬼神，如唐人咏太真詩云「若非群玉山頭見，會向瑶臺月下逢」。然匹天帝于婦人，褻斯甚矣。

瑳兮瑳兮，其之展叶先韻，張連翻。**也。蒙彼縐絺，是紲**《説文》作「褻」，今《石經》作「絏」。**袢**叶先韻，汾沿翻。**也。子之清揚，揚且**子餘反。**之顔**叶先韻，倪堅翻。**也。展如之人兮，邦之媛**叶先韻，子權翻。《韓詩》作「援」。**也。**《説文》作「兮」。○賦也。瑳，《説文》云：「玉色鮮白也。」展，展衣。解見次章。展衣色赤，而云「瑳兮」者，蓋象下文縐絺之色而言，如從鄭司農以展衣爲色白，則瑳兮又即象展衣之色矣。宣姜以禮見君及賓客，宜服展衣。蒙，通作冡，《説文》云：「覆也。」縐絺，鄭箋云：「絺之蹙蹙者。」孔云：「絺者，以葛爲之，精曰絺，麄曰綌，其精尤細靡者縐也，言細而縷縐也。」按《周禮》，六服之外，原有素沙。鄭注謂素沙爲六衣之裏。據《襍記》云「復用素沙」，其非衣裏明矣。所謂「蒙彼縐絺」，乃展衣上加縐絺蒙之，即素沙也。郝敬云：「素沙即白紗，所以加于衣上者，尚絅之意。古婦人盛服，以薄綃蒙于外。凡繒薄細者皆稱絺，即今方目紗之類，不獨葛也。」紲，《説文》云：「系也。」袢，《説文》云：「衣無色也。」一云，近身衣也，故其字从衣从半，即所謂褻衣也。清，視清明也。揚，解見上章。顔，《説文》云：「眉目之間也。」「揚且之顔」者，言其飛舉之象，見於眉目之間也。展，據《周禮》注，即「其之展也」之展，謂展衣也。展如之人兮，言服展衣者有如此人也。《爾雅》云：「美女爲媛。」《説文》云：「人所援也。从女从爰。」爰者引也，謂其徒有美色，而無小君之德，至以邦之媛斥之，其刺之益深切矣。歐陽脩云：「詩人之意，責之愈切，則其言愈緩。《君子偕老》是也。」鄭樵云：「《詩》有美刺者，不可以言語求，必將觀其意可矣。其頌美是人也，不言其所爲之善，而言其冠佩之華，容貌之盛，而民安之，以見其無愧也，『緇衣之宜兮』、『服其命服，朱芾斯皇』是也。其譏刺是人也，不言其所爲之惡，而言其爵位之尊，服飾之美，而民疾之，以見其不堪也，『節彼南山，維石巖巖』、『君子偕老，副笄六珈』是也。」

《君子偕老》三章，一章七句，一章九句，一章八句。《序》謂刺衛夫人也。夫人淫亂，失事君子之道，故陳人君之德，服飾之盛，宜與君子偕老也。朱子云：「此詩所以作，亦未可考。」愚按今以詩之世論之，則舍宣姜無足當此者。《碩人》之詩，雖贊美容貌頗復相似，而此曰「子之不淑」，又曰「邦之媛也」，其非所以施之莊姜明矣。

《静女》，刺時也。衛君無道，夫人無德。出《序》。〇《子貢傳》云：「時不尚德，陳古以風之。」《申培説》亦云：「陳古諷今之詩。」而皆不著其世。嚴粲以爲此宣公時詩。按宣公上烝父妾，下納子婦，淫穢已極。國人不欲斥言，故托言思静女以爲刺，亦猶《車舝》之思淑女也。鄭玄云：「以君及夫人無道德，故陳静女遺我以彤管之法。」

静女其姝，虞韻。董氏云：「隋得江左本作『㚣』。」豐氏、《石經》本亦作「㚣」。**俟我於**《韓詩外傳》作「乎」。**城隅。**虞韻。**愛**《説文》、《石經》及豐氏本作「僾」，云：「彷彿也。」《方言注》引作「薆」，云：「掩翳也。」**而不見，搔首踟躕。**虞韻。踟躕，《文選》注作「躊躇」。○賦也。静，通作竫，《説文》云：「亭安也。」以德言，故曰静女。姝，《説文》云：「好也。」此贊其色。言既有德而又有色也。俟，通作竢，《説文》云：「待也。」待君命也。《周禮》王城高七雉，隅九雉。隅，《説文》云：「陬也。」吕大臨云：「古之人君，夫人媵妾散處後宮。城隅者，後宮幽閒之地也。女有静德，又處于幽閒而待進御，此有道之君所好也。」故張敬夫詩云：「後宮西北邃城隅，竢我幽閒念彼姝。」「愛而不見」二句，俱指静女言。愛，通作僾，《説文》云：「仿佛也。」搔，《説文》云：「括也。」括者，絜也。搔首，即束髮之謂也。踟，本作峙，从止，寺聲。从止者，止而不進也。右施寺，與待同意。躕，本作躇，《説文》云：「峙躇不前也。」静女安處于後宮幽閒之地，以待君命，雖仿佛見其容貌，而猶未得見，方且莊其首容，峙躇而未遽進，其守禮如此。

静女其孌，銑韻。亦叶寒韻，落官翻。**貽我彤管。**叶銑韻，古轉翻。亦叶寒韻，古丸翻。**彤管有煒，**叶紙韻，讀如委，鄔毁翻。**説**《釋文》作「悦」。**懌女美。**紙韻。○賦也。孌，《説文》云：「慕也。」静女其孌，言此女之可慕也。貽，《説文》云：「贈遺也。」彤，《説文》云：「丹飾也。」彤管，鄭玄云：「筆赤管也。」毛傳云：「彤管，以赤心正人也。古者后夫人必有女史彤管之法，史不記過，其罪殺之。后妃群妾以禮御于君所，女史書其日月，授之以環，以進退之。生子月辰，則以金環退之。當御者，以銀環進之，著于左手。既御，著于右手。事無大小，記以成法。」孔穎達云：「此是女史之法，似有成文，未聞所出。」或謂古以刀爲筆，未有用毫毛者，安得有管？故書謂之畫，蓋以刀筆刻畫于簡，至秦蒙氏，始以毫毛製筆，故漢以來始有竹簡寫之之説。豐坊辨之云：「夫以刀刻木，乃包羲史皇書契之始，至黄帝命沮誦爲史，以桼書記事于竹簡，以墨書記言于帛，桼則削竹如筯以點之，故有科斗之形。墨必用有毫之管，然後可書于帛。孔子修《春秋》，筆則筆，削則削。削謂以刀除去竹簡之桼書，筆則以墨書于帛也。世傳蒙恬作筆，謂始用中山兔毫，前所用者，羊豕之毛而已。若用刀于帛，豈不百碎，焉能成字耶？」按貽我彤管，蓋静女以此寓規諫之意。進御以敘，有過必書，是也。晋張華嘗假女史作箴，其辭曰：「茫茫造化，二儀既分。散氣流形，既陶既甄。在帝庖義，肇經天人。爰始夫婦，以及君臣。家道以正，而王猷有倫。婦德尚柔，含章貞吉。婉嫕淑慎，正位居室。施衿結褵，虔恭中饋。肅慎爾儀，式瞻清懿。樊姬感莊，不食鮮禽。衛女矯桓，耳忘和音。玄熊攀檻，馮媛趨進。夫豈無畏？知死不恡。班妾有辭，割驩同輦。夫豈不懷？防微慮遠。道罔隆而不殺，物無盛而不衰。日中則昃，月滿則微。崇猶塵積，替若駭機。人咸知飾其音，而莫知飾其性。性之不飾，或愆禮正。斧之藻之，克念作聖。出其言善，千里應之。苟違斯義，則同衾以疑。出言如微，而榮辱繇兹。勿謂幽昧，靈鑒無象。勿謂玄漠，神聽無響。無矜爾榮，天道惡盈。無恃爾貴，隆隆者墜。鑒于小星，戒彼攸遂。比心螽斯，則繁爾類。驩不可以黷，寵不可以專。專寔生慢，愛極則遷。致盈必損，理有固然。美者自美，翩以取尤。冶容求好，君子所讐。結恩而絶，職此之繇。故曰：翼翼矜矜，福所以興。靖恭自思，榮顯所期。女史司箴，敢告庶姬。」此亦貽彤管之意。但詩在規人君，而彼則專主戒後宫耳。煒，《説文》云：「盛赤也。」女，指君所悦之女，非謂静女也。静女以彤管貽君，則固將以禮坊君矣，然雖覩彤管之有煒，記過記動，何如可畏？而我心喜悦，在於女之美，有非彤管之所能遏者。蓋情欲在人，其易發而難制類若此。《左傳》引《静女》之三章，取彤管焉。杜預注云：「雖悦美女，義在彤管。女史記事，規誨之所執。」

自牧歸荑，洵《釋文》作「詢」。**美且異。**寘韻。**匪女之爲美，美人之貽。**叶寘韻，羊至翻。○比也。自，從也。《爾雅》云：「郊外謂之牧。」《周禮》「三曰藪牧」，小雅「我出我車，于彼牧矣」是也。張子云：「牧，牧地也。不耕種之牧地，則多草木根芽。」歸，猶獻也，「歸孔子豚」之歸。《韻會》云：「茅之始生曰荑。今人食之，謂之茅揠。《詩》『手如柔荑』，或作『稊』。」《列子》因以爲茅靡，一作弟靡。弟讀如稊，荑與弟、稊一也。《易》曰「藉用白茅」。蓋茅本潔白之物，況荑乃茅之始生者，采之自郊外，以比美女自外至而進之君也。洵，通作恂，《説文》云：「信也。」洵美且異，言其美色信異於人也。匪，通作非。女之爲美，即上章所云「女美」也。人，指静女。貽，即「貽我彤管」之貽。美女雖有色可悦，而不若静女之所貽者，能以禮坊君，不納於淫也，故申之曰：女之美何足美，如若人以彤管貽我，乃可美耳。次章所云「静女其孌」者以此。今衛君與夫人不則德義，而惟淫佚是聞，何無有静女其人者，以彤管規誨之也乎？

《静女》三章，章四句。朱子以爲此淫奔期會之詩。貽我彤管，豈淫奔人語耶？

《相鼠》，衛夷姜謫宣公也。班固《白虎通》云：「夫婦榮耻共之。《詩》云：『相鼠有體，人而無禮。人而無禮，胡不遄死？』此妻諫夫之詩也。」愚按妻之諫夫，至欲以身殉之，其情可謂極矣。此詩在衛風中，雖不著作者之名，然攷《左傳》，衛宣公烝於夷姜，生急子，其後爲之娶于齊而美，公取之，生壽及朔，於是夷姜縊。夫宣烝父妾而奪子妻，躬鳥獸之行，人之無禮，孰過于此？夷姜先既失身，後復失寵，不勝其憤恚之甚，因而自裁，所謂「不死何爲」，其志已先露之矣。故定爲夷姜之詩，亦以合于妻諫夫之説。

相去聲。下同。**鼠有皮，**支韻。**人而無儀。**支韻。豐氏本作「義」。下同。**人而無**《漢書》作「亾」。**儀，不死何爲？**支韻。○比也。相，《説文》云：「省視也。」鼠，穴蟲也，似獸，善竊，晝伏夜動，人見其形而惡之，故首以皮言。儀，容也，凡舉動之可觀者皆是。《左傳》云：「有儀可象謂之儀。」人無威儀，則衣冠掃地，而軀殼徒存，亦猶鼠之僅有皮耳，甚醜之也。嚴粲云：「舊説鼠尚有皮，人而無儀，則鼠之不若。以人之儀，喻鼠之皮，非也。説詩全在點掇，此繇誤加『尚』字耳。『尚』字當作『只』字，言鼠則只有皮，人則不可以無儀，人而無儀，則何異于鼠？如此語意方瑩，點掇『人而』二字分曉。『人亦天地一物耳，饑食渴飲無休時。若非道義充其腹，何異鳥獸安鬚眉？』即此意也。」愚按上「人而無儀」是泛言爲人不可以無儀，下「人而無儀」則謂其夫之無儀也。此夷姜刺宣公之詞也。彼人而既無儀若此矣，我不幸而身既爲彼所污，又爲彼所棄，不死欲何爲哉？詞若決絶，而意寓感動，此班固所以謂妻諫夫之詩也。馮時可云：「地無去天之義，妻無去夫之義。所謂不死何爲者，不忍其夫之無禮，甘死而不去也。」《左傳》襄二十七年，齊慶封來聘，魯叔孫與慶封食，不敬，爲賦《相鼠》，亦不知也。

相鼠有齒，紙韻。**人而無止。**紙韻。**人而無止，不死何俟？**紙韻。○比也。按《説文》，鼠字象形。徐鍇謂鼠好齧傷，故象齒。又鼠有齒而無牙，《行露》之詩云「誰謂鼠無牙」是也。止，《釋文》云：「止節也。」言無禮節也。鼠偷食苟得而不知止，宣公前淫父妾，後淫子妻，其漁色無厭有如此鼠矣。俟，通作竢，《説文》云：「待也。」

相鼠有體，薺韻。**人而無禮。**薺韻。**人而無禮，胡不遄死？**叶薺韻，少禮翻。○比也。體，四體。禮者，天理之節文，所該甚廣。夫婦，人倫之首，尤禮之所最重者。言鼠亦能行，但有四體而無禮，人而無禮，則與鼠之行走何異？遄，《爾雅》云：「疾也。」今人而既以無禮加我矣，奈何不速死乎？未幾而姜果自縊。姜固無足道者，然衛宣之醜則已甚矣。聖人録刺宣之詩，不一而足，甚惡之也。又《禮記》孔子曰：「夫禮，先王以承天之道，以治人之情，故失之者死，得之者生。《詩》曰：『相鼠有體，人而無禮。人而無禮，胡不遄死？』是故，夫禮必本于天，殽于地，列于鬼神，達於喪祭射御冠昏朝聘。故聖人以禮示之，故天下國家可得而正也。」《韓詩外傳》載孔子曰：「爲上無禮，則不免乎患。爲下無禮，則不免乎刑。上下無禮，胡不遄死？」《左傳》定八年，晋師將盟衛侯于鄟澤，涉佗捘衛侯之手，及捥。衛侯怒，叛晋。十年，晋人討衛之叛，故曰：「繇涉佗。」遂殺涉佗。君子曰：「此之謂棄禮，❶必不鈞。❷《詩》曰：『人而無禮，胡不遄死？』涉佗亦遄矣哉！」昭三年，鄭伯如晋，公叔段相，甚敬而卑，禮無違者。晋侯嘉焉，授之以策。君子曰：「禮，其人之急也。伯石之汰也，一爲禮于晋，猶荷其禄，況以禮終始乎？《詩》曰：『人而無禮，胡不遄死？』其是之謂乎！」《晏子春秋》云：「景公飲酒酣，曰：『今日願與諸大夫爲樂飲，請無爲禮。』晏子蹙然改容曰：『君之言過矣！群臣固欲君之無禮也。力多足以勝其長，勇多足以弑君，而禮不使也。禽獸矣，力爲政，彊者犯弱，故日易主。今君去禮，則是禽獸也。群臣以力爲政，强者犯弱，而日易主，君將安立矣？凡人之所

❶「禮」，原作「理」，據《左傳》改。

❷「鈞」，原作「鈞」，據《四庫全書》本改。

以貴乎禽獸者，以有禮也。故《詩》曰：人而無禮，胡不遄死。』」又云：「景公飲酒數日而樂，釋衣冠，自鼓缶。晏子朝，公曰：『寡人甚樂此樂，欲與夫子共之，請去禮。』晏子對曰：『君之言過矣！群臣皆欲去禮以事君，嬰恐君子之不欲也。今齊國五尺之童子，力皆過嬰，又能勝君，然而不敢亂者，畏禮義也。上若無禮，無以使其下；下若無禮，無以事其上。夫麋鹿維無禮，故父子同麀。人之所以貴於禽獸者，以有禮也。嬰聞之，人君無禮，無以臨其邦。大夫無禮，官吏不恭。父子無禮，其家必凶。兄弟無禮，不能久同。《詩》曰：人而無禮，胡不遄死？』」以上諸條，但謂無禮之人，必有死亡之禍，以著禮之爲急，與《詩》之本指異。

《相鼠》三章，章四句。《申培説》以爲刺三叔之詩。《子貢傳》以爲未處不義，鄘人刺之。豐熙云：「霍叔名處，初封于鄘。」鄒忠胤云：「處與鼠同音，似非無意而作。」愚謂此特因是詩列于鄘風，遂從而附會之耳。《序》則云：「刺無禮也。衛文公能正其君臣，而刺在位承先君之化，無禮儀也。」此亦爲毛傳篇次所誤，尤覺不倫。

《谷風》，刺夫婦失道也。衛人化其上，淫于新昏，而棄其舊室，夫婦離絶，國俗傷敗焉。出《序》。○毛氏云：「皆述逐婦之詞也。宣姜有寵，而夷姜縊，是以其民化之，而《谷風》之詩作。所謂一國之事，繫一人之本者如此。」朱善云：「《谷風》雖棄婦所作，而觀其自敘，有治家之勤，有睦鄰之善，有安貧之志，有周急之義，則是初無可棄之罪也。然其言之有序而不迫如此，殆庶幾乎夫子所謂可以怨者矣。」

習習谷風，以陰豐氏本作「霒」。**以雨。**麔韻。**黽**陸德明本作「僶」。**勉**黽勉，《韓詩》作「密勿」。

同心，不宜有怒。叶麐韻，腰五翻。顔師古云：「自古讀有上、去二音，今山東、河北但知怒有去聲，失其真也。」**采葑**《字書》作蘴。**采菲，無以下體。**薺韻。亦叶紙韻，天以翻。**德音莫違，及爾同死。**紙韻。亦叶薺韻，少禮翻。〇比而賦也。習本鳥數飛之義，轉訓爲重復，正以數義取之。谷風，《詩詁》云：「風自谷出也。」陸佃云：「谷風言其自。《詩》『大風有隧，有空大谷』者，大風之自也。」按宋玉《風賦》「大風盛怒于土囊」，注謂土囊，谷口也。嚴粲云：「來自大谷之風，大風也，盛怒之風也。又習習然連續不斷，所謂終風也。又陰又雨，無清明開霽之意，所謂曀曀其陰也。皆喻其夫之暴怒無休息也。舊説谷風爲生長之風，以谷爲穀，固已不安，又以習習爲和調，喻夫婦和同。説此詩猶可通。至小雅《谷風》二章言『維風及頽』，頽，暴風也，非和調也。三章言艸木萎死，非生長也。其説不通矣。《詩》多以風雨喻暴亂，『北風其凉』喻虐，『風雨淒淒』喻亂，『風雨漂揺』喻危，『大風有隧』喻貪，故風、雅二《谷風》，邶下文言『以陰以雨』喻暴怒，猶『終風且曀』喻州吁之暴也；雅下文言『維風及雨』喻恐懼，猶後人以『震風凌雨』喻不安也。」愚按《爾雅》「東風謂之谷風」，疏謂谷之言穀，穀者生也。然則此谷風亦與彼谷風異矣。黽，蟲名，鼃黽也，其性好躍。越王見怒蛙式之，爲其有氣，即此蟲也。勉，《説文》云：「强也。」曰「黽勉」者，雖力所不堪，猶勉强爲之，似黽之奮躍而不自量力者然。怒，《説文》云：「恚也。」言我黽勉盡力于家事，與爾同心，爾不宜以暴怒加我如此也。采，《説文》云：「捋取也。」葑，《説文》云：「葑蓯也。」毛傳云：「須也。」按《爾雅》云：「須，葑蓯。」孫炎云：「須，菜名。」葑蓯，《艸木疏》云：「蕪青也。」亦名蔓青。郭璞云：「今菘菜也。」陸德明云：「案江南有菘，江北有蔓青，相似而異。」張萱云：「蕪菁，其梗短，連地而生，葉闊而紅，夏則苗枯，又名雞毛菜。

《唐本艸》注根葉及子，乃是菘類，特稍似蘆菔耳。」陸佃云：「蕪青似菘而小，有臺。」《字書》葑作蘴。《方言》云：「蘴、蕘，蕪菁也。陳、楚之郊謂之蘴，魯、齊之郊謂之蕘，關之東西謂之蕪菁，趙、魏之郊謂之大芥，其小者謂之辛芥，或謂之幽芥，其紫華者謂之蘆菔，東魯謂之菈蘧。」陶隱居云：「蘆菔是今温菘，根可食，葉不可食。蕪菁根乃細于温菘，而葉似菘可食。」然則是蕪菁、蘆菔非一物矣。《圖經》又云：「蕪菁亦謂之臺子，春食苗，夏食心，秋食莖，冬食根。」又名諸葛菜。《嘉話録》云：「諸葛所止，必多種之。纔出甲便可啖，一也。葉舒可煑食，二也。久居則隨以滋長，三也。棄之不足惜，四也。回則易尋而采，五也。冬有根可劚而食，六也。比諸菜，其利最博。」菲，孫炎云：「葍類也。」陸璣云：「似葍，莖粗，葉厚而長，有毛。三月中，蒸煑爲茹，甘美可作羹。幽州人謂之芴。《爾雅》又謂之蒠菜，今河内人謂之宿菜。」按《爾雅》云：「菲，芴。」郭璞注以爲土瓜也。又云：「菲，蒠菜。」郭注以爲生下濕地，似蕪菁，華紫赤色，可食。孔穎達云：「《爾雅》『菲芴』與『蒠菜』異釋，郭注似是别艸，如陸之言，又是一物。某氏注《爾雅》二處，引此詩，即菲也，芴也，蒠菜也，土瓜也，宿菜也，五者一物也。」唐慎微云：「土瓜根似葛，細而多糝，即《月令》所謂『王瓜』。」無，如《論語》「無乃爲佞乎」之無。下體，毛傳云：「根莖也。」周祈云：「二物根爲美，詩人謂『采葑采菲』者，得無以下體之故乎？」愚按此即取節之意。舊註謂不可以其根之惡，而棄其莖之美，蓋繇不辨二物故也。程大昌云：「古者祭之用牲，以上體爲貴。羊首、牛首、肩、臑、心、肺，皆上體之物也。至於臀、膓、臂、足之類，皆不用，以其在下而汙穢也。蕪菁之葉可食，而不如其根之美，故采葑者不棄下體也。」《左》僖三十三年，晋臼季使，過冀，見冀缺耨，其妻饁之，敬，相待如賓。與之歸，言諸文公，請用之。公曰：「其父有罪，可乎？」對曰：「舜之罪也殛鯀，其舉也興禹。管敬仲，桓之賊也，實相以濟。《康誥》曰：『父不慈，子不祇，兄不友，弟不共，不相及也。』《詩》曰：『采葑采菲，無以下體。』君取節焉可也。」又《坊記》，子云：「君子仕則不稼，田則不漁，食時不力珍，大夫不坐羊，士不坐犬。《詩》云：『采葑采菲，無以下體。』」孔穎達云：「引此詩，證君子不盡利于人，無以其根美則并取之。」義與此同。德音，程子云：「好音也。」指其夫言。莫之言無，音之近也。違，《説文》云：「離也。」同死，猶云偕老也。言若使爾存取節之意，而德音之加于我者，無相離背之意，則亦可以及爾同死而有終矣。傷所遭之不然也。

行道遲遲，中心有違。微韻。**不遠伊邇，薄送我畿。**微韻。**誰謂荼苦，其甘如薺。**韻。**宴**《釋文》作「燕」。**爾新**豐本作「親」。**昏，如兄如弟。**薺韻。○賦而比也。上章言本望與其夫偕老，此乃述其見棄。遲，《説文》云：「徐行也。」違，猶背也。言我之被棄，行于道路，遲遲不進，蓋其足欲前而心有所不忍，如心與足相背然也。楊慎云：「《紫玉歌》所謂『身遠心邇』，《洛神賦》所謂『足往神留』，皆祖其意。」畿者，疆限之名，毛傳以爲門内也。孔云：「《周禮》九畿及王畿千里，皆期限之義，言至有限之處，故知是門内。」吕祖謙云：「韓愈《譴瘧鬼》詩『白石爲門畿』，蓋以畿爲門閫也。」按《韻會》，閫，門橛也，即門限兩旁夾木。此非真謂其夫之送之，言我既行矣，汝與我訣別，即不敢望其遠，獨不可近相送，而一至于畿乎？奈何其不一顧也，恝斯極矣。《白虎通》云：「出婦之義必送之，接以賓客之禮。君子絶，愈于小人之交。《詩》云：『薄送我畿。』」正謂此也。荼，《爾雅》云：「苦菜。」《易緯通卦驗·玄圖》云：「苦菜生于寒秋，經冬歷春，至夏乃秀。」《月令》「孟夏苦菜秀」，即此荼也。《本艸》一名選，一名遊冬。《楚辭疏》云：「三月，生扶疎。六月，華從葉出，莖直，黄。八月，實黑。實落根生，於冬不枯。紫葉者爲香荼，青葉者爲青荼。」陸佃云：「此艸凌冬不凋，故名游冬。凡此則以四時制名也。顔之推云：『荼葉似苦苣而細，斷之有白汁，花黄似菊。』」陸璣云：「生山田及澤中，得霜，甜脆而美，所謂菫荼如飴。《内則》謂『濡豚包苦』，用苦菜是也。」楊慎云：「一名吴葵。按唐王冰注《素問》，引古《月令》『四月吴葵華』，而無『苦菜秀』一句。《唐本艸》注『吴葵』云：即關河間謂之苦菜者，俗作鵞兒菜，又名野苦藚。」嚴粲云：「經有三荼，一曰苦菜，二曰委葉，三曰英荼。此詩及《采苓》、《綿》之荼，皆苦菜也。《良耜》『以薅荼蓼』之荼，委葉也。《出其東門》『有女如荼』，英荼也。《鴟鴞》『予所捋荼』，亦英荼之類。」又徐鍇云：「即今之荼字。」按《爾雅》云：「檟，苦荼。」乃今之茶。然此在釋木之類，非此荼也。薺，甘菜。《爾雅》云：「蒫，薺實。」《本艸》云：「薺味甘，人取其葉作葅及羹，亦佳。」《通志》云：「薺菜甚小，自生園圃，實曰蒫。《詩》『其甘如薺』，謂此菜之美。」沈萬鈳云：「冬至春，開白花。一名甘艸，甘艸先生則歲豐。」按《爾雅》，薺類不一，其一曰菥蓂大薺，俗呼老薺，似薺而葉細，又名太蕺，又名馬辛。其一曰葶亭歷，《廣雅》以爲狗薺。《淮南子》云：「薺，水菜，冬水而生，夏土而死。又其枝葉細靡，謂之靡艸。」《月令》孟夏之月，靡艸死。許慎、鄭康成皆云「靡艸，薺葶藶之屬」是也。又名大室，又名大適子，細黄至苦。以上二薺，皆非甘而可食者。其一曰莀苨，郭璞以爲薺苨。《本艸》陶注云：「根莖都似人參，而葉小異，根味甜。」或以爲即此詩所詠之薺也。《春秋繁露》云：「薺以冬美。冬，水氣也。薺，甘味也。乘于水氣而美者，甘勝寒也。」此以荼苦比新人，與下章以渭清自況，意互相發。言誰謂新人之醜惡如荼之苦，自君子愛之，則不啻如薺之甘。與己之貞潔，本如渭之清，然君子惡之，則不啻如涇之濁。皆愛憎之至變也。下文「宴爾新昏，如兄如弟」，正所謂「其甘如薺」者。宴，《説文》云：「安也。」新昏，夫所更娶之妻也。孔云：「言安愛爾之新昏，其恩如兄弟也。以夫婦坐圖可否，有兄弟之道，故以兄弟言之。」舊説謂荼雖甚苦，反甘如薺，以比己之見棄，其苦有甚于荼，而其夫方且宴樂其新昏，如兄如弟而不見恤。亦通。但于上下文，湊泊不甚有情耳。

涇以渭陸本作「謂」。**濁，湜湜其沚。**紙韻。《説文》作「止」。**宴**《列女傳》作「讌」。**爾新**豐本作「親」。**昏，**《列女傳》作「婚」。**不我屑以。**紙韻。**毋逝我梁，毋發我笱。**有韻。**我躬**《禮記》作「今」。**不閲，**《左傳》作「説」。**遑**《禮記》作「皇」。**恤我後。**有韻。○比而賦也。涇、渭，二水名。毛傳云：「涇渭相入而清濁異。」《地理志》云：「涇水出今安定涇陽西开頭山，東南至京兆陵陽，行千六百里入渭。」《漢書·溝洫志》云：「涇水一石，其泥數斗。」《尚書疏》云：「渭水，出隴西首陽縣，至京兆北船司空縣入河。」湜，《説文》云：「水清見底也。」季本云：「涇濁渭清，及既合流，則渭亦因涇而濁。然二水相交之處，壅土成沚，而渭在沚之上者，則湜湜然見底，而本清之體固自若也。」呂祖謙云：「涇，新昏也。渭，舊室也。涇渭既合，則清濁易惑。于洲渚淺處視之，渭之清猶可見也。詩人多述土風，此衛詩，而遠引涇、渭者，蓋涇濁渭清，天下所共知，如云海鹹河淡也。」愚按涇以渭濁，嚴粲謂「涇誣渭謂濁」是也。程子云：「視于淺處則有清，彼以爲濁，而其沚自湜湜，以言其惑而不能正也。」屑，《説文》云：「動作切切也。」以，《説文》云：「用也。」言不以我之平日動作切切然用力爲有勞而念我也，言此以起下「就其深矣」三章之意。梁笱之喻，蓋本于此。鄭玄云：「毋者，諭禁新昏也。」逝，《説文》云：「往也。」孔穎達云：「我者，己所自專之辭。」梁，魚梁。《王制》云：

「獺祭魚，然後魚人入澤梁。」注云：「梁，絶水取魚者。」發，《韓詩》云：「亂也。」笱，《説文》云：「曲竹捕魚笱也。」按鄭云：「梁，水堰。堰水而爲關空，以笱承其空。」朱子云：「梁，堰石障水，而空其中，以通魚之往來者也。笱以竹爲器，而承梁之空，以取魚者也。」孔云：「梁者，爲堰以障水，空中央，承之以笱。然則水不絶，云絶水者，謂兩邊之堰是絶水也。」程大昌云：「笱者，以竹爲器，設逆鬚於其口，魚可入不可出也。曰『毋逝我梁，毋發我笱』者，蓋横溪爲梁，梁傍開缺透水，而設笱以承其下。魚墮梁，即覺水淺，急趍旁闕，以求入溪，既入即陷笱中，見者發笱而取之也。相戒毋發我笱者，懼其發取已獲之魚也。」閲，《説文》云：「具數于門中也。」遑，急。恤，憂也。俱見《説文》。言我既不能自安其身于門内，以簡閲取魚之數，乃急急憂恤我已去之後，欲何爲哉？自憐之甚也。蘇轍云：「梁、笱，皆所設以取魚。逝人之梁而發人之笱，因人之成功之謂也。新昏因舊室之成業，不知其成之難，則將輕用之。我雖見棄，猶憂其後之不繼也，故告而止之。」梁、笱，指治家言，即下章所言者是。孔子曰：「我今不閲，皇恤我後，終身之仁也。」輔廣云：「不忍遂棄其家事者，仁也。知其不能禁而絶意焉者，知也。」羅景倫云：「太白《去婦詞》云：『憶昔初嫁君，小姑纔扶床。今日妾辭君，小姑如妾長。回頭語小姑，莫嫁如兄夫。』古今以爲絶唱。然以予觀之，特忿恨决絶之辭耳。豈若《谷風》去婦，雖遭放棄，而猶反顧其家，戀戀不忍。乃知國風優柔忠厚，信非後世詩人所能彷彿也。」

就其深矣，方之舟尤韻。**之。就其淺矣，泳之游**尤韻。**之。何有何亡，黽勉求**尤韻。**之。凡民有喪，匍匐**《禮記》及《谷永傳》「匍匐」作「扶服」。**救**叶尤韻，居尤翻。**之。**比而賦也。鄭玄云：「言深淺者，喻君子之家事無難易，吾皆爲之。」方，《説文》云：「併船也。」徐鍇云：「今之舫，竝兩船也。」或云，泭也，水中爲泭筏也。按《爾雅》「天子造舟」，注「比船爲橋也」。諸侯維舟，連四船也。大夫方舟，併兩船也。士特舟，單船也。庶人乘泭，併木以渡也。然則「方」與「泭」異，當以併船之解爲正。舟，船也。孔云：「舟者，古名也，今名船。」《爾雅》云：「潛行爲泳。」《説文》云：「潛行水中也。」游，通作汓，或作泅，《説文》云：「浮行水上也。」今字从㫃，音偃，汓聲者，乃旌旗之流，以偏傍同，故得通用也。言「有」、「亡」者，孔云：「謂于一物之上，有此物，無此物。」鄭玄云：「言君子何所有乎？何所無乎？吾其黽勉勤力爲求之，有求多，亡求有也。」深淺以比有亡，方舟泳游以比勉求。匍，《説文》云：「手行也。」匐，《説文》云：「伏地也。」孔云：「《問喪》注『匍匐猶顛蹷』，然則匍匐者，以本小兒未行之狀，其盡力顛蹷似之，故取名焉。」救之者，孔云：「謂營護凶事，若有賵贈也。」孔子以爲此無服之喪也。程子云：「『就其深矣』以下，陳其躬所爲治家勤勞之事，隨事盡其心力而爲之，不特如是治其家，又周睦其鄰里鄉黨，莫不盡其道也。」張氏云：「皆婦人曲徇其夫之言。」

不我能慉，叶宥韻，許救翻。《説文》及孫毓、王肅本俱作「能不我慉」。又《詩緝》「慉」作「畜」。**反以我爲讐。**尤韻。亦叶宥韻，承呪翻。**既阻我德，賈**音古。**用不售。**宥韻。亦叶尤韻，時流翻。**昔育恐育鞠，**屋韻。毛傳作「鞫」，字通用。陸本作「諊」，即「鞫」字。《讀詩記》、豐本俱作「鞫」。**及爾顛**豐本作「傎」。**覆。**叶屋韻，芳六翻。**既生既育，**屋韻。**比予于毒。**叶屋韻，讀如犢，徒谷翻。○賦也。慉，《説文》云：「起也。」作興之意。讐、仇同義。《左傳》云：「怨耦曰仇。」言不能興起我，使有伉儷之樂，而反以我爲仇讐也。阻，猶拒也。我德，即上章所言勤勞家事、周恤鄰里皆是。賈，《説文》云：「坐賣售也。」行賣曰商，坐販曰賈。售，《説文》云：「去手也。」郝敬云：「惟其有心阻我，雖善不録，如賈百貨具陳，終不見售矣。」程子云：「心既阻絶我之善，故雖勤勞如是，而不見取，如賈之不售。凡人所以憎而不知其善者，繇其心阻絶其善故也。」昔，前日也。按昔本乾肉之名，乾肉者，所更多日，故謂昔爲前日。育，《爾雅》云：「養也。」與下文「既生既育」，皆以生理言，《商書》所謂「生生」是也。鞫，通作竆，《説文》云：「窮也。」張子云：「育恐，謂生于恐懼之中。育鞫，謂生于困窮之際。」顛，通作蹎，《説文》云：「跋也。」覆本訓覂，爲蓋冒之義，因又訓爲倒。及爾顛覆，鄭玄云：「與女顛覆，盡力于衆事，難易無所辟。」孔云：「以黽勉匍匐類之，故顛覆爲盡力。若《黍離》云『閔周室之顛覆』，《抑》云『顛覆厥德』，各隨其義，不與此同。」言昔者求育養于恐懼困窮之時，與爾顛覆盡力，以營家業。今既遂其生而得所養矣，乃反比我于毒而棄之乎？毒，謂藥物。錢天錫云：「毒藥攻病，必不得已而後用之，故垂絶之時，藉以祛錮疾，而生即棄去。故曰比予于毒。正所謂『將恐將懼，維予與汝。將安將樂，汝轉棄予』是也。」

我有旨蓄，陸本作「畜」。**亦以御冬。**叶東韻，讀如東，都籠翻。**宴爾新**豐本作「親」。**昏，以我御**陸本云一作「禦」。**窮。**東韻。**有洸有潰，既詒我肄。**寘韻。《爾雅》作「勩」。**不念昔者，伊余來塈。**寘韻。○比而賦也。旨，《説文》云：「美也。」蓄，《説文》云：「積也。」字从艸。徐鍇云：「蓄穀米、芻菱、疏菜，以爲歲備也。」愚按此言旨，又言御冬，則專爲蓄菜也。《急就章》云：「老菁蘘荷冬日藏。」一説，蓄，菜名，即小雅所謂蓫。陶隱居云：「羊蹄菜也。」今呼秃菜，音之訛也。未必是《詩》意。御，侍也。下文「御窮」，義亦放此。亦以御冬，言蓄聚美菜，以待冬月乏無之時，則用此爲伴侍也。劉公瑾云：

「古人塲、圃同地，❶秋收則築堅圃地爲塲，以納禾稼。至來春，又耕治之，以種菜茹。故蓄菜，但以御冬也。」御窮，猶云侍窮，言今君子安于新昏而厭棄我，是但于窮苦之時，則以我爲伴侍，至于安樂則棄之。似冬月蓄菜，至春夏有新美之蔬可食，而向之所蓄者，皆見遺也。曾鞏云：「窮，猶乏無耳。人之于物，得新可以捐故，然厚者猶有所不忍。夫婦義當偕老，乃姑以御窮而已，其薄惡可知。」鄒忠胤云：「孔子繫《易》，曰：『夫婦之道，不可以不久也。故咸而受之以恒。』《戴記》有七出之條，而又有三不出之例，其一謂先貧後富者。《谷風》之良婦，未知何以見棄。今觀其詩曰『何有何亡，黽勉求之』，『昔育恐育鞫，及爾顛覆』，則其食貧操作，艱阻亦既備嘗矣。曰『既生既育，比予于毒』，曰『宴爾新昏，以我御窮』，此所謂富易妻者耶？夫貧使舊婦拮据謀之，富則與新人宴安享之，以新間舊而屏逐，其舊苟未免有情，亦復誰能堪此？此《谷風》所爲賦也。」有洸有潰，正與首章「不宜有怒」相應。毛傳云：「洸洸，武也。潰潰，怒也。」《韓詩》云：「潰潰，不善之貌。」鄭云：「君子洸洸然，潰潰然，無温潤之色。」按《説文》，洸，水涌貌也，引《詩》「有洸有潰」。徐鍇云：「言勇如水之涌也。」《蒼頡篇》云：「傍決曰潰。」項安世云：「水之潰者，其勢横暴而四出，故怒之盛者爲潰。」詒，《説文》云：「相欺詒也。」誑詐之義。肄，《説文》云：「習也。」言時而武暴忿怒，又或時而爲謾語以誑詐我，既習以爲常矣。一説，詒通作貽，《説文》云：「相贈遺也。」肄，即「伐其條肄」之肄。言夫奮其武怒，而遺我以禍，如萌蘖之生生不已。亦通。塈，《説文》云：「仰塗也。」謂彌縫其闕，如塗屋壁之罅隙也。爾即棄

❶「同」，原作「因」，據《四庫全書》本改。

絶我，獨不念往日來此，彌縫闕失之時乎？ 此申歎上章之意，冀其夫之感悟也。

《谷風》六章，章八句。 小雅亦有《谷風》篇名。〇《子貢傳》、《申培説》皆以爲邶之良婦見棄于夫而作。 亦無所據。

《氓》，衛宣公之時，淫風大行，男女無別，互相奔誘，華落色衰，復相棄背。 出《序》。 **淫婦爲人所棄，而自敘其事，以道其悔恨之意。** 出朱傳。〇《焦氏易林》云：「氓伯以婚，抱布自媒。棄禮急情，卒罹悔憂。」鄭樵云：「《氓》之詩，如是其醜也，然有反之而自悔者，此所謂變之正也。」

氓《石經》作「甿」。 **之蚩蚩，**支韻。 字從虫，之聲，今俗「之」作「山」，非。 **抱布貿絲。** 支韻。 **匪來貿絲，來即我謀。** 尤韻。 亦叶支韻，謀悲翻。 **送子涉淇，**支韻。 **至于頓**《爾雅》注作「敦」。 **丘。** 尤韻。 亦叶支韻，祛其翻。 **匪我愆期，**支韻。 亦叶尤韻，渠尤翻。 **子無良媒。** 叶支韻，謨悲翻。 亦叶尤韻，迷侯翻。 **將子無怒，秋以爲期。** 見上。〇賦也。 孔穎達云：「氓，民之一名。此婦人見棄，乃追本男子誘己之時，己所未識，故以悠悠天下之民言之。」愚按氓字从亡从民，乃流徙之民，非土著者。《孟子》謂天下之民，皆悦而願爲之氓。 許行、陳相自楚、宋之滕，皆曰願爲滕氓。 即其義也。 楊愼云：「《周禮》：『凡治野，以下劑致氓，以田里安氓，以樂昏擾氓，以土宜教氓。』又曰：『新氓之治。』注謂新徙來者也。 若是本國之氓，已授田矣，又何必以田里安之？ 已安土矣，又何必以土宜教之乎？ 以《詩》與《孟子》證之尤可驗。《詩》

曰：『氓之蚩蚩。』此蓋氓之離其本土而淫于外州者也。」蚩，《説文》云：「蟲也。」曰「蚩蚩」者，言其蠢動無知如蟲之集聚然，鄙賤之辭也。布，《説文》云：「枲織也。」毛傳云：「幣也。」按《周禮·載師》職，鄭司農注云：「里布者，布參印書，廣二寸，長二尺，以爲幣，貿易物。」引《詩》云：「抱布貿絲。」即此布也。貿，《説文》云：「易財也。」徐鍇云：「猶亂也，交互之義。」鄭箋云：「季春始蠶，孟夏賣絲。」孔云：「欲明此婦人見誘之時節，故言賣絲之早晚。」匪，通作非，後放此。即，就也。此氓來意，非真欲貿易我之絲，乃借此以來就我謀，欲密邀我爲室家耳。送，《説文》云：「遣也。」亦爲隨行之義。蓋遣之去，而又隨之以行也。子者，男子之通稱，指氓也。劉熙云：「丘一成曰頓丘。一頓而成，無上下大小之殺也。」《爾雅》易頓爲敦，敦亦頓也。《漢·地理志》「東郡有頓丘縣」，師古云：「以丘爲縣也。」闞駰云：「頓丘在淇水南。」按今大名府之開州，是其地。《水經注》云：「淇水屈逕頓丘西，又東屈而西轉，逕頓丘北。」又按宿胥故瀆，受河于頓丘縣遮害亭東、黎山西，北會淇水。《戰國策》所謂「決宿胥之口，魏無虛頓丘」，即指是瀆也。《路史》云：「即古觀國，后啓五庶，俱封於衛，是謂五觀。」即此。愆，《説文》云：「過也。」期，猶限也。良，《説文》云：「善也。」《周禮·媒氏》注云：「媒之言謀也，謀合異類使和成也。」鄭玄云：「非我欲過子之期，子無善媒，來告期時。」將，《文選注》云：「辭也。」鄭云：「請也。」氓來即女謀，本謀即挈是女而歸。而女意猶未可，謂子無良媒，先來告我，故我行計未辦，請子無怒，以秋爲限，當從子以往。蓋將爲治裝地，如下文所言「以賄遷」耳。朱子云：「夫既與之謀而不遂往，計亦狡矣。」以御蚩蚩之氓，宜其有餘，而不免於見棄。蓋一失其身，人所賤惡，始雖以欲而迷，後必以時而悟，是以無往而不困耳。士君子立身一敗，而萬事瓦裂者，何以異此？

可不戒哉！」

乘彼垝垣，以望復關。叶先韻，圭玄翻。**不見復關，泣**《楚辭章句》作「波」。**涕漣漣。**先韻。**既見復關，載笑載言。**叶真韻，疑斤翻。亦叶先韻，倪堅翻。**爾卜爾筮，體**《禮記》作「履」，注云：「禮也。」《韓詩》亦作「履」，云：「幸也。」**無咎言。**同上。**以爾車來，以我賄遷。**先韻。亦叶真韻，倉新翻。

○賦也。乘，《説文》云：「覆也。」蓋登高而覆之，如乘馬之義。垝，《説文》云：「毁垣也。」垣而毁必危，故字從土從危，意兼聲也。垣，土墻也。復關，當是古關名。《滑縣志》云：「復關在縣城東北六十里，今有復關堤。」《寰宇記》云：「澶州臨河縣復關城在南，黄河北阜也。復關堤在南三百步，自黎陽下，入清豐縣界。」此氓所居之地。不敢斥其名，而以所居呼之，猶秦人之稱樗里也。漣、瀾同字，古人謂流涕爲汍瀾。嚴粲云：「漣漣，涕出接續之貌。」别後相思，憑高遠望，恐其負約則泣，喜其踐約則笑。先笑而繼之以言，故曰「載笑載言」也，下四句乃其所言者。爾指氓。龜曰卜，蓍曰筮。體，謂卜之兆。體，筮之卦體也。車者，迎婦載賄之車。賄，《説文》云：「財也。」婦之嫁裝也。婦人既與氓有成言，乃問之卜筮，以決其可託與否。而其兆卦之體，皆無凶咎之言，深自喜其得所托，故謂爾可遂即以車來，我當即以所有之賄財，遷徙隨子而往，不煩再計也。厥後色衰被棄，似若卜筮不靈然者。先儒所謂《易》爲君子謀，不爲小人謀也。《坊記》，子云：「善則稱人，過則稱己，則民不争。善則稱人，過則稱己，則怨益亡。《詩》云：『爾卜爾筮，履無咎言。』」意謂人之踐履，動與吉會者，不當自以爲功，必歸之于卜筮。亦斷文取義耳。

桑之未落，藥韻。**其葉沃若。**藥韻。**于嗟鳩兮，無**豐氏本作「毋」。**食桑葚。**叶侵韻，知林翻。

《釋文》作「椹」。于《韓詩外傳》作「吁」。**嗟女兮，無**豐氏本作「毋」。**與士耽。**叶侵韻，持林翻。《爾雅》作「妉」。**士之耽兮，猶可説也。女之耽兮，不可説**「説」、「説」相應爲韻，猶上章「載言」與「咎言」相應。**也。**賦而興也。桑，蠶所食葉木也。《説文》凡艸曰零，木曰落。徐鍇云：「木曰落而從艸者，木但葉落耳，其枝榦勁，與艸零無異，故从艸。」秋以爲期，此時車來，桑猶未落，故即其景以起興，亦以言貿絲及之。然曰未落，已隱然見有黄落可慮矣。沃，本作渼，《説文》云：「溉灌也。」沃若，毛傳云：「猶沃沃然。」言潤澤也。鳩，毛傳云：「鶻鳩也。」江東亦呼鶻鵃。以其春來冬去，備四時之事，故少皞氏取以名司馬之官。陸佃以爲一名鷽鳩。按《爾雅·釋鳥》云：「鷽，山鵲也。」以此鳩似山鵲而小，又其短尾青黑色多聲，故亦名鳴鳩也。孔穎達云：「《爾雅》鳩類非一，知此是鶻鳩者，以鶻鳩冬始去，今秋見之以爲喻，故知非餘鳩也。」葚，《説文》云：「桑實也。」毛傳云：「鶻鳩食桑葚，過則醉而傷其性。」又舊説，鴠食桑葚則革暴，鳩食之則淫，故戒鳩無食桑葚。婦人未嫁稱女，已嫁稱婦。《詩疏》云：「士者，男子行成之大稱。」又未娶亦謂之士，《周易》「老婦得其士夫」是也。耽，通作媅，《説文》云：「樂也。」嚴粲云：「桑之沃若，喻情眷歡洽之時。鳩嗜桑葚之甘，則食之不已，猶女愛男情眷之濃，而爲其所誘。故嘆鳩無食桑葚，女無與士耽。」今玩詩語意，明是以鳩興女，以桑興士，而舊説謂「桑之沃若」以比婦人容色未衰之時，恐未然也。説，許慎云：「釋也。」鄭云：「解也。」士有百行，可以功過相除，至于婦人無外事，維以貞信爲節。嚴云：「女子一失身于人，無可解説。言其既奔之後，不待愛弛，旋即愧悔，已無及也。」鍾惺云：「淫婦人到狼狽時，偏看出許多正理，説出許多正論。與烈女貞婦，只爭事前事後之別耳。」

桑之落矣，其黄而隕。叶真韻，于貧翻。亦叶先韻，于權翻。《詩》「幅隕既長」，「隕」作「圓」讀。**自我徂爾，**❶**三歲食貧。**真韻。亦叶先韻，頻眠翻。**淇水湯湯，**陽韻，尸羊翻。**漸車帷**《儀禮》疏作「幃」。**裳。**陽韻。**女也不爽，**叶陽韻，師莊翻。**士貳其行。**叶陽韻，寒剛翻。**士也罔極，**職韻。**二三其德。**職韻。○賦而比也。《月令》季秋，艸木黄落。此時婦人已在氓家矣。隕，《説文》云：「從高下也。」曰「其黄而隕」者，桑葉先黄而後隕，以比男子之情眷漸淡而向衰。下文「三歲食貧」，即其事也。徂，《説文》云：「往也。」往之夫家也。三歲，自始嫁至今，閱三歲也。食貧，猶云茹苦。此氓非真貧，特不以善遇此婦，使如食貧者之食耳。湯湯，毛云：「水盛貌。」漸，朱子云：「漬也。」車帷在上曰幄，在旁曰帷。裳，鄭云：「童容也。」孔云：「以幃幛車之旁，以爲容飾，此惟婦人之車飾爲然。丈夫車立乘，則有蓋無帷裳。或謂之幃裳。」爽，《説文》云：「明也。」此追其始嫁時而言。言我既以身許汝，其時雖渡深水，至漸車之童容，而我猶不遑恤，曾不意其所托之非人如此，因自恨其不明也。士貳其行，此有所指，必氓别有私者。末二句又推本其德而言，所以無所止極如斯者，繇其心德所藏，不能專一故也。嚴粲云：「士也罔極，所謂『怨靈修之浩蕩』也。罔極爲無窮之意，善惡皆可言之。魏《園有桃》『謂我士也罔極』，爲志念無窮極。《蓼莪》『昊天罔極』，謂父母之德無窮極。《青蠅》『讒人罔極』，《桑柔》『民之罔極』，與此『士也罔極』，皆爲反覆無窮極。」劉公瑾云：「此婦首稱曰氓，繼而曰子，繼而曰爾，又繼而謂之士，繼而復曰爾，又復曰士，或鄙之，或親之，或

---

❶「徂」，原作「狙」，據《四庫全書》本改。

貴之，此所以爲怨婦之辭與？」《左》成八年，晉侯使韓穿來言汶陽之田，歸之于齊。季文子餞之，私焉。曰：「大國制義，以爲盟主，是以諸侯懷德畏討，無有貳心。謂汶陽之田，敝邑之舊也，而用師于齊，使歸之敝邑。今有二命，曰歸諸齊。信以行義，義以成命，小國所望而懷也。信不可知，義無所立，四方諸侯其誰不解體？《詩》曰：『女也不爽，士貳其行。士也罔極，二三其德。』七年之中，一與一奪，二三孰甚焉？士之二三，猶喪配耦，而況霸主？霸主將德是以，而二三之，其何以長有諸侯乎？」

三歲爲婦，靡室勞豪韻。亦叶蕭韻，憐蕭翻，讀作「遼」。**矣。夙興夜寐，靡有朝**蕭韻。亦叶豪韻，直高翻。豐氏本作「鼂」。**矣。言既遂矣，至于暴**號韻。**矣。兄弟不知，咥其笑**叶號韻，讀如燥，先到翻。**矣。静言思之，躬自悼**號韻。**矣。**賦也。靡之言無，音之近也。男以女爲室。勞，《説文》云：「劇也。」言我三歲爲爾婦，無有爲人室而受如是之勞劇者，侵晨而起，至夜方寐，靡有一朝之暇，所謂勞也。鍾惺云：「此婦劬勞，何減《谷風》？《谷風》見棄以色，此曰『三歲』，色未衰也，直輕其人耳。」言，即首章「來即我謀」之言。遂，猶申也。暴，通作虣，《説文》云：「虐也，急也。」咥，《説文》云：「大笑也。」初與爾謀爲室家，惟恐不諧所願，今前言既遂，而爾至翻以暴虐加我。我之定計從爾，兄弟初不及知，今見我爲爾誘而還爲爾暴，則惟有咥咥然笑我而已。静言思之，孽自己作，雖躬自痛悼，亦何所歸咎哉？連用數「矣」字，寥落悲前事，支離笑此身，情況凄絶。嚴粲云：「此婦蓋父母不存，惟有兄弟耳。」

及爾偕老，老使我怨。叶翰韻，烏貫翻。**淇則有岸，**翰韻。**隰則有泮。**翰韻。豐氏本作「畔」。**總角之宴，**叶翰韻，於旰翻。孔穎達云：「經有作『丱』者，因《甫田》『總角丱兮』而誤。」**言笑晏晏。**叶翰韻，烏盱翻。**信誓旦旦，**翰韻。《説文》作「悬悬」。❶ **不思其反。反是不思，**支韻。亦叶灰韻，新才翻。**亦已焉哉！** 灰韻。亦叶支韻，將其翻。○賦而興也。及與偕，俱怨恚也。言初擬與爾相俱至老，今甫三歲，而見暴至此，則後來老之境，皆使我恚恨之境也。岸，水涯而高者。隰，阪下濕也。俱見《説文》。鄭云：「泮，讀爲畔。畔，涯也。言淇與隰皆有厓岸以自拱持，今君子放恣心意，曾無所拘制也。」總角者，直結其髮，聚之爲兩角。《詩》有「總角丱兮」，爲男子未冠。按《内則》云：「男女未冠笄者，總角、衿纓。」則女子亦得稱總角。宴，安也。此總角，蓋氓所私，所謂「士貳其行」者。捐故憐新，婦人之所爲恨也。舊説連下文，言我自總角之時，即與爾宴樂，如古詩「結髮爲夫妻」之意。亦通。晏，《説文》云：「天清也。」言笑晏晏者，蓋象其開霽之狀。旦旦，明也。嚴粲云：「『昊天曰旦』之旦。」此言笑、信誓，皆指氓言，乃追數其昔日挑誘之情狀，非婦人自謂也。《爾雅》云：「晏晏、旦旦，悔爽忒也。」反，復也，責其不思念復前言也。「亦已焉哉」者，决絶之辭。《表記》：「子曰：口惠而實不至，怨菑及其身。是故君子與其有諾責也，寧有已怨。國風曰：『言笑晏晏，信誓旦旦，不思其反。反是不思，亦已焉哉！』」朱子以爲此婦人自悔之語，言我不自思其反覆以至此，則亦如之何哉？傳曰：「思其終也，思其復也。」思其反之謂也。理亦可通，然與孔子引《詩》之意不合。陸化熙云：「此詩立言有序，總是悔之無及，最可扼腕。荀文若之失身曹瞞，柳柳州之濡足叔文，其是類也夫？」輔廣云：「《谷風》與《氓》，二詩皆怨，然《谷風》雖怨而責之，其辭直，蓋其初以正也。

❶「悬悬」，原作「旦旦」，據《説文解字》改。

《氓》之詩，則怨而悔之耳，其辭隱，蓋其初之不正也。」沈守正云：「詩雖作于悔恨，然悔所托之非人，不悔始奔之不正，此所謂淫人之悔也。」鄒忠胤云：「婚姻，人道之始。在《易》，《咸》稱取女，《漸》稱女歸，皆利貞則吉，不徒悦徒巽而已。《易·歸妹》曰：『征凶，無攸利。』蓋其卦與《漸》反，位不當而柔乘剛，士動於欲而失其健，女驕於悦而失其順，淫皆之感，終非嘉偶。故《象》曰：『君子以永終知敝。』夫使行必稽其所敝，何至立身一敗，萬事瓦裂，自貽伊蹙乎？」

《氓》六章，章十句。《序》云：「刺時也。宣公之時，禮義消亡云云。或乃困而自悔，喪其妃耦，故序其事以風焉。美反正，刺淫泆也。」朱子謂此非刺詩，其曰美反正者，尤無理。《子貢傳》、《申培説》皆以爲鄘人所作，亦無據。

《何人斯》，絶友也。暴辛公爲王卿士，而譖蘇成公。成公之友，有與暴同行者，成公惡之，作是詩以絶之。《序》以爲蘇公刺暴公也。暴公爲卿士，而譖蘇公焉，故蘇公作是詩以絶之。愚按蘇公此詩，雖爲見譖于暴公而作，而其意所專責者，非暴公也。時蘇公之友，有與暴公同譖之者，偶過蘇公之門，求見蘇公，而公不之見，故作此詩以責之。以暴公平昔交誼，不如此人之深，而此人去蘇從暴，初終易面，則無行義之尤者也。暴公不足刺矣，刺此人，亦所以刺暴公也。鄭箋云：「暴也，蘇也，皆畿内國名。」按《春秋》文八年，公子遂會雒戎盟于暴。杜注以爲鄭地，其姓未詳。蘇，據《鄭語》謂己姓昆吾之後。《左》成十一年，單子劉子曰：「昔周克商，使諸侯撫封，蘇忿生以温爲司寇，與檀伯達封于河。」《書·立政》篇，所謂

「司寇蘇公」是也。春秋時蘇稱子，以國在温，又稱温子。此云公者，孔穎達謂蓋以子爵而爲三公。今以《世本》及譙周《古史考》證之，則此暴公乃暴辛公，蘇公乃蘇成公也。辛公，《路史》又作新公，世代無考。又按《左》隱十一年，王以蘇忿生之田温、原、絺、樊、隰郕、欑茅、向、盟、州、陘、隤、懷，凡十二邑，以與鄭人，實周桓王八年也。蘇公以被讒失國，或在此時。張守節云：「蘇忿生十二邑，桓王奪以與鄭，故蘇子同五大夫伐惠王。」《巵言》云：「蘇爲畿内國，故桓王得以其田與鄭。當時蘇之采地，亦可謂廣矣。然所謂原、樊、成、茅，其初亦皆國也，豈蘇子亦有兼并歟？無故而奪之，是以叛。」

彼何人斯？其心孔艱。叶先韻，經天翻。豐氏本作「囏」。**胡逝我梁，不入我門？**叶先韻，謨連翻。**伊誰云從？維暴之云。**叶先韻，于員翻。○賦也。彼何人斯，義見《巧言》篇。此與第三章，皆指蘇公之友，新從暴公者也。賤而惡之，故若爲不相識之辭，然於暴公則顯其食邑，於此人則並不著其名氏，亦所謂交絶不出惡聲者也。孔，甚也。艱，《説文》云：「土難治也。」鄭箋以爲難也。此人從暴公以過蘇公之門，欲不入見，則似忘舊誼。欲入見，則恐拂新知。遲迴于見不見之間，有甚難爲情者，故曰「其心孔艱」也。逝，鄭云：「之也。」主彼而言，故曰之。我，蘇公自謂也。後放此。梁，《説文》云：「水橋也。」夏令「十月成梁」之梁，蘇公所居之門外有之，非魚梁也。初逝梁之時，尚未及我門，故疑其不肯入也。伊，發語辭。上云蘇公，問也，下云所問之人，答也。從，《説文》云：「隨行也。」暴，暴公也。不以公稱者，亦惡而賤之也。問彼所與相隨而行，以逝我梁者，何人乎？曰維暴公耳。夫暴公與我不相善，而斯人從之，則其躊躇於門外而不即入也，無怪矣。

二人從行，誰爲此禍？ 咼韻。 **胡逝我梁，不入唁我？** 咼韻。 **始者不如今，云不我可。** 咼韻。○賦也。孔云：「以上言『維暴之云』，則暴是其一。明二人者，謂暴與其侶也。」「爲此」之此，蒙上文言。禍，害也，凶終隙末之意。二人從行，則其交深矣。誰離間此人，使之舍我從彼，而使交道不能善其終，非禍而何？服虔云：「吊生言唁，相痛傷之名也。」朱子云：「吊失位也。」時蘇公必有被王譴讓之事，故云然。不入我門，則不入唁我，其爲前此相從以譖我明矣。始者不如今，言始者與我厚，不如今之與暴公厚也。云者，代揣其意之言也。可，許也。不我可者，言不許我爲可，猶言不悦也。漢《劉向傳》，上問楊興：「朝臣齗齗不可光禄勳，何也？」其用「不可」，字義同此。

彼何人斯？胡逝我陳？ 真韻。亦叶先韻，澄延翻。 **我聞其聲，不見其身。** 真韻。亦叶先韻，尸連翻。 **不愧**陸德明本作「媿」。**于人？** 真韻。亦叶先韻，如延翻。 **不畏于天？** 先韻。亦叶真韻，汀因翻。○賦也。《爾雅》云：「堂塗謂之陳。」孫炎云：「堂下至門之徑也。」按《戰國策》「美人充下陳」，下陳，猶下堂也。逝我陳，則已入我門矣。此人亦深情厚貌者，故謬欲入而唁蘇公也。蘇公已聞此人之聲音，但薄其人而不之見，故曰不見其身，非蹤跡詭秘之説。既入我門矣，秘將安往乎？愧慙畏怯也。天非蒼蒼之天，吾心中有天存焉。可對人言，斯可對天知，故能不愧于人，則不畏于天矣。今此人欲入見，而不勝其消沮閉藏之狀，其負愧于蘇公者何如？亦寸心之天所不許也。故蘇公陳正理以深責之。《表記》：「子曰：聖人之制行也，不制以己，使民有所勸勉愧耻，以行其言。禮以節之，信以結之，容貌以文之，衣服以移之，朋友以極之，欲民之有壹也。小雅曰：『不愧于人，不畏于天。』」疏云：「引此者，言人之行，當須愧于人，畏于天也。」

彼何人斯？其爲飄風。叶侵韻，孚金翻。**胡不自北？胡不自南？**叶侵韻，乃林翻。**胡逝我梁？祇**支韻。**攪我心。**侵韻。○賦也。此「彼何人斯」，指暴公也。不斥其姓名者，亦賤而惡之之辭。飄，《説文》云：「回風也。」《爾雅》作迴風，郭璞云：「旋風也。」嚴粲云：「旋風迴旋無定，故不自北，不自南，言無準也。喻譾者之反覆不測也。」先是二人從行，以逝蘇公之梁，既而彼一人者，入門至陳，將以求見蘇公矣。而暴公不與之偕入，姑留梁間以待，故此仍云「胡逝我梁」也。祇，舊皆訓適也，亦通作多。晁氏云：「古文『祇』用『多』字。」攪，《説文》、毛傳皆云：「亂也。」疾之之深，惟欲其不相親近。其來逝我梁何爲哉，則多足以攪亂我心而已。

爾之安行，亦不遑舍。叶魚韻，商居翻。**爾之亟行，遑脂爾車。**叶魚韻，斤於翻。**壹者之來，云何其盱。**叶魚韻，讀如嘘，休居翻。○賦也。此下三章所稱爾者，皆爲蘇公之友言也。遑，《説文》云：「急也。」《周禮·掌舍》職注云：「舍者，所解止之處。」亟，疾也。脂車，以脂塗車軸，使其滑澤也。壹者，一人也。云者，代暴公意中之言也。盱，《説文》云：「張目也。」時蘇公之友入見蘇公，而暴公待之于外。蘇公惡其所比匪人，而心不欲見之也，因爲辭以謝之曰：爾此行也，果其安舒而別無所事也者，似可以暫憩矣。然我亦不急急爲舍館以留爾，果其倥偬而別有所圖也者，則爾當從兹趣駕矣，我即急急脂爾之車。所以然者何故哉？以爾二人從行，今一人來此，一人留彼。彼留者必且曰：何其久而不出，徒使我張目而望也？然則爾今者且姑不見我可也。

爾還而入，我心易叶支韻，以支翻。《韓詩》作「施」，云：「善也。」**也。還而不入，否**音鄙。**難知**支韻。**也。壹者之來，俾我祇**支韻，音岐。**也。**賦也。還，《説文》云：「復也。」鄭云：「行反也。」易，平易也。《繫辭》云：「易則易知。」與下文「難知」對看。否，鄭云：「不通也。」祇，適也，亦通作禔。《易》「無祇悔」，王肅、陸績本俱作「禔」，可證。禔之爲言安也。蘇公不欲見此人，而心又不忍終絶之也，乃與之訂期後會。言我今雖不見爾矣，爾此行旋反之時，其經過我門，入而見我乎？我心平易明白，原無所芥蔕也。若還而不入，則是爾之情與我否隔不通，爾自示人以不可知，於我何與？復又囑之曰：爾即還而入見我，亦必但以一人來，勿與暴公同行，庶乎使我心安也。蓋薰蕕不同器，惟絶暴公，乃可以交蘇公，無騎墻中立之理。《易》曰：「三人行，則損一人。一人行，則得其友。」其謂是乎？凌濛初云：「小人良心不死，如象之見舜而忸怩是也。只是望其來見，妙甚妙甚。」董氏云：「是詩至此，其詞益緩，若不知其爲譖矣。」

伯氏吹壎，仲氏吹篪。支韻。**及爾如貫，諒不我知。**支韻。**出此三物，以詛爾斯。**支韻。

○比而賦也。此章發出始者不如今二句之意。伯、仲，鄭云：「喻兄弟也。我與汝恩如兄弟。」愚按此當以年之長幼序之，今亦不定其誰屬也。吹，《説文》云：「嘘也。从口从欠。」會意。壎，《周禮》、《爾雅》俱作塤。按王嘉云：「春皇庖犧氏灼土爲塤，禮樂于是興矣。」《爾雅》云：「大塤謂之嘂。」孫炎云：「音大如叫呼聲也。」《周禮》注云：「大如鴈卵。」郭璞云：「燒土爲之，大如鵝子。鋭上平底，形如秤錘，六孔。小者如鷄子。」陳暘云：「周官之於塤，教于小師，播于瞽矇，吹于笙師，立秋之音也。平底六孔，水之數也。中虚上鋭，如秤錘然，火之形也。塤以水火相合而後成器，亦以水火相和而後成聲，故大者聲合黃鍾、大吕，小者聲合大簇、夾鍾，要在中聲之和而已。《風俗通》謂圍五寸半，長一寸半，有四孔，其二通，凡六空也。蓋取諸此爾。」馬端臨云：「古有雅塤，如雁子；頌塤，如雞子。其聲高濁，合乎雅頌故也。」《白虎通》云：「塤之爲言勳也，陽氣于黄泉之下，勳蒸而萌。」《釋名》云：「塤，喧也，聲喧喧然也。」篪，本作䶵，亦作箎。《爾雅》大篪謂之沂。《廣雅》云：「以竹爲之，有八孔。前有一孔，上有三孔，後有四孔，頭有一孔。」郭云：「長尺四寸，圍三寸，一孔上出，徑三分，名翹，橫吹之。小者尺二寸。」按鄭司農《周禮》註謂篪七孔，唐孔氏以爲《廣雅》言篪八孔，此蓋不數其上出者，非也。據《廣雅》稱篪共有九孔。又蔡邕云：「篪六孔，有距，橫吹之。」此或小篪耳。《釋名》云：「篪，啼也。聲從孔出，如嬰兒啼聲，春分之音也。」《世本》載暴辛公作塤，蘇成公作篪。譙周《古史》謂古有塤、篪尚矣，周幽王時，暴辛公善塤，蘇成公善篪。今按二説，大要因此詩而附會之，殊不足信。其實蘇公借以喻己與其友謀國議論，唱和相應如此，亦非指暴公也。張萱云：「八音皆克諧，無有乖戾而不和者。《詩》喻兄弟之和，止以塤篪。從來注疏皆未能發其旨。余因閲古今樂律諸書，乃知七音各自爲五聲，如宮磬鳴而徵磬和，獨塤、篪則二器共爲一音，塤爲宮而篪之徵和。伯，宮也。仲，徵也。此古人所以喻同氣也，其旨微矣。」程良孺云：「如塤如篪，古人比之兄弟相和。夫他音豈皆不和，而獨以塤、篪言者，他音一音各爲一節，惟塤、篪二音同爲一節。」陳暘云：「土王於長夏，而壎土音也，有伯氏之意焉。竹王於仲春，而篪竹音也，有仲氏之意焉。觀《周官》小師教塤，瞽矇播之，笙師兼篪而教之。詳於塤，畧於篪者，以塤主唱始，不得不詳，篪主和終而已，不得不畧。不亦寓伯仲之旨乎？」及爾如貫，如《易》言「有孚攣如」之意。

鄭云：「如物之在繩索之貫也。」董鼎云：「如貫弁貫珠，皆以繩結之。」以上三句，皆主平日言。諒，《説文》云：「信也。」我之與爾交好，中心誠信如此，而爾曾不我知，是以有二心于我也。三物，毛云：「犬、豕、雞也。」詛，《説文》云：「詶也。」《周禮·司盟》職云：「盟萬物之犯命者，詛其不信者。」註云：「盟詛主于要誓，大事曰盟，小事曰詛。」疏云：「盟者，盟將來。詛者，詛過往。」出此三物，如鄭伯使卒出豭，行出犬雞，以詛射潁考叔者，豭即豕也。毛傳謂君以豕，臣以犬，民以雞，似無據。因其曾不知我而詛之，❶恚懟之深，無聊之極，欲其悔悟而速改之也。孔云：「己不欲長怨，欲與之詛而和諧。」

爲鬼爲蜮，職韻。**則不可得。**職韻。**有靦面目，視人罔極。**職韻。**作此好歌，以極反側。**職韻。豐本作「仄」。○賦也。嚴云：「末章峻辭責之，不復含隱也。」《説文》云：「人所歸爲鬼。」《韓詩外傳》云：「人死，肉歸于土，血歸于水，骨歸于石，魂氣升于天。其陰氣薄然獨存，無所依也，故純陰底滯之氣着人爲害。」蜮，蟲名。陸璣云：「一名射影，江淮水皆有之。人在岸上，影見水中，投人影則殺人，故曰射影。南人將入水，先以瓦石投水中，令水濁，然後入。」陸佃云：「蜮含水射人。一曰含沙射人之影，其瘡如疥。《稽聖賦》所謂『蛛旋於影，蜮射於光』是也。一名射工，一名溪毒。有長角，横在口前如弩檐，臨其角端，曲如上弩，以氣爲矢，因水勢以射人，故俗呼水弩。然畏鵝，鵝能食之，《禽經》所謂『鵝飛則蜮沉，鵙鳴則蛇結』也。」羅願云：「蜮生江南溪水中，甲蟲之類也。長一二寸，有翼能飛，口中有横物如角弩。冬月蟄澗谷口。

❶「曾」，原作「其」，據《四庫全書》本改。

大雪時索之，此蟲所在，其雪不積，氣起如烝，掘之不過入地一尺則得也。説者又言水弩狀如蜣螂，尾長四寸，即弩也，見人影則射。《南越志》稱水弩四月一日，上弩射人影，至八月卸弩。此云弩在口，彼云弩在尾，差不同。」《春秋》莊十八年，秋有蜮。劉向以爲蜮生南越，越地多婦人，男女同川，淫女爲主，亂氣所生，故聖人名之曰蜮。蜮猶惑也。在水旁能射人，甚者至死，南方謂之短狐。劉歆以爲蜮盛暑所生，非自越來也。又柳宗元云：「射工射虱，含怒竊發。中人形影，動成瘡痏。」《韻會小補》云：「諸家説蜮，皆不爲的。居水中以氣射人者名射工，居水旁山林間含沙射人者名射虱。若《説文》所謂『蜮似鼈三足』者，是能也，非蜮也。」靦，《説文》云：「面見也。」字从面从見，會意。徐鉉云：「凡人所視瞻，心實見之，故有別識。無耻之人，面見之而已，心實否也。《國語》范蠡曰：『雖靦然人面，實禽獸也。』」人，對鬼蜮言。罔極，謂無所止極。殷大白云：「恩之重者曰罔極，情慾之甚者曰罔極，心術之險者曰罔極。言鬼之爲物，往來無常。蜮之爲物，能潛形以射人之影，則吾不得而知之。今以靦然面目相看之人，而視之亦如鬼蜮然，其翻覆不測，則無所止極，良足慨也。」好，鄭云：「猶善也。」歌，此八章之歌也。極，謂窮極其情。初則絶而不之見，既則訂之使復來，又既則詛之以絶其翻覆，皆所以窮其罔極之情，而使之止于是也。反側，毛云：「不正直也。」孔云：「翻覆之義。」王安石云：「作是詩，將以絶之也，而曰好歌者，惟其好也，是以極求其反側。極其反側，非惡之也，有欲其悔悟之心焉爾。」又云：「君子之處己也忠，其遇人也恕。使其繇此悔悟，更以善意從我，固所願也。雖其不能如此，我固不爲已甚，豈若小丈夫然哉？一與人絶，則醜詆固拒，惟恐其復合也。」馮時可云：「匪人之比，蘇安得無責者，但交已絶，而猶惓惓望之。則與後世小人盃酒睚眦之隙，而至於樹黨相攻，没身不解者，其亦異矣。」郝敬云：「愚讀是詩而益知性情之説矣。欺君賊友，分誼已絶，而其言周惄，傷往望來，有不忍遽絶之情，何其厚也！言不如此，不可以爲《詩》。人能以《詩》之言養性，則性定；以《詩》之義操心，則心安；以《詩》之氣處人，則人和；以《詩》之性情處變，則無所往而不自得。故曰：『不學《詩》，無以言。』」

《何人斯》八章，章六句。朱子云：「此詩與《巧言》篇文意相似，疑出一手。但上篇先刺聽者，此篇專責讒人耳。」按二詩立言之意本不相涉，因朱子有是説，而僞爲《子貢傳》、《申培説》者遂不載此詩篇名，豐、鄒諸本徑合二篇而一之。然則西漢龔遂、王式及《樂緯》、《詩緯》、《尚書璿璣鈐》諸書，皆以三百五篇爲夫子删采定數，此不已闕其一耶？作傳説者，其人皆在朱子之前，不應朱子都不之見，而立論便闇合若此，益顯其爲淺陋之贋書也。

《著》，刺魯桓公也。娶齊文姜而不親迎，至于讙以迎之，于是得見乎公矣。國人代爲文姜之辭以醜之。《序》云：「刺時也。時不親迎也。」愚按以其世求之，則文姜也。何以明之？《春秋》桓三年，公子翬如齊逆女。九月，齊侯送姜氏于讙，公會齊侯于讙，夫人姜氏至自齊。《公羊傳》云：「翬何以不致？得見乎公矣。」胡安國云：「古者昏禮必親迎，則授受明。後世親迎之禮廢，于是有父母兄弟越境而送其女者。以公子翬往逆，則既輕矣。爲齊侯來，乃逆而會之于讙。是公之行，其重在齊侯，而不在姜氏，豈禮也哉？不言以至者，既得見乎公也，不能防閑，於是乎在。《敝笱》之刺兆矣。」

俟《爾雅》、《齊詩》、《漢書》俱作「竢」。**我於著**叶虞韻，重銖翻。**乎而，充耳以素**叶虞韻，孫租翻。

乎而，尚之以瓊華叶虞韻，芳無翻。**乎而。** 賦也。俟，通作竢，《説文》云：「待也。」我，文姜自謂也。毛傳云：「門屏之間曰著。」通作宁。李巡云：「謂正門内兩塾間，人君視朝所宁立處也。」按《昏禮》，壻往婦家親迎，既奠鴈，御輪，壻乃先往俟于門外。婦至，壻揖婦以入。及寢門，揖入，升自西階。今桓公既不親迎，會讙之後，以夫人歸。所謂「俟我于著乎而」，即《昏禮》「壻俟于門外，婦至，壻揖婦以入」之時也。孫炎云：「充耳是塞耳，即所謂瑱。懸當耳，故謂之塞耳。懸之者，别謂之紞。」經言「充耳以素」，素絲懸之，非即以素爲充耳也。鄭玄云：「素所以懸瑱者，或名爲紞。織之，人君五色，臣則三色。」王肅辨之，以爲王后織玄紞，天子之玄紞，一玄而已，何云具五色乎？王基理之云：「紞今之絛，豈有一色之絛？色不襍，不成爲絛。王后織玄紞者，舉夫色尊者言之耳。」孔穎達祖其説，又謂天子、諸侯皆五色，卿、大夫、士皆三色。今按五色、三色，禮無明文，鄭、孔之意，蓋惑于《序》中「時不親迎」之説，以爲此詩乃刺時之詩，不爲諸侯咏耳。愚以《周禮》玉瑞弁冕制度，彷彿求之，則此詩所云素、青、黄三色者，乃正諸侯之紞也。一見之《典瑞》職云：「王圭繅藉，五采五就；公侯伯圭繅，皆三采三就；子男璧繅，皆二采再就。」一見之《弁師》職云：「王五冕，皆五采玉；諸侯瑁玉三采。及孤卿大夫之冕，各以其等爲之。」夫天子之繅與玉既俱用五采，諸侯之繅與玉既俱用三采，則懸瑱之紞，何獨不然？《詩》咏素、青、黄三色，其爲魯侯之服，無可疑者。所以取此三色，素西方之色，于時屬秋。青東方之色，于時屬春。春秋乃陰陽之中氣，而黄又中央土之正色，是或其所以取之之義也。若天子則位尊備物，當具五色矣。篇中于著見素，於庭見青，于堂見黄，但取韻叶。孔謂素色分明，目所先見，故先言之。此迂謬無理之甚也。又《周禮》註云：「一命之大夫，冕而無旒，士變冕爲爵弁。」

疏云：「無旒之冕，與爵弁不殊，但前低一寸餘，故亦得冕名。」今按充耳惟冕服有之，弁則否，則是自一命而下，皆不得有充耳，亦可知其非民間親迎之常服也。或又謂古者士昏禮攝盛，故士得攝大夫冕服。今考《儀禮》云「主人爵弁纁裳緇袘，從者畢玄端，乘墨車，從車二乘」，註謂大夫墨車，士棧車。今墨車，大夫已上有二車，士無貳。今從車二乘，所謂攝盛也。亦不聞有主人服冕之説。尚，加也。張子厚云：「充耳非一物，先以纊塞，後以玉加之。」瓊，《説文》云：「赤玉也。」華，孔云：「謂色有光華。」按毛解充耳琇瑩，謂天子用玉，諸侯用石。據《周禮·弁師》職但云「玉瑱」，絶無用玉、用石之别。而或又解琇爲玉名，此瓊華當即是用玉。鄭以爲石色似瓊，殊費解。夫文姜自會讙時，已得見乎公，因隨之俱歸。不謂己之失禮爲可羞，而但津津魯君之盛飾爲可喜，則其爲人流蕩淫佚，于此已見其端矣。

俟我於庭青韻。**乎而，充耳以青**韻。**乎而，尚之以瓊瑩**叶青韻，户扃翻。**乎而。**賦也。庭，《説文》云：「宫中也。」《增韻》云：「門屏之内。」俟我于庭，即《昏禮》所謂壻道婦及寢門揖入之時也。瑩，《説文》云：「玉色也。」

俟我於堂陽韻。**乎而，充耳以黄**陽韻。**乎而，尚之以瓊英**叶陽韻，于良翻。**乎而。**賦也。堂，正寢也。升階而後至堂，此《昏禮》所謂升自西階之時也。吕祖謙云：「既不親迎，故但行婦至壻家之禮。壻道婦入，故于著于庭于堂，每節皆俟之也。」華、瑩、英，總一瓊而異其名。按《爾雅》，木謂之華，草謂之榮，榮而不實者謂之英。則言瓊華、瓊英，總之借草木以形容玉之光色耳。

《著》三章，章四句。《子貢傳》、《申培説》皆謂齊俗廢親迎之禮，君子譏之。朱子解同。然觀篇中所云著，乃朝内之位，至充耳瓊華之飾，何等莊嚴，豈是士庶所有，儕之流俗，其謬確矣。如《序》謂刺時不親迎，却自渾然，蓋謂其時固有如此人，如此事耳。又班固《前漢書·地理志》引《齊詩》曰：「子之營兮，遭我乎嶩之間兮。」又曰：「竢我于著乎而。」以爲齊俗舒緩之體如此。固既以營爲青州臨淄之營丘，而顔師古亦以著爲濟南郡著縣。審爾，則茂昌庭堂，亦復可以地名强解否耶？是皆不究全詩之文理，而漫爲之辭者也。

《敝笱》，刺魯文姜也。 出《序》。〇序以爲齊人惡魯桓公微弱，不能防閑文姜，使至淫亂，爲二國患焉。愚按《左傳》，先是齊僖公欲以女文姜妻鄭太子忽，太子忽辭。想文姜爲室女之日，内行已不正矣。忽所謂齊大非耦，蓋權辭也。桓竟取之，國人知其婦道之必不終也，故作是詩以刺之。觀篇中有「齊子歸止」之語，當是始嫁時詩也。姜，齊女，魯婦，以不正故，使二國俱被惡名。《序》所謂「爲二國患」者以此。

敝《釋文》作「弊」。**笱在梁，其魚魴鰥。** 叶元韻，姑元翻。**齊子歸止，其從**去聲。後同。**如雲。** 叶元韻，於元翻。〇興也。敝，鄭玄云：「敗也。」笱、梁，俱見《谷風》。羅願云：「笱之守魚，猶禮之守國也。池魚三千六百，蛟來爲之長，能率魚飛。置笱水中，則蛟去矣。」魴，解見《魚麗》篇。《説苑》陽晝云：「夫投綸錯餌，迎而吸之者，陽橋也。其爲魚也，薄而不美。若存若亡，若食若不食者，魴也。其爲魚也，博而厚味。」陸佃云：「魴魚雖等美，而緣水之異，則有優劣，故里語曰：『洛鯉伊魴，貴于牛羊。』又曰：『居就糧，梁水魴。』」愚按如陸説，伊、梁之魴雖美，而《詩》有曰「豈其食魚，必河之魴」，則河魴尤美也。齊地近河，據陳詩以食魚必河魴，對言娶妻必齊姜，是則魴乃姜之比。此詩首章言魴鰥，次章言魴鱮，鰥、鱮之名變，而魴名不變，可知專以魴擬文姜，而鰥、鱮擬從者矣，蓋文姜一而從者衆也。故《焦氏易林》云：「敝笱在梁，魴逸不禁。」舍鰥、鱮而專舉魴，亦足爲罪狀文姜之明據。鰥之爲魚未詳。據《孔叢子》云：「衛人釣于河，得鰥魚焉，其大盈車。子思問曰：『如何得之？』對曰：『吾下釣，垂一魴之餌，鰥過而不視，益以豚之半則吞矣。』子思曰：『噫，鰥貪以餌死，士貪以祿死。』」然則是鰥大于魴，故毛傳以鰥爲大魚。嚴粲駁之云：「衛人所釣鰥魚，偶得大者，以爲大而詫之。此詩配魴、鱮言之，則不必便是其大盈車者。入笱中，必非大魚。」此篤論也。又按老而無妻者名曰鰥。劉熙《釋名》云：「爲其愁悒不寐，目恒鰥鰥然也。故其字从魚，魚目恒不閉者也。」夫魚不閉目，凡魚盡然，故古者以魚司鑰。然則鰥是魚視之狀，初非魚名，則詩人不應與魴鱮並咏矣。曾記一書載東海之魚，名曰鰥，比目而行，不相得，不能達。今忘其所出。若以制字之意求之，鰥右从眔，眔之爲義目相及也，與比目而行者義正相合，其必繫是魚無可疑矣。姑誌以俟後考。鰥以目相及而得名，然則是文姜從者之比也。齊子，文姜也。不稱姜稱子者，非獨明其爲齊女，抑亦惡其醜行，故諱之，使若宋女然。亦猶魯諱吴孟姬爲吴孟子耳。歸，嫁也。舊説以爲歸齊。按婦人父母在，稱歸寧；去而不反，稱大歸；無以歸名者。此歸正與《南山》之詩「既曰歸止」同，皆以嫁爲歸也。其從，鄭玄云：「姪娣之屬。」如雲，不獨言其盛，鄭以爲其從者之心意如雲然。雲之行，順風者也。詩人見魯桓爲人昏闇懦弱，逆料其不能制姜，故以敝笱爲比。言女之歸夫家，猶魚之入于笱，可入而不可出者也。笱敝則任其往來，今之入者，不久將復出矣。況以姜之健悍驕伉，觀其挾如雲之從者以偕行，其氣勢之盛如此，目中豈復有桓者哉？必不能安其室已。胡安國云：「爲亂者文姜，而《春秋》罪桓公，治其本也。乾者，夫道也，以乘御爲才。坤者，婦道也，以順承爲事。《易》著于乾坤，述其理；《春秋》施于桓公，見其用。」

敝笱在梁，其魚魴鱮。語韻。**齊子歸止，其從如雨。**叶語韻，讀如與，演女翻。○興也。陸佃云：「鱮魚似魴而弱鱗，其色白，北土皆呼白鱮。《西征賦》曰：『華魴躍鱗，素鱮揚鬐。』性亦旅行，故其制字从與，亦或謂之鰱也。傳曰：『連行魚屬。』若此之類是已。失水即死，弱魚也。其頭尤大而肥者，或謂之鱅。《六韜》曰：『緡隆餌重，則嘉魚食之。緡調餌芳，則庸魚食之。』鱅，庸魚也，故其字从庸，蓋魚之不美者。故里語曰：『網魚得鱮，不如啖茹。』而鱅讀曰慵者，則又以其性慵弱而不健故也。」愚按此又足爲文姜從者之比矣。陸璣云：「幽州人謂之鴞鴟，或謂之胡鱅。」羅云：「魚雖一類，而所食不同。今鯇惟食艸，鱒食螺蚌，鱮乃食鯇矢，則宜其味之不美爾。今人亦不珍此族。」如雨，不獨言其多，陸佃以爲其傾從，如雨之從天是也。鄭玄云：「如雨，天下之則下，天不下則止。」

敝笱《韓詩》作「簡」。**在梁，其魚唯唯。**叶紙韻，愈水翻。《韓詩》作「遺遺」，云：「不能制也。」豐氏本同。**齊子歸止，其從如水。**紙韻。○興也。唯唯，鄭云：「行相隨順之貌。」蒙前章鰥鱮隨魴而行，以興從者隨姜而行。如水，不獨言其衆，如水之長流不息。嚴云：「言從之者順，猶《孟子》言『民歸之，如水之就下』也。」陸佃云：「雲升而生雨，故如雨繼之。雨降而生水，故如水繼之。亦立言之序。」黃佐云：「魯國無風，寓齊詩中。此詩及《南山》、《載驅》是也。」然姜，齊女也，抑固齊之風乎？

《敝笱》三章，章四句。《子貢傳》、《申培說》皆以爲魯桓與夫人文姜如齊，齊人刺之，蓋繇誤以「歸止」爲歸齊耳。朱子改爲刺莊公詩，尤爲無據。郝敬云：「莊公于文姜，則子耳，桓公其夫也。夫爲妻綱，如笱可制魚。子之于母，猶曰弗克，夫不能制其妻，則同敝笱矣。故《敝笱》以刺夫，《猗嗟》以刺子，《序》説各有當也。」

《葛屨》，刺芮姜也。芮伯萬之母芮姜，惡芮伯之多寵人也。逐之，出居于魏。其寵人作此。 芮姜事，見《左》桓三年及四年秋，秦師侵芮，敗焉，小之也。冬，王師、秦師圍魏，執芮伯以歸。《竹書》亦載周桓王十一年，芮伯萬出奔魏。十二年，王師、秦師圍魏，取芮伯萬而東之。其事與《左傳》合。芮伯之多内寵固可非，而其母至逐之出居于魏，以致身被執而國幾滅，則已甚矣。此詩疑寵人所作，因芮伯居魏，故繫之魏風。芮、魏接壤，《水經》謂「河水自河北城南，東逕芮城」是也。河北縣，故魏國也。鍾惺云：「芮姜惡芮伯之多内寵，逐之。婦人之妬如此。隋獨孤后見群臣有媵妾者，輒言于上黜之，惡其子勇多内寵，廢之至死。代人行妬，真造化戾氣也。」

糾糾葛屨，可以履霜？ 陽韻。**摻摻**《文選》注作「纖纖」，《説文》作「攕攕」，云：「好手貌。」豐氏本同。**女手，可以縫裳？** 陽韻。**要之襋**職韻。**之，好人服**叶職韻，鼻墨翻。**之。** 賦也。糾，《説文》云：「繩三合也。」徐鍇云：「調三股繩也。」糾糾者，糾而復糾，繞纏之意。故毛傳云：「猶繚繚也。」《士冠禮》云：「屨，夏用葛，冬皮屨可也。」孔穎達云：「夏日之有葛屨，猶絺綌所以當暑，特爲便于時耳，非行禮之服。若行禮之服，雖夏猶當用皮。鄭于《周禮》注及《志》言朝祭屨舄，各從其裳之色，明其不用葛也。」《月令》季秋，霜始降。則履霜自秋始，葛屨履霜，指芮伯也。意芮伯以夏時被逐，至秋冬猶未得歸，故着葛屨而履霜于中野，見其淒凉之狀也。《説文》無摻字，當作攕，云：「好手貌。」女，寵人自謂也。縫，《説文》云：「以鍼紩衣也。」裳，男子之下服。孔云：「以婦人服不殊裳，知當爲男子之下服。」要，《説文》云：「身中也。」襋，《説文》云：「衣領也。」好人，正指芮伯也，親愛之稱，猶云大人、美人也。服，《説文》云：「用也。」時芮伯出亡在魏，故此所寵之内人爲之縫裳，因治其衣之腰領，而寄使服之也。

好人提提，齊韻。亦叶霽韻，大計翻。《楚詞章句》作「媞媞」。**宛然**《説文》作「如」。**左辟**，陌韻。亦叶寘韻，卑義翻。《説文》作「僻」。**佩其象揥**。霽韻。亦叶齊韻，都奚翻。**維**《石經》作「惟」。**是褊心，是以爲刺**。寘韻。亦叶陌韻，七迹翻。○賦也。提提，當依《楚辭章句》作「媞媞」。《説文》云：「江淮之間謂母曰媞。」愚按此指芮姜也。重言之者，疑其方言稱母如此，今俗於親屬之稱，亦多用疊字。宛，《説文》云：「屈艸自覆也。」曰「宛然」者，蓋深自藏匿之意。左辟，當依《説文》作左僻。僻之爲義，从旁牽也。黄公紹云：「手足便右，以左爲僻，故凡幽猥皆曰僻左。」象揥，解見《君子偕老》篇。陳祥道云：「以象骨搔首，因以爲飾名之曰揥。蓋有事則爲飾，無事則佩之。」按婦人之襍佩不一，今所佩者惟象揥而已，亦見其簡朴無華之甚也。褊，《説文》云：「衣小也。」或云衣急，蓋以狹小而急，故取以名焉。褊心，亦指芮姜也。刺，《説文》云：「直傷也。」按以言語傷人者，亦如刺之然，故毛萇别訓刺爲責也。上章詠芮伯之出亡，此章則表芮伯之所以見逐于其母者，正以内寵之故。言此好人之芮伯，有母芮姜臨之在上，我輩之爲妾媵者，亦既自覆藏于左僻之地，而不敢與芮伯相近矣。至于服飾無華，僅以一象揥爲佩，而姜之褊心，猶不能容，且以此見責也。雖儉亦美德，而刻核太甚，至于逐其子以出亡，不其忍與？聖人所以録此詩者，見父母之教子，自有其道，如芮姜之于芮伯，但節其女寵可也。身爲國君，而逐之于外，謂宗祀何？至使秦師見侵，魏國被圍，皆芮姜一逐，階之爲厲。婦人無識，禍及國家，遂至于此，可畏哉！

《葛屨》二章，一章六句，一章五句。《序》謂刺褊也。魏地陿隘，其民機巧趨利，其君儉嗇褊急，而無德以將之。舊説因此，遂謂儉之爲害，足以亡國，亦與奢等。愚深不謂然。過儉之弊，其失爲野而已，豈遂至于亡乎？且魏之後入于晋，未聞有儉嗇之俗，爲史册所稱也。《子貢傳》、《申培説》皆謂魏之内子，儉不中禮，媵者怨之。語意近似。然内子能儉，政自可嘉，乃徒以褊心見刺于媵，其意義甚小，而聖人肯録之于經歟？

《墓門》，刺陳佗也。陳佗無良師傅，以至于不義，惡加于萬民焉。出《序》。○陳佗，陳文公之子，桓公鮑之弟。桓公疾病，佗殺其太子免而代之。陳氏云：「此詩雖以刺佗，乃是耆舊之賢者，備見始末，追咎先君，不能爲佗致良師傅，致有弑逆之事也。」孔穎達云：「《史記・世家》云：『文公圉卒，長子桓公鮑立，三十八年卒。弟佗，其母蔡女，故蔡人爲佗殺五父及桓公太子免而立佗，是爲厲公。厲公取蔡女，數如蔡淫。七年，太子免之三弟，長者名躍，中曰林，少曰杵臼，共令蔡人誘厲公以好女，與蔡人共殺厲公而立躍，是爲利公。利公者，桓公子也。』按《春秋》桓五年，春正月，甲戌己丑，陳侯鮑卒。《左傳》曰：『再赴也。于是陳亂，文公子佗殺太子免而代之。』則是佗自殺免，非蔡人爲佗殺免也。桓六年經云：『蔡人殺陳佗。』

莊二十二年傳曰：『陳厲公，蔡出也，故蔡人殺五父而立之。』經云『蔡人殺陳佗』，傳言『蔡人殺五父』，則五父與佗一人，不得云爲佗殺五父也。六年殺佗，十年陳侯躍卒，則厲公即是躍。躍爲厲公，則無復利公矣。馬遷既誤以佗爲厲公，又妄稱躍爲利公。簡《春秋》世次，不得有利公也。遷蓋見《公羊傳》云『陳佗淫于蔡人，蔡人殺之』，因傅會爲說，云誘以好女而殺之。案蔡人殺佗在桓六年，《世家》言佗死，而躍立五月而卒，然則躍亦以桓六年卒矣。而《春秋》之經躍卒在桓十二年，距佗之死非徒五月，皆《史記》之謬也。」

墓門有棘，斧以斯支韻。**之。夫也不良，國人知**支韻。**之。知而不已，**紙韻。**誰昔然矣。**紙韻。○興之比而賦也。《周禮》注云：「墓，冢塋之地。孝子所思慕之處，謂之墓。」墓門，毛傳云：「墓道之門。」斧，斫刀也。斯，《説文》云：「析也。」《爾雅》云：「離也。」字从斤。孫炎云：「斯，析之離。」讀者如字。毛云：「幽間希行，故生此棘薪，惟斧可以開析之。」夫，指陳佗也，鄙而不欲斥名之意。無良，不善也。已，鄭玄云：「猶去也。」嚴粲云：「《論語》『三已之』，《孟子》『士師不能治事則已之』，皆謂廢退之也。」誰昔，《爾雅》云：「昔也。」朱子以爲猶疇昔，楊慎以爲猶伊昔。今按誰字原有所指之人，以誰昔爲昔，意似未盡。蘇轍云：「桓公之世，陳人知佗之不臣矣，而桓公不去，以及于亂。是以國人追咎桓公，以爲桓公之智，不能及其後，故以《墓門》刺焉。夫墓門而生棘，亦以斧析之則已，不然，吾恐女死而棘盛，以害女墓也。佗之不良，國人莫不知之者，知而不之去，昔者誰爲此乎？蓋歸咎桓公也。」吕祖謙云：「《左傳》載佗勸陳侯許鄭平，親仁善鄰之言，中于事理，蓋非昏愚者。陳侯不許，卒見侵伐。既而徐思佗言，復與鄭和，遣佗往鄭涖盟。佗與鄭伯盟，歃如忘，洩伯料其必不免。攷其歲月，纔數年爾，而蠱惑變壞如是，此詩人之所傷也。」

墓門有梅，《列女傳》作「楳」，豐氏本作「某」。**有鴞**《列女傳》作「鶚」。**萃**寘韻。**止。夫也不良，歌以訊**叶寘韻，雖遂翻。《集韻》本作「譢」，陸德明本作「誶」。**之。**《列女傳》作「止」。**訊**《楚辭章句》作「誶」。**予**豐本作「而」。**不顧，**叶麌韻，果五翻。**顛倒思予。**叶麌韻，讀如雨，王矩翻。○興之比而賦也。

梅，解見《摽有梅》篇。程子云：「美木也。」邢昺云：「鴞，一名鵩，一名梟。」陸璣亦云：「鴞大如斑鳩，緑色，惡聲之鳥也。入人家凶，賈誼所賦鵩鳥是也。其肉甚美，可爲羹臛，又可爲炙。漢供御物各隨其時，唯鴞冬夏常施之，以其美故也。」今按如邢、陸説，則梟、鴞、鵩乃一物，而羅願别鵩與鴞爲二，云：「鵩似鴞，小如雉，體有文采，行不出域，若有疆服者，故名鵩。」則鵩之非鴞明矣。然鴞亦非梟。張揖《廣雅》以爲鷩鳥，但未詳其狀云何。《荆州記》云：「巫縣有鳥如雌雞，其名爲鴞。」《廣志》云：「鴞，楚鳩所生，如蛩蛩、巨虚種類，不滋乳也。」其名梟者，乃《爾雅》所云「梟鴟」耳，亦謂之土梟，故《瞻卬》篇云「爲梟爲鴟」。舊説相傳，皆謂梟者土梟，鴟者怪鴟，此與鴞無涉，不可不辨。萃，《説文》云：「艸貌。」一曰，聚也，謂如艸之聚也。蘇云：「墓門有梅，而鴞則集之。梅雖善，將得全乎？桓公之没也，雖有太子免以爲後，而佗在焉，求太子之無危，不可得矣。」嚴云：「萃集非止一鴞，喻群小附和之衆，縱臾之爲惡也。」愚按此即《序》所謂「佗無良師傅，以至于不義」者也。歌以訊之，訊予不顧，指昔日言。顛倒思予，指今日言。歌，即此詩人所作，所以告桓公者，然今已不傳矣。訊，《爾雅》云：「告也。」《韓詩》云：「諫也。」雖訊之，而我言終不蒙其顧念，至今日身死未寒，而顛倒狼狽若此。使桓公地下有知，亦必思我昔日所歌之言，然已無及矣。皆追恨之辭。

《墓門》二章，章六句。朱子謂此詩不知何所指，且云：「《序》因陳國無事可紀，獨陳佗作亂，故以是詩與之耳。」郝敬辨之云：「夫事孰有大于弑君者，陳之有佗，猶衛之有州吁，鄭之有叔段，皆國家大故。采風而無刺，奚貴爲風？故陳風《墓門》，猶衛之《終風》，鄭之《叔于田》耳。」其論良是。《子貢傳》、《申培説》皆謂泄冶諫靈公，孔寧、儀行父譖而囚之，冶作是詩。語亦近似，獨發端以「墓門」起咏，殊屬不倫。若《列女傳》所載陳辨女事，云：「辨女者，陳國採桑之女也。晋大夫解居甫，使于宋，道過陳，遇採桑之女而戲之曰：『女爲我歌，我將舍汝。』乃爲之歌曰：『墓門有棘，斧以斯之。夫也不良，國人知之。知而不已，誰昔然矣。』大夫又曰：『爲我歌其二。』女曰：『墓門有梅，有鴞萃止。夫也不良，歌以訊止。訊予不顧，顛倒思予。』大夫曰：『其梅則有，其鴞安在？』女曰：『陳，小國也，攝乎大國之間，因之以飢餓，加之以師旅，其人且亡，而況鴞乎？』大夫乃服而釋之。君子謂辨女貞正而有詞，柔順而有守。」其後屈原《天問》中亦用其事云：「昏微遵迹，有狄不寧。何繁鳥萃棘，負子肆情？」按繁鳥當作鷘鳥。王逸注云：「人循闇微之道，爲戎狄之行者，不可以安其身。謂晋大夫解居父聘吴，過陳之墓門，見婦人負其子，欲與之淫佚。婦人則引《詩》刺之曰：『墓門有棘，有鴞萃止。』言雖無人，棘上猶有鴞，汝獨不愧也？」玩逸此注，則是陳國舊有此詩，而辨女引而歌之耳，固非其所自作也。

《習習谷風》，疑鄭人怨周之詩。篇名只「谷風」二字，因衛詩亦有《谷風》，特加「習習」二字以別之。○初幽王以鄭伯友爲司徒，申侯與犬戎入寇，戎弑王于驪山之下。鄭伯友死之，鄭人共立其子掘突，是爲武公。武公收父散兵，從諸侯東迎故太子宜臼立之，是爲平王。武公薨，子寤生立，是爲莊公，相繼爲王卿士。王貳于虢，鄭伯怨王，王曰：「無之。」故周、鄭交質。王子狐爲質于鄭，鄭公子忽爲質于周。及平王崩，周人將畀虢公政。鄭祭足帥師取温之麥，又取成周之禾，周、鄭交惡。桓王三年，鄭伯始如周朝王，王不禮焉。周桓公言于王曰：「我周之東遷，晉、鄭焉依。善鄭以勸來者，猶懼不蔇，况不禮焉？鄭不來矣。」十三年，王奪鄭伯政，鄭伯不朝。王以諸侯伐鄭，鄭伯禦之，王卒大敗。祝聃射王中肩。以上事俱見《春秋傳》。鄭于周有迎立興復之功，而周不以爲德，且奪其政，故其言如此。其以予女對言，絶不知有君臣之分，王室陵夷，于兹可見。所云「小怨」，殆指取禾取麥事也。東周之不競，鄭實爲之，然周之失鄭，不爲無過，此世變之大者，故著之于經。而前人未有言及，姑存此説，質後之君子，其後周襄王十三年，鄭人伐滑，王使游孫伯請滑，鄭人執之。王怒，將以翟伐鄭。富辰亦曰：「鄭在天子，兄弟也。鄭武、莊有大勳力于平、桓，凡我周之東遷，晉、鄭是依。子穨之亂，又鄭之繇定。今以小忿棄之，是以小怨置大德也，無乃不可乎？」語意與此詩相類，然則愚之所疑或不謬也。

習習谷風，維風及雨。叶語韻，讀如與，演女翻。**將恐將懼，**豐氏本作「愳」。**維**《後漢書》作「惟」。**予與**《後漢書》作「惟」。**女。**音汝。下同。語韻。**將安將樂，**音絡。後同。**女轉棄**《後漢書》作「弃」。**予。**語韻。○比而賦也。習習谷風，解見國風。嚴粲云：「來自大谷之風，大風也，盛怒之風也。」又習習然連續不斷，繼之以雨，喻遭變恐懼之時，猶後人以震風凌雨，喻不安也。舊説谷風爲生長，習習爲和調。今考二章言『維風及頹』，頹，暴風也，非和調之類。三章言艸木萎死，無生長之意，其説難通矣。」將，鄭箋云：「且也。」恐，有危疑之意，安者恐之反。懼，有局促之意，樂者懼之反。棄，《説文》云：「捐也。」維予與女，我能先施也。女轉棄予，施而無報也。轉字最重，言昔日同心協力，忽然轉變也。驚訝之意。當處變之時，且恐且懼，維予與女同其憂患，及得志之後，且安且樂，女反棄我，其薄甚矣。

習習谷風，維風及頹。灰韻。豐本作「隤」。**將恐將懼，寘予于懷。**叶灰韻，胡隈翻。**將安將樂，棄予**《新序》作「我」。**如**《韓詩外傳》作「似」。**遺。**叶灰韻，夷回翻。○比而賦也。《爾雅》云：「焚輪謂之頹，扶摇謂之猋。」李巡云：「焚輪，暴風從上來降，謂之頹。頹，下也。扶摇，暴風從下升上，故曰猋。猋，上也。」按頹本訓爲禿貌，如《爾雅》解，則當通作隤。隤者，下墜之義。《考工記》「頹爾如委」，《禮記》「頹乎其順」，皆與隤通。陸佃以風之鋭而上者爲猋，名曰扶摇；風之旋而上者爲頹，名曰羊角。非也。嚴云：「不斷之風，又加以暴風，喻事變益甚。」寘，安置也。懷，抱也，與「免于父母之懷」同義。置我于懷抱，如所謂「若將加諸膝」者，親愛之至也。劉峻云：「陽舒陰慘，生民大情；憂合歡離，品物恒性。故魚以泉涸而呴沫，鳥因將死而哀鳴。同病相憐，綴河上之悲曲；恐懼寘懷，昭谷風之盛典。」遺，亡也。如遺者，鄭云：「如人行道遺忘物，忽然不省存也。」此比上章又深一層。徐光啓云：「維予與女，義同鶼鰈；女轉棄予，别有參商。寘予于懷，如膝中之投膠；棄予如遺，則道旁之敝屣。」

習習谷風，維山崔嵬。灰韻。陸德明本作「嵔」。**無草不死，無木不萎。**叶灰韻，烏回翻。**忘我大德，思我小怨。**朱子云：「叶韻未詳。」豐道生云：「叶灰韻，於隈翻。」○比而賦也。崔嵬，解見《卷耳》篇。萎，李氏云：「衰落也。」孔云：「草小，或連根死，故言死也。木大，或一枝枯，故言萎也。」嚴云：「大風摧物，惟戴土之石山崔嵬獨存，而其山之草木，無不萎死矣。喻大患難也。」大德，謂共濟患難之大恩。小怨，謂言語行事之小失。鄒忠胤云：「爲此詩者，必是危疑之際，曾脱其厄，而與以生全。故言山峻風高，艸枯木萎，而女獨得至今，享有安樂者，繄誰之德，奈何便忘却乎？」按此詩之辭，與周、鄭交惡事絶爲相類。然古人以此詩爲刺友而作，相傳舊矣，雖未必然，而亦有關風教，備録于後。蔡邕云：「古之交者，其義敦以正，其誓信以固。逮夫周德始衰，頌聲既寢，《伐木》有鳥鳴之刺，《谷風》有棄予之怨。」應劭云：「謹按《尚書》曰：『人惟求舊。』《詩》曰：『雖有兄弟，不如友生。』《論語》：『久要不忘平生之言。』《周禮》：『九兩，友以任得民。』是以隋會圖其身，而不遺其友；鮑叔度其德，而固推管子。厥後陵遲，彌已凋翫，《伐木》爲鳥鳴之刺，《谷風》有棄予之怨。陳餘、張耳携手遯秦，交猶父子，及據國争權，還爲豺虎。自漢所稱，王貢彈冠，蕭朱結綬，博育復隙，其終始以交爲難。況容悦偶合，而能申固其好者哉？」朱穆云：「務進者，趨前而不顧後；榮貴者，矜己而不待人。智不接愚，富不賑貧，貞士孤而不恤，賢者戹而不存。故田蚡以尊顯致安國之金，淳于以貴執引方進之言。夫以韓、翟之操，爲漢之名宰，然猶不能振一貧賢，薦一孤士，又況其下者乎？此禽息、史魚所以專名於前，而莫繼於後者也。是以虚華盛而忠信微，刻薄稠而純篤稀。斯蓋《谷風》有棄予之嘆，《伐木》有鳥鳴之悲。」李華《正交論》畧云：「上古無交，飽于和氣，至于善惡分，利害競，而後有交。交，天命也。微鮑子之知管氏，則諸夏遷爲左衽；無歸生之説屈建，則椒舉死于他國。大者濟天下，叔牙、夷吾是也；小者全宗族，聲子、伍舉是也。慈明奉元禮，一如大人；真長喪仲祖，臨柩慟色。繇是近于骨肉之恩，不止交遊而已矣。朋友漸于講習，緣情而親，于我爲重。憂危相急，仕進相推。望而不從，厚實生怨。《詩》

曰：『喪亂既平，既安且寧。』美道義相成也。又曰：『將恐將懼，維予與汝。將安將樂，汝轉棄予。』哀勢利相傾也。利招則不悔機罔，名眩則甘心鼎鑊。傾之以勢，則不畏于天地；餌之以權，則忍絕其親愛。故《詩》有《谷風》之刺，《禮》有邦朋之禁。以此防人，猶或踰之。嗟夫！受施忘惠者，仁義之蠹；遠賢奔利者，商販之行。若然者，無代無之，至交之道殆絕乎？善交者，義在切切偲偲，匡救其闕，則輔宣之，❶過則以規誨之。不從，則一心以蔽之，不幸寘于刑辟，則生死以全之。傳曰『朋友無大故不棄』，此之謂也。苟能久要之約必存，平生之言可復，如樓護終身與呂公同食，張裔養楊恭母如親。則家室有歸，人誰虞死？古者言之不出，耻躬之不逮也，務省諸身而已矣。」呂祖謙云：「朋友之義出于天，其相求本非以利害也，故窮達若一。不知其義，則利害而已耳，離合安可常哉？」

《習習谷風》三章，章六句。《子貢傳》有「朋友」二字，餘文俱闕。《序》則云：「刺幽王也。天下俗薄，朋友道絕焉。」《申培說》、朱傳亦以爲朋友相怨之詩。劉彝云：「天子之於天下，無他職也，厚其人倫，皇建厥極，人君之所以夙夜者也。是故朋友道絕，則琢磨之義不行。琢磨之義不行，則人不會其有極，而歸其有極矣。於是君得以遂其不君，臣得以遂其不臣，至于父子、兄弟、夫婦，莫不皆然。皆繇琢磨之義不行，而習以成俗，莫知以爲耻也。乃至人倫悖亂，亡國喪身，而弗可救。天下俗薄，而朋友道絕，非天子之職歟？其曰刺之，不亦宜哉！」郝敬云：「文、武道隆，《伐木》求友；幽王失德，《谷風》刺薄。所

❶「則」上，據李華《正交論》當有「善」字。

以屬雅。雅，政也，獻納之義。如謂民間朋友相怨而作，則當屬風。邦國爲風，王朝爲雅。」又云：「小雅短章疊咏，如此篇之類，猶是風體。大雅皆莊嚴大篇，是以有小、大雅之別。」愚按此皆惑于《詩序》而云爾。然愚獨不謂然者，如篇中言「將安將樂」，此豈幽王時耶？即不繫之幽王，而交誼衰薄如此，其不可語盛世景象明甚。且所謂「安樂棄予」者，謂其不與共富貴耶？邦無道，富且貴焉，其友人之品已自可知。而且沾沾慕之，以不得分一臠爲憾，則其爲見亦鄙矣。

《伯兮》，衛宣公之時，蔡人、衛人、陳人從王伐鄭，伯也爲王前驅久，故家人思之。出鄭氏箋。〇陸元朗云：「從王伐鄭，讀者或連下『伯也』爲句者，非。」按此即繻葛之役也。《春秋》書隱三年，秋，蔡人、衛人、陳人從王伐鄭。服虔云：「言人者，時陳亂無君，則三國皆大夫也，故稱人。」詳見《兔爰》篇。《穀梁傳》云：「鄭，同姓之國也。在乎冀州，於是不服，爲天子病矣。」張洽云：「自入春秋以來，王室未嘗興兵伐諸侯。今一旦天子率元戎啓行，而諸侯從之。若天討加于宋督、魯桓，則所謂仁不以勇，義不以力，而真足以大服天下之心矣。今桓王以小忿奪鄭伯之政，又帥諸侯伐之，而巨姦大惡反易天常之亂臣賊子，乃屢聘焉。其失天下共主之義，非小過也。遂致鄭伯敢於抗拒，祝聃逆節，加于王身，而王靈至此竭矣。」

伯《子貢傳》作「柏」。**兮朅**屑韻。《文選》注作「偈」，云：「桀挺也。」**兮，邦之桀**屑韻。**兮。伯也執殳，**虞韻。**爲王前驅。**虞韻。〇賦也。伯，婦人目其夫之字也，名氏未詳。朅，《説文》云：「去也。」

言去從役也。桀，通作傑，毛傳云：「特立也。」《白虎通》云：「賢萬人曰傑。」執，持也。殳，《吕氏春秋》謂蚩尤所作，長丈二而無刃。孔穎達云：「《考工記》殳長尋有四尺，尋八尺，又加四尺，是丈二也。冶氏爲戈戟之刃，不言殳刃，是無刃也。」許慎謂積竹爲之。徐鍇云：「殳體八觚，戈殳戟矛，皆插車輢。」此云執之者，在車當插，用則執之，此據用以言也。前驅，王應麟云：「如今道引也。」崔豹云：「殳，前驅之器也，以木爲之。後世滋僞，無復典刑，以赤油韜之，亦謂之油戟，亦謂之棨戟。公王以下，通用之以前驅。」愚按「伯也」二句，只是言其夫所事如此，以起思念之端。舊説謂惜其大才小用，似無此意。

自伯之東，韻。**首如飛蓬。**東韻。**豈無膏沐，誰適**音滴。**爲容！**叶東韻，讀如融，余中翻。

○賦也。孔云：「此時從王伐鄭，鄭在衛之西南，而言東者，時蔡、衛、陳三國從王伐鄭，則兵至京師，乃東行伐鄭也。上云『爲王前驅』，即云『自伯之東』，明從王爲前驅而東行，故據以言之，非謂鄭在衛東也。」蓬，蒿屬，艸之不理者，葉散生，末大于本，故遇風輒拔而旋。朱子云：「其華如柳絮，聚而飛，如亂髮也。」自初至周，而我首已如飛蓬矣，不待行役之久也。膏，油，所以澤髮者。沐，《説文》云：「濯髮也。」朱子云：「滌首去垢也。」《左氏傳》「遺之潘沐」，杜預注云：「潘，米汁，可以沐頭。」適，《説文》云：「之也。」容，容飾也。豫讓云「女爲悦己者容」是也。言伯既不在，我當何所之而爲容飾乎？吕希哲云：「《詩》曰：『豈無膏沐，誰適爲容！』則婦人塗面油髮，自古而然。《莊子》曰：『天子之侍御，不爪揃，不穿耳。』則穿耳帶環，自古而然。」

其雨其雨，杲杲出日。質韻。**願言思伯，甘心首疾。**質韻。○興也。嚴粲云：「時以秋伐鄭，秋暑之時，艱于得雨，故因以起興。」朱子云：「其者，冀其將然之辭。」杲，《説文》云：「明也。从日在木上。」徐鍇云：「按《淮南子》曰『日拂于扶桑，是謂晨明』，故東字日在木中。『登于扶桑，是謂朏明』，故杲字日在木上。『日晡，則反景上照于桑榆』，故杳字日在木下。皆會意也。」鄭箋云：「人言『其雨其雨』，而杲杲然日復出，猶我言『伯且來，伯且來』，則復不來。」甘，毛傳云：「厭也。」凡人飲食口甘，遂至于厭足。曰「甘心」者，心以如是爲厭足也。首疾，頭痛也。夫憂思非人所欲，而願言之，至于頭痛，然且甘心焉，不以爲悔，可以觀情矣。

焉得諼《説文》、豐氏本作「藼」，《韓詩》、陸德明本作「萱」。陸又云：「或作『蘐』。」《爾雅音義》作「萲」。《文選》注作「諠」，云：「忘憂也。」**草？**《説文》、《韓詩》及豐本俱作「艸」。**言樹之背。**隊韻。《演繁露》作「北」。**願言思伯，使我心痗。**隊韻。○賦也。諼，通作藼，或作萱，《説文》云：「令人忘憂艸也。」按《本草》，即今之鹿葱也。蓋鹿食九種草，此其一云，味甘。豐熙云：「食其花，健忘。」一名宜男。周處《風土記》云：「花宜懷妊，婦人佩之必生男。」俗謂母爲萱堂，殆是義乎？又名忘憂。董子云：「欲忘人之憂，則贈之以丹棘。丹棘，一名忘憂。欲蠲人之忿，則贈之以青堂。青堂，一名合歡。」《養生論》以爲「合歡蠲忿，萱草忘憂」即此是也。朱子以合歡、忘憂爲一物，誤矣。徐勉《萱賦》云：「信茲華之獨茂，挺金質于炎辰。既耀色以祛痗，亦含香而可珍。同芰荷于闌署，及蟬露乎首旻。其葉四垂，其跗六出，亦曰宜男，嘉名斯吉。華而不豔，雅而不質。」又名後庭草。温庭筠詩云：「宜男漫作後庭草，不似櫻桃結子紅。」又名萬年韭。背，毛傳云：「北堂也。」孔云：「背者，鄉北之義。房室所居之地，總謂之堂。房半以北爲北堂，房半以南爲南堂也。」郝敬云：「樹之背者，今人多于堂北墻下作花塢是也。衛之君子，行役過時不反，其婦思之，欲暫忘而不可得，故願得忘憂之艸而植之，庶幾漠然而無所思。」陸璣詩云：「安得忘歸草，言樹背與襟。」亦是義也。又按萱花宜懷姙，則以爲寓思夫之意，亦通。《説文》無痗字，當作悔，通作「𠫓」。《易》以本卦爲貞，變卦爲𠫓，故悔有改變之義。願言思伯，使我忽然將此心改變，而不復思也。與上文欲樹諼草意相應，蓋無所聊賴之辭。夫臣子從王，❶義也。時王室漸卑，諸侯犯上，故其婦憂思而不能忘若此，是役果有射王中肩之事，可以觀世變矣。

《伯兮》四章，章四句。《序》云：「刺時也。言君子行役，爲王前驅，過時而不反焉。」愚按此詩亦未見所謂過時云者，但因其夫從王出征，勝負未必，故盼望而憂之耳。鄭箋引《春秋傳》桓五年事，確無可疑。或謂《擊鼓》亦衛風也，乃伐鄭而曰「我獨南行」，此不應云「自伯之東」，殊不知周既東遷，衛自西北而往，故曰之東，孔氏解之晰矣。《子貢傳》、《申培説》皆謂鄘人從武庚伐衛，室家憂之。然武庚稱王，於他書無所考。鄒忠胤引《詩史前編》謂武庚修其政令，殷人悦之。周公歸自東，三叔懼，乃尊武庚爲殷王，遂率蔡、霍及奄君、淮夷叛王命。亦未足信。

《兔爰》，閔周也。桓王失信，諸侯背叛，搆怨速禍。王師傷敗，君子不樂其生焉。出

---

❶「王」，原作「玉」，據《四庫全書》本改。

《序》。○按《左傳》，初鄭武公、莊公爲平王卿士，王貳于虢，鄭伯怨王。王曰：「無之。」故周、鄭交質。平王崩，桓王即位，將畀虢公政。鄭祭足帥師取温之麥，又取成周之禾。周、鄭交惡。已而鄭莊公如周朝桓王，王不禮焉。又取鄔、劉、蔿、邘之田于鄭。魯桓公五年，王奪鄭伯政，鄭伯不朝。王以諸侯伐鄭，王爲中軍，虢公林父將右軍，蔡人、衛人屬焉。周公黑肩將左軍，陳人屬焉。鄭伯禦之。鄭子元請爲左拒，以當蔡人、衛人；爲右拒，以當陳人，曰：「陳亂，民莫有鬬心。若先犯之，必奔。王卒顧之，必亂。蔡、衛不支，固將先奔。既而萃于王卒，可以集事。」從之。曼伯爲右拒，祭仲足爲左拒，原繁、高渠彌以中軍奉公，爲魚麗之陳。先偏後伍，伍承彌縫，戰于繻葛。命二拒曰：「旝動而鼓！」蔡、衛、陳皆奔，王卒亂，鄭師合以攻之。王卒大敗，祝聃射王中肩。林堯叟云：「自伐鄭無功而後，王命始不行于天下。」

有兔《漢書》注作「菟」。**爰爰，雉離**《漢書》注作「罹」。**于羅。**歌韻。**我生之初，尚無爲。**叶歌韻，吾何翻。**我生之後，逢此百罹。**叶歌韻，良何翻。揚雄《方言》云：「罹謂之羅，羅謂之罹。」陸德明本作「離」。**尚寐無吪。**歌韻。陸德明本作「訛」。○比也。兔，獸名。羅願云：「凡野獸有毚，惟兔足底皆毛，號建毛。性狡，善走。」爰爰，《爾雅》云：「緩也。」宜通作「緩緩」。雉，《禽經》云：「介鳥也。」解見《雄雉》篇。離、麗音近，故《易》訓離爲麗也。《爾雅》云：「鳥罟謂之羅。」《説文》云：「以絲罟鳥也。」戴侗云：「高网羅飛鳥者也。以繩三維，故其字从网从維。」是時繻葛之戰，蔡、衛、陳三國之師先奔，王師遂敗。作詩者以兔比列國之卒，以雉比王卒，見王室微弱，諸侯携心，皆寬緩無肯爲王出死力者。而王又好征伐無已，則所苦者，徒畿内之民而已。或以兔喻鄭人，未是。「尚」字有二義，《説文》云：「曾也，庶幾也。」「尚無爲」之尚，當從曾字解。下文「尚寐無吪」之尚，當從庶幾字解。爲本母猴之名，性好用爪，故借爲造作之義。逢，《說文》云：「遇也。」罹，《說文》云：「心憂也。从网。未詳。」愚按罹既訓心憂，則字當入心部，从羅省，意兼聲。心事如在网羅中，憂之意也，原不宜入网部。朱子云：「爲此詩者，蓋猶及見西周之盛，故曰方我生之初，天下尚無事，及我生之後，而逢時之多難如此。」郝敬云：「繻葛之敗，此霸者無王之始也。自是以後，桓、文迭與，諸侯相攻，而天下大亂。王霸升降之際，故曰：『我生之初，尚無爲。我生之後，逢此百罹。』王迹熄于五霸，《春秋》始于《詩》亡，以此。後儒言《春秋》獎霸，失《兔爰》之意矣。」寐，《說文》云：「卧也。」徐鍇云：「寐之言迷也，目閉神藏謂之迷也。」吪，《說文》云：「動也。」字从口。徐以爲卧既覺，必有聲氣，是也。言自今以後，庶幾寐而不動，則不復見此景象也。

有兔爰爰，雉離于罦。 叶嘯韻，步妙翻。《說文》作「𦉼」。**我生之初，尚無造。** 叶嘯韻，讀如陗，七肖翻。**我生之後，逢此百憂。** 叶嘯韻，一笑翻。**尚寐無覺。** 叶嘯韻，吉吊翻，讀如叫。○比也。罦，《說文》云：「覆車也。」郭璞云：「今之翻車大網，有兩轅，中施罥以捕鳥。」或作「罘」，非。罘乃兔罟也。造，作也，與爲同意，即《序》所謂搆怨連禍者。憂，通作𢝊，《說文》云：「愁也。」字从心从頁。頁者首也。徐鍇云：「𢝊形于顔面，故從首。」覺，《說文》云：「寤也。」唐人詩云：「安得中山千日酒，酩然直到太平時。」正尚寐無覺之意。

有兔爰爰，雉離于罿。 冬韻。**我生之初，尚無庸。** 冬韻。**我生之後，逢此百凶。** 冬韻。**尚寐無聰。** 叶冬韻，讀如衝，昌容翻。○比也。《韓詩》云：「施羅于車上曰罿。」按《爾雅》云：「繴謂之罿。」

罝，罬也。罬謂之罦。」據此，則罦與罝是一物，而詩人兩言之，何也？郭璞以大網解罦，或罦大而罝小也。又《說文》云：「罬，捕鳥覆車也。」然則罦、罝皆鳥罟。而孫炎乃以爲掩兔之具，不足信。庸，《說文》云：「用也。」用之于作爲也。凶，禍也。鄭玄云：「百凶者，王搆怨連禍之凶。」聰，聞也。凡寐者，必人呼之而後能覺，故欲其無所聞焉。聞先于覺，覺先于吪。三章立言自有次第，一節深一節也。

《兔爰》三章，章七句。《子貢傳》、《申培說》、豐氏本俱作《有兔》。〇《子貢傳》、《申培說》皆以此詩爲晉趙鞅殺萇弘，周人傷之而作。按萇弘事劉文公，嘗勸之擁敬王以安周，薦孔子以相魯。其後晉趙鞅殺晉大夫邯鄲午。午，荀寅之甥也。寅，范吉射之姻也。二子伐鞅，鞅恨之。劉氏與范氏世爲婚姻，鞅遂遷怒于劉，以弘爲其黨也，脅周殺弘。弘死，血化爲碧。云《詩》以兔喻趙鞅，雉喻萇弘，其說頗與朱子合，惟用「我生之初」等句，終難强解，故定從《序》。

《有女同車》，刺忽也。鄭人刺忽之不昏于齊。太子忽嘗有功于齊，齊侯請妻之。齊女賢而不取，卒以無大國之助，至于見逐，故國人刺之。出《序》。〇《子貢傳》、《申培說》以爲鄭世子忽辭昏于齊，祭仲足諫之，而作是詩。按《左傳》，魯桓公之未昏于齊也，齊侯欲以文姜妻鄭太子忽，忽辭。人問其故，太子曰：「人各有耦，齊大，非吾耦也。《詩》云：『自求多福。』在我而已，大國何爲？」君子曰：「善自爲謀。」隱八年，鄭大子忽如陳逆婦，以嬀氏歸。桓六年，北戎伐齊，齊侯使乞師于鄭，鄭大子忽帥師救齊。六月，大敗戎師，獲其二帥大良、少良，甲首三百，以獻於齊。齊侯又請妻之，固辭。人問其故，大子曰：「無事于齊，吾猶不敢。今以君命奔齊之急，而受室以歸，是以師昏也，民其謂我何？」遂辭之鄭伯。祭仲曰：「必取之。君多内寵，子無大援，將不立。三公子皆君也。」弗從。三公子謂子突、子亹、子儀也。桓十一年，夏，鄭莊公卒。初，祭封人仲足有寵于莊公，莊公使爲卿。爲公娶鄧曼，生忽。故祭仲立之，是爲昭公。又宋雍氏女于鄭莊公，曰雍姞，生突，是爲厲公。雍氏宗有寵于宋莊公，故誘祭仲而執之，曰：「不立突，將死。」亦執厲公而求賂焉。祭仲與宋人盟，以厲公歸而立之。秋九月，昭公奔衛。桓十五年，厲公惡祭仲之專，使其壻雍糾殺之。已而謀洩，公出奔蔡。六月，昭公入。桓十七年，高渠彌弒昭公，立公子亹。十八年，齊人殺子亹而轘高渠彌，祭仲逆子儀于陳而立之。莊十四年，鄭傅瑕殺子儀而納厲公。忽始于見逐，終于見殺，三公子更立，亂鄭國。使忽當日不辭昏，則外有强援，何以至此？

有女同車，麻韻。**顏如舜**《説文》作「蕣」，豐氏本作「𦱤」。後同。**華**。麻韻。豐本作「雩」。**將翺將翔**，豐本作「趨」。按據豐本則以趨、琚、都爲韻，而下章則以翔、將、忘爲韻，聲調殊叶矣。但「將翺將趨」，古無此文句，且兩章皆有「孟姜」，又當如何叶耶？**佩玉瓊琚**。魚韻。**彼美孟姜，洵美且都**。叶魚韻，陟魚翻，讀如豬。○賦也。有女，陳女也。同車，毛傳云：「親迎也。」孔穎達云：「《士昏禮》：壻揖，婦出門，乃云『壻御婦車，授綏』，是親迎之禮，與婦同車也。」此即忽如陳逆婦嬀之事。先是周、鄭交質，鄭大子忽爲質于周，在王所，陳侯請妻之，鄭莊公許之，乃成昏。舜，《説文》作蕣，即木槿也。華，今文花字。按《爾雅·釋草》云：「椵，木槿。櫬，木槿。」樊光云：「别二名也。其樹如李，其華朝生暮落，與草同氣，故在草中。」木槿通作木堇。《抱朴子》云：「夫木堇楊柳，斷植之更生，倒之亦生，横之亦生。生之易者，莫過斯物也。」陸璣云：「齊、魯之間，謂之王蒸，五月始花。故《月令》仲夏，木槿榮。」郭璞云：「或呼日及。」陸機賦「如日及之在條，常雖及而不悟」是也。日及，通作日給。《篤論》云：「日給之華似柰，柰寔而日給虛，虛僞之與真實相似也。」傅玄云：「或謂之洽容，或謂之愛老。」陸佃云：「槿華如葵，朝生夕隕。一名舜，蓋瞬之義取諸此。」《衍義》云：「如小葵花，淡紅色，五葉成一花。」羅願云：「舜乃華之甚茂者，枝葉相當，有同車之象。」《有女同車》之詩，比之舜華、舜英。舜，並蔕之華。彼以諸侯娶諸侯之女，故華色相稱。《何彼穠矣》之詩，比唐棣之華，言其反而後合，若下降然。又潘尼以朝菌爲舜華，非是。翺翔，緩飛也。車中衣服迎風輕颺之貌。瓊琚，即佩玉也。解見《木瓜》篇。孟姜，齊女也。孔云：「如《左傳》文，齊侯前欲以文姜妻忽，後復欲以他女妻忽，非文姜也。他女必幼于文姜，而《序》謂之孟者，或與文姜非同輩耳。」都，毛云：「閑也。」按都者，鄙之對。《左傳》云：「都鄙有章。」《淮南子》云：「始乎都者，常卒乎鄙。」都者，城廓之域，聲名文物之所聚，故其士女雍容閑雅之態生，《相如傳》「車從甚都」是也。鄙者，里鄺之名，細民所居，不過相習爲吝嗇村陋之狀，今諺云「野樣」，《老子》所謂「我獨頑似鄙」是也。楊慎云：「冶容艷態，多出于膏腴甲族，薰醲含浸之下。彼山姬野婦，雖美而不都，縱有舜華之顏，加以瓊琚之佩，所謂『婢作夫人，鼠披荷葉』，舉止羞澁，烏有閑雅乎？漢官尹夫人之見邢夫人，賈充家郭氏之見李氏，亦可證也。」嚴粲云：「舊説以『有女』即孟姜，其文重復，彼乃別指之詞。有女同車，指忽所取者。彼美孟姜，指忽所不取者。《詩》意言忽所取他國之女，行親迎之禮，而與之同車者，特取其色耳。此女色如木槿之華，朝生暮落，不足恃也。而今也且翺且翔于此，佩其瓊琚之玉，徒有威儀服飾之可觀，而無益于事也。曷若彼美好齊國之長女，信美而且閑雅乎？」齊大陳小，其女子氣象自别，忽若取之，則有大國足爲援矣。

有女同行，庚韻。豐本作「堂」。**顔如舜英。**庚韻。**將翺將翔，**陽韻。**佩玉將將。**叶陽韻，資良翻。《楚辭章句》、豐本俱作「鏘」。**彼美孟姜，**陽韻。**德音不忘。**陽韻。○賦也。女始乘車，壻御輪三周，御者代壻，即先道而行，故曰同行。英，《增韻》云：「蕚也。」又《説文》云：「草榮而不實者謂之英。」舜華、舜英皆言其不可與久之意。將，通作瑲，《説文》云：「玉聲也。」班固云：「佩即象其事，若農夫佩其耒耜，工匠佩其斧斤，婦人佩其鍼縷。何以知婦人亦佩玉？《詩》云：『將翺將翔，佩玉將將。』」德，惠。音，言也。謂齊侯請妻之言，將大有造于鄭國，故懷其惠而不能忘也。或以德音爲齊女之德音，猶言有賢譽也。亦通。呂祖謙云：「不借助于大國而自求多福，忽非奮然誠有是志也。蓋其爲人，淺狹而多所拘攣，暗滯而動皆疑畏，浮易而不知審量，孑孑然以文義自喜。而國勢人情，與其身之安危，皆懵然莫之察也，適足以取亡而已矣。使忽誠有是志，而深求其實，則質之弱固可强，而所以持國者，固無待于外助也。惟其爲善有名而無情，所以卒見嗤于祭仲，而爲詩人所閔。此功利之説所以多勝，而信道者所以益寡。」張氏云：「忽之不昏于齊，未爲失也。而詩人追恨其失大國之助者，蓋見忽之弱爲甚，追念其資于大國，或有以自立，此國人之情也。」胡安國云：「詩人刺忽之不昏于齊，至于見逐，欲固其位者，必待大國之援乎？曰：此獨爲鄭忽言也。如忽之爲人，苟無大援，則不能立爾。若夫志士仁人，卓然有以自立者，進退之權在我矣。鄭自五伯之後，益以侵削，他日子産相與馳詞執禮，以當晋、楚，至于壞諸侯之館垣，却逆女之公子于野，皆變其常度。以晋、楚之强，卒莫能屈，亦待大國之助乎？然則仲見脅，忽出奔，咸其自取焉耳。」嚴云：「突挾宋之援以逐忽，故國人惜忽之無援而作此詩也。」又鄒忠胤云：「夫昏姻，禍福之階。鄭不耦齊，鄭無齊援，亦無齊禍。魯一耦之，得齊禍無若魯酷者。般卒、閔弒，魯再罹婦禍也。殺惡、立接，齊三成魯亂也。豈非利外不利內之明戒耶？祭仲智猶未及此。」

《有女同車》二章，章六句。玩詩中「孟姜」二字，明言齊女，其事與《左傳》合，而朱子疑謂亦淫奔之詩。則昭十六年，鄭六卿餞晉韓宣子于郊，子旗賦《有女同車》，而宣子皆稱善。豈有淫奔之詞，而可登之燕享者乎？

《鴇羽》，刺時也。晉昭公之後，大亂五世。出《序》。**民從征役，而不得養其父母，故作此詩。**出朱傳。《申培説》同。○晉自潘父弒昭侯，納桓叔不克，晉立昭侯子孝侯，爲桓叔子曲沃莊伯所弒。晉立孝侯弟鄂侯，莊伯伐之。桓王使尹氏、武氏助之，鄂侯奔隨。已而曲沃叛王，王命虢公伐曲沃，而立鄂侯之子哀侯，後爲莊伯子曲沃武公虜而殺之。晉立哀侯子小子侯，武公又誘殺之。于是王又命虢仲立哀侯之弟緡。此《序》所謂大亂五世，而是詩所稱「王事靡盬」者也。然則是詩之作，其在桓王十四年，王命立緡之時乎？故毛傳次序，《鴇羽》下篇以《無衣》接焉。

肅肅鴇羽，麞韻。**集于苞栩。**麞韻。**王事靡盬，**麞韻。**不能蓺稷黍。**叶麞韻，讀如豎，上主翻。**父母何怙？**麞韻。豐氏本作「怘」。**悠悠蒼**《韓詩外傳》作「倉」。**天，曷其有所？**叶麞韻，讀如數，爽主翻。○興而比也。肅者，矜持振肅之義。鳥之振羽，其形肅然，故曰肅肅。鴇，鳥名。陸德明云：

「似鴈而大，無後指。」孔穎達云：「鴇鳥連蹄，性不樹止。」陸佃云：「毛有豹文，一名獨豹。」羅願云：「鴇亦水鳥。《上林賦》曰『鴻鷫鵠鴇，駕鵝屬玉。交精旋目，煩鶩庸渠。箴疵鵁盧，群浮乎其上』是也。《鴇羽》之詩言征役不得養其父母，以喻鴇之集于苞栩、苞棘、苞桑。蓋水鳥而木棲，既失其常，又無後指，尤非所以有托于木者，可謂不得其所矣。段成式云：『鴇遇鷙鳥，能激糞禦之，糞著毛悉脱。今鶻之毛能落衆羽，然其鷙烈足以服羽族，此類之可推者。鴇乃水鳥，不以勢稱，而鷙鳥爲之落羽，此類之不可推者。』」按今號老娼曰鴇，豈亦以是故與？羽，《説文》云：「鳥長毛也。」集，止也。苞，《爾雅》云：「稹也。」李巡云：「物叢生曰苞。齊人名曰稹。」鄭玄云：「稹者，根相迫迮梱緻貌。」栩，《爾雅》云：「杼也。」郭璞云：「柞樹也。」陸璣云：「今柞櫟也。徐州人謂櫟爲杼，或謂之爲栩。其子爲皁，或言皁斗，其殼爲汁，可以染皁。今京雒及河内多言杼斗，或云橡斗。謂櫟爲杼，五方通語也。」一名槲。鄭樵云：「南多槲，北多櫟。」按栩、櫟本是一物，而栩又有柞櫟之名。孫炎説櫟之實爲橡，而《小爾雅》亦云：「柞之實謂之橡。」《本草圖經》云：「柞，櫟也，栩也，杼也，皆橡櫟之通名。」此説得之。橡，《説文》作樣，實食可以止饑。以王命征伐謂之王事。靡之言無，盬之言固，皆音近也。解見《采薇》篇。言王事無有堅固者，故使禍亂相仍征役不息如此。以晋事求之，翼與曲沃，攻伐不休，禍起于桓王之助曲沃。詩詠「靡盬」，譏誚實深。周昌年云：「此言王事靡盬，與他處不同。他處意皆在奮忠義，此則一氣趕下，直以失所而志怨耳。」孔云：「怙、恃義同，言父母當何恃食，故下言何食、何嘗，與此相接成也。」悠悠蒼天，解見《黍離》篇。有所，猶云得所。但使得歸蓺黍稷，以養父母，則得其所矣。孔云：「人窮則反本，困則告天。此時征役未止，故訴天告怨也。」

肅肅鴇翼，職韻。集于苞棘。職韻。王事靡盬，不能蓺黍稷。職韻。父母何食？職韻。悠悠蒼天，曷其有極？職韻。○興而比也。翼，《説文》云：「翅也。」極，止也。曷其有極，言何時得止此征役也。征役止，則得耕田以供子職矣。

肅肅鴇行，叶陽韻，寒剛翻。集于苞桑。陽韻。王事靡盬，不能蓺稻粱。陽韻。父母何嘗？陽韻。悠悠蒼天，曷其有常？陽韻。○興而比也。行，列也。陸佃云：「《説文》曰：『𠂉，相次也。从匕从十。』蓋鴇性群居如鴈，自然而有行列，故从𠂉。《詩》曰『鴇行』，以此故也。」閻諺曰：「鴇無舌，兔無脾。」蓋鴇無舌，連蹄，性不木止，又其飛肅肅勞苦。然其于苞栩、苞棘、苞桑也，尚得以其類集，聚衆羽而成翼，聚衆翼而成行。今君子無所于愬，下從征役，又不得養其父母，則鴇之不如也。又按先言集栩，繼言集棘，繼言集桑，亦征役無定之況。羅願云：「稻，米粒如霜，性尤宜水，故五穀外，别設稻人之官，掌稼下地。而漢世亦置稻田使者，以其均水利故也。稻，一名稌，然有黏有不黏者，今人以黏者爲糯，不黏者爲秔。然在古則通得稻稌之名。《説文》云：『沛國謂稻曰稬。』秔，稻屬，或作粳。是則直以稬爲稻耳。若鄭康成注《周禮》：『稌，稉也。』則稻是稉，然要之二者皆稻也。故氾勝之云：『三月種秔稻，四月種秫稻。』《字林》曰：『糯，黏稻也。』秔，稻不黏者。今人亦皆以二穀爲稻。若《詩》、《書》之文，自依所用而解之。如《論語》『食夫稻』，則稻是稉。《月令》『秫稻必齊』，則稻是糯。《周禮》『牛宜稌』，則稌是秔。『豐年多黍多稌，爲酒爲醴』，則稌是糯。又《稻人》職云『澤草所生，種之芒種』，是明稻有芒有不芒者。今之稉則有芒，至糯則無，是通得稱稌稻之明驗也。然《説文》所謂『沛國謂稻曰稬』，至郭氏解《雅》『稌稻』，乃云『今沛國稱稌』，不知

《説文》亦豈謂此稌訛爲稉耶？將與郭自異義也。又有一種曰秈，比于稉小，而尤不黏。其種甚早，今人號秈爲早稻，稉爲晚稻。蘇氏以稉一曰秈，亦未盡也。粱，今之粟類。古不以粟爲穀之名，但米之有孚殼者皆稱粟。今人以穀之最細而圓者爲粟，則粱是其類。《内則》曰：『飯黍稷稻粱，白黍黄粱稰穛。』説者曰下言白黍，則上是黄黍。下言黄粱，則上是白粱。今粱有三種。青粱，殻穗有毛，粒青，米亦微青，而細于黄白米也。夏月食之，極爲清凉，但以味短色惡，不如黄白粱，故人少種之。亦早熟而收少，作餳，清白勝餘米。黄粱，穗大毛長，殻米俱麤于白粱，而收子少，不耐水旱。食之，香味勝于諸粱，人號爲竹根黄。白粱，穗亦大，毛多而長，殻麤扁長，不似粟圓，米亦白而大，其香味爲黄粱之亞。古天子之飯，所以有白粱、黄粱者，明取黄、白二種耳。今人大抵多種粟而少種粱，以其損地力而收穫少耳。然古無粟名，則是以粱統粟。今粟與粱功用亦無别，明非二物也。粱比他穀最益胃，但性微寒，其聲爲凉，蓋是亦借凉音。如許叔重説黍，大暑而種，則以黍从暑。粱从凉，其義一也。」又《爾雅》注云：「虋，今之赤粱粟也。芑，今之白粱粟也。皆好穀也。」郝敬云：「今高粱之類。」胡胤嘉云：「《周禮·食醫》云：『犬宜粱。』《禮記》：『粱曰薌萁。』以爲宗廟之祭。又大夫無故不食粱。古人用粱之重如此。燕代間謂之粱穀，關西謂之毛穀。」嘗，徐鍇云：「口試其味也。」常，朱子云：「復其常也。」得耕田以供子職，則復其常矣。

《鴇羽》三章，章七句。《序》謂昭公之後，大亂五世，君子下從征役，不得養其父母，而作是詩。今按篇中有「蓺稷黍」等語，似與君子不類。《子貢傳》以爲魏若于征役之詩。鄒忠胤云：「魏居周之西土，與邰、芮、岐、畢俱屬邇封，其調遣或尤煩于諸國。此風詩『王事靡盬』，所以獨見詠于魏耳。」亦無據。

《山有扶蘇》，刺忽也，所美非美然。出《序》。○愚按此與《狡童》、《褰裳》三篇，皆爲祭仲足而作。據《左傳》，仲足初爲祭封人，因有寵于莊公，莊公使爲卿，爲公娶鄧曼，蓋君之嬖幸臣也。仲雖爲卿，詩人本其進身之始而醜之，故有狂童、狡童之目。先是仲爲莊公娶鄧曼，生昭公忽，以鄧曼故，遂立忽。忽固長也，已而爲宋人所脅，旋逐忽而立突，是爲厲公。仲專政，公惡之，使其壻雍糾殺之。以謀洩，公遂出奔，昭公復位。不久，爲高渠彌所弒，立子亹，仲與焉。齊人來討高渠彌，子亹見殺，仲以智免。又逆子儀于陳而立之。其後厲公使傅瑕殺子儀而復入，因治與于雍糾之亂者，而仲已死矣。仲擅廢立之權，犯不臣之罪，竟以善終。君子恨之，當時目之爲狂、狡固宜。

山有扶楊慎云：「徐邈引作『搏』。」《爾雅翼》作「枎」。**蘇，**虞韻。豐氏本作「胥」。楊慎云：「徐邈引作『疋』。」**隰有荷華。**叶虞韻，芳無翻。豐本作「荂」。**不見子都，**虞韻。**乃見狂且。**叶虞韻，叢租翻。豐本作「狙」。○興也。扶蘇，毛傳以爲扶胥，小木也。未詳所出。以文義觀之，下篇「喬松」是高木，則扶蘇非小木。考《説文》，扶字當作枎。枎之爲義，言枎疏四布也。通作榑，即榑桑之木也。字从尃，亦取枎疏四布之意。後訛作搏。《淮南子》「朝發搏桑」是也。後人溷作扶，故稱扶桑。今據徐邈引扶蘇作搏疋，亦是以搏訛榑，而榑又通爲枎。若蘇之言疋，疋之言疏，皆以音同通用，然則扶蘇即枎疏也。《説文》以榑爲榑桑神木，乃日所出，別無木名榑者。愚按《管子·地員》篇，稱五沃之土，木宜桐梓枎櫄，或即此枎耳。其木之形象未詳。隰，《説文》云：「阪下濕也。」荷華，荷之華也。毛傳云：「扶渠也。」扶渠即芙蕖。《爾雅》云荷，芙蕖，其莖茄，其葉蕸，其本蔤，其華菡萏，其實蓮，其根藕，其中的，的中薏。李巡云：「芙渠其總名也，別名芙蓉。」郭璞云：「今江東人呼荷華爲芙蓉，北方人便以藕爲荷，亦以蓮爲荷，或用其母爲華名，或用根子爲母葉號，此皆名相錯，習俗傳誤也。」毛傳以扶渠名荷華，所謂用其母爲華名者也。又陸元朗云：「華未開曰菡萏，已發曰芙蕖。」嚴粲云：「世稱美好之人爲子都。《孟子》所稱子都，以貌之美；此詩所稱子都，以德之美。猶美人之名，或稱美貌，或稱美德也。若以此子都爲美貌，則與『狂且』意義不貫。」《焦氏易林》云：「視暗不明，雲蔽日光。不見子都，鄭人心傷。」狂且，指祭仲也。狂乃狾犬之名。韓子云：「心不能審得失之地，謂之狂。」且，語辭。吕祖謙云：「山宜有扶蘇者也，隰宜有荷華者也，朝宜有賢俊者也。今觀昭公之朝者，不見子都，乃見狂且焉，則昭公所美非美可知矣。」

山有橋陸德明本作「喬」。**松**，冬韻。**隰有游龍**。冬韻。邢昺疏作「蘢」。**不見子充**，東韻。**乃見狡童**。東韻。○興也。橋，通作喬，《説文》云：「高而曲也。」《爾雅》云：「木上句曰喬。」松，木名。趙頤光云：「壽木也，故从公。」游取枝葉放縱爲義。龍，毛傳云：「紅草也。」當作蘢。《爾雅》云：「紅蘢古，其大者蘬。」郭璞云：「俗呼紅草爲蘢鼓，語轉耳。」紅亦作葒。陸璣云：「一名馬蓼，葉麄大而赤白色，生水澤中，高丈餘。」張子厚云：「其枝幹樛屈，着土處便有根如龍也。」《廣雅》以爲龍蘋。《本草》云：「一名鴻鵠，如馬蓼而大，主消渴去熱，明目益氣。」陶隱居云：「馬蓼生下濕地，莖班葉大，有黑點，最大者是葒草，即水紅也。下濕地皆有之。」又陸佃云：「以縱故謂之龍。木橋聳于上，草游縱于下，則山濕之所養以自美者至矣。」羅願云：「龍與荷華，皆隰草之偉者，然所配扶蘇、喬松不同。按《管子》有五粟、五沃、五位、五蘟、五壤、五浮之土，謂之上土。五沃之土則桐柞枎櫄，秀生莖起，五臭疇生，蓮與蘪蕪，藁本白芷。然則首章言

『扶蘇』、『荷華』，應此五沃之土也。其五位曰其山之滚，有龍與卉，群木安遂，條長數丈，其桑其松，其杞其茸。次章言『喬松』、『游龍』，應此五位之土也。此皆土之最美者。」山不惟有扶蘇，而又有喬松；隰不惟有荷華，而又有游龍。以興一國之大，賢材無不有也。充，《説文》云：「長也，高也。」子都、子充，總爲題自賢人之稱，不必有是人名也。狡，《説文》云：「少狗也。」故以比童。鄭玄云：「狡童有貌而無實。」亦指祭仲。

《山有扶蘇》二章，章四句。《子貢傳》、《申培説》、豐氏本皆作「扶胥」。○朱子以爲淫女戲其所私者，淺陋甚矣。《子貢傳》、《申培説》皆以爲鄭靈公棄其世臣，而任嬖人狂狡，子良諫之而作是詩。考《左傳》載狂狡事，在宣二年，實鄭穆公二十一年也。鄭公子歸生，受命于楚，伐宋，戰于大棘，宋師敗績。❶狂狡輅鄭人，鄭人入于井，倒戟而出之，獲狂狡。君子曰：「失禮違命，宜其爲禽也。戎昭果毅以聽之之謂禮。殺敵爲果，致果爲毅。易之，戮也。」狂狡本宋大夫，而爲鄭所俘獲，事僅止此，其見嬖于穆公之子靈公，絶不經見。後靈公立一年，爲歸生及公子宋所弑，鄭人欲立子良。子良名去疾，穆公庶子也。辭，乃立襄公堅，而子良爲大夫云。豐坊引樂正子春《國記》，謂宋文公立，狂狡年十八，爲大夫。四年，降鄭，鄭穆公使事太子夷，嬖。穆公薨，夷立，是爲靈公。狡以大棘之戰，故怨公子歸生、公子宋，譖于靈公，將殺之。歸生弑靈公，狡死焉。其族奔楚，狂接輿其後也。此書他不著録，人以爲坊僞爲之者，不足信。坊又謂子都乃公孫閼字，

❶「績」，原作「續」，據《四庫全書》本改。

子充乃瑕叔盈字，皆鄭世族之賢者。今按二人同在鄭莊公時，歷昭、厲、文、穆，而後及靈，凡六公矣。乃引之與狂狡並稱，殊屬無謂。鄭多賢者，亦何專屑屑稱此二人？又考瑕叔盈字子充，原無所載，而子都乃射殺孝子潁考叔者，當時鄭莊公使卒出豭，行出犬鷄，以詛之。君子方嘆其失刑，則子都亦何賢之有？季本云：「穆公卒而靈公嗣，不半載而爲公子歸生所弒，蓋寔歸生之謀，而假手于公子宋者也。則歸生當國，而公子宋輔之，事權屬焉，豈宋因狂狡之所能與？而靈公在位日淺，即已被弒，何遽能用狂狡哉？且狂狡一小人耳，其惡必不至如歸生與宋之甚，不責歸生與宋，而區區于咎狂狡，此非公論，而孔子豈得録之？」

《狡童》，鄭人忠于忽者之辭，聞祭仲有立突出忽之謀，而因以告之也。嚴粲云：「爲告忽言之，故指狡童爲彼，而稱忽爲子。」

彼狡童兮，不與我言元韻。亦叶先韻，倪堅翻。**兮。維子之故，使我不能餐**叶元韻，蘇昆翻。亦叶先韻，逡緣翻。**兮。**賦也。狡童，指祭仲也。説見《山有扶蘇》篇。不與我言，所謂陰謀也。子，指忽也。《禮》，諸侯即位未踰年稱子。餐，《説文》云：「吞也。」不能餐，猶言食不下咽也。嚴云：「彼者，薄之之辭。子者，親之之辭。權臣擅命，將有他志。惡察察言，故但言憂之而不能餐，微詞也。」

彼狡童兮，不與我食職韻。**兮。維子之故，使我不能息**職韻。**兮。**賦也。嚴云：「共食則可以從容謀事。」息，《説文》云：「喘也。」不能息者，謂憂之深，而至于不能喘息也。一云，息，猶安止也，即寢不安席之意。亦通。

《狡童》二章，章四句。《子貢傳》、貴竹本、《申公說》及豐氏本皆作《麥秀》。豐氏本多一首章，其辭曰：「麥秀蔪蔪兮，禾黍油油。彼狡童兮，不與我好兮。」愚按此箕子傷紂之歌，見于《史記》。此詩不應全用其語，或好事者見兩章各有「彼狡童兮」二句，文法偶同，因附益之，然章法不類，未足信也。〇《序》云：「刺忽也。不能與國人圖事，權臣擅命也。」所謂權臣擅命者得之，惟以爲刺忽而作，則不無可議。忽以世子爲鄭君，其當時國人作詩，義不容遂忘君臣之分，而目爲狡童也。說者謬謂箕子亦目紂爲狡童，然何知非指飛廉、惡來輩乎？朱子闢之，謂昭公之爲人，柔儒踈闊，不可謂狡。即位之時，年已壯大，不可謂童。以是名之，殊不相似。其論正矣。然云「此亦淫女見絶而戲其人之詞」，不審聖人删詩，將以垂世教，顧留此等詩何爲？《子貢傳》、《申培說》以爲子良諫用狂狡，靈公不聽，將去其國，賦此。然靈公用狂狡事，傳無所載，亦不足信。辨在《山有扶蘇》篇。

《蘀兮》，鄭人思出突而納忽也。忽以世子踐位，正矣。宋人乃使祭仲立突而逐忽，故鄭人不義突，而作此詩。出《詩故》。〇按《左傳》，祭仲爲鄭莊公娶鄧曼，生昭公，故祭仲立之。宋雍氏女于鄭莊公，曰雍姞，生厲公。雍氏宗有寵于宋莊公，故誘祭仲而執之，曰：「不立突，將死。」亦執厲公而求賂焉。祭仲與宋人盟，以厲公歸而立之。秋，九月，丁亥，昭公奔衛。己亥，厲公立。此詩之作，當在祭仲與宋人盟之時也。事在桓王十九年。

蘀兮蘀兮，風其吹支韻。**女。**音汝。下同。**叔**豐氏本作「未」。**兮伯兮，倡予和**叶支韻，胡猥翻。**女。**比而賦也。《説文》云：「草木凡皮葉落墮地爲蘀。」女，朱子云：「指蘀而言也。」此言忽之必爲仲所逐，猶蘀之必爲風所吹也。憂懼之深，不敢斥言，正似隱語耳。叔伯，謂諸大夫也。倡，通作唱，《説文》云：「導也。」和，《説文》云：「相譍也。」女，指叔、伯也。言誰有倡大義者，則我將應而從之也。嚴粲云：「此詩小臣願忠于國，而力不能自爲，呼諸大夫而告之，言汝叔、伯其亟圖之，汝倡我則我和汝矣。謂患無其倡，不患無和之者也。當時卒無倡之者，繇忽無忠臣良士也。」張氏云：「忽蓋不足道，而人之情猶不欲遽絶之者，以其立之正故耳。」

蘀兮蘀兮，風其漂蕭韻。亦叶嘯韻，匹妙翻。《釋文》作「飄」。**女。叔**豐氏本作「伯」。**兮伯**豐氏本作「尗」。**兮，倡予要**嘯韻。亦叶蕭韻，伊堯翻。《説文》本身腰字，今「身腰」之「要」加「月」作「腰」，而「要」但爲「要約」字矣。**女。**比而賦也。漂、飄通。《爾雅》迴風爲飄。此則從風迴旋之意。要本身腰之腰，徐鍇謂腰爲中關，所以自臼持也，故借爲約結之義。和者，和于始順而無逆也。要者，要于終約而不離也。

《蘀兮》二章，章四句。《序》以爲刺忽也。君弱臣强，不倡而和也。今按如《序》言，則此詩語乃絶無人臣禮，豈可以訓？《子貢傳》、《申培説》以爲鄭莊公卒，公子争立，而齊、楚伐之。忠臣憂之，欲相帥獻謀，以救其國，故作此詩。較爲近之。然相帥獻謀，獻之何人？似不如出突納忽之義，爲得其正。揣摩當日詩意，恰是如此。不知朱子何意，必欲改爲淫女之詞。夫女雖善淫，不應呼「叔兮」，又呼「伯兮」，殆非人理，言之污人齒頰矣。又按鄭六卿餞晋韓宣子，各賦鄭詩，子柳賦《蘀兮》，宣子皆稱善，則其非淫詩可知。

《褰裳》，思見正也。鄭祭仲恣行，國人思大國之正己也。出《序》。但「鄭祭仲」三字，原作「狂童」。○孔穎達云：「庶子與正適爭國，禍亂不已，無可奈何。鄭國之人，欲大國以兵征鄭，正其爭者之是非，令去突而定忽也。」嚴粲云：「鄭人始作《蘀兮》，望大夫相與扶持之。既無其人，則又作《褰裳》，望大國之見正。蓋惓惓于忽也。說者多以狂童指忽，非也。忽以世子嗣位，其立也正，國人憂之，至于不能餐，其情可見。此詩及《有女同車》，皆欲求援大國以扶植之也。王道既微，小國無所控愬，往往思方伯之拯己，霸圖能無興乎？是可以觀世變矣。」

子惠思我，褰《說文》作「攐」。陸德明云：「或作『騫』，非。」**裳涉溱。**真韻。豐氏本作「潧」。**子不我思，豈無他**豐本作「它」。後同。**人？**真韻。**狂童之狂也且！**音諸。後同。此句不用韻。○賦也。子，斥大國之人也。惠，《說文》云：「仁也。」褰，當從《說文》作攐，云：「摳衣也。」班固云：「黃帝、堯、舜，垂衣裳而天下治。何以知上爲衣，下爲裳？以其先言衣也。《詩》曰『褰裳涉溱』，所以合爲衣也。《弟子職》言『摳衣而降』也，名爲衣何？上兼下也。」涉，《說文》云：「徒行厲水也。」溱，水名。《河南通志》云：「源出密縣，一名澮水，東北至新鄭縣，與洧水合。」《水經》作潧水，其名溱者，出桂陽臨武入匯，非此水也。酈道元云：「潧水出鄶城北西鷄絡鄔下，又東南流，歷下田川，逕鄶城西，謂之爲柳泉水也。故史伯答桓公曰：『若克虢、鄶，君之土也。前莘後河，左雒右濟，主丕騩而食潧、洧，循典刑以守之，可以少固。』即謂此矣。南注于洧，世所謂之爲鄶水也。」《補傳》云：「溱、洧未必褰裳可涉，此言欲其急于拯亂耳。言大國如有惠然思念我鄭國之亂，欲來爲我討正之者，則當速褰揭其裳渡水而來，毋容少遼緩也。」他人，他國之人也。

夫亂臣賊子，人人得而誅之。縱爾不我思，然大義所在，獨無他國之人起而圖我者哉？蓋激之也。蘇轍云：「子苟不我思，豈無他人乎？吾恐他人之先子也。」嚴云：「望大國之正己，其情甚切，不主一國也。舊説謂爾不我思，則當有他國思我者。如此則自爲悠緩之辭，非告急之意。」狂童，指祭仲，即《扶蘇》篇所謂「狂且」也。鄧元錫云：「仲置君如奕棋，蓋其易也。故《詩》數以『狂童』目焉。」《穀梁傳》云：「死君難，臣道也。今立惡而黜正，惡祭仲也。」狂童之狂也且，言狂童之狂已甚，故大國之正己不可緩也。且，助語辭。《左》昭十六年，四月，鄭六卿餞晋韓宣子于郊，子太叔賦《褰裳》。宣子曰：「起在此，敢勤子至于他人乎？」子太叔拜。宣子曰：「善哉，子之言是，不有是事，其能終乎？」是可以得此詩之意矣。子太叔，游吉字。

子惠思我，褰裳涉洧。紙韻。**子不我思，豈無他士？**紙韻。**狂童之狂也且！**賦也。洧，水名。《前漢·地理志》云：「潁川陽城山，洧水所出，東南至長平入潁。」《水經》云：「洧水出河南密縣西南馬領山，又東過新鄭縣南，潧水從西北來注之，又東過習陽城西，折入于潁。」考酈道元注，謂陽城山在陽城縣之東北，蓋馬領之統目，而長平城在習陽城之上，《志》與經合矣。他士，鄭玄云：「猶他人也。大國之卿當天子之上士。」

《褰裳》二章，章五句。《子貢傳》謂子良去國，不忘諫君。《申培説》謂子良如晋，作詩以寓靈公。今按子良辭君位不肯立，見于《左傳》，從不聞有去國之事。且子太叔之引是詩，語意明白，别無煩曲説矣。朱子舊注亦依《序》義，後乃改以爲淫女語其所私者之詩。郝敬云：「按鄭風如《蘀兮》、《狂童》、《褰裳》諸篇，慷慨傷時，而其言皆似婦人艷語，此所謂『鄭聲好濫淫志』者也。故曰『詩言志』，勿以辭害志，如以辭而已。凡鄭詩，孰不可目爲淫奔乎？朱傳所以偏執成誤也。」又《吕氏春秋》云：「晋人欲攻鄭，令叔嚮聘焉，視其有人與無人。子産爲之詩曰：『子惠思我，褰裳涉洧。子不我思，豈無他士？』叔嚮歸曰：『鄭有人，子産在焉，不可攻也。秦、荆近，其詩有異心，不可攻也。』晋人乃輟攻鄭。」其意與子太叔稱詩頗相類，於《詩》指爲近。然子太叔與子産同時，不應遂賦其詩，或即一事兩屬耶？

《二子乘舟》，衛宣公之子伋也、壽也、朔也。伋，前母子也。壽與朔，後母子也。壽之母與朔謀，欲殺太子伋而立壽也，使人與伋乘舟于河中，將沉而殺之。壽知不能止也，因與之同舟，舟人不得殺。伋方乘舟時，伋傅母恐其死也，閔而作詩。出劉向《新序》。〇二子乘舟之事，當以劉向所傳爲確。其後舟行無恙，未幾又使伋之齊，將使盜見載旌，要而殺之。壽止伋，伋曰：「棄父之命，非子道也。不可。」壽又與之偕行。壽之母知不能止也，因戒之曰：「壽無爲前也。」壽又爲前竊伋旌以先，行幾及齊矣，盜見而殺之。伋至，見壽之死，痛其代己死，涕泣悲哀，遂載其屍還，至境而自殺。兄弟俱死，故君子義此二人而傷宣公之聽讒也。以上俱見《新序》。與《左傳》、《史記》、毛傳、《列女傳》諸書大同小異。按《左傳》云：「初宣公烝于夷姜，生急子，屬諸右公子。爲之娶于齊而美，公取之，生壽及朔，屬壽于左公子。夷姜縊，宣姜與公子朔搆急子。公使諸齊，使盜待諸莘，將殺之。壽子告之，使行。不可，曰：『棄父之命，惡用子矣？有無父之國則可也。』及行，飲以酒。壽子載其旌以先，盜殺之。急子至，曰：『我之求也，此何罪？請殺我乎！』又殺之。」《史記》則云：「宣公十八年，太子伋母死，宣公正夫人與朔共讒惡太子伋。宣公自以其奪太子伋妻也，心惡太子，欲廢之。及聞其惡，大怒，乃使于齊，與之白旄，而令盜遮界上殺之。壽止太子，不可，乃盜其白旄，而先馳至界。界盜見其驗，即殺之。壽已死，而太子伋又至，謂盜曰：『所當殺乃我也。』盜并殺太子伋以報宣公。宣公乃以子朔爲太子。」毛傳則以爲使賊先待于隘，壽竊節先往。《列女傳》則以爲宣姜陰使力士待之界上，曰：「有四馬白旄至者，必要殺之。」然總之皆後一節事，其《二子乘舟》之詩，實不作于是時也。于何知之？此詩中有「乘舟」之語，固非待于隘而殺之于陸者耳。《新序》所載，首尾完密，足補信史，故從之。《水經注》云：「京相璠曰：今平陽陽平縣北一十里，有故莘亭道，阨陳蹊要，自衛適齊之道也。望新臺于河上，感二子于宿齡，詩人乘舟，誠可悲矣。今縣東有二子廟，猶謂之孝祠矣。」嚴粲云：「衛自宣公殺伋、壽，以朔爲世子代立，是爲惠公。左右公子怒朔之讒殺太子伋，乃作亂，立黔牟。惠公奔齊，其後諸侯復立惠公。黔牟奔周。惠公怨周之容黔牟，與燕伐周，立子頹爲王，惠王奔温。及惠公卒，子懿公立，百姓大臣猶以殺伋之故皆不服，狄乘其釁，殺懿公而滅衛。嗚呼！衛之亂極矣。父子兄弟君臣之間，相戕相賊，不惟流毒子孫，啓侮啓狄，以之殺身亡國，其餘殃所漸，且稔王室之禍。蓋綱常道盡，天地幾于傾陷矣。推原亂根，始于夫婦之不正，衽席之禍，一至此邪？以是知《詩》首《關雎》，聖人之意深遠矣。」司馬遷云：「余讀《世家》言，至于宣公之子，以婦見誅，弟壽争死以相讓。此與晋太子申生不敢明驪姬之過同，俱惡傷父之志，然卒死亡，何其悲也。或父子相殺，兄弟相戮，亦獨何哉？」蘇轍云：「宣公專欲以興禍，固無足言。伋、壽勇於義，惜其不爲吴泰伯，而蹈申生之禍，以重父之過。可以爲廉矣，未得爲仁也。」胡胤嘉云：「完廩、浚井之命，舜未嘗不從也，卒不可得而殺者，聖人之道全而德慧妙也。大杖則走，曾子之孝，亦若是矣。曾子之父，賢父也，又似不可概語者。伋尊父命，壽先兄死，一往不返，蓋有獨至之性焉。廢長立少，豈正命哉？伯夷逃之。父尸未寒，齊終棄其命而從兄，千古稱兩人之仁，未嘗有以陷父不義非之者，有孔子之斷例也。伋、壽即不得比于二子之無怨，即其争死不悔，亦足追其芳躅矣。世之論者，或以壽無救于兄，而重父之過。或以伋當逃避，使父無殺子之名。此平居中庸之論。值伋、壽之時，以推其不得已之心，彼誠有大不忍者迫于中也。論人而以周、孔爲關鍵，天下必無全人。論人而以周、孔爲關鍵，伋、壽必無罪也。何也？孔子仁夷、齊，必録伋、壽矣。不然，其事著于《春秋》，聖人何不出一語貶之也耶？」又洪邁云：「考之《左傳》，衛宣公以魯隱四年十二月立，至桓十二年十一月卒，凡十有九年。其烝于庶母夷姜也，姑以即位之始，便成淫亂，而伋即以次年生，勢須十五年，然後娶而奪之，又生壽、朔。已能同母譖兄，又能代爲使越境，非十歲兒所能辦。❶然則十九年之間，何以處之？此決無之事。」鄒忠胤駁之云：「夷姜固莊公妾，而衛宣非與其父莊公爲代者。洪氏殆考之未悉也。莊卒而桓立，十三年入春秋，至魯隱四年，則衛桓十六年矣。其春，桓爲州吁所弑。九月，衛人殺州吁，而宣公晋以是冬立。然則晋之烝夷姜而生伋子，當在其兄桓公之世。及宣即位，計伋年且長，因以爲世子。新臺之築，距此時亦或不遠。其十九年間所生壽、朔，或已幾弱冠。壽之能代兄使，而朔之能同母愬兄，固無足怪。」其辨確矣。愚按宣公殺伋之歲，實桓王之十九年。

❶「辦」，原作「辨」，據《四庫全書》本改。

二子乘舟，汎汎其景。叶養韻，舉兩翻。**願言思子，中心養養。**韻。《爾雅》作「洋洋」，豐氏本作「憬憬」。○賦也。景，《説文》云：「光也。」汎汎其景，描寫其度河之時，舟影與波光相上下也。願，通作愿，《説文》云：「謹也。」思子，思二子也。養，通作恙，《説文》云：「憂也。」重言之者，見其憂之相繼續而無已也。

二子乘舟，汎汎其逝。霽韻。**願言思子，不瑕**豐本作「遐」。**有害？**叶霽韻，暇憩翻。○賦也。逝，《説文》云：「往也。」瑕，《禮記》注云：「玉病也。」害，《説文》云：「傷也。」不瑕，與《泉水》之解同，但彼之有害以理言，此之有害以身言。言二子乘舟，孤帆遠去，汎汎往矣。願言思子，其所自處者，既無瑕玷，豈誠不能免于有害乎？揆理而姑以自慰也。作此詩者，爲伋之傅母，亦賢矣哉。

《二子乘舟》二章，章四句。《序》以爲衛宣公二子争相爲死，國人傷而思之，故作是詩。辨已在小引下。《子貢傳》則云：「宣公殺其世子伋及母弟壽，衛人傷之。」以壽爲伋之同母弟，絶無稽據。《申培説》則云：「宣公欲立少子朔，使伋、壽如齊，而沉之于河。衛人傷之，而作是詩。」沉河於乘舟似合矣，然群書所稱，二子實死于盗，非死于水。皆不可信。

《芄蘭》，刺衛惠公也。驕而無禮，大夫刺之。出《序》。○惠公名朔，宣公子。按《左傳》，惠公之即位也少。杜預云：「蓋年十五六。」孔穎達云：「初衛宣公烝于夷姜，生伋子，爲之娶于齊而美，公娶之，生壽及朔。言爲之娶于齊，則宣公已即位也。宣公以隱四年冬立，假令五年即娶齊女，至桓十二年見經，凡十九年。而朔尚有兄壽，則宣公即位三四年，始生惠公也。故疑爲十五六也。」黄佐云：「《序》刺惠公，如魯昭公猶有童心之例。」

芄《釋文》：「一作『丸』。」**蘭之支，**韻。《石經》、《説文》、《説苑》俱作「枝」。**童子佩**陸德明云：「字从人，或作玉傍者，❶非。」**觿。**叶支韻，鬭規翻，又醉綏翻。《周禮》注作「鑴」。**雖則佩觿，能不我知。**支韻。**容兮遂**寘韻。豐氏本作「璲」。**兮，垂帶悸**寘韻。《韓詩》作「萃」，云：「垂貌。」**兮。**比也。芄蘭，艸名，《説文》云：「莞也。」一名葱蒲，可爲席。《周禮》有莞筵、蒲筵。莞、蒲總一艸，而莞則蒲之小者，以之爲席，則莞精而蒲粗。舊説誤讀《爾雅》有「雚，芄蘭」之句，以爲此即雚，非也。按郭璞注云：「雚芄蔓生，斷之有白汁，可啖。」孔疏云：「如此注，則以雚芄一名蘭。」可知其非此詩之芄蘭明矣。莞所以名芄蘭者，以莞叢生水中，似蘭而莖圓，故字从丸，而又呼之以蘭也。其質輕揚善泛，故取以爲幼弱不能自立者之比。支，徐鍇云：「竹葉下垂也。」芄蘭之葉亦下垂如竹，故其莖以支名。觿者，成人之佩，非童子之飾。《子華子》云「晏子聞其言，請刻諸佩觿，以志不忘」是也。按《内則》云：「子事父母，左佩小觿，右佩大觿。」下別云：「男子未冠笄者，但佩容臭而已。」故知觿爲成人之佩，貌如錐，以象骨爲之，其鋭端可以解結也。劉向云：「知天道者冠鉥，知地道者履蹻，能治煩決亂者佩觿，能射御者佩韘，能正三軍者搢笏。衣必荷規而承矩，負繩而准下。故君子衣服中而容貌得，接其服而象其德，故望玉貌而行能有所定矣。《詩》曰：『芄蘭之枝，童子

❶「作玉傍」，原作「玉傍作」，據《四庫全書》本改。

佩觿。』説行能者也。」又沈括云：「芄蘭生莢，枝出於葉間，垂之，正如解結錐。」後章所謂「佩韘」者，疑古人爲韘之制，亦當與芄蘭之葉相似，但今不復見耳。夫以童子而服成人之飾，則儼然成人矣，然而其實非也。云「能不我知」者，言以彼材能若較之于我，則未見其果有知識能加于我，輕之之辭也。惠公以穉年即位，聽其母與庶兄通，而不能禁，亦可謂無知之甚者矣。容，從容。遂，申遂。朱子以爲舒緩放肆之貌，是也。垂帶即紳，《玉藻》云：「紳長制三尺。」郝敬云：「《禮》，童子不垂帶，走則擁之，有事則收之。」悸，《説文》云：「心動也。」《靈光賦》云：「心愧愧而發悸。」言彼之舉動，雖雍容直遂，垂帶翩然，而其執心終未免悸悸然不定，蓋自覺不稱其服也。此《序》所云「驕而無禮」也。通篇皆比體，乃是借童子躐等之狀爲刺，若云正斥惠公，則亦非大夫所宜言矣。

芄蘭之葉，韻。**童子佩韘。**葉韻。**雖則佩韘，能不我甲。**叶葉韻，吉協翻。《韓詩》作「狎」。**容兮遂**見前。**兮，垂帶悸**見前。**兮。**比也。韘，《説文》云：「射決也。」毛詩云：「玦也。」《車攻》作「決」，《周禮》作「抉」，謂鉤弦也。以象骨爲之，挾矢時，着右手巨指以鉤弦。鄭玄則以禮無以韘爲玦者，云：「韘之言沓也，所以彄沓手指，放弦令不挈也。」按《儀禮·大射》云：「朱極三。」注云：「以朱韋爲之，用以韜指。極，猶放弦也。三者，食指、將指、無名指。其小指短，則不用也。亦謂之韘。」孔云：「巨指着玦，右臂加拾，右手指又着沓。」然則從鄭説爲是。愚按《内則》言「右佩玦捍」。玦義見前，捍即拾也。不及韘者，以三物皆發矢時所用，舉其二以該之耳。甲者，十幹之首，猶言長也，即「甲于天下」之甲。言其材能未必遂長于我也。

《芄蘭》二章，章六句。朱子謂此詩不可考，當闕。郝敬云：「夫衛惠公之爲童子，非不可考也，而謂當闕，則三百篇之著姓名者無之。」《子貢傳》但以爲童子不孫，鄘人刺之。既於義無所發明，而鄒忠胤乃爲説曰：「鄘在朝歌之南，染紂餘習，故《周書·畢命》尚云『茲殷庶士，席寵維舊，服美于人，驕淫矜誇，將繇惡終』，況在鄘侯之世，風未移于三紀乎？」信如所云，以此入詩，其猥已甚。顧不知童子之刺乃借言也。《申培説》則云：「刺霍叔也。以童子僭成人之服，比其不度德量力，而助武庚作亂。」胡胤嘉駁之云：「按《竹書》記武王崩，壽五十有四。是時管叔五十有二，蔡叔五十，周公四十有八，康叔四十有六，霍叔四十有四。成王之二年，管叔畔，又七年而死，則管叔壽止六十。成王十年，蔡叔卒，則其壽五十九。是歲霍叔復封，則五十有四矣。非童幼時也，何所取義哉？」

《墻有茨》，衛人刺其上也。公子頑通乎君母，衛人疾之。出《序》。○按《左傳》，初惠公之即位也少，齊人使昭伯烝于宣姜，不可。强之，生齊子、戴公、文公、宋桓夫人、許穆夫人，是其事也。宣姜，惠公之母。昭伯，即公子頑，宣公子，太子伋之同母弟也。上淫曰烝。

墻有茨，《説文》作「薺」。**不可埽**叶有韻，蘇后翻。**也。中冓**《集韻》作「⿱宀冓」，《魯詩》作「夜」。晋灼、張揖皆以爲夜也。《釋文》作「遘」，豐氏本作「搆」。**之言，不可道**叶有韻，他口翻。**也。所可道**見上。**也，言之醜**有韻。豐氏本作「⿸尸品」。**也。**比也。茨，《説文》云：「茅蓋屋也。」其字从艸从次。徐鍇謂次第茅以蓋之也。此言墻有茨，則是以茨覆墻。《周禮·圉師》職云「茨墻則翦闔」是也。埽，《説文》云：

「棄也。从土从帚。」會意。夫人之有墻以蔽惡也，加茨以蔽墻，惟恐墻壞人窺其中也。厚茨猶恐不密，況可埽而去之乎？以比國醜不可宣揚，因而思爲之掩，蓋忠厚之至也。又《爾雅》云：「茨，蒺藜。」《説文》引此作「墻有薺」。薺乃蒺藜，布地蔓生細葉，子有三角，如菱而小，刺人。陸佃云：「以其可以茨墻，故謂之茨。」歐陽脩云：「公子頑通乎宣姜，人所共惡，當加誅戮。然宣姜是國君之母，誅公子頑，則暴宣姜之罪，傷惠公子母之道，故不得而誅爾。詩人乃引蒺藜人所惡之草，今乃生於墻，理當埽除，然欲埽除，則懼損墻以爲比。」亦通。冓，《説文》云：「交積材也，象對交之形。」《前漢・梁共王傳》「聽聞中冓之言」注，應劭云：「中冓，材搆莝堂之中也。」顔師古云：「謂舍之交積材木也。」蓋室中搆結深密之處。中冓之言，若曰閨門之言也。道，通作導，《説文》云：「導引也。」謂導引之使言也。醜，《説文》云：「可惡也。」《釋名》云：「臭也。如物臭穢也。」所以不可言者，爲其事臭穢，言之而汙人齒頰也。范氏云：「埽之則傷墻，道之則傷君。」孔穎達云：「《周禮・媒氏》：『凡男女之陰訟，聽之于勝國之社。』注謂：『陰訟乃争中冓之事以觸法者。勝國，亡國也。亡國之社，掩其上而棧其下，使無所通，就之以聽陰訟之情，明不當宣露。』即引此詩以證之。」鄧元錫云：「曰不可言，刺而疾也。恥心若觀火然，或昏而覆爲之，甚矣乎欲之惑人也。誠令爲之者充觀之者之心，廉恥有不興乎？」

墻有茨，不可襄陽韻。**也。中冓之言，不可詳**陽韻。《韓詩》作「揚」。**也。所可詳**見上。**也，言之長**陽韻。**也。**比也。襄，通作攘，《説文》云：「推也。」推而去之也。詳，《説文》云：「審議也。」《增韻》云：「語備也。」曰言之長者，欲盡言則其説甚長，蓋不欲言之也。今人不欲言之事，則曰其説甚長。

墻有茨，不可束沃韻。**也。中冓之言，不可讀**叶沃韻，讀如毒，徒沃翻。陳士元《韻注》云：「讀，舊本作『抽』。」顔氏《正俗糾繆》亦作「抽」。鄭箋云：「抽猶出也。」宣露之義。**也。所可讀**見上。**也，言之辱**沃韻。**也。**比也。束，《説文》云：「縛也。」毛傳云：「束而去之也。」讀本誦書之義，朱子以爲誦言也。辱，《説文》云：「耻也。」毛傳云：「謂辱君也。」道、詳、讀有次第，先必導人使言，而後能知其詳。既知其詳，則於是從而誦之也。真德秀云：「夫言猶不可，聖人乃著之于經，何也？善乎先儒楊時曰：『自古淫亂之君，自謂密於閨門之中，世無得而知者，故自肆而不反。聖人所以著之于經，使後世爲惡者知雖閨中之言，亦無隱而不彰也。其爲訓戒深矣。』」

《墻有茨》三章，章六句。《子貢傳》以爲三尗冓周公，鄘人風之。《申培説》同。豐氏本「冓」作「搆」。豐熙云：「中搆之言，謂周公之流言，繇三尗從中搆起。骨肉相殘，故以墻茨起興。言墻之有茨以禦盜，不可埽而去之，以興兄弟之親以禦外侮，不可從中搆禍，而傳道其言也。《常棣》『外禦其侮』，實本于此。次章曰言之長者，長久遠也。流言之禍，管叔倡之，蔡、霍和之，武庚、奄君傳播之，十七國附之，三年而後息，可謂遠且久矣。末章曰言之辱者，謂傳誦之不已，則自取危辱之禍也。」鄒忠胤云：「《左傳》叔孫豹曰：『人之有墻，以蔽惡也。墻之隙壞，誰之咎也？』燕惠王貽樂間書曰：『家之有垣墻，所以合好掩惡也。室不能相和，出語鄰家，未爲通計也。』三叔交冓周公，正所謂蕭墻之釁，故《書・大誥》曰：『艱大，民不静。亦惟在王宫邦君室。』詩人以『墻有茨』發端，意蓋如此。『有茨』借作『有疵』，《大誥》亦曰：『知我國有疵。』想當時三叔造爲流言，其謀頗洩，而國人不與。與之則爲唐詩之《蹋之水》，不與則爲鄘詩之《墻有茨》而已。」愚按毛、鄭解中冓之言，亦以爲宮中所冓成之語，則謂此詩爲三叔搆周公而發，語亦近似。但觀古語引用「中冓」，皆指爲閨門之事，則從《序》爲正。

《鶉之奔奔》，娣妾刺衛宣姜之詩。出陸佃《埤雅》。○《序》云：「刺衛宣姜也。衛人以爲宣姜鶉鵲之不若也。」胡安國《春秋傳》云：「臣昔嘗謂河南劉奕曰：『史氏記繁而志寡，如班固《書》載諸王淫亂等事，盡削之可也。』奕曰：『必若此言，仲尼刪《詩》，如《墻有茨》、《鶉之奔奔》、《桑中》諸篇，何以録于國風而不削乎？』臣不能答。後以問延平楊時。時曰：『此載衛爲狄所滅之因也，故在《定之方中》之前。』因以是説攷於歷代，凡淫亂者，未有不至于殺身敗家而亡其國者也。然後知古詩垂戒之大，而近世有獻議，乞於經筵不以國風進讀者，殊失聖經之旨矣。」

鶉《子貢傳》、豐氏本俱作「雜」。**之奔奔，**音墳。《左傳》、《禮記》、《子貢傳》、豐本俱作「賁賁」。**鵲之彊彊。**陽韻。《禮記》作「姜姜」。**人之**《外傳》作「而」。**無良，我以爲兄。**叶陽韻，虚王翻。○興也。鶉，鴽屬。按鴽一名鴽，《爾雅》謂鶉子鳼，鴽子鶅。賈公彥以鴽、鶉爲一物，非也。又其雄名鶛，其牝名痺。張萱云：「鶉，淳也。不亂其匹，與其牝偕者，故曰鶛。其匹不亂，故其牝曰痺。若牝鷄司晨，非以不安于卑之故乎？刑于者念之。」陸佃云：「此鳥性淳惷，不越横草，所遇小草横其前，即旋行避礙，名之曰淳，以此。」鵲，解見《鵲巢》篇。奔，《説文》云：「走也。」彊者，有力之義。《爾雅》以爲當也，注謂「好與物相當值也」。奔奔、彊彊，《韓詩》云：「乘匹之貌。」孔穎達云：「言鶉則鶉自相隨奔奔然，鵲則鵲自相隨彊彊然，各有常匹，不亂其類。今宣姜爲母，頑則爲子，而與之淫亂，失其常匹，曾鶉鵲之不如矣。」又《禮記》注云：「疆疆、奔奔，争鬭惡貌也。」陸佃亦云：「奔奔，鬭也。疆疆，剛也。」《補傳》云：「鶉所以奔奔然喜鬭者，惡亂其匹而鬭也。鵲能不淫其匹，故以剛言。」並存之。人，指宣姜。無良，不善也。兄，女兄，即姊也。此娣刺宣姜之詞。《左傳》襄二十七年，鄭伯享晋趙孟，伯有賦《鶉之奔奔》。趙孟曰：「牀笫之言不踰閾，況在野乎？非使人之所得聞也。」

鵲之疆疆，鶉之奔奔。叶文韻，符分翻。**人之無良，我以爲君。**文韻。○興也。疆疆、奔奔，顛倒成文，取叶韻耳。君，女君也。《釋名》云：「女謂夫之嫡妻曰女君，夫爲男君，故名其妻亦曰女君也。」此妾刺宣姜之詞。陳用之云：「國君理陽道而正人於其外，故謂之君。夫人理陰道而正人於其内，故亦謂之小君。《易》曰『其君之袂』，《詩》曰『我以爲君』，示與君齊也。」按《表記》，子曰：「惟天子受命于天，士受命于君，故君命順，則臣有順命；君命逆，則臣有逆命。《詩》曰：『鵲之疆疆，鶉之賁賁。人之無良，我以爲君。』」引《詩》意，蓋謂宣姜所行不順，故娣妾輩得而譏誚之耳。而古注乃云：「姜姜、賁賁，争鬭惡貌。」言我以惡人爲君，亦使我惡，如大鳥姜姜于上，小鳥賁賁于下，溺其解矣。

《鶉之奔奔》二章，章四句。《子貢傳》以爲衛昭伯無禮于宣姜，國人惡之。然次章「我以爲君」之語，殊屬難解。《申培説》以爲刺宣姜與公子頑之詩。朱傳亦謂衛人刺宣姜與頑非匹耦而相從，故爲惠公之言以刺之。夫頑爲惠公之兄，其曰「人之無良，我以爲兄」是已，若「我以爲君」，斷當主國人稱宣姜爲小君而言。均一我也，上章則代惠公稱我，下章則國人自我，于文理毋乃未順耶？

《桑中》，刺奔也。衛之公室淫亂，男女相奔，至于世族在位，相竊妻妾，期于幽遠，政散民流，而不可止。出《序》。○《左傳》巫臣聘夏姬于鄭，盡室以行。申叔跪遇之，曰：「異哉！夫子有三軍之懼，而又有桑中之喜，宜將竊妻以逃者也。」其引《詩》，與《序》指合。《子貢傳》亦云：「公室無禮，衛人刺之。」鄭玄謂公室淫亂，在宣、惠之世，而孔穎達據毛傳篇次，但以爲惠公時詩。按惠公父宣公，上烝父妾，下奪子婦。惠公母宣姜，既以子婦而爲舅之配，復以繼母而爲子之室。傷風敗俗，亘古罕聞。不至胥一國而禽獸之不止矣。是詩乃國人代爲淫奔者之語以志刺。

爰采唐陽韻。**矣？沬之鄉**陽韻。**矣。云誰之思？美孟姜**陽韻。**矣。期我乎桑中，**叶陽韻，諸良翻。**要**平聲。後同。**我乎上宮，**叶陽韻，俱王翻。**送我乎淇之上**叶陽韻，辰羊翻。**矣。**賦也。

爰，《說文》云：「引也。」謂引辭也。唐，艸名。《本草》云：「夏生苗如絲，蔓延木上，生實如蠶子。」按《爾雅》云：「唐、蒙，女蘿。女蘿，菟絲。」曰唐，曰蒙，曰女蘿，曰菟絲，一物四名。又名松蘿，又名王女，故《爾雅》又云「唐，王女」，則通爲六名，而其實非也。陸機云：「今菟絲蔓連草上，正黃赤如金，非松蘿。松蘿自蔓生松上，正青，與菟絲殊異。」《本草經》云：「菟絲子，一名菟蘆，一名菟縷，一名唐蒙，一名玉女，一名赤剛，一名菟纍。」陶隱居云：「田野墟落中甚多，皆浮生藍苧麻蒿上。」《史記》云：「下有茯苓，上有菟絲。」《淮南子》云：「菟絲無根而生，茯苓抽，菟絲死。」按唐無根，不擇物而附，有苟合之象。劉彝云：「采唐、麥、葑者，欲適幽遠，行其淫亂，不敢正名，而托以采此也。」沬，衛邑，通作妹，即妹邦也。《晉書·地道記》云：「朝歌城，本沬邑，爲殷邦。」孟，長女也。姜，齊姓，始于神農居姜水，因以爲姓。所思云誰，乃美色之孟姜，不惟其配，惟其美也。期，謂相訂限也。桑中，朱子以爲沬鄉之中小地名也。要者，約結之義，必指盟誓之事而言。按《通典》，衛州衛縣有上宫臺。又孟子之滕，館于上宫。趙岐訓上宫，謂樓也，言舍止賓客所館之樓上也。然則相盟約于上宫者，亦以其穢渫，不欲人知之也。淇，水名，出沮洳山，至朝歌入河，謂之淇水口。詳見《泉水》篇。《焦氏易林》云：「采唐沬鄉，要我桑中。失信不會，憂思約帶。」愚按此詩人代爲之詞，故連言「我」字。《韓詩》曰：「匹夫匹婦，相會于廧陰，而明日有傳之者矣，獨之不可不慎如此。」

爰采麥職韻。**矣？沬之北**職韻。**矣。云誰之思？美孟弋**職韻。**矣。期我乎桑中**，見前。**要我乎上宫**，見前。**送我乎淇之上**見前。**矣。**比也。麥，《説文》云：「芒穀也。」郝敬云：「麥，秋不收，冬不藏，三時在外，謂之宿麥，有奔之象。百物未長而獨先秋，有淫之象。」弋，女姓。按《春秋》「定姒」，《公》、《穀》作「定弋」，然則弋、姒同一姓，蓋杞女，夏后氏之後。

爰采葑冬韻。**矣？沬之東**叶冬韻，讀如冬，都宗翻。**矣。云誰之思？美孟庸**冬韻。**矣。期我乎桑中**，見前。**要我乎上宫**，見前。**送我乎淇之上**見前。**矣。**比也。葑，解見《谷風》篇。郝云：「義取下體，賤其褻也。」《補傳》云：「鄘本庸姓之國，漢有庸光及膠東庸生，是其後也。古或作庸。」按《通典》，衛州新鄉縣西南三十二里，有鄘城，即鄘國。鄘爲衛所滅，故其後有仕于衛者。蘇轍云：「姜、弋、庸皆著姓，刺無禮則稱孟，言雖長而忘禮也。美有禮則稱季，曰有齊季女，言雖幼而知好禮也。」又黄佐云：「周婚禮惟嫁長女，而其仲季充娣媵從之，自殷以前皆然。《易》曰『帝乙歸妹，其君之袂不如其娣之袂良』是也。」季本云：「歷數三人，而見風俗之淫奔，彼此不以爲醜也。」鄒忠胤云：「墨子言燕之祖，齊之社稷，宋之桑林，楚之雲夢，男女之所屬而觀也。彼沬鄉東北，亦前四國之類歟？」

《桑中》三章，章七句。《樂記》曰：「桑間濮上之音，亡國之音也。其政散，其民流，誣上行私而不可止。」《序》偶用其語，朱子遂謂《桑間》即此篇。考《史記》，紂使師延作新淫聲。武王伐紂，師延抱樂器投濮水而死，後師涓從衛靈公過濮上，夜聞水中樂音，因寫之，爲晋平公奏焉。師曠撫之曰：「此亡國之音，得此必於桑間濮上乎？」然則《桑間》乃紂樂，非《桑中》明甚。又考《郡國志》，東郡濮陽縣有顓帝冢。《皇覽》曰：「冢在城門外廣陽里中。」《博物記》曰：「桑中在其中。」疑此即桑間也。若詩之「桑中」乃在朝歌，今之衛輝府是也，與「濮上」迥不相涉。至《申培説》云：「宣姜召公子頑于公桑，久處而遠送之，國人刺之而作是詩。」則亦附會而强爲之詞者，其遠送之説，尤無義理。且以孟姜爲宣姜似矣，孟庸、孟弋當作何解乎？朱傳與《序》同，而但謂此詩乃淫奔者所自作，則亦可醜之甚，而夫子何録焉？固不如作刺者之説爲長。

《東方未明》，齊人刺襄公無常也。《序》亦云：「刺無節也。朝廷興居無節，號令不時，挈壺氏不能掌其職焉。」朱傳從之，但不著其世。按《左傳》云：「初襄公立無常，鮑叔牙曰：『君使民慢，亂將作矣。』」而《管子》書亦云：「僖公生公子諸兒，公子糾，公子小白。僖公卒，諸兒以長得爲君。政令無常，管、鮑相謂曰：『君亂甚矣，必失國。諸公子之可輔者，非糾則小白也。吾與子人事一人焉，先達者相收，可以集事。』」據二書，皆言襄公無常，是即《序》所謂「無節」者。然則是詩之作在此時也。又孔穎達云：「古者有挈壺氏，以水火分日夜，謂以水爲漏，夜則以火照之，冬則水凍不下，又當置火于傍。故用水用火，準晝夜共爲百刻，分其數以爲日夜，以告時節于朝。職掌如此。漏刻之箭，晝夜共百刻，冬夏之間則有長短焉。太史立成法，有四十八箭。案《乾象曆》及諸曆法，與今太史所候，皆云：冬至則晝四十五，夜五十五。夏至則晝六十五，夜三十五。秋分則晝五十五半，夜四十四半。從春分至于夏至，晝漸長增九刻半。從夏至至于秋分，所減亦如之。從秋分至于冬至，晝漸短減十刻半。從冬至至于春分，所加亦如之。又于每氣之間加減刻數，有多有少。其事在于曆術以其筭數有多有少，不可通而爲率，故太史之官立爲法，定作四十八箭，以一年有二十四氣，每一氣之間又分爲二，通率七日强半而易一箭，故周年而用箭四十八也。曆言晝夜者，以昏明爲限。馬融、王肅注《尚書》，以爲日永則晝漏六十刻，夜漏四十刻。日短則晝漏四十刻，夜漏六十刻。日中、宵中則晝夜各五十刻者，以《尚書》有『日出日入』之語，遂以日見爲限。《尚書緯》謂刻爲商。鄭作《士昏禮目録》云：❶『日入三商爲昏。』舉全數以言耳。其實日見之前，日入之後，距昏明各有二刻半，減晝五刻以裨夜，故于曆法皆多較五刻也。鄭于《堯典》注云：『日中、宵中者，日見之漏與不見者齊也。日永者，日見之漏五十五刻，日不見之漏四十五刻。』與馬、王不同，與曆甚錯。漏刻之數，見在史官，古今曆者，莫不符合。鄭君獨有此異，不可强爲之辭。案挈壺之職惟言分以日夜，不言告時于朝。《春官·鷄人》云：『凡國事爲期，則告之時。』注云：『象雞知時。』然則告時于朝，乃是雞人。此言挈壺告時者，蓋天子備官，挈壺掌漏，雞人告時，諸侯兼官，不立雞人，故挈壺告也。《庭燎》箋云：『王有雞人之官。』是鄭意以爲惟王者有雞人，諸

---

❶ 「昏」，原作「民」，據《四部叢刊》影印清翻宋本《儀禮疏》改。

侯則無也。」

東方未明，叶陽韻，謨郎翻。**顛倒衣裳**。陽韻。**顛之倒**叶嘯韻，都妙翻。**之，自公召**嘯韻。**之**。賦也。古者衣裳連，上曰衣，下曰裳。孔穎達云：「此相對定稱，散則通名曰衣。《曲禮》兩手摳衣，去齊尺。齊謂裳下緝。是裳亦稱衣也。今上者在下，是爲顛倒也。」自，從也。公，君所也。召，《説文》云：「呼也。」王逸云：「以手曰招，以言曰召。」《禮》，群臣朝，辨色始入。今東方猶未明，自可徐徐盛飾而入，而乃至于顛倒衣裳。所以然者，以有自君所而召之者，故其急遽如此。正《序》所謂「興居無節，號令不時」者也。又《荀子》云：「諸侯召其臣，臣不俟駕，顛倒衣裳而走，禮也。《詩》曰：『顛之倒之，自公召之。』」《説苑》載魏文侯封太子擊于中山，後遣趙倉唐賜太子衣一襲，勅倉唐以雞鳴時至。太子起，拜受賜，發篋視衣，盡顛倒。太子曰：「趣早駕，君侯召擊也。」倉唐曰：「臣來時不受命。」太子曰：「君侯賜擊衣，不以爲寒也。欲召擊，無誰與謀，故勅子以雞鳴時至。《詩》曰：『東方未明，顛倒衣裳。顛之倒之，自公召之。』」遂西至，謁文侯，大喜，乃復封爲太子。愚按君召臣，臣必速至，雖於禮宜然，然召臣不以其時，則非禮矣。

東方未晞，微韻。**顛倒裳衣**。微韻。**倒之顛**先韻。**之，自公令**叶先韻，力延翻。**之**。賦也。晞，《説文》云：「乾也。」毛傳以爲明之始升。嚴粲云：「日氣所乾爲晞。未晞，未有日之乾氣，則日未出也。」上章曰「衣裳」，此曰「裳衣」，上章曰「顛之倒之」，此曰「倒之顛之」者，非徒取其叶韻。按《説文》，顛，頂也。倒，仆也。頂本在上，仆而在下，是上衣下裳倒置，故曰顛之倒之。既乃挈其倒於下者返之于上，衣仍其上之舊，裳仍其下之舊，是曰倒之顛之。當其顛之倒之，則衣裳翻爲裳衣，及其倒之顛之，則裳衣仍爲衣裳矣。令，《説文》云：「發號也。」上章言「召之」，第謂召見其人耳。此則將有所使之，雖不指言其事，而此時非聽政出治之時，則此召此令何爲而至也哉？

折柳樊圃，叶遇韻，博故翻。**狂夫瞿瞿**。遇韻。豐氏本作「䀠䀠」。**不能辰**朱傳、豐本俱作「晨」。**夜，不夙則莫**。叶遇韻，漠故翻。○比也。柳，《説文》云：「小楊也。」朱子云：「楊之下垂者。」陶氏以爲水楊。《本草注》云：「柳與水楊全不相似，水楊葉圓闊而赤，❶枝條短硬。柳葉狹長青緑，枝條長軟。」樊，通作藩，《説文》云：「屏也。」即籬落也。《説文》云：「種菜曰圃。」《周禮》太宰九職，二曰園圃毓艸木。説者以爲種菜及果蓏之地，謂之圃，其外藩籬謂之園，然則圃而有樊，正名爲園耳。賈思勰《齊民要術》云：「凡作園籬法，高七尺便足，匪直姦人慙失而返，狐狼亦息望而迴。枳棘之籬，折柳樊圃，斯其義也。其種柳作之者，一尺一樹，初時斜插，插時即編，如其栽榆，與柳斜直，高與人等，然後編之。數年長成，共相蹙迫，交柯錯葉，持似房櫳。既圖龍蛇之形，復寫鳥獸之狀，緣勢嵚崎，其貌非一。縈布錦繡，萬變不窮。」狂，《説文》云：「狾犬也。」今名人曰狂夫者，韓子謂「心不能審得失之地謂之狂」是也。瞿，《説文》云「鷹隼之視也」，字从隹从䀠。隹，鳥之短尾者。䀠，左右視也。《檀弓》「瞿瞿如有求而弗得」，注云：「瞿瞿，眼目速瞻之貌。」「折柳樊圃」二句，乃思患豫防之義，猶所云「綢繆牖户」者。《左傳》申公巫臣曰：「夫狡焉思啓封疆以利社稷者，何

❶「赤」，原作「亦」，據《四庫全書》本改。

國蔑有？勇夫重閉，況國乎？」與此同意。一説，馮時可云：「折柳以爲樊，其爲衛也踈矣。雖以狂夫處于中，猶尚瞿瞿然而爲備。乃國家危殆，而人君莫之爲念，不慎其興居之節，則狂夫之不若矣。」亦通。按《國語》，管仲至齊，桓公親逆之于郊，而與之坐問焉。曰：「昔吾先君襄公，築臺以爲高位，田狩畢弋，不聽國政，卑聖侮士，而惟女是崇。九妃、六嬪，陳妾數百，食必粱肉，衣必文繡。戎士凍餒，戎車待游車之裂，戎士待陳妾之餘。優笑在前，賢材在後。是以國家不日引，不月長。恐宗廟之不掃除，社稷之不血食。」《管子》書所載亦同。觀此則襄公之爲人可知。其所以興居無節，號令不時者，大抵皆荒淫無度使之然耳。詩人所以倦倦致戒于樊圃也。辰、晨通，《説文》云：「早昧爽也。」不能辰夜者，謂不能依晝夜之節明而動、晦而休也。夙，早也。莫，《説文》云：「日且冥也。」字从日在茻中。徐鍇云：「平野中，望日且莫將落，如在茻茻中也。」茻音莽，衆艸也。不夙則莫，言其恣情出入，無復限制，非失之太早，則失之太晚，所謂「不能辰夜」者也。《魯語》敬姜曰：「諸侯朝受天子之業命，晝考其國職，夕省其典刑，夜儆百工，使無慆淫，而後即安。」是則一日之中，自晨至夜，必有事焉。若襄之不夙則莫，非色荒即禽荒而已，使奉命者奔走不遑，國不亡幸爾。

《東方未明》三章，章四句。《子貢傳》、《申培説》皆謂齊大夫相戒以勤于公。今按《孟子》言周公思兼三王，幸而得之，亦且坐以待旦。則東方未明，豈在公之時乎？當以《序》説爲正。其所云「挈壺氏不能掌其職」者，蓋亦無所歸咎，而責諸挈壺之辭，非大指所在，畧之可也。

《盧令》，刺荒也。出《序》。**齊襄公好田，大夫風之。**出《子貢傳》。〇《申培説》亦云：「襄公好田，君子諷之，而作是詩。」按《國語》及《管子》書，皆稱襄公田狩畢弋，不聽國政。《公羊傳》載莊四年，公與齊侯狩于禚。《左傳》載莊八年，齊侯田于貝丘，見大豕，從者曰：「公子彭生也。」公怒，射之，豕人立而啼。❶公懼，隊于車，因遂爲無知所弑。此足爲襄公好田之明證。

盧令令，叶先韻，力延翻。《説文》作「獜獜」，《韓詩》作「泠泠」，孔穎達本作「鈴鈴」，豐氏本作「獜獜」。**其人美且仁。**叶先韻，如延翻。豐氏本作「甄」。○賦而興也。盧，毛傳云：「田犬。」孔穎達云：「《戰國策》曰：『韓國盧，天下之駿犬也。東郭逡，海内之狡兔。韓盧逐東郭，遶山三，越岡五，兔極于前，犬疲于後，俱爲田父之所獲。』是盧爲田犬也。」《義訓》云：「良犬，韓有盧，宋有鵲。盧黑色，鵲黑白色。」按《説文》，齊謂黑爲黸，則盧當作黸。程大昌云：「世人呼雞皆曰朱朱，呼犬皆曰盧盧，不問何地，其聲皆同。朱朱，其來已久。盧盧，別無所見，是借韓盧之名與犬爲高耶？」令令，毛云：「纓環聲。」孔云：「此言鈴鈴，下言環鋂，鈴鈴即是環鋂聲之狀。環在犬之頷下，如人之冠纓然，故云纓環聲也。」愚按下章言盧重環，盧重鋂，蓋盧有帶重環者，有帶重鋂者，此以令令聲統之，明非一盧也。令，據孔作鈴，《説文》以爲令丁也。環鋂之聲似之，故曰鈴鈴耳。其人，指襄公也。逐獸者犬也，發縱指示者人也。美，以態度之好言。仁，自田獵上見，乃寬厚之意。從狩必俱，頒禽必均，與人同樂，不以尊卑形迹表異，是其仁也。

盧重平聲。後同。**環，**叶先韻，胡涓翻。**其人美且鬈。**先韻。○賦而興也。璧肉好若一，謂環。

---

❶「啼」，原作「蹄」，據《四庫全書》本改。

《爾雅》注云：「邊孔適等。」此則鐵鎖之屬，即鋃鐺也。以其圜形如環，故亦名爲環。重環，即頷帶兩環。毛以爲子母環，孔以爲大環貫一小環，非也。鬈，《説文》云：「髮好也。」一曰髮曲也。愚按此以環之圜興髮之曲，蓋贊其貌。

盧重鋂，灰韻。**其人美且偲。**灰韻。豐氏作「思」。○興也。鋂，《説文》云：「大鎖也。一環貫二者。」《增韻》云：「子母環也。」孔云：「謂一大環貫二小環也。」曰重鋂，是頷帶兩鋂。如舊説，以一大環貫一小環爲重環，則此重鋂，可謂一鋂復貫一鋂乎？是合大小相連，共有六環矣，恐無此體製。又陸佃云：「一章曰『令令』，二章曰『重環』，三章曰『重鋂』者，言田事彌餙而彌以有制，所以刺荒也。令令，鈴聲也。《説文》云：『旂有衆鈴，以令衆也。』鈴以令之，環以製之。重鋂，又言貫制之衆。」愚按令令繫盧，明是所帶重環、重鋂相戛成聲。以爲旂鈴之聲，非也。偲，《説文》云：「强力也。」徐鍇云：「偲之言材也。」鄭箋及《廣韻》皆云：「多才也。」愚按此以環之多興才之多，蓋贊其才。

《盧令》三章，章二句。《子貢傳》、《申培説》、豐氏本篇名俱作《盧》。○《序》云：「刺荒也。襄公好田獵畢弋而不修民事，百姓苦之，故陳古以風焉。」其屬之襄公，與傳説同。惟云是陳古以風，則以仁與偲歸之，似矣。美且鬈，明是見前有此人，可亦謂是古人之鬈耶？朱子不信《序》説，但謂義與《還》同，然則禚及貝丘之證，非與？

詩經世本古義卷之二十一（叁）

周莊王之世詩九篇

何氏小引

《揚之水》，閔無臣也。鄭君子閔忽無忠臣良士，終以死亡，而作是詩也。

《風雨》，鄭人思君子也。亂世則思君子不改其度焉。

《南山》，齊人刺魯桓公與文姜來齊也。

《東方之日》，刺齊襄公也。君臣失道，男女淫奔，不能以禮化也。

《猗嗟》，刺魯莊公也。齊人傷魯莊公有威儀技藝，然而不能以禮防閑其母，失子之道，人以爲齊侯之子焉。

《甫田》，齊人刺魯莊公也。

《載驅》，齊人刺襄公也。無禮義，故盛其車服，疾驅於通道大都，與魯文姜淫，播其惡于萬民焉。

《何彼禯矣》，美王姬下嫁齊桓公也。

《雞鳴》，齊衛姬勸桓公以勤政，故作此詩。

《揚之水》，閔無臣也。鄭君子閔忽無忠臣良士，終以死亡，而作是詩也。出《序》。○孔穎達云：「作詩之時，忽實未死。《序》以繇無忠臣，竟以此死，故閔之。」郝敬云：「爲此詩者，鄭之君子懷忠良之志，而傷忽之微弱也。」愚按此即前咏《狡童》、咏《蘀兮》、咏《褰裳》之人所作，繹篇中「維予二人」之云，則愛忽者僅此一人耳，惜其姓名不可考矣。

揚豐氏本作「鍚」。下同。**之水，不流束楚。**語韻。**終鮮兄弟，維予與女。**音汝。語韻。**無信人之言，人實迋女。**同上。○比也。「揚之水」二句，解見《王風》，下章亦同。蘇轍云：「揚水以求其能流，雖束薪而有不能載矣。譬如失衆之君，雖其私暱爲之盡力，以求與之，而衆不與，終不可得也。」鮮，通作尟，《説文》云：「少也。」曹氏云：「按《左傳》，忽、突争國，而子儀、子亹更立。及至莊十四年，忽與子儀、子亹皆已死，而原繁謂厲公曰：『莊公之子，猶有八人。』不得爲鮮。」嚴粲云：「昭公兄弟甚衆，無與之同心者。故言今兄弟雖多，終竟是少，謂要其終必不相助，雖多猶少也。」予，詩人自謂也。鄭玄以爲作此詩者乃同姓臣，亦未必然。總以見外此別無與忽同心者，則忽之孤立亦甚矣。人，謂鄭群臣。迋，通作誑，《説文》云：「欺也。」迋女之言，蓋離間我女之言。吕祖謙云：「無信人之言，非教之以不信人言也。忽既微弱，强公子復多，其臣大抵懷二心而外市，僅有一二人實心向之者，乃暗于情僞，不知所倚，故提耳而告之也。」

揚之水，不流束薪。真韻。豐本作「新」。**終鮮兄弟，維予二人。**真韻。**無信人之言，人實不信。**叶真韻，升人翻。○比也。曹氏云：「此先楚後薪，以見臣之愈彊耳。」鄭玄云：「二人者，我身與女忽。」黄佐云：「迋女則所欺者一人耳，❶不信則欺人也多矣，其誕妄也久矣。」朱子舊傳云：「兄弟既不相容，所與親者二人而已。然亦不能自保于讒間，此忽之所以亡也。」愚按厲公突以少奪長，其嗣位非正，然及其出奔，諸侯尚有約會起兵而謀納之者。忽實伯兄當立，乃自其失位，以至復國，訖于被弒。外不聞有鄰國之援，内不聞有臣民之戴。意其爲人必多猜喜忌，於物無親者。讀此書，可想見其大概矣。

《揚之水》二章，章六句。朱子改爲淫者相謂之辭，而于「兄弟」二字難解，則曰：「兄弟，婚姻之稱，《禮》所謂『不得嗣爲兄弟』是也。」今按《禮》文，意殊不然，見《曾子問》篇。壻有父母之喪，則辭于女家曰：「恐不得嗣爲兄弟。」其言嗣者，姑舅之子，永爲中表兄弟之親。居喪不可嫁娶，將無中表之續，故曰恐不得嗣爲兄弟，非夫婦而有兄弟之稱也。或曰，兄弟猶所云「宴爾新昏，如兄如弟」者，蓋親之之辭。然章首「揚之水」二句，當作何解？就如《子貢傳》、《申培説》皆以爲鄶人兄弟被讒相棄而自訴之詩，于文意亦近之矣。愚所以斷從《序》者，以國風《揚之水》三見，皆微弱之比。一《王風》，比平王不能令諸侯；一《唐風》，比晋昭不能制曲沃。此詩言忽不能制權臣。其事同，故其比同。參伍求之，則詩意粲然明白，無容復二三其説

---

❶「一」，原作「二」，據《四庫全書》本改。

矣。

《風雨》，鄭人思君子也。亂世則思君子不改其度焉。 嚴粲云：「五公子之亂，時事反覆，士之怵于利害，隨勢變遷，失其常度者多矣。故詩人思見君子焉。」

風雨淒淒，叶支韻，此移翻。《説文》作「湝湝」。**雞鳴喈喈。**叶支韻，堅夷翻。**既見君子，云胡不夷？**支韻。○興也。風雨，風而兼雨。淒，《説文》云：「雲雨起也。」孔穎達云：「淒淒，寒凉之意。」雞，《説文》云：「知時畜也。」徐鍇云：「雞，稽也，能考時也。」喈，《説文》云：「鳥鳴聲。」按喈字从口而右施皆，徐鍇以爲聲衆且和，是也。陸佃云：「秋氣慘，而淒淒風雨如此，則疑于不能和。今曰喈喈，言鳴而不失其和也。」興君子雖居亂世，不變改其節度。按陸機《演連珠》云：「貞乎期者，時累不能淫，是以迅風陵雨，不謬晨禽之察。」正用此意。楊觀光云：「雞鳴無風雨，雁飛無晦暝，物之恒也。可以人而不如乎？」君子，不知何所指。或曰，感當時無此等人，思而不得見之辭也。夷，《説文》云：「平也。」言我若得此等人而見之，則平日欝結之思，豈不於此頓平哉？一説，雞鳴，將旦之時，夜來風雨，雖景象慘黯，然忽聞雞鳴聲，則時將旦矣，即荀卿《佹詩》所云「聖人共手，時幾將矣」之意，以興既見君子，必將有以平其禍亂。亦通。

風雨瀟瀟，蕭韻。**雞鳴膠膠。**叶蕭韻，何喬翻。**既見君子，云胡不瘳？**叶蕭韻，憐蕭翻。○興也。瀟，當通作嘯，《説文》云：「吹聲也。」風雨相亂，其聲如嘯也。膠，《説文》云：「昵也。」《禮》注云：「膠之言糾也。」今曰膠膠者，雞聲與風雨聲相爲糾襍，而不可分別之意。《莊子》「膠膠擾擾乎」是也。瘳，《説文》云：「疾瘉也。」徐云：「忽愈，若抽去之也。」朱子云：「言積思之病，至此而愈也。」

風雨如晦，叶紙韻，呼洧翻。**雞鳴不已。**紙韻。**既見君子，云胡不喜？**紙韻。○興也。晦本月盡之名，《爾雅》以爲冥也。已，止也。鄭玄云：「雞不爲如晦而止不鳴。」愚按天將曉，則雞鳴愈速。不已者，接續而鳴之謂，此將曉之時也。劉峻《辨命論》引此詩曰：「風雨如晦，雞鳴不已。故善人爲善，焉有息哉？」輔廣云：「喜甚于瘳，瘳甚于夷。云胡不喜，言如之何而不喜也，蓋喜劇之辭。」❶鄧元錫云：「世亂俗敗矣，自非性生，能不改度？故以雞鳴起興。雞司晨，性也。風雨淒其，而喈喈和者自若也。風雨瀟然，而膠膠同者自若也。天且旦，風雨如晦，若將漫漫無旦然，而鳴不已自若也。有常度也，性之德也。君子不易乎世，獨行其道，不惑于邪，獨立其節，性之德也。適我願也，胡不夷也，胡不瘳也，又胡不喜也。今覯之，下拜之矣。」馮時可云：「行其道不失其和，似雞鳴之喈喈。立其節不惑於邪，如雞鳴之不已。其善處衰世者乎？」

《風雨》三章，章四句。朱子云：「《序》意甚美，以詞氣輕佻，斷作淫詩。」今按此詩詞氣，亦未見有輕佻處，且其云風雨晦冥，乃淫奔之時，然耶？否耶？《子貢傳》、《申培説》以爲齊桓公相筦仲，以匡天下，齊人美之之詩，則愚有以斷其不然。《左傳》昭十六年，鄭六卿餞韓宣子于郊，宣子曰：「二三君子請皆賦，起亦以知鄭志。」子游賦《風雨》。宣子喜，曰：「鄭其庶乎？二三君子以君命貺起，賦不出鄭志，皆昵燕好

❶「喜」，原作「善」，據輔廣《詩童子問》卷二改。

也。二三君子，數世主也，可以無懼矣。」若如《傳》、《説》所云，則《風雨》乃齊詩，何以謂之鄭志邪？

《南山》，齊人刺魯桓公與文姜來齊也。魯桓公名軌，一名允。夫人文姜，則齊僖公之女，襄公親妹也。僖公，一作釐公。襄公，名諸兒。《春秋》桓十八年，公與夫人姜氏如齊，將行，申繻諫曰：「女有家，男有室，無相瀆也，謂之有禮，易此必敗。」不聽。姜氏至齊，襄公通焉。公謫之，夫人譖公于齊侯，述公之言曰：「同非吾子，齊侯之子也。」齊侯怒，與之飲酒。于其出焉，使公子彭生送之，于其乘焉，拉幹而殺之。事見《左傳》及《公羊傳》。齊襄以鳥獸之行，淫于其妹。魯桓既已知之，而不自顧忌，卒賈殺身之禍，可謂大愚矣。

南山崔崔，灰韻。亦叶支韻，遵綏翻。**雄狐綏綏。**支韻。亦叶灰韻，他回翻。**魯道有蕩，齊子由歸。**叶灰韻，古回翻。**既曰歸**同上。**止，曷又懷**叶灰韻，胡猥翻。**止。**豐氏本作「只」。○比而賦也。毛傳云：「南山，齊南山也。」孔穎達云：「詩人自歌土風，山川不出其境。」崔，《説文》云：「大高也。」狐，邪媚之獸。孔云：「對文則飛曰雌雄，走曰牝牡。散則可以相通。」按《詩》曰「雄狐」，《書》曰「牝雞」，皆互言之，無所滯也。綏，通作緌，解見次章。以雄狐之尾似之，故曰綏綏也。鄭玄云：「雄狐行求匹耦于南山之上，形貌綏綏然。喻襄公居人君之尊，而爲淫佚之行，其威儀可恥惡如狐也。」又羅願云：「詩人之義，寓物以顯其人。雄狐者，君子之象也。《春秋》秦穆伐晋，筮之，吉，曰：『獲其雄狐。』釋者曰：『夫狐蠱，必其君也。』既而獲晋惠公。」陸佃云：「説者以雄狐爲牡狐，非是。宜讀如『狐不二雄』之雄。雄，君之象也。」亦通。

魯道，適魯之道。蕩，通作宕，《説文》云：「洞屋也。」路之寬平如之，故毛傳訓爲平易也。《水經注》云：「汶水南逕鉅平縣故城東，西南流，城東有魯道，《詩》所謂『魯道有蕩』。今汶上夾水，有文姜臺。」齊子，文姜也。王安石云：「謂文姜曰齊子者，以爲此齊之子也，而淫于齊。」由，當通作繇，從也。婦人謂嫁曰歸，言從此道以嫁于魯也。懷，《爾雅》云：「思也，來也。」《釋名》云：「回也。本有去意，回來就已也。」文姜既嫁而得所歸矣，何復思戀于齊而回來爲乎？抑亦留情此綏綏之狐，而不忍捨乎？蓋專刺文姜也。孔云：「《猗嗟》序稱人以莊公爲齊侯之子，《公羊傳》稱桓公云『同非吾子』，明非如齊之後始與齊侯通。但《左傳》爲公謫張本，故于如齊之下，始言齊侯通耳。」朱子從王肅説，謂懷指襄公言。文姜既嫁于魯，適人矣，何爲復思與之會而淫乎？于義亦順。第考文姜如齊，實桓從姜氏之意，非襄公召之而然，故不得以懷屬襄也。

葛屨五兩，冠緌雙叶冬韻，踈恭翻。**止。**豐本作「只」。**魯道有蕩，齊子庸**冬韻。**止。既曰庸**同上。**止，曷又從**冬韻。**止？**豐本作「只」。○賦也。《周禮·屨人》：「掌王及后之服屨。爲赤舄、黑舄，赤繶、黄繶；青句，素屨；葛屨。辨外内命夫命婦之命屨、功屨、散屨。」註疏云：「服屨者，着服各有屨也。複下曰舄，禪下曰屨。古人言屨以通于複，今世言屨以通于禪。禪者，單也。下者，底也。舄飾如繢，以六色相對爲文。屨飾如繡，以五色相次爲文。葛屨，葛布所爲。遇夏用葛爲之曰葛屨，遇冬用皮爲之曰功屨。」孔云：「屨必兩隻相配，故以一兩爲一物。緌必屬之于冠，故冠緌共爲一同。」愚按今經文曰「葛屨五兩」，則是明言着此屨者有五人矣。繹末句「從止」，蓋從文姜如齊者，孔謂「姪娣傅姆輩」是也。冠，《説文》云：「絭也。所以絭髮，弁冕之總名也。」絭音卷。卷，束也，《白虎通》作帣。緌，《説文》云：「系冠纓也。」《禮記》注云：「結纓頷下以固冠，結之餘者，散而下垂，謂之緌。」《漢輿服志》云：「上古穴居野處，衣毛冒皮。後聖人見鳥獸有冠角頓胡之制，遂作冠冕纓緌。」緌必雙，方可對結。冠緌雙止，指魯桓公也。庸，朱子云：「常也。」言此平易之魯道，齊子之往來亦已常矣。豐道生云：「按《春秋》，文姜以桓三年歸魯。至十四年，其父僖公禄父卒。《禮》，諸侯之女適于諸侯，父母在，歲一歸寧。則文姜自桓四年之後歸寧已十度矣。其不見于經者，《春秋》常事不書，父母在而歸寧，禮之常也。」從，謂從文姜如齊。夫文姜之來齊，既不止一次，今父母既没，似亦可以已矣，乃魯君不加禁制，而且從之偕來，何爲者哉？蓋專刺桓公也。楊中立云：「許穆夫人思歸唁其兄，許人尤之，終以義不得而止。若魯桓公剛而有制，使魯人無肯從者，如許人焉，則文姜雖欲適齊，尚可得乎？」吕大圭云：「公之與夫人如齊，是夫而不能夫也。夫者，以知帥人者也。知不足以帥人，而可謂之夫乎？」胡安國云：「爲亂者文姜，而《春秋》罪桓公，治其本也。《易》曰：『夫夫、婦婦，而家道正。』夫不夫，則婦不婦矣。乾者夫道也，以乘御爲才。坤者婦道也，以順承爲事。《易》著於乾坤述其理，《春秋》施於桓公見其用。」錢天錫云：「魯桓弑兄自立，有危心焉。結婚于齊，歸田于鄭，成亂于宋，樹三强以自固，尤屬望者齊耳。齊襄恃强以行淫，文姜挾齊以縱欲。桓之不能制妻，以齊之勢重也。襄之敢于淫其妹，以桓之中怯也。」吕祖謙云：「國君夫人，父母没，則使大夫寧于兄弟，禮也。姑姊妹已嫁而反，兄弟弗與同席，亦禮也。是二禮者，人不過以爲别嫌明微耳，亦未知其爲甚急也。及魯威文姜，犯是禮以如齊，轉盻而罹拉幹之禍，身死異國，爲天下笑。一出于禮，而禍遽至此，人其可以斯須去禮耶？」

蓺《釋文》作「藝」。**麻如之何？** **衡**《禮記》、《韓詩》俱作「横」。**從**《韓詩》作「由」，云：「東西耕曰横，南北耕曰由。」**其畝**。有韻。**取**去聲。後同。**妻如之何？必告**音見下。**父母**。有韻。**既曰告**叶屋韻，居六翻。**止，**豐本作「只」。**曷又鞠**屋韻。《讀詩記》、豐本俱作「鞫」。**止？**豐本作「只」。○比也。首章刺文姜，次章刺魯桓，此下二章又追原其夫婦成婚之始，本不以正，而反言以恨之。蓺，本作埶，種也。字从坴从丮。坴者，土塊也。丮音戟，持也，手持而種之也。麻，解見《丘中有麻》篇。東西爲衡，南北爲從。毛傳云：「衡獵之，從獵之，然後得麻。」孔云：「獵是行步踐履之名，謂既耕而踐躡概摩之也。古者推耒耜，不宜縱横耕田，故知是摩獵之也。」按《齊民要術》云：「麻欲得良田，不用故墟，地薄者糞之，耕不厭熟。」注謂縱横耕七遍以上，則麻生無葉。衡從其畝，蓋古法也。告，禀命也。娶妻者必禀命于父母，父母皆熟籌以爲可而後娶之，所以隆重其事，而不敢苟合也。《孟子》曰：「舜不告而娶，爲無後也。君子以爲猶告也。」嚴粲云：「考之《左傳》，惠公生桓公而薨。桓公母仲子，亦以隱二年薨。桓公三年，文姜乃歸魯。是桓公娶妻之時，無父母矣。」鞠，通作窮，《説文》云：「窮也。」謂夫婦之道窮也。言苟使告于父母而娶，則佳兒佳婦，必皆父母所厭心者，何至有苟合不正之弊，而夫婦之道窮乎？《易·歸妹》之象曰：「君子以永終知敝。」窮即敝之謂也。今文姜之娶，桓公之所自爲也，無二人在上爲之決擇，是以無良配耳。深恨之之辭。通章皆反意。

析豐氏本作「𣂺」。**薪**豐氏本作「新」。《禮記》「析薪」二字作「伐柯」。**如之何？匪斧不克**。職韻。**取妻如之何？匪媒不得**。職韻。**既曰得**同上。**止，**豐本作「只」。**曷又極**職韻。**止？**豐本作「只」。○比也。析，《説文》云：「破木也。」匪，通作非。斧，斫刀也。克，能也。鄭玄云：「析薪必待斧乃能也。」《曲禮》曰：「男女非有行媒，不相知名。」《周禮》：「媒氏掌萬民之判。凡男女，自成名以上，皆書年月日名，令男三十而娶，女二十而嫁。」註謂：「判，半也。得耦爲合，主合其半，成夫婦也。」故以析薪爲比。又曹氏云：「析薪者，斷取于彼，以供我爨事。既析，則于本根不可復合。取妻者，取他姓之女，以供我中饋。既嫁，則于父母兄弟日遠。」亦通。班固云：「陽唱陰和，男行女隨。男不自專娶，女不自專嫁，必繇父母，須媒妁何？遠恥，防淫佚也。」極，亦窮也。言苟因媒妁作合，則所娶必得佳偶，何至穢德彰聞，如此極乎？按《春秋》桓三年，公會齊侯于嬴。《左傳》云：「成昏于齊也。」杜預云：「公不繇媒介，自與齊侯會而成昏，非禮也。」是則桓之娶文姜，初不繇媒而得，故詩人反言之如此。家鉉云：「桓以篡弒得國，懼方伯之有討，而乞昏于齊，以爲此會。夫婚姻之於媒妁，所以別嫌明微，重大婚之始。今魯桓親爲此會，以締好于强齊，匪媒而昏，合不以正也。越境而會，會不以正也。使其私人往逆，逆不以正也。爲齊侯而親迎，迎不以正也。其是故《春秋》于嬴之會，謹而書之，以見禍敗之所從始，求逭弑君之討，而終殞于齊，天也，非人所能爲也。後莊公躬納幣于齊，以盛飾而尸女，恣爲淫行，無復羞惡，造端實始此。父之行，子之效，以致敗倫亂國，歷數傳而未已，可不謹哉！」《坊記》，子云：「夫禮，坊民所淫，章民之別，使民無嫌，以爲民紀者也。故男女無媒不交，無幣不相見，恐男女之無別也。《詩》云：『伐柯如之何？匪斧不克。取妻如之何？匪媒不得。蓺麻如之何？橫從其畝。取妻如之何？必告父母。』以此坊民，民猶有自獻其身。」

《南山》四章，章六句。《序》云：「刺襄公也。鳥獸之行，淫乎其妹，大夫遇是惡，作詩而去之。」按篇中惟章首二句爲刺襄公，其後或刺文姜，或刺魯桓，又合刺之。總以通于襄公，故《序》使襄主惡是矣。唯謂大夫遇是惡，作詩而去之，則似爲篇中「曷又懷止」之語所誤。齊臣因此事而去國，於史傳無所見也。《子貢傳》、《申培説》則皆以爲襄公久留姜氏，魯桓不能制，齊人刺之。今味詩意，乃姜如齊時作，似不在留齊時也。蓋姜之通于襄，非一日矣。

《東方之日》，刺齊襄公也。君臣失道，男女淫奔，不能以禮化也。出《序》。○愚意此詩，齊人爲魯文姜來齊而作。以通于其兄襄公，國人醜之，不敢斥言，故託爲規淫奔者之辭以志刺。按《春秋傳》，桓十八年春，公與姜氏如齊，齊侯通焉。公謫之，以告。夏四月，享公，使公子彭生乘公。公薨于車。莊公嗣位，元年三月，夫人孫于齊。二年十二月，夫人姜氏會齊侯于禚。四年二月，姜氏享齊侯于祝丘。五年夏，姜氏如齊師。七年春，姜氏會齊侯于防。冬，又會齊侯于穀。至八年冬，齊侯爲無知所弒。終襄公之世，與文姜會者不一而足，而姜之入于齊者凡再。故《南山》之詩刺之曰：「既曰歸止，曷又懷止？」是詩所云「在我室」、「在我闥」，即其事也。

東方之日質韻。**兮，彼姝者子，在我室**質韻。**兮。在我室**見上。**兮，履我即**叶質韻，子悉翻。**兮。**興也。曰東方之日、東方之月者，亦因時以起興。日者君象，日出東方，萬物莫不瞻仰。今君德不明，不能以禮教善俗，有愧于日多矣。姝，《説文》云：「好也。」彼姝者子，暗指文姜。一説，《薛君章句》云：「彼姝者子，詩人言所説者，顔色美盛，若東方之日。」蓋以此女年方少艾，比初升之日耳。月至望，則光輝倍常，女子之丰采晻映似之，故又取東方之月爲比。亦通。但以《序》有「君臣失道」之語，故從前説耳。室，男子之室。申繻謂魯桓公曰：「女有家，男有室，無相瀆也，謂之有禮，易此必敗。」今以婦人而入男子之室，違禮甚矣。履者，禮也，以其可爲人之所踐履，故《繫辭》解《履》卦名爲「禮」。即，就也。言此女于光天白日之下，徑然造我之室，若揆之于禮而合，則我可往就之兮。不然，而可漫然苟合，亂男女之别哉？《經解》曰：「夫禮，禁亂之所自生，猶防止水之所自來也。以舊防爲無所用而壞之者，必有水敗。以舊禮爲無所用而去之者，必有亂患。」詩人爲國惡諱，雖不正言，而刺譏之旨已深切矣。

東方之月韻。**兮，彼姝者子，在我闥**叶月韻，他越翻。**兮。在我闥**見上。**兮，履我發**月韻。**兮。**興也。月者臣象。楊子云：「月未望，則載魄于西。月既望，則終魄于東。」月出東方，明盛之時，今臣不能輔君，明其教化，則是亦有愧于月也。時襄公躬鳥獸之行，未聞其臣有匡正之者，故詩人微其辭以致責。闥，毛傳云：「門内也。」《韓詩》云：「門屏之間曰闥。」在我闥者，言此女入在我之門内也。發，遣也。暮夜之時，嫌疑之際，揆之于禮，則我惟有發遣之使去己耳。今留之不去，何爲也哉？程子云：「人雖不能無欲，然當有以制之。無以制之，而惟欲之從，則人道廢，而入于禽獸矣。」張洽云：「文姜元年以罪孫于齊，後復宣淫。論其時世，與衛《鶉之賁賁》、《墻有茨》諸篇，皆一時之事。魯、衛先王之後，婦行放逸，同播其惡于萬民。夫子曰：『魯衛之政，兄弟也。』蓋不特周公、康叔之盛，而其世衰俗薄，末政之陵夷，亦相似也。其後慶父亂魯，齊幾取之，與衛滅同時。聖人以魯事詳于《春秋》，而齊詩及魯事者不删。夫二南之風，后妃不待閑，而德足以化天下。後世閑有家之道廢，而亡國敗家之禍，同一軌轍。《詩》、《春秋》之旨，蓋相表裏也。」

《東方之日》二章，章五句。是詩之爲刺襄，無可疑者。陸佃《埤雅》亦從其説。乃陸德明因一本作刺衰，遂云：「或作刺襄，非也。《南山》已下始是襄公之詩。」此不過惑于毛詩次第。而鄭玄强爲之説，以爲《著》、《東方之日》、《東方未明》三篇，《序》皆云刺，而不舉號謚，則舉上明下，知其爲哀公之詩。夫既可舉上以概下，何不可舉下以蒙上？況此篇《詩序》又明有刺襄之本，何知非傳寫譌「襄」爲「哀」乎？《申培説》以齊莊公好女樂，君子譏之，既絶無稽據。《子貢傳》謂莊公無禮，齊人刺之。或以爲即莊公淫于崔杼之妻棠姜之事。然據《左傳》，公往淫于崔子之室，未聞棠姜入齊侯之宫也，何得云「在我室」、「在我闥」乎？抑豈以「彼姝者子」指莊公乎？必不然矣。朱子但謂淫奔之詞，嚼蠟殊甚。

《猗嗟》，刺魯莊公也。齊人傷魯莊公有威儀技藝，然而不能以禮防閑其母，失子之道，人以爲齊侯之子焉。出《序》。○《春秋》莊四年冬，公及齊人狩于禚。《公羊傳》云：「公曷爲與微者狩？齊侯也。齊侯則其稱人何？諱與讎狩也。前此者有事矣，後此者有事矣，則曷爲獨于此焉譏？於讎者將壹譏而已，故擇其重者而譏焉，莫重乎其與讎狩也。於讎者則曷爲將壹譏而已？讎者無時，焉可與通，通則爲大譏，不可勝譏，故將壹譏而已，其餘從同同。」《穀梁傳》云：「齊人者，齊侯也。其曰人何也？卑公之敵，所以卑公也。何爲卑公也？不復讎而怨不釋，刺釋怨也。」此詩疑即狩禚時事，蓋公朝齊而因以狩也。古者諸侯相朝，則有賓射，故所言者皆賓射之禮。又按《春秋》無書莊公朝齊之文，惟二十二年書公如齊納幣，二十三年書公如齊觀社，二十四年書公如齊逆女，皆在二十一年文姜薨之後。據此詩曰「展我甥兮」，自是莊公初至齊，而人驟見之之語，當與《甫田》篇爲同時之作。先是莊二年，夫人姜氏會齊侯于禚，《穀梁》謂婦人既嫁不踰竟，踰竟非正也。禚爲齊地，然則莊公之狩禚，其爲朝齊明矣。禚，《公》、《穀》俱作「郜」。

猗陸德明本作「欹」。**嗟昌**陽韻。**兮，頎而**孔穎達本作「若」。**長**陽韻。**兮。抑若揚**陽韻。**兮，美目揚**同上。**兮。巧趨**陸本作「趍」。**蹌**陽韻。**兮，射則臧**陽韻。**兮。**賦也。猗之爲咦，音之近也。《説文》云：「南陽謂大呼曰咦。」嗟，《説文》云：「咨也。」孔穎達云：「是口之喑咀，亦歎聲也。」昌，《説文》云：「日光也。」猗嗟昌兮，歎美魯莊公之儀容有光采也。《公羊傳》云：「宋萬嘗與魯莊公戰，獲乎莊公，歸，反爲大夫于宋。曰：『甚矣，魯侯之淑，魯侯之美也！天下諸侯宜爲君者，惟魯侯耳。』」然則魯莊之美，當時蓋侈稱之矣。《説文》無頎字，當通作頎，解見《碩人》篇。長，以體貌言。抑揚，以容止言。若，猶而也。古文而、若通用，此「頎而長兮」，舊本作「頎若長兮」是也。嚴粲云：「抑而揚，言進退高下不失其宜也。」揚，《説文》云：「飛舉也。」時方賓主酬酢，見其目之揚舉也。王充《論衡》云：「人心慧而目多采。」趨，《説文》云：「走也。」《曲禮》注云：「行而張足曰趨。」孔云：「趨，今之吏步。」則趨，疾行也。禮有徐趨、疾趨，爲之有巧有拙，故美其巧趨也。」蹌，《説文》云：「動也。」毛傳云：「巧趨貌。」按《曲禮》云：「士蹌蹌。」注以爲容貌舒揚也。今與趨連文，故知其爲巧趨貌。此蓋升階降階，就位復位之時，其揖遜之威儀如此。呂才云：「魯桓公六年，子同生，是爲莊公。按曆，歲在乙亥，月建申，然則值禄空亡，據法應窮賤。又觸勾絞六害，皆驛馬，身尅驛馬三刑，法無官，命火也，生當病，法曰『爲人尫弱矬陋』，而《詩》言莊公曰『猗嗟昌兮，頎而長兮。美目揚兮，巧趨蹌兮』，唯向命一物，法當壽，而公薨止四十五，一不驗也。」射，賓射也。諸侯來朝天子，入而與之射，或諸侯相朝，而與之射，皆爲賓射。此射則諸侯相朝之賓射也，詳見《賓之初筵》篇。臧，善也。虛贊其善，乃引起下章之辭。所云「終日射侯，不出正兮」，及「射則貫兮」，則其臧之實也。

猗嗟名庚韻。《集韻》作「䫤」。兮，美目清庚韻。兮。儀既成庚韻。兮，終日射侯，不出正叶庚韻，諸盈翻。兮，展我甥庚韻。兮。賦也。名，《集韻》作䫤，云眉目間也。然《說文》無䫤字，當通作覭。《說文》云：「小見也。」一說，名者，稱譽之謂。承上章末句，而歎美其射之善可稱譽也，亦猶美山之大者爲名山，人之賢者爲名人也。亦通。清，《說文》云：「朗也。澂水之貌。」徐鍇云：「在地者莫明于水火，故于文，水青爲清。青者清也。」劉熙云：「清，青也。去濁遠穢，色如青也。」禮，射者左足履物，還視侯中，合足而俟。按凡射，度地而畫以容足者謂之物，長三尺，横一尺二寸，令射者立其中，左足已履物，右足未併，先南面旋視侯之中，乃以右足隨之而後射。此以清表目之美，當是其履物視物時也。儀，賓射之儀。既成，言終事也。今按《儀禮》，大射、燕射，凡三釋獲，而射禮告成。所謂釋獲者，設筭長尺有四寸，以器盛之，每中一矢，則釋一筭。獲之爲言得也。射本以講武主田，故于其中也則大言獲。其盛筭之器，君大夫士及所用之地，等各不同，以木爲之，刻爲獸形，總名曰中。有皮樹中，有閭中，皮樹與閭皆獸名也。有虎中，有兕中，有鹿中。塗之以髹，前足跪，鑿背爲員孔，令容八筭，因射者二人爲耦，人各四矢，合之則八矢，故令容八筭也。二射之禮既同，想賓射禮亦相類。終日，猶云畢事，非真謂射竟一日也。侯，射布也，解見《賓之初筵》篇。大射、賓射、燕射之侯各别。《考工記》云：「張皮侯而棲鵠，則春以功。張五采之侯，則遠國屬。張獸侯，則王以息燕。」五采之侯者，賓射侯也。遠國屬，謂諸侯來朝者也。天子侯畫五采，《周禮》所謂「五正」者，注以爲中朱，次白，次蒼，次黄，玄居外。其侯之飾，又以五采畫雲氣焉。諸侯三采，損玄、黄，所謂「三正」者也。孤卿、大夫、士二采，去白、蒼而畫朱、緑，所謂「二正」者也，皆畫之于布上。此詩所言諸侯賓射之禮，乃三采之侯耳。鄭玄云：「正，所以射于侯中者。」《儀禮・大射》注云：「正，鳥名。齊、魯之間名題肩爲正。正，鳥之捷黠者。射之難中，以中爲儁，故射取名焉。」鄭司農云：「方十尺曰侯，四尺曰鵠，二尺曰正，四寸曰質。」大射之侯用鵠，賓射用侯、用正，燕射之侯用質。正或作鳭，《方言》「齊、魯間謂題肩爲鳭」。通作征，《月令》「征鳥厲疾」是也。亦作㡠。不出正者，發必中的也。展，《爾雅》、《毛傳》皆云：「誠也。」未詳其義。《毛傳》云：「外孫曰甥。」曰我甥者，王肅云：「據外祖以言也，謂不指襄公之身，總據齊國爲言。」孔云：「外孫得稱甥者，《左傳》『以肥之得備彌甥』是也。」或以此語爲詩人之微辭。《春秋》桓六年，書子同生。《穀梁傳》云：「疑，故志之。」又按女之壻亦曰甥，《孟子》「帝館甥」是也。莊公于齊桓即位後，已昏于齊矣，使其如齊在桓時也，得非即壻之稱與？

猗嗟孌兮，清揚婉叶翰韻，烏貫翻。**兮。舞則選**《薛君章句》作「纂」，云：「言其舞應雅樂。」**兮，射則貫**翰韻。**兮，四矢反**《韓詩》及豐氏本俱作「變」。**兮，以禦亂**翰韻。**兮。**賦也。孌，通作嫋，《說文》云：「順也。」射禮告成，賓主歡洽，但見其情意藹然可親如此。清揚，總上「美目揚」、「美目清」言之。婉，亦順也，和順之意流露于瞻顧之間也。選，嚴云：「猶精也。」愚按舞則選兮，言供事于舞者，皆極一時之選也。《儀禮》云：「若與四方之賓燕，以樂納賓，則奏《肆夏》，升歌《鹿鳴》，下管《新宫》。笙入三成，遂合鄉樂，若舞則《勺》。」《周禮・籥師》職云：「祭祀，鼓羽籥之舞，賓客饗食，則亦如之。」《司干》職云：「祭祀，舞者既陳，則授舞器。既舞，則受之。賓饗亦如之。」是皆足爲賓饗用舞之證。此章言射終之事，乃釋獲者退中與筭之後，樂正贊工遷樂備燕之時也。樂必有舞，故《薛君章句》及毛傳皆謂舞應樂節也。此非指莊公言，特以起下文「射則貫兮」正在是時，亦能與舞節相應耳。貫者，貫布也。禮射布侯中，必貫布始釋筭。《鄉射禮》云「司射堂下北面命曰：不貫不釋」是也。若大射用皮侯，則必貫革也。又按《保氏》教五射，其法一曰白矢，謂矢貫侯過，見其鏃白也。二曰參連，謂前放一矢，後三矢連續而去也。三曰剡注，謂羽頭高鏃低而去，剡剡然也。四曰襄尺，謂臣與君射，不與君並立，襄君一尺而退也。五曰井儀，謂四矢貫侯，如井之容儀也。白矢貫侯，皆所謂貫也。莊公每射皆貫，蓋技之精如此。禮，每射必四矢，謂之乘矢。以乘車必駕四馬，因即謂四爲乘。有司初授矢于射者，射者受之，搢三而挾一个，謂插三矢帶右，而以一矢挾于弦，及射，則次第發之也。孔云：「《内則》云：『男子生，以桑弧蓬矢六，射天地四方。』注謂天地四方，男子所有事。彼于初生之時，以上下四方，男子皆當有事，故用六矢以示意。射禮則象能禦亂，上下無亂，不復須象之故也。」又按《周禮·射人》職云：「王樂以《騶虞》九節，諸侯樂以《貍首》七節，孤卿大夫樂以《采蘋》五節，士樂以《采蘩》五節。」九節，謂歌九終，先五節以聽，後四節以應乘矢，矢必按節而發，故曰節也。七節者，歌七終，三節先以聽。五節者，歌五終，一節先以聽。尊卑樂節雖不同，後四節以盡乘矢則同。《鄉射禮》云：「樂正東面，命大師曰：『奏《騶虞》，間若一。』」《大射儀》云：「樂正命太師曰：『奏《貍首》，間若一。』」皆謂五節三節之間，聲長短疏數如一也。《騶虞》本天子樂節，而鄉射用之者，先儒以爲位相絶，不嫌僭也。若《大射儀》所載，則諸侯之射禮也。反者，反其矢于受矢之處，即楅是也。《鄉射·記》云：「楅長如笴，博三寸，厚寸有半，龍首，其中蛇交，韋當，楅髹。」按楅以受矢，其長如之，三尺也。博者其寬也，厚者其深也。龍首，刻首爲龍形也。中，謂腹受矢處。蛇猶龍也，兩端爲龍首，中爲蛇身相交。蛇龍，君子之類也。韋，皮也。

當，中也，與襠通。中衣袴曰襠，兩腹各半，圜交處脊起如衣襠，撫矢乘之，則分委兩腹，以韋挽之，如襠衣也。以赤黑漆之曰髤，與中之髤同。此言「四矢反兮」者，乃禮卒射時，耦及賓主人大夫衆賓，皆拾取矢，授有司已，皆升就席，而有司乃還其矢于受矢之故處也。禦，通作圉，《説文》云：「守之也。」守者，有扞拒之義，故又訓爲止。曰「以禦亂兮」者，贊美莊公之善射如此，其才足以禦四方之亂也。吕祖謙云：「莊公弓矢之精，觀其以金僕姑射南宫長萬可見矣。」金僕姑，矢名。通篇于公無貶辭，而譏刺歎惜之意寓焉。若曰「不謂斯母而生斯子也」云爾，或又若曰「不謂是子也才，而不能防閑其母也若是」，或又若曰「不謂是子而竟忘父讐乃爾」，或又若曰「此甥于我者也，必非讐我者也」。是數者，皆未必非詩人意中之所無，然而不明言也，此其所以爲風也與？胡胤嘉云：「莊雖不能無罪，而壓於其母，其情猶可矜。君子於人之母，必有以諱之，故於《猗嗟》之詩，僅道其儀容技藝之美，而微寄不足於慨歎中焉，此立言者之道也。」又云：「母子之際難言之，蒯聵不忍於南子，卒以逆終，况桓孱主也！文姜之侈從來矣，其從如雲，其從如水，操柄固在手也。桓亡，而以國母莊臨于上，區區欲于車馬僕御間，求隄防之術，亦已疎矣，故莊第不能閑其母，何足爲莊罪？莊之罪，莫大於忘讎也。桓與夫人如齊，襄公醉而擅殺于車上，則莊之於襄，讐也，非甥也。姜之於桓，罪人也，非夫人也。不爲伋也妻，則不爲白也母，莊公於姜，母道已絶矣。一彭生之殺，齊何足以謝魯？而莊公漠然不問，此固可以爲人子乎？雖有面目，無所施於天地之間，而雍雍若都，愈嫻於儀，愈不可以爲人。即貫革之能，復中之巧，不尋諸讐讎，而徒逞其慓捷，亦足醜矣。故曰展我甥兮，非拒其不爲齊侯之子也。若云是甥我者矣，必非讐我者也，其詩人之微辭乎？或曰此齊風也，齊人豈欲其讐我哉？夫魯無風，而刺桓與莊之詩俱見於齊。且天下之惡一也，莊公當讐齊，雖齊亦不得而諱言之也。齊人不得諱言之，而莊公不問焉，莊之所以爲大罪也。」鄒忠胤云：「父子之道，天性也。使莊誠有志，則于時亦不甚稚，所謂嬰兒拱手，誰敢侮之。乃元年築王姬之館，二年任其母會齊侯于禚，三年任溺會齊師伐衛，四年任其母享齊侯于祝丘，而是冬又躬及齊人狩于禚。于時莊年已十七，何無心肝至此？齊人道其威儀技藝之美，而目之爲展甥，似譽似嘲，若玩孺子於股掌之上。甚矣，莊之不競，徒爲讎國所狎昵而竊笑也。」崔銑云：「爲莊公者，宜痛父復讎而已。是故居文姜而餼其養，責襄公而絶其使，枕戈衽干，衣衰食糲，號泣于王，求助于與國，明大義于魯之臣庶，治兵畜鋭，覷釁而東，以身委之。天下之惡一也，寧無惻我之不幸者。惜乎莊公既幼而愚，又無石碏、子犯之臣，庶公子者，方觀變而徐圖其利，幸其小安，忘此大怨，悲夫！」

《猗嗟》三章，章六句。《子貢傳》謂魯莊公會齊大夫狩于禚，齊人譏之。《申培説》則謂魯莊公朝于齊，遂及齊大夫狩禚，齊人刺之。按《春秋》書公及齊人狩于禚，《公》、《穀》皆謂齊人者，齊侯也。二傳去古未遠，必得其實，則所云公及齊大夫狩者，非矣。詩爲兩君行賓射之禮而作，觀射侯不出征之語可見，豈爲狩咏耶？

《甫田》，❶齊人刺魯莊公也。此與《猗嗟》篇，❷疑皆爲同時之作。此曰「婉兮孌兮」，彼亦曰「猗嗟

❶「甫」，《四庫全書》本作「無」。
❷「此與」至「同時之作」十二字，《四庫全書》本作「原名甫田改别小雅與猗嗟同意」。

變兮，清揚婉兮」，非指莊公而何？

無田豐氏本作「佃」。後同。**甫田，維莠驕驕。**蕭韻。亦叶豪韻，起勞翻。楊子《法言》、豐本俱作「喬喬」。**無思遠人，勞心**「勞心」，豐本作「心焉」。**忉忉。**豪韻。亦叶蕭韻，讀如凋，丁聊翻。○比而賦也。無，通作毋。甫，通作誧，《説文》云：「大也。一曰人相助也。」魯桓公求助于大國，因婚于齊，故以田甫田爲比。孔云：「上田，謂墾耕。下田，謂土地。言無田甫田，猶《多方》云『宅爾宅，田爾田』，今人謂佃食，古之遺語也。」莠，徐鉉云：「粟下揚生艸也。」謂禾粟下，播揚而生。羅願云：「先儒不適主何物。惟韋昭解《魯語》云『莠艸似稷無實』。又韋曜問答云：『《甫田》維莠，今何艸？答曰：今之狗尾也。』然後此物方顯。今之狗尾艸，誠似稷而不結實，無處不生。」愚按莠，以比莊公。《猗嗟》之《序》云：「齊人刺魯莊公，以爲齊侯之子焉。」《公羊傳》亦云：「夫人姜氏，譖魯桓公於齊侯，述公之言曰：『同非吾子，莊公之子也。』」同者，莊公名。莊雖爲桓子，而當時議者咸疑爲非桓所生，故用莠爲比。莠似苗，而實非苗種，孔子所謂「惡莠恐其亂苗」是也。《猗嗟》刺「展我甥兮」，意亦如此。驕驕，朱子云：「張王之意。」❶嚴粲以爲蔓延長茂如有驕縱之狀，是也。詩人戒人不可耕大田，耕大田則恐有非種之族竊據于中，而已不能覺也。魯桓欲得齊襄公之歡心，輕狗文姜之意，聽其往來，遂有同非吾子之事。然則何以求歡于大國爲乎？嘲之也。遠人，亦指莊公也。齊、魯異國，故曰遠人。《説文》無忉字，當作怊，云：「悲也。」曰無思遠人者，諱言而不欲念及之也。

---

❶ 「王」，《四庫全書》本作「皇」。

莊公生而蒙非種之譏，及己即位，而有不能防閑其母之誚，且與其母更迭入于齊國，將安所施其面目乎？詩人代爲之愧，而又憐之曰：「自今以往，我勿復思及遠人，一思之，徒使我心煩勞，而且繼之以悲也。」悲天壤之内，乃有如此人，將爲天下諸侯所竊笑耳。極其詫訝，而終不欲明言，雖以刺莊公，亦以諱國惡也。

無田甫田，維莠桀桀。屑韻。**無思遠人，勞心怛怛。**叶屑韻，旦悦翻。豐本作「㥁㥁」。○比也。桀，謂桀然挺立也，宜通作傑。驕驕，喻其年長。桀桀，喻其在位。重言之者，形其驕桀之甚也。怛，《説文》云：「憯也。」憯者痛也。悲之極而至于痛，憫悼之深也。

婉兮孌叶霰韻，龍倦翻。《説文》作「嫋」。**兮，總**豐本作「緫」。**角丱**叶霰韻，古縣翻。**兮。未幾見**霰韻。**兮，突而**古本作「若」。**弁**霰韻。豐本作「𡗫」。**兮。**比也。婉，《説文》云：「順也。」《猗嗟》及此篇皆以婉孌摹莊公，想見其爲人之性情如此。總角，即《柏舟》所謂「兩髦」，總聚其髦，以爲兩角。《内則》云「男女未冠笄者，總角衿纓」是也。丱，朱子云：「兩角貌。」嚴云：「言兩角如丱字之形。」又楊慎云：「《周官》有丱人。丱，金未成器也。借作童丱之丱。童未成人，猶礦之未成器。」亦通。按秦始皇遣徐福，發童男女千人，至海上求仙，築城僑寓，號丱兮城，蓋取此。未幾，朱子云：「未多時也。」突，《説文》云：「犬從穴中暫出也。」徐鍇云：「犬匿于穴中伺人，人不意之，突然而出也。」《方言》云：「凡卒相見謂之突。」弁，皮弁也。《禮・曾子問》篇云：「諸侯相見皮弁。」魯莊即位時，年方十三，及四年狩禚之役，年僅十七耳。齊人驟見其服諸侯之服，故曰「突而弁兮」。然年已長大，而絶無羞惡之心，位列諸侯，而不聞復讐之志。則詩人深刺之意亦寓於此。

《甫田》三章，❶章四句。《序》云：「大夫刺襄公也。無禮義而求大功，不修德而求諸侯，志大心勞，所以求者非其道也。」諸儒皆祖其説，故楊雄云：「田甫田者莠驕驕，思遠人者心忉忉。」桓寬《鹽鐵論》云：「夫治國之道，繇中及外，自近者始。近者親附，然後來遠，百姓内足，然後卹外。今中國弊落不憂，務在邊境，意者地廣而不耕，多種而不耨，費力而無功。《詩》云：『無田甫田，維莠驕驕。』其斯之謂與？」蓋舊説相傳云爾。朱子謂未見其爲刺襄公，誠是。《子貢傳》、《申培説》則皆謂齊景公欲求諸侯，急于圖霸，大夫諷之。亦祖《序》之意而少變其説。然細按之，實與詩辭不貼，要之非也。

《載驅》，齊人刺襄公也。無禮義，故盛其車服，疾驅於通道大都，與魯文姜淫，播其惡于萬民焉。出《序》。○按《春秋》，魯桓公殁後，子莊公嗣位。二年，夫人姜氏會齊侯于禚。四年，夫人姜氏享齊侯于祝丘。五年，夫人姜氏如齊師。七年，夫人姜氏會齊侯于防，又會齊侯于穀。惟如齊師，不顯其處。祝丘與防皆魯地，禚、穀皆齊地。禚地未詳所在，穀即今兖州府陽穀縣。❷繹詩中有「汶水湯湯」、「齊子翱翔」之語，汶水在齊南魯北境上，即今兖州府汶上縣，其地與穀相近，此詩疑即于會穀時作也。是年一歲再會，出入無時，内外無忌，未有若是之淫奔者。而齊襄之與文姜會，亦止于此。越明年，遂爲無知所弑。

---

❶ 「甫」，《四庫全書》本作「無」。

❷ 「陽穀」，《四庫全書》本作「東阿」。

胡安國云：「此其禍淫之明驗也。」

載驅《釋文》作「駈」，豐氏本作「敺」。**薄薄**，藥韻。**簟茀**《釋文》作「第」。**朱鞹**。藥韻。**魯道有蕩，齊子發夕**。叶藥韻，祥龠翻。○賦也。載之言則，蓋音近也。驅，驅馬駕車也。薄，通作轉，《説文》云：「車下索也。」治車而重以索縛之，曰轉轉也。簟，《説文》云：「竹席也。」毛傳云：「方文席也。」孔穎達云：「用竹爲席，其文必方。」茀，解見《碩人》篇。《爾雅》作第，云：「輿，革前謂之鞎，後謂之第；竹前謂之禦，後謂之蔽。」郭璞云：「鞎，以韋靶車軾也。第，以韋靶後户也。禦，以簟衣軾也。蔽，以簟衣後户也。」孔云：「如《爾雅》之文，車前後之飾，皆有革有簟，故此説車飾，云『簟茀朱鞹』也。」愚按茀者，當爲車前、後蔽之總名，故簟有茀稱。陳祥道云：「鞎與茀，皆革爲之，《詩》所謂朱鞹是也。禦與蔽，皆竹爲之，《詩》所謂簟茀是也。」又云：「齊襄公、方叔之車，以簟茀。衛夫人之車，以翟茀。此婦人、男子車蔽之别也。」朱，朱漆也。鞹是革之别名，獸皮治去毛曰革。徐鍇云：「皮去其毛，染而瑩之，曰革。鞹，空鞹之意也。」以鞹鞔車，所以爲固，漆之以朱，所以爲飾也。「載驅」二句，俱指襄公言。驅馬治車，行于道上，蓋將以會文姜也。「魯道有蕩」及「齊子」，解見《南山》、《敝笱》篇。夕，《説文》云：「莫也。」發夕，謂夕時發行也。文姜聞襄公所在，即夕啓行，不能待旦，經有蕩之魯道，而適齊境也。孔云：「兄則盛飾而往，妹則疾行會之，曾無愧色，故刺之。」嚴粲云：「車飾之美，繫衆觀也。道路坦夷，非隱處也。無耻甚也。」

四驪濟濟，叶薺韻，子禮翻。**垂**豐本作「六」。**轡濔濔**。薺韻。陸德明本作「爾爾」，豐本作「瀰瀰」。**魯道有蕩，齊子豈弟**。薺韻。鄭玄云：「豈讀當爲闓。弟，《古文尚書》以弟爲圛。圛，明也。」孔云：

「闓，開也。《古文尚書》即今鄭注《尚書》是也，無以悌爲圛之字。惟《洪範》稽疑論卜兆有『五曰圛』，注云：『圛者，色澤光明。』蓋古文作悌，今文作圛，賈逵以今文較之，定以爲圛，故鄭依賈氏所奏，從定爲圛，于古文則爲悌。」愚按「豈弟」二字甚明，鄭玄改作「闓圛」，更不可曉。○賦也。「四驪」二句，以上章「載驅」二句例之，亦當指襄公言。鄭玄云：「此又刺襄公乘是四驪而來，徒爲淫亂之行。」四，一駟也。驪，《説文》云：「馬深黑色。」毛傳云：「四驪，言物色盛也。」《列子》云：「牝而黄，牡而驪，馬至，果天下之馬也。」《爾雅》亦云：「騋牝驪牡。」濟之言齊，謂齊色也。孔云：「襄公將與妹淫，盛其一駟之馬，皆是鐵驪之色，其馬濟濟然而美。」轡，解見《大叔于田》篇。垂轡，轡之垂者。濔，通作爾，《説文》云：「麗爾也。」猶靡麗也。此贊轡之美也。豈弟，解見《旱麓》篇，即樂易也。本爲盛德之稱，此以稱齊子者，以其無慙恥之色，亦樂易也，所謂美惡不嫌同辭。又《爾雅》云：「愷悌，發也。」郭璞謂發明而行也，殊屬强解。

汶水湯湯，陽韻，户羊翻。**行人彭彭。**叶陽韻，逋旁翻。**魯道有蕩，齊子翱翔。**陽韻。○賦也。汶水，出泰山萊蕪縣原山，西南入濟，在齊南魯北。閔子騫曰：「吾必在汶上。」欲北如齊也。孔云：「齊在魯北，水北曰陽，僖元年《左傳》稱公賜季友汶陽之田，當齊襄公之時，汶水之北尚是魯地。」酈道元云：「汶水又南逕鉅平縣故城東，而西南流，城東有魯道。今汶上夾水，有文姜臺。」又許慎以爲汶水出琅邪朱虛縣東泰山，東至安丘，入濰。此《淮南子》所謂「汶出弗其」者，乃青州之大汶。小汶非此汶也，其水入濰，而《淮南》以爲流合于濟，則幾與此汶混矣。湯湯，水流盛而沸，有如湯然也。行人，往來之人也。彭，通作旁，側出之貌，言其多也。朱子云：「言行人之多，以見其無耻也。」凌濛初云：「説行人，便有口似碑之意。」翱翔者，緩飛之謂，此謂徐行也。

汶水滔滔，豪韻。**行人儦儦。**叶豪韻，博毛翻。**魯道有蕩，齊子遊**豐本作「游」。**敖。**豪韻。嚴粲、蘇轍本作「遨」。○賦也。滔，《説文》云：「水漫漫大貌。」儦，《説文》云：「行貌。」上章以水之盛，對言人之多。此章以水之流，對言人之行。各有當也。遊，本作游，狀其飄揚之態，如旌旗之流也。敖，《説文》云：「出游也。」字从出从放，出放爲敖也。謝枋得云：「曰豈弟，曰翱翔，曰遊敖，文姜之情態歡欣快樂如此。無禮義，無羞耻，無忌憚，盡見于此詩矣。詩人鋪敘之詳，形容之巧，刺之深，疾之甚也。」胡胤嘉云：「爲邪而有凝滯不暢之意焉，其中必畏人也。文姜車馬之馳驟，意氣之揚詡，其所繇者魯道也，其所渡者汶水也，其行人彭彭儦儦如此衆多也，其所求者何事？其所合者何人？而舒徐容與，坦然無疑乎？可謂無耻無忌甚矣。詩人無一語及於淫謔，而其惡著。無一語及於刺貶，而其惡深。此詩之爲微妙也。」愚按桓公與姜如齊，僅一次耳，篇中單言齊子，故知其爲桓公没後之詩。胡安國云：「婦人無外事，送迎不出門，見兄弟不踰閾。在家從父，既嫁從夫，夫死從子。今莊公不能防閑其母，失子道也。故趙匡曰：『姜氏、齊侯之惡著矣，亦所以病公也。曰：子可以制母乎？夫死從子，通乎其下，況於國君？君者，人神之主，風教之本也。不能正家，如正國何？若莊公者，哀痛以思父，誠敬以事母，威刑以督下，車馬僕從莫不俟命。夫人徒往乎？夫人之往也，則公威命之不行，哀戚之不至爾。』」崔銑云：「《春秋》志文姜之惡極矣。莊公擅一國之命，帖然從之，古未之有也。論者失其情而衍于辭，且欲制其僕從，胡得爲篤論哉？夫季友之祥，慶父之才，皆可君魯也。文姜失行，國人耻之，故《敝笱》諸刺興焉。齊襄立莊以示德，莊公藉舅以自固，文姜挾宗國以愚其子，懾其下。彼淫邪之迷，不惜其夫之弑，奚有于子之廢？是故狩禚圍郕，伐衛歸俘，待齊女之長，主王姬之昏，僕僕焉甘役于齊。蓋襄公之威重矣，文姜之術狡矣，尚何僕從之制哉？」鄒忠胤云：「車中之難，莊于時爲年幾何？濼之會，桓實尸之，雖有申繻之衷言不聽，固非一孺子所能尼其轍。桓没之年，莊僅十三，可輒以制母之事，求多于童昏乎？」黄櫄容云：「夫人挾淫佚之性，諸兒憑强大之威，藉令長君嗣位，少乏剛斷，或不能制，况莊公纔生十五，可過責之哉？上無作福作威之明辟，下無托孤寄命之重臣，此莊公之不幸也。」

《載驅》四章，章四句。《焦氏易林》云：「襄送季女，至于蕩道。齊子旦夕，留連久處。」此説不知何所本。朱子但以爲齊人刺文姜之詩，然則齊襄之罪，可末減乎？《子貢傳》以爲襄公伐衛，姜氏會之于師。《申培説》亦云：「齊襄納衛朔，抗王人，魯人從之，文姜歸齊以犒師。」皆影附而爲之説，要自無據。《春秋》書夫人姜氏如齊師，不言所在，且篇中亦不見有如師之語，豈以「行人彭彭」與「驅介彭彭」畧相彷彿乎？

《何彼襛矣》，美王姬下嫁齊桓公也。《春秋》魯莊公十有一年，冬，王姬歸于齊，時周莊王之十四年也。《左傳》云：「齊侯來逆共姬。」《公羊》、《穀梁傳》皆云「過我也」。林堯叟云：「共姬即王姬。」按《左傳》記齊桓公之夫人三，王姬、徐嬴、蔡姬，皆無子，然則即此王姬也。桓新有齊國，任用管仲，將興霸業，而聯姻王室，故詩人美之。其後一匡九合，以尊周爲名，共主之不替，繄桓霸是賴。夫子特録此詩附于《召南》，蓋許齊桓與召公媲美，寓意深矣。

何彼襛冬韻。《韓詩》作「茙」，朱傳、豐氏本俱作「穠」。**矣？唐**《稗編》作「棠」。**棣**成祖諱。**之華。**麻韻。**曷不肅雝？**冬韻。此章亦隔句兩韻。**王姬之車。**麻韻。劉熙《釋名》云：「古者曰『車』聲如『居』，所以居人也。今曰『車』音尺奢反，云『舍』也。」韋昭云：「古皆音尺奢反，從漢以來始有『居』音。」○賦中有比也。何彼、曷不，皆設問之辭。襛，《説文》云：「衣厚貌。」據《春秋》，王姬以冬歸齊，則衣厚之時也，故即其所見爲咏。唐棣之華，比辭也。《爾雅》云：「唐棣，移。」《本草》云：「移樹大十數圍，亦名移楊，團葉弱蒂，微風大摇。」郭璞云：「唐棣似白楊，江東呼夫移。」沈括駁之云：「扶移即白楊也。《本艸》以白楊、扶移爲兩條，蓋不知其爲一物也。扶移亦謂之蒲移，至今越人謂白楊爲蒲移。陳藏器引《論語》注以唐棣爲移楊，此誤也。」戴侗云：「按白楊多種于虚墓間，似楊而白，故謂之白楊。夫移、扶移、蒲移本一物，以夫、扶、蒲聲相邇，故通用之耳。陸璣解唐棣，則云：『薁李也，一名雀梅，亦曰車下李。所在山皆有，其華或白或赤，六月中熟，大如李子，可食。』沈云：『其實似貝。貝，含桃也。』按晉《宣室閣銘》云：『華林園中有車下李十四株，薁李一株。』則車下李與薁李自爲兩物。璣既以唐棣爲薁李，乃云亦曰車下李。《本草》有郁李仁，亦云一名爵李，一名車下李。此皆誤也。」嚴粲云：「薁李又有車下之名，蓋緣二者相類，故名稱相亂也。」《論語》曰：「唐棣之華，偏其反而。」陸佃云：「凡物之華，皆先合而後開，惟此華先開而後合。」錢天錫云：「唐棣之華，一柎輒生二萼，以美夫婦，如云竝蒂芙蓉耳。」肅，敬。雝，和也。王姬者，王女而姬姓。杜預云：「王姬不稱字，以王爲尊也。」《序》云：「雖則王姬，亦下嫁於諸侯，車服不繫其夫，下王后一等。」按《巾車》職，王后五路。其一曰重翟，錫面，朱總。重翟者，用雉羽重疊飾車爲蔽。馬面有錫。錫音陽，馬面當盧也。總，著馬勒直兩耳與兩鑣，朱繒爲之，配王玉路以祀者。其二曰厭翟，勒面，繢總。厭翟者，鱗次翟羽，使相厭爲飾。勒面者，厖韋飾面。繢，畫文，配王金路以賓者。其三曰安車，彫面，鷖總。安車者，坐乘車。彫面者，畫之，不厖其韋。鷖，青黑色。以上皆有容蓋。容，車旁帷也。蓋，車上蓋也。其四曰翟車，貝面，組總，有握。翟車者，不重不厭。握當作幄，后乘以蠶北郊之車。其五曰輦車，組輓，有翣，羽蓋。輦車者，四輪而小。織組爲輓，人引之行。翣以禦風塵，蓋以翳日。后宮中燕閑所乘。此所謂五路也。鄭玄云：「下王后一等，謂車乘厭翟。」孔穎達云：「王后五路，重翟爲上，厭翟次之。今言下王后一等，故知乘厭翟也。國風《碩人》曰『翟茀以朝』，❶謂諸侯夫人始來，乘翟蔽之車，蓋厭翟也。」崔靈恩云：「諸侯夫人初嫁，不得上攝，以其逼王后故也。卿大夫之妻，得上攝一等。」愚按如孔、崔所説，則諸侯夫人皆得乘厭翟，不必王姬也。而《序》謂「車服不繫其夫，下王后一等」者，當是通子男之夫人言之，雖配子男，亦得乘厭翟耳。朱子云：「何彼戎戎而盛乎？乃唐棣之華也。此何不肅肅而敬，雝雝而和乎？乃王姬之車也。」按王姬在車中不可見，但見其車範我馳驅，和鸞有節，則肅雝象也。夫南子以車聲而知蘧伯玉，以伯玉之車宜有轔轔之轍，則覩兹王姬之車，而亦可知其有肅雝之度矣。鄧元錫云：「《禮》言之：『肅肅，敬也。雝雝，和也。』夫敬以和，何事不行？』采之，見前王之化者遠也，愈久而不忘，是夫子之志也。」

何彼襛矣？紙韻。**華**豐本作「顔」。**如桃李。**紙韻。**平王之孫，齊侯之子。**紙韻。○賦中有

---

❶「茀」，原作「蔽」，據《四庫全書》本改。

比也。陸佃云：「李、韭皆酸。李，東方之果，木子也，故其字从木从子。」羅願云：「李，木之多子者，故从子，亦南方之果也。火者，木之子，故名。」二説並録之，陸較僻矣。鄭玄云：「華如桃李者，興王姬與齊侯之子，顔色俱盛。」朱子云：「以桃、李二物，興男、女二人也。」平王，名宜臼。孫，桓王，名林。曾孫莊王，名佗。未知共姬爲何王之女。齊侯之子，謂桓公小白也。小白父僖公，名禄父。兄襄公，名諸兒。桓即位後三年，王姬始歸齊，時已將霸矣。桓本非嫡而爲諸侯，故本其所自，而曰齊侯之子。

其釣維豐本作「伊」。**何？維絲伊緡。**真韻。亦叶元韻，呼昆翻。《説文》作「緍」。**齊侯之子，平王之孫。**元韻。亦叶真韻，須倫翻。❶ ○興也。伊，維也。緡，《爾雅》云：「綸也。」《説文》云：「釣魚繁也。」維絲伊緡，言合絲以爲綸也。釣者必合絲爲綸，而後得魚，以興娶者必有媒妁，以合二姓之好，而後得妻。愚按此指魯言也，《穀梁傳》所謂「爲之中者」是也。時王姬以魯爲主，齊侯來魯逆之，故云然。上章主嫁者言，故先言平王之孫，尊王也。此章主娶者言，故先言齊侯之子，從夫也。其辭匹敵，則其不驕亢可知矣。或云族類先女，王制也。婚姻先男，夫綱也。亦通。又胡安國云：「陽唱而陰和，夫先而婦從，則雖以王姬之貴，當執婦道，與公侯、大夫、士、庶人之女何以異哉？故舜爲匹夫，妻帝二女，而曰嬪于虞。王姬嫁於諸侯，而亦成肅雝之德。自秦而後，列侯之尚公主，使男事女，夫屈于婦，逆陰陽之位。故王陽條奏世務，指此爲失。而長樂王回以其弊至父母不敢畜其子，舅姑不敢畜其婦。原其意雖以尊君抑臣，而使人倫悖于

❶「須」，原作「頒」，據朱熹《詩集傳》改。

上，風俗壞于下，又豈所以爲治也哉？」荀悦云：「尚主之制非古也。釐降二女，陶唐之典。歸妹元吉，帝乙之訓。王姬歸齊，宗周之禮也。以陰乘陽，違天。以婦凌夫，違人。違天不祥，違人不義。」汪克寛云：「後世公主出嫁，無王姬執婦道之風，莫不庸奴其夫，雖尚主者極有才名，而勢屈于崇貴，吞悲茹氣，無所逃訴。故晋人有無事取官府之説。至六朝，其失尤甚。江斆尚臨海公主，《讓婚表》有云『制勒甚于僕隸』，則其敝可知矣。《春秋》書王姬之歸，與《詩》相表裏，實萬世之法也。」按此雖非詩正旨，然却有關係，故附録之。

《何彼襛矣》三章，章四句。《序》云：「美王姬也。雖則王姬，亦下嫁於諸侯，車服不繫其夫，下王后一等，猶執婦道以成肅雝之德也。」此但依附《詩》詞爲説，而不能知其世。毛公心疑東遷後詩，不宜入二南，于是訓平爲正。鄭康成箋，謂正王者，德能正天下之王。諸儒遞相祖述，以爲如契稱爲玄王，武王稱爲寧王，厲王稱爲汾王之類，皆不必以謚稱。而更謬以齊侯爲齊一之侯，猶《易》之「康侯」、《禮》之「寧侯」云者，皆杜撰不根之甚。使凡讀古人書者盡如此立説，則以有爲無，以無爲有，亦何所不至乎？朱子云：「此乃武王以後之時，不可的知其何王之世。然文王、太姒之教久而不衰，亦可見矣。」《子貢傳》以爲齊襄公詩，而云「周人耻之，賦此」，然中有闕文。《申培説》則以爲齊襄公殺魯桓公，莊王將平之，使榮叔錫桓公命，因使莊公主昏，以桓王之妹嫁襄公，周人傷之，而作是詩。豐熙謂稱王姬車從之肅雝，蓋畏齊而然，所以深惜之也。次章以王、齊並言，見天子微弱，諸侯强抗。末章先齊後王，見齊之盛，而王之卑也。考《春秋傳》，魯莊公元年，爲周莊王之四年，齊襄公之五年，夏，單伯送王姬。秋，築王姬之館于外。冬，王姬歸于齊。《公羊傳》云：「天子嫁女于諸侯，必使諸侯同姓者主之。」《穀梁傳》云：「築，禮也。于外，非禮也。築之爲禮何也？主王姬者，必自公門出，于廟則已尊，于寢則已卑。爲之築，節矣。築之外，變之正也。築之外，變之爲正，何也？仇讐之人非所以接昏姻也，衰麻非所以接弁冕也。其不言齊侯之來逆，何也？不使齊侯得與吾爲禮也。」蓋先是，莊公之父桓公與夫人文姜如齊，襄公通焉。公謫之，齊侯享公，使公子彭生乘公，公薨于車。故襄公者，雖莊公之母舅，而實讐也。齊强魯弱，公不能讐齊，又不敢逆王命，而爲之主其婚。然則是詩之作，直是魯人傷莊之詞耳。申培之説近是。愚所疑者，襄已爲齊侯五年，似不應仍稱齊侯之子。唯襄弟小白亦娶王姬，以内難得國，故詩人本其父爲齊侯以稱之，蓋許其繼統也。獨惜共姬之賢，無所考耳。又鄭《箴膏肓》謂齊侯嫁女，以其母王姬始嫁之車遠送之。審爾，則又宜屬之齊詩矣。似無據。

《鷄鳴》，齊衛姬勸桓公以勤政，故作此詩。出《申培説》。○《子貢傳》亦云：「桓公好内，衛姬箴之。」按《左傳》，桓公之夫人三，王姬、徐嬴、蔡姬，皆無子。齊侯好内，多内寵，内嬖如夫人者六人。長衛姬，生武孟。少衛姬，生惠公。鄭姬生孝公。葛嬴生昭公。密姬生懿公。宋華子生公子雍。劉向《列女傳》云：「桓公好淫樂，衛姬爲之不聽鄭、衛之音。桓公乃立衛姬爲夫人，號管仲爲仲父，曰：『夫人治内，管仲治外。寡人雖愚，足以立于世矣。』」曹大家云：「衛國作淫佚之音，衛姬疾桓公之好，是故不聽，以厲桓公也。」張華《女史箴》云：「衛女矯桓，耳忘龢音。」鄒忠胤云：「桓公有兩衛姬，長者共姬也。易牙有寵于共姬，因寺人貂以薦羞于公，公許之，立武孟。桓公卒，易牙入，與寺人貂因内寵以殺群吏，而立公子無虧，即武孟也。無何，亦旋見殺於國人。以共姬之怙寵養交、險詖傾國如此，彼不爲夜半之泣斯已矣，安能爲此《鷄鳴》之賦？賦《鷄鳴》者，其少姬乎？夫五公子争立，皆莫克終，卒之有國而傳者，惠公也，倘亦其母德懋耶？」

雞既鳴庚韻。**矣，朝既盈**庚韻。**矣。匪雞則鳴，**庚韻。**蒼蠅之聲。**庚韻。〇賦也。此章及次章皆賢妃告君之辭也。《列女傳》云：「禮，后夫人御于君，以燭進。至于君所，滅燭，適房中，脱朝服，衣褻服，然後進御于君。雞鳴，樂師擊鼓以告旦，后夫人鳴佩而去。」孔云：「書傳説夫人御于君所之禮，太師奏雞鳴于階下，夫人鳴玉佩于房中，告去。則雞鳴以告，當待太師告之。然此夫人自聽雞鳴者，彼言告御之正法，有司當以時告君；此説夫人相警戒，不必待告方起，故自聽之也。」朝，謂會朝之臣，不指殿陛。盈，滿也。言充滿于朝門之下也。雞鳴乃趨朝之時，故賢妃聞雞聲而警君，欲其蚤起。又恐君之尚嫌其早也，復申之曰：「君毋謂此時爲早，過此以往，不但聞雞之鳴，將有蒼蠅之聲，來聒人耳矣。」舊説謂夫人在君所，心常恐晚，誤以蠅聲爲雞鳴。無論章法未順，然雞未鳴以前，當子夜之時，曾有聞蠅聲者否？故知非格物，必無以窮理也。羅願云：「蒼蠅，蠅之潔者。雅有『青蠅』，風有『蒼蠅』。蒼蠅比于青蠅而小，其色蒼，好集几案食飲上者是也。」段成式云：「蒼蠅聲雄壯，青蠅聲清聒，其聲皆在翼。」一説，季本云：「天將曙，而蒼蠅始有聲。此賢妃疑其已遲之辭也。」亦通。

東方明叶陽韻，謨郎翻。《説文》作「昌」，誤。**矣，朝既昌**陽韻。**矣。匪東方則明，**見上。**月出之光。**陽韻。〇賦也。雞既三號，東方漸白，則天將曉矣。《禮》曰：「大明生于東。」大明，日也。《淮南子》云：「日出于暘谷，浴于咸池，拂于扶桑，是謂晨明。登于扶桑，爰始將行，是謂朏明。至于曲阿，是謂朝明。臨于曾泉，是謂早食。」皆東方地也。故凡明必始于東方，以日光所起故耳。昌，《説文》云：「美言也。」

其字从日从曰，蓋以言語昭布宣揚爲義。此云朝既昌者，以會朝人衆，偶語者多，聲音嘈襍，故曰昌也。又申之曰：「過此不已，不但東方明而已，自晝而夜，爲時幾何？誠恐月出之光繼之矣。」一説，季云：「蒼蠅已有聲矣，然猶未大明，故月光尚顯，此賢妃幸其尚蚤之辭也。」亦通。

蟲飛薨薨，蒸韻。豐氏本作「甍甍」。**甘與子同夢。**叶蒸韻，武登翻。**會且歸矣，無庶予**陸德明云：「定本作『與』。」**子憎。**蒸韻。○賦也。始而雞鳴，繼而東方明，又未幾則天將旦而百蟲作矣。禮，臣朝君，辨色而入，君日出而視朝。時已經賢妃兩警之後，而君亦不遑寧寢矣。此章乃君將出朝而别妃之辭也。孔云：「《大戴禮》『羽蟲三百六十，鳳凰爲之長』，則鳥亦稱蟲。此蟲飛薨薨，未必惟小蟲也。」薨，通作轟，群車聲也。衆鳥之飛聲亦如之。甘，猶樂也。子，指妃。舊説此章亦妃告君之辭。古未有妃稱君爲子者，今正之。同夢，即同寢也。會，會朝也。君未視朝，臣固不得遽入，此所謂會，亦會于朝門外耳。歸，謂歸治其家事。庶，衆也，謂此會朝之衆臣也。予、子對言，我與汝也。加予於子之上，益信其爲君言也。憎，《説文》云：「惡也。」惡其留色也。言當此群蟲競飛之時，倘與子臥而同夢，我豈不甘之？然聞汝朝盈、朝昌之言，信乎群臣之會于朝者已久，亦欲退而歸治其家事矣。我其亟起視朝，庶無使諸臣以我與汝爲憎惡也。此一君者，因妃言而能終于自克若此，亦可謂之賢君矣。《孔叢子》載孔子曰：「吾于《雞鳴》，見古之君子不忘其敬也。」無庶予子憎，不忘其敬之謂也。范祖禹云：「聖人順天地陰陽之理，觀萬物之情，明而動，晦而休，故以鷄鳴爲夙興之節。至于蟲飛薨薨，則不獨以怠于政事，亦非尚寐之時也。君子之修身，不以有事而蚤，無事則晏，其興居皆順天地之理，所以爲常也。」劉公瑾云：「夫爲妻綱，古之人，身修而家齊者上也,《思齊》所謂『刑于寡妻』是也。夫道不足,幸有賢妃助之成德者次也,此詩所述是也。彼有相與昏淫耽樂,卒以覆亡,如《瞻卬》所刺幽王、褒姒者,無足道矣。」

《雞鳴》三章,章四句。《序》云:「思賢妃也。哀公荒淫怠慢,故陳賢妃貞女夙夜警戒相成之道焉。」朱子謂《序》得之,但哀公未有所考。《韓詩》以爲說人也,其義未詳。

詩經世本古義卷之二十二（井）

周僖王之世詩二篇

何氏小引

《大車》，美息嬀，以醜楚子也。

《無衣七兮》，晋人刺曲沃武公也。武公伐翼，弑晋侯緡，盡以其寶器賂王請命。王使虢公命曲沃伯以一軍爲晋侯。於是武公盡有晋地，更號曰晋。

《大車》，美息嬀，以醜楚子也。劉向《列女傳》云：「楚伐息，破之，虜其君使守門，將妻其夫人而納之于室。楚王出遊，夫人遂出見息君，謂之曰：『人生要一死而已，何至自苦？妾無須臾而忘君也，終不以身更貳醮。生離于地上，豈如死歸于地下哉？』乃作詩曰：『穀則異室，死則同穴。有如不信，死如皦日。』息君止之，夫人不聽，遂自殺，息君亦自殺，同日俱死。楚王賢其夫人守節有義，乃以諸侯之禮合而葬之。君子謂夫人說于行善，故序之于《詩》。」按《左傳》莊十年，蔡哀侯獻舞娶于陳，息侯亦娶焉。息嬀將歸，過蔡，蔡侯曰：「吾姨也。」止而見之，弗賓。息侯聞之怒，使謂楚文王曰：「伐我，吾求救于蔡而伐之。」楚子從之。秋九月，楚敗蔡師于莘，以蔡侯獻舞歸。十四年，蔡哀侯爲莘故，繩息嬀以語楚子。楚子如息，以食入享，遂滅息，以息嬀歸，生堵敖及成王焉。未言，楚子問之，對曰：「吾一婦人而事二夫，縱弗能死，其又奚言？」楚子以蔡侯滅息，遂伐蔡。秋七月，楚入蔡。而《吕氏春秋》則云：「楚王欲取息與蔡，乃先佯善蔡侯而與之謀曰：『吾欲得息，奈何？』蔡侯曰：『息夫人，吾妻之姨也。❶吾請爲饗息侯與其妻者，而與王俱，因而襲之。』楚王曰：『諾。』於是與蔡侯以饗禮入於息，因與俱，遂取息。旋舍于蔡，又取蔡。」二說微不同，然皆與《列女傳》相出入。息嬀非完節者，特以其生二子，而從不與楚子交言，又能隱忍以復夫仇，可謂奇矣。其踐同穴之言，同日俱死，想亦在蔡仇既報之後。亂之生也，則自蔡侯之侮息嬀始之，故聖人録其詩，以爲色誡。息在今汝寧府息縣，姬姓，侯爵。初鄭、息有違言，息侯伐鄭，事在隱十一年。君子以息不親親卜其將亡，故知其爲姬姓也。其詩無所附，或因其爲周同姓之國，是以姑繫之王風與？

大車檻檻，叶感韻，讀如撼，户感翻。**毳衣如菼。**感韻。《說文》作「⿰糸剡」，徐鍇云：「今人所染麥緑也。」**豈不爾思？畏子不敢。**感韻。〇賦也。大車，牛車也。以下文檻檻證之，則此乃囚車也。檻，《說文》云：「櫳也。」徐鍇云：「古謂檻車。」按管仲檻車至齊，即此檻也。息爲楚所滅，君與夫人皆被虜，用檻

---

❶「姨」，《四庫全書》本作「娣」。

車載之以歸，故重言檻檻耳。毳衣，楚子之服。按《周禮》，公之服，自袞冕而下，如王之服。侯伯之服，自鷩冕而下，如公之服。子男之服，自毳冕而下，如侯伯之服。詳見《采菽》篇。細毛曰毳，以其衣無龍、山、華、蟲、火，而首宗彝。宗彝，虎蜼。蜼，獸名，似獮猴而大于虎，皆毛蟲也，故取毳爲冕名。凡冕服皆玄衣纁裳，此本鄭玄之説。楚爲子爵，衣正首毳。菼，萑之初生者。爾，謂息君也。子，指楚子。楚僭稱王，而嬀乃以子呼之，蓋諱言之也。我豈不思復與爾爲夫婦哉？身既被囚，畏彼而不敢耳。

大車啍啍，元韻。《廣韻》作「噋噋」。**毳衣如璊**。元韻。《説文》作「⿺毛㒼」。**豈不爾思？畏子不奔**。元韻。○賦也。啍，《説文》云：「口氣也。」疊言啍啍者，口氣重遲之貌，故以象車行重遲之狀。璊，《説文》云：「玉䞓色也。」䞓、赬通。《爾雅》云：「一染謂之縓，再染謂之赬。」郭璞以爲淺赤也。沈括云：「稷之璊色者謂之穈。穈色在朱黄之間，似乎赭，極光瑩，掬之粲澤，熠熠如赤珠。此自是一色，似赭非赭，蓋所謂璊，色名也，而從玉，以其赭而澤，故以喻之也。猶鷫以色名而從鳥，以鳥色喻之也。」如璊，指裳也。陳祥道云：「菼之初生，其色玄，則如菼言其衣。璊之爲玉，其色赤，則如璊言其裳。」按此與鄭氏「玄衣纁裳」之説合。纁者，赤黄色。裳色象坤，以土無正位，必附于火故也。古者衣不殊裳，故如菼、如璊，皆言衣以冠之。奔，謂奔往相就。

穀則異室，質韻。**死則同穴**。叶質韻，户橘翻。**謂予**《列女傳》作「有如」。**不信，有**《列女傳》作「死」。**如皦**《列女傳》作「皎」。**日**。質韻。○賦也。穀，毛傳云：「生也。」郝敬云：「《老子》曰：『谷神不死。』穀與谷同。」上二章皆紀初遇虜時事，至此則嬀已爲楚王納之宫中矣，故有「穀則異室」之語。穴，鄭云：「謂塚壙中也。」孔云：「《檀弓》曰：『合葬非古也。自周公以來，未之有改。』然則周法始合葬也。」《白虎通》云：「合葬者，所以固夫婦之道也。」《漢書》哀帝太后崩，上曰：「朕聞夫婦一體。《詩》云：『穀則異室，死則同穴。』附葬之禮興焉。郁郁乎文哉！吾從周。」又呂氏云：「古之所謂合葬者，同其兆而已，非同坎而葬也。蓋死有先後，前喪已葬，復啓之以納後喪，仁人有所不忍，有禮者有所不取也。此云同穴者，亦同兆也。」皦，《説文》云：「玉石之白也。」毛、鄭以皦日爲白日，象其色也。言生既不得同室而居矣，庶幾死而得同穴以葬乎？蓋至是，嬀亦視死如歸矣。呼皦日以爲正，若謂所不即就死者有如日，于是嬀果死也。嬀其毁節以伸志者耶？一説，程大昌云：「言我志明白，如日皦然也。」亦通。韓憑妻何氏詩云：「其雨淫淫，河大水深，日出同心。」其義正同。劉向贊云：「楚虜息君，納其適妃。夫人持固，彌久不衰。作詩同穴，思故忘新。遂死不顧，列于貞賢。」

《大車》三章，章四句。《序》云：「刺周大夫也。禮義陵遲，男女淫奔，故陳古以刺今大夫不能聽男女之訟焉。」其説既自難通。朱子則謂周衰，大夫猶有能以刑政治其私邑者，故淫奔者畏而歌之如此。然革面而不革心，聖人何取焉？《子貢傳》、《申培説》皆以爲周人從軍行役，而訊其室家之詩。豐氏解謂大車乃任載之車，毳衣乃行役者之服，而「畏子不敢」則指其主者而言也。鄒忠胤亦謂古者凡出車一乘，則有兩車，一正一副。小者曰輕車，即兵車所以戰者。大者曰重車，即役車所以載輜重者。又引季彭山説，謂毳冕五章之畫衣，以絲爲之，而如菼如璊之毳衣，以毛布爲之。菼，騅也，薍也。璊，虋也，即大雅之「維穈」也。詩人意謂役久衣敝，其蒙茸綻裂有如此耳。于文義固亦近之，惟末章約誓之辭，終非男子之語。彼其曉曉自明無他，亦何爲哉？

《無衣七兮》，《秦風》亦有《無衣》，故加「七兮」二字爲別。**晉人刺曲沃武公也。武公伐翼，弑晉侯緡，盡以其寶器賂王請命。王使虢公命曲沃伯以一軍爲晉侯。於是武公盡有晉地，更號曰晉。**自「武公伐翼」下，俱出《史記》。〇《子貢傳》云：「曲沃偁弑三君，而取其國，盡以寶器賂周僖王，王命之爲晉侯。國人作此詩以刺之。」《申培説》同，惟「曲沃偁」作「唐公孫偁」。偁者，武公名也。《史記》又作稱。三君，謂哀侯、小子侯及侯緡也。僖王，一作釐王。按《左傳》桓八年，王使立緡于晉，至莊十六年，乃云：「王使虢公命曲沃伯以一軍爲晉侯。」武公雖已封侯，而僅立一軍者不正，其篡晉得之，故地雖大，而禮從小國也。至閔二年，武公子獻公始作二軍。吕祖謙云：「以《史記》、《左傳》考之，平王二十六年，晉昭侯封季弟成師于曲沃，專封而王不問，一失也。平王三十二年，潘父弑昭侯，欲納成師，而王又不問，二失也。平王四十七年，曲沃莊公弑晉孝侯，而王又不問，三失也。桓王二年，曲沃莊伯攻晉，王非特不能討曲沃，反使尹氏、武氏助之。及曲沃叛王，王尚能命虢伐曲沃，立晉哀侯。使其初師出以正，豈至于此乎？四失也。桓王十三年，曲沃武公弑晉小子侯，王雖不能即討，明年，猶能命虢仲立晉哀侯之弟緡于晉，又明年，猶能命虢仲、芮伯、梁伯、荀侯、賈伯伐曲沃。至是，武公篡晉，僖王反受賂命之爲諸侯，五失也。以此五失觀之，則禮樂征伐移于諸侯，降于大夫，竊于陪臣，其所繇來者漸矣。」

豈曰無衣七質韻。**兮？不如子之衣，安且吉**質韻。**兮。**賦也。衣言七者，謂七章之衣。《周禮·典命》職云：「侯伯七命，其國家、宫室、車旗、衣服、禮儀，皆以七爲節。」《大行人》職云：「諸侯之禮，執信圭七寸，繅藉七寸，冕服七章，建常七斿，樊纓七就，貳車七乘，介七人，禮七牢，朝位賓主之間七十步。」此皆所謂七命之數也。專言衣者，古禮王命諸侯，必皆以衣賜之。《春秋》文元年，天王使毛伯來錫公命。《公羊傳》云：「錫者何？賜也。命者何？加我服也。」是命諸侯必賜衣之證也。豈曰無衣七兮，言我國非不能自製此衣，但苟無所受，則此衣亦不足重耳。子，指武公也。武公既受王命而得諸侯之服，故曰子之衣。以其初受王命，甫欲即位，非舊爲諸侯者，故仍以子稱之。安，以命有所受不可動摇言。沃自桓叔乘潘父之難入晋，爲晋人敗歸。莊伯弑孝侯，又爲晋人所攻。又乘鄂侯之卒伐晋，晋人立哀侯以拒之。屢得屢失，亦知不受王命之不安矣。吉字與凶相反，《書》曰「惠迪吉」，順理之謂也。此所謂吉，不過謂此衣既受之於天子，則可以杜絶衆忿，壓服人心，而無終朝三褫之患，問罪篡弑之凶耳。武公之所以賂王請命者，意正在此。詩人辭若揚之，而實誅其心，言子則若將以此衣爲安且吉乎？吕云：「唐喬琳爲朱泚吏部尚書，選人白前所注某官不便，琳答曰：『足下謂此選竟便乎？』朱泚雖有吏部選，而不可謂之便。晋國雖有冕服，苟無天子之命，亦不可謂之安且吉、安且燠也。」嚴粲云：「五代劉仁恭謂梁使者曰：『旌節吾自有之，但要長安本色耳。』與『豈曰無衣』之言一也。武公之事，國人所不與，最後僖王命武公爲諸侯，晋人力不能討，無如之何，特迫于王命，不得已而從之耳。且武公有無王之心，而後動於惡。篡弑，大惡也，王法之所不容誅也。彼其請命于天子，豈真知有王哉？特以人心所不與，非假王靈，終不能定晋。正與唐藩鎮戕其主帥而代之，以坐邀旌節者無以異。《無衣》之詩不删者，所以著世變之窮，而傷周之衰也。」鍾惺云：「末世天子，反爲亂人之資，此曹操所以終身不廢漢獻也。」

豈曰無衣六屋韻。**兮？不如子之衣，安且燠**叶屋韻，乙六翻。陸德明本作「奧」。**兮。**賦也。降七言六者，天子之卿之服。《典命》職云：「王之三公八命，其卿六命，其大夫四命。及其出封，皆加一等，其國家宫室車旗衣服禮儀亦如之。」説者以爲在王朝全乎臣，故命數儀等從陰，以近王而屈。出就封全乎君，加一等，命數儀等從陽，以遠王而伸。晋，侯爵，出得七命，則入爲王卿，正當得六命也。簡晋之先君見經傳者，如爕父事康王，文侯輔平王，亦皆入爲王卿也。但八命、六命，其繪繡之物無考，蓋禮文軼耳。燠，《説文》云：「熱在中也。」與「席不暇煖」煖字同，服久則煖。命出天子，無更易之患，故可以久。王應麟云：「自僖王命曲沃爲晋侯，而篡臣無所忌，威烈王之命晋大夫，襲僖之迹也。有曲沃之命，則有三大夫之命，出爾反爾也。」

《無衣七兮》二章，章三句。《序》以爲美晋武公也。武公始并晋國，其大夫爲之請命乎天子之使，而作是詩也。朱子駁云：「武公弑君篡國，大逆不道，乃王法之所必誅而不赦者。雖曰尚知王命之重，而能請之以自安，是亦禦人於白晝大都之中，而自知其罪之甚重，則分薄贓，餌貪吏，以求私有其重寳，而免于刑戮，是乃爲賊之尤耳。以是爲美，吾恐其獎姦誨盗，而非所以爲教也。《小序》之陋固多，然其顛倒順逆，亂倫悖理，未有如此之甚者。」愚按朱子之論正矣。至《序》中所云「請命乎天子之使」一語，亦無稽據，坐爲詩中「子」之一字誤耳，顧不知子即指武公也。此詩寓刺于美，其言衣之安吉，繇請命而得之，然篇中不敘及請命之事。朱傳改爲作詩者代武公自述，而以子爲天子之稱，則又不倫甚矣。

詩經世本古義卷之二十三(鬼)

周惠王之世詩十六篇

何氏小引

《君子陽陽》，刺王子頹也。

《防有鵲巢》，憂讒賊也。陳宣公多信讒，君子憂懼焉。

《伐檀》，魏國女閔傷怨曠而作。❶

《園有桃》，晋人憂獻公寵二驪姬之子，將黜太子申生也。

《河廣》，宋襄公母歸于衛，思襄公而不止，故作是詩。

《干旄》，衛求援也。懿公時狄入衛，衛人濟河南奔，於是求援于齊、宋、許三國，立戴

❶「閔」，原作「闕」，據《四庫全書》本改。

公焉。

《竹竿》，許穆夫人念衛也。

《載馳》，許穆夫人作也。閔其宗國顛覆，自傷不能救也。衛懿公爲狄人所滅，國人分散，露于漕邑。許穆夫人閔衛之亡，傷許之小，力不能救，思歸唁其兄，又義不得，故作是詩也。

《泉水》，許穆夫人自傷己力不能救衛，思控于他國也。

《有狐》，齊桓公思恤衛也。

《清人》，刺鄭文公也。高克好利而不顧其君，文公惡而欲遠之不能，使高克將兵而禦敵于境，陳其師旅，翺翔河上，久而不召，衆散而歸，高克奔陳。公子素惡高克進之不以禮，文公退之不以道，危國亡師之本，故作是詩也。

《木瓜》，美齊桓公也。衛國有狄人之敗，出處于漕。齊桓公救而封之，遺之車馬、器服焉。衛人思之，欲厚報之，而作是詩也。

《定之方中》，美衛文公也。衛爲狄所滅，東徙渡河，野處漕邑。齊桓公攘戎狄而封之，文公徙居楚丘，始建城市而營宫室，得其時制。百姓説之，國家殷富焉。

《采苓》，晋人諫獻公信讒之詩。

《陟岵》，晋狐偃從公子重耳出亡也。

《葛生》，刺晋獻公也。好攻戰，則國人多喪矣。

《君子陽陽》，刺王子頽也。 按《左》莊二十一年，初，王姚嬖於莊王，生子頽。子頽有寵，蔿國爲之師。惠王立，取蔿國之圃爲囿，又取邊伯之宫，奪子禽、祝跪與詹父田，而收膳夫石速之秩。故五大夫及石速作亂，因蘇氏奉子頽以伐王，不克，出奔温。蘇子奉子頽以奔衛。衛師、燕師伐王，入王城，❶立子頽。王處于櫟。子頽享五大夫，樂及徧舞。鄭伯聞之，見虢公曰：「寡人聞之，哀樂失時，殃咎必至。今頽歌舞不倦，樂禍也。司寇行戮，君爲之不舉，而況敢樂禍乎？奸王之位，禍孰大焉？臨禍忘憂，憂必及之，盍納王乎？」虢公曰：「寡人之願也。」春，胥命于弭。夏，同伐王城。鄭伯奉王自圉門入，虢叔自北門入，殺子頽及五大夫。《周語》亦云：「惠王三年，邊伯、石遬、蔿國出王而立王子頽，王處于鄭。子頽飲三大夫酒。子國爲客，樂及徧儛。鄭厲公見虢叔曰：『吾聞之，司寇行戮，君爲之不舉，而況敢樂禍乎？今吾聞子頽歌舞不思憂。夫出王而代其位，禍孰大焉？臨禍忘憂，是謂樂禍，禍必及之，盍納王乎？』虢叔許諾。鄭伯將王自圉門入，虢叔自北門入，殺子頽及三大夫，乃入。」二書所載相合，此詩所咏即子頽樂舞之事也。

君子陽陽，韻。**左執簧，**陽韻。**右招我由房，**陽韻。**其樂只且。**子餘翻，此句無韻。○賦也。

❶ 「王」，原作「玉」，據《四庫全書》本改。

君子，指子頹也。孔穎達云：「《史記》稱晏子御，擁大蓋，策四馬，意氣陽陽甚自得。則陽陽是得志之貌。」董鼎云：「《莊子》曰『以陽爲充孔揚』，則陽陽者，氣充于内，容貌不枯也。」簧，孔云：「笙管之中金薄鍱也。」劉熙云：「簧，横也，於管頭横施于中也。以竹鐵作於口横鼓之，亦是也。」大笙十九簧，小笙十三簧。朱子云：「蓋以竹管植于匏中，而竅其管底之側，以薄金葉障之，吹則鼓之而出聲。」《詩》言「吹笙鼓簧」，以其爲笙之舌，故以簧表笙。又有口舌之類，故亦曰「巧言如簧」也。左執簧者，言執簧之人在左也。按《儀禮・大射儀》云：「樂人宿縣于阼階東，❶笙磬西面，其南笙鐘。」曰笙磬、笙鐘者，謂應笙之鐘磬也。據此，應笙之鐘磬在東，則笙在東可知矣。簧者笙之簧，東爲左，故曰左執簧也。獨舉笙爲言者，以其隨縣在東方，萬物生于東，故樂人宿縣以阼階爲首，而西階次之。《詩》之舉左以該右，意亦如此。招，《説文》云：「手呼也。」我，五大夫之輩也。此詩代爲五大夫之辭，故云爾。由，從也。房，《説文》云：「室在旁也。」崔氏云：「宫室之制，中央爲正室，正室左右爲房。」《尚書大傳》云：「天子之堂廣九雉，三分其廣，以左爲内，五分内，以一爲高，東房、西房、北堂各三雉。」陳祥道云：「天子路寢之制，室居中，左户右牖，東西有房。房之南，有東西夾室。鄭康成釋《儀禮》謂『房當夾室北』是也。孔安國謂西房西夾室，東房東夾室，誤矣。然房皆南户而無北墉，室有北墉而無北堂。則房户之外，繇半以南謂之堂，其内繇半以北亦謂之堂。《昏禮》尊于房户之東，是房有南户矣。《禮》大射，羞膳者升自北階，立于房中，而不言入户，是房無北墉矣。《昏禮》尊于室中北墉

❶「宿」，原作「指」，據《四庫全書》本改。

下，是室無北堂矣。故昏禮洗在北堂，直室東隅，則北堂在房之北可知。」右招我由房者，謂招我輩而相從於西房之間也。右爲西，西者賓位，故招之使居于此。亦猶賓在西階，主人在阼階也。只且，語助聲。其樂只且，見五大夫輩亦以此爲樂也，與「君子陽陽」相應。《詩》之刺意，則鄭伯數語盡之矣。

君子陶陶，豪韻。**左執翿**，叶豪韻，徒刀翻。《説文》作「翳」。**右招我由敖**，豪韻。**其樂只且**。

賦也。陶，通作嗂，《説文》云：「喜也。」翿，《爾雅》云：「纛翳也。」注云：「今之羽葆幢。」陳祥道云：「蓋執之以引舞者。」按《鄉射禮》，君國中射，則皮樹中，以翿旌獲，白羽與朱羽糅。翿旌之羽，惟白與朱而已。舞有文、武二舞。《虞書》「舞干羽于兩階」，舊説謂武舞執干在西階，文舞執羽在東階。此但言左執翿者，舉東以該西，亦如上章言「左執簧」之意。《左傳》、《國語》所謂樂及徧舞者，即其事也。徧舞，據韋昭以爲徧舞黄帝、堯、舜、夏、商、周六代之樂，則文、武二舞兼用可知。或泥「左」之一字，疑專用文舞，然則「左執簧」者，豈亦只鼓一簧乎？必不然矣。《説文》云：「出放爲敖。」右招我由敖者，❶謂招我等從西房之間，而放觀乎彼也。

《君子陽陽》二章，章四句。《子貢傳》謂某王好音，大夫風之。「王」上闕一字。《申培説》以爲景王好音，而士遂習音，君子諷之，而作是詩。按《左傳》、《國語》載景王鑄大鐘，而問律于伶州鳩。景王好音之説本此，然正未必然。《序》則以爲「閔周也。君子遭亂，相招爲禄仕，全身遠害而已」，亦無所據。若朱子

---

❶「由」，原重，據文義刪。

改爲行役者之婦人，其夫既歸，家室相樂而作。匪直淺陋，抑鑿空甚矣，倘亦爲「房」之一字所誤乎？

《防有鵲巢》，憂讒賊也。陳宣公多信讒，君子憂懼焉。出《序》。○陳宣公信讒，事無所考。惟《史記》載宣公二十一年，公有嬖姬，生子款，欲立之，乃殺其太子禦寇。禦寇素愛厲公子完，完懼禍及己，乃奔齊。此亦足爲信讒之一證。宣公名杵臼。

防有鵲巢，叶豪韻，讀如曹，時勞翻。**邛**从邑，工聲。與卬不同，卬从匕从卩。**有旨苕。**叶豪韻，徒刀翻。**誰侜**豐氏本作「譸」。後同。**予美？**《韓詩》作「娓」，云：「美也。」**心焉忉忉。**豪韻。○興也。防、邛，一説皆陳地名。《郡國志》「陳國陳縣」注引《博物記》云：「邛地在縣北，防亭在焉。」愚按防，隄也，人所築以捍水者，朱子之解得之。防所以有鵲巢者，羅願云：「鵲水大則巢高，水小則巢卑，巢皆取木之枝梢，不取墜枝。」陸佃云：「先儒以爲鵲巢居而知風。歲多風，則去喬木，巢傍枝，故能高而不危也。」又云：「鵲善相其地而累巢，安則致其功用，有驚懼之憂，則不累也。蓋鵲性多懼，就利違害。《莊子》所謂『瞿鵲子』者，義取諸此。」許慎云：「鳥在木上曰巢，在穴曰窠。」巢字从木，象形。徐鍇云：「臼，巢形也。巛，三鳥也。」邛，毛傳云：「丘也。」孔穎達云：「土之高處，草生尤美，故邛爲丘。」旨，《説文》云：「美也。」苕，草名，與「苕之華」之苕不同。陸璣云：「旨苕之苕，苕饒也，幽州人謂之翹饒，蔓生，莖如勞豆而細，葉似蒺藜而青。其莖葉緑色，可生食，如小豆藿也。」愚按苕可生食，故云旨苕。陸佃云：「言不驚懼之，故防有鵲巢。不殘賊之，故邛有旨苕也。」誰，鄭玄云：「誰，讒人也。」孔云：「是就衆讒人之内，告問是誰爲之。」侜，《爾雅》云：「譸也。」郭璞云：「幻惑欺誑人者。」又《説文》云：「有廱蔽也。」蓋以欺誑爲壅蔽也。予美，鄭玄云：「我所美之人，謂宣公也。」按古者目君，皆曰美人。既爲人所侜矣，而猶呼之曰予美，忠愛之至也。《説文》無忉字，當作怊，云：「悲也。」詩之取興，言鵲以搆木爲巢而得安，苕以生于高丘而茂盛，今我爲讒人誑譖于君所，心焉懷憂，無以自寧，則鵲巢、旨苕之不如也。首二句反興忉忉，非興讒人。後章倣此。

中唐有甓，錫韻。**邛有旨鷊。**錫韻。《爾雅》注作「虉」。《説文》、豐本俱作「鷏」。**誰侜予美？心焉惕惕。**錫韻。○興也。《爾雅》云：「廟中路謂之唐。」按唐字義訓大，❶《説文》以唐爲大言，《周禮》亦以唐弓爲大弓是也。廟之中路，比所居宮室之中路爲大，故曰中唐。甓，《爾雅》云：「瓴甋也。」張揖、郭璞皆以爲甂甎也。今江東呼爲瓴甓，乃地下所踐者。陳祥道云：「唐與陳，皆堂下至門之徑，特廟堂異其名耳。《考工記》曰：『堂涂十有二分。』鄭氏曰：『堦前，若今令辟祴也。分其督旁之修，以二分爲峻。』蓋令辟即甓也，祴其道也。中央爲督，峻其督，所以去水。」鷊，鳥名。陸佃云：「綬鳥也。鷊善相其天而吐綬，樂則見其文采，有戕賊之疑則不吐也。今綬鳥大如鸜鵒，頭頰似雉，有時吐物長數寸，食必蓄嗉。臆前大如斗，慮觸其嗉，行每遠草木。《古今注》謂之吐綬鳥，一名錦帶功曹。今俗謂之錦囊。」《韻會小補》云：「一名辟株，以其行必遠草木。亦曰真珠鷄，體有真珠點文。食之甚美。」愚按鷊亦可食，故稱旨鷊。又《爾雅》注作虉，所謂綬草者也。以此艸具五色作綬文，故字从鷊。然未聞言虉可食者，則不得以旨名矣。或謂以其五

❶「大」，原作「人」，據《四庫全書》本改。

色美觀，變美言旨。然終涉牽强，當作鳥名解爲正。惕，《説文》云：「敬也。」詩之取興，言中唐壘甓，瀉水不侵。卭有旨鷊，吐綬成采。今我爲讒人所中，心焉敬懼。不敢自寧，安能使萋菲不入，而自露其章采乎？是則甓與旨鷊之不如也。一説，歐陽脩云：「讒言惑人，非一言一日之致，必繇積累而成，如鵲巢漸積以搆成之，又如苕饒蔓引牽連以及我也。」又云：「中堂有甓，非一甓也，亦以引牽而成。綬草襍衆色以成文，猶多言交織以成惑，義與貝錦同。」嚴粲、吕祖謙皆主其説，但四句既皆比讒人，則苕、鷊二物似不應以旨稱之，愚所不取。

《防有鵲巢》二章，章四句。《子貢傳》、《申培説》皆以爲泄冶被讒，内子憂之而作。按《左傳》，陳靈公與孔寧、儀行父通于夏姬，皆衷其衵服，以戲于朝。泄冶諫曰：「公卿宣淫，民無效焉，且聞不令，君其納之。」公曰：「吾能改矣。」公告二子，二子請殺之，公弗禁，遂殺泄冶。此詩語意近之。其所云「予美」者，乃妻稱夫之辭，與《葛生》之「予美」同義，❶惟用「侜」之一字，于文理不可通耳。《韓詩》解「心焉惕惕」，以爲悦人也。朱子亦謂此男女之有私，而憂或間之之詞。則未知所謂「予美」者，男稱女乎？女稱男乎？善乎郝敬駁之云：「以予美爲男子，則《簡兮》爲怨女矣；以予美爲婦人，則《離騷》爲曠夫矣。從《序》則此詩爲忠憤，從朱則此詩爲閨思，聖人删訂之義，宜何從乎？」

❶「予」，原作「子」，據《四庫全書》本改。

《伐檀》，魏國女閔傷怨曠而作。❶ 出陳暘《樂書》述《古琴曲》。○魏國小政繁，居高位者貪鄙不事事，而小臣困于行役，故其室家嗟怨之如此。舊説謂伐檀寘河干，比君子不見用，亦似近之。惟「河水清且漣猗」一語，竟屬無謂，再四尋求，乃悟爲怨女之自道也，《古琴曲》所傳固不妄。

坎坎伐檀叶先韻，徒沿翻。**兮，寘之河之干**叶先韻，經天翻。**兮。河水清且漣**先韻。《爾雅》作「瀾」。**猗。**《爾雅》、《釋文》俱作「漪」，《石經》作「兮」。**不稼不穡，**《石經》作「嗇」。**胡取禾三百廛**先韻。陸德明云：「亦作堙，又作厘。」**兮？不狩不獵，胡瞻爾庭有縣貆**叶先韻，讀如玄，胡涓翻，《釋文》作「狟」。**兮？**八言爲句。**彼君子兮，不素餐**叶先韻，逡緣翻。**兮！**比而賦也。坎，《易》云：「險也。」《説文》云：「陷也。」坎坎伐檀者，言經歷險陷之地以伐檀也。伐，斫也。檀，解見《將仲子兮》篇。其材可爲車，《四牡》云「檀車幝幝」是也。寘，《説文》云：「置也。」班固云：「魏在晉之南河曲。」《水經》云：「河水東過河北縣南，又東，永樂㵎水注之。」酈道元云：「㵎水逕河北縣故城西，故魏國也。晉獻公滅魏後，乃縣之，在河之北，故曰河北縣。」干，毛傳云：「厓也。」按干之爲厓，義無所出，當通作間。《説文》云：「隙也。」謂河旁之隙也。若《易》之「鴻漸于干」，《詩》之「秩秩斯干」，政當通作㵎耳。河水性濁，《易緯》謂王者太平，嘉瑞將出，則河水先清。故《左傳》云：「俟河之清，人壽幾何？」而此篇三言「河清」者，董氏謂在岸之干、之側、之漘者清，是也。孔穎達云：「風行吹水成文章者曰漣。」按《説文》無漣字，當依《爾雅》通作瀾，云：「大波爲

---

❶「閔」，原作「關」，據《四庫全書》本改。

瀾。」郭璞云：「瀾言涣瀾也。」劉熙云：「瀾，連也。波體轉流相及連也。」猗，助辭，通作兮，蓋音近也。《書》「斷斷猗」，《大學》作「兮」，可證。此詩怨女所作，以檀比其夫，以河自比。伐檀而寘之河干，河干非檀久居之地也。蓋檀可以爲車，行且離水而之陸，比君子効力于君，豈能長與室家相聚哉？亦如檀之在河干，暫相親傍已耳。而已則貞潔自持，雖河水之清，有不啻焉。此所以爲傷怨曠之作也。「不稼不穡」四句，刺當時居高位者，皆無功竊禄之小人也。《周禮》注云：「種穀曰稼，如嫁女以有所生也。」一云，稼，家事也。《説文》云：「穀可收曰穡。」《左傳》疏云：「穡，愛也。言愛惜而收斂之。」賈思勰云：「稼，農之本。穡，農之末。稼欲熟，收欲速，此良農之務也。」胡之言何，音之近也，❶譏訶之辭。禾，《説文》云：「嘉穀也。二月始生，八月而熟，得時之中和，故謂之禾。」毛傳云：「一夫之居曰廛。」《周禮》遂人授民田，夫一廛，田百畝。此曰三百廛，則三百夫之家也。所以言三百者，《易·訟》卦「其邑人三百户」，先儒以爲下大夫制，《語》稱「伯氏駢邑三百」是也。此云取禾，蓋以食邑所入言耳。下億、囷倣此。廛之内有囷，囷之所藏，每囷各得禾秉一億，故《詩》曰「我庾惟億」，是其禾數也。狩者，冬獵之名。《説文》云：「犬田也。」故字从犬。杜預云：「狩，圍守也。冬物畢成，獲則取之，無擇也。」故又从守。獵，《説文》云：「放獵逐禽也。」春蒐夏苗，秋獮冬狩，通曰田獵，又狩亦獵之總名，以冬獵大于三時故也。爾，爾小人也。庭，宫中也。縣，繫也。俱見《説文》。《爾雅》云：「貈子貆。」《説文》云：「貉之類。」彼君子兮，自歎惜其夫之勞也。素，毛傳云：「空也。」餐，

❶ 「音之近也」至「二月始生」十九字，《四庫全書》本無，當是抄寫時遺漏所致。

《説文》云：「吞也。」曰素餐者，嚴云：「謂空食其禄而無補也。」此婦傷己之君子行役盡瘁，而居高位、食厚禄者則燕燕居息，無所建明也。乃責之曰：「汝輩何功，顧不稼穡而得禾，不狩獵而得獸。試思彼君子兮，其勞于君事，而不敢空縻君糈有如彼者，夫獨非人臣也與哉？」此亦《北山》傷獨賢之意。但彼出于勞人，此則出于思婦耳。故《孔叢子》載孔子曰：「于《伐檀》，見賢者之先事後食也。」又公孫丑曰：「《詩》曰『不素餐兮』，君子之不耕而食何也？」孟子曰：「君子居是國也，其君用之，則安富尊榮。其子弟從之，則孝弟忠信。不素餐兮，孰大於是？」夫以如此爲不素餐，則又非此婦人意識之所能及矣。

坎坎伐輻叶職韻，筆力翻。**兮，寘之**《漢書》作「諸」。**河之側**職韻。**兮。河水清且直**職韻。**猗。不稼不穡，胡取禾三百億**職韻。**兮？不狩不獵，胡瞻爾庭有縣特**職韻。**兮？彼君子兮，不素食**職韻。**兮！**比而賦也。伐輻，蒙上章「伐檀」而言。伐檀，爲車之輻也。《老子》云：「三十輻共一轂。」《説文》云：「輻，輪轑也。」謂車輪中木之直指者，故與下文「河水且直」相照。側，《説文》云：「旁也。」《爾雅》云：「河流百里一小曲，千里一曲一直。」億，數名。毛依《九章筭術》以萬萬爲億，鄭以十萬爲億。按億有小、大二數。尹文子云：「《楚語》百姓千品，萬官億醜，皆以數相十，此謂小億也。數萬至萬曰億，是爲大億也。」韋昭云：「十萬曰億，古數也。秦時改制，始以萬萬爲億。」然則當從鄭説爲正。鄭云：「三百億，禾秉之數。」孔云：「若爲釜斛之數，則大多不類，故爲禾秉之數。」秉，把也。謂刈禾之把數。《爾雅》云：「豕生，三豵，二師，一特。」注云：「豬生子常多，故别其少者之名。」愚按此蒙上狩獵言，如田豕是也。食，食禄也。

坎坎《石經》作「欿欿」。**伐輪**真韻。**兮，寘之河之漘**真韻。《釋文》作「脣」。**兮。河水清且淪**真韻。**猗。不稼不穡，胡取禾三百囷**真韻。**兮？不狩不獵，胡瞻爾庭有縣鶉**真韻。豐氏本作「雜」。**兮？彼君子兮，不素飧**叶真韻，須倫翻。❶**兮！**比而賦也。輻、輪，皆車中之物。言伐輻又言伐輪，總見檀之可爲車，其所伐者惟此一檀而已。《説文》云：「有輻曰輪，無輻曰輇。」《考工記》云：「輪人爲輪，斬三材必以其時。三材既具，巧者和之。轂也者，以爲利轉也。輻也者，以爲直指也。牙也者，以爲固抱也。」漘，解見《葛藟》篇。干爲水所停處，側在水邊，漘又稍遠于側，亦立言之序。薛君云：「順流而風曰淪。」《爾雅》、《説文》皆謂小波爲淪。毛傳云：「小風水成文，轉如輪也。」亦與「伐輪」相照。囷，《説文》云：「廩之圜者，圜謂之囷，方謂之京。」鶉，一名鷻，解見《鶉之奔奔》篇。莊周云：「吾未嘗好田，而鶉生于宎。」愚按縣貆、縣特、縣鶉，皆舉其小者言之。貆爲貉子，特爲豕子。特比貆爲易得，而鶉比特爲尤小。然且皆縣之于庭，以見未嘗擇其大而舍其細，則貪之至也。飧，《説文》云：「餔也。」字从夕从食，晡時食也。人旦則食飯，夕則食飧，飧爲飯別名。《字林》云：「水澆飯也。」

《伐檀》三章，章九句。《序》云：「刺貪也。在位貪鄙，無功而受祿，君子不得進仕爾。」張揖云：「刺賢者不遇明王也。」《申培説》云：「君子能官而不用，魏人慕之而作是詩。」此但從章末二句生義，猶爲近之。若朱子謂此詩專美君子之不素餐，如後世徐穉之流，非其力不食者。因以伐檀爲實有是事，固斯甚矣。政

❶「須」，原作「頒」，據《何彼襛矣》篇「孫」字反切相同誤例改正。

使斯人稼穡以得禾，狩獵以得獸，窮年攻苦，止爲口腹謀，而無關于斯世斯民之慮，何其細也，其亦公孫丑之見也哉？《子貢傳》闕文。又按《大戴禮・投壺》篇云：「凡雅二十六篇，其八篇可歌，《鹿鳴》、《貍首》、《鵲巢》、《采蘩》、《采蘋》、《伐檀》、《白駒》、《騶虞》也。」《琴操》曰：「古琴有詩歌五曲：《鹿鳴》、《伐檀》、《騶虞》、《鵲巢》、《白駒》。」曹魏時，得漢雅樂郎杜夔，能歌《文王》、《鹿鳴》、《騶虞》、《伐檀》四篇，皆古聲辭。夫列國之詩，賦以見志者固多，被之弦歌者或少，《伐檀》獨與南、雅並列，豈其有取于「君子不素餐」之言，足爲士人砥節故耶？然是固風詩，而詩亦風體。《投壺》篇乃以此詩及《貍首》、《鵲巢》、《采蘩》、《采蘋》並列之雅，或未足信。今不能定此詩之起于何世，姑系于獻公滅魏之年云。魏以蕞爾國而使貪鄙之徒得志若此，不亡何待？

《園有桃》，晋人憂獻公寵二驪姬之子，將黜太子申生也。魏滅于晋，凡魏詩多是晋詩，如邶、鄘之入于衛也。愚于《園有桃》、《陟岵》、《十畝之間》、《汾沮洳》、《碩鼠》，皆定以爲晋詩。《左傳》閔元年，晋侯作三軍，公將上軍，大子申生將下軍，以滅耿、滅霍、滅魏，還爲大子城曲沃。士蔿曰：「大子不得立矣。分之都城，而位以卿，先爲之極，又焉得立？」按魏之亡，申生實有力焉。然克敵而反，讒言彌興，至分封于外，故士蔿預策其不得立。是詩之所爲心憂者此也。先是獻公娶于賈，無子，烝於齊姜，生秦穆夫人及大子申生。又娶二女於戎，大戎狐姬生重耳，小戎子生夷吾。晋伐驪戎，驪戎男女以驪姬，歸生奚齊。其娣生卓子，❶驪姬

---

❶「娣」，原作「婦」，據《四庫全書》本改。

嬖，欲立其子，賂外嬖梁五，與東關嬖五，使言於公曰：「曲沃，君之宗也；蒲與二屈，君之疆也，不可以無主。宗邑無主，則民不威；疆埸無主，則啓戎心。戎之生心，民慢其政，國之患也。若使太子主曲沃，而重耳、夷吾主蒲與屈，則可以威民而懼戎，且旌君伐，使俱曰：狄之廣莫，於晋爲都。晋之啓土，不亦宜乎？」晋侯説之。夏，使太子居曲沃，重耳居蒲城，夷吾居屈。群公子皆鄙，惟二姬之子在絳，二五卒與驪姬譖群公子而立奚齊，晋人謂之二五耦。史蘇朝告大夫曰：「二三大夫其戒之乎？亂本生矣。吾聞君子好好而惡惡，樂樂而安安，是以能有常。伐木不自其本，必復生。塞水不自其源，必復流。滅禍不自其基，必復亂。今君滅其父而畜其子，禍之基也。畜其子又從其欲，子思報父之耻，而信其欲，雖好色，必惡心，不可謂好。好其色，必授之情。彼得其情，以厚其欲，從其惡心，必敗國，且深亂，亂必自女戎，三代皆然。」驪姬果作難，殺太子而逐二公子。君子曰：「知難本矣。」此詩所言「園有桃，其實之殽。❶園有棘，其實之食」，蓋刺奚齊及卓子也。其後獻公卒，里克殺奚齊。荀息立公子卓，里克又殺之。胡安國云：「人君擅一國之名寵，爲其所子，則當子矣，國人何爲不子也？民至愚而神，是非好惡，靡不明且公也。其爲子而弗子者，莫能使人弗之子也；非所子而子之者，莫能使人之亦子也。」

園有桃，豪韻。**其實之殽。**叶豪韻，胡刀翻。陸德明本作「肴」。**心之憂矣，我歌且謡。**蕭韻。**不我知**朱傳、蘇轍、嚴粲、豐氏本「我知」俱作「知我」。後同。**者，謂我士也驕。**蕭韻。**彼人是哉，**叶

---

❶「其」，原作「維」，據《四庫全書》本改。下「其實之食」「其」字同。

支韻，將其翻。**子曰何其？**支韻。豐本作「居」。後同。**心之憂矣，其誰知之？**支韻。**其誰知之？**同上。**蓋亦勿思！**支韻。○比也。園，《説文》云：「所以樹果也。」桃，果之賤者，以比奚齊。《家語》孔子曰：「果屬有六，而桃爲下，祭祀不用，不登郊廟。」樹果曰實。殽，通作肴，《説文》云：「啖也。」詩之比意，與下章同。園之中僅有桃、棘，二者皆賤品也，而以其實充殽充食。比國中群公子皆已出居于外，獨存奚齊、卓子，其母皆賤而反得寵，將來必有廢立奪嫡之事。詩人言心之憂矣，正憂此也，非徒爲太子憂，亦爲敗國憂也。此作詩者，意必史蘇、士蔿之屬。《爾雅》云：「徒歌曰謡。」《説文》作䍃，云：「肉言也。」楊慎云：「歌者人聲也，出自胸臆，不繇人教也。晋孟嘉謂絲不如竹，竹不如肉；唐人謂徒歌曰肉聲，即《説文》肉言之意。」《初學記》引《章句》云：「有章曲曰歌，無章曲曰謡。」陳暘云：「歌生於嗟嘆之不足，而謡又生于歌之不足，豈謡者歌聲之遠聞與？」歌謡正以寫所憂，非假此釋憂也。按《左傳》，士蔿築蒲與屈，退而賦曰：「狐裘蒙茸，一國三公，吾誰適從？」其即此歌謡之類與？我士，詩人自謂也。以歌謡爲驕，謂其指斥時事，長言無忌。「彼人是哉」二句，亦不我知者之語。彼人，指獻公也。是哉，言以彼之所行爲是也。詩人之歌謡必有所指，不相知者遂從而訝之耳。子曰，指歌謡言。何者，訝之之辭，言何謂如此也。其，助語辭。按《晋語》，公將黜大子申生而立奚齊，里克、丕鄭、荀息相見。里克曰：「夫史蘇之言將及矣，其若之何？」荀息曰：「吾聞事君者，竭力以役事，不聞違命。君立臣從，何貳之有？」然則謂「彼人是哉」者，殆即荀息其人與？再言心之憂矣，比前又進一步，因人之議我，而益重其憂也。其誰知之，慨人之莫察其心也。於是重嗟嘆之，言雖無人我知，然彼人亦惟相安于不思焉可耳。果思之，則恐彼亦將同我之憂，而有所不能自已矣，豈獨我有此憂乎？勿者，禁止之辭。愓之以勿思，正欲動人深長之思，非真禁其思也。

園有棘，職韻。**其實之食。**職韻。**心之憂矣，聊以行國。**職韻。**不我知者，謂我士也罔極。**職韻。**彼人是哉，**見前。**子曰何其？**見前。**心之憂矣，其誰知之？**見前。**其誰知之，**見前。**蓋亦勿思！**見前。○比也。《詩詁》云：「棘如棗而多刺，木堅，色赤，叢生。人多取以爲藩。歲久無刺，亦能高大如棗。木色白者爲白棘，實酸者爲樲棘。」陸佃云：「大者棗，小者棘。蓋若酸棗，所謂棘也。一曰，棘實曰棗，蓋棗性重喬，棘則低矣，故其制字如此。豫章以木稱郡，酸棗以棘名邦。」《孟子》云：「養其樲棘，則爲賤場師。」蓋果實之賤者也。聊，且畧之辭。行國，散步國中也，如楚屈原行吟澤畔之謂。蘇轍云：「聊以行國，行告人以不可也。」罔極，言無窮極也。出游狂歌，似縱恣不羈也。

《園有桃》二章，章十二句。《序》云：「刺時也。大夫憂其君，國小而迫，而儉以嗇，不能用其民而無德教，日以侵削，故作是詩也。」此仍是爲篇次所誤。説者因而附會之，謂其安于儉嗇固陋，而不知經制之大，振起之謀，如園桃以爲殺，園棘以爲食是也。又謂推其氣量所至，將必以桃當肉，以棘當穀。毛傳、朱子則以首二句爲興體。劉敞亦云：「桃不能自用其實，故其實爲人之殽。猶君不能自用其民，反爲人有也。」而胡胤嘉則云：「國有民，園有桃，我自有也。民雖寡，其力猶可用；桃雖賤，其實猶可殽。取譬婉矣。《序》言不用其民而無德教，國日侵削。蓋無德教，則棄其民於荒惰宴溺之鄉，而其民日頑，其國日弊，雖欲不亡，不可得者。諸以園桃寓意，見國非無民，民非不可用，而君自棄之，故反覆道其憂懼之思焉。」皆屬牽强。

《申培説》直以爲君子憂國而歎之，故作此詩，然不能指其所憂何事。惟姚舜牧謂朝用非人，以亂國是，君子有深憂焉，較爲近之，而亦不知其作于何世。《子貢傳》闕文。

《河廣》，宋襄公母歸于衛，思襄公而不止，故作是詩也。 出《序》。但原本只作「思而不止」，今增「襄公」二字。○《子貢傳》云：「宋桓姬歸于衛，思襄公，賦《河廣》。」按襄公父桓公，其母爲桓夫人，衛戴公、文公之妹也。孔穎達云：「襄公母本爲夫所出，而歸于衛。以子無出母之道，故知當桓公時也。《大戴禮》及《家語》皆云：『婦有七出：不順父母出，爲逆；無子出，爲絶人世；淫佚出，爲其亂族；疾妬出，爲其亂家；有惡疾出，爲其不可供粢盛；多口出，爲其離親；盗竊出，爲其反義。』《襍記》有諸侯出夫人禮，《春秋》杞伯姬來歸及此宋桓夫人，皆是也。王后犯出，則廢之而已，皆不出。以天子天下爲家，其后無所出故也。」劉向《説苑》云：「宋襄公爲太子，請于桓公曰：『請使目夷立。』公曰：『何故？』對曰：『臣之舅，在衛愛臣，若終立，則不可以往。』」吕祖謙云：「味此詩而推其母子之心，蓋不相遠，所載似可信也。不曰欲見母，而曰欲見舅者，恐傷其父之意也。母之慈，子之孝，皆止于義而不敢過焉。不幸處母子之變者，可以觀矣。」朱子云：「爲襄公者，將若之何？生則致其孝，没則盡其禮而已。」愚按此詩作于衛未遷國之先，蓋宋襄爲世子時也。夫婦以義合者也，有過而出，事之必不獲已者也。桓夫人被出之故不可知，而出妻與廟絶，不可復反，故《河廣》之詩，聖人取之。

誰謂河廣？一葦杭陽韻。**之。誰謂宋遠？跂**《楚辭章句》作「企」。**予望**叶陽韻。武方翻。

之。 賦也。衛，舊都朝歌，在河北。宋都睢陽，在河南。葦，蘆屬。《説文》云：「大葭也。」《詩疏》云：「葦初生名葭，稍大爲蘆，長成乃名爲葦。」杭，毛傳云：「渡也。」本作斻字，从方，亢聲。《説文》云：「方舟也。」一葦杭之，猶言一作可以當方舟也。跂，本作企，《説文》云：「舉踵也。」予，我。望，悕也。嚴粲云：「夫人義不可以往宋，而設爲或人以沮己，己爲辭以解之。誰謂河水廣，而令我勿渡乎？但以一束蘆葦，浮之水上，則可以杭渡而過，不爲廣也。誰謂宋國遠，而令我勿往乎？我跂其足，則可以望之，不爲遠也。欲往之切，故謂遠爲近，若真欲往宋者。思子之情，隱然于言外矣。」章潢云：「義以制情，亦在言外。」

誰謂河廣？曾不容刀。 豪韻，亦叶蕭韻，丁聊翻。或作「刁」。《韻會小補》云：「本一字而二音，後人作刁以别之而已。」字書及豐氏本俱作「舠」。**誰謂宋遠？曾不崇朝。** 蕭韻，亦叶豪韻，直高翻。豐本作「鼂」。○賦也。小船名刀，以其形如刀也。劉熙云：「二百斛以上曰艇，三百斛曰刀，江南所謂短而廣，安不傾危者也。」不容刀者，喻其狹也。崇之爲終，音之似也。行不終朝而至，喻其近也。鄧元錫云：「美哉乎，《河廣》之思也！嚴禮義于河矣，乃大歸于宋，何哉？於莊夫人同遇同德矣。」章云：「前録《載馳》，見許穆公夫人于衛爲克孝之女；此録《河廣》，見宋桓夫人于宋爲畏義之婦。」愚按桓姬既爲桓所出，及衛有難，戴公廬于漕，實賴桓之力。事理殆不可曉，豈亦以襄公之故與？

《河廣》二章，章四句。 鄭箋云：「宋桓夫人生襄公而出，襄公即位，夫人思宋而義不可往，故作詩以自止。」《申培説》、朱傳皆從之。嚴粲云：「衛都河北，宋都河南，自衛適宋必涉河。自魯閔二年狄入衛之後，戴公始渡河而南。此詩言『誰謂河廣』，則是作于衛未遷之前。時宋桓猶在，襄公方爲世子，衛戴、文俱未立也。舊説誤矣。」又桓寬《鹽鐵論》云：「堯、舜之道，非遠人也，人不思之耳。《詩》曰：『求之不得，寤寐思服。』有求如《關雎》，好德如《河廣》，何不濟不得之有？故高山仰止，景行行止，雖不能及，離道不遠也。顔淵曰：『舜獨何人也？回何人也？故土積而成山阜，水積而成江海，行積而成君子。』孔子曰：『吾于《河廣》，知德之至也。』」按此亦斷章取義，與《論語》「唐棣」之解同意。

《干旄》，衛求援也。懿公時狄入衛，衛人濟河南奔，於是求援于齊、宋、許三國，立戴公焉。

《左》閔二年，冬十一月，狄人伐衛。衛懿公好鶴，鶴有乘軒者。將戰，國人受甲者皆曰：「使鶴。鶴實有禄位，余焉能戰？」公與石祁子玦，與甯莊子矢，使守，曰：「以此贊國，擇利而爲之。」與夫人繡衣，曰：「聽於二子。」渠孔御戎，子伯爲右，黄夷前驅，孔嬰齊殿，及狄人戰於熒澤。衛師敗績，遂滅衛。衛侯不去其旗，是以甚敗。狄人囚史華龍滑與禮孔，以逐衛人。二人曰：「我大史也，實掌其祭，不先，國不可得也。」乃先之。至則告守者曰：「不可待也。」夜與國人出。狄入衛，遂從之，又敗諸河。初惠公之即位也少，齊人使昭伯烝於宣姜，不可，强之，生齊子、戴公、文公、宋桓夫人、許穆夫人。文公爲衛之多患也，先適齊，及敗，宋桓公逆諸河，宵濟。衛之遺民男女七百有三十人，益之以共、滕之民，爲五千人，立戴公以廬于曹。許穆夫人賦《載馳》。齊侯使公子無虧帥車三百乘，甲士三千人，以戍曹。《史記·衛世家》云：「懿公之立也，百姓、大臣皆不服。自懿公父惠公朔之讒殺太子伋代立，至於懿公，常欲敗之。初翟殺懿公也，衛人思復立宣公前死太子伋之後，伋子又死，而代伋死者子壽又無子。太子伋同母弟二人，其一曰黔牟。黔牟嘗代惠公爲君，八年復去。其二曰昭伯。昭伯、黔牟皆已前死，故立昭伯子申爲戴公。戴公卒，復立其弟燬爲文公。」今按衛既爲狄所滅，幸戴公立，於是國已亡而復存。然實賴諸女兄弟之力。世皆知宋桓、許穆娶戴公之妹，而不知齊桓亦娶戴公之姊，則所謂齊子是也。何以知之？《左傳》稱桓公好内嬖，如夫人者六人，長衛姬，生無虧。今成曹之役，桓公實使無虧，以其爲衛之甥故耳，然則長衛姬非即齊子而何？在齊稱其所自出，曰衛姬。而在衛則據其所嫁之國，稱之曰齊子。其變姬稱子者，意如魯文姜、吴孟子之例，蓋國人醜其所出不正，故不欲以國氏氏之耳。假使齊與衛無親，則戴公之弟文公必不先適齊，而戴公兄弟非有齊、宋可爲外援，亦必不能相繼而立，且齊、宋豈肯傾心擁護之若是？此詩蓋衛夫人渡河之後，望救于齊、宋、許三國之辭，觀篇中「在浚」之語可見。浚、漕、楚丘三邑相近，在漢皆濮陽縣地。先渡河而至浚，既而戴公立，於是自浚徙漕。戴公卒，宋桓迎文公於齊立之，復自漕徙楚丘也。

孑孑干《左傳》、《家語》俱作「竿」。**旄，**豪韻。**在浚之郊。**叶豪韻，居勞翻。**素絲紕**叶寘韻，毗至翻。**之，良馬四**寘韻。**之。彼姝者子，何以畀**寘韻。**之？**賦也。《説文》以子無右臂爲孑，故借爲單獨之義。重言孑孑者，以下文干旄迤邐在道，人非徒一見之而已，非謂干旄多也。干，通作竿，《説文》云：「竹挺也。」旄，李巡謂以牛尾著竿首。《廣志》云：「犛牛，旄牛也，髀、膝、尾間皆有毛。」《山海經》云：「潘侯山有獸，狀如牛而四節生毛，名曰旄牛。」陳祥道云：「《爾雅》旄謂之藣。荀卿曰：『西海則有文旄。』《地理志》秦西近邛筰有旄，西方之産也。其尾可以飾旗，亦可以飾舞。」郭璞云：「以旄牛結爲之，如今之幢，以縣注于竿頭，謂之干旄。」孔穎達云：「九旗之干皆有旄。」按《周禮·司常》：「掌九旗之物，名各有屬，以待國事。日月爲常，交龍爲旂，通帛爲旜，襍帛爲物，熊虎爲旗，鳥隼爲旟，龜蛇爲旐，全羽爲旞，析羽爲旌。」據諸家説經，九旗皆有旄，而此詩次章獨以干旟爲言，則此旄乃旟之旄耳。所以特舉旟旄者，以鳥隼之旗乃前軍所建，軍行前朱雀而後玄武，《詩》所謂「彼旟旐斯，胡不旆旆」，又云「織文鳥章，白旆央央」是也。時衛新爲狄所破，空國出走，將渡河而南。狄人追及之，又敗諸河。則惟軍之先濟者無恙，而其餘已皆覆没。故所見至浚郊者，僅有此孑孑然前軍所建之旄耳。《左傳》謂衛之遺民男女宵濟者止七百有三十人，是也。浚，毛傳云：「衛邑。」據《水經注》、《通典》，皆謂在濮州濮陽縣東南，故《凱風》衛詩，亦曰「在浚之下」。或以浚儀之浚溝當之，此非衛地，其非衛詩所指明矣。《爾雅》云：「邑外謂之郊。」素絲，絲之未染者。鄭玄云：「素絲者以爲縷。」孔云：「以前云干旄，此云素絲紕之，故知以素絲爲線縷也。」紕，《説文》云：「氐人繝也。」于《詩》義不合。愚意但當通作比，比之爲言密也，並也，謂聯絡而密並之也。《禮記》「紕以爵韋」，「縞冠素紕」，其義皆同，蓋結聚旄尾，懸之竿頭，皆須用縷以聯合之也。良馬，善馬也。所乘之馬非善，則不能疾馳而免于難矣。曰四之者，言初乘善馬而來，至此浚郊，凡有四輩也。以《左傳》攷之，其時先去以爲民望，則石祁子、甯莊子、史華龍滑、禮孔四人是也。姝，《説文》云：「好也。」子，女子也。此首言「彼姝者子」，蓋指齊子也。畀，《説文》云：「相付與也。」國都初破，生計蕭然，不知彼姝者子，嫁在大國，亦有可以付與我者否乎？厥後《左傳》稱齊桓公使公子無虧帥師戍曹，又歸公祭服五稱，牛、羊、豕、雞、狗皆三百，與門材，歸夫人魚軒，重錦三十兩。則所以畀之者，不謂無矣。

孑孑干旟，❶魚韻。**在浚之都。**叶魚韻，陟魚翻。**素絲組**麌韻。**之，良馬五**麌韻。**之。彼姝者**《論衡》作「之」。**子，何以予**叶麌韻，讀如羽，王矩翻。**之？**賦也。旟，義見首章。劉熙云：「旟，譽也。畫鳥與鷹隼，象群疾也。急疾趨事，則有稱譽也。」鄭云：「城郭之域曰都。」愚按以前後章推之，則都在郊之内，在城之外也。組，《説文》云：「綬屬。」《詩詁》云：「間次五色爲之。」鄭云：「以素絲縷縫組于旌旗，以爲之飾。」孔云：「《周禮》九旗，皆不言組飾。《釋天》説龍旂云『飾以組』，此亦有組，則九旗皆以組爲飾，故郭璞曰『用綦組飾旒之邊』是也。」良馬五之，謂繼前四輩而來者又有五輩也。立言之意，但以前至者四人爲主，繼此曰五之，又曰六之，皆承上積累之辭，不必定有所主。此「彼姝者子」，謂許穆夫人也。予，《説文》云：「推予也。」許小國，力不能救衛，夫人傷之而賦《載馳》。聖人悲其志。

孑孑干旌，庚韻。**在浚之城。**庚韻。**素絲祝**屋韻。**之，良馬六**屋韻。**之。彼姝者子，何以告**叶屋韻，居六翻。**之？**賦也。九旗中旟、旌雖居其二，此干旌則直是旟之旌耳，非謂旟之外又有旌也。按《周禮》析羽爲旌。《爾雅》謂注旄首曰旌。徐鍇以爲分析鳥羽爲之，其竿頭則綴以旄牛尾也。然《周禮》明言州里建旟，斿車載旌，則旌與旟似無容相混。而愚以此旌爲旟之旌者，蓋旄、旌二物，凡旗皆有之。故孔云：「干旄、干旌一也。既設旒縿，❷有旃旟之稱。未設旒縿，空有析羽，謂之旌。縿，謂繫于旌旗之體。

❶「旟」，原作「旄」，據《四庫全書》本改。
❷「旒」，原作「旄」，據《毛詩正義》改。

旒，謂縿末之垂者。斿車，則空載析羽無旒縿也。」此其説確矣。城，毛云：「都城也。」自郊而都，自都而城，明其自外至也。祝，當依鄭箋通作屬，《説文》云：「連也。」謂連屬素絲，以繫着于竿也。紕，主旄言。組，主旟言。祝，主旌言。良馬六之，義見次章。此「彼姝者子」，謂宋桓夫人也。以被出在衛，故最居後。告，通作誥。徐鍇云：「以文言告曉之也。」按桓夫人雖已被出，而子襄公爲宋太子，故欲其通音問于彼，使之來救援也。卒之宋桓公使人逆衛遺民于河，又益以共、滕之民，立戴公以廬于曹，則桓公尚猶然以昏姻爲念，而彼姝之告，不可爲無力矣。又按《左》定九年，鄭駟顓殺鄧析，而用其竹刑。君子謂：「子然於是不忠。苟有可以加于國家者，棄其邪可也。《竿旄》『何以告之』，取其忠也。故用其道，不棄其人。」愚按宋桓夫人以遭黜大歸，僇辱斯甚，而能善其辭令，再延父母國之緒，則君子猶有取焉。《左》所謂「用其道，不棄其人」，引《詩》之意，或有在于此也。

《干旄》三章，章六句。《序》謂：「美好善也。衛文公臣子多好善，賢者樂告以善道也。」《子貢傳》、《申培説》皆謂衛武公好賢善，國人美之。朱傳但以爲「衛大夫乘車馬，建旌旄，以見賢者」，而不著其世。今按是詩之屬文屬武，總無明據，然以「彼姝者子」爲男子之稱，則《静女其姝》、《東方之日兮》二詩皆有「彼姝者子」之句，又何以稱焉？

《竹竿》，許穆夫人念衛也。此詩之語，多與《泉水》相出入。彼曰「毖彼泉水，亦流于淇」，此曰「泉源在左，淇水在右」。彼曰「女子有行，遠兄弟父母」，此曰「女子有行，遠父母兄弟」。且末皆曰「駕言出遊，以寫我憂」，其出于一人之手明矣。愚所以定爲許穆姬詩者，以《載馳》之詩，《左傳》謂許穆夫人所賦，彼曰「驅馬悠悠，言至于漕」，而《泉水》之詩亦曰「思須與漕，我心悠悠」，其爲戴公廬曹而作，無可疑者。又戴公之女兄弟三人，長齊子，嫁于大國，其力足以援衛。次宋桓夫人，則已被出在衛，皆與三詩語意不合，故斷當屬之穆姬。而三詩作之先後，則宜以《竹竿》爲首。意其詩初聞衛破而尚未及知廬曹之事。次賦《載馳》，則已知戴公廬曹，而自傷國小不能救。其後復賦《泉水》，則以自傷不能救之故，而更欲望救于他國。蓋其用情之真切如此，夫子所以備録之也。

籊籊竹竿，以釣于淇。支韻。**豈不爾思？**支韻。**遠莫致之。**支韻。○賦也。籊籊，毛傳以爲長而殺也。按《説文》無籊字，當通作擢，《説文》云：「引也。」謂引竹竿以釣也。引而又引，故重言之。竿，《説文》云：「竹挺也。」淇，解見《淇澳》、《泉水》篇。爾，指衛國也。致，《説文》云：「送詣也。」詩言竹竿雖長，而不可以釣于衛之淇。我今豈不思衛乎？特以道遠而莫能詣耳。

泉源在左，淇水在右。叶有韻，云九翻。亦叶紙韻，羽軌翻。**女子有行，遠兄弟父母。**有韻。亦叶紙韻，母鄙翻。按古註疏及蘇子繇、吕伯恭、嚴坦叔諸本俱作「兄弟父母」。今朱子本作「父母兄弟」，豐氏本同，俱誤。○賦也。泉源、淇水，衛之故墟，故穆姬思之。泉源，即百泉也。按淇水出相州林慮縣東流，泉水自西北東注之。嚴粲云：「左右，蓋主山而言。相衛之山東面，故以北爲左，南爲右。」有行，謂嫁也。此詩四章，皆言淇水，語意當以淇水爲主。泉源猶能與淇水相入，女子已嫁，則與兄弟父母相遠，是泉水之不如也。加兄弟于父母之上者，時穆姬父母已亡，惟兄弟在，故先其存者，後其亡者耳。言外見衛國有難，而已不能以身往赴之意。

淇水在右，泉源在左。哿韻。**巧笑之瑳，**叶哿韻，此我翻。**佩玉之儺。**叶哿韻，乃可翻。○賦也。巧，工也，猶好也。瑳，《説文》云：「玉色鮮白也。」笑而見齒，其色似之。儺，《説文》云：「行有節也。」徐鍇云：「佩玉所以節步。」陳祥道云：「《詩》『佩玉之儺』、『佩玉瓊琚』，衛之南子，環佩璆然，阿谷之女，佩璜而瀞，皆婦人佩也。其等衰不可以考，或亦眡其夫而爲之度與？漢制，太后、皇后綬與乘輿同，公主綬與諸侯王同。」愚按此追述己之未嫁時，身在衛國，覩淇水泉源之在左右，怡然可樂，其笑語趾步之容有如此者。而今地淪于狄，則此景不可復得矣。

淇水滺滺，尤韻。陸德明及豐本俱作「浟」。**檜楫**陸本作「檝」。**松舟。**尤韻。**駕言出遊，**尤韻。**以寫我憂。**尤韻。○賦也。滺滺，毛傳以爲流貌。按《説文》無滺字，當通作攸，《説文》云：「行水也。」檜，木名，柏葉松身，即《禹貢》之所謂栝也，故檜又有栝音。羅願云：「檜性耐寒，其材大，可爲舟。」楫，所以行舟者。《説文》云：「舟櫂也。」劉熙云：「楫，捷也。撥水舟行捷疾也。」《方言》云：「或謂之橈。」松，木名。趙頤光云：「松，壽木也，故字从公。」檜之與松，其生相類，至刳剡而爲濟川之用，則又相須，此亦兄弟之況也。羅云：「此詩與《泉水》皆衛女所以寓其思。《泉水》則思出同歸異之肥泉，《竹竿》則思出同歸同之松檜也。」末二句，解亦與《泉水》同。言淇水之上，行水者甚多，然必得舟楫而後有濟，今舟楫安在乎？無聊之極，則姑駕言出遊，以自除去其憂而已，即首章「遠莫致之」之意。

《竹竿》四章，章四句。《序》以爲衛女思歸也。適異國而不見答，思而能以禮者也。朱子謂未見不答之意，是矣。《子貢傳》、《申培説》皆謂宋桓夫人之媵，和其小君《泉水》之作，亦未有以見其然。

《載馳》，許穆夫人作也。閔其宗國顛覆，自傷不能救也。衛懿公爲狄人所滅，國人分散，露於漕邑。許穆夫人閔衛之亡，傷許之小，力不能救，思歸唁其兄，又義不得，故作是詩也。出《序》。《申培説》同。○《左傳》云：「許穆夫人賦《載馳》。」《子貢傳》云：「狄入衛，衛戴公次于漕，許穆姬閔之。」其説皆與《序》合。愚謂《序》所云「思歸唁其兄，又義不得」者，意特見于《泉水》篇中。若此詩，則爲閔衛之亡，傷許之小，力不能救而作。通篇皆追恨之語，蓋以《列女傳》證之。《傳》云：「許穆夫人者，衛懿公之女，許穆公之夫人也。初許求之，齊亦求之，懿公將與許。女因其傅母而言曰：『古者諸侯之有女子也，所以苞苴玩弄，繫援于大國也。言今者許小而遠，齊大而近。若今之世，强者爲雄，而使邊境有寇戎之事，維是四方之故，赴告大國。妾在，不猶愈乎？今舍近而就遠，離大而附小，一旦有車馳之難，孰可與慮社稷？』衛侯不聽，而嫁之于許。其後翟人攻衛，大破之，而許不能救。衛侯遂奔走，涉河而南，至楚丘。齊桓往而存之，遂城楚丘以居。衛侯于是悔不用其言。當敗之時，許夫人馳驅而吊唁衛侯，因疾之而作詩云：『載馳載馳，歸唁衛侯。驅馬悠悠，言至于曹。大夫跋涉，我心則憂。既不我嘉，不能旋反。視爾不臧，我思不遠。』君子善其慈惠而遠識也。」今按衛宣公先娶夷姜，生太子伋、公子黔牟、公子頑。已又娶齊女，是爲宣姜，生壽及朔。其後伋、壽俱爲盗所殺，以朔爲太子，是爲惠公。惠公卒，子赤立，是爲懿公。初惠公之即位也，齊人使頑烝于宣姜，生齊子、戴公、文公、宋桓夫人、許穆夫人。及懿公在位九年，爲翟所殺，衛人思立伋、壽之後而皆無子。先是惠公四年，黔牟作亂，代惠公爲君。八年，諸侯放之于周，及頑皆已前死，至是乃立頑子申爲戴公。戴公卒，復立其弟燬，是爲文公。以輩行論之，許穆夫人雖宣姜所出，而實懿公之從妹，以爲懿公女者，非也。懿公死于翟難，許穆夫人所欲歸唁者，乃是戴公。傳謂衛侯奔走涉河而南，似仍是懿公，亦非也。惟許穆夫人所與傅母言者，其説印之《韓詩外傳》及《詩小序》皆合，當從之。女之許婚，當繇懿公，所謂因其傅母而言之于懿公者，自是寔録。劉向爲作頌曰：「衛女未嫁，謀許于齊。女諷母曰，齊大可依。衛君不聽，後果遁逃，許不能救，女作《載馳》。」鄧元錫云：「閔亡念亂，篤親懷宗，思控大國，以拯其危，是《春秋》之志也。」

載馳載驅，叶尤韻，祛尤翻。鄭康成讀「又」。《列女傳》仍作「馳」，《釋文》作「駈」，豐氏本作「敺」。**歸唁衛侯。**尤韻。**驅**豐本作「敺」。**馬悠悠**，尤韻。**言至于漕。**叶尤韻，徂侯翻。《列女傳》作「曹」。**大夫跋**《儀禮》疏作「軷」。**涉，我心則憂。**尤韻。○賦也。載，發語辭。《詩疏》云：「走馬謂之馳，策馬謂之驅。」馳、驅俱是乘車事。唁，《説文》云：「吊生也。」又《穀梁傳》云：「吊失國曰唁。」衛侯，謂戴公，夫人兄也。悠，《説文》云：「憂也。」其憂非一，故重言之。漕，解見《泉水》篇。詩作于廬漕時，故曰至漕。味「言」之一字，則是心口相語，乃虚作此想而托爲之辭，非真有此事也。嚴粲云：「戴方露處漕邑，豈女子歸唁之時乎？」大夫跋涉者，鄭箋云：「衛大夫來告難也。」愚按跋涉亦是望救，不專告難。跋，《説文》云：「蹎跋也。❶」涉，《説

❶「跋」，原作「跌」，據《説文解字》改。

文》云：「徒行厲水也。」毛傳云：「草行曰跋，水行曰涉。」孔穎達云：「《左傳》『跋涉山川』，則跋者，山行之名也。」又《韓詩》注云：「不繇蹊隧而行曰跋涉。」我心則憂者，憂宗國之顛覆，有自傷力不能救之意，特未説出耳。

既不我嘉，不能旋反。阮韻。**視爾**《韓詩外傳》作「我」。**不臧，我思不遠。**阮韻。**既不我嘉，不能旋濟。**霽韻。**視爾不臧，我思不閟。**叶霽韻，讀如閉，必計翻。○賦也。嘉、臧，皆善也。旋，還也，以夫人歸衛言。反，覆也，以衛侯復國言。與上章唁失國相應。爾者，對大夫之語，其意則汎指衛國之君臣也。夫人初亦知許小力綿，不足倚仗，願嫁于齊，而衛君不聽也。其時諸大夫輩亦皆徒諛君指，無有深識長慮者。至是乃追恨之曰：當時既不置我于善地，故至今日，亦不能旋歸，而反爾君于故國，視爾輩之爲國謀誠不臧，而我當時之思亦不遠也。蓋懊悔之深也。是説也，《韓詩外傳》有之。高子問于孟子曰：「夫嫁娶者，非己所自親也。衛女何以得編于《詩》也？」孟子曰：「有衛女之志則可，無衛女之志則怠。若伊尹于太甲，有伊尹之志則可，無伊尹之志則篡。夫道二，常之謂經，變之謂權。懷其常道，而挾其變權，乃得爲賢。夫衛女行中孝，慮中聖，權如之何？《詩》曰：『既不我嘉，不能旋反。視我不臧，我思不遠。』」味《外傳》解詩之辭，與《列女傳》所云若合符節矣。濟，猶言事遂也。閟者，閉門之義，猶止也。言既不置我于善地，故至今日，亦不能旋歸而有所濟，視爾輩之爲國謀誠不臧，徒使我終日思之，而不能自禁閉也。

陟彼阿丘，言采其蝱。叶陽韻，謨郎翻。《説文繫傳》作「莔」。**女子善懷，亦各有行。**叶陽韻，寒剛翻。**許人尤**《釋文》一作「訧」。**之，衆穉**《釋文》一作「稚」。**且狂。**陽韻。○賦也。《爾雅》云：「偏高曰阿丘。」疏云：「四隅有一高，而不正在左右前後者。」劉熙《釋名》云：「阿，荷也。如人檐荷物，一邊偏高也。」蝱，通作莔。《爾雅》云：「莔，貝母。」又《廣雅》云：「貝父，藥實也。」按空艸、藥實、苦花、苦菜、商艸、勤母，皆莔之别名。既云貝父，亦云貝母。貝、背同音，豈亦女子出嫁而背其父母之譬乎？郭璞云：「莔根如小貝，圓而白，華葉如韭。」陸璣云：「葉如栝樓而細小，其子在根下，如芋子正白，四方連累根著，有分解也。」張萱云：「根有瓣子，黄白色。二月生苗，莖葉皆青，葉如蕎麥，隨苗出。七月間作花，碧緑色，如鼓子花。」第陸璣疏「葉如栝樓」，今世所見；郭注「葉如韭」，不復見也。《本艸》云：「治中心氣不快、多愁欝。」徐鍇云：「治目眩不得返顧。」夫人返顧宗國，愁欝無聊，故登阿丘而采蝱以自藥，二意兼寓矣。善懷，多憂思也。古書「善」字訓「多」，《前漢志》「岸善崩」，《後漢紀》「蠶麥善收」，《晋春秋》「陸雲善咲」，皆訓多也。曾鞏云：「女子之于懷思，甚于男子。」亦各者，不一之辭。有行，即出行于外，如此章之升阿丘，後章之行其野，皆是也。尤，異也。衆，即詩人也。穉者，幼禾之名。凡人物幼小皆曰穉。戴公女兄弟，惟穆姬年最少，故云然。狂，猶躁也。言凡爲女子者，每多思慮，亦皆有所行，以自排遣。許人曾不諒我之無聊，方以我之行爲怪異，乃群然謂我少不更事，而更且詆我爲狂躁也。是蓋夫人初有驅馬歸唁之意，已而思力不能救，歸亦無益，則意已中止，于是姑登高采藥，以舒散其情懷耳。胡胤嘉云：「衛遭狄禍，國覆君遷。許爲婚姻兄弟之國，必有扶救之誠，如宋桓之迎遺民，徙漕邑，以致其周恤焉。今觀詩云『衆穉且狂』，即許人赴難恤災之義，不切于心。此詩音旨悽痛，其責許至矣。」

我行其野，芃芃其麥。叶職韻，密力翻。**控于大邦，誰因誰極？**職韻。**大夫君子，無我有**

尤。韻。亦叶支韻，盈之翻。**百爾所思，**支韻。**不如我所之。**支韻。亦叶尤韻，職流翻。○賦也。其野，即許國之野。芃，《說文》以爲艸盛貌，此則言麥盛也。云芃芃者，徐鍇云：「言汎汎然若風之起也。」控，《說文》云：「引也。」因，如「因魏莊子」、「因徐辟」與「無因至前」之因。極，終也，窮盡之名。按《春秋傳》及《史記》，魯閔公二年十二月，狄入衛，懿公死焉，于是戴公立。其明年爲魯僖公元年，即戴公元年也。是年，齊桓公遷邢于夷儀。又明年，戴公卒，文公立，齊桓公封衛于楚丘，衛國之亂始定，時魯僖公二年也。此章言狄入衛，在去歲之冬，今行曠野，而見麥已芃芃然盛，乃入夏之時，已四閱月矣。尚未聞鄰邦救恤，兹欲求援引于大邦，必有所因，然後克濟其事。不知將何所因，而其患何所底極乎？意謂使昔日結昏大國，則今日國難，必當相恤，而亦不患其無因矣。大夫，即衛大夫。曰君子者，稱之也。百爾，汎指在位言。所之者，心之所之也。言爾大夫君子，毋怪異我之出一言以相責，凡百爾衆人之所以爲國籌度者，總不如我思之所往。歎其智不若女子也，皆追悔之語。其後齊桓卒救衛而存之，然後信夫人所思爲有理，而衛國君臣真可謂無遠識者矣。《左》文十三年，冬，鄭伯與公宴于棐，鄭子家賦《載馳》之四章。襄十九年，魯穆叔會晋范宣子于柯，穆叔見叔向，賦《載馳》之四章，皆取義小國有急，欲引大國以自救助也。

《載馳》四章，二章章六句，二章章八句。朱子云：「舊此詩五章，一章六句，二章、三章四句，四章六句，五章八句。蘇氏合二章、三章以爲一章。按《春秋傳》叔孫豹賦《載馳》之四章，而取其控于大邦、誰因誰極之意，與蘇説合，今從之。」○朱傳謂許穆公夫人閔衛之亡，將唁衛侯于漕邑，未至，而許之大夫有奔走跋涉而來者。夫人知其必將以不可歸之義來告，故心以爲憂，既而終不果歸，乃作此詩以自言其意。或又謂禮，諸侯夫人父母終，無歸寧，惟使大夫問于兄弟。夫人欲自歸唁其兄弟，故托言不欲勞其大夫之跋涉。今觀後章稱爾，稱大夫君子，皆面相質證之辭。而第三章曰「許人尤之」，如果對本國之大夫言，則不應稱許人矣。

《泉水》，許穆夫人自傷己力不能救衛，思控于他國也。 説見《竹竿》篇。徐光啓云：「夫子存《泉水》、《載馳》之詩，而姜氏會齊侯于禚、于防、于穀，則備記諸《春秋》，勸戒昭然矣。」愚按夫子録穆姬之詩，不一而足，亦取其能惓惓以父母國爲念，不獨爲其守禮不敢歸寧也。朱子云：「宣姜生衛文公、宋桓夫人、許穆夫人、衛壽子。以此觀之，則人生自有秉彝，不繫氣類。」

毖《韓詩》作「祕」，《説文》作「䪐」。**彼泉水，亦流于淇。** 支韻。**有懷于衛，靡日不思。** 支韻。**孌彼諸姬，** 支韻。**聊與之謀。** 叶支韻，謨悲翻。○興也。毖，當依《説文》通作䪐，云：「直視也。」泉水，吕祖謙云：「即今衛州共城之百泉也。」《廣輿記》云：「百門泉，出蘇門山，在今河南衛輝府輝縣，即朝歌地，古共伯國。」據《水經注》，則末章所謂「肥泉」，《竹竿》之詩所謂「泉源」是也。淇，水名。《漢書·地理志》云：「出河内共國北山。」《水經》云：「出河内隆慮縣西大號山。」隆慮，後改爲林慮。又《山海經》云：「沮洳之山，淇水出焉。」即此水也。泉水自西北而東南來注之。懷，《説文》云：「念思也。」靡之言無，蓋音近也。衛國新破，故思之而不寘也。孌，《説文》云：「慕也。」諸姬，周同姓之國也。《左氏》曰：「漢陽諸姬，楚實盡之。」又曰：「其棄諸姬，亦可知也已。」與此義同。聊，鄭玄云：「且略之辭。」《説文》云：「慮難曰謀。」穆姬志欲歸衛以救衛，言彼泉水亦流入于衛國之淇，已獨不得歸衛，是泉水之不如也。我之懷念于衛，雖無日不思，而國小力綿，無如彼何。竊慕彼同姓之國，必有以篤親恤災爲念者，聊欲以大義動之，而與之謀興復焉。

出宿《周禮》注作「縮」。**于泲，**薺韻。《列女傳》作「濟」。**飲餞**《周禮》注云：「古文作『踐』。」**于禰。**薺韻。《韓詩》作「坭」。**女子有行，遠父母兄弟。**薺韻。亦叶紙韻，蕩以翻。**問我諸姑，遂及伯姊。**叶薺韻，蔣禮翻。○賦也。此下二章皆言謀及諸姬之事。按《春秋》，僖元年，春王正月，齊師、宋師、曹師次于聶北，救邢。夏六月，邢遷于夷儀，齊侯、宋師、曹師城邢。至次年，始城楚丘而封衛焉。當邢遷夷儀之時，衛尚廬于漕也。齊桓新霸，而宋、曹、邢之交方合，其勢足爲諸侯所倚恃。四國之中，曹、邢與衛同爲姬姓，而齊、宋則衛之婚姻也。穆姬之所欲與諸姬謀者，意在曹、邢二國。而中間又欲望援于齊者，以齊爲霸主，且伯姊在焉。若宋桓夫人已歸于衛，而不在宋，則禮不當往宋，故語不之及。詩之寫懷，與當日情事相合如此，其先適曹，次適齊，次適邢，而後至衛者，意行程次第云爾。出宿于泲，言適曹也。宿，《説文》云：「止也。」泲，水名。《地理志》云：「沇水東流爲泲。」徐鍇云：「今多作濟，故與常山濟水相亂。」此則「四瀆」之濟。按《禹貢》，導沇水東流爲濟，入于河，溢爲滎，東出于陶丘之北，曹國所治也。今山東兖州府曹州是其地。餞，《説文》云：「送去也。」徐云：「以酒食送也。」禰，即今曹州之大禰澤也。穆姬自許國出，而止宿于泲水之上，蓋將以救衛之事告之曹國，告曹已畢，又將適齊，則曹人當餞送之于禰也。然此及下章皆虛擬之如此，非有是事。「出宿于泲」一句中，該括與之謀意在内，後倣此。「女子有行」二句，義與《泉水》篇同。女子，穆姬自謂也。問，《説文》云：「訊也。」諸，衆也。徐鍇云：「別異之辭。」父之姊妹爲姑。孫炎云：「姑之言古，尊老之名也。」姊，女兄也。《爾雅》疏云：「姊之言咨，以其先生，可咨問也。」《左傳》引此詩以爲知禮，謂其姊親而先姑也。愚按此諸姑伯姊，指齊桓公宫内之諸姬。言桓公之夫人曰王姬，内嬖如夫人者六人，自長少二衛姬而外，尚有鄭姬、密姬，皆衛同姓，不能定其輩次，故但以尊行稱之曰諸姑也。伯姊，則穆姬之長姊齊子，即長衛姬是也。穆姬欲赴控于齊，言我爲嫁出之女，雖與父母兄弟相遠，而故國有難，情不容恝。今齊爲大國，力能相救，不知尊而諸姑，親而伯姊，將何以爲之策乎？時穆姬雖不果行，而齊桓公已使武孟帥師戍曹。武孟，齊子所出，衛之甥也。後又合諸侯封衛于楚丘，倘亦齊子吹噓之力歟？

出宿于干，寒韻。**飲餞于言。**叶寒韻，讀如原，吾官翻。豐氏本作「緡」。**載脂載舝，**豐本作「轄」。**還車言邁。**叶薺韻，力制翻。**遄臻于衛，**霽音。**不瑕有害？**叶霽韻，暇憩翻。○賦也。干、言，二地名。《隋志》邢州内丘縣有干山、言山，即栢人縣，在今爲直隸順德府唐山縣，古邢國也。出宿于干，穆姬又自齊國出，而止宿于干之地，欲求救于邢也。飲餞于言者，既與邢謀，則求救之事已畢，可以歸衛，故邢人又具酒食于言地餞送之也。脂，朱子云：「以脂膏塗其舝，使滑澤也。」舝，《説文》云：「車軸耑鍵也。」《釋文》云：「車軸頭金也。」車不駕，則脱軸頭之舝，將行，乃設之。又云：❶「讀《詩》者但以載脂、載舝爲以脂膏塗其舝，兩載字不分明。載脂，謂未設舝于車之時，先以脂膏塗其舝，其用在脂，故曰載脂也。載舝，謂塗舝既畢，乃設舝于車，其用在舝，故曰載舝也。載脂一事，載舝又一事。故毛氏云脂舝其車，以二事言

❶「又云」，此下引文出自嚴粲《詩緝》，然上無「嚴曰」之文，疑有錯漏。

也。」還，《説文》云：「復也。」吕祖謙云：「還車，猶言回轅，不必云嫁時所乘之車也。」言，語辭。邁，遠行也。遄，往來數也。臻，至也。俱見《説文》。瑕，玉病也。不瑕有害，總上所擬經行曹、齊、邢、衛四國而言，言是舉也，果所行合義，而不瑕玷乎？抑有害于義乎？如謂親親關情，惟力是視，是不瑕也。如謂婦人既嫁不踰竟，踰竟非正，是有害也。究之不敢以不瑕自寬而以有害自克，則穆姬亦可謂發乎情，止乎禮義者矣。

我思肥泉，先韻。**茲之永歎。**叶先韻，他涓翻。**思須**豐本作「沬」。**與漕，**叶尤韻，徂侯翻。**我心悠悠。**尤韻。**駕言出遊，**尤韻。豐本作「游」。**以寫我憂。**尤韻。○興也。《爾雅》云：「歸異出同流爲肥。」《釋名》云：「所出同所歸異，曰肥泉。」《水經注》云：「太和泉源水有二源，一水出朝歌城西北，又東與左水合，謂之馬溝水。水出朝歌城北，東流南屈，至其城東，又東流，與美溝合。水出朝歌西北大嶺下，更出逕駱駞谷，於中逶迤九十曲，故俗有美溝之目矣。其水更逕朝歌城北，又東南流，注馬溝水，又東南注淇水，爲肥泉也。犍爲舍人曰：『水異出，流行合同曰肥。』今是水異出同歸矣。《博物志》謂之澳水。《詩》『瞻彼淇澳』，言澳限也。鄭亦不以爲津源，而張司空專以爲水流入于淇，非所究也。然斯水即《詩》所謂『泉源』之水也。」愚按《爾雅》及劉熙，皆以出同歸異爲肥，而酈道元引犍爲舍人，乃以出異歸同爲肥，將焉適從？考肥泉入淇之後，淇水遂分爲二。其一爲舊淇水，《地理志》謂「淇水出共，東至黎陽入河」者是也。其一爲清河，《水經》謂「東北過漂榆邑入于海」者是也。然則所謂同出異歸，或以是故，未可知矣。穆姬衛之自出，而以既嫁之後，父母已歿，誼不得歸衛，故取興于肥泉以自況也。蓋至此而前二章之所云云者已成虛語，而穆姬亦且安于許而不果行矣，故不禁其思之而永歎也。永歎，長歎，即太息是也。人嘅歎，則息大而長。須、漕，二地名。按《大名府志》，須城在楚丘東南二十八里。漕，通作曹，後爲白馬縣，皆今滑縣地。時戴公廬此，故穆姬思之。又《路史》「須」作「雖」，云黄帝後，姞姓國。悠，《説文》云：「憂也。」具車馬曰駕。或以爲發語詞者，非。蘇子瞻有詩云：「日日出東門，尋步東城遊。城門抱關卒，怪我此何求。我亦無所求，駕言寫我憂。」章惇評之云：「前步而後駕，何其上下紛紛也！」東坡聞之曰：「吾以尻爲輪，以神爲馬，何曾上下乎？」參寥子謂其文過似孫子荆曰「所以枕流，欲洗其耳」，然終是詩病。以此知一字之用，亦不可苟。寫，毛云：「除也。」《説文》云：「置物也。」按置者，捨置之義，謂捨而除去之也。既前所擬議者皆成虚語，且欲乘車出遊以除我憂也，亦無所聊賴之意。

《泉水》四章，章六句。《序》謂衛女嫁于諸侯，父母終，思歸寧而不得，故作是詩。義亦無害。但篇中有「思須與漕」一語，明是爲戴公廬曹而作。今但取《載馳》、《竹竿》二詩合此詩咏之，語氣絶類，其了然出于一人之手，無可疑者。《子貢傳》及《申培説》皆以爲宋桓姬閔衛之作，要亦依附《載馳》故事爲之揣摩耳。乃于《河廣》則又以爲桓姬歸衛，思襄公之作。考宋襄即位，在魯僖九年，此時衛已遷國渡河而東，與宋皆在河南，不應有「一葦航之」之語，故舊説疑是詩作於襄爲世子時，衛尚未遷，然則當狄入衛，桓姬業已大歸于衛，又何以有懷于衛，靡日不思爲哉？蓋其説之自相矛盾如此。

《有狐》，齊桓公思恤衛也。毛傳繫此詩與《木瓜》相屬，一主施，一主報也。愚故以爲齊桓公之詩焉。《左傳》宋桓公立衛戴公，以廬于曹。❶ 齊桓公使公子無虧戍曹，歸公乘馬，祭服五稱，牛、羊、豕、雞、狗皆三百，與門材，歸夫人魚軒，重錦三十兩。即此詩所云憂之子無裳、無帶、無服者也。衛都河北，其地在朝歌之東、淇水之北，自懿公爲狄所滅，戴公廬曹，已渡河而南矣。是詩猶以淇入詠者，蓋亦以興復舊都之事望之耳。

有狐綏綏，《齊詩》作「夂夂」。**在彼淇梁。**陽韻。**心之憂矣，之子無裳。**陽韻。○興也。狐，獸名，形似黄狗，鼻尖，口鋭，尾大，性善疑。方河水合時，狐聽冰下水無聲，乃行。人每則之，皆須狐之已行乃渡。《易·未濟》稱「小狐汔濟，濡其尾」，亦其尾重善濡溺，古語所謂「狐欲渡河，無如尾何」者也。綏，通作緌。冠結之餘，散而下垂者謂之緌，狐尾之垂似之。毛傳云：「石絶水曰梁。」蓋造爲長岸入水者。章潢云：「狐涉水濡尾則溺。觀其緌緌于淇梁，則其欲濟未濟可知矣。」之子，指戴公也。所以取狐比者，古人多以狐爲人君之象。《南山》之詩以雄狐比齊襄公，而《左傳》卜徒父亦謂「狐蠱必其君」是也。衛新播遷，資用乏絶。裳者，下體所需，至賤之物，然且無之，則其他可知矣。齊桓身爲霸主，興滅繼絶，救災恤患，是其本務，而使新遷之衛流離窮困，莫之省憂，其何以臨長諸侯乎？此所以心憂之子之無裳也。

有狐綏綏，在彼淇厲。霽韻，亦叶泰韻，落蓋翻。豐氏本作「砅」。**心之憂矣，之子無帶。**泰韻，亦叶霽韻，丁計翻。○興也。厲，《説文》云：「旱石也。」累旱石于水中，踐之以渡。又岸危處亦曰厲。帶，

❶ 「曹」，《四庫全書》本作「漕」。

毛傳云：「所以申束衣者。」首章言裳，此言帶，繇淺而之深，自下而向上也。無帶，則不但無裳而已。

有狐綏綏，在彼淇側。職韻。豐本作「仄」。**心之憂矣，之子無服。**叶職韻，鼻墨翻。○興也。側，《說文》云：「旁也。」狐以水深，欲濟而不敢濟。始猶在淇梁，繼但在淇厲，則遠乎梁矣。繼且在淇側，則又遠乎厲矣。衛丁喪敗之餘，痛定思痛，驚悸轉深，瞻望舊都，而不敢進步，其象何以異此？上曰衣，下曰裳，通言之曰服。曰無服，則又不但無裳、無帶而已，喻百用皆匱，非徒以衣被一事言也。故齊桓之歸戴公，自祭服重錦而外，乘馬犧牲，門材魚軒，纍纍不一而足焉。厥後又爲之城楚丘，又與之繫馬三百，天下稱仁云。

《有狐》三章，章四句。《子貢傳》云：「國亂民貧，君子傷之，賦《有狐》。子曰：見惻隱之仁焉。」按國亂民貧，於此詩語意亦近似，其僞入孔子之言，則妄也。《韓詩外傳》云：「昔者不出户而知天下，不窺牖而見天道，非目能視乎千里之前，非耳能聞乎千里之外，以己之情量之也。己惡饑寒焉，則知天下之欲衣食也。己惡勞苦焉，則知天下之欲安佚也。己惡衰乏焉，則知天下之欲富足也。知此三者，聖王之所以不降席而匡天下。故君子之道，忠恕而已矣。夫處饑渴，苦血氣，困寒暑，動肌膚，此四者，民之大害也。害不除，未可教御也。四體不掩，則鮮仁人。五藏空虛，則無立士。故先王之法，天子親耕，后妃親蠶，先天下憂衣與食也。《詩》曰：『父母何嘗？心之憂矣，之子無裳。』」其指與《子貢傳》合，亦自可從。父母何嘗，乃《鴇羽》篇語，誤入于此。《序》則云：「刺時也。衛之男女失時，喪其妃耦焉。古者國有凶荒，則殺禮而多昏，會男女之無夫家者，所以育人民也。」今按詩中全無此意。舊說謂裳所以配衣，帶亦所以束衣，猶男女之相依而立。而人無室家，亦猶之無衣服。皆強爲之辭者。朱子則指狐爲妖媚之獸，徑坐爲寡婦見鰥夫而欲嫁之詩，既屬無謂。且云「憂其無人縫裳」，更鄙淺可笑。若《申培説》云「君子于寒夜，見貧民與狐涉水而傷之」，則不根甚矣。

《清人》，刺鄭文公也。高克好利而不顧其君，文公惡而欲遠之不能，使高克將兵而禦敵于竟，陳其師旅，翺翔河上，久而不召，衆散而歸，高克奔陳。公子素惡高克進之不以禮，文公退之不以道，危國亡師之本，故作是詩也。出《序》。《申培説》同。○《左》閔二年，十二月，鄭人惡高克，使帥師次于河上，久而弗召。師潰而歸，高克奔陳，鄭人爲之賦《清人》。《子貢傳》亦謂鄭文公使高克禦敵于境不召，師潰，大夫憂之，賦《清人》。孔穎達云：「是時有狄侵衛地，衛在河北，鄭在河南，恐其渡河侵鄭，故使高克將兵于河上禦之。」按狄人入衛，懿公被殺，正在此時。高克無將兵之才，鄭文公徒以惡而欲遠之，故輕使帥師于外。是以國計人命爲嘗試，故《序》以爲危國亡師之本。

清人在彭，叶陽韻，逋旁翻。**駟介旁旁。**陽韻。**二矛重英，**叶陽韻，於良翻。**河上乎翺翔。**陽韻。○賦也。清，季本云：「地名。按《水經注》，朝歌以南，暨清水，土地平衍，悉牧野矣。今淇縣界，清水合淇水入衛，近牧野處，即其地也。本在河北。」《春秋》隱四年，公及宋公遇于清。杜預以爲衛邑，云濟北東阿縣有清亭。姜寶亦云：「在衛南而近于鄭。」鄭玄誤謂清爲高克所帥衆之邑，而《水經注》亦以中牟之清陽亭當之，則在河南矣。彭，《説文》云：「鼓聲也。」清人在彭者，狄侵衛地，清人方在鳴鼓進戰之時也。駟，四馬也。介之爲甲，音之近也。四馬被甲，所以駕車者，蓋高克所乘也。旁，通作騯，《説文》云：「馬盛也。」疊言旁旁，非一馬也。矛，亦高克車上所建。二矛，與《魯頌》「二矛」同，直是酋矛有二。舊説兼夷矛言二，非也。按《考工記》云：「車有六等之數，車軫四尺，謂之一等。戈柲六尺有六寸，既建而迆，崇于軫四尺，謂之二等。人長八尺，崇于戈四尺，謂之三等。殳長尋有四尺，崇于人四尺，謂之四等。車戟常，崇于殳四尺，謂之五等。酋矛常有四尺，崇于戟四尺，謂之六等。」又云：「攻國之兵欲短，守國之兵欲長。酋矛常有四尺，夷矛三尋。」八尺爲尋，倍尋爲常，則是酋矛長二丈，夷矛長二丈四尺，皆長兵也。此禦敵于境，正守國之兵，宜有夷矛，然非車上所建，蓋軍士手執之以禦敵者。《魯頌》「二矛」與「重弓」共文，弓無二等，祇是一弓而重之，則知二矛亦一矛而有二，所以備折壞也。英，以羽飾矛也。《魯頌》謂之朱英，蓋以朱染之也。曰重英者，以二矛各有英飾也。河上者，營軍之處。翶翔，鳥緩飛之貌，解見《載驅》篇。高克非將兵之才，徒盛其軍容，聊于河上焉遊戲而已。自「駟介」而下，皆指高克言。後放此。

清人在消，蕭韻。**駟介麃麃**。叶蕭韻，蒲嬌翻。**二矛重喬**，蕭韻。《韓詩》、豐氏本俱作「鷮」。**河上乎逍**《釋文》作「消」。**遥**。蕭韻。《釋文》作「搖」。○賦也。消，《説文》云：「盡也。」狄已入衛，清人逃散，正在其消亡之時也。麃，通作儦。《説文》云：「行貌。」喬，《説文》云：「高而曲也。」矛在車上，爲五兵之最高者。其製上句，故以喬名。重喬，猶云重英，以有二矛，故謂之重。又鄭云：「喬，矛矜近上及室題，所以懸毛羽。」按矜，矛柄也。室，謂矛之銎孔。銎者骹也，即矛頭受刃處。題，謂頭也。逍遥，解見《白駒》篇。言以河上爲遠遊之地也。時衛已新破，而高克全無警懼之心，但見其逍遥自樂而已。任將如此，豈不殆哉！季云：「狄患先及于衛，則清人宜當其衝，尚未遽能渡河至鄭也。第遣一旅至河，更番偵伺，待有警急而後大發車徒，未爲晚也。今乃盡以其師次于河上，使之翱翔逍遥，遊嬉閑暇，豈恤師之道哉？」

清人在軸，叶宥韻，直祐翻。**駟介陶陶**。叶宥韻，徒候翻。**左旋**豐氏本作「還」。**右抽**，叶宥韻，勑救翻。《説文》、豐氏本俱作「搯」，云：「拔兵刃以習擊刺。」**中軍作好**。叶宥韻，許候翻。○賦也。軸，通作逐，《説文》云：「追也。」按鄭箋解《碩人》之「軸」作「逐」，孔云：「逐與軸，蓋古今字異。」清人在軸，言清人正在爲狄所追逐之時也。《左傳》狄滅衛，國人出，狄人從之，又敗之河。是其事也。陶，通作嗂，《説文》云：「喜也。」左謂御者，在將軍車左執轡而御馬者也。旋，習迴旋其車也。右謂勇力之士，在將軍車右執兵以擊刺者也。抽，《説文》云：「引也。」朱子云：「拔刃也。」中軍，謂將在鼓下，居車之中，即高克也。鄭云：「兵車之法，將居鼓下，故御者在左。」孔云：「《左》成二年，晋伐齊，郤克將中軍，解張御，鄭丘緩爲右。郤克傷于矢，流血及屨，未絶鼓音，曰：『余病矣。』張侯曰：『自始合，而矢貫余手及肘，余折以御，左輪朱殷，豈敢言病？』張侯即解張也。郤克傷矢，言未絶鼓音，是郤爲將在鼓下也。張侯傷手，而血染左輪，是御者在左也。此謂將之所乘車耳。兵車之法，左人持弓，右人持矛，中人御。御車不在左也。至于平常乘車，則又不然矣。《曲禮》曰：『乘君之乘車，不敢曠左。』注謂君有惡，空其位。則人君平常皆在車左，御者在中央。故《月令》説耕籍之義云：『天子親載耒耜，措之于參保介之御間。』保介，謂車右也。置耒耜于車右御者之間，御者在中，與兵車異也。將居鼓下，雖人君親將，其禮亦然。《夏官·大僕》職云：『凡軍旅田役，贊王鼓。』是天子親鼓也。成二年，齊侯伐我北鄙，圍龍，齊侯親鼓之。是爲將乃然，故云將居鼓下。」好，毛傳云：「容好也。」鄭云：「高克之爲將，使其御者習旋車，車右抽刃，自居中央，爲軍之容好而已。」愚按衛既爲狄所敗，又爲狄所逐，距高克將兵之地，僅隔一河。此時聲息既聞，當枕戈露刃，不遑寧處。而尚陶陶然以晏閒無事處之，徒習爲容好以耀軍士。假使敵師奄至，何以禦之？其不爲虀粉者幸耳。《春秋》書鄭棄其師，正譏文公命將不得其人，觀此詩可見。克無將畧，故不爲軍士所服，至于師潰出奔。而舊説但以師久而不召，爲棄其師。《公羊傳》謂逐而不納，棄師之道。《穀梁傳》謂惡其長而兼不反其衆，則是棄其師。皆不明于《詩》與《春秋》之意者也。胡安國云：「人君擅一國之名寵，殺生予奪，惟我所制爾。使克不臣之罪已著，按而誅之可也。情狀未明，黜而遠之可也。愛惜其才，以禮馭之可也。烏有假以兵權，委諸境上，坐觀其失伍離散，而莫之恤乎？然則棄師者鄭伯，乃以國稱何也？二三執政，股肱心膂，休戚之所同也。不能進謀于君，協志同力，黜逐小人，而國事至此。是謂危而不持，顛而不扶，則將焉用彼相矣？《書》曰：『鄭棄其師。』君臣同責也。」鄒忠胤云：「夫將者，三軍之司命。古者遣將，親爲推轂，曰：『閫以外，將軍制之。』權綦重矣。即素所愛信，猶不容以輕委，而況舉不祥之器，奉之應且憎者？鄭人使高克帥師，以惡之故，既已惡之，而復委以兵柄，豈將假手于狄，以剪所忌耶？向使克自知罪在不宥，擁兵自固，或召狄以内寇而爲之應，或奔狄以輸情而爲之謀，則是反以禦狄者餌狄，何幸之有？即不然，而以三軍之衆羈勒一夫，是投鼠以千金之璧，豈不愚哉？猶幸師潰且歸，而克僅束身以奔陳也。甚矣文公以己之國僥倖也！」陳際泰云：「齊人殲于遂，自殲也。鄭師潰于河上，自棄也。」

《清人》三章，章四句。鄭云：「《清人》作于鄭文公時，傳有明證。《毛詩》編在《有女同車》、《扶蘇》、《蘀兮》諸篇前，皆《序》所指爲刺忽者。按昭公忽、厲公突，皆莊公子，而文公即厲公之子也。《詩》猶之史，必以世代爲次，豈宜越次如此？故知《毛詩》之錯簡多矣。」朱傳謂鄭文公惡高克，使將清邑之兵，禦狄于河上，久而不召，師散而歸，鄭人爲之賦此詩。按杜預《春秋釋地》云：「中牟縣西有清陽亭。」《水經注》云：「清池水，出清陽亭西南平地，東北流，逕清陽亭南，東流，即故清人城也。」其地今屬開封府，乃鄭地。鄭箋、朱傳皆謂高克將清邑之兵者本此。但《詩序》、《左傳》皆無明文，至經言在彭、在消、在軸，據毛傳皆以爲河上之地。孔謂師久不得歸，故遷移三處。今遍考諸書，于彭、消、軸地名，絶不經見。經文又但以「河上」總之，雖《左傳》亦然，則遷移三處之説，恐非其寔。且高克成師以出，不應獨將清邑之兵，故當以季彭山之解爲正。

《木瓜》，美齊桓公也。衛國有狄人之敗，出處于漕，齊桓公救而封之，遺之車馬、器服焉。衛人思之，欲厚報之，而作是詩也。出《序》。○孔穎達云：「衛立戴公以廬于漕，齊桓公使公子無虧帥車三百乘，甲士三千人，以戍漕。歸公乘馬，祭服五稱，牛、羊、豕、雞、狗皆三百，與門材，歸夫人魚軒，重錦三十兩。戴公卒，文公立，齊桓公又城楚丘以封之，與之繫馬三百。」按衣單複具曰稱。重錦，錦之熟細者。繫馬，繫于廐之馬，蓋善馬也。兩公相繼，皆爲齊所遺，則桓公之待衛，亦不薄矣。衛人深德之，故設言投報之理，以見其意。孔子曰：「吾于《木瓜》，見苞苴之禮行也。」胡安國云：「《木瓜》美桓，而夫子録之，善衛人之情也。曷爲善之？報者，天下之利。以德報德，則民有所勸矣。」

投我以木瓜，叶魚韻，讀如居，斤於翻。**報之以瓊琚。**魚韻。**匪報**號韻。亦叶宥韻，敷救翻。**也，永以爲好**叶號韻，虚到翻。亦叶宥韻，許候翻。**也。**比也。投者，取物相遺之謂。木瓜，舊説以爲楙也，見《爾雅》。《本草》云：「花生于春末，深紅色，其實大者如瓜，小者如拳。」陸佃云：「木瓜葉似柰，實如小瓜，味酢，善療筋轉。陶隱居曰：『如轉觔時，但呼其名，及書上作木瓜字輒愈。蓋梅望之而蠲渴，楙書之而緩筋，理有相感，不可得而詳也。』」馮時可云：「古語曰：『梨百損一益，楙百益一損。』投人之道，宜有以益之。」羅願云：「魚復縣地多木瓜，大者如瓶。又其木可以爲杖，故取幹之道，木瓜次之。今人取木瓜大枝，作杖策之，云利筋膝。根葉煮湯淋足脛，可以已蹷。又截其木乾之，作桶以濯足。齊孝昭北伐庫莫奚至天池，以木瓜灰毒魚。又別木瓜者云：木瓜與和園子、蔓木、土伏子相似，其皮薄，微赤黄，香，甘酸不澁，穰中子尖，一面方者，爲真木瓜。」《草木子》云：「木瓜一尺，一百二十二節。」瓊，毛傳云：「玉之美者。」應劭云：「玉之華也。」許叔重以爲赤玉，然據末章云「瓊玖」，玖乃黑玉，則不應與瓊並言也。琚，佩玉名。按佩有璜、有珩、有琚。珩者，佩之上横者也，下垂三道，貫以蠙珠。璜如半璧，繫于兩旁之下端。又有組，以左右交牽之，使得因衡之抑揚，以自相衝擊。而于二組相交之處，以物居其間，交納而拘捍之，故謂之琚。或以大珠，或襍用瑀石，賈誼《新書》所謂「佩玉捍珠，以納其間」者是也。此言琚用瓊，則佩之美者。蘇轍云：「瓊琚之于木瓜重矣，然猶不敢以爲報也，永以與之爲歡好而已。此衛人感齊桓救患之恩，故設爲瓜瓊不等之喻。言人遺我以微物，猶必有以厚報之，況齊桓之贈遺如此其厚，則報之當何如？永以爲好，亦是欲其君依附大國，時常聘問之意。」歸子慕云：「謂之投者，平居分義，無往來之道，出于望外者也。衛之與國，姜爲異姓，乃存亡之義，不出于諸姬而出于姜氏，詩人所以感思桓公之德無已時也。」凌濛初云：「齊桓存亡衛而衛忘亡，故作此感恩之詩。夫子録之于衛風之終、王風之前，正以見有齊桓霸業，而後中國始知有王耳，與『微管仲，吾其被髮左衽』同意。」《左》昭二年，晋韓宣子聘于衛，衛侯享之。北宫文子賦《淇澳》，宣子賦《木瓜》，思報德也。

投我以木桃，叶蕭韻，讀如調，田聊翻。**報之以瓊瑶。**蕭韻。**匪報**見前。**也，永以爲好**見前。**也。**比也。舊説以木桃即桃，木李即李。徐氏云：「瓜有瓜瓞，桃有羊桃，李有雀李，此皆枝蔓也。故言木瓜、木桃、木李以別之也。」又陸佃云：「江左故老，視其實如小瓜而有鼻，食之津潤不木者，謂之木瓜。圓而小于木瓜，食之酢澁而木者，謂之木桃。木李大于木桃，似木瓜而無鼻，其品又下于木桃，亦或謂之木梨。梨蓋聲之誤也。鼻即瓜之脱華處，里俗呼之爲咮，其著華處乃臍也。木瓜性脆，木李性堅。今人以蜂飴漬之者取木瓜，煎之者取木李。」姚旅云：「木桃，樝子也，似木瓜，小而酢澀，色亦黄。木李，榠樝也，似木瓜，大而黄。木瓜有重蒂，木李單蒂耳。」按此則木李、木桃之實，俱與木瓜相似。又任昉《述異記》云：「杜陵有金李，李大者謂之夏李，尤小者呼爲鼠李。桃之大者爲木桃。《詩》云『投我以木桃』是也。」俱未詳孰是。一説，姚寬云：「《詩》之意，乃以木爲瓜、爲桃、爲李，俗謂之假果者，蓋不可食、不適用之物也，亦猶畫餅土飯之義爾。投我以不可食、不適用之物，而我報之以瓊玉可貴之物，則投我之物雖薄，而我報之實厚。《初學記》、《六帖》于果食木瓜門，皆引衛風《木瓜》之詩，誤矣。」亦通。瑶，《説文》云：「玉之美者。」趙頤光云：「瑶从玉从䍃，意兼聲。古人佩玉，取其美質而易損，用以攝心寓戒也，故从䍃。」愚按此瑶即珩下之蠙珠是也。

陳祥道云：「《戴禮》曰：『玭珠以納其間。』《韓詩傳》亦曰：『蠙珠以納其間。』蠙者蚌也，玭即蠙也。然荀卿賦曰：『璇玉瑤珠，不知佩也。』謂之瑤珠，則以玉爲珠，非蚌珠也。謂之蠙珠，蓋其狀若蚌珠然。」

投我以木李，紙韻。**報之以瓊玖。**叶紙韻，苟起翻。**匪報**見前。**也，永以爲好**見前。**也。**比也。玖，《説文》云：「玉之黑色者。」毛傳云：「石次玉者。」未詳孰是。趙頤光云：「玖从玉从久，意兼聲。玉久土侵，失白光似石，故从久也。」陸佃云：「報人欲其堅久，故以瓊玖。」孔云：「瓊是玉之美名，非玉名也。琚、瑤、玖，三者互也。」按琚、瑤皆佩名，玖乃玉名。厥後衛文公忘齊人再造之恩，于齊桓公既死，乘五子之亂而伐其喪。夫子作《春秋》，諸侯未有書名者，惟衛文公滅邢書名。删《詩》存《木瓜》，惡其不仁也。

《木瓜》三章，章四句。《序》意甚明，朱子改爲男女相贈答之辭，無稽甚矣。又《子貢傳》、《申培説》皆以爲朋友相贈賦此，其義甚小。賈誼《新書》則云：「禮者，所以恤下也。故繇余曰：『乾肉不腐，則左右親。苞苴時有，筐篚時至，則群臣附。官無蔚藏，腌陳時發，則戴其上。』《詩》曰：『投我以木瓜，報之以瓊琚。匪報也，永以爲好也。』上少投之，則下以軀償矣。弗敢謂報，願長以爲好。古之畜其下者，其施報如此。」其説皆似與孔子「苞苴」之言相合，但如此，則君臣之間有市心焉，未必爲聖人所樂道也。

《定之方中》，美衛文公也。衛爲狄所滅，東徙渡河，野處漕邑。齊桓公攘戎狄而封之，文公徙居楚丘，始建城市而營宮室，得其時制。百姓説之，國家殷富焉。出《序》。○按《左》閔二年，冬，狄滅衛，宋桓公立宣姜子申，以廬于漕，是爲戴公。是年，戴公卒，復立其弟燬，是爲文公。齊桓公帥諸侯，城楚丘而遷衛焉，于是戎狄避之，不復侵衛。時僖公二年也。文公大布之衣，大帛之冠，務材訓農，通商惠工，敬教勸學，授方任能。元年，革車三十乘，季年乃三百乘。又《齊語》云：「翟人攻衛，衛人出廬于曹，❶桓公城楚丘以封之。其畜散而無育，桓公與之繫馬三百，天下諸侯稱仁焉。」按繫馬，與《孟子》言「繫馬千駟」義同。韋昭謂良馬在閑而不放散也。然則此詩言「騋牝三千」，亦齊桓有以貽之與？孔穎達云：「國家殷富，在文公末年。此詩蓋末年所作。」

定之方中，東韻。**作于楚宮。**東韻。**揆之以日，**質韻。**作于楚室。**質韻。**樹之榛栗，**質韻。豐氏本作「㮚」。**椅桐梓漆，**質韻。豐本作「桼」。**爰伐琴瑟。**質韻。○賦也。定，星名，北方之宿。《爾雅》云：「營室謂之定。」孫炎云：「定，正也。天下作宮室者，皆以營室中爲正。」《晋・天文志》云：「營室二星，一曰玄宮，一曰清廟，又爲土功事。」《左傳》「水昏正而栽」，栽，築墻長板也。謂今十月，定星昏而中，于是植板築而興作，定在北方水宿也。方中者，言此時定星正中也。孔云：「定星昏而正中，謂小雪時。小雪者，十月之中氣。十二月皆有節氣，有中氣。十月立冬節，小雪中，于此時定星昏而正中也。」劉公瑾云：「夏正十月建亥，春秋時十二月也。農事已畢，可以興作。而人君居必南面，故亥月昏時，見定星當南方之午位，因記此星爲每歲營作之候，又因號爲營室。此蓋成周以後之制，上考唐、虞之時，定星以戌月昏中，歲久而差，至周時，定星始以亥月昏中，下逮今日，此星又以子月昏中矣。」又毛傳云：「方中，昏正四方也。」鄭

❶「曹」，《四庫全書》本作「漕」。

玄云：「其體與東壁連，正四方。」孔云：「于列宿，室與壁相望，其體又壁居南，則在室東，故因名東壁。《爾雅》謂娵觜之口，營室東壁也。孫炎云：『娵觜之口，營室東壁，四方似口，故因名云。』是也。」亦通。按《春秋》僖二年，正月，城楚丘。周正建子，與定中之期正近。其稍不相符者，或是節氣有早晚，或是亥月鳩工而子月乃竣役耳。孔云：「《左傳》曰：『凡土功，水昏正而栽，日至而畢。』則冬至以前皆爲土功之時。以曆較之，僖二年閏餘七，七則閏在正月之後，正月之初未冬至，故爲得時也。《月令》仲冬命有司曰『土事無作』，亦與《左傳》同。而《召誥》營洛邑，于周之三月起土功，不依禮之常時者，因欲觀衆殷樂之與否，故不依常時也。」楚宫，楚丘之宫。鄭玄云：「謂宗廟也。」楚丘在濟河間，疑在今東郡界。孔云：「衛本河北，至懿公滅，乃東徙渡河，野處漕邑，則在河南矣。又此二章，升漕墟，望楚丘，楚丘與漕，不甚相遠，亦河南明矣。」按《郡縣志》，隋置楚丘縣，屬滑州，後改衛南，本漢濮陽縣地。《通典》亦云：「滑州衛南縣，衛文公遷楚丘，即此城也。」五代屬澶州，今爲開州。杜預以爲在濟陰成武縣西南，豐熙以爲在兖州府曹州曹縣東南五十里。又拱州有楚丘，在漢爲梁國己氏縣，即今歸德府是也。皆非衛地，不足信。揆，《爾雅》云：「度也。」《考工記》「匠人建國，水地以縣，置槷以縣，眂以景，爲規識日出之景，與日入之景，晝參諸日中之景，夜考之極星，以正朝夕」。按水地以縣者，謂置水地中以求平，而垂繩四隅以合水。槷與臬同，柱也。縣，垂繩也。置槷以縣，植木爲柱，以縣繩也。柱有四角四中，垂以八繩，繩皆附柱，則其柱正矣。柱正，然後視之以測日景也。爲規者，畫地爲員規，朝識日景，其端指西，暮識日景，其端指東，兩端長短，必與規齊，測其端，則東西正。就其中屈之，則南北亦可正也。又于晝漏午時，參此日中之景，可以正南方之位，因以正北方之位也。古人營作，上順天時，下正方面，于宫室分言之者，互文以見義也。楚室，楚丘之室。鄭玄云：「居室也。君子將營宫室，宗廟爲先，廐庫爲次，居室爲後。」孔云：「明制有先有後，别設其文也。《緜》與《斯干》皆述先作宗廟，後營居室也。」《爾雅·釋宫》以宫室爲一，云宫謂之室，室謂之宫，蓋通而言之，其對文則異也。《曲禮》註疏云：「四面穹窿則宫，貯物充實則室。」樹，植也。榛、栗，二木，其實榛小栗大，皆可供籩實。又羅願云：「有一種榛，大小枝葉皆如栗，其子形如杼，子味亦如栗，所謂樹之榛栗者，非榛楛之榛也。」陸佃云：「栗味鹹，北方之果也。有莱蝟自裹。」《圖經》云：「實有房，彙若拳，中子三五，小者如桃李中子，惟一二將熟，則暴開子出。栗房當心一子，謂之栗楔，治血尤効。」椅，梓屬。陸佃云：「舊説椅即是梓，梓即是楸，蓋楸之疏理而白色者爲梓，梓實桐皮曰椅。其實兩木大類同而小别也。」《名物解》云：「椅梓實桐皮，非梓之正，非梓而外若同焉，有倚之意。」陶隱居稱爲椅桐，又以白桐爲椅桐，皆誤。桐，《説文》云：「榮也。」《爾雅》云：「榮，桐木。」以其華而不實，冬結似子者，乃是明年之華房，故亦謂之華桐也。陸璣云：「有青桐，有白桐，有赤桐，惟白桐宜爲琴瑟，此即白桐也。青桐、岡桐皆不可作琴瑟。」錢氏云：「按經典單稱桐者，多以作琴瑟，嶧陽孤桐是也。」《本草》註云：「梓似桐而葉小，花紫，亦有三種，爲百木王，無子者爲楸。」《韻會》云：「今人名膩理者梓，麤白者楸。」陸佃云：「今呼牡丹謂之華王，梓爲木王。蓋木莫良于梓，故《書》以梓材名篇，《禮》以梓人名匠也。」羅願云：「室屋之間有此木，則餘材皆不復震。」《十道記》云：「越人多種豫章樹。」梓即豫章也。漆，本作桼，木名，六月刻取滋汁，可以髤物。《本草》注云：「高二三丈，皮白，葉似椿，花似槐，子若牛李，木心黄。」今經史通作漆。爰，於也。此四木者，他日長大，伐之可以成琴瑟也。陳暘云：「桐之爲木，其質則柔，其心則虛。椅之爲木，其實則梓，其表則桐。古之爲琴瑟必以桐，其脣必以梓，則椅、桐、梓皆琴瑟良材，而漆之爲物，所以固而飾之者也。」陸佃云：「言其宮中所植，皆能預備禮樂之用。語曰：『一年之計莫如種穀，十年之計莫如種木。』故文公于初作宮室之時，早計如此。」而立國之規模氣象，于此亦可觀矣。

升彼虛叶陽韻，逋旁翻。《水經註》、《釋文》俱作「墟」。**矣，以望楚矣。望楚與堂，**陽韻。豐本作「唐」。**景山與京。**叶陽韻，居良翻。**降觀于桑，**陽韻。**卜云其吉，終焉**古本、吕祖謙、嚴粲本俱作「然」。**允臧。**陽韻。○賦也。上章已言作宮室矣，此章乃追本相土度地之初言之。虛，《說文》云：「大丘也。」毛傳云：「漕墟也。」孔云：「知爲漕墟者，以文公自漕而徙楚丘，故知升漕墟。蓋地有故墟，高可登之以望，猶《左傳》稱晉侯登有莘之墟也。」按《管子·大匡》篇云：「狄人伐衛，衛君出致于虛，桓公且封之。」所謂出致于虛者，言出于虛地，以致其告急之詞命于齊。然則虛之爲衛地名，信矣。楚謂楚丘。按《類說·地理書》云：「地形自有魯、楚、衛、晉之名，非必屬楚地也。」傅寅云：「堂，當是今博州堂邑，即今東昌府，古之東郡。王應麟以爲博、濮二州連境，是也。」景，《釋詁》云：「大也。」《水經注》云：「河水分濟北，逕元城縣故城西，又北逕景山東，衛詩所謂『景山與京』者也。又北逕楚丘城西。」《寰宇記》云：「景山，在澶州衛南縣東南三里。」《九域志》云：「開德府有景山，即今大名府開州地也，與《商頌》『景山』無涉。」《輿地廣志》云：「今拱州楚丘，非衛之所遷，縣有景山、京岡，乃後人附會名之。」又朱子解景，謂測景以正方面，亦通。京，高丘也，未詳所在。先是望楚與堂，以審擇兩地之可否，及觀景山與京，俱近楚丘，風氣包裹，則建國之謀，于是決矣。降，《說文》云：「下也。」自漕邑之墟而下于楚丘之野，既領畧其大勢，復細察其土宜也。桑，蠶所食葉木，最宜肥土，宜于桑必宜于田，故以此驗之。劉公瑾云：「衛詩多言桑。蓋衛地跨冀、兖二州，據楚丘，在冀河之東，兖州之境，則文公所觀所説，其桑土之野乎？」夫升虚而望其高，有陵阜，可以屏蔽其國。降觀其下，有桑土，可以宜民。人謀定矣，于是從而卜之。《周禮·大卜》之職所謂「國大遷則貞龜」，如周原之契，洛邑之食，皆是也。云其吉者，言兆云告吉也。允，信。臧，善也。卜既云吉，乃建國而居之，今其終信善矣，如卜所言也。即下章民物富盛之意。晁錯云：「古之徙遠方以實廣虚也，相其陰陽之和，嘗其水泉之味，審其土地之宜，觀其草木之饒，然後營邑立城。」此蓋古之遺法，《定之方中》及《公劉》所載是也。胡胤嘉云：「山勢勝，土脉美，神謀從，則終焉之善可知。此亦創始之時，懸斷必然之語。不然，衛後又遷於帝丘矣，此言豈可據哉？」

靈雨既零，叶先韻，靈年翻。豐本作「霝」。**命彼倌人**，真韻，亦叶先韻，如延翻。**星言夙駕**，**説**音税。鄭玄讀如字，云：「辭説也。」非。豐氏本作「税」。**于桑田**。先韻。亦叶真韻，他因翻。**匪直也人**，韻見上。**秉心塞淵**，先韻。亦叶真韻，一均翻。豐本作「肙」。**騋牝三千**。先韻。亦叶真韻，雌人翻。《説文》引此句作「騋牝驪牡」。○賦也。上段言城野宫室，至此言其政事。蓋人君辨方正位，體國經野，然後可以施政事也。毛萇云：「神之精明稱靈。」《瑞應圖》云：「降而應物，謂之靈雨。」一説，郝敬云：「靈，靈星，蒼龍之宿，主田蠶，三月見于東方。靈雨，靈星見而雨也。」亦通。零，《説文》云：「餘雨也。」蓋雨將闌之時。舊解作落，非是。倌人，《説文》云：「小臣也。」毛云：「主駕者。」孔云：「以命之使駕，故知主駕者。諸侯之禮亡，未聞倌人爲何官也。」星，毛傳云：「雨止星見。」言，語辭也。又《韓詩》云：「星言，星精也。」未詳。

夙，早也。見星而駕，所謂戴星而出也。説，《説文》云：「釋也。」《爾雅》、毛傳俱云：「舍也。」因雨零而命駕桑田之野，以勞勸耕蠶之人，此爲國家根本之慮，萬民衣食之謀，不比粉飾大平，苟且目前者。匪直，猶云不但也。人，即指農桑之人言。秉，持也。塞，充實也。淵，深也。董斯張云：「衛燬亦是中才，不得援剛而塞、齊聖廣淵例看。塞如不變塞之塞，有鬱而不舒、斂而不放之意。淵如深淵之淵，有兢然若臨、惕然若隕之意。蓋詩人謂熒澤餘燼，不絶如綫，公能守其儉素，戰戰焉若危亡之踵其後。衣大布，冠大帛，其秉心證佐歟？先是戴嬀處州吁之難，莊姜送之，亦曰『仲氏任只，其心塞淵』，可以類言矣。」《説文》云：「馬七尺爲騋。」《周禮·庾人》職云：「馬八尺以上爲龍，七尺以上爲騋，六尺以上爲馬。」只此三種，今單稱騋者，舉中言之。陳祥道云：「《覲禮》、《月令》，天子所乘皆言龍。衛詩諸侯所畜則言騋。是天子乘龍，諸侯乘騋也。」陸佃云：「凡馬，宗廟用龍，戎事用駥，田事用騋。騋，田馬也。《考工記》曰：『國馬之輈，深四尺有四寸。田馬之輈，深四尺。』鄭注云：『國馬高八尺，衡高八尺有七寸，除馬之高，則餘七寸，爲衡頸之間也。田馬高七尺，衡高七尺有七寸，除馬之高，則餘七寸，爲衡頸之間也。』」國馬即種馬，所謂龍也。又按《周禮》，天子馬六種：曰種馬，曰戎馬，曰齊馬，曰道馬，曰田馬，曰駑馬，其制五良一駑。邦國馬四種，其制三良一駑。鄭玄以爲無種、戎，陸佃以爲無齊、道，雖無確據，然亦可見專言田馬，爲舉中之辭也。云騋牝者，兼言騋馬與牝馬也。按《周禮》，凡馬，特居四之一。所謂特者，牡馬也。三千，舉其數也。《記》云：「問國君之富，數馬以對。」故及之。或以騋牝爲馬之善者，故《爾雅》曰：「騋牝，驪牡。」以罕稱也。夫既以罕見稱，則「三千」之咏，幾于誇而溢矣，愚所不取。又按《周禮》，天子之馬，十有二閑。凡頒良馬而養乘之，四馬爲乘，一師，四圉掌之。三乘爲皁，計一十二匹，一趣馬掌之。三皁爲繫，計三十六匹，一馭夫掌之。六繫爲廄，計二百一十六匹，一僕夫掌之。鄭玄謂自乘至廄，應乾之策，以乾爲馬，其數九。揲蓍用四，四九三十六，謂一爻之數。純乾六爻，故二百一十六也。六廄成較，較有左右，則爲十二廄，即十二閑也。天子之馬六種，五良一駑，每廄良馬一種，二百一十六匹，以左右較之數乘之，當得四百三十二匹，五種合二千一百六十匹。駑馬一種，三良馬之數，則爲千二百九十六匹。合之，凡三千四百五十六匹。此天子馬之全數也。諸侯邦國六閑，四良一駑，駑數亦三于良，分爲三閑，與良馬三種各一閑，每閑皆二百一十六匹，以六乘之，止于千二百九十六匹。考《左傳》言衛文公元年，革車三十乘，季年乃三百乘。以四馬爲乘計之，三百乘計一千二百匹，與六閑之制殊合。又《左》成十八年，晋悼公使程鄭爲乘馬御，六騶屬焉，則亦六閑之制也。此詩云「三千」者，蘇轍以爲可用者三百乘，而其牝牡乃三千。嚴粲以爲革車不用牝馬，今併牝馬數之，故爲三千。林氏則云：「成周以民牧者，如丘甸歲取馬四匹之類。然而在天子之都，諸侯之國，士大夫之家，未嘗不自蓄焉。如《周禮》以天子十有二閑，先儒論數，不過三千餘匹。衛文公承夷狄所滅之後，新造之國，末年亦至騋牝三千。若以制度論之，衛以諸侯之國，又當殘亂之餘，其他固未及論，安得遽如成周全盛乘馬之數？蓋所謂天子十有二閑，是養之於官者。衛文公之騋牝三千，舉官民通數而言之，此成周官民通牧之制也。」羅願則云：「《左傳》稱元年革車三十乘，季年乃三百乘。蓋馬特居四之一，騋牝三千，則當有牡一千。革車不用牝，純用牡馬。牡馬一千，爲車二百五十乘，取成數，曰三百乘爾。」數説並存之。詩人言文公勤于治國，不特注意于農桑之人而已，其操心塞實而淵深，雖下至騋牝之微，莫非其經營之所及，故能致蕃育之盛如此。

嗚呼！佚淫儉思，于興廢豈不大哉！謝枋得云：「秉心也實，故事事朴實，不尚高虛之談。秉心也淵，故事事深長，不爲淺近之計。富國强兵，豈談高虛、務淺近者之所能辦。」程大昌云：「凡爲人上而存心審當，則遇事無不曲至。畜牧至末事，亦遂賴此心以之孳息，故馬亦蕃庶也。是蓋莊周履豨之論也。豨，豕也。豕之一身難肥者，莫過於蹢也。踐踏豕足，而見其豐肥，則知其通身無有不肥也矣。此繇末觀本之論也。若直曰此心可以感動乎馬，則是虛談無實也。晋郭展爲太僕，留心於養生，而廄馬充多，征吴得以濟事。潘尼爲《太僕箴》敘列其事，皆推養生，而致之於馬，即其説有本矣。《莊子》曰：『百里奚爵禄不入於心，故飯牛而牛肥。』孔子嘗爲乘田，而牛羊茁莀。皆一理也。」

《定之方中》三章，章七句。《子貢傳》以爲魯僖公城楚丘以備戎，史克頌之。《申培説》同。豐熙解云：「楚丘，魯地，在今曹縣東南五十里，地近徐戎。戎數侵魯，故僖公築城以備之，因爲宫室於其城中。其後襄公薨于楚丘，即其處也。次章堂作唐，亦魯地，今兖州府魚臺縣有武唐亭，在楚丘西南，戎之北界，故《春秋》隱、桓二公皆盟戎于此。景山，在曹縣東四十里，商湯嘗合諸侯于此。京亦山名，在己氏縣。」按豐氏所稱引地理，俱非確據，故不足信。至以《春秋》書襄公薨于楚宫，謂即此楚宫，則剌謬之甚者。按《左》襄三十一年，公作楚宫。穆叔曰：「《大誓》云：『民之所欲，天必從之。』君欲楚也夫？故作其宫，若不復適楚，必死是宫也。」六月辛巳，公薨于楚宫。夫襄之去僖遠矣，宫固襄所自作，非舊宫也。惟《春秋》僖二年，書「春王正月，城楚丘」，而不言城衛。或者疑焉，以爲楚丘固魯地，魯自城之耳。又有此詩傳爲之證佐，而騋牝三千，亦似與《駉》篇之咏相合，則遂斷以爲非衛文之詩。愚初亦惑于其論，然三傳皆以城楚丘爲齊桓公封衛矣，《吕覽》亦云「桓公更立邢于夷儀，更立衛于楚丘」，彼去古未遠，而説之相符乃爾，且與此詩合，亦何可疑之有？又《左》僖十二年傳云：「春，諸侯城衛楚丘之郛，懼狄難也。」此條雖無經，而杜注以爲爲明年春狄侵衛傳，則楚丘之爲衛楚丘，印據更復明甚。

《采苓》，晋人諫獻公信讒之詩。出《申培説》。○《序》云：「刺晋獻公也。獻公好聽讒焉。」《子貢傳》同。朱子云：「獻公好聽讒，觀驪姬譖殺太子及逐群公子之事可見矣。」鄒忠胤云：「史蘇之占曰：『挾以銜骨，且懼有口。苟可以攜，其入也必甘。』蓋晋獻之好讒，已嘗售于士蔿之譖富子，而女戎猶其最著者。公固曰：『何口之有？口在寡人。寡人弗受，誰敢興之？』無奈其受遑而不知也。」唐史有云：「豔嬖之興，常在中主。第禍既交，則情與愛遷。顔辭媚熟，則事爲私奪。狡謀鉗其悟先，哀誓揵于寵初。夫如是，雖欲弗受，安得而弗受？」

采苓采苓，叶真韻，離珍翻。**首陽之巔。**叶真韻，典因翻。豐氏本作「顛」。**人之爲**定本作「僞」。下同。**言，苟亦無信。**叶真韻，息鄰翻。**舍旃舍旃，**先韻。**苟亦無然。**先韻。**人之爲言，胡得焉？**先韻。○比也。苓，通作蘦，《爾雅》云：「大苦也。」即甘草。解見《簡兮》篇。《説文》于苓，則解曰卷耳；于苦，則解曰「大苦，苓也」。今按卷耳自名苓耳，《爾雅》可據。而以大苦爲苓，則苓之即爲蘦，確矣。又《月令》有「苦菜秀」之文，亦不得以大苦名苦也。孔穎達云：「首陽之山，在河東蒲坂縣南。」今在山西蒲州東南三十里，亦名雷首山，又名首山，《左傳》「趙宣子田乎首山」是也。山南曰陽。劉公瑾云：「泛名其山則曰首山，主山南而言則又曰首陽。」巔，山頂也。苓生于隰，故《簡兮》之詩曰「隰有苓」。今見采苓者，問其何從得之？而曰得于首陽之巔，則其所自來者，不足信矣。正與下文「人之爲言，胡得焉」相照。苟，且。舍，置。旃，之也。又鄭玄云：「旃之言焉也。」「無然」之然，蒙上文語也。胡得者，問其何處得來也。凡人言語，其爲讒與否未可知，且勿輕信。然則將一概舍置，而付之不問乎？亦且不可如此。惟當有以察之，則無如究其言之何所自來耳。輔廣云：「讒譖之人，不畏人之不聽，而畏人之能審。今雖不聽，彼將浸潤而入之，則異日或不能不聽矣。惟能審察，而真有以見其情僞之所以然，則不惟不敢進，而亦無自而進矣。此止讒之法也。」嚴粲云：「考其言何從而得之，推其所自來，則虛實盡見。讒言之得行，繇不問其所繇來，而遽信之耳。漢昭帝悟燕王上書之詐，蓋察其書所繇來也。」張子厚云：「舍旃則無然，爲言則求所得，所譽必有所試，厚之至也。」蘇轍云：「事蓋有似而非者，獻公好聽讒言，不究其實，而輒從之。申生之死，不究其實之故也。」

采苦采苦，麌韻。**首陽之下**。叶麌韻，後五翻。**人之爲言，苟亦無與**。叶麌韻，讀如羽，王矩翻。**舍旃舍旃**，見前。**苟亦無然**。見前。**人之爲言，胡得焉？**見前。○比也。苦，即苦菜也。孔云：「此荼也。」解見《谷風》篇。陸璣云：「《詩》所謂『堇荼如飴』，《内則》所云『濡豚，包苦』，用苦菜，是也。」苦生于田，亦非山中之物。今曰得之首陽之下者，謾辭也。與，《説文》云：「黨與也。」言不必遽信，而與之爲黨也。

采葑采葑，叶東韻，敷馮翻。**首陽之東**。韻。**人之爲言，苟亦無從**。叶東韻，麤叢翻。**舍旃**

圃，亦非山中所有。此詩三章，語意了無分别，惟取譬苓、苦、葑三者異耳。詩人託物起義，指即在此。陸佃云：「苓甘者，苦苦者，言讒人無所不至，其害人也，必因其似而譖焉。采苓，則因人之所甘而譖之之況也。采苦，則因人之所苦而譖之之況也。葑有時而甘，亦有時而苦。采葑，則又因人之所甘所苦而併譖之之況也。」又或云：「蘦甘而苦苦，讒者之入人，必先甘而後苦，而葑則甘苦相半，所謂『采葑采菲，毋以下體』，半以爲惡，半以爲美，則讒人之所以嘗試其君者，無所不用矣。」皆通。從，《説文》云：「相聽也。」

舍旃，見前。**苟亦無然。**見前。**人之爲言，胡得焉？**見前。○比也。葑，解見《谷風》篇。葑生于

《采苓》三章，章八句。郝敬云：「朱子改爲聽讒之詩，謂未見其果作于獻公時，非也。事之可據，孰有如晉獻公聽讒者乎？如是猶謂不信，則詩必有年月日時作者姓名乃可。」

《陟岵》，晉狐偃從公子重耳出亡也。狐偃，字子犯，狐突之子，狐毛之弟，公子重耳之舅也。亦稱舅犯。重耳，晉獻公子，爲狐突之女狐姬所生，後爲晉文公。按《左傳》、《國語》記驪姬既譖殺太子申生，又譖重耳與知共君之事，重耳奔蒲。公使寺人披伐蒲，刺重耳。重耳出亡，及栢谷，卜適齊、楚。狐偃曰：「無卜也。夫齊、楚，道遠而望大，不可以困往。道遠難通，望大難走，困往多悔，困且多悔，不可以走望。若以偃之慮，其翟乎？夫翟，近晋而不通，愚陋而多怨，走之易達。不通，可以竄惡。多怨，可以共憂。今若休憂于翟，以觀晋國，且以監諸侯之爲，其無不成。」乃遂之翟，從者狐偃、趙衰、顛頡、魏武子、司空季子。在翟十二年。狐偃曰：「日吾來此也，非以翟爲榮，可以成事也。吾曰奔而易達，困而有資，休以擇利，可以戾

也。今戾久矣，戾久將底，底箸滯淫，誰能興之？盍速行乎？」遂適齊過衛，自衛過曹、過宋、過鄭，遂如楚。於是懷公自秦逃歸，秦伯召公子於楚，懷公命無從亡人期，期而不至，無赦。狐突之子毛及偃，從重耳在秦，弗召。冬，懷公執狐突曰：「子來則免。」對曰：「子之能仕，父教之忠，古之制也。策名委質，貳乃辟也。今臣之子，名在重耳，有年數矣。若又召之，教之貳也。父教子貳，何以事君？刑之不濫，君之明也，臣之願也。淫刑以逞，誰則無罪？臣聞命矣。」乃殺之。及秦伯納公子，將濟河，子犯授公子載璧曰：「臣從君還軫，巡于天下，惡其多矣，臣猶知之，而況君乎？不忍其死，請繇此亡！」公子曰：「所不與舅氏同心者，有如河水！」沈璧以質。此狐偃從晉文公出亡，以至歸國之始末也。當文公奔翟時，從亡之士僅有五人，狐偃與而狐毛不與。及文公入秦，毛與偃俱在，乃不應懷公之召，而其父狐突因之以死。豈當文公十二年居翟之後，周遊列國之時，毛以舅氏之親，始繼偃而至耶？此詩辭旨倥傯，當是初奔翟時所作。以狐突仍仕晉國，而狐毛尚未從行，故既瞻望父母，而又復有瞻望兄之語耳。魏詩即晉詩也，其爲狐偃所賦復何疑？

陟彼岵麌韻。**兮，瞻望父**麌韻。**兮。父曰：嗟予子！**紙韻。**行役夙夜無**《石經》作「毋」。**已。**紙韻。**上**《石經》、豐氏本俱作「尚」。後同。**慎旃哉，猶來無止！**紙韻。○賦也。《爾雅》云：「山多草木曰岵。」劉熙《釋名》云：「岵，怙也。山有草木，人所恃取，以爲事用也。」趙頤光云：「山久則草木生之，故从古。」今按「父兮生我」，又「無父何怙」，此孝子所以升岵而切望父之思也。父，狐偃之父狐突也。稱父曰者，臨別丁寧之言也。嗟，嘆聲，歎而告之。蘇轍云：「孝子登高以望其父而不見，則思其將行之戒以自慰。」行役夙夜無已，言既負羈絏從公子以出，則當夙興夜寐，盡心所事，無有休懈，所謂義也。故毛傳云：「父尚義。」狐突謂子之能仕，父教之忠，正此意也。上，即行役也。嚴粲云：「上猶赴也，謂赴役也。」如赴官曰上官，赴工曰上工。《七月》『上入執宫功』以繇田野入都邑爲上，此以繇家居赴道塗爲上。今俗諺猶云上路也。」旃，毛傳云：「之也。」孔穎達云：「此旃與《采苓》『舍旃』之旃，皆爲足句，故訓爲之。」所謂「慎旃」，即蒙上文「夙夜無已」之意。從亡在外，操心危，慮患深，誠不可以不慎也。猶，朱子云：「尚也。」庶幾擁衛公子歸國，無止于外而不返也。

陟彼屺紙韻。**兮，瞻望母**叶紙韻，母鄙翻。**兮。母曰：嗟予季！**寘韻。**行役夙夜無寐。**寘韻。**上慎旃哉，猶**《爾雅注》作「猷」。**來無棄！**寘韻。《爾雅注》作「弃」。○賦也。《釋名》云：「山無草木曰屺。」屺，圮也。」按秦風「有紀有堂」，毛傳云：「紀，基也。」孔云：「《集注》本作屺，定本作紀。以下文有堂，故以爲基，謂山基也。」據此則屺乃山基，其勢傾圮，因取屺爲名。升屺而瞻望母者，父天母地，父尊母卑，又子姓遞傳，基本于母，故以屺爲母之比也。稱予季者，以行者輩屬季故，觀下章有兄可見矣。無寐，嚴云：「猶今人言醒睡也。」行役在途，存亡戒心，故早夜不可安寢。毛傳謂「母尚恩」，是也。慎旃，亦蒙上文「夙夜無寐」之意。無棄者，言無爲公子所遺棄也。

陟彼岡陽韻。**兮，瞻望兄**叶陽韻，虚王翻。**兮。兄曰：嗟予弟！**叶紙韻，蕩以翻。**行役夙夜必偕。**叶紙韻，苟起翻。**上慎旃哉，猶來無死！**紙韻。○賦也。《釋名》云：「山脊曰岡。」岡，亢也，在上之言也。」故以爲兄之比。兄，偃之兄毛也。偕，毛傳云：「俱也。」囑其必與同行者俱也。慎旃，亦蒙上文「夙夜必偕」之意。猶來無死，欲其能避禍害無死地也。

《陟岵》三章，章六句。朱傳、《申培説》皆以爲魏人行役而思其親，故作此詩。《序》則云：「孝子行役，思念父母也。國迫而數侵削，役乎大國，父母兄弟離散，而作是詩也。」鄒忠胤云：「《采薇》以公義言，故曰『我行不來』，《陟岵》以私情言，故曰『猶來無止』。蓋邊戈戍鼓，則悽惋悲壯，而望雲瞻木，則氣結啼枯，固詩人之致乎？其末及嘆于室之婦嗟濶、嗟洵如《擊鼓》者，此則爲未娶之季言也。唐人《吊古戰場文》曰：『蒼蒼烝民，誰無父母？提携捧負，畏其不壽。誰無兄弟？如足如手。誰無夫婦？如賓如友。生也何恩，殺之何咎？其存其殁，家莫聞知。人或有言，將信將疑。悁悁心目，寢寐見之。』嗟乎！爲人上者覽此，其於得已之役，亦可以少寢夫？」徐士彰云：「孝子思親，不言己之念親，而反言親之念己，則所以存諸心者益切。不言己之自慎，而言親之欲其慎，則所以保其身者益至。詳味之，藹然有天親慘怛之情焉。劉元城謂其末句自儆自怨，可以見忠孝之心，亦善發詩人之意者也。」曾鞏云：「先王之世，上之所以接下，惟恐失其養父母之心。其勞使臣之辭則然，而推至于戍役之人，亦勞之以王事靡盬，憂我父母。則先王之政，即人之心，莫大于此也。及其後世，或任使不均，或苦于征役，而不得養其父母，則有《北山》之感，《鴇羽》之嗟。或行役不已，而父母兄弟離散，則有《陟岵》之思。詩人皆推其意，見于國風，所謂『發乎情，止乎禮義』者也。」按數説亦近似，並録之。《子貢傳》闕文。

《葛生》，刺晉獻公也。好攻戰，則國人多喪矣。出《序》。○愚按此死者之婦悼亡之詩，采詩者録之以志刺。獻公，名佹諸，武公子。孔穎達云：「獻公以莊十八年立，僖九年卒。案《左傳》莊二十八年，晋伐驪戎。閔元年，晋侯作二軍，以滅耿、滅霍、滅魏。二年，使太子申生伐東山臯落氏。僖二年，晋師滅下陽。五年八月，晋侯圍上陽。冬，滅虢，又執虞公。八年冬，晋里克敗狄于采桑。見于傳者已如此，是其好攻戰也。」又按《外傳》載獻公田，見翟柤之氛，歸寢不寐，遂伐翟柤。曹氏云：「二十三年之間，凡十一戰，宜其喪亡者多也。兵猶火也，弗戢必自焚。獻公嗜殺而不已，反禍其子，與秦皇、漢武略同，可不戒哉？」

葛生蒙豐氏本作「冡」。後同。**楚，**語韻。亦叶御韻，創據翻。**蘞蔓于野。**叶語韻，余吕翻。亦叶御韻，常恕翻。**予美亾此，誰與獨處？**御韻，亦叶語韻，敞吕翻。○賦也。葛，草名，解見《葛覃》篇。蒙，通作冡，《説文》云：「覆也。」楚，木名。解見《漢廣》篇。蘞，草名，《説文》云：「白薟也。」《本草》云：「一名兔荄，作藤生根，似天門冬。」陸璣云：「蘞似栝樓，葉盛而細，其子正黑，如燕薁，不可食也。幽州人謂之烏服，其莖葉煑以哺牛，除熱。」蔓本草名，葛屬，此則借爲抽引枝條之義。孔云：「此二句互文。葛言生則蘞亦生，蘞言蔓則葛亦蔓，葛言蒙，則蘞亦蒙。」言葛生于此，延蔓而蒙于楚木。蘞亦生于此，延蔓而蒙于野中也。」以次章「蘞蔓于域」推之，域爲塋域，乃此婦之夫所葬之地。地在野中，故先云「于野」。此二句寫出塚上荒凉之景，宛然在目。舊説以爲興體，云蔓草發此蒙彼，以興婦人生于父母，當外成于夫家。陸佃以爲比體，云：「葛生高而蒙楚，蘞生卑而蔓于野，各繫所遇，猶之婦人外成于夫，榮瘁隨焉，所以一心乎君子。語曰：『嫁雞與之飛，嫁狗與之走。』此之謂也。」取義皆通。愚以第三章角枕、錦衾之下，亦有「予美亡此」之文，三章一例，似當作賦體爲正。予美，鄭玄云：「我所美之人，謂其君子也。」亾，鄭云：「無也。」字从人从亾。亾者隱也。曰此者，主閨中而言。或以死訓亾，謂承上文言葛生蘞蔓之地，君子身死于此。語意似順，然于第三章之文義難通，今不從。誰與獨處，婦人自謂也。所美之人既無矣，寂莫閨中，我其誰與乎？但煢然獨處而已。後章倣此。各以二字爲文，遞轉而下，與《易》「匪寇婚媾」，句法正同。

葛生蒙棘，職韻。**蘞蔓于域。**職韻。**予美亾此，誰與獨息？**職韻。○賦也。棘，解見《凱風》篇。域，毛傳云：「塋域也。」變野言域，知是賦其所見。《詩翼》云：「讀『葛生蒙棘，蘞蔓于域』，宛然荒塚纍纍，祭掃悲哀之景。」息，止也。

角枕粲翰韻。**兮，錦衾爛**翰韻。**兮。予美亾此，誰與獨旦？**翰韻。○賦也。枕，卧所以薦首者，以角爲飾，猶梁元帝《謝賚枕啓》所云「重安玳瑁」者也。司馬相如《美人賦》云：「寢具既設，服玩珍奇。金爐薰香，黼帳高垂。茵褥重陳，角枕横施。」粲，通作燦，《說文》云：「燦爛明瀞貌。」衾，解見《小星》篇，以錦爲之。爛，光色也。范祖禹云：「角枕之粲，錦衾之爛，則其嫁未久也。」蘇轍云：「物存而夫亾，是以感物而思之也。」按《世說》云：「袁羊嘗詣劉恢，恢在内，眠未起。袁因作詩調之曰：『角枕粲文茵，錦衾爛長筵。』劉尚晉明帝女，主見詩，大不平，曰：『袁羊，古之遺狂。』」劉孝標亦引《小序》，以見袁以死嘲劉，故主不平耳。則其爲悼亾之詩舊矣。郝敬以角枕、錦衾爲斂襲之具，而引《周禮·大府》之職「大喪供角枕」、《儀禮》「斂用衾」爲證。然上章已有「蘞蔓于域」之文，不應先言葬，後言斂也。獨旦，嚴云：「獨宿至旦也。猶王仲宣詩言獨夜也。思者苦夜長而難旦，『長夜漫漫何時旦』與『秋天不肯明』之意也。」一說，枕衾粲爛，將旦方見其然，故云誰與獨旦。亦通。

夏之日，冬之夜。叶遇韻，元具翻。**百歲之後，歸于其居。**叶遇韻，讀如屨，俱遇翻。豐本作「丘」。○賦也。夏日冬夜，非夏但思于日，冬但思于夜也。但日因夏而永，則日之思比夜之數爲多；夜因冬而永，則夜之思比日之數爲多，以見無時而不思也。居，鄭玄云：「墳墓也。」百歲之後，同歸于九泉之居，矢無他志。義之至，情之盡也。與前三「獨」字相應。

冬之夜，夏之日。質韻。**百歲之後，歸于其室。**質韻。○賦也。繇夏日而冬夜，復繇冬夜而夏日，無歲不思，没身焉而已。室，家壙也。《滕公墓銘》云：「佳城鬱鬱，三千年見白日，于嗟滕公居此室。」是也。

《葛生》五章，章四句。《申培說》云：「晉獻公之時，國人久于征役，室家念之，而作是詩。」朱子亦以爲婦人念夫久從征役而作。然驗篇中「蘞蔓于域」及「百歲之後，歸于其居」等語，其爲悼亡之詩無可疑者。《子貢傳》闕文。

詩經世本古義卷之二十四（柳）

周襄王之世詩十五篇

何氏小引

《有杕》，刺晉惠公也。不納群公子，又欲殺其兄重耳，將亡其國焉。

《權輿》，晉惠公與秦穆公戰，爲秦所獲，舍諸靈臺，怨秦爲德不卒也。

《十畝之間》，齊姜勸晉公子重耳去齊也。

《蜉蝣》，刺曹共公也。君怠國危，玩細娱而忘遠慮，好奢而任小人，將無所依焉。

《候人》，刺曹共公也。❶不用僖負羈，而乘軒者三百人。

《渭陽》，秦太子罃之舅晉公子重耳，自秦返國爲諸侯，罃思母穆姬之恩，而送其舅

❶「曹」，原作「晉」，據卷中正文改。

氏也。

《羔裘豹袪》，晋文公釋憾于寺人披也。

《有杕之杜》，晋文公好賢，國人美之。

《鳲鳩》，曹人美晋文公也。

《羔裘如濡》，鄭人美其大夫之詞。疑美叔詹也。

《閟宫》，頌魯僖公始郊也。詩中所頌之事三焉：郊而配后稷，一也；以天子禮樂祀周公，二也；美禰廟，三也。而郊實自僖公始，其諸繇季孫行父之請命于周歟？頌雖夸，然有微辭，史克作之。

《有駜》，魯僖公大飲烝也。禮，十月農功畢，諸侯與群臣飲酒于太學，以正齒位，謂之大飲。僖公行此禮，其臣美之。

《駉》，思魯伯禽之富也。伯禽儉以足用，寬以愛民，務農重穀，牧于坰野。僖公思遵其法，故命史克爲之頌。

《晨風》，秦穆公悔過也。

《黄鳥》，哀三良也。秦穆公卒，以子車氏之三子爲殉，皆秦之良也。國人哀之，刺穆公以人從死，而作是詩也。

《有杕》，本名《杕杜》，嫌同小雅，以此爲别。**刺晋惠公也。不納群公子，又欲殺其兄重耳，將亡其國焉。**惠公，名夷吾，獻公子。遭驪姬之譖，出亡于外。獻公卒，秦穆公納之，爲諸侯。初獻公立奚齊，盡逐群公子，始爲令，國無公族焉。獻公卒，夷吾得因秦立。始即位，穆姬使納群公子，曰：「公族者，君之根本。」惠公不用，又遣寺人披往渭濱殺重耳，不克。此詩前言「不如我同父」，❶則刺其殺重耳之事。後言「不如我同姓」，則刺其不納群公子之事也。是以知爲刺惠公也。

有杕顔之推云：「江南本並木傍施大，徐仙民音徒計反，《説文》在木部，《集韻》音『次第』之『第』，而河北本皆爲『夷狄』之『狄』，讀亦如字。此大誤也。」**之杜，**麌韻。然下章不用此韻叶，正與鄭風「將翺將翔，彼美孟姜」一例。**其葉湑湑。**叶麌韻，讀如數，爽主翻。**獨行踽踽。**麌韻。**豈無他**豐氏本作「它」。後同。**人？不如我同父。**麌韻。**嗟行之人，胡不比**叶寘韻，必至翻。**焉？人無兄弟，胡不佽**寘韻。崔靈恩《集注》作「次」。**焉？**興也。杕，《説文》云：「樹貌。」毛傳云：「特貌。」蓋樹之特生者。《爾雅》云：「杜，赤棠。白者棠。」樊光云：「赤者爲杜，白者爲棠。」陸璣疏云：「赤棠與白棠同耳，但子有赤白美惡。子白色爲白棠，甘棠也，少酢，滑美。赤棠子澁而酢，無味。俗語云『澁如杜』是也。」一云，牡曰棠，牝曰杜。湑者，零露之貌。王安石云：「湑湑，潤澤也。」《詩詁》云：「猶沃沃也。」嚴粲云：「木無枝葉，則日燥其根上之土，而其木易枯。有杕然特生之杜，其葉湑湑然潤澤，雖無旁木之蔭，而葉猶足以庇其本根。」踽，《説文》

---

❶「我」，原作「君」，據《四庫全書》本改。

云：「疏行貌。」徐鍇云：「踽謂稀疏也。」《孟子》云：「行何爲踽踽涼涼。」乃獨行而無所親暱之意。陸化熙云：「以獨生之杜則甚茂，興獨行之人則無與，此反興也。」「豈無他人」以下，乃正言以開悟之。同父，謂兄弟也。比，並也，《説文》云：「密也。二人爲从，反从爲比。」相與周密也。佽，《説文》云：「便利也。」豈無他人乎？不如我同父之人。言他人不足恃也。如苟以他人爲可恃，嗟彼行道之人，何不見與我相比密乎？凡世上之人，亦有無兄弟者，何不見其所行之便利焉？兩「胡不」是喚醒之詞。

有杕之杜，其葉菁菁。庚韻。《釋文》、豐本俱作「青青」。**獨行睘睘。**庚韻。《文選》注作「煢煢」，陸德明本作「煢煢」。**豈無他人？不如我同姓。**叶庚韻，師庚翻。豐本作「生」。**嗟行之人，胡不比焉？人無兄弟，胡不佽焉？**興也。菁，本韭華之名，蓋以其色取之。睘，《説文》云：「目驚視也。」曹氏云：「獨行多懼，故睘睘也。」《白虎通》云：「姓，生也，人所稟以生者也。」按姓與氏有辨。姓者，所以繫統百世使不別；氏者，所以別子孫所出。故言姓即在上，言氏即在下。王安石云：「同姓雖非同父，猶愈于他人耳。」晏子問于子華子曰：「齊之公室懼卑，奈何？」子華子曰：「夫人之有欲也，天必隨之。齊將卑是求，夫何懼而不獲？昔者軒轅二十五宗，故黄祚衍于天下，于今未忘也。宗周之王也，姬姓之封者凡七十。夫指之不能率其臂，猶臂之不能運其體也。今齊自襄、桓以來，斬斬焉，朝無公族，野無公田。帶甲橫兵，挾轂而能戰，非公士也。結綬纚纚，位列而籍居，非公臣也。公族之子若其孫，散而之於四方，惟童隸是伍。公所以與俱者，自有肺腸者也。於《詩》有之：『豈無他人，不如我同姓。』何以是踽踽而以臨于人上也？齊將卑是求，夫何惧而不獲？」

《有杕》二章，章九句。《序》云：「刺時也。君不能親其宗族，骨肉離散，獨居而無兄弟，將爲沃所并。」今按晉與沃，五世相攻，❶宗族離叛，公室孤立。然沃實負晉，非晉負沃也，如刺即當刺沃耳。又晉獻公患桓、莊之族偪，盡殺群公子，此詩疑亦足當之，但皆於「不如我同父」一語不合。故前二説，愚皆無取焉。朱子謂此乃無兄弟者自傷其孤特，而求助于人之詞。鄒忠胤云：「夫《詩》明言『豈無他人？不如我同父』，同姓求助于人者，立言固若是乎？」《申培説》以爲君子勸人孝友之詩。其意益緩，而篇中亦不見有勸孝之語。《子貢傳》闕文。

《權輿》，晉惠公與秦穆公戰，爲秦所獲，舍諸靈臺，怨秦爲德不卒也。按《列女傳》及《左傳》、《國語》載秦穆公之夫人，晉獻公之女，太子申生之同母娣，與惠公異母，賢而有義。獻公殺太子申生，逐群公子，惠公夷吾奔梁。及獻公卒，得因秦立。始即位，穆姬使納群公子，曰：「公族者，君之根本。」惠公不用，又背秦賂。秦饑，請粟，不與。秦遂興兵與晉戰，獲晉君以歸。秦穆公曰：「掃除先人之廟，寡人將以晉君見。」穆姬聞之，乃與太子罃、公子弘與女簡璧，衰絰履薪以迎，且告穆公曰：「晉君朝以入，婢子夕以死，惟君其圖之！」公懼，乃舍諸靈臺。及晉與秦成，改館晉侯，饋七牢焉。是詩之作，當在未改館之先，舍諸靈臺時也。

---

❶ 「攻」，原作「政」，據《四庫全書》本改。

於我乎夏屋渠渠，魚韻。《文選》注作「蘧蘧」。**今也每食無餘。**魚韻。**于嗟乎，**虞韻。**不承權輿！**叶虞韻，讀如雩，雲俱翻。《爾雅》注「不承權輿」上有「胡」字，或訛以「乎」爲「胡」也。○賦也。於我乎，惠公自言於我晉國之所居也。夏屋，王肅以爲大屋。楊雄《方言》云：「自關而西，秦、晉之間，凡物之壯大者而愛偉之，謂之夏。」《法言》云：「震風凌雨，然後知夏屋之帡幪也。」崔駰《七依》説宮室之美，亦云「夏屋渠渠」，《楚詞・大招》篇云：「夏屋廣大，沙堂秀只。南方小壇，觀絶霤只。曲屋步櫚，宜擾畜只。」皆以室言也。又按《檀弓》云：「有若覆夏屋者矣。」注謂夏屋，今之門廡，其形旁廣而卑正。又曰：「殷人以來，始屋四阿。夏家之屋，惟兩阿而已，無四阿，如漢之門廡。」亦是一説。鄭玄箋《詩》，因次章有「四簋」之言，慮與下文「每食」句不屬，遂易其解曰：「屋，具也。夏屋，謂設食大具也。」今考《爾雅》訓具者乃握字，非屋字。以大具解夏屋，于説鑿矣。楊慎則引：「《字書》云：『夏屋，大俎也。』《禮》：『周人房俎。』《魯頌》：『籩豆大房。』注：『大房，玉飾俎也。其制足間有横，下有跗，似乎堂後有房然。』故曰房俎也。以夏屋爲居，以房俎爲房室，可乎？又《禮》『童子幘無屋』，亦謂童子戴屋而行，可乎？」此其説誠辨，然禮未聞號俎爲屋者，必以大房二字附會夏屋，愚終不敢信也。渠，通作巨，《説文》云：「規巨也。」言夏屋之制有規巨也。一曰，大也。今，謂今被獲也。餘，《説文》云：「饒也。」其字从食，正謂食之饒也。昔在晉國，有夏屋以居，今爲秦所獲，而舍于靈臺，每食無復餘饒，僅免于饑餓而已。蓋秦不以諸侯之食禮待之。承，毛傳云：「繼也。」孔穎達云：「承其後，是繼嗣，故以承爲繼。」權輿，《爾雅》云：「始也。」權，稱錘也。輿，輈軸之上，加板以載物者。邢昺云：「權輿，天地之始。天圓地方，故名。」又陳氏云：「造衡自權始，造車自輿始，蓋借字也。」按《大戴禮》云：「孟春冰泮，百草權輿。」《淮南子》云：「東風而酒沉溢，造化權輿。」以爲東方之氣風也。《逸周書·周月解》云：「日月俱起於牽牛之初，歷舍於十有二辰，終則復始，是謂日月權輿。」「權輿」二字，古人蓋恒用之。不承權輿，言不能如其立己爲君之始，以仇終之也。按秦穆公初欲立公子重耳，曰：「重耳仁。」縶曰：「君若求置晋君而載之，置仁，不亦可乎？君若求置晋君以成名于天下，則不如置不仁以滑其中，且可以進退。臣聞之：『仁有置，武有置。仁置德，武置服。』」是故先置公子夷吾，是爲惠公。及惠公入，穆公謂公孫枝曰：「夷吾其定乎？」對曰：「臣聞之，惟則定國。《詩》曰：『不識不知，順帝之則。』文王之謂也。又曰：『不僭不賊，鮮不爲則。』無好無惡，不忌不克之謂也。今其言多忌克，難哉！」公曰：「忌則多怨，又焉能克？是吾利也。」穆公之立晋侯，惟欲置服而不置德，其初意已不善，且偵知其多忌以爲利，故卒有始無終如此。夫子録此詩，所以示後世凡欲存亡繼絶者，不可如秦穆以利心行之也。

於我乎每食四簋，叶有韻，已有翻。**今也每食不飽**。叶有韻，補苟翻。**于嗟乎**，見前。**不承權輿**！見前。〇賦也。此言於我乎，言昔在於我晋國之所食也。簋，盛黍稷器。《考工記》云：「旊人爲簋，實一觳，崇尺厚半寸。」注謂旊，摶埴之工，作瓦器者。孔云：「豆實三而成觳，四升爲豆，然則簋是瓦器，容斗二升也。」又《易》『二簋可用享』，注謂離爲日，日體圓。巽爲木，木器圓，簋象。則簋亦以木爲之也。」簋制説各不一，《周禮·舍人》注以爲圓器，《孝經》注、《説文》皆以爲方器。陸元朗云：「内方外圓曰簋，外方内圓曰簠。」《孝經鈎命决》云：「簠簋上圓下方。」未詳孰是。言四簋者，朱子云：「禮食之盛也。」毛云：「四簋：黍、稷、稻、粱。」孔云：「案《公食大夫禮》云：『宰夫設黍稷六簋。』又云：『宰夫授公粱，公設之。宰夫膳稻于粱西。』《秋官·掌客》注云：『簠，稻粱器也。簋，黍稷器也。』然則稻粱當在簠，而云『四簋：黍、稷、稻、粱』者，以公食大夫禮有稻有粱，知此四簋之内兼有稻粱。公食大夫之禮，是王國之君與聘客禮食，備設器物，故稻粱在簠。此言每食，則是平常燕食，器物不具，故稻粱在簋。」飽，《説文》云：「厭也。」李氏云：「不飽，非特無餘矣。」

《權輿》二章，章五句。《序》云：「刺康公也。忘先君之舊臣，與賢者有始而無終也。」《申培説》亦云：「與《晨風》篇同義。」今按康公忘先君之舊臣，於傳絶無所據。朱子但以爲秦人刺其君待賢禮意寖衰，❶不能繼其始，蓋亦依《序》而稍變其説，要之無所附麗。《子貢傳》闕文。

《十畝之間》，齊姜勸晋公子重耳去齊也。按《晋語》，文公在翟十二年，狐偃曰：「吾不適齊、楚，避其遠也。蓄力一紀，可以遠矣。齊侯長矣，而欲親晋。管仲没矣，多讒在側，謀而無正，衷而思始。夫必追擇前言，求善以終，厭邇逐遠，遠人入服，不爲郵矣，會其季年可也，兹可以親。」皆以爲然，乃行，遂適齊。齊侯妻之，甚善焉，有馬二十乘，將死於齊而已矣。曰：「民生安樂，誰知其它？」桓公卒，孝公即位，諸侯畔齊。子犯知齊之不可以動，而知文公之安齊，而有終焉之志也，欲行而患之，與從者謀于桑下。蠶妾在焉，

---

❶「寖」，原作「寑」，據《四庫全書》本改。

莫知其在也。妾過姜氏，❶姜氏殺之，而言於公子曰：「從者將以子行，其聞之者吾已除之矣。子必從之，不可以貳，貳無成命。《詩》云：『上帝臨女，無貳爾心。』先王其知之矣，貳將可乎？子去晉難而極于此，自子之行，晉無寧歲，民無成君。天未喪晉，無異公子，有晉國者，非子而誰？子其勉之！上帝臨子矣，貳必有咎。」公子曰：「吾不動矣，必死于此。」姜曰：「不然。《周詩》曰：『莘莘征夫，每懷靡及。』夙夜征行，不遑啓處，猶懼無及，況其順身縱欲懷安，將何及矣？人不求及，其能及乎？日月不處，人誰獲安？西方之書有之曰：『懷與安，寔疚大事。』齊國之政敗矣，晉之無道久矣，從者之謀忠矣，時日及矣，公子幾矣。君國可以濟百姓，而釋之者非人也。敗不可處，時不可久，忠不可棄，懷不可從，子必速行。吾聞晉之始封也，歲在大火，閼伯之星，寔紀商人。商之饗國，三十一王。瞽史之記曰：『唐叔之世，將如商數。』今未半也，亂不長世。公子惟子，子必有晉，若何懷安？」公子弗聽。姜與子犯謀，醉而載之以行。今按此詩，聲口宛似，但無限商畧，只寄之「行與子還」、「行與子逝」二語，詞不迫而情有餘，姜之所以善于諷也。

十畝之間删韻。**兮，桑者閑閑**删韻。《釋文》作「間間」，《穆天子傳》注、豐氏本俱作「閒閒」。**兮，行與子還**删韻。**兮。**賦也。《司馬法》六尺爲步，步百爲畝。《禮記》疏云：「徑一步長百步爲畝，折而方之，則東西南北各十步。至秦孝公，始制三百四十步爲畝。」故程子云：「古者百步，止當今之四十一步。今之百畝，當古之二百五十畝也。」此云十畝之間者，張子厚云：「園廛在園地，其制百畝之間，十家區分而衆

❶「過」，《四庫全書》本作「告」。

居者，詩人所謂十畝之間之田也。十畝，場圃所任園地也，不獨築場納稼，亦可毓草木也。」桑者，即齊姜所言蠶妾也。閑，通作嫺，《説文》云：「雅也。」閑閑，蓋習熟自得之貌。行，朱子云：「猶將也。」子，謂重耳也。還，《説文》云：「復也。」姜氏言十畝之間，有蠶妾在焉，子犯不知其在也，與從者謀于桑下，行且與子復返晋國矣。時不可失，從者之意不可孤，公子其圖之。

十畝之外叶霽韻，以計翻。**兮，桑者泄泄**霽韻。**兮，行與子逝**霽韻。**兮。**賦也。十畝之外，則他人採桑之處，非前蠶妾所在矣。泄，通作呭，《説文》云：「多言也。」漏泄之義，字當從此。從者謀于桑下，而蠶妾聞之，則恐其爲他人之採桑者述之，而至於漏言也。所謂子有四方之志，其聞之者殺之矣。逝，往也。今從者行且與子離齊國，而偕往他處，固無一人知者，公子可以行矣。

《十畝之間》二章，章三句。《序》以爲「刺時也。言其國削小，民無所居焉」。《路史》云：「今陝治平陸，有古魏城，在河之東北。」《水經注》云：「古魏國城，南西二面並去大河可二十餘里，北去首山十餘里，處河山之間，土地迫隘，故魏風著《十畝》之詩也。」張子厚云：「作詩者以國地侵削，外無井受之田，徒有近郭園廛而已，故耕者無所用其力，則桑者閑閑而多也。十畝之外，他人亦然，則削小無所容，尤爲著矣。」蓋皆附會《序》説云爾。蘇轍駁之云：「夫國削則民削矣，未有地亡而民存者也。且雖小國，豈有一夫十畝，而尚可以爲民者哉？」朱子云：「《序》文殊無理。」而但以爲「政亂國危，賢者不樂仕于其朝，思與其友歸于農圃，故其詞如此」。《申培説》襲之。然據《詩》云桑者，直蠶婦之業耳，與農圃何涉乎？

《蜉蝣》，刺曹共公也。君怠國危，玩細娛而忘遠慮，好奢而任小人，將無所依焉。《申培説》以爲君怠國危，曹大夫閔之而作。朱子云：「此詩蓋以時人有玩細娛而忘遠慮者，故以蜉蝣爲比而刺之。」《序》則云：「刺奢也。昭公國小而迫，無法以自守，好奢而任小人，將無所依焉。」陸德明云：「按鄭《譜》云：『昭公好奢而任小人，曹之變風始作。』又云：『《蜉蝣》至《下泉》四篇，共公時作。』今諸本此《序》多無『昭公』字，崔《集注》本有，未詳其正也。」愚按此詩咏「衣裳楚楚」，正《候人》詩所謂「三百赤芾」者，其爲刺共公詩無疑。《序》云刺奢，乃指朝多倖位，冗食者衆耳。非如舊説，但以好整餙衣服爲奢也。

蜉蝣之羽，叶語韻，讀如與，演女翻。衣裳楚楚。語韻。《説文》、豐氏本俱作「黼黼」。心之憂矣，於我歸處。叶語韻，敞吕翻。○興而比也。蜉蝣，《爾雅》云：「渠略也。」楊雄《方言》作蝶蛒。郭璞云：「似蛣蜣，身狹而長，有角，黄黑色，聚生糞土中，豬好啖之。」陸璣云：「似甲蟲，有角，大如指，長三四寸，甲下有翅，能飛。夏月陰雨時，地中出。今人燒炙噉之，美如蟬也。」樊光云：「是糞中蠋蟲，隨雨而出，朝生而夕死。」陸佃云：「似天牛而小，翕然生覆水上，尋死，隨流，叢生鬱棲中，朝生暮死，有浮游之義，故曰蜉蝣也。」《夏小正》云：「蜉蝣有殷。殷者衆也。」羅願云：「《淮南子》曰：『蠶食而不飲，二十二日而化。蟬飲而不食，三十日而蜕。蜉蝣不食不飲，三日而死。』又曰：『鶴壽千歲以極其游，蜉蝣朝生而暮死盡其樂。』蓋以旦暮爲期，遠不過三日爾。」蜉蝣小蟲，國小之比。曰羽曰翼，群臣之比。衣裳楚楚，指群臣言。楚，當依《説文》通作黼，云：「合五采鮮貌。」所以取興于蜉蝣之羽者，亦以群臣徒竊衣裳以華其躬，不知死亡之無日，正如蜉蝣然耳。《候人》詩言「彼其之子，不稱其服」，亦此意。心之憂矣，憂曹君也。嚴粲云：「見當時在位無一可倚仗者，蓋慘然以亡國爲憂矣。」歸，猶言來之我家也。處，止也。徐鍇云：「《詩》『爰居爰處』，居者定居，處者暫處而已。」輔廣云：「所以欲其於我歸處者，蓋思有以警誨之耳。」

蜉蝣之翼，職韻。**采采衣服。**叶職韻，鼻墨翻。**心之憂矣，於我歸息。**職韻。○興而比也。翼，《說文》云：「翅也。」采，通作彩，《說文》云：「文章也。」采采，猶黼黼也。衣服，即衣裳。上曰衣，下曰裳。通言之皆曰衣，亦曰服。息，亦止也。于我歸息者，交淺不可言深，繇處而息，則非一朝一夕矣，然後可以諷、直兼用也。徐光啓云：「朝夕相與，從容開諭，卵翼孚化，令舍其舊而新是圖。即所謂『習與正人居，不能不正』之意。」

蜉蝣掘《說文》、豐本俱作「堀」。**閱，**屑韻。**麻衣如雪。**屑韻。**心之憂矣，於我歸說。**屑韻。豐本俱作「稅」。○興也。掘閱，毛、鄭之解俱難通。或見《管子》有「掘閱得玉」之言，遂以掘閱爲挑撥之貌。又或謂閱義與穴通，要于文理未順，當依《說文》作「堀閱」爲正。堀，《說文》云：「突也。」突出之義，即所云「堀起」是也。趙頤光云：「凡土旁誤手者，如埽、坼之類，并同此謬。」閱，猶閱人、閱世之閱。言其從土中突出，而爲人所見也。上言楚楚、采采，則刺其臣。此言「麻衣如雪」，則刺其君。鄭玄云：「麻衣，深衣，諸侯之朝服，朝夕則深衣也。」孔穎達云：「麻衣者，白布衣。如雪，言甚鮮潔。」衣純用布而色白者，深衣爲然，故知麻衣是深衣也。《玉藻》說諸侯之禮云：「夕深衣。」又《襍記》云：「朝服十五升。」《間傳》云：❶「大祥，素縞麻衣。」注云：「麻衣，十五升，布深衣也。」是則深衣與朝服，升數皆同，但彼是大祥之服，則純用布無采

❶ 「間傳云」至「十五升」十六字，《四庫全書》本無，當是抄寫時錯漏。

飾，此諸侯禮服，當用十五升布深衣，而純以采也。所以言麻衣者，蜉蝣朝生暮死，君服麻衣，則薄暮之時，而蜉蝣之生亦不久矣，甚危之至也。説，許慎云：「釋也。从言从兑。」兑者悦也。徐鍇云：「説之亦使悦懌也。」凌濛初云：「謂從容開諭之，正是上文所以欲其歸處、歸息之意。」又《表記》，子曰：「君子不以口譽人，則民作忠。故君子問人之寒則衣之，問人之饑則食之，稱人之善則爵之。國風曰：『心之憂矣，于我歸説。』」雖斷章取義，然設身處地之意，亦自恍然。

《蜉蝣》三章，章四句。 范曄云：「葛屨履霜，敝繇崇儉。楚楚衣服，戒在窮賒。」賒，通作奢。然詩旨非刺奢也，説已見前。鄒忠胤疑爲刺曹羈作。羈者，莊公射姑之世子。《春秋》魯莊二十三年，冬，射姑卒。明年冬，戎侵曹，曹羈出奔陳。胡氏以爲微弱不能君，故爲戎所逐。蓋在位日淺，無如羈者，想詩人逆知其税駕無所，故爲之憂心如是。而諷以于我歸處，如楚申亥舍靈王于家之爲耶？於時羈方在喪，故曰麻衣如雪。而先之以楚楚、采采，意羈亦如齊昭公居喪而不哀，在戚而有嘉容，當不免於童心乎？麻衣非即深衣，觀《玉藻》「童子無緦服，聽事不麻」可見。是其説亦近似有理，並存之。《子貢傳》闕文。

《候人》，刺曹共公也。不用僖負羈，而乘軒者三百人。 《序》云：「刺近小人也。共公遠君子，而好近小人焉。」按《左》僖二十八年，春，晉文公伐曹。三月，入曹，數之以其不用僖負羈，而乘軒者三百人也，且曰獻狀。與此詩「三百赤芾」之語相合。遂執曹伯襄以畀宋人，即共公也。又《晋語》，公子重耳還曹，曹共公不禮焉。僖負羈言于曹伯曰：「臣聞之，愛親明賢，政之榦也。禮賓矜窮，禮之宗也。禮以紀政，國之常也。失常不立，君所知也。國君無親，國以爲親。先君叔振出自文王，晉祖唐叔出自武王，文、武之功，實逮諸姬。故二王之嗣，世不廢親。今君棄之，是不愛親也。晉公子生十七年而亡，卿材三人從之，可謂賢矣。而君蔑之，是不明賢也。晉公子之亡，不可不憐也。此之賓客，不可不禮也。失此二者，是不禮賓，不憐窮也。守天之聚，將施于宜，宜而不施，聚必有闕。玉帛酒食，猶糞土也。愛糞土以毁三常，無乃不可乎？」公弗聽。及重耳如楚，子玉請止狐偃，楚成王曰：「不可。《曹詩》曰：『彼己之子，不遂其媾。』郵之也。夫郵而效之，郵又甚焉。效郵，非義也。」據此，則此詩兼爲刺共公不用僖負羈之言、無禮于晉公子而作。

彼候人兮，何戈與祋。 泰韻，都外翻。亦叶質韻，都律翻。《禮記》注、崔靈恩《集注》、豐氏本俱作「綴」。**彼其之子，三百赤芾。** 叶泰韻，博蓋翻。亦叶質韻，非律翻。豐本作「市」。○賦也。毛傳云：「候人，道路送迎賓客者。」按《周禮·候人》，上士六人，下士十有二人，史六人，徒百有二十人。各掌其方之道路，與其禁令。若有方治，則帥而致于朝。及歸，送之于竟。注謂四方以職來受治者，候其來去。然彼乃天子之官，故徒屬廣設，若侯國必不然也。孔穎達云：「按《秋官·環人》掌送迎邦國之賓客，以路節達諸四方。又《掌訝》掌待賓客，有賓客至，逆于境，爲前驅而入。及歸，送亦如之。若候人主送迎賓客，而環人、掌訝又掌送迎賓客者，環人掌執節導引，使門關無禁，掌訝以禮送迎，詔贊進止，候人則何戈兵，防衛姦宼。雖復同是送迎，而職掌不同，故異官也。」何，《説文》云：「儋也。」毛傳以爲揭也。戈，解見秦風《無衣》篇。祋，《説文》、毛傳皆云：「殳也。」孔云：「戈、殳俱是短兵相類，且祋字从殳，故知祋爲殳也。」殳，解見衛風《伯兮》篇。又《説文》云：「或説城郭里市，高懸羊皮，有不當入而欲入者，暫下以驚馬牛曰祋，故从示殳。」會意。

然他書絶不經見，未詳是否。彼，毛云：「彼曹朝也。」其，語助也。之子，是子也，指下文佩赤芾者。芾，本作市，毛傳、《説文》皆云：「韠也。」以韋爲之，即蔽膝也。訛作芾，篆文作韍。嚴粲云：「蔽膝之韍从韋，黼黻之黻从黹。」孔云：「《左傳》『袞冕韍珽』，則芾是配冕之服。《易・困卦》『困于赤芾，利用享祀』，則知芾祭祀所用也。《士冠禮》『陳服，皮弁素韠，玄端爵韠』，則韠之所用，不施于祭服矣。《玉藻》説韠之制云：『下廣二尺，上廣一尺，長三尺，其頸五寸，肩革帶博二寸。』書傳更不見芾之别制，明芾之形制亦同于韠，但尊祭服，異其名耳。言『芾，韠』者，以其形制大同，故舉類以曉人。其禮别言之，則祭服謂之芾，他服謂之韠，二者不同也。」《玉藻》云：「一命緼芾黝珩，再命赤芾黝珩，三命赤芾蒼珩。」注云：「緼，青黄之間色。珩，佩玉也。黑謂之黝，青謂之葱。」毛云：「大夫以上，赤芾乘軒。」孔云：「《周禮》公侯伯之卿三命，下大夫再命，上士一命。然則曹爲伯爵，大夫再命，是大夫以上皆服赤芾，于法又得乘軒，故連言之。」詩人言候人雖一職之微，然既繫籍于公，猶當勤率所屬，以各供其事。今曹蕞爾國，彼其之子，非有功勞可以稱者，而君令其佩此赤芾，至三百人之多，何爲也哉？晋文公入曹，令三百人獻狀，亦謂其無勞竊位，故責之自陳功狀，意正如此。所以舉候人者，即下章刺「維鵜在梁」之意。舊説謂曹國以賢者爲候人，非是。孔云：「諸侯之制，大夫五人。今有三百赤芾，愛小人過度也。」太史公云：「今尋曹共公之不用僖負覊，乃乘軒者三百人，知唯德之不建。」司馬貞注謂美女乘軒者，彼未參證于《詩》中「赤芾」之語故耳。

維鵜在梁，不濡其翼。職韻。**彼其**《禮記》作「記」，《左傳》、《後漢書》俱作「己」。**之子，不稱**去聲。**其服。**叶職韻，鼻墨翻。○興而比也。鵜，鳥名。《爾雅》云：「鵜鶘也。」亦名洿澤。郭璞云：「今之鵜鶘也。好群飛，入水食魚，故名洿澤。俗呼之爲淘河。」陸璣云：「鵜，水鳥，形如鶚而極大，喙長尺餘，直而廣，口中正赤，頷下胡大如數升囊，好群飛。若小澤中有魚，便群共抒水，滿其胡而棄之，令水竭盡，魚在陸地，乃共食之，故曰淘河。」陸佃云：「鵜，人足，其鳴自呼。」羅願云：「洿，抒水也。又戽斗，亦抒水器也。鴮洿戽三字同音，其義一也。《淮南子》曰：『鵜鶘飲水數斗而不足。』《莊子》曰：『魚不畏網而畏鵜鶘。』《禽經》曰：『淘河在岍則魚没，沸河在岍則魚出。』或曰身是水沫，惟臆有肉如拳。昔人竊肉入河爲之，故名逃河。魏黄初中，嘗有鵜集靈芝池。文帝識之，曰：『此詩人所謂汙澤也。曹詩刺共公遠君子，近小人，今豈有賢智之士處于下位？否則斯鳥胡爲而至哉？』《詩》既以爲貪而無功之物，故後人祖而用之。」梁，毛云：「水中之梁。」解見《邶・谷風》篇。濡，漬也。稱，宜也，猶言相等也。其服，即赤芾是也。鵜之于魚勤矣，須出没汙澤，而後得魚。今乃在魚梁之上，竊人之魚以食，未嘗濡濕其翼，猶之子無功而居高位以竊禄，所謂不稱其服也。又《表記》，子曰：「君子耻服其服而無其容，耻有其容而無其辭，耻有其辭而無其德，耻有其德而無其行。是故君子衰經則有哀色，端冕則有敬色，甲冑則有不可辱之色。《詩》云：『維鵜在梁，不濡其翼。彼記之子，不稱其服。』」《左》僖二十四年，鄭子華之弟子臧出奔宋，好聚鷸冠。鄭伯聞而惡之，使盜誘之。八月，盜殺之于陳、宋之間。君子曰：「服之不衷，身之災也。《詩》曰：『彼己之子，不稱其服。』子臧之服不稱也夫！」

維鵜在梁，不濡其咮。叶宥韻，陟救翻。**彼其**《國語》作「己」。**之子，不遂其媾。**宥韻。○興而比也。咮，《説文》云：「鳥口也。」陸佃云：「鵜性沉水食魚，則濡其咮、翼宜矣。」今徒立于梁上，非特不濡其翼，又且不濡其咮。小人無嘉言獻替，而尸居于位，亦猶是也。遂，《禮記》疏云：「謂申也。」媾，毛云：「厚也。」《説文》云：「重婚也。」孔云：「重婚媾者，以情必深厚，故媾爲厚也。」愚按「不遂其媾」，以楚成王語觀之，則所謂媾當指僖負羈也。僚宷共事，以負羈之賢，當親之如昏媾然，而無如邪正不投，凡負羈所言彼必沮之，故使其志意不得申遂也。當時公子重耳過曹，共公不禮焉。負羈言于共公曰：「夫晋公子，君之匹也，君不亦禮焉！」共公不聽，而三百赤芾輩無有同負羈之言者，是之謂「不遂其媾」也。

薈《説文》作「嬒」，云：「女黑色也。」**兮蔚兮，南山朝**豐本作「鼂」。**隮。**齊韻。**婉兮孌**《説文》、豐本俱作「嫡」。**兮，季女斯飢。**叶齊韻，讀如雞，堅奚翻。○興而比也。薈，《説文》云：「草多貌。」蔚，蓊蔚，草木盛貌。南山，毛云：「曹南山也。」《郡縣志》云：「曹南山在曹州濟陰縣東二十里。」按《春秋》「盟于曹南」，即此山也。《括地志》云：「有曹南，因名爲曹。」朝隮，解見《蝃蝀》篇。鄒忠胤云：「按《周禮·眂祲》掌十煇之法，九曰隮。隮者虹也。虹映日而成，朝焉日在東，則虹在西，而雨輒隨之。《蝃蝀》之詩所謂『朝隮于西，崇朝其雨』是已。薈蔚夤緣山岊，而虹見于西，又當邀雨澤之霑被。見君寵方隆而未艾，此詩中之畫也。」婉，《説文》云：「順也。」孌，通作嫡，亦順也。婉孌，季女之容也。君子之持身也，如處子然，故以少女目之。斯饑，以喻貧賤。季女幽居不妄從人，故不免于饑餓，此與《易》「女子貞不字」之象同。言小人雖肆志而趨利于上，君子則守道而困窮于下也。晋文公所謂不用僖負羈，其即此詩所言季女與？

《候人》四章，章四句。此章與《左傳》合，嚴粲所云「《詩》即史也」。而郝敬疑之，以爲：「《詩》言三百，極道其濫耳。説《詩》不以辭害志，若《雲漢》則周之民無孑遺，若《候人》則曹之大夫有三百，《詩》烏可以辭徵也！《左傳》襲此詩以屬文，非重耳真有此言。」斯亦過于不盡信書者矣。《申培說》第云：「曹君多任非人，國人諷之。」而不著其世。《子貢傳》闕文。又葉氏云：「漢人文章未有引《詩序》者。魏黄初四年詔引曹詩，刺遠君子，近小人。蓋《詩序》至此始行。」

《渭陽》，秦太子罃之舅晉公子重耳，自秦返國爲諸侯，罃思母穆姬之恩，而送其舅氏也。 罃，秦穆公子，後爲秦康公。按劉向《列女傳》云：「穆姬者，秦穆公之夫人，晉獻公之女，賢而有義。穆姬死，穆姬之弟重耳入秦，秦送之晉，是爲晉文公。太子罃思母之恩，而送其舅氏也，作詩曰『我送舅氏』云云。君子曰：『慈母生孝子。』」朱子、蘇氏說俱同。

我送舅氏，曰至渭陽。 韻。**何以贈之？路車乘黄。** 陽韻。○賦也。舅氏，指重耳也。《爾雅》、《說文》皆云：「母之昆弟曰舅。」孫炎云：「舅之言舊，尊長之稱。」孔穎達云：「謂舅爲氏者，以舅之與甥氏姓必異，故書傳通謂爲舅氏。」渭，水名。山南爲陽，北爲陰；水北爲陽，南爲陰。《地理志》云：「右扶風渭城縣，故咸陽也。其地在渭水之北。」鄭玄云：「秦是時都雍，至渭陽者，蓋東行送舅氏于咸陽之地。」孔云：「雍在渭南，晉在秦東，行必渡渭。」贈，《說文》云：「玩好相送也。」董氏云：「《巾車》金路以封同姓，象路以封異姓，革路以封四衛，木路以封蕃國，皆諸侯也。故人君之車曰路車。」朱子云：「乘黄，四馬皆黄也。」重耳君晉，實藉秦穆之力。太子罃贈以諸侯之儀，所以鄭重此行，而假以定晉也，豈徒曰資其行而已哉？

我送舅氏，悠悠我思。 支韻。亦叶灰韻，新才翻。又叶寘韻，相吏翻。**何以贈之？瓊瑰玉**

佩。 叶支韻，蒲眉翻。亦叶灰韻，蒲枚翻。又叶寘韻，平秘翻。豐氏本作「佩玉瓊瑰」。○賦也。悠悠我思，朱子云：「《序》以爲時康公之母穆姬已卒，故康公送其舅，而念母之不見也。」嚴粲云：「送舅而有所思，則思母也。此詩念母而不言母，但言見舅而勤拳不已，自有念母之意。讀之者但覺其味悠然深長也。」按太祖《皇陵碑》云「外甥見舅如見娘」，即此意。五代齊楊愔幼時，其舅源子恭問讀《詩》至《渭陽》未？愔便號泣。子恭亦對之歔欷，豈亦以思母之故與？瓊，《説文》云：「赤玉也。」瑰，孔云：「美石之名。佩玉之制，惟天子用純，諸侯以下則玉石雜用。」玉佩，謂珩璜琚瑀之屬。以瓊瑰之玉佩爲贈，所以象其德也。陸化熙云：「車馬之贈，蒙送之歸國言，故取列侯儀衛。若贈之以佩，不必泥是侯服，乃一腔離情所寄耳。」鄧元錫云：「康公篤母，語質而情長，秦良風哉？亦以置晉君録之，文爰以霸也。」汪克寬云：「康公始爲太子，送舅而念母之不見，故作《渭陽》之詩，是固良心也。後乃納庶孽而奪嫡甥之位，自是兵争不息，豈非怨欲害乎良心而然乎？」

《渭陽》二章，章四句。《序》云：「康公念母也。康公之母，晉獻公之女。文公遭麗姬之難，未反而秦姬卒。穆公納文公，康公時爲太子，贈送文公于渭之陽。念母之不見也，我見舅氏，如母存焉。及其即位，思而作是詩也。」孔氏以即位爲康公即位。今按《左傳》，重耳卒後七年，康始即位，相去甚遠，無緣此時復述其事而著之。《詩》豈亦有慨于令狐之役，謂秦昔日曾以厚施，而晉今日竟以薄報乎？然愚詳味《序》意，或祇謂重耳返國即位後，而康公思之耳。如此，則與《列女傳》所記猶相彷彿，孔説誤也。《子貢傳》、《申培説》皆以爲穆公送重耳之詩，然于「我送舅氏」一語，竟不可解。按古人呼母之兄弟爲舅，妻之父爲外舅，未聞呼妻之弟爲舅者。若諸侯于異姓大夫，或亦稱舅，然非所施于重耳也。

《羔裘豹祛》，晉文公釋憾于寺人披也。篇名原只「羔裘」二字，但檜、鄭亦有《羔裘》，特用起語以別之。○披，一名勃鞮，字楚，故又稱奄楚。按《左傳》、《國語》載驪姬譖殺太子申生，遂譖二公子曰：「皆知之。」重耳奔蒲，夷吾奔屈。獻公使寺人披伐蒲，蒲城人欲戰。重耳不可，曰：「保君父之命，而享其生禄，於是乎得人。有人而校，罪莫大焉。」乃徇曰：「校者吾讐也。」踰垣而走，披斬其祛，遂出奔翟。及文公入，披請見。公使讓之，且辭焉，曰：「驪姬之讒，爾射予于屏内。蒲城之役，君命一宿，女即至，斬余衣袂。其後余從狄君以田渭濱，女爲惠公來求殺余。命女三宿，女中宿至。余於伯楚屢困，何舊怨也？夫祛猶在，女其行乎？」對曰：「臣謂君之入也，其知之矣，若猶未也，又將及難。君命無二，古之制也。除君之惡，惟力是視。蒲人、狄人，余何有焉？今君即位，其無蒲、狄乎？齊桓公置射鉤，而使管仲相，君若易之，何辱命焉？且不見我君其無悔乎？」於是吕甥、冀芮畏偪，悔納公，謀作亂，將以己丑焚公宮。公出救火，而遂殺之。伯楚知之，故求見公。公懼，遽見之曰：「豈不知女言？然是吾惡心也，吾請去之。」伯楚以吕、郤之謀告公，公潛會秦伯于王城，告之亂故。及己丑，公宮火。❶二子求公不獲，遂如河上，秦伯誘而殺之。是詩當即於免難後作也。

羔裘豐氏本作「求」。後同。**豹祛**，叶遇韻，區遇翻。**自我人居居。**叶遇韻，讀如句，俱遇翻。**豈無他**豐本作「它」。後同。**人？維子之故。**遇韻。○賦也。祛，孔穎達云：「袂口也。袂是袖之大名，

❶「官」，原作「官」，據《四庫全書》本改。

袪是袖頭之小稱，其通皆爲袂。以《深衣》云『袂之長短，反屈之及肘』，是通袪皆爲袂也。」《玉藻》云：「錦衣狐裘，諸侯之服也。君子羔裘豹飾，緇衣以裼之。」注云：「君子，謂大夫士。飾，謂袖也。」重耳時尚爲公子，未敢服諸侯之服，故當服此。又按申生以十二月縊于都城，重耳于是時奔蒲，寺人披斬重耳衣袪，正奔蒲時事。周十二月，於夏正爲十月，天氣已寒，故服羔裘也。自我人居居，指斬袪事也。自，從也。我人者，我同行出奔之人也。自我人者，從我等同行之人於蒲城，欲求得而殺之也。居，通作倨。《前漢書·郅都傳》云：「丞相條侯至貴居。」亦以居爲倨也。倨之爲言傲也。曰居居者，毛傳云：「懷惡不相親比之貌。」蓋一往傲狠，而無顧惜，故至于文公已踰垣而走，而披尚斬其衣袪也。子，指披也。故，故舊也。承上文言披之可憾如此。而其後又能以吕、郤之謀來告，使文公得脱于難。故又言豈無他人爲我故舊哉，而仍當與子結故舊之誼，不可解也。按披之言曰：「伊尹放太甲而卒以爲明王，管仲賊桓公而卒以爲侯伯。乾時之役，申孫之矢集于桓鉤，鉤近于袪而無怨言，佐相以終，克成令名。今君之德宇，何不寬裕也！」披之敷辭明剴如此，故文公聞之而有動焉。同時有豎頭須者，亦不從公出亡。及入，求見，公辭焉。須曰：「國君而讐匹夫，懼者甚衆矣。」謁者以告，公遽見之。公之曠度洪量，不念舊惡如此，宜乎其爲霸王之器也。

羔裘豹褎，宥韻。《釋文》作「褏」，豐本作「裦」。**自我人究究。**宥韻。**豈無他人？維子之好。**叶宥韻，許候翻。○賦也。褎，《説文》云：「衣袂也。」袪既被斬，而袂尚存，故此章變言豹褎也。究，《説文》云：「窮也。」曰究究者，窮極其惡，不留餘地也。此指從渭濱之役而言，披所自陳，謂「除君之惡，惟力所及」者也。好以情言，謂懽好也。

《羔裘豹袪》二章，章四句。《序》云：「刺時也。晉人刺其在位，不恤其民也。」張鼎思云：「晉昭公有曲沃之逼，孤危將亡，而其臣又不爲保障之謀，故國人憂之而作是詩。」鄧元錫云：「刺昵也。昵故與好，使私人在位也。」三説相近，要皆無所依據。《子貢傳》、《申培説》皆以爲晉人美其大夫之辭。今按《爾雅》云：「居居、究究，惡也。」其非贊詞明矣。愚初亦疑此詩乃晉文公爲狐偃而作，即投璧于河之意。但以格于《爾雅》詁字之義，故主今説。朱子第謂此詩不知所謂，不敢强解，斯亦合闕疑之訓矣。

《有杕之杜》，晉文公好賢，國人美之。出《申培説》。《子貢傳》同。○鄒忠胤云：「嘗怪用賢如晉文，能得之罪隸之郤缺，未免失之負紲之介推。從亡之賞，如投骨于地，狺然而争。其不言禄者，僅一介之推，而禄亦弗及矣。今玩此詩語意，毋乃爲龍蛇之怨而志過乎？緜山餓隱，欲授餐而無從，此固文公所心惻也。」朱子亦以爲此人好賢，而恐不足以致之，故作此詩。其不敢定其世者，闕其所不知也。

有杕之杜，生于道左。哿韻。彼君子兮，噬《韓詩》作「逝」，云：「及也。」豐氏本同。肯適我。哿韻。中心好去聲。之，支韻。曷飲食音嗣。之？好、食無叶，當取之、之相應爲韻。○興之比也。有杕之杜，解見《杕杜》篇。謙言寡弱不足恃賴也。按文公以内難得國，其同父兄弟，如申生、奚齊、卓子、夷吾，相繼淪喪，其爲寡特孤露可知。道左，鄭玄云：「道東也。」黄佐云：「凡國面南，以南爲正，此以知左之爲東也。」丘光庭云：「日中之後，樹陰過東。杜生道左，樹既寡特，而陰更過東，無休息之所，故人不來也。」君子，指賢人也。噬，即《易》「噬嗑」之噬。《説文》云：「啗也。」猶言就食也，與下文「飲食」字相應。

肯，反言不肯也。適，《説文》云：「之也。」我者，我所也。曷，《説文》云：「何也。」猶云何從也。言彼君子兮，其果以就食之故，而肯來我之所乎？我中心誠愛好之，何但欲飲食之而已。按文公未得國之時，父事狐偃，師事趙衰，長事賈它。《左傳》鄭叔詹所謂「有三士足以上人而從之」是也。厥後反國，《外傳》紀其紀善援能，官方定物，愛親戚，明賢良，事耇老，禮賓旅，友故舊，胥、籍、狐、箕等十一族實掌近官，諸姬之良掌其中官，異姓之能掌其遠官，大夫食邑，士食田，以至工商皂隸官宰，無不受餼于官。其欲善無厭，物色多方可知已。

有杕之杜，生于道周。尤韻。《韓詩》、豐本俱作「右」。**彼君子兮，噬**豐本作「逝」。**肯來遊。**尤韻。豐氏本作「覯」。**中心好之，曷飲食之？**興之比也。周，毛傳云：「曲也。」孔穎達云：「言道周繞之，故爲曲也。」朱公遷云：「道左則闢，道周則迂。適與遊亦有辨，適則將久居于其國，遊則時一至焉，猶之遨遊而已。」愚按此蓋自惴其不足以來賢，故其辭之謙退如此。

《有杕之杜》二章，章六句。《序》云：「刺晉武公也。武公寡特，兼其宗族，而不求賢以自輔焉。」此但從「杕杜」生解，然細玩詩辭，終是好賢求賢意居多。

《鳲鳩》，曹人美晉文公也。按《左傳》，晉文公爲公子時，出亡過曹，曹共公不禮焉。及即位，伐曹，執曹伯以畀宋人。事在魯僖公二十九年。于是周襄王策命晉侯爲侯伯，曰：「王謂叔父，敬服王命，以綏四國。」❶遂盟諸侯于踐土，又會于温。十月，晉侯有疾，曹伯之豎侯獳貨筮史，使曰：「以曹爲解。齊桓公爲會而封異姓，今君爲會而滅同姓。曹叔振鐸，文之昭也。先君唐叔，武之穆也。且合諸侯而滅兄弟，非禮也。與衛偕命，而不與偕復，非信也。同罪異罰，非刑也。禮以行義，信以守禮，刑以正邪，舍此三者，君將若之何？」公悦，乃復曹伯。此詩之作，蓋在曹伯復國之後。其取興于鳲鳩者，以鳲鳩養子均平，頌文公之待曹國與他國無異也。尊之爲鳲鳩，而自居于子者，亦猶文王之時，大邦畏力，小邦懷德，皆怙文王如父也。曰其儀不忒者，則以晉與曹爲兄弟之國，《大學》所謂「兄弟足法」也。其曰正是四國，則亦惟晉爲盟主，始足以當之，襄王策命中所謂「以綏四國」者也。

鳲《前漢書》、《後漢書》、《説苑》、《列女傳》、《釋文》、豐氏本俱作「尸」。**鳩在桑，其子七**質韻。**兮。淑**豐本作「叔」。後同。**人君子，其儀**崔靈恩《集注》作「義」。**一**質韻。**兮。**《禮記》、《淮南子》作「也」。下同。**其儀一**同上。**兮，心如**《大戴禮》作「若」。**結**叶質韻，激質翻。**兮。**《淮南子》作「也」。○興也。鳲鳩，鳥名，亦作尸鳩。《爾雅》、《埤蒼》皆云：「鴶鵴也。」陸璣云：「一名桑鳩。」郭璞云：「江東呼爲穫穀。」楊雄云：「自關東西，梁、楚之間謂之結誥，周、魏之間謂之擊穀。自關而西，或謂之布穀。」羅願云：「又呼撥穀，又呼郭公，以此鳥鳴時布種其穀。似鷂，長尾。牝牡飛鳴，翼相摩拂。取其骨佩之宜夫婦。又名鶌鶋。」陸佃云：「一名摶黍。」楊雄又以爲戴勝。謝氏云：「案戴勝自生穴中，不巢生。而《方言》云戴勝，非也。」毛

---

❶「綏」，原作「緩」，據《四庫全書》本改。

傳云：「鳲鳩之養其子，朝從上下，暮從下上，平均如一。」嚴粲云：「即郯子所謂鳲鳩氏，司空也。鳲鳩平均，故爲司空，平水土。」陸佃云：「鳲鳩有均一之德。蓋其哺子，朝自上而下，暮自下而上者，均也。其子在梅、在棘、在榛，而己則常在乎桑者，一也。」又云：「祝鳩、尸鳩皆壹鳥也，故有尸祝之號。《莊子》曰：『庖人雖不治庖，尸祝不越樽俎而代之矣。』尸鳩性壹而慈，祝鳩性壹而孝，故一名尸，一名祝，《禮》『嘏以慈告，祝以孝告』是也。」其子，鳲鳩之子也。羅云：「鳩亦子之多者。今鳩四時有子，鴿每月有子。」愚按鳲鳩以況晉文公，其子以況列國。晉文爲伯主，而列國依之，謂之列國之母可也。淑，通作俶，《説文》云：「善也。」淑人君子，言此淑人之君子，美晉文公也。淑人以德言，君子以位言。儀，《説文》云：「度也。」毛傳云：「義也。」凡舉動之合義而有法度者，謂之儀。其儀一兮，孔穎達謂執義均平，用心如一，是也。如文公之待曹國，與他國無異，是之謂一。又《禮記》子曰：「言有物而行有格也，是以生則不可奪志，死則不可奪名。故君子多聞，質而守之；多志，質而親之；精知，畧而行之。《君陳》曰：『出入自爾師虞，庶言同。』《詩》云：『淑人君子，其儀一也。』」亦會意取義。結，帶紐也，以組爲之。《玉藻》云：「紳韠結三齊。」紳，帶也。韠，蔽膝也。紳韠結三者，皆長三尺，故曰三齊。帶之交處，合并其紐以約之，則帶始結束而不可解矣，故名爲結。心如結者，猶拳拳服膺之意。古人視不下于帶，曹人懷文公之恩，耿耿在心，如束帶之結，言其不可解。劉向云：「歷山之田者善侵畔，而舜耕焉。雷澤之漁者善争陂，而舜漁焉。東夷之陶器窳，而舜陶焉。故耕漁與陶，非舜之事，而舜爲之，以救敗也。民之性，皆不勝其欲，去其實而歸之華，是以苦窳之器，争鬬之患起。争鬬之患起，則所以偷也。所以然者何也？繇離誠就詐，棄朴而取僞也。追逐其末而無所休止，聖人抑其文而抗其質，則天下反矣。《詩》云：『尸鳩在桑，其子七兮。淑人君子，其儀一兮。』傳曰：『鳲鳩之所以養七子者，一心也。君子所以理萬物者，一儀也。以一儀理物，天心也。五者不離，合而爲一，謂之天心。在我能因自深結其意于一，故一心可以事百君，百心不可以事一君，是故誠不遠也。夫誠者一也，一者質也，君子雖有外文，必不離内質矣。』」按向此論，于誠一感通之理，深有合焉。曹人思文公之德，亦猶是也。又韓嬰云：「夫治氣養心之術，血氣剛强，則務之以調和。知慮潛深，則一之以易諒。勇毅强果，則輔之以道術。齊給便捷，則安之以静退。卑攝貪利，則抗之以高志。容衆好散，則刧之以師友。怠慢摽棄，則慰之以禍災。愿婉端慤，則合之以禮樂。凡治氣養心之術，莫徑繇禮，莫優得師，莫慎一好。好一則博，博則精，精則神，神則化。是以君子務結心乎一也。」《荀子》云：「無冥冥之志者，無昭昭之明。無惛惛之事者，無赫赫之功。行衢道者不至，事兩君者不容。目不兩視而明，耳不兩聽而聰。螣蛇無足而飛，梧鼠五技而窮。《詩》曰：『鳲鳩在桑，其子七兮。淑人君子，其儀一兮。其儀一兮，心如結兮。』故君子結于一也。」《淮南子》云：「賈多端則貧，工多技則窮，心不一也。故木之大者害其條，水之大者害其深，有百技而無一道，雖得之弗能守。故《詩》曰：『淑人君子，其儀一也。其儀一也，心如結也。』君子其結于一乎！」以上皆斷章取義，雖非詩本旨，而名理自佳，故備録之。

鳲豐本作「尸」。後同。**鳩在桑，其子在梅。**叶支韻，莫悲翻。豐本作「某」。**淑人君子，其帶伊絲。**支韻。**其帶伊絲，**同上。**其弁伊騏。**支韻。《周禮》注大鄭引此作「綦」，豐本亦作「綦」。○興也。鳲鳩在桑，而其子七兮之中，有飛在梅者，興曹伯也。子在梅，則不得與其母同在桑矣。時曹伯既被執，不得齒于諸侯之列，故云然。「其帶伊絲」以下，文公所服也。帶，大帶也。伊，惟也，助句辭。絲，素絲也。按《玉藻》説大帶之制，天子、諸侯、大夫皆素帶，廣皆四寸。素，熟絹也。大夫而上，帶皆用素，惟辟緣之色不同，君朱緑，大夫玄華。其辟緣之制亦不同，天子、諸侯皆終辟，謂終竟此帶盡緣之，但天子用朱爲裏，諸侯則不朱裏耳。重言「其帶伊絲」，複句以致其讚歎，非別有義。弁，皮弁也。《禮記》注，鄭云：「弁名出于槃。槃，大也，所以自寬大。」郝敬云：「弁制大于冠。古冠止撮髮，弁下覆額。」《周禮・司服》職云：「凡兵事，韋弁服。眡朝，則皮弁服。凡甸，冠弁服。凡凶事，服弁服。凡吊事，弁絰服。」《弁師》職云：「王之皮弁，會五彩玉璂，象邸玉笄。王之弁絰，弁而加環絰。諸侯及孤卿大夫之冕，韋弁皮弁弁絰，各以其等爲之。」薛氏圖云：「韋弁，一名爵弁。《詩》曰：『韎韐有奭，以作六師。』《士冠禮》曰：『爵弁服韎韐。』則凡兵事韋弁服，固爵弁也。冠弁服弁，亦皮弁也。蓋上文言眡朝，則皮弁服。下文言凡吊事，弁絰服。弁絰亦皮弁，而加環絰，則冠弁、服弁皆爲皮弁明矣。《郊特牲》曰：『皮弁素服而祭。素服，以送終也。』此凡凶事冠皮弁服之證也。《春秋傳》曰：『衛獻公射鴻于囿，二子從之，不釋皮冠而與之言。』又曰：『皮冠以招虞人。』此凡田事服皮弁服之證也。鄭氏謂冠弁，委貌，其服緇布衣，亦積素以爲裳。服弁，喪冠也，其服斬衰齊衰。弁絰者，如爵弁而加環絰。皆非是。《喪服小記》曰：『諸侯弔，必皮弁錫衰。』《弁師》曰：『王之弁絰，弁而加環絰。』此弁絰服皮弁而加環絰之證也。韋弁，爵弁也，故《弁師》有韋弁而無爵弁。冠弁、服弁皆皮弁也，故《弁師》有皮弁而無冠弁、服弁。」陸佃亦同此説，且云：「韋弁，以韎韋爲之，故曰韋弁。一名爵弁，其色則象爵故也。皮弁，以鹿皮爲之，故曰皮弁。一名騏弁，其色則象騏故也。」今按薛氏五弁之説，未詳是否，但據孔云，知此是皮弁者，以韋弁即戎，冠弁從禽，弁絰又是弔凶之事，非諸侯常服也，且不得與綵帶相配，惟皮弁是諸侯視朝之常服，又朝天子亦服之。作者舉其常服，故知是皮弁也。郝云：「韋弁，去毛熟皮以爲弁。皮弁，以皮爲質，而飾以采玉，非純用皮也。弁制㦸起，故宜皮。」騏，毛云：「騏文也。」《説文》云：「馬青驪，文如博棊也。」一云，蒼艾色。此謂弁色如騏馬之文也。《周禮》注引此作綦。《書·顧命》「四人綦弁」，馬融本亦作騏。然則騏、綦古蓋通用，綦亦帛之蒼艾色者，解見《説文》。又鄭玄云：「騏當作璂，以玉爲之。」按《周禮》「王之皮弁，會五采玉璂」，璂又作瑧。鄭衆注云：「會縫中也。綦，結也。皮弁之縫中，每貫結五采玉以爲飾，謂之綦。」引此詩云：「其弁伊綦。」是則騏與綦通，而綦又與璂通，璂即瑧，《説文》所謂弁飾也。徐云：「謂綴玉于武冠，若基子之列布也。」以《周禮》考之，士之服，自皮弁而下，如大夫之服，是尊卑皆得服皮弁，所異者瑧耳。據《弁師》之文云：「諸侯及孤卿大夫之皮弁，各以其等爲之。」不言士之皮弁。舊説謂天子璂飾十二，玉五采；侯伯瑧飾七，子男璂飾五，玉皆三采；孤璂飾四，三命之卿瑧飾三，再命之大夫璂飾二，玉皆二采。士皮弁之會無結飾。今如以騏爲皮弁之色，則無以别于卑者，《書》所謂「四人騏弁」，即士服也。故鄭箋以騏當作瑧，而孫毓亦以箋義爲長。更考之《尚書》、《周禮》，古文騏、綦、瑧三字通用，則鄭説爲可信矣。《詩》之興意，以鳲鳩子或他適，而鳲鳩但在桑不移，故以衣服有常象之。贊美衣服，亦有想望丰采之意。

鳲鳩在桑，其子在棘。職韻。**淑人君子，其儀不忒。**職韻。**其儀不忒，**同上。**正是四國。**職韻。○興也。陸佃云：「棘，卑小于梅。」愚按始在梅，降而在棘。時曹地既被分，不能成其爲國，故有在棘之象。忒，《説文》云：「更也。」毛云：「疑也。」人無常度，故可疑。其儀不忒者，明白洞達，表裏如一，不令人有所疑惑也。文公滅曹，亦曹自有以取之，既而復封曹，則無利曹之心，而其心事亦可與天下共見矣，是以謂之不忒也。又《禮記》子曰：「爲上可望而知也，爲下可述而志也，則君不疑于其臣，而臣不惑于其君矣。《尹吉》曰：『惟尹躬及湯，咸有壹德。』《詩》云：『淑人君子，其儀不忒。』」亦會意取義。正者，飭正之謂。四國，四方之國。正是四國，言足爲四方諸侯盟主也。楊倞云：「正身任物，則四國皆化。」《吕覽》云：「昔者聖王成其身而天下成，治其身而天下治。故善響者，不於響，於聲。善影者，不於影，於形。爲天下者，不於天下，於身。《詩》曰：『淑人君子，其儀不忒。』其儀不忒，正是四國。』言正諸身也。」《荀子》曰：「人皆亂，我獨治。人皆危，我獨安。人皆失喪之，我獨案起而制之。故仁人之用國，非特將持其有而已也，又將兼人。《詩》曰：『淑人君子，其儀不忒。其儀不忒，正是四國。』此之謂也。必將修禮以齊朝，正法以齊官，平政以齊民，然後節奏齊于朝，百事齊于官，衆庶齊于下。如是，則近者競親，遠方致願。」《大學》引此詩而解之曰：「其爲父子兄弟足法，而後民法之也。」今按曹與晋爲兄弟之國，文公之所以處曹者得其道，是其爲兄弟足法也。詩取象「鳲鳩在桑，其子七兮」，淑人君子，其儀一兮」，則父子足法之道，亦在于此矣。

鳲鳩在桑，其子在榛。真韻。亦叶先韻，則前翻。**淑人君子，正是國人。**真韻。亦叶先韻，如延翻。**正是國人，**同上。**胡不萬年？**先韻。亦叶真韻，奴因翻。○興也。榛，解見《簡兮》篇。陸佃云：「榛，卑小于棘。」愚按既自梅降而棘，又自棘降而榛，愈降而愈卑矣。曹伯失國被執，至以畀宋人，則幾與齊民無異，故其象如此。又按陸佃云：「先實者梅，後實者棘。先實者棘，後實者榛。故詩以此爲序。」今考曹伯被執于春三月，而復國于冬十月，則歷三樹成實之時矣，詩所爲詳舉以興也。正是國人，言文公能正我曹國之人，無禮而伐之，既服而赦之，所謂正也。胡不萬年，則祝其壽考之辭也。《焦氏易林》云：「鳲鳩鳲鳩，專一無尤。君子是則，長受嘉福。」又韓嬰云：「玉不琢，不成器。人不學，不成行。家有千金之玉，不知治，猶之貧也。良工宰之，則富及子孫。君子學之，則爲國用。故動則安百姓，議則延民命。《詩》曰：『正是國人，胡不萬年。』」此斷章取義，與詩旨無涉。

《鳲鳩》四章，章六句。朱子謂此詩不知何所指。《子貢傳》、《申培説》皆以爲曹叔爲政有度，國人美之，而作是詩。按曹叔名振鐸，文王子也。武王克殷後，始封曹。或又以爲美僖負羈，或又以爲美公子臧。然于詩人托興鳲鳩而并及其子之意，終無關着，愚不敢謂然。《序》則云：「刺不壹也。在位無君子，用心之不壹也。」鄭玄《詩譜》亦系之共公時。今按詩中不見有刺意。

《羔裘如濡》，鄭人美其大夫之詞。出朱傳。**疑美叔詹也。**篇名原只「羔裘」二字，但檜、唐亦有《羔裘》，特全用起語以別之。○按叔詹，鄭之公族也。厲公季年，齊桓始伯，時詹爲執政，用兵伐宋，又不朝齊。齊人以其貳也，將討之。鄭乃使詹往謝，齊因執之。未幾，詹聞其故，逃于魯，遂自魯復歸鄭。文公二十年，❶齊桓會諸侯，盟于甯母，大子華以洩氏、孔氏、子人氏爲訴。管仲曰：「鄭有叔詹、堵叔、師叔三良爲政，未可間也。」齊桓乃止。楚子過鄭，入享鄭，夜出，文芈送于軍，取鄭二姬以歸。叔詹曰：「楚王其不没乎？爲禮

---

❶「文公二十年」，《四庫全書》本作「文公十二年」，皆與《左傳》不合，當作「僖公七年」。

卒于無别，無别不可謂禮，將何以没？」三十六年，晋公子重耳過鄭，弗禮焉。叔詹諫曰：「臣聞之，親有天，用前訓，禮兄弟，資窮困，天所福也。棄此四者，以徼天禍，無乃不可乎？」弗聽。叔詹曰：「若不禮焉，則請殺之。」亦弗聽。重耳反國，六年，伐鄭。鄭人以名寶行成，弗許。曰：「予我詹而師退。」詹請往，公弗許。詹固請，曰：「一臣可以赦百姓而重社稷，君何愛于臣也？」鄭人以詹予晋人，晋人將烹之。詹曰：「臣願獲盡辭而死，固所願也。」公聽其辭，詹曰：「天降鄭禍，使淫觀狀，棄禮違親。臣曰不可，晋公子賢明，其佐皆卿才，若復其國，而得志于諸侯，禍無赦矣。今禍及矣，尊明勝患，知也。殺身贖國，忠也。」乃就烹，據鼎耳而疾號曰：「自今以往，知、忠以事君者，與詹同！」乃命弗殺，厚爲禮而歸之，鄭人以爲將軍。叔詹始終忠于其國，故使齊桓聞其名，而晋文爲之禮。臨難不避，舍命不渝也。累建正論，邦之司直也。鄭有三良，同時爲政，則所謂「三英粲兮」者也。是詩在鄭風，非叔詹無足當此美者。而《公羊》、《穀梁》皆謬以詹爲佞人，何不據詹之行事本末而觀之乎？叔詹，一作被瞻。吕不韋云：「被瞻忠于其君，而君免于晋患也。行義于鄭，而見説于文公也。故義之爲利博矣。」

羔裘豐氏本作「求」。後同。**如濡**，虞韻。亦叶尤韻，而繇翻。**洵**《韓詩外傳》作「恂」。**直且侯**。尤韻。亦叶虞韻，洪孤翻。**彼其**《韓詩外傳》、劉向《新序》俱作「己」。**之子**，**舍**上聲。**命不渝**。虞韻。亦叶尤韻，夷周翻。《韓詩外傳》作「偷」。○賦而比也。羔，解見《羔羊》篇。裘，《説文》云：「皮衣也。」按羔裘以緇衣爲裼，則所用者，乃黑羔之皮耳。陸佃云：「羔性群而不黨，又皆跪乳，象禮。其德宜施于朝，故古者以爲朝服。」陳祥道云：「羔取其有禮，黑取其合道。以道合禮，以禮成道，固先王之所尚也。」如濡，毛傳云：

「潤澤也。」孔云：「如似濡濕，謂皮毛光色潤澤也。」洵，通作恂，《説文》云：「信也。」直，《説文》云：「正見也。」《左傳》云：「正曲爲直。」《荀子》云：「是謂是，非謂非，曰直。」且，《説文》云：「薦也。」侯，諸侯也。洵直且侯，言信哉其正直之德，可以薦之于諸侯，爲人君所任用也。下文言舍命不渝，正見其直。彼其之子，謂此服羔裘之大夫也。舍，通作捨，《説文》云：「釋也。」命，軀命之命。渝，《説文》云：「變汙也。」舍命不渝，雖禍害當前，捨置其軀命以殉之，而生平之所自守者，終不少變。如叔詹以盡忠于國之故，而見執于齊桓，又見執于晋文，歷險不挫，可謂舍命不渝矣。劉向云：「非至仁，孰能以身試？《詩》曰：『舍命不渝。』此之謂也。」《韓詩外傳》云：「崔杼弑莊公，合士大夫盟，盟者皆脱劒而入，言不疾，指血至者死，所殺者十餘人。次及晏子，奉杯血，仰天而嘆曰：『惡乎！崔杼將爲無道而殺其君。』于是盟者皆視足。崔杼謂晏子曰：『子與我，吾將與子分國。子不與我，殺子。直兵將推之，曲兵將鈎之，吾願子之圖之也。』晏子曰：『吾聞留以利而倍其君，非仁也。刼以刃而失其志者，非勇也。《詩》曰：莫莫葛藟，施于條枚。愷悌君子，求福不回。嬰其可回矣。直兵推之，曲兵鈎之，嬰不之革也。』崔杼曰：『舍晏子。』晏子起而出，授綏而乘。其僕馳，晏子撫其手曰：『麇鹿在山林，其命在庖厨，命有所懸，安在疾驅？』安行成節，然後去之。《詩》曰：『羔裘如濡，恂直且侯。彼其之子，舍命不偷。』晏子之謂也。」愚按所以取「羔裘如濡」爲比者，染人之事，自一染爲縓，以至于七入爲緇，則無可變矣。緇，黑也。羔裘如濡，正黑色也，故以爲舍命不渝之況。

羔裘豹飾，職韻。**孔武有力**。職韻。**彼其**《左傳》、《韓詩外傳》俱作「己」。**之子，邦之司直**。職韻。○賦而比也。豹，似虎而小，圜文。毛云：「豹飾，緣以豹皮也。」孔穎達云：「唐風『羔裘豹袪』、『羔裘豹袖』，然則緣以豹皮，爲袪袖也。禮，君用純物，臣下之，故袖飾異皮。」按《玉藻》云：「羔裘豹飾，緇衣以裼之。」孔，《爾雅》云：「甚也。」武，威也。朱子云：「豹甚武而有力，故服其所飾之裘者如之。」按鄭以叔詹爲將軍，亦謂其人之威望足以居之，非以勇力爲有力也。司，主也。邦之司直，能爲邦國主持直道也。危言危行，上足正君，下足善俗，皆在其中，非徒其所自守者不渝而已。《左》襄二十七年，子罕諫向戌弭兵求賞。君子曰：「彼己之子，邦之司直。其樂喜之謂乎？」

羔裘晏叶翰韻，烏旰翻。**兮，三英**豐本作「瑛」，云：「以玉爲裘紐，其數三也。」**粲**翰韻。亦叶霰韻，倉甸翻。**兮。彼其**《韓詩外傳》作「己」。**之子，邦之彦**霰韻。亦叶翰韻，魚旰翻。**兮。**賦而比也。晏，温意。《淮南子》注云：「三輔人以日出清濟爲晏，晏而温。」英，朱子以爲裘飾，但三英之制未詳。范祖禹謂五紽、五緎、五總，皆所以英裘，是之謂三矣。今按合兩爲一曰總，分其界限以施組紃曰緎，組紃之突起曰紽。謂紽爲英裘之飾是矣，謂總與緎皆爲英飾則非也。愚謂英即英傑之英。《爾雅》疏云：「德過千人曰英。」《國策》注云：「才出萬人曰英。」未詳孰是，要之才德出衆之稱耳。三英，即管仲所稱三良，叔詹、堵叔、師叔是也。粲，通作燦，《説文》云：「燦爛明瀞貌。」三良同時爲政，即廟堂之上燦然有光彩也。彼其之子，專美叔詹也。並舉三英而獨美之子者，意作詩之時，惟叔詹在，抑或叔詹之賢優于堵叔、師叔耳。彦，《説文》云：「美士有文也。」此又承上章而進之。言雖其節操勁特，足以主張直道，然涵養之深，不隨不激，故其見于外者，自有文理可觀。亦如羔裘之晏然温和，與人體相適，因又美之曰「邦之彦」也。又按《呂氏春秋》載鄭君問于被瞻曰：「聞先生之義，不死君，不亡君，信有之乎？」被瞻對曰：「有之。夫言不聽，道不行，則固不事君也。若言聽道行，又何死亡哉？故被瞻之不死亡也，賢乎其死亡者也。」據此以觀，則詹之賢，蓋傳之舊矣。

《羔裘》三章，章四句。《序》云：「刺朝也。言古之君子，以風其朝焉。」今按詩中無刺意，必謂稱彼所以譏此，則凡美詩皆可謂之刺詩矣。《序》疑鄭無賢臣足以當此者，故但歸之思古耳。《子貢傳》、《申培説》則云：「鄭子皮卒，子產思之，追頌焉。」按《左》昭十六年，鄭六卿餞晉韓宣子于郊，宣子曰：「二三子請皆賦，起亦以知鄭志。」子產賦鄭之《羔裘》。宣子曰：「起不堪也。」是則此詩古已有之，其非子產所自作明矣。

《閟宮》，頌魯僖公始郊也。詩中所頌之事三焉：郊而配后稷，一也；以天子禮樂祀周公，二也；美禰廟，三也。而郊實自僖公始，其諸繇季孫行父之請命于周歟？頌雖夸，然有微辭。史克作之。魯之郊祀，與大嘗禘，不知其所自始。《明堂位》云：「成王以周公爲有勳勞於天下，命魯公世世祀周公以天子之禮樂。是以魯君孟春乘大路，載弧韣，旂十有二旒，日月之章，祀帝于郊，配以后稷，天子之禮也。季夏六月，以禘禮祀周公于太廟，牲用白牡，尊用犧象山罍，鬱尊用黄目，灌用玉瓚大圭，薦用玉豆雕篹，爵用玉琖仍雕，加以璧散璧角，俎用梡嶡，升歌《清廟》，下管《象》，朱干玉戚，冕而舞《大武》，皮弁素積，裼而舞《大夏》。昧，東夷之樂也。任，南蠻之樂也。納夷蠻之樂于太廟，言廣魯于天下也。」《祭統》云：「昔者周公旦有勳勞于天下，周公既没，成王、康王追念周公之所以勳勞者，而欲尊魯，故賜之以重祭。外祭，則郊社是也。内祭，則大嘗禘是也。夫大嘗禘，升歌《清廟》，下而管《象》，朱干玉戚以舞《大武》，八佾以舞《大夏》，此天子之樂也。康周公，故以賜魯也。子孫纂之，至于今不廢，所以明周公之德，而又以重其國也。」《禮運》篇，孔子曰：「魯之郊禘，非禮也，周公其衰矣。杞之郊也，禹也。宋之郊也，契也。是天子之事守也。故天子祭天地，諸侯祭社稷，祝嘏莫敢易其常古，是謂大假。」李氏云：「《禮記》之書，如《禮運》以爲魯不當郊禘，如《明堂》、《祭統》以爲魯當郊禘，其異同如此，當從《禮運》之説。」程子云：「説者以周公能爲人臣所不能爲之功，故得用人臣不得用之禮。夫人臣豈有不能爲之功哉？使功業過于周公，亦人臣所當爲之。天下之事，非人臣爲之而誰爲之？成王之賜，伯禽之受，皆非也。」高郢云：「自天子至于庶人，尊卑貴賤，待禮而别，豐者不可殺，殺者不可豐。仲尼不臣門人，非君也。季札不嗣吴爵，非長也。周公不王，而以禮樂王者，是以非禮誣周公也。設欲誣周公以非禮，曾謂昊天上帝，亦可誣乎，奈何使魯人郊？《詩》曰『爾之教矣，人胥妨矣』。魯侯用王禮，其臣亦用侯之禮，故季氏舞八佾，旅泰山，設公廟，歌《雍》徹。嗟乎！禮之不早辨也如此。古者父爲天子諸侯，子爲士，祭禮從子，不得從其父。若享非禮之祭，是周公不得爲聖也。知其不享，是成、康祇以王者禮樂餒周公于魯矣，安在其廣乎？且周公之績，孰與伊尹佐商？伊尹不過號爲保衡。至于沃丁、太戊，亦不加以王禮。或謂周公，叔父也，于伊尹而爲親，故尊而異之。夫太伯，太王之元子，三以天下讓于王季。王季得之，以傳祚于文、武。及武王克紂，追王太王、王季、文王，而不追王太伯，豈武王忘大伯之德而不親乎？蓋以等威之禮、名分之别爲萬代之準，不爲一人私也。周公有大勳于周，土田附庸以益之則可，秬鬯圭瓚以賜之則可，若天子禮樂，成、康所恃以爲尊也，胡可以假人？成、康雖欲尊于周公，伯禽其忍受之，以出僭其君，入陷其父乎？若周公躬制禮樂，墳土未乾，而子孫不克負荷，亂王者之度，孔子稱其衰，不亦宜乎？」張氏云：「《雒誥》曰：『伻來毖殷，乃命寧予，以秬鬯二卣，曰明禋，拜手稽首休享，予不敢宿，則禋于文王、武王。』觀此書，周公不敢當成王秬鬯之禮，則天子之禮樂，公其敢當乎？」馬端臨云：「夫所謂祀周公以天子之禮樂者，如樂用宫懸，舞用八佾，以天子所以祭其祖者用之于周公之廟，謂之尊周公可也。至于郊祀后稷以配天，禘者禘其祖之所自出，而以其始祖配之，則非諸侯之所當僭。且郊禘所祀，未嘗及周公，則何名爲報周公之勳勞而尊之乎？以其祖宗之勳勞，而許其子孫僭天子之禮樂以祭之，已非矣。況所祀者，乃天子之太祖，而本非有勳勞之臣乎？不知成王何名而賜之，伯禽又何名而受之。孔子曰：『杞之郊也，禹也。宋之郊也，契也。是天子之事守也。』愚嘗因是而攷論之，禮制之陵夷，非一朝一夕之故，其所繇來者漸矣。蓋周之封杞、宋也，以其爲二王之後，俾之修其禮物，作賓于王家，以奉禹、契之祀。而禹、契天子之祖也，不可以諸侯之太祖祀之，故許其用天子之禮。然特許其用天子之禮祀禹、契之廟，未必許其郊天也。夷王以下，君弱臣强，上陵下僭，杞、宋因其用天子之禮樂于禹、契之廟，而禹、契則配天之祖也，遂併僭行郊祀上帝之禮焉。此夫子所以有天子之事守之歎也。至于魯，則周公本非配天之祖，而稷、嚳之祀，元未嘗廢，無假于魯之郊禘也。乃因其可以用天子之禮樂于周公之廟，而併效杞、宋之尤，則不類甚矣。《明堂位》首言『命魯世世祀周公以天子之禮樂』，又云『季夏六月，以禘禮祀周公於太廟，牲用白牡犧象』云云。即此二言觀之，可見當時止許其用郊禘之禮樂以祀周公，未嘗許其遂行郊禘之祀。後來乃至于禘嚳郊稷，祀天配祖，一一用天子之制，所謂穿窬不戢，遂至斬關，作俑不止，遂至用人，亦始謀之未善有以肇之也。《左傳》宋公享晉侯于楚丘，請以桑林，荀罃辭。荀偃、士匄曰：『諸侯魯、宋，于是觀禮，魯有禘樂，賓祭用之，宋以桑林享君，不亦可乎？』乃知魯、宋不特僭天子之禮樂以祀郊禘，雖燕享賓客亦用之矣。」羅泌云：「董子之説曰：『成王之使魯郊，蓋報德之禮也。』然則仲舒亦以爲成王之與之矣，是不然。禮之有天子諸侯，自伏羲以來，未之改也。成王，周之顯王也，蓋亦謹于禮矣，而且亂之，則成王其惑矣。此劉原父所以謂使魯郊者必周，而必非成王，蓋平王以下，固亦未之悉爾。始魯惠公使宰讓請郊廟之禮于天子，桓王使史角往。惠公止之，其後在魯，於是有墨翟之學。魯之用郊，正亦始于此矣。夫魯惠公之止之，則是周不與之矣。不與而魯用郊，自用之也。昔有荆人請大號者，周人不許，荆人稱之。然則魯之郊禘可知矣。兩觀大輅，萬舞冕璪，有不自於兹乎？使成王已與魯，則惠公不請矣。」陳氏云：「諸侯之有郊禘，東遷之僭禮也，故曰秦襄公始稱諸侯，作西畤，祠白帝，僭端見矣。位在藩臣，而臚于郊祀，君子懼焉，平王以前，未之有也。記禮者以爲成王賜之，以康周公。按衛祝鮀之言曰：『周公相王室，以尹天下，于周爲睦，分魯公以大路大旂，夏后氏之璜，封父之繁弱，殷氏六族，以昭周公之德，予之土田陪敦，祝宗卜史，備物典册，官司彝器。』則成王命魯，不過如此。隱公考仲子之宫，問羽數于衆仲，周公閲來聘，饗有昌歜白黑形鹽，周公以爲備物，辭不敢受。衛甯武子來聘，燕之，賦《湛露》及《彤弓》，武子不答賦，曰：『諸侯朝正于王。』于是賦《湛露》。諸侯敵王所愾而獻其功，於是乎賜之彤弓。假如記禮之言得用郊禘，兼四代服器官，祝鮀不應不及，況魯行天子之禮久矣，隱公何以始問羽數？閲何以辭備物之享？甯武子何以致譏于《湛露》、《彤弓》？于以見魯僭未久，上自天子之宰，至于兄弟之國之卿，苟有識者，皆疑怪遜謝，而魯人並無一語及于成王之賜以自解。」楊慎云：「成王命君陳，拳拳以遵周公之猷訓爲言。猷訓之大，無大于上下之分，豈其命伯禽而首廢之哉？且襄王之世，衰亦極矣，猶不許晋文公之請隧，而謂成王不如襄王乎？況伯禽之賢，雖不及周公，然賢于晋文公遠矣，豈肯受之哉？《禮》又曰成王、康王賜魯重祭。成王既賜，康王又何加焉？此蓋不能自掩其僞矣。然則魯之僭禮何始也？曰：著在《春秋》與魯頌。《春秋》桓公五年，書大雩。雩之僭，始于桓也。閔二年，書曰禘于莊公。禘之僭，始于閔也。僖三十一年，書曰四卜郊。郊之僭，始于僖也。魯頌《閟宫》三章，首言『乃命魯公，俾侯于東。錫之山川，土田附庸』，無異典也。其下乃言周公之孫，莊公之子，以及于享祀不忒，皇皇后帝，皇祖后稷。蓋魯自伯禽而下，十有八世，自僖公始有郊祀，而詩人頌之，則其不出于成王之賜益明矣。魯之君臣，恐天下議己，乃借名于成王、伯禽，以掩天下之口。魯之陋儒諂佞，遂作《明堂位》以文其過，甚矣其無忌憚也！」胡安國云：「楊子曰：『天子之制，諸侯庸節。』節莫差于僭，僭莫重于祭，祭莫重于地，地莫重于天。諸侯而祀天，其僭極矣。聖人於《春秋》，欲削而不存，則無以志其失爲後世戒。悉書之乎，則歲事之常，有不勝書者。是故因禮之變，而書于策，或以卜，或以時，或以望，或以牲，或以牛。於變之中，又有變焉者，悉書其事。」又云：「昔者周公郊祀后稷以配天，此成王亮陰之時，位冢宰，攝國政，行天子之事也。魯何以得郊？」鄒忠胤云：「《春秋》書郊者凡九，胡氏所謂『因失禮之中又有失焉，則書于策』是也。相沿至哀公時，尚未明郊之説，故其問曰：『寡人聞郊而莫同，何也？』夫子對以冬至之郊，主日配月，啓蟄之月，則又祈穀于上帝。魯無冬至大郊之事，降殺于天子，是以不同。然則魯雖僭郊，而猶未敢全僭，魯史諱之亦畧之，終春秋之世，不書用郊，若見爲常事云爾。❶迨其後

❶「常」，原作「嘗」，據鄒忠胤《詩傳闡》卷三改。

孟獻子曰：『正月日至，可以有事于上帝。』則將并與冬至之郊僭擬之。而《明堂位》亦言魯君孟春乘大路，載弧韣，十有二旒，日月之章，祀帝於郊，配以后稷。此於龍旂承祀之義，又有加焉。世儒詆爲妄作，不知此正魯末造僭郊之實録，而詭託之成王賜耳。」愚按平王使史角如魯諭止郊廟之禮，事見《竹書》，在平王四十二年。與《吕氏春秋》言魯惠公請郊廟之禮於周，天子使史角往報之者，其事相合。然則在平王之世，魯實未嘗郊。觀夫子作《春秋》，始于隱公，歷桓、莊、閔三君，未有以郊書者。及僖三十一年，始書「夏四月四卜郊，不從，乃免牲，猶三望」，而魯頌亦頌僖之郊。然則郊之自僖始，此其大據也。夫自惠、隱而下，皆未敢用郊，而僖何以敢創爲之？蓋嘗思之而得其故。《駉序》云：「僖公能遵伯禽之法，魯人尊之，於是季孫行父請命于周，而史克作是頌。」孔氏但見行父于文六年始見《春秋》，而史克于文十八年始見《左傳》，則以爲皆文公時人。而不知僖、文相去甚近，行父之父季友，卒于僖之十六年。行父爲魯世卿，雖幼，當即嗣其位。且僖在位三十三年，而卜郊尚在三十一年，意先是行父必曾請命于周，而周天子許之，故僖于是始郊。而史克爲之作頌，《序》所謂「請命作頌」者，正指郊而言。而《左傳》偶軼其事，正賴有此《序》以補其闕，亦一快也。又按孔穎達著《左傳正義》，於隱元年春王正月傳下，有云：「魯僖公之時，周王歲二月東巡守，至于岱宗柴。季孫行父爲之請于周，太史克爲之作頌。」孔之此說，必有所本。今考僖公之時，在周則惠王、襄王。而二王俱未嘗東巡，惟僖公二十八年，襄王有狩于河陽之事，而僖公常朝于王所，正在春秋書魯四卜郊之先。乃始恍然悟曰：行父之請，在此時也。以僖公數從伯討，遂爲望國，又謹守臣節，再朝王所，當亦襄王所心嘉者，故攀伯得文請隧之後，因緣惠公前朝之請，且小變其說曰：「我不敢求長至之郊，以上儗于天子，但期得行祈穀之郊，畧表異于諸國而已。」宜襄王之重違其意而遂曲狥之也。然則謂魯郊始于僖公，信矣。若夫馬氏謂成王賜魯以天子禮樂祀周公，於周公廟得用禘禮者，此其理尤確。然禘乃王者之大祭，《禮·大傳》謂王者禘其祖之所自出，以其祖配之，則魯將安禘？豈信禘文王乎？竊疑《祭統》所云「大嘗禘」者，乃謂于魯太廟嘗祭之時，而倣周天子禘祭之禮，故名之大嘗，非謂魯有大嘗又有禘也。觀《祭統》「升歌《清廟》」等語，與《明堂位》言「以禘禮祀周公」者，一一相合。其曰「六月」者，據夏正而言，正周之八月，而《閟宮》之頌亦第言嘗而不及禘，則魯祭但用禘禮，而非實有禘祭可知已。若《春秋》書閔二年，五月，吉禘于莊公，亦是僭祀莊公以王者大禘之禮。莊公自立廟，未喪畢而吉祭，故《春秋》以爲譏。此詩末章所言「新廟」，即此廟也。莊于僖爲禰，因言郊而及大嘗矣，又附及禰廟，雖似節節侈言其盛，而皆有深刺之意存焉。曰「是饗是宜」，隱然譏其不宜也。曰「周公皇祖，亦其福女」，隱然譏其未必福也。曰「萬民是若」，隱然譏其不爲萬民所若也。不以頌而以規，抑亦可謂良史乎？

閟宮有侐，實實枚枚。灰韻。亦叶支韻，謨悲翻。**赫赫姜嫄，其德不回。**灰韻，亦叶支韻，乎爲翻。**上帝是依，**叶支韻，魚羈翻。亦叶灰韻，烏回翻。**無災**陸德明本作「灾」，云：「又作『菑』。」**無害。彌月不遲，**支韻。亦叶灰韻，陳回翻。**是生后稷。**職韻。**降之百福，**叶職韻，筆力翻。蘇轍本自章首至此，爲第一章。**黍稷重**《説文》作「穜」，陸本作「種」。**穋，**叶職韻，録直翻。陸本、《説文》俱作「稑」。**稙穉菽**《説文》、豐氏本俱作「尗」。**麥。**叶職韻，訖力翻。**奄有下國，**職韻。**俾**陸本作「卑」。**民稼穡。**職韻。**有稷有黍，**語韻。**有稻有秬。**語韻。**奄有下土，纘禹之緒。**語韻。蘇本自「黍稷」起至此爲第二章。○賦也。孔穎達云：「作者將美僖公，追述遠祖，上陳姜嫄、后稷，至于太王、文、武，爰及成王封建之辭，魯公受賜之命，言其所以有魯之繇也。」閟，《說文》云：「閉門也。」朱子以爲深閟也。宮，亦廟之稱。閟宮，孟仲子曰：「是禖宮也。」禖，義見《生民》篇。按《春秋元命苞》云：「姜嫄遊閟宮，其地扶桑，履大人迹生稷。」然則此閟宮，乃帝嚳時之禖宮，禋祀之處也。侐，《說文》云：「靜也。」當未郊禖之時，則無人至其處，故其宮門常閉而清靜也。實，華而不實之實，謂艸木之實也。枚，「伐其條枚」之枚。《說文》云：「榦也。」徐鍇云：「自條而出也。」閟宮在郊，其地林木蓊欝，故有實有枚，緯書所謂「其地扶桑」是也。重言之者，見其非一樹也。赫赫，鄭玄云：「顯著也。」姜嫄，解見《生民》篇。其德不回者，鄭云：「其德貞正，不回邪也。」依，朱子云：「猶眷顧也。」上帝是依者，嚴粲云：「天用是憑依其身，使之有子也。」無災無害，義同《生民》篇。彌月，即「誕彌厥月」之義。孔云：「《家語·執轡》篇、《大戴禮·本命》篇，皆云人十月而生，此云『彌月不遲』，故知終人道十月而生子，美其不遲晚也。」后稷，解亦見《生民》篇。降，《說文》云：「下也。」曰百福者，稷以種植封，是降之百穀，即降之百福也。先言黍稷，后言菽麥者，立言之序與《七月》篇同。種穋稙穉，則諸穀皆有，故隱括之其中也。重本作種，穋亦作稑，解見《七月》篇。稙，《說文》云：「早種也。」穉，《說文》云：「幼禾也。」賈思勰云：「二月、三月種者爲稙禾，四月、五月種者爲穉禾。」重謂埶之遲者，穋謂埶之疾者，稙謂穜之早者，穉謂穜之晚者。奄，《說文》云：「覆也。」奄有下國，朱子云：「言封之邰也。」俾，《說文》云：「使也。」穜曰稼，斂曰穡。俾民稼穡者，謂教天下之人皆知稼穡也。古人五穀，特重黍稷。然上文先言黍，此先言稷，彼以所屬五行相生之次爲序，此則以穜植先後之次爲序。稷爲首種。《尚書考靈耀》有云：「日中星鳥，可以種稷。」是一歲之初，所先穜者惟稷也。稻，解見《鴇羽》、《七月》篇。秬，解見《生民》篇。稻、秬乃穀之嘉者，承上文言俾民稼穡者，不特有稷有黍而已，又有嘉蔬之稻、黑黍之秬，皆使人偏種之也。奄有下土者，輔廣云：「指教民稼穡之事而言也。使天下之民皆得以稼穡于其土地，則是后稷奄有其土也。」《周禮・職方氏》掌天下之國，辨其九穀之數。揚州、荆州，其穀宜稻。青州，其穀宜稻麥。雍州、冀州，其穀宜黍稷。幽州，其穀宜三種。注：黍、稷、稻也。兖州，其穀宜四種。注：黍、稷、稻、麥也。豫州、并州，其穀宜五種。注：黍、稷、菽、麥、稻也。所謂奄有下土也。纘，《説文》云：「繼也。」禹與稷同時爲舜臣。緒本絲耑之名，事業之有端可尋者，亦謂之緒。禹平水土後，有稷播百穀，而後民得粒食。若無稷，則禹雖平水土，何益于民？是禹未竟之緒，賴稷而纘也。

后稷之孫，實維大音泰。後同。**王。**陽韻。**居岐之陽，**韻。**實始翦**《説文》作「戩」。**商。**陽韻。**至于文武，纘大王之緒，**語韻。**致天之屆，于牧之野。**叶語韻，上與翻。**無貳無虞，上帝臨女。**音汝。後同。語韻。**敦商之旅，**語韻。豐本此句在「克咸厥功」下。**克咸厥功。**毛、鄭本自「后稷」至此爲第二章，蘇本作第三章。**王曰**《禮記》注作「謂」。**叔父，**麌韻。**建爾元子，俾侯于魯。**麌韻。**大啓爾宇，**麌韻。**爲周室輔。**麌韻。朱傳自「后稷」至此爲第二章。**乃命魯公，**東韻。**俾侯于東。**韻。**錫之山川，土田附庸。**叶東韻，讀如融，余中翻。蘇本自「王曰」至此爲第四章。○賦也。大王距后稷，不知幾代，其世次莫能詳也。翦，通作揃，《説文》作戩，其義皆訓滅也。朱子云：「大王自豳徙居岐陽，四方之民咸歸往之，於是而王迹始著，蓋有翦商之漸矣。」陸化熙云：「興隆在周，則凌替在商，故云實始翦商。言其勢，非言其志也。」胡廷芳云：「愚讀《詩》至『太王實始翦商』，未嘗不慨後之論者皆不能不以辭害意也。何以言之？太王蓋當祖甲之時，去高宗、中宗未遠也。後二百有六年，商始亡。且武王十三年以前，尚臣事商。則翦商之云，太王不但不出之于口，亦决不萌之於心。特以其有賢子聖孫，有傳立之志，於以望其國祚之緜洪，豈有一毫覬覦之心哉？議者乃謂大王有是心，太伯不從，遂逃荆蠻，是大王固已形之言矣。夫以唐高祖，尚能駭世民之言，曾謂太王之賢，反不逮之乎？」曾鞏云：「大王去邠居岐，蓋諸侯之能興邦者，本不必云『肇王迹』也。武王既有天下，推其寖盛之繇，故曰『肇王迹』。所謂實始翦商者，殆因『肇王迹』之語言之過耳。至于文、武，纘大王之緒，即《書》所稱『文考文王，克成厥勳，予小子其成厥志』之謂也。」致，《説文》云：「送詣也。」届，《説文》云：「極也。」致天之届，以商家之天命言。天命窮極于商，故武王有牧野之舉，所謂致天絶商之意，于彼牧野也。徐光啓云：「紂惡苟有絲毫未稔，天命苟有絲毫未絶，則武王無絲毫變節之意。惟到天命窮極，則牧野之師不得不興矣。即此二字，形容武王順天應人之意已盡。」「無貳」二句，武王誓師之辭也。無，通作毋，戒之也。貳者，不一其心之謂。虞，通作慮，憂疑之意。臨，猶云眷顧也。女，指凡在行間之群臣及諸侯也。亂臣十人，諸侯八百，皆一意伐商者，然苟有成敗利鈍之虞，則未免貳其心矣。赫赫帝天，臨之在上，必眷顧于汝，師至必克，勿復有他慮也。敦，《説文》云：「怒也。」商之旅，即《大明》篇所云「殷商之旅，其會如林」者。克，能也。咸，《説文》云：「皆也，悉也。」以勞定國曰功。言此怒商旅之來迎敵者，既聞誓辭之後，人人鼓鋭，而能皆有其功。時周公亦從征，曰克咸厥功，所以爲受封張本也。王，成王也。《爾雅》云：「父之昆弟，後生爲叔父。」《白虎通》云：「不名諸父者，親與己父，有敵體之義也。」建，鄭云：「立也。」元，毛云：「首也。」元子，謂伯禽也。《漢書》云：「王曰叔父，建爾元子，子父俱延，拜而受之。」俾侯于魯，命爲魯侯也。啓，通作启，《説文》云：「開也。」宇，毛云：「居也。」爵之爲侯，則伯、子、男出其下矣。大開其居，非七十里、五十里可等倫矣。爲周室輔，見與國咸休之意。《白虎通》云：「諸侯始封，爵土相隨者何？君子重德薄刑，賞宜從重。」鄭曉云：「魏莊渠嘗言，魯始封乃伯禽，非周公也。蓋據《魯頌》『王曰叔父，建爾元子，俾侯于魯』，故云。此直述魯之有侯，自伯禽始耳。周公以親以功封魯侯，留王朝不曾至魯，故禽父嗣侯于魯，❶豈有武王大封功臣，兄弟之國十四人，康叔少弟尚已封衛，周公四弟，又開國元勳，乃不封，直至成王始封乎？」王曰叔父，是成王稱周公也。必武王時伯禽尚少，留侍世子，至世子即位後而遣之之國，伯禽決非始封之君。按《史記·魯世家》云：「武王既克殷，封周公于少皞之墟。」是封魯在武王世。《書大傳》云：「周公封以魯，身未嘗居魯也。」《公羊傳》云：「封魯公，以爲周公也。周公拜乎前，魯公拜乎後。曰：生以養周公，死以爲周公主。然則周公之魯乎？曰：不之魯也，封魯公以爲周公主。然則周公曷爲不之魯？欲天下之一乎周也。」《白虎通》云：「周公不之魯何爲？周公繼武王之業也。」乃命魯公，即「建爾元子」事。上示其意，此則實以命也。東，鄭云：「東藩，魯國也。既告周公以封伯禽之意，乃策命伯禽，使爲君于東。」錫，通作賜，《説文》云：「予也。」山川，謂境内之山川也。方一里爲一井，地方百里者，積田萬井，自是而上，可以類推，所謂「錫之土田」者也。《孟子》云：「不能五十里，不達

❶ 「禽父」，《四庫全書》本作「伯禽」。

于天子，附於諸侯曰附庸。」陳祥道云：「民功曰庸。謂之附庸，以其有所附，然後有功于民也。」嚴云：「賜之以小國之附庸，使四鄰小國附屬之。」李氏云：「顓臾，魯之附庸也。春秋之時有郲國，亦魯之附庸也。」愚按須句亦附庸。徐云：「山川使主其祭，土田使有其賦，附庸使廣其封邑。」《左》定四年，萇弘曰：「昔武王克商，成王定之，選建明德，以藩屏周，故周公相王室，以君天下，於周爲睦。分魯公以大路大旂，夏后氏之璜，封父之繁弱，殷氏六族：條氏、徐氏、蕭氏、索氏、長勺氏、尾勺氏，使帥其宗氏，輯其分族，將其醜類，以法則周公，用即命于周。是使之職事於魯，以昭周公之明德。分之土田陪敦，祝宗卜史，備物典策，官司彝器。因商奄之民，命以伯禽，封于少皞之墟。」

周公之孫，莊公之子。紙韻。**龍旂承祀，**紙韻。**六轡耳耳。**紙韻。**春秋匪解，**音懈。**享祀不忒。**職韻。**皇皇**豐本作「天」。**后帝，皇祖**豐本作「王」。**后稷。**職韻。**享以騂犧，**支韻。亦叶歌韻，桑何翻。**是饗**《路史》作「享」。**是宜。**支韻。亦叶歌韻，牛可翻。**降福既多，**歌韻。亦叶支韻，章移翻。蘇本自「周公」至此爲第五章。**周公皇祖，**叶語韻，讀如咀，在吕翻。**亦其福女。**語韻。朱傳自「乃命」至此爲第三章。○賦也。莊公名同，桓公子，在位三十二年。朱子云：「莊公子，其一閔公，其一僖公。知此是僖公者，閔公在位不久，未有可頌，此必是僖公也。」按《序》以此詩爲頌僖公，而魯郊以僖三十一年始見《春秋》，則其爲指僖公明矣。僖公名申，閔公庶兄也，爲周公十世孫。「龍旂」四句，乃下文郊、嘗二事之總冒。龍旂承祀，魯公備儀衛以往祭所也。孔云：「承者，奉持之義。」鄭云：「承祀，謂親祭事也。」祀，《説文》云：「祭無已也。」有春郊，又有秋嘗，是無已也。曹氏云：「《司常》言日月爲常，王建之，交龍爲旂，諸侯建之。僖公雖僭郊天之禮，而猶以龍旂承祀，不建太常，猶不敢全僭天子禮也。而《明堂位》乃曰：『魯公乘大路，載弧韣，旂十有二旒，日月之常，祀帝于郊。』則又過矣。」按徐幹《中論》亦云：「魯以龍旂九旒祀帝于郊。」鄭云：「四馬，故六轡也。」耳耳，朱子云：「柔從也。」春以郊言，於夏正爲正月，於周正爲三月。秋以嘗言，於夏正爲六月，於周正爲八月。郊則配以后稷，嘗則祀周公廟以天子之禮樂。此二者，皆魯祭之盛禮，故特舉之也。按《左傳》，孟獻子曰：「啓蟄而郊，郊而後耕。」《明堂位》言魯君孟春乘大路，祀帝于郊。而《家語》載孔子謂魯無冬至大郊之事，降殺于天子。是以不同。然則魯郊固在夏之孟春矣。匪，通作非。解，通作懈，《説文》云：「怠也。」謂勤行其事而不敢怠也。夫魯以僭禮爲榮，固宜其勤行之也。享，《説文》云：「獻也。」忒，《説文》云：「更也。」其儀其物，各有一定之禮，不更變也。皇，《説文》云：「大也。」李氏云：「皇皇，大之至也。」孔云：「后，君也。以天者尊神，故謂之爲君也。」《左》文二年引此《詩》曰：「皇皇后帝，皇祖后稷。」君子曰禮，謂其后稷親而先帝也。李氏云：「先天而後稷，固足以爲禮，然不知諸侯而用郊禘，果可以爲禮乎？」萬尚烈云：「僖與齊桓同時，皆有功周室，恃功而僭禮。王室其衰，方賴諸侯以僅存，無敢問其非禮。此夫子所以歎之也。」黄震云：「自伯禽至莊公十七世，未聞有郊天者。僖公三十一年，始卜郊而卜不從。繼此若宣、若成、若定，欲郊則牛輒傷，禮之不可僭，神之不歆其祀如此。」諸儒論辨，俱詳在本篇小引下。騂，赤色。犧，毛云：「純也。」謂赤色之純者。董仲舒云：「周色上赤，魯以天子命郊，故以騂。」孔云：「《地官・牧人》云：『陽祀用騂牲毛之。』是天子祭天南郊，用赤牛純色。今魯亦享騂犧，是與天子同也。」饗，猶鄉也。《祭義》云：「饗者，鄉也。」宜，《説文》云：「安也。」羅泌云：「非天子而郊天，抑何典耶？

曰『是享是宜』，則魯顧以享帝爲宜，而不知其非矣。」趙士會云：「魯以諸侯僭天子之祭，似覺不宜。曰宜者，詩人之微詞也。」皇祖，鄭云：「謂伯禽也。」孔云：「以『周公皇祖』之下，即云『白牡騂犅』，騂犅是魯公之牲，故知謂伯禽也。此『皇祖』之文，在『周公』之下，故以爲二人。上文『皇祖』在『后稷』之上，且上與『皇皇后帝』連文，則是配天之人，故知上文皇祖，即后稷也。言非徒天與后稷，降之多福，周公與伯禽，亦將福汝僖公矣。」愚按言此以起下章秋嘗之事。季本云：「郊后帝而配以后稷，用騂犧之享，恐天惡其禮之忒，而不以爲宜也，則必無福，故言天亦降福，以見未厭魯德之意。天既以魯郊爲宜而饗之，則周公皇祖，又安得而不畀之福哉？此則詩人之微詞也。」

秋而載嘗，陽韻。**夏而楅衡。**叶陽韻，户郎翻。《説文》作「設其楅衡」。**白牡騂剛。**陽韻。《公羊傳》作「犅」。**犧尊將將，**叶陽韻，資良翻。**毛炰胾羹。**叶陽韻，盧當翻。豐本作「鬻」。**籩豆大房，**陽韻。**萬舞洋洋。**陽韻。豐本此句上有「鐘鼓喤喤」一句，蓋因朱子有「疑脱一句」之語，而僞益之。**孝孫有慶。**叶陽韻，虚陽翻。**俾爾熾而昌，**陽韻。**俾爾壽而臧。**陽韻。**保彼東方，**陽韻。**魯邦是常。**陽韻。光廟諱。**不虧不崩，**蒸韻。**不震不騰。**蒸韻。**三壽作朋，**蒸韻。**如岡如陵。**蒸韻。毛、鄭本自「王曰」起至此爲第三章。朱傳自「秋而」起至此爲第四章。蘇本自「周公皇祖」起至此爲第六章。今按崩、騰、岡、陵與下文乘、縢，俱是一韻，於此斷章，非也。**公車千乘，**蒸韻。**朱英緑縢。**蒸韻。**二矛重弓。**叶蒸韻，姑弘翻。**公徒三萬，貝冑朱綅。**叶蒸韻，息稜翻。**烝徒增增，**蒸韻。**戎狄是膺，**蒸韻。《史記》作「應」。**荆舒**《史記》作「荼」。**是懲，**蒸韻。《史記》作「徵」。**則莫我敢承。**蒸韻。**俾爾昌而**

熾，寘韻。俾爾壽而富。叶寘韻，香義翻。黄髮台背，壽胥與試。寘韻。俾爾昌而大，泰韻。俾爾耆而艾。泰韻。萬有千歲，叶泰韻，與艾翻。眉壽無有害。泰韻。毛、鄭本自「公車」至此爲第四章。朱傳作第五章，蘇本作第七章。○賦也。載，毛以爲則也。鄭云：「始也。秋嘗而言始者，秋物新成，尚之也。」二義皆通。時祭之名，自殷以上，春曰礿，夏曰禘，秋曰嘗，冬曰烝。至周公去夏禘之名，以春礿當之，更名春爲祠，以禘爲大祭。據《禮記》言魯有郊亦有禘，今讀此詩，惟曰「秋而載嘗」而已。可知《明堂位》所云「季夏六月以禘禮祀周公」者，謂於嘗祭之時，行天子禘祭之禮，故亦以禘爲名。而先儒或言魯禘文王，爲周公之所自出者，誤矣。趙汸云：「《明堂位》言以禘禮祀周公于太廟而已，初不言成王之賜，有禘其所自出之禮也。」詳見本篇小引下。夏正季夏六月，於周爲仲秋八月。然考《春秋》，凡書禘者二。閔二年，夏五月乙酉，吉禘於莊公。此謂僭用禘祭以爲即吉之禮，非祀周公之禘也。僖八年，秋七月，禘于太廟，用致夫人。則正僖公之禘。夫何以不用八月而用七月？蓋徵諸《襍記》云：「孟獻子曰：『正月日至，可以有事于上帝。七月日至，可以有事于祖。』七月之禘，獻子爲之也。」獻子之意，以天子用冬至郊天，則夏至可以祀祖，蓋欲尊祖與天相對。然禘期雖改，而終不敢改啓蟄之郊，于冬至行之者，僭竊已甚，其心亦有所不安故也。又按獻子雖與季文子同時，而在僖公朝，計其年尚幼，則僖之改八月爲七月，未必因獻子之説，特其後獻子曾有此論，魯人繇此，遂一仍僖公之舊，終不改正，故記以爲「七月而禘，獻子爲之」耳。楅，陸元朗云：「逼也。」《説文》云：「以木有所畐束也。」衡，《説文》云：「牛觸横大木。」徐鍇云：「謂牛好抵觸，以木闌制之也。」鄭云：「秋將嘗祭，于夏則養牲，楅衡其牛角，爲其觸觝人也。」按《周禮·封人》職云：「凡祭祀，飾其牛牲，設其楅衡。」鄭司農但云：「楅衡，所以楅持牛也。」鄭玄則謂楅設于角，衡設于鼻，如椵狀。據此則楅、衡是二物。然以字義求之，衡从角，於鼻無涉，則所云「楅衡」者，但謂以衡楅牛，使不得觸耳。前義爲允。陳祥道云：「楅衡，以木爲之，横設于角。楅之幅其角，猶射以楅幅其矢也。康成於《詩》合楅、衡爲一，於《禮》離楅、衡爲二，是自惑也。」愚按所楅之牛，即下文「白牡騂剛」是也。《周禮·充人》：「掌繫祭祀之牲，祀五帝，則繫于牢，芻之三月。享先王亦如之。」《公羊傳》云：「魯祭周公，何以爲牲？周公用白牡，魯公用騂犅，群公不毛。」《春秋繁露》云：「張湯問董仲舒：『魯祀周公用白牡，非禮？』對曰：『禮也。祭周公用白牡，色白，貴純也。武王崩，成王立，而在襁褓之中，周公繼文、武之業，成二聖之功，德漸天地，澤被四海，故成王賢而貴之。《詩》曰：無德不報。故成王使祭周公以白牡，上不得與天子同色，下有異于諸侯。』」《漢書》武帝制曰：「康叔親屬有十，而獨尊者，褒有德也。周公祭天命郊，故魯有白牡騂剛之牲，群公不毛，賢不肖差也。」楊慎云：「周公既用天子禮樂，胡爲而白其牲乎？白者，殷之色也，宋之郊用之，宜也。魯人用之，不宜也。既不宜矣，用之何義？噫！我知之矣。魯之君臣，見宋之郊，必私相謂曰：『宋無助于周而且郊，可以魯而不郊乎？』于是郊宋之郊，亦白其牲。使後世有王者起，以僭分討魯，則以宋爲解。若其果受成王之賜，則遂用周之赤色矣。」愚按魯郊或始于僖公之世，以禘禮祀周公，舊以爲成王所賜，事容有之。觀其不用騂而用白，則明微防漸之意，當時未嘗不存也。而後之請郊，其源亦濫觴于此。用修之説，不無深文，然其論正矣。剛，當依《公羊傳》通作犅，《説文》云：「特牛也。」特者，牡特，牛父也。孔云：「白牡，謂白特。騂剛，謂赤特也。」陳祥道云：「《郊特牲》之『騂犢』，《閟宮》之『騂犧』，此祀天之用騂者也。《旱麓》、《信南山》之『騂牲』，《閟宫》之『騂剛』，《雒誥》之『騂牛』，此宗廟之用騂者也。」何休云：「周公死有王禮，謙不敢與文、武同也。魯公諸侯不嫌，故從周制。」黄澤云：「此可見魯公以下，皆合食於太廟，而禮秩初未嘗敢同于周公，亦非有祭文王爲所自出之禮也。其禘于群公之廟，則後世始僭之。」犧尊之制未詳。《明堂位》云：「犧象，周尊也。」阮諶《禮圖》云：「犧尊飾以牛，象尊飾以象，於尊腹之上，畫爲牛象之形。」王肅云：「大和中，魯郡于地中得齊大夫子尾送女器，有犧尊，以犧牛爲尊。然則象尊，尊爲象形也。」二説未知孰是。乃《周禮》既以犧爲獻，而漢儒又讀犧爲娑，故毛傳解犧尊云：「有沙飾也。」陸元朗亦云：「刻鳳皇于尊，其羽形婆娑然。」而鄭司農則謂犧尊飾以翡翠，象尊以象鳳皇。或曰，以象骨飾尊。愚按如此解犧，去之更遠。顧起元云：「古者犧通爲戲，以其字音之相同。戲或爲獻，以其字文之相近。娑、沙同音，犧之爲娑，亦如皮之爲婆，儀之爲莪。『犧尊將將』之上文，享以騂犧，叶降福孔多。一詩之中，具有顯證。騂犧尚且音娑，則犧尊之犧，非緣酒尊而異其音也。知犧尊所以音娑，則尊當爲牛，而鳳羽婆娑之説非也。又可知象尊爲象，而象骨飾尊之説非也。」蔡絛云：「徽宗崇尚古器，遂盡見三代典禮文章。而讀先儒解説，殆有可哂者。其犧象二尊，正如王肅所言，全作牛、象形。康成、阮諶之説，盡臆度耳。」將者，奉持之義。重言將將者，見其非一尊也。按《明堂位》言以禘禮祀周公，尊用犧象。此獨舉犧尊者，犧文在象之上，則犧當貴于象，故言犧以該之也。炰，《説文》云：「毛炙肉也。」孔云：「爓去其毛而炰之也。」《周禮・封人》職云：「祭祀有毛炰之豚。」胾，《説文》云：「大臠也。」孔云：「切肉也。」羹，毛云：「大羹、鉶羹也。」孔云：「以特牲，士之祭祀，尚有大羹、鉶羹，故以此羹兼二羹也。大羹，謂大古之羹，肉汁不和，貴其質也。鉶羹，肉味之有菜和者也。鉶羹盛之鉶器，其大羹則盛之于登，以大爲名，故不舉所盛之器也。」《爾雅》云：「木豆謂之豆，竹豆謂之籩。」陳祥道云：「籩有縢緣，其實乾實。豆若脰然，其實菹醢。」大房，所以載牲體者。鄭云：「玉飾俎也。其制，足間有横，其下有跗，似乎堂後有房然。」孔云：「知大房玉飾者，以俎豆相類之物。《明堂位》説祀周公之禮云：『薦用玉豆。』豆既玉飾，明俎亦玉飾也。」按《明堂位》云：「俎，有虞氏以梡，夏后氏以嶡，殷以椇，周以房俎。」又云：「以禘禮祀周公于太廟，俎用梡嶡。」此言大房者，舊説謂斷木爲梡，横距爲嶡。虞氏之俎，斷木四足而已。夏則加横木于足，中央爲横距之形。椇枝多曲，商于俎之足間，横木爲曲撓之形，若椇然。房之制，有户閾，周又設下跗于兩端，若房然。商之曲其足，與三代異。周之直其足，與虞、夏同。故兼稱梡嶡者，所以著大房之象，明其同梡嶡之制。其實本名大房，非謂用梡又用嶡也。房既以取象得名，而毛傳乃解爲半體之俎，蓋本于《周語》，謂：「禘郊之事，則有全烝。王公立飫，則有房烝。親戚燕享，則有殽烝。」彼文次，全烝，謂全載牲體；殽烝，謂體解節折；則房烝是半體可知。然既明言禘郊之事有全烝矣，此固禘祭之禮也，何得僅用半體乎？毛氏之義於是疎矣。萬者，兼文武二舞之總名，詳見《簡兮》篇，即《明堂位》所云「朱干玉戚，冕而舞《大武》。皮弁素積，裼而舞《大夏》」者。武王以征誅得天下，其樂名《大武》，則其舞武舞也。禹以揖讓得天下，其樂名《大夏》，則其舞文舞也。洋洋，水流盛大之貌，故毛訓爲衆多也，言舞者衆多也。《左》昭二十五年，昭公告子家駒曰：「季氏爲無道，僭于公室久矣。」子家駒曰：「諸侯僭于天子，大夫僭于諸侯久矣。」昭公曰：「吾何僭矣哉？」子家駒曰：「設兩觀，乘大路，朱干玉戚以舞《大夏》，八佾以舞《大武》，此皆天子之禮也。」陳暘云：「於禮，言犧尊籩豆，則罍、黄目、雕篹之類舉矣。於樂，言《萬》舞，則升歌、下管、蠻夷之樂舉矣。」孝孫，指僖公也。慶，《説文》云：「行賀人也。」故鄭訓爲賜也。言周公將于孝孫有所賜也。其賜維何？自「俾爾熾而昌」至「眉壽無有害」，皆其所賜之實也。孔云：「作者喜其德當神明，故設辭慶之。」「俾爾熾」二句是冒語。熾，《説文》云：「盛也。」《月令》注以爲炊也。愚按字从火，蓋謂如炊氣之盛也。昌，《説文》云：「日光也。」熾以勢言，昌以象言。下文「保彼東方」六句，言内安之福，「公車千乘」九句，言外攘之福，所謂熾而昌也。壽，《説文》云：「久也。」以歷年多言。臧，《説文》云：「善也。」以攸好德言。下文「俾爾昌而熾」四句，結言好德之福；「俾爾昌而大」四句，結言多年之福，所謂壽而臧也。保，鄭云：「安也。」魯國在東方，故稱東方，所謂「俾侯于東」者也。内治克修，外侮無虞，是能保安彼東方，則可以長有此魯國也。虧，本氣損之義，《爾雅》以爲毀也。崩，《説文》云：「山壞也。」不虧不崩，言土地無侵削也。震爲雷，人聞雷則驚懼，故《爾雅》訓爲懼也。騰者，馬超躍之貌，故毛訓爲乘也。不震不騰，言人心無動摇也。曹氏云：「不虧，如月之常盛。不崩，如山之常固。不震，如地之常静。不騰，如水之常平。」三壽，謂魯邦與下文岡、陵相並而爲三也。先儒或以爲三卿，然僖公之時，三家未立，此大誤矣。公車者，侯國之兵車也。諸侯於其國稱公。千乘之制，鮮有能明之者。先儒皆據《司馬法》及《漢書》，言地方十里爲井，井十爲通，通十爲成，成十爲終，終十爲同，同方百里，提封萬井，除山川、沈斥、城池、邑居、園囿、術路三千六百井，定出賦六千四百井，戎馬四百匹，車百乘，此卿大夫采地之大者，是謂百乘之家。同十爲封，一封三百一十六里，提封十萬井，定出賦六萬四千井，戎馬四千匹，車千乘。此諸侯之大者，謂之千乘之國。然《左傳》子産言天子之地一圻，列國一同。及《王制》、《孟子》皆言公侯大國，其田地不過以方百里爲限，何從而有十同之廣，三百一十六里之數耶？又考《周禮・地官・大司徒》及《夏官・職方氏》之文，皆言諸公之地方五百里，諸侯之地方四百里，諸伯之地方三百里，諸子之地方二百里，諸男之地方百里。則又與《左》、《孟》、《王制》諸書，往往不合。因再四尋繹，而始悟其説。《王制》所言本是夏制，以五等爵三等受地。至殷變爵爲三等，合子、男從伯，其地亦三等不變，則《白虎通》詳言之。武王克商，復增子、男爵，其受地與夏、殷同，《武成》篇所謂「列爵惟五，分土惟三」是也。齊、魯之封，皆在武王之世，《孟子》所謂「地非不足，而儉于百里」者，大都據初制而言。賈公彦謂其時九州之界尚狹，至武王崩，成王幼，周公攝政，致太平制禮，成武王之意，遷大九州，於是五等之爵以五等受地，則《周禮》所云是也。愚謂此説可信。《周禮》一書乃周公所作，使無其事，不應筆之于書。使非周公更定武王制度，不應與《左》、《孟》、《禮記》諸書乖剌若此。更以此詩「公車千乘」之制求之，然後知《周禮》之果不謬。而諸儒凡解千乘，曾未有拈出者何也？按《大司徒》職云：「凡建邦國，以土圭土其地而制其域。諸公之地，封疆方五百里，其食者半。諸侯之地，封疆方四百里，其食者參之一。諸伯之地，封疆方三百里，其食者參之一。諸子之地，封疆方二百里，其食者四之一。諸男之地，封疆方百里，其食者四之一。」鄭、賈謂公受地廣，税物多，但留半，即足其國俗喪紀及畜積之用，以半爲餘，貢入天子。其侯伯受地差少，則其税亦少，故三分之二留自用，以一分爲餘，貢入天子。子男受地又少，其税轉少，故留四分之三，亦以一分爲餘，貢入天子。大國貢重，正之也。小國貢輕，字之也。據此説，則所謂其食者，謂王食其土之入耳。今即依此法，以諸侯之地推筭，計封疆方四百里，爲田當十六萬井，除山林、園囿、城郭、溝塗之類，大率三分去一，實當存十萬六千六百六十六井，又三分之而貢其一于王，尚餘二分，應六萬六千一百零五井，則留供本國之用者也。以丘甸法合之，四井爲邑，四邑爲丘，丘十六井也，出戎馬一匹，牛三頭。四丘爲甸，甸六十四井也，出長轂一乘，戎馬四匹，牛十二頭，甲士三人，步卒七十二人。繇此積之，則六百四十井出十乘，六千四百井出百乘，至六萬四千井，即當出千乘矣。此外所餘二千一百餘井，尚當出車三十餘乘，而經傳但以千乘之國爲言者，舉成數耳。《司馬法》、《漢書》求其説不得，於是增「同十爲封」一條，以求合于千乘之數，而其實無此制也。若《明堂位》謂「成王封周公于曲阜，地方七百里，革車千乘」，乃魯儒誇誕之辭。果有之，亦《孟子》所謂「有王者起，必在所損」者。至包氏注《論語》，則直謂古者井田，方里爲井，十井爲乘，百里之國，適千乘也。夫魯成公作丘甲，而《春秋》譏之。丘者十六井也，以十六井出一甸之賦，然且不可，今乃使十井出一乘，其虐又過于成公矣，而謂古有此制乎？石介云：「三代以前，爵有五等，天子之田方千里，公、侯百里，伯七十里，子、男五十里，地小易制也，力弱易使也。周公始斥大土寓，廣其封，公、侯五百里，伯三百里，子、男百里，周之諸侯，矜大而不服，非諸侯之罪也，失在周公也。」陳祥道云：「五百乘，三鄉之所出也。千乘，闔境之所出也。」汪克寬云：「兵制之變，始壞於齊之内政，而家一人焉。繼壞於晉之州兵，而家五人焉。長勺之戰，桓公自謂帶甲十萬，車五千乘。楚薳啓疆，謂晉十家九縣，長轂九百，其餘四十縣，遺守四千。叔向亦謂寡君有甲車四千乘。則兵制之增益于古可知矣。循襲效尤，遂致魯以秉禮之國，亦增丘甲而不以爲嫌也。」朱英，鄭云：「矛飾也。」孔云：「《清人》云『二矛重英』，故知朱英爲矛飾。蓋絲纏而朱染之，以爲矛之英飾也。」縢，《説文》云：「緘也。」緘者，束縛之義，即《小戎》所謂「竹閉緄縢」者，蓋納弓於閉，以繩束之也。孔云：「此『朱英緑縢』與『二矛重弓』兩句，自相充配。朱英是二矛飾之以朱染，緑縢是重弓束之以緑繩。所異者二矛各自有英飾，二弓共束以緑繩耳。」二矛之矛，指酋矛也。矛有二等，曰酋矛，曰夷矛。酋矛建于車，夷矛則否。此蒙上「公車」之文，故知指酋矛也。解見《清人》篇。孔云：「《考工記》云：『酋矛常有四尺，夷矛三尋。』又云：『攻國之兵用短，守國之兵用長。』此美其當戎狄，懲荆舒，則是往伐之，明是酋矛而有二也。」弓，亦載之車上者。重弓，毛云：「重于鞎中也。」按《小戎》云「交鞎二弓」，義正同此。鄭云：「二矛重弓，備折壞也。兵車之法，左人持弓，右人持矛，中人御。」孔云：「宣十二年《左傳》云：『楚許伯御樂伯，攝叔爲右，以致晉師。樂伯曰：「吾聞致師者，左射以菆。」』樂伯在左，而云左射，是左人持弓也。成十六年，晉侯與楚戰于鄢陵。《左傳》稱欒鍼爲右，使人告楚令尹子重曰：『寡君乏使，使鍼御持矛焉。』哀二年，鐵之戰，《左傳》稱郵無恤御簡子，衛太子爲右，禱云：『蒯聵不敢自佚，備持矛焉。』是右人持矛也。《甘誓》云：『左不攻于左，汝不共命。右不攻于右，汝不共命。御非其馬之正，汝不共命。』既云左右，又別云御，是御在中央也。」公徒，兵車所統之步卒也。三萬，三軍之數也。按公車千乘，是全舉一國之賦而言。至行師之時所用，不過五百乘，則三軍之衆盡是矣。大國三郊三遂，計其衆可備六軍，而要以備更番迭休之用，故軍制惟至三軍而止。萬二千五百人爲軍，大國三軍，合甲士與步卒共三萬七千五百人。此詩惟言公徒，則除甲士不在數内，每車一乘，步卒七十二人，五百乘，當三萬六千人。今舉成數而言，故但云三萬也。蘇轍云：「大國之賦，適滿千乘，苟盡用之，是舉國而行也。故其用之也，大國三軍，次國三軍而已。」李氏云：「天子之國，不啻有六軍，所用者惟六軍而已。大國不啻有三萬公徒，所用者惟三萬而已。使舉國之人而盡用之，則但可以一役，苟不幸而敗，則安得有人而復用之哉？此天子之國所以止用六軍，大國所以止用三軍也。自伯禽以來，已有三軍，襄公所以作三軍者，則以三卿專魯國之權，分三軍以爲己之賦，故作三軍，非是自襄公以來方有三軍也。」胡安國云：「車而謂之公車，則臣下無私乘也。徒而謂之公徒，則臣下無私民也。若有侵伐，諸卿更師以出，事畢則將歸于朝。車後于甸，甲散於丘，卒還於邑。將皆公家之臣，兵皆公家之衆，不相繫也。」冑，毛云：「貝飾也。」孔云：「貝者，水蟲，甲有文章也。冑，謂兜鍪。貝非爲冑之物，故知以貝爲飾。」綅，《説文》云：「綫也。」孔云：「朱綅，直謂赤綫耳。文在冑下，則是甲之所用，謂以朱綫連綴甲也。」烝者，火氣上行之義，故《爾雅》訓爲進也。增，《説文》云：「益也。」進發步行之衆，又有增益于公徒三萬之外者，則重車之卒是也。兵法，每一兵車，必配一重車。兵車以戰，重車以載輜重。既有五百兵車，則有五百重車矣。特駕兵車者以甲馬四匹，故稱乘。而駕重車者用牛十二頭，故不得稱乘。重車之卒，炊家子十人，固守衣裝五人，廐養五人，樵汲五人，共二十五人。計重車五百，復應得一萬二千五百人，皆隨兵車而進，故曰增增也。膺，通作應，《説文》云：「當也。」荆，荆州，楚所封地。舒，孔云：「群舒也，楚之與國。」按《左》文十一年，群舒叛楚。宣八年，楚滅舒蓼。成十七年，滅舒庸。襄十五年，滅舒鳩。《路史》云：「舒庸，在舒城。」《地理考》云：「舒鳩，今巢縣。舒蓼，在安豐縣，今鳳陽府壽州境，皆偃姓。」又《路史》有舒龍、舒鮑、舒龔，所謂群舒也。懲，《説文》云：「忈也。」周昌年云：「因其來而遏之曰膺，謂當其强也。聲其罪而討之曰懲，謂忈其惡也。」承，《説文》云：「受也。」莫我敢承者，我之兵威赫奕，非敵我者所能勝受也。此皆祝願將來之語。或指齊桓北伐山戎，莊與其謀，南伐荆楚，僖列于會，以爲膺懲之實，此全不得《詩》意。戎在西，狄在北，荆楚在南，獨不及東者，魯東方之國，下章始專言荒大東之事，故於此略之耳。又按《孟子》兩引此詩，一則曰「周公方且膺之」，一則曰「是周公所膺也」，因篇中有「周公福汝」之言，則膺戎狄、懲荆舒，亦周公冥冥中之靈有以使之，故云然，非謂周公有是事也。俾爾昌而熾者，象日以昌明，而勢日以熾盛也。昌從熾而見，今日固大異于前，熾踵昌而來，後日固有不但如今日而已者。此先既言熾而昌，而後復進言昌而熾也。然此特過渡之語，蓋結上内安外攘，爲下文「祝壽臧」二事發端，後段言昌而大，義亦倣此。富，《説文》云：「備也。」觀下文「黄髮」二語，則此富謂富有老成人也。國無老成人以調元贊化，則内必失民心，外必開邊釁，君雖壽，其何能臧？故先以信用老成祝焉。黄髮，老人髮白復黄也。台背，解見《行葦》篇。壽胥之壽，指老成人言，上文「黄髮台背」是也。胥，猶皆也。試，《説文》云：「用也。」王安石云：「壽考者，相與爲公用也。」黄佐云：「老成之足爲國久矣。僖公相季友，任文仲，而治業冠諸國。然則此詩之頌，其季友也夫？其文仲也夫？」劉向《新序》云：「昔者楚丘先生，行年七十，披裘帶索，往見孟嘗君，欲趨不能進。孟嘗君曰：『先生老矣，春秋高矣，何以教之？』楚丘先生曰：『噫！將我而老乎？噫！將使我追車而赴馬乎？投石而超距乎？逐麋鹿而搏虎豹乎？吾已死矣，何暇老哉？噫！將使我出正辭而當諸侯乎？決嫌疑而定猶豫乎？吾始壯矣，何老之有！』孟嘗君逡巡避席，面有愧色。《書》曰：『黄髮之言，則無所愆。』《詩》曰：『壽胥與試。』美用老人之言以安國也。」大者，熾之極也。耆，劉熙云：「指事使人也。」艾，《爾雅》云：「養也。」《方言》云：「汝、潁、梁、宋之間，謂養爲艾。」言使爾得其所使，又得其所養也。得所使則安佚，得所養則强固，所以壽也。萬有千歲，嚴云：「猶曰千歲萬歲也。」眉壽，解見《南山有臺》篇。害，《説文》云：「傷也。」無有害者，言雖至千萬歲之久，而其眉壽之容，猶如一日，不至有傷損也。又徐幹

《中論》云：「夫形體者，人之精魄也。德義令聞者，精魄之榮華也。君子愛其形體，故以成其德義也。夫形體固自朽弊消亡之物，壽與不壽，不過數十歲。德義立與不立，差千歲，豈可同日言也哉？顏淵時有百年之人，今寧復知其姓名耶？《詩》云：『萬有千歲，眉壽無有害。』人豈有萬壽千歲者？皆令德之謂也。」此雖非詩義，然其理自正。

泰陸本作「大」。《説苑》、《韓詩外傳》俱作「太」。**山巖巖，**叶覃韻，五甘翻。亦叶鹽韻，疑枕翻。**魯邦**《説苑》作「侯」。**所**《説苑》作「是」。**詹。**鹽韻。亦叶覃韻，多甘翻。《説苑》、《風俗通》、《韓詩外傳》、豐本俱作「瞻」。**奄有龜蒙，**東韻。**遂荒**《爾雅》作「憮」。**大東。**韻。**至于海邦，**叶東韻，悲工翻。**淮夷來同。**東韻。**莫不率從，**叶東韻，麤叢翻。**魯侯之功。**東韻。毛、鄭自「泰山」起至此爲第五章。朱傳作第六章。**保有**《水經注》作「其」。**鳧繹，**陌韻。陸本作「嶧」。**遂荒徐宅。**陌韻。亦叶藥韻，他各翻。**至于海邦，淮夷蠻貊。**陌韻。亦叶藥韻，末各翻。豐本作「貉」。**及彼南夷，莫不率從。**豐本「率從」作「來格」。**莫敢不諾，**藥韻。**魯侯是若。**藥韻。毛鄭自「保有」起至此爲第六章。朱傳作第七章。**天錫公純嘏，**叶麌韻，果五翻。**眉壽保魯。**麌韻。**居常**鄭玄云：「或作『嘗』。」豐本作「嘗」。**與許，**叶麌韻，火五翻。**復周公之宇。**麌韻。**魯侯燕喜，**紙韻。**令妻壽母。**有韻。亦叶紙韻，姆鄙翻。又叶麌韻，滿補翻。**宜大夫庶士，**紙韻。**邦國是有。**叶紙韻，羽軌翻。**既多受祉，**紙韻。**黄髮兒**字書作「齯」。**齒。**紙韻。蘇本作第八章。毛鄭自「天錫」起至此爲第七章。朱傳作八章。○賦也。魯之封雖以周公，而始至魯者伯禽，則伯禽固開基之祖也。此章述伯禽造魯之功，欲僖公追美于伯禽也。蘇云：「泰山，齊、魯之望也。龜、蒙、鳧、繹，魯之四山也。其餘則其東南勢相聯屬，可以服從之國也。」《史記》云：「泰山之陽則魯，其陰則齊。」一曰岱宗。《周禮・職方氏》「兖州山鎮曰岱山」是也。在今山東濟南府泰安州北五里。巖，高貌。古以殿旁高廡爲巖廊，亦謂其高也。詹，通作瞻，《廣韻》云：「仰視曰瞻。」民具爾瞻，人民所瞻，皆此義也。奄，《説文》云：「覆也，大有餘也。」龜、蒙，二山名。《一統志》云：「龜山，在兖州府泗水縣東北五十里，春秋龜陰之田在其北，今屬泰安州。蒙山，在兖州府沂州費縣西北七十里，居魯之東。一名東山，《孟子》所謂『孔子登東山而小魯』是也。」《地理志》云：「顓臾國，在蒙山下。」孔云：「龜、蒙在魯地，故言『奄有』，泰山則在齊、魯之界，故言『所詹』，見其不全屬魯也。」愚按「奄有龜蒙」，語意當連下看。龜是魯山，蒙雖在邦域之中，然顓臾主之，自龜而蒙，以漸及于大東，化愈推而愈遠也。遂者，繼事之辭。荒，《説文》云：「艸淹地也。」《爾雅》以爲奄也。愚按猶言延亘及之也。大東，猶云極東也。孔云：「大者，廣遠之言。地之最東，至海而已，大東之下，即云至于海邦，言其極盡地之東偏也。」季本云：「極東近海之國，如萊、牟之類是也。萊、牟與淮夷相近，萊牟服則淮夷同，而諸夷莫不率從矣。」陸化熙云：「荒字中，有綏懷戡定在内，故下文曰『魯侯之功』。」來同，言同心而歸，無携貳也。率，相率也，當通作衛。從者，變桀驁而效順也。魯侯，指伯禽也。後放此。伯禽初受封之國者，故以魯侯稱。舊説皆以爲指僖公，今按下文言「天錫公純嘏」，而又曰「魯侯燕喜」，明公與魯侯非一人也。彼公則指僖公也。功，以服遠言。鳧、繹，二山名。繹，通作嶧。《一統志》云：「鳧山，在兖州府鄒縣西南五十里，連魚臺縣界。嶧山，在鄒縣東南二十五里。」按鳧、繹皆鄒地，鄒古邾國。嶧山，亦名鄒山。《左傳》邾文公遷于繹。宣十年，伐邾取繹。即此嶧也。京相璠云：「繹邑依嶧山爲名。」《水經注》云：「山東西二十里，高秀獨出，積石相臨，殆無土壤。石間多孔穴，洞達相通，往往有如數間屋處，其俗謂之嶧孔。」邾本魯附庸國，至孟子時，魯穆公改曰鄒。此詩言「保有鳧繹」者，謂能保有附庸之國，不爲强大所吞併，不獨奄及東蒙而已。徐宅，謂宅于徐州之地者，即徐戎也。伯禽于成王元年，始就封于魯，於時徐州之戎、淮浦之夷並起爲寇。伯禽率諸侯征之，故《書》有《費誓》之篇，此詩所詠即其事也。李見羅先生云：「魯侯封於曲阜，其時戎夏錯處，與徐淮實壤接，世爲封境憂。故伯禽至，不避三年之喪，袛兵革，以開東郊之難。後之子若孫，世仰其功。故爲臣子者，亦以此致君之祝。」孔云：「東方曰夷，西方曰戎。謂在九州之外。此徐州淮浦，中夏之地，而得有戎夷者，戎夷，帝王之所羈縻，不以中國之法齊其風俗，故得錯襍居九州之内。漢時内地無戎夷者，秦始皇逐出之也。」至于海邦，與前「至于海邦」義同。特彼即以荒大東爲至海邦，此則先繇荒徐宅而後至海邦，徐宅在内，海邦在外也。蠻貊南夷，又自淮夷而推言之。兩曰「莫不率從」，其所包者濶矣。淮夷在東，貊在東北方，蠻及南夷在南，皆與魯相近者。諾，《説文》云：「譍也。」遵號令，聽約束之意。若，順也。遠人來服，則魯侯於是從而順其情，以撫安之也。或以此兩段皆是詠僖公。考《春秋》，凡僖公自主兵者，不過伐邾敗莒之類，皆小國也。伐楚伐鄭，則齊桓主兵，僖公特從之耳。今所言荒大東，荒徐宅，淮夷蠻貊率從，鑿鑿可聽如是，僖公曾有是事否乎？或又謂《春秋》僖三十一年，書卜郊不從，免牲，猶三望。鄭玄謂三望者，海、岱、淮也。此詩言泰山，言海邦，言淮夷，疑即據三望而言也。夫三望之禮，在郊祭之後，今此文乃在嘗祭之後，則其非三望明矣。「天錫」以下，祝願僖公之詞也。錫，通作賜，《説文》云：「予也。」純之爲全，音之近也。嘏，徐鍇云：「大遠之福也。」無福不有，乃稱純嘏，下文「眉壽」以下皆是也。眉壽，承上章而言。人惟壽可以享福，故以壽始終之。保魯者，保守先世之土地，不使其有所失也。居，謂據而有之，無游移而他屬也。毛云：「常、許，魯南鄙、西鄙。」孔云：「常爲南鄙，許爲西鄙。或當有所依據，不知出何書也。」鄭云：「常或作嘗，在薛之旁。《春秋》莊三十一年，築臺于薛，是與？」曹氏云：「《漢・地理志》魯有薛縣，而齊孟嘗君食邑于薛，則嘗先當屬魯。今按嘗不知何時爲齊所併，經傳無文，莫能詳也。」愚按《管子・小匡》篇云：「桓公曰：『吾欲南伐，何主？』管子對曰：『以魯爲主，反其侵地常、潛。』」常、潛，二地名，當即此常也。常先爲齊所併，故欲僖公復之，正不必破常爲嘗耳。然常，《齊語》又作堂，而其地不知所在，定是通作棠。《春秋》隱公觀魚于棠，會戎于潛。其爲此二地明矣。許，鄭云：「許田也。」許田，近許之田。《括地志》云：「在許昌縣南四十里，有魯城，周公廟在其中。」《左傳》隱八年，鄭伯請以泰山之祊易許田。桓元年，鄭伯以璧假許田。杜預云：「成王營王城，有遷都之志，故賜周公許田，以爲朝宿之邑。後世因而立周公别廟。」孔云：「春秋之時，魯不朝周，邑無所用。而許田近于鄭國，鄭有祊田，地勢之便，與鄭易之。」朱子云：「常、許皆魯之故地，見侵于諸侯而未復者，故魯人以是願僖公也。」殷大白云：「願其如此，亦以諷也。」復，《説文》云：「往來也。」已去而又還之謂。宇，即「大啓爾宇」之宇。燕，通作宴，《説文》云：「安也。」僖公能光復周公所啓之宇，則伯禽造魯之功于斯不墜，其在天之靈，必燕安而喜樂也。令，鄭云：「善也。」令妻者，使其妻有令問，謂聲姜也。壽母者，使其母享高年，謂成風也。按《春秋》僖八年，秋七月，禘于太廟，用致夫人。《左傳》以爲致哀姜。鄒忠胤非之，謂：「哀姜淫惡，義與廟絶，見殺于齊桓，至是且九年，何爲其復致？漢人於既廟食之吕雉，猶不難以義黜之，而配薄太后於高廟。曾謂魯人之見，顧不及此乎？《穀梁》以爲成風，其説與劉向同，而孫明復從之。蓋成風爲妾母，初年未經廟見，故于禘廟而因以致之，爲後日祔廟張本。其稱致夫人，猶後世之上尊號也。然則成風位號，已素定于生前，所謂母以子貴，故《春秋》異日薨之，于其葬也而小君之，不誣耳。或謂此夫人乃僖公妻姜氏，即後之會齊侯于陽谷者。《公羊傳》僖二十年，西宫災。何休註云：『僖公爲齊侯所脅，以齊媵爲嫡，楚女廢居西宫，而不見恤，悲愁怨曠所生。』則竊意夫人即聲姜，而前此不書納幣逆女者，以原非正配也。趙子常疑聲姜是僖爲公子時所娶，故婚禮不見于經。今觀何休以齊媵爲嫡之説，或僖公先是所娶元妃，已卒於未爲君之日，聲姜乃其繼室，如惠公之聲子。或僖公未有伉儷，先畜嬪御，聲姜抑如莊公之孟任。或聲姜與楚女本俱媵妾，而後之升墜異。或僖爲公子時已娶楚女，及即位後，見脅于齊，不敢正其夫人之號，又不欲遽以聲姜爲嫡，故遷延至是而後致歟？蓋自屈完受盟，齊已帖楚，一棲固莫能兩雄矣。春秋時，諸侯以妾爲妻者比比，齊桓特爲申此禁，然伯者假之，且不能自守其禁，縱未嘗脅魯，安能使魯之不犯哉？禘而致者，昔未廟見，今乃廟見也。其後哀公欲立公子荆之母爲夫人，宗人釁夏，對無其禮，蓋不欲引僖之禘致，以逢君耳。至所謂自桓以下娶于齊，亦止言其大概。若昭公則娶吴矣，襄、定、哀之元妃，經亦不著其何氏，安在所娶之盡齊姜，則安必聲姜之爲正娶也者，故以致夫人屬聲姜。二説皆是也。以《閟宫》之詩證之，《詩傳》曰：『僖公八年，始用郊禘，史克賦《閟宫》。』夫此正《春秋》禘太廟致夫人之年也。今觀《閟宫》之八章云『令妻壽母』，以妻與母疊稱，當時婦姑必同與廟祭，兼致崇號。《春秋》若止書用致夫人風氏，則遺其婦，若止書用致夫人姜氏，則遺其姑。若併書用致夫人風氏、姜氏，則並妻于母，尤覺不倫。況成風及聲姜，前此素未嘗爲夫人，安得遽稱夫人某氏？若書致某氏爲夫人，則某氏之上又無書母書妾之法，故第概之曰『用致夫人』，初若不知爲誰氏也者，於是益知《春秋》書法之精融也。然則致夫人，禮歟？曰：其致成風，不失爲母以子貴，所謂禮以義起，變之正也。其致聲姜，以媵于中宫之位，則斷非禮也。一言而曲直交寓，孰謂《春秋》可以例測哉？」愚按鄒氏之説辨矣，所引《詩傳》雖未足深信，而詩人之頌，不但及母，而且首舉其妻，則當時僖公之致意于成風與聲姜者可知已。成風薨于文四年，聲姜薨于文十六年，距僖公三十一年卜郊時，兩人尚無恙也，故詩人及之。朱子云：「閔公八歲被弑，必是未娶。其母叔姜，亦應未老。此言『令妻壽母』，又可見公爲僖公無疑也。」宜，即所謂惠于朋友，不得罪于巨室者。大夫兼卿而言，庶士謂上士、中士、下士。《樂記》云：「武王克殷，庶士倍禄。」《説苑》伊尹云：「列士所以參大夫也。」邦國是有，即所謂自今以始，歲其有者，以僖公閔農重本，故云然。以上復故地，慰先靈，自家庭而廟庭，以至于邦國，無不迓休襲慶者，僖公之受福如此，則可謂已多矣。而始終所最重者，欲公永年以享之。爲黄髮，爲兒齒，與眉壽同顯其奇，是爲快耳。兒齒，陸元朗云：「齒落更生細者。」鄭云：「亦壽徵也。」黄佐云：「或問此詩之頌禱僖公，拳拳于壽考，不一而足，何也？曰：可以見詩人之情也。入春秋以來，隱及于鍾巫，桓乘于彭生，般賊于圉犖，閔戕于卜齮，弑逆踵繼，其來甚矣。國人飲恨，尚未舒也，故此詩拳拳以壽考爲言，其所以望于僖公者，無非欲其以覆車爲戒云耳。或者乃謂魯欲誇詡，專以諛辭溢美例之，抑孰知其忠君愛國之意溢于言表耶？厥後僖公在位三十年，而《春秋》書曰『乙巳公薨于小寢』，則《詩》未爲無所助也。」

徂《水經注》作「岨」。**來**《水經注》作「崍」，又作「徠」。**之松，新甫之栢。**陌韻，亦叶藥韻，卜各翻。**是斷是度，**叶陌韻，直格翻。亦叶藥韻，達各翻。**是尋是尺。**陌韻。亦叶藥韻，勑略翻。**松桷有舄，**陌韻，亦叶藥韻，他各翻。徐邈讀。**路寢孔碩，**陌韻。亦叶藥韻。**新**《獨斷》、《禮書》俱作「寢」。**廟奕奕。**陌韻。亦叶藥韻，弋灼翻。《周禮》注作「繹繹」。**奚斯所作，**藥韻。**孔曼且碩，**見上。**萬民是若。**藥韻。毛、鄭以爲第八章，朱傳作第九章。○賦也。前頌僖公郊天禘祖之事已畢，此則備言其禰廟也。禰廟者，莊公之廟。何以知其爲莊公之廟？以「新廟奕奕，奚斯所作」二語知之。《郡縣志》云：「徂來山，亦曰尤來山。」《水經注》云：「徂來山，今猶有美松，亦曰龍竦之山。赤眉樊崇保此山，自號尤來三老。」《一統志》云：「在濟南府泰安州東南四十里。」《後魏志》云：「魯郡汶陽縣有新甫山。」按《通典》，漢汶陽故城在兗州泗水縣東南。林兆珂云：「《史記》松栢爲百木長也，而守宮闕，故《斯干》美宣王考室曰『如松茂矣』，《閟宮》美修廟曰：『徂徠之松，新甫之栢。』《殷武》祀高宗曰：『松桷丸丸。』」陸燧云：「松栢就已取者言，山特指産之地耳。」斷者，以刀鋸截于所生之處。度者，以繩墨量其所用之宜。《小爾雅》云：「四尺謂之仞，倍仞謂之尋，尋，舒兩肱也。」《前漢書》云：「一黍之廣爲一分，十分爲寸，十寸爲尺。」尋取其長者，尺取其短者。桷，《説文》云：「榱也。」秦謂之榱，周謂之椽，魯謂之桷。劉熙云：「桷，确也，其形細而疏确也。或謂之椽，椽，傳也，相傳次而布列也。或謂之榱，在檼旁下列，衰衰然垂也。」舄，通作寫，《説文》云：「置物也。」按置者，舍置之義，謂舍而去之也。《禮記》「器之溉者不寫，其餘皆寫」。注訓寫謂倒傳之，是也。或加水作瀉。《考工記》「以澮瀉水」，義與此同。然《説文》無瀉字，但當作寫耳。屋之有桷，其形斜長，首高而末低，所以寫雨水，故曰有寫也。路寢，毛云：「正寢也。」孔云：「路，正也，大也。以君之正寢，故以大言之。」愚按此即指廟之正室言，非廟後之寢也。孔，甚。碩，大也。舉路寢之大，則廟規制之大可知矣。新廟，新作之廟也，舉全廟而言，路寢亦在其内。按《春秋》成三年，新宫災。《穀梁》謂新宫者，禰宫也。與此「新廟」同義。奕，《説文》云：「大也。」重言之者，太廟大矣，新廟與之並大，是奕奕也。此以著新廟之踰制也。奚斯，公子魚也。曰作者，鄭云：「教護，屬功，課章程也。」孔云：「謂教令工匠，監護其事，屬付工役，課其章程而已，非親執斧斤而爲之也。」按《左》閔二年，共仲使卜齮賊公于武闈，成季以僖公適邾，共仲奔莒，乃入立之，以賂求共仲于莒。莒人歸之，及密，使公子魚請，不許，哭而往。共仲曰：「奚斯之聲也。」乃縊。《公羊傳》亦云：「公子慶父弑閔公，走而之莒，莒人逐之。將躋乎齊，齊人不納，却反舍于汶水之上，使公子奚斯入請。季子曰：『公子不可以入，入則殺矣。』奚斯不忍反命于慶父，自南涘北面而哭。慶父聞之曰：『嘻！此奚斯之聲也，諾已。』曰：『吾不得入矣。』於是抗輈經而死。」據此二傳，則奚斯乃慶父用事之人，故及其事敗，而乞憐求生，他人不使，而獨使奚斯爲之請。奚斯知魯之必殺慶父也，哭于南涘，不忍反命，有狐兔之感焉。不知慶父死後，魯何以處奚斯？雖于傳無所見，然成季當國，其必不用慶父用事之人可知也。而謂奚斯作廟，乃在僖公之時乎？愚深疑之。且作宗廟國之大事也，《春秋》無不書之理，如謂是修舊廟，故不書，則《詩》言「新廟」，又言「奚斯所作」，其非脩舊廟可知也。惟閔二年，書夏五月乙酉，吉禘于莊公。杜預謂：「三年喪畢，致新死者之主于廟，廟之遠主當遷入祧，因是大祭，以審昭穆，謂之禘。莊公喪制未闋，時别立廟，廟成而吉祭，又不于太廟，故詳書以示譏。」愚讀此乃始恍然悟曰：此奚斯所作者，即莊公之廟也。莊公薨，慶父賊子般而立閔公，此時慶父實主魯國，故以作廟任奚斯，而必極其壯麗，以自解其弒逆之惡。莊公既自立廟，故行禘禮不于太廟。《春秋》書曰：「禘于莊公。」則明著莊公之新有廟矣。莊公者，閔公之父，亦僖公之父也。僖公見奕奕之美，徒謂典祀可豐于昵，而不顧其出于慶父亂人之制也，仍舊貫而不改，故詩人于此侈言之，正所以深累僖公耳。此義不明，而新廟之説，紛紛錯出。鄭以爲新姜嫄廟也。夫然，則不當汎及大王以下。毛以爲新閔公廟也。夫然，則不當汎及周公以上。朱子初説，但以爲魯之群廟而已，則於《詩》辭益無關涉。而或泥篇首「宮」之一字，以諛其説，謂《公羊傳》有曰「周公稱太廟，魯公稱世室，群公稱宮」，閟宮正群廟也。豈知閟宮乃帝嚳時之禖宮，有緯書及孟仲子之説足據。且詩人唱首，第從姜嫄故事敘述，其語意瞭然明晰，殆無復可疑者。或文以爲修周公廟，謂《春秋》中，凡用民力於所不當爲必書，獨不録閟宮之作，則謂此爲當作耳。夫《春秋》一書，有褒有貶，果謹于修廟，當亟褒之，不宜没其善也。或更謬指爲僖公廟，今觀詩中，滿篇皆祝頌之語，則僖公尚未薨也，豈真僖公自立廟，預爲後日烝嘗地，如漢文帝顧成廟之爲乎？亦無稽甚矣。至于廟爲奚斯所作，第謂董其工役，而班固《兩都賦序》云：「奚斯頌魯，采于孔氏。」王延壽《魯靈光殿賦序》云：「奚斯頌僖，歌其路寢。」《後漢書·曹褒傳》云：「奚斯頌魯，考甫詠殷。」注引《韓詩》薛君傳云：「是詩公子奚斯所作。」即楊雄《法言》亦曰：「正考甫常睎尹吉甫矣，公子奚斯常睎正考甫矣。」皆主作頌爲言，耳食如此，大足怪訝。曼，《説文》云：「引也。」毛云：「長也。」路寢孔碩，奚斯創之。今僖公一仍其舊，不復變革，自此引之世世。此孔碩者，當與太廟相爲悠久，故曰「孔曼且碩」，蓋刺之也。萬民是若，言萬民皆心順其所行，以爲合理也。然魯國之大，豈無一二知禮者，蓋不滿之微辭。

《閟宫》六章，一章十七句，一章二十一句，一章十三句，一章三十三句，一章二十六句，一章十句。《子貢傳》、《申培説》皆列之魯風。今按《左傳》、《孟子》引此詩俱以爲魯頌，則魯頌之名舊矣，而謂魯第有風無頌可乎？惟諸儒分章，頗有不同。毛、鄭作八章，第一、第四章章十七句，第二章十二句，第三章三十八句，第五、第六章章八句，第七、第八章章十句。朱傳作九章，前五章章十七句，謂内第四章脱一句，第六、第七章章八句，第八、第九章章十句。蘇氏則分爲九章，第一、第四章章九句，第二章八句，第三章十二句，第五章十一句，第六章十八句，第七章十七句，第八章二十六句，第九章十句。今更定章句如右，雖長短不齊，庶幾于經文語脉有合焉耳。三百五篇之中，以一百二十句成篇者，僅見于此。又吴澄云：「『公車千乘』至『則莫我敢承』，考其意，爲周公、魯公説。簡編錯亂，當與『土田附庸』爲連文。蓋成王命周公建元子于魯，錫之以山川、土田、附庸，有千乘之賦，有三軍之衆，使之膺戎狄、懲荆舒也。不然，《孟子》引此詩，何以云『周公膺之』乎？」金履祥因之，謂此詩有錯簡，當以《孟子》爲正，第一節説姜嫄、后稷，第二節説大王、文、武，第三節當説周公之功。而今詩但言封周公之子，疑下文「公車千乘，戎狄是膺，荆舒是懲，則莫我敢承」當是第三節，言周公四征不庭，伐淮踐奄之功。周無徐州，故淮夷爲荆州之界，而舒今在淮西也。第四節始及「王曰叔父」，至「乃命魯公」。第五節方説周公之孫、莊公之子，方頌僖公。第六節説享祀降神，而俾爾之祝，以類相從，皆祝頌之辭。如此，則孟子之時，《詩》未錯簡，而《孟子》所引正周公事也。黄光昇著《讀詩蠡測》據此説，遂易置經文次序。今按吴意以周公封魯，有公車千乘，公徒三萬，足爲他日膺戎狄、懲荆舒之用，以合于《孟子》之説，猶爲近之。金直以此當周公伐淮踐奄之事，則公車、公徒，非周公當日所用，不可通也。經文雖長篇繁辭，而細按之，實井井有條，無庸更置。若豐坊《魯詩世學》本則謬託之《石經》，于「籩豆大房」下增「鐘鼓喤喤」一句，以「公車千乘」至「莫我敢承」接「孝孫有慶」之下，以「泰山巖巖」至「黄髮兒齒」接「莫我敢承」之下，以「俾爾熾而昌」至「如岡如陵」接「黄髮兒齒」之下，以「俾爾昌而熾」至「眉壽無有害」接「如岡如陵」之下，以「徂來之松」一章接「眉壽無有害」之下，蓋參用朱、吴、金三子之説，變亂經文，大是解事。○《序》云：「頌僖公能復周公之宇也。」朱子謂：「此詩所謂居常與許，復周公之宇者，人之所以願之，而其實則未能也。」又云：「所謂復周公之宇者，祝其能復周公之土宇耳，非謂其能修周公之屋宇也。《序》文之謬如此。」《子貢傳》以爲僖公八年，始用郊禘，史克頌之。蓋因《春秋》有八年禘太廟之文，遂欲以此詩合之。然果魯郊大典始于此時，《春秋》不并書之何也？若《申培説》則更異矣，謂魯僖公新作后稷、文王之廟于太廟世室及孝、惠、桓、莊四親廟之上，而史克作詩以頌之，非孔子所録也。夫祀帝于郊，以后稷配，則作廟以藏后稷之主，事容有之。若魯禘之説，但謂祀周公用禘祭之禮云爾，而必依倣趙伯循之論，以文王爲周公之所自出，既行禘禮，必立其廟。此特勦襲舊聞，以意揣摩，果何據耶？且周公曰太廟，魯公曰世室，孝、惠、桓、莊曰四親廟，又立后稷、文王之二廟，以加于其上，則已過于天子之七廟，何魯廟如此之多。而作是説者，居之不疑，剌剌不休，直如親見其事者然。既自覺其不倫，則謂此詩非孔子所録。夫孔子既不録，則何以載之于經？亂道甚矣。朱子但以爲僖公修廟，詩人歌咏其事，以爲頌禱之辭。雖于詩意無所發明，然猶不失君子闕疑之義。

《有駜》，魯僖公大飲烝也。禮，十月農功畢，諸侯與群臣飲酒于太學，以正齒位，謂之大飲。僖公行此禮，其臣美之。《序》以爲頌僖公君臣之有道也。蓋君以禮燕臣，臣以禮祝君，謂之有道。按豳風《七月》之詩曰：「十月滌場，朋酒斯饗。曰殺羔羊，躋彼公堂。稱彼兕觥，萬壽無疆。」此諸侯之詩也。其禮舉于十月，與《月令》孟冬大飲烝之禮合，故鄭玄以爲頌大飲之詩。謂十月農功畢，天子諸侯與其群臣飲酒于大學，以正齒位。而引《黨正》職曰：「國索鬼神而祭祀，則以禮屬民，而飲酒于序，以正齒位。」亦謂此時也。孔穎達云：「知大飲在太學，亦正齒位者，以國君大飲與黨正飲酒，皆農隙而爲，俱教孝弟之道。黨正於序學，知國君於大學，黨正飲酒爲正齒位，知國君飲酒亦正齒位也。」黄子道周云：「孟夏之酎，則序爵于朝。孟冬之烝，則序爵于學。所以正功德，奠天地之義也。其奠天地之義何也？孟夏巳月，乾卦也，君子以自强不息，追暇飲酯，所以示群臣功能之等也。尊尊而卑卑，則天爲政于上。孟冬亥月，坤卦也，君子以厚德載物，同位以齒，同齒以位，所以示群臣同體之義也。長長而弟弟，則地爲政于下。故天者所以教敬也，地者所以教讓也，敬讓立而民不争。」按古者凡養老，皆在太學。太學在郊，天子曰辟廱，諸侯曰泮宫。所以知此詩爲飲酒大學者，以「振振鷺」之語意之，魯固有泮宫也。所以知此詩言飲酒爲孟冬大飲烝者，以「自今以始，歲其有」之語意之，歲其有者，有穀也。所以知爲頌僖公者，以《春秋》于僖公三書不雨意之。《穀梁傳》云：「不雨者，勤雨也。一時而言不雨者，閔雨也。」既而書六月雨。《穀梁》云：「喜雨也。喜雨者，有志乎民者也。」胡安國云：「閔雨與民同其憂，喜雨與民同其樂，此君國子民之道也。」又何休謂僖公飾過求己，循省百官，放佞臣郭都等，理冤獄四百餘。公精誠感天，不雲而得澍雨。是則僖公之重農事如此，此詩所以頌也。《子貢傳》中間闕文，但上有「僖公」二字，下有「克頌之」三字，則亦主爲史克頌僖公之詩矣。陳際泰云：「頌中多言僖公之事。《春秋》十二公，魯僖公賢焉。《春秋》之義，有因褒以見貶者，前乎僖，爲代幾何也？後乎僖，爲代幾何也？獨舉僖公，僖公賢也。魯亡乎人之辭也。」按《左》文二年，有事于太廟，躋僖公。夏父弗忌曰：「躋聖賢，明也。」然則魯人之稱僖公爲聖賢舊矣。

有駜有駜，駜彼乘黄。 陽韻。**夙夜在公，在公明明。** 叶陽韻，謨郎翻。**振振鷺，鷺于下。** 叶麞韻，後五翻。**鼓咽咽，**陸德明本作「淵淵」。後同。**醉言舞。** 麞韻。**于胥樂**音絡。後同。**兮！** 結句

三章同文，不用韻。〇賦而興也。駜，《説文》云：「馬飽也。」毛傳云：「馬肥彊貌。」重言有駜者，非一馬也，觀下文「乘」字可見，四馬爲乘。黄，即《駉》篇「有驪有黄」之黄，蓋以色爲名，僖公所乘也。黄者，馬色之最貴，故《周書》諸侯初見康王，亦皆布乘黄也。夙夜，以行禮之日言，自旦至暮也。或疑厭厭夜飲，於禮有之，不應兼夙。然觀《燕禮》，未飲酒之前，尚有樂人縣，射人告具，及請賓、命賓、納賓等事，自非夙興不辦，豈謂旦即飲酒乎？在公，與《七月》篇「躋彼公堂」公字同義，謂大學也。燕饗齒讓之禮，必於大學。蒙上文「乘黄」而言，則此「在公」，指僖公在之也。次章放此。明明者，明而又明，贊美之辭。若就燕飲之事贊之，則禮教修明，亦明明也。振，謂振羽也。鷺，解見《宛丘》、《振鷺》篇。毛云：「鷺，白鳥也。以興潔白之士。」按鷺居水澤中，故辟廱及泮宮皆有之。觀周頌言「振鷺于飛，于彼西雝」，則此魯頌之言「振鷺」，其爲泮水所有可知矣。詩人即所見以起興，以與燕者非一人，故重言振振鷺也。鷺之下而就水，猶賓及卿大夫之至而就席也。下文自「鼓咽咽」，至「醉言舞」，乃合全禮之始終而言。或以鷺下象舞，亦通。絶非如朱子「持鷺羽以

舞」之說。或又言鷺乃鼓精，故漢有《朱鷺》之曲，而《隋・樂志》謂古之君子，悲周道之衰，頌聲之輟，飾鼓以鷺，存其風流。抑荒唐甚矣。八音中獨舉鼓者，大昕鼓徵，所以警衆，大學之禮也，衆至然後飲酒也。咽，通作鼘，《說文》云：「鼓聲也。」醉，《說文》云：「卒也。从酉从卒。」酉者，酒也。卒者，各卒其度量，不至于亂也。言者，語辭。禮，天子養老，則舞《大武》，諸侯燕賓，則舞《勺》。此「言舞」之文在「醉」之後，當非如前所謂舞，故鄭、孔皆云：「至於無筭爵而醉，則爲君起舞，以盡其歡。」是也。于，《爾雅》、《說文》皆云：「於也。」本作亏，象口氣之舒也。胥，通作疏。疏者通也，通者皆也，故《爾雅》訓爲皆也。樂，兼君臣而言。有明明之君在上，能盡禮以感其臣，則臣樂之；有醉舞之臣在下，能盡情以歡其君，則君樂之。信乎其皆樂也。

有駜有駜，駜彼乘牡。有韻。**夙夜在公，在公飲酒。**有韻。**振振鷺，鷺于飛。**微韻。**鼓咽咽，醉言歸。**微韻。**于胥樂兮！**賦而興也。乘牡，即乘黃也。黃以言其色，牡以言其體。在公飲酒者，申上章之意。言此日魯侯乘黃牡馬來在公所，非有他事，特爲與群臣舉行飲酒之禮也。鷺于飛者，鄭玄云：「喻群臣飲酒，醉欲退也。」此「鼓咽咽」與上章不同，蓋奏《陔》時也。按《燕禮》無算爵、無筭樂之後，宵則庶子執燭於阼階上，司宮執燭於西階上，甸人執大燭於庭，閽人爲大燭於門外。賓醉，北面坐，取其薦脯以降，奏《陔》。遂出，卿大夫皆出。《陔》者，《陔夏》也，九夏之一。凡夏以鐘鼓奏之，鍾在先，鼓在後，故將歸，復又聞奏鼓也。歸者，自太學公所而歸也。時已入夜，窮日之力，不獨賓歸，而君亦還宮矣。不醉無歸，欲盡歡也。醉而即歸，以禮節之也。酒以行禮，不繼以淫，此之謂能樂。

有駜有駜，駜彼乘駽。叶霰韻，黃絹翻。**夙夜在公，在公載燕。**霰韻。**自今以始，**紙韻。**歲**

其有。 叶紙韻，羽軌翻。**君子有穀，詒**《列女傳》「詒」下有「厥」字。**孫子。** 紙韻。陸德明云：「『歲其有』或作『歲其有矣』，又作『歲其年者矣』，皆衍字也。『詒孫子』或作『詒厥孫子』、『詒于孫子』，皆是妄加也。」**于胥樂兮！** 賦也。前二章上四句主君言，下四句則紀燕臣之事。此章上四句主臣言，下四句則述祝君之語。駽，《爾雅》、《説文》皆云：「青驪馬也。」孫炎云：「色青黑之間。」郭璞云：「今之鐵驄也。」按《漢樂府》云：「君馬黄，臣馬蒼。」蒼者，淺青也。此詩特以黄、駽相對爲言，其分屬君、臣所乘可知矣。然乘駽未必凡與燕者皆爾，當是但據賓一人而言。《燕禮》射人請賓，公曰：「命其爲賓。」與卿燕，則大夫爲賓。與大夫燕，亦大夫爲賓。《燕義》解之云：「不以公卿爲賓，而以大夫爲賓，爲疑也，明嫌之義也。」賓定而後行燕禮，下文「自今以始」等語，自是賓所致辭，故知乘駽者，賓乘也。夙夜在公，臣盡其敬也。在公載燕，表其遭遇之隆也。自，從也。今，今歲也。孔云：「上言『在公載燕』，因即據燕爲今與將來爲始，非以作詩爲始也。」歲其有者，毛云：「豐年也。」孔云：「《春秋》書有年者，謂五穀大熟，豐有之年也。」君子，指僖公也。穀，《爾雅》云：「禄也。」國以民爲本，民以食爲天，使歲歲豐登，家給人足，是即君子之享有天禄也。詒，通作貽，《説文》云：「贈遺也。」曰孫子者，世數無窮之辭。本固邦寧，則君子之有穀，其餘慶足以及乎後人矣。因是月農功畢，行飲烝之禮，而致其祝願如此，皆就農事言也。君以有穀爲樂，臣亦以君之有穀爲樂，是胥樂也。一説，穀，善也。謂以善道貽其子孫，如禮下愛民皆是。亦通。

《有駜》三章，章九句。 朱傳但以爲燕飲而頌禱之詞，而不著其世，蓋疑僖公之不足以當此也。《申培説》與朱傳同，而其篇次亦系之僖公之世。然總之皆不能知其爲何事而燕。

《駉》，《説文》作「驍」，又作「駫」。**思魯伯禽之富也。伯禽儉以足用，寬以愛民，務農重穀，牧于坰野。僖公思遵其法，故命史克爲之頌。**禮，問國君之富，數馬以對。季本云：「此詩非伯禽不足以當之。」愚按《序》以爲：「頌僖公也。僖公能遵伯禽之法，儉以足用，寬以愛民，務農重穀，牧于坰野。魯人尊之，於是季孫行父請命于周，而史克作是頌。」説者多疑僖公在春秋時，未爲賢君，不應有頌。今觀序中首以「僖公能遵伯禽之法」爲言，則所謂「儉以足用」等語，必是伯禽實跡，名雖頌僖公，實頌伯禽耳。又按《春秋》書莊二十九年，春，新延廄。言新者，明先世設有延廄，兹特取而重新之。莊公者，僖公父也。意修舉伯禽牧政，自莊公時已然，至僖公時而馬遂盛。故經傳皆不以多馬美僖公。然則此詩之爲頌伯禽而非頌僖公又明矣。《左》文十八年，莒大子僕以寶玉來奔，宣公命與之邑。季文子使大史克對宣公，必出諸竟。文子，名行父，正與史克同時。然《序》所謂「請命于周，而史克作頌」者，當在僖公之世。説見《閟宮》篇小引下。

駉駉牡毛、鄭、孔本俱作「牧」。後同。至定本，始改作「牡」。**馬，**韻。**在坰**《説文》作「駉」。**之野。**馬韻。**薄言駉者，**馬韻。以上三句，後章俱放此。**有驈有皇，**陽韻。《爾雅》作「騜」。**有驪**《爾雅翼》作「麗」。**有黃，**陽韻。**以車彭彭。**叶陽韻，蒲光翻。**思無疆，**陽韻。**思馬斯臧。**陽韻。○賦也。駉，《説文》云：「牧馬苑也。」重言駉駉者，一苑又一苑也。按《周禮·較人》職云：「天子十有二閑，馬六種。邦國六閑，馬四種。」牡，《説文》云：「畜父也。」專舉牡者，《較人》職云：「凡馬，特居四之一。」謂一牡可配三牝。言牡之盛，則其牝之盛尤可知也。劉公瑾云：「騋牝三千，駉牡十六種，蓋各極其盛而言，皆以見其國之殷富也。」坰，地名。《郡縣志》云：「坰澤，俗名連泉澤，在兖州曲阜縣東九里，魯僖公物馬之地。」按毛傳以坰爲遠野。考《説文》，邑外謂之郊，郊外謂之野，野外謂之林，林外謂之坰。是坰尚在野之外，今曰「在坰之野」，則於文理欠順，當從《郡縣志》爲長。《左傳》曰：「凡馬，日中而出，日中而入。」注疏謂日中者，春、秋分也。春分，百草始繁，則牧于坰野，故日中而出。秋分，農功始藏，水寒草枯，則馬還廄，故日中而入。此言離駉而就坰野，當是在春分時也。鄭玄云：「必牧于坰野者，避民居與良田也。」孔云：「以《序》云『務農重穀，牧于坰野』，故知有避民田之義。」薄言者，舉大畧之辭，言畧舉駉中所有之馬也。毛傳云：「諸侯馬四種：有良馬，有戎馬，有田馬，有駑馬。」孔云：「作者因馬有四種，故每章各言其一。首章言良馬，朝祀所乘，故云『彭彭』，見其有力有容也。二章言戎馬，齊力尚强，故云『伾伾』，見其有力也。三章言田馬，田獵齊足尚疾，故云『繹繹』，見其善走也。卒章言駑馬，主給襍使，貴其肥壯，故云『祛祛』，見其强健也。馬有異種，名色又多，故每章各舉四色以充之。」按《周禮·較人》掌王馬之政，辨六馬之屬，種馬一物，戎馬一物，齊馬一物，道馬一物，田馬一物，駑馬一物。除駑馬外，五馬皆稱良馬。其邦國四種之馬，《周禮》無文。鄭玄謂諸侯無種、戎，而有齊、道、田、駑。今毛傳言諸侯之馬，戎、田、駑三者與王同，其一但稱良馬，未知於種、齊、道三者之中，當居何等？莫能詳也。以愚意度之，當是齊、戎、田、駑四者。蓋種馬駕王路，非諸侯所用。道馬駕象路，於同姓非宜。魯爲宗國，當有齊馬以駕金路。至于戎路用戎馬，則兵車所乘。田路用田馬，則田獵所乘。下而駑馬，以給官中之役。此皆可與王同者。又按《夏官·馬質》職云：「掌質馬，馬量三物：一曰戎馬，二曰田馬，三曰駑馬，皆有物賈。」然則種、齊、道三者，養馬所生，有種。而戎、田、駑三者，第買以給官府之使，原無種也。買馬以佐種馬，蓋古者畜馬之多端如此。驈，《爾雅》、《説文》、毛傳皆云：「驪馬白跨者。」郭璞云：「跨，髀間也。」《蒼頡》篇云：「兩股間也。」《爾雅》、《毛傳》云：「黄白曰皇。」孔云：「謂黄而褋白者。」驪，《説文》云：「馬深黑色。」毛傳云：「純黑曰驪。」孔云：「《月令》孟冬駕鐵驪，象時之色。《檀弓》曰：『夏后氏尚黑，戎事乘驪。』故知純黑曰驪也。」黄者，中央之正色。舊説皆本毛傳，謂黄騂曰黄，以爲黄色而又褋赤，似不必從。經但言黄而已，無事益之以騂也。此章言驈、皇、驪、黄，雖有四種，其意乃專主驪黄二色而言。驪、黄皆馬之上色。驈全身皆驪，特跨間褋白。皇大體是黄，而微兼白色，要之不失其爲驪黄也。牡馬尤以驪黄爲貴，《爾雅》所云「騋牝驪牡」，以罕稱也。《有駜》言乘黄矣，而後乃實之以乘牡，見牡馬之貴黄也。然《列子》有云：「牝而黄，牡而驪，馬至，果天下之馬也。」鄭玄注《檀弓》又云：「牝者色驪，牡者色玄。」則牝馬固亦貴驪黄矣。以車者，以駕金路之車也。諸侯之車，當以金路爲首，然則上文所舉四色之馬，正《周禮》所謂「齊馬」耳。彭，通作騯，《説文》云：「馬盛也。」盛者，壯盛之盛，孔謂「有力有容」是也。以非一馬，故重言之。後放此。又楊雄《太僕箴》云：「《詩》好牡馬，牧放坰野，輦車就牧，而詩人興魯。」按「輦車就牧」之説，恐未必然，《詩》之言意，衹謂其足以備駕車之用耳。思無疆者，承上文言伯禽興衛之盛，壯觀如此。繇其經國有方，規模廣大，故欲後世子孫不爲近小之謀，思慮無疆，亦如伯禽也。臧，《爾雅》、《説文》皆以爲善也。稱驥以德，所謂臧也。思馬斯臧者，思其馬如此之善，則當思其所以致是者也。後放此。輔廣云：「夫人立心既遠，則其所成必厚。大凡富貴之事，率非輕易浮淺者之所能致。」按伯禽牧事有成，雖無所考，而大畧見于《費誓》篇，曰：「今惟淫舍牿牛馬，杜乃擭，斂乃穽，無敢傷牿。牿之傷，汝則有常刑。馬牛其風，勿敢越逐，衹復之，我商賚汝。乃越逐不復，汝則有常刑。無敢寇攘，踰垣墻，竊馬牛，汝則有常刑。」

凡此皆國馬而非公馬，然當臨敵之先，其惓惓愛惜保護若此，則其留意于牧事可知矣。

駉駉牡馬，在坰之野。薄言駉者，有騅有駓。支韻。陸氏本作「駍」，《字林》作「䯓」。**有騂有騏，**支韻。陸本作「祺」。**以車伾伾。**支韻。《字林》作「駓」。**思無期，**支韻。**思馬斯才。**叶支韻，讀如嗤，抽遲翻。○賦也。騅，《說文》以爲蒼黑色襍毛，《爾雅》以爲蒼白襍毛。蒼者，淺青也。未詳孰是。陸佃云：「騅取雖之色。今雖色在青黑之間，亦在青白之間。」《爾雅》云：「黄白襍毛曰駓。」郭璞云：「今之桃花馬也。」孔云：「二者皆云襍毛，是體有二種之色相間襍。與上云『黄白曰皇』止一毛色之中自有淺深者異也。」騂，《說文》云：「馬赤色也。」毛傳以爲赤黄曰騂。按周尚赤，牲用騂，是騂爲純赤，當從《說文》爲正。騏，《說文》云：「馬青驪，文如博棊也。」毛云：「蒼祺曰騏。」孔云：「祺者，黑色之名。蒼祺，謂青而微黑，今之驄馬也。」此四色馬，以序推之，當是戎馬。項羽《垓下歌》云：「時不利兮騅不逝。」是騅爲戎馬之證也。秦風《小戎》篇云「駕我騏馵」，小雅《采芑》篇云「乘其四騏」，是騏爲戎馬之證也。《檀弓》云：「周人尚赤，戎事乘騵。」騵者淺赤也，淺赤猶用，純赤可知，是騂尤周人戎事所尚也。惟駓無攷。以車者，以駕戎路之車也。伾，《說文》、毛傳皆云：「有力也。」孔云：「此章言戎馬，戎馬貴多力。」思無期者，言所思無期限也。國雖安，忘戰必危，綢繆一不至，而禍患及之矣，可有不思之時乎？上章曰「無疆」，言其思無一處之不到，故馬政亦其經營之所及。此曰「無期」，言其思無一息之不周，則所爲畜戎馬以備不虞者，自有所不能已矣。才，通作材，《說文》云：「木梃也。」徐鍇云：「木勁直，堪入於用者。」人之有才，義出于此。」張文潛云：「斯臧，良馬也。斯才，戎馬也。臧者言其德，才者言其用。陳於禮者尚德，用於戰者尚才故也。」

駉駉牡馬，在駉之野。薄言駉者，有驒有駱。藥韻。**有駵有雒，**藥韻。孔云：「定本、《集注》及徐音並作『駱』，俗本多作『駁』。」**以車繹繹。**叶藥韻，讀如藥，弋灼翻。崔靈恩《集注》作「驛驛」。**思無斁，**叶藥韻，弋灼翻。**思馬斯作。**藥韻。○賦也。驒，《說文》云：「青驪白鱗，文如鼉魚。」《爾雅》、毛傳皆云：「青驪驎曰驒。」郭璞云：「色有深淺，班駁隱粼，今之連錢驄也。」駱，《爾雅》以爲白馬黑鬣，《說文》云：「馬白色，黑鬣尾也。」《韓詩》及《字林》以爲黑髦。髦者，鬣尾之謂。《廣雅》又以爲白馬朱鬣。陸佃云：「今呼黃馬尾鬣一道通黑如界者爲駱。蓋馬無分於黃白，皆謂之駱。若今衣脊絡縫，故曰駱也。《明堂位》曰：『夏后氏駱馬黑鬣。』此以別白馬朱鬣之駱也。《月令》曰：『孟春駕白駱。』此以別黃馬黑鬣之駱也。」詳見《四牡》篇。駵，本作騮，毛傳云：「赤身黑鬣曰駵。」《說文》云：「赤馬黑毛尾也。」羅願云：「《月令》五時駕馬，而駵處其二。春蒼龍，秋白駱，冬鐵驪，夏用赤駵，中央用黃駵。中央寓於季夏，故所用物同，而以色之淺深爲之別也。古者駵非所貴，故《淮南子》曰：『駵駁不入牲，以其犖也。』牲而犖，且不可用，而況天子法天象地，爲車服，以順時而授民者，而顧取之何也？《月令》乃秦呂不韋所作。秦人自其舊時，自言以水德王，故冬之鐵驪，以純黑應其德。而蒼乃自其舊時水德所生，又近於黑，故不以爲嫌。至於夏之宜用騂，中央之宜用黃，秋之宜用翰，皆與其服色違遠，兩者不可兼也。故以馬體應時令，而選其鬣與所尚之德合者以厭之，此其爲秦說昭昭矣。」毛云：「黑身白鬣曰雒。」孔謂此義未知所出。愚按雒乃鳥名，即鵅鶹也。疑馬之色似之，故以爲名。此章以車，以序推之，則駕田路之車也。繹者，抽絲相聯續之義。毛以爲善走也。孔云：「此章言田馬，田獵尚疾，故言善走。」今按四色馬之中，舊說以駱馬爲善奈勞苦，則其三可例觀也。斁，

《説文》云：「解也。」思無斁者，言當思如伯禽之隨事勵精，不可有厭倦。作，即《易·震》卦「爲作足」之作，謂奮迅而動作也。

駉駉牡馬，在坰之野。薄言駉者，有駰有騢。有驒有魚，韻。字書作「⿰馬魚」，《字林》作「⿰月魚」。**以車祛祛。**魚韻。**思無邪，**叶魚韻，祥余翻。**思馬斯徂。**叶魚韻，讀如諸，專於翻。○賦也。《爾雅》、毛傳皆謂陰白襍毛曰駰。郭璞云：「陰，淺黑，今之泥驄。」或云目下白，或云白陰，皆非也。陸佃云：「《詩》曰『我馬維騏』、『我馬維駱』、『我馬維駰』，其先後與《駉》之序合，則駰不如駱，駱不如騏矣。然是詩乃卒言駰者，以明馬雖彌劣，所以御之滋善。」《爾雅》、毛傳又謂彤白襍毛曰騢。彤者赤也。《説文》亦謂赤白襍毛也。字右施叚，舊説謂色似鰕魚，徐鍇謂色似霞。郭云：「即今之赭白馬也。」按此馬，前五代宋時顔延之嘗爲之賦，則亦良馬矣。驒，《説文》即以爲驪馬黄脊。毛傳原本則云：「豪骭曰驒。」孔釋毛傳，於「豪骭」下文增一「白」字，謂骭者膝下之名。傳言「豪骭白」者，豪毛在骭而白長也。按《説文》於騽字，曰「馬豪骭」，而無白字。《爾雅》於驪馬黄脊者，名之爲騽，不名驒也。毛傳以《説文》之騽爲驒，《爾雅》以《説文》之驒爲騽，何二馬之相混若是？俟博覽者正之。毛傳云：「二目白曰魚。」郭云：「似魚目也。」羅云：「相馬之説曰：『馬目欲得黄，又欲光而有紫豔。若目小而多白，則驚畏。』驚畏，馬之大病，故其序尤在後。」始者牧夫驈黄之色，純也。侵至騅駓之間色，以及於驒駱之不純，不得已而及於驒魚之驚畏。驒魚猶養之，則其德之儉可知矣。此有以見僖公之善牧馬也。陸云：「言『有驪有黄』於前，言『有驒有魚』于後，每章愈下，則以言至誠成物，有加而無已。《莊子》曰：『百里奚爵禄不入於心，故飯牛而牛肥。』殆此之謂也。」愚按首章四馬，惟驪、黄二色，次章則主青、赤二色居多，三章四馬皆是襍色，四章則主白色居多。《説文》無袪字，當通作驅。鄭玄云：「策馬謂之驅。」以車袪袪者，以駕給使之車，可以策逐而行也。思無邪者，範我馳驅之謂。徂，《説文》云：「往也。」御之有道，習之有法，故能變駑爲良，而使之利往如此，是誠可思也。鄭云：「思遵伯禽之法，專心無復邪意，牧馬使可走行也。」又《論語》子曰：「《詩》三百，一言以蔽之，曰：思無邪。」按今《詩》三百五篇，然當正考甫未得商頌之時，惟有國風及小、大二雅，周、魯二頌而已。除今商頌五篇，恰足三百之數，是知《詩》三百之云，非兼商頌言也。故王通有曰：「《詩》三百，始終于周。」正謂此也。其舉「思無邪」一言以蔽三百者，孔子自表其刪詩之意，贊凡作詩之人，皆以無邪之思發之而爲詩，故其所美者，足以感發人之善心，其所刺者，足以懲創人之逸志，雖似好色而不淫，雖似怨誹而不怒，是皆孔子所亟録也。故他日曰：「小子何莫學夫《詩》？《詩》可以興，可以觀，可以群，可以怨。邇之事父，遠之事君。」若使其思或邪，則其言必邪，當擯棄之不暇，而又何贅列之于經，以誤後學乎？明乎此，則凡在三百之内者，皆至正至嚴，可法可戒之篇。而朱子以爲有淫奔自作之辭者，謬矣。聖人引此，雖是斷章取義，若合之《駉》頌本意，則人心之有思，其奔逸難制，猶之馬也。以「無邪」二字爲之銜勒，自有所範而不得騁矣。❶聖人即執御可以見道，獨區區使馬云乎哉？

《駉》四章，章八句。《子貢傳》惟有「僖公」二字。《申培説》以爲史克美僖公考牧之詩。朱傳亦云：

---

❶ 「騁」，原作「聘」，據《四庫全書》本改。

「此詩言僖公牧馬之盛，繇其立心之遠。」皆祖述《序》語而誤者。今按僖公雖頗能勤民，然城項，伐邾，取須句，取訾婁，取濟西，以楚伐齊，及夫人姜氏會齊侯于陽谷，種種皆譏。而始卜郊，又僭之大者。僅一從齊桓而老死牖下，謂立心之遠者，固如是乎？且莊公之世，新延廐則書，而僖公畜牧之盛如此，經傳皆軼而不載，是豈可信哉？《序》特以此詩作于史克，與《閟宮》之詩同作，遂概歸之僖公耳。明達君子，必有然予言者。

《晨風》，秦穆公悔過也。此詩與《秦誓》相表裏。秦穆公信杞子潛師襲鄭之言，而不聽蹇叔、百里奚之諫，果爲晋師所敗，獲其三帥百里孟明視、西乞術、白乙丙於殽以歸，乃作誓以自悔。其曰：「尚猷詢茲黄髮，則罔所愆。番番良士，旅力既愆，我尚有之。」又曰：「昧昧我思之，如有一介臣，斷斷兮無他技，其心休休焉，其如有容。人之有技，若己有之。人之彦聖，其心好之，不啻如自其口出，寔能容之。以能保我子孫黎民，尚亦有利哉！」即此詩思見君子之意。

鴥《釋文》作「鴪」。**彼晨**《説文》作「鷐」。**風，**叶侵韻，孚金翻。**鬱**《周禮》注作「宛」。**彼北林。**侵韻。**未見君子，憂心欽欽。**侵韻。**如何如何，**歌韻。**忘我實**豐氏本作「寔」。後同。**多。**歌韻。○興也。鴥，毛傳云：「疾飛貌。」《爾雅》云：「晨風，鸇。」陸璣云：「鸇似鷂，青黄色，燕頷鉤喙，嚮風摇翅，乃因風飛急，疾擊鳩、鴿、燕、雀食之。」《列子》云：「鷂之爲鸇，鸇之爲布谷，布谷久復爲鷂也。」陸佃云：「《禽經》曰：『鸇好風，鸍惡雨。』然則謂之晨風，可知也已。」鬱，《説文》云：「木叢生者。」北林，林名。孔穎達云：「北林繇鬱茂之故，故晨風飛疾而入之。」程子云：「以晨風興君子者，取其去來之疾。人君好賢待士有道，則賢者歸之；禮貌不至，則浩然去矣。」愚按晨風鷙鳥，蓋以擬三師也。欽，《説文》云：「欠貌。」悚慄不安之狀見于欠伸，故其字从欠。三師自晋初歸，穆公傾心信用，故自述其思而未得見之時，則憂心欽欽然，而又私自慮之曰：不知此時君子之用情于我如何乎？如何乎？恐多是不復念我矣。夫北林也，尚爲晨風所集，寧謂我朝廷之上，可遂北林之不若哉？其輸誠也至矣。《左傳》殽之役，晋人既歸秦帥，秦伯素服郊次鄉師而哭，曰：「孤違蹇叔，以辱二三子，孤之罪也。不替孟明，孤之過也，大夫何罪？且吾不以一眚掩大德。」秦大夫及左右皆言于秦伯曰：「是敗也，孟明之罪也，必殺之。」秦伯曰：「是孤之罪也。周芮良夫之詩曰：『大風有隧，貪人敗類。聽言則對，誦言如醉。匪用其良，覆俾我悖。』是貪故也，孤之謂矣。孤寔貪以禍夫子，夫子何罪？」復使爲政。正與此詩同意。及彭衙之敗，秦伯猶用孟明。孟明增修國政，重施于民。趙宣子言于諸大夫曰：「秦師又至，將必辟之。懼而增德，不可當也。」後復伐晋，取王官及郊，封殽尸而還，遂霸西戎，用孟明也。君子是以知秦穆公之爲君也，舉人之周也，與人之壹也。孟明之臣也，其不解也，能懼思也。

山有苞《爾雅》注作「枹」。**櫟**，叶藥韻，歷各翻。**隰有六駮**。叶藥韻，讀如髆，伯各翻。朱子本作「駁」。豐本「六駮」作「梓橐」。**未見君子，憂心靡樂**。叶藥韻，歷各翻。**如何如何**，見前。**忘我實多**。見前。○興也。苞，《爾雅》云：「稹也。」孫炎云：「木叢生曰苞。齊人名曰稹。」《爾雅》云：「櫟，其實梂。」邢昺云：「櫟，似樗之木也。梂，盛實之房也。」陸璣云：「秦人謂柞櫟爲櫟，河内人謂木蓼爲櫟，椒椴之屬也。其子房生爲梂，木蓼子亦房生。故説者或曰柞櫟，或曰木蓼也。璣以爲此秦詩也，宜從其方土之言柞櫟是也。」詳璣所言，則此所謂櫟，即唐風《鴇羽》篇所謂栩。其有以木蓼名櫟者，非此詩之櫟也。林兆珂云：「東海及徐州謂之木蓮，其葉始生，食之味辛。其梂子八月中成，摶以爲燭，明如胡麻燭，研以爲羹，肥如胡麻羹。」羅願云：「《管子》五粟之土，其柘其櫟，條直以長。《淮南・時則訓》十二月其木櫟。櫟可以爲車轂，木不出火，惟櫟爲然，亦應陰氣也。」餘詳唐風。六駮，木名。崔豹云：「山中有木，葉似豫章，皮多癬駮。」毛傳以駮爲獸名，乃倨牙食虎豹者。陸璣非之云：「駮馬，梓榆也。其樹皮青白駮犖，遥視似駮馬，故謂之駮馬。下章苞棣、樹檖，皆山隰之木相配，不宜云獸。」羅云：「此木兼駮馬之名，又曰馬梓。今之檀木，皮正青而澤，與莢迷及此木相似，故里語曰：『斫檀不諦得莢迷，莢迷尚可得駮馬。』夫鳥獸草木之類，特爲難窮，其形之相似者，雖山澤之人朝夕從事，有不能别其名之相亂者。雖博物君子，習于風雅，有不能周。故野人伐檀而得駮，先儒訓駮而爲獸，其去本遠矣。」蘇子云：「言六未詳。」王肅云：「言六，據所見而言。」愚按崔豹《古今注》以六駮爲名，意即所云犖駮也。以音同，故通犖爲六耳。嚴云：「山隰有草木，可以大國而無賢人乎？」愚按苞櫟六駮，以況剛健篤實之士，似指蹇叔也。憂之反爲樂，曰靡樂者，言其憂之真也。

山有苞棣，叶寘韻，徒四翻。**隰有樹檖。**寘韻。《説文》作「椽」。**未見君子，憂心如醉。**寘韻。

如何如何，見前。**忘我實多。**見前。○興也。棣，常棣也。陸璣云：「白棣也。如李而小，子如櫻桃，正白，今官園種之。又有赤棣樹，亦似白棣，葉如刺榆葉而微圓，子正赤，如郁李而小。五月始熟，自關西、天水、隴西多有之。」按《爾雅》云：「唐棣栘，常棣棣。」是棣之名，惟常棣得專之。毛傳以爲唐棣，非是。《小雅》云：「常棣之華，鄂不韡韡。」秦子云：「作人當如常棣，灼然光發。」樹檖，謂成樹之檖。《爾雅》云：「檖，羅。」毛傳云：「赤羅也。」陸佃云：「其文細密如羅，故曰羅也。又有白者。赤羅文棘，白羅文綏，雖皆所謂文木，然而赤羅爲上。」郭璞云：「今楊檖也。實似梨而小，酢可食。」陸璣云：「一名山梨，一名鹿梨，一名鼠梨。今人亦種之，極有脆美者，亦如梨之美者。」愚按苞棣樹檖，以況禮樂文章之士，似擬百里奚也。《公》、《穀》二傳載殽之役，百里奚與蹇叔皆諫，穆公怒曰：「若爾之年者，冢上之木拱矣。」又皆送其子而哭之。既而果匹馬隻輪無返者。穆公以訑訑之聲音顔色拒人，及敗而後悔之，恐奚與叔之終結舌以自遠也，故望之之切如此。朱子云：「如醉，則憂又甚矣。」

《晨風》三章，章六句。《序》以爲：「刺康公也。忘穆公之業，始棄其賢臣焉。」今按康公之棄舊臣，事無所載。《申培説》則云：「秦君遇賢始勤終怠，賢人譏之。」蓋緣篇中有「忘我實多」之語，然而不能定其世，則亦臆説耳。若朱子直以爲婦人念其君子之辭，而引《扊扅歌》爲證，且謂秦俗固爾，鄙誕殊甚。

《交交黄鳥》，本名《黄鳥》，以小雅亦有《黄鳥》，故加「交交」二字以爲别。**哀三良也。**出《序》。**秦穆公卒，以子車氏之三子爲殉，皆秦之良也。國人哀之，**出《左傳》。**刺穆公以人從死，而作是詩也。**出《序》。○《左》文六年，秦伯任好卒，以奄息、仲行、鍼虎爲殉。君子曰：「秦穆之不爲盟主也宜哉！死而棄民，先王違世猶詒之法，而況奪之善人乎？《詩》曰：『人之云亡，邦國殄瘁。』無善人之謂。若之何奪之？古之王者，知命之不長，是以並建聖哲，樹之風聲，分之采物，著之話言，爲之律度，陳之藝極，引之表儀，予之法制，告之訓典，教之防利，委之常秩，道之以禮則，使毋失其土宜，衆隸賴之，而後即命，聖王同之。今縱無法以遺後嗣，而又收其良以死，難以在上矣。君子是以知秦之不復東征也。」按殺人以葬，旋環其左右曰殉。應劭云：「秦穆公與群臣飲酒酣，言曰：『生共此樂，死共此哀。』于是奄息、仲行、鍼虎許諾。及公薨，皆從死。」匡衡謂「秦穆貴信，而士多從死」，即其事也。《史記・秦本紀》云：「穆公卒，葬于雍，從死者百七十七人。秦之良臣子輿氏三人，亦在從死之中。秦人哀之，爲作歌《黃鳥》之詩。」孔穎達云：「從死者多矣，主傷善人，故言哀三良也。」

交交黃鳥，止于棘。職韻。誰從穆公？子車《史記》作「輿」。奄息。職韻。維此奄息，同上。百夫之特。職韻。臨其穴，叶質韻，户橘翻。惴惴其慄。質韻。豐氏本作「悚」。後同。彼蒼者天，叶真韻，汀因翻。殲我良人！真韻。如可贖兮，人百其身！真韻。○興也。交交，群飛往來之貌。黃鳥，解見《葛覃》。曹氏云：「黃鳥聲音顏色之美，人所愛悦，猶三良爲人之所愛也。」愚按羅願《爾雅翼》稱：「荊州每至冬月，於田畝中得土堅圓如卵者，輒取以賣，破之則鸎在其中，無復毛羽。蓋以土自裹伏，而土堅勁，候春始生羽，破土而出。」鸎即黃鳥也。詩意以三子埋在土中，無繇得出，故以寄慨。又黃鳥一名鸝，性好匹飛，故其字从麗，亦三子同從穆公之比也。棘樹低而多刺，非安集之所。陸佃云：「于文重束爲棗，並束爲棘，蓋棗性重喬，棘則低矣，故其制字如此。」亦或墓上有棘，故指所見言之。陶潛詩所謂「荊棘籠高墳，黃鳥聲正悲」是也。後放此。又季本云：「黃鳥，善鳴者也。當時三良於穆公，必知無不言，言無不盡，交相往來，亦如黃鳥之善鳴而交交也。止于棘、桑、楚，人所共見之地也。若止于丘隅，則人所不見，而可以免矣。此見三良雖忠，而未免傷于直也。」彼止于棘，此從穆公，亦相呼應。從穆公者，從之于地下，謂從死也。此事後之言，觀穆公稱謚可見。子車，服虔云：「秦大夫氏也。」奄息，其名。以次章仲行推之，則序當居伯矣。特，朱子云：「傑出之稱。」孔云：「言此人在百夫之中，乃孤特秀立。」臨其穴，謂登臨子車壙穴之上。《括地志》云：「秦穆公冢，在岐州雍縣東南二里。三良塚，在雍縣一里故城内。」然則二冢迥不相及，蓋從死而非同葬也。惴，《説文》云：「憂懼也。」《説文》無「慄」字，但當作栗。栗至鑄發之時，將墜不墜，有戰栗之象，故狀人之懼曰栗也。此詩人自道，若謂不意此人，而所遭之不幸若此。既悲善人之云亡，亦慮邦國之殄瘁，故憂懼交集也。彼蒼者天，呼天而愬之。殲，《爾雅》云：「盡也。」《春秋》「齊人殲于遂」之殲。通子車氏三子言之，故下二章皆同文也。良，善也。良人謂奄息也。贖，《説文》云：「貿也。」嚴粲云：「言此奄息之死，若可以他人贖代之，則當以百人之身贖之。言百人不如一賢也。奄息爲百夫之特，故願以百身贖之。」後皆倣此。又朱子云：「三人者，不食其言，以死從君。而詩人不以爲美者，死不爲義，不足美也。」蘇軾《和陶淵明三良詩》云：「此生泰山重，忽作鴻毛遺。三子死一言，所死良已微。賢者晏平仲，事君不以私。我豈犬馬哉？從君求蓋帷。殺身固有道，大節要不虧。君爲社稷死，我則同其歸。顧命有治亂，臣子得從違。魏顆真孝愛，三良安足希？仕宦豈不榮，有時纏憂悲。所以靖節翁，服此黔婁衣。」李德裕云：「臣道莫顯于咎繇，孝友莫盡於周公。咎繇尚不殉于舜、禹二后，周公尚不殉于文、武二王，三良詎可許之死乎？如三良者，所謂殉榮樂也，非所謂殉仁義也，可與梁丘據、安陵君同譏矣，焉得謂之百夫特哉？昔荀息許晉獻以言，繼之以死，君子猶歎斯言之玷不可磨也，豈得以生同榮樂，殁共埃塵以爲忠乎？晏平仲言君爲社稷死則死之，斯言得之矣。」按此責備三良，亦是正論。

交交黄鳥，止于桑。陽韻。**誰從穆公？子車仲**《左傳》注作「中」。**行。**叶陽韻，户郎翻。**維**

此仲行，同上。**百夫之防。**陽韻。**臨其穴**，見前。**惴惴其慄。**見前。**彼蒼者天**，見前。**殲我良人！**見前。**如可贖兮，人百其身！**見前。○興也。陸佃云：「黃鳥常葚熟時來在桑間。」黃佐云：「桑，人所嘗採，鳥性見人則駭，與棘相似。」仲行，名也。防，《說文》云：「隄也。」《禮記》疏云：「防以畜水，亦以障水。」蓋言其行有坊表，足爲百夫之閑制，如水之有隄防也。

交交黃鳥，止于楚。語韻。**誰從穆公？子車鍼虎。**叶語韻，讀如許，喜與翻。**維此鍼虎**，同上。**百夫之禦。**語韻。**臨其穴**，見前。**惴惴其慄。**見前。**彼蒼者天**，見前。**殲我良人！**見前。**如可贖兮，人百其身！**見前。○興也。黃佐云：「楚，人所嘗刈，亦與前相似。」鍼虎亦名，蓋子車氏之季也。禦，猶敵也，言其才德出衆，雖一人足以敵百夫也。按《史記》，秦武公卒，葬雍平陽。初以人從死，從死者六十六人。四傳至穆公，遂用百七十七人，而三良與焉。又十五傳至獻公元年，始止從死。劉公瑾云：「古之葬者有明器，但備物而不可用，如芻靈亦其類也。不幸流俗之弊，而至于作俑，又不幸而至于用人。然作俑者，夫子且以爲不仁，而謂其無後，況秦武公既用殉，❶傳至穆公而又用殉。夫子之言，反似無驗。孰知穆公之後，二十一傳至莊襄王，而呂氏之子遂絕嬴氏之統。❷繼之始皇，不知所監，驪山葬後，未三年，而呂氏之祀又絕。嗚呼！不仁之禍及子孫如此。」

---

❶「況」，《四庫全書》本作「先」。

❷「呂氏之子」，《四庫全書》本作「呂易嬴」。

《交交黄鳥》三章，章十二句。《子貢傳》、《申培説》皆以三良之殉，歸咎于穆公世子康公罃。❶董氏云：「陳乾昔子、魏顆，皆從其治命，不以爲殉，君子美之。然則康公得無罪乎？」而蘇軾亦云：「穆公生不誅孟明，豈有死之日而忍用其良？罪康公也。」今按《左傳》，惟以三良從死罪穆公。自當以《左傳》爲據。孔穎達云：「不刺康公，而刺穆公者，是穆公命從己死，此臣自殺從之，非後主之過也。」郝敬云：「秦染西戎惡俗，輕生好殺。三良之殉，穆公之志也。嗣君因先世遺風，重以厥考之命，自非賢哲，焉能獨已。使穆公有治命，能革其故，自可無此舉。生平悔過作誓，思以賢遺子孫。身死而自殲其善類，詩人所以惡之。」應劭云：「繆公受鄭甘言，違黄髮之計，而遇殽之敗。以子車氏爲殉，《詩·黄鳥》之所爲作，故謚曰繆。」楊慎云：「《蒙恬傳》曰：『昔秦繆公殺三良而死，罪百里奚而非其罪也。』觀此，百里奚亦不終。秦真少恩哉！繆公之謚非美，此又可證。」按《謚法》，名與實爽曰繆，通作「穆」耳。鄭樵所云「繆之爲穆，借音不借義」是也。若朱子謂臨穴而惴惴，蓋生納之壙中。此惟二世無道，因始皇葬畢，或言工匠爲機藏，皆知之，故下外羨門，盡閉工匠，無復出者。三良從死，向無生閉之文，烏可厚誣也？

❶「公世子康公罃」至篇末「烏可厚誣也」，《四庫全書》本無，當是抄寫時漏抄一頁。

詩經世本古義卷之二十五（星）

周頃王之世詩一篇

何氏小引

《碩鼠》，晉譎也。士會奔秦，晉欲復之，使魏壽餘僞以魏叛，而自歸于秦，因與之俱還晉焉。

《碩鼠》，晉譎也。士會奔秦，晉欲復之，使魏壽餘僞以魏叛，而自歸于秦，因與之俱還晉焉。《左》文十三年，晉人患秦之用士會也。夏，六卿相見於諸浮，趙宣子曰：「隨會在秦，賈季在狄，難日至矣，若之何？」中行桓子曰：「請復賈季，能外事，且繇舊勳。」郤成子曰：「賈季亂，且罪大，不如隨會，能賤而有耻，柔而不犯，其智足使也，且無罪。」乃使魏壽餘僞以魏叛者，以誘士會，執其帑于晉，使夜逸，請自歸于秦。秦伯許之，履士會之足于朝。秦伯師于河西，魏人在東。壽餘曰：「請東人之能與夫二三有司言者，吾與之先。」使士會，士會辭曰：「晋人，虎狼也。若背其言，身死，妻子爲戮，無益于君，不可悔也。」秦伯曰：「若背其言，所不歸爾帑者，有如河。」乃行，繞朝贈之以策，曰：「子無謂秦無人，吾謀適不用也。」既濟，魏人譟而還，秦人歸其帑。其處者，爲劉氏。按晋用譎計以復士會，而託之魏叛以誘秦，故此詩繫之魏風。其曰「三歲貫女」、「逝將去女，適彼樂土」者，皆假設之辭也。魏之遺事，見于史傳者絶少，惟芮伯被逐，并此而兩，而皆有一詩，足爲證佐云。

碩鼠碩鼠，無《石經》作「毋」。**食我黍！**叶麌韻，讀如豎，上主翻。**三歲貫**《石經》作「官」。**女，**音汝。後同。**莫我肯**《石經》、豐氏本俱作「肎」。**顧。**叶麌韻，果五翻。**逝將去女，**音汝。後同。《外傳》作「汝」。**適彼樂**音絡。後同。**土。**麌韻。**樂土樂土，**同上。**爰得我所。**叶麌韻，讀如數，爽主翻。○比而賦也。碩，大也。碩鼠，樊光謂即鼫鼠也。郭璞云：「形大如鼠，頭似兔，尾有毛，青黄色，好在田中食粟豆。關西呼爲㐹鼠。」許慎云：「鼫鼠，五伎鼠也。能飛不能上屋，能遊不能渡谷，能緣不能窮木，能走不能先人，能穴不能覆身。」此之謂五伎。陸璣云：「今河東有大鼠，能人立，交前兩脚于頸上跳舞，善鳴。食人禾苗，人逐則走入樹空中，亦有五伎。或謂之雀鼠，其形大，故云碩鼠也。魏，今河東河北縣也，《詩》言其方物，宜謂此鼠，非今大鼠，又不食禾苗。《本草》又謂螻蛄爲石鼠，亦五伎，物異名同。」孔穎達云：「此經作碩鼠，不作鼫鼠之字，其義或如陸言也。」愚按五伎之鼠，亦名鼯鼠。《荀子》曰「鼯鼠五伎而窮」是也。此食禾苗者，一名雀鼠。陸佃以爲即《廣雅》所云鼩鼠也。碩、鼩、雀音皆相近，宜可信。借爲呼碩鼠而告之，以當呼聚斂之臣而斥之。首言黍者，黍，五穀之長，古人酒食皆用黍，其字以禾入水三字合。孔子曰：「黍可以爲酒，禾入水也。」《儀禮・特牲》佐食摶黍，注云：「獨用黍者，食之主。」又《詩》頌「其饟伊黍」，注云：「豐年之時，雖賤者猶食黍。」明黍是貴也。貫，通作摜，《説文》云：「習也。」三歲貫女，言女習聚斂以爲常，至今已三歲矣。又按《石經》作「三歲官女」，蓋以服官三載，乃考績之期，故刺之。亦通。顧，還視也，猶念也。三歲遭虐，不爲不久，而絶不肯一顧念其苦，此其所以恨也。逝，往也。將去女者，與之訣别之詞。適，《説文》云：「之也。」樂土，指鄰國也。連稱樂土者，喜談樂道彼土之可樂，以見其厭苦于此也。爰，曰也。所之言處，音之近也。得我所，猶言得其所安處也。

碩鼠碩鼠，無食我麥！叶職韻，紀力翻。**三歲貫女，莫我肯德。**職韻。**逝將去女，適彼樂國。**職韻。**樂國樂國，**同上。**爰得我直。**職韻。○比而賦也。羅願云：「麥者，接絶續之乏穀。夏之時，舊穀已絶，新穀未登，民于此時乏食，而麥最先熟，故以爲重。董仲舒曰：『《春秋》于他穀不書，至無麥禾則書之，以此見聖人于五穀，最重麥與禾也。』因説武帝勸關中種麥，而《明堂月令》亦有仲秋勸種麥之文，其有失時，行罪無疑。凡以接續所賴，懼民不以爲意耳。」今皆爲碩鼠所食，則民之困甚矣。德，惠也。莫我肯德，謂不肯施惠于我也。樂國者，可樂之國。其君及有司，皆以百姓爲念也。爰得我直者，范祖禹云：「欲適彼有道之國而赴愬之，得其直。」嚴粲云：「直，猶伸也，受抑于此，而欲求伸于彼也。」

碩鼠碩鼠，無食我苗。叶豪韻，謨袍翻。**三歲貫女，莫我肯勞。**豪韻。**逝將去女，適彼樂郊。**叶豪韻，居勞翻。**樂郊樂郊，**同上。**誰之永**《釋文》作「咏」。**號？**叶豪韻，乎刀翻。豐氏本作「号」。○比而賦也。苗，《説文》云：「草生于田者。」字从草从田，會意。謝枋得云：「食黍不足而食麥，食麥不足而食苗。苗者，禾方樹而未秀也。食至于此，以比其貪之甚也。」勞，猶慰也。杜預云：「勞者，敘其勤以答也。」按顧存諸心，德施諸政，勞發諸言，至慰人以言，而猶不肯，真可謂之憯毒矣。國外曰郊，繇郊以入其國也。永號，長呼也。蘇轍云：「欲適樂郊而不可得，故曰：誰爲樂郊，可長號而求之者哉？」愚按若以此爲魏壽餘之詩，則不惟挾魏人以往秦而已，且先播之聲詩，以鳴其愁苦不得已之意。秦人之聞而信之，固其宜矣。

《碩鼠》三章，章八句。王符云：「履畝稅而《碩鼠》作。」不知何據。《序》以爲刺重斂也。國人刺其君重斂，蠶食于民，不修其政，貪而畏人，若大鼠也。朱子謂此亦托于碩鼠，以刺其有司之詞，未必直以碩鼠比其君也。嚴粲亦云：「碩鼠，指聚斂之臣。」此輩奉承其君，以重斂于民，國史題其事于篇端，但曰刺重斂耳。其後説詩者，乃以爲刺其君若大鼠。程子謂《序》有失《詩》之意者，此類是也。臣之奉行，繇君政使然，謂刺其君重斂，可也，便以碩鼠爲稱其君，不可也。」《申培説》但謂大夫貪戾，魏人怨之，而作是詩。或謂此見魏并于晉之繇，要之依文生解，義亦無害。若《呂氏春秋》載甯戚飯牛居車下，望桓公而悲，擊牛疾歌。高誘注以爲歌《碩鼠》。考甯戚，衛人，當是以衛、魏同音之故，訛而指爲此詩耳，未足信也。

詩經世本古義卷之二十六（張）

周定王之世詩八篇

何氏小引

《汾沮洳》，晋人刺其大夫也。初設公路、公行、公族之官，❶而用非其人，故刺之。
《株林》，刺陳國君臣淫于夏姬也。
《東門之楊》，刺陳靈公淫于夏姬也。
《東門之池》，刺陳夏姬也。淫于一君二卿焉。
《月出》，陳靈公淫于夏姬，姬子徵舒將弑公，國人作此詩以諷。
《澤陂》，代爲夏姬思陳靈公、儀行父、孔寧而作，蓋以醜之。

❶ 「公路」二字，原無，據正文及《四庫全書》本正文補。

《旄丘》，責衛不恤鄰也。狄迫逐黎侯，黎侯求救于衛，衛不能救。黎之臣子怨之，而作是詩也。

《式微》，黎侯寓于衛，其臣勸以歸也。

《汾沮洳》，晉人刺其大夫也。出《子貢傳》。《申培説》同。**初設公路、公行、公族之官，而用非其人，故刺之。**晉自成公即位，始有公族、餘子、公行之官。解見此詩首章下。官初設于晉，足證此詩乃晉詩，而非魏詩也。魏滅于晉獻公，成爲獻孫，知與魏無涉也。其時趙括爲公族大夫，趙盾爲旄車之族。先是趙衰從公子重耳奔狄，狄人獲叔隗、季隗，納諸公子。公子取季隗，以叔隗妻趙衰，生盾。及反國，又以己女妻衰，生趙同、趙括、趙嬰。趙姬請逆盾，與其母叔隗來，以盾爲才，固請于公，以爲適子，而使其三子下之。以叔隗爲内子，而己下之。盾本庶子，故以公族讓括耳。然同乃括兄，同宜爲公族，而以與括，亦不可曉。同食邑于原，括食邑于屏，故晉人呼同、括爲原、屏，又呼括爲屏季也。盾雖爲旄車之族，而是時盾方執政，必不自爲之。爲此者，必其子趙朔矣。朔以宣十二年，罹下車之難，而武方且畜于公宫，繼朔職者，不知誰代爲之。其後趙嬰通于莊姬。莊姬者，朔妻也。原、屏放諸齊，莊姬爲是故，譖原、屏將爲亂，而晉景遂尸同、括。鄒忠胤云：「此詩所刺，意者其即譏朔、括之徒乎？夫事雖不可以成敗論，然屠岸賈治靈公之賊，請誅其子，徧告諸將，惟韓厥嘗畜于趙氏，故婉詞解之，而諸將無異議。賈蓋有所侮而動也，侮朔之無能爲也，直如後世之尚主者耳。婁嬰與莊姬通，罪固當討，然同、括不請于君而擅放之，豈得爲無罪？觀郄之役，與救鄭之役，二人勇而鋭于戰，幾再敗晋師，斯不亦妄庸豎子哉？何以堪公族之任？故愚意詩人所譏，即以爲朔與括亦可。蓋成公初設此官，而諸人不稱其職，是以貽譏。」按《春秋》，魯宣公二年，秋九月，晋人弑靈公而立成公。十月，周匡王崩，定王即位。故繫此詩于定王之首。詳玩《詩》意，深刺君踈遠公室，而信任卿族，且所用者，又皆不得其人。故因汾水之間，有賢人隱居而不得位者，借以相擬。其起興于采莫、采桑、采藚，猶曰人才無地不生耳。

彼汾沮洳，叶遇韻，讀如孺，儒遇翻。**言采其莫**。叶遇韻，莫故翻。**彼其之子，美無度**。遇韻。**美無度，同上。殊異乎公路**。遇韻。○興也。《山海經》云：管涔之山，汾水出焉。在今山西太原府静樂縣。《地理志》云：「西南至汾陰入河。」在今平陽府榮河縣。蘇轍云：「汾水出于晋，其流及魏。」《晋語》宰孔曰：「晋景霍以爲城，汾河涑澮以爲淵。」沮，與《王制》沮澤之沮同義。方氏云：「小而水所止曰沮，大而水所止曰澤。」洳，《説文》云：「漸濕也。」朱子云：「沮洳，水浸處，下濕之地。」莫，毛傳云：「菜也。」陸璣云：「莫，莖大如箸，赤節，節一葉，似柳葉，厚而長，有毛刺，今人繅以取繭緒。其味酢而滑，始生，可以爲羹，又可生食。五方通謂之酸迷，冀州人謂之乾絳，河汾之間謂之莫。」陸佃云：「其子如楮實而紅，謂之乾絳，蓋以此也。今吴越之俗呼爲茂子。」彼其之子，指賢人也。鄭玄云：「是子之德，美無有度，言不可尺寸。」孔云：「不可以尺寸量也。」重言美無度，有怪而惜之之意。後放此。殊，即異也。公路，官名。孔云：「以其主君路車，謂之公路。」按《左傳》宣二年，初驪姬之亂，詛無畜群公子，自是晋無公族。及成公即位，乃官卿之適子而爲之田，以爲公族。又官其餘子，亦爲餘子。其庶子爲公行。晋于是有公族、餘子、公行。趙盾請以括爲公族，盾爲旄車之族。據此，則公族以適子爲之，公行以庶子爲之，其稱餘子者，杜預以爲適子之母弟也。盾辭公族而爲旄車之族，乃餘子之職，意即所爲公路者耳。旄車，亦作軞車，服虔以爲戎車之倅。倅者，副也。公行，以主君兵車之行列得名，而旄車爲之副。然則公路小于公行，而公行又小于公族，故三章先後之序云爾。《詩》意言汾水之旁，漸濕所及之地，有莫生焉，采之，可以供食用之需。以興彼其之子，其德不可涯涘，亦猶汾水之旁浸者然。據今所見，其備員公路之官者，皆莫之能擬也。然乃賢者不用，而所用者皆不賢，何與？後放此。

彼汾一方，陽韻。**言采其桑。**陽韻。**彼其**《韓詩外傳》作己。下章同。**之子，美如英。**叶陽韻，於良翻。**美如英，**同上。**殊異乎公行。**叶陽韻，寒剛翻。○興也。一方，朱子云：彼一方也。上章沮洳，乃廣指汾旁所浸之地，此則就近水之處而言，比前爲差狹矣。采桑所以供蠶事。英者，草木之華也。如英、如玉，皆摹擬之辭。于彼汾一方想見之，猶秦風云「所謂伊人，在水一方」者。《韓詩外傳》云：「君子有主善之心，而無勝人之色；德足以君天下，而無驕肆之容；行足以及後世，而不以一言非人之不善。故曰：君子盛德而卑，虚己以受人，旁行不流，應物而不窮，雖在下位，民願戴之。雖欲無尊，得乎哉？《詩》曰：『彼己之子，美如英。美如英，殊異乎公行。』」

彼汾一曲，沃韻。**言采其藚。**沃韻。**彼其之子，美如玉。**沃韻。**美如玉，**同上。**殊異乎公族。**叶沃韻，讀如濯，直角翻。○興也。一曲，朱子云：「謂水曲流處。」比一方又狹矣。班固《地理志》云：「魏國亦姬姓也，在晋之南河曲。故《詩》曰『彼汾一曲』、『寘諸河之側』。」《爾雅·釋草》云：「藚，牛脣。」李巡云：「別二名。」郭璞云：「水蕮也，如續斷，寸寸有節，拔之可復。」陸璣云：「今澤瀉也，葉如車前而大，味亦相似。徐州、廣陵人食之。」《本草》云：「一名水瀉、及瀉、芒芋、鵠瀉。」陶隱居云：「葉狹長，藂生諸淺水中，仙經服食斷穀皆用之。亦云身輕，能步行水上。」《圖經》云：「春生苗，多在淺水中，葉似牛舌，獨莖而長，秋開白花，作藂，似穀精草。」采藚，所以治疾。公族，鄭云：「主君同姓昭穆者。」晉以卿大夫之適子爲之，不必君之同姓。《左傳》晉悼公時，荀家、荀會、欒黶、韓無忌爲公族大夫，使訓卿之子弟，是也。悼公曰：「荀家惇惠，荀會文敏，黶也果敢，無忌鎮静。夫膏粱之性難正也，使惇惠者教之，則徧而不倦；使文敏者道之，則婉而入；使果敢者諗之，則過不隱；使鎮静者修之，則壹。」味悼公此言，則公族之選可識矣。《韓詩外傳》云：「君子易和而難狎也，易懼而不可劫也，畏患而不避義死，好利而不爲所非，交親而不比，言辨而不亂，盪盪乎其義不可大也，嗛乎其廉不可劌也，温乎其仁厚之寬大也，超乎其有以殊于世也。《詩》曰：『美如玉，美如玉，殊異乎公族。』」

《汾沮洳》三章，章六句。《子貢傳》、《申培説》篇名皆作《彼汾》。○《序》以爲刺儉也。其君儉以能勤，刺不得禮也。今按篇中絶不見有所云儉以能勤者，鄭玄即以采莫、采桑、采藚當之。然以國君而躬行采菜，有是事否？或曰，此影語也。人主而親細民之事爲勤儉，則有並耕而治，數米而炊，如沮洳采莫之爲者矣。果爾，則篇中曰彼其之子，又曰殊異乎公路，何以稱焉？崔靈恩《集注》，于此《序》「其君儉以能勤」句，君下有子字，王肅、孫毓皆以爲大夫也。朱子從之，而第不取其采菜之説，但以章首二句爲興體，愚不知其所謂興意安在。爲美爲刺，皆不可解，且以殊異乎公路等語，謂刺其儉嗇褊急之態，殊不似貴人，❶是矣。然上文曰美無度、美如英、美如玉，不應極其贊美若此，如英如玉，政自其氣象見之，彼儉嗇褊急者果能有此氣象否乎？既已如英如玉矣，奈何云不似貴人乎？似亦難爲下轉語矣。諸儒所以相沿，總之爲篇次所誤，見此詩繫于《葛屨》之下，于是附會牽連而爲之説曰：女手縫裳，采桑采莫，正與公儀休拔園葵、去織婦者相反。以貴族而與細民争利，其國之困窮可知。噫！説誠辨矣，祇恐詩人失咲于千載之上也。讀《韓詩外傳》二則無貶辭，愚故竊于此得《詩》義焉。又按晋卿族太盛，其後三卿卒以分晋。詩人倘亦有慨于中，故于公路、公行、公族之官，深致其不滿之意與？

《株林》，刺陳國君臣淫于夏姬也。何以知爲刺陳國君臣也？以乘馬、乘駒之語知之。乘馬者靈公，乘駒者孔寧、儀行父。

胡爲乎株林？侵韻。**從夏南！**叶侵韻，女今翻。**匪適株林，**見上。**從夏南！**見上。○賦也。胡之言何，蓋音近也。株林，王氏以爲株邑也。按邑外曰郊，郊外曰牧，牧外曰野，野外曰林。據《詩》中曰株林，又曰株野，又曰株，王氏之言是也。《郡國志》陳縣注云：「陳有株邑，蓋朱襄之地。」《郡縣志》云：「宋州柘城縣，本陳之株邑。」在寧遠縣南七十里。《寰宇記》云：「陳州南頓縣西南三十里，有夏亭城，城北五里，有株林。」夏南，夏徵舒也。孔穎達云：「《楚語》昔陳宣公子公子夏，爲御叔娶于鄭穆公女，生子南。

❶「殊」，原作「外」，據朱熹《詩集傳》改。

徵舒祖字子夏，故爲夏氏。徵舒字子南，以氏配字，謂之夏南。楚殺徵舒，《左傳》謂之戮夏南，是知夏南即徵舒也。實從夏南之母，言從夏南者。婦人夫死從子，夏南爲其家主，故以夏南言之。」朱子云：「淫乎夏姬，不可言也，故以從其子言之。詩人之忠厚如此。」按禮，寡婦之子，非有見焉，弗與爲友，遠嫌也，況從其子而淫于寡婦乎？國人不欲斥言之，故相與語曰：「我國君大夫，何故偕往株林乎？」或對之曰：「從夏南耳。」聞者又微其辭，而爲之隱曰：「是必無君臣同往從夏南之理，恐非適彼以從夏南也。」嚴粲云：「依違言之，而譏之最切矣。」

駕我乘馬，韻。**説**音税。豐氏本作「税」。**于株野**。馬韻。**乘**平聲。**我乘**去聲。**駒**虞韻。《釋文》作「驕」，舊音駒。沈云：「或作駒字，是後人改之。《皇皇者華》篇内同。」**朝**豐氏本作「鼂」。**食于株！**虞韻。○賦也。具車馬曰駕。《孟子》乘輿已駕是也。陸佃云：「諸侯乘馬駕四。」我，代君自我。下文我，則代大夫自我也。説，《説文》云：「釋也。」猶舍止也。株野，説見上章。乘我之乘，與駕義同。乘駒，四駒，與乘馬同。鄭云：「馬六尺以下曰駒。」毛傳云：「大夫乘駒。」孔云：「《皇皇者華》説大夫出使，經謂我馬維駒，是大夫之制，禮當乘駒也。」陸云：「馬二歲曰駒。大夫乘駒，蓋駒血氣未定，則有蹄齧之虞，故大夫乘之。又从句，字音拘，則以血氣未定，宜拘執之焉耳。」曰朝食于株，則在株越宿可知。此章答上匪適株林二語，曰：「爾謂彼適株南者，❶非從夏南也，然則彼駕乘馬者，方且説于株野，彼乘乘駒者，方且朝食于株，此

❶「南」，《四庫全書》本作「林」。

非從夏南而何？」曰株林，則其地尚泛繇株林而株野，繇株野而食于株，明明在夏南之所居矣。於乘馬者言稅野，於乘駒者言朝食，互相備也。抑又若甚大夫之惡以爲君諱者然。所刺之大夫，則孔寧、儀行父是也。呂祖謙云：「駕言乘馬，則舍于株野矣。乘我乘駒，則又食于株矣。雖欲爲之隱，亦不可得也。」《周語》單襄公曰：「先王之令有之曰：天道賞善而罰淫。故凡我造國，無從非彝，無即慆淫，各守爾典，以承天休。今陳侯不念胤續之常，棄其伉儷妃嬪，而帥其卿佐以淫于夏氏，不亦瀆姓矣乎？」即此詩所詠也。按徵舒父御叔，於靈公爲從祖父，故曰瀆姓。朱善云：「衛之亂，至于《墻有茨》而極，于是有狄入衛之禍。陳之亂，至于《株林》而極，于是有楚入陳之禍。然則狄非能入衛也，宣姜實召之也。楚非能入陳也，夏姬實召之也。此所謂女戎也。比事以觀，可以爲淫亂者之戒矣。」

《株林》二章，章四句。《序》云：「刺靈公也。淫乎夏姬，驅馳而往，朝夕不休息焉。」《申培説》云陳靈公通乎夏姬，國人刺之。《子貢傳》亦同。然則言乘馬，又言乘駒，當作何解？豈靈公忽而乘馬又忽而乘駒乎？

《東門之楊》，刺陳靈公淫于夏姬也。《周語》定王六年，單襄公假道於陳，以聘於楚。火朝覿矣，道茀不可行也。司空不視塗，場功未畢，民將築臺於夏氏。及陳，陳靈公與孔寧、儀行父，南冠以如夏氏，留賓弗見。今按此詩言楊葉牂牂、肺肺，皆赤色也。霜降後則楊葉色赤，正心星晨見之時，而辭又近淫奔之語，是以知爲刺淫于夏姬也。

東門之楊，陽韻。**其葉牂牂。**陽韻。**昏以爲期，明星煌煌。**陽韻。○賦也。楊木有黄、白、青、赤四種，以下文牂牂推之，此楊正謂赤楊耳。其葉牂牂，紀時也。牂，羊名，《説文》以爲牡羊，毛傳以爲牝羊，言牝近之。愚博求其義，則牂乃赤色羊也。按《前漢書・天文志》云：「牂雲如狗赤色。」又太歲在午，曰敦牂。午亦火德，其色赤，則牂之爲赤色也明矣。曰牂牂者，明其葉葉俱赤，如牂羊之色然也。陸佃云：「赤楊霜降則葉赤，材理亦赤。」昏，本作昬，《説文》云：「日冥也。」期，《説文》云：「會也。」謂訂其相見之期會也。明星，解見《雞鳴》篇。煌，《説文》云：「煇也。」煇者，火光也。曰煌煌者，光之盛也。靈公經東門而適株邑，以淫于夏姬，其相訂約，皆以昏爲期，及至啓明之星煌煌然，而猶盤桓不忍去也。此詩當與《月出》、《株林》二篇合看。曰月出皎兮，佼人僚兮，則昏以爲期可知矣。曰乘我乘駒，朝食于株，則何但明星煌煌而已哉？

東門之楊，此章「楊」字不用韻。**其葉肺肺。**叶霽韻，讀如嘒，呼惠翻。**昏以爲期，明星晢晢。**叶霽韻，征例翻。《易》「明辨晳也」之晳，與晢不同，彼从析，此从折。○賦也。肺，五臟之一。《周禮》「以肺石達窮民」，注云：「肺石，赤石也。」疏云：「肺屬南方火，火色赤，肺亦赤。」曰其葉肺肺者，言葉之色似之，亦明其非一葉也。又肺之色比牂爲更赤，然則楊葉之色肺肺然，爲深于霜降之時矣。此以見公之淫于夏氏，不一而足。《株林》之《序》所謂驅馳而往，朝夕不休息者也。晢，《説文》云：「昭晣明也，从日，折聲。」引《禮記》「晣明行事」之晣。徐鍇云：「今《禮記》作質明，假借也。」明星晢晢，蓋天將曉而東方明之時，小星已不見，惟明星尚了了可辨也。

《東門之楊》二章，章四句。《序》云：「刺時也。昏姻失時，男女多違，親迎，女猶有不至者也。」今按經文有昏字，禮，娶婦以昏，而霜降亦昏姻之時，荀卿謂霜降逆女，冰泮殺止，《家語》謂霜降而婦功成，嫁娶者行焉是也。從其説，亦自可通，特以親迎不至，雖曰失禮，然亦猥事，必如此一一盡録之經，恐里巷歌謡，不勝録矣。朱子又改爲男女期會而負約之辭，郝敬非之云：「暮夜郊外，林莽相期，惟恐人知，又自《詩》以傳乎？非情也。」《子貢傳》有朋友二字，而下文闕，不知其意云何。章潢以爲刺失信義也，托言黄昏爲期，而至于明星煌煌哲哲，則失其爲約矣。語意近似而要無稽據。《申培説》闕文。

《東門之池》，刺陳夏姬也。淫于一君二卿焉。按《左傳》，陳靈公與孔寧、儀行父，通于夏姬，❶皆衷其衵服，以戲于朝。洩冶諫曰：「公卿宣淫，民無效焉。」《穀梁傳》亦云：「陳靈公通于夏徵舒之家，公孫寧、儀行父亦通其家，或衣其衣，或衷其襦，以相戲于朝。」即此詩所咏也。篇中曰「彼美淑姬」，故知爲刺夏姬也。

東門之池，可以漚麻。叶歌韻，眉波翻。**彼美淑**陸德明本、豐氏本俱作「叔」。後同。**姬，可與晤歌。**韻。○興也。池，毛傳云：「城池也。」孔安國云：「停水曰池。」孔穎達云：「以池繫門言之，則此池近在門外。諸詩言東門，皆是城門，故以池爲城池。」《郡縣志》云：「東門池，在陳州城東門内道南。」《水經

---

❶「夏」，原作「賈」，據《四庫全書》本改。

注》云：「陳城，故陳國也。東門内有池，池水東西七十步，南北八十許步，水至清潔，而不耗竭，不生魚草。水中有故臺處，《詩》所謂『東門之池』也。」漚，《説文》云：「久漬也。」毛云：「柔也。」孔云：「謂漸漬之使之柔韌也。東門之外有池水，可以漚柔麻草，使可緝績。」愚按詩之興意，以東門之池，乃公共之所，人人可往，無禁止也。漚者，漸漬之辭，猶云可以浸淫而無害也。麻，解見《丘中有麻》篇。《春秋説題辭》云：「麻之爲言微也。陰精寢密，❶女作纖微也。麻生於夏，夏衣物成禮儀，故麻可以爲衣。陽成于三，物以化，故三變縷布也。」宋均曰：「麻枝葉成謂之衣，三變：生成形，一變也；漚取皮，二變也；積成爲縷，三變也。」彼美淑姬，指夏姬，鄭穆公之女，姬姓。云美淑者，反言之也。又陸德明本，淑作叔。按姬爲鄭靈公之妹，以長幼序之，故云叔姬。謂之彼美，正美其色耳。晤，《説文》云：「明也。」字从日。劉熙云：「人聲曰歌，柯也。以聲吟咏，如草木之有柯葉。」徐鍇云：「長引其聲以誦之也。」謂之晤歌者，言相與和歌于白晝之下，非幽隱無人之地也。下倣此。殷大白云：「池也而漚麻。淑姬也而晤歌，其爲用亦鄙矣。」

東門之池，可以漚紵。語韻。陸本、豐本俱作「苧」。**彼美淑姬，可與晤語。**韻。○興也。紵，《説文》云：「榮屬，細者爲絟，粗者爲紵。」陸璣云：「紵亦麻也，科生，數十莖，宿根在地中，至春自生，不歲種也。荆、揚之間一歲三收。今官園種之，歲再割，割便生。剥之以鐵若，竹刮其表，厚皮自脱，但得其裏韌如筋者，煮之用緝，謂之徽紵。今南越紵布，皆用此麻。」語，《説文》云：「論也。」徐鍇云：「論難曰語。語者午

❶「寢」，原作「寢」，據《四庫全書》本改。

也，言交午也。」

東門之池，可以漚菅。 叶先韻，居賢翻。**彼美淑姬，**《列女傳》作孟姜。**可以晤**《列女傳》作寤。**言。** 叶先韻，倪堅翻。〇興也。《爾雅》云：「白華野菅。」陸璣云：「菅似茅而滑澤無毛，其根如渣芹而甜，根下五寸中，有白粉者，柔韌宜爲索，漚及曝尤善也。」邢昺云：「白華亦茅類也。漚之柔韌，異其名，謂之爲菅，因謂在野未漚者爲野菅耳。」濮一之云：「《左傳》雖有絲麻，無棄菅蒯。蒯與菅，皆謂茗也。黄華者，俗名黄芒，即蒯也。白華者，俗名白芒，即菅也。」范祖禹云：「菅可爲屨。」許慎云：「直言曰言，論難曰語。」徐云：「凡直言者，無所指引借譬也。」又《周禮》注云：「發端曰言，答述曰語。」愚按此詩三章，語意相類，非徒取變文叶韻已也，誠見一姬耳，而有與之歌者，又有與之語者，又有與之言者，其穢德彰聞，爲已甚矣。直書其事，而醜自見，猶之一東門之池，而麻漚焉，紵漚焉，菅亦漚焉，尚復有清池哉？姬淫于陳靈公、孔寧、儀行父，適符三人之數。又古人貴麻，與絲並言，故《説文》曰衣錦檾衣，曹風曰麻衣如雪，所謂「雖有絲麻，不棄菅蒯」是也。然則麻以比靈公，而紵與菅則孔、儀二人之況耳。詩之屬辭精切，而渾厚不露如此。

《東門之池》三章，章四句。《子貢傳》、《申培説》俱闕文。朱子以爲男女會遇之辭，蓋因其會遇之地所見之物以起興。然則夫子何以録之于經乎？《序》云：「刺時也。疾其君之淫昏，而思賢女以配君子也。」舊説遂以淑姬爲所思之賢女，欲藉其晤歌語言，爲成德之助。言陳君荒淫無度，不可告語，其君子無可奈何。但因其好色，思得淑女爲其配耦，日夜處而無間，與之對歌，以相切化，庶幾優柔而漸入之。如池之漚麻，漸漬而不自知也。于義迂甚。

《月出》，陳靈公淫于夏姬，姬子徵舒將弑公，國人作此詩以諷。靈公，名平國。《春秋》宣十年，五月癸巳，陳夏徵舒弑其君平國。據《周語》，實定王之八年也。《左傳》云：陳靈公與孔寧、儀行父飲酒於夏氏。公謂行父曰：「徵舒似女。」對曰：「亦似君。」徵舒病之。公出，自其廄射而殺之。《史記》亦云：靈公十五年，與二子飲于夏氏，罷酒出，徵舒伏弩廄門，射殺靈公。此詩篇中三言舒字，指夏徵舒也。殺機已動，而公猶不知止，故國人作此詩以諷告之。諺云：「姦近殺。」可畏哉！三復此詩，爲之毛悚。汪克寬云：「《禮》稱諸侯非問疾吊喪，而入諸臣之家，是謂君臣爲謔。注者謂陳靈公數如夏氏以取弑焉。夫人君之舉動，尚謹於嫌疑之際，而不可輕也，況可紊男女之別，恣鳥獸之行，其不爲朱温之萬段者幾希矣。」張洽云：「古人以禮爲防閑，而人君之尊，有妃偶嬪御之侍，有居處出入之奉，有廉耻羞惡之限，所以養其尊貴者至矣，何至驅馳於株林以爲樂哉？考之《外傳》，單子如楚過陳，歸而告王，以陳侯帥其卿佐，南冠以淫于夏氏，陳侯不有大咎，國必亡。已見之於三年之前矣，能無及乎？觀《春秋》所書弑君，如陳平國、齊光、蔡固，以千乘之主，而自儕於閭巷小人所不爲者。心術之惑，可不戒哉？」

月出皎篠韻。陸德明本、豐氏本俱作「皦」。**兮，佼**《石經》、陸本、豐本俱作「姣」。後同。**人僚**篠韻。陸本作療，豐本作遼。**兮。舒**豐本作「紓」。後同。**窈糾**叶篠韻，舉夭翻。**兮，勞心悄**篠韻。**兮。**

賦也。郝敬云：「月主陰，司昏。俾夜作晝，比女色也。」皎，《說文》云：「月之白也。」佼，《說文》云：「交也，从人从交。」佼人，交乎夏姬之人，指靈公也。僚，《說文》云：「好貌。」當月出之時而見此交夏姬之人僚然姣好，與皎月相映也。舒，夏徵舒也，舉名以告，詩人之辭亦顯矣。窈，《説文》云：「深遠也。」以處心積慮言。糾，《説文》云：「繩三合也。」取以象徵舒意中憤恨絞急之狀。曰勞心者，國人自謂也。國人憂其君之將見弑，故憂思之甚，而至于心勞也。後倣此。悄，徐鍇云：「憂思低小也。」錢氏以爲默憂，是也。此第一章，摹寫公初見夏姬，而其子徵舒邑邑不自得之容如此。

月出皓韻。豐本作「皡」。**兮，佼人懰**叶皓韻，胡老翻。《埤蒼》作「嬼」，云：妖也。陸本、《群經音辨》俱作「劉」，豐本作「藐」。**兮。舒懮受**叶皓韻，時倒翻。**兮，勞心慅**叶皓韻，采蚤翻。**兮。**賦也。皓，本作顥，《説文》云：「白貌。」懰字《説文》不載，當作劉，殺也。憂靈公交乎夏姬，將見殺也。如是，詩人之辭抑又顯矣。懮字《説文》亦不載，當即憂字，愁也。《楚辭》云「傷余心之懮懮」是也。受，《説文》云：「相付也。」徐鍇云：「上下相受也。」蓋不勝其傷心之痛，而私有所授意于人，將以圖公也。慅，《説文》云：「動也。」王安石云：「言不安而騷動也。」

月出照嘯韻。豐本作燎。**兮，佼人燎**叶嘯韻，力照翻。豐本作「窅」。**兮。舒夭紹**叶嘯韻，時照翻。**兮，勞心慘**叶嘯韻，讀如陗，七肖翻。朱子云：「當作懆。」《五經文字》作「懆」，豐氏本作「慓」。**兮。**賦也。照，《增韻》云：「明所燭也。」燎，《説文》云：「放火也。」舒弑計已成，公將遇害，如火之燎于原，不可嚮爾也。夭，《説文》云：「屈也。」徐云：「夭矯其頭頸也。」紹，《説文》云：「緊糾也。」不反顧、無二慮之意。慘，毒也，猶痛也。君父遭難，其可毒痛孰如之？夫既明斥舒名以告君矣，而公終不悟，愚哉！其後宣十一年，冬，楚莊王爲陳夏氏亂故，伐陳。謂陳人無動，將討于少西氏，遂入陳，殺夏徵舒，轘諸栗門。少西者，徵舒祖子夏之名。《楚語》蔡聲子曰：「昔陳公子夏，爲御叔娶于鄭穆公，生子南。子南之母，亂陳而亡之，使子南戮于諸侯。」

《月出》三章，章四句。《子貢傳》闕文，但存朋友二字。《申培説》以爲朋友相期不至而作。即如所言，相期不至亦是常事，而永夜怫鬱若此，近于溺矣。《序》云：「刺好色也。在位不好德，而説美焉。」意亦近之，而於義甚泛。朱子改爲男女相悦相念之辭，不獨理味索然，抑且有害風教，聖人何爲而不删之乎？

《澤陂》，代爲夏姬思陳靈公、儀行父、孔寧而作，蓋以醜之。《序》云：「刺時也。言靈公君臣淫于其國，男女相説，憂思感傷焉。」錢天錫云：「蓋女思男之詞，觀碩大且卷、碩大且儼可見。如涕泗滂沱、輾轉伏枕，宛是婦人的光景。」愚按此必夏姬之作，或國人代爲之言，以志刺。其在靈公被弑，孔寧、儀行父奔楚之後乎？《序》所謂男女相説，男則一君二卿是也，女即夏姬是也。

彼澤之陂，有蒲《讀詩記》、豐氏本俱作「蒲」，《風俗通》作「藪」。**與荷。**歌韻。樊光《爾雅》注作「茄」。**有美一人，傷**《魯詩》作「陽」，云：「予也。」**如之何？**歌韻。**寤寐無爲，涕泗滂沱。**歌韻。○興也。澤，《國語》云：「水之鍾也。」應劭引傳云：「水草交厝，名之爲澤。」澤者，言其潤澤萬物，以阜民用也。」陂，毛傳云：「澤障也。」孔穎達云：「謂澤畔障水之岸。」蒲，《説文》云：「似莞而褊，有脊，滑柔而温。」陸佃云：「水草也。生于水厓，可以爲席。故禮，男執蒲璧，言有安人之道也。」嚴粲云：「按《斯干》下筦，牋云：『小蒲。』則莞精蒲粗矣。」《左傳》云：「澤之莞蒲，舟鮫守之。」《名物解》云：「蒲，香草也，生于春，盛于夏，與荷同其榮枯。」荷，《爾雅》云：「芙蕖，其莖茄，其葉蕸，其本蔤，其華菡萏，其實蓮，其根藕，其中的，的中薏。」陸佃云：「荷總名也。葉華等名具衆義，故以不知爲問，謂之荷也。昔人正名百物，有是哉？」郭璞云：「今江東人呼荷華爲芙蓉，北方人便以藕爲荷，亦以蓮爲荷。蜀人以藕爲茄，或用其母爲葉名，或用根子爲母葉號，此皆名相錯，習俗傳誤，失其正體者也。」羅願引《周書》云：「魚龍成則藪澤竭，藪澤竭則蓮藕掘。」孔云：「以陂内有此二物，故舉言之，非生于陂上也。」郝敬云：「淫義生于水，故以澤比。蒲、荷、蕑、菡萏，皆柔弱浸淫之物，水草相依，比男女相狎。」《荀子》云：「與時屈伸，柔從若蒲葦。」陸佃云：「荷善傾欹，蒲無骨榦而柔從。」愚按三章皆言蒲，蓋蒲所以爲席，故姬取以自況。荷與蕑、菡萏別言之，則公與孔寧、儀行父三人之況也。首言荷，興靈公也。有美一人，正指靈公。傷，痛也。《曲禮》云：「知生者吊，知死者傷。」公既被弑，故云傷如之何也。《説文》云：「寐覺而有言曰寤。」無爲，言他無所事也。涕，《説文》云：「泣也。」毛云：「自目曰涕，自鼻曰泗。」孔云：「經傳言隕涕、出涕皆謂淚出于目，泗既非涕，亦涕之類，明其泗出于鼻也。」又《素問》云：「涕之與泣，譬人兄弟，急則俱死，生則俱生。」據此，則泣爲淚，涕爲鼻液，今俗謂鼻液爲涕是也。愚按《增韻》，涕自兼目涪、鼻液二義。泗本水名，以其源有四，故从水从四。此言涕泗，亦以目鼻四竅俱出涕，故謂之泗。今文中有云涕之泗者，深得其義，非以涕與泗並言也。滂，《説文》云：「沛也。」沱，流貌，易出涕沱若是也。皆哀死之辭。

彼澤之陂，有蒲與蕑。叶先韻，居賢翻。鄭玄改作「蓮」，非。**有美一人，碩大且卷。**叶先韻，逵員翻。陸德明本作「睠」，豐本作「婘」。**寤寐無爲，中心悁悁。**先韻。○興也。蕑，解見《溱洧》篇。按

《穀梁傳》、《列女傳》，孔寧皆作公孫寧，則寧是陳同姓之卿，儀行父乃異姓之卿。此詩首言荷，終言菡萏，菡萏者，荷華也，取以爲同姓之比。蕳與荷非一族，蓋比儀行父也。有美一人，正指行父。碩大，以形體言。卷，曲也，舒卷之卷。言其形體碩大，而舉動且又能委曲也。悁，《説文》云：「憤也。」悁悁者，悁而又悁。毛云：「猶悒悒也。」公如夏氏，戲謂行父曰：「徵舒似汝。」行父對曰：「亦似君。」徵舒聞其言而病之，公遂不免，而二子皆奔。生離死別，皆胎禍于行父之一言，故雖思之而又恨之。

彼澤之陂，有蒲菡《説文》、豐本俱作「菡」，陸本作「莟」，又作「䤣」。**萏。**叶琰韻，待撿翻。《説文》作「藺」，陸本作「蔋」。**有美一人，碩大且儼。**琰韻。《説文》、《韓詩》、《太平御覽》俱作「嬸」。薛君云：「重順也。」楊慎云：「言美人豐豔，體外有餘。」或訓爲含怒，非。《詩》注：「一作曮。」**寤寐無爲，輾**陸本、《文選》注、豐本俱作「展」。**轉伏枕。**叶琰韻，知撿翻。○興也。菡萏，荷華之未舒者。徐鍇云：「菡猶含也，未吐之意。」陸佃云：「菡萏實若函，隨昏昕闔闢焉。」陸璣云：「未發爲菡萏，已發爲芙蕖，通曰芙蓉。」荷之莖葉華實等名甚多，菡萏特荷中之一物耳。公孫寧，亦公族中之一人，故以爲比，又或以其年少云然。有美一人，正指寧也。儼，毛云：「矜莊貌。」言其形體碩大，而且能爲矜莊之容以副之也。舊説以此爲稱婦人之美，儼然可敬愛，如《車舝》之碩女云者，然謂之曰儼，則非淫佚之婦所稱明矣。輾，車轢物也。轉，運也。皆形容卧而不周之意，解見《關雎》篇。伏，偃也。偃卧而以首據枕，謂之伏枕。朱子云：「輾轉伏枕，卧而不寐，思之深且久也。」以其出奔在楚，無相見期，故思之。《春秋》宣十一年，楚子入陳，納公孫寧、儀行父于陳。胡安國云：「此二臣者，從君于昏，宣淫于朝，誅殺諫臣，使其君見弑，蓋致亂之臣也。肆諸市朝，與衆同奔，然後快于人心。今乃詭辭奔楚，託于討賊復讐，以自脱其罪，而楚莊不能察其反覆，又使陳人用之，是猶人有飲毒而死者，幸而復生，又强以毒飲之可乎？故聖人外此二人于陳，而特書曰納。納者，不受而强納之者也，爲楚莊者宜奈何？瀦徵舒之宫，封洩冶之墓，尸孔寧、儀行父于朝，謀于陳衆，定其君而去，其庶幾乎？」《列女傳》云：「夏姬狀美好無匹，内挾伎術，蓋老而復壯者，三爲王后，七爲夫人，公侯争之，莫不迷惑失意。」《左傳》楚莊王討夏氏，遂殺徵舒而滅陳，欲納夏姬，以申公巫臣諫而止。子反欲取之，巫臣曰：「是不祥人也。是夭子蠻，殺御叔，弑靈侯，戮夏南，出孔、儀，喪鄭國，何不祥若是？人生寔難，其有不獲死乎？天下多美婦人，何必是？」子反乃止。王以予連尹襄老，襄老死于邲。其子黑要烝焉，巫臣遂自娶之，而奔晋。叔向之母論夏姬曰：「子靈之妻，殺三夫，一君，一子，而亡一國兩卿矣，可無懲乎？吾聞之，甚美必有甚惡。是鄭穆少妃姚子之子，子貉之妹也。子貉早死無後，而天鍾美于是，將必以是大有敗也。」子靈，巫臣字，子蠻、子貉，皆鄭靈公字。姚寬云：「徵舒行惡逆，姬當四十餘歲，乃魯宣公十一年，歷宣公、成公，申公巫臣竊以逃晋，又相去十餘年矣。後又生女嫁叔向，計其年六十餘矣，而能有孕。或云，夏姬凡九爲寡婦，當之者輒死。《左氏》所載，當之者已八人矣。宇文士及《妝臺記序》云：『春秋之初，有晋、楚之諺曰：夏姬得道，雞皮三少。』」

《澤陂》三章，章六句。 舊説皆以爲男女相悦而相念之詩。朱子亦然，坐繇未深玩詩詞而得其指耳。《子貢傳》、《申培説》皆以爲洩冶諫而死，君子傷之，則每章首二句當作何取義？不足信也。

《旄丘》，責衛不恤鄰也。狄迫逐黎侯，黎侯求救于衛，衛不能救。黎之臣子怨之，而作是詩也。《左》宣十五年，潞子嬰兒之夫人，晉景公之姊也，酆舒爲政而殺之，又傷潞子之目。晉侯欲伐之，諸大夫皆曰：「不可。酆舒有三雋才，不如待後之人。」伯宗曰：「必伐之。狄有五罪，雋才雖多，何補焉？不德，一也；嗜酒，二也；棄仲章而奪黎氏地，三也；虐我伯姬，四也；傷其君目，五也。怙其雋才，而不以茂德，滋益罪也。夫恃才與衆，亡之道也。商紂繇之，故滅。天反時爲災，地反物爲妖，民反德爲亂，亂則妖災生。故文，反正爲乏，盡在狄矣。」晉侯從之。六月癸卯，晉荀林父敗赤狄于曲梁。辛亥，滅潞，酆舒奔衛。衛人歸諸晉，晉人殺之。七月壬午，晉侯治兵于稷，以畧狄土，立黎侯而還。今按晉滅潞而酆舒遂奔衛，則衛與狄之素相好可知，宜乎其不肯救黎也。其歸酆舒于晉，直是畏晉威之故耳，黎雖已滅于狄，猶幸復封于晉，故知王靈不綱，則霸主自不可少。

旄陸德明云：《字林》作堥。**丘之葛**曷韻。**兮，何誕之節**叶曷韻，才達翻。**兮。叔兮伯**叶質韻，必益翻。**兮，何多日**質韻。**也？**興也。《爾雅》云：「前高，旄丘。」李巡云：「謂前高後卑下也。」又王雪山云：「丘之多草木者也。星名旄頭，言光芒多。冠名旄頭，言羽毛多。」亦通。《寰宇記》云：「在澶州臨河縣東。」誕，毛傳云：「濶也。」按《説文》：「誕，詞誕也。」徐鍇云：「妄爲大言也。」故誕轉訓大，又因訓大轉爲濶也。節，本竹約之名，葛亦有節。鄭玄云：「土氣緩，則葛生濶節。」黎臣子之初至衛，見旄丘之上，葛長大而節踈濶，因追述之以起興曰：旄丘之葛，何其節之濶也！以興諸侯以國相連屬，憂患相及，亦當如葛之濶節蔓延相連及也。陸佃云：「瓜葛皆延蔓相及，故屬之綿遠者，取譬瓜葛。」一説。郝云：「前高後下曰旄丘，丘之不斷截者，葛亦不斷之物。毛遂曰：『從之利害，兩言而決，日出而言，日中不決。』即此意也。」亦通。季父曰叔，父之兄曰伯，凡兄亦曰伯，皆尊稱衛臣之辭。先叔後伯者，取其叶韻。范景文云：「衛，兄弟之國也，其臣亦兄弟也，而呼以叔伯，式微之臣，固應如是耳。」何多日者，言何其多日而不見救也。觀後章有狐裘蒙戎之語，則自暑歷寒，其久可知。鍾惺云：「多日二字，立言最妙，不作絶望之語，深于責人者也。」朱子云：「此詩本責衛君，而但斥其臣，可見其優柔而不迫也。」

何其處叶語韻，敞吕翻。**也？必有與**語韻。**也！何其久**叶紙韻，苟起翻。**也？必有以**紙韻。**也！**《吕氏春秋》此二句「在何其處也」二句之上。○賦也。處，止也。與，猶偕也。《春秋》帥師例，能左右之曰以，因上章何多日也而言。我黎君求救于衛，何其止于彼而不來，其必有與吾君相偕而俱來者耶？何其爲時之久而未來，其必有能扶持左右之而後來耶？蓋凝望之切如此。

狐裘豐氏本作「求」。**蒙戎，**東韻。豐本作「茸」。**匪車不東。**韻。**叔兮伯兮，靡所與同。**東韻。○賦也。狐裘，黎君所衣之裘也。蒙戎，通尨茸。《説文》云：「尨，犬之多毛者。茸，艸生茸茸貌。」《左傳》士蔿賦詩云：「狐裘尨茸。」杜預云：「亂貌。」吕祖謙云：「狐裘之貌。」是也。匪，通作非。車，謂黎君所乘之車。東，指衛也。鄭玄云：「黎國在衛西。」此章因衛不來故，而爲悵恨之辭。言我君自夏適衛，至今已服狐裘之服矣，非不親乘車而往東也。其如衛之叔兮伯兮，漠不關念，竟無有與我君同來者，我亦奈之何哉？

瑣陸德明本作「瓅」。**兮尾兮，流**《爾雅》注作「留」，陸本作「鶹」。**離之子。**紙韻。**叔兮伯兮，褎**

《釋文》一作「裒」。**如充耳。**紙韻。○比而賦也。瑣，通作貞，《説文》以爲貝聲也，字从小，因借爲細小之義。尾，《説文》云：「微也。」流離，《爾雅》作鶹鷅。陸璣云：「梟也。自關西謂梟爲流離，其子適長大，還食其母。故張奂云鶹鷅食母。許慎云：『梟，不孝鳥。』是也。」蘇轍云：「衛人以狄之微而不忌，譬如流離之養其子，不知其將爲己患也。」褎，《説文》云：「衣袂也。」嚴粲云：「凡盛服，則有瑱名爲充耳，非真塞其耳也。」褎如充耳，蓋象其褎衣博帶之容，袖如充耳之下垂，不一引手拯救也。正與奮臂攘袂相反。李氏云：「衛不救黎，非唯失睦，乃四鄰之道，抑亦唇亡齒寒矣。」陳際泰云：「戎伐凡伯于楚丘以歸，責衛不救王臣也。《式微》、《旄丘》之葛，責衛不救寄公也。」

《旄丘》四章，章四句。《子貢傳》以爲黎侯出奔衛，穆公不禮焉，黎人怨之。然衛寔以不救黎致怨，非不禮也。《申培説》以爲狄逐黎侯，黎侯寓于衛，衛穆公不克納，黎大夫怨之，而作是詩。然黎侯特往衛請救，尚未失國，非不克納也。《序》則云：「責衛伯也。」狄人迫逐黎侯，黎侯寓于衛，衛不能修方伯連率之職。黎之臣子以責于衛也。」按《史記》衛自康叔而後，至貞伯七世皆稱伯，至頃侯始稱侯。或謂衛先世皆任方伯之職，其説似與《序》合，至頃侯乃失其職，始夷而爲侯。然孔穎達謂康叔之後，爲時王所黜，故但稱伯不稱侯。及頃侯，始賂夷王而復之，則又與前説相左。要之赤狄奪黎氏地，其事載在《左傳》甚明，吾但從其有據者耳。

《式微》，黎侯寓于衛，其臣勸以歸也。出《序》。○《子貢傳》云：「黎大夫勸其君以歸國，賦《式微》。」孔穎達云：「上黨壺關縣有黎亭。」❶羅泌《路史》謂黎，子姓，侯爵，文王所戡者，與紂都接。今潞城東十八里，有故黎侯城。而《吕氏春秋》則謂武王封帝堯後於黎城。晉灼曰：「黎山在其南，河水逕其東。」按此詩及《旄丘》皆黎臣所作，旄丘則作于居守者，此詩則作于從行者。黎侯，名陽，見《水經注》。

式微式微，韻。**胡不歸？**微韻。**微君之故，**遇韻。**胡爲乎中露！**遇韻。《列女傳》作路。○賦也。《爾雅》云：「式微式微者，微乎微者也。」式，鄭玄云：「發聲也。」孔云：「以君被逐，既微又見卑賤，是至微也。」下文微君之微，訓如式微之微，皆謂細也。李氏云：「以微視之，若無有也。」故，猶事也。中露，露中，猶中林、中谷，倒其辭也。言有霑濡之辱，而不見芘覆，如人之失國者，言越在草莽也。嚴云：「君何不歸乎？彼以微視吾君之事，如無有矣。失國，大故也，衛人以微視之，不以吾君之事爲事也，無望其救患矣，君何爲處此露中乎？」舊説于微君之微，云猶非也，則不應一篇之中，而上下文用字頓異。且主憂臣辱，主辱臣死，而謂我若非君之故，何爲處此，亦豈臣子所宜言哉？《左》襄二十九年，公自楚還，聞季武子取卞，欲無入，榮成伯賦《式微》，乃歸。

式微式微，韻。**胡不歸？**微韻。**微君之躬，**東韻。**胡爲乎泥中！**東韻。○賦也。躬，身也。胡安國云：「以事求人，而人不有其事，是謂微君之故。以身下人，而人不有其事，是謂微君之躬。」泥中，言有陷溺之難而不見拯救，如人之卑賤者，言辱在泥塗也。嚴云：「衛人不惟輕視吾君之事，且輕視吾君之身

❶「壺」，原作「壷」，據《四庫全書》本改。

矣，何爲處此泥中乎？」又毛傳以中露、泥中，皆衛邑名。鄭玄謂黎侯爲狄人所逐，棄其國而寄于衛，衛處之以二邑。《水經注》云：「黎陽在魏郡，世謂黎侯城。昔黎侯陽寓于衛，《詩》所謂胡爲乎泥中，疑此城也。土地汙下，城居小阜，魏濮陽郡治也。」黄震辨之云：「以中露、泥中爲二邑，恐無一身處二邑之理。」鄭曉云：「上言中露，下言泥中，猶云側身天地耳。」

《式微》二章，章四句。《申培説》謂黎侯失國寓于衛，其臣勸之歸。今按黎侯若既失國，當何國可歸？曰胡不歸，則是作詩之時，國猶未失也。其後因衛不往救，黎始失國，卒賴晋景公復立之耳。又劉向《列女傳》云：「黎莊夫人者，衛侯之女，黎莊公之夫人也。既往而不同欲，所務者異，未嘗得見，甚不得意。其傳母閔夫人賢，公反不納，憐其失意，又恐其已見遺而不以時去，謂夫人曰：『夫婦之道，有義則合，無義則去。今不得意，胡不去乎？』乃作詩曰：『式微式微，胡不歸？』夫人曰：『婦人之道，一而已矣。彼雖不吾以，吾何可以離于婦道乎？』乃作詩曰：『微君之故，胡爲乎中路？』終執貞一，不違婦道，以俟君命。」然則此詩乃二人所作，其問答宛肖，宜若可從者。唯合《旄丘》詩觀之，乃始見其爲一時主憂臣辱之言，《小序》所傳，必非無本。且因此而見録于《詩》，亦以其有關係于國家存亡之故耳。至若《列女傳》言黎莊夫人，乃衛侯之女，則衛不徒與國，寔爲婚姻。黎之望援者以此，而亦可見此詩之出于黎矣。

詩經世本古義卷之二十七(翼)

周景王之世詩二篇

何氏小引

《子衿》,鄭子産不毁鄉較也。❶

《丰》,美貞女也。鄭徐吾犯之妹,許配公孫楚矣,公孫黑又欲娶之。女不可,竟適楚。此詩疑即其事。

《子衿》,鄭子産不毁鄉較也。《序》云:「刺學較廢也。亂世則學較不修焉。」意亦近之,而特未明此詩立言之旨。按《左》襄三十有一年,鄭人遊于鄉較,以論執政,然明謂子産曰:「毁鄉較如何?」子産曰:

---

❶ 「鄉較」,《四庫全書》本作「鄉校」。本篇「鄉較」,《四庫全書》本皆作「鄉校」。

「何爲？夫人朝夕退而游焉，以議執政之善否。其所善者，吾則行之；其所惡者，吾則改之。是吾師也，若之何毀之？我聞忠善以損怨，不聞作威以防怨。豈不遽止？然猶防川，大决所犯，傷人必多，吾不克救也。不如小决使道，不如吾聞而藥之也。」然明曰：「蔑也今而後知吾子之信可事也，小人寔不才，若果行此，其鄭國寔賴之，豈惟二三臣？」仲尼聞是語也，曰：「以是觀之，人謂子産不仁，吾不信也。」王應麟云：「《春秋》二百四十二年之間，諸侯築宗廟、宫室、臺榭、門廄莫不書，而以學較見于六經者，魯之頖宫、鄭之鄉較而已。」愚按鄭時，有毀鄉較之議，故至鄉較者頗少。子産意在使夫人游焉，論學之餘，因之議論國政，而知其所行之得失，所以通篇皆屬望生徒來遊之語。

青青子衿，侵韻。《子貢傳》、《申培説》、豐氏本俱作「裣」。**悠悠我心**。侵韻。**縱我不往，子寧不嗣**《韓詩》作「詒」。**音**？侵韻。○賦也。青者，生徒所服衣衿之色。重言青青者，不一青也，以生徒之衆而言。子，指生徒也。衿與襟同，古作裣，《爾雅》云：「衣眥謂之襟。」孫炎云：「交領也。」《説文》云：「交衽也。」古者斜領，下連于衽，名衿。衿是領之别名，故傳云：「青衿，青領也。」顔之推《家訓》云：「孫炎、郭璞注《爾雅》，曹大家注《列女傳》，並云：『衿，交領也。』鄴下詩本，既無也字，群儒因謬説云：青衿，青領，是衣兩處之名。皆以青爲飾，用釋青青二字，其失大矣。」毛傳以青衿爲學子之所服，其説必有所本，蓋古制若爾。悠，《説文》云：「憂也。」縱之爲言緩也，推開而緩言之，故以爲假設之辭。我，子産自謂也。往，往之鄉較也。寧，猶豈也。嗣，繼也。音，德音之音，謂言論也。言汝生徒輩，服儒者之服，不一其人，而蹤跡無常，不知曾一至鄉較否？有深足繫我之憂思者，雖我身親國政，不能時時至彼，以相省視。而爾輩藏修息游于斯，獨無議論緒餘，繼續而入吾之耳者乎？ 予甚望之也。《學記》稱古之王者，建國君民，教學爲先，是故家有塾，黨有庠，術有序，國有學。 比年入學，中年考較，一年視離經辨志，三年視敬業樂群，五年視博習親師，七年視論學取友，謂之小成，九年知類通達，强立而不返，謂之大成。 蓋不獨學者爲學之勤，而爲人上者視學之勤，至于如此。 嘗怪子產爲政，都鄙有章，上下有服，興忠信，斃汰侈，國人誦之曰：「我有子弟，子產誨之。」其論用人，謂宜學而後爲政，不以政學，則似亦明乎教學之理者。 然孔子但稱之爲衆人之母，以爲能食之，不能教也。 及觀此詩曰「縱我不往，子寧不嗣音」，其所爲不毁鄉校者，不過意在風聽臚言，以知所行政事之善否而已，而于身親臨視、勞來匡直之化無聞焉。 此孔子之所以深許其仁，而終不許其能教也。 又《中説》載房玄齡謂薛收曰：「道之不行也必矣，夫子何營營乎？」薛收曰：「子非夫子之徒歟？ 天子失道，則諸侯修之；諸侯失道，則大夫修之；大夫失道，則士脩之；士失道，則庶人修之。 修之之道，從師無常，誨而不倦，窮而不濫，死而後已，得時則行，失時則蟠，先王之道所以續而不墜也。 古者謂之繼時，縱我不往，子寧不嗣音，如之何以不行而廢也？」此解義自可通，但非《詩》意。

青青子佩，叶支韻，蒲眉翻。 亦叶灰韻，蒲枚翻。 **悠悠我思**。 支韻，亦叶灰韻，新才翻。 **縱我不往，子寧不來？** 灰韻，亦叶支韻，陵之翻。 ○賦也。 佩，《説文》云：「大帶飾也。 从人从凡从巾。 佩必有巾，巾謂之飾。」毛傳以爲士佩瓀珉而青組綬。 案《玉藻》，士佩瓀玟而緼組綬。 緼，乃赤黄之間色，孔謂毛讀《禮記》作青字。 夫緼如何讀爲青？ 此附會不足信也。 佩用青色，亦古者學子之佩宜爾，今無考。 來，來之鄉較也。 即未望其嗣音，獨不可來而一涉足乎？ 詞愈淺而意愈摯矣。

挑《説文》、《石經》、豐氏本俱作「𢓜」。**兮達兮，在城闕**月韻。兮。**一日不見，如三月**韻。兮。

賦也。挑，通作誂，《説文》云：「相呼誘也。」徐鍇云：「按項籍欲與漢高祖誂戰。」今文作挑。達，《博雅》云：「逃也。」又《説文》云：「行不相遇也。」蓋言其互相呼誘而逃，不能使人遇之也。闕，《説文》云：「門觀也。」徐云：「中央闕而爲道，故謂之闕。」城闕，城樓也。在城闕者，鄭玄云：「以候望爲樂。」按《記》曰：「燕辟廢其學。」即此是也。一日不見生徒之在鄉較，則思念之深，有如三月不見之久。子産之屬意于聽言，可謂切矣。且抑子産誠欲聽言，即何人不可下問，而獨切切于鄉較是求者，豈非謂其未登仕籍，率意而談，罔識忌諱。且士被服禮義，誦述先王，其是非或不大謬乎？雖于教化未臻，而政治自是稱美。孔子贊爲古之遺愛有以也。

《子衿》三章，章四句。《子貢傳》云：「東遷學廢，君子傷之，賦《子衿》。」《申培説》云：「王室下衰，學政廢弛，弟子多倍其師，君子傷之，而作是詩。」所謂弟子多倍其師者，味《詩》意蓋近之，然屬之王風，則無所考證。當是以一日、三月，同于王風《采葛》篇語，輒移置之耳。其淺陋如此。至朱子謂此詩猥薄，不可施之學較，乃以淫奔之辭目之。然其作《白鹿洞賦》中有云「廣青衿之疑問」，則仍用《序》説，何也？

《丰》，美貞女也。鄭徐吾犯之妹，許聘公孫楚矣，❶公孫黑又欲娶之。女不可，竟適楚。

❶ 「聘」，上文小引作「配」。

此詩疑即其事。《左》昭元年，鄭徐吾犯之妹美，公孫楚聘之矣，公孫黑又使彊委禽焉，犯懼，告子產。子產曰：「是國無政，非子之患也。惟所欲與。」犯請於二子，請使女擇焉，皆許之。子皙盛飾入，布幣而出。子南戎服入，左右射，超乘而出。女自房觀之，曰：「子皙信美矣，抑子南，夫也。夫夫婦婦，所謂順也。」適子南氏。子皙，黑字。子南，楚字。按皙欲强娶徐妹，誠爲非禮，妹能以義自持，不畏彊禦，此女之貞者也。聖人以其有裨風化，故録之。

子之丰叶送韻，芳用翻。陸德明云：《説文》作「妦」。**兮，俟我乎巷**叶送韻，胡貢翻。豐氏本作「𨛜」。**兮，悔予不送**韻。**兮。**賦也。子，指公孫楚也，字子南。丰，通作豐。鄭玄云：「面貌丰丰然豐滿也。」俟，通作竢，待也。巷，里中道也。悔，恨也。俱見《説文》。我、予，皆女子自謂也。送，謂隨去也。徐吾犯既請命于子南、子皙，聽女自擇所與，故子南來女家，而女所居在巷，必先繇巷而後適堂。子南始之至巷，以待此女，女驟見之，已有委身從一之意，特以禮在別嫌，故不敢送也。不當送而不送，姑托爲追悔之辭以自解，非真恨其不送也。何者，此女明于禮者也。

子之昌陽韻。**兮，俟我乎堂**陽韻。**兮，悔予不將**叶陽韻，資良翻。**兮。**賦也。昌，《説文》云：「美言也。」上曰丰，贊其容貌之美。此曰昌，贊其言辭之美。俟我乎堂，則《左傳》所謂戎服而入之時也。將者，携持之謂。悔予不將，猶云恨不與之相見也。未成爲婦，自無相見之禮。《左傳》亦曰：「女自房觀之。」

衣錦褧衣，裳錦褧裳。陽韻。**叔**豐氏本作「尗」。後同。**兮伯兮，駕予與行。**叶陽韻，寒剛翻。○賦也。《士昏禮》云：「女次純衣纁袡。」次，首飾也。純衣，絲衣也。袡，緣也。是則嫁時宜服純衣，而此云衣錦者，據鄭玄解衛詩云：「國君夫人，翟衣而嫁，今衣錦者，在塗之所服。」以此推之，則純衣纁袡，乃新婦之禮衣，而衣錦褧衣，則嫁時在途之衣也。又親迎之禮，壻御婦車授綏，姆爲加景衣乃驅。景衣即褧衣也，解見《碩人》篇，亦謂之明衣。所以必用褧衣者，不獨惡其文之著，《禮注》謂爲行道禦塵，令衣鮮明是也。孔云：「婦人之服不殊裳，而經衣裳異文者，以其衣裳別名，詩須韻句，故別言之耳。其實婦人之服衣裳連，俱用錦，皆有褧。」叔，少也，幼者稱也。伯，長也。此從嫁者之人，各就其長幼而呼之，非必謂父與己之昆弟也。禮，舅饗送者，以一獻之禮，酬以束錦。姑饗婦人送者，酬以束錦。若女自他邦來嫁，婦人送者不踰境，丈夫送者贈之如前禮。此叔伯即所謂送者也。駕，命駕也。女以初盟既定，義不二適，故覯見子南之後，異日即盛治服飾，呼叔伯之送者而告之曰：「汝速爲我命駕，吾將與女偕行，以適子南之家矣。」時子南以子晳爲梗，故不敢行親迎之禮，以致女身自往就之。雖曰非禮，亦變之正也。

裳錦褧裳，衣錦褧衣。微韻。**叔兮伯兮，駕予與歸。**微韻。○賦也。先裳後衣，變文叶韻。婦人謂嫁曰歸。行猶在道，歸則至夫家矣。按女之言曰：「子南夫也，夫夫婦婦，所謂順也。」説者皆謂女美子南戎服超乘，足爲丈夫，非也。女意正以己既先受子南之聘，則子南有夫道矣，故決意歸之。其明理如此。

《丰》四章，二章章三句，二章章四句。《序》云：「刺亂也。婚姻之道缺，陽唱而陰不和，男行而女不隨。」孔穎達云：「鄭國衰亂，婚姻禮廢，有男親迎而女不從，後乃追悔。此陳其辭也。」按《坊記》，子云：「昏禮，壻親迎，見于舅姑，舅姑承子以授壻，恐事之違也。以此坊民，婦猶有不至者。」事亦與此相類。但如此，則不過閭巷敝俗，雖復追悔，亦自不異人意，何必遂録之經乎？若《子貢傳》、《申培説》則皆以爲公子小白適莒，齊人慕之，而作是詩。此但見齊詩中亦有「子之昌兮」及「俟我于堂」等語，遂因而附會之耳，然「衣錦褧衣」二句，當作何解？豈小白亦婦人耶？朱子改爲婦人與男子失期，既乃悔之而作，則是奔也。豈有奔其人，而乃具禮服以待車馬者乎？且堂上非所私之地，既稱伯又稱叔，何所私之衆哉？

詩經世本古義卷之二十八（軫）

周敬王之世詩一篇

何氏小引

《下泉》，曹人美晉荀躒納周敬王也。

《下泉》，曹人美晉荀躒納周敬王也。焦贛《易林·蠱之歸妹》其繇云：「《下泉》苞稂，十年无王。荀伯遇時，憂念周京。」今考《詩》與《春秋》事相符合，焦氏所傳確矣，當從之。按《左傳》、《國語》及杜預、韋昭注，昭二十二年，周景王崩。先是太子壽卒，王立子猛，後復欲立子朝而未定。至是單穆公旗、劉文公狄奉子猛立之。子朝因舊官百工之喪職秩者，與靈王、景王之子孫以作亂，單子、劉子奉子猛出奔。冬十月，晉籍談、荀躒帥九州之戎及焦、瑕、温、原之師，將以納王于王城。已而子猛卒，周人謚曰悼王者是也。猛母弟王子匄立，是爲敬王。晉師、王師伐京，圍郊，子朝敗，王使人告閒。晉師還，未幾，子朝入于尹。單子、劉子伐尹，敗。召伯奂、南宫極以成周人戍尹。王如劉，王子朝入于王城。尹辛敗劉師，尹文公圉遂立王子朝，時昭二十三年六月也。于是子朝稱西王，天王居于狄泉，稱東王。狄泉者，成周之城，周墓所在。杜預云：「今雒陽城内大倉西南池水也。」時召簡公盈、南宫嚚及甘桓公，俱從子朝，晋侯使人涖問周故，問于介衆，皆以子朝爲曲，乃辭子朝，不納其使。二十五年，夏，晋人爲黄父之會，謀王室也，令諸侯之大夫輸王粟，具戍人，曹人與焉。其君則悼公午也，期以明年納王。越明年，劉師與子朝之師戰，又敗，王出奔，次于滑。七月，晋荀躒、趙鞅帥師納王，使女寬守闕塞。十一月，晋師克鞏，尹氏、召伯、毛伯以王子朝奔楚，天王入于成周，晋師使成公般戍周而還。二十七年，秋，復會于扈，令戍周也，曹人亦與焉。時子朝餘黨儋扁之徒，多在王城，王畏之。昭三十二年，劉文公與萇弘欲城成周，距子朝作亂之時十年矣。按王城在瀍水西，周公所營，以朝會諸侯之地，謂之東都，今河南是也。成周在瀍水東，周公所營，以處頑民之地，謂之下都，今雒陽是也。天子使告于晋曰：「天降禍于周，俾我兄弟，並有亂心，以爲伯父憂。我一二親昵甥舅，不遑啓處，❶于今十年，勤戍五年，余一人無日忘之。昔成王合諸侯城成周，崇文德焉；今我欲徼福假靈于成王，修成周之城，俾戍人無勤，諸侯用寧，蝥賊遠屏，晋之力也，其委諸伯父。」冬十一月，晋魏舒、韓不信如京師，合諸侯之大夫于狄泉尋盟，且城成周，曹人又與焉，其君則隱公通也，至次年春，竣事。《穀梁傳》云：「天子微，諸侯不享覲。天子之在者，惟祭與號，故諸侯之大夫，相率以城之，此變之正也。」趙汸云：「周室東遷而後，下陵上替已久。鄭莊公言天既厭周德，晋女叔寬以萇弘謀王室爲違天，邪説誣民非一日矣。然天子一命城成

❶「遑」，原作「皇」，據《四庫全書》本改。

周，而諸侯大夫奔走恐後，則人心猶不忘周也。夫人心在周，則天命未絕于周矣，此聖人爲東周之微意。」愚按自是而後，列國不復知有王矣，故夫子之刪詩終于此。

洌彼下泉，浸陸德明本、豐氏本俱作「寖」。後同。**彼苞稂。**陽韻。**愾我寤嘆，念彼周京。**叶陽韻，居良翻。○比而賦也。洌洌字易混，从水者，《説文》云：「水青也。」《易》：『井洌，寒泉食。』」是也。从冫者，《説文》云：「寒也。」《詩》有洌氿泉是也。此洌字从水，當同《易》解。下泉，毛傳云：「泉下流也。」孔穎達云：「《爾雅》沃泉縣出，李巡謂水泉從上溜下出，此謂泉下流，是《爾雅》之沃泉也。」愚按下泉，即指狄泉也。浸，漬也，淫也。苞，《爾雅》云：「稹也。」孫炎云：「物叢生曰苞，齊人名曰稹。」郭璞云：「今人呼叢緻者爲稹。」稂，《爾雅》云：「童粱也。」《説文》作蓈，云：「禾粟之采，生而不成者，謂之董蓈。」陸璣亦云：「禾秀爲穗而不成，崱嶷然，謂之童粱。今人謂之宿田翁，或謂守田也。」又郭璞以爲莠類。羅願云：「稂，惡草也，與禾相襍，故詩人惡之。古者以飼馬。魯仲孫它，馬餼不過稂莠，謂此也。按《詩》稱稼之茂美，繼之以不稂不莠，莠既別是一物，則稂亦當是一物，故郭璞云莠類，蓋未能的知其物，故稱其類耳。而許叔重、陸璣以爲禾之不成者，則是亦禾而已，何至與莠並稱乎？按《本草》，有狼尾草，子作黍食之，令人不饑，似茅，作穗生澤地。然則此物似是稂耳。稂既有實如黍，故能亂苗。又莠，今謂之狗尾草。稂名狼尾，則亦相類。」毛傳云：「稂非溉草，得水而病。」愚按苞稂以比王子朝，及其黨靈景之族，以其皆周同姓，亦如稂之于苗也。王所居有下泉焉，能浸苞稂，使之病死。胡子朝之黨盛行，而莫之能制乎？詩人之所以愾嘆而念周京也。愾，《博雅》云：「滿也。」敵王所愾之愾，其字从心配氣，怒蓄于心而氣滿也。《説文》以爲大息也。嘆，本作歎，《説文》云：「吟也。」徐鍇云：「此悲歎也。」云寤歎者，悲憤在中，惟寐則稍忘耳，一寤則愾然發嘆矣。一説，黄光昇云：「人晝間應接多，則不暇思。至于夜而寤，百慮叢集，凡憤懣無聊，皆於此時思之。」亦通。周京，謂周室之京師，指洛邑也。子朝，周之同姓。王于朝而言，故先言周而後言京。

洌彼下泉，浸彼苞蕭。叶尤韻，踈鳩翻。**愾我寤嘆，念彼京周。**尤韻。○比而賦也。蕭，解見《采葛》篇。苞蕭，以比王城之百工，黨于子朝，同惡相濟者，所謂蕭墻之内之人也。羅云：「周人尚臭，以鬱合鬯，灌以圭璋，而使臭陰達于淵泉。既奠，然後焫蕭合黍稷羶薌爇之，而使臭陽達于墻屋，墻内乃爇蕭之地。故孔子曰：『吾恐季孫之憂，不在顓臾，而在蕭墻之内也。』」京周，謂京師之周室。主百工言之，故先言京而後言周。

洌彼下泉，浸彼苞蓍。支韻。**愾我寤嘆，念彼京師。**支韻。○賦而比也。蓍，蒿屬。陸璣云：「似籟蕭，青色，科生。」《説文》及《博物志》，皆謂生千歲三百莖，而《五行傳》以爲百年一本生百莖，《史記》以爲千歲一本生百莖，《論衡》以爲七十年生一莖，七百年生十莖，未之詳也。《龜策傳》云：「上有壽蓍，下有神龜。蓍生滿百莖者，其下必有神龜守之，其上常有青雲覆之。」又云：「蓍百莖共一根，其所生，獸無虎狼，草無毒螫。」《白虎通》云：「蓍之言耆也，陽之老也。」羅云：「蓍之爲字从耆。耆者，六十歲也。王充《論衡》云：『孔子曰：「蓍之爲言耆也。」老人歷年多而更事久，似能前知。然何獨六十？』《龜策傳》曰：『天下和平，王道得而蓍莖長丈，其叢生滿百莖。方今世取蓍者，不能中古法度，不能得滿百莖長丈者，取八十莖已上，長八尺，即難得也。人民好用卦者，取滿六十莖以上，長滿六尺者，即可用矣。』然則自其可用者言之，廣爲六十莖，從爲六十寸，故應耆耳。」陸佃云：「蓍，艸之壽者也。卦之別六十有四，蓍數窮于此。」故謂六十曰者。愚按羅之説近迂，陸爲近之。苞蓍，以比王城之中，亦有老成人，而從子朝爲逆者，如尹文公、召伯奂、南宫極之類也。京師，與周京、京周同。《篤公劉》詩云京師之野。董氏云：「所謂京師者，蓋起于此，其後世因以所都曰京師。曰嬪于京，依其在京，則岐周之京也。王配于京，則鎬京也，《春秋》所書京師，則洛邑也，皆仍其本號而稱之，猶晉之言新絳、故絳也。」而《公羊傳》則云：「京師者何？天子之居也。京者，大也。師者，衆也。天子之居，必以大衆言之。」上二章皆言周，此但言京師者，以言周則嫌同于列國，隱然有尊共主以號令天下之意。

芃芃黍苗，陰雨膏叶號韻，居號翻。**之。四國有王，郇**《易林》、《路史》俱作「荀」。**伯勞**叶號韻，郎到翻。**之。**比而賦也。芃，《説文》云：「艸盛也。」徐鍇云：「言汎汎然，若風之起。」苗，《説文》云：「艸生于田者。」其字从艸从田，會意。羅云：「黍之秀特舒散，故説者以其象火，爲南方之穀。《詩》亦云芃芃黍苗，以此也。」膏，潤也。凡以脂膏潤物曰膏，此借用耳。陸佃云：「方黍之苗也，暑雨暴息，無陰雲以覆之，日隨蒸焉，則苗稿矣，將以潤之，乃以害之也。故《詩》正以陰雨爲善。今俗，五月謂之分龍，雨曰隔轍。言夏雨多暴至，龍各有分域，雨暘往往隔一轍而異也。」《國語》趙衰謂秦穆公曰：「重耳之卬君也，若黍苗之卬陰雨也，若君實庇蔭膏澤之，使能成嘉穀，薦在宗廟，君之力也。」正與此詩意同。晉以盟主，糾合四國，効力成周，所謂陰雨也。四國，四方諸侯之國。王，指周天子。四國有王者，言四國共戴一王，皆以王之事爲事也。郇伯，晉荀躒也。徐鉉云：「按今人姓荀氏，本郇侯之後，宜用郇字，後人去邑爲荀。」今按郇侯本文王子，《左傳》富辰謂畢、原、酆、郇，文之昭是也。《水經注》云：「涑水西逕郇城，故郇國也。今解故城東北二十四里，有故城在猗氏故城西北，俗名爲郇城。服虔云：『郇國在解縣東，郇瑕氏之墟也。』」《左傳》成六年，晋人謀去故絳，諸大夫皆曰：「必居郇瑕氏之地，沃饒而近鹽。」韓獻子曰：「不可。郇瑕氏土薄水淺，其惡易覯，易覯則民愁，民愁則墊隘，于是乎有沉溺重膇之疾。不如新田，土厚水深。」乃還新田。是則郇地本爲晋所滅，其子孫仕于晋宜矣。荀躒稱伯者，《左傳》昭三十一年，晋侯使荀躒唁公，季孫從知伯如乾侯。所謂知伯，即荀躒也。諸荀在晋，別爲知與中行二氏，故又稱知伯。勞，猶勉也。勞來奔走，與四國相慰藉也。又按此詩固美晋荀躒，然亦有譏晋頃公之意焉。諸儒于《春秋》，論之詳矣。昭二十三年，經書晋人圍郊。胡安國云：「按《左氏》，晋籍談、荀躒帥師軍于侯氏，箕遺、樂徵濟師，軍其東南。正月，二師圍郊，郊子朝邑也。既不書大夫之名氏，又不稱師，而曰晋人，微之也，所謂以其事而微之者也。當是時，天子蒙塵，晋爲方伯，不奔問官守，省視器具，徐遣大夫往焉，勤王尊主之義若是乎？書晋人圍郊，而罪自見矣。」又按圍郊之後，王使人告閒暇于晋，晋師遂還。郝敬云：「向使晋人盡忠王室，無懷二圖，周惟恐晋師不留，何告閒之有？告閒，則晋之師可知也。」二十五年，經書會于黄父。高氏云：「自二十二年，景王崩，王室亂，天王播越，諸侯皆莫奔救。四年之後，晋始爲此會，而諸侯不至，但合諸大夫以謀之，曰：『明年將納王。』夫王室之急如此，豈可坐待明年哉？有霸者作，如齊桓公盟首止，以定王世子鄭。晋文公誅叔帶，以逆襄王，豈不美哉？桓、文不作，猛、朝相競，王室世臣不能明先王一定之制，順非而廢適，使頃公而爲桓、文，果至是乎？是以聖人傷王室之亂，而又于此著諸侯之無霸也。」二十六年，經書天王入于成周。按《左傳》，晋荀躒、趙鞅帥師納王，晋師克鞏，子朝奔楚，王入于成周。季瑾云：「晋人納王之善，無一言及之何也？罪晋不臣，而哀周之衰也。晋爲同姓大國，爵爲侯伯主盟，于時不能即逐子朝之黨，而安定之。二十三年，一圍郊而亟還，坐視成敗，五年然後興師納王，原情責寔，不忠不臣之甚者也。若以納王之功而善之，則藏姦觀釁，不忠不臣者勝矣。」沈長卿云：「按傳晋師克鞏，乃荀躒、趙鞅帥師納王，而子朝之告諸侯，亦曰晋爲不道，是攝是贊，則晋有功于周明矣。經顧没之，但書十月，天王入于成周，蓋罪晋之慢也。桓、文定王室之難，在俄頃間，而克鞏之師，遲至六年，必待其告急而後勤王，功不掩罪，可謂盟主乎？」是詩意亦同此。在荀躒之勤王固可美，然天子有難，閱至五年之久，而後始遣荀躒合四國以勤王，在晋頃則可刺也。黍苗之仰陰雨深矣，晋之泄泄如此，其何以爲盟主？此詩人言外之微意。周室雖衰，而是詩之忠誠激發如此，文、武、成、康之德澤，有深入于人心者也。夫子録此爲變風之殿，亦所云傷天下之無霸者乎？胡安國云：「夫以王猛之無寵，單旗、劉蚠之屢敗，敬王初立，子朝之衆，召伯奐、南宫嚚、甘恒公之黨，疑若多助之在朝也。然會于黄父凡十國，而諸侯之大夫，無異議焉，是知邪不勝正久矣。」

《下泉》四章，章四句。《孔叢子》載子曰：「于《下泉》，見亂世之思明君也。」《序》則以爲思治也。曹人疾共公侵刻下民，不得其所，而思明王賢伯也。《申培説》謂東遷之初，曹人閔周而作。朱子謂王室凌夷，而小國困弊，故以寒泉下流，而苞稂見傷爲比。皆附會揣摩之語。至郇伯有勞四國之功，他經傳絶無所載。毛傳解爲諸侯有事，二伯述職，鄭玄改以爲州伯。孔云：「以經傳考之，武王、成王之時，東西大伯唯有周公、召公、大公，畢公爲之，無郇侯者，知爲牧下二伯也。」鑿亦甚矣。惟《竹書》載昭王六年，王錫郇伯命，然不知其何所表見。《子貢傳》闕文。

詩經世本古義卷後

屬　引

何子曰：美哉！《周易》之有《序卦》也。越數千年，卷帙粲然，《序卦》之烈也。予既論次詩世，著之小引，以爲定本。异時陵谷遷貿，倘繆厥傳，不其惛而，爰倣《序卦》，作《屬引》一篇，其辭曰：

維予宅閩漳之浦，厥有名山，謚曰九侯。胤于少康，從會稽來游。余論其世，以誦其詩。爰有公劉，始遷于豳，居其高丘，詩表殊尤，曰篤不忘，是三百五篇之權輿，而敕臯傒汭之箕裘也。

維豳有風，士農女桑。公劉篤之，以啓靈長。故次之以《七月》。

當夏省耘，吁嗟求雨。于社于方，又御田祖。故次之以《甫田》。

及秋省斂，報祭于方。厥有黍稷，兼用犧羊。故次之以《大田》。

三時不害，慶此年豐。孟冬息老，八蜡咸通。故次之以《豐年》。

豈惟祭蜡，亦復祠社，以續禾稼。故次之以《良耜》。

既蜡而臘，先祖五祀。屬民飲酒，正位以齒。故次之以《載芟》。

有飶其香，酒醴維醹。速族人以序，族夏是取。故次之以《行葦》。

夏道既湮，杞不足徵，賴周祖公劉存此八篇。豈維杞微，緊宋亦然。及正考父如周，《商頌》以傳，十二存五，聖人慨焉。試尋厥世，自盤庚先。故次之以《長發》。

《長發》大禘，上泝高辛。越高宗，祭成湯，用樂娱神。尚鬼尚聲，于兹可論。故次之以《那》。

高宗肜日，越有雊雉。黷于祭祀，傅氏以謀。故次之以《烈祖》。

鼎耳告異，責躬思道。重譯來朝，景員是保。追報上甲，殷邦肇造。故次之以《玄鳥》。

維王大仁，靖殷乃雍。既其殁也，廟號高宗。故次之以《殷武》。

殷武之後，殷道復衰。組紺初興，亶父遷岐。舍伯立季，將傳昌爲。郃陽作合，武乙之時。故次之以《關雎》。

淑女充媵，御以百兩。九鳥成鳩，九女是倣。故次之以《鵲巢》。

《關雎》、《鵲巢》，太姒之德。宜室宜家，國人攸則。故次之以《桃夭》。

維太姒有徽音，方兆多男。故次之以《螽斯》。

宜爾子孫，貴在惜福。衣錦尚絅，毋忘中谷。故次之以《葛覃》。

洎武乙震死，文丁嗣之。翳徒不道，公季靡之。三大夫是獲，九命作伯。故次之以《采薇》。

《白華》笙歌，取此常華。功高召忌，塞庫困季。洎西伯昌受命，思積賢自倞。故次之以《卷耳》。

《卷耳》懷人，寘彼周行。周行可示，旨酒筐將。故次之以《鹿鳴》。

非徒尊賢，尤善養老。合語乞言，敬祝壽考。故次之以《南山有臺》。

亦越季冬，命國人合三族。君子以悅，小人胥樂。故次之以《伐木》。

時昆夷玁狁，並起跳梁。命南仲城朔方，又復西行。臣忠婦義，獨居感傷。故次之以《艸蟲》。

艸蟲既過，采薇南山。是曰南陔，南仲方還。奏凱遲遲，詩以勞之。故次之以《出車》。

維此《出車》，又名《華黍》。更代仲歌，來諗將母。故次之以《四牡》。

既勞還帥，亦勞還役。何以異歌？賜不同格。故次之以《杕杜》。

是師之行，在帝乙三年。六月周地震，西伯怵然。遣使四出，交鄰禮賢。故次之以《皇皇者華》。

自西土光四方，遂進爵爲公。維太姒親蠶，夙夜有事于公宫。故次之以《采蘩》。

内有賢助，外有武夫。無成代終，公侯以娱。故次之以《兔罝》。

公侯作牧，典治南國。曰維下濟，譬彼樛木。故次之以《樛木》。

樛木嘉魚，南方之美。來朝式燕，主賓咸喜。故次之以《南有嘉魚》。

既化有邦，風及在位。節儉正直，維召南諸大夫之治。故次之以《羔羊》。

羔羊大夫，小星衆妾。陽治陰教，于斯畢浹。故次之以《小星》。

衆妾與嫡俱，或歸以須，而不攣其孚，則安能有其家。故次之以《江有汜》。

當斯時也，内無怨女。求我庶士，六禮斯舉。故次之以《摽有梅》。

迨吉迨今，匪禮不行。漢神可望，不可即言。刈其薪，欲得荆。故次之以《漢廣》。

一醮不復改，而敢以疾倍。故次之以《芣苢》。

芣苢亦已惡，不害我自芳。麕鹿雖云健，不令彼得狂。故次之以《野有死麕》。

是維文王，德刑寡妻。母儀克正，以範中閨。先姜後任，克與之齊。周室三母，麟兮麟兮。故次之以《麟之趾》。

緊公子振振，長子發、中子旦皆聖人。閎虎譖之，牖里遘屯，用史巫紛若，婦勗其臣。故次之以《殷其靁》。

奇怪物既獻，辛乃釋怒，賜弓矢鈇鉞，遂伐密須，得其路與鼓。爰以大蒐，式彰我武。故次之以《騶虞》。

伐密復滅崇，始作邑于酆。酆邑本崇地，而有彊暴戎。召伯聽厥訟，女不彊暴從。故次之以《行露》。

都酆既三載，乃始作辟廱。譽髦喜既見，由儀自舂容。故次之以《菁菁者莪》。

自作辟廱後，殷辛甲出奔周。下至畿内民，惟文王之求。故次之以《汝墳》。

汝墳魚赬尾，於虖生靡樂。文能咸和民，臺沼相繼作。于以燕嘉賓，翫彼牣魚躍。故次之以《魚麗》。

厥享國五十年，大統未集。武王嗣西伯，曰予亂臣十，有婦人焉，維齊邑姜，追其教成，婦順克明。故次之以《采蘋》。

惟彼蘋藻，女子之祭。諸侯五廟，歲事是繼。夫人薦豆，君則羞嚌。燔炙殽脯，繹祊靡替。故次之以《鳧鷖》。

鳧鷖享公尸，武猶在諸侯。及坶野歸來，革殷爲周。前歌後舞，飲至優游。故次之以《魚藻》。

浄自古公，實始戩商。周原築室，蹶生文王。天下初定，尊號未遑。故次之以《緜》。❶

追王三后，上及亶父。邦甸侯衛，咸駿奔走。故次之以《旱麓》。

爰述先德，森森有條。追王匪私，仰契層霄。故次之以《皇矣》。

乃望祭岐山，大告武成。子孫當保此，有夷之行。故次之以《天作》。

越及次年，薦殷太廟。禮成受釐，有俶是詔。故次之以《既醉》。

朝臣已内和，萬國已外驩，四方皆來，徹歌以繁。又名昭夏，文廟是觀。故次之以《雝》。

維此文考，能刑文母。在宫如在廟，實太任有造。故次之以《思齊》。

是名齊夏，又有章夏。推教子作人，久道以成化。文武具章相，聖賢之流亞。故次之以《棫樸》。

問作人伊何，精意在辟廱。辟廱有鼓鐘，論倫與神通。縱有臺囿沼，至樂孰此同。故次之以《靈臺》。

文德已究矣，復次武王事。耕耤教公侯，欲使勤地利。故次之以《臣工》。

亦有不爲臣，公侯靡足羈。訪道道已傳，毋詘高節爲。故次之以《白駒》。

---

❶「緜」，原作「綿」，據正文及目録改。

天下大封建，孟侯在妹邦。勿若殷王受，而以迷亂終。故次之以《小宛》。
維小宛憂傷，自歎我日邁。胡丁不造，倏忽云逝隮祔皇祖，是爲既葬卒哭之祭。故次之以《閔予小子》。
哀哉武王崩，群叔流言。邶人刺管，謂不念厥鼻。故次之以《匏有苦葉》。
伊孺子搖搖，周公閔斯，維音嘵嘵。故次之以《鴟鴞》。
公避居東都，充盈厥膚。王未得金縢書，但未敢誚諸。故次之以《狼跋》。
于後，天大雷電以風，王感悟，將迎公于東。故次之以《伐柯》。
周公歸只，使者欷只。故次之以《九罭》。
公居東二年，歸滅武庚先。四年王免喪，初朝武王。廟中揚令德，之紀之綱。故次之以《假樂》。
率是辟公，以見昭考。竣事勞之，純嘏是禱。故次之以《載見》。
辟公陛辭，勑遣遲遲。交相警戒，維前王思。故次之以《烈文》。
春正月朝廟，初夏嘗麥。延訪群臣，欲昭考攸則。故次之以《訪落》。
多難未堪，重以集蓼。惟群臣助予，予毖無小。故次之以《小毖》。
王求助匪懈，群臣咸憾。維昭考陟降厥家，實陟降厥士。王曰敬哉，疇將予就，冀顯德是示。故次之以《敬之》。
先是公滅武庚，遂伐奄、滅蒲姑，既又伐淮夷。遷奄君于蒲姑，庚黨無逋，至是師來旋，首尾三年。故次之以《東山》。
東山勞從軍，從軍答公勤。故次之以《破斧》。
時禽父宅曲阜，淮夷亦犯魯。惟禽父類公，允文允武。獻馘泮宮，莫予敢侮。故次之以《泮水》。
公既平多難，閔管辟蔡囚。作詩聯宗族，共藩屏周。故次之以《常棣》。
於是公爲師，述祖禰之德。用告孺子王，厥鑒維殷適。故次之以《大明》。
大明追挺生，文、武相繼創鴻業。今王爲孫子，烝烝庶能愜。故次之以《文王有聲》。
公具大聖才，作師而兼相。制禮作樂頌度量，郊祀后稷以配天，尊祖無以尚。故次之以《思文》。
思文郊，迎長日，祈穀郊，在啓蟄。美稷功，與帝匹。故次之以《生民》。
既尊祖，又嚴父。季秋大享，五帝咸聚。宗祀明堂，文王爲主。故次之以《我將》。
敬天事已備，蜡祭及靈星。亦以后稷配，皮弁素服見儀刑。故次之以《絲衣》。
惟后稷，周始祖。秋祫嘗，修籩俎。祊祭後，禮具擧。樂章名《祴夏》，送尸戒鐘鼓。亦或名《采薺》，用以節步武。故次之以《楚茨》。

四時之祭，嘗與烝爲備。嘗詳饋熟後，烝詳朝踐前。古文良奇幻，合之成一篇。故次之以《信南山》。

又有季冬月，寢廟薦厥魚。先嘗而後薦，敬與秋嘗如。故次之以《潛》。

是爲宗廟禮，次及于朝廷。諸侯來朝，饗禮命寧。亦名《鶩夏》，列于《禮》經。故次之以《桑扈》。

饗訓共儉，燕示慈惠。孔燕豈弟，以寵嗣世。故次之以《蓼蕭》。

嗣世有燕，朝正有饗。饗畢而燕，其儀不爽。故次之以《湛先君諱。露》。

諸侯朝正，或時獻功。獻功之饗，賜彤兹弓。饗禮無異，受賜不同。故次之以《彤弓》。

獻功而外，又有貢士。載以後車，達于天子。取名崇丘，升高之比。故次之以《緜蠻》。

洪範八政，賓繼以師。爰有軍禮，當舉行之。維岐陽大田，在成王六年。被之笙歌，《由庚》是傳。故次之以《吉日》。

亦越九年，有事太廟。我客助祭，白馬來朝。習射澤宮，鷺羽斯肖。故次之以《振鷺》。

維兹太廟，始行大祫。樂則用勺，於古不襲。故次之以《有瞽》。

大武六成，勺居其次。始而北出，我武斯試。亦名爲遏，遏劉取義。在九夏中，《納夏》

是已。故次之以《武》。

武後有勺，是爲再成。勺詩晚出，舞曲始盈。以其養晦，名武宿夜。舞莫重焉，謂滅商也。故次之以《酌》。

三成而南，封建諸侯。命之大賚，繹思時周。故次之以《賚》。

四成巡守，南國是疆，告祭省方。故次之以《般》。

告祭省方，允王維后。式序在位，周左召右。是爲五成，《肆夏》金奏。故次之以《時邁》。

保有厥士，于以四方。六成復綴，以崇我王。周召之治，武亂攸彰。故次之以《桓》。

我客觀成，畢事將歸。王燕餞之，信宿依依。故次之以《有客》。

有客爲誰？曰維微子。天命靡常，觀兹殷士。念祖修德，令聞不已。《王夏》之奏，有取于此。故次之以《文王》。

明年王與弟叔虞戲，削桐葉以封。史佚謂天子無戲言，遂國之河汾東。❶録古詩《蟋蟀》，以見唐風。故次之以《蟋蟀》。

❶「河汾」，《四庫全書》本作「汾河」。

昔陶唐有冀方，後世失道亂紀綱，乃滅而亡。惟周召交營土中，以敬德誥王。欲至萬年，保受王明。故次之以《天保》。

雒邑既成，周公作明堂。以明堂大廟，宗祀文王。季秋大饗，及兹而兩。禮以義起，嚴父無已。故次之以《清廟》。

文德丕顯，無射于人。秉以對天，於虖維純。故次之以《維天之命》。

下管《象》、《武》，干戚以舞。表文之功，伐崇肇禋。德馨升聞，式宜配天。故次之以《維清》。

乃落新宮，用被下管。是兆休祥，君子晏衎。故次之以《斯干》。

厥既命庶殷，處之於下都。毋忿疾其頑，利豈弟以需。故次之以《泂酌》。

《詩》有《泂酌》，《書》有《召誥》。君奭納約，與旦同道。旦逝奭哀，馮翼者誰。卷阿從遊，以矢其詩。故次之以《卷阿》。

飄風自南，當得賢士。凱風自南，當得孝子。康公輔周，康叔化邶。正君善俗，賴二康在。故次之以《凱風》。

成王新陟，康沚應門。召畢率諸侯，繇左右入。執奠稽首言：王義嗣德，賜予有繁。故次之以《采菽》。

三年吉禘，更定樂章。無聲之樂，以頌成王。故次之以《昊天有成命》。

及其受釐，因而陳戒。昭哉嗣服，惟德是勱。堂下奏武，庶幾勿壞。故次之以《下武》。

在成王廟，申戒農官。卜郊于禰宮，祈穀不遑安。故次之以《噫嘻》。

及康末年，召康公始薨。享壽百齡，德洽黎烝。故次之以《甘棠》。

成、康相連，刑措不用。昭舉日祭，斤斤作頌。故次之以《執競》。

胡昭南游，中流膠舟。宴樂淮上，樂極生愁。故次之以《鼓鐘》。

繼昭爲穆，於詩靡載。有密康公，在共之世。粲者來奔，自弋厥戾。故次之以《綢繆》。

密康色荒，齊哀禽荒。懿王信譖，哀遂遭烹。故次之以《還》。

歷孝而夷，王室逾衰。衛頃賂周，復命爲侯。頃實不道，仁賢用憂。故次之以《栢舟》。

仁賢用憂，仕不得志。居既見愠，出亦遇㦧。故次之以《北門》。

㦧不可爲，攜手去之。爾狐爾烏，與爾長辭。故次之以《北風》。

攜手同行，跋涉不顧。亦有將士，跋涉爲苦。是維厲王，暴虐之故。故次之以《漸漸之石》。

王虐用其民，民不堪命。芮良夫作詩，譏切執政。故次之以《桑柔》。

亂生不夷，覃及于鬼方。荆楚之間，鞫爲戰場。孝子從役，思祭徬徨。故次之以《四月》。

四月建巳，維六之日，徂歲暑興役，❶及今兹未畢。閨中憂危，局髮首疾。故次之以《采緑》。

昔者聖王，人情爲田。民勞不休，怨曠騷然。實小子階厲，使國有殘。故次之以《民勞》。

蹻蹻小子，不恤唸吚。非徒好兵，重以好利。天心判離，大難將至。故次之以《板》。

維王防口，以諫爲妖。凡伯賦《板》，召穆公賦《民勞》。罔敢斥王，但斥同僚。穆又廋厥辭，託刺前朝。故次之以《蕩》。

蕩之與湯，古字相通，皆取水流，莫知其窮。蕩蕩上帝，畏其疾威。子之湯兮，游蕩是譏。故次之以《宛丘》。

陳幽唱巫風，民多淫祀。市也婆娑，子仲之子。故次之以《東門之枌》。

誰謂陳小，猶可爲善國。釐公繼幽，懦不能自力。衡門之賢，棲遲太息。故次之以《衡門》。

---

❶「徂」，原作「狙」，據《四庫全書》本改。

幽末鳌初，厲王已沵𦫳。有共伯和，實間王位。後乃還共山，以厲王爲祟。周人懷之，猶盱其至。故次之以《都人士》。

當共伯攝位時，天下苦大旱，窮民多離散。及宣始來歸，隨陽如鴻雁。故次之以《鴻雁》。

王既懷窮民，尤欲懷諸侯。四年命蹶父，諭韓使來朝。故次之以《韓奕》。

韓侯受命，爲北國伯。俾追其貊，乃有玁狁。北狄之一，五年盛夏忽内侵，王命薄伐屬尹吉。賊從高邑來驅，從太原出。故次之以《六月》。

從征者方叔，已盛著威名。先使教大閲，因使伐蠻荆。屈指三月間，二醜相繼平。故次之以《采芑》。

淮徐尚未靖，明年王自將伐徐。皇父、休父從，王師赫赫雷霆如。故次之以《常武》。

命召穆公，往伐淮夷。與王師爲犄角，俾賊黨披離。王歸自伐徐，乃錫命之。故次之以《江漢》。

自北而南，以及于東，天戈所指，無有不僵。愾彼西戎，殺我西垂大夫。與厥子兵七千，使報父仇。故次之以《無衣》。

四方既平，封申伯于謝。匪元舅是私，惟藩宣攸藉。故次之以《崧高》。

王命召伯，爲申伯定宅。召伯勞厥士，士因以不呰。故次之以《黍苗》。

亦既城謝，又復城齊。孰能補王闕，而出遣仲山甫兮？吉甫作誦，用當耳提。故次之以《烝民》。

城謝城齊，皆七年事。明年考室，考牧附此。敬小慎微，中興之理。故次之以《無羊》。

豈惟物畜盛，更侈車馬修。九年會東都，圃田狩優游。故次之以《車攻》。

攻車欲得好，造舟欲得堅。車好可田獵，舟堅可濟川。孰如衛共婦，節比栢舟堅。故次之以《汎彼栢舟》。

處變賦《栢舟》，處常賦《雞鳴》。況于后夫人，夙夜謹寢興。姜后待永巷，脱簪問未央。故次之以《庭燎》。

《庭燎》作諷，王復勤政。憂旱側身，以勵庶正。故次之以《雲漢》。

云胡末年，不藉千畝。戎至千畝，師不能拒。諸侯不勤王，爪士責祈父。故次之以《祈父》。

異類擾邊陲，飛隼盈朝紳。祈父念寡母，沔水憂其親。故次之以《沔水》。

憂親者伊誰？杜伯子隰叔。父死遭周難，反其舊唐族。故次之以《黄鳥》。

黄鳥集于桑，檀園遍樹穀。桑穀共生朝，詩人爲發藥。故次之以《鶴鳴》。

宣王詩止此，更理幽王篇。王昏不若，以醜爲妍。譬將牛車，自取塵昏。故次之以《無將大車》。

小人在位，君子在野。高原之物，而生隰下。故次之以《隰桑》。

用舍既乖方，聚斂以爲務。元年命皇父，二年初增賦。故次之以《大東》。

既增賦，又失刑。巷伯行厥譖，孟子共掖庭。楊園倚畝丘，牽引恐不停。故次之以《巷伯》。

即位及三年，寵愛彼褒姒。讒色貨具備，西周將亡矣。詩人咏《鴛鴦》，追其大昏始。故次之以《鴛鴦》。

寵嬖立爲后，中宫遂見廢。鴛鴦戢左翼，之子胡不類。故次之以《白華》。

高岡析柞薪，惡其葉之湑。碩女可尊之爲辰，卑人不可以爲主。故次之以《車舝》。

王尊寵卑人，爰私其親。豈謂兄弟，不如昏姻。故次之以《角弓》。

昏姻日以昵，兄弟日以疏。何當與宴，得厠玉除，言所欲言，豈爲酒歟？故次之以《頍弁》。

旨嘉不敢望，但望分瓠葉。微薄不廢禮，亦曰被延接。故次之以《瓠葉》。

幽王爲褒煽，遂闕親親恩。秦雖號戎翟，猶知念厥昆。故次之以《小戎》。

五楘梁輈何歷録，毋棄爾輔顧爾僕。棄輔及僕不可行，跼高蹐厚凛繁霜。故次之以《正月》。

四年四月隕繁霜，赫赫宗周滅不久。厲階自褒姒，蟊賊實繁有。胡不自我先，胡不自我後。故次之以《瞻卬》。

此賦《瞻卬》者，昔亦曾賦《板》。偕召穆公，爲厲王大簡。感穆同志，懷其祖先。人維求舊，豈曰無賢。故次之以《召旻》。

《召旻》痛疾威，回遹夷我邦。《小旻》痛疾威，謀猶回遹從。故次之以《小旻》。

以上凡四詩，疑皆凡伯作。内斥褒姒閻，外斥皇父號。辭意互出入，驚心梟鴟惡。内外相表裏，太子乃遭鑠。故次之以《青蠅》。

青蠅污白，不可得理。太子奔申，爲逃其死。故次之以《我行其野》。

奔申無聊，在幽五年。傅欲悟君，作詩以傳。故次之以《小弁》。

《小弁》親親，讀者稱仁。更作《蓼莪》，痛呼昊天。故次之以《蓼莪》。

幽王竟不悟，惟聽豔妻煽。群黨盛分布，四方皆有羡。宜臼方奔申，皇父乃都向。日食在陽月，謫見猶夢夢。故次之以《十月之交》。

都向既離居，三事亶多藏。獨有贄御儔，日瘁反得謗。故次之以《雨無正》。

居者有簪御，行者有士子。從事獨賢勞，孔哀彼呰呰。故次之以《北山》。
士子馳驅，勞及征夫。率彼幽艸，畏不能趨。故次之以《何艸不黄》。
行役已苦，過期不代。念彼共人，亦孔之傻。故次之以《小明》。
更有鄶賢，行役歎周。衰不足賴，車中懷憂。故次之以《匪風》。
維此鄶賢，能明周道。孝治天下，仁親爲寶。子生三年，乃免懷抱。用刺短喪，古禮是考。
故次之以《素冠》。
鄶仲驕慢，好潔衣服。服不式禮，其何能國。故次之以《逍遥》。
羔裘逍遥，失其伉儷。叔妘外通，留子私詣。故次之以《丘中有麻》。
諱鄭稱留，寄孥爲媒。室既被竊，國亦殆哉？故次之以《隰有萇楚》。
女德無極，于何其臻？鄶以妘亡，周以姒泯。故次之以《菀柳》。
幽欲悦褒，舉烽爲戲。諸侯極焉，後亦不至。乃盟太室，將謀伐申。大夫憂亂，俾忖他人。
故次之以《巧言》。
十年伐申，戎遂入寇。誰爲此旤？牝羊牡首。故次之以《苕之華》。
幽死驪山下，平遂即位者。東遷在斯時，掘突作六師。故次之以《瞻彼雒矣》。
掘突從王遷，寓居彼客舍。平王深倚重，臨視靡休暇。故次之以《緇衣》。

又有秦襄公，以兵送平王。王命爲秦伯，車馬何焜煌。故次之以《車鄰》。

及平之三年，錫司徒鄭伯命。父子繼其職，象賢斯爲盛。故次之以《裳裳者華》。

六年鄭遷于溱洧，溱洧有土風。三月桃花水下時，士女秉蘭以徜徉。故次之以《溱洧》。

昔言鄭詩淫，於此始一見。更有女思奔，在彼東門墠。故次之以《東門之墠》。

雖譏溱洧，亦有雞鳴。女曰士曰，相戒勤生。民勞則思，何淫不貞。故次之以《女曰雞鳴》。

雖譏東門之墠，亦有出其東門，勿用取女，匪我思存。以禮爲坊，其流不渾。故次之以《出其東門》。

緊鄭風駘蕩，不如秦雄壯。溱洧、汧渭何懸殊，思女媚公各異尚。故次之以《駟驖》。

舍拔以從禽，發的以祈爵。較獵雖見奇，肄禮自足樂。故次之以《賓之初筵》。

衛武賓筵，傞傞自怪。及其耄年，猶作懿戒。故次之以《抑》。

衛人頌武，謚爲睿聖。切磋琢磨，没身斯竟。故次之以《淇奥》。

河淇故殷墟，終南周所都。殷墟爲衛有，周都忽秦區。覽兹興廢迹，憑吊重嗟吁。故次之以《終南》。

維秦文公，有此岐、豐。二后今邈矣，孰爲遡洄從？故次之以《蒹葭》。
秦賦蒹葭，周詠禾黍，豈無興復？一成一旅。故次之以《黍離》。
平王無志，棄地不顧。念彼舊民，誰堪依怙！故次之以《中谷有蓷》。
昏姻禮廢，夫婦道苦。永終知敝，以禮自處。故次之以《碩人》。
衛姜感傳言，操行不衰惰。秉禮自修持，失意成轗軻。故次之以《緑衣》。
絺綌來風，静思其故。何當迴君心？倏解氣而悟。故次之以《終風》。
望夫君兮不來，覩日月兮增懷。故次之以《日月》。
碩人何其頎，寵嬖及厥子。合舞忘教冑，不講養正理。故次之以《簡兮》。
碩人雖俁俁，居身亦太寬。無别將生亂，賢者豈能安。故次之以《考槃》。
獨寐非忘君，不見如三月。遇合古所難，此意誰爲曰。故次之以《采葛》。
鄭莊怨讒言，寓意于《采葛》。東遷鄭焉依，遲君幸未發。故次之以《遵大路》。
大路何皎皎，白石何鑿鑿。摯手以傳心，不使外人指。故次之以《白石》。
素衣朱襮，進之于沃。子有衣裳，云何不著。故次之以《山有樞》。
白石山樞，微辭諷之。危彼晋昭，力寡難支。故次之以《椒聊》。
成師爲椒聊，晋昭比揚水。豈惟晋昭公，平王亦如此。故次之以《戍申》。

遠戍何時歸？御輕事已非。雞棲牛羊下，室家自彖欷。故次之以《君子于役》。

于役爲誰？維申之知。公族罔念，不及葛藟。故次之以《葛藟》。

人惟孝乎，友于兄弟。莫如鄭莊公，陷段不以禮。故次之以《叔于田》。

段出傾巷，洵美且武。逞技公前，袒裼暴虎。故次之以《大叔于田》。

段封大叔，百雉都城。仲足請圖，暗與公迎。故次之以《將仲子》。

仲本祭封人，而以疎間親。立談投契，卿材是甄。故次之以《野有蔓艸》。

樂莫樂兮新相知，悲莫悲兮生別離。邂逅樂清揚，遠送悲頡頏。故次之以《燕燕》。

戴嬀方歸陳，衛師從子仲。不戢忘自焚，州吁乃會宋。故次之以《擊鼓》。

宋會師伐鄭，以鄭欲納馮。及曲沃伐翼，鄭又以師從。桓王初即位，不問厥皐，助少陵長，俾民心痗。故次之以《節南山》。

王不勝忮求，伐翼又伐沃。衛宣亦忮求，鄭、郕、戴、魯相繼被其毒。曾謂在位百君子，不及婦人能忠告。故次之以《雄雉》。

雄雉當求雌，未聞雌雉乃從牡。爲問新臺臺上人，籧篨戚施形亦苦。故次之以《新臺》。

臺下水何深深，朝隮雨何淫淫。水深不足洮，雨淫不終朝。故次之以《蝃蝀》。

衛宣大無信，齊姜不知命。偕不如仳兮，老不如死兮。故次之以《君子偕老》。

冶容能誨淫，云何不自匿。亦有静女姝，城隅焉是即。故次之以《静女》。

貽彤管，不堪攜。上父妾，下子妻。宣姜死，夷姜縊。胡施顔，鼠不啻。故次之以《相鼠》。

夫婦失道，國俗傷敗。棄舊淫新，不知所屆。故次之以《谷風》。

谷風婦之良，更有婦而淫。奔人人賤之，飲恨自傷心。故次之以《氓》。

維夫婦暨朋友，其合皆以人。夫婦猶相棄，暴蘇安足論？故次之以《何人斯》。

逝我陳，俟我著。友不友，女不女。彼爲何人，而居我處？故次之以《著》。

魯桓迎齊子，先得見于讙。齊子猶魴魚，從者猶鱮鰥。故次之以《敝笱》。

笱敝當補，裳敝當縫。補笱屬夫道，縫裳盡婦功。故次之以《葛屨》。

糾屨縫裳，以事良人。不似墓棘，使鴞得親。故次之以《墓門》。

深言或不顧，顛倒乃思予。恐懼或不去，安樂轉棄予。人情何常哉？思來獨自語。故次之以《習習谷風》。

周東鄭是依，周鄭乃交惡。忘德以興師，先驅至鄭路。鄭固失臣節，周亦太不裕。故次之以《伯兮》。

伯兮出無功，不支而先奔。王卒遂大亂，鄭聃射王肩。故次之以《兔爰》。

自是鄭稱强，雄長于一時。明年戎伐齊，齊侯使乞師。鄭忽獲戎帥，齊僖請妻之。故次之以《有女同車》。

舜華不足慕，羨彼苞栩集。國爾雖忘家，忠孝固並急。故次之以《鴇羽》。

栩棘與桑在野，黍稷稻粱在田。荷華游龍在隰，扶蘇喬松在山。不憂靡盬之王事，但期比肩有多賢。故次之以《山有扶蘇》。

有如鄭祭仲，是名狂狡童。私從鄰國謀，出公復立公。故次之以《狡童》。

鄭人惡仲，播于有衆。誰能唱義者，蠢蠢欲俱動。故次之以《蘀兮》。

俱動苦綿力，思正于大國。故次之以《褰裳》。

褰裳與乘舟，所遇深淺異。褰裳可速涉，乘舟須防墜。故次之以《二子乘舟》。

伋壽争死誠可哀，衛朔得位從譖來。驕而無禮安恃哉？故次之以《芄蘭》。

朔也幼蘧蘧，安能定婁豬？故次之以《墻有茨》。

廧陰之會，明日有傳。牀笫之言，娣妾能宣？故次之以《鶉之奔奔》。

淫風下滔，盡喪其曹，竊妻以逃。故次之以《桑中》。

桑中葉有幽，相從似穿窬。折柳以樊圃，猶可息狂夫。故次之以《東方未明》。

未明而求衣，求衣成何事？齊襄政無常，每作從禽戲。故次之以《盧令》。

獵有功狗，亦有功人。豈其謀國，而無與親？故次之以《揚之水》。

篇名《揚之水》，於今凡三見。桓王崩之年，鄭昭始言返。安得君子臣，同心節不變？故次之以《風雨》。

風雨聽雞鳴，牝雞或無晨。魯桓狗齊子，爰以喪其身。故次之以《南山》。

南山見雄狐，東日映姝子。雄狐與姝子，鳥獸同群爾。故次之以《東方之日》。

齊魯共東方，莊不報桓仇。《春秋》書狩禚，《詩》亦刺射侯。故次之以《猗嗟》。

莊非桓之子，文姜實莊母。齊人呼莊甥，又譬之苗莠。故次之以《甫田》。

魯莊亦已弁，恣其母宣淫。行人口似碑，何獨無人心？故次之以《載驅》。

宣淫未已，再主齊昏。齊侯之子，平王之孫。故次之以《何彼襛矣》。

齊桓娶于周，又有如夫人。衛姬不聽樂，雞鳴詩以陳。故次之以《雞鳴》。

當莊王之末，桓霸未成，《春秋》始書荆執蔡侯獻舞，又虜息君，妻其夫人。夫人生子不言，以死爲殉。故次之以《大車》。

荆子服毳衣，曲沃篡侯服七命。荆固蠻兮沃亦夷，僖王寵沃斯失正。故次之以《無衣七兮》。

僖傳莊及惠，子頽作亂入王城。歌儛享賓，樂禍以傾。故次之以《君子陽陽》。

樂兮陽陽，俏兮忉忉。當憂而樂，死不可逃。故次之以《防有鵲巢》。

鵲巢鳩居，以夫爲天。河水清漣，思予美人。故次之以《伐檀》。

魏國困行役，申生乘其隙。克敵讒言興，嬖子方奪嫡。故次之以《園有桃》。

申生能慕父，宋襄能念母。母出不可歸，兩地思依依。故次之以《河廣》。

宋在河南，衛在河北。衛有狄人難，求救婚姻國。渡河以廬曹，先賴宋之力。故次之以《干旄》。

竿旄已入浚，竿竹可釣淇。淇浚不相及，空勞衛女思。故次之以《竹竿》。

衛女維何？許穆夫人。因衛大夫告難，感往事懷辛。故次之以《載馳》。

自傷力小，不能救衛。思控大邦，維齊亦壻。亦有曹邢，可與共濟。捄拯焚溺，孰如其鋭。故次之以《泉水》。

齊桓公新霸，恤難扶危，戍漕遺無虧。歸祭服重錦乘馬門材，使衛不頽。故次之以《有狐》。

衛警未謐，鄭亦戒嚴。高克次河上，而兒戲以淹。公子素憂棄師，直指無嫌。故次之以《清人》。

清人方在逐，存亡未可卜。有伯主畏簡書，國絶而復續，圖報百不足。故次之以《木瓜》。

桓城楚丘封衛，又與之繫馬三百。衛文新造邦，衣大布兮冠大帛。季年騋牝有三千，消殺倏然生羽翮。故次之以《定之方中》。

作室揆以日，聽言揆以理。信讒不灼理，采苓山巔似。故次之以《采苓》。

晉獻惑驪姬，信讒殺其子。重耳乃出亡，狐偃與終始。故次之以《陟岵》。

狐偃服父訓，委質不二心。譬彼中閨婦，百歲共枕衾。故次之以《葛生》。

晉獻嗜攻戰，國人多死亡。天道好還，骨肉相傷。夷吾得晉國，時在周襄王。既不納群公子，又欲殺其兄，祚以不長。故次之以《有杕》。

嗤夷吾無親，踽踽睘睘，卒見獲于秦。靈臺未改館，七牢孰爲陳。故次之以《權輿》。

重耳避惠，久居于外。懷安齊姜，狐偃用懟。謀于桑下，醉以車載。故次之以《十畝之間》。

遂行適曹，乃覩蜉蝣。故次之以《蜉蝣》。

維共公爲蜉蝣，蕞爾曹。而三百人乘軒，安能久存。故次之以《候人》。

候人主送迎，重耳返自秦。罃也身自送舅氏，路車乘馬列佩珍。故次之以《渭陽》。

重耳因秦得入國，是爲晋文公。寺人披求見，告以吕、郤將焚宫。遂釋斬袪怨，等之于飄風。故次之以《羔裘豹袪》。

怨可釋，勞當報。介推禄弗及，賢者將高蹈。表兹禮賢心，將永以爲好。故次之以《有杕之杜》。

杕杜道左，行者失庇。晋文過曹，莫爲飲食。遂誅無禮，以曹爲首。已復封曹，乃頌德厚。故次之以《鳲鳩》。

過曹適鄭，鄭亦不禮。叔詹進諫，當念兄弟。及文定霸，問罪鄭疆。詹紓國難，時號忠良。故次之以《羔裘》。

晋禮詹歸，在魯僖三十年。次年魯始郊，史克頌以傳。故次之以《閟宫》。

僖行郊禘，周公衰矣。惟大飲烝，爲得古禮。故次之以《有駜》。

駉駉有駜，馬政大修。齊戎田駕，四種旁逑。故次之以《駉》。

良馬馳逸足，不借翰晨風。愛馬良馬至，亦與好士同。故次之以《晨風》。

秦穆賦《晨風》，固亦稱好士。如何輕用人，子車殉三子。故次之以《交交黄鳥》。

黄鳥集于桑，哀死斷人腸。碩鼠食我黍，何不徙遠方。此詩亦假託，詭計招賢良。敘在頃王世，僅存此三章。故次之以《碩鼠》。

下此有定王，其世詩八篇。晉人重卿族，始立卿子田。族行何纍纍，紈袴或非賢。試亦擬碩鼠，奚以解嘲焉？故次之以《汾沮洳》。

如陳夏徵舒，亦陳之公族。母氏爲君淫，二卿並不速。朝夕在株林，株林觸人目。故次之以《株林》。

朝從東門來，夕從東門去。仰暫啓明星，俯暫赤楊樹。故次之以《東門之楊》。

東門有楊，抑又有池。麻紵與菅，何揀擇爲？故次之以《東門之池》。

姬身有如池，下流之所歸。姬貌有如月，深夜相因依。徵舒窈糾殺機動，何不知機早自菲？故次之以《月出》。

靈公死矣，孔、儀徙矣，夏姬恷矣。故次之以《澤陂》。

澤蒲體恒柔，丘葛節恒潤。求人恒如蒲，待求恒如葛。故次之以《旄丘》。

處者賦《旄丘》，出者賦《式微》。衛不恤黎難，黎君胡不歸？故次之以《式微》。

鄬來國勢微，大率教化墜。所以子產，鄉較不毀。蔚爲鄭名卿，顯於景王世。故次之以《子衿》。

僑重子衿，教化以行。載誦《丰》詩，得女之貞。勿謂事微，式關大閑。聖人録閨節，維此及《汎彼柏舟》兩篇。故次之以《丰》。

删詩將終矣，乃及敬王代。孔子生斯時，知命懷侘傺。狄泉古下都，非天子所詣。荀躒雖納王，徘徊功亦細。特録《下泉》詩，以表王靈替。棄置不復續，世衰無足系。因之作《春秋》，獲麟而掩袂。

孟子歎詩亡，學者須論世。四始其一端，陋彼推五際。維予生也晚，樂道竊有志。次第詩篇章，竊取大賢義。託始于少康，屬望中興意。況復篤公劉，亦言遷都事。在昔遷日榮，在今遷日顇。東遷已卑陋，矧比東遷媿。

抑余殿《下泉》，别又有取爾。晋韓皆武穆，何從韓受氏。荀伯晋之臣，余祖晋兄弟。今幸遇明主，達政乃可仕。自公退食暇，編摩不輟晷。九侯山前余所居，元孫末裔余所起。論世首少康，序篇《下泉》止。聖人立教不忘先，魯商有頌意如此。千載而下，有知《詩經世本古義》，爲承學一家之言者，余心亦快矣。

《儒藏》精華編選刊即出書目(二〇二三)

白虎通德論
誠齋集
春秋本義
春秋集傳大全
春秋左氏傳賈服注輯述
春秋左氏傳舊注疏證
春秋左傳讀
道南源委
桴亭先生文集
復初齋文集
廣雅疏證

龜山先生語録
郭店楚墓竹簡十二種校釋
國語正義
涇野先生文集
康齋先生文集
孔子家語　曾子注釋
禮書通故
論語全解
毛詩後箋
毛詩稽古編
孟子正義
孟子注疏
閩中理學淵源考
木鐘集
群經平議

三魚堂文集　外集
上海博物館藏楚竹書十九種校釋
尚書集注音疏
詩本義
詩經世本古義
詩毛氏傳疏
詩三家義集疏
書疑　東坡書傳　尚書表注
書傳大全
四書集編
四書蒙引
四書纂疏
宋名臣言行録
孫明復先生小集　春秋尊王發微
文定集

五峰集　胡子知言
小學集註
孝經注解　温公易説　司馬氏書儀　家範
孯經室集
伊川擊壤集
儀禮圖
儀禮章句
易漢學
游定夫先生集
御選明臣奏議
周易口義　洪範口義
周易姚氏學